卢卡奇著作集（修订版）

复旦大学马克思主义学院资助出版

审美特性（上）

[匈] 格奥尔格·卢卡奇 —— 著

徐恒醇 —— 译

中央编译出版社
Central Compilation & Translation Press

图书在版编目（CIP）数据

审美特性 /（匈）格奥尔格·卢卡奇著；徐恒醇译. 北京：中央编译出版社，2025.1. -- ISBN 978-7-5117-4831-7

Ⅰ. I01；J01

中国国家版本馆CIP数据核字第2024MV3139号

## 审美特性

| | |
|---|---|
| 策划统筹 | 张远航 |
| 责任编辑 | 李媛媛　高冀蒙 |
| 责任印制 | 李　颖 |
| 出版发行 | 中央编译出版社 |
| 网　　址 | www.cctpcm.com |
| 地　　址 | 北京市海淀区北四环西路69号（100080） |
| 电　　话 | （010）55627391（总编室）　（010）55625173（编辑室） |
| | （010）55627320（发行部）　（010）55627377（新技术部） |
| 经　　销 | 全国新华书店 |
| 印　　刷 | 北京文昌阁彩色印刷有限责任公司 |
| 开　　本 | 880毫米×1230毫米　1/32 |
| 字　　数 | 1296千字 |
| 印　　张 | 67.5 |
| 版　　次 | 2025年1月第1版 |
| 印　　次 | 2025年1月第1次印刷 |
| 定　　价 | 298.00元 |

新浪微博：@中央编译出版社　　微信：中央编译出版社(ID: cctphome)
淘宝店铺：中央编译出版社直销店(http://shop108367160.taobao.com)
　　　　　(010)55627331

本社常年法律顾问：北京市吴栾赵阎律师事务所律师　闫军　梁勤
凡有印装质量问题，本社负责调换。电话：(010)55627320

# 出版前言

匈牙利当代思想家格奥尔格·卢卡奇（1885—1971）是20世纪具有世界声誉的马克思主义哲学家、美学家和文学评论家，曾被誉为西方马克思主义的创始人。遗憾的是，时至今日仍有相当一部分卢卡奇的经典著作尚未被翻译成中文，以致国内的卢卡奇研究大多是在涉及的文献比较有限和译文质量较成问题的中文译本的基础上进行的。鉴于卢卡奇在马克思主义发展史上的重要影响和地位，也为了进一步在深度和广度上推进我国的马克思主义研究，复旦大学马克思主义学院筹划编辑、翻译的一套比较完整系统的12卷《卢卡奇著作集》将陆续出版。

《卢卡奇著作集》包括卢卡奇从1911年起直至1971年逝世为止的重要论文和著作等文献资料。与以往的一些译本相比，本著作集的内容将更加丰富和系统。

本著作集主要依据的底本是历史上曾出版过的卢卡奇著作德文版、匈牙利文版以及新近发现的诸文稿，并适当参照了其他外文译本和现有的中译本。本著作集对卢卡奇的经典论著做了适当选编，这些论著本身是具有完整性的。各卷次拟安排如下：

第 1 卷《现代戏剧发展史》

第 2 卷（上）《心灵与形式》、第 2 卷（下）《审美文化》

第 3 卷《小说理论》

第 4 卷《历史与阶级意识》

第 5 卷《列宁、布鲁姆提纲》

第 6 卷《现实主义与文学理论》

第 7 卷《两个世纪的德国文学》

第 8 卷《青年黑格尔》

第 9 卷《理性的毁灭》

第 10 卷《社会主义与民主化》

第 11 卷《审美特性》（3 册）

第 12 卷《谈社会存在的存在论》（3 册）

鉴于各卷册编辑、翻译进度不一样，在初次出版时，没有标明具体卷册。我们的编译工作得益于国际卢卡奇协会主席吕迪格尔·丹耐曼（Rüdiger Dannemann）博士的鼎力支持。他多次帮助解决重要难题，并参与商定编辑和翻译这套著作集。

本编译项目得到复旦大学马克思主义学院的经费资助，特此说明。

中央编译出版社

2024 年 9 月

# 关于《卢卡奇著作集》
# 中译项目的致辞

在卡尔·马克思和马克思主义传统历经多年的遗忘和排挤①之后，作为 20 世纪最重要的马克思主义哲学家的格奥尔格·卢卡奇的思想研究，如今终于在一定程度上有所复兴。更为重要的是，现在这方面再添创举，中国将出版这位匈牙利理论家的比较全面的著作集。

从中文版《卢卡奇著作集》的选文范围和翻译水平来看，这是一个勇气与志向兼具的项目。该项目的编译难度之大，仅从德语著作集的出版历史即可管中窥豹，它的时间跨度超过半个世纪，并曾经历出版停滞和中途更换出版

---

① 至少对所谓的西方世界来说是如此。对此，可参阅以下书中编者序言：Rüdiger Dannemann, Axel Honneth (Hg.): Ästhetik, Marxismus, Ontologie. Ausgewählte Texte. Berlin: Suhrkamp 2021。

商等阶段①。

我谨代表国际卢卡奇协会,祝愿业已开启的《卢卡奇著作集》中译项目能够排除编辑、翻译和出版中的重重困难,取得丰硕成果,尤其是在对格奥尔格·卢卡奇感兴趣的中国公众和学者中获得应有的共鸣。

该文集将成为一百多年来国际卢卡奇接受史②以及马克思主义哲学史上的一个里程碑。这不仅是进行必要的批判性自我反思的出发点,也是对寻求我们21世纪现存问题的理论解答的启发。

吕迪格尔·丹耐曼

2021年11月,德国埃森

(吴鹏 译)

---

① 参阅 Rüdiger Dannemann: Eine halbe Ewigkeit. Happy End: Nach 60 Jahren ist die deutsche Werkausgabe des Philosophen Georg Lukács abgeschlossen. http://www.neues-deutschland.de/artikel/1149551.georg-lukacs-eine-halbe-ewigkeit.html。

② 简短概述可参见 Rüdiger Dannemann: Umwege und Paradoxien der Rezeption. Zum 50. Todestag von Georg Lukács. *Zeitschrift für marxistische Erneuerung*, 2021, H. 126, S. 97 – 109。

这本书是我的美学和伦理学第一次独立成篇的著作，它概括了我的研究的最重要成果。我把它献给与我共同生活、思考、工作和战斗四十余年的

**格特鲁德·鲍特施蒂伯·卢卡奇**
**逝于 1963 年 4 月 28 日。**

现在我只能在思念中表达谢忱。

他们没有意识到这一点,
但是他们这样做了。

——马克思

(引自《资本论》第一卷)

# 译者前言

摆在读者面前的这本《审美特性》，是著名匈牙利哲学家、美学家、文艺理论家格奥尔格·卢卡奇（1885—1971）积五十余年美学研究成果的大成之作。正如德国美学家马克斯·本泽所说，"继黑格尔美学之后，当今卢卡奇美学可以称为阐释性美学的集大成之范例，它表现出与黑格尔概念体系的一种现代关联。"① 在卢卡奇漫长而曲折的学术生涯中，美学是贯穿其一生的研究领域。这本书的首次发表（Luchterhand Verlag 1963）距今已经60年了，为了便于我国读者的阅读，在此对作者的学术生涯和本书的中心议题做一介绍，以便读者了解其特定的文化语境。

1885年4月13日，卢卡奇生在布达佩斯富有的犹太家庭，其父为匈牙利皇室枢密官、匈牙利最大的银行——布

---

① Max Bense, *AESTHETICA—Einführung in die neue Aesthtik*, Baden：Agis, 1982, p. 204

达佩斯通用信贷银行董事。他家是当时布达佩斯一个著名的沙龙，许多文人学者经常是这里的座上客。卢卡奇从小就深受这种自由探讨的文化氛围的熏陶，培养了优异的文化素质。在文科中学时代，卢卡奇便开始在《匈牙利沙龙》和《未来》杂志上发表剧评文章。1902年中学毕业后，他在布达佩斯大学学习法律和国民经济学，后改读哲学。1906年10月他在科罗茨瓦大学获法律学博士学位，1909年在布达佩斯大学获哲学博士学位。在此期间，他曾多次赴德国柏林大学学习，就学于G.西美尔，并从事哲学和文学艺术史的研究，深受德国文化和哲学思想的影响。

1908年2月，他以《现代戏剧发展史》一书获得了克里斯蒂娜奖金，由此开始了散文写作生涯。该书是他的处女作，书中提出了人的悲剧命运问题。他的哲学博士论文《戏剧的形式》便是该书的第一、二章。在此期间，他已开始学习马克思的《资本论》、恩格斯的《家庭、私有制和国家的起源》等著作。在他写的回忆文章《我走向马克思的道路》一文中，他说："这一学习使我确信了马克思主义几个核心观点的正确性。给我印象最深的首先是剩余价值理论、历史是阶级斗争史以及社会阶级划分的观点。显然，对于一个资产阶级知识分子，这种影响只限于经济学特别是社会学方面。"

1910年，他的美学论文集《心灵与形式》以匈牙利文在布达佩斯出版，1911年该书由他自己译为德文在柏林出版。这本书在西方文化世界产生了重大影响，该书的思想方法和风格受康德的影响。书中提出了艺术作品何以存在的问题。他试图寻找在现存的艺术作品的"纯粹内在性"与受众审美体验的"纯粹内在性"之间神秘契合的原因。该书由七篇论文组成,其中关于克尔凯郭尔的文章成为20世纪存在主义哲学的发端,而《悲剧的形而上学》一文则以完整的形式表达了生命哲学的要义。

1912年卢卡奇从意大利佛罗伦萨移居德国海德堡,结识了著名社会学家马克斯·韦伯,并成为其学派的成员。在海德堡大学,他还旁听了李凯尔特、文德尔班等教授的课程。这时他受德国古典哲学的启发,开始撰写一部系统的《艺术哲学》。其出发点是试图沟通存在与理想之间的鸿沟,从理论上克服认识论与伦理学之间存在的对立。当时,他的美学思想主要受狄尔泰和西美尔的生命哲学、韦伯的社会学思想以及克尔凯郭尔思想的影响。这项研究由于第一次世界大战而中断,所完成的章节收入了《卢卡奇全集》(德文版)第16卷。这一研究中断的内在原因,是他的思想观点在研究过程中遇到了矛盾并开始转变。

卢卡奇对于帝国主义之间的战争深恶痛绝,他在对世界状况的忧虑中完成了《小说理论》的写作。该书于1916年出版。他通过对革命文学的理论探索来表达对于所处时代和战争的谴责。当时,他已从新康德主义转向了黑格尔的历史主义,用观念论哲学的历史观来探讨小说形式与历史之间的关联,想在陀思妥耶夫斯基的思想基础上建立一个新世界。这本书在西方产生了持续的影响。

审美特性

在俄国十月革命的影响下，1918年12月卢卡奇加入了匈牙利共产党。这是他终生无悔的抉择，同时积极地投身于现实的政治斗争。在短暂存在的匈牙利苏维埃共和国中，卢卡奇担任了副教育人民委员和红军第五师政委。他当时对于革命毫无理论准备，只是出于道德责任感而投身于革命的，为此他还发表了一篇《策略与伦理》的文章，作为对自己内心思想的一种清理。革命失败后，他在坚持了一段地下斗争后流亡到维也纳。在那里，他参加了《共产主义》杂志的创办和编辑。由于受工团主义思潮的影响，1920年他发表的《论议会制度》一文，由于持有左倾激进主义反议会观点，受到列宁的尖锐批评。这一批评成为卢卡奇思想转变的一个契机。

1923年，卢卡奇的《历史与阶级意识》一书在柏林出版。他是在反思十月革命以来的历史经验，把阶级意识、斗争策略、党的建设和组织形式等方面的问题上升到哲学和辩证法的高度来加以探索，从现象学的角度对意识进行研究，提出了总体性的辩证法及物化问题。书中涉及一些为当时马克思主义政党所回避的问题（如教条主义和极权主义等），同时对自然辩证法和传统反映论提出了异议。这本书一方面在西方哲学界引起热烈反响，并且对海德格尔、曼海姆、以及法兰克福学派的批判理论家阿多尔诺、霍克海默、本雅明等产生了深刻影响，另方面也遭到共产国际的严厉批判。此后，对资本主义社会中人的异化和人的发展的关注成为当代西方文化批判的重要主题。

## 译者前言

1928年底,卢卡奇受匈牙利共产党中央委员会委托,为党的第二次全国代表大会起草有关形势和任务的文件(简称"布鲁姆纲领")。在这一纲领中,他根据列宁的主张提出了建立人民阵线同盟等思想。然而,这一纲领却被共产国际和党的领导人斥为"取消主义"。他被迫做出自我批评并退出了匈牙利的政治斗争。这促使他决心把理论研究推向更高水准。

1930年,作为共产党员的卢卡奇,被奥地利当局驱逐出境,前往莫斯科。在苏联逗留期间,他参与了"马、恩、列研究院"的《马克思恩格斯全集》的编辑工作,并有机会读到当时尚未发表的马克思《1844年经济学—哲学手稿》和列宁《哲学笔记》,这两部著作对卢卡奇产生了深刻的影响。马克思的《手稿》证明了卢卡奇哲学见地的过人之处,同时也使他认识到:"美学构成了马克思主义的一个有机组成部分"。这一观点也反映在他当时发表的《马克思、恩格斯和拉萨尔之间关于济金根的论争》一文中。由此,这一观点在苏联得到广泛传播。

1931年卢卡奇移居柏林。作为"无产阶级革命作家同盟"的成员,他曾担任"德国作家保护协会"柏林地区主席,并参与《左曲线》杂志的编辑工作。此后他完成的《青年黑格尔》一书,为国际学术界黑格尔研究开创了一代新风。

1933年,纳粹分子掌握了德国政权,卢卡奇被迫移居苏联。他先后在语言文学研究所和哲学研究所工作,并参与了《国际文学》和《文学评论》编辑部的工作,成为这两个刊物的经常撰稿人。1934年他被选为苏联科学院院士。在此期间,他深入研究了歌德、席勒、荷尔德林、海涅、毕希纳、巴尔扎克、托马斯·曼以及普希金、托尔斯泰、陀思妥耶夫斯基、马卡连柯、肖洛霍夫和高尔基等人的作品,撰写了一系列重要的文艺论著。在30年代斯大林进行的以肃反为名的大清洗中,卢卡奇得以幸免,这是由于《文学评论》经常以斯大林语录来掩盖其不同于官方的言论。然而到1941年,他最终还是被捕入狱,被指控为"匈牙利政治警察的莫斯科代表",只是由于国际共运著名领导人季米特洛夫的干预才被释放出来。

在30年代,还发生了卢卡奇与德国哲学家布洛赫、剧作家布莱希特关于现实主义与表现主义的论争。其前奏是卢卡奇在1933年发表的《表现主义的兴衰》一文(德文版1934年刊出)。这一学术争论是由阿·库贝拉引起,他在1937年德国流亡作家组织在莫斯科出版的刊物《言论》上发表了批判表现主义的文章。布洛赫则以《表现主义探讨》一文绕过库贝拉把争论的锋芒指向卢卡奇。卢卡奇也以《现实主义辩》的长文作为应答。接着,布莱希特也发表了《表现主义争论应实际一点》的文章,支持布洛赫。

在这场学术交锋中,实际上一边是理论家站在理论的"制高点"上捍卫他对现实主义的理想建构,另一边则是剧作家面对时代的变迁决心做出新的艺术探索。从卢卡奇后期对表现主义作家卡夫卡评价的转变可以看出,他对创作实践和社会现实是很看重的。他在经典的现实主义作家之外，发现了另一种通向现实的"实验途径"。同时，他与争论对手布洛赫和布莱希特一直保持着友好关系。在1956年布莱希特逝世时，卢卡奇在悼词中对布莱希特"富有智慧的形式实验"给予了高度评价。

在第二次世界大战期间，卢卡奇目睹了法西斯侵略战争给苏联人民带来的无穷灾难，1944年底他返回匈牙利，又看到祖国和欧洲所遭受的战争创伤。作为一个思想家，他不能不从思想史的高度对这场人类的浩劫做出反思。他发现，非理性主义思潮成了培育法西斯主义的温床。1954年他发表了《理性的毁灭》一书，系统地考察了德国现代非理性主义的发展过程，矛头直指生命哲学。回国后，他当选为匈牙利科学院院士，并在布达佩斯大学任教。

1956年苏联共产党第二十次代表大会召开，客观上为社会主义阵营各国的政治和体制改革提出了严峻的课题。在这种国际形势下，卢卡奇积极参与了"裴多菲俱乐部"批判斯大林和教条主义的活动，并应邀在纳吉政府中担任了文化部部长。后来苏联进行了干预并平息了"匈牙利事件"，卢卡奇也为此一度被停止党籍并受到国际范围的批判。

从50年代中期开始，卢卡奇雄心勃勃地投入了马克思主义美学的理论建构。1956年他在《德国哲学》上发表了《作为美学中心范畴的特殊性》和《论作为美学范畴的特殊性的具体化》，由此拉开了这项研究的序幕。他把黑格尔美学作为榜样,认为黑格尔美学在哲学观念上的全面性以及进行综合的历史体系的方法,为每一种美学的建构提供了范例。

他原定的写作计划十分庞大,拟《美学》由三卷著作构成。第一卷《审美特性》,是对审美构成方式的哲学论证,可独立成篇。第二卷《艺术作品与审美态度》,涉及艺术作品的形式与内容、创作与接受等。第三卷《艺术是一种社会历史现象》,涉及对艺术的形成、发展和演变的考察。1963年《审美特性》(德文版)在联邦德国卢赫特汉出版社出版。这时他中止了《美学》的写作,转入对马克思主义哲学的开拓。他认为,马克思主义哲学的核心是本体论,而不是认识论。实践作为社会存在的构成方式,成为本体论的基石。他从人在劳动实践对目的的设定之中,看到了人从必然王国走向自由王国的必经之路。他所撰写而未完成的最后一部书便是《谈社会存在的存在论》(*Zur Ontologie des Gesellschaftlichen Seins*)。

1971年6月4日,卢卡奇因患癌症去世,享年86岁。他的一生经历了世界观的根本性转变。在时代政治风云的激荡和变幻中,虽然多次身处逆境,但是他却矢志不移地坚持创造性地从事马克思主义哲学和美学的研究,为人类留下了宝贵的理论遗产。

《审美特性》一书是他建立马克思主义美学体系的一种尝试。在他看来,马克思主义是关于人的解放的学说,而马克思主义美学正是马克思主义哲学的有机组成部分。美学作为研究审美活动及其规律的人文科学,哲学观念的取向是决定其世界观和方法论的前提。其哲学观体现在三种不同的视角中,构成了反映论的、实践论的和生存论的研究视野。

反映论是马克思主义认识论提出的一个命题,但是它的应用并不局限于认识论领域。物质和社会存在的第一性与精神和社会意识的第二性,这是哲学唯物主义与唯心主义的一个重要分水岭。正如马克思和恩格斯所指出的:"意识在任何时候都只能是被意识到了的存在,而人们的存在就是他们的现实生活过程。"① 审美作为精神现象,正是人们对现实反映的一种独特方式,由此确立了"审美反映"的概念。卢卡奇把审美反映与科学反映作为人的精神活动的两极。审美反映"是由人的世界出发并且目标就是人的世界",这就决定了"审美构成的拟人化特性,它是指向情感激发的,因此具有趋于主体性的倾向"。相反,科学反映是非拟人化的,它要摆脱个体感官和情绪因素的影响而趋向客观性。审美反映与科学反映的这种单一性特点与日常生活的反映形式构成了明显的区别,但它们却是由日常生活的需要形成的,并且是由日常生活中逐渐分化开来的。

坚持反映论的观点,并非把审美等同于认识。卢卡奇明确指出,既不能像莱布尼兹或黑格尔那样,把审美降低

---

① 《马克思恩格斯选集》第 1 卷,北京:人民出版社 2012 年版,第 152 页。

### 审美特性

为认识的前期形式,也不能像谢林那样,把认识作为审美的前期形式。审美和认知作为两种迥然不同的行为取向,导致了艺术和科学这两种不同的精神成果。

从反映论出发,卢卡奇把模仿原理看作是审美和艺术形成的重要根源。他认为,情感激发和模仿在人的日常交往中的密切结合,是人的感官形成的基础。与亚里士多德的摹仿说不同,他肯定摹仿中的能动性和主体创造性,认为审美主体因素表现在拟人化的特性中。因为审美是以人为中心的,艺术的对象是人的世界。有人以音乐缺乏映像作为反对反映论的论据。卢卡奇指出,不能把艺术的反映特性与表现性完全对立起来。音乐反映的是人的内心生活,即情感生活。但是,音乐不是情感表现本身,而是情感表现的艺术再现。

坚持马克思主义的实践论是本书的重要特色。实践作为人的本质的存在方式,说明人不仅是社会实践的主体,也是社会实践的产物。人的主体性,包括人的认识能力和审美能力,都是在从事对象性的实践活动的历史过程中形成和发展的。卢卡奇以人的日常生活和劳动为基点,从历史与逻辑相统一的方法中揭示出审美发生学的机制。

人的审美活动的形成,既是人的一种新的对象性形式的确立,也是人类自身心理的一种文化建构。这里关系到两方面的问题,一方面是作为人的美感基础的形式感是怎样形成的?另方面是为什么对于形象的观照和体验能够成为审美活动的中心?

# 译者前言

传统的美学把人的感觉的属人性质或者作为一种既成事实，或者作为人类知性认识的成果，由此使形式感形成的机制被排除在美学研究的视野之外，造成美学理论的一大盲区。卢卡奇则在书中设专章集中考察了节奏、比例和对称等形式美要素以及装饰纹样的审美发生过程。他说明，人们只有经过思维的抽象和普遍化过程，才能把握这些抽象的结构要素，而与人活动效果的联系是产生自我意识和情感激发作用的前提。

艺术和审美的形成期处于旧石器时代晚期到新石器时代的整个过程中，这一时期巫术观念及其实施成为史前人的世界观和社会生产及生活的组织形式。艺术和审美活动是在社会实践的基础由日常生活的需要而引发的，但是它的出现却不是人事先所能意识到的。卢卡奇在本书扉页上引述马克思在《资本论》中的一句话："他们没有意识到这一点，但是他们这样做了。"说明人的活动在先，而意识是后来才产生的，这是一个由巫术模仿向艺术和审美的转化过程。

卢卡奇指出，在巫术模仿中，其形象的内容和形式是由巫术目标所确定的。在内容上由于把一个生活事件从日常生活的整体中选择出来，按照人为的目的进行安排和表现；在形式上这种模仿形象使人感受到的东西不再是生活本身，而只是现实的一种映象。它由此中断了反映对象与现实生活的直接联系，接受者知道这个形象的整体并非现实，但在具体细节上却会与自身经验相比较，从而使其产生情感激发作用。这是审美形成的实际温床,所以说巫术模仿在审美形成中起了一种中介作用。当巫术观念淡化以后,审美活动便由巫术中分化开来。由此可见,卢卡奇的审美发生学理论与传统的巫术说和劳动说有实质的区别。

此外,卢卡奇的美学还体现了一种生存论的维度。他指出:"审美表现为一种人的确立方式"。也就是说,它是人的生存方式的有机组成部分,由此他把人的日常生活世界作为美学研究的逻辑起点和终点。因为日常生活不仅是个体再生产的集合体,而且也使社会再生产成为可能,这里体现了个体生存与社会整体生存的统一性。他的美学研究是从现实生活出发的,而且是为现实生活服务的。他把审美的本质归结为对于世界的一种人性审视,成为对于人类的一种自我意识。

这是一本阐释性的美学,它是以哲学本体论的方法和唯物辩证法来建构的,具有历史体系的、辩证的、分析综合的特点。首先,卢卡奇认为审美并不涉及一种精神实体,不能用实体性思维的方法来研究;其次审美能力作为人的主体性特征,是一种关系性和过程性的存在。人的文化心理的建构和审美的精神内涵的形成,与其说是人类学的,不如说是一个社会历史的过程。在论证方法上,他不停留在概念的抽象性上做出笼统的定义,而是在不同层次和视角的展开中加以规定。这增加了阅读和把握的难度。

在审美发生学的基础上,他转向审美的内在机制及其结构原理的探索。在20世纪50年代,脑科学和心理学研究尚未揭示出人的大脑两半球功能的特化，因此对了解艺术思维的规律仍存在许多难题。巴甫洛夫曾经提出过人的类型学说，把思想家类型与艺术家类型作为两极，认为艺术家的活动不是基于第 2 信号（语言）系统，而是基于第 1 信号系统。这就等于把艺术思维降低到信号活动即条件反射的水平（动物水平）。卢卡奇敏锐地发现了这一学说的问题，指出语言（符号）的出现在人的感觉与人的行为反应之间建立了一个以理解为基础的中介系统，从而才发展了人的思维并打开了人的意义世界。如果说语言是符号，即信号的信号（第 2 信号系统），那么直观的表象也可以成为符号，他把它称作第 1′信号系统，实际上正是表象符号系统。他依据精神病理学资料对此做了深入的分析。他指出，艺术是第 1′信号系统相应的客观化，这就是他所阐释的艺术符号理论。

歌德在《格言与感想》中曾指出，诗人究竟是为一般而找特殊，还是在特殊中见出一般，这中间有一个很大的区别。基于歌德的这种创作思想，卢卡奇从哲学—美学上将其发展为特殊性范畴是审美的结构本质。众所周知，个别性、特殊性和普遍性是各种客观现实对象之间关系和联结的本质标志。个别性是指此时此地的个别存在，它虽然具有感性确定性，但也具有不可言说的性质。普遍性反映了事物之间的依存性和统一性，它是某类事物中的共同属性，正如对事物知觉和表象的普遍化上升到语言的概念水平那样。特殊性则不仅是一种相对的普遍化，不仅是由个别性通向普遍性或反之由普遍性通向个别性的道路，而且是个别性与普遍性的必要中介。

卢卡奇指出，个别性是不脱离现象的，如果思维是指向本质的，那么它必定追求普遍。特殊性提供了各种规定和中介，它们一方面阻止普遍化过程过分抽象地脱离现象的个别性，另方面在普遍化所达到的本质中能真实而具体地包含个别性。审美的世界是人的世界，它所要求的正是与之相关的现象与本质的统一。在审美中，既不能脱离现象的个别性，又必须涵摄事物本质的普遍性。它要使主体感受不再是一种特称判断，而对客观事物的反映又融合着人的情感。艺术作品要成为人的存在心理与外在世界的有机统一，人的个性与他在世界上的命运的有机统一。这种内在与外在的统一、本质与现象的统一正是特殊性范畴的主宰，也正是审美构成的拟人化本质。

艺术的生产和传播经历了作品的创作和感受两个阶段。作品的创作是使审美纯化了的并审美同质化了的生活内容转化为艺术形式，使内容上升为具体形式，达到内容与形式的同一。感受过程则是借助于作品所实现了的形式体系的同质媒介，使接受者进入作品的世界：在这里形式又转化为内容。这种体验主要具有内容的性质。不论绘画、音乐、建筑或文艺作品，接受者都被带入到一个崭新的且可以信赖的世界中。但这种体验只能是由艺术形式所唤起，它才是审美的。在这种感受中形成的审美意识，是直接对审美体验必然性的依据和前提的一种思索，是对形式与内

## 译者前言

容关系的一种概念性理解。

在审美接受过程中,由于接受者有意识地暂时中断了行动和目标的设定,使接受者由完整的人转化为"人的整体",由此使接受者能用新的感官和思维方式来感受这个"世界"。这一过程便是艺术的陶冶作用。在艺术作品的形式—内容的同一性中集中了两种关系的组合。其一是作品本身与作为整体性的客观现实的关系,其二是作品对接受者产生精神效果的可能性关系。由于艺术本身已经反映了作者对生活的态度,其中包含了对生活的批判,对于这些接受者无须有意识地就能知觉到。总之陶冶是指向人的本质的,并只能在一种社会—历史的具体性中发挥作用。

本书的最后一章是"艺术的解放斗争",所谓解放是指艺术要摆脱宗教和资本主义商品拜物教的影响。艺术具有反拜物化的使命:"在现代资本主义社会中人们生活在一种完全物化的世界中,它的动力机制摧毁了在人与社会之间的一切具体的中介环节,由此他与他的同时代人、与其各种不同方式的总体性的具体关系被简化为单纯个体性与经济—社会所成就的抽象之间的一种直接关系。这种人的关系同时是抽象的并具有个体的特性,由各种极其不同的观点看来——从对技术发展的盲目乐观直到最具疑问的文化批判——常常也只是关涉到赤裸的事实,尽管这一事实能被正确地描述。"这种物化倾向往往掩盖了社会结构中的各种内在矛盾和人们生活境遇的各种危机。它使人单纯追求物质生活上的一定满足,这无疑对人的精神生活的发展产

> 审美特性

生极其不利的影响。艺术则可以通过对社会关系的展示揭示出生活的丰富内涵。

这种拜物化不仅反映在物的关系掩盖了人的社会关系，由此扭曲了人对社会的认知；而且反映在人的时空观念中，它直接影响在艺术创作中对时空关系的把握。康德曾经将时空关系做了形而上学的分割，这本身也构成对时间和空间的拜物化。卢卡奇指出，绘画媒介的空间—视觉同质性或音乐媒介的时间—听觉同质性，在其自身并不存在一种空间性与时间性的僵化的对立。所以在构成反映客观现实整体性的感性形象时，必然要包含一种准时间或准空间的因素。正如莱辛在《拉奥孔》中提到的，对运动的表现要抓住"丰富的瞬间"。这里就是要在绘画中把时间性要素加入审美的感受性之中。在这一整体性的表现中，要把准时间要素（即此刻之前和此刻之后的相关内涵）转化到纯粹可见性的同质媒介中。

寓意与象征的对立是关系到艺术生死存亡的问题，也是艺术摆脱宗教影响的重要方面。某些先锋派艺术的主要艺术倾向是用一种超验的并由此具有抽象的、寓意的手法取代对现实反映的象征手法，排除了各种中介，直接将个体性与抽象的普遍性结合成一种新的统一体。在寓意的关联中所表达的正是一种拜物化。寓意中的具体对象性成了每一种个体性的彻底虚无化，在对寓意的直观中，形象成为碎片和神秘符号。

艺术的发展体现了他律与自律的互动。卢卡奇认为，

## 译者前言

一方面艺术具有社会的规定性，要承担其社会职责；另方面创作又必须尊重艺术规律，排除外界干扰。卢卡奇指出，在艺术的解放斗争中，涉及的不是一种"绝对"自由的空洞理念，这种绝对自由在社会上是不存在的，甚至要使艺术由社会赋予它的职责中摆脱开来的尝试，对艺术——正是真正的艺术——都是有危害的，因为这种"绝对的独立性"不可避免的后果是导致内涵的空虚化和形式的贫乏。艺术的解放斗争——从世界史的高度看——是围绕这一点的博弈，使社会赋予艺术的社会职责，在内涵的一般规定性与形式赋予的自由灵活性之间，取得一种成功的中点，通过它艺术才能完成其作为人类自我意识的使命。社会主义文化会显示出"胜利地将艺术解放的斗争进行到底的力量"。

本书充分体现了卢卡奇对他的总体性辩证法和中介理论的运用，从而对审美活动的社会历史形成及其中感性与理性、个体与社会的关系做出了系统的分析，成为国外马克思主义美学最成熟的文本。

我是在中国社会科学院读研究生（1978年）时，在导师李泽厚先生的指点下开始接触到卢卡奇的《审美特性》的。他的审美发生学理论成为我的硕士学位论文的主题。他把日常生活和劳动作为审美产生的基础，把巫术作为审美形成的中介，研究的进程是从抽象的概念规定上升到具有多重社会关联的思维具体。这一研究的观点和方法令人耳目一新。其后我译出的本书前十一章作为《审美特性》中译本的第一、二卷，曾于1986年和1991年由中国社会科

> 审美特性

学出版社出版。后来由于我转入技术美学和设计美学的研究，使本书的翻译中断了多年。其间许多学者曾向我表达了对此书求读若渴的心情，我也深知本书的价值和完成这一翻译是我的社会责任。现在借此机缘我将本书全部译出，并按原书分上中下三册出版。

在本书的翻译过程中，遇到了一些法语短语，是经南开大学法语教授张智庭先生精心指教解决的，在此深表谢意。书中理解和表述的不当之处在所难免，敬请读者批评指正。

# 序

　　本书是《美学》的第一卷。这部美学的中心内容围绕以下三个问题：从哲学上论证审美的构成方式；对美学特殊范畴进行推导并界定美学与其他领域的界限。本卷集中对这一系列问题加以阐述，只在必要时才对美学的具体问题做出说明，由此使本卷自成一体，不读续篇也完全可以理解。

　　审美态度在人的全部活动和对外部世界的各种反应中处于什么地位，由此而产生的审美产物及其范畴组成（与结构形式等）与对客观现实的其他反应方式之间有什么关系，这些都是必须搞清的问题。对这些关系进行毫无成见的考察，就可以概略地得出如下印象：人在日常生活中的态度是第一性的，日常生活领域对于了解更高且更复杂的反应方式虽然极为重要，但对它尚未充分研究。这里不打算事先提及书中的详细论述，只能扼要地谈一下本书构成的基本思想。人们的日常态度既是每个人活动的起点，也是每个人活动的终点。这就是说，如果把日常生活看作是一条长河，那么由这条长河中分流出了科学和艺术这样两种对现实更高的感受形式和再现形式。它们互相区别并相应地构成了各自特定的目标，取得了具有纯粹形式的——源于社会生活需要的——特性，通过它们对人们生活的作用和影响，而重新注入日常生活的长河。这条长河不断地用人类精神的最高成果丰富着，并使这些成果适应于人的日常实际需要，再由这种需要出发作为问题和要求形成了更高的对象性形式的新分枝。在此，必须深入研究在科学和艺术作品内在完整性与其赖以产生的各种社会需要之间复杂的相互关系。只有由人类生活的发生、发展、内在规律性及其根源的动态关系中，才能推导出人对现实进行科学反应和艺术反应的特殊范畴和结构。当然，本书集中探讨对审美特性的认识。不过，因为人生活在统一的现实中，并与现实相互联系，所以只有不断与其他反应方式进行比较，才能接近于认识审美的本质。在这方面，认识审美与科学的关系是最重要的，而揭示同伦理学以及宗教的关系也是必要的。连这里所遇到的心理学问题，同样也是研究审美构成的特性所必不可少的。

当然，不论哪一部美学都不能停留在这一步。连康德都已经能回答要求审美判断有效的一般方法论问题。虽然我们认为这个问题不是第一性的，而只是在建立美学时最后推论出来的问题。但自黑格尔美学以来，没有一个哲学家认真地说明过审美的本质。没有一个哲学家满意于局限在这样窄的范围和这样片面地从认识论角度提出问题。在本书中,多处对黑格尔美学提出了质疑,既涉及基本原理,也涉及个别论述。然而黑格尔美学在哲学概念上的全面性,以及它进行综合的历史体系的方法,对于每一种美学的建立始终是一个范例。这部美学的三卷加在一起也只能——部分地——接近这一范例。因为即使不考虑今天想做这种尝试的作者的知识和才能,单就将黑格尔美学所提出的包罗万象的范围尺度移植到现代,实际上也远比在黑格尔时代难得多。所以,由黑格尔详细分析过的——历史体系的——艺术理论仍不属本书全部计划范围之列。这部美学第二卷暂定题目为《艺术作品与审美态度》,将具体探讨在第一卷中一般推导和概括出的艺术作品的特殊结构问题。在第一卷中只作一般性讨论的范畴到第二卷中将获得真实而明晰的面貌。如内容与形式、世界观与形式构成、技巧与形式等问题,在第一卷中只能最一般化地提到,是作为面上的问题出现的。其真实具体的本质只有在深入分析作品结构的过程中才能从哲学上阐明。这里同样还涉及创作态度和感受态度的问题。第一卷只能提供一般轮廓,在一定程度上反映出其规定可能性的方法论位置。以日常生活为一方,以科学态度、伦理态度以及审美生产和再生产为另一方,对于它们两者之间的实际关系,它们的协调、相互作用和相对影响的范畴本质都要进行极具体的分析,这在第一卷属于哲学基础的范围内是根本做不到的。

第三卷暂定题目为《艺术是一种社会历史现象》,其中也有类似的情况。第一卷不仅包括各种历史的演变，而且首先指出每一审美现象的原始历史本质，这是不可避免的。如上所述。艺术的历史体系的特性在黑格尔美学中第一次获得了明晰的表现。由客观唯心主义所产生的黑格尔体系的僵化已经被马克思主义所克服。体现出辩证唯物主义与历史唯物主义之间复杂的相互关系的显著标志是：马克思主义不是由理念的内在发展推演出历史发展的各个阶段，而相反地是从以下观点出发，即在纷繁复杂的历史体系的规定中去把握实际进程。理论（在此即为审美）与历史规定的统一，最终是以极其矛盾的方式实现的。因此不论是在原理上还是在各种具体情况下，只有通过辩证唯物主义与历史唯物主义不间断的合作才能确立①。在本书第一卷和第二卷中，以辩证唯物主义观点为主导，因为它涉及对审美的客观本质作概念性的表述。如果不阐明它的历史面貌——与审美理论不可分割的统一，就几乎不能解决任何问题。在第三卷中以历史唯物主义方法为主导，因为首先涉及的问题是艺术产生、发展、转变以及所起作用的历史规定及特点。同时应该首先去研究艺术产生过程、审美存在和作品以及艺术效果的不平衡发展的问题。这就要与各种对艺术的产生和效果作庸俗化解释的社会学相决裂。如果不利用辩证唯物主义的研究成果来不断地认识每种艺术

---

① 斯大林时期对马克思主义庸俗化的一种倾向表现在，有时将辩证唯物主义与历史唯物主义作为两种独立无关的学科，甚至培养出只通晓其中之一的专家。——作者注

范畴的建立、结构及特殊性质,而作一种简单化的社会历史分析,就不能认识艺术的历史特性。这里由另一方面所表现出的辩证唯物主义与历史唯物主义不断而密切的相互作用并不亚于前两卷。

正如读者所见,本书美学研究的结构与一般惯例的结构迥然不同。这绝不是本书要在方法上标新立异。相反,它无非是要在美学问题上尽可能正确地应用马克思主义。若要事先避免对提出这样一个任务产生误解,那么即使是简单一提,也应该说明这部美学在马克思主义美学中的地位及其关系。大约30年前,在我写第一篇有关马克思主义美学论文的时候①,我主张马克思主义应有自己的美学,当时遇到了多种阻力。原因是马克思主义在列宁以前,即使是在它最好的理论代表如普列汉诺夫或梅林那里,也只是限于讨论历史唯物主义的问题②。只是自列宁起,才又把辩证唯物主义置于注意的中心。因此将其美学建筑在《判断力批判》基础上的梅林,竟把马克思、恩格斯与拉萨尔之间的分歧看作是主观鉴赏力判断的争执。当然关于是否存在马克思主义美学的争论早已结束。自从 M. 里夫什茨对马克思审美观的发展进行了独创性的研究并精心搜集和系统

---

① 参见卢卡奇《Karl Marx und Friedrich Engels als Literaturhistoriker(作为文学史家的马克思和恩格斯)》,柏林1948年版,其中与拉萨尔之间关于济金根的争论的文章。

② 参见《Gesammelte Schriften(梅林全集)》,柏林1960年版,或参见《Die lessing-Legende(莱辛轶事)》,柏林1953年版;普列汉诺夫:《Kunst und Literatur(艺术与文学)》,柏林1955年版。

◐ 审美特性

整理了马克思、恩格斯和列宁关于美学问题的零散言论,此后关于这一思想的连贯性和一致性就不再被人怀疑了①。

然而指出并说明这种系统的连贯性还远没有最终地解决马克思主义美学问题。如果认为将马克思主义经典作家的言论加以搜集和系统排列就可以产生一部美学,或者至少是构成美学的一个完整骨骼,只要加入连贯的说明性文字就能产生出一部马克思主义美学,那就完全是无稽之谈了。正如多次经验所表明,这些材料曾不止一次地直接用以解决各种个别的美学问题,对于整个美学科学的建设起过某种示范作用。因此我们处于一种似乎矛盾的境况,可以说,马克思主义美学既存在又不存在。通过独立的研究必然可以掌握它甚至创造它,同时结果按其精神实质只是对现有理论的说明和规定。如果整个问题利用唯物辩证法来考察,那么这种矛盾自然就获得了解决。方法的本来词义,是与认识的途径不可分割地联系着的。这种词义包含对思维过程采取一定途径达到某种结论的要求。显然,这些途径的方向包括在马克思主义经典作家所描述的世界图景的总体中。特别是通过现有成果作为这些途径的终点,清楚地展现在我们的面前。如果我们要按其真正的客观性

---

① 里夫什茨:《列宁论文化与艺术》,载《马克思列宁主义艺术》,1932年第2期;或见《Karl Marx und Ästhetik(马克思与美学)》,载《国际文学》,1933年第2期。里夫什茨、西勒:《马克思和恩格斯论文学与艺术》,莫斯科1933年版。里夫什茨主编《马克思和恩格斯论文学和艺术》,德文版,1949。里夫什茨:《The Philosophy of Art of Karl Marx(马克思的艺术哲学)》,纽约1938年版。《马克思与美学》,德累斯顿1960年版。

来概括客观现实,并依据其真实性来阐明各个领域的本质,那么通过辩证唯物主义的方法虽然不能直接一目了然,但却可以清楚地说明它是沿着哪些道路和怎样前进的。只有通过独立的研究并按照这种方法沿着这一途径才能达到所追求的目标,即正确地建立起马克思主义的美学,或至少接近于它的真正本质。谁幻想只借助对马克思的解释来再现现实并由此再现马克思对现实的理解,那必然是错误的。只有利用马克思所揭示的方法对现实加以客观地观察并经过整理加工,才能达到既忠于现实又忠于马克思主义。从这一意义上说,本书无论就其各个组成部分还是就其整体,都是独立研究的成果。本书并没有在独创性上提出什么要求,因为所有接近真理的途径以及整个方法都有赖于对马克思主义经典作家为我们留下的全部著作的研究。

忠于马克思主义同时也就是忠于迄今的现实思想成就的伟大传统。在斯大林时期,特别是日丹诺夫,只是强调那些使马克思主义与人类思想的伟大传统相脱离的东西。如果这里只是强调马克思主义在质的方面新的东西,即它的辩证法与之由它的先驱者如亚里士多德或黑格尔的辩证法所完成的飞跃,那么这是比较合理的。如果不是——以非辩证的方式——片面地孤立地因而形而上学地强调马克思主义是全然崭新的东西,如果不忽视人类思想发展中连续的环节,那么这种观点甚至是必要的而且有益的。现实——以及对它的思想反映及再现——是连续性和间断性的辩证统一,是传统和革命的辩证统一,是渐进过渡和飞跃的辩证统一。科学社会主义本身在历史上是全新的事物,它同时又实现了人类千百年来的夙愿,社会主义的实现是人类一切智慧所致力于达到的目标。因此它与马克思主义经典作家对世界概念的把握是一致的。深刻的颠扑不破的马克思主义真理首先在于,借助它可以使一般隐藏着的现实和人们生活的基本事实显现出来,成为人们意识的内容。由此使这种新事物具有两重意义:不仅由于前所未有的社会主义现实而使人们的生活获得新的内容、新的意义,而且利用马克思主义方法、研究及其成果所实现的反拜物倾向,在考察已知的现在和过去时代整个人类存在时带来了新的眼光。从而使人们认识到,过去所有追求真理的努力具有一种完全崭新的意义。对未来的前景、对当前的认识及其在思想上和实践中所产生的倾向的了解,处于不可分割的相互关系中。片面地强调脱离和崭新所招致的危险是,把真正崭新的所有具体事物和规定的丰富性限制在抽象的不同上,从而变得贫乏不堪。把列宁的辩证法和斯大林的辩证法特征加以比较,可以看出这两种方法论的差别所产生的后果是极其明显的。对待黑格尔哲学遗产所采取的极不明智的态度,导致在斯大林时期逻辑研究的内容贫乏得令人惊异。

在经典作家们本人那里,根本找不到这样一种形而上学的新旧对比。新和旧的关系毋宁说是表现在社会历史发展本身由此所揭示真理的比例不同。确立这种唯一正确的方法,对于美学比对于其他领域或许更为重要。因为这里

# 序

对事实的精确分析清楚地表明，在美学领域思想意识总是落后于实际成就。正因为如此，只有较早地成功阐明了审美的真正问题的少数思想家，才具有特殊的意义。另一方面——正如文中的分析所指出——往往看来相隔甚远的思维活动如哲学或伦理学，对于理解审美现象倒很重要。为避免在此过多地提及书中相应处的详细论述，这里只说明，本书的整体建构和所有详细论述正是——按照马克思的方法而来的——扎根于亚里士多德、歌德、黑格尔等不仅限于美学著作成就的基础上。此外，我如果还要向伊壁鸠鲁、培根、霍布斯、斯宾诺莎、维柯、狄德罗、莱辛和俄国革命民主主义思想家们致谢的话，当然也只能是提到我认为最重要的名字。在本书整体和细节中所提到的作者名字还远不止于此，从引用文献之多就可以说明这一点。本书并不打算讨论艺术史或美学史问题，而只能阐述对一般理论有重大联系的事实或发展线索。因此，为了说明当时的理论状况，将引用那些第一次提出——正确的或重大错误的——观点或其见解对一定事态具有特殊性质的作者或作品。追求引证文献的完整性，有违本书的意图。

由此可以看出，全书论战的锋芒是指向唯心主义哲学的。当然反对唯心主义认识论的斗争超出了本书范围，所以这里只涉及由于唯心主义哲学而妨碍正确理解某些审美事态的特定问题。如果美学研究的兴趣集中在美上（因此而集中在它的所谓要素上），所产生的失误将主要在第二卷中讨论，这里只顺便谈一下总的情况。对于我们更重要的是，揭示出各种唯心主义美学必然的等级制特性。如果把各种意识形式看成是所有研究对象的客观性及其在系统中所处地位的最终确定原则，而不——如唯物主义那样——将它们看成对客观的独立于意识的存在和已经具体形成了的东西的反映方式，那么这种意识形式就必然居于思维法则最高法官的地位，并按等级制建立起它的体系。这种等级制所包含的等级在历史上是极其不同的。因为对于我们只是涉及每种等级制都歪曲了的各种对象和关系的本质，所以这里对此不做讨论。

有人以为唯物主义的世界图像——存在先于意识，社会存在先于社会意识——同样具有等级制的性质，这是一种很普遍的误解。唯物主义所说的存在第一性，首先在于确定了这样一个事实：有无意识的存在，但没有无存在的意识。由此绝不能得出意识隶属于存在这样的等级制的隶属关系。相反，这种第一性以及通过意识而达到具体的对理论和实践的肯定才提供了一种可能性，通过意识现实地支配存在。劳动的简单事实可以令人信服地说明这一点。如果说历史唯物主义确定了社会存在先于社会意识，同样也只涉及承认这样一个事实。社会实践的目的在于支配社会存在。这种实践在迄今为止的历史中只能极其相对地实现它的目标。在这种实践和存在之间同样不会形成等级制的关系，而只能确定那种在客观上能够使实践取得成效的具体界限，由此而确定它的具体范围以及当时的社会存在所提供的意识活动的空间。由这种关系中可以看出历史的辩证法，但决然没有等级制的结构。如果一只小帆船在对于大轮船无足轻重的风暴面前显得无能为力，那只说明当时的意识相对于存在实际超越的程度或受到的限制，却不能说明在人与自然力之间存在一种等级制的关系。随着历史的发展——随着意识对存在的实际性质的不断认识——意识对存在的支配能力就不断发展，就更加表明不存在这种等级制关系。

　　唯心主义哲学必然提出它完全不同的世界图像。它不是在生活中创造出暂时优势或劣势的现实的充满变化的力量对比，而是事先确立的一种意识权威的等级制，这种等级制不仅产生和安排着对象之间的对象性形式和关系，而且相互处于等级制的级别之中。能说明我们所讨论的这个问题的情况是，黑格尔曾把艺术和直观并列，把宗教和想象并列，把哲学和概念并列，并把它们理解为由此种意识形式所支配，由此而形成一种严密的"永恒"的不可推翻的等级制，正如每一个黑格尔专家所知，它也决定了艺术的历史命运（青年谢林把艺术按相反的次序列入他的等级制之中，这在原则上没有什么不同）。显然，由此而形成一堆虚假的问题，它们自柏拉图以来在方法论上困扰着每一种美学。因为不管唯心主义哲学在一定方面将艺术置于其他意识形式之上或之下，同样地，思维将以对象特殊性质的探讨为转移——往往不允许——把这些对象化成同一种分母，以便人们在一个等级次序中对它们进行比较，并使之与所希求的级别相吻合。它涉及艺术与自然、与宗教、与科学等的关系问题,由这些虚假的问题必然会产生对于对象性形式、范畴的歪曲。

如果把我们唯物主义的出发点进一步具体化,那么它与各种唯心主义哲学相决裂的意义可以由以下后果中更清楚地看出:如果我们把艺术理解为对现实反映的一种独特表现方式,这种方式在此方面只是人们对现实一般反映关系中所包含的一种。本书关键的基本思想之一是,各种反映——我们首先通过日常生活、科学和艺术来分析——都是对同一客观现实的摹写。这一明确得看起来显得平庸的出发点却具有深远的后果。因为唯物主义哲学不像唯心主义那样把一切对象性形式、一切对象及其关系所具有的范畴看作创造性的意识的产物,而是将它们看作不依存于意识的客观存在的现实。在各种反映方式中所存在的一切分歧和对立只能产生在这种物质与形式统一的现实中。为了把握这个一致性与差别性的统一体中的复杂辩证法,首先应该与普遍存在的、机械的、照相式的反映观点划清界限。如果这种机械的反映论是产生各种分化的基础,那么所有特殊形式必然是对这种现实的唯一"真实"再现的主观曲解,或者其分化必然具有纯粹臆造而非固有的意识和思维的属性。客观世界在深度和广度上的无限性迫使一切有机体首先是人类在反映方面做出适应,做出不知不觉的选择。这种选择因此也具有——这无损于它的基本客观性质——一种无法消除的主体成分。这种成分在动物水平上只受到生理学的制约,而对于人类除此之外还受到社会的制约

（劳动的影响使人类对现实的反映能力不断丰富、扩大和加深）。分化——首先在科学和艺术领域——也是社会存在的产物，是在此土壤中产生需要的产物，是人与其环境相适应的产物，是面临崭新任务而迫使其能力在相互作用中增长的产物。从生理学和心理学看来，这种相互作用和对新事物的适应能力首先会直接在个别人身上实现。但从一开始它就具有社会的普遍性，因为所提出的新任务、变化着的新环境也具有普遍的（社会的）性质，而且个体主体上的变化只有在社会活动范围内才会产生。

　　本书中在质和量上占有决定意义的部分是对现实审美反映的特殊本质的探讨。根据本书的宗旨，对这一问题的探讨是按哲学方式进行的，也就是说它集中在以下问题上，在审美构成中各范畴对每种反映所共有的世界取得了哪些特殊形式、关系和比例等。这里当然不可避免地要深入到心理学的问题中，有专门的一章（第十一章）讨论这些问题。此外还应强调指出，哲学分析的基本意图必然为我们规定了，首先要由所有艺术中归纳出这种反映的共同审美特征。尽管要适应审美领域的多元性结构，在讨论范畴问题时还要对各种艺术的特殊性作尽可能广泛的考察。在有些艺术如音乐或建筑中，对现实反映的特殊形态使得有必要针对这些特殊情况专门另写一章（第十四章）。在此尽量说明其特殊的区别，一般的审美原则对它们仍然适用。

　　把对现实反映的这种普遍性作为人同他的环境的各种相互关系的基础，对于理解审美最终会得出世界观上极其

> 审美特性

深刻的结论。在彻底的唯心主义那里,各种对人的存在具有决定性的意识形式——此处指审美的形式——必然具有"超越时间"的"永恒"的本质特征,因为它的起源是按等级制与理式世界相关的。只要从历史的角度讨论它,它就处于"无时间性"的存在或价值的超历史性范围内。这种虚假的形式化的方法论立场,必然转化到内容和世界观中。因为由此必然得出审美——不论是创造或欣赏——属于人的"本质",人们可以由理式世界或世界精神的观点以人类学或本体论的方法来确定。我们的唯物主义考察方法必然会得出一幅与此完全相反的图像。各种反映方式所表现的客观现实,不仅处于不断的变化中,而且这种变化具有极其确定的方向和发展路线。现实本身就其客观实质而言是历史的,各种反映所表现的内容与形式的历史规定,只是或多或少地接近于客观现实的这一方面。真正的历史性绝不可能只有内容的变化,而处于完全不变的形式和范畴中。正是内容的这种变化必然作用于形式,在范畴体系内首先引起一定职能的迁移,甚至在一定程度上造成决定性的变化:使新的范畴产生而旧的范畴消失。客观现实的历史性产生了范畴学的特定的历史性。

此外当然还应注意,这种客体或主体特性的变化究竟有多大和到什么程度。因为尽管我们认为,连大自然也应理解为历史的,但发展每一阶段延续时期很长,科学对其客观变化几乎不加考虑。更重要的当然是发现对象性、关系、范畴之间联系的主体历史。只有在生物学中,在生命的客观范畴的形成中——至少就宇宙中我们所知的部分而言——可以确定一个转折点,并由此确定客体的起源。就人和人类社会而言,问题的性质就不同了。毫无疑问,这里所指的是各个范畴及其范畴间之联系的起源。这些范畴及其间的联系不可能由迄今发展的单纯连续性"推演"而来,它们的起源对认识提出了特殊的要求。如果我们将其起源的历史研究与当时形成的现象的哲学分析在方法上分开,这样势必就会造成对真实情况的曲解。每一种这类现象的实际范畴结构大都与其起源有着最密切的关系。只有将其起源的阐述与客体的分化过程有机地联系起来,才能充分而适当地揭示出范畴的结构。马克思的《资本论》卷首关于价值的论述,就是这种历史体系方法的范例。在本书关于审美基本现象的具体阐述中及其分化出的细节问题中,都对这种结合的方法作了尝试。在与下述观念实行彻底决裂这一点上,这种方法论就成为世界观的问题:那些观念把艺术和审美态度看成是超越历史的理念或至少是从本体论或人类学说来从属于人的观念的东西。正如劳动、科学和一切人的社会活动一样,艺术也是社会发展的一种产物,是通过他的劳动而形成人的人们的产物。

再者,存在的客观历史性及其在人类社会中独特的表现方式,对于把握审美的基本特性具有重要关系。我们进行具体论述的任务就是要说明,人对现实的科学反映是力图由一切人类学的、感官的和精神的判断中解脱出来,对各种对象及其关系的描述尽量按其本来面目而不以意识为

> 审美特性

转移。但是审美反映却相反，它是由人的世界出发并且目标就是人的世界。也就是说，从人的立场出发来表现并不就是主观主义。反之，保持对象的客观性就是在审美反映中保持人类生活的一切典型关系，这些关系都是与当时人的内在发展和外在发展（即社会发展）的状态相适应的。每一种审美形态都涉及并取决于其发生史上的"此时此地"（hic et nunc），这是其关键的对象性的基本环节。当然，每一种反映都是由完成这种反映的人所处的一定地位客观地决定了的。甚至数学或纯科学真理的发现时代也绝不是偶然的。科学产生的时代条件对于科学史而不是对于知识本身具有更本质的意义。对于知识本身，则在何时和哪｝必要的——历史条件下第一次确定，例如毕达哥拉斯定理，那是无足轻重的。在这里，虽然不能深入研究社会科学中比较复杂的情况，却也能确定：在社会科学的各种形态中时间条件的影响会妨碍在再现社会历史事实方面的实际客观性。对现实的审美反映则与此完全相反。在所描述的环节中若没有对当时历史的"此时此地"的形象的活现，就绝不会产生卓越的艺术作品。不论该艺术家是否了解这一点，或是否以这样一种信念去创作：要创造一些超越时代的作品，要继承前人的风格，要实现过去时代所提出的"永恒"理想，只要其作品在艺术上是真实的，该作品就是由其所产生时代的深刻探索中成长起来的。真正的艺术创作的内容和形式——即审美的——就不能与其产生的土壤相分离。客观现实的历史性正是在艺术作品中获得了其主体的和客体的形态。

现实的这种历史本质带来了一个更加重要的问题。这个问题首先具有方法论的性质,真正——不仅是形式上——的方法论问题必然也成为世界观的问题。我们认为这就是此岸性的问题。从纯粹方法论上看,此岸性既是科学认识的,同样也是艺术创作所必不可少的要求。只有当各种现象纯粹由其内在特性、由作用于这些特性的内在规律性充分地表现出来时,人们才能把它看成是科学的认识。实际上这样一种完整性当然总是近似的。对象在外延和内涵上的无限性、其静态与动态的关系,不允许将任何认识在其某一时刻得出的形式看成是一种绝对终极的形式,不允许认为它无需更正、限定和扩展等。对于现实的科学成就中所存在的"未然",从巫术到各种现代实证主义,都是以各种超验的方式来解释的。毋庸置疑,许多曾被人宣布为"永远不可知"的东西早就可以解决了,即使是尚未实际解决的问题也已纳入精密的科学中。资本主义产生后,科学和生产之间新的相互关系以及宗教世界观的巨大危机造成的以一种复杂的、深思熟虑的超验论代替那种幼稚的超验论。在基督教的卫道士试图针对哥白尼学说作唯心主义辩护的时代,就已经产生了新的二元论:这种方法论观点用现存现象世界的内在性来否定现象世界最终的现实性,从而妄图剥夺科学的裁判权。表面上看来给人的印象是:这种贬低世界现实性的观点不起什么作用,因为不论人们把他们行动的目标和手段看成是自在之物还是只看成现象,他们在生产中实际上都能完成他们的直接任务。这种观念就以下两点来说是诡辩的：一则每个行动着的人在他现实的实践中总是确信，必须和现实本身打交道，甚至实证主义物理学家，例如在他做实验时，也是如此。再则如果——由于社会原因而——使这种观念深深扎根并广泛传播，那么它就会分裂人与现实之间的中介的精神—道德关系。存在主义哲学认为与"抛入"世界的人相对立的是虚无——从社会和历史的角度看来——这种哲学是从相反的极端，对由贝克莱至马赫或卡尔纳普所完成的哲学发展加以必要的补充。

此岸性与彼岸性之间的固有战场无疑是伦理学。因此在本书范围内对这一争论的关键规定只捎带一提，而不作充分解释。作者希望能在不久的将来系统地提出对这一问题的个人见解。这里只简单说明，旧唯物主义者——从德谟克里特到费尔巴哈——对世界结构的内在性，只能以机械的观点说明：一方面为什么总是把世界看成像一个时钟，需要有一个超验的作用力，以便使之运转。另一方面在这种世界图像中，人只能是内在此岸规律性的必然产物和对象，而无法解释人的主体性和他的实践。直到黑格尔和马克思关于劳动创造了人本身的学说出现，戈登·柴尔德成功地提出了"人创造了自己"①，才完成了这一世界图景的

---

① 参见戈登·柴尔德：《What happened in history（历史上发生了什么）》，英文版，1941，或《Stufen der Kultur（文化的阶段）》，德文版，1952。——作者注

此岸性，奠定了此岸的伦理学的世界观基础。但是这一思想早在亚里士多德、伊壁鸠鲁、斯宾诺莎及歌德的天才创造力中已经萌芽（当然，在这方面有机界的进化学说，即由物理和化学规律性相互作用而逐渐形成生物的学说，起了重要作用）。

  这个问题在美学中具有极大的意义，因此在本书的具体论述中要详细讨论。在此简单地提出讨论的结果是徒劳无益的，只有将所考察的全部规定一起展开讨论，才能有说服力。为了不隐瞒作者的观点，这里只想说明：每一部真正的艺术作品的内在完整性和依存于自身的存在——这种反映方式在人类对外部世界反映的其他领域中是绝无仅有的——就其内容而言，不管自觉或不自觉，总是对此岸性的承认。因此，正如歌德天才地指出的，寓意和象征的对立，对于艺术是一个生死存亡的问题。如在同一章（第十六章）所指出的，艺术由宗教的监护下争取解放的斗争就是它产生和发展的基本事实。发生学同样应该指出，艺术是怎样由原始人在自然的意识上受超验观念束缚（在每一领域起始阶段没有这种超验观念是不可设想的），逐渐取得反映现实的独立自主性，取得人所特有的加工处理。这取决于客观的审美实践的发展，而不取决于实施者对自己行动的设想。正是在艺术实践中，关于艺术的产生问题在实践及其意识间的分歧特别大。本书扉页所载引自马克思的格言"他们没有意识到这一点，但是他们这样做了"在此显得格外意味深长。这也是艺术作品客观范畴的结构，

◯ 审美特性

这一结构把意识的每种运动变为超验的，这在人类史上是屡见不鲜的。由于它成为它本身的表现，成为人类此岸生活的组成部分，成为它当时正是如此的征象，所以这一运动又变为此岸性的。由特图里安到克尔凯郭尔对艺术、审美原理的多方面否定绝不是偶然的，正是由艺术的敌对营垒对艺术实际本质的承认。本书不是单纯地记录这场必然出现的斗争，而是采取明确的态度，突出由伊壁鸠鲁经歌德到马克思和列宁所倡导的发展艺术、反对宗教的伟大传统。

对于对象性及其关系所具有的这种多方面的、充满矛盾的、趋于一致但又不同的规定进行辩证的展开、分析、再统一起来，这在阐述上要求有其独特的方法。如果在此需要简略地分析一下它的基本原则，这绝不是作者要为自己的阐述方式进行什么辩护。没有人比作者自己更清楚地看到这种阐述方式的局限性和不足之处。在此只想说明作者的意图，至于何处得当或不当，作者不加断言。下面只谈一下原则。这种阐述方式基于辩证唯物主义。要将辩证唯物主义前后一致地贯彻到包含如此广大、相距十分遥远的领域，就首先要同那种形式上按定义机械划分的、根据"纯粹"的分析来构成各个分支的阐述方式相决裂。为了一举突破中心，我们是从规定的方法，而不是相反地从定义的方法出发的。这样我们就能回到辩证法的真实性基础上，回到对象的外延和内涵的无限性及其关系上来。从思想上把握这种无限性的每一个尝试，必然会感到是不充分的。

定义（die Definition）是将其自身的局部性固定为终极的东西，这就必然歪曲现象的基本特性。而规定（die Bestimmung）从一开始就将其自身视为多少带暂时性的、需要补充的、其本质是在不断发展不断形成的、具体化的东西。这就是说，书中每一对象、每一对象性关系、每一范畴都是通过它的规定来说明其意义和概念的，因此总是具有两重性的。这样来描述一个对象：把它看成不可更替的，并不要求在此阶段的认识符合于它的整体，而使人们可以停留在这里。我们只能逐渐地、一步步地接近对象，且对同一对象要在不同的联系中，在与各种其他对象的不同关系中来考察，并不抛弃这种方法在起始时的规定——如果那样就错了——而是相反地使它不断丰富、不断去接近该对象的无限性。这个过程是在对现实思维再现的不同规模上进行的，因此基本上只能相对地完成。正确地运用这种辩证法，就可以使有关的规定及其系统联系不断地明确和丰富起来。我们必须把在不同状态和规模上回到同一规定，与简单的重复严格地区别开来。这种进展不仅是向前迈进了一步，更深入到所要把握的对象本质中——如果它确实是正确的、符合辩证法的话——同时它又重新照亮了过去走过的道路，在更深刻的意义上使这条道路畅通。马克斯·韦伯就我沿这一方向最初进行尚有许多不妥的尝试写信给我说，它的效果会像易卜生的戏剧那样，到剧终时人们才理解它的开端。如果我当时的作品还不值得这样称赞的话，我却由此看到了他对我的意图恰当的理解。我希望，这部作品或许可以说是实现了这种思想风格。

最后，请读者允许我简要说明这部美学产生的历史。我最初是以康德美学、后来以黑格尔为理论支点的文学评论家和论文作者。1911 至 1912 年冬天，我在佛罗伦萨产生了写作具有独立体系的美学的念头，于 1912 至 1914 年在海德堡进行撰写。我一直想对恩·布洛赫、埃·拉斯克，尤其是马·韦伯的批评表示感谢。试写失败了。在本书中我热心反对唯心主义哲学，这正是针对我在青年时所出现的倾向。这一工作搁置下来的外部原因是战争爆发使工作中断。在战争的第一年我完成了《小说理论》①，这部著作主要集中在历史哲学问题上，对于这些问题审美只是征象和符号。此后，我的兴趣更加集中在伦理学、历史和经济学方面。我成为马克思主义者和积极从事政治活动的十年，是我对马克思主义内心争论和实际掌握的时期。在 1930 年我重新积极从事艺术问题的研究时，一部系统的美学在我的视野中还是遥远的前景。20 年以后，即 20 世纪 50 年代初我才能设想，以完全不同的世界观和方法实现我青年时期之梦，并且是以完全不同的内容和与以前完全对立的方法完成它。

在公开出版这本书的时候，我要感谢本·斯查包尔斯教授对我的耐心帮助，他使我浅薄的音乐知识得以扩大和

---

① 卢卡奇：《Die Theorie des Romans（小说理论）——论述大型叙事诗形式的历史哲学尝试》，柏林 1920 年版，诺维德 1963 年版。

加深；感谢阿·赫勒女士，在写作过程中审阅了我的手稿，她的批评使最后的文稿得以完善，感谢付·本塞勒博士在出版和校对中所付出的努力。

于布达佩斯

1962 年 12 月

# 目 录

第一章 日常生活中的反映问题 ………………… 1
　　一 日常思维的一般性质 ………………… 1
　　二 差异化的原理和开端 ………………… 56

第二章 科学中反映的非拟人化 ………………… 126
　　一 古代非拟人化倾向的意义和局限 …… 126
　　二 近代非拟人化充满矛盾的复兴 ……… 153

第三章 艺术由日常生活中分化的预备性原理问题 …… 205

第四章 对现实审美反映的抽象形式 …………… 260
　　一 节奏 ………………………………… 261
　　二 对称与比例 ………………………… 295
　　三 装饰纹样 …………………………… 327

## 第五章　模仿问题之一：审美反映的形成 ·········· 375
　　一　模仿的一般问题 ················· 375
　　二　巫术与模仿 ··················· 405
　　三　审美范畴由巫术模仿中的自发形成 ········ 442

## 第六章　模仿问题之二：通向艺术具世性的道路 ····· 482
　　一　旧石器时代洞窟壁画的非具世性 ········· 485
　　二　艺术作品具世性的前提 ·············· 515
　　三　艺术作品自身世界的前提 ············· 561

## 第七章　模仿问题之三：主体达到审美反映的道路 ···· 590
　　一　审美主体性的预备性问题 ············· 591
　　二　外化及其向主体的回复 ·············· 614
　　三　由单独的个体到人类的自我意识 ········· 641

## 第八章　模仿问题之四：艺术作品的自身世界 ········ 699
　　一　审美领域的连续性与间断性（作品、门类、
　　　　艺术一般） ··················· 699
　　二　同质媒介、完整的人与"人的整体" ········ 726
　　三　同质媒介及审美领域的多样性 ·········· 764

## 第九章　模仿问题之五：艺术的反拜物化使命 ······· 797
　　一　人的自然环境（空间与时间） ·········· 802
　　二　不确定的对象性 ················· 827

三　内在性和实体性 …………………………… 855
　　四　因果性、偶然性和必然性 ………………… 878

**第十章　模仿问题之六：在美学中主体——客体关系的一般特征** ……………………… 901
　　一　人是核还是壳 …………………………… 901
　　二　作为美学一般范畴的陶冶 ………………… 933
　　三　感受体验的后续过程 ……………………… 974

**第十一章　第1′信号系统** …………………… 996
　　一　现象的描述 ……………………………… 999
　　二　生活中的第1′信号系统 ………………… 1029
　　三　间接暗示（家畜、病理学）……………… 1078
　　四　审美态度中的第1′信号系统 …………… 1109
　　五　诗的语言与第1′信号系统 ……………… 1185

**第十二章　特殊性范畴** ……………………… 1226
　　一　特殊性、中介和中项 …………………… 1227
　　二　作为美学范畴的特殊性 ………………… 1267

**第十三章　自在——为我们——自为** ……… 1317
　　一　科学反映中的自在和为我们 …………… 1317
　　二　艺术作品作为自为存在者 ……………… 1351

3

## 第十四章 审美模仿的边界问题 …… 1397
    一　音乐 …… 1397
    二　建筑 …… 1488
    三　手工艺 …… 1558
    四　园林 …… 1576
    五　电影 …… 1596
    六　快感的问题域 …… 1635

## 第十五章 自然美问题 …… 1699
    一　在伦理学与美学之间 …… 1701
    二　自然美作为生活要素 …… 1739

## 第十六章 艺术的解放斗争 …… 1823
    一　解放斗争的基本问题和主要阶段 …… 1823
    二　寓意和象征 …… 1890
    三　日常生活、单独的个人和宗教需要 …… 1951
    四　解放的基础和前景 …… 2020

## 附录 …… 2074
    译名对照表 …… 2074
    德中术语对照表 …… 2088

# 第一章　日常生活中的反映问题

## 一　日常思维的一般性质

本书不准备对日常思维做出精确的创造性的哲学分析，特别是认识论的分析，也不准备详细叙述由这一共同基础上产生的艺术和科学对现实反映分化的历史——即使只是哲学上的叙述——这样做的主要困难是缺乏预先研究。到目前为止，认识论很少涉及日常思维。各种资产阶级的、特别是唯心主义的认识论所取的基本态度是：一方面把认识发生学的一切问题都推到本体论的范围，另一方面只研究充分发展的最纯粹的科学认识的问题。致使对于非自然科学的、非"精密"科学（如历史科学）的形式，只是很晚才进行认识论的分析，而且往往由于不可知论的倾向，所歪曲的比所阐明的地方还要多。它仅仅在极个别情况下

> 审美特性

才讨论到对现实的审美反映,即使对于审美特性的研究,也往往只是抽象地强调审美与生活和科学之间的不同。正是在这一系列问题上,认识中的形而上学观点成为前进道路上不可逾越的障碍。因为这种观点只知道"是"与"否",它否定了认识的变动不居的过渡,不论在生活中还是首先在艺术的社会—历史起源的阶段中,我们正是把遇到的这些过渡作为要解决的问题。把发生学与职能问题同样僵化地对立起来也具有形而上学的性质,它是这方面的又一种限制。只有辩证唯物主义和历史唯物主义才有可能对这些问题的研究提供一种历史体系的方法。

很清楚,在这个基础上可以提出一般的方法论问题。下面将试图说明对这一问题能够解释到什么程度。在此只简要地提前说明最一般的观点,对客观现实的科学反映和审美反映是在历史发展的过程中形成的,并不断精细分化的反映形式。这些反映在生活本身中既能找到它的基础,也能求得它最终的完成。正是在要求审美反映尽可能不断精确而完善地发挥它的社会职能这样一个方向上,形成了审美反映的特性。这种社会职能在较晚时期才形成的单一性中构成了对客观现实一般反映的两极——科学反映和审美反映。科学的和审美的普遍性就是基于这种单一性,其丰富的中点则构成了日常生活的反映。此处所提到并且以后将要详细讨论的人与外部世界关系的三种划分,在巴甫洛夫那里就已经清楚地认识到了。在关于高级神经活动类型的研究中,他写道:"直到人类出现为止,动物与环境的

## 第一章 日常生活中的反映问题

交往都是通过各种动因的直接印象,这些动因作用在动物的各种感受器上并传导到中枢神经系统的相应细胞上。这些印象对于动物说来是外部世界对象的唯一信号。在人类的形成过程中,形成、发展和完善了特殊的第二信号,即原信号的信号——能说出、能听到、能看见的词语。这些新的信号最终表述了人不仅从外部世界而且从内部世界所感知到的一切,这种信号不仅可以用来进行相互交往,而且也可用于自己本身。虽然词语只是现实的第二信号,但对这一新的信号的掌握却是靠词的极端重要性所取得的……然而无需对这一重要的范围广泛的命题作深入研究,我们就能肯定,由于两种信号系统以及自古长期起作用的各种生活方式,人们可以划分为艺术型、思维型和中间型。后一种类型在一定程度上结合了两种系统的工作。这种划分不论在个别人身上还是在整个民族都可以看到。"①

科学反映与审美反映的单一性,一方面与日常生活的复杂混合形式有着明显的界限,同时另一方面又不断地消融着这种界限。因为这两种分化的反映形式是由日常生活的需要形成的,并要回答日常生活所提出的问题。而这两种反映形式的许多成果又融合在日常生活的表现形式中,使这些形式更概括、更分化、更丰富、更深刻,从而使生活不断向更高方向发展。不阐明这种相互关系,就不能理

---

① 巴甫洛夫:《Pawlow Sämtliche Werke(巴甫洛夫全集)》第3卷第2部分,柏林1953年版,第551页。

解科学反映和审美反映的实际历史的系统的起源。为了从哲学上把握这一问题，在考察中既不能脱离与日常思维的相互作用，也不能脱离这两种分化形式所形成的独特特性。

在分析各种专门问题以前，有一个对反映进行哲学探讨的必要前提，至少应就最一般的基础来阐明这一前提。如果要研究日常生活的、科学的和艺术的这三种反映的区别，我们必须始终牢记，这三种反映所描述的是同一个现实。只有主观唯心主义才认为，好像人的反映体系的不同形式所涉及的是不同的、独立的、由主观所创造的现实，而这几种形式之间又是毫不相干的。西美尔最明确而彻底地表述出这一点，例如关于宗教，他写道："宗教生活又一次创造了世界，就是说整个存在处于一种特殊的情调中，是按照他的纯粹理念，与根据其他范畴所建立的世界图景完全不相交叉，不相矛盾的。"① 然而辩证唯物主义与此相反，它把世界的物质统一性看成是无可辩驳的事实。因此，每一种反映都是对这个统一的现实的反映。机械唯物主义由此只能得出这样的结论，认为对这一现实的每一摹写只能是它的简单的照相复制（这个问题以后还要详细讨论，这里只想说明，真实的反映产生在人与外部世界的相互作用之中，由此形成的选择、组合等并不是一种主观的错觉或歪曲，在许多情况下都是如此）。例如在日常生活中，一

---

① 西美尔：《Die Religion（宗教）》，美因河畔法兰克福1906年版，第11页。

## 第一章　日常生活中的反映问题

个人闭上他的眼睛以便更精细地分辨他由周围环境中听到的某些音响的细微差别，这种将被反映现实的一部分排除开去的办法，有助于他比直接看着视觉世界时更准确、更充分、更近似地把握他在这一瞬间所感兴趣的那一现象。这种几乎是本能的动作导致在劳动、实验直到科学和艺术中的反映路线非常错综复杂。这样形成的对现实反映所产生的差别以至对立，在后面我们还要详细讨论。在此从一开始就要肯定的是，这里所涉及的始终是对同一客观现实的反映。这种最终对象的统一性，对于所产生的差别和对立在内容和形式上的表现形态具有决定的意义。

如果我们在此基础上来考察日常生活与科学和艺术的相互作用，那么我们可以看到，这还远非对所要解决的问题有了明确的认识，以致能具体回答出这一问题。尤其是对这三种类型的反映所经历的逐步的、不均衡的、充满矛盾的分化史，情况更是如此。我们一般可以无疑地确信，在我们所知的人类初始阶段，在思维上存在着非跳跃的、混乱的交错状态。在人类有文字记载的历史中，我们可以看到高度发展的——尽管本身充满矛盾——并不断持续的分化。在这两个端点①之间必然客观地存在着历史的连续性。我们目前的知识对于这一过程还不足以进行具体的考察。这不仅是由于对历史事实的无知，它还与哲学原理问题的尚未解决密切相关。如果我们要跳出各种无知的圈子，

---

① 指科学和艺术。——译者注

就要始终牢记我们的知识的片面性,大胆地从哲学上着手阐明分化的基本类型及关键的发展阶段。尽管我们的方法是哲学的,但它仍包含着社会学的原理。马克思明确地描述和确定了历史上早已过去并被遗忘了的时代,有关经济结构和范畴的认识方法。他说:"资产阶级社会是历史上最发达的和最复杂的生产组织。因此,那些表现它的各种关系的范畴以及对它的结构的理解,同时也能使我们透视一切已经覆灭的社会形式的结构和生产关系。资产阶级社会借这些社会形式的残片和因素建立起来,其中一部分是还未克服的遗物,继续在这里存留着,一部分原来只是征兆的东西,发展到具有充分意义等。人体解剖对于猴体解剖是一把钥匙。低等动物身上表露的高等动物的征兆,反而只有在高等动物本身已被认识之后才能理解。因此,资产阶级经济为古代经济等提供了钥匙。但是,绝不是像那些抹杀一切历史差别、把一切社会形式都看成资产阶级社会形式的经济学家所理解的那样。"[①] 在我们这个领域也是这样,人体解剖是猴体解剖的一把钥匙。当然,我们的见解和知识目前发展的高度只能近似地阐明那些最重要的倾向、最关键的转折点。这对我们目前研究的目标已经足够了。希望由此能引起进一步的研究,从而对本书的阐述有所订正。

---

① 马克思:《〈政治经济学批判〉导言》,见《马克思恩格斯选集》第2卷,北京:人民出版社1972年版,第108页。

## 第一章　日常生活中的反映问题

关于一般方法问题，这里还要指出的是，我们的研究只限于人。巴甫洛夫第二信号系统——语言的重要性，要求与没有这种信号系统的动物界划清明确的方法论的界限。剩下的一个重要任务是，深入地研究在动物界的发展中条件反射的形成和发展。因为由这里已经开始了对直接反映客观现实的一定加工，这种加工在高等动物身上达到了相当高的分化程度。对这一系列问题的深入研究不在本书范围之内。我们只是在某些具体情况下为了划清界限和阐明其过渡过程，才回到这一问题上来。

当然，对于巴甫洛夫学说必须按照辩证唯物主义来理解和说明。虽然语言的第二信号系统对于区分人和动物是如此重要，但只有像恩格斯所指出的那样，对劳动和语言的同时产生和客观的不可分割给予足够重视，这一学说才获得它的实际意义和有益结果。当人"有些什么不得不说"，即那些处于动物范围以外的东西，是直接起源于劳动——直接或间接地，以后又通过许多中介——随着劳动的发展而发展的。因此，我们在这里不打算按照达尔文的做法在动物的生活中去发现艺术范畴和推论出人的艺术表现。我们相信，劳动（以及随之形成的语言和概念世界）开拓了如此巨大的鸿沟，以至那种动物的遗产没有多大意义，完全不能用来解释这种崭新的现象。当然，正如以后偶尔见到的那样，也绝不能完全否定这种动物遗产所形成的事实。相反，我们认为新近的生物学和人类学存在一种倾向，它只承认人与动物之间的完全的不同，而毫不经心地忽视了许多重要的事实。然而,我们在此所应用的一些人类学的成果是为了严格限定的目的。为了恰当地认识这一点,在这里肯定劳动和语言的不可分离,从而肯定动物和人之间的区别,是具有决定意义的。

如果我们现在就仓促地转入日常思维的分析,除了上面提到的缺乏研究之外,还有一些实际的困难需要提出。这就是日常生活这一囊括人类生活最大部分的重要领域,过去很少进行过哲学研究,这至少部分地是造成这一困难的原因。主要困难似乎在于,它不像科学和艺术那样,日常生活无法辨认出那种分割开的对象化。这绝不是说,在日常生活中根本没有对象化。如果没有对象化,那么人的生活、他的思维和感觉、他的实践和反映都是完全不能设想的。除了所有原来的对象化在人的日常生活中起着重要的作用,特有的人的生活方式、劳动和语言的基本形式在许多方面基本上都具有对象化的特点。劳动只能是一种有目的行为。马克思在论及人的劳动的特殊性质时写道:"我们要考察的是专属于人的劳动。蜘蛛的活动与织工的活动相似,蜜蜂建筑蜂房的本领使人间的许多建筑师感到惭愧。但是,最蹩脚的建筑师从一开始就比最灵巧的蜜蜂高明的地方,是他在用蜂蜡建筑蜂房以前,已经在自己的头脑中把它建成了。劳动过程结束时得到的结果,在这个过程开始时就已经在劳动者的表象中存在着,即已经观念地存在着。他不仅使自然物发生形式变化,同时他还在自然物中实现自己的目的,这个目的是他所知道的,是作为规律决定着他的活动的方式和方法的,他必须使他的意志服从这个目的。"①

我们就在这个基础上研究劳动的各个环节,它确定了那些作为日常生活、日常思维和日常对客观现实反映的基本因素。马克思对此首先指出,它涉及一个历史的过程,在这个过程中——无论在客观上和主观上都——产生着质的变化。关于它的具体意义,我们在后面还要详细地谈到。这里,对于我们重要的在于:马克思极其简明地将劳动区分为三个不同的阶段。第一个阶段是"劳动的最初的动物本能的形式",作为那种训练的前阶段,这一阶段一直越过简单商品交换的不发达时期。第三个阶段是由资本主义发展的生产方式,这我们在以后还要深入研究,在这一阶段科学在劳动中的应用引起了决定性的变化。劳动不再是完全取决于劳动者本身的体力和脑力了。这是机器劳动的阶段,劳动逐渐取决于科学。在上述两个阶段之间是劳动的训练处于不太发展的水平、仍与个人能力密切相关的阶段。这是手工业时期,是手工业和艺术相接近的时期。在历史上它创造了第三个阶段的前提。

在这三个阶段中,特殊的人的劳动的本质特征即目的性原理是共同的。劳动过程的结果"在劳动开始时已经存在于劳动者的表象中,即已经观念地存在了"。这种行为方式的可能性在一定程度上取决于人的意识对客观现实进行

---

① 马克思:《资本论》第1卷,北京:人民出版社1975年版,第202页。

> 审美特性

反映的正确性。黑格尔已经清楚地阐明了劳动的这种结构，马克思在研究中也基于这一点。在黑格尔看来，这种劳动的本质在于劳动"使大自然自身被磨灭，它总是想方设法以较少的努力支配整个自然"。① 显然，这种对自然过程的支配——即使在原始阶段——是以接近正确的反映为前提的，尽管由此得出的普遍化要求可能是错误的。帕列托恰当地描述了个别的正确性和一般的幻想之间的联系，他说："我们可以说，实际上有效果的组合，就像用石英石取火一样，推动了人们相信幻想中的组合也是有效的。"②

如果对现实反映的这些成果是属于日常生活及其思维，我们若要不歪曲其基本结构和发展的趋向，那么我们对生活范围内对象化及其未完善的形成问题就只能作富有伸缩性的辩证的理解。毫无疑问，在劳动中——同样在语言中，语言也是构成日常生活的一个基本环节——会形成对象化的一种方式。甚至不仅在劳动产品中（对这一点是没有争论的），而且在劳动过程中也如此。由于日常经验的积累以及练习和习惯，使得在每一劳动过程中重复和进一步形成某种运动，这些运动在质和量上有一定的联系，相关、互相的补充和提高，这对从事劳动的人就具有一定对象化的特性。与艺术和科学所创造的产物的高度固定化相反，劳

---

① 黑格尔：《Jenenser Realphilosophie（耶拿现实哲学）》第2卷，莱比锡1931年版，第198页。
② 帕列托：《Allgemeine Soziologie（普通社会学）》，图宾根1955年版，第59页。

## 第一章　日常生活中的反映问题

动产物具有一种变动不居的本质特征。因为不管在日常生活的劳动过程中（特别是在起始阶段），那种保守的稳定化原理的影响有多么巨大——我们可以联想在农业经济中和在前资本主义手工业中的那种习惯势力——在每一个体劳动的过程中都存在着至少是抽象的可能性；离开原有的习惯和传统去做新的尝试或对更老的东西加以改造地继承。

　　只作泛泛的考察，还不能说明日常劳动与科学家的实践有什么本质区别。首先，科学家的日常生活也是处于人的日常生活之中。他们个人对其活动对象化的态度与他们在其他活动中并没有原则的或质的不同，特别是在社会分工尚未发展的时候。如果我们对这一事实不仅从行为主体的观点而且从对象的观点来考察，就可以得出重要的质的区别。这种区别不仅在于其成果具有变易性，因为科学成果同劳动成果一样，是随着对现实反映过程的丰富和深入而不同，这种区别的关键在于脱离日常生活直接实践的距离和抽象程度，这当然与科学的前提条件和后果有关。这种关联对于科学多多少少是一种遥远而复杂的中介，但对劳动（尽管是应用高度复杂科学知识的劳动）却具有特别直接的性质。这种关系越直接，就是说行为的意图针对生活中的一个个别情况——当然劳动中的情形总是如此——那么这种对象化就越加薄弱，越容易变化，越不固定。更确切地说，就越有这样的可能性，即它的——甚至是极端僵化的——固定不是来自客观对象性的本质，而是具有一种主观的社会心理的基础（传统、习惯等）。换言之，科学成果不同于劳动成果，它在结构上被固定成更加独立于人的产物。其发展表现为一种产物由另一种修正了的产物所替代，而不丧失它所固定下来的客观性。这一点甚至在科学实践中，由于强调所完成的改变而更加突出起来。在劳动产品中却相反，这种改变是作为单个的变化进行的。明确地宣告这种变化——在资本主义社会——往往是为了市场的缘故。资本主义总是使劳动和劳动成果接近于科学结构。

当然，我们这里只分析它的两个极端，而没有考虑由于已经提到的和将要详细讨论的相互作用而形成大量的过渡形式。如果我们考察人的全部活动——不仅是科学和艺术，而且还有社会体制作为其积淀物的所有对象化活动——那么就会涌现出大量的过渡形态。因为我们现在的研究没有那么远的目标，而只是研究——与科学和艺术相对立的——日常生活的一些重要本质特征。我们只要能将这种对比加以确定就足够了。因为劳动作为科学发展的永恒的源泉，在日常生活中可以达到对象化的最大可能程度。在此必须指出劳动本身的历史发展。因为劳动与科学的相互作用起着一种持续的，在广度和深度上不断强化的效果，显然在今天的劳动中科学的范畴比过去具有更大的意义。这并没有否定上述日常思维的基本特性，科学因素的不断增加并没有把日常思维转变到一种真正科学的态度。

这一点可以由科学与现代工业的相互关系中最清楚地看出。从历史的尺度上看，这肯定是正确的，发展的主线是科学不断深入到工业即劳动过程中。在客观历史上同时可以确定——如贝尔纳详细指出的那样——一方面某些研究方式与生活相隔离；另一方面在很多情况下由于工业的局限和保守，使得已经取得的科学成果长期不能应用。我们对这种现象的兴趣并不是由工业技术或科学史的立场出发的。无疑，从这种历史的角度"历史人物的表面动机和真实动机都决不是历史事变的最终原因。"① 我们感兴趣的是日常生活，在日常生活中直接表现出来的正是这种表面动机。在人决定行动时，这些动机在对象化的——相对——低级阶段表现出一种变动不居的特性，在许多本身高度对象化的形式中都具有这一特性，在决定行动时往往是习惯传统起决定作用。这里所说明的是，在日常的主观生活中存在着各项决定之间不断的交替变化，这些决定是建立在瞬息万变的动机上，并且基于很少从思想上加以固定的僵化基础（传统、习惯）。

劳动是日常现实中与科学的对象化最接近的部分。在各个人之间无限多样的关系（婚姻、恋爱、家庭、友谊等），更不用说那些易于变动的关系以及个人与国家和社会制度之间的关系、副业、各种娱乐（如体育活动）、日常生活现象如时尚等，由这许多关系中可以看出上述分析是正确的。这涉及日常事务或习惯的保守性与行为、决定之间

---

① 恩格斯：《路德维希·费尔巴哈和德国古典哲学的终结》，见《马克思恩格斯选集》第4卷，北京：人民出版社1972年，第244页。

经常存在的迅速而往往突然的更替。这些行为和决定的动机,至少在主观上具有显著的个人特性——这对我们的研究是非常重要的——特别是在资本主义社会的日常生活中,在那里活动的动机在表面上是由个人支配的,而客观统计表明这种动机具有很大的一致性,就证明了这一结论。在受传统束缚的资本主义之前的社会,这种极化表现出另一种性质,但并不排除这种基本结构的相似性。

在迄今的论述中,隐藏着日常存在和思维的第二种本质特征,即理论与实践之间的直接联系。要正确理解这一点,需要对这一规定作一些说明。以为日常活动的对象是客观的,那么其本身就具有直接的性质,这种认识是完全错误的。正相反,日常活动的对象存在于极端错综多样而复杂的中介系统中,这种系统在社会发展的过程中不断地错综复杂化。只要涉及日常生活的对象,那么这些对象作为既成的存在由它们所产生的中介系统表现为其直接的赤裸裸的存在,而完全消除了这种迹象。这里我们可以联想到如出租汽车、公共汽车、电车等不仅包括技术—科学现象,而且也包含很复杂的经济现象。为了明确这种直接性,我们可以联想到它们在日常生活中的应用以及它们在日常生活中的表现方式。人们对自己周围的环境——只要它对人起作用——是根据其实际功用(而不是根据它的客观本质)来把握和判断的,这是必要的日常生活事务。甚至在许多情况下周围事物的非功能性同样会引起类似的反应。当然,这是——以其纯粹的教养——资本主义分工的一种

## 第一章 日常生活中的反映问题

产物。在较原始的发展阶段上，大多数日常生活器具是由使用者自己制造的，或者其生产方式如众所周知的那样，这种直接性方式却远为不发达，也不明显。只是由于高度发展的社会分工，使得在每一生产部门和环节形成界限分明的专家，这种分工迫使日常生活的一般行动者接受这种直接性。

这种行为方式的普遍的、当然也远不发达的结构来源于原始时代。因为它的最古老的形式肯定是理论（即对于对象思索、反映方式）和实践的直接结合。情况往往（甚至在大多数情况下）迫使人们立即行动。当然，文化的社会作用（首先是科学的社会作用）在于，在可预见的情况和最佳行为方式之间揭示出其中介联系，并加以沟通。如果一度存在这种中介并一般地加以应用，那么它对于日常行动的人就失去了其中介性质，上述直接性就又起作用了。这里我们可以清楚地看出——这一点我们以后还要详细讨论——科学和日常生活之间的相互作用是多么密切。科学所要解决的问题直接或间接地来自日常生活，日常生活由于不断应用科学所创造的成果和方法而丰富起来。肯定这种不断的相互作用，还不足于理解这种联系。我们在此必须指出——这正是我们分析日常思维的目的——在科学与日常生活之间对现实的反映与思维加工存在着质的区别。这并不会造成一种对立的无法解决的二元论，如同资产阶级在认识论中所通常讨论的那些问题。产生不同质的分化正是人类社会发展的产物。分化以及随之而来的独立于日

# 审美特性

常生活直接需要的科学方法，它与日常思维习惯的决裂，正是为了更好地服务于直接的方法统一体。艺术与日常生活的区别、它的类似于最一般结构的相互作用，同样是服务于这种社会需要的。要具体地讨论这些问题，目前还需要许多前提条件，还需要许多脱离主题的阐述。这个问题以后才能讨论，这并不是说，它在历史上是后期才出现的问题。日常生活分化为艺术和科学这样两种高度对象化，客观上很少含有直接性的领域，也是一个同时性的过程，正如上述相互作用一样。

这里所说的日常生活和日常思维直接性的独特性质，明显地表现在这个领域的自发的唯物主义方式中。每种多少无偏见的透彻的分析都会指出，日常生活中人对他周围环境的反应，不论实践主体事后对这种反应怎样解释，总是自发地符合唯物主义的，这是由于劳动的本质所决定的。每一种劳动都要以对象和决定其劳动方式和必要活动、机能的规律之关系整体为前提，它是独立于人的意识而存在和起作用的。劳动的本质正是在于：观察、解释和利用这种（自在存在的）存在和生成。甚至在原始人还没有制造工具，而只是搜集具有一定形状的石头并在使用以后就扔掉的时候，他也已经做了一定的观察，看哪些石头按其硬度、形状等适合于完成某项活动，并在许多石头中选择一块适用的。在这一事实中，选择的方式表明，人已经多少知道，他不得不与独立于他而存在的外部世界打交道。为了生存和防御威胁着他的危险，他必须试图通过观察尽可能去解释并在思想上征服独立于他的这个周围环境。危险作为人的内在生活的范畴也表明，人多少知道了主体与独立于其意识的外部世界是相对立的。

这种唯物主义具有一种纯粹自发的、限于指向实践的直接对象的特性。因此，主观唯心主义在帝国主义全盛时代狂傲地回避唯物论并在哲学上完全否定唯物论。如李凯尔特说，他对"朴素"的现实主义没有什么需要批驳的："现实主义既不认识超验现实，又不了解认识论的主观或超越个体的意识。它根本不是在科学上需要加以论战的科学理论，而是那些只想活下去的人平安过活的未加深思和无确定见解的复合物。"① 在第一次世界大战后的危机时期，主观唯心主义也不得不承认，随着人类学理论地位的加强，日常生活的问题比之于主观唯心主义占了上风。其中朴素现实主义的问题具有不断增长的意义（资产阶级唯心主义往往把它看作自发的唯物主义）。罗塔克已经指出："我们实际生活和活动的整个世界（包括政治的、经济的、宗教的和艺术的生活）活动于'生活范畴'之内，其作为'前科学的世界图景'的概念迫切需要讨论清楚并且成为'哲学人类学'的许多难以分割的命题之一。Hic Rhodus, hic salta!（这绝非空言搪塞!）但这还不足以强调出，所有我们的重大生活决定都归于朴素的现实（世界），整个世界史

---

① 李凯尔特：《Der Gegenstand der Erkenntnis（认识的对象）》，图宾根1928年版，第116页。

审美特性

和与之相关的所有历史科学和语言学的命题都是从这个朴素的现实世界中展开的,这也是讨论认识论问题的一个有重大意义的论点。"① 在罗塔克那里,承认这个问题只是为了比前人更加彻底地按唯我主义来改造主观唯心主义,只是想从尤克斯奎尔派环境理论中为他的主观主义认识论寻找一种生物学的支柱。日常生活的自发唯物主义在这里成为一种——当然是复杂化了的——由感官决定环境的表现方式。我们在讨论自在存在问题时将对这种理论进行深入的分析。

这种自发性的长处和弱点可以从另一个角度清楚地说明日常思维的特性。其长处表现在,没有任何唯心主义、唯我主义的世界观能够阻止这种日常生活和日常思维中的自发作用。当在十字路口躲避汽车或等待汽车开过去时,没有任何一个狂热的贝克莱信徒会只具有与自身观念相关而与现实无关的感觉。这种"存在即被感知"(esse est percipi)在直接行动者的日常生活中会消失得无影无踪。这种自发唯物主义的弱点表现在,它是非常薄弱的,可以说根本不具有作为世界观的彻底性。这种唯物论甚至可以与唯心主义宗教迷信观念融汇地——而在主观上不会感到任何矛盾——共处于人的意识中。不需要从人类发展的原始时代去列举例证,在原始时代最初的劳动经验和由此形成的

---

① 罗塔克:《Probleme der Kulturanthropologie(文化人类学问题)》,波恩1948年版,第166页。

重大发明都与巫术观念不可分割地联系着。即使现代人也往往把完全真实的——自发唯物主义所理解的——生活事实与迷信观念联系在一起，而丝毫不感到这种联系的怪诞。当然在这里除了相似之点以外，也不能忽视两者的区别。原始人自发的唯物论扩展到那些就其本质而言具有意识形态性质的现象，我们只要指出对梦的评价就够了。但是即使在观察物质现象时需要用"精神"来说明原因的地方，在原始阶段同样会以自发的唯物主义感受到这些现象，如对客观现实本身的感受那样。卡西尔正确地指出：原始思维在真理和外观之间没有界限区别，同样，在"只是'想象'的感觉和'真实'的感觉之间、在愿望和满足之间、在图像和事物之间也没有区别"① （对现代哲学的反动，正如克拉盖斯那样想在图像和事物的原始关系中寻找一种新的把握世界方式的基础）。同样如我们以前所指出的，卡西尔也把梦作为原始人的对象。这种区分在笛卡尔对认识论的考察中还起着某种作用，由此可以看出，这种——虚幻的——梦的"客观性"在人的日常生活中扎下了多么深的根基。② 这种（梦与客观现实的。——译者注）同质性、这种错误的统一在更发达的阶段已逐渐减少。现代人有时存在的主观上根深蒂固的迷信往往属于知识不足，按日常自

---

① 卡西尔：《Philosophie der symbolischen Formen（符号形式的哲学）》第 2 卷，达姆斯塔德 1953 年版，第 48 页。

② 笛卡尔：《Les principes de la philosophie（哲学原理）》，见 *Bibliotheque de la pleiade*，第 434 页。

发唯物论说来，只涉及与主观意识产物相关的意识性，而不涉及独立于意识的客观现实。我们这里不能深入研究各种中间状况。这种情况也存在于科学之中。唯心主义的认识论学者往往以一种嘲讽的惋惜之情谈到杰出的自然科学工作者的朴素现实主义（即唯物主义）。另一方面列宁也反复指出，就是这些在认识论上忠于主观唯心主义的学者，在他们的科学实践中也是自发的唯物主义者。①

　　对日常生活和日常思维这种主要因素在理论上的忽视，导致了无法阐明人的思维的重要事实。因此研究原始时代的各种学者都肯定原始巫术与上述自发的唯物论之间有某种相似性。对自发唯物论进行某种唯心主义（宗教的、巫术的或迷信的）补充，是否只出现在实际世界图像的边缘，或者只根据这种世界图像的事实从思想上、情感上培育起来的，这是一种受历史制约的质的区别。由后一种情况达到前一种情况的道路是文化发展的主要路线，当然它往往是犬牙交错的。只有当人的思维在上述意义上克服了日常的直接性，这种发展才有可能。也就是说，取消了在对现实的反映，这种反映的思想解释与实践之间的直接结合，在由此成为特有理论的思维与实践之间有意识地插入一个不断增大的中介序列，只有这样才能开辟由日常生活的单纯自发的唯物论到哲学唯物主义的道路。我们下面将会看

---

　　① 列宁：《唯物主义与经验批判主义》，见《列宁选集》第 2 卷，北京：人民出版社 1960 年版，第 353 页。

到，这种发展在古希腊第一次明确地表现出来。哲学唯心主义与唯物主义的最终区分只有在这里才真正开始。卡西尔是对的，[①] 他把留基波和德谟克里特与那种"神话思维"区别开来。

  这一过程的困难程度表现在，超越日常思维自发性的最初尝试往往具有唯心主义的本质特征。有趣的是，卡西尔由图像与事物的原始等同出发得出结论："因此我们可把这一点作为神话思维的标志，它缺乏观念的范畴。"[②] 由此明确地揭示了原始的自发唯物论的本质特征和界限，它在唯心论与唯物论还没有形成二律背反的对立时期是起作用的。唯物论是在与以前形成的哲学唯心论的斗争中发展起来的。日常生活的自发唯物论还保持了原始状态的某些残余，在已经产生分化的环境中仍发生作用。详细说明这种发展的复杂过程就完全超出了本书范围。这里只对这种唯心论形成的社会原因作几点说明。唯心论有多方面的起因：第一，是对自然界和社会的无知，因此原始人，只要他打算超越他周围对象世界的直接关系，就不得不采取在事实本身中根本没有或很少有足够根据的类比，为此他往往自发地从自身的主观性出发。第二，开始出现的社会分工创造了有必要空闲时间对这类问题作"职业性"思考的那一阶层。由此摆脱了总是要立刻对外部世界作出反应的强制

---

① 卡西尔：《符号形式的哲学》第 2 卷，达姆斯塔德 1953 年版，第 62 页。
② 卡西尔：《符号形式的哲学》第 2 卷，达姆斯塔德 1953 年版，第 51 页。

性，从而一方面为这一阶层创造了必要的距离，由此人们可以开始克服日常的自发直接性和缺乏普遍化的倾向。另一方面，这种分工使具有深入思考特权的阶层不断与劳动本身相疏远。劳动是日常生活自发唯物论的最重要基础，却同时也是逐渐形成唯心主义世界观倾向的基础。我们回想一下马克思的论述，劳动过程的结果事先已经观念地存在着。不言而喻，在原始思维中，类比要比因果性和规律性占有更重要的地位。由类比形成的普遍化，在此构成了原始思维的出发点。如果迄今还不能直接解释的对象和运动的集合体被唯心主义地、宗教地投射到一个"造物主"那里，这往往是由劳动过程主体方面的这种类比的普遍化造成的（我们试举一近似的例子，即抱有希腊人的神的观念的手艺工人对造物主的设想）。只有在更高阶段，在与这种观念的斗争中才形成唯物主义，它试图按照独立于意识的现实的运动规律来把握所有现象。对于唯物主义与唯心主义世界观的斗争的叙述当然不属于这里的事。

我们在这里还须指出一个观点，即唯心主义（宗教）的观念与日常思维方式的联系问题。唯物主义作为世界观每向前迈出一步，都包含着与直接日常观察方式的脱离，以及对现象及其运动的"非表面"原因的初步科学观察。科学反映是对日常思维形式的一种超越和提高，对现实科学反映的限制，必然会倒退到日常思维。在形式上这种思维可能很发达它可能利用对现实科学反映的各种形式和内容，但它的基本结构却总是十分接近日常思维。例如当恩

# 第一章 日常生活中的反映问题

格斯批判机械唯物主义的历史观,肯定它倒退到唯心主义时,他就是沿着这一方向论证的。他指责了这种唯物主义,说"它认为在历史领域中起作用的精神的动力是最终原因,而不去研究隐藏在这些动力后面的是什么,这些动力的动力是什么。不彻底的地方并不在于承认精神的动力,而在于不从这些动力进一步追溯到它的动因。"① 显然,甚至这里也涉及在其他领域高度发展的哲学方向的问题,这种方法论弊病的本质在于:它没有彻底放弃直接日常思维的立场,以此为基础的反映不能充分地转化为一种科学的方法。这一例证也表现了这两个领域的不断相互作用。这里是日常思维进入科学思维中的例子,而其他情况也有相反的影响。对这些事例的正确分析表明,一方面纯粹科学反映的形成对于日常生活的、文化的高度发展是必不可少的,另一方面在日常实践中科学事件又包括在日常思维的组成之中。

我们已经指出,在初始和原本的日常思维中,对客观现实直接反映进行连接和转化的基本的主导形式中,最重要的一种方式是类比。我们这里不涉及类比和类比推论的逻辑问题,只是为了更好地说明我们的问题,摘引几段黑格尔的论述。黑格尔对这一问题的考察不是从发生学方面出发的,但他的论述却说明,他在类比和类比推论中看出

---

① 恩格斯:《路德维希·费尔巴哈和德国古典哲学的终结》,见《马克思恩格斯选集》第4卷,北京:人民出版社1972年版,第244页。

了与思维开端相关的一些问题。他写道:《精神现象学》阐述的内容在这里可以说是"理性的本能"(因此不是以其纯粹形态展开了的理性),"这本能使人预感着经验所发现的这个或那个特质(规定)实植基于一个对象的内在性质或类里,即根据这种预感而作进一步的推论"①。预感这种说法是为了强调类比的这种初始特性。当然,黑格尔在同一个地方说明,一方面在经验科学中类比方法的应用产生出重要的结果,另一方面他从发达的科学观点明确地指出,类比由于缺乏归纳,它的应用不能穷尽所有细节。为防止科学性受到它的损害,黑格尔指出,有必要对"肤浅"的类比和"彻底"的类比加以严格区分。只有当科学极其精确地描述和挑选出在类比中所用的规定,这时类比对于实践才是丰富的。谢林派的自然哲学在黑格尔的眼里只是"空洞而外在的,类比推论的无聊游戏"之学术例证。

由这一切可以明显看出,类比的原有特性以及它与日常思维不可分割的联系。黑格尔关于类比肤浅应用的阐述不仅说明了一般情况——因为每一推论形式都可能是肤浅的或彻底的、形式上诡辩的或真实的——而且暗示出在这一方向应用的自发可能性。在此不能进一步深入讨论类比思维的历史问题,只能肯定,正是这里很接近概念单纯的语言应用的情况。普兰特尔援引柏拉图在《欧蒂德谟》篇

---

① 黑格尔:《小逻辑》,贺麟译,北京:商务印书馆1962年版,第372页,第190节。

## 第一章 日常生活中的反映问题

中的描述，指出诡辩的"基本原理"："语言表述不论在何处对各种状态同样可以适用"，其中他正确地发现了"所有单纯建立在语言表述基础上的类比推论的动机"。[①] 但在这里修辞或诡辩的变化形态中所表现出的东西——往往没有这种倾向的痕迹——在日常思维中起着巨大作用。科学以及对词义的批判探讨越不发展时，这种作用也越大。类比在原始时代是具有决定意义的。在原始时代特别是在巫术时期，在所有生活表现以及传达形式中类比具有主导的意义。例如，在原始思维中名称所具有的神秘化成分大大助长了这种倾向。在发达文化的日常思维中，尽管程度减弱了，但所有这些还是起作用的。在这种文化中，类比在人的日常生活中仍是一种活跃的因素。我们这里所强调的理论和实践的直接结合作用越大，两者在人的意识中相互越接近，则类比作用越活跃。因为在这种情况下，对现实的直接反映提供了对象一系列的特征标志，虽然缺乏精确的解释，但这些特征显示出某种类似性。越是相近的东西，在思考上就越接近——语言普遍化的效力越紧密——从而相互结合起来并由此得出直接的推论。歌德对类比思维作了批判的考察，同样反复强调了它对日常实践的不可或缺，说明在人超越单纯类比而开始因果思维的地方，有"接近"日常实践的上述危险。"我们所犯的一个严重错误是总把原

---

[①] 普兰特尔：《Geschichte der Logik im Abendlande（西方逻辑史）》第 1 卷，柏林 1955 年版，第 23 页。

因和效果联在一起来思考,就像弓弦推动箭一样联系起来。然而我们无法避免这一点,因为原因和效果总是在一起考虑,因此在思想上很接近。"①

这是日常人的典型态度。科学渗透到日常生活中将一系列这种"直接推论"由实践中分离开来,不断增多的科学正确命题是以日常实践为基础的,并在实践中成为习惯,这并不会改变我们所强调的这一基本结构。在来自科学的这些习惯的边缘上,对于主观上未解决的现象仍然会产生类比和类比推论,并规定着日常态度和思维。如果它对于日常思维的和实践的分析与现实是符合的,那么使人的日常相互交流就更正确。我们在实际生活中称为人的认识的东西,是每一种相互合作所不可缺少的因素——只要是意识到它——在大多数情况下是基于对类比的自发应用(对于人的认识的心理学我们在以后专有一章详细讨论)。歌德属于探讨了这种生活表现在其类比范畴中的关系的少数思想家之一,他指出了类比的这种作用:"通过类比来表述,我认为是与快感一样有用的东西,在类比的情况下并不要求证明什么,它把自己与其他事物相对比,而不是相结合。许多类比的事例没有结合成完整的系列,它正像不断激励着人的良好社会一样。"② 此外,在另一个地方他又指出:"按类比思维不会受到指责,类比有这种好处,它没有完

---

① 歌德:《Maximen und Reflexionen(格言与感想)》,见《歌德全集》第39卷,第86页。

② 歌德:《格言与感想》见《歌德全集》第39卷,第87页。

## 第一章 日常生活中的反映问题

结，不会指望有什么最终的东西……"①

所有这些当然只是规定了在日常生活的思维中类比作用的一个极端。填补广泛而富于变换的中间领域不是我们这里的任务。至少由这些说明中可以看出：类比及由此形成的类比推论属于那些在日常生活中形成并根深蒂固的范畴。这些范畴自发地超越于这种需要而充分表现了它与现实的关系、对现实的反映方式以及向实践的直接转化。这种类比推论——正如它本身所特有的以及由这一土壤中所形成的——必然具有一种模棱两可的性质。一方面具有某种弹性而缺乏确定性，在这里歌德已经看到了类比推论在日常生活中的肯定意义。同时另一方面需要澄清在概念上和经验上的模糊性，才能引导到科学思维的方向，中途停顿或任意加以固定就会流于诡辩和空泛的幻想。

歌德注意到在反映现实中类比所处地位的一个新侧面。他指出："每一种存在物都是所有存在物的一种类比，因此存在对我们总是同时表现为分类和联系。我们若过分依从于类比，那么一切就都成了一致的；我们若回避类比，那么一切就都分散为无限的了。在这两种情况下就无从考察了，一则是过于活跃，另一则是毫无生机。"② 产生失误的主要途径在于轻率的夸张。与此相反，我们看到，拘泥地排斥所有尚缺乏根据的类似性同样会造成歪曲。这一点对

---

① 歌德：《Goethe Sämtliche Werke（歌德全集）》第4卷，第23页。
② 歌德：《Goethe Sämtliche Werke（歌德全集）》第39卷，第68页。

> 审美特性

于在日常生活中发挥类比的有利作用以及对于科学思维的形成都有重要意义。歌德在这里和上面的论述中也指出了，以类比形式对世界的把握会通向审美反映的方向。在我们目前考察的状况下来讨论这一问题，仍嫌为时过早。现在只能指出，歌德所强调的类比的松弛性和伸缩余地构成了艺术对比的一种有利土壤。因为在这里类似性绝不会失去与主体的联系，类比绝不会要求借此将两个对象或对象群近似地完全确定下来。有些为科学所嫌恶的东西，在这里却成为美谈。虽然在这里对现实正确的反映也是前提条件，但却是在质上不同形态的前提。有关这一整个问题，我们以后再谈。

建立在类比方法上的思维对于日常的重要性，迫使我们现在就涉及一个以后论述中有重大作用的问题。在这个阶段还不可能对这一问题作出精确规定。我们已经一般地指出，日常思维、科学和艺术，一方面反映着同一个现实，另一方面——分别按照在人的社会生活中所形成的具体目标的类型——所描述的内容和形式能够且必定产生不同的结果。这一结论现在应该多少再具体化一些。对同一现实的反映必然处处都能使用同样的范畴。因为与主观唯心主义相反，辩证唯物主义不是把范畴看作主体的谜一般创造力的产物，而是看作客观现实本身稳定而普遍的形式。只有当意识中的描述包含作为反映内容构成原则的这些（范畴。——译者注）形式时，这种现实的反映才是适当的。这些范畴形式的客观性也表现在，它们在现实的反映中可以无限长期地应用着，却很少被意识到作为范畴的特性。

## 第一章 日常生活中的反映问题

由这一情况可以得出结论——一般地——日常思维、科学和艺术必然不仅反映着同一内容，而且这些内容也是作为由相同范畴所形成的东西被把握的。

我们对类比问题的讨论已经表明，这是我们从一开始就指出的，分别按照社会实践的方式、按其目标的设置和由此所限定的方法，范畴的应用会显示出不同的甚至往往对立的方面。在诗歌的类比方法中能产生重大效果的东西，却会不利于科学的发展。我们在具体讨论对现实的审美映象时，这个问题与我们的关系很大，我们将在出现这个问题的地方，对各种范畴的共同性和差异性——特别是在科学与艺术中——作详细讨论。这里只想指出，范畴不仅具有一种客观意义，而且具有客体的和主观体的历史。它的客体的历史在于，一定的范畴是以物质运动的一定发展阶段为前提的。因为只有客观上随着生命的形成，才产生了那种生物学所用的特殊范畴。因此资本主义的特殊范畴只有在资本主义形态产生以后才出现，如马克思所指出的，其范畴职能在形成过程中与在其成熟时期也是不完全相同的（如平均利润率这一范畴，是以相当高度发展的资本主义为前提的）。范畴的主体历史是通过人的意识将它揭示出来的。统计的规律性在存在足够多数量之现象的自然界和社会中总是到处起作用的。但要认识这些规律并自觉地应用它们，则需要人类经历数千年的发展以及对它们在思想上的加工。在客体上光学中（因此也是客观的感官生理上）存在着——至少在我们地球大气层内——色调差异。这里

### 审美特性

也需要经历长期的艺术发展，以便在其中知觉到在视觉上表现出的客观现实的及与人类相关的重要形式，从而作出审美评价。这些科学和艺术对现实的反映成果首先作为很少被意识到的问题和需要出现在日常生活中，经艺术与科学作出适当的回答后又返回到日常生活中。我们已经指出过这一过程，下面还将多次提到它。

如果我们由这种特殊的观点对语言作深入分析的话，也许日常思维的特性可以极其形象地表现出来。日常语言首先表现出我们所强调的特异性，即本身是复杂化的中介系统，它与使用它的每一个主体直接相关。巴甫洛夫在语言中揭示出区别人和动物的第二信号系统，从而使这种直接性在现代获得了生理学上的说明。每一个词、每一个句子超越了直接性，不用进一步的解释就可以说明，即使最通常的词如斧子、石头、行走等已经是各种直接不同现象的一个比较复杂的综合，是它们的抽象的概括。语言史指出，这里特别涉及中介和一个普遍化的长期过程，即由直接性和感性知觉相分离的过程。我们若考察任一原始民族的语言就可以看出，其词的构成比我们所用的词要无可比拟地接近于知觉，而远离概念。赫尔德已经看出，在词中对象的某种特征标志被固定下来，由此可知"是这个对象而不是另外一个"。[1] 剥去感性具体的直接标志——往往经

---

[1] 赫尔德：《Über den Ursprung der Sprache（关于语言的起源）》，见《赫尔德全集》第11卷，斯图加特/图宾根1827年版，第40页。

## 第一章　日常生活中的反映问题

过各种中介——把一个对象的、集合体或行为的概念在一个词中固定下来，这需要数千年之久的历史道路。因此，比斯马克诸岛（加塞伦半岛）的居民不知道黑的词和概念，"把可以得到这种颜色的各种不同对象都称作黑色，或者人们把一个对象与其他对象相比而称为黑色的。"① 相比之下有乌鸦、烧焦的坚果、沼泽地黑色的污泥、熏过的树脂颜色、炭化的树叶、槟榔子等，不言而喻，这种表达比我们简单地说黑色更接近于直接知觉，这种表达已经抽象地超越了各种知觉的差异性而类比地向更加遥远的综合方向运动。

无论语言如何不断地发展，确定无疑的是，任一阶段通行的语言（词、句、句法等）都是为人所直接采用的。如果说语言由劳动的需要而产生是划时代的事件，那是因为对于对象和过程的命名概括了更复杂的情况或过程，消除了它们独一无二的区别，把它们共同的和本质的东西强调和固定了下来，由此促成了成果的实际延续和对这些成果的适应和传统化。另一方面这种固定化与动物（特别是通过无条件反射和条件反射）的固定化的区别在于，它不是凝固成一种不变的或至少很难改变的生理特性，而总是保持它的基本上活动和变化的社会特性。这一事实是基于对象和联系通过词的最原始固定化，也把直观和表象提高

---

① 列维·布留尔：《Das Denken der Natur Voelker（原始民族的思维）》，维也纳/莱比锡1921年版，第145页。

到了概念的水平。由此逐渐在意识中产生了现象与本质的辩证法。当然，这在最初及其后的长时期内是不自觉的。但词的意义绝非完全凝固不变，在使用中词义的变化清楚地表明，在词中感觉特性的思维综合和普遍化必然具有一种——由社会发展所规定的——变动不居的特性。与高等动物相比，人可以在各种新的条件下更迅速地定向和改变态度。这是基于实践中往往无意识地通过固定而偶有变化的词义作媒介，掌握了现象与本质的辩证法。我们知道，人们经常受到习惯和传统的牢固束缚，但这种残余倾向具有社会的性质，而不是生理上的性质，它们可能而且将会通过社会而被克服掉。在这种倾向特别激烈的地方，总是在社会发展主线上、在新的社会体制中保留有旧的社会形态——当然已经过多种变化——的某些经济—社会残余。例如在所有经"普鲁士"道路而不是"美国"道路完成资本主义化的国家中，还残留有某些封建农业的因素（列宁语）。

  这当然只是在语言中维持传统的保守力量的一般社会基础。这种力量对人有很强的作用，因为它与语言——尽管语言按其本质是一种具有不断复杂化的中介系统——有必然的直接联系。语言在人与世界以及人们相互关系中产生前所未有的单纯化作用、语言推动前进和促进文化的作用与每一主体对语言的直接态度有密切的关系。巴甫洛夫在我们所引述过的考察中敏锐地指出了这种语言中存在危险的情况。因此陈腐的经验也可以获得科学形式的表述。歌德在《浮士德》的"书斋"那一场中，通过靡非斯陀匪

## 第一章 日常生活中的反映问题

勒斯之口就对学生说过：

> 总而言之——把言语当作典模！
> 你便通过安全的门户，
> 进入妥当的庙宇。
> …………
> 用言语可以争论不休，
> 用言语可以组成体系，
> 凭言语可以深信不疑，
> 每句话不许扣掉一分一厘。"[①]

  法国戏剧家奎尤莱尔机智而辛辣地肯定了这一事实。在他的一个剧本中，一位妇人抱怨说，她的丈夫不理解她，她因此只好向一位心理学家卖弄风情。她向女友招认了这一点，她的女友说，"他将为你的烦恼取一个希腊语的名字。"

  因此，日常生活中的语言表现出辩证的矛盾：它为人们打开了一个无比巨大而丰富的外在世界和内在世界。若没有语言，这一点是不可想象的。也就是说，语言可以沟通人与固有的周围世界和内在世界的关系，同时语言又使对内在和外在世界的感受不可能不带偏见，至少也是难以

---

[①] 参见歌德：《浮士德》，董问樵译，上海：复旦大学出版社1982年版，第102页。——译者注

公正的。特别是语言在存在上述僵化的同时还带有不明确性和混乱性，这就使这种辩证法变得更加复杂。科学术语首先就是从克服上述不明确性和混乱倾向出发的。但如果看不到在科学术语中始终存在克服语言僵化障碍的努力，那也是片面和错误的。当然科学史指出，在其中那种残余力量是多么强大。这首先取决于生产力的发展，此外与对客观现实作科学研究的可能性有关。由此形成的知识界限可能使科学概念的构成以及科学语言固定长达几个世纪之久。我们可以联想到长期偶像化的自然界"害怕真空"的公理。这类障碍也可能是由社会结构"人工"地固定下来的（如在东方僧侣阶层的统治）。

所有这些再次表明了日常生活与科学之间的相互作用。这次只不过并非就积极方面而言，即科学态度及语言等有益的分化对人类的全部发展、科学方法和成果对日常思维和实践的促进作用。这次是就消极方面而言，即日常思维的双重障碍——模糊性和僵化的分化再现——侵入到对现实的科学反映及其语言表达中。因为科学活动也是扎根于那些最自觉和全心奔向目标的学者个人日常生活之中，社会制度的基本力量通过日常生活的中介也对他发生影响，所以日常思维及其表达混入到科学语言中是完全可以理解的。尽管我们这里还不能讨论审美反映及其表现形式的特性，现在却可以说明，文学语言——以其特有的方式，与科学语言完全不同——正具有克服日常生活这两种极端（模糊性和僵化）的倾向。克服这两方面倾向，对于科学和文学都应该加以强调。因为在资产阶级意识形态和美学中这类"能力"的分化很可能导致一种错误的"分工",即科学具有精确性,而文学只是排除了僵化。实际上不诉诸现实去排除僵化,科学就不能克服日常思维以及语言的不明确性。如果文学不力图准确清楚地(在文学的意义上)塑造鲜明的轮廓——也是回到现实——那么文学也不能使语言的固定富有流畅性。

在这里重要的不仅是与康德的"各种心意能力"及其精确"分工"划清界限,而且同时要追溯到现实。我们曾引用过巴甫洛夫的话,指出了日常生活中经常出现和不可避免的再现现象正是与现实关系的离析。没有大量的习惯、传统、惯例,生活就不能顺利地展开,人的思维就不能这样迅速地(往往是绝对必要的)对外部世界作出反应。在这两种极端——归根结底是阻碍现实关系——的倾向中不能忽视积极的维持生活的因素。最后——这属于日常生活及其思维的基本辩证法——科学和艺术是由日常生活和思维中产生的并与其处于相互作用之中。通过科学和艺术的批判和修正,尽管它们不能最终地清除这种僵化和模糊性,但对日常生活的进步是必不可少的。

在日常语言的这种动态结构中,表现出社会发展和人类实践的那种一般本质特征,这正是本书扉页上的格言所提示的意思。人在日常生活中,特别是在原始阶段,在行动中一般要对作为直接目标设定的直接状况作出反应,这样就形成了一种物质—精神的工具结构。这种工具结构所包含的东西要多于人直接有意识地置于其中的,它由直接活动所形成,结果使潜在的东西逐渐成为显在的,使行动超出了直接的意图。这是由主观辩证法和客观辩证法的相互作用形成的。主观辩证法是对客观辩证法的反映,因此,客观辩证法必然比主观辩证法更丰富和全面。客观辩证法所固有的、尚未被主体所把握的环节,往往以一种引向更高的、超越主观直接目标的方式起作用,这当然是一种富有转机的形式。这样还远没有把客观辩证法及其主观反映之间的关系说清楚。如果这种作用总是仅仅指向促进的因素,那么客观现实就具有了一种神秘的特性。上述消极倾向同样与主、客观辩证法的这种相互作用有关。现实中的实践与在行动时刻所存在的客观现实反映图像的直接结合,必然具有上述阻碍的作用。这一事实的内在逻辑——在整个时代的趋势中——使得促进认识的倾向占有优势。而当该社会制度走向没落和衰亡的时候,这种优势就不复存在了。

莱布尼茨比其他人更明确地把握了这种相互作用对人的思维所产生的后果现象。在他提出的"混沌的表象"这一概念中,就隐含着我们提出的在人的活动方式中无意识地自我创造的丰富的工具结构问题。在与拜耶尔的争论中,他既提出了明晰的思想和混沌的思想相互转化的相对性问题,又提出了——突破了"各种心意能力"——两者都是完整的人的产物这一重要观点(莱布尼茨在这里否定身体与心灵的"分工",这并不影响他论述的意义,而恰好相反)。莱布尼茨指出:"疑问大概产生在这里,人们曾经确信,混沌的思想作为整体是与明晰的思想不同的,混沌的思想只是由于它的多样性而不易加以区别和展开。人们有某些被正确地称为非随意的运动,只是与身体有关,人们以为在心灵中没有什么与之相对应的东西。反之,人们认为某些抽象的思想在身体上也不会有任何反映。这两种想法都是错误的,正如通常在这种区别方式中的情况那样,因为人们在这里只注意到那些明显的东西。即使最抽象的思想也需要某种感性直观。当人们在考虑,什么是混沌的思想——这时始终伴随有明晰的思想,如对颜色、气味、滋味和冷暖的感觉——因此人们认识到,它始终包含无限的事物。它不仅表达了我们身体中的过程,而且通过身体过程的中介还表达了所有其他的事件。"[1] 对于我们现在的语言问题,由此可以肯定在每一种语言表达中的普遍化,尽管在实际应用中这种普遍化的程度是辩证地相对化的。莱布尼茨指出:"一般的言词不仅用于语言的完成,而且对于产生语言的本质甚至是必不可少的。因为如果人们把特殊的事物理解为个别的事物,如果只有特殊名词而没有普通名词,也就是说,如果只有用于个体的词,那么在每一时刻都要回到新的事物,如果只涉及个别的偶然性,特别是涉及人们经常描述的行动问题,那么就不可能形成语言。

---

[1] 莱布尼茨:《Erwiderung(对拜耶尔批评的反驳)》,见《哲学著作集》第2卷,莱比锡1906年版,第394页。

如果人们把特殊的事物理解为最低种（species infimas），那么要确定这种事物就超出常见的困难之外了，很明显，它已经是建立在类似性上的一般概念了。因为这里只是涉及或多或少的类似性问题，就种或类而言，那么当然应该按每种类似性或一致性来命名，并适用各种程度的一般的词。"①

莱布尼茨的这些论述，不仅对思维与语言的问题作了说明，而且指出了日常生活的另一重要本质特征，即投入生活的是完整的人。这又使我们处于与美学史上颇有影响的所谓"心意能力"说相对立。在黑格尔哲学和美学中，已经激烈地反对过这样把人肢解开来，反对如黑格尔自己所说的"心灵的袋子"。这一斗争所以不能贯彻到底，是因为唯心主义所不可避免的等级制同样会造成——在另一个更高的水平上——对人及其活动的辩证统一的肢解。我们可以联想在黑格尔体系中，直观—艺术、表象—宗教、概念—哲学这一坐标系以及其形而上学等级制的一贯性。只有辩证唯物主义才通过存在先于意识确立了统一而辩证地理解在活动和对外部世界反映中的完整的人，从而克服了形而上学唯物主义所坚持的对现实反映的机械论。巴甫洛夫学说的伟大意义正是在于，它开辟了理解这一观点的道路，即人的全部生活表现的物质统一性以及人的自然生理

---

① 莱布尼茨：《Neue Abhandlungen über den menschlichen Verstand（人类理智新论）》第 3 卷，第 1 章。见《哲学著作集》第 3 卷，莱比锡 1906 年版，第 272 页。

存在与他的社会存在在物质上的结合（第二信号系统作为语言与劳动的结合）。辩证唯物主义此前很早就认识到，在每一种人的活动中所有人的能力（各种"心意能力"）是有机配合的。但这种协作不是以毫无问题相互促进和预定和谐的方式进行的，而是处于实际的矛盾性中，究竟是起到互相支持的作用，还是这种"善施"会引起"恶果"，这是由社会实践决定的。因此对于认识过程，列宁指出："智慧（人的）对待个别事物，对个别事物的摹写（＝概念），不是简单的、直接的、照镜子那样死板的动作，而是复杂的、二重化的、曲折的、有可能使幻想脱离生活的活动；不仅如此，它还有可能使抽象的概念、观念向幻想（最后＝神）转变（而且是不知不觉的、人们意识不到的转变）。因为即使在最简单的概括中，在最基本的一般观念（一般'桌子'）中，都有一定成分的幻想（反过来说，否认幻想也在最精确的科学中起作用，那是荒谬的：参看皮萨列夫论推动工作的有益的幻想以及空洞的幻想）。"①

形而上学地分解出各种"心意能力"的学说，并不是科学上错误的道路或个别思想家的过失，而只是——当然被唯心主义或庸俗唯物主义所歪曲的——现实某一侧面的反映或这种反映发展的某一阶段，这一事实并不影响我们的判断。资本主义分工破坏了人的这种直接的整体性，在资本主义制度下劳动的基本倾向是使人与自身和他的活动

---

① 列宁：《哲学笔记》，北京：人民出版社1956年版，第421页。

相异化，这一点当然是确实无疑的。但它被资产阶级经济学从思想上掩盖了起来。马克思正是在关于我们所讨论的问题上指出：由此"国民经济学不考察劳动者（即劳动）同他所生产的产品的直接的关系"①。这样，在劳动的客观产物与自身异化的劳动者的精神、道德结果之间产生了两极的对立。若以为通过这种异化可以证明各种"心意能力"的学说，那是错误的。各种"心意能力"之间——虚假的——独立性，其相互间明显的矛盾性是资本主义日常生活的一个重要事实。它是这一时期人的精神的直接表现形式。在这一基础上产生的哲学、心理学、人类学理论的形而上学性质在于，这些理论把无疑存在的直接事实不加分析地以其直接性而绝对化了。不加分析并不完全意味着像通常那样简单地吸取。现象的辩证法可以被人所敏锐地分析，例如在席勒的艺术哲学中，通过这种方法甚至可以揭示出重要的文化上的联系。当然在席勒那里已经以丰富的想象力洞察到，这些"心意能力"的独立性和矛盾性是受社会历史的因果制约的，从而他憧憬于——尽管是回顾历史和空想的——统一和完整的人。然而，只有充分阐明社会原因，才能理解作为完整的人的生理能力和心理能力的不可分割性。马克思特别激烈地指出了异化所带来的反常："诚然，饮食男女等等也是真正人类的机能。然而如果把这

---

① 马克思：《1844年经济学哲学手稿》，北京：人民出版社1979年版，第46页。

## 第一章 日常生活中的反映问题

些机能同其他人类活动割裂开来,并使它们成为最后的和唯一的终极目的,那么,在这样的抽象中,它们就具有动物的性质。"① 青年马克思在这里只是从对工人阶级的关系方面阐明了资本主义分工的作用。此后不久,马克思和恩格斯在《神圣家族》②中,把这一学说的适用范围扩大到整个资本主义社会,并且看出:资产阶级与无产阶级之间决定性的意识形态的对立正是在于,由于它们对这同一异化倾向有着对立——肯定及否定——的反应。以后,恩格斯将这一事实普遍化到资本主义社会的所有生活表现中。③

马克思主义经典作家始终明确了解,资本主义经济基础的作用包含着光辉的东西,这只是整体中的一面。作为最后的以剥削为基础的社会,它不仅创造了社会主义的物质—经济前提,而且产生了自己的掘墓人。这一社会在产生了使人受到损害和歪曲的力量中也产生了指向未来——并总是自觉地反对这一社会本身——的力量。如上所述,早在《神圣家族》中马克思就已经看出了人们对自身资本主义异化所产生的满意的反应和激怒的反应之间的对立。以后,马克思描述了那种经济动因的轮廓,这一动因客观上构成了社会反抗的基础。它不再是主观的,并实际上导致了社会的变革。在对李嘉图的评论中,马克思指出:"李

---

① 马克思:《1844年经济学哲学手稿》,北京:人民出版社1979年版,第48页。
② 参见马克思、恩格斯《神圣家族》,德文版,第206页。
③ 恩格斯:《反杜林论》,北京:人民出版社1970年版,第264页。

◯ 审美特性

嘉图把资本主义生产方式看作最有利于生产、最有利于创造财富的生产方式,对于他那个时代来说,李嘉图是完全正确的。他希望为生产而生产,这是正确的。如果像李嘉图的感伤主义的反对者那样,断言生产本身不是目的本身,那是忘记了,为生产而生产无非就是发展人类的生产力,也就是发展人类天性的财富这种目的本身。……那种议论,就是不理解:人类的才能的这种发展,虽然在开始时要靠牺牲多数的个人,甚至靠牺牲整个阶级,但最终会克服这种对抗,而同每个个人的发展相一致;因此,个性的比较高度的发展,只有以牺牲个人的历史过程为代价。"[1]

这里我们可以看出,为什么我们未掌握对日常生活和日常思维的哲学分析的另一个理由。这一分析必须(直接或间接地)对马克思所描述的资本主义日常生活充满矛盾的二重性表明态度。很明显,在一些以前的社会形态下曾以不同形式存在的日常生活的矛盾性在这里达到了顶点。它肯定不会随着生产资料的征收和社会化而立刻自行消失。随着社会主义的产生,对这种矛盾的对抗性质的扬弃以及转化为非对抗的矛盾,同样是一个旷日持久的不均衡的过程。在这一过程中,绝不能排除某些残余甚至倒退。即使最抽象的认识论或现象学对日常思维的探讨也不能忽视这种历史结构的变化。如果这种探讨不想——通过违反历史

---

[1] 马克思:《剩余价值理论》第2册,北京:人民出版社1975年版,第124—125页。

## 第一章　日常生活中的反映问题

的绝对化——在内容和结构上歪曲它自己的认识对象，那么对这里所谈的历史基本现象就必须采取明确态度。每一种表态既包含对资本主义日常生活在这方面所产生的现象的历史考察，另外也包含对整个历史发展实际方向的一定洞察。否则就会对过去或现在（或两者）产生绝对化和理想化，可能做出错误的肯定或否定的评价。马克思看出了资产阶级对这一事实情况的评价存在不可避免的和不可克服的二元论，因为它们片面地肯定了上述矛盾的进步因素或正在异化和已经异化了的因素。马克思指出："在发展的早期阶段，单个人显得比较全面，那正是因为他还没有造成自己丰富的关系，并且还没有使这种关系作为独立于他自身之外的社会权力和社会关系同他自己相对立。留恋那种原始的丰富性，是可笑的，相信必须停留在那种完全空虚之中，也是可笑的。"① 在资产阶级思想发展的开始时期，在肯定进步方面忽视其矛盾性的倾向占主导地位。在马克思之前就出现了一种浪漫主义的反对运动，他们把原始发展阶段理想化用以批判异化，今天这种——公开的或隐蔽的——倾向仍然支配着对日常生活和日常思维所作的贫乏的哲学探讨。

我们在这里概述一下海德格尔在对日常态度和日常思维问题的研究中，怎样表现出贫乏和歪曲的形式。可能有

---

① 马克思：《政治经济学批判》，见《马克思恩格斯全集》第46卷·上册，北京：人民出版社1979年版，第109页。

些人不赞成把他列入资本主义文化的浪漫主义批评家行列。海德格尔断然地将日常性和原始性区分了开来。"日常状态同原始状态不相涵盖。即使当甚至恰恰当此在活动于某些高度发达的和业已分化的文化之中时，日常状态仍是或更是此在的存在样式。"① 在他的具体分析中缺乏对任何过去具体时期肯定的论证（如像盖伦对前巫术时期所作的那样）。海德格尔浪漫主义地反资本主义"只是"按现象学—存在论的方式对现代日常生活及其思维加以贬责。这种判断的尺度不是置于过去某一时期的结构中，而是置于存在者（der Seiende）与存在之间的存在论—等级制的距离上，置于存在者与存在的脱离上。因此，这种指责不是浪漫主义—历史的，而是神学的。它是建立在——转向无神论的——克尔凯郭尔的非理性主义神学基础上。

海德格尔对日常生活的态度，从他所用的术语中就可以看出。他把这里出现的事物称作"用具"（das Zeug），"谁？"（"Wer？"）这一领域称作"常人"（das Man），把最常见的典型态度称为"闲言"（das Gerede）、"两可"（Zweideutigkeit）、"沉沦"（Verfallen）。他本人虽然企图在这里只作客观的论述而不作偏重情感的价值判断，客观上他在这里却涉及由本真的东西跌落、沉沦成非本真性的世界。海德格尔自己宣称，此在由在它自己存在中的这种

---

① 海德格尔：《存在与时间》，陈嘉映、王庆节译，北京：生活·读书·新知三联书店2006年版，第59页。

## 第一章 日常生活中的反映问题

"动态"跌落（Absturz）。此在从它本身跌入它本身中，跌入非本真的日常生活的无根基状态与虚无中。但这一跌仍然通过公众讲法而对它是蔽而不见的，其实情是这样：这一跌被解释为"上升"和"具体生活"①。并进一步解释道："沉沦现象也不表示此在的'黑夜一面'，这类存在者层次上的现成特性是这一存在者的可有可无的一个方面，充其量可以列举出来以作补充说明。沉沦揭露着此在本身的一种本质性的存在论结构，它殊不是规定黑夜面的，它组建着此在的一切白天（Tage）的日常（Alltäglichkeit）生活。"②

这种低沉的悲观主义，把日常生活变成了毫无希望的没落领域，变为"常人的公众意见"③和"闲言的无根基状态"④，这样同时歪曲了日常性的本质和结构并使之贫乏化了。如果日常实践失去了与认识和科学的——现象学—存在论的——动态联系，如果认识和科学不是由实践提出的问题中产生的，如果实践不是始终由认识和科学的成果所丰富并通过认识和科学而扩大和加深，那么日常生活就失去其作为人的行动中认识的源泉和归宿的真正本质特征。

---

① 海德格尔：《存在与时间》，陈嘉映、王庆节译，北京：生活·读书·新知三联书店 2006 年版，第 207 页。
② 海德格尔：《存在与时间》，陈嘉映、王庆节译，北京：生活·读书·新知三联书店 2006 年版，第 208 页。
③ 海德格尔：《存在与时间》，陈嘉映、王庆节译，北京：生活·读书·新知三联书店 2006 年版，第 194 页。
④ 海德格尔：《存在与时间》，陈嘉映、王庆节译，北京：生活·读书·新知三联书店 2006 年版，第 196 页。

> 审美特性

由于日常生活被这种相互作用抽空了，在海德格尔那里，日常生活完全由使人畸形的异化力量所支配，而其他在异化中和由异化引起的进步力量却被现象的本体论的"净化"所勾销了。

无疑这里的方法论与世界观是有联系的。海德格尔的方法，如同现象学的方法和由此产生的存在论倾向的方法一样，是集中在为了以这种方式明确地把握其最深刻本质——独立于社会历史的多样性——把每一对象性及对此对象性的各种态度还原到最简单和最普遍的"原始形式"。因为直觉的"本质直观"同样构成了这种方法论的一个基础，每一哲学家的主观价值判断必然——有意无意地——深刻地影响着被现象学或存在论所"净化"的对象性的内容和形式的规定，并搅乱了现象与本质之间的关系。这就是作为存在者存在论的本质规定的资本主义日常生活现象。海德格尔就是这样描绘日常生活的。谁也不会否认，这里有对日常生活和思维某些重要方面作了比过去更具体化的热情探索，在这方面海德格尔大大超过了新康德主义者的水平。海德格尔在把握日常生活中理论与实践的特殊联系方面完成了一个很有意义的突破。"在与这种使用打交道中，操劳使自己从属于那个对当下的用具有组建作用的'为了作'。对锤子这物越少瞠目凝视，用它用得越起劲，对它的关系也就变得越原始，它也就越昭然若揭地作为它所是的东西来照面，作为用具来照面。锤本身揭示了锤子特有的'称手'……只对物做'理论上的'观察的那种眼光缺乏对上手状态的领会。使用着操作着打交道不是盲目的,它有自己的视之方式,这种视之方式引导着操作,并使操作具有自己特殊的把握。"①

毫无疑问,这里把握了某些日常生活和日常思维的基本结构、理论与实践之间的某种直接联系。但是,形式化方法论的简单化与在本质直观中主观(反资本主义)的价值判断,在固有的理论态度与日常实践的理论之间用过分形而上学的对比代替了实际充满矛盾的过渡和相互作用。以此方式完成的对日常生活抽象的孤立化,把日常生活还原到那种只是按人为的在思想上加以区分的因素中,如前面所强调的,这会歪曲整个领域并使之贫乏化。——在方法论上有意地——忽视各种日常态度与整个文化和人类文化发展的联系,就会造成贫乏化。由此排除了日常生活在推广进步及其成果中的作用,就会造成歪曲。

这里对海德格尔在理论上的困境所做的说明,是为了通过与其他方法论的比较使我们的方法进一步具体化。与其他类似情况一样,这里不可能对海德格尔的学说进行分析。如果我们这里不得不做一些题外的辩论,当然我们并没有提出对这一事实全面地进行深入分析的任务,这里只是略加说明,以便能真实地描述关于在日常生活中完整的人的问题(在资本主义社会也是如此,特别是如此)。这里

---

① 海德格尔:《存在与时间》,陈嘉映、王庆节译,北京:生活·读书·新知三联书店 2006 年版,第 81—82 页。

> 审美特性

首先关系到，暂时说明日常生活及其思维与人在科学和艺术活动中的态度的关系。只是暂作说明，因为我们在第二章专门讨论科学与日常生活的分化。艺术创造性和感受性只能在第二卷，在揭示了艺术作品的结构以后，才能真正充分被理解。暂时只能提前说明的是，人的态度基本上取决于人的活动的对象化程度。在科学和艺术中这种程度达到了最高级，客观规律规定了人对其自身创造的产物的态度。也就是说，人的全部能力获得了一种——部分是本能的，部分是有意识培养起来的——指向实现客观规律性的特点。要想正确理解这种态度并在日常生活的联系中以及在与日常态度的区别和对立中来正确描述它，那么我们就要始终牢记，在这两种情况下（即在科学和艺术中。——译者注）它所涉及的是完整的人（不论这个人是否异化或畸形化）对客观现实的关系以及与反映和中介着这一现实的社会—人的对象化活动的关系。发展和扩大化了的对象化（如科学和艺术）活动的作用表现在：它比在其他生活表现中更精确地限制和规定了主体活动进行选择、组合和强化的准则。当然这里有许多逐步的过渡，特别是在劳动中，劳动在历史过程中客观地显示出许多向科学和艺术的过渡。

这些对象化活动不仅有——当然是逐渐意识到——内在规律性，而且有一定媒介，通过媒介才能创造地或感受地实现有关的对象化（我们可以联想到数学在精密科学中的作用以及视觉在造型艺术中的作用等）。谁若不通过媒介去开辟对象化的道路，谁就会抓不住它的关键性问题。虽

## 第一章 日常生活中的反映问题

然人们经常考察这一事实，但仍会经常由此得出错误的结论。由于把媒介与对象化活动等同了起来（正如康德拉·菲德尔讨论视觉时的情况，这一具体思想过程以后我们要详细讨论），把一种孤立的"心意能力"算作对象化活动群之一——虽然以现代化了的面貌——这就忽视了或者完全排除了人的精神生活的整体活动的动态关系。这一重要事实表明，在对象化活动中媒介的作用正是在于，作为情感、思想和事实联系之整体的承担者，主体态度对它的适应必然同样是这些因素的一种综合。在这种高度专门化的活动中表现出来的仍然是完整的人，只是具有那种极重要的动态结构的变化（与日常生活的一般情况相反），他的统一地组织起来的各种特性在一定程度上集中指向他希图的对象化的尖端上。下面就这种态度所要谈到的是，与日常生活中完整的人相对立的是人的整体（关系到一定的对象化）。形象地说，是以他的存在的全部外表面向现实。当然，对于我们最重要的是审美态度。因此，我们在下面将详细讨论完整的人和"人的整体"在美学上的区别。因为科学态度对我们说来只是作为与审美态度的对比规定，所以我们完全可以满足于一般的结论。

这种对立在它们的极端中最容易看出来。在此我们不能忽略那些不容忽视的隐蔽的过渡。这里只要联想到劳动就够了。在劳动中——过渡越完善，就越如此——同样会发生上述"人的整体"的某种尖锐化倾向，产生这种过渡特性的是大多数劳动的非整体的本质。在劳动接近于艺术

## 审美特性

的地方（如古代的手工艺），其中的客观态度也接近于艺术的态度。而在理性化最大限度发展的地方，也就接近于科学的态度。有许多种劳动在这方面是属于过渡的现象，虽然它们在人的整个生活中是基本的，但它们所包含的只是日常生活的一部分。在其余部分中占优势的是更广泛的、更松弛的、不太适应人的目标的划分原则。当然这里也存在过渡的形式。游戏、体育运动（体育活动的开展成为一种系统化的训练）、交谈（由于它过渡到实际的讨论）等，它们永久或暂时很容易接近于劳动的态度类型。各种过渡中的差别虽如此之大，但并没有产生这两种极端的对立性。正相反，我们确信，由此不仅可以说明完整的人的态度转化为"人的整体"态度的必然性，而且说明这种转化的基础以及它们相互间的丰富和进一步发展。当然这里仍然存在着区别甚至对立。这种区别的产生，一方面在于所追求的对象化或多或少具有整体的特性（从它几乎完全缺乏，直到支配主观态度），另一方面与思维和实践之间或多或少有着直接联系密切相关。我们可以联想作为单纯身体训练的体育活动。这种（思维与实践的。——译者注）关系具有像在散步中那样的纯粹直接的特性。我们还可以联想到在系统训练中出现的复杂的非常广泛的中介。

如果我们联想到人的社会政治活动，那么这种对立就更加清楚了。列宁在他的著作《怎么办？》中作了杰出的说明。他集中论述了社会—政治的形式和内容，对这里讨论的问题只附带地一提，所以他的分析对我们就更加宝贵了。

# 第一章　日常生活中的反映问题

列宁指出了工人阶级经济运动的自发性，工人阶级缺乏与社会广泛联系的意识以及超越直接性的目标，20世纪初俄国工人在自发的罢工斗争中还"不可能意识到他们的利益同整个现代的政治制度和社会制度的不可调和的对立"①，也就是说，缺乏对他们自身行动进一步必然后果的认识。我们确信，无须详细说明即可看出，在日常生活中绝大多数行动，不论是个人行动还是集体行动，有着类似的结构。其中我们所指出的思维与实践的直接结合有着明显的作用。列宁在继续对自发性的政治—社会批判中指出，正确意识"只能从外面灌输给"自发地为他们的利益而斗争的工人。"即只能从经济斗争范围外面，从工人同厂主的关系外面灌输给工人。"②这个问题提出了双重的重要认识。第一，需要有克服日常生活的精神力量和在质上能超越日常思维水平的思想家的态度。第二，就实际行动的正确方向而言，列宁所说的"从外部"意味着科学的世界。这里对日常思维的考察证明，只有走上科学的道路，脱离它自己的道路，日常思维才能正确地进一步发展，使之适合于对客观现实的认识。由世界史的发展路线可以看出，事实正是如此。若想由此得出一个毫无例外到处适用的规律，这是一种庸俗化的对重要发展事实错误的抽象。但是——在极重要的

---

① 列宁:《怎么办?》，见《列宁选集》第1卷，北京：人民出版社1960年版，第247页。
② 列宁:《怎么办?》，见《列宁选集》第1卷，北京：人民出版社1960年版，第293页。

情况下——在这种方式中科学与日常思维是对立的。我们可以联想哥白尼学说和（直接主观）日常思维无法克服的太阳"落山"的"经验"。我们故意使用无法克服这一说法，因为即使最有学识的天文学家，作为日常生活的人，对这种现象也是这样反映的。然而由此还远不能说明现实的全部丰富性以及日常思维、科学（及艺术）对现实关系的全部丰富性。往往出现这种情况，日常思维——不无道理地——反对某种科学（和艺术）的对象化方式，而最终坚持着这种对抗。以日常生活为一方，以科学或艺术为另一方的这种矛盾的辩证法，始终是一种社会历史现象。这是一种具体历史的、受社会制约的情况。由这种情况出发，日常思维保持着对于更高的对象化活动进行思考的权利，或者相反。但即使上述情况也不能形而上学地绝对化。日常思维——最终——成功地抵制了某些科学（或艺术），这只是日常生活的自发性和直接性。利用这种现存的手段只能达到一种否定和拒绝。如果与生活需要不再一致的科学（或艺术）为实际所否定，由这种自发的否定中会产生出一种新型的科学（或艺术）。也就是说，日常生活必须再次放弃它的阵地。对这一事实的各种分析表明，只有考虑到两者之间的不断相互作用才能把握这两个领域的相关性和差异性。至于这一结果对艺术的重要程度，由于它的社会历史的具体性只能在美学的历史唯物主义部分来讨论。这里我们只能指出，那种——必然还很抽象的——规定，在这些规定中表现了在日常生活中对现实反映的最一般特性。

## 第一章　日常生活中的反映问题

这涉及——简而言之——所谓健全人的常识现象。本来这是日常生活经验的最抽象的普遍化。因为（正如我们所指出，下面还要详细讨论的）科学和艺术的成果不断流入并丰富了日常生活和日常思维。从而使这些成果包含在日常生活中，并成为日常实践中经常起作用的因素。从形式上看，这种普遍化在大多数情况下具有一种不可辩驳的特性。各民族那些言简意赅的格言就是这一类成果。这些格言并不需要证明，因为它正是那些古老的经验、习惯、传统、风俗的总结。它的这种形式往往把它变成行动的直接准绳。它的形式反映了在理论和实践之间日常思维所具有的典型的直接联系。

正是在这里表现了上述矛盾性，即这种不可辩驳的言简意赅的格言，相对于科学和艺术的复杂化了的对象化活动是否有道理。虽然我们这里不可能深入讨论社会—历史一类的具体问题，但显而易见，健全人的常识以及民间格言的积极职能和消极职能是与新旧事物的斗争紧密相连的。衰亡的事物通过人为地传播的、与生活相脱离了的思想建构物、情感习惯来抵制新生事物，健全人的常识往往起着安徒生童话中街市孩童的作用，他们喊出：皇帝没有穿衣服。车尔尼雪夫斯基美学的巨大贡献在于，针对有教养阶级提出的不适当要求，表达了人民的真正需要。[①] 莫里哀

---

[①] 车尔尼雪夫斯基：《Ausgewählte philosophische Schriften（哲学著作选）》，莫斯科 1953 年版，第 408 页。

的女仆是这位伟大喜剧家的最好的评论员。晚年托尔斯泰的美学和艺术哲学指出了：普通农民作为最高法官，有权裁判艺术和科学产品的是非。

毫无疑问，这种裁决在许多情况下为历史所证实。同样，也有不少判断只是小市民对伟大变革的挑剔。如果说在"启蒙的成果"中，托尔斯泰对降灵术的流行给以农民式的嘲讽是正确的，那么他——以农民的名义——对文艺复兴和莎士比亚所作的判断就必然失于偏颇。席勒指出了莫里哀女仆判断资格的局限性。笔者本人曾经联系着这一点对后期托尔斯泰文化评价的整个问题作过阐述。①

这里就一般的规律性加以表述，并不影响对各种事例解释所具有的社会历史特性。一方面抽象的唯心主义的普遍化与日常思维的自发唯物主义是对立的，另一方面又存在着辩证反映与机械反映的对立。日常的自发辩证法比形而上学的理论有道理，而日常生活中传统的形而上学的"格言"则又和新的辩证的解释相抵触。在这里可以看出，日常思维对科学和艺术的反映绝不是明确划一的，我们既不能把它们简单地划分为进步的和落后的，又不能把前一种倾向看作新事物而把后一种倾向看作旧事物。例如托尔斯泰，正如列宁令人信服地指出的，既表现了具有原始的、

---

① 卢卡奇：《Der russische Realismus in der Weltliteratur（世界文学中的俄罗斯现实主义）》，柏林 1952 年版，第 257 页。

## 第一章 日常生活中的反映问题

破产命运的农民阶层的存在，又——当然是在日常水平上——宣告了农民对封建残余即将爆发的反抗。① 健全人的常识和民间格言的实际作用——借助于历史唯物主义——只有通过对具体社会—历史情况的考察才能说明。

这里我们只能就日常思维和对现实反映所不可避免的模糊性问题，简要指出其认识论的和主、客观的辩证法的基础。这种无法排除的模糊性的根源还是我们所强调的理论与实践的直接关系。因为一方面，理论和实践一样，必须从与现实的直接关系出发，而绝不能忽视现实，绝不能不诉诸现实。只要现实的、经中介复杂化了的对象化活动陷于精神范围的发展，它就存在像安徒生童话中皇帝遭遇的同样威胁。另一方面，对现实正确反映的丰富性和由此产生的实践只有扬弃了这种直接性（按黑格尔所说的无化、保存和提高到更高水平三重意义）才是可靠的。在此只要指出列宁对政治实践的分析以及——作为相反的例子——资本主义利润的自发性往往起着阻碍科学和工业的发展的后果（这一点贝尔纳已经研究过了）。这种矛盾性只能具体地、社会—历史地解决——以抽象的一般形式——更精确的说法是，为了更丰富、更深入地解决日常生活的具体问题，产生了人类发展的更高的对象化活动，其独立性、固有规律性以及与日常生活反映形式在质上的区别都是为同

---

① 参见列宁《列夫·托尔斯泰是俄国革命的镜子》，见《列宁选集》第2卷，北京：人民出版社1965年版，第369页。

一日常生活服务的。如果失去了这种结合——当然不是指哪一天，而是在历史的尺度上——以及如果对象化活动放弃它的中介性，并无批判地适应于日常生活中理论和实践的直接统一，那么对象化活动也就失去了它存在的理由。这种矛盾性强调说明，由日常生活到科学和艺术的不断交融是强制的，是所有三种生活领域前进运动和职能作用的条件。第二，这种矛盾性还表明，反映正确性的标准首先是内容上的，即与客观现实本身相一致的正确性、深度和丰富性等。此外，形式因素（日常生活中的传统、科学和艺术中的内在方法论的完整性）只起次要的作用。脱离了实际的标准，它就会产生无法解决的问题。这并不是低估或忽视形式问题，在内容与形式的相互作用中，保持内容的优先地位才能正确地提出和解决这些问题。

## 二　差异化的原理和开端

如果我们由发展的观点总结一下我们上面分析的一般性结论，我们看到，在日常生活和日常思维中出现更多的中介，不断丰富、复杂化和扩大，并以其独特的直接性形式表现出来。我们同样已经确定，社会的前进运动逐渐形成了各种对象化系统，这些系统具有与日常生活相区别的独立性，并与日常生活处于不断丰富的相互关系中，以致我们的日常生活若没有这些对象化活动则是不可设想的

## 第一章 日常生活中的反映问题

（相应于这一研究的目的，我们只讨论科学和艺术，并有意忽略了具有社会体制性质的对象化如国家、法律体系、党派、社会组织等。若要考虑这些，我们的分析就太复杂了。这对上述最终结果没有什么决定性影响）。

如果我们向原定目标迈进一步，即接近我们所研究的对象化活动由日常现实的共同土壤相分离的基本环节，即其独立化过程，我们就会遇到——这涉及事实材料——不可克服的困难。不只是还没有什么对象化的人类史前状况是无法知道的，就是从由文献提供科学认识这一意义上说，这个问题也是永远不可知的。人种志学和考古学所能为我们提供的一切事实都是无可比拟地发展了的形态。正是最原始状态的这种特点，使得在将来也发现不了这一发展阶段的充足的资料。因为即使在更高的阶段，我们也缺乏直接的事实。我们不可能去追踪语言的产生、舞蹈、音乐、宗教、巫术传统以及社会风俗、习惯的形成，具体到像对于我们所知道的最原始的民族那样，这些民族已经远远超越了开端的阶段。

在这种情况下，科学只能满足和求助于重新建立的假说上。对于只限于研究发展过程一般原理的哲学说来，除此之外别无他法。我们已经将所要遵循的方法概括为，如马克思所说，人体解剖是猴体解剖的一把钥匙。由较高级的社会状态必然能够重建地推论出由其中形成的较低级社会状态，就其各方面而言，重建的方法是由那些我们实际上已知的历史上出现过的发展倾向所规定。这种倾向我们

审美特性

在上面的研究中已经强调过，并且已经说明，例如资本主义的日常生活与以前社会形态中是不同的等。此外，当然又出现了新的困难，即资产阶级的科学往往时而只停留在搜集未经整理的事实上，时而根据奇谈——神秘的、浪漫的——反资本主义假说加以"整理"（如列维·布留尔《原始民族的思维》），时而步唯心主义哲学后尘，不承认对象化活动更高形式如科学、艺术或宗教不仅有历史而且有形成史。也就是说不承认有这样的人类阶段，在这一阶段这些形式还没有由日常生活的一般基础上分化开来，还没有要求有其独特的对象化形式。如果把宗教或艺术理解为人所固有与他的本质不可分的活动，当然就无从提出关于宗教或艺术的起源问题了。这是与对它们的本质的认识不可分割的，艺术的本质不能和它的社会职能相脱离，而且只能在与艺术起源、与它的前提和条件的紧密联系中来讨论。

我们所要重建的目标是没有对象化的社会状态。这种说法当然立刻需要加以限定。应该说是具有最少限度对象化的社会状态。因为人的最原始的社会生活表现，首先，他与动物的最重要的区别标志，就是语言和劳动已经（如上所述）具有对象化的一定特征。对象化的实际起源必然包括人的形成，即语言和劳动的逐步形成。尽管这正是我们知识最少的、最无研究希望的领域，这一问题的研究对我们的目标并不重要。因为本书并没有提出——就其本身而言是哲学上最重要的——这个问题，即对象化对于人的形成和人的存在意味着什么。本书只限于研究这样的问题，

## 第一章 日常生活中的反映问题

即对象化的更高形式，首先是科学和艺术，是如何由人的活动、关系、表现的共同土壤里分化出来而具有相对独立性，它的对象化形式如何获得那种质的特性，以致它的存在和职能对于我们今天已经变成理所当然的生活事实。这一点（如上所述）只能在它与日常现实两方面的相互关系中进行。所以，我们寻求的作为出发点的根本不是对象化的产生，而仅仅是具有最低限度的对象化发展阶段（我们已经强调指出，我们这里不讨论具有社会体制性质的对象化，显然在那一发展阶段还没有创造出如国家、法律等产物。风俗习惯等日常生活的形式，在那时还只是完成以后遇到的那些职能）。

这样已经比较准确地提出了问题，它说明人的形成问题在我们的讨论范围之外。这是一个众所周知的事实：原始人由天然获得的用于自卫和进攻的自身器官要比大多数动物少。由于他创造了劳动和工具的文化，连这极少的天然器官也退化了。柴尔德就此指出："几种极早期的'人'在活动时由非常坚实的颚骨里伸出突起的犬齿，成为相当危险的武器，但在现代人那里这些犬齿完全不见了，以致他们牙咬并不会带来致命的伤害。"① 这一事实对我们的意义在于，在我们所关心的那个时期，人的生物学—人类学的变化进程已经完成。现在所要考察的发展路线主要地具

---

① 柴尔德：《Stufen der Kultur（文化的阶段）》，斯图加特1952年版，第11页。

有社会的特性。当然，这种社会特性也要在人的身体和精神素质方面留下痕迹。它主要是影响中枢神经系统的进一步发展，而不是原来意义的身体状态的变化。这里的问题，我们以后还要经常提到。在此只需简要地指出：劳动和语言发展了人的感官，使感官按照人的目的比原来更加符合需要，而无需作生理的变化和改进，不需要克服它比某些动物的不足之处。恩格斯已经指出："鹰比人看得远得多，但是人的眼睛识别东西却远胜于鹰。狗比人具有更敏锐得多的嗅觉，但是它不能辨别在人看来是各种东西的特定标志的气味的百分之一。至于触觉（猿类刚刚有一点儿最粗糙的萌芽），只是由于劳动才随着人手本身的形成而形成。"①

恩格斯在此指出了反映论的最重要的问题之一，即它的非机械的特性。反映在生理学上实际上是否和在什么程度上是一种照相复制，是外部世界的机械摹写，在这里我们无需讨论。反映的精确性是每一种生物生存的条件，没有反映能力的必然要灭亡。由此不能得出这样的结论，认为每一种反映必然或可能停留在单纯照相复制的某一阶段上。同样不能认为，分化和超越这种直接对现实的反映只能达到这样一种思维，即思考和分析所感觉到的东西的本质关系和规定。实际上，这个过程复杂得多。恩格斯说人

---

① 恩格斯：《自然辩证法》，见《马克思恩格斯选集》第3卷，北京：人民出版社1972年版，第512页。

## 第一章 日常生活中的反映问题

比鹰可以觉察到更多的事物，这就是说：人的眼睛已经习惯于由外延和内涵无限的现象世界中直观地把握对象的一定特征标志和它的联系。在视知觉中就已经进行了对所反映的外部世界的一次筛选、一个选择。对于一定特征标志的敏锐的感知，对于其他事物或多或少地决然忽略，一直到这些事物直接完全不被察觉。这种选择的方式和程度是受社会—历史制约的，新的知觉能力的培养往往与其他能力的退化相联系。人的感官正是对外部世界提出了问题，人对看或听的行动要加以思考。当然，如果我们已经否定了在感性和理性之间存在机械的"分工"，那么同样也不能认为人的感官特性的获得只是通过对经验的贮存和排列而达到的（还要经过思考）。但这并不影响其结论，不影响恩格斯所说的感官能力，即它的丰富和精确——这正是问题的实质——的感受能力。以后我们将更具体地讨论这个问题（动物的感官也为这一发展做了准备，这在我们看来是肯定的。但是，它与我们的问题无关）。

劳动在这个过程中的具体作用正在于，在人的感官之间产生了一定的分工。眼睛承受了触觉和手的极其不同的知觉能力，从而使手在自身的劳动中获得了自由，使它得以进一步发展和分化。因此，盖伦说道："触觉和视觉之间最密切合作的最重要成果首先在于，视觉——只是对于人——一起承受了触觉的经验。决定性的后果是双方面的：我们的手从对经验的感受中解脱出来，由此可以自由地用于劳动并利用已经取得的经验。对世界和我们行动的监督主要移交给视觉来完成。"① 眼睛只有通过以下方法才能承受这种职能,它要学会——在恩格斯所说的意义上——在视觉能接触到的客观现实中去知觉那些通常直接处于"天然"视觉范围之外的特征标志。盖伦不无理由地确信,可以用视觉感知如硬、软以及重量等特性,以便不再诉诸触觉就能评价这些特性。同样在积累和固定劳动经验的过程中,使这些感觉以条件反射的形式成为习惯。②

我们一般很少能具体研究这一发展的各个阶段。在最原始的人和他的工具的关系上,显然可以分为三个阶段。首先是为完成一定任务来选择具有一定特性的石头,用完以后就不要了。以后是将这些适于使用的石头(拳头大小的楔形石)找到以后就保存起来。直到能够制造这些石头工具需要经过很长的发展时期,最初是模仿他们所发现的适用的原石块,经过长时期逐渐地才出现工具的分化。③

这是人在劳动中合作的过程,是集体劳动的形成过程,它首先表现出各种中介的增加。当然,在劳动的最原始阶段,在需要和对它的满足之间就已经存在一种中介的介入。它多少带有偶然的性质。偶然性从这里开始消退。因为即使是暂时地拾取适当的工具,也已经提供了——尽管是最原始的、服从于寻找到的偶然机会——克服偶然性的客观

---

① 盖伦:《Der Mensch(人)》,波恩 1950 年版,第 201 页。
② 盖伦:《Der Mensch(人)》,波恩 1950 年版,第 67 页。盖伦还同时谈到了符号,这并不影响他观察的正确性。
③ 柴尔德:《文化的阶段》,斯图加特 1952 年版,第 38 页。

## 第一章　日常生活中的反映问题

基础，当然这在最初还很少能意识到。然而，即使是在最发达的阶段也绝对不可能排除在自然界联系中的客观偶然性。这主要说明，人的认识是在劳动中通过逐步洞察重要事实而渐渐达到对客观合规律性和必然性的认识。未知规律性的自然障碍，对于主体好像是必然性和偶然性之间不可区分的一片难以穿越的密林，由此才——缓慢地——始见稀疏。在自行制造工具、根据劳动的目标而出现工具的分化时，才第一次在人类历史上明确出现克服偶然性的倾向，自由才第一次表现为认识到的必然性。[①] 但是，在此也只是停留在日常思维的水平上，也就是说实现了在实践中实际克服偶然性的倾向——正是由于在日常生活中思维和实践是直接联系着的——而又意识不到这种联系。为此需要经验普遍化的更高的阶段，需要提高到日常思维之上。这至少已经是这种普遍化的萌芽。我们可以说，普遍化本身在这里是作为一种未意识到的需要。这种普遍化必然被转化为一种"为我们"的东西，但要经历数百年、数千年的发展。这种在较高水平上由偶然性到必然性的反复发展所显示的复杂世界观结果，我们以后要详细讨论。

在此，首先要强调中介与对客观现实的这种认识过程的联系。因为由此才形成了人的日常生活的那种特殊的直接性，这种直接性的基础（即使在人类发展的最原始阶段）

---

[①] 参见恩格斯《反杜林论》及黑格尔《Encyklopädie（逻辑全书）》第 47 节附录。

就是由人本身所发现和模仿的中介系统。恩斯特·费舍尔正确地指出,在劳动发展的这个过程中形成了一种重要而基本的相互关系,即主体—对象关系。他的论述对我们极为重要,我们必须详细引述如下:"通过工具的使用,通过集体劳动的过程,使一种生物由自然界分离出来,更恰当地说是生产出来。第一次出现了人这种生物,作为活动主体面对着整个自然界。在人本身成为主体之前,自然界对于他成了对象。自然对象只是由于成为劳动对象或劳动工具才成为对象,只有通过劳动才形成主体—对象关系。在每一种直接的非中介的物质交换中我们几乎谈不到这种关系,氧和碳在同化和分解过程中根本不是植物的对象,在动物与其食物一体化的过程中(动物吞食的是世界的一小块物质),我们能够最初地暂时发现主体和对象关系的一线曙光。在本质上这种物质交换与其他物质交换无法区分。只有在经过中介的物质交换中、在劳动过程中,才形成真正的主体—对象关系。这是每一种意识的前提。人脱离开自然界的异化和主体化只是逐步地在一个长期的充满矛盾的发展中完成的。形成中的人、甚至原始的人与自然界在极大范围内还是联结在一起的,主体和对象之间、人和环境之间的界限长期是变动的、不确定和不分明的。'我'和'非我'的严格区分是人的意识的非常晚近的形式。"[1]

---

[1] 恩斯特·费舍尔:《Kunst und Menschheit(艺术与人类)》,维也纳1949年版,第119页。

## 第一章　日常生活中的反映问题

所有这些都反映在语言的发展中。同时还应该指出，这里所涉及的绝不是单纯反映的被动性，相反地，语言的发展在这个过程中起着主动的作用。这种主动性是建立在语言和思维的不可分离性上。在劳动过程中，对经验的普遍化加以语言的固定，不仅对于经验的保持而且——正是在明确加以固定的基础上——对于经验的进一步发展和展开都是重要的工具。在这个方向上最重要的一步是由表象达到概念。因为，毫无疑问，在高等动物那里已经具有了对其环境的某些多少清晰的表象。但是，只有借助语言的表达，才使外部世界的对象、过程等的映象由它直接引发的客观动因中分离出来，并能普遍地应用。在最简单、最具体的词中已经包含了一种抽象。它表达了对象的一种特征标志，由此使整个现象的集合体被综合为一个统一体，甚至被包摄在一个更高的统一体中（这要以分析的先行过程为前提）。从而最简单、最具体的词以完全不同的方式与直接的对象相脱离，这对于高等动物的最发达表象说来也是不可能的。因为只有通过将表象提高到概念的水平，才能使思维（语言）超越对外界的直接反映，超越只根据表象而对所属对象的重认。行动——当然是相对的——自由，更恰当地说是在各种可能性之间的合乎理性的选择，就是不断丰富地掌握客观存在的各种中介。通过在思维和语言中概念的创造，对外界的反映越益失去其原来的、与动因相联系的、纯粹自发的直接性。在此，对环境作出反应的主体的内在生活过程只有通过其特性、特殊性和差别性的概念才能被认识，对主体才能成为意识到的东西，这样才能形成上述主体—对象关系。

　　自我意识的产生是以对客观现实的意识达到一定高度为前提的，并且只能在与此种意识的相互作用过程中发展。但若就其真实特性来理解这个过程，我们绝不要忘记，日常生活、劳动中的训练和习惯、人们共同生活和共同工作中的传统和风俗，这些经验在语言中的固定同时都起着这样一种作用，即将中介所掌握的世界转化为直接性的新世界。一方面，这种趋向为进一步征服现实开辟道路。因为通过目前所取得的东西成为当然的占有并通过由习惯使所需的努力获得了直接性特性，这就与尚未阐明的客观现实，与人的主体直观、表象和概念在趋于更高的水平上形成新的冲突，从而激发人们去揭示当时尚未认识的关系和规律。这里不仅要满足扩大认识的新的需求，而且还有深化和普遍化的需要；另一方面——在此语言也像在上述关系中一样起着一种决定性的作用——每一种成为习惯的固定化也起到一种保守的、阻碍继续前进的作用。我们再次提到巴甫洛夫的实验。语言的第二信号系统也起着使人与客观现实有害的隔离作用，即不仅与诱发的动因产生了必不可少的距离化，而且还停留在成为一种新的直接性的、与对象关系相脱离的语言世界中。新旧事物间的每一抗争都以这种辩证法为基础，不论在科学和艺术以及日常生活中都是如此。

　　语言同时是人在支配客观现实中这种复杂化的、不均衡发展倾向的映象和工具。在这些运动路线的犬牙交错中，就世界史的尺度而言，向前的运动无疑是占统治地位的。因为在劳动和语言中第二信号系统的支配地位，使得由动物单纯适应现存自然环境发展到不断由社会来确定对环境的变革以及其社会和成员结构的变化。在这一运动本身中，在由它所制约的社会、社会的结构在更高阶梯上的再生产中，隐含着趋向进一步发展的原则（反之，动物基本上是固定的再生产）。当然，这里只能提一下这种倾向。在历史发展中有着反复的停顿、退化甚至灭亡的情况。由此只能说明社会历史发展的多样性和不均衡性，而决不能排除向更高阶段发展的趋向，更不用说在质的提高这一方向上常见的萌芽的情况。

这里不可能深入讨论语言发展的详细情况，只能简要说明，语言的发展经历了上述双重的运动——通过普遍化而克服每一直接性的限制以及转化到具有更高水平的、更全面、更分化的新的直接性。我们已经指出，原始语言一方面没有种类的名称，同时另一方面对于对象和过程的每一区别都有独特的表达。为此，列维·布留尔援引了大量的例证。我们只举出一个："在北美洲印第安人有一系列的表述方法，它的精确性几乎可以称作是科学的，对于不同的云彩以及各种天象的特征标志根本无法翻译过来。人们要想在欧洲语言中找出与之相应的词是徒劳的。例如，基卜威族对于在两块云层之间透射过来的太阳有一个特殊的名称。同样，对于有时在两块黑云之间看到的小块青天也

> 审美特性

有特殊的名称——克拉玛斯的印第安人对于狐狸、松鼠、蝴蝶、青蛙没有种类词，但对于各种狐狸却有特殊的名称。用一个名词是不能概括的。"① 这样，在发达了的语言中的二数、三数、四数逐渐绝迹了。——仍按列维·布留尔所指出的——吉圭岛的黑种人为了表达下面的区别：现在或过去两个东西对许多东西的作用、两个东西对三个东西的作用、三个东西对两个东西的作用等，都要加一系列的接尾词。②

这一发展对于我们是值得注意的，即那些反映具体性的语言形式不断地由语言中消失，而让位给更普遍化的种类词。由此，语言是否会丧失对每一具体对象作具体命名以便不产生误解的能力呢？我们确信，这种常见的浪漫主义观念就本质而言是错误的。每个词越接近于种类概念，就越失去接近感性的直接具体性。不要忘记，在我们的语言与现实的关系中，句子不断含有更多的意义，词的复杂的句法结合不断更有力地决定了其具体应用场合下的意义，形成不断完善的语言手段，通过词在句子中的相互关系而使具体的对象关系明显化。在这种语言的发展中，反映出上面从哲学上分析了的超越原始直接性的过程，同时反映出对结果在新的更复杂的直接性中的固定。这里，在各个

---

① 列维·布留尔：《Das Denken der Natur Voelker（原始民族的思维）》，维也纳/柏林1921年版，第147页。
② 列维·布留尔：《Das Denken der Natur Voelker（原始民族的思维）》，维也纳/柏林1921年版，第119页。

## 第一章　日常生活中的反映问题

词中提高了普遍化，在句子结构中增加了联结和关系的复杂性。无疑，这些就包含了——意识不到的——超越日常思维直接性的倾向。

这后一种倾向还表现在，具有上述最一般特征的语言的发展是无意识的。无意识的说法在目前情况下需要作术语的解释。介入对所谓"深层心理学"混乱的神秘化的争论，并不是本书研究的意图。"深层心理学"使无意识的本质在那些确实存在和起作用的地方也模糊不清了。因为确实有很多思维过程、感觉的发展不是在人的清醒意识下进行的，往往是无意识运动的结果或多或少地突然进入到意识中的。为了弄清直接的事实，只要指出突然想到或暗示等现象就够了。很多近代心理学家和哲学家也试图由（例如）直觉作用得出不恰当的结论。他们首先通过对直觉和意识思维的僵化的对立来确立直觉作用——在认识论上的——优势。但是，往往忽视了两者之间的密切联系。直觉在内容上往往隔断了有意识地开始了的思维操作，这一事实表明，本人意识不到自己思维的中间环节，但是事后总是可以意识到与思维内容有关的东西。这些以及类似的精神现象清楚地表明，精神生活过程是由意识过程和无意识过程的不断相互作用构成的。甚至当我们说，记住了一些什么东西，这并不是对以前思想机械地保存的问题。这些内容往往一方面会产生不断的变化、位移以及更改色调等，另一方面也往往不是自动随意地供人使用的。正是在人最需要它的时候，有时却忘记了那些早已掌握的东西，

审美特性

而这些遗忘了的记忆有时又无意识地出现，而干扰着现在的记忆。所有这些清楚地表明，在人的记忆中以及在人的思维和感觉中进行着这样的过程：其中意识因素和倾向与无意识因素和倾向不断地相互转化，各种因素运动的统一才构成了精神生活的整体。对这一过程的规律性还没有充分进行过研究，特别是因为构成其基础的心理学事实还有待大量地揭示出来。把或许是重要的部分因素（如性）作为全部决定力量加以崇拜，并且与意识生活形而上学地对立起来，我们对于这种神话并不感兴趣，因为它与我们的研究关系甚少（由弗洛伊德或荣格心理学所产生的美学结论是一种不牢靠的、偏离中心和正确道路的理论，对这些理论进行讨论不会有很大收获）。我们只顺便提及这些问题，因为它对于心理学有很大实际意义。我们以后还要深入讨论审美态度的某些特殊心理学基础，但这与意识和无意识的对立没有多大关系。

如果现在由我们这一问题的立场出发，深入一步讨论这一对立，则可以看出，无意识的概念与到目前所谈的内容关系不大。我们这里首先是涉及一个社会学的范畴，而不是原来意义的心理学范畴。我们把意识的生产理解为首先是一个内容的问题：各种意识内容（同样也包括意识形式）与客观现实是否一致以及一致到什么程度，还有对象和对于对象的态度是否被意识恰当地再生产出来以及再生产到什么程度。因此，原来的对立不是意识和无意识的对立，而是正确意识与虚假意识的关系问题（不用说，这一

## 第一章　日常生活中的反映问题

点黑格尔已经在他的《精神现象学》中指出了，这种对立是一种相对的对立，更恰当地说是社会历史相对化了的对立）。恩格斯在给弗·梅林的一封信中对它作了极准确的规定："意识形态是由所谓的思想家有意识地、但是以虚假的意识完成的过程。推动他的真正动力始终是他所不知道的……因此，他想象出虚假的或表面的动力。"① 那些在今天——往往深思熟虑的——往往作为无意识的东西，从心理学上看来，往往是有意识地进行的，但却是以一种虚假的意识，也就是说对直接过程的主观意识相当于一个对实际事实和对直接实践完成的实际范围的客观的虚假意识。因此，思维的无意识性对我们说来是一种社会的历史现象。正是社会历史的动机决定了一种正确的或虚假的意识，也就是说形成有意识的或无意识的社会活动。由此同时说明了这种现象的过程性。在本质上，每一种虚假的意识——由社会历史上看——可能包含趋向尚不正确的意识的倾向。当然也有这种情况，虚假的意识必然陷入困境。人类的发展在征服现实的过程中不断将虚假意识转化为正确意识。当然——这是一个不均衡的、并非直线的、充满矛盾的发展过程——有时也有正确的转化为虚假的，但不是简单地重复旧的虚假性，而是在现实的反映中会产生新的错误的不同的进步（中世纪早期和古代）。

---

① 《恩格斯致弗·梅林》，见《马克思恩格斯选集》第4卷，北京：人民出版社1972年版，第4卷，第501页。

◯ 审美特性

  这个过程的世俗化本质特征是意识正确性的未然性，这种未然性是指的——相对说来——正确的东西（尽管实际上还达不到），往往随着经验的固定这一过程就使其有意识的行动不断地成为自发的无意识的活动。正是由此使开始时的意识逐渐转化为一种不再是意识的东西，成为日常社会实践的组成部分（这是无意识的第二种实际意义）。即使在这里也涉及实际的、可以令人信服的社会历史发展的事实，而这绝不是马克思主义者的"特殊见解"。近代资产阶级心理学当然有这样一种倾向，即贬低意识性在人类实践中的作用，而用一种神秘化的无意识去填补由此造成的真空。就连（建立在真正事实和对它的客观分析基础上的）近代人类学也反对上述倾向。如盖伦，他批判了杜威关于"意识只具有次要的性质"的命题，并正确地描述了实际的情况："我认为正相反，在人那里并没有什么无意识的存在，而只是变成了无意识的东西，即由抵抗费力地发展成的习惯。习惯获得了决定性的新功能，成为一种摆脱了负担的、更高的、有意识态度的基础。"①

  对此还应指出，我们往往称为习惯的这种无意识性绝不是天生的，而是长期的、系统的社会实践的产物。例如，训练无非是一种方法，对一定的运动、行为方式大量训练，当客观现实要求这样一种反应时，能不用任何意识态度的努力就能实现这一行为。高等动物的游戏、对幼鸟的飞行

---

① 盖伦：《人》，波恩1950年版，第154页。

教授和训练就已经表现出这样一种本质特征。儿童游戏与动物游戏的区别在于，它是处于更高的运动或行为方式上，所以已经具有质的区别。我们可以联想到多样性的、成为习惯的反应方式，尽管它的目的是在社会生活中达到一种无意识的习惯性职能，它却可以完成一系列良好的礼仪动作。

  这种训练的前提是使行为主体处于一种安全的和不费力的状态中，① 这在动物那里只是在幼小时是这样。这种习惯可以分化并具有灵活性，对非预期的、新的不同环境的潜在适应性，这是儿童的早期发展区别于幼小动物早期发展的地方。由此构成了中枢神经系统新的习得能力。以后形成的习惯是由劳动过程、各种形式的人的集体生活以及学校所造成的。其中一部分单纯固定为习惯，对于反映方式成为不再有意识行动的基础，成为人类世代相传的共同财富（在野生动物中这是一条规律，当然两者水平上是有差别的，这点是不言而喻的）。另一部分涉及人的新的精神能力的习惯化。劳动过程不仅使已经达到的水平成为习惯，而且劳动中的人创造了提高他的水平的条件。体育中的训练、各种艺术中的练习都具有这种倾向（后者与动物没有类似之处，只是在极特殊情况下在高等家畜中略有类似之点，但是这里表现的趋向有明显界限，即区别是决定性的）。不用对这类无意识问题作进一步探讨，只需简要地说明，通常通过习惯、训练等使行为方式成为无意识的，以

---

① 盖伦：《人》，波恩1950年版，第220页。

便为意识在决定性的各种问题上留下一个自由的活动空间。在体育中通过练习形成的习惯可以使人在竞赛中把他的意识集中到用于取胜的正确战术上。随着无意识的形成，意识的活动空间不是小了，而是大大扩展了（在此那种一般的辩证矛盾性是起作用的，按这种矛盾性习惯——就成了僵化的惯例——阻碍了意识的进一步发展，这是不言而喻的）。现在回到在第二种类型的"无意识"中正确意识与虚假意识的关系问题。必须说明，上面所说正确的与虚假的辩证法与这第二种过程也是有关的。抽象地看来，一旦为意识所获得的内容通过练习、习惯、传统等而固定也同样可以成为虚假的规定和根据，如同正确的规定和根据那样。这里必须始终清醒地注意到个别过程的相对性和整体进步性的主线。若人类集体对现实只有虚假的观念，那么他们必然很快就趋于灭绝。每一种虚假意识中必然包含有一定的正确因素，即使在最原始的阶段，在对于对象、过程和联系本身的反映中也偏重于对规律的把握，而不是偏重试图对它在概念上加以解释。

所有这些说明，就其主要倾向而言，日常生活中无意识性因素往往比科学中的更强（尽管——从意识形态上看——没有一系列技术辅助动作的无意识化，就不可能有发达的科学活动）。日常生活自发的直接"无意识性"——它在第二个过程中占主导地位——其自身是一种社会现象。在无数事例中心理上清楚地意识到的个人行动都能形成诱发的动因。由于它成了一般的社会占有，从而在上述社会

第一章　日常生活中的反映问题

意义中这种行动就无意识化了。不仅由一般社会实践的观点看来,而且由单独的实现这种无意识化的个体的观点看来,都是如此。由于语言的全社会特性,这一结论与语言的关系格外重大。如果把日常会话语言(即原来意义上的语言)与其特殊用法(如科学术语)相比较,语言发展的这种无意识性(在这里所说的两种意义上)就可以最清楚地表现出来。当然,科学术语严格说来不是固有的语言,它是建立在一般的句法和通常的词汇基础上的,这种有意识的新构成也与固有语言内部境界的狭小有关。这种局部片断的发展方式也适应于说明固有语言发展的直接性和自发性。例如通过个别诗人对语言的丰富化并不能作为它的反证。因为一般的掌握和规范以及日常的掌握没有什么区别。它只是表明,正如我们在别处已经说明的,上述对象化的范围与日常生活的对象化在形成方式和作用方式上是不同的,它克服了日常生活的自发性。这里——形式有所改变——仍然存在正确意识与虚假意识的联系和对立。

正如上面指出的,这里绝没有取消它们的共同基础。我们在语言的主要机能,即对外部和内部对象的命名作用中,可以清楚地看到这一点。需要和满足的增长起源于劳动过程。恩格斯在谈到语言的形成时,正确地指出:"这些正在形成中的人已经到了彼此之间有些什么非说不可的地步了。"[1] 这些

---

[1] 恩格斯:《自然辩证法》,见《马克思恩格斯选集》第3卷,北京:人民出版社1972年版,第511页。

## 审美特性

要说的内容无疑主要是由劳动过程中产生的。当对象以及行为方式由单纯的表象形成概念，并只有当概念获得了一个名称时，它才能在意识中固定下来。由此语言给予直观和表象以名称，并把这种直观和表象提高到高于其他高等动物水平上的规定性和明确性。处于与概念不断相互转化的辩证关系中的直观和表象，与没有这种转化运动的直观和表象必然具有质的不同。因此，我们无论怎样估计名称对我们精神生活的意义也不会过分：它使原来处于暗中的新事物进入了意识。当作为名称的词通过习惯被固定下来，这种词的使用已经失去对意识化的冲击，当对现实的逐步把握通过社会意识——在我们这种意义上它是无意识地进行的——而不断向前发展时，这里仍然保留了以前某些命名对意识化的冲击，当然其情感色彩已经减弱并大大不同了。诗歌就是以不断地适当赋予名称的冲动来创作的，在有关的章节中我们对此还要详细讨论。这里只需指出，情况越发展，它就越少涉及简单地对未知对象或客观联系的命名问题，而是涉及人与对象以及对他们的环境的关系，这种关系由于习惯而不知不觉地成为当然的意识的东西，通过诗歌"突然"以新的观察、以与人的新的对象关系表现出来，命名作用经常不知不觉地转化为规定。这种结构本来就已经隐含在原始的命名中，随着意识不断对现实的把握而在质上具有新的差别。这样一种"突然"通过诗歌语言获得冲击作用，在这后面总是隐藏着一种新与旧的斗争，隐藏着人与他们的社会历史形成的环境通过毛细管作

第一章　日常生活中的反映问题

用而逐步造成的新关系被突然地意识化。在这种形式作用的后面有一种作为其决定性实体的内容变化的因素。这种作用在日常生活中当然也会出现，它构成这种诗歌表达方式的内容基础。托尔斯泰在《安娜·卡列尼娜》中绝妙地描述了这种情况。康斯坦丁·列文在对话中给对方作出了关于近代法国绘画的一个惊人的定义。安娜笑了并说道："我笑，就像人看见一幅逼真的画像笑起来一样！"这里可以看到，命名的重要性仍然存在，同时它的作用在实际的情感上减弱了。在希腊这种联系还很强地存在着（我们可以联想到柏拉图的《克拉提洛斯》）。在原始民族中，这种活动不仅伴随和表达了最初对现实的把握，而且在质上情感色彩也是很强的。此外——一个社会越原始，其对象化活动就越不发展——以命名获得的对现实的新的认识就越不能有机地融合到以前形成和经过考验的对象化体系中。在社会充满活力的必然性中，不是停留在个别集合体的命名上，而是使之相互联系，即使在初始阶段也产生了某些具有这种职能的对象化体系。从消极方面讲，命名在反映现实中表现了内在的贫乏性和缺乏基础。从积极方面讲，命名所产生的精神冲击侧重于情感方面，它本身承受了所有精神的后果。因此，在人类巫术时代很强调赋予名称的作用。柴尔德对此描述如下："不论在今天的半开化民族还是古代的开化民族中，巫术一般的基本思想是，一个事物的名称神秘地与事物本身具有同样价值。在苏美尔的神话，神说出了一个事物的名称便创造了这个事物。对于巫师，

◐ 审美特性

知道一个事物的名称就意味着掌握了支配这一事物的力量——换句话说,就是'认识了事物的本性'……苏美尔的词典不仅用于作为词典本身的那些有用与必要的目的,而且直接作为支配其中所记载事物的设施。其中的条目越完全,人们了解和应用这些条目所能支配的自然范围也就越大。"[1] 柴尔德在这里也指出了这种观念在文明比较发达的社会形态中仍继续存在着。原来,如各种创世神话和巫术传统所表明,赋予名称是与支配(产生、破坏、改变)对象的观念不可分割地联系着,这对人们的个人生活也有很大影响。弗雷泽指出:"不能在名词与事物之间清楚地区分开,这使得野蛮人一般把一个名字和这个名字所标识的人或物之间的联系不看作是纯粹观念和随意的联想,而看成是实际的、本质地连接着两者的纽带。对一个人施行巫术,利用他的名字也和利用他的头发、指甲或其他身体重要部分一样起作用。原始人把他的名字看作他个人异常重要的组成部分,并守护着这个名字。"[2] 由此可以理解,弗雷泽、列维·布留尔和其他人所描述的双重命名的问题、由于年龄而将原来的名字隐藏起来并更改名字等。[3]

这种观念在我们这里可能非常陌生,但它很适于说明日常思维的结构和日常意识的产生。因为它产生和作用在

---

[1] 柴尔德:《文化的阶段》斯图加特1952年版,第168页。
[2] 弗雷泽:《Der Goldene Zweig(金枝)》,莱比锡1928年版,第355页。
[3] 弗雷泽:《Der Goldene Zweig(金枝)》,莱比锡1928年版,第356页。
参见列维·布留尔《原始民族的思维》,维也纳/柏林1921年版,第347页。

这样一个环境中，这个环境在我们所说的意义上几乎是没有对象化的，日常思维与还很难产生出这种思维"纯粹形式"的对象化之间还没有复杂的相互作用。当然这里必须强调"几乎"和"几乎不"的说法，因为词、命名已经具有萌芽状态的对象化特征。但是即使最发达语言也绝不能代表像科学、艺术和宗教那个意义上的对象化。语言绝不会像科学、艺术和宗教那样成为人的态度的一种独特"领域"。正是由于语言与思维的不可分割，使得语言包含着并构成了全部人的态度和行为方式的基础，语言在整个生活领域扩大着它的普遍性，而不会形成其中的一个特殊领域。但我们也可以说，巫术的"体系"、它的直观和祭仪随着日常生活的发展要比以后宗教的体系及其直观和祭仪的发展大得多，巫术体系作为独立的对象化与日常生活处于相互作用之中。与其说它与日常生活相区别，不如说它包含着日常生活。命名的这种强烈的感情色彩是巩固巫师力量的一种手段，也是巫术观念和行为方式产生的一种手段，成为社会分工起始的一个契机。对这一传统的适应性完全基于原始人的初级的无矛盾的观念。名字与事物（及人）具有不可分割的统一性，由这种统一性中可以使个人得到最幸运或最不幸（宿命）的结果。

又是马克思用人体解剖来解释猴体解剖的方法，并通过对由巫术到我们现在所走过道路的认识，帮助我们对巫术现象作了接近于历史的正确理解。正确的认识在这里要克服两种错误的极端，一方面是直到现在还很流行的把

"起源"理想化,并宣扬——作为逃避现实似乎无法解决的难题的出路——倒退到起源时期。不论这是以残暴的煽动形式(如希特勒和罗森贝尔格)①还是以敏感的哲学家的思路形式(如克拉盖斯或海德格尔)出现,按我们的观点看来都是一样的。因为在所有这些情况下都是从思想上取消了实际的历史发展(我们以后将看到,这种统一结构甚至在有才华的进步作家那里也会带来危害,如在考德威尔那里,抒情诗近似于巫术)。另一方面有许多实证主义者是按今天的思想感情简单推论来解释过去的事实。连博学而敏感的民族学家博阿兹也这样解释巫术:"而巫术呢?我相信,如果告诉一个男孩子,有人对着他的照片狂叫并把他的照片撕碎,他将大为激怒。我想,如果在我的学生时代发生这种事,结果将是决斗……"②博阿兹只是忽略了,今天的人绝不会相信,他个人的命运会取决于这样一个行动。他可能由此感到屈辱,但绝不会像巫术时代的人那样认为这威胁他肉体的存在。

早期的原始时代研究者在这个问题上要更符合历史和现实一些。弗雷泽和泰勒认为利用类比把自然力人格化是发生在比较晚的时期。如上所述,由体验固定下来的主体—对象关系是劳动的产物,是劳动过程经验的产物。因为它形成的条件在于,既要把环境理解为——相对被支配

---

① Rosenberg(1893—1946),德国纳粹政治家。——译者注
② Boas:《Primitive Art(原始艺术)》,纽约1951年版,第3页。

第一章　日常生活中的反映问题

的——人的活动的作用场所，又要使人——在一定程度上——意识到他在行动和适应中的能力和界限。因此要发展拟人化的类比推论，就必须使变成习惯的劳动经验达到相当的高度才成。这种体验中最普遍的部分在所有比较低的发展阶段上都是共同的，即这种现存力量和知识不会造成阻碍的冲突作用。由于这一阶段情感和思维形式的直接性，他们预感到在他们的背后有一种未知的力量并试图使这种力量服从于人的活动，至少也要影响它使之对人的活动有利（存在于我们生活内部的各种形式的迷信，无疑妨碍着我们征服世界的能力，但这还涉及是在生活内部的一个片段上还是在全部生活的深度和广度上，两者有质的区别）。在由此形成的、充满幻想的、感情上自发的类比或类比推论的阶段，它的直接性是决定性的契机。弗雷泽正确地强调指出，"巫师只是在其实践的方面了解巫术"。由此可以推论出进一步的特征："巫师不乞求于更高的力量，他并不试图获得任何变幻无常的存在的恩惠。他并不屈身于恐怖的神灵面前。"[1] 这里只涉及他要精确地应用他的实践相对未知力量所应遵循的规则。稍有不遵守规则的地方就不仅是失误，而是会招致最大的危险。巫师把这种力量当作"无生命的事物"，作为某种技术性（祭仪—巫术的），而不是宗教性的。由此可以看出，有些民族学家（如里德）是承认与有灵论的唯心主义相对立的唯物主义的。这当然

---

[1] 弗雷泽：《金枝》，莱比锡 1928 年版，第 70 页。

是一种夸大的说明,因为如上所述,它涉及的是在唯物主义和唯心主义明确分化和对立之前的时期。我们可以说,巫术的特性与宗教的不同,它的普遍化程度较低,而直接性占主导地位。与宗教的有灵论时代相比,巫术混淆了外在和内在世界的认识界限,使其相互融合在一起。在巫术中没有与外部世界的伦理—宗教关系,这并不是以后唯物主义对世界理解的萌芽,而只是众所周知的日常生活自发唯物主义的原始表现。相反,里德在有灵论中却正确地看出了最初唯心主义世界观的端倪。在巫术中,以后变得对立的倾向还没有分化。对世界理解的所有因素都集中在直接的——日常的、非对象化的——巫术实践中。当弗雷泽提到巫术是自然规律的一种"不真实的体系",是一种"虚假的科学和不丰富的艺术"时,这种消极评价的说法同样是一种现代化,因为在巫术发展阶段还没有把自身由日常现实中区分开来产生一种独特的(科学的或艺术的)对象性倾向。这种术语只能相对地说明实际情况,因为在这个阶段只表现出向后世科学或艺术方向发展的不确定的、无意识的一种发端。就它在这里所获得的某些对象化而言——正是由于巫术的这种实际特性——这种对象化更像日常现实性的趋向,而不像独立化的科学和艺术的对象化。只要其中包含以后更高的对象化的因素(无疑情况是这样),特别是在开始时,这种因素就完全服从巫术实践的主要倾向。它的特性(尽管不是偶然的)只是部分的、插曲式的,并总是无意识的。

## 第一章　日常生活中的反映问题

我们说这不是偶然的，因为要正确地反映和认识自在的客观现实的意图，当然已经无意识地包含在最原始的劳动活动甚至采集活动中。因为对现实的完全无知和对其客观联系的完全忽略就必然立刻导致灭亡。劳动在这里意味着在产生认识倾向方面一个质的飞跃。要在这一方向上迈出第一步，要由占支配地位的巫术倾向中解放出来，就必须达到普遍化和经验的一个相当的高度（巫术的基础正好是对客观现实的无知）。尽管存在这种直接的不可分割的统一性，普遍化过程必然客观地分别被固定在劳动经验和巫术实践的经验中。正如柴尔德所正确指出的，劳动经验导致后世的科学，巫术实践经验则往往阻碍科学的发展。当然，这种对立——就发展的主线而言，这是正确的——并不是绝对的。这里不断出现相互作用，如我们以前所指出的，巴雷托有一定道理地肯定了这种相互作用（在艺术中也有类似的倾向，我们以后还要详细讨论）。在所有这一切中，存在着一种与日常思维结构最普遍的相似性。当然这里不要忘记根本的区别，在文明的日常生活中始终自觉或不自觉地应用着发达的科学和艺术的成果。这些成果的特性要服从固有的、往往是目前的实际利益，这一点会引起它们的特殊本质的严重变形，但（现代日常思维。——译者注。）对客观现实的支配程度却处于一个无可比拟地更高的、不同质的水平上。现在所强调的结构相似性，只能在最一般的意义上来理解，我们不应该把它类推地应用到各种个别情况。

> 审美特性

巫术时代这种最原始的存在方式导致它的混杂的、对客观现实的实践行为方式向唯心主义方向进一步发展。G. 汤姆森比弗雷泽和泰勒更准确地描述了巫术状态的特性。"原始巫术是基于这样一种观念，即由于人们创造了支配现实的幻象，人们就能实际地支配现实。它是一种幻想的技术，用以弥补实际技术的不足。相应于生产的低级阶段，主体对外部世界只有不完全的了解，因此以事先施行的祭仪作为实际活动获得成果的原因。同时作为行动的先导，巫术体现了通过人的主观行为可以实际地改变外部世界这样一种富有价值的真理。"[1] 显而易见，在这种对现实的贫乏知识中（这种知识是基于客观的劳动经验中有价值的部分），劳动过程的主观方面比客观现实本身的片断的已知因素提前地被普遍化和系统化了。目标确定作为原因时间居前，而客观结果是作为后果，因为，如已强调指出的，在这个阶段类比是普遍化和系统化的主要思想工具，它表现为经由巫术向唯心主义方向发展，按劳动过程的模式向未知力量人格化的方向发展，即向有灵论和宗教发展。在这里决定的因素不是对精灵存在的设想。如弗雷泽所指出的，精灵可能在巫术中已经存在了。它涉及对劳动过程的主观方面初步的普遍化，这就容易理解了。在巫术中，这种类比与人们所有其他的观察是在同一平面上进行的，只有当

---

[1] G. 汤姆森：《Aeschylus and Athens（埃斯库罗斯与雅典）》，伦敦1946年版，第13页。

人格化带有了对自身理解的所有特征时，才和精灵形成了新的关系。当然这里有无数的过渡，对这些我们不能深入讨论。弗雷泽正确地指出了决定性的区别："确实，巫术经常涉及精灵。如同宗教所认为的那样，精灵是具有人的活动的存在。但凡是以通常形式施行的巫术，那么与这些精灵的交往就像对待无生命的事物那样，也就是说巫术对这些精灵不是和解和善意的态度，而是像宗教中那样采取强制和禁锢。"①

弗雷泽在对巫术理论与实践的分析中，强调了作为人与客观现实关系基本事实的模仿的巨大意义，这是他的实际贡献。他把模仿明确地与他称为巫术表演圈的"相似性规则"联系起来，即同类相生。他对其他类型巫术的观察提出了"相互发生过联系的事物之间在脱离接触以后仍然可以在远处相互作用"②，也表现了模仿的决定性作用，这是可以理解的。因为在模仿中也表现出对现实——相对地——直接反映所作的原始的直接实践的反应。它经过了比较长期的发展，完成了与直接性相隔甚远的分离。类比必然转化到不太发展的对因果的考察，人们用与所反映现象不再有外部直接相似性的方法来考察他们对自然的作用（但却反映了其规律性和本质）。我们可以联想最原始的工具就是对以前偶尔发现后来收集起来的石头的模仿。在原

---

① 弗雷泽：《金枝》，莱比锡1928年版，第74页。
② 弗雷泽：《金枝》，莱比锡1928年版，第15页。

始阶段的发掘物中，原型与模仿物是很难区别开的。很晚以后才形成工具，工具的形式是由对目标和手段之间关系的认识产生的，从而才实现劳动的本质和实用效果。劳动越分化，工具越获得一种独立的——由技术决定的——形式，在这一领域就越失去了对那种直接发现的对象的模仿。在主体方面的模仿则多少有些本质的不同：它是对在劳动实践中验证过的运动的模仿。这里模仿保留了劳动的持久原则和劳动经验——具有多种不同的形式并增强了合理化——的连续性。模仿与人的联系越大，那么它在更高阶段的作用就越丰富。

　　模仿作为由反映向实践的直接转化是发达了的生活的基本事实，这种普遍公认的形式在高等动物那里也可以看到。例如华莱士观察过，没有听过它们自己同类歌唱的鸟可以接受和它一起生活的那些鸟的唱歌方式。许多资产阶级学者感到，承认在生物与环境之间关系上的这一基本事实是危险的。他们的担心不是没有道理的，这会导致承认反映是科学和艺术的基础。因此格鲁斯援引了华莱士上述观察实例，却否认动物的游戏与模仿有什么关系，认为它们主要是"有机体天然本性所产生的反应方式"[①]。天然本性这一说法的提出就独断地排除了发生学的问题。这样就把简单的事实神秘化了，并割断了对由简单事物到复杂事

---

[①] 格鲁斯：《Die Spiele der Tiere（动物的游戏）》，耶拿1907年版，第13页。

## 第一章 日常生活中的反映问题

物发展的认识。盖伦在与另一个作者论战时正确地指出："假定'游戏冲动'是单纯用词的解释，它什么也没有说明白。"①

当然，最原始的人比最发达的动物处于更高级的阶段，因为反映和模仿的内容已经由语言和劳动的媒介所承担，甚至可以说劳动是一个收集器。即使在原始人那里，模仿也不再是完全自发的，而是自觉地指向一个目标，以某种方式超越了直接性。人的模仿是以相对形成了的主体—对象关系为前提的，因为这种模仿已经明确地指向作为人的环境的一部分和因素的某一对象。其中已经有对于对象的某种意识性。这种对象是与主体相面对的，并独立于主体而存在，但在一定情况下可以为主体的能动性所改变。这种独立性当然主要是存在于情感体验中，如不安。这是我们称为日常生活的自发唯物主义的原始形式。关于外部世界客观性的思想越不确定，越溶解在情感里，它的模仿巫术的再现就越精确，越"被规定"。这种再现只是掌握了对象的外部现象特征和它的变化的合规律性（如冬天以后是春天）。由于思想的模糊，知识的贫乏，这种表现方式和特征作为本质的东西被固定下来，在其精确的固定中，把模仿作为巫术的手段以招致所期待的效果（如春天的回归、好的收成等）。这种模仿越强，越需要许多人的通力合作（如共同的舞蹈），越要注意祭仪的精确性。这种情况使弗

---

① 盖伦：《人》，波恩 1950 年版，第 222 页。

◯ **审美特性**

雷泽把"巫术理论"看作是一种"伪科学",在巫术实践中把模仿看作一种"伪艺术"。① 由此,他一方面解除了理论和实践的直接统一,另一方面以近代人的尺度把整个情况现代化了。那些以后作为科学和艺术而取得独立方法来处理现实的行为方式,在这里还是与以后宗教的萌芽一起,不论在理论中还是实践中都包含在无法区分的混合体中。实践的因素(舞蹈、歌唱等)构成了艺术的一个出发点,有助于形成其独特的倾向,同时(正如我们所看到的)又往往阻碍甚至抑制了其独立化及其真正特性的形成,从而使这两者的分化和对立更加令人迷惑不解。这并不会改变以下事实,即在对现实的具体反映中,在试图通过模仿来固定被反映的事物时,客观上存在着对现实审美反映的萌芽——我们重复一遍,它与其他行为方式混杂在一起——这一结论作为理解以后分化的出发点是非常重要的,如果我们对科学和艺术在分化前的起始阶段就以歪曲的形式加以解释,那么其过程就会被歪曲。由此不仅将起始阶段令人难以容忍地(如上所述)现代化了,而且歪曲了科学和艺术反映的特性。在几种基本(不是所有的)因素中艺术反映的出发点是对被反映事物的模仿固定。为了获得其自身的独立性,在质上必然要进一步发展和变化。如上所述,科学反映要超越完全直接的模仿"方法",寻求按照客观尺度进行分析和综合的新道路,以便能找到对被反映

---

① 弗雷泽:《金枝》,莱比锡 1928 年版,第 29 页。

## 第一章 日常生活中的反映问题

事物进行加工的独特方法。在这两种情况下，加强了对客观现实的把握，在这个过程中取得了对自身主观性和人的体力及精神力量的支配，从而可能并且必然超越了直接模仿。

只要我们通过思想实验排除掉历时若干千年来发展所取得的成就和能力，我们就能重建地洞察到巫术时代的结构以及对现实反映方式的形式和内容。那种现代化造成了最大的困难，即把现代人的"深切"愿望作为"世界观"投射到起始阶段，由那里再来——对照地——理解现代。与此相反，我们应该了解，原始世界图像的"世界观"方面是最不发达的，即使本身正确的个别知觉按这种"世界观"来解释也只能获得一种幻象的、混沌的特性。因此，按照恩格斯风趣的说法，这种"世界观"及其在更高阶段的残余是一种"原始谬论"。恩格斯正确地指出，要给这一切原始谬论寻找经济上的原因，那就太迂腐了。尽管他肯定，当时"经济上的需要曾经是对自然界的认识进展的主要动力"。[①] 这里对我们重要的是确认，这种认识虽然这样荒谬，却曾经是它的普遍化的基础和轮廓，其包含范围比人们在纯粹理论上设想的要大得多。起始的特别贫乏的认识，其基础未经改造就被扩大，这种可能性是很大的。M. 施密特指出，早已经过原始状态的原始民族有着惊人丰富

---

[①] 《恩格斯致康·施密特》，见《马克思恩格斯选集》第4卷，北京：人民出版社1972年版，第484页。

的植物学知识,可以清楚地指出各种名目的分类。① 我们在直接生活所需的各种实践领域中可以看到同样的情况。其中,具有多种过渡的采集活动转化到土地的耕作和植物的栽培,渔民和猎人制造出不断改进的复杂的工具（投石器、弓、箭、鱼叉等）,虽然发展是不均衡的,但始终处于不断提高之中。这些的完成并没有带来"世界观"的明显变化以及对外部世界和对本身认识和经验的普遍化。这又证实了我们的格言:他们没有意识到这一点,但是他们这样做了。这种人的无意识行动的普遍有效性在我们的例子中作为主要倾向起着确定结构的作用,在充分肯定这种有效性（在我们所说的意义上）时,也不能忽视它们在质上的区别和对立,即行动的无意识性只是一种形式—结构上的相似性。对外部世界的实际认识和人的能力的形成首先是通过科学和艺术这些大的对象化系统的形成和发展而产生了质的不同,只有借助于最高的普遍化才能进行它们的比较。

最原始的巫术发展阶段的特点是,对外部世界个别正确认识的不断增长和人对世界支配能力的不断增长与这种没有什么客观基础的"荒谬"解释的尝试结合在了一起。当巫师、医药师和黄教僧等通过社会分工而成为一种特殊的职业时,这种矛盾会更加突出。一方面这种社会分化至少原来是在选择最有知识和最有经验的人的基础上产生的,

---

① M. 施密特:《Die materielle Wirtschaft bei den Naturvölkern（原始民族的物质经济）》,莱比锡 1923 年版,第 33 页。

这一排他性社会阶层的形成往往造成知识进一步形成的障碍。通过良好的业绩来保持和巩固他们的特权成了这一阶层所主要关心的事。另一方面这种特权的存在首先表现在摆脱了体力劳动，由此而造成在自然观察中的那种唯心主义倾向不断扩大。自然观察是由劳动中主体设置的目标出发的，按所理解的劳动"模式"来解释自然现象。特别是缺乏对劳动经验的直接物质上的掌握，必然更加扩大了这种唯心主义倾向。即使早已形成了各种不同的对象化，这种倾向在社会发展中仍长期起作用。在思维由单纯直接的类比过渡到或多或少发展了的因果考察之后，不断提高的个别认识与其非真实的世界观的普遍化之间的矛盾有时也会增大，尽管它早已超越了原始谬论。通过对因果的观察在唯心主义拟人化外衣下越来越明显地取得了对外部世界和对人的认识。维柯正确地把这种思维表征为以"幻想的普遍概念"或类概念来工作的。① 要使人的认识能对神话和"幻想的普遍概念"作唯物主义的批判，那么人的认识就必须在广度和深度上达到比较高的程度。恩格斯对这种发展，即对克服在认识上获得的事实和联系被唯心主义头足倒置的困难，作了明确的概括。虽然他主要指的是已经高度发展的状况，但却给我们指明了重要的发展路线。他指出："在所有这些首先表现为头脑的产物并且似乎统治着人类社

---

① 维柯：《Die neue Wissenschaft（新科学）》，慕尼黑1924年版，第170页。

会的东西面前,由劳动的手所制造的较为简易的产品就退到了次要的地位;何况能计划怎样劳动的头脑在社会发展的初期阶段(例如,在原始的家庭中),已经能不通过自己的手而是通过别人的手来执行它所计划好的劳动了。迅速前进的文明完全被归功于头脑,归功于脑髓的发展和活动;人们已经习惯于以他们的思维而不是以他们的需要来解释他们的行为(当然,这些需要是反映在头脑中,是被意识到的)。——这样,随着时间的推移,便产生了唯心主义世界观,这种世界观,特别是从古代世界崩溃时起,就统治着人的头脑。它现在还非常有力地统治着人的头脑,甚至达尔文学派的最富有唯物精神的自然科学家们还弄不清人类是怎样产生的,因为他们在唯心主义的影响下,没有认识到劳动在这中间所起的作用。"[①] 这里可以清楚地看出,在形成和巩固唯心主义世界观方面劳动中主观因素的作用。

这一发展的起始阶段在科学上还有很大的争论。至于何时和怎样由巫术的混沌中,由"各种力量"的表演圈中(这里是为了用一个更确定的词来标识这种混沌的思想和情感),进一步形成了神话和宗教的"有灵论"世界图像,这对我们的讨论并不是决定性的问题。我们可以清楚地看到,那种对于文明人显得是理所当然的人类精神分工形式,人们几乎不把它看作是历史形成的东西,最重要的哲学学说都是把它们看作超越时代的本体上属于人的本质的态度和

---

① 恩格斯:《自然辩证法》,北京:人民出版社1971年版,第156页。

## 第一章　日常生活中的反映问题

对象化（只要指出康德就够了）。它的这种本质是在长期的历史发展过程中逐步被认识的。由这种观点看值得注意的是，在最早的发展阶段上人们几乎完全不了解自己对于人和世界（彼岸）还存在什么伦理态度以及宗教态度。我们已经指出了弗雷泽的这种结论。林敦和文格尔特谈到过波利尼西亚人的这种对世界的观念："整个观念都是机械式的，而不是具有人格的，根本不包含原罪和受到惩罚的想法。"他们认为这种技术是"由上帝操作的"，"牧师是经过训练的手工工人"。① 泰勒也认为，仪式和祭仪是"与精灵的存在相交往并影响它们的手段"，"正如任何化学或机械过程一样，这种手段具有一个同样直接实践的目的"。② 因此关于伦理学方面，"未开化的有灵论几乎完全没有那种（以后在宗教中起着巨大作用的）伦理因素"。伦理学的形成有它独特的土壤，它是在传统和公众舆论的基础上形成的，而和那种与其并存的有灵论信仰原则及祭仪关系不大。他称这种状态"不是不道德的"，而是"非道德的"。③

泰勒在这里不仅证实了我们所谈的发展路线，而且指出了另一个极其重要的问题，就是对现实反映的那些形式和人对那些形式的反映，我们通常用伦理学的术语来表达，

---

① 林敦等：《Arts of the South Seas（南海艺术）》，纽约1946年版，第12页。

② 泰勒：《Die Anfänge der Kultur（艺术的开端）》第2卷，莱比锡1873年版，第363页。

③ 泰勒：《艺术的开端》第2卷，莱比锡1873年版，第360页。

⌈审美特性⌉

同样是长期历史发展的产物（同样不具有天生的、人的本体论的特性）。它是独立于巫术—有灵论—宗教的观念而发展起来的，比较晚才和宗教——充满矛盾地——结合在一起，对这个问题的讨论远远超出本书的范围。这里只需指出——泰勒像大多数资产阶级学者一样忽视了原始共产主义和它的解体——这种原始伦理学的必然性正是随着阶级的产生才出现的。只是由这一基础上才产生了不再和个人直接需要和利益直接一致甚至与之对立的社会义务。不论是法律上的还是伦理上的义务，都是随着原始共产主义的解体、随着阶级的产生而形成的。恩格斯对有关这个问题的早期状况作了鲜明的描述："在氏族制度内部，权利和义务之间还没有任何差别；参加公共事务，实行血族复仇或为此接受赎罪，究竟是权利还是义务这种问题，对印第安人来说是不存在的；在印第安人看来，这个问题正如吃饭、睡觉、打猎究竟是权利还是义务的问题一样荒谬。"[①] 这种发展的具体形式不属于我们这里的问题。这里所要确定的只是，维柯的"幻想的普遍概念"，在这种概念中世界的联系对于人所表现出来的不仅是对自然的反映，而且——在更高的尺度上——是对社会的反映。人们的协作和共同生活不再是一种"自然的"理所当然的事，要调整这种协作和共同生活只需要日常的传统、习惯、自发的公众舆论，

---

[①] 恩格斯：《家庭私有制和国家的起源》，见《马克思恩格斯选集》第4卷，北京：人民出版社1972年版，第155页。

## 第一章　日常生活中的反映问题

即使在各种个别冲突的情况下也足够了。而在充满矛盾的社会里，要解决这些问题并保证这种社会的维持和再生产就成问题了，人们就必须构成新的对象化、新的态度，其中也包括伦理学。

这一发展的矛盾性表现在各方面。弗雷泽指出了很有趣的一点。他在人的认识的提高之中，看到了由巫术观念过渡到宗教观念的一个原因。这一过渡并不是直接的，相反，是由于人逐渐认识到"自然界的无限性和他自己的渺小以及相对于自然的无能为力。与此同时，增长了对那种他所想象的支配自然界力量的威力的信仰，正如我们所看到的，那种力量不断获得了拟人化的人格形象。由此，他放弃了那种借助他自己独立的方法（巫术）来扭转自然进程的希望。他逐渐景仰唯一守护着超自然力量的神灵，他认为这种超自然力与神灵是一体的。随着知识的发展，祈祷和贡品占据了宗教祭仪的主要地位，曾经具有同样资格的巫术逐渐被排挤到次要位置了，而降低为魔法"[①]。弗雷泽在这里正确地强调了巫术和宗教的对立。这里应该提到的是——关于这方面不论是弗雷泽还是其他学者都收集了大量的资料——宗教往往把巫术作为扬弃的因素吸收和保存在自身之中。只要在人和神的关系中插入需要精确遵守的仪式、精确指定的语句和表情作为中介，以便祈求神的恩惠，那么巫术倾向就成为宗教的有机组成部分了。一个

---

[①] 弗雷泽：《金枝》，莱比锡1928年版，第132页。

审美特性

宗教越成熟，它就越深入涉及伦理问题。由祭仪所规定的态度越内在，它就越沉浸在巫术的观念中。当然这两者之间本来是对立的倾向并不总是和平共处的，在巫术观念与"纯粹"宗教观念的代表之间产生过特别激烈的斗争——在历史过程中不断地加强——宗教完全摆脱巫术传统的尝试，往往意味着宗教本身深刻的危机。这种危机在历史上有多种不同形式，其中如偶像破坏也涉及宗教和艺术关系的巫术基础，这里我们不作研究。对于我们重要的只是——虽然这些矛盾可能转化为危机——在巫术、有灵论和宗教之间存在着历史的连续性。在这种连续性中作为发展的主线是在世界观中主观主义不断发展和进一步形成、对自然和社会起作用的力量进一步拟人化，将这些观点和由此形成的戒律用于整个生活的倾向占据了主导地位。

此外，也不断完善那种原始的、还不是自觉地作为世界观的、劳动中的唯物主义。这个时期正是扩大人对自然界支配的一个最大的时期（我们只要联想到青铜和铁的应用就够了）。（巫术和宗教。——译者注）这两种方向越发展，两者的冲突和矛盾就越不可避免。在历史的现实中，这种矛盾往往削弱，很少彻底和认真地决一胜负，这只是一种假象。对细节的讨论不是我们这里的任务，这里只需强调指出一个对我们的讨论有极大意义的特征。其影响只是以后才明确地表现出来。这里指的是在宗教中对现实反映的思想情感加工与日常思维非常接近这一特点。宗教性的原始先驱阶段并不是在形式上消灭了巫术和有灵论，而是在黑格尔所说的扬弃的意义上保存了它们。

　　当然，这里并不是说日常生活和宗教在结构上是简单同一的。首先，宗教很早就创造了特殊体制上的对象化，它由医药师的固定职能扩大到普遍的救世说的教会。在许多宗教中，随着时代的推移形成了在教义上严密规定的客观联系。这种联系由神学进一步理性化和系统化了。这里形成的对象化，部分与社会组织，部分与科学具有形式相近的特征。下面应该对宗教对象化的特殊特性，至少对其主要特征加以简要说明，指出其与日常生活在结构上的近似。决定性因素仍然是理论与实践的直接联系。它是每一种宗教"真理"的本质特征。科学的真理当然具有实践的彻底性，其绝大部分甚至是由实际需要形成的。一种科学真理的实践化是一个经过中介的极复杂过程。科学手段越发展，它对日常生活实际的影响就越大，这种中介系统就越分化、越复杂。随着现代科学的形成产生了独特的技术科学，以便把纯科学的成果在理论上具体化并用于实践，就是这种情况的一种明证。当然在最终的实际应用中（在工人自己那里），相对于科学成果——客观上经过许多中介的——就又形成了一种直接态度。在消费者那里，肯定也是这样的。一般人吃药、乘飞机旅行等，在大多情况下都想不到与他所用的工具的实际联系。他可以简单（直接）地使用，而依靠对专家意见的信赖以及对任一具体设备直接维护的经验。当然在主动应用者（如飞机驾驶员等）那里，还是需要有关各种联系无可比拟的丰富知识。从事物

> 审美特性

的本性上说，并不总是要从原理上探究其科学基础，且事实上也很少去探究。对于一般的实践，依据经验的积累和对专家的信赖就足够了。这里可以清楚地看出，科学对日益广大的生活领域的支配并没有取消日常思维，日常思维也并没有被科学思维所取代。相反，即使在那些以前很少与日常生活的对象有直接关系的领域里也再生产着日常思维。肯定今天很少有人对他们利用的交通工具的特性比以前了解得更彻底。这当然不包括目前对科学知识的群众性普及。相反，正是这种相互矛盾的生动的辩证法，构成了这种日常思维不断再生产的基础。

上面我们并不是偶然地使用"信赖"这一术语——这适用于日常生活中绝大多数行为——如果能够而且必须由某一理论结论中直接引出实际的结果，那么信赖就必然代替了科学证明。托马斯·曼非常风趣地提到，在他动手术的芝加哥医院里，如果要询问给他服用的药，则被认为是举止不当的行为，甚至连人所共知的家庭常备药（如小苏打）也是如此。这里正是训练人们的"信赖"，更不用说精神疗法中有意形成准宗教关系的那一派别了。这完全是培养这种"信赖"的宣传，这一点是不需要特别证明的。科学在这里经常作为这种"信赖"的唤起者，使上述联系更加明显。当然"信赖"的说法对上述关系不很精确。它包含与知识和认识的对立，首先包含不加证明的意图和具体可能。然而，这种作用却和那种人们通常认为与知识相对立的作为"见解"的逻辑术语相接近。康德在区分见解和

## 第一章　日常生活中的反映问题

信仰时，正是非常重视进一步形成知识和证明的这种因素。"如果由客观上意识到理由不充分而认为是真实的，因此，只是被认为如此，这种见解将以同一方式逐渐补充理由而终于成为知识。"在康德看来，信仰与此不同，在这种继续前进中不可能产生信仰。"所有信仰都是在主观上充分的而客观上不充分的认为真实的意识，它和知识是对立的。"①信仰和见解的这种尖锐对立，由他的哲学体系的公理逻辑观点看来，是完全可以理解的。对于这个体系，认识、伦理和宗教就构成了它们的联系和体系上的互相补充。在日常思维中，不仅由见解进一步发展成知识的客观可能性起着重要的作用，而且取得知识的意志也起着同样作用。不管是什么社会原因在起作用——其中几种我们已经谈到，见解的实际生成转化成思维产物，在客观上有可能成为知识的前期阶段，在主观上以及社会心理上成为信仰的一种变化形态。例如，今天我们可以利用概率的计算来确定，彩票游戏中五个数的任一组合都具有同样取胜的机会，而每个游戏者在梦想的基础上相信，他的号数一定会中彩。见解进一步形成知识的客观可能性，对这种"信仰"根本没有任何影响。这个例子只是一种极端的情况。日常生活的大量事实肯定会表现出类似的结构，虽然上面谈到从认识论上的考虑，按其主观作用的本质用"信仰"这一术语

---

① 康德：《Was heißt: Sich im Denken orientieren（何谓思维中的定向）》，见《康德全集》第5卷,，莱比锡1905年版，第156页。

表达最为恰当。

　　无疑在巫术时代与日常生活之间也明显表现出上述这种结构的类似性。特别是我们考虑到，巫师对超验力量作某种技术性的处理，以致为日常生活所确定的未知（主观上作为超验体验到的）存在和在具体情况下成为习惯的无意识态度的混合体在这里就具有这种结构。不能过分强调巫术与日常生活之间单纯在结构上的相似，因为每一内容上的接近都是一种神秘化，是一种不允许的类比。即使一个现代人遵循迷信的礼仪（如先伸右脚迈步），他的情感内容和观念与巫术时代的内容也毫不相干。尽管我们对日常生活所不存在的各种情况都有精确的知识，但我们却不可能再现这些情况下的情感和思想世界。只有迷信的最普遍形式能通过传统被继承下来，把实施作用和存在过的内容不断提供给现代。通过万物有灵论对巫术的克服以及其后宗教对万物有灵论的克服，才产生了实际的信仰问题。它表现在对主观态度的某种情感的强调上。情感的强调在宗教信仰中和在我们日常生活中用这个术语的意思几乎不能相提并论。我"相信"我乘坐的飞机将不会坠毁而到达目的地，或者说我"相信"基督复活了，那么我完成的是两种完全不同作用的思维和情感活动。在宗教信仰中的侧重给予思想因素在一般日常实践中未曾有过的强调，即不论其内容或其实际结果都关系到整个人，对这种内容的接受方式以及对它的反映决定了人的整个命运。这关系到——与在"信仰"基础上的日常实际行动相反——意向的主观

## 第一章 日常生活中的反映问题

意义和客观意义中的一些普遍的东西。这种普遍性以及其中所包含的义务范围产生了对宗教信仰所强调的侧重面，它使宗教信仰与日常思维的类似作用明确地区别开来。

肯定了这种侧重和在此基础上与整个人根本命运的关系，这就在日常生活和宗教之间划出了一条鸿沟。然而如我们所看到的，这并没有消除在这两种生活范围之间基本结构的相似性。我们在此所以要再次简要地指出巫术实践与日常实践之间的相似性，这是因为其中已经清楚地表现出日常生活的最重要标志，即理论和实践的直接结合。如果我们考虑到作为超验力量的巫术观点，那么很明显，超验在这里就是一些未知的东西，并且它的"深度"就是一种现代化的解释，人们把所有很晚以后才形成的思想情感（即康德确定的信仰概念基础上形成的东西与见解相对立）毫无历史根据地投射到开端时期，由此将事实上未知的东西转化为基本上不可知的东西。虽然很晚以后才产生了万物有灵论的拟人化，当人与其生活力量的关系获得了伦理上的强调时——以此为基础并伴随着情感——才逐渐形成现代意义的超验思想（我们可以联想到《荷马史诗》中神的观念）。只有当宗教态度以一种至少具有伦理成分或伦理色彩的方式把握了整个人，这时才能形成和发展起宗教态度的夸张特性。因为即使在巫术时代（在以后的日常生活中也并不罕见）它也涉及决定人的祸福甚至生死的行为和决断。在这种情况下，自然形成一种强烈的情感强调。当成败取决于外部实践规则的运用时，这时情绪缺乏向内部的转化，缺少对那种构成宗教夸张主要因素的特有个性内在基础的思索（为了不使我们的讨论复杂化，我们一方面忽略了日常生活中伦理成分起作用的特性，另一方面忽略了宗教态度中巫术残余占主导地位的特性）。因此，宗教所强调的主要是超验的东西，它指向与现世的人世生活相对立的彼岸。即使死亡、死后的自我保存和命运不构成具体的议题，即使任何宗教作用的出发点和目标是直接此岸的，在具体的整体的整个人及其宗教意图的对象之间也形成一种原则的超验，它并不单纯是一种未知的东西，而是一种——以生活的正常手段——原则上不可认识的东西，通过一种适当的宗教态度为人所完全占有。这样形成的刺激作用（其不同类型我们在这里自然一下说不清）是以宗教信仰的夸张特性为基础的。因为在很多宗教中，仪式、祭仪的保持对于达到这种目标被认为是不可避免的（因此某些经改变的、僵化的、精神化的巫术结构形式被保持下来），仍然无法排除地存在着对主体、对整体的人的主观关系。例如忏悔就要有祭仪的环境，主观的真诚被看作是它获得超验效果绝对必要的条件。而在巫术中显然不存在这种情况。

虽然巫术与日常生活已有显著的距离，但它们都具有理论与实践直接结合的基本结构。当然理论的概念作为信仰的内容和对象还应该进一步具体化。我们上面已经分析了"信仰"在日常生活和思维中的作用并由此得出结论，它涉及见解的一种变形，其中各种不同的社会原因以及由

## 第一章 日常生活中的反映问题

此限定的主观态度与理论和实践的直接联系密切结合在一起，阻碍着认识向可以验证的方向的进一步发展。在许多情况下都客观地存在着这种可能性，它往往只是由上述原因而未能由见解进一步发展为知识。例如，某人失去了对他的医生的"信赖"，这种"信赖"现在只是转移到别的医生身上。当然在日常生活中同样有很多作用相互对立的情况，特别是在劳动的领域这两种倾向（信仰与见解。——译者注）的区别在于，在第二种情况下由大量未知的事物中获得的那些东西成了知识，而在第一种类型中未知的世界基本上被看作是不可改变的。理论和实践在日常生活中的直接结合是理论的东西获得这种把握方式的最重要基础。同时可以肯定，正是由此——自下的，由劳动过程——那种在认识、知识和科学方向上起作用的倾向在各种社会力量排斥"见解"成为"信仰"的地方也起作用。由于不可避免性，对某些观念的验证也不能使这种见解的原有意图完全消失。

即使宗教态度也是以理论和实践的直接关系为基础的。在有巫术残余统治的地方，显然是这样。在已经形成真正宗教体验的地方，也仍然保持着这种结构。因为它关系到整个人或他的最终存在中心是否得到拯救或毁灭。其最普遍的形式就是天堂和地狱或者涅槃和轮回。由于这种设置，使超验的设想以及对此范围理论概念的理解上都产生了重大改变。我们先来阐述超验概念。我们已经看到，只要科学是真正的科学，而没有发展为对科学的成果和界限、对

> 审美特性

它在人的生活中的地位以及对它相对人的存在的整体性意义作唯心主义哲学或宗教神学的思考,那么科学对于未知的东西只能作为未知的东西来看待。这一点在康德那里可以最清楚地看出来。作为唯心主义哲学家,他所考察的是作为绝对超验的自在之物的世界;作为科学学说的理论家,在他那里对于掌握未知的事物是没有具体限制的(康德把这个领域——形而上学地——看作现象界,因为他的方法论正是由下面一点出发的,即要从哲学上说明这里所达到的认识有无可怀疑的客观性,这对于我们的考察是无关紧要的)。问题本身却远不像《纯粹理性批判》所阐述的那样是形式的。真正的信仰——不是康德由纯粹伦理升华的信仰——不允许将世界这样一分为二;作了这种区分的地方(在许多种宗教中都变成这样),就不再停留在对认识的两个对象即现象和物自体的相互并列,而加大了创造物与神性、涅槃和轮回之间的对立。现象和本质是直接与寻求拯救的主体相关的,通过这种关系才获得特有的宗教的对象性。在形成特殊的对象性中,由于主观需要占第一位,从而使宗教和巫术结合了起来。但是两者也有很大区别。在巫术中,主观产生的情感如恐惧、希望等是由日常人的需要(饥饿、身体的危险等)所确定的,而在宗教中,按基本倾向说来是一种带伦理色彩的升华,即一般所说的灵魂得到拯救。这样限定的现象与本质的对象构成才产生了这一特性的基础,这种理论既是超验的,又是与实践处于直接关系之中。

# 第一章 日常生活中的反映问题

自从拟人观的普遍化设立了世界的造物主,这才完成了超验的绝对化。世界可能是这样或那样的,到这种或那种程度是可以认识的,而从这里或那里起是不可认识的,造物主在一般意义上是超验的。在造物主与创造物之间逐渐发展出了一个宗教等级制。在等级制中,造物主相对创造物具有一种质的绝对优越性。这是出于对劳动过程激情的普遍化,由主观方面是完全可以理解的。在希腊哲学中,特别是在柏拉图和普罗提诺那里,也是这样评价这种关系的。造物主比它的创造物无条件地站得更高。唯心主义哲学把这种各个方面都被错误理解的关系现实地颠倒过来,经历了数千年的过程以及工具、器械、机器的巨大发展,如在黑格尔辩证法中所做的。① 这种均衡关系的正确提出当然都是对世界宗教设想的反驳,因为与每一种把现实的人看作是世界单纯创造物的观点最终决裂都是对宗教世界观的一种否定。黑格尔哲学在有关这个问题上是特别含混的。因为很明显,黑格尔对劳动主体与客观劳动过程关系的辩证理解使各种造物主设想赖以存在的主观态度的拟人化既失去了理论的又失去了情感的基础。宗教把现象和本质分离开来以说明创造物与神的对立,若不设想一个造物主是无法完成这种分离的。在下述情况下也是不能完成的,即当宗教设想超出一个全能的造物神(如诺斯提教派或佛

---

① 参见黑格尔《Wissenschaft der Logik(逻辑学)》第 2 部分:主观逻辑或概念逻辑。

教），这种世界观不可能与在自然和社会中既无生成又无毁灭，单纯由它的永恒规律来支配世界的设想相一致。

这样形成的超验的宗教概念具有一个雅努斯①的面貌。一方面对于"现世的悟性"，首先是对于具有内在自我发展的科学是超验的，原则上绝对不可理解。另一方面，在大多数宗教中有一条主道（或多条），通过这条道路可以使超验不扬弃其特性而为人的主观所掌握。这两种极端在历史过程中以极其不同的方式出现过，在这两种极端的共存中，可以找到宗教刺激的客观原因。引起那种夸张的原因及其对宗教态度的重要性我们已经谈过。这是一种主观刺激，是从主观上设置的相应于主观激情（恐惧、希望等）的对象，正是在这种不可排除的超验与最紧密的感情接近和感情充实的联系中，当两种因素不可分割地交融在一起时，才能达到其情感的特殊强度。由此把人的生活的基本矛盾集中在这些激情之中（以及由这些激情所设置的对象中）。其中首先是这样一种感情，即在人和外界宇宙的无限性与人的本质的不可泯灭的独特性面前人和人的本质的无能为力。这种感情与其存在的矛盾性融合在一起。面对死与爱、孤独与情同手足的共处、犯罪的诱惑和心灵的内在净化等，使无力与全能、懊悔与振奋的对立统一具体化为不同的形式。在所有这一切中，可以清楚地看出信仰与其实际后果的直接关联性（这是对日常生活中理论与实践的夸大）。信

---

① 雅努斯为罗马神话中一个包罗万象的神，具有两副面孔。——译者注

仰的内容以及由此产生的情感、思想和行动——按照宗教的理解——对于人的决断有不可估量的后果，以便使人的灵魂得到拯救。由此使超验的对象性和范围完全不同，超验由事实上未知的事物成为基本上不可知的事物。因此，超验是绝对的东西。对于自己本身、对于自己的态度（对其多样性我们这里不能深入讨论）要求或多或少地克服这种超验，并使整个人与宗教超验直接密切地结合起来——有时它们是统一的——这些属于宗教领域的构成本质。由此，信仰获得了其独特的特性，它摆脱了与那种具有日常生活特征的、不成熟的见解的相似性。由于与每一种具有客观验证性的愿望彻底决裂，信仰成了重要的决定性的态度。这种验证性是每一种见解的最终基础。与宗教领域那种拟人化的、由主观创造对象的本质相适应，这种信仰转移到主观，由主观拟人化创造的拟似对象领域去完成。见解以其日常的、被歪曲成信仰的方式保持着它认识的前期形式，而信仰在其原来宗教的意义上要求支配认识和知识，成为凌驾于现实之上的更高形式。

因此，坎特伯雷的安瑟尔谟的"理智之信条"（Credo ut intelligam）这一公式是这种关系的古典形式。本书当然不可能对信仰与知识之间关系的多种表现方式进行考察。无论如何可以看出，这种古典形式可以历史地作为表现这种规则的例外情况。由于科学的侵入，使得不论从信仰意义上以及从信仰的具体内容和隐含的公理意义上去解释已知的现实，还是将宗教确定的超验本身的内容和界限作为暂时不可知的范围，都变得格外困难了。本身组成了教会的宗教不断构成自己的科学和神学，以便使其建立在信仰基础上的世界图像在形式上以科学的方式系统化，并抵制科学和科学哲学普及的要求。即使指出这里出现的大量问题也不是本书的任务。这里必须指出：科学本身的出发点和结论始终是可以检验的；相反，神学必然无批判地以信仰拟人化所设置的那些对象和联系作基础，只是在思想上加以普遍化——没有扬弃其拟人化本质特征的意图和能力——由此将它作为教条固定下来。在神学中，形式的所谓技术—思维处理还是完全按照逻辑学、按科学方法论的形式进行的。教义的重要证明是建立在信仰的基础上，诉诸信仰，没有信仰的作用，这一思想建筑就必然要破产。这一事实说明，神学并不是一种独立的科学，而是构成宗教生活的一个组成部分。它与宗教生活共存亡，离开宗教生活神学就没有什么独立的价值了。宗教领域由巫术中的产生、巫术残余的保存——主要地——与日常生活（而不是与科学和艺术）在结构上的相似，这些由神学并不能说明。

　　N. 哈特曼正确地记述了这里所产生的无法解决的难题。他并没有把问题局限在神学上，而是涉及一系列哲学学说乃至实用主义。这对我们已经没有多大意义，因为我们的考察不断指出了许多哲学学说的隐蔽的神学性质。哈特曼在这里是彻底从动物意识与人的意识的区别出发的——是与许多近代的对"原始性"的赞赏者相对立的。他把直接的、不可分割地集中在"主观"的对世界的统觉看作"非精神性的意识",其"深度"停留在被束缚的"低地"上。他正确地指出,正是在这个最崇高的精神领域,"非精神性意识"分化得最少。哈特曼指出:"在神话的思维中,作为创造目标人的表象是主要的。在宗教和哲学的世界观中,不断返回到以人为中心来理解世界——往往降低了真实世界的价值。"① 他论证的目的在于,不要使这个问题在神学上尖锐化,我们的论述说明,正是在神学中可以找到拟人化"非精神性意识"的高峰。

这里不是致力于宗教哲学或宗教批判,而只是指出宗教与日常生活的关系。我们的目的只是要确定在这里信仰比确证及其对象的证明占优势,主观性比——事实的、科学的或艺术的——客观性占优势。由此宗教以极其不同的社会历史形态构成人们日常生活的一个组成部分。它通过神学教义的信仰支配着所有的或主要的认识,直至放弃科学的所有客观知识,使信仰归复于完全空虚的内在性。最本质的东西,即拯救灵魂的目标与由信仰规定的"理论"及其直接实践的后果的直接结合,在这种历史的变迁中是不变的。虽然保持着这种内在的同一,这种变迁对于信仰给科学和艺术带来的具体影响还是很重要的。下一章我们在分析科学对世界考察的非拟人化方式的发展时,略微涉及其具体结构的变异,因为拟人化与非拟人化的完全对立

---

① N. 哈特曼:《Das Problem des geistigen Seins(精神存在问题)》,柏林/莱比锡1933年版,第97页。

是显而易见的。艺术和宗教这两种拟人化生活领域在原理上和实际上的分化是要深入探讨的一个问题。我们在最后一章将讨论这个问题。这里只须指出一个观点，即宗教信仰与其拟人化创造对象的具体对象性的密切关系。这一关系如此密切，以致随着这种对象的具体性的丧失，这种信仰也就失去力量了。每种概念普遍化（神学）的独断特性并不像科学和哲学中各种独断论那样是一种退步，而正是这种具体化的必然后果。一个实际信教的人并不是相信一般的神，而是相信具有明确规定特性和行为的极具体的神（甚至这是一个潜逃了的神仙 Deus absconditus）。教义从思想上所固定的正是这种具体性。只要这一教义是有效的，那么它必然具有不相容的排他性。在这个问题上这种不相容性的减弱说明信仰的衰退，即拯救魂对于信仰不再与特定的对象性不可分割地连在一起了。因为只要有热情的信仰，在宗教对象的"正是如此"方面就没有什么协商和妥协余地了。黑格尔在耶拿时期就已经正确地认识到这一点："一个党派，如果其自身内部解体了，也就不存在了。如耶稣教，应该在联合的尝试中消除它的差异——它不再存在的一种证明，因为在解体中构成了现实的内部差别。耶稣教的形成结束了天主教的所有教派。现在不断证明了基督教的这一真理，人们不知道是为了谁，因为我们与土耳其人毫不相干。"[①]

---

① 引自罗森克朗茨《G. W. F. Hegel's Leben（黑格尔的一生)》，柏林，1844，第537页。

## 第一章 日常生活中的反映问题

当然在这些变迁之后并没有停止对宗教的需求——正如我们马克思主义者所知道的——它多么深深地扎根于阶级社会中人的存在方式中以及这种存在方式的残余中,并不会由于这种对象具体性的强度减弱和加速解体而灭绝。在这种变迁中,有的是单纯内在性和主体性占绝对优势(如克尔凯郭尔),使宗教的真实本质比其昌盛时期更强烈地表现出来,但这是例外的情况。因为完全失去了对象化能力的主体性很容易获得一种失去面貌的非独特性。也就是说,因为对宗教的一般需求还继续起作用,宗教态度部分地退缩到空虚的主体性,部分地分散在日常生活的各种领域,使之带有宗教的色调。这里特别明显地表现出我们反复强调的与日常生活在结构上的相近之处。西美尔很好地——没有轻蔑的意图——描述了这种情况:"虔诚的孩子与他父母的关系、热情的爱国者与他的祖国或某些世界主义者与人类的关系、劳动者与他的上升的阶级或者矜持于贵族特权的封建主与他的身份的关系、臣属与支配他的主子或模范士兵与他的部队的关系,所有这些具有无限多样内容的关系,从心理方面的形式看来,有着共同的人们称之为宗教的调子。"① 所有这些我们将在最后一章作深入讨论。

若要对上述关于宗教与日常生活的相似性和差异性加

---

① 西美尔:《Die Religion(宗教)》,美因河畔法兰克福1906年版,第28页。

以简要概括，那么我们可以得到以下结论：宗教态度一眼就看出是通过对信仰的强调而与日常生活相区别的。信仰不是一种见解、一种知识的前期阶段、一种不完全的尚未验证过的知识，而相反是一种只对宗教的事实和真理打开道路的态度，并准备将由这种方式取得的信念作为生活和整个人普遍实践的准绳。无论是"事实"还是由此得出的结论，都不需要也不允许对其真实性和适用性进行检验。"事实"只能通过更高的启示来验证，它是由对信仰的反应方式所规定的。信仰是沟通主体与对象关系的媒介，这一对象是独立于他而存在、由他自己所创造的。这种媒介还创造了取得实际结论的直接性，基督的生命与这一生命的后继者是通过信仰而相互直接结合的。

在宗教真理的启示性中也表现了它与日常思维在结构上的相似。启示的内容对于非信仰者（特别是对于其他启示的信仰者）单纯是一种经验事实，像其他事实一样需要加以验证。只有通过信仰而不是通过它本身的内容，也不是通过它与现实的关系，才由无数多方面类似的事实加以强调而使其上升到这种特殊的地位。由此同时强调了上述"正是如此"的具体性和在启示内容上的独特虚构性。不论这种虚构性通过教义或通过神学加以"合理化""演绎"，或者相反把这种虚构性作为矛盾而置于中心，作为其必然后果在非信仰者的眼里显得"愚蠢"和"令人恼怒"。这两者同样说明，启示只有通过信仰的强调而与一般经验事实区别开来。正如信仰的纯粹主观性一样，经验的本质特征

## 第一章 日常生活中的反映问题

也是在宗教与科学的对立造成宗教危机的时代明显地表现出来。在那种危机的时代，为了使宗教的内容合理化以便与科学和哲学协调一致，晚年的谢林逃避到一种哲学的经验论中，希望以此找到用于神活和启示的相应的思想武器。在他的尝试中，他把经验与启示并列，而与对现实的合理的、系统的思想加工相对立。这不论是在谢林或克尔凯郭尔那里公开声言也好，或像把知识和信仰结合在一起的早期神学体系中，如在托马斯·封·阿奎那那里提出用概念上封闭的联系来掩盖这一事实也好，启示的形式和内容的纯粹虚构性都是无法排除的。由此使（尽管通过神学教义这样巧妙地隐蔽着）宗教态度的最终经验论得以保存下来。在这里值得注意的是，即使在另一方面，即科学方面，经验论也使人受到与宗教相妥协的影响。恩格斯对他的那一时代中自然科学家中招魂术倾向提出了批评，他说："这里我们已经了如指掌地看清了，什么是自然科学到神秘主义的最可靠的道路。这并不是自然哲学的过度理论化，而是蔑视一切理论、不相信一切思维的最肤浅的经验论。"[①] 在这里也清楚地表现出宗教与日常思维在结构上的相似性。

要理解高度发展的科学和巫术——宗教观念之间长期和平共处的这个看起来令人惊异的事实，就需要对这种结构进行考察。只要涉及在狩猎、农耕时代单纯经验的积累，

---

① 恩格斯：《自然辩证法》，见《马克思恩格斯选集》第3卷，北京：人民出版社1972年版，第481页。

◯ 审美特性

那么显然这个阶段整个生活所无法避免的不安全性必然造成对巫术和祭仪的信仰。在更高的发展阶段上也重复出现过这种情况。正如鲁本所指出的："印度的天文学实际上是迷信与科学的奇妙的混合。这些天文学家是占星术士和婆罗门教徒，他们自己因袭着从古代继承下来的迷信重担，丝毫没有从中摆脱出来的意图。"① 这位作者在另一个地方又强调了印度数学的高度发展，其中有很多超过了希腊人的数学成就。他谈到他们对二次方程的解法，"人们把它称作拉格朗日以前数论的最高成就。到这位数学家才重新发现和进一步推导了这一方法。印度数学家根据占星术的要求推动了这些问题的解决。占星术与数学家有密切关系。这就使我们可以理解了，为什么印度哲学很少受到数学以及天文学的推动。"②

关于这里提到的哲学作用的消极方面，我们将在下一章中详细讨论。这里对上述内容还应补充说明，原始技术发展的经验特性无疑助长了这种妥协。一方面因为由经验的、技术的、需要获得的科学成果具有孤立性，发展很容易处于停滞状态或走向停滞状态。如贝尔纳所指出的，通过竞争而趋向合理化的生产往往也是经过长期迂回的道路才实现它的基本倾向的。另一方面，原始手工业（同样初

---

① 鲁本：《Einführung in die Indienkunde（印度学导论）》，柏林1954年版，第263页。

② 鲁本：《Einführung in die Indienkunde（印度学导论）》，柏林1954年版，第272页。

## 第一章 日常生活中的反映问题

期的科学）的社会特性是由传统习惯而形成其成果和方法的。这些方法被看作是家庭或行会的"秘密"。这后一种倾向当然在巫师和医药师那里已经占主导地位，在形成僧侣阶层的地方进一步固定了这种倾向，并与手工业的上述方向产生相互加强的作用。这一切充分说明了，科学与宗教原来存在的对立很少公开得到调解这一历史事实。科学思维——尽管有个别重大成就——仍保持在日常思维的水平上。从整体看来，它处于停滞状态，也就是说，科学思维所产生的成果仅够维持社会生存所绝对必需的。

我们这里所研究的社会需要使得人形成抽象能力的倾向，按其内在辩证法说来，会超出日常思维的范围，而在历史过程中它却停留在日常习惯的范围。其内在可能性只限于很小的范围，甚至其普遍化也停留在日常范围。数的社会应用大概可以最形象地说明这一点。在小规模的原始社会内部生活中，还没有形成对于数和借助数来完成操作的需要。相应于我们的社会发展的习惯，那些在日常思维范围内我们完全自发地用数来表示的量，在原始人那里是作为个别性看待的，是从质上来认识并加以互相区别、互相联系的。列维·布留尔在多布里茨霍芬族之后，举了阿比波浓族生活中一个突出的例子。"……当他们要出猎时，像他们坐在马鞍上那样环视一下周围，如果他们饲养的大群猎犬中缺了一个，那么他们就开始呼唤它……我总是感到很奇怪，这样一大群猎犬，不去计数他们怎么就能说出没有听从召唤的那只猎犬的位置。"① M. 施密斯说得有道理，他指出人们对数、计算和测量的社会需要是在交换中、在最初的商品交换中产生的。他还强调在原始民族的物质经济生活中是不需要计数的。计数是在交通和商品交换发展到一定阶段时才产生的。商品交换的普及产生了对一定货物按一定（数量一定的）比例进行交换，"只是由此，一般需要的或过剩的物品与各种其他物品同时进入这种交换关系中，后者所处的价值关系给前者提供了一种手段，前者首先成为其他各种物品的价值尺度"②。一旦发现了数，同样就像在测量方面形成了几何学一样，在其自身中隐藏了科学形成的无限可能性。这并不影响它千百年来无可抵制地进入上述日常宗教联系中。当巫术和宗教接受了数以后，就把它建筑在自己的体系中，通过日常生活的考察方式可以更清楚地看出这种返转过程。每种数的神秘论、每种数的宗教应用、在巫术中所强调的某些数给祸福带来的影响，由具有通常数量意义的数的序列中抽出了某些常用的数（如3与7），把它们变成特定的、带有感情色彩的独特的质，也就是在日常生活的思维结构中给予它们一定的位置。

这就好像我们在巫术、有灵论和宗教与日常思维和情

---

① 列维·布留尔：《原始民族的思维》（德文版），维也纳/柏林1921年版，第57页。

② M. 施密特：《Grundriss der ethnologischen Volkswirtschaftslehre（民族学国民经济理论大纲）》，斯图加特1920年版，第119页。

感的结构近似中进行了一种不允许的抽象,我们突出了这里所形成的观念产物的夸张特性,至于这里是否打算并达到了超越日常生活以及到什么程度,我们不作深入讨论。这种倾向首先很少是思想上的。宗教为了以科学和哲学的语言来表达它的内容,也逐步地扩大了世界的图像(宇宙论、历史哲学,伦理学等)。宗教用这些教义此外还用不同的方法(禁欲、艺术方法唤起的迷狂等)使人超越于日常思维和情感之上。从最普遍的意义上说来,这是要使人能体验到绝对的超验。这里用三言两语来强调一下,科学实践只知道一种相对的超验,即尚未意识到的、还没有为科学思维所把握的、客观的、独立于意识的现实(唯心主义哲学对科学的方法论及其认识论基础是从超验的绝对化意义上来解释,这一点很像神学,这是另外一个问题,对这种理解的各种区别加以说明,不是这里的任务。因为如我们在康德那里看到的,科学学说——实际上——是建立在相对的超验基础上的)。因为人的思维不论在量还是质上只能近似地被把握,在生活的视野中总有一个未知的领域,开始时首先是人周围的自然界,在原始共产主义解体之后,随着阶级社会的形成不断扩大地出现了一个独特的社会存在。因为当文明的发展不断将自然界的超验转化为可以把握的、有规律可循的知识时,在阶级社会中日常的人对于自己的存在却模糊起来,变得更加"超验"了。随着马克思主义的产生,才从理论上改变了这种情况。在实践上——对于日常生活也是如此——随着社会主义社会的具体形成而改变了这一情况。

宗教和日常生活，两者对超验的绝对化也很接近。在日常生活中，这是自发朴素地产生的，正如在原始巫术中一样。尚未意识到的东西，更准确地说，在给定具体条件下无法把握的东西被当作"永远"超验的了。就此而言，巫术与日常生活的区别只是在于，当巫术设法希图和宣称寻找超验时，就好像它实际掌握了这种超验。巫术在日常思维中造成一定的分裂，它把实际支配超验的工具看作是"秘密"，这种知识是巫师的特权，这种分裂使日常生活的人返回到超验，回到信仰和超验理论与日常实践的直接结合。超验中介的结构通过"专家"阶层在由巫术向宗教的过渡中也保存了下来，使超验和对超验的态度不断获得了丰富而具体的、与整个人的生活相关的内容。但这一历史上巨大变化的领域作为共同性和连续性的东西保存下来，超验与日常生活和科学中已经掌握和可以习得的现实明显地区别开来，同时作为日常生活中的人所直接提出问题的直接回答。

从色诺芬到费尔巴哈的唯物主义哲学一致认为由最原始的有灵论到最现代的宗教无神论的每一种宗教态度都具有拟人化特性。因此这里不需要深入讨论人只按照他自己的面貌来创造神这一见解的主要命题，因为这里不是研究宗教宣扬真理的要求，而是与科学（和艺术）态度相关的宗教态度的结构，以便能说明科学和艺术态度的产生和发展方向。主要因素可以概括如下：首先在每一种宗教态度中人是处于中心的。无论这种宗教设想出多少宇宙的、历史哲学的世界图像，它所构想出来的东西总是与人有关的。这样建造的世界图像按目的论是集中于人（集中于他的命运、他的被拯救上），并且关系到人对他自己、对他的同胞和他的世界的态度，所以这种关系总是具有一种主观拟人化的特性。尽管宗教世界图像（如在宗教无神论中）对宇宙和历史的世界历程表现出非理智性，尽管它是站在彻底不可知论的立场上，但按照目的论集中于人的拟人化的基本态度并未改变。世界的空虚和神的孤独存在并没有用事实作出客观肯定，就像在神学中基督和佛陀的拯救业绩一样没有事实的确证，而是一种夸张的直接要求，是一种呼吁，让人在这个世界中去寻求拯救。

这里正是科学和宗教的决定性分离点。尽管系统化的神学提出了科学性的要求，力图在方法论和对事实肯定的细节上接近于科学，但这种类似性只是表面上的。由科学的客观世界图像出发——直接地——不会直接要求事先规定的行动和事先决定的态度。当然，对外部世界的认识构成了每一行动的理论基础，这（在客观的动机上）同样是由现实的规律和倾向所决定的。从科学上阐明了这种动机的地方，它的已经被认识的本质也不会集中在个人的行动上。显然，科学认识对于每一实践的内容和形式具有决定作用，人的行动不论是直接地或最终地都是由社会存在所决定，科学认识正是用于扬弃所有这些直接的和先验规定的主观结论，使人们在对事实和联系的公正和客观评价基

> 审美特性

础上行动。这种倾向在日常生活中当然也起作用。这两种态度的冲突在人的意识中经常不是作为科学和宗教的冲突，然而不论人有可能在拟人化和人的目的论基础上来完成对现实的支配，还是要完成这种支配就得与这些因素在思想上划清界限，在发达阶段仍然存在着日常思维的这种实际区别。

在所有这一切中，宗教与日常思维相近的特性又在起作用。宗教强烈地要求日常思维把造成错误和迷惑假象的地盘留给自己，为无可争辩的绝对性（启示）提供基础，这种启示成为人的行动和态度无可怀疑的指针。作为结果形成的理论与实践的直接关系这一结构，具有与日常生活结构可以想见的最大相似性。由此得出宗教对现实反映的加工方式必然是具有拟人化特性的。我们曾试图说明，在日常的反映和实践中已经包含对本质的认识趋向。这一趋向只有在科学态度中才成为一种自觉的方法。现象与本质作出明确区分，以便由清楚认识到的本质出发，有可能掌握现象世界的规律性。这种方法的形成越得力，那么科学对现实反映在内容和形式上与日常的直接反映就越分化得明显。这样一来由日常的观点来看待和评价现实的科学反映图像就往往显得不近情理。马克思在经过详细分析之后，只是由下面这一命题出发来说明利润：商品平均是按实在价值卖出去的。马克思按日常态度把一般科学方法论中这一重要结论加以形象地普遍化了。"这好像是不近情理，好像是与日常经验相抵触。但是，地球围绕太阳运行以及水

## 第一章　日常生活中的反映问题

由两种易燃气体所构成，也好像是不近情理。日常经验只能抓住事物诱人的外观，如果根据这经验来判断问题，那么科学的真理就会总是显得不近情理了。"①

我们已经谈到关于科学反映的许多成果返回到直接日常实践的问题。它之所以可能，是由于在这种转化中，科学反映的世界的不近情理的关系又减弱而回到直接性。取消了它特有的范畴，通过习惯和传统而使其方法和成果纳入日常生活，以致科学的成果可以被实际地应用，却不会引起日常思维的根本变化。不言而喻，这种为人所掌握的科学成果的社会历史积累也会改变日常的一般世界图像，但是这种变化就像毛细孔作用一样表面上几乎无法觉察。它逐渐改变着日常生活和日常思维的视野、内容等，但基本上不会改变它们的结构（当然也出现过革命变革的情况，只要联想一下地球中心说的天文学被推翻的情况就足够了）。

我们说，在宗教对现实的反映中也存在由现象达到本质的道路。这一特点正是在于它的拟人化特性中，被看作本质的东西一刻也不失去人的特征。也就是说，不论涉及自然的属性或人的（社会的、伦理的）问题，其本质的东西都被概括到典型的人的性格和命运中，其典型化（对本质的东西的强调）是以神话的形式完成的。神话把这种本

---

① 马克思：《工资、价格和利润》，见《马克思恩格斯选集》第2卷，北京：人民出版社1972年版，第178页。

> 审美特性

质的东西作为远古的过去或彼岸发生的事情，以福音书的故事表达出来，由此形成了一个孤立的神话的岛屿。即使涉及自然界，神话也是用人格化的、拟人化的手法来描述。由此形成了在日常对世界正常反映与其宗教反映之间某些相互抵触的关系。它与上述科学反映中不近情理的基本区别在于，这里与日常直接体验相对立的不是（近似把握的）客观现实，而是另一种同样直接体验到和可供体验的由拟人化支配的反映。要了解这里会产生什么问题，那么最好是研究一下神—人的神话。当然神学就利用了这种对不合情理的东西从思想上加以说明的洞察力。名副其实的宗教关系只能是最大限度地依靠神学的支承，而不会成为神学的基础。这是一种与此种或彼种特性不同的神—人的直接夸张的关系。这种名副其实的宗教关系的产生取决于每个人在这种神话中看到了他最独特的个人人生问题（愿望、苦恼和追求）的理想化或感性直接的形象。神话的社会历史变迁、引起这种神话和由神话产生的思想感情不是这里要讨论的问题。神话往往具有维系自巫术统治以来的某种社会状态的特点，并有意识地利用神学的解释沿这一方向发展。也有这种情况，神话可以表达被压迫者的愿望、忧虑和憧憬。维柯就在一些希腊神话中看出了这一点。无疑，中世纪从菲奥雷的约阿希姆到托马斯·闵采尔和英国清教徒这些异端的宗教都是沿这一方向发展的。在所有由此产生的极端对立的不同社会历史形态，都保持着同样的基本结构：作为对现象本质的把握，它对现实的"解释"是拟

## 第一章 日常生活中的反映问题

人化的,在感性上或多或少是具象的。这种解释直接并夸大地指向每个人的灵魂,以便在每个人身上直接转化成——宗教的——实践。科学由日常生活中分化的过程按其本质说来是与宗教的直观方式抵触的,这里完全不考虑对现实反映及其解释在内容上的对立。在一定社会关系中,这种对立——也是长期地——可能被缓和,这并不会从根本上改变这种对立的不可克服性。

第二种基本观点即这种对现实的反映方式(它是拟人化的、以人为中心的)其对象是否能具有真实的属性。众所周知,宗教的存亡与承认这一困境是直接相关的。过去宗教与科学间的冲突往往转化,在宗教道路上似乎比在科学道路上可以达到更高的现实(或更高的对现实的知识)。在宗教解体或衰亡的后期,这种对立就减弱了,它涉及"另外"一种现实(现实的另一个方面),不是"超越"于而是"并列"于科学反映。这在基本事实上不会影响以这种手段达到的世界观上的妥协,因为自觉拟人化的宗教反映必然要求对其反映的产物当作绝对的现实。一旦取消了这种要求,宗教就不再作为宗教而存在了。

这里简单提前说明一下(以后还要详细讨论),关于宗教和艺术密切相关、相互丰富并具有无法排除的矛盾的领域。费尔巴哈批判了宗教的现实特性,指出它只是人的幻想的产物。他指出:"宗教是诗,但与诗和艺术有根本区别。艺术宣称它的创造物无非就是艺术的创造物,而宗教

# 审美特性

宣称它所想象的本质是真实的本质。"[1] 列宁在他的费尔巴哈著作的摘要中把这种思想概括为"艺术并不要求把它的作品当作现实"[2]。正确反映现实的要求是宗教与科学最终必然发生冲突的领域。因此，共同的拟人化反映方法成了宗教和艺术相接触和竞争的领域。上述对立性好像使得在关于其反映形象的真实性要求方面的斗争止息了。实际上在一个漫长的重要时期中是处于冲突不大的合作状态，但这也只是相对的。因为拟人化反映的共同性表现出两者都要社会地实现类似的需求，但其方式完全不同，通过不同的方式使通常相接近的内容和形式获得了对立的倾向。这不仅涉及对人格化的需求，这种需求是在原始阶段从认识上征服现实所产生的，其中已经存在科学和宗教相对立的基础。以后我们将详细说明，人的基本需求怎样唤起了艺术对现实的拟人化反映。这种需求在原始阶段与宗教所满足的需求非常近似：创造一个——在客观上和主观上——完全适应于人的世界的映象。

艺术所创造的形象——与宗教的不同——不具有客观的现实特性，其最深刻的意图是以此岸的、拟人化的、以人为中心的映象性为目标，而决不像宗教自己所断言的那样。相反，其客观意图——无论艺术家或感受者暂时是否考虑到——包含对各种超验的否定。在其客观意图中，艺

---

[1] 费尔巴哈：《Feuerbach. Gesammelte Werke（费尔巴哈全集）》第8卷,，莱比锡1851年版，第233页。

[2] 列宁：《哲学笔记》，北京：人民出版社1961年版，第66页。

## 第一章 日常生活中的反映问题

术同样像科学一样是与宗教相敌对的。对此岸的映象性的默认一方面包括了对创造者按自己的需求改造现实和神话的至高无上权利（这种需求是由社会所制约和规定的，这并不会改变这一事实）。另一方面，艺术将各种超验——艺术地——转化为此岸性的，所描述的与原来此岸的事物处于同一水平。以后我们会看到，这一倾向引起了各种反对艺术的理论（虚妄性等）。由这种对立产生的宗教与艺术的斗争在一般意识中表现得远没有科学与宗教间的斗争那样明显，虽然科学和宗教的斗争——从双方面——也往往缓和下来。我们准备在专门一章中讨论这个问题，在那里也会谈到历史上不断出现的并非由两者的客观本质产生的科学与艺术的对立。

显然，所有这些对立不可能在人类开端阶段都表现出来。科学、艺术和宗教态度未分化的萌芽都完全统一地混合在巫术中。由劳动所产生的科学倾向还不能被意识到。分化过程是比较晚的，并由于特殊的社会关系而极不平衡。我们已经指出，在一定的文化中可能产生出高度的艺术，某些科学分支可能比较发展并产生出一些科学问题，但却还谈不到艺术或科学的精神，谈不到对这些领域客观意图的主观意识化。下面我们首先简要地探讨一下科学独立化的原理，对艺术中类似过程的考察将以说明艺术的解放斗争而结束。

# 第二章　科学中反映的非拟人化

## 一　古代非拟人化倾向的意义和局限

我们已经看到，如何由日常生活的需要中，首先是劳动的需要中，产生了认识现实的需求。这种认识不仅是对事实在各种情况下某种偶然的了解，而且是在原理、方法和质上都超越日常水平的认识。另一方面我们也已经看到，这同一个日常生活又不断产生一种倾向，阻止和妨碍着劳动经验的全面普遍化达到科学。原始阶段（不仅在这个阶段，而且在以后阻力更小的阶段）人类的进步产生了反映形式和思维形式，这种反映和思维形式并不是彻底克服了日常自发、朴素的人格化和拟人化形式，而是在一个更高的阶段上再现了这种形式。正由于这一点限制了科学思维的发展。恩格斯简要地说明了这一情况的特点："单是正确

## 第二章 科学中反映的非拟人化

地反映自然界就已经极端困难,这是长期的经验历史的产物。在原始人看来,自然力是某种异己的、神秘的、超越一切的东西。在所有文明民族所经历的一定阶段上,他们用人格化的方法来同化自然力。正是这种人格化的欲望,到处创造了许多神;而被用来证明上帝存在的万民一致意见恰恰只证明了这种作为必然过渡阶段的人格化欲望的普遍性,因而也证明了宗教的普遍性。只有对自然力的真正认识,才把各种神或上帝相继地从各个地方撵走……现在,这个过程已进展到这样的程度,以致可以认为在理论方面已经结束了。"

在人类发展的开端,实际上只是在希腊展开了这种更高的思维人格化形式与科学形式之间的斗争。只有在那里它才达到一个相当高度,并由此产生了科学思维的方法论,从而形成了以下前提,使得对现实的反映方式通过练习、习惯、传统等而变成人的普遍的经常起作用的态度,不仅它的直接成果丰富了日常生活,而且它的方法也影响着甚至局部地改造了日常实践。

具有决定性意义的正是这种对立的那种意识的、普遍而基本的特性。因为正如我们所看到的,劳动经验的发展虽然形成了各种各样甚至很发达的科学(数学、几何学、天文学等),如果这种科学方法在哲学上不被普遍化且与拟人化的世界观相对立,它的各种成果就可能适应于各种巫术和宗教的世界观,并与之一体化。这样,各专业领域的科学进步对日常生活的作用就等于零。在这种情况下科学

> 审美特性

只是被垄断占有的、成为极小范围排他性阶层（主要是巫师）的秘密，它人为地从制度上妨碍科学方法的普遍化成为世界观，这就更增加了上述可能性。

希腊在这种发展中的特殊地位、它的人类"正常儿童"的体现（马克思语）具有极其确定的社会基础。这一基础首先是它的氏族社会的解体的特殊形式。马克思对此作了深入而详尽的分析，我们这里只能强调其中最主要之点。对于我们说来最主要的是，各个私有者（不仅是占有者）成了它的构成基础，同时这种私有制是与公社成员的身份联系在一起的。"公社成员的身份在这里依旧是占有土地的前提，但作为公社成员，每一个单个的人又是私有者。"这对生产关系当然产生一定后果，即没有形成国家奴隶制（像在东方）而是奴隶始终属于私有者。很明显，与其他社会体制相比，这种社会存在必然对主体—对象关系的形成在意识上产生进一步加强和分化的作用，它一方面不同于社会生活保持着原始共产主义公社形式的体制，另一方面希腊各个公社的这种自由和独立也不同于中央集权的（东方的）专制统治。由于它与城市以及城市文化的形成和迅速发展密切相关，这进一步提高和加强了这种发展倾向。在希腊形成的这种形式"不是把土地作为自己的基础。在这里，耕地表现为城市的领土，不是村庄表现为土地的单纯附属物"。我们不研究这种体制中无法解决的难题。为了完整起见，马克思把财产的相对平等作为这种共同体繁荣的基础。"这种共同体继续存在下去的前提，是组成共同体

## 第二章 科学中反映的非拟人化

的那些自由而自给自足的农民之间保持平等,以及作为他们财产继续存在的条件的本人劳动。"①

经济发展的这种基本特征对于我们的问题有重要后果。在此基础上形成的政治民主(当然是奴隶主的民主)扩大到宗教领域,从而使科学的发展有可能由宗教的社会及意识形态方面的需求中解放出来。雅可布·勃克哈德在他的考察的要点中提出了具有最重要后果的新情况:"首先在这里没有僧侣集团把宗教与哲学混为一谈,如上所述,特别是宗教还限定了没有排他性阶层可以成为知识、信仰的既成守护者,成为思维的占有者。"② 这只是科学方法和世界观发展的一个单纯消极的解放方面。我们上面所提到的希腊社会的这一发展倾向引起了社会对劳动的轻视,它的后果我们在希腊的科学史和哲学史过程中不断可以看到。马克思讥笑纳骚·西尼耳,因为他称摩西为生产劳动者。马克思强调地指出了古代和资本主义时代在与劳动的关系上所存在的尖锐对立。"这是指埃及的摩西,还是指摩西·门德尔松?摩西将会因自己被称为斯密所谓的'生产劳动者',而十分感谢西尼耳先生吧。这些人如此拘守于自己的资产阶级固定观念,以致认为,如果把亚里士多德或尤利

---

① 马克思:《经济学手稿(1857—1858年)》见《马克思恩格斯全集》第46卷·上册,北京:人民出版社1979年版,第476页。

② 雅·勃克哈德:《Griechische Kulturgeschichte(希腊文化史)》第2卷,莱比锡科略纳袖珍版,第358页,或贝雷希:《希腊史》第1卷,施特拉斯堡1893年版,第127页。

> 审美特性

乌斯·恺撒称为'非生产劳动者',那就是侮辱他们。其实,单是'劳动者'这个名称,就会使亚里士多德和恺撒感到被侮辱了。"① 由此才能清楚了解对现实科学反映由日常以及由宗教现实中明显分化的社会基础。这样取得的科学的独立性才可能逐渐形成一个统一的科学方法论和世界观,来认识它的科学的特性和纯粹性中的范畴,并对实践和研究的各种结果加以普遍化和系统化等。

当然,这样取得的科学自身发展的自由,并不意味着这一进展就没有冲突。恰恰相反,正是由此才可能明确地表现出与宗教(同样与日常思维)在内容和方法论上的对立性并科学地表达出来。把这种自由不能容忍地绝对化同样是错误的。由我们上面关于希腊宗教和僧侣集团不可能屈服于科学这一结论可以看出,两者之间绝不会存在和平的关系。科学的特殊范畴和方法的产生说明,它对每一种拟人化和把希腊宗教对象化了的那些神话开始了决定性的斗争(我们上述的历史状况同样会产生下述必然结果,即艺术,特别是诗歌,通过这些神话的形成和解释起到一种前所未有的作用,由此形成的哲学与诗歌的显著敌对情绪可以看作希腊发展的特征之一)。至于宗教,我们不能把没有僧侣特权阶层简单地理解为宗教没有社会权力。否则,波里斯城邦的整个结构,在土地所有制中表现出来的公共

---

① 马克思:《剩余价值理论》第 1 册,北京:人民出版社 1975 年版,第 299 页。

## 第二章 科学中反映的非拟人化

生活的支配地位,只有作为波里斯市民的财产私有者才能成为它的成员,这些将与此相矛盾。宗教崇拜、寺庙等从立法开始就受到法律(以前受到习俗)的保护。在对现实的人格化、拟人化反映受到不断加剧的攻击过程中,这种法律也扩大到针对宗教的理论攻击。因此,在雅典形成了针对"大不敬"(Asebeia)的法律。"凡不信仰宗教的或传授天文学知识的人都要被提交法庭。"[①] 如阿那克萨戈拉和普罗泰戈拉等人都被控告过。在法律本身中,如对阿那克萨哥拉的控告中,天文学起着决定作用,这就很能说明这一特点。天文学长期以来一直是对现实的拟人化反映和非拟人化反映交锋的战场。同时这表明,个别的、科学的、建立在精确观察和数学基础上的研究还不足以调解这种基本的对立。而多方面高度发达的东方天文学却可以建立在拟人化的概念系统中。只是希腊的方法论和世界观的普遍化才说明,在这个问题上道路可能而且必须分开。希腊的"大不敬"诉讼事件是导致布鲁诺和伽利略宗教裁判的前奏。

希腊的发展以这种方式创造了科学思维的基础。但同时需要补充说明,引起这种可能性的希腊生产方式的同一规律,在其道路上却为它的充分发展和贯彻到底设置了不可逾越的障碍,即由于奴隶制经济产生的对劳动的轻视,

---

[①] 引自 W. 内斯特尔:《Von Mythos zum Logos(从神话到逻各斯)》,斯图加特 1940 年版,第 479 页。

雅可布·勃克哈德把它称为反俗精神。我们在这里不可能深入讨论这个问题，只能限于主要问题即生产和理论的相互丰富化问题上。我们只要——按照普鲁塔克所著《马塞勒斯生平》——简单地说明这种情况就够了。普鲁塔克指出，连几何规律用于机械制造的尝试也引起了柏拉图的激烈反对。柏拉图认为把几何用于实际的机械问题、降低到感性的物体世界，这是对几何学的贬低。在这种影响下，力学与几何学相分离，并首先用于作战的手工艺品。普鲁塔克强调指出，甚至在阿基米德那里，他也蔑视把力学应用于手工业，只是出于爱国心才用他的发明参加了保卫叙拉古的战斗。当然，对生产劳动的轻视只是在当时条件下意识中的阴暗面。在奴隶制经济中，机械的应用（劳动的科学合理化）在经济上还不可能。这造成在希腊的发展中，既不能使理论研究的成果对生产技术具有决定性影响，也不会使生产问题具有丰富和推动科学的作用。赫伦[①]在高龄时的绝大多数有才华的发明都只是作为一种游戏，并保留下来使文艺复兴时期的科学由其中得到实际的和理论的成果，就说明了这一特点。[②] 在希腊科学和哲学中到处可以觉察到这种局限性。它阻碍了在对现实的反映中形成彻底的、深入细致的科学原理和科学方法，阻碍了在与日常思维及宗教的对立中形成科学和哲学中的统一概念，同时阻碍了

---

① 赫伦：希腊物理学家和发明家，生于公元前120年。——译者注。
② P. S. 库德拉夫采夫：《Geschichte der Physik（物理学史）》，布达佩斯（匈牙利文）1951年版，第71页。

## 第二章 科学中反映的非拟人化

科学与日常实践之间全面联系的完成。

在这种局限之内，希腊哲学不仅提出了对现实科学反映特性的关键性问题，并且多方面作了完整的解释。希腊哲学——能在一个高的水平上形成辩证法与此有密切联系——既研究了科学与日常（也包括宗教）思维的分化和对立的形式，也研究了科学反映在生活中的作用以及科学被丰富了之后返回到生活中的问题。上述局限造成科学和生活的相互关系，在社会认识的领域内（如在伦理学中）比在自然科学的方法论中表现得更具体。特别是在自然哲学后期发展阶段中，拟人化形态的范畴占优势地处于中心地位。尽管如此，其主要路线仍然是认识的实际客观性的建立，以及它与日常生活中不可克服的主观主义的分离：对感官错觉和日常思维直接性产生的不真实推论的批判处于中心。由这个观点看来，前苏格拉底哲学意味着人类思维史上的一个转折点。无论是把火或是把水看作最普遍的实体，由它来推导出和解释所有的现实现象，无论接近于客观性的静与动的辩证矛盾是怎样揭示出来的，在所有这些情况下哲学探索的出发点都是：把人的主观性连同它的界限、限制和偏见远远地甩在后面，而对客观现实以其本来面貌——尽可能不受人的意识附加成分的干扰——尽可能真实地反映出来。在德谟克里特和伊壁鸠鲁的原子论中这种努力达到它的顶点。这里，把我们整个人类的现象世界作为物质基本微粒的关系和运动有规律的产物。即使在这里——特别是在这一精神高峰上——我们所说的弱点，即在哲学上正确把握了的原理用于实际科学研究方法以至个别研究上的不可能性，也始终在不断出现。然而，毫无疑问，希腊哲学在这里终于找到了——尽管在细节上要多方面加以修正——反映自然的方法论模型。

如果我们分析从泰勒斯到德谟克里特所采用的方法论的基础，那么就可以得出两条基本结论：第一，要真正科学地把握客观现实，只有与人格化、拟人化的直观方法彻底决裂才有可能。对现实的科学反映方式，不论对于认识对象还是对于认识主体，都是非拟人化的。关于对象的非拟人化，要尽可能清除掉其自在存在的一切拟人化属性，关于主体的非拟人化，要使他对于现实的态度不断地控制他自己的直观、表象和概念的形成，避免在感受现实时对客观性产生拟人化的歪曲。其具体的完成是以后发展的结果。在这里已经打下了方法论的基础：认识的主体已经想出他特有的工具和方法。借助这些工具和方法，一方面使对现实的感受不受人的感觉的限制，另一方面可以自动进行所谓自我控制。

关于非拟人化还要指出的第二点是，它的实现是与哲学唯物主义意识的形成同时进行的。我们已经看到，原始自发的日常生活的唯物主义不能从思想上抵御唯心主义—宗教人格化的进攻和支配。而在比较发达的文化中出现的哲学唯物主义绝不是这种原始自发唯物主义的直接继续和进一步完成。当然，哲学唯物主义也依据着上述体验，但却是完全以批判—辩证的方式进行的。一方面以直接的感

## 第二章 科学中反映的非拟人化

官印象为基础,并防止唯心主义的曲解;另一方面进行了不断加强的批判检验。对独立于人的意识的外在世界存在的自发验证,通过其哲学意识作用和其世界观的普遍化,而产生了质的变化和提高。由此出现了在哲学上的唯物主义与唯心主义的自觉斗争,成为哲学的中心问题。这一唯物主义普遍化的高度制约着非拟人化反映和概念形成的科学研究的广度和深度,这一高度同时勾画出唯物主义与唯心主义之间斗争的领域。即使简略地描述这一场斗争,也不是我们这里的课题。只是需要说明,在历史的过程中非拟人化的唯物主义不断掌握了人类知识的更广大领域,不断由这一领域中清除唯心主义——不论愿意或不愿意——大大缩小了唯心主义在这一战场上的能力。这当然并不意味着一种投降,而有时还是冲突的尖锐化,只是在不同的条件下而已。对于由奴隶制经济产生的希腊唯物主义以及非拟人化的希腊方式的这种弱点,往往是在文艺复兴之后以变化了的形式才表现出来。即使在这个时期,也还有围绕整个认识的拟人化本质特征的激烈斗争(如弗拉德对开普勒和加森蒂的斗争)[①]。

前苏格拉底时期的非拟人化倾向,必然在批判规定了那一时代宗教世界图像的内容和形式的神话中达到登峰造极,这是与希腊文化的状况相适应的。因为诗歌在神话的

---

[①] 弗拉德(1574—1637),英国医生,哲学家。开普勒(1571—1630),德国天文学家。加森蒂(1592—1656),法国物理学家。——译者注

形成、发展和重新解释中，比后世起着更加关键性的作用。在这一批判中，诗歌就与宗教不期而遇了。由前苏格拉底至柏拉图时期，所谓希腊哲学与艺术的敌对性，其思想根源就在这里。自文艺复兴起再次较量的非拟人化倾向中，对艺术的这种攻击便消失了，或至少只起极次要的作用了。一方面这与精密自然科学的发展有关，并与非拟人化范畴的具体化有关，由此才可能认识在艺术中的另一种特殊的现实反映方式（我们可以联想伽利略、培根等人对艺术的态度）。另一方面神话的形成和解释在中世纪是由教会进行的，艺术同样必须针对教会进行一场争取自由的斗争。

在色诺芬的著名箴言中，极其原则和明确地表现出反对各种拟人化作用："凡人们幻想着神是诞生出来的，穿着衣服，并且有着与他们同样的声音和形貌。""可是假如牛、马和狮子有手，并且能够像人一样用手作画和塑像的话，它们就会各自照着自己的模样，马会画出和塑出马形的神像，狮子会画出和塑出狮形的神像了。""埃塞俄比亚人说他们的神皮肤是黑的，鼻子是扁的，色雷斯人说他们的神是蓝眼睛、红头发的。"[①] 由此形成了在人的思维中的一种极其重要的转化：凡是由原始巫术至发达的宗教作为自然现象和社会现象的说明根据的，作为真正客观现实的中心原理的，正是人类社会所需要解释的主观现象本身。提出

---

[①] H. 第尔斯：《Fragmente der Vorsokratiker（前苏格拉底著作片断）》第 1 卷，柏林 1906 年版，第 49 页。

## 第二章 科学中反映的非拟人化

这种问题的转化是否会造成彻底地否定神的世界的存在,实际地否定宇宙神(非拟人化);或者确定宗教的社会必然性其根源在于人的需求和人的幻想活动,这点是否被公认,由我们这里提出问题的观点看来都不是决定性的,尽管由一般文化发展的观点看来这些是很重要的。特别是在"一般地同意"(Consensus gentium)基础上对宗教的辩护作为应该被保护的宗教的一种申辩,很少有什么作用。普罗泰戈拉①正是由此达到一种完全的——如果这个说法可以用于希腊的话——历史的相对主义,按照这种相对主义每个民族都应具有和崇奉适应于他们的神,② 这种倾向可能进一步发展。在克里提亚斯那里,它具有一种完全是嘲弄的、虚无的形式。宗教被作为建立秩序的精神警察手段在观念上合法化了。

> 法律的威严防范暴行,
> 恶人不敢公开干的事,
> 他仍会秘密进行而屡获成功。
> 我想聪明人是贤明的,
> 为人类提出了一种恐惧手段,
> 这使恶人也要产生敬畏。
> 当恶人暗中做坏事时,

---

① 普罗泰戈拉:古希腊智者派哲学家,生于公元前481年,卒于公元前411年。著有《论神》和《论真理》。——译者注
② 内斯特尔:《从神话到逻各斯》,斯图加特1940年版,第280页。

◎审美特性

> 只要说到和想到，
> 聪明人给恶人们带来神的信念。
> 他说神是超人的存在，
> 永远年轻，力量无穷，
> 它用内在的精神感官来视听。
> 监护着法律和人的任何言行，
> 它无所不闻，无所不见。
> "因此"，聪明人警告说，
> "你若想暗中做坏事，
> 神在注视，因为它的本质就是理性。"①

　　与对这种宗教拟人化的批判同时，在希腊哲学中也开展了对日常思维的批判。它是贯穿哲学整个发展过程的动力，已经包含在爱利亚学派和赫拉克利特关于存在与生成的辩证法中，在以后的哲学中取得了更加发展的形式。在这里对日常思维的主观和拟人化局限的批判——这在当时的阶段上是不可避免的——部分地或完全地转化成宗教唯心主义。在社会的发展中，奴隶制经济必然日益明显地陷入绝境的地步。这种社会发展对于我们的问题所产生的主要后果是，在此阶段个别科学虽然达到了顶峰，与哲学开端时期缺乏知识的状况相比，这种客观的自然知识却更不

---

　　① 引自《苏格拉底的学生们对苏格拉底的记述》第2卷，(德文版) 耶拿1911年版，第394页。

## 第二章 科学中反映的非拟人化

易影响一般认识上的拟人化态度。黑格尔明确地看出了这一点。他看出了在古代的与近代的怀疑论之间的区别（以及在古代的前期与后期之间也是如此）在于，前者（古代怀疑论）是对日常思维的批判，而后者主要是针对哲学思维的客观性。显然，正是第一个阶段作为上述的补充对于我们是重要的。而第二个阶段作为对上述内容的反动，则在我们讨论的范围之外。黑格尔针对前者指出："这种比方的内容……比一般常识的独断论能证明更多的东西。它不仅与个别人的理性及理性认识有关，而且与所有人的有限事物、对有限事物的认识和知性有关……因此，这种怀疑论转向反对一般常识或普遍意识，这种意识把现实、事实和有限事物（这种有限事物即现象或概念）固定下来，并把它们作为良心、可靠的和永恒的事物。这种怀疑论的比方以接近于普遍意识的方式指出了这种确定性的不稳。"①我们只要读一下塞克斯都·恩披里可对第一个比方所作的论述就可以看出，他分析了人的感官——由主观性产生的——谬误的可能性，并注意到由此必然形成的矛盾。黑格尔对这种怀疑论的解释集中在，它可以被"看作是哲学的第一阶段"，因为这样产生的二律背反说明了单纯日常思维的不真实。黑格尔同时谈到了有限的事物并明确地强调指出，不论就现象或概念而言它都是一样的。因此，他看

---

① 黑格尔：《Verhältnis des Skeptizismus zur Philosophie（怀疑论与哲学的关系）》，第 1 次印刷，莱比锡 1928 年版，第 184 页。

> 审美特性

到了在辩证法中决定性的东西，在这样形成的二律背反的道路上排除了独断论（拟人化限于主体的直接性）。由于趋向客观性的解放作用，达到了对自在世界的认识。因此，他指出了——在进一步发展了的阶段仍会遇到同样的问题——几何学与日常思维关系上的二律背反。"例如点和空间我们便是朴素地认定的。点是一个空间，而且是空间中的一个单纯物，它并没有度量；如果点没有度量，那它就不在空间之内。就它具有空间性而言，我们称它为一个点；可是如果这里有意义的话，它便应当是有空间性的，并且作为一个空间性的东西而具有度量——可是这样就不再是一个点了。点是空间的否定，就其为空间的极限而言，它是接触到空间；这个否定对空间也分有一份，本身是空间性的——所以是一个本身虚无的东西，但是因此也是一个本身辩证的东西。"① 这里只是顺便指出，这个问题在普罗泰戈拉那里就已经出现了，并且也在柏拉图的第七封信以及亚里士多德的《形而上学》中讨论过。在日常思维中的几何学与几何学的客观真理之间的对立是属于希腊思想的共同财富。其客观真理只有摆脱了我们的感性因素和我们的处理方式才能起作用。

在希腊哲学中非拟人化倾向伟大的开创性和无法解决的难题往往与反映论的命运不可分割地交织在一起。认识

---

① 黑格尔：《哲学史讲演录》第3卷，贺麟、王太庆译，北京：商务印书馆1981年版，第142页。

## 第二章　科学中反映的非拟人化

是基于对客观现实的正确反映，这对希腊的思想界是不言而喻的。正因为如此，在前苏格拉底时代几乎不把它当作问题提出来。当由于本质的客观性问题而过渡到辩证反映时，也不提反映论的问题。但是由对客观现实的哲学解释过渡到认识论问题占主导地位时，反映论绝没有退出中心，相反却加强了它的地位。尽管对现实的反映在柏拉图和亚里士多德那里理解得是如此不同，但其核心意义——与近代哲学正好相反——却无可争议。因为当时的发展在解释自在存在的路线上，对本质的认识问题不仅提出了对直接感性外在世界的认识，而且转向认识论去寻求答案。在柏拉图那里，首先是在概念的形成问题中，通过直观和表象的阐述来求得对现实尽可能精确的反映。

随着向认识论的这种转变，哲学却走上了唯心主义的道路。由此形成的问题，即亚里士多德与柏拉图以及与其后的新柏拉图主义首先是普罗提诺的对立，不属于本书所讨论的范围。这里重要的问题仅仅是，对反映的唯心主义二重化（它是用理式世界和经验世界的复制来简单地代替现实的反映），必然严重地威胁认识的非拟人化至此所取得的成果。尽管当时的一系列基本成果不变地保持了下来，柏拉图对数学和几何的态度也不变地保存了下来。理式世界和现实的分离，柏拉图称为独特的——形而上学的——现实，正如亚里士多德从一开始就明确看出并尖锐地批评的那样，使人的思维又返回拟人化的原有水平上。亚里士多德批评柏拉图理式说观点的古怪和矛盾："理式论的疑难

> 审美特性

甚多，其中最不可解的一点是说物质世界以外，另有某些事物，它们与可感觉事物相同，但它们是永在的，而可感觉事物则要灭坏。"他补充道，除了这是二律背反之外，这种考察方式必然导致拟人化并由此返回到宗教。他进一步展开这一思想："他们不加诠释地说有一个'人本'，一个'马本'，一个'健康之本'，——这样的手续犹如人们说有神，其状是人。或谓神的实际就是一个永恒的人，而柏拉图学派所说的理式实际也就是一些永恒的可感觉事物。"[①]

我们看到，理式世界的拟人化是直接由这里产生的，即唯心主义哲学认为本质属于另外一种独特的存在（更恰当地说是在现象世界之外）。这种独特存在必然有它自身的特征，因为它既不是物质世界的映象，又不是不可分割的联系和辩证矛盾的映象（它无非是人的本质的对应物，此外还能是什么呢?）。这当然只是这里存在的复杂事实的最一般的基础。因为唯心主义倾向在这里有远为具体的结论，这些结论毫无例外地来自同一个根源。上面我们已经指出——当时还很抽象——与劳动过程的这种隔离开的心理同样会产生唯心主义世界图像的模式，正如劳动——在其真正具体的总体性上来理解——形成了对现实正确反映的出发点，由此产生了脱离拟人化的考察方式那样。这种对立在主体性（能动性）与物质的关系中表现得最明显。如

---

① 亚里士多德：《形而上学》，吴寿彭译，北京：商务印书馆1981年版，第42页。（译文有改动）。

## 第二章 科学中反映的非拟人化

果我们根据亚里士多德和普罗提诺的解释来说明它,也许就足够了。亚里士多德首先明确地区分了通过自然产生的东西和通过人的劳动产生的东西:"一切制品或出于技术,或出于机能,或出于思想……继续这样推想,直至他将最后的某一'这个',化成他所能制造的某些事物。于是由此倒转,从而获得的健康,就称为一个制品。所以结论是这样的:健康由于健康(理式);房屋由于房屋(理式);有物质的由于非物质的;(因为造成健康与房屋的技术就是健康与房屋的理式)。"[①]

将技术根源和自然根源明确地区分开来,不仅使得对劳动本质的认识成为可能,而且防止了把劳动错误地普遍化,即把劳动范畴毫无批判地用于人以外的现实中。在普罗提诺那里正是这种情况。在劳动中,劳动者把与他所确定的具体目标有关的可能性,看作是物质的特性,这正是劳动的本质。普罗提诺把某种具体可能性普遍化为绝对的、抽象的,并且把它与劳动中的精神成分相对照,在这种联系中将它(同样抽象地进行普遍化)看作与潜在性相对立的显在性。他指出:"因为若潜在的东西在存在物中占首位的话(针对唯物主义的论战——卢卡奇注),潜在的东西就不可能转化为显在,因为不是它自己处于运动中,而是显在必然先于它而存在……因为物质是不产生形式

---

[①] 亚里士多德:《形而上学》,吴寿彭译,北京:商务印书馆1981年版,第136页。(译文有改动)。

的，它产生非质的东西、产生痛苦，由潜在性之中还产生显在性。"① 由此，所有由客观现实（首先由自然）产生的东西通过劳动被还原到生产的图式中。它所引起的必然结果是，生产者同样被设想为带有拟人化特征的。亚里士多德已经明确地看出了，柏拉图把事物的理式独立化是多么牵强附会。他是针对这种观点论战的："理式是存在与生成的原因，但又设定理式存在着。它参与的事物没有推动性的原因还不能形成定在。两者一个是永恒的，一个不是，这与因果性毫无关系。"② 对于古代的客观唯心主义，他们在理式世界中要把由现象世界分割开并独立化的本质转化成现实的真正根据，要达到这一点没有其他道路可走，只有以这样构成的拟人化、神秘化原因作为世界生成、存在和变化的"劳动过程"来解释，并以此削弱以前哲学在认识的非拟人化、构成科学的基础方面所取得成就的锋芒。

劳动过程作为新的拟人化基础的这种模型作用，比在这一简单和抽象的阐述中所表现的，要受到更严密的历史制约。它不仅涉及抽象劳动在客观现实的真正因果联系中的投射，而且此外还具体地牵涉古代的特殊观点。古代的观点是轻视劳动的，首先是轻视体力劳动。奴隶制经济的矛盾越突出，这点越严重。这在哲学上所产生的后果是，上述理式世界与物质现实的神秘的拟人化关系必然具有等

---

① 普罗提诺：《Enneaden（九章集）》第6卷，第1册，第26章，缪勒德译，柏林1878年版，第2卷，第253页。
② 亚里士多德：《形而上学》，拉松德译，第31页。

## 第二章　科学中反映的非拟人化

级制的性质。在这一等级制中,任何创造原则在本体论中必然比它的创造物处于更高的地位,普罗提诺说:"所有已经完善的东西制作并产生着比本身渺小的东西。"① 这种等级制,即创造物、生产物必然低于创造者,是希腊对劳动评价的后果。虽然这种等级制包含向宗教世界观的倒退,它却并非必然由哲学唯心主义的本质产生出来。然而在资本主义经济及其对劳动观点的影响下,同样的客观唯心主义者黑格尔却以完全相反的方式规定了这种联系。关于劳动过程及其产物,黑格尔指出:"就此而言手段是一个比外在合目的性的有限目的更高的东西,——犁是比由犁所造成的、作为目的的、直接的享受更尊贵些。工具保存下来,而直接的享受则会消逝并忘却。人以他的工具而具有支配外在自然界的威力,尽管就他的目的说来,他倒是要服从自然界的。"② 在黑格尔那里也有拟人化的造物主的神话,但这不是本书所要讨论的内容。

　　古代所形成的等级制对于以后的思维具有决定性的意义。它在一般内容上返回到原始的宗教观念,是在更发达的哲学基础上完成这一转变的,部分地体现了科学方法论的进步所取得的成果,因此创造了在文明和科学比较发达阶段保持宗教的思想基础。没有必要详细分析这一倾向的重要性:在彻底削弱世界观的锋芒方面,它可以保持、利

---

① 普罗提诺:《九章集》第 2 卷,缪勒德译,第 147 页。
② 黑格尔:《逻辑学》下卷,杨一之译,北京:商务印书馆 1976 年版,第 438 页。

用甚至进一步形成各种科学成果、科学研究的实际必要方法（包括非拟人化），在处理"终极问题"时将非拟人化的科学研究转变成一种新的拟人化。柏拉图的理式说在这里就是一个典型的例证。在东方也出现过既保护了用于实践的科学方法又不影响（宗教）世界观问题类似的解决尝试。因为在这里比在希腊僧侣集团那里往往对精神生活有更严格的控制。各种科学纳入拟人化的神秘主义比古典时期①为时更早、更彻底和在贯彻中更少冲突。在古典时期整个非拟人化阶段是先于这种倒退的，这时科学性的倾向不会没有斗争就放弃它的阵地。另一方面，由柏拉图开始的把世界观转向拟人化的倒退在欧洲几乎决定了科学思维上千年的命运，并暂时把古代的实际成就几乎完全排斥到遗忘的地步。

因为这种倒退是产生在非拟人化思维已达到令人自豪的高度阶段上，甚至它也取得了重要的哲学成就（通过柏拉图进一步发展的辩证法）。所以停留在简单地确定理式世界必然具有拟人特征这一事实是不够的，还要揭示出它的社会原因，才能进一步说明所形成的这种对立。柏拉图理式世界的深刻双重意义在于，它同时不可分割地既是最高度的抽象、纯粹超感性的东西，又是最生动的具体性，由事物中分割出独立的本质和产生现象世界的创造力，以感性的神话形式表达为理式世界。在柏拉图本人那里，这种

---

① 古典时期即指古希腊、罗马时期。——译者注。

## 第二章 科学中反映的非拟人化

双重意义往往还处于潜在的状态,在新柏拉图主义中才明显地展示出它的矛盾。因此,我们的讨论要联系到普罗提诺。关于理式世界,普罗提诺认为:"如果就精神实体及其类和原则而言,人们必须假设一个精神根据,在把物体、感性知觉和体积的生成抽去以后,即把它当作真实的、更高程度上的太一。"① 因此简而言之,现实本身应该是抽去了生成和量的理式世界的映象和产物。虽然数量关系的研究对于客观世界的理性认识是不可缺少的,这两个抽象本身——作为抽象和纯粹的思维操作——是可以进行的。普罗提诺要求的与这一世界的关系,如果——这是前提——不作为纯粹的抽象、作为由感性现实所获得的东西来理解,那又怎样创造呢?一个现存的世界——正如我们所知,它应与物质的单纯潜在性相反,具有最高的显现性——同时以感性—非感性—超感性的直接性来感受,作为纯粹本质、作为唯一实体和固有现实的推动力来理解——那么如何可能提出对这个世界的感受方法呢?

为此提出了一个"理智直观"的设想(这里关系到这一概念,而不是关系到这一术语是何时和怎样提出的)。这个设想由科学那里接受了——当然是歪曲了的——非拟人化因素。因为显然,这样一种现实——与直接感性相对应的,没有生成和量的——不可能用通常的思维方法来理解。这里不能简单地把超越日常思维都看作是科学非拟人化的

---

① 普罗提诺:《九章集》第 2 卷,柏林 1878 年版,第 263 页。

继续。不仅是因为这种量的抽象、生成规律的把握对此是决定性的，而且因为这里对纯粹现象本身的把握尽量排除人的感受特性的倾向必然占支配地位，而柏拉图的"精神现实"却是与作为人的人之本质不可分割地联系着。因此要求把自己提高到人的人类学水平之上——经过纯粹化——将其保存下来，正是通过这种纯粹化而达到这种现实本身。如上所述，这里形成了与宗教态度极大的相似性。当夸张提高到超过日常范围并放弃和否定了这一范围时，在日常生活的对象和主体的联系中却保持着直接性。这种同时性作用一方面保持了在理论和实践之间那种日常的直接关系，尽管它在深入到实际的客观性方面受到限制。另一方面它要求放弃人与现实的通常态度：因为对象（精神现实、理式世界）是超越于人的，主体只有超出他原有的水平，才能在自身中感受到这种现象。

这似乎涉及独特的人的形成作用：理式世界同宗教一样在以下方面是一致的，即人的灵魂只有在这里才能发现自己。与科学态度相反——他们认为——科学态度抛弃并歪曲了人的存在，使之空虚和畸形（这种尖锐的对立当然是以后发展的产物。在柏拉图那里数学和几何是"打开"通向理式世界道路的必要前提，在新柏拉图主义者那里这种对立就更加明显，但许多方面仍是潜在地存在着，只是在近代才明显地表现出来，他们把世界的"背弃神性"看作是对人的存在和人的完整性的威胁，如在帕斯卡那里就是这样认为的）。实际上情况正好相反。科学的非拟人化是

## 第二章 科学中反映的非拟人化

人支配世界的一种工具。正如我们所指出的，它是那种随着劳动而产生、使人脱离动物并有助于人形成为人的态度的意识化，是将这种态度提高成为方法。劳动以及由劳动中产生的最高意识形式即科学态度，在这里不仅是一种掌握客观世界的工具，而且是与此不可分割的一条途径，它由于对现实的大量揭露而丰富了人本身，使人更完善、更人化。那种理智直观和宗教所要求的超越日常的提高，与此相反是由这一点出发的，即人的核心对于人本身同样是超验的，如同由客观的世俗世界的观点所看到的理式世界或宗教"现实"。所有这里提出的方法，由爱神说到禁欲（苦行）、迷狂等，都是用于唤起人身上超验的本质。这是与现实的人完全对立的。

因此，这里产生了一种虚假非拟人化，而且它具有客观的和主观的两面性。在客观方面，通过构成一个"超人的""人的彼岸的"世界，这个世界像现实那样不依赖于人的意识而存在，并且从词义上代表一个彼岸，与可知觉到和思考到的世界具有不同且更高的质，从而使其各种因素的整体具有把拟人化本身投射到人的彼岸的特征。在主观方面，主体必须与其现实的人的存在及其由道德形成的人格彻底决裂，以达到与超验世界的有效接触。虽然在柏拉图本人的爱神说中，由人的伦理学提高到对理式世界的理智直观还有许多作为决裂和跳跃的过渡。需要说明的是，这里非常强调与内在人的伦理学的主观对立，把它作为这种提高的主观因素。因为即使在这里，他的后继者也毫不迟疑地将这种潜在的对立发展为公开的对立。

尽管伦理学的戒律与日常世界实践的平均水平距离尚如此之大——伦理学仍诉诸自身包含着作为人和人格的那种本质。这是每一种现实的伦理学的特征。虽然这种本质的展开还引起这样大的内部斗争，引起这样深刻的危机，人格的内在范围仍没有被打破，伦理学所要求的还很难达到的本质是每一个作为人的个人的本质。提高到理式世界的主观因素在这里正好包含了一种分裂：即使在伦理上实现的人的本质与那种有资格和能力对理式世界进行理智直观的主体相比，也只是尘世的、物质的、创造物的东西。因此，正是在其本质是与人性相关的那一范围内，这里涉及一种非拟人化，它在这里也带有虚假非拟人化的痕迹。因为代之实际具体地克服把人束缚在日常表面并妨碍人由自身力量中创造他自己本质的那些因素，产生了一种要求完全超出人的界限的抽象超验。这里事物的本质在于：这种伦理学潮流的出发点是获得和确定那种——与社会发展有深刻联系并扎根于社会发展中的——人的内在核心，从而使伦理学在理解和描述中能够集中在实际的客观科学概念的构成上。与此相反，那种抽象超验地超出人的东西，经理论和实践上的普遍化，会促成接近甚至实现巫术——宗教的习惯和祭仪等。这在基督教宗教学说体现出这种哲学之前，在古代新柏拉图主义、新毕达哥拉斯主义那里已经产生过。因此，在主观上这里也产生了虚假非拟人化。

因为以后还要详细讨论，这里暂时只能说明，人的彼

## 第二章 科学中反映的非拟人化

岸理式世界的设想向拟人化的转化,必然包含有对审美原理的普遍而不自觉的体验。这是可以理解的,因为理式世界的超感性—感性的特性必然给予这种设想以某些艺术的特征。更恰当地说——同样是投射到超验的事物中——是赋予一种模拟地实现艺术创作原则的特征。完善的或超人的造物主当然就是超然的艺术家了。柏拉图对艺术的断然排斥、普罗提诺对艺术有保留的指责都只是这一立场产生的后果(这里反艺术性的内容正好与苏格拉底以前思想家所提出的内容相反)。我们来引证普罗提诺关于"理智美"的一段较长的论述,以便使读者明了这一问题状况的一般轮廓。我们可以在本书的进一步分析中再给出美学的结论。普罗提诺指出:"每个人自己所具有的东西,他会在别人的所有中看到,因此到处所有的东西和每个人所有的东西是不计其数的……一个东西突出了另外的东西,同时说明了所有的东西。这也是纯粹的运动,因为它在其行程中并不干扰与其不同的运动。静止也不会被打破,因为静止不会被不安定性所纷扰。美的事物就是美的。因为美不在美的事物中。每个人不是行走在陌生的土地上,而任何地方都是他自己所在的地方,因为他的步伐是向上的,与他的出发点同行。他自己不是另外的人,空间不是另外的空间……在这里(在感官世界中)另一部分由这一部分产生,每一部分单独为自身存在。而在那里,每一部分都是由整体中产生,同时部分又是整体。虽然它像是部分,但明眼可以看出它是整体。……对于那上面的直观是没有疲劳、没有满足、没有中断的。因为它不存在缺点,对于它的无限的充足人会感到满足。还有多样性或差异性,对有的人不合意,对另外的人就合意。所有都是不懈的、无穷无尽的。"① 这里的所有范畴和范畴联系都是由美学实体化了——当然是以迷狂夸张的方式——这是显而易见的。

我们不得不较为详细地说明希腊哲学中对非拟人化倾向的倒退运动,因为它对于现实的科学反映的命运有格外重大的意义。特别是因为这种倒退不是由外部、不是由巫术—宗教的观念领域中实现的(希腊哲学原来就是要克服这一观念领域,在此过程中哲学迈出了具有世界史意义的一步),而是由哲学本身产生的这种挫折。这就是说,正如我们在以上论述中看到的,在形成和解释反映论的所有问题中拟人化与非拟人化倾向之间的斗争,比以前处于一个大大提高了的水平。它不再试图克服原始的拟人化的直观方式。自从这一转折之后,导致在高度发展的哲学和科学中结束了这种倾向间的冲突。然而直到希腊后期的思想界中,这一斗争尚未止息。我们已经简要地说明了亚里士多德对理式说的拟人化、客观上反科学精神的批判。为了说明另一个方面的情况,只要提出伊壁鸠鲁的名字就够了。在伊壁鸠鲁那里公开宣言反对宗教信仰的精神。卢克莱修强调过他的哲学的这一核心是具有世界意义的。还有黑格

---

① 普罗提诺:《九章集》第5卷,柏林1878年版,第8章,第4节,第204页。

尔，他对伊壁鸠鲁的否定往往完全使人不可理解，而对伊壁鸠鲁的物理学他强调指出："它反对了希腊、罗马人的各种迷信，使人们超出了这一类迷信"。[①]

## 二　近代非拟人化充满矛盾的复兴

虽然存在上述抵制，但应该肯定，在古代末期拟人化倾向是占优势的，在中世纪的思想界它基本上占统治地位。对拟人化原理的新攻势大规模地从文艺复兴时代开始，并使得所有问题——都有相当重要的改变——至今仍保持着其基本特性。这些新发展在本质上带有不同的特征，这是有历史原因的。在有关这一问题方面，其历史原因表现出两种主要趋势。

第一，非拟人化倾向前进的幅度、深度和强度取决于该时代劳动和科学征服客观现实的能力。我们已经指出了古代奴隶制经济的局限性，其后果是对现实的非拟人化反映的科学基础从一开始就必然很狭窄，而没有大规模扩展的社会可能性。这就必然造成初期天才的（思维）普遍化不能深入到客观现实的细节中，不能用特殊的事实、联系和特殊的规律性来加以丰富，而提高到一种具体的普遍性

---

[①] 黑格尔：《哲学史演讲录》第3卷，贺麟、王太庆译，北京：商务印书馆2009年版，第76页。

和全面的方法论。在中世纪奴隶制经济崩溃以后,情况有了变化。恩格斯指出,如何由"中世纪的黑夜"达到科学技术发展的繁荣时代,只有在文艺复兴时代向科学性的新转变才能实现这一点。① 当然,这些发展在该时代不会立即对由神学统治的思维产生多大的影响。为了产生这种彻底的转变,需要有某种积累,并由量的缓慢增长转化到新的科学态度的质。

第二,这种由社会与自然界物质交换所产生的倾向与另外一种同样重要的倾向交织在一起:这不仅关系到大量认识材料和由此决定的社会向科学和哲学提出的深刻问题,而且关系到在观念上得到的那些普遍化和真理,这种普遍化和真理是在各种认识材料的领域科学地得出的,对古代、中世纪和近代的这一系列问题作具体探讨,不是我们这里的课题。这里又产生了一个问题,即辩证唯物主义的问题和答案转化为历史唯物主义的问题。历史唯物主义必须去研究和揭示那种具体的社会规律性,这种规律性决定着:一种社会形态在其一定发展阶段上为什么不再能容忍由于生产力的发展高度而出现的、对客观现实的反映方式;在某些社会形态的一定阶段上,为什么还不能产生对已有的各种必要和有用经验加以普遍化的需要,而在一定社会条件下,为什么这种需要却产生了不可抗拒之势等等。我们

---

① 恩格斯:《自然辩证法》,见《马克思恩格斯选集》第3卷,北京:人民出版社1972年版,第523页。

## 第二章　科学中反映的非拟人化

所讨论的辩证唯物主义问题，如对现实的科学反映的非拟人化因素是如何形成的，对于我们一般地了解这些关系是极为重要的。它使我们注意到这一领域不均衡发展的社会契机，它指出了某些具体的联系，这里也可以得出有关前进与倒退的说明。所有这些问题对于我们由辩证唯物主义反映问题的观点看来都是首先需要加以考察的。

因此当我们转入对近代发展的分析，我们首先应该强调与古代不同的主要契机，即这个时期的独特特征——当然只是就其最具普遍性之点而言——即它如何导致达到科学反映的非拟人化过程的、新的转变，就某种意义而言这也是最终的转变。主要和普遍的契机是资本主义生产方式的产生。这种经济形态不是偶然的，相反是由于其规律性本质决定的。因此，由历史体系的必然性产生了最后一个阶级社会。资本主义一方面提供了创造没有剥削的社会的物质条件，另一方面为自己产生了它的"掘墓人"无产阶级。无产阶级"解放的条件……就是要消灭一切阶级"。[①]由此，远在资本主义的这种矛盾明显化之前，就形成了其作为经济形态的特性、它与以前各种经济形态的基本区别。马克思这样规定了它的区别："以往的一切社会形态都随着财富的发展，或者同样可以说，随着社会生产力的发展而没落了。因此，认识到这一点的古人把财富直接当作使共

---

[①] 马克思：《哲学的贫困》，见《马克思恩格斯全集》第4卷，北京：人民出版社1965年版，第197页。

同体解体的东西来加以抨击。封建制度也随着城市工业、商业、现代农业（甚至随着个别的发明，如火药和印刷机）而没落了。随着财富的发展，因而也就是随着新的力量和不断扩大的个人交往的发展，那些成为共同体的基础的经济条件，那些与共同体相适应的共同体各不同组成部分的政治关系，以理想的方式来对共同体进行直观的宗教（这二者又都是建立在对自然界的一定关系上的，而一切生产力都归结为自然界），个人的性格、观点等，也都解体了。……当然，发展不仅是在旧的基础上发生的，而且就是这个基础本身的发展。这个基础本身的最高发展（这个基础变成的花朵，但这仍然是这个基础，是作为花朵的这株植物；因此，开花以后和开花的结果就是枯萎），是达到这样一点，这时基础本身取得的形式使它能和生产力的最高发展，因而也是个人（在这一基础的条件下）的最丰富的发展相一致。一旦达到这一点，进一步的发展就表现为衰落，而新的发展则在新的基础上开始。"[1] 与此相反，资本主义没有这种界限。当然，它也有一定界限，甚至它不断地生产和再生产着这种不断的、如马克思所说的作为持续被消灭的限制，而不是作为"神圣的界限"："资本的限制就在于：这一切发展都是对立地进行的生产力，一般财富等，知识等等的创造，表现为从事劳动的个人本身的

---

[1] 马克思：《经济学手稿（1857—1858年）》，见《马克思恩格斯全集》第46卷·下册，北京：人民出版社1980年版，第34—35页。

## 第二章 科学中反映的非拟人化

异化；他不是把自己创造出来的东西当作他自己的财富的条件，而是当作他人财富和自己贫困的条件。但是这种对立的形式本身是暂时的，它产生出消灭它自身的现实条件。"① 资本主义发展的特性与无产阶级革命的必然性和特性的关系，不属于本书的范围。

这里对我们说来有两个契机是重要的：第一，生产力的发展从以前社会形态的角度上看来没有"神圣的界限"，而就其自身看来，具有无界限性的倾向。第二，生产力的无界限的扩大与科学方法同样无界限的形成处于持续的相互作用中，形成相互的丰富化和影响。在以前的各种社会形态之下生产有界限，科学方法的普及和深入也就有界限。只有在资本主义时代科学的发展在理论和实践上才获得无限进展的特性。与此密切相关的是，科学的成果首先通过劳动过程的改造不断渗入日常生活，在不改变其基本结构的条件下大大改变了日常生活的外化方式和表现方式。例如，手工业与艺术之间几千年来存在的联系中断了，过去很少受科学影响的生活和劳动领域不断科学化了。

这种全新的状况也影响到在科学精神发展中上述第二种社会阻碍契机的特性。在非拟人化倾向中，由于某一阶级所不能容忍的原因对普遍化了的科学成果加以否定。这种现象本身是普遍的：在这种不可容忍性中总是表现出统

---

① 马克思：《经济学—哲学手稿（1857—1858 年）》，见《马克思恩格斯全集》第 46 卷·下册，北京：人民出版社 1980 年版，第 36 页。

> 审美特性

治阶级状况产生的问题，如果科学成果在方法论和世界观上是彻底的，借助由统治阶级解放出来的生产力形成的科学会使其阶级状况与其阶级统治的意识形态前提相矛盾。这种新的状况在资本主义社会中是处于统治阶级利益的缝隙中，它一方面不容忍在奠定它的统治的世界观中出现突破口；另一方面迫于落后会遭惩罚而不断发展生产力，相应地促进了科学的发展。在我们所讨论的科学反映的非拟人化问题上，统治阶级的这种双重的社会—历史职能给予意识形态的倒退一种新的特性。

当然，统治阶级试图，特别是在开始时，以旧的方式革新科学方法并对新的科学成果作出反应。在天文学上围绕哥白尼的转折所进行的伟大斗争中，我们可以极清楚地看出这一点。不用深入任何细节就可以确信，当时的反动意识形态力量不得不逐渐承认新的成果并至少是容忍在新的方法基础上开展进一步工作，尽管他们会对其世界观结论加以否定甚至控告（我们可以联想贝拉明红衣主教的地位）。以后，科学与反动意识形态的冲突更加鲜明。

因此决不能得出结论说，正如我们所见到的，在非拟人化原理不断自觉而有力地占主导地位的科学中，其方法和成果就能为统治阶级在意识形态上所容忍。与此相反，统治阶级对这些成果的斗争更加激化了，他们不得不采取新的方法。但这不能阻止科学正常地在实践中起作用的发展途径（其中当然也包括非拟人化），只能削弱这些成果在世界观的普遍化上的锋芒，由此而得出与维持当时社会状

## 第二章 科学中反映的非拟人化

况的保守倾向相适应的结论。同时，这就意味着这一战场的缩小。在古代末期，客观唯心主义针对科学，哲学的具体的——非拟人化的——世界图像提出了另一种同样具体的拟人化世界图像（我们可以联想德谟克里特与柏拉图的对立以及伊壁鸠鲁与普罗提诺的对立）。近代的倒退倾向后退到一种以认识论定向的主观唯心主义。这种倒退意义在于——因为不可能提出一种具体的拟人化世界图像与科学的非拟人化世界图像相对立，而不妨害科学进一步发展的——它"批判地"否定了人认识客观现实的知识需求。科学只能在现象世界任意支配和统治，它不能对自在存在的世界、对客观现实得出任何结论。主观化的哲学唯心主义倒退成为对客观世界图像的认识论的禁令。

对这里所可能产生的各种态度上的变化加以说明，不是我们的课题。由此形成的活动空间包括从各种宗教单纯在"认识论"上重建直到宗教的无神论，由实证主义者完全的不可知论到自由的神话虚构。我们在这里与其详细讨论这些形式的多样性，不如由我们这一问题的侧面来说明这种拟人化的面貌。凡是涉及从哲学上拯救旧的宗教观念或创造新的神话，都可以极清楚地看出这种倾向。当然即使在这里，旧有的、欺骗性的、对这些由人所创造的形象的客观性的信仰也已大为动摇了。在施莱尔马赫或克尔凯郭尔那里，主观性的意识化已经成了一种新的宗教性原则。在其他不明显的事例中也可以看出这一方面。保持宗教或重新创造教义与科学针锋相对，使整个这种倾向获得了新的夸张。在帕斯卡那里就已经描绘过由于非拟人化的科学的侵入造成世界"背弃神性"的可怖图景。他要动员起所有"人"的（即拟人化的）宗教和信仰的力量来加以反对。这种呼声与时俱增。统治阶级越不能容忍现实本身的真实映象，那么在统治阶级的意识形态中科学就越益获得非人和敌视人的本质特征。当这种针对科学性的世界观的论战重点集中到攻击科学的方法、把对于客观自在存在现实的接近及其非拟人化的反映污蔑为非人的，那么很明显，此时在哲学上只能有一种——公开的或隐蔽的——拟人化方法处于前台。

在这一过程中主观主义日益重要的作用也就——有意无意地——同时加强了拟人化的倾向。这在近代的纯哲学中比在宗教或为宗教性辩解的世界观中表现得更明显。这种宗教世界观——即使往往被大大削弱——必然以一种客观性的要求出现，而这种客观性很少需要从哲学上真正加以说明。如果我们联想到柏格森到海德格尔对时间的主观化，以及舍勒至加塞特对空间的主观化，那么显然，这里以哲学的意识性把体验、体验到的东西作为客观性的"真正"现实性，把主体的附属物、他直接感受现实的方式作为科学认识"僵死"的客观性的"真实"，将它们相互对立起来。对于舍勒，由于近代交往的体验"扩大了的物质世界成了不太真实和缺乏实体的东西"。① 加塞特将"实际上

---

① M. 舍勒：《Versuche zu einer Soziologie des Wissens（知识社会学实验）》，慕尼黑—莱比锡1924年版，第145页。

## 第二章 科学中反映的非拟人化

由我所在的地方出发把世界的其余地方组成一个生动的令人激动的刺激性动态透视:近—远透视"看成是一种巨大的哲学进步。[①] 在这里,对于空间正如前面柏格森对于时间那样,把拟人化的主观性公开作为反对非拟人化科学的更高原则。

我们看到,这里出现的意识形态的倒退并不亚于古代。但其本质的区别在于,它对科学精神的冲击是完全不同的,对于科学本身方法论和实践的影响是极其微弱的。我们只能大体上说,对现实认识的进步和它对日常生活的作用不可阻挡地走着它自己的道路。当然,这只是大体而论。因为毫无疑问,在世界观、认识论等与科学的实际方法论之间不可能隔着万里长城。加之近代的拟人化是大为抽象化、大为升华了,以致看不到明显的方法上的转变就能潜入到科学的方法论中(我们可以联想海森堡的测不准关系)。另一方面在这种拟人化世界观的职能交替中明显地表观出时代的变迁:非拟人化在对现实的科学反映中取得了决定性胜利,它的作用——尽管存在这种意识形态的倒退——不可阻挡地扩大到了科学实践和日常生活中。

以后我们才能详细指出劳动过程的这些不可抗拒的必然事实,即在资本主义时代人的重要活动的非拟人化是一个必然的过程,它随着生产力的发展而不可遏制地扩大了,

---

[①] 加塞特:《Der Mensch und das Maß dieser Erde(人与地球的尺度)》,《法兰克福总汇报》,1954 年 10 月。

> 审美特性

不断把握人的实践的更多关系，其内涵和外延不断增加。这一事实确定了在世界观上造成的阻力的特征、本质及范围界限。尽管这些阻力不可能将其拉回到古代末期，但却仍在起作用。因为人的实践不断增大的领域愈来愈需要按非拟人化范畴工作，因为甚至在世界观问题上，拟人化的意识形态不仅不能阻止实践的非拟人化的进入，而且也不会这样做，因为正是非拟人化构成了这一阶级力量的基础，这一阶级的意识形态却代表着拟人化的拥护者。所以它们的意识形态斗争——与古代末期和中世纪不同——只限于，对科学的非拟人化进步所取得的世界观成果，正如我们所看到的，作出不同的解释，对这一过程的本质只能稍加变化。原子粒子的"自由意志"会在物理学的许多问题上带来混乱，阻碍了物理学的进步，使得在对各种现象的解释中不能达到理性的统一性——但此时所使用的思想工具在实际的方法论上却与对立的方法论相同，仍是非拟人化的（尽管加入了拟人化的神话）。正如我们所看到的，拟人化对新的科学精神的反击并未能夺回失去的，如柏拉图至经院哲学所占有的阵地，而只是主观—宗教的却没有能抵御由自身取得对世界的征服所产生的精神冲击。这种态度的最终原因是社会造成的，拟人化宗教观念使世界图像的空虚化——正如思想史所告诉我们的——既可能给人以鼓舞的印象，也可以给人以消沉甚至绝望的印象。这种作用是以有关人的生活为基础的，即以作为整体的、日常生活的、活生生的、人的现实存在为基础。这种作用不是为每个人

## 第二章 科学中反映的非拟人化

去证明科学的根据,既不是逻辑—方法论的,也不是说明各种事实或联系的依据,而是整体的人的一种生活情感,是以他的体验、情绪、经验为基础的。这种现实存在——对于在大多数情况下的每个人不是很容易看穿的——在客观上是由有关人的社会存在、由他所生活的社会一般结构、发展阶段等,由他在社会中所处地位决定的。托马斯·曼在《魔山》中出色地描绘了在资本主义日常生活中生活情感的这种不易觉察的基础。这对我们这里讨论的问题是十分重要的。托马斯·曼谈及汉斯·卡斯托普——一位顺便提到的工程师时说:"人不仅是作为单独的存在过着他个人的生活,而且有意无意地过着他的时代的、和他同时代人的生活。他必然把他生存的一般非个人的基础看作无条件给定的和理所当然的。他不会产生要对此加以批判的想法,正像善良的汉斯·卡斯托普实际上所处的情况那样,由于社会道德上的欠缺会有损于他道德上的满足。如果他周围非个人的东西如时代本身虽然外表活跃但根本上缺乏希望和前途,人就会对激励他自己进一步努力和活动的个人目标、目的、希望和前途感到虚无缥缈。如果时代使人感到是无望的、无前途的、毫无办法的,那么人们就会有意无意地提出这样一个问题,即所有的努力和活动归根到底对于个人之外有什么意义,回答只有沉默。这种事态对于正直的人必然起着麻痹的作用,这种作用可能通过心灵—道德而波及个人的机体和器官。关键的是,最终判断准则的尺度是放在重大的业绩上,而不是放在时代的缘故上。能够作出满意回答的,或者是具有道德性、孤独性和直接性的人——这种人很少出现且具有英雄气质,或者是那种具有极强生命力的人。"①

在资本主义条件下,特别是在其没落的条件下,这种社会存在增加了洞察生活整体(社会生活)的难度,与此形成鲜明对比的是,科学的各种成果和方法论却更易于阐明了。因此,甚至连自然科学家如普朗克,他虽然在研究的方法论上竭力摆脱所有近代神话化的尝试,却又宣扬宗教与科学的一致(他清楚地看到了科学的非拟人化倾向和宗教的拟人化本质)。这表现在,他在认识(科学)与行为(宗教)之间划出了一条区分线,普朗克是从行为问题上的认识无法完成这一点出发的:"因为我们不能等到认识充分或我们的知识完全了才作出我们的意志决断,因为我们不仅在生活,而且往往必须在多种要求和需要中立即作出决定或形成信念,要得到正确决断,不能靠我们去深思熟虑,而要靠我们与神的直接结合所得到的明确启示。"② 显然,普朗克在这里是把行为理解为日常的生活条件。他不能意识到这种环境和在此环境中可能产生的行为方式是受社会经济制约的,这对他的立场并没有什么影响。这种立场只是再次证明我们以前的结论,即宗教结构与日常实践的结

---

① 托马斯·曼:《Der Zauberberg(魔山)》,见《托马斯·曼全集》第 2 卷,柏林 1955 年版,第 47 页。

② M. 普朗克:《Wege zur physikalischen Erkenntnis(通向物理知识的道路)》,莱比锡 1944 年版,第 305 页。

## 第二章 科学中反映的非拟人化

构是多么密切相关的。因此,普朗克的态度证明了马克思关于宗教存在和灭亡条件的基本命题:"只有当实际日常生活的关系,在人们面前表现为人与人之间和人与自然之间极明白而合理的关系的时候,现实世界的宗教反映才会消失。只有当社会生活过程即物质生产过程的形态,作为自由结合的人的产物,处于人的有意识有计划的控制之下的时候,它才会把自己的神秘的纱幕揭掉。但是,这需要有一定的社会物质基础或一系列物质生存条件,而这些条件本身又是长期的、痛苦的历史发展的自然产物。"[①]

我们这里以普朗克为例,因为他公正地以自发唯物主义的态度对待科学中的非拟人化方法,把对现实的反映不断摆脱人的感官而独立化看作是理所当然的事。"通过适当的测量仪表取代了感官,从而由物理学的基本概念中排除了特殊的感官感觉。肉眼让位于照相底片,耳朵为振动膜片所取代,能感知温度的皮肤被温度计所代替。自动记录仪的采用使之进一步不受主观误差来源的影响。"[②] 这里在普朗克的考察中并没有把科学认识的非拟人化看作对"背弃神性"的世界的反映,也没有担心它在主观上成为非人性原则的恐惧。与此相反,他明确地看出,这里所产生的对自在存在的、独立于我们意识的世界的无限接近过程,是使人认识进而支配客观现实的唯一实际手段。因此,

---

[①] 马克思:《资本论》第1卷,北京:人民出版社1975年版,第96—97页。

[②] M. 普朗克:《通向物理知识的道路》,莱比锡1944年版,第261页。

他坚持在对现实的科学反映中,尽可能推进非拟人化与宗教在世界观上的共存(宗教作为行为原则而不是作为认识世界的原则,作为日常生活的因素而不是指导科学的因素)。

诸如普朗克的这种见解在防范拟人化—神话倾向侵入世界观并以此为中介侵入科学方面,只能筑成极为薄弱的堤坝。为了产生对现实反映的新原理,并完成它与日常思维的和宗教的拟人化的严格而确实的区分,正像文艺复兴及其后续时代所完成的对早期希腊的发展这一伟大开端的继续和具体化那样,这需要有一种对完全不同的世界观充满自信的激情。为了不仅说明这种世界观,而且同时说明这种反映方式的主观方面,需要题外地涉及这个时代的人类学和伦理学。由于篇幅的缘故,这里不可能详细讨论这个问题,我们当然只能限于其中心问题。这次由积极方面来看——在日常思维与分化了的、自我创造出来却独立了的对象化之间有着相互关系,在这种关系中明显地表现出日常思维具有自发态度及自觉态度两种社会历史特性。在我们所讨论的这类情况中,即使个别思想家没有意识到这种历史的社会制约性,或者——隐蔽地或公开地——认为他们可以超越这种制约性,情况仍是如此。

科学—非拟人化观点的适用性,特别是由此使人支配其社会生活的哲学基础所具有的适用性,在霍布斯尤其是在斯宾诺莎那里表现得最明确。他们两人都致力于把为认识自然所建立的几何学方法用于构成人类学、心理学和伦

## 第二章 科学中反映的非拟人化

理学。① 这里不是批判这种出现过并起了作用的方法论幻想的地方。我们以后还要简略提到其决定性动机。这里重要的在于强调指出，在此对各种超验（即宗教）力量的否定对于人有效地支配自己的情绪和霍布斯及斯宾诺莎所讲的人的自由起着重要的作用。斯宾诺莎的伟大思想是："一种情绪只有通过一种相反的、更强的情绪才能抑制或扬弃。"②这一点很容易作出精确分析，可以劳动过程的观察为例。当在日常和宗教的思维中把所设计出目的论的范例投射到客观现实中时，目的论所适用的劳动过程本身的合因果规律性可以用于说明人的内在行为方式和人与其同伴的关系（黑格尔后来将其归结为：借助工具使自然本身"打磨"自己）。因此，对自在存在的现实不以人的意识为转移的规律之认识，在这里成为达到人的自由的一种手段。人的自由是对实际客观力量的洞察，人只有充分认识了才能利用这种力量，也是对那种幻想无意识自我创造的力量之揭露，这种力量同样只有通过阐明其本质才能加以克服。

这一切当然是数千年来发展的成果。我们通常是从改变人的客观世界和使人的实践理性化的观点来看待非拟人化原理的作用的。这是有道理的，因为这一变革过程及其

---

① 霍布斯：《Grundzüge der Philosophie（哲学基本特征）》，莱比锡1918年版，第3部分："关于国民和贡献的学说"，第65页。斯宾诺莎：《Ethik（伦理学）》，莱比锡1907年版，第3部分，第99页。

② 斯宾诺莎：《伦理学》，莱比锡1907年版，第4部分，命题7，第180页。

后果实际上代表了科学非拟人化作用中主要的和决定性的东西。但是也不能完全忽视对它的主观反映、它的作用对于个人世界观、伦理学和生活态度等的影响。正如我们所看到并将再次看到的，当对真正科学性的这一原理在世界观上的抵制始终集中在这样一点，即将非拟人化等同于非人性、人的异化（世界的背弃神性），把人变为一个自动机、否定人的人格和活动的意义等时，这种影响就较小，在当代这种观点也出现在那些不仅在纯粹实践上而且在知识领域也承认这种方法论的人身上。例如盖伦——我们已经利用并将继续利用他的一些重要成果——就原始时代（按照盖伦的话是巫术以前的）人的关系指出："因为人在本质上是文化的存在，就其内在的本性而言是一种'人造的自然'，因为他甚至在理论和实践上使客观自然统一起来，与他自己所达到的自然相一致，以致每一幅'自然图景'只是一个带倾向的截面，因此是人工的要素，是先验地虚构的东西。'自在'现实在其中和其外都完全是超验的，如果或者只要人们在自然科学中近似地逼近这种现实，它就表现出它的非人性，因此近代人有这种原始的能力在自然中去理解它。"① 因此，当代涉猎广泛的作家罗伯特·穆西尔指出："我担心，下述思想（下午在沙发上）不是我的文章中的，而是我的言行录中的，即按照旋转电子与物

---

① 盖伦：《Urmensch und Spätkultur（原始人与后期文化）》，波恩1956年版，第238页。

## 第二章　科学中反映的非拟人化

体整体的关系的通常概念来建造神,不论是人们按哥特式或按别的样式去建造,这对神意味着什么?从自然规律上看不影响精神的区别,如果人不过是一个钟摆,那么占主导地位的整体就是精神的,或者可能它就是下一个占主导地位的东西。"① 这种说法曾被大量引用。

与此相反,值得强调的是,自从古希腊最初自觉地出现了非拟人化原则,与此相应地由其中产生出本身并不是非拟人化的伦理学并发展了一种人的态度,它和上述立场鲜明对立,这一态度被看作是真正人道主义的、与人及其价值相对应的世界观的阿基米德点,当然这一过程是持续的、时进时退的、犬牙交错的。因此,这种伦理学是从人那里开始的,并在那里达到顶峰,但却是以非拟人化观察的外部世界为前提。我们以前在希腊哲学中已经说明了这种倾向。有关人的态度的理想我们所感兴趣的结论,马克思概括如下:"他将在那里看到,并非斯多葛主义者是现实化了的智者,而智者,Sophos,不过是理想化了的斯多葛主义者;他还会看到,Sophos 不仅以斯多葛主义者的形象出现,也同样在伊壁鸠鲁派、新学园派和怀疑论派那里出现。一般说来 Sophos 是希腊的 philo-sophos(爱智者,哲学家)借以出现在我们面前的最初的形象,在神话中是七贤,在实际中是苏格拉底,在斯多葛派、伊壁鸠鲁派、新学园派

---

① 穆西尔:《Tagebücher, Aphorismen, Essays und Reden(日记、格言、随笔及言论)》,汉堡1955年版,第319页。

和怀疑论派那里则是一种理想。当然,其中每一个学派都有自己的(智者)……不仅如此,圣麦克斯(即指施蒂纳——卢卡奇注)还可以在十八世纪的启蒙哲学中找到 le sage(智者),甚至也可以在让·保罗那里、在艾曼努伊尔之类的'贤人'中找到。"① 在这种类型中,由历史的、社会的和个人的原因而存在的各种区别中,表现了共同的世界史的特征,即对现实的科学态度正是人性的最高层次的伦理态度的基础。亚里士多德对苏格拉底把知识和道德等同起来的不妥之处作了批判,其中所否定的只是他认为过分的东西,而不是这一原则本身。

这样来理解的共同性——在如此重要的个别性中有着各种区别之处——集中在两类问题上。第一,集中在伦理态度的世界观的内在性上,即在自由与对客观现实的正确(科学的非拟人化的)认识的关系上,这种关系我们上面已经谈到过。这个问题包含对人的人道主义—道德关系的所有超验的结合和关系的否定。人本身生活在这样一个世界上,他致力于对这个世界摆脱开各种人的眼光而按其原来的面貌尽可能正确地加以认识。人本身的任务是去建设自己的生活——植根于人类的社会—历史发展中——在他自己的生活中去寻找自己生活的意义。由此产生了第二点,人作为"微观宇宙"同样可以按照内在的固有规律来考察,

---

① 《马克思恩格斯全集》第 2 卷,北京:人民出版社 1965 年版,第 133 页。

## 第二章 科学中反映的非拟人化

而不应把他自己的力量和弱点作为超验的派生物神话化。上面所引斯宾诺莎的伦理学情绪说清楚地表明这种道路会引向何方。当然,根据在社会中人作为"微观宇宙"起作用的社会特性之不同,这种学说会有很大变化。我们已经可以看出,在我们今天正是由现代资本主义的本质、由它的宇宙超验定理的明显化而如何增加了人的永远不可认识的性质。这种歪曲绝非必然的,斯多葛学派和伊壁鸠鲁学派生活在否定他们的时代,这种否定并不能扬弃人作为"微观宇宙"的内在自身依据,相反却强化和加深了自身依据。在社会中缺乏真正实现人道主义的可能,这正是要更坚定、更人性地从内在来培养智者类型的决定性动机。对于用非拟人化观点来考察的世界进行思想上和情感上的改造,这不是对人的现实进行虚无主义或相对主义的非人化,这种改造对人的行为并不会产生绝望而失去方向性。与此相反,只有反动的神话才会出现这种失去方向的性质。

在分析恐惧和希望的情绪时只要指出这一问题的状况,对于我们的目的说来就足够了(当然,这里只是谈情绪,如果在更高的精神水平上谈论恐惧和希望,例如当人在重要决断时担心他能否有足够的力量和决心完成正当的事业,那么这就是道德权衡的情感反应而非情绪反应)。笛卡尔就已经认识到恐惧与希望两极的相关性以及受单纯信念的制约性。[①]

---

[①] 笛卡尔:《Philosophische Werke(哲学著作)》,莱比锡1911年版,第4部分:"论灵魂的热情",第89页。

审美特性

对此霍布斯强调指出，恐惧与希望的对象是一种单纯"外观"的善或恶，具有纯粹主观的特性，是一种机遇而不是原因，如果它只能被表达出来，那么也只有通过"不可表达之物"来激发。在此霍布斯还指出了"惊愕的恐惧"，它是由于"缺乏对原因的认识"而产生的恐惧和逃避。[①] 这与斯宾诺莎对情绪的分析非常类似。他也强调了这种情绪的主观主义特性。这种情绪的对象是由一种令人怀疑的事物的表象所引起，它的特征是一种"不确定的喜悦"或"不确定的悲哀"。因此他强调指出，这种情绪"本身并不是善的"，"它表明认识的缺陷和心灵的无力"，这就是为什么"我们越努力按照理性的指导来生活，我们就越致力于使自己不受希望所左右并摆脱开恐惧，尽可能制服命运并按理性的规范来调节自己的行动。"[②]

这种态度的作用异常之大。因为我们这里不可能深入到历史的细节中去，我们只要谈到歌德就够了。在宫廷的化装假面行列中，他让恐惧和希望表现出吸引力，对它们说道，

> 恐惧和希望
> 是人的两个大敌
> 它们禁锢着我

---

① 霍布斯：《Grundzüge（哲学基本教程）》，第 2 部分："关于人的学说"，第 12 节，第 35 页。

② 斯宾诺莎：《Ethik（伦理学）》，第 4 部分，命题 44，第 213 页。

## 第二章  科学中反映的非拟人化

使我与大家保持距离……

用一个富有特征的成语，歌德把这个问题进一步一般化了。在他指出了恐惧和希望的社会危险性后，他在《韵文格言》中把这两种情绪看作是庸人的决定性特征。

庸人什么样？
上帝的可怜虫，
他有一付空肚肠，
充满恐惧和希望。①

这里只是简要指出，在重新揭示并在方法论上明确提出非拟人化反映与人道主义即保卫人的自由和完整之间有什么联系。同时，从侧面说明了所有这些倾向都是反对禁欲的。不言而喻，致力于拯救人的自由和完整的倾向，其表现方式是受历史制约的。这一问题和答案的社会—历史制约性在人类学、伦理学中不是停留在表面上，而是与决定性内容和结构问题密切相关。对上面论述中人道主义基本倾向的肯定包含着它的"永恒的价值"。霍布斯或斯宾诺

---

① 顺便说明这一点也许是有意义的，歌德的定义在马克思主义经典作家那里应用极为普遍。恩格斯有这一定义来表征小资产阶级，此处把希望的内容具体化为上升到大资产阶级，而恐惧的内容具体化为下降到无产阶级。关于歌德对庸人概念的特殊用法与浪漫主义及后期的区别，参见拙作《歌德及其时代》，柏林1953年版，第33页。

莎的几何学方法同样是受时代制约的，正如他们的伦理学带有斯多葛——伊壁鸠鲁色调一样，这两种形式在社会的历史发展中和在科学的发展中其具体内容可能显得陈旧，但却不会丧失其基本意义。在战后的帝国主义国家，恐惧的情绪与各种希望相分离——在克尔凯郭尔那里——扩大为对于资产阶级意识形态的普遍基础的不安，成为宗教世界观（包括宗教无神论）。在法国大革命时以及自从社会主义出现以来在更高水平上，希望的情绪获得了一种科学的基础、一种与认识性根据和具体性的结合，因此达到了人类的一个进一步的发展阶段，希望不再是从单纯的情绪出发，而是以科学——哲学、经济学等——为基础展望未来的情感反映了。

如果我们最后来说明对现实的科学反映中彻底的非拟人化与日常生活中人的态度之间联系的基础，那么这同时就是对以下各种倾向的否定：一方面是认为在科学态度中以及最终在科学的世界观中有些"非人的东西"，另一方面把纯粹科学地把握的世界看成是与人的本质相敌对的。为了概括地了解这一状况，不仅不能忘记对现实的非拟人化反映是人类达到自身进一步发展及掌握世界的一种工具，并且要始终记住这一过程同时是人本身更高发展的过程，他的全部能力的扩大、加深和集中都对他的整个人格有着不可估量的作用。我们在前面已经简要地谈到过，在自我创造的最高的对象化系统——科学和艺术中，日常的完整的人转化为"人的整体"（指向任何具体的对象化系统）。

## 第二章 科学中反映的非拟人化

人与艺术关系的问题我们以后还要广泛详细地讨论，这个问题的科学方面根据本书的计划只能简略地、极其一般地讨论。

只有当所有由反映所获得和加工过的对象及其关系经过与该反映方式的职能相适应的同质化，才能形成更高的对象化。不用深入说明这种作用（以后还要详细分析）的美学意义，直接就能看出，只要科学对现实的把握扩展到哪里，哪里就会产生与科学的目标相适应的同质化。数学是被反映现实在内容和形式上同质化最纯粹的形式。它也最明显地表现出在这种主观态度变化中的非拟人化倾向。所有科学也包括社会科学，始终在创造一种同质媒介，以便更好地把握和阐明自在存在按一定认识目标所考察的那部分的特性、关系和合规律性。忽视了这一点是错误的。它们最主要的共同点是，它们始终涉及现实的独立于人的自在存在，只要对人本身进行生物学的或社会历史的考察——最终地——都涉及这种客观的对象性或过程。非拟人化的基本方向也表现在——特别与艺术反映相对立——即使意识到所处理的只是在方法上独立的一部分，也要尽可能真实地保存对象和自在存在的现实相关的无限—总体的特性。这样的一个部分不论作为对象还是作为一个侧面，都绝不会达到像在艺术反映中的那种绝对的独立性和完整的自身依存性，绝不会像在艺术反映中那样成为自身的"世界"，而是保持着——对象上的和方法论上的——它的局部的特性。由此得出，对现实的每一种科学反映可以甚

### 审美特性

至必须直接而无变化地继承和利用其他许多实验的成果。而在审美模仿中，每部作品的同质媒介都是独特的和最终的东西，以致对外来形式或内容因素的继承——甚至是由自己的作品中——对于艺术家都会构成一种危险。在科学反映中，同质媒介的基础与此相反——最终，当然只是最终——对于所有知识门类都是统一的东西。由此并不应否认在各门科学之间与各个科学家之间的不同。但这种不同——与审美领域相比——具有相对的性质。因为各种科学及其每一种研究都可以走自己的道路。从总的倾向上看，只有一种科学、一种集中的总体逼近于客观世界的统一自在存在，如果这种摹写——不论有意或无意地——不包含这种倾向，那么任何个别时摹写都不可能达到真理或与真理共存。这里并不排除许多成就的个别特性，这种个别性在审美领域具有一种完全不同的特征。

如果我们要正确理解"人的整体"的特性，即作为人的非拟人化所完成的主观态度，那么就必须把握——在被反映世界的客观统一性中——这种对象性结构上的不同。至目前的论述说明，在非拟人化形成的世界图像中和在与此图像相应的态度中去揭示非人的原则是多么错误的。正如我们在讨论劳动时所看到的，非拟人化本身深深地扎根在整体的人的日常生活中，甚至其工具往往表现出变化不居的过渡，其界限很难确定。因为每一种工具客观上都包括了非拟人化的基础：为了能够利用工具完成对人有用的活动，首先应该通过忽略完整的人所习惯的日常人的观察

## 第二章 科学中反映的非拟人化

方式，去揭示工具的本质和作用能力。只要它有助于加强人先天的或社会获得的能力，来补偿他的不足，这种工具的应用就必然会回到完整的人的日常生活中。因此，虽然这里具有平滑的过渡，却也存在达到科学非拟人化的一种飞跃。眼镜不是非拟人化的，而望远镜和显微镜却是非拟人化的。因为它们产生了与完整的人的日常生活非正常的关系，打开了人的感官通常所接触不到的世界。这种实际上总是模糊不清的中间阶段，可按以下方法来划分界限，即工具是使人回复到整体的人的日常生活中，还是使人感知到一个独立于人的、自在存在的、不同质的世界。这一飞跃可以形成那种"人的整体"的态度。在使用工具时，这种过渡显得非常简单。当工具主要是精神的东西时，如应用数学，它对人的思维所提出的未知的课题必须用与日常思维不同质的方法来解决，这时这种过程就复杂化了。然而，具有纯粹量的关系的数学世界同样是客观世界的一种反映。这里完成了数量化的抽象并形成了只考察量的同质媒介：发展了概念的构成和概念的联系。虽然这种概念在认识自在存在的现实时应用起来是非常有效的，但在整体的人的日常生活中没有类似之物。

非拟人化思维对研究人与人的关系的各种科学提出了与日常生活完全不同的新要求。即使在这里，为了能阐明一般无法知觉到的自在存在的联系，为了能客观地研究与其他事物处于内在规律性和相互关系中的对象群，也需要从直接存在的现实的未加整理的集合体中抽取出一定质的

> 审美特性

现象并相应地同质化。经济学可以作为这种同质化过程的实例。当然，这一过程很少能达到纯粹数学的完整性和精确性。在社会科学中有过并且有着从科学上错误地提取和同质化的例证，这并不影响这一构成方式的不可避免性和有效性本质（我们不要忘记，在考察这里可能形成的冲突时，把纯粹数学用于物理现象时就会出现并已出现过类似问题）。

在对现实的非拟人化反映中，"人的整体"的本质，一方面由与这种同质媒介的关系，另一方面由与日常的完整的人的关系，这两者的逐渐过渡和飞跃的辩证联系中产生的。因为这种飞跃的本质在于产生一定的非主观化，由此可以使完成这种飞跃的完整的人扬弃掉各种阻碍这一主体再生产任一同质媒介的那些关键的特性和质。人的所有其他力量，当然包括道德力量，仍然是起作用的，甚至在完成非拟人化反映时往往起着重大的作用（因此，不仅包括敏感、观察力、综合能力，而且包括忍耐力、勇气和抵抗能力等都起作用）。这种飞跃明显地表现在：个人天赋的大小和高低并不像这些天赋能力的结合以及它与每一同质媒介的配合、在同质媒介范围内它与每一具体课题的配合那样，对于取得成果有决定意义。这种辩证法在社会科学中表现得特别明显。热情地干预一个时代的冲突，能使人从中揭示出全新的联系，并作出非拟人化的、正确而客观的表述。这可以举出马基雅维利、吉

## 第二章 科学中反映的非拟人化

本、蒂瑞、① 马克思等人为例。与此相反，不难看出，与某些立场、态度相关的内容、方向和类型等阻碍了对社会历史现实自在存在之联系的把握，并可能对非拟人化反映产生干扰甚至消除的作用。托马斯·曼用巧妙的讽刺笔触在小说《无次序与及早悔悟》中通过柯尔内里乌斯教授的形象描写了这样一种态度，他甚至让教授本人提防这种态度所包含的无法解决的难题。教授在自己的独白中思考着这样的问题："他想道，偏袒也是非历史的，正义性才是历史的。只是因为如此才想到……正义性不是青年人的热情，不是活泼、虔诚、乐观的果断性，正义性是忧郁。因为正义性由本性说来是忧郁的，所以它在本性上同情忧郁而无望的派别力量和历史力量，却不同情活泼、虔诚、乐观的力量。最终，正义性是由这种同情形成的或者说没有这种同情它就根本不存在。因此最终有没有正义性？教授反躬自问道……"

如果我们用著名学者的例证来回顾科学非拟人化回到生活的道路，也可以说明由完整的人向"人的整体"这种过渡的飞跃性。经常出现这种情况，一些学者按照自己的学说以及划时代的发现所得出的结论，往往与他们在日常的以及在他们研究领域之外的态度完全矛盾。对这些矛盾进行系统的或历史的分析当然不是本书的课题。我们所以

---

① 马基雅维利（1469—1527），意大利政治学家、历史学家，著有《君主论》；E. 吉本（1737—1794），英国历史学家，著有《罗马帝国衰亡史》；A. 蒂瑞（1795—1856），法国历史学家，著有《高卢史》。——译者注

要指出这里出现的问题的主要类型,是为了说明非拟人化反映中"人的整体"与日常的完整的人之关系的最一般特征。由这一简略说明可以看出,认为在非拟人化作用中,特别是在我们时代所达到的普遍高峰中,有某些违反人性的东西,这是一种偏见。违反人性的倾向总是由社会—历史生活的基础上产生的,由社会结构和某种社会形态内的阶级状况产生的。这种倾向在科学中也可以起作用,但是——一般说来——与在生活和艺术中起作用的情况相类似。这个问题的具体论述是历史唯物主义的问题,不在本书研究范围之列。

对以上内容至少应加以简略说明,以便正确了解科学反映中非拟人化所经历的第二次重大的、实际上是决定性的精神战役。因为我们这里是讨论方法论—哲学的问题,而不是纯粹历史的问题。我们只能限于考察几种基本的典型态度。伽利略明确地提出了这一纲领:"哲学就记载在这个处于我们面前始终打开的伟大书本(我指的是宇宙)中。如果我们不事先懂得它所用的语言,不认识它所用的字母,我们就不能理解它。它是用数学语言写成的,它的字母是三角形、圆形和其他几何图形,没有这些字母人们就连个别言词也无法理解,没有这些字母会使人无益地在昏暗的迷宫中转向。"① 由我们的观点看来,其中最重要的是它提

---

① 摘自 L. 欧尔什基:《Galilei und seine Zeit(伽利略及其时代)》,见《Geschichte der neusprachlichen Literatur(新语言科学文献史)》,哈雷 1927 年版,第 465 页。

## 第二章 科学中反映的非拟人化

出了应用新的字母的新语言的问题,这是对现实新的反映形式的明确图像,它已经自觉地提高成为新的方法,是与人的感性相联系的日常现实的现象方式有明确区别的。这种方法在围绕哥白尼天文学的斗争中不是偶然发展起来的,它是与地球中心说及与此相关的拟人化宇宙观发生决裂的决定命运的第一步。对这种新的世界图像与至此占统治地位的宗教世界图像的冲突再作什么说明都是完全多余的了。正是由于日常生活与对现实的宗教感受密切交织在一起,因此简要指出伽利略的新设想与日常思维的反映形式的尖锐对立不是没有意义的,与日常反映形式作明确区别是考察他的方法论的中心:"大小、上下、有用与合目的的直观是由自然转化成的直观和人的不假思索的日常习惯。"因此必须克服"在高位数面前就受到限制的有限的想象力"。宇宙的大小同样超出了日常思维的理解能力。①

由科学方法论和哲学的观点看来,这里完成的决裂包括了比他所描述的我们的空间具有更大的范围。但是不论我们讨论什么问题,无论是否定目的论的考察方式(与"有用性"问题有关)还是讨论实验方法论的问题,我们总是要回到反映的非拟人化方式上来,回到放弃日常思维的直接性。最后,再谈到美学。我们在讨论希腊哲学时已经可以看到,非拟人化倾向造成了在哲学(科学)与艺术之

---

① 摘自 L. 欧尔什基:《Galilei und seine Zeit(伽利略及其时代)》,见《Geschichte der neusprachlichen Literatur(新语言科学文献史)》,哈雷1927年版,第384页。

> 审美特性

间的一种竞争关系,并导致对艺术的审判,在哲学中拟人化的较高阶段如在柏拉图时代,更加强了这种关系。伽利略在这里标志着第一个转折点。因为他对科学反映方式的认识比他以前所有的人都更明确,他对于艺术的特有审美本质的正确洞察超越了他的先行者们。① 这不是伽利略个人的特性,在培根那里我们也可以看到类似的倾向。对于以后倒退到旧的态度的原因,我们这里不能深入讨论。

我们可以在培根那里找到对新的非拟人化方法的多方面的、普遍的描述和说明。如果我们要想正确了解,在我们所分析的对客观现实接近正确反映的思维自身把握过程中,培根的形象及意义,那么首先就要和那种在黑格尔之前已经存在并由黑格尔深化了的错误相决裂。这一错误论点认为培根是纯粹的经验论者,是以后的经验论的精神之父,当然,实践以及通过认识变革世界的问题在他的哲学中是处于中心地位的。这一目标的确立本身决不能与经验论等同起来。正如我们将会看到的,正是在培根那里两者不是同一的。新的培根传记学者之一、英国的马克思主义者法林敦提出了下述问题:"培根的特殊的努力在于确定科学在人的生活中的地位。"② 这只是说,培根像他的时代的

---

① 摘自 L. 欧尔什基:《Galilei und seine Zeit(伽利略及其时代)》,见《Geschichte der neusprachlichen Literatur(新语言科学文献史)》,哈雷 1927 年版,第 170 页。

② B. 法林敦:《Francis Bacon(弗朗西斯·培根)》,伦敦 1951 年版,第 4 页。

## 第二章 科学中反映的非拟人化

最重要思想家们一样,没有把科学和哲学与人的生活分割开来,而是努力在与生活的联系中来说明它们的本质。他的实践分类法说明,他并不是经验论者。培根把实验的范围由——实际经验的——他的时代的手工业实践中严格地区别开来,并补充说明:"自然研究如能着重接受和搜集那些虽无直接用途、但能揭示原因和规律的实验,则科学的进一步前进是有希望的。我把这类实验称作说明性实验,以区别于实用性实验。"① 因此,正确的实验目标是打破理论与日常实践(这里指手工业)的直接联系,通过揭示和引入尽可能重要的中介来克服其直接性。当然,培根并不想在科学与日常实践(劳动、手工业等)之间建立万里长城。他引证凯尔苏斯的话指出,日常实践极其经常地产生出重要的结果,但"大部分是偶然的和表面的","无论如何未能受到理论和哲学的影响和促进"②。

这里出现的对哲学的讽刺并不是对非理论的经验论的赞扬,而是对他的先行者和同时代人的哲学论战,在那些哲学中他找不到他所寻求的非拟人化反映与普遍化、系统化、非直接的实践意图的相互作用。这一论战既是针对单纯手工业的实用主义,也是针对脱离实践的理论。两者都会引起研究的特别是实验的不规则性、无计划性以及只是对关系的推论作用。两者同时都需要克服日常思维的偶然

---

① 培根:《Novum Organon(新工具)》,柏林1870年版,第1部分,第99节,第152页。

② 培根:《新工具》,柏林1870年版,第73节,第123页。

性和表面性（按培根的说法是大众思维）。两者在培根看来——正像在伽利略那里一样——是一座看不透的迷宫。"在进行考察活动的人的精神面前，宇宙的构造就像是一个迷宫，在这里呈现出许多不确定的事物，在事物与标记之间呈现出虚假的相似性，事物的属性呈现出许多变化和交错不清的状态。因此人们仍然依靠着时明时暗的不确定的感官之光在无数经验和各种事物之林中向前寻找自己的道路。至于那些自命为指导者的人们自己也一样迷离恍惚，并增大了迷惘者和漫游者的数目。"[①] 培根对数学和几何学的方法论意义的强调远不如伽利略、笛卡尔和斯宾诺莎那样明显，培根与亚里士多德学派的传统思维模式的斗争越尖锐，他就越热情地投身于创造一种非拟人化的、由对象的自在存在（不是由人的主观）所规定的研究体系和概念体系。这种坚定性的基础在于，培根在他同时代那些从事这一问题研究的伟大学者中，最明确地认识到正确的客观认识与生产实践和对自然实际支配之间的辩证联系。

在这一非拟人化思维的伟大创建时代中，培根比其他任何人都更全面和系统地对日常思维与自在存在现实的科学—客观反映之间作了区分。他在"幻象说"中提出了在日常生活和日常思维中那些阻碍和歪曲了正确反映世界的各种态度的一种系统化类型。这是一种独特的认识论。在

---

[①] 培根：《Vorrede zur Instauration（大复兴论）》，前言，第43页。

## 第二章 科学中反映的非拟人化

资产阶级的发展中，明确地指向认识论的思想家们试图确定自在存在者的充分可把握性的界限，从而把思维主观化了，而确信客观现实是可以认识的哲学家们，对这些认识论的探讨有的未加注意地忽略过去了，有的断然加以否定（如黑格尔对康德的态度）。与此不同，培根的努力是希图通过对日常直接反映的缺点和限制的批判，为无限近似地认识现实本身打下了基础。培根的认识论因此与后世学派—专业哲学的认识论的不同在于，这种认识论十分重视限制和歪曲了日常思维的人类学的和社会学的原因，他对这些局限和歪曲作了批判。因此，认识的"界限"在培根那里不是在主体—对象关系中"超时代"的结构关系，而是由人类学或社会发展所引起的阻碍和迷误，这些是人的思维完全可以克服的，只要人的思维能超出于——拟人化的——日常思维之上。培根认为这是可能的而且必要的。因此，培根对认识批判的方式（尽管他由此得出完全不同方向的结论），在认识论上与近代资产阶级主观唯心主义相比，更接近于古希腊的怀疑论。

简略介绍一下"幻象说"，更容易说明培根认识论的这种本质特征。培根在这里区分出四种类型。第一种类型"族类幻象"（idola tribus）主要具有人类学的特性。在对它的批判中，培根否定了"正常人的常识"，日常的直接思维是不充分的和拟人化的："把人的感官作为事物的尺度，那是错误的……人的知性如同一面不平的镜子，它在接受对象的光线时，使对象失真、不纯了，因为它把自己的本性和对象的本性混合到一起了。"① 第二种类型"洞穴幻象"（idola specus），即指柏拉图的洞穴比喻，但却具有与此不同的倾向，是由个别人思维中的错误所规定的。这里所作人类学的批判已经发展为社会学的批判。"因为除了人类本性所共有的错误之外，每个人还有一个特殊的洞穴，它使自然的光线曲折或变色。这是由于多种原因，有的是由于每个人独特及特殊的本性，有的是由于所受教育和与他人的交往，有的是由于所读过的书籍以及所景仰和崇拜的权威，有的是由于印象的不同，即在形成印象时人已有预先成见或处于冷漠而无动于衷的情绪中等。因此，每个人的精神实际上是一种变化不定、易受纷扰同时带偶然性的事物。"② 第三种类型"市场幻象"（idola fori）是由人类的相互接触和共同生活形成的。培根在这里强调了语言的社会意义，但却否定语言直接——日常的形式和语言中所表现的对客观认识不充分的思维方式。"言词的意义随大众的了解而变化。如果名称使用不当，则显然妨碍对精神的理解。在一些事情上，学者们虽然惯用定义和解释来防卫和辩解，但这也无济于事。"③ 培根详细论述了日常（大众）言词对于明确的符合客观现实的科学术语的危险性。人们以为能支配他们的表达方式，"但往往言词又把它的力量反过来反对精神"。因为言词"往往根据大众的理解确定其意义，所

---

① 培根：《新工具》，柏林1870年版，第1部分，第41节，第94页。
② 培根：《新工具》，柏林1870年版，第1部分，第42节，第94页。
③ 培根：《新工具》，柏林1870年版，第43节，第95页。

## 第二章 科学中反映的非拟人化

以它们的区别也是按照大众的理解来划分的。更机警的精神和更精密的观察要改变这一规定使之与自然更一致,言词也会阻止它……"① 因此,产生了两种危险的"偶像":日常语言形成了两种错误的命名法,"它们或者是实际不存在的事物的名称(因为人们在缺乏观察时就不能给予这些事物以名称,也有由于哲学的错误引起与对象不符的名称),或有时虽然是实际事物的名称,但它仍是混乱的、界定不当的,是由事物仓促而不相称地得出的。"② 对言词的批判在这里已经转移到对直接——往往是类比的——日常思维的批判。培根在另一个地方警告说:"人的精神按照它的本性容易在事物中规定比以后实际发现的要大的合规律性和一致性。虽然在自然中很多事物只出现一次或充满不一致性,但精神却赋予这些事物许多不存在的相似的、一致的东西和关系。"③ 与此相应,在日常思维中,对习惯的东西往往不加注意地忽略过去,而人们对于经常发生的事情的原因往往不加注意。④ 同样在日常思维中顽固地坚持着那些自古就认为是真实的或与此相一致的东西,即使出现了大量与此相反的情况也不加以注意。最后提出的第四种类型"剧场幻象(idola theatri)是针对过去哲学的,培根指责了这些哲学的拟人化:"这些哲学把世界

---

① 培根:《新工具》,柏林1870年版,第59节,第105页。
② 培根:《新工具》,柏林1870年版,第60节,第105页。
③ 培根:《新工具》,柏林1870年版,第45节,第98页。
④ 培根:《新工具》,柏林1870年版,第119节,第167页。

> 审美特性

当成一首诗歌或一个戏剧舞台"。他同时明确强调指出，他的批判不仅针对狭义的哲学，而且针对各种科学实践的原则。

培根对日常思维的批判，同时是针对感性和知性所可能产生的拟人化错误的。他指出："感官的失误有两个方面。有时它不能为我们提供感觉，有时则提供虚假的感觉。在前一种情况下，即在感官完全健全毫无阻碍时，也有许多事物从感官中漏掉。因为有的对象过于纤细，有的各部分过于微小，有的距离太大，有的运动太慢或太快，有的是因为对象太常见了，还有其他原因。另外也有这种情况，感官虽能把握事物，但其知觉并不总是可靠的。因为感官的确证和报告总是参照于人的，而不是依据宇宙。因此，如果认为感官是事物的尺度那是极其错误的。"① 工具特别是实验，是克服这种局限的手段："因为实验的敏锐性要比感官借助于良好工具时的敏锐性还要大……因此，我并不十分器重感官直接固有的知觉，我只是要使感官在判断实验时发挥作用，使实验在判断事实时发挥作用。"② 我们已经简略地谈过培根对知性（日常思维）的批判。对外部世界作简单的考察妨碍并削弱了知性。这种考察麻痹并肢解了知性。培根在这里也进行了对各种日常思维的形而上学片面性和僵化的斗争。他要求交替地使用这些考察方式，

---

① 培根：《新工具》，柏林1870年版，第58页。
② 培根：《新工具》，柏林1870年版，引言，第58页。

## 第二章　科学中反映的非拟人化

以便使知性透彻而敏锐。他论战的实际锋芒在这里是转向中介问题的。培根批判那种哲学——以毕达哥拉斯和柏拉图及其流派为代表——因为它们"只研究抽象形式、最终目的和最初原因，而忽视了中间环节。"① 在这里也存在针对抽象和直接性两条战线的斗争。两者正是在对中介的超越和忽视中交遇在一起，两者都诉诸人的主观对现实的自发反应，并忽略了对于隐蔽的中介——与直接外观相矛盾——世界的依赖。按照培根看来，这里产生了个别的东西与"远离的最一般原理"所不允许的联系。这不仅表现在由经院哲学所继承下来的三段论法，而且表现在日常思维中，它保存了自太古以来借助类比和类比推论由个别性中得出一般结论的日常思维习惯。与此不同，培根要求由个别性的考察逐级上升到一般的原理。培根把个别性的观察看作是与日常生活的直接经验相混同的（我们可以联想现在通过实验对直接经验的修正），把一般原理看作是"毫无内容的不可靠的"。"反之，只有中间原理才是真正可靠的、活跃的，人的生活和幸运就依据于这些原理。在这些原理之上，当然有最一般的基本原理，但这些不是毫无内容的，而是为中间原理所限定的基本原理。"② 总而言之，我们可以说，培根认识论最一般的中心意义，除了其他不同之处，同伽利略方法论上的努力有相同方向，即对人的

---

① 培根：《新工具》，柏林1870年版，第65节，第112页。
② 培根：《新工具》，柏林1870年版，第104节，第155页。

主观加以改进，以克服其直接的局限性，使之能正确地阅读现实的书本。

由斯宾诺莎的早期著作《知性改进论》中很容易看出同一种倾向，它是在该时代以极其不同的形式表现出来的，但就其本质而言却是相同的。虽然斯宾诺莎与培根的基本哲学立场和由此形成的方法有本质区别，但这本书在许多地方与培根的书有明显的相似之处。然而《知性改进论》一书在这里的意义在于：摆脱日常思维的直接性及其拟人化，对人的主观这样加以改造和教育，使人在认识现实本身的合规律性上不加主观歪曲，按其固有本性而不受人的情绪影响地思考，并建立起联系。斯宾诺莎同样十分强调，（正确把握的）思想的次序与事物的次序是同一的，同样人们必须提防把只存在于人的知性中的幻象与现实相混同。[1] 斯宾诺莎是由此出发的，即人们必须以不同方式掌握许多在生活中必需的事物，因此也要通过听和说，通过不确实的经验来掌握。所以像在培根那里一样，这里也涉及对日常思维的批判。有趣的是，在这里斯宾诺莎同样也投入了反对在这一领域中进行抽象的斗争。这种抽象是从单纯以感觉为基础的推论，而不触及事物的真正客观本质，其结论"立即被想象力所歪曲。"[2] 这样最多只能掌握偶然性，

---

[1] 斯宾诺莎：《Abhandlung über die Verbesserung des Verstandes（知性改进论）》，莱比锡1907年版，第44页。

[2] 斯宾诺莎：《Abhandlung über die Verbesserung des Verstandes（知性改进论）》，莱比锡1907年版，第11页。

## 第二章 科学中反映的非拟人化

而绝不能把握本质。① 因此，这种停留在日常水平的抽象思维的巨大危险在于，这种思维会导致虚构的理念。② 这种思维的抽象作用越普遍，其结论越混乱。③ 因此，斯宾诺莎认为最重要的是将想象能力与认识能力严格区别开来。只有当真正理念的客观作用"在心灵中按照对象本身的形式关系活动"时，才能获得正确的认识。只有当——在完成非拟人化之后——排除了"真实的东西与错误的或虚构的东西相混同"的危险时，才能说明"为什么我们在理解不属于想象能力的许多事物时，在其中又会发现违背知性的东西。"④

我们在这里可以明确地看出，对于这一问题两者在基本倾向上的类似性，这正是因为培根与斯宾诺莎的重要哲学地位有许多不同甚至完全对立。这牵涉一个大的时代潮流的本质，这一潮流是从生产出发的，是要对人的生活和思维同样加以改造地把握。我们把针对日常思维的论战放在前面，其所以如此是因为这些伟大的思想家对于宗教本身往往采取了非常机智的态度（加森蒂比培根更甚），因为

---

① 斯宾诺莎：《Abhandlung über die Verbesserung des Verstandes（知性改进论）》，莱比锡1907年版，第13页。

② 斯宾诺莎：《Abhandlung über die Verbesserung des Verstandes（知性改进论）》，莱比锡1907年版，第22页。

③ 斯宾诺莎：《Abhandlung über die Verbesserung des Verstandes（知性改进论）》，莱比锡1907年版，第24页。

④ 斯宾诺莎：《Abhandlung über die Verbesserung des Verstandes（知性改进论）》，莱比锡1907年版，第41页。

> 审美特性

万尼尼①和布鲁诺的火刑、伽利略被宗教裁判所审讯，这些事例在每个人的脑海中尚记忆犹新。在他们的考察中往往混杂着旧唯心主义——形而上学直观的残余，这种直观在斯宾诺莎的"神即自然"（deus sive natura）中几乎成了纯粹的术语；对客观现实的科学反映与日常生活的感性——精神的直接性和混杂性的明确区分，就已经隐含有与各种宗教世界观的区分原则及对其作用的否定。这里在原则上首先涉及对拟人化的与非拟人化的反映之间所作的鲜明对比。如果人超出在其直接性中受传统束缚由习惯而神圣化的心理状态，并服从于独立于人的客观性的自在存在，形成了排除各种超验的、纯粹人的力量，而试图以自身的威力去支配此岸世界，那么他在世界观上就迈出了决定的一步。由希腊所开创的革命性的、人的思维的解放事业，此时达到了一个更新的阶段。

这在实际上宣告了与唯心主义和宗教的对立。这种对立也可以这样表述：对现实的非拟人化反映在这个词的本来意义上不承认任何超验。当然，这样取得的认识只能达到客观现实的一定点。与自在存在的这种关系其本质在于，一方面每一界限都被看作是暂时的，在有利条件下经过必要的努力总是可能——原则上——超越这些界限的。因此另一方面，存在于这种界限彼岸的绝不是超验。尽管到目

---

① L. Vanini（1585—1619），意大利思想家，因无神论观点被处火刑。——译者注

## 第二章 科学中反映的非拟人化

前所认识的事物在质上是如此不同（如与古典物理学相对立的量子物理学的"世界"），这种区别只是对新领域在具体研究上的不同，并不具有认识论的不同属性。知识的各种界限并不是认识范围的边界。与此相反，在主观——拟人化地——规定了认识方法的地方，这种界限必然带有特殊情感的强调性。这甚至与人对世界的态度相关。人在当前能力上的界限，也是他支配客观现实的界限。若人的态度是像在日常生活、宗教和主观唯心主义那里一样与主观相关的，那么就会不可避免地把按其直接性而不是按其在历史认识过程中的地位理解的界限绝对化为超验的。这种情感强调性往往伴随着这样的成分——屈从、不安和听天由命等——它们是对有广泛和多种中介的生活事实采取直接态度的当然结果。这种状况也反映在思想家对完整的人的生活方式的态度中。我们前面引述了这一时期人类学和伦理学的材料。这几个例子已经表明，思维的非拟人化过程是与非人性化完全对立的，它的目标正是在于发展和巩固人类的力量，把这种力量提高到一个更高的水平。思维的此岸性——非拟人化的一种必然结果——是在一个不断丰富、不断深入的、被征服的世界中提高人的权力，而不是像帕斯卡及其后许多人所体验和表述的空虚与毁灭。

这一运动的不可抗拒、不可排除、不可倒转——与希腊的发展正相反——是基于具有与古代奴隶制经济完全不同状态的社会存在。我们在前面已经指出，奴隶制不允许对生产进行合理的改造，即使在科学发展有这种可能性的

> 审美特性

地方，也不允许这种改造。与奴隶制不可分割地联系着的对劳动和工役的蔑视，如雅可布·勃克哈德所指出的，阻碍了物质生产与科学之间有益的相互作用。因此为自身解放的思维所取得的最伟大成就也只停留在一般抽象和哲学上，并未渗透到人的日常生活和日常思维中而起到改造的作用。到中世纪，由于奴隶制的崩溃，在这方面科学才有可能取得重大的突破，开始时仍只是个别的。在这一基础上，通过这些遗产的利用和继承发展，资本主义经济才可能胜利前进。

即使对这一过程作简要记叙，也不是本书的课题。这里只涉及指出这一发展中的非拟人化倾向。因此，我们这里只讨论决定性的转折点，而不讨论其预备性的过渡：机器，也就是像马克思以极大明确性强调的工作机。马克思援引约翰·淮亚特在纺纱机的说明书上所说的：这是一种"不用手指纺纱"的机器。[①] 马克思由这一观点描述了在工场手工业（也是具有高度发展的分工）与机械工业之间原则上的对立："在工场手工业中，单个的或成组的工人，必须用自己的手工工具来完成每一个特殊的局部过程，如果说工人会适应这个过程，那么这个过程也就事先适应了工人。在机器生产中，这个主观的分工原则消失了。在这里，整个过程是客观地按其本身的性质分解为各个组成阶段，每个局部过程如何完成和各个局部过程如何结合的问题，

---

[①] 马克思：《资本论》第1卷，北京：人民出版社1975年版，第409页。

## 第二章　科学中反映的非拟人化

由力学、化学等等在技术上的应用来解决。① 人的本能力量不再能加速这个过程,这是不言而喻的。但重要的是,劳动过程不再由工人的主观素质出发,而是取决于客观的自在存在的原理和必然性。"只限于一种单纯的抽象活动的工人活动,从一切方面来说都是由机器的运转来决定和调节的,而不是相反。"② 由此才创造了科学无限发展的物质基础:科学与生产之间原则上无限的相互丰富和促进,因为两者——在历史上第一次——都是以同一原理即非拟人化为基础的。

当然,这一新原理的贯彻是充满矛盾的。对其内在和外在矛盾的介绍不是我们这里的任务。我们已经指出,经济利益(在资本主义即为利润)与技术—科学的完善之间的相互关系不断导致对立,这种对立妨碍和阻止了其主要倾向的贯彻。这里只指出一种基本的矛盾。对这种发展的浪漫主义向后看的批判不同,我们多次指出,非拟人化原理本质上是一种进步的人性化的原则。因为作为推动力,追求利润的努力按其本质说来是充满矛盾的,必然在那些基本的问题上不断表现出其特性。也就是说人性化的原则也就显现为极其非人性甚至反人性的原则。马克思在与资产阶级辩护士(他们试图抹杀这些矛盾)的论战中,明确地强调了机器特性中的这种两重性:"同机器的资本主义应

---

① 马克思:《资本论》第1卷,北京:人民出版社1975年版,第417页。
② 马克思:《经济学手稿(1857—1858年)》,见《马克思恩格斯全集》第46卷·下册,北京:人民出版社1980年版,第208页。

用不可分离的矛盾和对抗是不存在的，因为这些矛盾和对抗不是从机器本身产生的，而是从机器的资本主义应用产生的！因为机器就其本身来说缩短劳动时间，而它的资本主义应用延长工作日；因为机器本身减轻劳动，而它的资本主义应用提高劳动强度；因为机器本身是人对自然力的胜利，而它的资本主义应用使人受自然力奴役，因为机器本身增加生产者的财富，而它的资本主义应用使生产者变成需要救济的贫民，如此等等，所以资产阶级经济学家就简单地宣称，对机器本身的考察确切地证明，所有这些显而易见的矛盾都不过是平凡现实的假象，而就这些矛盾本身来说，因而从理论上来说，都是根本不存在的.'[1] 单纯强调资本主义经济发展与人相敌对的表现方式会得出一种片面的图像。我们已经引证了马克思对此的批判。这里涉及资本主义社会的一种基本内在矛盾，在这一矛盾中表现了这种社会制度的特殊特性，它同时——不可分割地——是所有阶级社会的最高形式，在这一社会中生产与科学有着发展的最大客观可能性，并在"对立的分配关系"中展开。同时它又是最后的阶级社会，它产生了自己的"掘墓人"。在资本主义形式中，劳动与思维的非拟人化在其发达阶段上表现出，在实践—经济上前进与在意识形态上反动不可分割的双重职能，使发展了的人道主义的客观基础产

---

[1] 马克思：《资本论》第1卷，北京：人民出版社1975年版，第484页。对于在劳动过程中非拟人化原则资本主义应用的反人性的详细资料讨论，参见《1844年经济学哲学手稿》。——作者注

## 第二章 科学中反映的非拟人化

生堕落和在经济实践中对人性的蹂躏。在初始阶段,例如在西斯蒙第那里,这种矛盾表现为诚实的批判。资本主义越发展,在那种浪漫主义批判中所表现出的客观良好信念就越少。这种困境是资产阶级意识在任何阶段所无法解决的,正如马克思所明确指出的那样。我们在前面的考察中所提到的关于近代宗教改革的所有例证,都是这种矛盾的反映。为了对抗在劳动实践和科学中普遍化了的非拟人化世界观的后果,人们试图在资本主义发展所不可避免的基础上将其全部成果,包括科学在内,与重新使人的心理态度回复到原始阶段结合起来。普遍的绝望,对"背弃神性"的世界的恐惧,对心灵、生活和思维技术化的不安,对支配人类的技术"独立化"和"大众化"的不安等意识形态,这些不过是马克思已经论述过的命题在现代资本主义条件下的翻新而已。

社会存在的这种矛盾性,使资产阶级思想界很难将非拟人化的反映论具体有效地应用到社会科学中去。17至18世纪哲学及古典经济学的重要开端仍然存在许多不可克服的抽象,首先是在于——这同样是由上述困境产生的——其普遍化不能把握动态前进的、充满矛盾的和不均衡的历史发展。因此他们终究不能把非拟人化的原则按照正确的方法论用于有关人的科学。在19至20世纪这一过程中,不断产生出一种方法的二元论。或者将社会—历史过程借助于——错误的、表面的——抽象固定为一种僵死的形式主义(社会学、主观主义经济学等),或者致力于这样来"拯救"历史的"生命",将人的生活表现非理性化,在后期资产阶级历史的神话化中它成了一种宗教拟人化的宣言。当然,这并不排除在个别社会科学的问题中应用非拟人化的方法,例如将统计学用于经济学和社会学,甚至将高等数学用于主观主义经济学等,这并不会改变其方法论和世界观的基础。这种数学工具发展得越复杂、越内在,那么向拟人化非理性主义的转向就越明显、越无需中介。这里不可能讨论这种错误的二元论是怎样为辩证唯物主义和历史唯物主义所克服的,以及在这种二元论中非拟人化反映论如何成为在自在存在中的社会—历史现实的基础和方法。我们的目的并不是要介绍科学思维的认识论和方法论。我们的目标只是在于,说明非拟人化反映由日常生活和日常思维的反映中分化的最重要阶段。甚至这也不是我们目的的本身,而只是一种前提,我们的独特问题是:能够正确地提出和解决审美反映由这一土壤中分化的问题。在我们下面的考察中起重要作用的问题是:一方面这一分化过程的不均衡性和矛盾性有什么意义,另一方面是这一过程的最终效果。

为了正确地准备这一问题需要作两点说明。第一,首先看一下非拟人化反映在科学中的胜利对日常生活的思维所起的反作用。因为我们在开始时已经谈到,科学和艺术领域的分化和独立化并没有破坏和削弱它们与日常生活的关系,而是相反地加强了这种关系。正如我们所知,这种关系表现在两个方面:一方面是通过由日常实践产生的需

## 第二章 科学中反映的非拟人化

要向科学提出的问题所产生的影响,另一方面是通过科学所取得的成就对日常实践的反作用。关于第一种相互作用中复杂的不均衡性,我们已在讨论资本主义经济和技术进步时作了说明。在社会主义社会这种关系根本上具有了新的特性,这是由于:一方面从"下面"来的激励不再是纯粹自发地产生的,不再包含一时的利润的考虑,而是有组织地促成的;另一方面教育在原则上和趋向上实现了民主化,广大工人群众不断接近设计师和工程师的水平。这一发展有时受到对立倾向的阻碍甚至歪曲,这并不影响我们所分析的基本路线。因此必须否定那种与资本主义类似现象——表面上——的对比。因为在资本主义社会这是一种对抗性矛盾,它是由社会制度的本质所决定的。而在社会主义社会只是对其发展的真正原则的一种歪曲,这种歪曲是可以纠正的——尽管这种纠正不是迅速和轻而易举的,却是符合原则的。

科学成就对于客观方法和主观态度的反作用,同样是一个非常复杂的过程。毫无疑问,资本主义与以前的社会制度相比在这方面具有新的质。这不仅是因为近几百年来技术—科学的进步(特别是近几十年来的进步),较以前数千年无可比拟地迅速而充满变革,而且因为所完成的生产与科学的变革对日常生活同样产生着影响。介绍这一过程不是我们这里的任务。在此只能肯定,我们前面所述日常实践和日常思维的基本结构在这一急剧变革中也不能不改革其基础。科学和技术不再是任何特权阶层的"秘密",其成果在实践中和在传播中成为广大群众的共同财富，这是完全正确的。是否由于这种状况的不同表现方式（由"业余专业"到科普读物等）会使日常人的基本态度——每个人在一定关系中都是日常生活的人——产生实际的转化？这种态度是否会转化为科学的态度呢？马克斯·韦伯对这一新的状况做了恰当的描述："首先我们要明确，通过科学和科学指导下的技术产生的知识合理化实际上意味着什么？我们今天每个人例如坐在这个教室里，就能比印第安人或霍屯督族人[①]有更多关于自己生存条件的知识吗？几乎并不是如此。我们不论是谁乘坐电车——如果他不是专业物理学家——他也并不了解，电车是怎样开动的。他也不需要知道这些，他只要能'信赖'电车的运行就够了。他不需要知道：电车是怎样制造的、怎样开动的。而野蛮人对他的工具的制造和使用却清楚得多。"[②] 由于近代技术发展的主导倾向（即机器越复杂，其操作越简单，越不要求对这一设备本身有多少实际知识），更加强了以上论述的一般正确性——当然只是就一般而言，因为个别地存在许多例外，大量的例外就意味着某种新的东西——关于日常使用的设备，英国人用"傻瓜才去验证"的话作为自动控制设备的标准。这种设备尤需专业知识，可以不假思索就能自动控制地进行操作。由此并没有在日常生活的主观实践中，消

---

[①] 霍屯督族人为南非的一种土著居民。——译者注
[②] 马格斯·韦伯：《Gesammelte Aufsätze zur Wissenschaftslehre（科学学文集）》，图宾根1922年版，第535页。

## 第二章 科学中反映的非拟人化

除由这种设备产生的大量非拟人化的中介劳动,其中包含了日常生活的理论和实践、目标设定及施行的直接结合。当然,我们时代的技术发展给日常生活带来了根本的变化,但并不会彻底改变它的基本结构。至于一般普及的工业技术教育以及共产主义对体力劳动和脑力劳动对立的消除,将会使这种状况产生多大变化,这些不属于我们这里讨论的范围。这些肯定会加强每个人对日常生活对象及设备的科学态度,但它是否会普遍完全地起作用,以及日常生活实践是否会彻底转化成自觉应用科学,现在我们还无法预见。

由另一方面看来,在社会主义社会中会产生与资本主义相比,原则上崭新的事物。我们已经指出了在资本主义社会中非拟人化方法用于社会科学时的局限性。这种局限首先表现在,它很难成为在日常生活中科学经验在世界观上的普遍化,例如哥白尼天文学或达尔文主义学说甚至不能破除纯粹迷信观念的权威。大多数人与他们的环境完全处于一种非批判的直接关系中,即我们所说的日常实践的关系。在这里,社会主义可以产生根本的变革。在宗教信仰方面的这种后果(当然,它只是就趋向而言)我们已经指出了。但是,对人的社会关系的阐明并不意味着在日常态度中直接吸收了对现实的科学反映(这个过程,例如由于斯大林时期的错误理论而受到阻碍和拖延)。这两种专门化的完善反映(科学和艺术)可以比以往更加深入到并影响着人的日常实践的世界,但总还留有尚未加工的、对现实直接反映的世界。由于客观现实在内涵和外延上的无限性，其内容不会为即使最完善的科学和艺术所穷尽。这一未阐明的领域的存在，就是科学和艺术进一步发展的基础。在主观上部分地是由于对上述事态的必然反映，部分地是由于客观现实的外延和内涵的无限性，从而产生了每个人相应的生活问题——处于不断提高的阶段上——的不可穷尽性。在比社会主义更高的共产主义阶段，生活的自由秩序绝不意味着对原始共产主义的复归，这种秩序——在意识形态领域——也不像维柯所说的"倒转"（Ricorso）是对现实科学和艺术反映与直接日常实践反映的无区别的混同（即它们在巫术中的混合在更高阶段的复活）。没有分化和专门化就不可能有进步。社会主义对这一发展中对立的扬弃并没有排除进一步前进的条件。具体展望将来的相互作用，这对我们——在现在看来——是不必要的。

第二点说明关系到非拟人化态度本身的历史发展，关系到揭示这一发展过程的客观现实的新范畴，和这些范畴与别种对现实反映的关系。到目前我们已经反复谈到过这些摹写形式的统一性和多样性。显然，对象性、对象间的相互关系及其运动规律性的某些基本范畴必然构成每一种真实的现实反映的基础。另一方面我们应该指出，在范畴的应用方式中，人和社会的具体典型目标设置起着格外重大的作用，由此在主观上也形成了范畴的历史。在这一发展中，现代非拟人化原理质的飞跃和利用这一原理取得的理论成果具有特殊的意义。把拟人化的艺术和非拟人化的

## 第二章 科学中反映的非拟人化

科学单纯作抽象的对比，会使这种对立处于形而上学的僵化。揭示出几何学曾对艺术所具有的意义——我们下面还要深入研究这个问题——就已经是对这一图式化对比的强有力的驳斥了。科学和艺术的合作在文艺复兴时代提出了透视原理，就是对上述理论的反驳。

尽管有这些保留的问题，但对于现实科学反映非拟人化在近几个世纪中所产生的质的转化，仍应就其特殊特性加以考察。如欧几里得几何学无疑已经代表非拟人化反映的高级阶段，然而其可感受性，与人对现实的视觉把握保持着不可分割的联系。科学的进一步发展却割断了这种联系的纽带。科学反映由人的感性中解放出来的过程是众所周知的，以致无需加以赘述。这里不再单独叙述如何出现的新范畴和范畴联系，它们对于科学概念的形成是十分重要的，这种科学概念与日常生活的直接性以及由日常生活产生的审美反映不再相关。我们只要联想到新近发现的因果性在统计概率论中的作用就足够了。利用这类范畴和联系，也就可以将科学和艺术领域从范畴上区分开来了。精确地计算出一场战斗在人员损失上的风险，这对于科学是可能的。对于艺术说来，战争中的个人——当然是提高到典型的高度——始终是塑造的对象和手段。如果有人试图把统计资料"装配"到诗歌中，那么这在审美上必然会遇到挫折。同样，个别超现实主义或抽象派艺术家试图把关于原子世界的内部结构的最新物理学研究成果用于绘画，同样会遭到挫折。

◯ 审美特性

在艺术和科学这两个领域中，这些新的情况引起的混乱——除了上述艺术中的错误道路之外——有时主观唯心主义的直观进入到科学中（在统计概率计算中对因果性的否定，对数学的拜物教式的形式主义的过高评价等），并不影响这种分化的划时代意义。对于我们关键的是，科学在其反映方式的非拟人化中和在其概念的加工中成果越大，科学与审美反映之间的鸿沟就愈发不可逾越。巫术时代那种未分化的统一体的分解，经历了长期的平行发展、相互直接利用以及处于直接可见的现象中的阶段。两者所反映的是同一个现实，当然这一真理在今天仍然是真理。只是科学已经进入了艺术的拟人化所不再能把握的领域。因此不再像文艺复兴时代那样，艺术可以参与科学发现，而科学成果可以直接转化成艺术的世界图像（图画（科学直接转化成艺术，这在19世纪后半叶已经引起了怀疑，可以联想易卜生和左拉关于遗传的问题）。如果由此完全排除科学和艺术之间的相互联系，这是一种形而上学的僵化。正好相反，许多加强这种联系的倾向都在起作用。直接相互联系的终止——乍看起来是这样，在进一步考察中这种联系往往是经过中介的——可以更有成效，即使将中介分离开来，通过科学可使艺术的一般世界图像丰富或在相反方向起作用。详细讨论这些问题，同样超出了本书的范围。这里只需简要说明这一新情况的方法论地位。

# 第三章　艺术由日常生活中分化的预备性原理问题

我们现在如果转向对现实的审美反映问题，那么其分化的最一般原理与科学分化的原理是相似的：两者都是缓慢地、充满矛盾地和不均衡地由日常的生活、思维和情感中分离开来的。这是一个长期的发展过程，直到每一种反映构成人类活动的一个特殊领域，成为独立的（当然在各种社会分工的范围内），直到对客观现实反映的这种特殊方式形成了它的特性，直到它的规律性首先在实践中、以后又在理论中被认识。当然还有相反的过程，即由已经分化了的反映所积累起来的经验，同样可以返回到日常生活中去。我们由对科学反映的分析中可以看出，一般对日常生活的这种影响，在深度和广度上越大，那么这一专门化领域就越容易形成它的独特的特性。

尽管有这种最一般的相似性，这两种分化过程也表现了很大的不同。其原因当然只能在下面具体研究审美反映特性的过程中来阐明。在此我们——提前地——只指出一个因素：在最原始阶段的某些艺术活动中，偶尔出现的、令人惊异地压倒一切的早期作品（法国南部的洞窟壁画，某些原始的装饰纹样等）。如果把这些事实与基本上支配着发展的倾向不可分割地联系起来，即艺术活动很晚以后才形成一个统一的整体，而科学非常缓慢地由日常巫术（宗教）实践一般基础上分化出来时，就是科学的样子，这些事实就更有意义了。

  这种区别有着很明显的物质原因。对周围外部世界知识的取得，开始认识它们的各种关系，这是日常实践的一个组成部分，甚至连接受了原罪惩罚的最原始的人也不得不经历这一步。尽管初始的科学还完全隐藏在巫术时代的日常生活中，尽管人们很久以后才意识到科学客观所完成的内容，这个运动却是不可抗拒的。科学完全受到自身存在的保护，并处于它的再生产之中。然而，艺术的社会必然性却没有这样坚实而自然的基础。它并不是决定性的，进行各种艺术活动需要以一定空闲时间为前提，要以——相对地——摆脱了日常的忧虑、摆脱了日常生活对基本需求被迫作出的直接反映为前提。这种空闲时间又要以人的意识所未认识到的科学的开端为前提。但是，科学与日常需要的这种密切而明显的联系，在以下两种意义上迫使人们提供科学所需的空闲时间：第一，由于这种日常要求对共同体的强制作用，要进行一种很原始的分工（有空闲时间对这些问题进行思考）。第二，由此形成的知识产生了对

## 第三章　艺术由日常生活中分化的预备性原理问题

环境和事物首先是对人支配的开端，这就形成了一定的劳动技术，并用这种技术使劳动者本身比他以前支配自己的体力和脑力水平上有一个提高。

所有这一切——上述的技术以及掌握这种技术的人的改造，两者发展到一定的、然而还十分有限的高度——正是尚未意识到的审美和艺术活动最初开端的先决条件。我们联想一下石器时代。在这个时代，当时适当的石头被找到并被保存起来，已经包含了对现实的一种反映的起点，由此以后形成了科学。因为这已经属于一定程度的抽象能力了，属于劳动经验的普遍化，为了把某种石头的形状与完成一定职能的适应性联系起来，可以明显地看出，它超出了纯主观地很少经组织排列的印象。艺术的起点还不可能出现在这个阶段。在此，石头不仅要由人手把它刮磨而变成工具，同时人所用的技术达到一个比较高的水平，本身也是一种对艺术动机的无意识的感受。博阿兹正确地指出，为了使石头获得正确的形状，需要比较发达的刮磨技术，以便使石头刮过的表面不再是凹凸不平的，而表现出匀称平行。[①] 这在开始时还没有包含审美的意图，它无非是为了更好地在技术—手艺上适应劳动的直接实际目的。然而很明显，在人的眼睛能够精确地感知形状和结构以前，在手能够使石头准确地做成平行等距以前，必然还不存在甚至最原始的装饰纹样的一切前提。

---

① 博阿兹：《Primitive Art（原始艺术）》，纽约 1951 年版，第 21 页。

技术达到的客观高度，同时也是劳动的人的一定发展高度。恩格斯对这一发展的决定性特征作了极为清晰的描述："在人用手把第一块石头做成刀子以前，可能已经经过很长很长的一段时间，和这段时间相比，我们所知道的历史时间就显得微不足道了。但是具有决定意义的一步完成了：手变得自由了，能够不断地获得新的技巧，而这样获得的较大的灵活性便遗传下来，一代一代地增加着。所以，手不仅是劳动的器官，它还是劳动的产物。"① 恩格斯继续指出，手的形成对其他器官产生了重要的反作用。关于劳动、在劳动中所获得的灵巧性、在劳动中形成的与语言的共同发展，前面已经谈到过。这里还要提到的是，恩格斯强调了专门的人的感官的精细化和分化，这主要不是指生理上的完善。相反，在这方面许多动物比人要强得多。它关系到，对事物的知觉能力通过劳动的经验在质上变化了，扩大了，深入了，精细化了。关于这个问题，我们在别处已经指出了。在此，恩格斯也强调了这种发展与劳动、语言、抽象能力以及推论能力的相互作用。

我们首先在盖伦的人类学中找到了感官在此所产生的分化过程的进一步具体说明。他正确地分析了某些事实和联系，这对我们较之于他的哲学前提和结论更加宝贵。那些结论与我们的往往正相反。因为这里只涉及确定一种具

---

① 恩格斯：《自然辩证法》，见《马克思恩格斯选集》第3卷，北京：人民出版社1972年版，第509页。

## 第三章　艺术由日常生活中分化的预备性原理问题

体的发展倾向,我们将避免作任何详细的论战和批判。读者由盖伦的术语中就可以发现,现代唯心主义的与辩证唯物主义的人类学不论在原则上还是在细节上都存在对立。盖伦谈到了感官逐渐形成的分工。他是在儿童的发展进程中观察这一过程的,而我们认为在人类的儿童时期这一主要过程已经结束。这对我们倒是无所谓的。我们——按照黑格尔和恩格斯的意见——考察"个人意识各个发展阶段……这些阶段可以看做人的意识在历史上所经过的各个阶段的缩影。"[1] 因此盖伦说道:"在这些过程中各种运动,特别是手的运动是和全部感官尤其是眼睛协同工作的,这些过程的成果是周围世界被'加工'了,而且是在可供支配和使用的方向上被'加工'的,事物依次被触及并矫正,它们在这一处理过程中未引人注意地被一种高度的象征意义所丰富,以致最终人们只用眼睛,这种不知疲倦的感官,巡视这一切,就能在其中看出使用价值和交换价值,而这些价值在原来的活动中费了极大的周折才为人所获知。"[2] 这里对他的唯心主义的术语和观点不作批判,只需指出在盖伦所理解的象征意义后面,隐藏着一个关于人的特殊的视觉形成以及进一步促成造型艺术的问题。在此只能指出,"象征意义"的概念和说法绝不是对于对象客观表现方式的一种主观附加物,而是主观反映的进一步发展、形成和精

---

[1] 恩格斯:《费尔巴哈和德国古典哲学的终结》,见《马克思恩格斯选集》第4卷,北京:人民出版社1972年版,第215页。

[2] 盖伦:《Der Mensch(人)》,波恩1950年版,第43页。

细化。就此而论，由此形成的人的视力可以视觉地把握重量、物质结构等，而无须用触觉去抚摸。这一现象的原因在于，这些性质的视觉特征并不是直接投入眼帘的，因此在原始阶段眼睛是不能察觉这种性质的，所以一般首先要通过触觉来把握。但是，它在客观上却是对象视觉可把握性的组成部分。唯心主义者把劳动过程中和由劳动过程形成的感官分工所产生的这种能力用"象征意义"一词来表达，由此而使视觉反映的范围、这样一种分工的客观基础变得很狭窄。美学所能占据的领域就更加狭窄了。我们将在讨论更有影响的一些理论（如康拉德·费德勒的理论）中能够看出，哲学唯心主义把感官知觉的范围限制得很窄，是为了能给他的主观主义的结构留下地盘。

盖伦论述中最重要的是，他特别强调了在劳动中视觉与触觉之间的分工。我们刚才已经援引了他的这一论述。这种分析的价值既在于原理上，也在于细节中。在原理上，因为由此可以清楚地看出劳动着并形成了进一步劳动经验的人与最发达的动物之间的距离，并且正是在这一点上表现了感官的分工和合作。盖伦对此作了很好的描述，但是需要加以补充说明的是，（人与动物的）这种区别却被表现为形而上学的永恒存在的鸿沟，与动物相区分的人的人类学本质不是表现为劳动的产物。也就是说，劳动的结果——人之变为人——不是作为这个过程的结果，而是成了它的前提。

在上述局限范围内，盖伦对人的视觉特性作了出色的、

## 第三章 艺术由日常生活中分化的预备性原理问题

极为丰富的考察和描述。它对于艺术的意义我们以后再谈。为了说明通过劳动产生了感官的分工以及由眼睛承受了触觉的功能,现在只引一个主要段落。盖伦指出:"例如我们观看一个对象,如一个杯子,时而对光亮部分和阴影部分以及装饰纹样等整体地观看,时而眼睛把它当作说明空间和形状的辅助手段,由此间接地把背面及远离我们的空间部分'占有'起来。同样地利用交叉方法完全看出了物质结构('薄瓷')和重量,而以另一种所谓更'陈述'的方式看到作为容器首要特性即中空和圆,又以另一种方式看到光学数据、耳部或整体形式的手持位置、周旋运动的运动暗示。眼睛把握这些情况只用一瞥。在此我们必须说明,我们的眼睛对感受性的存在状况、任何背景的感受都是无关紧要的,反之,对高度复杂的轮廓异常敏感。"[①] 盖伦完全正确地看到了习惯在这一过程中的作用,但却没有考虑到劳动的作用(以及在较晚阶段上艺术的作用)。

我们这里已经大大超越了实际的发展,为了说明这种——未知的、事先绝不会有实际认识的——分化的起始状况,我们必须提前进一步说明最终的结果。这里包括艺术反映由日常反映中的逐步脱离以及它的独立化,不仅如此,而且还相对科学反映(另一方面相对巫术和宗教反映)作出说明。这又涉及马克思主义的方法,人体解剖是猴体解剖的一把钥匙,即本身是未知的、科学所无法研究的开

---

① 盖伦:《Der Mensch(人)》,波恩1950年版,第67页。

端阶段借助由它发展而来的,只是在发展了的阶段上才变得明显的势头,按照它的质、方向和趋势等通过可以认识的后继事物来重建。由此考虑到展现在我们面前的中间阶段,沿着相反的方向来追溯至目前达到的终点中所包含的发展,并从分化的类型中倒推出原始的未分化的状况,以及得出它的分化的开端和在其中隐藏的未来的萌芽。

以这样的方式追溯艺术反映的分化过程,比追溯科学分化过程有特殊的困难。因为对这一过程很晚才意识到,我们在希腊的发展中就可以看出,科学态度的意识的世界观形式,也就是哲学的形式,对于各种科学本身起了先锋的作用。一定的生产力以及技术的发展阶段需要各种科学,由此思考和意识活动才能产生。只要一出现这样的情况,首先在希腊,它作为经验的普遍性远远超越了当时达到的和在当时生产关系下所可能达到的技术和各种科学的程度。甚至在文艺复兴及其后的繁荣时期,哲学的这种作用也没有停止。恩格斯就哲学对发展自然科学的作用指出,"当时哲学的最高荣誉就是:它没有被同时代的自然知识的狭隘状况引入迷途,它——从斯宾诺莎一直到伟大的法国唯物主义者——坚持从世界本身说明世界,而把细节方面的证明留给未来的自然科学。"[①] 艺术哲学、美学对于艺术本身的自我思考却没能起到这种作用。美学总是出现在后面,甚至如亚里士多德那样的大人物,他的最有意义的成果也

---

① 恩格斯:《自然辩证法》,北京:人民出版社1972年版,第11页。

## 第三章 艺术由日常生活中分化的预备性原理问题

是对艺术发展所达到阶段的概念固定,这不是偶然的。鉴于在科学反映由日常生活(及由巫术和宗教)反映分化过程中所出现的各种渐进性和矛盾性,为了——在有利的社会条件下——迅速地、基本正确地使一个哲学的普遍化得以进行,它们之间的鸿沟就非常惹人注目了。艺术反映的特性——直接看来——与这个共同的基础没有多少显著的区分。它产生了很长的过渡现象,在高度发展了的阶段仍与日常生活、巫术和宗教保持着紧密的联系,由直接外观看来与它们也是完全融合在一起的。

研究在发展了的阶段上存在的这种状况是有教益的。我们来考虑希腊的发展。我们一方面看到,文学和艺术(与东方相比)较为独立自主,能够不受神权政治规则的支配而自由发展。但正是由此可以看出,艺术多么晚才脱离宗教而立足于自身。如果我们给它填上最早的日期,那么就可以追溯到索福克勒斯,实际上分离的意识直到欧里庇德斯才出现。我们在别的地方已经指出,早期的致力于解放自身及科学的哲学,对于艺术和艺术家是持有一种批判和否定态度的(如赫拉克利特等人),其精神基础正是在这里。这些哲学家在审美原则中——不无道理地——看到了拟人化,因为他们把宗教、神话等之中的拟人化作为他们精神上的主要敌人,这样(根据这种联系)他们就把审美——毫无道理地——贴上拟人化迷信的工具和相关事物的标签。像哲学和科学所反对的那样,对它作出决然区分的困难在于,审美原理实际上是具有一种拟人化——这一

# 审美特性

点下面还要深入地讨论——的特性。正如我们所看到的,为了将对现实科学反映的非拟人化原理与各种拟人化原理区分开来,需要若干千年的过程,这已经是不容易的了。艺术反映按本质说来是拟人化的,但这一原理却表现了这样一种特殊性——不论在实质和方法论上,还是在内容和形式上——它既和日常生活的反映大为不同,又和巫术与宗教的反映迥然相异。

这里只允许作一些概念的说明。如我们所反复强调的,反映的非拟人化与拟人化原理的对立对于我们起着决定性的作用。我们已经明确地指出过非拟人化的本质。关于与此相关的世界观问题的辩证法,我们同样已经谈到过。在拟人化中可能有很多不明确的地方。例如有的学者只承认,人明确而直接地把他自己的形象特性投射到宇宙中才是拟人化。所以,最后盖伦对此说道:"巫术基本上是出于民族利益的,或甚至是以自我为中心的,对于它的方法,它根本不需要人化的拟人的属性。其符咒几乎总不是属人的,人们愿意利用动物的灵魂施行魔法,呼风唤雨,获取猎物。沙门教的象征是鸟、骏马和生命之树等。只是在多神教的阶段这一点才有变化——只有当诸神被设想为人的形象,他们实际上才是诸神。也就是说,这一点才变成确实的,他们是在统治着……拟人的神就不再起以人为中心的作用"。[①] 盖伦混淆了拟人化的对象和它的方法(这种混淆的

---

① 盖伦:《原始人和后期文化》,第274页。

## 第三章 艺术由日常生活中分化的预备性原理问题

原因来源于他的整个历史哲学，在此我们不能深入讨论）。多神教特别是一神教是比巫术更发展了的、更高的拟人化形式，这是毫无疑问的。当世界由一个神或多个神统治时，无疑这排斥了所设想的通过巫术对世界进程的直接影响，神的独立于人的作用在世界观上被确定下来。但这是否实际超过了巫术的"世界观"呢？盖伦自己不得不根据爱德华·麦耶和雅可布·勃克哈德，提出了相反的意见："到处随着伦理的深入又倒退到宗教似乎已经被完全克服的最原始的形式上"。[①] 巫术的重要因素在宗教中的这种保留不是偶然的。这种情况不仅对于古代和东方的多神教是如此，而且对于一神教也是如此。直到加尔文教派才做了彻底清除巫术残迹的认真尝试。因此由麦耶和勃克哈德所指出的"倒退"只具有量的关系，后来仍存在着很多巫术的残迹与新的多神观念和平相处。由此还可以看出，盖伦不仅高估了巫术和宗教的对立，而且关于拟人化原理，他也在其中加进了一个不存在的对立。此外，巫术的对象集中在自然现象（动物、自然力等）——巫术是从何处取得对它的本质的理解呢？无疑是由当时人对自己的经验、对他与周围的自然界的关系中取得的。与以后的宗教相比它们很少有明显"人格化"的，这是由于当时人的个性还远没有发展起来，还远没有为自己所意识到。如果说造物主的形象以

---

[①] 麦耶：《Ursprung und Anfänge des Christentums（基督教的起源和开端）》第 2 卷，第 119 页。转引自盖伦：《原始人与后期文化》，第 275 页。

后才出现，这一点自然可以这样来解释：在仅仅是采集或以狩猎为主的时代，在人的自我保存中"非个人的力量"必然在思想上起更大的作用。这不同于以后阶段，在以后阶段中劳动具有更大的作用。这只改变了作为原因被投射到外部世界的对象、它的本性、本质特征等，而没有改变由人的内在经验投射到客观现实的行动。拟人化和非拟人化的区别正在于，究竟是从客观现实出发把现实本身所具有的内容、范畴等提高到意识中，还是由内部向外部、由人向自然界的一种投射。由这一观点出发，对动物和自然力的崇拜同样是拟人化，正如对类似人的诸神的创造一样。

拟人化问题，就其重要性而言，在我们以后的讨论中将起着中心的作用。在此这一问题只能根据需要以很抽象的提前抽取出来的方式讨论，以便能使人对这一分化过程的某些特性获得大致的了解。首先要了解客观分化过程的困难和复杂性，即在艺术实践中一种特定审美对象性是怎样形成的——不论伴随这一过程的是什么意识，尽管它同样是拟人化的，就其本质而言在质上是与日常生活，巫术和宗教的对象性形式相区别的。第二，我们以前认为这种反映方式的意识形成具有滞后的特性，由此在这一讨论的抽象水平上已经多少加强了。不言而喻，开创性实践的普遍原理，即"他们没有意识到这一点，但他们这样做了"在此表现为一种特殊的尺度。在可以察觉出认真的思想上的推进，把对现实拟人化反映的各种形式在概念上明确地、有理论说明地相互区别开以前（就像在哲学中关于非拟人

## 第三章　艺术由日常生活中分化的预备性原理问题

化反映所发生的情况那样），审美对象性的特殊方式、对审美对象性的特殊审美态度早已在实践中形成。为了能由审美"真理"的标准中把科学的因素分离开来，为了能对审美反映的"真理"——肯定的或否定的——不按照这种尺度来评价，这需要经过若干千年的发展，很少例外，当然亚里士多德算是例外。

对现实科学和哲学的反映在最初的表达形式上同样是与审美因素完全混合在一起的，由此又增添这方面的困难。这些形式无疑直接起源于巫术时代，后来才分化的各种倾向在这时不可分割地相互交织在一起。我们联想一下古代东方的诗歌，在这些诗歌中这种倾向——按它的实际本质是非有机的——还长期保持着。但甚至在希腊那里内容上的分化，甚至其对象性相当早就形成了。我们往往发现科学或哲学作品用诗歌的语言，有时用诗人的直观写成，如在前苏格拉底学者那里的哲学诗以及柏拉图的早期对话。毫无疑问，由此形成了一个双重的发展，一种很缓慢和不均衡的分化：一方面哲学诗作为抒情诗范围内的一种特殊种类（席勒）；另一方面在科学和哲学中要清除诗歌的表达方法。然而就连卢克莱修《物性论》这样的巨著都没有完成明确的分化，甚至在但丁那里，我们还发现对现实科学反映和诗歌反映相互过渡的痕迹。

在社会科学和公共生活的很多表达方式中，还执着地保持了这种原来的不可分的特点。对于后者，我们只要说明古代修辞学就够了。古代无疑是把修辞学看作一种艺术的。这里并不是要详细分析由此所产生的所有矛盾。也许指出这一点就够了：一方面修辞学由这种见解获得了一种可以转变风格的形式主义特性，因为这里必然缺少在诗歌中客观存在着的那种由内容出发的形式处理，通过具体内容的类别归属而得出具体形式问题的明确规定；另一方面，这必然导致对修辞学的纯形式主义的"审美"理解，使得它论证"科学"的因素获得一种虚假的性质，因为这样修辞学就被片面地由直接（情感）的效果出发来看待，而它固有的真实内容、它的与事实的精确一致性被排挤到背后，有时完全被取消了。

就此问题不难看出，在这个范围内一个精确的理论上的分化到今天还没有完全完成。要把美学的范围非常明确地、没有过渡地——因此是形而上学——与其范围之外的生活现象区分开来，这对于任何一种美学都是一种困难。我们的见解正好与此相反，当然这种见解现在表述得还很抽象，有待逐步具体化。我们认为在日常生活和艺术之间具有不断往复的相互作用，在这种相互作用中生活问题转化成特殊的审美形式，相应地从艺术上加以解决，并且在这种相互作用中，审美把握现实的成果不断涌流入日常生活，使之在客观上和主观上丰富起来。我们的这种见解自然就排除了这种矛盾。因为很明显，辩论演说、政论文章和报告等构成了日常生活的重要组成部分。它们对日常生活的依赖性以及它们不能固定下来凝结成一种审美类型的（即使不断变化的）规律性，正是在于，对于它们整体和细

## 第三章 艺术由日常生活中分化的预备性原理问题

节的构成说来,理论与实践的直接依从关系在这里都是决定性的目标。一篇讲话首先应该达到一个确定而具体的个别目的,使听众了解某人是被判刑还是免刑释放,某项法律草案是被通过还是被否定等。譬如它既和法律科学不同——法律科学是研究一般规则的,这些个别情况应该包含在那种一般规律之中;又与戏剧或小说不同——戏剧小说致力于描写某些个别情况,它们艺术地再现出其中所包括的任务和手段,又不能通过科学的手段来沟通。对于整个事物具有决定性的原则仍然在于目标的确定:为了一个直接的实践目标直接去调动极其不同的、其中性质各异的手段。

在这个问题上事实总是令人迷惑,即艺术也是从直接效果出发的。我们很容易看出,直接性的意义在这两种情况下是极其不同的。在修辞学中最高的目的是直接达到实用,是否手段总是径自依靠直接性,还是有待解决的。在艺术中正相反,重点正是放在通过形象手段达到直接的效果——艺术的教育作用以后我们再详细讨论——反之它转换到实践中是经过非常复杂而不均衡的中介。当然这种划分绝不排除过渡情况。一方面,在一篇演说和在一篇政论文章中,可能是用科学方法把握和整理的材料占优势,这样其科学方法在科学意义上是有说服力和独创性的,它的成就是科学方面的,而它的修辞的和政论文的形式是作为次要的副产品。另一方面,修辞学的成就、政论文的笔调以这种使它们产生的艺术效果而成为典型——由此就与它

## 审美特性

们的动机变得完全无关。显然，这是一些极端的情况——在这些情况下主要的是——究竟是由科学方法论的尺度还是由美学的尺度来衡量。这些成果由于超出了通常修辞学的界限，而不是由于满足了它的规则取得的。这些成果并没有消除上述对立，它只是——作为一种极端的情况——重新指出了我们所强调的基本事实，即在日常生活与科学或艺术之间有着双方面的不断相互作用。

在历史记述中，其特有科学反映方式的形成同样是缓慢的。它在整个古代的发展中相对审美创作的界限是极其不固定的，审美总是一再占某种优势——正如我们所看到——开始时占优势的（约在希罗多德时代）对事件的分类和叙述采取趣闻或小说的手法虽然已被淘汰，但拟似审美和修辞因素的影响在整个过程中却始终极为重要。历史作为科学的构成很晚直到现代才实现。这种历史科学的基础在于：对现实科学反映的强化倾向，总是力图使历史进程的事实不仅以其一般的轮廓被忠实地反映，而且它的历史的"正是如此"不受历史学家的主观性干扰而被必然地把握。"[①] 显而易见，其中表现了在对现实的反映中非拟人化原理的胜利：致力于对现实事件尽可能以其客观本来面貌再现，在事实的研究、选择和编排中尽可能排除主观性。这种倾向是基于这样一种认识的提高：正是在生活事实、

---

① 这些倾向在古代已存在。修昔底德主要是把伯罗奔尼撒战争的历史放在以后发展的前面来讲。——作者注

## 第三章 艺术由日常生活中分化的预备性原理问题

人的相互关系、他们行为的条件以及他们的心理和道德的质的变化中,有着客观的、由科学可以揭示和阐明的社会力量在起作用,即当时社会构成的结构及其变化和原因。因此这种事实在质上的"正是如此",不再表现为抽象存在的简单直接事实,而是作为关节点,作为客观规律性的相互关系,这两者都很少为古代的历史编纂者所了解,因此几乎未被注意到。所以在事实和事件"正是如此"的表述中,艺术的因素起了这样一个重要的作用。在各种历史个性言论的"杜撰"中,艺术自由只是这种情况的一种令人注目的特征。亚里士多德在文艺和历史之间关于普遍化所进行的比较是不利于历史的,这一比较可以说明古代分化的发展阶段。关于历史哲学与历史的关系问题(这种关系作为过渡起着重要的作用)我们这里不谈,因为它基本上是对现实的科学反映范围以内的问题。如上所述,当事实不仅是作为事实来反映——即不再是审美地加以典型化或描述——而是作为历史发展规律性的表现形式,关节点、交点和相互作用而被反映和表述,那么历史的撰写才能成为前后一致的科学。这个方面的文献表述也往往采取艺术手法,这从新的方面证明了我们已经强调的两者相互作用的原理(我们在下部书讨论艺术作品和创作态度的类型时,还要深入地讨论在艺术中科学因素的作用)。

但是这种相互作用并不排除在领域上作不同结构的划分。历史科学在文献表述时广泛地使用审美的表达手段而仍然是纯科学(即非拟人化的)。同样,当艺术在对生活素

> 审美特性

材的占有上借助科学方法和成果时，作为艺术在它的效果的纯粹性上也绝不会受到干扰。前一种可能性我们可以在马克思的历史以及经济著作中看到，马克思在方法学上大部分是这样做的，在社会科学中理论上以客观的非拟人化原理为基础，并在实践上加以贯彻。作为后一种可能性，托马斯·曼的晚期作品提供了突出的例证。这里必须说明这种情况的复杂性，以便清楚地认识到审美领域与日常生活、宗教以及科学相区分的困难。

我们故意用比较发达阶段的语言表达实例，来试图说明对这种相互关系和过渡的考察。不同领域的概念区分在这里虽然显得很困难，但是随着对科学和科学指导下的实践自觉性的提高，有可能排除这些困难。正是这些结论很明确地说明了在原始发展阶段这一任务的难度。当然我们必须用这里所取得的原则性认识作指导，首先要发现那些还完全没有分化意识而客观上已经开始的分化。此外对以前所讨论的至少还要再提一下：由社会生活所产生的科学和艺术原则的混淆，至少在概念上加以区分，比在艺术和巫术以及宗教共同发展情况下的区分要容易得多。因为在前一种情况下，如上所述，对现实反映的拟人化和非拟人化方式是相互对立的，而在后一种情况下涉及不同的拟人化，尽管它们的最终原则是相互对立的，但在实际上它们几千年来相互融合，其逐渐的分化不仅是缓慢的、充满矛盾的、不均衡的过程，而且这一过程对艺术本身并非毫无问题，并非没有内在危机。

## 第三章　艺术由日常生活中分化的预备性原理问题

在我们从上述引言转入对艺术由原始实践中分化的过程进行哲学分析以前，还要作一些原则性说明。如所强调指出的那样，我们只援引了言语的表达形式作为例子。众所周知，这还远远不能概括整个审美范围。但是在这个艺术的狭小范围内已经可以看出，大多数美学所贯穿的原则是把审美的本质作为固有的东西和从一开始就统一的东西来看待，这多少有碍于从哲学上对艺术本质和艺术形成的理解。如果我们同时也考虑到装饰纹样和造型艺术、音乐和建筑，这才是恰当的。

提出这些疑问，绝不是否定审美最终原理的统一性。相反，我们讨论的最终结果正是从这一点出发的，为这种原理的统一性奠定正确的基础，这比超历史地、先验地承认人具有一种"天生"的审美能力要确实得多。在所有唯心主义的美学思想中，承认这种先验能力的自然占优势。各种唯心主义都必然地和无批判地从人的当前意识状态出发，把它当作是"永恒"的，即使他承认这种能力的实际历史发展，那么这种历史发展也只是一种假象。一方面这种历史发展只是外在的，在最好的情况下，这种历史过程也无非是为了在经验内"实现"在先验的意识分析中已经确定了的东西。这一过程成了肤浅而随意的先验演绎。因为主观唯心主义——正如这一术语所表明的——是从存在和价值的对立出发的，由于唯心主义把价值看作存在的历史发展所不可触及的东西，在这两者之间不可能发生在价值构成和改变这一意义上的相互作用。另一方面，客观唯

◖审美特性

心主义——例如在黑格尔那里,即使把它看作是历史形成的东西,在方法论的中心提出了人之形成人的问题——在考察科学和艺术时也是从人的现在概念出发的(在今天的意义上或至少是在已经社会历史地形成了人的意义上讲人)。在黑格尔那里所谓象征时期部分地是作为固有的艺术发展的开场白提出的。但是就是在这里也已经把后来完成的艺术的所有范畴明确地作为现成的东西,发展只是它们的明确化——正是按照黑格尔的发展的一般辩证概念——它只是表面的运动,不可能有本质的、在质上新的东西产生。机械唯物主义运用人的是那种超历史概念,所以根本不会提出发生学的问题。如果像达尔文所说,在高等动物那里就已经存在审美范畴,那么对于人就是接受他的史前遗产的问题了,情况也不会有什么不同。这种说法在至今的美学思想中还这样顽固地保留着,我们将看到,正是马克思主义与此彻底决裂了。甚至连梅林也把艺术作为一种人类固有的天生能力来说明,作为"科学美学的第一项要求"。这绝不是偶然的,梅林在这一点上是维护康德的。

　　产生这种认识的原因是,长期对人类起源的无知,并把史前时代人类发展的开端描绘成一个黄金时代。这里对于这些——不同的甚至对立——观念的各种社会基础不作讨论。对于我们最重要的是,了解那些往往由反对资本主义社会的敌视艺术的性质所形成的见解,它因此把人类的开端影射为天生的审美"黄金时代"。由这种见解所形成的文化在当时的任务是,有意识地去实现曾经自发地和无意

## 第三章　艺术由日常生活中分化的预备性原理问题

识地形成的原则。只要举出哈曼在《心智美学》所提出的著名格言就够了："诗歌是人类的母语，依此类推，园林早于耕田，绘画早于书法，歌唱早于演说，比喻早于推论，交换早于贸易。我们祖先的休息是更深沉的睡眠，他们的运动是一种蹒跚舞蹈。他们在沉思的寂寞或惊讶之中坐了七天——张开了他们的嘴——形成了流畅的语言。"①

指出哈曼的自我欺骗并不难。如果真是这样，园林早于耕田，这也只是指农业的不同方式，这种园林与具有审美意义的园林根本不相干。哈曼的绘画（象形文字等）是图示的思想表达和巫术的符号组合，因而与绘画相距甚远，只是后来绘画之先河。即使在语言和思维中出现一定的图示的类比，它本身既包含隐喻的，也包含推论的萌芽。"诗歌"绝不是"前逻辑"时期（即审美时期）占主导地位的表达方式。关于原始语言中似乎自发的图解性（虽然我们只知道比较发达阶段的情况，这些我们已经谈到），在这种语言中看到人类诗歌式的母语，这最多是对在古代词语中那些如画的表达按我们以后的感觉所作的一种影射，这些词语按它们的本质同样是抽象的，和后来的一样，只是还没能达到实际普遍化的综合。我们有理由作为楷模来欣赏的古代民歌那种决定性简朴的美，是起源于远为发展了的阶段，在那些已经是句子、组合关系和——已经完成概念

---

① 哈曼：《Hamann, Sämtliche Werke（哈曼全集）》第 2 卷，维也纳 1950 年版，第 197 页。

> 审美特性

普遍化的——词中，借助所包含的声调激起诗歌如画的效果。

在哈曼的论述中，我们可以发现维柯的一种辽远的余音。① 但是，在维柯那里对史前时代的审美描述要精明得多。维柯虽然也谈到了在人类发展中有一个"诗歌"的时代，他的理解摇摆于这两者之间：一方面现实地承认它的实际的原始性，它与以后阶段相比的未分化性；另一方面这种感性表达的原始性与发展了的诗歌和艺术相比又有一致的地方。他要求哲学家和语言学家从真正的"第一批人"出发，从"感觉迟钝的、类似野兽的、形成中的人"出发。为了与原始的古代进行比较，他援引了《印第安游记》和塔西图的《日尔曼记事》。② 所有这些都是出于真实地掌握人类文化出发点这样一个极其严肃的动机。维柯也看到，在人类开端时期里只是包含以后活动方式的一种萌芽，但确实已经包含着。因此形成了维柯对史前时代的观点："关于诗歌的智慧我们要追溯到原来的形而上学，由此像一个树干那样在一个枝条上发展出逻辑学、经济学和政治，全是诗歌形式的，在另一个枝条上发展出物理学，同样是诗歌形式的，它是宇宙学以及天文学的母亲，它后来的两个女儿是年代学和地理学，它们占有牢固的地位。"③ 这对维

---

① 就我所知，维柯和哈曼在哲学上没有什么相同，尽管维柯的建议在哈曼通过英国古代的研究轻而易举就能完成。——作者注
② 维柯：《Die neue Wissenschaft（新科学）》，第 151 页。
③ 维柯：《Die neue Wissenschaft（新科学）》，第 148 页。

## 第三章　艺术由日常生活中分化的预备性原理问题

柯也是一种不可逾越的障碍，他不得不由主体结构的变化来推论人类活动的发展辩证法。因此，就造成他过分强调以后时代抽象的理智反映与第一批人的反映的不同，"这些人完全不能思考，但却具有敏锐的感官和高度的想象力"。[①] 显而易见，这种以单纯主观性为基础的对比导致对原始状况的理想化。当然，维柯并不像以后的哈曼那样把这种理论贯彻到底，以致哈曼将维柯关于人类文化史分期的天才思想降低到神秘化主观主义方法的地步。因此哈曼在《苏格拉底的思想价值》中指出："也许整个历史就像这位哲学家所认为的那样，自然界就像一本封闭着的书、隐藏着的证据、一个无法解答的谜，不用另外一个牛犊作为我们的理性就无法去耕种。"[②] 在许多哲学家那里，把审美作为人类的天生能力来说明并不含有故意神秘化的意思，这丝毫没有改变这一点，即整个这个命题——客观上——就是一种神话。

只有揭示了劳动是人类形成的手段，在这里才使问题根本地转向现实。众所周知，黑格尔在《精神现象学》中第一次提出了这种观点。[③] 但是在黑格尔那里由于唯心主义的偏见和局限性，这一思想没有能展开它的全部丰富性。马克思认为《精神现象学》伟大之处的理由之一就是在于

---

①　维柯:《Die neue Wissenschaft（新科学）》，第 151 页。
②　《哈曼全集》第 2 卷，第 65 页。
③　卢卡奇《Der junge Hegel und die Problem der kapitalistischen Gesellschaft（青年黑格尔与资本主义社会问题）》，柏林 1954 年版，第 389 页。

### 审美特性

这一理论，马克思就黑格尔的这一理论说道："黑格尔只知道并承认一种劳动，即抽象的精神的劳动。"[①] 在这个问题上，黑格尔的大部分曲解可以归结为他的观点的基本唯心主义的偏见。对人的活动的产生、形成和发展，只有在与劳动的发展、与人改造周围环境、与人通过劳动对自身的改造三者的相互关系中才能理解。我们已经简要描述了由此产生的相互关系的原理，从而可以看出，那些至今没有接触过甚至拒绝马克思主义的人类学家和心理学家，他们不得不承认劳动对形成人的作用——正是由于他们对马克思主义的态度——所以他们不能从它的历史运动的整体上充分地把握这个问题。这里只需指出下面一点就够了。马克思明确地强调了人的形成、人发展到目前阶段的高度也与审美有联系。例如关于音乐，他指出："另一方面，即从主体方面来看：只有音乐才能激起人的音乐感，对于不辨音律的耳朵说来，最美的音乐也毫无意义，音乐对它说来不是对象，因为我的对象只能是我的本质力量之一的确证，从而，它只能像我的本质力量作为一种主体能力而自为地存在着那样对我说来存在着，因为对我说来任何一个对象的意义（它只是对那个与它相适应的感觉说来才有意义）都以我的感觉所能感知的程度为限。所以社会的人的感觉不同于非社会的人的感觉。只是由于属人的本质客观展开

---

① 马克思：《1844年经济学哲学手稿》，北京：人民出版社1979年版，第117页。

## 第三章 艺术由日常生活中分化的预备性原理问题

的丰富性，主体的、属人的感性的丰富性，即感受音乐的耳朵、感受形式美的眼睛，简言之，那些能感受人的快乐和确证自己是属人的本质力量的感觉，才或者发展起来，或者产生出来。因为不仅是五官感觉，而且所谓的精神感觉、实践感觉（意志、爱等等）——总之，人的感觉、感觉的人类性——都只是由于相应的对象的存在，由于存在着人化了的自然界，才产生出来的。五官感觉的形成是以往全部世界史的产物。囿于粗陋的实际需要的感觉只具有有限的意义。对于一个饥肠辘辘的人说来并不存在着食物的属人的形式，而只存在着它作为食物的抽象的存在；同样的，食物可能具有最粗糙的形式，并且不能说，这种饮食与动物的摄食有什么不同……因此，一方面为了使人之感觉变成人的感觉，而另一方面为了创造与人的本质和自然本质的全部丰富性相适应的人的感觉，无论从理论方面来说还是从实践方面来说，人的本质的对象化都是必要的。"[1]

我们所以这样详尽地援引马克思的论述，是因为这段论述包括了不致误解的对我们所讨论的问题的明确态度，包括对于人的感官和思维活动的社会—历史发展的看法，它涉及反对任何人类有"天生""永恒"的艺术感官观点的明确立场。这段论述指出，所有这些能力以及与这些能力

---

[1] 马克思：《1844年经济学哲学手稿》，北京：人民出版社1979年版，第79—80页。

> 审美特性

相适应的对象是逐渐历史地形成的。同时这也是与科学反映的一个重要区别，必须特别强调，不仅感受性，而且它的对象本身也是社会发展的产物。自然界的对象本身的存在是独立于人的意识之外的，是与意识的社会发展无关的。对自然界对象的意识改造活动是必要的，以便认识它，使之由科学反映的自在对象转化成为我们的对象。音乐、建筑也是——客观地——在这一过程的进展中形成的。除了由自在的变成为我们的之外，创造意识与感受意识的相互关系当然还表现出别的特征。对社会的科学认识同样也有一个社会形成的对象，但当它一旦形成，也具有一种自在的特性，如同自然界的对象一样。不管社会的具体结构、它的作用的规律性与自然界的这一切多么不同，对社会的科学反映也走着从自在到为我们的同一条道路。这里很难达到纯粹客观性的形式，与客观性的这种偏离同样是由社会发展所确定的，在这种情况下不会有什么根本性的变化。马克思主义在此对这两方面，即不论相同的还是不同的方面，都予以同样的强调。一方面马克思的社会科学著作的整个方法论指出，它把它的对象当作完全独立于人的意识的作用过程来看待。另一方面——在维柯的启发下——马克思指出："人类史同自然史的区别在于，人类史是我们自己创造的，而自然史不是我们自己创造的。"[①] 只要把艺术

---

① 马克思：《资本论》第1卷，北京：人民出版社1975年版，第409—410页。

## 第三章　艺术由日常生活中分化的预备性原理问题

活动的产品纯粹当作这一发展的产物来看待,这无疑是符合事实的,也就是说,只要它仅仅被当作人的社会存在的一部分来看待,我们所指出的这一规律性也适用于对这种存在的科学反映。

在这种社会存在的范围内,就本身看来,它表现了全新的独特特征,对它的研究正是我们这一讨论的主要任务。现在所说的这些只是抽象地提出思想进程,只有具体地、在真实的理论与历史的联系中才能富有实际意义地把握住这一思想进程。我们这里只是——预先地——指出,客体性和主体性之间的相互关系属于艺术作品的具体本质。它不是关系到对某甲或某乙的作用,而是关系到艺术作品的具体结构所起的作用。在人的生活的各种其他领域,唯心主义哲学所提出的,即没有主体就不可能有客体存在,在审美中正是它的特殊具体性的本质特征(当然,在雕塑中加工出的大理石块作为一块大理石同样是独立于意识地存在着,像在它被加工以前,如同在自然界或在社会中的每一个客体一样存在着,只是通过雕刻劳动,只是关系到这一点才构成我们所指出的以后还要详细讨论的主—客体关系)。

我们所引的马克思的论述正是阐明了审美领域这种特殊的对象性,它与审美主体性的形成具有特殊的相互作用。与资产阶级历史主义只是肯定人的智力的历史发展不同,马克思特别强调指出,正是我们五官的发展是至今全部世界史的一个成果,这种发展自然包括比对艺术感受性的发

> 审美特性

展要多得多的内容——这点显然是作为马克思研究的一个基础——正是由饮食的例子说明,首先它涉及最基本的生活表现,它的客体的和主体的发展高度都是劳动发展的产物。这不是一个直线的发展过程,马克思的例子表明,生产关系、社会分工即使在较高的阶段也会成为形成正确的主客体关系的障碍。艺术的形成史——不论是艺术创作的还是艺术感受力的,只能在这个范围内、在五官世界史的范围内来研究。由此,整个审美原理成为人类社会历史发展的一个成果。

由这一切我们可以看出,就人类的天生能力是根本谈不到艺术的。这种能力——同人的所有其他能力一样——是逐渐历史地形成的。现在经过了长期的文化发展,由人的人类学图像中去掉它已是不可设想的了。此外与唯心主义哲学相决裂还表现在,今天不再把已经成为人的"自然"的特性吹嘘为抽象的超历史的本质特征了。

马克思的论述对我们的教益远远超出了简单地承认艺术和艺术感受力的彻底的历史性。马克思除论及在人的感官及其对象之间的相互关系外,他还没有忘记使我们注意到,相互不同质的感官与对象世界必然具有不同质的关系(还有相互关系)。马克思指出:"眼睛对对象的感受与耳朵不同,而眼睛的对象不同于耳朵的对象"[1] 这一事实本身是

---

[1] 马克思:《1844年经济学哲学手稿》,北京:人民出版社1979年版,第79页。

## 第三章　艺术由日常生活中分化的预备性原理问题

无人否认的。我们由此会得到必要的结论，这些结论将集中在艺术的起点和源泉必然是不同的这一问题上。在这里，也是所有的关系都被美学中的唯心主义哲学头足倒置了。唯心主义认为，好像是由统一的"原始"（先验）审美原则在概念上分化成各种艺术的体系并系统化。而实际上在与现实的不同质的关系中（其中，一方面是以统一的客观现实为基础，另一方面是以不同质的感受器官及其社会历史发展为基础），形成了不同的艺术活动、对象性和感受性等。它们由于客观现实的统一性、由于其社会基础和功能等而历史地形成高度的集中，其决定性的共同原理可以被视为一般的审美原理，这一点并不会改变这一事实。如果我们不是从上述事实出发，那就不利于对艺术起源的哲学把握。这个问题有时也出现在唯心主义艺术哲学中，但在那里却把辩证的问题典型地歪曲为形而上学。在德国美学界曾有很大影响的康拉德·费德勒在他的主要著作《艺术活动的起源》的前言中写道："因为一般说来不是存在一种艺术，而是存在多种艺术，所以关于艺术能力的起源问题也只能放在某种艺术的特殊范围内来讨论。"[1] 费德尔在这里把问题即他的研究成果是否可以推论到其他领域明朗化了，但是他的处理方式表明，他是否定这种可能性的。在这里他完成了两种抽象，由于这些抽象具有唯心主义反辩

---

[1] 费德勒：《Schriften über Kunst（艺术论文集）》第 1 卷，慕尼黑 1913 年版，第 185 页。

证法的性质,所以把问题歪曲了,使之无法解决。说得更恰当一点,把问题推向一个虚假解决的方向上去了。

第一,他反驳对客观现实的反映是通过我们的感官和思维进行的,他在其中看到一种需要克服的偏见:"在日常生活中,而且不仅如此,还有在高级精神活动的各种领域中,人们安于使现实中的对象适应于具体关系。"① 在费德勒那里这不是指外部世界,不是指外部世界与我们感官的相互作用,而是仅仅指纯粹的主观性:"只要我们看出了矛盾,这矛盾就在于我们要在外部世界中找到在我们自身所找不到的东西。"② 这里,费德勒的具体论战是针对语言表达具体现象时必然的不充分性而言的。尽管他在有些地方作了并非完全错误的责难,他却完全忽视了在趋向正确反映现实中语言的无限近似过程,以及与此同时存在的在客观世界与致力于把握和支配客观世界的主体性之间的复杂辩证的相互作用。由此而使表达不仅主观化了,而且偶像化了。费德勒说道,语言不是说明一种存在(它反映的不是存在),而是一种意义:"在语言形式中所产生的东西,除了这种形式之外没有别的存在,因此语言只能是说明它本身。"因为费德勒将视觉表达与语言表达尖锐地、毫无过渡地完全对立起来,所以使两者都隔绝了并偶像化了。

第二,与现在的论述有密切的关系,费德勒试图将作

---

① 费德勒:《艺术论文集》第1卷,慕尼黑1913年版,第201页。
② 费德勒:《艺术论文集》第1卷,慕尼黑1913年版,第205页。

## 第三章 艺术由日常生活中分化的预备性原理问题

为造型艺术基础的视觉尽可能严格地与通过其他感官以及通过思维、知觉等对现实的反映区别开来，并为造型艺术寻求一个纯粹可见性的隔绝世界。首先这种分离和隔绝的完成关系到触觉。费德勒要求抛弃一切假定通过这些中介可以被人所意识到的东西。如果有人完成了这种隔绝，费德勒就认为："他面对他通常所谓的现实处于一个非常不同的位置，所有形成固定的东西脱离了他，因为这些同样是不可见的东西，能形成他对现实意识的唯一材料，是由于他的眼睛而使他具有的对光和色的感觉。可见世界的整个王国包围着他，它是由柔软的、均匀的、无形体的材料组成，它的形式由各种材料编织而成。"[①] 我们在这里既看到了费德勒的极端主观主义，他所说的视觉图像不是一个由主体完成的对感官所反映的客观现实的加工和综合，而是按康德认识论原则的一个"纯粹"主体活动的产物；也看到费德勒所谓视觉反映是对纯粹视觉东西的还原。要认清费德勒关于视觉反映的观点是极端违反辩证法的，只要指出我们前面所谈关于——劳动所形成的——感官分工就足够了。视觉和触觉只是被康德以前和康德派理性心理学形而上学地相互分割开来了。在这方面劳动的意义正在于——这已经是在日常的而远非审美的水平上——眼睛广泛地承受了触觉的功能，因此如重量、材料特性等性质同样可以由视觉感受，而成为对现实视觉反映方式的有机组成部分。

---

[①] 费德勒：《艺术论文集》第 1 卷，慕尼黑 1913 年版，第 255 页。

审美特性

艺术活动把这种在劳动中形成的趋向在质上提高并扩大了，这是显而易见的。由此形成了艺术视觉及创作的普遍性和囊括世界万物的特性。而费德勒却成了使造型艺术的对象和想象贫乏化的理论先驱了。因为显然，费德勒在此把界限划得更加严格。他要求为了能"即使只是近似地"体验艺术的纯视觉直观方式，"我们必须抛弃所有包含的意识和普遍性……"①

辩证唯物主义的理解必须和这两种形而上学的极端相决裂——一种是由所谓天生的根源、由人的"本质"先验地推导出各种艺术，另一种是把各种艺术相互间完全隔绝开来——才能正确地把握实际审美现象的形成和本质。如果我们在艺术起源的哲学探讨中从实际来源的多样性出发，把审美的统一性、这种多样性中的共同性作为社会历史发展的一个成果来看待，这样我们就获得一种与唯心主义哲学所完全不同的认识。它既关系到审美的统一性，又关系到各种艺术在其门类之内的分化和独立性。

首先，关于统一性的问题我们已经说明，我们是断然否定各种先验论原则的。恩格斯正确地强调了辩证唯物主义的这一基本原理："对世界探讨的一般结论产生于这个研究结束时，因此原则不是研究的出发点，而是研究的结果和结论。"② 在我们的情况下这一基本原理格外适用。因为

---

① 费德勒：《艺术论文集》第1卷，慕尼黑1913年版，第307页。
② 恩格斯：《反杜林论准备材料》，见《马克思恩格斯全集》第20卷，北京：人民出版社1971年版，第394页。

## 第三章 艺术由日常生活中分化的预备性原理问题

在这里恩格斯首先是考虑到自然科学的一般问题,在思维能够反映、阐述和系统化这些关联和统一性以前,人的意识所揭示的这一原理本身早已存在并且在起作用。原则在后这一点在我们的情况下不仅适用于为我们的存在,而且适用于自在存在本身:原则的统一性在美学中是逐渐地社会—历史地形成的,当然是相应于整体的实际形成的各阶段,随后作为这种原则的统一性而被认识。

这一事实本身已经指出了内容的一些问题。外观、感官以及感受性等是性质相互不同的,而且也处于其直接性中,所以它们不可能像康德和费德勒那样的康德学派所设想的,相互完全分割开来。这些感官和感受性始终是一个完整的人的感官和感受性,这个人与别人同样生活在一个社会中,所以他必然与其他人具有极其共同的社会生活的要素和倾向。通过这种感官的分工而使劳动减轻和完善,通过这种不断分化的合作形成每种感官与其他感官的相互关系,由于这种合作而不断增加人对外部和内部世界的把握,从而对世界图像的扩大和加深,所有这些一方面创造了形成和发展不同艺术的实践和精神前提,另一方面只要艺术一诞生,在每一种艺术中就形成这样一种倾向,其独特的内在特性不断更加富有特殊性,同时又赋予这种艺术一种普遍性和概括能力。这种普遍性不会损害每种艺术的独立性,它逐渐形成各种共同的东西,形成审美的媒介。

这两种倾向结成一种充满矛盾的整体、矛盾的统一。在一个社会中活动着的完整的人同时存在的统一和分化,

### 审美特性

他总是在自身主观性中将他对自然界和社会的反映积极地加以精细化和专门化，这种专门化的内部分工不断返回来与其固有的整个个性发生作用，由此而使个性不断扩大和丰富。为了使我们的认识和所有下述理论明确地划清界限，作这一略为冗长的规定也是必要的。那些理论只是把完全形成了的人的个性看作是原始阶段的标志，而认为通过不断发展的分工反而使它受到危害甚至被消灭。特别是资本主义的分工，往往由于过度的分化而引起个性的畸形，这当然是个事实。由人类发展的尺度看来，我们所谈的这种倾向，已经根据马克思对于李嘉图的论述在别的地方指出了。

所有至此为止的论述还没有涉及艺术本身。在审美原理表现出它的独立性以前，所有这些现象在人类发展史上早就清楚地表现出来了（在意识到审美以前，在每一个体的发展中同样常常表现出这种普遍的倾向。人类发展在个体发展中的重现绝不是机械的复制或缩影。艺术作品存在和普遍起作用的事实绝不是这样一个过程的单纯缩影）。一方面，如上所述，专门的审美在客观上和主观上是以这种倾向发展到相当高度为前提；另一方面，作为独立的、社会人的表达方式，而由这种一般的基础中缓慢地分离开来，因为它在客观上和主观上在每一次表现中都——相对地倾向于——具有一种整体的特性、一种整体性的意图。

这些倾向的统一性的基础只能在于物质性中，在它的存在的社会基础之中。对于每一种实际的（并非主观虚构

## 第三章 艺术由日常生活中分化的预备性原理问题

的）统一性，这当然是最高的普遍规律。恩格斯关于世界统一性的论述，① 适用于世界的各个部分，也适用于借助反映通过人的意识来把握世界的不同方式。它也同样适用于艺术。艺术的特殊方式之所以高于日常生活中对现实把握的各种一般形式正是在于，人的存在和活动的物质基础是社会"与自然界的物质交换"（马克思语），它最终整体地、直观地反映出与整个人的实际关系。"最终"这种说法必须特别加以强调。因为一方面对现实的艺术再现，一般直接反映出一定社会当时的生产关系，最直接地反映了由生产关系产生的人的相互的社会关系。作为它的基础，因此最终地表现为对社会与自然界物质交换的反映。这种物质交换在深度和广度上越强大，在艺术中对自然界本身的反映也就表现得越鲜明。它不是始源的，相反，是这种物质交换的最高发展阶段的产物。另一方面，对社会与自然界物质交换的反映是审美反映终极的真正最终的对象。本来，在这种物质交换中正包含着每一个体与人类以及与人类发展的关系。这一潜在的内容现在在艺术中已经显现出来，往往隐伏着的自在存在表现为一种形象的自为存在。

当然，在日常生活首先是在劳动中，也有——以原始自发的方式进行某种活动的——这种情况。离开独立于人的自然界和离开怀有社会形成的目标并具有社会养成的能力的人，离开与这两者相关的统一性，劳动就是不可想象

---

① 恩格斯：《反杜林论》，北京：人民出版社1970年版，第41页。

的。在此实质地形成了这种物质交换。在劳动本身之中,这种统一性是一直在起作用的,同时又不断产生解体。也就是说,其主观成分和客观成分获得了(相对)独立的作用,(相对)独立地形成,并处于不断的相互作用中。主观成分的进一步形成看来是容易理解的。自然界与社会在其物质交换中的客观成分的进一步形成在于,这种物质交换不断为人们揭示出自然界的新侧面、新特性、新规律等,因此,在这一物质交换中自然界与社会在深度和广度上产生了更密切的关系。统一性的解体意味着它将脱离一定的发展阶段,从而经另一更复杂,更多中介的高度组织的阶段而分解。这一过程与主观成分的内在运动的发展处于密切的相互作用之中。在社会与自然界的物质交换不断扩大和深入的过程中,与这种扩大的需要相适应,必然也改造着人们的相互关系和他们在劳动和生活中的直接的以及经多种中介的社会合作。因此——任何——统一性的解体也总是统一性的一个环节,而且是运动的环节。

显而易见,对现实的科学反映是这种辩证运动的重要环节,只要科学反映的目标在于从思想上把握这个过程本身,它就必须力图对此处起作用的范畴按其实际客观比例、按其真实的运动性来把握。而审美反映在此却走着另一条道路。第一,科学反映远不是——直接地——指向物质交换这一过程本身。这一过程往往——最终地——确定了对现实科学反映的发展。科学反映越发展,它越是走独自的道路,这条路经过许多中介才返回到这里来。相反,艺

## 第三章　艺术由日常生活中分化的预备性原理问题

反映总是以与自然界处于物质交换中的社会为基础，并且只能在这个基础上以其特有的手段来把握和表现自然界。艺术家（以及欣赏他的作品的感受者）与自然界的关系有时显得很直接，而这种关系在客观上却是经过多种复杂的中介。当然，这种直接性不是单纯的外观，至少不是假象（关于这种直接性的具体关系以后还要详细论述）。这种直接性是构成形象的审美反映、艺术作品的强有力的组成部分，是审美的直接性。但是由此既没有否定也没有扬弃上面所确定的客观中介性。这里涉及对现实审美反映的一个本质的并具有艺术丰富性的内在矛盾。第二，这种审美反映与其存在基础的直接不可分割的联系，产生了所反映和表现对象的独特内容性和结构。科学反映虽然往往局限于个别问题，但它总是致力于尽可能接近其实际对象一般规定的外延和内涵的整体。相反，审美反映总是直接针对着一个特定的对象。由此，更加提高了这种直接的特殊性：每一种艺术只能用它所特有的媒介（视觉、语词等）来反映客观现实——在直接的审美现实中只有各种不同的艺术和各个艺术作品，而它们的审美共同性只是概念上的，不可能直接艺术地把握它——当然，整个现实的内容融于这些媒介，由这些媒介根据其固有的规律性进行艺术地加工（这个问题我们已经在讨论感官分工时谈过了，以后还要详细地讨论）。但是，另一方面审美反映的对象也不可能是一般的，审美的普遍化是将个别性提高到典型中，不像在科学反映中那样，是揭示个别事物与一般规律性之间的联系。

◯ 审美特性

对于我们目前讨论的问题这意味着，其终极对象的外延整体绝不可能在艺术作品中直接出现，而只能通过中介（由激发的审美直接性使这些中介起作用）以作品的内涵整体来表达。由此可以进一步看出，与自然界处于物质交换中的社会，构成了全部反映的基础，只能以上述经过中介的直接方式来表现这一真实基础。在这里，不论是一个自然物体（如在风景画中）或一个纯粹人们内部的事件（如在悲剧中）的直接性成为形象塑造的具体对象，都同样表现了这种本质特征。因为在这两种情况下，其最终基础是相同的，只是在前景与背景的关系上，或者是明确表达或者是暗示有所变换而已。

所有这些表明，审美反映的统一原理是在社会与自然界物质交换这一基础上形成的，发展了的审美反映已经远远地脱离了日常生活（首先是劳动）中这一基础的现象。首先在劳动中失去了上述基本的统一性和再形成。其所以如此，是因为劳动的本质特征与科学反映有着最密切的相互关系。① 当然，劳动的这种倾向只有在最发达的阶段上才能明确地表现出来，这时由劳动所产生的科学已经获得充分独立的形态并对劳动产生了反作用。对现实的科学反映所具有的非拟人化力量作用于劳动的两种成分，对劳动单

---

① 这里表明，如前所述，在艺术和劳动之间所固有的尖锐对立只是在艺术作品本身中才清楚地表现出来。艺术创作过程与劳动本身以及对现实的科学反映有着多个接触点。科学反映是这一过程中不可排除的环节。这里产生的问题只能在下卷书中在分析审美态度时才能具体地加以研究。——作者注

## 第三章 艺术由日常生活中分化的预备性原理问题

独的以及相互关系的科学分析，目的在于实际达到对象本身所起作用的最佳点，尽可能与从事劳动的人的特性和能力无关。社会与自然界的物质交换，是以所有这些对劳动本身的分析为基础的，它决定了劳动的发展高度、方向、方法和成果，但就其主观反映说来，这种关系却很少能直接看出来。自然界局限的退缩必然是以这种方式实现的。这一结构只有在高度发展的阶段才能完全清楚地表现出来，虽然非拟人化的倾向随着劳动本身会自发地、无意识地产生出来。这种非拟人化倾向在很大范围内会与其他倾向相交叉和重叠。其中，有时艺术的倾向起着突出的作用。如果有人想把这两种倾向从思想上明确地区分开来，那会遇到明显的困难。在劳动中起作用的艺术倾向往往可以揭示出迄今未知的自在存在的特性，促进劳动能力（对材料的支配，工具及其使用的精细化等）并趋向科学性。当然，这两种倾向也能被有意识地结合起来，如在文艺复兴时代那样。

虽然在概念上对劳动与艺术加以区别是必要的和可能的，但是我们只能由对象化本身，而不能由其意识的反映中看出这一点。以不再有直接的实用性作为艺术的区分线——在原始的开端阶段就是人体的装饰以及工具的装饰等——当非拟人化反映的发展不断掺入经过中介的实用性，从而提高了劳动的直接实用效果，审美因素就代表了无助于实际劳动的一种多余的东西（我们以后还要谈到，在形成和发展艺术产品中由巫术操演所形成的实用性起着多么

> 审美特性

巨大的作用,正因如此才使对象或事物的客观审美特性被掩盖住了)。因此,相对劳动说来,审美出现的比较晚就可以解释了,审美实际上不仅以技术的一定高度为前提,而且还以通过劳动生产力的提高所获得的用于创造这些"多余的东西"的空闲时间为前提。

我们把最初——审美绝不能这样清楚地划分——利用艺术原理生产产品的出现,作为完全或在某方面不是由物质的实用性决定的产品生产阶段,那么在这一阶段,它显然不可能再以对现实的非拟人化反映为基础了。最原始的实用效果为更有效地实现它的目的已经形成了一个中介系统,这个系统保持了与人的关联,而在这里没有产生这一中介。当然,必须辩证地理解这一结论。不仅在建筑中而且在雕塑或手工艺中,艺术活动都保留了简单劳动本身以及和劳动有关的对客观现实研究的某些特征,只要这种因素起作用,那么就会保持产生这种与人的关联。除了艺术作品的主观产生因素以外,实用性因素仍是某些艺术不可排除的基础,以致这些艺术如果不同时实现实用性的目标,也就不能完成纯粹审美的目的。但是艺术活动越是作为艺术而构成,那么非拟人化的因素就越被排斥,而成为只是实现另一种目的的手段。

产生过程和参与者的主观态度的这种对立可以——一般地——最简单地用"对……的意识"和"对……的自我意识"来表示。自我意识一词在日常用法中有双重意义,但正是这种双重意义适用于此,可以说明这里的含义。这

## 第三章 艺术由日常生活中分化的预备性原理问题

个词一方面表示了人在他的具体环境之内立足于自身的稳固性,另一方面通过针对这种意识本身的固有精神力量来阐明这种意识(和以这种意识为基础的存在)。这是一种很晚的对现象的本质完全模糊的理解,把自我意识中一些纯粹内在的由世界抽象出来的东西只是看作与主体相关的东西。我们所提到的第一种自我意识指的是比较老的意义,它若不关系到具体环境是根本不可想象的。同样明显的是,当主观的、关系到自身的反映尽可能完全地概括了一个具体环境的内容时,第二种意义上的自我意识才能实际地发展。歌德针对自我意识的概念在"认识你自己"的意义上反复作了强调。他在与爱克曼的一次谈话中很好地说明了我们对自我意识的见解:"在过去一切时代里,人们说了又说,人应该努力认识自己。这是一个奇怪的要求,从来没有人做得到,将来也不会有人做得到。人的全部意识和努力都是针对外在世界及周围世界的他应该做的就是认识这个世界中可以为他服务的那部分,来达到它的目的。只有在他感到欢喜或苦痛的时候,人才认识到自己;人也只有通过欢喜和苦痛,才学会什么应追求和什么应避免。"[1]

歌德在这一议论中不是从艺术态度而是从日常生活出发的。这种艺术态度在他那里是完全自发的面向世界的。这一点他在另外一个地方谈得很清楚:"如果我们优先使用

---

[1] 爱克曼:《歌德谈话录》,1829年4月10日,朱光潜译,北京:人民出版社1985年版,第193页。

这个重要的词汇，认识你自己，那么我们必定不是在禁欲的意义上解释它。它决不是像我们的现代癔病患者或滑稽角色所自我认定的那样。很简单，这就是：注意你自己、记录下你自己，以便你能察觉，你是怎样与和你一样的人及世界相处。这里不需要作心理学的探索，每一个能干的人都知道和经历过这种事情。这是一个好的建议，这个建议会给每个人实际上带来最大的好处。"① 虽然这里特别反对片面地转向内部，但在歌德对这种日常生活态度的描述中可以清楚地看到对主体、对现实完整的人的关系。在日常生活中，这种自我意识同样关系到直接的实践，如同对外部世界——逐渐形成的非拟人化——的意识一样。我们已经大致上考察了自我意识如何由直接实践中分离获得一种特有的形态，形成了特有的方法，以便通过广泛而多样化的媒介去影响和改造直接实践，而把实践提高到一个更高的水平。

审美的形成类似于自我意识由日常生活实践中的自行分化，就像在对现实的科学反映独立化过程中"对于……的意识"的形成一样。由以上论述中可以看出，这种分化没有扬弃拟人化的反映，只是在拟人化反映范围内的一种独特的、独立的、具有不同性质的变型——当然这在主观和客观上都是审美由日常生活的基础上分化的最大难点之一。拟人化倾向是与对现实的科学反映完全不同的，歌德

---

① 歌德：《Maximen und Reflexionen（格言与感想）》，第 236 页。

## 第三章  艺术由日常生活中分化的预备性原理问题

指出:"人从来就没有理解过,他是怎样拟人化的。"①

日常生活的自发性是拟人化的,如上所述,宗教也是拟人化的。这个非常复杂的分化过程的哲学表述是我们以后论述的主要对象。由于它的具体性和系统性,因此不可能提前在这里说明,在我们考察的这一阶段上对主要观点、因素、阶段作枯燥的内容概述,所引起的混乱会比能说清的东西还要多。我们只打算——尽可能将以后具体的内容提前说明——指出我们刚才所确定的自我意识的概念。如上所述,自我意识的对象是人的具体环境:社会(在社会中的人)、社会与自然界的物质交换(当然要通过生产关系的中介),但所有这些都是由完整的人的观点来感受的。也就是说,在每一种艺术活动的背后都隐藏着这样一个问题:这个世界实际上到多大程度是人的世界,他能够肯定这个世界适合于他自己、他的人性到什么程度(以后的具体分析将指出,装饰或装饰纹样,甚至对环境的一个辛辣尖刻的批评都与这一规定不相矛盾,从而使这一规定辩证地深化和具体化)。

在一定程度上说来,在日常生活或宗教中都可以找到类似的倾向。在日常生活中这一倾向是作为一种自发的需要出现的,这些需要是生活中所能满足或不能满足的。这是可以理解的,因为每一种日常生活不可避免的偶然性以

---

① 歌德:《格言与感想》,见《歌德全集》第4卷,斯图加特1902年,第236页。

及由固有的个体性所产生的他的愿望的偶然性只能偶然地得到满足，尽管——就各种情况平均起来客观地、社会地看——在一种具体的社会情况和某一阶级状况下，哪种主体需要能够得到或不能得到满足，当然并不是偶然的（客观地认识这种实现愿望的活动范围的一般可能性，当然并不排除那种偶然性，这种偶然性将在每个特定的人那里起作用）。相应地在日常生活中，愿望和满足都是集中在每一个体身上，就是说，这种愿望及其满足一方面是由他的实际和个别的个体存在产生的，另一方面是指向一个具体个人愿望的真正实际的满足。毫无疑问，艺术原来就是在这一土壤中形成的。巫术时代的装饰，不论是独立对象或自己身体的涂画、原始舞蹈、歌唱等，按照其实际意图都是以具体人或某一共同体中的个人要求为根据的（在这个共同体中，每个人关心的是个人的直接成功）。巫术和宗教的拟人化活动是和作为个人或集体一员的个体要求——实际或想象——的满足联系在一起的。这种满足——特别是在原始时期有时并不总是——具有一种彼岸的特性，这一点并不会根本地改变它的结构，因为甚至后世所建立的目标，在彼岸的灵魂升天也是指某一个人，正是与个别的特定人物相联系的。

  由这种结构可以看出，各种对象、事件和活动等成为艺术，只能是无意识地完成的（在我们前面所说的意义上）。此时，形成了一种特殊方式的普遍化，同时形成了一种特殊方式的对象性。这种对象性与日常生活、巫术和宗

## 第三章　艺术由日常生活中分化的预备性原理问题

教的那些产物客观地区别开来。即使在这种情况下，创作者和感受者在主观上都深信，他们是处于日常生活、巫术或宗教的土壤中。我们目前的讨论对这个问题只能作极其一般的解释。这种普遍化——从与科学的非拟人化严格对立的意义上讲——在于艺术的形象脱离了单纯个别的个体，由此摆脱了对需要实际事实上的满足，不管这种需要是此岸性的或是彼岸性的，都没有失去个体的直接感受性的特点。这种普遍化正是趋向于加强和深化这一本质特征。这一特征——在对象及对于对象的感受中保持其个体性的同时——突出了人的类属性并以这种方式排除了单纯的个别性。由此使对象与社会的关系及社会与自然界的物质交换，不借助概念的把握而比在日常生活中更加明确。由此同时使自我意识的规定提高到一个更高的水平。处于审美领域的人——不论是创作者或感受者——对种类的属性作出反映，它既关系到对象，也关系到主体，使自我意识突破了单纯日常生活的个别狭窄领域，获得了一种普遍性。它是一种完整的人的感性直观的普遍化，与非拟人化科学的普遍性完全不同，是以拟人化原理的意识为基础的。

　　这种普遍化的矛盾性（这点以后要详细讨论）造成的必然结果是，对需要、愿望和渴求等的满足，失去了其事实的实践的性质。这是一种——由日常生活直接事实的观点看来——纯粹虚构的满足，更恰当地说，与他在生活中相应事实的真实性相脱离的、对典型情况下满足的体验。这里形成了一种——表面上的——艺术与宗教之间的近似。

宗教所宣扬和描述的满足，在生活真实性的意义上，至多是唤起对未来（彼岸）的满足的暗示性体验。巫术和宗教在这方面的区别在于，巫术是希图实现日常实际愿望的满足，而宗教至少按照惯例是指向彼岸的满足，并非个别的目标而是完整的人的命运。在宗教中此岸性只是表现在对超验满足的主观反映上，例如在加尔文教派的安息上。当然在很多宗教中仍然存在着相信此岸的个别需要的满足，这种宗教和艺术的相近之处，表现在它们都是以拟人化作为基本原理的。几千年的艺术作品都是在这种作为满足宗教内容的感性阐释的信念中产生和欣赏的，这就不足为奇了。

正如我们以前指出的，在宗教的拟人化与科学的非拟人化之间有区别甚至对立那样，这里在拟人化的范围内也有区别甚至对立。它集中在艺术与宗教中对满足对象"虚构"性质规定的不同上。关于对象真实性的一般对立我们已经简要地讨论过，然而艺术的"虚构"性质是始终贯彻到底的，而在宗教中这种"虚构"总是与这样一种要求同时出现，即把超验的真正现实作为日常生活的现实。由这种情况所产生的具体问题只能在以后我们的进一步阐述中说明。

有一个问题应该在这里指出——同样是把以后的内容提前说明一下——即关于艺术原理上的此岸性、它的值得强调的世俗的人的特性。这当然是就客观性意义而言，就审美形成的现实的客观意义而言。在主观上创作者以为是

## 第三章 艺术由日常生活中分化的预备性原理问题

一种超验性,感受者也把它当作这种超验性来接受——以艺术的社会—人的本质为基础——艺术家的客观意义有时在几百年甚至几千年以后才完成,这也是完全可能的。因为艺术形象并非现实,它客观上包含着对超验的、彼岸性的否定,它创造了对现实经过加工反映的特殊形式,这种形式由现实中产生并反作用于现实。甚至当这些形式显得超出了日常实践直接产生的现实的事实时——在这方面正如科学反映一样——为了重新把握这种现实,这些形式相应于其特有的特性,可以比日常实践和它的直接主体性更好地支配这种现实。艺术和科学一样是此岸性的,两者所反映的是同一个现实。这里所说明的观点以后还要详细阐述和论证。尽管两者在反映的关键问题上包含着相反的方向,这也无碍于此。我们已经概述了在科学反映中通向非拟人化的道路。下面要考察的课题是指出审美的拟人化反映的特殊特性。它既关系到在艺术作品中审美反映的现实(与自然界处于物质交换中的社会),又关系到通过这种反映方式在人们身上形成新的能力,如我们所试图指出的,它属于在上述意义上自我意识的形成。

如果要通过这些规定来阐明审美的最一般轮廓,那么现在还需要补充说明,拟人化的审美反映——如果它仍然是审美的话,就不能失去对世界的感性统觉的直接接触。它的普遍性是在人的感性范围内实现的。我们将看到,在完成审美普遍化的过程中,审美反映以一定方式提高了感性直接性。在审美中不会产生与数学在科学中的作用相类

## 审美特性

似的情况。由此像在科学中那样，也在种类和方式上产生了另一种分化。在科学中，对象本身的性质确定了在不同学科的区分（物理、生物等）。审美反映的拟人化方式在这方面产生的结果是，各种艺术门类的分化与人的感官形成的能力相关——这一点当然要在最广义上来理解。我们非常反对像在费德勒那里把各种感官机械地独立起来。以后我们将进一步指出，每一种感官审美能力的形成，是沿着对现实普遍反映的方向发展的。这里已经强调指出，在每种感官那里，由审美形成的反映对现实的把握是独立的，相对地不依赖于其他感官。审美主体性的普遍原理对于我们是几千年发展过程的结果，按其本质说只能是它的结果。通过各种艺术所丰富和深化了的感官、情感和思想的相互作用，丰富和深化了这些原理。但这种丰富了的相互关系的前提，现在是并将仍然是各种艺术及其门类的独立性以及各种感官形成普遍性之中的独立性。因此，审美原理、各种类型审美反映的审美统一性是长期发展过程的最终结果，各门类艺术的独立起源以及与各种艺术相适应的，在创作和感受中的审美主体性的独立起源是一种单纯的历史事实，如下所述，这一事实深深地扎根于对现实审美反映的本质中，不考虑这一点就会歪曲审美本身的本质。

为了清楚起见，我们不得不对这一分化作比实际简单化的阐述。认为每一种人的感官只对应于一种艺术就是一种简化。我们只要指出，建筑、雕塑、绘画等视觉艺术是内在不同质的，就足以说明这一点。当然，在起始和发展

## 第三章 艺术由日常生活中分化的预备性原理问题

过程中都存在不断密切的、深刻而本质的相互关系。我们只涉及在一定历史状况下绘画观念渗入雕塑和建筑的情况。

由于对现实的审美反映是在不同质的意义上历史地、地区地、与时代相联系地产生的，所以它比科学反映具有更加复杂的产生状况。不言而喻，每一种主体性都具有社会历史的特性，这在科学史上也有重要的后果。一个科学命题的客观真理只依赖于与那种自在存在——近似地——相一致，科学命题把这种自在存在转化为为我们的存在。真理的问题在这里与发生学的问题没有什么关系。发生学问题当然只能提供说明，科学反映对客观现实的逼近尝试，在一定社会历史状况下怎样和为什么必定是不完全或者只能是或多或少地完全的。对于艺术，情况则完全不同。我们已经反复指出，审美反映的基本对象是处于与自然界进行物质交换中的社会。这里，当然同样存在一个独立于个体意识和社会意识之外的现实以及自然界的自在存在。它是一种其中总存在着人的现实。人既作为对象，又作为主体。如所强调指出的，审美反映总是在完成一种普遍化。其最高阶段是人类，是他更高发展的典型。但这种典型绝不是以一种抽象的形式表现的。审美反映的深刻的生活真理在于，这种反映总是以人类的命运为目标，人类决不能与构成它的个体相脱离，由审美反映绝不能构成与人类无关存在着的实体。审美反映是以个体和个体命运的形式来表现人类。审美反映的特性（这点我们以后要详细讨论）

> 审美特性

正是表现在，这些个体是如何一方面具有感性直接性，这种感性直接性通过两种因素的提高而与日常生活的直接性相区别，另一方面这些个体又是如何——不排除这种直接性——包含人类的典型。由此进一步看出，审美反映绝不可能是直接存在的现实的简单再现。对这种反映的加工，并不限于在现象中对本质东西的必要选择（这是对自然的科学反映所必须考虑的），而且还在反映本身的作用中与这种反映不可分割地包含着对审美反映对象的肯定或否定的态度因素。

把这种基本的、只在较晚阶段才意识到的、不可避免的艺术倾向性看成一种主观主义的因素，甚至看成对现实客观再现的主观主义的附加物，是根本错误的。在每一种其他对现实的反映中，都包含这种在正确的实践中需要加以克服的二元论。只有在审美中，基本对象（与自然界处于物质交换中的社会）在与产生着自我意识的主体的关系中，包含着再现与主观态度、客观性与倾向性的不可分割的同时性。这两种因素的同时存在完成了每一艺术作品不可替代的历史性。它不是像科学那样，简单地确定一种自在存在的事实，而是使人类历史发展的一个瞬间永存下来。个性在典型中的保存和倾向性在客观事实中的保存，表现了这种历史性因素。因此，艺术真理作为真理是一种历史的真理，其正当的产生是与其真实价值结合在一起的，因为这种价值无非是对人类发展的一种因素的揭示、阐明和使人体验的提高，并使这种因素取得内容和形式。

## 第三章　艺术由日常生活中分化的预备性原理问题

由审美反映的对象和主体以及由拟人化本质产生的主体性和客体性的密切交织，不会破坏艺术作品的客观性，相反地正是奠定其特有的特性的基础，这还有待在下面的讨论中具体说明。同样还应指出，审美是由各种直接不同质的来源形成的，这并不会破坏它原则上的统一性，而是导致了具体统一性的逐渐形成。

在这里，对统一性当然也要作辩证的理解。黑格尔称科学的统一性是许多"圆圈中的一个圆圈；因为每一个别的枝节，作为方法赋予了灵魂的东西，都是自身反思，当它转回到开端时，它同时又是一个新的枝节的开端。这一链条的片段就是各门科学，每一门科学都有——一个在前的和一个在后的——或者更精确一点说，只有在前的，要在它的结论里才显露出它的在后的。"[①] 这种圆圈套圆圈的结构在审美领域表现得更为鲜明。由于审美的对象在事先（即在成为艺术的对象以前）就是审美的对象了，在这些对象身上表现了人类活动的一种加工，由于审美主体的功能远不限于反映独立于意识的自在存在，而且有意识地反映为我们的存在，主体在对象的（绝非其整体性）每一种因素中都铭刻上与自身的关系，并且在整体上和在各部分使主体对于对象的态度产生作用。每一艺术门类——最终每部艺术作品都获得了一种——相对——独立的存在，对于

---

① 黑格尔：《逻辑学》下卷，杨一之译，北京：商务印书馆1976年版，第551页。

### 审美特性

这种存在,黑格尔所说"在前的"和"在后的"只有经过很复杂的中介和位置变换才能应用(由此产生的问题以后还要详细讨论)。

对现实的科学反映分化为各种不同的学科,按本质说来是这由对象确定的,而在各种艺术门类的形成中主体因素却起着一种决定作用。这当然不是个别主体单纯的随意性。艺术在它的所有时期都是一种社会现象。艺术的对象是人的社会存在的基础,即处于与自然界进行物质交换的社会,当然它以人的相互关系为中介,由生产关系所制约。在这样一种社会中,一般对象不可能在坚持单纯个别性的主体性中适当地得到反映,在这里为了达到适当的水准,审美主体本身必须形成人类普遍化和类属性的因素。审美不能涉及类的抽象概念,而只能诉诸具体的感性个体的人,在他们的性格和命运中感性具体地、个别而内在地包含着类的特性和所达到的发展高度。由此产生了作为审美中心问题之一的典型问题。以后我们经常还要详细地讨论这个问题。审美分化为各种艺术门类,或更恰当地说,这些艺术门类在审美上的综合只能由主体—对象关系的辩证法中形成,只有当人类对与自然界处于物质交换中的社会的某种态度,具有或达到持续的本质上典型的特性时,艺术(某一门类)才能形成并作为艺术而存在下去。

如上所述,这个问题首先是一个内容的问题,即审美内涵的问题。同样由上述讨论可以看出,正如在科学中,那种一次性的、与特定内容紧密相连的形式,是作为应该

## 第三章 艺术由日常生活中分化的预备性原理问题

克服的直接性存在的;而同样的,审美形式不具有那种能够而且必须包含内容多样性的普遍性。审美的形式始终是作为某种内容的特定形式出现的,不同艺术门类的特性也可以作为形式问题来讨论。这时我们的课题就要揭示出,这些形式是怎样由上述意义的、在本质上相似的主体—对象关系中产生出来的。这种形式本身在全部历史的和个体的多样性中(正是作为基本的形式)表现了某种稳定性。因此,这个问题既是一个基本的美学问题,同时又是一个不可回避的历史问题。这不仅是因为,由于我们对形式的规定,每一部真正的艺术作品也(一次性地)重新创造了一般的形式,社会发展的巨大转折在同一门类中产生出具有新质的类型(如戏剧中希腊剧、英国剧、法国剧、西班牙剧等);社会历史发展使个别的类型彻底改变了(小说成为资产阶级的史诗)——这些只能导致一种彻底的历史相对主义——这却是因为:如果对保存在形式中的东西不从审美反映的本质出发,即不从审美的基本原则去理解和推论,那么历史变迁对艺术的作用,就仍然是不可理解的。这个问题在美学中往往是作为艺术体系的问题出现的,其正确答案只有在辩证唯物主义地阐明审美的同时,阐明它特殊历史变迁的历史唯物主义规律,才能令人满意地解决。

这种一般的、暂时还相当抽象的说明指出,要对"艺术体系"的问题作新的解释。它既不能由审美原理演绎而来,又不能由各种现有艺术门类的经验罗列而成,相反却

> 审美特性

要运用历史体系的考察方式。这种考察方式不是对各种艺术门类进行"对称"排列,而要借助于各种艺术的理论基础。它承认个别门类历史衰亡和新门类历史形成的可能性,但在这两种情况下不限于社会历史的事实,而且进行理论的推导。至此我们的讨论已经指出,这不是对两种本身不同的观点加以简单的补充综合,而是对历史唯物主义问题进行辩证唯物主义的分析(反之亦然)。这就要在每一个别探讨中越出这一种或那一种观点。

这里只能说明这个问题的方法论要点和解决方法。由反映中反复的、持续的、相对稳定的因素中推导出形式,这首先是由列宁指出的。联系到黑格尔的深刻论述,相应于客观现实的逻辑推论形式,列宁写道:"对黑格尔说来,行动、实践是逻辑的'推理',逻辑的格。这是对的!当然,这并不是说逻辑的格把人的实践当做它自己的异在(=绝对唯心主义),相反地,人的实践经过千百万次的重复,它在人的意识中以逻辑的格固定下来。这些格正是(而且只是)由于千百万次的重复才有着先入之见的巩固性和公理的性质。"[①] 这是美学中各种艺术门类理论——相应于我们对审美形式的本质规定——的方法论范例。当然,不能把列宁的公式简单地接受过来并"翻译"到美学中去。在一种形式内可能和必然的多样性的量意味着相对于逻辑的一些具有新质的东西。列宁关于科学(逻

---

① 列宁:《哲学笔记》,北京:人民出版社1961年版,第233页。

# 第三章 艺术由日常生活中分化的预备性原理问题

辑)的形式是现象中存续和反复事物之反映的伟大思想,在用于美学时必须相应于审美反映方式的特点进行彻底的具体化。①

---

① 参见卢卡奇:《Der historische Roman(历史小说)》,柏林 1955 年版,第 2 章,第 88 页。

# 第四章　对现实审美反映的抽象形式

应该反复强调指出，我们对艺术的实际历史起源几乎毫无所知。在许多重要的艺术门类中，如诗歌、音乐、舞蹈等，从来就不可能找到"起源"的文献。人类学在这里为我们提供——尽管涉及最原始民族——的情况，也已经是远离起始的状态。但即使在考古学和人类学处理物质文化遗迹时，尽管只是要求近似的历史精确性也无法区分出前艺术产物与艺术品之间的界限。因此，对审美由日常巫术中分化的过程，在这里只能——从哲学上——由审美所形成的产物向以前追踪。

此处立刻就会遇到我们前面所指出的困难，这种困难在于我们所要研究的各种形式在发生学上的异质性来源，其中如上述所强调指出的，这种发生学上的异质性并不是指一种因素与另一种之间完全隔绝，或者可以说，它并不能阻碍历史上后来形成的审美统一性。由于以下原因增加

## 第四章　对现实审美反映的抽象形式

了这种一般性的困难；我们现在不是要涉及各种艺术门类的形成，而是涉及在各种艺术中起着不同作用的艺术生产的原理和构成因素（节奏、比例等），它们在更高的发展阶段上具有极其不同的功能。其中只有纹样例外地保持了其开始阶段的独立性，当然在整个文化中，它不可能保持在某一开始阶段所含有的那种意义。

# 一　节奏

我们的出发点若选择在日常生活的中心——劳动上，尽管有上述困难，审美由日常现实分化出来的情景还是可以在哲学上按其本质加以真实说明的。因此，我们来考察毕歇尔由劳动推导出节奏的尝试，以及为了证明这一点所搜集的大量确凿材料对揭示这种关联的重要作用。当然现在仍有不少人打算追溯到"更深的""自然的"根源。[①] 毫无疑问，人的生物存在（还有动物的生物存在）及其环境中的事件表现出不少节奏的现象。我们应该把这些现象分为两类不同的序列。一种是人周围自然界的节奏因素（如日夜、季节等）。在很晚以后的、相当发展的阶段，劳动而使节奏成为人存在的一个重要因素，不论在日常活动还是

---

[①] 不言而喻，这方面亚里士多德就是把节奏与和谐（如同模仿一样）看作人的一种自然天赋，见《诗学》第4章。——作者注

在艺术活动中都起着巨大作用。反之，史前的神话表明，在原始时期这种节奏序列绝不像后来那样，可以自然地体验和理解。列维·布留尔指出，那种"仪式的目的是为了保证季节的规律性，使正常的收获、果实、昆虫和可食动物通常达到过剩。"① 弗雷泽说道："如果我没有弄错，巴尔德以悲剧结尾的故事可以说构成了精灵剧的内容，逐年作为巫术惯例上演以达到使太阳照耀、树木生长、收获丰硕、保证人畜不受精灵和魔鬼、女妖和魔法师魔法的危害。"② 可能伊西斯和欧西里斯、佩尔塞逢和德梅特尔之类的神话原来就是这一类内容。当然，只有认识到这些现象的序列、相互的分隔等是客观的，绝不是我们所附加上去的时候，才能意识到这种节奏。对外部自然界的这种节奏的体验，是以感觉到和确信其规律作用的某种"可靠性"为前提。

另一方面，人的躯体存在也和某种节奏现象有关（呼吸、心跳等）。尽管长期未能完全意识到这点，但它对人的整个行为都有很大的影响，这一事实绝不限于人类。巴甫洛夫在他的狗的实验中反复强调了节奏的轻松化作用。他指出："众所周知，节奏被用来使所有运动简单化并使整个生活简化。"③ 同时，他"在狗身上发现了一种形成了的明显的节奏条件反射，也就是说，通过一系列正向和抑制性

---

① 列维·布留尔：《原始民族的思维》，维也纳/柏林 1921 年版，第 216 页。
② 弗雷泽：《Der goldene Zweig（金枝）》，莱比锡 1928 年版，第 964 页。
③ 巴甫洛夫：《星期三报告会》第 2 卷，柏林 1955 年版，第 53 页。

## 第四章　对现实审美反映的抽象形式

刺激很快就形成了这样的一个系统。"① 巴甫洛夫怎样在他的实验中人工地产生这种节奏，这对我们的问题关系不大。它至多表明，动物对节奏轻松化的能力只是作为一种素质而存在，这种素质只有接触到已经懂得劳动和自觉地应用其结果的人才能表观出来。通过节奏使某些操作轻松化，这一点在人和动物那里往往——不自觉地——被实现。节奏因此是生物生理存在的一种因素。我们已经指出，各种功能只有在保持一定节律时才能正常地进行。丧失节奏是一种干扰的和疾病的症候。此外在生活中形成运动的习惯，这种习惯在长时间过程中构成无条件反射的基础。这种无条件反射以最方便、最省力的方式自动地表现出来，如飞行中的鸟、行走的动物和人的节奏。当然，所有这些还与作为艺术因素的节奏没有关系。斯凯尔特玛说得很恰当而明智："我们有节奏的行走，因为不规则的行走方式要费力得多，由此在平整的沙地上形成的我们的足迹，也是一种有规则的模式，谁也不会想到把它说成是一种装饰纹样。"②

承认这种由生理产生的因素并不会冲淡发生学的中心问题。首先，它不会否定由劳动形成的节奏具有专门受人的物质文化所制约的特性。人同动物一样本身是生活在自然界中的，它们的相互关系具有同样的倾向，其逐渐形成的节奏不能与自然界脱离开。在劳动中，人把自然的一部

---

① 巴甫洛夫：《星期三报告会》第 2 卷，柏林 1955 年版，第 500 页。
② 斯凯尔特玛：《Die Kunst der Vorzeit（史前艺术）》，斯图加特 1950 年版，第 41 页。

> 审美特性

分作为劳动对象由天然联系中分割开来进行处理，按照人的目标来利用自然规律。当在工具中出现这种按目的论转化的"自然"时，这一点更加突出。因此形成这样一种过程，尽管它服从于自然规律，但却不再从属于自然，其中劳动对象虽然是自然的，但工具和劳动过程间的一切相互作用都是社会性的了。这种存在特性给这里所形成的节奏打上了它的烙印。在动物那里，在节奏状态下产生的是对环境的生理适应，而在劳动中节奏产生于社会与自然界的物质交换。在这里不要忘记，轻松化与节律的一般联系是由自然中产生的，在劳动中"只是"自觉地应用而已。这种"只是"标志着在世界史规模上的一种飞跃。劳动中的人的运动——劳动节奏的一个决定因素——越是"人工"的，越少由生理的自发性产生，劳动就越发展，这一点极其明确地说明了这种区别。歌德清楚地看到了这一点，并且指出："动物是由它的器官教它的，而人教会他的器官并支配着这些器官。"① 歌德这里所说的人是指通过劳动而形成的人。

应该再一次强调毕歇尔的贡献，他不仅从劳动，而且具体地从劳动过程出发，并且分析了劳动过程中与节奏相关的主观因素。对于我们最重要的因素是由于劳动的节奏化而使劳动的减轻。毕歇尔是由此出发的，即在劳动中由于持续的精神紧张而产生疲劳。这种疲劳只有通过劳动的

---

① 歌德:《格言与感想》，见《歌德全集》第 4 卷，斯图加特 1907 年版，第 242 页。

## 第四章  对现实审美反映的抽象形式

自动化,通过运动的机械化和非随意化才能减轻。这正是节奏化的功能。"当劳动中力量的支出能得到这样的调节,使它实现一定的平衡,一个运动的开始和终了始终处于同一时间和空间界限内,就能产生轻松化。通过在同样间隔中实现同一肌肉的等强度运动,即我们称之为练习。在一定时间和运动的尺度关系中,一经活动起来的身体机能不需要新的意志动作而机械地进行着,直到一个不同的意志决定的干预而加以阻止或者加速和延缓。"[1] 练习的这种问题,我们在此无须进一步讨论。这对我们的意义只是在于,对自身运动、自己躯体的掌握同样只是某些类型艺术家(戏剧、舞蹈等)的技术前提,正如其他艺术家对加工材料的掌握也是一种技术前提一样。由此也可看出,人的劳动只有达到一定水平才能谈得上艺术的产生。在这个问题上,毕歇尔的思想更深入了一步。练习只有通过劳动的规则化才能产生和形成,毕歇尔在此正确地指出:"一个运动持续愈短,愈容易一致。每一种劳动活动至少由两种因素组成,一种较强,一种较弱:上升和下降、推动和牵引、伸张和压缩等,这样就使它的量度大大简化。这种运动好像受到自身的抑制,因此我们总是把具有同一强度和在同样时间内运动的规则性重复看作节奏。"[2]

---

[1] 毕歇尔:《Arbeit und Rhythmus(劳动与节奏)》,莱比锡/柏林 1909 年版,第 22 页。

[2] 毕歇尔:《Arbeit und Rhythmus(劳动与节奏)》,莱比锡/柏林 1909 年版,第 23 页。

> 审美特性

由此说明了与劳动具有必然联系的节奏的基本事实，当然它在此阶段还只是一种日常实践的现象——就其本身而论——甚至还不包含非自觉的审美意图。毕歇尔不无理由地指出，"在工具与材料相接触而发出一定音响的地方"，各种劳动的不同节奏都是作为一种音响进入我们的意识。①这种节奏的不同，不仅取决于人的身体特性，而且取决于它与社会的潜在能力、与具体劳动方式的实际要求的相互作用。毕歇尔列举了一系列事例来证明这种不同，这是很重要的。因为由此而使这一现象的社会性更加明晰，对于两个或多个劳动者合作的问题甚至无须详细解释，毕歇尔已经用明显的例子说明，譬如两个锻工合作打铁的劳动过程不仅产生相互适应的极其确定的节奏，而且产生可以听到的音响。最重要的是，这种节奏不是自然地固定下来的，不像在动物界的某些运动那样，而是特殊的人的实践不断变化、不断完善的组成部分，它是我们由劳动节奏训练出来的感官所确定的。这一基础不是由"本能"、由非随意的无条件反射构成，而是通过练习掌握的，即巴甫洛夫所说的条件反射。正是这种还在不太发展阶段形成的节奏的多样性，使得这种共同现象成为人在日常生活中习得的用于不同对象、不同形式的组成部分。

强调通过劳动产生的这种节奏化与动物生活中（和人

---

① 毕歇尔：《Arbeit und Rhythmus（劳动与节奏）》，莱比锡/柏林1909年版，第24页。

## 第四章 对现实审美反映的抽象形式

的生活中）自然的节奏之间的差别，从主体身上讲是要说明后者完全是自发的，没有思考的意识在起作用，因为它构成动物（或人）存在的一种机体的天生的组成部分，而前者在每个人那里却是训练过程的产物。通过将习得的变为非随意的，形成了自我意识的反作用。由经验、练习、习惯等所获得的始终具有习得的情绪特点，但这并非是显而易见的。当然这里存在许多过渡，例如在久病以后，人必须重新学习走路，走路的情绪特点仍与划船或打网球不同。

从客观上讲，它一方面涉及不同的节奏，另一方面通过劳动过程和劳动对象的相互作用又产生出更复杂的、由此而不同的节奏。客观情况的这种特性确定了上述主体因素。生活中生理确定的节奏成为这一形成过程的条件，从而才可能在劳动过程中由潜在状态提高到现实。这个问题到现在还远没有说清楚。达尔文所举动物审美的例证是不能令人信服的。近年来，贝尔哈德·伦施[①]用猿猴实验试图证明它们的"审美感官"，其具体条件是极不确定的。在各种不同的反应中，他把类似现象看成"模式"的一种，在人那里这种"模式"只有在比较发达的阶段才能出现，原始人的审美反映往往数个世纪停留不变。我指的是，他没有注意到实验的特殊条件。驯化了的动物具有一种通常所

---

[①] 伦施：《Ästhetische Faktoren bei Farb-und Formbevorzugungen von Affen（猿猴在色彩和形式选择中的审美因素）》，载《Zeitschrift für Tierpsychologie（动物心理学杂志）》第 14 卷第 1 册，柏林/汉堡 1957 年版。

没有的"安全感"（不论对于饲料还是对于生命的威胁），这些动物的注意力，与在其正常生活条件下是完全不同的。其次，这些动物是在对自己所不能生产的、现成的对象作出反应。在伦施最有趣的实验中，涉及对于规则与不规则样品的反应。对于规则样品的优先选择至多只是证明我们所提到的那种潜在能力的存在，绝对证明不了在正常条件下自由生活的动物实际存在"审美感官"。这种潜在能力当然是一个有趣的问题（原始人也是一样），并且是值得深入研究的，为此必须对实验条件作出不仅与伦施完全不同，而且也与别人情况下的完全不同的限定。不仅关系到驯化的生活条件，而且关系到家畜的生存方式，根据家畜对一般动物直接进行归纳推论，在方法论上是不能允许的。

我们作的这一题外讨论，从一开始对我们的问题就具有方法论的意义。当我们回到劳动和节奏的问题上来，很明显这一发展阶段本身与艺术还完全不相干。节奏的审美特性在原始人的日常生活中只存在到这种地步，作为付出较少劳力同时取得较好成果的轻松化的乐趣，成为自身和劳动对象的主人以及劳动过程的主人，产生前面规定的第一种的自我意识。当这种情感只是直接伴随任一劳动过程出现，这种萌芽的审美自在存在，在客观上和主观上就是潜在的。它的发展还需要有引起进一步分化的各种契机，使节奏由与具体劳动过程原来不可分割的联系中分离开来，在人的生活中产生一种独立的功能，使之——在劳动本身之外——达到它的普遍化和在不同领域的应用。

## 第四章　对现实审美反映的抽象形式

第一种中介的契机是对劳动的提高和轻松化产生的愉快，首先是劳动者由这种体验和经验中所产生的自我意识。这种情感不断出现于远比劳动开端更高的阶段上，只要劳动过程由劳动者的效率出发被改善和减轻，① 这种情感就像这个阶段所有重要的生活事实一样，处于巫术的外衣之下。不论与巫术的联系是内在的，还是由巫术间接决定的行动，抑或处于巫术外衣下与巫术无关的内容，这对我们说来都是一样的。我们认为戈登·柴尔德是完全有理由的，他反复指出这种联系的外在性，例如在更加发展了的阶段上，苏美尔的牧士发明了文字。这不是作为牧士或巫师的产物，而是作为他们世俗的管理职能的结果，如在埃及和克里特文化中也是这样。② 从一定意义上讲，对于更原始的阶段也是这样，虽然它的巫术外衣更浓厚，在真实的劳动经验与作为它的普遍化的巫术模仿之间，实际上相互作用是更密切的。这种主体的交错并没有排除行为和意图之间存在的分离。这种分离的存在肯定比艺术的形成更早、更基本。柴尔德接着——同样正确地——指出，科学不可能直接由巫术和宗教中产生，医药和天文学如果被宗教所支配，它们作为科学就会枯竭。③ 无论如何，当科学在与巫术和宗教

---

① 我们这里不讨论机器时代复杂化了的经验，因为那里劳动者成了机器的附庸。——作者注
② 柴尔德：《Man makes Himself（人创造了自己）》，伦敦 1937 年版，第 209 页。
③ 柴尔德：《Man makes Himself（人创造了自己）》，伦敦 1937 年版，第 255 页。

> 审美特性

的斗争中形成其特殊的——非拟人化——方法时，科学就只能成为科学。这同样关系到审美，审美的分化过程——由于上述原因——比科学的分化过程更复杂和更困难。在劳动与节奏的问题上应该肯定，节奏运动的形成是劳动过程本身改善的一种结果，是劳动生产力发展的结果，因此不可能不经中介地直接由巫术所确定。当我们思索审美独立的分化契机时，我们感兴趣的首要对象不是客观过程本身，而是这一过程在意识中的主体反映，对现实的这种独特反映的开始形成。

当我们前面谈到，由于用较少的努力取得较大的劳动成效而开始形成自我意识时，其中暗含着节奏与某一劳动过程具体作用相分离的倾向。由各种劳动状态的差别产生的节奏越不同，越容易形成这种分化，节奏越容易成为在日常生活中与原有唤起状态相对独立的组成部分。这种分化和普遍化的过程完全是在日常生活中获得的。盖伦详细地描述了这个过程。他看到在这里所完成的抽象。事物或过程、形体、色彩的某一感性特征"是整个事物的标志，本来是一种'抽象'，通过'忽略'邻近相同的印象而抽取出来，如果我们按同样方式处理包含同样标志的另一个事物，我们又进行了抽象，这次是由两个事物之间整体的区别出发，以同样方式进行处理的"。他不是把这种抽象看成一种作用、一个积极的行动，而是"看作其他方面的中心障碍"。[①] 如果

---

① 盖伦：《人》，第231页。盖伦这里谈到的是"象征"，他将其误认为是行为的类比，但这并不排除这一描述本身的正确性。——作者注

## 第四章　对现实审美反映的抽象形式

这种类比的抽象可以发生在比较低的阶段，那么在个人那里从一开始就作为自身固定下来的条件反射看待，这种抽象作用的普及当然是很容易的。

我们还要再强调一下，原来的劳动节奏是如何向人的各种活动表观方式过渡的。这里只要指出——在下面讨论纹样时将起重要作用——原来的劳动的时空节奏，在技术的某种形成高度上，是如何成为劳动产品的纯粹空间节奏的。博阿兹是这样描述这一过程的："装饰形式的另一基本因素是有节奏的反复。利用有规则的反复运动的技术活动在进行运动的方向上形成节奏的反复。"[①] 当然这只是解释了在原来时空节奏和纯空间节奏之间的技术联系，由此成为美学的一个因素，这是另外一个问题。这里只是提前说明，在自发的日常生活中并没有资产阶级思想通常的对时空的偶像崇拜的僵化分割和对立。这一点绝不是偶然的。因为正是由于日常实践的直接性，使每一对象性、每一过程自发地被理解为具有不可分割的时间—空间的事物。与这种日常生活自发的辩证法相反，这里——往往——表现出对时、空形而上学的僵化的分割，成为思维的一种退步，成为客观现实自在存在的有缺陷的反映。这种形而上学观念所以顽固地存在，部分原因是基于有必要在方法上把时间分割开来，例如早就发展起来的一门科学——几何学就是这样。在我们现在对节奏的具体讨论中，显然在劳动中，

---

① 博阿兹:《原始艺术》,纽约1951年版,第40页。

◯ 审美特性

它的原有现象形式就是时间—空间的。不论是在动物和原始人的运动节奏中，还是在各种劳动节奏中——这里更加自觉了——都是如此。因为这是审美的普遍倾向，即通过一种新的直接性，排除日常生活中自发的偶像崇拜及其中根深蒂固的形而上学的偏见，从而在节奏的领域也产生它的这种功能。与此相关的、更复杂的问题可以在后面谈。博阿兹通过实例论证了，在比较原始的阶段它们是怎样自发地过渡到纯空间的节奏的，这是很有教益的。在更高的水平上，已经开始在舞蹈中自觉地模仿再现节奏的原有的时空性，因为在较高水平上，音乐、歌唱与运动节奏是结合在一起的。盖伦对这一过程作了恰当的描述："自由形式的舞蹈使运动与音乐联系起来，在好的舞蹈中它不只是伴奏，音乐成为可以听到的运动的内在音乐，运动被引入无空间的音乐里，凝聚到一个可见的场面中。"[①]

根据毕歇尔所提出的，我们已经注意到这种劳动中形成的节奏化了的、强度相互不同的音响。最古老传统的残余表现在，劳动的节奏化本质在很原始的阶段通常表现为运动的节奏伴奏，即不分音节的按节奏的呼喊。毕歇尔作了如下的描述："在劳动中，原始人在歌咏方面所迈出的第一步，不是按某些音节的抑扬规则将富有意义的词排列起来，使自己思想情感达到快适并使别人能够理解，而是一种半动物性的、与劳动歌声相适应的序列，以便加强给他

---

[①] 盖伦：《人》，波恩1950年版，第154页。

## 第四章　对现实审美反映的抽象形式

带来轻松化的情感，提高积极的情趣。第一批劳动歌谣是由构成语言和词的原始材料的那些简单自然音响组成的。这样形成的歌谣，只是由无意义的音响序列构成，在其表演过程中只把这种音乐效果和声音节奏作为运动节奏的支承材料来看待。为什么这两种节奏相互间具有一致性呢？这种必然性是由对呼吸的共同依赖关系决定的。"① 这一考察再次表明，"自然"因素是怎样起作用的。毕歇尔注意到呼吸的联结作用是完全有道理的。

我们对于开端阶段的真实原始资料并没有掌握，不论是由未分音节的音响、强调情感的话语，还是以后与内容相关的歌曲。我们当然也掌握了由劳动节奏出发，并在此基础上形成的一些劳动歌曲。这种劳动歌曲的大多数，产生于原始共产主义已经解体的时期，唱歌的劳动者已经是被剥削者，往往是奴隶。这种歌曲的情感内容已经具有一种复杂性（劳动成为强制的，劳动是被剥削，对主子和监工的畏惧、申诉和反抗等）。在无阶级社会的简单劳动歌曲中，还不可能具有这种复杂性，这种开始期的劳动歌曲较原始的本质特征，不仅在于内容上很少有质的分化，而且在不发达社会中劳动方式也极少有节奏变化。

现在我们试图把留下的空隙填补起来，——保留以前所强调的问题——我们必须提到巫术。在由劳动节奏形成的歌曲和巫术操演之间存在着一种联系，毕歇尔曾经指出

---

① 毕歇尔：《劳动与节奏》，莱比锡/柏林1909年版，第359页。

了几个例证。① 其中有一个是妇女投镰歌,不仅在妇女中,而且在田野上仍然继续着这种传统,这绝不是偶然的。当然原来它并不是劳动歌曲,而是一种游戏的伴唱,当然它是从劳动中产生的。这种内容通过按规定歌曲和节奏进行的巫术礼仪而扩大了,它的继续存在表明,原来由劳动节奏形成的劳动歌曲的发展与巫术内容有着密切的联系。在内容上,通过各种生活表现的无数事实可以清楚地看出,原始人是按巫术来解释他们对外部世界和自身能力的把握的。他们把劳动成果的提高和由此唤起的兴趣,归结为巫术力量的作用。节奏与巫术的这种在内容上的联系,通过在形式方面严格遵守节奏的作用,而提高了生命力和自我意识,进一步得到加深和巩固。

只要有这种联系存在,节奏就会由一个领域过渡到另一个领域,这是很自然的。节奏在直接的巫术仪式中的作用被多方面论证过,它成了在极其不同的生活领域中进行调整的一种普遍工具。若采取了这种传播方式,就使节奏由原来产生它的具体劳动中脱离开来,从而进一步普遍化,获得更广泛的应用。但是——原来巫术所确定的——对实际生活过程的模仿正是通过巫术实现所预期的目标。这种与直接实践没有目标联系的事实,更恰当地说,按照想象目标所确定的模仿,使节奏与实际劳动本身相分离,给它一种感性普遍化的表现方式。对此这里只能简要地指出,

---

① 毕歇尔:《劳动与节奏》,莱比锡/柏林1909年版,第331页。

## 第四章　对现实审美反映的抽象形式

因为模仿的复杂整体在下一章才能讨论。舞蹈在这里具有最大的意义。此处只能简单地指出：不仅在原始民族那里，而且在古代，尽管舞蹈已经成为艺术，但还没有和劳动、和练习与游戏、和日常生活的习俗失去原有的联系。尽管如此，毕歇尔除了举出原始民族生活的例子以外，还举了各种古代的例子，如色诺芬的《飨宴》。①

虽然节奏不断完成超越具体劳动的过程，与劳动相对分离开来，在各种生活表现中产生感性普遍化，其哲学本质仍然是在于，它由实际生活的一种因素变成了这种因素的反映。当前即使对审美的最抽象要素的这种反映特性，也未能给予足够的强调。因为近代资产阶级美学从每一种反映论中都嗅到它们所憎恶的唯物主义，它们总是致力于把简单和抽象的（首先是数学化和几何化的）形式和形式因素，与对现实的艺术再现完全对立起来。简单的再现至多只能看作是自然主义，作为自然主义只能受到贬谪并降低成为第二流的。相反，它们认为抽象形式却获得了成为先验力量启示的、来自上天的艺术之光，或成为永久隐居的灵魂逃避现世的对象化。要反对这种见解只能强调以下明显的事实，即节奏超出它在某一劳动中的直接具体表现形式的应用，就成为它在现实本身中实际所完成的事物的反映。

这里表明了我们的两个结论：节奏是客观现实的反映，

---

① 毕歇尔:《劳动与节奏》，莱比锡/柏林1909年版，第325页。

> 审美特性

并且它的产生与劳动有密切联系。直接由人的生理特性来推论出节奏，不仅抹杀了节奏的社会人的特征，如达尔文主义者所作的那样，而且——特别在近几十年来——使得人与他的社会环境机械地分割开来。这一点最突出的大概要算考德威尔。他说："诗歌是有节奏的，节奏可以保护生理意识的提高，以便将我们的感知觉由环境隔离开来。在舞蹈、音乐、歌咏的节奏中，我们的意识性达到了自我意识。脉搏、呼吸等生理周期的节奏否定了环境的物理节奏。在这个意义上，睡眠是有节奏的。睡眠者退入到身体的城堡内并关闭了城门。"① 在弗洛伊德的影响下，诗歌进入了梦的行列中。在弗洛伊德那里，梦是睡眠的守护者，那么节奏就成了自我的唯我论的闭锁性的守护者，所有这些作为"宇宙的"现象投射到远古时代。考德威尔通常是很强调艺术的社会特性的，他在节奏中看到了诗歌的情感内容与其赖以实现的各种社会关系的平衡，结果在这个问题上与他原来的观点陷入了矛盾。在他那里，抒情诗与叙事诗和戏剧处于形而上学的矛盾中。这只是顺便一提，更重要的是，在他那里，与世界的和人的环境的各种关系由自我意识中消失了。作为实践基础的对现实反映的关系不再涉及人，而由世界中逃脱了，成了人与外部世界相隔绝的理论根据。无疑这表现了大部分资产阶级知识分子在帝国主

---

① 考德威尔：《Illusion and Reality（幻象与现实）》，伦敦1950年版，第199页。

## 第四章 对现实审美反映的抽象形式

义时代的态度,如果把它解释为人类发展中的"永恒"原则,那就是彻底反历史的了。考德威尔还要为他的命题建立生理学的基础,这就更增加了由此形成的神秘化。我们已经指出,生理要素的作用绝不能低估。在劳动中形成的节奏,是人的生理条件与最佳劳动效率的要求两者间相互作用的产物,其中生理条件始终要求能减轻劳动的强度。同样应该强调指出,在以后发展时期,生理所决定的节奏(在诗歌、歌唱等中的呼吸)的影响在其进一步完善和精细化中并非不重要。但就这种要素本身来说,作为每种"外在"节奏的否定,这些要素能否构成诗歌或音乐,必定还有所争论。只有在比较高的文化阶段才能克服自然节奏现象,如季节的更替的影响。柴尔德正确地指出,原来的农历在这方面引起了不少困难。[①] 考德威尔针对维特根斯坦的"不可言传"的理论,在进行论战时指出,就艺术在表达不可表达之物方面起什么作用的问题上,上述理论在(语义学的)可表达性与神秘的直觉之间陷入一种形而上学的困境。因为他在这里只能诉诸一种唯我论的自我意识,他的对立的命题——"音乐家是内向的数学家"[②]——与他正当批判过的维特根斯坦的理论一样,是形而上学的和神秘的。

当然这一论断不仅包含反对由孤立的自我而来的神秘的发生论,而且同时包含反对那种想把反映还原为直接现

---

[①] 柴尔德:《人创造自己》,伦敦1937年版,第243页。
[②] 考德威尔:《幻象与现实》,伦敦1950年版,第247页。

> 审美特性

实的复制品的思想。这里我们遇到了在美学中目前不承认辩证唯物主义存在的资产阶级思想的一般界限，他们的争论总是针对那种较为原始的机械的形而上学的唯物论。辩证唯物主义在与唯心论哲学以及它自己的前驱——机械唯物主义的斗争中形成了它特有的方法。列宁用下述方式划清了它与形而上学唯物主义的界限："形而上学的唯物主义的根本缺陷就是不能把辩证法应用于反映论，应用于认识的过程和发展。"[①]

有趣的是，只要不是讲到哲学的反映论，而是解释某种生活事实，不少学者都能实际地应用辩证的反映论（但所用术语不同）。想一想盖伦的人类学论述，他实际上是承认在对现实的反映中有抽象和强调作用的。他——限于帝国主义时代一般资产阶级的偏见——仍以错误的象征标记对现象作了正确的描述。在具体情况下他是按辩证法理解的，以类似的方式探讨了节奏在具体劳动之外的应用。在感性形成的整体性反映中，节奏成为重要的契机之一，被特别加以强调。同样，由此与其具体始源的现象世界相分离，成为独立把握的经验财富中的现实，以保持在新的联系中重新应用。这个过程在日常生活中是司空见惯的，它产生在类比或类比推论的基础上。它若具有以客观现实为基础的萌芽，也就是说，是比较真实的反映，那么就能成为对日常生活的一种持久的把握，甚至提供了进行科学普

---

① 列宁：《哲学笔记》，北京：人民出版社1961年版，第411页。

## 第四章 对现实审美反映的抽象形式

遍化的条件。若非如此,它就会消亡,或成为偏见、迷信而存在下去(例如关于反对红发人的民俗偏见)。日常生活的审美"半制成品"也是以这种方式存在和起作用的,例如实际上人的认识的正确和错误的成果就是这样。对现实的反映,构成了实践的每一步扩大所不可缺少的中介。这一点往往没有或未能充分予以强调。

人们实践的这种日常现象并不是我们这里所要讨论的问题,我们要讨论的是在这种情况下一般的反映如何转化为审美的反映的问题。只有就其全部复杂性来讨论现实的直接模仿再现,才能显示出它的辩证的而不是机械照相的特性。这里存在的问题是,现实的外延和内涵的无限性何以能够转化为一个有限的摹写,而能反映其内涵的无限性。现在正是由于情况——相对——的单纯性而增加了困难。若只关系到一个复合体中的一个要素被孤立地反映,以便它能应用于另一个新的复合体中,这在日常实践中是一个十分正常的现象,如果在它的中介职能中把握了辩证的反映,就不会引起特别的疑虑。现在我们面前的困难有着双重的根源:一方面涉及审美统一性的单一要素,它的特性正是在于,即使——以某种方式——隔离开来,它也能作为审美来看待。这种隔离——在审美意义上——对大多数要素几乎很难实现。如果我们要把一个形象由一首诗中隔离开来看,至多也只是在相对的程度上可能这样做。在其最深刻的本质中,这一形象正是通过它的命运、通过它所经历的环境、通过与之具有相互关系的其他形象才最终确立了它的最独特的质。即使这种隔离开的分析也往往不自觉地以这种联系为前提。这种考察有意无意地融贯到具体作品整体的考察之中。当然，有大量文献谈到哈姆雷特或浮士德的孤立形象，以及谈论堂·吉诃德主义或包法利主义。只有当这些形象与它们所处的环境没有分开时，它们才是与审美相关的。这涉及艺术形象融汇到日常生活的现象，这种现象与目前的讨论毫不相干。我们看到，节奏的情况并非如此。这当然涉及刚才谈到的内容与形式整体的问题——它关系到我们这个问题的第二个方面——涉及本身是一个纯形式的要素，而不含具体的内容。这里的区别不仅在于内容—形式的复合，而且在于形式—内容的联系。因为即使是形式范畴，如构图、层次等也不能与构成它的具体整体直接分隔开。我们将在下一部书中详细讨论，这些范畴将会构成美学的重要而丰富的概念。这里不是涉及概念，而是涉及事物本身，即对它的感性直接的具体反映和感性具体的应用。

事物本身和它的概念之间的这种区别，对于整个美学是很重要的。当它涉及具有独立化能力的要素时，就具有一种特殊的意义。相对于具体的整体，它由此获得了某种抽象的特性。在艺术作品的具体整体中，节奏服从于一般的审美形式规律，它是某种（特殊）内容的形式。同时它仍然获得了抽象的特性，始终可以排除具体的东西。因此这里完全有可能分别地反映出这两个不同的方面，它们在与具体作品的联系中保持着充满矛盾的统一性。只要使劳

## 第四章　对现实审美反映的抽象形式

动节奏的歌唱伴奏（强调）取得一种具体的形式，这种统一性和两重性的统一就成了日常生活中的现象了。戈特弗里德·凯勒以精巧诙谐的笔调在《格言诗》中描述了这种情况。一个制靴匠在制备涂沥青的缝靴线，劳动时嘴里唱着歌德的"小小的花儿，小小的叶……"，"他按照一种充满情感的老人的曲调以民歌的装饰音唱着，这种曲调必须适应于他前后跨步的自然节奏，它被劳动的运动所大大减慢或加快"。

如果我们着眼于韵律学，把语言节奏的因素作为概念来看待，情况可以更容易说明。它的利用作为科学——同样对于美学的理论和实践——当然是无可争议的。在较发达阶段产生了具体韵文节奏的问题。在大多数情况下，在韵律学的抽象要求和以后复杂化了的真正由词义和语音形成的韵文节奏要求之间，存在着辩证的对立，其中前者是原始的、由劳动节奏而来的、纯粹形式的表现，而后者则把韵律规则作为一般的基础。克罗普斯托克至少形象地描述了这里出现的一部分问题："如果我们把六脚韵按照我们的语言韵律学和其他规则正当进行加工，如果我们悉心搜集和谐的词汇，如果我们进一步理解一句诗与别的诗句在结构完备的文句中的关系，如果我们不仅了解各种不同文句的多样性，而且能够随意加以排列，那么我们才能确信，已经达到了高度的诗歌的和谐。但是，诗的思想仍是特殊的，而和谐的音调也是特殊的。它们的相互关系无非是心灵在同一时间通过耳朵所感受的东西。因为它们是传达诗人的思想的，如果韵文的和谐以此方式取悦于耳朵，那么我们已经获得了不少的东西，但并非我们所能获得的一切。另外还有和谐的音调，它是与思想相联系的，并有助于思想的表达。没有什么比这种最高的和谐更难确定的东西了。"①

这种对立好像是抽象的、无法排除的。伟大的文艺总是对最尖锐的矛盾作出具体辩证的解决。为了说明这种情况——这里并不是要提出解决办法或暗示，因为这种解决只有在抒情诗的门类艺术理论中才有可能——我们这里援引几位伟大诗人对这一问题在理论上的精辟论述。歌德始终是否定严格的韵律学家和韵律学的教条主义者的诗歌实践的。他把这种批评家的忠告搁置一旁，在《赫尔曼与多罗蒂阿》的许多地方保留着他的松散的直接相违的六脚韵，以便保持真正诗歌韵律的整体性。在这个意义上他致函采尔特②，更恰当地说是针对着索内特·冯·弗斯："从发声的韵律学讲来，诗歌完全被他消灭了。"③ 在其他方面与他在抒情诗的重要问题上观点根本不同的 E. 爱伦坡把按韵律学节奏朗读诗歌直接称作诗的死亡："诗歌是一回事，按韵律学朗读是另一回事。古代大声朗读的诗歌一般都富有音

---

① 克罗普斯托克：《Von der Nachahmung des griechischen Silbenmaßes im Deutschen（关于德语中对希腊音节长度的模仿）》，见《克罗普斯托克全集》第 15 卷，莱比锡 1830 年版，第 10 页。

② 采尔特（1758—1832），德国作曲家，音乐教师。——译者注

③ 歌德：《an Carl Friedrich Zelter（致采尔特）》，卡尔斯巴德，1808 年 6 月 22 日。

## 第四章 对现实审美反映的抽象形式

乐性,有时音乐性很强。按照韵律法规则朗读使我们对此毫无办法。"① 这里只是提起注意,在别的艺术中也存在节奏与韵律学之间的类似矛盾。魏尔夫林曾指出过,在巴罗克建筑中就有这类问题。②

由这种对立得出结论说,诗歌的韵律节奏纯粹是随意的,只是拘泥于惯例而已,这是不正确的。首先——就古代韵律学而言——毕歇尔指出,它的主要形式绝不是由诗人随意"杜撰"的,绝不是它的实践的僵化规则,而是由劳动的节奏逐渐变化为诗歌因素的。它是由夯的声音和打击节奏形成的,在原始的劳动歌声中,人的声音只能服从并伴随着这种节奏。他具体地指出:"抑扬格和扬扬格是打夯的方式,脚踏的一弱和一强。扬扬格是打击的韵律,只要两个人交替地敲打就很容易了解这一点。扬抑抑格和抑抑扬格是捶击的韵律,直到今日在每个村舍的打铁作坊中都可以看到,工人在每次锤打烧红的铁时,在其前和其后总是跟着两下短促的敲击。锻工称它为'让锤子唱歌'。"③毕歇尔为了服从他的结论,他作了过分拘泥字面的机械的解释,然后他强调指出:"只要诗歌与音乐和躯体运动相脱离,诗歌艺术就沿着它自己的轨道发展成完全独立的,从

---

① E. 爱伦坡:《The Rational of Verse(诗歌的理性)》,见《爱伦坡全集》第4卷,纽约1896年版,第303页。

② 魏尔夫林:《Renaissance und Barock(文艺复兴与巴洛克)》,慕尼黑1926年版,第64页。

③ 毕歇尔:《劳动与节奏》,莱比锡/柏林1909年版,第369页。

而造成它的特殊存在。"① 古代诗歌虽然众所周知是由劳动节律的这些因素构成，但却不再保留有某种劳动的节律，而是由这些因素的一系列其他观点所制约的组合方式形成。劳动歌曲本身——如毕歇尔指出，由普鲁塔克从一个磨坊歌中采录的几个诗句看出——表现了完全不同的符合磨盘运动的节奏。由此看来，这种强调还是有道理的。② 我们也可以由不同时代和地区产生的劳动歌曲中发现类似的节奏。

与原来的劳动节奏产生分化，达到了相当远的地步。我们不了解这种分化所走过的精确的道路，也不可能一步步都了解得很清楚。但其中作为开端的契机，巫术时期的思想和情感世界起了重要的作用。在原始公社解体的后期阶段，阶级的产生、压迫者与被压迫者以及剥削者与被剥削者的对立，提供了内容、思想和情感分化的素材，这对我们是无可怀疑的。不论在这一发展的各个阶段上情况如何，事实仍然是：节奏一方面不仅变得分层次和多方面，而且不断在内容上丰富起来；但另一方面在这个过程中——与思想和情感的内容相比——它保持了那种简单的形式性本质特征。这种——相对说来——简单而纯粹的形式性直接而有力地强调了情感的东西。这一点，亚里士多德已经清楚地看到。他在节奏和曲调中看出了对人的各种激情、愤

---

① 毕歇尔：《劳动与节奏》，莱比锡/柏林 1909 年版，第 370 页。
② 毕歇尔：《劳动与节奏》，莱比锡/柏林 1909 年版，第 58—60 页。或参见勃克哈德：《希腊文化史》第 2 卷，第 204 页。

## 第四章　对现实审美反映的抽象形式

怒、柔情、勇气和节制以及它们的对立面的摹写。① 因此，在他的眼里伦理特性和伦理情感是很接近的。

我们已经指出，由于劳动节奏减轻了身体的劳累而唤起的喜悦和自我意识，以及最简单的生活事实如在行走中特别是集体行军时步调的节奏可以鼓舞士气，就是明显的例证。因为在开始阶段，人对自然的所有胜利以至他们能力的提高都被看作巫术力量的作用，所以没有理由否认这种在劳动节奏中造成传播的思想体系。尤其是它自发的几乎纯粹或主要是身体方面的后果——其实际原因当时还无法认识——具有一种除巫术解释之外明显的内在倾向和强调，通过对另一无因果关系的活动的模仿似乎促进了对自然力的掌握和提高了人的活动效果。对于在原始人那里劳动与节奏的关系，情况就是如此。可以说，这为巫术的解释提供了自然的根据。如上所述，节奏在一系列巫术仪式中起着重要的作用，更清楚地说明了这种联系。

当然，以后的发展大大摆脱了这种联系。它与下述事实绝不矛盾，甚至使它更加真实可信——正如我们即将看到的——节奏的形成和分化对于开始时的巫术舞蹈显得最为重要。即使对于有高度教养的人也存在这样的事实，节奏是实施"魔法"的一种方式。也就是说，一方面它提高了我们的自我意识，产生出能够支配环境和自我的能力；

---

① 亚里士多德：《政治学》，吴寿彭译，北京：商务印书馆1981年版，第8卷，第6章。

而另一方面我们并不清楚，这种力量是从哪里来的，并以什么方式在起作用。柏拉图把节奏与和谐看作是"神的恩赐"，人们把它们归功于缪斯们及其首领阿波罗和狄奥尼索斯，作为它们的第一批庆贺者。① 歌德在表达这种节奏的情感基础时，已经完全没有神秘色彩了，他指出："节奏具有某种魔力，它甚至使我们相信，崇高是属于我们的。"②

在我们今天，这类事实有时也被神秘化，这是毫不奇怪的。考德威尔（我们已经分析过他的观点）在那些节奏占明显支配地位的艺术，如抒情诗和音乐中，看出向巫术时代回复的倾向。"因此，诗歌比小说要更依靠本能，更野蛮，更原始。"③ 这一论断由于它的不恰当而没有为人所引用。这是完全不恰当的，因为野蛮和原始的倾向在帝国主义时代无疑支配了大部分资产阶级的艺术和艺术理论，并非在与叙事诗形式或造型艺术相对立的抒情诗中，才达到它的顶峰，而是一种普遍的意识现象。这里还应该指出，在现代文化中某些——有理由——看作野蛮的东西有时与回复久远的过去时代并无关系，而是我们时代所固有的一种独特现象。举一个明显的例子，希特勒的整个野蛮体制就是如此。考德威尔的观点所以不恰当，是由于他想说明现代这种观念力量的特征，特别是由于他很想努力转向对审美现象作出马克思主义的分析。这种倾向的危险，首先

---

① 柏拉图：《法律篇》，莱比锡1945年版，第41页。
② 歌德：《格言与感想》，见《歌德全集》第38卷，第257页。
③ 考德威尔：《幻象与现实》，伦敦1950年版，第246页。

## 第四章　对现实审美反映的抽象形式

表现在对一般艺术问题及其当前状况的解释上。他把帝国主义时代知识分子的社会状况所产生的情感解释成"巫术的""原始的",并把它作为艺术的本质和产生的基础。用原始伪装的现代情感进行投射,会歪曲和模糊发生学的问题。正是因为——历史地看来——巫术时代在审美发生学中具有重要意义,所以我们必须不断地反对这种理论。在论述装饰纹样时,我们将详细讨论这种方法的重要代表人物威廉·沃林格。

我们现在的探讨说明,回复到"原始"不仅是反历史的,而且丝毫无助于美学问题的解决。如果我们回到歌德关于节奏的深刻论述上来,我们可以由他与席勒的共同努力中明显地看出这种美学问题是怎样具体化的。席勒在写作《华伦斯坦》时遇到了散文与诗歌的问题。借助他的高度抽象力,特别是审美的抽象力,他把自己创作的难点普遍化为节奏对诗歌内容的反作用,把问题提到这样一个高度上来。就此他写信给歌德说:"我还从来没有像在目前的创作中这样明白地确信过,在诗歌中题材与形式(即使是外在的)多么精确地联系着。自从我把自己的散文语言改变为诗的节奏以来,我具有了一种完全不同的判断能力,很多题材在散文结构中觉得很合适,我现在感到不再需要了。这些题材从一般常识看来是好的,散文好像是这种常识的器官,但诗歌却需要与想象力有联系。因此,我必须把我的许多题材变为诗歌的。我们应该在诗歌中(起码在开始时)去构想所有要超越平凡的事物。因为在朗读出来的写作方式中，平庸的东西就无地自容了。"①

　　因此我们这里——在具体形式上——涉及节奏发展和提高了的职能，如上面所引歌德的箴言中提到的。它只形象地概括了节奏作用的主观反映，而席勒的考察是针对形式与内容的相互作用的，这种作用是从节奏的形式功能作为既定的东西出发的，并探讨了以什么方式来改善和提高内容，以便使其与节奏形式及其要求达到恰当的有机统一。我们这里不可能详细摘引他所有的兴味盎然的思想内容，它将说明这种相互关系在各种具体情况下是多么丰富、复杂和充满内容。但是这里必须指出他的结论，因为在这一结论中正确地概括了节奏与语言艺术作品的整体内容的关系，尽管席勒在此只是就戏剧而言的。为了准确地理解节奏在审美中的地位，这对我们是很有意义的。此外，这些思想还涉及下一章才能探讨的一些重要问题，即审美形式的抽象因素和契机在构成独特的具体艺术形式时所起的作用。这些艺术形式提供了对客观现实的审美反映，对它的本质的阐述在这个抽象探讨的阶段只是一种准备，只是清理一下场地，以便下面能适当地提出问题。与我们这部著作的全部本质特点相适应，这里还不能涉及审美问题的具体解答。这个阶段的阐述只是用于艺术的发生学，以哲学方式来说明艺术由日常生活和其他对象性的分化过程。

　　席勒这样结束了他给歌德的这封信："节奏在戏剧创作

---

① 席勒致歌德的信。1797年11月24日。

## 第四章 对现实审美反映的抽象形式

中起着巨大的和意义深远的作用。它按照一个规律处理所有的人物和环境,虽然它们在一个形式中表现着内在的区别,节奏由此迫使诗人和他的读者在性格的区别中达到某种普遍的东西即纯人性的东西。所有这些应该在诗歌的种属概念中结合起来,节奏用于这一规律时既是作为代表又是作为工具,因为它是按它的规律包含一切的,节奏以此方式构成了诗歌创作的氛围。遗留下粗野的东西,只有精神的东西可以承担起这种淡薄的因素。"[①] 席勒在这一论述中指出了节奏在复杂、内容丰富而含蓄的艺术形象中的三种作用。第一,节奏的职能是使相互结合的内容上异质的东西同质化。第二,节奏的意义在于选择重要的东西而排除次要的细节。第三,节奏能为整个具体作品创造一个统一的审美氛围。单从提出的这些观点就足以看出,节奏作为具体构成整体的一个具体环节,已经与节奏简单抽象的起源相去甚远,它现在所能胜任的各种职能,在它产生时甚至尚未含有这种萌芽。

虽然节奏由开端构成的连续性并不是偶然和随意的,这种连续性不能单从形式本质特征上去理解。如果我们考虑一下上面所引席勒的论述,那么很明显,只有当节奏与由它所处理的相应艺术种类其他因素在某种关系上是同质的,那么节奏的秩序化活动才能进行。毫无疑问,这些因素在给定情况下也是客观现实的反映。席勒通过自觉运用

---

[①] 席勒致歌德的信。1797 年 11 月 24 日。

> 审美特性

节奏所要达到的,是要在这种反映图像中产生更强的运动,以强调本质的东西。这种运动排除了它们原来作为各种异质的反映断片的相互独立性,而达到一个统一的戏剧流的同质性。显而易见,它只有是对现实的反映,才能实现这一职能,即在艺术作品中将反映的因素安排成现实的一个统一的映象。

将节奏由作为劳动过程要素的实际反应转化成一种反映,这是它在各种日常生活领域中应用所必不可少的前提。正如我们所强调指出的,它首先在思想上获得了一种巫术的外衣。在这一外衣下已经客观地形成了它的审美职能的萌芽,并不断明晰地表现出审美范畴的独特特性。第一是它的形式特性,节奏现在成为现实的一种反映。不是它的具体内容,而相反是它的那种确定的形式在客观上分解和安排着这种内容,从而使这种形式对人有用。在这一扩大和普遍化的过程中,巫术起了一定的作用。巫术使所反映的节奏不断由它的实际的起源中分化出来,把它用于新的运动和歌唱形式中,从而创造了各种形式之间新的变化和组合,而不排除和削弱它的秩序化职能。相反,正是与巫术的结合和巫术礼仪使它得到了强调。这次不是由于实际的原因,而是情感的强调、情感的唤起和激发,是由于节奏中为人所肯定的、激起和提高他的自我意识的秩序原理所产生的。同时还应强调指出,作为形式的节奏现象是在内容上(巫术内容)有确定目标的形式,这种形式确定得越具体,那么节奏的形式特性表现得就越强烈。与巫术的

## 第四章　对现实审美反映的抽象形式

这种联系往往被固定为严格规定的礼仪，这是无可争议的，这并不会影响这种转化和过渡的意义，而只是说明它不是直线的而是充满斗争的。当社会发展产生了特殊的审美形态时，就会出现一个明确地固定这种形式特性的特殊艺术内容性的类似运动，其中也有我们以前分析的各种矛盾。这是一个旷日持久的过程，它有几个关节点或跳跃，由劳动过程的节奏的现实性变为对现实进行艺术反映的重要抽象形式因素。

在现实中持续性要素的无数次重复，经反映而固定下来并重新用于新的事实和联合体，就类似于列宁关于作为现实反映的推论形式所天才指出的那样。一种形式或多方面可以应用的原则的这种反映特性，当然与列宁所描述的——逻辑的——现象具有不同的质。真正类似的是韵律学的节奏概念。我们可以看出，这一概念所考虑的不是审美实践的纯粹本质性，而是贯穿在内容中的具体—特殊的节奏本身。我们在以前的讨论中也已指出，韵律学的节奏"概念"，不单纯是美学之外的抽象。一个作品的最终节奏是这两种契机充满矛盾斗争的统一的结果。

由这种区别产生了第二种观点，韵律学（或音乐理论）的节奏概念在其概念本质中多少包含其他概念的本质特征，就此属于一种科学的联系，所以同样包含非拟人化的倾向。而具体—特殊的节奏本身——作为审美范畴——却是拟人化的。它是由劳动中的人与自然界的相互关系以相互间的社会关系为中介形成的。只要在艺术的发展中揭示出独立于人及其意识而存在的节奏关系，那么这种关系——作为艺术的对象或表达手段——就是相应地拟人化了的、与人和人类相关联（日、夜、季节等）。当在人本身的发展过程中意识到节律（呼吸、脉搏等）的生理特性并给以审美的评价，那么它们就可以用于已经形成的节奏的精细化、分化和进一步发展，而不改变其基本特性，这主要是因为它们已经长期——无意识地——参与了节奏的形成。

因此美学所考察的各种节奏都具有情感激发的特性。这一特性在现实中和劳动过程中已经萌芽，然而却只是一种副产品。只有当这种节奏——在上述意义上作为一种形式或一个形成过程的反映——才能有意识地应用，这种激发才能转化成目标，它的原来单纯的因果性才变成目的。当然，劳动本身也是有目的的。在劳动中，实际劳动过程的目标是劳动产品。在这一过程中，节奏只是一种辅助手段。而在反映中却相反（即使在舞蹈中模仿劳动本身），这里激发成为目的。这种转化在巫术中就已经开始。因此，在我们的分析中作为目标的东西只是跳板，是服务于更高目标的中间目标。因此，在这里已经存在审美的东西，要获得其真正的自为存在，就必须撕下其超验的外衣。把对人的自我意识的激发作为唯一真正——在这里——"最终"的目的。所以，审美的形成在这里也是一种还俗，是一种世俗化，是回到以人为中心上来。在这里，拟人化原理不是对视野的限制、贫化或错误地投射到巫术虚构的客观世界中，而是揭示出一个人为自己创造的新世界。

## 第四章  对现实审美反映的抽象形式

我们应该从两种意义上回到上述见解。一方面至少是抽象地指出审美的一般本质，而暂时不能说明艺术由日常生活的深刻性和丰富性中形成并返回日常生活中去的整个过程，对审美的概念只能作这样狭窄而泛泛的说明。另一方面对审美的概念又必须广泛而论，因为我们正是就一般艺术而言。现在我们可以就以上论述简要概括如下：节奏从客观上看是非具世性的——正是作为抽象形式要素而论——尽管按其可能性是与世界相联系的，使世界有序化；从主观上看来，这是非主观性的，尽管按其意图是旨在激发主观情感的。这样我们才多少概括了审美的这种抽象要素的本质。非具世性和非主观性是形式化形象的内容特征（这里非具世性是就一般审美意义而言，作为抽象形式要素的特性，在艺术发展中当然有这种情况，其中艺术形式就其本质而言应该构成一个世界——叙事诗、戏剧、绘画等——由于其时代的某种抽象倾向而成为非具世性的。这里应该简要指出这种可能性，以免将节奏的非具世性与这种不同的非具世性相混淆）。

因此，对这类审美的要素可以最直接地进行非拟人化的科学考察，所以它也最容易被形式主义地固定下来。它在巫术形成时期，在审美独立化以前，就已经出现了。由于祭仪的形式化抑制了其自发的激发作用，祭仪转化成日常惯例更阻碍了它的发展。以后的艺术史也指出——不是无条件地从直接的艺术实践出发的——节奏出发点的普遍化和系统化很容易成为陈腐、僵化的东西，成为单纯形式的、完全反艺术的技巧性。这种现象产生的原因很适于阐明作为特殊抽象审美形式的节奏的本质。已经反复指出,在以后的论述中也具有决定意义的是,审美形式特性的决定性标志正是在于,它始终是具有一定内容的形式。针对这一原则,这种形式的抽象因素——最终——也没有例外。只要这种因素不能——独特、具体地——与艺术内容相结合,就必然会出现上述僵化。这里顺便指出,其中同时表现了节奏由劳动和人的实践中发展起来的连续性。它也是由人的具体能力和一定自然过程的具体特性之间的相互作用中形成。正如我们所看到的,只要劳动随着对机器的支配不再具体由人来确定,节奏就不再在这种意义上存在和起作用了,虽然——纯粹客观地由概念上看来——机器同样具有运动的节奏(这种节奏同样可以艺术地形成,在拟人化节奏发展的基础上,转化成艺术的构成对象)。

对节奏的一般审美方面,在这里强调得还不够。我们必须充分强调其非具世性和非主观性的审美方面。由此并不会排除它的审美规定,而只是进一步作出规定。非具世性在这一限度内无非是说明,节奏作为世界形式要素的反映,在其中不可能包括这种内容性。它在一定意义上是无内容的,也就是说——抽象地看来——在形式上可以涉及任意的内容。首先,与某一内容相关的可能性同时是一种命令,没有这种关系,节奏在审美上就不存在了。第二,与任意内容的相关性的抽象规定可以这样具体化,即对节奏自身的分析,还无法确定它能适用于什么内容。在各种具体情况下，内容与一定的节奏总是具有明晰而单一的结合力。因此，非具世性在这里所说的意义上意味着无内容性，即对于完全具体规定的节奏，有着某种不可排除的、超验所不能规定的、被动的、由内容所规定的意图。

关于节奏的非主观性，情况也十分类似。即使在这里，形式的这种反映本来是独立于创造的和感受的主体的。但是这种独立性不像在科学中是认识论上的，而是同样地包含一定的对主体性、对某种具体情感、感觉的激发意图的。不论对创造主体，还是对感受主体，都是如此。这种意图不是直接的，而是以形成的内容为中介。因此，形式不是完全与由它所形成的内容相融合，如同在原来的模仿形式中，而是在具体的、有机统一的必然性中，在由内容产生的形式体验中，保持着作为要素的一定——激发作用的——独立性。对于美学具有决定意义的内容与形式的统一，在这里是以一种变化了的、有限的方式表现出来。这是对现实的独立形式要素进行反映时，其抽象形式所具有的本质特征。这种抽象形式的本质对于美学具有格外重大的意义，我们在分析纹样时才能详细讨论。在那里，这种抽象形式不再作为一种——非抽象——组合的单纯要素，而能组成独立的艺术形式。

## 二 对称与比例

从哲学观点看来，对称与比例问题的难度比节奏问题的难度要小得多。其所以如此首先是因为，对称与比例虽然是客观现实中某些本质的、反复出现的要素的抽象—形式反映，但在人的实践中，特别是在艺术实践中，从来不像在节奏中那样具有某种独立性。对称和比例始终只是集合体中一个单纯的要素，其决定性构成原理不具有抽象的本质特征。从而它们没有——相对的——独立要素的那种整体的复杂辩证法，我们只能把它们作为一种要素来研究。当对称和比例成为纹样形式要素，具有抽象—整体的作品属性时，在特定意义和更高层次上又会出现这些问题。但它们也只不过是美学中表现纹样本质的那种辩证矛盾的组成要素。

这些抽象范畴与以前所讨论的节奏的区别还表现在，对称与比例在独立于人的自然界中的存在，远比节奏的存在明显得多。显然，它们只是自然界中存在的、由自然规律形成之关系的反映，在对现实的科学反映中也同样存在。对于这种对象，由于过分直接地理解反映论而引起的危害，首先会出现在发生学的问题上，即将只有在文化高度发展阶段才产生的审美情感直接投射到起源时期。由此所引起的危害，我们只能在分析纹样时才能深入讨论。

这里只能——同样是提前地——作一个方法论的说明。这样的说明还是允许的，因为它已经隐含地包括在我们上面的讨论中了。这就是发生学理论在对现实的艺术反映中的重要性与在科学反映中具有质的不同。其区别在于，艺术反映所创造的形象具有结构的历史性，也就是说，艺

## 第四章 对现实审美反映的抽象形式

作品就其客观本质而言是历史的,或者说,它的具体起源是作为艺术作品的审美本质所不可或缺的一个客观的组成部分,因此其起源是与审美特性完全不可分割的。而在科学中,一个命题、理论等的真理内容实际上与它所产生的状况毫不相干;从历史观点说,可以作为这一命题和理论与对客观现实正确反映不完全相符的说明。这里并不涉及科学真理的核心问题。正如我们所看到的,它主要是反映出理论与历史的关系中的不同成分。对于这两种现实反映方式的整个问题,这种区别具有重大意义。这里的关键性问题,我们只能以后在讨论这两种反映方式由自在之物到为我之物的关系时再谈。现在我们只能满足于重新说明审美反映的拟人化特性。我们已经看到,我们越将其本质特征具体化,就越清楚地认识到,美学中的拟人化原理——只有在美学中——绝不是一种主观化,甚至也不是像宗教那样的社会必然的主观化,而是一种独特的客观性,它与作为审美主体和对象的人类不可分割地联系着。

就美学领域来考察,这种拟人化是对称中的一种基本现象。黑格尔已经指出,客观地看来我们称为高度、长度、宽度的空间坐标,它们之间并没有什么区别。他接着说道:"高度所具有的正确规定是沿着向地球中心方向作出的,但这种更具体的规定与对其自身的空间本性没有什么关系。"[①]本来这是一般以地球为中心的,而不是专门与人相关的坐

---

① 黑格尔:《哲学全书·自然哲学讲义》,柏林1845年版,第255节。

> 审美特性

标。只是随着人的直立行走才产生了其特殊性，正如达尔文和恩格斯所指出的，在这里表现出人与动物状态的决定性分离的标志。[①] 由此而大大改变了它与现实和与自然的所有关系，这里已经可以看到，凡是在人的生产中出现了对称的地方，垂直轴线都领先于水平轴线。因此博阿兹指出："在对称排列的绝大多数情况下，我们所发现的都是垂直轴线左右的对称，而很少有水平轴线的上下的对称。"[②]

这里已经提出了另一个重要的因素，即左右的因素。维尔在他的关于对称问题的、有趣的书中正确地强调了这一点。由科学上看来，当然在左右之间是不存在任何区别的。反之，在人的社会中左右之间却有着鲜明的区别甚至对立。它们发展为善与恶的象征。[③] 它不仅是简单象征的评价，上面所谈的象征本来只是包含着左右的一种联想出来的寓意（在很多情况下都是如此），作为左右的寓意甚至可以颠倒。我们可以联想在政治中左右的例子——当然是现代化了——从法国革命中雅各宾党人起义在极大规模上保持着把左作为对正确、进步的评价。在这里，当然左和右在意义上已经大大分化了，成了一般的概念。其中只保留了原来对左右直接感性体验的极淡薄的记忆图像。

---

① 恩格斯：《自然辩证法》，见《马克思恩格斯选集》第3卷，北京：人民出版社1972年版，第508页。
② 博阿兹：《原始艺术》，纽约1951年版，第33页。
③ 维尔：《Symmetry（对称）》，普林斯顿大学出版社1952年版，第16、22页。

## 第四章　对现实审美反映的抽象形式

在这里左右不仅牵涉到具有寓意特性的单纯联想，魏尔夫林就这个问题写过一篇情趣横生的论文。他把左右的问题联系到绘画的构图。这只是在一定发展阶段之后，只有当图画构图基本上对称时，观众眼睛的运动、构图的审美效果才获得决定性的意义。魏尔夫林以西斯廷的玛多娜和霍尔本的圣母像为例说明了这一思想。当构图不是对称的时候，这种意义就更大了。魏尔夫林这样来描述由这种构图产生的基本体验："只有在进一步的观察中，我们才有机会彻底地谈到上升的和下降的斜线。把沿左—右对角线走向的作为上升来感受，而把相反的作为下降来感受。前者我们称为阶梯向上（如果此外没有不同意见的话），而后者我们称为阶梯向下。当高处位于右边时，同一个山的棱线升高，当高处位于左边时，棱线下降（因此傍晚的风景画中，山的起伏线往往是由左向右的）。"[①] 对我们说来重要的并不在于，魏尔夫林所提出的绘画构图原则是否成功，在他着力强调这一点时，他是特别慎重的："如果此外没有不同意见的话"，他没有忽略补充说明，他的考察只限于特定的艺术门类。"对于建筑说来，在上述意义上左右的问题不起什么作用。对于造型艺术说来，只是在一定发展阶段才起作用，此外其作用也是不均衡的。"[②] 对其他极其不同

---

[①] 魏尔夫林：《Gedanken zur Kunstgeschichte（艺术史思维）》，巴塞尔1941年版，第83页。

[②] 魏尔夫林：《Gedanken zur Kunstgeschichte（艺术史思维）》，巴塞尔1941年版，第90页。

的艺术作品的分析表明——我只指出伦勃朗的风景画以及拉斐尔的纸板画稿与这类壁毯的关系——这里至少涉及绘画构图不可忽视的部分现象,即"图画的右边与左边有不同的情绪价值"。①

对于我们的目的这就足够了。因为这里只需要说明,只要自然界的客观对称通过实践进入人的反映(这绝不会无条件地成为一种艺术的反映),它就要服从于极其不同的倾向。这些倾向的作用绝不是完全排除对称。对称始终存在,其审美反映——艺术越发展,越突出地——具有不同的、类似的特性。在这一规定中这两个词②是同样重要的。因为这种类似在这里不像在科学中那样力图不断地接近对象,而是按照艺术意图停留在一定阶段,在这个阶段上观察者可以看到并体验到对称本身,这时又加以重大修改和变化,以致对称并非以其一贯表现出的真正本质发挥作用,而只是成为具体图画整体的——当然是重要的——成分。

当然,首先在纹样中就有完全对称的实例,如所谓纹章的样式,其中完全对应地(这里不从左右的问题谈起)以纯粹装饰性反映出动物、植物甚至人的形象。显然,这里的形成倾向是抽象的,很少变化并允许有发展的可能性。因此在开始时特别是东方艺术中,它起着一种不可忽视的作用。以后纹章样式却成了僵化、没落的标志。李格尔是

---

① 魏尔夫林:《Gedanken zur Kunstgeschichte(艺术史思维)》,巴塞尔1941年版,第83页。
② 这两个词指"不同的"和"类似的"二词。——译者注

## 第四章 对现实审美反映的抽象形式

有关可能低估这一倾向的可以信赖的见证人,他就此指出:"纹章样式的原理,即绝对对称,在古代末期一般起着极权威的作用,这或许由于在这一时代艺术生活中创造力的下降。因为在赫伦尼兹艺术中装饰还遵循着相对对称,并尽可能避免绝对对称所产生的沉闷"。①

与节奏的情况不同,由这一切还很难得出发生学问题的肯定结论。随着右手在劳动中的作用而右侧在劳动中占有优先地位,这一点似乎一目了然可以为人所接受。坚持这一观点的保尔·萨拉辛认为,在石器时代磨制出来的楔形石器和锤形石器部分地以右手使用,部分地以左手使用。还不能证明在石器时代右手的优先地位。这种优先地位是在青铜时代才形成的。就我这个非此专业人员所知,这一问题至今还争论不休,因此作出结论是过于冒失的。魏尔夫林对于欧洲艺术所作的令人信服的假说,对于东方艺术说来却大可怀疑了。② 我们甚至不能很有把握地说,究竟这里涉及的是纯粹生理的倾向还是社会的倾向,即通过劳动对生理素质改进的倾向。

无论如何,抽象几何范畴如对称,与有机体生命的构造规律之间的基本矛盾变得显而易见了。维尔在他的书中正确地指出了,在有机体的生存中趋向非对称的倾向。③ 这里涉及一个真正的矛盾。因为正如在无机世界中,物质规

---

① A. 李格尔:《Stilfragen(风格问题)》,柏林 1923 年版,第 37 页。
② 《Ciba Zeitschrift(西巴杂志)》第 6 卷,第 62 期,巴塞尔。
③ 维尔:《对称》,第 30 页。

律产生了对称的形象，特别是产生了结晶体，关于这一点恩斯特·费舍尔——在反对唯心主义见解的正确论战中——分析指出，即使在这里也是内容（即原子的结构和运动规律）决定了形式，而不是相反地形式规定了内容。[①] 有机体水平上的形态学问题也必须根据物质的客观规律来判断。这里才出现了一个真正的矛盾，即有机体是不对称的，同时又是对称的。当然，这里不能对这一问题作详细讨论。其结论中某些内容，在讨论左右问题时已经提到。我们只举对以后艺术极为重要的一个例子，即人的脸部，是既对称同时又不对称的形式。这一事实是众所周知的，谁若是将人的实际面孔，与人的半个脸折到对面所形成的左右相同的面孔图像加以比较的话，就不难发现：这种结构，一方面具有与实际面孔的生动性相反的一种不可避免的脸形呆板，另一方面与原来面孔相比具有完全不同的表情。对这里出现的问题不用作任何分析，由概括说明的事实中就足以看出，每个人的面孔（因此同样包括它的艺术反映）不论在整体上还是细节上，其中都包含着作为决定因素的对称与非对称的矛盾的辩证统一。艺术上的解决并不在于排除这种矛盾，而在于把它作为整个艺术作品的基础，尽可能多方面完整地、概括所有细节地加以贯彻。当然，在艺术反映中比在现实本身中更加强调矛盾的这两个方面。在这里不能简单地排除对称，它总是作为根本矛盾

---

[①] E. 费舍尔：《Kunst und Menschheit（艺术与人类）》，第 171 页。

## 第四章 对现实审美反映的抽象形式

的一方和一种要素,所要排除的只是人的面孔的纯粹对称特性的表面直观。也就是说这里存在马克思所说意义上的真正矛盾,即各种矛盾无法排除,而是它们的联合才创造了"这些矛盾能在其中运动"的形式。①

比例问题中也有类似的矛盾,在实践中由一个问题转向其他问题往往是不知不觉的。只要表述出对称的上述辩证法,只要它不再是绝对的准则——这一点发生得很早,不仅出现在对外在世界对象的直接反映中,而且出现在纹样本身之中——那么就必然要找到另一个可以发现现象世界的秩序、区别其中正确和错误的补充规则,这就是比例。但是这里需要说明,比例问题一方面是由此出发的,即对现实反映的秩序超出了单纯的本来的简单对称,并寻求理性可以把握的原理,以了解无法直接比较的现象和现象群客观上表现出来的规律性。另一方面——这一点我们下面还要谈到——具有直接必然性的比例问题,在最原始的生产中就已经出现了。从古代到文艺复兴时代,正确比例的问题对整个艺术和艺术理论变得极为重要,这绝不是偶然的。这一点格外适用于,在绘画和雕塑中塑造有机体和人的理论和实践(关于建筑方面我们要单独谈)。人们试图用各种可能的理论手段以测量、几何学以及仿照欧几里得,来揭示能保证形态美的造型表现的比例。就这些事例详细

---

① 马克思:《资本论》第1卷,北京:人民出版社1975年版,第122页。

> 审美特性

讨论这些问题，不是我们的课题。我们只要指出所谓黄金分割，并暂时说明，艺术大师们如达·芬奇或丢勒，都曾致力于研究解决比例关系的许多问题。

毫无疑问，比例是客观现实的一种反映。如果我们不是生存在充满与其客观生存条件相适应的、合比例的生物和事物的世界中，如果最简单的劳动实践不是指向制造与其有用性密切联系的、按生产目的成正确比例的使用对象，那么就绝不会形成比例的观念。我们也就不可能充分肯定地知道，在非人所创造的世界中劳动对揭示比例关系起了多么大的中介作用。这种联系——正如在对称的情况中一样——比节奏的情况更难把握。此外，不论对称或是比例都是生物以及人的形态学的重要因素，显然可以确信，它们对认识兴趣和创作兴趣的影响都是直接的，无需中介的作用。这些说明是司空见惯的。在近代资产阶级艺术理论中，这种根源在于，它们害怕承认在对现实的反映中，劳动是根本的环节。沃林格把这种见解表达得格外彻底。下面援引的是他针对几何形式为结晶体的无机物质的摹写的争论，这在方法论上不是决定性的。他指出："我们可以猜想，几何抽象的创造是由人的有机体条件出发的一种纯粹的自我创造……它对我们说来是纯粹的本能创造。"[①]

我们的思考则从完全相反的前提出发。我们已经强调

---

① W. 沃林格：《Abstraktion und Einfühlung（抽象与移情）》，慕尼黑1908年版，第46页。

## 第四章　对现实审美反映的抽象形式

指出，我们认为比例是对客观现实中实际关系的一种反映。我们的问题只是在于，人是通过什么道路意识到这种反映的。即究竟这种反映是直接由外部世界中对这类事实的直接观察出发的，或者对这种真实的客观关系的统觉需要通过实践和劳动的迂回道路。发生学提出的这一问题同时指向审美的内在联系，它揭示了对现实审美反映的拟人化本质。正在形成中的人还没有形成具有工具和器械的文化，如果说他们能在自己本身或其他生物身上观察到和从概念上把握对称和比例，这是令人难以置信的。这些规定如此复杂，不经相当高度的普遍化是不能把握的。相反，即使是制造最原始的工具和器械也会使人实际地注意到对称和比例。经验表明，甚至在制造锤形石器时，最佳适用性也是以在长度、宽度和厚度间近似地保持比例为前提的。在更复杂的制成品中——不论是在制造箭头时所要求的对称，还是在制陶时为适用而保持精确的比例——必然在劳动中逐渐形成对比例和对称的高度敏感。这绝不是说，这些手工劳动者已经具有，对作为他们行动客观根据的一般概念的明确意识。我们只要联想到，数在人的思维中多么晚才出现就够了。人们已经能够"实际地"支配比较大的数量，例如在一个大的畜群中准确地知道缺少了一只牲畜。这种掌握方法不是通过对牲畜的计数和通过数的比较，而是通过作为个体的各个牲畜的质的分析而整理发现的。可以证明，计数和数的比较是经历长期发展的结果。因此我们确信，在产生这种可以将比例观念应用到劳动之外其他领域中的普遍化之前很早，比例就已经实际地被获得，并固定在具体的劳动经验中。只有当这种经验成为固定的习惯之后，当生产的增长和发展不断提出更加复杂的比例问题之后，特别是当社会实践已经产生了，甚至在最原始经验基础上对算术和几何的应用之后，才提出了有关比例的普遍化了的问题。当然由此不能得出结论，认为对正确比例的实践—艺术的应用必须无条件地等到抽象地提出了比例问题的理论之后。恰恰相反，我们已经反复指出，艺术实践往往遥遥领先于美学的思辨。在这里也很可能是如此，比例在不同生产部门长期卓有成效的应用，使注意力也转移到有机体的生命现象上，才有可能对此从理性上提出问题。即使这个问题作为艺术实践的理论基础出现，如在古代已经失传的波利克雷特的论文——这一问题主要地具有科学的性质。这里没有什么令人惊异之处。首先，艺术实践在由巫术和宗教中自我解放出来的过程中往往向科学寻求支柱，从而使之获得社会的支持。在这个时代学者的社会威望往往比艺术家的社会威望高，所以艺术家由此去为他们的活动寻找科学根据，以便以科学家的面目出现。在文艺复兴时代及其后，我们仍可发现这种情绪。其次，这里存在着这种内在联系在理论上更深刻的原因——在客观的艺术作品中，审美反映当然是以其特有的纯粹形式出现，并在感受者中引起与其相应的体验。因此，它是独立于科学反映的，并具有同样的价值。在创作过程中对客观现实的艺术把握不可能全然没有对世界科学反映的成果。根据时

## 第四章  对现实审美反映的抽象形式

代、艺术门类和艺术家个性的不同,在创作过程中科学反映的成分在客观上和主观上是极其不同的。在某些艺术例如建筑中,科学成分作为创作过程的组成部分是须臾不可或缺的。它有助于对世界的把握、对世界认识的加深。因此,它既涉及内容问题,也涉及形式问题(在比例的问题中也是如此)。创作实践的一个重要部分在于,尽可能保持甚至加深对客观现实的正确反映,同时将整个取得的内容提高到审美反映的形式中,当创作过程的根源和出发点是拟人化方式时,由暂时的适应和运用的非拟人化反映方式转化成拟人化反映方式——在真正的艺术家那里情况往往是如此。

真正美学上出现的比例问题是产生在比较发达的阶段,找到它的规律是要为有机世界的审美本质寻求一个牢固的基础。劳动的直接产物(工具等)的比例在这种意义上并不是什么问题:它是由劳动经验产生的,是由对有用性所需比例的正确把握和各种材料的适应所不断发展的能力产生的。这里同样产生了一个有关审美及其发生学的重要问题,即由原来纯粹指向日常实践的劳动转化到审美的问题。这种转向肯定是无意识地完成的。艺术与手工艺的这种内在密切关系在整个资本主义之前的社会体制中是如此强大,以致在许多客观上无疑属于艺术活动的部门,在创作者和直接感受者的意识中还长期当作手工艺和实际劳动来看待。如果我们现在要从哲学上探讨审美发生学的问题,我们就遇到了快感(有用性)与美的关系和区别(甚至对立)的

### 审美特性

问题。

尤其是康德提出了这个问题,当然其意义比这里要广泛得多,但不是从发生学上,而是作为非时间性的美学的基础问题提出的。他的极端主观唯心主义的、僵化的、形式主义的回答引起了许多异议。几乎是在《判断力批判》出版的当时,赫尔德立即就提出了不同意见。康德的规定提出了极其重要的问题,但它的丰富性却受到了快感与美之间对立的、形而上学僵化的损害。康德力图寻求构成两者基础的现实关系的区分线。在快感中某一对象的具体存在(具体的有用性)起着决定性的作用,而转化到审美则由日常生活及其实践的实际制约性——相对地——分离开来,这一点肯定是正确的。康德主观唯心主义不承认审美是对独立于意识的现实的反映,却承认这一点,这就必然造成僵化的对立。康德把这一点作为审美的本质,即"是否单纯事物的表象在我心里就夹杂着快感,尽管我对于这里所表象的事物的存在绝不感兴趣"[1]。

这里提出的与对象实际存在完全不相关这一点,是一种形而上学的僵化,在事物本身与它的反映之间明显地存在着区别,但并不意味着是僵化的对立。正如我们在其他地方所见,日常生活已经产生了与对象"现实存在"的某种距离化,另一方面特别是在意识集中到反映固定下来的

---

[1] 康德:《判断力批判》,上卷,第 2 节,宗白华译,商务印书馆 1987 年版,第 41 页。

## 第四章　对现实审美反映的抽象形式

对象映象上时,相对其现实存在并不是完全无利害的。所有在意识中知觉到的规定必须与实际原型相符合,以原型作为正确样板加以验证,从而并非康德所说的完全不相关。当然——这正是康德所作结论的重要性和相对正确的地方——只有当注意力集中在反映图像本身上才能产生对待对象的审美态度。这绝不是完全割断联结现实存在的对象与它的映象之间的纽带。我们只能在反映复杂化、相应地这种联系也大大复杂化的情况下来深入研究这种联系。事先只能说明,即使在完全空想的描述中,或艺术与实际现实存在距离很大的情况下,这种映象与所摹写的现实存在之间依然存在着联系。对各种"艺术现实"的体验必然包含着实际现实本身的暗示因素。不论这两种"现实"之间的距离有多大,绝不会完全排除这种两重性。与感受同时产生的是对反映正确性的肯定——这种正确性是从广义而言的,并不能理解为照相式的相似性。①

这一点很明显地表现在艺术作品的效果中。当然,这种感受完全成为——直接地——对所形成的反映的倾心,以致造成一种假象,似乎康德所说与原型的现实存在全然无关是能够成立的。这种直接性——我们在下一部书讨论感受态度时将会看到——是感受艺术作品的一个组成部分,离开了这一点就根本谈不到审美印象。也就不存在即使是

---

① 由此得出对康德关于"无功利性"理论的一个辩证唯物主义的修正。对此的分析只能在我们阐述的进一步发展阶段上进行。——作者注

单纯的感受态度（还完全谈不到评论家和艺术哲学家的态度），即使是单纯的感受者也是作为完整的人来把握艺术作品的，在艺术作品对他产生的作用中，他的阅历和生活经验是审美不可缺少的前提，作品真正审美上的深刻印象为同一个完整的人所把握。审美印象不仅影响他将来的审美感受性，而且或多或少地对他日后的思维和行动有重大影响。因为作品的内容正是对现实存在世界的反映，在艺术上塑造得怎样，可以依靠对反映内容的态度来排除歪曲的抽象。感受者加工形成的印象，也改变着他对这一现实本身的态度。这种后果的产生经过多么广泛而复杂的中介，以及它在肯定或否定方向上达到什么地步，这些都不会改变这一事实，即在审美领域内并不存在康德的"无功利性"。

不论我们现在讨论的问题多么狭窄和初始，我们仍应对批判康德关于快感与美之间的对立略加说明。发现劳动过程中的正确比例以及由此制成比例适当的实用对象，这本来还不是审美的现象。因此，我们的问题是这种对象本身是怎样成为审美对象的。在这一现象中，康德比较准确的洞察力所起的作用在于，发现了现成的劳动产品，实际上产生了与真正实践的有用性的分离。在此实际对象本身仍然是审美体验的承担者，说得更恰当一点，这涉及反映中形成的映象，与现实反映相关的意识是否就关联到一般的现实（当然具有各种历史的具体性），这是有很大区别的。正如提香的《天上的爱与地上的爱》或托尔斯泰的《安娜·卡列尼娜》或在我们面前的某个杯子，它的反映图

## 第四章 对现实审美反映的抽象形式

像是与实际存在的具体对象不可分割地联系着的,它在我们身上激起审美的体验。虽然在这两种情况下①审美体验都是直接由反映图像出发的,在前一种情况下形成的反映就是直接的对象(艺术作品),而在后一种情况下形成的对象仍与实际的对象相关。②

其次,因此这里的审美普遍化处于相当低级的阶段,与上面强调的世界形成的类型相比还很抽象。我们前面关于抽象反映形式所构成形象的非具世性讨论,也适用于此。这里产生的审美——感性普遍化是指向人的世界的一个有限片断和狭窄侧面——至少就其基本倾向而言,不是像在艺术中一般情况那样,指向其各种规定的内涵整体。由这一事实造成并在审美主体性与客体性的密切关系中,这种非具世性形成一种主体性的紧缩,产生一种——相对的——非主体性。如果要对这两种观点都加以考察,既考察反映图像与某一实际对象不可分割的联系,又考察这里产生的主观体验中非具世性与非主体性的必要联系,那么就要对审美由日常现实中分化的问题,从哲学上作出较为准确的描述。

我们已经注意到正确的比例,对于日常生活对象的制造和实用性所具有的实际决定作用。毫无疑问,这种比例的正确规定,表达了这些对象的基本构成原理,这就是为什么比例的研究必然成为对劳动经验的思考(科学开始时

---

① 这两种情况系指书画与杯子这两类不同对象。——译者注
② 这里涉及一种特殊的审美反映,对它的详细理论阐述只能在以后的章节中进行。——作者注

> 审美特性

可能就是对这一成果的利用),以及制造技术的完善等普遍化的一个中心课题。向审美的转化只能是实践构成的这些成果形成了一个完整的纯视觉系统,作为这个系统成为直接知觉的对象。但这还不一定是审美的。它可能单纯是技术成果的视觉检验。只有当这种知觉转化为情感激发的事物,也就是说当比例的视觉可见系统能够起到这种作用时,它才是审美的。它有一个漫长的形成史,对成功的劳动、对被掌握和使用的对象的愉悦必然会引起快感,其中无疑包含了处于萌芽状态的、我们所说审美意义上的自我意识的提高。同一些对象在同一个人身上可能唤起由有用的愉悦到审美激发的体验阶段,这里的过渡是极其平滑的,这并不说明——与康德不同——快感与审美并不构成形而上学的僵化对立,而且是整个这一领域中审美特性的本质特征。①

至于——在具体对象上实现的——视觉可见比例系统的激发特性,它的特性在于,与有用性密切联系着的结构立即就能感性直接地显示出来。赫姆斯特休斯早在18世纪末,就已经从中看出了审美愉悦的本质。"人的心灵致力于在尽可能短的时间内感受到最大量的理念。"② 赫姆斯特休

---

① 这一系列问题我们只能在以后的章节中讨论。这里作必要的抽象,只是由比例的观点来考察这些对象。以后将从物质性、色彩、装饰等观点来考察。——作者注

② 赫姆斯特休斯:《OEuvres Philosophiques(哲学著作)》第1卷,略瓦德1840年版,第17页。

## 第四章　对现实审美反映的抽象形式

斯——按照唯心主义的方式——认为人的这一愿望是不可能实现的，因为人的感觉特性、感官和手段只能在时间上对各部分相继地进行统觉，这并不影响他的上述结论的正确性。他在另一个地方指出，我们只用一种感官就能按照本质把各种对象区别开来，他把这一点作为人类发展的一大进步。这里提前涉及我们所要讨论的感官分工问题。实际一物质的事实和联系的这种感性直接综合产生的快感与劳动成效、实用、占有的单纯愉悦有着不同的质。作为快感，它与认识上洞察到未知的复杂联系时所产生的快感有某种类似之处。这里涉及的不是某种伴随的现象，而是事实本身。它包含了内部和外部的感性直接统一，因为正是对象"内部"隐藏着的结构——视觉地——表现于用以构成系统的比例的可见性，由此使一个对象的本质成为直接可以统觉的现象。一言以蔽之——虽然我们这里只是关系到极其抽象的形式因素——审美形象的本质结构、成为这种结构基础的特殊矛盾在这里已经明显地表现出来。赫姆斯特休斯强调的审美体验的特性表达了这种联系的一个补充方面：多样统一不是思想上加工的综合，而是作为各种矛盾因素直接主动和被动的汇集。

这种以对象为根据并唤起审美经验的真实结构内容并不是进一步思考的出发点，而成为最终和直接的激发，使审美与日常的思想情感分化开来，同时与对现实的科学反映和研究相区别。内容和形式——在我们前面所规定的双重意义上，明确地表现着自我意识的展开过程。这种自我

### 审美特性

意识的展开只是在以下条件中才有可能，即它创造了一个对象世界，此世界成为人的世界，在这个世界中人不是异己的力量，这个世界表达了独立于人存在的现实的本质，同时又是由人自己所创造的、与他的本质相适应的宇宙。为了把握这一联系的本质，我们当然需要极为明确地掌握这里起作用的各种范畴。为了说明其正确关系，我们必须回到以前的论述上来。一方面说明，不可能将这里起作用的反映与引起这种反映的实际对象分割开来，也不可能把这种系统化的反映作为原来的审美对象。另一方面说明——与此密切相关——这些对象以及由这些对象唤起的体验的非具世性。只有在这种情况下才能明了，审美怎样以其特有的独立性由日常生活开始分化并达到什么程度，其中存在着——不可逾越的——在这一领域中分化的界限，这就是为什么即使审美已经由日常实践中产生了分化，我们仍始终处于审美的"前厅"。

只有在下面考察了纹样以后，"前厅"的问题才能获得充分的规定。在那里，节奏、对称和比例等抽象的审美秩序原理，才成为自身完整的审美作品的决定性的、有序构成的范畴。在我们转入这一探讨之前，我们必须着眼于另一个已经讨论过的观点，即抽象范畴，艺术所反映的有机体抽象的秩序原理。我们知道，这个问题在古代就已经出现了，它的理论探讨和实际艺术应用在文艺复兴中达到了顶点。当时对现实的科学把握，在个人那里实际上是与对现实的艺术把握最密切地结合在一起的。这种倾向当然比

## 第四章 对现实审美反映的抽象形式

限定在正确比例问题上的范围要宽得多。大部分这类研究（解剖学、透视法等）——尽管经过科学的迂回道路——完全纳入了造型艺术的纯粹形态问题中。由此产生了纯粹形态的问题，我们只能限于讨论其中有关比例的问题，这里出现了抽象形式因素的特殊矛盾。

当时最普及、最有影响的是所谓黄金分割的问题。讨论有关它的适当的或——若过分普遍化所造成——不适当的实质，由我们这一问题的观点看来，似乎是多余的。特别是一些大艺术理论家，如达·芬奇或阿尔布雷特·丢勒，已经超出这一范围，曾经探讨过比例对于整个艺术的意义。黄金分割与美的问题以及对美的人物的美的描述有密切联系，而这些大艺术家的探讨提出了艺术上描述不同类型的人时的重要比例。这一问题的哲学意义在于，是否通过对人的形体比例的把握，能够正确地表现出一个人的本质的东西。一些大艺术家和思想家对人体的各种测定和比较都是围绕这一问题的。最有趣的是，在阿尔布雷特·丢勒的理论著作中出现了无法解决的矛盾。他一方面表示对不会测量术而纯粹凭经验随机应变地描绘人体的职业画工的藐视，认为没有研究过人的体型的正确比例，就不能取得真正艺术描绘的成功。另一方面又认为由比例并不能产生真正的艺术。阿尔布雷特·丢勒指出："有人说他自己知道表现人体的最佳尺度，但这对我是不可思议的。"[①] 在另一个

---

① 丢勒：《Schriftlicher Nachlass（笔记）》，哈雷，1893年，第222页。

地方他又说:"但是我不知道怎样说明构成最优美的尺度。"① 发现正确的比例,对于艺术家说来是必不可少的,这仅仅是完成实际作品的开端,作品的真正标准——即使是由自己完成——存在于比例之外,这并不排斥比例的重要性。丢勒这种乍一看来似乎矛盾的态度,揭示了在深刻的艺术形式与客观现实的真正结构之间的重要联系。在物理规律本身起作用的地方,可以精确测定的对称和比例起着支配作用,这在结晶体的世界里表现得最明显。只要生命作为现实中物质的组织形式出现——越高度组织化,越是如此——物理规律的有效性就并未失去作用,它转化为复杂集合体中单纯的因素,在这一集合体中物理规律只起着近似的作用。这一事实——由现象形式上看是无法排除的矛盾——在丢勒的思想进程中不断地表现出来:比例作为思想上无法排除的矛盾的活动因素发挥着作用,它——在上述马克思规定的意义上——作为矛盾使视觉形成的生命有机体可以具有艺术的活动性。

这里揭示的这种艺术反映的生命真实性,同时显示出其拟人化的特性。为了阐明它的这一侧面,应该再简要地说明,上述矛盾在建筑中是怎样表现出来的。建筑的情况与前面讨论的人们为日常使用制造的对象中的比例问题有某些相似之处,这不是就独立的反映图像的创造问题而言,而是就用于产生艺术激发反映的实用对象——在实践上和

---

① 丢勒:《Schriftlicher Nachlass (笔记)》,哈雷,1893 年,第 359 页。

## 第四章　对现实审美反映的抽象形式

理论上与其有用性不可分割——本身而言。但是这里有极大的区别——其理由只能在以后讨论——由建筑物所激发的反映是远为具体的、多方面的，而不是非具世性的。顺便指出，我们这里所讨论的问题只限于比例的问题。建筑——从整体上看来——并不关心对称和左右的问题。我们已经援引了魏尔夫林与此有关的见解。排除开对称问题，是为了完全纯粹地表现出比例的各种矛盾。此外可以进一步看出，这些矛盾不仅扎根于对有机生命反映的辩证法中，它的有效范围也扩大到无机世界，假若这一世界是与人的社会存在有密切的、错综复杂的关系的话。至此，有机与无机的矛盾所表现的事物扩大成一般艺术表现的矛盾，只要其对象是人的"世界"，也就是说作品不是非具世性的，而不论其对象或素材是有机的或无机的。

雅可布·勃克哈德在一百年前记叙巴埃斯土姆神殿时，明确地提出过我们现在讨论的这个问题。他指出："具有锐利目光的人沿着轮廓的各个侧面观察或许会发现，整个建筑没有一条数学的直线。人们起初以为是由于测量技术的笨拙、地震以及其他原因。只有面对正面右角的人才能看到长边上花环檐的缩短，还会发现该檐有几英寸长的弓形，这种弓形只能是有意做成的。并且还可以发现一些类似之处。这就是那种要求加强柱子以及用可见的数学形式试图显示内在生命脉搏的情感表现。"[①] 勃克哈德正确地注意到

---

① 勃克哈德：《Der Cicerone（向导）》，莱比锡，克略纳袖珍版，第7页。

摆脱精确数学比例的艺术意图。在近代经常出现否定比例的情况下，这一点更加重要（我们在培根与丢勒的论战中，已经发现了这一点）。① 另一方面，心理学化的经验论者们企图把这种非精确性归结为我们视觉的不准确性。② 培根的态度倾向于把这一切归结为纯粹历史形成的趣味问题。纯粹绘画观点的发展产生了取消比例或将其排斥到背景中去的倾向，这当然是事实。而心理学化的经验论者们把问题局限在心理学特性方面，其一般价值是令人怀疑的。只有如勃克哈德那样，选择正确的出发点，才能沿审美反映拟人化特性的方向把问题普遍化，因为他坚持了比例和对比例扬弃的统一。在勃克哈德那里并没有自觉地得出这一结论，这倒无妨。其后，在勃克哈德本人那里和其他许多人（如魏尔曼等人）那里，这个问题在同一意义上反复出现过。我只引《希腊文化史》的一个地方，因为勃克哈德在这里从美学上更普遍地把握了这个问题。他在分析了希腊神庙的各种比例关系以后——在这里侧重地深入讨论了严格的比例及其平行性和重复性——指出："此外，在什么程度上能够证明由潘罗泽所发现的精巧性是自觉和有意这样做的，还是今后的课题。如果说由于视觉的原因，周围列柱式庙堂的柱子略微向内倾斜一些，角上的柱子稍许加粗并使其间隔略窄一些，台阶及梁的大水平线稍微向上隆起，

---

① 培根：《Essays（文集）》，伦敦，1906年，第107页。
② 参见 B. H. 霍姆：《Grundsätze der Kritik（批判的基本原理）》，莱比锡，1772年，第2卷，第518页。

## 第四章　对现实审美反映的抽象形式

那么这也是按照希腊韵律学类似精细技巧的东西而来。它几乎逐字不差地保持了歌德《浮士德》第二部中出场的钦天监的话：

> 梁柱和斗拱也发出声响，
> 我觉得全寺院都在歌唱。①
> 在世俗建筑物中出现过上述形式简化了的应用。"②

上述对韵律学精巧性的说明，对于我们格外重要，因为由此勃克哈德将我们所分析的矛盾扩大到节奏上来，并把我们在节奏中所分析的问题与比例的问题以及——如上所述——与对称的问题置于统一的联系之中。所有这些抽象形式只有排除了它们的绝对性，使它们成为基于艺术作品矛盾的——依艺术门类而不同——单纯因素时，它们才能完全按照艺术组织它们的对象，因此只有在其艺术的实现中才有共同性。这种普遍化正是沿着对现实审美反映最本质特征的路线、沿着必然的拟人化路线实现的。世界按其自在存在被反映和描绘出来，就成为审美的，这种自在存在是以不可排除的方式与人、与人的社会形成的并由社会发展了的类的需要相关联的。

因此，比例具有普遍意义的问题是，它具有必不可少

---

① 参见董向樵译《浮士德》复旦大学出版社，1982年，第374页,。
② 勃克哈德：《Griechische Kulturgeschichte（希腊文化史）》，第2卷，第134页。

的重要性,同时又具有近似的、比较隐蔽的、暗中起作用的本质特征;它不仅是客观现实本质联系的正确反映,而且是人的基本生活需要。比例适当的世界艺术再现(或者偏离适当比例成为歪曲描绘的世界艺术再现),除再现的真实性之外,还与此不可分割地强调了所描绘的是人的世界,人把这个世界作为适应于人的世界来感受,并按照这种适应性来改造世界。要充分理解,人的世界、人类的世界并不是张三或李四的世界。审美反映拟人化的基本原理与纯粹的主观主义毫不相干。当然,艺术家的主体性是这种反映所必不可少的媒介,属于特定主体性的感觉领域的东西不可能产生艺术激发的普遍性,只能创造出缺乏艺术性的形式;另一方面艺术反映媒介中人的类属性内容不能抽象地加以普遍化。人类的原则只有在历史的、社会的和个体的具体性中才能成为艺术的丰富内容。它总是一个民族及其中某一阶级的有倾向的幼芽。这一幼芽可以成为在一定环境下某一发展阶段人类的传声筒。

为了明确对人的外在世界和内在世界审美反映的拟人化特性,我们首先要回到对现实具体艺术反映的领域中来。回到在上述意义上对比例反映的道路并不太远。它通向审美的基本问题,即一个世界的形成。这个世界是我们的世界,不论在其整体上还是细节上都能与我们本身发生关系,因为它——反映着现实或现实的因素——是以这一原则为基础的,所以能够而且必然具有情感激发的特性。由建立法则的观点看来,丢勒所提出的对于绘画无法解决的困境

## 第四章　对现实审美反映的抽象形式

表达了——对于艺术实践极其有效地——人的生活的一种基本事实：这种困境是有序化的事物与自发事物充满矛盾的统一体，其规律性只是作为支承单纯个体自发性和促进其有序化的力量，它在这一领域中只是起着限定的、具体化并进一步提升的作用。从形而上学观点看来，这些倾向是相互完全对立的，这种充满矛盾同时又密切相互影响是艺术的基本原理，因为它也是人的（社会）生活的基本原理。但是，由历史发展的必然原因不断产生的、往往占支配地位的形而上学思想把这种对立性置于中心地位，而日常生活的思维和情感却往往无力抵御这种对生活的歪曲，以致不得不屈服于这种歪曲。在现实的审美反映中却形成了真实生活的图画，在审美反映中对外在世界的征服表现出适应于人的生存的内在要求。

把比例看作是局限于造型艺术的特殊范畴，这可以认为是一种误解。在这里比例表现了它的独特的本来形式，由于精确测量的可能性，使它与有机体特别是人体，处于一种辩证的关系中。在转化了的——但绝不是偶然转化了的——形式中，这个问题在所有艺术门类里都起着重要作用。亚里士多德在他的《诗学》中有专门一章讲这个问题。[①] 当然由于各种艺术的不同，它们各具特征，戏剧的构成只要求一定的比例，这一比例可以按其一般范围来调整（亚里士多德有时要求用时计来测定悲剧的持续时间）。悲

---

① 亚里士多德：《poet.（诗学）》，第 7 章。

> 审美特性

剧的具体完成——在这一范围内——只能靠各个诗人自己进行（在电影艺术中，比例的这种可测量性不论在整体上还是在局部上，都比在戏剧的纯语言艺术中要精确得多，这关系到事物的本质）。比例的问题不仅涉及作品的整体，而且涉及各部分之间的关系，它乍一看来比在造型艺术中更模糊。在具体分析中可以看出，丢勒提出的困境在艺术上的解决也是构图的基本任务之一。但是因为任何形式都是对现实的反映，在构图的各种比例问题的背后隐藏着世界观的问题，即创作者的问题和社会的问题，他们的作品正是在这一社会中产生并服务于这一社会的。

因此，同一个亚里士多德又把比例问题放在伦理学的中心地位，这对我们就不足为奇了。虽然在亚里士多德看来，有些行为和态度是应绝对加以谴责的，但在关于由道德向其反面转化方面，他却提出了一个中庸的问题。亚里士多德在这里把它看作是"极致的东西"，而不是作为死板的平均值看待。过失不是"达不到正当的度"，就是"超出正当的度"。他的伦理学方法论的中心是有关正确比例的问题。[①]

他认为比例在这里只是一种隐喻，这种议论是肤浅的。实际上远不止于此，凡在美成为生活和艺术中心范畴的地方，都必然会产生这种联系：不论在生活中还是在艺术中，

---

① 亚里士多德：《尼各马可伦理学》卷2-6，邓庆安译，人民出版社2010年版，第90页。

# 第四章 对现实审美反映的抽象形式

美都只能暂时相对地构成审美或伦理价值的基础,美基本上是由人的结构规定的。如果说这种规定不是超验的(如在柏拉图那里),不是由彼岸反射回来的余晖,那么这种结构就意味着属人的、内在的、与现世此岸的各种关系的和谐一致。虽然这些关系不能使人的身体构造的和谐直观化或者使人的精神及道德能力的和谐显现出来,其基本决定原则是相同的——归根结底——是比例的原理。因此这个问题大大超出了抽象形式因素的范围——正是在哲学上——涉及一些重大问题,即伦理学与美学的主要交叉点。

在我们论述的全部内容中,显然还不可能详细深入地讨论这个问题。甚至具体把握由此产生的矛盾也需要以对美学,尤其是对实际客观现实独特反映的许多重要领域的全面了解为前提。这里只能说明,美在美学中的地位是颇有争议的,对上述问题的回答当然与美在整个美学体系中的地位的规定密切相关。在历史上大多数重要的美学体系都把美放在整个美学的中心。如在许多近代的学说中,除了传统意义上的美学之外,又出现了一种独立的"艺术学"时,这一点并没有什么变化。本书作者——与车尔尼雪夫斯基相一致——把美看作美学的一种特殊事例,也就是说作为审美反映和形成的一种独特形式,它是在特别有利的具体社会历史条件下才能实现的形式。[①]

---

[①] 参见拙作《Der russische Realismus in der Weltliteratur(俄罗斯现实主义)》中有关普希金的文章。

◯ 审美特性

尽管在美学探讨的较高阶段总是会回答这一问题，显然其中——有意无意地——证明了审美反映的拟人化本质特征。这是一种基本的倾向，正如我们所看到的，尽管在抽象的审美表现方式中，也会尽可能真实地再现着客观现实。健康的艺术活动的自觉目标，是尽可能接近于客观现实。但审美真实性的评价标准并不必然地直接与这种接近的程度相吻合。这里还不可能谈到与这种接近相联系的复杂的风格问题。这里只能并应该再次指出，审美中的拟人化反映不单纯是一种主体的态度，它是由其对象沿以下方向规定的，即由与自然界处于物质交换中的社会所规定，并以物质交换所确定的生产关系的特性为中介。其反映是以相对于自在的自然界所说明的现实真实性为前提，最终的审美真实性标准是以社会与自然界的某种相互关系为基础，以前所有讨论过的矛盾都可以在这一基础上作出精确分析。因为这个问题现在只能就其最一般轮廓加以说明，而不可能全面地说清楚。我举一个内容比较复杂的例子，从而便于明了上面所谈问题的各个方面。波兰文学史家扬·考特在对斯威夫特的分析中提出了这样一种观点："如果人们按比例地改变物体的体积大小，那么物体的所有特性可以保持不变。这是他那一时代所共同具有的看法。"[①]考特引证麦耶逊的话指出，这是一种误解。在大人国，按

---

[①] 扬·考特：《Die Schule der Klassiker（古典主义学派）》，柏林1954年版，第100页。

## 第四章　对现实审美反映的抽象形式

照原来的比例改变了大小的黄蜂就不能飞起来；利立浦特人在饮酒时，受容器毛细作用就要吃苦头等等。① 斯威夫特受他的时代的科学偏见的影响，在客观上未能接近准确反映客观存在的现实，这是否会影响《格列佛游记》的艺术真实性呢？不言而喻，回答是否定的。更直接相关而且更重要的是这一事实本身，即斯威夫特讽刺文学的社会真实性。在这种讽刺文学中，在大小格式的对比中，事物本质（作为其感性现象方式即为比例）的保持不变构成了深刻的滑稽的基础，这对我们才是其艺术真实性的根由。它不是主观随意的，而是由世界状况、人类发展的一个关键时期所确定的。斯威夫特对现实反映的拟人化——尽管在对自在存在的规律的理解上有受时代制约的缺点——它并不失其艺术真实性，相反却提供了感性—精神的坚实而普遍的基础。考特正确地引用了斯威夫特的一封信，信中斯威夫特强调了他对艺术真实探索的自觉性。"在欧洲所有文明的国度里到处充斥着残疾和愚蠢。一个作家只是为了一个城市、一个省份、一个公国或是一个世纪而写作。这种作家的作品既不值得去注释，也不值得去读。"②

当然，把这一分析结果直接地用到造型艺术中去是危险的。因为在文学中其视觉现象形式的不确定性要比在造型艺术中大得多（在叙事诗和抒情诗中比在戏剧中也大得

---

① 毛细现象指细微孔隙由于分子作用力使液体自动上升。——译者注
② 扬·考特：《Die Schule der Klassiker（古典主义学派）》，柏林1954年版，第102页。

多)。因此,对于斯威夫特说来——当然是在讽刺—想象的描写意图基础上——改变规格大小,可以不触及比例。这种可能性的社会(以艺术的拟人化为根据)原因我们已经指出过。这在造型艺术中也是起作用的,只是大大减小了摆脱客观现实的对象性中所存在的比例和规格大小的可能。审美对象划分越简单,这种余地也就越大(金字塔与以后化分开来的希腊建筑相比就是如此)。其原因是不难看出的,在纯粹几何纹样中,规格尺寸的扩大同时就意味着中间空间的加大,这种纹样再扩大,就会产生空白和无用的面积或者成为无法感受的东西,从而破坏了节奏等。因此,格式大小的变化会强行改变图案并由此改变比例。不言而喻,艺术的形成越富有具世性特征,这种后果越明显。同样显而易见的是,这里只是涉及自由安排的余地,而不是固定不变的配置。除了明显的小型雕塑以外,超出人体尺寸的纪念碑式雕塑的存在就可以说明这种自由安排的余地。当然,某些规格变化动机本来是要求或至少侧重于这种或那种格式大小,这是可以设想的。在绘画中图像规格尺寸可大可小是有很大伸缩性的。所以如此,是因为——在一定限度内——观众由每一图像中都可以本能地知觉到人的正常规格。当然,由此并不能规定各种余地的不同范围。这里只是说明,这种自由安排的余地(可能超出审美的界限)由艺术门类所产生的倾向是受社会—历史制约的。在艺术拟人化的基本倾向很强烈的时代,美——在上述意义上——成为艺术实践的主导中心范畴,规格尺寸和比例的

## 第四章　对现实审美反映的抽象形式

结合是很紧密的,如在古典希腊时代和文艺复兴时代那样。在与此相反的时代——由社会不同的甚至对立的原因——形成超脱艺术与人的关系的倾向,使规格尺寸和比例的关系完全松动了。如在东方艺术的许多时期中,宗教神学的动机起着这种松动作用,在近代建筑中也是这样,首先是大城市的地租对此造成无可抗拒的压力。

## 三　装饰纹样

至此我们考察了各种与由现实形成的艺术处于辩证关系中的单一因素,即节奏、对称、比例等抽象反映形式,说明了这些形式的抽象特性以及作为现实反映的本质。由这一分析可以看出,辩证矛盾的根源在于,在每一种抽象形式中都隐含着这样的倾向,即对现实反映的秩序原理,首先也就是审美的原理。下一章我们要详细讨论的、具体而整体地形成的对现实的反映,不仅比这种对现实的抽象反映更丰富和广阔,而且由于所反映现实的本质而产生与上述不同的对立倾向。由此产生了我们在个别情况下所指出的各种矛盾,这种矛盾性造成在艺术形成中的一种丰富的运动规律。

现在我们必须指出另外两个方面的问题。第一,要指出抽象的反映形式具有构成特殊审美形象的能力,由此产生了下面我们将要讨论的纹样的问题。第二,在纹样中所

## 审美特性

形成的审美规律性，对现实的具体真实的反映会产生反作用。因此，产生出超越于各种有关个别关系的、矛盾的辩证联系，这些矛盾是构成每一审美形象所不可回避的组成部分。用对这一事实的分析来结束我们对纹样的讨论，以便过渡到对现实模仿艺术形成的探讨。我们将看到，有些历史事实似乎与这种解释相矛盾，实际上却是它的确证。

纹样本身可以作这样的界定，它是审美的、用于情感激发的、自身完整的形象，它的构成要素是由节奏、对称、比例等抽象反映形式所构成，而排除了由纹样复合形态构成的、包含具体内容的反映形式。当然对这种规定不能作形而上学的、僵化的理解。众所周知，纹样正是在它的古典表现方式中，可以归因于对客观现实实际对象的反复反映（莲花饰、毛茛叶饰纹样），还根本谈不到东方地毯的动植物主题以及哥特式教堂装饰等。当然这意味着在纯粹装饰纹样与造型艺术（具体内容上反映现实的艺术）之间的界限是极不确定的，不仅由于历史的必然性，而且由于审美的必然性，形成了各种过渡的形式。这一点下面还要再提到。

往往在各种情况下很难精确地作出其美学地位的规定，在理论上得出其界限是有把握的。这种界限正是由抽象反映的优先地位所形成。当外部世界的、具体真实的对象被纳入审美系统时，取决于：第一，是否这些对象主要按其独立的内在结构被再现或在抽象形式的意义上被转化成纹样，是否它通过现有的深度摆脱了纹样的二维性，或将其

## 第四章 对现实审美反映的抽象形式

原有对象性还原到抽象的本质来表现。第二,是否实际对象在现实中及在具体反映中,与其实际环境不可分割地联系着,在艺术形态中作为这种联系的一部分被表现出来,或者由这种关系中抽取出来,以便转化为抽象联系的抽象装饰性要素。这两个观点只是同一事物的两个方面。正因为如此,纹样是非具世性的,因为它有意地忽略了实际世界的对象性和联系,而代之以几何形式为主的抽象的结合方式。这一事实的审美的及世界观的基础和后果,在下面将详细讨论。为了使这一阐述获得一定的基础,需要简略地考察其基本的结构。为了直观地加以说明,可以从斯特凡·乔治的诗《地毯》开始,它用感性的诗歌描述了这种抽象联系的创造:

> 这里人与动植物一起作点缀,
> 周围嵌上彩色的丝穗。
> 装饰上新月、淡淡的星辰,
> 它们在静止的舞蹈中巡回。
> 从多样的图形中引出线条,
> 相互交织、相对盘绕,
> 绣出的谜底谁也无法知晓。

如果我们现在过渡到纹样的起源问题,不言而喻只是从哲学观点上看,这里又可以证明我们以前的论断的正确性,即人类的审美实践不可能是由唯一的一个源泉,首先不会由一个审美源泉发展而来。相反，审美是以后逐渐的、历史发展综合的产物。在各种起作用的倾向中，首先应该提到一种基本的、在动物界就已经产生的、与艺术全然无关的现象：对于装饰的愉快。从最广义上说来，装饰既包括身体装饰和器具装饰，也包括用于建筑上的内部和外部装饰。我们马上就会看到，这样概括这一范围的轮廓，在此范围内的区别与其共同特征是同样重要的。不论是人本身，还是由人所使用的对象，都有着与实际对象不可分割的联系。这与原来形成的艺术相反，在那些艺术中，物质的衬底除了它的审美激发作用之外，与人的生活没有什么关系（如油画只是涂了油彩的亚麻布）。在这种共同的特性中，这些对象在质上与对人的社会生活作用的不同，引起了在审美可能性和发展能力方面质的区别。

　　我们首先考察人的自身装饰。我们并不想进入考古学或人种志学的讨论，不论这种自身装饰在时间上是否无条件地早于器具装饰。我们采纳赫尔内斯[①]等人的观点，认为一般情况是这样。那么在更高阶段上又产生了这一问题，我们在节奏一节已经讨论过，即我们与动物状态的遗产有多大内在联系的问题。正是在这里，达尔文对这个问题作出了肯定的回答，提出了多方面在细节上令人迷惑的材料。对达尔文及达尔文主义者的论据作仔细研究，就会使我们

---

　　① 赫尔内斯：《Urgeschichte der bildenden Kunst in Europa von den Anfängen bis um 500 vor Christi（欧洲上古造型艺术史）》，维也纳1925年版，第18页。

## 第四章 对现实审美反映的抽象形式

无法信服。换言之，无人否认，装饰的本能作为一种第二性特征因素，在人身上也起作用。但动物和人的生存方式由于劳动和社会的产生而在质上变得如此不同，即使在这种最原始的活动形式中，也产生了具有新质的、如此不同的规定，以致不能再由动物行为直接从发生学上推论出人的行为，特别是人的审美关系。一般说来，这牵涉到个别（在此情况下是带装饰的）个体与族类的关系问题。马克思曾经阐述过这一关系，当然不是就我们这一特殊问题。他说："动物是和它的生命活动直接同一的。它没有自己和自己的生命活动之间的区别。它就是这种生命活动。人则把自己的生命活动本身变成自己的意志和意识的对象。他的生命活动是有意识的。这不是人与之直接融为一体的那种规定性。有意识的生命活动直接把人跟动物的生命活动区别开来。正是仅仅由于这个缘故，人是类的存在物……实际创造一个对象世界，改造无机的自然界，这是人作为有意识的类的存在物（亦即这样一种存在物，它把类当作自己的本质来对待，或者说把自己本身当作类的存在物来对待）的自我确证。诚然，动物也进行生产。它也为自己构筑巢穴或居所，如蜜蜂、海狸、蚂蚁等所做的那样。但动物只生产它自己或它的幼仔所直接需要的东西；动物的生产是片面的，而人的生产则是全面的；动物只是在直接的肉体需要的支配下生产，而人则甚至摆脱肉体的需要进行生产，并且只有在他摆脱了这种需要时才真正地进行生产；动物只生产自己本身，而人则再生产整个自然界；动物的

> 审美特性

产品直接同它的肉体相联系,而人则自由地与自己的产品相对立。动物只是按照它所属的那个物种的尺度和需要来进行塑造,而人则懂得按照任何物种的尺度来进行生产,并且随时随地都能用内在固有的尺度来衡量对象;所以,人也按照美的规律来塑造物体。"[①]

在此基础上,对于我们的问题就不难作出结论。第一,动物生来就具有装饰,它既不能改进也不能排除这一装饰;而人生来是完全没有装饰的,是他自己动手装饰起来的。装饰是他自身的活动,是他劳动的一种成果。达尔文不明智的地方在于,他忽视了这一决定性的因素。因此,他虽然搜集了这样大量的材料来说明装饰的起源,却很少有说服力。这一点还表现在,按照人的趣味,纹饰美丽的生物一般是属于低级种类(植物、海禽、蝴蝶,最高至鸟类),这一系列正好停止在发生学开始的地方。由此得出第二点,单个的人如何装饰,不论是文身还是附加装饰,决不是由他天生的生理特性产生的,而是社会关系和活动的产物。不论他佩戴的装饰是他所属集团的标志,或者表示他在这个集团中的地位,不管怎样,这种自我装饰都不是天生的,而是社会地形成的。第三,由此松动了装饰与性的直接关系,或至少这两者的关系是经过多种中介的。达尔文在动物那里有说服力地证明了装饰作为第二性特征的这一关系。

---

[①] 马克思:《1844 年经济学哲学手稿》,北京:人民出版社 1979 年版,第 50—51 页。

## 第四章 对现实审美反映的抽象形式

某些近代心理学家（即使不是达尔文主义者）也倾向于把原始时代理解为在某种程度上性支配一切的时期，把最发达形态下人的性问题投射到那一时代去。对此只要援引恩格斯的分析就够了，这一分析正是由动物群以及由雄性动物的嫉妒而使之削弱以致解体的观察为基础的，因此正是通过强调人群与动物群之间的对立来说明，"脱离动物状态的原始人类，或者根本没有家庭，或者至多只有动物中所没有的家庭。"[①] 否则，他们最初的共同体就绝不会持久和牢固，这些"像毫无武装的动物一样的形成中的人"决然无法维持下去。

由此并不能否认，在人的装饰本能和他的性生活之间有着密切的关系。重要的是在达尔文的平行论中所忽视的东西，即由于人的社会生活许多东西成了第二性标志，它们不仅是劳动的产物（绝不是人天生的），而且正是由人的社会关系所形成的，如权利、地位、外观和财富等。这些因素，特别是当它们通过长期的习惯固定下来时，或多或少地起着第二性征的作用，这是一个历史的事实。同时，这个领域随着社会的发展而不断扩大和分化。人们不能在性生活的直接关系中去寻找装饰的起源，肯定是——真正的或一般想象出来的——社会实用构成了装饰的出发点。虽然普列汉诺夫引用的人种志学资料部分已经陈旧，但他

---

① 恩格斯：《家庭、私有制和国家的起源》，见《马克思恩格斯选集》第4卷，北京：人民出版社1972年版，第27页。

> 审美特性

在实质上是完全正确的。关于文身,他指出:"野蛮人最初看到了文身的好处,后来——很久以后——才开始体验到看见经过文身的皮肤时的审美的快感。"① 至于在哪种意识阶段、以怎样错误的意识产生了这种有用的观点倒是无关紧要的。

由于以下情况,使得对这种相当错综复杂的联系作概念说明就更加困难了。人们用美这个词来表述审美是有多种意义的。托马斯·曼嘲讽地用约瑟夫传说来分析这个概念,并指出它的意义,从学究气的直到性的魅力:"在美的领域包含了多少蜚语、流言和欺诈啊!为什么呢?因为它同时是爱和需求的领域,因为性混淆了和决定了美的概念。"② 同时托马斯·曼在这里分析了这个概念,而没有提到它在空间和时间上的多义性。这在动物那里是生物地确定的,在人那里是生物地和社会地确定的。达尔文原想证明动物和人的美感是十分接近的,他作为一个严肃而诚实的学者援引了大量的例证,但这些例证却证明了相反的观点。可以令人感动地读到,他有时怎样被各种鸟类对声音和颜色起性吸引作用的不良趣味所激怒,③ 或者他谈到某种气味在交尾期起同样作用,他辩解地补充道:"在这一点

---

① 普列汉诺夫:《论艺术》,曹葆华译,北京:生活·读书·新知三联书店1964年版,第116页。
② 托马斯·曼:《Joseph und seine Brüder(约瑟夫和他的兄弟们)》,见《托马斯·曼全集》第3卷,柏林1955年版,第392页。
③ 《达尔文全集》第4卷,斯图加特1881年版,第55页。

## 第四章 对现实审美反映的抽象形式

上,我们不能根据我们自己的爱好来加以判断。"[1] 在动物的性生活中成为第二性标志的东西,也可以被广义地应用到审美范畴中去,这多少是带有偶然性的事。

这种偶然性因素并不能由社会历史所确定的人类发展中排除掉。因此,不能随意地将所有社会的偶然情况排除出审美之外,也不能把自我装饰由一开始就看作是审美范畴的事。否则又会倒退到把审美理解为人的永恒天性那种先验的或人类学的原则上去。斯凯尔特玛在世界观上是与达尔文完全对立的,他把身体装饰从一开始就看作是审美的,甚至是很复杂的和高度的审美活动。"关于这种装饰形式同时是纯粹的审美形式,这是毫无疑问的。不仅这种装饰,而且由贝壳组成的项链也是完全有意识地作为一种美来感受,这种同样大小的构件按照自然界根本不存在的秩序排列,不仅是一种纯粹想象的产物,而且作为颈部装饰品的贝壳链条只有这样才能理解:作为一种纯粹的形式,它是一种适当的对象形式,即人体的对象形式,也就是用艺术来解释它。由此,项链才获得了它充满意义的装饰美,由构件的'轮舞'突出和衬托了均匀而圆润的颈部。"[2] 这是一种现代化或至少是把很晚以后发展阶段的情感和观念投射到开端时期。更不必说斯凯尔特玛越过了较早的文身而直接从装饰开始,这种装饰由于对象的独立性而允许与

---

[1] 《达尔文全集》第4卷,斯图加特1881年版,第201页。
[2] 斯凯尔特玛:《史前艺术》,斯图加特1950年版,第38页。

### 审美特性

人的生物学存在保持一定的距离,从而具有显著可能性,能将审美与单纯有用和愉悦分开。然而,文身和其他原始形式的身体装饰就不会有这种可能性。这是它的偶然性,在我们所说的意义上可以作为审美来看待,几乎像动物的自然美一样强烈地起作用。这里不用深入到人种志学的细节中,只要指出打掉牙齿、缠足等,就足以说明美在这里的偶然性。

这里清楚地表明了这个概念的多义性。因为根据它的直接的非常含混的意义,人们无疑把上述现象都要作为美来描述。在这种直接性中,我们完全没有理由把我们关于美的概念与野蛮人的这一概念等值地对立起来,而把他们对自己的产物持否定态度的见解弃而不顾。相反,我们只能说,每一种"美"是由当时社会发展的特定状态所决定的,用兰克的说法来说,直接指涉神。没有一种尺度,按照它就能得出肯定或否定的判断。在历史的进程中,建立在"美"的概念基础上的每一种审美都不会堕入无差别的历史相对主义,而相反会陷入超历史的独断论。如果人们把这一概念的范围保持在日常生活中,并把它与审美的原理等同起来,则成为这一概念的不可克服的多义性的一种更新标志。

美的概念具有两面性、模糊性,它既可能受到相对主义的影响又会受到独断论的影响,这是从哲学上揭示审美历史起源的严重障碍。即使是在这领域里的一部分也是如此。因此,我们在这里必须回到前面所提到的马克思的方

## 第四章 对现实审美反映的抽象形式

法,即人体解剖是猴体解剖的一把钥匙,也就是从以后的发展中追本溯源地求出发生学的问题。如果我们考察审美由日常实践中分化的过程,我们在这里可以看到一条路线,它是由单纯直接有用通过由此而中介或产生的快感发展起来的。几乎所有被达尔文至斯凯尔特玛称为"美"的东西都属于这一类。只是到这一阶段,审美才发展成一种独立的原理,从这里开始,当初大量有用的和引起愉悦的产物才按这样的要素来选择,在这种要素中多少可以感知到明确的审美意图。这种意图具体说来——对于各种具体情况下的结论不可能有一个统一的人类学的、心理学的或生物学的解释假说——可能有极其不同的分化契机,它不可避免地带有某种偶然性的痕迹,同样正如我们以前在工具的形成(由捡拾及其后保存适当的石头开始)以及马克思谈到由开始时偶然的交换活动而形成价值时所看到的那样。由这一观点形成了这样的序列:"化装"的身体装饰—用于人体的(或捡来或制造的)装饰物—器具的装饰。显然,在此序列中偶然的审美意图转化成真正艺术的意图并加以实现的机会不断增多。在此还应指出,如我们前面所说明,在这一领域审美与有用和快感的联系只有在极端的情况下(在建筑装饰中最明显)才能被分离开来。

只要装饰(即使尚为原始的)是由人本身制造的,不再模仿各种动物,特殊的人的东西即劳动就取得了它的权力。由劳动中怎样产生出这种新的装饰,关于这一点我们缺乏可靠的资料,因为早期开端和过渡时期的文献资料几乎荡然无存了。它们是由劳动技术的发展而因果地产生出来的，我们对这一点似乎是无可怀疑的。我们在别的地方已经援引博阿兹的材料指出，在石器时代非常原始的研磨和刮削劳动中，技术的发展本身产生了平行、匀称等，在原始的编织技术中也表现出类似的现象。显然，在这些情况下只有装饰的技术前提，还谈不上装饰本身。李格尔对森珀尔学派的争论曾经煊赫一时，但却完全是多余的和经院哲学的。说它是多余的，因为巨大的技术进步不再是创造艺术在客观上和主观上的前提（我们这里需要它的一些因素，如空闲时间的获得、对材料和工具的掌握、全部实现计划安排的能力等，这里不再详细讨论）。说它是经院哲学的，因为由李格尔的"枪"中射出的"艺术意志"解释不了什么东西，只是为这样一种事实加上一个明确的名称，即艺术装饰是在时代的过程中形成的。

我们反复指出，在历史上审美形成过程是通过极其不同的偶然性为中介的。我们的例证说明，通过量的提高的偶然关系产生了具有新质的形式。如果我们把具有极大偶然性的装饰历史起源看作类似的过程，那么它是怎样和为什么会成为一种特殊的审美活动，这一哲学问题我们还没有得到满意的解答。当然，社会发展的偶然情况有着一种特殊的辩证法。有许许多多的偶然情况，这些偶然情况和一定阶段的客观增长倾向相联系，"偶然性"在最初出现时，将一些新事物的开端信号化了，往往并没有同时在所有参加者那里唤起一个新的意识，这种意识发展是缓慢的、

## 第四章　对现实审美反映的抽象形式

逐渐的、很不均衡的,与这种偶然性转化为一种社会普遍的现实相平行,必然性或多或少也形成一种适当的意识。此外,在每一种社会发展中,也具有那种狭义而言的偶然情况,这种情况昙花一现接着就消亡了,很少能够达到即使是一时的社会传播。显然,不理解这种偶然性就会使每一社会发展显出一种神秘的特性。显然,这里所谈的只是第一种类型的偶然性,即使在这种情况下,仍然有上述的限制,即使是最正确的历史发生学,也未能对其本身已被认识的产物的审美本质作出哲学说明。

我们再回到已经谈过的审美与实用和快感分化的问题上,这并非日常现实的皮毛现象。我们已经指出,这一分化表现出不同程度差别的多种过渡,并固定为质的区别。现在我们不再像以前那样只涉及一种抽象的形式因素,而是涉及这些因素凝聚成的审美统一体,在此就可以指出这种区别的审美意义了。同时还关系到,纹样装饰的对象在人的生活中有什么作用。这里,依据纹样装饰的是日常使用的单个对象,还是建筑(即公共生活)的装饰因素,有质的差别。这种审美的差别同样具有一种历史的基础。器具的装饰肯定无可比拟地早于建筑的装饰。根据恩格斯的看法,建筑的开端是在蒙昧时代的高级阶段。当初还没有什么可以作为实用建筑的。[①] 赫尔内斯作出了这一结论,并

---

[①] 恩格斯:《家庭、私有制和国家的起源》,见《马克思恩格斯选集》第4卷,北京:人民出版社1966年版,第17页。

> 审美特性

正确地提醒人们不要把建筑的某些残迹,在与古代毫不相干的状况下对我们所产生的情绪效果,投射到这一事物本身中去。① 这种倾向在斯凯尔特玛那里表现得格外突出。② 他试图利用这种情绪现代化,把审美原理变成某种"永恒"的东西。

当然在这一事实背后隐藏着一个真正的美学问题,没有为赫尔内斯所发觉——这个问题主要是涉及器具装饰而不是建筑本身——流传至今的纹样是经过了其间的各个时代,经过了有关器具由其形成和使用的实际生活联系中被抽取的过程,从而完成了与实用性的分化过程。因此,在现代感受者所形成的印象中,包含着原型的准确回返。原来对直接使用的适用性是首位的,审美作用则是偶然的或次要的。而现在实用性退居背后,这种实用性必然根据形式的构成不断被改造,或者起到一种审美激发的支承以及放大器的作用,而实际的有用性成为视觉作用的形式构成物,起着审美因素的作用。这种作用几乎是原来器具本身所起不到的。

这种对比不仅提醒人们注意,不要把今天的印象看作当时"艺术意图"的基础,而且还有直接的或积极的意义。它指出了——虽有一定的保留——在审美激发由实用的愉悦情感中分化时,原有过程采取的方向。实用性绝没有完

---

① 赫尔内斯:《欧洲上古造型艺术史》,维也纳1925年版,第83页。
② 斯凯尔特玛:《史前艺术》,斯图加特1950年版,第54页。

## 第四章 对现实审美反映的抽象形式

全从激发体验中消失,而只是降低到一般的实用性,成为背景和基础。① 当然在直接使用的时代,这两种体验成分的比例主要是倾向于实用的方向,而相反的成分却是以高度教养形成的空闲时间及通过空闲时间而与实际活动本身拉开距离(距离化)为前提的,以致在开始阶段几乎没有实际的审美体验,至多也是罕见的、例外的、"偶然"出现的(在上一个确定的意义上)。无自觉审美意图的活动,它原来基本上没有审美特性,却能产生审美的形象。进一步的考察证明这里所产生的矛盾只是一种表面现象。更恰当地说,作为人的实践的基本矛盾的现象形式,作为人的行为结构的表现,我们可以用本书扉页上马克思的话作为说明:"他们没有意识到这一点,但是他们这样做了。"审美与单纯实用以及由此而生的愉悦的客观分化,即使不直接唤起创造者和感受者的审美体验也能完成。

正是在这方面,对器具装饰与纹样在建筑中的装饰性应用之间,我们所作的区别具有重大意义。因为在后者(建筑)那里原则上完成了客观的分化过程。如以后详细分析的那样,建筑不再是非具世性的。形成内在的和外在的固有空间,对于建筑是具有决定性意义的,这种空间在自然界中是不存在的,它是由人根据自己的社会历史形成的物质和精神需要而创造的,在其创造性意图及预期的作用

---

① 显然,这种距离化在直接的身体装饰中是绝不会出现的,只有当装饰脱离人的身体而独立存在时才有可能。——作者注

### 审美特性

中,已经内在地包含着对体验的激发。这种空间的形成,包含着造成适合于人的"世界"这样一种特殊倾向。甚至在创造和感受的自觉意识形态还只是巫术或宗教的情况下,也由此客观地完成了与日常生活的分化和距离化。因为即使是建筑,在这里也是从激发情感出发,当然虽然这不是审美的方向,它同样与日常生活相脱离,甚至比其他艺术脱离得更明显和令人惊异。建筑与日常生活的这种分化,在客观上与非具世性的器具装饰完全不同。由这一简要的说明中可以看出,由此审美还完全没有构成独立的活动。我们将在最后一章中详细讨论,审美与巫术和宗教由一个共同体中的分化。在那里将指出,这种分化需要一种或多或少自觉的意识形态斗争,并具有与日常实践活动不同质的特性。

我们在这里把建筑的形成(多少有些简化)置于巫术—宗教时代。建筑最初真正成为审美的实现是用于巫术或宗教的目的,就此而论这种简化是恰当的。即使存在世俗建筑(城堡、宫殿等),那么一方面开始时这种支配权主要也是建立在巫术宗教上,这必然相应地影响其艺术表现的本质特征;另一方面涉及公共建筑——其形式——也是作为"实用"因素——从一开始其中就含有意识形态和激发作用的重要因素(纪念碑的特性给人的感受是表现不可抗拒的力量)。私人住宅建筑活动的崛起——从审美看来——是很晚以后发展的结果。

如果我们把装饰看成是自在自为的存在,装饰在建筑

## 第四章 对现实审美反映的抽象形式

中的应用（这种艺术按其本质说来是非具世性的），并没有排除它的非具世性。相反，正是这种结合使它的特征完全明显地表现出来。在这里，装饰原则获得了它的最适当的形态：它不再是日常生活实用品的附属物，而在这些地方，对装饰的纯粹乐趣、美化人们生活以及激起快感的功能不可避免地起主要作用。由身体装饰经器具装饰达到与日常实践产生距离化这一点，存在这样一个审美系列，纹样在这里所起的作用也是服务性的，即通过建筑配合对空间的组织，通过各部件装饰的构成，使平面的划分更直观，使建筑的关节点更加突出并富有生气。这并不会使事态有什么改变。我们可以说：正是纹样的非具世性，从内部要求包含一种造型艺术的东西，以便使其特有的审美本质不会失色并能充分展开。

我们相信，在这里来考察纹样的审美原理并非是不恰当的。应用到以前所讨论的其他领域，也不会有很大偏差，非具世性的纹样也可以装饰非具世性的对象。如上所述，在这里我们由几何形式出发，并对这种形式这样来理解：往往以后出现的植物纹样和动物纹样仍然属于几何的一般概念。因为在这里占主导地位的，最终仍然是线条的几何规则系统，不论它是直线的、拆线的或曲线的都一样。其中植物、动物甚至人，都不是在其自身存在的条件下被反映出来的，而是被插到一个由节奏、比例、对称、对应等的线条（或色彩线条的）关系中。在这一关系中，其形状和运动等只是成为由几何排列构成的统一体中的单纯的组

## 审美特性

成部分和因素。就其每一种的历史形成而论，几何图形是否由生活对象的压缩而成，或是图形被追加上这样一种寓意，倒不是什么关键性的问题。在各种情况下，这两种方式都同样可能出现，这不影响我们现在所讨论的基本问题，即为什么几何关系能产生一种审美享受，为什么它具有一种激发情感的力量？（在这一探讨结束之前，我们还要专门考察一下寓意与纹样的必然联系的问题。）

人们曾经由几何学方面去寻求这个问题的答案，这一点是很容易理解的，虽然我们将看到，在这里起作用的审美力量很早就超出了简单的几何图形，超越了无机物与有机物的明显而凝固的对立。单纯的纹样本身是非具世性装饰的最纯粹的形式，它成为一般的装饰，成为审美的构成原理之一。在这种情况下，几何纹样却是作为单纯的历史准备阶段。以后更发达阶段的理论基础在这里已经展示出它的基本实质，以致由几何出发不仅是可以直接理解的，而且在美学上也是正确的。费舍尔恰当地表达了这个问题，他指出，"我们在纹样中反映了无机物的规律性，由此反映了无机物的美。纹样是一种令人惊异的形式，在这种形式中人们只是利用矢量、利用同样的距离来工作……这种纹样显然出现在直观的数学和数字之前，像字母与图形文字的关系，它好像在某种意义上是成为艺术的数学。"[①] 他——深入地，即使只有相对的道理——寻求自然"秩序"在我们

---

① 费舍尔：《艺术与人类》，第179页。

## 第四章　对现实审美反映的抽象形式

一般致力于反映社会秩序的意识中的一种反映。①费舍尔在这里（我们认为是正确地）抓住了秩序原理作为纹样激发的审美快感中主要的东西，这和我们前面的论述是一致的，并指出了节奏对于促进人的劳动和生活所起的作用。使他非常有趣的论述多少变得有些抽象的是，他一方面把有机物与无机物过分地对立了起来，另一方面把社会和自然过分对立了起来。人对无机物与自然的支配不仅是一个社会过程——这一点同这一考察一样，费舍尔同样明确地指出了——而且同社会的人的发展、同社会与自然界的物质交换处于不可分割的联系之中。青年马克思以非常形象的方式表达了这一事实："从理论方面来说，植物、动物、石头、空气、光等等，部分地作为自然科学的对象，部分地作为艺术的对象，都是人的意识的一部分，都是人的精神的无机自然界，是人为了能够宴乐和消化而必须事先准备好的精神食粮；同样地，从实践方面来说，这些东西也是人的生活和人的活动的一部分……自然界就它本身不是人的身体而言，是人的无机的身体。"②

以前所完成的、丰富的、但却是非具世性的纹样，其本质特征和作用的基础是什么呢？我们认为，这种现象是基于社会文化发展的基本规律上的，在由此限定的对现实反映的特殊性上，既包括科学也包括艺术。黑格尔在《精

---

① 费舍尔：《艺术与人类》，第180页。
② 马克思：《1844年经济学哲学手稿》，北京：人民出版社1979年版，第49页。

# 审美特性

神现象学》的序言中对科学上的这种现象从哲学上作了精确的描述。他的出发点是，他的这部著作必须对新的世界状态作出概念的表达，并接着从主观上和客观上，精确规定历史上新事物出现时的特殊本质特征。因此他认为，这种新事物不太可能具有一种"完全的现实性"，正如"刚出生的婴儿一样"。当然，新事物是各种规定和倾向的一种产物，这些规定和倾向在它们明确地表现出来以前，在旧世界内部就早已起作用了。如果说它现在才获得一种形态，那么"这个开端乃是在继承了过去并扩展了自己以后重返自身的全体，乃是对这全体所形成的单纯概念"。① 因此，这种历史事实在人的意识中的反映，必然具有一种抽象的神秘的特性。

在《逻辑学》中，黑格尔又回到这个问题上来，这回纯粹是从认识的观点出发，在这里他不太着眼于历史上新事物的形态和对现实的思想把握的开端的形态。这个开端是普遍的东西。黑格尔指出："假如在现实中，不论是自然或精神的现实，具体的个别性，对于主观的、天然的认识说来，是作为最初的东西而给予的，那么，在认识中，在至少是概念理解的认识中就恰恰相反，必须以概念的形式为基础，即单纯的、脱离了具体的东西是最初的东西，因为对象只是在这种形式中，才具有普遍的东西、自身相关

---

① 黑格尔：《精神现象学》上卷，贺麟、王玖兴译，北京：商务印书馆1979年版，第7页。

## 第四章 对现实审美反映的抽象形式

的和按照概念而是直接的东西之形式。"① 他是针对在这里诉诸直观的那些人而论战的。因为他现在所描述的过程已经包括了这种看法,并在思想上超越了它。即使由主观的观点出发,也存在同样的情况:"假如只要容易,那么,对于认识说来,把握抽象的、单纯的思想规定,比把握那成为这些思想规定及其关系复杂地联结起来的具体物,更加容易,这是立即自明的事。"② 黑格尔在这里同时注意到(这直接关系到我们的问题),几何学也不是由具体的空间形态开始,而是由简单的元素和形式,由点、线、三角和圆等开始的。

这是一个同样普遍公认的事实,一方面几何学是原始人最初的科学活动,是科学在实践中的最初应用(在它构成系统知识以前很早);另一方面在产生和扩大农业的同一时期里,几何纹样经历了它最初的繁荣时期。这两种倾向当然有着密切的联系。例如哈姆比治③指出:在土地丈量中首先出现了直角,然后把直角移植到了寺庙建筑中。这种最初在意识和思想上对现实的把握具有黑格尔上述意义上抽象的特性。由人类发展的观点看来,它比狩猎时代所有引人注目的艺术成就(即使在如法国南部特别有利的条件

---

① 黑格尔:《逻辑学》下卷,杨一之译,北京:商务印书馆1981年版,第503—504页。

② 黑格尔:《逻辑学》下卷,杨一之译,北京:商务印书馆1981年版,第504页。

③ 哈姆比治:《Dynamic Symmetry(动态对称)》,耶鲁大学出版社1920年版,第7页。

下）具有更为持久的意义。我们希望，这无需加以特别证明。这种抽象性在其初始把握的条件下获得了一种特殊的热情，原始人生活在一个远不是由他们支配的环境中，真正的知识照亮的只是一个小小的角落。这种知识开始时是用巫术解释的，以后也有用宗教或神秘的方法解释的。尽管如此，并没有把它置于巫术伪知识的同一地位。

即使在这里，人们也只能由以后的发展中得出适用于以前的结论，人们表现了对于真正认识的激情，这种激情上千年来只是与数学和几何相关：从毕达哥拉斯和柏拉图开始，到伽利略的自然界的新字母表和斯宾诺莎的几何学论证方式。这是——首先是——真正认识的抽象萌芽，从黑格尔的意义上说，是处于绝对未展开的非具体阶段。然而正是在这种抽象性中，对客观现实认识通常所无法达到的精确性，与感性鲜明的、易于把握的视觉直观性结合了起来。这就是为什么在开始还没有形成独立的艺术活动中，那种一定要表达出来的审美—世界观的激情会指向几何纹样的原因。在原始阶段所能达到的可靠而精确的认识与直接明显的感性直观的统一，一方面使这里所获得的东西与各种科学和艺术的基础及劳动结合在一起，另一方面抽象—概念的精确性与感性直接的明确性所不可分割的双重特性，以这种抽象性创造了一种可能，使得由日常实践的不同质的多样性创造出的形象成为独立的艺术作品，从而与日常实践相对立，而获得相应的距离化和特性（我们已经指出，这是一个旷日持久的过程）。

## 第四章 对现实审美反映的抽象形式

现在我们回顾一下,黑格尔在对这一系列问题进行逻辑探讨时,是怎样论述抽象容易统觉的。在这里黑格尔所分析的抽象,被转化为感性直观的东西,但并不是返回到单纯知觉的概念之前阶段的感性直接性——黑格尔是不同意这点的——而是在这种感性直接性中完全包含了各种思想规定。结构成为几何科学证明的可能性表明,在这里直接的感性现象可以充分表达本质(即黑格尔称为概念的东西)。甚至以某种方式人们可以说,通过现象能够与本质直接统一,直接说明本质。如柏拉图所指出的,只有在更发达阶段才对感性的特性作哲学分析,才把注意力集中在几何元素的"无因次性"(点)上。然后,才意识到几何学直观的非拟人化特性,在这里才完成了科学和艺术反映的分化。本来从一开始就存在着这种双重性,这丝毫不影响那种原始的、在情感上长期感受到的联系,关于这一点我们已经谈到过。

对整体的统觉和概观以及对细节的感受进行得轻而易举,已经具有纯粹审美的特性,其意图超出了尽可能充分地将自在存在转化到为我们存在这样一种对客观现实反映的特性。其中必然包含了这一点,在这里应该反复强调指出,科学和艺术所反映的是同一个现实。如前所述,在审美反映中形成了这样一种世界图像,其中与人的关系构成了不可排除的基本原理,这一图像正是利用激发作用使人直接体验到这种关系。在几何纹样中,几乎明显地表现出与劳动和科学的这种共同性以及鲜明的区别。由几何方法

> 审美特性

所规定的、使其成为科学和艺术最初形成的那种现实方面的特性，既是以此共同性为基础，也是以其区别为基础的。在人对现实的探索和支配中，艺术的独立性表现为一种极其形象的方式。一方面，在其中存在着与科学的联系。因为它们所反映的对象是同一的，特别是在埃及。几何纹样以其实际形成的形式，要比后来以高度发展的数学为基础的科学成果早数千年。维尔指出[①]，20世纪的数学才能研究和解决的那些反映这些关系的变数形式，在埃及的纹样中已经得到表达和实现。另一方面，这种一致——特别对于艺术哲学——是一种格外重要的补充认识。它无可辩驳地明确揭示了反映的共同对象这一本质。然而它从艺术本身的观点看来只是一种补充认识，因为它对于几何纹样的审美本质并不能直接增加什么决定性的东西。它的不可穷尽的变化可能性是其审美作用的源泉，要引起并感受到审美作用，这种认识既不是必要的，在当时历史上又是不可能的。在我们反复指出的意义上，这种实际作用却包含着那种无意识的努力、无意识的情感，在这里产生了与现实的一种联系。作为创造与感受的一种基础和推动力量，它具有人开始支配自然的体验，开始在实践中使人的认识有序化的体验，这个总的情况，就足以阐明它的产生及其本质了。正是因为在艺术和科学之间对现实的正确反映以明确

---

① 维尔：《对称》，普林斯顿大学出版社1952年版，第103页，或参见第49—52页。

## 第四章　对现实审美反映的抽象形式

的形式表现出一致性，因为这种一致性在客观上可以精确地证明，在主观上——同样可以精确地证明——只能具有"无意识"的泉源，使得科学与艺术的区分和联系有所变化，在较为直接完整的，不再是非具世性的现实反映中，这种相互关系更为复杂了。它的基础是相同的，因此在这种简单、抽象的情况下应该强调一下这种关系。如我们所看到的，纹样的简单性和抽象性，使现象与本质完全结合到了一起。这种在审美中一般很少直接出现的重合，是基于现象既是抽象同时又是感性的特性以及本质的抽象性。本质的抽象性不能（如康德那样）与无内容性相混淆。康德以其对美学问题天才的哲学洞察力明确地认识到，在审美形成中所存在的两重性，他把自由美与依存美作了区分。由于他的主观唯心主义使这种天才的见解大为减色，因为这种唯心主义使人不能认识到审美对现实反映的作用。他正确地致力于把审美的本质由那种对科学—哲学认识的直接依附性中解放出来，正如莱布尼茨和他的学派所做的那样，并且从哲学上奠定了它的独立性。因为他不加注意地绕过了反映的现象，所以只能这样来解释自由美的本质，认为它"不以对象的概念为前提，说该对象应该是什么"[①]。因此在具体阐述这种学说时，他陷入了一种不可解决的矛盾之中。一方面他以一种几乎是诡辩的方式来解释不总是

---

[①] 康德：《判断力批判》，韦卓民译，北京：商务印书馆1965年版，第67页。

( 审美特性

恰当地罗列的自然现象（花、鸟等），恩斯特·费舍尔不无理由地在他讨论结晶的文章中，把它的形成归结到客观的自然规律上，并在这个范围内通过内容归到形式的规定上；另一方面在康德谈论纹样时，他不仅举了晚古和近代的例子（壁毯、簇叶式装饰等），而且他把我们看作抽象内容的东西当作纯粹的无内容性（由于这一原因，依存美还有更多的矛盾，这点我们以后再谈）。几何纹样的抽象本质绝不像康德所认为的那样是无内容性。如果概念被完全吸收到直接感性的直观性中，则也不是"无概念"。它没有具体的对象性内容，而只有抽象一般性，只产生一种极特殊的内容特性，而不是完全没有内容。

这种特殊的内容性首先表现在，围绕这种抽象一般性形成一种寓意和隐秘含义的氛围，在这种表现方式中渗透着通过几何形式征服世界的映象、因素或部分的激情，它以强烈的冲动对抽象一般性作出具体的解释，由远离现实的东西还原为具体的现实。几何形式与现实生活的具体对象性并没有有机的联系，如果说在纹样中出现了这些对象性形式（植物、动物、人），它也不可能具有具体感性特殊的如此存在，而只能表现为其含义的一种纯粹形象文字、其存在的抽象缩写符号。当其中每一加工对象都是由其自然环境相互关联的联系中抽取出来，并按这种观点置于一种艺术的联系中时，反映纹样本质的这一特点就更加突出。因此纯粹纹样形象的精神内容只是一种寓意，与具体的感性现象形式相比，这种意义完全是一种超验的东西。所以

## 第四章 对现实审美反映的抽象形式

对具有巫术或宗教隐秘意义的几何纹样进行令人信服的重建，对于人种志学和艺术史等通常是一个难于解决的课题。李格尔已经深刻地认识到它的难度。[①] 他认识到这种难度的真正原因在于寓意本身的本质，特别是当其意义成为一个封闭的保守秘密的牧师集团的特权时。寓意正是基于在所表现的对象的感性可见本质特征与它在构图上所含艺术作品整体意义之间的联系，而不是建立在对象的本质中。由这种对象性看来，每一种寓意的含意或多或少地往往是完全随意的。另一方面寓意按其原来巫术或宗教形式的解释正是从这一点出发的，即现实的整个现象，在原则上只能不充分地表达巫术或宗教的崇高真理，由"下面"从对象出发解释的随意性，要得到由"上面"的批准。这种集中在寓意中的双重倾向是如此强烈，即使在相当晚近时期，当现象与本质间的关系不再是抽象的时候，这两种倾向仍然存在着。在基督教最初几个世纪中意义深长的故事，如《新旧约全书》中的故事，是由亚历山大里亚的克雷门斯、奥利金按原文和其他文学作了纯粹寓意的解释。[②]

当然在这两种类型的寓意之间，存在一种质的区别。上面说的寓意解释的变形歪曲了艺术对象形成的本质或无视于其原来的意义，几何纹样的寓意本质正是由它的审美特性本身有机地产生出来的。几何纹样的激发作用和它作

---

① 李格尔：《Stilfragen（风格问题）》，柏林 1923 年版，第 31 页。
② 狄奥尼修斯：《Die Hierarchie der Engel und der Kirche（天使与教会的等级）》，附巴尔前言，慕尼黑/浦拉内格 1955 年版，第 23 页。

《审美特性》

为抽象一般性的本质一起——在推动这一整体的世界观激情的基础上——由直接体验中产生了寓意解释的需要。正如这一事实本身,由内容看来这种解释只能是随意的,它并没有造成对艺术本质、艺术实践的歪曲。博阿兹[①]提出了大量的例证说明,同一个几何图形可以不同的、完全对立的方式作出寓意的内容解释。对当时的人产生的这种效果当然今天不能再重建。即使由原始民族生活中获得的人种志学资料也完全有理由怀疑,现在给予的解释是否是古老传统的、经过一定的或完全歪曲的形式。斯凯尔特玛明确无误地表述了极其类似的事实:"我们已经完全失去了对于简单几何形式象征价值的理解。我们几乎不能正确想象这里所说带强调中心的循环图形对于我们的前人所具有的意义。"[②]

由最恰当地重建原来意图,更不可能直接导出和理解纹样的实际生动效果。这绝不排除间接的说明。因为如我们所力图指出的:构成作品的某种客观结构是以原来的创作倾向为基础的,这种结构确定了持续上千年效果的质。现象与本质间实际存在的关系,作为抽象一般性的本质特性,是这种形式—结构的基础。按我们以前的观点对纹样——作为寓意来理解——艺术效果的解释,即在纹样中现象与本质是完全重合的,与此似乎是矛盾的。这里对以

---

① 博阿兹:《原始艺术》,纽约1951年版,第88页。
② 斯凯尔特玛:《史前艺术》,斯图加特1950年版,第59页。

## 第四章 对现实审美反映的抽象形式

后要具体阐述的内容提前加以说明,必然要考虑到各种寓意总是使在艺术作品中出现的本质双重化。一方面存在有一种超验的、寓意的、在内容上可以用概念表达的本质,在这一本质的基础上规划艺术表现的整体。另一方面——当实际涉及一部艺术作品时——完全不触及感性表现出的本质与现象的辩证法。它通常可能是存在的,如《新旧约全书》所举的例子。这种辩证法同样可能在几何纹样的具体感性形式中,发挥完全重合的作用。所以几何纹样——即使其寓意完全丧失殆尽——也绝不会失去与艺术相关的内容。由人支配外部世界的激情泉源中,由如此形成的、可见秩序的、感性表现出来的轻易性和精神性中吸取丰富性和深度,仍然是一个重要内容,这一点我们以前已经作了叙述。其中表现出持续起作用的普遍审美规律。这里只能说明,即使在目前讨论的几何纹样情况下,最初的证据仍可以说明审美作用具有纯形式的基础,其作用的实际基础——最终地——却是由内容规定的。当然——这对所有审美作用都是适用的——审美作用是直接经任一形式系统的中介产生的。在美学中内容和形式是统一的,艺术形式的特殊本质特征是具有独特内容的形式,正是表现在作品与感受性之间形式的这种直接中介作用上。实际上感受者直接受形式作用的影响,这些作用在感受者的体验中立刻转化成内容的东西,以致他会认为是受到内容的作用。

我们在这里不可能讨论内容和形式之间复杂化的相互关系,这种关系在一部作品、一种艺术或艺术门类的历史

### 审美特性

命运中是起作用的。只能简要地指出,在几何纹样的似乎纯粹形式的作用中,正是由所表现本质的抽象一般性,由存在的、现象世界的、感性的同时又是抽象—精神的方式中,以其辩证的相互影响而不断产生内容的作用。这些不可能等同于定着作用,因为不再能解释其寓意意义,甚至今天对于我们已经谈不上艺术的激发作用了。关于情绪内容,我们在援引斯特凡·乔治的诗时已经指出。但就是这种情绪内容也远不是这样不确定的,像它在乍一看时表现得那样。关于它的世界观基础,我们已经谈到过,如果它——这正属于纹样的审美本质——在具体的对象性内容上不能确定,因此明确决定的形式—内容规定构成了它的基础。(这里第一次在最抽象的阶段上出现了对于整个美学都很重要的问题,即艺术作品与其具体对象性有关的作用内容,可能是极其不确定的,可以作各种各样的解释,而它——在审美意义上——实际上并不是不确定的,并不是康德所说的无内容性。在这里与纹样的寓意本质相联系而出现了这个问题,这并不是说,在具体的发展阶段上不再能以基本不同的方式产生这类问题,特别是在音乐中,但还不仅在音乐里。)

审美规定的抽象性,即感性表现的、在感性中产生的、并未扬弃感性的抽象性,使其概念的描述必然具有一种突出的否定的特性,也就是说,人们首先从否定出发,才能正确地概括出肯定的、审美的东西。这表现在现象与本质的关系中,进一步具体化,即纹样没有深度。我们知道,

## 第四章　对现实审美反映的抽象形式

这句话具有双重意义。我们希望能够指出，在这一审美事实中不论在字面上还是在比喻的意义上——通过长期历史实践而普遍起作用——说明了事件本身的一个重要方面。字面意义是不难解释的，二维是几何纹样的本质，正是意义与感性的一致，才使那种直接的明显性失去了深度的尺寸，三角形、图形等与它们本身和装饰平面的组成因素是不可分割的，而立方体在其必要的透视再现中表现了具体对象性的反映，在此科学—投影的原理和艺术造型的原理已经明显地分化。我们以后将会看到，纹样原理发展成为最广义的装饰，是与一定范围的深度尺寸相联系的，当然这里有一定的矛盾斗争，在这一斗争中装饰原理代表着这一倾向，即第三维的实际形成被平面的最终效果所取代。在纯粹的纹样中，还不存在这样充满斗争的矛盾。我们就此已经指出，动、植物的装饰应用获得了它们实际充满生活气息的对象性，与其他现在仍需要弯曲几何线条的纹样在几何因素上完全同质化了，而转化成纯粹的纹样。如果这些比单纯视觉存在的几何纹样在对象上作了更具体的规定，那么也成为一般的视觉存在，如果形式效果成为内容上的中介，那么这种统一就转化成与生活情调相反的童话风格的情调了。

对深度比喻理解的扩大，会产生更复杂的问题。我们最后的说明已经接近这一问题的解决。因为将动、植物简化成纹样轮廓就不能再在其自然环境中作出艺术的反映，其现实存在与这种环境的相互关联就被看作是不存在的，

> 审美特性

这就是说排除了实际生活问题,即在由艺术所塑造的形象中排除了生活中的实际对立。由此——这是飞跃点——所有在辩证意义上否定的东西,基本上脱离了纹样形态的范围。这一排除的事实使深度隐喻所表述的真理清楚而具体地呈现在我们的面前:在艺术中我们所考察的东西除了深度之外,不论它是什么,都一样。答案是很明显的:现实的这样一种反映及其所有决定性的规定,在其充分展开的动态中真实地塑造了生活的矛盾性。这种具体矛盾达到统一的张力越大,艺术作品就越深刻。下面的说法更恰当,即对在这方面毫无顾虑地进行到底的那些艺术家赋予深度的头衔,如但丁、伦勃朗、莎士比亚和贝多芬等。一个具体运动的矛盾在形成否定时,没有一贯性是不可想象的。恩格斯强调指出[①]——当然是针对哲学思维的领域,他的结论却很容易用到艺术上来——费尔巴哈与黑格尔相比是平庸的,因为费尔巴哈在讨论否定时,在具体性和连贯性上远远落在黑格尔的后面。在恩格斯的这一论述中,对于我们格外重要的是,深度与平面的对立是与人类生活中否定的处理方式不可分割地联系着。同样值得一提的是——因为这一点往往强调得不够,即艺术和科学是反映同一现实的——恩格斯是何等重视否定的历史具体性和相关性,以及它在社会发展中的中心意义。任何希图适当反映具体社

---

① 恩格斯:《路德维希·费尔巴哈和德国古典哲学的终结》,见《马克思恩格斯选集》第3卷,北京:人民出版社1972年版,第221页。

## 第四章 对现实审美反映的抽象形式

会现实的艺术都不能回避这些问题，不能不因逃避现实的平庸和肤浅而不受到正当的谴责。只有建筑师是例外，因为——虽然与这里讨论的问题有一定相似性——按照其本质说来情况是不同的，建筑艺术由于它不适于表现否定，它并不像纹样那样是非具世性的，只有在分析建筑时我们才能讨论它没有否定的问题。

纹样的特殊地位在于，它处于由这种情况所产生的艺术形成的困境这一边。缺乏否定在这里不是回避它的形成，而相反是这种构成方式的必要特性。相应地缺少深度在这里并不会产生平淡或肤浅的倾向，相反却表现了现实的一种特殊方面。我们已经描述了其本质的主要特征。现在这种形式构成的内容成分表现得比以往更加清楚，用赫伯尔的话来说，上面提到的童话效果在不和谐的面前获得了一种美的强调，获得了在实际的具体性中那种从未存在的现实的余晖。这种现实几乎在所有民族的传说中都是作为黄金时代、作为失去的乐园来描述的。相对于原来从几何知识上把握现实的激情，其中已经包含了情调的某种变化，这种变化的发展包括曾经具有的谐和趣味。其中在每一种实际形成的艺术中无法排除的对立，不再摇摆于不同情调的规定之间。同时，这两极具有共同的基础，对象及其联系由通常的现实中提取出来，一方面失去了其自然环境，而这种直接剥夺作用又给予它们以新的、一般不存在的联系，另一方面两者相互协调到同质的东西，这种秩序——偶然处于与生活实际对象性的关系中——本来是最有规律的。因此纹样表现为现实的本质方面的有序性的写照,完全成为秩序的感性直观的抽象。相对于通常的现实,这种纹样获得了一些飘浮不定的东西,它的情调表达就是上面所说的一极,而不失去它作为一般现实的特性。

如果我们从另一种目前尚未讨论的观点,即从其物质性观点来考察纹样,那么这种飘浮不定的、实际的或非实际的特性就会加强。我们以前说明了森帕尔和李格尔之间对纹样形成问题的争论,并把它作为经院哲学看待。因为一方面尽管每一种纹样都是从技术工作中产生的,这在历史上是正确的,但是它的审美原理却不能由任何技术中简单地推导出来。另一方面孤立地与技术的产生相割裂的、对立的"艺术意图"是一种空洞的非历史的和形而上学的概念,它忽视了历史的相互关系(也包括与技术的关系),对实际发展的最终结果无疑附加了虚构的原因。实际上每一种纹样都是内在的物质真实性与最自由飘浮的非物质性的不可分割的统一。前者很容易看出,因为纹样的产生很少是直接由技术的发展造成的,显然在各种物质上完成精确的几何图形(纺织品、制陶、石器加工、象牙雕刻等)都是以对材料支配的高级阶段为前提的,不仅是一般技术的完成,而且是使各种加工材料转化成视觉可能性的精心处理。因此形成了技术上新的区别,它在对材料的支配上不放弃实际目的性,而超越了实际目的性,使它进一步形成,在材料的特性中发现最佳的视觉直接作用能力并使其圆满完成。这种可能性在各种材料中均不相同,以致为实

## 第四章 对现实审美反映的抽象形式

现几何可见性、概括性、秩序、精确性等相同的目标要求而产生了不同的技术—艺术发展路线。

我们所说的作用的非物质性，显然包含了完全对立的目标和加工。实际上，这里有一种实在的对艺术发展有效的、推动艺术前进的辩证矛盾在起作用。我们刚才已经了解了物质性的构成要素。非物质性则与纹样的几何基本特性密切相关，与已经深入讨论过的纹样的非具世性本质相关。矛盾的基础已经包含在几何本身之中，包含在作为它的直接感性的明确性和认识之间，由实际所摹写和制作的图形，从来不能与它本身的数学定义完全相符合。我们已经看到，如柏拉图所指出的，对于科学答案是明确的。数学所表述的本质是唯一的真实，感性的表达总是变成一种图形——特别是在数学上——其中必要的偏差可以简单地忽略。在纯粹技术上的应用，当然要致力于最大的接近。相反，在艺术中感性现象成为本质的不可排除的表现形式，对感性直接的明确性的考虑，只是为了激发唤起几何形象的"观念"。那种自在存在的、对于科学如此重要的偏差，在这里是根本不考虑的。但正因为如此，"观念性"内在地包含在感性形象中，并造成它由实际生活所产生的、非物质性的本质特性，使它成为纹样美学中辩证矛盾的那种构成要素，这正是我们刚才谈到的。

这里审美特性表现在，这种倾向也毫无阻力地扩展到纹样的并非纯几何的因素（植物、动物等）上。纹样的同质的、同质化的本质，正是集中在赋予所有塑造的对象一种"观念性"。这种"观念性"表现为有关对象的感性可识别性,即把视觉丰满的印象简化为最节省的笔触,并由各种自然环境中抽取出来。每个对象都是纯粹基于自己本身之上的,它在构图上的结合与它固有对象性本身基本上毫不相干。显然,这种表现方式更提高了几何形式本身已经存在的"观念性"。同样明显的是,这样有意识地片面强调编入构图中的植物或动物的"本质的东西",至多在视觉上能把握一种显著的特征,而完全不可能使人看清它的实质本身。它只满足于具有立即暗示的可识别性和与对象不同秩序中的可结合性,只是加强了它脱离物质性和脱离对象性的特性。纹样的非几何组成部分至少与纯几何的组成部分一样具有观念性质,更恰当地说,形成了"观念性"的脱离物质性的一种同质环境。

正如我们所见到的,在这里确实存在着我们所说的那种矛盾。现在重要的是进一步确定它的本质。因为它与各种造型艺术中类似的矛盾本质是不同的。如果要用绘画的手段使一个画的形象可以见出自由浮动(罗马教皇西克斯塔斯四世所建礼拜堂中的圣母像及提香的"升天图"等),那么实际的对象性——以及其中所包含的重心——表现出一种实际的运动,这种在实际对象的世界中本身所不可能有的运动方向获得了一种感性的证明。因此它关系到一种矛盾,这种矛盾深入到每一图画因素的对象性质中,因此在黑格尔逻辑学中它属于本质的辩证法,它揭示了整体与部分、现象与本质的内在矛盾性,产生于一切事物间的普

## 第四章　对现实审美反映的抽象形式

遍联系,它提出和解决了出绘画本身形成的物质性内在矛盾。在纹样中与在绘画中相反,这种矛盾是外在的。纹样所表现的对象没有自身的物质性,它只具有——在构图上——整体的物质性(即木、石、象牙等),并且由于没有对象固有的物质性,因而不会形成我们在绘画中所提及的那种对立。由于构图所产生的运动性,既不能识别真实世界的规模和运动规律,又不能识别由这一规律所确定的方向。所以,这种运动性不再作为感受者眼睛的引导者,而显示出节奏的更替和飘移等。以前所说的纹样的非物质性只是与材料的物质性(石头、象牙等)、与它的物质加工处于矛盾之中,而不与对象所形成的物质性处于矛盾中。所以,这种矛盾性只是一种外在的,如黑格尔作为辩证法的最低阶段特征的"存在范围"(与本质范围相对立)到另一种的过渡。①

在纹样审美的领域中,这种矛盾必然地具有主观的性质,也就是说,不是对形成本身自在存在的矛盾的主观反映,如刚才提到的绘画中的例子,而是在作品的感受中产生的矛盾,这种矛盾当然是通过它的客观结构所引起的,因此最后揭示的这种矛盾完全可以结合到上述的事例中去。在这里才能完全看清,所有这些矛盾揭示了同一事物联系的不同方面,并由此使它具体化。纹样的非具世性由那种

---

① 黑格尔:《小逻辑》,贺麟译,北京:商务印书馆1980年版,第329页,第161节附释。

### 审美特性

否定的、看起来只是消极的意义中区别开来,在最初提到非具世性的时候,必然就已经具有这种意义了。它现在表现为一种艺术的、完全肯定的、充满内容的特性,表现为艺术的特殊的、大大变化了的、内部成熟的、多种激发所产生的本质。这种本质绝不能在一个纯粹形式关系的、形式主义的抽象系统中完全表现出来,它的形式结构主要是由传达本质内容的冲动产生的,并适应于艺术地激发多种内容。席勒虽然在局部上试图克服康德美学存在的问题,但在很多方面仍持有偏见,特别是在"纯形式"的无内容性和非物质性方面没有能完全超越康德,他在《理想与生活》的诗中给出了艺术作品这一美的暗示性描述。如果人们把它如席勒那样,与整个艺术、特别是造型艺术联系起来,那确实是错误的。他却——无意中——对我们所阐述的纹样的非具世性的积极内容作了极恰当的诗歌描述:

> 重力法则联同它支配的质料,
> 全都留在尘寰,
> 一直进入到美的领域。
> 不靠质量去劳苦地赢取,
> 轻盈而蜿蜒如同由虚无中产生,
> 出现了一幅动人的图画,
> 使疑惑和争斗全部匿迹销声。
> 它排除了人的需要的一切证明,
> 处于充满自信的胜利之中。

## 第四章　对现实审美反映的抽象形式

我们在开始讨论时，就谈到了纹样的早期形成问题。这不仅关系到它的早期的形成，也不仅关系到，如我们根据维尔的观点所强调指出的，在有利条件下，从艺术上实现纹样各种抽象上可能的变化，要比科学思维对其在理论上的把握早几千年，而且关系到纹样在现实中的地位，关系到对现实进行审美反映的方式，它具有人类发展本身早期阶段的独有特征。这种理解通过作为其基础的、确定了其特性的那些辩证矛盾而进一步加强了。正如我们所看到的，这些矛盾在主观上引起了那些客观的矛盾，这种矛盾往往出现在物质内部组织的较低阶段。在此变得如此重要的几何学，也属于这一组。这里可以从另一种联系中——从我们在对同一现实的反映中，从科学范畴和审美范畴在历史上聚拢和分散所谈到的那些问题中看出。在那里我们已经指出，非拟人化的较高阶段与对客观现实的感性的人的统觉相隔如此之远，以致由它所发现的新范畴已经不再适于审美。相反，我们这里却关系到这两个范畴聚拢的一个顶点。我们所说的几何在科学反映和审美反映中职能的不同，两者之间存在着一种特殊的、显而易见的共同性，这是在其他反映的形式因素中所从来不能找到的。其中也存在几何纹样早期完成的一种动机。由此可以看出，我们以前所说的其"原始"特性是什么。因为这种科学反映和审美反映的密集聚拢，不可能在更发展的阶段上再现。其中表现出人的能力初始成长的统一性，还不存在以后的分化。然而它不再是一种表现出依赖于环境的茫然的混杂，

> 审美特性

而是以一种明确性、精确性和抽象性开始对环境的支配。

本来意义上的造型艺术,它无视于单纯纹样的非具世性,是由更高的辩证矛盾,由复杂的构图原理所支配的。因为以后时代不论在创作中还是在感受中的审美情感,都是通过艺术的发展形成的,作为人类儿童时期的艺术的原始性的区别(在审美的积极的意义上)也附加到纹样的情调上。这里所说的儿童是在一种特殊的、比马克思在解释希腊艺术时所说的意思更加深远的意义上来理解的。因此,这里的原始性绝不是指艺术把握或者技术的未发展时期而言,像造型艺术开始时的情况那样。与此相反,它涉及一种形式的完成,这种形式人们认为是不再能达到的,其基础就是内容和形式的统一,在以后时代中那种复杂的社会和精神条件下,人们就再也不能实现这种统一了。

这是纹样在当时所不可能产生的效果,这种效果并不是随意的,因为这种效果来自纹样本身必要的内容—形式关系。这种特殊的区别是由于历史发展、纹样在历史发展中的地位、社会情况的历史变化以及它对艺术、艺术欣赏和艺术感受性的影响才产生的。这种效果在情调内容上的这种推移是艺术史中的普遍现象,这种推移的原因、它对作品审美本质的适应性或它与作品关系的偶然性,只能在美学的历史唯物主义部分才能深入讨论。我们以后还要谈到这种推移的某些哲学前提或后果。我们这里对这个问题所要说明的:一方面是要指出,似乎是纯形式的纹样却如此强烈地被内容—世界观所规定;另一方面是要指出,因

## 第四章　对现实审美反映的抽象形式

为在近几十年几何图案式的艺术又"时兴"起来,从而利用一种理论把历史和审美问题明确地提出来,作为近几十年来最有影响的各种倾向的表现,还是有一定意义的。因此,我们不可避免地要对这些艺术观点作一简单分析。

这类著作中最著名、最有影响的要算威廉·沃林格的《抽象与移情》。我们这里当然不可能分析他的整个美学观,只能顺便指出,他从一开始就站在对立的立场反对艺术反映现实,而且取得了地位。在他那里,作为与抽象相对立的概念,不是实在的艺术现实主义,而是主观主义和印象主义的"移情"(费舍尔、里普斯等)。在一处重要的地方,沃林格明确地表达了他坚决拒绝任何一种现实的反映。他说:"由于我们所受的整个教育,我们的美学从来没有摆脱过陈腐的模仿说,奴隶般地依从于亚里士多德的概念,这种模仿说使我们对所有艺术生产的固有心理价值、出发点和目标都很盲目。"[1] 沃林格在这里道出了近几十年的一种特殊立场。他在"抽象"中不仅看到了艺术活动的出发点(这一点是正确的),而且看到了所有艺术的目标。沃林格的书在艺术方针上开了表现主义的理论先河,他以后成为表现主义的先驱。整个艺术发展的辩证法在这本书中被归结为印象主义与表现主义的一场斗争,同时沃林格也参加了印象主义理论家的行列,企图用原始民族艺术和东方、哥特式和巴罗克艺术来代替古代和文艺复兴。必须简要地

---

[1] 沃林格:《抽象与移情》,慕尼黑1908年版,第168页。

审美特性

指出沃林格的总的观点,以便对他建立在几何纹样上的"抽象"理论,就其整个意义,作为几何纹样的历史—美学解释来理解。

沃格林的理论基础是把世界看作家园与对世界的恐惧这两者间的对立。前者以移情为基础,后者以抽象为基础。前者的典型是古代古典主义"作为彻底的世界拟人化"。① 他在另一个地方指出,"人把世界作为家园,把自己看作是世界的中心。"② 沃林格忘记了一件小事,即正是古希腊的哲学家们,正如我们所指出的,是第一批自觉为人类思维非拟人化而斗争的战士,他们针对艺术的论战其根源正是在这里。当然,在沃林格那里与这些小事无关,他提出代替古代肤浅的内在世界性(内在性)的巨大课题是另外的真正艺术的超世界性(超验)。这只是一般的世界观基础,对沃林格最本质的是,由此而主观产生出来的东西。因为他对人与世界之间的探讨实际上是对本能与理解力之间的探讨。沃林格毫不迟疑地将他对"超验"世界观的肯定作为非理性主义"本能"的胜利。"人的本能不是对世界的虔诚而是恐惧。不是肉体上的,而是精神上的恐惧,是一种对现象世界纷繁复杂和随意的精神空间上的不安。"③ 由此,沃林格的理论就超出了对几何纹样的单纯历史—美学的解释。它的基本原则就是真正超验艺术的原则:"所有超验艺

---

① 沃林格:《抽象与移情》,慕尼黑 1908 年版,第 169 页。
② 沃林格:《抽象与移情》,慕尼黑 1908 年版,第 133 页。
③ 沃林格:《抽象与移情》,慕尼黑 1908 年版,第 170 页。

## 第四章　对现实审美反映的抽象形式

术都超出了对有机体的非有机化，也就是说，把更替的和限定的东西翻译成无条件必然性的价值。但这种必然性只有在无机生命的伟大彼岸生活的人才能感觉到。它将人带到凝固的线条和死的结晶的形式中。"① 因此无机的几何艺术远不止于规定的、在其原理有效范围内完成的艺术变形，它是艺术的最终典范，无机的、与生命相敌对的东西是每一种真正艺术所致力的伟大目标。因此这里道出了反人性是生活和艺术的重大指导原则："……在对必然的和不可推移的事物的考察中，需要与人的存在中偶然的东西分离开来，与一般有机存在的、表面的随意性分离开来。生活被感觉成干扰审美享受的东西。"②

持有这种观点的不仅是沃林格，还有不少这一理论的宣扬者，从保尔·恩斯特到马尔罗科斯，这里仅举几段加塞特具有代表性的话："人们若寻求新的生产的最一般、最富特征的形式，那么人们就会找到艺术与人的分离。"③ 加塞特进一步指出，在艺术中"新的、细微的情感是由人所厌恶的东西支配的。④ 他由在他的先行者那里还是隐含的状况中得出重要结论说："新的艺术具有反对自身的质，并且

---

① 沃林格：《抽象与移情》，慕尼黑1908年版，第177页。
② 奥·伊·加塞特：《Die Aufgabe unserer Zeit（我们时代的课题）》，苏黎士1928年版，见《加塞特全集》，第2卷，斯图加特1950年版，或《由艺术中驱除人》（1925）第238页及126页。
③ 奥·伊·加塞特：《加塞特全集》第2卷，斯图加特1950年版，第245页。
④ 奥·伊·加塞特：《加塞特全集》第4卷，斯图加特1950年版，第231页。

这种质总是反对自身的。它在本质上是脱离人民的，而不是敌视人民的。"① 对这种新艺术及其理论进行分析当然不是我们的课题。每一个公正的观察者都可以看出，20世纪的各种重要艺术流派如表现主义、立体主义、新客观派、抽象艺术等尽管非常不同，但它们的世界观以及艺术前提与反人性的这种艺术理论却格外接近。

我们这里感兴趣的首先是，这些颓废的理论是怎样歪曲了人类的所有发展倾向的。这些理论通常认为，科学的客观性、存在的客观矛盾性不仅是与人敌对的不合理性，而且不应被当作理想。② 把认识不断提高的非拟人化与科学知识的反人性相等同，把独立于人的客观现实的本质与其对人的敌对特性相等同，是长期以来那些害怕在科学中把非拟人化贯彻到底的人的学说。这种惧怕首先在帕斯卡那里进一步表现了出来。他成为数学和自然科学革命变革时代的人物不是偶然的，这我们已经指出了。帕斯卡作为科学家，不是偶然地成为开拓者，但也不是偶然地在世界观上害怕这一后果，并当科学具有了背弃神性和与人离异的世界以后，又到基督教世界中去寻找人性的世界。因此，在帕斯卡那里已经出现了恐惧的动机。但是，只有当社会发展前进到统治阶级及其知识分子感到它完全背离了人的时候，这种恐惧才成为倒退的意识形态的基本支柱，成为

---

① 《帕斯卡全集》第4卷，第231页。
② 关于其一般哲学方向，参见拙作《Die Zerstörung der Vernunft（理性的毁灭）》，见《卢卡奇全集》第9卷，新维德1962年版。

## 第四章　对现实审美反映的抽象形式

肯定其反常的、把自杀理想化的、颓废的思想和艺术的支配动机。沃林格及其相同观念的人正是表达了这种生活情感。

我们已经看到，上述内容构成了沃林格考察抽象形式及其审美本质和历史作用的基础。这种理论的不良作用在于，它将半真实的与歪曲了的东西混在了一起，把颓废情感"本体化"并上升到概念。我们已经指出了这种半真实与歪曲的统一体，它把通过科学进步对世界认识的非拟人化与在资本主义制度下对现实造成的非人性混同了起来。这第二类混同是恐惧的实体化，成为真正艺术的保护神，同时成为人类在生活行程的起点以及终点的"原始情感"。恐惧在原始人的生活中曾经起过巨大的作用，这当然是正确无疑的。而当沃林格在几何纹样（并间接地在几何学本身）中要看到这种恐惧的原来表达，那就简直是错误的，并歪曲了这一事实。巫术的残余雄辩地证明了这种恐惧的威力。但是，正如这里已经指出的，正是对几何秩序、几何规律性的揭示（在日常实践、科学和艺术中）是由这种恐惧、由被自然力所统治的人无能为力之中跨出的第一步，至少局部地是解放出来的第一步。在这种解放逐渐完成以后，它在思想上和情感上的作用在以后数千年中唤起着意识形态上的共鸣。对现实通过数学和几何进行支配的第一次尝试，同样伴随着巫术观念，这并不否定上述事实，它是人类最初发展阶段的普遍特征。

沃林格的见解把人与无机界的关系头足倒置了。对客观现实的征服，在这里所完成的第一步，成了在精神上的"空间恐惧"，按照马克思的话是"人的无机的躯体"的无机界，在这里成了人的敌对原理的体现。把帝国主义没落时期的世界情感投射到人类发展的原始时代，从而以这种没落时期的情感作为真正人类本质和真实艺术的表现。最后，沃林格把几何纹样普遍化为每一种真实艺术的基本原理，这也是半真实与完全歪曲的混合物，后者我们已经谈到了。其中的真实在于，纹样在某些原理上所取得的成就在发展过程中一般成了艺术的共同性成分。这个问题我们以后还要具体讨论。其所以如此——这一说明已经包含了对沃林格理论在原则上的批驳——是因为纹样普遍起作用的倾向在这一过程中不断克服着并超越出其固有的、严格的几何无机特性。它成为对客观现实反映的一种艺术上共同决定性因素，其中首先是对人及其世界的反映。与沃林格认为的情况相反——即使在哥特式或巴洛克式艺术中也是如此——不是纹样强制有机（人）的艺术所反映的现实服从于无机的规律，而是由纹样形成的原理适应于对现实具体对象性反映的原理。纹样成为不再是抽象的、不再是非具世性艺术的形式因素。这一过程只有在辩证矛盾性的基础上才能进行，这是不言而喻的。对于具体的矛盾我们只能在具体论述中来谈。

纹样的本质和发生学的这些问题具有一种普遍的美学意义，因此它超出了对纹样产生的哲学分析。纹样（不仅是纯几何）的非具世性与具体反映现实的造型艺术相比，

## 第四章 对现实审美反映的抽象形式

它与社会基础及其发展的关系看来似乎简单,而实际上远为复杂。社会历史发展本身不仅为它提供了各种反映现实的特殊内容,而且也提供了审美形式变化的条件。荷马决不会设想到,能够事先掌握托马斯·曼具有的形式赋予能力。正是由于纹样具有抽象的非具世性,人们才有很大可能去事先掌握这种形式能力。与以前造型成就的直接联系、或在变化了的社会条件下纹样的自发再现,以及对古老传统几乎毫无变化的继承,这些与其他艺术相比,有过并仍具有更广大的活动空间。当然,不能把这个空间设想为没有限制的。这里还要再次强调指出我们以前的结论:人的趣味(与动物的相反)不是具有生物的,而是具有社会的特性。当装饰离日常生活越远、越形成一种艺术门类时,这种社会基础就具有越大的作用半径。这就造成社会发展对纹样的形成能力和作用能力有更大的影响。这种变化何时对装饰是有效的、何时出现萧条,由此可以说明它的原理,这是艺术史的历史唯物主义研究所要揭示的内容。这里只需指出,这关系到客观状况,关系到这种现实反映方式的客观能力和由它所产生的形式系统的客观能力问题。它绝不是由一定时代人们的愿望和决心所决定的。我们已经看到,沃林格赋予了纹样以多么巨大的意义。我们同样知道,各种不同的艺术倾向——从少壮风格派算起——都在试图创造一种新的与时代相适应的纹样。我们已经分析了沃林格的理论,它在今天已经成为陈词滥调,决定了所有这些尝试的失败。因此,例如所谓抽象的艺术方向产生了一种拟似纹样：它把现实的反映庸俗化和歪曲成拟似纹样，没有在原来的纹样中发现出任何一点真正新的东西。在这一事实中，明确表现出这种基础的客观性：一个时代必然在它固有的社会生活中，在由生活所限定的反映现实的特定方式中，具有其纹样的世界观前提，以便以不只是暂时时兴的方式实现这种形式系统。如果这个时代本身意识到社会生活的有益倾向，才会使理论、决心和计划变得丰富起来。正是基础的客观性表明我们已经反复指出的，似乎是纯形式的艺术最终在很大程度上也是由内容确定的。

# 第五章 模仿问题之一：审美反映的形成

## 一 模仿的一般问题

现在我们转到另一个问题——艺术的决定性源泉，即模仿问题上来。从一般认识论的观点说来，我们并不是进入什么新的领域，因为我们对所谓抽象形式的分析表明，这种抽象形式也是客观现实的反映方式。从美学的观点出发，不管这两种态度的区别如何重要，它们终究只是对同一种现实反映的不同方式而已。正是在"模仿"上这一点几乎无需说明，因为模仿无非是把现实的一种现象的反映移植到自身的实践中。因此，很容易理解，"模仿"一词最广义说来是每一种高等动物的基本的普遍存在的事实。我们在几乎所有高等动物身上都可以发现这种现象：老一代

> 审美特性

要把经验传授给年轻一代只能用模仿的方式进行。不仅幼小动物的游戏是基于对成熟的动物在真实生活中动作和行为方式的模仿，就连燕子南飞前对小燕子飞行教授的方式，也属于这一类。因此，模仿是各种高等动物生活的基本事实，这些动物在与周围环境的积极相互作用中，不能只局限于无条件反射。巴甫洛夫说："假如外界是固定不变的，动物自然可以借助无条件反射生存。"因此，将人类的生存所不可或缺的经验维持和传递下去，只能靠模仿来进行。它对于固定条件反射是必不可少的，因为要适应环境、支配自己的身体和自己的活动。作为支配环境的重要手段之一，模仿是最有成效的方法。

在这种自然的基础上，模仿对于人既成了生活的基本事实，也成了艺术的基本事实——当然，艺术最终要经过复杂而远离的中介作用。在古代，当时的反映学说还没有打上唯物主义的烙印，如在柏拉图那里它还是客观唯心主义的一个基本组成部分。但在当时最大的思想家那里（这里只提出柏拉图和亚里士多德就够了）就已毫无保留地把模仿这一基本事实看作生活、思想和艺术活动的基础了。只是在近代，当哲学唯心主义在唯物主义面前被迫处于守势，才使得它不得不放弃反映论，以维护意识先于存在——把存在作为意识的产物，这样反映学说就成了一个科学的禁区。相对于这种基本立场，不管涉及主观唯心主义还是客观唯心主义，不管是由贝克莱还是休谟、康德还是胡塞尔以哪种形式提出意识产生现实，这对我们的问题是完全

## 第五章　模仿问题之一：审美反映的形成

无所谓的。这些唯心主义观点的后果是显而易见的。如果说对不依存于意识的客观现实的反映不再是认识论的出发点，那么模仿就将或者成为一个谜，或者变成多余的东西。所有关于人和动物游戏的现代理论都是在关键之处中途停顿。我们已经看到，谷鲁斯为了避开模仿，把问题神秘化了。预感、先天反应是由什么地方产生的呢？为什么它们表现为后来有用的行为方式的游戏性模仿，表现为支配自己身体的游戏性练习呢？这始终是个谜。因为承认模仿，就是默认了对客观现实的反映。所以现代唯心主义宁可保持教义的神秘性，也不愿接受简单的理性的解释。

还有一个原因妨碍正确地提出问题：在探讨动物和人的区别时忽视了劳动。现代人类学——与达尔文的直接继承者相反——非常强调这种区别，有时甚至太过分了。但如果只是描述劳动所产生的后果，却不是从它们的基础即从劳动去认识人处于不断变换的环境而动物却趋于稳定的生活方式的必然性，那么如别处所说，这种探讨就会流于肤浅。正是由于过分强调区别，而恰恰忽视了区别的最重要环节。

这一缺点也许最突出地表现在用于美学的理论。这种理论不能正确估计劳动在形成人的发展过程中对人所起的作用和对人的存在的决定性职能。这首先表现在席勒关于游戏构成审美基础的著名理论中："只有当人充分是人的时候，他才游戏，只有当人游戏的时候，他才完全是人。"① 要了解席勒提出这一理论的各种——值得注意并且重要的——理由并不很难，它首先是对资本主义劳动分工及其所带来不断损害人的完整性的后果的批判。席勒的探讨是基于一种深刻的人道主义，同时也是基于对资本主义生产和劳动分工给同时代艺术造成的不良影响的正当忧虑。虽然如此，他思想进程的结果最终却出了偏差。正如到目前为止所反复指出的那样，这不只是因为艺术的起源以及对审美本质的哲学阐述由此而成为不可能，并且也因为在席勒那里将艺术和艺术活动与劳动完全隔离开来并把两者对立起来，这就必然导致艺术本身狭隘闭塞、毫无内容。席勒在他的具体论述中经常深刻地感受到这种危险——即使在个别讨论中——他始终也未能克服这一点，总是回复到那种不幸的艺术与劳动相敌对的对立上去。傅立叶的例子表明，在概念上恰当地把握这两者的正确关系在这里是何等重要。像席勒那样，从同样的社会现象出发——当然在客观上和主观上都处于更高的阶段——通过同社会主义的劳动分工相对照，傅立叶在批判资本主义劳动分工时达到了似乎完全对立的，但在方法论上很相近的结论：在社会主义社会中劳动将变成游戏。这样，在社会意义上的自我生产与自我享受之间的根本区别就被错误地取消了，恰恰是在人类发展中具有中心意义的劳动的那种

---

① 席勒：《美育书简》，徐恒醇译，北京：中国文联出版公司1986年版，第15封信。

## 第五章 模仿问题之一：审美反映的形成

特殊本质被忽视了。由于对必然的资本主义现象的正确批判，它不仅致力于扬弃资本主义的现象，而且也致力于扬弃劳动的本质。马克思否定了傅立叶的这种观点，他说："劳动也决不会变成游戏，像傅立叶所希望的那样。"马克思在注释性说明中，不仅强调了傅立叶的理论贡献，也指出正确理解劳动在现实中所形成的结果："自由时间——不论是作为闲暇时间或从事高级活动的时间——自然都会把它的占有人变成一种全然不同的主体，而且变成这样一种全然不同的主体以后，他会重新参加到直接生产过程里面去。对正在成长过程中的人来说，这种直接生产过程同时就是一种训练，对成人来说，就是从事实验科学、在物质上创造发明、实习和使科学物化，在这些人的头脑中存在着积累起来的社会知识。对这两种人来说，只要劳动是要求实际动手和自由活动的，像在农业上那样，生产过程同时就是锻炼身体。"① 最重要的结果正是那些在原来劳动之外的空闲时间里产生的结果，它并不是与劳动无关的，而是劳动的极其重要的成果。马克思在此只提到科学方面的问题，而没有明确地指出美学方面的问题。这也无妨，劳动和高级活动之间在此的主要相互关系却已充分地说明了。

现代哲学唯心主义否定反映论，歪曲这一问题所提出的最后根据，对我们现在的讨论还有重要影响，它把对客

---

① 马克思：《政治经济学批判大纲（草稿）》第3分册，北京：人民出版社1963年版，第364—365页。

观现实的反映武断地、毫无根据或不加分析地等同于对现实的机械照相复制。这是可以理解的，旧的非辩证的唯物主义也提出过那种在意识中机械地复制现实的理论。反对辩证唯物主义的一种流行论据是，人们盲目地不加验证地将反映学说等同于对现实照相复制的理论。我们站在反对这种观点的论战立场上引证过列宁的话，他在另一处提出过这样一种思想，更明确地深入到了事物本身之中："认识是人对自然界的反映。但是这并不是简单的、直接的、完全的反映，而是一系列的抽象过程，即概念、规律等等的构成、形成过程，这些概念和规律等等（思维、科学"逻辑观念"）有条件地近似地把握着永恒运动着的和发展着的自然界的普遍规律性。……人不能完全把握＝反映＝描绘全部自然界、它的'直接的整体'，人在创立抽象、概念、规律、科学的世界图画等等时，只能永远地接近于这一点。"[①] 同资产阶级的信条相适应，在资产阶级的艺术探讨中，现实主义同自然主义等同起来了。时常以简单的罗列、常常也希图通过自然主义的稻草人来代替对反映现实的艺术进行具体探讨。从正确的反映论来看，自然主义问题包含哪些方面，我们随后再说。为了正确理解这个问题，有必要先就日常生活中现实的照相复制学说作进一步探讨，并尽可能不与各种艺术活动相联系。

为了能粗略地说明这个在我们的论述中属于认识论的

---

① 列宁：《哲学笔记》，北京：人民出版社1961年版，第194页。

## 第五章 模仿问题之一：审美反映的形成

问题，必须首先抛开生理学上的问题即感官印象，如视觉对象在视网膜上的映象在多大程度上是视觉显现之现实的照相复制。这个就本身说来最重要的事实，对我们只具有次要的意义，因为它在认识论上所涉及的问题是：在意识中形成的图像与客观现实有什么关系。其中感官印象的客观性质只具有一种成分的作用，当然这种成分是基本的、决定感知内容的。然而现实在意识中的映象是一个非常复杂过程的结果，这一过程至今还远远未能阐明。人不是简单地让现实的印象在自身起作用，人对现实的反应往往是瞬息地、自发地，不容思考或不容对感官印象进行想象或概念性说明。结果在知觉水平上，在意识对现实的反映中，就进行了一种决定人与周围环境之间相互关系的选择。也就是说，某些作为基本的要素得到了强调，而其余的则完全或者至少部分地被忽视、被排斥到背景中去。我们在无条件反射中就已经发现了这种对实际事物反映的自发性反应。这说明这些反应已经可以在动物界找到。当一个物体迅速接近人的眼睛的时候，我们可以设想一下人的反应。人会不自觉地闭上他的眼睛，转过头去，以避开接近他的物体。从反映的观点来说，这意味着什么呢？毫无疑问，这是中枢神经系统对反映图像中基本的和非基本的东西进行了分离。威胁眼睛的东西被当作主要的，而其他的一切不具有这一事物特性的则作为次要的东西，只是作为背景。

当然"本质"在此表示了一种极其主观的强调，用这个术语来表达，也许会显得不恰当。然而即使我们观察日

> 审美特性

常生活中比较复杂的一些现象，我们也会遇到类似的选择。正如我们所看到的，这是属于日常生活的特性，其表现方式具有一种直接实践的性质。一方面，它会造成这里可能形成的各种态度的某种局限性——为了克服这一局限性，人类社会为此正好培养了科学的和审美的反映——另一方面，这里所形成的实践却包含着人征服周围环境的决定性要素（即使处于在此基础上尚未充分展开的方式中），这个正确的原理是：通过实践来检验所获得的知识，并以此作为对客观现实近乎正确的反映和必不可少的真理标准。即使在人类存在的最原始阶段，也必定会产生一种对现实略为接近的意识的把握，否则这种生物（人）既不可能维持他们的存在，也不可能向更高的阶段发展。对反映的现实进行选择的主观性质——我们再重复一遍，即使是单纯的知觉——本身也包含趋向真正客观性的倾向。因此，正是通过将本质的与非本质的东西区别开来并加以选择，才可以更正确地反映特定的事物，这是不言而喻的。选择的主观原则建立在人的基本生活利益和兴趣上，如上面的例子所表明的，这种兴趣不是自发地起作用，而往往是思考、经验积累和条件反射固定的结果。当然，由这个原理出发而进行的选择，并不总是符合事物或其整体的实际客观本质。如果这种选择没有触及本质的一定因素，就不可能实现人的主观目标，他必然失败或采取另一种能更好地适应于客观现实的选择。因此，在这样一个阶段上，实践已经作为真理的标准。在这个阶段，人的意识还不能对此具有

## 第五章 模仿问题之一：审美反映的形成

一种真正范畴的概念。

正是从这一观点出发，劳动的作用就是决定性的了。因为如上所述，在劳动中暂时搁置和扬弃了目的和行动的直接规定。劳动能越来越好地实现人在支配周围环境中的目的，因为它超越了自发的主观性，这种主观性自然也包含着客观性的自发因素；因为劳动包含了实现目的的迂回道路，为了按照其本来面貌直接研究客观现实性而暂时搁置了它的直接性。在劳动中，本质的和非本质的东西的区别必然客观地表现出来，它必然反映到人的意识中（正如它客观地存在着那样）。因此我们在这里由一个新的方面看到，对现实的科学的（客观的、非拟人化的）反映如何从劳动中必然地产生出来——这是与原始的生存状态（同样在高级动物那里）不同的，那时对现实的改变往往只是一种对现实特殊的具体行动，如果这种行动错了，就加以更正，而对客观性行为方式的结构，不可能有根本的改变（关于相应的审美关系的发展我们以后再谈）。

与唯心主义和机械唯物主义相反，恩格斯清楚地认识到并精确地表述了这种关系，这是他的巨大功绩。他说："我们在观察运动着的物质时，首先遇到的就是单个物体的单个运动的相互联系、它们的相互制约。但是，我们不仅发现某一个运动后面跟随着另一个运动，而且我们也发现：只要我们造成某个运动在自然界中发生的条件，我们就能引起这个运动；甚至我们还能引起自然界中根本不发生的运动（工业），至少不是以这种方式发生的运动；我们能给

> 审美特性

这些运动以预先规定的方向和规模。因此,由于人的活动,就建立了因果观念的基础,这个观念是:一个运动是另一个运动的原因。"他正当地指责了自然科学和哲学,说它们"直到今天还完全忽视了人的活动对他的思维的影响;它们一个只知道自然界,另一个又只知道思想。"① 由此,我们研究的过程就在他那关键性的主线中清晰地勾画出来了。

从这一特殊问题的观点出发,我们必须补充说明,有关这里所分析的联系的因果性的明晰程度,并不是发展开端的特征,而是已经进入高度发展阶段的特征。对于恩格斯说来,这里涉及的是因果性的认识论问题,而不是发生学的阶段问题。如果我们现在来考察后一方面的问题,那么显然感官知觉起的作用要比唯心主义思想家所承认的大得多。在这方面费尔巴哈正是针对莱布尼茨进行的论战,他力图证明,那些我们在思想上习惯地用相似、大小和整体与局部的关系等范畴来表述的事实,对我们来说在感性上是已经存在的,理性的作用只限于以后对它们的说明。他说:"感性为知觉提供对象,理性则为对象提供名称。"他由此得出结论:"理性是最高的存在物,是世界的统治者,但这只是在名称上,而不是在实际上。"② 这样,真正的辩证法当然又受到另一方面的干扰:如果理性的活动只停留在一个单纯的命名、局限在对感性印象的记录上,那

---

① 恩格斯:《自然辩证法》,见《马克思恩格斯全集》第 20 卷,北京:人民出版社 1971 年版,第 572—573 页。

② 摘录自列宁《哲学笔记》,北京:人民出版社,1961 年,第 436 页。

## 第五章 模仿问题之一:审美反映的形成

么人类要掌握世界上多样变化的复杂而又有规律的各种现象,就是不可能的了。那么,科学思维方式的最大成就、非拟人化就永远也不能实现了。费尔巴哈完全有理由反对唯心主义对感性持敌对态度的片面性,但是他的论证在这里却降低到了一种机械唯物主义的水平,这点由一个例子就可以看清。在涉及整体和局部的尺寸关系问题上,他是完全正确的。下面我们将会看到从直接的感性模仿过渡到比较复杂的反映形式时,感性上把握现实的正确的对象性形式和关系形式,在对现实近似的意识再现中起着多么重大的作用。在这种直接的确定中整体和部分的问题能够再现吗?在这种复合体中是否存在一系列问题,要解决这些问题,理性必须起积极作用并超越出感官知觉的范围?我们现在的研究正好触及这样一种复合体。显然,这里所要研究的一切问题,其概念阐述的基础是现象与本质的辩证法。为了对这个问题本身的理论解释能够迈出第一步,这个范畴实际应用了好几千年,直到黑格尔哲学才第一次取得解决这一问题的决定性开端,但这仍然无济于事。

我们在此并不打算,即使是粗略地,介绍现象与本质的辩证法。我们只能限于讨论与我们的问题,即这种辩证关系反映的基本特性密切相关的几个中心问题。首先必须指出的是,现象和本质同样都是客观现实的要素。因此,从现实或非现实的观点出发,企图在现象和本质之间确定先后次序的一切认识论上的想法,都是错误的。这既涉及各种经验主义或实证主义,又涉及唯心主义的各种变种。

> 审美特性

实证主义只在直接的感性现象中见出现实性,并把本质的确定看作是人的意识的一种纯粹主观附加物。各种唯心主义把本质看作是一种与现象相分离的(形而上学的)存在,而把现象贬低为仅是主观的现象。从黑格尔的辩证观点看来——更不要说从辩证唯物主义——本质和现象都同样是现实,它们是客观现实本身互相紧密地、辩证地联系着的环节。这一点歌德已经清楚地认识到了,他让《自然的女儿》中的奥格妮说道:"缺乏本质的现象是什么现象呢?没有现象的本质能够是本质吗?"黑格尔完全是在这个意义上说的,当然它超出了偶然的格言的范围:"本质从有出来,在这种情况下,它并非直接是自在自为的,而是那种运动的结果。"① (即有经过存在等向本质的自我运动) 所以,"有就在本质中保持着自身;因此,本质自身就是有"。而相互关系就意味着两个环节最内在的相互渗透:"直接性在那与本质对立的映象中具有规定性,因此它不过是本质自己的直接性,但不是有之直接性,而完全是有了中介的、或说反思的直接性,这就是映象——有不作为有,而只是作为有之规定性,与中介对立:有作为环节。"② 列宁这样阐述了辩证法的这种广泛性,这固然超出了我们个别问题的范围,却正好由此把它置于一种广泛的联系中:"自然界既是具体的又是抽象的,既是现象又是本质,既是环节又

---

① 黑格尔:《逻辑学》下卷,北京:人民出版社 1976 年版,第 7 页。
② 黑格尔:《逻辑学》下卷,北京:人民出版社 1976 年版,第 12 页。

## 第五章 模仿问题之一：审美反映的形成

是关系。"① 这绝不是把现象和本质等同起来。相反，只有从这里出发才能把现象与本质的对立作为统一而充满矛盾的现实的特性来理解。正因为如此，列宁一方面强调"……非本质的东西，现象的东西，表面的东西常常消失，不像'本质'那样'扎实'，那样'稳固'。例如：河水的流动就是泡沫在上面，深流在下面。然而就连泡沫也是本质的表现！"② 另一方面他强调，本质和规律是同一序列的概念。"同规律相比，现象是整体，因为它包含着规律，并且还包含着更多的东西，即自己运动着的形式的环节。"列宁在此这样总结了他的规定；"现象比规律丰富。"③ 每一种认识的近似的特性，也是通过本质与现象的辩证法的特性从认识论上加以说明的。

正如我们所见到的，这种认识论上的成果正是几千年来日常生活、劳动以及由此所产生的科学（和艺术）发展的产物。黑格尔从他的观点出发，是有一定道理的。他首先研究了客观现实性及思维的最一般范畴。列宁同生活有着密切的联系，他从最基本、最接近生活的一些现象研究了哲学问题，从而补充并继续进行了这种分析。列宁不仅比黑格尔更深入地考察了对现实反映过程中知觉、表象和想象的作用，与"心意能力"的唯心主义等级制彻底决裂，

---

① 列宁：《哲学笔记》，北京：人民出版社1961年版，第223页。此处有改动。中译本中"瞬间"疑有误，应为环节。——译者注
② 列宁：《哲学笔记》，北京：人民出版社1961年版，第134页。
③ 列宁：《哲学笔记》，北京：人民出版社1961年版，第160页。

> 审美特性

把整个人类始终看作反映的主体，这对我们是极其重要的。于是他首肯地援引了上面摘录的费尔巴哈对莱布尼茨的批判。莱布尼茨把事物的感性确定的客观性，在认识论上归结为感性印象，并在相似性中见出一种"感性真理"，于是就牵扯到大小等方面。因此，列宁在最简单的认识过程中也分析了想象的作用。对我们说来，在这一分析中特别重要的是，列宁从两个方面阐述了想象的作用：一方面它是认识过程所不可缺少的，另一方面它是产生错误认识的来源。从运动的反映出发，他把这些看法普遍化了："如果不把不间断的东西割断，不使活生生的东西简单化、粗糙化，不加以割碎、不使之僵化就不能进行反映，思维对运动的描述总是粗糙化、僵化。不仅思维是这样，而且感觉也是这样；不仅对运动是这样，而且对任何概念也都是这样。"[①]

于是我们得出这样的结论：辩证运动、辩证范畴的反映是生活的一个基本事实。这种反映当然只有通过劳动和科学才能普遍和深化，只有通过哲学才能意识到。因此恩格斯关于实际应用和自觉认识辩证联系的另一种情况所讲的话，对于我们的问题——即对现象和本质的辩证法——也是适用的："如果这些先生们多年来曾使质和量互相转化，却不知道自己在做什么，那么他们倒可以和莫里哀的茹尔丹先生互相安慰了。这位茹尔丹先生一生中说的都是

---

[①] 列宁：《哲学笔记》，北京：人民出版社1961年版，第285页。

## 第五章 模仿问题之一:审美反映的形成

散文,但一点也不知道散文是什么东西。"①

这样一种意识的历史发展过程当然不是直线的过程,各种极不相同的动因都可能促进它或阻碍它。例如恩格斯指出:"正是15世纪以来自然科学的巨大发展直接导致形而上学观察方法的统治,并排挤了辩证的思想。"② 但根据这一无可怀疑的事实就认为形而上学的思想是"自然而然的"或"永远起作用的",那就完全错了。因为客观现实具有辩证的性质,所以人的全部实践的和精神的态度,人对现实的反映必须同这种辩证性质相适应。如上所述的情况,这种相反的倾向取得暂时的胜利总是有其特殊的历史原因的。

对现实的艺术反映也必须从这一观点出发来进行判断。因为一般说来以及在我们目前的讨论中,辩证法是生活中有关本质和现象的一个不可抗拒的基本事实。因而很明显:对现实的机械的"照相"式反映,并不是日常生活和劳动的基础。没有对现象与本质辩证的反映,生活中最初始的定向都是不可能的。上述讨论已经表明:这里并不是"哲学"把现实的所谓照相式摹写拔高为辩证的联系,而是这种辩证联系包含在最简单的知觉中,由思维只是(不总是)解释为意识而已。在视网膜上固定下来的可能是对现实的照相式摹写,但即使在简单的最原始的日常生活中,完整

---

① 恩格斯:《自然辩证法》,北京:人民出版社1971年版,第52页。
② 恩格斯:《反杜林论》,北京:人民出版社1972年版,第18页。

> 审美特性

的人对呈现在他面前整个现实的各部分作出反映时，他所感知到的现实图像也不是照相复制品。对人说来，世界的照相复制是在非拟人化的比较高的阶段上才出现的，即随着照相术的发明及其技术的完善才出现。毫无疑问，由此获得的成果从科学上看具有非拟人化的性质，技术越发达，这一点越是如此。照相的这种性质也表现在日常生活中，往往有人说，照片并不像。抽象地从客观看来，这种说法是荒谬的，因为感光材料上所呈现的只能是在一定环境下一定瞬间的客体最精确的图像。反之，从生活的观点出发这种说法却很有意义，它说明人在共同生活中的一种真实事实。它表明，一个人对别人的或对自己的视觉图像（或记忆图像）并不总是和照相的映象相一致。如果我们不考虑各种情绪影响（虚荣心、同情或反感等），那么事实始终是：由视觉形成的范畴如相似、富有特征等都具有一种选择、一种"忽略了什么"的作用。因此可以从整体上正确地论及一个人，而无需和他的随时随地都直接可见的现象机械地相符合。马克斯·利伯尔曼的机智格言"我画得比您自己更像您"道出了一种生活的真理。更值得注意的是在运动的瞬息摄影中所产生的这种对立，尽管摄影图像的真实性是毋庸置疑的，但这些摄影在日常生活的直接性中，常常产生至少是不可置信和难以设想的印象。反之，只要涉及运动（劳动练习或体育训练方法）的科学分析，这种客观的真实性就占有重要的分量。所以我们看到，现实的照相真实的复制品是一种高度发展的非拟人化技术的产物，

## 第五章 模仿问题之一:审美反映的形成

与日常生活中现实的直接感性的视觉统觉毫不相干,更不用说照相复制能够构成视觉统觉的基础和出发点了。

这一论断看来似乎与下面一点相矛盾:现代的电影艺术正是在这个基础上发展起来的。这种矛盾只是一种表面现象,因为电影的全部艺术技巧正是建立在摄影的重新拟人化上。现在让我们撇开选择和安排等环节。在这些环节中,电影与所谓艺术摄影具有某些共同的特征。当然,这些倾向在电影中比在普通摄影图片中更为强烈和突出。主要是在电影中,个别的摄影(孤立地看客观上必然就是照相复制品)是这样前后排列起来,以这样的速度拍摄并这样剪接起来,以致它的整体印象又回复到人们通常所见的样子,"不真实的东西"又察觉不出来了。正如其他艺术所做的那样,通过这种手段产生和显示出来的新东西,同样丰富了视觉的现实以及与这种视觉现实相联系的完整的人的生活经验。当然,与新的反映形式相适应的还有新的内容。我们在这里不可能详细讨论。需要指出的是,由于作为电影基础和形成趋向的是重新拟人化,对上述态度的任何违背都会损害电影的艺术特性。所以慢镜头的运用会把电影变成一种科学的电影,因为它牵涉到科学实验(非拟人化)的抽象,而不是牵涉到人的视觉艺术修养。从发现新的对象和相互联系说来,这种抽象超出了人的视觉要求。尽管这种抽象在一定范围内是随社会历史而变迁和伸延的,但对这一事实的基本情况没有什么影响。

与这种基本的照相复制说密切相关的,是把自然主义和现实主义相等同,把自然主义夸大为对现实的基本的原始艺术态度(假艺术),这是一种传奇逸闻,正如恩格斯针对形而上学的思想所指出的那样。自然主义是一种由社会发展产生的对现实自发地、辩证地进行艺术反映的歪曲。原始时代的各种艺术根本不知什么自然主义。如我们下面所看到的,当时人们反而往往片面而错误地在艺术上过分强调那些被认为是本质的东西。自然主义就其特殊性而言只能被规定为:它倾向于排除并尽可能取消本质与现象的对立甚至区别。由这一规定可以看出,自然主义的出现只不过是历史发展的后期倾向。只要是想变革环境,特别是变革自然环境,那么这种热情首先就是要发现和揭示本质的东西。即使它还处于幼稚和拙劣的形式,作为倾向,这种揭示也是与各种自然主义处于明显的对立之中。在日常生活中社会动因占据优势,"自然限制的退让"才为自然主义的产生创造了条件,并且这个时期社会发展本身处于一定的阶级关系中,产生出对揭露本质的一种恐惧感。即使在这种条件下(研究这些条件是历史唯物主义的任务),按自然主义狭义的词义讲来,自然主义是一种无定向性(或无前途意志)的潮流。当然因为这些时代的中心问题是,在把握现象与本质的辩证法时模糊不清,造成一种影响表达方式基础的决定性倾向,它确定了方向似乎对立的这种结构。这样我们就可以在当代文学中清楚地看出,由印象主义直到超现实主义的各不相同方向,基本上具有自然主

## 第五章 模仿问题之一：审美反映的形成

义的性质。[①]

对美学说来将自然主义与现实主义作这种区分是如此重要。对艺术史说来从历史上揭示自然主义产生的原因是如此必不可少，如果有人要把自然主义与对现实的照相复制等同起来，那就完全是一种简单化的歪曲。虽然自然主义的理论家经常这样说，实际的艺术活动往往追求最大限度地接近日常生活中的直接表面现象，尽可能彻底摆脱涉及本质的中介范畴，但客观现实的照相再现在这里也只是一种理想而不是现实。谁要是对自然主义作品就其图像的这种机械"真实性"作过精细研究，他就会发现，正像任何艺术作品那样，不仅整体的构成基于选择、弃舍、强调等（尽管这些原则比通常要松散些、粗网点化一些），而且在各种细节要素上也可以找到这种超出照相复制的变形。人们只要对任意两种自然主义方向上的这种风格特征加以比较，就会发现我们的论断是确凿无误的。

以上冗长的题外话所得的结论对我们极为重要：在认识论上，由意识对现实关系的观点看来，照相的反映学说是不足取的。现实世界的客观辩证法迫使在人们的意识中产生了一种自发的主观辩证法，当然这一点长期以来并没有为人们所意识。这种反映过程不仅在其内容和形式上是辩证的，而且它的形成和发展同样是由历史辩证法所确定。

---

[①] 参见作者关于表现主义的文章《Probleme des Realismus（现实主义问题）》，柏林1958年版，第146页。以及作者的书《Wider den missverstandenen Realismus（反对误解了的现实主义）》，汉堡1958年版。

◯ 审美特性

当然，我们在此对后一个问题几乎没有提到。因为我们在科学史和哲学史中碰到的，比零散的对辩证思维发展的认识更多的，是达到客观现实的真实结构时所遇到的各种障碍。我们已经反复指出，从认识论角度来研究日常生活，迄今几乎还没有开始，至今这样关键的领域还几乎被视为未知的领域。

尽管情况如此，我们下一步却不得不转向日常生活和劳动中的反映问题。在本书其他地方和开头的讨论中我们已经谈到一系列事实，如感官的分工，在这种分工中也表现出类似于此的辩证法。首先应该指出，在原始的日常生活中模仿性语词，特别是模仿性表情，比在较发达阶段具有无可比拟的更大作用。当然在人与人之间的各种交往中，都包含有对他们周围环境中某些事实以及由此产生的反应方式的示意。因此就其本质说来，对现实的接近正确的反映是这种交往的不可脱离的基础。但日常生活的联系越复杂，这种表现就越凝缩、越升华，在表述中这种原始模仿就越发淡薄，直至无法直接辨认。我可以举个尽可能简单的例子。现在如果有人想知道，从维也纳到巴黎乘车应该花多少时间，他只需翻开旅行手册，记下各车站及发车和到达的时刻就行了，并不必意识到，所有这些抽象的简短标记都是他所希冀知道的真实过程的反映。在原始人那里，即使这种直接表达即想象这一事实的过程也具有模仿的性质。马克斯·施密特非常形象地描写了这种情况。他说："一个印第安人在答复旅行要多久时用手在空中划了一个圆

## 第五章　模仿问题之一：审美反映的形成

圈表示太阳一天的行程，然后作出睡觉的表情，用这种表情手势重复的次数表示到达旅行目的地所需的天数。连最后一天到达目的地的准确时间也是用这种方式表示的，他用手指出太阳的高度来说明到达的时刻。"如果我们接受施密特的看法，旅行的天数并没有包含在这种重复的动作中，这个印第安人只是用他的表情动作描述了考虑到时间因素的旅行的实际过程，那么模仿的作用就更加清楚了。"在他每一次用手臂划圆圈的时候，他的眼前就出现了整个那一段旅程的情况，并且每一个睡觉的表情首先表示了那个确定的休息场所。只有我们把这些旅程和休息场所的数目加起来，才有一定天数的概念。但作这些表情手势的印第安人在说明旅程长度时却不需要已经具有这种观念。"①

这里非常清楚地表现出我们在理论上确定的日常生活中反映的双重性质：一方面要得到任一时刻所考察的现实的某一截面尽可能精确的图像，另一方面要在这种图像中——自发地或有意地——强调出对于每个行为具有关键意义的各个环节。特别是这种反映双重特性中的第二种成分，它的基础构成了现象与本质的辩证法。当由现实的反映所取得的经验被表达、传播或构成具体行为的基础时，这第二种成分会进一步加强。如上所述，原始的表述具有一种显著的直接模仿的性质。因为只要这种表述离开了对象或过程最初显示的范围，为了达到这一阶段所具有的明

---

① 施密特：《伦理国民经济学纲要》第 1 卷，德文版，第 112 页。

确性,它就需要利用模仿的手段。同时值得注意的是,这里所用的模仿比知觉本身更不像模型的照相复制。我们所举的例子也清楚地表明了这一点。这是一种明确强调本质的东西所需的更高度的抽象,为了用较少的语言或表情表达出具体对象或过程,以便对其特征一目了然。常常有人借口说这种可理解性是建筑在习惯的基础上,而回避习惯本身是怎样产生的问题。因为很多习惯往往是由"上层"、巫师或牧师所确定的,通过这种固定而使语言和表情凝固成单纯的符号。倒是生活本身对在日常成为习惯的东西进行了根本的选择,在人们的相互交往中证明是最好的那些语言和表情,随着时间的推移而成为习惯的东西。

这种验证就其本身而言是有标准的,这种标准对我们不是没有意义的。还用原来的例子,一天的路程可以用各种不同的模仿手势表达。那么选择的原理是什么呢(即使这种选择以后也归入习惯中)?毫无疑问,这一原理是要求具有集中的明确性,特别是提到表情动作的时候,它还要求具有一种感性直接的情感激发特性。当然这绝不是说,这里有任何审美的意图或考虑。通过语言、表情手势、行为来激发情感是日常生活中不可缺少的环节。早在艺术产生以前就是如此。它不一定必然转化为艺术。但情感的激发通常包含有导致这种转化的要素,要实现这一点还必须通过多种中介加以丰富、变化和发展。就其本身而言,这种情感激发实际上只是一种手段,以便或尽可能准确地规定和明确一个具体的事件或进行一个具体行动的准备。从

## 第五章　模仿问题之一：审美反映的形成

人类发展较高阶段的观点来看，模仿表情动作本身也是词语的替代物、一种概念的替代物，将对象事件作概念固定和排列的无意识的意图。按社会职能这里的核心是寻找中心，随着激发只产生一种"氛围"，或者由于无力在言词和概念上精确表达所把握的事物，或是由于通过逐渐的积累汇总的经验而丰富了对象。以后所产生的艺术是由这种表达成分中形成的。没有一个极长期的具有这种"氛围"的语言、表情、行为构成的过程，艺术就不可能具有生活的素材，也不可能具有由生活产生并通过其作用而丰富了的形式（否则也无法接受这种形式）。我们认为这是自然而然的，对此以及与此相关的问题以后再详细讨论。明确的意义（明确的对象事件对一定对象接近正确的反映）和一种激发的"氛围"，这两者不可分割地交织在一起的二重性是日常现实的一般标志。特别是在它的开始阶段，那时劳动还缺乏训练，而且唯一的普遍化社会形式是巫术，巫术不是通过分化来扬弃这种二重性（如以后的科学和艺术那样），而正是作为二重性将它保留下来。尽管发达社会的日常思维在其后来与科学和艺术的相互作用（赋予或取得）中远远超出了这种二重性的原始巫术结合，这些成分往往被削弱，但最终以无法排除的方式而重新产生出来，它仍然属于正常思维的本质。不要忘记，即使在最有教养的语言中，词的意义具有较高的明确性，但很多词和句子仍被肯定或否定、爱或恨等情感激发的"氛围"所笼罩。

如果我们尝试着揭示出在开始的直接"模仿"与达到

◯ 审美特性

在内容和形式上受科学和艺术滋养的表达能力之间相应的过渡形式，那么这里所提到的发展的最一般轮廓就更加清晰了。全部可能性说明，对于对象性、关系、运动联系等所感受或观察到的类比早就形成了，比以后固定为因果性的原因和效果的认识要早得多。我们甚至可以认为，这种由自发地感受到的类比中得出的类比推论，要早于那种更精确的、与日常生活直接性相距较远的其他逻辑形式。这种原始的、在知觉和情感基础上产生的类比，无疑具有一种强烈的直接模仿的性质。尽管这种类比同时必然也强调了那种模仿的因素，这种因素只是引起类比原因的基础，这种类比或多或少地停留在感性的个别性上（这种扎根于原始日常生活的倾向——发现类似并加以感性地表达——它同诗歌的发展有什么关系，我们以后再讨论）。

在形成类比时，个别的东西直接地（甚至模仿地）与基础还很薄弱的普遍化相联系。有趣的是，黑格尔在他分析类比推论时作为决定性要素来强调的，正是那种同原始的类比具有的直接模仿特性不可分割地联系在一起的东西。他明确地看出了在类比推论方面的问题所在，这个问题是由它的起源而产生的，但他却没有深入讨论发生学的这一问题："两个个别的东西在普遍的东西中合而为一，并且按照这个普遍的东西，一个个别的东西变成另一个个别东西的宾词；假如两者在普遍的东西中的同一被认为是一种单纯的类似，那么，这一普遍的东西愈是一种单纯的质，或者如质在主观上被认为的那样，是这种或那种标志，类比

## 第五章 模仿问题之一：审美反映的形成

也就愈是肤浅。一个知性或理性形式由于降低到单纯表象领域里而至于这样肤浅，但这一类的肤浅决不应该引进到逻辑里去。"① 很明显，这就是我们刚才讨论过的那种原始状态的过渡、残余，当然它们今天在日常思维中还不断出现。黑格尔反对由于过高的评价纯粹形式推论而贬低类比和归纳，如果形式推论的内容可以作为内容的规定来理解，正如我们所认为的那样，它当然往往与开始时不相符合。在黑格尔看来，对于其推论的性质是无可指责的。但他认为也存在一些问题："这一点因此牵涉到如以前所看到的那样，在类比推论里，中项被建立为个别，但又直接建立为这一个别的真的普遍。" 因此产生了那种不确定性。"至于适合一主词的规定性，是否借这一主词的本性或借它的特殊性，也将会推论到另一主词上去。"那是不定的。② 尽管黑格尔力图使这种推论形式成为完全有效的，作为推论中项的个别性与普遍性的直接统一，最终仍然是无法解决的问题。

在前面我们曾经指出，即使思维，特别是作为更高的科学形式的准备阶段，不能缺乏类比，但思维的发展必然远远地超出了类比。按照一切可能，类比和由类比产生的推论形式不仅是科学思维最古老的表现形式，而且比其他形式更无可否认地与日常思维保持着联系（至于科学思

---

① 黑格尔：《逻辑学》下卷，北京：商务印书馆1974年版，第374页。
② 黑格尔：《逻辑学》下卷，北京：商务印书馆1974年版，第376页。

维的阶段如何与艺术反映的发展联系起来，我们下面将会看到）。

现在回到我们前面所讨论的问题，很清楚，在所有这些问题中都包含着对现象与本质的客观辩证法的反映。因为我们若是详细地讨论上述"氛围"的内涵（不仅是作为激发形式）就可以看出，在其内涵中相对它的极其抽象、贫乏、静止的本质，主观地反映了某种复合体的现象世界的丰富性。对现实反映的这种辩证方式，按其服务于超越日常生活直接性的实践的程度（首先是它服务于劳动的程度）而不断提高。这一过程的客观方面我们已经谈过了。在另外一些地方我们也探讨了它的主观因素。在阐述中我们指出了感官的分工、劳动和节奏的关系也许就足够了。在这两种情况下牵涉到，当反映超出了单纯知觉的直接性时，比单纯被动地感受外部世界时更能形成现象与本质（当然还有其他的辩证矛盾）的辩证法，更接近于它的客观真实的联系。

这就是人类发展以及随之而来对现实反映不断形成的一般方向。这两种趋向是不可分割的，因为人类首先是通过实践、通过劳动成长起来的，实践和劳动又是以对现实更正确、更丰富的反映为前提的，因此也可以借助于实践中的另一个环节来阐明这一事实。它清楚地表现出各种艺术活动所具有的模仿的基本特性，同时也属于对艺术的产生及其作用不可或缺的那种生活事实。我们是指那种一般习惯用"运动想象"这个词来表述的心理过程。按照盖伦

## 第五章 模仿问题之一：审美反映的形成

的意见，"它是在一个运动形成之前，在它根据已经掌握的运动的最少量说明而构成以前，这个运动所经历的压缩了的过程的产物。"盖伦不无理由地强调这种运动想象和以前经验、运动记忆以及以前的锻炼的密切联系，他还强调这种运动想象在更加复杂的、与通常习惯不同的新型运动如体育活动中的作用。他说："我认为人们可以由较为复杂的运动训练中如体育活动中看出，初学者在滑冰或骑马时要把不习惯的、每一时刻都是分散的动作组合起来，聚精会神地把握住它，这在开始时会遇到很大困难。这些动作组合是一段一段地拼凑起来的，并且在持续地控制下艰难地协调着，如果肢体不加注意又会回到不合现在要求的习惯中去。学会了的动作只是从一系列的动作中找出'关节点'，而使那些中间阶段从中引申出来并自动完成。一种正确形成的高难度动作组合，要使它在整体上成功就要把正确的'关节点'准确地做出来，和谐的次要动作和总的情绪自然地依赖于这些'关节点'，而在运动中那些次要动作和总的情绪又代表了整体。在运动的范围内，在高度综合的运动如撑竿跳中，只有大量的环节协调一致时，在这种前提下才会产生运动的全貌。"[①]

毫无疑问，这里也存在着我们在模仿中反复强调的关于现象与本质的辩证法，甚至表现为特别明显的形式。但是，这种辩证法对于了解这一现象还是不够的。盖伦在解

---

[①] 盖伦：《人》，波恩1950年版，第209页。

◯ 审美特性

释他进行的非常辩证的观察时，小心翼翼地避开了各种辩证法的术语。在这里所谈到的"关节点"中，他就不自觉地提出了由量到质的不断转化问题。他对这一现象的描述对我们说来还是不够的。为了理解这一点，我们必须涉及列宁经常使用的关于把握链条的那个范畴。当牵涉到在沙皇俄国为地下党创建一份中央报纸对组织上和战略上所具有的意义时，列宁在《怎么办？》中对我们的问题就理论和实践方面作了如下阐述："任何问题都可以说是在迷宫里兜圈子，因为全部政治生活就是由一串无穷无尽的环节组成的一条无穷无尽的链条。政治家的全部艺术就在于找到并且紧紧掌握住最不容易从手中被打掉、目前最重要而且最能保障掌握住它的人去掌握整个链条的那个环节。"[①] 虽然在政治事件中整个行为及其各种因素要比单个人的艺术的身体运动无比复杂得多，这整个行为并不改变这一"链条"的范畴本质特征，它在最复杂的生活现象上的适用性，着重说明了这一范畴关系具有的客观性和普遍性。这里还表明，实践作为真理的标准是基于在反映中与现实的接近。实践只是直接地在所反映的现实中采取一种选择，但是不仅要选择方向和剔除错误，而且还要把侧重点转移到那些对于行动至关重要的因素和倾向上去。

这样在实践中所形成的对于本质与非本质、关节点和

---

① 列宁：《怎么办？》，参见《列宁选集》第1卷，北京：人民出版社1972年，第2版，第371—372页。

## 第五章 模仿问题之一：审美反映的形成

现象序列的新的强调方式只是在直接观察时是主观的，也就是说由所提出任务的主观目标决定的。因为第一，这个任务本身也只是直接上主观的，通过实践对现实提出的每一个问题却是以客观为基础的，在这里以前的经验、以前对客观现实接近正确的反映起着一种不可低估的作用。第二，正是这种能动的主观要素比那种单纯成为客观性的镜子的东西要更深入于客观现实。可以这样说，那种具有客观原因并建立在对现实反映基础上的主观性冒险虽然不免导致错误，但对这种冒险不能给予完全否定的评价，更不用说在错误道路上基于实践的经验已经可能包含有积极的认识因素，或至少包含有这方面的萌芽。它作为"副产品"（"偶然的"）促成对客观现实的真正研究也不为罕见。但是也会产生这种情况：沿着这些途径可以发现现实的这样一些规定性，这些规定性靠当时的单纯静观是不可能达到的，也不可能在这种情况下把握它的理论本质。因此列宁关于链条环节的学说，正是通过强调它的实践特性而超越了黑格尔关于关节点的学说，通过揭示出主观性和客观性之间生动的辩证法而丰富了它的纯粹的客观性。黑格尔已经确立"把主观性和客观性作为一种固定的、抽象的对立来看待，这是多么错误的。"① 列宁在一个地方曾经赞赏地摘引过这句话，他在另一个地方更明确地表述了这种思想："观

---

① 黑格尔：《小逻辑》，贺麟译，北京：商务印书馆1962年版，第194节，附录1。

### 审美特性

念的东西转化为实在的东西,这个思想是深刻的:对于历史是很重要的。并且从个人生活中也可以看到,那里有许多真理。反对庸俗唯物主义。……观念的东西同物质的东西的区别也不是无条件的、不是过分的。"①

在所有这些反映和模仿的形式中,强调那些同日常生活和日常实践相联系的、还没有分化为科学与艺术的倾向是很重要的。一方面因为这些形式原来是在一个不可分割的整体中起作用的。在巫术阶段,意识到这些形式并将其系统化,只是对这种不可分割的交织状态的一种固定,因为在比较发达的阶段,在形成科学和艺术以后作为强烈影响社会生活的一种力量以新的形式维持了这种状况,并使之不断更新地再现。另一方面因为上述现象本身都隐藏着或向科学或向艺术方向发展的倾向。这里只要指出与运动想象有关的现象就够了。就这些现象一般出现的情况来看,它无疑是属于日常生活的。把预先分解这些运动的过程及发现和固定运动的各关节点提高到一个科学的水平是完全可能的。自发的、即便受到一定思考所控制和引导的自我观察,对其他事物的模仿以及经验的传达都是可以成为科学分析的对象的。这种分析的主要方法是非拟人化的,它是把各种运动纯粹客观地分解为机械动态的最佳点,并用给定时刻的运动想象代替客观复合体的一个有用元素。现代的劳动科学在人与机器、与流水线的关系中进一步形成

---

① 列宁:《哲学笔记》,北京:人民出版社1961年版,第117页。

## 第五章 模仿问题之一：审美反映的形成

了这种倾向。特别是在专业运动员的训练中，我们可以找到足够多的例证（在所有这些情况下，人们可以遇到很多过渡现象，有时很难确定，简单的日常实践到什么地方停止，由什么地方代之以科学的指导。但是在各种情况下，这种界限还是存在的）。

## 二 巫术与模仿

这些模仿现象由日常实践到艺术领域的过渡，至少都经历了同样变动不居的中间阶段，其界限往往是模糊不清的。我们已经反复强调，在巫术的实践中包含着尚未分化的、以后成为独立的科学态度和艺术态度的萌芽。正如所强调指出的，艺术的分化过程在两者中是更为缓慢的，尽管——或者也许因为——艺术在刚开始阶段能够比科学更明晰地表现出其特性中一些关键的本质特征，这不仅是指艺术形成中的拟人化原理。抽象地一般说来，拟人化正是艺术与巫术以及后来艺术与宗教之间共同的东西——虽然就其最终内容说来是不同的甚至是对立的。如下所述，这里分化的过程是特别缓慢的而且充满矛盾。现在要谈的是在日常生活的基础上所形成的激发倾向，这种倾向成为巫术模仿与在此阶段实际尚未分化的初始艺术模仿两者共同具有的一个关键性因素。

我们已经看到，日常现实的模仿表达，它的目的是表述实践的具体内容,因此必然充满情感激发的"氛围"。从概念上看来,它只是一系列不精确的原始表达方式,虽然这种表达方式在初始时也是一种关键性因素。这种模仿表达的形成在于:一方面每一种社会交往都是由完整的人对完整的人进行的,因此不可能以在概念上说清内容为满足,并且要诉诸对方的情感生活。随着科学的发展,社会的分工使这种表述越益专业化,从而使这种"氛围"减弱和冲淡。但这不会完全改变——与日常生活有关——这种结构。我们前面已经讨论过发生学的问题,因此在这里我们先暂时满足于对这一事实顺便加以肯定。另一方面——这涉及表述的整体,既牵涉它的内容,也牵涉它的形式——在绝大多数情况下,这种表述应该说服对方或在某一点上说服对方,使他们采取一定的行动或态度。在每一交往中必然也会产生激发情感方式的相应因素,因为它涉及完整的人对完整的人的关系。

原始时代"世界观"的和实践—社会的中心表达方式是巫术,从最广义上说,始终有激发情感的目的。不仅因为把情感激发到狂热程度的效果,对于氏族集体是必要的,以便在氏族中形成和保持对巫术仪式的盲目信仰,而且因为那种扎根于巫术观念中的、与自然力的关系也产生出一种激发的意图,这种自然力可能产生积极的或消极的影响。于是巫术就综合、系统化并进一步发展了存在于日常生活中的各种倾向。由于日常生活与巫术在功能上没有方向的变化和质的不同,巫术只是希图扩大和加强某些现存事物,

## 第五章 模仿问题之一：审美反映的形成

所以这一点就更加容易实现。模仿就处于这种综合的中心点，这是极其重要的。弗雷泽对巫术时代的两种主要信念作了区别：第一，巫师"通过模仿唤起他想产生的各种效果"；第二，"他在一个物质对象上附加上的东西，同样可以对与这个对象接触过的人起作用，不管这个对象是否曾是他自身的一部分。"[①] 当然，这里的界限也是稍纵即逝的。在第一种形式中确实主要是模仿，在第二种形式中（即弗雷泽称为感染巫术的）也经常出现模仿。于是弗雷泽得出结论："感染巫术是以应用类似疗法或模仿原理为前提的，而类似疗法或模仿巫术只能单独实行。"[②] 概括成最一般的说法，通过对现实的过程或对象的模仿使现实本身按照所希望的意图受到影响。由此可见，模仿应该尽可能地具体，至少模仿操演的出发点必须是现实本身，而不能是单纯生活要素的抽象反映（如在装饰纹样中）。模仿操演——按它的意图说来——像纹样绝不是超脱于现世的。即使它的内容是想象的，也绝不会超出所见所闻，所以要求这种操演是现实的，是世界的一种映象。

现在读者肯定可以理解，为什么我们这样强调这一点，就连对日常生活最原始的反映也不可能具有对现实照相复制的性质，而在这种反映中起作用的却是它的辩证的本质特征——当然只是近似的——但处于近似的同样辩证的过

---

[①] 弗雷泽：《金枝》，莱比锡1928年版，第16页。
[②] 弗雷泽：《金枝》，莱比锡1928年版，第17页。

程中。因为只有在这一基础上才可以理解，为什么在相当原始的阶段就可以完成对生活过程——既包括自然也包括社会——巫术模仿的形象综合。若要把战争、狩猎、收获等过程模仿地操演出来，就需要把在现实中非常分散的环节集中起来，能动地强调所要达到目标中主要的东西，并排除现实中无数偶然出现的东西。如果所模仿的现实的各种片段只是机械的照相复制，要把这些片段拼合成一个整体，那就需要作出超人的艺术家的努力，但这个整体对于习惯于以机械方式看待现实的人仍然完全不可理解。只有在经我们清理出的基地上由日常生活最初所形成的这种图像，它的深刻的情感激发效果才是可以理解的。

在这方面，为了产生某种巫术效果而对过程的模仿与现实的模仿艺术形象曾长期走着同一条道路。产生模仿艺术形象的最初冲动只是由巫术操演活动中产生的，这种巫术操演是要通过模仿来影响现实世界所发生的事件。虽然有人试图把艺术的产生归结为力量的过剩，归结为游戏，但这是令人怀疑的。力量过剩早在人类社会开始时期就是一种社会现象，空闲时间即体力和脑力过剩是劳动生产率发展的结果。① 其次，单纯的游戏怎么能产生艺术呢，这是绝对不可理解的。当然，即使在动物那里游戏也具有模仿

---

① 现代人类学非常重视儿童发展比幼小动物发展缓慢的问题。但它往往忽视了与人类学相关的不是两者之间的自然差别，而是特殊的人类发展的一系列现象，因此在方法论上这里所涉及的不是出发点，而是结果，首先是劳动的结果。——作者注

## 第五章 模仿问题之一：审美反映的形成

的性质。游戏的意图——不论对此意识到什么程度——在于对实际的重要运动和行为方式的练习。如果观察者把它看作一种"美"，那么正像在劳动或体育运动中一样，它是一种非料想到的"副产品"。运动和行为方式首先是由目标确定的，因此总是趋向于省力，从而把动作减少到最低限度。毫无疑问，在这种目的性及其审美效果之间存在着一定的实际联系，由此并不能认为在发生学上审美效果是由那种目的性而产生的。更不能认为，目的性本身必然蕴藏着一种内在的审美意图。因此能够把原来没有审美意图的过程作为审美的来看待，而不考虑在它的意图中是否包含审美效果，这就说明审美意图已经形成并稳固到一定程度，扎根于人的情感生活之中了。

　　审美的形成经历了复杂而曲折的道路。在人的日常行动及其相互交往中本身已经是模仿的运动和行为方式再一次被模仿，对这种转化为行动的反映的再次反映，现在不再是单纯为某种直接实践的目的而模仿现实的现象，而是对其映象按照全新的原则加以组合，这个原则是要使观众唤起一定的思想、信念、情感和激情。当然这种激发性的模仿意图在日常生活中也会出现，没有这样一种"预加工"，这种意图就不能成为模仿操演的中心。这种意图在日常生活那里只是人类交往的一部分、一个环节，它不可分割地扎根于行动和表达方式之中。只有在这里这种激发模仿意图才成为中心，成为反映的组织原则。若这种独特的模仿形象就是原来的目的——我们之所以称之为形象，是

○ 审美特性

因为它的部分是为了实现这样一个目标,即构成一个由艺术创造的、事先规定了的整体,而作为实际目的的范型的是实际过程,这个过程的方式、范围、起点、终点不同程度地取决于达到实际目的的难度——如果它是由一种"艺术意图"形成,那么它的源泉只能是多数美学家所认为的人的"原始"的"先天"的审美能力,就像由宙斯的头颅中跳出的全身披挂的雅典娜女神一样,但现实却是另外一种样子。正如不断强调的,我们对于人的活动和能力的独特起源的精确了解是极少的。只是按传统知识从整体上说,我们所谈到具有激发目的的模仿反映的起始现象方式,是起源于巫术的。

与哲学的审美发生学有关的问题是,一方面要指出这种模仿的巫术与对现实专门的艺术反映的共同原理,从而使人了解,为什么审美的产生、形成和发展这样长期都不可分割地隐藏在巫术之中。另一方面还要指出,艺术与巫术的分化——是客观的,不是在人的意识中产生的——它是怎样由看来是一个整体的现象中经过缓慢的、充满矛盾的过程而终于分离开来。最终地说明审美由巫术和宗教中分化的过程只能放在下一章,因为其概念的阐述是以对审美反映最重要范畴的认识为前提的,只能放在对这些范畴的阐述之后。在发生学的讨论中,我们的兴趣当然集中在共同性的要素上,在我们探讨审美本质的这一阶段对于不同的和对立的要素只能作最抽象的说明。

艺术与巫术(宗教)之间最基本的共同原理是,它们

## 第五章　模仿问题之一：审美反映的形成

都具有拟人化的特性。当然巫术与宗教之间也有区别，巫术比宗教更幼稚、更自发、更是自然地形成的。这种拟人化首先表现在，主体的主宰力量与和它相对应的客观世界被幼稚地等同了起来，主体与客体的完全分离是逐渐形成的。巫术的力量还不像后来那样取得了人（神）的形象，从而幻想的客观现实系统可以为人的动机所左右。我们在此可以完全忽略这种方式上的区别。要讨论形成这种区别所经历的各种过渡形式，需要极大的篇幅。在此关键的不是拟人化的方式和程度，而是拟人化原理本身的存在。它们——比较——早就形成了与非拟人化的科学的对立，因此——尽管有各种区别——巫术和艺术所经历的共同道路还是漫长的。

由上面的论述我们已经知道，在发展成独立的艺术中的拟人化与在巫术和宗教中的拟人化是完全不同的。这里只要谈一下产生这种区别的起点就够了。把反映现实的映象作为反映来理解是审美的本质，而巫术和宗教却把现实和客观真实从属于它的反映系统，它们所要求的是一种信仰，这造成了以后发展中决定性的对立。审美反映构成自身完整的系统（成为艺术作品），而巫术或宗教方式的每一种反映都涉及一种超验的现实。在此必须强调指出，这关系到艺术或巫术、宗教的形象的客观意义。就是在已经完全发展成为独立艺术的时期，不论创作者还是观赏者都把作品看作是为宗教服务的，把巫术效果归于艺术作品。艺术作品本身——与这一观点无关——具有上面所确定的客

审美特性

观结构。在这两方面的理论规定中，只牵扯到其产物的客观内在性质。这种客观关系也会在实践中贯彻到社会现实中——当然只是从世界史的尺度作为一种倾向来看——而不论他们对自身活动和自身态度的意识是多么错误。

这种对比还需要进一步具体化。如果我们把审美形象作为对现实反映的自身完整的系统，在其中包含一种独特的辩证法——以后再详细讨论：它是客观现实的反映，它的价值、意义，以及真实性在于，能够在什么程度上正确把握和再现这一现实，并在观赏者那里激发出它赖以为基础的现实图景。它的完整性、"内在性"和"独立性"既不意味着同现实的远离，也不能是一个纯形式系统的内在性。这种内在性也不是对于效果方面漠不关心的。形象的完整性是一种特殊的审美形式，可以形成一种真实的，因而长期起作用的对现实的反映。

对于每一部真正的艺术作品，审美反映的这种基本方向具有最普遍的共同内容，即艺术的此岸性。反之，各种巫术或宗教的形象却涉及彼岸性，涉及一种超验的现实。[①]因为审美反映表现了人类最重要的潮流或成长的趋向，它必然被自发地加以普遍化，这是这一决定性内容的本质，具有此岸性方向的各种艺术都带有拟人化的烙印。在这些关系中处于中心点的人，赋予了这种此岸性本身以一种真

---

[①] 关于宗教艺术中由寓意产生的那种倾向以后再详细讨论。在那里将讨论艺术由巫术和宗教中激烈分化的过程。——作者注

## 第五章　模仿问题之一：审美反映的形成

正的内容，因为只有这样才能完成现实的艺术真实的映象，深入理解达到正确表现。同时一部完美作品在内容上可以是无限的（如同科学反映一样），而在审美上是严格限定的。我们前面在别的地方把人类的自我意识称之为特有的艺术承受的主体性。同时指出，这种自我意识只有在人对世界有比较透彻了解的基础上才可能。它必须基于这样一个事实：外在和内在世界已经受人和人类的前进发展所支配。在人类的自我意识中，包含着深刻的审美的人道主义。这充分——也在思想上——表现在索福克勒斯的著名歌剧"安提戈涅"中。合唱以人征服世界行动的赞美诗开始。人不断地扩大着活动的疆界，它只受到死亡的限制。只有在人作为城市建设者的地方（对于希腊人这就是社会基础），才出现了内在的中心问题，这是所有艺术的伟大主题：在城邦中人与人之间的矛盾冲突。这绝不是偶然的，这是思想家和诗人智慧的有机结合体，是对审美最深刻本质的认识。

我们相信，这就足以说明所有艺术的这种基本内容，从而可以清楚地看到，这一内容不可能出现在人类发展的开端。可以理解——明智的人种志学者和人类学者都反复地指出——各种艺术的产生是以技术发展的一定高度为前提的。现在清楚了，审美准备阶段还进一步要求对现实采取一种特殊的态度。这一点他们没有完全意识到，只是相当晚才形成。因为构成这一内容的基础是，进一步征服外部世界并在为实现这一目标的斗争中达到人的自我安全感

### 审美特性

和对自身成就与能力的信赖。任何一点技术上的成果都是人与自然长期斗争的产物，因此这里的情况是处于一种大大提高了的尺度之中。

艺术模仿包含在巫术中，这一事实绝不只具有偶然开端的那种单纯外在的必然性。巫术中的辩证特性使得在巫术模仿的外衣下形成和提高了模仿的艺术才能和随之而来的艺术感受能力。当社会发展强烈地产生出并不断再生产着上述内容和行为方式时，就使现实的审美反映由这种与其本质不相适应的联合体中分离出来，而成为独立的活动——当然这一过程是缓慢的、不均衡的、充满矛盾和不断变化的。

当我们说巫术和艺术长期走着同一条道路并不是纯粹偶然的事时，不仅是指这两个领域对世界的理解都是由拟人化原理支配的，而且两者都具有以激发为目标的模仿特性。我们在分析日常生活中的反映时，首先把思想情感的激发作为在人的相互交往中的一个重要环节。巫术模仿与日常实践行为在这方面的区别是，巫术把激发的因素放在中心。也就是说，在生活中一个人要在别人身上激发起一定的思想或情感，那么他的做法是对这个人就这件事来说服他，反之，如果对同一过程进行巫术模仿，则在操演时要在许多观众或听众中唤起——就双方而言——说服过程成功的印象。说服和被说服在生活中构成实际的主要事件，现在成为手段，成为形象塑造的内容和形式。这表现为直接感性统一的事件，借助这种内容和形式就能够唤起所希

## 第五章 模仿问题之一：审美反映的形成

图的情感或思想。在生活中事件安排的主导结构与时间过程的主导结构是相重合的。行动从开端起向终点方向运动，当然还有赖于在不同努力的相互作用下总会出现的许多偶然情况。而巫术的模仿映象是从终点出发，划分和设计构成它的动作，以便在感受者那里使这一结局有说服力地激发出所要产生的情感和思想。这自然形成一种最低限度的要求，取消由这一观点看来是多余的、干扰的偶然因素，更加激发性地强调那些构成客观内容关节点的因素。对所反映现实的这种改造——由感受内容出发来看——还没有产生全新的原理。去掉多余的因素，强调构成链条的环节，这在日常生活中已经是反映过程的重要因素。从这一观点出发将某些反映的综合体加工成一个整体，由此使本来单纯的量变转化为一种新的质，在日常生活的通常表达方式与这种有激发意图的加过工的方式之间，客观上形成了一个飞跃。这种飞跃当然不是立刻就能意识到的，或许经历了很长时期。这一点只能猜测，因为我们完全缺乏这种开端时期的资料。希图生活有所提高的情感和对它的反应，就足以能够理解巫术模仿的形象是怎样产生和形成的了。

由这一切可以看出，巫术模仿和艺术模仿的起始线最初几乎是完全统一的，下面我们对主要组成因素的分析将指出，为什么在开始时是集中在一起的。在我们做进一步讨论之前必须说明，一方面以后产生分化的萌芽，在这个阶段客观上已经存在，另一方面仅处于萌芽状态，在这个阶段还不可能被意识到。我们指的是作为模仿关键意图最终对象的此岸性和彼岸性的问题。此岸性就是直接把所操演的激发效果完全置于人的感受性上。在人身上能取得激发效果,那么模仿形象就充分完成了它的目的。反之,彼岸性是通过对过程的模仿来影响那种假想的支配现实状况的力量。它的——事先的——再现是相关的那一模仿形象。(对战争、狩猎等的舞蹈模仿,是为了对未来的相应活动取得成效能产生有利的影响。)从这一目标的角度看来,对实际听众和观众的影响只是一种副产品。从客观上讲——尽管在这两种最终目的之间隔着如此之深的鸿沟,实际上对这一开端的进展根本没有什么影响。因为一方面我们已经肯定,这个任务的审美此岸性的提出在这个阶段实际上还不可能。另一方面很显然,目的在于支配彼岸力量的模仿只有在模仿形象的塑造和对人感受性的效果中,才能直接确定是否达到成功的标准。因为不管模仿能否成功地影响那种超验的力量,只有在战争、狩猎等实际成败和模仿形象塑造之后很久,才能事后揭晓。这种判断的结果最多只能对下次模仿起作用,那时又重新开始上面所说的循环。巫术的超验表现出一种直接的与审美相近的内在性。这种具有分离倾向的、一般在以后的分析中——不总是这样——才能分解开来的统一体,在开端的实际活动中只能作为一种无法排除的事实来看待。我们将在阐述整个情况的过程中,回过头来说明这些表现出分离倾向——这是往往意识不到的——的个别要点。

我们这里只能就这些问题之一,即某些迷狂倾向详细

## 第五章 模仿问题之一：审美反映的形成

讨论一下。因为这种倾向一方面与在巫术外衣下向审美方面的无意识发展密切相关（舞蹈），另一方面则在这一阶段已经表现出一种对立的倾向。我们是指巫术时代的那些祭仪、宗教惯例等，它们是与迷狂的产生有关的。我们在这里不可能对所有相关联的组成部分都加以讨论，特别是不能讨论它与苦行（禁欲主义）的联系和对立。只能暂时说明，这些作为长期起作用的巫术时代的残余，有时在某些方面与认识和伦理处于竞争关系，正如迷狂与模仿处于竞争关系那样。我们不仅在印度和中国等地可以看到一种静观的苦行具有这种影响，而且它在从普罗提诺到依纳爵罗耀拉的依纳爵①的欧洲文化中也起过显著作用。两者的共同动机是通过艺术唤起一定的主体状态，在这种状态中并通过这种状态来产生和传播一种信念，这样做可以使人们以通常不能达到的方式与超验力量直接交往。

盖伦对这种情况作了一个直观的描述："舞蹈、醉酒、过量吸毒、自戕身体等一系列由外部向内部的适应行为，在这些行为中情感和感受性的过分提高和极度加强达到了最高程度，因为释放出来的压抑能量处于运动状态，导致人感到幸运的、对自身的一种解放和摆脱。通过舞蹈在一定程度上使人的精神变得纯净，并能按照这种特性去行动……这里形成了行动范围和方法，它们终结于过分提高、解脱了的内部世界中，追求着并体验到一种强烈化了的生

---

① 罗耀拉的依纳爵（1491—1556），西班牙隐修士。——译者注

活,而使生活重心得以回复……"① 这种沙门教活动对我们说来,最本质的东西是脱离了各种认识,特别是脱离了对外部世界的认识,通过艺术鼓动使主体处于一种陶醉状态中,从而使主体在心理上放松了与周围环境的联系,有时甚至排除了这种联系,把主体置于与当时看作是超验力量的直接关系中。在此以及在某些花样翻新的苦行中,凝聚了这样一种倾向,这种倾向只是建筑在由物质和精神文化原始发展阶段所形成的幻想中。简而言之,由于这种情况主体不可能(客观地讲是尚不可能)通过对客观现实的反映、通过思想上的加工和对所感受到的东西的实际应用,从理论和实践上支配他的实际的周围环境,所以他就抛弃了认识的这种迂回道路,而采取纯粹向"内部"的直接道路。当时日常生活中的一般主体显然还不适应于通过他的生活本能向"外部"定向,所以要用艺术手段大力排除这些对他的"限制",这种观念的形成在巫术时代是自然而然的。我们可以说,上面所作的对比——只是为了明确说明起见——当时肯定不会意识到这一点。也就是说,当时苦行的和迷狂的方法与对现实的反映和模仿是一起使用的,在它们之间肯定存在着游离不定的过渡。只是很晚以后,当形成科学和艺术的倾向大大增强时,由这种本来从一开始就存在的对立中形成一种自为的东西。当在观念上惯于支持巫术和宗教的那些阶级的统治,开始形成巨大社会危

---

① 盖伦:《原始人与后期文化》,波恩1956年版,第265页。

## 第五章 模仿问题之一：审美反映的形成

机时，这种对立就变得格外尖锐。此时这一倾向的反动方面就表现得更加清晰，比之于原始开端时期。虽然可以说，正如我们试图指出的，在巫术时代长期——与巫术观念本身混杂而不可分——的因素开始逐渐形成科学和艺术的某些范畴，这是原始状态纯粹自发的力量在起作用。由于在阶级社会发展和进一步形成中复杂的辩证法，苦行和迷狂在比较发达的文化阶段也会产生影响，但这只是一种反动的影响了。

迷狂与模仿是相互排斥的对立面，虽然它们在巫术时代实际上有时同时出现。它们的对立，在舞蹈领域表现得特别明显——关于这一点我们还要详细讨论——模仿舞蹈的意图是通过某些生活过程的模仿，在感受者中唤起一定的情感。模仿对超验力量的巫术效果在这种对比中不起直接的重要作用。这里所讨论的舞蹈是要使舞蹈者本身处于迷狂状态。

艾尔汶·罗德在他的《心理》一书中对土耳其纪念狄奥尼索斯的舞蹈作了形象的描绘："庆典在山顶上进行，夜晚黑漆漆的，火把时明时暗。响起了喧闹的音乐、金属铙钹轰然的雷鸣以及大型手鼓钝重的响声，其间加入了使人癫狂的低沉的笛音……由这种粗犷的音乐激发起来的欢庆的人群一面跳舞，一面发出刺耳的狂呼声。我们听不到歌声，舞蹈的威力使这些人无喘息的余地，因为这不是规定动作的舞步，不像在荷马时代古希腊人在赞美诗的旋律中按舞步向前摆动。在狂放的、旋转的、激烈的轮舞中，欢

## 审美特性

庆的人群奔过山丘。很少化装……而是在衣服外面披上鹿皮，还有的在头上戴上角。头发蓬乱地飘舞着，队伍举着手，他们挥舞着短剑或酒神棒，把矛尖藏在常春藤的下面。就这样他们尽兴戏闹直到把所有的感情充分发泄出来，在'神圣的癫狂'中他们冲向作为祭品的、精选的牲畜那里，把这些猎获物分开并撕碎，用牙齿咀嚼着带血的生肉，这样狼吞虎咽地吃下去。"① 他对这种风俗习惯的意义作了这样的总结："这种舞蹈庆典的参加者使自己处于一种迷狂中，他们的举止处于一种极度的兴奋。一种狂喜控制了他们，在这种狂喜中他们处于迷狂状态，表现出另外一个样子……这种极度的激发就是人们所要达到的目的。这种情感诱发的极大高涨具有一种宗教的意义，通过这样一种过度兴奋和举止扩展似乎就能与更高一级即上帝和众神的举止相联系和沟通。上帝是看不见地参与了他们的庆典活动或者就在附近，庆典中的大声喧闹就是要把附近的神吸引过来。"② 在对这种现象实际进行评论时，罗德本人站到了与青年尼采相接近的观点上。因此针对这种迷狂舞蹈对于参加者的作用问题，他的结论是："其中混杂着超人的和非人的东西。"③ 作为一个严谨的学者他没有忽视去肯定，这里涉及的绝不是希腊人发展的某种特殊的本质特征，而是原始民族生活中极其普遍的现象，是巫术求医者和沙门教

---

① 艾尔文·罗德：《Psyche（心理）》第 2 卷，图林根 1910 年版，第 9 页。
② 艾尔文·罗德：《Psyche（心理）》第 2 卷，图林根 1910 年版，第 11 页。
③ 艾尔文·罗德：《Psyche（心理）》第 2 卷，图林根 1910 年版，第 14 页。

## 第五章 模仿问题之一：审美反映的形成

的活动（包括伊斯兰教的乞食僧），这种活动在历史上曾长期保持着。[①] 这里我们无需进一步讨论这种倾向的文化前提和后果，只要说明它与模仿过程的相互排斥的对立，这对我们就足够了。关于尼采由这一未加分析地、神秘化和现代化了的事实中所得出的美学结论，我们在其他地方再谈。

如果我们根据上面的叙述，对在反映中从模仿过程到形象的转化的最重要规定加以进一步考察，那么作为最原始和最一般的环节，就要考察它如何由日常生活的正常连续性中脱离开来的问题。虽然生活的各种事件可以突然中断它的正常流程，但它的原因和后果却客观地从属于这一流程。所以作为个体的和社会的人在体验这些事件时在主观上还是把它们看成统一而不可分割的生活的组成部分和环节。巫术的模仿形象——则与此相反，其中包含有以后各种艺术的重要本质特征——不是生活整体的一部分，而是生活某一组成部分的反映，它被描绘为一个整体并与其余生活相脱离。由此看出，要统觉这种反映，人们就要在一定程度上由生活的正常连续性中脱开。这种生活映象的次序按其本质多少不同于那些和这种映象在时间上相接连的生活环节的正常继续。同样随着形象的结束，这种由生活中的脱开也就停止了，人返回到他的正常的存在中。然而，迷狂和苦行却是使人们彻底由正常生活中脱离开来。迷狂和苦行所追求的现实是超验的现实，就是要和生活

---

[①] 艾尔文·罗德：《Psyche（心理）》第 2 卷，图林根 1910 年版，第 24 页。

完全脱离。所以，这种态度完全不考虑对象化，不考虑激发和感受性。然而，模仿活动则要靠对象化、激发和感受。

这种本身极为简单的、到处都容易发现的对立需要加以具体说明，以免由于形而上学的拔高和过分夸大而失去其真实性。脱开正常生活和返回正常生活只能是相对的，只能以一种特殊的相对性来理解，即按照形式而不是按照内容来理解。这是什么意思呢？首先使有关的形象由日常生活脱开，绝不是使之与日常生活的内容彻底分离。相反，正是这种内容（这种内容的一部分）在这一反映中获得了一种新的特殊形式。这种客观的事实在主观上相当于，不论这种形象的创作者、活动的人还是感受者，都不能脱离生活内容的整体——即使他们想要这样做也不可能——而只是在一定阶段，在形式上对待这些内容的态度有所改变：他们的注意力暂时不是集中在生活本身上，而是集中于生活在这里所呈现出的，或被呈现出的反映上。随着这种与生活本身直接关系暂时脱开的结束，人们必然又回到生活中去，在生活中这种反映所给予他们的那些经验和感受以各种方式渗入到他们全部的经验和感受中。这种脱开因此有理由作为一种与形式相关的东西看待，因为模仿形象在客观上和主观上只是通过它的形式才能完成与通常现实的暂时分离，只是通过它的特殊形式才产生对所反映生活内容的预期效果。这种生活内容作为内容来自生活并将返回生活。反之，迷狂却是彻底脱离了日常生活的连续性。由

## 第五章 模仿问题之一：审美反映的形成

这一事实可以得出对于这种模仿形象本质特征有重要关系的结论。我们已经反复指出，这种形式的特性集中在激发他们的能力、思想和情感上。由此并不能成为与生活决然不同的东西，它只是成为与日常生活的表达方式所不同的、具有新的质的东西。这点我们已经指出了。

模仿形象与日常生活之关系的两个方面都应该予以强调。如果在生活实践中没有固定形成一定内容、词语、表情等的情感激发效果，那么通过模仿产生激发就是不可想象的了。即使可能有一种自发的激发效果，这种效果当然会获得一种形式上的提高，由此得到一种新的质，但却不能排除它与生活的联系，它的内容是由生活中取得的。同时还可能出现这种情况，生活中这样一些因素只是处于萌芽状态，只有通过模仿把它们突出出来，才能获得一种积极的作用和深刻而普遍的意义。只就模仿形象的这种效果而论，还不能充分强调出这种相互关系。同时，另一方面还要考虑到它的新的质。我们已经提到了由日常生活的流程中——相对地——突出出来的那些环节。同时指出，它们具有一种形式上的本质特征。对于辩证的考察方式这一结论绝不排除在模仿形象本身与预期达到和已经达到的效果中内容特性的变化。反之，黑格尔以正确的辩证的方式确定了我们这里所谈的形式和内容的关系："我们在这里看到了形式与内容的绝对关系的本来面目，亦即形式与内容的相互转化。所以内容非他，即形式之转化为内容；形式非他，即内容之转化为形式。"① 这种转化即使在最原始阶段也可以观察到。因为正如亚里士多德所指出，在生活中引起不悦情感的东西，在艺术形态中却可以激起喜悦。② 这对于变为独立的艺术是非常重要的，在最原始的巫术模仿形象中也是不可缺少的因素。我们来设想一个战争的舞蹈，一个武装起来的人带有威胁的表情在生活中自然要引起恐怖的感情，或至少引起防御的意图。在舞蹈中则相反，这种表情引起快乐、兴趣和自我意识性。因为通过这些表情在观众中可以激发起情感——这种表情越恐怖，引起的情感越强烈。这些战士是不可战胜的，因此我们的战士将打败敌人。在生活本身中和在生活的模仿表现中激发不同情感的内容都是这样。模仿使观众和听众由日常生活的流程中脱离开来，因此模仿不是"中性"的，不只是围绕内容的形式，而是辩证地转化为内容的因素，使内容的原有特性相对地在质上有所改变。

与日常生活在形式上脱开所产生的效果还以这样一种特性为基础，这种特性对于模仿形象的审美性质具有决定性的意义——这当时还是意识不到的。我们指的是在空间—时间上是闭合的，因此是集中的、由统一的观点出发对各种因素作出安排的特性。简而言之，把生活事件转化

---

① 黑格尔：《小逻辑》，贺麟译，北京：商务印书馆1980年版，第278页，关于内容在这种相互作用中居先的问题，我们在展开了的关系中还要讨论。这里首先关系到它们的相互转化问题。——作者注

② 亚里士多德：《诗学》，第4章。

## 第五章　模仿问题之一：审美反映的形成

为一种尚且原始的艺术活动，转化为一种虚构。G. 汤姆森对此作了一个恰如其分的描述①。最原始的舞蹈、歌唱等随着原始氏族经济的瓦解，一方面发展为神话的表演，成为这些神话的固定；另一方面成为神话的进一步发展和还俗。我们这里不能对这条道路的细节进行讨论。对于我们首要的是，即使是最初始的模仿形象也表现了某些事件，因为按照巫术观念，世界只有这样才能实现巫术的目的，按照当时的信仰就是要去影响在生活中那些决定着这些过程成败的力量。这已经是从纯粹实际的目的性原因出发，在现实中一个事件的发生处于广大空间的不同地点，时间上经历数天、数星期或数月，现在把它集中在一个地点和较短的时间里。这里又出现一个形式范畴，即集中的原则。就像上面谈到的由日常生活流程中脱开来一样，这一原则同样立即会转化成内容的因素。这种集中的原则首先以有关的被反映事件的结局为目标，也就是说，它总是要求把现象世界本质的东西，比在日常生活事件的直接结果中所能达到的更强调地突出出来。因此，这里现象与本质的辩证法表现得更鲜明，更突出，但却保持着日常生活所固有的那种形式。在现象中内在地包含着本质。它与原始阶段科学思维那种先分开后结合的方法也是不同的。为了达到巫术的目的，这种集中是以压缩的、凝聚的、突出本质的方式来表现所有重要的环节。

---

① 汤姆森：《Aeschylus and Athens（埃斯库罗斯与雅典）》，第 15、103 页。

### 审美特性

在这种情况下,集中也就构成了在以后成为独立的艺术中称为情节的东西。亚里士多德认为情节是一种对所发生事件在艺术上的恰当组合。① 情节——即使在其最原始的形式中——绝不仅是事件的依次相继。将各部分按目的论来安排以达到一定目标正是巫术的目的,通过这一目的不仅在一定范围内使依次相继的转化为相互分立的,转化成一种因果性联系(即使这种因果性是一种幻想的),而且在目标上相互加以一定的提高、停顿或降低等。这样,情节就成了以后文艺的中心范畴。它是以实际的必然性由最原始的模仿形象的巫术目标中形成的。②

当然,这种情节和以后文艺作品的情节还有很大区别。首先,这种情节更为松散,对于强制的因果联系的要求还很有限(虽然舞蹈后来在其他方面已远远超越于开端阶段,但在这方面仍停留在比较原始的阶段)。更重要的是另外一种同样由这一结构中产生出来的要素——人物塑造、角色的形成。在这里,由以后的发展水平上回顾开端是很有教益的。特别是当在成熟的形象中还保留着以前传统的某些残余时(尽管这不是从一种有意识的历史主义的角度来看),亚里士多德特别强调在戏剧中情节先于角色,这是经常引人注目的,"因为悲剧不是对各种人物的模仿表演,而

---

① 亚里士多德:《诗学》,第6章。
② 构成情节基础的那些反映的实际材料相应地经普遍化和改造,在其他几种艺术中也起重要作用,这一点我们以后将会看到。——作者注

## 第五章 模仿问题之一：审美反映的形成

是对行为、幸运与不幸生活的表演。"① 他突出强调了在生活中行动在先。由此得出结论，在戏剧中是情节决定和表现着各种角色，而不是相反。这对以后的发展来说——在实践上和理论上——都是如此。如果我们不是从戏剧后来的发展来看亚里士多德的这一结论，而是作为对艺术发展的一种回顾来看，那么它说明，所有模仿形象（戏剧就是由此发展而来）必定都以没有角色（在我们所指的意义上）的情节表演过。角色的表现作为艺术的任务则是艺术发展比较晚期的产物，它的发展需要克服极大的障碍。这完全符合于这种传统说法，悲剧是由赞颂酒神的合唱发展而来，以后由戏剧角色构成的部分则是作为合唱，由合唱而形成的。

在所有这些事实的后面隐藏着一些社会的重要情况，在原始状态下还不存在表现人的社会背景和生活事实的问题——对人的反映是文艺的特征标志。更恰当地说，在这个阶段还不可能注意到对人的模仿性反映。当然，在这样一个社会中，人们个体之间是不同的，程度不等地存在着聪明伶俐、沉着坚毅、勇敢、诚实或虚伪等。这些特性只有当它们对于集体有利或有害时才引起注意。这些特性在"私人"相互交往中如何发挥作用，它不涉及什么公共利益（按照我们的感情，在当时是无效的）。也许在这种作用中还不能表现出，人们在心理—道德上的引导使形象的个体

---

① 亚里士多德：《诗学》，第6章。

性格描述变成普遍的需要。对个体性格描述的需要——既包括在生活中又包括在其反映中——是随着在个体与社会关系中产生的冲突而出现的。这是在一个更晚的时期——在原始共产主义解体以后才出现。希腊戏剧的发展表明,这种冲突是多么缓慢地导致对个体性格描述的关注。作为上述说明的补充——还应指出,这种冲突一方面是文学反映现实的一个基本范畴,它完成了文学及其与舞蹈、歌唱等原始统一体特有的分离;另一方面即使这样一种基本范畴也不是一开始就存在的,而是社会发展向前推进之后的产物。这证明我们以前对于在具体情况下,现实审美关系是"天生的"特性这一神话所作评论的正确性。对这里的具体问题作精确论证是属于美学历史唯物主义部分的任务了。

第二,在此我们可以看到美学另一个基本范畴的形成:典型的形成。对生活事件的反映所作的那种集中,正如我们已经看到的,是与纯粹的巫术模仿不可分割地联系着。只有当所挑选和组合的那些环节可以使人们直接作为有关部分的映象在生活中立刻感觉到的时候,这种集中才起作用。在这些需要中,以后才意识到的"tua res agitur"(这是与你利害相关的事)在巫术的外衣下出现,也包含萌芽状态的典型的起点。当然正如我们上面关于情节的论述中所指出的,它还没有那种丰富的内在矛盾性。这种矛盾是由角色的典型与个体这一矛盾的有机统一中产生的。因此在开端阶段既不存在在典型范围内由个体与典型的辩证统一

## 第五章 模仿问题之一：审美反映的形成

产生的矛盾运动的活动空间，同时也不存在由这种矛盾所限定的艺术选择的自由。由生活的充满矛盾的典型现象中进行艺术选择，在成为独立的艺术中引起了多种形式的难题。在原始的典型中，只表现了后来矛盾统一的社会方面，而且如上所述，主要是环境和事件的典型而不是角色的典型。当然，角色的典型必须具有最低限度的个体性，舞蹈参加者的个人特性已经顾及这一点。但是这种最低限度的个体性完全消融在典型的社会特性中了。它的基础当然是已经指出的社会状况，这种状况在当时所能存在的反映形式中找到了与之相适应的表达。因为由以后的艺术发展中可以明显地看出，舞蹈及其（或半舞蹈的）表情、歌唱的诗句、音乐等不像那种纯粹只是说的话（台词）那样容易个性化。这不是偶然的，这种台词是发展到很晚以后的产物，而舞蹈——在发展的主线上——却停留在典型化的这一阶段上，并且构成独立的艺术门类。

由具有自发必然性的巫术活动中产生的原始典型的这种特性，已经包含了巫术与艺术之间分化的萌芽。原来这两种需要是完全重合在一起的，当社会的发展产生了个体和整体之间的冲突时，这两种倾向才开始分化。作为一种典型现象，只有随着原始共产主义社会的解体，随着第一次阶级分化才可能产生。分化的某些客观要素当然早就出现了。因为尽管原始社会这样稳定和显得毫无变化，生产力的缓慢增长仍然在生活中、在人与人之间的相互关系中、在人与自然界的关系中，带来新的因素。这一点表现在，

## 审美特性

巫术表演的内容可以把这些因素自发地同化进来，尽管只是以下述方式：对某些古老的神话——或许是完全自发地无意识地——作出新的解释。因为具有一定内容的形式是审美形式的本质，在巫术模仿形象的预期激发效果中，潜在地——当然是自发地无意识地——包含着审美的这种特性，它必然形成向新的内容和形式的感受方向的运动。巫术是有着严格仪式的活动，模仿形象在巫术方面总是被看作是魔法或宗教惯例。对音调、语词、表情依据惯例加以固定的倾向，是在巫术观念的范围里强行造成的，按照惯例要达到对超验力量的支配和影响，就要依靠一定序列的言辞和表情等。我们以后还要对由此产生的巫术与艺术间的斗争作进一步讨论。这里只须指出，巫术的引导具有这样一种倾向，即将原始的典型作为惯例、作为严格规定的传统固定下来。同时由这一论述中还可以看出，巫术（及宗教）目的对仪式的严格规定是出于他们对超验力量的屈从。一开始时，巫术所确定的两种目的——对超验力量的影响和对人的感受性的直接激发作用——是重合的。只是后来在产生了上述冲突的情况下，由于新的内容的渗入结果产生了新的形式，这两种目标出现了分离的倾向：按照激发意图由于自发作用的缘故当然可以接受新的东西，包括新的内容和新的形式。然而旨在影响超验力量的方面，则力图尽可能不变地保持原来反映和表现的传统内容和形式，因为对超验力量的影响也是与对生活的反映和表现的某种内容，首先是某种形式有联系。固定为惯例在这里有

## 第五章 模仿问题之一:审美反映的形成

它的根源,这绝不是任何"艺术的意图",这种意图当时还根本不存在。这个根源很可能是由这种纷争、由这种原始统一体辩证地分解而来。至于是否与何时,除了宗教礼仪、惯例性的模仿形象之外,同时还形成了世俗的模仿形象,它给人以一种人的现实映象的此岸性欢乐,是否与何时艺术成为社会生活的独立形态,是否与何时在激发作用和形成惯例之间达成一种妥协等等,这些问题只有以历史唯物主义为指导的美学专题研究才能给予满意的回答。我们的目的是只要抽象地指出这里所产生的分化,作为哲学的艺术发生学的一个阶段、一个环节来理解就足够了。

为了使这一发生学研究不是单纯由个别的矛盾推演出来,而是沿着对象多方面性的方向推进,我们必须再回到出现分化以前的阶段,对激发的环节作一个比目前更深入的分析。我们现在必须着眼的下一个问题是激发与模仿的辩证联系的问题。毫无疑问,模仿作为人与现实交往中对基本事实最初始表达的最原始的形式,构成了问题的出发点。不论在主观意义上还是客观意义上都是如此。在客观上,因为对现实过程的反映是维持生活所不可或缺的。在主观上——这里第一次清楚地出现了对现实的原始模仿形式——因为对客观现实"经过加工"的验证过的反映形式的复现是生物在生存斗争中形成和固定下来的能力,在一定情况下也是经过了提高的能力。因此,利用被反映物的这种最原始形式在动物的生活中就已经出现了。如前所述,特别是在幼小动物的游戏中就已经出现了。我们甚至可以

## 审美特性

在这里发现萌芽状态的某些产生距离的因素，这种因素后来在人的生活中、在模仿中成为具有决定意义的东西。它不是明显可见的由游戏所唤起的那种兴致情绪——尽管其中也存在兴致情绪的激发与模仿相结合的痕迹——因为这种兴致显然是由自己所掌握的技巧产生的直接欢乐所引起的，和游戏活动不可分割地联系在一起（游戏接近于生活的程度在很多游戏者身上可以看出来，在游戏中游戏者受到损失时——即使不牵涉到物质上的损失——同样引起发怒而陷于抑郁等，像在实际日常生活的真实事件中一样。人们通常说，真正的游戏、毫无悲痛的失败也属于某种文化，这里人们正确地道出了游戏与生活不太明显地产生了距离的方面）。最重要的是在游戏模仿本身中的距离。例如一只在游戏的狗，只是做一个咬的动作，但不真咬。这就表明了在被模仿的现实与被反映的模仿之间存在某种——本能的——区别。同时由此能够产生某种情感的激发。

但是在人的世界里，模仿超出了这种直接性。在发达的阶段上仍然经常有直接的模仿，这种直接模仿也超出了它的直接性，力图达到一定——停留在感性上——的普遍化。游戏的练习成为一种副产品，更恰当地说，一方面是作为一种前提条件，因为正是那些战争舞蹈的参加者都已经最好地掌握了所有有关的动作，另一方面牵涉到未来现实的关系，到那时游戏就变成了生活的真情，不是本能的不确定的活动，而是涉及完全确定的未来事件，如做某种战争行动的准备。这种具体性包含一种比单纯本能的、与

## 第五章 模仿问题之一：审美反映的形成

生活不确定的关系更高类型的普遍化。当然，在更低阶段就出现了一种普遍化：对一种类比固定化了的情感。是否类比仅仅停留在情感上，是否已经由某种概念将两个在直观外表上多少有些相似的对象（过程）相互联结了起来——战争的舞蹈就是实际战事的一种反映、一种模仿——这丝毫改变不了由类比所得出结论的冒昧性和无把握性，在反映中取得的胜利召唤在现实中也取得胜利。

在模仿的整个巫术理论和实践中都表现出这种结构。弗雷泽对此作了形象的描述："由于原始人对于现象的真实原因的无知而产生误解。他相信，他只要模仿那些与他生活相关的自然界的巨大现象，就可以使它产生。他在林荫中、山谷里、在偏僻的荒野上或风暴喧嚣的海岸旁所进行的小型操演，通过神灵的同情或神秘的影响，立即会使权威的表演者在一个更大的舞台上接受和重演。他幻想，如果他穿戴上树叶和花枝，他就会帮助不毛的大地装点上新绿，通过他演出的冬天死亡和送葬的游戏就可以把那个凄凉的季节赶走，为即将来临的春天的轻快步伐开辟道路。"[①]像弗雷泽那样，指出这种类比完全是虚构的，这一点并不难。在此对我们更重要的是，确定在这后面隐藏着对世界理解的哪一种范畴因素，尤其在审美方向上它的发展余地如何。在此我们需要回忆一下以前所谈的类比和类比推论，因为直接模仿的这种普遍化是以类比为基础的，所以不需

---

① 弗雷泽：《金枝》，莱比锡1928年版，第467页。

要加以证实。如前所述,黑格尔看出了,在和类比推论相连的中项中普遍和个别的直接统一,并由此正确地把他的问题建立在逻辑的和科学性的观点上。如果我们用在巫术外衣下审美发生学的观点来考察在巫术实践中类比的应用时,这个问题则完全不同。推论形式是对在这种——普遍化了的——反映中实际存在和进行着的过程的一种凝缩了和抽象了的把握,它的这种结构显然具有两个方面。一方面对巫术活动在思想上的整理、内容上的充实,无疑也是按照逻辑方法处理的,由于社会存在和意识长期处于低级阶段,所以这种逻辑思考对巫术模仿的实际作用几乎看不出来。另一方面模仿本身直接在其感性具体性上,比个别发生的事件和过程在整体上是有所不同的、更高的、普遍化的东西,或至少表现出这样一种倾向。同时它也表现为这样一种方式,即意义和指示绝不是以抽象的普遍化,而是以感性具体的过程显示出来,它的意义就包含在这个过程之中。显然,按列宁那样,把推论形式看作是对实际具体重复的事实最普遍规定的一种反映,这里它是以感性直接的现象方式来反映最普遍规定的。这就构成了类比推论的逻辑本质,即普遍性和个别性的直接统一。内容的这种最终达到的同一性,限定了它必然就是这样形成的这一范畴本身。决定性的分化在于这些范畴、它们的相互关系、它们在所形成的内容中的关系,获得了新的功能,并随着这种功能而获得了新的结构关系。

  如果我们现在来考虑这种新的东西,那么我们可以看

## 第五章 模仿问题之一：审美反映的形成

到，普遍和个别的直接统一在这里只有通过模仿的激发意图才能实现，这种意图正是由内容和形式相结合的本质中产生的。因为从直接性的严格意义上讲，在这种情况下也只给出了个别的东西。在它的模仿映象中同时却感受到普遍的东西，如在弗雷泽的例子中，季节变换与这种直接以人模仿表现过程的联系部分地是巫术对世界的理解和巫术宣告的结果，部分地正是对模仿形式激发效果的直接体验。当然这两个方面只有经过思想上的分析才能相互分清，在直接的感受中每一种因素都会转化到另一种因素中去，在这种成为统一的感受中它们互相得到了加强。

分析当然不能停留在这种直接的联合上。关于个别的东西与普遍的东西的直接统一，这一结构的事实对于模仿的历史命运产生了极其深远的影响。首先这里涉及模仿的结构即寓意，这一结构对于艺术后来的命运格外重要。如果我们要在概念上作进一步规定，那么我们又要考察上面所规定的同一性与差别性的统一。个别的东西在这里应该是与普遍的东西直接同一的，使个别的东西比在通常的现象方式中得到新的强调。个别的东西没有作为其自身而扬弃它的个别性，却又负担了强烈的意义。在日常的现实中肯定就已经存在这样一种倾向了。因为若非如此，在人的感受中它就成了相互没有联系的、支离破碎的、混乱的东西了。通过纯粹思想上的联系把这些个别性相互连接起来，这只有在纯粹形式逻辑上才有可能，从而使之能够被理解。如果在日常不是与连接着个别性的对象本身发生关系，那就不可能有任何直接的知识、日常的思维了（这里不讨论这个问题所牵涉的范围）。如果不考虑到在统觉富有意义的个别性时所产生的准备过程，那么模仿形象也不可能具有激发效果。模仿所形成的量的提高在这里也产生了一种新的质，即直接承担着作为个别性本身意义的一种更强的具体性，同时进一步发展了与生活的一种重要力量保持直接联系的普遍化。只有这种具有强烈意义的个别性才能同普遍性直接同一地被体验和思考。

这两种因素（个别性和普遍性）的重合并不能掩盖它们在直接统一中的区别和分化，因为两者不仅同属一组，而且它们的聚合和发散也具有高度的同时性。尽管富有意义的个别的东西就其本身而言，并不是处于其一定概念中的普遍的东西，这种普遍的东西还可以完全具体成感性的东西，它绝不会直接降低到个别东西的单纯的此时此地。在分离过程中这种不同质因素及其相关性之间的运动起伏，在对现实的寓意—模仿反映的激发作用中引起很大的变动性。歌德明确地认识到寓意的这种本质特征，他说："寓意将现象转化为概念，将概念转化为图像，因此图像中的概念总还是有限的，并可以充分被把握和占有，就其本身表达出来。"[1]

这关系到一种社会的文化状态，在这种文化状态中不

---

[1] 歌德：《格言与感想》，见《歌德全集》第35卷，斯图加特1907年版，第325页。

## 第五章 模仿问题之一：审美反映的形成

论寓意的模仿表现形式还是它的超验的对象，同样都是可以事后体验到的，其中上述运动实际上是作为普遍的东西和个别的东西的直接统一在起作用。这里面隐藏着由寓意特有的本质产生的内部分化原理。当黑格尔空泛地提到寓意时，[①] 他同样准确地指出了它的消极作用的一端，正如歌德肯定了它的积极作用的一端那样。这种否定性是由历史必然性产生的，只要社会的发展，它的变化使得在模仿"推论"中所包含的普遍性具有直接的激发特性，这种否定性或者全部消失，或者至少当这种寓意仍为众所周知时，它消退为单纯的概念性。失去了这种联系的具有意义的个别性，在某些情况下可以保留一定程度的激发作用，但它缺少正在完成的、圆满而完善的结果，它在一定程度上成为空虚的东西。随着它的超验普遍性变成不可理解，它就成了真正超验的东西，成为无。当然这个过程在不同的模仿形象中是各异的。正如我们所见，那种按照原来意图大多具有寓意的抽象装饰纹样，同样是模仿的，但由于对后世的观众失去了这种意义，就会使人毫无感触。在真正的模仿形象中，在完全失效和几乎不受干扰地起着作用之间存在很大的变化过渡的尺度（寓意的审美问题将在最后一章讲）。

这里所产生的变异的种类和具体原因不属于这个讨论

---

[①] 黑格尔：《美学》，见《黑格尔全集》第11卷，汉堡1952年版，第513页。

的范围，它是美学历史唯物主义部分的一个问题。这里只需笼统地指出一种因素，由这种因素里可以从哲学上看出审美产生的下一步骤。这一步既超出了单纯的个别性，又超出了抽象的普遍性，还超越了两者的直接统一。它达到了个别性不仅带有意义，而且充满意义，普遍性不再是个别性的一种先验希冀的目标，而是贯穿于它的各端、寓居于它的所有原子中，即由普遍的东西和个别的东西的单纯直接统一中形成实际的、有机的、新范畴统一体——特殊性。只有当这个过程完成之后，审美才形成人类发展的实际的独立原理。在此我们只是试图从哲学上揭示出发生学所经历的道路，对这个问题只能作为前景提出来，对它的分析和具体化属于我们研究的下一阶段。这里它至少要成为视野之内的前景，以便能够看出，为审美做了准备的范畴和行为方式，如何由巫术实践的某些因素中产生出来，只有清楚地看到审美的发展去向，才能认识它的发展根由。因为只有在这里才能看出激发与模仿不可分割的联系，如何产生出一种全新类型的观察世界的反映方式。它不同于科学，但却具有同样的价值。两者反映同一个现实，它们的内容以及由这些内容而形成的范畴，最终必然具有同一性。然而这种新的对象性作为激发的反映形式关系到完整的人，使这些范畴获得一种独特的改造和重新分组，以便揭示出现有隐藏着（也包括对于科学隐藏着）的内容，并对已经揭示出来的东西加以新的说明。

为了能够正确地表述在日常生活与艺术的产生之间的

## 第五章　模仿问题之一：审美反映的形成

某些联系，我们已经涉猎很广了。现在回到前一个问题的现象上。在不同情况下，我们已经能够看到，激发是人的日常生活的一个重要因素。人的社会关系——以及在个体范围内——存在着一种不可忽视的多样性，其中激发起着一种不可或缺的决定性作用。不仅在那些自然界中的现象、社会和个人生活中的事件自发地、无意识地起作用的地方是如此，而且也被作为有意识地达到一定目的的手段：我们只要指出——肯定是很早——为了使别人获得某种意图的尝试而出现的一种生活表现，后来由此产生了辩论演说、修辞术等。这是一个基本的生活事实：人的相互影响的意图不能只限于纯粹智力的论证，而是由论证和激发因素的相互配合来完成说服的过程。这两者经常或多或少地要应用模仿，首先用以提高激发的作用。

激发和模仿在人的日常交往中的密切结合，成为各种感官形成的基础，关于这个基础我们在讨论劳动对人认识世界所起的作用时已经谈到。我们只要指出两个决定性的重要因素：第一是运动想象。想象的形成使得人们不仅在他们日常行动中变得灵巧，而且使得他们能够只根据单纯的暗示（如表情）就能在想象中事先体验到其后的过程。更不用说一个运动过程的模仿，能够使运动过程本身在观众的想象中激发地再现出来。运动过程当然也能和音响、和通过语言对一定动作的说明联系起来。在这里，现象与本质的辩证法也是起作用的。运动想象越发达，通过这一途径就能使相距越远、越发展了的现象达到直接的激发效果。

第二，这里必须简要地谈一下——这同样是通过劳动发展起来的——感官的分工。我们在前面已经看到，对重量的知觉逐渐可以纯粹用视觉来统觉，这原来（按其自然特性看来）是与触觉相对应的事物属性。所谓高级感官即视觉和听觉——与其他感官不同——由此获得了一种普遍性的倾向。这种普遍性远远超出了劳动的范围。在人们相互交往中所发展起来的人的认识，进一步促进了这种感官的分工，进一步形成了视觉和听觉的这种带趋向的普遍性。因为发展了这种能力，现在对人们交往所必不可少的一系列问题，不仅通过将陈述与事实比较，通过对经验的思想加工来判断，而且可以直接由视觉和听觉得出这种经验（当然在时序的历史上听觉的发展是先于视觉的）。举一个适当的简单例子，如有人向谈话的对方说："我看你在撒谎，或者，我听出来你说的不是真情"，在这一日常的、司空见惯的事实背后就隐藏着人的视觉和听觉的异常扩大了的普遍性。而且这不单纯是知觉能力的精细化。其他感官也可能有这样一种知觉能力，但只能在人的身体—精神活动所固有的先天的功能之内。当然随着文化的传播，直接知觉扩大到更大范围的可能性发展了。例如有可能通过嗅一下香水的气味，就可以确定一位妇女是否受到陈旧时尚的影响。但是——在嗅觉范围以外——为此必须知道当前时兴的香水类型是怎样的。因此，这种联系只是联想的，是一种与感官知觉相联系的思想上的确定。于斯曼的嗅

## 第五章 模仿问题之一：审美反映的形成

觉—味觉"交响乐"因此是抽象的、空洞而没落的幻想，是和审美本质毫不相干的东西。

反之，视觉和听觉的普遍性使我们能用视觉和听觉来感受那些既不能直接看到又不能直接听到的现象。说得更恰当一些，在人的视觉和听觉中形成了这样的知觉能力，利用这种能力通过视觉和听觉媒介对于经多种中介的、处于很远的对象性或表现形式，不仅可以为视觉和听觉所统觉，而且可以在其感性直接性中自发地作出说明和评价。这不需要详细地解释，这里所说人的认识是在日常生活实践中与实践的需要相适应而形成的。同样显而易见。这样形成的对现实的反映具有激发的特性或至少含有激发的因素。因为这种反映是从日常实践中产生的，一方面它必然具有与客观现实趋向一致的倾向，当然是在日常生活的这种能力的范围内——甚至在个人生活中——比日常其他反映范围可能有更大的误差来源。对此应该指出，日常实践，正是由于它的直接性，可以把完全错误的现实映象由自身中剔除掉，虽然这一过程往往是缓慢而不均衡的。另一方面，这种视觉或听觉趋向普遍性的反映方式，同时具有一种内在的激发特性。如果在上面的例子中对话者的说谎是由视觉或听觉判断的，那么在绝大多数情况下，情感反应不是仅仅与此相关的联想或思想联系，而是直接由感性知觉中产生的，是它的组成部分。我们所确定的视觉和听觉普遍性的客观倾向，也有其相应的主观方面：正是具有情感、情绪和思想的完整的人，趋向于对他所接触的整个世

审美特性

界作出反应。

## 三　审美范畴由巫术模仿中的自发形成

由这里出发才能理解模仿—审美分化的渐进过程，即对现实的审美反映在日常生活的一般基础上分化和独立的过程。为了由哲学发生学的意义上阐明这里的第一个过渡，还需要把握一种按其起源属于日常生活的规定，即对激发因素为达到一定目的所进行的有意识的引导，即在这个目标的方向上对这些激发因素经周密思考地加以组合、安排和提高。不难看出，我们在这里涉及日常生活的一个基本事实。① 在每一种与物质的、精神的或道德的意图相联系的谈话中，所谈的内容是这样构成的，它力图在所需要的方向上支配听众感性的和智力的感受性。这种倾向的形成在日常生活中当然不是不受限制的。首先，因为人的交往总是不同的、往往对立的意图的交叉和相互权衡。由一个人试图对另一个人的体验和思想所加的引导，往往又被参与者所打断、扭转而失去作用，由一种进攻转化为一种防御等。作为某一具体实践目的的单纯手段，从日常生活的立

---

① N. 哈特曼非常重视定向的这种因素，忽视了日常生活与艺术之间的实际联系，因而也就忽视了两者的真正对立。见《美学》，柏林1953年版，第58页。——作者注

## 第五章 模仿问题之一：审美反映的形成

场出发，引导以实际上达到或达不到目标而完成它的任务或者失败。这里由日常实践的观点出发是它唯一的标准。当然，这里也可以对与完成具体目的无关的技术上的完善作出判断，就是我们所说的灵巧的、狡猾的、雄辩的人以及相反的人。即使在这种情况下，上述标准仍然有效。我们指的是，在正常情况下被肯定的手段能够达到它的目的，而在被否定的手段中，我们把所实现的目的看作是幸运的偶然情况的产物。

因此，在人们交往中所产生的争论和激发，分别按照目的和情况等不断交替出现，并且相互分离开来。激发及其范围内的模仿只是所用的手段之一，在上述限制以内这一手段是否有价值是这样来判断的，即看它能否有效地促进具体意图的完成。应用其中哪些因素以及到什么程度，这纯粹是一个实际事务方面的问题。因此，尽管在古代人们交往中这种倾向达到高峰时把辩论的技巧作为艺术来看待，但是修辞学却从来没有能提高到真正的规律性，它摇摆于诡辩的实用主义与完全抽象的普遍性这样两种错误的极端之间。

虽然激发的有意识引导原理在模仿形象中不断形成，一方面可以肯定，上述倾向的相对形成曾经是这种引导形成和起作用的必要前提，另一方面这种新产生的、纯粹激发的引导与在日常生活中的这种表现方式相比，则是一个质的飞跃。要按其真正具体的本质来理解这种飞跃，就须对模仿形象所产生的新的特征规定作进一步考察，这种规

> 审美特性

定中最关键的一点乍看起来好像纯粹是一种同语反复：模仿形象并不是现实，而仅是对现实的反映。如果我们考虑到在这里——只有在这里——在感受者面前出现的是反映而不是现实本身，那么这种说法就不再具有同语反复的性质了。当然在日常的现实中也是这样，在每一种具有直接或间接模仿特性的表述中，直接被感知到的是反映（以语言或表情的方式）。关键在于在这些情况下的反映立即同现实本身相比较，只要这种比较指出了范本与这一映象的不一致，这种作用也就立刻停止了。这里所涉及的是，一种具体模仿表达形式与一种它所再现的具体个别现实的比较。这种飞跃（我们在此研究它的本质）正是在于，在个别反映对象与其相应的现实之间的直接具体联系被脱开了。由此并没有中断与现实的联系，因为还在不断进行着模仿形象的细节与感受者的一般经验之间的某些比较。如果它不能直接地、不断地唤起这种经验，那么就不可能产生它的激发作用。主要的是，在第二种情况中它不是关系到这一或那一现实的实际片段（或它们的联系），而是关系到一种具体的整体。感受者知道这一整体本身并不是现实的，而正是现实整体的一种反映，或它的主要部分被作为整体来理解和表现的。

只有将反映的因素以及它的组合都置于激发上，与现实反映的这种关系才能存在。在日常生活中，每一种思维的、概念的反映形式都需要不断地与它的现实原型进行比较，而且不仅是整体上的比较，还有所有细节的比较。这

## 第五章  模仿问题之一:审美反映的形成

是无可否认的、正确的认识方式,而且自古以来都是如此。如前所述,这种反映方式因而具有一种非拟人化的倾向,这早在最原始的劳动实践中就开始了。也就是说,这是一种要从主观偏见中、从主观直接性的束缚中解放出来的倾向。沿着这条路线构成和表达的反映,总是具有这种意图:尽可能真实地再现现实的客观本质、自在之物。因此反映的决定性作用在于,在意识与独立于意识而存在着的现实之间构成一种中介,并把自在之物转化成为我们之物。在根本倾向上,反映不能成为独立的东西而形成与意识的一种固有的直接关系。只要哪里出现这种情况——它发生在日常思维中,在历史上也是屡见不鲜的——真理就会被隐蔽了。在修辞学上可以清楚地看到这一点,不惜任何代价取得激发作用,只要这一形式要求超出了通过思维对客观性的真实反映而占据优势,这一原则就会陷入一种多少令人可笑的诡辩。这相当准确地表现了通过与现实的不断比较所控制的思维与激发的关系。当然,每一种对现实的认识都会产生强烈而深沉的情感、情绪,就思维的激发作用而言,这并不是夸大其词。甚至思维的具体灵巧形式也能以同样方式起作用。在所有的生活职能中,正确地把握客观现实是占主导地位的,这才是事物的本质,而激发——在日常生活中也是如此——只能具有一种次要的、附加的意义。上述在修辞学中的诡辩问题正是那种情况最突出的形式,在这种情况下对现实的思维把握被降低为与其自身无关的激发的手段(所有这些也涉及政论的问题,这是不

### 审美特性

言而喻的）。

对于激发，首先是激发性模仿——在日常生活中——情况就不同了。在人们的相互交往中存在大量情况所表现的情感的真实性，它的激发的分量起着主导的作用，这是有一定理由的。例如一个丧失了儿子而感到失望的母亲在充满激情地诉说这一死亡消息时，以及对死者进行道德评价时，是否所表达的赞扬能客观地受现实的检验，这完全是两回事。同样，讲述一个人所特有的趣闻时，正确地强调社会、精神或道德现实的某些典型特征，那么这种介绍就可以起到激发的作用，而不用去调查这个事件是否真正的事实，还是对它的夸张描述或纯粹编造的虚构。这一点也是有一定道理的。一句有名的格言"即使是假的，也是想得很妙的"相当精确地表达了我们对这种生活表现的态度。

然而在后一种态度中已经包含了明显的审美因素，以致在开始我们还不了解的情况下很难确定，它是否涉及一种讲述艺术的萌芽或涉及已经形成的艺术丰富和充实了的日常生活。无论如何上述两例中的态度是很不同的。以致在第一种情况下，激发作用几乎只关系到主观的真实性。因此这里根本谈不到本来意义的对感受者的反应作有意识的引导。这种倾向的作用就意味着在生活中自发性、主观真实性的削弱，因此就是激发作用的真正源泉的减弱。当然在每一种表述中都隐含着对感受者体验加以引导的某种倾向。在这里也是如此，因为每一种表达都包含着唤起尽

## 第五章 模仿问题之一：审美反映的形成

可能强烈共鸣的意图。它关系到传达事实内容和情感内容的整体，而不是关系到表述的形式，不是关系到细节，首先不是安排问题。

所有这些使得在日常生活的激发表达中，模仿只能是整个表述的一个因素。关键是通过生活的事实和事件本身使人感动，它应该以尽可能确凿的真实性产生激发。在采用模仿的地方，模仿只是为了使真实的东西本身产生可以感受作用的一种单纯的手段。因此，激发性模仿在生活中虽然是——很重要的——一种感受现实的中介环节，不仅在认识中，即使在这里也总是超越了与现实的直接关系。青年黑格尔在观察伯罗奔尼撒战争中的希腊哭丧妇时，在他的伯尔尼纪事中指出了这种联系。他谈到了日常生活中的痛苦："痛苦的最大慰藉是把它哭出来，就它的全部范围把它说出来。通过表达使痛苦变为客观的了，使唯一存在痛苦的主体与没有处于痛苦中的对象产生平衡……但是当情绪还饱满，痛苦还完全在主观方面时，那么就没有别的情绪的地位了。眼泪也是一种解脱，因此是一种痛苦的表达，是痛苦的一种客观化。因为痛苦是主观的并且也成为客观的，从而使自身成为一幅图画。但是，因为痛苦就其本质而论是主观的，由其自身表现出来与它是很矛盾的，只有最大的苦难才能推动它这样做。"[①] 由此黑格尔推论出

---

① 引自罗森克兰茨：《Hegel' Leben（黑格尔的一生）》，柏林 1944 年版，第 519 页。

了已经成为艺术的哀歌的激发作用:"但是,如果苦难已经过去,当一切已经丧失,痛苦变成了绝望,它把自己闭锁在本身之中,在此最好是把它表达出来。通过毫无不同质的东西可以出现这种情况,只有借助它自己被表达,它才具有它自身并成为自身以外的一部分。一幅绘画不能完成这种作用。它只能看而不能活动。演说是主体最纯粹的对象性形式。它还不是客观的,但却向客观性运动。在歌唱中的哀歌同时更多地具有美的形式,因为它是按照一个规则活动的。哭丧妇的哀歌,对于排除痛苦的需要是最符合人性的,借助它人们可以把痛苦最深沉地发泄出来,并就它的全部范围自责,只有这种自责才是一种慰藉。"[1] 这里可以清楚地看到我们所指出的转化,与黑格尔忽视模仿因素只是一般地谈论主观性和客观性(这是与他的哲学的基本原理相适应的)相比,对我们说来更宝贵的是这种一致性。

由此至少是在大体轮廓上概括了日常生活中模仿性激发的范围。这一点几乎无需重复,连最后提到的出现方式,作为前提和材料,对于原来产生的模仿形象也是不可或缺的。上述粗略的分析从一开始就已经清楚地表明,我们所谈的质的飞跃是牢固地建立在感受者与现实的一种反映映象的直接关系的新环节上,而不是建立在感受者与现实本

---

[1] 罗森克兰茨:《Hegel' Leben(黑格尔的一生)》,柏林1944年版,第519页。

## 第五章 模仿问题之一：审美反映的形成

身关系的基础上（关于这里所应用的反映与现实的中介联系我们已经谈到过）。只有在这个基础上才能形成来自生活、与生活相区别的、具有新的质的激发职能。这里还应该指出，与现实反映的关系而不是与现实本身的关系，还具有一种不同的绝对重要的结构性后果。正如我们所看到的，在日常生活中连模仿表达也具有谈话双方不同目标之间的斗争性质，以致在表达中，对激发的统一的、目标明确的引导只是极有限的，只是在极端情况下才谈得到。而在模仿激发中形成的统一的形象却是由这种统一的引导所构成的。虽然在日常生活中这种引导统一体的全部因素都存在而且起作用，但它的这种组合却意味着一种质的飞跃，形成了一些全新的东西。在主观方面事情也是这样。在日常生活中，这种表达通常是这样的：两个对话者同时即是主动者又是感受者，感受性甚至往往只是沟通对话的一个跳板，在这种情况下注意力最集中的感受性至少是集中在寻找和利用对话者讲话立场上的弱点。只有当人们面对着一个激发性模仿形象时，且这个形象纯粹是反映，而完全不是现实，才使创作的和感受的主体性完全分离开来。在发生学的阐述中已经提到了这种多方面平滑的过渡，它并不会隐没这里清晰可见的飞跃。正如反复强调指出的，通过巫术模仿提出了新的课题，即由此产生了现实的审美映象。一方面指出了它的两重性，它的内在的辩证法促成以后巫术与艺术的分化，同时也指出了在初始阶段这种矛盾性还没有表现出来。毋宁说审美反映与日常反映的分化正

> 审美特性

是在巫术所确定的目标范围内、在创作条件和后果条件的范围内完成的，审美反映与日常生活由这一范围所完成的分化过程，提供了它后来与巫术（和宗教）分化的可能性。从而，使审美反映成为独立的活动，并在整个社会生活中发挥它特有的功能。

我们已经了解了在这里有决定意义的巫术的目标。巫术与审美的交织，巫术为现实的审美反映的形成所作的准备首先在于，把一个统一的自身完整的生活过程的映象作为目标，由此开始自发地形成一些重要的审美范畴，如情节、典型等。第二个重要的因素是我们刚才所讨论的：这种统一的自身完整的生活过程不仅在内容上构成一种完整的统一体——这种情况在日常生活中也会破例地出现——而且在形式上是单纯利用对现实的反映并暂时割断与现实本身的联系而构成的，感受者面对着的是由反映映象系统组合起来的形象，它的统一的激发效果就是所要达到的目标。我们刚才已经强调指出，与现实之间的对比不是最终地排除了，而只是中断了。在模仿形象的激发下感受者的现实经验构成了这种对比的基础，此外还有在感受之后，用全部的感受与感受者至此所获得的生活画面的整体所作的比较。通过这些印象而使生活画面逐渐改变，在这个整体中对生活画面进行加工并使它丰富起来。这一切并不与现实联系的直接中断相矛盾。正如我们以后所要详细论述的，这正是审美态度的本质，它奠定了艺术在人的社会生活的表现体系中的地位。

## 第五章 模仿问题之一：审美反映的形成

正因为这样，在美学文献中经常使用的术语"幻象"是如此不恰当。在每一种真正的审美体验中，完全没有上述说法中所包含的错觉或自我迷惑的因素。没有任何"幻象"是和现实本身相关的，这一说法直接背弃了现实反映形象是统一的整体。有时在描述审美形象时谈到造型的深刻的真正现实性时，指的是完全不同的东西，是与对现实的错觉毫不相干的。当然经常出现这种观点：这种说法有时是表达对现实艺术再现中技巧进步的一种天真的赞扬，有时是出于为艺术成为一种独立存在的权力而斗争的目的。这种复合体的最重要因素却是巫术模仿的残留物，因为只有将模仿形象与对它所要达到的效果联系起来，面对着超验力量才出现这样的观念，使模仿远远超出激发效果，授予它在现实本身中作为实际的东西加以证实的职能。弗雷泽这样描述了这种观念的基础："同类相生原理最著名的应用大概就是许多民族在各种时代所做过的尝试，通过伤害或消灭一个敌人的图像，就可以杀伤、加害或消灭这个敌人。按照这种观念，图像怎样，人就会怎样；如果他的图像被消灭，人就会死掉。"[①] 这种观念的特点是，消灭一个映象就像消灭身体本身的某个组成部分（如头发、指甲等）一样具有巫术的效果。当然在纯粹的模仿巫术（如战争舞等）中，它涉及对超验力量类似的作用。由此在巫术时代的想象中，模仿形象的作用范围远远超出了激发的效果。

---

① 弗雷泽：《金枝》，莱比锡1928年版，第18页。

◯ 审美特性

我们在上面——暂时——规定的巫术模仿的二重性,在此获得了进一步的具体化:与超验事物的关系不仅是以后巫术与审美反映在一定发展阶段上分化的原因,而且从一开始就表现为形成中的模仿的内在矛盾。在初始阶段,巫术与审美反映是相辅而行的,审美反映只有在与巫术的合作中才能形成,才能发展到以后的独立性。我们的这一原理绝不会由此被否定。刚才所指出的这种矛盾只是在以下方面牵涉到这一原理,从一开始在这种一致性中就有对立的倾向在起作用,它会多方面地改变、阻碍、有的地方会完全阻止了审美反映的形成。黑格尔指出,在回教徒那里禁止对动物的艺术模仿,按照这个肯定是来源于巫术时期的理论,例如模仿一条鱼,"到了最后审判的日子,如果这条鱼站起来控诉你,说'你替我造了尸体,却没有给我一个活的灵魂',那时你准备怎样替自己辩护呢?"[1] 在拜占庭圣像破坏运动时期的艺术作品的惊人力量中,表现出了类似的巫术残余。虽然在社会发展过程中这种巫术观念残余还这样变化着,经历了上千年之后关于艺术是"谎言"、是"错觉"的争论同样还存在。对于这些事实情况的具体结果作详细阐述也是属于美学的历史唯物主义部分。这里所产生的矛盾,作为审美反映的哲学发生学的一环,作完全一般的论述就足够了。

所有这些阻碍性倾向并不能消除在巫术时期所形成的、

---

[1] 黑格尔:《美学》第1卷,北京:商务印书馆1979年版,第53页。

## 第五章　模仿问题之一：审美反映的形成

由巫术世界观所引导的模仿形象的基本激发特性。因为不论是由什么样的超验意图共同确定了这种激发，对于大多数情况说来，直接的决定原则仍然是以激发为目的。只有我们对上面单独分析过的各种因素就其相互关系进行考察，那种导致审美形成的倾向才能完全明确地表现出来。这些因素包括：由现实的反映图像所构成的统一形象，这些反映图像在选择和安排上的激发意图，通过这种结构在它们生动的、辩证的相互作用中对激发效果的有意识的引导。从形式上看立刻就可以指出，结构和引导至少表明了同一过程的两个方面。打算在这两者之间作出精确的区分，就好像一部艺术作品各部分的结构联系可以与关系到整体印象的各部分、各细节的激发效果的安排、提高和相互协调的努力无关似的。这是许多——主要是现代——美学研究的形而上学的错误。这种与审美的本质正相反的观点只有在资本主义社会中，在创作、作品与感受相互之间以及和人的需要无限异化的基础上才会产生。这里一方面发展了一种由经验形成的单纯形式效果的"纯粹"的无精神内容的技巧、一种空洞的迷惑别人的激发技巧；另一方面为了抵制这一点，又发展了与上述效果相区别的作品的理论。这种发展在社会历史方面是这样容易理解，而这种发展与审美反映的真正范畴结构又是这样矛盾。这种审美反映致力于自发地唤起一定的印象、情感和情绪等，而形成中的艺术感官正是由这种依靠模仿形象的实际作用与其所产生的主观想象相比较而形成的经验中成长起来。也就是说，

> 审美特性

在完成模仿形象时发展了某种技巧,这种技巧的唯一目的是在所需的强度上激发出预定要表现的内容。这种关系由于资本主义社会的结构而松散了,有时甚至完全破坏了。由此产生了具有以上特点的错误观点,要克服这一观点,这个时期的诚实的艺术家就要进行不断的斗争。这里只要提到歌德就足够了。他处于这个分化发展的初始时期。他明确地感到,对于创作家没有这样一种激情的支配要达到最深刻的艺术性是何等困难。当人们没有认识这种作用在社会现实中的积极效果时,它仍然在自身创造性的劳动中自动再现出来。歌德说道:"遗憾的是我们这些新人也是偶然地成了诗人,我们埋怨整个种族不知我们原来何在,如果我没有弄错的话,因为特殊的规定原来是从外部来的,机遇决定了天才。"[1]

对于审美形成的时代,这种"由外部"定向是一种必然性。由巫术产生的模仿形象除了"魔法"功能之外(这一点我们已经反复谈到),还有一个任务:通过对象或过程的模仿操演在人的身上唤起完成某种实际目标所需要的思想情感。这种形象因此不论在内容上还是形式上都是"由外部"确定的。由巫术的本质得出,这种内容的规定性就是对精确描述的生活事实或生活过程的"模仿",这种模仿的形成仍然是在于由此激发起实现一定实际目标所需的思想情感。虽然巫术模仿形象不论内容还是形式的确定都是

---

[1] 《席勒与歌德的通信》第1卷,第457页,1797年12月27日。

## 第五章 模仿问题之一：审美反映的形成

与审美没有直接关系的，但在客观上由此却奠定了形成对现实审美反映的基础。在内容上，由于把一个生活事实或生活过程由日常运动着的整体中抽取出来并加以选择和安排，使内容在由其目的所限定的孤立性中发挥作用。在形式上，感受者所面对的不是现实本身，而只是它的反映图像，这种反映图像的任务就是要激发地唤起某种思想情感。由内容与形式的这样一种规定必然可以得出，两者互相协调，因此形式自发地成为一定内容的形式。这种形式没有那种有意识的审美意图，这在当时还不可能存在，也没有任何谜一样的"艺术意志"。这对于我们关键在于，尽管这一过程从审美观点看来是自发地、无意识地进行的，如果说其中存在什么意识的话，那么也只能是一种巫术的（或技术性的）意识。这种特殊方式的内容和形式（具有一定内容的形式）不再是一种日常现象了，而是一种体现了模仿—激发反映本质的普遍化的产物。

我们暂时只考察表现一个时间过程的模仿形象（其理由在分析本身中就可以阐明，对于空间映象我们以后再谈）。形象编排的内在原则必然与日常生活的正常时间过程相反，以便通过这些情节的变更按其所要达到的激发效果来利用这一过程。简而言之，这样一个形象的编排是从所希图的效果在终点时达到高峰这一点出发的。对所有各部分和细节加以选择和穿插，使得它们提高在主线上的这种效果，并构成一条达到这一效果顶点的必然经历的道路。当然，这条道路可以是简单的，也可能是错综复杂的，很可能是从简单的直线性走向复杂化。只要在这种组成中略微产生混杂（这可能出现于远在审美由巫术中分化之前），由此就会产生变得很重要的审美范畴，如延缓、穿插、对比和冲突等。因为显然在打算激发某种统一的思想情感的结构中，如果一个阻碍的环节不是直接在观众中应该并且唤起了紧张的体验，那么它必然单纯起到干扰的作用，转移注意力并缓解情绪的紧张。这种曲折是实际达到目标所必不可免的，它不再是一种单纯的曲折，因为在曲折中所表现出的阻力及对它的克服，恰恰丰富和加深了这种情感，而这种情感的唤起就是整个形象的目的和内容。在原始阶段就已经能出现这种动机，如在狩猎舞蹈中兽迹的失踪以及重新发现，在一个战争舞蹈中敌人的奸计使他们得到暂时的优势等。不言而喻，这种偏离开对内容完全直接的表现方法，如果它能按照需要发挥作用的话，那么在形象的所有形式因素中，也会相应地起到它的作用。

这里我们只强调了在这样一种表演中产生和形成的主要范畴之一。由上述情况已经可以看出，运动（这里是指混杂）是从内容出发的，并与内容相适应作为形式因素，作为以前形式的变形而完成的。决定着所有这类现象的规律，其基础在于我们所介绍过的双重的变换。因为由此得出，通过各种因素的相互联系，也就是说通过前后相继的事物提高到相互关联之中，使表演出来的所有因素比它们通常在生活中表现得更加明晰。同时，这不单纯是一种思

## 第五章 模仿问题之一：审美反映的形成

想上的强调或对现象及其关联的解释，这例如在舞蹈中单纯用身体是不可能做到的，而是一种直接的感官感觉，是对事物存在、它的运动和因果关系的视觉、听觉、情感和思想上的激发。这是它与日常生活的最主要的区别，虽然它的感性现象方式，它的一般内容与形式并没有彻底的变化。这里又出现了一个重要的审美范畴，在巫术中表现出来的、已经多次强调的现象与本质的辩证法在这里更加具体了，在这里对本质东西的感受比在日常生活中更突出、更明显，同时这种本质的东西依然保持着与感性现象的联系，激发作用正是在于本质的东西可以直接知觉感受到，而不用通过对事件的思维分析来获得。

因此，模仿形象从一开始就要在所有环节中表达出其关键内容的、性质明确的氛围（情绪），氛围的变换必须以情感的这一基调为基础，并始终相互关联。在延缓中所出现的对比，也必须在由这个基础出发的某一范围内运动。以后形成的美学的重要范畴如情调，就是在这一基础上发展起来的，那种认为这个范畴只适用于音乐的看法是肤浅的。每一首抒情诗开头的几行都有这样一个特点，素材中所需内容的采用与那种氛围的暗示性激发不可分割地联系着，这一氛围将支配整个下面的情节（我们可以设想一下莎士比亚戏剧的开场）。这一特点鲜明地表现在民歌、叙事谣曲以及戏剧的剧情说明中。通过情调对某一氛围的激发，即使在其最原始的形式中也是艺术普遍化本质的一个承担者，它把所表演的事件的可统觉性比在日常生活中提高到一个更高的水平。

正是在这里可以看出,内容和形式在一个反映形象的激发效果中具有多么密切的相互作用。如上所述,一种被激发起来的氛围首先就是一个形式的问题,它把现实的各个映象穿插成这样一个序列,赋予它们这样一种比例和节奏,并将每一个因素(词、音、表情等)塑造成这样一种作用的质,以便能够形成所需氛围的情调。

但是,正如列宁所说:"形式是本质的。本质是有形式的。不论怎样形式都还是以本质为转移的。"① 列宁在这里谈的是一般的形式,因此既适用于科学中,也适用于日常生活或艺术中。在这种情况下的特殊之处似乎只是数量上的一种提高。本质的赋形、形式对于本质的依从性在模仿中比在人类活动的其他领域表现得更加直观。正是在这里包含了正在形成的新的质。在现象和本质之间存在着一种强化,它对内容与形式的关系有着决定性的影响,在模仿形象中所表现的东西是这样形成的,它以直观的现象成为本质的承担者。在日常实践和科学中,反映所致力于达到的东西是尽可能密切地把现象和本质联系起来,是一种与其内容毫无矛盾的形式,它完成于对作品效果的直接体验中。当然,这种完成纯粹是与人相关的,现象与本质的矛盾不仅在自在的客观现实本身之中被排除,而且是与人相

---

① 列宁:《哲学笔记》,见《列宁全集》第 38 卷,北京:人民出版社 1959 年版,第 151 页。

## 第五章 模仿问题之一：审美反映的形成

面对的、以其客观性的全部属性所规定的反映提供给人，反映的内容和形式在人身上作为这种被反映的世界的特性而完成。这种效果只有在对现实本质基本上正确的反映之基础上才能达到，这一点我们已经讲过。我们下面还要谈到这个问题。不论模仿形象的作用能力，还是它对人其他生活的影响，都在很大程度上取决于客观现实与对现实的这种反映之间的关系。正是这一点，我们在美学中称为效果的前导和后效。在这里我们只要指出，这种关系比在日常实践或科学中要复杂得多。

现在我们回到由模仿形象的激发作用所必然引起的变化上来。在情调中可以清楚地看到内容和形式的这种联系。情调无疑首先是一个形式的因素：各个部分和细节的选择、分组、提高和比例等主要是由赋形中产生的。因为真正的形式总是和本质最密切地联系着，这种形式因素立即就会转化为内容因素。它并不是被唤起的一般的氛围——这种东西是根本不存在的——而是由具体人的具体生活情况中自发地由自身形成的东西。显然，这种生活状况的反映图像本身，在其内容特征中已经具有取得这种形式的意图，它本身必然含有一定的形式因素，以便使形式适合于内容。黑格尔所说形式向内容的不断转化（反之亦然），作为这种范畴的本质规定，正是在这里要比在其他生活领域中看得更清楚、更明确。如果说我们以前是把激发的引导按其本质等同于结构的客观原理，那么由上面的论述中更加确定了这一点。一个模仿形象的内在联系必然是从以下原理出发的,即前后相继的一些事件转化成相互制约的发展。它本身已经不再是客观现实因果结构以及真正因果联系的真实反映了。模仿形象要能作为现实的反映,在它的主要内容特性中就必须保持这一点,正如我们所经常指出的,这是它的激发作用的决定性前提。如果不允许损害这种结构及其具体现象方式,那么在模仿形象中就要对生活的直接外表作重大的改变。由此可以得出,在空间和时间上极其有限的反映图像应该激起本身是无限的生活印象,每个模仿形象有时只表现生活的一个有限的断面(战争、狩猎等)。这个断面在生活本身中用无数条线索与它的整体联系了起来。一方面将一个部分提高到整体性是以割断、消除平时存在于所选择部分与其自然环境之间的一些联系为前提,另一方面增多和加强了那种把在反映中构成断面的各种因素连接起来的纽带。生活的主导因果关系基本上被保持下来,在其附近的强度提高了,直接地失去了一些广泛的中介性质,在一个空间和时间被限定的活动范围内获得了一种内在性。这已经意味着主要侧重点的推移,只有被控制在对现实真实反映的轨道里,才能使这种推移达到平衡,从而使形式的集中不只是形式上的,而处处强化了内容的本质(典型)特征和关系,以便由此在空间和时间的特有活动范围内表现出真正的现实。

虽然这样一种集合体自身不断产生着质的变化,就其本身而言,它还远远不是日常反映方式最有决定性的、迫切而自发形成的变化。当我们考虑把它的所有内容和形式

## 第五章 模仿问题之一：审美反映的形成

的因素集中到思想情感的激发上来时，这种集中的本质特征才表现出来。重说一遍，模仿形象这一特性的各种因素必然也包含在日常的现实中。在这里乍看起来这种特性的提高好像只是数量上的。通过在整个形象中持续而集中地贯彻这些因素，使各个部分和细节的激发作用相互协调，把作为结构原理的引导作用——经过各种必要的曲折——控制到一个完全固定的目标上，把每一个别性转化为整体的一个单纯的因素，这种因素由前面的具体基调所形成并有助于按同样具体的基调为后面作准备。从而，形成了新的质，即模仿形象独立发挥作用的力量。

模仿形象的这种独立性、它与日常生活密切相关的各种现象的分化，在它的具体形成过程中比在它实际功能中表现得更明显。因为这种功能作为客观现实的映象，必然在其真实的联系中再现它的内容和形式，反之在形成过程中却产生原则上的颠倒，其最特殊之处是它以那种基本的不可缺少的需要为基础，这在最原始的模仿形象中肯定就已经存在了。我们这里是指这一事实：创造作品所完成的客观结构肯定要提供事件按实际先后的相继次序和因果链条；与这种客观结构相反，主观结构即创作过程如所指出的按本质说来是从结尾出发的，所有要素都是有目的地加以选择、安排和分组的，作为通向这一结尾的道路。显然，这种主观结构也必须以最原始的模仿形象为基础。如果再来回想一下战争的舞蹈，那么一开始就确定了，这个舞蹈必然以战胜敌人结束（整个巫术的目的就是要产生这一结

## 审美特性

果)。如果要使这个舞蹈产生激发作用,那么每一个片段、每一个动作的选择、确定和安排都必须与这一结尾相适应,或许要经过阻碍,以便使它取得最大的激发效果。由这种目的性观点出发,在客观结构中才产生了正确的、自然的时间和因果序列。在我们谈到这一事实的时候,我们要特别强调指出,这两种契机——不论是有目的的颠倒还是对真实过程有目的的重现,都已经与日常实践产生了一个距离,虽然在日常生活中已经存在隐藏着这种态度萌芽的各种过程。

在这种双重的结构中所发生的事件,正是按引导原则建立在各部分的严格次序上。这里清楚地表现了这种反映与原型、客观现实的质的区别。虽然说起来很平常,但在这里还要加以强调,在现实本身中每一个细节都是真实的,除了它的客观的和主观的意义之外,在人的生活中它是独立于意识的存在。在模仿形象中,如果它的反映可以毫不费力地插入引导路线中,如果它提高了前面所唤起的希望并过渡到下面,那么这种反映才能获得一种"真实性",即一种现实在感受者身上所产生的激发印象。突然的、非预期的事件在这里具有一种与生活中完全不同的相反的作用。虽然一个人的死亡会如此"缺乏思想准备",死亡的事实会多少使人震惊,正是这种突然性、完全偶然的印象更加使人震惊,这在生活中甚至是经常出现的。相反,在模仿形象中即使惊异也是有所准备的。因为它只涉及反映,而不是涉及现实本身,一个单纯的事实不可

## 第五章 模仿问题之一：审美反映的形成

能有说服力。① 由准备的范畴中作为引导的问题之一，产生了一些很麻烦的问题，这里不准备对这些问题进行分析。当实际的混杂在艺术独立以后很久在越高级的阶段出现，这些问题就愈少。但是对混杂必须加以说明，因为只有这样才能阐明引导的本质，即模仿形象一方面只有作为整体才具有"真实性"，这是前后一致地加以引导的产物；另一方面各部分和细节必然能直接独立地起作用，因为只有建立在各组成部分基础上的这样一个整体才能构成整个形象的"真实性"。在这里我们的分析明确地表现出与具体引导的总联系和系统性的深刻相关性，对于最原始的阶段也是如此。

由此我们看到，审美领域最重要的组成范畴是如何由巫术时代的模仿目标中，在模仿形象中——借助于模仿形象贯彻一致的那种内在的必然性——自发地形成的。巫术原来的意图是与艺术毫不相干的，它是直接地、自发地由巫术世界观产生出来的。在这些形象与巫术的联系方式中，同样包含了审美的中心规定：它的确定性是来自"外部"的，这一点我们已经在引证歌德的话时谈到过。把上述内容简要总结一下，这就是在美学意义上对现实进行正确反映时，内容与形式是不可分割地联系着的。在内容上，因

---

① 阿尔弗雷德·凯尔描述了在发展了的戏剧中的这种情况。在霍夫曼的"红公鸡"和亨利·贝魁的"乌鸦"中说得相当直观。见《卢卡奇全集》第1卷，第98、393页。他在同一本书中指出，这种作用往往甚至能转化为滑稽。见罗森克兰茨：《黑格尔的一生》，第204页。——作者注

> 审美特性

为激发作用是以模仿形象与感受性之间社会的、人的利益的共同性为前提的（如遥远过去时期的内容也能起到类似的作用，这些更加复杂的问题，不属于这里的范围。艺术起源时期所形成的内容或者直接属于现实，或者——如以后的神话——被他们当作直接相关的过去）。在形式上，因为反映图像的自身完整的系统是按照激发起思想情感的引导原则安排的，如果所激起的思想情感是由模仿形象的内容产生的，并与包含在这一情况中的目标相适应的话，正是在形式的完整性中才能实现它的这一目的。虽然以后会变为独立的艺术作品，在内容和形式上与某种特殊职能的联系随着社会的发展会更加复杂化，虽然艺术作品的直接性更加松散，但由"外部"确定的基本结构却始终是每一种对现实审美反映的基础，结构与作品形式的自身完整性有着最密切的联系。

因此，对世界的艺术再现与巫术模仿有着共同的开端，在巫术模仿的范围内形成并发展到某一较高的阶段，才由这个基础分化开来，这绝不是偶然的。毫无疑问，这里与对现实科学反映的形成存在一定的平行。如上所述，它们的特性规定了这种分化和独立是一个不同质的过程。首先，因为巫术世界观从一开始就与由劳动、由他们经验的普遍化所形成的科学反映处于原则的对立中，因此科学反映总是不顾巫术的解释而发展。另一方面巫术对模仿形象所提出的要求，则与正在形成的审美反映起初不是处于那样尖锐的对立，甚至促进了审美反映开始的步伐。我们已经指

## 第五章 模仿问题之一：审美反映的形成

出了产生分化的环节，下面我们还要分析它们的作用，至少是在其最一般的特征上。

由上述全部内容可以进一步看出，在人本身还没有意识到审美的这个阶段中，不仅——同巫术的内容一起、在巫术的外衣下、暂时与巫术无法分割地——产生了模仿形象，它的客观组成范畴已经表现了审美反映的最重要特性，而且——同样尚无审美意识——开始形成审美活动的最重要本质特征。当然，我们对这些审美活动，比之于对模仿形象本身掌握的直接知识更少，虽然这些——首先涉及舞蹈、音乐和歌唱等——没有给我们流传下它们的原始形式。因此这里只能用经低级阶段所形成的较高级阶段来对低级阶段作哲学解释的方法。如果这种考察能够在高度发展了的形式中揭示出对于其功能所不可或缺的那些规定，而这些规定即使在最低级阶段，在一定程度上也是必须存在的，那么这一考察才能获得真实的结果。如果现在我们由目前所了解的模仿形象的客观本质特征，来对它们的创作者的审美态度作出推论，那么我们就必须重新回顾对激发和客观组成之结构所作的引导，以及在真实性本身与目的在于激发的反映之间，作用上的对立。

我们首先应该直接谈到借助于运动、表情和情绪等完成反映的人，而不是谈到形象。在形象中反映是由人本身作出的，并客观化为一个具有自身规律的形式体系，如在绘画、雕塑和语言艺术中，这些与舞蹈相比绝大部分当然是更高发展阶段的产物，在当时的舞蹈中包含了以后表演艺术的萌芽。由此好像使问题复杂化了。但是不难看出，即使在这种情况下，它也不是关系到现实本身，而是关系到对现实的反映。在舞蹈、表演艺术中，既在客观上又在创作者和感受者的主观态度中，情况都是如此。舞蹈者或表演者没有任何时刻会自认为是罗密欧或奥赛罗，而他们都意识到自己是在扮演这个角色，这一点无需详细解释。当我们通常说他同这个角色"化为一体"了，我们指的是最大限度地接近了对现实的反映，正如以后所要指出的。但他不会认为苔斯特蒙纳真的被杀了，或真的自杀了。在感受者那里情况同样很清楚，生活本身与其单纯反映之间的差别，正是表现在这种必然形成的基本上静观的态度上。对现实的反映也迫使人在生活本身中暂时地、有时在远距离上采取一种静观的态度。他要想认识世界——他必须努力这样做，以便能够正确行动——就需要尽可能正确地接受客观事实，把对它的反映看成是客观的，尽可能忠实地统觉它。这种态度在生活中不断地通过立刻的、主动适应的必然性而有所改变。说得更恰当一些，它服从于直接的实践，因为即使是行动中的人也不得不尽可能精确地观察他的条件和状况。因此在生活中人的态度首先指向实践，指向对现实的适应及其影响、限制和变化上。

相对于那些我们称为模仿形象的反映图像之自身完整的系统，他的处境和相应地他的态度就完全不同了。这样一种形象不仅作为一个完整的系统而与他相面对，而且作为多少不可改变的事物、作为多少独立于他的意识的存在

## 第五章 模仿问题之一：审美反映的形成

物，他即使在整体或个别部分上要对它加以否定，但在它的过程中他却无法干预它（其独特之点在于，干预的尝试、生活和艺术作品在以后发展过程中的交替往往作为动机出现，一个可以独立被理解的事实的上述交替总是作为滑稽的效果）。感受者因此把他在感受作品时汇集起来的、突出在其中的个性，集中在作为整体的作品的静观上。如上述所强调指出的，这绝不排除对作品的这种静观在生活实践中的实际作用。相反，正是由于人的整体集中在作品的整体上创造了如下的精神条件，使又回到生活中去的完整的人将这里所获得的新的经验用于生活中，作品在他身上所引起的激动主要是改变和加深了他个人在生活中的体验。正是在最原始的巫术模仿现象方式中，可以最清楚地看出：战争的舞蹈用以提高氏族同伙的勇气和坚毅等。更不用说，不仅这些表演的参加者提高了在模仿映象的这一领域的灵巧，而且在观众中运动想象也可以促使产生同样的作用，尽管这种作用的程度可能不是很大。即使在最原始的模仿形象中，强调这一必然的后果也是很重要的，因为如果这种对现实反映的内容和相应的形式不断扩大和加强（例如提到个体的、伦理的问题等），由此即形成了最重要的审美范畴，其中包括陶冶作用，这点我们在以后的讨论中还要提到。

在这种态度中的审美特性，说得更精确些，审美的本质特征在哪里呢？它接近于并不断出现在审美意识形成的过程中：因为模仿形象首先是要唤起情感、激情，那些要

◖ 审美特性

直接地(如在舞蹈和表演艺术中)或间接地(如诗歌和造型艺术中)唤起这种情感的作品必须在思维的强度上表现出这种情感,然后这种激情的真实性和深度才能相应地传递到感受者那里。我们援引一个很晚的例子作为这种理解的一种比拟。马提阿斯·柯劳丢斯①说:

>阿罗特大师道:我哭泣,
>那么莎士比亚就哭泣。

人与人之间情感的传递,在日常现实中不是一下子就这样直接起作用的。这种传递在这里往往起着一种重要作用,它促进而不是阻碍这种直接的情绪感染。因此,在对反映图像的感受关系中已经缺乏这种直接性,因为由生活所激起的、真情实感的反应类型是完全不同的。在生活中,直接的共鸣总是——如果是真实的——与帮助的渴望和干预的意图相联系的,而对应于模仿形象的情绪则是一种独特的快感,其中对生活关联的洞察、生活眼界的扩大、对世界和人的认识的深化构成了决定性的内容。因此,它所激起的情感的内容和方向与在生活本身之中是完全不同的。已经提到的亚里士多德的深刻论断:那些在生活中只与不愉快相联系的事物,在艺术中也可以激起快感,在这里用它扩大了的结果证实了这一点。尽管模仿形象再现了生活

---

① 柯劳丢斯(1740—1815),德国抒情诗人。——译者注

## 第五章 模仿问题之一：审美反映的形成

中的情感和激情以及激动人心的事物，但它的激发职能完全是另一回事。

产生激发反映时，情感的直接传递绝不会构成创作行为的基础。除了上面提到的情况以外，这还因为在生活中每一情感的产生都有其客观上的真实基础，这基础独立于我们的意识之外——也独立于具有这种情感的人的意识之外——它作为现实对参与者和观众起作用。但是在模仿形象中，在情感的背后则没有作为它的基础的真实性。这种形象的作用只取决于对反映形象所作的引导（这种引导把激发控制在一定的方向上），以及由情感爆发所产生的加强的倾向。我们在分析舞台上出现死亡时已经涉及这一事实。现在需要补充的是，激发的原理不仅控制和确定了由相继到相互的转化，而且——与此职能不可分割地——扩大和加深了在普遍性方向上的每一种因素。这又关系到客观真实性与反映之间的区别，在生活中每一种感情表现的内在和外在环境，和它本身一样，是客观地、真实地存在着，具有那种真实作用的质。这一点我们已经反复地分析过了。在一种反映系统中，每一种激发因素的环境都是由它本身创造的，在环境的创造上，后来的艺术形成了各种极其不同的手段。

在这里，我们应该尝试着研究一下，在可以设想的最原始的环境创造的原理。在这种情况下，后来的各种辅助方法（或代用物）例如舞台装饰还完全没有。这一点不仅由于我们现在所作的哲学发生学的探讨，而且因为原来在

### 审美特性

巫术世界的外衣下缓慢形成的审美原理，只有按这种方式才能认识和清理出来。所以，我们现在首先谈一下，在舞蹈表情语言中存在的一种强烈的普遍性倾向。如果我们着眼于这里所产生的问题，那么我们当然不能考虑由宫廷风俗形成的芭蕾舞，在这种舞蹈中表情的激发力量几乎完全丧失了，根本谈不上它的普遍性。或许东方舞蹈可以提供一定线索，在东方舞蹈中较多地保留了古代的固有传统。例如，中国舞蹈演员可以在一个照明良好的舞台上，完全通过运动和表情在观众中唤起一种感受，好像表演者是在一个全黑的房间里活动，他们什么也看不到，只有通过声响才能感觉到对方。或者可以完全没有布景和道具，只是通过表情激起观众的印象。拉过船、登上船、船相撞、划船、由风暴而带来困难，这当然只是一个随便提到的例子，在这些例子中我们不可能精确地知道，其中继承的传统起多大作用，新的倾向起多大作用。可以设想，在这种舞蹈中所表现的方向（即使并非它的表演的全部类型）与它的开端是有联系的。因为正是在这里，可以看出它与表演艺术有很大程度的交融。同时可以看出，这一交融是由开端发展而来，并且与此开端有关。舞蹈艺术在激发的普遍性上所具有的这一倾向是后来由卢奇安论证的，他不仅援引了那些实际的模仿舞蹈家正常从事他们的艺术所必须知道的一系列科学（其中包括哲学、伦理学等），而且他把舞蹈艺术与演讲艺术作了比较："在一定意义上说来，舞蹈艺术与演讲艺术都共同有表现角色和情绪的目的"，并把"通过

## 第五章 模仿问题之一：审美反映的形成

表情表现一种情感，情绪或行动"作为它们的主要任务和目的。[①] 因为在这一研究中，卢奇安在大量材料的基础上说明了这种舞蹈的年代和发展（以及它与巫术和宗教的关系），所以我们也可以在他那里看到他对这种传统进一步存在的说明。

在这里，对于我们关键问题只是在于，在模仿形象的普遍性方面，除了可以将前后相继的事物激发性地转化为相互作用的事物以外，还可以对各种因素同样地加以激发性地扩大和强化。那么，由此所引起的审美态度能够具有什么性质呢？显然，这里我们是从——巫术的——目的、从达到巫术目的所必需的手段出发的，而不是从一个（对于我们不可能达到的）主体和他的心理学去寻求揭示这种态度的道路。因为这种巫术目的是社会所必需的，必定会或迟或早、在方法上或好或坏地实现，并且按照具体的历史需要和可能，逐步确定以这种方式所取得的目标。由此首先可以看出，对于这一目的，单纯的自发性是不够的。正是由于巫术模仿已经具有魔法的、宗教惯例的、仪式的特性，至少不可能长期完全依赖于主动参加者一时的灵感。他们必须事先至少要确定模仿形象的最重要关节点、要素以及过渡等，这就对操演者多少规定了要他们在哪些序列中、通过哪些强化或延缓来唤起什么样的情感。也许这些

---

[①] 卢奇安：《Von der Tanzkunst（论舞蹈艺术）》，见《卢奇安全集》第4卷，慕尼黑/莱比锡1911年版，第103、121页。

### 审美特性

舞蹈在初始时是自发的"自然主义"的（即非熟记的、即兴而为的），正是由于巫术的目的和由这一目的所产生的规则，使这种特性不可能长期保持下去。由事物的本质所规定，这里所贯彻的正是对现实的审美反映具有中心意义的这样一种态度，这一点是特别值得注意的。它关系到这样一种态度，通过这种态度真实地反映出客观现实、人的内在世界和它的感性表现方式，同时与反映的真实性不可分割地表现出它的最大的激发力量。

在艺术中，审美理论往往没有说清楚创作态度的本质所在，而是通过艺术作品本身的分析来证明，妨碍明确认识这一点的是审美态度是由外部定向、并与其社会职能有密切关联，这种社会职能是作品和它的创作者所必须完成的。我们已经看到，社会职能的整个结构，在巫术目的与这一目的在模仿形象中的实现的关系中具有了它的原型。如果社会职能对于创作者是一个社会人的自我理解，千百年来的情况都是如此，因此绝不会形成对审美态度进行分析的需要。思索几乎仅仅在如何能最好地完成这种社会职能。如果相反，特别是在19世纪和20世纪突出地表现出来的，在个体与社会的直接关系大大缓和了（这绝没有排除客观决定性），那么在创作者那里社会职能只有以很间接的、经多种中介的、意识几乎无法把握的曲折途径来贯彻，这样形成了一种不断深入的、创作者的自我反思：首先艺术家的才能、其后连艺术本身好像都成问题了，由这种情况形成的对人的性质、对艺术态度和人的价值的思索具有

## 第五章 模仿问题之一:审美反映的形成

了一种自我烦恼的悲观主义色彩的性质。对现实的审美反映方向必然超出了情感和体验的自发性,并被迫在它的创作中与生活产生并保持一定距离,这些不再被理解为一种简单的、由事实限定的人对现实的态度和对现实的真实再现,而是作为艺术态度本身的非人的本质特征。我们已经提到过,首先在帝国主义时期,对科学的必然的客观性以及科学态度提出了同样的指责。事物的本质在于,这些倾向涉及对科学反映只是从外部进行研究,而对这个时代内部的艺术理解起着一种重要的作用。只要指出后期的易卜生、托马斯·曼的作品《托尼阿·克略格尔》到《浮士德博士》就可以清楚地看出这一历史情况。[1]

美学历史唯物主义部分必须深入研究对艺术态度产生不同理解和评价的社会历史原因。因此,这里只能强调对艺术态度评价中的两种极端,以便由社会造成的、对客观真实情况的掩盖和歪曲不会妨碍我们通向明确把握这一问题本身的道路。在解决这个问题上,取得了成果的尝试是狄德罗的《喜剧演员是非谈》。这是在时代的转折点,在这个问题被资产阶级重新歪曲的前夕,这绝不是偶然的,而是这一问题史的上述历史发展的必然结果。正如艺术作品

---

[1] 如果我们在这里谈到对这个问题的歪曲,那么我们这里指的是关于艺术态度的客观本质特征,即从一种科学的美学观点出发。在托马斯·曼那里艺术家理解的深刻的诗的真理由此并未触及到作为在帝国主义社会人的问题。参见拙作《托马斯·曼》,柏林1957年版,现载《卢卡奇全集》第7卷,《德国文学200年》。——作者注

由外部定向的问题是由歌德最明确地提出的，也同样不是偶然的。

狄德罗寻找这个问题的答案，即根据哪种主观态度能够形成正确的表演艺术。他在理论上深刻而正确地从现实本身与它正确而有成效的艺术反映之间的区别出发。对此，那个代表他的观点的对话人说道："此外，您对我谈一些现实的东西，我对您谈一种模仿，您对我谈自然流逝的一刻，我对您谈一部筹划的合情理的艺术作品，这部作品具有进步和持久性。"[①] 因为狄德罗清楚地看到了，在表演艺术中涉及的不是生活，而是生活的艺术反映。在表演艺术中谈不到情感和激情的表达，而是情感和激情的激发。狄德罗始终否认这种观点，好像在表演艺术中能够涉及内心情绪的直接传达。表演的激发在多大程度上是以原始的体验、效果或观察为基础，这是对于各个表演者可能有无限变化的一个领域。重要的在于，情绪以及观察同样都要在它们的激发能力上加以检验和选择，艺术作品在于所达到最佳状态的固定。狄德罗在这种对现实的独特反映中看到的正相反，在这一反映中人的全部能力如观察、自我认识、经验的搜集和验证以及对它们的思考等，与在直接的体验本身之中相比至少具有同样重要的功能。这种体验必然成为固有形式的、持续的非模式化过程所支配的材料，应该达

---

① 狄德罗：《Paradoxe sur le comedien（喜剧演员是非谈）》，《狄德罗全集》第8卷，法文版，第375页。

## 第五章 模仿问题之一：审美反映的形成

到在观众中激发出所要求的情绪这一目标。因此，刚才提到的对话者继续说道："我的观点始终认为，由内心来表演的演员，他的表演是不一致的。您不要期望他们的统一，他们的表演是由强和弱、热情和冷淡、平庸和崇高相交替的。在这个位子上他们今天可以闪闪发光，而明天他们就会不能胜任，但在那些昨天不能胜任的岗位上，今天他们又可以闪闪发光。相反，根据思考来演出的演员，依据对人的本性的研究不断地模仿任何一个理想的榜样，按照想象，按照他同样在所有表演中的记忆来演出的，总是完成得一样。所有这些都是在他的头脑中衡量、组合、学习和安排的。在他的背诵中既不单调又是和谐的，其热情具有高涨、飞跃、缓和，开始、中间和最高程度。它具有同样的重音、同样的位置、同样的运动。如果从一个表演到另一个表演之间有区别的话，则大多数是有利于后者。他并不是多变的，他是一面镜子，随时准备着显示对象，以同一精度、同一强度、同一真实性来显示。像诗歌那样，当他看到自身财富的终点时，他不停地在自然界深不可测的内部进行创作。"[1]

特别要强调的是狄德罗在结尾的论述。他从表演艺术的特殊问题出发，由这样一种必然性出发：在每一次演出中达到同样的（或更好的）效果，而不借助偶然情绪的作

---

[1] 狄德罗：《喜剧演员是非谈》，《狄德罗全集》第8卷，法文版，第365页。

用。他把对最真实的激发性反映进行艺术的固定，放在注意力的中心上。他指出，在表演艺术的特殊矛盾问题中，就有着艺术反映的一般问题，即达到一个最接近的、因此相对说来也是最终的反映的审美形式。狄德罗明确地说道："为什么要把表演家与诗人、画家、演说家和音乐家区别开来呢？"① 表演艺术的矛盾只是在于这种形态的媒介和材料是人本身，不是一些由他已经直接当作对象的东西、对象化了的东西，像在诗歌、造型艺术和音乐中那样。当然它的普遍化牵涉的就更广了。这正关系到我们现在的问题。在演员那里，与情感、激情和它的真实性的艺术反映的单纯自发性的对立，表现为两种相互冲突的行为方式："在大型喜剧中，在世界喜剧中，我总是要回复到那里去，所有热烈的心灵占据了剧场，所有天才的人在正厅，第一批人自称为傻子，第二批人从事于模仿他们的傻气，自称为聪明人……"② 那些以后资产阶级艺术家不良之心所建立的，在他们那里成为生活的异化，成为生活所排斥的东西，在狄德罗那里是"自然的"，因为社会正确地奠定了艺术家对于生活的态度和在艺术中对它的反映的态度。由于狄德罗已经生活在这样一个时代。这个时代在社会职能与它在艺术中的实现之间，关系的质朴的自然性质已经开始破裂，

---

① 狄德罗：《喜剧演员是非谈》，《狄德罗全集》第 8 卷，法文版，第 367 页。

② 狄德罗：《喜剧演员是非谈》，《狄德罗全集》第 8 卷，法文版，第 368 页。

## 第五章 模仿问题之一：审美反映的形成

在争取进步和人的解放斗争中，时代赋予真正的艺术家和艺术思想家一个明确的任务，他可以客观地、正确地、无感伤地去描述在审美反映中创造性行为的这种本质特征。"伟大的诗人，特别是戏剧家，是那些在他们周围的物质的和道德的世界里所发生事件的经常观众……他们攫取使他们惊奇的一切并加以搜集。他们搜集着他们并不了解的事物，由这种搜集使许多罕见的现象进入了他们的作品。在舞台上都是热情、激烈而敏感的人，他们演出戏剧，但他们却不享受它。天才的人按照他们制出了他的复制品"。[①] 由此从思想上排除了每一种认为艺术和艺术态度是直接传递情感的理论，而代之以巨大的敏感（即使在生活中）。"这不是一个伟大天才的特性"，[②] 狄德罗说，无论如何，这不是艺术的决定性特征：莎士比亚的伟大不取决于"真正的"哭泣，而取决于对哭泣真实、全面而深刻的反映。

我们又不得不在高度发展了的阶段范围内作广泛题外的讨论，以便获得那种适合于阐明初始阶段的"人的解剖学"。狄德罗分析的当然是已经发展了的极度分化了的阶段的艺术态度。作为这一研究结果清楚地表现出来的规定，涉及产生每一种激发反映时的最普遍的态度：它的间接性，为了在感受者那里以这种方式唤起对现实整体的体验，而

---

[①] 狄德罗：《喜剧演员是非谈》，《狄德罗全集》第8卷，法文版，第367页。
[②] 狄德罗：《喜剧演员是非谈》，《狄德罗全集》第8卷，法文版，第368页。

审美特性

使它与生活本身保持的距离。反映图像正是固定在那一质的高度，即在最集中的形式中综合了最大的丰富性，从而可以保证这样一种作用：反映图像的固定是这种态度的客观基础，不管它的表现方式是原始的，还是复杂化了的。我们已经指出，巫术的"由外部"定向必然要实行这样一种固定，它愈把模仿形象作为宗教惯例、当作魔法形式，它就越加确定。如果我们要从一种纯粹自发的民间艺术中寻找审美的起源，自觉的艺术活动如何由这种自发性中产生出来，就完全成为一个谜。正是因为艺术活动从日常的自发情感世界中分化出来并不是由艺术本身出发的，而与此相反是"由外部"、由巫术的需要引起的。在一定程度上说来，这种态度是在这一范围内形成的，成为全面的丰富而深刻的东西，以致后来相对于巫术（和宗教）能立足于自身，而不会离开巫术的支承就返回到日常的、从艺术上看是无形式的自发性中。在审美态度的形成中，当然有一个显得无限长的时期是非自觉的。这清楚地表明，审美的主观的和客观的规定在巫术时代就有了它的起源。

决定性原理是内容。艺术形式的形成是作为表达一种社会必要内容的手段，起一种同样由社会需要形成的、具体的、普遍的激发作用。尽管进一步客观地考察这种内容、这种需要具有一种想象的巫术特性，这倒是无所谓的。在当时的社会情况下，它关系到实际的社会需要，这种需要正是以这种形式并通过这种形式的产生和形成才真正得到满足。我们已经指出，在巫术外衣下这样形成的反映形式

## 第五章 模仿问题之一:审美反映的形成

和表达形式中,已经包含了许多最重要的审美范畴。它由美学的内容—形式的关系中产生,是有一定必然性的,只要社会发展没有出现新内容的问题,只要巫术的内容还能行使社会的唯一支配权,那么连形式上的分化也谈不到。只有当形成了新的社会内容时,这种内容在巫术的"世界观"中没有地盘,甚至与它相矛盾,这时才开始撕下巫术的外衣,而开始真正的分化。

由上述基本事实的分析可以看出,这里的分化与在科学中的(分化)具有完全不同的特性。柴尔德不无理由地坚信,科学是不可能直接由巫术或宗教中发展起来的。科学是由劳动,按柴尔德所说,由手工业中形成的,并且原来与纯粹实践的手工业方式是相同的。[①] 他对新石器时代情况的描述为此提供了一幅清晰的图画。他否认"新石器时代的科学"这一说法,只承认这个时代的"知识财富",由制陶业产生的化学知识,由农业产生的植物学知识等。"在这些知识中,掌握这些知识的妇女们几乎连基本的东西和偶然的东西也分不清。"[②]

由此可以看出,这样一种行为方式不可能立刻由当时普遍的、毫无争议地占统治地位的巫术操演范围内分化出来。所形成的意识的统一并不是两种潮流的相互汇合,而只是一种由社会限定的、尚不可分的并存。柴尔德就上述

---

[①] 柴尔德:《人创造了自己》,伦敦1937年版,第256页。
[②] 柴尔德:《文化的阶段》,斯图加特1952年版,第78页。

◯ 审美特性

讨论继续说道："野蛮人的实际技术应用规则，完全确定地与一些无意义的魔法形式联系着。甚至有知识和高度文化教养的希腊人也相信恶魔，认为它可以使在火上坐着的锅破裂。他们为什么要在炉灶上贴一张可怕的蛇发人面女妖像呢？就是为了驱除恶魔的。"① 在这里还可以看出，这种并存是向这样一个方向发展的：继续存在下去的巫术操演作为迷信的形式，越发走向与实际行动相背离并与科学在理论上奠定的思想相背离的方向。因此，柴尔德指出，在进一步发展的阶段，文字和数学大多数是由教堂产生的。他补充道："此外，苏美尔文字是由一些牧师发明的，开始只是由他们使用的。但是，苏美尔牧师发明文字并不是作为迷信的工具，而是作为世俗授职的管理。"② 对这一过程作题外的研究不是我们这里的任务。重要的只是这一结论：科学的真正源泉是劳动，从这一内在辩证法的观点看来，任何事物也不能阻止它的完全分化，科学与巫术（宗教）间不可避免的社会相互关系对于这种分化首先起了阻碍的作用。这并不排除，僧侣政府对科学提出一定的具体课题和委托，它在一定程度上能促进科学的发展。通过文艺复兴，使古代的科学发展开辟了通向资本主义欧洲的巨大道路，这绝不是偶然的。只有充分研究了印度、中国等国科学发展与当时社会发展的关系，才能真正地了解东方的促

---

① 柴尔德：《文化的阶段》，斯图加特1952年版，第78页。
② 柴尔德：《人创造了自己》，伦敦1937年版，第209页。关于数学见第218页。

## 第五章 模仿问题之一：审美反映的形成

进和阻碍科学的复杂相互关系。我们已经举过几个印度发展的例子。对于我们的问题，目前的论述就足够了。

我们已经看到，艺术和巫术之间的相互作用性质是完全不同的。在一定程度上，真正的、主要的审美范畴在巫术的外衣下就已经形成了。以后的分化过程是由内容出发的，这种社会内容按照它的本质是以模仿激发为目标的，而这种激发是与在巫术时期形成的审美形式相联系的。它为着自己的目的接受了这种形式，并加以相应的改造，因此在巫术时代所形成的、意识的武器，现在反过来反对巫术本身了。这当然是一种极端的情况。肯定经常会出现一种在巫术时代所形成的形式的简单还俗，民间艺术给我们流传下来的东西中大部分都具有这种特性。经常会出现这种情况：由巫术分化出来的宗教意识，为了它自身的目的而使用在巫术条件下所形成的艺术的表达手段。这似乎对艺术的社会地位和功能不会有什么重大改变。但这只是"似乎"，因为究竟艺术是为占统治地位的旧世界观服务，还是作为同盟者服务于与旧世界观的斗争，是不一样的。毫无疑问，在后一种情况下产生了一定的松动，为审美的独立发展提供了一定的活动空间。甚至当这种新的意识取得胜利之后，相对艺术的内容和形式也还存在僵化而死板的规定。巫术意识自然形成的、无可争辩地占统治地位的原有状况很难再维持下去。这里所出现的问题，我们将在本卷最后一章中详细讨论。这里只是阐明在科学和艺术的独立化之间存在的相关原理在哲学上的区别。

# 第六章　模仿问题之二：
# 通向艺术具世性的道路

我们在上面的讨论中已经指出，审美原理如何开始积累它的独立形态因素，并在一个人类发展时期出现了它的形成趋势。当时没有人会想到，在他自己的行动中客观上产生了什么。我们利用以后——即使到目前也没有普遍理解——所意识到的东西来说明，在当时不论内容还是形式都是由巫术确定的、还没有突破巫术规定性的舞蹈中，客观上隐藏着什么。首先要强调的是，这里行动中的人在他自身的活动（舞蹈）中，与他本身存在一定的距离。但这里只是还没有达到对我们的问题具有决定性的距离，因为在劳动（狩猎、捕鱼等）的较早阶段，已经开始形成对效果好的动作的自觉选择（通过练习和习惯而成为自发的），并借助运动想象加以固定。在这些日常事务中，思想情感会先于动作、借助运动想象和感官分工对动作的合目的地应用起着重要作用。这种作用表明，在日常生活中，人的

## 第六章 模仿问题之二：通向艺术具世性的道路

身体活动必然与自身具有一定距离，这与巫术的目标全然无关。在大多数情况下，开始自觉到的距离化通过习惯而成为"本能"，这并不会改变某些距离化的基本事实，因为这只涉及条件反射的形成。巴甫洛夫正确地指出："条件反射的原理是实际现象置前。"① 他正巧研究了神经过程的灵活性、在其刺激物变化的情况下神经过程的迅速或缓慢的变易性，即使这种变易只是速度和序列的改变。因此，这对我们的问题是很重要的。在他那里对结论作了这样的概括："它强调并证明了这一理论，神经过程的灵活性是神经活动的一种独立的和主要的特性。"②

显然，由于灵活性的提高而产生质的转化，这是人与动物间的重要区别标志。因为在人那里，即使在很原始的生活情况下，对于具有新的内容和形式的生活状态的迅速变化，比在动物那里更能立即适应。巴甫洛夫实验只能在精确的动物实验中进行，反射的刺激物不是由它的正常的生活领域取得的。例如追逐猎物的猎犬在马匹与骑手的关系中，在这种条件下的灵活性要大于在节拍器或摇响器的实验中的灵活性。因此，要强调指出这种区别。因为在本书的探讨中所有谈到的这种人的反射，都是由生活本身、由个人活动的相互关系—劳动产生的，那种自然对象、自然环境、技术活动、社会关系等都是与人的生活相联系的。

---

① 巴甫洛夫：《Mittwochskolloquien（星期三演讲会）》第 2 卷，柏林 1955 年版，第 39 页。

② 巴甫洛夫：《星期三演讲会》第 3 卷，柏林 1955 年版，第 93 页。

> 审美特性

当然，这种基础在我们所谈的动物例子中都是不存在的。在动物那里，人决定了对动物形成条件反射的活动空间，而在人本身那里——随着文明的产生——不断形成一个自己所创造的活动空间。当人由这一观点对狩猎、耕作、手工劳动作相互比较时，那么马上就能看出，在所需适应的活动空间的自我创造上质的意义不断增加。

这对于主体没有特殊的意义，因为工具的特性、加工材料的特性、人之间形成的社会关系，相对于个人意识也是一种客观的不依赖于他的外在世界，如树林、动物界之于猎人一样。但是区别还是很大的，因为反映的自我创造的动因成分被移置有利于社会人的现实中。此外，行动的社会条件由人的实践和它的可发展性看来，都具有自我创造的特性。因此我们从这一观点出发可以确定，自然界的局限退缩了。相应地说来，这种条件的变化不是形成条件反射的灵活性的减小，而是一种灵活性的提高，同时是与各种激发动因间距离、临界距离的加强。因为正是通过对象与主体反映间的相互作用所确定的灵活性和距离化，才是反射发展方向的基础。如果这种倾向很弱，那么在一定情况下，条件反射固定为无条件反射，或在形成条件反射时完全不受强制。巴甫洛夫说："如果外部世界是固定不变的话"，动物就"完全可以借助于无条件反射生存"。[①] 另一方面，正是首先由劳动形成的上述相互关系的复杂性，导

---

① 巴甫洛夫：《星期三演讲会》第2卷，柏林1955年版，第434页。

## 第六章 模仿问题之二：通向艺术具世性的道路

致了更高级的反映和反应形式的发展。再次指出下面一点可能是多余的，正是由于普遍化，即使是在其最原始阶段所具有的普遍化，使词（与单纯的表象相对立的概念）包含着与直接感知到的反应刺激物的一定距离。

## 一 旧石器时代洞窟壁画的非具世性

如果我们在这个基础上进一步研究上一章分析过的在巫术舞蹈中人与自己本身、与他自己的动作以及与其前后相继和分离开的动作序列的距离，那么我们看到，在一定程度上包含着人对现实反应系统的这种特征，尽管它还受到很大的限制。这就产生了一种双重的矛盾，一方面由此形成的形象作为整体表现了超越日常更高的距离化。因为在每一个动作组合中所具有的那种实际的返回到客观现实的关系在这里都忽略了。如果在现实中，即使是投掷矛枪，所有的运动因素一起构成一个统一体，它的价值是通过它的整体的有效性来衡量的（目标的命中、投掷的距离等）。在舞蹈中相反，这种动作组合联系着前面的动作并为下一步动作做了准备，代替它的实际有效性的是各种内容的激发性，其中即使有些动作是失败的，也可以唤起成功的印象。毫无疑问，所有这些动作相对于反应的个别实施者距离变大了。另一方面，每个动作的正确性——特别是它的联系——比之于日常生活通常所可能达到的要有更大的、

> 审美特性

更不同的灵活性。因为正如我们所见,它的作用是非常复杂的:它的重点不是放在实际的正确性上,而是放在所产生的直接的激发效果上。选择的这种灵活性必然停止在一定临界线上,并在选定位置以后最终地固定下来。日常生活也可以见到这种固定,因为这种固定是针对一个真实目标,作为实际的最佳状态,每一次当对象或其出现的条件改变时,它必然要改变。一种变化的可能性使潜在的灵活性导致固定化,而在舞蹈中——按照理想——固定多少是最终性的。

这些只是重新描述了舞蹈的形象特性,舞蹈所模仿再现的一切,还不是形象。它只有在上述这种固定了的反映中才成为形象。一种反映组合的这种自身独立性的确立——尽管长期不可分割地披着巫术的外衣,尽管相应于审美的形象却完全没有审美的意识,说得更恰当一点,完全被这种巫术的外衣所掩盖——由此,审美作为客观原理已经存在。我们在讨论装饰纹样的形成时指出过同样的起源,并且在那里已经指出,实际上审美的确立以纯粹的形式表现出来是比较晚的。经由身体装饰和器具装饰而达到纯粹的装饰纹样的道路是很长的,我们在这里可以确定,纯粹审美形式的出现是在起源的一个比较早的阶段。这里还有在审美形象中创造一个自身世界的问题。在这一问题中有两个环节是同样重要的:特殊性的质和一个"世界"的形成,这与已经讨论的装饰纹样的非具世性正相反。尽管从审美意义上讲,一个"世界"的形成是一个长期的过程,它的所

## 第六章　模仿问题之二：通向艺术具世性的道路

有特征（我们现在才能详细讨论）在这里已经被确定，最原始的舞蹈已经指向一个"世界"的创造，而最完美的纹样就其本质而言基本上是非具世性的，这并不否定它的完美性。

当然，在审美意义上形成一个自身世界这一方向上的下一个更高的阶段是审美形象与身体的活动和直接参加者本身相分离，它转变成一个真正独立的形象，相对于人成为一个自立的自在之物而存在。这是一个旷日持久的、多方交错的、复杂的和原则上不可能全部完成的过程。因为即使在各种艺术充分分化时也会有一些（必然有一些）艺术基本上不发生这种分离，即舞蹈本身和表演艺术。另一方面在这些艺术的发展中，它们不断失去在艺术起源时所占有的中心地位。很明显，在关于世界的创造方面，舞蹈不断被其他艺术所超越，并退出了由开始时所占据的人类审美活动的中心地位（在以后详细阐述审美本质时还要说明，舞蹈作为艺术绝没有被消灭，而仍不失为一种完美的艺术）。更复杂的是表演艺术的情况。无疑，随着语言艺术的发展，通过人的声调和表情的直接表演不断退居后台。对于抒情诗和叙事诗，表演实际上已经失去任何直接的意义，即使戏剧也会和表演相分离，通过单纯对剧本的阅读逐渐变为主要的了。如果认为这里产生了一种彻底的分离，那当然是一种危险和错误的简单化，或者说是对实际事态的一种歪曲。甚至连抒情诗和叙事诗的情况也并非如此。但是，实际作品的朗读不再作为实际媒介了。通过人的声

> 审美特性

音的听觉作用能力,即可读性,作为节奏和内在结构的标准仍然起作用,虽然剧场演出早就不像古代或莎士比亚时代那样有意义了,可表演性即转换到舞台场景对效果的提高,是戏剧创作的一个标准,比对抒情诗和叙事诗更重要。各个场面构成的相互艺术关系以及层次、曲折、高潮等,在读物中也是作为一种事先想象的、观念上的演出来感受的。

其中的各种关系、交替和残留,对于审美原理的产生和发展具有原则的意义。几乎到处都出现了直接知觉与支配这种知觉的生理制约性相分离的过程——当然它的发展也是不均衡的。这一方向上的运动对于审美原理的构成,特别是对于艺术形象具世性的形成是非常重要的。艺术创作不断在量和质上包含了开始时所无法达到的内容。由此它在对其规定性整体的反映上更加全面丰富,既强化了它的内在本质特征,又扩大了与审美反映相关的可表达的规定性范围。根据以上论述可以理解,这种审美内容由于内涵和外延的丰富化,必然形成形式的洗练、适应范围的扩大以及反映现实的深化。离开这一点,实际形成的艺术发展,在艺术哲学上就使人无法解释,这只是一个方面。与原始的占支配地位的生理制约性相分离并不就是与它一刀两断。社会发展、自然限制在人本身的精神—内心生活中的退缩,不可避免地建筑在这种制约性的基础上。我们甚至不能说——为此浪漫主义批评家倾向于后世的文化——这种自然的感性成分在减少。人们更早就可以看到这一点,

## 第六章 模仿问题之二：通向艺术具世性的道路

人在生活中和艺术中所经验的领域，比开始时期变得大得多，以致在这一整体中，原始的部分变得更微小了，甚至当这部分本身强度增大的情况下也是如此。

在音乐史中也可以看到同样的趋向，尽管就其本质而言有着完全不同的问题和发展倾向。这种倾向最清楚而明显地表现在造型艺术中，它的形成从一开始就以这里所说的分离为前提。因为在绘画和雕塑中，首先就是以纯粹的形式构成了模仿形象。对于这种形象，人本身只是作为创作者进行创作的。在他所创作的由反映构成的世界中，出现的——可能——只不过是客观现实的艺术再现的对象。在这里，上面所分析的与直接行动者的分离就是在反映中人的自身对象化，这种反映可能在许多艺术中只形成一种人本身的内在距离，从一开始就与作品的形成同时存在着。在器具的纹样中，如果不可避免地与用于实践目的的工具相结合，那么这就具有另外的性质了。在这种纹样中，模仿不会达到形成一个自身世界的地位。非具世性纹样的这种特性是事物本身的本质所确定的。如在古代猎人那里，装饰纹样的原来意图主要具有模仿的性质，它虽然不是对现实的片面的、孤立的反映，但其效果往往不是很成功的（与这个时期的绘画正好相反，下面我们还要谈到）。在整个文化高度发展的阶段，如在罗马，模仿的、写实的题材必然也成为纹样的有机组成因素。绘画、雕塑——当然，最终还有语言艺术作品和音乐——形成了一个与人相面对的、独立的、由人所创造的世界，一个自主的"现实"。这

◯审美特性

一现实将整个人的思想和情感生活容纳在其中，并使这种生活提高了、深化了、加强了。它不是作为副产品，不是由为其他目的所创造的作品、形成的关系等所引起的，而是作为这一"现实"的唯一的功能。它的存在只是产生这种激发作用，除了这一作用，它不过是一块没有什么用场的石头或木块而已。

当然，上面所讲的只是我们所分析的起源过程的客观意义。我们已经反复指出，所有这些情感原来都是在一个由巫术支配的环境和用于巫术的目的而形成的，它的激发作用具有直接的巫术内容。我们同样指出了，在这一发展阶段实际上还不能设想，在巫术的目的和内容与在巫术外衣下形成的形象的审美特性之间的这种冲突能实际地为社会的人们所察觉。古代的洞窟壁画证明了，两者本身不同质的原理的内在对立性是客观存在的。在洞窟壁画的发掘中，它强劲有力的写实风格是如此动人，以致许多人都认为是现代的赝品。这种充满激发性的逼肖自然与对早期艺术通常的观念是很不一致的。由于个别学者受这种动人印象的影响，否认这些绘画的巫术特性，而把它看作是人的、原始的"纯粹"艺术冲动的最初表现方式，这是完全可能的。这种观点立刻就会陷入与这种艺术的其他基本特征的无法解决的矛盾中。这些壁画几乎是无法看到的，也就是说，观察者要费很大周折才能接近它们，它们是封闭的。这种壁画产生的动机怎么可能是为了唤起直接的视觉印象，或进一步说，为了视觉享受呢？由这种观点出发，斯凯尔

## 第六章 模仿问题之二：通向艺术具世性的道路

特玛描述的情况是完全合理的，他说："主要的是，洞窟壁画与洞窟壁的情况，与所说的理由显然是完全一致的。这一点只要考虑到阿尔塔米拉的动物画是杂乱的堆积在一起的，康巴雷尔的壁画几乎是看不清的线雕。或者考虑一下这样的事实，各种顶部壁画只有当人仰面朝天，躺着爬进洞穴和拐角中才能看到。"① 赫尔内斯说："这是值得考虑的，画着许多画的地方都很难进入并且是完全黑的。"② "即使我们今天知道用灯火可以照亮洞窟，以便在画的前面用舞蹈来举行巫术魔法，但这也无法改变这一基本事实，这些壁画不是为了对观众进行视觉激发的目的而制作的。"③

正是这种相互对立的倾向矛盾地结合，一方面通过摹写一个野兽使猎人成功是一种巫术意图，另一方面图像的激发力量、它的逼肖自然说明这个阶段的实际情况。在这种条件下所创造出来的一种高度的艺术，它的激发力量只是潜在地存在于它本身，实际上并没有发挥作用。在柴尔德那里，我们可以找到这两种要素的精确描述，他说："在石灰石的洞窟最深处，大约在地下三公里深，只用一个微弱的、藓草灯芯的陶制灯灯光照亮漆黑的暗处，往往是在协助者肩部高的岩石表面上，画师与巫师一起进行绘画和雕刻犀牛、猛犸象、原牛、驯鹿——这些他们赖以生活的

---

① 斯凯尔特玛：《史前艺术》，第35页。
② 赫尔内斯：《欧洲上古造型艺术史》，第150页。
③ H. 奎恩：《Eiszeitmalerei 50000 – 10000 v. Chr.（冰河期绘画）》，慕尼黑1956年版，第10页。

### 审美特性

兽类。他们认为，由艺术家用灵巧的笔触在洞窟壁上按照巫术雕画出一个原牛的形象，那么实际上肯定就会出现一个原牛，供艺术家的同伙把它杀掉和食用。野兽的描绘完全是个体化的，没有抽象的速记符号，而是符合真实的画像，它们可以脱离开对实际原型的对照就能辨认出来。"① 在这里显而易见，巫术的需要能够产生出很高的艺术，但它们的审美本质特性却不能进入同时代人的意识之中。

同时还可以看出，从巫术要求的观点出发，审美特性和艺术价值本身具有很多偶然的东西。巫术和审美的结合本身当然绝不是偶然的。从巫术的观点出发，在一定情况下强烈的激发作用是无意识地造成的。如在舞蹈中，这种作用是以艺术形象的完整性和独立性为前提和要求的。因此，显然对于正在形成的艺术说来，巫术的目标就是"从外部"的那种规定性，在谈到歌德时我们已经说到这种规定性。在巫术与由巫术形成的审美激发之间的这种联系同时包含着——同样必然地——相关性的要素以及仅仅是偶然结合的多种要素。这种偶然性可以表现为各种方式，一方面可能有激发作用，在这一作用中巫术内容相对于审美的内容—形式因素占有更大的优势，以致审美的因素在形象本身中几乎没有或完全没有。大量的考古学和人种志学资料证明，这种可能性确实存在。另一方面——洞窟壁画就是这种情况——由巫术的要求形成一些很有价值的审美

---

① 柴尔德：《文化的阶段》，斯图加特1952年版，第50页。

## 第六章　模仿问题之二：通向艺术具世性的道路

的东西。这对于巫术实践并不是什么本质的东西，视觉形态的艺术高度在这里几乎未被觉察，因此也根本谈不到激发。

如果在巫术所产生的激发中，始终着眼于必然与偶然所特有的统一性，那么我们就可以正确理解审美原理的发生学。在许多艺术和艺术门类的发展中，它首先表现出格外的不均衡性，并且在同一门类中也存在这种倾向。这里只能揭示这一现象的一般原因，详细的阐述属于美学的历史唯物主义部分。这种统一性同时说明了巫术内容对于通过它而产生的审美形象的决定性的特殊关系。我们在讨论纹样时已经看到，按照其最一般的特性，这些纹样是寓意（譬喻性）的，但是以一种完全特殊的方式表现出来。因为在以后寓意的审美形象中，超验的内容总是具有某种——或大或小——对于对象形态特征的影响，这种对象被确定为超验的寓意的审美承担者。反之，在纹样中这种内容相对于构成的形象是超验的，与确定内容的各种对象性无关，正如我们所看到的，这种纹样很容易被更换。由此产生了这样一种可能性，即使寓意完全失去了或成为不可获知的多义的东西，纹样的对象性、纹样的关系系统在视觉上仍是完全可以理解的，有审美意义的。模仿形象的对象的单义性很强，其中对现实实际的反映图像分量的加大，在这种情况下很难使所表现的内容与超验寓意之间完全分离。这两种内容的复合体之间的内在关系首次创造了一个"世界"形象的激发。当超验—巫术的意义消失了——往往——

## 审美特性

许多人就会对表达的形象不可理解。这一点并不像纹样,不是作为一种失去(从审美上不再寻求)内容的东西,而是作为空白,作为形式关联本身变得部分不可理解。这只是这里最初的倾向。只有当超验的力量已经被拟人地人格化时,才形成上述对立,它导致以后寓意的问题。巫术状态愈原始,这种对立愈少。因为不论按弗雷泽的划分涉及的是模拟巫术或者交感巫术,超验力量本身都是没有形态的。巫术的魔法或者以模仿世俗的形象作为对象,或者在它的操演中,如损害某人的映象,用巫术来消灭那个人。每一次都能表现出在巫术与审美模仿的统一中的偶然性。在感染巫术中这种可能性最大,在这种巫术中反映的激发特性比在模仿巫术中起的作用要小。尽管在这种巫术中,由只是说明性的、抽象的记忆图像达到洞窟壁画所表现的高度,必定经过了一系列的阶梯。无论如何,这种目的在于超验作用的图画描绘与超验目标本身的结合,要比以后宗教所确定的寓意松散得多。在这种寓意中,具体的反映图像本身既是此岸对象的模仿,又是它的彼岸原型。

因为这种松散性在现实的绘画表现中,比在舞蹈中表达得更加鲜明,巫术的还俗(成为审美的)倾向、审美原理独立性的构成在造型艺术中,比在舞蹈中更清楚。许多研究艺术形成时期的学者都说明和指出过舞蹈与造型艺术之间质的区别。因此,A. 盖伦首先"在舞蹈中看出了这种模仿表现是人将自己移植于这种存在中,是一种同一"。相反,对于绘画他指出:"绘画反映的本质更加完满。一个动

## 第六章 模仿问题之二：通向艺术具世性的道路

物的图画成为固定的外部世界的表达，其中可以直观到持续需要的一种持续的满足，即世界与人交感作用的稳定性。"① 在这里，必须把对重要事实的正确结论与对它所作唯心主义—形而上学的阐述严格地区分开来。首先在舞蹈中所用说法"人移植到这种存在（动物的存在、月亮的存在等）中"是不精确的，多义的：它的意义摇摆于现代不太提及的"移情"和一种神秘的同一性之间。这种神秘的同一性的激发大多是巫术的或宗教的，它形成一种独特的巫术的、宗教的体验如迷狂，主要是纵欲的，还有淡漠的，它们的产生需要有完全不同的、主要与艺术相关的手段。模拟巫术的舞蹈体验往往会与纵欲结合在一起，正是在这里分化表现得很清楚，当这种体验首先在舞蹈者本身引起迷狂，才能在观众那里——为了对观众起作用——产生与自身的那种距离化，这一点我们已经在它的理论结论中详细介绍过了。

盖伦是完全正确的，他将造型与舞蹈相比较，强调造型"成为固定的外在世界的表现"。如果把强调的重点放在下面一点上也是正确的，即为持续的需要得到一个持续的满足。在绘画中，相对于舞蹈无疑是提高了那种与日常生活产生距离化的特有形式，在这种形式中间隔被扩大了，同时提高了有自觉目的的感性直接的激发力量。由此它获得了以反映现实作为整个基础的无可比拟地大得多的发展

---

① 盖伦：《原始人与后期文化》，波恩1956年版，第200页。

> 审美特性

前景：它将更广泛，更多中介，更深入，更强烈。同时那种纵欲的迷狂因素被排斥到背景中去——趋向于消失。这同样是增大距离化的一种标志。盖伦将这里所形成的"世界与人的交感作用的稳定性"的体验绝对化和歪曲了，因为他把它作为"古代形而上学的一般课题"。① 自从产生了人对他的艺术体验在思想上的反思，就出现了审美的各种规定，这些规定强调了人与世界的相互适应性（我们可以说是由菲利浦·西德内②至司汤达）。审美无疑包含着人的本质的一个重要环节。在盖伦那里对正确的东西作了错误的解释。因为他不是由这里看出了艺术的决定作用，而是看作"古代形而上学的一般课题"。

我们不可能在这里讨论这种相隔甚远的形而上学的问题——我们认为在盖伦书中具有中心地位的这一理论是一种纯粹的设想，它是由现代反资本主义的怀疑浪漫派理论产生的——对此应该简要地反驳如下：这种理论完全歪曲了人类的发展，按照盖伦自己的话说，"就古代神话而论"③，他认为借助这种方法可以由意识的伴随现象中产生一种推动力。他推论说，动物的饲养不是由于生产力的发展，而是由当时巫术祭仪的意识形态引起的。为了从文化上批判现代资本主义（为此他有一切理由这样做），他贬低

---

① 盖伦：《原始人与后期文化》，波恩1956年版，第200页。
② 西德尼（1554—1586），英国诗人，政治家。司汤达（1783—1842），法国小说家，著有《红与黑》。
③ 盖伦：《原始人与后期文化》，波恩1956年版，第282页。

## 第六章　模仿问题之二：通向艺术具世性的道路

经济实践的历史意义——他把经济实践称为理性实践,如果这一术语只是指实践的客观意义,而不是指它的意识形式,那么这一术语可能有一定道理——而完全不适当地强调纯意识(在这里就是指巫术祭仪的)因素的作用,由此而冲淡和歪曲了在其他地方被他所正确解释的现象。这一点由以下论断中就可以看出:"……大型动物的饲养不可能由对它们单纯的观察以及这种观察的实际应用而产生,冰河期的猎人本身就证明了这一点。像他们的洞窟壁画所证明的,从来没有比他们更好的观察者了,他们并没有发明动物的饲养,这种饲养只是由巫术祭仪的筹备活动中发展来的。"① 毫无疑问,洞窟壁画的特殊的质,其中所表现出的特殊的观察能力是与对野兽的狩猎相联系的。为什么由狩猎中对动物敏锐而准确的观察能力一定会过渡到对动物的饲养呢,如果情况不是这样,我们就只能由巫术祭仪活动来解释动物的饲养了,这是盖伦不解的一个秘密。否则他是一个很好的观察者,他在这里公然不承认,在不同的生产方式中,各种人的能力发展是不同的。这种观察能力一度所取得的敏锐程度可能保持下来,但它指向了其他的对象和关系。冰河期的结束要求采取别的寻找食物和生产的方法,这些方法彻底改变了所有的能力。在艺术上个别的成果可能倒退到远低于狩猎时代的高度,但整个文化却

---

① 盖伦:《原始人与后期文化》,波恩1956年版,第281页。

发展了。在这种地方形成了农业和畜牧业①。柴尔德也指出，在某些中石器时代的狩猎社会中，狗已经成为家畜了。也就是说，在狩猎生活水准的人群中已经实现了野兽的驯化。②像动物饲养这样一种质的变化，它也是以整个生产关系的根本变化为前提的。

盖伦把绘画作品确定为比舞蹈更高的真正审美的对象性阶段是有道理的，这并不会由于他对历史联系的这种或那种错误解释而受到影响。当然这里所完成的、由较简单的向较发达的形式之过渡，绝不是直接的或直线式的。大量最初的绘画作品具有纯粹或主要用于巫术的特点。这种特性逐渐分化，使模仿因素集中为现实的真正反映图像，并占决定性优势。因为对于巫术的模仿目的、对于它的祭仪性操演，往往只需要对一种几乎不加说明的、现实范例的某种抽象孤立的特征加以强调就够了。按照弗雷泽的说法，感染巫术格外是这样。但即使对于直接以模仿为目的的地方，也往往存在着在巫术需要与由此所产生的审美需要之间的一种偶然的联系。柴尔德描述了古代猎人的这种情况："格拉维叔人通常用石头或猛犸象的象牙雕刻成小的妇女人像，或用陶土或炭灰塑造。古代人把这种人像叫'维纳斯'，但这种人像通常都是形象可憎的，它们大都没有脸，而性特征却特别突出。它们肯定是用于祈祷丰收的

---

① 柴尔德：《文化的阶段》，斯图加特1956年版，第60页。
② 柴尔德：《文化的阶段》，斯图加特1956年版，第54页。

## 第六章 模仿问题之二：通向艺术具世性的道路

宗教仪式的，以保证兽类的繁衍。无论如何它们可以说明，格拉维剔人已经认识到，在繁殖生命方面女性的作用，并将这一点按巫术观念扩大到他们所食用的动植物身上。"①

当我们在评价这一论述的意义时，我们不应该无条件地与柴尔德所概括的审美判断联系起来。赫尔内斯正确地指出了，对出土的这个时代的小雕像在艺术的理解和研究观点上显著的不一致。这些倾向极长时期的并存只是证明了，我们关于审美形成过程中偶然作用至此所谈到的那些东西（我们可以设想，在宗教艺术中——由宗教观点看来——完全属于非艺术甚至反艺术的那些绘画作品，在与重大艺术成就的和平共处中起着多么大的作用。在一定发展阶段，可以说人们在物质上还没有能力生产那些审美的、无价值的东西，这并不会改变这一思想进程的正确性）。即使在这里，按照本质说来，审美所形成的东西由巫术的单纯祭仪惯例手段或魔法手段中脱离开来，并不是作为艺术独立性的任何证明，而它首先完全是在巫术的思想和情感世界中形成的。因为由巫术目标的观点看来，这些新的特征都是一样的。只是逐渐地人们形成了创造艺术世界的某种"习惯"：通常，当社会的发展强化了由此所激起和深化的那种思想和情感时，这时才能产生审美的划分以及对现实艺术反映特性的分化。当然，它不仅是一种逐渐的，而且是一种不均衡的过程，因为在原始共产主义解体时，这

---

① 柴尔德：《文化的阶段》，斯图加特1956年版，第50页。

○ 审美特性

一过程的复杂关系起着极其不同的作用。不仅决定着审美外部规定性的需要是极其不同的，而且各种艺术、各艺术门类对多种规定性倾向的反应也极其不同，由此加大了这种不均衡性。

阐述这里所形成的发展可能性和限制，不属于本书范围。如反复强调指出的，在古希腊时这种条件最有利，正是由于其社会宗教方式所包含的神学和身份制固定的成分最少。不管怎样，这一研究表明，在造型艺术（当然还有语言艺术）中分化的产生比在舞蹈中处于一种更高的水平。从消极方面说来，在造型艺术中，开始还不可能出现内向作用的、在舞蹈者本身引起的那种纵欲迷狂。在不同的方式中，按基本倾向说来却是一样的，两者集中在一种直接的静观态度上，它形成了与世界创造的主观联系。从积极方面说来，在造型艺术中进行世界创造的渴望比在舞蹈中更丰富、更发展、更有生气，由此激发主观的思想和情感，这种思想情感仅本质说来是与巫术无关的，即使这种差别在刚出现时，甚至很长时间以后，作为这种情感仍是未被意识到的。在形式上，这种世界的创造表现在艺术形象的内在圆满性和完整性上。很明显，这种形式特性只能是内容的、纯粹整体性的直接表达，尽管它的内容范围还显得这样狭窄或有限。这种纯粹的内容整体性，构成了世界的规模以及在其内部完整性中，艺术作品本身所赖以依存的东西。此外，为了清楚地描述最本质的东西，其中由内容出发的规定尚过于拘泥形式。纯粹性在这里有双重的意义：

## 第六章 模仿问题之二：通向艺术具世性的道路

客观的和主观的。在主观方面它表明，所表现的世界以无可回避的方式联系到人。人的感官的综合力和不断的分化，使得这种对现实的反映成为可能，在这种反映中现实的客观本质特征保持着真实的、适当的比例。正是在与客观真实性的吻合中，这种反映展示出一种适应于人的世界。这一事实情况的客观关联在于，所塑造形象的纯粹性反映着所写照的现实的内涵整体、它的本质规定、它的对象和它的关系。使具有内涵整体的人与这种内涵整体相关，就可以由这种纯粹性中构成艺术作品的世界特性。

我们在下面的讨论中再详细研究这里的多种规定。为了从思想上搞清由发生学情况到作品完成情况的过渡，首先应该简要地说明对象的关系问题。我们回顾一下关于纹样的非具世性的分析。它的这种特性是一个主要因素，只要其中出现客观现实（植物、动物）的反映图像，这种图像就必定是由它的自然环境中取得的，并被插入到一种联系中，这种联系与它自身的对象本质无关。这种做法同时使它自身的对象性退缩成一种装饰的符号。由这种对所有内涵整体性在对象、环境和关系中双重的扬弃，形成了一种不同的纯粹在自身完成的对象体系和关系体系——也就是说纹样的体系只有这样才能形成——这是事物的一个方面。我们的分析在这个地方只强调了否定的方面，所以没有价值判断。反之，这里排斥了具有肯定内容的价值判断，如近代艺术史家通常所作的那样。我们已经提到沃林格。斯凯尔特玛写道："如果被观察的对象在视觉的记忆中不再

### 审美特性

表现出它原来的形象，而引起更高的意识，由于它不再是被看到的而是被意识到的形式，只要可能和需要，还可以产生出来。"① 他不是历史地把握了从新石器时代以来不均衡的历史转变，而是针对德国艺术提出了一种绝对的艺术理念。以此回避了这里我们所讨论的重要问题。如果我们力图揭示哲学的审美发生学，那么就必须阐明有关旧石器时代洞窟壁画真实规定的整个似乎矛盾之处。一方面是它的巨大的、写实的感染力，另一方面又表现出继续前进的不可能性。对艺术发展和对现实反映的历史必然性，同时又是审美的必然性——在这些高峰成就数千年之后——才在某种程度上从头开始。因为我们在这里不是写艺术史，而是从哲学上研究审美原理的发生学，我们不仅从一般公认的这一事实出发，即洞窟壁画的高峰成就到我们时代才众所周知。这种艺术史的事实只是那种灾难的一种后果，这一灾难毁灭了地球上的整个文化，并迫使人们从经济上（同样从艺术上）重新开始。如果正如斯凯尔特玛所说明的，埃及艺术直接与这最初的伟大艺术相衔接，那么这——在审美上——是完全不可信服的。② 不论是埃及的写实艺术还是模式化艺术，与这种洞窟壁画的特有本质都毫不相干。埃及艺术的所有方向（当然除了单纯的纹样）都是由创造一个世界的倾向所确定的，并在这方面显示出与这种一次出

---

① 斯凯尔特玛：《史前艺术》，斯图加特1950年版，第72页。
② 斯凯尔特玛：《史前艺术》，斯图加特1950年版，第77页。

## 第六章 模仿问题之二:通向艺术具世性的道路

现的无可重复的早期成就全然不同。

狩猎时代的洞窟壁画既是写实的,又是非具世性的。实际上这一点在今天几乎是普遍公认的,只是在对这种现象的审美的和历史的解释与评价上存在着巨大的分歧。赫尔内斯对这一事实作了如下正确的描述:"这些艺术家保持着一种罕见的独立性,这还表现在,他们是这样将正确的动物图形画到洞窟壁上去的,以致我们向下屈着腿、向后仰着背才能单独发现这些动物画,这对于他们显得不完全是必要的。我们看到,他们对每个图像没有给定框子范围,也没有画出地平线,他们把往往在一个观念的水平线上站立的动物任意画到别的地方去。在阿尔塔米拉洞窟的大量动物群像中,动物形象的观念的基线与水平线往往倾斜45度至90度。其中最美的、正在休息的野牛图像,它的基线是一条垂线。其他大部分基线都有不同的倾角,几乎没有一个图像是立于水平线上的。冯·特·高姆洞窟壁画具有同样的自由度。特别是在尼奥克斯洞窟中的野牛图像,其取向的随意性更加强了这种印象,人们无非是作为没有相互关系的个别图像来画的。"①

把现实主义在术语上等同于自然主义,对于每一种现实主义都抱有或多或少的轻视态度,这是后期资产阶级艺术理论上根深蒂固的美学偏见,这一点也表现在对待洞窟壁画上。费尔伏恩认为它们是直接由空闲时间的游戏产生

---

① 赫尔内斯:《欧洲上古造型艺术史》,维也纳1925年,第124页。

的。"骨雕或线雕技术，正如它是在生产骨制工具及其纹样装饰时所练就的，也像所有技术一样是由游戏中移植过来的，比在游戏中所用的那些想象更进了一步，它满足了旧石器时代整个观念生活、狩猎时期的想象。"① 在对情况更准确、更客观的考察中，这一点显得更加复杂。柴尔德不仅指出了这些绘画的高度技术水平，而且在这些发掘物中发现了，所以能达到这种手工技巧的明显的迹象。"由多多格内的马格德林时期文化发掘地，我们恰巧得到了石板和石英的收集样品。在这些石板上刻有洞窟壁画的习作画稿，其中有些好像是出自大师之手所作的修改。这些搜集品可以看成是一个艺术家学校的画稿中散失的几页。"他甚至认为在这里可以看作是历史上"第一批专家的出现"，这些专家由直接生产者所供养，因为他们的活动对社会是必不可少的。这种作用当然是属于巫术的范围。人们把它看作是"和兽迹寻找人的洞察力、射狮的命中率和猎手的勇敢一样宝贵的东西。"②

这种职业的艺术活动只有在一定组织形式的基础上才能发展。无疑这里也存在着例外的情况；在狩猎、捕鱼和采集基础上的一种比较高的文化处于经济—社会发展很低的阶段。柴尔德指出："这种文化的繁荣、这种居民的增长之所以可能，是由于通过特殊的冰河纪的环境条件和片面

---

① 费尔伏恩：《Die Anfänge der Kunst（艺术的开端）》，耶拿1909年版，第248页。
② 柴尔德：《文化的阶段》，第51页。

## 第六章 模仿问题之二：通向艺术具世性的道路

的、对环境剥夺所构成的经济方式大量地保证了食物的供给。随着冰河纪的结束，这种环境条件也就消失了。当冰川溶化，树林向苔原和大草原前移，猛犸象、驯鹿、原牛和牲畜群迁移了或者灭绝了。随着这些牲畜的消失，这种文化也就凋谢了，这种文化是由这些猎物供养起来的。"[1] 由此说明了这种文化繁荣的原因以及——直接——继续发展的不可能性。

由美学观点看来，这种文化的独特的本质特征在于，正如我们开始时所强调的，它是写实的、对客观现实真实准确地突出了主要特征的反映方式。然而，它却是一种非具世性的反映。除了在上述情况之外，非具世性并不是它不能继续发展的理由：如已指出的，纹样按其审美的本质说来是非具世性的，它的这种特性正是它在早期获得高度发展的一种动力，但同时也是在每一种为纹样创造了一定存在条件的文化中能够存在下去和继续发展的原因。现实主义和非具世性，从审美上看来相互间是完全对立的。每一种对现实的反映都不是停留在自然主义的直接表面上，它是要再现对象的内涵整体，它的主要的、通过现象表现出来的感性规定，这就——有意或无意地——创造了一种世界。旧石器时代洞窟壁画的高峰成就中似乎矛盾之处在于，所描绘的动物被看作是个别的对象，这种规定的内涵整体好像具有一种具世性的内在意图，却同时是完全孤立

---

[1] 柴尔德：《文化的阶段》，斯图加特1952年版，第54页。

的，被表现为它的抽象的自为存在，好像它的存在甚至与它周围的空间、更何况它的自然环境都没有关系。在艺术上它存在于世界之外，它的构成归根结底是非具世性的。

　　这不是指主题上的孤立。这种孤立在以后的绘画中经常出现。在那里它正是有意选择的主题，它与周围世界的关联或者直接作为与直接环境的相互关系，即使它只是作为背景表现出来，或者间接地在面部表情中、在肖像的姿态表情中表现出来。这些在洞窟壁画中还是完全没有的。在以后的玛格德林时期文化中表现过争斗的野牛，我们认为奎恩是有道理的，它至多涉及主题上（图像）的组合。在那些艺术品中还没有包含多种形象组合的迹象。① 尽管如此，还谈不上单纯的自然主义，谈不上对个别原型——照相式——的真实模仿。我们当然只是从最高成就谈起，这里所表现的始终致力于类型，逼肖自然的细节服从于由此形成的写实的艺术等级。它的近似自然只是一种工具，是为了把这种类型用视觉绘画的方法表现出来。

　　这一点如何可能呢？我们用视觉感受世界、自发地用视觉表现世界的反应方式已经失去了达到那种"绘画世界观"的道路。这里所展示出来的这种伟大艺术的特征是，它完全能够使我们——甚至强烈地——受到感动（我们在感受这种作品时，即使我们意识到它的独特性，它往往——自发地、无意识地——更加接近于我们后代人所形成的知觉

---

① 奎恩：《冰河时代的绘画》，慕尼黑1956年版，第14页。

## 第六章 模仿问题之二:通向艺术具世性的道路

和想象方式,比之于在这一构成的客观意图中所确定的)。每一个描绘出的动物以绘画形式存在于一个决然孤立的自为存在之中。它本身集中了所有——客观现实的——与其周围世界无限相互作用而获得的规定。具有严格唯一性的这种规定是集中在孤立的个别样例上,从而使它——正是由这种孤立的个别化——与个别性相区别,成为它自身的原型。如果我们要想从思想上说明这种似乎矛盾的情况之所以可能,那么我们首先要考虑到起源时期物质文化的低级阶段。这个阶段在主体的日常生活中表现出,存在着一种非同寻常的、远远超过以后文化的、对周围世界个别性的感性观察和固定能力。试想一下我们以前所作的结论,那些——当然是处于以后发展阶段的——牧人对于他们的牧群虽然数不过来,但对于每一个牲畜在他们的记忆中却有着鲜明的和个别的个体印象,以至他们可以即刻确定,这个或那个牲畜丢失了。因此,斯宾塞和吉伦谈到原始人辨认每一种动物踪迹的惊人能力,所以他们在森林中能认出道路和方向。[①]

由这一事实出发,费尔伏恩称这种艺术是一种"自然造型的","它只是表现出实际对象本身或他的直接记忆图像,而对它无需沉思、思索和考虑"。他把这种艺术和以后的艺术相对立,他甚至把最丑的儿童涂鸦也提高为"观念

---

① 引自列维·布留尔:《原始民族的思维》,维也纳/柏林1921年版,第88页。

造型的艺术",因为这种儿童涂鸦也超越了那种直接性和无思想性。① 这里混淆了正确与错误的东西——这对我们是有教益的——费尔伏恩对精神发展高度所作的这种结论无疑是正确的。但他犯了典型的近代资产阶级唯心主义的错误,把人分解成"心意能力"并把它分配到不同的历史阶段。而实际上它关系到完整的人的发展,主体因素的变化必定是在这个整体的统一性中完成的。如果按费尔伏恩的方式来理解,各个时期的这种区别和对立必然具有一种僵化的、形而上学的特性,因此按照旧文学史的框子(即把启蒙运动作为悟性的专一统治,狂飙突进作为情感对理性的专一革命,作为"前浪漫主义"等),在上述对比中各个时期是抽象的,由于这种高度抽象而被歪曲了。如果狩猎文化时期的人只具有这种孤立的对象或者它们的同样孤立的记忆图像,那么他们无疑会被饿死。我们前面所举关于他们在森林中具有出色的定向能力的例子表明,他们敏锐的知觉是相互有机地联系着的,相互构成某种具体的整体性。与以后时期相比,这时思考起的作用较小,甚至与新石器时代的农民和牲畜饲养者相比也是这样,这是肯定无疑的。现在回到我们的孤立的动物图像:巫术信仰所传播的是,一个动物的准确映象可以保证他们狩猎的成功。这与有关对象关联的思考有什么不同呢?甚至这种思考抽象地超越了感性现实(这里不是讲思考的正确与否,而是讲这一思

---

① 费尔伏恩:《艺术的开端》,耶拿1909年版,第50页。

## 第六章 模仿问题之二：通向艺术具世性的道路

考的性质)。

旧石器时代的猎人，不仅在感性直接性上而且在思想反映上，是把对象相互联系起来的，那么在他们的绘画中怎么会形成了孤立的动物图像呢？首先人们不要忘记，周围世界为人和动物所呈现的绝不是孤立的对象，而总是它的具体的组合体。在巴甫洛夫狗的实验中有一个很有趣的因素，完全不同质的——正如从狗的角度实际看来——偶然的、相继出现的反射或抑制的刺激源（节拍器、酸等）在重复一定数量以后，被狗当作具体相关的东西而统觉到，对此序列条件反射的固定受到它的时间间隔的限制。即使是一种成分的变化也会引起暂时的，甚至持续的干扰，引起神经上的危机。巴甫洛夫和他的同事们不无理由地利用这些实验说明，各种试验动物对于适应性有不同的灵活性。[①] 如果在动物那里也形成这些联系的话，如果置换刺激的关系只是一种没有内在客观意义的事实陈述，并与其正常生活没有联系的话，那么在自然环境中的高等动物和人那里也不会不存在这种灵活性。

这关系到条件反射的一种或多或少灵活而又固定的系统。当然正是巴甫洛夫指出了，在人那里通过语言的形成（我们再加上劳动），形成了一种更高级的第二信号系统。它构成了对现实科学反映的基础，这种信号系统是在它的

---

① 巴甫洛夫：《星期三演讲会》第 2 卷，柏林 1955 年版，第 333—340 页，第 3 卷，第 95 页，第 253—260 页。

对象性、它的关系和联系中,来把握周围环境不断被感知到的整体,直到世界本身的整体。下一章的任务是要指出,艺术的综合中首先是把现实的反映作为激发的"世界",要求并产生出一个更高的信号系统。这一系统与巴甫洛夫的第二信号系统一起,比通常的条件反射具有更全面,并反映本质的特性。同时为了完成比条件反射更高水平的综合,这种信号系统又不无条件地要求具有第二信号系统所特有的明确的概念性。它与条件反射又都具有与感性激发源的某种联系。为了说明解决这里的问题的方法以及"逻辑要点",提前指出这一点是必要的。这里同样必须提前说明,各种反射系统和信号系统虽然按照它们的本质是相互不同的,但绝不是毫无联系地互相分隔的。众所周知,在进化过程中,条件反射与无条件反射之间可以而且必须产生着往返的运动,特别是在这里所提到的各种系统之间。这里只要事先说明这些就足够了,更精确的阐述留待有关章节再谈。

之所以需要提前加以说明,是因为只有借助于此才能解释不均衡发展的某些问题,并避免下述错误:人们——在我们的情况下——对过去时代或者用我们的精神生活结构来说明,如同某些洞窟壁画的热心崇拜者所作的那样;或者如费尔伏恩用贬低的言辞来描述他们的原始性,把洞窟壁画制作者当成了在现实中根本不能生存的侏儒。反之,我们的研究则从这样一点出发,要指出:一方面,这样一种异乎寻常的作品是如何在经济—社会状况极度不发达的

## 第六章 模仿问题之二：通向艺术具世性的道路

阶段完成的，这是由于一种特殊的有利情况才有可能；另一方面，这种艺术高度在它的审美本质上不可能超越，当时社会发展阶段在主观和客观上所能达到的水平。我们已经在涉及柴尔德所研究的问题时指出了这种异乎寻常的情况。它首先说明，作为这个阶段特殊的例外，有可能存在这样一种专职艺术活动的方式，从而能够将对现实视觉感性的感受强度构成一种大型壁画，而这种能力在条件不利的、野蛮人的普通日常实践中是隐蔽的，不可能留下丝毫的或者在审美上引人注目的痕迹。这种艺术的实现只是由于潜在的、由社会生活方式所形成的能力而转化为现实，它并没有超越这种社会存在强加在当时人们意识上的这一水平。

当然，在旧石器时代，狩猎的条件有利于这种艺术的产生，这要比发达阶段远为简单。但正好由此可以看出，即使在更为复杂的社会状态下，要由人们通常的社会能力来产生一种艺术，甚至是一种伟大的艺术，也要有一定——当然是更为发展——的条件。它还表明，这种条件对于各种不同的艺术是各不相同的——文化越发达，越是如此——这里只是对于某种类型的绘画发展起了有利的促进作用。人们以及艺术家受当时物质及精神文化水平的制约，这同样只有在这种高度的抽象中才是绝对真实的。只要我们把这种制约放在不同的社会结构中来具体地考察，就可以看出这种具体的动态关系，取决于这里所形成的界限是固定的，还是变化的。这种狩猎文化的独特高度严格地说来是一个

> 审美特性

例外的情况，它虽然提供了继续发展的抽象可能性，甚至可能提高到一个更发达的形态，但这却取决于物质基础有所变化的、压倒一切的自然特性。冰河纪的结束使得极为富足的自然资源完结了。随着这一变化，这种整个文化的繁荣在中石器时代也就消失了。当然，有某些社会形态，它的内在辩证法使得由其自身中可以产生它的后继形态（如封建主义—资本主义，更清楚一些的是资本主义—社会主义）。在这些情况下，在一定的基础上可以形成一种"预言的形成作用"，由此并不能排除我们所说的，在内容和结构上受到经济—社会基础的限制。这再次表明，在所有这些问题中，辩证唯物主义和历史唯物主义的方法论观点是相互转化的。在这一系列问题中，没有任何一个问题不是需要两者相互补充才能解决的。

这样我们就能做到，由揭示洞窟壁画的实际基础来进一步确定它的似乎矛盾的艺术本质。其主体条件是对视觉现象（在其独特性以及对最相近的类型）——远远超过我们——的观察能力。因为如果我们由这一观点对上面提到的有关精确辨认足迹的问题做进一步考察，那我们就可以看出，对极为不同的个别情况的极其精细的感知能力（如对年幼的、年老的以及受伤的动物足迹的辨认）是在一般印象（这类动物的脚印）之中，包含有各种不同的直接感性印象。在洞窟壁画中个体性和类型的结合，只不过是由视知觉能力提高到这样一种艺术能力上，这种能力是猎人在日常反映实践中必然能够形成的。这样一种将日常生活

## 第六章　模仿问题之二：通向艺术具世性的道路

中所不可或缺的能力，转化成艺术能力的具体可能性，正如我们所看到的，是借助于社会的分工、"专职艺术家的形成"而成为现实。在这里开始表现出萌芽状态的天资与技能上的区别。反映现实的巫术目标是对一切时代艺术创作明显的"由外部"的定向：内容既要集中在当时最重要的生活对象上，集中在待捕杀的野兽上；形式又要使人感动，这就要把这些对象在它们实际的自然特性中，既个体地同时又类型地按视觉描绘出来。

"由外部"的定向在这里纯粹是巫术的，即对现实的模仿，以按照对氏族有利的方式去影响在它们背后起作用的力量，由此产生了使我们困惑不解的意图，即对单个形象作高度写实的描绘，而完全不考虑这个对象与它的环境的所有关联，甚至连它直接所处的空间也不考虑。由巫术对激发目标的限定上，也可以理解这种似乎矛盾的情况；与主要的、决定结果的东西相联系在这里才有效，也就是说，模仿必须只涉及孤立的对象，只有以这种方式巫术的作用才能影响到在这一情况下所模仿的这类动物中每一个别动物身上。

这种集中在描绘环境之外的、写实的、作为种类来理解的对象上所产生的激情，还有比当时无条件占统治地位的巫术"错误意识"更深刻的原因。说得更恰当一些，由于它建立在生活的最基本需要上，所以使这种影响扩大和加深了。博阿兹在研究原始民族的歌唱和讲故事时注意到，在这些活动中与我们完全不同的情感具有决定性的意义。

◗ 审美特性

他首先指出了饥饿:"饥饿对于一个原始人和对于我们是完全不同的,我们通常不能了解他们的痛苦,我们完全不能设想他们对饥饿而死的恐惧。"① 巫术模仿使这种情感升华为一种能力,可以将对象写实地、按其类型地加以描绘,正如集中在单个动物身上而完全不考虑它的周围环境一样,这种强烈程度更加确定了我们所说的这种"艺术意志"的方向。

原始猎人独特的视觉能力,由于一方面集中在激发上,并被艺术地培养起来;另一方面通过这些任务而使活动形成某种集中,从而这种似乎矛盾的情况并没有失去它的审美的、似乎矛盾的特性,而表现出十足的社会—历史的规定。这里谈不上人类发展的正常的儿童时期,像马克思在谈到荷马史诗时所强调的那样,只能说是史前人的写实模仿能力和可能性在一种早期孤立状态下的迸发。这一迸发既没有直接的历史后继、连贯性和进一步形成,又没有和以后的发展产生进化中的联系。其中,清楚地表现出每一种艺术的基本事实:激发模仿与艺术写实不可分割的关联性。这里缺少模仿的一个方面,即世界的创造。由上述原因,写实的对象创造却完整地立于我们的面前。这里同时表现出每一种伟大艺术的双重规定:它的历史本质与它在整个人类史上所完成的审美标准的不可分离性。正是由于这里把一种刚开始的、极原始阶段的精神方式提高到艺术,

---

① 博阿兹:《原始艺术》,纽约 1951 年版,第 325 页。

第六章 模仿问题之二：通向艺术具世性的道路

实现了这种审美的统一性：一方面它超越了那种日常生活的思想情感水平，这一点似乎——在各种真正的艺术中——是难以置信的，但却可以直接证实；另一方面它又受其赖以形成之基础的社会历史限制。

## 二 艺术作品具世性的前提

如果我们比较一下这种艺术与那种被称为正常童年时代的艺术之间的区别，那么我们就可以认识到审美起源的另一个规定，这在后来审美的进一步发展中起着重要的作用：克服自然的局限，使人的社会联系所形成的规定处于主宰地位，这种规定把它的存在归结为人之间的关系和归结为——受社会制约的——与自然的不断丰富的物质交换。荷马的无可比拟首先并不在于自然局限的退缩已经开始，以后出现的人的社会生活表现为一种新的、由人为了人而创造的"自然"。在洞窟壁画的似乎矛盾的美中，还笼罩着一种伪装：自然局限还不是表现为局限，而是表现为人的生活本身原来的轮廓。客观上，人以他第一次的劳动操作、以他第一次表达概念的、发出声音的词宣告摆脱了这种完全的自然限制。从自在自然中跨出来转化到有意识的自为之中，要经历一段漫长的道路。正是巫术作为"世界观"，它是在自然局限退缩了第一步之后出现在人的意识中的，它——或明或暗地——使得成为形象的自为存在，不论在

### 审美特性

思想上和在形态上都不可能。荷马作为人类童年时代特征的标准正是在于，这种影响不再阻碍着人对自身的意识，而在这一时期的大多数其他产品中，这种力量却仍然起作用。对于他们正适用马克思的话，"有粗野的儿童，有早熟的儿童。古代民族中有许多是属于这一类的。"① 当然，自然局限的这种退缩多少只是相对的，这种相对性包含了一种无法排除的、因而极丰富的矛盾。人不论在主观上或客观上，绝不能完全由自然界摆脱出来。在客观上，他进行社会活动的决定性领域必定是社会与自然界的物质交换。他可以使自然服从于他的目标，他可以支配自然；这种支配并不能排除自然作为他的实践的对象。在主观上，因为即使是非常社会化的人在生物学上，也只能作为自然本质而存在。作为人，他是他自己劳动的产物，由此他可以能动地改造他的动物学—生物学属性，在许多方面在自然界中产生出一些在自我创造过程之前尚不存在的东西。即使最高的、与自然相去最远的能力，与它们的生物学基础也有着不可分割的联系。这进一步使基本矛盾相对化，并在更高的阶段上再现着。因为，一方面自从人在变成人以后，他的人类学本质并没有发生过根本性质的变化；另一方面在发展过程中社会地产生的特性和表现方式如此地固定下来，它们相对于每一种形成中的新东西，在其直接作用中

---

① 马克思：《政治经济学批判大纲》，第31页。见《马克思恩格斯选集》第2卷，北京：人民出版社1972年版，第114页。

## 第六章 模仿问题之二：通向艺术具世性的道路

"自然地"出现，构成一种"第二自然"。在实际的发展中，自然局限的退缩与针对由社会习惯形成的第二自然的斗争无法区分地交织在一起。

这样一种充满艰辛和斗争的发展道路，它的辩证法对于审美反映具有特殊的重要性。由劳动直接产生并受劳动直接影响的、对现实的科学反映，相应于它的非拟人化的本质特征，必然导致针对人的生物学—人类学限制的正面斗争。审美原理的发展必然在这一系列矛盾中占有非常复杂的地位。因为不论是把握住与"第二自然"相关联的、在那里所构成的力量，还是与力图破坏至少是改造这种第二自然的新东西相结合，这对艺术的发展可能有利也可能不利，它要视情况而定，甚至根据艺术家的个性而定。从更广阔的历史背景看来，当然，一般——这里也不是无条件地——应该采取推动前进的、反对僵化的"第二自然"的原则立场。因为自然局限的退缩是人类发展的一个一般规律，尽管它是不均衡的，但艺术仍遵循这一规律，或起着为它指路的作用，最终会产生一种结合。

回到我们目前的问题上来——模仿形成的世界，其内容在这种运动过程中不断增长。只是自然局限的退缩，这一语言的表述是消极的，实际上它始终涉及社会与自然界的物质交换的强化和丰富化。由此而导致这一过程的主体即构成社会的人，也必然形成相互间多样而复杂的关系。这增加了人的内在规定性，并使之复杂化和精细化了。这样一种发展何时和在什么情况下，一般说来对文化，特殊

( 审美特性

说来对艺术，产生一种促进的、干扰的或阻碍的影响，这不论就具体细节还是一般说来，都是要由历史唯物主义解决的问题。无论如何，这时在人的日常生活中形成了新的问题、产生了新的内容，审美的模仿、艺术的形式创造必须和这些内容和问题分开来谈——还是从更广阔的历史背景来看——艺术作品自身世界的最终形成、它的具世性的丰富性和包罗万象的特性将是这种发展的一种成果——最终地说来——艺术发展的推动力正是它与日常生活的这种关系。日常生活向艺术所提出的新问题，必须在艺术的意义上来解决。

这些新的问题是否直接由内容方面提出来，是否这样一种社会职能在日常生活方面，对艺术的影响立刻并直接地导致形式的改革尝试，这又是一个具体的历史问题。对此，我们在这里不需要进一步讨论。大体说来，在其直接的表现方式中，最形式化的审美课题——归根到底——总能归结为社会现实中的一种新的客观状况以及在日常生活中对它的体验反思。此时艺术家起到一种急先锋的作用，他们将只是起始的、萌芽状态的倾向转化为形式。为了进一步在哲学意义上阐明模仿艺术作品具世性的产生，我们要指出一个问题，它似乎只涉及一个纯粹形式的问题，即关于绘画中固有色的形成问题。在时间上我们当然又一次要远离开前面所讨论的洞窟壁画。因为洞窟壁画所赖以产生的那种文化崩溃以后，接着是非具世性装饰纹样为主的一个漫长时代。所以，到目前我们所进行的对哲学的审美

## 第六章 模仿问题之二:通向艺术具世性的道路

发生学的研究,不是严格地按编年史的顺序来讨论。这样做是为了更多地以不同方式,就转化形式及其在历史过程中的最终结构反复提出讨论。

维克霍夫在希腊罗马艺术中研究了固有色的问题。他在广泛进行历史分析的基础上得出结论,色彩处理在比较晚的作品中如在亚历山大石棺上是纯装饰性的,也就是说色彩的构成是按照在互补色基础上生理色彩选择的规律进行的(浅黄对紫色、深红对绿等)。维克霍夫说道:"对于与画家处于相同生理条件下的观众,观察这些规律就像观察建筑中简单的数学关系一样,可以产生一种愉悦、宁静的印象。"① 逐渐地才在细部(面部、身体、武器等)出现了真实的固有色,开始还没有把色彩成分的存在置于新的基础上。维克霍夫发现了这种在绘画史上开拓性变化的原因在于,开始需要把各种对象与它们周围的空间不可分割地联系起来进行表现:"只要形成了背景,不管这种背景是作为风景或作为内部空间,在色彩分配上的自由随意性就不可能再存在了,或者与以前时代不同地受到了限制。风景和上面的天空、海洋和河流,内外摆设着地毯和家具的建筑物,只有在它们的联系中才能被理解,当模仿它们的天然色泽来表现这些事物时,它就必然导致完全自然地表现出在这种环境中活动着的人物。"②

---

① 维克霍夫:《Römische Kunst(罗马艺术)》,柏林1912年版,第100页。
② 维克霍夫:《Römische Kunst(罗马艺术)》,柏林1912年版,第102页。

### 审美特性

我们可以看出,这个问题关系到我们前面所讨论的旧石器时代洞窟壁画的那些问题,它即使不涉及直接的历史关系,也牵扯到审美本质方面的问题,即绘画的具世性。因为很明显,当所表现的对象处于一种由其对象性本身形成的实际相互关系以及与其环境的相互关系中时,只有这时,视觉现实的绘画模仿才能具有一个"世界"的特性。绘画塑造的空间作为这种关系组合的感性—精神的具体统一,才能艺术地激发出一个世界的存在。只要缺少这种充满矛盾的具体统一,这种画就必然缺少我们在谈到纹样时所提到的那种深度,那么按照艺术意图,它们仍然是装饰图案,如布须曼的画以及旧石器时代南西班牙的、一些与我们分析过的不同的洞窟壁画。前者在色彩配置上强烈地倾向于纯生物的制约性,即使——概括地说来——各个对象的施色也只是相应于现实的一种模型,而后者虽然色彩尺度很有限,却更接近于固有色,这大概不是偶然的。在第一种情况下,即使是在图像最富激情的形态,或是最富戏剧性的相互关系中,也只形成平淡的轮廓;而在第二种情况下,相反却形成一种内在的有感染力的激情。使人们具有这样一种印象:动物所生活的空间变得遥远,这同样不是偶然的。这与第一种情况正好相反。在第一种情况下,根本就不存在也不能存在与人和动物的活动相关的空间。

当然,尽管发展水平极其不同的人,实际上都精确地掌握了他周围的空间(因此,也认识了这个空间)。当他产生绘画模仿的需要时,却并非涉及一定要"揭示"这个空

## 第六章 模仿问题之二：通向艺术具世性的道路

间。维克霍夫所描述的"无空间"的、具有生理—装饰色彩组合的绘画一直延续到这样一个时代，这时希腊—罗马文化对空间几何关系的掌握早已超越了原始的纯经验实践的开端，他们已经能对这种几何关系作出理论的表述。此时，产生了一种新的、由生活所提出的需要，它不仅是一种新的、自然观察的方式，更不止于单纯技术的发展。当维克霍夫提到在紫色背景中黄色的葡萄时，不论创作者或观赏者都不会相信这是现实中色彩关系的反映。各种对象的固有色和一个具体完整的空间形态，这两个绘画中新课题的同时提出表明，在对现实的艺术反映中，由日常生活所产生的需要更容易集中在这两种规定的整体上，而不是集中在一种新的质上。由此促成的对固有色更敏锐的自然观察以及从技术上掌握空间构成（透视等）的努力，都是作为后果而产生的现象，并不是达到新的质的原来的出发点。

列·达·芬奇正确地概括了这种新的需要的审美—哲学基础，这种需要引起了改造艺术的形式和内容的变化："当诗歌涉及道德哲学，绘画就处于自然哲学之中，前者（诗歌）描述精神的运动，后者（绘画）与精神一起运动。"[①] 完全按照达·芬奇的意思，我们必须给予运动的概念一种非常广泛的意义，使这个概念包括人与他由视觉感

---

[①] 《L. d. Vinci. Der Denker, Forscher und Poet（列·达·芬奇：思想家、学者与诗人）》，耶拿1906年版，第156页。

知的（包括广义理解的）环境的整体相互关系。我们还应进一步明确，这些视觉的需要不仅是自发形成的，而且从艺术能动性和感受性的观点看来，在某种程度上，是自觉形成的，甚至当审美活动——创作和感受——的参与者不能由他们所体验到和所做的上升到概念时，仍然如此。最后应该说明，这种概念明确性的不足，绝不能排除达·芬奇所正确认识到的造型艺术与自然哲学之间的深刻联系。当然可以肯定，在两者关系的问题中，既有相似之点又有不同之处。自然哲学与造型艺术之间的相互关系，在达·芬奇时代比在古代不仅更密切了，而且更自觉了。在达·芬奇之前的艺术家对自然研究的成果和方法已经用于他们的艺术实践，而在当时这种自然研究与自然哲学的联系比以后要密切得多。这一事实是不容置疑的。即使在古代也存在这样一种联系，当然更松散、更不自觉罢了。确定这种自觉的和半自觉的关系，不论从历史上还是从审美上，都并不能阐明这种客观联系的问题。我们始终是从这一点出发的，即日常生活一方面为科学和艺术提出了一定的问题，使它们去解决一定的课题——即使这些课题是以完全无意识的或错误的形式表现出来；另一方面这两个对象化领域的所有成果通过极其不同的中介丰富了日常生活，使人的思想情感方式更广泛、更深刻、更全面，由此促使科学和艺术对其活动领域进行新的把握。只有从大大展开了的发展条件出发，才能理解我们所谈的绘画空间问题。无疑，日常实践由正在形成的、从巫术和宗教偏见中解放出

## 第六章　模仿问题之二：通向艺术具世性的道路

来的第一阶段的科学（自然哲学）的思维中获得了决定性的推动力。我们已经反复指出几何学的重要性，它由以直观和表象为基础的对空间的把握提高到纯粹概念性的水平，从而为人的生活开辟了过去所无法设想的前景。在此，我们只要回顾一下由洞窟中寻求保护到建造可靠而永久的家园所经历的道路就足够了。人们以这种方式学会了在思想上和实践上支配他们周围的空间，从而形成了一系列全新的体验。这是在野蛮时代所完全没有的，这是无条件地支配他的环境和他周围世界的体验，是把世界作为人的家园的体验。这种物质基础经历了若干千年的发展。对生活的某种安全感和安全性意识，是正常生存的客观性和主观性形式。在此，必须特别强调正常这一词，因为地震、灾害等还不可能由客观世界的图景中，进而由它的感受性中排除掉。人的正常生活的客观"安全性"的事实（在开始时只能限于这样窄的范围）预示了在人的感觉方式中的一场变革，这在今天变成很自然的事情，客观世界实际的、严峻的敌对性几乎不再为人所感觉到。①

这绝不是说，至少这一发展线索的某些关节点可以非历史地大致确定下来。我们现在简略考察一下这里所提到的绘画史中的一个飞跃，即绘画中的空间形成，作为这个发展过程的一个重要阶段。只有当实践的、经济的、社会

---

① 需要说明的是，现代极端的怀疑派哲学家，由叔本华到海德格尔，把针对这种安全感、针对他所谓的盲目性、愚昧性，针对在其中所表现的"颓败"的斗争视为他们主要论战性任务之一。——作者注

> 审美特性

的和技术的成果给人的正常生活带有某种程度的安全感以后，只有当科学思维使空间联系在理论上和实践上提高到一个相当的高度之后，这种感觉才能形成：人周围的空间对于他不再是异己的、敌对的，而相反地成为他自身的世界、属于他的——在某种意义上、一定程度上——成为他特有的个性的一种扩大。远在太古时代，随着器具装饰的出现，人已经在这种新的意义上占有了各个对象，这些对象构成了他主体活动半径的一种延长，构成了他扩大了的自我的组成部分。在原始民族那里，器具装饰的普遍传播说明，它涉及生活的一种基本事实。向这方面迈出重要一步的意义在于，人在本身和他周围开始创造一个自身的、与他相适应的世界，同时不要忘记，这种对象即使堆积再多，只要停留在这一水平上就不能在它的整体中构成一个人的世界，同样即使再美的身体装饰也不能使他提高到实际的个性。为此，从他生存的生活原理出发，需要人更进一步深入他周围的环境。这正是我们上面所谈到的发展中所出现的情况。

这里产生了一种与直接性的分离，人与他自身、与他自己的活动和他自己的存在产生了一定的距离。在劳动中形成了第一个实际的主—客体关系，由此才形成了真正意义的主体。黑格尔已经正确地指出，由此才停止了单纯的欲求和它的单纯的满足的直接无距离性："在工具中主体在自身和对象之间形成了一个中项，这一中项是劳动的真正

## 第六章　模仿问题之二：通向艺术具世性的道路

的理智性。"① 很明显，器具的装饰是这种距离化的进一步提高，并且是在另一个方向上——这正是对于我们最主要的——如我们上面所简略地提到的图画已经通过它对这一新的距离的单纯确定，给出了一个新的质的提高：它形成了一种由人所创造的形象，其目的在于：通过对人的内在世界和周围环境的反映来阐明人本身，并由此提高到超出在日常生活中对自身的理解，帮助人达到自我意识。在由人所反映的世界中创造他自身的世界，并使这个世界成为他自己的，从而使人真正地成为人。

通过发现所有事物的固有色，把它的整体作为一个空间模仿地表现出来，这好像是绘画中一个直接的纯技术问题，却成了审美中生活情感变化，即一个人的自身世界的创造的例证。自身世界在这里具有三种意义，这三种意义对于认识这种现象是同样重要的。第一，这里所提到的世界，是人为他自己、为人类进步在他自己本身创造出来的。第二，在这个世界中，世界的特性、客观现实的特性表现在反映的图像中，将构成图像直接内容的一个断面提高到具有决定性规定的整体，并将各种对象可能是偶然的结合提高到必然的世界。第三，从艺术的意义上讲，这里是指由视觉把握的自身世界，其中客观现实的内容和规定性以纯视觉的形象被模仿地激发、被唤起为审美的存在。艺术

---

① 黑格尔：《System der Sittlichkeit（伦理体系）》，莱比锡 1923 年版，第 428 页。

作品及其规定的内涵整体性是以它的感性—精神表现方式的同质媒介为前提的。因此,艺术的多样性并不是一个统一的审美原理(在观念论的大哲学家那里称为审美理念)分化的结果。这种多样性是审美的原有的事实。这种审美原理只能从思想上获得——通过人们在哲学上把这种同质媒介的共同之处上升到意识——而不能在直接审美的水平上获得。同样系统的相关性也不是简单地由这样一个原理推导出来的,而是由那种人的生活需要的系统中产生的,这种需要可以并促进了审美的进一步形成。

对于由艺术作品自身世界的这种理解所产生的模仿问题,我们以后再谈。这里必须提前讲一下出发点,因为是在它的对象性的最高水平上说明艺术的发生学及其基于自身的存在,否则就是无法理解的。我们再回到发生学的哲学问题上来。如果我们从哲学上考察由主要按生理的色彩配置到逼肖对象的固有色的转变,那么这个转变首先表现为直接性的排除——按黑格尔所正确理解的——它是一个由抽象达到具体的道路。"因为直接和抽象是同一的"黑格尔这一结论的真理性我们在讨论纹样时已经指出过。为了正确地对待辩证法,在这里必须考虑到这一规定的相对性。因为每一种直接性与在它的扬弃中所达到的具体化相比都是抽象的。艺术作品具世性的完成——由世界史的背景看,这里不考虑发展的不均衡性以及它的倒退——无疑采取了这样一个方向。这里表现了艺术发展的一个一般规律。直接性在某种程度上的实现,在与它的同一性和抽象性的关

## 第六章　模仿问题之二：通向艺术具世性的道路

系中具有优先的地位，这并不和上面所谈的矛盾。正是在纹样中，直接性和抽象性的合而为一成为它在艺术体系中的特点和地位的构成原则。即使在那些没有最终地形成这种固定的地方，如现在所讨论的由生理限定的色彩配置的情况，其开端具有一个特殊地位：一方面排除了它的主宰地位，这在发展中是一种质的飞跃，严格讲来这里开始了特有的模仿绘画的历史；另一方面这种扬弃包含着在新的联系中保持和提高到一个更高水平上的决定性因素。所有这些使黑格尔关于直接性和抽象性的同一复杂化了，但丝毫没有削弱它的普遍真理性。我们可以在现代的绘画中看到每一种返回到抽象的直接性的重大尝试都会有一种抽象、一种非具世性，同样纯粹抽象性的倾向必定会产生先于客观的非具世性的直接性。①

如果把辩证法的普遍性看成是具有一次终极性质，那么就偏离了这里在思想上确定的辩证法。每一种直接的东西在客观上都经过中介，而最广泛的中介总是产生出新的直接性。这里也是这样。为装饰—艺术目的而使用的生理色彩配置的直接性，当然是由生活的单纯生理需要通过长期的复杂的中介序列而产生的。就像对轮廓和平面的感知还不能产生纹样一样，这种直接性在色彩领域也很难说是一个开端。如果在审美的发展中有一种与生理决定的色彩

---

① 黑格尔：《Vorlesungen über die Philosophie der Religion 宗教哲学》，见《黑格尔全集》第 11 卷，柏林 1832—1845 年版，第 313 页。

配置相像的东西，那么在这里就可以找到。维克霍夫在我们上面引用"建筑的简单数学关系"的地方谈到了与这种作用的类似情况。我们相信，和纹样的比较更恰当，例如在东方地毯中这两种艺术表现方式往往相互促进地同时出现。另一方面应该指出，在以后绘画的发展中，固有色往往起着克服直接性的作用，如在构成明暗的配合上或者更多地在出现外光源绘画之时。这两种艺术表现方式往往相互促进地同时出现。

直接性和中介的这种不可排除的相对性是客观辩证法和主观辩证法的一般规律。在美学中——除了这种普遍有效的规律以外——还有在这一领域特殊的东西，每一部艺术作品基本上代表一种直接性，艺术创作只是为了在作品中容纳新的生活联系，产生一种新的直接性，而破坏和摒弃了生活中旧的直接性。在我们所讨论的固有色的事例中，我们指的正是这一点。作为这里所表现的具体辩证法，还应该指出，由固有色克服原来施色的生理规定性这一事实而推论出它的绝对直接性，认为它是由作为自然本质的人的生理特性直接得出来的，那是完全错误的。康德已经注意到纯粹光谱的颜色不仅包含着"感性的情感"，"而且还有对这一感官的这些变相形式的思索。"[1] 它可以直接由这一点看出。这里我们只限于指出康德的意见，它对我们现在所讨论的问题不是没有意义的。因为康德甚至在色彩的

---

[1] 康德：《判断力批判》上卷，北京：商务印书馆1987年版，第42节。

## 第六章　模仿问题之二：通向艺术具世性的道路

这种直接的观念性中,看出了自然美的问题。我们将在讨论这方面问题时详细研究他的理论。这里只想指出,康德是要说明通过自然界对人的作用使道德的内容与纯粹的色彩在感觉上联系起来。由美学上解释问题的角度来看,纯粹生理的印象何以能够成为人的、道德的、社会的内容的承担者呢？何以能成为模仿的能动性和感受性的工具呢？这点谈得很少。因为这种道德的意义能同纯粹色彩的作用一样成为直接生理上的,这是与所有关于道德与审美情感形成的人类学经验相违背的。

歌德在他的《色彩学》中对这个问题表示的态度十分具体,他在题为"色彩的感性—伦理作用"一章中谈到关于我们所讨论的问题。歌德的考察在这方面大大超过了康德,他不是简单地由生理方面取得自然内容和社会内容的统一,并把它们直接转化成道德的东西。至少在他的例证中,即使没有自觉地提出方法,也已预料到这两种成分的相互作用。因此他说"统治者对紫色是嫉妒的"[1] 并说"黑色使威尼斯贵族想起了共和政体的平等"[2]。在讨论色彩的寓意性应用时,他强调指出："在这方面往往是偶然的和随意的,我们可以说是习惯。例如人们赋予绿色以希望,在我们知道这意味着什么以前,这种符号意义已经留传给了

---

[1] 歌德：《色彩学》,教学卷,见《歌德全集》,斯图加特1902—1907年版,第797条。
[2] 歌德：《色彩学》,见《歌德全集》,斯图加特1902—1907年版,第843条。

我们。"① 如果色彩的这种"感性—伦理作用"是可能的——人类学指出，这种作用很早就已出现——那么显然这两种不同质的因素的结合意义绝不是单一的。我们知道例如丧服的颜色在许多民族那里都是黑色的，但也有不少民族穿白色丧服，而别的颜色也可以直接引起丧服的感性—伦理作用。歌德在他的《色彩学》中却没有停留在单色和它的互补色的作用上。在这方面他也远远超越了康德，对他说来没有任何颜色构成一种最终的形而上学的统一性。材料具色性质的微小差别也可以使伦理的作用转化到相反的方面去。以他对于黄色的论述作例子就足够了："通过微小的并不引人注目的运动，火焰和黄金美的印象就会转化成对粪秽的感觉，尊贵而喜悦的色泽就颠倒成污秽、嫌恶和不悦的颜色。"② 由这一切看出，各种颜色在生理色彩的配置阶段就已经不是简单的直接由生理作用决定的，而是由民族的社会发展决定的。这些民族在不同的方式中使用这些颜色并赋予它们以不同的意义。互补色作为它们正常的组合方式是以生理为基础的。但显然，通过社会习惯和风俗所固定下来的联想在它们的作用中必然起着不容忽视的作用。

尽管这种直接的开端本身也经过了多方面的中介，其

---

① 歌德:《色彩学》，见《歌德全集》，斯图加特1902—1907年版，第917页。

② 歌德:《色彩学》，见《歌德全集》，斯图加特1902—1907年版，第771页。

## 第六章 模仿问题之二：通向艺术具世性的道路

生理本质也是受许多社会规定的影响，但过渡到固有色和绘画空间的形成仍然是一个飞跃。绘画在这里所获得的内容方面和社会职能正是我们已经提到的，创造一个人的自身的世界。由这里所产生的形式问题集中在对一个内涵整体的模仿反映，由此形成了这样一个任务：形式的所有各种因素、它们之间的每一关系和它们直接的单纯性作为整体的各部分完全保存下来，成为不同的各种激发作用的承担者。只有当在观察者身上这些个别性和它们的联系，能够引起一种可与实际生活中的对象及其相互关系相比较的无限体验时，在艺术作品中才能形成一个世界，这种情感比在现实生活中大大凝缩了并提高了。因为在现实中每个对象的存在——正是通过这种存在本身——就能证明它与其他对象的关系，支配它的活动的规律。说得更恰当一点：它不需要证明，因为日常生活中的人根据他自己的损失就会感觉到生命的存在。对于各种对象及其关系规定的无限性的认识和体验，在日常生活中也是人与客观现实正确关系的一种重要因素。但在艺术中——且只有在艺术中——特性和关系的无限性才成为存在（在审美意义上说）的构成原理和标准。因为只有这种特性的激发才引起了艺术形成的世界的二重性（它的世界特性）；它是一个与我相对立的世界，独立于我之外，对于我它是不可穷尽的；同时——又以这种独立性——作为我的世界而被我所体验。

当然，这种内涵的无限性是进一步由社会—历史地决定的。生活本身确定了这里所包含的规定内容、质和丰富

◯ 审美特性

性,并把它作为社会职能的订单摆在艺术家的面前。在这个范畴内,在历史过程中可能出现内涵的贫乏化或丰富化,以及增加或减少。如果我们把某些艺术的早期作品看成是原始的,在体验中加以否定或不满意,原因往往在于这个作品正处于这个过程的分支上,忽视了在艺术作品中把审美存在的任何表现看作是决定性的那些规定。回顾世界艺术史可以看出,这条路线是上升的。在绘画自身世界的创造中,除了固有色和空间形式之外,还缺少几种视觉规定,这些规定在以后的绘画史进程中是形成这些转折点革命变革的契机,因此在我们现在的情况下还根本谈不上质的飞跃。当然,相对于那种生理——装饰色彩无疑是一种质的飞跃。因为即使在歌德所说色彩的感性——伦理作用中,也只涉及一个通过社会习惯形成的联想方式(条件反射)。因此,在这种基础上色彩的构图关系必然或多或少地直接归结为生理决定的互补色。在讨论纹样的构图问题时,我们已经提到它的单纯性——相对的——直接性和抽象性。由于各种对象取得了它们的固有色,从而产生了对材料特性、软硬、轻重等的绘画问题,在它的构图中,必然使——生理的——自然局限缩小。在对象造型时色彩配置所表现的对象特性越多,那么色彩的构图关系就愈复杂,达到绘画整体性中最终和谐的道路就愈曲折,它距离在互补色基础上单纯的和谐就愈远。视觉感性成分及其绘画造型在这里远远超出了条件反射的适应范围,它要求观察者尤其要求创作者,具有一种视觉——感性的综合能力,不是以直接的

## 第六章 模仿问题之二:通向艺术具世性的道路

方式先验地达到,而是在综合的概括能力和精确性方面达到概念性的水平(这个问题在下一章节能详细讨论)。它涉及一个建立在审美本质基础上的艺术独立化阶段。我们所以阐述绘画领域的这个问题,只是由于这个例子容易说明罢了。在各类艺术中都可以看到这种过渡。①

我们这里想简要地指出在具体情况不同的语言艺术中有关发生学方面的类似情况。这已经强调说明,很多最初的语言形式在我们看来好像具有天然的类似绘画的特性,语言对于感性印象是复合的,如色彩不是用概念式的词语来描述,而是同样处于向表象转化的知觉水平。如我们在前面所举的例子中提到,将黑色说成像乌鸦一样。在那里我们已经对文化批评——浪漫主义倾向提出了异议,这一倾向在这种语言的表述中看到了"类似诗歌的东西",把它与以后趋向概念明确性的语言对立了起来。实际上,只有彻底克服了这种原始的、只是直接"自然地"反映外在和内在世界的表述方式,才能形成真正的诗歌语言。当每个(包括失去了直接感性的)词提高到概念的水平,当通过在句中用句法联结的各种词,也就是通过一个由相互协调、相互强化或抑制的语言反映符号构成的整体来激发时,才

---

① 关于浮雕的空间形式和写实风格,我只推荐李格尔《Zur kunsthistorischen Stellung der Becher von Vafio(瓦菲欧杯的艺术史地位)》一文。见李格尔:《Gesammelte Aufsätze 文集》,奥格斯堡/维也纳 1929 年版,第 71 页。李格尔没有涉及我们的发生学问题,但对事实的分析是一致的,这点很有价值。——作者注

存在这种情况。如果我们意识到,句法综合整体的"感性—伦理作用"与各种因素激发职能的多样性是处于不可分割的同时作用中,那么我们才能理解这里与上面所谈色彩问题在审美上的相似之处。正因为如此,那种要求词在意义上具有概念明确性的散文才提高到诗,诗歌化绝没有消除词或句子的思想敏锐性。相反,它在多种意义和意义联系的系统中保持了这种动机,将这种整体性提高到审美意义的整体性。我们绝不要忘记,在各种语言激发手段中,那种歌德称为民歌的言简意赅的文体,对还原到必不可少的东西、往往接近于定义的表述起着明显的作用。词的概念特性不能简单地转化成感性知觉的激发符号,同样,其逻辑—对象意义内容的保持也只是其中几种要素。只有所有下列要素的组合,即每个词、每一词汇的句法组合、各句和句子组合中每一逻辑节奏、绘画造型的综合所承担的各种职能,提高到新的直接性的激发意义和情绪的各种音响的有机统一、对词的已成习惯的空虚外壳的剥除,以及由此唤起它原来在思想和感觉上的新鲜意义,只有所有这些要素的相互作用才能创造一种句子结构,使它的激发作用——即使在最短的诗歌中——可以产生一个自身的世界,在内容和形式的(语言)特性中它是独特的。

有人认为语言——趋向逻辑明确性和精密性——的发展必然削弱它的感性说服力,这种观点是非常错误的。在发达社会的日常生活中,语言往往凝固为纯粹技术性的交往工具,从而进一步模式化了。无疑,下述情况也是常有

## 第六章　模仿问题之二：通向艺术具世性的道路

的事：诗歌的语言被歪曲成套语，或者对这一问题不去寻根追源而只持抽象的反对态度，只是把规定颠倒过来，用矫揉造作的模式去代替旧有的模式。我们在这里只能满足于揭示出这种倒退。因为诗歌语言发展的世界史路线，在由各种联系中产生的意义与节奏、音响、绘画作用的激发的多样性构成的复合基础上，经历了上述世界创造的方式。在它的综合中表现出社会中人们不断复杂化的客观关系及其在精神生活中的反映。如果我们忽视了经过内容及其表现方法不断复杂化，而在综合中创造了新的直接性的诗歌语言的本质特征，那就是对历史上已经形成和正在形成的审美事实的一种误解。正是在这种精细化的联系中，最单纯的伟大情感可以获得相适的最单纯的表达，那些陈旧而平庸的词汇和短语会成为新的、有意义的、人的情感态度的承担者——正是在它们的日常语言形态中——形成了适用于诗歌的创造世界的语言。我们这里只要回想一下歌德的剧本《伊菲格尼亚》中托阿斯王著名的最后答话中所说的"可以！……再见！"就够了。

　　以上至少说明了作品结构的几个最本质的特征，由此比以前更明晰地确定了审美由日常生活中分化的终点。这首先关系到，阐明审美本身作为独立形象客观化过程的基本方向。在下面的讨论中，将把这里十分抽象的论述，在与哲学基本范畴的关系上进一步具体化。因为整个这本书是集中在按辩证唯物主义方法阐述审美特性，其总体的成果只能是指出艺术作品作为审美领域的中心形象在其历史

审美特性

体系上的必然性。其各个具体范畴的结构（当然也不可能具体到各种艺术门类和风格）是下一部书的对象。在这里发生学的研究中我们所考察的是，根据我们的一般方法力图由充分展开了的对象性中掌握起始阶段的萌芽和发展倾向，现在所讨论的中心问题仍然是审美发生学。

为了将上述内容加以总结，在发生学上向前推进一步，由现在的问题着眼简单回顾一下所走过的道路。由我们最后谈到的关于对现实模仿反映的具世性导致了构图的问题。首先在最简单、最原始的形式中，是把不同对象的反映与在形成的世界中迫使人产生的感受统一性结合起来。以造型艺术中群体形成的考古学和历史概括的形式，赫尔内斯给出了在我们目前讨论的这一发展阶段所形成情况的富有教益的概括。当然这只涉及对发展史事实的确定，我们这里不能深入讨论赫尔内斯的论据和评价。"流传下来最古老的造型艺术品，包含无数不能构成最简单群像的证据。这种无能为力既支配着造型领域，也支配着非造型的形式。节奏和对称，这些人们设想在发展开端就具有决定作用的原理，在这里却起着微乎其微的作用。在那些作品中大部分是个别的画和个别的符号，按照我们的概念和习惯，这是最值得注意和最特殊之处：没有相互联系、并列或从属以及通过另一形象对这一形象的强调。这是旧石器时代或洪积期绘画的主要特征之一。洪积期以后的艺术就完全不同了，却恰恰相反。后者（洪积期以后的艺术）的方向是，纹样完全建立在节奏和对称的最简单规

## 第六章　模仿问题之二：通向艺术具世性的道路

律上。"① 我们仍然举绘画作为这一实际情况的例证，因为绘画中以最直接和最明显的形式表现出关键性的联系。关于在其他艺术中经过多种中介的问题，我们以后再谈。

因此这里涉及我们在前面探讨中所分析过的两种非具世性的、披着巫术外衣——往往是无意识——的对现实审美反映的潮流，个别化对象的模仿和抽象的纹样，两者结合起来被提高成一个综合的统一体。像在艺术史和美学中经常出现的那样，如果我们把艺术创作的各个方向偶像化为活动的实体，那么原始的模仿和单纯的纹样之间就成了相互隔绝和对立的了，它们的综合统一就只能通过一种理论上的绝技才能实现，当然这种思想是完全不切实际的、模式化的东西。我们知道，在人的实际的世界中，这种偶像化的固定至多只能在想象中存在。我们称为艺术倾向的东西总是由人的日常现实中产生的，这种倾向是如何在反映现实中激发情感，按内容说来不是谜一般的"艺术意图"的产物，而是在当时社会现实的形式中产生的（正如这种倾向是在日常生活中有意识地表现出来的），并且是在各种需求的形式中产生的；这种需求在其肯定的表现方式中，是无定形的、不固定的，而在日常生活中只有在极其例外的情况下才能以某种方式产生这种需要。按其主要内容说来，它具有极其确定的意图。这也明确地表现在它的否定性和防卫能力上。如果艺术对于可感受到的社会职能不是

---

① 赫尔内斯：《欧洲上古造型艺术史》，维也纳 1925 年，第 582 页。

## 审美特性

在——错误的或根本尚未表达的——提出问题的意义上不作回答，那么它就会遭到明确的、毫不动摇的拒绝。当然，我们在这里不能设想出确实的、真正起作用的机制。连这里所说的否定的确实性也只能作为社会—历史的倾向起作用，它还具有多种不均衡性和变化。这种倾向只能在具体情况下，通过对当时历史状况的具体分析来阐明。除了这种影响着艺术道路的需求在表现方式的明确性上的一般变化，还应该指出，这里所表现的愿望是一种"日常的需求"。艺术对这种需求的回答——包括前者在内——是针对人类发展中有关当前时刻的意义，在这种情况下很容易产生对实际价值的误解，也就是说对成果的认可只是当作日常的满足，而实际价值却是很晚才意识到（莎士比亚在他的时代的作用），甚至被完全拒绝以及误解。所有这些错综复杂的情况，尽管其种类和数量可能大大增多，但不会改变形成艺术潮流的这一基本结构事实。这一事实情况的基本本质特征，比艺术创作与日常的人的精神需要之间的单纯关系更普遍得多。这毋宁说是涉及每一种新事物的形成方式，不论是理论方面或实践方面，不论是科学的或政治的、伦理的或艺术的。黑格尔巧妙地描述了这种状况的某些要素："它是隐藏着的精神，正在敲着现在的大门。它还是潜在的，还没有成为一种现在的存在，对它说来现在的世界只是一个外壳，这个外壳包围着属于它的另一个核心……要知道人们需要什么是困难的，人们实际上需要的，而人却站在否定的观点上感到不满足，这很可能是缺乏对

## 第六章 模仿问题之二：通向艺术具世性的道路

肯定事物的意识。"① 这里，世界精神的唯心主义概念明显地反映在：作为精神的新的理念具有主导地位，它不是由历史时刻的各种需要产生出来。只有历史唯物主义才能给予这一问题以适当的说明。历史唯物主义是由经济基础的变化、由上层建筑要适应于经济基础这一必然性中推论出这种变化和转折。由这一问题的观点看来重要的是，一方面要强调社会的人的活动的各种领域中共同的东西，对现存事物有趣、无兴趣的感觉，愉快或不悦以及对新事物的向往等，在所有这些性质极其不同的主体活动的背后，存在着一种共同的社会内容，这些活动正是由这一内容所产生并集中在这一内容上。为表述的简单起见，这里不涉及阶级的复杂情况。这里的描述始终适用于一个阶级，这个阶级在给定的历史时刻是有决定性作用的。在大多数情况下，存在和意识之间的分裂涉及所有的阶级，以致往往到处都会产生新的需求，但其内容和方向却是不同的，甚至是对立的。②

另一方面，这种在人的不同活动领域的共同需求的满足，表现得完全不同，从而形成了新的科学方法和成果、新的政治口号、组织形式和目标、新的伦理规范和道德楷

---

① 黑格尔：《Die Vernunft in der Geschichte（历史中的理性）》，莱比锡1917年版，第75、77页。
② 参见马克思关于资产阶级与无产阶级自我异化的记述。马克思、恩格斯：《神圣家族》，见《马克思恩格斯全集》第2卷，北京：人民出版社1965年，第206页。

模以及日常生活的新习俗和行为方式。在艺术中,这是新形式的产生时期。当然,我们在这里不可能描述形式由内容中形成的极其复杂的过程(这也是我们在第二卷的中心问题之一)。这里只能指出——正如人的整个生活是在同一个客观现实中度过的那样——由社会结构变化所产生的新内容在不同社会活动领域最终必然是相同的。艺术形式的特殊之处"仅仅"在于,它必须回答由这种状况所产生的生活需求,规定它要满足这种需求。这种新的内容包含了所有生活领域,在整个人身上引起了质的变化,正是它造成新的感受性需求的普遍性——一般说来——许多旧有的激发形式无法容纳这种需求,它们是相互对立的。因为正是艺术家在这个方面职业地发展了他们的敏感性,对这些变化自然可以极为敏感地作出反应。但也有些艺术家以旧有方式不变地对现实进行艺术感受和表现,在他们那里这种态度已经成了不可动摇的习惯,这并不会改变这一基本事实。因为艺术家是以他特有的方式对社会变化的新现象作出应答,在他们那里便形成了幻象,这种幻象涉及纯粹形式的问题,这好像是由艺术本身的发展、由固有的艺术自我实现的需求产生的。这一点就直接性和主观上相对说来是正确的,但它只是一种直接的和主观的真理,它不能进而洞察这种独特行为的客观原因。这绝不是偶然的——也不总是这样——正是那些伟大的艺术家至少可以获得某种预感,什么样的社会职能会引起这种特殊的形式赋予(这种预感在思想上达到什么程度引起一种错误的意识,我

## 第六章 模仿问题之二：通向艺术具世性的道路

们这里不作讨论）。最后还要补充说明，基础的变化随着上述意识形态的连贯性，同样表现出一种不均衡的发展。人们相互的社会关系及社会与自然界的物质交换中的变革，必然以不同强度改变着人的各种感受，这些感受直接影响着各种艺术及其门类，构成激发方式的基础。结果，这种形式变化很少在整个艺术领域同时以相同程度出现，同样的社会发展时而对这种、时而对那种艺术起着有利或不利的作用。

从绘画在整个历史变迁中至今所保留的意义看来，绘画原来的产生基本上可以由模仿倾向与装饰纹样倾向的会合及统一来理解。我们在前面的说明中指出，这种会合可能以某种方式产生完全不同质的艺术活动。如果在人们的相互关系以及相关的社会与自然界的物质交换中，把人的生活在社会—历史变化基础上形成的需求作为出发点，那么这种情况似乎不可避免的矛盾（形成的一种艺术方向与同样形成的另一种艺术方向相对立）才能排除。在最终形成的固定中出现的完全对立的那些东西，可能是由日常混乱的需求退化到生命的要素和运动中去的，在新的统一性中毫无矛盾地作为生活的新需求而出现。在这一过程中可以看到，在以现实的艺术反映为一方、与日常生活和思维为另一方之间，存在活跃而丰富的相互关系。艺术以其自身的方式再现世界所形成的东西，将社会的人的存在的事实提高到一个更高的清晰度和意识性，比这一范围人用日常生活的固有方法所能达到的更高。这种作用向两个密切相关的方向发展：第一，这种激发印象使感受者和正常生活的人体验到艺术形象，这种体验越深刻，就越容易将这种激发印象转化成内容的东西。艺术作品通过它的激发反映，使人普遍能感受到这种新的现实——它丰富和开阔了人的视野，增强了对新的生活事实和联系的感受能力——由此而成为日常生活的一个组成部分。第二，这是一种不能允许的简单化，它忽视了内容的现实第一性，以及新的形式对日常现实的直接或间接影响。如果日常生活中的人不进一步发展他对事实及其相互关系进行观察、排列和联系起来的形式，那么就不可能发展对新事物的感受能力。

虽然在日常的统觉与艺术中的形式构成之间有这样大的距离，在这两种情况下都涉及对同一客观现实的反映，涉及其中同一新的结构和倾向。因为迄今的艺术正是以此种方式作用于日常生活，改变着人。不难看出，如果社会生活产生了新事物，这种新事物相应地改变了人的态度、情感和思想。因此不论提出这些要求的人是否意识到这点，在这里形成的各种新的需求中包含了对迄今艺术的上述各种影响。根据以前深入研究过的日常生活的本质特征可以得出，日常生活与艺术之间的相互关系不可能只限于这两个方面。即使不考虑劳动、技术和科学成果对艺术发展的直接影响，那么这种影响也绝不会不涉及日常生活中形成的需求以及艺术的社会职能。由新经验的整体性中形成日常的无形式要求，当然在其对新艺术的特殊意图中，上述

## 第六章 模仿问题之二：通向艺术具世性的道路

由以前艺术练习中产生的因素同样起着重要作用（过去的艺术经验在此过程中肯定具有保守的、阻碍新事物的职能，这是不言而喻的。深入研究这里所产生的复杂性，已经属于历史唯物主义对实际艺术发展的考察范围了）。

我们在讨论纹样时已经指出了绘画早期的完美，以及后期效果表现为相对的无时代性。我们还曾试图说明，这种纹样如何使它的种类和魅力与最初对客观现实的思想把握以及对客观现象通过几何关系作出规律性安排结合起来。因为这不仅涉及人类发展的数千年的时期，而且关系到其中决定性的转变：由采集时代转变为生产时代。这种作用必然是旷日持久的。虽然在开始时生产还如此不发达，但客观上却产生了一种质的飞跃。这种飞跃或迟或早地作用于人的物质文化和精神文化，从而构成它的稳固基础。秩序原理的出现和对这一原理的进一步掌握，成为反映和支配自然界的新的促进手段，提高到成为由巫术—宗教束缚下不断解放出来的世界观的建设，它表现为在长时期内纹样处于领先的垄断地位。狩猎时代模仿的残遗物（壁画）表现了这种一度出现的、不可重复的情况所产生的成就是毫无连续性的。柴尔德正确地指出了由此向新的体制的过渡："没有留下这种灿烂遗迹的其他民族，创造了生产新的食物的经济。"他同样正确地指出，模仿写实风格的顶峰即使在狩猎时代也没有持续下去。冰河纪以后发展为一种惯例，"艺术家不再努力去摹写一个个单一生动的鹿，他只满足于用尽可能少的线条来表现主要特征，使人认出是一个

> 审美特性

鹿来就行了。"①

新的体制的固定,在这个方向上的作用自然是更强了。斯凯尔特玛说得好,他说:"将观察的记忆图像改变成组合的'思维图像',这个图像只限于单纯的传达,或标示出所观察的对象。"② 他试图指出,"当在南方形成的雕塑来到欧洲北方时,它在这里可以说没有遇到什么障碍","经过开始的模仿之后,脱离了那种陌生的造型形式,直到最后固定成无图像的几何图案"。③ 这种结论对我们具有一定的价值,因为它指出了抽象几何纹样对现实的反映在原始农耕者和放牧者的文化中如何扎根;甚至当它们接触到比较发达的文化作品时,日常生活也拒绝那种具有自发明确性的模仿,而本能地适应于其固有的审美要求,也就是说,完成了由模仿返回到抽象纹样的转化(这种否定的例子也能证明我们以前对日常生活的结构和发展趋向与相应的艺术潮流之间关系的说明)。在斯凯尔特玛对各种事实所作结论中,正确的东西由以下原因而被歪曲了。一方面他把发展的这一阶段当作了绝对的范例,他说道:"说得更明确些,纹样在其独特的、忠实于对象的基础上,基本上只能是几何抽象的。在这里可以看出,旧有的北方纹样由于上述原因,从来不是表现自然的,也很少是象征性的。"另一方面,由于这一事实必然造成在审美上不重视模仿写实风格

---

① 柴尔德:《人创造了自己》,伦敦 1937 年版,第 72—73 页。
② 斯凯尔特玛:《史前艺术》,斯图加特 1950 年版,第 72 页。
③ 斯凯尔特玛:《史前艺术》,斯图加特 1950 年版,第 87 页。

## 第六章 模仿问题之二:通向艺术具世性的道路

(特别是古代的模仿写实风格),这纯粹是按历史理解的一种有机生长和发展的低级文化对一种高级文化的影响的自我反抗,因为高级文化在低级文化中还没有社会的以及审美的基础,由此推导出一种更高的"日耳曼"艺术原理。按斯凯尔特玛所说,"在这种纯粹的纹样中,可以说是拒绝了南方的'拟人化'"。① 这里所表现出来的历史哲学一直贯穿始终。自从张伯伦和斯宾格勒以来这一观点甚嚣尘上,"反对将历史过程无意义地划分为古代、中世纪和近代"②的观点盛极一时。由此对艺术史得出结论说,中世纪是直接与史前时代相衔接的。这不仅忽视了古代的作用,而且也抹杀了中世纪的模仿现实主义的倾向。

这种流行的历史哲学,如我们在前面曾批评过的沃林格的观点,抹杀和歪曲了艺术的最重要的发展事实。在此处就是实际形成的具世性的模仿问题,就是艺术作为艺术的实际产生。原始农耕民族的纹样是他们生产阶段的一种有机的产物。从世界史看来,它是高于原始模仿的那种最有利的开端的产物,因为——与其作为基础的较高的生产方式相适应——它已经能够提出和解决统一、秩序、等级、并列和从属的问题。由此它不仅确定了自身的地位,而且提出了以后每一种艺术所不可或缺的原理,这里可以看出,人类在客观上从经济—社会方面超越了原始农耕和畜牧的

---

① 斯凯尔特玛:《史前艺术》,斯图加特1950年版,第101页。
② 斯凯尔特玛:《史前艺术》,斯图加特1950年版,第188页。

> 审美特性

状况，因此在艺术中必然用抽象的秩序原理来代替具体的秩序原理，这绝不是由任何一种艺术哲学提出的要求。它毋宁说是一种极简单的、只要没有偏见就能看出的生活事实——而沃林格、斯凯尔特玛及其后继者们却以各自的方式反对这一点——原始生活是一种具有很少秩序原理的生活。在这种社会中生活，人们相互间和与集体间的关系在原始共产主义阶段还不存在内部的问题。社会与自然界的物质交换尚极为简单，对自然界的支配不论内部和外部都限于一个很小的范围内。因此这种抽象的、在其抽象适用范围内绝对不可缺少的几何原理，在艺术实践中也起着一种极大的、充满情感的意义，以致能够在数千年的艺术创造和欣赏中占统治地位。如果考虑到只是由节奏（对称和比例）在社会劳动中的普遍性，才获得了作用于一切生活表现的力量。那种令人惊异的、由非具世性的模仿、非具世性的纹样和具世性艺术所组成的历史序列就昭然若揭了。尽管节奏对于舞蹈是有意义的，但它在狩猎人和采集者的生存中还缺乏这种力量。长期以来虽然节奏得到了极大的普及，但仍然停留在抽象性上。只有随着劳动普遍性的增加，才可能在节奏秩序中，并按对称和比例模仿地再现实际的对象性和对象关系。

正是由于新石器时代的这种社会基础造成了能向前进一步发展的生产方式，使得社会至少是在某些地区和某些时代不断超越这一阶段。柴尔德一方面正确地谈到了一种"新石器时代的革命"，但他又同样正确地补充说道，在这

## 第六章 模仿问题之二：通向艺术具世性的道路

个基础上必然又接着开始了一个第二次的他称为"温文尔雅的革命"。这第二次革命与第一次革命的区别首先在于，它并不意味着相对采集经济成为一种新开端，而正是在它所完成的质的飞跃中对旧体制的一种继续和发展。在这里我们所感兴趣的是，在这个基础上日常生活形成了什么新的需求，即那种新的社会对艺术所提出的日常的要求。在这方面，原始共产主义的解体具有决定性意义。原始社会解体了，由生活本身中提出了社会与由社会形成的个体之间的矛盾问题。我们已经援引马克思的话指出，这种变革的内容和形式、结构和发展等可能采取极其不同的途径：因此不论是希腊、埃及与西亚之间的区别，还是它们与日耳曼民族之间的区别，都是具有决定作用的因素。古希腊的典型意义——对于我们的研究来说——首先在于，社会与个体之间的对立矛盾体系只有在这里才最终形成，其中包含了这些问题的所有规定。这就把荷马史诗与东方的类似诗歌区别开来了。这首先表现在悲剧作为一种艺术的形式。在埃斯库罗斯那里，通过第二个演员对话的采用而构成形式上的艺术表现，从而在戏剧中方言—对话原理成为一个模仿的世界创造的基础。这种全新艺术门类的内容（至少在开始时）反映了由旧的温和的社会解体所形成的新社会与它原来起源的离析，这一众所周知的事实证实了我们至此为止的论述。昨天与今天的辩证矛盾作为这种斗争成果的今天的特性是一种人所生活的世界的全新的构想。戏剧的这一新形式完成了急剧变化的社会现实以混沌无形

◗ **审美特性**

式的方式向艺术所提出的社会要求。

因为作为具世性艺术门类的戏剧只有在这一基础上才能出现,这是自身被公开意识到的社会阶段。它的形成在发生学上的联系是显而易见的。更困难的是,我们所讨论的空间创造和由此而来的绘画的世界创造问题。这里涉及在日常私人生活中所形成的各种需求,它不像公共生活的全部公开事实那样,因此更难以明确地说明。但是,在此可以简略地指出几种要素。从人在洞窟中寻求保护到建筑城市经过了一个长期的过程,在这个过程中增加了生活的安全性,并由此增多了空闲时间和文化——如果我们就日常生活的需求而言,那么我们无例外地涉及已经明确地产生出来的统治和剥削阶级——由救急的顶棚而创造出带装饰的房屋。为了盖房屋——公共的或私人的——人们首先只是选择使用自然界的石料,以后甚至自己来加工。这里已经表现出了人对自然的征服,其中自然成为人的体验、情感等的承受者,并开始起主导作用(园林等)。可能荷马时代最豪华的园林主要也是果菜园。① 对荷马时代园林的描述指出,人与园林的关系不仅限于它们给人们带来物质的果实,它们还激发人的各种感受。更关键的是神或英雄对神林的作用,即使这种激发的感情是宗教内容的,它也不会改变这一情况。

---

① 哥泰因:《Geschichte der Gartenbaukunst(园林艺术史)》第 1 卷,耶拿 1926 年版,第 7 页。

## 第六章 模仿问题之二:通向艺术具世性的道路

人们还长期提到这些事实。对于我们的目的这里只要肯定,人们从一定文化阶段开始,就把具体的充满对象的空间作为他们自然的、持久的环境来感受。空间相对于它的视觉把握,只是作为单纯的装饰用几何关系时,把它用于激发表现则是无力的。特别是那种寺庙、宫殿、神充满了对英雄、神、半神的神秘回忆的想象性。在他们的生活中与这些地方相联系的事件就属于这类作用,例如由神林产生的作用。由这些以及类似日常生活的精神事实形成了日常生活对绘画的要求,即对任一充满各种具体对象的具体空间的模仿写照。这个空间不仅应包含形体和对象,而且对观察者具有这种表现形式,使其成为人的自身世界的可见的和概括的摹写。提出这些要求的上述各种需求,同时也限定了模仿表达的空间装饰性。它不仅反映了一个具体生活的空间,同时还具有复活一个实际和具体的空间的职能,使这个空间成为人的家乡,成为自身的世界。

这两种要求的同时性决定了这里所形成的、新的视觉艺术综合的决定性本质特征:绘画艺术创作的二维和三维的不可分离性。我们还记得,在旧石器时代高度发展的模仿绘画中不存在任何形式的二维性。所有洞窟画的观察者都承认这样一个事实,这种画是完全不考虑它所在的壁面的。这种壁画只是集中在模仿对象的个体上,从而具有两种消极的后果。图画缺乏二维性,抹杀了所表现的对象与其他对象在空间里的关系,以及与任一具体空间本身的关系。当关系丰富的多种对象性开始形成时,随着对象性这

> 审美特性

种单一个体的奇迹消失了，与此相关的形态就接近于一种纹样的简化和抽象，这肯定不是偶然的。过去的另一个极端即纹样，使得在它这一方面第三维完全消失了。即使在浮雕加工上实际是存在着第三维的，但不考虑它对视觉艺术的作用。描绘出的对象没有模仿的丰满，它仅仅是一种可以辨认的暗号的密码。甚至如上所述，这种关系通常不是由所表现的对象性的本质中产生出来的。

在我们现在所讨论的形式—内容复合体中可以看到一种综合，这种综合是由纯粹模仿的正题和纯粹纹样的反题产生的，这看起来很简单，按唯心主义辩证法说来也是顺理成章的。但是，现实的辩证法要比这种模式复杂得多。我们已经看到，我们所描述的艺术方向和与此方向相适应的作品结构不是相互形成的，而是一种更复杂的、历史发展的审美反映和表现形式。这里最终出现的否定之否定，应该如同恩格斯在论述《资本论》中马克思表述的否定之否定时所指出的，它不是作为一种历史必然性的"证明"而出现的，"相反地，在他历史地证明了这一过程部分确已实现，部分还一定会实现以后，他才指出，这还是一个按一定的辩证规律完成的过程。"① 这一点特别适用于这种情况，因为其中不仅关系到社会生活的初始运动即关系到经济运动，而且关系到上层建筑中的运动。正如我们所努力证明的，在上层建筑中每一种变化都是由基础的、经济的

---

① 恩格斯：《反杜林论》，北京：人民出版社1970年版，第132页。

## 第六章 模仿问题之二：通向艺术具世性的道路

变化而形成的。对上述因素的否定之否定关系明确地说明了这一结构。这里一方面表明，这种模仿的形成与旧石器时代的模仿并没有历史的联系，它不仅是自发的、由新的生活关系中形成的，而且在质上也与那种模仿有着深刻的不同，绝不能把它看作是前者的继续。这里另一方面表明，它在新的综合中对纹样装饰原理的接受并不是没有改变的。相反，应用这些秩序原理进行视觉激发所取得的长期艺术经验，以再度不同质的方式，成了新的艺术地对世界观察的基本组成部分。

总而言之，秩序原理是在非具世性纹样中艺术秩序的唯一决定性原则。在趋向普遍性模仿的新的联系中，其中不仅所表现的对象本身，而且它们的相互关系以及与周围空间的关系，肯定也是模仿特性的决定性秩序原理。这一空间通过这样创造的、具有复杂相互关系的系统而成为一个具体激发的、感性个体化的空间，它不再或不仅再从属地、由抽象的几何范畴来确定。也就是说，在发展的主流上产生了一种构图，它的原理可以由形态与对象的三维共存关系中、由它们的关系种类中推导出来（如米开朗琪罗或伦勃朗以不同的方式表现出动人的场面，而拉斐尔的绘画表现了再现职能）。即使在开始时，这些原理也已经具有所形成的审美特征：它在具体性上是不可重复的——并不损害其艺术价值，换言之，它必须是在每一个别情况下由所表现的内容的正是如此中有机地产生出来，以艺术的特殊方式将其独特性普遍化。因此这样形成的构图，其历史的和个体的差异性是无穷无尽的。这绝不是一种主观的随意性。一方面，构图原理是通过内容确定的。这种内容又是在一个具体的时代由一个具体的民族、具体的阶级的社会需要中形成的，并以艺术家的世界观及其对这些问题的态度为中介，从而转化为视觉形式。表达的主观性是有很大自由度的，但它同时又受到由此形成的内容—形式活动领域的种类和规模的限制，从而在一定方向上造成某种表达方式和表达手段。另一方面，创造的主体性被引向由这些因素所决定的道路。一个艺术家——如果他仍然是艺术家的话——他就不可能逃脱自始至终的一贯性。因为他的主体性的审美价值的合理性表现在，这种主体性可以开辟一条艺术上可行的道路（即使它需要勇气且非同寻常），并能贯彻到底。

这只是构图问题的一个方面，即三维的、具体视觉激发对象性的统一性问题。每幅画都实现了一个二维的多样统一——与在其中所创造的具体的空间的多样统一不可分割——我们不能充分地、富有亲切感地设想这两种——抽象地在思想上来看——不同的异质系统的结合。不论是在二维的还是三维的统一性和系统性中，每幅画的每一线条、色彩以及阴影必须充分无余地满足它必要的——准确导致情感激发——职能。绘画的具世性不是最终通过这种结合而形成的。因为所表现的整体及其各部分的内涵无限性与此相关，即画的每一因素必须完成在个别形态和构图联系上无法一览无余的许多任务，以便能在每一时刻揭示出新

## 第六章 模仿问题之二:通向艺术具世性的道路

的方向。这种倾向已经萌芽地包含在模仿的原始形式中,通过空间——对象的趋向整体性的模仿与这种装饰——纹样的新形式不可分割的统一,使这一倾向提高到一个更高的质的阶段,并扩大、加深和强化了。其不可排除的相互关系更替地作用到这两种因素上。在这种相互关系中更加强了这样一些冲动:一种是趋向整体的冲动,一种是在较小空间内指向外延的倾向上趋向闭合的冲动,另一种是在描绘的对象之间趋向关系系统的内涵的冲动。相反的,装饰——纹样原理大大失去了它的抽象性和无内容性(或者说超验的内容性)。在整体的功能中,它的任务归结为表现具体的对象及其在二维联系中的具体相互关系,也就是说,唤起了它对于现实的装饰能力,个体的东西在这一原理下获得了一个肯定的强调。这就最终地完成了具体的整体性、真正的内容性以及在艺术中创造人的自身世界的原则。

读者在这里可以回顾我们对抽象反映形式的分析。在那里,我们已经指出——除了纯粹的几何纹样——现实模仿形态的全部抽象反映形式都具有一种单纯近似的特性。当这些形式(节奏、比例、对称等)表现为一种实际对象的、具世性的现实秩序原理时,它的应用可能性就同时是一种实现和自我解决。模仿形象越富有具世性,这种抽象形式的单纯近似特性就越重要。它同时是在整个内容——形式关系上的一种质的转变。几何的东西现在只是表现为模仿集中的一种极限,几乎等于康德所说的"支配的理念",它的有与无都是由实际的对象性所确定的。也许举一个这

◖审美特性

种构图方式的最著名的例子就够了,即达·芬奇的《安娜三代》(卢浮宫藏)。魏尔夫林把整个构图看成是一个等边三角形:在达·芬奇那里"所有人物被运动地集中并汇拢到与闭合形式相反的方向上"。他试图在更小的空间里安排更多的运动内容。[①] 要使这种三角形的艺术功能的对立性清楚地成为实际抽象纹样的一种,不需要作什么特殊的说明。这里可以具体地说明以前只能一般地提到的观点——由于人的生活中劳动的普遍性——抽象的秩序原理必定被改造成具体的对象性范畴。

如果这里谈到绘画中装饰一纹样的倾向,如上述所清楚表明的,这里涉及的绝不再是单纯几何的东西。我们可以说,绘画越进一步发展,作为艺术,色彩装饰的协调、它最复杂的对象性和空间性所形成的功能(明暗、阴影、空气透视、神韵等)取得生理和谐的最终基础就具有越大的意义。作为这种艺术的绘画越接近完成,这些因素就越表现为中介的隐蔽的形式。但作为基础,它必须始终存在着,否则二维的整体就成了杂乱的、无特征的、混乱的东西。纯粹绘画中至高无上的东西当然不限于赋色,而是贯穿在构图的所有因素中。在纯粹绘画的意义上,可以绘制一幅黑白线描,这种画法可以在彩色画中起支配作用,以致使色彩降低到从属的地位(我们可以一方面联想到伦勃

---

① 魏尔夫林:《Die klassische Kunst(古典艺术)》,慕尼黑 1904 年版,第 35 页。

## 第六章　模仿问题之二：通向艺术具世性的道路

朗，另一方面联想到波提切利）。虽然这些规定这样复杂而且作用隐蔽，但仍形成了画的二维的和谐以及它的装饰原理的组织和支配地位。当然这并不总是同样有效的。现代绘画史指出，往往按照现代的特殊模仿——具有由现代所产生的与形成三维自身世界有关的要求——一个新的方向或者被狂热地接受，或者被激烈地否定。只有当这一斗争完全结束以后，这种画的装饰本质才能进入一般的审美意识。这些以及类似的事实，由于哲学唯心主义在近代资产阶级艺术探讨中形成的主观主义和形式主义倾向而进一步加强了，导致许多重要的艺术评论家都简单地把绘画中的装饰的东西与艺术的东西等同了起来。例如贝尔哈德·贝伦逊在绘画中对图解和装饰原理作了区别，他把各种"艺术之外"的、不论外在世界或内在精神所从属的内容理解为图解，而把装饰原理才解释为唯一艺术的东西。他最后指出："按照我的看法，所有的装饰因素是艺术作品中最主要的东西，它是超越于时尚和趣味之变迁的。"[①]

所谓完全是艺术之外的内容与同样所谓唯一的艺术形式，这种生硬的分割破坏了艺术作品生动的统一。这在上一个世纪的艺术探讨中是相当普遍的，然而有才能的历史学家的理解和分析远优于他们所作的理论考察。同样，李格尔也把形式和内容完全对立起来了："构图学的内容和艺

---

[①] 贝伦逊：《Die mittelitalienischen Maler der Renaissance（文艺复兴时代中部意大利绘画）》，慕尼黑 1925 年版，第 27 页。

术的内容是完全不同的，前者是用于产生一定的表象，是一种外在的、等同于艺术作品和建筑作品的使用目的。而特定的艺术作品却完全是通过轮廓和色彩，用平面和空间来表现事物，使它们能在观众中激发出快感。"李格尔不同于许多其他艺术史家而优异的地方在于，他至少将其作为问题已经觉察到在艺术内容与构图学内容之间的联系："因为毫无疑问，在人们由艺术作品中所感性直观到的观念，与他如何看待处理（人物像）所用明显手段的态度之间存在着一种密切的联系。"① 构图学内容的处理往往完全与造型的审美问题区分开来，另一方面要使绘画装饰的效果与历史的空间和时间不相关联的表现出来，被看作是内容方面的一种借口。这当然是一种事实，到目前阶段，审美的阐述还不能充分有说服力地将内容和形式的详细辩证法，与其机械的对立在细节上加以对比（这也是本书第二卷的一个课题）。

在这里原则上已经指出了，人们通常所说的构图学内容是生活对艺术提出的那些要求的一部分。它包含着某种人的处境，这种处境准备并产生了人的行为、特定性格、命运和人们的相互关系。由于神话、传说、宗教或世俗的文献等构成了与艺术表现相对立的内容要求，因此它在全部内容的规定性上，甚至在神学意义的精确格式上，从艺

---

① 李格尔：《Spätrömische Kunstindustrie（后期罗马工艺）》，维也纳1927年版，第229页。

## 第六章　模仿问题之二：通向艺术具世性的道路

术家的观点看来只是一种具有混沌的、无定形特征的原材料。当艺术家把这些对于他作为一种先决条件、一种社会职能而对立的东西，转化成一种艺术的具体绘画内容时，才形成方向和构成形式。因为绘画的形式赋予——不论是装饰的、模仿的还是在三维构图原理及因素与二维构图原理及因素相结合的统一体中——只能作为这种特殊东西的特定形式，不再只是构图学上的一般内容了，当然对这些关系必须按照辩证的正确比例来理解。绘画既不是构图学所提出的社会职能的简单实现，这种社会职能也不是艺术完成任意产品的简单动机。它的本质最好作为一个活动范围来描述。具体说来，它无论如何概括了日常的愿望，赋予了这些愿望以某种形态、方向。抽象地说，艺术创作活动明确地实现了在社会职能中隐藏着的往往充满矛盾的可能性。李格尔本人针对这里产生的错综复杂的关系举了一个直观而有教益的例子。他指出，一般看来一定的内容在解决形式问题时具有某种集中性，但并不存在明确的或完全强制的联系。因此在可能范围内有各种解决途径，由此虽然会产生显著的不同，但基本的内容完全不变。在李格尔那里，这涉及所谓君主画，涉及有广泛社会基础的17世纪荷兰画流行的主题。李格尔不仅在理论上而且根据大量的事实材料指出，这个主题"自然地"要求和唤起了并列注意的构图方式。但他同时指出，伦勃朗在他的作品《纺织间评议员》中在并列位置上作了从属的配置，因为他在这里要服从于他的世界观的基本原则，在他的"主题中始

<审美特性>

终要求具有戏剧冲突的萌芽。"①

这里没有必要讨论这个问题的细节。有两个结论仍然是重要的：第一，构图学的社会职能为艺术家提供了某种构图的活动范围，这里所产生的差别并不总是使这里出现的对立性尖锐化。第二，同时产生了在其直接性中要求安排二维的和三维的构图形式原理（并列和从属），只要它一旦转化到艺术实践中，就开辟了对于绘画激发作用的质具有决定性内容的方向（这里是静谧的状态性或内在的戏剧性）。这种相关的二重规定，一方面指出了在艺术作品内容和形式因素之间既确定又可变的辩证相互作用；另一方面正如艺术家对他的时代重大问题的态度一样，形象塑造的出发点及其结果关系在绘画中最终装饰形式原理的似乎是纯形式问题。伦勃朗的伟大之处首先在于，他生活在上升时期的资本主义荷兰，在那里处于艺术高峰的同时代人体验到为他们所肯定的资本主义社会的安全感，而他却不断揭示社会的戏剧性矛盾。这里所讨论的、在并列和主从配置之间构图的对立，其来源正在于此。顺便指出，把构图原理和这里所说的世界观的对立简单等同起来是一种严重的——公式化和形式主义的——错误。主从配置可以很好地表现静止和平衡，如在卡斯特尔的弗兰柯的圣母像中。但是当彼得·布吕盖尔那样"并列"地表现基督十字架，

---

① 李格尔：《Das holländische Gruppenporträt（荷兰群肖像）》，维也纳1931年版，第209页。

## 第六章  模仿问题之二：通向艺术具世性的道路

它几乎消失在供奉者的无边浪潮之中（即弗兰德人的阿尔巴政体），这关系到目前尚未谈到的戏剧—悲剧原理的高潮问题。很明显，这里所阐述的在各种情况下装饰—构图原理的应用仍然适用于对模仿—具世性形象的最终形式的构成。

我们至此为止的阐述说明，融合在创造自身世界的模仿中的抽象反映形式，不仅与模仿的写实倾向不存在二律背反的对立，且由于它丰富的矛盾性而加强了这些倾向。这一结论对于我们并不新颖。在讨论节奏时我们援引过席勒的话，正如节奏在语言艺术作品中的应用首先在于，把对现实的写实反映提高到一个更高的水平。有些表面上的矛盾只是产生在这里，即纹样因素在绘画中成为模仿创作的组成部分，这种纹样在开始阶段只是巨大的非具世性的，但正是在这种非具世性中创造的艺术样式，其适应性并没有完结并将不会完结。有必要对纹样在新的具世性绘画中的功能加以详细阐述，因为它正是在这里——除了浮雕之外——才获得了这种功能。通常这种抽象形式从一开始只是整个创作中的一些因素，不可能独立地构成完整的审美体系。在其他艺术如文学或音乐中，装饰—纹样原理只是在一种转义的、间接意义上起作用（我们马上就会看到，在这种似乎只是比喻的意义后面隐藏着实际的审美的问题，尽管我们绝没有把这种意义和这里所讨论的问题等同起来）。

因此，正是通过对绘画的讨论，澄清了这个似乎矛盾

〔审美特性〕

的问题。并由此指出,在绘画中的这种纹样—装饰倾向按其审美本质正是服务于艺术的模仿创作(在历史过程中往往产生这样一些画,其中平淡或虚空的装饰原理占主导地位,或在艺术意义上缺乏组织的模仿占主导地位,这并不会改变这一结论的有效性)。这种职能主要在于,使独特性首先是形态和环境的典型特性获得通常所无法达到的高度。我们已经指出,表面看来抽象的最形式化的装饰秩序原理在模仿表达的前后联系中,获得了一种具体内容的情绪价值、一种具体内涵丰富的激发力量,由此在真实的反映中所正确表现的东西,在纯粹构图布置上就远远超出了它本身存在的类型。装饰纹样的处理——与模仿表达物不可分割的统一——也可以用于比通常更清晰地表现个别细节、等级联系和在戏剧场面中的位置。魏尔夫林是完全正确的,在与吉尔兰达的对比中,他强调达·芬奇《最后的晚餐》中的那些优点。[1] 正是由于桌子的位置与画面平行使基督处于绝对的中心位置,每边形成两组三人就座代表了一种古典的明晰典型,表现了戏剧性。伟大的先行者如乔托,在他的画中就餐者是围着桌子坐的;重要的后继者如丁托列托,在他的画中桌子伸向画的背景深处;不对这种统一性和有序的、个体化了的、有明显分隔的丰富典型进行综合,他们可能会达到似乎更加动人的戏剧性,后一比较是没有价值判断的。魏尔夫林在吉兰达约的画中看到了达·芬奇

---

[1] 魏尔夫林:《古典艺术》,慕尼黑1904年版,第257页。

第六章 模仿问题之二：通向艺术具世性的道路

的成功之处，乔托或丁托列托完全致力于另外一种效果。在装饰性画面布置和精神性情绪内涵之间的联系，如何表现得更清楚这点上加以比较，还是有教益的。这里所探求的统一性进一步促成所有个别对象内涵的无限性以及各种关系的整体的突出。每一个细节所承担的功能的提高推进了这一方向：越强调构图，就越加生动有力。

## 三 艺术作品自身世界的前提

这里不是试图列举并分解所有这些关系系统，至此的论述足以表明，在绘画中模仿与装饰因素的相互加强构成了绘画自身世界创造的基础。因为两者都依据对现实感性视觉反映的原理，二者相结合的作用不仅总的构成了一个世界，而且形成了一个其全部规定直接植根于纯粹可见性的同质媒介中的世界，在此范围之外就不再有审美的存在和审美的价值了。这里是在双重的意义上使用"直接"这一表述；一方面它是指这种模仿的直接出发点，模仿对现实的反映限于视觉，从而使它与只有通过其他感官或通过概念性、推论等才能意识到或产生的对象性区别开来。康拉德·费德勒所犯的错误不在于强调了这种因素，而在于他停留在这里，并把艺术的这一阶段绝对化了。因为在现实的视觉反映图像中排除了非视觉因素的系统包含着——转换成纯视觉——人的物质生活、社会生活、精神生活以

### 审美特性

及道德生活的全部规定。我们在前面已经指出,感官的分工怎样在日常生活中为此做了重要准备。现在是要把生活内容的这种丰富性的再现固定在纯粹视觉中。因此艺术作品产生了第二直接性,这种直接性才能在艺术作品中构成一个真正的自身世界:在纯粹可见性的同质媒介中创造出包含世界的普遍的东西。

那种创造了审美形式的丰富矛盾性与由此而在作品整体及其所有因素中产生的延伸作用,表现为各种规定的无限性与其空间的有限性之间扬弃了的对立。在创造自身世界的模仿中,装饰纹样原理的调节职能——消极地看来——具有一种剔除、还原和聚合的倾向。它也可能转向积极的方面,使它将典型的各种重要关系,提高到引人注目的装饰—纹样的特殊地位上,并使模仿物的重要运动形式表现成装饰—纹样结合体的一种完整系统。只有这样才能使画面的空间限制不是屈从于而是成为在审美创作中内涵无限性的实现,成为视觉艺术的自身世界,成为现实世界通过激发—模仿反映的一种提高。

由此才完成了艺术作品的客观性(因为很明显,对绘画的上述分析不仅是由于其特殊的问题才进行的,而且是为了阐明创造自身世界的艺术的主要结构。各种艺术的多种存在方式,使这种一般的阐述在直接与某种艺术的特殊问题相联系时,变得更加具体。在这里就每种创造自身世界的艺术而言,在细节上已作某种修正)。在艺术作品复杂的关系系统和对象性系统中,充满了严格的规律性,这种

## 第六章 模仿问题之二：通向艺术具世性的道路

规律性使每一系统成为一个独特的对象，它在不可扬弃的自在存在中与每一主体相对立，其——审美的——存在独立于这一主体。这是构成自身世界的艺术作品的另一个方面。然而，它的这种——审美——存在全部无余地具有拟人化的性质。它是通过人的感官（此处为视觉）对现实反映所创造的一种形象。它的——审美——存在完全在于它在感受主体身上激发出一个世界的力量。因此，不仅对它本身是一个独特的世界，而且同时是人的自身世界。在这里才真正实现了关于审美领域拟人化活动所讲的一切。对现实的深入反映和按美学规律性的加工并非沿着与人们生活事件相疏远的方向进行的。它的客观性倾向不是像我们所确定的科学反映那样是非拟人化的。客观性的道路在这里正是——达到目标后——返回到人的主体。艺术的自身世界在双重意义上表现了这种基本的丰富而活动的审美矛盾性：一方面表现了自身完整的、独立于主体的客观性特点，另一方面深刻地揭示了对于主体真正本质的东西。当此两方面完全形成并相互处于不可排除的关系之中时，这种矛盾才能变得丰富起来。因此当人的生活——最广义地说来——成为对象，生动的、具有人的存在价值的人成为审美的主体时，艺术作品的结构就以内在与外在绝对同一的形式表现出这种统一性。这种规定直接看来也是一种形式的规定，因为每种内在性在有关艺术门类的同质媒介中感性激发地形成意味着：一切属于人和人的关系的东西都是内在的，只有当它在这一特定形式的艺术门类中产生感

● 审美特性

性的纯粹外在形式的效果时,才能成为——审美的——存在。正如我们通常所见,这种形式的联系只是一种深刻内容性的直接表达,也就是人本身所能认识到的他所生活、所活动的周围世界实际是怎样的,这一伟大生活真理的直接表达。这种审美的真理由自我认识和对世界的认识构成了一个循环的运动:"认识你自己!"的正当冲动把人引向世界,使得他对他的同伴、对他们在其中活动的社会、对作为他们活动场所和基地的自然界有所认识,并使他转向外部。这种对客观性、对现实实际目标的追求,同时使人认识到他自身本质的最深层。他绝不可能通过"纯粹"自我研究的尝试,找到通向这一本质深层的道路。这种由日常生活、由处世经验和人的知识、由伦理学和哲学中不断涌现的智慧表现为第二直接性的内容,每一部艺术作品以这种直接性面向人。这种形成的直接性对于每个从事于它的人,对于分散的注意力、对于距离太近和太远相平均的日常目标说来,这是一个盖着面纱的赛易斯女神像。只有在我们这里所概括的意义上才能真正理解诺瓦利斯的诗句:

> 有个人成功了,
> 他揭开了赛易斯女神的面纱。
> 但他看到了什么?
> 真是奇迹,他看到的正是他自己。

因此,艺术形式把人提高到人的高度。艺术的自身世

## 第六章　模仿问题之二：通向艺术具世性的道路

界，不论在主观意义上还是在客观意义上，都不是什么空想，不是什么超越人及其世界的超验的存在。它就是人的自身世界，正如我们所指出的，不论在主观意义上还是客观意义上，在他面前的、他为之奋斗的是处于感性直接现实中人和世界的最具体的可能性。在艺术中——不论是在诗歌或音乐中——与人相对而立的是一个理想的世界，在艺术中它也是表现为一种完满的存在形式。体验到作品第二直接性的人与这一世界的交往，就像与他自身世界的交往一样。只是在作用的"后果"中，这种理想的特性才再次出现。但伟大的艺术作品往往都接近于这一点。不论它的内容是否反映一种理想，即使最朴实的民歌或最简单的静物写生，在一定意义上，也可以表达一种理想，它对日常的人提出的要求是，达到在作品中所表现的那种统一性和高度，这是每一种充实的、生活的理想。

由以上表述而显露出的复杂辩证法，通过正确分析成为审美唯一适当形式的艺术作品的特性，可以更清楚一些。分析表明，用于揭示人的各种活动领域中事物本质所完全必要的某些概念——如科学知识以及个人道德的理想——在概括审美特异性的尝试中起着双重的作用：一方面，概念用于审美，首先用于艺术作品是不适当的。所有现象在艺术作品中的客观化，显示出某些在当时还无法达到的、对存在和本质的规定。在这里，如同在研究人的内在生活规定时一样，与科学是同时进行的。尽管如此，每个人都会立刻感到，我们对于世界和人的知识的增加、丰富和深化用认识的概念来描述是不恰当的。艺术作品所提供的东西比知识可能多些也可能少些。当艺术所揭示的是到目前认识所不可能接触到的事实，或甚至是还长期不可能转化成非拟人化的认识时，这涉及我们对世界和自我认识的知识的扩大——由于各种理由——它不可能在这种概念系统的意义上作精确的描述，这时艺术作品所提供的就更多些。由于艺术所提供的东西由科学的角度和方法看来总是具有一种虚构的性质，因此艺术作品所提供的东西就少些。艺术和审美所无条件要求的对必然性的"证明"（由纯粹科学上看）绝不会超出这样一种水平，即对现象或现象综合体正是如此的必然性因素作直接的显现。从本来意义认识的观点看来，日常生活和艺术是极其相近的，两者成为提出问题和进行考察的巨大资源库。这些问题的提出和考察对于科学的发展特别重要。只有在科学本身中才能实际完成这些考察并将其提高到客观概念性和规律性。曾经多次出现过这样一种认识论，认为对现实反映的这种感性普遍化高于"正常"的科学方法——即非理性主义流派中的直觉理论——这里又一次证明我们反对这种理论是正确的。

如果我们由这一切可以得出结论，认为我们根本不应该在关于艺术方面，简单地使用认识这一术语，情况好像很简单。这却似乎产生了一种不允许的简单化。肯定只有在科学中才能找到认识的最适当的方法。在那些准备提出问题和要求的地方，也存在认识的现象。在日常生活中——经常开始尝试着使用并涉及它的普遍化——总是存在着认识

## 第六章 模仿问题之二：通向艺术具世性的道路

的发端。如果在形式的适当与否之间可以划出明确的界限，那么就牵涉到一个最终统一的认识运动，在这一认识运动中界限实际上经常消失。显然，由艺术所产生和传播的知识属于这种系列。按照这种见解，艺术的特殊地位就不复存在了，或者使艺术变质为不可认识的东西。即使在最后这种事实中，我们也不能只看到消极的东西。这一事实证明，艺术是由劳动发展所创造的空闲时间的成果，而绝不是文明的奢侈产物。对这种社会事实纯粹消极的评价加以否定，还远不等于对艺术或只是艺术中认识因素的作用的适当评价加以肯定。因为只是由于人的认识科学地扩大了和巩固了，日常生活和艺术才这样接近。本来，尽管有或首先由于我们所提到的相互关系的作用，它们的距离是很大的，但是这里也不能僵化成一种形而上学的对立。我们经常在关键性地方所使用的社会职能的概念，说明了这种联系，艺术的形成是起源于日常生活的，并按照最初的外观区分它的直接性。实际上，由艺术作品创造的第二直接性，在决定性意义上，正是日常性的对立面。因为这种直接性与任一同质媒介的结合，各种规定全部集中在每一次感性—激发的表现方式中，这种表现方式是由这一媒介产生的，这作为产生效果的必要前提，产生了一种主体性。这种主体性，至少按照本来的意图，超出了单纯日常生活的范围。

只有由这种观点出发才能理解，艺术作品反映和模仿所形成的认识的特殊本质。这种认识比在日常生活中更加

### 审美特性

与主体性相关联。在日常生活中只是自发地产生的，至多只是在若干个人那里才意识到的东西，在艺术作品中成了中心课题。也就是说，艺术是把这种相关性放在具有更高发展水平的主体上。我们已经谈到过这种要求的一个方面，即关于自我认识与认识世界的相互联系。这种要求的另一特点是反对各种模式化的日常惯例，反对偶像化作用。对现实的艺术观察即每一真正模仿的前提是，按对象实际的样子、按它在具体给定的联系中必然的表现、按以同质媒介将其提高到直观形态来观察对象。也就是说，是全新的、从一开始还不存在对于对象的任何设想或看法。（需要多少认识和知识才能这样看和把看到的用感性表现出来，不属于这里的范围。）这是由日常生活实践的本位主义局限中一次重要的解放。在日常生活中，正是由于对大多数对象（包括人与人的关系）采取直接的实践态度，使这种印象逐渐淡薄成为过于抽象的观念，甚至成为那种不是由第一手、经主体检验过的东西，而只是作为实用的套用手段盲目地传播。真正的艺术，作为艺术，是与日常生活所不可避免的、脱离人的存在的习惯相决裂的。

艺术不仅揭示了这种新的直接性，而且还将它固定化。它不仅由此而成为人类——这是在每个人身上存在的——的视觉、听觉和触觉的感官，同时还成为人类的记忆。它又会使人想到与日常生活的对比；联想到无限多流逝着和暂时固定下来的记忆图画，其中大多数与其说是实际具体对象的抽象反映，不如说是适应记忆的记忆符号；联想到

## 第六章 模仿问题之二：通向艺术具世性的道路

重要事件、人物、状况、关系的被遗忘，如果它们的直接实际意义已经不复存在，它们往往在意识中全部消失，甚至要回想也不再能够忆起；联想到多余事实的干扰对记忆造成的负担等。艺术在这里起着双重的作用，一方面，把值得记忆的东西艺术地固定在与其价值相适应的形式中，个别主观的感受活动就会造成一种记忆，这个问题已经失去了它在日常生活中所具有的那种决定性重要作用，因为——按照这一原理——这种活动会不断被重新激发起来。尽管这样固定的对象在个别的记忆中可能消失，在人类的记忆中——按照这一原则——它却被永久地固定下来。另一方面，正是这种值得记忆的东西被铭刻在这种记忆中，它扩大、丰富和加深了我们关于人、人的关系以及与人相关的自然的概念。持久性，即重新再现的可能性，与恰当的选择不可分割地结合了起来，人类的记忆只保留重要的东西而不必负担那些多余的东西。

当然，在日常生活中并不是每个人都了解这一事实及其后果。然而，遗忘的悲伤、担心遗忘而产生的不安具有很大的普遍性。它的最普遍、最直接的形式是不安、客观上无法实现的憧憬，艺术也不可能为这种憧憬作出回答。摆脱了各种宗教空洞的诺言，这些宗教用这种诺言使日常生活对个人的狭隘束缚永恒化，在这种憧憬之中及其背后隐藏着一种更深刻的东西：在个人身上的人类的情感、为了人类而去拯救那些适应于人类的事物的愿望。歌德在悲歌《欧芙罗西妮》中具体、直接地表达了这种情感，把它

> 审美特性

提高成为本质的、客观的、人类的东西。他让赶到哈德斯①面前即将别离的欧芙罗西妮②对诗人说了以下的话。

> 再见,我就要匆匆离去,
> 听我说,答应我一个愿望,
> 不要责怪我成为亡灵,
> 只有缪斯能赋生机予死亡。
> 大量的亡灵和名字相分离,
> 因为无形者只能在冥府游荡。
> 诗人赞颂的就会变为有形者,
> 它们还加入了英雄的合唱。
> 你的歌声宣告了我的欣然来临,
> 女神的目光满意地停在我身上。
> 她和善地接待我,称呼我,
> 王座旁的女神们也投来目光。
> 亲近妇女的蓓内罗比娅与我攀谈,
> 偎依着爱夫的优阿德妮也是这样。

以诗歌的形象性赋予名称以尊严,并使它长存于人类的记忆中,同时也强调了艺术的决定性作用。名称的作用在这里意味着本质的典型的形成。唯物主义者歌德认为人

---

① 哈德斯即冥王。——译者注。
② 欧芙罗西妮即快乐女神。——译者注。

## 第六章 模仿问题之二：通向艺术具世性的道路

死了以后是"属于元素"的。我们还没有谈到，他是想要保存最重要的生命原理，还是做一种有才华的思想游戏，他不仅在悲歌中，而且在海伦娜悲剧的结尾中，塑造了在人类记忆中保存冥府形态的延续。歌德以诗歌的方式明确地说明了，我们从理论上提出的艺术作为人类记忆的使命。他深信，人的所有真正的和现实的东西，不管它是否表现为禀赋和业绩，最终都会通过艺术而永恒地保存下来。因此，他在海伦娜悲剧中有关我们所说人会解体为自然元素那句话的一幕结束时，让合唱队女领唱说道："不仅是功绩，而且忠诚也为我们保存了人。"通过上述论述可以看出，"人"的概念只是一种——由艺术所保存——留存在人类记忆中的、与日常思维相适应的、神话化的、鲜明的表现形式。以无名的忠诚强调了民主主义的根本思想，即关于天才、业绩的这种"永恒化"的独立性。

最后的说明已经与现在所讨论的第二方面的问题密切相关，即在对现实的激发—模仿反映中"应当"的问题及其恰当的作用。最后讨论的这个问题，按其内容的实质来说是属于伦理学方面的。因此很明显，人类记忆涉及所赞许的选择。这种赞许，不论是在艺术作品的创作过程中表现出来，还是在完成了的作品对人的作用中表现出来，都同样可能形成在伦理学和美学之间相抵触的交叉领域，就像以前提到的关于科学和艺术之间的认识问题一样。在具体讨论这个问题时首先必须搞清，"应当"的意义要比在道德上关系最大、最普遍的现象形式更具普遍性，这个方面

### 审美特性

对于美学特别重要。我们联想到亚里士多德在《诗学》中的著名论断:"正像索福克勒斯所说,他按照人应当有的样子来描写,欧里庇德斯则按照人本来的样子来描写。"① 乍一看来,这里好像讲的是类似伦理学的东西。如果将这种说法在美学意义上加以普遍化,那么无疑可以确信,雅戈和理查三世、达尔杜弗和魏特林的作者在创作他们的形象时是追随索福克勒斯的道路(关于对欧里庇德斯的评论是否公正,不属这里的范围)。在这种普遍化中的"应当"无非是向典型的一种运动,而不管这在伦理学上是承认的,还是否认的。因此,这里排除了伦理意义上的各种内容性。每一种艺术创作趋向典型的倾向是普遍的,其中不会直接出现一般的善与恶问题。这种"应当"是直接指向一切可能性的直观化,这种可能性存在于历史的特定地点和特定时代的人们之中。正如我们所见,它指向这样一种直观化,其中与历史的此时此地不可分割地联系着,将它无可排除地加以固定并表达出来。由此,这种现象作为本质因素深入到人类的发展中,并通过艺术作品铭刻在人类的记忆中。在这种规定中,我们已经突出地强调了在艺术的非道德论中的单纯直接性。实际上,在达尔杜弗或雅戈、在杜米埃的漫画或者在西克斯塔斯礼拜堂的预言者像,以及布鲁陀斯或贺拉修斯的形象中,都有在日常生活和艺术之间的延伸起着支配作用。这些例证表明,对于艺术并不存在伦理

---

① 亚里士多德:《诗学》,北京:人民文学出版社1982年版,第25章。

## 第六章 模仿问题之二：通向艺术具世性的道路

上的中立主义。相反，这里证实了它所表现的基本倾向性，即每一种模仿作用同时包含着对于被表现对象的肯定或否定态度。这里也证明：莫里哀和莎士比亚、杜米埃和米开朗琪罗的例子表现出一种明确的语言，它使任何注释都成为多余的了。艺术作品的微观宇宙特性包含着在这种反映中激发地唤起人的整个伦理生活，善与恶的意图，以正确的动态和比例描绘出人类发展连续性中的持续的东西。尽可能实现这种意图是完成艺术作品的作用和历史性的重要契机。因为人类的发展在这方面走过了曲折的道路，由此同时可以说明，有的作者和作品保持着生机，而有的却被人遗忘，这种变迁历时数千年。

我们可以看到，"认识"和"应当"这两个范畴本身在不同领域中有时聚拢成为一致的，有时又不同地分散开来。如果我们考虑到科学、伦理学和美学，一方面，按照它们的原理是普遍的，是基于人的整个生活的；另一方面，这些领域在人类发展过程中，由于它们各自不同的又必不可少的职能而大大分化并形成了独特的结构、范畴、体系和态度等。那么，由此产生的、似乎矛盾的现象就很容易解决了。在这个意义上还应该经常牢记，每一领域的这种独立性都是相对的。只有当它们形成和保持着这种独立性时，它们才能在整个人的生活中正确地发挥作用。在广阔的日常生活的基础上产生了它们的规定性，它们的成果又回到日常生活中来。在考察它们的相互关系时决不要忽视这一基本事实，否则就会产生形而上学地夸大这些领域独立性

### 审美特性

的危险，这在人类思维史的长河中是屡见不鲜的。人们或者过分强调它们趋向同一的这种必然的聚拢，或者把存在的重大差别以及合理的趋向独立作用的倾向形而上学地分割开来或固定为绝对的独立性，这样就会产生真正的矛盾。只要避免了这两种错误的极端倾向，就不难将复杂化了的关系具体化，并合情合理地在其具体性中加以说明。既可以说明上述所谓艺术的非道德论，也可以说明审美范畴在人的道德生活中直接应用的尝试。

我们现在所讨论的艺术作品自身世界的问题，首先是一个内容的普遍性问题。这决不是说，每一部作品都有责任反映它的历史立足点上的所有现象。这里涉及一种强调意义的普遍性，也就是说，对成为某一作品主题的具体集合体的普遍性的理解和反映。这种普遍化倾向根据艺术门类的不同可宽可窄，但是关于具体题材的可能性，在全面性方向上保持着质的区别。我们已经看到了制约着形式的内涵无限性与作为自身世界的艺术作品的联系。由此，在其他具有同样价值的领域中，最重要的现象形式和本质形式成了按其独特规律处理的素材，这并不会产生必然的冲突。当然，只有当理解了每一领域都是由生活取得素材，在其直接实践中各种不同的对象化创造领域的所有成果都是协调一致地存在着，这些成果在这种协调性中产生着反作用。不是伦理学本身成为美学的素材，而是两者都取材于使它们丰富了的日常生活。

对艺术作品自身世界的各种规定加以概括，由此产生

## 第六章 模仿问题之二：通向艺术具世性的道路

了一种张力，这种张力归根结底是产生于人与人类之间。它构成了客观的艺术创作的基础，不仅表现在导致创作的过程中，而且表现在艺术创作中。如果艺术的典型就是普遍化，那么当然就不存在这种张力了，从而也就不存在作品及其各部分无限循环着的生命了。只有当其整体及每一细节处于这种张力作用之中，由这种张力作用而产生，两者同时致力于极度的个别性和最大的普遍性，才形成典型的提高了的和真正的生动性（以后我们将在专门的一章中讨论：由审美形象的这种属性如何产生特殊性范畴的中心地位，以及它对审美原理意味着什么）。如果把人与人类之间的这种张力作为作品结构的基础，那么这种张力在审美作用中就表现得更明显。这种张力包含了对整个人的提高、扩大和深化作用，这是显而易见的。这一特征当然有不同的解释，又会归为各式各样的描述。

这种特性往往以一种歪曲的方式反映出来，这就冲淡了所产生的效果。把模仿反映的激发效果描述为"幻象"或"移情"的各种理论就是如此。在前一种情况下，把对待艺术的态度降低到了日常的水平，在日常生活中（即使在科学认识中也有不少改变），只关系到对象的真实性和准确的知识，即相应于对象的表象真实到什么程度。如上所述，就其原来意义而言，幻象是上述方面的一种错觉。我们知道，在艺术中并没有完全的这种二元论。感受者从一开始就和一个反映的图像发生联系，并且他自己也十分清楚这一点。移情说也是以间接的方式，把审美体验降低到

> 审美特性

日常生活的水平。移情是一种自发形成的极为普遍的态度。从许多人对火车头的噪声在感情上觉得不可容忍——在这里很清楚，就其本质而言，移情是一种与思维类比相对应的情感活动——直到许多人对同世人所作的判断，即他们自己若处在他的位置，在这种情况下应该怎么办，这表明移情在日常思维中已经是一种对客观现实迟钝而粗略的、简单化反映方式。在日常人的、发展了的认识中经过经验的积累，人们已经远远超越了这一水平。他们试图对同世人的前提、基本原则、感受方式、习惯等加以研究，在接近事实的基础上来判断他的行为和效果。因此这表明，只要感官对外部的客观性保持清醒，移情作用在日常实践中也会被排斥到背景中去。如上所述，它在日常生活中的作用没有什么争议的余地。我们可以联想到关于类比的积极方面我们所谈到的。当然，移情总是关系到主体（关系到他的感觉作用），在类比中情况并不都是如此。类比的消极方面在移情中比在类比推论中，表现得更加明显。这绝不是偶然的，当在资产阶级哲学中主观唯心主义排斥了客观唯心主义，当在艺术实践的理论基础上主观主义倾向占上风时（表现说以及部分19世纪末期的自然主义），移情这一范畴在美学中——当然是一时的——曾经占有中心地位。由此，在美学的应用中，不仅移情的主观主义本质特征成为决定性的，而且把艺术本身和对它的体验降低到日常的水平。移情说是在正当地对抗那种毫无生气的科学主义时产生的，以更加主观主义和反动的形式对移情说的反动，

## 第六章 模仿问题之二:通向艺术具世性的道路

并不能削弱这一判断。

更危险和更令人迷惑的是几乎与移情说同时出现的尼采的理论,他把酒神(狄奥尼索斯)的陶醉作为人与艺术真正关系的基础。如同我们在帝国主义时期的美学理论和艺术实践中经常会见到的,为反对日常生活中那种冷漠的、呆滞的单调和使心灵干枯的习惯,而产生的追求强烈刺激的需求——并不去摧毁这一客观范围。①

尼采的酒神陶醉说把这种自身绝望的、最贫瘠的要求放在美学的中心地位。与此有关的人类学的事实家们在罗德的记述中已经看到,并作了评价。这里不准备对整个理论进行分析。只需说明,对酒神陶醉的这种理解——如我们由罗德那里所知,沙门教、回教修道僧的陶醉——是排斥艺术的客观性和模仿的。尼采指出:"迷狂(即陶醉——卢卡奇注)是一切戏剧艺术的前提。"因此对他来说,合唱不仅(在历史上真正的)比戏剧更为原始,而且"比原来(尼采加了讽刺性引号的)活动更重要"。②尽管保留着所有的艺术之神,原来戏剧的东西降低为单纯的外观。酒神陶醉的承担者、代表者、激发者是原来每一希腊戏剧的本来主人公,以致"希腊舞台上的所有著名人物普罗米修斯、

---

① 参见拙作《Volkstribun oder Bürokrat(人民论坛或官僚主义者)》,载于《Marx und Engels als Literaturhistoriker(马克思恩格斯作为文学史家)》,柏林1952年版,第141、155页。

② 尼采:《Die Geburt der Tragödie(悲剧的诞生)》,见《尼采全集》第1卷,莱比锡1895年版,第61页。

奥德普斯等只是原来主人公酒神的假面具"。"野生赤裸之自然的哲学以不加掩饰的真理风貌直观荷马世界上演着的神话。在女神的闪电般的眼光前，这些神话变得苍白无力——直到它迫使酒神艺术家的有力之手为新的神性服务为止。"①

当尼采由叔本华—瓦格纳的陶醉形式中清醒过来时，他以后认为这种瓦格纳形式、他的青年时代著作的典范是空虚和夸大的、有害的甚至可笑的。这一点不应该在这里成为由个人兴趣出发的论据，而只能作为他对整个陶醉说的表征。这种理论可以看成是沙门教的第三阶段。第一阶段是自然产生的、原始的阶段，接着是宗教对进步倾向的反击，最后则是沉醉于帝国主义时期日常生活的贫瘠和屈辱的代偿现象中，作为逃出这种荒漠境地的慰藉。这种陶醉只是在自己的生活中找不到方向和内容的人们绝望的、对自身的打击。他们认为，在这种陶醉中所把握的"超验"，不过是他们自身被摧毁和分裂了的人格的虚无，是他们与世界关系的空虚。当他们借助科学或模仿以虚伪的骄傲拒绝感受这些，他们只是以为能够在自己面前掩盖他们的无能。由陶醉堕入空虚的日常生活，给予世界以应有的权力。如果说巫术迷狂中的陶醉是主观达到满足的手段，近代文学寓意的陶醉实际上只是庸人常用醉酒来陶醉的一

---

① 尼采：《悲剧的诞生》，见《尼采全集》第1卷，莱比锡1895年版，第73、75页。

## 第六章　模仿问题之二：通向艺术具世性的道路

种不成功的对应物。是否希特勒使所有国民都暂时沉溺在这种陶醉中，或奥尔德斯·赫胥黎由药房取得某种药品能获得与超验的直接联系——到处都可以看到超越日常生活的这种虚假的提高；庸人的率直的移情就停留在这一水平上，新的沙门僧在他们的宿醉中回到他们的故乡。

真正的审美张力既与肤浅的庸人习性，又与"深沉"的或醉酒的庸人习性毫不相干。在客观上，在艺术作品中，它是由所塑造的人与人类的关系以及由形态与对象构成中所展示的本质因素形成的；在主观上，在感受性的体验中，它是由那种对本质的东西的持续需求出发的，这点我们作了说明。在需求中总还有着虚假的意识，它在大多数情况下是纯粹内容的（以楷模和宠爱物等的形态），而很少是纯粹形式的，表现为对完全成功的现象的喜悦，这并不影响这一基本事实。凡是有眼、有耳的人，凡是对人与世界各种实际存在的联系有着生动感知的人，对他说来将生活中起作用的一切至善的事物加以整理，他就可以掌握人类现实的确实明证。

我们谈到现实性，因为在人的视野中自觉意识到人类的存在以后，人类就长期并往往被设想成纯粹理想的和公设的形式。我们时代的伟大之处在于，人类命运作为现实性，不断更突出地进入到人的意识中，现在人们学会了把人作为人类的一部分来体验，把过去作为他们经历的道路更明晰地展现在眼前。在这方面开始驱散虚假意识的迷雾，这迷雾使人不能从思想和感情上把握对其自身所完成的普

> 审美特性

遍化，除非只能把握同一部落至多是同一民族成员中的东西。当然，由此并没有消除这种狭隘限制的存在和作用，这种作用甚至更为强烈。正如民族意识并不排除对家庭和阶级的关系一样，而更使其强化了。回顾起来很明显，在人们意识到人对于人类的依存关系以前很早，在至善的思想和情感中已经包含了它，并在艺术中表现了出来。正是在使生活视野大大扩展的时代，对进步思想的阻力也最大，同时个人本体的孤寂、历史进程的无意义性的宣传、对民族感情的膨胀直至否定人类、对人类概念的歪曲，导致否定祖国等达到了高峰，这些事实是毫不奇怪的。社会现实以及精神生活所产生的剧烈斗争标志着一个巨大转折的历史时刻的到来。

当能够体验和有意识地感觉到，参与人类生活是他们自身的一种发展要素时，就扩大和加深了人格的具体化。社会历史发展的辩证法使人的主体更加个体化，直接看起来更加独立（自律）。以这种方式摆脱了狭隘的、天生的、直接的限制，同时更加趋向于在他的思想和情感生活中（尽管不是充分意识到），反映出这种新形式的历史状况和主体在这种状况中的地位。无论在客观上还是主观上，这条道路都是极不均衡并充满矛盾的，人格形成的独立性因素在深广度以及决定的重要性上，具有更大的社会制约（阶级、民族）。在这种关系的一切必然矛盾中，最终关系到社会综合方面的统一性，而且关系到人的个性方面的统一性。马克思指出："每一个单独的个人的解放程度是与历

## 第六章 模仿问题之二：通向艺术具世性的道路

史完全转变为世界历史的程度一致的。"① 这一结论中对我们最重要的是，人格的内在丰富性与实际社会关系的丰富性的辩证法。它证明了我们前面的一段论述中，人的实际形成和自我认识的道路经历了他征服外部世界的过程。他必须从思想上和感情上征服外部世界——不论它是社会人的，或是通过它的中介对自然界的——并将其转化为自身的世界。只有这样人才能把自己作为人格，加以扩大和加深。马克思所谈到的关系是独立于人的意识而本来就存在的。它向为我们之物转化，并不排除它的客观性。这里所进行的过程可以由人格的观点产生极其不同的结果，这种改变了的关系无论如何会被认识到，可能进一步——至少是暂时的——在凝固的排他性中，对应于人的内在生活或者被主观地加工，使人的内在性的新的、至少是相应地更新的特性，开始适应于外部世界这种新的关系。在这一适应过程中，外部世界的丰富性转化成了人格的丰富性。

在动物世界与人的世界的发展中，由此可以看出不同的极端。对新情况适应的辩证法和对外部世界形成的新的反应方式的继承性，在客观上制约着动物种系的发展。在人的生活中，在更大程度上是人们的协作（生产力的发展）的内在辩证法赋予这种变化以内容和方向，这在客观上已经具有质的不同。那种与自然界处于物质交换中的社会结

---

① 马克思、恩格斯：《德意志意识形态》，见《马克思恩格斯选集》第1卷，北京：人民出版社1972年版，第42页。

构越分化,这种物质交换深度和广度越大、越采用更高的形式,就越加提高了这种差别的客观性方面。我们所说的主观转化完成了这一发展原则的特殊的人的方面。对于人具有决定性高度的共同体形式(阶级、民族、人类)——从人的方面看来——不是由外部世界产生的,而是(即使是无意识的)人的自身的产物。这一事实表明,动物与人的发展间的对立是极其明显的。因此,这种个人从属于人类之意识的产生,并不排除对于阶级和民族的社会制约,而是给予它以丰富的内容和更深沉的激情,这一点怎样强调也不过分。无产阶级对自己使命的意识。即在世界范围消灭剥削和压迫,由此而创造人类的现实,就是这一情况最明确的表现形式。

在这一过程中,艺术起着重要的、难以估价的作用。我们已经可以肯定,外在性和内在性趋向同一的辩证倾向,是每一种艺术赋形的决定性契机,它的源泉就是艺术作品的激发作用。只有当其最内在的东西可以立即统觉到,其最深刻的本质可以获得充分的感性外在表现形式,而另一方面在艺术作品的世界中没有什么外在的东西不是与人的内在性相适应时,艺术作品所构成的那种新的直接性才是有效的。由巫术模仿—激发的需求所产生的这种赋形,当它在发展了的社会制度下保持下来时,必须用产生激发的新的内容加以充实,必然按照这种内容不断扩大、展开、深化和洗练。当根据新的激发的需求要求完全不同的内容时,它必须在同一基础上形成激发的全新的构造体系。我

## 第六章 模仿问题之二：通向艺术具世性的道路

们同样看到了，这种自觉的完美的艺术创作，其最重要的形式常量之一是将有决定意义的对象性的关键规定最突出地表现出来，这就是我们通常所说的审美典型。典型化倾向是在巫术模仿的怀抱中自发地、毫无审美意识地产生的。因为激发典型的创作条件不仅关系到内容，而且对形式也格外敏感，在完全改变了的社会前提下，它具有无限的发展可能性。这种敏感性的审美根据来源于，每一典型形象——尽管它是巫术时代的战争舞蹈——也是与感性直接性和进一步普遍化了的个别性具有不可分割的统一。在生活状态及由此产生的需求根本改变并复杂化的时候，艺术创作也发生了彻底的变化，这是不言而喻的。它往往是一个自发的过程，因此，这方面没有必要作深入分析。

这种普遍化处于不同的情况。一方面它揭示出所描述对象的持久的、非暂时的、非个别情况的特征，另一方面它绝不能排除与个别事物的直接统一。从现在讨论的这一问题的角度看来，由上述对立的统一中会产生如下事实，在描述人的生活和冲突等时，那些形象往往适应于典型的构成，因此为艺术实践提供了最有利的素材，在那些形象中——在马克思所说意义上的——正在形成和已经形成的关系，已经成了独具特征的现象。希腊悲剧就已经具有这种审美状态的高度意识。例如在索福克勒斯的《安提戈涅》中有意识地把伊斯梅尔作为对照形象，用这种对照形象比单纯直接的描写要明确得多。安提戈涅在她出场中具有了新的充满矛盾的关系，作为特征和她自身内在性的组成部分，而在伊斯梅尔那里这种关系纯粹是外在的，是与人格无关的东西。在《俄狄浦斯王》中正是由于命运的深刻冲突，使这种构成方式获得了一种无可超越的顶点。这些例子和倾向表明——后世的伟大艺术家略加修改而不断重复着——在艺术作品的世界创造中的一种基本内容特征是：在日常生活的一般性中，它作为单纯的外在事实，作为既成事实出现在人们面前。它表现出其最深刻的必然性，不仅揭示了客观的社会—历史的必然性——这一点科学往往能更好地说明——而且揭示了这种必然性与人本身、人的自身发展、自身的内在丰富性以及自身的伟大之关系。因此这种必然性在不失其客观特性的条件下成为内在的必然性。生活的深刻的真理，即周围世界、由这一世界产生的冲突以及人的命运绝不是一种外在的偶然性，而是这种现象的整体性展开了的、人的真正最重要的内在可能性，即使是以悲剧的形式，也使人成为它的最内在的表现——同时成为世界史发展的产物。

这样塑造的生活使艺术与日常的人相面对。由艺术所创造的世界和日常生活的一般世界之间的非同一性，产生了我们前面所提到的张力。这种张力只有这样才能形成、丰富和发展，因为这两种要素是每个人生活所不可分离的组成部分，因为两者的分化仍处于人的生活内在性中，因为这种提高只是使任一存在的可能性向现实性转化。对应于生活的这种顶峰——艺术当然只能这样来塑造，因为它是实际人的存在的要素和倾向——即是浮士德"请停一

## 第六章  模仿问题之二：通向艺术具世性的道路

下……"的憧憬。这些要素是由延续和复归的热望所唤起。它们同时是人与人类之间的连接点，不论是在艺术的对象化中，还是在体验过的生活本身的事实中。在客观上、在社会历史发展中所走过的重要的每一步，都是由人的协作、斗争和痛苦中产生的。由起源至今天、直到将来的整体，在客观上构成了一个巨大的、由规律所支配的连续性。这种连续性可以并且应该通过科学揭示出来。在这种连续性中形成了人的自身，人同时是作为这个进程的主体和对象。每个人都是在这一连续性中诞生和生活的，无论他自己是否意识到，无论他的意识正确与否，也无论他对自己的生活途程感到亲切或是陌生。艺术的形式和内容、它的形成和作用也都归属于这种连续性。在这种连续性中，艺术的特殊使命正如我们上面所说，它可以把握在个人的单独性中体现了与普遍的和持久的事物不可分割地联系着的环节（人与命运、产生的原因和机遇以及对它们的情感反应）。在这些环节中，处于这些关联中的人不仅可以认识由他（即由包括他的人类）所创造的世界，而且可以把世界作为他自身的事物来体验。对于整个人类，作为人类发展的环节、作为人形成为人的环节来把握，即把它们作为本质的东西、作为这一连续性中不可失去的事物固定下来。这是艺术作品中持续的东西，创造着持久的效果，这就是艺术作品形成人的自身世界的本来意义。

艺术模仿在生活中所带来的张力，并不会导致超越人的世界而进入任何超验的现实。正如它是巫术的直接意图

○审美特性

一样,宗教以后也试图再三强制艺术去这样做。这种张力始于人本身,也终于人本身。当然由此形成的人的内在性绝不会使人毫无变化,而会使人在内涵方面大大提高到通常的平均水平以上。张力作用也有外延的环节,在作品与审美体验中人与人类的直接沟通了的一致性,不仅赋予现在一种持久性,而且也将人类发展中过去的本质事物转化到可以实际体验的此时此地。艺术的这一侧面产生的也比较早,希腊悲剧对素材的处理已经是对在神话中流传下来的东西的再现和不断更新,作为自身的生活事物来体验,而不是作为遥远过去的东西去体验。历史在客观上和主体身上所完成的,以及艺术通过强调主体性所完成的人的概念的扩大,是人的意识以及对自己,作为历史生产者的人,其自觉性的高度历史化。科学揭示了这一过程的客观行程,由此使它成为意识的所有。作品及其审美作用将时间和空间不断扩大的过去转化成可以体验到的现在——并不想排除它作为过去的那些特性,它在人身上唤起和发展了人的自我意识;它同时是人的这样一种自觉性,即人是在他自己的世界中生活,这个世界是他自己,作为人类一分子,所创造了的并不停顿地创造着。过去的审美的情感激发是对这种连续性的体验,并不是对任何超越时间的所谓"一般人"的东西的体验。我们意识到时间—历史的距离,在早已销声匿迹的命运和人中,与我们直接相对的是"我们发起的事件"(nostra causa agitur)。这种张力作用是作为人类自我意识的审美的时间—历史方面;如我们前面所指出

## 第六章 模仿问题之二:通向艺术具世性的道路

的,它同时成为人类的记忆。当这种记忆在日常生活中产生极其不同的职能时,其中单纯觉察和维持对有关人在实践中变得最重要的事实,在这里只是它的现实的中心职能,即记忆和良知所共有的职能。这个交叉点表明在美学与伦理学之间有深刻的联系,没有伦理问题和情感的密切关系,就不可能有实际深入的审美激发。在审美领域这种情感只能是静观的(在审美体验之后它可以转化为伦理实践)。这就是为什么这一问题仍然作为问题,而只是开阔了人的视野,不转化为实践而揭示出一般所未知的前提和后果。

所有这些还远远没有充分说明,艺术自身世界的普遍性。正是这种普遍性使艺术领域达到内涵无限性——用异质的手段——成为不可穷尽的。这里只强调指出,艺术作品自身世界的这样两个方面,即上面所分析的普遍的人道主义原则和以前谈到的同质媒介原则,在这一方面的相互提高和促进。在我们的日常生活中,由于感官的分工而产生的感受能力和表达能力的提高和分化,在深入把握处于内涵无限联系的现象时,显然具有一定的界限。这不仅是因为日常生活的定向性是直接实践的,而且因为面对整个客观现实的是完整的人的感受面,其注意力是分散的,从而也分散了感受能力。只有同质媒介——无论在创作还是在感受上——才能产生一种集中,使任一具体现象的客观能力和规定直观明显地表现出来。在这里,创作或感受处于同质媒介中的自身世界的也是完整的人。但是,他一方面——从直接实践的意义上说——通过同质媒介的非存在,

### 审美特性

通过其纯粹的反映特性而不得不采取静观的态度。另一方面，由于对世界的反映狭窄化了，即限于个别感官（如视觉等）的模仿，使所有的注意集中了起来。日常的完整的人转化为"人的整体"，即能够感受内涵无限性、能够再创作和适当欣赏的人。

我们说，这些论述绝不是充分的。因此请读者允许我们用对这一现象的一段艺术描写来作为结束。济慈在著名的《希腊古瓮颂》中描述了这种现象。其中对审美原理有重要意义的段落如下：

> 美好的年轻人，
> 在树下不停地欢唱，
> 树儿会叶茂枝繁。
> 热情的恋人啊，
> 贴近了但不能亲吻，
> 不要因此而哀叹。
> 你没有得到满足，
> 你将长久爱恋。
> 她也不会凋零，
> 她将永葆红颜。
> 啊，快乐的枝干，
> 不会脱去绿叶，
> 春天不再离别。
> 快乐的演奏家，

## 第六章　模仿问题之二：通向艺术具世性的道路

> 不知疲倦地吹响，
> 永远奏起新乐章。
> 更欢乐的爱恋，
> 更加欢乐的爱恋。
> 永远温存，永远欢快。
> 永远渴求，青春常在。

在最后几行中他得出结论道：

> 当度过了一生到老年来临，
> 在苦难中你将比我们长存。
> 你会对人们的朋友说，
> "美就是真，真就是美"——
> 这就是世间你所知道的一切。
> 这就是你需要知道的一切。

美与真的同一性，是纯粹审美体验的直接含义，因此也是艺术进行思考的一个永恒的命题。只要在人的生活的整个社会历史的全面联系中考察艺术及其作用，那么围绕着每个概念，进一步围绕着它们的联系，就会形成一系列复杂纷繁的问题，这一点我们以后还要多次谈到，它并不影响这一格言成为纯粹审美直接性的直接明证。

# 第七章 模仿问题之三：
# 主体达到审美反映的道路

对审美特性的研究愈深入、愈彻底，就愈会产生出一种似乎不合情理的矛盾。审美的哲学论证只能说明，这在什么地方、到什么程度和范围，表面上似乎是不合情理的，只要阐明了基本事实就会解决，而不再陷于矛盾状况。此外，同样应该明确指出，这在什么地方、到什么程度和范围又存在着真正的矛盾性，涉及在一定现象组合中的决定性矛盾。这种矛盾只能在其辩证关系中，并根据这一辩证关系来把握。它的本质正是在于它的各种决定性力量、它的结构和动态成分的这种矛盾性。至此所分析的有关审美的一切素材，都是用于这种综合的。目前还不可能全面完成这种综合，因此，就不可避免地会使审美或者降低为像在莱布尼兹或黑格尔那里是一种——或多或少不完善的、或多或少有用的——认识的前期形式，也许像在柏拉图那里甚至成为有害的偏见（如果这种前期形式不是指向认识，

## 第七章　模仿问题之三：主体达到审美反映的道路

而是指向宗教,那就更糟了。当然也不能像谢林那样把问题颠倒过来,把认识作为审美的前期形式)。或者审美被看作是独立的,它失去了与人类社会历史生活的各种联系,它的独立性使它变成了"自然保护公园"而被完全隔离开来,正如很多现代理论所主张的那样。只有令人满意地确定出审美在人与外部世界的关系系统中的地位,才能令人满意地规定出审美的本质。这种丰富而充满运动的矛盾,以其自身的矛盾性而制约和实现着这里所形成的本质性关系的运动方向和运动规律。

## 一　审美主体性的预备性问题

到目前为止我们所考察的,都是集中在阐明各种审美构成的拟人化的、以人为中心的原理上。如果我们现在要把分散的、各种局部的论点加以概括和系统化,那么我们在艺术创作与感受的拟人化作用,与其对客观有效性的必然要求之间就会遇到矛盾。当它不单纯是涉及拟人化倾向,而且如此形成的审美到处总是把其中的主体因素置于中心,因此使这种矛盾性显得更加突出。由此产生的第一个课题是阐明审美主体性的本质。首先——根据以上论述众所周知——可以确定,审美主体性决不能简单地等同于日常生活的主体性。同时——同样不只是第一次——还应该确定,这种对日常生活的超越绝不意味着确立或承认任何超验的

> 审美特性

力量或实体。在审美原理中所具有的这种此岸性是如此强烈，甚至在康德那里，除了理论的"意识一般"和实践的"理智的人"之外，在美学中也没有出现这种主体意识。问题在于，相应于哪种需要、是什么力量使得这种主体性得到提高，而与日常主体性成为不同质的东西？在这一发展中，审美领域起了什么作用？这里也包括我们至此所讨论的发生学问题，因为它的真正内容是：审美表现为一种人的确立方式，这种方式是从一定阶段开始持续存在的，并由其产生开始的不断增长的需要而形成的。

如果我们把目前的思考集中在对于哲学具有关键意义的上述需要这一核心上，也就是集中在这种主体性的主观契机上，而不是首先集中在从事创作或把握的对象的种类上，那么为更好地阐明这一问题的其他方面，就要把对我们具有决定意义的主客体关系暂时推移到后面。我们在模仿中看到了审美的根本现象，这一事实就足以阐明我们的立场。克罗普斯托克——正是从我们现在首先感兴趣的方面，即主体性的方面——已经很明确地谈到过构成艺术基础的这种需要，他虽然直接看来只是就诗歌而言，但它的意义表明，显然适用于整个审美领域。克罗普斯托克指出："诗的本质在于，它借助语言由一个侧面表现出我们所认识或能推测出其存在的确定数量的对象，它使我们心灵中最高尚的力量充分地唤发出来，由一个侧面作用到其他侧面，由此使整个心灵激动起来。"他进一步解释了他的规定的各种要素。对我们这里重要的是说明，什么是他所谓的"唤

## 第七章　模仿问题之三：主体达到审美反映的道路

发出来"。"诗的最深奥的秘密在于，它使我们的心灵处在活动中。一般说来，活动对于我们是最重要的满足。平庸的诗人打算让我们和他们一起过一种植物的生活。"[1]

从理解作为艺术存在基础的需要这一点出发，在这一论述中关键的是使人的整个心灵激动起来这一句话。当然，在一定意义上说，在日常生活中完整的人也是处在活动中。当人的活动愈益专门化时，从严格意义上就几乎谈不到他的各种能力完全分割，以及全部排除某一特性而仅仅应用其他特性的问题。然而——随着日益提高的文化的发展——人的活动片面地形成了他的整个个性的一定方面，不论是体质上的或精神上的，而其他方面则暂时被忽视，甚至长期被压抑。在物质福利水准和空闲时间达到一定程度时，对于均衡以及向平衡、和谐与比例方向发展的需要便成为大量的现象（这里所提到的范畴本身还是日常生活的范畴，从本原上和实际一般的表现上还不是审美的）。如果我们以前是把人对整体性和完整性的渴望作为普遍的社会需要提到中心，那么我们在这里也应该，如前所述，与对劳动分工的那种浪漫主义—反资本主义的批判严格地区别开来。在这种批判中完全把劳动分工看成是一种消极的东西，只是把它看成是对人的肢解和压抑，而没有考虑到，它不仅是人类高度发展所不可避免的一个阶段，劳动分工本

---

[1] 克罗普斯托克：《Gedanken über die Natur der Poesie（关于诗的本性的思考）》，见《全集》第 16 卷，莱比锡 1830 年版，第 36 页。

身——尽管在资本主义社会存在着各种损害和压抑着人的现象——在人的身上不断地唤起甚至发展着各种特性和能力,它们扩大和丰富了人的整体性概念。因此,甚至在资本主义对完整的人最不利的阶段,也不会离弃完整的人。相反,那种肢解的倾向愈发展,其反作用也就愈强烈。

正如克罗普斯托克所说,存在着一种人的根本性需要。这种需要不仅表现在日常生活本身之中,而且表现在由日常生活以极其不同的方式产生出来的对象化活动中,如在宗教、神话、文学艺术、哲学、伦理学等之中。只有当生产力的发展及其在生产关系中的实现为人的个性的整体性和完整性提供了最大的可能,并且在主体身上表现出对人的发展的明显威胁时,才产生出这种需求意识。这时才产生出——也是更自觉地——通过艺术来满足的渴望,正如克罗普斯托克所指出的。但是显而易见,这种需要早就存在,但却往往没有客观化的表现,就自觉程度而言完全指向别的目标。这里有它的社会原因,即我们所强调的劳动分工产生的日益突出的各种矛盾。

然而在进一步的分析中应该指出,这不仅涉及在一定历史发展阶段所限定的动机,而且也涉及更一般的、并不因其普遍性及其直接的、外在的人类学根据而消除的社会特性。只是它的基础不是这种或那种特殊的社会体制——这种体制只规定着其表现的方式和程度,而是社会化的人的一般的本质。如果认为在人类学的属性与社会的属性之间可以区分出精确可见的界限,这当然是一种形而上学的

## 第七章 模仿问题之三：主体达到审美反映的道路

僵化。尽管这种界限往往是互相交融的，以致无法区分，但却依然存在这种界限。只有例如像在存在主义中那样，把人理解为"本体的"、孤独的、纯粹立足自身的存在，这种存在在"以后"——不论它在"本体上"是偶然的还是必然的——"进入"到社会的联系中，人类学才能完成在人类学的与社会的属性之间形而上学的、纯粹的"区分"。我们再一次地指出了这种二元论在事实上和哲学上是站不住脚的。在我们看来，人已经是形成了的人，并且作为人的存在是一种社会的存在。随着人的形成过程的结束，人的人类学的特性在它的最重要的规定中、在其主要事实上已经固定下来，不再产生质的决定性变化，社会发展原则上不断地产生出新的东西，这不仅涉及人的相互关系、人与自然的关系，而且牵涉到每个人的内在特性。这最后一个论断对于目前的讨论极为重要，因为我们知道，只有随着劳动，人的主客体关系甚至是以最原始的形式，才进入了人的意识，只是原始共产主义的解体才创造了个体个性的还很原始的意识的基础。尽管在这一发展过程中产生的一定的需要和它的满足方式，依存于人类意识成分的形成，但它的产生却具有社会的而不是人类学的性质。

在克罗普斯托克所揭示的要求的背后，在根源上存在着人自身主体性的一种本质的和非本质事物的分离。人从一开始就依据于外部世界来完成这种分离，否则他就不能为了自身存在的利益而实现这一点。依据自己本身也会并必然出现类似的问题，这是一个特殊类型的问题，是上述

### 审美特性

发展在更高阶段的产物。我们已经看到，支配外部世界的尝试从一开始就处于巫术的外衣下，在其中包含着对现实的科学反映和艺术反映的萌芽。即使在转向内部时，各种不同类型的需要也起着重要的作用，既不仅开始时在征服外部世界的情况下作为一种巫术的、混沌的混合物，而且在以后全部发展中始终也是如此。这里完全不考虑人的主体性可能并应该成为纯粹科学考察的对象——在这里对现实的非拟人化反映和说明的纯科学原理，当然是形成最晚也最难的——随着个体个性由共同体中社会地、相对地分离开来的同时，也形成了伦理的、法律的和宗教的需要。如果说审美在这个阶段也逐渐独立化，那么这里所产生的分化则与巫术时期原始的分化具有完全不同的性质。其特点在于，在高度发展的古代文化中，尽管那时已经存在一种美学，而历史的记述、修辞学等按其本质说来也被看作是审美的。

即使最粗略地描述这种发展的多样性，当然也不是我们这里的课题。这里只涉及从哲学上说明这些分离点的最一般原理。正因为如此，克罗普斯托克的整体性要求具有根本的意义。当这些科学的、宗教的、伦理的等潮流，在开始时所提到的人本身有关本质与现象之间关系的问题中造成严密的区分甚至对立时，在这种一般的倾向中隐藏着没有明确意识作用的、趋向审美的倾向性质，它致力于在呈现出的现象中去寻求和发现内在的本质的东西。由这一情况可以理解，这种意图只是相当晚才达到一种意识、一

## 第七章　模仿问题之三：主体达到审美反映的道路

种精神的独立性。我们来回顾一下德尔斐的阿波罗神殿的著名题词"认识你自己"，回顾苏格拉底及其他哲学家对它的解释，回顾斯多葛学派和伊壁鸠鲁学派的智者的理念，回顾普罗提诺对造物的一切联想中对"太一"的鲜明区分。这里已经可以看到对本质与现象进行明确区分的一条上升线，这是由原始的政治民主制产生的一种结果。然而，这种倾向却不能完全看作是受时代所限定的。不言而喻，每一种宗教都势必排斥对本质与现象的正确区分。这种区分是以与其完全对立的科学的方法论为基础的。对于在其自身中、在其客观的关系和比例中尽可能恰当地把握现象，这种纯粹的分离只是一种弯路，这并不否定这种直接的分离，但却说明了它在对现实的科学反映中的地位。最终每一种伦理学也必须以这种分离开始。这里不可能去讨论，伦理学是否像在康德那里停滞不前，或像在魏玛时期的歌德和席勒那里致力于整个个性的——这多少受了审美的影响——重新结合。这种分离与审美相比总是在质上更深一层。现象与本质的相关性是一种基本的、无法排除的体验，它的根源要么对个性的意识化更深远。交感巫术正是从以下一点出发的，即所有与人接触过的东西都可以影响他的命运，这在巫术实践中首先是指那些属于他个人肉体的东西（头发、指甲等）。在这背后无疑隐藏着这样一种感情——不论在什么意义上说——与他的肉体存在不论处于多么遥远或表面的关系的一切事物，在本质上都共同决定了人。这也明显地表现在传播极广的有关人与他的名字关系的巫术观念中。列维·布留尔指出："印第安人把他的名字看作他的个体的明确的一部分，与他的眼睛和牙齿没有什么不同。他相信，由于恶意地提到他的名字，他也会感到痛苦，就像加在身体某一部分上的创伤那样。"[①] 正如在巫术的局限性中所产生的各种问题一样，在这里主体性与客观世界的界限还非常模糊。只有随着原始共产主义的解体，在新的基础和与其相应的新的意识形式的根基上，不同的个性从客观上和主观上产生了社会的——当然只是相对的——分离，使上述深深扎下根的感情具有了基本上清晰的面貌。不仅很多巫术观念完全瓦解了（有些仍以弱化的形式作为迷信而长期存在，但它对形成世界观的影响不断减弱），而且新的生活关系及由此形成的新的对象化方式，对流传下来的主体性的自我观察方式在内容和形式上产生了极大的影响。

因为这里谈的是主体性，至于巫术的"根据"，是比较容易被驳倒的，并被降低到迷信。但是人却以他的——中心的和只是表面的——属性形成了一个活生生的运动的整体，这是由过去原始时代所获得的遗产，在这一遗产中本质和现象的这种相关性以新的方式表现了出来。如果认为这种新的联系是通过艺术才被发现、才被提升到意识，那当然是错误的。情况正好相反。如果日常生活和日常实践

---

① 列维·布留尔：《Das Denken der Natur Voelker（原始民族的思维）》，维也纳/柏林 1921 年版，第 34 页。

## 第七章　模仿问题之三：主体达到审美反映的道路

以及由此而产生的习俗和法律、道德和伦理没有在概念思考中对这种体验进行加工和进一步组织，那么这种体验就几乎不会在人的思想和感情生活中占据一个中心的地位，它就不可能——作为生活的需要——获得艺术的意图。因为是否人的个性形成了一个整体，是否这一整体是在时间过程中获得的，什么对个性说来是本质的，什么只是现象，这类问题在人的所有活动中必然会不断出现。只举一个普通的例子，即离开上述问题就根本谈不到个人的责任。显然，这种责任是由血缘关系的集体责任中发展起来的，以后就成为人们相互间日常交往的一个基础。无疑，我们回到前面提到的问题上来——在这种责任中肯定了，在时间推移中个人的连续性及其自我的保持。如果人要对由他所做的个别行为，甚至在一定情况下对一定的思想承担责任的话，那就是说他的同伴和他自己承认了这一事实，他的个性的整体性在时间过程中已经获得了某种稳定的同一性。这样的例证还可以举出很多。

这里面所隐含的对人的个体的整体性和连续性的承认，对本质和现象的相关性的承认，其中存在着一种——在主观上必须解决的——矛盾，肯定同时也就是一种否定。一向都是由连续的流程中以及由整体性的构成中抽取出一种因素（行为、事件、思想等）与个体相对应，拿来代表——善的或恶的——基本的个性，其中隐含着它的本质。对于这种例子，在此所有其他的事实都只是作为顺便的、作为现象、作为不相干的东西而搁置一旁。这对于道德和每一种

◯ 审美特性

实践世界中的规则说来是理所当然的。但是人若要在理论上去实现阿波罗的律令"认识你自己",那么就必须相应于人的整体性而采取类似的态度。如果把这里所出现的否定单纯看作是一种抽象的否定,那将是不能允许的简单化。恰恰相反,这种否定基本上是个性的确立和独特的构成。哪里缺少了这种确立和构成,如在社会力量摧毁了伦理规范、对知识提出普遍的怀疑的时代中,个性就摇摆于毫无关联的瞬间的并存和先后相继之中。霍夫曼斯泰尔对自我的这种状态做了惟妙惟肖的描述:

> 这是件无人料想得出的事,
> 多少令人畏惧,以致无法诉说,
> 一切都在掠过,一切都在流逝。
> 由幼小的孩提到我的独特自我,
> 无所阻碍地悄然而过,
> 这对我就像只狗,陌生而沉默。

这种方式的否定,在斯宾诺莎所说的意义上,同时是一种规定、一种肯定,正是对本质事物的说明。这种否定在生活中发挥了一种完全不可替代的功能。它并不能满足使生活和个性得以不断发展的一切需要。宗教在这里获得了重要的作用。这一方面是由于许多宗教认为在来世有希望保持完全的个性,以致出现了把这样一种永存的信仰作为对这种需要最接近而又最平易的满足;另一方面由于带

## 第七章 模仿问题之三：主体达到审美反映的道路

神秘色彩的苦行和迷狂——以其任一种方式——是对于个体及其所存在难题的逃避，是在超验中或宇宙事物中的自我解脱。无疑，在巫术向宗教过渡以后很长时期内，艺术的发展是与前一种倾向（对来世的寄托。——译者注）最紧密地联系着，并且在宗教外衣的隐蔽下发展，就像开始时在巫术时代的情况那样。至于后一种倾向（苦行和迷狂。——译者注）的各种方式，我们已经在巫术时期那种实质上反艺术的、归根结底与艺术向敌对的方向上遇到过。在产生——如同在巫术中那样——相互并存的地方，也形成了一定的相互影响，可能存在并已经存在过各种历史具体的关系，因为它不处于发展的主线上，我们不做进一步的讨论。个性在来世的保持，创造了艺术与宗教之间的长期联系。其所以如此，是因为对于艺术和宗教来说，为了永久满足这种需要都要用一种模仿来再现人的整体性。（我们这里有意识地只讨论宗教生活的一面。显而易见，对神的世界的表现，实际上与这里的整个问题是密切相关的。这种模仿表现的有效性，同样创造了宗教和艺术之间的一个共同领域，这是一目了然的。）

然而宗教给人许诺了一种实现的满足，即在来世的满足。把来世的存在提到一种更高的阶段，使之不依赖于生命的不断自身再生产以及生成和灭亡，从而使人体验到一种终极的实现。这种第二现实的表现手段是对现世现实的一种模仿，早在前苏格拉底哲学时代就已为人们认识到了。所以，宗教很容易使艺术为其目的服务：由于艺术创造了

◯ 审美特性

一种现世的模仿，它可以作为一种许诺或保证，作为来世的一种映象。当然，正是在艺术可用于宗教这一点上，同时——在一定程度上是同时的——包含了两条道路内在分离的原理。因为往往正是当艺术似乎完全用于去表现宗教的内容时，在其客观的形象中却可以明显地看出与宗教内容的分离：艺术作品如此充分地表达了宗教内容，以致这种内容在完整性上完全融合成像融于空气中不可把握的东西那样，而形成的形象作为来世意向的手段和媒介，获得了一种完整的此岸性，变成不依赖于最初的动机，而是自身完整的，通过其形式完整性而与一切彼岸的东西相隔绝。在古希腊艺术中以最纯粹的形式实现了这种分离。但是每一种发展——东方的也是如此——都很少自觉地分辨出这种斗争，并很少在斗争中完成这种分离。① 由于艺术创作在这里是作为宗教活动的手段，因此造成感性的压抑并不是偶然的。正是因为宗教意味着一种真实存在的神，一种真实地进入天国而得到拯救的人们，在这种纯粹宗教的观念中必然缺少那种具有审美特征的现象与本质间的平衡。这种缺陷的产生首先在于，宗教的来世观念必然把人——不论它试图把人作为神，作为英雄，或作为永世得救的或受罚的凡人来摹写都是一样——由他的自然环境中抽取出来，

---

① 在一定情况下完成此岸性的倾向有意识地由一种意识形态所承担，这种意识形态同样被感觉为宗教的，但却与处于支配地位的宗教不同，这一切只是说明，对于这种问题，"虚假意识"的理论是多么重要，个别的如对埃及艺术的分析则超出了本书的范围。

## 第七章 模仿问题之三：主体达到审美反映的道路

使之在他的个性中失去在相互关系中与之相连的精神反应。它没有像在受宗教影响的伟大艺术时期通常的情况那样，也就是说宗教的来世观念把人自发地置于一种连宗教也认为如此理想的人的环境，因此正像在古代以及从本质上甚至像在中世纪的情况那样，上述现世的人的事物对来世的胜利是不可避免的。除此之外，虽然与此紧密相关，但用纯粹宗教的形式来维持和保存人的事物将必然在现象方面、在其具体性和丰富性上被削弱。在宗教观念中决不会出现像人在地球生存那样的来世的永生。宗教不仅在人的个性特征中做了一种严格的选择，而且使得人完全成为孤单的：每个人都单独立于他的来世的审判者的面前。如果提到他的行为、他的事业，那么它们就被严格地客观化与他的直接主观相分离，如果只提到他的信念，这种信念就获得了与一般的生活相分离的独特的形态。

乍看起来，根据宗教信仰在永恒的彼岸获得拯救的人的个性，是与他的普通日常生活很少有共同之处的。在进一步的考察中，这种图像却改变了它的本质特征。首先去掉的是那些由人以他自身的力量、由自身所完成的东西，通过劳动、科学、艺术、通过现世的此岸的道德性对人的改造，只要它被人理解为是他自己的事业，而不依赖于任何超验力量的协助，那么就被看作是一种值得谴责的上帝创造物妄为的产物。在创造物的概念中，只要趋于独立的倾向比单纯独特性不那样受到谴责，这一切就会与直接给定的独特个人相融合。这种与其相反的独特性表现为由神

> 审美特性

和超验力量所创造的人的真正本质,这是人并非务必全然不变地加以保持的东西——它同样是一种单纯的创造物——这是人有义务以恭顺的服从相对超验的戒律来进一步展开的那些事物。弗朗茨·巴德尔联系过去的神秘主义者所论及的这一问题指出:"正如傲慢与卑微只是外在地相互联系着,却不是内在而真实地连在一起的,只能以非法的、无情的夫妻同居在一起,因为傲慢只是爱的一种要素,即崇高的漫画,卑微只是第二种要素或谦恭的漫画,因此爱的宗教只能通过使傲慢被降低而卑微被提高来扬弃那种非法的夫妻,并给予他们以圣洁的洗礼。"[①] 有关宗教态度的这一方面将在最后一章(第十六章)中详细讨论。这里只满足于指出,自我维护的需要特别是在一定时代是如此强烈,同时又如此不确定,以致在一般的维护作用面前,任何方式都黯然失色。对我们说来,在这个阶段重要的只是简单地确定基本的宗教倾向和审美倾向之间的交叉点与分歧点:这两个领域在不断赋予人的整体性方面出现了一条裂隙。

为宗教服务的艺术具有沟通这一裂隙的作用。艺术往往以极大的付出、适应能力和灵巧来完成这一职责,甚至它也完全意识到,实际上只是充当了信仰的婢女。实际上——这不取决于个别艺术家个人的思想和感情——这里对艺术来说始终涉及我们已知的、歌德所提出的、富有教

---

① 弗朗茨·巴德尔:《Schriften zur Gesellschaftsphilosophie(社会哲学文集)》,耶拿1925年版,第109页。

## 第七章 模仿问题之三：主体达到审美反映的道路

义的、艺术"由外部规定"的原理。宗教、宗教感情、社会的活生生和普遍的宗教需要将艺术置于具体的任务面前，艺术只能以其自身的方式来完成这些任务，由此——这不受艺术家及其观众的意向所左右——客观地表现出宗教与审美在原理上的分歧和对立性。这不仅关系到乔托①或提香②，而且涉及安吉利科③和格吕内瓦尔德④。整个宗教文化以及其他文化在一定时期对艺术创作所抱的极大不信任，在这里是有其原因的。(当然在这里与艺术作品相关的巫术观念的残余以及宗教对这种残余的斗争往往起着一种不容忽视的作用。)这一系列问题，我们将在最后一章中详细加以分析。在此我们只能指出：一方面这种对立揭示了这一原因，即为什么只有审美能适合于所援引的克罗普斯托克所提到的那种需要的一种满足，另一方面审美的完全独立化，绝不能与巫术时代的那些产物相隔绝。与艺术在巫术之内的产生相比，这里的问题完全是另外一种类型，并且是更高层次上的，这一点由以上的简要论述中已经可以明显看出。

我们针对宗教的、一贯严格的选择指出了审美的特性，即致力于唤起包含着人的整体性的感性现象世界，因此在

---

① 乔托（1267—1337），意大利文艺复兴初期画家、雕塑家和建筑师。——译注
② 提香（1490—1576），意大利文艺复兴盛期威尼斯画派画家。——译注
③ 安吉利科（1387—1455），意大利文艺复兴初期僧侣画家。——译注
④ 格吕内瓦尔德（1455—1528），德国画家。——译注

> 审美特性

模仿中是指向于现实的纯粹有序的丰富性。审美的这个侧面也不断被人们认识到和提及,或许最关键的是赫姆思特休斯了,他在这种丰富性中看到了审美的决定性特征。他指出:"心灵将在尽可能小的时间范围内把握住大量的观念。"在这种说法中已经强调了强度的因素,因为处于中心地位的,并不是大量的观念本身,而是在时间上的那种集中,也就是说,是体验上的强度处于中心地位成为它的特征,通过模仿所把握的对象——对于赫姆思特休斯,艺术的主要任务当然是反映现实——给予观众以这种丰富性。这里当然只是谈到了模仿的一种形式标准。赫姆思特休斯通过对世界感性接受能力的种类及其在艺术作品中再现的种类进行了分析,其结果正是下述认识的关键性先驱,即我们所说的在生活中作为感官的分工、在美学中作为艺术品种和艺术作品的同质媒介的东西,这在下面我们还要详细分析,由此他更加突出了这种形式特征。他强调指出:"通过长期的实践并借助于我们对所有感官的同时使用,使得我们只用一种感官就能将各种对象基本上相互区别开来。"① 正如各处所正确提到的美学问题,在这里,形式特征也只是表面的。因为很明显——这完全可以肯定也是赫姆思特休斯的见解——并不是任何一种观念的丰富性、任何一种强调或集中都能产生这里所期望的效果。只要看一

---

① 赫姆思特休斯:《Oeuvres completes(赫姆里特休斯全集)》第 1 卷,第 14、19 页。

## 第七章 模仿问题之三：主体达到审美反映的道路

下实际生活就能明确这一点。因为无疑，现实的每一对象本身都具有各种特性和关系的那种无限性，它的模仿反映同样应该产生赫姆思特休斯所期望的效应。我们已经强调指出，在他看来对客观可能性的摹写只是第一个目标。但是他立刻补充道："第二个目标是超越自然，通过创造出自然所不易引起的或产生的效果来达到这一点。"① 这最后的考察使我们——按照他的观点——认识到美。这里的课题是：第一，研究这种模仿是怎样的；第二，确定这种超越存在于何方。这种分析的结果就是我们所提到的集中和强化：在最小的时间范围内集中最大量的观念，这就是他对美的概念的规定。

由此对审美印象（以及作为它的唤起者的艺术作品）的一个侧面即形式方面做了描述。更恰当地说，是对这种形式因素中最重要环节的描述。在赫姆思特休斯那里所缺少的就是这种丰富性的等级制，即其主导原理，他的规定只适合于这种丰富性的并存和相继出现。但正是他在方法论上的正确本能，使他在这一思想过程中回避了进一步的具体论证，这就是这种强度概念和丰富性概念向内容方面的转化。这种转化不可能自发地、直接地由形式方面来完成，它并不代表——在一个纯粹审美结构的内部——作为那种受社会制约的、由日常生活上升到内容的环节，即歌

---

① 赫姆思特休斯：《Oeuvres completes（赫姆里特休斯全集）》第 1 卷，第 14 页。

德所说"由外部规定",这种内容作为需要,作为由民众提出的问题而与艺术相对立,针对这些问题具体的形式始终要给出必不可少的、最终的、具有永恒性的答案。我们已经指出了这里所出现的特殊的需要,现在只需加以补充说明,我们所谈到的这一需要的那种普遍性,始终是以一种具体的、社会历史规定的形式出现。确切地说,它形成了一种直接的——对于艺术家和观众——不可分割的统一,在这种统一中——又是直接地——这种普遍性完全融合在、甚至消失在具体的时代制约性之中。这却造成了成功的最终决定性标准正是在于对那种问题的回答,这一问题是在具体外衣的掩盖下,由这种普遍性对艺术家所提出的。(我们这里已经对实际起作用的范畴的、典型的和正常的情况做了考察。当然也存在那种其普遍性似乎掩盖了具体性的历史和社会状况,由此而产生的问题属于美学的历史唯物主义部分。)不言而喻,这种普遍性只是相对从属于艺术家的那种社会—历史的具体而言是普遍的。就事物本身而言,这种普遍性具有更高的具体性:它包含了人和世界的关系、人的主体与从规律上决定了人的命运及其祸福的各种力量关系的最基本规定。

即使这种决定主体审美需要的因素也早已为人所知并明确阐述过。培根就是第一批对现实科学反映的非拟人化本质做了明确表述的人们中的一个。他也对这里形成的需要的决定性内容做了正确说明,并认识到了它的合理性。正如当时所常见的,培根也谈到了诗歌。他的论述的基本

## 第七章 模仿问题之三：主体达到审美反映的道路

内容也适用于一般的审美，培根称诗为一种"虚构的历史描述"。它给予"人的精神在事物的本性拒绝了他的那一点上以一种满足的幻影，因为世界与心灵相比较，是更深的存在。所以与在事物本性中所发现的相比，更加无限的宏大、更加精良的品质、具有绝对的变动性对于人的精神说来是愉快的"。培根列举了标准的客观现实——相应于各种不同的需要——在宏大、合理性、变化等方面超过艺术创作的特征。他最后指出："因此很明显，诗服务于豁达大度、道德性和愉悦，并促进这些特性。所以人们总是以为：诗多少有了神的因素。因为当知性使精神屈从于事物的本性时，诗却通过使事物的现象从属于精神的愿望而提高了精神。"① 早在培根之前，菲利普、西德内等人已经极其类似地、由其超越自然的模仿推论出文学（艺术）的职能，并且维护它们与科学所不同的特有权利。简而言之，这些相当不同的思想进程所具有的共同点是认为：艺术的使命在于创造一个适应于人和人类的世界。

在其一贯的代表人物那里，这一问题的提出表现了与模仿的不可分割的联系。因为当反映学说是以机械唯物主义形式出现时，混淆了在非拟人化的科学与艺术之间的界限，这必然取消了审美特性，或至少也使之大为失色。在另一方面，针对这种彻底的模仿论——加以批判往往是合

---

① 弗朗西斯·培根：《Avancement of Learning（学术的进展）》，伦敦1906年版，第250页。

理的——唯心主义的反驳又放弃了对客观现实的反映，使艺术的本质畸变，或者如在主观唯心主义那里成为一种空洞的主观性，或者如在客观唯心主义那里成为主客观的神秘的统一（关于对审美的这两种歪曲，我们下面就要谈到）。

只是到了辩证唯物主义之前——唯物主义发展的最后阶段，在俄国革命民主主义者那里，才开始意识到在对客观现实的审美反映和艺术的拟人化本质之间具有不可分割的联系。车尔尼雪夫斯基在反对黑格尔本人以及首先在反对黑格尔派的费舍尔的斗争中最有力地捍卫了反映论，他针对现实的艺术反映指出："但是我们必须补充说明，人们完全是用占有者的眼光来看待自然的，在世界上那些与人的幸福和富裕生活相关的东西，对于人同样也是显得美的。"同时，他强调指出：即使按照黑格尔看来"自然美只是作为对人的暗示才具有美的意义——一个多么伟大而深刻的思想！啊，如果他所发展的这一伟大思想能成为美学中的根本思想，而放弃按照充分显现的理念去做幻想的追求的话，那么黑格尔美学该有多美啊！"[①] 关于自然美的问题，我们将在专门的一章中讨论，在那里，我们将有机会对黑格尔和车尔尼雪夫斯基的有关观点进行分析。这里只需说明，车尔尼雪夫斯基一方面并不把模仿——他用对现实的"再现"一词代替"模仿"，他明确地看出了其中存在

---

① 车尔尼雪夫斯基：《Ausgewählte philosophische Schriften（哲学文选）》，第 374 页。

## 第七章　模仿问题之三：主体达到审美反映的道路

的问题——与审美的拟人化本质的联系看作是一种创新，他把这一观点引入了他的美学，而是作为古代的思想遗产，作为审美观照的自然观点。因此，他不仅指出了——正如我们上面所看到的——黑格尔在这一方面的不彻底的倾向，而且不无理由地肯定，古代美学，首先是柏拉图的和亚里士多德的美学已经是建立在这种基础之上的。在他对亚里士多德《诗学》的研究中，车尔尼雪夫斯基强调指出，在亚里士多德那里如同在柏拉图那里一样，绝没有出现过"模仿自然"的说法。他指出："实际上不论对于柏拉图，还是对于亚里士多德，艺术（特别是诗）的真正内容根本不是自然，而是人的生活。由艺术的内容来正确地思考艺术的崇高荣誉应该归于柏拉图和亚里士多德。这在后来，直到莱辛才又提到，对这件事情他们的后继者们都未能理解。在亚里士多德的《诗学》中，从来就没有谈到过'自然'一词，他提到作为诗模仿的对象是人、人们的行动及人们之间的过程。"① 并且他所强调的是当古代造型艺术家如利西普斯②根据普利尼的记述谈论模仿自然时，他们所指的与现代伪古典主义者所指的是不同的，以致针对所谓模仿说的正当争论，本来只是涉及模仿说，而不涉及反映论本身。另一方面车尔尼雪夫斯基却超出了他的先行者，因为他并不满足于上述论点，强调在现实的审美反映中人在

---

① 车尔尼雪夫斯基：《哲学文选》，第569页。
② 利西普斯（Lysippus），公元前4世纪的古希腊雕刻家。——译者注

> 审美特性

主观上和客观上的中心地位,而且论及"人是以占有者的眼光看待自然",由此他——对黑格尔的某种预见加以引申和具体化——已经踏上迈向辩证唯物主义的道路。辩证唯物主义——正如我们经常所说的——在社会与自然界的物质交换中看到了审美的对象,同时看到了那种基础,由其中产生出相对艺术的主观需要及其各种满足。

这个向前的重要一步只是达到了正确解决的门槛,而并没有达到解决本身,因为车尔尼雪夫斯基对于这种人类与自然界的经济联系,即使在一定方面比黑格尔清楚,但仍只是一种预感,而不是明确的认识。并且因为他没有明确认识到由生产力发展而形成的人类发展的客观辩证法。在车尔尼雪夫斯基那里人与自然的审美关系也变成幻想的——无疑难的、非辩证的。他的个别考察和例证表明,他一般地在那些地方看到和承认这样一种审美关系,即在人实际上作为自然的支配者,与现实能够具有一种无疑问的、肯定关系的地方。像车尔尼雪夫斯基处理"悲"这样的范畴时,对待辩证的事实却使得他陷入了不能允许的简单化之中。[1]

---

[1] 参见有关车尔尼雪夫斯基美学的拙文,载于《Beiträge zur Geschichte der Ästhetik(美学史文集)》,柏林1954年版,第135页。文中分析了他的这种立场的社会历史原因。在艺术中对象和"世界"对人的原则上的适应性、人的生活和人类的整个辩证法问题在自身的理解,虽然在亚里士多德那里已经有明确认识,虽然在启蒙主义的顶点,特别是狄德罗和莱辛那里,尤其是在德国古典主义顶点,即歌德和黑格尔那里,已经一再明确地掌握了这种辩证法,但是他们都对其社会基础缺乏认识。只有在辩证唯物主义的基础上才完成了在理论上的修正。参见我对浮士德的研究,载于《歌德和他的时代》,柏林1955年版,第186页。

## 第七章　模仿问题之三：主体达到审美反映的道路

我们在这里已经再次指出了，其出发点在于尽可能保持纯粹的主体性（这种主体性在方法论上完全无视客观世界）的所有基准和规定必然流于一种形式主义。我们对似乎与此相近的观点（克罗普斯托克、赫姆思特休斯等）进行了深入的分析，这样做之所以是必要的，是因为在这里——尽管好像是形式主义——会展示出审美的一些最重要的规定。从在人的日常生活中起作用并导致形成审美的那种需要的观点来看，这些规定是重要的。因此，为了具体地掌握艺术的恰当的客体性，为了将这种客体性与空想的、抽象的"纯粹"主体性明确地区分开来，并——与对现实的科学反映相反——认识在这种客体性中与价值相关并创造价值的主体环节的不可排除性，对这些规定的性质进行研究是完全必要的。如果按照"纯粹"主体性原理来谈形式主义，那么这一问题的核心在于，这种主体性是作为孤立的、并多少是抽象的东西，这种抽象意味着由决定了主体性，并赋予主体性以丰富性和深度的客观世界中抽取出来，这种主体性是与其决定性的质，其独特的、个体的存在不可分割的。因为这种抽象的根源可以在客观世界的印象中寻求，因为它将在那里借用并经主体加工的材料还原为形式上的、主体的因素，所以由这种抽象没有直接导致具体性的道路；这种形式主义不能直接转化到内容性。抽象必须加以扬弃，它必须重新消融在一种具体的主客体关系中，也就是说必须将原始的、自发的主客体关系改造为一种自觉的主客体关系，只有这样才能在其自身的主体性的规定中表现出真正本质的东西,成为审美构成的决定性的、不可或缺的环节。

## 二 外化及其向主体的回复

根据黑格尔的术语在上述论述中引出了这一题目:外化及其向主体的回复。这一范畴的应用对于审美的构成具有根本的作用,而不是以辩证的形式和表述作为单纯的游戏。尽管在黑格尔的这一学说中存在着许多难题,[①] 它却给出了——虽然黑格尔本人似乎没有把它用于美学的意图——在这一领域中主客体关系的最恰当的描述。为了正确地理解这里所形成的联系,最好是由人的劳动中的相应结构出发。在劳动中,主体性和客体性必然是不可分割地结合在一起的:由主体所确定的目的论的决定力量完全取决于,是否劳动对象和工具的自身存在被正确地反映了出来。另一方面如果客体性不是由其自身相异化,并由这种异化中再返回到主体性,那么这种客体性就仍然是死的、对人陌生的、无结果的,这种统一仍然不能反映为意识中的统一。

---

[①] 在拙著《Der junge Hegel und die Probleme der kapitalistischen Gesellschaft（青年黑格尔与资本主义社会的问题）》（柏林1955年版,第614页）中我已经详细讨论了这个问题,其中既包括黑格尔的观点,也包括马克思对它的批判。书中指出了外化的三种不同意义。这里所涉及的首先是其中第一组,即与劳动过程的关系。——作者注

## 第七章 模仿问题之三：主体达到审美反映的道路

往往是以客体的自身存在为主——不论是作为无条件地委身于客体的劳动，抑或像在较发达阶段常有的情况，作为自我丧失在使劳动者感到宿命的客观世界中——或者以设置目的的主体性的想象的全能为主。这里重要的既不是由这两种对立面的前者之中分析出受社会制约的异化的环节，又不是由这两种对立面的后者中指出神话形成的倾向。（只要再次指出造物主的神话形象就够了，造物主体现了劳动的这种第二意识映现。）在人的活动的比较间接的、比较复杂的对象化中，例如在经济范畴中的商品、货币等，异化获得了一种更强大的力量，这是很容易理解的：由人的活动所创造的人们之间的关系出现在日常意识中，人们对待这些直接创造物与不是人们自己创造的自然物采取同样的态度，尽管人在感情上不断抵制这种态度。①

在这里不仅日常思维找不到出路，并且与人的自然感情必然陷入对立之中。马克思在他对黑格尔关于异化学说的著名的批判中，第一次具体地提出了这个问题，列举了能够给这一事态合理启示的那些生活事实。第一个事实说明了在劳动中（和在每一种社会活动中）主体性的始原性的感情，并以此反对将其过分夸大，反对所有唯心主义——造物主的思想神话。这一清算的核心形成了一个哲学上的哥伦布的鸡蛋——现实对象的始原性和不可派生性："人直

---

① 这一事实的经典说明我们可以在马克思《资本论》第1卷第一章中找到。——作者注

接地是自然存在物。作为自然存在物,而且是有生命的自然存在物,人一方面赋有自然力、生命力,是能动的自然存在物;这些力量是作为禀赋和能力、作为情欲在他身上存在的;……也就是说,他的情欲的对象是作为不依赖于他的对象而在他之外存在着的;但这些对象是他的需要的对象;这是表现和证实他的本质力量所必要的、重要的对象。说人是有形体的、赋有自然力的、有生命的、现实的、感性的、对象性的存在物,这就等于说,人……只有凭借现实的、感性的对象才能表现自己的生命。说一个东西是对象性的、自然的、感性的——这就等于说,在它之外有对象、自然界、感觉;或者等于说,它对于第三者说来是对象、自然界、感觉。"接着马克思对于人与外部世界关系以及他的劳动和实践条件的基本属性给出了更加普遍的哲学规定:"一个在自身之外没有自己的自然界的存在物,就不是自然的存在物,就不参与自然界的生活;一个在自身之外没有对象的存在物,就不是对象性的存在物。一个本身不是第三者的对象的存在物,就没有任何存在物作为自己的对象,也就是说,它就不能作为对象来活动,它的存在就不是一种对象性的存在……非对象的存在物是一种怪物……而非对象的存在物,这是非现实的、非感性的、只是思想出来的,亦即只是虚构出来的存在物,即抽象之产物。"[①]

---

[①] 马克思:《1844年经济学哲学手稿》,北京:人民出版社1979年版,第120—122页。

## 第七章  模仿问题之三:主体达到审美反映的道路

由此而一劳永逸地完成了造物主的梦想。在劳动中转化出来的东西不可能在对象性的创造中由虚无、由——同样是神话的——混沌中形成:它"只是"——但这个"只是"包括了整个人类史——本来存在的对象性形式通过合目的性的认识和其中所含规律的应用而按照人的目的的转化。

同样作为对象性的主体与对象世界之间能动地或受动地对立着,在对象世界中发挥着作用,这种主体归根结底就是人类。当马克思谈到黑格尔揭示了通过劳动人的自我创造的功绩时,他就劳动与人类的这种联系指出:"人同作为类的存在物的自身发生现实的、能动的关系,或者说,人使自身作为现实的类的存在物,亦即作为属人的存在物实际表现出来,这只有通过下述途径才是可能的,即人实际上把自己的类的力量全部发挥出来——这仍然只有通过人类的共同活动,只有作为历史的结果才是可能的——并且把这些力量当作对象来对待,而这首先仍然只有通过异化这种形式才是可能的。"① 摆脱了黑格尔的见解——马克思尖锐地批判了其唯心主义核心即异化与对象化的同一——马克思在同一著作的经济学部分中这样规定了劳动与类的关系:"因此,正是通过对对象世界的改造,人才实际上确证自己是类的存在物。这种生产是他的能动的、类的生活。通过这种生产,自然界才表现为他的创造物和他的现实性。

---

① 马克思:《1844年经济学哲学手稿》,北京:人民出版社1979年版,第116页。

> 审美特性

因此，劳动的对象是人的类的生活的对象化：人不仅像在意识中所发生的那样在精神上把自己划分为二，而且在实践中、在现实中把自己划分为二，并且在他所创造的世界中直观自身。"异化很少与这种关系能简单地等同起来，正如黑格尔所认为的正是异化——即通过阶级社会具体的分工，特别是资本主义的分工而具体产生的异化——干扰了甚至破坏了个人的类的生活。马克思进一步发展了这一思想："异化劳动从人那里剥夺了他所生产的对象，从而也剥夺了他的类的生活、他的现实的、类的对象性……"①

　　由此明确地勾画出了马克思见解的轮廓。由上述见解中，同时可以看出我们在这里涉及那种审美需要的基础的最一般形式。我们已经对这一需要的各个不同方面多次做了分析，这是对世界进行体验的需要，它是实在而客观的，同时与人（人类）的存在的最深刻的要求相适应。在伟大的艺术实践中这种需要的不自觉的，但事实起作用的辩证法在本质上超越了对审美的形而上学思维所试图强加给它的那种片面的规定。只举一个很明显的例子，往往是或者片面地强调无条件地投身于现实，或者不满足于现实而试图超越现实或凌驾于现实之上。在这两种情况下，其形而上学的片面性产生于，正是作为矛盾统一体的这种作用所具有的特性和职能，被分隔成分离的、矛盾的、片面的要

---

① 马克思：《1844年经济学哲学手稿》，北京：人民出版社1979年版，第51页。

## 第七章 模仿问题之三：主体达到审美反映的道路

素，然后作为不适当的独立的要素作出评价而与现实相对立。但是，本原的审美作用并没有这种片面的价值判断。无条件地投身于现实与凌驾现实之上的热情愿望是连在一起的，因为超越现实的愿望不是一种由任何地方总会显示出来的"理想"的强制要求，而是由现实中强调出来的那些特征。这些特征是现实本身所具有的，其中明显地具有对人的适应性，而且排除了对人的陌生感和冷漠感，由此并不触犯客体性的本质，虽然它力图消除客体性。因为需要迫使它达到一种适应于人的客体性（当然，社会—历史的异化倾向干扰了这种统一性，因此产生了一种学究的——唯心主义的、对既定现实的轻视，或者产生了对偶然的、与人不相适应的细节的自然主义崇拜）。这种作用的统一性是劳动本身的一种更高的、更富有精神性的、更自觉的水准。在这种劳动中由劳动对象所转化的目的论是与对现存物质秘密的倾听不可分割地联系着。然而，在劳动中涉及的是一种主体与客观现实的纯粹实践的关系，因为这种作用的统一性只是劳动过程本身的协同原理，所以随着劳动过程的结束它也就失去了意义，只有在下一个过程中才能再次发挥作用。这种统一性在艺术中却获得了一种独特的客体化。这种作用本身正如由它所产生的社会需要那样，趋向于把人与现实的这种关系这样加以保持、固定和永久化，趋向于去创造一种客体化的对象性，在其中这种统一性应该体现出感性直观的特点。

在这种作为审美构成（以及产生这种构成的社会需要）

### 审美特性

的动力的矛盾性中已经表现出它在哲学上或许是最本质的特征：主体性和客体性同时提高到超越日常生活的水平。其重点还是在于统一的审美作用与完整的审美形象的同时性上。当我们把模仿问题放在这一考察的中心时，我们已经勾画出了提出问题和解决问题的轮廓。不言而喻，模仿包含了追求客观性的意图。同样，它也表现出了已经多次提到的审美构成的拟人化特性，它是指向情感激发的，因此具有趋于主体性的倾向。

如果我们要正确理解这种统一性的实质，那么我们不仅要始终肯定这种统一性本身，而且还要把握在这里起作用的主体性和客体性的特性。这种特性在一定方面与科学的非拟人化以及为此做了准备的日常生活的现象（首先是劳动）具有不同的性质。它产生了一定的普遍化而与日常生活不同，展现出一种静观的视野而与道德不同。我们已经指出过，审美的客观性绝不是对现实的替代，它服从于某一主体的要求（完善性与某一理想相适应）试图对现实加以必要的抽象而超越现实。更主要的是在于，由客体性本身中去发现那些适应于人的要素并由客体性中去发展这些要素。但是，单个的、个别的主体不可能产生这种适应性：他的这种要求至多只能停留在这种要求上，而绝不可能超出一种无力的渴望，超出一种无结果、无对象的愿望和意图。因为这里所谈的适应性只是人类在其整个历史中依靠自然、依靠人与自然的相互关系和依靠人本身所完成的那种劳动的直观化。用马克思的话来说，是作为社会与

## 第七章 模仿问题之三:主体达到审美反映的道路

自然界的物质交换所表现的东西。当然,这种物质交换首先是一种物质的过程,是对地球表面相应于人的需要的改造(不言而喻,在其中自然规律只是被——自觉或不自觉地——利用,而很少像在个别劳动中那样能够被扬弃)。这种物质交换的范围却远远超出通过社会的劳动和斗争对具体自然界的物质渗透和转化,因为这个过程不仅创造了人,而且大大地改造了、丰富了、提高了和深化了人。这种变化也是现实的外在和内在方面的一种他样化。如果这里谈到对人的适应性,那么它所指的是外延和内涵的整体性。从以前荒地的开垦和林木覆盖的山野的开拓,直至以前与人无关的或甚至有害的自然要素的景观化(从牧歌到悲剧)这种社会与自然界的物质交换包含了人的世界的一切生活现象,即人类的环境、人类生存的自然基础及其社会的结果。这种适应性与神学或世俗的有神论的原始目的论的公式毫无共同之处;它与康德提出的自然界对于我们认识特殊自然规律的知性的适应性也毫无共同之处。我在别的地方已经论述过,康德这种错误的问题提法,一方面是由主观唯心主义认识论的狭隘决定的,另一方面是由他的天才的、但却是徒劳的、试图达到辩证思维的尝试所决定。①

---

① 参见拙文《特殊作为美学的中心范畴》,载《德国哲学杂志》,1956 年第 4 卷第 2 期,第 133—147 页;以及《特殊性作为美学范畴的具体化》,载《德国哲学杂志》,1956 年第 4 卷第 4 期,第 407—434 页;或参见拙著《Über die Besonderheit als Kategorie der Ästhetik(论作为美学范畴的特殊性)》,纽威德—柏林 1967 年版。——作者注

◯ 审美特性

我们所说的适应性是现世的、内在的，确切地说包括两个方面：第一，引起这里发生彻底变化的运动，只是在自在存在的自然规律所能实现的范围内起作用；第二，整个以正确的或错误的意识所完成的人的目的设定，同样都是由社会发展的客观规律所决定的。因此列宁对黑格尔关于劳动目的的论述补充写道："事实上，人的目的是客观世界所产生的，并以它为前提的，认定它是现存的、实有的，但是人却以为，他的目的是从世界以外拿来的，是不以世界为转移的。"① 这里所涉及的始终是自在存在上升到意识的问题，而不是由虚无中造物主的主观创造问题。

由这一切可以看出，审美形象对于人类需要的适应性决不是什么主观主义，正相反，其中恰恰表现了审美模仿的特殊性质，也就是说这种适应性的审美构成只能是对不依赖于意识的客观现实反映的一种特殊情况。尽管——或正因为如此，需要对这里形成的主体性概念作认识论的说明。因为在美学史上产生过极其不同的误解，这一方面是由于人们简单地从认识论的模式来考察这种主体性（把艺术作为谎言、幻想等）；另一方面是由于，人们把主体性的特性完全机械地与认识的特性对立起来（如非理性主义的天才论等）。唯物主义认识论在主观这一问题上采取一种完全明确的立场：没有客观就没有主观。这属于客观现实的本质不依赖于意识而存在。没有主观的客观不仅是可能的，

---

① 列宁：《哲学笔记》，北京：人民出版社1961年版，第201页。

## 第七章　模仿问题之三：主体达到审美反映的道路

而且是现实存在的公理。然而辩证唯物主义把这种严格的区分限制在纯粹认识论的范围。列宁指出，与肯定假象的客观性（不仅本质的客观性）相联系："主观的东西和客观的东西的差别是存在的，可是这个差别也有自己的界限。"①在一种更一般的联系中，列宁首肯地援引了黑格尔的话："……把主观性与客观性当作一种固定的和抽象的对立，这是错误的。二者完全是辩证的……"②黑格尔用以下警句结束了这里所引述的这一思想："谁不熟悉主观性和客观性的规定，而打算把这一规定在其抽象中加以固定，那么在他加以规定之前，这些抽象的规定就会从他的指缝间溜掉，而他所说的话正与他要说的话相反。"③

要对出现这种辩证过渡的情况，特别是在日常生活中的情况加以列举，或者即使只是加以说明，都不可能是我们这里的任务。审美形象的地位即使在这里也是特殊的。其他过渡形式并不会改变主观性与客观性在认识论上区分的明确性，只是使之更加分明。这种区分不应通过形而上学的不能允许的普遍化而被过分僵化，这样会产生一种新的问题。其最本质之点在于："没有主观就没有客观"这一命题，在认识论上具有纯粹唯心主义的意义，而在美学中对于主客观关系却是根本的。当然，每一审美对象本身是

---

① 列宁：《哲学笔记》，北京：人民出版社1961年版，第97页。
② 列宁：《哲学笔记》，北京：人民出版社1961年版，第196页。
③ 黑格尔：《小逻辑》，贺麟译，北京：商务印书馆1980年版，第194节，附释1。此处译文有改动。

◯ 审美特性

不依赖于主观的存在物。当这样理解时，它却只是一种物质的存在，而不是审美的存在。若要使它的审美的规律性起作用，那么与此同时也就设置了一个这样的主体，因为它的审美本质特征，正如我们反复说明的是，通过模仿这样一种对客观现实的特殊反映，在接受主体那里唤起一定的体验。忽视了这一点，审美形象本身就不复存在了。它只是一块石料、一块亚麻布，与每一个不依赖于各种意识和主观性的其他对象一样。"没有主观就没有客观"这一命题只是关系到这种形象的审美属性。

显而易见，这种结构也是每一种由社会生产和应用的对象的结构，这些对象正是通过这一点与自然对象相互区别。实际上，一条河不管它是否推动水车或载舟渡船，它仍然是河；而一个工具或一部机器，如果它们由于轮船触礁而被抛到一个无人居住的海岸上，那么它们就不再是工具或机器了。是否在这里对于它们的一定的对象存在，主体同样是不可缺少的，就像在美学中那样？我们认为，从认识论上看——这是我们现在探讨的范围——这涉及多少不同的东西。通过轮船触礁，工具和机器事实上是由它们能发挥工具或机器功能的那种经济—技术—社会的联系中分割了出来。因为它们作为工具或机器的对象性是与这种功能相联系的（至少是与这种功能的可能性相联系，因为例如尚未售出的工具同样是一个工具，就像它处在使用中时一样）。所以随着轮船触礁，它们就不再是工具或机器了，至少立刻就失去了加入到"自然的"作用中去的可能。

## 第七章 模仿问题之三:主体达到审美反映的道路

这种特殊的对象性受可能的技术—经济—社会功能的制约,由社会角度看来,同样是纯粹客观的,如同这一情况,每一自然对象对于它的特殊的存在是与在自然过程中一个特定位置相联系的,离开这一位置这种存在同样必然会消失。(这两个过程在质上相互间是不同的,这丝毫改变不了具体客观存在所受限制的普遍一致性。)使用一种工具或操作一台机器的工人,同样不是在认识论意义上的那种客体的主体;这样一种客体,这样一种客观的单纯存在并不依存于那种"主体",它们是一个客观的技术—经济—社会过程的两个相互关联的部分。劳动者的主体性相对工具的客体而言,是一种实践的主体性,但不是认识论的主体性。

当然按照本书反复说明的见解,审美形象也是一种社会过程的环节。但其重大区别在于,它的社会功能正是模仿的激发,也就是一种独特的主客体关系的创造。只有在这种关系中它才能成为一种审美的客体(显而易见,即使在这里与以前情况相同,必然包含有可能性的范畴,这样一种主客体关系单纯产生的可能就足以构成一个审美的客体)。这一单纯的事实就已经具有进一步的哲学结论。关于否定的结论——即有关或由于科学范畴的过分普遍化或由于陷入非理性主义而丧失了审美对象性的特殊性——我们已经加以说明。但是人的思维的事实中也有相反的结论:审美的主客体关系同样可能被不允许地加以普遍化并用于说明日常生活、科学和哲学,特别是认识论中的客观性。在这种情况下,那些在审美中有意义和不可缺少的范畴就

### 审美特性

变成了对现实唯心主义曲解的支撑点,所以"没有主观就没有客观"这一命题,如在主观唯心主义、在康德那里或在贝克莱、休谟那里,始终起着很大作用。因此,绝不能认为,在所有这些情况下,审美的结构都可以无批判地用于认识过程。在上述情况下,甚至更加不可能:认为指出以下一点是不难的,进一步根据审美经验及其在其他领域所不允许的普遍化来确定这种特殊的细微差别,即叔本华或尼采与"没有主观就没有客观"的命题之间的不同。

上述命题的采纳在宗教领域会在什么程度上引起问题,这也是很值得探讨的。因为对于真正的宗教性,对于在其昌盛时期的宗教,其最高的宗教客体、首先是神的存在,无疑被看作是不依赖于主体的。在主体性和客体性两个范畴相互结合和相互依存的地方,首先是在各种神秘主义潮流中神的存在,似乎与超越被创造的现实的主体置身其中的体验不可分割地联系着,使得神的存在的客观性——即使从宗教的观点看来——也成了问题。其中表现出——它本身当然往往是完全无意识地——对整个宗教构成方式的一种哲学的自我批判。带有相反的、对宗教原理进行批判的前兆出现了一种倾向,由色诺芬尼直到费尔巴哈,在宗教的对象中看到了人所创造的、他自身生活的投射。费尔巴哈的弟子戈特弗里德·凯勒对安格鲁斯·西勒修斯的神秘主义观念作了这样的表述,这是有趣的和富有教益的,当我们读到这样的诗句,人们难道不想倾听我们的路德维

## 第七章 模仿问题之三：主体达到审美反映的道路

希·费尔巴哈：

> 我像上帝一样伟大，
> 上帝像我一样渺小，
> 上帝不能超越我，
> 难道我非得居于上帝之下？

众所周知，自从施莱尔马赫和浪漫主义运动以来，这种倾向有违本意地向宗教的解体、宗教无神论的方向发展。

我们面前的问题，比一个基本命题在超出它的适用范围所完成的上述应用具有更大的哲学宽度。我们已经指出，在思辨哲学特别是在柏拉图那里，审美范畴获得了这样一种功能，它使带宗教色彩的形而上学的超验明确化。当然在范围上，这种混同往往或多或少地是无意识产生的。或许谢林至少在他的青年时代，是有意识地把审美确定为真正哲学思维"感官"的唯一重要哲学家。在他青年时代第一次提出的体系构想中，他对此写道："正因为如此，艺术对于哲学家来说就是最崇高的东西，因为艺术好像给哲学家打开了至圣所，在这里，在永恒的、原始的统一中，已经在自然和历史里分离的东西和必须永远在生命、行动与思维里躲避的东西，仿佛都燃烧成了一道火焰。哲学家关于自然界人为地构成的见解，对艺术来说是原始的、天然的见解。我们所谓的自然界，就是一部写在神奇奥秘、严加封存、无人知晓的书卷里的诗。"① 黑格尔不断对这种观点、对它的基础和结论（理智直观等）尖锐地进行批驳。因为黑格尔同样是站在客观唯心主义的立足点上，对于他主客观同一的基础和体系化的终结意味着，不可避免地受谢林思想的某些限制，其中这种审美化倾向即使对他的哲学说来也是不可逾越的。② 这里只要指出对于我们如此重要的外化理论的中心问题就够了。黑格尔关于主客观同一的见解在《精神现象学》中最确切地表达了出来，但是按其本质说来，在后期的体系中实体向主体的转化构成了这一体系的基础及其顶点。其结果是"意识形态"运动达到顶点的科学，即精神现象学，不仅是其较低级阶段的意识以其各自的方式作为现实经验集中起来的最高的、最明确的认识，而且同时是对世界的一种自我认识，主观唯心主义自我——自我的一种拟似客观化形式，不是一种实体向意识的升华，由此而使实体占有了主体，而是它向主体的转化：自我意识作为认识的最高的、唯一适应的水准。"但是，这个本身既是精神的实体，就是它变成它自在地是那个东西的过程；而且只有作为自己回复到自己的变化过程，精神自身才真正是精神，精神自在地就是运动，就是认识的运动——就是由自在转变为自为，由实体转变为主体，

---

① 谢林：《先验唯心论体系》，梁志学、石泉译，北京：商务印书馆1977年版，第276页。

② 在拙著关于青年黑格尔的书中，我在不同的地方和各种联系中指出了黑格尔的这种界限。参见该书第418、428、448页。

## 第七章 模仿问题之三：主体达到审美反映的道路

由意识的对象转变为自我意识的对象，这就是说，转变为同时又被扬弃了的对象，或者转变为概念的运动。这个运动是向自己回复的圆圈，这个圆圈以它的开端为前提并且只有在终点才达到开端。"①

马克思对黑格尔这一立场从认识论上的批判是我们众所周知的。我们这里只提到——当然是无意识地，但却是由黑格尔客观唯心主义的本质所必然形成的——由美学的结构"借用"来的环节。最后这一原理即开端与终点之间呈圆圈状的动态联系，给这里所要说明的体系一种艺术作品的特性。因为作为一个唯心主义的、非开放的、不是作为暂时的、需要补充的、以进一步形成的构想的体系，这一体系的封闭性本身在思想上就绝不会包含向开端的回复。向开端的回复在思维上包含了真正科学的思想，具有否定之否定的方法论意义。如同列宁所正确表述的，单纯"仿佛是向旧东西的回复"。② 当黑格尔在这里完成了某种完整的东西，他扬弃了他的辩证方法本身最重要的成果之一。与此相反，这种观点在美学中，特别是在对黑格尔具有重要意义的戏剧理论中具有决定性作用。这种观点是戏剧特征的本质性的形式基础。这种稳定性、这种向开端的回复，不论在悲剧中还是在喜剧中，都具有这样明显的审美性质，以致许多人以自然真理的名义开始采用这一原理（如青年

---

① 黑格尔：《精神现象学》下卷，贺麟、王玖兴译，北京：商务印书馆1981年版，第268页。
② 列宁：《哲学笔记》，北京：人民出版社1961年版，第239页。

施特林德贝尔格),然而他们却没有能从美学上加以贯彻。同样,提出了几乎与此同义的、变成它自在地是那个东西的过程,这种回复对于这一体系说来是黑格尔辩证方法一个重要成果的——拟似审美的——回归,即对于全新事物形成的哲学解释的回归。黑格尔在解释"尺度交错线"时甚至嘲笑那些在目前尚不存在的东西中不能认识这里所形成的飞跃的人。①

最后和主要的,在我们所援引的重要段落中对黑格尔说来具有决定意义的是"意识的对象"被转化为"自我意识的对象"。我们已经在上述由不同观点所作的解释中试图指出,自我意识作为主观与意识相对立,表征出与科学反映不同的审美反映。在这种对立中,非拟人化方法与拟人化方法的区别发挥了作用。只有意识可以适当地完成自在存在向为我们的存在转化的辩证接近过程。因为正是与自我意识的分离才能形成趋向非拟人化的出发点,而自我意识——不仅在它的审美的表现方式中,而且在日常生活和道德之中等——必然趋向相反的方向。这一方向最纯粹地也是最鲜明地表现在对现实的审美反映中。这里所援引的自我意识对意识的胜负相争,当然直接取决于主客观同一的理论,它不可避免地把审美的重要构成环节带入到科学的(哲学的)思维中去。

---

① 黑格尔:《逻辑学》上卷,杨一之译,北京:商务印书馆1974年版,第401页。

## 第七章　模仿问题之三：主体达到审美反映的道路

上述题外话对于我们就其本质所作的考察，在这一水平说明科学反映与审美反映之间的区别，是不可缺少的。现在我们再次集中精力讨论外化及其回归这些范畴在美学方面的应用。那些对于哲学产生干扰和造成混乱的审美要素，在这里成为美学重要的组成成分。这两种作用构成了按其本质是统一的一种作用的、相互无法割裂并不可排除地交融在一起的环节：这些环节不像在《精神现象学》本身中那样，是两种相互明确分开的而就其对立性又相互关联的作用。但是，在美学的这种应用中，必须保持在方向上的对立：外化意味着由主体通向客观世界的道路，也许在其中完全丧失了它的自身。这一外化的回归则与此相反，表现了每一种这样形成的对象性完全融合在主体的特定质之中。谁只要是具有关于艺术作品产生、结构和作用的最基本的观念，必定能明确地看出，这种作用在其各种矛盾成分的统一中，基本上与对于审美对象性有决定意义的倾向相吻合。谢林和黑格尔关于主客观同一的理论本身更多的是指向神秘主义的，而不是指向审美的：它使客观以及主观消失在虚无之中。因为随着每一种对象性一般地——虚构的——扬弃，主体本身也必然消失了。

与此相反，主体性与客体性在美学中的不可分割性是从这一点出发的，两者正是通过它们的相互结合而强化，并各自都生动地突出了其独特的特性。在其外化中消除主观性，并归附于对象自在存在的客观性的倾向同样是取决于，在客观世界中去发掘和显现那些对于人类重要的东西。

> 审美特性

因为它的基础是不依存于意识的客观的自在存在，对外在世界的审美感受必然需要对其尽可能精确和充分的统觉。这里还应该指出，每一种对现实的反映——一般说来——都是针对着同一个客体。然而，应用于劳动和实践的反映，为了避免失误的惩罚，必须尽可能摆脱主观影响而纯粹地集中在自在存在本身，这就是我们早已熟知的非拟人化倾向。与此相反，审美反映中那种丰富的矛盾性在于，审美反映一方面始终是在与人的主体性的不可分割的联系中——即使并非直接的联系中——去把握每一客体，特别是客体的整体性——关于这种主体的特性，我们已经谈到过，以后还要详细谈到；另一方面将客观世界不仅按其本质，而且以其直接的表现形态固定下来并加以显现。现象与本质的辩证法不仅以其一般的规律性发挥作用，正如它在生活中显示给人们的那样，而正是以其直接性在发挥作用。

由此得出结论，在审美领域外化及其回归是紧密地相互统一的：在外化中主体性以及在回归中客体性被如此加以扬弃，在这种扬弃作用中所保持的并同时提高到更高阶段的环节就获得了优势。这两种运动的共同作用产生了某种统一的东西：一种塑造的客观世界——作为现实的反映——这种反映按其意图，比在日常的印象和体验中的作用更加强调了它的客体性，因而呈现在观众或读者面前的只是比较小的对象组合，并且这个片断应该在观众或读者那里唤起作为一个客观完整"世界"的现实。也就是说或

## 第七章 模仿问题之三：主体达到审美反映的道路

许它与日常相比对于客体性的作用在这些点上显得不利，即它缺乏单纯事实性或事实的说服力，它只是通过其内容及形式能够强制客观性而构成反映和模仿形象。在外化中主体向现实的回归、在现实中的消融以这种方式产生了一种内在的、内涵提高了的客体性。但是这种客体性——这就是向主体回归的意义上——在其对象性的所有部分中融合了主体性，即融合了确定的具体主体性。在实际产生的模仿形象中，这种主体性不是一种添加物，不是一种注释，甚至也不是围绕对象的一种氛围，而是其客体性本身汇集而成的构成环节，是一种不可分割的组成部分，是它存在的基础。

若要将目前有关这种作用的运动和结构的分析进一步加以具体化，那么我们就会遇到美学的两个基本命题，我们虽已多次涉及，但是在下面探讨中还要做更详细的讨论。第一个命题是由每种创造世界的艺术的模仿特性中得出的。它在形式上只是对模仿本身的另外一种理解，然而这种新的程式化同时表现了新的内容。这涉及每一种艺术的现实主义本质特征，涉及经常说明的这一规定，即在具体的艺术发展中现实主义不是多种风格中的一种，而是造型艺术一般的基本特征，各种风格只有在它的范围内才能分化。在这种情况下所表现的内容之新首先是现实主义概念范围的。这种概念即包括我们在这里可以确定为外化作用的内容的那种对客观世界自在存在的对象性最大限度的接近，同样也包括由此而对现象的感性直接性的固定。当然由此

### 审美特性

只是固定了艺术宇宙中现实主义普遍性的两极：一方面忠实于客观的存在和本质，忠实于它的各种联系和整体性；另一方面使每一对象由它的直接的感性表现方式中不可分割地塑造出来，即回到生活的直接性中去。只要从对这种作用的分析出发，还会在积极意义上进一步形成一些不确定的决定因素，这些因素很少能够说明不同风格的具体意图。在消极意义上却也形成一些规定，这些规定比只局限于在其存在中对一种对象性的模仿，和对感性显现的现象外表的模仿表达更加明确。模仿本身只要求一种具体意义的对象性及其感性显现的表现方式，而不局限于那种它直接摹写的对象性的此时此地的存在，这已再次得到证明。抽象的美学分析也证实了那种结论，对日常生活和艺术的形成所作的探讨肯定了一般反映，特别是审美反映的非机械照相的特性。以后我们再就这种消极区分的具体内容如何完成的方面作详细讨论。这些问题我们已经在别的地方涉及过。

由这里所说明的结构产生了第二个命题，每一种审美的对象性——已经是作为单纯的审美对象性——包含了一种赞同与否的鲜明态度，不像在人的日常生活中面对一个事实时，人是从他的利益的观点——这个词是从最广义上而言——表示赞同或反对、欢迎或非难等。这种情况在日常生活中很明显，事实与价值判断——相对说来——相互是独立的。虽然主体的态度基本上受引起主观态度的事实特性所制约，主体的特性在形成肯定和否定时，如同客体

## 第七章　模仿问题之三：主体达到审美反映的道路

本身一样，也是一种同实践同样重要的成分。因此，即使在这种情况下，人的态度首先和直接地具有主体性质。如果事实的经过和事件的先后联系证实了反映的正确性，那么它就具有了客观性，但即使在这种情况下，仍然存在——客观事实和主观判断的——根源上的二重性。在模仿形象中情况就完全不同了。当我们最初在外化回归时谈到所形成的客观融合了主观时，对于这种对象我们已经否定了这里所分析的日常生活的这种二重性。当然这种结构不仅是由此而确定的，人们甚至可以说：我们现在所研究的现象只是一种更普遍现象的最明显的突出表现。因为一切模仿表达对象的正是如此的存在，它们的相互连接的方式——也就是说，这里所形成的对象性一般的最普遍原理是基于作为外化在主体中的回复的结果，即客观完全融合于主观。即使在这里也存在与日常生活同样的对立。在日常生活中，只要人对他的印象加以思索，那么他就不会简单地、直接地接受这些印象，而或多或少地在客体及其意识中的反映之间正确做出区分（或至少试图去区分）。与此相反，在模仿形象中一个对象所唤起的印象却属于它的对象性本身。它的独特的特性，它的正是如此的存在，恰恰是由这种统一决定的。

在整个现象之中——我们还将深入地进一步具体加以展开，在一切客体的对象属性的客观性中，上述主观态度的参与占有一种优先的地位。这是因为一方面在生活本身中，主体性和客体性之间的张力关系在这里最突出，另一

### 审美特性

方面对于艺术存在着根源很深的偏见。每个人都承认，一部艺术作品的情调是由它的对象的塑造而形成的。因此每一个对象——当然也包括它的联系、它的整体——是由赞同与否的创造意向所决定，这一命题往往被当成悖论：不论是认为每种艺术都有一至高的瞭望塔，故而不会带固有偏见的人，还是在低劣的所谓倾向艺术中由日常生活机械地复制其事实性与判断的二重性的人，往往都把它看作这样一种结构。还有那些社会主义现实主义的理论家，他们在倾向性中看出了它的特别不同的独特性——与各种类型的"客观主义"僵死地对立，助长了这种混乱。

在此，对实际情况做出公正的判断是极其简单的：对各种对象相互关联组合的选择，通过模仿的描绘和创作使它公之于世，对其内容以及内容的联系不能不持有一定的态度。这种态度把所选择的那部分世界的正是如此的存在，提高到一个审美的"世界"。认为只要能洞察这一片断现实的重要性和意义就足够了，这种看法是不恰当的。人们往往是这样认为的，但是像福楼拜的"无动于衷"的理论的命运——这里只是举出最重要的理论之一——很容易证明它的反面，不仅那些自认为是在这种理论的基础上产生的作品，成为一种生动的反证，而且这种理论本身，正如在福楼拜书信中所表现出来的，也否定了自身。到处都表现着对现实的那种极其决定性的态度，福楼拜通过选择、构成和塑造方式确定了这一属性。或诸如著名艺

## 第七章　模仿问题之三：主体达到审美反映的道路

史家贝伦逊①针对皮罗·德拉·弗朗西斯卡的作品指出了一种无个性的、客观冷静的艺术类型。如果他谈到作为方法的无个性特征，那么他只是说出了早已存在的观点，正如我们在狄德罗《喜剧演员是非谈》中所看到的。但是，艺术家的冷静却超出了这一范围，达到了艺术创作本身。因此才有在乌尔毕诺的著名绘画中描写三个大的前景人物完全不参与并遮挡着鞭打耶稣基督的戏剧场面。即使是这一构图也像——已经提到的——布吕盖尔②绘制的、在被拷问和处死的群众中、耶稣基督背负着十字架的、几乎消失了身影的绘画那样，是具有明确态度的。然而这种态度是与那些在此情况下着力表现痛苦和伟大的画家具有相反的特征。从审美的观点看，所有这些都一致地包含了对于所描绘对象整体的一种态度，这种态度在各处都以同样方式直接地和本质地决定了构图和个别部分的塑造。艺术家的态度倾向往往是很复杂的，但是这种态度倾向越是融合到创作的一切环节中，它相对每一种模仿的对象性越是保持内在，那么这种态度及其作用也就越强烈。

认为这种态度和倾向性的上述体现会使艺术作品主观主义化，这是现代人的一种偏见。经过外化而达到它的回归的道路正是主观主义的对立面。只有这样才会形成这种主观主义，即主体没有能力或不愿意采取经过外化、经过

---

① 贝伦逊：《Die mittelitalienischen Maler（中部意大利画家）》，第113页。
② Brueghel Pieter（1525—1569），尼德兰画家。——译者注

> 审美特性

在客观世界中自身的丧失、经过无条件的将自身依附于客观世界达到自身的迂回道路。这种主体性的单纯外化方式不仅使审美消融在虚无中,而且如普遍的情况那样,这里审美也只是一种被提高了的——本质的东西提高了,并加以明确地被强调——生活本身的外化方式。众所周知,黑格尔主要把外化及其回归的问题,用于社会生活以及在人类发展过程中所取得和展开的认识,他多次分析了这样一种错误见解,这种见解产生的根源是,认为可以纯粹依赖于自身,而否认有必要专心去感受外在的客观世界。黑格尔就所谓"优美的灵魂"的世界图像清晰地说明了这一点。黑格尔是这样描述这种态度的:"自我意识的这种绝对确定性,对它自己作为意识说来,直接转化为沉寂了的响声,转化为它的自为存在的对象性;但是这样制造出来的世界,就是它直接地听到了的它自己所说的话语,它这种话语的回声只返回到它自己这里来。"与这样一种主体性相对应的正是那种在对客观现实歪曲反映中形成的客观世界:"它自己所创造的空虚对象,于是使它充满了空虚感;它的行动成了这样一种渴望,这种渴望是不能不在其自身变成无本质的对象的过程丧失掉的,并且等到超过了这个丧失过程而堕回于本身时,就发现自己只不过是一种已丧失了的东西——在它的诸环节的这种透明的纯洁性中,它就变成一种不幸的苦恼的所谓优美灵魂,逐渐熄灭,如同一缕烟雾,扩散于空气之中,消逝得无

## 第七章 模仿问题之三：主体达到审美反映的道路

影无踪。"①

在《精神现象学》中，相应于该书的安排，由主观即"意识形态"的变化而发展出每一世界图像：在讨论艺术作品，如《拉摩的侄儿》以及荷马、索福克勒斯或阿里斯托芬著作的地方，只有那些过去没有作为问题而谈到过的东西才被当作典型而选入。在早期论文《信仰与知识》中，黑格尔谈到了当时出版的《论宗教》，在批判施莱尔马赫倾向于纯粹内在性的著作中，他也谈到了艺术问题。他在这种无客体的宗教性中看出了唯物主义的特征，并嘲笑施莱尔马赫打算让"无艺术作品的艺术长存下去"②的倾向。我们已经看到，把黑格尔这一范畴用于美学所遇到的问题，要比在艺术作品中没有客体化的审美化的主体性问题复杂得多。这里涉及按这种意向创造的打算作为艺术作品的形象的自我消融。[上面最后所引述的黑格尔的批判是直接针对另一种主观主义的曲解，即针对所谓"生活的艺术"。关于这个问题我们只能在关于自然美一章（第十五章）中讨论。]我们知道，黑格尔完全是一般地来理解真正创造的主体性及其经过正确而深入把握客观世界，来达到自己本身的道路问题的。审美只是作为很少提到的一种应用实例。

---

① 黑格尔：《精神现象学》下卷，贺麟、王玖兴译，北京：商务印书馆1979年版，第166—167页。对在基督教形成中起了极大作用的"不幸意识"的处理与在173—176页人的处理是完全一样的。黑格尔在这两个地方——比它的发现早一百多年——给现代内向性以毁灭性的批判。

② 黑格尔：《信仰和知识，Glaube und Wissen》，见《黑格尔全集》第1卷，斯图加特1927年版，第312页。

◯ 审美特性

正因为如此,黑格尔才能在论述"艺术宗教"时——《精神现象学》的关于美学的部分——就人的"伦理实体"指出:"它就成了纯粹的形式,因为个人在从事伦理的服从和服务时,已经摆脱了伦理实体的无意识的特定存在和固定死板的规定,正如伦理实体本身已变成流动而不确定的东西那样。这种(个人)形式就是这样一种黑夜,在其中实体曾被背叛,而使自身成为主体。从这种纯粹的自身确信的黑夜里,伦理精神作为从自然和精神自己的直接存在里摆脱出来的形态就兴起了。"[①] 其中给出了补充"优美灵魂"描述不足之处一幅清晰的、肯定性对立的图像。

我们看到,对审美客体关系的分析本身就会导致对这一领域主体特性的进一步探讨。如果我们把精力集中在这种主体上,那么我们又遇到许多丰富而多变的矛盾性,它具体地决定了艺术的范围。这些矛盾暂时可以这样概括地表达:直接看来,审美的主体性似乎很接近日常生活的主体性。正如我们所反复强调指出的,若要把审美主体性与日常生活的主体性区别开来,那么它似乎主要在于单纯提高了它的直接性。正如我们已经看到的,这种假象是欺人的,尽管我们目前的讨论还尚未充分阐明这种主体性的真实性、特殊的属性,也已经可以看出:在日常生活中的主体性所具有的直接性的差别与在审美中有质的不同,它不

---

[①] 黑格尔:《精神现象学》下卷,贺麟、王玖兴译,北京:商务印书馆 1981年版,第198页。

# 第七章 模仿问题之三：主体达到审美反映的道路

受个性的限制，并排除了主体性的主观性质。这种分化的运动在方向上是相对立的，就是说，它扩大和强化了原来所具有的主体性。这一运动走上与科学认识完全相反的道路。当然在这里科学家个性的主体属性和特性，必然也是由自在存在到为我们的存在的自觉转化过程的直接承担者。不言而喻，如果完整的人投入了他的全部能力，即不仅以纯粹理智，而且以意志力、道德和想象等来实施这一点，那么这种转化才能实现。然而——这是对现实科学反映的丰富而多变的矛盾——客观化过程已经产生在认识本身的主体之中：在这里涉及我们已经熟悉的这种反映方式的非拟人化原理。因为不言而喻，非拟人化作用包含了一定的非主观化作用。审美领域，即使在它的客观化的形象中也是拟人化的。这里能否存在一种原理，它使主体超越于日常生活的单纯主体性，超越于它的单个人的个体性（每一主体在其原有的正是如此的存在中，多少是不可比拟的个体），由此而不排除主体性本身，如果存在的话，这一原理何在？

## 三 由单独的个体到人类的自我意识

在外化及其回归过程中我们对主客体关系的探讨，其特点在于必须正确地提出问题并寻求答案。这一方向对于我们来说是这样决定的：不论在产品中还是在劳动过程中

### 审美特性

（劳动主体与劳动及劳动成果的关系）都必须知道：在其中个体与类的关系——不论在主体方面和客体方面——起什么作用。我们在开始讨论目前这一问题时，曾经援引了青年马克思的重要观点。在涉及主体问题的地方——理所当然地——要把个人的主体与人类的关系放在中心。下面我们将对这种关系作简要的分析。要辩证而正确地理解这一点，在思想上会产生很大困难。然而尽管如此，在这里也必须首先把其客观环节放在注意的中心。马克思不同意在他之前的那种主导的方式"仅仅把人的普遍存在，把宗教或者诸如政治、艺术和文学等等这样一些抽象普遍形式的历史，看作人的本质力量的现实和人的类的活动"。同时他给出的一幅相反的图像，"工业的历史和工业的已经产生的对象性的存在，是人的本质力量的打开了的书本，是感性地摆在我们面前的、人的心理学"。① 他还要求，如果谈到人类的生成和存在，要理解更抽象的现象就要追溯到它的原始的现象作为具体的基础，前者要由后者（而不是相反）来说明。青年马克思的这一论断隐含了深刻的真理，已为后来科学的发展所充分证明。非马克思主义者，甚至是连马克思的名字都不知道的考古学家们，根据史前时代的工具和劳动产物揭示了许多有关人类、人的族类实际发展的重要线索（依我看来，如果考古学研究能够以马克思的方

---

① 马克思：《1844年经济学哲学手稿》，北京：人民出版社1979年版，第80页。

## 第七章 模仿问题之三：主体达到审美反映的道路

法为基础，那么对现有史料还可以有更多并更深刻的阐释）。一般都会承认这一情况，对于我们毫无所知或几乎很少了解的社会说来，根据工具和劳动产品可以了解到这一社会的发展路线和状况，以及生活在这一社会中的人们的生活条件和相互关系，这一事实也可以在人们共同生活的更高的社会体制中作为钥匙，来明确地解释那些在其直接意识表现方式中谜一般存在的复合体的基础和本质。这一情况具有普遍的哲学意义，并对我们目前的问题具有特别重要的结果。这里首先应强调指出，由此不仅类的实在性，而且它的存在方式、它的本质的历史特征，都可以清楚地显示出来。这一论断一方面相对那种把类当作一种固定不变的共同性的机械唯物主义是极为重要的。因此马克思批判费尔巴哈的下述命题："所以，他只能把人的本质理解为'类'，理解为一种内在的、无声的、把许多个人纯粹自然地联系起来的共同性"，① 同时其中也包含了对那种完全按照动物世界的模式来理解人的类概念的观点的批判。其中，这种费尔巴哈的无声的共同性可以当作对现实的一种近似。关于这种区别，马克思指出："属于同一个种的不同的动物品种的特性，其天生的差别比人的禀赋和活动的差别更为显著。但是因为动物不能从事交换，所以同种而不同品种的动物所具有的不同特性，不能给任何一个动物个体带来

---

① 马克思：《费尔巴哈论纲》，见《马克思恩格斯全集》第3卷，北京：人民出版社1965年版，第5页。

任何益处。动物不能把自己的种的不同特性汇集起来；它们不能为自己的种的公利和公益做出任何贡献。"[1] 有趣的是，几乎是同时巴尔扎克根据同一情况得出了相同的结论："当布封描写了雄狮之后，他只用很少的话交代了雌狮。在社会中与此相反，妇女并不总是表现为男人的女人们。"由这一基本事实出发，他指出了在这种更加分化了的关系中的区别。"社会地位可以服从于自然界所不允许的偶然性，因为它是由自然界和社会加在一起产生的。例如人们即使只从两性方面来考虑，那么对社会特性的描写至少包含动物品种的两倍。最后在动物之间很少产生戏剧，在动物界决绝不会陷入混乱，动物之间互相追逐，这就是一切。当然人们也互相追逐，但是他们以或多或少的智力使斗争大大复杂化了……因此可以确信，当名门沉沦到社会底层时，小贩往往成了法国的贵族。"[2] 承认在人那里类的生物学—人类学基础，绝不会有损于它的特殊范畴的社会—历史根基。

另一方面，唯心主义哲学同样以一种不能允许的超历史的方式将"普遍的人性"概念固定下来，使人的一定（由特定历史情况的意识形态需要产生的，并被普遍化了的）特征获得了概念上的庄严性，使人的特殊的或个别的性质、属性等机械而凝固地对立起来。这同样关系到艺术

---

[1] 马克思：《1844年经济学哲学手稿》，北京：人民出版社1979年版，第100—101页。

[2] 巴尔扎克：《Oeuvres completes-La Comedie Humaine（人间喜剧）》，见《巴尔扎克全集》第1卷，巴黎1869年版，I. S. 3。

## 第七章　模仿问题之三：主体达到审美反映的道路

中的学院派和先锋派。不论对"高贵的单纯和静穆的伟大"的绝对化—庸俗化理解或存在主义—虚无主义的"人的条件"是否具有这种形而上学的被歪曲了的评论标准的作用，其结果却是相同的，从哲学上看表现出同样的方法论。与此相反，马克思把类看作首先是社会—历史地不断变化的结果，既不是发展过程中抽取出来的僵死了的普遍性，又不是与个别性和特殊性完全对立的一种抽象。因此类不论在主观上或客观上都处于一个过程的不停顿的中间，类是在大或小，或多或少程度上自然的或高度有机的人的共同体之间，相互关系的从不等同的结果。在这种关系中涉及每个人的行为、思想和感情，所有这一切——修正着并形成了最终的结果——都汇入这种关系中。马克思突出地强调了个人与类存在的这种统一。在我们前面以引述过的与此相关的考察中，马克思指出："人的个人生活和类的生活并不是各不相同的，尽管个人生活的存在方式必然地是类的生活的较为特殊的表现或者较为普遍的表现，而类的生活必然地是较为特殊的个人生活或者较为普遍的个人生活。作为类的意识，人确证自己的现实的社会生活，并且只是在思维中重复着自己的现实的存在；反之，类的存在则在类的意识中确证自己，并且在自己的普遍性中作为能思维的存在物自为地存在着。"①

---

① 马克思：《1844年经济学哲学手稿》，北京：人民出版社1979年版，第76页。

◯ 审美特性

　　这里涉及在这一过程中，个别性及其在个人活动的客体化作用中普遍化的辩证法。因此首先是在劳动中，每个劳动产品都是由个人的活动所形成，它的本质却是建立在物和社会本性的客观必然性基础上。如果它不是按照这种必然性产生的，那么整个劳动过程就是浪费，尽管它在主观上是劳动产品，而人们在严格意义上，甚至不再把它看作劳动产品。因此如上所述，考古学可以根据泯灭了的文化的劳动产物来辨认这种文化的内容、形式、本质和结构等。因为它以客体化了的形态表明了，对客观存在的社会需要及其各种可能的最佳解决方式所具有决定性的东西。这些产物的变化成为揭示这些文化经历的上升或下降的道路以及停滞期等的最好指南。根据这些产物的类似性和不同，可以看出这些文化的微小差别。所有这些从一个新的方面给我们指出了在这种劳动过程中主体的已为我们所知的作用。这是一种客观化了的作用，是由主体之独特性所引出的：对于这一过程主体的特殊的能力、性质等总是不可或缺的，有时具有极大的重要性。在一定情况下，它们甚至能成为类的进步和成长的直接手段。然而，归根结底只有当它们能够完全地转化为在当时关键的客体性，当它们在其客观化作用中清除了其独特性的痕迹时，才能成为这种手段。显而易见，由劳动中发展起来的科学更鲜明地表现出这种特性。表现得更鲜明的是各种社会需要的激发性的引起生产能力的那种功能以及对存在本身、对它不依赖于意识的属性接近真实的把握和表现的强制性。为了发

## 第七章 模仿问题之三：主体达到审美反映的道路

现某些真理，需要如此之多的天才，但是这些真理本身却没有留下天才的丝毫痕迹。这些真理是在其自身中清除了各种主体性的客观化的东西，由此它们才能引导人类走向进步。

由这些对比的图像来看，以上清楚地说明了审美主体性的本质。正如在其他本质的复合体中一样，在作为类的本质的存在中，动物与人之间的区别具有明显的对立性质。在动物那里，类只是一种客观的存在，而在人那里类不仅或多或少地、被明确地意识到，而且这种意识成为类的客观存在的一种更加本质的环节。当然在所有目前提到的人的类的活动中包含着意识，它成为不可或缺的成分。因为不论什么地方，客体性只要过分起作用，那么在最终结果中主体意识就不会有决定意义。意识对于人的类的创作物的产生是不可缺少的，由此充分发挥了意识的作用。这一创作物就其客观性而言，成为人类的支承和引导者。在伦理学和美学中，主体性起着在质上不同的作用。前者——为了在我们目前的讨论中把伦理学和道德统一地概括起来——在于规范人的实践的主体方面。不言而喻，每一个具有伦理性质的行为却具有保存和进一步发展人类的意图，无论每个行动者对这种关系能意识到什么程度，都是如此。因为不论是有责任感或缺乏责任感、德行或恶行等，它们所产生的后果都成为类所展示给人的那座大厦的建筑石料。它们正是以这种方式遗留下积极的或消极的、促进的或阻碍的痕迹，出现了法律、国家等这样一些创作物。在这些创作物中将一定发展阶段上人类的内部斗争固定下来,从一种抽象了的、作为媒介的意义上说,它们同样属于那种客观化作用,可以用来辨认和说明人类的过去和现在。尽管各种界限往往消失,然而这里仍然存在区别。但是对此作进一步研究不是我们在这里的任务。

道德的意向方面与作为主体的类的关系或许更清楚一些。在道德的意向本身当中,一方面包括有普遍化的意图——其本质特征在理论上由康德作了最明确的说明——在这里,超越主观的直接独特性的方向必然是包含在意向和主体性的范围内。显而易见,这种意图必然或多或少明显地指向人的意向中的共同的东西,指向其中符合类的东西。另一方面,重要的环节、这一领域的关节点、道德的决断却都不可分割地由个人的个性所确定。在道德行为中的主体,无处不遇到独特个体与类的一般未完全扬弃了的两极分化,由此产生出了伦理学基本问题之一。我们这里不可能对社会历史发展所产生的极其不同的答案做出说明,更无法确定这一事实。这种分化和张力关系进一步支配着像道德行为领域这一如此重要的生活领域的特性,对于我们目前的认识目标就已完全足够了。

这里已经不是涉及如在劳动中或科学中、在客体性中主体性的扬弃问题,而是涉及独特的个体性向类的东西的接近,在其自身完成并经历一种普遍化。这种普遍化部分地摆脱了其纯粹的独特特征或者至少中性化了,然而却没有消除个体性的真正特征。甚至相反,使这种个体性——

## 第七章 模仿问题之三：主体达到审美反映的道路

就其本质说来——获得了扩大和加强。这种重要的结构特性往往以一种歪曲的形式表现出来，在康德那里就是这样，因为他根据这里存在的辩证的对峙关系和矛盾性，将经验自我和理智自我之间固定为形而上学的僵死的对立。在浪漫主义伦理学家，如青年施莱尔马赫那里或在存在主义者那里也是这样，因为他们害怕对单纯的独特性进行辩证的扬弃。

如果我们要从审美方面来把握个体与类的关系的主体方面，那么就必须注意到这里所说的普遍化的特殊形式和扬弃主体性的特殊方式，在这种扬弃中主体性——正是作为主体性——被提升到一个更高的阶段。我们已经看到，在审美的情况下，比在伦理实践领域更加矛盾。伦理实践按照其结构仍然集中在主体性上，因为甚至连主体也知道对他的行动的后果负责，在这种作用中很明显在伦理学的主体中也包含对客观事实（当然以其整体的客观辩证法）的回归。这种回归完全不会触及客观世界。正是道德的责任包含着对主体的公设：对客观世界本来面貌的认识。在责任起作用时，经常和必然会出现这样的责难："我难道非得知道这许多吗？"它表明，甚至连极端的意向伦理学也不能摆脱开认识客观实际的责任。意向伦理学相应于道德责任，就其倾向而言，不论它对尽可能正确地认识到的社会现实作出肯定或者否定，都不会改变伦理态度的这一属性。

但是没有相应的客体关系，审美主体本身就根本不会产生。主体在其自身所完成的、由潜在的困顿中唤醒的、

◯ 审美特性

完整的人的这种暂时转换,只有在与艺术作品的生动关系中才能实现。不论是指向如在创作态度中正在形成的东西,还是已经是审美构成物的感受,都没有什么不同。然而作为审美主体性的实现,两种主体作用的出现却只是作为派生的:只有艺术作品本身才是它真正恰当的实现。这说明,模仿也是审美主体性的始原现象。这种模仿的基本特性,将审美中的形象和作用与道德的主体态度区别了开来。在道德态度中,对现实的正确反映只是用于伦理实践的一种手段;而在审美中,整个人的实践——其中当然也包括道德实践——只是作为素材,至多构成审美模仿的一种形式因素。

由这种观点出发,就必须考察审美主体性与类意识的关系。这种关系与上面所讨论的各种内容的区别在于,这种关系并不直接地、非客观地对类本身的形成和进一步发展产生作用,而只是对类意识的形成和进一步发展起作用。在其他领域只是暂时进入意识中的东西,即人类所完成的一切,对自然的认识、利用、征服、人们相互关系的发展、人的高度发展和人道化,所有这些都是人本身的产物,在审美中都以直接的显现而提高到中心地位。正如在所有我们目前的研究中那样,在这里事物本身要比事物直接在意识中的映现更重要,即使这种映现有错误而并没有完全颠倒基本事实。这些事实本身,在目前讨论的情况下,是特殊的辩证统一,也就是说如黑格尔所表述的,是个体主体性与类的统一性和差异性的统一。关于生活本身,马克思

## 第七章 模仿问题之三：主体达到审美反映的道路

不同意把个体与类分割开并相互对立起来："人的个人生活和类的生活并不是各不相同的，尽管个人生活的存在方式必然地是类的生活的较为特殊的表现或者较为普遍的表现，而类的生活必然地是较为特殊的个人生活或者较为普遍的个人生活。"① 由此得出结论，即使在日常生活中，这种辩证法也是由具体内容所确定的。在各种社会—历史所规定了的环境中，每个人的行为、思想、情感的内容决定了，这些充满了矛盾统一性的成分究竟取收敛的方向还是发散的方向，并且它们的这一方向成为扩展的环节。我们已经看到，道德意图的单纯事实包含了指向在人身上的类的东西。因此审美主体性的特点在于，这种意图主要地不仅在主体本身实现的，而是被客体化地表现在一个"世界"中。这个世界所形成的、在这个世界中出现的、与这个世界有直接或间接关系的一切都必定具有一种深刻的、客观的（由每种对象性在内容和形式上所规定的）意义，这种意义却总是植根于人本身的。显而易见，这样一种"世界"的主体不可能是具有其直接个体性的个人。这种主体虽然在日常生活中也不断构想出这种"世界"的图像。这可以联想到白日梦。这种幻想在日常的每个正常人那里明显地具有纯粹主观的性质。从主观出发把它作为客观性就已经是滑向了病态。恩斯特·布洛赫对这种白日梦做了细致分析，

---

① 马克思：《1844 年经济学哲学手稿》，北京：人民出版社 1979 年版，第 76 页。

他将由此形成的愿望与欲求严格地区别了开来。他是从另一种观点出发得出了与我们刚才所得相同的界限：愿望完全是隐藏在——单一的——主体中。与此相反，欲求是指向在客观现实中的一个行动。也就是说，在这两种情况下，不论是相同、甚至完全不同，多少有意地共同确定了相对主体的独立性。布洛赫指出："愿望的要求借助于比这愿望更好的观念提高了他所完成的某些事情的完善性。……哪里有更好的观念、也就是完善的观念，那么就会产生希望，适当的时候成为不可忍耐而必要的。单纯的观念变成一种希望的图像，它带有这样的特征：它应该是这样。在这里希望不论多强烈，都会由于它的受动的与憧憬相接近的性质而与本来的'意愿'不同。在希望之中并不包含劳动或活动，而相反，所有的意愿都是一种行动意图。人们可以希望明天是好天气，虽然人们对此丝毫无能为力。希望甚至可以完全是不合理的，它可以是希望张三或者李四仍然在世。在有的情况下，一种对某事的希望是很有意义的，但对这事的意图却是毫无意义的。因此在意志无能为力的地方仍然保持着希望。悔恨者希望他没有完成这样一种行动，他可以没有这种意图。意志消沉的人、优柔寡断的人、经常失望的人和意志薄弱的人，他们也有希望，甚至有特别强烈的希望，但并不产生行动的意图。此外，可以希望各种不同的事物，在这里选择是一种痛苦，但是其中只有一种可以成为意图。与此相反，有意图的人已经优先选择了，他知道，他最好有什么意图，在他的背后已经包含了

## 第七章 模仿问题之三：主体达到审美反映的道路

选择。"①

经主体加工的模仿形象只有提高到审美的特殊的客体性，才能超越主体的个体性。由此，这种模仿形象不再作为对主体性未接触过的外在世界的纯粹主观的反应而与外在世界相对应，却构成一种特殊的独立的客体性。（在这一事实中可以从这个方面发现艺术家与业余爱好者或外行之间的一个重要区别。）对日常生活的单独的主体性的超越，就其本质说来，至少像在科学或道德中同样是决定性的，尽管实现模仿的这种方式看起来远不是那样彻底。因为不论在科学态度中的非拟人化作用，还是——至少经常如此——道德戒律的作用都相对于主体的个体性产生出一种明确的界限，而在审美中就完全失去了这种界限。甚至于，好像在完成审美的构成时（在作品中、创作中或感受中）会形成一种单独的和纯粹的主体性。这不单纯是一种假象，这是因为没有任何人的活动不明显地表现出主体性和个性，没有任何活动像在审美领域中那样，个人的因素对于构成各种对象性、对于各种关系具有如此决定的意义。正是因为如此，在这里，同样像在对现实的科学反映和在道德实践中那样，必不可少地要转换成类的东西，要超越人在日常直接性中的单纯个体性。

主体变化的这种特殊类型是由客体化作用的特性决定

---

① 恩斯特·布洛赫：《Das Prinzip Hoffnung（希望原理）》第 1 卷，柏林 1954 年版，第 58 页。

◯ 审美特性

的。一般情况下客观世界的客体性仍是未受到过影响的，对客观世界尽可能正确的认识和通过人的实践来改变客观世界，由此并不会动摇它的客观性，甚至正如我们所看到的，主观愿望、白日梦等正是以它的这种不可动摇性为前提的。唯独只有艺术——借助于模仿——创造出与现实世界相对立的客观图像，这种图像自身完善成一个"世界"，这个世界在其自身的完善中具有一种自为存在，其主体性被扬弃，但同时保持和提到更高阶段仍处于主导的环节。这种扬弃了的主体性这时唤起了类意识，这种意识在每个人的个性中或多或少是自觉地始终内在地存在着，这说明了这种主体性变化的特性：这种主体性更纯正、更深刻地主体化了，个性比在日常生活中获得了一种范围更扩大的和更牢固的支配领域，同时远远超出了主体性中所固有的个体性。在艺术作品"世界"中完成了保持其主体性的客观化作用，这个世界正是客观现实的一种反映、一种模仿，它由这种创造过程的观点观照并再现了人们周围现实的——即是由人们创造的和塑造的，又是不依赖于人而存在的——世界。主体的这种变化对日常生活个体性的克服是一个过程，从而使日常生活本身被改造，正如海涅论及歌德时所说，能够成为"世界的一面镜子"。正确的认识世界的深度和正确的自我体验的深度在这里融合成一种新的直接性。

如果将上述事实转化为一种哲学术语，不免局部地出现矛盾。这种转化的困难归根结底并不在于必须应用涉

## 第七章　模仿问题之三：主体达到审美反映的道路

客观现实本身的一些范畴及其关系，而在于认识范畴必然会产生唯心主义的歪曲。关于这个问题的一般情况本书已经谈到，现在涉及近代客观唯心主义的中心范畴——美的、合理的——原形式，涉及主客观的同一。关于其被认识所歪曲的后果，我已在另一本书中谈到。① 这里显而易见，在美学中并不涉及一种严格意义上的主客观的同一。审美的事实本身就自身而言是极其简单的，并为无数的历史事实所证明。在艺术的发展过程中，我们不断经历过——只要我们有可能了解艺术家的私人个性——艺术家在他们的作品中客观化了的个性与他们的私人个性的同一且同时又不同一，因此私人的个性扬弃在我们作为范畴所叙述的艺术个性之中。

从概念上把握这一过程的困难是双重的。第一，正如这在科学反映中或在伦理实践中也是存在的，个体性的这种自我扬弃不能给出一种具体的标准（在这两个领域产生的问题在这里不能讨论。但不言而喻，非拟人化原理和伦理规范，它们在个别具体情况下应用的所有问题却具有明确的基准的性质）。尽管缺乏具体的标准，但是在审美的情况下也不会受随意性的支配。艺术家的个体的主体必须——就他的主体性的变化而言——投入到这一创作过程。创作的成功与否——才能作为一种前提——正是取决于，他是否能摆脱自身中仅仅是个体的东西，并不仅去发现和

---

① 参见卢卡奇：《Der junge Hegel（青年黑格尔）》，柏林1954年版。

### 审美特性

阐明在自己本身中属于类的东西,而是要使人体验到作为他的个性的本质,作为他与世界、与历史、与人类发展的特定时刻以及与运动前景的关系的组织中心——也就是对世界本身反映的最深刻的表达——取决于艺术家是否能这样做以及做到什么程度。显然在这种直接体验或艺术体验中,根本不可能发现一种先验的标准,用它可以确凿无误地去判断,哪些现实的反映、哪些体验的组合、哪些对个体主体性的本质以及联系的评价是属于类意识的。伟大的艺术家们从无休止地为艺术作品的每一特征不断进行的努力,在于争取他们所谓的单纯忠实地再现自然。从主观上看,这正是在于,从人类的观望塔上观照现实。因为抽象地看来,没有达到这个高度的东西,有很多也是自然存在的,被淘汰的东西、被摈除的东西纯粹作为现实一个片段的反映如同在各种作品中最终保持下来的东西同样是真实的。

清除的原理是什么呢?在很多情况下——这些对我们这里的问题同样是重要的——在于这里所提及的保持直接主体的客观性,即类意识的主体性,正是由这种选择所促成的,而在相反的情况下起作用的是个别主体的主体性(对此福楼拜以激怒的自我嘲讽称"先生")。对这一问题做过大量研究的托尔斯泰有一次对高尔基说:"我们大家都是可怕的'发明家',我也是。有时在写作时,突然某人使我惋惜,我就迅速给这个人物更好的特征,而从别的人物那里去掉一些特征,以免使他们的环境过分凄惨……人们描

## 第七章 模仿问题之三：主体达到审美反映的道路

写的不是像它本来那样真实的生活，而是人们自己对生活的考虑。要知道我是怎样看这个塔或海或鞑靼人的，谁由此得到好处呢？什么对它是有趣的和必要的呢？"① 同样，特奥多·冯塔纳也有意识地描写了在他自身的这种矛盾。他称这种矛盾为"我们的本性"和"我们的审美趣味"的矛盾，并且指出："如果我们的审美趣味……应该由我们的生产来决定，那么就要置走着不同道路的本性于不顾，我们就失败了。这时我们具有了自己的意志，但天生的素质却死亡了。"② 这种例证可以随意地举出很多。

若从另外方面来考察一下这一事实状况，看来是更有益的，这一方面表现在——这在席勒与歌德的通信中占有较大分量——主题和题材的选择对于整个作品的命运具有决定意义。他们两人都认为，这种选择的失误甚至会造成最伟大的天才和最自觉的艺术的失败。其中首先表现出了每一种审美主体性所受到的模仿客体的制约性。但是除此之外，因为这种制约性只一般地决定了一种联系，必然会出现这样的问题，即为什么这一个题材或主题有利于创作，而另一个题材或主题就不利于创作？答案只能向这方面寻找：在审美的普遍化中有一种促进原理，也就是说，题材

---

① 高尔基：《同时代人回忆录》，柏林1928年版，第71页。
② 卢卡奇：《Deutsche Realisten an Zeitgenossen（十九世纪的德国现实主义者）》，第260页。（载《德国文学二百年》，见《卢卡奇全集》第7卷，第452页。）在这两篇文章的其他部分还指出，正如真正现实主义的诗人有可能下降到通俗文艺的水平那样，这只是涉及到这里由主观方面遇到难题的客观作品方面。——作者注

或主题的选择使创造主体接近于类意识，或使它远离于类意识。这或者有助于主体克服自身的个体性抑或阻碍他所作的努力。另一方面——然而与上述问题有密切联系——应该联想到，在著名艺术家们的自我观察中经常出现那样一种考察，使得在自己所构想或完成的作品中，出现不依赖于其自身愿望和要求的独特人物。如果艺术家违反了作品的创作规律，那么他就会再次失败。由这种情况产生的矛盾是极其多样的。这可能涉及范围和种类的问题。例如托马斯·曼写道：他构想把《魔山》作为一部短篇小说，在一定程度上作为《死于威尼斯》的姐妹篇。与它原来的意图相反，由此他却完成了一部大型现代长篇小说。这可能涉及我们在谈到托尔斯泰和冯塔纳时所举例证那一种类型的矛盾。正如恩格斯在提到巴尔扎克时指出的，这些矛盾可能侵入到世界观的中心。巴尔扎克的个体主体性是正统王朝派的一个普通知识分子的主体性。由这一点出发不可能创作出一部《人间喜剧》，全面而不可复得地描绘出人类重要转折的历史时期。自从艺术产生以来，不断出现的关于艺术创作的高度灵感性的神话和学说——当然除了后期不断出现的主观主义—非理性主义的解释——尽管往往以严重歪曲了的形式出现，但多少包含了这一事实的本质。

在理解个人意识与类意识之间的关系时，存在的第二个困难是，类意识完全不能主观直接地给出，或者至多只能事先空想地给出。人们对社会联系的体验直接地是通过如家庭、家族、氏族、社会阶层、阶级和民族国家等，而

## 第七章 模仿问题之三:主体达到审美反映的道路

不是或很少是直接把人类作为类的单位(因此往往体验到的是虚假的意识),作为类的单位的人类,只有在社会主义团结的人类状态下才能成为日常的直接体验。当然这种类自从人形成为人开始就客观地存在着,并且在内涵和外延上不断强化。开始时,这种类只是作为纯粹自身状态,作为类似人类学属性而存在,随着社会关系的发展和丰富化,不断发展到更大的单位,它迫使人们把它作为人们——肉体的和精神的——个体存在的基础来感受。随着资本主义的发展,形成了世界市场,在它的基础上才产生了真正的世界史。这仍然是人类的一种自在存在,当然与原来单纯的人类学存在相比在质上是一种高层次的自在存在。因为当时这种相关性只是作为终局的结果,作为"命运"被感受到;而现在人的实践作为原罪的惩罚将被迫不断将变得具体的人的整体性分解开来,因为类的自在存在变为被接受的为我们的存在的人数不断增大,同样积极致力于类意识的完全实现的——尽管是在较微小的尺度上——人数也在不断增加。

虽然发展路线是很明确的,但对审美主体性仍存在上述问题。因为这涉及艺术本质的问题,而不是空想出来的。对于绝大多数的艺术、艺术类型和作品,不可能以其他形式来表现未来的前景,只能以所描述的当前情况来暗示隐约可见的运动方向。哲学、科学或新闻学,不论在过去和现在都能以抽象和预言,从概念上事先对前景的实现加以认识。这可能在内容和形式上带有空想的性质,历史发展的

> 审美特性

事实常常会明显地展示出在各种细节上的不准确之处——就其巨大的世界史意义说来,如果空想的思想揭示了人类发展道路的方向,那么空想的事先认识就成为一种进步的精神力量。早在斯多葛派自然法和伦理学中,在伟大的资产阶级革命的人权宣言中,在著名空想主义者莫尔到傅立叶的未来预言中,都表现了这种力量。在马克思、恩格斯和列宁那里则以一种更高的质提出了这种认识。对科学说来,揭示未来发展的真实前景,这在原理上当然是可能的。这里只要指出,马克思在《哥达纲领批判》中对社会主义两个时期的规定就足够了。由目前的阐述中已经可以明显地看出,这种语言的内容只能符合于最普遍性的事物,只要这种预言深入到具体事物上,甚至在普遍性的水准上能天才地预见许多事物的杰出思想家那里,也会产生荒谬的、往往无意义的空想(我们可以联想到傅立叶)。

美学理论也不可避免地受到这种思潮的影响。在这样一个主题上它总是步艺术实践的后尘。这是显而易见的,其所以如此,如我们所见到,是因为误解了艺术普遍化的独特性质,并按照科学或哲学普遍化的模式来看待。把理解人类现实的社会—历史条件的不明确性与美学理论中有关艺术普遍化所固有的不明确性相提并论了。由此而产生出混乱而谬误的"普遍人性"的范畴。关于这一问题的实质我们已经谈到过。对于我们现在讨论的问题,"普遍人性"的观念在美学理论及其实践中的后果是:人类相对人的关系的具体形式特别是阶级和国家,被置于一种完全形

## 第七章 模仿问题之三：主体达到审美反映的道路

而上学的对立之中。由于把人类的具体制约和联系，降低到在思想上可以忽略的次要的水准上，而它对每个个性、每种人的关系、每个人的命运的影响是无法估量的，这就必然地形成一种关于人本身的无生气的、抽象的、缺乏血肉的概念。人的生活中的各种冲突，以及由此而产生的行为和感情，是每一个具体的个性的基本组成部分。如果抛开这一切，忽视并由背景中排除掉这一切，那么"普遍人性"的抽象性就更加提高了，这绝不是偶然的。艺术和艺术理论越脱离现实的生活，并在贬义上所说越学院化，那么这种空洞性的统治就越强（为了防止误解：也有一种颓废的先锋主义的学院派，我们可以联想表现主义的"啊，人"时期和对"人的状况"的抽象等）。在艺术上这样一种从原理上空洞化了的内容，必然导致一种抽象的、人为的形式主义，而不论它是古典主义的还是超现实主义的。失去了各种具体性和真实于生活内涵的内容，只能产生一种无轮廓特征的世界主义或唯我论的绝望形象等。片面地排除了实际矛盾地去直接弄清人身上类的东西，也会使人类的概念和形象贫乏化和畸形化。

这一思想的正确性，当然并不排除将这种人类存在的体验上升为艺术形象的可能。对这种体验在思想上的映现，我们前面已经作了分析。如果我们要从审美上把握这一切，那么必须注意，具体的、空想的艺术描绘与对未来的概念上的事先认识相比，本身还包含有不可解决的矛盾。对未来某些有关规律和趋向的思想把握，在原则上不是不可能

# 审美特性

的，而对艺术反映方式却很少有什么意义，这更增加了这种矛盾。在这里，审美模仿在这样一个对象世界面前遇到了不可逾越的障碍，因为这个世界的内容、联系、关系等，就具体性而言对我们不是显而易见的。可以说艺术与科学或哲学相比，具有更确定的反空想的性质。如果有人不同意这种观点而提到席勒、雪莱或布雷克的"预言"诗，以及第九交响乐的结尾，那么相反地应该注意到，这些作品表现的主要不是未来的现实本身，而是主体对未来的憧憬，对应该到来的事物的预见。这是对它与人类主体关系的表现——尽管这种关系还没有那样普遍化——而不是对其客观存在的表现。因此这种塑造的具体特征，在其主体身上有其根源及其对象，它是主体自身现实、它的具体社会—历史实际存在的具体产物和具体组成部分。

因此，空想态度的客观化了的艺术塑造——从审美观点看来——并不是空想。当然这是一种独特的表现方式，我们这里还不能对它进行详细的分析。应该指出的是，在这个问题上，把抒情诗的创作形式与直接客观化了的形式僵化地对立起来，这是一种错误的、轻率的普遍化。这涉及席勒指出的与"素朴诗"相对立的"感伤诗"的一种特殊类型。哀歌、牧歌和讽刺诗是一种意向形式，借助这种形式可以使这些事实构成形象。当然，由此绝不能认为，这种特殊的内容可以穷尽这些意向的全部范围。这种创作可以将尚不存在的、还是人类的主观现实表现为其为我们的存在的重要方面。正是因为这种描述的最终真理——尽

## 第七章 模仿问题之三：主体达到审美反映的道路

管它不具有明确的抒情诗的特征，而直接唤起一种客观化的对象世界——却是存在于主观之中。陀思妥耶夫斯基对克劳德·罗兰的"阿希斯和加拉太阿"的优美描述，生动地表现了这里所说的一切。陀思妥耶夫斯基对维赛洛夫的回忆、思想和感情的描述，对我们而言这一问题是重要的："在这幅图画中欧洲人留下了对他们的摇篮的回忆，这种思想带着对家乡的热爱，也充满了我的内心。这里曾经是人类地上的乐园……黄金时代是人类曾经有过的各种幻想中最不确实的幻想，然而人们却为它贡献了他们的生命和他们的全部力量。为了它，预言者们被杀害和牺牲了。没有它，人们就无法生活，甚至也不会死亡！"这里不是关系到陀思妥耶夫斯基通过他的小说主人公在什么程度上恰当地再现了这幅图画的客观的绘画的——精神的内涵。关键只是在于，它可以成为这种体验的间接表现，因此哀歌的、牧歌的或讽刺诗的对象塑造，可以提升为人类命运的这种主观映现的承担者。在这方面斯威夫特是讽刺诗可能性的明显例证。

通过上述论述，我们才到达我们原来问题的前沿。这一问题就是，绝大多数艺术作品都直接反映了在各种现存社会中，直接影响人们命运的那些人的关系和属性。塑造的每个人的个性、每一种艺术表现的情感的本质特征都是由这个领域形成的，都是以真实生活的具体线索与每个人的存在、每个人的活动的这个直接领域联系在一起的。如果我们在这里重新提到审美模仿的那种非空想的性质，必然会产生这样的问题：这里什么地方留有对人类问题进行创作的余地？要正确理解支配这一事物的辩证法，那么就要考虑由家庭直至阶级和国家直接给出的人的关系，其表现方式是通过具体个性的个人情欲为媒介的。由于每个人实际存在的人际关系形成得如此之深，以至每个人不能不考虑他的具体存在的状况，在生活本身中形成了艺术所模仿激发的那种辩证法：家庭、阶级、国家等所形成的东西在个人身上所产生的后果，绝不简单地是一种外部的影响，甚至也不是他个性之中的一个"层次"，而是在本质上同种类的感情（当然依具体人的不同而有不同的质和强度等）。在每个人身上由这种状况所唤起的斗争，变成了他自身情欲的内在斗争。这种在生活中形成的事实情况不仅由审美模仿真实地反映出来，而且相应于我们经常所描述的、它的本质特征而被提高和强化。斯宾诺莎的重要真理，即在个人身上只有用一种感情才能代替另一种感情，在美学中往往未被引用而它却对每一种真正的模仿塑造是个——不明确的、隐含的——公理。因为正是通过这一点，才能把在生活中的极其繁杂的、外在和内在的、社会性的和个性的、在人的命运中的各种成分清楚地、感人至深地（不论是具有悲剧意义，还是喜剧意义）表现出来。因为"外在的"社会力量只有通过它在各人身上唤起的情欲才能获得它的威力，同时也才能纯粹地表现出它的"外在的"社会威力。人与它的社会条件的关系，既可以偶像化也可以非偶像化地表现出来。对偶像化现象，马克思在论述商品时

## 第七章 模仿问题之三:主体达到审美反映的道路

作了生动的规定:"这只是人们自己的一定的社会关系,但它在人们面前采取了物与物的关系的虚幻形式。"① 消除这种偶像化,即把社会关系明确地表现为人们的相互关系,这是艺术的伟大成就之一,关于这一点还应该多谈一下。只有这样才能将外在的和内在的东西、社会性和个性的、充满矛盾的辩证法的统一,以真实的比例具有情感激发地表现出来。黑格尔正确地表达了在《麦克白》一剧巫婆们的场面中内在和外在的这种统一,并得出了恰当的结论:"最后,如果要找一个名词来称呼这种不是本身独立出现的、而是活跃在人心中、使人的心情在最深刻处受到感动的普遍力量,我们最好跟着希腊人用 π'αθos 这个字。……这个意义的'情致'是一件本身合理的情绪方面的力量,是理性和自由意志的基本内容。"② 用这一切只是描述了那种可以艺术地表现在个人和现存社会—历史力量之间的矛盾,特别是这些矛盾的统一的辩证法。但是,由此也给出了解决我们现在问题的钥匙。客观上,通过正确地理解和表现实际的社会力量,也必然同时塑造了它们的内在的——在历史上还没有被意识化或在意识上错误地反映的——与人类发展的关系。当然分别依据进化的阶段、国家、阶级等,其表现方式在生活中已如此不同,以致——根据对细节的深入研究——只能揭示在这里起主导作用的

---

① 马克思:《资本论》第 1 卷,北京:人民出版社 1965 年版,第 89 页。
② 黑格尔:《美学》第 1 卷,朱光潜译,北京:商务印书馆 1979 年版,第 295 页。

规律，而不能将其抽象地系统化。如果承认上面所说的几乎无限的多样性，对于类的属性的这种说明就隐含在每一种社会关系的功能之中。每种社会关系在这方面有两种面貌：每个人的行为和生活问题等是由这里提出的，但是这些行为就其意图可能纯粹是指向日常需要的，也可能突破了这种局限同时指向类的问题。生活问题决不会脱离单纯个别的有用性的水准，可能包含了——有意识的、具有错误意识的或完全无意识的——人的生活的最大普遍性。这一状况是无数冲突的根源。在柯里欧拉努斯①那里，家族感（母性崇拜）、对故乡城市的热爱似乎是与他的贵族主义相协调的。然而这种经常潜在着的矛盾的展开，排除了"正常"日常生活平淡的表面和谐而使之处于尖锐的矛盾，只是它的动态的联系、它的悲剧顶点，揭示出在这种人的关系中完全与此时此地的现实存在相联系的东西、随着人类的发展直接或间接相关的东西以及成为这种发展的连续性存续环节的东西。

在能动的和受动的人身上意识到这种辩证的对立性，对于个人与社会关系之间各种矛盾的存在和可描绘性，以及对于它们与人类问题的相关性说来绝不是必然的。在这里我们所援引的马克思的格言也是适用的，"他们没有意识到这一点，但是他们这样做了"。我们已经在上面所引莎士比亚的柯里欧拉努斯的例子中，对这种结构作了说明。我

---

① 柯里欧拉努斯为莎士比亚剧中的人物。——译者注

## 第七章 模仿问题之三：主体达到审美反映的道路

们也可以回想一下在前面曾经援引过的托马斯·曼《魔山》中的一长段引文。它表明，在这里我们所作的马克思主义的解释也无非是对伟大艺术家在实践中不断实施的那些东西的意识化。这种情况——作为审美模仿的实践基础——到处都存在。在托马斯·曼那里，我们所得到的是在一个问题极其突出的时代中这种相互关系的特性，在审美实践的方法论意义上却是和马克思所分析的法国大革命的"英雄幻想"的意义相同。像安纳托里·弗朗斯的《神的渴望》，肯定没有受到马克思这些论断的直接影响，就是一个明晰的例证。它说明怎样在一部著名的文艺作品中能够表现出由个人的激情、由一定发展阶段的社会—历史特性的制约和由类的属性展开，对它的意义的复合体构成的活生生的矛盾（及其统一）。

在这里，这些矛盾（及其统一）总是处于考察的焦点，这绝不是偶然的。因为在历史上只有当人的个性和关系中新的东西与旧的制度、联系、思想、感情等陷入对立时，类的属性的发展才能表现出来和发挥作用。当然这样形成的冲突可能只限于一种纯粹局部的、暂时的、此时此地的条件下，在绝大多数情况下都存在这种限制，在每次这种冲突中却潜在地包含着上升到类的属性的可能。现在的问题是，这种可能性——不论在客观上还是主观上——能够明确到什么程度。艺术的伟大世界历史使命，其根源就在这里：艺术可以使潜在的东西提高成显在的、给予在现实中默然无息的存在一种明确的情感激发的可理解的表现。

### 审美特性

歌德的诗句，"如果有人在他的痛苦中沉默，那么请给我一个上帝，以便诉说我忍受着什么"，完全可以在这个意义上来解释而不会对作者的意图产生不能允许的普遍化。①

上面所谈到的那些矛盾，在其直接的表现形式中已经显示出我们所详细说明的那种结构，我们可以联想到有关资产阶级民主革命要求的彻底普遍化（即"英雄幻想"），联想到在无产阶级伟大世界历史性利益和目前暂时利益之间的不断斗争等。由爱·伯恩斯坦表述为"最终目的"和"运动"区分的改良主义运动，曾经是并且仍然是利用把无产阶级基本利益和目前利益形而上学地对立起来的办法，从工人运动的理论和实践中消灭真正人类的和超出资本主义内部小规模改良的一切。如果我们把工人们在他们的社

---

① 值得注意的是，对塔索的句子"我怎样地忍受"的这种彻底的意义深长的改动被艾米尔·施泰格简单地看作是"歪曲的引用"。他的理由如下："'诉说我忍受着什么'比'我怎样忍受着'更浅近，而'我怎样忍受着'更加痛苦，自我更受到强制。这里有着忍受的方式和程度，而前者只给出了忍受的内容。"（艾米尔·施泰格：《解释的艺术》，苏黎士1955年版，第163页。）关于其中包含的主观价值等级在这里无需争论。无疑对塔索时期的歌德"怎样"一词是优先的。问题只是在于，老年歌德对这一问题的态度。他按照悲歌来写的"关于维特"，并且在最后一行，对维特，诗人的歌词为："给他一个上帝以诉说，他在忍受着什么。"无疑带有其要求的特性是——事后创作的——"悲歌"格言上的观念上的准备，这种准备不是引用，而是一种改写。因此根本不能看作是"记忆错误"，而是一种世界观的改变，其中包括对诗人使命看法的变化。在"塔索"中"怎样"一词只表达了主人公的尝试，主观上去拯救诗人自身的存在，而现在却涉及到诗人的一般的天职，以人类的名义，为人类说出解脱之词。老年歌德把维特和塔索判定为属于同一类型，表明他同意法国批评家安培尔的判断，他把塔索称为一个"提高了的维特"。因此我们相信，有充分理由把格言中"什么"一词看作是歌德老年的智慧，而不能看作是"歪曲的引用"。

## 第七章　模仿问题之三：主体达到审美反映的道路

会斗争中完成的每一种普遍化都看作是与人类的东西直接相关,而否认每一种趋向现实主义的事实具有这种关系,那将是对这一问题表面的简单化。我们所强调的这种对立,只是对这种状况的一种明晰的提示,但它的作用却是极其多义的。一方面为了考察固定在"较低层次"的形成物(相对于国家的家庭)中的人类的东西,只要联想一下这里已经提到的安提戈涅和克瑞翁的冲突就足够了。另一方面针对斯大林及其学派的某些主观主义——教条主义的抽象,应该明确看到,不是社会斗争的每一种普遍化都能切合于类的属性。

作为一定社会体制的矛盾所产生的直接过程的普遍化,只要它保持着具体状况的本质特征,不是无条件地遵循它正常的实际出现的具体细节,那么它就会走着各种独特的道路。黑格尔在判断《麦克白》时的错误在这里是特别富有教益。他责备莎士比亚给予他的主人公以觊觎王位的权利,而完全忽略了在主人公身边同时发生的不正当行为[①]:莎士比亚在形成了封建主义自相残杀的直接过程的那种君主剧的循环中,充分利用了这种主题。与此相反,以后的伟大悲剧——《李尔王》也属于此类——只是确立了那些由这一解体过程中全部无遗地保存下来而可以深入到类的属性的形象中去的东西。他具体化了对于事件道德的塑造

---

[①] 黑格尔:《美学》第1卷,朱光潜译,北京:商务印书馆1979年版,第265页。

所绝对必要的条件和关系。黑格尔所要求的主题大大降低了这一作品的水准。即使在这里也不能把莎士比亚在这个时期的选择和创作方式看作模式,看作强调类的属性唯一正确的方法。像高尔基在《母亲》中或安德森·内库赛在《征服者之皮》中描述工人运动的方法——尽管这两部作品极其不同——总是不断超出详细描绘日常生活的场面,而展示出那种类的性格,其中内在地包含了这里所描写的作为工人阶级历史使命的阶级斗争。指出这一例证就足够了,对这里形成的辩证法的形式即使做概括的说明也是不可能的。作为以上论述的补充,这里能说明两点:第一,对于类的属性的一般化提示正是要在其矛盾性和疑难性中来击中对象并说明对象,这只要指出上述安纳托里·弗朗斯的革命小说就足够了。第二,类的属性明确地沿着一条上升的轨道运动,它不仅包含许多迂回和反复,而且类的性格本身更主要的是对积极成果的保存,每一种重要的消极性在这条道路上起着重要和持续阻碍的作用,答尔丢夫和浮士德都属于这一类,戈雅①和杜米埃②的讽刺画所表现的类的属性并不亚于西斯廷教堂的。

在人的社会关系中类的性格的表现与人的命运的"单纯历史的"原理和"超时代的"原理并不存在形而上学的

---

① Goya. Francisco. José de (1746—1828),西班牙画家,曾创作讽刺铜版组画揭露封建社会。——译者注

② Daumier. Honoré Victoie (1808—1879),法国画家,曾创作大量漫画及讽刺性雕塑。——译者注

## 第七章　模仿问题之三：主体达到审美反映的道路

对立，它并没有放弃其社会—历史的规定性，没有超出这种现实存在的其他"较纯粹的"范围，而是这种关系的无法先验区分的环节，它作为斗争的结果而贯彻在其——历史的——前进的各种矛盾中。

由此可以明确地看出，这样理解的类的性格与"普遍的人性"概念是对立的。一方面它不是一劳永逸的现实存在，而是社会—历史分析的结果，因此是不断变化和不断发展的。另一方面，在这一过程中，存在一种——当然是极不均衡的、有许多中断的——连续性。正是在这种连续性中所保持的东西，对于每个生存的和活动的人来说，客观地构成了类的性格的重要内容。当然除了上述内容之外，实际的行为、思想、情感等也与上述内容一起有助于未来的进程。由对类的性格的这种历史—辩证的理解可以得出以下结论：对过去时期或阶段的扬弃同样是极其不同的，那些正处于中心的特性可能在发展过程中完全消失了，而其他的特性经过长的遗忘时期仍保持在连续性之中，当然其内容及其形式往往具有很大变化。

扬弃（其中也包含保存）的这一客观过程也具有如下特性，现代类意识在历史上消失了的前提、基础等，以实际上残存下来的过去形式被扬弃和保持下来。生活和行动的人——如果可以将亚里士多德的名言更改一下的话——是"历史的动物"。人对于他自己个人的生活是如此，人对于那种直接决定了他的命运的社会形成物也是如此。因为类的性格的内容是在其发展中形成的，上述论断也适合于

> 审美特性

这些内容。当然为了更完整和更精确应该加以补充,人变成一种"历史的动物"。因为即使在极其原始的阶段,也已经出现了对本质的东西在自身的过去之中由历史—意识化固定下来的需要——不用说神话,就是某些巫术礼仪也证明了这一点——在历史过程中非常缓慢地、不均衡并充满矛盾,然而不断增长地形成了这样一种意识。这已经涉及个人,例如高尔基优美地描述了一个受到毒打和虐待的老年女工,在与革命者们的接触中,在观察现状时觉悟的提高,唤起和照亮了自身沉入遗忘深渊中的过去,由其中看清了通向今天的道路。我们作为历史过程的不均衡性、停滞以及自身丧失的外观所描述的那些东西,在黑格尔那里,在《精神现象学》的结论中,正是这里所提出的问题的答案。他把历史称为"在时间里外化了的精神",并针对它的各个阶段指出:"这个变化过程呈现一种缓慢的运动和诸多精神前后相继的系列,这是一个图画的画廊,其中每一幅画像都拥有精神的全部的财富,而运动所以如此缓慢,就是因为自我必须渗透和消化它的实体的这全部财富……但是,"他补充道:"回忆把经验保存下来了,并且回忆是内在本质,而且事实上是实体的更高的形式。因此,虽然这个精神看起来仿佛只是从自己出发,再次从头开始它的教养,可是它同时也是从一个更高的阶段开始。"①

---

① 黑格尔:《精神现象学》下卷,贺麟、王玖兴译,北京:商务印书馆1981年版,第274页。

## 第七章 模仿问题之三：主体达到审美反映的道路

在这里可以明显地看出恩格斯所指出的黑格尔的唯物主义是头足倒置的。我们现在处于绝对唯心主义所完成的顶点：实体处于概念中，自身转化为主观，从而实现了主客观的同一。只是当"回忆"表现出这种一体化作用或至少为此做了准备时，那么由黑格尔自身的说明可以确定：回忆只是实体的镜像，而不能使实体本身成为内在的占有，甚至当把实体作为"内在化"来理解时，其中由外化返回主体的内在的东西，只是独立于它的存在的意识。虽然黑格尔对现象的这种理解与对真实而客观过程的描述相比，更令人气恼而不是暧昧不清。然而由此作为对人类的东西的表现，如在人的回忆和体验中表达的特别是如在艺术塑造中所呈现的，是真实事实的恰当图像。回忆实际上是内在化的那种形式，在这种形式中并通过这种形式，使每个人——以及每个人身上的人类——能够掌握过去和现在，成为自己的作品，成为他所面临的命运。回忆唤起一种客观的现实，在这一现实的所有纤维中都渗透着人的活动，在其整个对象中，人的理智、人的情感投入了其最好的成分，并在赋予和行动的过程中内在地丰富了。当客观世界中人的这种——过去的和现在的——活动通过"回忆"而回复到主体时，由此可以使实体变成为主体。上述这一切虽然是绝对唯心主义的一种虚构，然而其中对人的产生和发展作为他自身的作品，作为他自身的历史却提供了生动而激发情感的明确说明。人在各种形式的外化中给予了客观现实（也给予了他自身和他的同类）什么，他是怎样具有了自己在思想和情感上的丰富性；这里在回归到主体之中和世界作为人的自身世界和不可丧失的占有而被体验到。在这两种——不可分割的——作用中，形成、扩大和加深了的自我意识，只有在艺术中才能使这两种不可分割的作用恰当地、以充分的纯粹性结合起来。如前所述，在许多对客观现实的解释中由于绝对唯心主义而被歪曲了，然而黑格尔却恰当地描述了审美构成的独特特性。（在人类社会—历史发展的过程中，社会的—人的东西的对象性由单纯的实体性向自觉的主体性的转化达到什么程度，更恰当地说，这样一种主体性在与社会的东西的客观实体性的相互关系中取得了怎样的优先倾向，这里无法加以说明。这里只能提到这个重要的问题。）

审美主体性的规定，首先像它在其充分实现的艺术作品中所表现的，作为人类的自我意识（作为在其发展中所经历的道路及其阶段的"回忆"）确证和具体化了我们目前对其本质所做的结论。外化是到达真正审美主体性的必要阶段。对外化的详细分析指出，那种寻求单纯在自身深化主体性道路的理论是何等错误。在伦理学中，对"认识你自己"的这种理解往往容易导致一种毫无结果的——自身分裂的忧郁症，更重要的这是美学的一个基本事实，主体性的丰富和深化只有通过对实际客观世界的深入掌握才能达到。与"内向性"的现代理论以及自认为是马克思主义者的考德威尔这样的现代作者相对立（考德威尔认为转化

## 第七章 模仿问题之三：主体达到审美反映的道路

为审美的自我意识是由外界的方向变换而来①），较早期的。甚至唯心主义美学都是强调在内在性与外界关系的这种联系，如黑格尔指出："独创性是和真正的客观性统一的。"②

与客观世界的不可分割的联系扬弃着对直接的并在这种直接性中达到极端的唯我论的主体性的个体性，这是最一般的经验之一。对这种主观特性的论断可以追溯到希腊的怀疑论，即作为所有生命体个性基本质的不同性，不仅包括人，而且也包括动物。由此在那个时代得出了客观现实不可认识的结论。③ 我们在这里并不关心这种认识论的结果。因为显而易见，它在日常实践中完全被那种朴素的唯物论所完全忽视，日常的人在行动和互相交往时好像不存在对它理解的这种限制，语言也关系到感官印象、知觉等的普遍化功能。在这里，不仅为人们之间而且也为人与动物之间（猎人与猎狗等）的实践创造了足够的基础。在对现实的科学反映中，同样为科学作了准备，并应用科学的劳动的形式中，非拟人化的变换为人们的相互理解提供了

---

① 考德威尔针对抒情诗指出："因此诗的语言为了强调连续的自身的结构，就要破坏和否定现实的结构。"（《Illusion and Reality（幻象与现实）》，第199、202页）考德威尔承认叙事诗和戏剧是客观现实的反映，不属于这里所说的范围。这里简要地提及这一理论的奇妙的结论，根据上述理由他认为小说没有节奏韵律、没有文本，它不是由词汇构成，而是由场面组成。（《Illusion and Reality（幻象与现实）》，第200、203页）——作者注

② 黑格尔：《美学》第1卷，朱光潜译，北京：商务印书馆1979年版，第373页。

③ 塞克斯都·恩披里可：《Pyrrhonische Grundzüge（皮罗学说概略）》第1部，莱比锡1877年版，第14节。

共同领域。当然这首先要靠主体的直接个别性的所有外化方式被排斥到背景中,并形成了一种依据客体定向的语言(数学、几何学等)。

唯我论在认识论上的荒谬性并不能抹杀这一事实,在每一种语言的普遍化和直接体验在直接主体上所限定的特殊质之间,存在一种对峙关系,并在日常生活中也会表现出,同一个词对于两人不再具有相同的体验内容。因此个人带有强烈情感的倾向可能使在此潜在存在的、在正常交往中实际上消失的距离,恰恰表现为两人之间的鸿沟,表现为相互理解的不可能性。这种现象不能与以下情况相混同,即在各种社会组合中同一个词——例如罢工——可能获得完全相反的情感强调,唤起完全对立的联想内容等。在此,这种不同点首先是从客观方面产生的,却由关注的不同着眼点所决定。但在这里也是通过客观的东西决定的,其根源在于集团成员的共同性,而不是个人的个别品质。此外,在语义学中的悖论是这样产生的,一方面它把异质的现象作为统一的东西来看待,另一方面它以为通过一种自认为客观的科学定义能够排除实际的社会争论。在这些争论中,把同一个词判定为不同的意义不再作为一种表面的征兆。顺便说明一下,这种不确实正是因为"罢工"一词的不同情感内容,是来源于资本家和工人对同一现象的不同看法。

人的情感或许可以把上述情况普遍化为一种与人的存在的基本结构不可分割地联系着的现象。因此在席勒的著

## 第七章 模仿问题之三：主体达到审美反映的道路

名诗句中："如果心灵要说话，那么说吧！现在心灵已不再说了。"这里不是讨论这个问题的地方，即这种现象在现实中是否和到什么程度，像席勒所描述的那样是基本和普遍的。在席勒生活的时代只能这样说，不论莱辛还是歌德都没有从中看出人的存在的某些一般特征。另一方面，自19世纪后半叶至现代，这种认识在资产阶级意识形态中不断取得更大的地盘。这里不断强烈的——赞歌的或悲歌的、悲剧的或讽刺诗的——个人的那种个别的、最个别的品质被置于中心，并不断显示出，在这种相互隔绝的品质之间不可能交流，当偶尔他以假象出现时，它的幻想就呈现在日光之下。因此在赫拉克利特所说的意义上（"清醒的人们有一共同的世界，可是在睡梦中的人们却各自走进自己的世界"[①]）形成了一个睡着的人的世界，这个世界否认或拒绝作为存在形式的清醒，并越益深沉地陷入它孤独的梦幻的世界中，由那里出发当然不可能找到通向另一个睡着人梦幻的道路。在纯粹直接性的水准上表现出来的体验方式的特殊质不能充分地传达，不会达到一个不可扬弃的唯我论，这一点大家都可以看作是事实。所以不仅对于在这一点上无可怀疑的日常生活的实践，而且对于人们之间复杂的交往都是如此。当然，单纯个别事物的这种直接性，由于在精神上与整个个性的联系，成为许多冲突的根源。它

---

[①] 迪尔斯：《Die Fragmente der Vorsokratiker（前苏格拉底学者片断）》第1卷，柏林1906年版，第75页，片段号第89。

在整个时代图像中所具有的重要性,随不同时期特别是随阶级观念而变化。这种冲突在我们时代自然更加显著。像通常那样,对席勒的诗句在这种意义上来解释,当然是错误的。席勒认识到并肯定这种清醒以及在清醒中必然存在的共同体,他只是极高度地注意——有时,在这里也是如此——其可能性的条件,并且承认只有精神才能衡量其实现的适当程度。此外,对于他在这里被称为心灵的东西是一种动态的而不是固定不变的原理,因此,成为精神的可能性就包含在它本身之中。席勒对心灵充分可表达性,和对心灵之间适当交往的否定,是以作为上述孤独意识的人的道德关系的不可比拟的较高水准为前提。这种高基调的唯心主义世界观,往往表现在柏拉图那里和新柏拉图主义者那里,在诺斯替派①那里作为心灵与圣灵的区别,前者为日常的——一般的即以术语实质来表示。这通常导致对在审美领域起作用的主体性的否定。席勒不论在理论上还是在实践上,都没有走得这样远。席勒在处理描绘波萨、卡罗斯和伊丽莎白之间以及麦克斯、皮柯罗米尼和泰克拉之间人际交往时正是依据于心灵能够"说话"。

由此在这里对于美学产生了一个实际的问题。这涉及正是在其质的单一性上提高了单独个性的独一无二的不可表达的体验和知觉的质,同时在不干扰和阻碍这种强化的条件下被普遍化了。在席勒诗句的意义上,成为审美的心

---

① 诺斯替派为早期基督教的宗教哲学派别之一。——译注

## 第七章 模仿问题之三：主体达到审美反映的道路

灵可以说话，而不失去使其心灵不可表达的那种存在方式。在这一点上席勒与近代关于心灵与精神相对照的理论（拉特瑙、克拉盖斯等）处于尖锐的对立，后者认为心灵不可能使自己合理地客观化，这是它比精神"优越"的地方。这个过程产生在创造的主体性中，这是人所共知和承认的事实。然而对艺术的感受体验也具有相同的性质。T. S. 艾略特以其直接现实完全正确地描述了这一事实："甚至两个人从审美趣味出发喜爱同一首诗，这首诗很容易在他们的心情中引起不同的模式，在诗中，我们个人的趣味带有我们个人生活的不可磨灭的痕迹，具有各种他的愉悦的和痛苦的经验……或许不会有两个读者对这首诗提出相同的要求。"① 所有这一切都说明审美感受的直接性。然而如果人们必须停留在这种直接性上，那么审美最终不仅固定为体验世界的唯我论，而且确保了对这种体验世界所特有的适合的现实领域。当本世纪初奥·王尔德和阿·凯尔提出对艺术进行批判时，他们本来指的就是这一点：批判作为对体验的直接不可传达性这样一种特性的"塑造"和"艺术"传达方式，是与艺术作品相对立的，它建成了按如此理解的艺术家与现实关系的第二层次，明确地表现了唯我论的主观主义："它并不涉及这里所讨论的作品，而是涉及就此所谈论的。"② 如果这些原则可以被彻底贯彻，就必定形成

---

① T. S. 艾略特：《The Use of Poetry and the Use of Criticism（诗歌的用途和批评的用途）》，伦敦 1934 年版，第 141 页。

② 阿·凯尔：《Kerr, Gesammelte Schriften（凯尔全集）》第 1 卷，第 17 页。

一种无限过程的"恶的无限性",因为这种"批判的艺术作品"的印象和判断必然是对批判的这样一种主体性批判"塑造",并无限地继续下去。但凯尔必然要掩饰他自己的原则:"一个单纯的印象主义者作为批判者可能被埋葬。印象主义不是批判,它也给了实际上的促进。"[1] 这里我们对由这些前提得出的问题只讨论到这一程度,即它与审美主体性一般存在的相关的方面。对艺术的批判态度及其方法的进一步研究只能在下一卷中进行,那里在审美态度的典型中确定了它所占的位置。

通过个别的——直接封闭在自己本身的——主体性的提高而未经彻底扬弃却能达到一定的客观性和共同性(对纯粹个体性的唯我论的审美的超越)的领域,这类独特问题康德已经提出过。作为审美判断可传达性和必然性的条件,康德正确地提出了一种"共通感"。他将如此形成的必然性一方面与完全不具有这种必然性的"单纯的感官趣味"的传达相区别,另一方面与那种"任何时候可以按照概念"来判断的共通感相区别,这些原理只能是"不明确的观念",以此康德对日常的一定现象形式做出了正确的表征。[2]但是,在演绎这种共同性本身时,康德的主观唯心主义前提却影响了问题的正确解决。因为首先在康德那里,共通感却只能以一种在概念上合理的认识为基础。其次"由情

---

[1] 阿·凯尔:《Kerr, Gesammelte Schriften(凯尔全集)》第1卷,第8页。
[2] 康德:《判断力批判》上卷,宗白华译,北京:商务印书馆1987年版,§20。

## 第七章 模仿问题之三：主体达到审美反映的道路

感（而不是按照概念）决定"的"一种认识一般的认识能力的协调"。康德由认识的可传达性演绎到"协调"的可传达性，从而演绎出同一（在特定概念下）情感的可传达性，他认为就已经推论出了"共通感"。① 实际上他只是证明了不可怀疑的认识的可传达性，由结果来推论原因，然而他完全避开了他实际的目标，即在审美领域的可传达性问题。虽然关于"共通感"问题的提出以及在《判断力批判》中许多地方都充分证明了作者具有天才的预见，但是康德哲学的特性，即它一方面——"无概念"的构想——由美学中排斥了各种理性，另一方面对审美"始原现象"不是由本原的审美活动，而是由派生的"趣味判断"来考察，使得在这里不可能获得任何满意的解决。

除了以上原因之外，尽管康德正确地分析了共通感，但他却不能作出适当的描述，因为他——主观唯心主义地——是从尚未潜入在客观世界中的主观的形式分析出发的。正如上述考察所指出的，决定性联系首先在于内容的性质，并且来源于本身不依存于主体存在着的客观世界的审美模仿，这种模仿当然在其对象性的所有细节上显示着人类活动的迹象，并以一种方式反映着现实的这种特性，即对社会与自然界的物质交换的表现处于注意的中心。这种对现实反映的媒介却是与主体的在直接质上单独的个体

---

① 康德：《判断力批判》上卷，宗白华译，北京：商务印书馆1987年版，§24。

◯ 审美特性

性相联系着的。这种物质交换虽然是一种客观的事实,对这一事实并非总是可以直接感知到,这是由于这种源泉的特殊的质造成的。这种质可以借助于科学反映和在概念上的推导从思想上揭示出来。审美模仿虽然应尽可能忠实地反映这种客观性,而它却致力于另一种目标,即要使人的(人类的)能动和受动、成功与失败、繁荣与凋敝这些联系可以为人所体验到。由此产生了双重的任务——即一种客体的状况不扬弃它的客观性,而产生主体的激发作用——决定了这里必然形成的主体态度的两重性。首先是在作品中体验的主体性的态度:体验和可体验化的感性直观的直接性的保持,同时在扬弃中保持主体的个体性、唯一性和无可比拟性。

　　主体的唯一性和普遍化的这种不可分割的结合表现在,这里所形成的意识主要不是关于独立于意识、并与意识相对立的、客观世界的主观意识,而是自我意识的最独特的形式。黑格尔在《精神现象学》中对自我意识的产生和本质作了生动的阐述,即正是在它的生长状态,"才变成本身自为的"还没有达到在意识的整个领域中所处的地位。(当然黑格尔的这种阐述在我们的这些美学问题上并没有直接的或特指的关系。)关于自我意识,黑格尔还指出:"它是本身自为的,它是对无差别者划分差别,换言之,它是自我意识。我把我自己同我本身区别开,在这里我直接意识到,这种差别是没有差别的。我,自身同一者,自己排斥自己;然而这个与我相区别的东西,这个被建立起来的不

## 第七章 模仿问题之三：主体达到审美反映的道路

等同于我的东西当它被区别开时，即直接地对我没有差别。"① 在那种可以作为审美来规定的自我意识中，主体的东西总是潜入在客观世界的媒介中，对客观世界加以秩序化，对它的着重点加以分配，以特殊的质对它的对象性加以润色，而把客观世界表达出来，在这一点上形成对黑格尔的阐述的修正，即由主体区分开的和无法区分的界限是变化不居的，对于艺术塑造的外部世界也是适用的。用外化及其复归所描述的主体性的运动：主体依附于外在世界，以外界固有的质而完全融合在外界中，主体通过对它所反映的客体性的感受和加工而扩大，在这里也构成了审美表现方式特殊性的基础。

构成审美的自我意识，与在黑格尔《精神现象学》中单纯而抽象地出现的自我意识相比，虽然有许多不同，但是由黑格尔所强调的区别与无区别的辩证法，仍然是作为人类自我意识的审美主体性出现的、极其重要的契机。我们在讨论这种联系的客观方面时已经指出，人们相互关系（从家庭直至人类）的各种"层次"不是形而上学地、僵死地相互区分开的，不是构成主体性的分割的"层"，而是由变动不居的界限所包围，就像地理学上的海域分割开同时又连接着各个地区一样。在那些可能存在着实际冲突（民族—人类、民族—阶级、阶级—人类等）的地方，这些冲

---

① 黑格尔：《精神现象学》上卷，贺麟、王玖兴译，北京：商务印书馆1979年版，第113页。

◯ 审美特性

突在一个共同的基础上客观地形成，它使人类发展的各种客观内在矛盾暴露出来，展示出世界史的各种矛盾倾向，这种倾向内在地存在于表现为对立的两种"层次"之中。可以设想在法国大革命时代的革命宣传战和它的民族扩张倾向之间起作用的那些冲突。不仅在有些个别的能够客观地找到主导环节的情况下是不确定的，而且由侵略征伐引起的民族解放斗争也具有这种矛盾的萌芽。马克思指出：所有针对法国进行的独立战争都带有复辟和与反动结盟的共同痕迹。[①] 为了从充分的视界和深度上认识这种矛盾性，只要读一下海涅或拉贝对德国的论述和司汤达或尼沃关于北意大利的论述就足够了。

历史科学的任务，就是对这些矛盾进行详细的研究。对于我们说来，在这里只要指出，艺术塑造，以艺术塑造为基础，在其中所体现的并由它所触发的主体性再现了客观社会—历史现实的结构，保持了它的真实的比例却提高了它的强度。由此得出，客观现实正在消失的界限、现实矛盾的相互转化要求着并形成了一种主体态度。这种态度适应于由自身来感受这些现实特性并在创作或感受中来再现它。主体作为主观必然要投入到人类的世界中，我们提出的这一公式由此得到了证明和具体化。黑格尔关于无区别与区别的辩证法在这里获得了一种特殊的意义。因为这

---

[①] 马克思：《革命的西班牙》，《马克思恩格斯全集》第 2 卷，斯图加特 1852—1862 年版，第 421 页。

## 第七章 模仿问题之三：主体达到审美反映的道路

取决于在创作主体内部，应该在何处和怎样来设置区分线、距离化和整体综合等，以便在现实材料上完成那种具体的、感性直观的普遍化，由它的客观性——不破坏它的真正的自在存在——能够完成人和他的行为的有血有肉的图像。在这一创作主体内它决定于，在哪一水准上将纯粹主观的质和社会—历史的真实结合起来，是否它只是对个体性的单纯映射，或在其中唤起主体性的更广阔的生活形式（从家庭直至人类）。显然，在感受主体性中——适当加以修正——必然进行着类似的过程，当然具有质的差别。主体在这里不是与一个艺术塑造的现实相对立，而是要承受创作的、由体验引导的作品所发出的影响。因此，主体性在程度上的差别是置于作品之中的，而不是取决于现实的观察者。在感受者的体验达不到这种程度，或这种体验在作品中不是由结果中得到或者是由解释附加进去的，这些都是完全可能的。如果这种感受过程是适当的，或相对作品呈现出一种上升的或下降的运动，这一过程在主体身上——又需要适当加以修正地——必然显示出类似的结构。

在这个问题上普遍存在的误解往往是——至少绝大部分——对审美态度的分析不是以其本源的审美存在为基础，以便由这里出发来把握二次的、派生的现象（我们在下一部著作中将提供这种态度的详细的类型学。这里我们只能限于完全一般的，因此仍然是抽象的说明）。例如我们已经提到，康德在审美判断中看到了审美态度的"本源现象"，在任何不含偏见的考察中都会显而易见，这些判断只是本源上的审美体验的一种概念化。也就是说，这种判断在内容上的正当性是依存于其特性的，在这一点上康德根本没有深入进去，他只是寻求发现这一有效性的形式标准。当然这种概念化不是单纯机械的变换，它本身必须包括审美体验一般原因的说明——或者至少是说明的尝试。由这种情况产生的一般的、逻辑的和特殊的美学问题的分析如前所述，只有以后才能完成，然而有必要加以指明。因为我们这里所讨论的那种在主观上的辩证法，在审美体验中获得了它的真正独特的形式。为了在其纯粹性上把握现象本身，同时必须追溯到审美体验。作为补充，这里只说明在本源的与派生的审美的事物之间，这种复杂的关系即使在创作过程中也可以找到。在这一过程中与日常生活的和科学的反映形式极其相关的、许多方面一致的特征产生了相当重要的作用。在这里对这一问题加以说明可能就足够了。

在大多数这类情况下——由美学观点看来——曲解产生于：原来在审美上凝聚成不可分割的、有机统一的联系被肢解了，并往往把这样形成的环节作为独立的实体而相互对立起来。这往往发生在这一取向上，即创作者个体的主体性、作品特殊的个性特质、作品中阶级的倾向性和对现实的反映、它的民族的和时代的色调、它对人类事物的表现，这些在作品本身之中不可排除地联系在一起构成了一种——当然是充满辩证矛盾的——统一，此后就要维持这种自身的生命或者至少作为相互独立的倾向而互相对立起来。这里顺便指出，历史的个别研究即对艺术作品相对

## 第七章 模仿问题之三：主体达到审美反映的道路

于它的历史真实性的研究，在方法论上是完全正当的，这种研究甚至有助于对艺术问题的认识。然而研究者跨出了审美领域，他从外部而不是从内部观察艺术，审美之于他只是科学考察的单纯素材，艺术作品只是作为单纯的资料。只要自觉地受这种观点的支配，相对于客观的审美形象的统一性，这些不同侧面就仍然只是各个侧面，并不会存在破坏审美主体的统一性的危险。人的社会关系的各种重要形式对个体的规定性，并不排斥个性的统一，只是赋予它以新的侧重点，丰富和深化了个性。如果一个工人具有了阶级意识，那么在他的个性中就出现了新的意识内容，或许在他身上产生巨大的变化、显著的转变等，然而尽管他会突然骤变，但在每个人身上总是保持着个性的质的连续性。这本身当然还关系到各种社会形式的相互关系，特别是关系到决定人的个性、它的发展和冲突等的形式。生活的这种真实性通过艺术被确证，甚至被提高。因为艺术由在其中活动的人的观点再现了自然和社会，甚至在连续性和间断性展开其辩证矛盾直至达到一种新质的飞跃的地方，不仅保持了连续性的因素，而且甚至成为某种支配的环节。

所有上述内容直接说明了实际存在的、在社会—历史上起作用的、人们的相互关系。如果就人类观点的发展而论，问题就更复杂了。正是因为这种观点在目前存在的社会中还没有获得一种在人际关系中客观化了的形态，因此还不可能直接决定人们的行为和思想。但是不要忘记，在

## 审美特性

历史上从属于人类的东西所形成的人类的特征，主要不是人的思维和情感的产物，而是发展的各种客观力量活动所产生的。这并不是对思想和情感的重要性有什么争议，与此相反，通过对客观过程加在人们身上的经验和成就的固定和保存，而使这种思维和情感获得显著的重要性。然而同一切思维和情感一样，它们也是在客观现实中实际发生的事物的反映。我们已经强调指出，表现了人类发展所特有的东西的那些环节总是与共同体形式（阶级、民族等）的历史不可分割地联系着，它的类特性只有作为这些共同体形式运动的一种特征、一种色彩或一种倾向才能成为现实的存在。所以，表现为地区和时代制约性的这种联系的不可分割性、每一种人类的东西所表现出的民族和阶级的本质，都是一种历史的客观事实。正因为如此，它的主观表现、这一过程的自我意识，必然具有——作为它的反映——一种相应的特性和结构。

不言而喻，对这种现实的审美反映必定更加强调其中自在存在的、导致各个环节不可分割的倾向，因为正如我们所反复论断的，审美反映的本质正是依据于，将人的东西与它整个充满矛盾的丰富的感性直观统一，提高到能够产生情感激发的效果。对直接相关的生活素材的质的改造是致力于按照如下方式驾驭感受体验：使其内容的人的统一性——尽管这种统一性还如此充满矛盾——通过统一化的形式塑造而表现出一种更高的统一性。由此在主观辩证法中使黑格尔关于有区别的和无区别的统一和分离获得一

## 第七章　模仿问题之三：主体达到审美反映的道路

种特殊的面貌：对于人的表现方式无区别的整个复合体和作为关照与自己本身区别开来，在其中对自身的认识和自我反省的客观化，自我意识致力于取得尽可能的普遍化，也就是说，赋予审美形象以最大强度和持久的效果。审美反映指向与类属性的人类的东西决不是有意而为的。这一点在作品中客观达到的高度取决于对现实塑造的丰富性、深度和正确性。这种塑造即使在有意地取向于特定社会历史瞬间的此时此地时，也可以使其提高到类的东西。而在热衷于艺术地把握"普遍人性"时，这种塑造就要失败。在这种现象中是以极端事例说明，我们必须处理好艺术作品中形式与内容的统一。在这种统一中所揭示的类的性格首先是一个内容的问题：对一定时代和一定关系中所可能具有的（甚至是典型的）无数的性格、特征、行为、冲突等加以选择，并在构图上加以安排，将那些在人类记忆中值得存在下去的东西和那些在时间和空间上远离开的、在历史上完全不同的状态下人们能够带有情感强调的、体验到的东西，作为一个整体直观化。然而相继出现的却是重要的形式问题，因为这种选择和组合形成了基本内容，成为这种效果的基础。这种效果能否成为现实，甚至使这种现实性保持上百年直至上千年，只能通过形式的特殊质来保证。当然在这里，对形式必须作极其全面的理解：形式真正的和伟大的革新，或成为人类持续占有的新形式的产生是来源于，这种重要的新内容对原有形式强制地要求一种彻底的改造或重新去发现，最著名的例子是埃斯库罗斯

> 审美特性

采用了第二个剧中人。此外，乔托将绘画用于舞台艺术、伦勃朗的赋色处理、贝多芬的和声都是这种例证。

如果人们把对现实的科学反映的尺度试图强加给审美反映时，那么对人的事物的普遍化和将社会历史的以及纯粹个人的此时此地的感性直观加以保存和永久化，这两者不可分割的统一就显得不合情理。正是这里所说的审美的这种特性，表明了在对现实的意识（即使有时涉及人的自我）与人类的自我意识（即使涉及没有被人客观化的一个风景或一个静物）之间的区别，正如在伟大的艺术作品中出现的情况那样。自我意识的内容是那些持久的、在人生中和人类发展中有——积极或消极——意义的东西，同内容一样，所有对于生活重要的——从个别的个性到人类的东西——在人类的东西中的保存和扬弃，它的形式创造了与这种关系相适应的、最富个性的东西与最大的普遍性的统一，这就意味着超越地区和时代的限制而具有情感激发的能力。即使是对客观现实的意识当然也必须把事实、个性、时代和地区的制约等，以它具体的特性加以固定，为了把握其中起主导作用的一般规律，或至少去接近这些规律，以便尽可能对各种事物作为个别的东西把握，这些就成了——意识的发展越强烈，越是如此——达到这一目的的出发点和跳板。只有在审美中这种个性的质——表现在两个方面：作为所表现的对象的个性的质和作为表现方式本身的个性的质——才具有一种特定的价值。这种质是自我意识的承担者和唤起者，作为对人类所走过的和将要走

## 第七章 模仿问题之三：主体达到审美反映的道路

的道路、人物和环境、美德和罪恶、人的内心世界和外在世界的记忆和"回忆"，由它们的动态展开中、由它的辨证的矛盾性中使人类提高到它今天和明天将达到的状态。尽管在个别事例中的这种保存表现出某些瞬间的性质，如在一定时刻和瞬间的风景，然而在这种意义上却具有历史的效果。因为这种效果是作为这一道路的一段旅程而被体验，它同时超越了那种单纯历史的东西。这是因为，被固定下来的瞬间直接在自身变化的丰富而深刻的连续性中，被提高为人类不可丧失的占有物。

对上述关系的认识，阐明了实现艺术外化的艺术复归的主体本质。它与创作的主体性的个体性不可分割地联系着，并且对于作品的体验也不能破坏感受主体的个体性。同时两者实现了超越单纯个体性的一种提高：在保持其质的唯一性表征的情况下，将下述一切由其中清除掉，或至少将其排斥到背景中去；其中包括生活本身中往往把这种唯一性隔离于自身的一切，在社会的贬义上所说的主体的一切，在自我与世界之间设置障碍或不渗入世界的内核，只以个体质的色彩在表面上加以渲染的一切，在这条由深深地潜入世界回复到自己本身道路上的一切——带有提高了的、客观化的对象性——都成为人类主体性的内在占有，这条道路是极其漫长和充满阶段性的。就其本身而言，这是一条从直接存在个性的单纯个别的主体性到在独特自我身上实现类的性格的道路。因此由主体方面看来，这里涉及一个同时完成纯粹化和强化、丰富化和深化的过程。

当以前强调在创作中达到人类的东西的高度时,并不取决于这种意图的自觉,那么必须重新说明这里所使用的自觉一词的意义。这并不涉及我们时代的神秘的、令人迷惑的无意识。按照我们的理解,一种无意识的意图可能与最高的自觉相联系,并且它不仅关系到所应用的艺术手段(这也被许多"无意识"论的代表提到),而且关系到在内容上所提出的目标。缺乏自觉——可能——在这里涉及没有同时代人能够以无可辩驳的肯定性预见,和他同时生活的人的哪种特性——在肯定的或否定的意义上——只是受时代制约的、暂时的,哪些特性体现在未来类的属性所形成的"躯体"上。在这里,艺术创作不可能靠世界观来保证。马克思主义虽然能够预见长期社会最一般的发展倾向,能够指出在短期内具体的——必然是一般的——前景,但它决不可能提出这样的任务:事先从思想上精确地把握发展道路上一切"狡狯"之处(列宁语)。对人类的东西的塑造成功与否,却正是取决于对发展进程环节的理解或盲目性。预见性或展望的科学正确性,要靠实际事实和倾向的大量出现来证实。甚至在细节上的显著偏差也不能否定它的确切性。在类的属性的形象化中,艺术的恰当性得到了保证。与此相反,往往在把科学性当作单纯细节的领域里却会失败。在巴尔扎克的"预言式的创作"中,他展开了在第二帝国时期人的一定典型特征,由它的萌芽到市民帝

## 第七章 模仿问题之三：主体达到审美反映的道路

国时代并作为现实加以描述。① 在欧里庇德斯的海德拉的形象中，在维吉尔的迪多斯的形象中，上述形象把个人爱恋的热情转化为类的属性，提高到人类的自我意识。在很早以前这就已经成为一种社会普遍现象了。

审美主体——在艺术生产中为创作主体，在接受作品时为感受主体——形成了这种情况，即我们曾多次表述过的，主体必须投身于这一现象世界。这种结构作为结果，在概念的可推导性的——表面的——缝隙之间可能构成非理性主义理论的立足点。如果试图借助拟似合理的思想方法对这种理论加以反驳，那是驳不倒的，但却会使其产生一种顽固性。实际上在这里有一种清晰可辨的理性在起支配作用，在大多数情况下它只是在事后才能被确定和说明。可预见性的界限存在于现实材料本身。这不仅是以目前分析的类的属性与社会、历史的世界其他构筑环节的关系为基础，不仅以内容选择和艺术的形式赋予这一特殊任务为基础，它还基于——这一点已经指出过——历史道路本身的错综复杂性以及这种发展的不均衡性，并且首先基于——这对艺术的作用是决定性的——它现在整个都是从自身需要和对前景的展望中看待过去的，并且特别要依据由于艺术所表现出的自我意识来进行评价。如果我们重新指出有关荷马和维吉尔在后世声誉的不断争论，这也许就足够了。

---

① 拉法格：《回忆马克思》，见《Karl Marx. Eine Sammlung von Erinnerungen und Aufsätzen（马克思回忆录）》，苏黎士1934年版，第128页。

然而对所有这些斗争在事后完全可以理性地加以说明，这表明对这一事实的各种非理性主义的解释是缺乏客观根据的。此外还表明，虽然不可能存在直接推导出各种现象的抽象公理，但是对于每一种现象，其社会历史根源、其审美结构的特性却完全可以理性地分析出来。在这里我们可以举一个科学说明的事例。马克思曾对艺术发展的不平衡一般地表述为"困难只在于对这些矛盾作一般的表述，一旦它们的特殊性被确定了，它们也就被解释明白了。"①

如果我们要正确地评价审美特性，那么审美的这种存在方式应该被确认为表达人类自我意识的最适当的形式。在这种情况下往往需要追溯到它的本原的表现方式，并力戒直接应用科学反应的范畴来说明这些审美现象。当然，因此既不能拒绝对审美现象作科学的说明——我们整个研究就应该属于这一类——也不能把科学和艺术、人类的意识和自我意识形而上学地、僵化地对立起来。第一个问题，如所强调指出的，只能在本书的第二部分中讨论。关于第二个问题，这里着重指出，科学和艺术（以及日常思维）所反映的是同一个现实。每种反映的特性是在历史的过程中、在一般意义上作为社会分工的一种极其重要的形式而形成的。作为一种分工，它不仅是在社会中个人及群体根据他们的需要做出的安排，而且首先是在每个人身上完成

---

① 见《马克思恩格斯全集》第 12 卷，北京：人民出版社 1962 年版，第 761 页。

## 第七章  模仿问题之三：主体达到审美反映的道路

的、感觉的、知性的和理性的分工。科学与艺术的分工是生活的一种基本必然性。没有这种分工，社会分工在客观意义上就绝不可能卓有成效地完成并发挥其职能。日常生活中未分化的态度是全部指向直接实践的，它不可能随着生产力的发展而圆满地解决日益复杂的问题。我们已经指出，巫术时代的尚未分化的特性在这些关系的压力下是怎样解体的，以及这种分工——对现实的科学反映和审美反映——的主要路线是怎样形成的。我们也已经指出，这些分化的反映形式是由日常生活的社会需要产生的——为了最佳地满足这些需要——以尽可能的纯粹性形成了其特定的存在方式，但是由此最终不可能与日常实践相隔绝。相反，科学反映和审美反映的、主观的和客观的成果，不断地融合到日常生活和日常实践中，丰富和深化了日常生活和实践，而并不会排除它们的日常特性。日常生活不断提高的水准没有扼杀对现实科学反映和审美反映进一步分化的需要，而是使这种需要在外延和内涵上不断增加。

由这个基础出发，就可以完全明确地认识意识与自我意识之间的分工。意识把握着对于人的自在存在的世界，通过它将世界的自在存在转化为自为存在。意识创造了用于征服世界的实践、用于把现实转化为人们取得丰富成果的活动领域所特有的现实活动空间，因此意识的社会必然性是显而易见的。这是——随着文化的不断发展——通过人对世界的占有，人使实践所支配的外在世界与他自身发生关系，通过这种征服而使之成为人的家乡。这种需要与

> 审美特性

那种造成科学独立化的需要同样都是基本的。满足这种需要的手段曾经或目前尚不只是艺术的功能,这并不能得出反对艺术的这种人类功能的证明。因为即使是科学在它自己的领域也不具有排他的独占地位,科学"只是"满足各种社会需要的最恰当的形式之一。在这些要求之下——唤起了这些要求,被这些要求所唤起——科学达到了它所特有的纯粹性和成熟度,尽管艺术和生活的关系与其自身关系同样不简单的科学相比,要复杂得多。在历史的发展过程中,在由艺术最恰当地表现出的生活复合体里,艺术取得了作为最高形态的同一地位。我们已经对艺术与人生存的这种联系中的一部分——它由其不适当的表达形式中的分化,它通过适当的表现和情感激发而返回生活——在艺术与人类的原始表达形式的关系中,首先在艺术与巫术的关系中做了考察。我们还将在不同的地方——在讨论自然美、审美由宗教的解放斗争等处——再详细论述这个问题。

对这一事实,即艺术是人类自我意识最适当的和最高的表现方式,这里做了比过去更具体的说明,并且指出过,由这种对现实反映的特性(内容优先于形式,形式具有激发引导特性,作为一定内容的形式成为它的本质)而来的我们的纯粹美学的论题只是与人类的东西相关,只有通过现实的反映进入自我意识的内容才能获得它的真正意义。所有在几千年来的发展中提出的各种责难——从艺术是"谎言和欺骗"至对现存事物再现的非本质性——在一定历史状况中由于一些批评家(在一定情况下是艺术家及其作

## 第七章 模仿问题之三：主体达到审美反映的道路

品本身）忽视或忘记了上述联系，才获得了——极其有限的——根据。因为艺术作品成功创作的自身世界、它的具世性、它的激发力量的不可抗拒性正是建立在具体的人类的东西展开的基础上。没有这种人类的东西，对现实最纯粹的"模仿"、对形式最熟练的掌握、对新的效果可能性最富生机的创造，便只是"一种无声的矿石变成发响的铃铛"。这种内容的艺术启示作用才使模仿成为审美的基本事实，即对独立于人的意识的现实的反映，在这种反映中，在原理上只出现那些促进或阻碍这种发展的东西，其中每一对象、每种情感只有在这种联系中才能上升为对象。审美反映在直接的现象世界所完成的一切变换，只有通过上述关系才能失去形式上随意的性质，另一方面对现实的这种反映方式的真实性，也只有在其直接的表现方式中通过对人的存在的最高真实的揭示才能得到确证。因此，只有对人类自我意识——自身隐含着许多矛盾——的确认才能从哲学上说明审美反映的特性。正是在这一概念里集中的矛盾性——具有最大主体相关性的最高客观性——主体性作为客观存在的外在世界和内在世界中隐含的、只是"无意识"的空想地存在着的范畴，其本身没有什么是空想的艺术世界的创造，作为本源的审美基础是对审美所反映的现实的朴素描述。

复旦大学马克思主义学院资助出版

卢卡奇著作集（修订版）

【匈】格奥尔格·卢卡奇——著

徐恒醇——译

# 审美特性（中）

中央编译出版社

# 目录

**第八章 模仿问题之四：艺术作品的自身世界** ……… 699
　一　审美领域的连续性与间断性（作品、门类、艺术一般） ……………………………… 699
　二　同质媒介、完整的人与"人的整体" ……… 726
　三　同质媒介及审美领域的多样性 …………… 764

**第九章 模仿问题之五：艺术的反拜物化使命** ……… 797
　一　人的自然环境（空间与时间） …………… 802
　二　不确定的对象性 …………………………… 827
　三　内在性和实体性 …………………………… 855
　四　因果性、偶然性和必然性 ………………… 878

**第十章 模仿问题之六：在美学中主体—客体关系的一般特征** …………………………… 901
　一　人是核还是壳 ……………………………… 901

二　作为美学一般范畴的陶冶 ·················· 933
　　三　感受体验的后续过程 ·················· 974

**第十一章　第1'信号系统** ·················· 996
　　一　现象的描述 ·················· 999
　　二　生活中的第1'信号系统 ·················· 1029
　　三　间接暗示（家畜、病理学）·················· 1078
　　四　审美态度中的第1'信号系统 ·················· 1109
　　五　诗的语言与第1'信号系统 ·················· 1185

**第十二章　特殊性范畴** ·················· 1226
　　一　特殊性、中介和中项 ·················· 1227
　　二　作为美学范畴的特殊性 ·················· 1267

**第十三章　自在——为我们——自为** ·················· 1317
　　一　科学反映中的自在和为我们 ·················· 1317
　　二　艺术作品作为自为存在者 ·················· 1351

# 第八章　模仿问题之四：
# 艺术作品的自身世界

## 一　审美领域的连续性与间断性
## （作品、门类、艺术一般）

如果我们已经把艺术规定为人类发展的自我意识，那么这就会使连续性的因素处于中心。一方面，因为只有这样才能避免那种静止的唯心主义的"普遍人性"的假设，这既不涉及一种（在理念中的）先验规定的人性的实现，也不涉及这样一种"理念"的辩证展开，就像在黑格尔的体系中作为具体实现的终点，在自身包含了一切开始时已经以抽象形式存在了的东西。这里所说的连续性没有这种目的论的性质。它——严格地在词的本义上——是一种处于实际起伏和曲折变化中的具有事实经历的真实发展。另一方面应该考虑到,这里首先是就人类自我意识的连续性而言的,因此是就实际发生过程的主体方面(即使并非指单独个体方面)而言的。但愿上述分析已经足够清晰地指出了:自我意识或是黑格尔所说的"内化"也绝不意味着主观主义,绝非唯心主义所虚构的脱离实际过程的"独立性",或者甚至任何种类主体的造物主的创造活动。对独立于意识而存在的现实的正确反映,主体对这种现实的渗入,甚至是每一种自我意识必不可少的前提。正如我们所看到的,主体性局限于由此所形成的反映图像,其目的在于再现围绕人(人的活动、人的关系等)的自在存在的现实。人类发展的连续性构成了每种反映的终极基础,必然包含在每种个别的反映中,尽管每种就自身看来其特定环节的具体(此时此地)存在是被直接地当作对象的。

由此给出了连续性和间断性(点在性)通常的辩证法。在每一种由实际或几何学抽象的线条中,我们都会遇到这种不可排除的、在认识上极其丰富的矛盾。当然,在对客观人类发展的考察中也是如此。揭示出这种矛盾性两极的具体表现形式,并且按规律性加以描述是历史科学的任务,因此在这里不需要我们来完成。在我们这种情况下所出现的辩证法却超出了这一范围。我们已经反复指出了审美构成的那种本质,依据这一本质它的本源形式只能是各个艺术家的最高度的点在性(并且通过接受者个别的主体来感受)。作为某一时代的艺术或艺术门类等是以普遍化了的方式作出的全面概括,把这些本源性的纯粹属性上升为观念,

## 第八章　模仿问题之四：艺术作品的自身世界

并将其移置于另一个对它说来的新领域。这种方法并不会必然地带来对真正审美的误解和歪曲——尽管这一点也经常出现——我们只有在下一部书中讨论审美态度的类型学时才能从哲学上精确地说明。至少我们目前已经可以说，这种表述包含了如此之多的真理，使它由其对象本源的审美结构中不受损害和失真地转化成观念的东西。这听起来像是不言而喻的，甚至是一种老生常谈。因为相对于每一种概念（判断、推论等）的真理内容，同样都应提出类似的要求。然而在对自在存在的现实的科学反映中，其概念的形成普遍地超出了直接的对象性结构。通过上述概念的形成正确地表现了各种事物、关系及规律性，从而对于个别的事物只在一般的联系中就能考察其正确无误的概括能力问题。在更复杂的条件下，即使对于社会科学，情况也是这样。

然而，对本源的审美事实进行普遍化以超越现存作品的单一性只能到这种程度，即要使这种单一性在其观念的扬弃中尽可能不受损害地保持下来。在这种要求中，比在其他自然科学或社会科学的描述性、形态学的普遍化中包含的东西更多。我们已经注意到这种区别的主要原因：真正的艺术作品——只有这种作品可以成为丰富的历史的或审美普遍化的基础——实现了美的法则，同时也扩大和深化了这些法则。这里不考虑在普遍中简单地包含了个别，在规律中包含了"具体事例"。由规律返回到个别情况的可能当然是每一种科学普遍化的特征。然而，实际上降低到

### 审美特性

具体事例往往是无意义的或多余的。例如,如果有人根据统计所表现的居民活动的倾向提出张三为什么与李四结婚的问题,就是如此。然而文艺复兴绘画史的普遍化了的概念却必然有助于对拉斐尔或提香(或他们的任意绘画)特性的认识,使之具体化和深入。

为了阐明在这里起支配作用的连续性和点在性辩证法的特殊本质,需要对普遍化的这种结构加以说明。如果我们又回到本源的审美问题上,那么我们一方面看到,在作品中点在原理的代表不仅表现为发展的一个多少抽象了的"点",而且这个"点"是一个包含着在质上独特的、具有决定性的闭合系统的"世界",对这一"世界"的直接内涵的、具体而深刻的体验是审美态度的本质。另一方面,作品中连续性原理及其感受只是间接地、往往是极其间接地表现出来。是否荷马或笛福①的"摩尔·弗兰德斯"、乔尔乔涅②的圣母像或梵高的风景画成为审美体验的对象,其关键在于全部感受到并把握住在具体作品中——并只有在该作品中——具体表现出来的一切,其中包括以不可重复的特性由客观现实所反映出来的内容和形式。由直接结构和作品产生相应作用的结构中,似乎完全消除了连续性的因素,然而,这只是这种固定下来的直接性的一种假象。因为形成这种体验的单纯事实没有使之切实化(des nestra

---

① Defoe,英国作家(1660—1731)。——译者注
② Giorgiones,意大利文艺复兴时期威尼斯画家(1477—1510)。——译者注

## 第八章 模仿问题之四：艺术作品的自身世界

causa agitur）的契机，就不可能实现。在其中——无论创作者或接受者是否意识到——同时存在着人类发展的连续性契机。这种连续性的存在与通常的历史连续性相比更强烈，并更加不可排除，同时又比历史连续性更隐蔽、更加不明显。将一个特定的历史片段由整个发展中从方法论上加以分割，就其自身单独进行考察，这本来是可能的。当然，这会成为产生各种错误的根源，如果要对特定的细节精确地加以研究，这往往却是不可避免的。与此相反，在与现实的本源的审美关系中和通过艺术作品的直接性而形成的情感激发中，与历史过程的连续性的这种关系总是客观地存在着，却不一定是有意识地表现出来。它的意识化——它应该仍然是审美的——不可能越过切实的自发性的环节。这种连续性正是与这种直接的自身占有的深度相联系的。从表面印象看来，空间上的、时间上的和社会的距离往往具有异国情调的性质，有时会形成一种事实上并非不恰当的确证。然而，在这种确证中所包含的连续性至多是自在的，而不是为我们的，更不用说达到自为存在。这里特别明显地表现出曾经反复强调的"对……的意识"和"……的自我意识"的对立。在异国情调中，人们面对的是这样一种现实，尽管具有兴趣和相关的知识，甚至同时为一种不可逾越的陌生意识所支配，人们与它却不具有内在的人的关系。而自我意识——即使缺乏具体的知识——正是建立在这种内在的关系上的。这并不包括任何的认同，因为体验的主体在内容、结构等方面与被体验的客体的区别是

### 审美特性

唤起自我意识关系的前提之一。虽然或者正因为如此，在人类性中心的最深层次上会遇到那些属于自身过去的东西，或与其主体相接近的东西。因此，单纯异国情调的假象或许成为自我意识的因素，或者相反。这种转化的可能首先取决于加工的艺术高度，当然在这种情况下，客观的历史发展、与此相关的文化的普及和深化起着明显的作用。人类的要素在审美的本质中占有中心的地位，这是首要的基本观点。

由此我们才到达审美领域中连续性和间断性的辩证法的入口。因为即使不考虑上述基本情况，每一部艺术作品，正是由规定了其决定性的审美特性的东西，处于它所属的那种艺术类型以及门类的连续性中。如果上述就其规则及其实现的特殊方式而言是审美的，那么它首先也应在这种联系的意义上来理解，即作为一个悲剧与戏剧理论规则的关系。这一点未能被人明确地指出，即使在这里一部作品与它的门类及其规则的关系从来不可能是一种个别事例被包含在一种本质的普遍性中的关系。随着每一部能够称得上是审美的作品的产生，它所适用的规则的内容和形式，如果不是像在划时代艺术家的创作中通常出现的情况那样产生了根本性的变革，那么至少也会有所变化。当然还应该补充，门类——涉及最一般的基本原理——经历着历史的变迁，但是在这种变迁中门类在这种"革命"中丰富了和深化了（莱辛的一个伟大理论贡献，正是依据古代戏剧和莎士比亚的戏剧，从概念上对这一点作了阐述）。

## 第八章 模仿问题之四：艺术作品的自身世界

然而这种连续性和断点式的辩证法——在更高的层次上——在整个审美领域也起作用。各种门类艺术之间——与处于对现实非拟人化反映的各门科学相比——更加独立，并形成比各门科学之间更为封闭的、相互独立的领域。当然，也不能歪曲地把这种对立形而上学地固定下来。因为一方面——相对地——各门科学的独立性同样是一种不可争辩的事实。科学首先是由它的物质基体的——相对地——独立性所规定，因此各门科学之间的区分是以客观现实的差异为基础的。这种区分必然是相对的，正如事实上的差别是各门科学在方法论上区别的基础，因此在这些重新结合物之间产生了多种相互作用和相互关系。归根结底，世界物质属性的统一必然不断地产生出统一科学的理想。尽管这种理想到目前还没有实现，那么特别是在精密自然科学中，统一化的倾向已经取得巨大的进展；几个世纪以来作为独立的领域，通过把直接分散的现象归纳到统一的原理获得了许多认识能力。这并不排除——今后自觉地相对进行的——各研究领域的独立性，但是，随着对自在的客观现实之物质统一性的接近，加强了各种理性的、由事物本质而来的整合。正是这种——部分地——对立的方向在19世纪开创了许多社会科学学科，它证明了这一倾向的科学正确性。例如经济学、社会学、历史学等——受社会制约的——"纯粹"的划分，对于所有这些科学都是极其不利的。它们的关联性同样受它们的实体统一性所制约，这种关联性并不排斥严密的专门研究，然而没有不断地和细微地以共同的材料所产生的联系为依据,任何重要的科学问题都不能获得圆满的解决。这样形成的科学统一体系——这种形式吸收了统一科学的理想——只是在物质基础本身同样地呈现出跳跃的地方,才出现了跳跃的划分,这种划分同样地不是绝对的。(有机和无机的区别,却同样地带有过渡性和相对性。)体系上的划分同样是由思想上反映出的自在存在的本质所形成的。当19世纪的科学学说在主观唯心论的影响下致力于从主观兴趣出发构筑方法论时(特别表现在文德尔班和李凯尔特学派中),它只是造成了混乱。其方法受目的制约的所谓应用科学的存在,与拒绝主观主义的基础并不矛盾。因为例如在技术科学中,经济目标的确立同样是客观的,是立足于实在的基体上的,像那些(物理学的、化学的等)知识一样,它们被用于这一目标或者甚至进一步形成了这一目标。

所有这一切我们至少应该题外地加以说明,以便可以看清,艺术"分化"为不同的艺术门类,与知识实际地分化成不同的各种科学,在性质上多少是不同的。尽管存在各种分化,科学学科归根结底构成一种实际的知识统一体,而艺术一般只是各种艺术共同的一种综合概括。各门艺术与艺术一般之间的联系,正如我们将要看到的,与各门科学和统一的科学整体之间的联系具有质的区别。因此,我们把分化一词用引号括了起来,因为如上所述,把艺术体系理解为"审美理想"和"美"的"分化"这是唯心主义美学的一种有害的偏见。每一种艺术、每一艺术门类实际

## 第八章 模仿问题之四：艺术作品的自身世界

上是自为的一种世界，以一种本源的审美原理为基础，这一审美原理与其他艺术或艺术门类的原理不是相同的，甚至在许多方面在质上是不同的。这种见解在艺术家们本身的实践中和对自身经验的理论表述中早已成为普遍的观点，在19世纪后半叶多次构成了美学知识的基础。我们已经援引了产生过广泛影响的费德勒与此有关的观点，即不存在艺术，而只存在分门别类的各种艺术。后来在他的影响下，除了美学之外还形成了一门所谓一般艺术学。我们在这里不需要深入对他的方法论基础进行批判，只需要指出，由于对美学是以旧的唯心主义方式理解的，并把它与艺术学形而上学地分割开，艺术学由于缺乏一般美学原理而具有一种经验的—实证主义的性质，整个美学领域必然被分解成两个在方法论上异质的部分。

如果我们肯定了各种艺术及门类的独立存在，那么——为了对这一领域中连续性的辩证法进一步加以具体化——应作如下说明：首先历史告诉我们，多种艺术有时表现了这样一种连续的、可以说是逻辑的发展，在这种发展中由各种旧有的问题中产生出这样一种解答，它诱使人们在其内部的艺术问题中去考察它的运动的推动力——如14~15世纪的佛罗伦萨派绘画或威尼斯派绘画，或19世纪的法国小说或俄国小说的情况。进一步考察表明，这种现象只出现在比较短的时期，它——为了明确起见，我们有意加以夸张地表达——有时由一种艺术的虚无产生或由一种艺术的虚无终结。这一方面证明了，即使在这里历史上有一种连续与非连续的辩证法支配着；但是另一方面，这种辩证法本身又是被社会历史地规定了的：连续性、社会问题的有机的分化成长——作为社会职能——它们连续地影响着各种艺术作品的创作，它是这种辩证法的实际的基本原理（在其中起作用的、由社会发展在个性的反应中所引起的客观类型的矛盾和主观类型的矛盾，我们在这里不能做分析）。在这些情况下，"逻辑地""历史哲学地"开展的艺术或艺术类型同样往往是这一时期主导的、代表性的艺术。即使在这里其基础也是客观的：以生产力发展作为基础的整体发展是构成以下事实的依据，即在一定时期是这种艺术或门类，而在另一时期是另一种艺术或门类起着主导的作用。这种社会历史的规定性是如此强烈，以致它甚至可以造成某些门类（如叙事诗）的衰亡或导致新的门类（小说）的形成。因此连续性和非连续性的辩证法在审美领域的这一范围内具有一种独特的面貌，然而只有在一般社会历史辩证法为背景下才能起作用。

尽管这里所肯定的新门类的形成和旧门类的消亡，这一可能性和现实性的事实是很重要的，但是对艺术发展过程的整体性考察，却产生了一个新的侧面，即艺术类型的高度稳定性的侧面。如上所述，当然并不存在一种统一艺术，由统一起源而后才分化，而是不同的艺术和艺术类型相互在历史上独自地形成，由具体的社会历史的需要所确定、所构成。但是，艺术一经形成同样是不可辩驳的事实。文学、造型艺术、音乐、舞蹈、表演艺术很久以来就构成

## 第八章　模仿问题之四：艺术作品的自身世界

了我们通常用艺术一词加以概括的那个世界。即使在各种艺术的内部，各门类也具有顽强的生命力。除了抒情诗、叙事诗和戏剧之外，没有形成新的文学类型；除了绘画、雕塑和建筑之外，没有形成新的文学类型；除了绘画、雕塑和建筑之外，没有形成新的造型艺术（实际上唯一新的艺术是电影）。这一论断并不排斥以前关于在每一重要作品的产生中会出现新的门类，正相反，戏剧作为一个门类，从埃斯库罗斯到契诃夫、布莱希特和奥尼尔，在不断的变革中才得以维持，这构成了我们现在所关心的事实。正是在这里，审美领域中连续性与非连续性的生动辩证法是显而易见的。如果在每一伟大历史转折时刻就会产生出全新的门类，或如果审美形式——不论有各种新的发现——像欧几里得几何学那样表现出一种稳定性，那么我们的面前就不会存在质的新异性的问题了：原理的稳定性与本质的及表面的规定的无限发展可能性，这两者的辩证统一说明，对待现实的某种态度决定了各种艺术和门类的特性。

　　这里的美学问题是双重的。首先应该从概念上把握和分析这种辩证统一本身的本质，也就是重新由一个双重的并与双重性相联系的侧面出发：一方面由于社会发展和由此制约的人及其相互关系以及与自然关系的发展所形成的需要；另一方面，如前所述，特殊审美范畴的形成这种范畴作为满足这种需要的最佳手段，同时可以使个人态度以及能转化成艺术实践的作品的特殊审美性质向审美完整性和独立性发展。在对这一事实及其联系的研究中，我们的

## 审美特性

科学还只处于开端。在精确地把握决定地影响门类本性的那种态度的研究中,有着各种开端,其中也有光辉的开端。在这里首先应该回顾——由歌德概括的——他自己与席勒的共同成就,他们在创作叙事谣曲和滑稽戏中对那种态度的典范性的描述,这种态度对于叙事诗和戏剧"世界"的艺术形成是必不可少的。① 属于这一类的还有马莲画派②(费德勒、希尔德布朗)有关造型艺术的努力,有些是来自音乐理论。除了那种我们在费德勒那里批判过并还要批判的狭隘性之外,这种研究往往只是以艺术品种相关态度的审美本质作为对象,却往往缺乏对社会需要的研究或至多以极其抽象的形式表现出来。这是不足为奇的,因为首先,马克思主义已经把这种对现实的特殊反映与社会的发展联系了起来。黑格尔曾经寻求过这种作用与历史性的类似联系,只能把审美基于主体—客体同一的神话,而把历史学按如此一般的方式来理解,以致他的后继者们全部走向了精神史的死胡同。其后,在继承马克思天才思想的过程中,长期为这样一种方式所支配,即满足于对意识形态现象作社会的(也就是"社会学的")推论,而不进一步对其发生学的问题就其特殊本性作实际研究。只是在列宁那里才把辩证唯物主义和历史唯物主义不可分割的联系和协同关系,作为马克思主义方法的中心问题之一。这一由列宁促成的

---

① 歌德致席勒的信,1797年12月23日附件,关于叙事诗和戏剧创作。
② 马莲 Marées, Hans von (1837—1887),德国浪漫主义画家。——译注

## 第八章　模仿问题之四：艺术作品的自身世界

统一又被人遗忘了，要说明其原因就脱离我们的主题太远了。往往是将主观的、武断的审美判断，非有机地加在对发生学庸俗化了的"社会学"阐述上。

这一切造成的必然结果是，这里所讨论的各种关联的综合甚至还完全没有人研究过。在美学史上作为艺术体系所提出的问题，只有按照这种方法才能获得满意的解决。这曾经是，并且始终是美学的一个实际的，甚至是中心的问题，因为各种艺术实际上是相互联系、相互补充、相互作用的，因为这种适应和结合并非是偶然的，甚至相对于如美学这样的理论体系而言，单纯历史现象也不可能具有或多或少的偶然性质。这种联系具有系统性本质，只是它的分化原理不可能由美的"理念"（美）推导出来，而是由——最终地——社会需要的体系产生的，这种需要决定了各种艺术的形成和存在。因此就构成了这样一个体系，它不可能单纯由人的人类学本质所确定，而是由人的社会历史发展的本质决定的，因此这种艺术体系具有历史体系的性质。所以，艺术品种的社会历史兴衰并不与这种体系结构相矛盾，在许多情况下表明，正在产生或正在消亡的门类——我们再次举出小说与史诗——在决定性的原理问题上是紧密相关的，例如，在这种情况下，这两种决定性的态度自然使人想到歌德所说的行吟诗人，这就更加不矛盾了。

这里产生的第二个重要问题是审美的统一性问题。这种统一性的基础是各种直接的、极其不同的需要明显地基本上交叉汇合，这种需要构成了艺术形成和发挥作用的基础。要阐明其发生学的、内容及形式的特性，就必须同时说明其统一性的原理。这里首先涉及一个内容上的双重问题：一方面，每一种个别的、门类上分化了的艺术反映都是对同一现实的反映，同时这种反映不仅是被当作一般现实，而且包含了社会历史发展、时代、场所、状况等的最具体的要素。另一方面，由人所完成的、（为了人的）每一种这类反映都是由上述的现实形成的，其中人们的思维、感觉、体验等的质，通过无数条线索与这一现实相连，由这一现实产生并注入这一现实中。因此，不能忽视或者完全抹杀那种经常存在的、异常的区别甚至对立。毫无疑问，来自偏远省份的、富裕的贵族与巴黎近郊的平民革命党人对法国大革命的体验完全不同，对这场革命必然有不同的思考。尽管如此，在这两种人中间以多种方式对这一事件的反映，仍表现出许多共同的特点。这些共同特点——不考虑阶级差别和个人差别——产生的原因在于，同一社会的辩证统一性及其整体性，在同一历史时刻对他们心理在这一方面产生了强大的影响。这关系到社会生活以及个人生活的全部表现，因此也关系到在一定社会和一定时刻唤起产生新的艺术生产的那些需要，它们促进或阻碍各种艺术品种的类型、优势及衰退等，决定了对那些远离时代或地区的艺术作品、方向等发挥作用和流行的选择。在同一社会中，不同阶段的艺术表现出极其不同的特征，这一事实绝不与上述原理相矛盾。因为建立在充满矛盾统一的经

## 第八章 模仿问题之四：艺术作品的自身世界

济基础上的社会，其统一性也贯穿着这种矛盾性。各阶级绝不可能完全封闭地相互隔绝开来，以致完全排除了各种不同的相互作用，这是完全不必考虑的。只是存在尖锐斗争的这一事实促成了一些共同的领域和一种共同的"语言"，因为一个阶级的胜利、一个阶级对另一个阶级的屈从，都不可能离开起影响作用的意识形态手段。这不仅关系到文学，而且同样在建筑或音乐上也有影响。

然而，由此只是指出了不同艺术基础上某些共同性的一般情况。如果人们考虑到，不同的艺术都是对同一客观现实——当然是以不同的方式——的反映，是通过对人的作用而产生的反应，并且进一步看到，不同艺术是以对（同一个）人产生不同的激发作用为目的，而把这种反应固定和描绘出来，因此它们的共同性就显出了一种理所当然的，却又极其微弱的抽象。当然，这种抽象性是一种不可避免的事实。与在具体艺术作品中审美所展示的那种丰富的、显而易见的、内容与形式上的充实性相比，门类与艺术一般就显出一种贫乏的普遍化。但同时人们不要忘记，这里所显示出的普遍性并非单纯是那些共同特征、特性和联系等的概念的固定，因此是由审美领域直接跨入逻辑、科学抽象的领域。正是其自身的审美属性把某些作品组合成了一定门类。这就是说，在普遍化中不是简单地把审美的内容转化成概念——在各种普遍化中都是如此，如果在这种普遍化中不能保持各种现象所实际共有的特征，那么这种普遍化就是不恰当的——而是普遍化本身要从审美出发,内在地包含在作品本身的结构中以及对作品的审美态度的结构中。其逻辑、概念形式只限于防止非辩证矛盾的出现,其真理的内容却奠定了纯粹审美的基础。

这种乍看起来似乎矛盾的事实,可以首先从消极方面加以说明。学究式的美学是按照描述性科学的样子来处理它的素材的,它只局限在对各种共同特征加以编目,如同林奈的生物学那样,因此其结果是忽略了所有重要的美学门类问题:许多重要的艺术成就仍处于它所限定的范围之外;与此相反,拟似的创作却满足了全部符合特征的项目需要。而在积极方面,人们可以接触到这样的事实,在意识到——在审美的意义上——每一种审美的主体性的时候,超出单纯印象以及单纯情感激发的自发性,在对各个作品的感受中同时体验到它对一定门类的归属关系:不仅是单独的一幅画,而是它的具体化了的图像性,它的作为绘画的本质,它归属于绘画的性质;同样在文学、音乐等之中也是如此。我们把这种意识性称为一种审美的意识性,因为它是基于一种感性的普遍化,而不是基于概念的抽象;它绝不意味着脱离开给定的个别作品的体验(因此不是把对它的观照作为类的一例)。这种意识性只是在同时保持了艺术创作的激发力方面超越了所自发唤起而留下的印象,使艺术内容本身可以体验,而在这里艺术创作本身的审美性质、审美作用成为艺术所激发的体验的重要环节。由于审美意识性与作品的客观结构、作品所支配的辩证的动态性在审美体验中有机地联系了起来,所以审美意识性不脱

## 第八章 模仿问题之四：艺术作品的自身世界

离单个作品，而且相反地作为纯粹自发的体验更强烈地接近作品，因而审美意识性植根于作品本身的本质之中。像自发体验那样，它同样在本源上是审美的，只不过同时是更接近作品本身所表现的那种客观的形式、内容的复合体。

作品、门类两者与艺术一般的关系也同上述情况相类似，尽管它或许更复杂一些。在这里也应该从这一点出发，门类不是艺术的亚种范例，正如各种作品不是门类的亚种范例一样，毋宁说艺术一般与具有其特殊性的门类正是在这种特殊性上被不可分割地、相互联系地共同确立起来的，同样——这一点在此是决定性的观点——每一部单个艺术作品也是这样相互联系地确立起来的。这是一种内在的，而不是一种涵盖的关系。内在性是现代逻辑学很少注意的一个范畴。试图以某种方式来填补这一空白，当然不是我们这里的任务。我们只需要简略地提到黑格尔的《逻辑学》就够了，其中至少说明了对于我们重要的一些问题。这里引人注目的是，在黑格尔那里，这些范畴总是出现在他分析判断和推论形成的开端。在《哲学入门》中由两节是以质的研究开始，作为内在性的判断和推论。在那里，黑格尔就宾词指出："普遍性、宾词在这里只具有一种直接的（或感性的）普遍性和单纯与他者的共同性的意义。"① 在第

---

① 黑格尔：《Philosophische Propädeutik（哲学入门）》全集第8卷（1809/11），罗森克兰茨主编，斯图加特1840年版，第149页（概念论15）。

二段中接着以"质的扬弃"和过渡到"量或反思的推论"结束。① 在《逻辑学》中，内在性失去了对推论的意义。在判断论的开始还总是提到内在性，由于以"实有判断来表征内在性"，在这里"宾词具有非独立的形式，以主词为基础"。② 与此相反，实有推论作为推论研究的序曲，是基于双重的涵盖，其中个别的东西包括在普遍的东西中，而普遍的东西包括在个别的东西中。③ 接着对亚里士多德提出了责难，亚里士多德"只是抓住了单纯的内在性关系"。④ 这里不是进一步考察这种责难正确到什么程度的地方，普兰特尔至少强调了，亚里士多德明确地区分了"种的区别"与"单纯的内在性"。⑤

这些在此无法解决的争议给对我们如此重要的类、种、个体问题以启发，正如我们所看到的，这对艺术、门类与作品具有某种，甚至相当深远的结构相似性。我们在上述说明中已经可以确定，在本源的审美态度（和在作品的客观基础以及艺术作品）中有一种内在性关系在起作用，关

---

① 黑格尔：《Philosophische Propädeutik（哲学入门）》全集第8卷（1809/11），罗森克兰茨主编，斯图加特1840年版，第158页（第47、48节）。
② 黑格尔：《逻辑学》下卷，杨一之译，北京：商务印书馆1976年版，第302页。
③ 黑格尔：《逻辑学》下卷，杨一之译，北京：商务印书馆1976年版，第344页。
④ 黑格尔：《逻辑学》下卷，杨一之译，北京：商务印书馆1976年版，第345页。
⑤ 普兰特尔：《Geschichte der Logik（逻辑史）》，第1卷，第233、263页，杨一之译本中译为附属关系，此处译为内在性关系。——译注

## 第八章 模仿问题之四：艺术作品的自身世界

于作品及其效果是以人类为基础的阐述，指出了人的存在作为个体、社会组织的成员、作为人类发展的参与者这些关系而加以如此描述出来的性质。内在性这一逻辑范畴所表现的，是对于在自然界和社会的不同阶段上以各种方式不断出现的一种存在事实的反映。黑格尔对这一问题的综合体所持态度的正确性在于，它是基于对现实的各种非拟人化反映所具有的、必然的客观主义。由这种立场看来，在内在性范畴中变得明确的那些关系虽然是事实，是在客观现实中无可争辩地存在的关系，但同时又是现实的纯粹直接的现象。科学必须是具体的和实在的，如果逻辑学在思考上接近了现实的客观辩证法，那么它在揭示最普遍的形式联系上就必须前进。黑格尔对内在性的扬弃及其超越，其出发点是用运动、变化、发展等更好地表述出来的、更复杂的规定来补充或代替。这是一种首要的、直接的，因而在逻辑上原始的规定，因此在《哲学全书》中讨论生命时，为了理解类的概念总是引入更具体、普遍化程度更高的历史范畴。[1] 除了这些范畴之外，内在性虽然无人否认它同样是这种关系的多种规定之一，却只能作为开端的贫乏的直接抽象起作用。(现代科学的各种具体范畴已远远超出黑格尔所具体化的可能，无需特别强调，这并不会改变这一问题在方法论方面的正确性。)

---

[1] 黑格尔：《Encyklopädie (哲学全书)》，第2部分，第642页，见《黑格尔全集》，柏林1845年版，(自然哲学)，第370节。

### 审美特性

显然,即使在审美反映中也可能并且必然会出现反映客观现实各种实际关系的一种范畴。在这些情况下的审美特性表明,这一范畴在反映的整体性中所占的地位及其动态性中的功能是可以有变化的,但其变化不允许歪曲该范畴的基本性质。这一点我们在类比推论中已经说明过——并且以后还要更详细地谈到——在特殊性范畴中我们已经详细分析过,在以后的阐述中我们将在其他范畴中也谈到这种功能的变迁。因此,从一开始就应该强调指出,在逻辑学与美学的范畴之间,不存在也不可能存在转化模式。这里完全不涉及将一个逻辑学范畴转化为美学范畴的问题。应该说只是涉及这样一个问题,即由于客观现实的统一性,科学和艺术以其自身的方式所反映的同一事实、对象性形式、规定等——两者都有其特殊的接触现实的方法——保持着其适当的功能。对各种范畴在功能上的相似性和差异性的研究,两者必须分别地进行。只有当所有范畴都完成了这种研究,只有当用这种方法阐明了各种新的功能之间的关系以及由此而——相对地——改变了实质时,只有当这些联系构成一个体系时,我们才能说完全认识了审美反映的特性。我们开始时已经指出,这一考察并不要求这种完满性。从艺术哲学的现状看,这也几乎是不可能的。对于我们重要的是,根据若干关键性的事例指出,能够和应该导致把握审美特性的道路和方法。

如果我们现在转向内在性范畴,那么我们应该再次提到,这一范畴——从逻辑、科学上看——是处于非拟人化

## 第八章　模仿问题之四：艺术作品的自身世界

的一个低级阶段上，就是说，它属于反映了外部世界直接可把握环节的范畴，在其存在方式上仍然是既与感性有密切联系，又可看出是按主观性加以固定的。我们已经看到，在我们上面所引黑格尔的命题中强调了内在性的这两个方面，第一方面在《哲学入门》中，第二方面在《逻辑学》中。这里主要感兴趣的是，这种范畴的存在方式为它的意识化本身提供了条件。在内在性中已经包含了一些分有（参考）的环节，分有早在柏拉图哲学中具有不可忽视的作用。这种环节的起源可以追溯到史前时代。列维·布留尔正是把分有看作是他称为"前逻辑"思维的中心本质。他指出："我想说，在原始思维的集体表现中，对象、本质、现象会以一种我们无法理解的方式成为它们本身，同时成为它们本身之外的东西。"① 与列维·布留尔由"分有法则"得出的最令人质疑的结论无关，这里涉及巫术世界观的一种基本因素，也就是依据比较发展的、更加理性化经验的眼光来看被证明是完全无意义的、往往是与巫术时代的那些联系相关，但这些联系在一定情况下却也能局部正确地达到对现实的反映。内在性范畴是由不同性质的实在性之间联系确定的，在逐渐去除了巫术的悖理之后，作为一定关系的标志形成的，这些关系直接且首先就不是作为别的事物被称呼的。内在性在现象（种、类等）的分类中变得如此重要，这绝不是偶然的，因为它在其后的长期科学发

---

① 列维·布留尔：《原始民族的思维》，维也纳/柏林1921年版，第58页。

展中都是必要的，直到分类可以转化为一种因果决定的进化论学说为止。

在这一次发展中所存在的明显对立是，在审美中内在性作为外在和内在联系的范畴绝不会被如此排除，相反地却被固定为不可缺少的创作手段，并且本身不断扩大、不断深化且不断丰富地展开来。只要我们重新联想到个人、社会集团与人类的关系，就足够了。当然不断出现这种理论，它试图在科学性的意义上也为艺术实践而把握这些关系，并想用内在关系的纯粹因果推导取代那种——只用一个重要的事例来说——把个人表现作为阶级或国家的一员的简单的、直接的、感性直观的内在性（关于因果性在艺术创作中的实际作用，下面将会谈到）。由于人的关系形成的整体性被僵化地固定为非文艺的、"神话"的、不真实的、所谓环境的产物，其结果把人的关系拜物教化了。但是，内在性作为创作的范畴，意味着个人的一种不可分割的、有机的统一体，各种社会力量在个人内部并对个人发生作用，然而这些社会力量是直接作为个人的心理因素出现的。这种性质不是表现在它的静态的平衡或被搅扰状态中，而是作为各种倾向的不断斗争，作为个人心理平衡的不断产生和扬弃。由于个人对这种秩序关系——相应于生活的真理——的分有（参与）是作为一种个人的心理成分表现出来的，它对这种关系的反映是内在的，所以这种内在性范畴的作用表现为由直接的、同质的心理要素显示出动态的异质性。这些关系的存在并不会损害作为独立意识

## 第八章 模仿问题之四：艺术作品的自身世界

的客观社会存在这一性质，它内在于个人的心理中。因此在艺术创作中，个性自然生成的直接统一占主导地位，与各种可观的社会倾向的关系也表现在内在性范畴中。这种统一当然具体表现为冲突和分裂。然而这种内在性——如果创作仍是真正的、艺术的——即使在完全被损坏的情况下，也表现出了人的实体的统一，正是因此内在性范畴的应用是不可或缺的。凡是破坏了这种统一的地方，就出现生活真理和艺术的破坏，正如按照现代人的偏见，病理学"模型"提供了对正常人的理解，精神分裂症对意识的分裂不是作为病理学上的例外情况，而是被看作"人的条件"。

对现实艺术反映的这一基本事实，不论在艺术理论中还是在科学学说中，都引起了许多混乱。在艺术理论中往往把再现这种范畴的"原始的""原生的""本源性"的方式夸大了（以至提升到荒谬的地步），使艺术再现了——所谓的——对巫术的回归。我们已经指出过这种观念的根本错误，并且说明，在这里巫术和艺术的真正事实被歪曲了（如在沃林格、考德威尔等人那里）。内在性范畴中的"原始性"（同样地包括类比在艺术中的应用），一方面与发展的阶段有关，在这一阶段巫术早已被远远地抛在后面，在这一阶段上，只有生活中实际存在的内在性规定起作用。在这一阶段巫术幻象的主观性——更恰当地说，是无能为力在主观与客观之间作出区分——已经成为被克服了的过去。另一方面，艺术的发展不会停留在简朴的、未加分析的内在性构想上，更何况它由这里再做出历史的倒退。在

> 审美特性

可能普遍化地作为内在性范畴而加以综合的各种事态和关系中，隐藏着人们生活的真实素材，这些素材随着社会历史的发展而不断形成，在对这些素材的阐释和描述性的提炼方面，艺术起了先锋的作用。在古代的作品中已经出现了这一范畴，它与巫术的始原关系甚微，而正是这里所产生的这些问题，在以后的艺术中经历了一条走向扩大、深化和丰富的漫长道路。

有关这一事态，由于方法论上的误解而在科学上产生的混乱后果，我们只能简略地提到。这里首先涉及作为科学的心理学的方法问题。实证论的唯心主义心理学在上世纪末陷入了一种危机，它在具体地把握现象上表现的无能为力越发显而易见。它的唯心主义基础使得它不能由联想作用而达到它的物质、生理基础，并借助由此而发现的规律更好地说明各种现象。代之对这一基础的批判，产生了对一种新的心理学的渴望，这种心理学接近于艺术的，特别是诗的创作的具体性和感性鲜明性，并以这种方式研究有关问题。自从狄尔泰提出用"描述心理学"代替单纯的"分析心理学"（即科学的）以来，这一运动不断掀起更大的波澜。分析研究这些不同的潮流当然不是我们这里的课题。我们只限于唯一的方法论上的说明，我们只能说，这些倾向为心理学提出了这样的课题，即能满意地解决艺术和对现实审美反映的问题。科学开辟了这样的途径，它可以避开其固有的本质，避开——客观地——揭示出规定了心理学对象并只能以非拟人化反映方式正确把握的那些客

## 第八章 模仿问题之四：艺术作品的自身世界

观规律性和联系。唯物主义者巴甫洛夫为这一研究指出了重要的方向，遗憾的是目前心理学领域很少有后继者。在以后的一章（第十一章）中我们将试图说明可以适用于我们这一问题的方法。

我们在前面的阐述中——回顾以下有关艺术的人类特性所谈的——已经指出了，本源的审美在重要各点上不得不与内在性范畴相联系。由此也可以看出，在艺术作品、门类艺术一般的关系上，人们同样应该重视内在性范畴。这在一开始就显出极大的可能性，因为它们在形式上的关系与个体、种和类的关系表现出许多相似性。在这里，相似性却远多于其差别。如果人们拿它与个体、种、类的关系作简单类比，那么就会在重要环节上歪曲了作品、门类与艺术的关系。这里再次把内在性问题放到中心，因为我们已经看到，内在性对于从根本上把握各种与人类相关联的概念是必不可少的，然而进一步发展了的科学考察必定已经超出了这一点。与此相反，对于各种审美关系说来，内在性的固定和内在展开是一种固有的特性。关于艺术的中心对象即人的描写，这一点我们已经说明过，然而我们对外化及其向主体的复归的阐述也涉及了这个问题。这里只是关系到，我们现在讨论的问题所得出的必然结论。在审美中总是存在某种主体的实体性，更恰当地说，是人的实体性体验的激发，这与黑格尔所说实体向主体的转化毫无共同之处。关于黑格尔这一观点的神秘性本质，我们在这里很少涉及，我们在考察中更多的是努力去揭示它的合理的——审美的，而非哲学的、科学的——核心。这种实体性主要表现了在主体统一性中的深度和有机性质。如果说以前由另一方面强调了本质与现象的内在相关性以及连续性，那么在这一方面也说明了这一点。在科学上必须将现象与本质明确地分离开来，以便能将对规律的认识返回到由它们所阐明的现象上来；然而艺术作品构成了现象与本质在感性直观上的不可分割性。本质只有完全与现象世界相融合时，它才是审美的存在，而现象只有作为具体现象的一定本质才能直接起作用。当然它们同时处于一种感性直观的普遍化中，它使本质同时作为自为存在与现象的内涵表现出来。

作品本来的这种审美结构必然保持在如门类和艺术一般这些由事物本身所创造的普遍化中，它不会歪曲审美的本质，使——审美的——内在性畸变为一种逻辑的涵盖关系。由此可以清楚地看出种与类之间的相似性与差别。正如已经指出的，在涵盖的基础上进行人为的和固定的单纯分类，意味着对内在性直接认识的科学性的一个更高阶段。这一范畴在更高水准上出现的地方——如在比较形态学中试图对现象作系统排列——起主导作用的是比单纯的内在性更复杂、更发展了的层次上的各种范畴。与此相反，在审美领域，内在性却不可排除地在起作用：不论涉及作品的客观性质或对作品的创造及感受态度，单个作品及其所属的门类必然一起被确定。无论是在创作中或感受中，还是在美学思考中，对此都不能划分出明显的界限。甚至在

## 第八章 模仿问题之四：艺术作品的自身世界

对一部作品——根据形式所作的概念上——的分析中，体验和思考不断形成一种共同的流动体，它把作品与其门类结合在一起。若就一幅风景画的绘画特质而言，那么在对此确定图画的特殊的、个别特性的把握中，同样包含了绘画问题，反之情况也是这样。在我们反复强调的通过一部艺术作品实现它的门类的规律性方式中，同时包括了它的规律的扩大。这非常清楚地证明了，个别作品与其门类的这种相互的内在性关系属于审美的本质。作品、门类与艺术一般的关系也是同样的，因此相对于单独自身存在的作品来说，门类和艺术并非普遍概念。

在一定范围内向概念性东西的某种变换是不可避免的，并且在不断发生。如果过分性急地、硬性地进行这种变换，那么必然像在历史过程中经常出现的那样成为一些死板的规则，在审美中最好的情况就是它们不引人注意地被忽略了，而往往却是对感觉和创作产生了扼杀的作用。这里相反地——我们再重复一遍——涉及感性直观的普遍化，这种普遍化与基本质相对应，适用于我们已经了解的审美过程，这一过程排除了每一创作主体与感受主体的单纯个体性，从而使主体性提高到类的以及人类的意识，而不完全泯灭个体性，不像这种由主体性的个别性向人类意识提升时不可避免地过多排除这种个体性。因此这种内在性表现在，每一个艺术家身上——不论是客观的或是主观的——始终体现了门类和艺术一般。当然，如果这里是就审美主体性中的体现而言，那么这里绝不是指概念本身表现的意识性,也不是"深层心理学"的无意识。我们所说的"他们没有意识到这一点,但是他们这样做了"也适用于这里。黑格尔在他的时代已经明确地表述了,类接近于直接的个别性的否定、"个体的死亡"。在我们这种情况下正相反,按照黑格尔的说法,直接的个别的东西、个别的艺术作品的实现及由审美的本质所产生的东西构成为持续的、存留下来的东西,仍然按照黑格尔的说法,成为"类自己本身"。① 所以这一过程在个体、种和类的关系上具有正相对立的特性。门类和艺术一般的自我维持、生成和发展直接地,且必然地依存于单个艺术作品的实现,反之由审美的类过程所产生的是枯竭的(陈旧化的)创作——在审美上——成为虚无(这个问题不涉及它作为社会历史现象所可能具有的意味)。

## 二 同质媒介、完整的人与"人的整体"

可以这样认为,随着单个作品的审美构成,同时一起也构成了门类和艺术一般。如果我们现在转向个别艺术的本质规定问题以及门类问题,在一定程度上由于明显的方

---

① 黑格尔:《哲学全书》,第2部分,第367节附释。见《黑格尔全集》,第7/1卷,柏林1845年版。

## 第八章 模仿问题之四:艺术作品的自身世界

法论的原因显得有些忽视了艺术一般。由前面的论述可以明确地看出,这只是一种假象,因为在对每一门类进行正确的美学考察时,也就同时思考了艺术一般的问题。对此在什么程度暂时不作表述且只是构成背景,这里只涉及方法论问题。如果我们把这里所要谈的问题,即在以前的考察中经常提到的每一艺术品种的(以及在其范围之内每种作品的)同质媒介,即使分割开来然而其联系也是显而易见的。因为具体的同质媒介——如各种造型艺术中的纯粹视觉性——也是艺术品种的规定。同质媒介可以按照门类来区分,因为绘画中的纯粹视觉性在许多方面与雕塑中的视觉性其意义不完全相同;诗的语言媒介在抒情诗、叙事诗或戏剧中具有一系列不同的特性。这还完全没有提到,同质媒介当然只是在单个艺术作品中才获得其始原的实现方式。在单个艺术作品中,那种既是个别同时又是普遍的处理方式,构成了其最基本的、形式上的审美规定。尽管如此,仍然可以有充分理由说,同质媒介的问题本来正是包含在艺术作品种和门类范围之中的。相对于单个的艺术作品,其普遍性在此也具有极深刻的、始原的审美性质。如果我们就艺术一般而言,这种情况是很少的。每一艺术品或每一门类都具有一种独特的同质媒介的形式作为其基础,这种说法已经是一种普遍化,它把在质上相互不同的媒介所具有的本质上共同的特征构成一种概念。与此相反——在我们前面论述的意义上说——在每一种同质媒介中,以一种始原的审美方式包含着对艺术一般的内在指示及内在性意义上的关系。通过这种自下而上的结构倾向的固定，可以修正上述自上而下的概念特性，并将审美内涵的本质近似地、不受损害地转化为概念的东西。这一思想为我们提供了从艺术品种或门类的观点来着手研究同质媒介的方法论基础。

在能够讨论有关同质媒介的主要问题之前，有必要先说明其特性。同质媒介自身的现实是在艺术作品中，在那里它是严格词义上的一种媒介。这种媒介不是独立于人的活动而存在的客观现实，不像在自然界或社会中的一种事实或联系那样，而是由人的实践自身引起的对象性及其联系的特殊构成原理。也就是说，不是像社会历史事实那样，是人的活动的产物。这种活动是以接近正确的意识所引起、在其中起作用的规律和倾向，由这些活动所创造的事实和联系也构成了客观的、独立于人的意识的现实的一部分。建立在对现实正确反映基础上的行动必然始终接受着影响、控制和修正，以及使这样一种行动综合体不会向如下方向运动，即使一种正确行动的结果向不正确行动的结果转化，一种有意识行为的结果向无意识行动的结果转化。因为如此形成的事实是：即使它们是由人的意识所产生或受其影响，独立于意识而存在并起作用的客观现实的事实都服从于它的规律性，人只有通过对规律性的正确认识才能促进对于规律性的正确应用。在我们这一情况下，由人的活动所产生的东西具有完全不同的意义，即终极的确定性。在艺术品种的同质媒介中，产生出形式的构成物，这种构成

## 第八章 模仿问题之四：艺术作品的自身世界

物只有在同质媒介审美地反映了客观现实时才具有它特殊的"现实性"，它的现实性只是在于，这种形式构成物能够唤起在其中所固定下来的客观现实的艺术映象，它能够引导和控制人的体验对其中体现的映象，它能够引导和控制人的体验对其中体现的映象的内在再生产。

尽管同质媒介的具体属性（听觉特性、视觉特性、语言、表情）构成人的生活和人的实践的一种要素，同质媒介仍然必须是现实不竭之流的提取物。同质媒介构成了艺术创作的实践基础，在艺术创作中艺术家将自身置于其艺术品种的同质媒介中，它在自身人格的特质中的实现开拓了——我们已经研究过的——创造作为对现实审美反映自身"世界"的可能性。一般地、抽象地说来，在对客观现实的反映中同质媒介的出现，在由自在存在向为我们（Fuer uns）的存在转化的过程中不是什么绝对新鲜的事，只要考虑一下数学在精密科学中所起的作用就够了。在这里立刻可以明显地看出，科学和艺术在对客观本质上相同的现实进行反映时所具有的质的差别。科学的同质媒介只能由已经——相对地——把握了的现实本身中获得。它的基础构成了客观现实本身的各种要素和联系，对它的抽象加工，即对这种同质媒介的创造主要在于，对客观存在物中按照各种与主体性相结合的、包含拟人化倾向的观照方式尽可能加以清除。因此它是由可以表达出各种对象所具有的客观事物的那些要素及其结合体的规律性等所组成。真正的客观性当然是处于现实的不断控制之下的。只要其表现方式的各种细节之间有矛盾,那么一般在思想上接触不到的各种现象的模型表象就会失真。另一方面,一个数学方程、推导等包含了比人们原来发现它们时所认为的更多的现实特性,这也是可能的。因此通过科学反映中的同质媒介形成了一条达到对象及其联系的客观自在存在的道路,即在倾向上始终要排除人的主观性。①

在审美反映中同质媒介不可排除地与主体相联系着,我们由前面的论述中就可以知道,正是由这种在人的个性中的固定才取得了它的意义。关于这里起作用的主体性的具体性质也已经谈到过。我们知道,它的这种不可排除的本质绝不等同于对审美构成物的客观性及其现实真实性的否定或削弱。与此相反,审美反映的对象的特殊性质使世界处于人的活动的相互关系中,为其媒介的官能强制地规定了一定的主体性。在这里同质媒介像在认识中一样具有——相应于不同的任务而有所变化——类似的职能,也就是使反映接近于客观现实的职能。这两种情况下有重要意义、通过同质媒介使客体易于并有可能还原为本质的东西,从而由其直接性中使与反映活动的目标相关联的那些规定处于前景中,而与这一目标仅处于松散的、偶然相关的甚至毫不相关的联系则被忽略,甚至或许被完全排除。这种媒介还可能具有如下特性——我们可以联想到数学——有时即使经过极其复杂的中介,又客观现实的正确反映中

---

① 我们这里无需去讨论在数学表达中所可能遇到的各种问题。

## 第八章 模仿问题之四：艺术作品的自身世界

取得其真理的那种解，相对于各种单个的考察以及由其中直接得出的结论都可以作为批评和修正的原理而出现，这样其自身的解才能被展开。但是这种普遍的形式相似性必然立刻与同样重要的区别相对立：科学反映，正如我们所知，是非拟人化的反映，这就规定了与这种态度相对应的同质媒介的客观性，其作用及存在方式纯粹是由各种客体的性质所决定。因为审美反映的对象是人的世界、人们相互间以及与自然界的关系，所以其同质媒介的种类和区分也具有完全不同的性质。

这种反映的对象不仅应该如它本身那样，而且应该表现为在社会与自然界之间、在其原因与社会结果之间相互作用的环节。因此，在对象的设定中包括了人与对象的关系，即人对对象的反映。如以前所指出的，如果主体的这种最积极的作用并不导致一种主观随意性，而是有助于建立一种新的但更扎实的客观性，那么创造主体性就不会面对一个与其完全陌生的世界，对这个世界、对这样的世界，他只能采取事后的态度。因为这样形成的判断不可避免地陷入空洞的主观主义。与此相反，主体应该积极地参与被反映世界的内容与形式的正是如此的存在。如果个别创造主体面对所创造的各种作品自认为起了这样一种造物主的作用，那么这绝不是涉及他自身毫无根据的狂妄，而是关系到对人类道路内在的简化和集中了的再现：由审美反映所摹写和固定下来的个中对象，不论在形式上还是内容上，都是这一过程的结果；甚至当这些对象如自然对象，本身

> 审美特性

具有不依赖于人类的存在时，其存在方式在大多数情况下客观上也受这一过程最深刻的影响（被砍伐的林木、经疏浚的河流等），并且在情况并非如此的地方，其现象也会不可分割地按照这一发展道路被表现出来（作为艺术对象的高山、大海等）。因此再次指出，这次是从另一观点来看，审美主体性的根据是建立在它与人类关系的基础上。只有如此这种主体性才能获得其独特的客观性，而不丧失其主体特性，但也不能堕入一种主观主义。

另一方面，由上述特性可以看出，各种同质媒介的分化原理不仅像在科学中那样取决于被反映的客观世界的性质，而且也与人的主观态度有关，这种态度有可能触及现实的许多重要的和持久的方面。对自然及社会的科学反映，例如，数学的同质媒介是否以及在什么程度上具有主导意义，取决于自然的与社会的客观素材。然而，社会的一定过程是否能够用叙事诗或戏剧形式表现出来，则首先决定于主体的态度。在这种主体态度以及主体"决断"的背后，总是存在着各种客观的、社会历史的力量，这种主体性几乎可以表现为各种客观必然性的单纯积聚点，这一点在此已经多次说明。整个问题的综合只能在本书历史唯物主义部分才能具体地进行讨论。

从这种观点看来，同质媒介首先表现为对世界统觉的限定，作为将世界的各种要素、对象性形式和关联形式还原为态度的立场可以知觉到的东西，也就是说它不仅涉及所感知和所表现的内容，而且也涉及它的表现方式。从形

## 第八章 模仿问题之四:艺术作品的自身世界

式上看来,其中这种态度是怎样的以及由此而形成哪种同质媒介,似乎都是受一种主观随意性的支配。然而必须考虑到,并非由每一种任意的态度以及由一种与其相应的——所谓的——同质媒介都可能成为对人类富有意义的现实反映。在诸感官中,只有视觉和听觉才能形成同质媒介,这在历史上是众所周知的,"嗅觉交响乐"仍然只是一种空洞的游戏。这一基本的事实已经表明,上面所强调的对直接加入同质媒介的限定,只是看来像是直接的。当对现实反映的初次限定和由这一特殊感官知觉到的东西只是构成的一种手段,是世界的一个特殊的同时又是整体的侧面,由如此形成的新的方式加以摹写,并象征地加以固定下来,那么这才能构成美学意义上的一种同质媒介。如果将可知觉的东西从根本上限制在各种同质媒介所可能的范围内,在对世界审美把握的意义上说不是"退一步是为了更好地跳跃"(reculer pour mieux sauter),那么就根本谈不上是同质媒介。

因此就其第一直接性而言,同质媒介只是一种单纯的形式原理。音乐理论已经接近于这种思想,因为创造音乐世界的媒介在自然和社会的现实中没有任何直接的对应物,然而除了音乐理论之外,视觉艺术和语言艺术的反映特性从一开始就明显地表现了出来。康拉德·费德勒非常着重地强调对视觉性的这种特有世界的肯定,在这一世界中那些非直接可见的东西按照方法论上的纯粹性和彻底性都应该被排除出去。由这一立场所引起的矛盾我们在其他地方已经谈到并且指出,这种立场必然导致日常生活中视觉性不是丰富了,而是贫乏了,以致感官的分工以及视觉外延的扩大和内涵的精细化等日常劳动实践的巨大成果都被独断地抛弃了。因此菲德勒的某些想法使他把整个艺术活动只看作是一种特殊类型的认识,这绝不是偶然的。由此,他否定从自然产物同样可以产生审美效果,并作出规定,"艺术无非像一种语言,借助这种语言将某些事物纳入人的认识的意识领域。人们若把对事物某些范畴的认识作为艺术的目标来考察,那么也必定将艺术的结果等同于一般认识的结果。艺术的所有效果本身只能从认识推导出来,因为如果说譬如造型艺术作品具有一种审美效果,那么它的那种效果就不是作为艺术作品的。"[1]

近几十年来出现的所谓解释学派的文学理论和文学史方向,在其原理上并不像费德勒及其追随者那样是完全似是而非的(如雕塑家希尔德布朗)。对各种著作的内在解释由作者们的生活中获取传记事实,以便推导出对直接的第一印象的分析。因此相对于菲德勒那种独断的狭隘性具有某种相对的进步性。这种相对性也表现在其哲学基础上。当费德勒站在正统的新康德主义立场上,不得不否定外在世界的客观性及其反映在艺术上的合理性,这受到海德格尔存在主义的重大影响,海德格尔本人曾经发表过这种研究。这一切的后果是,即使在这里不论真实的原型,还是

---

[1] 康拉德·费德勒:《Schriften über Kunst(艺术文集)》第2卷,慕尼黑1913年版,第45页。

## 第八章 模仿问题之四：艺术作品的自身世界

它的艺术摹写，其本质的丰富性和规律的联系、作品的社会基础、在作品中起作用的各种规定的艺术综合以及效果的社会特性基本上被排除了。这就导致其主观意图在于把握形式范畴的分析，实际上忽略了文艺创作的关键性问题。①

与同质媒介在审美中的职能相关的一个理论问题，首先是应该避免那种在上述方面必然出现的形式主义的狭隘性。如果人们过分夸大了即使我们也认为基本正确的内容的优先性质，以致达到荒谬的地步，正如我们在这一问题的形式方面所看到的情况，那同样都会导致错误。如果内容性原理被提高成唯一的评论标准，而艺术创作只具有一种附属的作用，只是或多或少地表达了在内容本身与形式因素成败无关的那些东西；如果人们把这种议论的拟似理论的空谈加以彻底地思考，上升到概念，那么就会得出一些极为类似的东西。当然这种观点很少被前后一致地表述出来（例如由阿普顿、辛克雷阿）。相对两种错误的极端所表现出来的第三项内容，不应该是折中的"中点"，而应该是在其全部复杂性中把作为内容与形式的辩证统一（作为一种具体内容的形式，在形式的规定中保持内容的优先性，在对形式的肯定中，是把形式作为审美激发地直接承担者）

---

① 参见 Cesare Cases 载于《Societa》（罗马）1955 年第 1、2 期的论文以及里夫什茨的研究论文《对魏德玛日记的研究》，载《新世界》（莫斯科），1957 年第 33 卷第 9 期，第 202—225 页。后一篇文章不是直接研究这一学派的，但他的分析包含了对这一学派原理和实践的批评。

固定下来并用概念加以表述。如果在分析的阐述中有时只能用迂回的方法——在方法论上——分别讨论内容因素和形式因素，那么这并不意味着对上面所不存在的折中主义"中点"的否定有什么让步，因为在每一种分离开来的考察中内在地考虑到了这种辩证的复杂性。

在某些——无论是基本的，还是错综复杂的——同质媒介的要素中，内容与形式的辩证法明显地出现在表面上，以致人们往往很难区分其所处理的是形式问题还是内容问题。同样在实际实现引导职能的问题上，在审美态度对客观现实的接近过程中，同质媒介具有哪些职能也是难以区分的。在日常生活中完整的人对他周围的全部现实的态度、对环境刺激的感受、他变革现实的活动——尽管在不同的行为方式和状况下存在很大的差别——都具有对各种客体实践的关注这一共同特征，对这些客体的观察或许是极其明晰而精确的，然而客体的联系却只有当其特性对于所设定的目标具有积极的或消极的意义时，才进入知觉范围。这当然不仅关系到感官印象和表象，而且也关系到由此而产生的、受实践所引导或由实践形成的思想。在知觉与被感知的客观存在之间所设置的界限在发展过程中——尽管是不均衡的——不断被推移开去，并由于现实与意识的关系而基本上被抛弃。尽管由日常实践——首先由劳动形成了科学反映，并达到高度的分化，但总是以各种不同的方式设置了这种认识的界限。

列宁给出了这一问题的精确图像，这在其他地方我们

## 第八章 模仿问题之四:艺术作品的自身世界

已经谈到,在此着重说明其本质,即每一反映都是一种粗糙化,也就是说不仅通过思维而粗糙化,而且通过感官也造成粗糙化。按照列宁的观点,科学思维的最高形式即辩证法,为科学提供了出路,使其具有更加接近现实的可能性。辩证思维的任务是在认识接近现实中清除由思维本身所造成的障碍。在我们前面所援引的命题之前,列宁曾经赞同地直接引用了芝诺哲学。黑格尔在阐述芝诺哲学时指出:"造成困难的永远是思维,因为思维把一个对象在实际里紧密联系着的诸环节彼此区分开来。思维引起了由于人吃了善恶知识树的果子而来的堕落罪恶,但它又能医治这不幸。"① 因此,列宁在他思想的进程中把"对立的统一,同一性"作为辩证法的本质,作为摆脱这一困境的出路。

这一切对于审美反映接近现实的问题是富有教益的。在这方面特别应该强调指出,关于如运动的"粗糙化"、"抑制"的判断不仅对于思维,而且也明显地对感觉表现出来。就我们这一问题的观点说来,这是重要的,因为在现时代,就美学而言(当然也涉及哲学一般)不断发出这种呼声,相对于机械的、粗糙化的思维要求感觉、情感以及直觉的精细化、正确性和灵活性。相应地,对我们重要的是强调——自在的——感觉,像思维一样,会"扼杀"被反映外部世界的实际活动性。这里对于艺术说来,同质媒

---

① 黑格尔:《哲学史演讲录》第1卷,贺麟、王太庆译,北京:商务印书馆2009年版,第320—321页。

> 审美特性

介产生了特殊的意义。我们已经谈到了狭隘化的起始环节。一般说来这当然也是日常生活中出现的一种态度，它在日常实践中具有重要的作用。我们经常说"我在全神贯注地看"或"我在全神贯注地听"，"我的"——暂时的——完整的人集中在只能通过一种特殊感官的媒介才能获得对那种印象、信号、符号等的感受。毫无疑问，这样一种意识到目标的狭隘化，这种排除一切异质的东西，特别是当它经过系统训练时，有关感官的感受性可能异常敏锐，人们平时会不加注意而忽略的对象和声音可以被看到或被听到。因此意识的狭隘化可以用下述方式产生对现实的反映，这种反映要比人以其全部感受面向外部世界更优越。在这里反映集中所产生的促进效果是显而易见的，对于我们说来，这比与我们称为同质媒介的东西的区别更加重要。第一，它涉及在日常生活中一种基本上转瞬即逝的状况。因为当人获悉了如此审视的信号之后，他又转化为现实的完整的人。第二，与此密切相关的是，这种集中是由一定的、具体的、实践的目标所确定。如此被把握的对象——例如，这样观察到的痕迹，这样听到的远处的杂声——只要它的存在、它的运动等集中由一种感官所确认，那么它对于相关的人说来就不再是这一种感官的对象。正如狩猎者把他的耳朵贴近地面，以便感觉到兽群的临近，在察觉出这一事实之后，视觉就直接代替了听觉的引导作用。第三，向纯粹和分化了的感受作用的集中，同样为完整的人趋向目标的活动所代替。

## 第八章 模仿问题之四：艺术作品的自身世界

与此相反，同质媒介如果能在美学的意义上成立，那么一方面人的态度的某种相对的永恒性是必不可少的，另一方面又必须暂时中断各种直接实践的目标设定。看来这后一种要素与上述日常生活的事实只有量的差别，这在极端的情况下是可能的，我们所说的这种观察比艺术素描的构图历时更长。然而在这里平均存在的量的差别只是质的差别的表现方式，这种质的差别在于直接实践目标的中断方式上。这里所包含的问题，康德在他对审美态度"无利害性"的众所周知的阐释中或许已经作了最敏锐、最富有影响的表述，然而其中也把问题混淆了。因为在发展过程中——这一点经常会出现——其后继者和解释者远远超出原来的表述，而进一步唯心主义地歪曲了原意。在康德的权威性影响下，对艺术形成了一种绝对无功利性的要求，美学被确定为完全的纯粹静观（观照）。从通俗的倾向艺术和所谓"聘用文学"到各种社会主义党性理论家的见解，在不同的方向上表现出明显的对立，这对于把艺术实际理解为艺术是极其有害的，它简单地否定了作为审美整体过程要素的无功利性的相对合理性。如果人们想取得对实际问题状况的正确观点，那么就应该把对直接实践目标设定的中断——暂时不考虑康德所提出的问题和回答——作为对客观现实的反映及其在人的实践中应用的环节来考察。

在这方面，在科学反映和审美反映之间有某种不正确的、偶然的相似性在起作用。科学和审美反映与日常思维和日常实践的区分正是在于，这种中断是这两种分化了的——因此更有效的——现实反映所必不可少的前提，这两种反映是以这种中断——相应于它们的特殊的目标设定，所以也具有相应的区别——为基础的。当然，在这里详细讨论有关科学的问题不是我们的任务。然而作为顺便一提应该指出，一方面科学的形成和发展——最终地——是受实践的目标设定所制约的，即使最抽象的、似乎最远离生活的科学真理，迟早或直接间接地都会进入社会实践；但是另一方面，每一项科学工作都迫切需要以某种方式中断作为基础的，甚至直接推动它的目标来设定。在解决由现实的反映提出的问题时，离开这种中断作用就会远远脱离对现实本质的思考，妨碍对现实的接近。这种目标设定的热情可以导致提出重大的悬而未决的问题，并大胆而正确地加以解决。若中断被提前终止于中断所在阶段上，那么必然造成对实现整个目标的抑制甚至全面的妨碍。对客观事实性的集中，把这种中断与前面所述的日常生活的事实性联系在一起。由于在这里知觉到的不是个别的某种事实，以便由它的存在或非存在引出用于某种个别行动的暂时实践的结论，而是就各种事实的——相对——整体性的综合体，不仅研究其存在与否，而且研究它的联系和规律（例如，一个语文学家或历史学家要确定某一孤立事件的真实性，这一事件通过它的关系而使他产生其他兴趣）。由真理的发现所得出的结论不仅与个别事例相关联，而且——也是相对地——具有普遍性的要求：由此在这两种实践的中断之间产生一种质的差别。

## 第八章 模仿问题之四：艺术作品的自身世界

在这种最普遍的特征中，存在着科学反映和艺术反映之间的一种很大程度的平行关系，它的基础（正如通常所强调的）构成了这一事实，它们所反映的是同一个现实。它们的区别同样表现在科学反映与日常生活反映所不同的两个方面。第一点在于审美反映的知觉客体，通过审美反映，以一种与科学在质上不同的方式而具有整体特性。在科学反映中，正如我们所看到的，始终涉及各种事实、联系和规律性的复合整体，因为这种复合整体总是构成更大和更复杂联系中的一部分，因为科学反映始终力图将客观现实的纯粹自在转化为尽可能正确的为我们的存在。决不能使集中在相应部分上的注意力将实际上客观存在的事实联系完全割裂开来，并由此形成歪曲。科学反映的每一个现实映象所呈现的独立性，在原则上是相对的，仅仅是暂时的，在方法论上是与其环境划分开来的。基于物质的统一性，客观现实的统一性是每一种科学反映的基础（不论行为主体的个人是唯物主义者还是唯心主义者都是一样）。我们以前所详细谈论的科学反映的非拟人化倾向另外还有一种职能，即排除并非由自在存在而是由人的主观性产生的那种分离或区分。

当然一切事物之间的这种客观联系——作为反映对象的属性——对于审美反映说来具有约束力。正如我们所知，这种对象，不单纯是世界的自在存在，而且是人的世界的自在存在，当然它具有不依赖于意识的客观性，在这个世界中人的活动痕迹被客观化，好像成了客体，然而不扬弃

## 审美特性

它的这种客观性就会返回来关系到人。通过这种双重的规定性，由观照世界的这一侧面出发才能知觉到它的客观性及其返回的关系，这一侧面必然产生出世界的映象，在这些映象中外在世界不仅出现在其纯粹的整体性中，而且也出现在关系中：因此这些映象的每一个，自身都能够并且应该独立存在，不要求或不容忍由其他映象作补充。对现实个别反映的这种孤立性并不破坏它的客观性，而相反地提高了它的客观性。实现这一点的保证在于，每一种艺术作品都是把对它所描绘的世界侧面具有决定性的规定，作为反映的内涵整体性的基础。因此每一种艺术作品对整个世界的摹写，都是从一个重要的、人的观点出发来看待的，它的整体性和构成其基础的各种规定的整体性不是形式上的，而是一种内容上的整体性。这种整体性，只有当它成为审美的时候，也就是说，只有全部进入唤起它的形式世界（否则会或多或少地残留下任意选择的现实断面）它才能达到一种客观性。这种客观世界外延和内涵的无限性向艺术作品内涵的无限整体的转化，莱辛已经在关于世界与悲剧的关系中作了明确的描述，"真实事件？倘若是的，那么它的真正基础就是一切事物的永恒的、无限的联系。在这部作品里就是智慧和善良，而在作家选择的少许情节中，我们看到的是盲目的命运和暴行。作家利用这少许情节，编成一个浑圆的整体，在这个整体里，一个情节完全可以得到另一个情节的说明，在这个整体里，我们不会因遇到某种困难而无法在它的布局里得到快感，而是必须在它之

## 第八章 模仿问题之四：艺术作品的自身世界

外，到事物通常的布局里去寻找快感；这个尘世的创造者的整体应该是永恒的创造者的整体的一幅投影。"①

因此在这里彻底表现出科学反映与艺术反映之间的区别，显而易见，它们涉及对直接联系到人生事实的每一种目标设定的中断，处于一种类似的基础上，两者以同样的方式与日常实践相应的行为方式相区别。这同样关系到这个问题的第二个重要观点，即通过中断直接目标设定所达到事物的普遍性。当然，这种普遍性在这两种不同的反映方式中具有质的不同。正如在科学中那样，上面我们已经说明，这种直接实践目标的中断——或迟或早，或直接或间接地——更有利于更一般的实践任务的实现。在审美构成中，这种直接利益的中断也融入了人的日常实际生活中。然而与科学反映明显不同，这里只是例外地形成一种对各种确定的实际任务的直接促进或阻碍。甚至在社会生活中，在艺术作品产生了这种重要作用的地方——只要联想到《马赛曲》和比切·斯托夫人的小说就够了——也可以进一步看到其效果特性：它唤起了人们的热情，提供确定的内容和确定的方向，由此能够使人们实际地参与社会生活中，为推进或反对一定的社会事件而斗争。这种事件在艺术作品中直接作为事实本身而被认识，这当然是一种——在理论上和实践上格外重要的——极端情况。但是出现这种情

---

① 莱辛：《汉堡剧评》，张黎译，上海：上海译文出版社1981年版，第404页，第79篇，。

况的地方，其艺术效果远远超出个别事例的范围之外，《汤姆叔叔的小屋》不是号召读者去帮助书中所描写的那些奴隶，书中描写的存在也许根本就没有，至少也是被作品所感动的那些读者实际上根本无法接触到的，而是唤起了人们为解放一切奴隶（一切被压迫阶级）而斗争的感情和热情。由此形成一种人们为了实际地实现、为了转化为行动而作的准备状态，以便在生活本身之中（也可能在科学中）寻求更具体的手段。在音乐中已经通过其作为艺术品种的本质给出了这一指向的普遍化。（审美反映的各种规定在此以其最普遍和最纯粹的形式表现出来，产生这一状况的依据将在以后谈到。）总之，这里也可以看出，由于在审美中直接实际利益的中断而形成的目标设定的普遍化，不是把现实本身作为对象，而是把人的世界，即与人相关的客观存在的世界作为对象。

如果艺术作品在其主观的自觉意图中指向维护或摧毁在人的世界中某些被规定了的东西，那么也会出现这种情况。然而在绝大多数的审美构成物中却不是这样。由此可见，审美构成物与非功利性的关系会出现双重的错误判断。一方面，往往直接依据康德的观点，把脱离非功利性看作是对审美原理的破坏；另一方面如上所述，形成一种对立的错误观点，它仅仅径直由艺术作品所唤起的直接社会实践中，见出艺术一般的社会职能。这两种极端观点的错误性质是显而易见的。这两种见解都忽视了，每种艺术作品都是由人的社会经验升华而来，这种经验经过反映和加工，

## 第八章 模仿问题之四：艺术作品的自身世界

如前所述，也就是说，以一定方式对每一对象的把握总是与对其肯定或否定的态度相联系着的。当然这一点在更大程度上关系到把作品作为一个整体。如果作品产生了一定的情感激发效果，那么在这种效果中必然——自觉或不自觉地、直接或经过多种中介地——同时唤起这种参与意识。然而艺术情感激发的实际强度和深度首先趋向于人的内心，也就是说，首先在人身上唤起一种新的体验，这种体验扩大和深化了他自身的形象以及——更广义地说来——与他相关的世界的形象。自从古代提出陶冶说以来，艺术对健全人的社会情感的作用是众所公认的。从狭义来说，陶冶当然只是一定艺术作品所产生的这类作用中的一种，分别根据社会历史状况以及艺术品种的不同，而使它的实际作用范围无可比拟地扩大了。但是其共同的本质特征是，这种审美效果属于固有艺术的后续过程，极端的情况如上述的《马赛曲》，是由艺术欣赏立即转化为社会伦理的后续过程，这并不会改变它的基本特性。一方面可以看出，与上述两种极端情况相反——以实际艺术作品为前提——不可能存在那种其体验只能保持真正地无功利性观照的艺术。另一方面——也是以实际艺术作品为前提——这些作品只是直接针对一种具体社会事实的实际变化，作为审美构成物，其激情的产生超越于这种个别的事例，与那些在其直接目标设定中以直接的明确方式所包含的东西相比，激发出与人类发展和人类本质具有更多和更深刻联系的东西。若这些作品缺乏这种特征，那么它们就会迅速地由人类的

> 审美特性

记忆中消失（人们可以回忆那些一度如此成功而现在却完全被遗忘的小仲马、奥日埃、萨尔都的倾向剧）。①

这里有代表性的观点，即所谓非功利性构成审美的一种单纯的甚至不可或缺的要素，它并不涉及非功利性作为审美态度的本质，而只涉及人的直接目标设定的一种必要的，但却是暂时的中断，这种观点并不像乍看起来那样，它与康德美学的真正意向并不完全对立。当然，康德过分强化了非功利性这一概念，因为他作为主观唯心论者总是想由哲学领域完全排除掉现实的、完整的、活动着的、物质的人。审美正应该由此获得一种哲学的尊严，它与形而上学尖锐对立，并非无辩证的过渡，而是与全部日常生活表现相分离。② 同时，审美却作为人间的和物质的东西，与伦理相比，在其系统的等级中占有重要的地位。③ 在康德体系中审美的非功利性超越日常的低级功利，低于唯一人类尊严的伦理而占有中间的地位。这种中间地位是一种僵化的按等级制确定的地位。在这里没有辩证运动的中间环节，只有到席勒时，才试图在辩证运动中解决这种僵化。在康

---

① 小仲马（Alexandre Dumas Fils），1824—1895，法国剧作家、小说家。著有《茶花女》、《半上流社会》、《金钱问题》、《私生子》等。奥日埃（Guillaume Victor Emile Augier），1820—1889，法国剧作家，著有《女冒险家》《普阿里埃先生的女婿》《奥林布的婚礼》等。萨尔都（Victorien Sardou），1831—1908，法国剧作家，著有《祖国》《费朵拉》《罗伯斯庇尔》等。

② 康德：《判断力批判》上卷，宗白华译，北京：商务印书馆1987年版，1987年。

③ 康德：《判断力批判》上卷，宗白华译，北京：商务印书馆1987年版，第4节。

## 第八章 模仿问题之四：艺术作品的自身世界

德那里，只有在与自然的关系中才存在一种趋向，将审美辩证地返回到人的生活中，并与人类的最高利益相联系。因此，康德就对自然的体验指出："这就是不但自然成品的形式方面，而且它的存在方面也使他愉快，不需一个感性的刺激参加在这里面，也不用结合着任一个目的。"① 对于艺术，针对康德对卢梭的不信任感是值得作进一步研究的。这肯定来自18世纪的阶级斗争，来自对封建专制文化的否定，这种文化由于其德国表现方式的卑劣性和堕落性以及德国资产阶级的软弱无力而采取了一种特殊的形式。对"美的理智兴趣"的感受的具体哲学成果，我们将在自然美一章中详细加以分析。康德美学的这种——由他的观点看来是最重要的——因素在这里所以要提到，是由于其中非预期地设置了对单纯非功利性的自我扬弃，因为它的目标是通过其中断而转化成普遍的（在康德那里是道德的）实践，然而是以一种极其专门化了的方式。莱辛这样解释亚里士多德的陶冶，即"这种净化只存在于激情向道德完善的转化中"②，由此他也将问题限制在纯粹道德的范围，然而他在问题的提法上却比康德更具有普遍意义。

我们目前的考察暂时提出了两种相互密切联系的态度：对外部世界的指向限定化，其自身集中于那些通过某一种感官来感受或至少由知觉可以精确规定的侧面；另外是对

---

① 康德：《判断力批判》上卷，宗白华译，北京：商务印书馆1987年版，第144页，第42节。
② 莱辛：《汉堡剧评》，第78篇。

> 审美特性

直接实践目标设定的中断。两者相结合，以便对各种现象的知觉可用一种方式来把握，这对于通常的、日常的、完整的人来说不可能达到的。正是由于上述两种态度的并存，才使同质媒介的应用成为可能，然而若要使这种感受方式更加丰富，那么必须将这种限定化转化为一种单纯的引导作用，这才能适应于完整的人，但是相对于日常生活它又处于一种本质上变化了的形式。这里关系到对现实的审美反映（关于在科学反映中这种态度转化的特性，我们已经详细地谈到过）。在这里，被知觉物及被描绘对象的内容和形式是与创造主体不可分割地联系着的，审美客观性的纯正是主体感受的广度和深度的直接机能。如果我们在这一考察的过程中批评了几位捍卫过各种艺术同质媒介的绝对重要性的理论家，这样做首先是因为，他们将同质媒介的特性和作用范围以不能容许的方式狭隘化了，因为他们——首先像费德勒那样——往往把起始作用、对世界感受的收集和集中永恒化了，将同质媒介的全部问题归结为这些作用。如果在日常实践中已经形成了感官的一种分工，那么我们完全理所当然地、以自发的视觉方式来知觉原来属于触觉范围的特性，如果科学活动的观察使我们不得不承认，在对现实的非拟人化反映中想象往往也具有重要作用——那么我们在审美中怎么能停留在注意同质媒介的单纯还原作用上呢？

所有到目前为止的阐述，与审美的特征相反，都明确无误地表明，对于他的构成物的内容和形式说来，每个完

## 第八章 模仿问题之四：艺术作品的自身世界

整的人从纯粹个人的个体性以至他参与构成人类属性（包括所有必要的中间规定）的如此存在是至关重要的。不仅在发生学方面，而且在日常生活或科学中，它的产生需要巨大的想象力，这种想象力在它的理论再现和实践应用中不再需要了，并成为理论或实践领域中通常可使用的部分。在审美中相反地，创造性的、完整的人的冲动向艺术作品转移，成为作品的客观构成要素，成为它的对象性的内容和形式的规定，以致没有对这种冲动的整体性的再生产就不可能产生这种效果和感受，这种冲动在作品中形成整体和统一性。通过使完整的人向其艺术品种的同质媒介转移，其规定和倾向的丰富性并不丧失，而只是集中于同质媒介的形成和保持上，在它扩大成为一个"世界"的支撑者、成为对现实审美反映的工具时获得了一种新的形态，这在其他地方已经谈到过。与日常的完整的人相对应，我们谈到了与艺术处于创造和感受关系中的"人的整体"，只有通过后者，同质媒介才能完成它的审美功能。

通常，当在审美领域一些事物取得实际的和持续的意义时，它在这里也涉及通过转移，进一步形成早已存在和起作用的日常实践的各种倾向。在谈到劳动中感官的分工时已经反复指出，纯粹视觉或听觉印象作为人的内在性的信号发挥作用，这种信号不断或多或少正确地、自发地为人所破解，这对于人们相互之间的交往是必不可少的。呼喊、手势等自发地作为精神内容的承担者被统觉和解释，这也是理所当然的，并且在巫术时代的原始艺术中已经明

> 审美特性

确地出现了。对现实审美反映的这些最初的萌芽已经表明，在舞蹈的同质媒介中，节奏的凝聚力和统摄力能够得到强化和提高，这种力量是日常生活的表情语言通常所无法达到的。我们说通常，因为例外总会不断出现，生活也会产生激发情感的手势这种强化运动，尽管其中必然缺少那种有序的、同质化并与对比相互适应和达到高潮的节奏原理，尽管作为自我表现的、自发形成的情感，其审美的系统性只能具有一种偶然的性质。在巫术时代的过渡形式中，审美还没有形成它的独立性。但这种形式也表明，由巫术产生的形成条件起着有利的作用或不利的作用，而在这同一领域中正在形成或还缺乏同质媒介。我们可以回顾以前谈到的纵欲迷狂，在其中主观上并没有想要获得舞蹈的同质媒介，因此，只是客观上偶然取得了它；或者回顾一下旧石器时代的所谓维纳斯小雕像，其中性器官完全占据了主导地位，在这里完全没有致力于和取得雕塑视觉性的同质媒介，而是完全与此无关的动机决定了雕像的"构图"（在发展了的阶段上，以审美的手段在独特的视觉同质媒介中实现类似的动机，当然是完全可能的，但这与此处所谈的问题就没有关系了）。

完整的人在他日常生活中所形成的全部能力和特征，之所以会融入一种艺术的同质媒介中，其直接根源来自这样两种特性：一方面，同时以不可分割的方式从极度个人的直到主观个体性；另一方面，要使审美构成不完全失败，有关艺术品种就应遵循本地的、超出个人的规律性体系。

## 第八章 模仿问题之四：艺术作品的自身世界

人们无法充分设想出这里所强调的不可分割的严格和密切。这里始终关系到同一个统一作用问题。构成任何一门艺术品种的同质媒介，在其中艺术品种可以自然而多样地变动，如果构成或活动不完全具有个人性格，如果不是全部要素都具有构成者个性的鲜明痕迹，那么在原则上是不可能的。在一门艺术品种的同质媒介中表现出的创造个性，如果它的全部契机不是与同质媒介强制规定的客观规律性的实现、直接唤起情感的激发相吻合，那么同样也是不可能的。这里又可以明显地把握两种审美的独特性。这种绝对的聚合必然性再次表明，审美规律只有通过自身的扩展才能实现。一个规律的构成纯粹建立在客观联系的基础上，那么这一规律就会实现。若只处于一种接近状态，则这一规律不会实现。这发生在主观作用之中，这一作用的承担者是完整的人，然而这一决断不论在积极意义上还是消极意义上，只关系到发生学，而与事实无关。与此相反，如果其客观的实现本身与个性相关联，如果在其中完整的人的本质没有泯灭，那么这种实现就会与其他的实现有所不同，每一种实现不仅应是事实经验的，而且也以价值规定的方式具有这种个人的性格。

如果艺术原理受作品中体现的个性的制约，不应该产生完全的虚无主义，不应该在任何个性表现上毫无标准地等同无政府主义的话，作为审美等级的尺度和原理，各种艺术品种的要求的实现（以及艺术一般）必须在理论上得到保证。然后成败的程度只能从其中去寻求和找到，即看

> 审美特性

这种在作品中体现出的个性的发挥对这一要求是否或在什么程度上使之提高或降低、深化或淡化、扩展或狭隘化了。艺术品种的规律（以及其中艺术一般的规律）与创造个性的表达相互联系的这种观念，其必然性具有多方面的根源。在这里，由上述方面可以说明：它的最强大的基础却是各种艺术的模仿这一根本特性。如若艺术品种的规律以及根据这些规律艺术品种自身具有一种无限的随意性，那么它们就不会成为必要的中介，以此由一定的、对其说来基本的方位出发尽可能充分地去把握人类世界。如果考虑到这一基础的历史性，即考虑到这一事实，每一种同质媒介的具体化不仅实现了和使人体验到创造者的个性，而且共同地展现了人类特定的历史发展阶段（从在这一阶段上某一个阶级、一个国家的立场看），这是在有关艺术品种的规律中以与其相适应的客观化了的形式展现的，因此，与完整的人在其日常思维中所能做到的相比，更完整和更透彻地阐释了与人和人类发展相关联的现实的某些环节，由此这一基础立刻就失去了它的抽象性（同它一起也失去了那种在单纯抽象理解时还能容忍的说教的恣意性残余）。

这一考察要对完整的人与"人的整体"的关系作更准确的思考。对此首先应该指出，这并非转向内心，并非关系到片面地强调内在性，并不是像现代理论，如抒情诗这样一个门类所主张的那样。可以回顾一下我们前面论述中关于外化及其向主体的回复。在那里已经指出，在艺术

## 第八章 模仿问题之四:艺术作品的自身世界

中——同样在生活中——主体的丰富性和深度,只有通过对外在世界的把握才能达到。甚至最内在的——直接地——表现心境状态的抒情诗,不依据对外在世界的反映,不求助于外在世界的映象,即使只是作为机缘或作为远的(有时由抽象而消失了的)背景,也不可能凝聚出它的形式。由精神病理学借用的术语"内向型"不仅由于一般的原因而引起误解,即人们对病人有理由——即使在审美的意义上并对于审美领域——仅仅按常人的见解才能理解,而不是相反,并且由于审美的具体结构也会引起误解。甚至当抒情诗的主体似乎高傲地立足与自身之上,当在明确的言词中或通过它的图像那种无言而轻蔑的语言误以为取消了外部世界,并且只承认自主的、自身的内在性是真实的和真正的东西,然而这只是——当然不是非本质的——表面的东西。在内容和本质中,从而在如此所表现出来的形式中,也包含了与外部世界的一种深刻而紧密的——当然往往是消极的——关系,甚至即使常常没有公开地表现出来,也包含了自身时代的、实际社会的外部世界以及过去和未来的关系。只有这样一种极其强烈的关系的丰富性,才能赋予抒情诗以形象性和深刻性。与此相反,如在精神病人那里产生的、实际的内向性是一种个性的畸变,这种个性实际上——如在"内向化了的"抒情诗中不仅是争论的、空想的——割断了在自我与它的环境之间的连接线索,使内心生活变得完全闭塞和空虚。抒情诗对现实反映的特性——与叙事文学以及更可与戏剧相比较——即自我在反

> 审美特性

映外部世界中起着特别积极的作用，对此当然应该精确地加以分析并获得明确的认识。因为这里不适合对这一主题即使只是提示地加以说明，在此首先允许我援引一段艾略特的诗，他肯定是属于否定抒情诗具有反映特性的一派，举出这段诗的目的在于指出，即使最内在的东西也只有通过对外部世界的反映才能描绘：

> 这是那贫瘠的土地，
> 这是荒沙漠漠的土地，
> 在这里石像群被立起。
> 当一颗陨落的星在眨眼，
> 石像群在这里接受着，
> 疲惫的人们所行的举手礼。

其次允许我在这里引用当然同样是粗略尝试的结论来表述抒情诗中反映的本质，以便对这一事态和提出问题及答案的方向作一简要的理论说明。抒情诗形式的特征在于，在抒情诗中反映过程"也是艺术地作为现象过程出现的，所描绘的现实在一定程度上像初成的雕像（in statu nascendi）展示在我们面前，而叙事文学和戏剧的形式——同样在主观辩证法作用的基础上——仅仅描绘了在诗所反映的现实中现象与本质的客观辩证法。在叙事文学和戏剧中作为所产生的自然（natura naturate）在其客观辩证的运动性中展开的东西，在抒情诗中是作为生产的自然（natura natu-

## 第八章 模仿问题之四：艺术作品的自身世界

rarans) 而产生我们前面的"①。

由此所达到的只是一种消极的区分，尽管它当然也是重要的。因为这里所完成的对纯粹返回自身的内在性、作为完整的人的一个代表和作为在审美领域向"人的整体"转化的基础，只是就下述意义才在其否定性上指出了方向，即这种内在性重新实现了与世界的相关性和在世界中扎下根，从而成为艺术世界创造的前提。当前流行的对内向性的赞美忽视了，它所追求的目标即人的内在性的强化，正是与真正病理学的内向性完全对立的。产生这种混淆的关键在于，这种现代倾向客观上是以反对某些发达资本主义的社会倾向为基础的。这种内向的转变是不愿接受具体的社会状况或社会事实的表现，而这些状况或事实在人的主观意识中被神秘化为内在性与外部世界之间的一种永恒的人的关系。只有当——即使是以一种错误的意识——这种由内向的转变所产生的、与对象性世界的关系，无论以哪一种排斥的情绪在作品中为人所感受时，这种表现的真实艺术强度、真正内在性的审美体现才能形成。佛朗茨·卡夫卡优胜于他的同时代的竞争对手之处正是在于上述基础。② 在这些情况下，作为艺术主体性一般的基本特征的内在性，就与在美学上导致错误的内向性毫不相干了。

现在若要了解完整的人向人的整体的实际转化以及它

---

① 卢卡奇：《Schicksalswende（命运的转折）》，柏林1956年版，第231页。
② 卢卡奇：《Wider den missverstandenen Realismus（反对误解的现实主义）》，第45、86页。

**审美特性**

与艺术品种的同质媒介的丰富关系,我们就应该暂时回到作为我们考察出发点的日常生活的那些事实,进一步弄清它与审美领域的情况有哪些相似和区别。我们已经看到,在审美领域意识是以强烈的集中局限在对一定现象的视觉或听觉观照上。在这一作用中,当事人的一切特性、他既往的全部知觉和知识都融合在一起而表现出来,以便对出现在他视野中的现象不仅以其实际状况尽可能准确地把握住,同时能够在当事人的经验系统中构成他的秩序。毫无疑问,这种作用的确立是与我们这里所研究的态度不同的,特别是人在一定程度上是单线的注意力之下对各种关系可能性的专注和安排。这里更重要的区别在于,在日常生活中随着对所寻求现象的把握,完整的人的正常结构又恢复了它们的权利,而在审美中同质媒介的构成,一方面,从一开始就不仅指向一定的、由它的规定性所孤立起来的对象,不同于日常一般的、本质上敏锐的、对个别性的知觉,它绝不固定在现象的孤立性上;与此相反,细节正是由它在趋向全面联系的处境中而获得了它的明晰性和意义。另一方面,这种局限性和集中作用是长期持续的现象。更恰当地说,"人的整体"正相应于那种集中在任一艺术品种的同质媒介上的各种能力、感觉、知识、经验等的整体所产生的态度。在日常生活中,完整的人依据其倾向保持着他的统一性和完整性,即使他以极其不同的方式将他自身的力量投入不同的生活任务中(或者有所保留),"人的整体"只是在关联到一定艺术品种的同质媒介时才能实现。这种

## 第八章　模仿问题之四：艺术作品的自身世界

态度的合理性是，借助于这种态度，在人的全部生活表现中所必须加以说明的同一现实，最终为了多种分化的实践整体的缘故，而为人们所反映；通过这种对世界态度的转化，在对现实的反映中出现了许多新的、重要的特征和联系，对于日常生活中完整的人来说，没有这种转化就不可能认识这些特征和联系。

指向"人的整体"而起中介作用的同质媒介的丰富性，表现在一系列的动态矛盾中，这些矛盾在这里构成了主体和客体之间的生产性关系。第一组矛盾是我们已经熟悉的，它现在只表现为比以前更具体的形态。每一种同质媒介都是由人把握世界的需要形成的，对于人客观存在着的世界，同时是人的欢乐和痛苦的世界，但是它首先是人建立自身内心生活并支配着现实的活动世界。由一定的基本观点出发，人们需要比日常生活所能达到的更接近、更具体、更强烈、更深刻、更全面和更细微地把握这一世界，而这些在非拟人化的反映中从方法论上看是必定被忽略的东西。当然，这一规定描述了人们面对同一个现实所完成的不同态度的分化的状况。因为我们叙述了在巫术的、未分化的统一时期中趋向审美构成的自发倾向，同时艺术与宗教的历史关系将在独立的一章（第十六章）中讨论，在此没有必要对在历史上的这一状况作进一步分析。重要的是从新的观点出发，指出这种态度的巨大的历史稳定性以及在其结果中形成的同质媒介的历史稳定性。当然，在兰波的抒

> 审美特性

情诗与萨福的抒情诗之间①、在塞尚的绘画与中国风景画之间具有质的不同，尽管每一种公正的、未受夸张之历史主义错误所影响的观点都能自发地确认各种同质媒介及其规律的一般共同性（历史发展当然是以充满矛盾的——不平衡的方式产生不同的丰富化，这对我们已经是不言而喻的）。"人的整体"对他的各种同质媒介的依存，因此也造成了这样一种丰富的矛盾：一方面，在这种主体关系中形成了一种支配现实的强有力的工具。以前从未为人所感知到的各种事物、关系和事态——仍然用绘画的例子说明——变成了可见的。由于这些发现或快或慢地变为人们的共同财富，人们生活和活动的世界对人说来扩大了和加深了。这种主客体关系，由于对世界的理解集中到一定的方式，由于在日常生活中完整的人不断排除和放弃的各种分歧和偏向被彻底地排除，从而增加了这种发现的可能性。这一论断肯定是不需要通过实例加以证明的，每个人都知道，文艺复兴时代人体结构和运动的发现以及19世纪物体的光和色的关系意味着什么。康狄维对米开朗琪罗的回忆说明了这种不可穷尽的艺术丰富性："虽然他画了成千上万的人物，正如我们所看到的，他从来没有画过一个和其他人物相似或动作相同的人。与此相反，我听他说过，他没有想起来已经这样画过时，他就连一条线也不画，当任

---

① 兰波（1854—1891），法国著名诗人，早期象征主义诗歌的代表。萨福（生于公元之前约612年）古希腊女抒情诗人。——译者注

## 第八章　模仿问题之四：艺术作品的自身世界

务是由公众决定下来的时候，遇到这种情况他又把它涂掉了。"①

这些倾向有时很接近于科学倾向，这是可以理解的，因为文艺复兴时代的艺术家们如皮埃罗·德拉·弗朗切斯卡或列昂纳多·达·芬奇都是众所周知的，但是尽管如此，他们的艺术成果却并非充分为人理解。因为每一种艺术发现，即使它们在抽象的内容上与科学成果相接近，都具有某些特殊的超出这一范围的东西。正是这种东西使得由目前尚未观察到的事实的单纯知觉中，产生出一种艺术的革新。这种情况在关键性内容方面是极其错综复杂的，这种发现的内容包含了从对人的心灵作出新的阐释到对人类发展的新道路的窥视。我们目前的考察已经涉及经常提及的这种多样性和多层次性，下面将再次开始研究这一综合体。因此要多少阐明社会历史的、与人相关的内容直接作为纯粹艺术所表现的革新，只要作唯一的提示就足够了，当然这也可以在米开朗琪罗的运动丰富性中直接得到说明。可以援引里尔克对塞尚的静物画的考察。里尔克是与埃米尔·普里托留斯一起来观看塞尚的苹果静物画的："里尔克长时间沉思冥想地观看这幅绘画杰作，然后突然说：但是人们不能再吃这些苹果了。对我玩笑式地提出的问题：上了油彩的苹果根本不能吃吧？他像通常那样轻声地，但却

---

① 阿斯卡尼欧·康狄维：《Das Leben Michelangelos（米开朗琪罗生平）》，第58节。

肯定地、严肃而毫不犹豫地回答道：夏尔丹画的肯定可以吃，马奈画的也可以吃，但塞尚画的就不再能吃了。"①

乍听起来里尔克的说法似乎荒诞无稽和不合情理，但却给围绕伟大艺术家塞尚创新的追求所产生的一系列社会历史难题投入了一束耀眼的光芒：在他的尝试中试图避免一切主观主义的倾向，如那种在他最重要的同时代者中导致画面统一性被分解的倾向。这个说明揭示出塞尚悲剧地（西西弗斯式的）徒劳无益②的斗争，在把握对象上同时做到比他的同时代者由于幻觉和方法所能达到的更真实，构图又更协调。里尔克以其貌似幼稚的观察指出了这一历史困境，塞尚悲剧地、徒劳地试图将这一困境转化为坦途，指出由时代所强加在人身上的人性的异化，指出一种非人的艺术的开端，这种艺术是他在这种主观上深刻的、人道主义内心斗争中、坚决反对自身的意愿而开创的。因此在每一发现中，人都是完全依附于他的艺术的同质媒介而完成发现的，某些新的发现同时且不可分割地包含在构成人的对象环境，并处于与人的关系中的客观现实本身之中。这种辩证的相互关系——它的作用是以每个人的生活为基础的——可以通过这种依附而获得一种感性直观的表现，

---

① 埃米尔·普里托留斯：《Die neue Wirklichkeit（新现实）》，载《Der Monat（月份）》（柏林），1955年6月第81期，第248页。（Emil Preetorius 为德国著名艺术设计家，1883—1973。——译者注）

② 西西弗斯是希腊传说中的暴君，死后在地狱里被宙斯处罚推石上山，当石推至山顶时又滚下，于是重新再推，如此循环。意指徒劳无益，白费力气。

## 第八章　模仿问题之四：艺术作品的自身世界

成为所有人的情感激发的、自发作用的占有物，成为发展人的自我意识的工具。

现在我们看一下刚才只从一种观点考察过的这一矛盾的另一方面。另一方面体现在同质媒介本身的内在规律性中，以被迫的方式与创造个性的意愿相背离。这种相互作用的最单纯的后果我们在上面已经可以看到。但是这种发现新大陆的先导作用同时也是一种有益的界限划分。与那些打算把同质媒介的内涵范围限制在它的纯粹感性直接性的理论家相反，这里必须指出，人与他的整个现实所可能具有的关系的无限丰富性，都可以进入到一个苹果的纯粹视觉绘画形象中；它的这种绘画映象不超越绘画的界限，可以展示出人的决定性的社会历史的、世界观的状况以及人对这绘画的态度。完整的人的多方面生活内容会融合到由同质媒介的各种规律所严格圈定的人所表现的世界中，这种融合作用将会由于同质媒介而被促进或同样地被限定在一定范围内。这一范围随发展过程而推移，那些甚至曾经连猜想都不了解的东西或至多只能结结巴巴地表述的东西，很多可以明确表达了，这既不会排除这种范围的存在，也不会终止对艺术内容和艺术形态的广度和深度的促进作用。人们对真正才能的规定总是不恰当的。如果人们从人的普遍化了的个别特性（及其综合）中寻求真正的才能，那正是"人的整体"与它的同质媒介的正确关系，是在表达追求全部生活内容的选择中发现那种内容和形式的能力，这种内容和形式的确定是要使这种同质媒介能够成为其自身具体形式的基础。

由同质媒介出发,调节着主体与客体、内容与形式、丰富性和统一性的这些相互关系的各种规律,它们在每一艺术品种中、在每一门类中都是不同的,这只能在它们的理论中,而不是在审美反映说中来讨论。然而这种媒介的最普遍的特征即它的同质性,如果要正确理解它的话,却不能作为一种抽象的、消极的特性,而应该作为相当积极而具体的作用来理解。在这里不是涉及只是在审美领域所特有的,人们为了它自身的缘故才"发现了"的事态或结构,而是涉及对现实反映的一个一般问题,但是它在这里取得了一种独特的、特殊的形式,产生了一种质的提高。在黑格尔的《逻辑学》中,否定在这一过程中所起的作用具有极大的重要性。如果肯定和否定、规定和否认具有它们的密切关系,以至对于规定来说否定可以看作是它自身的否定,那么才能形成一种实际的、具体的运动联系。(这里黑格尔超出了著名的、他多次引用的斯宾诺莎的规定"任何规定即否定"——"Omnis determinatio est negatio"。)例如在一与虚空之间的联系:"虚空只有作为一对它的否定物,即对一的否定关系,亦即对它自身的否定关系,才是运动的根据……"[①] 恩格斯经常把这种否定的辩证观念通俗地加以表述,没有这一观念就不可能达到一种否定的否定,

---

① 黑格尔:《逻辑学》上卷,杨一之译,北京:商务印书馆1974年版,第170页。

## 第八章 模仿问题之四：艺术作品的自身世界

特别是在生动的论战中，他反对庸俗化的形而上学的否定观。这种否定观与黑格尔对适用于各种构成的自身否定的正确规定相对立。恩格斯指出，人们习惯于在这一意义上说："我说玫瑰不是玫瑰，我就把玫瑰是玫瑰这句话否定了。"在进一步的阐述中，他指出了在现实及其正确的反映中那种最简单的事实，这一事实必然导致黑格尔关于辩证否定的观念。（由此提出了否定之否定问题，暂时我们不需要讨论。）恩格斯指出："在辩证法中，否定不是简单地说不，或宣布某一事物不存在，或用任何一种方法把它消灭。……再说，否定的方式在这里首先取决于过程的一般性质，其次取决过程的特殊性质。……每一种事物都有它的特殊的否定方式，经过这样的否定，它同时就获得发展，每一种观念和概念也是如此。微积分中的否定不同于从负根得出的正的乘方时的否定。"① 通过黑格尔对辩证否定的说明，特别是通过恩格斯对它的阐释，显示出在现实本身及其通过正确反映而接近充分的把握中，肯定与否定（维持和破坏）这两极关系的一种分化。这里对于我们最重要的是，辩证否定表现了一种由现实本身产生的抽象一般否定的特例。日常生活已经迫使人们不断地分析这种区别，因为它的实际后果格外深远。对现实的科学反映的自发努力与有关辩证方法的基本意义的哲学明晰性绝非简单地是同一回事，在各种情况下，甚至在科学方法论的确定中往

---

① 恩格斯：《反杜林论》，北京：人民出版社1970年版，第139—140页。

往也会出现,当哲学思维处于形而上学并严格否定辩证法时更是屡见不鲜。科学反映的出发点是,对于每一个领域以与其相应的方式具体地得出规定和否定的实际关系。从对生活发展的认识到在伦理学、历史等中否定(即"恶")的作用,是对上述联系的认识按其本身如实地正确反映现实所不可缺少的。在对否定的两种主要方式的准确分割中,审美反映也必须沿着不依赖它而已经由日常生活和科学开拓了的道路进行。正如通常的普遍情况那样,在这里这种相似性是基于,所有三种不同态度都是面对着同一个现实,它们完成其自身的社会职能所不可缺少的条件,是正确地把握这一共同客体的各种本质规定。

## 三 同质媒介及审美领域的多样性

到目前我们已经能够看出,审美反映在哪一特殊方向上超出了这里所规定的——及在其实践中所固定的——共同性。这种差别的关键性内容在于,与科学反映归根结底的一元化倾向(倾向于统一性及最终全部科学的联系)相反,审美反映就其本质而言是多样化的。这一特征最突出地表现在每一部艺术作品以自身为基础的存在上,对于它的规范作用是任何其他作品所无法替代或补救的。因此正如我们已经看到的,那种范围广阔的范畴体系,目前讨论的多样的同质媒介正是属于在审美上独立的各艺术品种和

## 第八章　模仿问题之四：艺术作品的自身世界

门类。然而由此出现了我们已经熟知的审美的基本矛盾，即艺术作品的内容和形式的局部确立（由现实的整体中截取一个断面、一个片断，根据一种具体的同质媒介的"片面"观点加以描绘）必然提出并实现了去表现一个完整的闭合的整体、一个"世界"的要求。这种矛盾的真正扬弃——再次矛盾地——是在艺术作品激发情感、唤起对世界的体验的特性之中完成的，在那里每一部审美构成物的形式的完美、立足于自身的存在或为站在人类的立场上观照世界的承担者，或为人类自我意识的承担者。这些问题已经讨论过，以后还将进一步具体化。这里必须至少简略地提及，以便使同质媒介在概念上的具体化有一个正确的前景。

如果艺术作品是由同质媒介方面出发产生的那种本质规定的内涵整体，那么就必须将一切偶然的、处于边缘的、暂时的联系，将其在生活中复杂的相互作用构成必然性的趋向线索，使审美反映的映象与指向内涵整体的现实映象相脱离。只有这种强调和这种脱离同时起作用，才能由在形式和内容上限定了的、孤立的审美构成物创造出一个"世界"。如果艺术运用了上面所探讨的关于规定和否定问题的这些原理，那么相对于生活就肯定在质的创新上有所提高，这种提高是通过审美实现的：通过出现的每种否定辩证地在本质上与所描绘的肯定性相联系，其自身的否定以及没有别的什么，由完全是本质的要素中形成一个系统，表达出某些在生活本身中基本上不会出现的东西以及有关生活的最本质的东西。在这里——顺便说明——又可以看出,审美反映与机械式地照相毫无共同之处。在音乐中上述情况最为突出:音乐的相互关系,否定作为每一具体规定自身的否定,只有在这一原理的基础上才能构成。如果在音乐中破坏了这种本质东西的单独支配地位,破坏了与本质性的严格而单独的相互关系,那么音乐就必然降低为单纯的噪声甚至是杂乱声响。黑格尔在谈到赫拉克利特的辩证法,回答各种不同的异议时,把音乐的和谐诉之于本质。针对柏拉图《会饮篇》厄里什马克把和谐理解为没有否定和矛盾的平淡的同质性,黑格尔指出:"简单的东西、一种音调的重复并不是和谐。差别是属于和谐的;他必须在本质上、绝对的意义上是一种差别。和谐正是绝对的变或变化——不是变成他物,现在是这个,然后变成别的东西。本质的东西是:每一个不同的、特殊的东西之与他物不同——不是抽象的与任何他物不同而是与它的对方不同:它们每个只在它的对方本身被包含在它的概念中时才是存在的。……音调也是这样:各种音调必须互相不同,因为是这样地不同,所以它们仍能统一起来——而这就是音调本身。属于和谐的是确定的对立及它的相互对立面,正如颜色的和谐一样。"[①]

在一定意义上人们当然可以说,这个问题向自身否定性的尖锐化——只是一种尖锐化。这在词的严格意义上说也是正确的,然而却涉及实际起作用的各种倾向的尖锐化。

---

① 黑格尔:《哲学史演讲录》第1卷,北京:商务印书馆2009年版,第335页。

## 第八章 模仿问题之四：艺术作品的自身世界

因此，正如在科学反映中（同样是黑格尔的一个重要发现），由简单的差别开始不断地提高，当然带有质的飞跃导致矛盾和对立，同样在审美领域可以由微差达到对比。即使极端对立的事物也可以存在深刻的相关性，根据这一点，对我们现在的问题可以回答说，少数相距很大的事物也有同质性。这关系到每一种艺术塑造的一种普遍原理，就我所知，首先提出这一点的是我年轻时已故的朋友列奥·波普尔。在对老彼得·布吕盖尔造型艺术的分析中，他谈到了固体性与空气的配合作用："这种空气把固体与世界隔绝开来……然而它又把固体同世界深深地联结了起来，以将固体与空气融为一体的力使它们相互联系，相互吃掉、消化掉，再相互吃掉，直到它们成为一种材料并全部相互转化。花从水中获得某些东西，水从街道获得某些东西，矿石从天空获得某些东西，再没有什么不是从一切事物中来的了，如此形成了这种绘画的素材。完全是同质的、完全是由各种事物中制备，最终成为画家自己制成的一块材料，每一种绘画从来都提供具有统一的特殊重量的一种特定材料，而不是具有各种不同重量的多样的材料。这种统一的材料或轻或重，无意地产生神秘的作用，成为由上帝分割开的东西，如果它是美的，那么就真正可以胜任这一任务，作为'万用材料'表现出一切材料。"[1]

---

[1] 列奥·波普尔：《Peter Brueghel der Ältere（老彼得·布吕盖尔）》，载于《Kunst und Künstler 艺术与艺术家》第 8 卷，1909—1910 年版，第 600 页。

列奥·波普尔在这里恰当而形象地描述了艺术的一种基本事实。因为显而易见——我们还将再次回到这个问题上来——在这种"万用材料"中,各种材料的差别,不论从意图上看还是从结果上看,都消失得毫无踪影。与此相反,它的这种最终的同质性并没有排除各种差别甚至对立性,它只是使在生活中最疏远的东西也可以感性直观到一种深刻的相似性、一种密切的相关性,从而使在一个作品中所描述的各种关系直到悲剧性都产生一种统一的氛围。这种氛围不是外在于各种对象的,不是冷漠地笼罩着这些对象,而是提供了对于各种对象的正是如此的存在状况、它们的最内在本质的自身命运氛围的直观。正是最伟大和最纯正的艺术显示了在最高的统一性与最伟大的差异性之间的这种张力,在这里活跃的分散性保持着最终的同质性,它在艺术上仍然是扩展性的要素。莎士比亚戏剧中形形色色人物世界的这种丰富性已经成了老生常谈。但是如果在这种多样性的背后不能使人透视到这样一种同质性,一种由奥赛罗、苔丝狄蒙娜、伊阿古的对立性构成的某种协调、某种不可分割的结合的同质性,与对现实在认识上反映的多样性统一在审美上相对应的无限多样性的同质性,那么他的悲剧的深度将是不可设想的。

如此形成的——人的意识所认识的最内在的、最有机的——统一性,正如我们在这里所看到的,尽管本身充满矛盾的性质,但仍是自身排除了各种对立的统一性,其中仍然保持着它的对立性。它的这种客观性质所造成的必然

## 第八章 模仿问题之四：艺术作品的自身世界

后果是，产生这一性质的主体创作过程也同样必定充满矛盾。这种矛盾性的主体方面最明显地表现在艺术品种（艺术作品）媒介的同质性中。我们援引了列奥·波普尔对布吕盖尔作品中创作过程事实的精彩描述。波普尔清楚地看到了，这种结果不可能——即使在布吕盖尔的伟大艺术自觉性中——成为他的意图的对象，相反却是由这种意图受到的挫折中形成的。他还正确地写道："画家所想的正相反，完全自由地深入到各种素材的类型中。我们看到，像头发、雪、天鹅绒以及木材，他都以极大的热情按其固有的方式来理解，并按它们各自的状态来对待。但是我们也看到，这一切都是徒劳的，因为空气和绘画的自身材料、色彩形成了一种统一，淹没了一切最终的差别……"因此由一种不可解决的矛盾中形成了这种绘画的无与伦比的伟大。列奥·波普尔同样正确地概括了这一最终统一性原理；"离开这一深刻的无望的意图，绘画就绝不会达到对最独特的事物的再现。"[①] 布吕盖尔的情况当然是特殊而独特的一例。将这里所取得的认识直接用于其他伟大的艺术家，来看待他们的意图与作品完成的关系，不会产生什么错误。由于与世界以及与艺术的主体关系的多样性，由于从单纯个别性到人类自我意识的水准在层次上的差别，由于各种艺术在原理上的多样性，这种多样性不仅是形式或素材、

---

① 列奥·波普尔：《老彼得·布吕盖尔》，载《艺术与艺术家》第8卷，1909—1910年版，第600—603页。

○ **审美特性**

材料的多样性，而且与其特殊的规律性不可分割地也是作为艺术内容、世界观、形式的多样性在起作用，由于每一种艺术的构成都受社会——历史条件的制约，这种艺术的构成在其作品完成过程中带有其自身历史的发生和对人类发展的意义：在每一部重要的作品中都形成某些特定——或是最重要的——对立的一种独特而唯一的统一。由以上的叙述中显而易见，艺术综合原理、各种矛盾的这种统一和扬弃——即使是在保持和提高到更高水准的意义上——各艺术品种的同质媒介也必然体现在各种作品的个性的质中。

在这种状况下表现了审美领域的无限多样性。这当然并不意味着，在整个领域缺乏一般的规定，只是在它用于某一艺术品种或甚至用于个别作品时，这种多样性才总是构成基础。现在来谈创造主观性与同质媒介的关系。在意图与所达到的结果之间的那种偏离，我们已经根据列奥·波普尔的观点注意到这一点，它是在每一艺术创作中都存在着的一种普遍现象，是在艺术创作中，艺术品种（艺术）的客观规律性相对于个人的意志所选到的客观性。在努力——不论是人的、伦理的、社会的努力，且如此重要而引人注目——由于其反艺术的本质或反艺术的成分而引起全部或局部地脱离审美领域时，那么到处都会出现相反的结果或从词的本义上所说的挫折。在这里也涉及到创作主体性与艺术品种（艺术）的规律的关系，但是审美客观性与不充分的才能、错误的意图之间形成简单关系，就会使这些不恰当的成果基本上与日常生活和科学的成果无法区

## 第八章 模仿问题之四：艺术作品的自身世界

分。这里所谈到的前一种事例是不同的，当然，黑格尔已经详细分析过的那种情况是众所周知的，人的社会、历史行为与自觉的目标中所包含的是不同的，它往往引起更多的在质上更重要的东西，同样理所当然的是，这种关系是建立在社会生成的客观规律的基础上。因此抽象地看来，审美不会占有什么特殊地位。从主观方面看这里表现出本质的区别，这里起作用的因素按照黑格尔的说法是"理性的狡黠"，它总是使主体性纯粹化和高扬，这在并行的生活现象中绝不会成为事件的本质，尽管当然从历史的观点看它可能例外地偶然出现。

这种高扬首先排除了个性中仅仅是个体的东西，然而并不会导致取消个性的道路。与此相反，正是这种对个体游移不定的排除才使个性的核心更突出、更形象。如此开始了对偏见、对惯常的观点和感情、对人们不愿将其贯彻到底而可能抱有的各种思想情感的排除过程，这一切产生于对不彻底和僵化的同质媒介的抵制，它像是一种硝酸，在其中健康的东西发展了，以预料不到的强度提高了，病态的东西窒息了、消灭了。然而人们不应把所有这一切理解为自我与异化于自我的外部世界之间的冲突。创造者与同质媒介之间的相互关系只有通过以下方式才能成立，即这种冲突——对于这种媒介贯彻某些意图的无能为力——内在地包含于对个性的更深、更全面的层次要求之中。意图和结果的辩证法，是创造个性本身由矛盾所产生的上升运动。即使在上述布吕盖尔的著名例子中也是如此。他所

## 审美特性

要达到的已经是真正把握对象性的一种高层次变形,但他没有能做到这一点,即形成绘画通常能够用极少示例表现最深刻的世界观,即与人相关且客观地以事物为基础的世界统一性的范例。在这种统一中保持了最直接的现象现实的一切喜悦的色彩和松散的偶然事件。这种统一必须不是为了这种统一的缘故,像在伦勃朗那里一样,贯注于心灵而浓缩成一种精神—道德的素材。然而它的统一性不是最初的东西,不是开端,不是单纯的表面的画册,而是最本质力量的特征的表面化,它能把朴素的生活趣味同样变成人性的事物,正如伦勃朗将最深刻而充满恐怖的悲剧的无限链条变成人性的事物那样。

这种主体的高扬,从伦理学上看,是从才能通向天才的道路,是从独创的才能向人类发展阶段的永存固定的道路。但是在意图与结果之间的矛盾成为普遍公认的事实这一情况下,向上的运动却往往被浪漫主义的神话所歪曲。其原因是显而易见的。因为艺术的真正顶峰揭示了人类行程的各种重要契机,必然存在着对这条道路的确认,以便把引向此处的方向看作是上升,在缺乏这种洞见的地方,必然把这种矛盾——浪漫主义地——看作是抽象的、是在其抽象性上引起了明显而极大不和谐的东西。这肯定不是偶然的,这种对艺术的考察方式在克尔凯郭尔那里具有最突出的表现。他指出:"诗人是什么样的人呢?一个在内心承受着强烈痛苦的、不幸的人,他的唇间涌出的响亮的叹息在他人的耳中成为优美的音乐。正如在法拉里斯的公牛

## 第八章 模仿问题之四:艺术作品的自身世界

宫中被微弱燃烧的火焰所燎烤,其叫喊不能到达暴君的耳中而使他恐惧的那种不幸,他听这叫喊声像是欢快的音乐。人们围拢在诗人四周,而且对诗人说:再给我唱一支歌,也就是说,新的痛苦可能燎烤你的心灵,你的嘴唇可能像现在那样仍然发出音响,你的叫喊只使我们颤抖,但是那音乐却是可爱的。评论家走来并且说道:这是对的,它必须按照美学的规则进行。"[①] 其中已经将一切同时代人非人的情感主题在思想上提前表述了出来。只是克尔凯郭尔自身特有的艺术趣味却仍然与"艺术时代"即与古典主义和浪漫主义相联系着。由于他把在主观所希图表现的与在作品中客观地表现出来的、两者之间真实的从而也是丰富的矛盾性变成了一种僵化的、互不沟通的对立,因此在他那里艺术作品的辩证的产生成了一种非理性主义的深渊神话,对作品的审美成了一种反理性之谜。

我们所考察的充满矛盾的向上运动导致了实际作品的产生,只有当作品本身及其作用在人的活动的整体性和人类发展的道路中占据了富有意义的地位时,这种向上运动才能被看作是富有意义的。这在本书的探讨中始终是作为前提的,把它看作并认定为事实,同时试图不断地从思想上加以说明。因此我们现在只能满足于简单地援引克尔凯郭尔的观点,作为一种有影响倾向的具体表现,并且再次

---

① 索伦·克尔凯郭尔:《Entweder-Oder. Ein Lebensfragment(非此即彼,一个生活片断)》,译自丹麦文,第 2 版,德累斯顿/莱比锡,第 15 页。

审美特性

回到同质媒介本身的问题上来。这次我们不再把它作为主观努力的目标和作为其内在辩证法的对象，而是要看到它客观上在通过任何道路所能达到的整体或局部的完成中所起的作用。如果人们想在这里从作为每部作品基础的同质媒介的存在和功能中完全一般地确定它的本质，那么就遇到了引导这一概念。只有在艺术作品本身始终包含着对接受者的感受进行引导的可能，这部作品才能够被承认是艺术作品。过去几十年各种短暂的为艺术而艺术（L'art-pour-L'art）的趋向却表现出这样一种倾向：使作品客观上存在的"美"（审美属性）不依赖于每一种效果。在这一倾向的背后——进一步在主观上可以理解，甚至是合理的——对同时代一般判断的否定，米开朗琪罗或贝多芬的伟大不应该取决于小市民张三或李四的趣味判断。即使这种情感是合理的，然而它的基础却是建立在脆弱的类推之上的。因为这一思路无意中就会使人浮现出科学真理的实例。哥白尼学说的真理性并不取决于这一学说是否以及何时被承认，这只是在客观上说明了，地球确实围绕太阳运转不取决于人们是否察觉或认识到这一事实。在审美中，客观性的基础不能以这种论证来说明。我们说提香的维纳斯与它所反映的现实的关系与上述哥白尼的例子中映象与原物之间的关系是无法相比的。哥白尼学说在科学上是真理，因为它在极大的近似关系中把一种自在存在转化成了一种为我们的存在。而提香的维纳斯却是审美原理的实现，因为它反映现实的方式，作为艺术规定的整体性，提供了那种在此

## 第八章 模仿问题之四：艺术作品的自身世界

情况下对于人类发展有意义规定的整体性的真实映象；因为这种反映方式基本上能够在人身上唤起这种整体性。科学的客观性是基于自在存在本身不依存于意识的性质，而审美的客观性即使在观念上也不能脱离人以及人的思想情感等。在这里有决定意义的不是小市民张三或李四的见解和趣味，而是依存于作为人类自我意识的它的客观性，这一点作为一般特征已为我们所熟知。①

因而与在科学中相比，在审美中其表现形式具有一种在质上不同的意义。没有人会否认，在科学中对为我们的存在的说明可能是明晰的或含混的、优美的或笨拙的，它相应地可以加速或阻碍、延长新的观念的贯彻。在这里与美学作类比将是荒谬的，正如现代——这次是作为反对无内容的情感性——这种情况是屡见不鲜的。浪漫主义或19世纪末的科学和哲学的审美化具有完全相反的动机，它们以同样方式忽视了自身的问题。贝托尔特·布莱希特在他的《戏剧小工具篇》中以下述方式表达了当前主导的观点："当今甚至可以写出一本精密科学的美学，伽利略已经谈到某些公式的完美和实验的巧智，爱因斯坦确认美感对于科学发现的作用，原子物理学家 R. 奥本海默赞赏科学态度'具有它的美并表现出与人在地球上的地位相适应'。"② 这种类比会造成混淆，因为它歪曲了在美学中内容和形式的

---

① 对由此产生的具体问题的详细讨论只能在本书下部中进行。——作者注
② 布莱希特：《Kleines Organon für das Theater（戏剧小工具篇）》第12册，柏林1957年版，第110页，实验27—32。

关系。因为如果人们前后连贯地把它想到底——这幸亏在布莱希特的成熟艺术实践中往往已经避免了——那么就必然形成一种艺术内容的概念,这一内容被看作是按照本质说来不依赖于形式的表现,从而使形式的功能降低为某种实用的东西,然而最终却是第二位的。这里显而易见——布莱希特的实践基本上就是走的这条道路——艺术表现与审美内容是不可分割的。甚至像在歌德或席勒的哲理诗、在伦勃朗后期的绘画这类深刻的思维类型中,我们也不可能——在审美的意义上——实现这种分离。正是那些词语、那些明暗关系构成了这种审美产物的思想深度。要由深刻变成平庸,只要通过词序的变化、光与阴影色调微差的推移就足够了。然而伽利略或爱因斯坦学说的内容,通过其表述的详略、推论的繁简,如果由此它对独立于意识的、自在存在的事实的近似程度会改变的话,也只会有所增益或损失。一个审美构成物的内容——即使它主要是思维类型的——不仅存在于这种与自在存在的相关性中,当然尽管这种相关性构成了它的整体性的一种重要因素,而且同时与对于这一反映综合体的个人态度不可分割地联系着。其中包含的悲剧的震撼作用、乐观主义的信赖、嘲讽的批评等所具有的意义并不小于思想内容本身。因此并不能排除客观性,它只是获得了一种新的强调:这关系到,内容及对此内容的态度对于人类发展具有什么意义,以及这两者如何能够成为人类的财富。

由此而增加了对于作品客观的和中心性的本质特征的

## 第八章　模仿问题之四：艺术作品的自身世界

作用，甚至直接地、抽象地看来，这是它的审美存在的特殊本质特征。由此得出了我们上面称为引导的性质和意义，即作品对于接受者的体验加以激发性安排和系统化的力量，也就是作品的构成。这种将作品构成与对感受体验的引导能力等同起来的做法，乍看起来有些过分而使人感到惊异。难道一部戏剧或一首交响乐的构成不是与客观的、自身封闭的、对内涵整体性的要求有密切联系吗？并且毫无疑义，这种联系是客观存在的，也就是说，它不以张三或李四的感受或认可为转移；它是以客观的、可精确表述的规律为基础的，这一规律同样不取决于张三或李四的个人见解。若要进一步更具体地考察这种联系及其规律性，那么在这方面又重新出现了这一问题，即我们刚才提出的在科学反映与审美反映中作为内容与形式关系的差异性问题。它立刻表明，人们不依据于审美作用，就根本不可能明确地把握和合理地具体说明艺术作品的联系和规律性。这种抽象地——因此不依存于情感激发力——表述出来或运用的规律完全可能实现，然而如此产生的构成物却与审美构成毫不相干。正如许多戏剧是严格地按照亚里士多德和其他经典作家的——正确的——规则编写的，许多音乐作品严格而准确地依据谱曲理论构成的，而所产生的并不是真正的戏剧或交响乐，其结果不仅在艺术实践中形成了无灵魂的学究式创作，而且在理论上也取消了形式与内容之间真正的美学关系。特奥多·施托姆把在这个问题上的分歧用格言诗精确地表述了出来，这显然是针对伊曼努尔·盖勃尔

◐ 审美特性

提出来的：

> 抒情诗形式
> 桂冠诗人的诗：
> 形式是一个黄金的容器，
> 人们注入金子般的内容！
> 其他人的诗：
> 形式无非是外部的轮廓，
> 它把有生命的躯体包裹。

这里真正审美的与其替代物的区别正是在于激发力：作品的构成不仅是由人类发展的观点对无关紧要的因素正确而抽象地连接，而且是作为深刻情感的唤起者，这种情感——以人与社会、社会与自然的本质关系为中介——在极其不同的道路上以无限多样的方式触及和激发人的存在的中心。

如果一种作品的构成唤起的激情在整体上和全部细节中都是自身特有的，那么它才在审美的意义上，即不仅是抽象—形式上趋于完善。因此引导感受情绪的能力属于艺术构成的本质，这种能力不仅是一种单纯的、即使是必要的作品构成前提的结果表现，而且——用流行的说法——在本体论上决定了作品构成。当然人的思想生活和情感生活也是在现实中不断被引导的。人生活在一个不依存于其意识而存在的环境中，环境不断地唤起人的思想和情感，

## 第八章 模仿问题之四：艺术作品的自身世界

并由于它的连续性而起引导作用。在这一方面生活与艺术的区别表现在：第一，在生活中起作用的连续性无论就其本身还是从个体意识的观点看来都是无计划的，而艺术作品对这种连续性的唤起却是有计划地安排的。第二，人们在生活中对涌入的各种印象——尽管接受原罪的惩罚——不得不积极作出反应，而人所面对的艺术作品是作为某种不可改变的东西，作为一个对象世界，对于这个世界他只能并且只应该采取感受的态度（关于中断主动性和"无利害性"问题以及艺术体验对于他自身"感受的后续过程"的意义，我们已经谈过，在这个问题上还将再次地提到）。第三，这对于目前所讨论的问题具有极大重要性——日常生活中的人处于各种异质倾向的漩涡中，而在这里对人起作用的艺术作品（艺术门类、艺术）的同质媒介从一开始就把人的体验引导到一定的方向，因为这些体验提供了注意力和自身充分发展的一定场所。因此它暂时将日常生活中的完整的人转化为"人的整体"，他的能动的和受动的能力，通过这样一种集中，借助于同质媒介、由于一切体验流入了这一河床并在其中被加工，因此从一开始就是控制在一定方向上的。

这无疑是尼古莱·哈特曼的一个贡献，他在他的《美学》中给这个问题提供了很大的篇幅，并在其具体描述中指出了许多重要的规定。对于音乐他所强调的是，虽然各种音响在时间中是分散的存在，而在听觉中必然形成一种统一："乐章需要时间，它从我们的耳边流过，它具有其持续性；在每一时刻所听到的只是一个片断的存在。然而它对于听众却并非是支离破碎的，而是作为一种联系，作为一个整体被把握。因此至少在真正的'音乐的'听觉中，尽管它在不同时间阶段中是分散的存在，但却被看作是一个整体——即不是作为时间上同时的，而是作为相互关联的一个统一体。这种统一却总是一种时间上的统一，而不是同时性的存在。"① 接着又指出："音响作品强制听众事前听和事后听，在聆听的每一阶段都有对未来的期待，都预期着某种对音乐所要求的行进。这在乐曲的实际进程与所预期的不相同时也是一样。因为所产生的紧张的缓解总是会与所期待的有所不同，对非预期（新型的）音乐可能性的评价在这里正是意外感觉和丰富化的本质要素。这在音乐中与在诗歌中是没有什么不同的（在小说和戏剧中情节的进行是另外一样）……因为音乐在每一时刻都直接超越它自己，就是说它既向前方也向后方。"② 对于建筑也类似："构图的整体不是由任何一点出发给出的——至少不是在感觉上如此。尽管这样，观赏者仍具有对这一整体的直观意识，当人沿着建筑物的不同局部空间行走时"或当人观照统一的内部空间或外部形态时，立足点在更换，以致不同的透视、侧面和局部形式相继被把握，这种意识会极其迅速而自然地发展。在这里，这种后继现象是随意的，不像

---

① 哈特曼：《Ästhetik（美学）》，第117页。
② 哈特曼：《Ästhetik（美学）》，第119页。

## 第八章 模仿问题之四：艺术作品的自身世界

在音乐中是在客观给定的序列中引导而生成的；但它却总是一个在时间上相继的、极其不同的、各种视觉图像的自身接替。但是审美的直观在于，由不同的视觉侧面产生出一个具有客观划分的整体，一种对象性的统一的构图。它本身并非视觉给出的，也不是由任何一点出发可以看到的，而是首先出现在综合加工的表象中，这是就其'感性非实在的'而言的。"① 哈特曼的——虽然是致力于客观主义，但终究受康德所影响的——唯心主义往往歪曲了他在理论上经常巧妙解释了的正确观察。因此首先，他既不想在音乐听觉中，也不想在建筑视觉中，承认各种直接—感性知觉的感性综合。从而美学问题被排斥到艺术之外；所以当哈特曼在继续上述所引他的第二点看法时写道，建筑作品的整体虽然是"实在地存在的"，但在感觉上却不是一眼看清的。最后的说法尽管直接说来是对的，但是尽管如此，一座建筑的审美统一却不具有存在的性质，而是视觉的性质。作品的构成正是在于，由多样的视点出发对于活动着的观赏者形成整体的不同的、但不断展开的侧面。这些侧面在其不断的相互转化、相互指示、相互交错中，可能形成一种整体的感性综合、一种感性体验。单纯表象的综合可以带来重要的补充，这不论对于直接视觉的准备，还是对于各种印象事后记忆的综合，都是重要的和有益的。它不能代替形成中的以感性为基础的综合，尽管它总归仅仅

---

① 哈特曼：《Ästhetik（美学）》，第 125 页。

◯ 审美特性

是近似的。建筑唤起空间体验，其必然的后继由于它在变化中的不断保持作用要多于各种单独的感性空间形象的后继。哈特曼低估了感性感受性的辩证性质，正如——由于完全不同的、几乎对立的动机——埃德加·爱伦坡对长诗的审美存在的否定："我们称为长诗的东西，实际上只是短诗的连续，也就是说是短诗效果的连续。"①

因此哈特曼也只是就第一项直接性而言是正确的，即后继序列是随意的。没有任何空间艺术通过其形式如此明确地给出其连续性，像在音乐、文学、舞蹈或电影中那样，在这些艺术中时间的连续本身是作品构成的一个组成要素，这是正确的。随着视线而形成的后继序列在绘画和雕塑中比在建筑中显得更富于规定性和引导性，这也是正确的。然而，在这里每一部作品也有一个新建立起来的最佳化，当然这是很难发现的，而且对于建筑也是存在的。尽管各种侧面仅仅是一些侧面，但它们却同时按照其本质是这一特殊整体的侧面，正是它们如此的存在直接取决于这一整体的正是如此的存在。然而，这种对特殊整体的依存性，不仅在于各个侧面，而且在于它们的相互转化，即它们的连续性。实际上每一个建筑构成物正是在这里，完成了它的逐渐形成的综合和对整体统觉的转化及引导功能。

对于每一艺术品种（以及在每一艺术作品的范围内）

---

① 埃德加·爱伦·坡：《The Philosophy of Composition（作品构成的哲学）》，见《爱伦·坡著作集》第5卷，第183页。

## 第八章 模仿问题之四：艺术作品的自身世界

是以不同方式接受引导的，这是接受者事后体验在作品构成中有意包含内容的唯一可能性，使作品的构成按照意图而实现的方式得以表现出来。这里极其明确地显示出同质媒介的形式功能及其充满矛盾的性质。在上面所引哈特曼有关音乐的论述中，他强调了意外感的因素。这是有道理的，因为通常适当完成的期待在内容上空虚的、形式上是均匀的，绝不能提高到塑造和体验"世界"的多因次性。甚至人们可以说，每一部真正的艺术作品总是满足又不能满足由它本身所唤起的期待。因为这不仅涉及正如哈特曼所说的，创作描绘的答案与所期待的答案是不同的。这里还应该补充指出，每一种意外感不论在内容还是形式上都活动于一个由作品（和艺术品种）的同质媒介所强制规定的空间范围内，当然这种规定了的空间范围为意外感提供了多种可能性。因此，这种期待的错觉必定具有一定的质，这种质使错觉不顾其对照的本质而与所唤起的期待相结合。如果它作为只是不成熟的意外感被体验，如果不是——来自经验——尽管它可能产生的突然性而唤起任一却仍是期待的感情，引导的连续性就中断了，破坏了作品的统一。另外，所唤起的期待的实现也绝不是期待的一种简单的实现，而是在真正的艺术作品中始终是非预期的要素、期待的过剩实现。我们以抽象的范畴形式所表述的东西，即每一种否定必定是自身规定的特殊的自身否定，在这里以更为具体的形式表现出来，尽管期待和意外感（即期待的否定）之间的对立还总是审美事实的一种远为抽象的理解。

审美特性

这个问题真正的具体化,只有在门类理论中才能讨论。在那里将要指出,由相应门类的同质媒介所产生的对世界的态度如何具体地规定了在其中可能形成意外感的活动范围、质、强度、频度等。这些抽象的考察只是想指出,期待与实现之间的张力是与同质媒介的质相关联的。每一部真正的艺术作品的个性特征不仅精确限定了这种质,并且从一开始——在这种意义上音调抑扬的范畴适用于一切艺术,首先适用于在时间中展开的艺术——就直观地给出了空间的活动范围、实现的质以及意外感等,并在一定程度上激发出一种氛围,这种氛围在这方面可以产生无限多的,但却只是完全限定了的可能性。

这里似乎涉及纯粹形式的问题。然而对它的纯粹形式上的考察将使我们再次面对那种二律背反,可能重新产生对审美形式概念的歪曲,这一点我们已经遇到过。不需要对这个问题做很深入的思考就可以了解,上面所探讨的问题主要是内容上的,只有它的解决才能在审美原理的意义上丰富艺术的形式赋予,但是内容和形式的辩证法也只有就这种意义而言才能更深刻,即不仅体验到的现实的原始素材通过同质媒介才能转化为审美的半成品,而且这种改造也涉及它反映的最普遍的形式,即各种范畴。我们在讨论各种问题时已经遇到了这种转化,我们在以后的阐述中还要详细地探讨其中的几个问题。这一方面的事实基础我们同样在前面已经谈道:日常思维、科学和艺术所反映的是同一个客观现实,因此它们不仅具有(分别根据它们的

## 第八章 模仿问题之四：艺术作品的自身世界

需要及其感受性的方向和程度）共同的生活素材，而且由此而形成的各种范畴也是共同的。在这些领域的每一方面（以及它们的每一局部领域）都有自己的特殊任务，其中必然会有这些范畴所形成的客观关系，这些关系在不同的领域会经受其表现方式的——群集性、援引或省略、与其他范畴的比例关系等——变化。同质媒介在对现实的审美反映中所完成的改造，甚至在最基本的方式上，也与这些范畴相关联。这种作用当然首先是形式上的，然而这只是就最直接、最普遍的意义而言。因为同质媒介具体形成的结果——从审美上看来——具有内容的性质：通过在功能上经过某种变化的范畴，这种特殊的创作才能产生出艺术的内容，它的创作仍然是艺术创作过程的任务。当然在这里必须考虑到，由哲学上表述的这种审美内容的对象性形式的发生学，由于审美构成的本质而深深地影响着形式的种类和效果。

在客观现实中与其自在存在相对应的东西，对客观现实一般在形式上所反映的东西，在上述两者的持续存在中，审美范畴的这种功能变换是认识审美特性存在于何处的中心问题之一。虽然如此，在美学史上却缺乏对它的充分探讨。人们往往简单地由于各种范畴而混淆了科学反映与其客观的自在存在，或者——这同样经常地发生——人们只满足于与科学的概念世界相比较，把审美领域单纯归结为抽象的不同存在：在黑格尔那里看成是直观的水准，在别林斯基那里当作形象思维。正如在许多其他问题中那样，

( 审美特性

在这里亚里士多德也是唯一明确地看出了这个问题的人，然而——就我们目前所能准确知道的而言，因为他的美学著作没有完全保存下来——只是就认识与修辞学的区别而言的。但是，这并不影响他的立场所具有的原则意义，因为众所周知，在古代修辞艺术是属于艺术之列的，从而亚里士多德可能认为有理由指出在纯粹认识与审美中范畴的区别。在他讨论各种格言与省略推理法（他是这样称三段论法的表现形式的）的连接过渡时，在其中看到了前者的特殊性，它"与人的行动领域和与我们在行动时所选择和回避的事物相关"，① 由此明确地提出了与艺术的拟人化本性方向的区分线。亚里士多德实际上由此区分了论证方法与修辞学这两个领域（在亚里士多德那里辩证法占有其中间地位，这无需我们讨论），"客观上的区分在于前者涉及真实的东西，后者涉及可能的东西，主观上的区分在于修辞学把依据人的性格和情绪的可能和信赖的东西作为对象"。② 从这一切可以清楚地看出，亚里士多德把区分线确定为：与非拟人化的、纯粹指向客观真理的论证方法相对立，修辞学涉及人的性格和信念，并致力于对人的性格和

---

① 亚里士多德"《Rhetorik（修辞学）》第 2 卷，第 21 页。有趣的是说明，歌德——没有特别强调与美学的关系——把这个范畴的特性确定为，"它把普遍性规定为我们在许多事例中想到的，并且与我们已经个别地认识到的相关联的东西"。歌德《格言与感想》，见《歌德全集》第 39 卷，斯图加特 1907 年版，第 111 页。因此，歌德是把目标集中在这里所完成的综合的情感激发功能上。——作者注

② 普兰特尔：《Geschichte der Logik（逻辑史）》第 1 卷，第 103 页。

## 第八章 模仿问题之四：艺术作品的自身世界

信念起作用。在这里我们很清楚，修辞学中的这种关系比在艺术本身中更为直接，不用通过中间环节。对于古代人说来，这后一种差别显得比我们更加微不足道。这不仅因为修辞学被看作是艺术，而且因为艺术本身与人的社会实践的关系，比我们今天更为直接和更多地被考虑到。（如果对后一方面的强调可以使得把修辞学看作艺术更容易些，那么不要忘记，这种过分强调它的社会特征的艺术观，要比现代拜物教式的个人主义对艺术本质的理解更深刻。）总之，亚里士多德是从两种基本的思维形式即归纳和推理出发的，并把这种观点用于修辞学："但是我把省略推理（Enthymem）称为修辞的推理，把范例（Beispiel）称为修辞的归纳。所有的辩论者都是由此而获得他们的说服手段的，他们或者运用范例或者运用省略推理，人们可以说，因此这一范围就足以够用了。"①

在此对于我们头等重要的是，为了讨论这两个领域的基本形式，为了形象地保持它们在客观存在中的共同的根基——在亚里士多德那里对两种不同的现实反映的事例讨论到什么程度，这不是关键的问题——可分别根据社会的需要而采取不同的形式。在这两种情况下，向审美的转化是沿着适应于激发起情感和激情的方向进行的，这一点特别重要。亚里士多德以他杰出的、靠实际事物本身来说明

---

① 亚里士多德：《修辞学》第1卷，施塔尔德译，第2节，第8章，第26页。

审美特性

的方式,对此作了明确的描述:"在省略推理法中,人们既不应从远离的命题出发,也不应详细论证中间多项,因为前者导致不明确性,理解力必须经历漫长的道路,而后者成为喋喋不休的饶舌,因为人们所说的是不言自明的事物。"① 在范例那里,与审美的直接关系更加明显些。在这里,亚里士多德也是从这一点出发的,范例是为修辞学所创造的类似于归纳的东西,但是在具体的讨论中,他很快就超出了在生活中范例的某些类似种类,并分析起已经形成的文艺形式如比喻或寓言之类的效用性。因此人们看到,在认识过程中归纳的直接文艺种类也可能代表审美的对应物。这里的特征是范例为了感性直观起见缩短了归纳的漫长道路,因此表现出一定的向类比的返回运动,取代了归纳的方法和在各种不同的现象中寻求在规律上共同东西的过程,把这种共性还原和集中到一个事例上,然而这就远远超出了类比。在范例中应该概括一种现象或一个现象群的典型的东西,这种典型通过它的直接形式——直接地、遮蔽地或对照地——情感激发地、令人信服地完成它们自身或另一个人物的典型。

以上亚里士多德有关省略推理法效用的论述同样说明了,由推论中对逻辑中介的省略、趋向于言简意赅的文体在这里也涉及一下子以直接的明确性、情感激发地综合出

---

① 亚里士多德:《修辞学》第2卷,施塔尔德译,第22节,第1章,第91页。

## 第八章 模仿问题之四:艺术作品的自身世界

一种状况、事例、关系等的典型。亚里士多德对于修辞学像在他曾探讨的一切形式或对象领域中那样,精力充沛地进行研究并不顾各种评论始终从内部来考察,本来在修辞学中已略微可以看出从推理分析出的东西、由规律性中得出的东西转向直接表现出的典型倾向,但是修辞学的拟似审美的本质却妨碍了亚里士多德得出各种结论。这种保留条件与亚里士多德的意图是完全不相吻合的,因为他在这部著作中并没有不必要地超出修辞学的范围,只是必要地强化了为我们所展开了的他的分析的合理性。由于在修辞学中,范例和省略推理法在借助演说以达到一定具体目标上尽管具有决定性的重要意义,但终究只是一种手段。所以,它们在这里还不能发展为内在核心的最终可能性。这只有在文艺中才有可能,在那里正如我们在下面将会看到的,它们是为自身而存在的,不是用于远离其性质的目标,因此能够而且有必要使它们自身的本质充分发展。这种中心性质的审美特性就是,如已指出的,趋向直接鲜明的典型。这种趋向在审美中不仅导致了每一范例或省略推理法的充分实现,而且造成连锁的结合和连锁作用,在其中一个促进并提高了另一个。这或许能在鲜明对比的形式中实现,但是我们知道,如果这种运动从一开始就处于这样一种相互支持中,如果这种作用是在同质媒介中产生的,或者更恰当地说,如果这种运动是由同质媒介构成的,那么对比也可能成为这种统一的基本运动的支撑要素。

我们将在以后的一章(第十二章)中,详细讨论典型

审美特性

与各种范畴转化为审美反映的必然结合点，在那里——为了用一句话事先提出其中本质的东西——将详细地研究特殊性这一审美的中心范畴与典型的审美把握的结合点。这里我们只能强调指出这种复合体的唯一决定性要素，而不可能说明特殊性范畴的重要性。在这里关系到在艺术中典型的多样性，其中——相应于审美领域的基本结构——有关这个问题的每一部作品都自发地再现了整个领域的多样性特征。典型的多样性是使审美与科学反映尖锐对立的、对现实反映的一种形式，是这种表现的一种方式。列宁在强调诸范畴的反映特性时完成了至今最彻底的突破，并且——为了举一个很有特色的例子——在确定三段论法是一种现实反映的论断中，进一步发展了黑格尔对其客观特性的推测，极其明确而有力地强调了在科学中和艺术中这里所涉及的典型的区别。他在第一次世界大战期间写给季诺维也夫的信中强调了这一思想，在每一现象群中对于科学只能给出一种典型现象。他谈到他当时的许多战友的错误思想，认为在帝国主义时代民族战争是不可能的，并且补充说道："这显然是犯了历史上的、政治上的错误，也是逻辑上的错误（因为时代是各式各样现象的总和，其中除了典型的现象而外，往往还有其他的现象）。"[①] 在经验中除了典型的还有大量非典型的，这种二重性的确定清楚地说

---

[①] 《列宁致格·季诺维也夫，1916年8月》，见《列宁全集》第47卷，北京：人民出版社1990年版，第412页。

## 第八章 模仿问题之四:艺术作品的自身世界

明了科学的正确理解的特点。所以黑格尔已经强调指出:"只存在一种动物类型,并且一切不同动物都是同一类型的变种。"① 甚至在为科学所规定了的、一定的、有限数量的类型材料(气质类型、疾病类型等)中,对于科学仍然存在列宁所表述的典型与非典型现象的对立。

在艺术中则完全不同。在艺术中人的这种理解及其态度被形象地表达出来,在最好的情况下我们不得不以一种有倾向性的自然主义看待它,往往却是简单的廉价通俗读物,其中——分别根据其社会立场——把自身良好的特性作为典型,不好的作为非典型的,在反对者那里一切则恰恰相反。在真正的艺术作品中与此相反,在创作中获得地位的一切,或多或少地具有典型化特征。因此在科学上不能当作典型看待的东西,在艺术中却可表现为典型。其中艺术比科学更接近日常生活,因为日常生活实践给人在其相互交往中也规定了一种不断典型化的必然性。只是这种典型化往往是从属地完成的,所以往往具有一种图式化的、损害了个人特性的性质。对艺术典型的理解中的错误倾向经常支持那种对立的、同时与艺术相敌对的倾向,它硬把艺术作为科学原理的直接应用,或作为与日常实践相适应的直观。列宁与他的许多所谓学生完全相对立,摒弃了这种异质领域的不合理的混淆。例如,读一下列宁在第一次

---

① 黑格尔:《哲学全书》第2卷,见《黑格尔全集》第7/2卷,柏林1832年版,第654页,§370。

> 审美特性

世界大战期间与他亲近的友人印涅萨·阿尔曼德讨论有关该人计划写作的有关两性性问题的小册子的书信是很有趣的。列宁热忱地坚持，这一著作应该集中在阶级的典型上。作为他讨论的对方，她一定要把许多夫妇卑俗的接吻与某些暧昧关系中纯洁的吻相对照地放到中心。列宁建议她写一部小说，他写道："因为在小说里全部的关键在于描写个别的情况，在于分析特定典型的性格和心理。"[①] 这里包含了对与科学典型不同的审美典型的明确的承认。

在形式上所有这一切都与艺术构成的情感激发本性相关。因为纯粹的个别事件在感性直观的传达方面是毫无声息的。只有创作诉诸接受者自身的表象、情感、经验等，那么在接受者身上才能唤起作品的回声，尽管这种关系尚很间接，尽管其范围扩展到很大，主观因素的强度会不可估量地加深。这种形式效果的意图——其方向和内容各按艺术品种而不同——已经要求创作以典型原理为主导。当然这些类型——其中内容的优先性起作用——相互之间在种类和程度上，在其典型的质和强度上是格外不同的。然而尽管在艺术中出现了如此怪诞不经的人物，它的怪态总是要提高到典型，通过情感激发唤起体验，使它代表了在一定阶段人们共同生活中的某些倾向。只有由此它才能够——在艺术的意义上——被理解，并由如此唤起的理解

---

① 《列宁致伊·费·阿尔曼德，1915年1月24日》，见《列宁全集》第47卷，北京：人民出版社1990年版，第73页。

## 第八章 模仿问题之四：艺术作品的自身世界

而产生事后的体验。当以这种方式在每一部由若干人物相互结合成的艺术作品中形成各种类型的等级，由这种等级中显示出各类型的地位、意义及其存在的肯定和否定的价值，艺术就给出了人的世界的综合图像，表现出一个人的世界。这个世界一方面充满人的生活的各种可以把握的规定，成为在日常生活中可以由日常人们所感知的世界，另一方面也变得更清晰、更有秩序、更概括。丰富性和秩序是内容的规定，它受艺术家贯注于作品中的世界观的制约，但是这两者只有通分，在一定程度上化为一个分母、一个共同质的同质媒介，才能相互地构成这种组合的等级。这种变换的一般原理我们已经借助列奥·波普尔对布吕盖尔的分析作了说明。如果我们现在谈到莎士比亚的《哈姆雷特》，并考虑一下哈姆雷特、霍拉旭、福丁布拉斯和莱欧提斯①相互之间往往由于强烈对比而产生的协调性，那么我们就可以获得秩序与丰富性的这种综合，它在形式上是由同质媒介决定的，在内容上是由典型的多样性和普遍性决定的。它是建立在作品多样性的基础上的，而这一多样性正是审美构成的决定性本质特征，因此是不言自明的。我们所讨论的似乎离亚里士多德提出的深刻而丰富的问题很远，然而却始终涉及他的问题，即将客观现实之范畴的对象性转化为一种情感激发的系统，在这一系统中保持着客观性

---

① 霍拉旭为哈姆雷特之友，福丁布拉斯为挪威王子，莱欧提斯为父报仇而与哈姆雷特决斗，他们之间的对比有助于揭示主人公性格所构成的悲剧。——译者注

的决定性内容,然而却以一种形式,这种形式不断地、直接地与人相关联,形式所反映的现实是作为人的世界而出现的。一切由艺术所体验到的快感,它的基础归根结底在于,在艺术中所体验的正是与人相关联的、适应于人的世界。这——客观地看来——与所表现内容中直接的喜悦毫不相干。如果艺术或不得不为自身提出这样的任务,那么——除了极特殊的例外——它就丧失了作为艺术的特色,不论是根据这一要求来挑选内容,还是使任一内容适应于这一要求,对于这两种情况都是一样的。亚里士多德曾经在另一个地方①指出,一个对象产生的艺术快感、其感受性中的愉悦体验与我们是否肯定它在生活中作为现实的具体实现(人、环境、事件等)毫不相干。人在生活中所拒绝、逃避、嫌恶或恐惧的东西,在艺术创作中可以毫无抵制甚至愉快地接受,这就是审美构成物及其作用的本质。由亚里士多德所认识到的诸范畴的转化是作品具有引导接受者能力的最深刻的原因。它们将接受者带入一个世界,虽然他体验的每一步都是由作品同质媒介所支配的,却使他觉得他在这个世界中是自由活动的,它们所表现的内容对形式的适应性使接受者觉得是作品世界对其自身的适应性,是对于人非随意地、不断相对其环境所提出的要求的适应性。由此产生了能够共同体验这样一个世界(即使是悲剧

---

① 亚里士多德:《诗学》,罗念生、杨周翰译,北京:人民文学出版社1982年版,第4章,第11页。

## 第八章　模仿问题之四：艺术作品的自身世界

的世界）的快感。

　　特定时代其中包括我们时代的、艺术的最深刻的问题，既不在于艺术家能够在世界中发现某些东西，其审美反映产生出对适应性的这种快感以及对共同体验的愉悦感，也不在于接受者具有愉快地获得这种体验可能性的准备。这一问题在今天被很多人颂扬为全新的审美观念的精神的世界观的基础，因为以这种方式由艺术的社会需要中应该产生一种新的审美道德，援引正是作为革新者而被称颂的罗伯特·穆西尔的一段自我批评的说明或者不是没有用处的，这位一贯诚实而极少伪饰的作家在这一说明中把这里所说的问题看作是"现代"艺术手段的艺术失灵的特征。他在日记中写道："技术方面：古代小说家能很好掌握的东西，我们今天几乎完全荒废了：差距！我们只是吸引我们的听众，也就是说，我们寻求巧妙地写作并且避免冗长乏味的地方。我们用一切办法使听众跟着走。差距意味着使听众期待即将出现的东西。让他一同思索，让他在指出的道路上单独行走，同时伴随着一种愉悦的情感。诙谐的小说靠这种情感生存。人们暗示出一种即将出现的情境，并产生这样的思想：我们这位好心的张三现在又要做什么了？这需要在各种典型中加许多细密画。但是它看来如此陈旧，这就是与哲学家和随笔作家的作用相反的艺术的效果。"[①]

---

　　[①] 穆西尔：《Tagebücher, Aphorismen, Essays und Reden（日记、格言、文章与讲话）》，第71页。

从这里所论述的观点看来是很有教益的，穆西尔明确地看出了在感受性的正确引导与其结果所产生的"愉悦性"体验之间的联系，同时在适应时代的方法中由审美的效果转化成了随笔作家的效果。这一问题的更深刻的原因，即由反映方面看同样与范畴问题相关，我们只能在本书最后一章（第十六章）进一步讨论。在此涉及——由社会原因——科学反映的非拟人化本质的进一步扩大对艺术观的影响。在上一世纪的开端，歌德以及浪漫主义者们以其自身的方式曾经抵制过这种倾向的端倪。在现代和不远的过去许多艺术家和艺术流派在这个问题上都有所屈从，为了适应时代的科学性的幻象而放弃审美反映的特性和独立性。

# 第九章　模仿问题之五：
# 艺术的反拜物化使命

马克思在《资本论》中精确地描述了由必然的社会发展趋势及其产生的社会结构所形成的商品拜物教："商品形式的奥秘不过在于：商品形式在人们面前把人们本身劳动的社会性质反映成劳动产品本身的物的性质、反映成这些物的天然的社会属性，从而把生产者同总劳动的社会关系反映成存在于生产者之外的物与物之间的社会关系。由于这种转换，劳动产品成了商品，成了可感觉而又超感觉的物或社会的物……这只是人们自己的一定的社会关系，但它在人们面前采取了物与物的关系的虚幻形式。"[1] 在此这对于我们的目标是有决定意义的，这一反拜物化的认识，从直接的表面上看来，是将某些物的性质转化回到它本身原来的样子：转化为人们之间的关系。这里所完成的、真

---

[1] 马克思：《资本论》，北京：人民出版社1975年版，第88—89页。

◯ 审美特性

实事实向它的自身权利的返回运动是双重的：第一，这一运动揭露了导致谬误的假象，尽管这一假象是社会必然地形成的——在这里是由于高度发展的经济，在其他情况下是由于落后性——然而却歪曲了现实的真实本质。第二，是摆正同时拯救人在历史上的作用。上述假象降低了人的意义："他们本身的社会运动具有物的运动形式。不是他们控制这一运动，而是他们受这一运动控制。"① 这一真理把表面上存在着并起支配作用的物转化为人们之间的相互关系，这种关系——在一定情况下——能够控制和支配人，然而即使不可能这样，表面上由物的性质所产生的"命运"表现为人类发展自身的产物，因此由这种观点看来是人本身所造成的命运。对于科学认识说来，在现实的反映中这一思想运动的两种因素是同样重要的：如果其一作为普遍的和基本的，可以要求其至高无上的地位，那么另一个也同样如此。

对于艺术来说，情况略有不同。第一种因素虽然具有基本的性质，因为没有对这一基本事实的洞察，那么一切结论都将成为泡影。但是在审美反映中第二种因素却具有决定意义。因为对人和人类事物的把握、在社会以及自然中恢复人的权利的要求构成了在反映现实中再现运动的中心。这一运动可以局限在现实的单纯反映活动上，即使在这种情况下，反映的内容和方式也构成了这一取向的表态，

---

① 马克思：《资本论》，北京：人民出版社1975年版，第91页。

## 第九章　模仿问题之五：艺术的反拜物化使命

当然这种表态可以转化为一种公开的支持，并且这一点往往正是表现在最杰出的艺术作品中。因此，阿诺德认为诗基本上是一种"生活的批评"，① 这是完全有道理的。这种批评根据艺术品种、时代、民族和阶级而有不同的内容和不同的表现方式。但是如果人们要概括出其最一般的特点，那么就涉及上述恢复人的权利的要求。从这一观点看来，马克思的发现对于艺术理论具有巨大的意义。几乎19世纪与20世纪的每一个大艺术家都纠缠于这个问题，然而——对于理论与艺术的关系最能说明这一点的是——几乎总是既没能认识马克思所说的第一种揭露倾向，绝大部分又没有自发地把握在他们有关人的结论中的第二种倾向。这毫不奇怪，艺术在这里只是单纯追随着生活的正常轨迹。马克思甚至谈到了对这种现象的科学认识："对人类生活形式的思索，对它的科学分析，总是采取同实际发展相反的道路。这种思索是从事后开始的，就是说，是从发展过程完成的结果开始的。"②

巴尔扎克和（涉及一定生活领域的）托尔斯泰属于少数几个在其全部作品中都贯穿着这种倾向的作家。为了人的完整性而斗争，反对各种对人的歪曲的假象和表现方式构成了——当然在其他大艺术家那里也是这样——他们作品的基本内容。只是当帝国主义时代的后期，资产阶级艺

---

① 马休·阿诺尔德：《Essays in Criticism（批评文集）》，见15卷本，第4卷，伦敦，1903年，第4页。
② 马克思：《资本论》，北京：人民出版社1975年版，第92页。

术的相当一部分产生了拜物教的屈从,才使艺术不得不放弃它的主要内容,放弃了为人的完整性而斗争以及由这一观点的生活批评。对拜物化的态度——无论对拜物化本身是否认识到——成为进步的艺术实践与反动的艺术实践之间的分水岭。T. S. 艾略特对上述阿诺德所提出诗的规定指出:"如果我们把生活看作一个整体……从上到下,我们对这种可怖的神秘最终所能说的,还可以算作是批评吗?"① 这是很有特点的。这种屈从的中心问题在于,它停留在拜物化了的生活形式的直接性上,甚至当其非人性变得完全明显化时,不是向本质方向运动以揭示其真实的联系,而是毫无抵制地把拜物化了的表面作为最终的真理。这种态度的主观反应形式可以极其不同,不论是表现为虚无主义、玩世不恭、绝望、恐惧不安、神秘化以及自我满足等,这对此处的关键性问题只具有次要的意义。这里重要的是,在特定情况下,对现实反映尝试的运动方向在社会中是以反拜物化的或偶像崇拜性质的拟似艺术地被永恒化。②

在审美反映中的这种应用可能性已经表明,马克思对拜物化的认识具有普遍的意义。他详细阐述了商品拜物教对于资本主义社会的一切表现形式。我们这里不需要深入探讨偶像崇拜思想的全面应用,也不需要对马克思严格划

---

① 艾略特:《The Use of Poetry(诗的应用)》,第111页。
② 有关这里形成的直接性的双重意义参见我与安娜·西格斯的通信,见《Probleme des Realismus(现实主义问题)》,第250页。或参见拙著《反对误解了的现实主义》,前两章。——作者注

## 第九章　模仿问题之五：艺术的反拜物化使命

定的商品崇拜的社会—历史作用领域以及封建剥削的非商品崇拜性质在这方面再做明确说明。尽管如此——首先从我们这里探讨的观点出发——将拜物化的一般现象限制在资本主义商品交换的经济上是错误的。马克思在《资本论》中只探讨了这个问题，当然是就其普遍性而言，他对此给出了使人无法误解的阐释，这涉及对社会现实反映的一种独特性，它在资本主义中明确地从经济和意识形态上表现出来并不损害它在整个人类历史中的作用。从这一观点看来十分有趣的是，马克思正是在商品崇拜这一节谈到了这种对现实的歪曲与宗教观念的相似性。确认原始阶段由于"劳动生产力处于低级发展阶段，与此相应，人们在物质生活的生产过程内部的关系，即他们彼此之间以及他们同自然之间的关系是很狭隘的"，[①] 因而受到制约。其后，马克思对这种态度以及消除这种态度的社会前提作了整体性的分析。在这一情况下，原始（前资本主义）的和发达资本主义的意识形态，从一定的、以事物本质为基础的观点出发，虽然存在各种差异，但作为相互关联的现象被提高到一种历史的产生与消亡的统一综合性之中。

在下面依据人们世界观的一系列重要范畴对拜物化和反拜物化问题作类似的综合时，我们打算也按照马克思的方法来进行，并且首先指出现实的审美反映的那种自发的而极少自觉的倾向。这种倾向会使在人类发展过程中出现

---

① 马克思：《资本论》，北京：人民出版社 1975 年，第 96 页。

的、不论在生活实践中还是科学和哲学中都起作用的偶像崇拜或拜物化综合体瓦解，使实际对象关系在人的世界图像中恢复它相应的地位，并在世界观上重新取得由于这种歪曲而被贬低了的人的意义的认识。由此形成了这一考察中拜物化的宽泛概念：拜物化意味着——由于社会—历史的不同原因——在一般观念中独立形成的对象性，这种对象性既非自在的又不依据于人的实际状况。当然我们在这里不是把这一综合体作为一个整体，因为它包括了科学、哲学和日常思维历史的大部分，那样就会突破本书的范围。我们在这里提出一个更为重要的课题，我们将试图指出，真正的艺术按其本质说来内在地含有反拜物化的倾向——在上述意义上——只要艺术不会自身瓦解就绝不会放弃这一倾向。在此重要的只是对这一主要倾向的论证，因此只要指出在几种决定性地规定了人与其环境关系的主要综合体中，其审美效应的事实和作用种类就够了。

## 一　人的自然环境（空间与时间）

艺术所描绘的是与其处于"自然"关系中的人的"自然"环境。"自然"一词在这里必须加引号，因为很明显，艺术的这种功能可能使自然与日常生活的习惯、观念等处于冲突中，并使得这类对立会经常出现在与科学和哲学的关系中。如果说这里所使用的自然性概念取得了与某种理

## 第九章　模仿问题之五：艺术的反拜物化使命

想相协调的意义，那么它就会回复到柏拉图主义的美学，在其中形成一种形式规定，亚里士多德已经在针对柏拉图理式说的争论中令人信服地反驳了这一规定。因此自然的事物——不加引号的——必然获得一种意义，使之能卓有成效地防止这种混淆和多义性。我们已经在讨论日常现实时谈到过生活在日常现实中的人的自发的唯物主义。在那里我们已经强调指出，其中还不包含任何世界观方面的普遍化，而只是表现出那种日常实践的基本的必然性。即人为了在他的环境中能够卓有成效地维持和确认自己，不在环境中被环境所消灭，就必须学会尽可能精确地区分，什么东西只存在于他的观念中，什么东西不依赖于他的意识而存在着。

当然这只是涉及最狭义上的日常生活。只要产生了普遍化，去寻求更广泛的或更深刻的原因，去探究人的生活以及命运的意义，那么这种日常的自发唯物主义就必然失效。在日常的人看来，对这些问题在意识上的解决尝试也被看作属于具有牢固基础的真实存在，如同客观外在世界的存在一样。这些观念是如何被强化为一种现实的信念，被笼罩上一层神秘的超验的光环，我们在谈到巫术时代时已经部分地涉及，我们在最后一章中还将部分地谈到。显而易见，每一个艺术家都是他的时代、他的阶级和他的民族的儿子，因此只有在例外的情况下才能对这些综合性问题采取批判分析的态度。这里绝不是说，艺术采取了一种哲学唯物主义的立场。这只是涉及——在当时社会—历史可能性的范围内——在真正的艺术实践中表现出一种自发的反拜物化倾向。这一倾向的出发点是，只承认现实的客观存在的外部世界，排除在其中拜物化地投射的各种观念，对现实以其自身的真实性表现出来。另一方面它涉及单纯的、但彻底的艺术表现方式——它经常与构成其基础的自觉意志相违背，这并非它的意图——具有一种倾向，即将所有描绘的形象投射到现世的平面上，并将各种超验转化为人的内在性。早在古代，荷马史诗就由于它的这种特性而受到各种思想家的批评。但是即使我们联想到但丁、14世纪或15世纪的意大利绘画（甚至联想到马蒂尼①、安吉利科②）也可以明显地看出艺术的这种人间化、将天上投射到地上的方向。尽管前苏格拉底哲学家们经常对诗中神的描述持反对态度，显而易见，被色诺芬彻底加以批判的那种拟人化倾向，正是在他们的作品以及同时代的造型艺术作品中鲜明而形象地表现出来。

　　与艺术的自发唯物主义倾向同样重要的是艺术的自发的辩证特性。要理解这一特性，人们就必须再次把日常生活作为其出发点。我们已经看到，这一状况在这里甚至更为重要，正像恩格斯偶尔提到的，人们不断地进行着辩证

---

　　① Martini, Simone（1284—1344），意大利画家，精于素描、造型、画风写实，代表作品有《天使报喜》等。——译者注

　　② Angelico, Fra（1387—1455），意大利文艺复兴初期僧侣画家，锡耶纳画派代表人物，发展了中世纪细密画的传统，作品有《圣母加冠》、《圣母领报》等。——译注

## 第九章 模仿问题之五：艺术的反拜物化使命

的思维，但却并不知道。恰如莫里哀笔下的茹尔丹先生一生都在讲散文，但却不知道什么是散文一样。然而，在这里艺术实践却很少是日常生活实践的继续，像上面分析的情况那样，在纯粹的实践中，特别是当他面对他所熟悉的现实时，日常生活中的人往往自发地运用辩证法，即使在同时代的科学却陷于形而上学的偏见情况下。当然这种自发性也有其局限，它停留在对辩证的事实的实用主义评价上，往往同时又承认关于同一个对象的形而上学思考的一般理论。（人们可以联想到达尔文关于植物和动物品种的变化来自培育者的实践所援引的大量例证，其中绝大多数都没有考虑到，由自己培育的结果中引出任何理论上的一般结论。）日常思维的这种局限由于以下原因而更加牢固，即一方面或许在某些科学中形而上学思维方式的剧增——当然只是暂时地——可能有利于进步，另一方面——对此恩格斯关于哲学指出——通过对事物的这种考察会产生对真正的对象性、真正联系的歪曲。恩格斯进一步指出："这种做法也给我们留下了一种习惯：把自然界的事物和过程孤立起来、撇开广泛的总的联系去进行考察，因此就不是把它们看做运动的东西，而是看做静止的东西；不是看做本质上变化着的东西，而是看做永恒不变的东西；不是看做活的东西，而是看做死的东西。"[①]

在这里艺术实践具有一条反对人对于世界和环境的这

---

① 恩格斯：《反杜林论》，北京：人民出版社1970年版，第18—19页。

种理解的明确的战线。对事物自发地在其联系和运动性中知觉的这种朴素的日常生活的"自然性",在这里甚至成为一种"世界观",其内容正是对这种联系和运动性的拯救。尽管由社会所造成的拜物化如此强烈地渗透于日常生活中,艺术实践(不一定是艺术家们自觉的世界观)以其自身的手段与那种将人的感性的、属人的环境图式化并由此而僵化的倾向作斗争。如果我们把艺术的这种特性称为一种自发的辩证法,那么在此应该特别强调自发一词。因为这里明显地涉及审美反映本身的纯粹意义。主观辩证法作为在思维上对客观现实的近似反映,不论在哲学上还是在具体的科学方法论上,尽管从赫拉克利特到列宁经历了上千年的意识化过程,也只是很局部地得到贯彻;在各门科学的具体问题上却往往像人们通常所认为的那样。因为后者往往由一定的物质运动中强制的自发性而产生,甚至在方法论上重要的成就本身所得出的结论在其最直接的相邻领域也不为人所知或不为人所理解,因此很少能够走上一条普遍化的自觉道路。这里科学在一定程度上重复着日常思维的结构。然而在实践中转化为辩证法的自发性对于艺术领域却具有另外的意义。正是因为这里不涉及将现实的客观辩证法转化为概念、判断和推论的主观辩证法,而仅仅涉及尽可能真实而充分地反映客观现实(即使其反映媒介是语言也是如此)、对象性、联系等。所达到的辩证法不完全是一种方法,而是致力于对现实真实反映的结果。正因为如此,艺术与同时代的科学或哲学相比,在消除生活僵化

## 第九章　模仿问题之五：艺术的反拜物化使命

的、拜物化的现状方面，理所当然地走得更远、更加彻底。安徒生童话中的孩子天真惊讶地喊出"皇帝根本没有穿衣服"，正是在这方面艺术活动方式的一种象征。在这种情况下，这种自发揭露和摧毁偶像崇拜的艺术眼光，在被拜物化蒙蔽了的、日常的观察方式通常看作是毫无价值或甚至是反价值的地方，有可能把积极的东西作为价值而提出来。

这种拜物化最显著的表现方式，首先是在近代思想发展中日益严重地将空间与时间的分割。我们不可能深入讨论这一问题的历史。在这里只能提出，这种对时空的拜物化的、形而上学的分离首先从康德《纯粹理性批判》中"先驱的感性论"开始，变为占支配地位。这种时空分离的拜物化，自从20世纪开端柏格森通过价值强调将人工分离物转化为相互敌对的宇宙力量以来，达到一种神秘化的固定性。这种拜物化神话的某些细节和变化对于我们的问题说来是无所谓的。不论在海德格尔那里、在克拉格和其他把时间作为光神（即善神）[1] 把空间作为黑暗神（恶神）[2]或者在摩埃勒·凡·登·布鲁克以及赫尔曼·布洛赫那里把这种对立关系反过来，这都没有多大意义。这里所要确定的只是，这种理念也渗透到日常思维以及所谓先锋派艺术之中。作为生活倾向，这种时空的分离值得我们研究。

这里同样值得注意的是，不论在生活中还是在哲学思

---

[1] Ormuzd，即 Ahura Mazdah，阿胡拉·马兹达，为波斯教之善神，或称光明神。——译者注

[2] Ahriman，阿利曼，波斯教之恶神，或称黑暗神。——译者注

维中，这种倾向都没有达到完全独占的支配地位。在康德之后，虽然叔本华超过他的老师而把这种分离拜物化，但是黑格尔哲学始终有力地反对这种分离。最能说明黑格尔哲学立场的是，整个时空问题不是作为一般认识论问题来讨论的——在康德那里时空问题构成了认识论的导引——而是构成自然哲学的一般内容。在这里当然不可能再现黑格尔的思考过程，即使只是加以提示也是不可能的。对于我们重要的只是，他的基本主旨是空间与时间的辩证地充满矛盾的统一，这种统一与现实不可能在一种抽象的分离性（作为形式—主观的先验）中起作用，而只能与相互不可分离的物质和运动处于不可分割的联系中。黑格尔指出，"物质是依存于空间和时间的实在。但是这种时空由于它的抽象性，对于我们在这里只能作为最初的东西出现。接着需要指出，物质就是时空的真实性。正如没有物质就不存在运动那样，没有运动也不存在物质。运动是一个过程，是时间与空间的转换以及反过来：反之，物质作为静止的同一性，是空间与时间的关系。"[①] 空间与时间的这种不可分割的相关性是辩证的。其中当然存在依据事物本质分别对空间问题和时间问题进行单独科学探讨的可能性。因此黑格尔本人把几何学作为这种情况加以强调，同时着重指出："空间的科学，几何学并不与这类时间的科学相对

---

[①] 黑格尔：《哲学全书》第2卷，§261，附录。

## 第九章　模仿问题之五：艺术的反拜物化使命

立。"① 另一方面，康德在进一步完成了他的拜物化的分离之后，由孤立的时间中推导出了数（以及算术学）。②

在这里自发的辩证法与哲学上自觉的辩证法两者合乎规律地相互吻合了，这是可以理解的。因为很明显，日常实践以及与其紧密相连的日常思维都处于运动着的物质和动荡的事物的世界中，不用对它特别加以思索，它们的相关性理所当然地、直接明显地可以为人所接受。这可以很容易地用最简单的日常生活的事实加以说明。我们举出由马克思清晰地描述了的这一过程，"如果我们考察一定量的原料（如造纸手工工场的破布或者制针手工工场的针条），就可以看到，这些原料在获得自己的最后形态之前，要在不同的局部工人手中经过时间上顺序进行的各个生产阶段。但如果把工场看作一个总机构。那么原料就同时处在它的所有的生产阶段上。由局部工人组成的总体工人，用他的许多握有工具的手的一部分拉针条，同时用另一些手和工具把针条拉直、切断、磨尖等等。不同的阶段过程由时间上的顺序进行变成了空间上的并存。因此在同一时间内可以提供更多的成品。"③ 我们看到，这种表述的目的决不是从哲学上说明空间和时间的辩证的统一，而是阐明在工场中通过分工提高了生产和劳动生产力。然而通过这样一个过

---

① 黑格尔：《哲学全书》第 2 卷，第 57 页，§ 259。
② 康德：《Kritik der reinen Vernunft（纯粹理性批判）》，见《康德全集》第 3 卷，第 137 页。
③ 马克思：《资本论》，北京：人民出版社 1975 年版，第 382 页。

> 审美特性

程在思想上被正确地加以再现和分解，由其自身形成了黑格尔在哲学上分析过的空间与时间那种辩证相关性的映象。这种事实对于这一劳动过程的每一个参与者说来同样自发地成为他的习惯行为的基础，尽管他不可能甚至根本不可能感到——像马克思所做的那样——在概念上加以阐明的需要。

这种空间和时间的恒常的同时存在——即使很少被意识到——这种对于存在、生成和作用的基础的习惯性，当然会在人的情感生活中留下最深刻的痕迹。再次地没有对最基本事实和相互关系的意识，这种相关性也许渗透到对生活现象的思考中，使得人们扩大了他们对空间和时间的观念，并赋予它们一种比喻的意义，所以在思想上肯定不会歪曲其中本质的和真实的东西。因此在日常的语言应用中以及在社会科学的术语中已经形成了对重要生活事实的反映，这——正如我们所认为的——最好能够用准空间和准时间的术语来表征。这里也可以引用马克思所表述的这一事态："时间是人类发展的空间。一个人如果没有一分钟自由的时间，他的一生如果除睡眠饮食等纯生理上的需要所引起的间断以外，都是替资本家服务，那末，他就连一个载重的牲口还不如。他身体疲惫，精神麻木，不过是一架为别人生产财富的机器。"[①] 是否"空间"一词在这里只

---

① 马克思：《工资价格和利润》，见《马克思恩格斯选集》第2卷，北京：人民出版社1972年版，第195—196页。

## 第九章 模仿问题之五：艺术的反拜物化使命

是一种单纯的比喻？它肯定要超出这种意义。因为同样形象的总体表达"人类发展的空间"满足时间的最本质的客观规定，然而并非时间变得如同被人为地孤立起来的自在存在，而是如同与人的世界相关的这种自在存在而起作用。因此这决不会产生时间概念的主观化，不仅因为在这种丰富化之中自在存在不会产生畸变，而且因为它所达到的补充和扩展是以一定客观生活事实为基础的。这单纯关系到，我们刚才在黑格尔那里已经了解到物质运动的概念对于认识空间和时间的客观本质很有意义，将物质运动的概念用于社会的人，客观上产生了一种内容上的扩展，因为在社会中所完成的物质运动比在物理学中的物质运动具有远为复杂的性质。这种复杂性并不改变自在存在的本质。虽然如此，但是有必要并且有理由在对社会——人的关系的表述中对其加以考察。重要的是，在这种情况下强调其客观性。因为社会生活不断地并必然地产生出对空间和时间关系的主观思索（反思），这种思索已经不再或不完全符合现实的自在存在，其真实性只能存在于其人的以及主观的必然性之中。在这里根据不同的具体情况应该进行一种精确的批判的裁决，因为在——当然是受社会制约的——主观性的基础上同样可能产生拜物化倾向或反拜物化倾向。如果我们转向审美领域并对准时间和准空间之类范畴的意义进行探讨，它在构成作品的现实反映中起什么作用，这种大范围的区别必须仔细加以考察。在康德对空间和时间的拜物化和形而上学的分离统治哲学界的时期，习惯于将各种艺

◯ 审美特性

术按空间艺术和时间艺术的模式进行划分。针对这一点进行论战在这里是不必要的,这个问题只是一般地提到,因为对于一种表面的考察可能得出假象,似乎我们在对现实的审美反映生成艺术作品的过程中,赋予同质媒介的重要性多少与各种艺术的这种系统化原理相关。

每一种同质媒介——全面地或主要地——不仅具有空间质,而且具有时间性质,这当然是确实的。日常现实中的完整的人的直接知觉所完成的纯化过程——直接地并且首先——是在这方面起作用的。我们已经对康德这种观点的代表如菲德勒进行了批判,因为这种观点停留在同质媒介的这一直接性上,并且把它的第一直接性固定为最终原理。如果我们,针对这种观点加以批驳,谈到内容与范畴具体可能的整体性融入同质媒介中,那么我们最终不是指的这种因素:绘画媒介的空间—视觉同质性或音乐媒介的时间—听觉同质性,在自身并不包含一种空间性与时间性的僵化的形而上学的对立,即如果其中之一被确定为同质性的基础,则必然将另一个完全由创作领域中排除出去。与此相反,对所有不是以抽象形式原理为基础的,且不仅是作为装饰的各种艺术的主要要求是创造一个"世界",是对被反映现实的这样一种固定,即构成和完成作品的各种规定成为现实客观规定的整体性的一种闭合的、完善的具体感性直观的映象。当然每一艺术门类的同质媒介都经过一种量和质的选择,这种选择排除了对某些规定的再现,并为它们规定了不同的功能(我们可以联想在小说和戏剧

## 第九章 模仿问题之五：艺术的反拜物化使命

中偶然作用的不同)。这种选择、排除、强调的可能性，一方面在每一艺术品种那里具有一种不同的具体活动空间，另一方面存在某些范畴，没有这些范畴就根本不可能创造出一个"世界"，因此虽然强调、功能和等级位置等的不同，从任何同质媒介中都不能完全排除掉这些范畴。这也属于客观现实的空间—时间特性。每一种原始的、直接的空间—视觉同质媒介在其世界的整体性中都必须加入一种准时间，正如任何时间媒介没有一种准空间的痕迹就不可能构筑它的"世界"，因此这是一种丰富的辩证矛盾。

对于绘画和雕塑，莱辛在《拉奥孔》中提出了这个问题。在那里他从造型艺术的丰富的矛盾出发，它所能反映的"是永远变化的自然而决不再是某一单独的瞬间"。他同时谈到——相应于他的具体课题——两个题目：第一个题目是对作为表现对象的完成时刻的否定。这个极其有趣的问题我们还将在其他地方探讨，它也比我们现在所要讨论的问题更具有普遍性（歌德完全在同一意义上把它作为文艺的对象，像莱辛把它作为雕塑的对象，这是很有特色的）。但是，第二个问题是我们现在的课题。莱辛指出："通过艺术，上述那一瞬间得到一种常住不变的持续性，所以凡是可以让人想到只是稍纵即逝的东西，就不应在那一瞬间中表现出来。"[①] 绘画和雕塑在其世界的创造中所实现

---

① 莱辛：《Laokoon（拉奥孔）》第1卷，朱光潜译，北京：人民文学出版社1979年版，第3章，第28页。

的对立统一，是对时间性的这种扬弃，在此扬弃中只有变为形象的现在才保持了它作为过去的结果和未来的出发点的具体本质。

在哲学思想中，这个问题在爱利亚学派、在芝诺的二律背反中出现过，黑格尔在其中正确地看到了辩证法、运动的矛盾性的端倪。当芝诺把这个问题提高到哲学高度，它才在思想上获得了一种清晰的辩证的理解，并且哲学史指出，以后它是怎样经常被歪曲为一种僵死的形而上学。但是从直接的视觉性的观点看来，这个问题决不是如此简单和不言而喻的，像我们的实际日常生活所表现的那样。因为人们在日常生活中处处都是涉及运动着的对象，因为人们是一秒一秒地体验着从过去经现在面向未来的过渡。人们看不到瞬间的可视直接性在此所出现的矛盾。我们在以前关于否定日常的照相反映时所指出的，大多数照相表现出陌生、僵化甚至不真实，尽管它——同样像视网膜上所反映出来的映象——是相关时刻的机械真实的摹写。如果人们联想到快速运动的瞬间照相，那么这一点看起来更清晰，其中大多数正是由于奇形怪状而显得"不可能"，尽管对于反映的机械真实这一点是无可怀疑的。这正是芝诺的名言"飞矢不动"的直接感性的视觉侧面。

黑格尔经常反复强调的感性直接性的抽象性质在这里表现为个别的、只是直接视觉感知到的瞬间，在这种感性可见的直接性中并不能必然地表现出它的本质的客观规定、它由过去的产生以及它对未来的发生学的功能。也就是说，

## 第九章 模仿问题之五:艺术的反拜物化使命

这种规定是否在其直接表现中从视觉上呈现出来或被隐蔽起来,是一种偶然的现象。作为现象的整体性的再现,在瞬间的情况下是作为运动的要素,使得摄影不顾其机械真实及其固定的精确性而恰恰失去了决定性的客观要素。(所谓艺术摄影是致力于,选择和固定那些——或多或少是罕见的——使运动变为感官可见的瞬间。)如果要想使造型艺术达到对客观现实的反映,那么就必须在反映出来的可见的瞬间中包含构成运动的这些规定的整体性,也就是说必须在纯粹可见性的同质媒介中作出对矛盾的相应的扬弃。运动必须包含有这样一种表现:其中在不破坏瞬间的唯一能表达的刹那的情况下,使其来龙去脉可以直接地体验到,使其质、方向和本质被情感激发地显现出来。只有当所有这些规定融入可见性的同质媒介中并被加工成自身的有机组成部分,才能——在扬弃第一直接性之后——创造出第二直接性,其中有关运动的一切日常生活和思维的拜物化形式都被排除掉了。莱辛在描述这种现象时应用了18世纪的认识论和心理学的范畴,这不能抹杀他明确提出这一问题的贡献,甚至他所用的术语"丰富的瞬间"今天仍然使用并且指引着方向。[①] 因为所描绘瞬间的丰富性——不论对于创作者还是接受者——只是客观上在作品中所达到各种规定的整体性的主观方面。在这种规定的整体性中,正如

---

[①] 莱辛:《拉奥孔》,第28页。"我们越多地观察,我们就必定越多地加以思考,我们越多地思考,我们就必定越加确信观察。"

> 审美特性

我们的分析所指出的准时间向纯粹可见性的同质媒介中的转化起着一种不可忽视的作用。

这是我们这一问题的客体方面。但是各种造型艺术也表现出一种主体方面,它与作品结构、与其引导情感激发的功能密切相关,对这一主体方面我们在此必须说几句。莱辛也曾经谈到,他(在曾多次被援引的地方)指出,造型艺术作品不仅是供人一瞥的,而且是长时间和反复观照的。关照这一说法至少已经把时随性的要素加入到审美必需的感受性之中。莱辛的同时代人赫姆斯特休斯分析了在造型艺术作品中包含时间性的感受态度的生理—心理必然性。"您知道,我的先生",他在《关于雕塑的通信》中写道,"由于我们眼睛的结构是光学规律的运用,我们在一瞬间几乎只从我们的视网膜清晰地反映出来的一个可见的点就能获得明确的观念;如果我要想从对象整体获得一个明确的观念,我就必须使我的目光沿有关对象的轮廓滑行,以便使构成这一轮廓的所有点相继地由眼睛清晰地知觉到,最后心灵将所有这些基本点联系起来而获得整个轮廓的观念。但是可以肯定的是,这种联系是一种作用,要产生这种作用心灵就需要时间,眼睛愈缺乏训练,要知觉对象就需要愈多的时间。"① 赫姆斯特休斯多少有些简化地(一定程度地几何化了)描述了这一过程,他只承认在最终阶段的综合,忽视了在观看过程中不断的综合化,这并不妨碍

---

① 赫姆斯特休斯:《Oeuvres completes(全集)》第1卷,第17页。

## 第九章　模仿问题之五：艺术的反拜物化使命

在此对莱辛所说的这一基本现象按照它的中心实质加以正确的描述。

但是，早在这两者之前，达·芬奇就从创作者的观点而不是从接受者的观点，研究过这个问题。他对"见习画工"给予如下教导："我们清楚地知道，视觉是最迅速的活动之一，它可以在一个点上知觉到无数的形式，尽管如此它一下子只限于把握住一个事物……因此我也要对你说，如果你要想获得有关事物形式的真实知识，从本性上倾心于这种艺术，那么就从个别开始，在头一个没有很好地记住和练好以前，不要进行下一个，你若去做别的，那么你就把时间丢掉了，真的把学习拖长了。"① 尽管这里涉及人的视觉性与瞬间的固定映象的关系这同一个问题，人们或许可能有异议：作品正是永久化了这样一个瞬间，它是怎样产生的，这在审美上是完全无所谓的；由经验可以确定，每一部作品的产生都需要时间，这却与作品的审美本质毫不相干。如果人们考虑到，在创作过程中人与可见现实的这同一关系像在接受过程中一样地表现出来，因此达·芬奇和赫姆斯特休斯从相互对立的方面所作的相互补充的描述是基于同一基本事实，那么这些异议就失去了立足之地。所以作品的构成本身不仅要考虑到这一过程，而且它的整个构成、它的全部关系体系都建立在这一过程的基础上。

在我们谈到构成及其在接受者那里相应地引导其情感

---

① 《列昂纳多·达·芬奇》，第164页。

### 审美特性

激发作用的功能的深刻联系时，已经触及了这个问题。我们回顾当时在谈到建筑时所说的，一个建筑作品的整体性原则上不是以一瞥可以同时知觉到的艺术构图（人们对设计图所研究的不是单纯的技术构图）和一个外部空间及内部空间的视觉形态以及它们相互间的有机关系，只有由这种在时间上相继的接受活动的连续性和综合才能构成一个整体。因此——我们再重复一遍——人们只能这样来把握，这不是建筑构图的一种外在的或完全偶然的结果，而是由于它的本质属性正是基于，要激发出各种空间体验的相互过渡、相互强化和深化的序列，从每一个别地点出发都能对这种体验加以引导，从而使作为外在和内在空间的形态以一定视觉—情感的质和独特性在接受者身上产生整体的感性综合。

对引导作用的这种认识应该补充到莱辛和赫姆斯特休斯关于绘画和雕塑的考察中去，以便完善他们建立在正确基础上的论述。我们甚至可以说，在绘画和雕塑艺术中引导作用可能比在建筑中表现得更加明显。因为建筑始终是把用于具体社会目的的真实空间的创造和艺术空间造型结合起来，它的形象由各种极其不同的出发点着手，受到各种局部侧面的限制，却能够产生情感激发作用，这是建筑的本质。但是绘画和雕塑却对接受者暗示地规定了，他必须如何接近作品。总的方面的规定同时强制地形成了一种更确定、即使并非普遍规则的那种单个观照活动的综合序列，它在这些作品的整体体验中视觉综合地达到统一，以

## 第九章 模仿问题之五：艺术的反拜物化使命

便实现有关作品的客体构图的感受—审美的再创造。

我们在目前的考察中虽然只探讨了简单运动及其客观的辩证结构，它却直接说明了，在相互关联运动的更复杂的综合体以及系统中，最终也受同样丰富的矛盾所支配。对于这种更复杂结构，就我们目前关心的观点所做的进一步分析，在哲学上基本上不会出现什么新的东西。当然由此产生出具体探讨视觉造型艺术品种的一个中心问题，即对于绘画、圆雕、浮雕等的特殊区别，它们所特殊适用的引导规律。对于我们目前的问题，只要指出这种区别就足够了。为了通过一个例子来说明这种分化的内容和方向，可以回顾我们在其他地方所援引的魏尔夫林关于绘画中左—右问题的考察。

应该进一步强调的是，这整个一系列观点涉及再生产对象性并创造一个"世界"的造型艺术。主观的，但作为主观必然的、建立在客观的作品结构基础上的准时间，基本上属于这个领域。抽象的—几何的或以几何为基础进一步构成的——视觉性造型基本上或多或少地是从纯粹装饰效果出发的。在这种效果中，与从各种对象及其实际对象关系所创造的"世界"相比，对作品就其整体性的同时把握在质上可能更完全。对各种细节的追求，在这里当然也是必要和合理的，这种追求在几何纹样中不具有准时间特性。不论是整体还是它的局部，由于在几何纹样中其本质的基础性质，由于它的联系和整体性的装饰特征，而使它们从时间之流中突出出来。每一种视觉艺术的构成物都内含这种或多或少趋于装饰效果的明显倾向,这当然使其中的引导问题复杂化了,因为装饰性和对象"世界"的创造这两个方面必须交融而完全统一起来。对这一联系的具体分析属于这一艺术门类的理论,只能在那里逐个地专门提出并予以解决。这里只涉及对这一问题的一般表述,指出客观的和主观的准时间的存在,说明在这些艺术的世界创造中它的功能以及它对——当然首先是客观的准时间——艺术的反拜物化作用的影响。

对感受性的引导问题为各种时间性同质媒介的艺术提出了准空间的问题。乍看起来可能以为与上述情况相反,这里既有客观的准时间也有主观的准时间,我们这里只讨论主观的准空间问题。然而我们确信,人们在这种情况下不会受类比作用的引导,并且即使是对比的对应关系也不能机械地过度看待。因为相对时间说来,运动的矛盾在外表上不会表现出来,在这里必定缺少与我们所确定造型艺术的客观的准时间的对应关系。在此只补充说明,人们在其同质媒介基本上是时间性的艺术中不可能找到某些与几何装饰性相类似的东西。我们在这里所要探讨的准空间相应地只能具有一种主观的性质:它是那种感受性引导的一种必然结果,在时间的同质媒介中活动的艺术构成必定无条件地以这种感受性工作。其中这里的这种矛盾却不会完全消失。芝诺所表述在运动中静止与运动的直接矛盾就是这样一种基本的事实,他也只能从它的时间侧面出发而感觉到。其区别或许最好这样来把握:从空间出发来考察,

## 第九章　模仿问题之五：艺术的反拜物化使命

似乎静止的、固定性的要素占优势，其辩证的统一只能通过艺术引入感受的前导过程和后续过程来取得其真实的形态。与此相反从纯粹时间上来考察，运动性达到一种绝对的、无限的有效性。我们这里在现实的审美反映中遇到了赫拉克利特的矛盾："人不能两次踏入同一条河流。"在这里审美反映的任务是协助静止的（固定性的、连续性的）要素在交替中获得它们的权利。各侧面的区别和在其中审美反映能够直观矛盾及其解决的各种同质媒介的区别造成的结果是，从空间上看来，形成一种客观的准时间，而其在时间性中的表现方式获得了一种主观的性质。由此却保持了它的客观的根源，这种主观性正符合于作品客观的最终构成原理本身，而这种主观性只是作品完成了的结构的一种纯粹感受的占有。主观准空间与纯粹时间性的内在关联性以及客观准时间在相应空间性中的内在关联性是基于，芝诺和赫拉克利特相互对立地表述的矛盾——最终——是指向同一个事实内容的，他们从相反的观点，根据相反的前提，却辩证地排除了同一个直接性的拜物化。在现实的审美反映中，对于空间性和时间性同质媒介提出了——分别进行、协同突破了——一个类似的课题。

时间艺术的感受性——我们首先指音乐，这里所详细论证的也可以经过适当修正而用于文学——不可能由体验的单纯相继连续而形成，这里的这一基本事实是理所当然的，并且几乎相应地不断被强调。我们回顾一下所援引的尼古莱·哈特曼的观点，他准确地考察了音乐的引导作用问题,把它的各种瞬间要素的同时向前和向后的指示特性正确地置于前景。当然,他也寻求这一情况下必然形成的统一,但是他作为一个唯心主义者——正如我们所看到的——却不愿承认,这种统一性可能多少与感官的听觉有关。他指出:"这种统一虽然总是一种时间上的,但却不是同时的存在。"① 因此,他正确地触及现象的特定的重要方面。他正确地认识到,这种统一必然仍是一种时间上的统一——即使各种造型艺术的准时间也活动于空间性的媒介中,并保持空间性的内在性质。但是直截了当地否定它们的同时存在会使它的表述远离生活所引起的辩证法:这涉及同时存在与非同时存在的统一。对于由作品所引导在时间中运动的主体,虽然具有某种重大的变化,如同在每一运动中那样产生类似的矛盾性。作为显示出极深刻类似的对应物,其性质作为强化、减弱或保留,作为激情或嘲讽只是在时间上分割开来的要素的严格相继的存在才能起作用。(也就是说,时间上的分割、它的相继以及每一个在这种相继中的位置,如同通过这种密切的相关性所创造的并存同样属于它的本质。) 这种类似性必然不断产生出一种相继与并存的充满矛盾的综合,并产生情感的激发。在诸矛盾的统一中相继的要素占优势,诸要素的感受之前导和后续作用——不损害它的本质——必然是不可排除地、不可更替地保留着。这一点正表明,这种并存不可能是一个真

---

① 尼古莱·哈特曼:《美学》,第117页。

## 第九章　模仿问题之五：艺术的反拜物化使命

实空间的反映，而只是在音乐的时间性同质媒介中的一种准空间。

如果我们引用解决这一矛盾的极端对立的尝试来说明这一矛盾，我们认为会是有益的。赫尔曼·布洛赫把抹杀被他看作是与死亡相联系的时间，当作他自己的思想课题。按照他的观点这也是音乐所表达的人们的最深切追求："因为人们始终在做的，是要抹杀时间，扬弃时间，这种扬弃作用就是空间。甚至连只是在时间中存在、并由时间所完成的音乐也将时间转化为空间……"[①] 音乐的意义其基础是建立在"时间直接转换为空间，这一时间过程转化为一种空间的—建筑学的构成物，从而比在其他情况下更强烈地使人意识到"。"这种时间的扬弃是音乐的认识中心。因为时间过程的建筑化，正如音乐所完成的对趋近死亡的时间的直接扬弃，也是对人类意识中死亡的直接扬弃。"[②] 对布洛赫的世界观进行分析不是我们这里的课题。我们在此只能确认，他把音乐在哲学上作为纯粹的空间性来解释的倾向是当代拜物化倾向的高峰。因为我们所说的音乐的准空间，正是强调在现实反映中音乐的普遍性。这表明，直接置身于纯粹的听觉、置身于纯粹的时间性的音乐，按其本质说来却是现实的整体性映象，是严格审美意义上的一个

---

[①] 赫尔曼·布洛赫：《Erkennen und Handeln（认识与行为）》，见《布洛赫文集》第2卷，苏黎士1955年版，第10页。
[②] 赫尔曼·布洛赫：《Erkennen und Handeln（认识与行为）》，见《布洛赫文集》第2卷，苏黎士1955年版，第99页。

"世界"。音乐(以及文学)中的准空间、造型艺术中的准时间已经在整个艺术世界展开的前阶段中,在人以其感官与他的环境、与对其内在性的影响的各种关系的审美再生产中,打破了空间与时间的拜物化分离,打破了当代由于资本主义社会的结构和运动倾向而达到顶点的拜物化分离。布洛赫显示的深义只是与那种打算把各种内容从音乐中排除出去的学究式形式主义相对的先锋派的见解。因此在生活中,按照戈特弗里德·凯勒的说法,不论是清醒的或沉醉的庸人到处游荡——其中谁也不比别种人更好些——所以在当今的艺术理论中,学究派和先锋派作为客观的同盟者,都把拜物化带到了美学思想中来。

音乐和文学中的准空间思想与那种音乐理论中由某种数学要素出发的、其本质在于寻求神秘的几何化的古老倾向毫不相关。对于从毕达哥拉斯到开普勒的发展,这种倾向由当时理论成长条件的历史情况看是可以理解的:人们对于强烈感受到的,但在哲学上难以说明的音乐的客观性,寻求一种宇宙论的解释。在谢林那里像"建筑必然是按照算术关系来构成的,或因为它是在空间中的音乐,是按照几何关系构成的"之类的比较不再是才华横溢的,却是空虚的思想游戏,这种游戏在建筑是"凝固的音乐"这一著名格言中达到了顶峰。① 黑格尔正确地指出,对于时间几何

---

① 谢林:《Philosophie der Kunst(艺术哲学)》,见《谢林全集》第 1 部·第 5 卷,斯图加特/奥古斯堡,1858 年,第 576 和 593 页。

## 第九章 模仿问题之五：艺术的反拜物化使命

不可能作为非拟人化反映，因此这种类比失去了它的哲学基础。它所以今天还不断出现，就是由于上述社会原因造成的。能够指出以下一点，对作者说来是极大的愉快，即托马斯·曼在《浮士德博士》中所做的在主要角色那里经常出现的实验，例如对非听觉音乐的"宇宙秩序"始终深思熟虑地嘲讽，把它当作这种荒谬的现代倾向的征兆。

只有当在其领域中实现了打破拜物化这一使命，由其创造的并存只是作为时间上相继的因素而起作用时，音乐的准空间才能获得审美的意义。这种限定说明它无可比拟地多于我们开始提到的在时间过程中的位置要素、时间的不可逆转的作用。我们在上面援引了马克思的话"时间是人类发展的空间"，并且强调指出，在这里它不单纯是一种比喻。内含时间的明确方向对于无机自然界已经包括了一定过程的不可逆转性；对于有机自然界和人的世界，这种倾向转化为一种质：时间上靠后的在自身包含了其前过程的各种规定，然而却经过了加工，丰富了、深化了，以致以前要素的实际或回忆之返回、过去与现在的对比，与单纯的运动相反，获得了一种发展的特殊内容。在人的生活中，时间这一作用的基本事实在各种艺术中是以一种时间的同质媒介，即音乐和文学反映出来的。在这一发展中，即在时间过程中，产生了反映的这种扩展要素，因为这是生活的一个决定因素。为了能够意识到这种发展——艺术描绘了它的自我意识——必须使这一道路的里程碑和转折点成为直观鲜明而富于情感激发的。由于这些艺术的准空

> 审美特性

间——我们再重复一遍——是时间性和发展的时间过程的单纯要素，在其范围内的时间相继可以表现为一种并存，它创造了那种比较的可能性，那种在以前、现在和未来前景之间的对比，依靠这些人们才能实际地并全面地认识和体验到由发展所形成的新东西的本质自身。如果在音乐中反复着一个基调、一个旋律，那么这决不是一种重复，它的过去的表现方式的现在化应该成为一个跳板，以便使全新的和在新创造情况下的变化明确地表现出来。阿多诺没有使用这一术语，却很好地描述了音乐中准空间的这一性质："但是只要音乐一般地在时间中流过，它就是动态的，即同一的东西通过这一过程而成为非同一的东西，反之非同一的经过一个压缩了的重复可能成为同一的。人们是根据传统的大音乐来称呼建筑的，并非基于单纯的几何对称关系。贝多芬乐曲最强有力的形式效果，是和一次性作为主题出现的反复，现在作为成果显示出来，由此取得了完全不同的意义。往往通过这种回复事后才创造出以前事件的意义。"[①]

　　由此在准空间和准时间上的共同性——不论它们是主观的或客观的——就完全清楚了。对于每一种创造一个世界的艺术说来这都是宿命意义的问题，它们实际上是把世界作为一个整体来反映，其辩证的统一和多样性不仅表现

---

[①] 特奥多·W. 阿多尔诺：《Dissonanzen（不谐和音）》，哥廷根1956年版，第110页。

## 第九章 模仿问题之五：艺术的反拜物化使命

在所描绘的内容中，而且也表现在所描绘的形式中：同构成一个"世界"的要求一起出现的那些作品并不局限于内容拜物化的断面或者形式拜物化的侧面。对于某些复杂化了的范畴，其审美改造保证了作品的这一功能，我们已经谈到过，即使不是明确地涉及这个问题，我们在以后的考察中还将更详细地讨论。这里只想强调以下一点，即正是因为艺术在其世界创造的倾向上必须被调整到感性的激发上，正是这些基本的范畴，如空间、时间和运动作为每一种可能效果的不可或缺的前提条件值得加以考察。每一种艺术都是人类生活、人类发展的一幅映象。因为现实存在的空间—时间规定性，两者在每一生活表现中的存在是每一种人的存在的客观基础，另一方面因为各种艺术的同质媒介强制地规定了一种空间性与时间性的分化，这种媒介本身必须顾及使此分化不再变为拜物化的分离。

## 二　不确定的对象性

文学规定的内容性使得在其中的准空间的具体表现方式更为复杂。因为在这里，从哲学上来看未产生原理上的新问题，我们不再对它进行分析，而转向另一个问题，即我们在表述这种差别时所说的，在审美领域中对象性的规定性与不确定性的问题。这个问题本身在其最一般的理解中，正如所有在内容上重要的事例那样，没有什么特殊的美学问题。对于日常的甚至科学的思维说来，每一种规定都有一种双重的性质：一方面它必须接近正确地反映有关对象的本质要素，并尽可能明确地将其概念化；另一方面在客体无限量的特性中不仅按照其事实—客观的重要性进行选择，而且这种选择也是由那种实际的或认识上的目标所确定，这一目标是为有关规定服务的。当然规定的正确性首先取决于第一条件的实现，但是科学实践不断表明，它也可能不得不对即使客观上正确的规定进行改造，因为它部分地包含了对有关科学多余的特征和标志等，部分地又缺少那些对于各种重要问题综合体具有决定意义的特征。在日常思维中，往往不得不为此目的依各种规定进行，使这些成分理所当然更加明晰地表现出来。

总之这一切意味着，每一种正确的规定，在不丧失其明确性和单义性的情况下，正是为了保持这一性质，也必须在自身包含不确定性的要素。过分的规定性很可能成为理论和实践的障碍，而正确的不确定性却堵塞了错误道路，但是以同一作用为将来的发展创造一种通常很难达到的活动范围，防止拜物化地僵化为教条和偏见。列宁在《唯物主义和经验批判主义》中很明确地谈到了这种规定。他概括了他对相对真理和绝对真理的考察，并由此引出了对我们具有重要方法论意义的结论。"一句话，任何思想体系都是受历史条件制约的，可是，任何科学的思想体系（例如不同于宗教的思想体系）和客观真理、绝对与自然相符合，这是无条件的。你们会说：相对真理和绝对真理的这种区

## 第九章　模仿问题之五：艺术的反拜物化使命

分是不确定的。我告诉你们：这种区分正是这样'不确定'，以便阻止科学变为恶劣的教条，变为某种僵死的凝固不变的东西；但同时它又是这样'确定'，以便最坚决果断地同信仰主义和不可知论划清界限，同哲学唯心主义以及休谟和康德的信徒们的诡辩划清界限。"①

人们看到，这里涉及对现实反映的一种基本事实，它是由客观存在的诸对象和联系的无数规定与其固有本性的界限以及其实践目标的有限性对人所规定的那种局限的相关性之间的矛盾产生的。这种基本的状况在审美反映中必然也起着相应的作用，这是不言而喻的。它甚至在这里变得更加重要，因为在艺术中基本上排除了由于科学的非拟人化方法，而使人在现实反映中对人类学限制的相对超越。也就是说，这不仅成为事实上的一种弱点，如同在日常生活中通常的情况那样，而且也成为艺术的特殊效能的源泉。人的人类学界限在艺术中应该成为积极的、丰富的力量，在我们的向审美转化了的感受性中无疑产生了一种发展，它在艺术领域内不断地被强化，进一步必然成为与科学和日常生活的重要区别而显示出每一种艺术作品原则上确定的特性。科学和日常生活中的各种规定通过实践不断得到控制和修正，因此其固定——同样是在原理上的——始终具有一种暂时的、变革的或包含部分变化的性质。当然，

---

① 列宁：《唯物主义和经验批判主义》，见《列宁选集》第2卷，北京：人民出版社1960年版，第135页。

### 审美特性

艺术作品的产生同样服从于这一过程。但这是创造性审美态度的一个特殊问题,我们将在下一部著作中详细探讨。然而,艺术作品一旦产生,那么按照其本质它就是某种最终的东西,否则它根本不成其为艺术作品。这意味着,和其他领域相比,它对各种规定发挥其正确功能的要求更高。归根结底,我们必须由艺术品种和艺术作品的多样性这一观点来看待整个问题。从艺术品种中各种同质媒介在质上的差异性,直至其每一艺术作品的个别特性,在这里产生了特殊的分化。如果将上述内容在新的联系中加以概括,在审美领域中这种规定虽然显示出精确公式化的原理,但却没有普遍的一般适用的规则。

席勒在给歌德的一封信中就文学极其明确地提出了这个问题:"目前在我看来,人们能够从对象的绝对规定性概念出发很有益处。它将表明,由于对象选择不当造成失败的所有艺术作品都会产生这种不确定性以及由此而来的随意性……如果人们把这个命题与其他命题相联系,对象的规定每次必须通过艺术门类所特有的手段产生——它必将在每一种艺术特质的独特界限内完成。为了在各种对象的选择中不致造成谬误,因此人们要有充分的标准。"[①] 席勒在这里所谈到的对象选择,不论在创作过程之前还是在作品完成之前,都不会降低他的这一思想的贡献,相反提高

---

[①] 席勒致歌德的信,1797年9月15日,见《席勒与歌德通信集》第1卷,莱比锡1955年版,第404页。

## 第九章 模仿问题之五：艺术的反拜物化使命

了这一贡献。因为他揭示了这一真理，对现实的正确的审美反映必然早于本来意义的艺术创作，这一审美反映必然已经在材料的选择上，在现实的"前艺术的"体验中起一种积极的作用，以便使创作过程发现可资利用的半成品。在席勒的这一见解中重要的和开创性的首先是，他把"对象的绝对规定性"与各艺术品种的特殊条件联系了起来，也就是说，按照他的观点，戏剧中的"对象的绝对规定性"与叙事诗中的有某种质的不同，长篇小说比中篇小说的有某种质的不同。很容易看出，我们可以在其中重新发现上述极一般地对每一种反映及与之相联系的实践所能确认的同一规定的结构。由于席勒把每一艺术品种的可能性和要求置于日常生活中行为的目的论要素所占的位置上，他精确地概括了在审美领域中规定的特殊方法。

当然在这个问题上莱辛走在席勒的前面。莱辛《拉奥孔》的基本内容在这方面确立了文学与造型艺术的界限。如果在他那里描述的问题及其作为文学表现手段的斗争是处于前景的，那么从中发现与我们目前所感兴趣之处的关系就不困难了。如果人们由他的议论中拿出最著名的例证——阿伽门农的王笏、阿锡勒的盾牌、海伦和特洛伊的长老——那么人们就完全清晰地看出了他的主要意图：在绘画中以其直接的事物的感性存在的全部独特性所表现的对象在文学中成为某种行动的单纯要素。这首先意味着，文学中的对象不会以其单纯的自在存在出现，而是作为人的关系以及由它所实现的行动的对象媒介。这一点在分析王笏时可以特别明显地看出。这里很明显,莱辛还不了解我们所说的拜物化概念,在这里也在反对文学反映对现实的拜物化。因为在文学中人及人的关系处于由它所创造的世界的中心。不仅在那种为莱辛所直接抨击的早已陈腐和被遗忘的叙述文学中,而且在左拉一派的现代自然主义那里,在阿达尔贝特·施提夫特那里,直到多斯·帕索斯对物化世界加以组装的先锋派的前驱以及阿莱因·罗贝·格里雷特最新的"物的小说"中,人的存在及命运的本质的东西消失在变为拜物化的杂草丛生的人的行为及其生活事件中的客体。这一问题正是文学的反拜物化使命的艺术中心。但是这一职能同时直接关系到我们现在探讨的描绘对象性的规定性或不确定性问题。阿伽门农的王笏按照其感性直接的对象性仍然是极不确定的,相反由于它的产生的历史、它在社会生活中的作用以及显示其感性存在的展示,我们具有了足以用来激发再现整个状况的客观性质的清晰图像。

在莱辛所分析海伦的场面中或者可以更明确地表现出规定性与不确定性的辩证法。在这里他特别强调了,在荷马那里根本找不到任何对海伦外貌的具体描写,荷马只是表现了海伦的美对特洛伊的长老们产生了怎样的影响。如果现在将这一点稍加普遍化——我们马上会看到,我们完全有理由这样做——那么我们就处于乍看起来似乎不合情理的境况,正是这一伟大史诗,它的持续作用肯定地首先是基于人的内心生活的感性直观,而它却能放弃对它的人

## 第九章　模仿问题之五：艺术的反拜物化使命

物的外在表现方式的描绘，甚至在这种情况下，即在海伦那里美是在行动中所体现出来的命运的决定因素。如果人们考虑到，戏剧——除了近半个世纪之外——一直是不描绘它的人物的，而上千年来的戏剧人物却栩栩如生地活在人类的意识中，那么这种似乎矛盾之处也就失去了它最初的强烈程度。甚至更不用说现代的舞台剧，在极少的情况下用对话来提供主人公的外部描绘，这种描绘并不总是相对由行动本身产生的那种形象的渗透。王后在最后一幕关于哈姆雷特所说的"他身体太胖，有些喘不过气来"，丝毫不能影响哈姆雷特的生动形象。现代叙事诗似乎以其范围广泛而详尽地描述超出了莱辛所说的荷马的叙述方式。但是如果仔细地研究这一实际状况，那么人们就会取得意外的结果，并且发现那些确实生动描绘出来的小说人物的吸引力往往大致接近于海伦的吸引力，但是——这与它并不矛盾——通过某些感觉的闪光才更具体地显示出来。但是即使一个如此自觉创作的、如此形象化的作家如托马斯·曼在他的《浮士德博士》中，也坚决拒绝对两个主要人物可以从外部辨认出来。对此他在关于这部小说产生的研究中，给出了一种在理论上也很有趣的说明："……值得注意的是，我几乎没有赋予他一副外貌，一种表现，一个躯体。我的朋友们总是想要我这样描写他，如果报告人仍然保持着一颗善良的心和一只颤抖地书写着的手，我却很少让他的主人公和我的主人公成为可见的、在身体上个性化的，转化为直观。这似乎曾经多么容易又多么神秘地被禁止，

◯ 审美特性

在一种尚未体验到的意义上却又是不可能的：除非以蔡特布罗姆自我记述的方式而不可能以其他方式实现这一点。这里严守一项禁忌——或者在外部的生动描写中遵循更大的自制的指令，这种外部的生动描写有可能造成精神的堕落和他的象征性威望、他的代表性的下降和平庸化。"① 在这里值得注意的是，托马斯·曼对同一小说中的次要人物给予了一种"富有诗情画意"的描写。

如果由这一重要事实中得出文艺的感性抽象性的结论来，那么没有比这更错误的了。用确实具有这种性质的最著名的文艺中的少数作品为例证（如阿尔菲利），不可能具有普遍的说服力。今天每个人对此都已经清楚了，对希腊文学的这种理解不符合审美的事实。怀疑荷马或其悲剧诗人的感性塑造能力似乎是可笑的。然而却出现了这一问题，如果这些人物的感性表现是不确定的，那么这些人物的生动性是从何而来的呢？尽管由此而使这种生动性的活动范围在一定程度上更加具体，但消极的另一面还不能回答这个问题，19世纪对感性外在的文学描述提高到了一个技术完善的高度。如果我们提出相反的问题，在这种感性外表的描写中真正技巧精湛的作家，如左拉的哪些人物今天还生动地活在人们的意识中呢？那么我们所得到的回答是：几乎没有。至多是娜娜，还有作为第二帝国时期巴黎的平

---

① 托马斯·曼：《Die Entstehung des Doktor Faustus（浮士德博士的产生）》，见《托马斯·曼全集》第12卷，柏林1955年版，第237页。

## 第九章　模仿问题之五：艺术的反拜物化使命

淡的绘画式的寓意留在人们的记忆中。这首先表明了——这在提到哈姆雷特身体太胖，有些喘不过气来时已经说明了——在很多情况下这种精细的描写并非真实的规定，而是一种——多余的——规定。

这在日常生活和科学中当然也会出现。在这里它会成为进一步研究的阻碍或干扰。即使在日常生活中冗余规定也起着消极的作用，往往成为实践所经常摈弃的单纯的多余。同一情况当然也发生在文学中，因为冗余规定及其一切不必要的后果构成了作品的固定组成部分，有时甚至构成了它的创作方式的原理，这个问题远不像日常生活中那样简单。对于艺术作品说来那些——当然是在一种极广泛的意义上——不必要的东西，在大多数情况下不单纯是多余的，而且是不利的甚至是干扰的。即使在这里人们当然也不能设想存在形而上学的僵死的对立。我们前面已经借助穆西尔关于艺术作品对接受者的引导功能中张力与约束的区别。穆西尔本人承认，单纯的约束与张力相比，很少能够实现对接受者的引导。即使在这里其原因也是很难确定的。张力是这样一种精神形式，在其中叙事文学和戏剧文学的同质媒介应该使接受者由相对于客观现实的完整的人的态度转化为具体艺术作品的"人的整体"的态度。如果接受者只是为作品所束缚，那么接受者面对作品就像面对由现实撕下的一个片段那样。也就是说，他不会投身于文艺的流向中——因为这种流向是根本不存在的——体验不到文艺是一个"世界"，在其整体性中（给定同质媒介的特殊形态）所描绘的现实映象以及每一具体艺术作品的中心问题。使作品分解为单纯因果联系的多少松散的断片，对于这些断片，接受者——依据其精神的艺术的水准——或者感兴趣，或者无所谓或者作出否定的反应。穆西尔所达到的约束最多能够取得持久的趣味性，而不能获得真正艺术效果的那种情感激发的连续性。

在以上的这些考察中，我们始终是处于文学对象的规定性和不确定性问题的范围内。只是它的具体内容还必须进一步普遍化。我们是从莱辛的例子开始的，在其中这个问题被看作是对象的外在表现方式的感性表达。但是它可以直接说明，这里所取得的艺术的结果适用于文艺的整个对象世界和形式世界。在所完成的普遍化中，它涉及文学中细节的哲学问题，不论是在量的方面，还是在质的方面均是如此。我们可以回顾列宁所强调的按照其本质正确地把握了的规定中不确定性的功能，即在它指定了有关规定的内容的地方，在精确划分界限时避免了教条和（拜物化的）僵化。从艺术上看来，这一状况产生的结果是，所有那些与本质问题的中心意图非有机地联系着的问题都由这种表达中脱离开来，甚至当对这些问题纯粹由逻辑上或由历史上看也属于这类问题。这一论断使我们有可能把所讨论的范围比上面所讨论的莱辛的例子进一步扩大。因此，正如我们所看到的，黑格尔责备莎士比亚，说他删除了——包括在编年史中的——麦克白的王权合法化。莎士比亚在他的伟大悲剧中描述了封建世界的解体，不是对事实、事

## 第九章  模仿问题之五：艺术的反拜物化使命

件、具体的因果联系——这是关于玫瑰战争的丛书的内容——而是对没落的典型、他们的情欲和命运、崩溃的巨大历史背景和基础、出现的新人的形象的描述，是历史哲学而不是走向死亡的封建制度的编年史。因此不是那种黑格尔强加给他的个人从属性的原因使麦克白身份的合法化仍然不清，而是重要历史哲学上的原因，莎士比亚居高临下地概览了这一过程。由他的观点看来，像合法化这样的微不足道的观点就根本不可能出现。

黑格尔的观点作为具体的错误判断并无关宏旨，这里所关心的是作为19世纪的一种极成问题的思想趋向，即首次出现了要求过分的动机说明。其中所表现的这种倾向对于科学将会产生怎样的好处以及达到什么程度，我们在这里不作讨论。可以肯定的是，具有冗余规定（并且在文艺上多余的）动机说明的文学会承受过大的负担，必然使得其整体与局部的构成变得纤细，而不会实际地加强文艺的内容。我们还是局限在一个实例上。罗密欧看上了朱丽叶——由此产生了悲剧，没有人想到要提出这种问题，即为什么他正巧爱上了她。但是另一位如此著名的剧作家黑贝尔却在类似的机遇中提出了这一问题。他耗费了他的剧本《阿格纳·贝尔诺》的整个一幕来说明他的女主人公的令人折服的美，然而在那里——从剧中看——巴伐利亚公爵阿尔贝特热爱平民姑娘并与她结了婚这一简单的事实就足以构成这一冲突的基础。在左拉的《盖尔米纳》中这一情况就更加清楚了。当在井下事故中埃提纳·兰提打死了沙瓦尔时，这就是他们的角逐——由于沙瓦尔而使埃提纳生活幸福的破灭，在这类情况下已经是事实动机的充分说明。在这里，埃提纳遗传的酒精中毒被左拉当作决定性的动机，由于对悲剧的过多规定使其转化为一种病理学的说教。从那时起文学中充满了对文艺对象性的这种过多的动机说明、冗余的规定性。如果我们说，由此破坏了线描的纤巧性，那么我们是以一种片面的形式观点看问题。这种纤巧性的缺乏是由此而造成的，即作家失去了对整个生活的真正文艺的非拜物化的眼光，因此他们在其作品世界的决定性秩序原理中，接受了属于他们那一时代的拜物化偏见的规定——如在左拉那里把病理学遗传视为全能——所以对所反映的世界的首尾一致的艺术塑造总是不断受到阻碍或抑制。当然，这种拜物化偏见在不同的时代会有所不同，在它统治和普遍传播的时代，它被用作为创作的替代物，通过这种偏见的单纯存在唤起了往往根本不存在的审美规定性的幻象。但是很快地又会有其他的偶像崇拜出现在前景中，昔日的"大艺术"或"先锋派艺术"在今天看来已经是僵死的、无生气的和空虚的了。当然，完全相反的极端同样是有害的。正如在基迪的"无偿行为"（action gratuite）中，原则上完全地缺乏对动机的说明，虽然产生一种形式上的纤巧性，但是同时使作品的整个世界观氛围产生一种虚无主义的不确定性以及人物和环境的无轮廓性。因此规定性和不确定性是各种具体作品（门类）内涵整体性的职能，正如其他真正的美学范畴一样，很少能够还原

## 第九章　模仿问题之五：艺术的反拜物化使命

为"规则",而不失其明确的合规律性。

除了规定性或不确定性的这种质的要素之外,还必须简略地谈到它们的量的要素。虽然显而易见,目前可援引的例证中同样密切地关系到这个问题,在这里细节的问题更明显地出现在前景中。因为只要从前面关于莎士比亚与黑贝尔的对比中就足以看出,在两者之中任何一个都表现了在与社会的冲突中一种爱情的产生方式,这一方式必然对细节的量和质产生最强烈的影响。如果我们现在深入探讨细节的量,那么同样显而易见的是,问题绝不在于单纯的量的比较。其中最明显地表现出风格和艺术家个性的区别,如在狄更斯或戈特弗里德·凯勒那里细节的巨大丰富性在艺术意义上可以作为精确权衡的事例,而在其他情况下,在细节完全不惹人注目的情况下,如在黑贝尔那里以及有时在席勒那里会发现多余意义上的过剩。这又回到了细节的哲学问题。如果细节说明一种新的、与主要问题——即使是间接的——相关联的方面的一种特性、一种状况,如果细节表现了它的通常被掩盖的本质,那么细节在艺术上才是完全合理的。因此,量只有与作品的最后意图相关联,在审美上才富有意义。在这一相关性中量可以在审美上合理地被处理。有关其正确比例的确定、不足的规定性或虚假的过剩都可以分别由原理上明确地推导出来。但是——再重复一下已经说过的——各种原理的审美的合理性包含了风格和作品的多样性,并且因此排除了每一种抽象—普遍的先验规则。

> 审美特性

上述最后这些论断完全适用于绘画和雕塑，这一点无需详细的证明。在这里一眼就可以看出，例如在凡·艾克那里同样很少有多余的细节像在马奈那里一样。同样显而易见的是，时代、风格、艺术家的一般观念可以对此进行裁决，即哪些细节对于艺术作品中的对象性是决定性的，另外实际对象性的哪些实在的规定对于艺术作品能够甚至应该保持不确定性。这种一般的、由极其不同的因素所决定的对象性观念（它的尺度活动在由世界观到瞬间达到的技术完善性的范围内），在具体的事例中排除了抽象可能的细节的整个综合体，例如排除了由瞬间照明效果的影响，而对视觉对象性构成的赋色引起不同变化的可能，而同时依本质由任一观念所决定的其他综合体必然处于前景中。如果由所有这些使艺术家放弃了可能作细节描写的各种大规模活动范围，那么理所当然的是，我们所说的细节的量的问题，总是只能出现在这一实际的活动范围之内。

通过进一步考察这种直接提出的一系列问题，可以揭示出造型艺术中对象的规定性和不确定性问题的更普遍的方面。如果作完全一般的表述，这个问题就是：在文学中外在与内在的辩证法表现得极其错综复杂，因此既不可能作为确定要素，又不可能作为评论标准出现，我们现在以事物本身最简单化的方式来看待这种关系。也就是说，造型艺术只能直接塑造外在的东西，然而造型艺术从来就是这样做的，外在事物的艺术形式化必然唤起内在的东西。这在巫术目的的摹写中情况就是如此。造型艺术就是通过

## 第九章　模仿问题之五：艺术的反拜物化使命

巫术或宗教目标的设定并摆脱开巫术和宗教内容的唤起而形成的，这对此处抽象一般地考察的事实不会产生任何根本性影响。然而如果这种普遍化不是完全抽象地完成的，那么就可以看出寓意的或内在描述的（按照歌德时代的术语即象征的）表现之间的本质区别：根据是否内容的内在事物与描绘的外在事物、人物或对象等的可见系统直接地一致化，也就是按照黑格尔的话"凡物内面如何，外面亦见得是如何，反之亦然"。① 或者内在的东西提出了独立存在的要求，而不依存于其视觉的体现，只是与这一体现多少松散地联系着。我们在这里总是把第一条道路看作对于审美的正常途径，而寓意化看作对审美的基本规范的偏离。关于这一命题的哲学说明只能放在最后一章（第十六章）。

如果外在与内在的关系可以看作如此密切和内部相关的话，那么对于造型艺术这一情况就不会改变，它的同质媒介可以只给予外在事物以一种完全确定的形态，其中所有上述的经常为自身所把握的区别的规定性在其感性显现中由这一视角看来只能被概括为一次类型。内在的东西只能通过外在东西的中介才表达出来，并被归于一种不可排除的不确定性。如果人们要在审美上正确地把握这种关系，那么人们必须明确，由此仍然没有触及艺术作品

---

① 黑格尔：《小逻辑》，贺麟译，北京：商务印书馆1962年版，第296页，§139。

的全部审美的规定性。达·芬奇的《蒙娜丽莎》或雷斯达尔[①]的风景画同样地在艺术上是完全确定的，虽然特别是对前者的内在含义存在一系列不同解释的文献。狭隘地局限于技巧，对所有这些不同的解释采取傲视的态度和认为视觉绘画的规定性在审美上只出现于观察中，这都是肤浅的。当然这些解释的大部分是小品文作者的废话，充满了虚假的抒情性和空虚的"深意"。但是人们不要忘记，这也是审美上必然的激发效果的一种不可避免的结果。有必要找出并确定标准来加以精确的区分，其中哪些单纯涉及接受个体的一种自我表现，哪些是对不确定的规定性的那一活动范围在思想上接近的合法尝试——正如我们已经看到和将要看到的，每一种艺术的塑造方式必然地会形成这一范围——因此对作品的客观性，它的实际内容尽可能完全地在思想上和情感上加以把握的尝试。将上述内容按规定性加以必然的分割，这分别属于艺术的本质及其审美作用的本质。外在事物的视觉规定性必须与内在事物的人的—精神的不确定性相适应，这种不确定性正如上面所说的，在客观上绝不是完全不确定的，而是活动于一个艺术上具体描述的活动范围内。这就是说，完全地或大部分地缺乏上述内容的作品，尽管在技巧上是完善的，其作用却是贫泛的。而另方面，对于伟大作品说来其特征是，与平庸的

---

[①] Ruysdael, Jacob Von（1628—1682），荷兰风景画家，画风精致凝重。——译者注

## 第九章　模仿问题之五：艺术的反拜物化使命

作品相比，这种内在事物的不确定性的活动范围更大且更富于深度。人们完全无需去考虑"哈姆雷特"或"浮士德"，即使在造型艺术中这也决不是偶然的，在达·芬奇、米开朗琪罗和伦勃朗那里可以最清楚地感受到这种倾向。

如果我们想正确地理解这种关系，那么我们就应该再次考察一下日常生活中的思想和情感。如果外在事物与内在事物的辩证关系，尽管其表现方式上的各种矛盾性而存在最终的同一性，不是生活的一种客观事实，那么人们之间的交往就是不可能的。它在人的意识中的反映当然也或多或少地包含了与这种客观辩证结构相适应的映象。在外在事物（这里当然包括事实、表现等）的解释中试图由其中建立内在事物的基础，对于人们的相互关系所存在的不确定性要素，同样是不可排除的。人们在日常生活中所指对人的认识，在很多情况下都是极其外在的、不确实的东西，这种认识所起的作用，其根源是在处理各种个别事例中由经验和观察的积累而达到综合的个人能力（关于这个问题的心理学方面，还要在其他地方更详细地谈到）。从拉瓦特至克拉盖斯到目前所做的普遍化几乎是毫无结果的，但即使形成了真正科学的普遍化，它也只能缩小不确定性的活动范围，指出其中的具体方向，但个别性对范畴的支配仍然是不可排除的。因为这里的情况与将生物和医学科学的成果用于对单个病例的医疗诊断多少有些不同。在诊断中单个的病人成为涵盖的对象，他的个别性随着科学的

> 审美特性

发展不断接近一个临界值。虽然其个人的个别性相对于普遍规律和典型论断说来在一定程度上似乎起着永久性误差来源的作用，然而他却是实际医疗的最终客体。但是在日常生活中，人的独特的单一性是他的行为的主体，他是以作为整体的个性参与到行为中的。这种单一性与其他具有同样性质的、由同一根源作出反应的人、他们的行为、他们对其他人的行为的反应相对立。因此在生活中形成内在事物的这种不确定性，在有些情况下甚至与自身的内在事物相对立，这是不可避免且不可排除的。

  上面粗略描述了在造型艺术中可以对内在事物的不确定性进行判断的生活基础。当然这种生活基础会通过艺术产生根本性的变化。首先，外在事物被还原为纯粹视觉的，所有其他在生活中构成这种外在性的东西在这里都不复存在。第二，外在事物与内在事物的关系具有一种本质上的普遍化了的性质。在生活中所有与具体的、当然有时是经过多种中介的实践目标设定相关联的——甚至涉及友谊或爱情之类最细致的问题——但是也会相对艺术作品出现这种目的性设置的中断。当然作品中的人物相互之间可能处于戏剧关系中，但是观众在直接实践的意义上仍然只是观众。通过视觉描绘的外在事物而使人体验到的那种内在的东西，由此而大大地失去了他的个体特性。内在的东西将在确定的普遍化的氛围中被提高，类型化的艺术创作在这种感受性态度中找到一种真正转化了的准备。第三，接受者与所描绘的对象世界（风景、动物、植物、室内环境等）

## 第九章　模仿问题之五：艺术的反拜物化使命

也进入一种类似的关系，正如在生活中与人的关系那样。在这里最明显地表现出艺术的拟人化本性，它不是按其纯粹的自在存在来描绘它的所有客体，而是按其与人的相关性来描绘。我们已经知道，这绝不意味着主观化。这是在日常出现的气氛的一种特征。这种情调笼罩着一片风景或一个房间，当然这部分地是由自身客观的——往往是一时的、短暂的——性质所引起。其决定性的内容赋予它以人的体验，在这种体验产生之前或产生之后以及对这种体验的回忆，都与这一环境多少具有偶然的、时机上的联系。如果我们说，非人环境的造型表现在艺术中似乎被人化了，那么在艺术中的这种关系往往是艺术产生的一个前提（更经常地是艺术作用的一种结果），在这里划上直接的连接线，似乎是一种庸俗的简化。因为与生活的情调严格相对立，人的事物在这里内含于对象（它们的联系、它们的具体集合体）中。再现客体的艺术追求的相当一部分正是努力于实现对人与客观世界的这种拟人化关系的表现，然而这种关系纯粹是作为所表现客体的视觉特性，作为它们相互之间的视觉关系而表现出来。在这里也适用于我们的格言："他们没有意识到这一点，但是他们这样做了。"对于这个问题说来不需要考察以下方面，即艺术家们的自觉努力是否指向于精确再现客体，是否指向这种情调以及他自己的个性的表现。在这方面西玛·达·考内格里阿诺[①]的

---

[①] Cima da Conegliano，15世纪中叶法国历史画家。——译者注

室内画与维亚尔①的室内画没有什么原则的区别。

所有这一切产生的结果是，在生活中个别化了的东西似乎被纳入到实践的努力之中，在造型艺术中被提高到普遍性，以便在每一部作品中表现为一个自身闭合的、自身完成的"世界"。但是不确定的对象性由此获得了在质上与在生活中不同的具体内容性的一定活动范围：面对接受者的——以纯粹可见性的形式——是一个精确规定的对象世界，当然是一个人的世界。内容的性质以及首先其视觉构成方式不仅使每一部个别作品形成其内容的规定性和不确定性的不同活动范围，而且由此形成必然是不确定的那种特殊质。因此它不再是不确定的，因为在生活复合体中致力于其目标的人不可能或不完全能够搞清它的特殊的内容。不确定性毋宁说具有极明晰的、在各种具体情况下各不相同的规定性，这种不确定性首先——在最粗略的内容性上——是由所描绘的客体综合体在内容上的本质所决定。但是，内容的作用远远超出这种抽象的—量的方向规定。不确定事物的规定可能性在风景画中就不同于在静物画或宗教画中。形式赋予的特殊质只有在正确的构成中才能转化为内容。我们只要回顾一下前面援引的里尔克关于塞尚的苹果不能吃的话就够了，苹果静物画的粗略内容决定被具体化为一种鲜明的思想价值和情感价值。但是其中不要

---

① Vuillard, Jean Edouard（1868—1940），法国画家，擅长大型装饰画、插图和彩色石版画，善于将日常生活中的人物环境细节表现得富于情趣，用色变化微妙。——译者注

## 第九章 模仿问题之五:艺术的反拜物化使命

忘记,即使是里尔克的这种考察也只是针对不确定的对象性。当然,如果视觉表现物的这种具体"主题"具有具体而确定的内容,那么这一问题就更复杂了。艺术史的一个分支,即所谓图像学(Ikonographie)就是研究这个问题的,当然是以最抽象的方式进行的。因为若图像学内容与实际的艺术造型分离开来,那么由此而获得的内容,发挥着审美作用的作品所具有的不确定的内容性就成为一种抽象的外在性。黑格尔正确地指出了这种抽象化的分离:"因此凡只是在内者,亦即只是在外……"① 在这里脱离本质的抽象化在于,忘记了过分独立化了的图像学:由这种图像学所探讨的内容对于艺术只具有下述的意义,即这种内容成为具体形式赋予的一种具体决定因素,正如在中世纪时,内容强制地规定了造型艺术的发展。内容则成为这种具体的构图课题,它分化为许多要素,全部进入到构图和情感激发形式的系统中,作为这种构图结果——从中根据范围、强度、质等构成艺术作品内容可体验性的具体活动范围——使这些要素归属于如此决定的不确定性。但是这些要素完全不再是不确定性了,而是必然地充满辩证矛盾地归属于视觉构成的外在事物,并从属于它的内在事物。

这种内在化内容的如此规定了的不确定性是否能够产生以及怎样产生,完全取决于一定外在事物的视觉世界构

---

① 黑格尔:《小逻辑》,贺麟译,北京:商务印书馆1962年版,第297页,§140。

成的方式和冲击力。其中支配性的不确定性——它当然流露出一种艺术上的无能为力，一种浅薄——也正好破坏了内在事物的领域，使这一领域归属于完全主观主义的空虚或随意性，因此而必定失去引导的能力。另外，视觉规定的冗余规定性同样会对不确定的内在事物本身带来严重的危险，首先是贫乏和枯竭的危险。这种冗余规定性可能具有——当然是相互密切联系的——内容与形式的基础。通过形象作为整体所表达的那种生活内容，使得内容上的东西极强烈地具体化。对造型艺术来说，宗教主题的长处尤其在于，所提出的任务——尽管存在各种图像学的规则——最终仍保持如此淡漠和一般，决不会产生冗余规定性，米开朗琪罗的各种表现死去的耶稣画像群表明，这种内在事物的不确定性的活动范围在此的表现和作用是多么大。只是在后来的发展中，这种内容性成为一种自由选择的对象，这一发展清楚地表明道路是在哪里分开的。乔尔乔涅①的《三位智者》是一幅图像学内容鲜为人知的绘画，然而其构图不仅在线条和色彩上产生了一种完全的视觉明确性和闭合性，而且同时产生了不确定的巨大的诗意丰富性。在图像内容直接取材于日常生活的地方，可以更清楚地看到这一点。为了使这一状况更加清楚，只要指出维米尔②就够

---

① Giorgione（1477—1510），意大利文艺复兴时期威尼斯派画家，架上绘画的先行者。——译者注

② Jan Vermeer（1632—1675），荷兰风俗画家。多描绘城市小资产阶级优闲安逸的日常生活。——译者注

## 第九章 模仿问题之五：艺术的反拜物化使命

了。与此相反，19世纪的绘画在这一主题上往往表现出一种与中篇小说或逸话中的高潮相近的冗余规定性。其结果正如上述所说的贫乏和枯竭：可见的世界成了本质上的文献"主题"的单纯图解。当时的重要画家——只要回顾一下莱伯尔[①]就够了——不参与平庸的寓意化流派那一错误倾向，因此也表现了他们在"主题"的内容不确定性方面的绘画特长。

但是由其中也可以看出向形式的转化。我们在造型艺术中与准时间的联系上援引了莱辛关于丰富瞬间的概念，并且指出这种瞬间的选择是以非拜物化倾向为基础的，这种倾向集中在同时替代静止而对运动的把握和替代各个孤立的侧面而对具体规定的运动整体的把握。它证实了——正如在我们遇到非拜物化问题的任何地方——这种创作倾向也显示出这一方向，赋予可见的对象性一种运动的和充满生机的规定性，它使那些不确定的、内在的要素丰富、深刻并富于诗意。这种联系或许在罗马的马尔克·奥利略[②]的骑马雕像上最清楚地显示出来，它与那些外在相似题材的各种学究式雕塑变体相对立。在那些学究式雕塑中，其完成时刻的运动充满悲怆，把整体转化为表现19世纪专制的那种空洞浮华的冷漠寓意。我们——以一种历史修正了

---

[①] Wilhelm Leibl（1844—1900）德国画家，为当时德国现实主义绘画中心人物，多以农民生活为题材，形象质朴，画风概括，善于表现人物的不同性格神态。——译者注

[②] Marc Aurels（121—180），罗马皇帝。——译者注

### 审美特性

的方式——习惯于首先在艺术的原始宗教阶段中去寻找寓意。但是独立于可见对象性内容的那种超验及其思想的而非情感激发的性质,从审美上看来,既与宗教的产生无关,又与思辨的(真正的或非真正的)思考深度无关。风俗画的和装饰性的学究创作方式在这方面同样是寓意的,就像许多先锋派艺术作品那样,其超验的内容当然是一种"无尽头的"——或甚至也不是"无尽头的"——虚无。有关寓意的特殊问题我们将在最后一章详细讨论,这里我们只限于指出,在寓意化中存在历史和审美分化了的变异性。

在音乐中我们遇到了完全相反的情况。其中,在描绘的音响世界中,内在的东西增长达到可想象的最高规定性,而那种作为它产生的原因或至少是机缘的外在的东西必然停留在最高度的不确定性中。这里所产生的对比是如此鲜明,以致它始终处于有关音乐本质探讨的中心。极端的形式主义者用这种解释来斩断这一戈尔迪之结,① 认为在音乐中根本就不存在这种不确定要素。最极端的例子是爱德华·汉斯立克所表述的这一观点:"我们在孩童时期大概都欣赏过有各种颜色和形状变化的万花筒,音乐就是这样一个万花筒,只不过它处在比万花筒高超万倍的理想境地里。音乐带来变化无穷的优美的形式和色彩,它们有时逐渐过渡,有时显出尖锐的对比,它们总是对称的并自成为完整充实的一体。二者的主要区别是,在我们听觉前展现着的

---

① 即用快刀斩乱麻的方式解决这一困难问题。——译者注

## 第九章 模仿问题之五:艺术的反拜物化使命

音乐万花筒是作为一个艺术家创作精神的直接流露来谛听,而视觉的万花筒只是一种巧妙的机械的玩具。"① 本书的作者自认为不能胜任于对音乐的具体美学问题提出确实的命题。然而,不熟习音乐的人也可以看到上述观点的荒谬之处。因此汉斯立克并没有成功地把音乐的审美与无意义的偶然的游戏区分开来。在这里援引有关音乐作用规律的严格体系是徒劳的。就算是玩万花筒的孩童,与音乐家相反,既不了解又不能运用在他面前引起各种变化组合的物理规律,但是也有不少游戏构成了多少运用"规律"(更恰当地说是游戏规则)的系统,然而拿它与审美意义上的艺术相比也是荒谬的,其所以如此,是因为在游戏中游戏规则的作用是游戏本身内在的,而在每种艺术中这种规律的体系(透视法、视觉艺术中的比例、文艺中的韵律学)只是一种手段。一方面是为了在现实的摹写中去接近现实,强化有关艺术品种的特殊对象性;另一方面是为了提高作品的情感激发力,更可靠、更多方面地发挥其引导职能。人们经常提出这种问题,音乐也是现实反映的一种变体,音乐作曲对情感激发的引导作用所占有的地位(关于这一问题将在第十四章中谈到)是无人怀疑的,他们只是具有一种音乐的历史作用的观点。古代美学中在其他方面如此对立的代表人物如柏拉图和亚里士多德,在他们那里都坚持把音

---

① 爱德华·汉斯立克:《论音乐的美》,北京:人民音乐出版社1980年版,第50页。(译文略有改动)——译注

> 审美特性

乐的社会教育作用放在考察的中心点上，这也绝不是偶然的。在现代，托尔斯泰的《克莱采奏鸣曲》回复到了这种音乐观，托马斯·曼的《浮士德博士》在认定这种对音乐命运的关键的联系上则达到了顶点。

正如总是对音乐的本质作出不同的具体理解那样，对其超越纯粹形式而具有审美作用的事实，尽管解释极其不同却几乎没有否认的余地。这就足以说明我们目前问题的状况。如果我们把指向纯粹可听性的音乐同质媒介作为一种动态的秩序、引导以及内在性（情感、融合在这种思想中的情绪）的有秩序的自身发挥来理解，那么相对于比在其他艺术中更加精确的形式规定说来，它对体验客体的不确定性也超过其他艺术。当然，这种例外的高度不确定性，似乎转化为与其他各种艺术质的对立物，这正是社会—历史发展的产物。如果汉斯立克只承认器乐音乐是它的"纯粹"表现，那么他就把几乎全部过去、比较晚近的具有高度审美价值的作品之一与当代的重要倾向形而上学地、僵化地、排他地对立了起来。因为音乐不仅在它受巫术制约的产生时代，而且在长期与各种原始性已经远远脱离了的时期，仍然与语言和姿态的模仿倾向保持着联系，这是一种不容争议的事实。完全"纯粹"的音乐是历史较晚期的产物。没有人会怀疑，即使现代音乐也不能彻底地打破模仿上的这种限制。完全不必提及 19 世纪歌剧和歌曲的全盛时期，在交响乐作曲的顶点与一种——在内容上明确规定了的并通过这种规定性而反作用到音乐的——歌词（从第

## 第九章 模仿问题之五：艺术的反拜物化使命

九交响乐到马勒的《大地之歌》）的结合难道可以简单地看作是一种偶然或个人的情绪？作者想在这里再次强调，作者自认为不能胜任于对这里出现的往往是极其复杂的音乐美学问题进行具体分析并为其提出解决的建议。然而却承认这一明显的、历史特定的事实，即音乐虽然想摆脱，但却从未（或者更慎重地说——从未完全地）摆脱它起始内容的、模仿的制约性，这并不需要人们在音乐理论上是专家。早期支配音乐的严格性在最近一两个世纪已经大大缓解了，这是整个艺术发展的一种普遍的社会—历史事实，虽然例如自从舒伯特以来比在莫扎特和贝多芬那时歌曲的作曲更密切地与歌词的形式和内容结合起来。从社会严格规定的主题中解放出来是一切模仿艺术共同的一种特点，正如我们已经看到的，由文艺限定的内容性中解脱出来已为现代造型艺术所确认。

然而我们同样看到，这种在艺术加工内容的种类、规模、质上本身极其重大的变化没有引起决定性的形式—内容问题的根本变化，在目前情况下也没有引起规定的对象性和不确定的对象性问题的根本变化。但是始终存在的艺术创作的危险要素，感性规定领域的不确定性和冗余规定性，以其全部后果总会对同样的不确定的对象性造成威胁，因为相对这种危险，减少了创作者由社会基础造成的本能抵抗力，与此类似，接受者所控制的、有调节的准备状态不断地失去了方向。所谓标题音乐或许是这种冗余规定性的典型例证。甚至在音乐与语词，进而与语言艺术作品相

○ 审美特性

结合地出现的地方，音乐也很少涉及它的各种个别要素，即以其个别性反映现实的要素——始终被大大普遍化了——而是涉及整体：音乐所完成的普遍化首先在于，其整体不论是一首歌、一幅场景等，都被提高到实际体验到的、完整作用的情感高度，这是当语言艺术作品确是艺术作品时，充其量所能暗示出来的情感高度，是作品所适应的不确定的对象性所能引导达到的高度。但是，它的充分实现只有在音乐中才能取得。完全是手段上的，甚至拙劣的歌词在这种联系中也才能具有一种意想不到的感觉协调和情感氛围。与此相反，完成的标题音乐可能会破坏大规模不确定复合的那种柔和的规定性。如果一段乐曲的各个要素应该无条件地与各种生活事实处于对象适应性的直接关系，那么其一，对各种生活过程的直接听觉模仿就必定成为音乐构造的基础；其二，各种孤立的主题必定永远归属于各种人物和事件等（理查德·瓦格纳）；其三，将整体分解为相互独立的各部分必须适应于外部世界各种事件的相继关系。由此当然不可能穷尽标题音乐的语汇和语法。但是，这里在普遍适用的原理中包含了冗余规定性的危险。音乐在其不确定性反映中只能暗示那种引起最深刻音乐体验的生活领域——这种反映是音乐本身以其形式和情感规定性所表现出来的，这一生活领域应该取得一种清晰性和单义性。因此可能引起由同质媒介所激发的生活之流，可能使原则上不确定的东西转化成无形态的、平淡的概念性的散文。换句话说，这具体适应于造型艺术和文学的过程：正如阿

## 第九章　模仿问题之五：艺术的反拜物化使命

多诺在谈到瓦格纳时所正确认定的，他的作品产生了一种寓意化。① 如前所述，这是一种特殊的、现代资产阶级的变形。当然，进一步地分析和限定应该留给能胜任这一问题的音乐美学家。在说明上述原理时还应该注意，绝不能把这里所指出在道路上的区分等同于形而上学的分割线。音乐形式世界的规定性生长在与从属于它、由它所激发的不确定的对象性世界的有机共存中。即使在这里，这种规定性也完全不是一种不确定性，而是一种具体的、在一定程度上规定了的不确定性。它可能具有相应的极其不同表现方式的阶段，即使不对标题音乐的寓意化作概略的全面考察，也可以明了这一点。像《英雄》或《田园》等交响乐作品表明，在不转化为极端事例的情况下能够把这一界限向前推进多少。由这些作品同时可以看出，这种规定的不确定性的本质是怎样变动不居的，没有一般可指定的界限使这一作品与那一作品相区别，在其中不确定性没有获得任何具体限定。②

## 三　内在性和实体性

我们目前考察的出发点是，揭示真正艺术对于直接—

---

① 阿多诺：《Versuch über Wagner（试论瓦格纳）》，柏林/美因河畔法兰克福1952年，第126—130页。
② 这一界限是怎样变动不居，德彪西尖锐地否定《田园》，认为它是不好的标题音乐。见《Musiker ueber Musik（音乐家论音乐）》，摘自《信件、日记和笔记》，约瑟夫·鲁弗选编，塔姆斯塔德1956年版，第135页。

审美特性

感性的内在世界以及人的环境的反拜物化作用,并且同时指出,这随时随地涉及提高各种艺术品种的同质媒介的直接—感性普遍性,以表达出每一种在自身完成的、完整的人的世界,并反对通过直接概念关系的规定来代替或试图代替现实审美反映的感性普遍性。唯心主义哲学往往一般地把向概念性的转化看作知觉、表象等的提高。这对于日常生活和在科学思维中由经验和观察的过渡来说,在大多数情况下肯定是正确的。但是巴甫洛夫已经注意到,语词(当然概念也是一样)可以使我们与现实相脱离。在人与现实之间建立与维持这种虚构的、由现实提取的语词替代关系,这是社会生活的本质。对思维与现实相脱离的这种倾向加以详细的分析和系统化,不可能是我们这里的课题。我们只要指出在现实反映中这种语词—概念转换的各种广泛扩大了的组合就足够了。这就是:在原始的以及其后唯心主义的、宗教的思维中不完全的甚至虚假的映象可能获得一种教条的性质,现代怀疑论的不同形式,从所谓语言批评到语义学,都是从这一点出发的,即在日常的与科学的词的用法与对象的实际意义之间出现了不可逾越的鸿沟:各种极其不同的习惯,对事实、联系、结构在单纯直接性中所呈现的思想的,有时甚至是科学的固定,由此受这种思想装置本身影响,而抑制和阻碍了本质的贯彻(这是严格意义上的商品拜物教)等等。没有人会否认,人们的日常思维以至他们的实践、他们的感觉方式等,用培根的说法,通过这种"幻象"始终会——当然在不同的制度和时

## 第九章 模仿问题之五：艺术的反拜物化使命

代是以不同的方式——与现实相偏离。

这里就提出了审美的反拜物化使命。我们已经指出，艺术作品为人们感性直观地呈现出他们的"自然的"环境和内心世界，以便——不需要针对日常必然存在的偶像崇拜性质作详细的辩论，甚至不必对这两种观念的对立性在意识上加以对比——打破日常和思维的拜物化，为人揭示出在他面前其自身所呈现的现实，成为他的感官、感觉和思维的财富。

像以前一样，我们这里把"自然"一词加上了引号。这里还应该重复指出，这不是指那种向自然的复归，既不是指呈现出自然本身——这是科学的课题——也不是对过时的、极少人工化的社会状况的恢复。在艺术中根本谈不到复归。如果说我们刚才谈到了每次产生的现实的非拜物化映象，那么由此在这种新的联系中就指出了经常强调的各种艺术的这种历史性质。这里并不是指情感与思维的一种抽象的对立，而是各种具体社会—历史规定的，与这一地区、这一时代、这一发展阶段的具体人相关联的，对他说来"自然的"现象映象，这种映象由于其"自然性"而有机地消除了具体的拜物化。

这种由艺术所反映的、在作品中完整的、自身完成的、世界的"自然"性质，表现在三个方面：第一，它使人在生活所形成的同时人在其中被形成的、人周围的外部世界非拜物化。打破被日常思维（有时也被科学）所篡改了的在世界与摹写之间构成的图式。人所知觉到的现实，是它在特定社会历史状况下客观地为人所能呈现出来的。因此，这种世界图像的"自然性"本身并不是什么绝对真理，它仍然是与人类当时的发展阶段不可分割地联系着，但是在这一具体规定的界限内达到最大地接近于真实的客观性。所以，在荷马的神的世界里是不存在什么拜物化的。以后时代的读者不再相信这一世界的存在，但是他们把它作为人类生长的一定阶段的生动的组成部分来体验，这就好像它曾经是真实的。第二，艺术作品所描绘的世界正是作为处于其内在发展的一定阶段上的人的世界。这两个方面的相互配合才能产生真正的反拜物化作用。如果人生活在其中的那个世界的性质是与人相脱离的，那么世界就获得了一种完全独立存在的假象，人只是在其中的来去匆匆的过客。另外，作为这一倾向必然的反面：人的主观脱离开他的环境，误以为可以进入一种纯粹置于自身的生活，即使只是能做这一尝试，那么也会产生两方面的拜物化，即处于缺乏精神内容的客观性，又处于由每种内容裸露出的"纯粹"内在性。通过每一种真正的艺术与这种可分离的外在与内在偶像的决裂，通过艺术对诺瓦利斯①观点的实现，这种观点对于生活是很成问题的，但对艺术却是真实的，即命运和性情最终是同一的，艺术创造了这种对人是"自然的"世界，他的"自然的"家乡。

---

① 诺瓦利斯（Novalis），德国浪漫主义诗人，原名为 Friedrich von Hardenberg（1772—1801）。——译者注

## 第九章　模仿问题之五：艺术的反拜物化使命

由上述一切得出——作为第三方面——艺术在这种外在与内在的辩证综合中、在这种适应于人的世界的映象中存在着内容的（从而形式的）普遍性。也就是说，如果这种适应性具有一种由日常人的直接享乐主义要求所决定的内容界限，那么正是这种受拜物教僵化威胁最大的生活领域以及由这一生活领域所决定的思想情感等，在内容及由此中介对形式赋予的选择中充当了仲裁者的职能（在这里可以广泛地发现低级趣味的艺术品的自发根源）。正是与这种单纯直接的享乐主义倾向的分裂，才为艺术"世界"实际地、普遍地适应于人的最深切需要开辟了道路。这种适应性也包括人们存在的最可怖的结局、最深沉的悲剧、最无耻的暴露。相对于人的愿望和观念，只有在外在世界因果过程最严酷的冷漠中，在社会—历史的人的存在最难解决的冲突中，才能使这种适应性为人所看到并且——最终肯定——为人所体验，艺术才能撕下那种表面上与人的生活相关但却歪曲了他作为人的本质的假面，并揭示出他的作为存在基础和统一原理的真实本质。早在荷马那里就已经以单一的明确性出现过这种规定，并且在此后仍然是每一种真正的艺术创作的基础。反拜物化作用就是与持续保存人类有价值的本质这样一种艺术拯救作用一起产生的。

反拜物化作用首先是某种内容上的，因为它是在生活现象中产生的一种选择，是远离和摆脱开某些对真理的歪曲而代之以与其相适应的其他位置。在选择中不产生过大的细节变化，从而完成在审美反映与机械真实反映之间的

# 审美特性

分离，而选择是将艺术的表现性反映的比例相对日常生活的直接性反映加以推移。这种作用已经包含在决定性范畴中并通过这些范畴使这种现实获得形式。内容性向形式问题的自发转化却依然——从审美上看——总是在内容方面。艺术的塑造问题从这里才开始。这绝不是说，这一形式转化过程对于审美是无关紧要的。恰恰相反：艺术加工素材（包括主题、题材等）是否会变得有利或不利的问题正取决于这里，即所谓前艺术阶段。对这一问题的详细讨论属于下一本书。这里值得注意的是，一部作品的散文的或诗的基本性质——是否它彻底地在每一个毛孔都表现出诗的性质或仅仅是将一段散文式的生活片段披上一件诗的（诗情画意的）外衣——正是由前艺术阶段的结果所致。在这方面，歌德和席勒虽然没有完全以这种方式提出这一问题，却致力于它的审美方面。他们认识到，在日常思维和日常情感中表现出来的时代倾向、当时社会冲突的倾向等在这方面是不利的，所以有必要极其自觉地说明审美创作原理、艺术品种的规律，以便由生活领域获得素材和题材等，这些并非从一开始就抵制艺术加工。在发达资本主义的艺术中进一步增加了这种不利作用——生活形式和生活内容的拜物化，与此同时相当一部分艺术家却降低了对艺术的颓废后果的警觉。在最近艺术中显现出的大部分形式问题也可以归结为相对这一前艺术阶段许多艺术的无批判态度。最终加工中形式的艺术问题成为注意的焦点，这一事实是这种状况的另一侧面。由此可以说明，对风格或纯粹技巧

## 第九章　模仿问题之五：艺术的反拜物化使命

问题的越益虚构的分析，相对艺术品种的关键性形式问题说来，会越来越无足轻重。这种倾向首先具有社会—历史的原因，这是不言而喻的。对这些问题的分析，属于美学的历史唯物主义部分。

一部系统完善的美学应该详尽地探讨在对现实的反映中一般起作用的全部范畴，并充分研究这些范畴在前艺术阶段的职能转换以及由此产生的位置推移。我们在前言中已经分析了，对于我们的目标设定更为关键的是，用几个最重要的事例通过对其方法论途径的具体分析来解决这一中心问题。相应地我们目前探讨了各种重要的范畴问题，并且以后还要进行讨论。

从这种意义上我们现在着手对已经开始了的内在性范畴的探讨。我们已经看到，这一范畴在对现实的概念把握上，从思想上表达了在更高层次联系中独立性关系的规定——在这种联系中相对融合的辩证法在独立性关系中的相对保持。内在性范畴的这种性质造成的必然结果是，一方面通过思想分析促成了对这里产生的关系的不断分化。例如，若要在实体与偶有性之间的关系中——在这些范畴应用的典型事例中——精确地规定存在的特性，那么在康德那里产生了以下的表述："一实体所有之种种规定——此不过实体存在之种种特殊形相——名为属性。属性常为实在的，盖因其与实体之存在有关……人们若以特殊种类之存在，归之于此实体中之实在者（例如为物体属性之运动）则此存在备为偶有性，以与名为实体性之实体存在相区别。"① 但康德本人立刻就注意到由他所下定义产生的这种逻辑难题。这是有道理的，康德看出了在不断的新质所创造的物质运动产生的关系变化中使所有这些范畴（及其否定）都带上了某种问题。因此康德把实体与内在性之间的分化看作是必然的，同样看作是非常成问题的。另外，从极其不同的侧面出发产生了这种必然的范畴对立，由这些侧面人——必然客观地和主观地——对自在存在的现实在思想上做出反映、解释和说明。例如这是不可避免的，实体与偶有性的对立必然与其他反映各种本质关系的对照范畴多方面地相交叉，同样也与本质和现象、整体与局部等范畴相交叉。

这些关系的复杂性和错综性不断产生在思维上拜物化的危险。这表现在两个方面：第一，危险存在于一般事物表现普遍的范畴在——唯心主义——哲学中获得一种独立的形态，由特殊性和个别性的内在综合中割裂出来被实体化为自为存在的本质性（古代后期哲学的这一术语，不客气地说，只是拜物化的一种谦恭的同义语）。亚里士多德及时地看出了这一危险并极力地与柏拉图的理式说相争辩。第二，还有一种对立的拜物化可能出现并且是典型的，这种拜物化只是在如此形成的普遍化中人的思维的一种产物，从本质上看只是一种主观的东西，它使整个现象世界蒙受

---

① 康德：《纯粹理性批判》，蓝公武译，北京：商务印书馆1982年版，第172页。

## 第九章　模仿问题之五：艺术的反拜物化使命

一种相反的拜物化，正如在实证主义的不同流派中那样。如果一旦这种或那种概念被置于拜物化之中，那么显然这一概念所规定的一切关系必然同样受到拜物化影响。如果理式被实体化为唯一真实现实的最高偶像，同时却不会由真实的现象世界产生出虚幻映象的拜物化宇宙，那么这是不可能的。将现实存在的本质降低为主观性质的单纯思维技巧的工具，同时又保持现象的实际性质，使其不消融在纯粹直接的主观性中，这也是不可能的。从主观—功利主义来理解被知觉的范畴联系的不同方面越多，这种拜物化越强烈。是否在这里作为基本质产生出一种等级制的僵化或一种极端细粹化，对这里所产生的——拜物化的——基本状况不会有决定性的改变。

这种考察涉及整个范畴世界。关于内在性我们已经强调指出，它作为比较原始的关系（是在事实的意义上，而不是在历史的意义上）的反映，在发达的科学学说中所起的作用越来越小。它部分地与这一点有关，即在现代哲学中实体范畴，正如我们所看到的，是与内在性密切相关的，越来越后退到背景中去。在哲学中辩证法范畴不自觉地被应用，在唯心主义中导致使实体概念瓦解这一趋向（这不仅在马赫主义中，而且表现在康德主义者卡西尔那里）。这种倾向在现代自然科学方法论中也获得了一种支持，甚至包括以前把内在性视为最重要的地方，即在种与类的关系中；在科学的发展过程中，这一范畴不断被各种动态范畴所排斥。在审美反映中我们也可以看到类似这种动态化的过程，然而这一过程在这里却不是如在思维中那样以一种范畴过渡到另一种范畴的形式起作用的，而是作为在范畴本身中对动态要素的揭示。（在黑格尔的辩证哲学中可以看到一种类似的发展，然而只涉及实体，因此正如我们所看到的，在他那里内在性的意义缩小了。）当然这两者之间的区别在于，这两种反映方式服务于不同的、同样必要的人的能动性。在两者之间共同的界限规定基于：哪一种反映方式都不允许在其映象中歪曲客观现实。这种区别在于反映方式上非拟人化和拟人化的不同。对于非拟人化反映，单纯的内在性关系可以表现为对独立于意识而存在的事实的始原性接近，因此在非拟人化发展了的阶段上表现为某种有待克服的、某种被更客观的同时更富动态的、与直接性更明显地区别开来的范畴所取代的东西。与此相反，对于拟人化反映来说，正是因这种直接性，这种与感性可知觉和可体验性的联系，内在性范畴的"原始性"才能以——客观地看来——始原的、"朴素的"接近方式反映真实的事态，并构成这一起点，在对现实特殊适应地去接近的意义上进一步内在地形成这一范畴。面对这两种反映方式，同一个现实相应地并不是机械地平均主义地被人所把握。当然开始时，当科学还处于拟人化的幼稚阶段，它们是非常接近和直接相关的，虽然——正如我们在特殊性这样的关键性范畴中所看到的——当时已经可能出现质的分化。随着非拟人化的发展，这种鸿沟就越来越大。在科学反映中逐渐出现了那些不再与人相关联的非审美性质的范畴（我

## 第九章  模仿问题之五：艺术的反拜物化使命

们只要举出数学统计方法为例就足够了）。内在性的命运处于这两种极端之间。

如果在各种反映中其范畴本身不存在趋向动态性的起点，那么上述通向内在性之动态性的道路也就不会存在。这一点亚里士多德已经明确地看出，当然他只是从认识观点来看内在性的。因为亚里士多德的观点对于我们说来只是通向美学观的一个出发点，这里只援引普兰特尔对他关于这一主题不同言论的一个很好的概括。在分析单个实体时，亚里士多德是从这一点出发的："相对个性的本质规定，其种的区别必定是以一种质为标志的。"他继续说明："除此之外，个性本质性进一步出现在具有多种决定因素的规定了的实在中，这些决定因素通过这种本质性被限定，它们并不是本质性本身。也就是说，本质性具有自身的内在性，这种内在性只是通过它借以表现的本质性概念才能被理解，而不是一种独立的本质，在这种实体的非独立性中，这种内在性具有了转化成完全偶然事物的可能。"① 这就是说，亚里士多德在作为由本质性所制约的、规定的内在性中看到了一种运动的可能性。这种可能性一直发展到纯粹偶然的单独个体。

由本质到偶然性的这种运动尺度对于审美反映具有决定性意义。我们知道，只要在某一问题上创造出一定的思想秩序，那么不论道路多长都必然返回到科学和哲学思维

---

① 普兰特尔：《Geschichte der Logik（逻辑史）》第1卷，第253页。

上去。在审美反映中从来都不存在一种僵化的二律背反。偶然，作为思维的最大干扰者，在这里从一开始就是与表现强制、秩序和必然性的更高的范畴相安共处的。这也是艺术作品所创造的"世界"对人的需要的适应性的重要环节，即其"自然性"的要素。偶然性在对现实的审美反映中所取得的具体意义，我们下面在讨论因果性时将作进一步考察。这里应该指出的是，正如我们所能确认的，因为内在性是这样一个范畴，在这一范畴中可以看出单独的个体与其所属的更高层次（种类等）秩序的关系，因为在审美反映中，正如我们同样已经看到的，在这些关系中个体性的个别偶然的东西以及与个体性相关的偶然性要素绝不会完全消失。这对于科学反映说来，即是接近经验现实的一种临界概念，又是被估算在内的误差来源。对于艺术反映说来正好相反，所描绘的人、人的各种关系和对象与偶然事件的共同规定性不可分割的、特定的个别性，正是每一个审美普遍化的具体基础。内在性范畴创造了这样一种活动范围，正如亚里士多德所正确描述的，处于这一活动范围内、在本质规定与偶然性之间的这种变化，当不必破坏各种对象的统一和个性时，可以不受干扰地展开。正是这种科学所必须超越的内在性范畴的"原始性"，使这一范畴成为对现实审美反映的适当的出发点。

　　让我们用人的社会人格的概念来粗略地考察一下这种偶然事件的必然性，因为这种社会人格对于艺术表现方式一般地构成了——当然往往是无意识应用的——"模型"，

## 第九章 模仿问题之五：艺术的反拜物化使命

对社会人格的分析也确定了审美对象性的基本原理。在马克思那里我们可以找到在这方面的详细论述，它是针对具有决定性的关系，即在资本主义社会个人与阶级的关系。在这里可以完全一般地确定，在历史上始终涉及一种共同体，"而个人只是作为普通的个人隶属于"这个共同体。在资本主义社会，这种关系经历了一种质的提高："……在历史发展进程中，在每一个人的个人生活同他的屈从于某一劳动部门和与之相关的各种条件的生活之间出现了差别，——这正是由于在分工条件下社会关系必然变成某种独立的东西。"

因此在这种社会中出现了一种新的——虚幻的——个人自由的概念，"因为他们的生活条件对他们说来是偶然的"。① 因此社会历史发展在这一领域引起了一种更高质的区别，它对于艺术实践和美学的理论观点很有意义。然而基本的辩证的状况，即在具体的人格和阶级的普通个性之间那种建立在客观基础上的矛盾性——尽管它往往如此强烈地潜在地保持着——在每一历史的变革中仍然存在。因为每一个性按其本质都从属于不同的超个人的共同体（宗族、家庭、身份、国家、阶级等），因为支配着这种多样性的矛盾——自从脱离原始共产主义以来——即使是潜在地却总在起作用，因为即使在这些矛盾极其尖锐化的情况下，

---

① 《德意志意识形态》，见《马克思恩格斯选集》第1卷，北京：人民出版社1972年版，第84页。

> 审美特性

在艺术中（正如在生活中一样）也不可能排除人的个性的统一，所以对于现实的审美反映就产生了这一不可回避的问题：诸矛盾的这种统一表现为感性直观的统一。这里已经指出了在审美领域中内在性范畴具有的重要性的另一方面，即它与实体性的密切联系。在审美中保持对偶然性加以扬弃的决定性要素是实体的存在，无论涉及的是人的形态还是物的对象性都是一样。在这里可以再次清楚地看到，在同一现实的真实映象中，科学反映与审美反映之间存在着对立。对于科学说来，这种统一性在一定意义上是一种临界概念。这就是说，个性的统一性按照对各种关系成分及其相互作用的正确分析在不同科学的认识目标上表现为各种成分的具体交叉点。对于艺术说来正相反，这种统一性是世界塑造的核心，因此实体性在这里是重要的。正因为如此，一切客观的生活力量——对它们的真实描绘本身当然像对个人描绘一样重要——只有在个人身上，在其个人的特性中，在具体个人与同样具体的其他人的关系中才能体现出来，被表现为统一的个人有机组成部分。这也是古代历史记述广泛采用的方法，这种方法更接近于艺术，而不接近于科学。若要分析这里在认识社会生活的客观力量时的不发达性和关于意识客观性及社会属性在意识上的欠缺所起的作用，那将是十分有趣的。在这种原理不再起主导作用的地方——从审美上看——就会产生一种干扰创作的拜物化，如在 19 世纪下半叶的文学中，作为独立观察的客观生活力量如环境或遗传被僵化为破坏生活的偶像。

## 第九章 模仿问题之五:艺术的反拜物化使命

因此,内在性范畴在审美反映中达到了它的主要功能:将被描绘的人的这种统一性感性直观地表现出来,同时将它以正确的比例安排在社会的组合或联系中——即客观地又与个人性格相关联地——反映出来。这就是说,它在这种秩序中的插入不是削弱而是加强了个体人格的个人生活。正是这种内在性表达了这一关系。人的"环境"作为一种外在力量对人不一定产生因果影响或完全的决定作用,而是使他的本质的个体现实存在参与到这种更高的社会秩序中(或多种社会秩序),这种参与构成了他的人格的核心和实体的一种本质的、往往是完全决定性的环节。但是这种关系是相对的和可逆的,其中表现出一种由审美反映在内在性范畴上完成的决定性动态变化。在自在存在的现实中,这种实体与偶有性的关系当然是决不会逆转的,尽管这种实体观经常是对真实关系的头足倒置,其确立——不论是真实或虚假——在这里却创造了一种稳定的等级关系,它实际上要由比较发达的思维去克服,然而却始终被类似结构的确立所替代。审美反映的拟人化的、以人为中心的性质相反地创造了一种在质上大大改变了的结构。不论艺术家理解客观现实并在其中——为确立所必需——发现一个绝对实体,审美反映的本质迫使他也在人自己身上发现并确立一个实体,以便把与他相关联的一切,规定着他和他的命运的一切看作它的偶有性。然而由此在审美摹写中产生的绝非实体的对立的二元论或多样性,像在各种世界观中所出现的那样。相反地,这里涉及实体与偶有性的一种

○ 审美特性

持续的动态相对化。作为整体的作品的基础和背景,当然必须由现实本身的客观实体构成。在对现实的反映和把握中,艺术家会受到他的时代、他的民族、他的阶级以及他的人格的限定,这是不言而喻的。一般说来,在艺术家的世界图像与哲学家的世界图像之间并不存在本质的区别。但是通过艺术家对人或至少对人的东西的描绘,这种关系被颠倒过来。人的(人的事物的)核心变为实体:他不是参与客观实体性,内在于实体性,而是这种实体性表现为内在于并参与他的以自身为基础的人的存在。应该再次指出,实体性的这两个方面并不像二元世界观中善与恶的世界原理那样,是相互对立的,而是在艺术作品中在实体性与偶有性的内在性两个方面之间产生一种摇摆。由此客观实体所支配的整体性获得了某些浮动,与人相关的世界的运动丰富性和生动的矛盾性正是由此而成为人的自身世界,成为一种适应于人的世界。这一范畴的分析为我们以前关于同质媒介的阐述提供了新的说明。在它的形式统一化功能的背后,在范畴上存在着这里提到的实体的统一性。在整体的绝对统一性的运动相对化和各种对象性的完善的自身发挥的背后,存在着上述实体性的相对化。

为了明确地表达这一思想,我们把称为与实体性相对的东西的那种关系做必要的简化。细心的读者肯定已经注意到,我们的考察不仅是要概括在其相互关系中的两种实体性,而是由两者的每一种来构筑由纯粹实体性的、相互相对化的实体—偶有性关系的链条的终端。我们在分析审

## 第九章 模仿问题之五：艺术的反拜物化使命

美反映中引入内在性范畴的主要目的正是要尝试，把个体与社会秩序（阶级、民族等）的形象塑造关系概念化。我们在前面阐述中所做的简化，因此是下述事实暂时地转移，即在审美反映中实体——偶有性和本质——现象这两对关系相互转化并向趋近于一种辩证矛盾的统一。这种趋近也完全不是审美反映的"发现"，它同样是一种生活的事实。实体与本质、偶有性与现象在这里相互之间表现出强烈的趋近。哲学思维在这里必须作出一种多少明确的区分。当然，对这个问题的历史和方法论即使是暗示地说明，也不是我们这里的课题。这里只能指出，在这些范畴中许多明确的区分都是由于哲学唯心主义的需要作出的，他们十分感兴趣的是，例如在实体和本质之间挖掘一条深深的鸿沟。其他哲学流派有的把本质主观化，赋予实体与其余宇宙相隔绝的存在价值，这当然只是——不考虑完整性的要求——简略地提一下。在由不同的方面出发来思考这两者的对立时，需要作必要的方法论的权衡，由此获得的差别实际上也可以提供富有价值的结果。在日常生活中这些范畴存在一种自发的趋近，这一点必须再次指出，即使只是在极个别的情况下才出现对它的性质的略微清晰的意识。在日常生活中以及在这种反映的巫术客观化中，无疑置入了在审美反映中这些范畴的——从事物的本质说来，从而也是艺术的——意识上趋近的根源。

如果我们考虑到经常强调的对现实艺术态度的朴素唯物主义，那么我们必须说明，其中价值概念始终具有存在的性质。在出现冲突和抵触的地方，总是一种现实与其他现实相斗争，不仅像在唯心主义哲学中那样。是一种价值意识对某些存在的东西相斗争。在各种不同的诗人那里，从莎士比亚（《麦克白》的魔女场面）经歌德和陀思妥耶夫斯基直到托马斯·曼（《浮士德博士》），道德诱导取得了一种人的魅力的具体性，是这种自发的艺术需要的一种清晰的证明。因此，在审美反映中以本能的哲学正确性把本质作为更高层次的存在，作为更高的存在来把握，这正如在审美反映中所表现的，赋予本质以某种实体性的强调。反过来说，任何艺术家都不能不赋予存在者一种——具有肯定或否定价值强调的——本质性特征而描绘出这一存在者。如果艺术家的创作向实体性运动，那么这种创作就接近于本质，往往趋近于一体化。

　　这种自发的唯物主义通过审美反映的自发辩证法而得到补充和强化。在思维中，正是黑格尔在存在的更高度发展中（经由实有［此在］达到现实）概括了辩证法。对于艺术，这始终是自发的、理所当然的事。我们再来考虑一下冲突。我们已经看到，在冲突中，始终是存在的具体化作用相冲突。然而在创作中绝不是这样，一种更大数量的存在要素将取胜于同一种存在的要素。存在阶段不仅总是以不同量的力，而且也以不同的存在高度斗争，当然这种存在高度不能与它的本质关联性、本质渗透性或本质充实性相互分割开来，每一部真正的艺术作品在创作中都给出一种精确的、可体验的存在等级关系。这种等级关系往往

## 第九章 模仿问题之五：艺术的反拜物化使命

不是与在量上的力同时发生，这正是审美反映辩证性质的特点。（这一辩证法在希腊悲剧中已经是一种经常的史实，如在《俄瑞斯忒》《安提戈涅》中，其中只是提高了辩证的东西，对辩证法这一方面的讨论不属于这里的问题。）存在及与其紧密联系的本质的这种辩证的层次性，使个人有可能把对不同生存和价值的不同秩序的参与有机地融合在他的人格中，这种参与内化为内在本质性的一个环节。只有通过这种自发的辩证法，审美反映才能由这种人们相互的本质关系中形成。另外，社会体制在人身上以其最深切的热情表现出来，才能使艺术在这一领域中排除各种拜物化，使社会的东西，不论是令人愉快的和烦恼的、积极的或消极的，都融合在本质性的人的关系中。

由此我们又从另一个方面再次达到艺术中细节的哲学。对它充分地探讨只能在下一部书中才可能，在那里，在艺术作品结构的分析中将把整体性范畴、整体与局部的问题放在考察的中心。但是实体与本质的趋近也必须从偶有性与现象的趋近方面来看待。显而易见，我们由此接近了艺术细节的问题。即使在生活中，每一种对象性和每一种对象关系也只能直接从细节上来把握。在这里，尤其是在劳动中，但不仅仅是在劳动中（我们设想在人们相互交往中人的认识），在或多或少只是偶然的细节之间，必须立刻作出一种明确的区分，这些细节就其方面而言多少清晰地指出了有关对象的真实属性，它成为这些属性的特征和标志。如果说这种区分在生活中往往具有经验性质，因此具有极

### 审美特性

大的摇摆不定的特点，那么对于现实的科学反映就产生了——作为劳动中向科学的过渡——进行非常精确地、尽可能系统地筛选的必要性，以便把细节由那种短暂的、一时的、偶然出现的现象中分离出来，使它的出现与事物的本质紧密地结合起来。为此，单纯确定它们的出现是不够的，还应该尽可能充分地研究它们的因果根据。抽象地看来，在审美反映中也要进行类似的区分。然而，它在以下两方面与科学反映采取了完全不同的方法：一方面，选择是极严格的同时又是终极性的，因为从创作目的出发所不必要的一切完全从艺术作品的"世界"中淘汰出去了；另一方面，创作将唤起生活的假象，也就是说，最精心地筛选出来的细节应当如此提供和组合，在其中同时表现出具有一切偶然性的生活的非选择性。这种密切交织的双重倾向在不同的艺术品种、风格中，在不同的艺术家个性中，是以不同的方式贯彻的，这一点完全不影响在这一普遍性中它对每种细节艺术再现原理的构成。

在其中也表现出了艺术实践的自发唯物主义和自发辩证法。因为以哲学方式来表述，选择意味着对现象客观性的承认，同时也是对本质的客观性的承认，两者相互间处于必然的充满矛盾的结合中。对细节的严格选择还是艺术对人类最深切的生活需要的那种适应性的最有效的体现，这种需要我们已经多次谈到。在这里也表现出其中的特殊性质，即艺术作品由生活现象中取得它的粗陋的事实、它的空洞的偶然性，使所描绘的现实片段不仅在形式上完善

## 第九章 模仿问题之五：艺术的反拜物化使命

为一个整体，而且作为这种倾向的前提，把所描绘的现象处理成一个富有意义联系的有机的组成部分。我们已经指出过，这种意义的实现不单纯等同于享乐主义愿望的满足。在这里可以明确地把握内在性与现象的辩证法的趋同。在大多数情况下，由于现象具有短暂的、一时的、不固定的、往往缺乏联系的性质，使人产生对它的客观性的怀疑。正如黑格尔所说，现象在它与本质的关系中直接表现为假象，因此在其中包含了"非实有（此在）的契机",[1] 现象与本质的内在辩证法由这种单纯直接的出发点推动两者达到密切结合的客观性的显示。科学模写的主观辩证法走的也是这条道路。艺术实践最终与这一事态、与科学反映处于深刻的一致之中，但是艺术实践的方法是压缩了的和集中了的。如前所述，亚里士多德在讨论省略推理和推论、范例与归纳时已经确认了这一点。在细节那里，在主要的、直接显示本质的选择中，压缩和集中与作为直接外表的正常现象世界的松弛和不固定这类表现方式相关。由此，每一个真正的艺术细节是本质和现象的充满矛盾的统一，在其中以内涵的方式包含了一切辩证规定和在客观现实中以外延无限性表现出来的关系。因而，艺术细节不是现实的，它是超现实的，通过它在客观—事实上表现了一种本质与现象的密切的和明确的结合性，正如它在现实中只能作为

---

[1] 黑格尔：《逻辑学》第 2 卷，见德文版《黑格尔全集》第 5 卷，斯图加特 1959 年版，第 10 页。

极其罕见的临界情况出现。但是,艺术细节具有一种完整现实的外观,通过它的表现方式保持了客观现实的现象方式。在一部真正的艺术作品中,细节毫无例外地具有这种密切的和严格的本质相关性,但是相互之间绝不处于重要意义的同一平面上,由此进一步提高了这种外观。在这些细节之间,存在一种精确的、与本质的接近和集中相关联的布置,它可以瞬间地,同时又是深刻而全面地揭示出本质来。细节并不只是单独地反映在客观现实中本质与现象的结构,而且在这种统一性水准内表现出它的多样性。细节相互之间在稳定性或短暂性、固定性和松弛性等方面是极其不同的。在这种差别的活动性中表现出它的统一点,本质不再作为一种静态的中心,而作为活动性的运动的实体。

活动性的运动的实体,这或许是对在艺术作品中由现实的反映通过情感激发所唤起的东西的最普遍的表达。我们已经在其他地方指出了,这种统一的、以整个作品为基础的、由作品各部分的对象性的质所规定的实体;也指出了,在时间流动的统一性中情调或结构所具有的重要功能,在听众那里它所引起质的体验,通过这种体验使听众在自身能够接受作品的统一实体。显而易见,在这一统一实体的产生和情感激发的准备中,给每一细节都分配了一个精确规定的作用,上述细节的等级关系不仅存在于它与每一具体本质的关系中,而且——与此不可分割地——也存在于每一细节成为一个引导的环节,通过这一环节使这一实

## 第九章　模仿问题之五：艺术的反拜物化使命

体首先能作为整体印象或主导情调，然后作为作品展开的内容和形式综合体而被接受。在引导环节的系列中，这一位置具体化为细节的选择、强调和序列。孤立地看，它们完全没有什么价值，因为它们既不能提高观察的正确性，又不能提高自身塑造的完善性。只有通过细节按照其事前规定的正确位置来展开整个实体的自身作用和展示作用，才能谈得到细节的成功（或失败）。但是，这种统一实体到处都能显现出来，因此——在这种统一性中——却不存在于任何地方。它正是存在于，细节的整体性结合成的这样一种统一，离开了这种统一，它就根本不存在了。

正是在这里明显地表现出在审美反映中实体—偶有性的关系，并且我们所强调的本质与实体、现象与偶有性的趋近也获得了一种新的说明。如果我们在细节中谈到对实体的参与，细节就是实体的内在性，那么这就不再显得不合情理或矫揉造作了。内在性范畴以多种方式贯穿于艺术作品的结构中：通过这一范畴，个别的东西在不失其个别性的情况下参与到更高的秩序中，通过这一范畴，这种秩序排除了拜物化，作为人的各种关系来表现中介着这种关系的各种对象，通过这一范畴，细节最终地在整体的构成中获得了它的重要性。在艺术作品多样的审美统一性的形成中，在最富个性却又统一化的对象个性里产生出它的作品个性，正是内在性范畴起了关键性的作用。在缺少这一范畴的地方，在这一范畴被单纯的因果制约关系或单纯的相互作用所替代的地方，艺术作品就失去了生动的统一性，它的情感激发力就下降，正如我们前面只能一般性地提到的，下降为一种单纯内容性趣味的刺激，下降为一种单纯的束缚，所把握和感动的不是"人的整体"，不能使这种感动成为返回到日常生活和完整的人的新的生活内容，而仍然是一种孤立的刺激，从而使人不可能获得任何艺术。

## 四 因果性、偶然性和必然性

我们把必然性看作是标志着对人类需要的适应性之中最重要的成分，由此还原到实体性和本质性这样的范畴，而不是按通常的习惯，总是把因果性作为决定一切的、唯独由各种结合所支配的范畴，这或许在今天的思维习惯看来是不合情理的。这里对哲学上这一范畴的问题史即使作一提示也不可能。指出这一点就足够了，即使伟大的辩证法思想家如黑格尔也是绝不向这种思维习惯让步的。在对黑格尔《逻辑学》的注释中，列宁理所当然地指出："当你读到黑格尔关于因果性的论述时，一开始会觉得很奇怪：为什么他对康德主义者所喜爱的这个题目谈得这样少。为什么呢？那是因为在他看来，因果性只是普遍联系的一个规定，而他早已在自己的所有的阐述中深刻得多和全面得多地把握住了这种普遍联系，并且从一开头起一直就强调

## 第九章 模仿问题之五：艺术的反拜物化使命

这种联系、相互转化等等。"① 追随黑格尔的资产阶级哲学家，尤其是叔本华，又重新将因果性置于它对范畴的主宰地位。其结果将拜物化作用——极端化了的——固定了下来。一种极端是纯粹因果的、机械的、宿命论的必然性观念，另一种极端是非理性主义的变种，它否定或怀疑必然性。在这两种情况下，都拜物化地歪曲了现实的图像。在前一种情况下，因为其中打破了在必然与偶然之间的任一界限，由于抽象地看来，每一种偶然都是受因果联系的制约。在第二种情况下，由于对因果决定因素的怀疑和否定，使事实的任一合理联系都成了问题：思想的大门向非理性主义而大大敞开。这种拜物化的二律背反，当然在历史过程中曾经以极其不同的形式显示出来，然而却未能克服这种极化现象。

即使在这个问题上，艺术的发展也明显地表现出审美反映的这种自发辩证的和反拜物化的倾向。因为在文学中，因果性问题起着最大的和最显而易见的作用。由我们这里的分析着手再谈到其他艺术由它所引起的特殊范畴，这似乎是有益的。如果在这方面应该谈到文学的反拜物化的倾向，那么显而易见的是，绝不能把对因果性的否定和取消的尝试作为目标，因为这只是拜物化二律背反的一极，而只能致力于在审美反映的世界整体性中为这一范畴提供与它相适应的位置。在哲学上，黑格尔也走过这样的道路。

---

① 列宁：《哲学笔记》，北京：人民出版社1961年版，第172页。

在他批评了那种思想倾向的"空虚性和无内容性",用可能性和现实来驱赶经院哲学的幻影之后,他概括地指出,这取决于"现实性的各个环节的全部总和,而现实性在它的开展中表明它自己是必然性"。① 对状况的这种判断,即各个环节的整体性,对于我们说来也可以作为出发点,虽然正如反复强调的,整体性及由它在审美反映中所产生的具体问题只能在下一部著作,在对艺术作品结构的分析中深入地讨论。不同范畴如此强烈地倾向于趋近整体性,以致离开对各环节的整体性概念的详细探讨,就不可能阐明我们目前的问题,更何况在我们的考察中已经多次涉及各环节内涵无限性的问题。

如果我们转向文学的具体问题,那么就必须从人所共知的和只是例外地不被承认的事实出发,即文学是行为、事件以及由它们所伴随、所唤起的社会中的人的思想和情感的反映。行为、事件和情感等的联系是直接的,但也具有客观因果关系的性质,这一点也是不容置疑的。问题仅仅在于,是否文艺作品的这些构成要素之间无懈可击的因果联系,对于完成真实而富于激发性的反映的作品就足够了呢?这个问题是美学,尤其是戏剧创作方法长期以来一直在探讨的,当然往往并非把因果性效应的哲学问题直接投射到文学中去。这个问题往往是间接地可以感觉到的,

---

① 黑格尔:《小逻辑》,贺麟译,北京:商务印书馆1980年版,第300页,§143附释。译文有改动——译者注

## 第九章 模仿问题之五:艺术的反拜物化使命

如莱辛对柯尔纳或伏尔泰的批判分析,席勒对华伦斯坦题材严格按史实动机的散文性质的抱怨,以及关于偶然作用的大量探讨。就我所知,谢林是第一个就戏剧的动机从哲学上提出这一问题的,尽管在他那里只是明确地提出消极的方面,即如他所说是对经验因果性的批判。他指出:"因为甚至所有的经验必然性只是经验上的一种必然性,就其本身看来却是一种偶然性,因此真正的悲剧也不能建立在经验必然性的基础上。所有在经验上必然的东西的存在,是通过一个他者的存在才可能,但这个他者本身并非自在地必然,而又是通过另一个他者所使然。但是经验必然性并不扬弃偶然性。在悲剧中所出现的那种必然性,因此只能是唯一绝对的必然性,在经验上是非概念的而不是概念的。为了不忽略其知性方面,在事件的相继序列中引入一种经验的必然性,然而这种必然性本身不再是经验的,而只能作为绝对来把握。经验必然性应该表现为更高的和绝对的必然性,它只能为现象而引起那些在现象中已经发生的东西。"① 谢林这一论证的弱点是显而易见的,它是呼吁一种"绝对因果性",因此把问题推到先验领域,以便用虚假问题的单纯双重化来代替真实而具体的回答。谢林的先验的虚假解决蜕变为一种非理性主义的东西,由此提高了这一问题的不充分性,因为这一问题对他说来"是非概念

---

① 谢林:《Philosophie der Kunst(艺术哲学)》,见《谢林全集》第 1 部·第 5 卷,第 700 页。

的而不是概念的"。谢林的妥协,他的似乎绝对,但却只是作为绝对而提出的经验必然性,回避了文艺作品审美合理性(必然性)这一本来的问题。

他毕竟正确地确定了经验必然性与偶然性的同一性。恩格斯充满幽默地说明了在客观现实中的这种同一性。他指出,这种决定性是怎样由法国唯物主义过渡到自然科学(并接着还指出,如奥古斯丁或加尔文的宗教观念也走着同一道路)。"按照这种观点,在自然界中占统治地位的,只是简单的直接的必然性。这一个豌豆荚中有五粒豌豆,而不是四粒或六粒……今早四点钟一只跳蚤咬了我一口,而不是三点钟或五点钟,而且是咬在右肩上,而不是咬在左腿上——这一切都是由一种不可更动的因果链条、由一种坚定不移的必然性所引起的事实,而且产生太阳系的气团早就构造得使这些事情只能这样发生,而不能按另外的方式发生。"① 显然,以这种方式在客观上尤其对审美反映说来完全取消了偶然性与必然性的关系。因为正如已经指出的,在各种文学反映的事实之间存在一种等级关系。关于这一点我们已经在与实体—偶有性和本质—现象范畴的联系中谈到过。要看出这些范畴就它这一方面由必然的构成根据向必然性—偶然性的对立项的趋近,它们的等级关系也必定具有这种对立项的内容。这种等级关系的要求决不

---

① 恩格斯:《自然辩证法》,见《马克思恩格斯选集》第8卷,北京:人民出版社1972年版,第541—542页。

## 第九章 模仿问题之五:艺术的反拜物化使命

是一种形式特点,相反其中表现了文艺内容的最本质的东西,即致力于在它的复杂性和规律性的联系中来反映生活本身。然而,这种真实只存在于作品整体性与生活整体的关系中,并且由于已经多次强调的艺术品种的多样性,这种真实只能在特定门类的需要之内来考察。我们回顾一下席勒的论断,他认为所描述对象的规定性与其所属的门类不可分割地联系着。但是门类在形式上的分类是以文艺内容即其中所表达的世界观的差别为根据的。在这里不可能进一步深入探讨目前尚未讨论的门类的成熟的分类问题,只能简略地指出,抒情诗、戏剧、叙事诗已经通过它们的形式表达了在世界观上极其不同的东西,也就是说,这样一种普遍化从戏剧、小说的世界观说来不是没有意义的(由此不能削弱时代、目标、人格和作品的巨大而重要的区别)。但是,如果我们在这种普遍化的水准上来谈论不同门类的世界观,那么我们就处于目前讨论问题的中心了。因为这种区别最清楚地表现在,如何在每一门类中具体地把握必然性和偶然性的关系。在其整体性中显现的生活图像,脱离开它的必然性的揭示就不可能最终地完成。如果不揭示出在偶然事件的那种——直接的,但仅仅是直接的——外表混沌中具体地贯穿着的具体必然性,这一点也同样不可能实现。因为不同的文艺门类由于长期的稳定给予这种普遍状况以不同的侧面,在其中每一方面都表现出不同形式的必然性和偶然性的这种辩证法。但是这种辩证法在每一门类中却表现得不同。因此对于文学必须有一种方法,

### 审美特性

去排除对必然和偶然的拜物化的等同，以便——不论在意识的哪一个阶段——同时产生出它的辩证的归一形态和分化形态。

因此需要一种审美基准，以便使它在一条天衣无缝的因果链条中显示出必然性，在另一条同样天衣无缝的因果链条中显示出偶然性。当然，对于一种恰当的基准说来，单纯作必然和偶然两种划分是远远不够的，它必须能显示出在现实的这种关系中起作用的无限多的层次和过渡，而这一点在艺术中当然必须表现得更加明晰。从形式上看来，每种艺术作品的整体性（以及它的艺术品种的整体性）会产生这种基准，因为每一部作品都再现了一种具体的生活联系、一种具体的生活过程及其特性，其中内容决定了在作品中哪些是必然的，哪些是偶然的。但是这种规定——对其一般地看来——如果不立刻具体化就很容易转化为一种悖理或一种形式主义的空洞之物。因为一方面，它不取决于诗人的主观偏好，即他想把哪些看作是必然的，把哪些看作是偶然的。因为他的作品是从一个侧面对现实的反映，这个侧面客观地呈现了生活过程，诗人——感受着创作失败惩罚的威胁——受到客观发展路线本身的制约。这一客观发展为诗人提供了选择和解释的广阔活动领域，这决不会取消这种制约。另一方面，在上述这一活动领域之内，每一作品的整体性在内容上和范畴上必须进一步具体化，以便能作为基准以恰当的方式起作用。这是沿着我们称为实体性的路线进行的。在每部作品的具体整体性中，

## 第九章 模仿问题之五：艺术的反拜物化使命

产生出一种统一的、贯穿于其全部极点的实体，在其同质性中一切人物、关系、对象等都获得了它们特殊的实体。实体的这一综合参与到基本的整体中，产生了贯穿全部因果链条的一种属性的基准。

这一切一下子就阐明了某些极其重要的东西，即那种适应于更明晰地表现出一种形态的实体或者促进其内部的展开，以达到自身实现的行程的因果联系，由此而失去了单纯的、赤裸裸的偶然性的特点。这就是说，因果联系本身仍然是因果联系，然而由于它在整体动态性内部的功能，使它不再与构成整体时表现的必然性处于对立的矛盾中。诗人的任务并不在于，通过细心的动机表述来削弱甚至排除这种因果联系的偶然性质。在作品构成阶段，因果联系在这方面所起的作用就足以完成上述的扬弃。在它的全部偶然性中，超出这一单纯事实就成了毫无助益的负担。因此，一个伟大的、生活内容丰富而深刻的诗人，其本质特征在于充满自信而毫无顾忌地处理这些偶然事件。我们回顾一下托尔斯泰的《战争与和平》。当身负重伤的安德烈·保尔康斯基被抬到手术台上时，他在同一个房间里看到了阿纳托尔·库拉金，这个竞争对手和他的生活幸福的破坏者，这个人的一条腿已经被锯掉了。这种在时间和空间上的聚合本身是一种粗陋的偶然事件。但是这种抽象性由此——只是由此——而被扬弃，即对库拉金的一瞥产生了保尔康斯基最后心灵净化这一转机的开端，这一转机构成了以下部分的特有的诗意内容。库拉金的出现被归结为这种诱发的契机,在这里诗意地扬弃了必然性与偶然的对立。但是托尔斯泰并不害怕在安德烈·保尔康斯基其人的和诗的必然的最终发展道路上引入更多的偶然事件,在他被转移到后方阵地时,保尔康斯基——偶然地——被抬到了刚巧是罗斯托夫的房子里,并且——偶然地——正是在这家人准备出发的时刻。这又达到了一个高潮,最终地、诗意地、必然地说明了安德烈·保尔康斯基和纳塔莎·罗斯托娃的关系。通过托尔斯泰在这一道路上引导读者以最终地说明两个决定性的主角的关系,通过这里产生的心灵净化成为全部作品的最终前景的一个重要契机,这种(与其他具有同样自主性组织起来的)诗意的偶然性与作品整体性发散的、历史的、人的必然性不再处于对立的关系。与此相反,正是这种偶然事件清除了那种必然性的一切冷漠和虚构,赋予它以贴近生活的温馨,即赋予具有细节上混杂的、作为整体只是作为整体才具有必然性和意义的整个生活过程的映象以生活的温煦。

我们必须对这一实例作更详细的分析,以便清晰地看出,正是整个作品的实体性及其中各个实体的性质,在必然性和偶然性的争端中作为选择原理和基准被确定下来。为了更好地说明这一情况,应该对实体性——即不仅在整体上而且在各部分中——和因果性之间的关系,在其最高形式中作为规律性更具体地加以把握。在审美中存在着趋向反拜物化的重要倾向,在它的纯粹的、自在存在的客观性中并不表现出任何规律性;歌德所说的"你所遵循着的

## 第九章 模仿问题之五:艺术的反拜物化使命

规律",在其中明显地表现出,审美反映具有总是显示出新的方面的两面性。也就是说,一方面客观规律的内容、形式和作用全部被保持了下来,因为在审美中正如在人的现实存在的一切领域中那样,同一个现实是以真实性的要求被反映的。另一方面,每一个规律都与人、与人的关系和以这一关系为中介的对象相关联,也就是说,接近正确地再现出来的规律不仅表现在它的整体客观范围上和它的整个客观部门中——这是科学反映所关心的问题——而且它成为在人的命运的世界中的作用力,这种规律只是在如此的方式中和如此程度上表现出来,即它作为这一世界的内在辩证法决定性地发挥着并起着决定作用。

在所有我们看到审美反映与科学反映在方法论上存在这一差别的地方,由此而显示出的绝不是一种不利因素,而恰恰始终是生活的一种重要真理。审美反映以其自发的辩证法往往能够表达出重要的辩证发展的势态,而对科学方法论的哲学思考却很晚才意识到这一点。规律性的情况也是这样。这一范畴尤其是具体规律的逐渐发现,是人类进一步发展中决定性的一系列事件,经常地甚至在较长时期内,规律的概念被绝对化(由此有时被拜物化),与此相反的、形而上学的、非理性主义的对立思潮以相反的特征更强化了拜物化作用,对于我们已经是不言而喻的了。即使在这里,在从思维辩证法上打破对规律概念的拜物化上,黑格尔也有他的贡献。按照黑格尔的理解,"规律的王国……是存在或现象世界的静止映象",相对这一"静止的内容",

黑格尔强调了与"规律的、单纯同一性"相对立的现象世界所具有的意义。这一世界具有与规律相同的内容,"但是在非静止的变动中作为他者中的反思表现出来,它是作为否定的、完全变化了的存在的规律,过渡到对立物中,成为自身扬弃和回归于统一的运动。非静止形式或否定性的这一方面不包含规律,因此现象与规律相反,是整体性,因为它包含规律,但是也还包含更多的东西,即包含自身运动的形式环节"。①

只有在这一基础上利用辩证唯物主义才能做到,对自在存在的世界以及按正确比例对它的科学反映相关联的规律性做出非拜物化的理解。这绝不是低估规律的实际的和认识上的意义,甚至对规律的"纯粹"实现在理论和实践上根本不成问题的情况下也是如此。在给康拉德·施密特的一封信中,恩格斯谈到了封建主义。他指出,封建主义在历史进程中,不论在任何地方和任何时候,都没有以纯粹形式实现过,除了在"短命的耶路撒冷王国"。但是他同时补充说道:"难道说,因为这种制度只是在巴勒斯坦有过短暂的十分典型的存在,而且这一很大程度上——也只是在质上,它就是一种虚构吗?"② 列宁从这种纯粹性作用的观点探讨了认识的这同一情况,在一篇关于战争问题的辩论文章中,他写道:"……无论在自然界或社会中,'纯粹

---

① 黑格尔:《逻辑学》第1卷,德文版《全集》第4卷,第628—629页。
② 恩格斯致康·施密特(1895年3月12日),见《马克思恩格斯选集》第4卷,北京:人民出版社1972年版,第517页。

## 第九章 模仿问题之五:艺术的反拜物化使命

的'现象是没有而且也不可能有的——马克思的辩证法就是这样教导我们的,它向我们指出,纯粹这个概念本身就表明人的认识的某些狭隘性和片面性,因为人的认识不能洞悉事物的全部复杂性。"①

对现实的科学反映及其在哲学上对其方法论的意识,经过上千年的不倦努力所达到的对规律和现象的实际辩证关系的这种洞见,对于伟大艺术的自发辩证法来说,从一开始就多少是不言自明的。如果我们就荷马或古希腊悲剧诗人对这种关系的摹写加以分析,那么我们到处都可以——当然没有理论基础并且肯定没有对自身实践的理论意识——发现这种辩证关系。但是,这种"他们没有意识到这一点,但是他们这样做了"不应该把我们引导到在这一事实状况下停留在理性所不可企及的"我所不知道的东西"(Jene sais quoi)。我们应该致力于将艺术作品中审美反映所实现的东西纳入概念中。因此我们必须对目前所援引的辩证法的论断再加以补充。紧接着前面所援引的地方,黑格尔称规律为"现象的肯定的本质性",并为这一规定附加上它"只是"这一点。由此他得出结论:"因此规律是本质的形式,但还不是在它作为内容的方面所反映的、真实的形式。"② 所有这些对于我们得出了一种双重性的方面。一方

---

① 列宁:《第二国际的破产》,见《列宁全集》第21卷,北京:人民出版社1960年版,第221页。

② 黑格尔:《逻辑学》第1卷,见德文版《黑格尔全集》第4卷,汉堡1952年版,第630页。

面再次证明了,我们在紧接着黑格尔和列宁的话之后所阐释的,即事物关系和事件的因果规定性只是构成现实的真实决定因素的一部分,它们只有在内容与形式的整体联系中才能获得它们的真实的、不容误解的意义。另一方面,应该用黑格尔的论断,即规律是现象的本质形式或像他在其他地方的说法是本质的现象,进一步阐明我们以前的考察。我们前面谈到了实体与本质在审美反映中的趋近。现在我们看到,各个因果链条对实体性的从属——不论是整个作品的,或者是它的各局部的——不仅与规律性的关系不相矛盾,而且证实了是它的决定性环节之一。因为规律作为本质的现象(在审美上是"你所遵循着的规律"),依据其最内在的客观本质,即趋近于实体性范畴又趋近于本质性,正如它也具有一种与现象相矛盾的但也由此而不可分割的关系,从而这一关系也作为自身内在的内容。

因此在艺术所描绘的审美反映的世界图像中,因果性被赋予了它与现实的联系中客观上所应有的地位。在这种秩序中,实体性所起的重要作用清除了各种偶像崇拜的僵化或绝对化。我们已经指出,实体向本质(由此而向规律)的趋近适应于相对地解决僵化的渐进倾向,虽然贯穿在审美摹象中的实体性本身在各种具体的整体性中仍保持着它的持久的性质。这里所产生的运动性是双重的:第一,实体必然地只是逐渐在构成文艺内容的过程中呈现出来。但是,这种呈现有时可能是很复杂的。在许多情况下它只是涉及,通过音调的情绪激发出的抽象质的轮廓逐步成为实

## 第九章　模仿问题之五：艺术的反拜物化使命

际内容，使内在于它的各种规定越来越丰富。这也适用于其他大量的实例，呈现成为名副其实的呈现，也就是说作为第一印象所表现出来的实体性是作为不真实的东西被揭示出来的，代替它的则是一种真实的实体性。这种摇摆和浮动也可以构成一种清晰的中心，一种过渡到对开端实体性的承认（在《洪堡王子》中死亡的恐怖场面）。由此提供了到第二种类型的过渡，即具有运动性的方向和实体的可发展性的特征。在这一发展中包含了实体的某种基本质的保持和提高，通过这一发展，打下了它的固定性和牢固性的基础。所有促进或阻碍这种呈现或变化的因果设定，根据它与这一主要问题相结合的方式，取得它的必然性或偶然性。内在地看来，在什么程度上可以在其自身中看到一种严格的闭合性或一种散松而偶然的随意性的假象，对于这一性质说来完全是第二位的。

通过将文艺世界中的因果性置于它应有的位置，可以克服在生活和科学中能引起其独占统治的拜物化倾向。由谢林等人所提出的、比单纯因果链条之必然性更深层次上的必然性，被理解为任一形式的先验或神秘主义的东西。与此相反，由文艺自发地、只是以审美意识所应用的生活内容的范畴秩序产生出一种必然性，它不排除偶然事件并将偶然事件纳入其自身的王国之中。这种必然性完全排除了像宿命论那样的乏味的非人性，而在展示出巨大联系和前景的同时，充满贴近生活的温馨。这种必然性不是机械的，而是正如列宁所常说的"贯穿着狡猾的机智"，因此是丰富地反映出来的世界图像。正因为如此，真正文艺的反拜物化的本性同时自发地、无可争辩地克服了因果性的机械独占统治及其相反的极端即非理性主义。所有这些内容的统一性和丰富的变异性问题，从各个作品的风格统一性的观点看来，都可以表达为，引导性联系的质具有一种统一的、自身潜伏着许多起伏的韵律。各种因果链条连接的疏与密成为这种统一的单纯的组成部分。同时还应该注意，这种风格的统一性并非存在于作品引导功能的形式概括之外，如果在它的特殊的特性、在它的特定质之中不包括艺术内容的本质、它的高潮、它向形式完善的转化，那么它必定仍然不会起作用。

这种联系提供了将目前就文学所阐述的东西进一步普遍化的可能。显然，在绘画或雕塑中，与文学相比，因果性直接地起着微不足道的作用。这是因为，由于视觉同质媒介的质的特性，因果性几乎完全由直接性中消失了，只是视觉固定的运动必定也表现出一种因果的决定性。对于这种因果决定性在这里显然也适用于，我们在文学中所指出的特殊的实体性和各种因果联系的那种等级关系。一个运动的必然性或偶然性取决于，它在什么程度上构成实体性和整个形态的本质的基础，或者是破坏它们，或者与它们保持中立的关系。正是最伟大的艺术家如米开朗琪罗指出，从日常生活的观点看是"夸大了的"（作为偶然的）运动，由这一源泉获得了一种主导的深刻必然性，而学究式艺术所"精心确定"的运动却从来不可能超出偶然性的水

## 第九章 模仿问题之五：艺术的反拜物化使命

准。在极端论者那里，在另一个极端上由于缺乏整个形态的真正的实体性，同样是偶然占统治地位，也证实了这一论断。音乐中的这种情况表现得更明显。音响相互之间的结合绝不是简单的或经验的因果关系，而是直接由可精确表述的规律决定的。尽管如此或更恰当地说，正因如此通过这些规律或规则所精心确立的存在绝不能唤起一种音乐的必然性。只有把这种必然性的实现置于有关的具体作品的实体性的效用中，内在的、音乐的、即使是很规则的音响序列所具有的那种偶然性才能被艺术地加以扬弃。另外，音乐史的无数事例表明，与某些特定的规则完全矛盾的，因此被看作是偶然的音响组合，作为全新观念的一部作品的实体性要素，不仅被提高成为其必然性的支撑体，而且甚至可能构成新的规则的基础。

更复杂的，但更富教益的是绘画构图中的情况（还有浮雕、雕塑群在审美上也属于这种情况）。我们不想谈论与不确定的对象性问题相关联的图像学问题，因为由那里所存在的事态已经明确地看出单纯因果联系是从属于整个作品的实体性的。然而，这种对象性形式的规定在每一部真正的艺术作品中转化为形式构图的规定，这一规定为现在所讨论的问题揭示出新的侧面。每种视觉激发的构图确立了一个具有相互交错运动的系统。但是，这种被描绘的运动的相互过渡是极其错综复杂的，特别是在作用于作品的因果性中引入了许多复杂性。如果不同形态的运动相互包含了它的承担者的内容—心理反应，如同在乔托的壁画

### 审美特性

《德鲁西拉的苏醒》（佛罗伦萨，圣柯罗西），那么情况是比较简单的。在这类作品中，人们可能把在画中不同人物相互关联的运动看作是由主题给出的、以视觉摹写的戏剧的因果序列。但是这种解释似乎——如同在上述实现音乐规律性的例子中——太狭隘了，因此忽视了这一问题。因为由无数具有戏剧因果可能性的、严格建立在这一水准的各种运动中，真正的艺术家将选择那种相互间构成一个双重体系的运动：一方面是画面的二维装饰性联系的体系，另一方面是在绘画的空间造型内线型的、赋彩的和色调的体系。在真正的艺术作品中，这两种相关体系结合在一起或至少相互趋近，以致它们构成了绘画实体的一种统一，一种充满张力的统一。只有它们实现了这里所提出的远远超出单纯因果正确性的一切条件，才能使一种绘画形态的每一运动在审美上取得意义。从广义绘画的意义上说，这种戏剧当然同时包含了画中所出现的各种对象。在上述乔托的壁画中，构成背景的建筑重复并强化了作为前景的原来戏剧画面的运动韵律。

我们故意选择了一种尽可能简单的构图作为例子。将达·芬奇和米开朗琪罗的画稿置于绘画形态的运动体系中，即使是受同一最终审美原理所引导，相对于乔托，在绘画联系的复杂体系中它们表现出一些在质上新的东西。为了清楚地看出在审美上是如何超越出运动的因果单一基础，我们分析一下鲁本斯的大型构图。在这里，某些运动的正确性是通过与其他在直接内容上与其毫不相干的运动构图

## 第九章 模仿问题之五：艺术的反拜物化使命

联系而确立的。此后，后期文艺复兴和巴洛克时代的色彩中心主义又加入了新的要素。在前景上，一个事物或一个人物的对象性可以通过与背景（或其中的色块）的一定色彩共鸣在绘画上奠定基础。如果我们返回到文学，对这种平行性、适应、对比等在其中的有效作用作进一步探讨，还可以进一步推进。当然，其构图的意义决不会像在绘画中那样具有关键性。这取决于在绘画艺术中的实际空间与其他艺术中的准空间的区别。然而正是在伟大的作家那里，人们可以清晰地、在与门类特性相关的界限内观察到这种构图方式。人们设想一下，莎士比亚通过平行或对比不仅强调了哈姆雷特或李尔王性格的特殊性，而且部分地正是通过这种平行和对比更深刻地表现了他的主人公的特征。在伟大的叙事文学作家托尔斯泰或凯勒那里，根据门类和个性的变化可以确定出类似的艺术媒介。即使在这里，这种艺术实践在哲学上重要的是，审美的基础超越于单纯的因果性，其力量来自构成的全部内容，来自整体与部分的实体性。

再次回到造型艺术上来：上述认识表面上看来与使艺术对象的存在明显化的其他显示方法相矛盾。如果我们忽略已经谈过的运动，一个绘画或雕塑对象的单纯确立，必定包含着无数因果联系的要素，这也是无可否认的。但是，在其中还包含别的东西，这些远远超出了单纯因果的基础。我们举出任一绘画描写的对象，例如一棵树，它长在地下的根、它的树干的种类、它与枝杈的关系等无疑是由因果联系确定的。不用重复上述有关因果关系的各种限定，但是我们必须再次强调，一个实际上绘画所描写出来的树是不同于并且多于这种联系的总和和系统的。树存在着，现实地存在着，并强加给观众一种对现实存在特性的特殊体验，这种特性所具有的现实存在是一般它的正是如此的存在，由此而使它的现实存在显现出来，并可以体验。这种事实性的冲击力是一种生活的真理，是人类外在进步和内在发展的一种重要工具。在生活中和在科学上，这种事实性的发现所引起的激动在许多情况下成为发现新的真理的出发点，以及对旧的真理的修正、扩充或限定的出发点。这种进步当然是以意识对现实存在的现象的分析为前提的，必然要对各种条件、联系等（其中当然也包括因果联系）进行研究，并使之与认识的有效体系相协调。

在现实的审美反映中与上述相反，这种现实存在的统一性和现象的正是如此的存在并不被分解开来。这绝不是说，艺术必须保持粗陋事实的赤裸裸的存在。艺术的新的、再创造的直接性正是存在于变为内在的直接性的形式中，它通过艺术造型产生激发的引导作用，使对象的内涵无限性、其本质规定的整体性变得可以体验，由此而获得了它的存在。这种简单的现实存在可以在生活本身中，在极其临界的情况下，赢得一种意义。但是其中像在所有的艺术"奇迹"中一样，并不包含什么非理性的东西。从哲学上讲，这意味着：辩证法使黑格尔能够把这些不同的存在高度——在此之前曾将存在的不同阶段相互间形而上学地分割开来，甚至相互间构成了形而上学的对立——在其真实

## 第九章　模仿问题之五：艺术的反拜物化使命

的联系中，作为同一性与非同一性的同一来把握。因此黑格尔在辩证法的《逻辑学》中将上升运动表述为——本身抽象的——存在（Sein）经此在（Dasein）、现实存在（Existenz）实在性（Realität）到具体的充满内容和规定的现实（Wirklichkeit），其中每一种通过多种中介所产生的范畴也总是以直接性的形式出现。真正科学的现实反映所再现的，即使在哲学上并非是自觉的，也总是这些范畴序列。在各种造型艺术中的审美反映，由于它再生产出一种新的、更高的直接性，把对于思维所必要的分析过程单纯纳入了对象的可见图像之中，因此在图像中所显示的存在不再是抽象的了，也不是个别性的单纯直接的（因此同样是抽象的）正是如此的存在，而是它的各种规定的联系审美直接地显现，这就是它的现实。这样一种对象与它的环境相结合的关系，对于对象说来，从而不再是外在的——如同在抽象的存在中，或在直接的正是如此的存在中——而是被它的对象性所吸收并与它结合在一起。因此，在造型艺术中这种自身完成的现实不是相互孤立的存在，而是它们自身能够相互有机地结合成一个真正的构图。所以，真正的构图正是从这种现实、以这种组成现实的各种对象直接地置于自身的存在为前提的。所以按照黑格尔的说法，这是一个圆周，它的周边是由纯粹的圆圈组成的。①

---

① 黑格尔：《Geschichte der Philosophie（哲学史）》第 1 卷，见德文版《黑格尔全集》第 17 卷，汉堡 1952 年版，第 56 页。

### 审美特性

我们描述了造型艺术中的这种现象，因为它在这里表现出了它的最纯粹的形式。但是显而易见的是，在文学中没有这类或至少是类似的范畴关系就不可能实现艺术构图。只是这里所描述的整体的及其各部分的现实，在它的时间的分散性，从而在必然的、依次自身展开中，不可能具有实体性的瞬间贯穿力的那种集中性。然而如果我们把在不同地方谈到过的——当然多少有些变化——情调概念用于文学，以这种观点重新看待这一问题，那么在其中清晰地表现出上面在分析造型艺术的现实性时分析过的那些要素。在情调中，正如我们在文学上所理解的，无疑包含有这种突然的感性直接的确立和一种质的正是如此的存在的感受的激发作用。文学表现的特殊实体性——我们再次举出《哈姆雷特》的开始场面——不靠这种基础或至少以这种基础存在的非本质的冲击力所贯穿，这种力与绘画现象具有一种深刻的审美相似性。处于其正是如此的存在中的人物和状况，在这里也表现在直接性的形式中，情调的作用是直接基于它的实体的贯穿力，基于对一种在质上独特规定的存在的激发。但是用情调绝不能穷尽这种作用的类型。我们回顾一下以前在其他地方所作的论述，其中我们注意到通过一个对象、一种状况正确地、独特地命名所产生的冲击。人们往往称为抒情诗的"魔术"正基于此，虽然这种"魔术"与现实毫不相干。在现实中这种——虚构的——作用是基于名称，而在抒情诗中总是激起一种词的联系，在其朴实—显著的实体性中的一种复合体。语言的对象性

## 第九章　模仿问题之五：艺术的反拜物化使命

所唤起的力量，在这里使得与前面所分析过的自身确证的造型艺术的现实体验相适应，当然在不同艺术的特性所确定的那种差别之内。这种差别（和相似性）表现在我们以前称为文学准空间的东西里。通过情调等所激发的实体性在文艺的时间进程所产生的展开中被看作是同一的，通过进展的每一个时间要素不仅指示和引导向前方，而且同时保存了、丰富了所经历过的事物，使其新的侧面可以体验，在文学作品的整体中产生了某些——尽管存在着同质媒介的不同性所限定的差别——在最终的、最一般造型的审美原理上与造型艺术相当接近的东西。

在这里文学上特殊的东西是，可以看到事后补充性的说明——通过结尾对开端的动机的说明。这里也不是简单地关系到对因果序列的反向的体验。当然其中包括这种体验，但是这还不足以理解各种现象。单独对自身而言，它是一种极其散文化的洞见，一种因果联系的单纯理智的论断，所产生的却是一种柏拉图式的惊异，只是不像在造型艺术中作为主观反应与作品同时被确立，而是在结尾时才能完成，它的对象和必然的反应在这里双重地表现出来。这种反应作为对不能预见的、连预感和想象也无法接触到的一个世界的无限丰富性的惊异。这个世界是由人、人的行为、人所关联的事件之间的联系所形成的，同时作为实体的一种不可分割的统一，在那里结局按本质已经包含在开端之中，然而到结尾却展示出某些预想不到的新事物。历史世界的整体性，在生活中的重大转折时期、在命运多

> 审美特性

变时期的末尾可能会呈现出类似的双重展望。但是,这种惊异只是一个出发点,一个分析的起点,以便促进认识和实践。在审美反映中,这种双重性表现为某些——从原理上说来——可能内含在每一种生活现象之中的东西。它只是通过对同一生活的审美反映才由抽象的可能性提高到具体的现实。这里可以明显地看出,在科学反映和审美反映中实体性范畴所起的不同作用:在科学反映中实体性范畴是一定研究的出发点,而在审美反映中,是情调的开端和完成终点的统一。(在造型艺术中这两种要素构成了一种直接的统一,在这种统一中只有事后的分析——主观地——才能分析这两种要素。)

# 第十章　模仿问题之六：
# 在美学中主体—客体关系的一般特征

## 一　人是核还是壳

　　文艺同时是对生活核心的揭示和对生活的批判。这种二重性不论怎样强调也不过分。因为我们所描述的现象是人所共知的，并在审美观照中总是不断出现的。然而，在不同时期的特殊意识条件下，只是单独正确的整体真理、全部本质规定的动态整体性的固定，往往被歪曲为一种半真理，即整体错误。因为不论人们由这一综合体中是否排除了客观性，是否按现实本身那样接近正确地反映现实，或者是否人们试图将世界的审美映象从它与人（与人类）的相关性中摆脱开来，这种歪曲都同样是不可避免的。我已经在不同的探讨中试图指出，一个阶级在意识形态上的

审美特性

没落——我们称为颓废，往往最明显地表现在主体—客体关系的倒错上，也就是往往同时出现错误的主观主义和错误的客观主义。① 在第一次世界大战时期，前一种倾向占主导地位。它的最形象的表现或许是在雨果·封·霍夫曼斯泰尔的作品中，著名的尚多斯勋爵致培柯·封·费鲁兰的那封信。写信人诉苦说，众所周知，他失去了与外部世界相关联的思维能力和观察能力。作为这一点的补偿，他获得了那种少有的体验才能："因为此刻在我的日常生活环境中的任一现象，完全成为一些未知的和几乎不可名状的东西，就像更高层生活泛滥的洪流充满了容器。我不能期望，在没有例证的情况下您会理解我，我必须请求您谅解我举出例证遇到的难处。一把喷壶、一把丢在田野里的耙、一只在太阳光下的狗、一片可怜的教堂墓地、一个残疾人、一座小小的农舍，这一切可以成为给我启示的容器。这些对象中的每一个以及成千其他类似的东西，这些平时为目光所不屑一顾的东西，都突然在任一我所不能控制的时刻里获得了一种崇高的和动人的印象，使我无法用言词来表达。"② 显然，这里涉及的主要不是对这种体验的单纯不可言传的性质，这种体验的客体从一开始就脱离了所有的联系；这也不是引起这种体验的客体的对象整体性。这是一

---

① 卢卡奇：《Marx und Engels als Literaturhistoriker（作为文学史家的马克思和恩格斯）》，第110页。
② 雨果·封·霍夫曼斯泰尔：《Gesammelte Werke（全集）》第3卷，柏林1934年版，第196页。

## 第十章 模仿问题之六：在美学中主体—客体关系的一般特征

个失去指向、失去世界的心灵，与一个偶然对象的偶然要素所产生的偶然的、单一的、纯粹个别的关系，因此这种关系——原理上不单纯是个人心理上的——必然是不可表达的。

这种过分的、从而指向虚无的、虚假的主体性，在第一次世界大战之后为一种同样过分的、从而同样虚假的客体性所取代。我们在这里也只能举一个例子。法国作家阿莱因·罗贝·格里雷特在一篇关于未来小说的纲领性文章中指出："代替这种（心理的、社会的、功能性的）意义的世界，人们试图构筑一个更实在、更直接的世界。这就有必要使各种对象、表情通过它们的显现而起作用，尽管各种说明性理论可以把这些所显现的内容，纳入任一感伤的、社会学的、弗洛伊德的、形而上学的或其他的关系体系，但这种显现会始终处于主导地位。在这一未来的小说世界中，各种表情和对象在成为'某些什么'之前首先是'在那里'存在着，它们在以后也将保持如此，永远牢固不变地显现着，并取笑于它们自身的意义，在一种无形式的过去与一种不确定的未来之间，将徒劳地下降到繁复的实用性。"[①] 在霍夫曼斯泰尔那里，人们清楚地看到了在主客体关系的拜物化中相反的另一极端。在这里一切都成为释放非理性精神力量的一种纯粹偶然的机缘。在罗贝·格里雷

---

① 罗贝·格里雷特：《Unevoie pour le roman（未来小说的轨迹）》，载于《La Nouvelle Revue Francoise（法国小说评论）》，1956 年，第 82 页。

特那里，各种对象甚至人的表现方式（表情）都失去了与社会生活，甚至与人的整体的内心生活的一切联系。这是一种使现实完全非人性化的倾向，这种倾向以前在有些著名作家那里已经出现过（人们回顾一下在 D. H. 劳伦斯那里，"男性生殖器崇拜"占有中心地位）。

这段题外话对于准确规定我们所讨论的现象是十分必要的，以便和那种只是抽象—直接地，甚至几乎只是在语言上与之相近似的现象区别开来。在这段题外话之后为了回到事情本身上来，作为一个过渡，首先让我们回顾一下歌德在游历意大利时对自然的体验。他在威尼斯观察各种海中动物、海螺和海蟹，激动得惊叫起来："多么奇妙、多么精美的生物啊！多么适应于它们的状况，多么真实，多么富有存在感呐！"[①] 歌德的"惊叹"，对应于他的个性，具有这样两个方面：它可以被解释为进行自然科学研究的出发点——并且肯定这里所表现的态度以及这里所显示的目光对于歌德的研究方法起了重要的作用，同时显示了他作为诗人、艺术家对现实的态度。在歌德那里这两种特征极强烈地结合在一起，这是人所共知的事实，也为他的许多自我确认所证明。我们这里的课题不是去研究他的科学方法论，对于我们重要的只是，由这样一个看来微不足道的机缘可以看出，在生活、艺术和科学之间的统一点以及由这一被反映的世界的同一性，也就是说在"惊叹"的阶段

---

① 歌德：《Italienische Reise（意大利游记）》，威尼斯，1786 年 10 月 9 日。

## 第十章　模仿问题之六：在美学中主体—客体关系的一般特征

科学的道路和艺术的道路还没有分离开来。这对于艺术反映极其重要，激发的客体已经在一种明确的规定性中表现出来，如果——像在上述两类极端对立的例子中——进一步的艺术加工致力于主观主义地或客观主义地消除各种关系的丰富性，那么相应地它就是对现象的歪曲和拜物化。

正是各个关系的这种丰富性，不仅构成了在其完整的具体性中把握客体的基础，而且构成了主体真正地和丰富地展开的基础，这一主体作为被知觉对象性的负担者、组织者和概括者，成为一个"世界"。在歌德看来，这种统一尚处于一种前科学和前艺术的阶段。因此，它对于认识两者的相似性和差异是富有教益的。因为对于科学态度说来，最关键的是无条件地依从于客体的客观性。这种态度更多地要求按其真实性进行加工，即排除各种主观性、对客体的无限丰富性加以分解，并使之表现为明晰的合规律性的发明才能，这不会根本地改变这一事态的基础。但是，在歌德那里，前艺术地表现出来的客观性在与艺术的关系上却具有一种完全不同的性质：主体性必须被扬弃到——同时——完全消失，以便在这种反映中毫不失真地表现出客体的一切重要规定，如果这一映象不想凝固为僵死的东西，那么它自身必须同时内在地提高到极致。审美客体的这种二重性，即是自在存在的同时又不可分割地是为了人而现实存在的，构成了依从于这一客体的主体的二重性。主体性的扬弃与提升的不可分割的制约性集中到一种作用上就成为某种特殊的审美的东西，它在内容上构成了作品主体性基础的态度,这种态度可能表现为相互对立作用的事后结合和相互补充,它在人的日常生活中也起着一种重要的而往往被低估了的作用。极其一般地说来,人的人格只有在世界中、在与世界不断的相互关系中才可能得到真正的发展。一个人趋向于完全封闭在自身之内,正如自己毫无防范地依附于他的环境,并无条件地适应于环境一样,最终地都必定成为一个在精神上不健全的人,这一点是由不可否认的事实得出的结论。对人性的完整性的追求,只要他所在的时代的社会结构不会内在地使人成为畸形,以至于人们自身固有的扭曲成为每一个现实存在的不可缺少的前提,那么这种追求在绝大多数人那里都或多或少地存在着。然而这种追求和实现这一追求的能力,在同一时代、同一阶级的不同人之间也是迥然相异的。事实上,实现这一追求的斗争,其范围从无力的改革活动直到感觉迟钝的甚至对虚假极端的自我满足的适应,无奇不有。

艺术,就其本质而言,始终是这种退化倾向的反作用力,始终是抵抗这种不良影响的范例,是内心健康的理想。各种艺术创作几乎也总是具有一种具体的——肯定的或否定的——在某一方面的范例性,这不但不会减小反而会加强艺术的一般效果:范例是对于人的存在具有价值的态度,它这样去把握和描绘世界的客观性,以便在其中表现出这种主体—客体关系。然而对于创作主体说来也就是有必要在自身培养出一种对世界的相应的态度。在其中——分别依据时代、阶级、民族、个体性的不同——可能存在无限

## 第十章 模仿问题之六：在美学中主体—客体关系的一般特征

的具体可变性，甚至是必不可少的。培养创造主体性的上述最一般的形式，却是这种审美构成物有效地进入生活的唯一道路。我们称为艺术个性的东西，正是基于与现实的这种关系。当然根据其他的心理基础产生出艺术作品，这在形式上看来也是可能的。非具世的主体性的过分超量或对主体性的非精神—非人的压抑必然把这种状况对人的疑惑带到作品中，并在其中引起无法解脱的难题。作品与创造个性之间的实际结合当然是极其复杂的，并且表现出辩证转化的极其不同的形式。但是在这种变换中——如果这确是真正的艺术作品——存在一个不断返回的中心点：正是这里所描述的与现实本身的关系，我们在其他地方已经把这一关系的运动方向描述为主体向客观世界的外化和由此获得的东西向主体的复归。现在的论述只是在以下两点超出以前的论述：一方面创作主体的实体性表现为作品坚实的实体性的不可或缺的前提。另一方面，这种创作主体的实体性基于一种现实关系中，其中主体通过对外部世界的依附，通过对外部世界的最重要规定的反映，把自己本身作为实体并且丰富和深化了。

由这一切又得出了审美构成的绝对必然性，即在对现实的辩证反映基础上去寻求与现实的关系。当然这种辩证法正如我们在许多事例上所能看到的，在日常实践中也可以明显地看出。如果这种对人精神效果的反映只具有一种单纯照相的性质，那么这种辩证法即使在日常实践中，也不可能存在和取得成效。主体能动地参与到反映的作用和结果中去,这在劳动中和在普通的、直接的日常实践中或多或少地是自发的,而在科学中则是自觉地利用非拟人化的态度来加以修正。人们不应忘记,在这种反映的主观因素中,在其直接性上不可分割地包含了与现实关系的两种成分:第一种是那些构成反映的单纯主观添加物的现象世界的要素(特定的人的感官作用等);第二种是人类(及构成人类的个体)对现实本身的特性、结构等的客观参与,即现实中由事物本质产生的与人的人性存在的相关性。这种直接的统一被非拟人化反映所扬弃,并融合到这种反映的真实的、客观的成分中,以便能够把握和固定这些纯粹客观的、自在存在的联系的、新的综合。

第二种动因在人的伦理态度中起重要作用。人的决断不能摆脱社会—历史过程因果联系的制约,但是从伦理观点看来,它却具有一种特别的现实着重点,即作出决断的个人所承担的责任感。这种责任感当然也可以由引起的原因和产生的后果而形成,但是其中与原来的责任存在一种质的区别:在原来的责任中决断本身是它原来的对象,而在现在的责任中对某些现实倾向的认识和对其后果的预见则是主体义务的对象。当然这里不是深入探讨这一辩证法的地方。但可以肯定的是,上面指出的错误的极端——加以适当地修正——在伦理学领域也具有决定性意义,即完全忽视客观的外部世界可以使最纯粹的、最无私的道德信念转化为堂·吉诃德式的空想,而毫无抵制地依从于周围环境的事件会使主体降低成为庸人。这是否会作为对任一

## 第十章 模仿问题之六：在美学中主体—客体关系的一般特征

特定的外部世界无选择地适应来行动，或作为可能引起内心激愤的被动情绪反应而不转化为行动，在伦理学上并不成为决定性的区别。在庸人劣根性中，从空洞的教养到粗野，从随波逐流的敏感性到冷漠的僵化等名目繁多。只有当人能做到在其决断和行动中实现内在与外在、客观世界和主体性、必然性和自由的正确比例，才能在自身形成一个真正的伦理实体，更恰当地说，人才能达到伦理的实体性。说明这种个性的实体性在整个伦理领域中所占的地位，不是这里讨论的范围。

这种一般性的概括说明已经指出，伦理态度与审美态度相互之间处于一种密切的，然而复杂又充满矛盾的关系中。这种差异甚至对立的根源在于两者基本性质的不同：伦理学实际上是指向人的现实本身，而美学致力于静观地对于人的本质世界的反映。审美反映的辩证法在于确定艺术作品的真实和深度、真理性和丰富性、具世性和情感激发力量，它主要是由这里所分析的客体性与主体性的相互关系出发的。只有当创造主体能够把客体与人（与人类）的相关性作为它自身内在的规定来把握，又使人们对他们的环境的反应由包含这两者的、统一作用的实体中有机地产生出来，这种主体性和客体性充满张力的均衡，才能作为新的、统一而直接的、实体性的和激发性的审美综合而产生。不论这种综合在创造主体中的产生多么复杂，尽管质的飞跃把创作活动与作品同时联结起来又区别开来，在这种主观前提中必定存在着与作品结构相适应的、汇集于作品结构的倾向，所以这一飞跃应该产生出一部真正的艺术作品。这种对应关系、这种共同性正是基于，在现实中以及在艺术中主体与客观世界的正确关系。审美反映的非机械的、辩证的性质在于，它决定地取决于它的主体的特性。高尔基曾经说过，只有由丰富的生活中才能产生出真正的和丰富的艺术。当然这种丰富性并不是无条件地由生活的外在运动性中显示出来，它必定活生生地存在于对世界的体验中，应该根据主体性与客体性的正确比例由主体之中形成实体性的东西，以便使作品具有为它的纯正性所不可缺少的实体。"谁在反映现实"的问题与"反映了什么"以及"怎样反映"的问题在原理上是根本不能分割开来的。似乎最富空想的、最脱离现世的作品也能——在这种意义上——成为现实的一种真正的反映。如果社会—历史现实歪曲并混淆了主体性与客体性的关系，那么它必定使作品的世界变成非实体性的了。

这种混淆，就上述话题而言，往往表现为对艺术的反映特性全面地或局部地否定。这当然具有古老的哲学史传统。因为直到马克思之前，唯物论只是一种机械的反映，当然不可能由这里出发来解决美学的更复杂的问题。著名的唯物主义者，如狄德罗通过他们在个别考察中——无论如何——在机械的反映论中包含了辩证法的要素，而取得一定的效果。唯心主义的辩证法家，如黑格尔——同样地无论如何——如在主客观同一的概念中往往包含了个别的正确理解并无意识地运用了辩证法的反映论。然而，这里

## 第十章 模仿问题之六：在美学中主体—客体关系的一般特征

只触及最杰出的思想家。根据这一前提就可以理解，在近几十年的发展中，对反映论的否定占统治地位。如表现主义或超现实主义流派，试图由非具世性的、主观的、谜一样的自身活动推导出整个艺术，甚至富有洞察力的思想家，如我们已经批判过的考德威尔，至少为了抒情诗也要拯救那种归入巫术残余的纯粹主观性。与上述相反值得注意的是，著名艺术家在回顾他们自己的作品时，总是不断地回复到立足现实的反映这一点上来。我们更不必谈到托尔斯泰，他在试图进行哲学上的思考时，总是陷入主观唯心主义的影响之中，然而他在作为真正的艺术家进行描绘时（例如在《安娜·卡列尼娜》中的画家米海洛夫那里），他的理论和实践总是朴实地回复到反映论。但是甚至像普劳斯特这样的作家，当他在试图阐述当代主观主义诗人马拉美的抒情诗时，也不得不归结为反映，马拉美在当代理论中代表了"纯粹"的、非反映的主观性的范例。普劳斯特在一封青年时的书信中谈到马拉美；"……我打算……一般地谈到这个诗人，他的那些昏暗的和明亮的形象无疑仍然是事物的摹写，因为我们不能作别的设想，但是可以说，它是由黑色大理石的平滑而暗淡的表面所反映出来的。"①在这一事例中重要的，不仅是由事物的逻辑出发不得不承认反映论，而且生动而恰当地提出了反映的主体媒介的形

---

① 马希尔·普劳斯特：《an Reynaldo Hahn（忆瑞纳尔多·汉）》，巴黎，1896年8月，载于《Neue Rundschau（新展望）》，1957年，第2期，第316页。

象。由此我们处于现在所讨论的问题的中心。辩证唯物主义的反映论，正如它在所有的以人来构成主体的领域中的应用那样，根本不会贬低主体性的作用和意义，更不用说去否定主体性。相反地人们可以放心地确信，正是辩证唯物主义，与任何极端的主观主义现代理论相比，能够更为具体地把握主体性。因为在主观主义的理论中．主体性表现为某种抽象直接的东西，其中一切真正的规定和差别都必定消失或缩小，而主体性被抽象夸大为一种庞然大物，给予它不应有的、它所不能承受的重担，使主体性——在其个别的单独性中——提高为各种创造活动的造物主。因此，在这里就事物的本质说来，没有什么关于主体性的更具体的东西可言。与此相反，正因为辩证唯物主义是从主体性在审美反映（以及在伦理学、在历史实践中等等）中的实际作用出发的，所以它与主观主义理论相比，可以在更为丰富和深刻的区别中阐明主体性。如果我们现在停留在审美反映中，但是来思考创造主体究竟能承担多大和多么复杂的课题，那么显而易见，在此基础上的分析提出了分化开来的各种问题，其中主体对这种现实反映的审美适应性包括了创造的人的运动整体性及其整个人格，也包括他的理智、他的道德等。因此高尔基在普劳斯特之后不久就提出了这个问题。他在《个人的毁灭》一文中写道："往日的作家一般都具有广阔的构思、和谐的世界观、强烈的生活感，整个辽阔无垠的世界尽在他们的视野里。现代作家的'个性'是指他的写作风格而言，可是作为感情和思

## 第十章 模仿问题之六：在美学中主体—客体关系的一般特征

想之合成体来说的个性，都变得越来越不可捉摸、暗淡模糊，老实说，越来越贫弱可怜了。作家已经不是世界的一面镜子，而是破镜的一块碎片，社会意识的汞剂已经剥落殆尽，它被丢弃在城市街头的尘埃中，再没有能力以自己的断面反映出广大的世界生活，而只能反映出街头生活的片断和破碎心灵的残屑了。"①

要看出在前面两者所提出的问题中，在原理上有某种相似性，这并不需要特殊的洞察力。在确认反映本身的事实这一点上两位作家所关心的是，它是否必定具有镜子的性质，其中是否能表现出世界的一种诗意的映象。但是普劳斯特在富有才华的论断中只停留在奇异的事实上，即黑色大理石表面只允许在人的主观中有趣地、模糊地、充满情调地，但缺乏轮廓和躯体地再现环境。高尔基则直接着眼于中心问题并且指出，他那一时代的人破坏了主体与社会生活及其主体本身各种问题的联系，从而失去了进行审美反映的工具，把破镜的碎片丢入街市的尘埃之中。但是两人在理解上的这种差别丝毫不会减小这种意义，即两位如此杰出的代表对文学的极其对立的见解，不仅在肯定文艺具有反映性质这一事实上是一致的，而且在文艺主体特性对反映的质具有决定性影响这一点上也是一致的。在高尔基那里，正如我们已经看到的，对这种质的社会基础也

---

① 高尔基：《论文学（续集）》，戈宝权等译，北京：人民文学出版社 1983年版，第105页。

是了然的。主体自觉地与社会相结合，或立足于自身的空想两者并非——像大多数资产阶级思想家所认为的那样——只是"社会学的"差别，而相反地正涉及人的本质及其审美能力。我们在别的地方已经触及这一问题，同时从哲学上提到了亚里士多德所说，人主要具有社会的性质。这种区别的重要性在于，如果这种区别单纯是"社会学的"，那么人可以根据爱好与他的时代的各种社会问题相隔绝，作为"原子"来生活，而不损害或干扰他正确再现外部世界和内部世界的能力。如果相反的人按照他的"本体论"的本质是社会的，那么这种作为"原子"的现实存在只能是空想的，就内在而言是不真实的，与其自身的客观基础相矛盾的，那么这种差别不能不严重损害主体本身的持续存在下去。① 罗伯特·穆西尔以经常对自身人格和自身生产采取无畏的率直，而优异地区别于大多数先锋派作家，他关于自己本身写道："萨拉图斯特拉，山中的孤独是多么与我的心境相违啊。人们应该用怎样的态度去对付这样一个没有固定点的世界？我理解不了它。这就是事情的一切。"②

这里对于整个审美反映领域所表现出来的矛盾性，可以概括地表达为：一方面对审美反映范畴结构的每一深入

---

① 马克思在《神圣家族》中极其明确地指出了，这种把人看作"原子"的观念是不真实和陈腐的。参见《神圣家族》，见《马克思恩格斯全集》第2卷，北京：人民出版社1965年版。

② 穆西尔：《Tagebücher, Aphorismen, Essays und Reden（日记、格言、文章和讲话）》，第303页。

## 第十章 模仿问题之六：在美学中主体—客体关系的一般特征

分析都显示出可表现性的活动范围是格外大的——直接地看来，甚至是无限的——只有正确理解了因果性在范畴体系中的位置，才能使审美反映摆脱开盲目的依从性，即从被看作直接外观的特定现实中，或从那种把现实看作由因果链条产生出来的完结了的网的——同样直接地——说明方式中解脱出来。由此审美向本质、向人的生活规律以及人的存在的实体的深入可以——在内容上和形式上——获得一种无限的变化能力，它可能完全偏离开直接知觉的日常生活的表面，也可以与日常生活相比显得如此虚幻或离奇，却不失去其作为现实真实映象的本质。另一方面这种自由，这种对各种事前确定规则的否定，却创造了那种由艺术领域中清除审美所希图的大量尝试的极其严格的选择。审美反映的本质在于，在其中一切范畴只有在其相互关系的整体性中决定其成败，由内容及其特殊创作的整体中产生出各个作品的艺术结构，这种结构的特性决定了作品能否称得上是艺术。这一状况的全部问题表明（对它的详细探讨可以证明），统一性和整体性优先于对个别性的分析而占第一位，这一点绝不排斥审美的合理性，甚至这种优先地位正是审美反映特殊性质的基础。

这个问题只能在下一部著作中具体地提出和回答。这里我们只能并且应该提前概括地说明，在审美中的客观现实与基于纯粹并完全转化为审美的范畴之上的作品之间，构成其独特中间环节的主体性起什么作用。当然即使在日常生活和在科学中，主体也具有一种多方面类似的中介作用。把否定这种中介作用归结为唯物主义，这是对唯物主义的一种流行的毫无根据的偏见。在人的不同活动领域，这种中介的范围、强度和意义等也格外不同，即使提示地说明这里产生的问题的多样性，也不可能是我们这里的课题。这里只能说明，不论在大部分日常生活中——所有那些关系到成效的地方——还是在科学中，主体都必定起着一种词的本义上的中介作用。虽然不论是劳动产品还是科学反映，离开完整的人的介入都不可能完成，然而人的这种功能在完成了的客体化中，在生活中的客体化作用中却普遍消失了。这就是说，例如，我们可能知道——我们知道这一点是很重要的——为了能够完成伽利略或牛顿的科学著作，需要付出多么巨大的智力的、道德的能力，但是这些作品本身在人类生活中就能完成它们的使命，而无需回归到它的产生过程（例如我们在应用微分算法时，完全不必顾及它的发明者究竟是牛顿还是莱布尼茨）。然而艺术作品，是审美反映的成果，作为作品多少是个人的东西，具有作品的个性。尽管我们不想认识其作者（或作者们），但是这种个性特征却不可抹杀地铭刻在作品中。对创造主体性的探索，因此也是对艺术作品最客观的分析所不可排除的。

这些最一般的论断，以前在分析反映时已经证实。普劳斯特，尤其是高尔基的回答表明，这一问题的提出为理解美学的客观作品问题，甚至对于审美的社会发生学打开了多么广阔的视野。但是这一问题又不断回到这一点上来，

## 第十章 模仿问题之六：在美学中主体—客体关系的一般特征

即我们以前表述为作品中的实体性问题以及创作者的人的实体性中所必不可少的基础。只有在这条道路上艺术才能完成它的人类使命，通过每一部作品为接受者唤起一个真正的实体，这个实体唤起了接受者自身的实体性，或情感激发地在意识中消除与这实体性的内在距离。如同在各处一样，这里特殊的美学问题——当然是在质上被强调了的——是一般生活现象的顶点。这一点歌德在他的诗《最终的劝告》中恰当地表现为这个问题的中心：

> 因此我最后一次地说
> 自然既没有核也没有壳
> 你只需经常反省，
> 究竟你是核还是壳！

这几行诗句直接关系到对自然的认识，所以最后两行个人的劝告同样也直接指向自然的研究者。然而，一方面在歌德的自然研究与艺术实践之间表现了密切的联系，另一方面在他的自然科学观上，正如我们已经就其时代所指出的，从历史上看，这是反对非拟人化方法的胜利高扬的一场殿后的战斗。我们确信有理由在我们的审美主体性问题上引用这首箴言诗。尤其是诗的结尾包含了歌德自然哲学的信条，因此客观上说来它只涉及对自然的审美反映，而不是对自然的科学反映，我们这样做就更有理由了。歌德这首诗的结尾两句是：

### 审美特性

> 难道这自然之核
> 不就是在人的心中？

这里，歌德的思想实际上——与他的世界观的意愿相反——已经抛弃了自在存在的自然，而决定性地转向了审美。因为这一自然的核是在人的心中，它只能在哲学上通过观念论的建构才能达到，这对歌德说来是完全陌生的。与此相反，正如我们经常指出的，客体性与人最本质的和最内在的核心性存在相结合，是现实的审美反映的决定性特征。人的主体性对这种模仿合理而丰富地参与，构成了这种相关性，当然不是作为自在的、与主观隔绝的、客观世界的主观添加物，而是作为被反映对象内在的、自在存在的特性表现出与人的相关。正是从这一点说来，歌德的核与壳的区分获得了关键的意义。我们以前已经指出了在人的发展中伦理学与实体性的关系以及其中正确的关系，在感受和解决外部世界问题所起的作用。现在，在歌德根据人的特性将人二分为核或壳（核心与外壳）这一意义上，回溯到伦理学可以更明确地看出，它并不是涉及原来意义上的伦理学范畴——这些范畴从原理上说来对于所有人都同样具有义务——而是涉及一种结果，这一结果是由有关的人们变得有血有肉的伦理学和在与世界丰富地相互作用中度过的生活，而在这些人身上所产生的，涉及人们的一般态度以及他们作为完整的人的内在特性。这种见解在《威廉·迈斯特》，在歌德与席勒有关这部小说的通信中，

## 第十章 模仿问题之六:在美学中主体—客体关系的一般特征

极明确地表现出来。与康德严格的道德律令相反,它是一种适应于人的存在的、人的伦理学。如果说在这里人的核心性与个性的和谐结合得过于紧密,正道出了这种核心性规定的中心。在这里不用对这一系列问题的伦理学分支作进一步探索,而可以就我们尤其感兴趣的美学方面指出,人是核还是壳的问题,就是人——就人的方面而言——是否值得并从而能够对世界作出恰当的反映,是否他的个性适应于成为"世界的镜子"(海涅针对歌德所说)。我们马上就要深入讨论对艺术作品的接受态度问题。这里应该提前说明,即使在接受中也必然出现人的核心性与他适当反映世界的能力相结合的问题,当然是以改变了的形式出现的,这个问题属于人的审美体验的本质。

这里又出现了一种新的天才论,它的本质即刻——首先从消极方面看——表现在,它与各种非理性主义的天才论相去甚远。当然在这里一开始还不可能论述天才的必然特征,枚举天才的重要特性,确定其必要的比例关系。每一个天才(也包括每一种才能)在人与时代、人与社会现实、人与同时代人、人与自然之间都表现出一种一次性的、极不相同的、又不可重复的关系。但是这种不可排除的一次性也可以上升到概念,如果它不是像经常出现的那样,单纯是从它的孤立的事件来看,而是如这里所建议的,在与其社会—历史环境的上述相互关系中来看待。天才(和才能)的无可比拟的一次性,在这里表现出一种具体的历史联系,在这种联系中作为人的核心性的东西正是人身上

> 审美特性

天才（和才能）的一个重要的，甚至不可缺少的基础。我们知道，在单个人与人类之间必定有广泛而复杂的中介在起作用，从而使人类发展的每一阶段能够不被歪曲地、在艺术作品中真实而富有情感激发作用地显现出来。我们到目前为止的阐述表明，这里在人身上称为核的东西，正是人身上在人的个性与人类之间、在人的内在的和外在的精神力量之间最重要的中介环节，而人身上作为壳的倾向是在主体性与客体性的错误的极端支配下从中心向边缘转移，向单纯的个别性和补充其相反一极的抽象性的趋近。对所有这些我们只是与我们以前的探讨联系起来，从而把它提高到一个更高的——与审美本质相对应的——人的水准上来。我们以前已经把目前的论述与外化及其向主体的回复联系了起来，现在我们可以看到与反拜物化使命的一种类似的联系。在这方面人们可以对歌德诗句的意义如此加以概括，人作为核的存在与对世界的反拜物化眼光是同时确立起来的，而人作为壳的存在是与自身屈从于拜物化偏见同时确立起来的。由此，歌德把我们引入了整个一系列问题的中心。我们越深刻地学会理解，审美反映能够学会摆脱拜物化偏见去把握和再现人的世界，这种作用不一定与对这些问题在科学或哲学方面的洞察相结合出现，那么这里给出的歌德关于天才的论点就显得越发重要了。

但是，对歌德的这一观点还要作进一步具体化。在他关于自己自然观的自白中，除了核与壳的主体对立之外，内在与外在的对立越强烈地出现在前景中，前后一致地从

## 第十章 模仿问题之六：在美学中主体—客体关系的一般特征

客体结构、主客体关系出发对主体的理解作了补充。他指出:"没有什么在里面,没有什么在外面;因为里面的,就是外面的。"对主体重新指出:"我们思考,一个地方又一个地方,我们就是内在的。"如上所述,当他写道;"难道这自然之核,不是就在人的心中？"他终于把这个问题作为出发点又返回到核与壳的两极。歌德的最后一句话指出了——不是有意地,但实际上表述了——审美。在斯宾诺莎的意义上,在人与自然关系中,人正是自然的产物和组成部分,这里所指的就是思维与存在的最终统一。内在的东西在审美上具体化为贯穿着人类活动的自然——与社会处于物质交换中的自然——实现了内在与外在的这样一种关系,所有的自然现象都与人的现实存在处于密切的联系中,因此——完全在词面意义上,不再是一种比喻——自然的核直接地触动人的心灵,内在于自然中：真正的艺术家必须"单纯地"把这种客观到处存在着的内在与外在的统一,提高到审美的主体性,富有情感激发地把它的绝对统一意识化。由这里出发回过头来看,歌德的观点"自然既没有核也没有壳"才获得它的正确意义：在自然中内在与外在的统一意味着对于自然本身核与壳的区分的失效,这种区分纯粹是关于人的问题,然而它的解决却只有在人与他的世界、与自然的关系中才能找到,也就是在这一意义上,即人的核心性表现在他有能力,在其统一之中去知觉、去思考、去感觉内在与外在,人的核心性同时是这种眼光的前提和后果。然而相反地,人作为壳的特性与内在

审美特性

和外在之间结合的破裂具有一种类似的必然关系。

虽然我们,正如反复强调指出的,只有在下一部书中才能深入地探讨内容与形式的更复杂的关系,这里必须指出这一对范畴与内在和外在那一对范畴在审美上的趋近。内在与外在的绝对相关性、它们趋向同一的倾向是生活的一个事实,正如同它们的相对差异,甚至——在临界情况下——它们的对立尖锐化也是生活的事实一样。如果第一种要素不是辩证的、交叉扩展的,那么人们相互之间的交往从一开始就是不可能的。这种交往在一定程度上作为社会生活隐含的公理,是以内在与外在的本质联系为前提的。由此,在许多情况下在它们之间形成一种张力关系的假象,因为任一主体认识不到它们本质上客观的统一,把错误解释的外在与无法阐明的内在之间视为一种矛盾。关于自然的世界一般只考察这种自身矛盾的形式。黑格尔指出:"按照这个规定,外不仅就内容说,等同于内,而且两者只是一个事情……但事情不外是两者的统一。"[①] 在对外在与内在的这一密切关系产生怀疑或者否定时,人们往往趋向于探寻这一公然失误的社会根源。与此相比,对它们本身的怀疑很少被认为是正当的,这是生活的一种基本事实。在科学中它是极其简单的。因为如若主观唯心主义设置一种像康德的物自体那样的不可知的、"内在的东西"而保留现

---

[①] 黑格尔:《逻辑学》下卷,杨一之译,北京:商务印书馆1976年版,第171—172页。

## 第十章 模仿问题之六：在美学中主体—客体关系的一般特征

实本身，保持内在与外在的正确关系（只是——在思想上——在这种整体性的背后投射了一种无关系的内在的东西），那么这对于实际具体的认识完全没有意义。这种态度的世界观后果我们不用去讨论。

就美学来说对内在与外在的最终统一的否定更加严重，因为由此而使人与人类的关系模糊不清。因为可以说内在与外在的统一是人的生活的一种基本事实，但是它倾向于只在个别性的水准上起作用。趋向普遍性的本质形式（阶级、民族等）在每一社会中所起的明显作用越大，这种倾向就越明显。个性意义的增长不会否定这种关系，虽然由此使之变得更加复杂了。只有出现特殊的社会条件，从而使个人生活的发展也获得一种孤立封闭的方向，人与一般生活力量的联系削弱了，由此才会产生一种假象，似乎个别性是每个人的生存的全部决定性的潜在力量。因此在近代思想中产生了克尔凯郭尔关于人的不可扬弃的隐匿学说这样一种倾向，它是以对这里援引的黑格尔观点的诡辩为基础的。这种客观的、在哲学上站不住脚的、与所有人的生活的客观事实相矛盾的理论在美学上的重要性在于，正是那种社会存在率先推出了克尔凯郭尔哲学，并不断广泛而深刻地成为那些天才个性和富有影响流派的艺术实践的世界观基础。人的环境被拜物化为一种非感性的、反人性力量的非理性主义"体系"，人的内在性被拜物化为一种密封的自身闭合的、不透气的"单子"，它的外化必然被别人所误解，而别人的外化对它说来也不能理解，在这一范围内,内容贫乏了,形式被歪曲了,以致不可能产生模型的映象,即不可能艺术地表现现代资本主义与人的敌对性、人在其中生活的全部无意义性。因为在客观社会现实中,人只有在社会中才会变得孤独,从而一种精神状态的具体的不可传达性,客观上是以正常的、即使在特定情况下被干扰了的内在与外在的关系为前提的。这就把卡夫卡的《审判》与贝克特的《莫洛依》区别了开来,在卡夫卡那里,单个人的绝对匿名表现为激怒的和由激怒所唤起的人的存在的病态,因此——即使是消极的——却是建立在人类命题的基础上,而在贝克特那里,《莫洛依》自身满足地下降为偶像崇拜的、绝对的个别性。因为在对内在与外在的同一性的自发承认中,涉及人的生活、人们的共同生活的、一般的一种基本前提,这种对立再次证实了歌德关于核与壳的观点。贝克特的这种表面深刻性,无非是使我们时代的资本主义所呈现的直接外在的某些征候长期黏着住。这与歌德所说的壳又有什么两样?

内容和内在的东西不仅审美地聚合在一起,在这里审美关系也表达了某些客观的东西,它总是与人相关联的。上述思想黑格尔称为内在的东西与外在的东西的同一,"这个同一是内容和总体,总体是内,内也同样将成为外在的"。① 在审美反映中,由于艺术形式具有引导和激发感受

---

① 黑格尔:《逻辑学》下卷,北京:商务印书馆1976年版,第171页。1976年。

## 第十章 模仿问题之六:在美学中主体—客体关系的一般特征

体验的功能,所以使这种同一性获得了进一步强化。与各种内容相关的艺术的东西在审美形成的时代由巫术生活表现及其对环境解释的、尚未分化的、混乱的统一性中形成了一种完全自发的表现方式。人们当时在某些领域和许多方面已经达到很高的艺术水平,他们是为了实现巫术的目标。在这一时期,内容与形式的概念区分、对艺术形式的专门思索都不可能进入到意识中去,这是可以理解的。当然,当时的创作者也产生过对他们的成就在技巧上加以完善的想法,事物的逻辑必定会把这种技巧的完善引向审美的形式问题,而这一问题本身必定不会也不可能被意识到。我们在很晚以后发展阶段上的经验表明,许多著名艺术家如何经常地把形式问题的最重要认识表达为单纯的技巧更新和思考等。技巧与形式的相互转化属于创作态度的本质——在文学中不如在造型艺术和在音乐中那样重要,对技巧与形式在概念上作出严格区分,这仍是美学的一个课题。

审美形式,正如反复指出的,始终是具有一定内容的形式,由此更加强了这种倾向。它的这种特性使得它在审美上的意识化决定性地变得困难了。对于创作者——正如从他的能动性方面模糊了技巧和形式的区别——从各种具体的任务方面模糊了作为创作过程对象的材料、内容、素材等的相互差别。尤其是,只要社会结构为艺术作品提出了——不论在内容或是形式上——极其确定的规则,甚至当艺术早已成为一种独立的社会现象,也仍未形成关于形式与内容关系的美学和哲学思考。在起始的思考阶段，原始唯物论和自发辩证法把审美实践中同样地必然起作用的各种倾向在这里都融合在了一起。只是当唯心主义哲学处于支配地位时，才采取断然的态度作出更准确的区分。柏拉图的富有战斗力的反唯物论，尤其是他的神秘论—神学的思想方向的形成，导致对内容与形式的明确划分。在体系的神秘的尖端上自身扬弃的形式脱离开物质越远，那么这种形式与具体的——物质的和现世的——内容就越处于严格区分的二元性的关系中。因为这种形式观念（及其理论结果）与寓意有密切的关系，我们将在最后一章（第十六章）中更详细地讨论。对现在的问题更重要的是，在康德影响下发展的唯心主义哲学的新的变形。这种理论虽然与古代和中世纪唯心论极其不同，但是它们却都具有一种共同的倾向，即在形式与内容之间掘出了一条鸿沟。正如作者在其他著作中所试图指出的，尽管席勒并非正统的康德主义者，席勒的美学已经为谢林和黑格尔开辟了道路。席勒针对先验哲学指出，在这一哲学中"一切都取决于摆脱了内容的形式"，其中他同时别具特色地看出了偶然事物与必然性的分离。他明确地看到，这种倾向是与以下一点相结合的，即"把素材单纯看作是一种障碍"，并且"把感性设想为与理性必定是矛盾的"。在席勒看来，这种态度只是在词面上符合，而与康德体系的精神不相符合。这产生了极其深远的无法排除——甚至影响到席勒美学——

## 第十章 模仿问题之六:在美学中主体—客体关系的一般特征

的影响。①

对席勒有关形式—内容关系的观点做一番考察,以便看出哲学唯心主义在这个问题上产生了哪些理论失误,这即使在一位同时是伟大诗人的思想家那里也可能产生。因此——不考虑他的基本理论观点——在这个问题的中心,在理论上可能也会取得极其深刻的洞见。席勒针对文艺作品中形式与内容的关系,指出:"在真正美的艺术作品中不能依靠内容,而要靠形式完成一切。因为只有形式才能作用到人的整体,而相反地内容只能作用于个别的功能。内容不论怎样崇高和范围广阔,它只是有限地作用于心灵,而只有通过形式才能获得真正的审美自由。因此,艺术大师的独特的艺术秘密就是在于,他要通过形式来消除素材。素材本身越宏伟、越傲慢、越富诱惑力,素材越是专擅地显示自己本身的作用,或者观众越倾向于直接介入素材,那种主张支配素材的艺术就越成功。观众和听众的精神必须是完全自由而不容侵犯的。出自艺术家魔力圈的东西必须像出于造物主之手的东西那样纯洁和完美。"② 席勒这一思想清楚地表现出他陷入先验哲学的束缚,特别是在关键性的、他称为只是这一哲学的词面而与它的精神相对立的

---

① 参见席勒:《美育书简》,徐恒醇译,北京:社会科学文献出版社 2016 年版,第 98 页,第 13 封信脚注。关于我对康德—席勒观点的批判参见拙著《Beiträge zur Geschichte der Ästhetik(美学史文集)》第 11 页。——作者注

② 席勒:《美育书简》,徐恒醇译,北京:社会科学文献出版社 2016 年版,第 22 封信,第 159 页。

地方。当他说，只有形式作用到人的整体，而内容只作用于个别的功能，内容不论怎样崇高和范围广阔，它只是有限地作用于心灵时，他陷入了康德那种对形式与内容的分离。因为他以那一时代少有的洞察力体验到被资本主义社会所肢解了的、拜物化了的内容，与偶像崇拜的、僵化了的形式，对人的精神生活的影响。由于德国文学在革命前和革命时期的高涨而使席勒抱有治愈这种病症的幻想，理所当然地集中在艺术形式的教育使命上，并且在康德和年轻费希特的思想中获得了一种——当然实际上是很成问题的——哲学支持。

然而这只是历史地说明席勒对内容—形式问题的态度，而不是说明他的回答实际上的正确与谬误。对于我们说来不难看出，日常生活中的完整的人并不是由于主要感受到（当然——与康德所说的相反——不断构成的、即使不是艺术所塑造的）内容，并对这种内容实践地作出反应而被肢解，却只是通过在日常生活的直接性中歪曲了内容—形式关系的、一定社会体制的特殊结构而被肢解。同样理所当然地——在先验哲学的范围之外——日常生活与艺术不是作为支配内容或形式的领域相互区别开来，而是由于两者之中在内容—形式关系上质的不同才区别开来的。

席勒也感觉到，在这种演绎的推论中存在某些问题，因为他没有经过形式与内容之间的一般对立的各种中介，就跳跃到艺术中形式与素材之间的特殊对立。但是现在素

# 第十章 模仿问题之六：在美学中主体—客体关系的一般特征

材是已经包罗一切的一般内容的特殊化和分化了的现象方式。素材是诗人由所经历和体验过的生活内容中提取出来把它转化为他的作品的内容的那一部分。这种选择在真正的诗人那里绝不是偶然的，素材必须包含某种与他的一定文艺目标、情调等相适应的东西，因此在素材选择这一单纯的事实中，已经包含了艺术的事先创作的性质。文艺创作本质上在于，将对于诗人是本质性的内容由素材中提取出来，并如此加以创作，好像其内容、过程、比例与高潮都是由其自身有机地生长出来的，好像由诗人所选择的和采用的形式一开始就内在地隐含在素材中。托尔斯泰笔下的《安娜·卡列尼娜》中的画家米海洛夫，在这里肯定是诗人的传声筒，他如此地表达了这一点：画家必须把他所描绘的人物身上那些遮盖着这些人物的外衣揭去，但是他在这样做时应该同时不损害人物本身。如果人们不精心地撕下这种外衣，就会产生失误。席勒本人作为诗人是非常通晓并熟悉运用这种有机的方法。然而他在创作《华伦斯坦》时的书信证明，尽管如此他的创作方式在最一般的终极原理上显示出类似的取向。

由此已经说明了席勒这一著名公式中所含真理与失误的范围。其失误是最容易指出的：如果席勒所指的只是他所说的话的表面词义，那么他似乎就成了一个"纯粹"形式艺术的理论家，一个为艺术而艺术的开山鼻祖，这也是不为鲜见的观点。这种假象是由席勒使用先验哲学的术语所造成的，他在这里也不能摆脱开这些术语。如果说内容的世界实际上是某种自在的不定型的东西,它仅仅能赋予形式一种明确的对象性,所以这种实际的意义——不论是理论的、伦理的或审美的——只是包含在形式中,那么这一著名的公式肯定是对的。但是因为在客观现实中从而在各种对现实的正确反映中,充满了内容与形式的不可分割的统一以及两者的相互转化,席勒公式本身就失去了支撑点,正如先验哲学的其他现实命题一样倒塌了。实际上看来,文艺的素材同样像每种内容一样,是一种已经成型的东西,当然不是在审美意义上的成型。文艺的成就并不在于把某些自身无形式的东西提高到具有形式性,而是打破生活直接构成的素材形式,并为它在这一作品中所显示的核心寻找与其特别适应的审美形式,一种确定内容的形式、一种新的激发直接性的形式。因此在这种形式的规定中素材的内容当然获得一种决定性的意义,然而这种意义不是在一种抽象的客观性上的,而是在素材选择中诗人的意向和在这一加工中素材的客观意向性的意义上的(这就是托尔斯泰极其精心地剥离米海洛夫的外衣所含的意义)。所以,创作者和创作活动是矛盾的:一方面他必须在一定意义上打破这种形式,因为现实本身在审美上是中性的,现实范畴的配置和等级关系与审美范畴的组织是极其不同的,客体的对象性、其关系体系等与各种艺术的规律在对象性及其结合方面所要求的是完全不同的。另一方面,审美反映却又是现实的一种再现,正如现实是客观的、自在存在的,同时在构成素材的那一现实片段中又是确定的和具体

## 第十章 模仿问题之六：在美学中主体—客体关系的一般特征

的。打破现实直接给定的形式也包含在其中真实于现实的要素，这种打破也是一种辩证的扬弃，这种扬弃为了避免遭到失败而不能忽视保存和提高这两种作用。这种对立的倾向间极其复杂的相互作用以及它们的极端尖锐化，才能导致在完成的作品中实现内容和形式的统一。因此席勒的通过形式来消除素材的命题应该用相反的命题来补充，即被描绘的素材"消除"形式，以便实际地符合于真实。甚至人们可以说，在本原的审美的意义上说，对照的第二个命题，即使从本身说来，也比与其相隔离的第一个命题更接近于真正的审美事实。因为艺术形式作为一定内容的形式始终创造着一个自在存在的"世界"，这个世界自动地唤起了它的自在存在。因此在对接受者的激发作用中，必然表现出一个"世界"，即具有联系的、自身完整的、经过组织的各种内容的有机统一。直接地，在对接受者的真正压倒性的影响中，由它体验到这样一种具体的、自在存在的、对于他富有意义的"世界"。在由形式所描绘的内容对形式的全部无余的扬弃并不是最终地基于由我们所分析的内容——形式和内在外在这两对对立范畴的聚合。因为作品内涵无限的具世性也是以这种内在与外在的同一化为前提的；在生活本身之中单纯倾向于内外的统一在这里是作为每一个对象、每一个人物、每一种状况所完成的透明度。其中每一种正是通过它们的外在现象直接激发、发散出它们恰当的、内在的东西。这个"世界"由于形式的不可战胜的力量而成为审美的现实存在，这一认识正是建立在它的基础上，并以它为前提的反思。

创作过程实际上是由特定素材到完成它的形式转化的路程，在这一点上席勒指出了各种范畴的正确联系。更恰当地说，素材的单纯具有生活气息的内容—形式关系，通过艺术加工转化为对素材单纯化的本质内容寻求并创作出一种形式，即这种独特规定的内容的真正的形式，但这只是创作过程的规定。它的成功直接表现在，产生出一个完成了的自身完整的作品，它对接受者的激发作用已经具有一种内容的性质，正如我们反复看到的：受到《华伦斯坦》感动的观众并非直接地惊叹于席勒将这一严峻的素材适当地分解、组构和提高的智慧，而是受华伦斯坦的命运、受他的悲剧历史的人的依据而深深感动。这种效果在莎士比亚那里更强烈一些，这是两位诗人对于审美等级规定的暗示（策略），人们一般可以看到，这种效果往往出现在所有伟大的诗人——荷马、莎士比亚、塞万提斯、托尔斯泰——那里，而一种立即的、自发有力的形式效果——人们设想在霍夫曼斯泰尔、瓦列里等人那里——往往是诗人个性的包含世界内容极少的实体性。由此，这一分析也证实了歌德对人按其本质分为核或壳的合理性。同时，在这种极端之间必然存在着无数中间阶段的变异性，这不会改变这一规定的基本意义。

第十章 模仿问题之六：在美学中主体—客体关系的一般特征

## 二 作为美学一般范畴的陶冶

作品的效果经历着相反的道路。当然这里也不可能有分析地解剖感受性的极其复杂的图像，就其不同阶段和水准的差别，分类地指出从作品的接受到审美意识的更高程度，这也属于下一部书的课题范围。必须事先说明，这里只局限于直接意义上的作用效果。只是为了避免产生误解，这里提前根据以后的论述指出，在感受性中产生的审美意识也具有一种概念的性质：直接对审美体验必然性的依据和前提的思索。这种思索的本质特征、发展等同样在以后来论述。但是现在关于这一点只能指出，在审美体验中不可能审美地再现作品中形式内容的同一性本身，也不可能再现达到这种同一性的道路，像它在创作过程中所表现出来的那样，而仅仅是对形式和内容关系的一种思想概念性理解。如果在这一水准上谈到内容与形式的同一性，那么作品中它的真正的同一性只是思索的客体，只能在所创作的作品中实现这一点（艺术作为批评是现代的一种偏见）。在下面的考察中只讨论作品的直接效果。对由此而产生的一切发展以及同时所产生的纠葛，只能留给以后的分析来讨论。

上述命题可以加以补充地重复一遍，作品的效果经历着与创作过程相反的道路。创作过程使审美纯化了、并审

◯ 审美特性

美同质化了的生活内容达到形式的完成，达到内容和形式的同一，使内容上升到作品的具体形式中；而感受过程借助于构成了和实现了形式体系的同质媒介使接受者进入作品的世界：在这里形式转化为内容。如果人们要在思想上正确地把握感受性的这种最简单、最直接的关系，那么就必须确定它的双重的规定性：一方面确认这种体验纯粹和主要地具有内容的性质，不论文艺作品或绘画、建筑或音乐，接受者都被带入到一个对他说来崭新的，却又立刻可以信赖的世界。如果作品的世界不能产生这种真实感，那么就不会产生真正的审美效果。重复一下穆西尔的观点，单纯的束缚创造出的内容主要是思想上的关系——然而在这里主要的是与内容——以及对技巧完善的赞叹。如果这种关系是由内容的激发作用有意识地产生出来，那么它就是审美的。人们在审美中不能忽略这种由作品唤起的对新世界的体验，这种体验的主要内涵是对一定内容的把握。另一方面，这种体验是由艺术作品的形式唤起的，那么它才是审美的。没有经过形式的这种中介的激发作用，对情感性再强的内容的单纯传达仍然是一般生活的内容，它可以激发起情感、思想等，却并不具有对于审美所特有的双重性。这种双重性是由日常生活中产生出来的，却不失去与现实的接触，我们称为艺术作品的具世性的东西，正在于接受者对现实本身本质的对应，正因为如此它不可能再是直接生活本身，而"只是"现实的艺术再现。正如在创作过程中内容总是充满形式的，直到实现作为作品结构的

## 第十章 模仿问题之六：在美学中主体—客体关系的一般特征

形式与内容的同一，因此构成真正感受体验客体的那种内容"世界"，从一开始直到它们每一部分都是表现了作品各种具体内容的那种特殊形式的产物。

本质上是内容的"朴素地"感受到的、体验的形式规定性可以由以前所表述过的对现实审美反映的那种特性来说明，即由每一艺术品种及构成每一艺术作品基础的同质媒介的特性，以及由与此不可分割地联系着的、艺术创作对体验的引导职能来说明。各种不同的同质媒介不仅可以按照艺术品种而且也按照艺术家个性，甚至按照作品个性由同一个艺术家创造出来，尽管它们如此不同，它们却具有共同的特征，它们将接受者置于每一作品的特殊"世界"中——人们设想音调、布局等形式因素——正是通过媒介的同质性、通过对被激发的体验有计划地引导的设置而将这一世界固定下来。这种创作的失败只能这样合理地理解，艺术家没有能够成功地赋予他的作品以他所希图把握住世界的同质性以及作品内在固有的引导力。是否艺术家本人或鉴赏者、批评者等由艺术意图、由艺术愿望的统一性出发表述出这一点来的，这是无所谓的，因为这种表述的客观意义总是充满内容的同质性意图的失败，正如在其他地方已经指出的，如果其中不内在地含有建立这种同质"世界"的倾向，那么这种同质性就是毫无意义的游戏。塞尚肯定是一个很少关心直接成果的艺术家，然而在他那里很明显地表现出，他不断重复的"实现"概念正是我们所指出的东西。我们援引了几段塞尚与美术馆馆长奥斯陶斯的

> 审美特性

谈话,他指出:"在一幅画中主要的东西是表现空间性。由此人们看出一个画家的才能。"在他说这话时,他用手指描出在他的画上不同平面的边界线。他准确地指出,对他说来哪里成功地暗示出了深度,哪里还没有找到答案。"这里色彩仍然是色彩,没有成为表现空间的东西。"① 塞尚把具体空间的描绘作为他的风景画的中心意图,这一点表明,这里很少能涉及纯粹的艺术努力。"色彩仍然是色彩"这一说法就明显地成为这种游移不定的所谓优势的反证。达到"实现"的这种倾向是多么全面和丰富,由他在同一谈话中对库尔贝的判断可以清楚地感知到。由其表现中可以清楚地看出,塞尚对库尔贝的实现能力是多么赞赏。即使在这一谈话中,塞尚也提到库尔贝。"他看到了库尔贝的无限的才能,做到这一点并不难,他指出,'像米开朗琪罗一样伟大',但是又加以了限定'但库尔贝缺乏更高的精神性'"② 对于作纯粹绘画思考的塞尚说来,在这种联系中的精神性,无非意味着指出在形式的对象创造中所含有的普遍性。因此同质媒介的引导功能不仅把感受体验集中到世界的可体验性(这里指纯粹视觉的)的一定质的领域,而且集中到它的具体可体验性的(这里指由赋色所表现的空间)某些要素的范围之内。通过这一切反映出一个"世界",一个在

---

① 汉斯·葛拉贝:《Paul Cezanne(保尔·塞尚)》,巴塞尔1942年版,第267页。

② 汉斯·葛拉贝:《Paul Cezanne(保尔·塞尚)》,巴塞尔1942年版,第268页。

## 第十章 模仿问题之六:在美学中主体—客体关系的一般特征

人与现实的关系中普遍性的具体质的映象,它结合了并集中了人在其内涵无限性中的一切能力。(这里所说的精神性问题,塞尚显然误解了库尔贝——无论是合理的还是不合理的,对这里说来是次要的——因为他是把这种精神性本身作为自己作品努力的目标。)

如果人们从感受体验的观点来考察这一情况,那么人们又回到了已经讨论过的完整的人向"人的整体"转化的问题(指向一种同质媒介的普遍性)。这一转化的人的内容可以这样来表达,人与生活的直接的和经过中介的关系——正如我们马上将会看到的,相对地——分离开来,与其相脱离,以便在对一个具体生活方面的考察中把世界作为——从一定观察点所得出的——它的决定性规定的一个内涵整体来反映,暂时单独地看待。这与相应创作过程的态度的区别是由事物本身产生的:在创作过程中主动原理是占支配地位的,相反地对世界的感受性是这种态度不断作用着、客观上完全不可缺少的要素。主动性要素、生活内容逐渐转化为作品的内容形式的同一性在这里却是压倒一切的。在直接的、与完成了的作品相对应的接受中,当然同样地感受的要素占主导地位,这种态度直接地、首要地完全是由感受性所接受的。如果在这里想象力主动地起着补充和解释的作用,那么这也不会排除感受的基本态度,正是在每一视觉活动的这种辅助作用中,完全表现出静观的优先性。正如以前所指出的,人的行动倾向、对周围具体事物的有效参与意志的中断,在日常思维中也是在

> 审美特性

目标设定本身与其具体实现之间的一种不可缺少的中介阶段，对这种态度作为要素进行科学研究是完全必要的，这一点是不言而喻的。

审美感受性在质上区分为两个方面。第一方面首先在于，行动动机的中断，失去了那种自身设置的具体规定的目标；其中进一步说，由于所述理由在生活中对具体行动的中断并不排除行动的意图，这种中断无非是作为一种"退一步是为了更好地跳跃"（reculer pour mieux sauter），以致在中断前后及其过程中，主体始终不变地保持是完整的人（与科学反映的情况下的区别，是由非拟人化倾向与拟人化倾向的对立决定的，在这里我们无需进一步深入讨论）。对于审美感受性说来，行动和目标设定的中断是有意识地暂定的，同时又是绝对的，由此产生了完整的人转化为"人的整体"的必然性。同质媒介的引导——激发力量产生在接受者的精神生活中，改变了他通常观察世界的方式，在他面前首先出现了一个新的"世界"。充满了对他说来新的或新看到的内容，由此使他用更新的感官和思维方式来感受这个"世界"。完整的人向"人的整体"的转化，在这里是他的心理的扩展和丰富，其中包括内容的和形式的、事实的和潜在性的作用。新的内容涌入他的心中，扩大了他的体验的财富。通过作品的同质媒介对他的引导作用，感受到新的内容，把握其中内容上新的东西，由此而同时发展了认识和享受新的对象形式、关系等的感受能力。

对感受态度的这种见解很少包含什么新的东西。但是

# 第十章 模仿问题之六:在美学中主体—客体关系的一般特征

如果我们要正确理解和评价这一点,那么我们必须——这在现代美学中很少出现——着眼于人的全部生活联系。如果像经常发生的那样,人们在考虑作品的效果时,把接受者看作是一块精神上的白板,看作是一块其效果可以任意刻画而尚未应用的唱盘,那么人们就会产生误解。另一方面,如果人们把审美效果与它自身的直接性简单地等同起来,而不考虑在接受者那里当审美感受之后它还会产生余响和作用,那么同样也是不恰当的并会导致误解。我们确信,脱离开独特审美印象的前导过程和后续过程,人们就不可能充分描述它的特有本质和相应事实。首先应该强调指出,接受者相对于艺术作品说来绝不是可以在其上任意标注符号的白板。接受者来自生活,甚至对儿童也是如此,他或多或少地具有的印象、体验、思想和经验,这些由于时代、自然、阶级等的作用在他身上被多少不等地固定化了,有时可能处于个人或社会过渡的转化状态中。我们认为以前所作的这种表述是正确的,同质媒介必然进入到每个成为接受者的完整的人的精神生活中,使他成为一个真正的审美接受者,使他成为一个中断了其他各种具体活动而完全依从于作品效果的人。由此产生的冲突是多方面的,既具有个人的意义,也处于直接地由社会、阶级所确定的范围内,这里不可能深入讨论其暂定的类型化尝试。在此只能说明,艺术作品的效果可能具有一种绝对的社会限制,如果认为在无产阶级的阶级基础上产生的作品对资产阶级可能一般地不起作用,或使人感觉平淡而荒谬,那么许多

### 审美特性

例证（如博马舍的《费加罗》、现代高尔基的作品、鲍特金的影片、布莱希特的作品等）生动地证明并不是这样。如果我们认为这种受个人—社会所制约的对感受依从作用的抵制就是表现了一种反艺术的倾向，这是一种不能允许的简单化。相反地，一种生活的、热烈的艺术感觉，对其可靠效力的预感正巧与现实中完整的人的生活任务相抵触，这也是完全可能的。高尔基在他回忆列宁的文章中极其形象地描述过这种抵触。他说："列宁在一个社交场所听到了贝多芬奏鸣曲，并且说道：'我不知道有什么比《热情奏鸣曲》更美的了，如果能每天都听到它该多好啊。多么奇妙，简直不像是由人创作的音乐！我总是以天真的孩子气自豪地想，人居然创造出这样的奇迹！'——然后他眯起眼睛微笑着，不快地补充道：——'但是我却往往不能听音乐。它影响到神经，人们爱说亲切的蠢话，并抚摸那些生活在肮脏的地狱，然而却能创造这种美的人的头。'但是今天人们却不敢再抚摸任何人的头——否则手就被人咬掉，人们应该打这些头，毫不留情地打——虽然我们的理想是反对任何人的暴行。是啊，——我们的职务是极其困难的。"[①] 这一情况只有达到两种极端的最高强度，通过对冲突的清醒意识才是一种临界情况。它明确地说明，由完整的人转化为"人的整体"必须克服哪些阻力；当然同时也说明，

---

① 高尔基：《Erinnerungen an Zeitgenossen（忆同时代人）》，第245页。参见列宁《Über Kultur und Kunst（论文化艺术）》，柏林1960年版，第632页。

## 第十章 模仿问题之六:在美学中主体—客体关系的一般特征

真正的艺术具有——原理上——不可抗拒的力量强制着人的感受性,使感受性从属于艺术所面向的人的整体。(当然在创作过程中也出现类似的冲突,因为这种冲突不是关系到所完成的、发挥作用的作品——就艺术家本人与这种冲突的对立而言,他基本上,即使具有重大的变化,是一个接受者——而是指向处于新的形态的东西,因为在这里艺术能动性具有一种决定作用,对它的讨论我们只能留待下一部书。)

审美感受性与作用的后续过程的关系并非不重要,而往往在理论上被忽略。在审美中完整的人对具体活动和具体目标设定的中断,区别于日常生活的地方在于,在日常生活中是在更高水准上的继续,具体地实现为此而中断的这一目标,当由审美的中断返回到生活时回复到由艺术体验而停顿了的能动性。艺术体验很少与这种能动性处于直接关系中。由体验的审美性质看来,这种联系往往是一种偶然的或者起码或多或少地经过中介的。艺术体验的这种似乎是与生活相隔绝的本性,在许多唯心主义美学中导致把它与人的正常生存完全地或者几乎完全地隔离开来,这种倾向最明显地表现在康德的审美态度"无功利性"的学说中,这一点我们在其他地方已经谈到过。由此,似乎得出了审美与实际生活基本上是隔绝的结论,如果人们完全误解了审美效果的具体后续过程,那么也只能对这一结论作抽象的解释。在美学中任何活跃和进步的倾向,如古代美学、启蒙运动美学以及俄国革命民主主义美学,总是把

### 审美特性

艺术的伟大社会作用放在前面。这不仅为几千年的实践所证实，而且在理论上也可以从艺术的本质中令人信服地推论出来。其前提是，对在审美体验与其在生活中的后续过程之间的关系作出无偏见的和充分的说明。古代美学很明确地看出了这个问题，他们在所有艺术问题中看到了公共事物、社会教育问题等。与此相反——有极少例外——现代美学表现了一种倒退：一方面由于完全地甚至在原理上忽视了这种艺术效果，把艺术的感受从本质上还原为工作室的行家的事，另一方面由于人们虽然承认艺术中的这种社会影响，却把这种影响表现为过于直接的、过于具体内容上的方式，好像艺术就是协助直接实现某些具体的社会任务。

与这两种错误的极端相反，古代美学（以及现代少数相应的后继者）采取了对艺术的实际社会作用给予充分肯定的态度。它承认审美体验对人具有强烈的影响甚至有时成为转变人的力量，并否定各种把审美与社会生活有意隔绝开来的理论。古代美学却并不把这种社会职能看作是实现这种或那种具体实际目标设定的事，而是看出了它的意义在于，艺术的实施成为人的，进而社会生活的塑造力量。艺术适合于对人在一定方向上施加影响，从而对一定类型的人的培养产生促进或阻止作用。因此亚里士多德将音乐的单纯感官享乐效果与其相联系的伦理作用区别开来，由此音乐"也将影响性格和心灵"。他把通过感动而在心灵中唤起道德情感的这种伦理作用，看作是中心问题："热忱的

## 第十章 模仿问题之六:在美学中主体—客体关系的一般特征

兴起足以显见灵魂在情操上受到了影响。又,所有的人当他们听到一些仅仅是模拟的声音,其中虽无韵律或曲意,也不能不有所动心而表现同情。音乐既然令人怡悦而善德原在养成快乐的感觉和确当的爱憎,我们可以由此推论:大家所急需学习的功课和培养的心境,莫如对于善性和卓行,造就正确的判断和快乐的感应。音乐的节奏和旋律反映了性格的真相——愤怒与和顺的形象、勇毅与节制的形象以及一切和这些相反的形象、其他种种性格或情操的形象——这些形象在音乐中表现得最为逼真。凭各自的经验,显知这些形象渗入我们的听觉时,实际激荡着我们的灵魂而使它演变。这里由音乐的形象所培养起来的悲欢的心境实际上符合于由原物所引致的悲欢的心境。"[1](在他对造型艺术的下述考察中同样确认了这一点,他就文学所作的类似思考是众所周知的,似乎这里应该作进一步论证。)古代哲学对艺术所希求的社会效果或许最好用我们已经援引过的莱辛的话来概括,莱辛不仅根据时代尽力把这种倾向加以更新,而且处处根据古代的经验,主要由亚里士多德的陶冶说推论出来。莱辛把基本的社会目标表述为"将激情转化为道德上的完善"。[2] 莱辛是就对亚里士多德陶冶说的错误解释的辩论而提出这一点的。这在美学文献中是一种

---

[1] 亚里士多德:《政治学》第8卷,北京:商务印书馆1981年版,第420—421页。

[2] 莱辛:《汉堡剧评》,张黎译,上海:上海译文出版社1981年版,第78篇,第400页。

〔审美特性〕

普遍的说法,正如实际上亚里士多德所表述的,完全是用于悲剧,指恐惧和同情的情感作用。相反地我们确信,陶冶概念应用的范围要广泛得多。像所有重要的美学范畴那样,这一范畴主要不是由艺术进入生活的,而是由生活进入艺术的。因为陶冶是社会生活的一种持续而重要的要素,对它的反映不仅应该成为艺术创作不断重新感受的契机,而且它甚至表现为对现实审美摹写的形成力量。在我关于马卡连柯的文章中,详细讲述了在生活事实、摹写与在生活中联系到他的教育学的有意识地应用之间的相互关系。①我在那里还试图指出,陶冶现象在生活中虽然表现出与悲剧的某种近似性,从而在审美上最明显地客观化了,但是它在内容上包含了比在悲剧那里更大的范围。如果我们面对这样一个问题,即是否这一论断允许进一步普遍化,那么我们必须回顾一下以前关于审美的反拜物化性质的论述以及与其相关的积极的内容。每一种艺术、每一种艺术效果都包含人的生活核心的激发——其中对每一个接受者提出了歌德的问题,他本身是核还是壳——同时与此不可分割地联系着一种生活的批评(对社会以及由社会所创造的与自然的关系的批评)。如上所述,正因为感受体验直接是一种内容性的体验,它把这一系列问题作为艺术作品在他身上直观地唤起的那个世界的中心内容来展示。因为每一

---

① 卢卡奇:《世界文学中的俄国现实主义》,第423页,见《卢卡奇全集》第5卷,《现实主义问题之二》。

## 第十章 模仿问题之六：在美学中主体—客体关系的一般特征

部艺术作品向接受者展示了独特的作品个性，作为独特的具体内容，这一系列问题只有在极其罕见的情况下才直接出现。它往往是以不可见的方式显现出来。审美形式如何加工它的内容，使内容在同质媒介中并通过同质媒介作用的方式，揭示了所有真正艺术作品的这种最普遍的内容，并在引导感受体验的形式力量中创造了一种指向这一中心的意图。日常的完整的人向具体艺术作品的任一接受者的"人的整体"的转化，就是在这一极其个体化同时又最普遍的陶冶的方向上完成的。

将陶冶概念在这一程度上加以普遍化，其合理性不单纯是由艺术作品特性本身来考虑的。在艺术作品的形式—内容同一性中集中了两类重要的关系组合：其一是作品本身与作为整体性的客观现实的关系，这是由作品的产生而出现的，其二是作品对接受者精神效果可能性的关系。艺术形式趋向同一性造成的内容越深刻、越全面，那么这些关系的范围就越大、越深刻。这一能力与生活批评的联系极其密切，这就无需详细说明了。至多需要说明的是，我们为什么用生活批评来代替社会批评这一说法。虽然这两种说法几乎是意义相同的：各种生活的具体表现形式——艺术所描绘的正是这种具体性和特殊性——都明显地具有在一定社会历史状况下的实际基础。用生活一词来代替社会一词并不会动摇这种联系和它的根据。所以我们的注意力只是集中在，在艺术作品中直接表现出来的东西，在生活的形式中所引起的东西。一种风景或一种恋爱情感、一

◯ 审美特性

个曲调或一个圆形屋顶的社会制约性，在很多情况下只有通过多种中介的和复杂的分析才能揭示出来，而它们的艺术效果却无需有意识地靠思想才能知觉到，而靠具有实际基础的中介来起作用。因此用生活一词可以更容易为人理解——不会引起误解——地说明艺术所唤起的内容的普遍性。此外，正如反复分析所指出的，作为基本的构成作用，艺术已经在自身包含了生活的态度抉择，从而包含了对生活内容的批评。由这种作用所内含的、对生活的一定侧面、形式、现象方式等的肯定或否定，可以起到唤醒作用，即使其社会基础不论对创作者，还是对接受者都意识不到，但是由于它的实体性的客观社会性质，而使这种效果必然地辐射到社会的事物中。

为了更好地理解这种作用，我们应该回顾一下在审美领域中一种更重要的、我们已经多方面了解了的本性，即其原理上的多样性。到目前为止，我们已经从艺术的产生条件和发挥作用的条件方面出发考察了这个问题。现在则把艺术在整个人的此在中其社会的、人类的功能提到前面来。原始的，但由此而极其有限的人的统一、人作为完整的人的直接存在必然由于文明的发展——当然只是相对的——或多或少地受到损害。无需接受对人在不同专业中被分割和肢解的浪漫主义批评，但不能否认，在许多发达的社会中，尤其是在资本主义社会中是存在这些方面的倾向的。当我们对艺术的反拜物化使命如此详细地作了分析，我们已经指出，艺术在这一过程中起了一种调节器、一种

# 第十章 模仿问题之六：在美学中主体—客体关系的一般特征

根除妨害进步的痼疾的医疗作用。人的正常状态，即人的健康是实现人的全面发展的可能性，在各个发展时期至少对于统治阶级的一部分已经实现了。在革命民主主义和社会主义方向上，原则上能够促进整个人类实现这一点。从个体的观点看，发展全部能力、所有的与生活可能产生的生动关系的这种全面性是一种理想，其中既包含努力的价值，同样也包含单纯努力的状态。每一部艺术作品、每一艺术品种，正如我们所知，都指向于"人的整体"，其中已明显地看出这里所实现的统一性和整体性的这一状况，虽然它们只是一般在生活中所不存在的、真正而强烈的统一性和整体性，却只能是去实现全面发展的人的一个侧面。在艺术品种和作品个性的多样性中，将全面发展的人的真正统一性和整体性客观化了：它的现实存在和潜在存在的作用表明，这种理想虽然还不可能完全实现，然而其中却并不包含什么先验的东西（也没有先验的应当如此），而是人类实际现实存在、实际发展的反映。艺术品种和作品个性的多样性，一方面表现了各种与现实这些关系的内在完成，表现了它们的内涵无限性，从而表现了它们指向人的整体这一方向，这正是在"人的整体"的形式中表现出来的。另一方面，同时表明了这一事实，人只能实现这样一种关系，其实现的一般方式是极为多样的，相对说来其具体方式就是无限的了。每一部艺术作品越是作为理想的实现来完成，在作品的接受中就可能越充分——同时显得是对理想概念的扬弃——在这种作用的充分发挥中对全面发展的人在事实上的实现就越不可能完全达到，对人说来他自身的全面性在一定意义上却只能是一种理想，更具体地说，只能是一种无限接近的过程之目标。

由上述审美领域的多元论在形式上所得出的结论是，由日常的完整的人向感受作品个性的"人的整体"的转化，就艺术作品的真正感受而言，意味着在人的全面性方向上的逐步迈进。但是显而易见，这一过程在形式方面从来不可能被充分地表征出来。如果我们要从它的内容上进一步接近这一过程，那么首先就要着眼于艺术作品中生活批评与歌德关于核或壳的难题的一致性。正如在其他地方一样，在这里两者的关系也主要不是审美的。艺术只是引起了对一种在生活中存在的、而在艺术中产生了质的转化的现象的强化作用。基于这一情况的社会的、哲学的或人类学的事实，只是对于那种把人的本质看作一种绝对的、孤独的、立足于自身存在的这一现代倾向才感到意外。与此相反，正如这里经常出现的那样，人就其人的本质而言被看作是社会的，因此它直接表明了，歌德关于人的存在是核还是壳的难题与人的社会生活、与社会中生活批评的存在以及这一批评的方向和力量具有最密切的联系。生活本身不断地提出这一问题，我们可以说，在行动的前后、在行为或思索的每一瞬间都会提出这一问题。这里产生的相互作用的本质内容最好首先概括为，个体的核心性只能由与现实的真正主观关系中形成，违背了这一点，那么人本身作为人格也只能降低为壳的单纯总和。现代文学实际上已经无

## 第十章 模仿问题之六：在美学中主体—客体关系的一般特征

数次地描述了这种沉降。易卜生的《皮尔·金特》(Peer Gynt)在全面回顾他的整个一生的场面中，为歌德的命题提供了一种无意的，从而更富说服力的证明。直接地，但只是直接地，这种主观率直的态度最终才具有决定意义，这本身与主观上认为正确的对世界的态度在客观上所具有的性质完全无关。人们设想堂·吉诃德这一人物的"核心性"，进一步来考察当然会表明，与外部世界关系的客观正确性、生活批评的正确性仍然具有不可排除的动机。当然，在堂·吉诃德那里与皮尔·金特相反，在天平上主观率直性占有更大比重。即使他的生活批评并不包含很大程度的客观真理，他的核也归为壳的逐层积累。进一步说来，所有这些主观因素——不仅是心情——一般地能够拯救其核，在这种情况下这一核却远离开成为接近于全面发展的人的出发点和推动力，而进一步成为把堂·吉诃德幽禁在不真实的、由自身拜物化的世界中的一个牢笼。

我们在这里对这一系列问题只能借助几个例子来加以说明。这些问题在生活中的作用要比它们在美学中所系统讨论到的更广泛、更分化、更全面，它们与其说具有美学性质，不如说更多地具有伦理学性质。为了至少粗略地说明社会对艺术的要求所赖以产生的生活依据，以及由此形成的生活潮流，这里只能指出，对这种如此限定的具体化还可以作几点补充说明。正如在伦理态度中有极其复杂的关系起支配作用，在人们的理智和文化的发展中也是这样。歌德在这里——与今天在许多方面占主导地位的非理性主义的贵族态度相反——也采取了一种进步的、民主的观点。他指出的"最微贱的人，如果在他自身能力和技巧的范围内活动的话，可能是完整的"① 这一论断首先不应被误解，因为它来自于歌德，因此它不可能包含那种倾向，即把原始状态浪漫主义地理想化，或把它与完全发展了的状态作为争论和批判的范例对立起来。歌德在这里只是把这种可能性作为可能性提出来，丝毫没有怀疑存在着超越这一阶段的必然性。与此相反，对歌德说来正是艺术的那种使命是最重要的，即在高度发展的艺术阶段去促成他所要求的核心性艺术，这种艺术使与此相应的生活倾向被意识化、被加强和促进，从而能够阻止甚至压抑与此相反的生活倾向。为此，在歌德那里，与外部世界的正确关系总是被看作决定性的，并且对于它自身的发展条件，他经常是在与自然研究方法论的联系中，表述这里所出现的美学—伦理学命题，它与美学的密切关系我们已经在歌德那里谈到。所以，在主题上与我们所援引的《最后的劝告》相接近的《埃皮列玛》一诗中有：

> 在对自然的观照中总该是这样，
> 看待每一个都像对待一切那样。
> 没有什么内在，没有什么外在，

---

① 歌德：《格言与感想》，见德文版《歌德全集》第4卷，斯图加特1902年版，第226页。

## 第十章 模仿问题之六：在美学中主体—客体关系的一般特征

> 因为内，也就是外。
> 应该毫不迟延地探求，
> 神圣而公开地把握那奥秘。

内在与外在的同一性思想在我们的阐述中是早已熟知的了。有助于人在他的人格中形成一种真正的核心那种对世界的关系，与上述考察最密切地相关联的结论，现在没有人会再感到惊异。艺术作品所呈现的正是对世界的那种反映，在这一反映中只有这种把观察世界的方式指向审美的倾向能够具体地完成，这一点更少有人怀疑。歌德本人谈到与人的那种相关性、那种客观世界以人为中心，经常是在一种超出审美的意义上说的，当然在其中，但只是在其中，在哲学上并非总是一种有效的方式。因此例如："我们知道没有与人毫不相干的世界，我们不需要这种关系模型之外的艺术。"[1] 这种对拟人化观察方式的单纯确认——对于艺术是重要的，而对于世界、自然的关系以及它们的真实自在存在的反映却是成问题的——歌德这一论断的理由是不充分的，他指出："造型艺术所以显示的是可见的东西，是自然事物的外在现象。"[2] 但是他马上认识到，在自然的事物这一概念中不仅包含某些视觉的客观物，而且同

---

[1] 歌德：《格言与感想》，见德文版《歌德全集》第35卷，斯图加特1902年版，第320页。
[2] 歌德：《格言与感想》，见德文版《歌德全集》第35卷，斯图加特1902年版，第303页。

## 审美特性

时包括某些人的即道德的东西,也就是社会道德的东西。如果我们考虑到这个时期的伦理观——从歌德和席勒在《威廉·迈斯特》的形成期对康德主观主义伦理学的批判,直到黑格尔在《法哲学原理》中道德性与伦理性相对立的这种倾向的完成——那么我们可以明显地看到,这里是指人的社会能动活动。因此对前面所引的歌德的格言诗的补充说明,即艺术的每一对象按其适应性来判断是"自然事物的一种道德表现",获得了特殊的重要性。

由此歌德奠定了我们将陶冶普遍化到艺术一般,特别是造型艺术的哲学基础。也就是说,如果人与自然对象及其组合的视觉关系是一种道德关系——我们重新考虑我们对社会与自然界物质交换的反映的有关论述——那么在它的艺术映象所唤起的效果中,会产生具有道德特征的震撼作用。各种作品个性在接受者身上所唤起的新的东西引起接受者的激动,其中直接地混杂着一种消极的伴随情感;这是对于在创作中"自然地"呈现出来的,而在现实中、自身生活中从未知觉到的东西所感到的是一种遗憾甚至羞愧。在这种对比和震撼作用中,包含了以前对世界的拜物化的考察、在艺术作品中由它的反拜物化图像对上述拜物化的破除以及对主观性的自我批评。我们确信,对此无需再作详细分析。里尔克曾经对原始时代的阿波罗的无头和手足的雕像作了诗的描述。这首诗——完全是在我们这一论述的意义上——在雕像对观众的呼吁中达到了顶点:"你应该改变你的生活。"每一部真正的造型艺术作品所唤起的

## 第十章 模仿问题之六：在美学中主体—客体关系的一般特征

丰富性和深刻性，由此——顺便说一下——引起和发展了人的艺术感官，不经过这样一种比较就几乎无法想象。它只能是一种几乎意识不到的伴随情感，它的情感强调作用可能强些或弱些（这里再次表明，感受性艺术体验没有这样一种对体验的前导过程的考察就无法把握）。对前导作用的否定，对后续过程的促成——这两者在体验的直接性本身中可能显得几乎完全消失——这两者构成了我们前面称为陶冶的最普遍形式的一个基本内容，即接受者在生活中活动的热情获得一种新的内容和新的方向，使接受者的主观性经过这种净化而成为"道德完善性"的一种精神基础，由此而使接受者的主观性得到彻底改变。

现在不打算讨论亚里士多德关于恐惧与怜悯作为悲剧陶冶的内容这一题目。在这里只想说明，一方面悲剧的内容构成了人与他的环境的最尖锐的关系，其中所揭示的、他的现实存在与适应于内容的激烈性和强度的极端的矛盾性影响着人的自我意识，并相应地产生了古典形式的陶冶，所以这是毫不奇怪的。首先这一理论在思想上被深入地加以分析和解释，它的冲击力相对所有其他的表现方式或多或少被排挤到背景中。然而如果我们回顾一下我们所援引的亚里士多德对音乐的社会教育作用的说明——人们可以由方法论上接近这一问题的立场出发，不考虑所有其他的区别，来看待柏拉图由类似意图所指出的观点——那么我们看到，在此即使有不同的内容、不同的深度和强度等，这里所指的陶冶作用仍是集中在其他"道德上的完善"的

> 审美特性

发展。按照古代美学所明确指出的,同样涉及造型艺术。

另一方面,人们在分析悲剧时也不能忽略,其内容及其特殊的创作正是基于外在与内在的统一。由于悲剧的激情,作为不可抗拒的力量是发自内心的,由通常的日常意识的观点看来,这种激情相对于内心是某种"外在的东西",同时由环境所酿成的命运,在悲剧冲突发展的过程中演变为相关人物的自身的必然性,成为他自身的命运。若在主人公与命运之间不产生这种密切的亲和性,那么也就不会产生最深沉的悲剧震撼作用。在历史过程中,悲剧内容往往畸变成一种无意义的令人恐惧的东西,或淡化为日常的多愁善感。虽然,悲剧的美学——与此不可分割地还有伦理的和社会的——意义在这里正是在于,它揭示出艺术经过纯粹化和提高所反映的生活真理。由此得到结论,个性的真实性只有在检验中通过最外在的东西显示出来,究竟人是核还是壳的问题在这里才能获得适当的最终答案。因此,悲剧产生了陶冶的最确切的固有形式。然而由于对外在和内在难题的解决,作为生活问题到处都会出现——到处都与人的核心性有最密切的联系——由于审美领域的多样性结构,在生活的每一种问题类型中,都会以社会必然性产生出艺术的一种回答类型,并不断重新产生出来。我们以为,我们对陶冶概念的普遍化不是一种建构,而是有助于从一定方面说明审美的本质。

正如我们以为的那样,在针对每种真正艺术的真实而深刻的效果,而将陶冶体验合理地扩大开来的同时,我们

## 第十章 模仿问题之六:在美学中主体—客体关系的一般特征

必须提出一些限定性的保留条件,以免由于对这一概念的美学—伦理学的具体性作出非辩证的普遍化,破坏了或至少降低了它的明确性和规定性。先必须从这一点出发,即每一种审美的陶冶都是一种自觉产生的对震撼作用的集中反映,它的根源总是在生活本身之中能够找到,在此当然是自发地由各种作用和事件的过程中产生出来的。因此必然地可以确定,由艺术在接受者身上所唤起的陶冶危机反映了这种生活状况的最本质的特征。在生活中,同时总是涉及一种伦理学问题,所以它也必定构成审美体验的内容核心。由此显而易见,在通过伦理学对人的生活的调节作用中,陶冶转向在可能出现的伦理决断的体系中只构成一种特殊的临界情况。此外——为了只强调主要问题——可能是一种完全无情感性的决断,与陶冶的震撼作用相比,在许多情况下只唤起一种更强烈、更持久、更稳定的伦理态度。其中正是这种一贯的态度在等级上要高于每一种如此充满激情的、如此感受真挚而深刻的热忱,这正是伦理态度的本质。这正是陀思妥耶夫斯基称为"迅速的英雄行动"所恰当地表述出来的那种现象,对此在伦理学中始终理所当然地存在一种批判的不信任感。在文艺中也反复表现出这种伦理学上的不信任感,只要回顾一下托尔斯泰对卡列宁和渥伦斯基这些人物的卓越描绘就够了。他们在安娜的病床前体验到一种深刻感受到的真正陶冶,由衷地确信能够改变他们的生活基础,但是以后逐渐地、不可抗拒地又从他们在精神上的日常生活之流游回到他们原来的现

### 审美特性

实存在形式之中。如果在人们的道德生活中已经对陶冶所引起的"快速英雄行为"的伦理疑惑认为是正当的,虽然由这种转机而引起实际的伦理上的新生并非如此稀少,那么在现实的艺术摹写中就更加显出多义性。我们将在以后的论述中详细地深入探讨,在生活中人们必然地趋向于一定的行动、决断等,而在他对艺术作品的态度中暂时地中断了对现实具体现象的体验的这种制约性,以致他将自己的整个人格都依附于各种审美的印象,这种作用的伦理后果只有感受性的后续过程中才能显示出来,这就是与实际生活本身所引起的效果相比,为什么这种作用必定更加具有多义性和层次性。

陶冶——还是在多方面——也可能是消极的,由此而进一步扩大了这种多义性。我们指的完全不是像在所有伟大喜剧中那样,这种陶冶作用有时故意地具有暴露丑恶和惩戒的效果。果戈理在《钦差大臣》中创作了这种笑和嘲笑的消极的陶冶作用,当通过情节的展开而使他全部暴露出来时,警察署长对观众说,"你们笑什么?你们笑的就是你们自己!"但是除此之外陶冶作用——不仅不依赖于作者的意图,而且也不依赖作品的内容——也能产生一种伦理上成问题的,甚至消极的方向。如果感受性依据于某种直接的现象形式而忽略了有意达到和实现了的整体性,那么这还是比较简单的情况。这种情况往往会出现在剧烈的,有说服力的作品那里,这种陶冶会引向道德上的邪路。歌德在他的《少年维特之烦恼》出版不久就指出了这种倾向。

## 第十章　模仿问题之六：在美学中主体——客体关系的一般特征

　　他在该作品的通俗性基础上以轻松的手笔勾勒的小诗，以受人喜爱和为人模仿的主人公的口吻对读者说："做堂堂的男子汉，不要步我的后尘。"

　　但是陶冶作用的转化也可能提高到一种纯粹的道德否定性。在本书的范围内不可能探寻由此所产生的各种问题以及所引起的极其复杂的各种实际的分歧。因为要这样做就必须对这里决定性的各种伦理范畴深入地作出规定，并使其相互间具有正确的关系。在此我们只能强调两种重要的状况，并作出极其粗略的考察。第一，是在这些范畴的具体现象方式中的历史性，以及历史相对性和矛盾性。社会历史上的新事物和进步性的东西，经常表现为与占统治地位的伦理观的决裂，因此被看作是丑恶。这一点还需要补充一句，新事物和进步性的东西本身表现为极其矛盾的形式，甚至可能与人类的观点具有深刻的矛盾。这当然主要是生活本身的一个问题。人们设想拿破仑这个人物，以及他的人格对不同人物如拉斯蒂涅克、于连·索雷尔或拉斯柯尼科夫的影响（这些人物在这里是作为具体和实际社会状况的典型）。显而易见，从反映他们的命运出发的陶冶作用可能很容易地转化为道德的分裂，甚至纯粹的、消极的东西。人们设想在以后社会革命时期的作家萨文柯夫（罗普辛）那里反映拉斯柯尼科夫的悲剧。道德的非议决不总是人对道德规范权威的"造物"的否定，而可能被提高为一种丑恶准则的确立，由此——第二点——更进一步奠定了并加强了这类效果的可能性。在这种情况下，并非涉及人们在道德准则前的畏缩,并非涉及他们降低到一个单纯的直接性、习惯、本能等的混沌状态,而是相反地涉及超越这一水准的自身提高,正如在道德行动中去取得一种——形式上——类似自身独特性的自我加工和人的自身的自我高扬。在这里区别善恶的是准则的内容,而不是它对人的影响力。因为首先审美的陶冶直接使人提高到超越他自身的日常性,在原理上绝不可能完全排除向这种态度的转化,以前所说的历史辩证法和矛盾性在许多情况下使它更易于实现。

尽管——在世界史的意义上——莱辛对亚里士多德的陶冶说的解释是这样明确,然而对其效果的实际分析很容易在其伦理学的唯一性上引起疑惑和思索。晚年歌德在他后期的《亚里士多德诗学拾遗》中写道:"在真正道德内在完成的道路上前进的人都会感受到和承认,悲剧和悲剧小说决不是平息精神,而是使心情和我们称为心灵的东西不安,并产生一种模糊的、不确定的状态,年轻人喜欢这种状态,并且对这种创作具有充满激情的好感。"① 这里不是详细探讨歌德如何解释整个陶冶观的地方,尤其不能探讨他极成问题的命题,即陶冶不是作为作品的效果在接受者身上起作用,而是作为和解构成作品本身的结尾和高峰。对陶冶可能具有的伦理效果的上述疑惑,以这一方式联系

---

① 歌德:《Nachlese zu Aristoteles Poetik(亚里士多德诗学拾遗)》,见德文版《歌德全集》第38卷,斯图加特1907年版,第81页。

## 第十章 模仿问题之六:在美学中主体—客体关系的一般特征

到对艺术一般的道德影响的疑虑。艺术作品的内在完整性,它的包罗一切的、自身完善的整体在这里也包含了一种对美学与伦理学之间必然结合的割裂,这种结合被限制在一种"偶然性"上,其中本质的着重点是放在"习俗的缓和"上,它同样可能变质为"柔和性"。我们在这里不打算争辩,首先因为这里所表达的观点在歌德的整个观点体系中——也包括老年歌德的——就其尖锐性而言具有插曲的性质,只是对作品完整性的维护、对直接道德化影响的拒绝,有机地插入在他的整个体系中。

歌德对陶冶的直接而确定的道德效果持怀疑态度,这种疑惑在以后的发展过程中也不断以不同形式出现过,因此这一点显得更加重要。他的考察首先是针对悲剧的,但是在歌德那里这一范畴也涉及一切艺术,尤其是音乐。在音乐中——以及在造型艺术中,即使在其他形式上——精神和道德意义上的不确定性和多义性被提高到远远超出我们就文学所描述的程度。托马斯·曼——从《特里斯坦》直到《浮士德博士》——对这一问题作出了非常精微的描述,但是更为温和而在精神上不太敏感的赫尔曼·黑塞在他的《荒野狼》中对音乐的伦理作用持怀疑态度。他的主人公将这一反思与对德国发展的回顾结合起来,并在一篇充满激情的自我批判的独白中说道:"我们知识分子,顺从于那种精神、逻辑和语言并为人所倾听,不是毅然地对此加以抵制,而是梦想由一种不用言词的语言可以说出不可言传的东西,表达出无法表达的东西。代之将他的乐器尽可能诚实可靠地演奏起来,知识分子的德国人总是与语言和理性产生矛盾,而喜爱音乐。在音乐中,在奇妙的幸福的音响形象中,在神奇的、优雅的情感和气氛中,德国的知识分子沉溺于那些绝不会实现的事物中,而延误了他们的大部分实际任务。"① 这里向对立方向的转化是显而易见的。人们可能忽略了亨利希·曼在《臣仆》中对理查德·瓦格纳的描述,因为这里同时至少含有对瓦格纳艺术本身的一种批评意味,但是人们回顾一下关于反映游击队领导者恰巴耶夫生涯的优秀苏联影片,其中出现了一个残忍的、嗜血的白匪将军,他在闲暇时间可以弹奏一首动人的、相当不错的贝多芬乐曲,就可以更明确地看出这种多义性。

如果人们将所有这些疑惑并列起来,那么似乎在悲剧中陶冶本身的本质——还完全谈不到音乐——就走向了一种自身瓦解。人们若再次回顾在柏拉图和亚里士多德那里,古代美学的极其明确的态度,这种对立会显得格外突出。这已经是古希腊城邦的一种解体现象,在城邦的极盛时期美学和伦理学的结合肯定还非常直接,并且是可能变化的(柏拉图否定艺术也是城邦解体危机的产物)。这在我们看来,这种对立却并不是排他的。在城邦极盛时期公民与伦理学(从而美学与伦理学)的这种密切结合,在世界史上是一种一次性的状况。在斯多葛学派和伊壁鸠鲁那里已经

---

① 赫尔曼·黑塞:《Der Steppenwolf(荒野狼)》,美因河畔法兰克福1961年版,第152页。

## 第十章 模仿问题之六：在美学中主体—客体关系的一般特征

清晰地感觉到，个人私生活的分量在社会—历史发展进程中不断加强，个体的人格与人类之间的结合及其所有连接它们的中介不断复杂化，当然并不排除，相反地这种结合不断以新的内容更加丰富。莱辛对几乎整个古代的态度已经是属于复活城邦的"英雄幻想"时期，这一点在法国大革命时期达到顶点。这种幻想的破灭产生了社会、个体和意识形态（从最广义上说来）的这种状况，它是由我们已经分析过的那种复杂的和多义的现象所引起。但是由此只是使审美陶冶和伦理态度之间的结合变得复杂，然而却绝没有中断这种存在。抛弃了这种结合也就是抛弃了各种高度发展的艺术。这种情况当然经常出现在我们的时代，并且是一种将真正的艺术降低为具有快感或魅力的美文学的力量。在一个伟大的艺术家—伦理学家如布莱希特那里，可以明显地看出在坚持陶冶的核心时，对各种艺术的情感效果抱有深刻的不信任感。那种间离效果排除了纯粹直接的体验性陶冶，通过对日常生活中完整的人的理性震撼，使得人有产生实际转变的余地。有关间离效果的美学问题将在本书其他地方讨论。与里尔克处于完全相反的对立极端，他所说的"你必须改变你的生活"也是布莱希特的艺术意图的一条公理。

虽然我们证明了，我们对陶冶概念所完成的普遍化是合理的，我们还需要附加一个保留条件，以便能正确地说明我们论证的美学性质。对所有真正艺术作品的接受，从本质上看，在纯粹审美上会产生类似的震撼。然而这种震撼相互之间在质上是不同的。这不仅在于每一部艺术作品会引起不同的情绪，这种情绪甚至在不同的接受者那里对同一部作品也必定是不同的。而且在更普遍的水准上说来，不同的艺术和艺术品种原则上激发不同的情绪，各种情绪的这一无限可变性活动于一个多样分解开来的宇宙中。人们完全有理由把贝多芬、伦勃朗或米开朗琪罗的许多作品称为悲剧的，人们只要把这些与索福克勒斯或莎士比亚的作品在其最普遍的、最终的统一中加以比较，同时也就表现出它们同样深刻的、特殊的、质的不同性质。虽然存在这种保留条件，我们认为，对其共同之点的强调是合理的。因为两极之间这种张力的同时存在和作用产生出真正的审美内容。

与在科学反映中排除直接性相比，这里必须强调审美反映的直接性。然而，与日常生活的直接性相比，审美反映的直接性同样是一种被扬弃了的东西。这种扬弃存在于产生出一种新的、一般无法见到的直接性中，成为审美构成的特殊性。在日常生活的直接性中，本质、一般的东西是潜在地存在于各处之中，但是——正是借助于对它的扬弃——一定会由这种隐蔽性中被发掘出来。在艺术作品的直接性中，本质、普遍性既是隐蔽的，同时又是公开的。因此，在艺术作品中形成了一个"世界"，它一方面在其表现形式中与现存的（在科学上认识到了的）现实在质和原理上是不同的，但是另一方面它又保持着它的本质结构和范畴构造。这个世界只是在自身进行了这样一种改组、一

## 第十章 模仿问题之六:在美学中主体—客体关系的一般特征

种功能变换,使它适应于人的感受性和人的体验需求。即使这个问题也已经反复提到过,不仅在明确地涉及这种适应性的地方,否定了对它的享乐主义的直接扬弃,而且还在歌德谈到这个"世界"的自然性的地方。同时涉及它这两种描述都关系到同一点,即关系到这里所说的直接性与意义承担性之间的张力,关系到在现象中本质的内在化,关系到艺术世界的内在完成和精美的完整性,它在这方面——但是只是在这方面——超越于人们现有的客观现实,正是由于对其习惯范围的超越才证实了它的此岸性,它的现实存在的唯一的实在性。正如我们已经看到的,戈特弗里德·凯勒对莎士比亚的世界的恰当的描述,确切地说明了这一状况。

凯勒对事实的正确描述尽管附加上了一种不正确的态度,因此非本意地正确批评了那种对审美反映的现实性的误解,所以他的态度对于我们也是有意义的。我们指的是所谓幻象说。凯勒的潘克拉兹表明"因为现在把其余的一切如此恰当地、真实而完整地显示出来,我把它看作是原来的、真正的世界,因此……我完全信赖它……"潘克拉兹把莎士比亚对现实的忠实反映转化为一种幻象,正如堂·吉诃德之类的骑士小说那样,多方面遭到同样的命运,由此已经给出了对幻象说的批评。近代哲学的伟大形成时代对幻象的评价是十分苛刻的,人们就认为它是一种错误、梦幻、对世界的认识目标和方法的失误。在这一方面,培根、笛卡尔和斯宾诺莎是完全一致的。如果因此完全忽视

> 审美特性

幻象的实际结果,那么17—19世纪的伟大革命所产生的重要经验,首先是有关世界史的进步的幻象和主观空洞的幻象的不同。马克思对这些革命学说作了最鲜明的加工。只有当这一时期过去之后,当幻象已经成为毫无行动的梦想,当堂·吉诃德主义转化为奥布洛莫夫主义,人们试图在一个——"自觉的"——幻象中去发现审美反映的世界的奥秘。我们到目前为止的论述,不用经过进一步的论证已经表明,这一立场是站不住脚的。我们这里提到这一学说,只是因为它是作为我们所指出的现实和审美反映关系的一种对照。首先幻象具有纯粹主观的性质,其次,它从这种主观性出发来修正客观现实,更恰当地说,是由主观梦幻织就的"更好的"现实而与客观现实相对立。现代主观主义的认识论同样有助于这种观念的形成。这丝毫改变不了幻象说站不住脚的性质。审美构成物作为现实的反映,不需要也不可能排除主观性,这一点不会消除借助于主观性的媒介而形成的特殊的客观性,创作者和接受者都能意识到审美作用和审美构成物的反映特性,这和幻象的本质毫无共同之处。当然这不是就审美作用与社会的能动关系这一意义而言。有关这里产生的问题我们将在讨论审美感受的后续过程时详细谈到。但是现在可以说,审美反映就其本质而言不可能成为社会能动性的直接基础,这一点如同幻象一样,其本质正是在于,幻象——错误地——与一个真实的、可供实践应用的现实映象相混同。所谓有意识的幻象把艺术降低到白日梦的水准,远离了其一系列的效

## 第十章 模仿问题之六:在美学中主体—客体关系的一般特征

果可能性,其最确切的形式正是我们所描述的那种陶冶,即远离了审美反映的客观现实与单纯的日常主观性的冲突所引起的效果。

陶冶的这种普遍效应和对各种幻象说的否定从不同的方面指出了审美的同一个根本现象:在审美构成物中全部完成的此岸性以及同时对直接日常现实的超越,这种超越表现在强度、本质规定的直观无限性、现象与本质的汇聚直至最紧密的接触、内容与形式的绝对同一等。抽象地看来,这种分散的,甚至对立的倾向表现在陶冶的体验中,陶冶作用的应验和完成同样表现出一种结合起来的二重性:在人作为"人的整体"依附于艺术作品的效果并体验到陶冶的震撼作用时,它是每一部作品艺术完成的决定性基准,同时是艺术的重要社会功能的规定原理以及艺术效果的后续过程的特性,是它向生活的普及、向生活中完整的人复归的规定原理。这两个问题从本质上说都属于下一部书的内容,在这里我们只能简略地涉及这些必不可少的原理中的某些内容。目前,需要重复地指出,相对于形式来说内容的优先性。即使我们只深入到最原理性的东西,大致说来,这种内容的优先性绝不是降低形式的意义,相反地比片面的形式主义所能达到的更加突出地强调了形式的意义。因为只有从这里出发,人们才能正确评价艺术的特殊功能,把真正艺术大师与单纯技巧熟练的人明显地区别开来。形式的这种特殊功能集中在使人们一般地可以体验到对于人类富有意义的内容。真正产生伟大艺术家的道路与那些平

◯ 审美特性

庸艺术家的区别首先在于，艺术大师们在他们所提供的生活素材中，以不容置疑的确实性认识并实现这种扎实的内容，与一定形式——必要的话与形式的具体更新——的亲和性，而那些平庸艺术家或多或少靠不住地到处寻路，极其偶然地才能与真正扎实的内容相契合。

如果不产生内容与形式的这种契合——我们这里谈的是真正的艺术家——那么形成的往往是被人们在文学中完全正确地称为通俗文艺的东西。在造型艺术和音乐中同样可以看到类似的现象，这种通俗文艺可能单纯在形式上——在风格、构造、心理等——达到值得注意的高度，但是在其持续效果上绝不会超出一种单纯的吸引力或消遣，也绝不会超出一种难以满足的紧张。它经常产生快感，因为它在接受者那里已经存在的经验中被证实或通过素材的新颖性扩大了这种经验，然而它却绝不会带来那种人的视野的真正扩展和深化，这种体验正是我们在陶冶的体验中所能观察到的东西。如果人们就特奥多尔·冯塔纳、约瑟夫·康拉德或辛克莱·列维斯等真正杰出作家的全部作品而论，那么人们可以看到与他们的杰作相反，他们创作中有一部分极其明显地由这种高水平艺术下降到单纯的通俗文艺。他们创作中的一小部分降低到完全属于空洞的娱乐那种作品范围之列。对这一领域的明确考察总是不断受到时代倾向的干扰，受同时代事件的影响，有时完善地或奇妙地反映了这一事件的通俗文艺，甚至也会引起深刻的震撼。历史发展表明，有时发展甚至相当迅速而只能诉诸通俗文艺。

# 第十章 模仿问题之六:在美学中主体—客体关系的一般特征

如果艺术要适应于极其重要的社会任务,那么这种效应甚至可能产生出在艺术上毫无价值的作品。我们设想资产阶级戏剧的形成时期里洛①的《伦敦商人》,正是在这里可以明显地看出形式与内容的牢固的同一性的意义:只有和人类命运具有某种密切联系的内容才能激发出真正深刻的创作,因为正如我们所知,艺术形式始终是具有一定内容的形式,如果缺乏这种关系,即使是最富有技巧的形式处理,最忠实地实现社会使命也不会导致这种同一性,也只能唤起一种过眼烟云、转瞬即逝的素材效果。我们再重复一遍:通俗文艺的现象绝不是一种单纯的文艺现象,而是所有艺术的一种共同财富。② 另一种类型是我们通常称为低级趣味的作品。但是作为通俗文艺的现象是一种或多或少不断出现的现象,虽然在不同的社会体制下可能具有极其不同的表现方式,而低级趣味作品具有较晚发展阶段的特殊性,并且较长时期内完全不为人所知。在最后两个世纪它格外令人厌烦地出现了。因此它是一种公开的、普遍公认的社会历史现象,属于美学的历史唯物主义部分的内容。这里只能讨论与我们目前问题有密切关系的方面。低级趣味作品的直接的和决定性的社会规定性只能在开始时提到。首

---

① G. Lillo(1693－1739),英国剧作家,《伦敦商人》为一出新型家庭悲剧,在国外产生很大影响。——译者注

② 阿尔班·贝尔格清晰地指出了音乐中的这种现象。参见他的文章《Verbindliche Antwort auf eine unverbindliche Rundfrage(对无联系的民意测验的有联系的回答)》,载于《音乐家论音乐》第210—212页。

先，因为往往否定艺术社会制约性的那种社会圈子，在这里正是将它归结为这种否定作用。因此，赫尔曼·布洛赫对于低级趣味作品的社会分析作了正确的引导，"因为如果没有低级趣味的人，即喜欢低级趣味的作品，作为艺术创造者愿意生产低级趣味的作品，作为艺术消费者准备购买并愿意高价购置这些低级趣味的作品，那么低级趣味的作品就既不可能产生也不可能存在。从最广泛的意义上说来，艺术总是各种人的摹写，如果低级趣味的作品是一种谎言——它经常如此并且有理由这样说——那么这种非难就归咎为应用这种谎言和美化镜的人，他是为了在其中认识他自己并以一定诚实的愉快承认它的谎言。"[①] 布洛赫称为"低级趣味的人"，正如他正确看到的，是以谎言为基础的、一种关于人与社会现实的关系、关于与他的阶级地位及他在社会中的命运、关于自身人格的适当命运和性质的、往往很少意识到的、虚伪的、基于幻象的表象（这里明显地表现出，对审美构成物反映特性的意识与幻象毫无共同之处）。在低级趣味作品的情况下，因此涉及对现实的反映及其创作的接近——无论主观上意识到什么程度——产生在一种客观上虚伪的世界观基础上，以致创作的意图不是指向通过对世界真实的再现对人的本质的重新发现，而是相反地将世界加以调整，使其内容、比例被扭曲和畸变与它

---

① 赫尔曼·布洛赫：《文艺与认识》文集第 1 卷，苏黎士，1955 年，第 295 页。

## 第十章 模仿问题之六：在美学中主体—客体关系的一般特征

实际上不正当的愿望和幻想相适应，并成为它的图示。形式的审美特性，即形式是特定内容的特定形式，在这种消极的状况下确切地得到检验：形式同样地变得虚伪和畸形，它与创作者主观中所蓄有的技巧能力、形式主义的创新等完全无关，并耗费在创作之中。低级趣味作品的无限的具体多样性，无论它是独创的或洗练的，"健康的"或颓废的，形式上良好的或拙劣的，有才能的或平庸的，它的虚伪性具有什么样的阶级基础，这里甚至完全不必去说。很明显，从我们对现实审美反映的观点看来，在用文艺复兴或巴洛克宫殿装饰的出租屋和宫廷画家的小说，或富豪之子与速记打字员结婚的电影之间，原理上不存在什么区别。

　　偏离审美原理的第三种类型，我们在这里必须加以简要地探讨，这一类型从一开始就伴随着艺术发展直到我们时代。在这里我们感兴趣的是修辞学—新闻学倾向对艺术的侵入，修辞学和新闻学经常用作为各种审美手段的助手，一般是在于艺术的社会传播，这里我们不需要讨论。我们在其他地方已经提到了古代对修辞学和作为艺术的历史描述的见解。我们也已经看到，亚里士多德甚至在修辞学的拟似审美要素中发现了重要的审美范畴。在古代的兴盛时期，这种分类也没有使非艺术倾向进入审美领域。在近代，仍然保存了这种现象。当然这并不是说，最近的空想主义者在文艺上使用了这种叙述形式的某种外在特性，人们只要在《格列佛游记》之外再提到莫尔的《乌托邦》就能看到，在《格列佛游记》中那种——积极的和消极的——空

> 审美特性

想主义描叙只为它的诗意的、讽刺的、审美的世界提供了一种素材，而在《乌托邦》中叙述的事物只是为知识易于理解的、大众的、政论的、科学的传达提供了技术上—新闻学上适合的外衣。当然——正如在古代，从埃斯库罗斯的《波斯人》和阿里斯托芬的悲剧开始——也总是不断自发地产生这种作品，它们想直接地介入到当时的阶级斗争中，这只要提到密尔顿或本扬。当然由这些理由和类似的原因使修辞要素经常极其强烈地侵入到了艺术中。这不像在莎士比亚那里，修辞的东西成为布鲁托和安托纽性格描写的单纯手段，而在著名诗人如席勒或维克多·雨果那里，修辞的东西构成了他们的创作方式的同质媒介或至少它们的重要因素之一，并不影响他们的作品的审美性质。产生这种情况的原因在于，修辞的东西会破坏同质媒介，并作为修辞的东西而产生其固有的效果。由此已经表征出其产生转化的契机。从19世纪开始就有更大量的作品，其审美水准充其量达到我们前面称为通俗文艺的程度，这些作品通过直接起作用的修辞学或新闻学要素的非有机的介入而取代欠缺的艺术实体。20世纪由此甚至产生了一种特有的——称为组装式——"创造性方法"。如果我们从美学的观点来寻求这种努力的统一原理，那么我们所得到的是，这里到处都把特殊的审美反映方式排除开，或在最好的情况下也是降低为一种辅助手段，使同质媒介不再将所反映的"世界"结合在一起，统一起来而引导感受体验（组装出现的时代把这一缺点当作是新的审美原理）。因此这种效

## 第十章 模仿问题之六：在美学中主体—客体关系的一般特征

果不是诉诸指向审美的接受者，诉诸"人的整体"去试图在他们身上唤起审美的体验，而是单纯指向处于实践的日常生活中的完整的人，以便使他直接对一种实际生活现象采取赞同或否定的直接—实践的态度。

随着这种对比我们已经处于审美效果的后续过程的问题中心。然而在这里为了避免作出轻率的判断，还必须深入地说明，目前所谈到的和将要谈到的只是关系到作品，然而作者以及作品批评者的主观表述不在我们的考察范围之内。也可能产生这种情况，或者伴随着我们所说的修辞学和新闻学使艺术丰富起来，从而产生出进入一种新的真正审美时代的意识，或者它排除了全部至目前为止的美学理论，同时——不管各种新的理论如何——却产生出具有审美意义的艺术作品（人们可以联想贝托尔特·布莱希特的成熟的创作）。下面我们只涉及艺术作品本身。上述三种类型的分析告诉我们，人们通过作品，通过作品的新的东西——即对目前所知觉到存在的扩大和深化——还不足以具体地把握陶冶和接受者震撼的概念。如果像在通俗文艺中内容是平淡的，或像在低级趣味作品中所表达的情感是虚假的，甚至是欺骗性的，那么感受印象充其量在形式的外在性上只是类似于真正审美的东西。在最后要讨论的这种类型中情况更加复杂。在这里以作品为基础的情感世界可能是真实的和率直的，正如它所提供的现实图像是真实的一样，也可能不产生一种审美的效果——由作品的内容和结构事先决定了的。为了进一步说明这一现象，我们首

## 审美特性

先来考察一些极端的事例。当时著名的法国戏剧家白里欧①把握了实际的,并有益于社会日常习俗的主题,如养育费用的滥用、梅毒对婚姻的有害影响等。这种创作在实际方面能带来多少本质的效益,我们在这里不去讨论。但是无论如何,它所达到的体验就本质而论不是审美的。这里所体验的各种生活事实,对目前所忽视了的事实的各种洞悉完全可以通过其他途径更好地达到;可以更明晰、更精确、更概括、更全面,同时更一般地,并对各种细节更扎实地了解到。这种组装的代表人物将各种统计的、记录性证明的各种事件纳入他们的作品,也不是没有一点道理的。在缺乏文艺说服力的地方,总可以用搜集的事例来暂时代替。文艺形式可能具有的唯一好处就是,由于其戏剧效果使它能强制观众接受,这或许是单纯的新闻学所不能达到的。但这是一些极端的情况,由这种情况中可能使学究气的书呆子推论出艺术拒绝时事问题的结论。我们来更好地说明另一种极端的事例:人们设想裴多菲、马雅可夫斯基或艾吕雅的诗歌,戈雅和杜米埃的绘画和版画,那么人们立即可以看到,直接干预最现实的斗争可以成为高级艺术的担当。在这里人们不能低估激起动机的这种作用,不能把这种动机看作是一种审美的、由世界脱离开来的、单纯的动机。这些作品——正是在审美的意义上——与那种在实际

---

① Eugeñe Brieux(1858—1932),法国剧作家,剧本描写资本主义社会的法律、道德和婚姻等的虚伪和不合理现象。——译者注

## 第十章　模仿问题之六：在美学中主体—客体关系的一般特征

生活中唤起的"日常要求"不可分割地联系着。正是因为这些作品以其一次性和独特性，同时以其典型的、从社会的和人的意义把握和描述了这一历史时刻，它们才能使这一立即效果达到一般所无法设想的冲击力和强度，它不会随着这一丰富时刻的流逝、淡化和成为过去，而丧失它的强大的冲击力。

在产生过程、所描述的存在及其效果和后续作用中，这种两重性表现了与各种在艺术外衣下的新闻报道所不同的审美原理。这种新闻报道一方面附着于个别化或抽象地联系着的事实的个别性，另一方面它在此直接飞跃到普遍性，这种普遍性本身可能是经过正确的或错误的、深刻的或肤浅的抽象作用形成的，但是与人的存在毫不相关。这种区别并不在于，如已经反复指出的，这种对事实的表述、分类和普遍化不能激发起情感。有时最抽象的纯粹科学理论也能做到这一点，这也完全与艺术领域无关。人们设想由哥白尼学说所引起的具有殉道者和刽子手的世界危机，设想一下法国大革命中的"社会契约论"的作用，设想一下马克思主义在工人运动中及在其敌人那里的作用。人们很难否认，一个不依赖于新闻报道的加工，甚至受恶劣报道影响的生活事实，也能引起激烈的感情波动，这完全谈不到一般的激情以及与激情相对立的单纯知性统觉，而是对两者特殊的审美激情的关系。这种关系在审美结构中纳入和利用新闻报道的表现手段时当然也会形成，我们在前面有关修辞学方面提到了席勒和维克多·雨果，这里只要我们提到车尔尼雪夫斯基的小说就足够了。① 所用的表现手段不是决定性的，与美学的相关性主要取决于作品与人的存在相关性的全面程度和强烈程度。车尔尼雪夫斯基的小说与其他新闻小说和戏剧的区别正是在于，在这一小说中以个体的人的类型体现了沙皇反动统治以及由它所支配的习俗的不能持久和非人性质以及革命者的反对运动，其中集中了它的最深刻的由个人所决定的命运以及赞成或反对的态度。如果人们将杜米埃的论战性绘画与富有进步意义的纯粹新闻漫画相比较，情况也是如此：新闻漫画所表现的是一种独特的否定，即经常以单纯变形来否定照相真实，而杜米埃绘画在艺术的线条和构图中所表现的是在其典型形态的人和社会的无价值性中对整个时代的轻蔑。

## 三　感受体验的后续过程

由这一切已经比较明确地勾出了审美作用后续过程的一般轮廓。这里当然强调了在作品中所描绘的审美反映的客观性质，这我们已经从不同的方面出发作了基本的分析，我们也完成了对它在形式上的或所谓类似反映方式的消极划分。后续过程当然是与感受作品的审美体验直接相连的。

---

① 参见我对小说《怎么办?》的研究，其中我也提到了在世界文学中其他类似的现象。见《世界文学中的俄国现实主义》，第125页，载《卢卡奇全集》第5卷。

# 第十章 模仿问题之六：在美学中主体—客体关系的一般特征

在感受过程中我们也已经强调了这样一种决定性要素，即在审美时中断了日常生活的具体目标这样一种特性。我们回顾一下，与日常生活中这种中断本身相反，这种中断并不是使实践的实际目标设定本身被怀疑，只是中断了它实际上一时的实现，因此中断无非是更好地实现不变的具体意图的一种技术准备，感受的审美体验具有整个日常生活实际目标设定的一种暂时的中断，因此——在原理上——只是延缓了这种感受作用的持续并在此过程中回复它原有的权利——在原理上和在绝大多数情况下事实上，实践地看待它而不产生变化。由这一情况出发，它的一般正确性是无可怀疑的，各种程度的为艺术而艺术以及学究式创作的代表们得出结论，认为艺术体验并不影响实际日常生活。这是一个更大的错误，它的实际依据当然应该从阶级状况和阶级利益中去寻找，它的证明却只是基于，人们只是停留在对现象的极其一般的描述上，只看到了在审美体验与日常生活之间对立的消极方面，而没有认识到它的积极方面，它的特殊性。以前所提到的极限情况（裴多菲、马雅可夫斯基等）本身已经是对这种形而上学的杜撰的一种反驳。因为若能从一部真正艺术作品的直接实际效果的一般情况出发，这并不排除它的审美性质，而正是构成了它的特殊性，这种特殊性与审美不可分割地联系着——一首裴多菲的诗、一幅杜米埃的版画等，如果它们最深刻的意图、它们的结构、它们的赋形和技巧不是基于这样一种效果上，它们也就不是纯粹艺术的——这表明对于生活审美作用完全缺乏一致性是一种抽象的杜撰,绝不是对实际事实的即使局部上正确的思想再现。

所引的例证当然只是极端情况。没有人会认为,由拉斐尔的壁画、歌德的爱情诗、维瓦尔第的大协奏曲的审美本质中,作品的接受者能够得出具体实践行动的结论。如果人们考虑到它的持续效果,那么这种极端情况就失去了——至少在一定程度上——它的尖锐的对立性。裴多菲的诗和杜米埃的版画一个多世纪以来保持着它们的新鲜的冲击力,却不再固定地产生出它最弱的直接实践的揭露效果。因为这种效果是与一定的历史时刻、与它的问题的具体的一次性、与由此所产生的具体行动的具体独特性相联系的。只有在艺术内容适应于作为人类发展史的要素、作为人类自我意识的展开时——总是在艺术中——才具有这种持续效果。然而这绝不意味着一种平均化,将所有艺术作品投射到同一个平面上。杜米埃在这种历史的"永恒性"中加入了他对行为具有讽刺性的攻击,同样拉斐尔在他的壁画中加入了安详的静谧和庄严。如此看来——我们确信,只能如此地进行审美观照——极端情况失去了它的许多极端性,毫无抵触地适应于艺术作品的无限多种音调的合唱,正是通过它们原有性质的保存而突出了审美领域在原理上的多元论。如果由此在两极端之间也产生了内在的统一性,那么尽管如此为了进一步规定共同性的内容,有必要在具体化的方向上再前进一步。即使在这里我们也可以而且必须回到以前得出的论断上来。我们已经把艺术看作是人类

## 第十章 模仿问题之六：在美学中主体—客体关系的一般特征

发展的自我意识，并且用人类的东西来表征它的内容的最普遍的概念，在每个作品的直接内在性中内含的东西直接作为它的现在的摹写或者作为由它出发所看到的过去的摹写。

如果我们现在来考察这种内在性的特殊的审美特性，那么正如在许多情况中所表明的，审美反映始终表达了一种生活的真理，它的特殊本质在于，这种真理及其对象结构是与人相关联的，也就是说其中自在存在的以及对于人类发展重要的东西是这样安排的，使这种要素不论与内容的关系上，还是与形式的关系上都成为主导的。在内容方面，把生活中分散的东西集中起来，把生活中的无秩序表现为偶然与必然的统一，把事实性与富有意义概括为一种矛盾的——也许是悲剧的——和谐。在形式方面，使它生长为这样一种具体—整体的和唯一的小宇宙的引导原理。在生活中也构成了那种科学认识只能在概念上就其前后关系加以分组的本质层次，因为它在直接现象本身之中客观地、在一种隐藏着的只是有时才显现的等级中被结合在一起，形成直接的、不可分割的统一。审美反映既完成这种统一性与差异性的统一，同时也将它的直接性作为它的引导原理。正如这里反复说明的，然而审美的直接性是一种重新创造的第二直接性，在这种直接性中具有等级差别的本质层次表现在现象中，偶然与必然的相互作用或多或少地——分别依据不同门类的规律，还依据艺术家的个性——像在生活中那样表现出来，它的直接性因此保持在意识的

> 审美特性

组织性的更高阶段上,然而正是在这种组织性中,并通过这种组织性,发挥了对感受体验的引导功能,通过这种引导功能使生活内容的最深刻的和隐藏在最深层的东西明显地表现出来。

只有从这种观点出发才能在其动态的统一和整体性中把握感受体验的过程。我们已经谈到过,同质媒介——正是由于它的同质性的力量——才闯入了完整的人的体验世界中,迫使他在一定意义上去感受在作品中所描绘出来的"世界",正是通过这种强制作用才同它一起同时地将日常生活的完整的人转化为——指向于每一特殊作品的每一特殊性——感受性的"人的整体"。那些在前面是作为内部的、内在的作品结构的东西,现在表现为接受者体验的一种变化、一种扩大和深化,因此成为接受者体验能力的结果。因此,作品在接受者身上所产生的陶冶作用,并不局限于以全新的眼光来看待新的生活事实或已知和到目前还未知的事实,而是由此形成的眼光在质上的新异性改变了知觉和理解力,使他能够在新的视野、新的联系和与他的新的关系中去统觉新事物和一般客体。正如已经确认的,在这里他以前的决断、目标设定等——在原理上——保持不变,它们只是由于作品效果的持续而中断。(这种体验的前导过程并非不影响感受性,这一点我们已经谈到过,在以前的经验和作品的世界图像之间的对立,在作品的内部取向和以前的目标设定之间的对立往往会抑制这一效果的一般作用。但是应该再次强调指出,这里涉及的是可能而

# 第十章 模仿问题之六：在美学中主体—客体关系的一般特征

不是必定，有不少情况下对同质媒介冲击力的这种抵制会被排除。甚至于会出现，正是由于在前导过程与作品世界之间的这种对立而引起一种特别深沉的震撼。）现在要问，在效果的前导过程和后续过程之间的关系具有怎样的性质呢？最一般地说来，人们在获得作品的体验之后仍然以不变的具体目标设定返回到生活中。在由日常生活的完整的人向特殊感受性的"人的整体"的转化中这种特殊的中断并不直接地关系到那种努力。当然，这种无关的性质是从单纯直接的意义上说的。因为艺术作品的"世界"是现实的一种反映，在这两个世界之间有无数主观和客观上的类比和对应的线索来回穿梭地贯穿着，这一点是不可避免的。艺术作品不仅就其本身而言是一种特有的"世界"，而且是一个极其具体的、对接受者说来具有独特性和闭合性的世界，是与接受者相关联的，在一定意义上就是他自身的世界。在艺术作品中，这种对其自身及其自身世界的感受性认识有时可能是直接的，然而通常却或多或少经过各种中介作用。作品越深刻和越具有普遍性，这种连接线就越丰富。当然同时也就经过越多和越复杂的中介。在由过去产生的作品中，一方面这种中介更加复杂，因为由最终消失了的瞭望台上看到的一个最终沉寂了的世界的直接体验，作为体验的设定对于接受者是相对立的；另一方面——当然只是在最重要的情况下——人类性的核心显示得更纯粹，其具体的社会规定通过其间的历史发展必然被淡化，它对同时代人所起作用的那种直接具体性必定受到很大损失。

> 审美特性

我们设想一下荷马史诗、索福克勒斯的《安提戈涅》对于我们的作用就够了。

最后提到的这种推移触及理解后续过程的最重要问题之一。我们在这里回顾一下我们所讨论的内在性范畴。科学反映及其概念分析能够而且必定在每个人那里区分出不同的"层次":其中包括自身产生的人格层次、由生活铸造出来的人格层次、从属于一定的阶级或其社会集团的人格层次以及由相对持续或暂时的时代倾向所形成的规定性层次。(同样地加以必要的变化,也关系到以人的社会关系为中介的对象世界。)这种分析的基础是在客观上正确的事实。下面的分析对于科学是不可缺少的,因为这些"层次"在生活中构成了一种直接的不可分割的统一。在这种统一中,在不同时机各种要素有时会非预期地、个别地或统一地突然发挥作用。审美反映的这种第二直接性,由这种似乎无秩序的丰富性中,以及同样似乎机械强制地结合起来的统一性中,使自在存在的东西、在生活本身中往往只是倾向性地实现的东西构成一个有机的小宇宙。在这个小宇宙中,自身内在的运动规律以及引导和改变这些规律的社会环境的规律按照理性汇聚起来,尽管这种理性自身也处于矛盾运动中,并且在自身包含了提高为悲剧对立性的可能。通过这种可靠的直观的合理性,通过小宇宙的设置,即以同种单元的、同样理性的结合构成作品的小宇宙,通过具有完整性和整体性的现实的这种映象,在接受者身上产生陶冶作用。这种陶冶的震撼作用使接受者对这一"世

## 第十章 模仿问题之六：在美学中主体—客体关系的一般特征

界"耳聪目明，同质媒介迫使这一世界进入接受者的心灵中，并在其中确立起来。在其中，必然地包含着对人的环境的一种经验，并且首先包含对他本身的经验。这是一种重要的，但又是独特的经验。如果所有这些经验都潜入审美体验中而完全不加转换地影响到感受体验的后续过程，那么接受者就是迟钝的；如果接受者总是试图将这些经验直接用于生活，那么他就是空谈家或书呆子。在这两种极端之间绝不存在一种"黄金中项"，即两极端的中和，而是一种新开辟的达到现实的通路，达到在接受者身上表现出来的生存的本质性和接受者核心表现出的直观的本质性通路。这种对统一性的综合共同观照比日常生活中的人具有更加锐利的分析眼光和更大胆的概括力。

这种良好分解了的、同质化了的多样性的统一可以使每一种真正的艺术作品由极其不同的侧面来接触。那种朴实的和真正的审美体验是一种内容性的体验。形式的全能表现在，形式在接受者的陶冶震撼中其本身似乎完全消失了，虽然形式的全能正是表现在这里。形式可以形成这样一种无限多样的、却又是同质统一的"世界"，它客观化为完全独特的生活，在整体上和在局部上与接受者的主观相关联，作为世界因此只能以内容来起作用。（由形式达到内容的通路是感受的一种更复杂的类型，这种类型我们只能在下一部书中才能讨论。）然而上述考察已经表明，已经完成的、实际形成的艺术作品所描绘的内容是富有极多层次的，因此可以由极其不同的方面为人所接触到。它进一步

审美特性

  关系到接受者的感受前导过程，作品的哪些"层次"对他产生直接效果，它还关系到创作的普遍性和强度，哪些其他"层次"在这一直接印象中——可能仍然是不自觉的——产生共鸣。

  新闻报道或修辞学的创作方式的弱点——即使它们是来自真正的艺术家——正是在于由这种态度所必然产生的单调性。人们只要——现在只是由这种直线的或多样的易理解性的观点来看——把席勒与莎士比亚、厄普顿·辛克莱与高尔基相比较，就足以看出这种区别。当然人们也不能单纯地把这种对比的例子等同起来。席勒虽然具有修辞学的倾向，但仍然是伟大诗人，人们把他与莎士比亚相比较，可能使人产生单调和单纯的感觉，但是他的作品在其极致之处却趋向于真正艺术的多样性和内涵的无限性（就戏剧而言各场面取得了不同的成功），相反地厄普顿·辛克莱真正是单一层次的，他具有——由社会实践的观点看来——可能有或多或少的实际意义的一定问题，他却限于对人物、环境、事件等完全按照这种意义来裁决。创作在这里意味着依据于这一综合体直接产生出一切，以尽可能有效的方式进行组合，使读者对肯定价值表示赞同，而对否定价值表示反对。人物、环境等包含了如此之多的个性，以致它们一般可以被认识并能承担这一内容。缺少人类的各种关系，至少从文艺观点看完全缺乏这种关系，而为了提高这些事件的意义，对它们就可能从概念上加以表达。由此产生出一种构成物，它的目的是引导达到一种具体实

## 第十章 模仿问题之六：在美学中主体—客体关系的一般特征

际的社会态度，它既不会在个人生活的深度上加以开掘，使问题由此而生发出来，也不会将实际态度在文艺上与类的发展的人类大问题联系在一起。这一方向如通常在自然主义或在新写实派中以完全的意识性宣告为"新"的东西。尽管其代表者宣称，人物"除了"应该具有其社会职能之外，"也"应该有个人特征、命运等，但是其整个态度在客观上包含了一种对审美反映的特殊普遍性和内涵无限性的摈弃。积极的方面是：它以其直接的实际目标设定全部地插入日常实践的体系之中。我们时代富有影响的艺术态度是以这种倾向为依据的，即试图为它们提供一种审美的基础。由此产生了斯大林著名的、被提升为教条的口号：作家应该是人类"灵魂的工程师"。工程师正是那种社会分工的产物，其中最明显地体现出日常实际目标的特殊的悬置，所有科学和劳动经验的成果被自觉地集中到为给定的具体实际任务寻求技术和经济的最佳解决。由此艺术家对他的作品及其效力构成一种理想，成为作品的目标设定：只是为一定的切实的生活课题服务，艺术对人的心灵的力量同样限于这种直接的现实性。因此正如工程师发明一种机器或设计实施一样，由此而使一定的操作能更好地、更省力地发挥作用，那么艺术就应该使人的心灵为一定切实的、实践的社会目标以最佳方式"改变功能"。毫无疑问，这种表述把艺术的作用范围异常地狭隘化了，剥夺了它的无限性和普遍性，甚至这种表述包含了——有意或无意地、自愿或不自愿地——这样一种倾向，使艺术成为单纯完成切

# 审美特性

实的实践课题的婢女，由此不顾其特殊性而毫无保留地、全部地纳入社会日常实践的体系。

当然，在我们这种不同意见的表述中把它多少尖锐化了：斯大林不是要艺术家成为一般的工程师，而是成为人类灵魂的工程师。在他对这一口号的解释中往往存在这样一种努力，即按照他的观点来理解，由此不会使艺术的本质过分狭隘化。就其本身说来在这种思想中也包含了正确的推动力，即在社会主义社会隐含着使艺术的有意识的社会要素重新发挥其职能这样一种潜能，这在古代是以其自身的方式起作用的，而在发达的资本主义社会都几乎丧失殆尽了。现在却可以在更高的水准上实现，因为社会主义社会把握了所有的人，不仅是一个比较少量的自由民阶层。辩证唯物主义世界观提供了这样一种可能性，使社会与艺术的结合建立在正确的、不再——像古代或一般阶级社会那样的——是错误意识的基础上。但是正因为客观的社会条件处于这样有利的情况下，就必须更准确地探讨由可能性达到现实的道路，以便使新的要素促进而不是阻碍艺术与社会的关系，并以此为中介作用于艺术本身。艺术家作为"灵魂的工程师"这一理论本身在理论上包含了这种危险，艺术在实践中的转化也表现出这种危险后果。艺术的社会性公共关系以及有关的正确意识的可能性，当然并不会强制地造成对审美反映的特性作不允许的简单化。只是斯大林的这一口号内在地包含了这一倾向，即将日常生活中的实践结构及以它为基础的反映方式毫无保留地直接用

## 第十章　模仿问题之六：在美学中主体—客体关系的一般特征

在艺术上。

在这里首先丧失了作品的普遍性和多层次性，至少使它受到最严峻的威胁甚至损害。斯大林的理论和实践遭到资产阶级的批评，由斯大林狭隘化了的观念与先锋派或学院派的类似观点相对立：在前者那里人们想把艺术表现或者限制在单纯的个别的个体或者限制在一种抽象的"普遍人性"上，而在斯大林那里把实际的社会的东西提高成一种钳制艺术的主宰者。然而事实是——与资产阶级对斯大林的批评相反——如果不是由最终的当代社会大问题作为出发点，其中若不是由对这些问题的态度点燃起表现的激情，那么就不会有真正的艺术。在这方面，莎士比亚的戏剧、荷兰的风景画和静物画、贝多芬的交响乐处于同一水准之上。但问题是艺术作品在其普遍性的意图上，一方面在个性的深度上达到什么程度，即由个人的特性、命运中有机地发展为社会的普遍性，作为它的内在的必然结果表现出来，不像在斯大林理论的坚定追随者那里是为这种社会普遍性寻求个人的"证明"、范例、图解资料等。另一方面就其本身而言每一种社会冲突——通常当然是经过许多复杂的中介作用——与人类的类发展的大问题相关联，这种结合可能同样内含了创作的"不确定的对象性"，这可能是创作所完全缺少的或可能是从概念上附加给它的。艺术的真正的普遍性只能在这种多样性的有机生长的统一中、在这种"多层次性"中实现。在这里，社会出发点在作品的构成和效果中保持了这一"层次"的中心意义，为此当

审美特性

然绝没有必要使这一意义以极端的排他性直接置于中心。这些规定完全可能坚持它们的主导的中心作用,尽管它们并非在所有细节上都占优势,它们也可能以间接方式发挥作用:席勒曾经指出了莎士比亚《理查三世》的这种审美本质特征。[①] 就此还应该说明,莎士比亚后期的戏剧如《哈姆雷特》或《李尔王》以更间接的方式,但却更令人倾倒地表现了这种冲突,表现了封建主义作为一个整体的自身分裂和瓦解。在这种普遍性的解体、使任意"层次"——不论是个人孤立的独特性还是社会的艺术抽象、实践的排他性——成为作品的唯一实体的各种倾向中,表现出与现在流行的拜物化的一些差别,即对现实中统一的那些东西的分解:这种统一是在人的意识中超出日常现实的东西所构成的统一体,这种对具体矛盾的统一的分解同样是艺术的使命。

只有从作品的这种普遍性出发,才能比目前更具体地把握在接受者身上所起效果的后续过程。我们已经确认,由作品所激发的陶冶效果正是这种完成了的、描述了普遍性以及这种内涵整体性的结果。作品产生了一个"世界",这个世界不仅分别依据作品个性是在原理上特殊的世界,而且从每一艺术或艺术品种的规律性出发,在原理上和质上审美地反映了真实世界的不同方面,以致人的全面性以

---

[①] 席勒致歌德的信,1797年11月28日,见《席勒与歌德通信集》第1卷,第436页。

## 第十章 模仿问题之六:在美学中主体—客体关系的一般特征

艺术所能提供的方式只是在全部艺术和作品个性的整体性中才被实现。(从这里看来,斯大林理论的拟似审美的解释,对每一部——原理上狭隘化了的——单个作品以抽象的方式所要求的,具体地说来只有艺术的整体才能完成,因此使各个作品的审美本质进一步狭隘化了。)在这一意义上说,如上所述,单个人的全面性只是一种理想,它只能去接近,而不可能完全实现。这是表现出审美领域的多样性结构的一个方面。由这种多样性同样产生的其他方面是,各种艺术和作品个性在接近人的全面性理想的过程中不是相加,不是在直接的词义上相互补充,而是每一种艺术和作品个性是一个自身闭合的"世界",是在自身完成的内涵整体性,它本身不可能被扬弃。接近过程是这样——在原理上——进行的,在各种感受体验的后续过程中,审美震撼成为对如此再现的生活中完整的人的占有,他的心灵被丰富化、扩大和深化,利用所有这些转化作用成为生活的固定组成部分,并由此成为下一次艺术体验的前导过程。

感受体验的后续过程可以——单纯化地——如此来描述:作品个性的同质媒介进入完整的人的体验中才使他成为特定的接受者,他的集中化了的感受能力指向为他所呈现的东西上,由此他成为感受性的"人的整体"。形式的激发力通过同质媒介作用在新"世界"的魔力中抓住了接受者,把它的本质作为一种新的特有的内容性给接受者留下印象。在这里,后续过程在于完整的人如何摆脱这种暗示去对所获得的东西进行加工变形。这种获得物直接说来就是内容,它为人们提出了这样一个课题,即把这种内容结合在他目前的世界图像中或者将世界图像适应于这一内容进行相应的改变。但是这里只是在直接意义上单纯涉及内容,因为这种内容本身构成了形式—内容同一性面向接受者的方面。这种同一性的形式要素不仅在其高度的张力和强度上起作用,这点我们已经了解,而且它的新异性在形式方面也起作用,在这里各种内容对于接受者是由它的可知觉性方式和由与他本身的通道传达出来的。在认知新的内容的同时,还引导人们去认识和掌握在生活中与这种内容相近似的东西。通过这种方式使感受的"人的整体"转化到日常生活的完整的人。当然这种震撼和过渡在不同的人那里相对不同艺术作品的内容、规模、深度、持续性就格外不同。审美领域的多元论正是由如此形成的多样性获得的。往往一部作品的效果在人们的后续过程中完全不引人注目,只有类似作用的丰富化才能在人的态度、文化等方面见出变化。当然一种独特的作品个性往往可能意味着一个人在生活中的完全转变。

然而在审美体验与它的后续关系的所有这些无限的变异性中却有某些共同的东西,即按本质说来在审美体验中被中断了的人的直接实践目标的设定基本上是不变的,如果有变化——可见的或完全隐蔽的、自觉的或不自觉的——首先关系到完整的人,他对世界、生活和社会的关系和态度。只有当这种作用足够强的时候,由此才造成具体目标设定的变化,它可能是在直接内容的意义上经过中介以一定作

## 第十章  模仿问题之六：在美学中主体—客体关系的一般特征

品体验所引起的后果，但却不可能完全无条件地成为直接的结果。甚至当一个作品的影响长期主要地是在政治—新闻报道性上，如上面所强调的车尔尼雪夫斯基小说的例子，它的效果并不在于对作品内容的单纯知性的、情感的、行为的再现，而是在于典型人的态度经中介产生的效果和构成人的典型这种倾向和继续，这些小说是这种典型的先驱、范例的诱因，但是这种典型就其本质的内容而言产生于时代的具体斗争中，在这种斗争中有关的人作为生活中完整的人具体地去实现这一切。我们讨论过的极端事例（裴多菲等）与这一观点绝不矛盾。这不仅是因为，如上所述，正确的分析指出了它与其他审美体验的共同特征，不仅由于持续效果的规律，由于唤起这种作品激情的诱因在历史过程中必定冲淡了那种原有的实际强度，必定偏离开比一般艺术印象更趋近于一般的激发作用，而首先是因为在真正的艺术作品中原来的呼吁主要是指向改变人的一般态度。这种作品的特殊性在于，在急剧尖锐化的危机时期，社会—人的态度的变化以及实现一定具体目标的尝试要比在"正常"的历史过程中更强烈地汇聚在一起，有时它们甚至可能直接相重合。

所有这一切明确地强调了在审美效应的后续过程中一切真正艺术作品的共同特征：这种变化着的影响主要是指向生活中完整的人的一般态度。作品通过同质媒介对人的整体发生作用的全部特性——形式与内容的同一性、本质与现象的统一、内容的普遍性和内涵无限性、艺术作为生

> 审美特性

活的批评、各种艺术和作品的多样性,前导过程中完整的人向感受性的"人的整体"的陶冶的转化——这些特性是沿这一方向起作用的,它有时以轻微的、几乎无法察觉的,而有时又以最本质的、可见的震撼效果作用于完整的人的中心和边缘。这一命题在以下程度上需要加以校正,即中心与边缘的两者择一在这里还原为一种直接的、从而单纯形式的特性:只是由生活的边缘表现所产生的印象可能产生最本质的积累,在审美中处于运动的人的中心绝不会失去它与生活边缘的内在联系。正由于此改变着人的那种审美力量才始终指向完整的人。在这里已经强调指出了关于艺术的多样性和全面的人的保留条件,这并不意味着一种限制,而只是进一步的具体化。由于这涉及完整的人的本质中心向边缘散射,并由此使他对生活的具体而一般的态度作为整体活动起来,这会产生出两种极端的——就其极端性而言都是错误的——观点,其一是认为艺术是社会发展的决定性变革力量,其二是认为艺术对人的社会实践根本不具有任何真正的影响。

在这里真理只是在比较的第三者意义上处于"中间":不改变人对生活的态度就不可能使社会产生重大的变化,也不可能产生真正的社会进步。这种进步却主要在于通过生产力的增长来变革原生产关系,生产关系的任何不同的变化,在人们的整个日常生活中以及经过多种和复杂中介而与本来的生产领域相关联的那些关系中为人们创造了新的生活条件。科学和实践活动(这里尤其是政治活动)可

# 第十章 模仿问题之六:在美学中主体—客体关系的一般特征

以通过对新事物正确或错误地意识化而加速或减缓对新的生活条件的适应和习惯过程,可以间接地甚至直接地推动这一过程的产生。由于艺术只是例外地才直接参与这一过程,在现代资产阶级范围内可能出现广为流传的艺术不具有社会影响的观点。(究竟现代资产阶级艺术的哪些倾向实际上支持这种错误的判断,在这里不可能做进一步分析。)艺术的社会作用因此单纯地——正如古希腊人所正确看到的——作为新的生活形式的一种精神准备,其附带效果是在艺术中将过去全部人的价值可供体验地存蓄下来,艺术最明晰地显示出在历史舞台上的以及人的整体性全部变换着的人物,由此可能表达出哪些人的价值值得培养、哪些价值值得保留以及进一步发扬,而哪些价值则有理由送入忘却的冥府。

人们在这一论断中还不能足够地强调出整体性这一概念。因为每一实际的历史变化必须集中在经济生活、社会生活、政治生活的一个决定点或至多几个点上。(在资产阶级革命中集中在权力的平等上,在社会主义革命中集中在生产的国有化上。)在压倒一切的经济变革时代(工业革命),情况也相类似。在客观上,由此使整个人的生活始终获得一种新的体貌。但是,一方面这需要几十年有时甚至几个世纪,直到在这种决定地集中化了的行动中客观上所隐含的东西在主观上也明显地成为一切人的精神占有物。另一方面,由变革所带来的社会行动当然绝不限于这种简单的一次性。黑格尔在《精神现象学》中合理地指出了在

### 审美特性

人类的每一次这种生活转变的开始所出现的事物的抽象性质。由新的生产关系所产生新的人的关系体系，依据革命的或进化的状况而被建立起来，这种体系一直延伸到全部生活关系。在所有服务于进步的人的信念中，科学、新闻学等起着一种重要作用。在实践中实现这一切的人们，作为完整的人看来，在其思想生活、其世界图像、其知觉方式等的整体性中还远不能总是代表真正的新事物，唯有这一点才是事物的本质，人们在实现变革，但同时他们的本质中相当一部分却扎根于衰亡的现实之中。（这种状况与以前提到的、由旧文化中区分出有生命力的并为目前和将来所用的能力是完全不同的。）

只有当我们着眼于社会能动性的这种轮廓，即使是就其最抽象的特征而言，才能更具体地把握审美感受性的后续过程的活动范围。虽然始终受到时代的各种客观和主观倾向的最强烈的影响，艺术不会放弃它的普世性的人道主义，当然如果它本身不想放弃的话，这种人道主义只能以最鲜明的阶级决断为基础。也就是说，与不顾及这些影响的广泛性和深度相反，和这些影响相关，对这些影响进一步加以引导和批判，艺术将那些一定历史状况下客观地包含的东西转化到可体验的表面上来，由此而扩大了人们的思想和情感的范围。不论是一首爱情诗或一幅静物画、一曲旋律或一个房屋立面，它们都表现了历史上与人相关的东西，那些一般曾是默默无闻的事件、为人漠然置之的事实，由此而获得它的清晰可辨的对人的意义，表述出人们

## 第十章 模仿问题之六：在美学中主体—客体关系的一般特征

生活中某一历史时刻的真理。此外，这种表达还具有更直接地推动前进的作用。我们在其他地方曾经谈到，艺术能够在创作上对社会历史中只是处于萌芽的存在作出反应，因为将艺术所把握的东西转向形式的完成这是艺术的审美本质，这种在创作中形成的东西比由艺术所反映的生活原型可能具有更强的说服力。这里存在着由生活通向艺术和由艺术通向生活的各种关系无限分化了的毛细组织，这种毛细组织对于人的、阶级的、民族的意识发展所具有的意义，我们今天连其最粗略的轮廓也还未能认识。只有审美反映的辩证理论至少可以说明其原则方向，这种复杂而多样的运动在人类生活过程中依据这一方向而发挥作用。

创作者的前艺术经验经历了一条漫长而曲折的道路，由这种经验中生活提出了它对艺术的问题和要求，直到这种感受性的后续过程，通过对现实的审美反映、通过艺术创作所形成的东西使这些体验又重新回到人的生活中。在科学反映中，尽可能地接近于自在存在是真伪的唯一标准。与科学反映相反，在审美反映中所要考虑的却是从生活到生活的这一循环流程。当然，这一流程对于科学也是存在的：例如众所周知，生产的需要对于自然科学的发展变得多么重要；此外还有，科学成果在人的日常生活中起着多么巨大的作用。然而在科学这里所形成的经历并不改变反映的基本结构，这种基本结构仍然是由自在存在向为我们的存在的转化，虽然在其道路上会出现不同的新观点、新标准（如自然科学成果在技术应用中的经济性），日常所应

## 审美特性

用的真理尽管可能被简单化,在技术方法上可能产生一种适应于具体目标设定的分化,但是其反映的基本结构不可能也不允许有任何动摇。

当然,审美反映同样是同一客观现实的映象,它是对于人的人性真理,因此必然在自在存在—为我们的存在问题上获得一种新的体貌。有关这种审美反映和固定的自在存在的本质,我们在以后有专门的一章(第十三章)来讨论。在这里只能也只应该说明,上面所说的循环流程,由审美反映的以人为中心的本质特征看来充分表现了它的必然性。人的生活作为这一循环流程的出发点和终点,构成了自在存在向为我们存在的审美变换本质的基础。自在存在的客观性表现在,一部作品效果的丧失或发挥必定无条件地成为它的价值高低的证明。但是只有这种效果的实际实现才能使在自在存在上是审美的东西发挥它的效力。因为艺术,正如已经反复确认的,不单纯是人们对独立于自主存在的某物的意识,在审美反映中当然同样地包含有这种要素。但是在这里还存在另一种要素,这种反映中构成特殊的审美的东西是人类的自我意识。这种自我意识为从创作者的前艺术体验直到作品的产生作了准备:它完成了所创作的作品个性,在感受性的审美体验中及其后续过程中获得了它的社会实现。对客观现实的把握是每一种艺术所不可缺少的基础,这一点已经反复指出过。在艺术和作品的多元论中所揭示的内容的内涵无限性,对生活的批评、审美的普遍性,所有这些要素都是达到人的这种自我意识

## 第十章　模仿问题之六：在美学中主体—客体关系的一般特征

的途径。对于人自在存在着的无言世界、相对世界及其自身人所固有的沉寂，这两者只有融合在自我意识中才能具有新的表现力。它包含了人们面对世界所能经历和体验到的喜怒哀乐的一切，并在作品中获得了将特殊的沉寂提升并形成自我意识的语言的那种声音。歌德虽然直接地只是针对文艺和人的痛苦而言，但是一切艺术的这种普遍性却构成了给马琳巴德《悲歌》中他的格言的内容：

> 如果人在他的痛苦中沉默，
> 那么给我一个上帝来诉说，我忍受着什么。

# 第十一章　第1'信号系统

我们至此所作的阐述，不仅试图揭示对现实的审美反映与日常反映、科学反映的区别，而且试图揭示——针对审美反映的持续性及其变化——其物质基础。只要对艺术的起源及其延续作出了一般的哲学探讨，也就必然在社会结构及其历史变迁的范围内阐明了这种物质基础。尽管这种考察的方式是正确的，但它却不能在哲学上充分揭示审美的本质。在审美发展的全部社会历史连续性中，审美——不论是创造还是感受——都是在每一个人身上新产生的和持续发展着的。只是说明每一时代以其具体面貌作为个体活动的可能范围，而规定了审美的内容和形式的那些原理是不够的。还应该指出，专有的审美反映在每个人那里是怎样起作用的，以及它与日常反映形式和科学反映形式是怎样区别开来的。

如果对审美态度的心理学原理和最一般的基础作出概略的描述，那么首先应该满足以下前提。第一，如果这种

## 第十一章  第1′信号系统

心理学应该适当地和真实地说明现象,那么,它必须是唯物主义的。这就是说,它首先能把心理现象还原到生理的事实。在这方面唯一重要的推进是巴甫洛夫的反射学说,笔者在所有基本问题上都赞同这一学说。第二,唯物主义的心理学不能只限于揭示生理决定性的那些规律。这种要求在巴甫洛夫那里是完全明确的。因为对心理学现象的唯物主义解释当然要以其与环境的相互关系的深入研究为前提。我们将看到,巴甫洛夫在他的动物实验以及把反射学说用于人的病理学尝试中越来越重视考虑外界对生理—心理生活的反作用。对于我们格外重视的领域,即正常人的生理心理学并不在他的研究范围之内。遗憾的是,到目前还缺乏对他所发现的处女地作任何实际科学开垦的严肃努力。当然即使有这样进一步充分发展的心理学,也不能为美学提供足够的基础。美学终究是一个哲学学科。但是有一点是肯定的,即通过科学的反射学说,心理学对许多美学问题可能比目前更充分地加以阐明。我们下面即将看到,所有那些反对旧的心理学的局限而形成的心理学理论(狄尔泰的描述心理学、完形心理学,弗洛伊德、荣格的理论等),代之以旧心理学的平庸无能,只是提供了靠不住的浪漫主义的神话,在旧心理学中停留在朴素的、非历史的和非社会的地方,这些理论却为此而提供了空洞而贫乏的结构。

笔者始终认为有责任在自己的研究开始时就公开说明,本人在心理学领域完全是外行,根本无权就心理学内部的问题发表意见。然而笔者在本章中建议，在条件反射（第1信号系统）和语言（第2信号系统）之间插入一种特殊的新的信号系统，并将其称为第1′信号系统。然而由此只是为反射学说等科学提出了一个问题，其答案和解决只能留给内行的专业人员。生活与艺术的事实迫使笔者提出这一问题。笔者认为，对于科学的发展也可以引用黑格尔戏谑的说法，要知道鞋子的毛病并不需要成为鞋匠。

　　巴甫洛夫的方法构成了这一研究建议的出发点。如果说这一问题的提出，必然要指出巴甫洛夫成果中的某些漏洞，那么笔者知道，这些异议和补充意见只有在反射学说划时代的方法的基础上才能提出。从巴甫洛夫的零星说明中可以看出，他本人认为他的理论首先在用于人的方面是需要加以补充的。但是因为这些说明涉及对外界反应的情感基础，而没有指明我们所提出的方面，我们只记述这一事实就够了。最后在这一引言结束之前应该说明，构成我们研究基础的是《巴甫洛夫星期三讲演录》。当然我们所摘引的一切在巴甫洛夫著作中也有，在那里甚至更详细和更确实。但是因为这里不是就生理学理论本身而言的，而是涉及它在一个新的领域中的应用，对我们说来似乎《巴甫洛夫星期三讲演录》可以提供更好的资料。其中与在他的完全集中于生理学问题的著作相比，巴甫洛夫更多地致力于从方法论和世界观方面出发，将他的学说加以扩大和应用，并与一般问题联系起来。

# 第十一章 第1′信号系统

## 一 现象的描述

巴甫洛夫曾经多次极其明确和肯定地谈到生理心理学与我们这里所关心的问题，即与艺术家气质和艺术问题的关系。在曾有过大量实验证实和检验的资料的基础上，巴甫洛夫指出了希波克拉底的类型学对于高等动物、最发达动物和人的适用性。在此基础上他试图提出适用于人的特殊的类型学并勾画出它的基本轮廓，他确定了思想家类型和艺术家类型的两极，除此或更恰当地说是在其间有一个中间类型。他论述道："动物与环境的交往，在人类出现以前，只是通过各种动因作用在动物的不同感官上，并传导到神经中枢的相应细胞上而形成直接印象。这些印象对于动物而言是外界客体的唯一信号。在人的形成过程中，产生、发展和完善了特殊的二次信号，即以所说、所闻和可见的词语的形式出现的上述一次信号的信号。这种新的信号归根结底可以标识人们直接从外部或从内部世界感知到的一切，它们不仅可以用于人们的相互交往，而且可以自己单独使用。这种新的信号的掌握当然受词语的绝对重要性的制约，尽管词语只是现实的第二信号……但是无需就这一重要的和范围广阔的命题进一步深入研究，我们必须确认，由于两种信号系统和自古以来持续作用的各种生活方式，人的群体分化为艺术家类型、思想家类型和中间类型。第三种类型是这两种系统的必然结合。这种划分既可以在单个人身上看到，也可以在整个民族中看到。"①

巴甫洛夫有时用具体的实例来说明这种区分和对比。这些例子清楚地表明，这种特殊的人的心理学远远不像上述一般心理学那样有可靠的基础。我只举几个例子。巴甫洛夫有一次谈到托尔斯泰作为特殊的艺术家类型时说："例如列夫·托尔斯泰虽然是一个杰出的艺术家，却是一个薄弱的思想家。他对他所分析的整个人的知识领域是持否定态度的。列宾往往谈到他的以下生活插曲：有一天两人在一个池塘里游泳，游完泳列宾开始用毛巾揩干。当托尔斯泰看到这一情景，他由水中向列宾喊道：'你在那里干什么？动物游完泳是从来不擦干的。'尽管列宾本人是艺术家，然而他对这种无意义的想法感到惊奇。因为他知道，动物从水中爬出以后，还要习惯地抖掉身上的水，为什么我们不能够有类似的举动呢？"② 其中不能令人信服的成分是，这种例证不是出自心理学的精神。文化史家或哲学家可能以某种正确性断言，托尔斯泰对科学是敌视的。如果我们从心理学的观点来考察托尔斯泰关于游泳之后是否要自己擦干身体的见解，那么我们必然断言，它属于思维理论的问题。尽管它在科学上是不能成立的，从心理学上

---

① 巴甫洛夫：《Pawlow, Sämtliche Werke（巴甫洛夫全集）》第3/2卷，柏林1953年版，第551页。

② 巴甫洛夫：《Mittwochskolloquien（巴甫洛夫星期三讲演录）》第1卷，柏林1956年版，第265页。

## 第十一章 第1′信号系统

(正是从反射系统的观点)却与真正科学家的理论毫无区别。如果有两个人解一个数学问题,一个求出了正确的答案,而另一个做错了,那么这种评价只是从数学的角度所作的,在心理学上两人都同样完成了数学的思维操作,两人都是利用第二信号系统工作的。同样,当巴甫洛夫把艺术家的托尔斯泰和思想家的黑格尔相对立时,他的对比是不正确的。他指出:"黑格尔不能忍受现实,只有当他投身于其抽象的考察,例如对唯一绝对的思考时,他才是出色的。他适应于与具体形象相隔绝的第2信号系统。"[①] 如果像巴甫洛夫这样严谨博学的学者还有这样的失误,并且完全忽视黑格尔对现实的各种现象百科全书式的关注,这就不能不使人怀疑,在巴甫洛夫那里对这种类型学并没有彻底的思考,没有用丰富的事实加以检验。另一次,巴甫洛夫不无理由地批评通常的心理学中的主观主义,但马上又补充道:"语言艺术家也完全是这样做的,他们关心的是主观世界、思想、情感和情调。这还太少,人们不能只限于描述现象,而且应该揭示它的发展规律。单纯的描述不会产生科学。"[②] 巴甫洛夫在这里不仅误解了文学对现实的伟大描述,这种描述绝不限于主观性的记述,而且表现出他对文学本质的一种见解,正如我们在别处所看到的,在许多唯心主义哲学家那里占支配地位的观点,只是把文学看

---

① 巴甫洛夫:《巴甫洛夫星期三讲演录》第1卷,柏林1956年版,第271页。

② 巴甫洛夫:《巴甫洛夫星期三讲演录》第2卷,第492页。

> 审美特性

作对现实科学把握的不完善的准备。

巴甫洛夫以卓越学者在其理论缺陷中经常表现出来的那种彻底一致性,进一步把艺术家类型置于动物的水准。因为按照他的理论,艺术家类型不是基于第 2 信号系统,而是基于第 1 信号系统。他指出:"这就是艺术家类型,它类似于并接近于动物,因为它同样是以通过直接感受器的印象的形式来感知外界,而另一种类型,即思想家类型,却是以第 2 信号系统工作的。"① 当然,就其在具体的动物实验中企图在动物世界中发现任何"艺术"这点而论,正如达尔文及其追随者通常所做的那样,巴甫洛夫有许多值得批判和值得怀疑的地方。在这些情况下,他停留在那种严格的、精确观察的事实上,他把那种周到的、想象丰富的、灵活的严密性归于他原来研究的丰富成果。第 2 信号系统的发现,即语言作为与现实特殊的人的关系的反映之发现,在一定意义上,只是他所创立的理论王国的一个边防要塞,成为他由此取得对人的病理学重要认识的一个出击口。但是他发现第 2 信号系统的实际意义在客观上远远超出这种本身极为重要的领域:它提供了对完整的、正常的人进行唯物主义的心理学分析的一把钥匙。巴甫洛夫已经看到或至少明确地觉察到了这一点——由此产生了他的关于思想家类型和艺术家类型的理论。但是,他不可能提供一个系统

---

① 巴甫洛夫:《巴甫洛夫星期三讲演录》第 3 卷,第 4 页——即使不是这样尖锐,也完全是在同一个意义上,巴甫洛夫在下述著作中又提出了这种对立:见《巴甫洛夫全集》第 3 卷,第 551 页。——作者注

## 第十一章　第1′信号系统

而完整的理论，只能满足于对各种枝节问题及其解决的一个重要萌芽。我们的批评，即艺术家类型及艺术创作和感受的心理学不能归结为单纯的条件反射，并不触及巴甫洛夫生平著作一般的方法和成果。即使他把反射学说用于人的精神病理学，将作为疾病的神经衰弱和癔症"与特殊的、专门的人的神经系统类型相联系"①，也与我们对艺术家类型的新见解不相矛盾。因为在第 1 与第 2 信号系统之间的病理学干扰可能是关键性的，即使这种对立不足以规定艺术家类型（下面将通过几个具体的病理学实例指出，关于艺术家类型的新的理解或许对病理学并非完全没有意义）。对艺术家类型的规定是以下研究的唯一目标，它完全不违背巴甫洛夫反射学说的成果，而在方法论上和事实上总是以此为基础的。它只是为在巴甫洛夫学说的基础上建立的生理心理学的科学提出一个新的研究领域，指出相互联系的现象组合，为它们的解释提供一种假说，更恰当地说，提供有关任务和问题的一个轮廓。

这里所要说明的现象组合，在目前审美—哲学考察的基础上可以暂时地、不十分精确地概括为激发效应。因为这种现象首先在生活中，然后在艺术中，始终是以一种——自发的或自觉的，主观上或客观上——安排好的总体当作反射诱发物为基础的，必然要追溯到巴甫洛夫的学说和实践的派生内容，即它对完形心理学的批判。即使在这里也不

---

① 巴甫洛夫：《巴甫洛夫星期三讲演录》第 3 卷，第 104 页。

> 审美特性

应涉及原来具体的争论,而只涉及方法论问题的核心。巴甫洛夫以充分的理由指出了这一学派的倾向,把所谓完形作为不可扬弃的、始原的现实看待,因此将它的整体性与各要素,将完形与联想形而上学地、僵化地对立起来,并从完形心理学的立场出发否定要素和联想在心理学上的存在和有效性。① 在我们这里必须对这种恰当的批评加以补充说明,被批判的那种见解目前已广泛地传播开了。完形心理学就其无批判地采取的世界观和方法论前提而言,并不是什么独创的东西。它代表了现代非理性主义哲学的一般倾向。其实质在于,它把整体性范畴不仅用于现实中实际上起重要作用的地方,并且误用于另一些地方,由此使人们对世界的思考中诡辩地取消了实际的诱因。这就是欧特玛·斯潘对哲学和社会学的观点,代表了那些统计方法的理论家,他们把统计概率与因果性对立了起来。巴甫洛夫对这个问题的正确立场是显而易见的,他对完形心理学的否定是由于在方法论上毫无根据的"完形"的"始原性",他不可动摇地确信反射(联想)的优先性,但他——在这个范围内——绝不把由反射刺激物的复杂性质所产生的问题简单化,而是看作一种特殊的现象,并努力通过相应的实验来阐明它的本质。

如果我们要正确地理解巴甫洛夫的反射学说,这一学

---

① 详细的讨论见《巴甫洛夫星期三讲演录》第 2 卷,第 536—550 页。——作者注

## 第十一章 第1′信号系统

说同时是联想心理学的生理基础,那么就不能将条件反射作庸俗的机械的"原子化"的理解。首先,巴甫洛夫是把条件反射作为联想类中的种概念。"在条件反射的情况下,一定对象(食物、天敌等)的本质的和恒定的特征被暂定的信号所取代,这是联想的特殊情况。"联想的第二种情况出现在"两种在现实中始终联系在一起出现的现象相互间被连接起来",这是其因果性的基础。最后,例如两种"相互无关的"声音之间产生的联系,只是"因为其中一个声音总是跟在另一个声音之后出现"。①

然而,这种简明的分类还不足以正确地理解巴甫洛夫条件反射的本质和功能,我们必须把基础建立在与现实、与动物和人的客观存在的环境的具体相互关系中。巴甫洛夫指出:"任何刺激都是无条件地与整个环境联系在一起的,人们不会把它看作是单个刺激,而必定在整体结构中判断。"② 为了精确地研究这种联系,对于它对固定、变化、不同类型的刺激的反应,巴甫洛夫做了一系列精确规定的实验。他往往把它看作一种"动力定型",也就是作为"对应于兴奋过程和抑制过程的质的相应强度的"、"处于一定关系和一定序列中"的刺激。他并且指出,即使在生活中——加以必要地变更——也会产生和看到这种动力定型。他提到一个过惯了很有规律生活的职员,在他退休之后会

---

① 巴甫洛夫:《巴甫洛夫星期三讲演录》第3卷,第265页。
② 巴甫洛夫:《巴甫洛夫星期三讲演录》第2卷,第18页。

> 审美特性

无法忍受那种改变了的生活方式。① 在这里已经很容易看出，怎样会由这种简单的条件反射——远不像非理性主义的唯心论者设想得那样简单——有机地产生整体性和完形等，尽管实际上能产生。即使条件反射本身也可以直接由具有相应性质的刺激所诱发，巴甫洛夫的各种实验都是以一定的节奏，如一定数量节拍器的打击声，作为根据的。但是通过相应的光线变化，作为节拍器的替代物，也可以引起同样的效应，在这里视觉的节奏代替了声音的节奏。巴甫洛夫指出："因此，这里实际上可以说是取决于各刺激之间相互关系的形式，而刺激本身的性质根本不起什么作用。这就是完形心理学所到处兜售的例子。他们说，同一个基调可以用不同的音高来演奏，然而效果却是相同的。"② 最后还应该指出，巴甫洛夫在条件反射中把这称为泛化。他曾经这样描述此现象："如果我们将任意一种声音与食物之间构成一种暂时的联系，然后用另一种声音做试验，而不通过食物来加强其效应，那么首先在狗那里会产生一种暂时的泛化，即使在相邻各点也可以引起刺激。我们把这称作普遍化。如果与那些其他声音的联系通过现实没有被证实，那么接着就产生一种抑制过程。因此使实在的联系不断被精确化。"③ 由此巴甫洛夫得出结论，在这里我们涉

---

① 巴甫洛夫：《巴甫洛夫星期三讲演录》第3卷，第395页。
② 《巴甫洛夫星期三讲演录》（德文版）第3卷，第146页，类似之处见第371页。
③ 巴甫洛夫：《巴甫洛夫星期三讲演录》第2卷，第560页。

及"在一种普遍的表象中许多具体的对象的集合群化"。他对此也作了极明白的描述:"取任一确定的音响,例如,对于动物来说是预示它要回避的天敌的信号。当然在这里始终存在一群刺激,因为动物产生的这些音响,由于距离和动物声带的紧张可能变化,它可能提高或降低,这要视这种音响是怎样产生的而定。刺激必定被普遍化,这是动物生存的必要条件……"① 至少高度发达的动物不仅有知觉和直观,而且可支配表象,这一事实是显而易见的。

遗憾的是,巴甫洛夫在这里超出了由他所观察的事实规定的东西,把这里描述为表象的东西称作"一种概念的相似物"。如果他满足于相似物,那么只是涉及在他那里极个别的不完全精确的情况,然而他夸大了在这方面出现的相似性,同时几乎把人和动物等同起来,这在一般情况下他本人已用第2信号系统明确地区分开了。并且混淆了他本人正确提出的明确的区别。在最后援引的考察导言中,他指出:"此外我考虑到概念,也就是说,在一般表象中许多具体对象的组合群化。概念是由于人与动物相区别的语言、词语而产生的。或许在动物的具体世界中也有概念?根据各种情况来判断,在动物那里也有概念。为我证明了这一点的现象是条件刺激的泛化。"② 关于某些猿的实验,他说得更加明确:"这已经是科学认识的开始,因为它涉及更稳

---

① 巴甫洛夫:《巴甫洛夫星期三讲演录》第3卷,第3页。
② 巴甫洛夫:《巴甫洛夫星期三讲演录》第3卷,第3页。

固的联系。这种认识可能最初是相当偶然的,但整个科学却正是在于,它最初是表面性的,然后不断深化,从而摆脱偶然的东西。"① 假如在这里只是语言上的夸张,人们可以把这种说法只归结为发现者达到对概念的、科学思维的朴素的生理心理学起始点时的一种喜悦。指出这一点,对于这一伟大业绩说来只是白璧微瑕。由此提出的问题深入地涉及这种心理学的全部总体,以致不可避免要作出批判。然而这种批判更多地是针对巴甫洛夫反射学说的某些应用,而不是针对巴甫洛夫和他的同事所提出的学说本身。因为涉及超出目前研究范围的这种扩展还很少发生,所以对方法论的阐释是绝对有必要的。

简而言之,我们所提出的不同意见,更恰当地说,我们的补充建议可以表述如下:巴甫洛夫正确地确定了在第2信号系统与作为各种科学思维所固有的概念意义上的思维之间具有不可分割的联系。然而在他那里却缺少对第2信号系统、语言与劳动之关联的任何说明。当然,巴甫洛夫从来没有深入讨论过历史的和发生学的问题。他只满足于确认在人的形成与语言之间有联系的事实:"然后当终于出现了人的时候,这种借以辨明情况的现实的第1信号就显著地被语言信号所取代。"② 劳动与语言之间缺少发生学上的联系,由于这种联系的重要性,在规定作为人的特殊理解方

---

① 巴甫洛夫:《巴甫洛夫星期三讲演录》第2卷,第556页。
② 《巴甫洛夫星期三讲演录》第3卷,第309页。

式和表达方式的第 2 信号系统时会引起某种混淆,其结果我们已经能在巴甫洛夫的上述言论中看到。恩格斯在《劳动在从猿到人转变过程中的作用》一文中,就这种联系指出:"随着手的发展,随着劳动而开始的人对自然的统治,在每一个新的进展中扩大了人的眼界。他们在自然对象中不断地发现新的、以往所不知道的属性。另一方面,劳动的发展必然促使社会成员更紧密地互相结合起来,因为它使互相帮助和共同协作的场合增多了,并且使每个人都清楚地意识到这种共同协作的好处。一句话,这些正在形成中的人,已经到了彼此间有些什么非说不可的地步了。"[1]

若要指出在上述巴甫洛夫称作"一种概念的相似物"的东西与用语言所掌握的概念本身之间的质的区别,即两者——在其发生学联系之内——相互分离开的飞跃并不难。前者巴甫洛夫所指出的是造成一个天敌的信号化的群刺激。毫无疑问,在这种群刺激的诱发物中包含了天敌的那种最显著的特性,其相邻物被信号化了。在这方面,这种相邻物在适当的联系中对于主体变成了已知的东西。然而,黑格尔指出:"一般说来,熟知的东西可以不是真正知道了的东西,正因它是熟知的。"[2] 人们在他们的日常生活必定会接触无限多的对象和事件,在这些事物中人们做到对每一

---

[1] 见《马克思恩格斯选集》第 3 卷,北京:人民出版社 1972 年版,第 510—511 页。
[2] 黑格尔《精神现象学》上卷,贺麟、王玖兴译,北京:商务印书馆 1979 年版,第 20 页。

次新出现的东西再认识并明确这种接触的直接后果，这对于人就足够了。只有在劳动中并通过劳动才能使到目前单纯熟习的东西变成认识了的东西，即通过使所熟习客体的直接隐藏着的、在直接性中不起作用的特性，构成其独特的具体对象性及其概念的客观基础的相互作用的内在联系显现出来，并上升到意识。我们以前在别的地方援引了恩斯特·费舍尔的正确见解，本来的主客体关系只有通过劳动才能形成，与自在相关联的群刺激——仅仅是自在的，而不是为我们的一个客体——只有通过劳动才能上升到概念，这是语言表达所需要的和可能的，而当没有这种通过劳动的中介才产生的意识化，它就不能提高到超出熟知的水平，这不论在主观意义上还是客观意义上，都不可能充分展开达到真正的认识。这两种情况取决于自在和为我们的实际构成。因为当对象只是在这种主体相关性中被体验（群刺激），不是作为与主体无关地存在着的、自身完全已知的客体，而不仅是与它自身的真正存在相比、被主观主义歪曲了的群刺激的客体，而且接受这种刺激的主体不会成为真正现实的主体：它仍然是它的"环境"的一种单纯的附属物。因此，在具体展开的哲学意义上，劳动是主客体关系的基础。在较低级阶段这些范畴只能在非固有的，而是转化的意义上被应用。

由于巴甫洛夫对语言、第 2 信号系统与劳动的联系缺乏认识，因此他只有在上述关系不起决定作用的地方，才能完全正确地表述与条件反射的这种联系。如果忽视了劳动

第十一章　第1′信号系统

的作用,那么在有些情况下就会忘记进行动物实验环境的人工性,就会产生无根据的或至少成问题的结果。例如巴甫洛夫谈到一次猿的实验,让名为拉菲尔的实验动物通过打开水龙头,然后用一瓶水将火扑灭,因为它所喜爱吃的食物是被火隔开的。巴甫洛夫补充说道:"因此我们帮助了它。它完全没有为了让水流出,而打开过水龙头。但是它把水的作用和灭火联系了起来。"① 当巴甫洛夫由这一实验得出结论时,他完全忽视了以前由他自己正确提出的、在动物和人之间存在着质的区别。也就是说,人通过自身的劳动、通过自己完成的劳动经验认识了火与水的关系,并逐步推进到它们的概念。而动物是被"帮助"的,即将人们长期劳动经验的成果提供给动物,它可以在特殊有利的条件下,将这一成果转化为条件反射。实验动物摆脱了各种生存的威胁和对食物的担心,这些也属于有利的(对于动物说来非自然的)条件。在这种人工创造的安全状况下,猿也具有无限的闲暇,这谈不到什么自由。作为结论,巴甫洛夫指出:"这就是我们从事这一实验的想法的产生过程。'拉菲尔'的经验和我们的经验的区别在哪里呢?我们也做各种尝试,最终获得了这种必要的联系。这里有什么区别呢?我看是没有区别的。"② 假如在人的发展中,普罗米修斯的神话是真实的历史事实,假如在人对火的利用中,

---

① 巴甫洛夫:《巴甫洛夫星期三讲演录》第3卷,第13页。
② 巴甫洛夫:《巴甫洛夫星期三讲演录》第3卷,第13页。

◯ 审美特性

普罗米修斯起了实验中巴甫洛夫的作用,那么上述说法才是正确的。当然为了不把实验的人工环境计算在内,一般说来,巴甫洛夫是持批判态度和审慎的。因此,有一次他谈到一个实验动物的痉挛发作:"这种发作正是由于我们的试验造成的,这是完全可能的。这很少见,但是我不知悉,在猎犬或家犬那里经常出现癫痫性痉挛的发作,而我们的实验犬却也经常出现这种情况。谁知道,很可能是我们使犬的神经系统处于混乱状态的结果。我们使它的神经活动复杂化,从而造成神经活动的错乱。"① 当巴甫洛夫进入他的学说扩大了的应用领域,即劳动与语言不可分割地联系着的领域时,就不再存在这种有批判的审慎了。对巴甫洛夫生平业绩中表现出的这种观点错误的批判,所以是重要的,只是在于它能以一种方式指出,我们这一在劳动范围之外根本无法说明的问题。

这一点在劳动现象中已经开始出现。我们以前已经谈到了,在劳动中必然形成的感官分工,并指出了盖伦所确认的事实,在劳动的发展过程中眼睛不断强化和分化地承担了触觉的功能。通过眼睛对重量、硬度等的视知觉作用减轻了触觉的负担,手获得了自由,与手未能从其原有的活动形式中解脱出来相比,可以完成更微妙和更精确的操作。这种通过劳动所获得的能力,甚至最发达的动物也不会具有。盖伦强调指出,例如,黑猩猩是"最初的视觉动

---

① 巴甫洛夫:《巴甫洛夫星期三讲演录》,第269、250、354页。

## 第十一章 第 1′ 信号系统

物",也不能像人那样用视觉来区别"物体的重量感觉和沉重、坚硬的感觉","它试图应用一切看来可以移动和延长距离的东西,手帕、导线、树枝、覆盖物,尽管它们在功能上是无用的"。① 在他对人的劳动的专门特征的分析中,如前所述,盖伦还不止于这一论断,在分析中他还指出了运动想象的功能。运动想象包含了在劳动、体育等等之中对符合目的的最有利运动的提前把握,这对于我们是很重要的。在我们的论述中将说明这种提前把握的性质。盖伦把运动想象看作是"形象的",并且在其中看出了"象征的、预示性的运动执行能力,借助这种能力我们才能进行运动的变换,相互接续并由一种运动转向另一种运动。"②运动想象是在劳动中形成的。由此,同时规定了它的社会特性。所以盖伦把它正确地与感觉想象联系在一起,这我们以后同样将要谈到。应用这两种想象,人对某种新事物的态度就直接指向行为、运动等具体设置的目标,在同一意向中同时也包含了在一定活动空间中、对非预期事物作出适当反应的准备。盖伦以他在术语上过分复杂的语言,明确地表达了这一点;"首先这一事实是值得注意的,每一种运动,只要它是相关联的,只要它发展了世间交往的内容,那么就会感受到:它仅仅在开端,就包含了预期的预先执行。在开始的运动中,所包含的新面貌并不少于相关

---

① 盖伦:《Der Mensch(人)》,第 161 页。
② 盖伦:《人》,第 141 页。

事物在未来所包含的专门答案和变化序列。"① 最后,它的关键性特征是由每一运动本身所具有的连续性中,突出地强调出某些具体的关节点,并在实际上要完成的运动中正是固定这些,或许只是这些关节点,因为当事实上正确地选择了这些优选的点,那么就可以自发地在一定程度上,自动地由这些点联结起来完成最佳的运动。对此盖伦指出:"运动首先集中在形成丰富的主要状态,而其他状态是由这种主要状态而来的简单化和自动化:一个复杂的运动序列——开始时每个运动都是令人疲劳的——首先都要伴随高度的注意,因为它处处是由干扰点和制动点组成的。在相当长时期该序列是不稳定的,因为它还不能摆脱交叉运动冲动的无秩序状态。只有当形成了一定的支点,由这些支点出发构成整个序列,并且对运动的意识集中在这些支点上,才能实际形成并任意组合运动。运动的'丰富环节'承担和代表了整个序列,完成这些环节就完成了整个运动。"②

由此,经过摸索完成的和经过练习的运动固定为习惯。然后,运动想象的结果被转化为一系列的条件反射。第2信号系统培养出对某些最佳操作的最后选择,这当然也是可能的(我们可以设想如泰勒制中对于运动的科学研究)。但是,即便原来的运动想象消失了,使实践活动转移为条件

---

① 盖伦:《人》,第152页。
② 盖伦:《人》,第204页。

## 第十一章 第1′信号系统

反射,在已经自动化了的执行过程中,运动者是否根据想象就能将关节点固定下来,或者不能将整个过程按其细节模仿地重复下来,在这方面仍有很大区别。盖伦正确地指出了在"娴熟的"与"拘泥死板"的说法之间的区别。①也有这些情况,有时对整个运动系统的充分固定,事实上是不可能的,有时操作本身总会产生新的情况,而要实现整个活动的目标就得作出新的反应。在这里绝不能排除对非预期活动领域的准备,这里绝不能完全通过将条件反射的形式固定化,来代替运动想象。当然这里也涉及某种具体确定的比例。离开固定下来的条件反射的作用,任何操作都不会产生实际的效果。如果失去一定的比例,就会出现浅薄的生疏和空洞的熟练,这些是失败的、错误的两种极端。就此盖伦也用一种典型的实例,说明了上述过程的心理学本质:"当涉及精细的运动,同时进入运动想象的可能最小的幅度,人们会表现出高度的触觉想象。如熟练的医生不用观看也能在体腔内操作,他是靠探头或外科手术刀的尖部来触知的。这里不仅涉及本身值得注意的现象,我们以无生命的物体来触知,相信在工具的尖部会产生相应的感觉,还涉及伴随着可能产生的精细运动,会形成可能产生的触觉感受。"盖伦进一步将同时形成的内心态度加以具体化:"每一种熟练的运动,若它不被再次自动化,那么它就在执行期待和日常期待的'场院'中完成,它伴随

---

① 盖伦:《人》,第205页。

着进展过程的和预期实际结果的意象。"① 这里总是涉及某种想象（对于我们目前的目标说来无需去探索这里所产生的区别），一方面重要的是这种想象总是在运动过程本身之前起作用，在操作的整体中或它的部分环节中，事先对新的情况进行"估量"。盖伦引用了这样的例子："如果我们在一条宽的沟前考虑要跳过去，那么是否要跳，取决于一个'想象中的跳跃所产生的结果'。然而另一方面重要的是，我们对于刚刚完成的运动能够体验——而不能思考。"②

我们相信，这几个例子已经说明了下面试图描述的现象的最初的粗略轮廓。它涉及，就其始原的表现方式不属于第2信号系统的那种信号的信号。在其形成、普遍化和意识化等等之中，这种信号系统起着重要的作用，这点我们已经指出过。对于劳动过程说来，这样获得的东西其实际作用主要在于，把运动想象的成果通过练习、习惯和训练等，整体地或部分地转化为条件反射。我们所说的这种新的信号的信号，由于上述事物的本质造成它不断摇摆于巴甫洛夫所说的各种反射之间，这就使得难以认清和确定它的特性和独立性。在这里可以直接和立即区分出，条件反射受所知觉到的外部世界的制约性以及语言对第2信号系统的特殊媒介性。与此相反，这里是就反射而言，第1信号系统的反射具有感性直接性，第2信号系统的反射具有本质的

---

① 盖伦：《人》，第196页。
② 盖伦：《人》，第195页。

## 第十一章 第1′信号系统

特性,它是信号的信号。对这一事实毫无偏见的考察很容易证明上述这一规定。

如果我们把想象的某种表现方式,看作是信号的一种特殊的信号系统,那么首先必须作某些说明。在我开始描述这种多少包含有想象的独特现象之时,这种说明就更加必要了。首先要说明,想象的作用范围远远超出了审美的领域。我们已经看到,盖伦把想象当作劳动和日常生活中人的活动所不可缺少的。早在他之前,列宁就指出了想象的普遍性:"智慧(人的)对待个别事物,对个别事物的摹写(=概念),不是简单的、直接的、照镜子那样死板的动作,而是复杂的、二重化的、曲折的、有可能使幻想脱离生活的活动,不仅如此,它还有可能使抽象的概念、观念向幻想(最后=神)转变(而且是不知不觉的、人们意识不到的转变)。因为即便在最简单的概括中,在最基本的一般概念(一般'桌子')中,都有一定成分的幻想。反过来说,否认幻想在最精确的科学中起作用,那是荒谬的:参看皮萨列夫论推动工作的有益幻想以及空洞的幻想。)"[①]

在这里首先值得注意的是,列宁既指出了即使在抽象的理论活动中,想象的不可或缺,同时也指出了想象会在生活中"飘浮而去"的可能。后一种论断明显地与巴甫洛夫关于第2信号系统的规定很相似,其中同样包含了与生活的一种潜在的疏离。例如,巴甫洛夫在描述精神衰弱症的

---

① 列宁《哲学笔记》,北京:人民出版社1961年版,第421页。

> 审美特性

最重要征候时,指出:"这些人丧失了对他们自身环境的实在感,并且觉得自身是非现实的。他们倾向于抽象地钻牛角尖。伊万·彼得洛维奇提到了由他所描述的第1和第2信号系统。具有现实感的正常思维,只有在这两种信号系统不可分割地参与下才有可能。在精神衰弱症支配了第2信号(语言)系统时,由于思维缺乏了具体的表象,因此对现实产生一种不完全的感觉。"① 当然精神衰弱症的病理学特征,只是在日常生活中经常存在的可能性的一种极端情况,即第2信号系统可能与它的第1信号系统的基础相脱离。另一方面我们必须看到,列宁完全有理由地指出,在最严密的科学中也有想象的作用。这种作用表现在哪里呢?由第1信号系统使人了解和熟悉的那些生活事实,通过想象力的加工、普遍化和连接等,使生活的、客观现实的、人与现实关系的诸种新的联系,能够被科学地加以阐明。

我们应该把如此形成的综合,与群刺激之类的现象严格地区别开来。巴甫洛夫打破了有关知觉、联想作用的各种机械的简单化,这是他的巨大贡献之一。人们可能将条件反射中的主—客观关系看作是复杂化了和分化了的,我们作为生活中想象力的产物看待的那些现象,不能只由这种主—客观关系来说明。这一点可以解释如下:条件反射一方面直接涉及外部世界,按照巴甫洛夫的表述,条件反射可以连接现实的两种本身异质的现象,只有如此,这一

---

① 《巴甫洛夫星期三讲演录》(德文版)第1卷,第229页。

## 第十一章 第1'信号系统

点才会产生,因为一种现象往往继另一种现象出现。通过想象或许使大量的现象相互连接成一种关系,虽然这些现象既非主观,又非客观地相互具有一种近似性,而以前对现实中的这种关系完全没有察觉出来。因此,条件反射、联想作用成为想象的单纯素材。想象力"自由"地接通各种条件反射和联想,以便使它们在人身上产生作用,并在一定情况下被动员起来。因此,想象力作为信号的信号这一特性,是显而易见的。另一方面在这种操作中的自由,正如在思维和语言情况下,对于第1信号同样是相对的。虽然它对于人——在抽象的主观意义上——是"自由的",即第1信号系统为人提供的各种要素,可以随意地组合。只有在失去他经常的目标时,他才遇到危险,甚至或许会危及他自己的生存。如果他要在自己的环境中达到目的,那么对于初级信号的加工(起到信号的信号之功能)——不论就严格意义上的思维而言,还是就各种想象而言——必须具有如下性质,这种加工要正确地再现按照设定的目标具有相关规定和规律性的现实。这个系列由以前所举跳沟的例子和对运动想象的事先说明,扩大到最抽象的思维操作。

对现实错误反应的这种特殊方式,在性质和原理上不同于第1信号系统范围的所谓错觉。在这里,只要正确地把握了刺激的具体诱发物,那么就完成了正常的过程。与此相反,在信号的信号之中,用于构成更高综合的基础的第1信号,整体上能正确反映现实,完全有可能在这些信号的组合中混入了错误而引起与现实相脱离。这种可能性,不

> 审美特性

论对想象还是对严格意义上的思维,都同样存在。这表明,在两种情况下同样涉及信号的信号。在生活中,在高级精神活动中两者是不断地相互转化的。列宁指出了想象力在思维中的作用,我们下面的分析将表明,思维在艺术实践中起着多么巨大的作用。对于想象力的本质的理解在很大程度上受到以下一点的不良影响,人们只是把想象与审美领域联系在一起,而不是——正如这里所发生的情况——把它作为人的各种实践所必不可少的要素看待。忽视了这一事实,就会产生使其真正联系模糊起来的见解,而把思维和想象形而上学地完全对立起来。在主体思维过程的现实中,在人的活动的多种形式的现实中,情况是完全相反的。条件反射、想象、思维在主体身上是不断相互转化的,即使是最自觉的思想家或艺术家也往往不知道,在把握现实中哪些是依靠了想象,哪些是依靠了思考的作用。那些利用运动想象、它在思维中的意识化以及在条件反射中的固定而取得一定具体成果的工人或运动员,从来没有设想过,这些在理论—心理学上可精确区分的成分,在他们的活动中究竟起了什么作用。

如果我们看一下想象力在主体身上的形成,那么想象力作为信号之信号的这种特性,就更加清楚了。当然,人的记忆力是各种信号系统功能化取得稳定性的共同基础。这一点,巴甫洛夫已经在他著名的狗的条件反射实验中清楚地认识到,他将一组实验的理论概括为:"时间在一定程度上冲淡了最新的修正,而原有的修正却完好地保存下来并稳定如初。这是多层化的一种明显的事实,而不是对以前各种关系的根除。我们不是在徒劳地生活,我们在改造各种关系,但是我们记起所有过去的事物,使它便于觉察。并非整个过去的东西都被新的印象所破坏,而是新的刺激与原有刺激组合,并积累起来形成现在……人们可以推论出脑皮质活动的根本命题之一,是刺激的多层化,而不是通过新的印象对原有印象的根除。"① 黑格尔对心理学的考察在今天已被不恰当地遗忘了,他正确地对记忆表象与构成它的基础的直观,作出了区别:"这种表象不再具有直观的全部规定性,而是随意或偶然的、一般的与外在的地点、时间及其所处的直接联系相脱离。"② 只是通过这种改造,记忆表象才能保持联想作用的普遍性,由此既构成了新的条件反射,又构成了思维和想象进一步结合的基础。同时在黑格尔那里,也强调了想象力的普遍意义。在这里,表象的发展达到了它的第二阶段,第一阶段是记忆。按照黑格尔的观点,想象力的发展又分为三个阶段。首先想象力照料记忆表象一般的产生。在我们看来黑格尔在这里夸大了他的正确思想,因为想象力的这种作用肯定不具有这样的普遍性。如果他在第二阶段即联想阶段,给予想象力以一种决定性的作用,这对我们说来才更正确。即使这种作用并非是唯一的,如他所描述的那样,然而显而易见,在

---

① 《巴甫洛夫星期三讲演录》第 2 卷,第 473 页。

② 黑格尔:《Encyklopädie der philosophischen Wissenschaften im Grundrisse（哲学全书）》,第 452 节。

### 审美特性

联想作用的极其显要的部分中，是不能忽视想象力的成分的。最后黑格尔所说的第三个阶段是"知性使其一般表象与形象的特殊东西相一致，以此给予表象一种形象的存在"。① 由此，奠定了在精神生活的各种领域中想象活动的基础，至少在我们考察的现有水平上，没有必要再对黑格尔的思想过程作进一步叙述和分析。

因为这一考察的任务，绝不是要严格地确定想象在人的心理生活中的意义。恰恰相反，如前所述，我们只是处于我们所讨论的这一现象的入口。应该确定一种更高的信号系统（信号的信号），它像语言和思维一样是建立在条件反射的基础上，像语言和思维一样是超越于条件反射的，然而以一种方式，不是创造像语言那样用于信号的一种媒介，而是虽与条件反射具有事实的距离（与思维相类似，有脱离条件反射的可能性），却更直接地依据于条件反射，对于不是专门深入的考察，它往往显得与条件反射没有什么区别。这一事实可以说明，为什么巴甫洛夫本人对上述区别毫无察觉。当我们谈到作为生活现象的激发问题并且作为审美的本质要素时，这种特性就更加明显，使它们可以表现出来。

我们不从最明显的表现方式（把各种艺术作为我们所说的信号系统的媒介和客观化）开始，而是致力于阐明这种最高阶段所必然经历的、不清晰而混杂的生活现象，这

---

① 黑格尔：《哲学全书》，第 455 节附录。

## 第十一章 第1'信号系统

与我们考察的基本态度有极重要的联系：我们不打算从这一点出发，即武断地把审美作为一种"永恒"的、始原的、人的行为方式，而相反地使审美由发展中的人和人类的能力和需要中，发生学地形成。这样的结果是，对这种信号系统的分析必须由它最初的、很少被不断固定下来的表现方式开始，以便逐步上升到它的"更纯粹"的、更独立的形式。但是我们确信，虽然存在着我们指出的由一种系统不断转化到另一系统所造成的困难，我们所说的最初的轮廓——尽管还不清晰——已经可以看出来了。巴甫洛夫的研究，已经在生理学上说明了这种转化的理由。巴甫洛夫只承认两种信号系统，但是他就它们结合的基础指出："对第1和第2信号系统的划分，人们不能单纯看作是解剖学的，这种划分主要还是功能上的。"① 由于自人类实际形成以来，不再产生生理学的或人类学的变化，所以这一论断显得更加明确了。正是由于那种巨大的变化，在人与高度发达的动物之间产生了一条异质性的鸿沟，这种变化主要反映在社会水平（劳动、语言等）上。这种新型活动在它们的相互关系上，主要是生理学功能上的，而不是解剖学功能上的。这与人类形成史的所有事实都是极其吻合的。人由大自然获得了人的自我创造的、生成的各种可能性；正是在其主要的人的特性上，人却是他自己劳动的产物。

---

① 巴甫洛夫：《巴甫洛夫星期三讲演录》第3卷，第310页。

### 审美特性

正因为如此,我们到目前为止特别强调了劳动发展的主体方面;决定性的是始终保持对新质的、主要是对——通过劳动、通过劳动的前提和后果——自我创造的环境作出适当的,即根本上创造性反应的需要和必要性。这种"新质"可以成为自身存在的牢固基础,以便由此出发去征服新的疆域,如此反复以至无穷。所有这些当然早已成为人类学的、众所周知的基本事实。但正是由此对我们的问题产生了重要的后果。首先我们来考察我们这里所说的对于反射系统的"新质"(主要是对外部世界反应和行动中新的环境、新的任务等)。对于只具有无条件反射的动物来说,就是根本无法觉察出来的。巴甫洛夫强调指出:"如果外界是不变的,动物可以借助于无条件反射而自立地生存。"他援引摘除了大脑的狗的例子,说道:"如果使它们摆脱剧烈的变化,它们可以生存。"在另一个地方他提到了蜜蜂的无条件反射功能。① 在日常生活中这种无条件反射的明显界限大约是昆虫对于窗子丝毫不能加以辨别。观察了蜘蛛的汉斯·伏尔开特提出了更为明显的例子,当蚊子触到了蜘蛛的网,蜘蛛会准确地作出反应,当另一个蚊子飞落时,它为了确保新的猎获物,它甚至会中断吃前一个蚊子的动作。然而当一只蚊子落入蜘蛛隐藏的管道内,"蜘蛛开始时完全不知道,虽然蜘蛛已经长时间没有吃东西,当蚊子接近蜘蛛时,蜘蛛作出防御动作,直到蚊子逃脱。看

---

① 巴甫洛夫:《巴甫洛夫星期三讲演录》第2卷,第513页。

## 第十一章 第1′信号系统

来蜘蛛在新的状态下完全不能认出它习惯的食饵"。①

巴甫洛夫更确切地强调指出:"在有条件和无条件现象之间根本没有不可逾越的鸿沟。这两种现象之间的区别是由生活过程所限定的。"尽管如此——如果人们对其发展过程就其整体性来考察——毫无疑问的是,与无条件反射相比,条件反射为动物在其生活中出现的新的环境提供了一个更大的活动空间。巴甫洛夫考察了作为高级神经活动的最重要的环节,"存在一种联合作用,即原来分隔的相互之间没有联结的细胞在活动中暂时构成的相互关系"。② 其中无疑包含新的契机,当然是相对而言。因为正如巴甫洛夫的实验所表明,条件反射只有在经常的重复之中才能形成,若诱发的刺激消失了或长期中断,那么条件反射也往往会消失。这就是说,在正常的生活条件下,在高等动物那里会形成对外界经常重复出现的变化因素的一种适应。巴甫洛夫所做的狗的实验,其最重要成就之一正是在于揭示了在形成条件反射能力方面的类型差别是适应于状况变化的快或慢以及不知疲劳或产生神经危机。这些条件反射系统的范围和关系的丰富性可能十分可观,例如,设想一下候鸟的情况。虽然它们的界限可以分得很清楚,这种界限正是通过正常的生活状况、通过经常反复作为固定条件反射的基础而形成的(以及它们可能向无条件反射转化)。即使

---

① 汉斯·伏尔开特:《Über die Vorstellungen der Tiere(关于动物的表象)》,莱比锡/柏林1914年版,第15、17页。
② 巴甫洛夫:《巴甫洛夫星期三讲演录》第1卷,第341页。

◗ 审美特性

在具有较高级神经活动的动物那里，在生活中出现了一些新质的东西，也会形成对非预期环境的完全无能为力，正如同在许多不发达动物那里的情况一样。人们设想一只鸟——甚至是一只候鸟，如一只燕子——当它由于偶然原因突然闯入一个房间时，它会怎样动作。

当然所有这些界限都是相对的。长期在笼中生活的鸟类可能习惯于人类的饲养，并且可以在笼中自由活动。在这种情况下，它们同样根据——长期、稳定地重复的诱发刺激——新的环境形成了新的条件反射。另一方面，人也可能陷入这种不习惯的环境中，在其中他——指向新质——的高级心理活动也会受到挫折。然而这种界限的相对性并不消除它的存在及其质的规定性的意义。这决不是偶然的，从奥德塞关于"罗宾逊"到约瑟夫·康拉德文学的重要部分都真实地描述了，人如何胜利地经受了完全非预料到的危险。特别强调出，人在全新的情况下找到行动的正确方向的能力，是基于一种广泛的条件反射和无条件反射的系统，这也许是多余的。如果没有对旧有的、反复的和确定的事物精确的了解，那么信号的信号、思维和想象力就不能准确地认识新的东西，并适当地作出反应。这里也表明，只有同时把握连续性和间断性的辩证统一和区别，才能处理和理解生活现象。

这一点在这里必须特别加以强调。因为近几十年来很广泛地流行一种理论，把生活与环境之间关系的本质变成了一种完全僵化的东西。我们所指的是，尤克斯奎尔对动

## 第十一章 第1′信号系统

物的环境和内在世界的见解。他的出发点是，每一种动物的各种感官和由它们所限定的生活方式，是由现实的一定方面以及由在质上规定的关系所确定。因为他把客观现实与由叔本华简单化了的康德先验论混为一谈，在各种不同的"环境"中，动物形成了它自身的空间和自身的时间。显而易见，尤克斯奎尔在这里把由上面我们所提到的无条件反射和条件反射所感受到的有限范围的现实，实体化为各种"环境"，这种环境是像斯宾格勒的"文化圈"一样不可捉摸地相互隔开的。即使是蜘蛛捕食苍蝇，也并不产生相关作用，因为对蜘蛛说来苍蝇只是食饵，苍蝇对蜘蛛说来只有灭亡，因此不是它的环境的活的因素，而是与主体相关的、由生物学上先天形成的素材。这种"环境"的交互作用，其特点是排除了先验的灾难，却成了无望的、闭锁的牢狱，就像从梅特林克到贝克特所经常描述的那种世界。罗塔克联系文化史的事实，进一步扩大了这种理论。他指出："经常引用的以下图式提供了人类学关系的一个最直观的例证：同样一个森林，对于农民来说是'木材'，对林务官来说是'山林'，对猎人来说是'狩猎区'或'禁猎区'，对于游人来说是'凉爽的林荫'，对于逃亡者来说是'隐蔽场所'，对于诗人来说是'林木编织物'、'树脂气氛'等……这是可以任意扩大的一个图式，如同一个采石场，对于投机商、指挥官、散步的游人和画家来说，会呈现出完全不同的面貌。这里通过说明特殊的人的职业及态度与环境的关系，已经接触到一个根本的问题。"① 因此形成了人的"朴素的生存世界",它是一个"真正的环境"。罗塔克以极其独特的方式说明了,客观的科学认识对于这一环境没有什么影响,"尽管物理成果是正确的,但还没有任何希图珍奇美味的人,被诱使去吞食电子束,也从来没有人去和电子旋涡亲吻,甚至结婚。"② 当然这种理论只是无稽之谈,但对这些理论略加回顾还是值得的。因为同时代的唯心主义者往往对唯物主义的巴甫洛夫反射学说的"单纯化",采取极其轻蔑的态度。相反,这种简单的对比清楚地表明,实际上去寻求单纯化的地方,即取消了现实的一切复杂的过渡和相互关系的地方,一切都按照一个极通俗的图式来推演的地方,那么它就只是由僵死的直接性所构成。这种图式在这里就是"环境"的宿命论——机械的先验论,"格式塔心理学"中没有元素的"完形",把人的世界划分为内向和外向的荣格的狭隘图式的类型学等等。与此相反,巴甫洛夫唯物主义的反射学说,揭示了认识的极其复杂的相互关系和过渡的前景。它使得人与动物心理学的复杂亲缘性以及与动物的深刻的区别,成为可以把握的。

我们在这一考察中,提出了对巴甫洛夫反射学说进一步发展和具体化的建议,这丝毫没有否定这一学说相对于

---

① 罗塔克:《Probleme der Kulturanthropologie(文化人类学问题)》,第161、166页。

② 罗塔克:《Probleme der Kulturanthropologie(文化人类学问题)》,第165页。

## 第十一章 第1′信号系统

唯心主义理论的优越性。这些建议着重于指出，由于劳动在对现实的反应上必然形成复杂的、新的联系，在其中感知到更复杂的联系，并针对新的情况产生新的行动。众所周知，巴甫洛夫虽然认识到了语言（思维）的许多重要特性，但他忽略了这些重要特性在发生学上是来源于人类发展的这一决定性阶段，并相应地未能认识到与这一状况相关的一些本质特征。因为他没有考察动物与人的决定性的分离点，他必然把超出与感性领域不相同的语言抽象作用的整个反射，笼统地与单纯的条件反射等同起来。但愿我们已经成功地阐明，由于劳动的本质，在劳动过程中必定形成反射，虽然这种反射不像是明显抽象的语言那样，超越于直接的感性，然而也不是——像巴甫洛夫以为的那样——简单的条件反射，而是在这方面像语言那样，成为信号的信号。为了表示它在条件反射和语言之间的地位，我们建议将这种反射称为第1′信号系统。

## 二　生活中的第1′信号系统

这种信号从根本上起什么作用，只有考察了艺术和艺术活动才能完全清楚。我们暂时还处于开始阶段，甚至是一种尝试，勾画出这种现象之特性的最粗略的轮廓。虽然我们要从生活现象论述到艺术，这里还要顺便说明，在许多民族语言的应用中，包含了我们这一现象的一种预感，

### 审美特性

这种预感是直觉的，当然是模糊的，但在许多方面富有教益。众所周知，正是在德语中，"艺术"一词除了它特定的、狭义的和精确的意思之外，还有一种更普遍的特性，人们常说骑术、烹调术等，但绝没有想到要把骑马和烹调也列入各种艺术系统中的意思。人们往往赋予这种语言用法一种能力的意思。我们认为，这是不恰当的。因为这个词精确的语义正是暗示了在恰当地完成这些行为时，超出了单纯的能力以及对技术的平均的掌握。谁都能够熟练地掌握他的本行，也就是说，他此时培养和固定了所有必要的条件反射。我们将用良好的、熟练的、有经验的、可靠的等来对他作出判断，但不把他的活动看作是——就一般意义而言——艺术。只有当有关人员在他的领域中表现了发明才能，即有新的意义时，只有他在不可预测的环境中，疾如闪电地并正确地作出反应时，才把他的行为称作艺术。为了使这种区别明显化，这个词甚至有这样的说法，"这不是艺术"（意思是说，每个人都会）。当人们把外科医师、诊断医师、足球运动员、厨师的实践看作——广义的——艺术时，人们正是指的那种对新的、非预期的情况作出的反应，这点到目前我们已经尝试作出了描述。

如果我们由劳动本身转向那种由劳动的形成、扩大和高度发展所引起的生活状况和人的关系，那么我们的这种第 $1'$ 信号系统的本质特性就更加清楚了。因为巴甫洛夫没有看到，劳动在语言中对信号的信号所起的作用，当然他就不会注意到正是从心理学观点看来更加复杂的关系。与

## 第十一章 第1′信号系统

此相反，正如前面恩格斯所正确指出的，对语言的形成只有从由劳动所引起的社会需要出发才能理解，也就是由于人们开始彼此间有些东西非说不可，而在条件反射水平上的简单的表情性声响和姿态已经不够了。因此语言成为人们相互交往的决定性媒介和主要调节器。当然在任何发展阶段都不只是靠语言来交往，同时也要利用各种手势、音节不清的声响等。如果人们以为在语言成为人际关系的普遍媒介的地方，总是语言中特殊的东西在起作用，那也是对真实状况的一种误解。每一个社会必定都是在这一条件下维持着，并且再生产着，在这种条件下——基本上——是重复的因素构成了生活的极显著的部分。因此对这些重复因素的反应，大大增强了条件反射的特性，即使在反应的直接诱发物是采用语言形式的情况下，也是如此。设想如经过训练的士兵与其首长的命令用语的关系。训练越良好，那么越容易诱发自动的反应。这时语言起了直接信号的作用。一定的音响、一定的声调等诱发着固定了的条件反射。在生活中，这类东西往往并不总是像人们通常所以为的那样明显。我只举一个例子。一个神经衰弱的失眠者，当人们给他朗读时，他就能入睡。他实际上是在单调的言语声中入睡的。但是并非少见的是，当朗读中断时，病人又会立即醒来。在这里，语言的功能显然起了条件抑制反射的诱发作用。当然，在表情的情况下这种作用就更强烈。社会的发展使人的很多运动和行为方式定型化了。它对我们来说成了良好固定下来的条件反射，当我们见到一位夫

### 审美特性

人时，我们会抬起帽子；当我们进入房间时，我们屈身行礼；当我们要握手告别时，我们等候妇女或年长者（或上级）把手伸给我们。若要把所有变成了简单条件反射的语言、手势一一提到，我们得列举人际交往中相当多的方面。

人际交往中的这些习惯，往往首先是从语言方面定型化的，并且总是利用语言把它们教授给孩子们、学生们和新士兵等。当命令用语被士兵们正确地理解时，它才能成为确定的条件反射，不仅要准确地练好与命令用语相应的动作，而且要理解与这些命令用语的必然关系。只有这样，人际交往才能在巴甫洛夫的两种信号系统范围内展开。然而现实情况是非常复杂的，并且在发展过程中更加复杂化。在极其原始的阶段，可以说是习惯制约着所有人际之间的关系。但是随着人的个体化的发展，固定的习惯就很难完全制约人际间的交往了。可以设想人们称为"良好礼仪"的那些社会范畴。在这里它涉及，为了摆脱人们日常关系中多余的摩擦、纠纷、激愤等而采取的重要的，甚至部分必不可少的规定。经过学习和练习，它被转化为几乎是自动的功能性条件反射，而使这一领域自由地用于重要的和根本性的人际交往。

显而易见，这两个——巴甫洛夫的范畴所包含的——极点绝没有包含所有可能的情况。可以设想与"礼仪"一词密切相关的"举止得体"这一概念。这一概念可以理解为，在一种以前根本没有规定过的情况下能正确行动，因为这种情况应纳入一种规定，因此良好的礼仪就足以完成

## 第十一章 第1′信号系统

这种规定。当然,举止得体的行为,例如对陷入困境、错综复杂的情况的处理,可以用语言为媒介来完成。但这绝不是必需的。在许多情况下,依靠手势、微笑、点头等可以起到一般用礼貌的言辞所起的作用。在这里值得注意的是,它并不是单纯通过它的思想意义起作用的,而是在与语调、与伴随的面部表情和姿态不可分割的统一中发挥作用的。此外,在这里,恰当的言辞也不是由一个思考过程产生的,不是思维正确分析的概括,而如以前提到的情况一样——这次只是涉及人际关系——是利用想象力对复杂关系的一种闪电式定向,这里——也像以前的情况那样——在理解中已经包含了对问题的解决和对策。如果在这里要否定语言和思维一类事物的优先性,那么这绝不是对任何非理性主义的认同。因为事后对每一个有礼貌的行为都可以在思想上和言词上完全精确地加以描述和分析。这一行为在内容上完全是理性的,只是引起这一行为的生理学—心理学机制并不是第2信号系统,而是第1′信号系统。

在能深刻理解并恰当地再现生活的著名作家的生平和作品中,我们可以找到大量这种性质的例证。例如托尔斯泰这样来描述罗斯托夫公爵的长女维拉,"她美丽,举止得体,好学习,富有教养,还具有一种优雅的声调。她所说的一切都那么准确和恰到好处,但是奇怪的是,所有的女客和伯爵夫人都在端详着她,好像她们想知道,她为什么这样说,并感到有些困惑。"在作家给予这些配角的极少的场面里,极其鲜明地表现出某人可能具有的极好的风度,虽然在各种情况下的本能地行动中有所不当。与此相反，托尔斯泰描述了这同一个家庭中小女儿纳塔莎的一种重要的生活状况。她一直照看着她以前的未婚夫安德烈·保尔康斯基，直到他死去，死亡的危机使两人在相互不和及离异之后又亲近起来。在保尔康斯基死后，纳塔莎完全处于心灰意冷之中，从不关心家族的生活，当母亲的爱子、她最小的弟弟的死讯传来时，"突然，纳塔莎像被电击一样，一个可怕的、痛苦的打击向她的内心袭来。她承受了极度的痛苦；正是她，好像内心什么东西在撕裂，好像她已经死去。但是在这阵痛苦之后，她马上感到对压在她身上的生活禁令的一种摆脱。当她现在看到父亲，并听到门那边母亲的可怕而狂烈的喊声时，她马上忘掉了自己和她本身的悲痛。她走到母亲那里，双手抱住了母亲，以炽热的感情对她说着一些不连贯的、毫无意义的话语，直到第三天夜里老伯爵夫人第一次开始哭泣，并回到生活中来"。这是可以理解的：这一场面的心理内涵远远超出了我们在日常生活中通常称为举止得当的那种东西。然而我们在前面所指出的那种心理上的要素，在这里即使在更高的质上，也是起作用的。因此尽管这个例子看来离开了我们的实际命题，但比在规定范围内所能找到的例证更有说服力。

人的这种相互作用，当然是早已众所周知的。自从文明产生以后，与此相关的这类问题就不断出现，由于在人际交往中的重要性，它不仅是文艺的对象，而且也是思想家，首先是道德家和社会学家所关注的问题。然而由第1′

## 第十一章 第1′信号系统

信号系统的性质看来，对人际交往的思想上的把握往往不如文艺上的把握来得充分和准确。这正是问题的本质。因为若要把对人与人之间事件的这种反应全部纳入一个抽象的纯粹思想的体系中，那么在按照任何伦理的或社会的原理加以概括时往往都会失去其独特的个性。另方面，如果对这类问题的感情导致在这种反应方式中发现某些与理性的矛盾，那么考察就必然流于抽象和空洞。在亚里士多德遇到这类问题的时候，他更多地描述这种现象的范围和活动空间，而很少描述现象本身，这正是他辩证的敏感性和思维的慎重性的特点。当然，他不可能完全摆脱古代那种把所有关于人的东西都归结为纯粹理性范畴的伦理传统。他写道："所谓'善解'，我们用它来谈论善解的人，说人有善解力，就是说他对举止如何得体有正确的判断。有此为证：我们说举止得体的人有个长处，就是他特别体谅人，举止得体对我们而言无非就是在某些情境下能体谅他人。而体谅在此正是对'得体'的一种正确判断。而判断的正确就是指它切中真实。"① 人们可以看出，亚里士多德所谈的更多的是关于这种合乎礼仪的举止应发生在何时，和在哪里可以找到它正确运用的标准，而很少谈现象本身，这一点他根据社会经验把它当作每个人都已知的了。事先他已极其果断地强调指出，在这里起作用的"善于理解"既

---

① 亚里士多德：《Nik. Ethik（尼各马可伦理学）》，邓安庆译，北京：人民出版社2010年版，第228页，Ⅵ，11。

与科学认识不同,又与单纯的观念不同。在这里并不涉及任何部门科学,而是涉及学习意义上的一种理解。由上述考察中他相应地得出结论说:"我们说的是体谅、善解、明智和机智,当我们不假思索地把这些品质用到同一个人身上时,就会说,他举止得体、明理机灵,是明智和善解之人。因为所有这些能力都同行为的最终实际即具体情境相关。善解者、明断者和体谅者都能善断必须靠明智来解决的事物,因为举止得体是所有待人之善的共同品质。"① 普兰特尔在注释亚里士多德著作的这一段落时,提到了在特殊的人的听觉和视觉中超出了感觉器官的这种单纯作用,并对亚里士多德的见解作了如下的解释:"……人也必须学习观看。"② 由此更可以看清亚里士多德在这里所理解的"直觉的知性"是"对个别事物的知觉"。这本身一方面阐明了感性个别事物与这里所说的明智的紧密联系,另一方面说明这里起作用的这种感性是"自然的天赋",然而通过生活经验远远地超出了它原来的存在状态。因此,亚里士多德以这样的忠告结束了他的上述考察,"对于那些有经验的人、老年人和明智的人作出的论断和意见,即便未经证明,也应当得到尊重,且不亚于对推论性见解的尊重。"③

---

① 亚里士多德:《尼各马可伦理学》,邓安庆译,北京:人民出版社2010年版,第229页,Ⅵ,12。
② 普兰特尔:《Geschichte der Logik(逻辑史)》第1卷,第107页。
③ 亚里士多德:《尼各马可伦理学》,邓安庆译,北京:人民出版社2010年版,第229页,Ⅵ,12。

## 第十一章  第1′信号系统

如果我们把注意力再度转到刚才援引的《战争与和平》的例子上来，那么会看到，这两种生活现象紧密得几乎不可分割的联系，即作为人际交往的要素的激发（包括激发作用的唤起和它的感受）与人的认识实践问题有不可分割的联系。我们将会看到，若没有第1′信号系统的持续作用，两者都不可能实现。首先对激发作用本身作几点说明。情感、情绪等，至少在同一类动物之间是可以传达的，这是生活的一个基本事实，它绝不限于人类。抽象地看来，人们几乎可以说，在动物之中的每一种传达都具有激发的性质。这一点看来立刻会令人信服的，因为一定的声响、运动、行为方式不仅可以明确地传达情绪，而且可以传达它们的诱发物。例如不仅可以传达恐惧、危险，同时也可以传达诱发了这种恐惧、危险的敌人。此时给出的符号被明确无误地理解，这也涉及早已固定下来的条件反射。正因为如此，在我们看来，这里说的不可能是原来意义的激发。当这种激发一方面作为以第2信号系统为"正常"媒介的传达的对等物、补充物或替代物发挥作用，另一方面激发的对象更加复杂化，不仅以纯粹的、抽象的单纯性唤起危机感和恐惧等，而且那种极其具体的生活状况与许多其他生活现象有着多方面的联系，以致此时所激发的情感——并且只有这一点才能称为本来意义的激发——整个社会生活过程的重要因素都成为它的内容，这时才能形成这种激发。即使在这里，日常生活的事件也表现出多方面的过渡。例如，当在一个剧场发生火警时，在恐慌中逃离的人们，

> 审美特性

在情绪上肯定与上述那种简单反射的反应是不同的。但是，这同一个事件在许多参加者那里会唤起某些重要的涉及伦理的人际联系，可以使他们以创造性的想象力，去环顾周围并去行动，用他们果断性的影响以及表现这种果断性的声调和表情等，唤起周围人的态度转变，使之沉着而有纪律。

这里已经表现出激发的某种具体特征，特别是表现出它的瞬间特性。生活不是那种人们可以长时间思考最佳棋路的对弈。当然——甚至也经常——存在这种情况，通过精心分析可以理顺和处理这些情况，在这里激发最多起了一种短暂的和附加的作用。因此，正如我们已经在亚里士多德那里所看到的，直觉具有极大的意义。然而这种意义与直观的现代解释者们通常所理解的，在性质上有很大的不同。这是很有意思的，巴甫洛夫在分析高级神经活动时，也遇到了直觉问题。同样值得注意的是，他在这个问题上——与从谢林到柏格森等人的近代非理性主义哲学相反——不是把它看作把握现实的一种更高的形式和正确思维的一种尺度，而是看作某种思维过程推移的一种独特形式，在这一思维过程中，也和在所谓论证思维时一样，都适用于同样的标准。巴甫洛夫指出："我们的直觉存在于何处呢？它存在于我想到了结果，而在我要说的瞬间却忘掉了动机的过程，这肯定是无价值的东西。如果人们倾向于非决定论，那么人们就会长期无法理解这种情况。但是人们分析了它，那么就会明了事情的过程，我记起了结果并

## 第十一章　第1′信号系统

可以正确解答，但整个经过的思想过程却忘记了。因此看起来它好像是一种直觉。我认为，对各种直觉作用应这样理解，人们想到了最终的结果，但在当时的瞬间却没有注意到，他思维的全过程和使他达到目标的途径。"①

当然，关于直觉应该提到我们在讨论想象时已经指出的那种保留意见：直觉是一种不论在第2信号系统还是第1′信号系统中，都会出现的心理学现象。我在上面所援引的论述同样也是巴甫洛夫对第2信号系统的观点。为了完整性起见应该简要地说明，像在想象力那里一样，这里将给出以后心理学研究的结论，是否在第2信号系统中，属于其中的直觉或想象也起作用，或者在这种情况下需求助于第1′信号系统的力量，以便将所获得的结果全部纳入第2信号系统。总之，类似的现象已经在劳动过程本身中出现过。当盖伦谈到感官的分工时，在他的描述中已经强调了这种直觉特征："但是所有这些数据都是眼睛在一瞥中把握的。"②由目前考察的观点出发，得不到这样的研究结果。我们已经反复强调指出，所有通过第1′信号系统所获得的东西，事后多少也直接适合由语言和思维来描述。但值得注意并

---

① 《巴甫洛夫星期三讲演录》第2卷，第212页。在我深入研究巴甫洛夫学说之前，对这个问题也曾类似地提出和解答过："在心理学上有关直觉给人的直接印象是，它比抽象的、以概念推导的论证思维更具体、更综合。这当然只是一种假象，因为直觉在心理学上无非意味着一种对无意识进行的思维过程的突然意识化。"见《Existentialismus oder Marxismus（存在主义或马克思主义）》，柏林1951年版，第24页。——作者注

② 盖伦：《人》第67页。

### 审美特性

且重要的是，凡是在语言表述的世界中激发起决定作用的地方，往往会形成有意识地对直觉把握的感受性倾向。我们在别的地方已经谈到亚里士多德的《修辞学》，其中省略三段论法和示范的范畴，作为演绎法和归纳法的激发性简略形式起着重要作用。从我们目前这一问题的眼光来研究这些范畴，那么就表现出转化的意义：许多前提和中间环节的缩短和省略，对于理解其意义所必不可少的那些明显的和直接陈述的简化，用以使本来观念的内容远离开其纯粹思维上的逐步推导，而赋予它一种形式，以上述方式激发起直觉的理解，即在听众中唤起的不仅是思想，而且首先是体验、情感和感觉等。特别应提到的是，亚里士多德在这里注意到，言简意赅的格言和谜一般的暗示语言形式起了有利作用。[1]

即使在这里——为了不歪曲这种现象——也应该反对那种把人的情感生活与思维世界完全形而上学地对立起来的现代观点。在这两种情况下，同样都是就完整的人而言。这只是涉及在特定的瞬间，内心生活会聚在哪个方面，集中在哪里，其中每一种集中创造了各种能力的哪种瞬间的等级。在以前所提到的、作为非拟人化和拟人化态度有关的、把握客体的两种主要倾向，从心理学上看来，前者（非拟人化态度）纯粹是指向客体本身的，而后者（拟人化态度）则主要是指向客体对某一主体在一定情况下所具有

---

[1] 亚里士多德：《Rhetorik（修辞学）》Ⅱ, 21.8。

## 第十一章  第1′信号系统

的意义。上面所构成的基本原理,表现为纯粹形态的科学和艺术。在生活中存在的主要却是,这一原理或那一原理占优势的混合形式。上述亚里士多德提出的、由思想转化为激发手段所表明的情况,同样是生活的事实。陀思妥耶夫斯基把这一事实,在他的小说《恶魔》中作了恰如其分的描述。当基里洛夫怀疑,斯塔孚罗金的一个想法是新颖的时候,斯塔孚罗金犹豫不定,但是补充说道:"可是当我第一次想到这一点时,我当时感到它是完全新颖的。"基里洛夫答道;"您感到了一种思想——这是很好的,有很多思想总是存在着,它们突然变得新颖了。"我们到目前为止,对这种瞬间性只是考察了所谓严重的情况。毫无疑问,机智也属于这一类,因为如果对它的理解需要思索,那么它就不再是机智。因为在机智中语言—思想的因素占优势,我们不深入讨论第1′信号系统在其中是否起作用和作用有多大这类复杂的问题,这一考察根本不要求确定,在一般心理学上直觉和想象之间相互是处于什么关系。两者——在激发作用上——是收敛在一起的,这在我们看来却是极有可能的。

要给出激发在人的日常生活中所起作用的明晰图像,只说明激发作用的瞬间性是绝不够的。因为很明显,人们即使对最简单的条件反射,一般也是即刻作出反应的。作为第2信号系统的语言性的东西,正是具有这一特性和优点,即在人与对象世界之间可以构成一定距离。盖伦正确地指出,人"打破了动物所受到的、直接感官提示和即刻反应的直接性的限制"。① 在他的进一步论述中，盖伦援引了霍布斯关于人与动物相对立的有关语句，"甚至未来的饥饿也使人产生饥饿感"。也就是说，它会使人在思想上和行动上对未来的饥饿去思索，或去工作。② 霍布斯在他的进一步考察中，还指出了盖伦所没有涉及的，人的这种距离性的消极后果："因此他可能也只是按照错误的规则去行动，并把这些规则传达给别人，使他们也照此行动。所以人犯的错误，比动物犯的可能更广泛，更危险。人也可能随心所欲地教人故意犯错误，也就是搞欺骗，破坏了人们之间的和平共处的条件。"③ 那么现在要问，我们是否在第1′信号系统中找到了与此相似之处？这种距离性及其后果，与激发作用的瞬时性绝不是对立的。首先这种瞬时性在第2信号系统中也可能出现，但不排除其距离化的基本特性。可以考察如突然想起或以前提到的机智等。因为距离性涉及整个信号系统和机能、它的对象、它的方法和由此形成的主体态度的本质特性。如果这样提出问题，那么立即就表明，第1′信号系统必然具有与第2信号系统极其类似的特性。我们已经指出，第1′信号系统的本来的对象，并非就是那种通过它对主体的直接触发而唤起反应的对象。动因和原因之间的区别也在于此。我们来考虑在火警中产生慌

---

① 盖伦：《人》，第49页。
② 盖伦：《人》，第54页。
③ 霍布斯：《Lehre von Menschen（人的学说）》，见霍布斯：《哲学基础教程》第2卷，第16页。

## 第十一章 第1′信号系统

乱的那个例子。在大多数陷于慌乱的人们中间,是那种霍布斯认为的、并非特定的人的、行动的直接性反应,这种条件反射的支配作用,一般就是受重复的正常事件的支配。处于慌乱中的人们的境况,与陷入室内困境的鸟儿的束手无策相类似。人可以由社会的必然原因,将许多他对环境的反应作为条件反射而固定下来(习惯、传统、惯例等)。作为特定的、人的存在,正是表现在人在异常的情况下,对于重要的,但却非预期的事物的决断,不是简单机械地服从于固有的习惯,而可以对新事物相应地作出反应。只有当作用于人身上的不仅是一个——尽管是复杂的——刺激,而是在人身上能调动起一系列确定的动机,这些动机是由他的整个生活产生的,而与他的过去和未来相联系。总而言之,唤起反应的事件是被人当作行为的动因,而不是当作机械规定的原因看待时,这一点才是可能的。这对那些处于上述火警例子中而不陷于慌乱的人说来,情况也是这样。他们甚至按相反的方向行动。此外毫无距离性的是,在这里对具体处境所必需的、闪电般的环顾和在此处境中行动的必然方式(这种必然性不仅由于客观环境,而且也由于该人当前的生活方式及其目标,以及与其同伴的关系等),至少在许多情况下,不是产生于对观念—道德上的权衡。在这种行动中,往往是通过诱发的动因和对他人直觉的唤起作用产生出对感觉想象和运动想象的激发而起决定作用。这种直觉的唤起作用甚至完全是有意进行的。在《战争与和平》中,当农民们正打算不让玛丽亚·保尔康斯卡娅启程时,尼古莱·罗斯托夫恰好抵达了保尔康斯基公爵的宅邸。为了平息事件,他同管家到农民们那里,并在途中叱责了管家。"他担心怕提前消耗尽他的积怨",接着他让管家停住而他疾步走到集拢起来的农民们那里。

以上论述已经表明:在这类行动者(例如与慌乱做斗争的人)中——与简单的条件反射相反——丝毫不涉及简单的、直接与自我的相关,因此抽象地与生命危险或恐惧的关系,在这里起作用的是同时被激发起来的感觉与直观信念、纠葛与决断的多方面复杂的结合体,它的适应范围包括了完整的人的整个生活。在这种与当前体验直觉的结合中,在一切都显得凝缩和简化了的直觉综合中,我们也必然——像在语言和思维中那样——看到信号的信号。我们再来考虑霍布斯的消极的规范,即人按照错误的规则去行动的"特权"。正如我们所看到的,它也包含在巴甫洛夫对第2信号系统的规定中。现在我们也可以在第1′信号系统中发现这种可能性。约瑟夫·康拉德在《吉姆勋爵》中描写了一个年轻、勇敢和正直的水手,在关键的时刻由于对特定情况下所包含的可能性在事前过分富于想象而失去平衡,使他作出了灾难性的错误决断,从而一生处于挫折中。因此,第1′信号系统的"演绎推理"正如真正的思维推论一样,总是处于正确或错误的交叉路口上。

再次指出第1′信号系统在生活中的过渡特性似乎是多余的。尽管如此,我们要重复指出:第一,所有这些行为或决断,事后总是可以用第2信号系统来解释。在这些行为

## 第十一章 第1′信号系统

或决断中,并不包含与理性相矛盾的、出现超越理性要求的、摆脱理性的(包括伦理的)规范。这两种高级信号系统——其中都包含有产生错误的可能性——只是属于心理学上不同的主体行为方式,这些行为方式是由人在征服同一客观现实时,社会地形成的。当然,这两种信号系统之间的分工,在生活中到处表现出来的并不只是形式上的,通过这两种高级信号系统之一,可以使人掌握同一现实的各种不同要素。这些要素的区别,其重要性并不在于各种对象之间的一致。因为正如我们在其他地方所能见到和还将见到的,用这两种信号系统的每一种,都能由同一个现实中使人掌握,在许多情况下用其他信号系统难于甚至根本不能接触到的东西。因此,这一共同领域存在的重要性并没有被削弱。第二,这一考察只能把重点放在第1′信号系统与条件反射之间的区别上。然而这绝不排除第1′信号系统完全可以建立在条件反射的基础上,此外两者之间存在着极其多样的过渡。回到上面所讨论的"慌乱"的问题上来:一些军事航海训练的本质正是在于,把这种在危险中不会由恐惧产生慌乱反应的条件反射固定下来。这样固定下来的条件反射系统,可使参与者用于开拓和保证两种高级信号系统的不受干扰的功能。在生活中可以发现很多这类情况。

我们现在过渡到日常生活的决定性问题,即关于对人的认识。我们在这里将试图指出,没有对第1′信号系统的根本性的应用,就不可能解决与人的认识相关的、在实践中最重要的任务。同时在一开始就应强调指出：即使在这里我们所涉及的是一个由劳动形成的、人的存在的特殊问题，而不是"永恒的人性"的问题。它涉及由劳动的发展和生产力的提高，而使社会生活分化才产生的问题。在动物的生活中没有类似之处：每一种动物是直接地"理解"属于同类的、别的动物，并了解与其自身生存相关的别种动物的重要习性（在蜘蛛与蚊虫的例子中已经指出了，低等动物中这种了解是多么不充分）。只要在原始人的社会中，人类的属性完全支配着个人的属性，那么对人的认识问题就不会作为人们相互交往的重要问题而出现。当然——由于劳动——社会对于个人的统摄程度并不像在动物界中那样充分。然而风俗、传统、习惯等，对人的相互交往可以从根本上加以正确地调节，以致风俗、传统、习惯等对这种规范的违背者的制裁，足以完成这一共同体的职能。这一点随着原始共产主义的解体而改变。恩格斯在充分肯定这种解体的必然性和进步性的同时，极其明确地描述了其属人的道德的后果："最卑下的利益——庸俗的贪欲、粗暴的情欲、卑下的物欲、对公共财产的自私的掠夺——揭开了新的、文明的阶级社会，最卑鄙的手段——偷窃、暴力、欺诈、背信——毁坏了古老的没有阶级的氏族制度，把它引向崩溃。"[①] 如果一个人在这种新的社会状

---

[①] 恩格斯：《家庭、私有制和国家的起源》，见《马克思恩格斯全集》第 21 卷，北京：人民出版社 1965 年版，第 113 页。

## 第十一章 第1′信号系统

况下要维持他的生存,那么他就需要一种新的与他周围的人交往的能力,需要有关人的认识(上述一般意义)的"艺术"。

正如在有关"人的认识"问题本身的意识性能够出现之前,在社会生活的各种问题中,这种需要早已存在——甚至在实践上也能满足并得到承认。例如在古希腊的传奇故事集中,充满了这种表现了恩格斯所描述的道德问题的事件。当然,在古代的共同体中对于异乡人、敌人通常也是采取阴谋、欺诈和残忍手段的。实际上,生活中已经提出了人的认识问题。荷马在《奥德赛》中塑造了这种完整的人的类型。他能看透他周围的人并能相应地驾驭他们的反应。但是,这种灵巧性在这里仍是现实的一种——值得惊异的——情况。除了在《奥德赛》中的成功之外,我们也看到了在《阿伽门农》《阿吉利》或《阿雅克斯》中这种能力的失败。荷马不加评价和分析,没有提出问题,只是将人的反应的一种类型与其他类型相比。索福克勒斯在《菲洛克忒特》中已经明确地提出了道德的问题:缪普托莱莫斯一开始就抵制奥德赛欺骗菲洛克忒特的计划,在关键的时刻拒绝了对他的依从。但是,第一,这个问题纯粹是从道德上提出的,而不是从心理上提出的(缪普托莱莫斯是完全能欺骗菲洛克忒特的);第二,整个欺骗是为了公共利益,而不是为了个人的利益进行的;第三,索福克勒斯显然把这种冲突看作是不可解决的,因为他借助舞台机关引出了神来解决剧情的冲突。所以,在这里还没有提出人的认识的心理学问题。与此相反，在欧里庇德斯的《欧雷斯特》中已经在意识上明确地提出了这个问题。欧雷斯特抱怨说，对于人的德行没有一个确实的认识标志。凡人的本性充满迷惑。不论是出身，还是社会地位，都不能成为可靠的标志。因此，人们怎样才能正确地加以区分和判断？

希腊人提出这一问题的目的是要确定理论上能够把握的标准：要揭示出那种规定了各种类型人的活动之社会的和人类学的关系。根据这一标准人们就可以判断，各种人实际上具有什么属性。柏拉图，甚至亚里士多德——关于他我们已经指出过——是这样看待这一问题的。他着重是从对个体的认识出发的，还强烈地受到一般希腊人提出这一问题时那种方式的影响。在形成人的认识的这一过渡时期，正如奥德赛的例子所表明的，这种认识的产生完全可以在实践中，真正基于以直觉来洞察出个人的特性。值得注意的是，在我们看来是理所当然的某些联系，却作为新的问题被提出来，由此提出了人的内在性质和外在性质相联系的问题。例如在色诺芬的著作中，苏格拉底向帕拉修斯提出了一个问题，是否画家能够摹写出一种良好的心情？这位伟大画家的回答很有趣："是啊，这种心情怎样才能被再现出来呢？它既没有形体又没有色彩，你刚才所说根本什么都没有，甚至无法用眼睛看出。"[①] 苏格拉底成功地向

---

① 色诺芬:《Sokrates, geschildert von seinen Schüllers（门徒对苏格拉底的记述）》，莱比锡1911年版，卷1，第205页。

## 第十一章 第1′信号系统

帕拉修斯,并在另一次谈话中向雕刻家哀莱东证明了,他的要求的正当性和可行性。我们在这里只是想指出这一复杂问题的整体的社会历史特性,对于我们说来,它首先涉及这一事实,一位杰出的画家——至少是根据轶事——还是把对内在事物的视觉可表现性当成一个问题,而不是看作理所当然的事。即使对这一发展作出粗略的概述,在这里也是不可能的。作为我们这一问题的引导性说明的结论,举出约在两千年之后,哈姆雷特对克劳迪斯发出愤怒的惊讶之言大概就足够了。这当然——因为在个体的发展中往往重复着精神发展的各个本质阶段——也可能出现在比个人生活的临界转机晚得多:

> 啊,无赖!微笑着的该死的无赖!
> 拿出写板来!我必须把它写下来。
> 这个人可以微笑,并且总在微笑,
> 然而他却是地地道道的无赖。

这个问题就其复杂性而言,从欧雷斯特到哈姆雷特的发展是,对于人的认识所要求的内在与外在的统一,由外在事物中察觉内在事物的可能转变到对立的方面:外在的表现方式受内在的制约,这正好是微笑一般在类型学上所表现出来的反面。社会越发展,这种关系越微妙,越具辩证性质。这很难归结为明确构建的类型学。这是非常容易理解的,最近在所有认识领域中都产生了不可知论的倾向,其中也在宣扬对人的不可认识性，内在与外在之间不可避免的异质性。每一个体存在的绝望的匿名性（克尔凯郭尔、存在主义）。然而已经实际存在着对人的认识，尽管还没有人把它当作一个问题来看待，更不必考虑哪一种很有影响的哲学还在怀疑这种可能性，到今天对人的认识在人的日常生活中仍在起作用。

如果我们现在要追溯对人的认识的最一般的发展路线，那么我们一方面会看到，在这一发展路线中总是包含了把相关的个体概括到一种类型中去的要素。如在希腊人那里，行为的社会要素表现得愈具有决定意义，那么按意图而来的类型学就愈具有社会特征，因此就愈从属于纯粹思维创造的体系。这里，已经产生出在理论与实践之间的裂隙。因为，那种类型学的一般标志和规范根本不能充分判断特定的个性（在普鲁塔克的生平记述中可以明显地看出，在更复杂的情况下的这一问题）。实际上正相反，人们在勾画这种类型时往往带有很大的弹性。当然人们不是不需要对此加以普遍化，而是在本能上致力于不要将此提升到高度的抽象化和系统化。① 另一方面，发展使重点转移到个体，转移到个人的私生活上。由此出现了一个在以前阶段只是潜在存在的范畴，即真实本色范畴。作为典型化的需要来源，我们到目前为止主要了解了诡计、欺骗和虚伪等，当

---

① 关于这个问题，即特殊性的问题，在下一章中将详细谈到。特殊性与类型的逻辑相关性见拙著《Prolegomeni a un'estetica marxista（马克思主义引论）》，第228页。——作者注

## 第十一章 第1′信号系统

然,每个人要防范这些特性造成有害于己之后果的斗争始终是重要的;然而相应于这一状况的改变,他也可以应用新的武器。人们与他们自己在社会中所扮演的角色之间的关系更加复杂了。这就在日常生活的实践中提出了真实本色的问题。例如如果在谈判中商人甲给商人乙留下了一个正直的印象,那么这绝不是说,他并不搞诡计和欺骗,与此相反,他完全可能搞诡计和欺骗,只不过不超出商业通行的惯例所规定的范围而已。因此对将来的行为(包括诡计等)与那种没有培养出这种习惯和行为方式的人相比,显得更容易看透和事先可以估计出来。托尔斯泰以无与伦比的艺术技巧描写了上流社会中这种"惯例"的心理特征。他在库图佐夫将军与由奥地利联军参谋部派遣来的同僚的谈话中指出了这一点。联军打算让他违背自己的信念,去和奥地利军队结成同盟。库图佐夫提出了有礼貌的、无效的保留意见。紧接着对他的微笑的描述之后,托尔斯泰补充道:"您当然完全有权利不相信我,顺便说您对我信任与否对我也是无所谓的——但是您没有理由对我说这个。问题就在这里。"紧接着,他就把各种信件和报告转交给他的副官安德烈·保尔康斯基,以便由其中汇编出一份备忘录。他甚至不加暗示地说到这些内容和意图,然而"安德烈公爵却点头示意,他已经从第一句话中不仅理解了将军已经说出的话,而且理解了将军要对他说的话"。在接待室中,公爵回答了另一个要好的副官的问题:"我应该起草一个报告,说明我们为什么不前进。"托尔斯泰在这里指出,库图

◯ 审美特性

佐夫是一个真正的朝臣,保尔康斯基是一个真正的副官。这种例子可以举出很多。但是这里要指出,这种社会关系系统的功能(真实本色、非真实本色以及猜测出对手的对策等,当然也属于这一类),要求第1′信号系统比以前有更多的参与。在不断从字里行间读出来的对话中,其中语调,几乎无法觉察到的抑扬、停顿、沉默等,往往对理解真正的意思比词汇本身的意思更有作用。

当然这里应该补充指出,真实本色的问题要比目前所阐述的涉及面更广,意义更深刻。由于在社会分工中的分化越来越精细,因此形成了对人的认识的极其专门化的形式,这种分化却并不包含人必须在其中生存的整个生活圈子,交往和友谊、恋爱和婚姻等都不能从本人的生存中排除开的。它们直接受一般社会范畴的支配愈少,那么真实本色或非真实本色对于这些关系的成败就愈具有更大的重要性。在这里,我们只能满足于这样一些说明。还是托尔斯泰,他给出了一个极端的但却明显而富有教益的例子。被描绘成典型的理性主义者和18世纪的启蒙主义者的老公爵保尔康斯基,和年轻的皮尔·柏苏霍夫度过了一个晚上。老公爵对年轻人作出了这样的判断:他"是一个能干的年轻人,我已经逐渐喜欢上他了。他使我感到温暖。别人认为明智的言论,有人可能根本不愿倾听。但是他说了一些闲话,却使我这个老人感到温暖"。这里完全可以看出,对于谈话对手性格中的真实本色的正确洞见,主要是第1′信号系统的成果。

# 第十一章 第1'信号系统

从其精力集中在真实本色问题上的、这位著名的道德学家的写作方式中，人们已经可以看出这种观点的推进。要想明确地看出这种区别，只要将拉·布吕耶尔的《角色》的文体与他的先师狄奥弗拉斯图的文体相比较就够了。其中在文体问题的背后，总是隐含着部分内容的问题和部分范畴学的问题。在这种情况下，它涉及将类型和类型学按特殊性来定向的直觉倾向。与古代的范型相反，在古代是把普遍性作为这种典型的认识目标。在拉·布吕耶尔的同时代人拉·罗什富科那里，这种倾向表现更加明显，他的箴言式的文体对18世纪的道德学家直至狄德罗的文体，都产生了深刻的影响。尽管人们还是把箴言一般地作为思想表现来评价，在拉·罗什富科及其后继者那里，它的作用无疑地在于，在思想上体现出在个别性与普遍性之间的游移和动摇，这一点正相应于这种倾向的本质，即典型的东西在逻辑上是建立在特殊性的基础上，而不是建立在普遍性的基础上。因此每一个箴言都是普遍化了的，甚至往往处于一种冒失的、自相矛盾的方式中。由于这种箴言没有融入一个体系中，而只是与把其他类似的或相反的各种情况，以类似的精神普遍化的箴言相并列，使它的整体性形成那种观念性的中间领域，这一领域大大超出了单纯的个别事物，而带有保留、微差和对比的自身急速的普遍化，它不会达到实际的、系统的普遍性。在狄德罗那里，这一发展方向达到了它的顶点。他打算以其真正的特殊性、以其人的典型，来充分把握他所探讨的道德问题。因此他对这方面问题的表述方式，断然地转向了文学表达。这种观念在哲学—道德对话《拉摩的侄儿》中达到了顶点。对这种新的生活现象在观念上的阐释，沿着自发地复杂化了的迂回道路向前运动。正如我们所看到的那样，在有关对人的认识和典型化的方面，在新近的很有影响的现代哲学潮流中，一般地形成了一种虚无主义。

当然，这种极端的立场，与那种把生活中主要以第1′信号系统而非纯粹以观念把握的现象解释为非理性主义的立场，同样是错误的。因为，我们刚才所说的方向正好与此相反，它表现为两种高级信号系统的密切合作。但是，在事实上和实践上——而不是理论上和意识上——同时应该承认，第1′信号系统的主导性的参与，对于这里所要达到的充分接近的认识是不可或缺的，并将变得更加必不可少。由于在下一章即将从哲学上加以阐明的原因，不加以——即使是无意识地——典型化，就不可能达到对人的认识，不可能理解作为个体的单个的人。每一种对人的认识，都植根于社会中个体生活的连续性中。不利用各种情况下丰富的已有经验——不论是有意或无意的——作为比较材料，就不可能取得对人的认识。此外如果每个人的个性不是与他人的不同而处于连续的整体关系中，那么这种个性的独特和无可比拟就会陷于不可言传的迟钝和模糊之中。这对于语言的表达是不言而喻的。如果这种联系不是已经以他的体验材料为根据，那么语言的表达就是不可能的。同时也正是以这种方式，第1′信号系统感受到了世界，

## 第十一章　第1′信号系统

也感受到了周围的人。甚至一个人直接由条件反射固定下来的最外在的现象，也可以在这种比较的基础上而无需经过语言—思维的加工。如果我们不用其他人来衡量一个人，那么我们甚至连一个人的高矮也说不出来。如果我们对于人的每种新的经验不是——有意或无意地、比较或评价地——在以往经验的连续性中进行加工，那么我们就根本无法处理内在生活的复杂现象。个性的东西是以它的独特性而与典型的东西发生联系，所以这在一定阶段之后是人们交往的一种基本事实。

因此，对真实本色的探寻沿着两个方向使如此形成的关系具体化了。一方面典型化的尺度保持在感性可以把握的人性的范围内，而不是提高到抽象—概念的典型。与在方法论上必然致力于典型的一元化和简化的科学相反，日常生活中对人的认识要以大量的、而绝非孤立的典型来完成。另方面——同样与科学相反——日常对人的认识的典型化始终具有一种与主观相关的特性，因为它是由每个人为了他自己特定的生活方式所创造和所应用的。善于识别人的人当然致力于——为了自身更好地被理解——依据尽可能高度的客观性，以达到与现实的一致。由于是以体验素材为基础，因此在很大程度上未加扬弃地存在着主观相关性。马克西姆·高尔基在他的少年故事中很好地表征出这种典型化的独特本质，并把它作为生活中有效地认识人的依据："干净而洒脱的欧西普向我提起了我认识的所有那些老人——海策·雅可夫、祖父、讲师朴特·瓦西里赤。

> 他们这些人激起了我的极大兴趣,然而我却有这种感觉,好像和他们一起生活很不容易而且也不舒坦。好像他们要把人的心从身体中挖出来吃掉;他们的话肯定是很明智的,就像烧红的炉箅放在人的心上。"[①] 显而易见,这种典型虽然可以用语言思考地加以描述,但却不能用思维分析的方式来完成。这不是说"体验"(第1′信号系统)只提供素材,这种素材只有经过思维才能获得它的恰当的形式,而是在进行语言思维的描述时,它本身就基本上完成了典型的形象、各种体验的综合。至少在大多数情况下是如此。在加工和综合过程中,思维往往起到一种关键性的作用,这并不会改变这一基本事实。我们的确是始终把两种高级信号系统的不断配合,作为现实行为方式的显著特征。

当然在生活中对这两种高级信号系统参与的比例,分别依范围的不同,甚至在同一范围内个别情况的不同而有明显的变化。第2信号系统在预审法官的实践中,当然比在玩弄女性的人的实践中,更有主导意义。人们只要去研读一下现实主义的杰作,如陀思妥耶夫斯基的《罪与罚》和拉克洛《危险的关系》中所描述的心理事实,就可以看出,甚至在这些极端的情况下,这两种高级信号系统也是共同工作的,而且是相互转化的。(正如在本章中一般我们还不是把艺术作品作为审美的来看待的,而只是作为对实际心

---

[①] 高尔基:《Unter fremden Menschen (在陌生人中间)》,莫斯科/列宁格勒1934年版,第437页。以前,青年高尔基曾试图将巴尔扎克和他的祖父看作共同的典型。——作者注

## 第十一章 第1′信号系统

理过程的再现,在艺术作品中这一过程表现得比一般生活纪实更形象,因此它的一般的可知性,比生活纪实更容易检验。)从直接的表面上看来,陀思妥耶夫斯基的小说基本上是在拉斯柯尼科夫与预审法官之间展开的、对与谋杀相关的一定事实进行思想解释的、一场智力的决斗。一般的侦探小说只是限于提供复合证据和加以分析。由于它把真正的生活竞争简化为一种谋算实例,因此它脱离生活的现实。与此相反,陀思妥耶夫斯基正是给出了这种展开来的抗争的真实画卷。从我们的立场看来,在此关键的是如何把握个别情况。如果这一线索在关键之处表现出在心理上的不可能和与有关人的个性相矛盾的话,那么就不可能维持最佳结合的逻辑链条。对每个人的说明同样至少在很多情况下涉及上述意义的真实本色问题。如果构成证据的事实与怀疑者的心理甚至不能接近吻合,那么就不可能形成实际上完整的因果链条。此外,构成证据的事实往往并非完全已知,例如,在《罪与罚》中无人知道,被盗的钱究竟在哪里。这里不是详细叙述由此所产生的各种矛盾的地方,在此只能并且应该强调指出的是,这里两种高级信号系统是相互补充、相互转化地发挥功能的。这种辩证法的基础在于,在这两种信号系统中基本上包含了由现实脱离开来的可能性。正如每一种对证据的纯粹逻辑上的连接,可能导致严重的错误结论那样,所以依据第1′信号系统的、每一种对人的认识和心理学,按照陀思妥耶夫斯基恰如其分的说法,是具有两个终点的木棍。在《卡拉玛佐夫兄弟》

〔审美特性〕

中，极其出色地说明了这一点。检察官和辩护律师依据证据和德米特里·卡拉玛佐夫的心理，分别构想出事件的全部过程。这两种构想不论在逻辑上还是心理学上都是有联系的，而且可以令人信服的——然而却没有一种理解是符合事实的。两种高级信号系统的合作，创造了比单独其中一种更接近于客观现实的可能性。这种合作并不是完全取消两种信号系统的基本结构，并趋近与事实相脱离开来的潜在倾向（即缓解与条件反射的关系）。因此，由社会生活的需要所促成的这两种信号系统的不断完善化，只是提高了与现实的接近程度，绝不会产生一种与现实的完全吻合。

　　这两种信号系统相互依存关系的上述辩证法，对于各自的领域说来是不同的。我们可以粗略地考察一下性与性爱的问题，只就我们目前这一问题的方面加以强调。显而易见，动物的性生活完全是在无条件反射和条件反射的基础上进行的；即使是所谓第二性特征（达尔文），当然也是属于这一范围的。对性的社会调节，正是靠第2信号系统保证了这一领域的重要抉择。由此产生的规则，作为风俗、习惯而起作用，并因之而形成条件反射，这一情况并不能否定上述基本事实。因为这种抉择在有争议的各种情况下，还要依据于理智的标准（能力、家庭关系等）。当然各种神话指出，（人们必须防止把这些神话过分现代化）随着文明的产生，才为个人的恋爱不断开拓了道路。当时那种主导的观念的特点，不是把这种个人的恋爱看作是"正常"的。它往往是作为神的报答或惩罚来表现的。荷马的海伦的命

## 第十一章 第1′信号系统

运与欧里庇德斯的菲德拉的命运是如此不同，前者通向后者的道路是如此之长；但这一特征却是两者所共同的。

这里首先值得注意的是，在发展过程中不断形成第二级和第三级的吸引要素，这些要素与性的直接性愈来距离愈远，甚至并非个别情况下已不具有肉体的特性。我们通常用"性爱"这一名词所概括的事物，包含着一种性的征兆和氛围。如果这种性爱，最终也是基于无条件反射，那么它往往渗透到人的全部生活表现中，并使性的事物在人类的整个生活中，由它开始的孤立状态而突出起来（在古代，男孩子的恋爱中这一点很早就表现出来了）。在这里对于我们重要的是，由此又为第1′信号系统的适用性和必不可少开拓了一个广阔的领域。因为使人们变得明晰的、相互规定、相互补充、相对发展所不可或缺的表征，不可能只是简单的条件反射。如果在许多情况下首先使人们意识到这一种"推论"——这种推论甚至可能被强烈地意识到——对别人的各种特性在引起明确的体验之前，由直接的条件反射的世界也可以了解到。这些体验的基本内容是，另一个完整的人在瞬间所把握的这一完整的人的本质。它的意图在这里一方面也是指向他的本质的真实本色，另方面这种真实本色不仅是以它的自在存在作为这种意图的对象，而是——与此不可分割地——以它与自我的相关性作为这种意图的对象。

当然，在这里对这一现象的全部复杂性，即使是暗示地加以深入说明也是不可能的。为了说明这一现象的多样

> 审美特性

性和人的普遍性，我们在此援引奥赛罗关于他对苔丝狄蒙娜以及苔丝狄蒙娜对他的爱情萌发的自白。众所周知，奥赛罗给苔丝狄蒙娜讲述了许多他的动人的英雄生涯，她要求他把这些经历完整地说给她听：

>　　我答应了她的要求，
>　　当我讲到我在少年时代，
>　　遭受着不幸打击的时候，
>　　她往往忍不住掉下泪来。
>　　我讲完之后她就用叹息对我酬劳，
>　　她发誓说这真是无比异常而奇妙，
>　　她希望没有听到这类故事，
>　　又希望上天为她造出这种男子汉。
>　　她感谢我并对我提出要求，
>　　若是我的朋友爱上了她，
>　　只要我教他学会讲述我的故事，
>　　就可以赢得她的爱情。
>　　这话启发了我使我顿时悟出，
>　　她爱我是由于我的各种经历，
>　　我爱她是为了她对我的激情。

　　事后用话语的概括，必然简化了这一过程的复杂性。如果事后对这种体验用语言加以描述，那么情况总是这样。因为所有使两人激动的、理智上和道德上的范畴却不足

## 第十一章 第1′信号系统

以——个别地和就其自身而言——作说明之用。即使是高度的赞叹也可能是冷淡的,即使是深切的同情也可能缺少情爱。要在两人之间形成这种特殊的性爱,就需要把情感和观念与身体方面的个性(形体、声调、目光等)构成一个人格的整体。使性爱被感觉到、被加工和综合为统一的恋爱情感的这种媒介正是第1′信号系统。

正如我们已经看到的,古代人把这种情感神话化了,看作是爱神——以善意或恶意——的差遣。即使恋爱者本人,往往还有他们周围的人都有——没有显著的神的形象——一种神话化的倾向。这种情感作用,当然——即使是事后——完全可以用理性范畴来表达,可以分解为它的个人的和社会的构成因素。对这种人际关系和实际人的认识的情感和表现方式的发生史作进一步考察,是很有趣的和极重要的。这里只能说明:不断明显发展着的分化和综合,肯定是与——在劳动发展过程中和由这种发展形成的复杂的人的社会关系——所形成的运动想象和感觉想象相关。歌德已经——正是与性爱直接相关——在《罗马哀歌》中明确地表达出这一点:

> 我在思考和比较
> 用触觉的目光巡视
> 用视觉的手指触摸。

这种分化逐渐扩大到人的生活表现的全部领域。在古代，这里起主导作用的辩证法，主要以先验的精神—道德的美，绝对超越于肉体—感官的美的形式表现出来，以致对于普罗提诺说来，一个人外在的、可能是丑的现象完全被内在的美所隐蔽。只是很晚以后，在狭义的性爱魅力方面有吸引力以及类似的形式（包括恶魔的美）在性爱方面才形成积极的评价，而像在柏拉图那里是完全相反的，理智和道德的特性才获得一种性爱的意义。这种发展的历史还很少了解。虽然车尔尼雪夫斯基对性爱满足的社会基础作了一些考察，说明在农民中和上流社会中是怎样评价恋爱对象的，这一论断是具有极高价值的，因为它追溯到，如勤劳和懒惰之类社会基本现象，然而这却无助于我们的问题。①

当然人们必须从这些基本的社会事实出发。这些事实却仅仅构成了这种发展的实际活动范围，也就是构成了我们在这里所感兴趣的、完成个人性爱选择的、那种身心典型特性的实际范围。这些特性在一定程度上引起了条件反射，这里所要讨论的正是条件反射向第1′信号系统的进一步形成。同时当然不要忽视，那种由环境和教育等在人身上固定下来的条件反射，也在性爱方面强烈地影响着人的趣味，这种影响远比车尔尼雪夫斯基所认为的更充满矛盾（对立物相互吸引等）。人们之间受社会制约的交往形式以

---

① 车尔尼雪夫斯基：《艺术与现实的审美关系》，见《Ausgewählte Philosophische Schriften（哲学文选）》，第272—369页。

## 第十一章　第1'信号系统

及与此相关的风俗、习惯等，都影响着性爱的质的活动范围——直到诱发无效的刺激、中和掉有效的刺激等——个人之间的恋爱越强烈，那么在恋爱关系的"战略战术"中思考作用也就越强。上面我们提到的拉克洛的小说就是这些经验的百科全书。然而如果我们要对两种高级信号系统在这里的相互作用作出论断，那么正是在这里，计划和实施在心理上会相互分离开来。甚至像在拉克洛那里理智引导占优势的极端情况下，在每一具体阶段上，在其预料的效果中也要大力进行感性激发。正是语言，即第2信号系统，在这里必须纯粹作为激发系统来看待，以便达到性爱的意图。在正常的生活中，其比例当然也是如此不同，以致它结果会产生新的质。对两种高级信号系统进行任何协作的情况，像拉克洛所描述的情况一样，是特殊而少见的。

因此，在比较发达的社会阶段，我们到处可以看到第1'信号系统与第2信号系统之间复杂的、充满矛盾的合作。即使只是列举其中最重要的情况，在这里也是不必要的。在此，只需再扼要地指出教育实践的情况。当然，这种实践归根结底是按社会所限定的原则加以引导和调节的，所以知识和思考在其中必定起着主导的作用。每一种这类的实践——它实施的时间愈长，愈是如此——使其经原来观念加工的原理的应用可能性，作为条件反射固定下来。一个优秀生或不好的学生、勤奋的或懒惰的学生、聪明的或笨拙的学生，他们的典型标志逐渐在实践中形成，习惯地诱发出自发反应甚至判断的条件反射，这样形成的典型愈

> 审美特性

多地适应于有意识地经观念加工的原理，他们就养成形式上愈加固定的条件反射。真正的教育家明确地知道，个性不总是适应于如此固定下来的类别，各种例外——非一般典型的优秀和勤奋的学生，并非懒惰、漫不经心等所产生的各种问题的发展阶段——只有根据对表面上矛盾的事物背后之人的核心作真实本色的考察，因此只有利用第 1′ 信号系统才能认知和理解（马卡连柯的小说为这里的阐释提供了丰富的例证）。在此第 1′ 信号系统的作用，是对原来观念加工的原理向条件反射的固定加以控制和调节。

再次指出这种控制系统是十分有益的，并且是必不可少的，然而它却不能保证像发觉真实一样，正确地接近客观现实，这种强调也许是多余的。因为在第 1′ 信号系统的作用中——基本上——正如在第 2 信号系统中一样，存在着产生错误的可能性。抽象地从结构上看来，这里涉及同样的误差根源：因为两者都是信号的信号，与直接指示客观现实的信号之间的关系是松散的，甚至是远远脱离开的。在具体的实践中，这种与无法接触的、必然的普遍化和综合相反的松散化，在两种高级信号系统中起着不同的、往往对立的作用。因此其中一种可以用作另一种的校正，这种相互间的调控具有积极意义，这绝不会由于认定其可能存在误差而被否定。

这种状况也可以通过我们下面的例证来进一步说明，对人的认识的复杂性，肯定很多人都会遇到这类经验。在与一个人第一次接触中，就会产生出对于他的极其明晰的

## 第十一章 第1′信号系统

印象,并且与明显而强烈地对其人格肯定或否定的、主体相关的情感不可分割地联系着。经常出现这种情况,在进一步的认识过程中,这个人的谈话、工作和行为与第一印象完全不同,那么我们就会把第一印象当作错误的搁置一旁,有时甚至完全忘掉。在这种情况下,偶尔也会产生一种密切的协作关系,甚至个人的友谊,直到其中一人在某种机会下突然明白了,对于这个人的真正性格的第一次否定的印象,要比多年积累的经验更准确。同样可能有相反的情况:尽管对一个人有良好的第一印象,但是却忽视了与他的交往,当以后偶然的重新相遇证实了这种印象时,必然感到后悔。把这种第一印象作为一种深刻直觉的正确的幻象而神话化,是完全错误的,这种第一印象与长期积累的经验一样,都可能有错误。通过第一印象可能提前获得有关真实本色的经验,仅仅这一事实就再次极其明确地说明了,第1′信号系统在日常生活中的作用,借助于激发性的综合可能获得有关周围人在性格特征上的经验。

我们希望以上的阐释已经说清楚了,特殊的激发作用在日常生活中的功能。从生理学—心理学对人的认识的观点出发,把激发完全当作审美范畴也是错误的,正如我们已经在关于想象问题上所说明的。由于我们把激发看作是日常生活的一种独特的——能动的和受动的——传达形式,我们概括了大量的引起人们之间社会交往的现象,以及随着交往的展开在量和质上不断增加的现象,由此扩大了目前往往限于用语言准确的规定所表达的传达概念。我们已经强调指出了,这种传达形式具有与第 2 信号系统相同的特征:普遍化(与由条件反射和无条件反射为我们提供的现实的直接印象相脱离)以及与此密切相关的、产生错误推论的可能性,这种错误推论是由于,大大超出了各种要素、它们的联系和结合的正当而必要的普遍化界限造成的。如果我们把错误推论的说法用到由第 1′信号系统所完成的综合上面,那么我们认为,我们并不会犯把一种领域的形式不适当地转移到另一种领域的错误。好的观察者,不用明确地提出我们这个问题,就可以得到类似的结论。让我们回顾一下,亚里士多德关于省略推理法和示范,巴甫洛夫关于直觉所谈到的内容。我们还要再加上让·保罗的一段意味深长的话。他研究对比的喜剧效果,并就它在形式上的前提指出:"……感性直观的全能和速度迫使我们进入这种迷狂的戏剧中。"然而他同时断言,绝不是每一种刺眼的对比都能引起喜剧的反应。并"同样获得一种感觉的演绎推理",使其产生这种或那种效果。① 所有这些都表明了激发具有强烈的、与对象相关的性质,这两种高级信号系统都脱离了无条件反射和条件反射给我们提供的那种直接性。因此这两种信号系统对外在世界和内心世界的具体对象性的接近,可以比无条件反射和条件反射做到更综合、更深入、更丰富、更加多方面。所以——即使在日常生活的水

---

① 让·保罗:《Vorschule der Ästhetik(美学引论)》,魏玛 1935 年版,第 98 页。

## 第十一章 第1′信号系统

平上——由激发在主体身上的必然作用而得出,它具有单纯主观性的结论是完全错误的。在两种高级信号系统中,对象性的意向作用当然是完全不同的:第2信号系统从一开始就完成了抽象(词语),以便通过有时很复杂的迂回道路达到概念上的客观现实;而第1′信号系统,则始终受着感官印象的直接性的制约,甚至形成一种着重的强化。这种强化都具有一种倾向,使得在我们周围世界的实际直接性中所隐含的对象性及其联系,通过激发而可以体验到,以一种独特的方式意识化(我们在以前的考察中一再指出,由激发所产生的体验,事后总是可以用语言和思维的范畴来描述,因此并不具有非理性主义的色彩。有关这种向概念转换的特性,我们将在下一节中详细讨论)。终于将两种高级信号系统的这一特性与它的明确的社会—历史本质联系了起来,对另一种反射的历史特性加以研究,不是我们的课题。确定无疑的是,我们的绝大多数的条件反射都是社会—历史地形成的,另方面有许多无条件反射是与人的人类学本质密切相关的,甚至可能起源于动物状态。然而这两种高级反射系统却是人的官能,这种官能在一个社会—历史地演化的世界中把握了在其中不断产生的新事物。即使思维作用纯粹指向自然界而不依赖于人的客观现实,那么所提出的问题以及解决这些问题的思想机制和技术设施也是受社会—历史的制约。因为第1′信号系统首先是用于对人的认识(注意:是首先,而不是仅仅),所以它的社会—历史的特征形成得更加明显。

◯ 审美特性

  如果我们观察一下如笑之类的一般现象，我们就很容易看出这一点。在笑的高度发展的形式中，无疑存在着特殊的人的东西。不要忘记，即使在人那里，笑也是作为无条件反射而存在的。当人被搔痒了时，人就会笑。达尔文举了一个在黑猩猩中的类似的例子。[①] 在许多家畜——狗、猫、马中都可以确定有类似的反应，同时在所有这些情况下都存在一个问题，即人们在多大程度上可以把这样引起的快感作为笑来解释。更加确实的是，在人的生活中往往把笑简单地看作是条件反射的作用。在看到人们所不习惯的外表、言谈或穿着时自动发出的笑，是由于社会偏见而表示的蔑视，是这种事实情况的一种清楚的证据。同样还有这种事实，社会的发展清除了许多这种自发产生的取笑（这往往是由于对孩子们这种取笑习惯的戒除性教育所致），同时也创造了这类自发—自动反应的新形式。属于这类情况的还有，在同一社会的不同阶层中，这类可笑的事可能表现得不同，甚至完全相反。城里人的外貌、言语、表情、服装等，在乡里人看来可能是滑稽的，反之亦然。

  要想能够认识我们真正感兴趣的、那种笑的现象的真实特性，就必须把日常生活中的笑当作基础。笑本身就是能够立刻传达——不用语言的媒介——人的感情、态度、行为方式等的普遍性的表达手段。众所周知，从几乎无法

---

① 达尔文：《Darwin, Gesammelte Werke（达尔文全集）》第5卷，斯图加特1881年版，第134页。

## 第十一章 第1′信号系统

觉察的微笑到哈哈大笑,笑有多少不同的程度划分。这里我们主要地不是从强度的增大来谈质的分化。也就是说:第一,每一种笑都有极其不同的取向,人们可能出于赞同或反对,而对人发出善意的或敌意的、赞赏的或轻蔑的笑。第二,笑的特征不仅表现在它的诱发的动因上,而且表现在与笑的对象的关系上。此外还与主体本身不可分割,例如一个人的善良或恶意,同样自发地表现在他的笑中。但是除此之外,笑还是我们称之为人的真实本色的那些素质的最明晰的征兆之一:正直或狡猾、纯朴或奸诈、善意或恶意、开朗或抑郁等,直接表现在不同的笑中,也就是说不是以我们这种用语言来列举构成的抽象性,而是以细微具体化的情感差别,准确地与每个发笑人的精神整体联结在一起。由发达的文艺学确认为喜剧的所有等级,从无情的讽刺、嘲弄和自我嘲笑直到最宽容的诙谐,本来都包含在日常人们的笑中,很容易为通晓人情的人所察觉。第三,其中表现出笑的社会—历史特性,当然,不论关于笑的历史还是笑的社会学,到目前为止还没有历史地把握。我们从取笑的对象知道了一些情况,这里清楚地表现出来的文明化和人化过程首先在于,在形成取笑的对象时,个体的特征表现得越来越突出,这里当然并不排除笑与典型事物的非随意的关联性。这种关联性不可排除地包含在笑的单纯作用中。在我们笑话某人时,那么我们决不是有意地将他归入一定的社会—人的类别。但是巨大的进步却是在于,个人的东西越发突出起来,不再是仅仅对某些一般的类型化的事物发笑（残疾者、外乡人等），而是对这种类型的某些充满矛盾的个人表现发笑。如果我们在这里为清楚起见，把莱辛的里柯·德·拉·马里尼埃与对外乡人的简单发笑对比一下，那么我们所谈论的——像在这一考察的所有地方一样——不是就其艺术形象而言，而是就一种新的情感方式而言。这种情感方式的特点在于，根本不再以一种典型作为取笑的对象来看待，而是以某种社会—人的表现方式，这种方式虽然与此典型相适应，却不是绝对而机械地与单纯的存在状态相关联。乍看起来好像取笑的范围变窄了，在一定方面也确是如此。其中同时也包含了这一范围的扩大：取笑的这种分化不仅消除了在某种类型的取笑事物中流传下来的绝对性，而且同时使那些到目前还觉察不到什么可笑的其他类型同样——在某些情况下在人的特性的某种比例中等——能够成为发笑的对象。莫里哀在《愤世嫉俗者》中创造的形象阿尔赛斯特是这种社会—历史所新形成的情感的一种明显的适应。莱辛反驳卢梭对莫里哀那种倾向的见解，很具体地说明这种情感方式，即使人们歪曲地表达出来的美德的某种表现形式，也能起到喜剧的作用。[①] 我们在这里当然不可能，即使是最粗略地，概括出这种倾向或类似的倾向，我们提到它只是为了提示一下在生活中笑的发展方向。使人产生笑的反应的对象世界不断变得更大并更加不同，由此，其主观方面当然也在笑的作

---

① 莱辛：《Hamburgische Dramaturgie（汉堡剧评）》，第28篇，第149页。

## 第十一章 第1′信号系统

用中概括、综合并形成了不断分化和复杂化了的生活事实,在笑的这种社会—历史的——并非单纯是人类学的——本质特征中,增加了由新的事态自发地并立刻得出相应结论的能力中,从而表现出由原来的无条件反射和条件反射导致第1′信号系统的发展方向(另外这里还要说明,人们一般完全可以事后合理地,并用语言来说明他们笑的对象和原因)。

因为我们在这里涉及在生活中第1′信号系统的表现方式,对此完全不用通过第2信号系统加以补充,所以对这个问题必须深入加以考察。(主要是语言上的巧智,早已包含不了整个笑的领域)。对外部世界的类似反应,在人们的社会生活中是屡见不鲜的。例如提到哭泣,也同笑的情况一样,经过了并仍在经历着同样分化的发展。或者可以考虑沉默作为人际交往的表达手段。沉默在开始阶段就已经起着一种显著的作用,如在刑讯柱上所表现出的轻蔑的沉默,年轻人在长者面前敬畏的沉默等。当然这里还主要地涉及由支配性的习俗所规定的、牢牢固定下来的条件反射。不用再深入叙述它的社会—历史的发展也不难看出,沉默的分化,不论在外延和内涵上都在不断展开。它的社会特性已经表现在,它已经成为人们之间直接交往的一种重要的或附带的因素。在谈话中短暂的或较长的停顿,可以用于加强或减弱所说内容的分量,由这种停顿可以通向更长的持续的沉默,由此即可能使谈话对方说出他想隐瞒的东西(施特林德贝尔格在他的独幕剧《强者们》中描述了这种场面),也可能引起销声匿迹之感,引起表示窘迫以及内在和外在危险性的沉默,或者正是表现自信的沉默。这里存在着无数的差异。由我们的观点看来,在此应该强调指出,一方面在这种水平上,正如在社会生活中起作用的、精确固定下来的条件反射那样,不可能由一定的标志给出完全明确的意义。直接孤立地看,每一种沉默都可以作极其不同的解释。另一方面每一种沉默都有它自身的情调、它自身的氛围,由此出发就可能精确把握它的个体的、瞬间的意义,甚至这一沉默之人的真实本色或非真实本色。

促成明确理解沉默的媒介,正是它所唤起的(氛围),氛围是比较现代的说法。到目前为止的文献表明,指出它所依据的现象要比给出精确的名称早得多。这里重要的是,某些可以精确规定的东西——因此事后可以用语言来描述——不通过语言的媒介而直接产生激发作用。的确,这是完全可能的,在某些情况下,语言、由语言所表达的思想本身从属于这种激发作用。我们不打算再重复以前提到过的情况,即在安慰一个人时,在表白爱情或获得爱情时,语言成为具有一定氛围的情感激发的单纯工具。为此,有一个比较简单而平常的例子。戈特弗里德·凯勒描写了萨兰德夫妇是怎样想给他们的、陷入不幸中的女儿发个电报,告诉他们活着的消息。萨兰德起草了电报,但是他的夫人对此并不满意,而加以改写。"她在犹如坚硬石块那样立着的名词和动词之间,加上从属于它们的、连接它们的小词,其他则毫无改变。"萨兰德惊叹道:"果真突然变得高雅和

## 第十一章 第1′信号系统

充满热忱了。"相同的词义却获得了一种新的氛围内涵。这种事实贯穿在整个人际交往之中。我们常说，一个房间使人感到有人居住或无人居住，有个性特色或毫无特色，舒适或不舒适，甚至很不自在等等，在这里主要不在于它所装备的设施华贵或低廉，因为以极其华美的家具装备的房间也可能给人唤起一种冷漠的和令人厌恶的印象，而正如托尔斯泰所描述的，当康斯坦丁和凯替·列文去拜访他们在偏僻省份旅店中濒于死亡的兄弟时，凯替利用随身带来的一些什物作了某种调整变换，马上就成功地使令人反感而不适的旅店房间，产生出某种家庭的幽雅气氛。

这里首先总是就集合体而言的，每一个别性只具有一种从属的、征候的意义，而氛围的形成是作为由各种个别印象和联想组合成的具有统一激发作用的一种具体系统。还要说明的是，这种统一的氛围并非总是——如同在我们举的例子和通常的生活中那样——有意被唤起的。但是值得注意的是，在许多情况下氛围激发作用的形成——即使它是被有意唤起的——要能真正产生这种作用，就得给人自发性的印象，即不是"故意而为"的。也有不少这样的情况，只有当主观上没有某类意图时，才能形成这种氛围。一间房子要给人以居住的氛围，当然就要布置得恰当而符合目的性。房间所要达到的符合目的性，并不是要在客观—技术上达到最佳，而且它必须尽可能适应于个人的需要，它不论从实际的完善性还是从氛围的统一性的观点看来，都可能具有一种偶然的性质。正如我们已经看到的，

◯ 审美特性

在某种氛围的背后，作为动机隐藏着一种自觉的意图，在这种情况下，这种对个人一时特性的激发也是氛围的一种特征。只有当这种意图没有表现出来，一般才能形成一种氛围，过分露骨的氛围属性往往使人失望甚至使人感到滑稽。

通过上述内容我们希望说明，被概括为第 $1'$ 信号系统的那种反射，绝不能理解为巴甫洛夫所说的简单条件反射，同样像第 2 信号系统的反射那样，它是信号的信号。我们同样已经重复指出过，这两种高级信号系统之间，在结构和功能上的某些相似的重要特征。现在还要说明的是，这两种信号系统一般只有在与劳动的联系中才能形成。但是不言而喻，劳动为人们创造了生活条件、需要和技能等，这些必然超出了狭义的劳动范围。这对于第 2 信号系统说来是非常明确的。我们确信也已经指出过，作为构成第 $1'$ 信号系统的基础，不仅应该考察劳动，而且也应该考察空闲时间——这只能在劳动的基础上才能产生。语言和第 $1'$ 信号系统的各种极其不同的、异质的现象，正是在通过劳动使人自我形成的社会历史过程中产生的。但是语言从一开始就以一种明确可辨的方式独立地体现出来，而第 $1'$ 信号系统的现象却一直是分散的、非客观化的，只分别地与体验的主体相关联。正如我们将看到的，只有通过艺术才能形成第 $1'$ 信号系统的明确的客观化。前面我们已经谈到审美领域的多元结构，所以第 $1'$ 信号系统的统一性，在这里远不如第 2 信号系统的统一性那样清楚鲜明，因为日常的语言

## 第十一章 第1′信号系统

以及科学的语言，呈现出远为明确的客观化特性。此外，还应简要地、从心理学上加以补充地指出第1信号系统所把握的对象的范畴结构。如果人们考虑到我们所援引的例证，那么就很容易理解，在这样所把握的各种对象中，诸如实体性和内在性之类的范畴是占主导地位的。如果事后借助第2信号系统来使它们意识化，那么它们首先表现为因果关系，当然不是无条件的和完全如此的，也并非绝对地完全丧失其原来的特性。这说明审美领域可以作为实现第1′信号系统的最高和最适当的地方，并再次指出了——在讨论这些范畴时已经提到——通过因果性而使实体性和内在性进一步必然地分离，这绝不是该范畴的消失，或作为非实在的，或只是主观表现出来的东西，而是人对世界统觉的两种可能的方式，即在非拟人化的和——有理由——拟人化的反映之间，在事实上和历史上不可避免的分化。如果我们再次指出，第1′信号系统的机能必然导致，使其不断地向另外两种信号系统转化，因此可以理解为什么到目前它还不能在心理学上被作为统一的现象来认识并得到确认。

　　这一考察可以说是试图确定，其方法论方面的轮廓。但是，在对人的心理的表象和概念的作用、内容、机能和相互关系至少是概略地作出说明之前，就不可能甚至是近似地完成这一任务。一般的，作为出发点的情况是极其简单的。众所周知，高等动物就能形成表象，在其表象中，它对自身环境的感官印象和态度可以达到尽可能最大的普遍化。此外对于下面一点也不能怀疑，第2信号系统代表了

## 审美特性

在质上更高的一种抽象,即概念的世界。因此对于我们目前的问题说来,当在表象的基础上建立了概念体系时,是否产生了表象(以及直观)保持不变的问题,或者是否在这种新的心理整体中,产生出新的内容、新的机能、新的结构关系,这些与表象(以及直观)的特性根本不同。我们认为只有第二种假设才能符合现实。在这里具有决定意义的是精神生活的动态统一,它必然导致将各种思考的对象客观化,在语言中创造出自身的形态而达到概念的鲜明性,并反作用于表象和直观。由此而赋予表象和直观一种客观性和精神性。这是在动物那里根本不可能具有的。当然许多动物的表象已经非常明晰和确定。例如,鲁道夫·梅尔曾记述说,绿翅鸭对于各种猛禽(白尾海雕、游隼、苍鹰)的反应在态度上完全不同。也就是说,它能对这些天敌形成精确分化了的表象。当然,我们无法准确地知道这些表象的范围和内容。但是,很难想象这种表象能超出那种使它准确识别每种猛禽并决定对其作出适当反应的标志。与此相反,在人那里却会形成概念,使相关的动物作为独立的对象被固定下来,其特性可以不依赖于各种直接的反应而被认识。这种在概念中内容的丰富化和完善化反作用于同一对象的表象,这种表象作为反映也包含了对象整体的相关性。正如黑格尔所指出的,其方向说明了前面提到的单纯的感知转化为一种认识。当然正如黑格尔所着重指出的,感知渗透着感觉和直观,相对普遍的东西而强调特殊性,也是表象的主要特征,这与概念所必然具有的

## 第十一章 第1′信号系统

抽象性不同。

但是与动物的感觉活动中表象的本性相比,这种表象(以及直观),又具有新的着重点、新的功能。也就是说,它是对客观存在的对象向其不断接近的自在存在以及多样的、多方面的超越具体反应的单纯直接性的自在存在转化中更完善的反映,是由单纯概念准备阶段的表象(和直观)向其抽象的完善性的补充和修正。然而,对于我们说来,客体的对象性只有通过对其尽可能适当的命名(词)和规定(概念)才能形成。但是这一发生过程是一个永恒性的不断更新的、无限的过程,在其中"自下而上地"由直观和表象作为媒介以经验丰富着它的内容,"自上而下地"通过概念的作用而精确化,形成明确的规定。由于表象本身包含着大量的充实材料,能够勾画出作为概念的轮廓,因此它成为概念世界的一个校正器,成为检验和防止概念与现实偶然地脱节的监督机构。这样形成的自"上"而"下"和自"下"而"上"的相互作用的、更加复杂的过程在表象中获得了一种关节点,并赋予表象在精神生活中和在理论与实践地把握世界中一种比较独立的功能。如果我们回想一下以前分析过的诸如礼节、对人的认识等现象,那么我们就可以明了它的这一功能。此外,第1′信号系统与条件反射的关系,以及与条件反射无关的第1′信号系统的存在,都可以从一个新的方面得到说明。这一考察的实际结论当然只能在下一节中做出,在那里我们将试图阐明这一信号系统对于艺术的意义。

◦ 审美特性

## 三 间接暗示（家畜、病理学）

在我们转到阐述在艺术中第1′信号系统的作用之前，我们打算从两个——某种程度上是消极的、间接补充的——方面更清楚地说明这一现象。我们一方面把注意力集中在各种家畜身上的类似反射作用；另一方面着眼于某些精神病是否对这两种高级信号系统产生同样的作用。我们首先考察家畜的情况。为了对家畜的反射系统的真实性质和可发展性获得正确的见解，我们首先应该弄清有关家畜生存条件上的那种"革命"，它意味着由野生的存在转变为与人不断发生联系的存在。首先——这关系到每一种家畜以及在饲养状态的各种动物——失去了在动物的正常生存状况下，引起其无条件反射和条件反射之环境的两种最根本因素，即食物的寻找和始终处于危险中的生存防御。因此，形成了一种类似于闲暇和安全感的现象。然而对这种后果，应该以批判的态度来看待，因为作为自身劳作的成果和由自身所创造的生存状况的闲暇和安全性与纯粹由外在力量强制一种动物接受的闲暇和安全性，在性质上是不同的。为此对某些家畜——首先是马和犬，还有为实验而饲养的猿——部分地提出了全新的任务，不像在人那里是由其自身的自我形成中有机地产生出来的，而是完全按照人的需要强迫它们接受的。当然，动物由于它们以前的

## 第十一章 第1′信号系统

发展必然具备了符合这种应用的某种生理上,甚至心理上的前提条件,其所执行的任务相对于动物以前的发展说来,意味着一种飞跃。这种差别的明显性在实际上会由此而得到缓和,即许多动物世世代代是为这种新的"使命"而被训练和饲养出来的(竞赛的马、猎犬)。但是尽管如此,这种质的差别仍然不能排除:不仅它们的任务和执行的条件是由人设想出来的,对于动物说来是一种准备好的、并非自身完成的外部世界,而且在心理学上也是受这种前提所制约的(在狩猎中对野兽的捕获方法以及猎物的位置、马的步调和跑法等)。

显然,在这里动物必须形成和固定全新的反射作用,这往往与其原来的本能相矛盾,由此它们必须克服远远超出其自然水准的困难,以完成其任务。巴甫洛夫在记述他的狗的实验时,正确地指出了这里所出现的主要困难的典型情况。它涉及,狗要对光的效应如此作出反应,使出现的三次光信号不被确认(狗得不到食物),只有出现第四次光信号时才被确认。狗的任务是,以精确的条件反射对这一复杂的过程作出反应。巴甫洛夫将其结果概括为:"人可以根据他的一般数的概念很简单地作出判断,但是狗没有这种一般概念。狗只有根据各种感觉对光作出区别,这种感觉类似于在各种延迟的反射时抑制过程的形成。如果整个系统是由重复的、同类的光刺激所组成,那么狗显然可以毫无困难地将第一、第二和第三个光信号与第四个区别开来。但是在我们的实验装置中,光刺激被安排在其他刺激之间,它们是极其不同的,有强有弱,有正有负。这一课题的条件是极其苛刻的。尽管如此,狗完成了这个任务,并实际地对头三个光刺激产生了一种抑制,对第四个光刺激产生了一个完全的积极的兴奋过程。① 在这里,有两个环节值得注意:第一,动物在这样一个任务面前遇到了异常的困难,因为人可以借助于他的数概念(或在其他情况下借助于他的形式表象)简单地解决这一任务,但是对于不能形成这种概念的动物说来,就很困难了。巴甫洛夫对此也是十分清楚的,他目前的反射学说并不能直接地、得心应手地给出这种现象的说明。正如我们所看到的,巴甫洛夫在狗的实验上所讲的,要比他平常所表达的更加一般化和含糊不清:狗无非是"借助各种感觉来区别光信号";在猿的实验中,"最有趣的是,它以哪种生理学方法达到目标"。② 第二,他特别强调指出,几乎所有的狗在这个任务上都失败了,除了两只同母所生的狗,反应的灵活性特别强。

当然即使是野生的同种动物,它们对环境的反应也不是完全相同的。巴甫洛夫最伟大的科学业绩之一可以说是,他具体而精确地研究了狗的神经系统类型的差异性。我们已经指出,实验的"人工"世界提出了比在人工世界产生的普通家畜的生存更加困难的课题,在这里应该再次说明

---

① 巴甫洛夫:《巴甫洛夫星期三讲演录》第 2 卷,第 378 页。在第 279 页,同样地涉及到猿在实验中抽象的形式表象。

② 巴甫洛夫:《巴甫洛夫星期三讲演录》第 2 卷,第 279 页。

## 第十一章 第1′信号系统

的是，这种家畜的生存远比野生动物的自然生存复杂得多。显而易见，相应于反应条件的困难化，"天赋"的区别必然愈益表现出分化。在此我们必须始终注意，这不仅关系到生理的差别（强壮程度等），而且往往——甚至是首先——涉及心理的差别。上述巴甫洛夫所引证的事例就是如此。托马斯·曼对狗作了出色的考察，例如他描述说：他的狗在野外可以很好地越过任何障碍物，然而却不可能教会它跳过手杖。它总是从手杖下面跑过去，即使用它所害怕的任何惩罚都无法强迫它从手杖上跳过。这里涉及典型的缺乏能力的例证。在养马和养狗的行家那里和在动物驯养者那里，肯定可以找到有关这个问题的大量材料。例如众所周知，各种竞赛用马具有战斗和决赛的"决心"，而其他能力，也就是说跳跃牧栏或障碍物的灵活性，并非总是与一般能力（速度、耐力）成正比的。

因为作者对这种资料知道得不详细，请允许再由托尔斯泰的《安娜·卡列尼娜》中援引一个文学的例子。托尔斯泰的一生，特别是他的青年时代，经常与马打交道。他在书中描写了一匹有特殊"天赋"的马，即渥伦斯基的马福罗—福罗。在赛马之前驯马人就已经告诉他，在障碍物之前他既不用拉住马也不用驱赶马，"您让马自己来选择，应该怎样做"。在赛马当中，渥伦斯基打算超过在他前面的一个骑马的对手，但是，这个对手却不让开有利的内侧。几乎在渥伦斯基刚刚想到由外侧超越他的时候，这时福罗—福罗已经更换了步伐，完全按照这种意图做出了尝试。

> 审美特性

最后，托尔斯泰还描述了下面的插曲：人们必须跃过一条小溪，但是在渥伦斯基前面的骑手，同他的马一起摔倒了，翻滚在地，而福罗—福罗跳过来之后正巧在这里着地。托尔斯泰写道："正像一个跳下来的猫那样，福罗—福罗在跳跃的中途用双腿和背做了一个有力的动作，从躺着的马身上越过并疾驰向前。"

我们认为，这些事实——行家们肯定可以举出更多的——很难通过简单的条件反射来说明。在最后两种情况下——特别是最后一种——涉及一种新的、非预期的、非事先料到的情况，对这一情况马是不可能依靠训练的。对此马必须具有以前我们提到的——用盖伦的话说——运动想象和感觉想象，才能对这种全新的情况立刻作出正确的反应。不言而喻，在对外部世界的每一行动的反应中，存在某些情况的变化。条件反射正是表现在高等动物正常生存中通常出现的那种程度。但是我们已经看到，由人为家畜提出的任务已经超出了这种程度，这表现在极其不同的方面。并非所有家畜都能满足这些要求。因此，家畜若要能满足这些要求必须——借助训练——大大发展它们的能力。同时，一般说来，条件反射系统也要确实地精细化。然而，由于事物的自身逻辑，它并非取决于家畜的天生能力，而取决于赋予家畜任务的性质。这里出现了一些难题，要解决这些难题即使靠高度发达的条件反射也是不够的，部分地是因为要顺利而简单地解决问题得靠人的概念，（巴甫洛夫引证狗的例证），部分地因为可能出现预料不到的情

## 第十一章 第1'信号系统

况（福罗—福罗的跳跃）。我们以为——要验证这一点我们推荐采取另外能够胜任的研究——在这些情况下，在许多高度发达的家畜中，条件反射已经发展为一种第1信号系统。

到目前为止，在我们的考察中排除了一种关键性的重要环节，这就是人与家畜之间直接的相互关系。我们这样做是为了在我们面前十分清楚地显示出，在质上具有全新动机的劳动的作用。但是，现在是把人与动物的关系加进来的时候了，因为它对我们的问题起着决定性的作用。在由劳动引起语言之后，恩格斯直接详细地谈到了这个问题："动物之间，甚至在高度发展的动物之间，彼此要传达的东西也很少，不用分音节的语言就可以互相传达出来。在自然状态中，没有一种动物感觉到不能说或不能听懂人的语言是一种缺陷。如果它们经过人的驯养，情形就完全不同了。狗和马在和人的接触中所养成的对于分音节的语言的听觉是这样敏锐，以致它们在自己的想象所及的范围内，能够容易地学会懂得任何一种语言。此外，它们还获得了如对人依恋、感谢等等表现感情的能力，而这种能力是它们以前所没有的。和这些动物常接触的人不能不相信：这些动物现在常常感觉到不能说话是一种缺陷。不过可惜它们的发音器官已经向一定的方向专门发展得太厉害了，所以无论如何这种缺陷是补救不了的。"[①] 对恩格斯这一杰出

---

[①] 恩格斯：《自然辩证法》，见《马克思恩格斯全集》第20卷，北京：人民出版社1971年版，第512页。

的分析唯一可能产生的疑点是最后一段,即家畜没有分音节表达的能力仅仅归结为不再可能重新形成发音器官。我们确信——正是恩格斯的表述所证明的——在人那里分音节语言的形成,是与在劳动中为了进行劳动而构成各种概念的必要性相联系的,这种形成人的存在的强制需要,逐渐完成了分音节的语言。如恩格斯所指出,鹦鹉也具有言语器官,这并不违背我们的见解,因为即使在鹦鹉那里只能形成单个的言语或者至多单个的语句,却根本谈不到人的意义上的语言。实际的分音节语言的形成过程经历了多久,我们是无法知道的。但是,肯定动物从来就没有产生语言——在本身还没有产生这种需要的阶段,就与已经发展了概念和语言的人发生了接触。在执行人的命令时,动物被迫接受了某种独立性,在与这样一种活动的联系中,动物却已经确定了它的条件和前程。在这里我们只能说是一种加引号的劳动,即拟似劳动,在其中也不可能形成概念、分音节语言表达所需要的对现实的反映。我们回顾一下巴甫洛夫关于狗没有数的概念的正确论断。在这里还应该说明的是,在人们产生了数的概念之前,人的劳动和借助劳动所形成的社会形态,必然经历了(自身的劳动!)漫长的道路。那种进入了既成的新的生存状况中而生理上对此毫无准备的家畜,不可能赶上这种发展。

这种情况也表现在,在人那里由自身劳动所产生的关系、人的接受能力及其表达方式获得了一种一般的、普遍的特性;在嵌入一种即成的劳动文化中的动物那里,所发

## 第十一章  第1′信号系统

展出来的东西与此相反,是严格地依照人的需求定向和限定了的,并由此出发而专门化了。在这个狭窄的领域内,也能形成复杂化了的外化作用,而其他世界则根本不会产生这种分化。这一点特奥多·冯塔纳正确地作了描述。当她的艾菲·布里斯特伤心地回到父母那里时,她惦记着几乎成为她的生活陪伴者的纽芬兰警犬。虽然她的父亲有一个猎犬,但是,正如她所说,这个猎犬"这样笨。当猎人或园丁从横梁上取猎枪时,它总是首先就动起来"。猎犬在小说中不起多大作用。但是,它被艾菲主观地认为"笨拙"这一点却并不排除,它在狩猎中能完成像渥伦斯基的马福罗—福罗在越障碍赛马中所完成的那种熟练技巧。这是特殊训练的结果,它的心理成就并不会普遍影响到动物的整个生活,正如这类事件在人那里的情况一样。人取得这种成就是在由自身需求出发形成的劳动过程中达到的,这完全是不言而喻的。

所有这一切都不会改变这一事实,即恩格斯极其正确地描述的,在人与动物的交往中,动物是怎样感知和表达感情的,这种感情超出了进一步精细化形成的条件反射。骑手和马之间迅速而正确的相互理解这一事实,肯定大都是以一种良好训练和操纵的条件反射系统为基础的。但是,正如我们已经看到的,在人们之间的交往中也存在这种情况。托马斯·曼谈到他的狗宝尚,它准确地知道,它的主人何时去慕尼黑,何时打算在附近散步,因此——托马斯·曼也同样详细地描述了这一点——这条狗几次都是徒

> 审美特性

劳地追着车跑，迷失了道路。在它自身把从家里通向慕尼黑或出去散步的这两个方向作为条件反射精确地固定下来，并且只有在它的主人出去散步时，它才跟着它的主人。托尔斯泰所描述的情况就完全不同了，当列文相亲不成，沮丧地返回他的农庄时，他的老猎犬立刻感觉到，他的主人心情是哀伤的。达尔文谈到狒狒，它的饲养者有一次把它激怒了，为了与它和解，把手递给了它。"马上就达成了和解，狒狒迅速地上下摆动着它的下巴和嘴唇，看起来很满意。它笑了。"① 我自己曾结识了一条雪山救人犬——它是我熟悉的好友的——它对于它的女主人的不同来访者表现出不同的喜爱和嫌恶之情，显示出极其微妙的差别。这是一种无可指责的行为，因为它根本不涉及是否带了什么好吃的东西。但是这也可以感受和表达更复杂的感情。巴甫洛夫指出，他的一位女同事与她饲养的狗关系特别亲密，当对这个狗通上弱电流以期引起局部的反射时，"这个狗却回避开，对任何亲昵的召唤都不理睬，在刺激之后不产生任何条件反射并且不进食"。巴甫洛夫自己解释道——用他的心理学语言说："狗感到被它的女主人侮辱了。"事实果然如此，当同一个实验由另一位与狗没有亲密关系的同事进行时，圆满地成功了。托马斯·曼在提到他的狗宝尚时，也描述了类似的被侮辱感和受到轻蔑而产生的激怒。巴甫

---

① 达尔文：《Darwin Gesammelte Werke（达尔文全集）》第5卷，第135页。

## 第十一章　第1′信号系统

洛夫的那种高度带批判精神的诚实性正是表现在，他在这些情况下很少作出绝对的判断。在这一情况下，他只讲了狗受到侮辱这样的论断。"从拟人观看来这很简单。所以心理学也是有用的，因为它毕竟提出了一系列复杂的神经联系。"他并且补充说道："我们不打算急于从我们的生理学发现转移到对主观情感的解释上来。任何时候我们都能够并且完成对这种情感的理解。"[①]

我们的考察不打算再继续进行下去。我们只是想把注意力集中在以下事实上，对这些事实的解释若依据简单的条件反射看来是完全令人质疑的。然而，如果我们假定在这种生活状况下，在动物那里存在某些第1′信号系统的萌芽，有的甚至是明确地存在着第1′信号系统，那么这就完全可以理解了。当然由此还没有使问题明朗化，更不用说得到解决了。因为第1′信号系统使这些动物在生存中超出了单纯的条件反射，第1′信号系统与第2信号系统共同作用时与仅依靠第1′信号系统具有完全不同的功能。其中，这些动物由于介入人的世界而处于对立状态，作为这种矛盾的存在结果，这种心理学难题就很容易解释了。正由于巴甫洛夫学说认为所有反射具有功能性的而非解剖学的固定性，由此产生了各种反射相互之间过渡的可能性，根据该生物对外界适应性的需要，不论向上或者向下都可能相互转移。这一学说提供了一种可能性——当然只是一种可能

---

[①] 巴甫洛夫：《巴甫洛夫星期三讲演录》第3卷（德文版），第394页。

性——把第1′信号系统看作是满足这里所产生的适应需求的官能。

现在我们转入到有关病理学方面出现的问题上来（在这里作者也必须从一开始就说明，本人只能以非专家的慎重和节制来谈论这些问题）。巴甫洛夫本人（科诺尔斯基）以他惯有的精确性和客观性描述了我们非常感兴趣的事例。这涉及具有语言障碍后遗症、癫痫症病例，它被人们看作是"运动性失语症"的典型。患者是个艺术家，因为他的右手没有受伤害，所以完全保持了他的绘画能力。病发作起来之后，他几乎不能说话，只是说"波——波——波"，理解力也变得极坏。"不久表现出，他可以借助于绘画来理解周围的事。例如他要洗澡，他就画个在浴盆中的人；当他想让人把炉子生起来，他就画个炉子；当他想让人给他服药，他就画个药瓶。"在确认这一事实的注释中，巴甫洛夫补充写道："这在一定程度上是第1信号系统与第2信号系统可能分离开来的例证。"① 这里又出现了一个难题，更恰当地说，是对巴甫洛夫关于两种信号系统学说需要补充的问题。一个不理解"树"这个词的人，是否认识一棵实际存在的树，或者能画出树的图像，这并不完全是一回事。因为在第二种情况下可能已经涉及信号的信号，我们可以说，在人那里，某些由于习惯而熟悉了的形象已构成了简

---

① 巴甫洛夫：《巴甫洛夫星期三讲演录》第2卷，第446页。在下面考察中，未对这一丰富的文献作进一步探讨，这里只是对问题的一般性说明。

## 第十一章　第1′信号系统

单的条件反射，这是完全可能的。但是，没有语言能力的患者通过对象的独立的图像来理解它的环境，情况就复杂得多了。一个对象的图像——与巴甫洛夫相反——无论如何不可能被看作是简单的条件反射。如果"树"这个词必须被理解为信号的信号，那么一棵画出来的树，同样包含了直接知觉的树之普遍化了的理解，这个树以其直接性而引起一种无条件或条件反射。

由于巴甫洛夫未加留意地忽略了这个重要事实，他没有察觉这位患者的独特性。患者可以准确地理解一个词，相反地在有两个词时他就无能为力了。这种无能为力似乎也扩展到图像，即我们所说的第1′信号系统。医生指给患者看一副手套、帽子和手杖的图画。"他画出手套。我问他：'还有什么？'他画出了手套，他注视了很久并且说：'手杖'。他看着图画，但却没有看到帽子。然而我把手套和手杖遮起来时，他说：'啊，还有东西。'并画出帽子。"通过一个"有趣的细节"可以充实这个发现："这表明，他不能描绘出两个独立的对象，但是他却可以反映人与各种对象之间的关系。对于'一位妇女在洗衣服'这句话，他画出了一位在洗衣的妇女。对于'艺术家在画肖像'这句话，他画出了一位在工作的艺术家。这就是说，如果我们给他提供一些词，而这些词表达了一个视觉形象，那么他就能把它们共同描绘出来。"① 巴甫洛夫完全没有深入研究

---

① 巴甫洛夫：《巴甫洛夫星期三讲演录》第2卷，（德文版），第447页。

审美特性

这最后的观察,然而它为我们的考察提供了解决上述问题的钥匙。因为在帽子、手杖等的例子中,在各种描绘的对象之间不存在视觉的联系,每个东西只能独自地被把握,这就产生了干扰的机制。而在洗衣妇女或画家的例子中,各种对象存在着视觉—绘画的联系,与上述情况相反可以保证它的第1'信号系统的相对完整性。因此我们确信,巴甫洛夫在这里的解释,即仅仅是保持了第1信号系统的完整,对于理解这一事例的特征是不够的。

有大量的文献论述了精神病患者的艺术活动。然而对这些成果的利用应该格外当心。因为第一,由于有利于某些新的艺术倾向(例如超现实主义)的、独断的成见产生了对精神分裂症患者的创作不适当地过分评价,例如在普林茨霍恩那里就是这样。第二,一些学者的世界观立场带有相同的倾向,如克雷特什梅尔认为精神错乱最有利于艺术生产,而雅斯贝尔斯认为精神错乱消除了某种压抑。第三,在对著名艺术家病历的了解上问题最大,这原本应该是最富有教益的考察:人们有时只了解急性精神错乱发作的年代日期,而往往不知道某些艺术作品是否在间歇期平稳的意识状态下产生的,等等(这种缺陷特别表现在对梵高的研究中)。在禁闭于精神病院、接受治疗的患者那里,备有精确的病历,确定这类问题就简单多了。这种精神病人的产物之审美价值,即使在最好的情况下,也是很成问题的,这一点对于我们的考察并不会构成关键性的障碍。我们只是要探讨,在一定的疾病状态下,我们所设定的第1'信号

## 第十一章　第1′信号系统

系统是否仍然不受损害地起作用，或者比第2信号系统所受的干扰要小。同样，我们在讨论第2信号系统不受阻碍地作用时，并不需要去联想康德或黑格尔，在讨论第1′信号系统的作用时，也不需要把伦勃朗或米开朗琪罗或甚至梵高作为比较对象。一个形象或一幅绘画——从心理学上看——具有审美性质，这种性质的产生并不需要从第1和第2信号系统的功能来说明，这完全不会导致对审美价值问题的提出。

尽管存在这些错误根源，然而我们确信，这一考察说明了：各种精神病患者，首先是精神分裂症患者，虽然他们的思维能力和语言表达能力，因第2信号系统完全受到了损害，但是却能用造型的手段去表达，也就是说他们的第1′信号系统并不像另一高级反射系统那样，产生同样的瓦解和畸变。这里对于我们重要的只是证明了这种可能性。因为，由此进一步得出了第1′信号系统的反射作用具有独立性这一论据。在这里我们强调"可能性"一词，因为笔者是病理学问题的外行，不敢在这一领域作出具体规定性的判断。然而如果在一些事例中表明了这种独立性，这种——相对地——不依赖于第2信号系统功能的性质，那么我们的假设就基本上得到了证实。在所考察的事例中，进行造型活动的精神病患者是很少的，普林茨霍恩估计它只占百分之二，这方面起着微不足道的作用。① 最后，这里还要作如下

---

① 汉斯·普林茨霍恩《Bildnereien der Geisteskranken（精神病患者的绘画）》，柏林1923年版，第15、340页。

> 审美特性

方法论上的说明；到目前为止，我们探讨了在生活中第 1′ 信号系统的表现方式，在下一节中我们才打算转入它在艺术中的作用。也许可能产生这样的问题，为什么我们不到那时再考察精神生活受到损害的这一事实？我们相信，由我们的阐述中不难得出回答。我们已经强调指出，在生活中第 1′ 信号系统的反射作用偶尔具有极大的不稳定性，它往往转化或过滤到第 1 和第 2 信号系统。要想在这一——轮廓还极不明确的——领域即使只是多少取得一些明确的结论，也需要对大量的资料进行专业的研究。与此相反，造型是一个在客观上可以明确规定的领域，在这一领域即使是外行，以专业人员的研究为依据，也可以阐明一些要点。

在许多情况下，精神病患者会拿起铅笔或画笔来表达他们所感觉到的东西。他们宁可采用这种手段，而不用语言或文字。当然也有的患者又写又画。在这种情况下往往表现出应用这两种不同媒介在它们的表现能力之间的差别。用绘画来表达总是可以使人理解的，而他们写出的文字却往往毫无联系和不可理解。[1] 用造型方法来表达愿望[2]，有时在患病很长时期之后才自发地产生。因此，雅各布报道了一位患者在被收容 12 年之后才突然开始描画。有时这种

---

[1] 伊·雅各布：《Dessins et peintures des alienes, Analyse au point de vue psychiatrique et artistique（精神病患者的素描和绘画——其精神病学的和艺术的分析）》，布达佩斯／柏林 1956 年版，第 142 页。

[2] 伊·雅各布：《Dessins et peintures des alienes, Analyse au point de vue psychiatrique et artistique（精神病患者的素描和绘画——其精神病学的和艺术的分析）》，布达佩斯／柏林 1956 年版，第 48 页。

愿望如同产生时一样,自发地消失了。在许多情况下,有关这种独特活动的意识是很微弱的。患者们没有发现绘画是动力定型的,其中有的甚至无法认识,他画的人物是裸体的。对此加以询问时,他回答道:"这位妇人戴着一个十字架或一个项链。"① 绘画的题材也很少与固定的观念有联系,无论如何是与这种观念产生的时间和地点没有联系的。② 伊·雅各布注意到这些绘画的形式方面,这些画往往是二维的,没有透视,没有第三维。不仅是在以前从未画过,因而不掌握技巧的那些患者那里,而且在专业的艺术家患者那里,都会发现没有透视。③ 关于这个问题我们还将进一步讨论。

特别有趣的是普林茨霍恩所描述的弗朗茨·波尔的情况。④ "作为慕尼黑和卡尔斯鲁厄工艺学校的毕业生,患者原来就掌握绘画的技巧。他的语言能力越来越混乱,他说的话越来越不可理解。"普林茨霍恩指出,"现在进行谈话,当然已更加不可能。"与此相反,他的绘画却在不断地进行

---

① 伊·雅各布:《Dessins et peintures des alienes,Analyse au point de vue psychiatrique et artistique(精神病患者的素描和绘画——其精神病学的和艺术的分析)》,布达佩斯/柏林 1956 年版,第 15 页。

② 伊·雅各布:《Dessins et peintures des alienes,Analyse au point de vue psychiatrique et artistique(精神病患者的素描和绘画——其精神病学的和艺术的分析)》,布达佩斯/柏林 1956 年版,第 112、115 页。

③ 伊·雅各布:《Dessins et peintures des alienes,Analyse au point de vue psychiatrique et artistique(精神病患者的素描和绘画——其精神病学的和艺术的分析)》,布达佩斯/柏林 1956 年版,第 48 页。

④ 普林茨霍恩:《精神病患者的绘画》,柏林 1923 年版,第 271 页。

着，在这方面他由开始阶段的通常"写实的"绘画走向一种独特的幻想性。在这里不用深入研究普林茨霍恩的极不公平的价值判断，人们也应该承认，他的观察在一定程度上——在心理学上——是正确的。第一阶段的绘画，大概正如手工艺人的能力那样在起作用，即使在精神错乱的状态下，他的工作也可以继续进行。因为即使在精神错乱的状态下，第1信号系统也是保持正常的。后期的工作在心理学上则根本不同了。如果人们——还是不考虑普林茨霍恩的价值判断——对图160（"传说中的动物"）和图161（"圣母与乌鸦"）公正地加以考察，那么人们在这些图画上可以认出，一种只有艺术创造才有的整体氛围的感觉和对其构图表达的执著追求。（这里关键的是把握这种意图的心理学特质，而完全不在于对其实质和成功的程度作出审美的评价。）如果人们转向普林茨霍恩特别赞赏的他的后期作品，那么人们就会看到，整体观念越来越混乱，构图也相应地变得混乱。但是，在这些图画中却仍然获得了——二维的、装饰的——色彩的和谐。因此，按照普林茨霍恩的论断"波尔进一步发展了他的纯熟的技巧，而他已经完全语言错乱了"。①

  类似的是约瑟夫·塞尔的情况。② 在这里病症的发展也是从——比较地——具有写实感受的图画开始。这些图画

---

① 普林茨霍恩：《精神病患者的绘画》，柏林1923年版，第340页。
② 普林茨霍恩：《精神病患者的绘画》，柏林1923年版，第256页。

部分地在其内容上受到暴虐色情狂表象的制约（如图149"暴虐色情狂的主题"），部分地通过对外界的描绘表达了一定的气氛（图153"街景"）。这些图画表现出一定的——在我们以上所说的意义上——运动构图和色彩构图。病症的发展在这里也是沿着决定性二维的、装饰的色彩构图方向进行的，这种构图，在许多情况下，正是要明确地表达一种确定的气氛。值得注意的是，在主题与造型表达之间的关系上，越来越具有寓意的性质（图154"神的动机的描绘"）。赛尔本人甚至对画中他所要表达的内容解释道："这是神，它看来好像戴着紫色帽子的一个猿，右边是它的水晶眼，它用这眼看着宇宙空间，下面是它的后眼，它用这眼瞧着地球。"[1] 因此，"内容"特别是在它的语言表述中包含了纯粹的妄想，而与此相反，图画却表现了二维的、装饰性色彩构图，其艺术特性——仍然是心理学的，而不是审美评价方面的——是不容怀疑的。在内容和描绘之间的联系上，纯粹是寓意的，也就是说，只能由解释而不能由图画本身来认识。赛尔后期的活动不断加重了这种倾向。

如果我们要正确理解这里所出现的心理学现象，那么我们就应该完全不考虑普林茨霍恩对最近出现的艺术（超现实主义等）的喝彩，由此而产生了他对精神病患者的这种绘画作不加批判的过高评价；也应该把我们自己对先锋派艺术的否定态度搁置一旁。我们重申：这里涉及的不是

---

[1] 普林茨霍恩：《精神病患者的绘画》，柏林1923年版，第340页。

> 审美特性

这种绘画有无审美价值的问题,而是涉及这种绘画——在心理学上——表现出多少审美的特征,即能够更明确地回答这个问题,是否在第2信号系统严重损害甚至完全混乱的情况下,第1′信号系统——至少是相对地——仍能不受干扰地工作。要具体地阐明这个问题,就需要对二维装饰风超过写实倾向——这里又是从与审美价值无关的、心理学意义上理解的、在艺术历史发展过程中形成的如透视法等手段,作为媒介对客观现实忠实摹写的倾向——而逐渐占主导地位的问题作几点说明。为了排除在对现象的记述和心理学解释中混入作者的美学观点的各种可能性,我们准备完全按照著名艺术史家贝尔哈德·贝伦逊的见解来阐述这个问题,而不对他的见解采取批判的立场。贝伦逊在艺术中区别出两种关键性的原理,一种是图解原理,一种是装饰原理,他指出:"图解是在一部艺术作品中,并非根据它独自在作品本身所包含的艺术特质,如色彩、形式或构图等作出评价的东西,而是就艺术作品之外如外部世界或精神的内在世界的事物所具有的意义而言的。"[1] 作为补充性的对比,他对装饰作了如下规定:"我把装饰理解为艺术作品中所有下列因素,即如直接作用于感官的色彩和声音,或通过它唤起一定表象如形式的或运动的表象。"[2] 在这里对贝伦逊的见解作出批判,与我们是毫不相干的。这些见

---

[1] 贝伦逊:《Die mittelitalienischen Maler(中世纪意大利画家)》,第21页。
[2] 贝伦逊:《Die mittelitalienischen Maler(中世纪意大利画家)》,第13页。

## 第十一章 第1′信号系统

解对于我们只是作为资料的实际精通者，对美学事实的描述加以考察，即使它的理论基础以及由此得出的结论，并非那么令人信服，但仍然适用于阐明艺术实践的一定方面。这个方面对于我们说来在于，贝伦逊称为装饰的东西，包括艺术实践中那些单独或至少主要地由第1′信号系统的作用所支配的要素；而他称为图解的东西，是指艺术实践中有关现实的内容与形式所起的作用。第2信号系统至少部分地参与对它的加工，因此同样也是胜任的。在这里每一种真正的艺术——这一点贝伦逊也不否认——都完成了一种有机的综合。也就是说，正如我们所经常表述的那样，并在下一节中专门针对我们目前的问题表明——由第2信号系统所取得的内容和形式，必须按照激发作用的要求由第1′信号系统再次加以变换。贝伦逊把诸如透视问题列在什么地方，这对目前所讨论的问题是无关紧要的。艺术史表明，在艺术的形成中，科学（第2信号系统）起了一种决定性的作用，人们可以由伟大艺术家同时又是著名学者（皮埃罗·德拉·弗朗西斯卡、列昂纳多·达·芬奇等）的作品中清楚地看到，他们付出了多大的努力，将科学方法和成果转化成真正艺术的有机组成部分。

如果人们由上述观点出发，来考察我们前面提到的精神病患者的绘画，那么要把握所经历过程的原理——至少是在抽象的概括上——似乎就不再很困难了。它表明在各种典型情况下，原来通过第2信号系统的作用所获得的，由内容和形式的审美变换产生的一切，在精神病患者的绘画

◯ 审美特性

中是不存在的，或者即使在开始时有某种存在，往往也逐渐消失了。与此相反，第1′信号系统的最独特的、可以说是内在的领域或多或少地仍然是完好的，即使思维能力以及其语言表达由于精神错乱而完全或几乎完全消失。① 巴甫洛夫关于在第2信号系统损坏时，第1信号系统保持正常的见解，不足以解释这种现象。因为精神病患者的绘画绝不能简单地看作是条件反射。精神分裂症患者的想象完全自由地支配他们的作品，也是在一定的联系中构成这些作品，这种联系就其整体性而言有一定的超出第1信号系统的意义（装饰效果、气氛、色彩构图）。由此显而易见，在这里并非属于条件反射的精神潜能仍然能够起作用。当然，我们最后的考察指出了第1信号系统与第1′信号系统之间的关系也松散了，这种关系变得更贫乏，更片面，更怪僻，更混乱了。第1′信号系统——正是由于有脱离其基础的可能——表明了它是信号的信号系统。但是它与无条件反射和条件反射的结合不仅比第2信号系统的结合要紧密得多（这是引起巴甫洛夫在这个问题上产生错误的原因），而且显然与第1信号系统与第2信号系统之间的结合在质上和结构上也不同。这种结合的具体性质究竟是怎样的，又是留给生理心

---

① 这一过程最明显地表现在一位不著名的患精神分裂症的画家身上。他的绘画作品保存在伦敦马可雷陈列馆中。他画了五只猫。第一只还完全是写实的，在得病过程中不断转变为二维装饰风，直到猫的所有形体完全消失在装饰纹样中。但是最后一张画从这里的心理学意义看来仍然是审美的。参见罗伯特·伏尔马特《L'art psychopathologique（精神病患者的艺术）》第2版，巴黎1955年版，第59、166页，图105—109。

理学考察的问题。其解决建议,由于已经说明的原因,在这里不再论及。

最后我们确信,应用我们所建议的考察方法就能够阐明,精神病患者的"艺术"与原始艺术、儿童涂鸦以及最现代的艺术作品在原理上是否具有等值性,这一目前仍处于混乱中的问题。首先应该说明,这种单一化倾向,在根源上是从某些现代艺术趋向出发的。众所周知,目前各种新趋向的特点是,如果这些趋向打算或者要假借历史上某些相似趋向来支持,那么其自身的表述欲望就成了第一位的、真正的参照物了,而不是要印证那种过去的现象。英国前拉斐尔派的努力目标是要形成自己的波提切利、自己的文艺复兴,正如对于某些印象主义画家的"日本趣味",是要形成自己的日本。今天每一个人都可以看出,由罗塞蒂或伯恩·琼斯形成的理论和艺术倾向就可以把握文艺复兴的本质,这种说法是荒谬的。如果就当前的艺术而言,这种明晰性当然就更加微乎其微。在这种情况下,人们很少了解这种状况的一般规律,"就我在这个范围所能看到的,只是我所痴迷的利益。"[1] 这里所寻求的"我所痴迷的东西",主要是由帝国主义时代一般的反理性主义倾向中推论出来,但是在布勒东《超现实主义宣言》中得到了如此明确的表达,在这里可以看作是众所周知的。这种艺术的

---

[1] 作者在下文利用具体事例说明了这个问题的主要方面,《托尔斯泰与西方文学》见《Der russische Realismus Inder Weltliteratur(世界文学中的俄罗斯现实主义)》第 235 页或见《卢卡奇全集》第 5 卷。

内在的难题表现在哪里，不属于这里讨论的范围。只需加以说明的是，在原始民族和儿童那里，通过劳动以及通过由劳动而产生的理性，在征服世界中的"尚未"[即使这两种现象也是极其不同的，因为前者（原始民族）是社会—历史的，而后者（儿童）是生理—心理的]，与精神病患者由于疾病而引起的"不再"，具有质的区别，甚至对立。每种多少公正，并符合事实的分析，都很容易揭示出这一点。与此相反，超现实主义却有意地在"方法论"上排除理性的东西，这一点在构思、制作和检验中始终存在，并不难发现。对于超现实主义的"真实性"，研究会得出什么判断，不属于这里的问题。在这里重要的是揭示出某些相当普遍的偏见的根源，正如我们所看到的，这种偏见甚至在病理学现象的专业性记述中，也引起了极大的混乱。

在结束这一考察时，我们必须再次尽可能简略地指出，一些著名人物在生活和艺术中的几种病理学状况，关于这一点有一些以事实为基础的专业文献。我们这里指的是施特林德贝尔格、梵高和荷尔德林。施特林德贝尔格的命运对于我们这一问题所能提供的资料很少。雅斯贝尔斯断言，施特林德贝尔格在急性精神错乱发作期间没有从事文艺创作。① 至少应该确定，他在这个时期的作品《地狱》等提供了他的病历的一幅清晰的画面，尽管有急性精神病，他的

---

① 卡尔·雅斯贝尔斯：《Strindberg und van Gogh（施特林德贝尔格与梵高）》，莱比锡1922年版，第72页。

## 第十一章 第1′信号系统

表达能力还是保持下来了,而且不仅是纯粹形式上的,如在前面普林茨霍恩那里我们举的约瑟夫·赛尔的例子,而且也是事实—内容上的。在他后期的戏剧创作中,风格的变化比雅斯贝尔斯所设想的要彻底得多。在这里无需我们探讨,因为这一创作在内容方面,它的题材、它的创作心理,在形式方面,它的场面运用,往往都与他的精神错乱有很大联系。然而——就整体看来——在事实—艺术方面完全可以由时代的社会倾向和审美倾向来说明。

在梵高的例子中,情况是类似的。他对自己的精神病有清醒的意识,并保持着批判的态度,他几乎像一个未参与其中的观察者那样进行记述,在此这对我们甚至是很重要的。雅斯贝尔斯援引了非常有趣的信件内容,作为这种心理的证据。例如,尽管他无宗教信仰并且具有现代人的心理状态,而他却"产生了狂热的宗教观念"①。这使他感到惊异。因此,在梵高那里——除了急性发作时例外——保持了两种高级反射系统的完好状态。在住精神病院期间创作的绘画中,梵高致力于描绘出精神病患者的恐惧感,这是很有特点的。他写信给艾米尔·贝尔纳德:"在这里描绘一下在我面前的景象(我目前所在的精神病院的庭院景致),右侧是一个灰色的平台,一段墙,几束凋谢了的玫瑰花,左侧是庭院地面(英国红色)被阳光照射的地段,布

---

① 卡尔·雅斯贝尔斯:《Strindberg und van Gogh(施特林德贝尔格与梵高)》,莱比锡1922年版,第102页。

◯ 审美特性

满了落下的松针。庭院的边缘种着高高的松树,它们的躯干和枝杈是英国红色,它们的绿色针叶,由于黑的色调而显得更加哀愁。傍晚的天空映衬着这些树木,天空的黄色底部上涂上了紫色的线条,再往上黄色变成了玫瑰色,然后转成绿色。一堵矮墙也是英国红色——遮挡住视线,只是有一处突起了一个紫色和土黄色的山丘。头一棵树是被雷电击过,并且巨大的躯干断裂了,只有一边的枝杈还高高地伸向天空,让暗绿色的松叶纷纷然落下。这个忧郁的巨人——一位败北的英雄——人们可以把它看作一个生命物,与它对面枯萎了的花簇中一枝迟开的玫瑰花苍白的微笑相对照,此外还有松树下寂然伫立的一些石凳和暗色的黄杨。天空——在骤雨之后——在积水中映成了黄色。在阳光中——夕阳的余晖中——暗淡的茶色升华为耀眼的橙色,黑色的人影还来回穿行在各树干之间。你可以想象,由英国红色、经由灰色变成忧郁的绿色,由勾画出轮廓的黑色线条的这种组合多少会唤起那种恐惧感,我的不幸的同伴,大半都承受着这种感觉。那棵被雷电劈开的大树的主题,那些绿色和玫瑰色迟开的、秋天花朵的病态微笑,都加强了这种印象。"① 我们所以要采用这一大段引文,不仅因为梵高在其中——与我们前述的精神病患者相反——从他意识到的当前内在和外在状况出发,并把这一状况在

---

① 梵高:《梵高书信》,柏林,第 115—117 页,对一个咖啡馆的类似的描述,参见雅斯贝尔斯:《施特林德贝尔格与梵高》,莱比锡 1922 年版,第 108 页。

## 第十一章 第1′信号系统

他的作品中按自己的主题客观化了，而且因为这封信形象地指出，保持各种感觉的完好（按照巴甫洛夫的见解），对于理解艺术表现是多么不够。与此相反，只有对外部世界的各种反射作用，在具体的整体性中保持确定的功能，使绘画成为审美的客体，它才能成为绘画。其整体性的本质并不是单纯由各种个别性得出的，正如一部科学著作，并不是由那些反映它的语言直接组成的、个别现实片断得出的（因此再次指出，第1′信号系统是信号的信号）。

对于我们这一问题，荷尔德林的例子更有意义和更有作用。这里的问题比在梵高那里，或在普林茨霍恩或其他人所记述的例子中更复杂，因为这里所应用的艺术媒介正是语言本身。在这里第2信号系统的障碍，比在绘画创作中表现得更直接，而且更显著。所有广泛流传的关于精神病患者艺术的文献都限于造型艺术，这绝不是偶然的。精神病患者虽然经常作诗，但是第2信号系统的破坏往往会引起显而易见的胡言乱语。即使对超现实主义怀有最大的同情，在这里也不能取得多大的成效（关于语言与第1′信号系统的关系，我们将在本章最后一节讨论）。荷尔德林对于我们的问题所以如此有意义，是因为在他精神错乱期间的诗歌中，可以极其独特而富有启发地看出，两种高级反射系统的这种极其复杂的相互关系。我们不打算研究他发病最初年代的诗歌（1800—1801，准确地是1802年起），[1] 因为在

---

[1] 雅斯贝尔斯：《施特林德贝尔格与梵高》，莱比锡1922年版，第84页。

审美特性

这段时期无疑产生了极其伟大的诗歌，而不同于整个精神失常的后期作品。虽然最详尽地研究了荷尔德林疾病史的作者威廉·朗格也认为这些诗"与荷尔德林健康时期的诗歌相比不仅拙劣，而且就本身看来，立即可以看出是精神病患者的作品"。① 然而在朗格那里，这种判断的根据是极其不足的，他几乎没有给出病理学上明确的说明，他谈的与其说是医学的，不如说是——狭隘的——美学的。他的根据不足的审美价值判断（"患者失去了简明地完成思想过程的能力……"）也可以应用于完全健康的诗人的自由诗创作。荷尔德林的这些诗，是否以及到什么程度可以说是带有病理学的倾向，只有用完全不同层次的分析来阐明。目前我们必须停留在这些诗的内容和形式可以由时代的状况以及荷尔德林对它的反应来说明（加以必要变化，类似于施特林德贝尔格的后期戏剧）。

他在此期间所完成的翻译，也没有给出完全统一的形象。根据狄尔泰的判断，情况显得很清楚："他翻译了俄狄甫斯王和索福克勒斯的安提戈涅，译著出版于1804年。他的节奏感并未减弱，他的语言铿锵，并赋予语言以痛苦的、震撼人心的情调。但是他失去了对希腊语的掌握能力，他错误地用类似音响的词语代替了习语。他失去了耐心，就

---

① 威廉·朗格：《Hölderlin, Eine Pathographie（荷尔德林病理学史）》，斯图加特1909年版，第104页。

## 第十一章 第1′信号系统

随意地翻译了起来。"① 极精心地研究了荷尔德林全部译著的黑林格拉特的论述，使问题更加复杂化了。他断言从一开始——即使在健康时期——荷尔德林与希腊语的关系就存在不一致："因此，必然产生对希腊语的纯熟及对希腊语的美和特征的生动把握，与对其最简单规则的无知和缺乏语法精确性，二者奇妙地混杂在一起。"② 是否狄尔泰的记述——有限制地——加强了这种倾向，只有通过专题的研究才能确定。

因此，最好是把我们的注意力集中在第二次病症恶化之后的时期。关于荷尔德林的生活状况，我们可以由其妻子的充满情爱和准确的记述获得相当明晰的图像：当荷尔德林独自一人的时候，他不断地说着，他读啊读，但却丝毫不理解他所读的东西。③ 关于他的文稿，他的妻子说："他还可以写上一句话，这大概是他想写的题目。这句话还是清楚和正确的，这大概只是一种记忆。只是当他要写下去，加以推敲和展开时，这就关系到他能把那种残留的记忆思考到什么程度，以及对新把握的思想再创作到什么程度，这时他立刻就失败了。代之以与多种思路相关联的一条思想线索，思想和记忆出现多种混乱，并消失在像蜘蛛

---

① 威廉·狄尔泰：《荷尔德林》见《. Das Erlebnis und die Dichtung（经历与诗歌）》，莱比锡/柏林 1939 年版，第 456 页。
② 诺贝特·封·黑林格拉特《Pindarübertragungen von Hölderlin（荷尔德林的译著）》，耶拿 1911 年版，第 75 页。
③ 威廉·魏布林格：《Der kranke Hölderlin（病中的荷尔德林）》，莱比锡，第 43 页。

> 审美特性

网一样的混乱的织物中。"他的妻子特别强调，荷尔德林还写了一些没有意义的诗，他却加上了"恰当的韵律"。更有意义的是，他妻子紧接上述观察对他的思维的评论："……此外，他还残留对诗人的礼仪，对独创性表现的某种感觉。"①

他的妻子的这一论断，可以通过这一时期的几首诗歌得到证实。在这里，对于我们重要的只是在精神失常时诗歌表达的可能性，至于其他诗歌是否完全是没有意识的，由这一观点看来是无关紧要的。例如，人们举出著名的激动人心的四行诗：

> 我享受了今世的快慰与欢畅，
> 青春的时光去了，多久长！多久长！
> 四月、五月、七月，啊，已经隐没，
> 我一无所是，不愿再这样生活。

或者以下诗歌：

> 当极大的快慰从天
> 而降，欢乐来到人间
> 他们感到惊异的，

---

① 威廉·魏布林格：《Der kranke Hölderlin（病中的荷尔德林）》，莱比锡，第54、47、54页。

## 第十一章 第1'信号系统

这些可见的、更高的、快乐的。
悦耳的，神圣的歌声多么嘹亮！
歌声中心儿为真理多么欢畅，
图画上充满欢笑——
羊群开始越过山间小道。
行进，几乎走入曦微的山林，
然而草地，覆盖着
纯净的绿色，就像那荒野
荒野通常十分邻近。
这暗淡的山林。那里，在草地上，
逗留着羊群，到处
都是山峰，光秃的顶上，
覆盖着橡树以及稀有的枞树。
那里是河流跳跃的波涛
一个人沿着路旁走过，
愉快地望着，那山恋啊
显现着柔和的外形和高高的葡萄园。
走过高高的葡萄藤下的石阶，
这下面果树盛开着，花立在一边。
在荒野的牧场上荡漾着芬芳，
那里隐藏的紫罗兰在含苞待放。
江河流淌而下，
那里整日可以听到柔和的潺潺声。
但是在这地区的村落，

> 审美特性

整个午后都陷入宁静和沉默。

这些诗歌表明,在荷尔德林那里——至少是间歇地——即使到精神病的最后阶段,仍然保持着对于世界的真正诗人的感受能力,尤其是将所感受和所见到的东西转化为激情的语言的能力。这一点是特别值得注意的,因为作为艺术表现媒介的语言,比绘画的纯粹视觉媒介对于第2信号系统的损害反应必然更敏锐和更迅速。这对于我们这个命题,即第1′信号系统的作用可能具有——相对的——独立性,提供了某种依据。值得注意的是,朗格也从荷尔德林后期生活中援引了一个表现这一方面的事件。他指出:"迅速的、直觉的行动对于患者说来,比深思熟虑的行动容易成功。因此有一次,他迅速拉住了不小心躺在窗子上的孩子,由此避免了孩子坠落下去。"这件事当然不是十分清楚的。这也可能涉及一种极牢固地固定下来的、健全的反射,尽管在荷尔德林一般生活中,特别是在他精神病后期的生活方式中,这种条件反射的牢固的固定是不太可能的。这种可能性至少是同样大的,即这里涉及感觉想象和运动想象的作用。总之,朗格补充写道:"在他有思考余地的情况下,他的思想进程就会纠缠不清而陷入混乱,各种决断相互交错,很难达到一种统一的行动。"①

---

① 朗格:《Hölderlin(荷尔德林)》,第141页。

第十一章　第1′信号系统

## 四　审美态度中的第1′信号系统

我们对于第1′信号系统的考察，到目前为止还没有涉及本来意义的审美。就艺术而言，它部分地被看作对生活事实的精确反映，部分地被看作人类活动，这种活动，我们已经在与完整的、健全的人的病理学畸变的关系中，就它在人的各种能力系统中所占有的特殊地位和动态关系作了研究。为了考察第1′信号系统在生活本身之中的各种作用，这在方法论上是不可避免的。由此却形成了一种不太恰当的状况，这需要现在通过补充来加以校正。第1′信号系统的表现方式在生活中是极其分散的，甚至相互之间显得具有完全不同质的特性。在生活所需的各种反射系统之间的多方面相互关系中，可能会使人产生这种印象，好像它只涉及第1信号系统的"精确化"或"提高"，或者好像第1′信号系统无非是——当然是不可缺少的——第2信号系统的一种准备。正如我们所看到的，上述相应于生活的若干事实，特别是在劳动过程中，然而这却不能充分地说明这种联系。这两种高级信号系统之间重要的、结构上和作用上的区别正是在于，人们——即使不考虑科学——如果不是即刻将第2信号系统在语言中客体化，那么它在生活中就根本无法起作用。没有语言，就根本不会有第2信号系统。现在可以说——我们认为和希望这一点在下面能够得到证明——艺术是第1′信号系统的相应的客体化,但是就其本质而言,作为这种信号系统的客体化,不可能达到这种普遍性。艺术是这种信号的最高的、最适当的表现方式,对这种信号的意义、形成和发展怎样估评也会过分。但是,这种信号本身——相对地与艺术无关——是在生活本身中形成的。这种信号的独立的形成、对这种信号的新的需求的产生、对既存的这种信号的提纯都是艺术发展的前提。艺术作为最高的客体化,也不能克服它在生活中所遇到的异质性。我们在其他地方已经指出过,审美领域具有这种无法排除的多样化的特点。这种多样性结构的不可排除性,在心理学考察中表现得更加突出。正因为这种多样性,才使得必须由每一个体来完成各种艺术的客观化。例如,完全缺乏音乐感的人,可能具有对造型艺术的精微感觉,反之也是一样。正如在生活中绝不要求一个格外通达干练的人,一定具备特殊的运动想象那样。这种多样性是建立在第1′信号系统的本质基础上,与作为第2信号系统的表现和客体化的语言所具有的普遍性有严格的区别。由于这种结构产生的、在研究上的困难,使得完全有必要在其最高的客体化层次上,进行对第1′信号系统的研究。

到目前为止,我们已经从极其不同的方面阐述了这种关系。然而目前总是从哲学上,也就是从艺术本身出发的,以至对其心理—生理学的直接性,始终是从最高的客体化方面出发来看待和理解的。现在必须颠倒过来阐述这种联系:我们必须由主体性出发,并把这种客体化的产物,这

## 第十一章 第1′信号系统

种审美的构成物（审美形象）作为主体需求和能力的实现来理解。更恰当地说：我们必须致力于描绘出第1′信号系统在艺术作品的创作和感受中所起的作用。关于艺术发生学中的各种相互作用，我们已经谈到过。我们甚至已经指出了，艺术的产生，即使不考虑技术的发展，必须具备一定的生活前提条件。这就说明了生活与艺术的联系，同时由此也说明了两者之间的分离，在其中也揭示了它们相互作用的原理。显然，如果人们的相互交往没有——有意或无意地——产生出激发作用和能完全理解这种作用的感受力，在最原始的阶段就不可能产生艺术——如哑剧舞蹈。如上所述，对于姿态和运动等的直接理解，构成了人们相互交往不可或缺的组成部分。在人们的行为中，对于运动、表情、声音和声调等的理解，像语言一样，同样是不可缺少的。我们也已经看到，这种理解具有一种特殊的性质，它正是通过第1′信号系统引起的和感受到的。如果这种理解不再仅仅是在生活中起作用，以达到某种目的（例如通过威胁的表情使其他人产生惊恐的情绪），而是为了"模仿"生活的某种现象，同时不仅是模仿地再现个别的要素，而是要表达生活的整体过程的综合体，那么就绝不能完全排除这种摹写的合目的性。我们前面已经指出，作为模仿反映一个生活过程的这种整体性，可能是为极其具体的巫术目的服务的。正是由我们这里所关心的创作及其作用的心理学观点出发，产生了一种质的不同，即一种飞跃：首先，各种激发性模仿过程并不是进入一种现实的实践，而

### 审美特性

是产生另外一种模仿的激发作用。因此，并不是用杀戮或伤害本身去唤起威胁和恐惧感，当然这些行为在生活中也会引起这种情绪，但是这些行为的发生绝不是为了激发这种情绪。如果用哑剧式的舞蹈来模仿这一过程，那么这种情感的唤起，就成为各个环节的真正连接手段。在生活中成为行为的真实目标和终点的东西，在这里转化为一系列激发链条中的一个单纯的环节，并且——由"外部"即由巫术所设定的——整体的目标，始终处于这一过程本身之外。因为正如前面所述，巫术模仿所设定的目标要求实现双重的作用：一方面是超验的作用，对此模仿表达的整体性只是一个手段，即按照所希望的方向来影响魔力或自然力；另方面是直接的和内在的作用，即通过它的实施对观众产生激发效果。对于我们说来，只有后者才是重要的，因为就第一种目标在主体身上所起的作用说来，由此而唤起的情感等，与直接产生的激发作用是不可分割地融合在一起的。

由上述情况必然可以得出，在生活和艺术之间决定性的和最终的区别是：在生活中人们始终是面对现实的，而在艺术中人们只是面对现实的模仿映象。从主体观点看来，这种区别的核心在于：在生活中具有对实践的绝对支配权，而相对审美的构成物却直接排除了实践。这不论对于创作还是感受来说，都使第 1′ 信号系统的作用在量和质上得到了提高；由对真正实践的单纯服务性参与中，第 1′ 信号系统成为模仿的各个环节存在并结合的主导性的、引导性的

## 第十一章 第1′信号系统

和规定性的力量。由此,使通常由生活产生出的几种比例发生颠倒,或者产生根本性的改变。因为唤起一种令人信服的、以杀害相威胁并真的杀害了某人的印象,与真正进行威胁和杀害的行为绝不是一回事。在这里,由客观事实的力量也可以产生激发效果,实际的杀害行为必须通过事实的冲击力才起作用。在表演者和观看者完全知道这只是现实的反映,而不是事实本身的时候,这种信服力纯粹是来自运动、表情的激发作用,而不可能再借助于事实。这绝不意味着与现实的隔绝,像现代主观主义者往往夸大原型与摹写映象之间的必然区别那样。原始舞蹈所表演的事件,就是那些观众的日常实践,这些观众能够像"专业人员那样"判断一种运动是否被正确地表现出来,也就是说,在真正的实践中是否符合目的。如果一种映象与其具体过程的一般生活真实相违背,那么这种映象就绝不会产生激发作用。要使观众确实被激发起来,其正确性就成了必不可少的前提。只有在由此所规定的活动范围内,才能实现一种选择。这种选择至少要受以下两种观点的引导:一方面是由大量的正确动作中选出那些最适当的动作,使人立即明显地感受到整个事件,这与那些在实践—技术上最佳的动作并非是一致的。另一方面选择那些事实上正确的,但同时具有令人信服的气氛,从而能最佳地引导到该情境之中。

这种指向于激发的效果,这种在其气氛的共同性基础上使各个环节构成连续序列(当然这种共同性并不排除急

### 审美特性

剧的转折和对比,如果这些确实是相应而生的话),使得并要求所有对现实反映和再现的方法都服从于第 1′ 信号系统。前面我们从对艺术作品进行客观分析的观点所说的"同质媒介",在这里获得了它的心理学基础和对等物。因此,从一种新的观点出发显而易见,同质媒介的形成和产生作用,使条件反射和第 2 信号系统从属于第 1′ 信号系统之下,这些绝不意味着简单的主观化。与此相反,这种从属性始终地和必然地以对客观现实的真实反映为前提。只有利用第 1′ 信号系统对其激发效果产生有意识的引导,才能完成对客观现实的加工制作。这也绝不意味着与现实的割裂,因为现实——不论是有意或无意的——都会在细节上不断地产生这种效果,"只是"在现实中往往起极重要的副作用的东西在这里会成为中心,成为这种整体性的动态结合原理。我们用"只是"一词并同时加了引号,是为了强调对现实的这种反应的双重特性:一方面这种形成物是由在现实中生活并不断与现实抗衡的人的需求中产生的,其界限在产生时期表现得极为模糊;另一方面这种形成物在产生的最初时刻就意味着对人与现实通常态度的一种质的飞跃。这在心理学方面表现在,第 1′ 信号系统——在日常生活中与其他反射作用相比——只是一种补充形式,并几乎总是转移到其他信号系统——在这里取得了主宰权,这在日常生活中完全没有类似情况。不言而喻,将我们今天在千百年实践后所形成的对这种事态的意识性投射到开始阶段,会与事实完全不符。即使在这里,人的实践也是起作用的:

## 第十一章 第1′信号系统

他们没有意识到这一点，但是他们这样做了。

在感受者那里完成了一种类似的、相应于整个状况但实质上比较弱的转换。它的出发点是以摹写的表现力对日常生活中现实的自然态度加以扬弃，这种自然态度就其本质说来是为实践的决断、表态和参与所必需的。在日常生活中很少有表现出这种纯粹性的旁观者，或投身于被反映物的观照者的态度的。（在这里，我们也不能把成为正常生活组成部分的闲暇时间作为先决条件——对千百年来的艺术发展不是没有影响——投射到艺术最初形成的时期。）当然，劳动、与自然力的斗争、与周围人们友好的或敌对的交往总是要求采取观照的、观察的、全部身心注意于客体的行为方式。我们也已经说明，在与外界的这种关系中，第1′信号系统具有更加重要的意义。这种以全部身心感受现实的态度，一般往往只是形成实践活动的准备，这属于日常生活的本质。正是在这种感受能力和感受准备中，第1′信号系统以其派生的方式作为信号的信号，表现出它的本质。它在结构上与第2信号系统相类似，而与简单的条件反射和无条件反射完全不同。条件反射和无条件反射始终是以与现实的直接关系为中介的。当然，这种关系在高级反射系统中也存在，然而却是处于一种远非直接的方式中。因为一个词即使在其最简单的现象中，也包含了对属于这一概念的所有具体例证的一种抽象。我们同样已经指出，即使最简单的反射作用本身也包含一定程度的普遍化，否则我们甚至连桌子、狗、玫瑰等物本身也都不能直接认出。

### 审美特性

因为它们的各种个别实例之间有很大的不同;并且没有这种预加工,也绝不会形成概念和词语。这种形成过程意味着一种质的飞跃,通过将只是直接类似物客体化和进一步普遍化,从而使之成为简单反射所无法达到的彻底抽象链条中的一环。由此形成巴甫洛夫就精神病所强调指出的、普遍有效的第2信号由第1信号中分离,以及思维由现实中分离的可能性。通常这种抽象的道路,却相反地返回到现实,并使得对现实的把握与未经这种迂回道路相比,更真实、更客观、更精确、更广阔、更深入、更灵活、更概括。

在第1′信号系统中,似乎很难清楚地区别出由直接现实的分离以及向现实的返回。乍看起来,第1′信号的反射作用与第1信号的反射作用似乎根本无法区别:"桌子"一词与现实的桌子相比,对于每个人说来立刻可以看出是独立的,这两种反射作用显然在客观上和主观上是由不同的材料构成的,而只是相互有关而已。与此相反,一个画出来的桌子与实际看到的很少有区别,在舞蹈或戏剧中,在现实的对象与模仿的对象之间根本看不出感性的差别。

经现今艺术实践训练出来的人,显然会立刻本能地做出这种区别,这并不会简化这里存在的心理学问题。原来的直观是完全不同的,人们可能——从审美的适当方式上——取笑著名的宙克西斯·帕海修斯[①]轶事,然而这件轶

---

[①] Zeuxis 是公元前5世纪希腊画家,以画神像和美女像见长。相传其所画的葡萄曾引小鸟逐食。——译者注

## 第十一章 第1′信号系统

事却显示出对上述事态朴素的、原始的直观再现，同时揭示了审美反映一个重要环节，它即使在审美意义上也道出了艺术产生和作用的一种不可忽视的局部真理。我们指的是细节的真实性。恩格斯通过对典型的规定将现实主义艺术与直接现实极其明确地区分开来，他在同一个论证中恰当地把"细节的真实"作为现实主义的一种必不可少的组成部分。① 在著名艺术作品中，细节与现实的这种深刻的一致性，正如屠格涅夫所说的机智的、警句式的格言，一个艺术家的天才正表现在细节之中，使得巴甫洛夫把希腊艺术家轶事中艺术细节的真实映象性，与它的现实性多少有些混同了。但是，即使不陷入这种错误，我们的生活实践也往往是倾向于这一方向：为了使我们对一种生活事实更精确而清晰地把握，我们往往无数次地求助于伟大艺术作品的细节，把它看作是我们自己生活经验的组成部分，因为它比我们在自己的生活中大部分自己体验到的事件，更清晰而形象地为我们提供了生活的许多重要要素。

在这里正表现了由第1′信号系统审美地完成的一种普遍化：我们在这里所获得的形象涉及无可比拟的大量生活事实，远比生活本身的大部分事实多得多。它不仅关系到借助于普遍化使某些生活现象立刻成为我们熟悉的事物，而进入我们目前经验之中，它还完成了许多条件反射。这

---

① 《恩格斯致哈克奈斯，1888年4月初》，见《马克思恩格斯全集》第27卷，北京：人民出版社1972年版，第462页。

› 审美特性

里牵涉到更多的问题,我们根据黑格尔《精神现象学》,已经指出了在熟悉的事物与认识到的事物之间有质的区别。在区别条件反射与第1′信号系统时,情况也很相似:第1′信号系统通过生活现象中对典型的感性直接暗示所完成的普遍化,扩大了我们的经验,而条件反射只能以仅触及个别熟悉事物所达到的抽象,来传达各种生活事实。当然目前所谈的问题不是关于特殊的艺术印象的问题,而只是在生活中第1信号系统与第1′信号系统的区别。显而易见,甚至最原始的艺术创作也加强了使第1′信号系统普遍化的倾向。上述由直接实践到它的激发摹写的转化,都客观地包含着——无论对自身活动的意识性处于什么高度——这种在自身普遍化的趋向。第1′信号系统与条件反射的区分,并不会获得像在思维中通过语言而普遍化那样明确的形态,这不会根本改变这一事实。但是,这种普遍化却一次性完成、不可分割地进入感官印象,与感官印象相融合,并赋予其更大的范围,使之具有更大的丰富性和深刻性。人通过形成和发展第1′信号系统所产生的变化,直接地或者最明显地表现在人的感性的这种发展中。马克思在分析艺术与艺术感官的相互作用时,最后正确地谈到了在这种关系中艺术所具有的交叉性的意义:"五官感觉的形成是以往全部世界史的产物。"[1] 当然,在这里推动力绝不仅仅是艺术。

---

[1] 马克思:《1844年经济学哲学手稿》,北京:人民出版社1979年版,第79页。

## 第十一章  第1′信号系统

除了——当然也受艺术的重大影响——在生活中第1′信号系统的不断增大的作用以外,思维和科学也有助于提高我们的感官感受能力。所有这些证明了第1′信号系统是一种独特的信号的信号系统。

然而我们必须超越出艺术中细节的作用,因为——无论对这一点意识到什么程度——在细节唤起的印象中,已经包含了一些超出这一点的东西。我们在分析创作的时候已经指出,即使在最原始的艺术作品中,也表现出激发效果的动态系统。其中每一个细节,都是与作为对生活事实本身真实反映的作用不可分割的,同时它适应于新的类似印象的准备功能。尽管它似乎单独可以起作用,这也是准备性激发的结果。因此,在最原始的审美构成物中,也已经形成了一种具体的整体性,它的各部分是作为产生统一激发作用的各个环节而密切相关。正如概念、判断和推论始终应该纳入现实一样。只有通过这种具体的整体性的构成,通过第1′信号系统的中介,对现实的反映才能返回到"同样"的现实,这种类比是极其宽泛的,尽管如此在这里还是要把"同样"一词加上引号。可以举出我们曾反复引用的原始战争舞的例子。本来的、世俗的一人的反映,对于整个事物超验—巫术的目标的表现方式,在每一个观众那里引起一种激发的效果:他们悲怆地扮演着对未来事件充满狂热、确信和决心的形象。

由此得出了受第1′信号系统规定的精神事件,与受第1信号系统和第2信号系统规定的精神事件相区别的三种特征。第一，激发体验返回到现实，同时它涉及与在第2信号系统情况下完全不同的方面。一方面，现实首先作为一个具体的整体，而被体验，由此它总是与对客观现实本身的体验相区别，这样产生的距离包含了不同的情感侧重：人们面对的是现实的本质，在现实本身中只是分散存在的、受偶然因素干扰的东西，在这里以更高合理性的集中形式表现出来。另一方面，这种体验也具有终极性的侧重。由第2信号系统完成的现实映象相互补充并在其联系中越来接近于本质，而这种直接的相互补充在第1′信号系统范围内却不存在。每一种审美产物都是为自身而存在的，对接受主体的激发关系或者作为即刻的感动而形成，或者根本不存在。第二，这里所完成的客体化，并不排除被反映的客观世界的主体相关性。在最简单的词中，如狗、桌子等包含了这种意义，即它独立于思维主体而存在着；在谈到或想到这些词时，绝没有必要一定联想到某一主体。与此相反，每一种审美产物，正是以它对现实的客观真实性，而与接受主体相关联。作为审美的产物，它的存在是与有可能在接受主体引起激发效果相关的，这一接受主体把呈现给他的现实的映象，作为他自己的世界来体验，作为一个虽然独立于主体而存在，却不可分割地从属于接受主体的世界。第三，这一主体是社会的主体，因此不仅是自在的，而且是自为的存在。因为作为社会的人，他的每一种行为当然都是自在的。这种特性在行为心理学中，并非绝对作为它的精神特征表现出来。与此相反，审美的感受性却把

## 第十一章 第1′信号系统

主体的社会性,放到体验的表层上。当然,我们所说的每一个词,我们所做的每一个动作,都是以它们的社会可理解性作为前提的。这在艺术中却是一种立即产生情感作用的、与主体相关的可理解性,因此为艺术作品所感动的主体,不可避免地具有作为一个社会成员的那种感受。由艺术作品内在的、即刻产生的可理解性——即使在心理学上——脱离开对于对象的社会性和他的体验的社会性,两者在感情上的同时确立是不可想象的。这在我们所说的原始哑剧舞蹈的例子中,是不言而喻的。主体正是作为集体的一员才体验到,由模仿在这里所唤起的高涨的情感。第1′信号系统的机能形成的深化和丰富性不仅在于,它使目前尚未意识到的客观现实的新特征和联系明朗化,而且同时也使主体扩大到——在情感上——成为共同体的自觉参与者。这在艺术起源时期是基本的和理所当然的。在文明发展的一定时期,这种参与程度大大削弱,甚至似乎完全消失了。在此期间,正是在这里才能证实,人只有在社会中才会孤独化和个体化。在艺术中所塑造的每一种这样的孤独感——正是在它的消极性上——是与人的社会性不可分割地联系着:正是在受排斥或自身隐遁中,在这种体验中才表现出束缚。马克思在他被经常援引的分析中表述了这种情况,这一分析正确地概括了其中最本质的东西:"只是由于属人的本质的客观地展开的丰富性,主体的、属人的感性的丰富性,即感受音乐的耳朵、感受形式美的眼睛,简言之,那些能感受人的快乐和确证自己是属人的本质力

> 审美特性

量的感觉,才或者发展起来,或者产生出来。因为不仅是五官感觉,而且所谓的精神感觉、实践感觉(意志、爱等等)——总之,人的感觉、感觉的人类性——都只是由于相应的对象的存在,由于存在着人化了的自然界,才产生出来的。"①

只有从艺术心理学的这种社会性出发,才能理解艺术的自律存在以及它的发展。我们一方面已经可以看到,艺术创作的最终的——绝不总是自觉的——基础是"由外部"而来的,本身是一种社会的需求和社会的职责。只有当艺术的产物表现为激发引导的自身内在完整的具体系统时,艺术才能完成这种职能。这一点我们在讨论巫术—超验目标的设定(即最原始阶段的社会职能)到它在艺术上的实施时已经说明。在那里我们已经注意到,在开始阶段在超验目标设定的纯粹寓意特性中表现出的这种矛盾,只有在——事实地、客观地、绝不会在主观上意识到——审美产物与其原来的目的的分离中,在审美产物自律化的过程中才起作用,客观地开始了这种分离,这种"由外部"而来的社会职能,通过激发作用和第1′信号系统反射作用的自身完整的引导系统,而以纯粹审美的加工进入艺术作品。我们同样在其他地方详细地谈到了,即使最原始的审美产物,即模仿舞蹈,也是从目的出发构成的,即每一个别环

---

① 马克思:《1844年经济学哲学手稿》,北京:人民出版社1979年版,第79页。

## 第十一章 第1′信号系统

节、每一细节都必须以这样一种方式构成,导致证明原来设定的结尾。由于每一个细节都是置于这种可体验性,即置于唤起相应的第1′信号,对现实反映的真实性只是为——有保留地——被扬弃,以便使这种真实性形成并强化着激发作用,由此也加大了与实际生活的距离。这种可感受性的设置,一方面为各种激发感受的反映要素提供了比日常生活中更突出、更明显的对象性;另一方面又由此在它们之间,形成了一种更紧密,同时又更明显的联系。我们曾经反驳过哈特曼的观点,因为他不是把这种要素的相互指向——例如在音乐或建筑中——看作是感性的联系。第1′信号系统的特性排除了这种表面上的二律背反。通过简单条件反射对感性世界的知觉必须"非感性地"被综合。但是在生活中关系的创造已经属于第1′信号系统的功能了,我们可以设想,在人的举止和对人的认识中的引导成果。通过第1′信号系统对现实的感受,通过这种感受完成在艺术创作中的加工,在各种审美反映的现实片段中形成了这样一种相互指向、期待的唤起和期待的实现。如果它在体验诱发物的自身完整的系统中形成,那么作为一种信号的信号,第1′信号系统的特性,就比在生活本身中更为明确地表现了出来。因为审美构成物正是——主要是通过视觉的——可以在任何时间和地点唤起这种作用,否则它就只是一块弄脏了的画布、一块木材或石头。

第1′信号系统在艺术中的功能与其在生活中的功能之间的区别,正是在于它的固定化。当然,这种固定化只是

审美特性

逐渐地、一步一步地形成的。由各种可能性看来，它是从模仿舞蹈开始的，在意识方面肯定不是以艺术为目的的。在模仿舞蹈中，正如我们已经看到的，寓意—超验的巫术目标的具体拟人化必然地完成了审美构成物的这种内在性，它的同质媒介完成了——或用心理学的语言来说——在第1'信号系统水准上诱导和被诱导的连续性。如果这种同质媒介被物化为与人本身的身体存在相分离的构成物，那肯定是后来的事。盖伦正确地断言："有理由设想，活生生的、仿效引人注目行为的模仿表演是最古老的，它甚至可能出现在客观表现手段如雕刻、绘画和雕塑的发展之前。"① 关于我们所讨论的洞窟壁画，他补充写道："这些表现手段还属于一种模仿礼仪，这通过它本身可以证明：在康巴雷尔洞窟中可以看到在石壁上刻着一个跳着舞蹈的人，在三兄弟洞窟中可以看到披着野牛皮的巫师，或者那些雕刻出的黑色轮廓的人物，披着马的尾巴、鹿的角或头以及熊的爪子等，同样处于舞蹈的姿势，使观看者瞠目结舌。"②

这其中包含了在创作者和感受者的内心生活中，有关第1'信号系统效果的一种决定性飞跃。因为第1'信号系统的客体化，由此得到了一种持续的、坚实不变的固定。那种自发的、立时效果的审美必然性虽然保留了下来，然而却有重大的变化，因为一方面创作者将其对世界的激发反

---

① 盖伦：《Urmensch und Spätkultur（原始人与后期文化）》，第139页。
② 盖伦：《Urmensch und Spätkultur（原始人与后期文化）》，第139页。或参见第67页。

## 第十一章 第1′信号系统

映与他自己的身体—精神的存在相分离,赋予它一种与此完全不同的、基本上是终极的形式,另一方面感受者面对的不再是一种变动的、转瞬即逝的、不可重复的事件,而是一种可以再次观察并产生新的、更强体验的构成物。当然,这种区别不应该被形而上学地绝对化。正如盖伦所说,这种活生生的形象绝不意味着是人的作用,正如它在日常生活中那样。即使不考虑已经指出的目的,人们的运动、表情、语言等从一开始就服从于一定的节奏。这种节奏通过劳动成为人们的一种生活必需物。通过节奏的有序化作用,使人的运动的轻松化在这里取得了一种质的提高,这当然是以劳动经验的一定高度为前提的,然而它又反作用于劳动经验和一般生活。

巴甫洛夫明确地指出了在这里起根本作用的心理学基础。他就狗的实验指出:"此外在这条狗身上发现了一种训练有素的节奏条件反射,也就是说,在持久进行积极的和抑制的刺激时,很快就形成了这一系统。"[1] 在另一个实验中,他在肯定这一事实时,还对此着重地作了普遍化的论断:"我们按照严格的顺序给出铃声信号(一共8次),其中一次是加重的,而其他各次不加重。大多数狗都能毫无特殊困难地完成这一刺激节奏的课题。众所周知,节奏可用于各种运动的简化,并简化整个生活。"[2] 简化这种说法

---

[1] 巴甫洛夫:《巴甫洛夫星期三讲演录》第2卷,(德文版),第500页。
[2] 巴甫洛夫:《巴甫洛夫星期三讲演录》第2卷,(德文版),第53页。

## 审美特性

对于一般的生活（对于动物也是如此）就是指毕歇尔在劳动中所论断的，用较少的体力和脑力消耗取得效率的提高。也就是说，节奏——即使是巴甫洛夫所运用的最简单的节奏——有助于使刺激和抑制的功能正常交替。在劳动中，节奏已经达到变更和适应现实并有助于塑造现实的更高阶段。其质的新异性在于，它不仅仅涉及人与外部世界之间的一种相互联系，而且在其间插入一种文明的工具。由此形成了新的更复杂的节奏，它的量和质可以无限制地发展。它使那种单纯对现实的适应在主观心理上转化为更强烈的对现实的支配。如果人发展到这一步，他能使日常生活中的复杂化了的节奏适应于他的与实际目的不相关联的运动综合，那么这种和谐的联结和分解能力就获得了难以预料的发展可能性。只有在此支配与屈从的领域里，在量上和质上才真正变得没有界限。因为它的基础不仅是人与外部世界（即使在狭义的劳动范围之外）的现实的相互作用，而且也是这一过程的整个主体的样态。一方面，节奏为审美构成物的独特映象性奠定了基础，它的特性是忠实于现实，但却并非现实；另一方面，节奏成为审美引导以及审美构成目的性秩序的直接可体验性的有效工具。审美的基本事实，即现实审美反映方式的特性、作为信号之信号的审美心理学、从而对直接现实的审美显示、在由人所创造的映象性中新的直接性的审美呈现等，在节奏中、在节奏的序列中取得了决定性的依托。这种支撑主要是通过以下事实实现的，即节奏将由人所把握的对象及其联系同质化

## 第十一章  第1′信号系统

了,也就是说,不仅自在地,而且自为地将对象存在、对象联系以及对象统一的可体验性组成为一个具体的整体。在生活中,作为第1′信号系统所表现出来的东西,被提高到一种新的、更高的质。由此,本身或许是异质的生活现象的整个复合体被综合成一个有机的统一体,这统一体一下子显示出客观现实的某些重要方面,同时它又与人的主体不可分割地联系着。

劳动中的节奏必然与各种存在的单个操作的具体特性相关联,然而节奏却将——实践地——本质的东西与合目的性的东西在其中固定化和秩序化。在上述节奏的普遍化中,并不失去其对现象单一特性的依从,但是它成了一种从属的因素,这种因素作为主要功能适应于整个构成物的秩序、其构造的动态化以及对其感受的诱导。只有这样,节奏才能有机地融合在第1′信号系统中。我们把原始的模仿构成物中节奏、伴奏音乐、舞蹈、歌唱和语言的固有统一设想得越紧密,那么这种表演给我们的印象就越强烈。因为在简单的劳动中,节奏的益处和应用可以由简单的观察(第1信号)和意识化(第2信号)揭示出来并付诸实现。如果在这一过程中也参与有运动想象,那么它的最终完成就是通过思想上的意识化,并通过最佳思考转化为牢固固定下来的条件反射。(这里顺便指出,当然即使在模仿舞蹈中,也不可避免地产生这一过程。大家还记得,我们在这个问题的美学探讨中,引用了《喜剧演员是非谈》中狄德罗的深刻分析。在我们目前问题的范畴中,他提出了

### 审美特性

这样一个难题：演员或者把任一最佳的、通过第1′信号系统揭示出来的激发性表情固定为功能上始终有准备的条件反射，并由此而成为真正的艺术家；或者他依靠"情绪"或"灵感"，也就是说其自身的激发效果每次都是借助第1′信号系统重新产生，由此使他的创作归于偶然性。）

如果人不再以他的身体—精神的直接性作为激发映象性的唯一媒介，这后一种必然性的排除说明它达到了较高程度的客体化。对直接性的脱离不断进行下去，各种造型艺术和文学仍以其直接给出的对象性形式反映人的世界，而在装饰纹样、建筑及音乐中，反映的直接媒介则远离了这种具体—直接的对象性形式，并只是最终地从激发效果上看，与每种其他艺术处于同一层次上。① 显而易见，作为信号的信号，第1′信号系统的特性总是更鲜明地表现在反映媒介与直接描绘的对象性的这种距离化中。由此形成的第1′信号系统的心理学等级和特性，当然与任何审美的等级无关，即与任何艺术门类评价系统或在该系统中的位置无关。因为激发的映象性与普通给出的生活的对象形式距离愈远，那么形成的在激发中由外部世界的诱发动因所体验到的、与这种契机相关的具体整体性以及整个复合体使人作为类的存在物所体验到的那种综合，就愈概括、愈强烈。堆积起来的石头或搭接在一起的木块，在这方面与人的关系——实践的有用性是另一个问题——它们可能产生

---

① 对于这种特殊性反映方式，我们将在第十四章中深入讨论。

## 第十一章 第1′信号系统

深刻的激发效果,这只能是经过长期发展的结果。音乐也是渐渐地才从舞蹈和语言的原始的、不可分割的整体中,分化为独立的激发形态。

如果我们将第1′信号系统所完成的这种综合形式,与我们在日常生活中所能看到的,如举止或笑容那类表现方式相比较,那么就可以清楚地看出达到第1′信号系统独立形态化的漫长道路。当然,这一道路在这里不是从发生学—历史的意义上说的。有教养的举止、精神内涵不同的笑,正如音乐或建筑一样,至少同样是历史的后期产物。

一般地对这一历史发展过程,或者专门地就节奏、节奏序列在其中的重要作用加以说明,不是我们这里的任务。这里要明确说明的是,这一道路也不是笔直的、单轨的。在这里我们再重复一遍。一方面要指出,模仿并非绝对必然地在自身中包含节奏的序列,例如就纯粹的对象描绘而言,处于极高地位的洞窟壁画就是完全没有节奏序列的。当然这构成了一种特殊的例外情况,并且在现实中这种情况的不可持续性有极具体的历史原因,按照美学原理,它的理由正是在于缺乏具有节奏序列的构图。另一方面,很早在装饰纹样中就形成了几何图形的节奏感,正如我们所看到的,装饰纹样将人支配世界的最初的、强有力的工具——几何,转化为可体验的情感性。正是在这里,只要在艺术中想要创造一种自律的、恰当的官能,第1′信号就表现出它的不可抗拒的普遍性。毫不奇怪,第1′信号系统将简单反射——变成信号的信号——转化为它的领域的组

> 审美特性

成部分,事实上成功地摄取了人的精神在当时所抽象的最高成就。诚然,当时的人对于征服现实的这一伟大工具,会感到快慰和自豪。但是在生活本身当中,这种情感必定关系到具体的方法、对象和成果,这些就其客观性而言,与这种情感本身可能毫不相干。装饰纹样由于最初时极其简单地节奏化,由于将本身空间—时间的节奏转化为纯粹空间的可见性,由于把本来无对象和不可感知的意义相结合而建立起联系,将一般支配运动的节奏性变为静态的规则,创造了在现实中目前尚不存在的东西,表现为人与现实的一种本质关系的映象,它产生了能充分表现出对现实这种新的自豪态度之体验的激发因素。如果这种装饰纹样经常地、开始时几乎只是作为日常用具的装饰出现,那么这绝不会降低,反而扩大和加强了这种普遍性;人征服世界的最初的伟大萌芽,由此而变为一种对他的日常生活的亲切而习惯地占有和生活的欢乐。装饰纹样往往——甚至是普遍地——含有寓意,富有一种超验—巫术的意味,这与此处的问题无关。正是在装饰纹样中,寓意是如此松散,在情感的直接性中甚至不能直接体验到,以致它不能排除装饰纹样的上述特性。寓意是激发体验的一种思考的附加物;作为第 $1'$ 信号所唤起的这种体验,与作为第 2 信号的附加物在体验是完全不同的。

尽管这一发展过程是如此复杂,不断向前开拓着曲折的道路,但始终存在着一种决定性的主导原理:所有通过艺术所激发的体验,具有必然的社会性。这种社会性不仅

## 第十一章　第1'信号系统

在艺术的初期以不可避免的直接性存在着，而且在艺术充分发展的很长一段历程上都处于支配地位，即使在艺术的现状中也不能排除。抒情和叙事的文艺形式虽然失去了这种直接的社会性，然而在戏剧结构与剧场效果之间的不可分割的联系，已经在重要的审美规定中保存了这种古老的直接社会性，当然其中也有许多变化。即使建筑，以及——提到比较晚近形成的艺术门类——交响音乐、电影等也是如此。在那些近代有意加强所谓亲切效果的努力中，如室内音乐，19世纪谱写的歌曲、私人住宅的内部装修等，都排除不了艺术的社会普遍性，而仅仅排除了它的直接的外在表现。因为不管一部艺术作品的直接作用范围或大或小——同时作用于整个社会统一体，这只有在刚开始阶段在社会上一般才可能——它必然随着社会普遍理解性的要求而形成。我们以前援引过马克思的论断，人只有在社会中——我们要加上：为了社会——才能个性化，在这里得到了明显的证明。例如这样一部作品印刷出来并找到了读者（有时甚至是许多读者），它表现了与社会隔绝的个体孤独性的艺术形象，作为社会现象它被艺术家描绘出来，在社会内就能得到理解。

当然，只有在最初的时期，才存在一种同质的社会，以致在将艺术的社会理解性这一论题具体化时，还必须再次解决这里暂时所作的抽象。随着生产力的发展，文明越向前推进，那么在社会中，只要它仍是阶级社会，阶级就会不断分化。对于我们的问题这就意味着，不同阶级的成

## 审美特性

果对各种生活事实的反应往往极其不同,甚至完全相反。例如,对于悲或喜以及对于崇高或卑劣的感觉,是完全不同的。这也为艺术的社会普遍理解性,提出了极其分明的界限;当然我们以前抽象规定的概念仍然适用,因为在一个阶级内部,它的作用能力也表现出单纯主观性与社会普遍有效性关系的同样结构。这种对艺术的社会普遍有效性的进一步规定,正如各种规定一样,首先包含了否定的因素,然而在现实中同样不是绝对如此的。不言而喻,有极其多样的情况,在这些情况下这类阶级性的决定因素——民族性的决定因素往往也是沿同一方向起作用——在艺术作品发生的社会的和民族的场所和时间上,限定了艺术作品的作用范围。从纯粹数量上看,这对于美学当然不是适用的观点,以艺术为目的而生产出来的绝大多数都属于这类作品。但是即使谈到真正的艺术作品,往往它的作用也不能超出它产生的社会界限。甚至有这些情况,人们从思想上(第2信号系统)把握某些艺术作品的社会的或民族的意义,而不会形成一种审美的效果(第1'信号系统)。要认识这里的心理学机制,对我们更重要的似乎是举出相反的例子,在这些例子中"本能地"(条件反射)或按照理解而拒绝某种作品,这种阻力有时抑制了各种作品的激发效果。

如果我们想到,目前仍起作用的、过去时代的艺术作品绝大多数在民族性和社会性上,都并非来自与目前相关的范围,甚至来自一个敌对的阵营(封建阶级艺术相对于

## 第十一章 第1′信号系统

资产阶级,资产阶级艺术相对于无产阶级),那么上述最后一种事例的意义就变得更加明显。对于这一事实,我们已经在别的地方说到过。这里只需说明,由此第1′信号系统的普遍化倾向表现得更加清晰:它能够做到,不仅以情感激发的方式反映出该阶级和民族的直接生活要素,而且——不破坏它的感性直接性——感性地显现出人的以至人类的更加遥远的关联。只有这样才能理解来自遥远的,甚至不明时期的对生活的艺术反映,仍能起作用的原因。这一事实的无可辩驳性表明,主要是第1′信号系统完成了极高度的普遍化,借助于第1′信号系统可以揭示出人与现实关系的各种特征,这些关系对于直接反映世界的人说来是不可能意识到的,人们虽然实现了他们的行为,却不能正确地知道,他们做了什么。这不仅说明了第1′信号系统的本质特征和作用范围,而且也说明了它所反映的对象是,与人类处于相互关系中的人。如果考虑到要更广泛和更深入地理解艺术的这种作用方式以及第1′信号系统的作用方式,那么这一事实——在两个方向上——还说明了更多的东西。歌德正确地提出了世界文学这一说法,自此开始使我们对整个艺术的过去和现在有了完整的体验。目前重要的是,对这种情况的历史性的把握。不言而喻,它的基础在于经济的发展。这种发展正由分割在地球表面上许多狭小的、或多或少的地方领域转化为一个——又是或多或少——统一的经济领域。然而这一发展的重要成果是,这与我们的问题直接相关,通过艺术实践以及由这一实践所培养的感受性,使第1′信号系统不断地普遍化、扩大化、精细化和深化。只有在这个基础上,人们平时不加注意地忽略了的事物才能被感知、被表现。艺术和艺术感并不是人类生而俱在的,它是长期社会—历史发展的产物。第1′信号系统的形成,同样像艺术的产生那样,是这一过程的产物。在此——尽管承认社会需要具有优先性——艺术本身对艺术以及第1′信号系统的发展的培育作用也不能低估。

艺术借助于支撑和融贯着每部作品的同质媒介,而具有了提高审美感受性的能力。我们说,归根结底这种由外部的规定性,是来自引起上述发展的地方。只是由于社会的变化使人们不断面临新的任务,它在人们身上唤起了新的能力(但是也有唤起和发展新的能力的需要),艺术活动不断地处于运动中,它总是重新提出任务:要求这样去处理和改造有关艺术的同质媒介,使其中新的生活现象作为人类存在的有机组成部分而可以体验,并由此而可以理解,成为人们不可丧失的占有物。对于这种现实的审美反映和模仿的极其复杂的过程,我们已经从哲学—美学的观点作了深入的探讨,这一分析的结果当然成了我们目前阐述的基础。对于艺术的社会职能直接地和主要地是在内容上的:要求表现人们之间以及社会与自然之间新的关系所产生的问题和冲突。甚至当这种变化在人的头脑中取得了一种思维的意识形式——这在大多数情况下,特别是在一种重要的、深刻触动了人的存在的变动初期是很少出现的——对这些问题的这种思维定型化是远远不够的,在这种状况下

## 第十一章 第1′信号系统

所有这些要表达的东西使人不安、激动并充满希望。艺术在表达这种一般不可表达之物上所起的作用，只有通过第1′信号系统的作用才能说明。我们已经对它的这种功能，特别是在把握和显现新的生活状况上的功能作了分析。现在就可以理解同质媒介决定性地参与了这种新的，特别是比较重要的事物。首先作为一种丰富而不明确的情感出现，接着就产生出一种相应的概念定型化。

由于同质媒介的作用，第一，对现实的反映在感性上被限定化和专门化了，如专门化为可视性或可听性；第二，世界的这个特殊的方面被提高到与人深刻相关的普遍性水准；第三，这种必然的普遍化不是作为概念的抽象完成的，而是在一种被描绘出的个别情况中寻找、发现和显现为典型，用明确的分音节的表述这样一种迂回道路把"不可言传之物"直观化。我们回想一下，在生活中这种揭示新事物的指向正是第1′信号系统的最重要的本质特征之一。在这里如此关注的并非新事物的事实性——这是由社会生活本身产生的——也不仅是对新事物的一种"直觉的"熟悉的情感表现，如同在得体的举止中所发生的情况那样，而是感性直观普遍化的上述特殊形式。这才是真正艺术家的根本性工作，即在艺术的同质媒介中，用塞尚爱用的话说来"实现"那种表现手法，它能以社会普遍理解的方式，创作出新事物的这样一种普遍化，以不同的人物图像使其与人类发展的目前成就相关联，而又区别于目前连续的链条。在此我们也许会想到乔托或库贝特、艾什洛丝或托马斯·曼、莫扎特或巴尔扎克,他们寻求和发现的最终结构就来自这同一原理。他们通过揭示其具体类型,将人类发展中的这些新的状况普遍化,通过把看来尚处于混沌的、或与人相关的、尚未充分表达出来的东西转化为自身同质媒介的新的表现手段,从而使他们的发现成为人类永久的占有物。

由此,在每一种艺术中形成了一种"语言",它具有第2信号系统的两种重要特征:它基本上具有普遍的可理解性,但是必须通过学习掌握,它不像某些无条件反射那样是与生俱在的,也不像大多数条件反射那样——至少部分地——是通过生活实践自发形成的,而是就词义所说习得的。但是,这种可习得性在两种高级信号系统中表现出很大差别。从精确的词义说来,语言可以而且必须习得。尽管有不少词汇可能具有多义性,然而每一个词都使人记住,作为信号的信号所表现的那个对象复合体。在第1'信号系统中,在符号和对象之间并不存在这种明确的关系,因为这里所反映的是在生活中以及在艺术中集中在新异性、不可重复性、独特性中的特殊的典型。在每一个符号中还具有与主体的相关性及激发的倾向,因此只有通过学习掌握了创作与感受的准备与熟练性,才能习得这里可能运用的信号及其联系的词汇和句法。这里需要更多的作为"学习"一词本义上的训练或练习。同时重要的是,在此要强调生活与艺术之间的质的区别。艺术中的信号是有意使之产生激发作用的,而在生活中引起激发反应的事件对人往往是

## 第十一章　第1′信号系统

突然袭来的，这种激发意图愈不易察觉，那么这种反应的激发作用往往就愈大。尽管如此，还必须特别强调可习得性的这一方面，因为第一，由此重新突出了这种系统作为信号之信号的特性；第二，与许多固有的和主要的新见解相反，强调了这种信号以其自身方式被独特地客观化了的精确意义。

这种学习的复杂性在于，审美的信号之信号——就其原理说来——始终是一种新的构成，它可以激发由它唤起的情感复合体，所以目前所习得的东西，依情况的不同可能促进或阻碍创作能力和感受能力，因此在这一领域，本来在这里必不可少的技术概念只能极其慎重地、有保留地使用。因为在技术最固有的领域，在生产中，技术的本质正是在于，将每一必要的操作尽可能合理化，使它们发挥自身的功能。它所产生的心理学倾向是，将尽可能的大部分劳动过程在主观上以条件反射的形式固定下来。当然，在工具性活动中，对干扰因素的观察、控制和即刻反应的能力，也属于真正功能性技术。在这些情况下，当然也需要高级信号系统。同时不要忘记，还存在某些往往多次重复出现的失误和不规则性，因此可以用条件反射对其作出反应。属于实际形成的技术，还有劳动者本身熟练的"由自身"发挥作用的条件反射。将这种技术概念直接用于艺术创作，虽然有一定的类似之处，但基本上是错误的。这里并不需要列举这两种技术所有共同的那些要素，或许只要指出，狄德罗在考察表演艺术时所反复引证的例子就够

# 审美特性

了,这——只要足够留意——在每一种艺术实践中,都能找到许多类似之点。

与此相反,对于我们重要的是,至少要考察一下创作的整个过程。其中本质的东西是不可重复性。尽管一位艺术家的技巧能力如此之大(并且必然如此),审美的本质却要迫使艺术家在每一部作品中,重新开始由自身来感受现实并再现现实,好像他从来没有见过或描述过的那样。这里明显地表现出审美领域中丰富的、实际运动着的矛盾性:一个艺术家的"能力",不可能足够大,足够熟练和富有准备,只有始终准备彻底学习每一种实质上新的现象,才是真实的。如果这种充满矛盾的统一解体了,那么这种逐渐扩大和熟练的技巧,反而会成为真正创作的一种障碍,从贬义说来艺术家成了一位能手,他的表现方式变成一种矫揉造作的格调。这在心理学范畴中很容易描述:只要艺术家对现实的态度和他模仿的方法,不再保持"新陈代谢",只要由某种反映的艺术表现形式变为固定下来的条件反射系统,这一系统在每个显得相似的对象面前"自动地"作出反应,那么作品就不再是现实的真正而本质的映象,而成为特定主体的某种偏见、习惯的单纯表现。(如果我这里谈到条件反射的作用,那么不要把以前对于狄德罗的理论所谈到的观点与此相混淆。其中关系到,演员借助第1′信号系统所发现的某些最佳表达方式,必须作为条件反射固定下来,以便能在人物塑造的同一高度上随意地进行重演。这是那些以人的生理—心理存在来发挥同质媒介功能的艺

## 第十一章 第1′信号系统

术,所具有的特殊问题。这一过程——一般说来——类似于诗歌或音乐在文字上的固定化,而与上面所谈的问题毫无共同之处。因为在后一种情况下涉及,对现实的感受和模仿表达并非总是重新由第1′信号系统来完成,而是由以前固有的、类似的行为方式中,以条件反射的形式将主体的反应方式固定下来,这种形式取代了对现实和作品的不断更新的艺术态度。)

在艺术的感受性中也存在类似的问题,当然有很大不同。我们已经指出了那些情况,其中内容的首先是阶级的动机,阻碍了社会对艺术作品的普遍理解性以及对它的"语言"的一般理解。然而相对艺术的感受说来,也可能直接出现这类问题,在此当然绝不可忘记,这两个领域虽然在方法论上最好是能分别加以处理,但它们却相互不可分割地联系着。某些艺术作品在内容上或社会方面遭到拒绝,在此背后很明显地隐含着对艺术作品形式语言的一种反感。与此相反,在对构成方式的过多的否定判断中——往往无意识地——包含了对在这些艺术作品中得到审美表达的那种社会内容的一种抵抗。所有这些困难都算在内,人们也会理智地特别提到,在感受和理解构成艺术的新的语言时的障碍。正是因为每一种真正的艺术,不是单纯而直接地表现新的现象,而是去创造新的表现手段以便将其素材艺术地再现出来,这很容易产生如下情况,使其阻力集中在由此形成的艺术的、新的"语言上"。在长期过程中——这里我们必须涉及与创作风格相对应的感受方式——某些对现实的反映形式作为习惯而僵化，完全凝固为一种固定的条件反射，以致这些感受者本能地、激烈地反对将形式"语言"作另外一种理解。我们当初已经按照维克霍夫的观点说明了，对事物固有色的发现，在对现实的绘画反映中引起了怎样的革命。当经过长期的准备之后，法国印象派在光造型的名义下彻底与固有色相决裂。这在公众中产生了一种防御性的敌意，这一点我们今天只能作为历史事实来认识，却无法在内心加以重新体验。近几十年来，人们学会了把这种新的"语言"看作是模仿的合理形式，它不仅扩大和提高了我们对于艺术的感受能力，而且也扩大和提高了对现实的感受能力。要做到这一点，必须学会这种语言。一种新的艺术"语言"的习得，往往是一种长期的充满矛盾的过程，正是因为那种牢牢固定的条件反射，阻塞了学会这种"语言"的道路，特别是阻塞了用这种语言反映变化了的现实的道路。要排除这种条件反射，以利于形成一种新的、世界的开放性，这并非轻而易举。

现在来研究这个问题是很有教益的。这并非涉及一种全新的现象。从我们将要在下面详细谈到的，柏拉图对当时音乐之危机的态度，到伏尔泰根据某些美学的、社会的理由对新的革命艺术起了作用的荷马和莎士比亚所作的批评，这些理由我们这里不可能详细讨论。在历史上有关上述问题的事实，是不乏其例的。但是在最近一种异常迅速的变化，却把锐利的目光投向了过去的事实。情况往往是这样，在后来的发展阶段上经常出现的、更尖锐化的冲突，

## 第十一章 第1′信号系统

适用于更好地去理解那些具有缓慢变化特性的冲突,这种冲突在缓慢的变化中是不明显的。在此必须特别强调指出,我们在这里感兴趣的只是就此产生的争论的心理学方面。这就引起了新的表现手段在其新异性上与同样作了形式—抽象的"习惯"所呈现的形式—抽象上的冲突。新事物在美学上的合理性,即它是否表现了新天地或是歧途的问题,在这里完全不需要提到。应该提到的只是,对这一复杂问题的精确的历史—美学探讨,即使只是心理学方面的,也必然超出这里所概括的、大大简化了的二重性。因为第一,这绝不是必然的,新事物并非无条件地作为第1′信号系统而与固定下来的条件反射相对立。可以设想,在自然主义之中,这种系统的替代物部分地通过未加工的、孤立的观察(往往是条件反射)并且也通过在艺术上未加工的理论(第2信号系统)起主导作用。这当然只是一个例子。在其他流派中,其组合可能表现得完全不同。第二,由于社会—历史的原因,对现实真正艺术(第1′信号系统)的加工,作为新的和旧的两个方向上的冲突,试想阿里斯托芬对欧里庇德斯的诽谤,人们往往看作是不正当的而可能加以批评,没有理由把这种诽谤纳入这里所勾画的图式中。在审美的新事物及其与旧事物出现斗争的过程中,对其在社会—历史上可能产生的表现方式的丰富性进行精确的心理学考察,当然会阐明更多的变化类型。我们在此应该说明的是,我们所强调的冲突的典型特性只限于其实际上合理的范围内,这种特性即使在这一范围也绝不会被排除。

◯ 审美特性

　　提前举出有关这个问题在当代的表现，对于阐明这些问题是有利的，因为这些冲突是以世俗形式表现出来的。对于新的内容和——直接地——与之相应的新的表现手段的抵制，是否以巫术或宗教的礼仪规定为依据或者只是社会陈旧习俗的表现，这在纯粹心理学上没有什么决定性的不同。但是因为主要问题还涉及艺术与宗教之间重要的美学—哲学的复杂关系，在这里对世俗形式的心理学考察似乎更有利，因为此处的对立是以完全赤裸裸的形式表现出来的，物质利益、时尚等介入心理学上本质的东西，习得一种新的艺术"语言"的困难，对改变观念的畏惧等特别清楚地表现出来。弗朗克·维德钦在他的《宫廷歌手》中对于这种状况及其心理学特征，用他所习惯的强烈手法表现了出来。一位作曲家要向宫廷歌手演奏他的新的乐曲，而歌手由于以下想法而当即拒绝："我对您只能说，自从瓦格纳死后还没有地方产生过对新的歌剧的需要。用新的乐曲使您从一开始就与所有艺术学校、所有艺术家和所有听众成了敌人。如果您要登台，那么您就写一段乐曲，它看来和今天的乐曲相似得很容易使人搞错，您就简单地模仿，您由所有瓦格纳歌剧中抄袭出您的歌剧。那么您就可以有相当的把握期待着，您就会登台了。我昨天的特大成功为您证明了，老的音乐还可以保持相当年代。在这里我想的与其他每一个艺术家、每个剧院经理，以及所有要付款的听众没有什么不同：在我已经忍受了旧音乐的折磨之后，为什么我还要多余地受您的新音乐的折磨？"

这一点更形象地表现在贝拉·巴拉兹在他的一本电影书籍中所记述的两件逸事上。我们把它详细地摘引出来,因为在其中这种"语言"问题取得了格外纯粹的形式,由于在这种场合对"语言"的不理解只是一种形式上的特性,并非具有社会—内容上的支撑。巴拉兹首先讲述了一个受过普通教育的殖民地官员,他在第一次世界大战期间由于特殊情况而远离城市的生活,在许多年间都没有看电影。他最初是和很多儿童一起坐在放映厅中看电影的,显然他们可能只是观赏一部简单的影片。放映完毕后一个朋友想听听他的意见,他踌躇不决地说:"很有意思。但是请你告诉我,电影里演的是什么?"由于对"语言"的不理解,因此使他不能看懂一部简单影片所表达的意思。也许第二件逸事更清楚些。很多年前在莫斯科有一位小保姆,她是从西伯利亚的集体农庄来的,虽然读完了她的学业,但从未看过电影。有一次她与主人一起去正在上映魔术片的影院看电影。这女孩子回家后很激动,如此表达了她的惊讶之情:"在莫斯科人们竟允许公开地表现出这样的残酷。"别人问女孩子是怎么回事,她回答说:"居然把人大卸八块,把脑袋和手脚都分了家。"巴拉兹补充说,在霍里伍德,当格里菲斯第一次演出他首场表演的大型纪录片,同样在观众中引起了一场混乱。① 这极其清楚地表明,电影——像每一种艺术一样——有它特殊的"语言",只有经过"学习",

---

① 巴拉兹:《Filmkultura(电影文化)》,布达佩斯1948年版,第24页。

> 审美特性

人们才能取得对作品体验的通道。同时可以看出，这种"学习"与其说是对在艺术中远少于语言本身的有关"词汇"的把握，不如说是对具有鉴赏力的感受性的培养，按其特性对作品的接受能力以及充分理解地对作品线索跟踪能力的形成。这就是说，形成对相关艺术门类的同质媒介所诱发的那种特殊的第 $1'$ 反射作用的感受能力。这里很清楚地表现出审美领域的多样性：每一种艺术具有其独特的必须单独"学习"的"语言"。这也可以通过练习来掌握，尽管此处比上面所举例证的情况更多，这些例证都是以可习得性为必不可少的前提。

由上述内容顺便涉及一个问题，它在艺术史和美学史上一直起着极大的作用，由此必然产生错误的心理学途径，而阻碍了正确解决问题的道路。我们所指的是艺术创作中意识性或无意识性的问题。要阐明这一问题，必须克服两个难点：第一，在人的精神生活中意识性与无意识性之间实际的相互关系还很少被研究。因此，心理学在构成独立科学的过程中，它的这种独立化往往产生形而上学的僵化，由此而出现言过其实的地方。这对心理学会造成严重的后果。一方面在研究中往往忽视了心理现象与构成其物质基础的生理现象的联系，把宣称心理现象对生理现象的独立性作为方法论的中心点，这是屡见不鲜的。另一方面，明显地忽视了个人与他的社会存在的不可分割性。考虑到这些构成要素，那么心理学或者集中在这种普遍的、因而极度含混的社会概念上，由此而不可能取得在科学上丰富的

## 第十一章  第1′信号系统

个体心理学的成果，或者形成大众心理学的、社会心理学的研究，这种研究或许在概念上可以把握某种平均倾向，并通过迂回的途径——很少被应用——能对这种问题提供间接的提示，然而却往往不着要领。第二，近几十年来所谓深层心理学把无意识无限度地偶像化和神秘化了。它好像是一个具有威胁性或诱惑性的人的自身宇宙（有时物化为一种自律的宇宙力量），以致对无意识的发现和清理并没有促进，却相反地阻碍了对人的心理中意识性与无意识性的实际关系的正确认识。

对这一问题综合体的研究不是我们的课题。我们必须限定在对以下问题的简要阐述上。它将——直接或间接地——有助于理解在艺术态度中的特殊的意识性。然而为了能清晰地通观这一领域，有必要首先打破那种偏见，好像在人的精神生活中，意识和无意识是两种形而上学地独立的、相互间只是作为对单独的、被分隔的整体起作用的力量而发生关系。这种形而上学性质的分隔，在思想史上是由极其不同的方面形成的，既有以纯粹否定的方式把无意识描述为完全缺乏意识性，也有把无意识看作谜一样，好像是决定一切的力量；而相反地把意识看成无能为力，仅仅是对由它所产生的东西的单纯记录。在这里，康德可以作为前者的代表，谢林可以看作后者的代表。康德在描述天才时是从自然出发的，这种观点的形而上学不仅表现在，他只是强调了"天才"的"与生俱在"，完全忽略了文化、天才的劳作本身。而且特别表现在，这种"与生俱在"

### 审美特性

在他的眼中只是一种素质,"通过这种素质自然赋予艺术以规则"。即使自然这一概念在受卢梭精神影响的时期所包含的意义远大于现代,由此而正为意识性—无意识性问题在艺术家的天才活动与人的其余——有意识的——实践之间树立了一种形而上学的障碍。在内容的意义上,康德是站在18世纪进步美学的基础上,他非常重视独创性。作为其具体化,就是天才创作所具有的范例性质。这种见解证明了他的自然概念的时代局限性。尽管这样,如此深深地扎根于自然中的天才性,对他在美学领域中意识性与无意识性关系的理解,产生了极其重要的后果。康德这样概括了这种观点:"它(天才)是怎样创造出它的作品来的,它自身却不能描述出来或科学地加以说明,而是它作为自然赋予它以法规,因此它是一个作品的创作者,这作品有赖于作者的天才,作者自己并不知晓诸观念是怎样在他内心里成立的,也不受他自己的控制,以便可以由他随意或按照规划想出来,并且在规范形式里传达给别人,使他们能够创造出同样的作品来。"① 康德的这个极其矛盾的论题,不仅与上述自然的概念有关,而且关系到他的美学的普遍基础,把美规定为"是不依赖概念而作为一个普遍愉快的对象被表现出来的",对此康德还补充道,这种对审美客体的统觉,尽管就其本质而言具有主观的性质,往往表现

---

① 康德:《判断力的批判》上卷,宗白华译,北京:商务印书馆1987年版,第153—154页,第46节。

## 第十一章 第1′信号系统

在一种形式中"好像美是对象的一种性质,而他的判断是逻辑的"。①

这种在许多方面——在康德那里经常如此——直觉上能正确发现而被歪曲地说明的根本错误在于,他把意识性完全与概念的,甚至科学的可表达性等同起来了。尽管不考虑历史上多次被证明的这一事实,即有大批艺术家能够准确地解释"这些构想是怎样产生的"以及"他们的作品是怎样产生的",如果在某些情况下未能做到这一点,这也并不是艺术创作无意识性的标志。如果这样来看,甚至在科学生活、在日常实践中也根本谈不到许多事情可以说是作为无意识的、"自然的"天才性的标志,因为就其本质说来肯定是有意识地完成的。在艺术实践中根本没有什么规则是可以适用的,这是康德的一种正确见解,但是这与意识或无意识的问题毫不相干。在康德的思想中所有这些矛盾的根源在于,一方面无限度地过高估价了意识性的规范(科学地精确地说明),另一方面而且主要在于,他把天才创作过程的无意识性归结为自然,所以由此延长了必然的无意识经历的自然过程。尽可能明确地区分开自然和人的意识之间的这种界限,而不考虑任何具体的过渡现象,这对认识论是如此重要,如果人类文化的对象被简单地归结为自然性的本质,那么将引起混乱。就其哲学观点的本质

---

① 康德:《判断力的批判》上卷,宗白华译,北京:商务印书馆1987年版,第48页,第6节。

而言，康德与那种把无意识看作非人的自然产生的统一的宇宙力的现代理论毫无共同之处，但是康德错误地提出问题的方式使他与这种现代理论很接近。

这种矛盾在谢林美学中更明显，至少在他主要依据《判断力批判》所提出的构成其基础的问题上。在青年谢林那里，由于在他当时的思想中有两种——在他的思辨的水平上——基本上不可统一的倾向的袭扰而尖锐化。第一种倾向表现为对唯物主义的某种接近，这反映在当他脱离费希特之后，特别清晰地表现在《伊壁鸠鲁信仰告白》中。这种倾向也表现在他当时的深受歌德影响的自然哲学之中。在有关自然对象性的文章中，这一倾向发展到了顶点："由意识产生某种客体这是绝对不可能的……客体只是非意识所形成的东西……"[1] 其中无疑包含了青年谢林的唯物主义从属倾向的各种要素。然而他在这里也反对对"万物有灵论"（即对唯物论）让步，在他那里形成了一种堕入诡辩的混乱的术语，其中自然过程的非意识包含了对心理学无意识性的强调，各种——有意识或无意识的——人的心理要素的缺乏都具有由自然力"无意识"生产的特性。只有这样这种唯物主义的从属倾向才能组合在主客观同一的客观唯心论中。对于谢林说来，艺术首先是哲学的官能，因为在艺术中——据说——这种意识和无意识的统一才存在和

---

[1] 谢林：《System des transzendentalen Idealismus（先验唯心论体系）》，见《谢林全集》第3卷，第613页。

## 第十一章　第1′信号系统

起作用。艺术的产生和存在应该用与哲学相反的符号来表达这一过程，由此而使它为整个哲学所理解："……自然非意识性地开始，有意识地终结，生产不是合目的的，而产品却是合目的的。在这里所言的活动中自我必然是有意识地（主观地）开始，而非意识性地或客观地终结，就生产而言自我是有意识的，然而对产品的观照却是非意识的。"①在最后的规定中非意识性又包含了双重的意义。当然艺术品很少像任何人工制品那样具有一种意识，在这方面它与其他人的实践产物没有什么不同。谢林的令人捉摸不定而又复杂的概念设置，在客观上并没有根本超出康德的东西，然而他把非意识性与客观性联系起来作为自然的本质特征反倒加剧了把无意识看成由先人阶段产生的单一的、整体潜力这样一种错误的结构。

并非直接由谢林和浪漫主义出发，现代的所谓深层心理学把这种倾向推向了极端。如果人们不是把这种心理学与神秘的"科学"神话所创造的赞美酒神和冥府的倾向联系起来考察时，它在历史上广泛而多方面地传播是根本不可理解的。在所有这些理论中，人的有意识的生活成了一种狭隘、脆弱的表面，它以极其疑难的方式隐蔽着无意识的深渊和根源。在大多数作者那里——以各种不同的理由——似乎严重的是，都不能实现这种无意识对意识性的

---

① 谢林：《System des transzendentalen Idealismus（先验唯心论体系）》，第617页。

> 审美特性

完全支配（在克拉盖斯那里，无意识心灵与有意识精神之间的对立是这种评价的最明显的例子）。在古典主义和浪漫主义的开端，那种只是简单地看作一方面是自然界中存在和生成之间的对立的东西，另一方面是人的思维和行动的对立的东西，现在变成了每个人存在的统一和必然的宇宙基础。在弗洛伊德那里，里比多是意识与无意识关系的这种结构的最初的、相对说来最简单的形式。在比较清醒的——至少按照他的有意识的意图——趋向科学性的弗洛伊德那里，里比多已经具有这样一种倾向，即把人的所有可能的表达方式看作这种宇宙力的一种从属的"上层建筑"。例如人们可以设想，弗洛伊德把劳动、职业活动的价值看作是，它们明显地或许成为使里比多升华的有效手段。[①] 在深层心理学的后期代表那里，对意识性的形而上学地过低估价或多或少地产生了公开的反科学的态度，更明显地表现出形成神话的倾向。即使概括地描述由此对精神的歪曲，也不能是我们这里的课题。在此只能指出，抑制这一心理学范畴（在弗洛伊德那里叫压抑）具有多么强烈的消极价值倾向，由此破坏了在现实中基于刺激与抑制的各种具体平衡的心理学过程的整个结构和动态，而被神话愿望的图像所取代（关于抑制问题我们还将提到）。

现在试图至少简单地列举在人的内心生活中意识或无

---

[①] 弗洛伊德：《Das Unbehagen in der Kultur（文明中的不满足）》，维也纳1930年版，第91页。

## 第十一章 第1′信号系统

意识过程的具体而真实的相互关系，以便通过对其多样性和差异性的考察，使我们能够具体地提出在第1′信号系统中出现的精神现象——适应于艺术创作过程——的意识性或无意识性问题。首先应该指出，生理过程本身及其向心理过程的转化，总是而且必然是无意识的。例如，我们的眼睛所看到的光波是怎样在我们的意识中表现成红色的，我们根本不可能意识到。在大量的这类过程中，对意识说来，只是一种内在或外在的干扰作为痛苦而被意识、被记录，在大多数情况下甚至对事件本身连一个正确的归纳推论也不能完成。无意识的这一特殊部分，实际上可以说是自然状态的遗产，因为各种生理过程及在其中所扬弃的物理、化学过程是在意识尚未以任何形式存在的发展阶段就已经形成了。甚至对它完全科学地解释也不会改变这一事实，因为这种解释虽然揭示了普遍的客观联系，但这种联系却不可能对于体验主体转化为意识所统觉的联系。无条件反射同样也是无意识作用的，尽管对无条件反射不再从一开始就能肯定，它们是否无例外地属于自然的范围。对于许多无条件反射肯定是符合这一点的，然而在人的社会生活中，几百年甚至几千年长期总是以基本相似的方式重复地刺激诱发了无条件反射，这是完全可能的。至少从发生学的角度看，它涉及心理学现象，这一般是作为本能看待的。

牢牢固定下来的条件反射就完全是另外一种情况了。这里在意识性和无意识性之间彼此不断相互作用的事实，

> 审美特性

第一次出现在我们面前,在这种情况下这是主导的因素——人们往往可以将许多具有充分意识性的活动转化为无意识的功能。当然,在高等动物那里也可以见到大量条件反射,人们甚至可以说,上述过程在一定程度上也出现。在高等动物那里,人们可以设想许多幼小动物的游戏,例如燕子在它们迁徙之前,教授它们幼仔飞行。这里重要的是,动物的一系列运动、行为方式等作为条件反射被固定下来。在人那里,也经常出现类似的现象。我们在这里所要注意的是,处于在质上更发达阶段的现象。第一,其出发点往往是完全有意识的,甚至通过教学研究而达到具体的最优化,如在现代劳动方式中,在系统训练的体育中。第二,在这里本质的东西是将一系列运动、操作等有意地无意识化,以便在形成、扩大和发展具有高度意识的行为中,取得一个精神的活动空间。当一个网球运动员或短跑运动员研究了符合目的性运动的一切可能性,并通过训练将其转化为牢牢固定的条件反射时,那么他首先要做的是,在紧张的竞赛中将他的全部意识能够集中在实施的战术上。只有确信他的手脚在特定情况下会"自动地"完成符合目的的动作,才能使他把全部注意力集中在最佳战术上,以便战胜对手。当然达到最佳身体状况也属于训练的内容,但丝毫不会降低我们这里所强调因素的决定性意义。同时对于我们重要的是确认,这一过程可以引起参与者心理中有意识和无意识因素的共同增长。也就是说,无意识的东西完全是文化的产物,是人有意识指向的活动,绝不是作

## 第十一章 第1′信号系统

为自然本质的、人的特性。此外，自由决定的有意识行为至少大部分是依靠第1′信号系统进行的。在上述活动的场合，只是因为决断往往不是用语言或概念表达的，而把它说成是本能行为，这是对时髦术语的一种曲意逢迎的让步。尽管这种行为方式的新异性不可能形成本能，它的本质却正是在于，对新的状况的不断适应和在新的状况下迅速作出明智的决断，它的本质也是在于本身方面对一种状况的准备。在这里也可以明显地看出第1′信号系统与本能的质的差别。

这种由人本身对外部世界无意识作出的反应方式的非本能性质，也表现在其应用所必然和不断地引起的冲突中。本能是在极其长期的、基本不变的环境中形成的，而这里人为产生的无意识性，对人说来，却是有目的地适应环境中不可避免的变化和新异性的一种手段。因此这样固定下来的条件反射必然无条件地服从主导的意识性（不论它作为第1′信号系统或第2信号系统起作用都一样）。这种理想情况在现实中很少出现。在现实中往往产生的是在意识性及其创造的无意识行为之间下述极端的不合目的的关系：一方面是那种生手或业余爱好者的类型，他们不能形成足够数量和质量的条件反射，不得不以完全的意识性来进行许多在客观上很容易成为条件反射的动作，另一方面是过于迂腐或熟练的人，在他们那里固定下来的条件反射系统达到一定的自动化作用，这对各种新的具体情况有意识地作出估计及其相应地行动会产生阻碍，因此而引起错误的

> 审美特性

反应。因此对于人的实践说来，条件反射的固定只有达到这一程度才是有利的，即在特定情况下取决于行动者的意识，看他是否需要利用这种条件反射。但是这要靠与条件反射的形成同时习得并同时起作用的抑制系统，它在许多方面还规定了在人的生活中有意识和无意识（无意识化）构成要素之间独特的相互作用。

这里我们涉及生活中有意识要素与无意识要素之间有意识产生的相互作用。但是这种相互作用的领域却远大于我们所谈到的条件反射的固定。许多这样的过程，至少是绝大部分，都转移为无意识。这里只要指出记忆现象就足够了。如果在特定情况下，他可以记起的东西全部都不断显现在他的意识中，那么人就不能思考和行动了。因此，在每个正常人那里形成了一种在生活上和实践中相互作用的倾向，在这种相互作用中，记忆只把人在特定时刻由他过去经验宝库中所提取的有用的东西意识化。在这里，我们故意用了"倾向"一词，因为这涉及——不论是积极意义上还是消极意义上——记忆的机械的无误差的功能。一方面各种记忆经常以干扰、引起痛苦的方式出现在意识中，另一方面人在决定性的时刻又往往不能显现出所需的过去经验。这两种情况表明，在这里与意识的"世界"相对应的并非一个无意识的"世界"，而是涉及两者之间相互作用的过程。当然，对其规律性我们到目前还知之甚少。尽管这一过程本身基本上是自发进行的，但低估其中有意识因素的意义是错误的。记忆是可以"训练"出来的，这是众

## 第十一章　第1′信号系统

所周知的事实，如果说这种训练的可能性绝非可以无限度的，那么在个人素质、所用方法的正确性对其成败起决定作用的地方，记忆与意识性和无意识之间的其他相互关系就无法区别开来了。记忆术成功的应用表明，由一定的记忆形成固定的条件反射是完全可能的。这种记忆术的特性也表现在，它在连续的应用中往往是最成功的，如果长期不用也常常会失效。属于这一类的还有我们在别处谈到的突然想到或直觉的现象。为了不重复已有的论述，这里只简略地指出，这现象是有意识思维过程的无意识持续，它的"突发性"只是在心理学意义上作为特定时刻由无意识中非预期地出现，在事实—内容上，在有意识的思维努力与直觉之间存在一种明显的连续性。尽管科学还不能揭示这种连续性的生理学和心理学机制，它的可以证明的存在，正是意识性和无意识之间这种相互作用存在和不断起作用的可靠证明。

如果我们把意识的社会规定，作为正确意识和错误意识来思考，那么我们可以从另一个新的方面来考察这种相互作用。正如目前所讨论的，这种意识是一种社会范畴，也就是说，它表达了各种社会—历史存在与其恰当的或不恰当的反映之间在内容上的关系，它的历史—社会的适用性在于，它不是心理学上的。但是现在也要注意到它的心理学方面。这是不可避免的，因为每一社会—历史事件只有在个体的行为中才能实现，由此形成了相互关系的一个宽阔的领域。依据上述思路，我们对这种关系的客观上或许更重要一些的部分，即个体性外化对形成正确的或错误的社会意识的实际影响，不作讨论。我们只讨论下述问题，即错误意识在个人精神生活中的作用。在这里目前的心理学对我们完全不起作用，正如心理学往往忽视心理的生理基础，它也抛弃了它在社会存在中的依据，研究的往往是人为孤立化的个体的精神生活，社会的因素在心理学看来，最多是从其最外在的直接性出发作为环境和背景。

然而现在对每个人都存在这样一个问题，即在一定的时期内，是否在他的阶级中有些被错误意识所统治，以及这对人的心理会产生多么深刻的影响。这并不决定于，这一错误意识是否具有一种明确意识的，或世界观的表述，而是作为日常生活中的命令和禁忌、积极的或消极的范例之类非言语表达的系统，深刻地影响到每一个人。在每个人那里由他的个人需求直接形成了反射和抑制的方式和联系，但是由于满足这些需求的可能性不仅取决于社会状况以及在此社会中有关人的状况，而且该人关于这些联系的表象真实与否也对实现他的愿望具有重大的影响，这种非常复杂的事态对每个当事人的意识结构、当事人头脑中意识性与无意识性的关系，以及两者相互关系的方式产生决定性的影响。对这里所形成的矛盾即使加以列举，更不用说加以分析，当然都是不可能的。这里只能对长期以来流行的"压抑"（抑制）问题作几点说明。一个人的意识，就社会意义说来，其错误愈明显，那么他与社会环境冲突的可能性肯定就愈大。冲突的方式当然是取决于个人的特点。

## 第十一章 第1'信号系统

在一个极端，我们可以看到堂·吉诃德式人物，其中最极端的情况正如塞万提斯所描绘的那样，对社会非理智变化的所有抑制都取消了。另一种极端是试图尽可能完全适应与当事人需求处于尖锐矛盾中的各种关系。在这类情况下，人必然在自身形成尽可能强烈的抑制，这首先涉及那些对他的意识说来最重要的东西：他必须把他所厌恶的东西作为他有意识态度的对象，而对他实际上珍贵的东西却变成一种被压抑的无意识。当然这种行为方式所形成的最普遍的结构，包含着极其多种形式的过渡。他可能受生活谎言的支配，像易卜生在《野鸭》中所描述的夏尔玛·艾克达尔，他可能过着哥特弗利德·本所说的"双重生活"；他可能爆发各式各样真正的或佯装的神经病（逃避到疾病中）等。这在心理学上导致反射系统中平衡的破坏。持续地强制自己处于引起不悦的态度、持续地抑制个人最重要的情绪，会使人的意识与无意识处于相互敌对的状态，而不是像通常那样——当然经常也有矛盾——相互之间是促进的。这些心理干扰形式主要是一种社会现象。当然具有类似经历的过程，也可能主要由生理基础造成的，由于对精神生活的这两种客观基础缺乏研究，这两种因素可能具有的相互作用我们还知之甚少。

如果我们思考一下颇有争议的情欲问题，那么对人的精神现实中社会的和心理—生理学的构成要素之间不可分割的相互关系及其作用方式，可以获得更明确的认识。只要同代人的世界仅仅按照极普遍的范畴——如用斯宾诺莎的几何方法——来处理,只要在其中意识的明智性占绝对统治地位,这样一种理想处于中心,那么在这个问题上无疑会出现一种明确的、当然是否定的论断。按照斯宾诺莎的观点,"只要我们对情欲形成一种明晰而清楚的观念,那么作为情欲的情绪就会停止",情绪就其本质而言是"一种混乱的观念"。因此通过意识化就必定使它失去其原始的特性。① 在这里,这种理论的独特的伦理学意义不作讨论。我们对这一理论在心理学上所关心的是,一方面按照这种理想来生活可以受精神生活中意识性的完全支配,另一方面可以发展一种非常广泛的抑制系统,而不会造成心理的失谐。反之,这种理想越缺乏彼岸性——在斯宾诺莎那里像在伊壁鸠鲁那里一样——那么就越强烈地趋向于内在丰富的、和谐的生活。因为精神的丰富性,正是对人由外部世界所获取的以及由内心所占有事物的深刻加工。淘汰或贬低人们一般认为重要的东西,并不能损害这种内心的丰富性。如果从形式上而不是从内容上(同时也是就社会—历史意义上的内容而言)提出问题,当然它就会变得毫无意义,即这种态度的狭隘或开阔、深刻或浅薄、全面或偏执,取决于肯定的或否定的——由于抑制而远离有意识的精神生活——内容的分量。

  对于斯宾诺莎有关情欲的态度加以肯定甚至赞赏,不可能意味着,人们就必定把这看作是唯一的可能。与此相

---

① 斯宾诺莎:《Ethik(伦理学)》第 5 卷,第 3 节,第 267 页。

## 第十一章 第1′信号系统

反，在人的生活中的平均标准绝不就是典型的，这已经在人的理想性格中得到了足够的证明。意识性作为人的活动的主导原理的作用，往往表现为许多复杂的形式。我们只能考察在理论上最关键的要素。首先应该指出，人的实际个性往往比人超越自身所形成的有意识的形象更多样化。如果我们立刻排除掉由于虚荣而自我欺骗之类的恶劣情况，那么剩下的事实是，只有当人的环境对他提供一种选择，在这种选择中他目前自发形成的存在应该被肯定或否定，被接续或变更，那么人才能成为他原来所想成为的样子，或他原来所是的样子。沙夫在他的《魔鬼之徒》中指出了瑞卡德·达江与教士安德森自己也感到意外的那种理所当然的事，然而却具有充分的道德上的确信和明证，在一个命运的关键时刻采取了与他们目前的生活、他们目前意识到的世界观完全相反的道路。这一事实，即使是在这种文艺夸张的形式中，也与所有人绝对不可理解的非理性主义或虚无主义毫不相干，与人"自身的"匿名毫不相干。相对于"认识你自己"，它只是构成了一个歌德一直怀疑的实际范例的证明，由这种怀疑出发，歌德本人绝没有得出过不可知论的结论。

看起来在这里我们涉及了那种——这次包含了人生的全部范围和深度——结构问题，这一问题我们在例如分析记忆时遇到过，即有意识地完成的思维和行动、自发地表达等并非简单地存贮在结构中，而是具有——相对——独立的存在，试图将其意识化，使各种矛盾显露出来。同时

> 审美特性

很容易证明,正如在沙夫所描写的例子中一样,一个人在与他的同代人、与他的环境的相互作用中所选定的、形成的、保持的,甚至有时毅然保卫的生活形式,不是那种与他的整个个性原来就最深刻地相适应的形式。在沙夫那里,我们看到了一种极端的例证,调整着人的生活中的各种转折、完成目前生活方向的修正、肃清各种错误倾向的那些心理规定,在这里以集中的形式显现出来,这在过渡现象中往往是被隐蔽起来的,这一点对我们是非常富有教益的。对这些事实应该加以注意,那么我们就不会把人的生活简单化、庸俗化了。但是,对这一事实的确认还没有回答无意识的秘密,它是生活中永恒的问题,是更好地认识自己和别人的永恒的冲动。人在与环境的相互作用中,很难立刻就能找到他的真实的生活课题和适应于他的生活方式,这是极为罕见的事。对生活方式的寻求往往是具有充分的意识性的,许多对自身的清算、许多生活的转折都是有意识思考过程的结果。但是正因为人不仅是一种个体的具体存在,而且也是在具体社会—历史现实的此时此地活动着,上述对其自身错误观念的修正在生活上具有极大的重要性。这种修正并不是由神秘而独立的无意识在黑暗的子虚乌有中或在明朗的天空里完成的,它同样多地——或同样少地——是人本身自立性的产物。甚至像在上述瑞卡德·达江这样极端的情况下,道德的新生、个性的最终自我发现是经过长期准备的,如果直到转折点还不能意识化,那么对自身最深刻倾向的无知是基于对它的错误意识,并且这

## 第十一章 第1′信号系统

种错误意识绝非与那种影响到时代及个人在其中位置的错误意识无关。

只有这种观点，才能排除情欲谜一般的特性。如果我们读过丹纳对巴尔扎克或莎士比亚的作品中人物所作的描述，我们就可以获得这样一种印象：情欲是一个人内心完全独立的生命物，就像没有防备的渔船在风暴袭击下毫无抵抗力一样，具有完全独特的宿命必然性。因此人们原来神秘地设想的情欲，是作为超自然力量的产物。我们只要回忆一下在欧里庇德斯那里，由于阿芙洛狄特激起了法德拉罪恶的爱就够了。在丹纳那里——同样在左拉和其他作家那里——出现了像神秘化的遗传说那种具有流行神话形式的、偶像化的"超验"力量，这并不会改变事物的本质。这正是在心理学中，轻率地忽视各种基于社会—历史规定而造成的恶果。因为客观地看来，情欲首先在量上与通常的情绪不同。情欲不再是可依内在和外在状况而消长的、内心生活的简单的一部分，而在内心生活中增长为趋向独占性的力量，这种力量专断地促使去实施，并且往往对内在和外在的阻碍表现出它的不可抗拒性。要正确地认识情欲，我们还必须把握住这种由于量的加大而强化了质的特性。因为有一系列这样的情况，单纯的情绪、念头由于缺乏训练或由疾病而减弱的抑制系统使之毫无抵抗地贯彻实施。如果这种弱点是由生理学的原因造成的，那么我们就涉及病理学的现象，这不在我们目前考察的范围之内。但是这种弱点也可能纯粹或主要地是由社会原因产生的，即某种社会状况在人身上自发地或有意识地引起对社会现存的禁忌、制约等的忽视，这在心理学上等同于对相应抑制的削弱，甚至排除。在这样的人那里，其本身除非特别强烈的情绪是根本遇不到阻碍的，并且为毫无意义的活动提供了完全自由的道路。纪德的拉福卡迪欧或他的"伪金币制造者"的年轻人形象，清楚地表明了这一点。正因为它通常被当作生理学意义上的事，因为"无偿行为"说是一种严格受社会—历史限定的世界观—道德学说，在这种极端的情况下，情欲本身中社会构成因素的意义可以被有效地加以研究。

就本来意义的情欲而论，一方面要考虑到以前讨论过的问题，人往往尝试着急切地、冒险地使他个人的生活、个人的努力与当时社会以及其中他的阶级的状况为他所提供的那种客观可能性相协调。在人与现实的这种冲突中，某些会上升为清醒的意识，即作为——积极的或消极的——愿望或渴求，作为或多或少清晰的不快感或无意识地拒绝，但只是或多或少知道，而不是适当地认识到。它经常是一个意识化过程，恩斯特·布洛赫基本上是正确的，他在这里把尚未意识的东西与弗洛伊德的无意识相区别："精神分析所讲的无意识绝不是一种尚未意识到的东西，即前进运动的一种因素，而是由复归形成的。"[1] 在人的生活中尚未意识的事物的意识化是人与环境之间积极地相互作用的一

---

[1] 布洛赫：《Das Prinzip Hoffnung（希望原理）》第 1 卷，第 68 页。

## 第十一章 第1′信号系统

种必然的心理产物。与深层心理学完全相反，它表明了行动中人的实际心理结构。这里所阐述的这些冲突构成了唤起情欲的最佳土壤。然而一开始就必须强调指出的是，尽管情欲极其经常地表露出冲突，但却不能说在人与环境之间就建立了一种必然的结合。在一个人的最深切的冲动中，使他的生活适应于他的真正需求，虽然可能与世界产生冲突，在其自身出现内在的裂隙，但绝不会无条件地造成这种状况。布朗宁夫妻的爱情，许多学者、艺术家平静的生活，无可辩驳地证明了这一点。另一方面，只有当社会构成因素尽可能具体地表现出来时，对由其情欲所支配的个体与其环境之间冲突的社会基础的正确认识，才能对心理学富有教益。单纯揭示出各种急迫的对立所具有的各种规定，这还是不够的，还必须阐明，现存的社会状况、发展方向、矛盾性等对人怎样起作用，它们所处的阶段对于具体情欲的社会阻碍在个人身上转化为有效的抑制能适应到什么程度。在这一切之中，历史意义上的正确与错误意识与个人的愿望、需求和努力之间的相互关系就具体化了。

出于这种考虑，社会转折时期（及其准备阶段）对于爆发的情欲提供了最佳条件，这种普遍的观点就完全可以理解了。因为转折（及其准备阶段）松弛了内在的抑制作用，通常正是由于这种抑制作用使社会禁令或禁忌与个人心理联系起来。当然这一过程具有极其不同的程度，它们在现实中会导致完全对立的心理现象的后果。例如，莎士比亚在《罗密欧和朱丽叶》中以简练的笔触极其明晰地表明，在凯普莱特和蒙太古家族之间的封建家族斗争，已使费罗纳的市民和政府觉得是陈腐的，在现实生活中是陌生的。所以，在这对恋人中已经几乎不存在内在的阻碍，他们的情欲在悲剧冲突中纯粹是作为内在——人的必然性与宿命的外在的阻碍之间的斗争。拉·法耶特夫人的小说《克雷夫公主》中的情况就完全不同了。她描写了这样一个社会，在这个社会中个人的性爱已经在因袭的、封建—贵族婚姻观上打开了一个深深的缺口，这种婚姻观已经往往只是以正直的外表掩盖着挑起的放荡，但是它还没有达到旧道德完全解体的阶段。因此在女主人公那里，产生了针对自己情欲的内心斗争，这一斗争以悲怆的听天由命而告终。上流社会的各种情感和情感冲突，正如以后拉克洛和巴尔扎克所描述的，已经变得十分陌生了。情欲的最深刻的质，正是在个人与社会之间这种具体的相互关系的基础上展开的。当然这种相互关系可能促进或阻碍情欲的爆发和终结。它在上面最后一个例子中是起了阻碍的作用，但是我已经指出，例如对于维特恋爱的内容和方式，新兴市民阶级的积极的阶级目标起了一种重要的促进—决定作用。①

真正的情欲，与由单纯不加抑制而造成支配地位的简单情绪不同的特点在于，它典型地在相应个体的身上唤起较高程度的意识性。与社会的严重斗争——有时是针对由

---

① 卢卡奇：《Goethe und seine Zeit（歌德和他的时代）》，第52页。参见《卢卡奇全集》第7卷。

## 第十一章 第1'信号系统

社会在个人本身上所产生的内在抑制——是沿着增强这种意识性的方向进行的。

这种倾向已经在欧里庇德斯的菲德拉那里出现过。这不仅关系到戏剧的主人公们,而且在那里形式也是向这一方向推进的。当戈特弗里德·凯勒把罗密欧与朱丽叶的题材移植到农民的环境中时,当然适应于各种人物的具体意识高度,趋向意识性的倾向仍然保持了下来;我们到目前为止已经试图阐明在恋爱冲突中的情欲问题。然而,尽管傅立叶把妇女的状况和恋爱的形式看作测定文化属性的一种尺度是完全有道理的,尽管艺术把这一主题范围放到它的创作的中心并非偶然,如果我们只限于这种类型的情欲,那么对情欲中意识性的分析也将是片面的和不够确切的。正是为了理解意识性,主题的扩大是非常重要的。因为这里已经指出,真正的情欲不仅在心理上会引起一种意识性,而且情欲的出发点和内容也可能由意识性的世界产生。当然,这种意识性在这里只能由心理学意义上来理解。情欲的正确性或错误性,甚至情欲的诚实性或由它的诡诈引起的欺骗或自我欺骗性质,在心理学上同样应该属于意识性的问题。我们不需要像李格尔那样,把人类所有特别感兴趣的活动都理解为情欲,把无限的活动领域都看成是各式各样的情欲,把它从日常生活开始,直到就业、艺术、科学以至政治扩大到整个人的生活。从莎士比亚的《理查三世》到安纳托里·弗朗斯的《神的渴望》中的戛梅林,文学为我们提供了这类例证的整个画廊,为意识所把握的、所习得的、所应用的思想,如同性爱的根源性质一样,可以煽起不可抗拒的情欲。因此——我们再重复一遍,是在心理学的意义上——情欲绝不会冲淡甚至淹没意识性,而相反地有时使其更加鲜明和洗练,当然也可能具有诡辩的性质。在此我们希望已经足够明确地说明了它的本质,而不需更多的例证了。

这里关于意识性的各种形式的补充说明,当然在内容上只是极其简略的,然而却是必要的,因为人与艺术的关系一直是培育无意识神话的巢穴。我们已经看到甚至康德也屈从于这种研究。为了能够清除这些神话并使问题本身以其真实形态显现出来,所以必须把意识性与无意识性之间极其不同的,但总是可以具体而合理地理解的相互作用,在一系列事例中加以简略地说明。

如果到目前我们已经考察了第 1′ 信号系统的各种不同表现方式,那么必须由确定事实的整体性中得出它的本质,这是意识性的一种独特形式。作为信号的信号,这一本质使第 1′ 信号系统与第 2 信号系统处于完全并列的位置,并与无条件反射和条件反射区别开来。第 1′ 信号系统在生活中的作用表明,如我们已经描述的各种类型,显然它是意识性的一种特殊形式,由于特殊的条件和状态所规定的行为方式使通常和习惯的意识性形式失效时,它却能发挥作用。在我们补充引用的各种例子中,也证明了这一真理:在几种家畜中,第 1′ 信号系统偶尔地出现,肯定是动物意识性最初的表现,它们的发展条件使家畜不再能发展其他的意

## 第十一章 第1′信号系统

识形式。另一方面，我们在各种精神病患者那里观察到，利用第 1′信号系统对现实进行反映并试图对所把握的事实进行理解，这是病人的意识性最后的绝望的闪光，否则他的有意识的生活必然陷入不再能支配无意识的、完全无意义的黑暗之中。

在生活现象中，我们已经可以看到第 1′信号系统的一种巨大的不稳定性，一方面它与条件反射之间，另方面它与第 2 信号系统之间存在着平滑的过渡。同时我们当然可以看到，这种现象的不稳定特性使得它的独立性比第 2 信号系统的要难于把握得多，但这种独创性是绝不可能完全消失的，我们可以设想在体育运动中，战术（第 1′信号系统）与技巧熟练性（固定的条件反射）之间的关系。与艺术的关系在这里产生了一种质的变化，也就是说，每种艺术品的同质媒介的创造，正是为了使感受者产生一种对创作形象的连续的体验，并使他的体验按作品所规定的方向产生预定的高涨和延缓。这一点是这样实现的，即将感受者置于一个反映的世界里，其中所有要表现的东西都是这样安排的，使人对创作的感受完全是通过第 1′信号系统完成的。感受者——暂时地——割断了他与现实本身的关系，并试图对他在现实中所知觉到的东西，在思想上加以整理。他完全——按照感受性的理想——沉浸在创作的形象之中，生活在由作品所创造的"世界"里。显而易见——且也并不鲜见——这种关系是被称作无意识的。但是我们首先不该忘记，即使是最幼稚的感受者也始终知道，他所面对的不是现实本身,而是现实的映象。如果缺乏这种意识,那么就中断了与作品的审美关系,当然也会产生一种意识性,但却完全是另一回事了,如堂·吉诃德读骑士小说或看木偶戏。这样形成的感受者的审美意识性,即使首先不是用语言—思维表达的,甚至不允许这样来表达,也处于高度清醒的状态。这种意识性对作品激发引导力的强弱具有高度的敏感性,对——在同质媒介及其唤起体验的特殊性质的效力范围内——关联及因果关系以及艺术发展的"逻辑"提出了严格的要求。这种特殊的审美意识性——它在心理上是支配第1′信号系统的——由在这方面相混合的日常生活中出现并且又回归到其中,我们在讨论感受性的前导和后续过程时已经谈到。在这一过程中并不涉及无意识的意识化,而涉及人——在其他生活表现中也经常出现——由一种意识性形式向另一种的转化。暂时我们可以满足于对这一事实的单纯确认。对于这种意识性的特点及其在人的生活的整体性中的意义,下面我们还要谈到。

关于无意识性乐园传说的实际支配地位存在于艺术创作过程的领域中。追溯到最初的开端,作为神话,关于神的灵感是它最初的形态。但是,它以世俗化的形式一直留存到我们的时代(有时在艺术的反对者那里把神的灵感解释为魔鬼的灵感,这在心理学的本质上没有什么不同)。为了尽可能快地从心理学童话图像的基础上转移到现实的基础上来,应该强调指出,艺术创作过程是一种具有明确目的特征的极其独特、极其复杂的活动。抽象地看来,艺术

## 第十一章 第1'信号系统

创作过程在这方面几乎与其他人的行为方式特别是劳动基本上没有什么不同。长期以来手工艺和艺术之间的界限是变动不居、充满过渡的，这在历史上是众所周知的。意识性是具有目的性的指向活动，首先是劳动的一种普遍的心理特征。劳动的一系列有规则地重复的因素，甚至所经历的整体都可以借助于练习（条件反射的固定化）逐段地以至完全地无意识化地完成。艺术创作在这方面与其他生产活动的区别，不是——像无意识创作的传说所要求的——一种提高，而是相反地由于不断批判性地审视并由此而降低了无意识因素的作用。因为劳动的某种"技艺的"部分以条件反射的形式固定化，这在艺术实践中很容易形成一种模仿的格调，它会严重地损害作品的审美价值。每一个认真的创作者都会以清醒而敏锐的意识不断监督自己的创作，是否有关要素（词、笔触等）适应于每一作品的独一无二的具体要求以及它的构图上的每一位置，或者它只是以前掌握的技巧惯例的结果。当然在每一种艺术中必须有一种"自身的东西"，也就是说由无意识起作用的装置，即通过作家来支配语法和句法以及他的语汇。但是，在这里也不断介入意识的控制，以便不会由正确的、但用惯了的陈词习语使风格降低到平庸之流。与在其他生产活动中通常情况相比，因此必须进一步加强和发展艺术意识的觉醒和第1'信号系统对被固定化无意识作用的条件反射的支配。

我们在这里谈到了第1'信号系统的主导作用，我们这样做，是因为在极其多样化的创作过程的其余部分中，无

( 审美特性

疑至少部分地存在着通常由第2信号系统占优势的阶段或领域。因为首先作为一个极端,艺术家对艺术,艺术类型和门类的最终问题的自我理解,关系到各种具体的作品或自己作品的前景,这个问题对他变得很重要。这些问题当然是由艺术作品产生的,都经常向思维普遍化的一个巨大高度推进。不论这种思维考虑是像通常在歌德和席勒那里以直接的,甚至纯粹抽象理论的形式表达的,还是开辟了一种间接的方法,通过对其他艺术作品理论的—美学的分析帮助艺术家,达到对自身创作问题的必要的明了性,像在托马斯·曼的许多文章中那样,无论如何在这里占支配地位的是通常思维的意识性,即第2信号系统。但是同时一刻也不要忽视,经过这种途径形成的思维甚至思维体系,总是在实际和可能的经验中具有现实的基础,其真理标准以及它的证明,而这种经验是通过第1′信号系统的媒介作用并被提高到一种普遍化的高度,以便有更大的把握,将被意识化了的东西返回到有意识的艺术创作中,返回到第1′信号系统中去(同时这种思想对可能的感受者也起类似的作用,这只是加强了这一论断的普遍适用性)。

第2信号系统的这种特殊的辅助作用,也可以从另外相反的一端来说明。经常出现这种情况,持学究态度的创作者,某种艺术潮流的狂热参与者或追随者、朴素的业余爱好者,有时甚至那些对其创作并不明确的、真正的艺术家,对艺术的一般问题极为确信,特别会发展那种常常与逻辑相关的、富有才气或极为平庸的一般艺术理论,以及与其

## 第十一章 第1′信号系统

自身艺术相关的理论。沿这条道路形成的意识性对艺术创作绝不会产生很大作用。我们完全不想谈哥特什德之类的理论家，但是像奥托·路德维希这样天才的、在美学上深入思考过的作家的戏剧片断表明，有关一般艺术问题，甚至有关具体作品对自己创作过的审美价值根据的普遍明了性，只有当它能够转化为内在引导的具体的第1′信号系统时才是有效的。路德维希的舍尔本贝尔格戏剧片段，它对同一题材完全相反的变形之间的不断摇摆表明——在这里是悲剧的——单纯一般的理论意识性，对于那种在创作过程中才实际起作用的决定性艺术意识是没有多大实际效果的。

对后一种形式我们到目前只做了抽象的一般考察。要使这一形式更具体化，这对我们目前的心理学的、而非艺术哲学的考察是必要的，这就必须从萌芽的构想至完成作品所经历的过程出发。对这里所形成的心理结构，就目前我们所关心的问题，可以作如下描述：在艺术家那里把他目前或过去对现实的反映、他的直接的或经中介的个人经验的复合体客观化为一种具有独立性的、与他本人相对应的独特存在。这种复合体是主观的，因为它只是作为这种意识性的内容一般地存在着。但是，它同时相对于经验过这一内容的主体说来，又具有一种客观性，由于萌芽的展开成为具有其各种规定的内涵整体性的完善的作品，就不再依赖于艺术家的意志和意图，为此艺术家不得不以艰苦的劳动，将在最初萌芽中潜在包含的内容表现为鲜明的生活。这种劳动无疑是具有目的性的，因此没有意识性是不可能完成的。因为在萌芽中，同时既包含作品又不包含作品，艺术家需要一种反应极其精细的意识性，以便将尚不明显的、尚未意识化的东西为其意识所把握并相应地客观化。在这一尚未意识的背后隐藏着这样的事实，如黑格尔所说的，每一现象——他主要指的是历史现象——首先表现为抽象的形式，然后在多次斗争和转折中逐渐达到独特的具体性。我们相信，这种一般结构在个人的生活中——加以必要的变化——也表现出来，并且那种人们在心理学上可以称作尚未意识的东西，往往同时是这种客观事实的一种反映和实现的尝试。在形成的艺术作品中同时表现了这种状况，并且在主观上和客观上是不可分割的。在客观上，它归根结底涉及对现实的某种反映，在这里每一种与其真实性的偏差很难作为创作的失败。在主观上，这种反映同时是有关艺术家个性的产物，并且它的客观化必然是在主体内部进行的过程。艺术作品的同质媒介是这些在意图上相互关联的倾向的统一化因素。同质媒介一方面由创作者最深层的个性根源中获得一种实体，另一方面它是这种在主观基础上的反映方式，能够提高到一般客观性，提高对所有人产生激发作用能力的唯一工具。

创作过程的目的性本质在于，将这样一种对世界激发性反映的潜在可能性转化为构成"世界"的艺术作品的显在现实。如果从我们目前的心理学观点来考察如此形成的这一过程——对其艺术哲学的分析只能在本书以后部分进

## 第十一章  第1′信号系统

行——那么立刻就会清楚。对现实的反映，它同时应该是其本质的真实映象，其目的是通过同质媒介，在新的直接性中使现象和本质相吻合，这种对现实的反映只能是有意识、有目的的创造成果。忠实于现实，与激发力不可分割的、有机的、直接表现出来的统一，既不可能在现实本身中，又不可能在对现实的自发反映中直接获得。这种统一的萌芽，或许会直觉地为创作者所获得——直觉和意识性的联系在这里已经讨论过——这种萌芽的显现只能由具有目标意识和自觉地创造所形成。这种意识性甚至在主观方面表现得更清楚些。如果我们注意去研究著名艺术家们的自白，那么我们会连续地看到一种显示出充满矛盾的双重斗争，即同时对自身主观性的高度展开与排除。如果我们正确地把握了这里涉及的是哪一种主观性，那么其中这种矛盾性的假象就会消除。第一——这在心理学上是不可避免的——作者的独特人格（正如福楼拜嘲弄地称作"先生"）混入创作过程中。因此在创作主观性中必然形成极其明显的意识性，以便能在创作的每一步中准确地控制，是否灵感产生于事物本身有机进程的内在必然性中，或只是特定气氛的表达中。第二，这一过程意味着直接感知和艺术再现的各种现象的不断普遍化。但是这种普遍化具有单纯思维的性质，其中现象与本质是直接相互分开的，并且只是事后又总结性地结合起来。它也是第1′信号系统意义上的普遍化，其中本质是现象所固有的，是在一种新的直接性中直接内含的；这种普遍化可以从萌芽中引出虽然是

### 审美特性

逻辑的，然而作为现实的再现是确实可信的结论，而不会具有那种艺术的、有机—激发的、由萌芽形成的必然性。这里所产生的对立性，扩大到形成艺术作品的全部内容、全部对象性和关系上。显而易见，对作品审美本质的这种危害，只有通过始终清醒的和批判的意识性才能够摆脱。这种意识性在创作者那里通常只是逐渐地、经过严重的斗争和转折之后才形成的。艺术家们，和我们通常所说的艺术家的成熟，首先在于这种不断的自我批判的完善化和深化，这种自我批判也可以表现为对他人创作的同样尖锐的批判。

但是这种意识性是否必须要取得一种思维的、语言的表达呢？它可以是这样，并且在很多情况下可以清楚地表明，这里并不涉及非理性的问题，它也不一定以语言来表达，而不会完全丧失它的意识性。巴尔扎克描述了画家弗伦霍弗如何拜访他的同事波尔布斯的。弗伦霍弗发现在他同事的绘画中，有一幅非常美，但他还指出了在许多地方缺乏应有的生气，并动手修改这些地方："小伙子，你看，"他对当时在场的波赛因说，"你看，我们怎样用三四笔和一点淡青色的釉勾画出这个可怜圣女头部周围的气氛，原来是令人窒息的，好像处于死气沉沉的气氛中。瞧，这些褶纹现在飘动起来了，人们看起来好像风在吹动它们！原来它看起来像是一块能插住针的、上了浆的油画布。你感觉到了吗？像我在胸部加的上釉的光泽，描绘出了一个年轻姑娘皮肤的丰满和柔嫩，像由红褐色和燃烧的赭石色混合成的色调,温暖了阴影的灰冷色,这种灰冷使血液凝冻而不流通了。"如果要把这个例子的教益正确地用于我们这一问题,那么就得承认,巴尔扎克是怎样成功地把我们所谈意识性问题中艺术本质的东西,由绘画转化为语言和思维。由此再次证明了,在这里涉及极高度的理性联系,可以看出在巴尔扎克那里,不仅创作过程本身而且其思维转换,都同时必然地被描述了出来。在这里不仅涉及巴尔扎克所具有的作家的意图,在我们前面援引梵高对于自己的一幅绘画作品所做的描述时,也存在同样的情况。因为在画家本来的、独创的意识性中,不仅涉及抽象的色彩——这种色彩即使用最佳的语言转换也是抽象的,而且涉及色彩本身最具体的微差,在每一种颜色那里,即使它形成多大的色斑,不论把它置于画中的何处(不论是二维意义上的,还是三维意义上的)直到无限,都是具体的。艺术家本来的、独创的意识性,正是在于对这种复合体的所有方面可靠的、精确的意识。作为对这里形成的各种联系的精确契合,艺术活动是一种有意识的活动。在这种意义上,一首好的十四行诗,就像数学推导那样精确,因此同样是有意识产生的。

这里所说的事实,在生活中是不难证明的。当在人体素描中,老师站在学生的习作面前,并用一笔把含糊零乱的线条变得合乎秩序;当一个音乐听众立刻感觉到何时演奏者或乐队指挥与他自己的"理解"有偏差,他并不用彻底思考或即席演奏。显而易见,这里有一种独特的意识性支配着，它与思维的语言的转换虽然不完全相似，但确仍然是第二位的东西。一个二流的艺术家甚至完全有可能对其创作的所有步骤都能精确地向自己和别人作出说明，然而——正是在艺术的意义上——却没有产生实际的意识性，也就是说不能将他的——有时甚至不错的或有价值的——抽象构想所隐含的具体可能性展开来。与此相反，高度发达的艺术家的意识性，可能在艺术活动本身之外，却没有表达这种构想的需要甚至能力。这里清楚地说明，第1′信号系统像第2信号系统一样，是由信号的信号构成的。人们往往片面地仅仅把第2信号系统看作是意识性，由此而使真实的事态被曲解。这种片面的理性主义不仅导致对艺术本质的误解，而且——正是由于这种片面性——在艺术心理学中，并由此而在美学中，大大助长了非理性主义。

歌德由艺术作品的客观方面，对我们这里试图描述的事实做了极其精确的规定。他试图将寓意和象征完全明确地相互区别开来。关于象征，他指出："象征将现象转化为观念，将观念转化为形象。因此形象中的观念总是有无限的作用并且不可企及，甚至用所有的语言也表达不清。"[①] 这里对于我们说来在理论上最重要的是，按照歌德的观点，真正艺术作品所表达的东西是"甚至用所有的语言也表达不清"。因为就歌德而论，强调指出其不可言传性并不是指

---

[①] 歌德：《格言与感想》，第326页。对于许多现代读者说来值得注意的是，歌德大概把象征理解为这里所说的模仿—激发形态。19世纪后半叶在文学艺术中流行的"象征主义"他大部分将其划归寓意。

的非理性主义之类的东西，这或许是多余的，但是由于从西梅尔至克拉盖斯，以至其后许多人都把歌德完全地"非理性主义"化了。在这里利用歌德的一些言论至少要说明不造成误解的界限，这对我们似乎会有益处。对于抒情诗（这对考德威尔和其他人说来是一个内向的非理性主义领域），歌德指出："所有的抒情诗在总体上必须是完全理智的，而在细节上却有些非理性。"① 并且更明确地补充道："对于知性毫无所予的差别，不是差别。"② 歌德所说的不可言传性作为本质的现象形式不仅——在消极的意义上——与任何非理性主义毫不相干，而且——现在已经完全是在积极的意义上——如同每一种真正的科学那样，表现了目的在于把握客观现实的态度。这种态度具有内在的可能性并有责任揭示现实的新侧面和新契机，这是用其他方法无法为人的精神所把握的。歌德提出："美是隐藏的自然规律的表现，若没有这种显现，这些规律就永久对我们隐匿着。"③ 只有在这里，这种不可言传性才获得了其真实的、同时客观上恰当的、真正歌德所说的意义。

显然，这种意义存在于意识性范围的扩大之中。哲学和心理学把一般的意识性与有意识的思维—语言表达看作是一回事，它们把在此描述的形式则看成一种独特的——

---

① 歌德：《格言与感想》，第 255 页。
② 歌德：《格言与感想》，第 254 页。
③ 歌德：《格言与感想》，见《歌德全集》第 35 卷，斯图加特 1907 年版，第 305 页。

往往是神秘化的——无意识的东西,与人的心灵的意识性范围"相邻"的或在意识性范围"之下"的东西。由这种不牢靠的前提只能产生畸形的结构。歌德天才的创见是与上述方向完全相反的。由此可以根本上扫除从上述错误前提所形成的虚假问题——其中如我们所看到的,也包括康德关于艺术天才的理论。由于赋予艺术创作的"不可言传性"一种朴实的但真正合理的意义,即使在语言和概念表达得都很准确时,仍然可以看出艺术创作的效力可以是无限的,它的观念是不可穷尽的,并且仍无法排除不可言传的东西。由此而清楚地感知到艺术创作的对象,这就是我们反复说的,通过艺术所唤起的现实及其模仿—激发映象的内涵无限性。我们力图说明第 $1'$ 信号系统具有独立性的这一努力,正是从这一点出发的,即在作为社会—历史发展产物的人的生理—心理特性中,去寻找适应于在艺术中感受现实并再现现实的特殊官能。当描述这种信号系统在日常生活中如何起作用时,我们已经遇到了内涵无限性的问题,如在关于举止和对人的认识等现象中。当然,在这里就歌德所说的不可言传性说来,是极其相对的。我们在上面已经指出,在此所完成的作用,其语言—思维的可表达性是次要的和附带的,也就是说,这种作用本身在什么程度上是有意识的或无意识的问题,必然在这里还不能解决。正如我们所力图指出的,这种结构表明在艺术产品的创作和感受中有了质的提高。我们还试图阐明——特别是在创作中——对于对象内涵整体的把握和摹写,除非通过

## 第十一章 第1′信号系统

调动独特的意识性，否则是不可能实现的。因为将所把握的现实，在模仿反映中进行艺术转换，对于主体提出了要求，只有通过对"原型"（其特性往往是极其复杂的，绝不总是被看作一个精确规定了的个别客体）与其映象进行不断的比较，对表现手段的分量和比例进行不断的权衡，对各部分与整体之间进行不断的协调才能实现。我们也已经指出，尽管在技巧操作中的意识性，比本来意义的艺术活动中的意识性更成问题，而在这种创造活动中只看到技巧操作，对它的意识性往往表示怀疑，这是一种简单的庸俗化。与此相反，我们确信——并且确信已经阐明——这种有意识的艺术活动的意图必然是为了适当把握和适当反映现实的内涵整体。

因此，我们回到歌德的"不可言传性"。其正确意义是：那些没有利用恰当的表达手段所不可言传的东西，却可以用这种适用的表达手段获得清晰而明确的意义。这在我们由日常生活所援引的事例中就是如此。在日常生活中，应用第1′信号系统对现实的统觉往往只具有一种过渡的性质。也就是说，由此获得的知识，一方面成为经常重复的实践对象，成为习惯（若在一个过渡时期中，要求一种特殊节奏的某种行为方式成为风俗或良好时尚的要素，那么第1′信号就固定为条件反射）或者这种统觉的语言——思维的、原有次要的意义就固定在这一水平上，归入劳动或科学的一般思想财富（以此方式实现的医学上的诊断——在思想上被合理化——成为科学的共同财富）。在日常生活中，由第1′信号系统所完成的统觉的路线一般是，向上达到第2信号系统，或向下达到条件反射。当然只是一般地说来如此。肯定在许多情况下，这样获得的体验，以其原有的方式成为人的内心占有物。在这种情况下在人的内心——在第1′信号系统的水准上——对世界无限性的体验反映被固定下来，这种体验的记忆与其自身及其最独特的人格的关系，被格外地加以强调。因此这是对人的认识的体验，特别是与各种实践所达到的目标没有直接联系的体验，是各种自然的印象。文明程度愈高，闲暇时间愈多，艺术对日常生活的影响愈大，那么这种体验的产生就愈经常、愈强烈。这是艺术对人的日常生活产生最重大的影响之一：提高人们的人格教养，即提高由个人发展而使人类丰富起来的生活所提供的各种扩大了的和深化了的感受性。

上述以第1′信号系统为媒介的这种生活经验的构成因素，说明了歌德艺术形象"不可言传性"的最重要的内容。如果我们将第1′信号系统与第2信号系统相比较，那么马上就会发现，第1′信号系统无法辨认第2信号系统毫无例外完成的抽象的特殊形式，即使在最简单的词中包含的这种抽象，也具有其必然的、内在的非拟人化倾向，这种倾向首先是在劳动中，并且特别是在科学中获得了充分的展开。这种抽象成为词的形成（概念形成）的本质。当我说桌子或狗时，那么是指其存在不依赖于主体知觉的一个客体。借助第1′信号系统对于各种对象和关系的把握与此相反，是与体验到它们的主体不可分割的，尽管在这里客体本身

## 第十一章　第1′信号系统

当然并不依赖于主体而存在。这里所完成的独特的普遍化,不仅把某些客观上本质的东西由对象世界中突出了出来,而且这种抽象在完成这一过程的方式上,不仅在客体中包含有与主体的相关性——这里基本上保持了它的不可重复性和具体性——而且把主体提高到他的直接的个性上。生活中的第1′信号系统的功能,往往只是萌芽状态地、趋向性地包含着这一切。当把它嵌入到艺术作品的同质媒介中,就可以达到对精神生活的瞬间的全部占有,在这方面形成一种质的飞跃,使这种成为人的现实和为人的现实的支撑者的趋向得以发展:所有这一切以前在其他地方所提到的关于艺术的属人性质、关于艺术的使命、关于艺术是人类的自我意识和记忆,在这里才取得它的心理学基础。

由此使歌德的"不可言传性"又显示出一个新的方面。我们知道,歌德对于各种纯粹自省的、纯粹观念上的或观念道德化的"认识你自己"是非常嫌恶的。这当然并不是说人不能认识自己,同样不是说艺术的不可言传性是由无意识的莫测深渊涌流出的非理性。相反,歌德反对各种抽象自我认识的真正意义在于,他号召通过实践,通过在实践中人的自我表现和自我确证来达到认识自己。艺术的"不可言传性"是用普遍可以理解的语言表达的,即我们把艺术看作是通过形象永恒化的和清晰的人类本质活动的编年史作者。如果要实现这种真正的自我认识、这种人类的自我意识,就必须保持这些活动及其活动者的特殊的具体性,但是这种真正的方式只有在极端的具体性中才存在。

○ 审美特性

只有当实践、作为具体性基础的、产生了具体性并由具体性引起的内在性被具体化时，这种具体化在其生活的直接具体性的普遍化中不受到损害时，而相反地正是通过这种普遍化而被提高，那么自我意识、自我认识才能以其真实的形态出现。这种具体的普遍化只有靠艺术来完成，也就是通过——从美学上讲来——并非存在一般的艺术，而只有具体的特定的各种艺术、不可重复的作品的个性来完成。一座米开朗琪罗的雕塑、一幅伦勃朗的绘画，只有作为雕塑或者绘画，才实现其真正的内涵无限性，并且——一般说来——只有以这种形式才能被统觉，人们可以并且应该试图使这种内容在思维—语言上意识化。但是人们一方面应该明确，在这里始终只能涉及对一种不可穷尽的无限性单纯接近的尝试；另方面还应该明确，这种思维转换的基础仍然是事物本身（雕塑、绘画），并且这种思维转换只有由原来同质媒介和原有形象的充分体验中，才能取得它的真实性。关于语言艺术作品（如关于但丁、莎士比亚或歌德）的大量文本——直接说来——尽管在语言转换中仍是同质媒介，在这里实际上也只是涉及对无限性的一种近似把握，是对不可言传性的表达。在此还应强调指出，这里不仅涉及——正如对自然现象进行科学把握那样——对具有其无限规定的现实现象的接近，而且每个时代，每一代人，甚至每一个接受者本身——作为一定文化的子孙——若要能把握这种不可言传的东西并表达出有关这种不可言传性的某些正确的和本质的东西，那么他就必须重新与该

## 第十一章  第1′信号系统

艺术作品建立一种关系。但是，因为在每一部作品中都存在一种有意识完成的被反映现实的塑造，思维的转换不是将"无意识的东西"、非意识的存在物、尚未形成意识的东西提高到意识的水准。这种转换是词的语汇意义上的转换：由意识性的一种形式转换为另一种形式。在其中，总是同时存在增益和损失。所谓增益，就是某些在第1′信号系统水准上虽然清晰但却只是隐含地感知到的东西，被概念的意识化所明确。正如在艺术作品中所有与人类历史发展具有的复杂关系，都在艺术作品中——以可确证的方式——形象地（也就是"不可言传地"）存在着和起作用，然而在这种关系中包含着自身完整的作品个性，这种关系只有在意识性的概念转换中才被分离出来，分解为它的各种客观联系。因此在生活中，在人的认识、行为举止中，伦理体系中，任何不可重复的、独特行动的地位和意义都可以显示出来。然而，同时也产生一种损失，即失去了在艺术作品中呈现的人与客观世界通常所不可能达到的统一，这种统一是由——有意识地——第1′信号系统的作用所产生，并通过这种作用而被感受，它只有在通常的世界体验的范畴中才能表现出来。离开这种可转换性的二重性，即它同时适应又不适应的特点，就不可能理解歌德所描述的这一心理学事实。（我们以前在不同的地方，一方面谈到了较狭义的审美意识，另方面谈到了真正审美事实的概念阐释的问题。这些分析表明，这里不存在截然的对立，而存在丰富的矛盾性。更详细地只能在审美态度的具体类型中再

# 审美特性

讨论。)

拙劣作家和业余作家的作品与真正艺术大师的作品的区别不仅在于,在前者那里缺乏这种意识性(必须再次指出,前者在日常生活或者甚至科学的意义上可能有意识地工作,而不具有审美意识,即应用第1′信号系统的意识性)。不仅各种感受的体验按照这同一原理来区别,而且这种意识性在历史发展的进程中不断地以其连续性、以其不断高涨的把握世界的艺术倾向表现出来。有些事实我们已经指出过,特别是艺术的发展从整体看来,为人类揭示了有关外部世界以及人的内心生活的大量事实和观点。对于我们现在的目的说来,是否涉及新的事实或对早已存在的事实做出新的考察方式,这并不是决定性的。但是正如我们所看到的,所有这些事实和观点始终只能以各种特殊的艺术"语言"记录下来,以致它们即使在数百年或数千年之后,仍然可以被理解。并且这种语言——这又从另一个方面说明了上述情况——要被理解就特别要"被习得"。许多真正的或所谓的艺术作品,也可能成为日常生活或科学的单纯记录,这并不会改变这一事实。因为这种"记录性",并不涉及这里提到的那种内容,而只涉及各种艺术作品——真正的或非真正的——与日常生活的客观化的直接占有。在真正的艺术作品中,形式语言的明确性是这种特殊意识性的明证,是作为人类的自我意识和记忆的艺术的明证,正如我们以前在其他地方所指出的,是艺术在类的生活中不变的、不断重新再生产的功能的明证,没有这种意识性这将是不可想象的。

## 五　诗的语言与第1′信号系统

　　第1′信号系统中的意识性，基本上是作为信号的信号所具有的本质产生出来的必然结果——上面已经反复谈到——这种意识性可能与生活基础相脱离，并不相符合。如果我们不扼要地研究一下语言作为高级信号的其他系统，如何能够用于其特殊目的，那么对第1′信号系统中这种意识性的表述就是不充分的。只要我们所谈的只是纯粹视觉和听觉的第1′信号，那么显然只有无条件反射和条件反射转化成了这种信号，因此第2信号系统就适合于将原物的各种有意识的、理性的意义转化为语言和概念这样一种功能。但这只是两种系统关系中一方面的情况。因为尽管有许多生活事实，其中一部分我们已经谈到，在这里语言是作为第1′信号系统的媒介起作用的——不论是能动的还是受动的——不考虑通过视觉和听觉艺术中，多种媒介所表现出来的思想教育的情况（列昂纳多·达·芬奇、米开朗琪罗、贝多芬等），我们也涉及诗的语言，在这种语言中，对于艺术的激发和第1′信号系统的功能说来，正如在绘画艺术和音乐中视觉的或听觉的反射那样，第2信号系统作为材料是不可缺少的。

　　这种关系的心理学基础，在生活中就可以看到。人们

◖审美特性

相互交往的、极其不同的现象已经表明,语言——正如人们的关系一样,语言是为这一关系服务的——只在极个别的情况下才单独用于纯粹的理解和传达。在实践中,人们确信必须去达到一定目标,这里就完全不触及更复杂的关系而言,实践本身不得不以自发的方式把即使是日常语言用作激发手段。我们在前面已经讨论过这个问题。在这里最本质的成果是,语汇、修辞等暂时地或永久地保持着由附加意义、所唤起的联想、情感倾向以及情感负荷等形成的某种氛围,它的这种功能由语调的抑扬、表情和其他语言的和非语言类型的手段而强化,除了直接地陈述之外还不断地使用描绘、图像、插曲、效果的制备等。人们一般地可以说,科学陈述的语言表达尤其要排除,由这种实践形成的"氛围"。词语的各种多义性和情感倾向,必须赋予每个词、每个句子成分一种精确规定的、完全明确的、无法变更的意义。语言在日常生活中产生这种影响,当然不只限于科学性方面,各种形式的商业生活、习俗等——当然是以一种完全不同的、特殊实践的方式——给日常语言带来一种经验的明确性,趋向于尽可能消除日常语言中的一切情绪的多义性,并使其获得像硬币那样的明确性。当然,在这里也存在极其不同的中间环节。例如,有许多用于宣传性的"硬币",它——有意地——造成一种多义性的激发"氛围"。

如果一定要从心理学方面重新在日常生活与艺术之间的相似性和差异上找出新的联系,那么显而易见,一方面

## 第十一章 第1′信号系统

语言的所有日常激发的使用方式构成了其诗的应用的前提,因为没有这种普遍而广阔的生活基础,就绝不可能有诗的语言创造的可理解性、可供支配的秩序;另方面很明显,即使在这里艺术创造的成果也不断流入生活,并且最强烈地影响着其语言的表达方式。在日常生活的语言与诗的语言之间(以及说与听之间的心理学)存在极其多样的相互关系,然而这并不能抹杀两者——它们相互分离同时相互联系——之间的质的飞跃。无论从在主观意义上还是客观意义上说,其跳板都是对个体性的脱离,它通过特殊的普遍化在诗的表达上形成内涵的整体性。奥托·路德维希在他的《莎士比亚研究》中,对这里所形成的新情况做出了恰当的描述:"莎士比亚笔下的人物,可以说是大声思考的。在现实中,只有一部分不断进行着的思考和情感反应是说出来的,它使得全部变得可以听到。莎士比亚成为无与伦比的大师正在于,他表达出了不可言传的东西,在人们具有狂热的感情时,他们会突然变得沉默,因为他们无法找到语言来恰当地表达他们的感情。"① 这里决定性的新质是表达的整体特性。它不限于将所有那些在人的生活中通常听不到,或至多只能以不适当的方式表现为语言、而其本质必然仍旧不可理解和无法共同体验的东西,转化为语言。路德维希正确地强调了超出以下范围的东西,即所

---

① 奥托·路德维希:《Shakespeare-Studien(莎士比亚研究)》第 6 卷,莱比锡 1909 年版,第 73 页。

有那些激动人心的东西被转化为语言,不管它在生活中是否一般地能够表达出来。戈特弗里德·凯勒同样对莎士比亚做了这种整体性的考察——只是并非从语言的表达方面,而是从整个创作的结果和激发特性方面。我们虽然已经在其他地方谈到了他的观点,但为了使这一事实更加明确,在这里再做几点说明。凯勒认为莎士比亚对生活和人的描述是独特的、真实的,他并且指出:"……只有像这种描述那样,是在完整的人身上依据善和恶淋漓尽致地、富有特征地发挥自身存在和自身倾向的特长,并且像水晶一样透明,每个人都按自身那样纯粹无瑕。"在其他地方已经援引过的、巴尔扎克所描述的画家弗伦霍弗的谈话中清楚地表明,这里涉及每一种艺术的普遍性倾向,只是这一次是以语言的同质媒介表现出来的。他谈到泼布斯的绘画:"您可以获得生命的外观,但是您没有表现出它的剩余,那种溢出河岸的东西大概就是灵魂……"

诗的语言所具有的这种第一抽象特性,已经在上述范围内表现出同样的现象,这我们在日常生活、科学和艺术的关系中,已经能反复加以一般地确认。也就是说,日常生活把所有一般用于实践的范畴陈杂搅拌到与实际个体的目标设定相适应的混合体中,包含在了其中,而艺术和科学——相应于与其对立的功能——排除了日常语言在每一当然是对立的方向上的异质性。在科学反映中,起主导作用的语言转化方向已为我们所周知。当我们反复强调在日常语言中,同样地表现出诗的表达的痕迹和倾向,那么我们并没有削弱两者之间质的差别:这类倾向在日常实践中,也在科学的语言用法中见到,甚至如此之强烈,以致巴甫洛夫在谈到语言时,首先强调了这一方面。为了根据事实来说明这一问题,有必要在日常语言中(就词的本义上的语言)考察向这两个方向分化的共同基础,并且阐明,语言的两种分化了的形式,进一步形成了日常的某些倾向,然而由此——在两个对立的方向上——产生了质的飞跃。由于诗的语言是由各种发展了的(同时在科学性上普遍化了的)语言形成的,同时也就说明了,那种把诗的语言看作是人类"母语"的见解是不合情理的,在前面我们已经批驳了这种观点。

关于这种质的飞跃的重要本质特征,我们已经说明过。其中与人的相关性,也就是说与整体的自我完善的、自我完成的、成长为典型的人的相关性,是最重要的契机。诗的语言形成,其特征或许比其他各门类艺术的同质媒介更鲜明地表现出这种普遍的审美的基本倾向,因为在这里不断地表现出与同一语言(同一些词汇、同一语法等)的科学变形的对比,在其他艺术中却没有这种情况。

这种对立,在不同艺术的心理学中表现得十分明显。如果回想一下我们对于两者与直观和表象概念的关系所做的说明,那就非常简单了。在各种造型艺术和音乐中,在一定程度上暂时中止了第 2 信号系统。"暂时中止"一词在这里有两重意义:一方面,在严格意义上说来,这里所表现出来的、第二的艺术直接性一般地并不直接出现;另一

() 审美特性

方面它只是暂时中止，而不是使其不存在，因为不论是这些艺术的创造主体还是感受主体，只有在第2信号系统起作用的基础上才可能存在。这种暂时中止对前者（创作主体）来说，在最狭义上，关系到创造过程，对后者（感受主体）来说，在最严格的直接性上，关系到纯粹的感受。只要在两者中所产生的体验成为对动态的整体人格的占有，这种暂时中止就被排除，第2信号系统就会占据它在精神生活中应有的地位（有关这里产生的问题，在讨论创作感受性的前导与后续过程时已经详细谈到）。

产生这种暂时中止的基础在于，在各种造型艺术和音乐的同质媒介中，并不直接地含有第2信号系统的意向。这两类艺术都是基于直观的感官（纯粹的视觉或听觉）。如果有人要考察两者之间的辩证关系，那么马上就可以看出，直观总是指向一种——具象的——表象。这一点在各种造型艺术中直接可以看出。我们已经在劳动过程中了解了这一事实，视觉是由劳动过程中获取的经验而丰富起来的，并在此基础上获得了处理各种具体的对象性形式和对象性关系问题的能力。这种发展在我们有关绘画和雕塑世界图像的生成中，起着不可低估的作用。如果人们考虑到解剖学、透视法等的经验对绘画的影响，就足以说明这一点。因此，这种造型艺术的每一对象性形式都包含了不断运动的倾向，它驱使直观达到表象，并赋予表象一种尽可能纯粹的视觉形态。米开朗琪罗和伦勃朗所实现的，并以纯粹视觉媒介塑造的精神上的丰富性，这种艺术的人类的意义，

## 第十一章 第1′信号系统

若离开了这种倾向的生动作用就是不可能的。在音乐的心理结构方面，也是这样。音乐结构的所有特殊范畴都是基于类似的倾向，即把直观上升到——感官的——表象。音乐模仿在这方面所产生的特殊问题，我们只能在第十四章详细讨论，那里将谈到音乐对现实反映独具的特性。但是显而易见，每一种曲调（旋律）已经体现了由直观到表象的提升。其中所包含的精神化过程是任何严肃的思想家都不否认的，然而许多人自发地和错误地把精神性与概念世界等同了起来，因而陷入了无法解决的矛盾。因为他们可能把精神化，至少部分地看作是非感性化（例如，尼古莱·哈特曼，至于他的观点我们已经作了批驳）。第1′信号系统对于艺术心理学的意义还在于，只有借助于它，传统的教条化了的二律背反，才能在自身丰富的矛盾性中得到解决。因此，正如我们前面讨论了艺术中的意识性与非意识性问题，并阐述了其中特殊的意识性一样，我们在这里看到了一种特殊的精神性的形成，这种精神性并非所谓超出感性的东西。

在语言艺术中情况就完全不同了。其中第2信号系统是其同质媒介的不可排除的根基，是这种艺术形式构成的唯一手段。在这里，我们也要回顾一下我们对概念、表象和直观的一般性考察。此处的关键在于——通过直观丰富了的——表象形成了对概念的控制和修正。相对于由精确化产生的内容贫乏，它表现了生活的丰富性，相对于其非拟人化的抽象性，它表现了对象与人的具体相关性。我们当

## 审美特性

然知道，不论是第2信号系统还是第1′信号系统，都可以与现实相脱离。在实际生活中，人的实际任务是对现实本身的实际解决，在这里两种高级信号系统互相补充。由于它们——正如它们互相校正一样——指向同一目标，所以正如我们所看到的，它们也经常互相转化。在诗的、人性的世界与此相反，第1′信号系统是依据于由人转化出来的直观和表象的特性，成为与思维和语言中第2信号系统的抽象、非拟人化倾向相反的积极创造的对抗力量。将具有自在存在的、客观性的、为人所认识和征服的世界转化为一个为了人、适合人性并由人所反映的世界，这不正是艺术的伟大使命？在模仿媒介就是语言本身的地方，这种转化表现得最显著（同时也最容易把握）。由于语言艺术在表象与概念之间设置了有益的对立，作为诗的语言的新的同质媒介，因此保持了概念在把握现实上的成果，只是其抽象的、非拟人化的形式——不可见的——被扬弃（日常生活、科学和文化艺术都使用同一些词汇）。也就是说，现实的客观性只是就这一点被模仿地转化了，使人类最本质的东西、人类的本质处于中心。人的世界作为现实的映象，其前提是以具有感性表象性的言语作为同质媒介的。对非拟人化的抽象加以扬弃，同时保持对客观现实的真实反映，这种二重性构成了文学语言的本质。如果它自身之内包含着这种矛盾作为推动力，那么最朴实的单纯性、最接近于日常语言也可以成为诗，如果它不由这种矛盾所推动并包含运动，那么对形象性、音乐性和独创性等最高形式技巧的追

## 第十一章 第1′信号系统

求，也不能使它获得生命力。

为了更好地阐明诗的语言特性，我们打算特别强调诗与内容关联上最密切的那一领域，即思想诗，甚至哲学思想诗。我们已经从陀思妥耶夫斯基的例子出发作了说明，在生活中思想和情感之间并没有隔着万里长城。由人的个性统一的诗的动态矛盾性中产生出不停的、无法排除的思想与情感的相互作用，由思想形成的、人的、人际关系的、人类发展的世界状况的感性直观特征，这一特征使思想的各种联系转化为情感的一种激发链条，同时表象与概念之间的对立关系使语言有可能完成诗的转化。

当然这里也不能忽视模仿的准确性。无数思想和思想链条可以在诗中发挥重要作用，但是只有当它们有意识地、以审美的方式、作为某种社会—历史之人的倾向的表达手段使用时，才有可能（例如，《魔山》中的纳夫塔的议论）。思想的准确性在这里既是不恰当创作的尺度，又是言语—诗的正确创作的前提。当思想性成为确定主题的中心时，这是特殊的情况。尽管这种思想—艺术模仿的准确性是不可缺少的，它仅仅构成一种限制性的消极的规范。首先——这在科学上是决定性的——排除了思想会变陈旧的问题。准确性在这里具有一种不可排除的与主体相关的，从而与历史和社会的此时此地相联系的特性。因此若在诗中艺术地表现出的思想在这方面是真实的，也就是说，尽管它存在思想上的难题，却在人类发展中具有重要的积极作用，它的创作为如此所体验到真理的激情所鼓舞，那么在其后的

> 审美特性

历史过程中，我们在观念上的变化，就不会再影响那种具有思想准确性的诗的形态。人类的思想发展已经超越了卢克莱修或但丁的概念世界，但是却未超越他们的诗的力量——这一点怎样强调也不过分——作为人类思想的诗的力量。

上述这种保留绝不意味着相对化的主观主义。因为单是抽象的、无对象的主观真实性，在这里是软弱无力的。大多数的教育诗，正如大多数爱情诗一样，被抛入文学的墓地，最终地被遗忘了。富有生命力和保持生命力的标准到处都是一样：就是对现实作出重要的、社会—历史的、人性的典型的反映。利用思想媒介起作用的诗，与其他诗的区别只是在于，对其主体性、相对客体性说来，在真实性方面提出了更高的要求。这种提高表现在，需要有既强烈而又富有内涵的个性，以便使必须靠实际力量发挥作用的思想表现为同时既是个性的、最内在的占有，又是个性的、最深刻的自我启迪。每一部作品所表现出来的在主体性和客体性之间的这种对立关系——对于不同的门类——它的同时的、处于尖锐化的互相渗透和互相分离，在这里也达到了最高峰。这种对立关系是将材料——第2信号——注入第1'信号系统的形式中的一种心理媒介。生活的真理，我们使世界适应于自己的想法，或涌向我们而成为我们个人生活的决定性因素的思想，对于这些我们不是从客观认识的意义上来感受和处理的，而是——正是以其客观的真理——作为我们个性的成长、转折、热情的高度发展等的

## 第十一章　第1′信号系统

动机，构成了个性形成的基础和可能性。在生活本身之中，在这些场合下第1′信号系统必然起作用，以便使思想世界成为我们对自我的这种占有，这一事实正是诗学的上述要求的生活基础。在词的本义上说来，这绝非涉及一种新的语言，而"仅仅"涉及所有语言要素和关系的各种具体的价值变换。我们已经了解，在科学上词义趋于单义性和适当性的倾向。梅塔斯塔西奥的说法极其明确地指出了，在诗中这种变换过程采取了完全相反的方向。在一封书信中他写道："因为您正如我一样知道，同一些词汇在不同的场合可能表现或隐藏着欢乐或痛苦、愤怒或同情。"① 这在语言的可能性上表现了消极的说法。第1′信号系统的支配作用，构成了造就这种铸成物的各种具体的熔炉。

这当然只是一种可能性。诗的形成正是在于，由这种对立关系使特殊类型的诗的特定同质媒介发挥作用。这种作用的方式表明，正如在各种艺术中那样，它具有最大的社会及个人的变易性。对立关系在这里是创作可能具有极其不同面貌的一个形式范畴。它可以表现为强调主观感受的，甚至是牧歌—舒缓的形式如在歌德的《植物的形态》中——以完全是诗的意识性——无意识地保持着，好像以对自然发展规律的深刻洞察，铺平了两人在爱情上走向自我发现的道路，或者好像由这种爱情中有机地产生出，他

---

① 引自罗曼·罗兰：《Musikalische Reise ins Land der Vergangenheit（在过去之乡的音乐漫游）》，美因河畔法兰克福1921年版，第160页。

> 审美特性

们所完成的这种认识:

> 想一下,正像由熟识者的萌芽中
> 逐渐地在我们身上产生优雅的惯习,
> 正如恋爱之神产生出花朵和果实
> 由我们的内心里揭示出强大的友谊。
> 想一下,正如时而这样时而那样的多种形态
> 不断发展,自然赋予我们以情感!
> 即使今日令你欢快!神圣的爱情
> 努力去达到同样信念的最高成果。
> 对事物相同的观点,从而处于和谐的见解
> 连接起这对恋人,去发现更高的世界。

支撑在客体性与主体性之间以及思想世界和最内在的个性之间的对立关系,也可以是革命者对更新世界的渴望,作为他的最深沉的内在努力之内容和对象,正如雪莱在《西风颂》结尾几行所表达的:

> 驱赶我枯朽的思想跨越宇宙,
> 就像枯叶去催促着新生!
> 拿这些韵语当咒文去传送,
> 像从未熄的炉火中纷纷然,
> 散发出热灰与火星,我的话语传遍人间
> 见证预言的喇叭由我的嘴吹响,

## 第十一章 第1′信号系统

吹醒那沉睡的大地！风啊，
冬天来了，春天还会远吗？

在这种对立关系——直接地——远远超出于一切单纯个性的东西的地方，同样直接地，在提出要求把纯粹人的命运作为人类的历史哲学的命运来体验的地方，正如在席勒的《希腊众神》中，从诗的创作上看来，直接描绘的对象是一种必然的、在个性最深层中所达到的人的态度，这种态度由这一思想的历史地平线上推动着，其体验的热度又将历史的水准转化到个体的生活事实。那些在思想中本身只是抽象的、思维的存在，融合在这种激情中形成一种统一的感染力，在其中思想和生活、人类和个人相互结合，而又不失去其对立性。

这种本质上统一化的原理在所有这些情况下都是人的态度，其中构成它的组成部分的不再是思想，而只是对自在存在的反映以及由自身的力量对人的态度的塑造。这种原理毋宁说也属于生活的动态关系。另一方面，同时也由此而使实现这一原理，并构成其现实基础的人的态度，超越于单纯个体的个性。暂时不管艾克曼的叙述正确到什么程度，即歌德写了他的诗《遗言》作为对他自身的"一与全"的反论和修正。① 这两首诗在思想内容上辩证的对立性

---

① 《歌德与爱克曼谈话，1829 年 2 月 12 日》，爱克曼《歌德谈话录》，吴象婴等译，上海：上海社会科学院出版社 2001 年版，第 399 页。

(以及依从性)会通过那种人的态度被"证明"("因为一切必将分解为虚无/如果它将保持在存在中"以及"没有任何存在能分解成虚无!")。这些思想由这种态度中产生,并借助这种态度(相应地)在现实中发现了这些思想,即通过由思想认识而形成并起作用的人的态度来证明。

这里以新的形式说明了我们在各种不同的地方所论述的东西:有关主体与现实关系的许多论述,在其原来的认识论领域中无非是作为真实事态的唯心主义歪曲,而在美学领域中,且只限于美学领域,成了其结构联系的真实映象。现在讨论的这个问题,可以用普罗泰戈拉的著名论断来说明,即人是万物的尺度,是存在者存在的尺度,也是不存在者不存在的尺度。① 关于这一命题的认识论的唯心主义性质是不言而喻的。这种唯心论是显而易见的,不少唯心主义的思想方向都与这一命题有过联系。如果我们把这一命题用于上面我们所确认的事物,用于诗所表达的思想的审美价值与那种使思想得以产生并进一步形成的——描述出来的——人的态度的联系,那么就直接说明了人作为万物尺度的作用。当然不仅限于这一种情况。外部世界实际上只有通过对它的自在存在的认识,才能被支配,因此在每一种完全的或局部的科学思维中产生了非拟人化的倾向,从而在这里一切都被唯心主义地头足倒置了。在日常

---

① 柏拉图:《Dialog Theaetet(泰阿泰德对话篇)》,莱比锡1921年版,第3版,第45页。

## 第十一章 第1′信号系统

生活中,这两种对立的倾向当然是混杂在一起的:直接实践的自发—朴素的唯物主义与在世界观上同样自发—朴素的以自我为根据,正如歌德所说:"人绝不会明白,自己是怎样拟人的。"① 我们到目前为止从极其不同的观点出发并在极其不同的联系中指出了,艺术从人类发展的联系中对世界作了描绘,从日常的朴素的和自发的,从而也是经验的和独特的拟人化,形成了人在世界上命运的新的——同样是拟人化的——普遍化形成。如果我们现在由对现实的语言—诗的反映观点出发来考察这种艺术活动,那么可以得出这样一种普遍结论,即文学的全部构式原理的形成都是由内在和外在命运还原为典型的人的行为方式。歌德恰恰在乍看起来好像完全是形式上的一个场合极其明确地表示:"人们称作主题的东西,本来是一种曾经重复并将反复出现的人的精神现象,诗人作为历史的现象来证实。"②

这种形式原理的有效性一直达到诗的语言的使用,正是在这里应该获得它的最具体的实现,这是文艺的本质。对这些联系的认识,我们今天当然还处于起始阶段。因为显而易见,诗的语言使用的准确性、恰当性、深度和优美等并非在形式上来自对词汇的直接选择,而是由内容与形式之间最深刻的相互关系最终地提升而构成的。一个词或

---

① 歌德:《格言与感想》,见《歌德全集》第4卷,斯图加特1902年版,第210页。霍耶,253条。
② 歌德:《格言与感想》,见《歌德全集》第38卷,斯图加特1902年版,第280页。霍耶,1058条。

> 审美特性

一个语句的实际表现力，主要决定于内容——包含了所表达的语言的语境——而不是某种最具体内容的表达。此外这种表现力受门类的限制，因为表现的美，例如在戏剧中与在抒情诗中，就需要服从完全不同的规律性。它还需要进一步在不同地方加以具体化，因为在展开部分与结局部分，语言上的描绘是完全不同的等等。在人们——以多种方式——进行纯粹语言的分析以前，必须研究语言艺术作品结构上的所有这些中介环节。这种联系甚至连目前也不能普遍地从理论上揭示出来，更何况成功地用于单个的作品，由最后的环节开始进行分解，而不考虑其前提，正如现代的解释学派，必然会停留在主观主义、无谓争执的形式主义，并只会例外地与真理相符。①

在美学分析的目前状况下，这一考察只能停留在由语言进行的每一创作与人和人的行为的普遍关联上。如果我们对这里最常用的范畴力图作进一步考察，那么这里在语言上的问题可以具体化到一定程度。我们对如类比——从科学上看——这一朴素的初始范畴被优先使用的反复论断，在这里接近了更具体的说明。这一范畴的思维的始原性表现在，许多现象的单纯主观的关系总是要被非拟人化反映所克服。由于在诗的语言中，这种主观性因素是完全允许的，甚至有意识地利用类比构成形象和隐喻的基础，在用

---

① 我想重新指出 Cesare Cases 对于现代解释学理论的批评。（载于《Societa》1955 年 1—2 期）。——作者注

## 第十一章 第1′信号系统

语言对现实的反映和创作中形成了与科学反映直接相对立方向的运动。这一基础是在范畴本身的本质中所包含的。对这个问题思考得最深刻和最全面的是歌德,他就类比在人与客观现实的关系中的作用指出:"每一种存在物是一切存在物的类比,因此,对我们说来,现存事物总是相区分而又同时相联系的。人们若过分服从于类比,那么一切事物就成了同一的,人们若回避类比,那么一切就分割成为无限的。在这两种情况下观察就停滞了,其中一种类比过分灵活了,另一种类比则过分死板了。"① 按照歌德的观点,这种客观状况制约着类比的普遍应用,特别是在生活本身中。并非在谈到类比在诗中的应用时,歌德说:"依据类比来思考是不应受到非难的,类比的长处在于,它不引出结论并且不要求终极的东西。"② 同样,关于类比在陈述中的适用性,在这里也不直接与诗相关:"我认为通过类比来陈述,不仅使人感到快适而且方便,类比的事例不带强制,无需证明,它相对地提出另一种事例,而不用与之联系起来。各种类比的事例并不连接成封闭的序列,它像是一个不断激励而非施舍的良好的社会。"③ 在这后两种情况下,类比应用的无拘束性、不承担责任和灵活性作为一种积极

---

① 歌德:《格言与感想》,见《歌德全集》第39卷,第68页。霍耶,第554条。
② 歌德:《格言与感想》,见《歌德全集》第4卷,第231页。霍耶,第532条。
③ 歌德:《格言与感想》,见《歌德全集》第39卷,第87页。霍耶,第1280条。

### 审美特性

的东西,而被突出强调出来。

类比——从科学上看——最大的弱点是,它只是单纯根据现象的一时的相似性,而推论出它的客观的共同性,这在文艺上却可以变成它的长处。它可以如此,而并非一定如此。因为单纯一时的、偶然的相似性本身还不足以确立诗的关系。这种关系同样应该有更深的,即使并非纯客观的基础。这里所要求的坚实的根基性,总是与主观性相关的。最短暂的情绪可能具有最大的深度,如果它使描绘主体的各种重要层次处于重大的活动性,最具客观基础的、贯穿着真正的必然性的相似性,如果它不能在主观上引起这种反应,那么仍然是冷漠的和乏味的。文艺语言对它所描述的一切都追求独特性,追求提高了的个别性,由于它使用了类比的范畴,必然依据这一范畴将这方面的东西抽取出来,把它外在化并提高到本质上。如果把它纯粹作为一个对象与其他对象的关系看待,那么从坏的方面看,就会产生一种表面性和主观主义。只有通过每一对象或每一对象组合构成一个闭合的统一体,始终且不可分割地与主观性相联系,与人的态度相关联,并在本质上获得一种形象,以便使之提高到形象性,对现象独特性的这一取向才是符合本意的、真正的诗的原理。

尽管诗的语言的这些趋向,都是由日常生活,从而也是由日常语言产生的,离开这一根源在内容和形式上都成为不可能的(从而无法理解)。但是诗的语言,对于日常语言说来,是一种质的飞跃。诗的语言同时是在与日常语言

## 第十一章 第1′信号系统

的不断斗争中形成的,这是必然的。如果我们忽视所有那些使语言凝固化并歪曲化了的习惯,那么事实仍然是,每个词按照其本质必然表现为一种抽象,即使最惯用的"最具体"的词,如桌子、狗等。语言作为第2信号系统的这种基本现象,具有趋近于科学性、客观性和非拟人化的、由劳动所推动的、自然而自发的倾向。(习惯也属于此类,它的普遍化只是趋向对象的表面特性,甚至往往只是指向对人的疏远化。)这种自发性当然并不排除下述事实,即用语言所表达的、对现实的科学反映必定经历了语言净化的不断斗争,以便排除词汇和句子关系的多义性。科学反映不仅不能——相应于自身的需要——放弃日常语言,相反地,它不断使日常语言更新,并在一个更高的阶段上不断地再生产这种语言。通过劳动和科学而创造和促进的趋于单义性的倾向,不断渗透到日常生活中,并使它同时净化、简明化、丰富化和多样化了(同时又加强了它的多义性)。这只是早已熟知事实的多种表现方式之一。

在对事物和关系的特殊而重要的个别性及其独特性的反映上,我们上述提到的诗的语言倾向,正是从日常语言的那种为科学所排除的固有特性出发的。正如我们所见到的,在日常生活的语言中也存在自发的倾向。然而,这里涉及的并不是这种自发性的直接而单纯的再形成过程,而同样涉及一种质的飞跃,以便"克服"每个词——按其本质——所包含的那种抽象性。我们在"克服"一词上加了引号,这里有两种原因。一方面,这种抽象的倾向属于语言即第2信号系统的本质。这里所完成的世界历史前进的步伐，不可能也不应该使人特有的人化特征倒退。我们已经注意到，在原始语言中——对于我们说来——那种如画地表达，与我们这里所说的诗的语言倾向毫不相干。这种表达至少不是作为它原来所是的东西：开始时期的重大努力，由——尚限于对某种外在刺激的直接反应所编织成的——表象通向概念，向作为第2信号系统的真正发达的语言迈进。今天就两者看来似乎是相同的，其实前者不过是与单纯条件反射尚未完全分离开来的局限性。这样产生出来的表象本身尚保存有许多其动物或半动物起源的遗传物，处于迈向发达的真正人的表象的中途。与此相反，我们所说的对抽象性的"克服"倾向，是由已经形成的概念性出发的。原始语言的"图像性"只是一种停顿状态，一种——没有完成的——受具体确定的刺激所制约的直接感觉的脱出，而诗的语言却力图使明确的、固定了的概念性——因此是明确把握了的对象性——世界返回到以概念为基础的直观。另一方面——但正是在这一基础上——在诗的语言中总是涉及一个整体的独特性，而绝不是单个对象的独特性。因此词的多义性，从认识的观点来看，失去了消极的特性。在这样产生的新的联系中，这种多义性和我们在日常语言中已经指出的那种"氛围"成为一种固有特性，它将有助于客体及其关系的整体——总是与主观相关的——的独特性在语言上成为可感知的，由词的多义性形成了语言的质的关系的无限之网。

## 第十一章 第1′信号系统

当然这种转换并不是自动产生的，在日常的语言应用中也完成了许多这种预加工。这里存在一种有意识创造的关系系统，在其中这种转换成了它的基础，此外一系列词所潜在包含的可能性，必定被提高成显在的现实。在这里，人们可以考察一下声响。毫无疑问，声响可能具有一种情感价值。但是这种价值当然并不单纯是一种听觉的自然产物。如果我们联系康德和歌德的有关论述，在色彩的感性—道德作用中必定强调社会—历史的因素，那么这种因素在这里就更加重要了。因为色彩，一方面可以单个地出现，并可成为各种对象的信号，而声响，自从有了语言之后，只有在词语中与各种词的意义相联系，才对于人变得有意义。这种发展达到这一程度，在声响中原来的情绪表现，当它出现在书面语言中时，才能在句子的联系中具有现实的明确的意义。赫尔德正确地观察并描述了这种现象："现在这种声音当然是很单纯的。当它成为分音节的并作为感叹词书写到纸上时，几乎每一个都具有完全相反的情感。弱的'Ach'（啊哈）！既是融化了的爱情的声音，又是陷于绝望的声音。激昂的'O'（噢）！既是突如其来的欢乐的爆发，又是盛怒、高度惊叹和悲叹的表示……"

另一方面在后一种情况下，正如在互补色中我们所见到的情况那样，并不存在如此明显的生理学秩序。声响的意义从一开始就总是与一定的语言相联系的，其差别与色彩的情况相比，更加个体化并更受内容所决定，在色彩中相同的生理学秩序逐渐明显地获得了一种社会特征。

> 审美特性

因此对于我们每一种普遍的阐述——如林包德"母音"中机智的怪论——不能对本质的事实做出进一步说明。E. 爱伦坡同样以机智的怪论在他的《构成的哲学》中提出了这一问题，文中他——自称——描述地分析了他的诗《大乌鸦》的产生。他从拟定的八行诗句的叠句出发，去寻找一个能满足良好音调和保持强势能要求的词。所以他提出了在叠句中应处于主导地位的"O"和"R"音，由此出发引出了词"nevermore"（绝不再），从而他得出了诗的整个主题。我们完全不考虑这种演绎的可靠性问题，因为显而易见，具体的历史和环境、大乌鸦的视觉—道德的含义、重复语句的意义等相加在一起才赋予叠句的"O"和"R"音以 E. 爱伦坡所要求和达到的那种暗示的气氛。我们在这里不可能对语音和含义的直接—激发性联系中所存在的更具体和更微妙的问题做进一步深入的研究。相当大的一部分著名作品表明，这种声响构成了使语言描述成为诗的描述基础的同质媒介中一种重要的，往往是关键性的契机，现在所援引的魏尔伦的著名诗句可以最好地说明这一点：

> 长长的哭泣
> 像秋天的小提琴
> 奏出单调的长音
> 刺伤着我的心

所有这一切几乎都没有涉及上述由诗句所描述的整体

## 第十一章 第1′信号系统

的独特性方面。当人们描写上述诗的要素时，人们往往说到诗的音乐性。魏尔伦本人也提到这一点。但是音乐性的说法，正如形象性的说法一样，仅仅是隐喻（类比）的，对逐个词作音乐性的解释引起的混乱，会比所能说明的问题更多。（人们可以联想歌德关于使用类比的教导。）正确地规定这里所产生的同质媒介的困难，甚至单纯描述这种媒介的困难，可以通过这种媒介的内在复杂性来说明，这种媒介看来是作为纯粹视觉或听觉本身产生最初接触的。进一步的探讨说明，离开普遍化的倾向，同质媒介相对于日常现实不是丰富化了而是贫乏了。在语言艺术中，这种情况更明显。因为可以还原到用语言所表达或来说明、激发、暗示的东西，只能以一种整体性、普遍性来起作用，只有如此这种结合起来的词语的内涵无限的相互关联性才能成为一个激发的系统，因为由此每一客体的独特性不仅以其自身的搭配组成一个不可重复的整体，而且这种不可重复性同时与一种具体的、特定（独特）的人的态度相关联。组成每一个这样系统的无限量中直接占主导的那些要素（如在魏尔伦那里是声调），构成了各个诗的作品个性的一种重要形式因素。从外表看来，对外部世界或者对一个人的纯粹对象的描述，也可以成为诗的主题——在许多著名的事例中也有这种情况——如果每种推动和激发不是指向抒情诗创作的本来的对象，不是指向独特的人的态度，那么这种对象化就是毫无生气和冷漠的，也不会产生激发作用。在歌德写给克里斯蒂安·沃尔皮乌斯的诗《造访》

### 审美特性

中，早在诗人的兴奋和爱慕公开传达出来之前，熟睡少女的形象已经由这种爱慕的兴奋中描绘出来，甚至连风景和室内景致在其对象性中，当然这种对象性本身也是作为客观的正确的反映，都是由这种主观性所承受，正如斯特凡·乔治的纤巧的夕阳风景诗中所描述的：

> 我们漫步的小山躺在阴影中，
> 远处的山丘仍在光亮下编就。
> 月亮坐在它精巧的绿草席上。
> 只有小朵的白云在飘荡。
> 伸向远方的道路变得更迷茫……

我们确信，没有必要再分别指出抒情诗语言创作的其他要素。这里只涉及语言创作的一般美学原理。只要简略地回想一下我们有关节奏所谈的问题，特别是它与韵律学的美学关系。关键的契机在于，诗的主题的独特性在韵律中的强调和形成：严格说来，每一首好诗都应有它自己的——独特的、不可重复的——节奏，尽管从纯粹韵律学的观点看来与其他诗有许多共同之处，甚至严格保持着早已给定的韵律学的形式。在这里矫揉造作与风格、抽象的主观性与包含世界的主观性的区别正是在于，前者无非是单个主体的直接表达，它力图强制极其不同的对象适应于这种个体性的普洛克鲁斯特斯之床，而后者使对象适应于每一种新的对象的课题，甚至在形式—韵律上获得新的生命。

## 第十一章 第1′信号系统

我们认为,在第2信号系统与第1′信号系统的对立中,正是在诗的创作这一极端,即抒情诗上,阐明这种区别是恰当的。毫无疑问,这里指出的普遍原理也适用于叙事诗的诗剧。主观世界与客观世界的具体关系,一般表现出门类上的区别。由于美学基础是相同的,我们在此无需进一步讨论。重要的是,语言的成长达到对人的世界的内涵无限性和整体性的摹写,以至在叙事诗和诗剧中的运用,都是由具体的对象性产生的。这种成长是以对象性所依据的主观态度为基础的,并由这一基础构成了语言的无限的关系系统。这一系统同样克服了日常生活中——当然是在相反的方向上——词的多义性,正如在对现实的非拟人化反映中存在准确性和单义性的倾向一样。

奥托·路德维希或许是对莎士比亚戏剧语言与模仿原理的关系进行了最深入研究的人,他将莎士比亚戏剧语言与希腊悲剧语言作了精心权衡的对比。他在这里也是从具体的剧场条件出发的:"因为希腊的剧场非常大,它的观众人数众多,建筑物又没有屋顶,所以人们必须想办法将人物形象放大并使语言的声音提高。这就需要假面具和宽大硕长的服装。在面部不需要表情的时候,最好使人显得美,而不是丑。如果正在说话的人物不用表现变化的面容,不使用微妙而精细的演技上的特征,那么为什么言语还要面部变化和更微妙的演技上的特征?使言语和视觉表现处于如此强烈的误解中,这完全与希腊人精细的感觉相反。莎士比亚不是为假面和巨大的古代剧场而写剧本的。因此,他的语言完全适于演技,绝不僵硬地用于假面。但是,他的每一部作品都具有一个特殊尺度,具有不同的规模、强弱或个体特征的微妙以及运动的急缓等。他的每一部悲剧也有其风格特色,这就是说各种主题、题材的表演是完全协调的和均衡的。"①

这同一原理——包括在个别事例中的具体化,甚至在个别事例中尖锐化——也适用于叙事诗。这一点特奥多·冯塔纳用一个有趣的个别例证,即在句首使用"und(而且)"一词说明了。他的说明正是在其具体性上对我们这里有关文学中语言表达的不可重复性和独特性为中心的原理的极好说明。冯塔纳把不同于"对一切都只用一个声音和一种形式来描绘"的作家,而且由他所描绘的事物中取得他不断变化的风格这样一种有意识创作的诗人,称为"风格诗人"(stilisten)。因此就出现了这种情况,"我要写14行长的句子,然后又写别的,表现出不足14个音节,往往只有14个字母,也用und(而且)。我想把一切置于und风格之下,我必须把它作为危害公众的东西加以扼制。我总是考虑和适应于题材来写带und的小说。愈现代化,就愈失去und。愈朴素,愈神圣单纯,und是圣书—宗法的,向这个方向所取得的效果,完全不能缺少"。② 这是很有趣和富

---

① 奥托·路德维希:《莎士比亚研究》,见《路德维希全集》第6卷,第79页。
② 《特奥多·冯塔纳致古斯塔夫·卡喀勒,1881年3月3日》,见《Briefe T. Fontanes(冯塔纳书信集)》第2卷,柏林1910年版,第33页。

## 第十一章 第1′信号系统

有启发的，冯塔纳纯粹由题材的性质推导出这种风格的对立并完全忽视了这样一种形式结论，即带"und"的句子开端把一种连奏方式引入叙述风格，而在相反的情况下可以形成一种间断性，成为一种间奏。我们认为，这种忽略更明确地强调了这一原理，即诗人的风格是由其对象世界的具体性质和独有特性产生的，他是通过语言的激发唤起这种反映的。（一个自在存在的现实只有通过反映现实的主体，通过主体的行为方式才能成为文艺创作的素材，按照到目前为止的论述，这是不言而喻的。）冯塔纳的功绩首先在于，他利用一个在日常语言中如此抽象且非对象性的词如"und（而且）"为例指出了，它的应用（或不用）在诗对现实的反映和描绘的文脉中，能够形成多么重要的激发功能——为了使问题转向我们现在所讨论的议题——通过对世界的统觉和反映，整个第2信号系统实际上成了第1′信号系统中不同质形成的原料，第2信号系统的必然的抽象性——在不破坏第2信号系统为人类所达到的对现实摹写的精确性的情况下——为第1′信号系统所扬弃，转化为被摹写对象的一种具体——激发的力量。

到目前为止的全部论述，尽管对于人由第2信号系统向第1′信号系统的转化多么重要和有关键意义，只是描述了问题的一个方面。因为要单纯传达一个整体的不可重复的独特性，第1′信号系统是绝对不行的。对各种客体及其联系的个别性，由日常生活的自发抽象中不加歪曲地加以强调，又完全不依赖于一般所必需的科学普遍化，当这样一种特殊的补充性的需求产生之后,这样一种不可重复的意义和意味才能明确地为人所掌握。这种需求在目前的研究中始终内在地、普遍地存在着。这绝不是说,人们纯粹是为了对象本身而去想象和表现一个对象的个别性。应该说这种需求始终是与某种人的态度相联系的,并且只是在这种关系中才变得有意义和重要,这种意味和意义的补充问题因此与人的态度有关。如果我们把这一问题孤立地固定下来,那么我们离这一论断就很接近了。因为在这里,正如在一般艺术中一样,在基本的意味与直接的感受性之间充满矛盾的关系。(直接感受性这一术语当然应该作为第二的、由艺术作品再生产出来的直接性来理解,是这里已经反复讨论过的一个问题。)这种矛盾取得其直接表现形式是由于,构成艺术最深层根基的、对人的存在意义的解释需求只有通过这种描绘出的个别性本身及其环境才能明确地表现出来。由基本需求的观点看来,单纯的手段、单纯的媒介成为在艺术本身中不可穿越的外表和更直接的——而且在直接性上似乎更专一的——创作对象。尽管这种创作在直接内在性的意义上是如此完整,然而如果它——尽管存在各种矛盾——不能以其自身的方式,在不脱离自身的内在性的条件下完成其基本需求的职责和要求,那么这种创作仍旧是混乱的,并缺乏独特的完整性。这种充满矛盾的联系被各种唯心主义美学降低为平庸的寓意,这种美学把创作的作品单纯理解为"理念"的外射,并以直接的方式阐明这种联系。与此相反,从一种所谓纯粹艺术观点出

## 第十一章 第1′信号系统

发,每一种艺术理论都否认这种联系——不管愿意或不愿意——而陷入对一种自然主义的赞美。

在第二直接性的内在性之中发现那种普遍化的形式,这是绝对必要的,这种形式能够将通过艺术描绘所揭示出来的、被日常所埋没的个别性,在不排除其独特性的条件下,与最深层的艺术需求有机地联系起来。我们又遇到了这个在其他地方已经讨论的问题。在这里,我们可以局限在这个问题与语言表达直接相关的方面。这一点与在其他艺术中相比,艺术普遍化与其他方式抽象的区别更为突出。构词的单纯事实创造出在普遍表达与个别事例之间的涵盖关系。由于语言创造出了"桌子"这一词汇,每一个桌子都从属于这一概念,如果它再带一个修饰语(圆的或方的,棕色的或黑色的,美的或丑的等),那么它将分属于普遍概念的某一分组中而得到补充的意义,但是这种中间规定不可能使人体验到它所具有的个别性的性质,因为修饰语的最大分化只能导致精确规定的分组,而不是导致个别性本身。此外我们再补充一点:从日常实践的观点看来,这也是不必要的。因为通过修饰语的描述已经达到如此精确的程度,以致可以使人找回丢失的桌子,作为合法财产而归还它的所有者,日常语言的趋近就完成了它的任务。

我们以前的考察正是从这一点出发的,即指出语言艺术走的完全是另一条道路,它正是要避免词的这种用法的根本特性。如果我们提到与人的态度的相关性等的关系和整体,就足够了。但是如何能够产生这种普遍化而不被纳

### 审美特性

入一种抽象的涵盖？也就是说，语言的诗的激发性质在第 1′信号系统中不遭到破坏？显而易见，这种普遍化只能是人的态度的普遍化。它不再只是特定一个人的，只是与瞬间相联系的个别的、发展到在人类的自我意识中达到其顶点的那种联系。如果人们从语言创作的观点来考察这一问题，那么不难看出，我们在前一章中所做的论断是多么重要，即在艺术的每一个体性与不同的门类"层次"之间的联系，不具有一种涵盖的性质，而具有内在联系的性质。因为在这一基础上，普遍化涉及的是事物本身，而不仅是它的语言的表达形式。对文艺所反映的联系作有意识引导的意识性，绝不要理解为从事描述的人本身在思想上所表现出来的意识性。但是在非常多（并非所有）的文艺作品中，这可能也具有很高的价值，我们在特殊的思想诗中所阐释的那些原理，就适用于这种语言结构。因为在大多数这类情况下，并非作者本人所持的态度，而是在具体环境中具体角色的态度的语言表达，这里没有什么根本上新的问题。这种抒情诗的主观绝不是一般的抽象主观，诗人必须把他固有的自我形成一种特别具体的形象，以便由此能够完成具体诗的创造主观性。这里所指的普遍化，是将其转化为语言的形象及辩证法促使其表达的环境所固有的。这种普遍化不是靠形象和环境所完成的一种抽象，而是两者的自我意识化。它并不排除两者的具体描述的个别性，至多是把两者提高到一种更高的水准上去。

正如在每一种以恰当的辩证法的均衡性来解决作品结

## 第十一章 第1′信号系统

构的丰富动态矛盾的尝试,这里也产生了对具体状况有利或不利的社会—历史问题。它向下伸延到这一问题,即是否一定的诗人个性能适应于令人满意地完成创作。在这里我们必须——正如已经多次地——作为美学的历史唯物主义部分在方法论中加以说明,在那里才能够具体地回答这些问题。现在我们只援引一种典型的事例,它可以由新的——普遍的——方面阐明在这里起支配作用的、普遍性的、充满矛盾的原理。我们指的是多次讨论过的贝托尔特·布莱希特的"间离效果"。他将这一效果规定为:"一种间离化了的表演是这样的演出,它使虽然认识的对象却同时令人感到陌生。"[①] 显而易见,布莱希特所指的归根结底正是我们在这里作为普遍化的东西。但是却有一种重要的,或至少是臆断为重要的区别。布莱希特寻求一种革命的舞台,也就是说,通过演出引导观众走向革命活动的舞台。从这种观点出发,他不仅批判了目前存在的舞台,而且批判了过去的整个戏剧,"剧场,正如我们所见到的没有表现出社会的结构(反映在舞台上),通过(观众的)社会而受到影响。"[②] 这种论断对于我们似乎不太令人信服。因为在许多世界文学的最伟大的戏剧中显示出了社会本质性的变化。在埃斯库罗斯那里表现了由母权制向父权制的转变,在莎士比亚那里表现了中世纪封建主义的崩溃,在契

---

① 布莱希特:《戏剧与工具篇》,见布莱希特:《Versuche(尝试)》,§27—32,第124页。

② 布莱希特:《Versuche(尝试)》,§33,第121页。

诃夫和高尔基那里表现了资本主义社会的崩溃。在最后这两个人那里，正在形成的新的社会力量登上了舞台。但是，甚至在布莱希特所说"长期没有变化的事物，就显得是不可改变的"① 这句话直接给人一种完全恰当的印象，但是这种说法与戏剧创作的现实也并不相符。奥斯特洛夫斯基的《暴风雨所诞生的》或黑贝尔的《玛丽亚·马格达莱纳》所表现的远非改变了的世界。但是正如杜勃罗留波夫的卓越评论所指出，正是由此增加了奥斯特洛夫斯基悲剧的革命影响。② 如果最后所援引的布莱希特的话是针对目前的戏剧和演出并提出这种要求："戏剧必须对它的观众具有魅力，这可以利用信赖的陌生化方法来实现。"③ 因此，若就杰出的戏剧而言，他是多此一举的：没有间离效果，杰出的戏剧仍不仅使它的观众"赞赏"，而且通过对当时存在社会状况的矛盾的描绘而深深震撼人心。直接将过去的事物移植到现在的著名戏剧家契诃夫指出，文艺的理性按照布莱希特的纲领没有间离效果也可以实现。契诃夫正是把他的戏剧建立在角色的主观意图及其客观方向和意义的对立上。由此而使观众逐步陷于矛盾的状况，他理解行动着的人物的感情，甚至对他们产生同情，同时却不得不至少同样强烈地体验到，在这种主观情感与客观的社会现实之间的悲

---

① 布莱希特：《Versuche（尝试）》，§27—32，第125页。
② 杜勃罗留波夫：《Ein Lichtstrahl im finsteren Reich（黑暗王国中的一束光线）》，见《杜勃罗留波夫哲学文选》，莫斯科1951年版，第615—704页。
③ 布莱希特：《戏剧与工具篇》，§44。

## 第十一章 第1′信号系统

剧的、悲喜剧或喜剧的对立。人们可能会说，整个戏剧是一种"间离效果"，但正是因此它在其创作方式上是戏剧，而不是"间离效果"。

如果还必须对这一说明加以补充的话，布莱希特后期著名的一些戏剧——与他的纲领相反——同样引起"传统的"、震撼作用，对于其"间离效果"的革命性影响说来，与其说是一种促进因素，不如说是一种干扰和阻碍因素。因此我们就接近了这位著名诗人和戏剧家所犯理论错误的根源，同时可以更准确地说明我们现在所讨论的问题。"间离效果"的这种根源就是布莱希特针对"移情说"所作的被偏激的、片面的历史事实和联系所蒙蔽了的争论。我们已经在讨论纹样时谈到了在沃林格那里所提出的这种激烈的反对意见。当然，我们不能把这两种争论等同起来：沃林格是从右面，以反动的非理性主义的名义展开对"移情说"的斗争，而布莱希特是从左面，以社会主义革命的名义展开这种斗争。沃林格是为死亡和非人性而争，布莱希特是为生命和人性而争。因此，他的成熟的艺术实践，他由此而直接形成的艺术见解与这种流行——狭隘的二律背反总是处于强烈的对立中。所以，他把他的《伽利略》的技巧看作是"社会主义的"，同时由于他把这一新作看作以前的寓言剧的反例，"前者是理念的体现，后者是由某种理念的素材解脱出来涉及这里的决定性原理"。由此他基本上放弃了整个"教育剧"的理论，新的剧作的"机会主义"——真正戏剧的创作（正如后期杰作的作品）——在理论上是不连贯的，但是，处于中心的是在戏剧—文艺上更大的丰收。使理论家布莱希特获得荣誉的是，他由这种情况出发，触及他的叙事剧理论的深刻问题："我对此十分清楚"，他在自己的日记（1941年8月）中写道，"人们必须从'一方面是理性，一方面是情感'[①] 这种斗争姿态中解放出来。"因此间离效果不应该阻碍感情，而是应该首先激发起正确的情感。该文作者没有察觉到，布莱希特没有由此对移情说让步，甚至已经完全排除了移情说。

然而在他们两者那里存在一种共同的错误，就是把"移情"与欧洲伟大现实主义时期艺术的理论与实践混淆：缺乏对以下观点的洞察，即"移情"是一种特殊的小市民艺术理论，它虽然道出了其同时代艺术的某些世界观要素，然而由于它的表面性，必定忽视了最重要的艺术成就。[②] 这里不可能深入研究其整个理论，只能指出，一方面由此会形成那种对艺术作品暧昧的、与各种活动相疏离的态度，这种态度为布莱希特——由正确的感觉——所深深地嫌恶，但另一方面过去的伟大艺术作为现实的反映，是与各种"移情"完全对立的。我们可以把自己"移情"到任何事物中，其客观本质是我们完全不了解或无所谓的，但是相对

---

[①] 转引自恩斯特·舒玛赫：《布莱希特的〈伽利略〉：形式与移情》，见《Sinn und Form（意义与形式）》第4期，柏林1960年版，第510、522页。

[②] 我在论述这一学说原来的理论奠基者特奥多·费肖尔时（"移情"一词来源于其子罗伯特·费舍尔）谈到了移情说最本质的内容。费舍尔将其哲学上的基本点概括为"观念的直观在客体上所看到的、并非客体之中的东西"。参见拙作《Beiträge zur Geschichte der Ästhetik（美学史文集）》，第263页。

## 第十一章 第1′信号系统

于明显的现实或其正确的映象,我们只是被引导到事后体验,在这种体验中所包含的意识并非涉及我们的主观性,而是涉及独立于主观性的"世界"。对"Tua res agitur"(与你利害相关)① 的体验的特殊性质正是在于,被体验的现实与投射的"移情"相区别的这种二重性。火车头的"急不可耐"可以看作是"移情",而"浮士德"的体验却不能看作"移情"。由于布莱希特陷入这种现代的偏见——在片面激烈的争论的意义上——形成了"间离效果"这种错误的观念。这一方面造成,对于必要的普遍化产生过分概念化的危险,由第1′信号系统转化为第2信号系统,另方面由此会使在前面我们已经详细讨论过的、作为审美—感受体验的"后续过程中"的东西,移植到作品结构本身中,这也会产生上述方向上的结果。

我们相信,对这一理论错误的揭示,多少有助于说明我们现在的诗的普遍化问题。特别是当我们注意到,后期布莱希特并非依据这种立场,而是反对这一立场时,才在诗和戏剧方面取得了重大成果。诗的普遍化不是从这一点出发的,即将所描绘的独特整体转化为可以涵盖某一理论或命题的"事件",而是相反"仅仅"使在此个别性中潜在(内含)的普遍规定成为可见的、可理解的、外在的以及实在的。换句话说,这种意图的目的是指出,这样一种个别的事物如何明显地符合于在人类发展中、为人类发展本身

---

① 引自荷马史诗"邻家失火,与你的财物也相关"。——译者注

所表现的典型。在此，这种事态的二重矛盾的规定就完全清楚了。首先不可能存在这种典型，它具有与其个别的——因而本身是个别的——表现方式不相关联的存在。这里也适用亚里士多德对柏拉图理念说的批判。但是此外，典型也不同于并大于它所归属的各种个别现象的单纯总和。由于人类的发展——通过它的冲突、它的悲剧的、悲喜剧的和喜剧的变化——形成了某种典型的行为方式和反应方式，使趋向典型的运动方向保持了某些不变的因素，但是由于现存世界本身的无限丰富性和现实化的真实材料，又使它们不断丰富和具体化。因此，个别的事物提高到典型绝不是它的个别性的消除。恰恰相反，如果在个别事物的能动与受动中、在个别的意识或环境的逻辑中，明显地表现出趋向典型的关系，那么这种个别性就更加鲜明和生动。归根结底，提高到典型的过程绝不是一种孤立的、个别的作用，而总是一种具体的、整体的活动。对于文艺创作说来其结果是，每种趋向典型的运动表现在戏剧或小说的人物形象中，绝非处于抽象的稀薄空气中，而是保持着具体人和具体环境的具体综合。因为这一总体作为完整事物，表达了特有的最后的普遍化，所描述的整体性纳入了人类的自我意识——为了不脱离文艺的这种最终意义，而相反地以恰当的方式作为和谐音来强化这种意识——从普遍化的观点出发，将人物提高成人类命运的意识性总是在其自身包含某些相对的东西，这种意识性是与相关人物及相关环境的特殊性不可分割地联系着。

## 第十一章 第1′信号系统

我们可以回想一下在伊阿古唤起了奥赛罗对苔丝狄蒙娜忠贞的怀疑之后,他的一段自我观察:

> 啊!从今以后,
> 永别了,宁静的心绪!
> 永别了,平和的幸福!
> 永别了,威武的大军、激发壮志的战争!
> 啊,永别了!永别了,长嘶的骏马、锐厉的号角
> 惊魂的鼙鼓、刺耳的横笛、庄严的大旗,
> 和一切战阵上的威仪!还有你,
> 杀人的巨炮啊,你的残暴的喉管里
> 摹仿着天神威武的怒吼,
> 永别了!奥赛罗的事业已经完了。①
>
> (见第3幕第3场)

这是奥赛罗的最深沉的志向的精髓,悲剧的精髓。由此可以看出,随着对苔丝狄蒙娜信赖的崩溃,他的整个存在也崩溃了。这种存在既不能归结为爱情、嫉妒和对人的高贵信赖,也不能归结为对威尼斯国家职务上的责任感和职务上的英雄主义。因此,在莎士比亚那里普遍化了的抒情—思想的综合具有一种极富变化的性格。这种综合向隐

---

① 参见《莎士比亚全集》(九),北京:人民文学出版社1978年版,第343页。

◯ 审美特性

藏的性格深处以及似乎无法理清的命运之网，投下了耀眼的光芒。如果人们把这种综合由它被表达的、外在的、真实状况的此时此地中分离开来，并试图由其中完成普遍化，那么就会失去各种意义和各种诗的表现力。这里所说的总只是一种相对的普遍化，也就是人（或状况）的直接规定的存在向典型的内在运动，是通过排除这种单纯个体性并深化独特性来完成普遍化的。这也适用于莎士比亚"最富哲学味道"的角色以及哈姆莱特或普罗斯佩罗的独白。当奥赛罗在自杀前用最后的话来强调他对威尼斯共和国的忠诚时，它具有特殊的、精神—构成的特色：

> 在阿勒坡地方，
> 曾经有一个裹着头巾的敌意的土耳其人，
> 殴打一个威尼斯人，诽谤我们的国家，
> 那时候我就一把抓住这受割礼的狗子的咽喉，
> 就这样把他杀了。
> （第5幕第2场）①

这些话却在前面描述他的角色精神构成要素的爱情和信任的命运话语中，得到了共鸣。具体的整体性原理，按照黑格尔的说法是圆圈套着圆圈，如此强烈地支配着诗以

---

① 参见《莎士比亚全集》（九），北京：人民文学出版社1978年版，第402页。

## 第十一章　第1′信号系统

及每一种艺术,以致每一种个别的表述都具有了整体的性质,其中每一个别性只有在与其他的联系中,以及通过其他加以说明时,才能获得它的实际意义。一方面其个体性以及抽象性,另方面单纯个别事物的内在无声存在将由此而被排除,并被提高到普遍化的一个更高水准上。这里涉及一种特殊的普遍化。只有通过个别性以及这种普遍化的同时确立,诗的语言才获得它的特殊性质:对人的世界、人的内心世界及由上述两者所确定的外在世界如此来反映,在保持通过语言以及第2信号系统所达到的概念规定的明确性的同时,却感性直观地表现了个别的东西以及它与类的命运的相关性。这就是将第1′信号系统转化为语言的意义。由于这种转化,用诗的语言所描述的人和环境唤起了其存在的内涵无限性,由于这种转化,如此表达的内容——尽管它用语言还能这样明确和固定地描绘——变为歌德所说的不可言传的东西。诗的语言在人类需要的体系中,取得恰当地位的原因不是它的"美",而是由于它能够以特殊的明确性表达出一般不可言说的东西。

　　为了表述的简洁,我们首先就抒情诗,其后就戏剧,论证了诗的语言的本质。毫无疑问,目前所述的这些原理也适用于叙事诗。只是由于在这里,作为叙述者的诗人发出的声音与他本人直接不断推动的,然而又不依存于他的现存世界相关联而被听到,这产生了一定的复杂化。在一定意义上说,由这种声音表达了我们上面所说的、特殊的、诗的普遍化原理。从字面的意义上说,这却是一种歪曲了

> 审美特性

的夸张。因为如果在这种声音所讲述的事件和人物的复合体中、在其结构和韵律中、在其相继的序列中，不是内在地包含着普遍化，如果那些人物——当然在不同门类上包含一定的"必要的修正"——正如我们在戏剧中所指出的情况，不展示出这些集中的要点，如果——总之——诗人的这种叙事诗的伴音并非在某种意义上只是细枝末节，那么它就不可能获得——并非从普遍化的意义上——诗的意义。与此相反，正是在这里存在一种特殊的危险，即诗的普遍化转变成单纯的思维普遍化（第1信号系统转变为第2信号系统）的危险。我们在别的地方已经认识了这种特殊的现代危险，用穆西尔的话来说，就是相对立的单纯魅力与诗的张力。当然在这种危险中存在两种可能。一种危险是上面所说的，它表现在当代大部分叙事诗的随笔特征上。另一种危险在于，诗人直接由他的复杂辩证的叙述者角色中跳出来。托尔斯泰在《战争与和平》中，以历史哲学的观点直吐衷肠，就是这种危险的最著名的例证。如果诗人所进行的必要的普遍化，不是作为我们已经指出的那种特殊的普遍化，由具体的人物和环境中具体地展开来，而是在生活或科学的意义上进行普遍化，使作品暂时不再是审美的存在，在这里已经完全清楚地表现了出来。同时可以看出，托尔斯泰的思辨，对他的文艺作品并没有产生反作用的影响。《战争与和平》仍然是它本身那样的文艺作品。他的诗的普遍化，他的观念内容的表达——按照诗的——完全与作者这种思辨的漫步无关，这与那些对人物或环境

## 第十一章 第1′信号系统

作错误的普遍化,而破坏了作品统一性的情况,成为鲜明的对照。

在这里,我们已经由心理学的观点(第1′信号系统与第2信号系统)考察了日常语言向诗的语言转化的问题。同时,我们涉及——或多或少抽象地涉及——逻辑普遍性与文艺(各种艺术)特殊的普遍化在概念上的对立。这种现象我们已经多次遇到过,它从最狭义上说是由艺术的拟人化性质所决定,这一点需要做进一步的哲学阐释。我们必须把这种特殊的普遍化的地位,在各种范畴中更准确地规定下来。这将是下一章的任务。在下一章中我们将试图指出,这种特殊的艺术的普遍化(正如个别性的特殊艺术功能一样)如何与特殊性范畴联系在一起。

# 第十二章　特殊性范畴

本书至此所作的考察，特别是关于审美活动的心理生理学基础的探讨，借助于事物自身的内在辩证法，不断地向特殊性方向推进。这一特殊性范畴最恰当地表达出审美的结构本质。下面将就这一问题的内容和缘由做详细探讨。然而要阐明这一问题，却需要首先准确地理解普遍性、特殊性和个别性这三个范畴的实质。因为只有把反映了统一的客观现实的这些范畴的客观同一性与这些范畴在科学反映和审美反映中的区别联系起来，才能充分地说明这一复杂的问题。当然，即使我们仅仅概略地从事物的逻辑方面以及哲学史方面加以阐述，那么我们也会突破解释的范围。作者在其他地方已经对此问题做过详细探讨①，这里我们只需略加说明。本书为对此感兴趣的读者们提供的材料，只

---

① 参见《Deutsche Zeitschrift für Philosophie（德国哲学杂志）》第4卷，1956年第2和4期，此外参见《启蒙文学及歌德作品中特殊性的审美问题》，见《布洛赫纪念文集》，柏林1955年版，第201—227页。

# 第十二章 特殊性范畴

限于把握这一问题所必不可少的内容。

## 一 特殊性、中介和中项

首先，必须着重地说明个别性、特殊性和普遍性这三个范畴的客观性和根本性质。这三个范畴不是主体观察现实所依据的观点或主体赋予现实的观点，相反地，它们是客观现实诸对象相互关系和联结的明显的本质标志。离开对它们的认识，人们在环境中就无法把握方向，更不用说去支配现实使之服从于人的目标。只肯定下述一点是不够的，即世界的客观性质迫使我们区分出个别性、特殊性和普遍性，因此人对这些范畴的确立是由其自身所确定的基本过程；人们还应该看到，这些范畴的相互关联同样是由客观性所确定的基本过程。也就是说，人们——正如在许多重要范畴的情况下一样——早已把这些范畴作为他们的实践以及直接由实践产生的思想情感的基础，并将这些范畴用于实践中。在此之前，也许出现过某种尝试，将这些活动转化为对实践所必需的根源和本质的科学的或哲学的反思。

为了说明这一点，或许只要指出以下事实就足够了，即在语言中——无意识地——完成的根本性的普遍化过程，对此我们已在别的地方多次作过考察。就语言的本质而论，普遍化作用的产生远早于对普遍性有意识的思维认识和确

## 审美特性

立。这不仅表现在语言中——正如我们在谈到巴甫洛夫时指出的——这在最简单的知觉中已经存在,更不用说在表象之中了。黑格尔曾经分析过熟知的现象,虽然离已经认识的存在还很远,却是相当发展了普遍化的前提。因为个别知觉到的对象只有在下述情况下才能成为我们已经认识的,即当我们不仅自发地确认它与其他类似对象的共同特点,而且由此得出以下结论——这当然不是以自觉的推论形式出现的——这些不同的但却相似的对象所具有的共同特性表现出真实而客观的一致性,因此它们属于同一组对象。如果知觉和表象没有完成这种普遍化,那么它就不可能自发地上升到语言所达到的概念水平。我们已经指出了在语言发展中的那种倾向,即由与知觉密切相关的表象能力导向实际语言——概念的普遍化。从以上论述中可以看出,劳动在这一普遍化过程中所起的作用。要劳动就不得不更确实地把握住对象性并能精确无误地表述有关对象的特殊规定,同时还要把握住它们的相互联系和关系,这对于完成劳动过程是不可或缺的。由此进行的普遍化首先将单个的语词提升到概念的高度,另一方面创造了这些语词之间——即普遍化同时又与专门化的联系,这使得句子、它的句法结构成为语言的现实基础。

由此形成了普遍化过程中越益强烈和越益分化的阶段。这种分化导致了——首先是在实践中和在对实践的直接反思中——对特殊性的关注。如果由此产生了普遍化的一种尺度,那么显而易见,这一阶段会更接近于个别性。在这

## 第十二章　特殊性范畴

一阶段中直接的独一无二的现象的基本要素——相对地——保存了下来，而另一阶段则完全或几乎完全与这一基础相脱离，这只是由于处于个别情况时才出现返回具体对象的现象。如此产生的普遍化的展开过程——如黑格尔所正确指出的——是一个规定的过程。当他已经意识到这个过程时，在意识中就出现了特殊性及其与普遍性和个别性的关系问题，它们成了思维的对象。然而它们并不会立即以其特有的逻辑形态出现。黑格尔同样正确地指出了，特殊性的确立是与限定和规定作用最密切地联系着的。由于他不是把一般概念作为抽象的东西，而是作为整体来看待的，对他说来由规定作用可以产生如下图像："当它（普遍的东西）自身具有规定性时，规定性就不仅是第一次否定，而且也是对它自身的反思。普遍的东西连同那就其自身而论的第一个否定，就是特殊的东西……但它在这一规定性中，本质上还是普遍的东西。"① 他把这一思想进一步具体地表述为："普遍的东西依此区别就有了特殊性，这个特殊性在一个更高的普遍的东西中便消解了。在这种情况下，普遍的东西现在也只是一个相对普遍的东西，它并未失去它的普遍特性。"② 这里特别强调了两种要素。其一是在规定作用中自身反思的否定，其二是通过规定所必然形

---

① 黑格尔：《逻辑学》，下卷，杨一之译，北京：商务印书馆1996年版，第270—271页。
② 黑格尔：《逻辑学》下卷，杨一之译，北京：商务印书馆1996年版，第271页。

成的普遍性的分级和相对化使界限的消失。这些要素的极端重要性，使它们能够在哲学史的历程中获得作为规定理论的独立意义，而不必由此突出特殊性问题。我们只要提到斯宾诺莎关于"规定就是否定"这一著名论断就够了。进一步揭示出这一复杂问题与特殊性的范畴规定的必然联系，这是黑格尔的贡献。以上引证的论述中已经详细说明了，这一点如何为社会生活和科学的发展所验证，以及唯物辩证法如何进一步发展了这一观点。

我们现在的目的只是要确定，特殊性一方面是处于与普遍性相互转化的辩证关系中，另一方面这种辩证的相互关系却并不排除它作为范畴所具有的独立性。特殊性不仅是一种相对的普遍化，不仅是由个别性通向普遍性（反之亦然）的道路，而且是个别性与普遍性的——由客观现实的本质所引起并借助思维而获得的——必要中介。这就是说这种中介决非单纯构成个别性与普遍性之间简单的连接环节——这种功能是特殊性最重要的本质标志之一，而且在这一功能中通过它的实现也获得了一种独立的意义。对这一点的探讨越具体，那么它所显示出来的普遍性与特殊性之间辩证转化的类型就越多。在特定的具体情况下，普遍的东西被特殊化，在特定关系中成为特殊的东西；但是也可能出现另一种情况，即普遍的东西吞没和消除了特殊性，或在与新的特殊性的相互作用中表现出来，或者将以前的特殊的东西发展为普遍性，反之亦然。正是那些最深入地探讨了特殊性问题的思想家们，他们正确地强调了普

## 第十二章 特殊性范畴

遍性与特殊性之间的这种不断的相互转化。黑格尔说:"特殊性,也仍然不过是被规定的普遍性。"① 同样歌德的探讨也表明:"普遍的东西与特殊的东西是联在一起的;特殊的东西是在各种不同条件下表现出来的普遍的东西。"② 或者换一种说法,"特殊永远存在于普遍之中,普遍永远顺应于特殊"③。当我们也来考察一下个别与特殊性的关系,那么这种辩证关系的另一面才能完全搞清。

现在我们遇到的情况正好与上述——直接地——完全相反。不言而喻,我们在与现实的直接关系中,总是涉及个别性问题,甚至产生这样一种印象,这是一种不无道理的印象,好像我们——直接地——仅仅与个别性打交道。因为所有外部世界作为感性确定性呈现给我们的——直接地——总是个别的,或者与个别性独一无二地联结着的东西。它总是个别的这一个,即此时此地的个别存在。黑格尔深入地分析了感性确定性的辩证法,在这一辩证法中——直接地——存在着个别的东西。他指出,不论在客观方面还是主观方面,个别东西的感性确定性都溶解在自身之中,尽管产生这样一种要求,人们"应该说出它所意谓的是哪一个东西,或者哪一个自我;但是要说出这点是

---

① 黑格尔:《逻辑学》下卷,杨一之译,北京:商务印书馆1996年版,第276页。
② 歌德:《Maximen und Reflexionen(格言与感想)》,见《歌德全集》第39卷,斯图加特1907年版,第71页。
③ 歌德:《Maximen und Reflexionen(格言与感想)》,见《歌德全集》第4卷,第209页。

不可能的"①。如黑格尔后来指出的，它形成了个别性的不可言传性，这表现在它是语言所不能达到的。当然这一分析的正确性也因此而被削弱，即黑格尔在他的唯心主义的理性主义中所正确表达的作为不可言说的事实，马上又打上了"是不真实的，无理性的，仅仅意谓着的东西"② 的烙印。幸好，他的逻辑学，作为个别性、特殊性和普遍性的辩证法的第一步骤中，个别东西作为思考（和实践）的问题被取消了，没有被确认和进入个别性起着极其重要作用的有意义的逻辑问题中。

这才为事态向唯物主义的转化即正确而富有意义地提出问题敞开了大门。如果我们把个别性、特殊性和普遍性看作是各种对象性的客观特性的反映形式，那么个别性在其直接性中的不可言传性——我们对这一契机比黑格尔本人还更加并单独予以强调——不再是它的不真实和无理性的本质的标志，而是促成对由此导向特殊性和普遍性的那一中介的揭示。某一个别成为个别事物的诸种规定，它与其他个别的关系，其作用范围，交叉点及唯一可能展现的特殊的和普遍的规律性都——自在而客观地——存在于其自身之中，只有附着于主体对现实的每一直接关系上的那种不可回避的抽象性才消除了这些规定，使其在这一水准

---

① 黑格尔：《精神现象学》上册，贺麟、王玖兴译，北京：商务印书馆1979年版，第68页。
② 黑格尔：《精神现象学》上册，贺麟、王玖兴译，北京：商务印书馆1979年版，第72页。

## 第十二章 特殊性范畴

上消失。但正因为它们客观地存在着，因为它们构成了个别事物——作为个别——的本质规定，它的不可言传性不是形而上学的绝对的东西，而是随着直接性的扬弃也以一定方式被扬弃。这当然并不意味着，由此被黑格尔唯心主义地从而歪曲地提出来的这一问题并非现实的问题。这一状况仅只导致了，在直接把握了的个别性中明显接近而又同时不可企及（不可言传）的东西，现在成了思维的无限接近过程的对象。

对于唯物主义辩证法，当然在个别的无法扬弃的直接性中也存在一个极其现实的问题。费尔巴哈针对黑格尔学说认为直接感性确实的东西的无价值性进行了深入的批驳。他说："但是意识为了不产生失误，它始终要固守于个别事物的现实……自然也会否认这一个别事物，但它又马上进行修正，它是用另一个个别事物来代换这一个别事物，从而实现否定之否定，因此感性存在是对感性意识的长驻不变的存在"[①] 这一切一般说来是正确的，但它也包含了费尔巴哈对直接性的过高估价。通过上述在思维和认识中无限接近过程的作用，这个问题的解决会比在费尔巴哈那里更加明确。我们可以说：黑格尔是从唯心主义立场将个别的存在消灭掉，而费尔巴哈却从感觉论立场保持了它的直接性和不可言说的性质。对于费尔巴哈从感觉论所提出的感

---

① 费尔巴哈：《黑格尔哲学批判》（1839），见《费尔巴哈全集》第2卷，莱比锡1846年版，第213页。

性直接的个别性的不可丧失的命题,只有从美学的角度才能解决。即使在这里也只有通过对直接个别性的扬弃,通过保存和在更高水准弘扬的契机作用,使其中感性实在事物的直接性——如我们在其他地方已经阐述过——转化为一种新的、更高层次的直接性。对于与此相关的个别性的各种具体问题,下面接着还要详细谈到。

总之,个别成为思维和认识的无限接近过程的对象。在这里,个别性和普遍性两极在其形式结构方面表现出逻辑的相似性和一致性。我们以前多次把普遍化过程作为普遍本身来谈论,绝不是偶然的。这种强调的意义在于,正由于思维是致力于对客观现实的正确反映,它不会也不应该停留在已经达到的普遍性上。或者普遍性被进一步更具体地加以规定,或者——它是这里最本质的契机——通过一种更高层次的普遍性而被扬弃。普遍化的每一终点均被不断地向前推移。这一粗略的描述已经表明,在寻求普遍的思维过程中,往往必定达到一个极限或一个顶点。不论是从事实发展的观点,或者从思维过程的意义上这一极限就思维与现实的关系而论,只是一些暂时性的、有待超越的东西。普遍往往是以这样一种终点来表征,这就是思维的实质。与普遍相比,导致普遍的各阶段被相对化,转化为它的进一步的规定,往往直接转化为特殊性。这时与个别性相同的无限接近过程也产生出类似的状况。在每一个别性本身中存在的各种契机和规定,由每一种个别东西客观地构成的、它的动态的整体性,它们似乎消失在感性实

## 第十二章　特殊性范畴

在的直接性中——仅仅是似乎，因为正是这种存在，作为个别性的这一个的存在是这些力量的共同作用的结果——对这些契机和规定的思维反映和强调不断地接近个别性的这种自在存在，将其对语言和思维的直接不可言说性转化成作为个别性的逐步更加清晰的、可以言说的、具体的规定存在。当然这是在普遍的和特殊的规律性的作用整体的联系中完成的。

如同在普遍性中那样，在个别性当中，这种接近的程度也是由社会历史发展所处阶段上思维的需要和可能性决定的。认识能力的客观作用是显而易见的，因而无需详细解释。只是对这种不言自明还需要简略地加以解释：如同普遍化极点的推移极大地取决于对特殊性和个别性研究的水准，同样地对个别性认识的提高也属于能广为扩展并广泛适用的普遍化的一种功能。因此在两个极端中要达到终点的进一步推移，必须以两极间密切的相互作用以及由特殊性造成的两极的分化为中介。这种可能性依据不同领域的需要会以不同的方式被利用。因为显而易见，在各个单独的作用领域，对于个别本身的理论和实践的关注，其程度和形式是不同的。详细地探讨这种分化不是这里的课题，我们可以举出医学诊断作为个别例证，由此更清楚地说明：普遍性和特殊性在接近具体而正确认识了的个别当中的意义。毫无疑义，诊断的对象是单个的人，即在此时此地的他的具体健康状况，即从医学观点看的这一个。有关人的生理本质以及有关疾病进程各种类型的全部普遍的和特殊的知识都只是一种工具,是对处于目前正是如此的存在中这一个别进行精确把握的手段。近几十年来的经验表明,医学所能动员的测量方法(普遍性在个别情况中的应用)越精密,诊断就越能精密和正确。以前是诊断者的"天才眼力"(在第1′信号系统基础上的快速综合,这种综合也是建立在丰富的、深思熟虑的经验基础之上的)起着关键性作用,而现在靠科学的精确性可以确定的征候的范围无可比拟地大得多了。这当然并不是说,它们的综合可以"由自身"得出。一方面可以精确测量的东西还远不是全部可以客观考察的征候,另一方面即使精密测定的个别事实的可解释性也决不是理所当然和显而易见的。对于每一情况的独一无二的如此存在的接近,还总是一种近似,这种接近往往需要通过第1′信号系统的综合。显而易见,正是尽可能丰富和多样的普遍性的介入,才不断向接近个别的终点推进,但未能扬弃其单纯近似的特性。

这就是思维和认识的道路,不断往复地从个别性达到普遍性,再从普遍性返回个别性。马克思在政治经济学方法的表述形式中,对这种不断往复的道路作了很好的描述。它与那些把归纳和演绎出来的东西凝固化使之成为绝然对立的各种方法完全不同。实际的和具体的东西构成了它的出发点。如果它的组成部分不是被普遍化而形成一般的概念,那么在它的直接性上就表现为空洞的抽象。由此思维的"行程又得从那里回过头来,直到我最后又回到人口(即实际和具体——卢卡奇注),但是这回人口已不是一个

## 第十二章　特殊性范畴

混沌的关于整体的表象，而是一个具有许多规定和关系的丰富的总体了。"① 在唯物主义辩证法家那里自然要揭示出各种本质的中介和转化位置。在通常的科学实践中往往在最佳情况下也只是自发地走过这一道路，不可能对它的特性作出充分的方法论的说明。这是不足为奇的，对于这里产生的联系加以思索，首先关联到两个极端，在大多数情况下满足于对它们的分析，或者至多满足于对它们相互关系的分析，而不考虑它们相互间实际的中介性质。当然在两端项中也明显地表现出普遍性和个别性范畴的相互间的辩证关系问题。列宁在谈到亚里士多德和黑格尔的关系时，给出了这一联系的明晰的图像，并特别强调，这里涉及辩证运动的一种原始的和基本的情况，其中已经包含了更高的和更复杂的关系（必然性等）的萌芽和要素：他从"个别就是一般"这个原理出发，贯彻了这样一种思想："对立面（个别跟一般相对立）是同一的：个别一定与一般相连而存在。一般只能在个别中存在，只能通过个别而存在。任何个别（不论怎样）都是一般。任何一般都是个别的（一部分，或一方面，或本质）。任何一般只是大致地包括一切个别事物。任何个别却不能完全地包括在一般之中等。任何个别经过千万次的转化而与另一类的个别（事物、现象、过程）相联系。"②

---

① 马克思：《〈政治经济学批判〉导言》，见《马克思恩格斯选集》第2卷，北京：人民出版社1972年版，第103页。
② 列宁：《哲学笔记》，北京：人民出版社1961年版，第409页。

◯ 审美特性

如果我们正如——以前在讨论普遍时那样——补充地说明,通过特殊性使其辩证的相互关系得以转换,那么对个别性与普遍性之间辩证联系的这种阐述就会更加明晰。正如普遍性与特殊性不断相互地转化那样,个别性与特殊性之间也不断产生相互转化。特殊的本质特征乍看起来存在一种矛盾,这正是由于它的特性处于向普遍和个别的不断转化之中。我们已经看到,特殊性相对于普遍的这种状态是由作为规定作用媒介的特殊性的功能产生的。在黑格尔逻辑学中,特殊性正是规定的同义语。这一状况对于特殊性与个别性的关系说来也是决定性的。我们回顾一下,对于个别的无可言说和不可言传性在思维上的扬弃正是由此而产生的,即它的似乎在感性直接性中被消除了的各种规定,作为规定,正是表现为个别的个别性的规定。这一规定过程并不是从外部对个别加以表达,而是那种规定的一种内在发展,它——客观地,自在地——存在于个别之中,只是在认识对象与主观性认识的直接关系中不能起作用。能够把握这种潜在存在物的媒介正是特殊性。特殊性依靠它的规定所完成的基本功能来实现这一过程。正如特殊性相应地对普遍性加以细致分类,由此使它的直接性转化为规定的一种具体的整体性;特殊性在个别性中与个别性的特殊本质相联结,使得它与类似的和远离的对象组合的关系更加清晰地表现出来,将在短暂直接性中转瞬即失的特性转化为固定的和持续的规定,使混乱的并存状态展现为存续与消亡的、本质与现象的有序等级,在完成这一

## 第十二章 特殊性范畴

切的过程中并不破坏个别性本身的基本特性。由于个别被普遍化，被扬弃为特殊性，使思维比在感性实在性中对未加扬弃的个别存在更加接近于作为个别性的真实本质。

当然，在这里还总是残留着个别性的原始事实状态在思维上的重要痕迹，其中也在逻辑上表现出它的直接的物质的和感性的特征。（"直接"一词在这里应该着重标出，因为反映着普遍性和特殊性的东西——就其自身而论——不依赖于意识而存在，如同个别性的原型一样也是物质的。个别性的物质本质其自身已经是经过媒介的东西。）黑格尔不仅熟知个别性的这种特殊本质，他甚至还把这一本质列入了概念领域的要点。他对于作为逻辑范畴的个别性的分析，在以下论断中达到了顶点："但个别不仅是概念回归到自身，而且是概念的丧失。概念在个别中既是在自身中，而由于个别性，它又将在自身外，并进入现实。"① 其中清晰地表明了我们反复提到的那种无限接近于个别性的特性。黑格尔在这里所描述的现象，其核心在于，由此作为概念的各独立规定间的关系概念消失了。其各项规定必须分开：对个别性的适当的逻辑把握打破了目前显得完整的概念领域，它产生了各种规定的分化，要求对现实的一种新的、更高的、更加综合的接近形式，即判断的要求。② 黑格尔将

---

① 黑格尔：《逻辑学》下卷，杨一之译，北京：商务印书馆1996年版，第291页。
② 参见黑格尔：《逻辑学》下卷，杨一之译，北京：商务印书馆1996年版，第300页，概念论的判断部分。

◯ 审美特性

由概念到判断的辩证过渡的必要性与对个别性的认识联结起来，由此他指出了，正是在这里增加了对进一步扩展的、更加复杂化的中介的需要。所以为了满足这种需要，应有作为概念的更高的动态的逻辑形式。当然这种需要是普遍的，它涉及思维和认识的整个领域。但正是在对个别性的认识中，使人们看到了一这关节点或转化点，这绝非偶然。

因为规定是自在存在的展开——当然它不是直接地，而是通过否定和反思过程的展开——规定物与被规定物并非处于两个相互对立的世界。规定过程是由两者的相互转化而形成的。我们已经能够在特殊性与普遍性的关系中来确定这种现象，我们在个别性与特殊性的关系中也看到了这一现象。黑格尔指出："出于同一的理由，特殊的东西也是个别的东西，因为它是被规定的普遍的东西。反过来说，个别的东西也同样是特殊的东西，因为它是被规定的普遍的东西。"然而这种相互过渡——正如我们在前面讨论普遍性时所看到的——并不排除其本质性区别。紧接以上引述的话，黑格尔又指出："假如个别被提出作为特殊的概念规定之一，那么特殊便是把一切规定都概括在自身中的总体。"作为规定和中介的典型范畴，特殊性因此"不是界限，所以它对待一个他物并不像对待它的一个彼岸那样，"它对于普遍性和个别性说来倒是"自己特有的内在环节。"[①]

---

[①] 黑格尔：《逻辑学》下卷，杨一之译，北京：商务印书馆1996年版，第290页。

## 第十二章 特殊性范畴

在从普遍性向个别性以及从个别性向普遍性的——总是通过特殊性的中介——运动中,在一种范畴向另一范畴的不断转化中,个别性、特殊性和普遍性维持并延续着其自身。

毕竟这种普遍一致性并不能掩盖差异性的契机。我们已经看到,认识过程的发展在不断向前推进两极的终点。对可靠的、真实的规定的丰富化——在原理上——是作用范围的一种扩展。现在显而易见,这种丰富化必然首先产生在特殊性领域。同样这种丰富化也导致由认识所把握的客观世界的扩大。这次却不是涉及终点的向前推移,而是涉及利用不断分化的、进一步取得的中介来工作。不仅极端、终点被进一步——开辟出新大陆——确立,而且与其相连的特殊性的中介领域在内涵和外延方面也扩大了。由此使特殊性的特有本质比以前表现得更加清晰:当普遍性和个别性分别向其终点聚拢时,特殊化却在其间形成一个中间领域、一个中介场,它的边界在两个方向上总是变得模糊不清,甚至往往无法觉察。① 对于日常意识说来,即使它取得了一种哲学的表现,特殊性范畴也远比普遍性或个别性范畴更缺乏清晰的轮廓和明确的核心。要把握和正确阐述特殊性的本质,需要进行辩证法的考察。

上面我们已经粗略地描述了普遍性、特殊性和个别性

---

① 这也是为什么普遍性和个别性比特殊性更早被发现、更经常和更深入地被探讨的原因之一。特殊性在康德那里才获得其最初的逻辑位置规定,到黑格尔的辩证逻辑和马克思主义经典作家的辩证逻辑中已相应于其实际意义做了探讨。关于个别性请参见作者以前的研究成果。

的本质及其相互关系。这种描述是从非拟人化的逻辑和认识论观点出发的。它应该对自在存在的现实——与基本的和基础的联系相关联——以尽可能真实地近似和尽可能不受人的意识附加物的干扰地进行反映。如果我们现在要转入对现实审美反映的事实加以分析，那么我们必须首先——如以前在讨论其他范畴问题时那样——着重指出，这两种反映方式①都是致力于对同一现实的反映，这就是为什么限定了这两种反映方式要正确地再现现实，其活动范围必然是不同的。这种区别是由社会和人为了在理论和实践上把握现实以便为人类服务而产生的。我们在其他地方已经指出，在这里对客观现实的非拟人化和拟人化的接近方式是形成这种区别的决定性基础。在我们的考察中，特殊性范畴在美学中占有中心的重要性，这需要在更深入的哲学探讨中由拟人化态度推导出来。在其理论的和美学的应用中将比上述场合更容易明显地看出其相似和不同之处。为了便于理解这种比较复杂的推论方法，在这里先用简单的语言而不加论证地提前加以说明。显而易见，上述三个范畴的本质和基本联系在这两个领域中不会受到任何触动。审美领域的特性在于，特殊性并非单纯作为普遍性和个别性之间的中介，而且成为有机组织的中心。因此导致的结果是，实现这一反映的运动并不像在认识中是由普遍性至个别性或返回（沿相反方向）运动的，特殊性是作为中项而成为

---

① 指拟人化和非拟人化反映方式。——译者注

## 第十二章 特殊性范畴

相应运动的起点和终点。也就是说,这一运动的路径一方面是由特殊性到普遍性并且返回,另方面又是作为特殊性与个别性之间的相应联结。这里不仅涉及在两个极端范畴之间的横向运动,而且涉及中心与周边之间的运动。由这一状态所得出的各项重要规定只有在我们目前的讨论结束以后才能加以说明。

首先应该对中介与中项之间的联系和区别做进一步考察,这里只能限于对我们提出的问题具有关键意义的契机。在某些要点上我们会谈得详细一些,因为中介和中项的关系是过去很少涉及的哲学问题。所以从一开始就应强调指出,中介是一种具有纯粹客观性质的反映形式。人的意识不得不确立和把握中介,因为在外部世界中各种客体的联结完全是基于中介之上的,直接性与中介之间的对立和辩证联系同样是客观的,它的存在不以人的意识为转移。在认识论中由认识主体所产生和处理的各种关系,不论其内容和方式都取决于现实的客观性质。只要中介在思想上被把握,在形式上首先是逻辑学的推论,而在内容上表现在许多科学或哲学阐述中,那么在大多数情况下中介就取得了中项的地位。但是在中介规定的这种中间位置上看到某些客观的优先的东西,即词汇本来意义上的中项,那也是一种——唯心主义的、主观主义的和拟人化的——失败。中项地位在这种情况下往往纯粹是一种位置上的,如在推论中作为一种更替。相应于具体的认识目标和认识条件,由中项可以直接变成一个端项,而其他端项此时占据中项

审美特性

位置。

　　随着人的出现（在生活的一定方面），中项在中介的动态系统中取得了一个特殊的位置。正如在黑格尔谈到人与现实的关系的产生和可理解性时，他指出：人的内在性、灵魂"必须占有它的躯体，将躯体构成它的活动的顺从而灵巧的工具，对躯体加以塑造，使灵魂在躯体中只与它自身相关联，而使躯体成为与灵魂的实体、自由处于和谐之中的偶然存在物。躯体是中项，通过它我才与外部世界相接触。如果我要实现我的目的，我必须使我的躯体能够将主观的东西转移到外在客观中去。"① 毫无疑问，在躯体成为中项的中介职能中，产生了一些以前没有谈到过的新东西。当黑格尔在这里强调了人的文化的超越生理学的作用，尽管现代生理学，特别是巴甫洛夫学说已经为我们阐明，躯体的这种进行中介的中项已经在高等动物界中具有显著的意义，但黑格尔肯定还是有道理的。这种强调重心可能有变化，但肯定的是，这里所产生的中介的客观性——包括躯体作为中项的作用——绝不会产生变化。客体的对象结构表现出各种新的特色。同样也表现在中项的问题上，它们丝毫不会改变主体对其复合体的认识论地位，至多对各种探讨的具体方法论产生一种特定的影响。

　　在人的世界、在社会—历史发展的世界中，具有中介

---

　　① 黑格尔：《逻辑学》下卷，杨一之译，北京：商务印书馆1996年版，第434页。

## 第十二章 特殊性范畴

作用的中项的这种意义得到了并非不重要的增强,但这并不会动摇整个状况的基本的客观性。黑格尔也正确地描述了这里的逻辑学问题。在目的论的探讨中他谈到了表述这一状况的推论形式的逻辑学特性,并且指出了所用手段的职能:"手段便是一个形式推论的形式中项;它对主观目的一端是外在的,从而对客观目的的一端也同样是外在的,正如特殊性在形式推论中是一个漠不相关的中项,其他的项也可以代替其位置那样。此外,特殊性之所以是中项,只是因为它在对一端的关系中是规定性,但在对另一端的关系中则是普遍,于是它仅仅相对地由于其他两端而具有进行中介的规定;同样,手段之所以是进行中介的中项,也仅仅因为第一,它是一个直接的客体;第二,它由于外在于它的、对目的一端的关系而是手段;——这种关系,对手段说来,只是一种形式,手段对它是漠不相关的。"① 其中这个问题的具体化,对于人的活动的中项问题也表现出新的规定。所谓有限目的的讨论,使黑格尔对于劳动和在劳动中工具的作用达到了更深的哲学认识。黑格尔在这一问题上的贡献在于,他不仅第一个从哲学上认识到劳动对人的形成过程的意义,而且认识到工具(机器)对于人类发展的作用。因此他能够——或许带有唯心主义的痕迹——怀疑以劳动的具体目标设定为基础的"有限内容"

---

① 黑格尔:《逻辑学》下卷,杨一之译,北京:商务印书馆1996年版,第434页。

的合理性，他在对劳动本质的更深刻的认识中补充指出："手段是推论的外在中项，而推论则是目的的实现；因此，手段中的合理性在手段那里宣告自己是这样的合理性，即在这个外在的他物中并正是通过这种外在性而保存自己。在这种情况下，手段是一个比外在合目的性的有限目的更高的东西——犁是比由犁所造成的、作为目的的、直接的享受更尊贵些。工具保存下来，而直接的享受则会消逝并忘却。人以他的工具而具有支配外在自然界的威力，尽管就他的目的说来，他倒是要服从自然界的。"①

这里产生出对我们重要的新情况，它具有两个显著的本质特征。第一，中项绝没有丧失它的中介性质，但它却获得了事实上更重要的位置而超出它所中介的一端，它的中心位置不再是逻辑学上或者具体方法论上单纯由位置所确定的，而成为整个现象复合体的实际中心点。但是由于黑格尔的哲学基本态度是客观唯心主义的，上述援引的基本论证——尽管如此重要——对其体系的整体性及其方法论而言只是一段插曲。只有在马克思主义中由下述事实才得出了这一必然结论：它形成了作为生产关系发展基础的生产力发展的中心意义这一概念（由此构成了整个社会和历史的发展），生产力也是人类社会与自然之间的中介。第二，这一中项不再仅仅是由客观现实产生的和赋予的，不

---

① 黑格尔：《逻辑学》下卷，杨一之译，北京：商务印书馆1996年版，第438页。

# 第十二章 特殊性范畴

只是在它的思维再现中表现为确立的东西,而是在它的客观性质中已经是某种被确立的东西。当然这一确立的主体不是单个的人,更不用说是他的意识,而是任一作为整体的社会。至于这一确立是无意或有意的,抑或是以错误意识或正确意识完成的,对于所实现的这种确立都不是关键性的。每个人在他的劳动中直接完成这种确立,但是这一直接性在他那里已经不仅是通过生产力,而且也是通过生产关系客观地规定和进行中介的。由社会所确立的东西对于他说来已经是一种"第二自然",是他自身活动和实践的一切可能性直接不可更改的框架。这并不排除这里所形成的对象性形式的被确立的性质,这只是赋予它们一种特有的客观性,它们既不依存于自然,也不依存于单个人的意识,同时却对他——作为人类的一分子和一部分——作为他自身活动的产品而存在并发挥作用。

另一方面,社会的这种本质却是存在的,不论人的意识是否理解或者是否正确地或错误地把握了它。人的科学认识,如同对自然的认识一样,同样是非拟人化的,在社会存在中这种客观的不可扬弃的规律性应该成为重要方法论特征的起始点,这一事实不会由于科学反映的基本同质性而有所变化。如果从社会存在本身的观点看来,这种规律性的后果就更引人注目。我们在其他地方——最后一次是在讨论第 $1'$ 信号系统时——指出过,尽管劳动(它的社会形式,通过劳动所中介的、与自然的关系以及与同伴的关系等等)对于人的社会存在是基本的,在这一基础上形成了人与人之间的关系、各种需求以及满足各种需求的手段等等。这是一种比基本的劳动关系本身更复杂的结构,劳动关系为对这种结构的认识提供了基础,这种基础不再能够从其中直接推导出来或加以说明,我们只要回顾一下前代关于人的认识的论述就够了。我们在这里也会遇到同样的情况。对于我们这里的问题说来,这里所出现的意识形态后果格外重要:中项,一方面是人本身的作品,另方面在其后果中超越了其意图、计划、希望等——无论在积极意义上或消极意义上——它的已被确立的事实逐步构成了一种拟人化世界观的基础。这个问题在其他地方已经详细地谈到。我们在这里只限于指出,由劳动的主体方面,由创造中的目标确立以及由某些本质上新的东西的生产中,产生出作为世界和生命创造者的诸神的表象。

我们现在所关注的并非巫术—宗教方面的观点。在此重要的仅仅是,这种巫术—宗教观必然导致了中项思维的本质上的和质的提高,且与之具有意味深长的细微差别。在意识中人的命运处于世界事件的中心,这形成了一个中项,使它囊括——不论自然的还是社会的——一切事物。就以占星术作为例子,在占星术中星座的位置,即宇宙的运动似乎可以指示人的命运,因此它以极其简明的方式认定人是处于宇宙的中心。这种或类似的观念体系所确立的特性是一目了然的。这里不可能深入探讨它的本质和历史的多样性,只能说明,拟人化的、以人为中心的确立方式,在这种情况下,它是客观现实的一种映象——不论是以正

## 第十二章 特殊性范畴

确的或错误的意识的——而现在这种情况下是专断地构筑一个世界，虽然它的要素是取自对客观现实的反映，它的整体构造、布局、结构等却受以人为中心的需要所制约，其中确立方式超出了它的意识的反映功能，将人所赋予的可能性建筑在自身创造的、超越出客观现实的联系之中。这种确立作用在最简明、最前后一贯地体现了这一倾向的普罗提诺哲学中成为"实体化"，成为一种非概念，其中超验的人的确立作用与通过超验而由人的智力虚构的确立物以及超验的思维和它的意识彼岸的"存在"（"超验存在"）不可分割地混同在一起。① 这里只是为了完整性起见，所以要提到以人为中心确立作用的这种倾向，因为对于我们这里所关心的范畴问题，它并不具有值得令人注目的后果。

确立中项的问题在伦理学中显得更加重要。在这里，通过素材基础本身给出了人作为中项的地位。因为伦理学的各种律令（以及它们在思维中的意识化）不仅关系到人，而且它们的各种规范也必然是取自人作为人的特性。如果康德要把伦理学的律令超出人而扩大到"一切理性存在"并将其适用性扩大到超出人的范围，这也是一种不允许的

---

① 普罗提诺：《Enneaden（九章集）》，Ⅳ，第4卷，第16节，及Ⅶ，第1卷，第7节。也可参见阿图尔·卓夫斯：《普罗提诺及其古代世界观的没落》，耶拿1907年版（阿伦1964年重印），第132—137页。关于新柏拉图主义与基督教之间的普遍相似处和对立中的许多具体问题，在卓夫斯的书中也涉及，我们在此不作深入讨论。应该提到的是，基督教起源所说的"神的思想的活的实体化"。引自雨果·巴尔《天使与教会的等级》一书的序文《狄奥尼索斯·古希腊雅典最高法院法官》。

1249

理性主义的普遍化。① 这种要求首先产生于对系统对称性的主张：因为伦理学的领域最初产生出与自在之物的实在关系；那么它的适用范围不应窄于有关现象界理论关系的适用范围，如果在现象界中是由先验的、非拟人化的必然性所支配，那么在拟人化范围中伦理学的领域怎么能不公正地保留着呢？总之，这种动机也在下述方向起作用——对这一方向歌德和席勒已经相当有保留地考察过——即道德的真正的人的内在性。在康德的纯粹意志伦理学中伦理的东西总是被排挤到背景中去，而僵化为一种非人的普遍化。在康德从他的观点出发所作的必要尝试中，从普遍的道德要求达到个别事例，并使后者包含在前者之中，这样他必然陷入他所无法解决的矛盾的罗网之中。② 这里从一个狭窄侧面所提出来的这些问题，也是康德的批评者所无法解决的。由两个极——抽象的法和道德性——的片面性出发作为综合而得出伦理性（伦理学）的黑格尔观念，完全是以他后期的社会哲学和国家哲学为依据的，完全从他的体系的需要出发，以便能提出一种与辩证方法相适应的伦理学。③ 尽管黑格尔从历史角度洞察到，特殊性的独立发展在

---

① 康德：《Kritik der praktischen Vernunft（实践理性批判）》，见《康德全集》第5卷，柏林1904年版，第32页。
② 参见卢卡奇：《黑格尔论》中有关争议部分，第342页。
③ 关于黑格尔的社会哲学和国家哲学，参见青年马克思的深入批判："伊壁鸠鲁哲学"，见《马克思恩格斯全集》第1卷第1部分，北京：人民出版社1995年版，第403页。——作者注

## 第十二章 特殊性范畴

古代城邦国家中表现为自身没落的最终根源,① 他也想把这一原理作为他的社会—国家学说的基础,但是资产阶级社会与国家关系的错误观念使他这一最丰富的思想萌芽走入了死胡同。

关于范畴联系问题,古代伦理学,首先是亚里士多德伦理学比它的近代追随者,提供了更明确的认识。不言而喻,如果我们打算深入讨论伦理学的内部问题,上面所说黑格尔的区分必然具有决定性意义。因为我们只是在阐明中项的概念,我们对这些差别可以忽略,而完全集中在这个问题本身。我们只要考察一下现代资产阶级社会中各种中项现象方面,正是在这一社会基础上产生的伦理学,要远比古代的复杂得多。不依据这种复杂性也可以确认,伦理学在人的实践体系中,在纯粹客观性的法律与纯粹主观性的道德之间构成了一个中介的中项。这个中项不仅是位置上的,如在典型的认识过程中的中项,而且相对两极范围发挥着极其确定的、扬弃的从而也是修正的功能。康德多次谈到的合法性与道德的对立,由于抽象的简单化从而大大歪曲地表现了这种关系。因为纯粹意志与对法律命令纯粹形式上的遵守之间作直接的、单独的对比,会使现实的辩证的扩展和深化到不同领域的矛盾,凝固为无法解决的二律背反。纯粹立足于自身的、自足的、主观化的道德

---

① 黑格尔:《Grundlinien der Philosophie des Rechts oder Naturrecht und Staatswissenschaft im Grundrisse (法哲学基础或自然法与国家哲学概要)》,见《黑格尔全集》第 7 卷,汉堡 1952 年版,第 265 页(§185)。

审美特性

会导致与社会和历史相排斥的唯我论的无政府主义,导致纯粹意志的绝对化的道德。(我们可以联想一下现代存在主义,它在浪漫主义中使道德意识的个别性取得了唯一性的价值特性。)若同样执着地贯彻抽象的合法性会导致法律与人的意志的各种联系相脱离。各种法律规定与单个人的意识或意志的必然不相干,其中表现出在此领域中的合理的普遍性,由此取得一种完全专断的存在,形成对人类专制统治"列维坦"式的崇拜。这两种社会实践的形式作为人的社会生活的契机具有一种深刻基础的合理性,这一点似乎无需详细分析。道德意识对各种制度的法官角色,在这些制度范围内这种意识起作用时,并不是一种单纯的狂妄,法律规定与个人意志和愿望的必然的不相干也不是一种不正当的专制主义。只是抽象地隔绝开来并片面地立足于自身,会使这两种相对合理的立场退化到极端的二律背反。在资产阶级科学和新闻学中常见的主观抽象的道德和客观抽象的合法性的直接相互关系和对比造成了上述歪曲了的思想的过度张力。

这里正缺少那种决定性的东西,即通过伦理的确立对合法性和道德的中介。在伦理学中,道德的主观抽象的良知转化为完整的人的伦理意识,这种完整的人意味着在理论上的、也在现实中的存在,即公众、私人、国家公民、在社会中起作用的人和个别的人格的生动的整体。另一方面,由于伦理学以这样广阔的前沿面向法律的领域,产生了现实的、促成这一发展的矛盾并扩大了它们的社会的——

## 第十二章 特殊性范畴

人的作用。法律体系不可能在与国民的道德观念毫不相干的情况下长期起作用。那种对立的观点不论在概念上还是历史上都是从一种不真实的抽象出发的。每一法律规定与每一个体的人的意识和随意性仍然保持着必然的不相干,但这只是就各种肯定性的法律体系的直接功能而言。在法规制度的产生、改造和消失的过程中,对整个法律体系说来,与国民的现存伦理观念的活生生的相互关系对其发挥着关键的作用。同时不能忘记,伦理学只是表达了一部分顾及这种相互作用的实际效用的信念。因为伦理学只是体现了伦理意识在其中起作用的那个断面,这一结论对于我们的目的就足够了。反正我们在这里并没有提出这种要求,去对实践的—人的行为方式的系统化加以概括。

如果我们再次强调这种限定条件,我们可以毫不夸张地说,个别性对于道德性是一个关键的范畴,普遍性对于法律是一个关键范畴,而在伦理学中特殊性作为中介的中项起着决定性作用。当然,这种特征上的优先地位并不能看作是排他的主导性。个别性、特殊性和普遍性以它们范畴的要素性质,必然同时存在着辩证的相互转化和共时关系。

然而这并不排除在一定范围内某一范畴由一种素材或行为规定的优先地位,这种在位置、运动方式、转化方式、扬弃方式、特定比重方面的更替正是其广泛性的标志之一。若要把握任一对象组合,这些范畴的应用最终是不可避免的,这取决于它们对各种对象的每一特性的灵活性和适应性。现在回到我们的具体问题上来:不言而喻,任何道德性都要依靠普遍化,它不可能被囚禁于不可救药的唯我论的暗室之中——康德已经就我们这一观点作了不成功的尝试,对绝对命令作绝对普遍地理解,而指出了这种倾向的必然性——然而对于这样一个领域,其中个人良知同时是每一活动性无法摆脱的媒介和直接推动力,则个别性在这一范畴三角形中仍具有首要分量。同样无可怀疑的是,任何法律,任何法律条文没有规定的特殊化是不能成立的,因而对个别事例的应用构成了每一判决的终点。甚至还形成了特有的法律制度,如刑事陪审法庭,其主要意图在于对个别事件的特殊之处作出自我调适。这一切与在法律领域内普遍性范畴的至高地位并不矛盾。因为规定了这一点的各项原则必须以普遍的形式表述出来,以便体现出法律的实质。对于普遍性的这种统治说来,特殊性和个别性部分地表现为对象,部分地表现为执行手段。

与上述相反,伦理学作为合法性和道德性之间的中介性中项,是由特殊性支配的。它把良知的个别行为普遍化了,这是通过它把道德主体个体化而形成的,并把这一行为扩大到处于其他具体行动的完整的人之中的一个具体行动的完整的人。在完整的人中保持着这种普遍化。伦理学虽然覆盖了人的社会和政治的整个领域,但是在此区域内它却没有权力由自身出发在具体内容上作出最终的决定,而"只是"使其与完整的人的伦理本质相协调。由此可以得出结论,伦理学或许可以导致,对从任一方面作出的决

## 第十二章 特殊性范畴

定在内容上作重大修正。由这一情况可以看出，伦理学对道德行为所完成的普遍化具有特殊性的各种范畴特征。在法律领域，与普遍性的这种关系或许更为明显。从历史上不难看出，各种法律体系愈益表现出的特殊化，其中大量的——当然不是全部——在立法和执法方面都受到国民伦理观念的社会压力，这都有它们的根源。为了阐明这一情况，只要列举出在整个法律领域一个古老的论争就够了。纯粹"意志伦理学"（道德性）在道德判断中取消了行为和各种后果，而法的评价本来就纯粹是以行为及其各种后果取向的［在法律中、在法的决疑论（即判例法）中，接受意志要素这一倾向的增强至少部分地来自伦理对法的影响］。黑格尔早已明确地指出了这两种——割裂开的——观点的抽象统一性："论行为而不问其后果这样一个原则以及另一个原则，即应按其后果来论行为并把后果当作什么是正义的和善的一种标准，两者都属于抽象理智。"[1] 我们以前已经说明了的黑格尔体系的本质特征，妨碍了他由这一正确论断中引出必然的结论，即认识到伦理学的特别的东西作为道德性和合法性之间独立的中介中项，正是以这种矛盾的辩证的分析和扬弃为基础的。这里所进行的范畴操作，一方面是把抽象的个别普遍化为特殊，另一方面是把抽象的普遍性同样地具体化和人化为一种具体的人的特

---

[1] 黑格尔：《法哲学原理》，范扬、张企泰译，北京：商务印书馆2009年版，第138页。

殊性。

把适中（中项）作为伦理学的中心问题来探讨，在历史上最重要和最富影响的是亚里士多德的伦理学。为了正确地理解这一问题必须说明，伦理学在道德性和合法性之间的中间地位，对于亚里士多德来说是一个不言而喻的问题，他从未提及其方法论基础。甚至这一中间地位在他那里占有主导作用，而两端都被缩小了。它是基于雅典市民民主制——自然当时肯定正在走向衰亡——的各种社会—历史根源。近代含义的道德性在此还不可能得到发展，以致在社会实践体系中形成一种自律的领域。另一方面——出于同一些原因——伦理与法律的界限远比近代的模糊和暧昧。因此亚里士多德确实只是在当时较狭窄意义上深入探讨了伦理学范围内的适中问题。这种意义是他那一社会—历史状况所规定的。如果我们要深入探讨亚里士多德对适中的新的特殊理解，那么我们立刻会发现，其范畴问题必须与我们上面的不同。这涉及伦理学具体的内部结构，它决定了适中的意义。这种意义具有一定的局限性，对今天的读者实际上不可能有说服力。从今天的观点看来，亚里士多德所指出的那些问题有些似乎"就其名称而言"已经包含在"否定的事物"中，对于它们根本谈不上什么适中，实际看来它们在伦理学的前后一致的辩证处理中同样可以按亚里士多德的一般性方法来对待。在黑格尔正确划分的古代社会的发展阶段中，由于这一阶段的社会实践使个别人的特殊性往往成为消解力而发挥作用，限定了这种

## 第十二章 特殊性范畴

考察方式的二重性。如果把处于人的整体性及其形态中的、处于其社会的和个人的关系中的完整的人果断地置于伦理学的中点,那么可以毫无困难地把诸如幸灾乐祸,厚颜无耻、嫉妒等问题作为否定的极端来看待,这些不是从绝对的观点而是从和谐对称的适中观点出发被否定的。更明显过时的是,对于通奸的绝对化否定。今天完全可能存在着一种为亚里士多德所全然不解的有关人的性爱和性欲关系的具体伦理学,根本无法说明,为什么这种伦理学的构筑不能从一个适中点出发。

经过方法论上的这种限定,这一限定是超出亚里士多德本人意图之外而对他的方法的一种确认,我们可以直接转向这一问题。亚里士多德具体而明确地描述了这一问题:"所以德性是一种属于选择的品质,它按照我们所考量过的中庸并为理性所规定来选择,就是说,像一个明智的人通常所做的那样。中庸是在两种有缺陷的习性,即或者过度或者不及这种缺陷之间,但也还因为它在这些性情和行为中找到并选择了适中的东西而是中庸,而在这种关系中,缺陷之为缺陷就在于它或者达不到正当的度,或者超出正当的度。所以德行就其本质和其实体的规定而言就是一种中庸;但按照它是最好而且把一切都实现到最完善的意义,它也是极端。"① 这里必须说明,亚里士多德限定在两个极

---

① 亚里士多德《尼各马可伦理学》,邓安庆译,北京:人民出版社2010年版,Ⅱ、6。第90页。

端之间确定适中，这里所进行的由适中到适中的运动的伦理方式的规定，他既强调了适中的法则（并非单纯从外部世界的辩证法出发给出的法则）而且强调了适中的拟人化性格，它是"相对于我们而言的"适中。

亚里士多德有关适中的伦理学意义往往被他的反对者们所误解。因此首先是康德，从他的道德扬弃个别性而理性化普遍性的原则出发拒绝了适中的思想，他指出："如果我把挥霍与吝啬之间良好的经济性看作适中，这应该是程度上的适中，那么一种恶行无非是向与之相对立的恶行转化而不是美德，这种道德无非是一种减弱了的或正在消失的恶行……"① 康德——机械地依据于逻辑学的模式——把极端与中心点之间的运动作为两个极端之间的运动，而不是像亚里士多德那样或像每一项合理拟人化设定的那样，看作是从极端到中心点的运动或从中心点到极端的运动。所以在亚里士多德学说中道德绝不是从一种恶行到另一种恶行的转化，而是真正中心意义的适中：从两种极端出发拒绝恶行，接近道德的运动。正因为康德把适中作为"程度上的"规定，他完全误解了这一事态。趋向道德或背离道德的事实，在亚里士多德那里，绝不排除质的飞跃，正是这种飞跃区分了道德与恶行。当然亚里士多德作为一个真正的辩证法家，作为一个伟大的富于实践的生活智者

---

① 康德《Die Metaphysik der Sitten（道德的形而上学基础）》，II，§10，见《康德全集》第6卷，第432页。

## 第十二章　特殊性范畴

（与康德那种隐居的、清教徒式的独断论者相反），他深知，这种质的区分、过渡绝不排除量的增减，这种量的增减正从属于向质的转化的生动相互作用之中，这一运动的整体诱导人们确立了适中这一概念。

在伦理学里，适中这一观念不仅是从古希腊公共生活和私人生活紧密结合的状态以及相互间的渗透产生出来，而且是由在此基础上强化了的对人的身心能力适当均衡及其和谐的需要产生出来，即由对唯灵论的禁欲主义的抗拒中产生出来。如果这些需要不是以其直接的、抽象存在的表现形式作为形式要求而显现，并取得与具体的完整的人相关联的内容特性，那么这种适中的伦理学规定就成了纯粹形式上的东西了。以这种伦理学的适中表现出来的人的能力的和谐，离开按伦理行动并具有伦理态度的人的具体的人格的关联，也就失去了它的全部意义。但是这样产生的结果是，正如在其他地方已经指出的那样，适中的确立把人的个体激情提到超出个体的单纯个别性，而不超出其具体的个性。最完整地实现这种伦理学的律令可以创造一种人的典范，但它仍然具有世俗的人的性质，而不具有像在康德那里所说的一种先验普遍性的形式。由此再次得到的结果是，适中所实现的和谐在范畴学中必然被看作特殊性，这与极端正好相对立。在极端中所看到的是由激情的个体性所造成的个别性的激情和情感的诡辩术往往，甚至在大多数情况下，都无理地要求自身成为普遍性，但这并不会改变这一事实：这是一种错误的普遍性，它只适合于个别情况，不可能提高到那种范例性，即表现为适中的特殊性的人的和谐。

亚里士多德伦理学是怎样考察适中的可认识性的，这属于这一伦理学的社会—历史特性。它对于我们的问题显示出最具特征的性质。紧接着我们上面援引的话，亚里士多德指出："所以做个有德行的人也是难的。因为在每个事情上达到中庸是难的。譬如，并不是每个人都能够找到一个圆的圆心，而只是一个懂得这种知识的人才能够。"① 这里出现的伦理学适中的规定与圆的中心点的类比与苏格拉底和柏拉图的某些见解多有接近。但是，亚里士多德更加审慎和清醒地满足于——然而只是浮光掠影地——对这一伦理学问题采取这种纯粹理性主义的解决。作为真正的辩证法家，他正是把个别情况看作是对这一问题具有决定性的作用。"至于偏离多远、多严重就当受到谴责，这难以确定。这就像一般感觉性的东西很难确定一样。但我们所说的那些属于行为领域的现象，它们是单一的，具体的，对它们的判断取决于直接的感觉。"② 由此对于什么是真正的适中，这里存在两种相互矛盾的认识方式：一种是按照类似于科学（几何）结构的普遍性问题来解决，另一种是在亚里士多德那里类似于感性知觉对个别的认识。在亚里士

---

① 亚里士多德：《尼各马可伦理学》，廖申白译，北京：人民出版社2010年版，第2部，卷9，第97页。

② 亚里士多德：《尼各马可伦理学》，廖申白译，北京：人民出版社2010年版，第6部，卷9，第98页。

## 第十二章 特殊性范畴

多德著作中的不同地方交替地出现两种可能性,这里我们只举出其一,由此寻找出这些差别的特有的平衡关系:"而明智不是科学知识,这是清楚的。因为确如我们所说,明智涉及的是最终的具体事情,这就是行动的对象。所以它同灵智是对立的。因为灵智涉及的是对不可进一步定义的那些最高原理的领悟,而明智相反,涉及的是最终的具体事情,是不能靠科学知识而只有靠直觉才可把握的东西。诚然,这不是对一个个的感官对象的个别直觉,而是整体的直觉,如同在数学中对最终的东西原来就是三角形这样的直觉。在这里人们止住了,不再继续。一个个的感官知觉相比于明智而言具有更多的感性能力。但在明智这里所指的则是另一种知觉能力。"①

从我们这一问题观点看来,在亚里士多德的上述论述中有两个要素格外突出。第一,当他实际应用他的范畴于具体对象组合时,如正是在这里只运用了普遍性和个别性,而实际上这是特殊性的一种典型事例,他却没有想到它的应用。这就表现了他的辩证法的特殊薄弱之处。列宁时常针对黑格尔的言论而维护亚里士多德作为思想家的伟大之处,他对于上述一点也指出:"……并且在一般与个别的辩证法,即概念与感觉得到的个别对象、事物、现象的实在性的辩证法上陷入稚气的混乱状态,陷入毫无办法的困窘

---

① 亚里士多德:《尼各马可伦理学》,廖申白译,北京:人民出版社2010年版,第6部,卷9,第223页。

的混乱状态。"① 伟大的开拓者们对于他们的发现所具有的充分意义并不了解,这样的事在思想史上屡见不鲜。亚里士多德有关适中的规定对于伦理学的建立起了很大的推进作用,他却不能再跨前一步,把适中作为特殊性加以考察。这种局限性——它的基础应该在希腊社会的结构中去寻找——与第二种要素也密切相关,即在亚里士多德那里,在伦理学上对适中的本源的发现和规定的界限与对适中的科学认识极其模糊不清。当然亚里士多德保持着对世界的认识和审慎的深思熟虑,正像在苏格拉底那里一样,依据事物的本质,把两者简单地等同了起来。亚里士多德清楚地认识到,科学普遍原理简单地应用到伦理行为的本源的个别作用上,会使它的独特本质被歪曲。在伦理学中总是涉及个别人和他在不同情况下的行为,在这里它们的个别性是不能被忽略的。伦理学的哲学原理则是另一回事,在这里对普遍的各种基本原理的寻求和发现在方法论上是必要的,是不可避免的。这些原理应该如此确立和应用,使哲学普遍的发现不会歪曲本源的伦理行为的特殊性。

在这里特殊性范畴的正确运用起着决定性的作用,因为个别扬弃在特殊性中的方式与个别直接扬弃在普遍中在性质上不同。上面所要求的保留,只有在第一种情况下才能以正确近似的方式实现。这在本源的伦理行为中可以很

---

① 列宁:《哲学笔记》,北京:人民出版社1961年版,第416页。

## 第十二章 特殊性范畴

明显地看出。它作为个别性的特征必然保持下来，否则这些决定性的伦理范畴——除非只是联想到与作为个体的人相关联的责任——就失去了它们的功能。对本源的伦理作用所必然完成的普遍化，因此是对它的范例式或责怪式的价值强调，它将普遍化所完成的个性的每一行动的个体独有特征，在保持其个别性的基础上插入这一更高的联系中去。这种普遍化只能以下述方式完成，这种普遍化把个别不是相对单个普遍化直接包含在内，而是进入各种特殊性的背景中，在这一背景下构成个别性的各种规定。在相应的具体个别性中保持着它的统一性和集中性，却在个别化作用中超出了它的直接性，并作为伦理学领域的客观规定被普遍化，由此使它的——积极的或消极的——与伦理学的其他具体范畴的联系能够表现出来。总而言之，把个别提高到特殊的这种普遍化，将个别的伦理行为插入到伦理学的体系之中。

这里又在新的联系中以本质上不同的形式说明，特殊性不是一个点、一个接近普遍性和个别性的中点，而是一个区域，一个活动空间。这一结论将伦理学适中的本质和功能比以前进一步具体化了。我们已经通过对和谐与其不可分割的内容上的规定补充了适中的单纯形式的特性。现在可以说明取得和谐的各种方式——不论它所达到状态的程度如何——是多元的。每一个别性必然有它独特的实现和谐的方式，如果它确实达到了和谐，那么它就实现了适中的规定。只有如此，才能在扬弃到特殊时保持其个别性，同时被提升到一个更高的阶段。所以适中不是一个点,而是一个区域,一个活动空间。这样就已经指出了,亚里士多德拿找出圆的中心作类比所犯的方法论的失误。围绕一个点当然可以作无数的圆,而在原理上,根据伦理学的本质没有两个完全重合的本源的伦理行为。如上所述,亚里士多德的失误产生于,将伦理行为本身与哲学——伦理学认识相混同。显而易见,认识必须以普遍的概念来进行。对于认识说来,需要提出一种普遍与特殊的辩证法,从而能够通过规定的特殊性的中介领域,正确理解和评价个别行为的伦理本质,并指出这一行为在系统中及在伦理学等级中应有的位置。由此才把伦理学适中的特殊性适当地和最终地概念化,但是这种在方法论上不可避免的变换不会改变以下事实,伦理行为的适中本身是在特殊层次上的一个区域,一个活动空间。①

生活与思考都不断涉及特殊性范畴,但是对它进行思维的意识主要停留在普遍性与个别性两个极端,直接并抽象地关系到这两极,因此歪曲了最重要的事实。上述自相矛盾的情况,我们在各种情况中都会看到。这不仅涉及逻辑学和方法论,而且——如我们在第11章中所指出的——也涉及心理学。在心理学中,普遍性是与语言和概念的形

---

① 我们以前谈到过在艺术哲学的普遍性中有关本源的审美作用和产物相类似的变换问题。当然变换的这种抽象类同不再存在任何相似之处。像伦理学这样的实践领域,并不存在客观化的产物,这在原理上与美学的性质不同。对此问题的进一步论述超出了本书考察的范围。

# 第十二章 特殊性范畴

成相关联的。这是显而易见的,正如直接感知和直观是对个别事物进行统觉的心理官能。在前一章中,我们已经指出了第1′信号系统与特殊性的类似关系。这里也可以这样来考虑,亚里士多德致力于对适中、对正确的伦理关系作出说明,有时也很接近于对第1′信号系统的描述。也就是说这绝不是偶然的,他在上述援引过的地方谈到了举止得体的问题。同样不是偶然的,在思想上进一步寻求伦理适中的规定机制。心理学和哲学认识之间的这种联系已经无需加以暗示地强调,因为在资产阶级哲学中就此也存在一种抽象的二律背反。人们或者试图直接由心理学的现象中推导出逻辑学和美学的范畴,或者否认它们之间存在任何联系。辩证唯物主义则与此相反,它是从作为现实形式的各种范畴的客观存在出发,并把它们的心理学表现看作是独立于意识的存在的直接反映。通过正确地评价这种直接性,我们就可以在认识客观联系时由直接性中获得富有价值的启发。但是我们绝不能忘记,对于每一个范畴说来,它在客观现实中的功能是决定性的——甚至在反映方式具有拟人化特性时——它的心理学表现首先说明了人的内在性质,它对于客观现实的反映只能提供近似的引导作用,为了不导致错误的结论,人们必须将这一引导作用与接近客观现实的结果加以审慎地比较。

如果我们能够确定在第1′信号系统与作为范畴的特殊性之间的某种亲缘关系,那么将会有助于我们揭示这一范畴的产生及其意识化。但是如果作为范畴的特殊性在科学认识中发挥作用，那就必须使它摆脱心理学的束缚，它的范畴特性将日益作为客观现实的反映而被认识到。经过适当的变化，这也适用于伦理学和美学。特殊性在伦理学和美学中的中心地位，两极的变化运动在此也都是客观现实的本质标志，当然这是社会化的人的客观现实，和现实本身一样它是独立于个别人的意识而存在的。因此这种中心地位也不是意识的产物，不是主体的心理特性，而是以其必然的固有的表现形式对现实本身的反映。在拟人化态度与作为中项的特殊性之间为我们所确定的联系，具有一种由客观现实所规定并再现着客观现实的特性。在主观性——即使受到社会—历史所制约——实际上将它自身的需要和愿望投射到现实中去并且把它们当作客观现实的地方，会产生一种无法排解的矛盾，这种矛盾我们已经在前面提到的实体化中谈到过。在拟人化态度不是注入特殊性的再生产而是注入以主观为基础的普遍性中，在伦理学和美学中使之确立一个实际中心的那种与人的相关性，在实体化中一方面主观地转化为人在世界中虚构的客观中心地位，另一方面把人的个体的各种需要直接与自身所创造的普遍性相联结，这种普遍性要求所谓客观地保证它可以实现。拟人化原理僭越地要求一种与自在的关系，这种关系只能——只是近似地——实现非拟人化原理。

# 第十二章 特殊性范畴

## 二 作为美学范畴的特殊性

我们若要研究和表述特殊性对于审美的地位、作用和意义——而不引起误解、不将其结构的复杂特性简单化——就有必要对特殊性的本质标志加以说明。如果说在此我们的任务是表明这一范畴的最重要的一般特征，那么现在的任务则是，在所取得的各种成果中阐明审美的特殊性质。在此重新又更加具体地提出了特殊性为何的问题，为什么它收敛到中项，为什么它与拟人化作用具有特殊的关系。目前我们已经再次说明了，艺术的世界是人的世界。其中表现了主体性与客体性的统一，而客观唯心主义——从一种对客观世界把握的错误倾向出发——把它称为主客体的同一。某些论述，尽管对客观现实的真理有所歪曲或头足倒置，但能够说明美学中的基本事实，就这一点而言它是正确的，然而在此也需要加以具体补充，并规定出具体的限制条件。人的世界，这是大大提高了的人的主体性，是最充实的赋予人的主体性，它只有作为同样内涵的充实的客体性才能实现。它是否是主客体的同一呢？可以说也是也不是。说它不是，因为主体性与客体性的同一可能被设想为只是借助于实体化——因此是不正确的——在如此理解的主体中实现。实际存在的主体总是与独立于主体而存在的客观世界相对应的，总是客观世界的产物，而绝不是客观世界整体性的创造原则（作为产物、它当然可以改变客观世界并使之产生新事物，其先决条件是它正确地把握了客观世界的自在存在）。主体的世界图像总是自在存在的现实在意识中的再现。相反地说，是它与主客体同一的观点在某些方面很接近，但是不能简单地看作是它的实现。因为审美领域的中心产物是艺术作品，只有在下述意义上才能这样理解，即在艺术作品中展开了的由单纯的个体性净化了的主体性的最大值与最大值的客体性，即通过对它的反映而最大限度地接近于客观现实所实现的。这种（主客体的）同一是在这样一种产物中实现的，这一产物一方面是由人们所创造的，而不是由自身辩证法形成的客观现实，另一方面作为产物在它物化了的结构中包含了最大限度的客观化了的主体性，作为产物从主体存在的意义上说却不能具有主体性。（艺术作品这一特性的范畴本质我们将在下一章中详细讨论。）

艺术作品的这种形式特性，使艺术作品处于主体性与客体性之间极有价值的中心，在摆脱了两极的片面性而处于一个中间的位置上——从人的观点看来，即拟人化的——它使主体性由它被自身抑制的个体性中、使客观性由它与人的距离中解放出来。由于艺术作品作为审美领域的中心产物，实现了人的内在性与外在世界的有机统一，人的人格与他在世界上的命运的有机统一，从而使这两个极端被扬弃达到一个人的世界和人性的世界。这里应该强调一下最后的一个说法。追求这种统一与和谐的需要植根于人的本

## 第十二章 特殊性范畴

质之中，只有靠整个人类的努力才能在客观上逐渐地实现这一点。独立于人的外在世界的存在是不可能被排除掉的。这一存在只能——局部地——为人的知识所认识，并由此而受人的支配。然而相应于客体的本质，它处于一种无限进展的形式中，并且必然留下新的有待于未来去解决的问题。实体化的内在不真实性和缺乏根据在于，它是从这样一种观点出发的，它把只是在主观需要中具有现实基础的那种需要的满足投射到客观现实中，以此要求在现实本身之中实现内在性与外在世界之间的和解，使客观世界受主观需要的绝对支配。（这种人的主体性——即使通过实体化的中介——也可以称作神性，它对这一事态改变不了什么。）艺术作品所完成的对和谐要求的满足，与此相反是现实的一种反映，它绝不会给人一种它本身就是现实的印象。对主体性与客体性相和谐的这种需要的满足，就这方面而言同样是需要及其满足之间的一个中项。作为现实的反映，它表明了两者之间任一时刻的真实的适当关系。由于它超越出日常生活各种干扰的偶然性，可以说它是理想主义的；由于和谐之中的均衡、例证关系的前景正符合于人类社会—历史进程的本质，也可以说它是非理想主义的，即反对空想的。

　　这里所产生和完成的和谐，既不是像肤浅的美学研究所认为的那样是一种形式特性，也不像实体化那样是对绝对的要求。它一方面与任一历史时刻的此时此地不可分离地联系着，另一方面依据其原理和各种可能也不排除极端的不协和因素,由审美产物所要求的内在与外在的统一、本质与现象的统一,这我们在其他地方已经深入分析过,它们制约着这两个相互密切联系着的方面。从现在所讨论的问题的观点出发,它提供了这一线索,即为什么这种独特的统一与和谐被看作是特殊性范畴的主宰者。如果我们考察一下在此一直作为对比所提到的实体化,那么显而易见,它要求为客观现实本身揭示一种绝对性的标准,与此相比现实本身就降低为一种单纯的假象,从思想上说来它趋向于一种普遍性,其先验性质还会引出许多不可解决的二律背反。在审美产物中则与之相反,对于它的所有上升到普遍或停留在个别的要素都禁绝上述达到统一的倾向。个别性是不脱离现象的,如果思维是指向本质的,那么它必定追求普遍。当然正如我们所看到的,特殊性必须提供那些规定和中介,它们一方面将阻止普遍化过程过分抽象地脱离现象的个别性,另方面在普遍化所达到的本质中能真实而具体地包含个别性。但是这种非拟人化的发展在审美产物中却是与它直接表现的统一相对立的,因为这里要求的不是统一本身,而是一种与人相关的统一。同样地,已经反复提到过的这第二种新的直接性是一种特殊的规定,它只是更清楚地表明,这里的目标不是一种——所谓的——现实的构成,而"仅仅"是一种独特方式的现实的反映。

上述事实已经清楚地说明了,特殊性作为美学中心范畴的梗概。因为中项完成了使艺术作品在其产生功能中实

## 第十二章 特殊性范畴

现主体性与客体性之间、现象与本质之间的和谐综合。它表明,在艺术作品中不论个别性还是普遍性都必定被扬弃于特殊性之中。如果我们对下述在探讨中反复提到的艺术作品审美结构的几种要素作进一步考察,那么这一结论将不断重新被丰富和深化。让我们从通常提到的艺术作品的历史特性开始。大家还记得,正是在艺术作品的原创的产生方式中历史因素是不可排除的,这与科学的表述完全相反。在科学的表述中,基本上要将现实的自在存在转化为适当的为我们的存在。在这种为我们的存在中,其产生时的具体状况,其所存在的时间位置等对于特有的科学效用说来都是次要的,只具有从属的意义。(科学史可以揭示出有关科学真理的发现、科学的阐述及其传播的社会条件等的最有价值的知识,这与上述论断毫不相干。)但是在艺术领域,每种创作的产物,其全部本质性契机都受到它产生的历史时刻的制约。例如夏尔丹①的静物写生不仅表现了一定对象的整体,而且——甚至首先——表现了18世纪中叶法国国民与他自身环境处于怎样的状态。要想由画家们所描绘的水果和家庭用具中看出在两个世纪以来人们日常生活的历史变迁,那么就必须把它一方面与17世纪的荷兰画相比较,另一方面与库尔贝②和塞尚③的画相比较。也就是说,不是由文献中读出来——这里是由本质的艺术内涵给

---

① 夏尔丹 (1699—1779),法国画家。——译者注
② 库尔贝 (1819—1877),法国画家。——译者注
③ 塞尚 (1839—1906),法国画家。——译者注

# 审美特性

出了可直接体验的答案。这里有一个极端的例子:伟大的文学、音乐或建筑,用它们的语言——正是作为艺术作品——更鲜明地表达了每一种艺术作品的历史本质。由此我们又涉及特殊性的一个独特侧面。在每一部艺术作品中此时此地的不可排除的性质说明,艺术作品不可能由普遍性范畴所主导。如果这种此时此地成为人类发展一定社会历史阶段的传声筒,那么显而易见,它的个别性也不是作为个别被保留下来,而正是经历了一种普遍化,它是特殊性——并只有特殊性——才能完成的对个别现象的普遍化。

这样一种普遍化既不是任意的(维持个别的个体性),也不是成为普遍的抽象(即科学的普遍化),它固定了特殊的东西作为此时此地的社会—历史含义。这一点是由审美构成的拟人化本质所产生。与人的及人类的决定相关性的两个方向上限定了这种普遍化:人的命运总是世俗的,此岸的和具体的。所以命运应该保持它的这种性质——艺术正是致力于此——因此,这种命运不可能被提高到一种真正的普遍性,即由一种人的命运,或由一种艺术家塑造的人的命运中引出普遍的结论,这当然是无可争辩的。能直接由一种——非拟人化的——普遍化过程得出结论,对于这种见解说来,艺术作品就失去了它的审美本质,而成为认识的原始素材。(我们在前一章中说明有关艺术作品的心理学联系时也已经谈到。)在艺术作品的原创的艺术表现方式中,其所塑造的人的世界和对象世界并不存在这种普遍性。由于艺术作品反映了人及其命运,并且这种反映作为

## 第十二章 特殊性范畴

感性图像赋予了它以持久性，从而艺术作品使人与世界的关系丰富化和深化到一种一般想象不到的、想象力所无法企及的程度，产生出千古日新月异的普遍效力，这一效力植根于艺术作品产生时代的此时此地，而毫无例外地注入每一接受者现时的此时此地之中。在审美效应中凝聚的这种最广泛的普遍性，总是表现为从人的事物到人的事物，这种以人为中心的审美氛围不允许出现本来意义的普遍性，这种普遍性在艺术的实际形象塑造中将超出艺术的界限。另方面显而易见，对人性的制约不能使个别性停留在它的不可言传状态，停留在它的个体的自身依存性和以自身为依据的状态。审美效应的张力从一个人到另一个人地展开，也就是通过人类事物的形态以及与人相关的形态，也在对象世界中展开，所以每一个别事物必然超越作为个别性的自身，使隐含在个别事物中的各种规定广泛地普遍化，从而使个别事物能成为这种张力的载体。总而言之，由此形成了一种特殊性的氛围。

一部艺术作品之所以被称为艺术作品，其本质特征表现在我们上述考察中已经熟悉了的各种重要的审美规定上。我们首先考虑一个作品作为它们所表现的世界的各项重要规定的内涵整体。从非拟人化看来，外延及内涵的整体性是客观现实的一种特性，认识只能接近这一现实。因此，整体性对待认识说来是作为一种要求、一种命令。列宁说："要真正地认识事物，就必须把握，研究它的一切方面、一切联系和'中介'。我们永远也不会完全地做到这一点，但是全面性的要求可以使我们防止犯错误和防止僵化。"① 当然这并不排除，科学可以而且必须不同程度地达到多多少少具体的、对象性的、自身相对封闭的整体性（有机组织、经济形态等）。这种整体性不论在客观上或主观上都是相对的。在客观上，这一整体与它的环境处于不断的和无限的相互关系中，由此使它的整体性质不断相对化。在主观上，对于每一认识说来它具有列宁所说的只是近似的、公设的、需要修正的性质。与此相反，审美反映的客观化——艺术作品既是一个绝对的自身封闭的，又是一个自身完整的整体。我们知道实现这一整体的前提是，放弃在各种对象和关系的世界中对外延整体的反映，并在一个具体的各种对象和关系的总体中把自身局限于各种规定的内涵整体上。在此首先可以看出，对于认识说来这种放弃和自我局限则是不可能的。在认识活动中，在一个——在思想上隔绝开来的——对象组合上的集中从一开始就仅仅是一个暂时被隔离开来的客观存在的现象和规定，它们或迟或早要被引入，否则客观现实会歪曲而处于一种随意性的支配下，即使只涉及依据方法论意识而提取的部分组合。抽象地，但正由此是错误地看来，在每一次艺术素材的选择中，在每一次由客观现实的整体中审美地提取一种现象组合时，在每一次赋予独自表现的事件或对象性以持久形态时，都包

---

① 列宁：《再论工会目前局势及托洛茨基和布哈林的错误》，见《列宁选集》第4卷，北京：人民出版社1995年版，第453页。

## 第十二章 特殊性范畴

含了这种随意性的要素。然而这仅仅是抽象地看,也就是说这是从非拟人化的世界图像的观点来看的。与人相关,在人身上揭示和唤起人性的最本质要素,这就使随意性的假象消失,使同一个组合体、同一个总体获得了具有深刻依据的必然性特征。

由此我们又处于特殊性所支配的领域中。各种规定的内涵整体首先是由人的观点为了人而对人的世界的反映。这种内涵整体究竟是随意地还是必然地凝结在其具体的内容性之中,完全取决于这种相关性质对于人类发展在多大程度上具有一种中心的或周延的意义。(我们以前所做的考察清楚地表明,只有在对客观现实真实反映的道路上才能产生与人类事物的本质关系。)因此确保艺术作品内涵整体根基的相关性,既不是一种普遍关系,也不是一种个别关系,而是一种具体规定的即特殊的关系,所以特殊性是奠定了这样的每一种内涵整体性基础的原理。这一原理渗透在审美产物的每一个毛孔之中,因为每一个别性,各个要素的和谐——包括不和谐——的生活真实性都是由这个中心所限定。即使每一个细节都不能缺少客观的生活真实性——这些细节在这种具体的整体性的产生和作用中是否起了支承作用而不是阻碍作用,都会取决于这一限定性。各种规定的这种整体性要求,同样只有从这种构成方式才能理解。我们只谈到内涵整体,而排除了由审美前提系列中对外延整体的反映。但是在这里也不要忘记,即使在客观现实本身之中,各种规定的内涵整体也像外延整体一样,

> 审美特性

是一种由非拟人化反映同样只能近似地把握的无限的东西。在对象性及其关系的一个具体总体的反映中,如果审美反映致力于唤起一种内涵整体性和内涵无限性,那么显而易见,只有通过封闭的、内涵完整的中心特殊性的内在辩证法所组织起来的,在新的审美直接性中完成的各种规定的感性直观的系统化才能产生这种效应。对于客观现实的真实并不等于对个别性的真实。个别性必须经过积极地普遍化,以便能将其融合在上述意义的一个"系统"之中。但是另一方面,这种"系统"又不能使它的精神——感性的中心脱离具体的人的生活的基础。因为只要被提高到脱离的程度,那么接受者必定会对作品提出普遍性的要求,其塑造的产物必然成为各种事实的排列组合,它就要通过现实的其他事实加以补充或者有时可能被批驳。由此消解了作品的艺术存在和审美构成:所以各种规定的内涵整体和特殊性在范畴层次上的完整性,只是一种哲学抽象的表述,它是为了使艺术塑造的"生活断面"能够唤起对一个"世界"的审美激发。

所有这一切当然只是描述了艺术中整体性问题的——对其自身极其重要的——形式方面,即它与作为范畴的特殊性的关系。如果要把握它的真正意义,那么就需要加以思考,在这种对各种规定的内涵整体性的审美要求,即对其特殊性的审美要求中,表现了哪些生活真实?答案并不很难,当客观现实及其非拟人化反映的范畴整体性,仅仅表征出自在存在的特定对象性或联系时(可以设想有机

## 第十二章 特殊性范畴

体),那么由它与人的相关性中便会产生一种新的意义,即内在完善性和完整性的意义。如果我们把这一结论单纯与艺术作品的形式特性相联系,乍看起来是很接近的,并最终把这一结论降低为一种同义反复,那么我们就缩小了这一结论的意义。完整性甚至是人的生活本身的本质规定,必然在伦理学中也起着重要作用。当然,完整性在伦理学文献中至少很少以直接方式出现。道德预设的难题、无上幸福等取代了完整性或至少把完整性概念排挤到背景中。甚至在——如自从浪漫主义者以来并非鲜见——个性的发展被置于伦理学中心点的地方,这个问题也只是偶然地获得了它应有的地位,甚至往往被歪曲为放纵无度的贵族式的——无政府主义的个人主义。同时它关系到生活的一种朴素的事实,这一事实——如果它在大多数情况下没有被意识到——在没有人的存在中无法思考。歌德指出:"一个最微不足道的人,如果他只是在先天或者后天获得的才能范围以内活动,也能做到无瑕可指;倘若缺少了这一必不可少的相应条件,甚至再大的才华也会被埋没,抵消和毁灭。"① 其中我们的问题以其极端的普遍性被确认,同时由浪漫主义者的过分强调理智的贵族主义的狭隘中解脱出来,作为与每个人相关联的东西而被提出。不言而喻,我们对基本上属于伦理学的问题在不超出这一考察的范围内是不

---

① 参见歌德:《歌德的格言和感想集》,程代熙、张惠民译,北京:中国社会科学出版社1985年版,第6页。

可能深入探讨的。只是为了对问题的一般作用和深度有所启示,我们提到逝世、死亡的问题,在这里人的生活表现的这一要素——意识到或没有意识到——明确而显著地表现出来。托尔斯泰或许以深不可测的强烈程度对这一问题有所体验。以他诗人的探求得到的答案可以最简略地概括为:每一个人对死亡的态度,死亡的恐惧对人的抑制,或者人所能克服的死亡恐惧在很大程度上取决于他的生活是完整的,还是破碎的,毫无意义的。托尔斯泰的普拉通·卡拉塔耶夫和许多其他人物形象找到了通向和谐——完整的生活之路,在其中死亡是作为这一道路的必然终结,而追求封建资本主义社会那种畸形而不合理生活表现的伊万·依里奇之流以颤抖的灵魂面对死亡。托尔斯泰有时对这种人物加以思想评论,而这些评论在世界观上可能有某种怪异,但是这里以形象化提出的问题的最深刻的核心都是世俗的、此岸的,最终与伊壁鸠鲁的启蒙态度和"维廉·迈斯特""浮士德"的人性具有深刻的相似性。

绝大部分伦理学文献都忽视了人的生活方式的这一普遍性问题,这绝非偶然。因为每一种伦理学都致力于,一方面从道德性上,另方面从合法性上,超越其抽象的预设性质,但它却不能直接转向人格的整体。人格的整体当然是每一种伦理的重大行为的最后根源。但是,伦理学的要求却总是以决断时日或选择时刻的要求出现。人格在其中构成了、形成了、产生了完整性或支离破碎、堕落。若要把这种完整性本身作为伦理学决断的直接对象,在原理上

## 第十二章 特殊性范畴

却是不可能的。因为这将越出在一种具体状况下伦理行为和具体行为的实际范围,只有能够产生、生成或构成本源的伦理活动成果的东西才是直接实践的对象。当然伦理活动具有目的论性质,它的特性是以行为者人格的本质为基础的。然而这绝不是说,我们可以把这种联系简单地倒转过来,由整个生活的结果就能确定各种活动所直接确立的目标。可以举出一个重要的例子来说明,只有在一种系统化的伦理学中才能探讨这种复杂的事态:一个人的本质的发展在伦理学方面是经历这样的过程,生活——其中包括他以前的行为——为他不断提出新的课题,这些课题的完成进一步推动他的人格或积极地向完整性方向或消极地向肢解方向发展。自身人格在人身上可能表现出来的表象相反地是基于过去的经验及其普遍化,可能也基于未经实践检验的愿望、梦想等。如果人的决断作用直接指向对这种表现出来的人格的确证、认同和促进,那么他可能轻易地忽视他的决断中本质上新的东西,阻碍或完全扭曲了他的人格的发展。甚至在具体决断的场合,过分内向的视野也很可能降低了行为的伦理价值,而不是提高了这一价值。一个人若在特定的状况下单纯按他自己的要求去做,并且把他的意志集中在仿效英雄去行动,那么由此他或许成为英雄。这对伦理学肯定更有价值,对于人的完整性更有利。这里也证实了歌德对于"去认识你自己"的嫌恶,他道出了一个深刻的伦理学真理,在《威廉·迈斯特的学习时代》一书的结束答语中,弗里德里希这样招呼书中主人公:"你就像齐斯的儿子,外出去寻找他父亲的驴子,结果找到了一个王国。"

伦理行为是实践的,对于人的完整性说来这是一个伦理实现的领域。因此各个活动对于最终实现的关系必定是一种辩证的极其复杂的和经过中介的关系。这一辩证法在这里根本无法加以说明:这里只能指出,它涉及的并非是伦理活动的"无意识性"。伦理活动只能而且必须以最大可能的意识性完成,它不可能像这里所批判的那样直接依靠立足于自身的特有完整性来完成。具有对自身整体性和完整性的意识,不是直接和有意识地由这一中心形成各个意志决断,这同样是可能的。这些可能性的实现体现了人的存在的不同方式,从普拉通·卡拉塔耶夫直至歌德。但是在各处都涉及普遍存在的人的渴望的真实而实际的实现。因此这种行为的各种规定深刻地触及人的实践的一切形式和内容。上述对直接联系的否定绝不意味着完全切断了这种联系。相反地,正因如此才使这种联系变得更加内在。因为伦理活动的例证,构成它的基础的具体态度的例证,已经是这种活动自在存在的本源的伦理本质的为我们的存在。由于它涉及实践的领域,即涉及这样一个领域,其中主观要素不仅作为每个人的活动的推动力,而且作为活动本身纯正或不纯正以及它的示范性或恶劣性的关键规定及主导标准,这里所说的人的完整性的特性(或不能实现完整性的失败)必然成为有意识的意志表现的"无意图"的结果。伦理上实现的示范性会对其同胞的这类活动产生刺

## 第十二章 特殊性范畴

激性影响,这是不言而喻的,它改变不了这种示范性的本质和示范性与人们渴望实现自身完整性的关系。

人的生活的这种基本事实在人的生活中起着更大作用,它比有关伦理学(及一般实践)的学术文献所推测的作用要大。这是最重要的社会需要之一,艺术作品的内涵整体性——从内容方面——满足了这种需要。如果我们同时说到这正是在伦理学和美学中涉及完整性的同一需要,那么我们只是在最普遍的意义上作出的恰当表述。因为在伦理实践中涉及完整性的真正实现,审美构成及其中心产物——艺术作品——相反地只是现实的一种反映,在这种反映中对于对象的选择和把握的基本意图是按照完整性的需要进行的。由此得到下述乍看起来似乎矛盾的状况:完整性在伦理上活生生的现实必然具有一种分散的、偶然的、往往正在消失的特性,只是有时从真正实现的局部个别范例的低矮丛林中突出出来。艺术反映的世界相反地总是并到处表现出在其所达到的丰富程度中的完整性,当然其中既有处于积极方向的也有处于消极方向的。我们已经多次指出了,在每一部真正的艺术作品中这种空想与反空想的、充满矛盾的统一。这里清楚地表现出各种对立与其最深刻的本质性的统一:任何艺术作品都不是空想的,因为它以其媒介只能反映出存在者。而那些尚未存在者、未来的、有待实现的等,只有当它们在出现在存在本身之中时才能在其中表现出来,即作为未来的以毛细管作用进行预加工的、作为前驱、作为意愿和渴望、作为对目前存在者的拒

## 审美特性

绝、作为前景等。同时每一部艺术作品与它所反映的现实的经验性存在相比却又是空想的，但是作为该词本义上的空想，作为某一事物的摹写，它始终地并绝对地没有存在过。由于艺术作品将每一种人的努力，每一种情感，每一种与社会的和自然的关系，在不损害它的真实性甚至是对真实性的展开基础上，将其中内在存在提高到最深刻的固有的完整性，由此艺术作品在现实的形象化摹象中为人树立了一种典范。在生活中、在伦理实践中毫无例外地完成的活动，在真正的艺术作品中表现为人的"自然"的存在。这种完成不是就一种抽象的普遍意义而言，而是作为人及其环境的任一表现出来的此时此地的完成，作为它的特殊性的完成。

通过对作品形式世界在艺术上的完成——并只有通过它——才使那种社会的—人的需要得到满足。要使这一需要明确起来，就要从内容方面表现出艺术作品的内在完整性以及它立足于自身存在的内涵整体性的意义。为了清楚地说明这个问题的全部过程，我们必须以伦理学作为我们的出发点。如果我们从作品完成的见地来观察一下由它所表现的和为之服务的生活，那么我们立刻就会看出，这种需要虽然最明显地综合在伦理活动中，然而在人的实践活动中——不论积极的或消极的——几乎总缺少不了它：从最早的艺术开端，当人们在舞蹈中希图看到他们生活的（战争的、狩猎的等）最重要成果的集中化了的完整性，到莎士比亚戏剧中人的生活整体在这种完整性中被直观地表

## 第十二章 特殊性范畴

现出来，直至那些伟大的作曲家们，人们可以由他们的作品中体验到人的内心世界，每一种情感，每一种心态展开的丰富性，享受到充实的生活，对此生活本身不可能提供出类似的东西。这些作品的完成在原理上是受特殊性支配的，最明显的正是表现在内心世界的音乐形象的塑造上：不仅所表达的情感或情感综合体的特殊规定性是一种特殊的，而且这种特殊性完全排他地与其他外延宇宙相隔绝。它的完成方式正是以这种自足的排他性为基础的。在这方面，音乐与其他艺术的区别就在于它的简洁性。在每一种艺术中，通过人的外在的或内心世界的一部分来完善人的"世界"的丰富性，由此以内在必然性而形成了这种内涵整体性，每一世界的这种特殊性正是由各种艺术作品形象地反映出来的。随着这样形成的特殊性——这一点在别的地方已经多次谈到——也就同时确立了审美领域（直至各个作品）多样性。一种审美的普遍性只有通过其原创的规律性才能转移到概念性的领域，其原创的审美构成——艺术作品、它在创作过程中的根源、它在接受活动中不断更新的生命——必然反映在特殊性的领域中。

经过这一曲折道路，我们才能接近作为审美中心规定范畴的特殊性的特性。到目前为止我们已经极其接近了，但还有一个专门问题需要讨论，它与以上论述密切相关，由此才能明确作为审美范畴的特殊性与非拟人化的特殊性之间所同时存在的同一性和非同一性，我们所指的就是典型问题。我们在其他地方已经谈到过，所以这里我们只想

### 审美特性

强调它与特殊性相关的那些特征，以便由此奠定在审美范围内分析这一范畴的本质和功能的具体基础。如前所述，典型是现实本身的一种本质的现象形式，它在非拟人化的反映中也起一定作用。现在出发点只能是：不但艺术创造典型——还有任何科学都创造典型——而且两者只反映独立于其自身存在的现实的事实，它使两者都适应于社会需要，并为这种需要服务，这在客观上意味着，在个别性本身之中，如同它现实地存在着，已经包含了它的普遍化的因素。这一点我们已经谈到，并将要详细论述。在主观上，人为了能在他的环境中正确地取向，他不得不把特殊性与典型结合起来，正确处理它们的方式、数量和质量。歌德是第一个特别重视特殊性的人，他有时以过分夸张的方式谈到个别性与其客观必然的普遍性的这种结合。他有一次对里莫尔说："没有个人，所有个人也都是普遍：即不论你想知道的这个个人或那个个人，都是整个类的代表。大自然创造的不是一个单独的个别。大自然是唯一的，是一个，但个别往往是多数，在数量上是无数的存在。"[1] 这当然不能从字面上看作否定个人，而是为了要在直接个体人性质本身中注意到它的类的属性，这种尖锐的表述却是富有教益的。

凡是适用于个别性本身的，当然也适用于与个别性相

---

[1] 里莫尔：《Mitteilungen über Goethe（关于歌德的谈话）》，莱比锡1921年版，S.，第261页。

## 第十二章 特殊性范畴

关联的关系和运动。我们有充分理由不仅谈论人的典型，而且也谈论典型环境、典型过程和典型关系。对这些事实的拟人化反映与非拟人化反映之间的基本区别在于，它的认识是用于什么目的。如果涉及的是如其自身那样的对客观现实的认识，那么必然形成尽可能的普遍化，试图把典型提高到一般。它必然产生我们已经谈到的那种倾向，即对个别性和特殊性尽量进行抽象，其结果可能确定了最小限度的典型。如果要把人的自我认识——同样在前述意义上，提高到对人类的自我认识——普遍化和把个别性纳入综合的联系中是社会所限定的目标，那么典型化一方面就获得了多样化特性（我们可以联想到巴尔扎克的钱商、托尔斯泰或契诃夫的官僚政客），另一方面总是这样来理解典型，即典型不是扬弃，而是深化了在生活里所出现的与个人的统一。因此非拟人化反映构成了在人物、环境和过程的典型与非典型之间的鲜明的对立，当然这种对立并不排斥过渡的存在；而在拟人化反映中却形成了相互补充、相互对比的典型，其中个别与其普遍化、个别与典型以及个别与特殊的不可分割的统一构成了它的基础。

由此比较准确地划分了非拟人化典型与拟人化典型之间的内容界限。然而这只是在这个问题上的一种消极的审美规定。因为毫无疑问，生活中的典型，它构成了对人的认识的必不可少的组成部分，首先在伦理学上同样具有上述典型的多样性，这种典型趋向于与个别的密切联结，当然并不具有审美的性质。在数千年来艺术的发展中，审

◯ 审美特性

美——通过感受体验的后续作用——对于人的认识和伦理学等产生了强烈的影响。这是无可辩驳的事实，这一点下面还要谈到，但是它与目前讨论的界限划分毫无关系。在拟人化范围内，这种界限划分具有的性质是，在生活中（包括伦理学在内）对典型的认识是实践所提供的辅助手段之一。它使人在行动中容易确定方向，他们可以把典型作为榜样或借鉴。通过各种反映所掌握的典型总是现实实践本身的一种工具。只有在对典型的人物和环境的反映中才存在审美的构成，但是由此还不能穷尽审美的特性，因为审美是致力于对所有形象摹写加以情感激发地固定下来。这就改变了理解典型的整个结构。在所有其他的领域——不论其反映方式是非拟人化的或拟人化的，直接或间接的，或针对具体的实际目的等——首先取决于在典型与非典型之间找出它的对立来。相反地在审美当中，已经提升到具有情感激发作用的典型被插入到现实的映象中，以便将形象塑造出来的人与环境、对象、关系和运动的整体反映和艺术表现为一个特殊而统一的人的"世界"。

当然，在每一领域中典型构成了一种系统的联系，一种层次性。尽管在前面援引过的地方列宁曾对比了历史—政治的典型与非典型情况，斯多葛和伊壁鸠鲁对智者的典型与普通人作了评价的对照，但是这些陈述本身并不是孤立的，而是构成一个系统的层次性的一部分——有时甚至是中心或顶点——这部分是与普遍有效性和对整个生活的适用性一起出现的，或许受到一定历史条件的制约，然而

## 第十二章　特殊性范畴

由此并非完全取消这种要求，而只是更具体化了。同样审美构成在它所塑造的各种典型之间也产生一种系统联系、一种层次性。但这一典型在原理上并不提高到普遍的水准。即使它的系统性，它的层次性也不脱离其具体的土壤，它的个体独特性会在艺术作品中显示出来。典型的系统性和层次性是塑造一个"世界"的直接情感激发的手段，在这个世界中，为人的实践所不可缺少的秩序由现实的对象性中——由于它的审美反映——有机地作为描述现象的本质而产生出来。

在所有其他形式中，用于各种实践形成的手段的东西，在这里成为艺术情感激发的一种诱发物。由此典型的系统性和层次性获得了与在其他领域不同的安排。在所有这些中，趋向客观性的努力是共同的，就是说，相应地把握现实的这种联系，并根据生活（旨趣）的实际需求进行安排。在艺术作品中，这种"创造一个世界的"的情感激发作用的特殊需要处于中心，它规定了强调或抑制的特别的独一无二的层次性。这一系列问题是它的基础，它构成了特殊艺术作品的特殊的中心。典型论的系统性和层次性的这两种形式具体到艺术创作中并不同时发生，即使它们重合在一起，往往也只是一种极端情况。虽然在艺术作品的特殊构成中仍然不加扬弃地保留有典型的客观的——社会的——层次性，对层次性的歪曲必然导致艺术结构的损害甚至毁形，正如在生活中一种主观的对典型的根深蒂固的错误理解必定导致实践的失败。这种事实上的正确性只构成了任一具体形象的内容基础。以情感激发的形象表现出来的典型的具体系统性和层次性是由任一艺术作品的特定主题所具有的特殊本质决定的，依据它是要强调、组合或评价而可能与原来的内容相对立。在诗歌中就不乏其例，如在形象表现的典型层次性中，在伦理上处于最高地位的典型成为一插曲式人物，而中心人物则是从具体内容的内在辩证法中取得他的地位。这里只要指出何拉提欧·哈姆雷特和欧拉尼恩·艾格蒙就够了。这些矛盾属于强化作品具体特性的问题，即在它的内容和它的形式之间加强其特有的充满张力的统一。

所有这些表明，特殊性是在艺术作品中形象表现的典型的特殊规定。在生活中对人的认识的普遍化，时常停留在与具体目的相适应的特殊性上，但一方面这是不必要的，因为——事实上正确或错误的——超出这一范围同样是完全可能的；另一方面停留在特殊性上只是这种目的的一种行为，是由对事态概括的程度、判断的个性态度等所形成的，因此具有经验性同时往往具有暂时性的特点。相反地对于艺术作品，由此产生了特定的那种特殊性的氛围，在这一氛围中典型的系统性和层次性才能成为具体的形象，即成为它的审美存在的基础（只要联想一下反复提到的同质媒介，它与这里所讨论的问题具有最密切的联系，这里无须赘述）。由此产生了整个在作品中形象塑造"世界"的特殊性问题。典型的状态、它的系统性和层次性只是变成了作品个性的如此形成的具体而特殊的整体的要素——当

## 第十二章 特殊性范畴

然这是极其重要的要素。这里出现的各种范畴问题我们将在下面再谈。现在应该指出，在审美典型和典型关系中情感激发地表现的"世界"与客观现实一样，不单纯是由因果的必然性所产生。在客观现实中典型所引起的倾向，尽管它占很大比重，在多种相互交错和阻碍的不同质的类型中就只能是少数的趋向。整个表现的"世界"从一开始却置于这种典型组合的辩证法的激发作用上。如上所述，这种典型组合必须与客观现实相适应，但是它却把客观现实的特定方面、特有的真实性超越出现实本身地集中起来，构成整体塑造的"世界"，也就是说，使对现实的所有反映能力在与其特定的整个关联上表现出来，对这一整体产生促进或者阻碍作用，但同时总是使这一整体的各种重要规定的特定的辩证法以尽可能的形象性表现出来。尽管这种普遍化不论在整体上还是在细节中都具有真理性，每一部艺术作品的内涵无限性和整体性却是固定在这样一种独特的特殊性水准上。如同在艺术中总是表现出的那样，这种典型的本质特性只能支配整体的构成方式，因为塑造着典型的这个"世界"在其整体性上同样表现了特殊性的全部本质特征。

如果以这种方式在艺术作品中组成以特殊性为标志的一个"世界"，这就意味着在其中必然地扬弃了普遍性和个别性，它们总是在不同类别的一定程度上表现出来并发挥作用——否则在这些范畴的基本性质中就不可能存在再现现实的正确反映——然而它们却只是作为主导的特殊性的

◯ 审美特性

要素而存在，而普遍性和个别性则把它们直接的范畴功能作为对象性的直接形成原理让位给了特殊性。也就是说，两者在特殊性中所扬弃了的包含状态使特殊性的本质以独特的形式更加确定，使它的特殊性更进一步展开。我们在分析第1'信号系统与诗歌语言的关系时，已经讨论过普遍性在特殊性中的消融问题。当然这是一个专门的问题，但是在那里所积累的经验可以使这些关系更加普遍化。这一点可以表述如下：在审美领域，普遍的东西表现为一种重要的往往是生活的决定性的力量。

对普遍性的这种理解与它的内在本质绝不是无关的。如果这一范畴在对现实的非拟人化反映中起着这样一种决定性的作用，那么对它进行研究的原因无疑正在于它的这种要素：人们是向着普遍化及其不断持续提高的方向运动的，因为人们是孤立无援地面对着其环境的，他们不可能在其个别性中把握内在于它的普遍原理，从而使它在客观上和主观上成为可支配的，而为人服务。普遍性被推进得越高，联同其一切必要的中介被推进得越彻底，那么这种普遍性的支配地位就越加牢固。客观地以这种认识为基础的力量，以及那种在人的头脑中通过这种把握——以正确的或以错误的意识——所产生的力量，使艺术直接涉及人，涉及人的命运。通过使这种关系处于中心地位，通过普遍性的事实的或思想上的力量作为具体人的命运的组成，作为它的推动力起作用——当然不是关于一般的人的命运，而是作为具体人和关系的具体命运的普遍性的力量，这才

## 第十二章 特殊性范畴

完成了普遍性在特殊性中的扬弃。这不仅涉及像在许多科学的思维操作中所发生的那样，使普遍的东西通过进一步规定而接近于特殊的东西，常常甚至转化为特殊的东西。相反地在这种审美反映中普遍的东西保持着它的作为普遍的本质，它作为生活力量的作用正是基于它的这种普遍性，但是在每一构成中它的产生、它的具体比重则取决于，它依靠什么力量能进入那种联系中，这种联系构成了每部艺术作品的内容并确定了它的独特构成方式。简而言之，并且回到前面一再探讨的范畴问题上来：特殊和普遍在这里处于内在固有的联系中，其中特殊性在这里当然构成了那种普遍性所固有的实体性的基础。

上述考察当然首先涉及文学，这不是偶然的，人的意识为了适当反映普遍性所形成的唯一适用的官能就是语言（因为数学符号在审美反映中是不起作用的，在此可以忽略不计）。每一种诗歌的独特风格取向正是从这一点出发的，使语言从这种抽象的普遍性中摆脱出来，并把它转化为一种激发性的反映手段。我们通常称为诗的语言的东西，就其范畴本质而言，无非是普遍性在特殊性中的这种扬弃，当然是在特定的、直接趋向于普遍性的语言的同质媒介中完成的。也就是说，它的表现能力是以这样一种方式加以构成，它纯粹由其内在可能性转化为特殊的东西。如前所述，由类比的思考转化为一种诗的—隐喻的表达，可以提示性地说明这一事实，在这里如节奏等抽象的审美范畴获得了重要的作用，这一点并不会改变这一事态。正如我们

> 审美特性

所分析的,在诗的语言中节奏具有完全特殊的性质,这是由语言表达的反映的本质所产生的。但是这种转化只有达到特殊这一范畴才行。在语言中个别的可传达或不可言传这一独特问题,我们在别的地方已经谈到过,在谈到个别性扬弃特殊性时还会回到这个问题上来。这里必须从范畴形式的观点再次指出,语言具有一种无法排除的趋向普遍化的倾向。诗的语言也不能排除这一趋向。歌德在同爱克曼的谈话中,正是就这一辩证法作了形象的描述,即承认普遍事物的客观性,普遍必然地保存在语言中,同样它也必然地扬弃在特殊性之中:"我知道这个课题确实是难,但是艺术的真正生活正在于对特殊事物的掌握和描述。此外,作家如果满足于一般,任何人都可以照样模仿了;但是如果写出特殊,旁人就无法模仿。为什么呢?没有亲身体验过,你也不用担心特殊引不起共鸣。每种人物性格,不管多么特殊,每一件描绘出来的东西,从顽石到人,都有普遍性;因为各种现象都经常复现,世间没有任何东西只出现一次。"[①] 所以特殊性在语言中,即在诗的同质媒介中,具有这一任务,既要将普遍性又要将个别性扬弃到特殊性之中。

至于个别性在特殊性中的审美扬弃,那么首先应该提到在各种反映形式中的共同特征。这一特征在于,个别性

---

① 爱克曼:《歌德谈话录》,朱光潜译,北京:人民出版社1978版,第10页,1823年10月29日。

# 第十二章  特殊性范畴

在其本原的直接现象方式中包含着它的存在和正是如此的全部规定,其自身同样存在着它与其他个别事物的关联和联系,然而——由于它的特定状况的必然直接性——处于一种未展开的、限制在自身的形式之中,由此必然的产生上述它的不可言传的性质。排除由此产生的障碍是科学反映和审美反映共同的任务,甚至在实际生活中,如果不作出这种努力,那么日常生活任务也无法完成其功能。正如我们所看到的,科学反映的任务是使其各种规定、关系等由它们直接孤立性之中脱离出来,将其纳入客观真实的、独特的和普遍的联系之中,并在完成这种普遍化过程之后,再寻找到返回正确把握个别性的道路。我们已经看到,根据认识目标和学科领域的不同,达到目标设置和可能性等的途径可能是极其不同的。审美反映同样地致力于对幽禁在直接个别性中的各种规定和关系加以展开。然而审美反映却是以这样一种方式进行的,它只是扬弃了在个别性的直接性中阻碍这种展开的原理,同时趋向于将这种个别性纳入到同质媒介的新的审美构成的直接性中,以便使与人相关的个别事物的自在存在在新创造的联系中表现得比它在原来形式中更加可见、可体验和可理解。对个别性的审美扬弃,以一种与在科学中和日常思维中完全不同质的力度和强度突出了所保留的要素。恩格斯在致敏·考斯基的信中明确地表述了审美构成的这种本质特征:"每个人都是一个典型、但同时又是一定的单个人,像老黑格尔所说的,

○ 审美特性

是一个'这个',而且应当是如此。"① 艺术塑造的形象与个别事物的这一关系特性在马克斯·李卜曼著名的格言中表现得更加清楚,他对一个肖像模特说:"我画得比您更像您自己。"显而易见,这里比在普遍性的情况下大概更清楚的是,个别性内在固有它自身的特殊性,也就是说,每一种审美的特殊性都产生出那种构成一切基础的实体,个别性作为它所固有的东西包含在这实体之中。

这里往往遇到我们早已众所周知的情况,对其审美本质的意识远远落在日常所完成的艺术训练的实践之后。我们所说的个别性艺术地扬弃在特殊性之中的方式,可能保持在上千年长的训练之中,在意识中它却往往反映为坚持个别事物的独特性的斗争。思维活动的这种合理要素由此甚至隔绝成艺术的虚假目标的设置,幸亏这往往是在理论反思的形式中。莫泊桑风趣地谈到福楼拜如何将他培养成一个作家的。其中大师说道:"若要想揭示出人们还没有看到和表达过的方面,关键就在于要长久地、充分注意地观察你所要表现的东西……为了在一个平面上描绘出一个火焰、一棵树,我们就要这样长时间地观察,直到对于我们再没有别的火焰和树是与它们相同时为止……总之,我们必须指出,拉着马车的这匹马与它前后的其他马匹在哪里是不同的。"② 显而易见,不论是福楼拜、还是莫泊桑,都

---

① 恩格斯:《致敏·考茨基》,引自《马克思、恩格斯论艺术》第1卷,北京:中国社会科学出版社1982年版,第5页。
② 塞尚:《Über die Kunst(论艺术)》,汉堡1957年版,第9页。

## 第十二章 特殊性范畴

没有按照这一处方来写作,否则他们——即使没有达到这种不现实的目标而只是向这方面做出实际努力——早就变成被人很快遗忘的第三流的自然主义者了。但是这里所说的这种倾向正好适于从消极方面阐明对个别性进行审美扬弃的真正方式,因为福楼拜的理论观点包含了对每一个别事物的孤立的直接性的固定并要求——从一开始就是没有希望的——一个无限的接近过程。因为这一过程是指向各种单独的特性的,正因如此而忽视了使这些特性自身展开来的那些关系。与福楼拜的拉车的马的理论相对立,设想一下《战争与和平》一书中安德烈·保尔康斯基在不同年代和相异的自身生活境遇中所看到的那棵节状隆起的老橡树。托尔斯泰根本没有试图把个别性按福楼拜理论所说的那种个别性来描写,但是正是把与人的各种命运的这种关系,在这些命运中橡树作为无所谓的接受器官,作为情绪变化的中立的集中点而被描写,由人的命运的自身变化的这种相互关系中产生出对象自身清晰的艺术面貌。

当然这些是文学方面的例证。显而易见,在造型艺术中各个对象性的内在组成部分的发展会比在文学中占有更大的比重,尽管在这里也不能忽视各个对象相互关系的意义。但是,这一过程也不具有福楼拜为它所规定的那种性质。塞尚在他的实践中看到了对于他所把握的个别性的那种直接的此时此地的变化不居,正如黑格尔在《精神现象学》中从一般理论所看到的。塞尚指出:"我们所看到的一切,并不是真实的,是散乱的,转瞬即逝的。自然界总是

◯ 审美特性

同一个,但是由它的可见的现象并不能构成什么,我们的艺术必须赋予自然界以持久的崇高,并带有它所有变化的要素和现象。艺术必须在我们的意象中赋予自然界以永恒。"① 这里强调了在艺术实践中不断地和瞬间地完成的双向运动的明晰性。塞尚打算赋予这些现象以"持久",也就是说,就这些个别性并在这些个别性中将超越单纯和直接个别性的东西固定下来。但是这发生在联同自然界的那些要素和现象中。或者说由于持续的个别性没有消失,而是在其个别性中被扬弃地保存下来,在规范的审美方式中个别性被扬弃在特殊性之中。

将这种普遍真理通过审美反映进行范畴转化被机械地、无区别地应用到各种艺术中去,这是一种模式化了的抽象。然而我们的考察基本上只能限于审美反映的最普遍的各种问题。各种艺术的专门问题,我们只能留待以后的专门探讨。如果我们在这里没有对审美反映的本质具有决定性影响的情形所产生的分化至少作出简短的说明,那么就会使我们所致力描述的审美的一般图像发生失真。就此问题的详细探讨我们只能留给各门类的理论,在一些情况下我们已经这样做了,这里也是这样。现在所要讨论的分化的起始点构成了这些范畴的进一步规定。我们已经在强调指出了每一种具体的对象性及其在意识中的映象形成中的基本的和一般的性质。现在则要进一步考察在审美领域内任一

---

① 塞尚:《论艺术》,汉堡1957年,第22页。

## 第十二章 特殊性范畴

被反映对象的具体性。其分化的起始点出现于我们称之为不确定的对象性那里。也就是说，和各种艺术中——分别按其同质媒介的本质特征——不同的对象组合或对象性方面在审美上必然以确定的或不确定的形式出现。各种艺术之间的这种区别——但是依据客观规律而不是由艺术家的主观意愿——正如艺术是把不同的客体组合作为对象确定的或对象不确定的来对待，将为我们所涉及的各种艺术开辟不同的道路。个别性、特殊性和普遍性之间辩证区分和相互转化的必然性，基本上适用于并贯穿在每一种确定的对象性之中。如前所述，相反地，在艺术中不确定的对象性与每一种在生活和思维中类似的表征物在质上是不同的。这种不确定的对象性只是在尚未确定的存在或至少在尚未能确定的意义上才是不确定的，也就是说是暂时的。而在各种艺术中的不确定性却具有一种终极的性质，是它的审美相关性的基础。因此它并非无条件地由全部构成确定的对象性基础的必然范畴所形成，而是取决于产生这种不确定性的艺术方式的同质媒介的关系，不论这些范畴对这种不确定性是否适用。因为这些范畴不再是客观现实的直接的或具体的映象，而是任一描述的一定对象性通过同质媒介——作用在感受者身上——间接地经过了中介并在审美上作了必要的补充和完善。如我们曾经指出的，由此使这种对象性绝不会成为单纯主观的一面，而是构成那一"世界"的必不可少的组成部分，只有在这个"世界"的构型和完成中才使艺术作品成其为艺术作品。通过这种作用使

◯ 审美特性

一种艺术门类的不确定的对象性反作用于确定性的范畴结构:由于各范畴一起才能构筑起作品个体的"世界",所以这种结构必然取决于其具体——依其艺术门类而不同——的相互关系。

对于每种艺术中的此类问题我们需要作分门别类的研究。首先从造型艺术开始。我们曾经指出,每一艺术作品所要求的内在和外在的统一都具有其独特的表现方式,外在的,即由视觉同质媒介直接表现出来的东西,可能并应该具有一种确定的对象性,而所有内在的则具有不确定的性质。(我们已经指出,那种明确否定内在事物的视觉造型能力的态度,必然会有意或无意地导致否定造型艺术的具世性。)由此可以看出,外在事物的造型只能实现一种个别性在特殊性中的扬弃,达到普遍性的一种普遍化,在各种纯粹视觉表现的对象中,不可能使普遍性具体扬弃在特殊性之中。在我们时代,当然——首先是自立体主义以来——对绘画中必然的抽象普遍性过分肤浅地大加赞扬。在这些理论中,塞尚关于圆锥、圆柱等作为绘画对象特有的原型的语录似乎具有"经典"作用。如果考察一下塞尚本人是怎样认识他的这一"理论"的美学意义,这会有所教益。他原来对加斯奎特分析过这一理论,在他的谈话中他指出:"我对您所讲的这一切,圆锥、圆柱、凹面阴影等,这正是我的嗜好,有一天早上它们使我消除疲劳,使我激动。但只要我去观察,我马上就忘记了这些。您不能陷入这种业余爱好

## 第十二章 特殊性范畴

中去。"① 因此普遍性当然也不会由可见世界中完全消失。在造型艺术中不确定的对象性正好具有这种审美功能，通过对于作为人的存在力量的普遍性的设置，并通过将其同时扬弃在特殊性中能使范畴完善化，它有助于在审美反映中表现出内在事物与外在事物构成不可分割的辩证统一这一生活真理。看来没有必要重复以前对现象的描述，只要回顾一下，在如此形成的不确定的对象性中正是将普遍性的设置与扬弃统一起来，才能赋予所描述对象的可见的整体以一种"世界"的性质。这里所以要强调在对普遍性的设置和扬弃中作用的统一性，是因为在造型艺术中不确定的对象性和普遍性的联系由其中创造了隐喻，这是艺术作品所具有的普遍性的最适当的领域。我们在提到艺术作品的不可言传性时，已经谈到了歌德对正确审美的规定（他使用的术语是象征）。歌德对隐喻作了补充，他指出："隐喻将现象转化成一种概念，将概念转化成一种图像……"由此不论对于确定的对象性和不确定的对象性，都取得了它们整体的内涵无限性，只是在极少数情况下，时间过程可以把隐喻的概念性完全消解，在极其有利的情况下，这两种对象性才能获得其特有的艺术特性。

在建筑学中，范畴的情况是完全不同的。对于它的反映特性我们在以下章节中才能谈到，但是即使不进一步涉及这个问题，也可以显而易见，在建筑的"世界"中不会

---

① 塞尚：《论艺术》，汉堡1957年版，第22页。

◯ 审美特性

出现严格意义上的个别事物,由于建筑构造是由对普遍自然力的抗争(重力法则、各种材料的抵抗力等)所确定的,所以这是一个由普遍性支配的世界。建筑的真正审美效果正是由这些普遍力量的具体矛盾和对立以及它们达到统一的感性扬弃而产生的。普遍性作为生活力量的审美作用在这里是以最大的直接性表现出来的。因为建筑不是对这些力量的具体矛盾性的"模仿",而是由它们之间的这种联系创造性地构成的。在自然界中是根本不会出现这种表现方式的,在那里它是作为人的生命力表现出它的具体设定的对抗,由其与人相异化的自在转化为人的和社会的一种存在。这里不可能对这种状态方式作详细分析。然而显而易见,这种力量的表现构成了建筑构成的本质,这里不可能给个别性留下活动余地。在这里,我们没有混淆细节(在艺术意义上的)与个别性(在范畴意义上的),当然这也像在各种审美领域一样,这种个别性是以其此在与定在的一种确定的相对独立性为前提的,这种独立性在审美塑造中也应该保持。但是正是在建筑中可以不存在这种局部要素,因为其审美存在在此完全取决于这些局部要素在整体中所产生的功能。

然而建筑的特性还在于,上述联系不仅具有认知的也具有审美的性质。它的建立在非拟人化反映基础上的知识,决定了使抗御自然力所达到的均衡构成客观可能的和必然的比例关系服从于人的目的。这种把握的普遍性必然超出了通过语言所达到的普遍化程度,它要求运用几何和数学

## 第十二章 特殊性范畴

的抽象表现，所以个别性问题在这种联系中如同在其他科学认识中一样表现为范畴上的。这种加工对于每一项建筑创作都是必不可少的，然而完成这项加工之后依然还停留在审美领域的门槛之外。建筑只有在如下状态才是审美的，即被如此把握而转化为实践的这些联系显示出视觉的激发效果，由认知牢固建立的结构转化为具体的、视觉激发的特有的空间造型，作为其确定的构筑要素，将直接可见的普遍自然力塑造为人的生活的普遍力量。显然，这种由已知普遍性向具体可见性和直接视觉激发效果的转化意味着普遍性向特殊性的转化。在这里普遍性与特殊性的固有内在关系可能比在其他艺术门类中更加突出。

在音乐中的情况同样应该根据其自身而不是类比来加以探讨。这里与对现实的模仿有明显的距离，这一点比在建筑中更加显著。音乐的听觉激发的音响系统在自然界中连它的抽象自在存在也没有。当然这种音响世界也可以用认知的，甚至数学——物理学的方式来表达。这里所获得的认知意义比在审美意义上与音乐形象之间的联系更少，还不如我们上面在建筑中所提到的那种联系。也就是说，对于每种建筑——审美结构的这种认知构成了客观上必要的前提，在这种认知结构中也能表现出听觉的本质。在音乐史的历程中可能出现过这种情况，在此情况下这种认知与音乐美学原理的变化密切相关。这一切只是一种可能性，不像在建筑中是一种客观的审美必然性。这种区别在于，建筑所满足的社会需要是基本生活需要——一所房子是具

## 审美特性

有社会使用价值的房子,即使它的建筑意图与艺术毫不相干——而音乐的存在却完全在于它的审美本质。这里指的不是音乐的劣质品(kitsch),劣质品是一种——消极的——审美范畴。出租房屋在古罗马并非劣质艺术品,而是一般的使用对象,它与作为艺术的建筑是毫不相干的。

在音乐里的范畴问题如同在造型艺术中一样,但却是以完全相反的方式成为音乐特有同质媒介的外在与内在辩证法的可反映性的结果,以及在此基础上形成的确定的与不确定的对象性关系的可反映性的结果。出现这种不同是由于,在音乐中唯有这种纯粹内在性获得了一种完全确定的形式,而其具体内容,它的由内在和外在世界具体确定的基调——根本不涉及外在世界的属性——只能表现为不确定的对象性。这里所讨论的这些范畴几乎不能直接应用到这种不确定的对象性上去。这种对象性本身往往会在最抽象的普遍性和最个体化的个别性之间来回摇摆,这是由于它在审美感受性上拘泥于音乐构成本身的确定的对象性上,使它由自身不断远离这两端项。音乐本身的确定的对象性的本质正是在于,从一开始它就既扬弃了单纯的个别事物又扬弃了空泛的普遍事物,音乐是真实地包含着世界的、真正反映世界的、用以示范地反映着人的内在性的真正中项。因此,真正的与现实相适应的不确定的对象性同样致力于趋向这个中项:正是因为音乐激发了人的最深沉的内在性,并使其与自身相和谐。这种由同质媒介所唤起的内在性与其作为补充的外在不确定的对象性统一起来而

## 第十二章　特殊性范畴

趋向这个中项。如果我们对这一中项在范畴上加以描述，由于它是对极端的个体性和普遍性的扬弃，我们便又碰到了特殊性的问题。与其他艺术门类相比，这种特殊性表现为一种更纯粹的同时也是更加非固有的形式。其特殊性的主导地位虽是无可争议的，但是却不像在其他艺术门类中那样充满张力。当然，即使在其他艺术门类中矛盾、对立、张力等绝不仅仅受此制约，然而这种张力的缺乏却使音乐获得了一种氛围，从而使音乐所固有的特性更加强烈。

由此，审美领域的基本范畴结构的轮廓就展现在我们面前了。我们不仅了解了普遍性和个别性被扬弃在特殊性之中，而且了解了这种扬弃过程是怎样产生的。我们还记得，在非拟人化的反映中的两个端项，即普遍性和个别性，是可以不断外移的点，而在确定的时刻却是两定点；而特殊性作为中介的中项却是一段中间距离，一个活动空间、一个领域。在审美反映中，特殊性不仅是两端项之间的中介，而且从价值强调的意义上说是一个中项。这种意义我们以前已经指出过，中项作为向心运动和离心运动的中心，产生了根本的变化。在特殊性只是作为中介而构成中项的地方，运动不再由普遍性到个别性或反过来由个别性到普遍性，运动的出发点和终结点却是在特殊性上，是由特殊性达到普遍性并返回，或者由特殊性达到个别性同样再返回中点。由此看来在审美反映的理论中出现了一个不可克服的难点，即精确地确定中点的位置。如果我们考虑到理论反映的结构，看起来从一开始就是一个不可解决的问题，

◯ 审美特性

因为每一种选择——一般由审美反映的观点来看——都是随意的，不可能设想有普遍适用的标准来作出决断（这里还可以简略提到亚里士多德在规定伦理学中项时所遇到的那种困难）。

所以要特别强调这种困难，是为了明确认识理论反映与审美反映之间的分别。事实上不可能存在这种理论标准。艺术的东西（抽象地看来）包含了特殊性的全部活动空间。一般说来，中点可以固定在这一活动空间的任一位置上。看起来好像这样做就能绕过这一难点，进入非理性的和随意的领域，然而却绝然没有满意地解决这一困难。事实上，在我们目前一般考察的范围内，不可能找到具体的标准。但是这并不会有利于非理性和随意性，这种纯粹抽象规定的必然性，需要在具体事物中暂时作出完全判断，对于美学特别地证明了它的合理性和丰富性。上述提到的——似乎存在着——困难，即不可能确定在对现实的反映运动中特殊性的有机中点，是审美描述的"世界"的多样性的一种认识论的说明，它说明了艺术各个门类风格作品个性的原则多样性。一般的美学探讨只满足于，否认有权去寻找任何一种具体标准。美学只能满足于前述论断，即由任意选定的中点出发，无矛盾地来完成将普遍性和个别性扬弃在特殊性之中的审美构成运动——更确切地说，即设置和消解审美领域的富有成果的各种矛盾。

如果在这里只是看到了一种形式的组合能力，那么这是比肤浅更糟糕的事。尽管我们现在对问题的讨论必然还

## 第十二章 特殊性范畴

很抽象,应该明确的是,其实际内容是由艺术作品对现实的态度确定的,艺术作品正是以这种方式、广度和深度来表现现实的。那些并非形式主义而是从生活的观点看待艺术作品的人必然会看出,正是在这里,在特殊性范围内中点的选择上,决定了观念内容以及实际艺术形态的最重要的问题。由反映论的最普遍、最抽象的原理并不能直接推绎出美学的规范和原理,这只是由企图规定严密形式规则的教条主义的立场上看才是一种缺点。具有历史和理论依据的各种艺术的多样性的事实和每种艺术之内风格与作品个性的多样性的事实,由此获得了一种美学——哲学的论证。

对上述多样性加以系统化,当然就超出了这里研究的范围,在其他地方我们已经详细地谈到过这个问题,实际的具体研究是美学中各具体门类、艺术体系和风格的美学分析的课题。这里只能对阐明其纯粹原理性联系的问题——我们现在涉及的问题就是一个例证——作出说明。试想戏剧与叙事诗(特别是在它的现代小说式的形式之中)的区别。显而易见,戏剧所包含的人物和场景要比叙事诗更加普遍化,以戏剧中个别性的特征很弱而且缺乏细节,戏剧中每一个别的细节都作了象征——征候性强调。而在叙事诗中则很少这样做。同样明显的是,这并不涉及这种艺术门类的任何"缺点"。当然也有一些教条主义者是抱着这种观点的。进一步考察表明,在这些情况下,不论是对戏剧提出自然主义的要求,还是对叙事诗的提出形式主义的阐

> 审美特性

释或深化，都无助于对戏剧和叙事诗的本质做出美学的阐释或深化，而只能导致其特有形式的僵化和解体。简而言之，戏剧通常把特殊性凝聚的那个中点确定在靠近普遍性的一边，而叙事诗的这一中点却移向个别性的方向。在古典中篇小说和现代长篇小说之间也可以找到类似的区别，这是由于古典中篇小说类似于戏剧，它的现实图像往往集中在最大普遍化的方向上。

这里所指出的区别肯定还是非常抽象的，这种区别至多表明了在特殊性活动空间内的一种倾向性运动方向，而不可能提供确定中点位置的标准。实际上，如果我们把莎士比亚的戏剧与拉辛的戏剧相比较，把希腊悲剧与近代市民剧相比较，我们同样会发现——由艺术门类理论所确立的运动方向的一般区别——分散化的倾向：拉辛与莎士比亚相比，则把他的中心点移向普遍性，近代市民剧相反地则把中心点大大移向个别性。但是只提出这一结论，与艺术作品的实际具体性还存在过分一般化的距离。因为上述结论也只是——由社会历史所限定的——一些趋向，在同一艺术门类中同一作家在他的每部作品中——不仅是在一般的活动空间中，而且在一般的各种历史倾向中和在应用艺术门类的个性特征里——也可以确定不同的中点。这里只要比较一下歌德的《伊夫根尼》与他的《自然的女儿》就够了——更不用说《葛兹·伯利欣根》与之形成的鲜明对比了。

在我们面前摆着一系列问题：美学一般的普遍规律性、

## 第十二章　特殊性范畴

各艺术门类的具体特定规律、每一门类在发展过程中的历史分化、作品个性的个别形态，只有到最后阶段才能作出中点的具体规定。但是这并不会构成一种个体化的相对主义。因为我们所提出的这一并非完整而只说明主要阶段的序列实际上只是一个序列，通过它指出了那些更精确、更具体的有效规定，这些规定只有在单个艺术作品中才能找到它的实际结论。这才不会使美学成为由抽象规定和机械规则所组成的虚假体系。即使在这方面，美学也是一个实际的序列，其中占优势的不是与抽象对立的分化，而是在单一艺术作品中美学的具体化。

由此又提出了美学的一个古老的谜一般的问题。下述事实（似乎是）无法协调一致：一方面实际上每一部艺术作品都是多少独特的、不可比拟的个别事物，即作品个性；同时另方面又要满足它作为普遍审美规律要素之一的内在规律性，这才能成为真正的艺术作品。尽管这是一个古老的问题，只是在康德那里才取得了这一问题的理解，使它在后来资产阶级艺术理论中具有重要意义。康德指出："每一艺术是以诸法规为前提，即在它们的基础上一个能被称为艺术的作品才能设想为可能的。但美的艺术这一概念却又不允许对于它的作品所下的美的判断是从任何一个法规引申出来的。法规是以一个概念做它的规定基础的。因此，对于作品下美的判断，是不以一个概念做基础的，这概念是说出：它是怎样可能的，所以美的艺术不能为自己想出法规来，他却只能按照这法规来完成制作。但是没有先行

> 的法规，一个作品是永不能唤作艺术的，因此必须是大自然在创造者的主体里面（并且通过它的诸机能的协调）给予艺术的法规，这就是说，美的艺术只有作为天才的作品才有可能。"①

在这里，人们应该把康德提出问题中的合理因素与非理性主义、主观主义倾向区别开来，在他那里这种倾向也是由于他摇摆于形而上学和辩证思维之间而产生的。在他上述关于美的判断处于概念世界之外的学说中包含了非理性化因素。当他要求"自然"给予艺术以法规时，是把艺术作为天才的作品来理解的结果，他用非理性色彩的虚假答案来回答这一形而上学无法解决的问题（在康德本人那里，自然具有一种独特的受卢梭影响而扩大了的内涵，我们已经谈到，他的意图并非是指向非理性主义的）。近代资产阶级美学也没有进一步涉猎到这一问题，如克罗齐或西美尔。

尽管如此，在康德所提有关美学规律性与个别艺术作品的关系中隐藏着一个实际问题。当然，由此康德也堵塞了通向理性解决的道路，他把美学规律性确定为"法规"，其中不仅表现了他的形而上学的思想，而且不顾一切反对意见，也表现了 17 和 18 世纪宫廷封建学说中艺术理论的某种偏见。通过艺术作品来实现美学规律的问题仍然是一个现实问题，因为这种实现只能如此而达到，即在其实现过程中使其重新产生、扩大和具体化。美学规律直接"应用"

---

① 康德：《判断力批判》上册，北京：商务印书馆 1987 年版，§46。

## 第十二章 特殊性范畴

到艺术上必然破坏作品的审美本质。即使在个别情况下，这种实现规律的方式也表明特殊性是作为审美领域的中心范畴。在一切把一般规律用于个别情况的地方，问题却是以规律的非此即彼的作用形式提出来的。偶尔的具体偏差或修正必定归结到其他与所研究对象交叉的规律的有效性上，这对于这种基本结构不会产生决定性变化。如果持续地出现重大偏差，那么就需要放弃旧的规则，或对它作出进一步改造。上述问题在美学中有完全不同的答案，精确的实现法则最多是艺术价值并不高的标志，而——这正是不同之点——与上述适用的规则直接矛盾的某种倾向可能导致一种更高意义上的实现，如果这法则进一步扩大使其新的实现应该作为它自身被把握。

这种结构表明了特殊性范畴的一切特征。它的自上向下、从接近普遍性向个别性方向的运动，具有使规定明细化的特点，而相反方向的运动只具有一种趋向普遍化的倾向，并不伴有在普遍性本身之中的提高，因为这个领域中即使是最抽象的范畴也仍然是各种丰富具体的规定的复合体。我们在其他地方所叙述的美学中的内在性的意义限制了每一抽象过程的精确性，即使在非拟人化反映中完全不允许这种内在性的地方，仍然会具体地产生某种联系。在作为科学性的哲学的美学中，所有这些关系必定都被转化为思维中普遍事物的这一事实，在原来的审美领域中并不排斥这种结构。但是在艺术哲学中这一范畴的原始结构也起作用，通过明细化的规定作用比在其他领域必定在质上有更重要的意义。因此,在这里援引马克思关于艺术发展的不均衡问题的方法论论述,对我们会引起兴趣的:"困难只在于对这些矛盾作一般的表述。一旦它们的特殊性被确定了,它们也就被解释明白了。"①

乍看起来这些问题好像很复杂,但是如果我们要想正确理解特殊性作为美学中心范畴的意义,这些问题也是以一种简化的抽象为基础的,这种抽象同样要被转移到具体事物之中。要想理解它与科学反映之间的根本区别,有必要强调在科学反映中构成中介"场"的特殊事物,在审美反映中则成为中项、有机的中点。这种对立实际上在它最初的极其抽象的表述中已经说明了这种根本区别。这一区别对于审美领域只是一种暂时的、达到真正理解的过渡的预备性的抽象,以便于正确理解作为有机中项的特殊性。更准确地说来,这不是涉及一个点,而是涉及特有运动空间的中心。从而对于我们上述结论的核心无须加以更改,因为如前所述一个作品的构成方式取决于在普遍性与个别性的关系中这一中间活动空间选在什么地方。现在要提出的具体化修正只是在于,由艺术特性所决定的这一中心的选择同时包含了在特殊性范围内围绕这一中心的运动。这一结论道出了一个普遍熟知和认可的审美事实,即一部作品的风格、基调、色彩和氛围等在艺术的意义上完全能保

---

① 马克思:《政治经济学批判导言》,见《马克思恩格斯选集》第2卷,北京:人民出版社1972年版,第113页。

## 第十二章 特殊性范畴

持一致，尽管在这种统一中有很大起伏变化，如果作品中某些要素比其他要素更接近普遍性，而另一些更接近于个别性，然而这些运动都是在同一个特殊性的范围内完成的，它们在观念和形式上都保持着密切相关，并且是在该艺术门类和作品的充满矛盾统一的同质媒介中展开的。

为了避免明显的误解，在这里应该强调指出，我们的这一规定绝非意味着在一部艺术作品内使其运动的系统完全表征出来。恰恰相反，我们这里只是说各种运动是在特殊性之内，也就是说包含向普遍性方向的运动以及向个别性方向的运动。在一部诗人的作品中，情欲的重大运动，它的骚动性起伏很少属于我们现在考察的范围——与此密切相关——同样不包括米开朗琪罗的活动性张力。这些完全可能处于特殊性的同一水准上，当然并非无条件如此。为了用艺术实践来证实这些抽象的结论，我们无需作过多的寻求。但是如果我们以为由此能直接表征出这里所确定的特殊性之内运动空间的大小，即更加接近普遍性的中点会产生较小的活动空间，而接近和趋向个别性的则相反地产生较大的活动空间，那么这就太肤浅了。当然也存在这类情况。我们只要考虑一下拉辛与莎士比亚的上述对立。但是，对于但丁说来，其中点接近于普遍性，这一点是无可争辩的。他形象化地把握了世界文学的最大的活动空间之一，而近代现实主义小说却具有远为微小的活动空间。这些小说的中点大都接近于个别性的方向，而远离普遍性。（当然也有重大的例外，如巴尔扎克和狄更斯。）如果我们

### 审美特性

想到以提香或布吕盖尔①为一方,以印象派为另一方,那么也会获得同样的景象。正如我们以上所分析的,在这里加以模式化也是危险的和不允许的,其中被具体化的中项仍然——利用事先的抽象——被当作一个点。对艺术本质在思想上主要的和具体化的把握在于,一个"世界"的艺术组成被动态化地当作各种运动的系统,当作其各种张力和对比的系统。这些活动要素和契机的相互关系是如何组成的,在此当然受到社会—历史的、艺术门类和个人艺术风格的制约。一般的反映论只能也只应——为了不陷入教条主义——确定最一般的结构。

当然这里需要说明的是,这些活动空间和运动范围中的每一个都必定严格地建立在相关作品个性的观念——艺术的统一之中。当涉及一个实际的艺术作品时,这种向上或者向下的强烈摆动是与致力于普遍事物的修辞学或自然主义地沉浸在个别事物都毫不相干。当狄更斯在他的一些小说中对社会的"上层"用讽刺的普遍化、对"下层"用充满爱抚地深入日常生活的细节加以描述时,当在提香的各种大幅构图中发现个别时,这些个别性——孤立地看来——可能是不同艺术门类的作用,这涉及所描述的世界的由世界观造成的巨大差距,这些区别和对立在观念上和艺术上是相互关联的,正是在这种对比作用中使它们相互加强了,扩大了作品统一性的内容,由于其特有的特殊性被扬弃在

---

① 布娄雪尔(1525—1679),荷兰画家,其三代人均为画家。——译者注

## 第十二章 特殊性范畴

普遍性或个别性之中而绝不会造成什么损害。正如我们所看到的，这一活动空间是可大可小的。但是即使最严格地按照一种基调完成的作品也可以发现存在一定张力。所以我们称前述的点的规定是一种事先引入的抽象。因为即使在这种情况下，这些反映的独特形式构成了所反映内容的最大的普遍化。尽管在审美反映的范畴体系中特殊性起着与科学反映中不同的作用，然而它却保持着我们在讨论对现实的科学反映时所指出的那些客观的独特而专门化的特点，即它是在普遍事物与个别事物之间的一种中介"场"。与审美反映的特性相呼应，特殊性的意义及其功能有所变化，在它的基本位置及其结构中有许多相同的东西保留下来。这里也表现出反映论的基本事实的一个新的侧面，即对现实的科学再现和审美再现都是对同一个客观现实的再现，因此——经过必要的修正——这两种基本结构必定是相互对应的。

从属于这一系列问题的还有这样一点：一方面客观的独立于意识之外的现实，在其自身中客观地包含着所有这三个范畴（个别性、特殊性、普遍性），也就是说当反映超越了直接的个别性时，它并没有脱离客观性，不是"思维经济"的产物，并非认知的或艺术家的自我的"至高无上"的创造物；另一方面，普遍化的各范畴（同样地包括特殊性）在现实本身之中并不具有独立的形态，而是这些范畴内含着必要的回复的规定。把它们孤立起来，以所谓基于自身存在的形态来构成，则是一种唯心主义的对客观现实的本质和结构的篡改。这一点已为亚里士多德在其反对柏拉图理念说的争论中明确地看出了。

如果辩证唯物主义确定了在美学领域中反映论的最一般特性，那么这里就涉及用历史唯物主义方法对艺术的历史过程和历史规定性作出具体说明。这同一种然而却不断具体化了的方法，确定了首先作为艺术门类的必然性，艺术的各种形式作为所表现的一般的、不断回复到其主要特征的人与社会的关系并通过社会的中介表现出人与自然的关系的固定化。这些关系在历史的过程中发生了很大变化，对其社会原因和审美表现方式的说明也不是历史唯物主义的课题。当然，正如我们所能反复确认的，这种"分工"绝不是机械的。审美反映的一般及其所有具体表现方式的历史特性形成了一个真正不可分割的整体。到目前我们把许多摹写的理论问题转移到社会—历史领域，另方面任何对艺术的历史唯物主义的研究必定致力于反映的一般问题。如果是这样提出问题的话，那么显而易见，对各个艺术作品的单个研究只是同一种方法的进一步具体应用，一般的（艺术门类和演进的）研究不论与一般反映论还是与各种作品的分析往往不无对立，这一点正如在资产阶级美学中经常存在的情况那样。

当然美学分析绝不能排除对各个艺术作品的中点位置的确定——更恰当地说，在特殊性领域内围绕中点形成的相关运动的活动空间的确定。相反地，这一分析本来应该首先从这一点开始。在这里当然无法去说明由此提出的任

## 第十二章 特殊性范畴

务和原理。我们只能极简略地指出，所有艺术探讨的课题是，在每一种具体情况下具体地去研究，在特殊性领域中作家对中点的选择是否与作品的观念内容、素材、主题等相适应，从理想表达的观点看是否把握得当。与内容问题相联系还涉及形式问题，与相应艺术门类的规律的关系密切相连，其中还应提到主要任务，它不仅涉及依据各个艺术作品的"无时间性"的规律的简单比较（如在教条主义的美学中那样），而且涉及相应艺术作品是否完成对这些规律的合理拓展。最终还应该单一地对艺术作品进行研究，更广泛的意义上对中点的选择怎样决定和影响了构图、造型和细节的审美活动以及完成的结果怎样促进或阻碍了审美的统一性和活力。整个审美领域是由特殊性范畴支配的，这一点在上述简略提到的方法论取向上影响着研究的方法。这里如此之多地转向科学性哲学概念方面，必然使这一方法远离原来的审美事物，如果对艺术的认识实际上与其对象的特性相符合，其所处理素材的结构效应必定也决定性地影响到范畴的形成作用。

在结束这一考察时还应再次强调指出，我们所说的范畴结构是由审美反映的本质自发形成的，并不受理论上揭示的范畴论的影响，但它也不影响范畴论。这里也指出了这些范畴的客观性，如果单纯把它看作意识的产物那将是有害的。值得注意的是，甚至那些把特殊性作为范畴提出而做出巨大贡献的思想家们也没有注意到把这一发现具体化应用到审美（和伦理）领域中来。哲学史指出，生物学作为科学的发展,社会生活的新现象对于这一发现具有决定性意义,如康德甚至黑格尔这些思想家们,虽然在逻辑学和科学学说领域中对特殊性的意义做了深入和丰富的阐释,而他们的这些认识对于美学几乎毫无价值。歌德是美学史中唯一的一个伟大的例外者,即使在美学的这一中心范畴问题上,也正如本书所用的格言指出的:"他们没有意识到这一点,但是他们这样做了。"因为不仅整个艺术实践始终处于特殊性范畴的标志之下,而且这一范畴的不断涌入生活也是人类文化的一个重要契机。在一上章中我们试图指出,特殊性的客观存在及其产生的作用发展了人的心理生理能力,即形成了第$1'$信号系统。这一章的美学考察并没有提出什么新的要求,它只是以理论形式说明,几千年来人的艺术(和日常)实践是如何走过来的。

# 第十三章  自在——为我们——自为

## 一  科学反映中的自在和为我们

如果人们想要正确描述和评价在对现实的非拟人化反映和拟人化反映中自在和为我们范畴的作用和职能，那么首先不应忘记，至今还没有这方面的历史性的和专题性的著作，像作者描述普遍性、特殊性和个别性范畴那样。此外，这些范畴的性质也增加了这一课题的难度。这些范畴同样是属于每一种世界图像的最基础构成要素，以致不论在生活中还是在科学或艺术中，凡是涉及人与外部世界的关系及其在实践中应用内容的活动，若不利用任何——有时还没有明确地意识到——自在和为我们的概念作思维（以及情感上的）基础，那都是不可设想的。由此也表明了与其他同样基础性有效范畴的重大区别，也就是说在每一次它们出现的情况下，都存在难以摆脱的思想和情感要素上的混淆。一般说来，当然在生活中，因此首先是在科学和哲学的初始阶段上，只有极少的范畴在其主体感受方式上可以摆脱这种混淆。在感受主体性中这些成分的经常性的或偶尔的、内在的或表面的混杂具有质的区别。因为毫无疑问，统觉往往伴随着具有强烈情绪如恐惧或希望的因果性质，实践行为的强制力在发展的初始阶段已经在对有关现象本身因果阐释的精确观察与由此引发的情感之间产生了明显的分化。早在石器时代的猎人，其因果观念还完全处于巫术的制约下，然而对野兽的足迹却具有我们无法设想的精确观察力，并由这种知觉而往往作出完全正确的（因果的）结论。这一结论当然不具有推论的形式，这并无碍于这一事态，因为我们从以前的论述中可以知道，这种事即使在当前也时常发生，对我们说来重要的是，在因果性范畴的反映和实际应用中，对事物本身与其伴随现象之间的多少明确的区分，在主体不仅是可能的，而且实际上是必不可少的，这就是为什么科学和哲学理论能够较早和轻而易举地对这些范畴作出事实上充分理解了的把握。我们在这里无需讨论那些过分夸大因果性的世界观和情感作用的宿命论。

自在和为我们的情感内涵与上述情况根本不同。它们表达了人与外部世界的最重要的关系，即一方面在这种关系中这些范畴联系尽可能适当地反映了绝对必然性，这种必然性对于实践，从而对于整个人生和全部人的此在起着

## 第十三章　自在——为我们——自为

决定性的作用，然而另一方面由此提出的问题也与整个人的存在具有密切而深刻的联系，要想从思想上加以解决，要想从自在的概念中清除掉被强化了的、神话化的、实体化的成分，那就需要做出数千年的集体努力。在这个问题上思维发展的这种极端复杂性肯定不是偶然的。如果设想到以下情况，就可以对这种强调做出解释：对独立于人的意识的东西，即自在存在的事物的研究和发现，就相对其他领域更加扩大的方式说来，不仅是以对世界进行思索的形式出现，而且是以每一种人的活动为本源基础的，以致在生活中面对这一问题的人必定会产生这种情感，对这一问题的真正回答取决于他的幸福或不幸，也就是说从最日常的各种行为的成功或失败，直到通常被称为"灵魂被拯救"的那种命运。对现实的理论态度在这里特别强烈地受到巫术或宗教观念的束缚。

如果要对人的意识之中自在观念是如何产生的加以回顾，那么就容易理解在这里思维与情感侧重结合在一起的心理机制了。因为整个客观现实具有共同的——最为朴实的——特性，它独立于意识即自在地存在着，这样一种晚近以来通过艰辛才获得的真理，只有克服了巨大的阻力才得以贯彻，至少在世界观的领域，至今尚未完全得到贯彻。然而在日常实践的意识中和在与实践相关的各门科学之中，可以看到这种解释日益明确。在人类早期，日常行为和态度往往伴随着侧重情感的思维（如祭神供品、神谕等）；与此相反，现代生活中摆脱情感的思维则日益占据更大的领

# 审美特性

地。对这一过程即使作说明性的阐释当然也不是我们现在的课题，我们只限于对阐明其范畴特性的几个观点加以说明。

我们首先要强调历史上普遍公认的这一事实，即对客观现实的认识只能通过由现象到本质这样一条道路，其中对现实的客观实在性的辩证考察是比较晚才取得的一种认识。如果以任一种方式获得了一种——无论是正确的或错误的——本质图像，那么这对于日常人的直接思维来说最容易理解的，是把这种看作是隐藏在现象"背后"的事物，它是被掩盖、被隐藏的东西。这种认知结构深深地植根于拟人化之中，早在巫术时代便已明显地表现出来：致力于影响巫师的"力"在其表象之中无疑具有这样一种特性，即它隐藏在各种现象的表面之后，并对这些现象产生决定性影响。这里不可能对其转变过程及其发展的重大节点详加说明，然而应该肯定，不论是东方的，还是不断世俗化的古希腊的宗教思维都是从——加以必要修正——这样一种现实结构出发的：要发现和揭示在现象"背后"隐藏的真实的自在世界。与纯粹的、直接存在的现象世界相比，自在获得了一种更"真实的"现实性的强调。由此得出的本质属性比现象世界的感性直接的现象具有所谓更高程度的实在性，从而必然形成存在方式的一种等级制，它成为真正的自在存在，与其相比，其余的世界只能具有一种——最佳情况下——派生的、从属的、只能通过分有真正的本质特性才被确定和保障的实在性。

## 第十三章 自在——为我们——自为

如此构成的世界图像与完整的人在整体现实中最基本的取向意愿有关，为充分认识现实的实践的和理论的需求与社会的、伦理的、世界观的及宗教的需求保持着不可分割的联系，由此形成了自在范畴的一种看来不可克服的负担，过分侧重情感并且拟人化地投射到客观现实中，正如在许多情况下那样，在一种神话化了的外表下产生出这样一种思想过程，它——有意或无意地——在对现实充分统觉的方向上有助于提出与之相适应的方法论。我们指的这一过程首先是指由直接的感性现象到——直接地——不可感知的本质的复归。它可由数学和几何在认识过程所起的作用中明显地见出。但是在世界观上却阻碍了它们的进步性，有时甚至被全部消除了。这是由于相对于感性—物质现象，这种"超感性"本质的本体论和因果论的优先地位被情感所强调，由如此获得并成为独立存在的实体化的各种数学概念和关系中推导出直接—感性的世界，这也是实际上缺乏根据的等级制—因果论的方法。毕达哥拉斯学派（首先是它的古希腊后期的追随者直到卡巴拉的数的神秘主义）表明，原来真实而正确的认识是怎样在这条道路上畸变为侧重情感的自在，使科学的世界图像变成了一种世界神话。

当然，这一过程，特别是在古希腊，并非是毫无争议地发展过来的。早在德谟克里特的原子论中，就已经表现出一种严肃的创意，他要把现实的实际的自在从各种主观主义的情感负荷中解放出来，使它成为一种科学的世界图像的基础。当然奴隶制经济阻碍了将其建构为一种具体的科学世界观、科学方法论以及成为各种认识的创造力的蓝图，在这种经济制度下，必然地缺少经济和技术发展与自然科学之间充分的互动，此后在柏拉图时，注重情感化的自在——连同所有他的神话创造的结果——获得了一种富有魅力的表现，其中达到理式世界的神话道路经过一系列思维的进一步发展发现了极其富有意义的许多辩证范畴和关系，这一争论并没有中止。对于柏拉图说来，超感性的理式世界不仅应该在概念上看作现象的本质，而且既在实在世界又在认识中应被看作是它的根据，而亚里士多德则反对这种与现象界相隔离的独立的理式的存在。有关柏拉图观点的核心点，埃米尔·拉斯克在他的讲义中作了精确的概括："并非理式作为现实的影子，而是正相反，现实被看作是理式的影子，这一点在斐德诺篇里说得很明确。感性的东西只是被当作影像，它只是提出模仿和分有，灵魂是指向理式的诱因和动机，这里涉及原像与影像的关系。"① 拉斯克正确地看出了在柏拉图那里自在问题的特性，但由于他的新康德主义立场，使他全然无视亚里士多德的反对意见。他没有看出这一事实和意义，即亚里士多德反对理式的独立存在。亚里士多德不仅明确地看出，由此会引起

---

① 埃米尔·拉斯克《Platon（柏拉图）》，见《拉斯克全集》第3卷，图宾根1924年版，第18页。在此拉斯克指出："心理纯属于感性——时间的世界，如同生理的一样"。埃米尔·拉斯克：《Platon（柏拉图）》，见《拉斯克全集》第3卷，图宾根1924年版，第17页。——作者注

## 第十三章 自在——为我们——自为

在科学上多余的并导致混乱的各种现象的二重化，而且他指出并批评了这种对于科学概念的形成所不允许的拟人化倾向，由此会增大这种倾向。"人们谈到人本身（自在）、马本身（自在）和健康本身（自在），在对象方面并没有其他变化。完全相同的是人提到诸神的存在，它们是完全具有拟人的表象的。因为在后一种情况下人们无非是把人加上了永恒性的谓语。在前一种情况下，人们无非是把理式当作感性对象，但加上了永恒性的谓语。"① 在他的哲学理论结论中，也存在这类思想过程，即把本质规定夸大为实在的存在。这一点又一次证明了，在自在思维中克服拟人化的情感性动机，对人类说来是多么困难。

因为我们所说的争议不仅发生在与理式说的论辩中，而且发生在这一学说内在运动本身之中。探求世界及其运动和变化的客观必然性及规律性的趋向，总是在不断地突破日常生活及其宗教信仰的素朴的—自发的拟人化，并具有某种与科学反映相类似的契机，并最终转化为一种拟人化神的创造的复杂的、较为理智化的形式。这种拟人化的、人格化创造的超自然力与主要指向非人格的、超人格的神的交错和对立，早在人们对哲学的关注之前就产生了。在荷马史诗中有些地方就出现了凌驾于诸神权威之上的莫依拉（宙斯为了救他的儿子萨培当，向莫依拉下跪说出自己

---

① 亚里士多德《metaph. 形而上学》第 Ⅲ 卷，2，拉松德译本，耶拿 1924 年版，第 43 页。

> 审美特性

的愿望)。这里又出现了人格化,但是它对于事物的本质,对于我们这个问题的意义不会产生根本性改变:即使在这里也可看到向不断处于现象界背后的自在复归的运动,那种更隐蔽、更距遥远的原理在这里获得了作为在表面作用力量的更高惯例的存在。① 由社会发展所决定,如果哲学尝试强化了从思想上对原来的、人格化的神话的扬弃或者——后来可能发生的——从思想上加以挽救,那么这种二重化还会增加。这后一种倾向我们可以在柏拉图理式说中明显地看到。亚里士多德并不倾向于对古老神话的哲学阐释,正如我们所看到的,他甚至更倾向于科学—哲学地去理解自在。这种一般的二重倾向在他的整个体系中显得更加令人注目和充满矛盾。

古代世界观的危机使这种对立更加强化。正如我们在其他地方所看到的,这种矛盾性在柏拉图那里达到了它的——暂时的——顶点。因为我们在这里只能极其一般地援引艾德华·封·哈特曼对普罗提诺的"太一"学说的综述加以说明:"存在者的说法在普罗提诺的绝对者那里不再适用,因为这一说法首先在自身包含了多数,其次被确定用于更窄意义上的智能,因此太一是处于存在之上的,存在不再必要,存在才适用于由自身产生出来的超存在者。太一很少能被称作思考,或者它本身被称作思考,因为思

---

① 有关这一问题,特别是有关它的社会基础,请参见乔治·汤姆森:《Studies in Ancient Greek Society (古希腊社会研究)》,伦敦 1949 年版,第 331—347 页。

## 第十三章　自在——为我们——自为

考在自身包含了思考者、思考和被思考者多数，只要思考是被思考者所需要并为它所追求，那么就并非是不需要的。太一是思考的彼岸，正如思考是存在的彼岸那样。它不对自己说：'我存在'，因为它根本不存在，如果它想说：'我是存在者'，那么它将既不是自己本身又不适合存在者。因为思考是智能运动，或者是纯粹能量，或者是生命，那么它必定被太一所否定。对于形式说来也是一样，太一被规定为无形式，那么对它反省的思考就没有什么顾及的了。"①

这一理性的运动规定了把理性自身的特性作为最适当反映客观现实的工具，然而由此使这一运动超出所有的界限。对所有直接和公开拟人化的人格化和投射到超验的扬弃转化为一种"无形象性"，这种无形象性将其重大要素保持在拟人化的、主观性投射到客观事物的一个更高水准上。对自在的可传达性的任何否定因此并不是不可知论——如后来在康德那里——而是对固有的和真正的"现实"的宗教神话态度的独特形式。这不仅涉及柏拉图理式说极端化的特有形式，而且涉及一种与希腊发展无关的各种东方宗教、神学和哲学的倾向，这种倾向在古希腊文化的思维解体以后通过基督教在这种作为"否定的神学"中存续下来并有时还获得巨大意义（如亚略巴谷的托名狄奥尼修斯，司各特·爱留根纳，麦斯特·艾克哈德等）。由情感强调所

---

① 爱德华·封·哈特曼：《Geschichte der Metaphysik（形而上学史）》第1卷，至康德，见《哈特曼选集》11卷，莱比锡1899年版，第154页以后。

把握的自在从而转化为一种不可言传的"超然存在",这是各种思维和表象的一种绝对彼岸,但它同时也构成了一切可感知和可认识的现实的根源(创造未被创造的自然,natura creans nec creata)。这种"超然存在"同时是宇宙中,所以也是人的生活中各种运动的终极目标;而这种运动的复归构成了唯一实在和有价值的目标,即向出发点的复归(既不被创造又不创造的自然,natura nec creata nec creans)①。但是对于这种自在在认识上的无法扬弃的不可能性绝不是像古代的怀疑论——经过重大变化地——和现代的实证主义那样对一种判断的听天由命的"放弃",而是一种大大提高的感伤的强调:最主要的神秘论的动向表明人的心灵实际迷狂地投入往常绝对超验的神性中作为它的终极目标,正如自在的这种不可达到的性质会成为极度感情狂放的触发器。

但是自在被不断地推移到神秘的超验领域并非总是采取这种先后一贯的形式。普罗提诺的"太一"直接或通过各种中介对中世纪世界观的关键性哲学的和神学的潮流不断产生一种不可抗拒的吸引力,这在方法论上首先是由此形成的,即这种最终的自在相对所有派生物取得了一种特殊的价值强调。但是,经院哲学的主流否认自在的绝对不可认识的性质。因为对它的肯定会导致"否定的神学",如

---

① 毛里斯·德·乌尔夫:《Geschichte der mittelalterlichen Philosophie(中世纪哲学史)》,图宾根1913年版,第141—143页。

## 第十三章 自在——为我们——自为

前所述会导致宗教—个人主义地破坏各种基督教会等级制的神秘学说，因为这种神秘学说——有意或无意地——趋向于否定在个人与神之间基督教会的媒介作用，也就否定了教会权力的意识形态基础。因此在神学和哲学中，首先是在托马斯·封·阿奎那那里，形成了人的理性可以接触到自在（上帝）的最终和最高领域的——经院哲学论证——要求："甚至在神秘事物的面前，理性，如果它也需要屈服的话，并不拒绝一切权限，因为理性表明，超理性并非反理性。"① 同样在其他学者那里："通过人的认识能力是否能理解超验真理的问题，对于托马斯说来是第一位的。"②

我们这里所感兴趣的，既不是这种见解的方法论和认识论的困难，也不是这种见解与上述各种取向的对立，而仅仅是自在概念本身。同时也表明，在"终极的"自在存在的情感价值强调中存在着各种其他对立观点的深层的一致性。当托马斯·封·阿奎那解释说："只有上帝，作为纯粹的精神功能，对于本质说来是实存的，它是完全的实在。"③ 因此，普罗提诺的"太一"只是进入另一个领域，即拟人化或人格化的领域，并解释为在思维上可理解的东西，而没有在它的本质结构上作出根本的改变。这种强调

---

① 毛里斯·德·乌尔夫：《Geschichte der mittelalterlichen Philosophie（中世纪哲学史）》，图宾根1913年版，第294页。
② 埃尔内斯托·薄奈乌提：《Geschichte des Christentums（基督教史）》第2卷，见《中世纪》，伯尔尼1957年版，第279页。
③ 乌尔夫：《中世纪哲学史》，图宾根，第299页。

○ 审美特性

同时是本质和实存的绝对合一,由此以逻辑形式表达了那种处于情感基础的评价。我们若忽略深层的和神学上的重大差别而把它们看作为统一的,那么这种评价就表征出这一整个方向。如果我们考虑到至今还发生作用的本体论的上帝存在的证明的话,那么就极其明显地表现出这种认识论上的合一的合理性。这一证明的发现者,坎特伯雷的安瑟尔谟,他的同样著名的"信任自己的认识"公理也试图把情感强调作为"认识论"的有机的、不可或缺的基础,以朴素的确信从实存概念的等级制和价值强调的特性出发,甚至把全部本体论的证明都建立在这一假设之上,即没有这一概念就不可能有现实的完整性,所以实存作为完整的本质必定属于上帝的必然特性。薄奈乌提将他的这一思考过程表述如下:"我们的知性可以设想一种本质,它处于所有其他可以想到的事物之上。另方面也可能设想,实际上不存在任何事物。因此我们必须区分,是否一个事物只存在于我们的知性中或存在于现实中,此外无可争辩的是,一个事物的现实的实存大于只是想象中的实存。以上是三个基本前提。由此人们必然得出结论,那些可以最高设想出来的现实,不可能只是一种理性的事物,而且也是本来就存在的。换句话说:想出一种现实的崇高原理,却不是同时设想为现实存在的,因为在相反的情况下可能是,一个在现实中存在的不太高的原理,由此使这一原理提高到一个更高的阶段。如果可以设想到的最高的本质只存在于知性中,那么这一本质就具有这样的性质,即人们还可以

## 第十三章 自在——为我们——自为

设想出更高的本质:但这本身存在着矛盾。"①

完整性与实存的上述——本体论的——联系,作为无可争辩的可感觉和体验的公理,也是以托马斯·封·阿奎那全部对上帝存在的证明为基础的。依据亚里士多德的某些唯心主义倾向,将其在上述方向上加以扩大,由相对的或带有相对性的规定表现某种终极性(一种真实的存在,一种真正的自在)的不可能性之中得出结论,如因果性若不能还原到第一原因,那么就失去作用,或偶然事物的存在迫使精神推论出必然事物、恒常事物的实存。② 在所有这些及类似的思考过程中不难看出,由生活实践和科学活动得出的观察结果和结论,就其本身可能是相对正确和进步的,若陷入一种绝对化的精神氛围中,就必定歪曲了认识的本质。因为每一种力图对现实取得正确结果的认识,必定要确认,是否引起重要性或表面性的区别以及偶然性和必然性的对立。其中为了认识的缘故,必定产生出等级制的层次。如果像这里的这种划分不仅规定了现实和自在存在的一种序列,而且在这种分级内部,力图在作为相对看待的现象中消除绝对性的要素,并在当作绝对看待的事物中消除相对性的要素,由此必然形成一种形而上学,在其中"终极物"即最终的存在者,被提高到既不能通过逻辑又不能通过经验加以说明的超验的至高无上者,因此每一

---

① 薄奈乌提:《基督教史》第 2 卷,第 149 页。
② 乌尔夫:《中世纪哲学史》,第 299 页。

◯ 审美特性

种实在的可检验的联系便连同现实本身一起消失了。以这一思考过程作为基础的形式主义的诡辩性质，只有通过产生这一思考过程的情感强调的需求，以及通过由此而产生的情感体验才能明显地看出。

毫不奇怪，在文艺复兴时期迅速发展起来的科学，首先是自然科学，必定断然而彻底地否定这种以人为中心的、具有情感负荷的世界观和思想方法。详细探讨所完成的这种转变的各个重要阶段，不是我们这里的课题。在本书第二章中谈到过对中世纪自在概念持反对态度密切相关的那种哲学非拟人倾向的发展，我们在此可以更容易避免像那样的展开。重要的是，从对自在存在新的理解的观点对这一发展的结果加以审视。对这一特有方法不断变得自觉的科学考察方式的本质在于，世界的客观性问题越益由其情感强调的—主观特性中暴露出来。客观性概念越来越转化成在反映中对一切主观附加物的净化，它发展为简朴而平淡的结论，客观性、自在存在意味着实存对人的意识的独立性。这就像在自然观中哥白尼式的转变，地球—人的故乡，不再是宇宙的中心点，因此自在与主观情感需求的纽带被割断了。地球和人在现实的和观念的世界中，取得它们客观上所应有的位置。科学和哲学考察方式的这种非拟人化带来了一般的世俗化思维。不仅那种在中世纪已经令人怀疑的神学对哲学的束缚最终被打破了，不仅在哲学中不断增长的更自觉化的科学性，转向了我们所说的反对那种导致超验的自在的过分侧重情感的理论和方法，而且本

## 第十三章 自在——为我们——自为

质与实存的同一以及某些存在方式的价值强调也不断被决定性批判而解体。自在问题不断向对现实的科学反映的一种认识论方向发展。由笛卡尔对培根"假象"批判在方法论上的质疑，经过霍布斯和斯宾诺莎的几何学方法等，使这条道路最终走向对自在和为我（们）真正客观性及其尽可能适当摹写的辩证规定。其中——正如我们即将看到的——在纯粹认识论方面客观性与主观性的严格分离与确认其现实的相互作用、与其在实践中和在实践所固定和促成的理论的相互转化是平行发展的。

当然这种发展绝不是单义的。与上述科学性和一贯的非拟人化进步的路线相对应，一方面与古代以来神学和带神学色彩的观念代表者处于不断的斗争中，讨论这些内容是多余的，因为他们的意识形态的退却战表现为对具有新反应要素的新的东西被迫让步的折中主义混合，宁愿使他们原来立场的某种倾向以任一方式能保持下来。另方面和主要地是在科学和哲学发展变化了的条件下，形成在意识形态上满足宗教需求的一种新的方法。它的本质在于对自在一般的完全放弃，以便把现存的物质现实转化为单纯的现象世界，否定一切超出这一范围的、涉及客观现实的那些哲学认识的概念，以便由如此形成的彻底的不可知论中为宗教信仰的继续存在留下一个地盘。这一方向最彻底的代表人物是贝克莱，它是对在其时代以拉丁语 Averoismus（阿维罗主义）为代表的"双重真理"论的一种独特更新和歪曲。这两种情况涉及，在生活中产生了其不可调和的对立性之后，对科学真理与宗教信仰之间进行调和的一种尝试。具体的相似性不再具有这种一般的问题的同源性，实际上具体要解决的问题是极其不同的，在方法论上是各异的。对于阿维罗主义，天主教信仰虽然由于科学而开始在崩溃，但还有一种物质的和精神的力量使它在意识形态上有所补偿。它这样来表述"双重真理"："在哲学中真实的东西，在神学中可能是错误的。反过来也是一样。"①

对于近代哲学形成了一种不同质的问题状况。在这里资本主义工业对精密自然科学无限发展的需要构成了不可动摇的社会出发点。没有任何看来阻碍这一发展的认识论能够继续地存在下去。这种认识论必须为自然科学成果提供一种实践所需要并在实践中有充分客观性的论证。认识论是这样做的，——在贝克莱那里是最为彻底的——由于它从科学中完全排除了自在，并认为，只有如此才能构成一种"非形而上学"的客观性，各种范畴据说具有纯粹人类学性质（在休谟那里习惯作为因果性），保证了这种客观性。自在的世界——不存在对它的确认可能的科学批判的指控——剩下的是不断失去内容的信仰，当然它现在可以是随意的，不像中世纪时只是天主教正统的观念。完全自由地理解主体性的这一活动空间必然是与由科学认识领域、由哲学上排除自在相对应的（在这里不可能说明在"双重真理"说与现代不可知论之间的连接线索。在此只能指出，

---

① 乌尔夫：《中世纪哲学史》，第342页。

## 第十三章 自在——为我们——自为

这里所侧重的社会内容的变化,已经出现在天文学围绕哥白尼体系的争论中,不论奥祥德在哥白尼著作的前言中还是红衣主教贝拉明在他对待伽利略学说的态度中,就它们构成一种更恰当、更概括的星体运动的数学表现方法而言,都承认这些新的理论是真理,但是就它们有关现实所谈到与《圣经》相冲突的东西,他们却断然否定)。①

在康德那里对这种矛盾性作了最高的思维表述。康德强烈地否定贝克莱对这一问题的解决所许下的便利而轻松的诺言,把这种见解称为"哲学和一般人的理性的闹剧。"② 由此产生了一个更新的、对于哲学发展具有重要意义的自在概念。康德在他的"前言"中对此提供了一幅清晰的图像:"事物对于我们是作为外在于我们的处于我们感官中的诸对象,我们却对于它们自在本身是什么一无所知,只了解它们的现象,也就是说它们作用于我们的感官所形成的表象。因此我承认,在我们之外存在着物体,即就其自在本身是什么我们全然无知,我们只能通过影响到我们感性的那些表象来认识并得出我们给予它们的命名,这些词只说明那些我们未知的、但并非不重要的对象的现象。"③ 如果说这些见解从其社会后果看来,是为导致形成贝克莱、

---

① 皮埃尔·迪昂:《EΩZEINTA ΦAINOMENA(柏拉图与伽利略关于理论物理学的概念)》,巴黎 1909 年版,第 77 页及 128 页。

② 康德《Kritik der reinen Vernunft(纯粹理性批判)》,第 2 版前言,见《康德全集》第 3 卷,柏林 1904 年版,第 23 页。

③ 康德:《Prolegomena zu einer jeden künftigen Metaphysik(作为科学的未来形而上学)》前言 §13,见《康德全集》第 4 卷,柏林 1904 年版,第 289 页。

休谟哲学的那种需要服务的,如果说康德认为物自体我们只能(甚至应该)思考但却绝不会认识,这一观点还摇摆在唯心主义与唯物主义之间的话,那么其中所包含的对自在的表述,标志着这一问题史上的一个转折点。当然这只是从纯粹范畴规定方面而言,因为对物自体可知性在认识论上的否定,使康德——就其后果而论——降低到他所强烈批判过的贝克莱的行列中。这种对于自在的态度更加重要。它一方面失去了各种强调的情感负荷(但是我们将看到,在伦理学和宗教哲学中,康德又以新的内容和新的形式回复到这种强调),另方面与此更密切相关的是,自在的内涵又还原到朴素的但绝对重要的结论:自在存在就意味着一个独立于任何意识,但又触发出意识的实存,在其中通过这种触发而形成知觉和表象。由此表达出现代的发展:自在不再像在古代和中世纪时那样是——价值强调所突出的——最终存在,即在物理学"之后"的存在,而是对物质现实的客观性的单纯承认。同时也使其论述方法有所改变。以往为了达到作为现实的自在存在以及作为自身原因的那种形式,以便由揭示真正的自在来构成哲学体系的终结和顶点,就需要从感性存在开始对存在进行不断的"净化",而现在自在问题——变为纯粹认识论上的——处于各种哲学研究的开端,它限于由认识主体对客体的客观性及独立性的验证。

如果这样来提出问题,那么康德所定义的自在,部分地表现出自在的全部矛盾性和分裂性质,部分地表现出趋

## 第十三章 自在——为我们——自为

向新发展的开端。在这方面自在绝不是哲学的终极基础，绝不是如新康德主义者所说的"哥白尼式的转折点"。（新康德主义将康德对物自体问题的探讨整个远离开哲学，而更接近于贝克莱和休谟。特别是在帝国主义时代，这三位思想家的实际影响，若不考虑非本质的差异，则极其相似。）康德的巨大贡献，即将自在还原到客体独立于认识意识的论断，由此而成为疑问，并对自在的可认识性通过认识论上的否定引入了死胡同。费希特将物自体扬弃并消解在自我中，在这一充满矛盾的尝试以后，首先在谢林那里，自在显示为客观的和可认识的，当然他并没有作出理性的证明。只有黑格尔——在尖锐反对康德认识论的争辩中——才追溯到康德在哲学上的启示并把自在看作某种抽象的东西，它表达了客体独立于主体的存在。（他超越了康德，由其他各种客体作了补充）因此自在成为"一种单纯抽象的、因而是自身之外的规定"。黑格尔讥讽地说："这种很简单的抽象"在康德那里显现为"一种很重要的规定，仿佛是高不可攀的东西"，同样，"正如我们不知道什么是自在之物这句话，曾经是了不起的智慧一样"。接着黑格尔就这一问题表述了他自己的观点："假设事物之被称为自在的，是由于一切为他之有抽掉了，总之，这就是说，由于事物没有任何规定，被设想为无：在这种意义之下，当然不能知道什么是自在之物。因为'是什么（?）'的问题要求列举规定；由于被要求举出规定的事物就是自在之物，即本来没有规定之物，所以这就是糊涂地使问题的回答不可能，或者只能作出荒谬的回答。——在绝对中，万物皆一，人们对它什么都不知道，自在之物和那种绝对，是同样的东西。"①

这最后一句话同时以集中的形式包含了对黑格尔之前辩证地理解自在的各种尝试所作的卓越批判。从库萨的尼古拉到谢林，对其辩证法作了巨大努力，通过各种矛盾及其扬弃，在一种更高的综合中比其他思想方法更恰当地规定了自在。因为这里在各种矛盾的最高统一中排除了现实与思维的各种具体规定，在这种认识的辩证法中又重复出现了如在康德那里一样的无望的状况。当然，黑格尔不可能达到这种涉及唯心主义所无法排除的对立性的认识。尽管黑格尔对谢林类型的辩证法提出了正确的责难，但是他的体系的终结点仍然进入了同样的死胡同，特别是在《精神现象学》中，对异化的扬弃是作为对象性一般的一种扬弃而出现的，也就是如同在库萨的尼古拉、康德或谢林那里一样认识处于无望状态，只不过是处于一种更高水准上罢了。因为在黑格尔那里走向荒谬的道路是经过了一个远为广大的理性领域并由此揭示出许多重要的联系。②

在自在的这一暗礁上，黑格尔的自在观使哲学唯心主

---

① 黑格尔：《逻辑学》上卷，杨一之译，北京：商务印书馆1974年版，第115—116页。
② 参见马克思有关的批判，见《经济学哲学手稿》以及作者对黑格尔与马克思观念相对立的论述。

## 第十三章 自在——为我们——自为

义最终遇到挫折。这一事实并不是说,除上述要素之外,黑格尔对这一问题就没有作出过决定性的揭示和阐发。在前面所援引的地方,他指出了——由其语言表述中引申出各种哲学规定的一般的和完全正当的偏好而得出——自在一词的双义性:"某物也自在地(此处所强调的是在)或在它那里有一种规定或环境",为了以后直接深入到在语言运用上虽还会含糊却往往包含正确意思的思维运动上来:"说:在它那里什么也没有,或者说:在那里有点什么,这些话虽然含糊,却也含有下面的意思,即在一事物那里的东西,也属于这个事物的自在之有,也属于它的内在的、真的价值。"① 对自在的这种双义性的强调表明,对于黑格尔说来从来没有什么东西可以完全作为无规定性的。尽管在抽象的自在中这种规定性还是如此地从未展开,然而在自在中却存在着这种规定性并应辩证地从自在之中展开来。在黑格尔那里——尽管这些论断往往带有矛盾的、唯心主义的倾向——至少已经存在着这一观念的开端,即对象性被看作是一种任一存在者的初始的根本的特性。这种见解表现在自在之物及其特性之间的必然联系中:"自在之物,如上面所看到的,在本质上不仅是这样的自在之物,即它的特性是一个外在反思建立起来之有,而是那些特性乃是它自己特有的规定,它以规定的方式通过那些规定来对待

---

① 黑格尔:《逻辑学》上卷,杨一之译,北京:商务印书馆1974年版,第115页。

自身；在不是一个在其外在反思以外的、无规定的基础，而是在其特性中作为根据而呈现，"① 这种见解进一步表现在对扩建黑格尔体系重要的等级序列中：自在，自为，自在与自为。自为之有②的概念我们将在结束这一章的考察中深入加以探讨。在自在与自为之有中存在的各规定的具体整体性显现在具体的从属性中，而没有对自在所表述的那种抽象基础加以扬弃。黑格尔哲学，至少在其内部的主要方向上，远远超越了康德哲学的矛盾狭隘性，自在不仅作为认识论的出发点被置于对世界进行科学和哲学研究的开端，而且提供了思维可能性，在这一过程的发展中——保持了它的认识论本质——而扬弃了它的抽象性。

黑格尔正确理解自在的尝试，受到了他的唯心主义的限制。这一点在我们讨论对象性问题时已经看到，尽管他在逻辑上作了正确的展开，但由于主—客观同一的基本概念而使他的从自身对自在的理解上产生了偏离。这种理解的积极方面正是那种——认识论上的——抽象普遍性，它允许并促成了任一种东西在不损害它的具体的正是如此的存在的情况下被当作自在存在者，这正是由于它的这种独立于主观性的实存。但如果——通过外化——自在的对象性是主—客观同一的发展的产物，它的最终阶段形成主观

---

① 黑格尔：《逻辑学》下卷，杨一之译，北京：商务印书馆1974年版，第126页。

② Fürsichsein——"自为之有"即"自为存在"，存在与有是对Sein的不同译法，此处可以兼用。——译者注

## 第十三章 自在——为我们——自为

化实体的破灭和自身解体,从而又否定对象性的独立于意识的存在。(这种意识不是指个别人的,而应指"精神",这一点——在认识论上——并不影响事态本身。)这里可以清楚地看到各种哲学唯心主义在认识论上不可逾越的界限。这里为哲学提出了有关人类进步的重大问题,这就是思维与现实、意识与存在之间的严格区分问题。因为这些问题甚至在新的黑格尔辩证法中,甚至在他的客观唯心主义中,而这种唯心主义又经常触及唯物主义的领地,以认识论上不能允许的方式相互转化,只有辩证唯物主义才能解决这些问题。

在上述论断中,从认识论上格外强调了界限问题。因为只有在这一领域,意识与存在、主观性与客观性的极其严格的、毫不容混淆的区分,才是哲学的重大问题。正因为如此,像黑格尔已经正确地指出的,自在是如此抽象和缺乏内容,因为正是这种抽象——并且只有这种抽象——才能保证认识主体对客体的独立性,而不需通过过分具体的规定为有关客体的特性、结构、关系等的实际研究提出界限。在黑格尔那里,经常在两个方面超出这种简单的、但却微妙的界限。一方面在主观性和客观性之间的界限没有足够明确地区分开来,另方面某些具体的对象性规定在哲学上显得"思辨地"绝对化了,自在不仅表现为对主观性的独立性质,而且显得非常的确定,通过科学的当前水平所理解的对象特性获得了一种客观性,它提高了对终极性的要求。由此首先使认识论和具体的科学研究的权限范围混同在一起。

当现代物理学出现危机时,列宁曾经敏感地指出,各种新的发现会使人们对物质本质的许多习以为常的观念引起怀疑。其中有些自然研究者过早地得出结论,即物理学的新的成果,对物质一般的存在提出了质疑。列宁就此提出了认识论的问题:在人的意识之外是否存在着作为客观实在的电子、以太等等?有关物质的具体本质的新的发现究竟说明什么,对于认识论说来可能且必定遇到这样的问题,其答案只能是:"物质是作用于我们的感官而引起感觉的东西;物质是我们通过感觉感知的客观实在。"① 正是认识论所形成的自在概念这种抽象性和缺乏内容性,既可以保证在世界图像中(并对实践)主观性与客观性的真正区分,同时又可以保证无界限地接受具体现实而不受僵化教条的危害。列宁所谈到的危机最终并不在于,由数千年经验和研究所确信的物质的某些特性,被当作属于物质的自在存在。由这些新的研究成果所产生的对这些见解的冲击,因此会唤起对于自在存在、对于物质本身的存在的怀疑倾向。只有通过列宁对认识论的自在与物质的具体特性的区别,才能在理论上消除这种混乱——然而至今仍有许多人还存在这种认识。当然这并不是说,在黑格尔自在概念中正确的东西,尽管它还极其抽象和缺乏内容,但并非是完

---

① 列宁:《唯物主义和经验批判主义》,见《列宁选集》第2卷,北京:人民出版社1971年版,第261页。

## 第十三章 自在——为我们——自为

全无规定性的而必须被抛弃。只是这种规定的具体性论断并不在认识论中,而是在各门科学中。

应该严格地掌握精确区分存在与意识的纯粹认识论的特性,除上述原因外还有其他缘故,因为在现实的实际过程中,观念与实在、主观与客观相互不断地转化,因为现实并不能在它们之间总是划出固定而分明的界限。要想从思想上把自在的确实的客观性提升出来,必须使其方法与承认流动事物的辩证法相结合,以便能将世界的实在性及其丰富性恰当地反映出来并加以说明。17和18世纪的那些客观主义的伟大思想家们的弱点在于,歧视和轻视这些主观的或与主观相联系的要素,而这些要素在客观现实中却起着一种客观的作用。人们试想霍布斯或斯宾诺莎对目的论问题的态度。黑格尔在这一问题中——因为他在劳动问题上比任何一个他的哲学先行者都更好地理解了劳动主观性向客观性转化的组成部分——更明确地看出了本质问题。他指出:"如果认为主观性和客观性为一坚固的抽象对立,是如何的错误了。两者全然是矛盾统一的……任何人由于不明白主观性和客观性两范畴的真正关系,他就会不自知觉地发现这些孤立的范畴会从他的手指内溜走,而他所说的话恰好会是他想要说的话的反面。"① 我们在劳动问题上已经指出,正是劳动的目的论特性,一种主观的、观念的

---

① 黑格尔:《小逻辑》,贺麟译,北京:商务印书馆1962年版,第381页,第194节。

目标设定的必然性对于物质实现提供了这种转化的出发点。但是，人们到处可以看到这种现象，在那里社会现实成了非拟人反映的对象，例如马克思曾经描述了在商品交换中的这样一种客观经济现象："商品实际上是使用价值，它的价值存在只是观念地表现在价格上，价格使商品同对立着的金发生关系，把金当作自己的实际的价值形态。反之，金这种物质只是充当价值化身，充当货币。因此金实际上是交换价值。金的使用价值只是观念地表现在相对价值表现的系列上，金通过这个相对价值表现的系列，同对立着的商品发生关系，把它们当作自己的实际使用形态的总和。"①

只有通过对观念物与实际物、主观和客观相互转化的这种辩证的理解，才能使在认识论上严格地对自在、对独立于意识的存在的确定不再是僵化的，才能打破凝固的教条和拜物教，而排除陷入主观性的危险。辩证唯物主义将黑格尔在这个领域取得的伟大成果变成自己的财富，并在两个方向上对黑格尔作出修正：辩证唯物主义使黑格尔的成果（在认识论上）更严密，同时（作为对具体现实的认识途径）更具体化而富有弹性了。马克思在《政治经济学批判》方法论的预备性考察中，明确地指出了这种对立。马克思在这里即使不是在术语上也是在实际上针对黑格尔提出了他自己青年时代的争论，他批判了黑格尔把异化作

---

① 马克思：《资本论》第1卷，北京：人民出版社1975年版，第123页。

## 第十三章 自在——为我们——自为

为对象性形成和扬弃对象性的理论,他指出:"具体之所以具体,因为它是许多规定的综合,因而是多样性的统一。因此它在思维中表现为综合的过程,表现为结果,而不是表现为起点,虽然它是现实的起点,因而也是直观和表象的起点。在第一条道路上,完整的表象蒸发为抽象的规定;在第二条道路上,抽象的规定在思维行程中导致具体的再现。因此,黑格尔陷入幻觉,把实在理解为自我综合、自我深化和自我运动的思维的结果,其实,从抽象上升到具体的方法,只是思维用来掌握具体、把它当作一个精神上的具体再现出来的方式。但决不是具体本身的产生过程。"①

在黑格尔那里,已经存在这样一种倾向,由自在向自在与自为的运动已经显示出这样一种方向。正确地提出了认识论基本问题的唯心主义,却没有能力得出由马克思正确的批判得出的结论。人们看到,对只是在认识论上把握的抽象自在的严格限定,成为理解客观现实的出发点,由客观现实的具体性出发,这种理解致力于——经过理性的抽象——真实地接近客观现实,以便最终达到所理解的这一现实的具体性。

由于为我们是主体设置的自在的对立端,所以它的规定的命运与上述过程是完全类似的:自在观念包含了与自在的主观关系的一种模式,这一观念同时也规定了为我们

---

① 马克思:《〈政治经济学批判〉导言》,见《马克思恩格斯选集》第2卷,北京:人民出版社1995年版,第18—19页。

的模式。当然这只是它们相互连接的一般图式,并且绝不排除这一系列问题的各种方式的其他发展(社会的、阶级的、科学水准的影响等)。这些影响不会对类型学产生根本的影响,这些类型学是由人对客观现实可能的行为方式所规定,虽然这些行为的各种具体—历史的表现方式直接由各种社会—历史力量所引起。由于这些原因可以说,为我们的类型学,就其最主要的特点而论,包含在自在的类型学之中。这首先规定了在科学反映中与非拟人化方法相适应的为我们的形式。这种自在向为我们转化的目的首先在于,给出实在自在的一种适当映象。这样的结果是,在探讨自在时关键的认识论问题退到背景中:每一个为我们都是一种客观现实的具体事实的反映,由事实与其各种关系的联系的反映。这种反映的用途在于——直接或间接地——把如此获得的认识转化为实践,同时经常与其他类似方法获得的现实映象进行比较,由此来调整有时是补充或限定认识的真理内容。由此已经表现出一种重要的差别:在自在那里问题的提出是针对现实的整体,而在为我们那里整体性是由无限数量的具体—个别反映或由对于某些事实组合的理论综合概括出来。所以在这种个别性和这种具体的普遍化中在自在那里如此关键的认识论问题只构成一种一般的基础。我们从对日常实践的分析中知道,一般人以自发朴实的方式把对客观现实的这种反映作为实在的模像,而不只作为单纯的表象对待。这——原则上——在具体的科学实践中也是如此。因此往往出现这种情况,在认识论上

## 第十三章 自在——为我们——自为

不承认独立于意识的自在存在的学者，在应用以为我们形式给出的各种反映时——实践上——与那些在认识论上承认自在的客观性的学者态度是一样的。

我们谈到了为我们的尽可能保持真实的特性。除了在别的地方（见第八章）已经谈到这个问题的方面之外，这里只需做些补充说明。首先我们已经知道，尽可能精确地接近现实，就像现实本身那样，与反映的照相写真特性毫不相干。似乎这种照相写真特性就是反映的原始形式的偏见，已经为下述事实所批驳，在科学反映中必不可少的要求比较高度发达的技术，相对更高阶段的非拟人化，因此现实的照相写真的精确性成为实在的而非隐喻或空话。这绝不是偶然的，这种反映方式必然迅速地过渡到对人的感官不再能感知到的事实的精确写真（从 X 射线的瞬间摄影到原子现象的照相显示）。照相再现——在最广义上说来——无非是作为工具之一，以便于科学地精确地把握个别性并将其正确地安排到普遍化的联系中去，但是科学在其长期的发展过程中也形成了其他工具，用以反映对象的特殊的和普遍的关系。这里只需指出数学的作用就够了。如果在这些途径上自在的某些方面转化为任一种为我们，那么显而易见，这种映象在其正确性的真实于现实方面不可能具有照相写真的特性。然而反对者们利用这种反映将其理论普遍化作为反对反映论的论据。由于他们把反映等同于照相复制，他们和那些把物质的某种特性等同于它们的自在存在的人犯了同样的错误。

( 审美特性

将自在转化为为我们形式的无限数量的不同反映时,每次都会产生两方面的问题:被反映的——个别的、特殊的或普遍的——现象应该尽可能适当地被再现出来,同时其摹写应该与其他反映相协调。由此得出早已为人们所了解的每一次认识的近似特性,因为后来的映象对以前所取得的映象可以不断地补充、修正,甚至完全消除。由此进一步得出——严格地从认识论上看来——只有通过综合所产生的为我们的整体才能作为自在的具体对立端。整体的这一要求,正如我们所能确定的那样,在其严格性上是单纯的公设。实际上——对于科学也是如此——往往只是工作在一个或多或少被局限的领域,也就是说,它只与这些有关的反映直接相关联并被综合出来。尽管如此认识论的这一整体公设仍具有巨大的实际的以及哲学的意义:始终存在这种自在向为我们转化的可能性,它似乎是直接的与任一所取得的综合毫无联系,然而却动摇了它的基础,迫使科学完成新的研究和概括。也许指出这种变革就够了,它在完成了哥白尼的理论以后,在社会科学中又完成了达尔文学说。从哲学上看,所有的为我们构成了一个相互关联的整体,即使它在科学实践中绝不是整体地实现的,只有以这种形式所有的为我们才与认识论上统一的自在成为实际的在认识意识中形成的对立端,只有在这种整体性中它们才能对自在的抽象性转化为被认识的世界的真正具体的整体性。(我们再回顾一下黑格尔关于自在与自为存在的观点。)

## 第十三章 自在——为我们——自为

自在的抽象性和缺乏内容性,在认识论中构成了在其具体展开的整体性中把握现实的必不可少的前提,这一哲学论断似乎与现代思想习惯有些相违。这里忽视了通过辩证唯物主义的科学认识论对自在和为我们的论述,它无非是对人的实践——为了能富有成效地——不断转化为行动的一种正确的意识化。第一,关于这方面已经谈到,即尽可能严格地区分知识与单纯的见解,也就是说,将接近正确地被反映的客观现实与对现实的单纯主观设想区别开来。第二,在上卷书中所提到的实践的悬置,以便对与人相关联的现实以其尽可能忠实的自在存在来把握。没有任何人的行为领域不是以这两种作用作为它的有效性的不可缺少的前提。人们可以说,实际的进步正是表现在,无论这种悬置多么充分,无论这些中介怎样广泛和复杂,借助于它们才能实现目标设置。只有这样才能达到理论与实践的正确结合。恩格斯完全正确地强调了实践的决定作用并援引了恰当的例证,即各种现象有规则的依次更替就会唤起因果观念,只有通过实践才能取得因果性联系的检验和证明。[①] 由此并没有降低我们所强调的为了认识的缘故而悬置的意义,正好相反,由于为了达到一种可靠的实践,实践经验应该在理论上被固定下来和加以说明,若没有新的悬置这是不可能的。实践作为认识的动因和标准并没有产生

---

[①] 参见恩格斯:《自然辩证法》,见《马克思恩格斯选集》第3卷,北京:人民出版社1972年版,第550页。

### 审美特性

对客观性的排斥,并不像各种现代流派,特别是实用主义所认为的那样,而是为了实践的利益提高了客观性的意图。这一点往往伴随着一种错误的认识论,它与在理论和实践中实际活动的意义相矛盾,但这并不会改变上述客观事实。

所有这些探讨清楚地表明,只有摆脱了各种情感侧重、各种主体感情内容才能实际上更明确、更丰富地把握自在以及为我们的概念。当然这并不否认——在此简要提及的——对自在的情感侧重的理解是以实际社会需要和人们主体真实感受到的体验为基础的。但是即使是主体性的最富张力的激情也绝不能保证其认识上的正确性和客观性。以实践为基础的劳动经验往往隐藏在巫术表象世界中,就清楚地表明了这一点。正如后世的宗教世界图像那样,其中起初的各种科学理论也被加工成它的组成部分。只要这种混合的图像能够保持与社会和科学的发展相对立的状态,那么就可能与情感侧重所体验的自在相对应,存在同样情感侧重的为我们。也就是说,对自在的把握,如果与一般以"拯救灵魂"的说法来表述的各种体验的综合体处于不可分割的联系中,那么人们对待为我们的态度也不会具有非拟人化特性,这就要以伦理——宗教观为取向,借助于禁欲的、迷狂等情感作用。这只要指出普罗提诺以及新柏拉图派的"心智美的追求"说以及基督教、印度教、道教的神秘学说就够了。

现代自然科学的产生以及与其同时非拟人化方法的普遍应用彻底改变了这一状况。我们以前已经提到作为过渡

## 第十三章 自在——为我们——自为

现象的"双重真理"学说，同时也意味着，这种学说在近代——当然经过必要的修正——经历了一场文艺复兴。同样关系到为我们以及自在的主观成分，康德是最重要的过渡人物。在认识论中已经出现了这种二重性，这是由于自在既是作为理所当然的存在，又被看作是绝对不可认识的。对于康德本人说来，自在——与新康德主义相反——是他的哲学整体结构的基石，这是由于人的认识知性所不可能达到的东西在伦理学中被当作可以实现的：与物自体世界的直接接触。只要宗教的本质内容作为实践理性必然提出的公设在体系中取得它的位置，那么，这种直接接触也适用于宗教。由此消解了物自体世界的纯粹否定的、不可认识的性质，并在各种重要问题中获得了一种极其清晰的轮廓。这里只要指出"作为自由的因果性"就够了。为了给理解自在时注入情感侧重扫清道路，这里已经打开了一道门。康德在一般的表述中是如此克制，甚至往往是干巴巴的，而在洞察自在时他却总是热烈的、充满情感的。这只要任意摘引一段就足以说明："封闭了纯粹实践理性借道德法则给我们所开启的那个壮丽启示，就封闭了借实现自由概念（它原是一个超越经验的概念）而开启的一个理性世界启示。"[①] 当然在对超验的自在存在的世界的古老宣告中曾经更强烈地充满这种激情，然而其质的区别在于，在古

---

[①] 康德：《实践理性批判》，关文运译，北京：商务印书馆1960年版，第96页。

代对心智的追求中，排除了具有方法论的严密性的认识意图。在康德那里形成了相互机械地分割开来的理论的和实践的领域。

特别是在新康德派那里仍存在这种区别，但是这种热情随着时代而下降为一种小市民的对于国家义务的履行。只是到了帝国主义时期重新出现了一般的情感侧重，然而又产生了一种重大的功能转化：不仅否定了对物自体的可认识性，而且放弃了所有的理性认识一般；相反地接受了康德后继者（休谟、贝克莱的）彻底的不可知论。取代在康德那里的通过伦理行为来把握自在，出现了新的、非理性主义的、过分情感侧重的进入——同样是所谓的——自在存在现实的官能：既有狄尔泰、柏格森或西美尔的不同直觉形式，也有存在主义非同一般的本体论。越向这一方向发展，在他们那里就越清楚地显示出每一种情感侧重的自在的本质上的主体特性。更加明显的是，它完全是建立在当代某些意识形态需求的基础上。最终这种被强调的自在是作为依从于为我们，由此使两者的关系正好颠倒过来。这种情感侧重行为的内容不是普罗提诺的"太一"的迷人的光芒，而是海德格尔"否定的无"的无法穿透的黑暗。这对于关键性的哲学问题即对于由主体向客体投射的拟人化的拟似自在的极端化归属，以一半是宗教的、一半是伦理的，提出对本质认识主体强调态度的要求毫无作用。（也有非拟人化的、科学活动的伦理方面，这与上述并不矛盾。这种伦理学只是由这一要求产生，即只服务于客观真理，尽可能完整地、尽可能不受干扰地由主体从属物中反映出自在。这有时在主体身上提升为一种强大的激情，它致力于由认识过程中排除各种主观性。）

## 二　艺术作品作为自为存在者

科学和艺术反映的是同一个现实，因此理所当然是在这两种反映方式中都必然会发现自在和为我们这样两种基本范畴。因为这些范畴，特别是自在，显然是一般存在的范畴，而不是表现某些对象的正是如此的存在——这一问题只有到为我们之中实际上才是关键性的——从一开始就明显地表现出艺术与科学各自所寻求的现实的基本区别：科学是趋向于对存在本身以其尽可能摆脱各种主观附加物的形式进行反映的，而各种审美构成所指的存在却总是人的世界。从以前的论述中我们已经明了，即使在艺术反映中也谈不上任意的主观性，更不用说主观主义的随意性。在这里也要进行一种主体的净化过程——这与对自在的审美把握最密切地相关——但是它并没有达到这样一种倾向，即尽可能排除主观性，使主体成为单纯接受客观现实的器官，而是要扬弃主体的单纯个体性。并非以抽象的彻底性，而是——因为即使人的个性的某些独有特征也往往与其本质密切相连——强烈地保持着，只是实际上涉及一种单纯的个体性。塞尚正确地理解了这一过程，他在谈到艺术家肯定是一个"良好的、敏锐的、复杂的""感受官能"、"感官记录装置","但是当艺术家冒昧地干预,随心所欲地干涉传达过程,那么他只会带来无意义,使作品价值降低……他的全部意愿就哑然无声了。他应该使所有先入为主的声音在他自身之内保持沉默……"① 对那些著名艺术家经常出现的这种心态的分析包含了在审美领域对自在表现方式的明确说明。在经过非拟人化净化了的科学反映中那些作为自在的抽象性表现出来的东西,在这里成为一种直接由概念很难把握的普遍现实:自在在审美(构成)作用中既到处存在同时又无处存在,同时每一种单一要素被强制规定着并不断隐藏在创造性活动中——直至无法觉察。

在这种最抽象化的表述中已经清楚地表明了这种——在其他地方我们已经详细讨论过——审美反映的独特特征。对它的比较深入的考察,甚至对它们的单纯列举——参考以前所取得的认识——便可轻而易举地指出以下各点:一方面审美是完全指向人的世界,因此必然与非拟人化反映在决定性特征上是不同的。另方面这种不同的倾向绝不否定自在的客观性。由此产生正相反的结论——归根结底,当然只是归根结底——与辩证唯物主义所理解的自在和为我们完全一致。这后一种结论只会使下述这些人感到惊讶,即这些——有意或无意地——漫不经心地忽略了日常生活的自发唯物主义与自发辩证法的人。这些人在现代偏见的

---

① 塞尚:《Ueber die Kunst(论艺术)》,汉堡1957年版,第9页。

## 第十三章 自在——为我们——自为

影响下习惯于无视或至少是轻视其中所内含的审美构成的贴近生活的基本趋向。审美的这种自发唯物主义在著名艺术家对自然的态度中可以最明显地看出。上面我们已经援引了由这种态度所决定的塞尚的言论。这类言论很容易见之于许多伟大创造者的实践中。当然如果人们对构成这一实践基础的与现实的关系加以分析，那么人们马上会遇到一种值得注目的对于审美反映具有核心特征的双重化。对于主体介入的拒绝既涉及自在也涉及为我们。如果创造者企图对自然加以修正，这是不能允许的，并且对于形成一部真正的艺术作品也是极其危险的。同时并与此不可分割地，把创造者意识中的主体映象作为主体性，特别是看作不可触犯的个体主体性。

我们乍一看马上就能认识到这种辩证论断的正确性，即对主体性和客体性完全鲜明地分割开来只适用于有关认识论的问题。然而，一般在其他方面则存在着极其多样的过渡和转化点。当然这并不是说，由此完全排除了主体性与客体性之间的区分。正好相反！正是我们刚才所说有关艺术家在创作过程中的态度表明了这种区分的明晰意图。一方面存在着使客观世界的真实本质外在化的主体性，另方面存在着隐藏于单纯主体的个体性中的主体性，它不可能或者不愿意打破它自身的主体化的局限。在这两者之间必须划出一条精确的界限。这里涉及审美构成的一种基本事实，而不是涉及每个艺术家的情绪或内在欲求。这表现在：在作品中可以精确地确定，主体性本身为了把握世界

> 审美特性

的自在所进行的这种努力在哪些地方是成功的以及在哪些地方是失败的，正如在科学反映中真理与谬误之间可以相互区分一样。对于审美说来，同样存在着自在的问题。只不过在审美中有极其重大的改变。这种改变来自社会需要，正是这种需要唤起了对现实的审美反映。由于人的世界成为审美反映最终的、决定性的对象，在可以企及的和所要达到的艺术对象中给出了主体性与客体性的一种不可分割的相互联系和共存。这个世界对于单一个性的意识说来是一种自在存在的、独立于意识的现实。但是它与这种客体性不可分割，同时是所有人和人类共同活动的产物。在科学反映中，这里所存在的客体性必定构成一种扩张的要素。人类史与自然史的区别——正如马克思援引维柯的话所说："人类史是我们自己创造的，而自然史不是我们自己创造的。"[1] 这并不影响它对各种科学方法论的重要性。在艺术反映中则不同，在那里不仅是在最宽泛的意义上来理解人的世界——自然在其中也只是在这种联系中出现——而且人的世界本身也直接回归到人。

如果在每一种美学分析中艺术的情感激发特性都处于中心，那么这种特性从我们现在考察的观点看来无非是为了使人的世界回归到人本身。在社会科学中，这种人的世界成为纯粹的客体，其内容是由人本身的行为关系等所构成。相反地在艺术中人类的发展过程直接关系到每一单个

---

[1] 马克思：《资本论》第1卷，北京：人民出版社1975年版，第410页。

## 第十三章 自在——为我们——自为

的人。艺术激发作用的目的首先在于,使接受者把人对客观世界的这种摹写当作他自己的事情来体验。他应该在这个世界中重新发现他自己——他自己的过去或现在——并由此意识到他自己是人类及其发展的一部分。作品可以唤起和培养他的自我意识,就该词的最高意义上讲,这是在所描述的客体中,如果没有对自在的真实的摹写,那么这种目标设定则是不可能的。如果艺术表现的内容——归根结底——对于人类发展不是富有意义的要素,那么通过艺术激发所唤起的自我意识将是一种自我迷惑、一种空洞的套话甚至一种欺骗,正如它过去或现在所是的那样。所以如前所述,自在在审美反映中是全部处于现实存在中。但是由于同样的原因,它不可能以其纯粹的——认识论上抽象的、无内容的——形式出现,如在科学反映中那样。因为对具体人的情感激发作用只能通过对具体现实的摹写才能唤起,这种现实表现了客观的全部本质特征,当然也要考虑到,这些形象代表了由人本身在发展中所做出的,着重于接受者那里情感激发地引起"与你有关的事是最大的事情"(Tua res agitur)的体验。

依据以上论述,在自在中的这种主体要素就看成是它的有机的、内在的固有组成部分。上述创造的主体性由单纯个体性进行的净化正是为了达到这一目标。人类事物应该在这种二重性中被艺术地表现出来:它既客观地在艺术作品所反映的现实的自在存在中内含着,又作为这种现实内在的主体性,使所有人的自在提升到直接的可体验性。

> 审美特性

这种直接性的必然性,正如我们以前所论及的,与日常生活的必然性并不相同。它是重新创造的,并且植根于对日常生活的扬弃并以全新的方式完成对日常生活的直接性的重新确立。它在审美领域创造出一种与非拟人化反映不同质的现象与本质的关系。如前所强调指出的,在这两种反映方式中所反映的是同一个现实:如果人们不想歪曲它的特性和结构的话,现象与本质的辩证关联、本质的必然表现以及现象与本质结合充满矛盾的本质蕴含性并不能由客观现实中消除掉。将本质与现象相互严格地区分开来,以便能具体地通过它们直观化的彼此之间相互辩证运动来揭示出作为对立统一的统一性,这是非拟人化反映所不可避免的。即使是拟人化的审美反映也必须进行一种区分,尽管这一区分作为一种辩证过程的结果而产生出统一性,但是其终极结果在质上具有不同的特性。它表现为本质与现象的始源性直接统一的重建。正如我们所知,这只是——必要的和有意识地产生的——外观。因为这种艺术作品新的、更高的第二直接性,它是通过艺术作品同质媒介所实现,可以产生出一个世界,在这一世界中每一种现象都直接地——以它的直接性唤起情感激发——可以直观和体验到在其中起作用的、以其为基础的、由它所形成的本质。科学反映作为我们的意识中为我们之物,可以形成对于现象与本质的充满矛盾的统一之洞见。在审美反映中,其过程会导致对它直接表现出来的——客观地、往往经过多种中介地——不可分割的相关性的体验。在不同反映中这种

## 第十三章 自在——为我们——自为

明显的分化,甚至对立并不能掩盖这一事实,即在这两种情况下自在存在的同一特性对于为我们的存在却是完全不同的。

马克思指出:"如果事物的表现形式和事物的本质会直接合而为一,一切科学就都成为多余的了。"① 毫无疑问,科学反映表现了本质与现象的这种相关性的分歧的形式。如果艺术作品正好塑造了这种现象与本质的毫无二致的吻合,那么在这里向生活直接性的回归是虚假的,因为这种直接性——已经在日常直接实践中——往往只是一种欺骗的假象,对于审美的吻合必须建立一种新的直接性。这种直接性本身不像在生活中那样具有欺骗性的"自明性",而是一种奇迹;当然它是由人有意识地唤起的,以便揭示深刻而真实的生活关联。但是在新的审美直接性中,这种现象与本质的直接吻合并非"杜撰",而是表现了自在存在的现实的一个重要侧面。黑格尔这样表述了由此形成的关系:"因此同规律相比,现象是整体,因为它包含着规律并且还包含着更多的东西,即自己运动着的形式的环节。"② 当然科学也可以接近这种整体性认识的复杂而经多种中介的曲折道路,但是艺术作品的新的直接性的特性是将其直接地(uno actu)呈现出来。这里表现了审美构成的特性,在其

---

① 马克思:《资本论》第3卷,北京:人民出版社1995年版,第923页。
② 黑格尔:《小逻辑》,见《黑格尔全集》第4卷,斯图加特1949年版,第29页。列宁在《哲学笔记》中赞同地做了援引,见《哲学笔记》,北京:人民出版社1961年版,第160页。

◯ 审美特性

中"自在"和"就其自身"直至可区别性相互接近。在科学反映中一定程度上构成终点的东西,在这里成为起点。因为现象与本质的直接吻合不应该是形式上的,而应该是充满内容而真实可靠的,自在存在必须有这样一种具体的充实性,正如它原来只具有就其自身的存在。认识论与具有非拟人化反映特性的具体研究之间,在这里没有严格的区分:存在对意识的独立性必定没有客观化的表现,因为它在每一种具体表现的艺术体验中都是具体地呈现出来的。

如果我们回想一下,为了取得对自在的正确理解人类思维所走过的历程,那么这种收敛性就更加明显。大多数侧重情感的观念都要求蔑视现象世界,以便在其纯正的单一性中抓住先验的自在存在(如普罗提诺的"太一"),康德的两元分立性在于,他一方面在其人的意识的独立性中思考自在,但另一方面他又设想现象界在它的具体性上是由意识的主观先验性形成。尽管如此,在这里按照黑格尔的说法,与以前现象与本质之间形而上学的二元论相比还是前进了一步,康德在这种先验中看到了"理性的一种必然活动",由此产生出一种"假象的客观性"和一种"矛盾的必然性"。[1] 黑格尔在这里忽视了康德立场在认识论上的弱点,即由于自在的不可知而使所有现象的客观性都成了问题。只是在他那里,他自己所形成的辩证方法能够将现

---

[1] 黑格尔:《逻辑学》,见《黑格尔全集》第4卷,斯图加特1949年版,第54页。

## 第十三章 自在——为我们——自为

象与本质赋予实在性和自在存在。甚至假象只是"最初的"非本质的东西,在进一步的观察中证明这种非本质的东西对于本质不再是外在的,"然而假象是本质固有的假象"。[①]由此假象取得了一种比较高程度的客观性,它表明处于现象中更高的阶段。在这一阶段,正如黑格尔所说:"它是自在事物的东西,或者是真理……表现出来的东西指出本质的东西,它是在其现象之中。"[②] 在这里,剩下的问题只是进一步说明辩证唯物主义对这种客观性的深化和固定。

首先在此重要的是确认,在审美领域从一开始起,只要诉诸实践,即使还缺乏对自身行为的意识,这种在哲学上致力于取得的有关现象及其与本质的不可分割的相互关系的客观性的观点,就构成了每一种艺术造型的基础。当然非具世性的纹样是一种例外,因为它完全没有认识到现象与本质的对立。但是在已经产生了以造型方式表现寓意的地方便出现了这一问题。尽管每种寓意现象相对于超验的、概念的、本质的降低了价值直至毫无价值,然而在很多寓意形象中却自发地形成了无意识地否认巫术——宗教意图,并在实践性艺术中把现象作为现实的审美观。只有这样才能说明,如此多的原先作为寓意设计构成的东西,在原有超验含义被遗忘之后很久还能发挥一种纯粹审美的

---

  ① 黑格尔:《逻辑学》,见《黑格尔全集》第4卷,斯图加特1949年版,第485页。

  ② 黑格尔:《逻辑学》,见《黑格尔全集》第4卷,斯图加特1949年版,第498页。

> 审美特性

效应。这种对现象与本质关系在艺术上天然地把握，导致在审美领域自在和为我们关系产生一种新的复杂性。在科学反映中，自在的这种抽象普遍性获得了一种功能，即发现和把握本质与现象实际联系的机制、各种媒介的动态系统。与此相反，审美反映却将（本质与现象的）原有的客观统一性和不可分割性提升到一种直接体验的高度。由于这是自在存在的两个侧面，所以这两种反映方式同样是真实可靠的。两者的对立表现在，审美构成由于它与人的相关性、由于它的情感激发意图，因此在自在之中本身必定包含了这样的要素，即它是指向人的。也就是说，在审美反映中自在本身就隐含着为我们的因素。这种状况作为充满矛盾的补充产生以下结果，审美的为我们，如果它是由这种构成的特性本身中产生出来的，它应该以情感激发的方式完成其职能，那么它必须客观化为一种新的自在。由此我们抵达自在与为我们的审美关系的一个关键的本质标志点。它的实际特性和重大意义，只有当人们对这些概念由其他方面作一系列考察才能完全揭示出来。我们在前面论述中提到的结果，如果我们把它用于自在—为我（们）的问题，上述仍为抽象的观点就可以具体化为一个综合性的论断。

我们从特殊性开始。如前所述，与在科学反映中不同，在审美反映中特殊性处于一个重要的中心地位。这一中心地位在特殊性中包含了对每一普遍性和个别性的不断扬弃，这才使上述自在—为我们的问题取得其恰当的广度和深度。

## 第十三章 自在——为我们——自为

因为所反映的现实本身是指向人、指向人类事物的，它直接唤起一种印象，使一种单纯的主体性融入必然的、客观的自在之中。如果由审美构成中特殊性的中心地位得出某些必要的结论，那么这种印象就会被修正。特殊性作为中项也意味着在个体化和普遍化之间的一个中点，这就是说它不同于在科学反映中所存在的那种简单的中介，而是作为能动的综合力，通过这种综合力的效用使每一对象、每种关系同时且不可分割地包含一种生动的个别性和高度的普遍化，并焕发出这种综合的统一性的光芒。在这一范畴状态下，审美对象——它的自在和为我们——与人、与人类发展的关系被提高到客观性的高度。同时，与人类事物的关系得到了突出的强调。因为即使日常生活中单独的个人，他的大多数生活事务必然与他自身相关，如果这些活动不是自愿的和不断完成的，那么这种实践不会富有成效。日常人的活动必然与他的单独个性和各种具体目标相关，即使——例外地——他的生活的整体性、他的个性的整体性适合于相关客体，那么这种个体性也不会被扬弃。从范畴上来表述，这里涉及个别事物——如在劳动中——若出现了趋向普遍化的冲动，那么这种普遍也必须以必要的有时是特殊的媒介来保证每一行动的成功。我们分析在劳动中对主体目标设定的必要悬置时，已经谈到了普遍性的这种作用。

这里所谈到的，已经远远超出日常生活常见的关系或与人的关联。（要回答出现类似问题的伦理学的专门问题，在这里不能进行讨论。）由这种观点出发，整个科学，即使它是以人为对象的，也要对个体的、主观的、人的目标设定作出巨大悬置。在审美构成中情况却完全不同。特殊性的作用中点一方面是作为扬弃了的、在所保存的个别性的扬弃中与个别的人保持直接关系，另方面作为被扬弃了的、但作为普遍化运动而保持着的普遍性，使每一个别性提高到超出其个体性的高度，使它由单纯的个体性的制约和关系中解放出来，在塑造的诸对象和关联中创造出一个特有的中间领域，它将生活的直接印象与对现象界的洞悉以及本质的光辉结合在一起。在这样一种作为中心的特殊性中，在自在存在中客观地发展了那种对人类富有意义的要素。

人类的发展是一种客观进程，这一进程是独立于其参与者的意识而展开的。即使这种意识在此进程中发挥了主导的作用，他们行为的后果、他们行为的意义按照规律说来是完全不同于他们的意识作为要实现的目标所提出来的东西。这一进程在此方面无疑具有一种自在的特性，社会科学的任务是将它的本质的东西转化为一种为我们的、转化为对人的意识的占有。在审美构成所完成的向特殊性范畴的转化，在这里产生了一种富有意义的改变，通过这一改变强调了这一进程的另一个本质的侧面。如此形成和展开的现实就词的最广义说来是一种自我完成——包含了人的自我实现和人类的自我创造——这一点我们早已知道了。因此这一进程具有双重的侧面，一方面是客观的、所有参与进程的个体意识所涉及的一切都只属于动因和材料，通

## 第十三章 自在——为我们——自为

过它们达到整体的认识成为科学的任务,另方面主观的、参与进程的个体把这一进程——有意无意地——作为他自身的东西而参与其中,它的最固有的存在,从最小到最大,只是在与进程相关联中作为属于自己的东西来理解。

但是这种理解必然具有了自我意识本身的特征。它当然——正如把人类发展作为认识对象的客观意识——可能是正确的也可能是错误的。但是在这两种情况下,真理具有不同的标准。客观的科学真理的标准我们是已知的。对自身命运的理解则是植根于对类的理解,通过类为中介,由类中产生并进入类之中,它同样很少是主观随意的,如同对于他的任一对象的、客观化的非拟人化的意识那样。在这里,标准是持续的,更恰当地说是在人类意识发展之中形成的。一切情感、一切思想、一切信念或作为,不论它们是善的或是恶的,从这种自我意识的观点看来都有其真理,如果它们不只是无踪迹地隐藏在这一进程中,而是成为自我意识变动的要素。如果选择提出问题,那么它就很容易理解,为什么在特殊性范畴中对它的回答变得如此重要。因为这样的要素具有自身的普遍化倾向,却不会忘记其具体的正是如此的基础。另一方面它又是个别的、单个的,又不会陷入一种单纯的个体性。两种要求指向中点,指向特殊性,但是在这里特殊性不单是作为相反倾向的一个简单的会合点,而是相反地形成了中心,这一中心将两个方面提升到自我意识的独特的综合之中。

我们对特殊性作为审美范畴的这一方面的探讨作了分

析，同时还指出：在审美领域特殊性的实现必然采取典型的形式。典型是这样一种中间领域，在这一领域中，人、状况和行为等的个性的普遍化了的意义聚集在一起，而不扬弃它们的个性，并由此得到了强化。显而易见，这种对象性的恰当反映只有通过情感激发才可能实现。但是由此在审美的为我们之中正是那种拟人化的主体性要素步入前台，它排除了科学反映的主要任务。这种对立我们已经在有关两种反映方式由于其特有的真实于现实的合理性问题时谈到过。这里——在所有以前的结论都已知的前提下——只就我们现在的问题加以说明，具有这一特性的为我们只在以下时间和地点才可能，即它的拟人化的方面、它的情感激发的本性在自在本身之中就存在客观的基础。这一基础显然存在于审美反映的客体中，存在于人类发展之中。若要不触犯反复强调的人类发展的客观性，不忘记人类发展是在自然界及其规律性之内演进的，那么就必然要考虑到自然界及其规律性，我们不断反复提到的"社会与自然的物质交换"而不是把自然本身作为审美反映的对象来看待。这已经表明，在这里不是那种纯粹的、与各种主观印象无关联的、甚至未触及过的自然界自在作为对象，而是一个与能动的主体处于不断相互关系——即使这个主体不是个人而是一个群体，即任一社会，通过社会中介而与人类发生联系。

正如社会科学的对象化结构所清楚地表明的，在社会科学中人类关于其自身发展的意识是研究的结果，由此却

## 第十三章 自在——为我们——自为

不能改变自在。若在审美中出现主体性的介入因素，这绝不是主体性在一个与其无关的、纯客观的领域的投射，像在实体化过程的情况那样。相反，在这里主体因素正是这一客体的特有客观性的一种有机的、基础性构成要素。如果正是这种主体性的自我意识——并且只有这种自我意识——进入审美反映的中心，那么其中通过在被反映对象中的创造主体性，才以合理的方式在对象的内在层次上自由地确立了某些东西。以合理的方式这一说法，无论如何加以强调都不会过分。因为奠定其基础的行为主体的立足自身的意识，构成了这一客观过程本身的一种客观的本质要素。这当然是正确的，即各种事件、态势，特别是时代的结局不是由个别行为人而是由各种客观力量、由生产力的发展和由生产力引起的生产关系的变化所造成的。由此绝不能得出以下结论：第一，直接完成这一过程的个别人的各种行为对这一过程的结果没有影响；[①] 第二，还应该补充说明，在这一过程中由个人的情感、思想和信念等造成的，对其行为直接地产生和伴随的或由之引起暗中影响，同样的属于社会力量，不论它是具有积极的或消极的意义，还是起着促进的或阻碍的作用；第三，这一复合体——在它的自在存在的本质没有经历变化时——也可以由单个参与者的观点加以考察。这种观点会与非拟人化反映出现许多

---

[①] 《恩格斯致约瑟夫·布洛赫，1890年9月21日》，见《马克思恩格斯选集》第4卷，北京：人民出版社1972年版，第478页。

不同的比例、不同的配置和不同的侧重点，而不会存在不真实，不会在自在中动摇其客观性和意识的独立性。在此本应消失或至少减弱的其他要素出现在前台，非拟人化反映中主导的要素只形成一种往往几乎无法觉察到但却总是现实的基础。

虽然自在的这一新的方面的客体性没有被足够地加以强调，但同样毋庸置疑的是，在其中包含了主体性的要素。这不仅表明它的直接的表现方式，当然这是与其本质密切相关的，是集中在个体行为的人，集中在个体的感受上，而且如若这些对象在其客观的对象性中没有明晰地表现出个体的思想和情感生活的清楚的意图，那么这些对象必然仍旧是无法把握和不可理解的。对这个新的问题只在以前所做的详细阐述加以概括就足够了：作为审美范畴的特殊性是此处所寻求的个体人的行为、情感等与其在人类发展过程中的意义的形式表达。正是通常所谈论的、由特殊性直接推导出来的典型就包含了它的准确意义，如果典型是关系到这一对象复合体的话：典型就是特性、情态、信念，如果典型清楚地指涉在人类发展中最终所产生的方面，使这些方面以感性直观的形象呈现出来。典型的规定，它与平均值以及过分的界限，在哲学上只有这样才能说清，即当典型占据了自在——为我们问题复合体的位置时，它的本质才实际上被阐明。

特殊性在审美反映里的中心地位，由于它赋予了自在向为我们转化的这种具体的对象性，表现出另外两种独特

## 第十三章 自在——为我们——自为

性,这到目前为止已经详细讨论过,它们可以对其功能作出足够的阐释。我们还记得,审美反映在其原初的对象性中已经包含了一种对待摹写现象的态度、一种赞同或反对的倾向性。当然没有这种决断就不可能有日常生活和科学。但对于这两者说来重要的是,它们与尽可能被客观地把握的为我们相关联,对它尽量不带愤怒及偏爱(sine ira et studio)地把握,尽可能准确地反映出自在。倾向性往往是每一思想过程的前提,其后果对于所取得的客观知识的利用说来是不可估量的。如果愿望、努力等侵入到反映本身之中,那么必定会损害它——对于实践也是如此——因为富有成效的行为是以尽可能精确已知的客观现实为前提。我们重新提到了上述在最简单的劳动过程中和在科学中实践的悬置,审美反映在这方面与其他任何反映都完全不同。不仅任一具体对象的选择是以对其肯定或否定的态度为前提,而且这种态度还决定了它的审美存在——正是在其审美的客体性上——的本质,对象本身是通过这种态度才被反映和形成的。由此已经说明了审美反映的第二个重要的独特性,它的经常被提到的情感激发特性。这一点已经多次做了描述,并且与在生活中和科学中出现的类似现象区分开来,这种简单的提示对于理解它在这一复杂问题中的作用已经足够了。

如果我们了解了这些规定在它们的统一性中的关联,那么在审美反映中为我们存在的一个同样已知的特征就比目前看得更加清楚了,即它的在自身完成的同时又是个体的本质，我们在那个时候称为作品个性的东西。当然在生活中和在科学上，人会在一定程度上影响到他所把握的每一种为我们的存在。这一点没有人会产生争论：甚至一种数学推论可以表现出某一著名学者的个性，这会使他的同仁触及一种为我们，或许这是由其自身主体上取得的，在生活中是绝对不一样的。尽管如此人们不允许把这里表面产生的相似夸张为类似的结论。因为首先要科学地涉及客观的、自在存在的现实，在客观化的为我们的存在上的可感知的个性特征仅仅是一种附加物，它不可能决定性地触及事物的本质。在生活中正相反，首先涉及的是实践所取得的成果，在这些成果中行为个性是什么和怎么样将起很大作用，而不体现在立足自身的形象上。在作为作品个性的艺术作品中情况与此正好相反。由此描述出在审美中为我们存在的独特的、与概念把握显得矛盾的情况：以固定形象构成物形成的对现实的反映，要求具有普遍的——在原理上——历时性的效应，同时——同样相应于其原理——具有封闭的个性特性。

正如我们刚才肯定了在审美领域自在存在的主体成分的不可扬弃性，在与其相应的、反映着自在存在的为我们存在特性中也表现出这种主体成分的不可扬弃性。这种主体性要素在这里表现为一种特别突出的形式。正如上面所说，一方面它与体现现实审美摹写的作品的客观效应不可分割地联系着。另方面它同时是作品最终规定着其全部细节的本质，这种本质作为审美的形象构成物，如果它不是

## 第十三章 自在——为我们——自为

一种作品个性的话，可能根本就不存在。这种二重性只是在转化成概念的形式上才作为悖论而存在。如果我们对它的始原的对象性加以反思，那么显而易见，审美反映的自在特性，人类在其具体阶段和时期的经常性存在和具体发展，体现在上升到特殊的个别事件，只有作为一种为我们的存在才能为人的意识所把握。当对这种审美的为我们的存在以及作品的个性只能以情感激发的方式被统觉，这种主体性还会进一步提高。这种真理性和客观性是以不依存于意识而存在的自在为基础的，这种作品个性对于其显见的存在和表现并非无足轻重。因为正如在前面的论述反复提到并详细阐释的，由作品个性产生的情感激发是一种模仿的强化作用，其真实性构成了它的效果的必要前提，即使它不是唯一的决定因素。作品个性与为我们存在的所有其余表现方式共同构成了对自在存在准确反映的限定因素。但是它的看似矛盾的主体因素并非——像在其他反映方式中那样——成为自在与为我们存在协调一致的障碍或者成为这种关系的非本质性附加物，而是相反地成为这种特殊反映方式的特有推动力。

由此产生了作为为我们存在的作品个性的其他特性，这些特性同样已为我们所了解，现在却是要从这一问题的观点作简要的回顾，以便能够正确地把握这种反映方式与其他种类的反映所存在的对立。首先，作品个性始终是一种终极性的东西，而在生活和科学中，每一种为我们的存在——依其原理而论——都是暂时性的，它作为特定时刻

### 审美特性

最佳的近似总是可能被另外更佳的近似所取代。作品个性作为为我们的存在，在它的这一功能中不可能为一些更完善或对现实更加近似的所替代。它或者以情感激发的方式表达了人类一个重要发展阶段的可体验的本质——也对于后代——或者就审美领域而言根本就不可能（有审美意图的作品作为社会科学的时代性文献或作为形式、趣味等变迁的标志，这并不影响这一问题的本质）。当然这种效应本身具有历史特性，所以对这类事实的审美判断只具有一种近似的性质，正如每一种其他的科学判断。甚至在荷马或莎士比亚，伦勃朗或汉德尔那里，这种判断服从巨大的历史变动——它可能在一整个时段消逝，然后又直接出现——作品和艺术家的效应史构成了历史唯物主义研究的特殊领域，它致力于阐明这种盛衰的社会原因。但这不会改变辩证唯物主义的根本任务，即确定各种作品审美存在的这种或此或彼的任务，并按照它的内容与形式的标准来探求。目前所讨论的审美的为我们问题通过与科学的为我们的对比就已经足够了。

现在所要讨论的审美的为我们的独特性与审美构成的另一个我们已知的独特性即多样性密切相关。我们知道，在科学反映中每一种为我们的存在有时也能单独地起作用，只是作为整体联系的局部来看待。正是按照其原理，科学反映具有一种系统的—事实的统一，在这种统一中每一种为我们的存在通过其他反映来补充、具体化和限定。每一种作品个性相反地完全是立足于自身的，像——原本审美

## 第十三章 自在——为我们——自为

地看待的——存在各种艺术,其事态深层所存在的统一性只有通过艺术哲学在概念上加以把握,在每一种单独的艺术、每一种门类的概念中,也潜入了一定的哲学上合理的抽象,一种在思想上与原本审美的自我疏离,这也只能由单个的作品表现出来。在原来的审美构成中存在的是这些作品——直接说来——是无窗的单子。当然只是直接的,因为它与其终极对象即人类发展的关系,清楚地表明这种直接性的一定的哲学界限。由此便不会使这种界限具体地被扬弃。正如人类是由单个的人所组成,所以人类的自我意识只能由单个的人来表达,这种自我意识的客观化、它的普遍的可体验化只能在单个的、立足自身的艺术作品中完成。这种为我们的对象结构是那种自在的一种精确肖像,这一肖像是由作品反映出来的。如果一个真实的、在观念上被普遍化的为我们能以这种真实的具体性在艺术作品的通常特性中产生,那么人们就得把人类想象为由人类构成的唯一材料的实在的单个人在彼岸的直接外在实体,人类必然作为黑格尔意义上的一种世界精神站在我们面前。在各种单个艺术作品中的审美反映的纯然真理完全相当于那种由作品所描绘的自在存在的现实的实体:在这种个别化中,在这种每一个审美的为我们的立足自身的存在中,表现了这种实体的直接实在性。其中每部作品都有一种作品个性,它的此时此刻、它的产生的历史规模和界限在作品中被统一地塑造出来。有关这一实体的更宽的、更深的、只有通过广泛掌握的中介和普遍化才能达到的真理,在作

## 审美特性

品个性的审美本质中被揭示出来,这一实体即是处于产生着与消失着、经年不断地再生产和进化之中的数以百万计的个体。作品艺术形式的真理——最终——是基于,它的不可排除的、空间—时间的、感性—知觉的具体性,它的不可摧毁的个性在这种程度上要大于单纯的此时此地和正是如此的存在,它不破坏具体在场性的内在性,不超出作品世界的闭合的内在性,其中还包含了那些使个人事件与人类发展进程联系起来的因素。由此把人类发展的一定阶段的意义纳入了人类的记忆和自我意识之中。作为审美中心范畴的特殊性是能将这种两重性构成统一形态的形式。

如果我们把现在的问题集中到它事实上所构成的那种统一性加以概括,那么审美的为我们的特性就清晰而形象地表现了出来。为了能够使人获得他自己的类的自在存在,必须在自身唤起一种新的自在的特性以满足一种为我们的真正功能,必须建立一种自在的形式。这一事实从原本的审美视角看是理所当然并显而易见的。人们若要将在量上不同的,甚至相互间不可比较的审美体验,在意识中上升到形式的同一性上,那么对于这些体验说来一种普遍的抽象要素是共同的,即一种不可变更的"现实"、一种与自在相对应的存在。我们将现实一词括在引号中,因为它属于审美感受性的本质,同时引发这种相关体验的作品是人的产品,不是自然的或社会构成物意义上的现实。这种限定正是强调了这一点,它对于我们的探讨是重要的:作品是一种为我们的存在,它——只是在形式上——表现为一种

## 第十三章 自在——为我们——自为

自在的形式，而不是其概念的严格意义上的一种自在存在。

作品的这个方面具体化为前述的还纯粹是形式上的规定：它的自在性质遮蔽了实际的自在，甚至在整体上显得是消除了实际的自在。当在生活中或科学中每一种为我们按照其原理是可以验证的，人们将它与自在——直接与每一种反映出它的局部的要素相比较，作品作为审美的为我们就直接排除了对它的现实真实性的这种检验方式。如果出现对作品与"原型"之间的比较，这是对艺术一窍不通的确实标志，对这种——向日常生活靠拢——背离艺术的态度的拒斥往往导致对艺术的反映特性的根本否定。这就从另一个方面误解了在美学中自在与为我们的复杂关系。因为我们对审美模仿的深入阐释已经表明，其作为对现实反映的特性绝不会由此而被消解，从原理上说没有任何特定的客体能在自在存在的世界中被揭示出来，它是通过一个特定的客体在一特定的艺术作品中被"模仿"出来的。

当然这并不排除这一事实，艺术创作过程在很多情况下是充满激情地对一定现实对象在其正是如此的存在中加以再现，特别是造型艺术的历史对此给出了大量的例证。但是我们不应混淆在艺术形成过程中自在和为我们与作品本身特性的关系——这在美学中是经常出现的情况，更不用说著名艺术家们对他们自己的艺术生产的理所当然的尝试。在创作过程中，为我们本身首先是处于发生状态（statu nascendi），然后艺术家用他的最终的笔触达到它特有的结构，在这一创作过程中艺术家事实上面对的是自在本身，

> 审美特性

他的工作是为了把自在作为有效的为我们明确地加以固定。如果我们对这一创作过程从整体的角度来看待,那么上述个别性的具体一致不再是可能经常出现的临界情况,不再是这一过程的常规的意图和典型的目标。艺术家所致力的与自在的一致,是比自在更广泛、更丰富和更深刻地达到个别情况来作为实现作品完整性的手段。自在是与艺术家在他的工作中相对应的——很少是以有意识的方式——它是人类发展的那种因素,它的特殊性点燃了艺术家的想象力和他的艺术意愿,艺术家把它以同质媒介展示出来,希图在作品的新的直接性中实现现象与本质的吻合。真正的艺术家正是要证明,在作品中自在转向主体和人(人类)的自我意识的要素和倾向被展示出来,所以他既不能停留在个体的主体性,也不能停留在个别性的普遍化中成为超越人性东西的抽象,而是寻求和找到那种中点,在这一中点上人的命运成为人类命运的回响,短暂的此时此地成为人类重要历史变迁的标记,单个的人成为典型,每一幅图画更成了它的本质的直观表现。外延无限的自在在这一过程中集中成作为小宇宙的作品内涵的无限性。在为我们的存在中,对自在的正确反映应该局限在以其表现方式对现象本质的真正的深刻的集中上;这种表现方式并没有对直接原型的个别特征小心翼翼地忠实再现,但却能可靠地存在,如果进行一种——在艺术上允许的——比较,它并没有与实在相符合的个别形象细节。

由此已经可以看出,自在与为我们在审美领域的特性

## 第十三章　自在——为我们——自为

上的转化。在此再次强调这种反映方式与生活和科学中反映方式的质的区别就是多余的了：在科学反映中所不允许的验证方式在生活中原则上是不可能的。每一种非拟人化反映产生的真理只有通过与它所反映的原型的尽可能精确的比较才能作为真理加以证明，而每一部艺术作品的纯正性、它的真实性和它的感染力，则要依靠自在对人类自我意识的激发，这种证明直接存在于它自身之中。"直接"一词在这里具有多重的似乎令人难以捉摸的意义，它的不明确性不是思考不彻底造成的结果，而是由作品的复杂的、多样的、多层次的和充满矛盾的统一表现出来的。在这里，直接性首先完全是严格的字面意义上的：作品所产生的激发作用、作品使接受者所处于的情感侧重，是只能以作品个性的形式结构为基础的。这无疑是对于作品原本的审美态度，在这方面作品具有了明确的自主特性。它完全遮蔽了实际的自在，使得将其自在与为我们的全部问题置于自身之中。从以前的论述中我们可以知道，艺术形式的这种全能性质是基于，它是每一种特定内容的具体形式。只要这种内容起作用——我们同样知道，以前所提到的对作品的直接体验是与其特定内容的可体验性是同一的，在这种直接效果中正是这种内容起了作用，接受者在其印象中对于形式的具体作用的充分意识必定是比较晚的并经过一定中介的——这种内容扬弃了这种效果的最初的直接性。

在接受的前导和后续过程中，必然会以一定形式出现作品所描述内容与接受者生活中已经和正在经历内容的

> 审美特性

"比较"问题,由此——似乎——会产生自在与为我们之间的普遍关系。这种比较作为效应过程的因素是不可避免的,其导致的结果是,这种比较会消解了艺术作品的审美特性,把作品变成为认识世界的单纯文献。毫无疑问,在艺术的持续效应中这种认识因素起着不可忽视的作用。正如我们所说,莎士比亚或巴尔扎克揭示了前所未有的典型,司各特的小说或《战争与和平》记述了比历史学更真实的历史,提香的《卡尔五世》或戈雅的宫廷肖像达到了比任何其他时代对心理现象的客观表现更深刻的地步,那么我们在艺术领域还没有放弃,把握形式化内容的意图是沿着在作品中反映出自在这一明确的方向。尽管这种成分在效应的整体上如此重要,但它不是作品的完成,它不会使作品达到真正的完善。直接性的内在性要在一个更高的水平上完成,即建立在每一作品的独特的、无可比拟的"世界"——在这一意义上又可称为单子式的——体验之上。就其实体而论,这一世界是一个特殊的世界,它在其特殊性上是绝对在其自身之内完成的,正如它——同样借助于这一特殊性——使人类发展的那一瞬间成为永恒,它正是对这一瞬间的反映。但是因为作品的"世界"不是把这一瞬间作为自身之外的客体并对它加以昭示,而是在自身之内加以集中和意义强调,与各种单个的自在存在的对象相比,使其各种规定更加丰富化,更明晰地、加以分解地具象化。同时将展现原型对象的道路同样回归到作品中来,如同具有超越自在存在的内在性的最初直接性。因此作品就是原本

## 第十三章 自在——为我们——自为

的和自然的审美反映中的为我们,在这种为我们之中——直接地——融入了自在的重要本质特征。如果我们要将艺术作品的这种独特的特性在范畴上提升到概念水平——至此我们只是相对其他反映方式作了主要是消极的、有局限的描述——那么由其自身将把为我们的范畴推到前台。这种极其重要的规定当然在存在和思维中总是存在的,但只有黑格尔才首次揭示出它的意义,并确立了它在逻辑学和科学学中应有的地位。值得注意的是,同样在特殊性范畴中,对辩证法的正确感觉使黑格尔提出各种形式和关联,这特别在美学中起了决定性的作用。但是,他自己在他的《美学》中几乎没有想到,将其相应地加以有效利用。我们确信,黑格尔体系的错误的、观念论的、阶层制的基本构思妨碍了他将其自身从逻辑上发现的这一新大陆扩展到审美领域。因为这个领域作为单纯直观水准,对于他只是构成表象和概念的准备阶段,他不经意间放弃了许多决定性的审美范畴问题。正是为我们范畴属于黑格尔哲学独特的新发现。这一范畴的重要性在其结果中却——除了马克思、恩格斯和列宁——没有被认识到。在以后的哲学中它几乎完全消失了。在引用这一范畴的地方,往往完全被误解了,所以有必要至少简要地探讨一下这一范畴的本质。

从普遍的体系理论的观点出发,在黑格尔那里形成了这样一个序列:自在—自为—自在自为。不难看出,我们已描述过的自在的抽象的无内容特性构成了它的起点。在自在自为中相反地则是自在的实在的、具体的、它的全部

> 审美特性

规定已经展开了的、客观的现实。正如我们即将看到的，自为作为直接否定范畴，它是由抽象的空洞到充满内容的具体性的过渡。因为在我们这里所感兴趣的只是为我们的范畴，我们只要了解这个一般性体系的论断就够了，以便清楚地了解为我们在黑格尔范畴学说中的逻辑地位。我们现在只能放弃详细的阐述，因为我们还很少谈到主客体同一问题对自在自为问题的强烈影响以及就观念论体系对这一范畴的歪曲如何加以清理。自为的问题很少受这种倾向的影响。这里至少可以比较明确地指出它的方法论意义，而不陷入目前尚无结果的争论中。

在黑格尔的《逻辑学》中，自为存在是首先作为质的要素出现的。它是"质的存在的完成……"黑格尔进一步详细地指出：它表述为自身的此在作为否定，作为与另一对于他者的存在的严格区分。"假如某物把他有，把它与他物的关系和共同点扬弃了，排除了它们，将它们抽掉了，那么，我们就说某物是自为的。他物对这个某物说来，只是一个扬弃了的东西，只是它的一个环节；自为之有就在于这样超越限制，超越它的他有，因为它作为这样的否定，就是无限地回归到自身。……自为之有对于进行划界限的他物是争论的、否定的态度……"[①] 同样自为存在的这种特性在《精神现象学》中表述为："构成事物的本质的特性并

---

[①] 黑格尔：《逻辑学》上卷，杨一之译，北京：商务印书馆1977年版，第159页。

## 第十三章 自在——为我们——自为

把事物从一切他物区别开的这个规定性现在被认定为这样的,即由于规定性事物便与他物相对立,但是即在与他物的对立中事物才会自为地保存住自己。不过事物之所以为事物或者事物之所以是一个自为的存在着的单一体,只因它与他物没有对立的关系。"接着黑格尔把自为存在"作为一切其他存在的绝对否定"①。所以这决不是偶然的,在《逻辑学》有关质的一章中把排斥力理解为自为存在的本质标志。同样不是偶然的,黑格尔在哲学史中在留基波的原子论里把自为存在的发现这一"伟大原理"作为重要成就加以突出。他首先强调的是,对爱利亚派的有(存在)与非有(不存在)的单纯辩证法的超越:"但是重要的是,自为之有也可以加以较丰富的规定;'自为之有'是通过否定'其他之有'而达到的自我关联。当我说,我是自己为自己时,这并不是说只是我存在,而是在我里面否定一切他物,把只要显得是外在的他物从我里面排除开。自为之有就是对于其他之有的否定,而其他之有又是对我的否定,所以自为之有就是否定的否定;而否定之否定我尝试称为绝对的否定性。我是自为的存在,因为我否定了其他之有,否定了那否定者;而这种否定之否定因此也就是肯定。所以这种在自为之有中的自我关联是肯定的,是'有',这'有'又同样是结果,是通过他物作媒介而达到的结果,但这也

---

① 黑格尔:《精神现象学》,见《黑格尔全集》第 2 卷,斯图加特 1927 年版,第 103 页。

就是通过对于他物的否定；'自为之有'里面是包含着间接性（即媒介）的，但这种间接性也同样是被扬弃了的。"①

但是在此只是对这一范畴的相对抽象的、最初的、最始原的、最基本的表现方式做了描述。在《逻辑学》上卷中还出现了更高的辩证规定。首先由到目前所论及的得出，在黑格尔那里由量过渡到质的整个综合体，量是"扬弃了的自为之有"② 进一步由量的内在辩证法形成尺度，并在尺度中质的扬弃了的范畴以及与它一起这种自为存在（自为之有）返回到一个更高的水准；这里按照黑格尔所说形成的统一，"是实在的自为之有，是一个某物的范畴，这个某物作为在尺度比率中的诸质的统一，是一个完全的独立性。"③ 对黑格尔整个体系中自为存在范畴的辩证扬弃和返回到更发展了的阶段进行探讨，当然不是我们这里的任务。到目前为止所要做的是，要强调这一范畴在具体的、独立的、对象性的思维规定中的重要作用。下面我们只着重于几个要点，说明这一范畴在更复杂、更发展了的联系中的产生和作用。我们以活的有机体作为例证来说明自为存在的作用。黑格尔指出："有生命之物直接与一个无机的自然相对立，它是后者的主宰力量，并吸收之以充实自身。这

---

① 黑格尔：《哲学史演讲录》第1卷，贺麟、王太庆译，北京：商务印书馆1959年版，第330页。
② 黑格尔：《逻辑学》上卷，杨一之译，北京：商务印书馆1997年版，第214页。
③ 黑格尔：《逻辑学》上卷，杨一之译，北京：商务印书馆1997年版，第377—378页。

# 第十三章 自在——为我们——自为

种历程所得的结果,并不像在化学历程里那样只是一中和平衡的产物,在这产物里那相互对立,彼此独立的两方面皆同被扬弃了。反之,那有机体表明其自身为统摄它的对方,而它的对方却不能抵抗它的力量。那受制于有机体的无机自然,忍受这种命运,因为它就是潜在(自在)的生命,而生命就是实现的无机自然(这就是自为的生命)。有机体之克服与它对立的无机物正所以和它自身相结合。"[①] 这一段论述之所以值得关注,因为黑格尔对生物与它的无生命的环境的相互关系作了完全唯物主义的理解。作为自然的诸对象,它们都具有相同的性质,物理学和化学规律对于生物和无生命物发挥着同样的作用。生物并不像在生物有灵论者那里被看作是一种固有的、处于物理学和化学彼岸的特殊的"力",而仅仅是同样的物质通过确定的范畴形成的特定结构和特定形成物,经过与其自身相同的材料而赋予生命以这种力。这种生命特性的普遍形式作为自为存在,由此——为理解这一范畴——获得了特殊的意义。

这种意义首先表现在,它不仅涉及一种如在质、尺度等处的静态的、机械的和反复的关系,而是涉及一种动态作用的关系。这一要素在涉及劳动时表现得更为突出。黑格尔在《精神现象学》一书中谈到劳动:"这个作为工匠的精神是从自在存在(这是工匠所加工的材料)与自为存在

---

① 黑格尔:《小逻辑》,贺麟译,北京:商务印书馆1959年版,第407页,(第219附释)。

(这属于工匠的自我意识一方面）的分离出发，而这种分离在它的作品里得到客观化。"① 黑格尔将他的这一思想在《逻辑学》中扩大到整个实践行动的领域："既然自为的概念现在是自在而自为的规定的概念，理念就是实践的理念，即行动。"② 这导致自为存在的范畴由对象性一般和生命等纯粹客观领域扩展到意识和自我意识的领域。黑格尔在自为存在的最初的、抽象的行动中已经强调了这种联系。他在意识中看到了这种存在本身和与它相对立的客体的一种二重性："相反地自我意识是作为完成和设立的自为存在。"③ 在这里我们就此只给出最终结果，而不给出各种中间阶段，这些阶段我们刚才已经提到了。劳动和实践一般——自为存在在其最高的、最发展的阶段是人的实存的特定范畴，正是人与其他生物所具有的质的区别并使人成为人本身的本质规定，将作充分的展开。

开始时提到的自为存在与自我意识的密切联系，由此而获得一种理论和实践—历史的根据。在这里，我们也只限于一种提示。黑格尔在这个问题上给他的表述有时涂上了一层神学的色彩，对于我们的目的说来没有决定性的意

---

① 黑格尔：《精神现象学》下卷，贺麟、王玖兴译，北京：商务印书馆1979年版，第192页。

② 黑格尔：《逻辑学》下卷，杨一之译，北京：商务印书馆1976年版，第522页。这里值得注意的是，列宁对上述引言作了深入的思考，其中甚至提到马克思与黑格尔直接相关联，参见列宁《哲学笔记》第132页。

③ 黑格尔：《逻辑学》，见《黑格尔全集》第4卷，斯图加特1949年版，第319页。这里值得一提的是，青年马克思在他的博士论文伊壁鸠鲁对黑格尔关于排斥与自我意识之间关系的理解中说到，排斥是自我意识的第一种形式。

## 第十三章 自在——为我们——自为

义,因为本质的东西,即特殊的人性的东西由此而明白地表现出来,在他的《历史哲学》中将原罪视为"人的永久的神话"并指出:"天堂是禽兽而不是人类能勾留的园囿,因为禽兽仅仅视自己和上帝为一,只有人类才是精神,那就是说,只有人类才是为自己。这种为自己的存在、这种自觉,同时又是从那个'普遍的和神圣的精神的分离'。"① 这里涉及每一个黑格尔学者所熟悉的关于人的抽象自由,关于恶的哲学可能性等。至此自为存在和自我意识便以充分的具体性结合在一起。在上述客观联系中物质的一种简单的此在形式和它的特性在这里获得了与其本质精确对应的主观成分,通过这种主观成分使得在人的自我意识中的客观运动,即他的自为存在的心灵的和思想的综合,能够成长为它的事实的对象的完成。这同时意味着自为存在成为人们社会生活的一个重要范畴,同样那种对其自己本身思考的高度,由此他们确认和规定作为他们自身的与其整个实存相关联的历史发展趋向。这也赋予了有些至今只能自发形成和起作用的社会结构一种更高的运动形式,一种更强大的社会冲击力。由黑格尔自为概念得出的结论,首先为马克思所引用,在马克思的《哲学的贫困》一书中,他指出无产者成为阶级的这一伟大转折正是借助于这一范畴:"经济条件首先把大批的居民变成工人。资本的统治为

---

① 黑格尔:《历史哲学》,北京:生活·读书·新知三联书店1956年版,第366页。

◯ 审美特性

这批人创造了同等的地位和共同的利害关系。所以,这些人对资本说来已经形成了一个阶级,但还不是自为的阶级。在斗争(我们仅仅谈到它的某些阶段)中,这批人逐渐团结起来,形成一个自为的阶级。"①

马克思所描述的范畴转化涉及人们对社会的实践态度,只有由此在他们的生活中才形成作为自我意识范畴的自为存在。有关构成这些活动客观基础的事实的纯粹科学结论只创造了一种关于人自己本身的意识,并不总是转化为实践。这种意识转化为一种通过反映在自为存在中达到为我们的自我意识,产生出一种人们的新的态度,即使它的内容的规定无一例外地包含在相关的科学反映中。我们在这里不可能深入讨论所出现的一些很重要和复杂的问题,它们属于实践的理论基础的探讨,应该在伦理学和政治学中阐释。

不需要详细说明,只要对最终的论述概括地一瞥就可以清楚地看出:我们了解的所有关于自为存在的本质的标志性规定,从每个他者存在的拒斥直至人的自我意识,都是艺术作品的决定性要素。关键在于依据其特殊性质对其特殊表现方式加以准确地揭示。正如通常的情况那样,由一个消极方面来接触这个问题也是有教益的。我们认为在这一考察中已经多次涉及的问题,被当作客观现实本身的

---

① 马克思:《哲学的贫困》,见《马克思恩格斯全集》第4卷,北京:人民出版社1958年版,第196页。

## 第十三章 自在——为我们——自为

形成原理的那些范畴及其联系被唯心主义所歪曲，应用到美学——当然通过正确的限定和保留可以充分具体化——具有一定的相对合理性。不仅是由于对审美范畴的准确阐释会不断涉及这个问题；对它的阐释也是很有意义的，因为我们确信，在思维的历史进程中艺术作品（及其创作过程）的实存、特性和效应在这方面对唯心主义哲学产生了具有诱惑力的影响。对艺术作品的这种特性的没有足够分析的观察，未经批判地被实体化为客观现实的范畴和人对客观现实关系的范畴。在普罗提诺或谢林那里，很容易找到这种证明，在其他人那里这种连接线索则经过进一步的中介并更加隐蔽。然而我们却相信，从普罗提诺到狄奥尼修斯，从他们到司各特·爱留根纳等的顺从和依附，对于中世纪哲学的唯物主义的批判学者，是不难证明的。

从这章已经提到的所谓本体论的上帝证明开始，我们已经指出，它的逻辑核心存在于——所谓——完整性与实存的不可分割的联系。在对艺术作品的最初观照中，由于它的自为存在而呈现出和完整性的这种关联。在艺术作品中所表现出来的一切，应该是完整的（当然我们马上要补充上：以其自身的方式）。如果艺术作品不完整，那么（我们在此还要补充上：在每一具体艺术作品的语境中）它就不存在。这种似乎由形式观点得出的先决条件揭示了原理差异的本质特征。一方面实存与完整性的直接关联并不是客观现实本身的特性，而仅仅是对现实摹写的一定方式。另方面，这些范畴的汇聚并非通过最高的、最抽象的普遍性的极端设定所达到的,而相反地如我们所试图指出的,完全是通过具体特殊性的那种氛围表征了艺术,并且只有它才是艺术的特征。这两种要素(实存和完整性)是归于一起的。艺术效应强调情感激发的本质特征、在作品中所达到的对现实摹写的高度、它被提高到一种完整性、一种复杂性、成为实存的直接明证会很容易地引起无批判的普遍化,由此表现了——比人的此在的任何一个其他领域更真实同时又更直接——世界的本质,因此这种完整性成为真实的、真正的实存的一种证明。我们已经反复指出了,每一种这类的思想进程并不关注实存的散文化的但不可动摇的真实概念、它对每一种主观性的独立性。进一步的考察同时表明,对完整性的直接理解可能是极其多义的。对于审美说来——毫无偏见地看——情况极其简单:完整性在这里是本质与现象、内在与外在在一个具体的(特定)对象中的相符,这一对象处于一种具体的(特定的)联系中并依据其同质媒介的(特定的)规律性而被艺术地、有机地引入的。这一论断甚至也不能扩展到各种自然现象,人们不应将这一论断实体化为一种普遍的规律。在歌德对狄德罗的批评中明确地表达了在实存中这种完整性的多层次的、令人难以捉摸的特性。歌德援引了狄德罗的话:"自然界没有什么是做得不对的。每一种形态,它可能是美的或是丑的,都有它的原因,在所有实存物中,没有一种不是像它所应是的样子。"歌德立即针对这一观点提出了自己的修正:"自然界没有什么不是前后一贯的。每一种形态,

## 第十三章 自在——为我们——自为

不论它是美的抑或丑的,都有它的原因,它是由此而被规定了的。在整个我们所认识的有机自然界中,没有什么不是像它可能存在的样子。"①

在这里不对这一争论的实际内容做进一步探讨——这一争论在论及自然美的章节中还会做进一步讨论——就可以看出,这两种观点是以不同的完整性概念为基础的:在狄德罗那里,是争论性的,它是针对他那一时代人工性观点——在此不作批评——一种在完整性方面未加分析的自然概念被普遍化("应是"的存在);在歌德那里,是一种批判的相对化,试图由存在的客观自然规律去把握每一种自然对象的正是如此的存在的必然性,因此对它说来没有抽象的完整性("可能是"的存在)。这丝毫也没有减轻——正如本书前面所指出——在观察个别—自身"完整的"—自然现象时歌德的激情。在这里歌德的激情和深思熟虑是指向这样一种共同的学说,它可以从自然和艺术中,从正确的思考和真正的艺术观赏中取得:完整性不仅是相对的,即完整性始终涉及一个特定的具体原理,而且也是多样的,即具体的和特定的现象的具体的特写的完整性。此外不能将这种完整性普遍化,哪里出现了这种普遍化,那里就会——在看来似乎明晰的普遍概念中——由这个概念的事实的不明晰性造成一种混淆。艺术作品作为自为存

---

① 歌德《Diderots Versuch über die Malerei(狄德罗有关绘画的探索)》,见《歌德全集》第 33 卷,斯图加特 1907 年版,第 207 页。

( 审美特性

在者所体现的正是这样一种生活真理：在任一对象之中、在任一情况下，被揭示出来只能是它自身的完整性。但这种完整性始终具有多样的特殊的性质：任一给定的特殊的规定的完整性，不论它是善的或恶的，值得赞赏的或令人嫌恶的。完整性，它所显示的明显的实存，当然并未扬弃道德评价的必然性，多样化的相对性并不包含一般的相对主义。相反的，由它所散发出来的只是事实本身所道出，是我们感性直观的世界此岸性、丰富性和无尽性。我们已经多次谈到的每一部真正的艺术作品，就其具体的规定而言的内涵无限性是在这种自为存在的形式中表现出来和起作用的必不可少的前提。在艺术作品的自为存在中传达出一种富有意义的生活真理：它的内在无限性表现为每一局部的内涵无限性，因此宣告由每一彼岸、由其"完整性"和"实存"的回归，它是基于对这里所肯定的特殊性、具体性和由它们产生的此岸性的扬弃。每一种力图超越自为存在的具体性和特殊性的普遍化将消失在实体化的主观主义的一种迷雾之中。自为存在的特殊规定要扩大到自在并首先扩大到自在与自为存在是不可能的。

唯心主义哲学的另一个重要问题，即主—客观同一问题，在前面我们已经涉及。这里只是从自为存在的观点上做进一步探讨。自为存在与自我意识的相关性创造了主体性与客体性之间的一种独特关系，正如我们将看到的，它事实上表现为主客观同一的一种对立物——如上面所谈的情况——是为此给出的一种"模型"。作为对象性形式的自

## 第十三章 自在——为我们——自为

为存在以及作为主体性外化方式的自我意识既表明主观与客观之间的其他关系，也往往出现在生活和科学之中：它们的边界相互交错，它们的领域相互贯穿，甚至有时结合成一种直接的不可识别性。艺术作品区别于所有其他反映方式和客观化方式，因为它的最普遍的形式是自为存在。由此主体性对艺术作品的整体的和所有部分已经产生了直接的影响。因为在生活和科学中，个别现象的自为存在总是深入到并出现在一个或多或少的全面联系之中，在这里实践的要求力图将主体因素尽可能精确地从客体因素中分离出来，一种纯粹的分离至少是作为趋向而存在着。但是艺术作品的自为存在更多地是作为一种单纯的否定性，作为每一种另类存在的一种抽象的反拨。如果它不以一种特殊的主体性作基础，这种主体性是与它的具体的整体性相统一而构成的，由它的精神出发把自身最不引人注目的细节作为由它所形成的被表现出来。自为存在着的艺术作品也是一个"世界"，客观的自在存在的一种方式，以确实的必然性与接受者相面对。如这种客体性使艺术作品成为一个整体并透渗它的全部毛孔，同样的它的整体和它的全部要素同时且与这种客体性不可分割，这是一定的和特殊的主体性的表现方式和外化方式。

在这里，我们面对一种主客体的同一。当然应该更准确地说：这是主体性与客体性成为有机统一体的形象构成物。这表明，已如所述，这里所展示的主体性并不是现实中的主体，但这——同时——是一个面对着双重的自在的

### 审美特性

创作者：他所摹写的现实世界和他对世界的构想，他的个体人格同样作为自在、作为客体性相互对应。塞尚曾经指出："我的亚麻画布和风景，这两者都是外在于我的……"①这样一种主体是在他与作品的关系中的接受者，在这里同样谈不到主客体的同一。自为存在的作品个性本身并不是主体，这种说法应具有一种意义，如果人们不是把它归结为巫术意义，它并不具有主体。这种作品个性，同样如前所述，是人的主体性的最高、最丰富、最展开的外化方式。它的力量：是人的主体性的表达，是它开出的花朵，就其自身是没有边界的。这种力量是一种客体化设定的、一种形象构成物的力量，但绝不是一种主体的力量。由此从这种否定的争论性方面，对自为存在的作品的特性作了明晰的描述：所有其他的由人为了反映和支配客观现实而创造的构成物应具有这种倾向，在必要和可能的情况下要排除主体性而达到中立性和悬置，而作品个性的本质则在于，不仅要激发主体性而且使它具有一定的宽度、深度和强度，否则它在生活中不能取得成功。生活事件可能唤起比艺术作品更加强烈的主观情绪和欲念等，这是不言自明的，这里只是就由反映的固定化所形成的形象构成物之间的对比而言。这里还应该注意的是，生活中情感的强烈或坚韧性与艺术作品的"世界"所描述的内容是完全不能同日而语的。

---

① 塞尚：《论艺术》，汉堡1957年版，第10页。

## 第十三章　自在——为我们——自为

如果我们考虑到自我意识作为自为存在的固有的主体因素，那么在人类发展达到一个极其丰富的自我完善过程中所产生的对立是很明显的。生活情欲同样会在由它所把握的事物中产生一种自我意识，但在一定程度上是作为一种副产品。每一种情欲都是由生活中一种具体的目标的设定所点燃，并且——直接地——首先需要一种有关其对象和手段的意识，以便达到这一目标。它可能导致一种甚至高度发展的自我意识，但这不是无条件的。由自为存在的作品作为形象构成物所唤起的强调却直接导致自我意识的苏醒。亚里士多德的陶冶即情欲的"净化"的最深刻的意义首先在于：不论其意识到的还是其"无意识"的都关涉主体的核心，将其提高到自我意识。这一点已经作了深入的说明，在这个问题上现今流行的对比是错误的。自我意识并不意味着回归到客观现实及其尽可能正确的观念。正好相反，现实愈是扩大，相关个体对现实的行为和反思把握得愈深入，他的自我意识就愈真实和愈全面地展开。生活只是作为艰辛和持续努力的代价所赋予的，在一定程度上说就是艺术作品的体验，也可以说是一种恩惠，（感受性的前提问题表明，没有事先进行的主体的预加工，那么这种体验就不可能出现），自为存在的作品的这种效应的本质特征同时意味着自我意识对于一般的、正常的个人体验范围的扩大。对时间与空间限制——所谓个性原理——将被削弱，所有人性体验的无限能力——至少在原理上——将被唤起。在这里审美也实现了在生活中发挥作用的趋向。

### 审美特性

它的这种普遍性赋予这种量的扩展显著的质的特性。

乍看起来似乎显得矛盾,通过艺术作品对与一切外在事物相分隔的自为存在的拒斥,它的主观成分与个性相连接的自我意识,却归属于普遍性的谓语。似乎进而不可避免,主客体同一的概念又出现在思维的视野中,在这里我们应该把人的此在的现实的、丰富的、生成的矛盾与它的轻率的、无批判的思维普遍化严格区分开来。这种自为存在的普遍性,直接地看来:首先,它是形式上的——它事实上承担着艺术创作的特性——这正是通过它的封闭性在其自身的形成和保持才能与每个人的、每一种人的关系的以及每一种中介着这种关系的对象的同样如此性质的自为存在保持在这样一种普遍的关系之中。其次,它是塑造出来的,由此不论在何处才能揭示出一种真正的和富有意义的自为存在的可能性并将其提升到形式。再次,它是感受性的,由此这种自为存在的形象塑造才能诉诸每个人的自我意识,从而使审美效应作用于每个人,所有人类所作为的或所承受的、所获得的或所放弃的,都与他的自我意识处于一种内在有机的联系之中。它——在该词的更广的意义上说——作为他自身的此在的要素、作为他固有世界的要素和作为他自己的自我意识的要素而被体验到。艺术形式的最后的真理正是基于这种普遍性,只有通过这种普遍性才能显现出来,并传达给人。

要想使这种关系——覆盖所有空间和时间、感召着整个人类的发展——成为可能,当然应具有一种事实—内容

## 第十三章 自在——为我们——自为

的基础,即人类的现实的实存、人类发展的现实的连续性、类在每一个体性的实在中——完全无意识的或部分有意识的——存在化或效应化。要实现这一点的物质基础是,在客观现实中的每一个体的自我意识肯定要从类的意识出发并返回到其中,这一点已经多次谈到。因为实存的条件和工具、每一个别人的实践以及类的共同活动的条件和工具都客观地存贮于这种关系当中。这种复合体的客观联系的意识为科学所理解和敞开。自我意识的普遍性,它的载体正是作品个性的自为存在,相反地表现为无处不在,它能够将人的这种发展过程的各个环节以这种方式作为类的及其生长的固有归属性而激发性地连接起来,由此使它为自我意识所占有。正如审美构成是将普遍性与个别性扬弃在特殊性之中,在这里它由自为存在构成了一种有机中点,一种普遍性的工具。在客观—科学的诸范畴的辩证法中自为是一种单纯的、在抽象的自在与具体的自在自为之间不可或缺的中介环节,在这一环节中对现实的意识才能达到它的满足。自为存在在美学里的中心地位,首先使世界的感受官能原子化为作品个性的自身无法测度的多样性。它的普遍性、它在人类发展中与一个统一的客体的相遇同样具有无限的多样性。但正是普遍性作为无处不在的因素,真实地渗透在其中:只有以这种方式,单个人与类及其具体发展的关系才能成为每个人生活的活生生的内容,人类社会—历史的发展——并未被意识到——创造了这种适当的工具。自为的无处不在正是这种构成的范畴表现。

## 审美特性

由人所创作的审美构成物具有如此的力量,可以激发出它所强调的情感并使其达到自我意识的高度,这一点仍然是富有诱惑力的悖论。在低级意识阶段,艺术的这一特性唤起了一种巫术印象。关于艺术的古老传说——不论在东方还是西方——因此充满这种信仰的残余。甚至在晚近时期还出现了这类信念,艺术作品由于这种效用能力,部分地成为巫术或宗教的工具,部分地成为消除宗教信念的判决书。在主客观同一学说的美学传播中,这种古老观念以哲学世俗化的形式延续着:主观体验的普遍唤起物必定应具有主观特性。只有针对这些作品本质做出缜密的分析,毫无偏见地揭示出它们的范畴结构,并以同样的精神来探讨使之必然的、新产生的各种社会需求,才能把握在审美领域中规定了其各种动向的、真正的和丰富的矛盾。如果我们将它们转化为概念思维的语言,这些矛盾只是作为悖论、作为"惊异"而出现,这些矛盾本身是人的实存的单纯的事实。但是这种转化是必不可少的,因为否则像艺术这样一个重要的领域将会被归属于神秘主义和非理性主义。但是这种转化应该在这种洞见的基础上完成,即日常生活、艺术和科学所反映的是这同一个客观现实,这些范畴、它们的特性以及秩序同样是同一客观现实的映象。唯心主义哲学始终致力于将思维中出现的那些范畴的形式和联结——不论正确的或被歪曲的——强加于所有其他的领域,由此使审美的原本特性往往被极大地扭曲。只有从客观现实出发,才能准确地理解这些事实。在思想上显现出来的悖论只是

## 第十三章　自在——为我们——自为

表明，这些结构比我们通常对它们设想的要复杂得多，同时这一悖论还表明，人类在满足各种实际需要的情况下，实际上可以很简单地通过实践来实现极其复杂的事物。在这种情况下，例如自为存在作为中点的设置，其中——相互融合的——对自在和自在自为范畴的扬弃，便成为中心范畴所加工的生活素材。

卢卡奇著作集(修订版)

复旦大学马克思主义学院资助出版

[匈]格奥尔格·卢卡奇——著

徐恒醇——译

# 审美特性
## (下)

中央编译出版社

# 目录

**第十四章　审美模仿的边界问题** ………… 1397
　　一　音乐 ……………………………… 1397
　　二　建筑 ……………………………… 1488
　　三　手工艺 …………………………… 1558
　　四　园林 ……………………………… 1576
　　五　电影 ……………………………… 1596
　　六　快感的问题域 …………………… 1635

**第十五章　自然美问题** ………………… 1699
　　一　在伦理学与美学之间 …………… 1701
　　二　自然美作为生活要素 …………… 1739

**第十六章　艺术的解放斗争** …………… 1823
　　一　解放斗争的基本问题和主要阶段 ………… 1823
　　二　寓意和象征 ……………………… 1890

三　日常生活、单独的个人和宗教需要 ………… 1951
　　四　解放的基础和前景 …………………………… 2020

**附录** ………………………………………………… 2074
　　译名对照表 ……………………………………… 2074
　　德中术语对照表 ………………………………… 2088

# 第十四章　审美模仿的边界问题

## 一　音乐

在我们这个时代，对于音乐的模仿特性有许多方面的争论。对于音乐的映象性的否定被看作是理所当然的，这往往成为反对反映论的主要论据。正如我们下面试图指出的那样，这种思想观点在理论上很难立足。它是基于——特别是自从艺术中表现主义流派出现以来，在哲学上更早些——对外在世界客观性的怀疑和否定，对客观效应是构成人的情感基础的怀疑和否定。这种观点主要基于一种——所谓的——表现与反映的绝然对立的思想。由于这种哲学和艺术观将主体性反应与其具体环境隔离开来，它迷恋于一种完全的孤立自足，把表现与其依据、与其真正的内容相分离，把表现置身于唯我的个体性，这样的表现——在所有表现主义的市场叫卖行为中——不是去提高现实,而相反地使现实贫乏化并抽空了它的真正内涵,从而使表现畸形化和萎缩了。这种主体性——艺术表现的一般问题已经在别处反复谈到过。这里只要简单重复一下这一论述的最终结论,即在生活中和艺术中每一种表现的宽度、范围和深度都取决于作为主体反映材料所包容的那个世界的宽度、范围和深度,它直接或间接地决定了这种表现。在现实的映象与对它的情感反应之间的这种相互关系绝不是机械地形成的,绝不排除贯穿在这种关系中的基本趋向。这种一般性的结论当然只能作为音乐模仿问题的原理性导言;其实际问题,即这种反映本身是什么和怎么样,我们应该在下面的讨论中具体展开。

在此——同样是作为导言,就历史上的一般哲学规定加以补充——还要说明的是,各种艺术的理论,特别是音乐的理论具有一种无需论证的自明性,都把音乐理解为一种反映,即作为人的内心生活的反映。当然这种一致并不能作为证明,各种错误观点有时在整个世纪也都存在。但这里涉及的却是其他的、更多的东西。因为把音乐理解为一种特殊类型的模仿所强调的是,以一种在希腊不足为奇的、准确的辩证法,在模仿理论中着重于音乐给所有艺术世界带来的东西,同时——与此不可分隔地——也着重于音乐与它们的区别,即它所专有的特性。对于希腊人说来,无疑每一种人与现实的关系,不论是科学的还是艺术的,都是基于一种对其客观性质的反映。音乐与其他艺术之间

## 第十四章 审美模仿的边界问题

的各种差别决不会动摇他们的信念。另一方面他们明确地看出，音乐模仿反映的对象在质上与其他艺术种类相区别：它是人的内心生活。托·格奥季阿德对平达①的第 12 希腊颂歌中的管乐戏（Aulosspiel）的这种理解给予了恰当的分析："这段音乐（即 Aulosspiel）并非情感表达自身，而是它的艺术再现。雅典娜女神被女妖姐妹欧律雅尔（Euryale）的痛诉所深深感动，她除了留住它们之外别无他法。她需要赋予这一印象以固定的、客观的形态。这种作为痛诉表现出来的悲苦的、压倒一切的、撕心裂肺的印象被通过管乐方式或更好地说作为管乐方式表现出来。痛诉被转化为艺术、技能、管乐戏、音乐。雅典娜同样由痛诉的动机编织成这一方式。平达……不同于悲痛和对悲痛的精神观照。其一，即情感表现的本身是人性的，是生活的标志，是生活本身。但其另一方面，通过艺术将这悲痛赋予客观的形态，是神性的和解放性的，是一种精神活动。"② 在这里人们看到了古希腊美学思维的成熟。当许多——往往甚至并非不著名的——现代作者将情感与其模仿的表现相混淆或者至少把模仿的表现当作直接由那一情感中产生，对于平达说来这两者之间质的飞跃正是其主要事实。这种模仿表现正是由这一点出发，即唤起这种飞跃：由于痛苦的模仿

---

① 平达：古希腊抒情诗人的最大代表之一，死于公元前 443 年。——译者注

② 格奥季阿德：《Musik und Rhythmus bei den Griechen（希腊的音乐与节奏）——西方音乐的起源》，汉堡 1958 年版，第 21 页。

> 审美特性

表现为神的创造，而痛苦本身多少只是人性的东西，这一方面从一开始就排除了每一种混淆和每一种相互不明确，尽管另一方面这种表现排除了每一种主体化，"神性的东西"同样是作为模仿、作为人的生活事实的反映而提升到高于通常的人的日常生活之上。确认这一点是有趣的，在平达那里已经发现亚里士多德的这一重要思想，即在生活中丑的或不快的事物可以通过模仿而获得愉悦。

详细追述这一观念的发展并不是我们的任务。我们只要援引亚里士多德《政治学》中著名的段落，在那里音乐与它的专门客体的这种模仿特性已经没有任何神话学的而是纯粹哲学的表现，同时——以后我们将要谈到——准确地规定了这样一种反映的精神前提和道德后果："音乐的节奏和旋律反映了性格的真相——愤怒与和顺的形象，勇毅与节制的形象以及一切和这些相反的形象，其他种种性格或情操的形象——这些形象在音乐中表现得最为逼真。凭各自的经验，显知这些形象渗入我们的听觉时，实际激荡着我们的灵魂而使它演变。这里，由音乐的形象所培养起来的悲欢的心境实际上符合于由原物所引致的悲欢的心境。"[①] 可以有把握地认为，整个美学都承认这种音乐的模仿特性：不论是过去还是现在。甚至在认识论上的主观主义和哲学非理性主义的主要代表叔本华那里，也是把他的

---

① 亚里士多德：《政治学》，吴寿彭译，北京：商务印书馆 1981 年版，第 420—421 页。

## 第十四章 审美模仿的边界问题

非同寻常的、幻觉的和形而上的音乐理论建筑在它的模仿特性之上。他也力图将音乐模仿的特殊之处与其他艺术区分开来，而对这一模仿特性本身不加怀疑。他说："音乐不同于其他艺术，决不是理念的写照，而是意志自身的写照，[尽管] 这理念也是意志的客体性。"① 在这里我们关心的并不是这一学说的观念论性质，这一学说与谢林的理论一样是把模仿作为理念的写照，是对柏拉图的与艺术相敌对的"模仿的模仿"的基础的修正，因为对于我们现在所讨论的问题说来，这一差别并不是举足轻重的。只是要提到，在详细的论述中叔本华没有把他的基本思想贯彻到底，而是在浪漫的自然哲学的影响下，把音乐的不同要素所摹写的关联到自然发展直至人的不同阶段，由此而使这里所援引的这一命题被淡化。② 因为由此希腊所明确熟知的音乐的独特模仿就不存在了：这种内在性的模仿不仅是一种模仿，同时与其激发的动机一起被创作，或者完全限于对外在世界的塑造，以便由此而激发出内在的东西。

正是在这里表露出音乐中模仿的固有困难。为了打开正确理解这一问题本身的进路，首先我们分析两种——表面看来——相互对立的见解，它们两者代表了主要的基本原理，它们使音乐直接与自然现象相关联，并试图由其中

---

① 叔本华：《作为意志和表象的世界》，石冲白译，北京：商务印书馆1982年版，第357页（§52）。
② 叔本华：《作为意志和表象的世界》，石冲白译，北京：商务印书馆1982年版，第357—364页。

# 审美特性

直接推导出这种见解。我们把赫尔德作为第一种取向的代表,我们确切地知道——下面我们将援引的他的观点可以足够清楚地表明这点——对他说来音乐的纯粹属人的特性并不遥远,他正是由一般自然哲学的前提、由人作为纯粹自然属性的理解中便可推导出来。这里像所有忽视劳动的作用、它的社会的和心理的连贯性(回顾一下第 1' 和第 2 信号系统)的地方那样扬弃了在艺术活动与人的自然实存之间生硬的形而上学的分隔,由本来具有合理性的努力中产生出一种混乱的规定。赫尔德在他的《喀里贡》中对这一问题论述如下:"所有在自然界中发出音响的都存在于音乐中,这是它自身之中的要素;只是要求有一只手将它记录下来,一只耳朵倾听它,并对它抱有一种同情心。任何艺术家都无法虚构一种声音,或赋予它一种在自然界中和在他的乐器中所没有的力量;他发现了它并强制它发出甜美的力量。"[1] 赫尔德的失误不仅表现在,他马上后退到了他的矛盾的推论原则,而且在于他的后退完全缺乏意识性,他没有觉察到能够聆听音乐的耳朵、能够谱写音乐的艺术家和他所使用的乐器已经通过一种飞跃——这种飞跃是在劳动的基础上通过社会发展完成的——而与自然相分离了。即使乐器的声音是由自然规律决定的这一事实也与其他劳动产品没有什么区别,它所取得的效果的合目的性也与各

---

[1] 赫尔德:《Kalligone(喀里贡)》第 2 卷,见《赫尔德全集》第 12 卷,《Zur Philosophie und Geschichte(关于哲学和历史)》,斯图加特/图宾根 1830 年版,第 8 页。

## 第十四章 审美模仿的边界问题

种简单的自然现象不同。在这方面，即在对音乐独特本质的认识上，其各种前提条件和它的方法，平达的神话学在哲学上也高于赫尔德的立场。

人们也可以从另一种自然哲学视角来考察音乐，即从本质直观的视角，这是与赫尔德所坚持的观点相对立的感性直接性的外在表现。毫无疑问，毕达哥拉斯学派取得了巨大的划时代的科学成就，他们在事物的数的特性方面发现了科学认识的工具。在这里不可能对这一学说的意义和局限——直至开普勒和文艺复兴哲学几乎没有更多的揭示性的开创者达到对当今音乐哲学的影响——作出评价，然而却应该说，它在自然现象以及更多在音乐的直接应用上隐含着巨大的危险，我们在这里至少要谈到它的原理性基础，当然首先涉及对音乐理论的陷阱。与此相关联也不免要谈到数学与客观现实的关系的几个一般性问题。我们在亚里士多德的评论中可以找到对毕达哥拉斯世界观念和科学方法的最初的重要非议。亚里士多德在批判柏拉图的理式说时有几点是涉及毕达哥拉斯学说的。亚里士多德不仅在柏拉图的理式中，而且在数和数比关系中拒绝任何不依存于现象的、本身完全独立的、因果决定的实存。这里十分有趣的是，亚里士多德把对数的理式性质的拒斥与把数比关系推移到前台联系在一起，他不是把数的比例看作理式，而是看作对象的具体的、与物质实体相关联的规定。他指出："例如，假定加里亚是火、地、水、气间的一个比例，他的理式也将涵存若干底层物质；而人本身，不管他是否确是一个数或不是一个数,却总该是某些事物间的一个数比,而不是数本身;不应该因为这是(某些底层物质的)数比,就以理式为数。"① 当然,数的比例关系在毕达哥拉斯学派和柏拉图的《蒂迈欧》等中已经起着重要作用。亚里士多德的这种批判的意义并非简单地在于数比关系获得这种重要意义,而是在于数学、数值关系和纯粹的量取得了形而上学的、超越一切事物实体的力量。在各种重要的对象规定的序列中它作为多种关系之一被引入,所以它不是作为客观现实的最终保证人出现,而是它的真实本身应该由客观现实的事实来测度。

在亚里士多德那里只是提到的东西,在黑格尔的尺度和尺度比的学说中则获得了它的具体形态和准确规定的系统化地位。黑格尔的伟大成就首先是阐明了质与量的相互关系。我们在其他地方已经谈到过这一理论的几个主要要素,首先是质的原初事实以及质作为它的扬弃、作为它的本质的第一近似。但是通过质的充分展开及其各种内在规定的显现,它就成了对象性的尺度——不丧失其量的本质特性,并仍然是量的特性和客体变化的表现——在其自身定在中它取得了以前被扬弃的质:"尺度固然是外在的方式,是较多或较少,但是,它也同时是自身反思的,它不仅仅是漠不相关的外在的规定性,而且是自在之有的规定

---

① 亚里士多德:《形而上学》,吴寿彭译,北京:商务印书馆1981年版,第26—27页(其中略有改动)。

## 第十四章 审美模仿的边界问题

性。所以，尺度是有之具体真理……尺度是定量的单纯自身关系，是定量特有的自在的规定性；所以，定量是有质的。"① 由此尺度作为质和量的统一是与个别事物、它们的关系、它们的规律性等的存在不可分割地联系着的。"但是每种存在物之所以成为存在物，或一般地说，它之所以具有定在，就由于有一个大小。"② 从而尺度成了此在（定在）的一个范畴，那种"理式性质"、那种抽象转移到具体对象性彼岸及其上的天国的各种迹象，即亚里士多德针对毕达哥拉斯和柏拉图所批判的倾向，从黑格尔的概念中消失了，由此在现实思维中——可以联想到柏格森——在质与量之间的各种拜物化对立仍然在不断地传播。黑格尔指出："因此，尺度是两个质的内在的量的彼此相比。"③ 在思想上反映出的与这些规定的比例关系越复杂，这些映象越不仅局限于静止的此在关系，它们越要表达在各种现象及其运动的关联中的动态的、一般规律性的关系，那么质与量的不可分割的联系作为此在的规定——与柏拉图的理式说相对立——就越加有效。如 $2\pi r$ 或 $\pi r^2$ 的简单公式规定了一个正是如此的存在、其独特的质，即在与其他曲线的关系中圆的自为存在。黑格尔在他关于尺度和尺度比例的哲学中合

---

① 黑格尔：《逻辑学》上卷，杨一之译，北京：商务印书馆1977年版，第357—361页。
② 黑格尔：《逻辑学》上卷，杨一之译，北京：商务印书馆1977年版，第363页。
③ 黑格尔：《逻辑学》上卷，杨一之译，北京：商务印书馆1977年版，第369页。

理地依据于开普勒和伽利略的成就。由黑格尔揭示出的、著名的尺度比例的交错线、量向质以及质向量的转化只是那种内在的——以事物本质为基础的——质与量的关系的辩证—动态解说,它的思想反映是尺度的逻辑范畴。

由此才规定了思维作为对现实的认识与那种"纯粹"量的世界的正确比例关系,这种量在数学中获得了它的科学形式。显而易见,它的巨大的、似乎无限的、迷人的力量正基于其中,由于它的本质被还原到这种量的比例关系的系统,并由这种还原而形成特殊的(sui generis)一种"同质媒介",在对现实的非拟人化反映如此形成的各种规定性中的内在辩证法,可以一种一般无法达到的精确度和统一性表达出各种对象性和对象关系。甚至可能有这种情况,这种基于现实的辩证法出现得要早于对此进行的观察或实验。这丝毫不会改变这一基本事实,每一种数学规定的尺度比例的真实标准仍然是现实本身,即相关现象的质的正是如此的存在(在上述黑格尔所说的意义上)。因为尺度比例的量的方面的内在数学展开会阐明无限的,或总之,似乎不可穷尽的可能性序列,但它们总是趋向客观现实的真实,不可能与内在于数学的手段不同。这一事实,即起决定作用的重要物理——数学公式都包含有常数,已经在这方面清楚地表明了这种困难之处。当然,这些常数在量的特性上才是合理的,然而正是由此才表现出一个特殊的此在、一种特殊的关系等的相关的现实性联系、其质的特殊特性的一个完全独特的正是如此的存在。所以普朗克完

## 第十四章 审美模仿的边界问题

全有理由——相应于他自己在量子物理学中的发现——指出:"这些常数是真实世界的一个新的神秘的信使,它迫使人们不断地进行各种极其不同的测量并总是执拗地要求一个自己的地位……"[1] 这就是现实本身,它在物理学的非拟人化方法的道路上由纯粹数学可能性的似乎无限的数量中来选择那种尺度比例,它在每次可能达到的最佳近似中以其真正是如此的存在的质恰当地反映出一个真实的此在。在这里数学推导、由现实本身取得的尺度比例的加工和表述起着一种巨大的作用,这是不言而喻的,但它无论在认识论上还是在方法论上改变不了这里所引述的基本事实。

当我们由此转向我们原来的目标设定,即认识在音乐中的这种比例关系,那么既要强调它对于这两个领域都是同样适用的,也要强调两者之间又有基本原理的不同。黑格尔在我们所援引过的考察中已经正确描述了在方法论上的共同之点。关于音乐,黑格尔指出:"一个单音也只有在与另一个音和一系列其他的音相比及联合中,才有其意义;在这样一大堆的联合中的和谐或不和谐,构成这个单音的质的本性,同时这种质的本性是要依靠量的比率;这些比率形成指数的一个系列,并且是两个特殊比率的比率;每一个相联合的音本身就是这些比率。一个单音是一个系统的基音,但同样又是每一个其他基音系统中个别的项。和

---

[1] 马克斯·普朗克:《现代物理学的世界图像》,见普朗克:《Vorträge und Erinnerung(演讲及回忆录)》,第213页。

谐是排他的选择亲和性，但其质的特色同样又消解为单纯量的进展的外在性。"① 由此在这里也表现出量和质的这种同样的两重性，像在物理学中那样；这两种范畴要素的每一种，在保持自身实存和符合自身规律的生长能力下它们相互转化，其一切后果都是为实现它们的统一运动而产生的。由此应该得出结论——如下面将要指出的，加以适当变化——上面表述的真实标准也适用于音乐领域，事实的真实支配着单纯以形式为基础的数学能力。这种类比的正确性很容易加以验证。众所周知的是，在音乐理论中将各种声音的可定量的尺度比例依据不同的观点系统地加以排列，由其中推导出可供音乐作曲的规则。如果说有一种艺术，在其中这些规则是已知并实际上必须适应的，那么它就是音乐。当然不仅仅是音乐，但音乐是处于第一位的。正是那些最著名的创新者的传记表明，他们始终必定要完成这样一个学说，以便能将新的东西以与艺术相适应的而非外行的方式谱写音乐。艺术水准与外行之间的区分线，在音乐中比在其他艺术中要严格得多，并可合理地加以证明。另一方面在这里前述有关物理学的论点也是有效的：精确遵守作曲学说的规则，即使不过于迂腐和书生气，从理论专业人员的观点不仅是正确的，而且甚至是充满灵气和创意的，但也不能保证产生出真正的音乐作品。音乐理

---

① 黑格尔：《逻辑学》，杨一之译，北京：商务印书馆1977年版，第387页。

## 第十四章 审美模仿的边界问题

论只是提供一些可能性，即所谓消极的条件规则，这些条件规则也只显示了音乐的专门限制，这我们以后还要谈到。理论的可能性向艺术现实的转化在这里也是基于，那种理论可能性正好击中这一现实，从而唤起对现实的反映和模仿性的塑造。

由此我们找到了物理学和音乐在它们与数学的关系中的决定性区别，即这两种反映方式的相互区分的对立。在我们没有充分说明音乐的对象之前，即它反映了什么，音乐中的主客体关系以及如何确定这种关系，我们还不能具体地说明在音乐中如何反映现实的问题。在这里我们是从在古希腊一般占主导地位的观点出发，即音乐模仿的对象是人的内在性，即人的情感生活。这里应该做出具体化的各种尝试。但是始原时代这种内在性作为人的生活的——相对的——独立领域是根本不存在的。它是人类社会—历史发展的一种产物，我们将会看到，这种内在性的形成和发展是与音乐作为独立的艺术的产生和繁荣完全平行的。我们考察了毕歇尔对那个时代劳动与节奏关系的研究。在此之后节奏的那种客观的、使劳动过程有序化并因此而轻松化的功能必然会登上前台。如果我们现在对这种现象的主体方面加以考察，那么我们会看到，在劳动效率提高的同时，这种劳动强度的减小，正是这种内在性获得解放的开端，是伴随劳动的感受的自我享受的开端，从而导致完整人的情感生活的开始。正如劳动生产率的提高那样，在人的精神世界中也提高了对外在世界的支配能力——首先通过闲暇并由于生产率的提高在劳动过程中人的付出减小了,那么在情感生活的内在性范围里面也提高了这种支配能力。

现在我们若要作进一步考察,那么——针对现代化的偏见——就应把每一种情绪活动与引发它的外部世界的联系强调出来,其基本事实是,人的情感反应在根源上按其本质而论是具体的,也就是说,与周围对象世界中的诱发动因不可分割地联系着,在其中很少有关于唤起这种情感反应的对象的具体陈述,这种反应在其内容和强度等方面又如此强烈地与它的诱因相关联,直接表现出来的不是这种爱或恨的感情或情绪,而是确定的人在一定情况下的爱或恨。那些最重大的感情如恐惧、希望、爱或恨等可能具有许多共同的东西,在人们把这些专门的感情在思想上概括为统一的概念名称之前,它们肯定在很长的时间间隔里以具体的极其不同的形式存在着并起了作用。当然,这种在语言——概念上综合成统一的称谓要先于它们在情绪上综合成相互关联的情感组合。我们在讨论语言、对象世界的语言表述时已经涉及这个过程,并且指出像在色彩中那样,这种似乎是直接的感性普遍化过程的形成是很晚近的事。对于内心生活这一发展取向还会进一步提高,这是不言而喻的。因为一种语言越原始,那么它越不能直接表达内在性的东西,而是迂回地表述出唤起这种内在感觉的外在世界,以便将其展开。盖伦不无理由地援引了斯泰尔夫人关于与其时代相对立的古代的名言:"古人绝不会由他们

## 第十四章 审美模仿的边界问题

的心灵中产生出诗的对象。"① 因为我们有关远古的知识已经是相对高度发达了的时期，我们只能得出这样的结论，初始状态的情况很明显是处于支配地位的。

因此这些感情和情绪的唤起、组织和意识化（就词的最广义而言）是沿着模仿路线完成的，并作用于它的实施者、观众和听众。众所周知，节奏在劳动过程中——也包括在这个方面——起着多么重要的作用，正是通过劳动过程才启动了我们这里所关注的内在性的释放。在模仿当中使这种倾向获得了一种质的、飞跃式的提高。由以前的考察中我们知道，在这里艺术的东西绝不是它的原初的目标，它们更可能是对现实的巫术观察方式和活动的必然结果，即按照人的意愿去影响、必要时排除或至少阻止这种支配人们生活的隐蔽的作用力量。模仿的艺术的—情感激发的特性在这里部分地是无意形成的副产品。我们说部分地，是因为在巫术模仿中对一种确定的激发作用是有预想和意愿的，只是它——从巫术的观点看——是极为偶然的，模仿激发在其发展过程中总是决定性地开辟了一条审美的道路。对于我们音乐作为人的内心生活、情绪和情感的模仿的关键特征是在巫术的外衣下相应地发展起来的，即作为巫术目标的——所谓技术的——辅助手段逐渐取得审美的独立性，在这里从一开始就值得注意，它的完全立足于自身的存在是一个极其漫长的发展的结果，在它不再是其他

---

① 引自盖伦：《Urmensch und Spätkultur（原始人与后期文化）》，第127页。

> 审美特性

模仿表达方式（舞蹈、语言）的伴奏者（实际上它是审美的决定性组织者）之前，经历了很长的时间。但是在我们能够深入考察它的纯粹表现方式和它的社会—历史条件以前，我们应该对它的原初功能多少有进一步了解，因为只有这样才能开启道路，以便真正理解在音乐中模仿原本是什么样子。

首先要谈到节奏，那么在我们面前出现三种现象。其一是我们已经在动物领域指出了动物体的节奏，这是基于生物学的事实，不论它是建立在无条件的或固定的条件反射的基础上——它都有助于对环境的适应，使相关动物对它的反应更有效，但对它的生命整体性而言却是无足轻重的插曲。其二是在劳动中形成的节奏，它是劳动自身质的飞跃的标志，它把劳动与各种对外部世界单纯的生物反应完全地区别了开来。通过节奏按照人所设定的目的、为了劳动的轻松化和效率的提高而有意识地组织起一个空间—时间过程。其重心在于组织，因为这种节奏不再是"自然"的，而是一种"人工"的，这种节奏是从有利于劳动过程的观点对运动的相互协调，它由时间序列以及对劳动者最小疲劳度的技巧构成。由此能够减轻劳动负担从而产生愉悦的感觉，这是一种不言自明的后果，但是从客观的目标设置的观点看来则是一种副产品。当然，有意识的组织性也——同样多地，不论自发或自觉地——作用于劳动主体，首先是在通过伴唱对节奏的明显强调，正如毕歇尔所指出的，开始时估计是没有文本的，只是通过呼喊表达出劳动

## 第十四章 审美模仿的边界问题

作为这种直接反映的情绪。流传下来的最古老的劳动歌曲的文本是形成于相当晚近的时期,即在原始共产主义解体之后的时代,是在奴隶劳动时期。为了防止各种误解,注意这里所谈的只是分音节的歌词表达。是否此前在劳动过程中已经有通过伴奏乐器使音乐—模仿具体化,对于这个问题是无足轻重的。单纯的劳动节奏现在已经带有了分音节的歌词、带有了它的音乐伴奏,其中已经表现了完整的人对任一专门劳动的态度、在他的生活中与其整体性以及劳动条件和劳动关系的主体关系,这些总的成为情感的模仿内容。对于曲调与和声的出现极为重要的这两个阶段之间的过渡,就作者的知识而言是未知的。(作者利用这个机会公开申明,在音乐及其历史的领域作者不能胜任于专家的要求。)

  劳动歌曲在更发展了的时期已经表现出第三阶段即发展了的模仿的明显标志。这种要素在所有原始社会的音乐的其他应用领域,首先是在舞蹈中表现得更加引人注目。因为舞蹈从一开始就有明显的模仿特性,并且成为初民最重要的生活活动(战争、狩猎、收获等)的写照。我们在前面(参见第五章)已经深入地做过探讨,在这里我们的注意力不是放在舞蹈本身上,对它的作为模仿的本质特征无需再作说明,而是集中在音乐对于舞蹈自发地向审美的转化及其对人的情感激发的本性方面所起的作用。在此首先要强调的重要事实是,在舞蹈中模仿刻画的动作很大一部分并不是属于那种在日常生活中节奏化了的各种劳动的动作。像在狩猎或战争中所取得的那种灵巧性可能起如此重要的作用——在这些领域（狩猎或战争）所形成的合目的性的动作可能在生活本身中并没有被固定下来并经常重复地体验到节奏性的安排。在舞蹈中它的节奏化是一种原初的模仿，是由模仿—激发而不是由劳动技能的合目的性的目标设定所规定。模仿的这种原初性质也涉及在现实中已经被节奏化的那些劳动过程（播种、收割等）。因为这些规则自然适用于劳动本身，每种劳动都必定有它自身的、由其专门方式形成的节奏。在不同的劳动中，既不可能在不同的动作之间有一种节奏化的关联，也不可能有节奏化的过渡使之由一种劳动引向另一种劳动。由于技术原因每一种劳动都是分隔开来的，是按自身来节奏化的。但是我们以前（第五章）在对舞蹈的分析中也已经指出，每一种（舞蹈）——尽管它可能包含着如此多样的人的动作成分——由巫术的社会职能的观点看，它都必然形成一种统一。已如前述（第五章）巫术目标设定中所包含的作为不可或缺要素的激发作用越大，作为公开—直接的标志，影响超验力量的情感性保证也就越大。为此对每一个相互关联的舞蹈组合便要进行统一的音乐—模仿的加工，这里所提出的是与劳动相区别的全新的节奏要求：它们具有质的不同——保留了它们的区别——不仅是对动作组合进行统一穿插，而是以张弛有度的激发方式来组成，这种动态关联要导致一个圆满的终结，使整个舞蹈在这里达到高潮。

显而易见，这种目标设定——它直接来自巫术并在长

## 第十四章　审美模仿的边界问题

时期内只是自发——无意识地包含了审美的规定——必定远远超过了单纯对动作的节奏安排。在此由于要模仿地激发出极其不同的情绪，伴奏的音乐——它通过伴奏并在伴奏中来组织具体的模仿活动——在其自身便形成了模仿要素。因为只有通过这些要素才能使模仿过程完整地内在展开，并达到内在有机的、完美的安排。由此形成的曲调与和声，成为与事件相伴而生的情感的模仿表达。作为艺术还没有达到独立的自为存在的音乐还应该在自身包含它的最原始的规定，以便在它的内在性领域之外形成审美—激发原则。还是在原始舞蹈中可以最清楚地看到这一点。因为在某种语言艺术与音乐之间存在更深刻的关联，在这里社会—历史发展同时会促成一种明晰的分化，抒情诗逐渐由强制的音乐伴奏中分离出来，音乐比较早地便能不用语言来表达抒情意味。可以再次提到平达对管乐曲调的表述。与此相反，舞蹈不仅在原理上而且作为日常休闲的表现方式，离开了音乐的这种组织功能就根本不能存在。音乐本身却能在这个方面实现这种解脱，在现代音乐中以音乐加工的舞蹈方式不断与原来的舞蹈相脱离，它只是作为动机性基础用于表达一定的情感特性。而舞蹈根本不可能与音乐相分离，尽管它已远远不再是重要生活事件的模仿体现（如在许多农民的舞蹈仪式中那样），成为日常生活中的一种单纯消遣，也无法消解对音乐的这种组织化根基的不可扬弃性。（这里还没有谈到这种音乐的质的问题。）

初始时期的舞蹈与音乐的关系是我们现在所关注的问

题,与上述情况相反,那时的舞蹈是对于最重要的生活事件,如人的生存和繁衍以及与敌人的抗争,所作的模仿。音乐的组织化功能不能仅限于对重复性动作的节奏化调节。它不仅应该对戏剧化的但无言的事件发挥相互的起伏抑扬、不断更替的提升和减速,来产生具有激发导向的秩序,而且同时使内含的、以单纯表情语言所无法完成的情感负载更具激发效果。众所周知,在所有原始文化中这种舞蹈与音乐的结合都是自发——没有任何审美的意识性——形成的,其根源在于它是基于事物的本质。因为人的表情本身包含着整体性的、尚未分节化的内在性质。如前所述,这种内在性表现在绘画和雕塑中,是以其纯粹的可见性来把握和描绘的,作为单纯的、尽管在审美上是合理和不可避免的未加规定的对象性。这些艺术的同质媒介完成了对于时间流程的排除,完全扬弃了过去和未来而将现在提高到"永恒"。它形成了一种张力,通过这种张力才能使规定的(视觉的)和未规定的(纯粹内在性的)对象性达到的真正的艺术和谐发挥效应。如果这种表情动作像在生活本身之中那样变动不居、转瞬即逝,出现在提前了的未来又消失在——记忆或遗忘的——过去,那么它就不可能具有上述内在与外在的内涵的统一。内在性应该变成明晰而分节化的形态,以免这种纯粹的表情由纯粹视觉的外在性蜕变成非感性。正如黑贝尔机智而刻薄地谈到哑剧演员所说:"像是聋哑人变疯了一样。"

这种关系在生活中可能是自动调节的。当然表情经常

## 第十四章 审美模仿的边界问题

是不用语言表达的,它在语言表达的前沿和后续的连续性中却具有明晰和确定的位置,它由表情所从属的内在性本身达到明晰地表达,或者由于过程性和环境而足以说明它可能具有的多义性。这里提到戏剧模仿也许是多余的,因为在其中的态度是完全清楚的。而舞蹈的情况则是完全不同的。这里在流动表情"背后"的内在性是不可能用语言表述来分节化的。历史事实表明,这种分节化到处都是通过对舞蹈和它的表情戏剧性"伴奏"的音乐实现的。我们将伴奏一词打上引号,因为它多少不同于单纯的陪伴,在性质上还包含更多的东西。要形成一个统一的模仿构成物,其中要把两种相互对立的反映方式融合成一种新的统一体:一种是对生活事件的可见的和活动的舞蹈式反映,其中动作所表现的由它所唤起的情绪必定是含糊不清的,另一种是对与其情绪完全一致的音乐模仿,其对象同样必然是含糊不清的。这两种艺术相互结合的审美可能性从模仿出发是规定了的。两者在上述意义上相互补充和支持,成为一种不太精确的表达。这里毋宁说是涉及一种完全的交融,在这种交融中情绪的时间过程与它的空间—表情的可见化构成了一种不可分割的统一。显而易见,舞蹈的内容越简单和越不言自明,音乐就可能越简单而"原始"。可以设想初始的临界情况——就我而知,这种情况我们是不了解的——这时音乐可能几乎只限于一种节奏秩序。另一方面,如果舞蹈表情语言的生活内涵越贫乏、越苍白,如果它相应地惯例化如后期的宫廷芭蕾,就会形成相互不同种类的

### 审美特性

一种差异：音乐的不确定的对象性比舞蹈的确定的视觉形象更动人、更戏剧化和更富情感负载。但由此形成的问题不属于这里讨论的范围。

我们所关注的只是这一事实，即音乐只是作为内心生活的模仿所能完成的这种功能，是每一种初始文化的社会—历史关系使它必然要承担起来的职能。艺术哲学的使命在于，揭示在其中所形成的那些范畴联系。显而易见，音乐的上述秩序化功能必定是一种重要的—时间性作用。舞蹈者的动作和表情的空间—视觉的、富于表情性的秩序则由舞蹈动作设计者所完成，它始终要服从于音乐。这种主从关系绝不是偶然的，因为舞蹈的动作模仿是用于激发情感内涵的，它必须使最终的秩序原则服从于这种激发职能。因此舞蹈的空间—时间性同质媒介是由音乐的纯粹时间性的媒介所支配。在戏剧中，如果它与音乐相分离，就变成纯粹的语言艺术，对于舞台表演形成完全不同种类的问题，其中空间—时间性仍然比纯时间性具有更大的重要性。但即使在歌剧中，其中不是音乐本身，而是语言的歌唱对于同质媒介才是决定性的，形成对于演出和导演全新的、很少解决了的、在理论上也很少阐明的问题。这些关系是比较明确的，困难只是在于我们把音乐本身作为模仿来加以考察时，如果我们设想到，正如在古代音乐的反映特性是不言自明的，其后直到启蒙时代都是如此，我们似乎应该对现代出现的相反意见从它的哲学基础上加以考察。这样做的好处是，这种分析同样适用于对模仿的一般本质

## 第十四章 审美模仿的边界问题

超出现有的认识加以具体化，也可以对音乐模仿的专门特性作出更好的说明。

这里出现的第一个主题是我们早就熟知的：假定反映等同于照相，由此——尽管这种毫无根据的观点可以被正当地驳倒——而得出反对艺术首先是音乐具有模仿特性的结论。不用对前述内容加以重复（肯定能够记得）便可以说，这种论断往往是基于原型与映象之间的不相似性。在此种情况下就是，基于在客观方面是一定数量精确可测的振荡，在主观方面相反地是听觉感知及其伴随的与其相关联的情绪。这种直接的不相似性无疑是一种事实，它最鲜明地表明了外在世界对人的直接生理影响。绿色，在其中我们会知觉到一片树林或一块草地，与它所发出的振荡频率肯定是不相似的。这已经促使著名学者赫尔姆霍兹把它看作单纯的"象征"，即通常的符号，这在实际上必须加以验证，它是强调了表现物与被表现物之间的完全的异质性。这种观点在反映的哲学问题上已经完全消失了。因为不管怎样，不论对它作唯心主义或唯物主义的理解，还是从观念与映象的关系或物质对象与映象的关系来看待，在这里没有任何反映论认为它是一种统一、一种全部吻合或一元化的同质性。原型与映象的对比、它的无法排除的二元性甚至是任何一种反映论的哲学基础。赫尔姆霍兹的不一贯性——重复了康德在物自体问题上的不一贯性——在于，他一方面把感官知觉看作单纯的"符号"，即某种惯例，但另一方面又把它看作客体作用于我们的必然结果。但如果绿色作为一定振荡频率的必然的生理反应在意识中的表现：它怎么另一方面又作为这种现象在人的心灵中的映象呢？

如果从辩证唯物主义角度把反映看作对不可穷尽的、无限的客观世界的单纯近似，那么通过一般符号来取代映象论的实证主义观点的站不住脚就更加明显。如果在直接生理映象中缺乏"相似性"不能用作反证的话，那么在经过进一步中介的反映客观现实的思想过程中就更谈不到了。我们在其他地方已经详细讨论了非拟人化方法。其本质在于，人们创造了物理的和精神性的工具装置，利用它们也可以使直接隐藏的、对于人的感官知觉原则上不可接触到的对象、关系和关联等，精确地以其自在存在而被反映出来。它的本质被反映出来得越多，直接意义上的"相似性"就越少能作为问题出现，尽管对本质把握的标准在这里只有在自在存在着的原型与被反映的映象的一致中才能合理地存在。各种非辩证的反映论的弱点正是在于，它们没能理解不依存于意识的本质的客观性和它的实存。这个问题我们已经反复谈到过。在这里只是要注意，在对本质的反映中谈不到这里的直接意义上的"相似性"，不像在直接感官知觉的情况那样。

显然，这种一般结构——加以必要的变化——也适用于艺术的拟人化反映。我们曾经深入探讨过的第1'信号系统的主导化正是它的心理学基础，以直接引发它的来自外在世界的刺激扬弃了映象的"相似性"，即以一种反映所形

## 第十四章 审美模仿的边界问题

成的直接原型来取代,而这种反映使人与人类的客观实存的本质相遇,也就是说,它正确地再现了其本质性要素。在这里"相似性"问题经历了一种辩证的强化和深化:那种扬弃了日常生活的直接性并重新产生出的艺术作品新的直接性是与以下两方面不同的:一方面由它所塑造的形象是与日常生活中所反映的"模特"极其不同的,甚至可以表现一种幻想的世界,它——直接看来——在生活中根本就没有原型。另一方面,也正是由此艺术反应物与人类发展的客观现实的本质特征的"相似性"又比在生活中得到了更大的强调和情感激发的处理。我们已经谈到了直接的心理生理反应与唤起它的物理事件之间的"不相似性"。由于第1'信号系统形成的艺术反映并不像非拟人化反映那样是与客观现实的直接的、人的心理映象相脱离,而是将它的基本要素纯粹化、同质化了,并依据对人的重要性加以安排、进一步塑造,形成了它的为我们深入描述过的特性:与现实原型具有"相似性"和"不相似性"的辩证的、充满矛盾的统一体,它是建立在新的直接性的地平线上,与人类发展的本质要素的直接激发作用不可分割地联系着。在这种标志性的映象中的"相似性"正是表现在,它跨越时间和空间的巨大间距可以直接为人所体验。正是在这里,在拒绝直接的"相似性"的同时,对各种艺术——包括音乐在内——的反映特性变得更易于理解:正是那些反映和塑造本质事物的伟大艺术作品唤起和保存了类生活中的这种永存的东西,不是作为一种"无时间"的一般人类事物,

## 审美特性

而是作为具体的发展瞬间，它是与其历史表现方式的具体的此时此刻相重合的。然而那种对历史过程短暂的时间表现的表面化的，因此更相似的反映往往变得不可理解和被人遗忘。

在现在的情况下，对音乐的反映特性还必须与其他艺术一起来考察，尽管每个人都看得出，"相似性"的辩证法正是在音乐中取得了更尖锐、更醒目的形式。如果我们谈到我们时代的第二个重要的哲学偏见，我们指的是时间问题，我们就能更深入地认识到音乐的专门特性。时间的现代的——错误的——理解主要是受康德认识论的影响造成的，众所周知，康德在他的"先验论美学"中将时间——同样也将空间——既与客体的理论的可把握性问题相分离，又在这个更狭小的范围内作为人的感性固有的、独立的先验性，其本质特征就必定与空间的本质特征是严格分开来的。后来柏格森由这种形而上学——僵化的分割中又提出了一种空间与时间相互敌对的哲学，在这里我们无需去讨论，因为我们争论的焦点是一般而论地针对空间与时间的不可分割的关联的消解，对于这一基本问题以情感强调的对立性作单纯二元论的推论的细节不能提供任何本质上的新东西。我们援引康德的那一重要思想，它直接涉及我们现在所讨论的问题："时间无非是内感官的形式，即关于我们自己和我们内部状态的直观的形式。因为它不能是外部现象的一种规定：它与形状无关，又与位置无关；相反的它是由我们内部状态中的各表象间的

## 第十四章 审美模仿的边界问题

关系所规定。"①

我们已经在讨论艺术的反拜物化使命（参见第九章）时对空间与时间的客观不可分割性作了说明，并且曾试图指出，它们的这种不依存于意识的特性在对它们的审美反映中必定会产生出深刻地影响到客观现实的后果。康德的观念，在当时针对那种朴素的自发的观念有其内在合理性，当时认为空间与时间到处都是相互关联的并且同时"充满"了运动物质。黑格尔哲学为这种生活感觉提供了一种哲学基础。他在认识论的导论中已经不再把空间与时间作为抽象的先验性，像康德的研究那样，而是在自然哲学的一般引论的探讨中，指出了这种区别的跳跃点：时间问题不可能与空间问题分割开来探讨，物质及其运动问题应理智地相应于实在的事实来探讨。（这不排除对空间与时间的本体论特性作一种客观的、非拟人化的、分开的探讨，正如在尼古莱·哈特曼的自然哲学中所发现的，这对于抗拒现代物理学的主观化倾向是极其重要的。只是这个问题是在与这里所讨论的问题无关的维度上提出的。）与空间和运动物质相隔离的、纯粹内在的时间是一种被偶像化和拜物化的抽象，它当然与那些广泛和长期起作用的理论一样，必然具有它在资本主义社会特定阶层社会存在中的根基。然而这种社会根据却没有表明什么有利于它与客观现实的一致

---

① 康德：《纯粹理性批判》，韦卓民译，武汉：华中师范大学出版社2000年版，第74页（译文有改动）。

性。与此相反，准确地分析这种社会发生学将会揭示出对时间真实结构进行拜物化歪曲的原因。分析这种关联对于理解现代艺术中的对象性具有重要意义，但这属于美学的历史唯物主义部分。

在这里为了进一步贴近音乐的专门的对象性，还要再次提到时间问题。由这一观点出发从康德与黑格尔的对照得出两者的——相互密切联系着的——对比。一方面是客观的或主观的时间，另一方面是空洞的、容器式的或有形的或填充的时间，或者说抽象的时间或具体的时间。在这两种困境中受康德影响造成的观点的直接后果，导致了在说明时间体验中的内在性时被完全"纯净化"了。它形成了这样的观念，好像每一种对象性、每一种主体与客体的对立在其中都被扬弃而不存在了；好像各种客体的对象性只能由空间的先验性（以及知性和理性在它们中形成的活动）所产生。在时间中，（当然康德自己还没有以明确的方式这样说）时间必然不断增强地与主体的时间体验同一化，对于我们时间流动本身出现了一种谜一样的力量，在体验瞬间中的一切显现出的此在无可挽回地消失了。这可能会引起一种伴随而生的悲观的情感，像在年轻的霍夫曼斯泰尔那里；或者引起一种伴随而生的陶醉的情感，理解到宇宙的真正的非物质性本质，像在柏格森那里：时间与时间性与现实的物质世界不断地相分离，并且在纯粹的主体性中使与其相分离的、独立的此在获得了一种精神性的强调，这也是在它与其环境的拜物化分离以及同样与它的拜物化

## 第十四章 审美模仿的边界问题

对比中实现的。在时间中必然存在的消失过程将走向一个深渊，在其中所有对象将消失得无影无踪，或者至多通过同谜一样的、纯粹的主体内在活动、记忆、回忆以纯粹主观的、只与主体相关联的方式在存在与非存在之间成为一种影子存在，如同在但丁的炼狱中苟延残喘。这样在一种对时间的隔离的、封闭在主体之内的理解的关联中形成了一种心灵的情感唯我论。人们可能像汉斯立克那样否认情感与音乐的关联，因为这样一种音乐的形式主义是完全"无世界"化的，在如此受到影响的感受力作为与客体"无世界性"的必要的、主体关联中形成一种唯我的主观，它的本质必定通过音乐——不必关注汉斯立克的所有理论——而被规定。

这样一种对时间的主观化和对立化的极端表达对于音乐理论说来是一种纯粹的形式主义。康德已经把音乐看作是"诸感觉的一个美的游戏"，无歌词内容的音乐对于康德是属于"自由"美（而非附庸美，即无对象性规定的）的标题中。也就是说，依据康德的语言它们从属于"希腊风格的描绘，框缘或壁纸上的簇叶饰等。"[1] 我们在"艺术的反拜物化使命"一章中已经指出，汉斯立克由这些前提形成了音乐是"声音的万花筒"的观点，以其极端性而显荒谬的这些理解也使严肃的、致力于客观性的思想家感到不

---

[1] 康德：《判断力批判》上卷，宗白华译，北京：商务印书馆1987年版，第171页（§51），第63页（§16）。

◯ 审美特性

安。例如哈特曼强烈地拒斥把音乐看作"与音响下棋游戏"的观点。在他的观念的具体化中，他却又陷入了以下的两难境遇：一方面他在强调与造型艺术和文学感受的对立中规定了它的作用的主体行动，"自身的心灵生活被音乐作品的运动完全吸收并进入它的运动模式中，这一模式传达出他的内心并成为他的内心生活。由此实际上扬弃了对象关系，而转化成别的什么东西：音乐进入听者内心，成为听者内心的东西。"另一方面他必须排除音乐是无内容的、非对象性的迷狂或一种同样无内容的、非对象性的形式主义，为此得出结论："音乐仍然是对象性的。"① 甚至连黑格尔，他的时间理论为我们解决这个问题提供了决定性的推动力，在他的《美学》中有时也有误导的失误，他把纯粹听觉的时间性与音乐—审美态度的非客体性，甚至与它的审美本质在思想上混为一谈了。黑格尔对于自己有关时间的辩证理解的舍弃与他的唯心主义有极其密切的关系，这种唯心主义使他将中世纪的命题更新为听觉"比视觉更是观念性的"。相对于音乐他指出，在音乐不像在造型艺术中那样，欣赏的主体和作品的客体的区分是固定和特质的，而"在感性存在（客体的感性此在——卢卡奇注）中是随生随灭的……所以音乐占领住意识，使意识不再和一种对象对立

---

① 哈特曼：《Ästhetik（美学）》，第201页。哈特曼对于这一二难境遇的解决方式，参见他的音乐"背景层面"的理论，见哈特曼：《Ästhetik（美学）》，第205页，这里不作讨论。

## 第十四章 审美模仿的边界问题

着……"① 幸亏黑格尔在这个问题上不是前后一贯的，没有使这一观点引出荒唐的结论。

在第九章我们已经指出，正是黑格尔的关于空间、时间、物质和运动具有不可分割地联系的理论是正确把握音乐特性的唯一道路。让我们——回顾一下以前的论述——思考舞蹈与音乐的关联。当黑格尔在他的《物理学导引》说明中指出："运动是时间向空间过渡的过程，反之亦然：相反的物质是空间与时间的关系，它是作为静态同一性的。"② 由此他从哲学上精确地说明了节奏的空间—时间特性，这一点以前也提到过。生活已经确定了这些范畴的关联性质：它在劳动中已经获得了一种明晰的形态，它在音乐中实现的进一步发展只是一种提高——当然是一种质的提高——这已经由黑格尔准确地把握了基本结构。只有在几何学中（因此也在几何纹样中）能够完成一种世界图像的丰富的抽象，即一种没有时间的空间设置。黑格尔正确地指出，这种抽象不可能颠倒过来：不可能设想没有空间的时间，不可能存在时间的"几何学"。③ 甚至时间的最抽象的形式也不可能忽视空间、物质和运动。按照黑格尔的观点，这说明它的规定"是存在与虚无的统一"。过去、现

---

① 黑格尔：《美学》第3卷·上册，朱光潜译，北京：商务印书馆1979年版，第349页。

② 黑格尔：《Encyklopädie（逻辑全书）》第2部，见《黑格尔全集》第7卷·第1册，柏林1832年版，第71页。（§261附录）。

③ 黑格尔：《逻辑全书》第2部，第57页（§529）。

# 审美特性

在和未来一方面构成了这种对立的一种统一,另一方面它们又关系到产生和消失的区别。黑格尔的贡献在于,在所有这些关系中他既强调了客观性又强调了对象性。"……过去实际上是作为世界的历史,自然事件是在非存在的规定之下加入其中的。"而——在哲学上——在未来的非存在是第一规定,而存在是其后的,即使按照时间说来不是同时的。"现在在这里——抽象地看来——只是一种否定的统一。"只是现在,在这种意义上人们可以说:"只有现在存在着,其前和其后并不存在,但具体的现在是过去的结果,它孕育着未来。"

当黑格尔以下面的话结束这一考察时:"真正的现在因此是永恒的。"[①] 他的这番言论在首批听众那里听起来是极其唯心主义的,几乎是神秘的。然而在生活中却已表明,过去和未来只有提升到现在,才能将自在存在变成为我(们)的存在,其中非存在者在其必然的存在设定中只能提高到为我(们),而不能提高到自在,由此批判性地看待这种永恒,即使是必然的和正确反映了客观现实的,却仍然只是一种单纯的主体性范畴。由客体本质必然规定的主体性的这种特性也应该适用于艺术的特别是音乐的反映。回顾一下我们对音乐中准空间的讨论,我们在那里同样是将其看作为一种主体性要素。即使从审美上说音乐中(也包

---

[①] 黑格尔:《逻辑全书》第 2 部,见《黑格尔全集》第 7 卷·第 1 册,柏林 1832 年版,第 60 页,§259。

## 第十四章 审美模仿的边界问题

括在诗中）的这种准空间的主体特性也不排除其效应的客观性。因为正如那一时代所表明的，在时间上分开的诸对象性的并列存在，即对时间流程的主体扬弃，是艺术作品发挥整体效应的必要前提。托马斯·曼对于音乐和诗歌这种作用的共同特性做了正确的规定："人们总是把艺术作品作为一个整体来生产，美的哲学也要把音乐和语言作品—造型艺术作品区别开来，在时间和它的前后相继中加以展示，由此使它们致力于在每一瞬间都完全出现。在开端中生存着中点和结尾，过去融合在现在之中，即使对此最外在的集中也加入了对未来的事先考虑。"[①] 作为审美作用的假设，准空间的设置在它的主观必然性上是完全合理的，它只适用于理解，在这种要求的背后也存在着一种它实际上成立的必要性：时间本身的具体的、客观的特性，它必然要贯彻在它的审美反映之中。我们再回顾一下黑格尔关于现在作为永恒的说法和我们对这一命题的解释。由于在音乐中所塑造的现在、过去和未来——在不破坏它的原有本质的情况下——转化为一种可体验的并列存在，它实际上成为时间的丰富化，成为对它的主观性扬弃。因为这种作用只是一种反映，它的一种主观实现，依存于客观的、具体的时间本身的本质，即它与空间及在其中运动的物质的不可分割的、存在性关联，从而使它失去了任何主观随

---

① 托马斯·曼：《Die Entstehung des Doktor Faustus（浮士德博士的诞生）》，见《托马斯·曼全集》十二卷本第12卷，第326页。

意性的痕迹。全然地在音乐中，在平达所指意义上和古代一般是作为模仿的模仿，在那里感情的世界是与引发它的客观的外在世界相分离的，为了确保他们能充分享受生活，这种形式的、主观的、返回外在世界客观结构的关系为解放真正的内在性而得到强调，这种内在性在音乐中苏醒过来，将人与宇宙的关系转化成一种内在性，赋予它一种似乎自为存在的实存，而非一种浮华而自负的实存。

但是在其中包含着——这一点黑格尔没有说——正是他的哲学所完成的最本质性的内容：每一种具体的时间过程归根结底具有历史特性。赫拉克利特的著名箴言，人不能两次踏入同一条河，听起来只是由于他的抽象的文本、由于对抽象客体的抽象的自我保持以及由于他的规范转化的无关紧要而对主体显得矛盾。实际上他表达的正是时间的具体本质，即每一种具体的对象性、每一种对象关系的一般形成和消失，并由此在其结果中，经过它的过程的反映，它自身在形成中所获得的每一种主体性的实际存在。过去的沉没于虚无，未来的由虚无中升起，如黑格尔正确地指出的，只是时间的适当表现方式的最高度抽象。在具体的对象现实中，通过现在的消失到处保存着已经形成的存在，而在现在中未来也已经以多种胚胎、趋向和幼芽而显现。由此并没有驳斥关于时间的抽象真实，因为它的不可逆转性是不可动摇的，过去的东西作为已经消失的保持在它的不可变更的不再存在之中，只有由此变化了的客体和关系才继续起作用，并形成任一现在的不可或缺的成分。

## 第十四章 审美模仿的边界问题

即使所有趋向未来的倾向通过一种质的飞跃也与它的现实化相分离,存在与虚无的抽象辩证法,由此具体化为连续性与间断性的充满矛盾的统一以及交替的保持与自身保持中的变化的统一。连续性首先应从客观意义上去理解,也就是说,客观世界在这种时间流程的不可逆转性中所完成的质的变化为具有一种历史特性而无需主体的存在。这种变化经常需要如此之大的时间间隔,对于人的实践它是无需考虑的,所以这种变化获得了一种"永恒实存"的外观,这与所有时间过程的客观历史性毫无关系。这对于那种狭义的历史,即人类的历史说来也是独特的,几千年的长度可以作为"永恒",这是在历史形成之后所了解的,或许仅仅毛细管式变化本身的历史特性的敏感性是历史的一种产物,即主体性的社会—历史发展的一种产物。

只有在这一背景下才揭开了艺术中时间过程的真实反映特性。我们曾经谈到了几何纹样的特殊地位,在造型艺术中这种情况也存在(即准时间问题,参见第九章第一节);与此相关的专门问题我们将在下一节建筑中讨论。如果我们现在转向那些艺术门类,其中对时间性的直接反映构成了它们的同质媒介的一种集成要素,即在诗歌和音乐中,它们的相近性质和差别是一目了然的。这种集成要素正是在它的历史性、在它的产生和消失、连续和间断的对象性辩证法中反映出它的具体的时间流程,由此在人的内心生活中塑造了它的客观现实及其主体的反思。在各种艺术门类的区分中与这种要素专门侧重相关的差别起着重要作用，这是众所周知的，这里还要重复地谈到。所以只要简略地指出——与各种现代理论相反——抒情诗在这方面原则上并不比其他诗歌种类突出：在抒情诗中也表现出它的主体的和客体的运动力量的生机勃勃的相互关系。在抒情诗中反映方面的这种本性，尽管对于文学门类的理论如此重要，但对这一考察并非决定性的。因为它涉及在现实中主体因素和客体因素在其具体的相互作用中的一种统一的——经常是不同质构成的——反映过程。也就是说，同样地生活的客观事实将引发人的内心生活，诗性地再现如那种主观的映象，这些映象是由现实生活所唤起，在被表现人的内心所形成。每一种文学在被表现的主体中（有时作为作者的直接表达）同时给出现实本身的映象和映象的映象。这些映象的映象在叙事诗、抒情诗或戏剧的每种同质媒介中与那种现象的映象是不可分的，即使处于充满矛盾的统一，这种统一应该具有人本身的生活中它的原型，以便对其实存的条件能进行正常的反应。只是为了完整性才指出这些已经谈到过的事实，造型艺术——在直接的意义上——不可能塑造出映象的映象；这种映象的映象只是以不确定的对象性的形式表现出来，它是由观众中——当然是以审美的、由对象的塑造中形成的必然性——对现实原型的反映所引发（参见第九章第二节）。

在人的内心生活与他的外在命运的展开之间的这种一般关系中才提供了这样的可能性，对情绪与感受在其中取得独特地位的问题比目前更准确地加以规定。人们应该如

## 第十四章 审美模仿的边界问题

此强烈地确信,即使情绪与感受也像人的内在性的其他要素一样,只是由人与他的环境的相互关系所形成,并在这种相互关系之中才能对他的生活产生有效的影响。同样的绝不能忘记,这种情绪与感受在内心的整个复合体中占有一个完全特殊的地位,它们无疑构成了人的心理的最具主体性的部分。当然这并不意味着完全的主观性,只是由它们占优势地被表征出来。它们在很大程度上确定了每一个性所环绕的氛围,以及它们在与其他同仁交往中散发的那种特殊的质。但个性范围要远大于情绪和感受的世界,个性的最终规定所涉及的范围要比情绪和感受所涉及的更深刻。我们在前面已经谈到人最终作为实践本质的问题,其必然结果是,他的内在命运也与其决心相关联,其结果有时可能与他当下的情绪和感受完全相抵触。这当然不是说,这种处于失落的决心并非经常起着一种很重要的,甚至关键性作用,而是由社会存在或个性核心直接引发的冲动可以大大地改变人的行为和思想世界(直到世界观的立场),这比他的情绪和感受起的作用更大。然而这里要说明,在许多这类情况下情绪和感受表现出超乎寻常的强烈的剩余潜在力,也就是说,它们能够或多或少地在其原有的动力结构中继续发挥作用,尽管这个人在他的生活进程、生活中的地位、他的信念等方面已经在完全相反的方向上接受了培养。这也具有明显的心理学依据。巴甫洛夫曾经注意到,在人们摘除了其大脑皮层的狗身上,虽然第1信号系统不再起作用了,但他所谓的"情感财富"却总是仍然起作用。① 这种自明性在正常生活中当然不是绝对的。它只是在感觉世界与人对外部世界其他心理反应形式之间引起一种极其复杂的相互作用。

如果我们从人的心理构成中感觉世界的这些作用转向它的内在特性,那么与其他反应方式相比它的这种较为松散的客体关联性便十分引人注目。由简单的知觉直至明晰的思想,不只是到处都出现作用于一定客体的一种意图,而是属于这种心理活动本质的一种倾向,是利用专门的手段去把握对象的真实特性并将其自在转化为一种为我们。在这里对象会引发情绪和感受,而情绪和感受又是指向该对象的。这种关系愈密切,情绪和感受与实践和行动的冲动的直接联系愈增强。而在情绪和感受中这种关系是远为松散和不确定的。但这绝不是说,情绪和感受按规则说来并非直接——最终:总是——由外在世界所引发,它们就不是对外在世界的反应。这些反应按照它们的基本特性仍然是主观性质的。它们很少规定对象的客观的为我们,而更多地是规定人对于对象的、纯粹个人的、纯粹主观的行为方式。此外这些反应还具有一种与客体的——相对的——进一步的独立性以及与主体的充满变化的关系。对现实的所有实践的行为方式,其中包括对直接实践的中断悬置,正是通过与客体的这种活生生的相互作用而被规定的,在其中通过这种作用而加强或减弱,确定其内容和方向,并加

---

① 巴甫洛夫:《星期三演讲录》第1卷,第257页。

## 第十四章　审美模仿的边界问题

以修正或放弃，在情绪与感受与现实的关系中完全可能存在不同质的运动类型。"如果我爱着你，这与你有什么关系？"这正是人的内心生活的这部分的一种行为方式，尽管它在结构特性上代表了一种例外情况。[歌德在这里所提倡的斯宾诺莎的"来自心智的爱"（amor dei intellectualis）正是这样一种方法，这种方法对现实的客观知识漠不关心，围绕主观爱好坚定地确定知识目标。这在心理学上正是菲里内上述最真实和深刻的格言的反面，正是因为后者关系到情感世界，而前者（那种方法）关系到思想世界。]

这是完全可能的，由外在世界的一定事件引发出某些情绪和感受，其后摆脱了它们对主体的进一步作用，主体可以过一种自身的生活，而不受外在世界其他印象的影响，在一定意义上可以称这种关系为逆流而上的游泳。这一切会产生这样的后果，外在刺激不断强化地获得一种单纯动因的特性，在情绪的诱发者与这种动因本身之间的适从进一步弱化，甚至似乎熄灭了。情绪和感受就其是现实的反映而言比之于人的其他反应是远为主观的并远离与其真实性质的近似倾向，其中主观反应的因素要超过接受主体的需要和特性。这在生活中往往导致一种反映过程的两重化。很少是客体直接起作用，而更多地是主体情感生活中他所重塑的映象在起作用。我们在这里不可能对这类现象就其变化的丰富性做进一步探讨。一方面这种内在性和感觉世界的自明化从属于文化的典型发展现象，另一方面在这种倾向占很大优势时这种文化发展对人的内心生活表现出不小的危害。当情绪和感受的这种自身活动性增强而丰富了人的内心生活，首先由于它使与环境的相互关系更广阔、更深厚、更分层化、更复杂化，那么在这种关系中一种极强的松散化会使情感本身被遗忘、它的活动性成为一种空转。（我们可以回顾歌德和黑格尔对"优美灵魂"的批判。）如果心灵的整体性和统一性的各个成分都拜物化地相互分割开来，甚至相互作为敌对的力量而对峙起来，那么问题还会进一步扩大。

由所有这一切得出了内在与外在的辩证关系的另外一种成分，它很少为人所考察。我们指的是这一事实，即内在与外在之间的这种相互作用，对于它的丰富性我们上面已经看到，它也起着阻碍各种感情的整体的自我发展。感情也像思想一样有它自身的"逻辑"（如果可以用这个词的话）和它自身展开的动态结构。生活中不断出现又不断消退由感情和思想唤起的"生活挑战"，前者又直接为后者服务。但是生活也具有一种动态结构以及特殊的逻辑，它往往妨碍甚至阻止每一主体思想和感情的成熟达到内在的完满性。在思想与情感之间就其客体的关联性上质的差别，也会产生在主体性与客观世界之间相互关系的质的差别，它取决于对情感或思想的反应中哪种要素在起决定性作用。在以前的讨论中我们曾经试图指出，在社会中生活的人被迫中断或悬置直接实践的目标设定，以使能实现对现实的思想反映、对思想直至其最外在结果的自身发展。对现实的非拟人化反映为思想作为对世界的反映能力创造了这一

# 第十四章 审美模仿的边界问题

活动空间，几千年来的经验也表明，人的实践只有在这条迂回的道路上才能达到这样一种实际的变革。但是我们对艺术活动的考察表明了一种类似的与生活的直接距离化，同样具有这种结果，可以更好地为生活服务。由于通过对日常生活的内容和形式关联性的中断或悬置使人的世界在形态上更加清晰，通过由人所创造的自身世界将这种作为审美的为我们——在自为存在的艺术作品中——可以变为自身的占有。在所有这些情况下，也只有在其中直接的实践才涉及目的论过程，其中思想、艺术创作能力以及为它们服务的知觉等起着一种官能的、一种工具的作用，以实现其目的论的目的设置。如果这一点成功了，那么思想和创作能力等可以充分发展：它们的完成就处于创作的作品中和完成的活动中。尽管它们相互如此不同，在这方面它们服从于相似的规律和命运。

情绪和感受与客观现实的关系则具有完全不同的性质。正是由于上述它们与客体世界的关系，它们首先不具有目的论的特性，就它们的性质而言不需要通过实践来转化为现实。[当然由它们可以产生各种欲望，关于欲望的意识性以及通过目的论—实践行为来完成的指向，我们已经在别的地方（第十一章）谈到过]。只要情绪和感受没有转化为一种目的论指向的实践，人的外在的——我们加上一句：往往也包括内在的——生活就必然要服从于客观现实的事件的动态关系和逻辑。因此情绪和感受的自身动态关系和逻辑就不能充分发展，会被环境的必然性在其发展中截断、

◯ 审美特性

转向或纳入其他轨道。我们已经指出过——人们回顾一下"优美灵魂"的深刻的内在问题——由外在世界中自我撤退、自我封闭在自身的内在性之中同样都不能解决问题，而是相反地使情绪和感受获得错误的方向和不真实的内容，甚至在大多数情况下它们会陷入一种本质的空虚，也会为体验它们的人们所诅咒。情感不受外界干扰地自我发展的充分实现在生活中只能以病理学的形式作为偏执狂的感情底层而毫无剩余地贯彻到底。这种矛盾性表明，它涉及在人的内在性与人的实存在生活中的实现之间的相互关系，在这里以同样的必然性作用的各种对立力量和倾向在生活本身中只能以完全例外的方式达到一种平衡。这种实现方式在这一程度上是临界情况，对于一般社会需要是不会考虑它的。具有这种深刻感情色彩的诗人特奥多·施托姆曾经写道：

> 埋葬了你的至爱亲朋，
> 你还要继续生活下去。
> 随着时日的流转，
> 坚守你的自我，你将依然挺立。

亨利克·易卜生在他的戏剧《小艾友夫》中给出了这一事实的一幅讽刺性—心理学的画面，即使在失去唯一孩子的最由衷的痛苦中，甚至当痛苦是由良心的责备而加深时，他的心理也不可能是不变的。不仅其他人要通过同情

## 第十四章 审美模仿的边界问题

来转变他的心情,而且在他的内心也会产生不断的阻碍因素。因此阿尔夫瑞德·阿尔默斯将他的悲痛给出的试验失败了。一次他对与其共进早餐的姐妹阿斯塔说:"他(指死去的儿子——卢卡奇注)已经从我的感觉——从我的思想中消失了。在我们的整个谈话中他都没有一刻出现在我的眼前。整个时间里他都被埋没、被遗忘了。"后来又以更明显的方式说:"你到来以前,我处于不可言说的撕心裂肺的痛苦之中……在痛苦之中我抓住了这一思想,就是我们今天中午吃饭时所得到的。"为了避免各种误解,应该再加上一句:生活中让情感全部无遗地起作用的这种无能为力,在这种一般性上是没有界限的,既不停留在社会层面,也不停留在人的某一感官层面,而是人对环境的实际反应的必然结果。对这种情况加以补充——充分实现情感的这种需要的存在,它的模仿实现对于人起着丰富化和深刻化的作用。这一切也表明,大多数社会体制会阻碍人的全面发展,但主要地,人的能力的全面发展需要借助于由人们自身创造的、对他的自然存在加以补充的、使其能力扩大和加强的工具。

我们将看到——在平达的颂歌中已经能够看到——音乐由这种普遍的社会的—人的需要而产生,为了满足这种需要创造了它的专门的、唯一性的同质媒介,以双重模仿的形式构成了艺术。这种需求也不依赖音乐而为自己开拓道路,例如曾经普遍流行的哭丧妇的习俗说明,它的指向无阻碍的哭泣和悲痛申诉应该是对痛苦感情的模仿,在这

### 审美特性

种模仿当中被模仿的感情的释放既不受外在的,也不受内在的阻碍因素的干扰。感情的这种无余的展开,作为对它的结果的体验性反应,在这里并非直接在生活本身之中实现的,而是作为一种简化为模仿表达——排除了所有异质的东西——唯独和只是集中在这种感情范围,以便使在生活中成为这种体验固有主体的人的情感得以宣泄。在这里有三个要素适合说明这种模仿的本质,是特别要加以强调的。第一,在哭丧妇那里涉及的是情感的一种模仿,而不是情感本身,其中对过程和事件本身的"模仿"已经有意识地排除到背景中并几乎完全消失。第二,这种演示对感受者起到情感的减负直至宣泄的作用。所以感受者知道他所面对的是一种现实的写照而非现实本身。第三,在这里绝不会产生感受者与模仿表达的同一化。这种模仿表达在感受者身上所引发的感受更强烈和无阻碍性,所以如此是因为这种模仿表达是客观化地面对着感受者的,并专门安排使感受者的感情涌动向增强和充分自我发展的方向引导,感受者面对的是完全被规定的客观化的表演者。

由生活素材的自身性质中开启了人的情感在其主体的纯粹性和真实性中客观化的道路,到处都是如此,尽管由此出发只有通过一个质的飞跃才能达到充分的客观化。我们已经就此指出过,在情绪和感受中经常隐藏着一种——相对地——与唤起它们的因由和机缘相脱离的倾向、一种自我反映的倾向,它能导致对模仿的一种自发性模仿。这种模仿——从那种我们这里所分析的需要的观点——必然

## 第十四章 审美模仿的边界问题

变得很贫瘠。这种单纯停留在主体身上对自身情感的感受，在自我中对它的感触或嘲讽、自鸣得意或自我折磨式的反映既不能改变情绪或感受的结构又不使它与外部世界的关系有任何根本的变化，由这种矛盾性中推导不出它的模仿要素。自发的模仿习惯——如我们提到的哭丧妇——已经像我们所看到的由现实转化为对现实的写照，由此创造了无界限和无阻碍在模仿基础上情感发泄的一个活动空间。但这样一种发泄一方面只是针对特定的情感来进行，而不能囊括整个生活表现的全部范围，即社会的或者私人的、普遍的和典型的以及纯粹个体的和一次性的。另一方面这里所寻求的发泄只是原始阶段才能起作用的。因为它涉及——虽然纯粹情感宣泄占优势——语言表达的同质媒介，它的内在的发展史必然导致，对情绪和感受不仅以其内在特性，而且以其与客观现实的生动的相互作用来摹写：使之成为诗。本来不需要说，这种反映方式变得对于人类多么重要。但正是它的强大使它不允许给予这一特殊的、这里提出的问题一个回答。

如果我们现在要在直接否定性中为音乐最专门的问题寻找哲学出发点，即在我们已知的与外在世界彻底的不确定的对象性中寻找，那么我们的表述就显得似乎矛盾。内涵整体性作为每一种艺术、每一种作品个体性的基础，到处表现出一种最积极的、塑形的、创造世界的方式。但是决不能忘记，内涵整体性的一定类型的任何设定都不可避免地导致与自身各种规定不限定数量的绝对的和彻底的否定，它本来就是所写照的现实本身作为外延和内涵整体性的否定。对于任一同质媒介的设定也适用经常所援引的斯宾诺莎的名言："任何规定都是否定……"① 这一点在音乐中表现得最明显，对于任何一种艺术说来这种普遍适用性都不会改变。雕塑"否定了"塑造形体与其环境的整个相互作用，这形体自为地矗立在那里，处于在自身完成的自我完善，纯粹立足于自己本身。但是人作为躯体存在的表现（正因为如此并由此才作为躯体—灵魂的存在）具有无限的表现尺度，这一尺度包含了由自身平静而和谐的美到其自为存在的悲剧的激情，没有这种毫不留情地由雕塑领域中将如此对客观现实仍有决定性的各种规定的无限序列排除出去是不可设想的，这只通过对这种放弃和否定的认可，其自身的意义才能实现。如果人们要考察某种艺术种类的本质，那么必然达到同样的结果，只是在每一艺术种类中否定的内容和方式，由此而形成的独特的肯定性的内容和方式与其他各种艺术彻底不同。

这些考虑消除了我们在出发点上从外观上显现的似乎存在的矛盾。由此它本身就说明了音乐的生活远景与生活近景的值得注目的同时性。因为它的生活远景，即它的同质媒介与特定的客观现实直接地毫不相干甚至也不表现为它的模仿这一事实本身与其生活近景相融合，它——似乎——不经任何中介而表现了人的最主观、最内在的本质。

---

① 见《斯宾诺莎书信》，第59页。

## 第十四章 审美模仿的边界问题

我们正是从上述这种作为限定的否定出发的。音乐的同质媒介正是因此而能对人的情绪和感受毫无阻碍地、以极其圆满的纯洁性表达出来，因为它在这种往往是自发产生的对现实的模仿中通过一种双重的模仿首先从它的无所适从的客体依存性中彻底解脱了出来。以双重模仿和声音所形成的同质媒介通过不确定的对象性失去了各种外在的对象制约性，由此可以相应地充分发展它自身的逻辑和动力性，在模仿的形象构成物中不仅全部保持了所反映的生活原型的真实，而且获得了在生活本身中必定受限制的实现可能性。甚至会出现又显得矛盾的情况，正是那种在生活本身中成为对待生活的行为方式的最薄弱之点，即情绪和感受对客观世界犹豫不决的关系，作为不确定的对象性的模仿中成为模仿所加工的生活素材的最大激发能力的基础。即使这一点对于艺术哲学也不是什么绝对新的创见。每个人都知道，对于在世界上一种满意的思想取向的最大的障碍之一是偶然性与必然性似乎无法解开的交联，其中对于富有体验的故乡情怀才是合理的。悲剧从偶然性的排除中、经典小说从它的优势中创造了同质媒介，在这些媒介中对现实的真实反映对于人越有意义，它就越要靠对精神和心灵家园世界的模仿呈现。如在上面所举雕塑的例子中就不难看出，音乐的双重模仿、对反映着现实的情绪和感受的写照，按其基本结构与其他审美反映方式并无区别，何况音乐与它们是完全分开来的。在音乐中，人与现实的完全独特的关系表现出完全独特的模仿形态，使它在体验性质

# 审美特性

和具体审美形态上与所有其他艺术相区别。然而从原理出发，按其最终普遍基础说来与所有创世性艺术又是共通的。

音乐所以构成了一种独立的艺术，在于这种对生活所引发的情感的模仿，一种映象的映象被设定在这一水准上，其固有客体以其最内在的自身特性，即摆脱了生活中引发它的事物的直接制约性而创作出来。这种摆脱只能作这样的理解，即我们以其同时具有的绝对性和相对性来看待它。它是绝对的，因为音乐形成了一种自身的"语言"（我们在讨论第1′信号系统时对它所作规定的意义上），它的明晰性、反映能力和表现强度正是基于，在音乐中缺乏反映具体生活客体的"符号"，或者至少被极端地淡化了。我们所指出的从事实践活动的现实的人，即实际存在的完整的人的情感生活中外在的和内在的情绪状态表明，它的全部自身发展只有在一定水准上借助一种"语言"才能实现，这种语言并非具体地克服这种障碍，而是在其领域中作为非存在者而确立。尽管这种映象在有序方面是绝对的，但这种复合体在内容方面却与生活相对区分了开来，无论是作为整体还是细节。我们可以回顾在特殊性范畴（第十二章）中有关音乐的论述。作为由现实所唤起的、它所反映的情感的必要转化，其中正如我们刚才所看到的，其引发事物的此时此刻以及它的具体的所谓个人传记式的正是如此的存在被消解了，由此使个别性的特定标志由这种"语言"中消失了。另一方面，因为它不可能具有话语特性——即使音乐和哭丧妇的哭诉被概括成词语——概念意义上的对

## 第十四章　审美模仿的边界问题

象规定由其中消失了。其"语言"转化为任一情绪性氛围结构要素的一种复合体,其中缺乏那种单义的表述,它的完美化是向"上"的,即由普遍性范畴所表现的取向。

尽管如此,这种"语言"既不是含糊不清的,也不是单纯情绪爆发式的一种不分音节的悲痛欲绝。一方面作为明显的所有个别事物的普遍化而形成特殊性,并趋向于——正是通过这种普遍化——表现出每一种个别现象的典型特征。在这方面,音乐区别于其他艺术之处在于,音乐呈现出来的是在真正创作中与精心组织的个别性具有统一文脉的典型,而在其他艺术中作为典型的东西并不用在个别性范围捕捉即可获得它的形态。另一方面,在音乐中并不像在诗的创作中要借助专门的风格化过程将普遍性具体化为特殊性,而是特殊性代表了每一普遍性进入表现之中所达到的最高阶段。因此音乐对情感的写照(映象的映象)在最具体的意义上被个别化了,这里既关系到整体的本质特征,其中表现了在情感演化的展开过程中的具体的正是如此的存在,又关系到局部和各种要素,它们摆脱了引发事物的确定的对象性,它的独特的情感序列在自身中保持下来,并通过典型化提高到个体化的一个较高阶段。

通过上述说明,对音乐的独特的同质媒介的概貌以最粗略的一般性作了规定。其他艺术直接反映了人的外在和内在世界的具体对象性,这样取得的——从相关艺术的观点来考察——对象性形式被同质化为统一的东西,以便在其中表现出以审美塑造的形式为主导的情感激发功能。音乐的同质媒介相反地完全局限于这种主导的激发作用上。因为主导的激发能力并不能揭示和实现为生活的具体的对象性形式，只是作为激发媒介存在的精神资料提升并纯粹化为艺术的东西，很容易形成我们已经讨论过的关于音乐"本质"的不恰当观念，不论是——几乎是神秘猜测的——其效应的"纯粹"的、无客体性的主体性观念，还是它的纯形式特征的观念，对这两种观念我们已经作了批驳。对于前者我们只需说明，如果有些过去的情感出现在记忆中，在那里——即使不是在审美的意义上——它作为映象的映象与主体相映照，似乎很难认为它不是与主体相对应的客体。对于第二种观点，我们刚才在强调音乐同质媒介的独特的特殊性时已经阐释了其关键之点。这里只需补充说明：由于转化成音乐的、它所反映的情感必然将其内涵——正是作为它的质的特性的基本特征——以新的此在表现出来，并且只有对这种特性的充分谱曲的展开才能起作用，而在其他艺术中早已确定了内容在形式之前的先在性，把形式理解为一种特殊的内容。由此也就了结了这里可能出现的异议，这种对情感的双重写照的唯一的、纯粹的实现特性可能意味着它的本质及其联结的无疑问性质。音乐—模仿所包容的情感虽然使激发它的现实事物处于背景之中，将与其相关联的诸客体转化为一种不确定的对象性，并消除了妨碍它在生活中展开的所有障碍。这种转化却并未消解它的特性、它的由现实所形成的正是如此的存在，同样很少影响由它们的相互关系所形成的内在问题。由此才能使

## 第十四章 审美模仿的边界问题

音乐同质媒介所实现的成为一种实际的完成,成为创造出一个世界的原则。因此我们在巴赫或亨德尔①那里经常会体验到动人心弦的真正情感的激流。但是在贝多芬的奏鸣曲中也常体验到悲怆、保留和冲突等。按照生活来衡量,两者都是纯粹的完成。通常以形式来描述音乐构成物的结构原则中的历史性正是由这种——社会—历史所规定的——其情感素材的内在强度而产生。这里得出的关联性知识不仅指明了历史地理解任一音乐结构的途径,而且给出了对其进行审美评价的方法。

由此音乐的彻底的历史特性既在内容上,也在形式上得到了认同。这一事实本身在我们这一时代变得不言而喻。对我们具有不同质的、古老的、东方的和民族的音乐体系已经被普遍了解,我们同时又以无调性音乐的体验成为一种新乐种形成的同时代人。在这里——正如在其他艺术中一样——不会像在科学的意义上,一种较正确的理论要高于那种错误的或不充分的理论,而是每种音乐体系中的真正艺术作品都保持着它们充分的审美效应。这些作品表现为一定时代、一定社会—历史状况的标志,它的所有细节不仅在其产生而且在其发挥效用过程中都服从于这一变迁,从另外一个观点看——不触犯音乐的独特性质——音乐可以纳入其他艺术的序列。阿多诺说:"对一种音乐手段的历史倾向的接受是与对音乐素材的通常理解相矛盾的,这种

---

① 亨德尔(Georg Friedrich Händel 1685—1759),德国作曲家。——译者注

> 素材被定义为物理的,充其量是声音心理学的,作为总体都是供作曲家使用的音响。其中谱曲的素材如此不同,正如语言相对于其音响的贮备,随着历史的过程它不仅范围在缩小也在扩大。所有它的独特特征都成为历史过程的界标。它们使历史必然性与自身的关系越完美,它们直接作为历史特性的可读性就越小。在当下,因为对于一种和弦不再去倾听它的历史表达,它要求直截了当地考虑它所处时代的各种历史关联。这些关联成了它的特性。音乐手段的意义并不归之于它的产生,而是与它不可分割地联系着。"① 可以随便举出例证,我们这里只限于引证恩斯特·布洛赫所举的例子。"……例如辉煌的、激烈的、低半音的七重奏和弦曾经是新的,作用也是新的,因此在经典作曲家那里它可以用于表现痛苦、愤怒、激动和各种剧烈的情感,现在当激进主义消退以后,它无可挽回地降低为单纯的娱乐性音乐,作为感伤性事物的感伤性表达。"②

用于唤起激发作用的、似乎只按形式设置的同质媒介的这种内在性被客观化为听觉现象,它是一个"世界",一个内涵整体性,它以独特的方式包含了一切,并提升为形象,对于这一形象、对于它的充分展开和完善说来,人与其环境的相互关系是重要的,由此使这种内在性提升为独

---

① T. W. 阿多诺:《Philosophie der neuen Musik(新音乐哲学)》,美因河畔法兰克福1958年版,第36页。

② E. 布洛赫:《Geist der Utopie(乌托邦精神)》,见《布洛赫全集》第16卷,美因河畔法兰克福1971年版,第193页。

## 第十四章 审美模仿的边界问题

立自主性,成为在人的社会生活中起作用的力量。我们已经指出了这种辩证的矛盾,它隐藏在人的内在能力的这种独立自主性之中,并在其中起作用。内在性实体化为一种独立于人的物质性此在的存在,是大多数宗教的永恒主题。这里根本不用深入去讨论这种想象中的"心灵"作为固有的、作为自为存在的实体的问题。我们必须再次指出,我们称为内在性或心灵(不用引号)的东西,它的在个体身上或人的社会生活中的真实意义是任何人都没有异议的,它是社会—历史发展的产物。人的自身能力、他与环境的关系以其全部规定和相互作用能够作为主—客体关系确立起来,正如我们已经指出的(见第一章),是劳动的成果。我们所反复描述的主体要素的重要性不断增大并独立化成为内在性的运动,是社会—历史发展为每个人提出的一系列不断复杂化的课题。我们只要回顾一下我们有关在人的交往中礼仪作用的论述(见第十一章)。如道德和伦理反应及通过习俗对其不言自明的调节接替进入前台形成更重要的社会功能表明,内心生活的扩大和深化成了一个重要的社会问题,它的养成从社会观点看具有何等意义。只要回想一下在希腊文化中这种复合体在苏格拉底、柏拉图和亚里士多德那里起过什么作用。这绝不是偶然的,在他们的伦理教育中,对已经成为个体性的人以音乐作为教育手段使其培养成真正的国家公民是极其重视的。尽管柏拉图和亚里士多德在其中一些重要问题上持有完全对立的立场——对于音乐在社会教育方面的重要性这一点,在他们两人之间

## 审美特性

是没有对立的。在各种其他哲学和社会学的对立中存在的这种一致性是有其基础的,两者都把音乐理解为对人的情感的模仿,对于音乐——正像对诗一样——期待它对未来的、实际活动的国家公民的伦理道德发挥陶冶作用。

由此使音乐模仿所引发的作用成为中心问题,在发展的开始阶段即巫术时期这种音乐模仿只是——或多或少是无意识的——作为巫术模仿的副产品,因此看来音乐的形成过程似乎是作为独立的艺术而完成的。我们说似乎,因为就我们的知识所及,在这一历史过程中仍包含某些质的飞跃,特别是那种使近千年来的音乐作为完全独立的艺术与各种早期阶段相区分的飞跃。只是现代音乐创造了一种完全立足自身的乐器艺术,而在较早时期它是远远未知的,与其研究这些本身不如研究一系列新的情况。因为一方面到目前总不断出现一种大型音乐,它完全不是为了自身单独起作用,而是具有充分的意识性,就像在起始阶段依靠于语言和运动的那种音乐。另一方面——我们所引证的平达的话证实了这一点——很早就出现了对情感的纯粹音乐"模仿",它不需要用语言或表情表达的具体意义给予说明性支持,以实现对情感的富有意义的模仿。(这里所包含的问题,我们将在下面讨论。)尽管这种对立可能被压缩为量的比例,人们还是想从历史上揭示出如此之多的平滑的过渡,其中存在有质的飞跃。但是它的基础不应该在音乐表现手段和激发方式的内在发展中来寻求,而应在音乐模仿的最终客体的变迁中来寻求,即在人的内在性的变迁中来

## 第十四章 审美模仿的边界问题

寻求。

当然即使只是说明性地描述一下这种进展也不是这里的任务，此外作者也充分意识到在这个问题上作者专业能力的欠缺。历史教导我们，体制变化的社会发展以其迅速提高的尺度对人的内在性在某种程度上起着"解放"的作用，也就是说，由社会存在所规定的人的行为是以个人决心和决定的形式实现的。不是社会规定的必然性在减小，而是它的直接作用在改变，也就是说，这种必然性一方面——由个体出发来看——不断增多地采取了自由的形式，使单个人承担了这种必然责任，这对个体在早期状态下是不了解的。另一方面这种必然性与早期时代相比以远为抽象的方式表现出来：它往往给人一种更大自由的幻象，尽管客观上这种强制性和制约性与其说是减小不如说是增大。这种社会必然性在自身贯彻的具体方式上，却扩大了内在性展开的活动空间，因为行为的个体在他的个别的活动中似乎更多地是受自身的主动性直接引导的。只要设想一下具有行会强制和价格调控的中世纪城市，把它与资本主义市场相比较，便可感知人的活动结构中沿主体性展开的方向上这种质的变迁。有关这种发展的纯粹意识形态方面没有必要去详细讨论，因为这是众所周知的。宗教改革以及由它所引发的世界观的斗争、分化教派的宗教虔诚等表明，以前最多是偶尔出现的倾向，现在成为强有力的大量现象。

在此基础上新老艺术的一种对比已经在席勒那里出现，在年轻的弗里德里希·施莱格尔的文章和谢林及左尔格的

◯ **审美特性**

美学中这种对比获得了一种更为发展了的形式,最后由黑格尔将它作为浪漫艺术在审美上加以排定。在这里,音乐与绘画一起获得了——黑格尔美学只考察了近代的——浪漫时期即现时代的典型的艺术特性。我们已经指出——在考察建筑时还要再次谈到——黑格尔直接把各种艺术排列在单一的历史发展阶段之中是一种唯心主义结构方式,它在发现各种重要关联的同时也对认识诸种艺术的实际发展造成了很大的混乱。黑格尔最后认为,一定时期将特定的艺术种类提升为主导的,其社会—历史作用在这些艺术中为它们自身带来了取得更大发展的确定可能性,这是一种正确而深刻的思想。但在建筑构成中他构建了一种唯心主义体系,这种观点却在思想上歪曲了实际的历史进程。同样在这里所要讨论的、作为浪漫艺术的音乐和绘画问题上,也是如此。在音乐中他忽视了整个上千年的早期发展,在绘画中没有认识到形成中世纪与现代绘画相区别的那种质的飞跃。如果我们暂停留在这最后一点上,我们这样做只是为了从另一方面更好地说明内在性的独立自主化,这对于现代音乐是关键性的问题。即使对于中世纪说来,绘画也是一种主导的类型。它的官方原因是——教会的倡导正是基于此——人们把绘画看作一种方法,它使文盲即绝大多数居民能接触宗教的真理。[①]

---

[①] 埃德加·布鲁纳:《L'Esthetique du Moyen Age(中世纪美学)》,卢文 1947 年版,第 193—195 页。

# 第十四章 审美模仿的边界问题

随着文艺复兴的到来，绘画所满足的社会需要形成了一种功能的转化。这一点可以在威尼斯最明显地看出。贝伦逊说得对，"16世纪绘画在威尼斯人的生活中所占的地位差不多像我们生活中的音乐"。① 追踪绘画在文艺复兴高潮期、在矫饰主义和巴洛克为代表的这种发展以及转折不是我们的课题，其标志的路线从拉菲尔直到鲁本斯，当然这种根本的变化既包括内容也包括表现方法。在社会职能上所需要指出的是这种变迁，因为只有在这一范围内绘画中的这种具有爆破性开辟道路的、内在性的、独特的、新的东西才能被真正地理解。我们指的是这一新的情感世界及适应于它的新的表现方式，在不同方式的每一位艺术家那里出现在丁托列托、格列柯和伦勃朗那里。② 这些伟大的、体现了最重要时代趋向的绘画不可能是一种官方支配的艺术，这是这个时代阶级斗争的产物，在这一时代绝对君主制以及与当时资本主义发展阶段相适应的反对宗教改革暂成为胜利者。当然它们所代表的正是与中世纪相比自主内在性的一种提高，然而却是以一种与统治力量精心而巧妙地隐蔽了的方式，而刚才所提到的局外人却是以他们纯化的形式表现了新的内在性。即使有关这种对立，我们在这

---

① 勃恩哈德·贝伦逊：《venezianische Malerei der Renaissance（文艺复兴时期的威尼斯绘画）》，慕尼黑1925年版，第52页。

② 丁托列托（Jacopo Robusti Tintoretto, 1518—1594），威尼斯画派画家。格列柯（El Greco，约1541—1641），西班牙画家，青年时代在威尼斯度过。伦勃朗（Rembrandt H. Van. R 1606—1669），荷兰画家。——译者注

◯ 审美特性

里也不可能做进一步探讨。只是顺便地指出，皮特洛·阿列替诺告发后期的米开朗琪罗，说他所取得的自由可能会增强路德派这一事件的影响力。在造型艺术中全新的内在性正是从米开朗琪罗开始的。①

值得一提的是，罗曼·罗兰关注到这一事实，正是这种对明显而内容确定的内在性压抑的形式，对于音乐开始的繁荣是必需的。这一结论是基于在音乐中形成情感的明确性与可以理解的隐匿性的综合，它避免了它的秘密方式、僵局、争执、妥协及悲剧冲突，而这些对于诗或造型艺术几乎是不可避免的（可以回顾一下伦勃朗的命运）。因此，最深刻的音乐也可以与宫廷—礼仪演出结合在一起，而不会伤害中心点和内在性的纯粹表达。所以音乐可以与通常已经完全僵化的宗教联姻，而一点不会有损于它的任何深刻性，不会由于这种结合而变得肤浅，因为音乐——也只有它——能够直接唤起真正宗教文本的情感内涵，将其意义提高到最佳的适应时代的主体性的高度，这里没有事实存在的矛盾导致公开的或隐蔽的亵渎神灵（正如将布吕盖尔钉死在十字架上），不会造成新的解释——导致艺术家在他的时代之内产生隔阂，像后期伦勃朗所出现的情况。这一点对于新的音乐形成如此有利的情况，其表现方式的独特宏大和独特局限，其中后者就其作为"世界"的特性而

---

① 罗曼·罗兰：《L'opera avant L'opera（歌剧前的歌剧）》，见《早先的音乐家》，巴黎1929年版，第43页。

## 第十四章 审美模仿的边界问题

言不会出现中断,通过对社会—历史状况的赏识而与该时期的最深刻的需求相交融。这种交融越密切,那么音乐就越能使变得独立的内在性的表现方法得以展开。这种社会使命不仅一般地促进了新的倾向,而且在强化其独特的开拓性方面发挥了作用。因为它在这里第一次登上世界舞台:人的内在性作为自为的"世界",作为封闭在其自身之内的宇宙,其内涵包括外在世界所触动人的一切,他对依其本质所提出问题作出解答的一切,他本身对世界所提出的一切问题、他的心灵对这个世界所取得的一切胜利以及面对世界的一切失败。在这里必然强化了情感的反思以及人的生活在智力和思想方面的音乐塑造能力,这是不言而喻的。由此音乐不是"理智化"了,但是却扩大和深化了音乐的世界。由音乐所塑造的情感宇宙实际上包含人的内在性之中所有存在着并起作用的东西。这个宇宙的特性在于,它正是在这种意义上成为一个"世界",即它使对象世界消失了。更恰当地说,它以其一切迹象、以最精微的和最粗野的、最崇高和最畸形的、到处地又无处地显现出来。这个矛盾并非"奇迹",它就是为此而表现出来的,音乐作为模仿的模仿所发现的就是它自身,它构成了自为的存在。

这样一种形式化只有作为最深刻的社会—人的需求的结果才能产生,但也只能当它作为满足需求的决定性方式之时才出现。这种社会中的一般趋向我们已经在其他艺术中谈到过,所以我们首先要说明的是音乐的独特本质。我们回顾一下《堂·吉诃德》,这部小说在世界文学中的创新在于，在这里人的内在性以自动的敌对性相对于外在世界。当然与古代相比早就出现了人的内在性的力量和意义的不断增长，如从但丁直到阿里奥斯托。① 在那时，只是人的内在性的独特比重在人与环境的不可分割的前后关系之中不断增加。塞万提斯的开拓性创新在于，小说的主人公在他的内心建立了一个完整的"世界"，这个世界是以斗争面对外在世界的，他在每一次不可避免的、事实的失败中总是将充满胜利的敌人纳入自我创造的内心世界，使它成为自身组成的内在性的一个组成部分。当然战斗以悲剧骑士的失败而告终，最后他只有放弃"幻象体系"，再次作为正常人融入正常的现实。但是人们回忆起那种多愁善感、那种令人震惊的情感宣泄的同情，通过这些读者认识了主人公的"康复"。本来禁闭在纯粹的内在性之中，最终属于妄想心理学。但是堂·吉诃德的悲喜剧由此而深刻，因为在其中内在性的正义与非正义被准确地衡量出来：如果他对拉起旗帜的新的、骑士所消灭的世界——在全部恶作剧中——的否定不同时有深刻道理，人类在它的革新道路上，即堂·吉诃德必须保持对这个新世界不是作为不可丧失的遗产的合理性的不信任，那么他简直就是一个傻瓜。由此在其中体现了相对于简单的处在历史进程内在性的特定形式的合理性。"Victrix causa diis placuit, sed victa Catoni（胜者得到

---

① 但丁（Alighieri Dante, 1265—1321），意大利诗人。阿里奥斯托（Ariosto Lodovico 1474—1533），意大利诗人。——译者注

## 第十四章 审美模仿的边界问题

诸神赞助，败者得到卡托欢心）。"人们可以进一步联想到，叙事诗中这种全新的结构是多么深地植入了我们的时代，并不以各种新的形式、在内容上新的辩证法出现。以一种非形式的，而是从世界史理解的形式感上，我们在这里看到一种现代音乐的"模型"。当然这种模型特性是无法用语言来把握的。因为在诗之中不仅是——在上述意义上——实际世界胜过想象，胜过——即使在历史上是合理的——单纯内在性的幻象，而且在创作中两者处于一种不可分割的相互关系之中。模型特性只是意味着立足于自身的存在和心灵的世界属性，如果它反映了人类史的实际趋向，那么它提供了这种可能，将在其中生活的那些肖像结成一个内在的富有意义的统一体，如同它们提供给人的现实本身一样。

正是这一点使音乐实现了在艺术上的纯洁性和完美性。不是作为简单的或不变的孤立存在，成为与外在世界的自我封闭；而是在其自为存在中内在性的一定程度上以世界观为基础的构成，其中客观现实的对象、关系和事件被扬弃并只是作为不确定的对象性保持下来。由此改变了典型的现代堂·吉诃德命运的所有侧重点：在内在性与其历史环境的关系上世界史的合理的东西（它多于主观个别的东西）能够不受阻碍地、它的所有内在的规定可以全部无遗完全地展开，其中它的外在际遇在与历史实际的相互关系中或多或少，有时甚至无法看出地淡化了。但这并不是音乐的形式与内容的统一性的不完善。相反的，它的不可战

◯ 审美特性

胜的力量，甚至在通常的不利条件下也能增长到真实的大小，并对往往会抵制这种内容的接受者产生令人神往的效果，这正是它的原因。因为内在性在人类生活中的使命正是在于，不顾及实际实现的可能性、不顾及情感迷惘内涵要求的历史命运以及它在生活中对现实和时代的要求，而将这种世界情感纯粹地、不受阻碍地展开为一个真正的和完整的"世界"。

显而易见，由于上述原因，这一点的实现只有在音乐中才可能。音乐具有可能的、最深刻的和最丰富的内在诚实性，因为它以毫无顾忌的纯洁性和内在完满性表现了这种情感。同时它又是完全非现实的，完全无涉于社会斗争的当前状况，这是由于使它获得结果的各种现实对象和关系的那个世界在音乐中消失了或者至少只是作为视野内一种遥远可见的迹象。在这一地平线上生发出音乐的独特的实现深度：一种通过外在世界、通过它的进展速度、通过它的发展结构等使这种情感旺盛起来。外在世界的作用只是使在其直接——事实的效应中化为艺术上的泡影，这种效应与音乐所塑造的情感在起初就是脱离的，并被新的媒介以其起始的正是如此的存在从音乐上复制出来：这种情感在本质上是这种效应的写照。音乐作为这种写照的写照不勾销它在本质上的内涵——作为情感本身的规定——不是去认知，甚至也不想去干扰它固有的基础。上述对外在世界的直接可感知的对象性的淡化（这种对象在所有其他艺术中是直接被描述的）在各种情感的音乐模仿中只是直接

## 第十四章　审美模仿的边界问题

表现为它的特殊的着色，作为它的与众不同的强调，作为它的独特的情感内涵。因此这种独立性是一种形式上的，在这里这一形式只能如此完成，从而使其内容充满社会—历史的意义。音乐的社会命运反映在它的形象的全部深度之中，但只是作为——由形式限定并界说的——内在性。如果我们指出在亨德尔一系列清唱剧中对自由的渴望与对压迫深深感受到的屈辱之间尖锐的相互冲突也许就够了。

在这样一种分离之中，在这样一种立足自身的存在中，情感必定变得混乱，这是理性主义者和非理性主义者存在的共同偏见。不论赞同或者否定这种混乱，其结果都是一样的。因为这些情感反映了一种存在着的、自身相互关联的、历史的世界秩序，在其中它也具有一种——或许是隐蔽的——逻辑联系，这种逻辑联系，正如我们已经看到的，在现实中必定服从于外在的世界。正是通过这里所描述的在音乐中的模仿的模仿，通常被排挤和压抑的情感的逻辑才得以复苏，它发展了自身的完备性。作为对客观现实的经过中介的反映和作为对情感的直接回答，它要求包含在情感之内的实现。这种实现当然不排除最尖锐的矛盾，只是它们在这种同质媒介中与通常在生活中相比具有另一种性格。它们不像在《堂·吉诃德》中那种表现出主观性与客观性的如此强烈的对立，而主要是内在性本身的内在矛盾，其中在一定情况下在视野中尚如此淡薄地表现出来的外在的东西可能赋予这种矛盾以独特的色彩。如果可以这样确定音乐的最终对象，那么我们以前针对形式主义所做的争议性说明、我们对音乐模仿紧扣现实的必要性的呼吁才获得它的明确的意义。同时其中在一般性——不忽视音乐的独特性——艺术的意义上也包含这种模仿的内在层次性:在写照的写照中本身所表现的内在性可能是一种包容世界的或单纯个别的、一种深刻的或肤浅的、一种丰富的或贫乏的。其中同时表现了音乐模仿所针对的是哪些现实以及是如何表现的。在这里应该强调音乐的一种特殊的特征:由完整的人向人的整体的审美转化在这里要比在其他艺术中强烈得多。由实际生活所引发的前驱过程在这里往往很少能阻碍这种转化。另一方面审美效应的后续过程当然很少具有内容的规定性质,即按一定内容的取向。因此音乐与其他艺术相比既接近生活同时又远离生活,它直接在自身中包含了伦理判断的范畴,但同时又很少能具体干预这一范畴。它直接并感动地唤起听众,但同时对审美效应的后续过程却很少有约束力。当人们把音乐的主体性等同于抒情诗的主体性时,人们往往由此而使音乐在艺术体系中的那种特殊地位变得模糊。在这里人们忘记了,即使最主观的、完全处于情绪的激动中的抒情诗也必须直接——当然以诗的语言手段——反映出外在世界确定的客体,它把与客体相脱开的情感作为具有同样价值之成分的相互关系来塑造,而这些在音乐中只能获得一种不确定的对象性。若将雪莱诗歌的效果与《艾洛易卡》的效果或贝多芬《英雄交响乐》(即第三交响乐)或第九交响乐的效果相比较,那么就可以清楚地看出这种差别,正因为所有这些艺术作

## 第十四章 审美模仿的边界问题

品都是对法国大革命时代的革命性反映。即使在无条件地被交响乐所感动的人们中，对这种诗歌会产生出较大阻力，这可以说明音乐效果的上述特殊性。这里当然只能说明音乐效果的这种特性以及范畴特性的最一般特征，进一步具体化将属于艺术门类理论的哲学分析。

到目前为止，我们已经指出了使音乐作为独立艺术走向繁荣的世界史的力量。但是这一发展也有它的纯粹艺术的方面，这方面我们同样应该并非具体地而是仅就抽象范畴做简要考察。我们又看到了在其他地方已经多次遇到的情况，即每一种艺术都是漫长的社会—历史发展的产物，从来不属于人的天生的、人类学的（尤其是本体论的）特性。显而易见，现代音乐的独立性是以一种高度教养形成的音乐"语言"为前提的，不论是在表现手段的掌握还是对它的理解的准备和能力上。这些在开端时是并不存在的，这是不言而喻的，因为其客体、人的内在性、人的情感"世界"，本身都是这一发展过程的产物。因此不难理解，这种模仿、它的表达形式和它的感受性不可能早于这一事物本身而存在。如果要揭示音乐和音乐感官的发生学，这里所产生的困难是显而易见的：我们不可能掌握音乐最初发展阶段的文献，就像在工具的最初发展阶段那样。甚至我们所了解的最原始的各民族也已经是远离了初始开端的。尽管如此应该说，在我们已知的——相对的——起始阶段，在舞蹈、歌唱和音乐的极为密切的联系中，这显得非常难以置信，实际的最初尝试表现出来的不是一种更密切的结

### 审美特性

合。其至在一个艺术如此高度发展的民族，如希腊就是如此。格奥季阿德确信音乐与舞蹈和歌唱是完全密切联系着的。"平达的诗句不仅是音乐，而且也是舞蹈。它们不仅是'诗'，不仅是'歌唱'，而且是合唱曲，这意味着：是舞蹈与唱歌的整体。这是柏拉图的定义（见《法律篇》654B）亚里士多德在一个地方（《形而上学》1087b）也指出，对于希腊人节奏是与身体感觉内在相连的，它对于他不是抽象的、只是作为音乐现象来考虑的。亚里士多德作为例证利用步和音节作为最小的节奏度量单位。他没有想到，将'短暂'称作一个纯粹的音乐要素，正如我们按照节拍器说明音符数值，如四分音符（♩）或八分音符（♪）或者一个绝对抽象的时间值。"① 他认为，直到5世纪"新酒神赞歌"时音乐与其他各类艺术才开始有松散的联系，而柏拉图对此提出了强烈的抗议。② 对这一发展阶段做具体的确定和表征，这是专业人员的任务。作者认为自己没有这个权利，对诸如此类的问题作具体判断。每种此类发展的一般倾向都表明，它的路线大体上是从舞蹈、歌唱和音乐的最密切结合到逐步的分化，由此导致音乐的实际独立性。从我们的哲学思辨的立场出发，在这里首先要再次指出，一个如此丰富并——相对——自为存在的情感生活，它表现为现代音乐的基础，只能是长期历史进程的产物。其次可

---

① 格奥季阿德：《Musil und Rhythmus（音乐与节奏）》，第37页。
② 格奥季阿德：《Musil und Rhythmus（音乐与节奏）》，第49页。

## 第十四章 审美模仿的边界问题

以理解,音乐——理解为情感的模仿——起初原始模仿即对激发情感的生活事实的模仿,在一定程度上伴随着具有情感性评价和它的模仿性可直接理解的表达——以舞蹈和歌唱——根据自身的需要来安排和构成一定风格。音乐的情感表现力和接受的准备状态显然在长时期内是不可分割地共同发展的,它们向生活的一切领域扩展,为了表现不断分化的各种情感而精细化并培养出最精微和最深刻的感受力。因此情感生活的内在性随着社会—历史的发展而增长为一种社会的、独立的生活力量,情感的音乐模仿作为自为存在的形象被客观化。按照马克思所说:"人类始终只提出自己能够解决的任务,因为只要仔细考察就可以发现,任务本身,只有在解决它的物质条件已经存在或者至少是在形成过程中的时候,才会产生。"[1]

不同艺术的这种结合是最内在的,我们在审美领域已知的,它远远超出了建筑与雕塑和绘画的结合。舞蹈所涉及的是这种结合——正是从舞蹈的观点出发——是不可分割的,而语言艺术已经比较早地从这种绝对联系中解脱出来。但是如果我们从音乐的观点来考察这种关联,那么我们看到,它的立足自身的存在具有极为确定的内在界限,也就是说,这种独立性的审美努力决不包含任何一种与舞蹈和歌唱结合体的彻底分离。人们或许会尝试将最初的过

---

[1] 《〈政治经济学批判〉序言》,见《马克思恩格斯选集》第2卷,北京:人民出版社1972年版,第83页。

○ 审美特性

渡阶段中的联系纯粹归结为社会的职能，在其中可以发现一些外在的、强制性的东西，无论这种职能具有宫廷的或教会的特性（一方面是歌剧和芭蕾，另方面是弥撒和基督受难曲），如果把它提升为完整的解释这一要求来看，那么这种理解对于我们说来却显得肤浅。因为我们看到，大约在19和20世纪当音乐像其他艺术一样遭遇到社会职能的淡化和无能为力时，这种联系却并没有停止，对于音乐的发展仍然是富有意义的。先不谈现在已经成为伟大艺术的歌曲的关键重要性，歌剧和芭蕾、大合唱等在这些艺术家如勋伯格和斯特拉文斯基、巴尔托克和阿尔班·贝尔格①的创作中都起着重要作用。这种现象可能引起极其不同的解释尝试。在19世纪瓦格纳的"整体艺术作品"的理论曾引起很多讨论，年轻的尼采甚至想由"音乐的精神"产生悲剧。我们相信，这些假说今天人们可以平静地看作完全被放弃了，希腊悲剧同样很少是一部"整体艺术作品"像瓦格纳本人的"音乐剧"。前者基本上是文学作品，在它演出时音乐起了一种当今很难重构的伴奏作用，而后者是在音乐发展的一个阶段中歌剧的个人独特的变种。但是一种完全对立的解释，一种纯粹形式主义的解释，说作曲家只是将人

---

① 阿尔班·贝尔格（Alban Berg, 1885—1935），奥地利作曲家，创作中广泛应用无调性及十二音体系。斯特拉文斯基（Igor Stravinski, 1882—1971），俄国作曲家，西方现代派音乐重要代表。巴尔托克（Bartók Bela, 1881—1945），匈牙利作曲家、钢琴家，具有西方现代派倾向。勋伯格（Arnold Schönberg, 1874—195），奥地利作曲家，创作了十二音体系。——译者注

## 第十四章 审美模仿的边界问题

的情绪的音色等为了通常纯粹的、内在的、音乐自身的目的而运作，而此时所运用的语言表现手段的意义本身是完全无关的，同样与现代音乐历史发展的事实不相符合。由《魔笛》的音乐所能思考出来的精神内涵、社会——人的命运氛围，正如由阿尔班·贝尔格的《沃采克》或由巴尔托克的《世俗康塔塔》思考出来的同样之少。

那种还没有彻底转化社会职能的最佳的和最高级的音乐在内容和形式上所具有的震撼人心的魅力，通过具体的开启心灵的语言或通过表现性表情显示了相互关联的层次，它虽然经常通过具体的社会状况和努力被运转起来，但同时深深地停留在音乐模仿的本质之中。我们指的是音乐中不确定的对象性的独特形式，这种形式正包含了语言和表情所能表现的东西，即激发了在音乐中所反映的情感的那些外在世界的事件。正如所指出的在舞蹈中直接可以看出如此产生的这种关系。这里可以形成情感与表现的一种完善的统一，显然在早期这种统一远没有后期那样综合与内在。在东方民族的舞蹈中，其中与欧洲相比那些古老传统仍更加充满活力，这一点至今尚可感觉出来。当然后期的发展表现出极其分化的倾向。首先一般的舞蹈本身总是变得无内容化，更少再现性质，因为伴奏它的音乐必然要适应这些趋向，使它不断脱离艺术的范围。（在讨论愉悦时我们还要回到这个问题上来。）其次，舞蹈的主题要素可能变成纯粹的音乐成分。在其中舞蹈节奏等有助于激发特殊类型的情感，在其不确定的对象性中可能唤起对"原型"的独特动态活动性的记忆,这些都不会改变这一事实,这种主题对于音乐同样是有待加工的主题,这与在其他领域形成的原理没有什么区别。剩下的真正的问题就只是狭义的芭蕾。这里大型音乐始终是致力于在模仿全新的情感的基础上重新形成在它本身与表情语言和舞蹈语言之间的一种新的有机统一体。从所有印象看来,这种努力所存在的问题目前很少是在音乐本身上面,而是在现代舞蹈文化所开辟的方向上。宫廷歌剧为了它的芭蕾附属品创造了一种相应——符合宫廷惯例——的运动表现语言,这种语言在19世纪尤其至今已不再适用于在音乐中表现新的情感。使之转化为相应的表情世界。这种状况对音乐本身产生多大反作用,这一点只有胜任的专家才能判断。这里只能完全一般性地提到这个问题本身。

  语言与音乐的关系看来在理论是更加复杂的,然而正是这种直接出现的复杂性指出了原理上解决它的途径。首先回顾一下在第$1'$信号系统一章中详细讨论了诗的语言,这种语言总是力图不断克服在每一个词语和每一个语句中包含的抽象的逻辑的意义(语言作为第2信号系统)。这种扬弃在这里要在最严格的意义上去理解:它绝不是简单地取消这种抽象意义,否则语言就失去了它明确规定对象的能力,这种抽象意义只是一方面总要与一定主体相关联,也就是说,不仅一般地表达对象,而是在它的感性—心灵的特殊性上、在它与其他诸对象以及与人和人的关系的一次性关联中来表达对象,这也总是与一定的主体性不可分

## 第十四章 审美模仿的边界问题

割地联系着。(在抒情诗和叙事诗中,这是由诗人或讲述人体现出来;在戏剧中总是直接由每一行动的角色、通过类似人物的整体——只是间接地由剧作家本人——规定的。)另一方面这种语言的拟人化创造了在语言的意义与感受性之间的一种平衡,而往往后者所占比重更大。词语、语句脱离了纯粹的概念性,致力于一种表象性,获得了一种专门的、独一无二的、典型的氛围,一种情感气氛,这种气氛是由它们所引发并受其影响。当然音乐是与这种转化为诗的语言相关的。但是停留在这一点并确信,一种诗的语言单独就能赋予音乐以那种不确定的对象性的明晰程度,并成为音乐创作的辅助职能的尺度和限定最大值与所需最小值之间的活动空间,这是一种不能允许的简单化。当然也有例外的情况。从歌德直到海涅的伟大的德国抒情诗对于舒曼至勃拉姆斯时期歌曲创作提供了具有不变形式的语言基础,这肯定也不是偶然的。但是甚至在最终形成的诗的文本所给予的这种最高的和最珍贵的贡献中仍能感觉到,这种音乐在其创作中远远超出了语言和谐本身所塑造的那种气氛和心灵氛围——正是在这一范围——有一些例子说明,在其中音乐——从诗的角度看来——被完全是平等的诗以永恒的情感和荣光所包围。最伟大的诗歌语言像所有外在事物一样只是一种诱因,当然同时是赋予这种双重模仿一种提升了的内在具体性的机遇,这种具体性也只能给一般的音乐提供一种语言说明的基础。

这里在语言的与音乐的艺术逻辑之间有待解决的矛盾

### 审美特性

在于，音乐必须立足于情感的全部自我发展的基础上，而在语言和诗中这种逻辑只是多种要素之一，它必须不断地服从整体的进程、情节及其辩证的展开。这种逻辑在戏剧中除了在强度上有一种质的提升以外，像在生活中一样占有同样的比例。与此相反，对于音乐说来，在这种逻辑的内在展开中不允许有任何阻碍的东西。在弥撒、基督受难曲和大合唱中与语言和音响的这种安排和主导原则的对立可以通过不同的方法加以平衡。只是在歌剧中，必须用快刀斩乱麻的方式一分为二。因为在巴赫或亨德尔的基督受难曲和清唱剧等之中，由任务本身就产生出一种有机的不言而喻性质，每一种具体现实的情感要素——从其自身看，不论它具有叙事诗的、抒情诗的或戏剧的特性——都能不直接顾及音乐的先驱和后续部分而不受干扰地独立发展。音乐作品个体性的精神内涵正是在这样一种相互之间极其尖锐的对比中发挥作用的，而无须考虑不同于和谐的这种相互联系。由此在这里获得了独特的音乐的戏剧性和呈现了最大的思想性和最大的自由的活动空间，正是因为它无须顾及语言艺术的那种戏剧性整体结构。在原有的歌剧中这个问题是远为复杂的、难以解决的并很少得到适当解决。瓦格纳对于这个问题曾经深感迷惑，由音乐单独判断的观点看他的文本越好，他就愈少能实现他的有意识的意图。古老的意大利歌剧在解决这个问题时在音乐的表现必然性之下是以一种幼稚的理所当然，以对情节、戏剧冲突的发展、特色、对话等的无条件服从为特征的。罗曼·罗兰以

## 第十四章 审美模仿的边界问题

如画之笔尖锐地描述了如此形成的状况:"我们在 18 世纪的意大利观众中发现了一种对戏剧主要情节不太关注的冷漠,在这种对主题的漠不关心中人们很容易做到一个歌剧在第一幕之前演出第二或第三幕……却鼓舞了对戏剧漠不关心的这些观念,他们正狂热地观赏着脱离了整个情节的任一戏剧段落。这首先要具有抒情的情调,这种抒情段落完全不是什么抽象的,它有完全确定的激情,完全独特的场景。"①

"抒情诗"一词在这里应该作尽可能宽泛的,而非迂腐的、谨小慎微的理解。罗曼·罗兰及他的资料依据都认为这正是音乐最本质的东西,我们曾经称为情感的全部自我发展的东西,它的从完成到完成的严格的逻辑秩序,它通过这个词与一个"世界"的建构相冲突。在所有外在的和内在的规定中表现出一种尖锐的对比,首先出现在作品的速度上。古典主义的、追求严格形式的雕塑家希尔德布兰在给柯西玛·瓦格纳的一封信中明确地表达了这一点:"我走不出各种内在的时间尺度,这一时间尺度把戏剧语言与音乐相区分。我认为它是这样的:各种内在过程、发展和情绪可用这个词表明……语言可以是难以置信得短,越短印象就越深刻。但是另一方面我们需要用大量的词语和时间来说明最简单的外在过程或动作。音乐、交响乐则相反,它给出内在过程、内在要素本身,从头到尾,给出各种回旋……所以一行字就能变成一部交响乐……我们通过词语

---

① 罗曼·罗兰:《Musikalische Reise(音乐之旅)》,第 184 页。

就处于作为戏剧世界的另一个时间的世界。"① 他肯定是与克尔凯郭尔完全没有关联的,克尔凯郭尔在十年以前针对同一事实做了极为相似的表述:"戏剧的旨趣要求迅速的进展、运动的节拍。戏剧越充满反思,它就越不停顿地要求推进……歌剧在本质和特性上与这种迅捷无涉,它本身要求一定的停顿和踌躇,要在时间和空间中有某种惬意的扩展。"②

如果人们依据这种观点对其后的伟大作品的文本基础进行分析,那么往往会以更深入和内在化的形式遇到同一个问题。J. V. 威德曼记载了勃拉姆斯在为一部歌剧谱曲时面对的这一状况:"首先在他看来为整部戏剧从头到尾通谱是不必要的,甚至是有害的和非艺术的。只有高潮和情节中的那些段落,其中音乐按其本质实际上有话可说时,才应该配音。这样一方面歌剧脚本作者为对象的戏剧发展赢得了更大的空间和自由,另一方面作曲家也可以不受阻碍地、完全按他的艺术和意图来生活。如果他在一定情况下沉醉在音乐之中,例如在任一欢庆的场面所谓完全单独地有话可说,他就能最美地完成这些艺术。相反,本来是通过几幕的戏剧对话却要用音乐音调来伴奏,这是对音乐的赤裸裸的苛求。"③ 如果人们考虑到博伊托为威尔第的《奥

---

① 引自《Adolf von Hildebrand und seine Welt（阿道夫·希尔德布朗与他的世界）》,慕尼黑1962年版,第454页。
② 克尔凯郭尔:《Entweder-Oder（非此即彼）》,第104页。
③ 约瑟夫·维克多·威德曼:《回忆约翰内斯·勃拉姆斯》,见《Musiker über Musik（音乐家论音乐）》,第89页。

## 第十四章 审美模仿的边界问题

赛罗》写的文本,在我们的考察中这或许是由著名戏剧转化为音乐的最好的资料了。这已经表现出在删改中一种类似以勃拉姆斯的要求为依据的倾向。博伊托果断地删去了诗歌中奥赛罗与苔斯特蒙纳之间恋爱的发生史,只是在第一幕结尾加进了抒情所需大的恋爱场面的片断。而整个——许多戏剧评论家都忽视了,实际上对于这一悲剧最重要的——奥赛罗与威尼斯共和国的关系,这才是在戏剧中这一伟大爱情从萌发到夭折的真正背景,这从序幕到奥赛罗自杀时的独白贯穿在莎士比亚整个作品之中,因此被取消了。甚至在博伊托由这一整体中引用的地方,如奥赛罗在动摇了对苔斯特蒙纳的信任之后的那段精彩的独白,在这里伟大的英雄和统帅与他自己的生活最终地做了清算和诀别,他知道他就要无助地与他的激情走向毁灭,这里的精神—情感的联系完全是另一个样子:在悲剧中这段独白是一个静止的点,是暴风雨前最后的不安的宁静,在歌剧中他被雅戈煽动起的怀疑的情绪之潮撕得粉碎,而失去了每一感性—心灵的独立性。① 我们在这里不能深入到细节,尽管这在其结果上是非常有意义的,例如对艾米利亚性格的简化等。这一后果是根据这一意图而来,这一悲剧的宽泛而综合的生活基础限制在两人爱情的命运上,由此悲剧的线索由开始迸发出爱恋的幸福,经过忌妒的狂暴和内心产生的孤寂,直到杀害和自杀全部消逝的情感和激情,纯粹

---

① 在讨论诗的语言时我们已经援引了这段独白。——作者注

〔审美特性〕

以同质媒介在对所引发事件必要的无条件最小化基础上表达出来。

人们若从这种观点出发来研究《魔笛》与启蒙的关系，那么便获得一种在原则上相似的结果。如果考虑到莫扎特果断地删去了所有务实的因果联系和说明性内容，完全从那种契机来提炼加工，在其中由启蒙意义上光明与黑暗的冲突所引发的情感反思形成了最重要的音乐，以充满激情和幽默的色彩表达出不可抗拒的力量，那么对于该文本——从毫无意义直到深刻含义的——完全对立的观点也就消解了。其原理在于，音乐具有独特的不确定的对象性并且是作为情感整体写照的审美本质所形成的必然结果。它是基于事物的本质，音乐的历史产生出一种分层次的无限丰富性，这种丰富性在一种尺度中表现了与双重写照的对象世界的这种关系，这种尺度包含了从——向外的——完全不确定性到那种确定性，其内在限度我们曾试图在前面的阐述中给出。通过在音乐中加入语言和表情来贴近——极其相对地——确定性的这种转向在审美上是不可能的，如果这种转向意味着完全立足于自身的音乐而不通过任何中介的跳跃的话，这是完全谈不到的。关于固有的、纯音乐所适应的对象性在不确定性的对象性这一系列的分化中根本没有什么区分：正是音乐演出的同一——但随着音乐史而发展和变化着——审美规律以同样方式支配着整个领域。在无语言文本的纯音乐中这种相对具体化的不确定性的对象性并非是少数情况，在这里内在结构与上述原理的近似性清

## 第十四章　审美模仿的边界问题

楚地表现了出来。我只举李斯特的《浮士德交响曲》作为例子,在这里果断地脱开了整个统一交织的文学主题的戏剧情节,却只在音乐中保持了诗的内涵的精髓,它集中在主要人物所激发的情感反思和对浮士德、玛格丽特和梅菲斯特的心境的心理肖像上,即使在序列的连接上也作了音乐的提升,它的悲观主义的情感序列通过结尾的合唱加以扬弃。因为在不确定的对象性之中以这种方式使以任一作品重要要素为基础的心灵内涵透露出来,这个问题对于音乐本身的发展也不能看作是无足轻重的。人们同时应该理解,它在多么深远的范围规定了作品的审美特性。从上述结论得出,由这里不可能把握一个时期和一个艺术家个性的风格以及他们作品的阶段风格。乍看起来似乎是,有关不确定的对象性的明晰性的分化对于音乐类型的规定是很重要的,至于这是否正确,作者不能胜任地作出判断。相反它说明,这里所涉及的分化也扩展到那种音乐作品,为了表现它的不确定的对象性并不去寻求与语言和表情的结合。开始时肯定在艺术上是做了严肃的考虑,对各个作品音乐摹写和塑造的情感专门地规定了所特有的标志(如贝多芬的《英雄》交响曲、《田园》交响曲和《热情》奏鸣曲等),这个运动进一步发展,在19世纪它构成了特殊的取向,即程序音乐。

但是在这里也存在这一事实,"程序"并不能提供审美评价的基础,正如——保留在这两种艺术中这一问题的不同之处——在造型艺术中图像学也很少能提供这种审美评价的基础。在这两种情况下，对作品的审美阐释从听觉或视觉的观点应该是明晰、深刻、丰富、有特色和有组织的，它的内在意义应该完整而精妙地表现出来。而完全不取决于，它与程序或图像学所指出的意义是否或到什么程度上是相符的。但是这样一种结论却只在抽象而论上是正确的。我们在其他地方（见第六章）已经指出过，图像学所提供的主题——具体经由社会—历史的社会职能的特性以及通过艺术家个性所中介的——可能对作曲的艺术原则产生重要影响，因此对于作品的纯审美的理解不是无足轻重的。在音乐中就存在类似的情况，但要作必要的修正。所以首先，由于这对于准确认识各种艺术的不同之处是重要和必需的，对确定的与不确定的对象性作精确而严格的相互区分，但是这种区分既在作品产生时也在作品发挥效用时都是相互不可分割地结合在一起的。毫无疑问，在不确定的对象性中多少作为音乐所反映的情感的内容、强度和方向等而被具体化的东西，都会在音乐作曲的过程中起着决定性的作用。因为在这种不确定的对象性中总是和到处都与确定的对象性相关联，因为只有通过它并在其中才能起作用，它们具体地在审美上几乎是相互不可分离的。

对音乐的一种纯粹形式主义的考察虽然可以将不确定的对象性视为无关的，视为单纯——偶然地——由作品的听众联想产生的结果。但这只是表明，对艺术过程的纯心理学的理解是极有问题的。因为仅仅从形式—心理学上看，音乐体验中的情感内容只是对作品"偶然性"的单纯联想。

## 第十四章 审美模仿的边界问题

究竟它只是偶然唤起的还是渗透在作品最深刻的内涵中,这是一个内容性的问题。即使在解读重要音乐作品时产生大的内容偏差,也不是对可表达内涵的这种虚无主义的有说服力的证明。详细的考察将表明,一方面这里出现的这种偏差并不比其他艺术中更强烈和深刻,人们设想对列昂纳多·达·芬奇或米开朗琪罗、格列科①或伦勃朗的作品的各种不同理解,甚至在文学中,其内涵似乎是由语言明确固定下来的,对《哈姆雷特》或《浮士德》的阐释也不比巴赫、莫扎特或贝多芬的作品的阐释更明确和更集中。另一方面向接受活动的内容转化属于每一审美效应的本质。由于不断更新的再生产的内容性("Tua res agitur"这是与你利害相关的事)构成了艺术作品生命力和永不衰竭的中心要素和重要标准,接受者对内容(由此也涉及形式)表述的偏差是不可避免的。其中的客观认识将取得怎样的进步以及设置怎样的尺度,这只有在审美行为方式的类型学研究中部分地涉及,部分地在美学的历史唯物主义部分才能具体探讨。在音乐中确定的和不确定的对象性的这种相关性——即理解性和实际感受的可分离性——造成的结果是,作者对于一部作品最终的情感内涵不论微弱的或清晰的提示都可能促进对作品纯艺术的理解,在这里必须强调"可能"一词,因为对这种示意或注释的任何机械地夸张,都可能再次造成对固有内涵和真正形式世界的忽视。在每

---

① 格列科(Greco,约 1541—1614),西班牙画家。——译者注

一种个别情况下，只有一种——直觉的或经音乐文化培育的——节奏感能对这种说明运用中的规定程度做出判定，因为在不同的作品（甚至是同一位作曲家的作品）中其不确定的对象性的客观规定程度也可能极其不同。因此存在如下事实，每一种不确定的对象性只有在任一精确规定的方式中才是不确定的。但是这种规定性原本只存在于纯粹情感的领域，虽然它的内涵可能涉及体验的世界感，直到独特的个人情绪或心绪的一切，所以在转化成语言——概念时很容易被隐含在意义的曲解的过分规定或不恰当地夸大了的不确定性之中。但这种原本的规定性决不是非理性的：人的体验（以及转化为对它的表述）同样可以接受它，如同在其他各种艺术中一样，由艺术家给出的近似的规定，节目单也属于此列。同样像在其他每种艺术中那样，在这一接受过程中可以给出一个方向，来促进这一点。

　　这里涉及近来经常出现的一个问题，即我们是否有权在音乐中富有意义地谈论现实主义及其对立物。这个问题本身往往由于错误地并外在于音乐地使用这个概念而造成迷惑。我们完全不是从那种直接的——"生活真实"或"外在于生活"——个别现象的映象的角度来寻求现实主义的标准。毫无疑问，它的本质与其细节的这种"相似性"或"不相似性"完全无关。更重要的是认识到——像在个别宗派主义的社会主义现实主义的保卫者那里——把一部作品的所谓基本理念上升到概念化的一般并打算在其真实性或不真实性上寻找音乐现实主义的标准。但是由此使音

## 第十四章 审美模仿的边界问题

乐的不确定的对象性获得一种不允许的、歪曲的思想概括。因为肯定这一点是可能的,甚至必要的,对不确定的对象性的内涵作出概念的表述,如果它仍然是真实于对象的,那么这种普遍化也肯定有一个明确的边界——在每一种艺术中,但首先是在音乐中,在规定的对象中会出现比在语言艺术的创作方式中更强的淡化,一种对一般的更全面的扬弃。所以事后进行的思想的普遍化在这个领域很容易产生失误,打算对具体音乐作出说明已经完全没有或几乎没有任何关联。这种普遍化愈不以作品本身作基础,而是靠作曲家的个别表述为依托,那么这种失误就愈严重。因为这种倾向已远远超出了上述宗派主义的圈子,我们不妨援引阿多诺对于巴尔托克的议论。他从艺术家有关其与大众艺术的关联的申述出发,发现在一个"作为个人对所有民族的尝试坚定不移地抵制"的人的这种"令人惊讶之处"。大众艺术的根基在这里被抽象地理解为,它已经存在与法西斯的"民族"概念相融合的危险,由此应该"推导"出巴尔托克与先锋派音乐的脱离。[①] 这是可以理解的,如果从形式主义者方面对不确定的对象性所作的这种抽象解释进行理解的话,它完全不可能有任何概念把握的内容。按照这种反应的心理学解释就理所当然地可能使得它毫无事实上的正确性。

相对于所有这些错误的思想倾向,应该在音乐中寻求

---

① 阿多诺:《Dissonanzen 不协调者》,第 105 页。

> 审美特性

一种第三类型的中间性答案。由形式出发,这在原则上是不难找到的,在这里如同在以后并不意味着,它的具体的实现可以不费吹灰之力。由发声和曲调直到和声的最复杂问题,音乐的音响要素的单纯此在,在理解的每一步上都指向那种情感的深刻或浅薄、包罗万象的广阔或畸形的狭隘,这种情感作为外在和内在世界事件的反映之反映,深入到音乐的模仿之模仿之中。一部音乐作品的正确分析存在于内容与形式不断相互转化的这一水准上,这才是正确的对作品在其整体性中的考察。如果这种不确定的对象性与那些确定的、有机联系的必然的条件具有不可分割的密切联系,没有构成其不可动摇的基础,那么对不确定的对象性的任何说明都不可能是丰富的和恰当的。为了使这——本身理所当然的——思想通过例证在方法论上完全得以阐明,应该举出托马斯·曼的《浮士德博士》中赛伦奴斯·蔡特勃鲁姆对阿德里安·雷卧昆的《启示录》的全面结束语。他写道:"整部作品是由悖论所支配(如果它是悖论的话),其中对所有高尚的、严肃的、虔诚的和精神性的表述存在不协调,而地狱世界的和谐及调性保持在与一个平庸的陈词滥调的世界的关联之中。"如果我们把这种方法用于巴尔托克,那么很明显在法西斯产生和登上权力宝座时期,人性对反人性的压倒一切势力的斗争便是他的按上述意义所理解的不确定的对象性的基本内涵。同样很容易看出,在巴尔托克的生动的反抗力中存在与大众的联系,这种反抗力可以上升到自然界与非自然界的对立。但是这

## 第十四章 审美模仿的边界问题

种斗争不能像在阿多诺那里一样上升到抽象的概念性,并由此而返回到日常政治性上去。在《世俗康塔塔》①中巴尔托克将最深切的疑惑以充满矛盾的悲剧方式谱写成曲,似乎很容易由这一文本中得到他对大众和自然关系的仓促而抽象的结论;但是在这里音乐本身——不否认语言——并没有道出更深刻和更睿智的东西。在歌词中转变成公鹿的孩子们粗暴地拒绝了回到故乡、回到父母身边和重返人的生活的呼唤,这歌声以音乐的方式对现代人的此在说不,从而发出了一种比父母的渴望呼喊所包含的更为真实的人的声音。在这里巴尔托克与现代雷卧昆式的对立在艺术上是可以理解的,与对大众和自然的呼吁一起,构成了他的创作的基础。(作者不能在托马斯·曼的审美水准上将他与这种不确定的对象性的关系具体化,只能描述出他的个人局限,但是这不应使问题本身淡化。)

从其确定的和不确定的对象性的专门特性出发并停留在其中来把握音乐的要求越严格,那么音乐是现实主义的一般标准就与其他艺术中这一标准越相近。因为即使后者(即其他艺术的现实主义标准)也是以艺术的直接性再现了外部世界的直接的对象性——正是从审美的现实主义立场出发——完全不是基于一种简单的或照相式的反映,而是

---

① 巴尔托克(1881—1945)匈牙利作曲家,反法西斯战士。他的《世俗康塔塔》系根据罗马尼亚民间传说谱曲,歌词由作曲家本人从罗马尼亚文译成匈牙利文。故事叙述七个青年在林中打猎时被魔法变为鹿,虽父母百般恳求,但他们不愿再回到人世。——译者注

◯ **审美特性**

基于提高到贴近与远离生活现象的现象与本质同时产生的感性直观化，其中每一种同质媒介都获得了新的直接性。我们最初提到的到达音乐的形式通道是这一原则的一种独特的实现方法。每一部作品的具体整体性所激发的内涵的存在方式及其结构，使这种关联更加明晰。它的现实主义特性取决于，由人类发展中具有持续意义的前景中，他能怎样深刻而恰当地、全面而真实地再现和唤起他个人和历史形成瞬间的问题。当然在各种类型的艺术中，并最终在每一部作品中，通过全部具体要素揭示出这些原则，而这些具体要素在结构和内容的性质上是各不相同的。正是在这种不同之中贯穿着最终原则的审美统一性，而这种不同则相应于审美领域的经常谈到的多样性的本质特征。正是在这种意义上，与广泛流传的观点尖锐地相矛盾，我们认为可以有理由地谈论音乐的现实主义问题。

在这个问题上强调音乐与其姐妹艺术的交汇，对于我们显得很重要。正是在这里，可以更清楚地显现出音乐的独特本质特性。绝不像叔本华和尼采所说，音乐与其相邻艺术处于过度紧张的对立。对于我们说来，这种说明似乎首先涉及音乐的作用，关涉它在人们生活中的地位。我们在一般地讨论反映学说时，指出了陶冶作为艺术效应的一般范畴。如果我们现在再次转向音乐的独特领域中的这一问题，我们就处于最古老和最优秀的传统的基础之上。柏拉图和亚里士多德正是就音乐的这种伦理的和社会教育的意义作了极深入的探讨，它的陶冶效应——正是在我们的

## 第十四章 审美模仿的边界问题

扩大了的意义上——并不亚于悲剧的陶冶效应。最一般化地来理解这一陶冶，意味着一种反映现象或现象组合在保持内在生活真实方面超过了日常生活所达到的那一水准。通过审美模仿超越一般人所达到的水准，这种提高是与这一意识相关联的，在这里只涉及完全确定的人的能力的最大实现，而不涉及任何先验的一种"解脱"的虚构。陶冶正是植根于人肯定他自身生活本质的东西，正是通过他在一面使他震惊、由于崇高而使他羞愧的镜子中看到的，它显示了他在自身正常生存的自我实现中所存在的脆弱性、不完全性和无能为力。陶冶是人的生活固有现实的体验，这种体验是作品效应中对日常体验相比较所唤起的激情的纯洁化，由此在其后续过程中会转化为伦理的东西。

音乐即使在陶冶中，由此也与其他艺术相区别，不是人的外在与内在世界的相互关系，不是它客观上所反映的冲突或灾难引发了这种释放出的震惊，而是在音乐的有效的模仿的模仿中，与生活事件没有明显关联而在主观上使一种通常不可能的情感的自我发展成为可能。在后续过程被意识到的、在作品的体验中内在包含的比较，从而完全指向人的内在性。它变得难以预料和不可想象的强烈并完成，它的体验性与人的正常生活中的内在性成为对照。所以这种解放感、这种震惊要比其他陶冶效应强烈和深刻得多，对这一新世界的向往和对它的专注可能比对其他任何事物都更加是无条件的。但正因为如此，使它向后续过程的过渡更加困难。因为它体验到一般所不可能体验到的东

> 审美特性

西——这不是像在其他艺术中通常比较微弱、存在比较分散的体验的一种提高——所以在生活中的"应用"、由审美陶冶向伦理后果的转化、向生活进程中的转化都更加困难。这一系列问题我们已经在陶冶的一般关联中谈到过(参见第十章第二节)。陶冶的这种多义性引起的不是对抗性作用的阻碍,而是在客观世界中无明确基础的情感自身的某种无方向性,它的意图只是针对不确定的对象。

对19世纪至20世纪音乐的反思,清楚地反映出音乐陶冶的这个问题。由此叔本华的无边际的、无批判的热情和克尔凯郭尔或尼采的在引人入胜的延伸与深刻的不信任之间的徘徊就是可以理解的了。托马斯·曼的小说《浮士德博士》围绕这个问题做了很重要的勾画,即使他最终是在探讨这一时期整个艺术中的悲剧问题,那么音乐成为这种深刻矛盾的代表肯定不是偶然的。在一段有关德国的言论中,托马斯·曼指出:"音乐是富有魔力的领域——克尔凯郭尔,一位伟大的基督教徒,在他论述莫扎特《唐璜》的那篇痛苦而热情的文章中对此作了充分肯定。音乐是具有负面征兆的基督教艺术。它同时具有最精于心计的秩序和最富混乱的非理性,富有呼风唤雨的、咒语的表情和数字的魔力,它是离现实最远的,同时又是最热情的一种艺术,抽象而神秘。"[①] 赫尔曼·黑塞让他的小说《荒野狼》的主

---

① 托马斯·曼:《Deutschland und die Deutschen(德国与德意志人)》,见《托马斯·曼全集》第12卷,第559页。

## 第十四章  审美模仿的边界问题

人公说道:"我们知识分子,顺从那种精神、逻辑和语言并为人所倾听,不是毅然地对此加以抵制,而是梦想由一种不用言词的语言可以说出不可言传的东西,表达出无法表达的东西。代之将他的乐器尽可能诚实可靠地演奏起来,知识分子的德国人总是与语言和理性产生矛盾而喜爱音乐。"[①] 无疑这些议论是直接专门针对德国的社会—历史事件而发的,它们直接关系到音乐却并非偶然。这是表达了在一个时期音乐陶冶中的独特问题,它一方面提出了经受道德考验的人的最大明晰性的要求,但另一方面同时又把音乐的不确定性的魅力推向高峰。

在柏拉图和亚里士多德的说明中——尽管他们的概念不同——对这些问题的最初预料已经可以感觉到,他们对音乐的赞成或拒斥进一步是由此而决定的,即哪些音乐反映了并由此在听众中唤起了哪种伦理情感和习俗特性。现时代的音乐其情感领域具有不可限量的外延和内涵的扩大,不言而喻这首先是在社会生活中一种发展的艺术表现,以从前不可设想的规模成为个体的因而也是私人生活的工具。这种发展本身,与古代和中世纪相比,显现出全新的要素,这不是此处一下子可以说清的。在此对于我们重要的是,它对于音乐产生的后果。个体作为私人的存在也具有客观的历史性质,因此作为音乐的主体具有一种双重的面貌:一方面在他的命运中表现了时代的命运,旧有直接起作用

---

① 黑塞:《荒野狼》,1961 年,第 152 页。

的共同体的衰落，个别人是通过这一共同体作为其成员参与了以前的社会生活；另方面作为私人似乎与这种一般性命运无关地过着自己的生活，他的思想、行为和情感似乎不会超出这一此在的水准，他也不会离开这一圈子。18世纪的革命——经过人的社会存在和意识的长期准备之后——在每个人那里完成了人与国家公民的一种精确分离。青年马克思曾经正确地指出，在革命时期的人权的解释中"人"最终意味着资产者、资本主义生产和市民社会的人。"但是，自由这项人权并不是建立在人与人结合起来的基础上，而是建立在人与人分离的基础上。这项权利就是这种分离的权利，是狭隘的、封闭在自身的个人的权利。"[①]

在音乐中人的情感世界的解放、它的无边界的同时在音乐中有序的自我发展的完成，必定以一种双重的方式表现出来。它可能使所有情感得到解放，一直导致它的最终后果，由资本主义社会中生活的不断深入、不断悲剧化的问题产生，它由生活本身在这种构成中被抵制、阻挡和变形，以便在这一水准上由音乐纯化和同质化地完成，使这些被判定为孤独的情感的深刻的、即使是深刻隐藏着的与生活、发展、斗争的希望以及人类的疑惑和前景的联系能为人所体验。这是一种独特的、在这种强度上尚未存在过的陶冶，它使新时代的音乐能够得以发展。由这同一种社

---

[①] 马克思《论犹太人问题》，见《马克思恩格斯全集》第1卷，北京：人民出版社1956年版，第438页。

## 第十四章　审美模仿的边界问题

会状况和它对音乐的影响也产生出一种完全对立方式的情感的解放。私人的个体由于他直接立足于自身的存在，在情感上被置于纯粹私人的境遇，这种解放作用、这种内心生活的发展会导致由此形成的个体性的展露。音乐的暗示手段、它的同质媒介集中在一种模仿引发的、自为存在的内在性上，也可能激发出纯粹个体性的解放和自身的自我享受。在此形成的正是陶冶的对立面：这是一种通常很难达到的单独个体性与其自身通过音乐形式，但只是形式上情感的独立性的和解，它通过使每一种干扰的外在世界消失、通过将情感在一种低层次平均的个体性水准的暗示性固定和平整化来实现。

这种对立当然是在生活中产生，只是在音乐中获得了它的最清晰和最强烈的表现。这里所指出的道路的分歧，易卜生在19世纪中叶已经在他的《培尔·金特》中通过戏剧的道德方式做了表述，在特洛尔的"范畴命令式"的对立中提出了对人的指令"就是你自己"："就是你自己就足够了"。我们可以对易卜生由个人主义幻象得出的这一表述持保留意见，但把这一点先搁置一旁。特洛尔的象征为人的对立的两极，已经为现代先锋派文学所大量证实。音乐本身所涉及的，我们可以最清楚地由音乐浪漫主义到今天音乐表现手段的这种转变看出，即由人性向个体性，由陶冶向特定情感生活的自我享受，由极富张力的自我意识向一种卑躬屈膝的、陶醉的自我遗忘的转变。（因为在社会主义社会中意识形态的发展，特别是在人的内心生活领域，

> 审美特性

远比宗派主义者急不可待的上谕所设想的缓慢得多,因为在斯大林时期马克思列宁主义世界观被歪曲,由此减小了它对人的实际影响的半径,这种发展就变得更加缓慢,在社会主义世界产生的音乐——当然随着内容的变化——也表现出同样的两重性。与此相对的修正主义在思想上的不成熟和缺乏深思熟虑的对立,进一步导致对资本主义世界中最坏的音乐现象的接受,只要想到在许多社会主义国家的摇摆舞就够了。)

对于这一系列问题,在这里当然只能作审美原理上的探讨。指出表现手段中的过渡,如调性、和弦、和声等由一个领域到另外领域的变化以及在新的环境中往往具有完全对立的意义,这就是专业音乐工作者的任务了。我们将在本章的最后一节回到对立和过渡的各种原理问题上来,那里将探讨它们与审美的关系中的快感范畴(参见第十四章第六节)。这里只涉及——作为这一考察的结论——艺术创造一个"世界"的特性与克服这种主体的个体性的关联。这个问题本身我们已在一般意义上做了探讨(参见第七章第三节),它只是简略地集中在音乐的专门问题的方向上。每一部真正有天赋的音乐作品都创造了一个"世界",这一无可争辩的事实有深刻的美学依据,它既拒绝各种形式主义的考察,也不同于那种在其体验中认定是听者与被听内容的一种准神秘主义的融合。音乐的深刻效应正是在于,它将接受者引入了它的"世界",使他在其中生活并去体验音乐。在最亲切的介入和最强烈的情感解放中总要涉及一

## 第十四章 审美模仿的边界问题

个"世界",这个世界是作为一个与他不同的、正是在这种不同之中才具有意义的世界,而面对着接受者的自我。音乐艺术作品由内容来源中获得了作为自为存在"世界"的特性,即由音乐揭示的情感的真正的整体性中获得了这种特性。只有当这种(情感)由人性的角度看来是重要的,当音乐所激发的情感能够展开达到最终结果,艺术意义上的一个"世界"才能产生。在形式赋予中的连贯性、原创性、奔放性和完整性等来源于艺术家的创造,在他的特殊性中的这种综合安排可以适当地表现出来。

它要求和承载哪些情感,由这些情感展开成一个"世界",这首先是一个社会—历史问题。古老的民歌和民间舞蹈反映和表现的是一个外延和内涵极其有限的情感世界,可以创造出音乐上真正的整体性,因为它们所反映的现实从倾向上看是极其狭小的,但又是人的共同体,在共同体中决战都是围绕人的生活的基本问题。在相反的地方,音乐所反映的情感"模型"隐藏在日常人的个体性之中,音乐只是将它的内在的不足和败坏引到一种外观的、形式的与和解的圆满,这种模仿的模仿不可能创造一个"世界",因此不能获得一种真正的艺术形式。这样一种音乐可能将最可靠的传统和最大胆的革新结合到音乐的形式创作中:仅仅单独这种俗套将使音乐降低到无聊或俗不可耐的平庸。人的内涵的优先性,形式作为某种具体内涵和它的特殊性表现的这种规定,对于音乐和一切艺术都是共同的。然而正是由于这种内涵的内在性,使它的形式对于其内在实体的真实性或不真实性格外敏感。这种敏感性当然首先延伸到它的形式,这一形式在这方面——在全部"数学的"精确性上——正是作为对难以捉摸的实体的模仿证实了自为存在的人的内在性,并以此对真实性问题作出特别灵敏的反应。它的精确的本质与此并没有矛盾,因为没有任何艺术像音乐那样,在真实的与非真实的技艺标准之间有如此明确的分割线。

## 二 建筑

除音乐之外,建筑是唯一"创造出一个世界"的艺术。在建筑里,不是在其实际对象性中用直接给定的客观现实来构成模仿激发的手段。(不言而喻,我们已经详细讨论过的"非具世性"的纹样问题,不在讨论范围。)这是可以理解的,思辨性美学对于音乐与建筑的相似性给予了特别的重视,尽管它是站不住脚的,这一点我们将要指出。在谢林那里我们可以找到这种观点最富影响力的表述,他的观念论的影响也可以在老年歌德,有时甚至黑格尔那里看到。谢林的出发点来自他的哲学的基本观念,按照这种观念他把艺术分为真实序列(音乐、绘画和雕塑)和观念序列(将诗再分为抒情诗、叙事诗和戏剧),建筑作为雕塑的一部分。[①]

---

[①] 谢林:《Philosophie der Kunst(艺术哲学)》,见《谢林全集》第1部·第5卷,第488—736页。

## 第十四章 审美模仿的边界问题

它与音乐的共同性来源于它们的"非规律性"本质,因此建筑成为一种"凝固的音乐"。同样这一格言不再作为充满精神意义的概括,它的具体化仅仅是一种隐喻(甚至是不相似的),例如:多立克柱式——节奏,爱奥尼柱式——和谐,科林斯柱式——曲调。① 对于这种毫无根据的对比几乎没有进行批判的必要。唯一由此引出的较为具体的原理是所谓这两种艺术的数学特性。数学在音乐中的作用我们已经探讨过。数学在建筑中的意义何在,其中属于数学的还有几何学,首先还涉及物理学,关于这些我们在下面还要谈到。后果更加严重的是以它们为基础的主导思想:基于自然哲学原理的建筑的界限。因为显而易见,在观念论的思辨哲学中自然与精神之间是被看作严重对立的,所有的艺术,它们的同质媒介都不是纯"观念性"词汇,必须取得一种自然哲学的基础。当然在谢林那里决没有贬低同一性哲学的意思。因此在每一种唯心主义世界观中必然产生一种等级秩序,在这一秩序中"观念性"艺术先验地确保了精神上和审美上的优先地位。

对于建筑的这种自然哲学观首先造成了这一后果,它消解了建筑与人及人的生活的关系,或者至少使它大为松散化。谢林至少是从有机化作为各种"自然"艺术的基本原则出发,使建筑回归到一个"规律",按照这个规律"自

---

① 谢林:《Philosophie der Kunst(艺术哲学)》,见《谢林全集》第 1 部·第 5 卷,第 591—593 页。

### 审美特性

然中的有机体也回复到非规律性生产"。因此建筑便与动物的所谓"艺术本能"相关联。[①] 叔本华,多方面按照完全不同原则构筑了艺术体系,在建筑中看到了"某些理念的客体性,这些都是意志的客体性最低的级别"。他当然比谢林更具体地接触到建筑的一个本质方面,由此他对上述规定作了这样的解释:"就是重力,内聚力,固体性,硬性:**即砖石的这几个最普遍的属性,意志的这几种最原始的、原简单的,最冥顽的可见性,大自然的一些基本通奏低音。在这些以外还有光,(不过)光在好些方面又和这些属性相反。**"[②] 由此他比谢林更坚定地将建筑置于艺术等级制的最低等级,从而形成按照各种艺术的材料或内容从无机自然界直至人的一个等级序列,最低等级被迫落在了建筑上。在叔本华极富张力的关于音乐本质的见解中,当然就消解了谢林对建筑的比较。但是建筑审美本质与其典型质料的无机特性的联系、与其作用规律性的部分联系(我们在阐述过程中还要详细谈到对它的正确评价)直到在黑格尔美学中仍然起着作用。

在黑格尔美学的历史特性中,建筑成为最早的艺术。按照黑格尔的观点"就存在或出现的次第来说,建筑也是一门最早的艺术","建筑的最初形式要比雕刻、绘画和音

---

① 谢林:《Philosophie der Kunst(艺术哲学)》,见《谢林全集》第 1 部·第 5 卷,第 572 页。

② 叔本华:《作为意志和表象的世界》,北京:商务印书馆 1982 年版,第 298 页(§43)。

## 第十四章 审美模仿的边界问题

乐都较早。"① 在黑格尔那里总是这样,在这里正确的与错误的艺术史理论混合在一起。当黑格尔由非艺术的、原始的开端否定了建筑的直接的、非辩证进化的推论时,他突出强调了建筑的抽象特性,这肯定是正确的,但是由于他坚持观念在先的观点又在两个方面阻碍了这种正确的趋向。首先实际历史发展的事实就与黑格尔的理论相背离,这一理论认为建筑处于人的艺术活动的开端。当然他在撰写美学时对这一事实还很少或者根本不了解。那么洞窟壁画,即使还是片面的和有争议的,但已表现了有高度价值的绘画文化,然而在这一阶段还根本不可能有前艺术的建筑。同样会有劳动号子、巫术舞蹈以及纹样等。黑格尔的失误绝不是简单而直接地由于对这些事实的无知,而主要是由于他的体系的观念论——等级制的总体观念造成的。他对艺术开端的批判态度(关于反对将生理的或人类学的事实简单移置到艺术中的观点的合理性我们已经强调指出过)具有一种特定的唯心主义内容:审美理念的不变性(即非历史性质),所以最终只能在最适当的实现的近似中分出等级,但这不可能成为实际的发生学,不可能把握真正的历史。审美理念,既包括一般的艺术理念,也包括各门艺术的理念,在黑格尔那里是由理念本身的辩证展开而形成,而不是由历史的实际辩证法产生。它已经在其全部的现象

---

① 黑格尔:《美学》第 3 卷·上册,北京:商务印书馆 1979 年版,第 27—28 页。

## 审美特性

方式中——作为理念——完成和终结了，包含了它全部特有的规定，但是——按照黑格尔已知的一般历史概念——处于一种单纯抽象的形式，因此以后的发展只能存在于，将抽象和含蓄的存在转化为具体和外显的。

由此首先使各门艺术的实际历史起源在方法论上成为不可能的，因为这个问题我们以前已经在其他地方做了详细讨论，在这里我们就不再谈了。对于建筑说来更重要更专门的问题是，它的审美理念的最终存在从一开始就有，尽管是抽象和含蓄的，那么必然既为开始又为后期阶段进行判断提供了错误尺度。这就是说，对于判断者其审美理念始终是浮现在至今所达到的最高发展层次上，这种理念即使在考察以前阶段也永远停留在"当代"，——有意或无意地——不是从其固有的前提条件出发来把握早期形态的内涵和形式，而是以某些专有的独特性表现为一种原则的"未完善"的实现，这一原则在历史上只能很晚才出现。这种对历史特性的思辨性歪曲当然并非只是黑格尔的特点，它表现了——处于无意识的、与其自身真诚的历史努力相对立——一种哲学唯心主义的一般趋向。甚至在李格尔或沃林格的艺术探讨中，他们与黑格尔没有任何直接的关系，人们也能经常发现这种特殊的曲解历史事实的观念先行的现象。在黑格尔本人那里，由此提出了一种建筑周期性的辩证法，这种辩证法是基于对其矛盾的正确把握，正如他经常做到的那样，但是在他的具体表述中却对现象做了曲解。黑格尔从恰当的结论出发，建筑同时是实现艺术之外

## 第十四章  审美模仿的边界问题

的目的的手段,而在其中完成了艺术。他与此相应地构成了建筑历史的辩证法:独立性(埃及),作为环境的实用、作为侍神的围绕物(希腊)以及最终这种矛盾的统一体(哥特)。在黑格尔那里根本没有出现文艺复兴和巴罗克建筑。这清楚地表明具有矛盾性质的这种思辨的形式主义。因为这还是正确的,他的艺术的三大阶段(象征的、古典的、浪漫的)严格说来只到中世纪,在新时代对黑格尔说来是另一个时期,其中概念(哲学)、直观(艺术)和表象(宗教)在支配人的生活方面分解开来了。在音乐、绘画,特别是文学方面,黑格尔在事实的压力下不再信守他的体系框架,对诗的详细探讨截至莎士比亚和歌德,对于建筑叙述到哥特式为止,作为一种象征,说明这种黑格尔矛盾性的假综合已经完全穷尽了它的内在可能性。

显而易见,在这里这种矛盾性的要素——抽象一般地看来——涉及建筑的一个中心问题。在"外在的"、艺术之外的和纯审美的合目的性的辩证法中诸矛盾的矛盾和统一确实是建筑的一个中心问题。当黑格尔在这里只是推进到抽象地提出问题时,这有两个原因。它们都与黑格尔美学唯心主义地过分强调了其他各种艺术的"独立性",而在理论上低估了确定其形式和内涵的社会职能。在这种规定的一种正确比例关系中,如这里试图反复指出的,在建筑中这些矛盾和它们的统一表现为社会职能的艺术实现的最尖锐情况。这种质的飞跃在于,一个建筑能完全实现这种功能,在它的形式上完全不涉及审美的世界。而在其他各种艺术中，不满足审美标准就不能让存在的这种中立性出现。当然，一部文学作品、一段音乐、一幅画——即使不具有艺术价值也可以实现它的社会功能，这是可能的。但是这涉及在作品本身之中在这种关联上内在矛盾的一种公开呈现，如《汤姆叔叔的小屋》或《放下武器》作为中流或低劣的小说，卓有成效地完成了一种重要的社会使命。古罗马的出租屋虽然在审美上不是劣等的，然而却处于各种美学的视界之外。这种可能性，关于它的美学根据和后果我们在下面还要深入分析，表明了一种质的跳跃。这一点黑格尔没有考虑到，这是"由外部"而来的、一般审美规定的一种极突出的现象。

其次，正是在这里，审美之外的目的确立应转化为审美的，建筑的各种基本审美问题被越过了。这种最一般的出发点当然是正确的。按照黑格尔的说法，建筑的审美使命在于，"对外在无机自然加工，使它与心灵结成血肉因缘，成为符合艺术的外在世界"。① 如果这一点沿着以下方向具体化，建筑的职能就在于，"替原已独立存在的精神，即替人和人所塑造的或对象化的神像，改造外在自然，使它成为一种凭精神本身通过艺术来造成的具有美的形象的遮蔽物"，② 这样建筑的任务就不仅局限于宗教职能，而是

---

① 黑格尔：《美学》第1卷，朱光潜译，北京：商务印书馆1979年版，第105页。
② 黑格尔：《美学》第3卷·上册，朱光潜译，北京：商务印书馆1979年版，第30—31页。

## 第十四章 审美模仿的边界问题

成为一个单纯的环境，一个用于神像、用于对此作适当表现的艺术、用于雕塑的单纯"遮蔽物"。建筑作为"无机的雕塑"这本身已经值得怀疑的规定成了艺术的一种观念论——等级制体系的构成要素，在其中丢失的正是建筑特有的审美要素，因为——正如黑格尔在讨论古典时期对此所作的分析——它的作用变成纯实用的，"而雕塑的任务是塑造真正内在的东西"[①] 黑格尔在这个问题上的所有错误立场——建筑作为最早艺术的理解、它的发展的历史辩证法、建筑实质与其特定社会职能的实现之间关系的美学以及它与原来美学问题的关系——密切相关。它们都是以对建筑和空间创造的那些审美中心问题的误解为基础的，即使黑格尔在谈论"遮蔽物"的任务时，只是指抽象—思想意义上的空间，至多正如他在日常生活中所体验到的；他完全没有涉及与独特的引导自身体验性的空间创造相关联的那些固有的美学问题。

可以理解，因为正是在这里存在建筑美学的中心问题，在黑格尔那里经常是思想丰富的并局部正确的思路，却演变为空洞的结构。对这些观点提出异议不只是不可避免的，因为到现在仍有不少追随者，也不是因为已如所述，这些观点中有些没有辩证法的支撑，维系着无意识的存在，而首先是因为对建筑空间塑造的哲学理解是不可避免的，以

---

① 黑格尔：《美学》第3卷·上册，朱光潜译，北京：商务印书馆1979年版，第30—31页。

◯ 审美特性

获得对建筑起源的即使是一般的洞察：懂得建筑（审美）空间的现实和可体验性质是逐步形成的；它们的存在和效应——对它们的需要——绝不是由人的生理和人类学的特性所简单确定的。总之，这里也涉及这个问题，审美是在人类发展过程中逐步形成的，并非是和人与世界的关系同步产生的。建筑并非处于艺术发展的开端，因此这个问题对于美学远不止是一个单纯事实的事件。在我们的意义上这个问题当然也与考古学和人种志学不同。现在只是涉及，由这种不屑一顾的事实中为美学，特别是为建筑美学引出相应的哲学结论。

不言而喻，建筑的所有审美之外的要素——无论是提供对一个空间的需要、对于自然力或敌人的防御，还是对一个发现的或建造的空间为实现这些目的的真实特性的认识以及对其选择或生产的手段的认识——在即使只是预料一个建筑的、审美的空间可能出现以前，是长期存在的并起作用的。正如我们已经看到的，其他各门艺术也主要不是由审美需要而产生。然而它们必定——已经在浸透着巫术的实践中完成它们的功能——从开始便包含一定的审美要素。尽管在舞蹈和歌唱、绘画或雕塑中的模仿还如此原始（各种艺术在初始阶段已经要求很高水准的模仿了），它们的对象性的决定性规定却从一开始便应具有审美特性。而在建筑领域最初需要的满足却不是这种情况。对于找到的而非建造的至多是适用的洞窟根本谈不到这方面，即使最初自己动手建造的房舍也纯粹是以当时所达到的有用性

## 第十四章 审美模仿的边界问题

为目标,甚至当有的建筑——在很晚以后——取得一定的纹样装饰时,它也只是作为纹样起作用,而不是作为建筑整体的组成部分发挥审美的作用。当然这其中预示出一种需要,以后将在这个方向上发展:由建筑相关联的体验所激发的感情的表达——正是作为情感——发挥效应。(洞窟壁画,正如我们在第六章所指出的,与其壁画所覆盖的岩面的装饰是毫不相干的。)但是,这种情感首先只是由建筑对人的一般意义所激起和引发,还不可能反作用于对象本身,作用到它的构成方式。

这类情感的产生和发展是一个比在其他各种艺术中更复杂的过程,它是由异质的根源所形成,逐渐才纳入与艺术相联系的社会职能的潮流。这里应该说明,来自极其不同生活情感的这种根源是每一种艺术起源所不可缺少的,这种根源往往既不能扩大和内在化为一个由它所塑造的"世界",也不可能对完整的人以他内容丰富的生活所唤起的思想情感产生一种审美效应。这种本身在生活中各自发展的情感必须随着时代——一种艺术发生学的时期——汇聚到一定的焦点,并随着这一焦点的特殊性所规定的社会发展趋向在如此形成的社会职能的意义上被同质化。它的原来的异质性然后成了这种新的并以此方式起作用的统一体中的张力要素,由此而使新的统一体充满多样矛盾的统一。只有当由生活需要所生发的、其中的体验通过一种质的飞跃而分离才构成了一种艺术的同质媒介时,才可以说这种艺术的发生学完结了。为艺术史大量证明了的、在这

> 审美特性

里反复谈到的事实是,即使在已具备审美性质的艺术中,在历史发展的过程中也会出现全新的母题和表现手段,这丝毫不会改变一种已经成为独立的艺术的起源和发展是相互分离的原理。

如果我们要从哲学上追寻建筑的这一过程,那么就涉及,这种与人相关联的因此是拟人化的,并且是客观存在并被把握的空间的塑造是怎样作为满足社会需要而形成的,其中一种社会职能及其审美实现是怎样生成的。当我们从日常生活的空间观出发,那么我们必须同时确定,这种空间观从一开始就总是具有一种拟人化倾向。这是由于直接存在的空间用于人时必然产生的特性。以前(第四章)我们已经提到了黑格尔的结论,每一个这种空间坐标系中的垂直轴线都是指向地心的,因此日常的直接空间体验——在其直接性上是无法排除的——内含地球中心的、拟人化的倾向。人的直立行走,即人的形成过程中生活的重要转折,必然进一步强化并巩固了这种无法排除的性质,这是显而易见的。随着人与他的环境相互关系的分化——这提高了对围绕他的空间的实际支配能力——另一种坐标也获得了坚定的拟人化特性。没有对一种坐标系的预感,他就能确定方向的前后,以及左右,日常生活中的人为了辨别他周围的空间并由此去把握它,都必须把自己设定为这一坐标系的中心点:这一坐标系当然是随着每个人所在地点的变动而推移。正是由此可以构成对周围空间直接实践取向的基础。

## 第十四章 审美模仿的边界问题

实践的各种需要相对说来较早地超越了这种素朴的和自发的拟人化立场。我们在前面已经指出，对空间的非拟人化考察，即几何学在较早阶段便被人们发现，它必然超越自发拟人化的日常直接性。但是只是它与日常实践不可分割地联系在一起，它便必然保持着垂直轴线的地球中心特性（见第四章），这特别对于建筑具有关键的重要性。在平面几何中已经彻底清除了如左右、前后这种拟人化的规定。（在艺术的几何纹样中正如在对象性模仿的造型艺术中一样没有左右的问题，我们在第四章中已经谈到过。这里只需要指出，尽管几何学不断发展，在对外在世界审美模仿表达中仍保留着原来的拟人化。）当然在几何学中非拟人化空间观的发展是极为缓慢的。对于我们这里重要的不是这一发展的各个阶段及其历史时间点，而只是在人的生活和世界图像中它的一般趋向。尤其是建筑的技术构成，离开几何学是不可能实现的，这首先与建筑的审美问题和原理毫不相干。所以几何学的作用应该特别加以强调，因为一方面几何学作为空间比例的科学表现为非拟人化的一极，与拟人化的、审美的建筑空间图像相对，另一方面它作为精密科学远比建筑和其他理论基础（静力学、材料学等）发展得更早和更完备。这些长期以来是仅仅作为经验性工作方法[①]，当然在这里也不能忘记，它的客观倾向本身在经验探索的最初尝试中已经是非拟人化的了。由此得出，建

---

[①] 柴尔德：《Man makes Himself（人创造了他自己）》，第125页。

> 审美特性

筑与所有其他艺术最重要的区别是在，建造的技术方面，建筑物作为人类社会有用对象的产生——无论对这一特性所知的或多或少——它构成了一个完整的、科学的、非拟人化的系统，它在建筑—审美构成方面的这种存在从来不能在下面这种意义上被扬弃，像在绘画中透视的科学学说的规律那样，以及像在诗中作为第2信号系统要素的语言的特性那样。建筑作为艺术只能与此相反地把这种科学成果作为它的专门构造方式的不可动摇的基础，由这一基础出发形成它的全部结构原理，在这种结构上所添加的"只是"一种审美的表现方式，通过它——在不丧失作为科学所把握的各种关联的它的本质特征的情况下——转化为一种新的、独特的同质媒介：由以科学为基础的空间构成物结构中形成特定社会—历史发展阶段作为人的自身世界的一个空间。

由始原的、还不是审美建筑物所激发的各种情感，更多的是与各种作为劳动的原始活动和劳动成果而唤起的情感是同一的，即首先是由局部对自然的支配以及由自身能力的同步展开所产生的愉悦和自豪。在很早便产生的器物装饰表现了具有极其多样性的这种情感，当然在这里事物的本质是由此而确定的，它的表现还不可能超出一种纹样的装饰。在我们这个问题中由此所唤起的感受要更多地考虑人的前提，在诸对象及其加工的发展过程中这种感受主要由这些对象通常被使用所唤起，但其中有些感受与对象处于松散的联系中。由此使人与他的直接环境的联系不断

## 第十四章 审美模仿的边界问题

丰富和分化。当然这些感受主要是通过工具和设备的多样化和精细化所唤起。但正如器物装饰所表明,与这一过程相伴而生的正是这种情感的丰富化过程:人的世界,人与他的环境的相互关系的世界,通过实践的普遍化不仅获得了在实践和认知方面的丰富内容,而且也获得了情感的丰富内容。当然这对于我们的问题只是揭示了极其一般的和只起中介作用的一个前提。因为还没有用空间去塑造那些具体的、激发情感的对象形式。如果已经在实践—技术的意义上能够实现这种纹样,二维的纹样往往不能通向三维的——审美的——道路。博阿兹由印第安人的生活中举出值得关注的例证,他们通过折叠来制作盒子,在其上描绘出有趣的图案,然而却没有足够的空间想象力,将二维向度上正确实施的设计拼接起来,按预期的装饰联系实现三维的盒子。当然在实践—技术上还是能正确地构成这一盒子。①

在这样一种一般的生活基础上形成的那种非审美的、前审美的情感,是直接与空间以及空间的观念相联系的。不言而喻,为了防御恶劣天气和敌人的袭扰能有一个封闭的,即使不是自己创造的空间(洞窟)也必然会唤起获得安定和安全的愉悦情感。如果这个空间是自身活动的成果,那么这个建筑物或居住地就可以通过原始的篱笆围合来防护野兽和敌人的侵害,这不仅提高了由此激发的情感强度,

---

① 博阿兹:《Primitive Art(原始艺术)》第 25—27 页。

○ 审美特性

而且也获得了内容上的更加多样性,自我意识和自豪感等都会作为这种内容丰富化的要素发挥作用,在这一阶段上,人的活动总是指向他的生活的实际需要,并与各种巫术观念无法区分地交织在一起。我们至多从遥远的历史看台可以在这两种领域之间划出一个界线——它对于我们也往往会消失,对于这个阶段的人们说来,这两组活动构成了他们的此在和他们的作用的一个不可分割的整体。我只提及新石器时代的石墓葬。在这里在其巫术力量面前究竟是死者的安全性还是对生者的保护起着决定性的作用,在大多数情况下是很难或根本无法确定的。但对于我们的问题,揭示其真实的动机及其实际内容是没有意义的,因为在这里只是要说明,这种墓葬建筑与审美意义上的建筑还毫不相干,肯定对于这一阶段的人们在其空间——具体的正是如此的存在中能够引发深刻和强烈的情绪感受和情感。但是这种感受只是这种空间构成物的存在所引发,它的视觉表现形式还不可能产生确定的影响或由它所确定。它的技术特性(地下的洞窟、作为死者的保护或生活资料的装备的重型石器)肯定是完全符合于当时主导的巫术规则,并由这一根源激发起同样的情感(敬畏、希望、孝顺等)。

我们看到,强调建筑作为比较晚期才形成的艺术这一特性是多么重要。因为由此得出,就其审美的产生而言,一方面事先经历了各种技术上实用的建筑物的构成的一个漫长时期,另一方面同样经历了为空间观念相关联的质的飞跃作了准备。这一飞跃产生在戈登·柴尔德所说的"第

## 第十四章 审美模仿的边界问题

二次"或"城镇化"革命时期①,首先出现在大河流域的东方亚洲和埃及等地,生产力的发展使较大的城市取代了新石器时代的小型村镇。由此使建筑物在数量上以前所未有的规模扩大。数量的变化也包含了质的更新:当巨大的石墙作为城市防护体取代了木栅栏围墙,当用少许石块护卫的坟墓为纪念性寺庙和墓葬建筑物所取代时,这在技术上已远远超出了单纯数量的提高。由此出现了作为决定性要素的这些建筑物的群体特性,不只是在这种意义上,即金字塔的建造是有组织地动员大量群众的基础上才能完成,而且——从我们的立场看来——首先作为建筑物它的功能最终在于唤起群体性的感受。这甚至也关系到实用性建筑物。当然,一个围绕城市的石墙首先便是用来防御敌人的。但是这种城墙的高大和宏伟在城市居民中唤起的安全感不是偶然伴随的现象,不是与其相关的单纯联想,而是这种建筑设施的一种必然后果,因为在日常生活中必然会接触到处理有规律活动的这种主观上和客观上的安定性。这对于我们的意义在于,这次所激发的情感不仅与安全性的一般的客观事实相联系,而且直接是由城墙的视觉表现形式所激发(高大、宏伟等)。在此还应该——相对于一定的偏见——再次指出我们曾讨论过的感官的分工,由此使原来的触觉感受直接可以由视觉所感知。因为这种转化成视觉的感受(正如第一章所指出)是积累的劳动经验的一种成

---

① 柴尔德:《人创造了自己》,第157页。

◯ 审美特性

果，它再次表明应该把建筑理解为比较晚近形成的艺术的必然性，它是以——同样是相对的——视觉感受能力高度发展为前提的。

如果在上述城墙单一实用的情况下，这种生活情感与一个建筑物的视觉形象的联系起作用的话，那么显然在建筑物是用于巫术—宗教目的的地方，这种联系在本质上是建筑在情感基础之上的，这种效应必然更强并与形象相关联。对于我们的目的只是要指出，这种提高是通过塑造的空间形象而取得的。正如下面还要说明的，在这里建筑的直接模仿特性不起决定作用，尽管有一系列说明指出，在开始阶段建筑中的模仿要素所起的作用要远大于建筑已完全超越于模仿的阶段。甚至沃林格一般地倾向于将模仿作为与表现的抽象相对峙的具有较低价值的原理从艺术考察中清除出去，他把埃及墓葬建筑视作"石头的人工制品"，每一个"呈现为人工造成的持久的山岳，并且模仿那种自然的山岳，为死者提供自然赋予的安全场所，它通过深埋的洞穴也相应地利用起来"。同样在他看来，埃及石柱也是一种模仿形式，他对这种形式的过分接近自然而提出批评，即"在柱子的底部涂有蓝色的痕迹，它标明水的高度，在洪水时代植物的树丛从水中长出"。[1] 在这里我们把问题明晰化，究竟这种模仿形式在这些情况下是有助于建筑的空

---

[1] 威廉·沃林格：《Ägyptische Kunst. Probleme ihrer Wertung（埃及艺术及其评价问题）》，慕尼黑1972年版，第52、76页。

## 第十四章　审美模仿的边界问题

间开拓，还是像沃林格认为的那样起了妨碍作用，但是对于它的模仿特性却不存在疑问。当戈登·柴尔德在考察苏美尔建筑"人工山"（齐古拉特）时称它为固有圣地的基础①，尽管他没有作进一步的建筑分析，但他也是把这种建筑基调确定为模仿的基本特征。在开端的建筑中这类模仿要素的例证可以随便举出很多。但是我们在这个问题上不作深入的讨论，因为正如下面将指出的，在这里关键的不是建筑中的模仿问题。

对于从单纯实用（也包括巫术—实践）的有用建筑物向真正建筑转变，富于教益的例子是青铜时代的巨大列石群②，斯凯尔特玛对它作了详细的考察。正如我们前面所谈到（见第六章），因为他有一种意图，认为北方艺术完全不依赖于经典的古代而对未来具有突出的意义，他把巨大列石群称为"我们史前时代的彼得大教堂"。③ 这种富有想象的夸张说法应该还原到正确的程度，因为巨大列石群无疑确是在建筑的发生与其艺术的自为存在之间的一种非同寻常的有趣的过渡现象。首先——这与前面的考察直接相关——在这里直接的模仿倾向仍很强烈：整个建筑基本上是对林中空地的写照，这一点斯凯尔特玛完全没有深入地去涉及。当然这里相对于上述埃及的石柱有一种质的区别值得注意：尽管围合自由空间的列石支柱是对空地边缘树木的"模仿"

---

① 柴尔德：《人创造了自己》，第162页。
② 指英国威尔特郡索尔兹伯里史前遗迹的环状列石群。——译者注
③ 斯凯尔特玛：《Die Kunst der Vorzeit（史前艺术）》，第54页。

### 审美特性

（斯凯尔特玛强调说，人们在英国也发现了用木材支柱围合的这类空间，在那里这种本质特征表现得更清晰），由于它顶部搭有横梁，由此而连接成一个圆，这又立刻扬弃了这种特性。它表明，这里不是简单地涉及一种对树林本身的模仿，而是涉及所圈定的一个特殊空间即空地的功能。它通过这种功能所激发的是一定空间的体验，在这个空间里人们看到祭坛石和巨大的入口通道，这个空间对于群体说来正是富有意义的共同体验的激发舞台。大自然本身（小丛林和空地）为巫术或宗教仪式通常所能提供的，在这里是由人本身有意识地建造的。也就是说，这种模仿不是完全背向各个自然对象或者作为它们整体的关系，由此提供了一种适应于人的群体活动的空间。这些本身完全是指向激发目的的礼仪和仪式通过激发性空间效应、通过自然环境中完全人工围合的空间的这种效应而提高了效果。这里以确切的方式显现出初始的情况，在这种情况下所唤起的情感不仅是偶尔由一种空间形状所激发，而是通过它清晰塑造的空间性本身的激发。

斯凯尔特玛合理地强调了这种建筑纪念物的巨大意义，尽管在这里他感兴趣的是宗教祭祀方面的而非建筑方面的。他援引的比较同样是夸张的，正如它的出发点那样，有人把阿尔塔米拉洞窟壁画称为"史前时代的六大奇迹"。正确的比较只是在于，这两者所涉及的都是早期的成就，正因为如此——从绘画和建筑的发展眼光来看——其中并不包含进一步形成的可能性，因此只是一种辉煌的死胡同。这

## 第十四章 审美模仿的边界问题

表现在,这一巨大列石群勇敢地跃过了当时所可能达到的建筑任务,即构筑一个建筑学的外部建筑物,确立了同时创造一个外部的和内部的空间。这至少提出了对于建筑学关键性的重要问题,即承载材料的重力与固体性之间的对立(在支柱上的横梁),但却不可能去具体展开这种矛盾的动力学(支柱承载着横梁,但横梁却什么也不承载)。同样地这里勇敢地提出了塑造的空间与自然环境的关系,在上述造型手段的局限下在自然图像(在一个自身异己于人的空间)中加入了更多建筑性要素,从而将一个自然环境转化为服从于人的活动和体验能力并与其相适应的因此成为人们自身占有的空间。

因为我们在这里不是讨论艺术史问题(也无须用历史唯物主义作出阐释),而只是讨论建筑空间发生学的哲学问题,即作为审美模仿的建筑空间特性的哲学规定,我们不得不对真正建筑的这些有关先例的各种要素单独地加以分析。这当然只是就其实际的审美的本质而言,只是作为远远超出这些事件的结论的出发点,以便通过这种迂回的途径来认识建筑学中模仿的决定性特征。因此我们从重力与固体性的矛盾问题作为建筑原则来开始我们的探讨。我们曾经援引了叔本华的观点(见第十四章),他清楚地阐明了这个问题——尽管如我们在下面将看到的,他是从一种片面的视角出发的——的中心意义。接续以前的论述,他直接谈道:"因为建筑艺术在审美方面唯一的题材实际上就是重力和固体性之间的斗争,以各种方式使这一斗争完善地

### 审美特性

明晰地显露出来的就是建筑艺术的课题。它解决这类课题的方法是切断这些不灭的力所由获得满足的最短途径,而用一种迂回的途径撑住这些力;这样就把斗争延长下去了,两种力无穷尽地各奔一趋向就可能在多种方式之下看得见了。"[1]

由此明确地道出了建筑的基本问题。它包含两个对于我们极其重要的要素。第一它展示出更高种类的一种模仿,与目前所举例证相比它很难看作外部世界的直接写照。它涉及一种强有力地普遍化了的模仿,这种模仿反映了现实的一个充满意义的领域的本质和规律性。当然,它的审美特性在叔本华那里还没有得到清晰和准确的表述。尽管叔本华在这里和以后正确地指出,建筑中摹写的现实性是"可见的"。但是因为他——作为康德哲学的信徒,是以贝克莱的精神来阐释的——不论是观看还是空间都作了纯主观的理解,使得具体的空间造型由他的建筑美学中消失了,对于可视性也不要求有其独特的审美意义。所以在他那里科学的(非拟人化的)和审美的(与人相关联的)反映是头足倒置的,因为与人的相关性表现为单纯有用建筑的标志,而抗拒自然力的整体被当作审美的基础。[2] 这种整体性却必然已经科学地存在于建筑作品的结构中,各种作用力

---

[1] 叔本华:《作为意志和表象的世界》,北京:商务印书馆1982年版,第298页(§43)。

[2] 叔本华:《作为意志和表象的世界》,北京:商务印书馆1982年版,第299页。

## 第十四章 审美模仿的边界问题

的非拟人化的普遍化、它们的相互关系是每一个建筑物绝对必要的前提，由此也使每个建筑立足于审美的意义之上。由于叔本华很少或根本不重视可视性也不重视空间的创造，由于他——这与此密切相关——把人的目的设定为"外在的""由意志决定的"等词语而加以忽视，他所表述的充满精神意义的问题对他自己说来肯定是无法解决的。在这里也可以看出，它是怎样错误地把建筑看作了艺术的开端。不论这一点如在黑格尔那里是按照历史的或在叔本华那里是按照自然哲学的，由反映的客体来理解：在这两种情况下都导致产生出否定的结果。对于这些范畴的审美关联，我们将在下面谈到。这一探讨就转到了第二个要素：因此它涉及叔本华正确指出的上述诸自然力的斗争的模仿必然构成一个体系、一个整体，以便使它们的摹写提升到建筑艺术的高度。因为正是由这些力的多样性变化、分解、提高等的相互作用才能形成一个自身闭合的、立足自身的、真正由自身完成的、作为如此发挥作用的"世界"，即一个真正的建筑艺术作品。将巨大列石群与由完全不同观点形成的阿尔塔米拉洞窟壁画的完全不同的造型原则相比较，只是在这种程度上才是合理的和有教益的，即两者——在相关艺术的发生学阶段——其作品世界的各种要素获得了一种造型的不现实的高度，不会由于它所形成的客观状况而能达到作品整体的完成。

如果我们现在转向外在和内在空间的问题，那么马上就会谈到建筑中的模仿客体。正如我们所看到的，在巨大

◖ **审美特性**

列石群中已经存在对一定自然现象的模仿，并且达到了一个比较高的普遍化阶段。但这却不是我们在还很抽象的形式中能阐释出来的建筑的基本原理：它是各种自然力抗争的一种视觉反映，通过它为人们所认识，通过这种知识服从于其目标设定并以视觉性塑造的空间形式来完成世界与人所形成的关系。如果我们从这种观点来考察建筑的发生学，在这里我们必定能不断想象出一定建筑物对情感的激发效应，那么不言而喻的是，外在空间可能比内在空间更早地取得这种审美性质。我们提出对自然力、敌人和巫术势力的防护体验以及它们的各种分化和升华处于这种情感的中心。如果这一点是正确的，那么显然防护本身会早于被防护的众多方面和利益成长为一种感性明晰的对象化。这种对象化在漫长的发展过程中经历了巨大的变化。很多原来是巫术祭祀或古代流传的因素，逐渐局部地转化成一种分化的、内容丰富的、令人感动的宗教仪式或者像在古希腊被民主地世俗化了。因此这种情感远远超出了起源阶段并浓缩为一种具体的、适应于空间形式规定的社会职能。只有防护性存在、它的展开、人对一种安全性的习惯创造了一种体验的活动空间，这一空间不断扩大到人的全部公共生活。不言而喻，这种建筑空间体验的扩大、深化和精细化也会有所变化地作用于外部建筑。总之，建筑的历史说明了这样一种发展路线。李格尔对这一最重要的时期简明而令人信服地作了总结，他把罗马万神庙看作"具有真实尺度和明确艺术意图的最古老的完全闭合的内部空间"，

## 第十四章　审美模仿的边界问题

在这里他指出，肯定这一冠状建筑在营造内部空间方面已经取得决定性进步。① 从我们的观点看来这一点是无关紧要的，无论在艺术史上李格尔的观点是否完全有效或者相对于其他建筑而言万神庙能否占有优先地位。可以肯定的是，在这种特定意义上既不是埃及也不是古希腊认识到内部空间，而外部空间的发展要先于内部空间的发展，它经历了一个更长的和变化不定的生产过程。

然而在这里历史揭示出比李格尔的有趣描述更多的有关这两个问题的过渡，但是我们在这里没有理由即使只是说明性地再加以深入。从建筑空间的哲学发生学方面简要地指出这位杰出艺术史家的两个原则性错误，对于我们会深有教益。李格尔的第一个错误是，他从古代艺术的这种倾向，即"在其明晰的材料个性中复现外部事物"得出结论："它必然故意地否定空间的存在。"即使在他默认的地方，塑造的事物"拥有三维性"，他也马上对这种让步加以限制，这个空间必定表现为"穿不过去的、闭合的、可立体测定的空间"，"而不是在材料的各个物体之间无限的深度空间。"② 在我们看来，尽管李格尔在这里有意识地从一定实证的教义（近看、远看等）出发，然而在他那里黑格尔的错误理论即建筑是"无机的雕塑"的后续影响仍在作怪。因为李格尔的结论最有意义的部分只关系到雕塑，在

---

① 李格尔：《Spätrömische Kunstindustrie（后期罗马艺术工业）》，第39—40页。

② 李格尔：《后期罗马艺术工业》，第26f, 34及406f, 附录43及45b。

### 审美特性

雕塑中空间确实主要是"立体的",整个空间的外部世界——只要这个世界是作为体验空间来考察的——就还原为作品的直接环境。但是对建筑而言,在一个具体的、同样是空间的世界中始终加入了某种具体的空间性的东西。如果哪里造型不仅是纯客观空间性的,而是有意识地如此构成,它的空间的自在存在必然变为一种空间的为我们,那么艺术便从那里开始。如若最原始的建筑只是"立体的",那么它决不可能是艺术,正如防护着古墓室的那些石块,实际上它们只是"立体的",因此在建筑上是死的,没有任何内在的生气,不可能激发任何审美的空间情感。由表现运动的矛盾性中生发出每一种雕塑的生机勃勃的原理。现在作为固定状态的辩证法在其中是与它的前因后果不可分割的。

这种活动性不可能是建筑构成物所具有的:重力与固体性的抗争——即使经过一套复杂的中介系统——总是处于静止状态,处于静态平衡。因为平衡的静力学是每一种建筑的客观(最普遍、尚处于前艺术)的原理,因为自在存在向审美的为我们的存在的转化不可能基于不真实性之上,所以雕塑的形式原则所意指的各种活动性在建筑中是根本不存在的。在这种情况下显而易见,李格尔对二维性的考察不可能适用于建筑。它们完全正确地表征出某些特别是埃及和东方亚洲浮雕的形式。在这里当然不可能是我们的任务,对它向三维性的发展作出任何说明。但是甚至连最没有分解开来的建筑如金字塔也不仅在客观上是三维

## 第十四章 审美模仿的边界问题

的,而且也是作为空间产生出视觉的效应,尽管从一定方面看来它只呈现出一个面。这里也暴露出这一思路中第二个错误见解。李格尔无意识地从如此高度发展了的建筑空间的造型形式如哥特式和巴洛克出发,并再次无意识地把这种尺度加在最初的实现中,将他的错误前提坚持思考到底,并认为在最初时是"否定"空间的。这势必干扰和冲淡了他本来正确地得出的那一发展路线,因为不会从对空间的否定中产生出积极地对建筑空间的理解。它是由原来比较抽象和一般的人们与一个空间的关系开始,这个空间是作为他们自己的在情感上自发地认同,发展为不断复杂化、通过各种社会规定不断丰富化。因此在外部空间的发展中从对山丘的模仿再到希腊神庙,在内部空间的发展中从埃及的"小型墓室带有其貌不扬的入口,从外部看来就像并不存在一样"①,再到他恰当地描述和分析了的万神庙。

所有这些发生学的契机以其动态的整体性提供了可能,在概念上对建筑空间的审美本质作出表述。为了找到一个具体而直观的出发点,我们打算简要地援引列奥波德·齐格勒对佛罗伦萨的圣玛利亚教堂穹顶的精彩考察。他首先描述了新的和原来的结构,这方面的细节甚至解决原理因为与我们的问题的具体性质无关可以搁置一旁。然而齐格勒正确地强调指出,这些客观上必不可少的结构要素中大部分在可视性的实施中没有达到直观效应,"因此原有结构

---

① 李格尔:《后期罗马艺术工业》,第36页。

中只有最小范围是可见的,但是这种丰硕后果的重要性在于,正是这种结构的最小范围是可见的,所以要这样做是为了传达出它的技术任务及其直观的解决。因为视觉感受关注一个建筑作品的结构特性只到这一程度,即由其外在空间图像能给人一种令人信服和强有力的直觉效果……圣玛利亚教堂的穹顶激起一种难以形容的、饱满的舒适感,因为它将穹顶的结构规律以一种空间直观和形式节奏简单而紧凑地表达了出来。这种建筑体的节奏,这种由静力学—数学思想转化成的直观正是那种使一个结构正确的作品成为一个艺术构成物的东西。"[1] 我们所以要如此详尽地援引这一论述,正是因为其中以少有的明晰性表达了在原理上最重要的东西:直接作为存在者看来,每一个建筑作品都是由静力学平衡关系按科学计算产生的系统。在这里这种平衡关系像在每一种对现实的科学反映的技术应用一样是按非拟人化观点来把握的,也就是说,在它的实践转化中形成了一个具体的、实在的空间构成物(一个外部的和内部的空间)。这种构成物当然呈现出一种具体的形式关联,而本身无须与人的感性需求和要求有任何关涉。从技术上看来它可能有高度的精神内涵,(对于专业人员)也是明晰和一目了然的——可以设想一部复杂机器的结构——然而在直接感性的人的可视性上却呈现出完全的混乱。

---

[1] 列奥波德·齐格勒:《Florentinische Introduktion zu einer Philosophie der Architektur und der Bildenden Künste(建筑与造型艺术哲学的佛洛伦萨导言)》,莱比锡1912年版,第18—19页。

## 第十四章 审美模仿的边界问题

所以为了从美学观点明确认识在这里建筑所形成的特性，就要突出地强调它与音乐的"数学"特性的区别。每部音乐作品都是作为统一的声音系统存在的，不论从激发的可听性还是从数学—物理的比例均衡性来看，它都是一个统一的——并在其统一性上无可扬弃的——构成物。这种不可分离的性质，正如我们上面所看到的，在建筑中是不存在的。"数学的"（更恰当地说是非拟人化的）反映系统的存在与其审美的变换无关，它本身在审美上是中性的。在许多现代观念（如包豪斯）对于建筑发展具有灾难性后果的理论和实践的错误正是在于，在一个建筑作品的客观的技术结构中，如果它在技术上是成功的，就理所当然地多少可以看作是美的，齐格勒的贡献恰恰是在于强调，建筑构成物在审美意义上必须显现出质的新特征。这一点在这里首先是从反面来表述的，即由可视性的激发系统中删减一系列在结构和技术上必不可少的要素，不会削弱这种彻底的新异性。我们应该考虑，在艺术创作过程中的删减是比单纯的否定包含更多的东西。马克斯·利伯曼经常说，"绘画就是删减"，由此而形成某些在质上新的东西并由此作为审美的东西固定下来。因为每一次实际的艺术上的删减都是指向审美的——拟人化的、与人相关联的——结构，这种结构在建筑上同样很少是与技术结构直接和理所当然地是同一的，像在雕塑中雕塑的视觉的与解剖学的东西很少是同一的。它无可争议地成为至高无上的唯一的体验的主导原则。删减在以前所详细阐述的意义上是创造性否定

> 审美特性

的一个具体的和积极的规定,在审美上超越于那种单纯的否定,它创造出各种新联系、新等级关联系统和引导系统等。

对于建筑中在技术的与审美的结构之间的这种差别有必要加以强调。然而这个问题实际上应该辩证地看待,同时必须附加地指出,这种差别同时在自身中包含了一种统一性要素。与一切其他艺术不同,在建筑中艺术反映与其直接摹写的原型的关系在客观现实中往往是极其松散的,在这种关系中只要求与其本质的一致性,对那种直接和适当直观本质的现象加以发现和塑造,在建筑中这种关系是无可比拟地更加明确和被规定了的。那些构成一个建筑作品审美本质的结构规定的系统和等级,不论内容还是形式在其技术结构中都明确地处于优先地位。不仅到目前的分析的删减限制了对技术存在状态的选择,而且如此创造的新的、视觉激发的空间形象最终无可更改地作为原来非拟人化地形成的结构向人性的和视觉形式的转化。这一事实在其不言而喻的性质上似乎显得很平常,如若结构要素的删减不能唤起其视觉体验的本质,如若试图虚构另外类型的一种结构,那么这种艺术造型就变成一种单纯的欺骗。但是,这种在其明确性上显得同义反复的结论却表明,在建筑中模仿的这种双重特性是显而易见的。

当我们在前面的分析中指出了发生学时代建筑的各种要素的模仿性质,同时我们强调它们对于建筑的本质不具有决定性的意义。现在可以看出,建筑非拟人化摹写的第

## 第十四章 审美模仿的边界问题

一个基础是在各种自然力的相互作用下一般的规律性关联，当然是用在个别的情况下，它的单一特性是由某种人为目标设定所决定的。但是无论如何形成了一种非拟人化反映的系统：一种对自然规律的普遍性的固定同时将其用于一种个别情况。这种情况却只是从普遍自然规律用以实现其中包含目标设定的观点看来多少只是个别的。就它自身的内容特性来看，在其中也产生了一种普遍化过程。我们已经强调指出这一事实，实际上重要的建筑构成物是由一个群体的目标设定为群体的目的所形成，导致到目前——地位上的——作为个别的合格的目标设定中的普遍化倾向。由此得出，由每一建筑的社会群体所提出的任务都包含了一种特定社会需要的强有力的普遍化。它们直接作为每个人自发的愿望、爱好、倾向而存在着，当然它们——客观地看来——始终是每一社会存在、阶级状况和民族传统等的必然后果。建筑任务的提出由其中创造了一种客观化的——首先是非拟人化的——综合，其客观化的特性通过决定它的符合阶级利益的态度，例如对一个古堡、一座宫殿的敬畏的态度，并不会被抵销而只会具体化。社会确定的任务及其科学和技术的解决方案这两种抽象的——非拟人化的——系统的相互关系形成了我们上面所述的一般的当然尚非艺术的建筑作品的形式。

通过那种删减或布鲁内雷什（穹顶处理方法）意义上的重新安排的完成，它将一般的系统转化为一种与人的感性—视觉和精神活力的需要相关联的特殊性。这种转化对于

○ 审美特性

人的意义何在呢？因为这种抽象结构——必不可少的——向具体视觉从而是感性激发性的转化应该是作为一种为了人类的生活、展开和发展而社会必需的、心灵—精神内涵的呈现，以便能作为一种独特的、对现实的审美反映的基础，作为一种特殊艺术的基础而起作用。正是为了能够回答这个问题，我们在发生学的描述中把很大比重放在由建筑和建筑物在前审美阶段所激发的感受（安全感、自豪感等）上。在历经了长时期由纯实用（也是巫术—实践的）目的的建筑物激发了这种情感以后，在人身上发展了这样一种第1′信号系统，它不仅对其有安全感联想的围墙的高度、坚固性等会引发条件反射，而且对建筑物空间创造出的形式、对通过它形成的外部空间在这方面作为空间形式也产生情感激发作用。正如这种由单纯实用向审美的转化到处都是如此那样，它逐渐形成这种被激发出的情感的一种分化、精细化、扩展和深化等。

如果人们把这种由极其多样根源形成的、因此从开始就不同的、有相互异质的感情包含在内的感受复合体作为社会和历史形成的统一体来看待，那么它的内涵就是人性化空间即人的自身空间的统一创造原则。在前面（见第九章）我们援引了马克思的名言"时间是人类发展的空间"，并指出这里更多地是作为一种比喻。这里不用作一种简单的转换，它可能只是一种机械的理解，不可能表述出这一新的事实，人们可以说，这里也涉及空间体验的一种扩大（并由此产生出——拟人化的——空间观念）。我们已经指

## 第十四章　审美模仿的边界问题

出,在日常生活中就存在空间的一种拟人化。但是由此空间还不能获得使它成为人的这种自身空间的特性。正好相反。在日常生活中,往往在情感生活的面前必然会出现它的独立于人的意识的、对人陌生的,甚至——从直接的拟人化观点看来——与人相敌对的本质特征。只有当人使自然服从于他的目标设定时,对于某一空间截面才能形成这种体验,使它作为他的展开了的个性要素而从属于他的人性的环境。建筑只要是作为艺术发挥作用,正是从这里开始。这绝不是偶然的,只有在群体的基础上有意识地创造这样一种空间,这种空间的特性不是由个别人的需要和要求所确定,而是由共同体的需要和要求所确定的地方,建筑才成为一种真正的艺术。(早期东方社会的个别统治者当然就是这样一种共同体的代表。)正是为了每一个这样具体的群体才形成了最初的建筑艺术作品。它的形式语言——尽管它可能还如此简单如金字塔的形式语言——是要把每个人的这种感受复合体加以概括,综合成整个共同体所包含的东西。另一方面同时在其中通过它的激发作用汇合成不同的情感涌动,它们是由空间形象所唤起的,经历长时期分别的发展而成为一般统一的整体潮流。因为现在这样一个空间成了人们最重要的群体活动所必需而适当的舞台,它便获得了强调,成为人们自身的空间,成为对于他的生活最重要内容的唯一适合的范围和唯一适当环境。这种群体性的基础也延伸到为私人目的服务的建筑之中。首先不要忘记,前资本主义社会个人生活与他的社会基础的关联

◗ 审美特性

要比在资本主义阶段联系更密切和直接得多。为了自己的目的从事建筑的私人，他是作为一个社会等级的成员而活动的，其建筑始终表现出相关阶层的自身空间特性，这要远比占有者的独特性质强烈得多。这既适应于意大利各城市的宫殿，也适应于古代的别墅或中世纪的市民住宅。

我们对在建筑中审美构成所实现的范畴过程作了描述，两种普遍性，其一是由思维所把握的自然规律的系统，其二是使其一方面服从于自然力的抗争，另一方面成为被普遍化了的社会需要并成为被普遍化的社会职能的系统，两者通过一种新的模仿转化为一种特殊性：成为一种具体的、视觉激发的空间。范畴转化在这里是就严格的语词方面而言：正是那种内涵，它是由社会职能的科学—技术解决方案中形成的，在其中达到一种可体验的统一体，建筑的结构要素在其视觉激发的处理中并由此以审美的方式集中表达出社会职能的最本质的东西及其技术解决方式，以便将人们至今分散的个别唤起的情感和思想综合成由其所意指的对自身空间的统一体验。但是这一点的实现必须借助于空间本身的造型。我们已经指出，黑格尔把建筑理解为艺术的直觉上正确的尝试所以搁浅，正是在于他把这一实现只是作为神像（即人的图像）来看待。我们在这里还不能对建筑与雕塑不断试图达到有机统一的极其复杂的问题以及它们完全对立的空间创造倾向导致一种相互提高的努力作进一步深入探讨。只要确定这一事实就足够了，如果建筑的任务只局限于以雕塑神像的形式为人的自我呈现创造

## 第十四章  审美模仿的边界问题

一个空间范围,那么建筑将不再是一种独立的艺术,它只能停留在单纯实用的水准上。当然也存在被黑格尔视为建筑唯一目标的需要,即作为宗教建筑的社会职能的一部分。除此之外,随着社会发展不断提高的尺度,也存在一种世界性的,从建筑的观点看来涉及一种在普遍性形式中提出的任务,这一任务正是通过它的普遍性转化为一种建筑的特殊性来完成的,它将成为一个统一的可体验空间的有机组成部分。

建筑空间的独特性质是它的现实性。在绘画以及在雕塑中也创造一个空间,它的审美本质表现为纯粹的模仿,它是由此形成的,即模仿反映的物体创造出它自身的、与其相适应的视觉环境构成了这种空间(绘画与雕塑在这方面相互也有质的区别,两者服从于巨大的历史变化,在这里不能涉及)。相反的,建筑空间是某种现实的东西:它围绕着日常生活的完整的人,向以激发为导向的建筑同质媒介的转化,将日常生活的人变换为这种艺术的"人的整体"。只有这样,只有作为实现了的空间它才能在这种最直接意义上成为人的自身空间。因为这种空间的适应性以及它所占据的、由它包围的人的对象(与它的存在密切相关的人或事物成为与世人和与自然的关系的中介)对于绘画和雕塑的观赏者总是对外在于自我的诸客体观照的一种体验,这些客体只有通过"你的行为"(Tua causa agitur)才能提高成其自身的世界,它构成一个与人相面对的"世界",人通过感受性体验来参与这个世界。但是在建筑中,

◯ 审美特性

人以他完整的躯体和心灵的存在为一个艺术塑造的空间所环绕。只要这个空间代表一个"世界",这个世界以其实在性直接与现实的人相关联,他就在真切的意义上生活在这个空间之中。

建筑空间的这种现实特性构成了理解这种艺术之中模仿的独特性质的钥匙。在各种其他审美构成中,现实性表现为一种纯粹的设定。如果排除了这种设定,每一部作品就失去了它的现实性,也就失去了由它所限定的对象性形式,图像就单纯成了涂有色彩的一块油画布。但是建筑空间仍然——不依存于各种审美构成——是一个真切而具体创造出的现实空间;审美在它身上所设定的东西,是一种它的现实性的特质,随着审美设定的消解这种现实性本身依然不变地存在着,它只是不为在这一空间中存在的主体所关注罢了。我们来考虑在佛罗伦萨布鲁内雷什穹顶的例子,在那里在可见的结构中的所有审美的改变("删减")同样在材料上的变化是现实的,正如由其所遮蔽了的结构。如果我们从模仿的观点来考察这种现象,那么我们在这里也会像在音乐中一样能看到一种双重模仿。在原初的第一组合中,反映形式是对自然规律性如重力和固体性以其静态平衡的摹写,同样在本质上是非拟人化—科学的方式,如同第二组合在概念上普遍化了由各个人逐渐成熟形成的社会职能。这一对现实的非拟人化反映的双重系统现在成为第二次模仿,即拟人化的、审美的模仿的对象,它并不排除已经客观存在的和在第一次模仿基础上投射的空间现

## 第十四章 审美模仿的边界问题

实,而"只是"对它具体的造型性质相应于审美原理做出质的变换。

因此建筑如同音乐一样是基于一种双重模仿。在音乐中正如我们在上一节所述,由于本身已经是模仿的感受通过同质媒介的第二次模仿转化为纯粹声响的音乐,形成了人的可能的内在性的最纯粹形式,即按其自身的动力学和逻辑的自我发展而构成的感受的最大值,而不用顾及生活的因果链条对它的形成、发展和丰富所能呈现或禁绝的各种可能性。建筑中的双重模仿在质上具有不同的性质,这就是为什么所有历史上对这两种艺术之间的富有影响的类比都只能是根据不足的近似。其一在于,在建筑中的主要反映形式具有非拟人化特性,也就是说它不仅在理论上而且在技术上取向于,其设计结果是形成一个实在的、实际上可供利用的构成物。其二这种反映的审美模仿,正如我们所看到的,这两种实践上汇聚成的普遍性综合成一种统一的特殊性,它不仅提供了这一原初现实的一个方面或一种映象,而且同样在一种实践—真实的意义上改变了它本身的形态,由一个为实践的和人的目的服务的真实空间变成一个以同一目的为导向的具有深刻体验性的同质媒介的空间。这意味着,具有审美感受的人不仅观照地面对一个塑造出的空间,而且他能在一个为他所确定的、适应于他的思想和情感生活的空间中自由活动。

这种活动本身——其中明确地表现出这一空间的专一性质——并不具有审美性质。对于绘画空间说来,其中出

## 审美特性

现的由模仿所把握的运动都具有严格的审美构成性质,这是它的前提;而在建筑空间中,人正是通过他自发的不受审美支配的实际活动来占有这一空间,甚至也包括在审美意义上的把握。因为接受主体的某种活动方式也会出现在观赏绘画特别是观赏雕塑时,例如当人要前后左右地观赏这样的作品。但是即使在这种情况下,相对于作品变换的只是纯粹观照的方面,甚至它的综合的统一也不会改变这方面的特性。在建筑空间中人的活动与之相反,它既不是纯粹自发的或者也不是为审美目的所限定(在寺庙中的巫术或宗教仪式,在宫廷中的社会性表现等)。建筑空间的审美特性在这些情况下会在其中发挥作用,由其塑造物的同质媒介的激发作用出发,使这些活动的情感特性远远超出在其本身现存目的所限定的范围。人与建筑空间的审美关系、对这些空间的人性占有是与——并非首先是审美的——在这一空间中的生活能力不可分割地联系着。只有通过人以这种方式在这些空间中生活,由其中每一个人的自身空间中才能使它与外在(必需的、空间上的)现实的关系提高到内涵可能性的最大值,并表现出其内在规定的充分纯洁性。即使在这里审美与巫术等目的的分离也不是必然的,甚至也不是按照规则实现的,而是两种情感复合体在主观上不可分割地结合在一起,表现出这种可能性,类似内含的体验——同样像在其他审美形式中那样——甚至在原初的激发契机所具有的社会历史性全部消亡以后仍能被唤起,即使在这里审美与原来不可分割地联系着的目的设定才真

## 第十四章 审美模仿的边界问题

正分开。

　　建筑双重模仿的实际特性只有从其构成物的特殊现实中才能被人理解。下面一点是值得注意的，也是康德美学观念论的标志，他用建筑的示例来说明他的命题，即真正的审美态度是在审美观念上不关注"对象的存在与否"。[①]他在阐述中还援引卢梭骂大人物的虚荣浮华即憎恶他们的浪费，这是十分有趣的，但丝毫不能证明什么。因为人们可以把这样一种政治的或宗教的激情甚至转化为摧毁的行动，由此并不能深化我们的问题。因为攻击巴士底狱的潮流可以否定其建筑物，直到将其夷为平地；在反对圣像崇拜的潮流中同样冲击了绘画和雕塑，在焚烧书籍的潮流中冲击了文学作品等不一而足。在所有这些现象中——其中许多是弱化了，但具有同一取向意图的日常行为——涉及艺术作品在社会中完成的某些社会的、宗教的和政治的功能，它们可能成为社会抵抗运动和阶级斗争的对象。在这方面在建筑与其他艺术之间并无本质区别。

　　这里所涉及的区别不如说是产生在审美领域之内。正如我们所看到的，它是基于以下原因：在其他艺术中是由此来塑造出一个适应于人的现实，即在艺术作品中利用专门的同质媒介完成它的适当的映象。而在建筑中却是对作为现实存在的构成物进行相应的形式更换，由此形成了在

---

[①] 康德：《判断力批判》上卷，宗白华译，北京：商务印书馆1987年版，第41页（第2节）。

# 审美特性

艺术作品的范畴结构上的若干重要变化。我们在前一章中已经深入地分析了,如何从审美反映的为我们的存在,由它在艺术作品的固定中形成它的独特的自为存在。这种对于美学而言的基础结构当然在建筑中也是存在的。但是它由此承受了一种非本质性的变化,正如我们所知道的,建筑的主要表现方式是基于对客观现实的一种双重的非拟人化反映,这本身已经是一种自为存在者了。第二次的、真正的审美模仿不可能扬弃这种自为存在(每一种其他的审美构成扬弃了它的直接的自为存在,比如它的"模型",将其转化为一种新的、纯审美的自为存在)。它完成的仅仅是这样一种变换,即在这一自为存在的现实中突出了那种特性,使之作为审美的为我们的存在能够在空间体验中发挥作用;而那些不是起促进作用却起阻碍作用的特性被遮盖或消失。但是因为通过这种形式变换原来的现实作为现实并未受触动地保留了下来,而这种新的为我们的存在却转化成一种审美的自为存在,在其中它的主要的自为存在,在黑格尔的这种作用的三重意义上,经过扬弃地保存了下来。这是一种现实——唯一的在整个人的生活环境之中——它的表现方式是放在有意识地引导所激发的体验。它也是存在的一个现实的空间,其整个表现方式不论在其关联上还是在其细节上都是为了这种激发引导而产生。它是一个现实的空间,这一空间在每一个方面都是为满足人的需要、为人的内在体验的要求而设置的。所以,我们可以把它称为人的自身空间,而且它本身就具有一种审美的自为存在。

# 第十四章 审美模仿的边界问题

如果我们从目前所阐述的观点对建筑中的双重模仿，上述两种普遍性向一种统一的特殊性的转化作进一步考察，那么我们就会发现建筑的一种独特特性，这我们在前面曾经遇到过。我们指的是它对某些否定的东西的表达是无能为力的。那种由悲剧直到喜剧、讽刺文学和漫画所达到的各种感受和世界观态度的无限尺度，超出了建筑所能激发的范围，通过它创造一个世界的性质在审美上限定了范围。但是，这种激发内涵的局限不能从一种私人的或轻蔑的意义上来理解。如果一种艺术或艺术门类在它的"世界"中不能容纳某种生活现象，那么这总是涉及人与现实的某种关系，即人的内在性展开的某种方向，他的个体人格与人类及其发展的某种关系——具体地以阶级、民族等为中介——只有通过这样一种主题或结构的放弃才能实现。人性的东西——在其通常被描述的复杂而分化开来的中介性上——决不是柏拉图意义上的僵化固定的、封闭统一的、"永恒的"理念，各种客观化或行为方式对它的"分有"具有对它完全加以扬弃的倾向。毋宁说它是单个人、各阶级、各民族的全部行为、思想和情感的一种生动的、不断加以发展的、丰富化和深化的动态综合，它是人类在历史现实中所形成的。艺术作为这种发展过程的自我意识必然能够广泛地也不会单一地（uno actu）把握这种整体性。它分化成各种严格区别的艺术正是旨在这样地把握各种本质要素，在其内涵的整体性中将这一整体的各种重要元素作为自我意识的内容保存下来。所以单个人致力于自身全面发展的努力——他的人性自我提高的最高阶段——同样不是达到一种完成的存在，即其中处于广泛完善性的所有可能的规定都能同时绽放。这始终是一种努力，是一种趋向外延和内涵无限性的接近尝试，这种无限性——其本身——包含在这种全面性之中，更恰当地说，这是一种客观的发展，努力与任务之间的这种关系的实现具有必不可少的必然性，它既表现出道路的多样性又使可能实现的目标总具有只是接近的特性。

如果说这种否定，即肯定的与否定的事物之间的每一种否认的缺失、每一种斗争的缺失属于建筑的本质，那么马上就会出现这样的问题：这种在艺术范围内独特的、直接的和绝对的私人性其人性价值何在？为了回答这个问题，我们必须历史地由此出发，这就是我们在建筑发生学中所说的：建筑作为现实性艺术只能在较大国度特别是在较大城市的历史时期产生。也就是说——在这里历史的契机转化为艺术的机缘——只有当这一点成为可能的和必然的，建筑物的结构和特性所规定目的设定获得了一种群体的特性。这当然只是建筑独特本质的出发点。因为即使在更原始的阶段艺术实践所直接确定的目的也是一种巫术的即群体的。但是这种还没有明确意识的艺术实践的群体规定性却往往到处都是直接针对人的（舞蹈、歌唱等），因此即使在最初阶段也都是将单独的人性的东西扬弃在群体性之内。后来在原始共产主义解体之后，随着阶级社会的形成，当在人与社会之间的具体矛盾（不论它是以个人与阶级或民

## 第十四章 审美模仿的边界问题

族之间冲突的形式,还是以阶级与整个社会之间以及各个阶级之间冲突的形式)相应于它的重要性而成为审美模仿的对象时,社会普遍的东西在所有这些艺术中才能在审美方面发挥作用。唯一的例外表现在抽象纹样的形成上。但这正如我们所知道的,一方面它是一种"非具世性"艺术,另一方面它的繁荣是与未充分展开的社会状态相关联。

现在就不难阐明我们所说的建筑的特殊性了。它是一种创造出一个世界的艺术,它并不直接关涉到人,特别不是关涉到个别人,它是为人——当然只是以他作为社会群体成员的性质——创造出一个适当的、以视觉激发的适应性为取向的真实的空间环境。在建筑作品所塑造的世界中,人本身完全不可能作为模仿的客体出现。正是为人创造出一个适当的真实空间环境这一点,排除了对人的这种艺术塑造:作为真实的人,他要进入这个"世界",而不是对它的模仿,人在这个世界中的真实存在才是他与这个世界的恰当行为。其中首先表现出与空间不可分割的范畴如时间、运动和物质相联系的空间基本规定。黑格尔正确地指出:"人们无法指出空间,空间自为地存在着;它始终是充盈着的空间,与它的充盈无法区分;它是一种无法感知的感性,一种感觉上的非感性。"[①] 这里明确地给出了我们以前所提出结论的哲学基础。其一,转化为实践的双重模仿的作用,它以这种方式创造了一个自为存在的空间。建筑对黑格尔

---

① 黑格尔:《Encyklopädie(逻辑全书)》第2卷,第47页(§254,附录)。

### 审美特性

的抽象普遍的空间规定所做的修正，即在建筑中是具体划出边界的而非"充盈的"空间构成了其决定性原理，但这并不触及建筑的决定性的东西。这对于——特别是外部建筑——空间充盈与空间分割在本质上几乎是不可分离的，影响更小。建筑空间的审美构成中的双重模仿——像在每一种艺术中一样，尽管在这里是以一种完全独特的方式进行的——是构建一个自为存在，它正是通过在其中将自在变为一种为我们的存在，它的审美特性表现为在拟人化构建的现实中对特殊性的把握。

其二在建筑的同质媒介的巨大物质性中这一点极为重要。即黑格尔所谓特别强调的感性与非感性的辩证—矛盾的统一。假如建筑只是一种实体的物质造型，只是一种其内在规律性的反映，那么就只能产生一种非拟人化反映及其实际应用。每次建筑若只导致一种"此在的自为存在"，一种具体—物质的存在，它的本质就只局限于它与其他空间实际的隔离。只有通过审美构成才能将空间的非感性要素提升为各种同质媒介新的综合化的感性，使它——超越单纯的此在——成为建筑空间的审美的自为存在。（正如在绘画或雕塑中进行的类似的提升，在这里不可能加以介绍，只要指出这种纯粹模仿的扬弃在质上肯定达到不同的性质就够了）。在建筑空间中它承担了"此在的自为存在"的所有结构特性，"只是"在其中这种结构作为视觉激发而被有意识地强调。这就是说，物质材料作为其自身——具有其全部提升到可视性的规律性——成为这一空间的基本要素。

## 第十四章 审美模仿的边界问题

这一关联导致对那种整体性的全部要素的呈现，这种整体性正如黑格尔正确指出的，是由空间、时间、运动和物质材料所组成。建筑空间的特殊性正是在其中它本身和物质材料成为统一体的延伸要素。物质材料正如黑格尔所说，是"空间与时间的关系，构成静态的同一性"。①

由此在这种综合的统一体中运动消失了，实际上属于建筑的本质的东西正是这里所强调的静态同一性。我们已经指出，在建筑所塑造的各种自然力的抗争中，形成视觉体验性的不是充满变化的动力学，而是平衡的——当然充满张力的——静力学。这是在反映的第一——即非拟人化——阶段的一种技术必然性，任何一个建筑的实用的牢固性不可能建立在不完善的静力学基础上。但是由于艺术对这种非拟人化的普遍性、这种对普遍自然规律的反映通过再一次的反映具体化为一种视觉激发的特殊性，在这种纯粹的物质性和坚固的静力学中形成一种多方面相互牵制的活动性，如果这种活动性充满本质上社会——人的内涵，那么它就由这种视觉空间创造出一个"世界"，即人的世界。这种世界在塑造的空间的视觉具体性中已经形成。我们在前面谈到时间的客观性时曾经讨论过，同样援引了黑格尔有关在过去与未来的真实存在中特殊性的论述（见第一节音乐）让我们用他关于空间的时间维度的真实性的说明对上述论点加以补充，黑格尔说："但是时间的过去和未

---

① 黑格尔：《逻辑全书》第 2 卷，第 67 页（§261，附录）。

> 审美特性

来,作为在自然界中的存在者,是空间……"① 因此把握了自然规律的静力学这样来实现一个真正建筑空间的视觉激发,它表现为持久甚至永恒的承载者,其中将一种无限的过去存在与一种同样性质的未来存在自发地包含在这样一个空间的体验之中。

建筑的这种必然的、审美—规范作用在人对它的适当的主体行为中得到进一步提升。我们在前面(见第九章)已经强调指出,在建筑中与绘画和雕塑相反,其中准时间也是一种客观的审美范畴,准时间只能是主观的。为此它却获得一种极特殊的强调。人在建筑的内部空间中的运动、他相对外部空间的运动(接近等)不仅是感受态度不可或缺的审美前提——一个建筑作品就其构成的整体性而言原则上不能只从一个点上来观照——而且与此不可分割地获得了通过人对这种现实复合体一种占有把握的意义。由许多复杂的客观规定所形成的建筑构图,其中正如我们已经看到的,已经客观地包含了人对自然力的支配,正是在这种占有中获得了它的实际意图的实现,这种占有是通过人在这一空间中的运动、到这一空间中去或围绕这一空间的活动完成的。人与这一建筑空间相关联的活动无论对于这一空间还是对于人都成就了这一空间的整体特性。就在上述一般的复合体中的运动而言,黑格尔指出:"运动是个过

---

① 黑格尔:《逻辑全书》第 2 卷,第 57 页 (§259)。

## 第十四章 审美模仿的边界问题

程,使时间转变为空间,反之亦然……"① 由此这种运动完成了那种目的设定,这种设定客观上构成了整个建筑的基础,它限定了在自然力的抗争中静力学的具体的、一次性的向特殊性转化的性质,这种主体行为获得了一种提升了的内在激情,可以变为那一"世界"的适当的,甚至是扩大和深化了的感官,建筑空间作为被感受的为我们的存在将这一世界置入生活之中。当然到目前为止所说的主体行为是社会—历史地与时间相关联的,也就是说,它以直接不变性而存在只有如此之长,即当建筑物的前审美的目的在人们的共同生活中还具有活生生的效力之时。但是正是在这时像其他艺术一样,作品呈现出它的原初的往往是没有意识到的增长着的审美特性。那种创造出原初的建筑物并形成与它的主体关系的观念的消退并没有使审美空间和对它的体验性消失。甚至空间本身表现出的原始激发意图如此强劲、如此剧烈,以致在它的形成和它同时代效应中最重要的感受内容能保持着它的纯粹的审美体验,当然也具有多方面的变化。这种内涵的消退或保持生机与其他艺术的历史效应中的相似过程没有原则上的区别。这里也决定了在人类自我意识的发展中的接受程度,决定了有关现实或过去由此每次能变得生动和唤起生活的内容性("Tua res agitur"这是与你利害相关的事)。

由这一切可以看出,这里所激发的感受在性质上以区

---

① 黑格尔:《逻辑全书》第 2 卷,第 67 页(§261)。

◯ 审美特性

别于其他诸艺术的方式具有了一种直接指向普遍性的、群体的特性。否定的消失、由建筑的"世界"公开出现的矛盾的消失，是我们最后考察的那种悄然无声但隐含在内的到处都呈现出的内容。在人的社会意义上征服了自然力的主体只能是一个普遍性的存在。对自然力的一般规律性的、尚不是技术取向的支配表现了在支配自然界中社会的力量，而不是个别人的力量。建筑所依据的目的设定以无可抵消的方式具有一种直接的群体性。正如我们在本节前面所看到的，这也适用于为私人目的服务的建筑物。不考虑第一次反映的一般问题，它只能是群体的，在私人房屋的美学中只是越过个体的阶级规定性而考虑他单纯个人的独特性。当然群体性在其任一历史表现中都是阶级斗争的一种结果，马克思所说一个时代的主导观念就是统治阶级的观念，这对于建筑格外适用。但是在其他艺术中——其中每一种都是不同的——对这一斗争的各种反映模仿地表现了它的内在的和外在的对立、它的兴衰、它的悲剧和喜剧本身，而建筑所表达的——以某种简化了的模式——总只是它的每一结果，而不是它的社会的展开。我们强调我们关于简化的这种保留意见，因为每一种结果所发挥的作用往往是空洞的、抽象的和非具世性的，在它本身无法看到它的发生学的迹象。但是由此并不排除与其他各种艺术在质上的对立，甚至也不会削弱。因为建筑不像其他各种艺术表达的是每一社会内部的各种斗争，它表达的不是人在支配自然中的奋斗过程，而是社会与自然之间的物质交换过程，而

## 第十四章 审美模仿的边界问题

首先是自然界服从于一个具体的人类共同体的需要。也就是说其中既体现出每一个所达到的阶段，又体现出在这一过程中实际上所实现的人的目的。

　　这意味着所有否定的东西以一种双重的方式被置于非存在，完全处于这一范围之外。首先，建筑的、创造空间的结构视觉化了的静力学表达了在那个阶段在支配自然力方面对于取得的一种终极的、被永恒化了的胜利之自豪。在这里已经克服了的东西不露痕迹地消失了，没有什么能表明进一步前进的方向。在创作阶段的具体性中当然内在地——但只是客观地，只就其本身——过去和未来，造型本身仍然是目前所取得的东西的一种终极固定。如果我们考虑到，每一件艺术作品正是以其最深刻的艺术效果将其自身地位在人类发展过程中永恒化，那么不言而喻，建筑只是直接地、不经中介地与其自身的终极客体相关联，既不显示所克服的不协调也不显示未来前景。这在其他艺术中则是更复杂地、经过中介地、承载着更多矛盾地表达出来。因此这是对真实事态的一种禁忌，在这里可以看到一种放弃、一种缺失。对每一种否定性的这种否定奠定了建筑的单一化特性，即它只能对一个时期的一般社会存在直接作出展示，它在生活中通过单个人的行为、思想的多方面中介使其所完成的社会规定作为一种直接的感性直观的激发来起作用。每一种艺术，即使经过多重中介，仍然会充盈的那种社会激情在这里是以完全纯粹的形式出现，否定性的不在场增长为一种纯粹和成熟的肯定性。同样在建

> 审美特性

筑中随着一个社会阶段内部对立的形成，它也进一步被预定。即使在这里其结果也不是对它的社会前提的一种抽象否决，不是一种简单的抽空。建筑的解决方案一方面包含了那种普遍的规定，它能由每个社会——在其建设及其此在的所有矛盾性和对立性中——达到一种现实的统一。另一方面在怎样进行每一种综合中表现了某种构成基础的社会问题的反光。即使在这里建筑的解决方案也始终表现为一种直接的认同的形式。但是，由巴洛克的过分夸张和热情的形式中读出这一时代的阶级斗争的危机状态这一点并不难。它只能是间接发生的，建筑塑造的问题性在审美上尽管是表现为静止的，甚至充满张力的平衡，但并不会改变这一事态。

建筑构成物的情感激发的丰富性、具世性是建立在排除每一种否定性和每一种斗争的在场为基础的，这种由私人所表现出的肯定性在建筑中随这一事态而增长，即在其艺术造型中主要是将普遍性转化为特殊性，而个别性如同否定一样由这一范围中排除掉了。这两种范畴关系配合在一起。因为在上述每一种否定性的缺失中，在代替围绕社会所进行的斗争本身的社会过程结果的中心意义中，已经包含了一种追求普遍性而排除所有个别性的意图。在审美的特殊性中所扬弃的个别在其他诸艺术中很大程度上（当然不仅）还起作用，使这一斗争明显化。如果我们现在把如此形成的内涵与我们以前的论述相比较，按照那里所说在建筑中的审美模仿不是直接指向客观现实的，而是两个

## 第十四章 审美模仿的边界问题

它们的普遍的、非拟人化的反映经过转化的反映。那么显而易见,建筑中的范畴结构并非——像在其他诸艺术中——是基于普遍性与个别性之间的张力,基于在特殊性中承载着各种矛盾的综合。其主要倾向正好相反:突出人的生活的各种普遍力量——社会对自然力的支配、为了群体目标所从事的群体活动,用双重模仿将各个人置于与表现为空间现实的这些力量的审美映象处于一种直接可体验的激发关系之中。

在这一过程中特殊性这一独特审美范畴起着这种作用,它使那种普遍力量与人、与每一单个的人直接发生关系。也就是说,在这种关系中正是它的普遍的群体特性通过激发而成为可体验的。因为在这种普遍性的建筑—审美内涵中,它与个别性的充满张力的关系被扬弃直至消失状态,所以审美模仿也不把个别性作为审美范畴来表现。在以前的论述中我们特别注意到,个别性不能与细节相混淆(见第十二章)。当然,在每个建筑中都有大量细节,但是它们的存在对于审美说来只是凭借于在整体构造中它们的功能,而在其他诸艺术中细节也是为矛盾的表达、在个别性与普遍性之间艺术上丰富多彩的张力、在特殊性中它们的扬弃服务的。在建筑与所有其他艺术之间的这种范畴区别不仅决定了关键的结构原理,而且直接关系各种细节。只有这种真正的内涵丰富的统一、这种同质媒介的包罗万象的丰富性才能在真正的审美建筑作品中创造出一种具世性的结构。只有这种结构才能引发建筑空间的特有的陶冶作用。将单独的个别人在其氛围中突然地、拉动地提高到那一高

> 审美特性

度，以令人感动的方式体验到那种支配着人的社会共同生活和共同作用的普遍社会性的力量。但不是作为与人相敌对或相威胁的力量，而是作为他自身的力量，当然这种力量以他纯然的个体性是无法占有的，而是由于他将其每一种具体的群体内涵提升到了具体的普遍统一性。尽管这种陶冶在内容和形式上与其他各种艺术如此不同：在这里在感动及其审美阐释中起作用的却是这同一组结构范畴。

如果我们把建筑的审美空间创造与其他的即雕塑和绘画的创造方式相比较，那么建筑空间的这种独特性就可以更加清楚地看出。这种对比所以是富有教益的，因为这些艺术长期以来就与建筑处于密切合作的关系（虽然它们的形成是独立于建筑的），因此它们之间的交汇和离散不仅有助于阐明所有这些艺术的本质，而且也是它们的历史—现实相互关系的一个重要组成部分。这个问题在雕塑那里比较简单。每一个雕塑作品的空间都是真实的，正如李格尔错误地就建筑的特定相位所说，是立体的。这就是说，每一个——从范畴上看来——是空间中的一个对象，不是一个自身空间的构成原理。就雕塑决定了一个空间的性质而言，这空间限定在雕塑的直接环境上。因此对雕塑而言不存在固有趋向，产生与建筑的空间造型相竞争。建筑的空间创造因此在原则上始终能够使立体的雕塑对象作为由它形成的空间整体性的有机组成部分吸收进来，将雕塑有机地纳入这种整体性之中。完全就一般而论，这涉及的只是，雕塑通过每一建筑构成被置于隔绝的、其自身独立的状况

## 第十四章 审美模仿的边界问题

之下,在其中其独特的对象性可以充分无余地发展,但是在这里雕塑与这一建筑所创造的环境关系却只是构成整个建筑空间构成的单纯要素。在不同的建筑风格中,这种并列和主从的安排性质上是不同的,然而是否雕塑作品被安置在壁龛内,是否像哥特式那样将雕塑排成一个柱列:其基本原理是相同的。甚至这种个别的解决方案如米开朗琪罗的美第奇小教堂也归之于这一原理:为每一个立体雕塑造型提供一个专门的空间,然后使它们成为建筑和整个空间节奏的单纯要素。

在建筑与绘画之间这种相应的关系要远为复杂得多。因为绘画在每一作品个性中形成了一个——模仿的——独特质的空间,它无可避免地趋向于其自身的动力学,这与实际的建筑空间的动力学不同。当然每一个绘画作品都是二维和三维因素的一种充满矛盾的有机统一体(参见第六章)。但是,绘画与建筑的一种审美和谐只能在二维性的基础上形成,因为只有在这种情况下使图画布满或装饰一面墙壁,其本质只是通过在建筑整体空间中这一作用而被确定。如果在对现实的绘画反映中二维性占主导地位,就形成建筑空间造型与绘画装饰的这种无法效仿的协调,像腊文纳的拜占庭马赛克装饰那样。然而如果——在乔托[①]那里——绘画是在自身意义上取得繁荣,那么这两种艺术的

---

[①] Giotto di Bondone (1267—1337),意大利文艺复兴初期画家。他突破了拜占廷美术的定型化束缚,第一个探索用新方法作画,创作具有生活气息。——译者注

道路就必然要相互分开。由乔托引领的绘画革命是一种划时代的事件,大多数历史学家只是就这方面做了深入探讨,而对于我们所关注的原理难题很少或只是顺便作了说明。当时乔托绘制了湿壁画,它客观上是由这一任务提出的,即对他的湿壁画所覆盖的那一具体墙壁进行装饰,同时保持它在建筑整体性中的功能,甚至是支撑这一功能。然而这里对于乔托呈现出一种深刻的、无法解决的矛盾性。因为乔托的每一个单独的画面都是以绘画手段描绘出一个独特的生活场景,因此必须在每一情况下都要连贯地创造出适合于这幅画的、独特的、无可比拟的——模仿性——空间。由此破坏了墙壁的建筑统一性,因为每幅湿壁画都要对应于一个自身的——模仿性的——空间。墙壁成了湿壁画的单纯诱因,成为分散的图像的展示场所,而只要感受者处于乔托绘画的魔力圈中,墙壁的建筑功能就完全被忘却了。只有当人们忽略了湿壁画时,墙壁才能被感知到。在乔托的伟大后继者那里,如马萨乔、曼特尼亚、弗朗切斯卡等人[1]那里,情况都是如此。

当然也总有对立倾向的各种例证。如在新圣玛利亚西班牙小教堂的湿壁画,以及在戈左里[2]那里等。这些是深受

---

[1] 马萨乔,原名 Tommaso di Giovanni (1401—1428),绰号 Masaccio,意大利文艺复兴时期佛罗伦萨画家。曼坦那(Andrea Mantena, 1431—1506),意大利同期巴杜亚派画家。弗兰西斯加(Piero della Francesca, 约 1416—1492),意大利同期翁勃利亚画派画家。——译者注

[2] Benozzo Gozzoli (1420—1497),意大利画家。——译者注

## 第十四章  审美模仿的边界问题

乔托和他的伟大后继者们的影响的,空间创造作为人的塑造的前提从属于实际绘画价值的方面。在这里绘画与建筑空间之间的矛盾是显而易见的。把这种矛盾看作是不可逾越的东西当然也是教条主义,因为正是在文艺复兴鼎盛时期,就出现了极富意义的解决尝试的例证。在不少先驱者中,拉斐尔就开辟了这样一条道路(首先是在梵蒂冈宫廷的房间中)。他远离开绘画的三维性以及放弃用绘画对世俗生活中最重要的、悲剧性的和田园诗般的等等制高点的可视化。他致力于如此安排三维模仿空间的塑造,使其服从于绘画对建筑不产生跳跃效果。正如在每一位伟大的艺术家那里一样,这种倾向的基础存在于图像的人性内涵之中:拉斐尔致力于在最高水平上表现出最大的世界观意义。在他所描绘的人生力量的对立的相互关系中戏剧冲突并没有完全消失,但是描绘的重点是放在它们的——最终的——相互作用上,放在它们——最终的——和谐上,而不是放在各种矛盾的对立的尖锐冲突上。因此模仿空间同样是依据如此理解的人的关系为基础并完成的、正像他在以前的伟大画家那里所完成的为使可见生活的戏剧化的这种功能。他的三维性仍然保持着,然而这首先是作为表现一种——最终——和谐生活内涵的富有价值的舞台:也就是说,被塑造的空间本身的模仿性展开紧紧保持在一种装饰的二维性的范围内。在所有质的区别性上,它使《圣礼的争辩》与《巴那斯山》及《解放佩特里》分离开来,各种基本构图特性的那种共同性渗透在所有那些绘画中。在一面墙上

> 审美特性

与整个组画的分割、对每一面墙的独特形式的精确适应（在上述后两幅画中的窗子）表明，这里涉及一种统一的、有意识的尝试，从装饰性表现的观点来克服这种矛盾。

在西斯廷礼拜堂天花板上①，米开朗琪罗则采取了完全不同的路线。他从绘画自身的模仿空间出发，这一空间服务于每一幅作为造型基础的绘画，它必然与建筑的实际视觉空间相抵触。他以这样一种方式将绘画的内在倾向导致它们的最外在的结果，即将各幅图画的自身空间的塑造综合为它们所有共同模仿空间的动态统一。因此使整个天花板成为一个统一的模仿空间构图，这种构图完全消解了实际天花板的各种建筑功能，使礼拜堂实际空间在天花板的模仿创造中向上达到登峰造极。由此在建筑空间与模仿绘画空间的这种特殊矛盾获得了一种完全单一取向的解决。但是这种做法在多方面原因中却只是一种一次性的、与米开朗琪罗的个性相关联的，尽管著名艺术家如柯勒乔②也有类似的处理。这种解决办法首先是以米开朗琪罗的深层世界观为根据的。绘画的模仿空间性本身绝没有要求那种囊括世界的普遍性，这种普遍性是米开朗琪罗赋予这一天花板空间的。就其主题和表现方法而言，它的依据远远超出个性和暂时性，而是提升到一种艺术的特殊性。但如果这

---

① 此处指米开朗琪罗在梵蒂冈西斯廷礼拜堂天花板所做壁画创世纪故事，完成于1508—1512年。——译者注
② Correggio（1494—1534），本名 Antonio Allegri，意大利画家。——译者注

## 第十四章 审美模仿的边界问题

样创造出的空间不仅在自身和为自身而存在，而且——由一般性原理说来——排挤建筑空间，那么它也必须通过它所实现的主题和艺术上的成就能够在激情上与这种普遍性相竞争。只要在这种绘画中漫不经心的倾向剧增，那么甚至在技术上成功时也会在我们面前产生旧有的不和谐。在这里出现两个对米开朗琪罗特别有利的因素。第一点他的绘画的雕塑化倾向，他的人物接近于雕塑的立体性。如果这一特点对于一个通常模仿—绘画空间与其说是促进不如说是阻碍，那么它在这里恰好成为他的独特模仿性综合的载体。第二点，西斯廷礼拜堂在建筑上的简单性，甚至原始性，特别是它的天花板，可以被米开朗琪罗的激情风暴一扫而光，而在穹顶处往往也有类似的尝试，要表现出一个更恰当、能实现真正自身生活的因而有抵抗能力的空间。

在这里对这个问题即使只是说明性的阐释也并不是我们的意图。对这些矛盾的分析及其解决只是为了更具体地说明，在与其他各种创造空间的艺术的相互关系中建筑实际空间所具有的独立审美力量的这一特性。因为只有这样才能明确地看出，所有艺术的审美统一性和建筑在其规定的整个丰富性中的独特性质。我们现在应该从另一个重要观点，即从每一种艺术原初的历史性来考察这种统一性，这一点也适用于建筑。通过前面所谈到的两种普遍性的转化形成了建筑上的审美特殊性，正是在如此体验到的空间的具世性中它的社会性起着突出的作用。但是这同时意味

› 审美特性

着建筑作为艺术的鲜明的历史性,这种历史性作为艺术发展的开端或作为单纯自然关系反映来理解就必然会消失。这一点是尼柯莱·哈特曼美学的贡献,它对这一可以说令人厌烦的建筑艺术的历史本质格外重视。即使他提出的这一特性并非全是由建筑的本质自身得出的,他仍认为建筑作品是"在一个外观的时代并以其进入一种外观的生活",这大体上是正确的。

也确实如此,当在建筑中看到人的"最密切的共同体生活"的"某种程度上的外衣",这就是为什么说具有历史性的民族和时代"能够表现在他们的建筑作品之中",也就是说表现出"他们的目标、意愿和观念"。[①] 所有这些在主导路线上是正确的,遗憾的只是,哈特曼与他同时代的人相比更接近于客观唯心主义,然而却受到主观唯心主义的普遍错误的影响,把美学本身的范畴问题与艺术的历史作用在思想上截然分开了。所以在这种情况下他看不到——像在每一种艺术中一样——同样在建筑中正是最深刻和最关键的形式问题,也就是说正是在审美方面,作为具体的空间造型问题与它的历史基础是不可分割的。经常谈到的具体的、社会的——尚在前审美的——目标设定,使得这一点不言而喻,因为这种具体的社会的东西怎么可能没有鲜明的历史特性呢?

但是现在涉及更多的方面,它取决于这种社会的本质

---

① 哈特曼:《美学》,第126页。

## 第十四章 审美模仿的边界问题

不仅与建筑的存在不可分割地联系着，而且它本身就立足于其最深厚的审美层次中并从其中生长起来。为了令人信服地说明这一情况，只要考虑一下经常被描述的巴洛克建筑的形成就够了。文艺复兴鼎盛时期偏爱对中央穹顶建筑的纪念碑式的设计。甚至当米开朗琪罗深深地为时代的社会的、政治的、宗教的世界观的危机所触动，已经远远走出了文艺复兴的和谐，他也没有背离这种构图甚至认为，在彼得教堂的建筑中应该回复到布拉曼特①的典型文艺复兴设计。② 当然他的空间观念的规划是与布拉曼特完全对立的。在悲剧式的不安、追求纪念碑性的热情努力中隐藏了一种巨大的、暴发式的激情，由此陷入深深的内心不安和问题性，这样首次按照维纽拉③对内部空间的概括设计了耶稣会教堂。对长型建筑与穹顶的全新式的综合发挥了突出的绘画效果，德沃夏克对此作了令人信服的描述。他把这个建筑与看来相像的古老基督教巴西利卡相比较："区别在于，教堂侧厅被收缩，转化为一系列相互连接并与中厅通过拱门位置分开的一些小教堂。它若不与穹顶空间相联系，那么中厅就可以像一个独立的大厅起作用。在那里巨大的双壁柱托起一个沉重的柱顶盘，在其上则是雕有窗孔的同

---

① Donato Bramante（1444—1514），意大利著名建筑家，成为复兴罗马建筑的主要代表。——译者注
② 马克斯·德沃夏克：《文艺复兴时代意大利艺术史》第 2 卷，慕尼黑 1928 年版，第 103 页。
③ 维尼诺拉（Giacomo Barozzi de Vighola, 1507—1573）意大利建筑学家，著有《建筑五柱式规范》。——译者注

样沉重的桶形穹顶。中厅宽阔但较短。建筑的精神的和艺术的中心是穹顶空间。它与其他建筑没有分开,而是通过它的影响作用于整个内部空间。教堂的拜访者从进入教堂开始随着每一步都会加强对穹顶的体验,这种主导性影响进入豪华的大厅空间以及它所限定的硕大的建筑形式之中。艺术期盼通过建筑来征服大众的一切,如同跟随着一种超自然力那样向着穹顶空间运动,在那里重量似乎失去了它的力量,视界与精神一起进入到更高的宗教天国。"① 在这些情况下很容易看出——每一种富有意义的建筑空间都是要回归到它的社会情感内涵——对自然力从科学—技术上的征服在其直观化的模仿中为建筑的空间创造提供了一般的体验基础,然而它仅仅是一种手段,以便实现促成一种激发转化为社会职能。建筑的历史性正是以其最深刻和最关键的形式问题为基础的。这种基本形式—内容关系的普遍性、这种纯粹肯定的特性并不是这种历史性的阻碍因素,相反地赋予这种历史性以一种更加突出的特征。正是这种共同的东西,它将人们尽管充满矛盾甚至对立却社会地联结和统一起来,在这里以其审美的特殊性而获得了一种不可磨灭的历史面貌。

由这一切可以看出建筑作为艺术对于社会—历史变迁的格外敏感性。应该强调指出的是,作为艺术,因为与其

---

① 马克斯·德沃夏克:《Geschichte der italienischen Kunst im Zeitalter der Renaissance(文艺复兴时代意大利艺术史)》,第 115 页。

## 第十四章　审美模仿的边界问题

他各种艺术的不同，每一个社会在其一定的发展阶段上应该具有一种建筑本质。一个社会若没有绘画或悲剧不仅是可以设想的，而且是多次实际存在的，然而没有建筑作品却是不可能的。这种在社会需求上的大量强制性却并未强化社会职能的那种决定建筑艺术特性的好与坏的特性。相反的，它使得这种效应比在其他各种艺术中更加不稳定。这正与建筑作为艺术无保留地被认同的直接社会特性相关。在社会限定的个体的思想世界和情感世界与由其综合而成的社会职能之间关系的疏远必然增大了这种关系的不确定性和持久性，必然使建筑与其他门类艺术相比更加抽象和不承担义务。在这里——因为社会职能是在直接趋向于个别人及其命运的模仿，因为它只是通过其各种同质媒介所构成的中介在社会中以其整体性出现，因为在其中形式—内容问题的解决是直接作为每一创造个性的成就而完成的——所以不断显现出曲折的道路，它对于解决一般社会问题具有高度价值。人们可以设想由湿壁画的主导地位到木版画的主导地位之间顺利的过渡，在它的背后反映出一个开始市民化和私有化的过程，或者反映出令人震惊的随着舞台与戏剧关系的松散化带来的更深刻的问题，但是它却不能阻止19世纪和20世纪一系列重要戏剧家和戏剧的出现。这样一种对各种时代问题的个体性回答只能间接地取得它的普遍适应性，这对于建筑是不相关联的。社会职能如何在其中起作用的方式、在它与它的实施之间的直接关系为这种感受性创造了审美的基础。这里所涉及的基本结构问题已经表现在这一点，在建筑中比在各种其他艺术中，即使外在的职能与实施之间的联系也要远为坚实而明确。

对这个问题的详细阐述在这里无法深入，因为就其本质而论它属于美学的历史唯物主义部分。甚至就各种艺术相对其社会环境的变迁而产生的这种更大或更小的感受的原理也只能在那里适当加以讨论。在这里虽然只就基本问题做了概括的说明，由我们反复明确表述的观点中已经能看出，美学的辩证唯物主义问题与历史唯物主义问题虽然要求用不同的方法来处理，事实上却是相互不可分割地联系着的。这一方面说明，对艺术特别是每一门艺术的辩证唯物主义探讨，脱离了对那种与其审美的形式结构不可分割地联系着的独特的历史性说明就是不完整的；各种历史唯物主义的研究忽视了这种联系，试图对艺术直接地而不是把这种分析作为社会现象来把握、没有对其独特的审美特性作不间断的考察，那么就必然成为一种庸俗社会学。正是这样一个历史唯物主义艺术学的关键问题，既包括各门艺术的发生学和内在展开也包括其间接的和经过中介的社会效应的不均衡发展的问题，离开了辩证唯物主义与历史唯物主义的密切合作，都会陷入一种抽象的庸俗化。辩证唯物主义与历史唯物主义的这种合作相反地可以有助于摧毁模式化的类比（设想前文中提到的音乐与建筑的类比。辩证唯物主义指出，这两种现存的双重模仿性质是完全不同的。历史唯物主义研究则指出，同一个社会历史发展对

## 第十四章 审美模仿的边界问题

于这两种艺术的作用是多么不同:在最后一个世纪在音乐中出现了一种新的繁荣,而在建筑中则出现了问题和衰落)。

在关键性的形式问题上建筑创造的这种社会—历史的感受性影响多么深刻,如果我们回顾一下最后举出的对巴洛克空间造型的例证,那就会明显地看出。我们在那里谈到了一种独特内部空间的形成。对此李格尔将其称为"深度对于高度和宽度的胜利"。但是这种内部建筑原理的彻底改观也不能不影响到外部建筑的原理。李格尔就此也给出了一种极明确的解释,他就刚才提到的耶稣会教堂指出:"相对于内部而言,外部是被完全忽视了,唯一的例外就是立面和穹顶,它们在近处看反正都消失了。但在立面上却投注了艺术家的全部造型能力。"[①] 由此在建筑风格中出现一种全新的同时极具问题性的、使新建筑的问题不断强化的范畴,即立面。李格尔对其本质及其在建筑中的作用做了说明性的描述:"立面是同时显现在我们面前的一堵墙,其后是一个向深度延展的空间……立面使人想起那些不能同时看到或还很少触及的东西。立面是从整座房子出发的一个'绘画性'的视觉要素。"[②] 在这里原理上最重要的是,在内部空间与外部空间之间的有机统一的关联随着立面的产生及其所引发的思想而被破坏了。当然在整个破坏建筑

---

① 李格尔:《Die Entstehung der Barockkunst in Röm(罗马巴洛克艺术的形成)》,维也纳1923年版,第101、105页。

② 李格尔:《罗马巴洛克艺术的形成》,第56页。

◯ **审美特性**

统一的倾向成熟之前,其中从一开始就内在地存在着这一新的观念,必然经历了一个漫长的过程。耶稣会教堂德·拉·波尔塔①设计的立面与维纽拉的内部空间在情调上还是完全和谐的。但是在巴洛克时代,在其中已经开始为这种立面与内部空间在原理上的分裂——在建筑的整体意图中必然带有布景性和绘画倾向的独立化——开拓了道路,以致在 19 世纪成为一种彻底摧毁性原理。也就是说任何随意的——本身完全不是建筑艺术所设计的——内部空间都能配上任意的立面。因此现代大城市的廉价出租房可以各按其款式要求外在地配上哥特式、文艺复兴式或巴洛克式布景。由发达资本主义社会历史所限定的对建筑的具体统一的社会职能的瓦解,它解体为抽象性、空洞的主观性和时尚的随意性,这几乎造成建筑作为艺术的完全破坏。显然,这里涉及一种妥协,一种对立倾向的折中主义统一意图。在经济成熟的资本主义社会,这种折中主义是社会职能发展的一个必然阶段。我们在第二章中谈到的生产力的发展引起的质的转变构成了这一基础。劳动工具快速地与劳动者的人类学特性相分离,不断科学化、非拟人化并完全指向客观任务的事实,即人不再在他的工具中致力于在客观目标与他的最高能力之间达到平衡,而是必须服从于机器为人所限定的条件,这是在人类发展中一种巨大的、变化

---

① Giacomo della Porta (1533—1602),意大利建筑家,他曾接替维纽拉完成耶稣会教堂的建设并设计了立面,还接替米开朗琪罗完成圣彼得大教堂的穹顶和花园立面。——译者注

## 第十四章 审美模仿的边界问题

了的"进步"。但同时机器生产摧毁了在前资本主义文化统治时在人、劳动与劳动产品之间的有机联系。与这一过程相同步带有客观社会—历史必然性地出现了在个体与阶级之间的一种不可排除的、偶然的规定。马克思着力强调了与早期时代的这种差别:"在等级中(尤其是在部落中)这种现象还是隐蔽的:例如,贵族总是贵族,平民总是平民,不管他们其他的生活条件如何;这是一种与他们的个性不可分割的品质。有个性的个人与阶级的个人的差别,个人生活条件的偶然性,只是随着那个自身是资产阶级产物的阶级的出现才出现的。只有个人相互之间的竞争和斗争才产生和发展了这种偶然性。因此,个人在资产阶级的统治下被设想得要比先前更自由些,因为他们的生活条件对他们说来是偶然的;然而事实上,他们当然更不自由,因为他们更加受到物的力量的统治。"① 在这里对于我们现在的目的重要的是,由此正是建筑中社会职能的这种一般的同时又是具体—特殊的特性要比在其他艺术中在质上遭到更大的瓦解。

以前提到的折中的妥协解决办法,它对建筑的灾难性后果今天在最广大范围内已经不再被怀疑,除上述倾向外它来源于资本主义经济发展直接的结果,即资产阶级为夺取权力和保持权力而在 19 世纪形成的独特的政治社会发展

---

① 马克思:《德意志意识形态》,见《马克思恩格斯选集》第 1 卷,北京:人民出版社 1972 年版,第 84 页。

条件。对此加以详细说明不可能是我们在这里的任务。我们只简要指出资产阶级与以前统治阶级的政治妥协，由此它试图阻止社会的一种彻底的民主化，但首先是防止社会主义无产阶级的推进。为了实现这一目标，它必须既在意识形态上接续封建专制主义遗产的一部分，又在其自身的意识形态中培养一种反世俗的"绅士气派"，以便成为社会"安定"的守护者。马克思对拿破仑三世身上的这种倾向做了毁灭性的尖锐的嘲讽，或许只要指出资本主义经济进步与以前社会装饰性残余的浪漫主义—装腔作势的结合在德国威廉四世尤其是威廉二世身上的表现就够了。但是即使这种折中主义妥协的"更优雅"的形式如奥匈帝国弗朗茨·约瑟夫时期和英国维多利亚时代就其本质而言也表现出极其相似的特征。这一时期建筑的这种深刻的非艺术化的"历史性"在这一社会土壤中的表现带有必然性。它的折中的矛盾性、它的具体性所扮演的空洞的抽象性非常准确地表现了那种情感复合体，这个时代的统治阶级正是以这种情感肯定了它们自身的此在。在建筑艺术处于这种困境的时期，同时在绘画中出现了法国印象派的繁荣，在文学中出现了狄更斯、萨克雷、戈特弗里德·凯勒和易卜生等著名作家，在音乐中出现了如瓦格纳、李斯特、勃拉姆斯和威尔第等，清楚地表明在建筑中社会职能的特殊敏感性这一论题的真实性。

如果从原理性观点来考察后来的在建筑中对这种折中主义激烈的反对运动，那么人们也获得一种极其类似的图

## 第十四章 审美模仿的边界问题

像。自从大约19世纪中叶建筑的每一种批评都可能有一定道理，但它们没有触及核心问题，即由于在资本主义人的此在而导致社会职能的衰败。这所以已经是不可能的，因为从一个"纯粹"资本主义的立足点就已经开始抛弃历史化的折中主义，它在前资本主义的过去不必去寻找任何意识形态的支持。当然在新建筑的各种流派中不同的动机直接起了一种关键的作用。但是关键仍然是，在社会职能的解体中其基本任务，即利用建筑的结构潜能向视觉性转化以便为人们创造一个空间，在这里——连同其他原因——同样被拒绝或回避，像在被蔑视的、商业化炫耀的学院派中那样。在对各种传统的彻底消除的背后，在对一种"纯粹"建筑的呼吁背后，是一种"赶时髦"的精神，如同在折中的时代，只是与时代的变迁相适应具有不同的内容和不同的形式。也不会出现别的情况，因为如我们所指出的认同的原则正属于建筑的本质。由于这个时期的建筑被迫认同于就其本质而言是非人性的资本主义，非人性的原则成为它的空间观念的基础，更恰当地说，是服务于在建筑上消除审美的建筑空间的基础，通过一种纯粹非拟人化的空间来取而代之。

在艺术中反对人性原则的斗争是这一时期的一种普遍倾向。加塞特是第一批概括了不同指向的各种倾向的学者之一，他指出："艺术中新的感觉能力在我看来为一种对人性的厌恶所支配……对于新的艺术家艺术愉悦来自超越人性的凯旋。所以有必要使胜利显而易见，并在每一种情况下展示出被绞杀的牺牲品。"① 由上述原因在建筑中的这种倾向所起的作用是极其明确的。它的内在本质不允许像在其他各种艺术中那样提出问题性抗议，除非它对晚期资本主义的直接依附性同样更大。这种倾向通过在建筑中模仿的非拟人化基础而提高。在讨论这种认识方式时我们已经指出了这个时期的哲学错误倾向（参见第二章），在科学中的非拟人化思想及其不断扩大被解释为某种反人性的东西。在建筑中从事物的本质说来相近似——只要人性原则由社会职能中消失——在其第一次反映中保持着，第二次模仿或者被拒绝或者与第一次相同一。过去时期的折中的、被夸大的、虚伪的奢华为一种自觉的非拟人化的和（作为艺术）非人性的"简单性"和"科学性"即技术主义所取代，由此资本主义生活的兴味索然和空虚获得了一种客观化、一种信念，这种信念只有在提高了的抽象的量的极端性中才能找到它的激情。（新的科学成果、新材料等，由于它们使视觉化结构原理的消亡轻而易举，促进了这一过程，这是显而易见的，但是它不是这一发展的决定性动机。）

我们只由这多种动机中举出一种，即几何主义。希德梅尔理所当然地注意到，这一理论早在法国大革命时代就以其基本原则而出现了，即建筑应通过几何学再生。它的捍卫者已经设计了球形建筑，其中几何学对于每种结构学和它的视觉表现夺得了完全的胜利。希德梅尔正确地将其

---

① 加塞特：《Die Aufgabe unserer Zeit（我们时代的任务）》，第135、129页。

## 第十四章 审美模仿的边界问题

与柯布西耶的名言"在自由之中人偏爱纯粹几何学"相提并论。① 即使极其表面的看来,各种组成要素特性的对称的类似性等当然是相近的。谢林已经应用了这种类似,他把建筑与音乐相类比(但却把与此相矛盾的、同样表面化的和有机物的类比结合在了一起)②,而叔本华由于对建筑本质的远为正确的认识只是从重力、固体性和内聚力等之中看到了它的"主题",因此坚决拒绝任何几何主义。③ 现代建筑技术完全迎合了纯粹"几何化"的主导性,因为新近应用的建筑材料可以构建任意的外部形式,所以它完全服从于建筑主人的主观性。当然这种主观性同样是由社会所限定的。但是这并不妨碍它会影响到对建筑取向的社会职能的解体和抽象化。任何建筑的社会具体的实用效果失去它的感性特性,也就是说,它要——这关系到纯粹的实用性——以全部舒适性来实现,而不考虑外部空间和内部空间的视觉直观性。所以一座公共浴室看起来可能像一个办公室、一个工厂或者像一个教堂,反之亦然,尽管如此却从几何学观点提供了一个完整的解决方案。这表明,这里所涉及的19世纪后半叶折中建筑本质的一种补偿形式影响

---

① 汉斯·希德梅尔:《Die Revolution in der modernen Kunst(现代艺术中的革命)》,汉堡1955年版,第19页及66页,参见柯布西耶关于机器和几何学的名言。汉斯·希德梅尔:《Die Revolution in der modernen Kunst(现代艺术中的革命)》,汉堡1955年版,第60页。
② 谢林:《艺术哲学》,见《谢林全集》第1编·第5卷,第574、581页。
③ 叔本华:《作为意志和表象的世界》,见《叔本华全集》第2卷,莱比锡1979年版,第531页。

多么深远。结构原理和表现外观的情调内涵的完全对立并不排除这种深刻的类似性:具体的社会职能被淡化成相对于无关紧要的抽象性的一种对象性。社会职能的衰退,更恰当地说它的完全抽象化,例如为了提高城市基本租金而要求建高层建筑,造成对所有"过时了"的即为了人去创造一个具体的自身空间的要求的"免除"。只要建筑形式的确定不是完全随心所欲的过分,这当然只是在例外情况下才发生,那么这种几何化的主导性便是不言而喻的。①

帝国主义时期的拜物化的意识形态当然是支持这种倾向的。在所有时代的意识形态的表现中,这种效应都是可以理解的,因此也会在所有艺术中察觉到。在这里不可能对这个问题作进一步研究,只能简要地指出,在其他艺术中总会发生与这一时代人的拜物化状态在屈从、适应和自我满足之间以及或多或少有意识地抗争之间的不停顿的斗争。只要指出这样的重要人物如托马斯·曼或贝拉·巴尔托克就可以说明这种抗争性了。在各种造型艺术中这种抵抗运动要比在文学或音乐中微弱,其原因在于这些艺术的本质,在于其特有反映方式的对象,在于由此形成的主客体关系,为避免造成过度分散的论题,这里不可能加以探讨。反对拜物化的审美的斗争,正如我们在第九章中所指

---

① 在这里让我们回顾第四章中勃克哈德对巴埃斯土姆神殿的分析,这个神殿当然不是按几何化设计的,但甚至它的建筑的对称性也通过精细的偏离而人性化了。这种倾向在每一座真正的建筑中都可以显示出来。现代几何主义基本上排除了这种倾向。所以在原理上它是反人性的。——作者注

## 第十四章 审美模仿的边界问题

出的只存在于在物化的、虚假客观僵化的构成物中揭示出并艺术地塑造那种人的关系，这种关系才是这些构成中的真实和客观的基础。建筑作为艺术，它的更直接和更强烈的社会特性使得这种内在的对立成为不可能的。因为例如在诗中这是可能的。把这种拜物化的具体解决过程作为当然的社会表面的社会必然假象塑造性地揭示出来，无须使对拜物化的批判进入到拜物化世界的形象之中。相反的与拜物化在建筑上的决裂只能如此实现，即用实际的新的空间来取代被消解的消失了的人们自身空间。这在目前的社会—历史条件下是不可能的。今天所形成的状况的必然后果是，建筑思维只受到第一级——科学的、非拟人化的——对现实的反映活动及其技术的、光学应用的限制，而通过与其直接同一化的视觉空间造型则被取消。以社会（它的统治阶级）的名义要求建立一种具体的、视觉—人的、与自我意识为意向的需要相适应的空间的一种社会目标设定，由于帝国主义时代资本主义的结构和发展趋势而成为不可能。因此一切指向艺术效应的努力都只满足于次要问题的解决（建筑物的色彩、立面构成中非人性的缓和化等），只限于带来至少某种愉悦。即使新的社会主义社会到目前也还不可能对建筑提出一种具体的社会的空间职能，并使它走出这种已经世俗化了的困境，其主要原因在我们看来似乎是由于社会主义发展的不成熟，所以它还不能提出新的社会职能的具体方案。当然也不该隐瞒——到目前还没有实际克服——斯大林时期意识形态的扭曲起了一种不容忽

审美特性

视的作用。

## 三 手工艺

至此对建筑的分析已经提出了一系列问题，这些问题为正确地美学探讨一般称为手工艺的那些组合体打下了基础。这里所得出的主要观点首先是，对普遍性与个体性之间的区别作为规定这些对象生产的那种世界观和情感要素的基础，这在一定程度上形成它们产生的社会职能，因此它们在人们生活中的效应和作用成为决定性的。那些关键性的美学问题凝聚在这一中心问题上，即在私人生活的土壤上这些倾向是否能够获得一种普遍性的强调并达到什么程度，或者是否它们必定毫无抵抗地陷入个体性的控制之下。这个问题，就其涉及建筑本身而言，已经在私人建筑中遇到。在这里清楚地表明，在个人与其所属的阶级（等级地位等）之间的每一社会—历史所规定的具体关系对其解决方式具有决定性的影响。也就是说，这些关系对个体存在的影响在其各种生活表现中越强且越多，在已经援引过的马克思所说的意义上，与其社会地位的关联就越少；那么一般审美倾向产生的效果就越明晰、越无矛盾，个体性的游移不定对其发展的阻碍就可能越小。但是在这个问题以及下面所有问题中，个体与社会组合关联的具体特性（正是上述偶然性）被注意到。因为尽管这种偶然性占主导

## 第十四章 审美模仿的边界问题

地位,人们也绝不能把社会作为立足私人自身的来思考。恰恰相反,在这种情况下它或许被迫地并无条件地服从于社会力量。这时在个体的人与社会潮流之间形成一种纯粹抽象的关系,其本来个体的人完全被压抑,因此没有使他的个体性扬弃在一般社会中和社会代表之中。这毋宁说会产生一种抽象的一致性与崇拜极端个体性的混合体。我们设想今日社会中时尚的统治,它往往与对"爱好"的培育具有最密切的关系。高度发达的资本主义既在向市场投放的商品中又在为此而培育的接受力中创造了一种活跃而高涨的抽象的个体性,它在我们现在所关注的领域中,从性质上改变了社会职能的实质。

这里无意去降低这种根本性改变的意义,但却要明了,在其中总是加剧了——当然或多或少是潜在的——在社会普遍性与人的个体性之间存在的辩证的矛盾,这是由特殊的、在性质上另类的存在所驱动。全部建筑学的历史表明,由人的生活方面对建筑所提出的要求,正是从其具体的普遍性中取得其审美的丰富性。由私人生活的单纯个体性所形成的各种职能,由其立场出发尚可表达出如此合理的希望,它们汇聚成一个与人相适应的外部或内部空间的审美要求,总是具有一种偶然的性质。针对中世纪的私人建筑,李格尔写道:"中世纪的建筑大师并不缺乏对于对称这一建筑学基本规律审美意义的认识。他们在能够应用对称的地方,苦于没有对此的实际需要,他们也应用了对称。但是在实际目的性的权衡中对于对称存在异议的地方,人们便对它作为不太重要的原则不加思考地予以放弃。"① 由建筑的处理中我们知道,对称在与人相适应的自身空间的情感激发中起着多么重要的角色,以怎样的自发性将其贯彻到各种不同的风格中,因为通过对称在视觉上所表现出的秩序具有突出的意义,它显示了人(社会)对各种自然力的支配。所有间接地与作为个体的人相关的规定——我们可以设想左与右的问题——被简单地搁置一旁。艺术史的任务在于追寻各种不同的道路,其中在文艺复兴或巴洛克时期这一原则得到了贯彻,但是显而易见,在罗马教堂或哥特式教堂的结构中从一开始它所起的作用就与私人建筑不相类同。这里存在一种原则区别,是否其社会职能以直接的社会方式触及空间创造,或者是否它经过某种单独个人的个体意识经历一条迂回道路,在这里审美要求的胜利必然取决于这种要求在其个人直接性中到什么程度是社会决定的。在资本主义社会,这种带有个体性的偶然因素必然转变为一种特殊的社会的质。

  显然,这些倾向在室内空间造型及对私人生活适应上所起的作用要比在外部空间更加明晰。李格尔对此在上述援引的思路后接着给出了一幅清晰的图像:"在中世纪房屋的内部配置中,人们是借助于房屋立面来处理。大床放在最舒适的角落,炉子放在最便于取暖的地方,壁橱放在最

---

① 李格尔:《Möbel und Innendekoration des Empire(帝国的家具与室内装饰)》,见《李格尔文集》,奥格斯堡/维也纳1929年版,第12页。

## 第十四章 审美模仿的边界问题

容易取东西的地方。这些家具的每一件都构成所谓自为的建筑单体物。根本不考虑它们相邻或相互对应的关系,没有任何审美的基本规律来支配整体。"[1] 在当时,这都是一样的,不论我们对作为建筑单体物的家具的描述被认为是恰当的还是不恰当的。可以肯定的是——与许多同时代人的偏见正好相反——在私人生活中对空间统一性的要求,对内部空间中空间情感激发造型的要求,与直接和完全公用的那些空间相比,出现的晚得多、受到更多的阻碍。这种差别是基于这些需要的方式,即相关空间(以及安置和装饰这一空间的各种物品)要满足为自身而创造它们的人们的需要,并且与如何通过人来实现它的使用不可分割地联系着。在处理建筑内部空间时我们已经指出,在用于公共目的建筑中,它的使用与这一空间中的生活、与通过它产生的相应的印象必然地且有机地联系着。私人生活所不可或缺的、必然要实现特定目的的内部空间,很少涉及要唤起某种体验。这样一种内部空间,正如李格尔指出的,它的功能在于全部地实现私人的生活,而根本不考虑整体空间的视觉可体验性。在这种空间中生活的人,不论他工作、睡眠、吃饭等都是一样,他对空间及其内部摆放的物品是纯实用性地使用,在日常生活的意义上,正如我们在那个时代所看到的,它构成了在目标设定与其实现工具之

---

[1] 李格尔:《Möbel und Innendekoration des Empire 帝国的家具与室内装饰)》,第12页。

◯ 审美特性

间的一种直接关系。

　　在用于公共目的的空间中，这种关系原则上是不同的。走进教堂的人是为了参加礼拜仪式，去问讯处或者法庭的人，也是去那里完成其实际规定的职能，同样直接涉及日常生活意义上的实用，如上述私人生活事例的情况一样。这一点依随于所述的建筑作为一种现实的生产者的本质，这是完全可能的，整个活动都是用于实现纯粹实用的要求。然而也有这种可能，它超出了这一范围，不是简单的情感过剩，它与实用毫不相干。例如，我们在罗马耶稣教堂可能会感觉到，特定空间体验的内涵是有意识地指向提高那种情感，这与人在教堂空间的出现、他对礼拜仪式的参与有关而不取决于这个特定空间的情感。这种例子可以随意举出很多。对于我们说来，这里重要的是公共空间与私人空间的造型在人的使用中的对立：对于公共空间说来，所有一般性情感是集中在人的活动和出现在这个空间之中；而对于私人空间说来，空间则还原到直接的实用性上。当然这里涉及的是对两极的一种抽象化的理解。因为一方面在一种任意的、审美上的完全中性的空间——如法庭或会议室——通过公共活动本身也可以唤起一定情感；另方面在审美地对私人空间的实用中——或者如我们将要看到的——拟似审美地——也可以唤起情感。在原理上重要的是，在前一种情况下那些情感表现出与建筑空间的必然联系，而在后一种情况下那种联系只是偶然存在的。

　　区分的原则正是对这一空间及其中放置的物品的使用。

## 第十四章 审美模仿的边界问题

在公共性的情况下，使用可以导致审美效应的具体实现，它成为在引导激发情感而创造的空间与参与者的主观接受能力之间的具体联结环节。在各种空间中的存在，其原有的规定随着历史变迁完全或至少对许多人说来消失了，然而这种视觉空间体验却仍能被有力地唤起。这种可能性表明，在这类空间中一般的审美统一性，在唤起原来体验的功能消失以后，在原创上任意的社会—历史地彻底变化了的情况下，同样还在起作用。完全用于私人目的而创造和应用的那些空间的使用正是对那种审美或拟似审美的要素的否定，这种否定人们可以在对空间本身及其中放置的，甚至是装饰性物品一眼就能确定。人们使用他们的寝室为了睡觉，这里对于使用关键性的是有良好的空气、安静、床铺的适应性等特性；而不是床的结构上可见的装饰的方式以及空间的情感激发功能。同样，人们打开橱柜，拉开五斗橱的抽屉都是为了实用的目的。比较极端的例子是吃饭的餐具。在历史上有许多情况下，碗碟等餐具本身被装饰上美丽而价值很高的图画。在吃饭时用它们诸如浇上调味品的汁，从字面意义上说，就是依据其目的来使用而扬弃了它们的审美特性。甚至最美的古代花瓶图案，如果是一个奴隶顶在头上用于汲水的容器，作为唤起审美情感的物品也不能发挥其艺术价值。这些物品必须由其使用中抽离出来，移置在一个博物馆的独特环境中，才能展示出它所存在的审美本质。在这里我们不能与绘画或雕塑做形式的类比。在审美意义上它们的存在完全是作为视觉体验的

## 审美特性

激发中心，对它们的"使用"从本质上说就是发挥它们的这一功能，而不考虑绘画是通过色斑制成的不实用的一块亚麻布块。床或橱柜、盘碟或花瓶——与建筑物本身一样——是现实的组成部分。如果要正确地把握它们的基本区别，那么首先要肯定建筑与手工艺品这些对象的一般的现实特性。但是这种共同性并不止于肯定其抽象一般的现实性。我们在讨论建筑时是从两种不同的但又相互密切联系的非拟人化反映方式出发的，它的拟人化的模仿才能导致建筑空间的审美构成。两种反映方式，既有对相关物体进行技术加工所完成的，也有导致社会限定的及第一次组合具体确定的目的设定，在这里我们都会遇到。然而这里却有重大的改变，对它的分析就是我们现在的课题。

第一项关键的区别是，这里涉及的主要不是空间的创造，而是各种物品的制作，它——按规则说来——不是要完成为它所规定的空间，而是放置在一定程度上只是容纳它的空间。在这里社会职能的普遍性格外被淡化了，它的重点移到了独特性的取向上。（对于这个问题，首先是涉及空间的内涵，我们以后还要深入探讨。）但是这一事实，即它涉及日常使用的单个物品，为这里起作用的非拟人化反映提出了一些新的重要的规定。这里首先排除了将其提高到纯粹科学途径的必然性，正如我们所看到的，在建筑的发展中它起着一种关键性的作用。作为历史增长的主线，那种普遍化、那种趋向非拟人化的倾向已经足够了，这通常用于表征手工艺。人们甚至可以说，这里就是手工制作

## 第十四章 审美模仿的边界问题

最执拗地维持着与艺术的平和的邻里关系。当然工业化的新阶段在这里广泛地引入了制造企业，随着对现实科学认识的提升形成了与高效益相适应的技术。现在无须对由此引发的变化做深入考察，只要说明，由此并没有排除与建筑的原则性对立。因为建筑所依据的那种对现实的反映涉及人与他的自然环境的关系这一根本问题，通过对自然本质及其效应的认识，自然力将服从人的目的，这种力在自在层面、在自然界里、在为我们层面、在人的生活中是决定性的。由于对力的平衡的可用性的发现，人类历史打开了新的一页。因此对于各种自然力之间的这种对抗及其构成静力学的平衡的反映、视觉激发的艺术模仿成为一种高级艺术的基础。所以技术目的的确立使第一次综合具体化，并具体关涉到人类社会，它必然具有一种最深刻的一般特性，由此对于审美"模仿"仅仅留下这一任务，将这两种普遍性通过反映它们的活动转化为一种人的、拟人化的特殊性。在手工艺中这两种普遍性的激情消退了。当然这里也涉及——正如在每一种由人所从事的劳动中那样——对那些对象、材料、工具等的特性的认识，在相关情况下要依靠这些认识来工作。在日常生活中，有关它们的知识、有关它们的可用性依据人们通常的经验就足够了。因为其对象在客观上不引发激情，对它们的反映也会没有激情。

这里当然也涉及通过人的思维所取得的对自然力的胜利。但是这种胜利并不是决定命运的，它只是众多胜利中的一种，是人类日复一日地在熟悉的斗争中所获得的。因

## 审美特性

此它排除了那种情感上的侧重，只具有与建筑相比不同质的特性：对于这些成就的愉悦、自豪等没有提高到一般社会性的激情程度，而是停留在通常日常生活的组成部分。这就造成这里由形式和内容引发的激动固守在特有的单一个性的范围，这种个性当然同时也是某一阶层、某一阶级、某一民族的成员的属性。也就是说，这种一般特性表现为无限多样的个体性的内在相似物。作为一种共同的原理，它内在于每一种单独的表现方式中，这是由社会历史地规定的。但是每一个这类物品，不论在实用—技术上还是情感上都是指向那一特定的个人的，在他的日常生活中它以这种双重的方式直接发挥作用。

这种个别性在这里不像在建筑中那样扬弃在普遍性之中，而是作为原来的、由具体的对象性所确定的范畴移到中心。这种范畴的对立在客观上和主观上呈现在这样两个领域：在建筑构成中必须扬弃每一种个别性直至消除掉相对自身生活的东西，与这种作品相对应的主体首先且主要地是以一个共同体的成员来发挥作用的，当然绝不是要消除他所激发的情感的个体特性，其中仅仅——在相关个性的主观可能性之内——带来一种倾向，在其个体性的取向上向社会普遍性运动。即使在纯粹建筑作品的审美体验中——只是提炼了并淡化了——这种倾向也可以清晰地感觉到。与此相反，手工艺产品所带有的普遍性，依据各个客体的对象性的不同，具有一种抽象的特性。也就是说，一方面传统、习俗、时尚等对于任何一般特性说来成为决

## 第十四章 审美模仿的边界问题

定性的，它只是由各种处于同一社会影响下产生的作品的比较中才能获得。① 稍有素养的观察者往往一眼就能看出这种共同性，他甚至往往能一眼就确定，给定的样品在其同类物品中占据什么地位，这一事实并不能改变这种结构。由于对单个样品的比较才获得其一般性，所以不像在建筑中那样，它构成具体对象性的无条件的直接感知的要素。这是这两组之间形成的一种质的结构区别。

在这里缺少对建筑具有决定性的那种对一般性的激情，它表现在两个方面：作为重大自然力冲突的平衡以及作为把一个社会看作一个整体的目标设定。所以有关客观现实的知识及其技术应用，可以不受干扰地停留在日常思维的阶段；在机器时代过渡到对科学方法的应用，对于事实的这一方面没有重大改变。所以这种产品的目的、其具体的组织原则始终是通过单个人以其个体性对它的使用。显而易见，两者——正如在建筑中情况正好相反——是与在具体对象的创造中不可分割地结合在一起的。例如在家具——以手工艺的中心对象为例——在其建构原则中对于结构的视觉化不是实际的重点，而是一方面视觉展示出它实用的（特定的）目的，另一方面则是展示其材料的视觉价值、其构成比例的爽心悦目或者其表面处理的装饰效果，这就完全可以看出这种对立。我们可以设想在建筑中的大门或房

---

① 当然这种一致并不排除手工艺传统与时尚之间的深刻区别。但是这种区分的探讨与现在的问题相去甚远。——作者注

◯ **审美特性**

门,它们必须无条件地服从整体结构,而在一个橱柜那里它的结构可能完全隐藏在由可见表面构成的柜门之后,这一点也不会干扰它的视觉效果。众所周知,在建筑中纹样只具有一种次要的意义,但是只要就实质问题略加深入就可看出,不论其材料的物质性还是其构成部分的比例性都只是为了达到,在其与人类社会的关系中经常描述的伟大的自然关联的明晰化。与此相反,在手工艺中上述要素则处于前台。它们——除了纹样之外——是视觉情感激发要素的主要载体,它们是与日常生活的个别目标的目的性或多或少地有机结合在一起的。尽管存在所有这些提高到对象性上的区别,但仍不应忘记其主要的共同点:在这两种情况下(建筑与手工艺)都涉及现实生活,涉及实体存在的对象,即使完全不考虑它们的审美(或拟似审美)的功能,也能充分实现其按目标生产所确定的作用。一个橱柜或桌子按其形式即使不能赏心悦目,但是作为橱柜或桌子同样可供使用;正如一座建筑物的可居住性或对于办公目的的可用性,是与其美学意义上的空间创造能力无关的。

显而易见,由此我们进入了一个激发情感的物品的独特领域,它在许多方面都与审美密切相关,正是由于缺乏最关键的特殊规定而被区分开来。我们的探讨涉及一个美学的原理问题,这是如此重要,以致不可能在一个有关的细节问题中得到处理。我指的是那一问题复合体,在经典美学中称为快感问题,它通常涉及一方面是与有用性的关系,另方面是与"美"的关系(我们最好用"审美"这一

## 第十四章 审美模仿的边界问题

术语）。由于这个问题的重要性，它不仅关系到审美本身的具体分界线和规定，而且关系到审美在人类生活的整体性中的作用的精确区分，我们将把这一问题复合体单列一节，放在本章最后。单独处理这一问题更加合理，因为这一现象虽然在手工艺中具有最确切的对象性，然而这一问题复合体的整体性更为普遍——当然在不同艺术中有不同方式——它包含了艺术的整个领域。要事先提到并为接续我们以后的讨论，这里只需说明，审美的临界规定的标准是我们经常强调的一个世界的创造。当然我们已经在那一时代初始纹样的非具世性中能够看到一种很有价值的艺术（参见第四章）。当时我们就已经指出，纹样真正起到审美的效应必定是人类进程的相对不发展阶段的标志，纹样在历史进程中不仅失去了那种在其早期成熟阶段具有的中心意义，而且其内在的审美丰富性也持续降低。在人类的艺术需要以及在其审美实现中，一个适应于人的人性的"世界"的创造，他的自身世界进入中心点越强烈，那么纹样就越发丧失原来所产生的情感基础，这种情感基础在纹样繁荣时代曾经赋予它一种似乎无尽的丰富性。重复以前的论述不是我们这里的任务，在此只需指出，初始时期那种审美初见成效的超验的背景如此彻底地消失了，以致当艺术再次企图在超验基础上立足，相应地趋向寓意，这种倾向不再对纯粹纹样有所助益，而是本身趋向创造一个世界的艺术形式的寓意化。我们在这里只需事先说明这一点，创造一个世界作为审美原理的内在规定被确认下来。

## 审美特性

但是在这里可能产生这样一个——就其本身而言是合理的——问题：虽然说手工艺所生产的各种客体可能离创造一个世界还相当遥远，尽管它的整体还形成不了一个"世界"，然而正是其中哪些反映了人的生活的大部分并且绝非无意义的部分？因此这里必须简要地深入讨论一下与建筑内部空间相关联的问题。如果谈到不同的家具共同作用产生整体效果的话，那么这种效果就其实质而言只是个建筑学的问题。一组这些使用物品的整体性和相关性只能表现在，它们彼此相互作用并与它们所处的空间形成一个统一而独特的视觉激发的空间印象。这不可避免地又回到了以前问题的情况。正如我们所看到的，因为建筑的空间单位是非常严格的，人们可以说是专制的，在其自身的建筑中不允许有相对自主的个体性的存在，所有处于建筑空间中的东西无条件地服从于它固有的原则。对于雕塑和绘画由此产生的难题，我们已经讨论过（见建筑一节）。设施用品在这里绝不能构成例外。它的整体性只能依据这一要求——在审美意义上——实际地成为一体的。内部空间的这样一种从属性、这样一种统一的造型，只能十分缓慢地发展。在用于公共活动的空间中执行与此相应的设施，当然要比在个人使用的空间中早。对于后者李格尔曾经指出，只有在帝国风格中这种统一的组织化特点才得到彻底的贯彻。那么有趣的是追踪一下，按照什么原则实现了这种统一。在这里李格尔首先强调了"严格的对称性"。它的实现是以对墙壁的突出强调为前提的，墙壁与天花板在建筑学

## 第十四章 审美模仿的边界问题

上"制造"、"界定"了空间。在这里详细援引李格尔有关论述的细节不是我们的任务。我们只强调以下一点:"因此在帝国宫殿的风格一致的内部空间中,文艺复兴和巴洛克式巨大的衣柜消失了。"① 当然这种实际需要必须进一步得到满足,于是设置了衣帽间,它迷惑了观众的眼睛。如此在整个内部设施上视觉地扬弃了对实际可用性的关系,整体由日常生活中取得了它的直接的预期的效果。如果我们还要特别关注到李格尔对墙壁造型中心意义的描述,而不深入其细节,由建筑美学所预期私人空间本身可以得出其有代表性的特性。在这种空间中固有的、直接的生活,顺从于为别人的一种存在的反映。(虽然生活的实际需要可能并未消失,但是它却尽可能被隐藏使之不可见。)

然而这种代表性原则意味着什么呢?无疑它在不同时期对于不同阶级是各不相同的。但是在这种整体的意义和风格的变迁中保存了一种共同的要素,即人的一定程度的普遍化,人把他所生活的空间作为可见的现实、作为从属于他的、作为他的本质的表现来塑造(或让人塑造)。无论这一倾向是否总是完全被人意识到,它往往被提高到充分的意识性,它把人提高到他的阶级的代表,他的生活空间审美地具有了代表性。在个体的个体性与这种代表性之间的联结越内在,对建筑的社会职能、对内在空间的造型和

---

① 李格尔:《帝国的家具和室内装饰》,见《李格尔文集》,奥格斯堡/维也纳1929年版,第13及15页。

◯ 审美特性

设置就越发纯粹,它就变得越清晰和明白无误,它就越统一而连贯地导致一种审美的解决。这里必然出现我们以前作为空间使用所规定的那个范畴:如此塑造和装置的空间首先成为这一代表性行为的舞台,在这一舞台上居住者的个体性被提高到一定的普遍性。我们设想法国国王的卢浮宫,它的卧室转变成一个国务活动的空间,或者接待室、会议厅、工作室,它们同时作为接待室使用。当然这种考察在李格尔那里也是不加申明地作为前提,相关的室内空间已经在建筑学上按照这一目的来建造了。

在发达的资本主义时代情况也毫无例外地如此。私人住宅按照商业和技术的基本原则在提升了的尺度上建成:内部空间的大小、形式和划分等都是按照直接的实用的目的性的观点来安排的,这些当然根据阶级状况、时尚等作了很大更改,但是无论如何对于各个内部空间的特殊的视觉空间特性却很少考虑。其内部空间通常是图示化和千篇一律的,人们设想那些出租房。自从原始思维时代起私人住房建筑就完全排除了审美的趋向,现在一般也是这样。极大程度的阶级分化很少能改变这一主要模式。但由此对于内部空间及其设施具体的秩序原则就失效了。这不再有助于对原来以审美规定的内部空间建筑特性的强调,而在最佳情况下好歹能适应以审美为中性的、抽象、特有的有用性为依据的空间。这并不是说,这样设置的内部空间现在自此完全一样了,时尚支配作用的不断强化造成一种趋于平均化的倾向,在这里时尚的变化必然比服装方面缓慢

1572

## 第十四章 审美模仿的边界问题

得多。这就意味着在所有提到的趋向一致化的社会力量中，私人室内空间造型的审美原则消亡了，却并没有趋向完全类同，仍在不断增强的分化的努力还在起作用，只是它所具有的审美基本特性不断减弱。

尽管我们——还很粗略地——在讨论这个问题时提前涉及本应在这一章最后一节要探讨的那种一般性问题，我们对它仍要略加深入，以便给手工艺提供一个多少完善些的图像。在具有如此特性的内部空间中，对各种物品的选择和空间安置只能从特定的观点出发：每个人以此将个体的私人生活安排得实用、合乎目的、舒适、方便，如对他说来是最可能做到的。这种目标设定的成功与否，首先有着各种实际的原因。在这种情况下，对此的决断既是纯技术—客观的也是纯个人和主观的。如果一个人在某一给定的环境中感觉舒适，那么别人对此是没有争论余地的，他的独特的主观的感受在这里无疑具有最终发言权。略微超出这一范围说来，日常生活经验表明，这样的一种成功或失败可能取得一种感性—精神的、可感知的对象性，尽管在这里谈不上审美标准的一种直接应用。我们说一个房间或住宅是有人居住的或无人居住的、富有特征的等，这种判断是以这一事实为依据的，即一个居住空间及其设施的使用，是连贯地由一种个性的此在风格所统一规定，它就表现出以他为基础的生活情感，尽管这是一种外在的表现方式。如果这样一种基础不存在，那么住宅就好像成了一座良好或不良趣味的"博物馆"，或许本身很卓越的家具物

> 审美特性

件，在这种情况下成为自为的与空间甚至整体无关的东西。因此它显示出这一领域的一种二律背反：或者成为一个自为存在，扬弃了它自身的目的以及在人们生活中的职能；或者图示化成一种关联，由此削弱了甚至消除了它的视觉价值。如果相反地形成上述意义中的生动的统一体，那么其中这些物品的审美（或拟似审美）价值便要多少打折扣。它们就成为一个整体的非独立的成员，它们的基本状况就构成了一定个性的必要的个别生活条件和生活习惯。

歌德——以极高的意识性——所居住过的那些房子表明，这与审美要求的关联多么少。他影射辉煌的大厦和豪宅对艾克曼说："对我来说这却很讨厌。在辉煌的宅邸里，像我在卡尔斯巴德的那所一样，我马上就会感到慵懒倦怠。相反，在小房子里，像这所我们待的可怜的寓所，有一种零乱的秩序——有点吉普赛风格——对我正合适。它给我的内心以完全的活动自由，使它独自创作。"在另一个地方也有类似的说法，"因为各种奢华都是违反我本性的。你看我的房间里没有沙发。我总坐在我的旧木椅上，直到几星期以前一直没有个靠头的地方。如果我被舒适而优雅的家具所包围，我就才思枯竭了，我就被置于一种惬意而被动的状态……除非我们从很年轻时就已习惯了豪华的房间和雅致的家具，是给那些没有思想也不会有思想的人们的。"[①]

---

[①] 爱克曼：《歌德谈话录》，吴象婴等译，上海：上海社会科学院出版社2001年版，见1829年3月23日及1831年3月25日谈话内容。

## 第十四章 审美模仿的边界问题

在这里这种例证不胜枚举。我们的目的重要的只是在于,洞察这样一个整体的一次性的与特定个人相关的个体性。因为歌德的住所空间对每一个认识和热爱他的人都有如此强烈的影响,正是以他自己明确描述的那种情感内涵清楚地表明,这正是他的个性的独有特征的表现。从他的诗人角色的观点看,他的性格的世界史的意义同时是必然的又是偶然的,他在这样一个环境中最愉快地生活和工作过。在前面的探讨中我们已经指出,在每一个伟大的艺术家的生活业绩中,人的个体性构成了其生产的必要基础,当然从创作过程到完成作品的过程中,这些特征只是以一种扬弃了的形式、只是部分地保留了下来。这关系到每一种艺术的内部结构——建筑除外——即其个体性怎样纳入与普遍的(社会的、人类的)生机勃勃的矛盾性之中并在这种辩证法中提升到艺术的特殊性。原则上只有富于肯定性表现的建筑可以使这种个体性消失,但它不是以这种方式被排除的。这当然也涉及现在所讨论的整体。这样一种缺少个体性的辩证法的整体的出现,必定表现出他所形成的那种个体性,不会超出这一范围。这里剩下刚才所指出的在相反方向的道路:由对作品及其所属诗人个性的认识回到独特的个性。因为对于根本不认识歌德的人在这里也能形成关于一个聪明和勤奋的人居住和依其目的所使用的空间的图像,但是最终必定带来对歌德伟大之处的观念,由此形成固有的效果。这里清楚地表明我们所指出的状况:这里所产生的情感整体、这里所展现的情感内涵是人的个体性所散发的,而不是一个创作过程的审美对象化,即我们在创造一个建筑——审美的内部空间时所遇到的,在那里由于建筑模仿的内在规律性,其社会职能的完成使在其发展中所带有和夹杂的个体性的全部要素都消失了,从而在其纯粹和具体的形式中表现出社会历史的共同性。对这些以及类似的事实提前做了简要的理论分析,其目的是表明,在此涉及对人类生活重要领域的区分,而不是像唯心主义美学那样在这些问题上形成一种等级化的价值评价。

## 四 园林

审美(或拟似审美)现象的第二种重要组合是园林,其中出现了类似的模仿形式。它在生活现象、人类活动及其对象化的系统中的地位,一看便知与建筑表现出重要的亲缘性。园林像每一种建筑一样首先是一种现实,从认识论视角看无论它具有怎样的审美性质都不影响它的存在。正如建筑那样,园林是由纯粹实用的生活需要所形成,在以后的发展中园林的压倒一切的多样性从这一观点说来基本不受影响(如菜园等)。就美学意义而言,情趣在园林的发生学中起了一种并非不重要的作用。这种情趣是由创造、产品的使用的实践和在生产中对自然界所取得的胜利所引发。此外似乎还可以肯定,对有机自然界调节的第一原理——种植以规划的线性来安排、单个苗床以及整个园林

## 第十四章 审美模仿的边界问题

的几何规整的形式——由于更好的可利用性的缘故而形成，然后逐渐地变为一种审美造园的结构原理。双重模仿的辩证法在这里也具有支配地位：就实质而论对植物生长和发育的客观规律的非拟人化反映服务于由社会原因形成的目标设定，然后由审美范畴再生产出来并相应地加以改变。这种非拟人化反映在科学水准上提高到什么程度或者仍停留在日常的、手工艺实践的水准，这些对于美学问题说来比建筑中影响要小得多。纯粹由科学权衡而形成和导向的园林，不在我们研究的范围之内。

重要的是以下事实，审美观点只能在园林的相对较小的部分应用。这里关键的还要指出，在由实用园林引发的那种社会需求的基础上，那些在审美意义上逐渐强化成对园林的社会职能的情感是怎样形成的。为了正确地把握这一点，还应该确定园林与建筑的共同特性：在两者同样存在的现实特性中由此可以得出，它们同样都不能表现负面的东西。只要是一个园林引发的感受，就必定具有一种正面的、肯定的内涵。对于现实来说，亚里士多德关于以每一种纯模仿艺术为依据的论断，其中有些能带来趣味，而在生活中却令人反感的，是不适用的。所引发的情感内涵的肯定或否定，直接且全部无余地就是对事物本身及相关现实的肯定或否定，就如同它本身一样。虽然有切入实质的相似性，但是这两种现实（园林和建筑）的特性仍有本质的区别，其一是有机的，而另一个是无机的。在有机世界中固然对知识的把握和人的目的的设定是关键性的——

> 审美特性

不同植物品种移植到陌生的土地上，完全要重新栽培——人对有机世界的影响更应该是有预见的、明智而灵活的提供生命的保证，而不能彻底并粗野地改变。自然界的形式仍然是可以改良的，各种植物仍能生机勃勃地并依自身的规律性发展出有机的个体性。培根的理想，在园林中通过适当的设施和植物选择的更替来形成永恒的春天，形象地表达了这种可能性。① 与此相反，对于建筑说来成为决定性的人对自然力的那种支配，只有通过造型手段才能达到。每一种由自然界提供的材料要素经过完全改造的加工，并取得在自然界中根本没有类同的形式。因为只有这样本身不可见的自然力才能在其对抗的平衡化的静力学中成为视觉的情感激发者。与这种所谓的材料区别相关，园林本身绝不会获得那种构成建筑审美意义特性的社会普遍化的激情。

在园林中这种原始自然形式的保持，导致在其本质上基本的二律背反，其中——与建筑正好相反——形成了两种相互尖锐对立的社会职能的类型，由此在园林史上出现了极端分化的、相互尖锐矛盾的倾向。对其深入的探讨、揭示其具体社会—历史根源，当然属于美学的历史唯物主义部分。在这里我们也会遇到，如以前在各种完全不同的问题中那样，对一般理论极其重要的事实，如果它不是立足于园林的美学基本原理、立足于它对人的必要和可能的

---

① 培根：《Essays（文集）》，第 188 页（XLⅥ：关于园林）。

## 第十四章　审美模仿的边界问题

效应,那么这样一种历史的分化,事实上就是不可能的。这一历史唯物主义问题是基于对现实审美反映的基本事实,这一问题只能通过辩证唯物主义来解决。我们下面将讨论上述矛盾的这个方面,对于其中的历史难题只在下面做提示性的深入,只在一般的理论阐释绝对必要的地方和层次上作出说明。

这一二律背反本身表明,园林的审美特性与建筑的审美特性是多么不同——尽管它们具有最重要的关联。建筑作品在其现象实质上总是毫无例外地表现为人手的创造性存在。这是西美尔充满精神意义的观点,建筑物只有在它的衰败中,只有当它原来的承载物作为整体消失了,作为废墟它才开始接近一个自然作品的外观。① 与此相反,正像在法国巴洛克园林中,要想使园林的整体特别是其植物部分取得自然生长的特性,那需要极其复杂的操作。因为尽管园林具有这种自然性的不可磨灭的外观,却是人的高度发展的社会—历史活动的产物。这里所探讨的二律背反的核心存在于园林建设本身的审美本质之中,即它是否作为建筑的一部分被感受,其中它的整个设施的指向是,对于它的产品要创造一个与其相称、对其最内在的原理加以强调和补充、与其靠拢的环境,或者将自然要素加以扩展。在这种情况下,当建筑物已经适应于这种一般自然关联,首要的便是创造艺术景观。华兹华斯和柯勒律治认为:"房

---

① 西美尔:《Philosophische(哲学文化)》,莱比锡1911年版,第140页。

> 屋及其园林应该从属于风景，而非风景是房屋的附属品。"①

这里不是讨论由这一二律背反产生的各种问题的地方。在此只想指出，在园林的审美特殊性中个体的地位与建筑中的情况不同，两者的共同的、排除每一否定的纯粹肯定的本质使个体性问题尖锐化。建筑的无机结构易于实现普遍性的无条件的支配作用，由此其中每一个体只是通过它在整体关联中的作用而审美地存在着，并不对充满矛盾的、扬弃了的特殊存在有什么要求。只要涉及有机自然界的对象，其作为个体性的此在就绝不会彻底消失，不像作为整体构成要素的手工艺品，在此所形成的二律背反总是活跃在前台。对此阿玛纳蒂这样来表述建筑园林的原理："砌起来的物体必须作为导引，它要胜过那些栽种的东西。"② 魏尔夫林以下述方式来看待巴洛克园林的植物所形成的状况："个别的建筑物是没有意义的，个体要与其他的形成共同的作用。出现那种长青橡树的巨大组合，繁茂的高高剪裁的月桂树丛环绕着，这就是意大利别墅的主要特色。"③ 从18世纪开始，人们对园林的描述持相反的观点，正是通过这样的印象才获得真正的感动：不论在整体上还是所有细部上，人们面对的不是人工作品而是自然界自由的自我发展。

---

① M. L. 哥泰因：《Geschichte der Gartenbaukunst（园林建筑艺术史）》第2卷，耶拿1914年版，法国文艺复兴至现代，第407页。

② 哥泰因：《Geschichte der Gartenbaukunst（园林建筑艺术史）》第1卷，第264页。

③ 魏尔夫林：《Renaissance und Barock（文艺复兴和巴洛克）》，第168页。

## 第十四章 审美模仿的边界问题

卢梭承认，自然界完成了一切，却是在人们的监视之下。在园林中几乎不存在并非自然所安排的东西。① 这不需要注释，其意图在于，在完成的园林中让人的引导作用消失，每一种植物都必须保持它的此在的那种自主性、自身合理性，这是它在自然界本身应该取得的。由此所产生的个体性的构成问题，我们将在以后讨论。

对于园林艺术的核心的二律背反的简短描述已经表明，与其他任何艺术门类相比，这里遇到的这种对立的倾向都尖锐得多。当然这里的发展也经历充分的过渡，它基本上是沿同一方向的质的提高运动。当社会—历史变迁使社会职能从一极转变到另一极时，所形成的各种创造，它们是相互排斥的、彻底否定的，这与艺术的整个领域都是不同的。这并不是指存在主观的论争，往往是伴随着艺术中方向的改变而产生的。对今日要求的热情贯彻的意愿往往结合着对昨天同样激烈的否定。然而在其他艺术中，通过在经历了一定时间距离之后，这种对立对于后世远不是如此决定性的，像同时代人表现得那样，对于过去采取否定。同样也不是如此，在艺术转向的背后，存在着不同的、在权力斗争中相互敌对的阶级的一种自我消解。从17至18世纪以来专门的市民艺术与它的先行者——宫廷绝对主义的艺术方向明显不同。荷兰风景画、室内画及静物画正是此

---

① 让·雅克·卢梭：《La Nouvelle Heloise（新爱洛伊丝）》，第11封信，第Ⅳ节。

# 审美特性

时创立了新的门类，同样还有这个时代的市民小说。然而所谓英国园林，从发生学上看来，它的产生和繁荣是由于同样的社会和历史需要。它对先前的否定是以一种性质上完全不同的拒绝方式。这里实际存在一种彻底的分裂，从它所经历过的发展的广阔远景来看，在分裂以前有过长期斗争的冲突。这里以历史形式显示了我们在理论上表述为园林艺术本质中的二律背反。

这两种对立的观念的基本原理我们已经作了说明。现在重要的是对这两极的实质做一个简要的概括。当然有关园林艺术很早以前的文献相对较少。这似乎表明，埃及和西亚的园林正是倾向于那种类型，即园林作为一部分、作为建筑的一种从属要素，因为这种观念在文艺复兴，尤其是巴洛克时期得到了完全明确的表述，我们可以局限在援引魏尔夫林所指出的集中而简明的特性。这一论断构成了其出发点："……整个园林处于一种建筑精神的支配下。"这在文艺复兴时期已经出现："文艺复兴繁荣期已经具有全部自然的主题，地势的提高、树木种类、水体都风格化了，划分成园林的不同类型的部分，每一个单体的空间性都从筑造学的角度来理解。"巴洛克时期所带来的进步首先在于，"构成的统一性"以一种在质上连贯的方式贯彻下来，"巴洛克不是去适应地势，而是使地势服从于自己。它不计代价地寻求设施的统一性：一个贯穿一切的主要母题，占支配地位的舞台前景，所以单体按其地位协调成一个整体，并考虑在整体中发挥它的作用，主导居住建筑的轴线也被

## 第十四章 审美模仿的边界问题

确定为园林的轴线,亭子或俱乐部不是随意分布的或处于角落中,而是处于中线上或在其左右,到处都体现出对称。"① 这绝不是偶然的,这种风格取向的顶端成就产生在山丘上的别墅。因为在这里提出的任务是,一个整体的、自身闭合的、环绕建筑的景观,形成一个视觉通透的整体,并在一览无余中产生情感激发作用。一个在自身和与建筑作品相关联的自然界的部分完全服从于人的意志:这整块自然现在显现为有意识的经规划和实施的人的作品。不仅地势赋予山丘一个全新的、由人的需要形成的形式和构成;不仅存留的和经排列的植物世界完全适应于由建筑创造的空间,不仅水体由一种自然力转化为这种新的构成物的由人装饰的甚至游戏性的主题,而且所有这些要素的有机整体成了虽由自然要素所组成但又与自然界相对立的新的质,其中很少能找到自然界的类似物,正如在建筑本身中那样。

魏尔夫林注意到,这种由风景中取出的自然片断完全服从于人类社会的规律,通过建筑的中介,就其最终意图而言并非专断的,并非绝对的。因为这种整体性,即在这种情况下别墅和园林一起由其自然基础和山丘构成,始终只是一种由环绕的自然所呈现的外延之内的内涵整体性。一方面园林本身具有这样一种环境,不论它是否不再是由建筑所安置的公园,或者不再由人去支配自然本身,都是一样。另一方面别墅和园林是安置在尽可能有利的眺望点,

---

① 魏尔夫林:《文艺复兴与巴洛克》,第164页。

> 审美特性

以便于展现周围的风景。由此得出,按照纯建筑学原理营造的园林所引发的效果,远远超出它的建筑实质,而转化为绘画。魏尔夫林指出:"巴洛克把自然风格化了,以便使它能赋予巨大的体态和适度的威严,正如那个时代所要求的那样。但是公园并没有交付给建筑学:无限的东西在构成中一同进入其内,这是可能的,正是同这种园林风格一起普桑和杜埃等人发展了现代风景画。"① 由此当然建筑学的支配地位绝没有被动摇。因为在其固有的设计本身之中经常可以发现这种超越狭义建筑空间创造的事例。人们只要设想一下这种效果,在极远处观看佛罗伦萨圣玛丽教堂或罗马彼得教堂的穹顶,它飘浮在一片城市房屋的海洋之上。这种发现却丝毫动摇不了这种园林类型的基本事实。这只是表明,园林不仅完全可以实现我们这里所描述的这种社会职能的要求,将它的存在范畴向审美模仿转化、将它的普遍性和个别性向审美的特殊性转化,而且同时能使整体的情感激发作用达到这样一个高度,使它本身向一个"世界"、一个人的世界扩展和内化。

但是在充分肯定这种审美实质、艺术的同质性的同时,如果忽视了园林艺术顶峰成就的整体性,那么在理论上就是错误的,它的基本矛盾以及由此而形成的二律背反在这里也不可能完全消失。一方面它在其中显示出,植物世界完全屈从于建筑学要求往往也会表现出其中存在的问题方

---

① 魏尔夫林:《文艺复兴与巴洛克》,第166页。

## 第十四章 审美模仿的边界问题

面。当然对有利的解决要比极端教条的处理其活动空间大得多。特别是在内部比较小的园林,如以植物装饰的庭院,这种二律背反原理的统一对顺利的解决是完全可能的。例如在寺院的交叉路径上长着一棵古树,它在不消解其有机—植物的本质情况下完全可以作为整体建筑的要素出现。一个漂亮的例子是格拉纳达(西班牙)阿尔罕布拉的桃金娘树庭院。在法国巴洛克园林的进一步发展中首先遇到了更难解决的问题。哥泰因将园林艺术这一阶段理论家和实践家的相关观点做了如下概括:它涉及与"意大利围墙式建筑"相对立的一种"植物建筑"。[①] 从审美上看,这种变化表现出两种要素:首先它废除了意大利巴洛克园林的露台结构,而优先采用极其平缓的上升坡度。这必然失去了使自然屈从于人的需要的宏大激情。其次在一种"植物建筑"的结构中已经隐现了一种趋向于小型化和随意化的势头。因为按植物原理管理要比其外观服从于"围墙式"权力更明确和一览无余,正因为这样它缺少了那种由意大利巴洛克园林的纪念性所产生的张力,由此使这种绝对支配权轻而易举地、毫无过渡地转化为一种单纯的艺术性、一种空洞的游戏性。

另一方面——那种社会职能的深刻的独特性出现在前台——在所有这些当中表明,在纯粹由建筑精神所创造的园林中,那种以社会的共同性和普遍性的原则为基础,远

---

① 哥泰因:《园林建筑艺术史》第 2 卷,耶拿 1914 年版,第 192 页。

> 审美特性

不如在建筑本身中那样牢固和具有自发性。这里使我们的结论具体化了,在园林建筑中一种社会普遍化了的激情的活动空间要远比在建筑本身之中狭小得多。在这里滑向纯粹私人或个体化的危险要比在建筑中更紧迫。在本书的范围内当然不可能对这种区别作详细讨论。我们只限于指出,在所有非纯粹公共性建筑中超越个体性的审美提升所取得的代表性,从内容方面看,几乎总是具有不稳定的性质。也就是说,它可能不知不觉地由一种真实的社会普遍性的实际代表——由后世的观点看它表现得尚如此符合常规或情况受局限——下降到一种纯私人的毫无意义的享乐。在这样一种普遍性中,这一结论当然同样适用于建筑和园林。然而在园林中比在建筑中这种只是私人化、纯粹个体的倾向很容易变成造型规定的社会职能。在哥泰因的综合性专著中为此举了许多例证,说明这些要素在意大利是怎样沿这一取向确定了园林建筑的某些部分:例如在一个装饰性园林中有一段高的隐蔽的通道,在那里迷路者会突然被上面下来的水浇淋,还有迷宫,在其中人们没有经指点就找不到出口等等。[①] 在法国园林中强化了这些倾向,在垂直剪裁的树木与栅栏门之间,迂回的道路往往给人这种印象,在这里其社会职能不是指向建筑—审美的,而是为更多的成对的恋人提供适当的幽会地点。这些倾向到处显示为一

---

① 哥泰因:《园林建筑艺术史》第1卷,耶拿1914年版,第366页;第2卷,第10页。

## 第十四章 审美模仿的边界问题

种符号,我们前面提到的园林艺术的二律背反,在其优先以建筑取向的类型中仍然在起作用。

正如在审美领域所普遍存在的那样,这里也显示出在艺术材料所提供的可能性与社会职能的特性之间值得注意的、令人瞩目的然而却不是偶然的聚合效应。在这里我们看到一种不稳定性、一种导致单纯个体性的强烈倾向,它会产生这种困难,即在审美同质性范围内适应于作为相对整体性的又作为个别性的植物世界的有机此在。这里似乎明显的是,它涉及一种统一现象的极化了的表现方式,涉及一定阶段上对社会与自然界物质交换的模仿,以审美激发的拟人化原理来实现这样形成的模仿创造物,它的这种可能性是令人怀疑的。这种审美的不利条件既在于人的加工的可能性上,也在于被加工材料的可能性上。如果人正是把社会与自然界的物质交换作为这一活动的主体性及其固有的客观世界的领域来看待,其内在的相互作用早在前审美阶段便已奠定,这种关联就显现出来了。

我们对提到的二律背反另一极的最重要的原理已经做了说明,我们现在可以给出一种更精确的规定。在最极端的理解中似乎这种观点包含这样的要求,将人的活动——由园林、公园等所表现出的自然界服从于人的需要——完全取消了。这当然从一开始就是不可能的——它违反了园林存在的条件——正是由于这种不可能性,上述要求被否定了,这里便产生了我们提到的二律背反的另一极。在上面所描述过的情况下它产生于,在建筑概念中客观化地综合了的人的需要，对于植物世界所形成的自然材料说来或者太狭窄或者太宽，它——在极端情况下——或者是以随意的、歪曲的方法来把握或者根本就不能把握。在园林艺术中由此涉及另一极，新的、完全对立的社会职能由它自己根本不能发展出明确的，甚至只是清晰的造型标准。我们以前已经提到卢梭，他的尤利叶作为传声筒在这种情况下给出了一种双重的审美尺度：一方面园林应是自然界的纯粹自我展开，另方面同时其中的一切都是由他们来安排和引导的。这就是事情的实质，这样确定的一种真正具体化的标准是不可能有的。这当然并非卢梭在论证中思想上的混乱，霍姆给出的规定说明了在这方面存在的一种极其相近的结构："因为园林建筑不是一种发现的艺术，而是一种对自然界的模仿，或者更恰当地说是自然界本身，只是美化了，因此必然造成对一切非自然的东西的轻视和拒绝。"[①] 我们马上就要谈到霍姆观点中的消极因素。在这里重要的是确定，它一口气把对自然界的模仿、自然界本身和对自然界的美化作为一个统一的任务提了出来，却没有考虑到有这种可能性，即这些规定相互之间可能是矛盾的。这样一种理论的轻率性刚好处于关键部位，它从概念上推翻了园林的本质。它的恰当的审美形式应该与趣味的偏离准确地区别开来，这表明，这种类型及其理论论证的产生是那种占优势的社会力量对作品的影响，它缺乏对深思熟

---

① 霍姆：《Grundsätze der Kritik（批评的基本原理）》第 2 卷，第 487 页。

## 第十四章 审美模仿的边界问题

虑和明晰性的关注。

我们在讨论音乐和建筑时已经谈到了人的思维方式和感受方式的这种变革。这里重要的只是由其中抽出特别能表征园林艺术这一极的审美本质的那些特征。在变革时期两个对此决定性的主题是相互密切联系着的：第一个是在市民阶级的新的整个世界观中对自然界所有过分强调的激情意义，按照自然来生活和激烈反对人为性；第二个对人自身的权利的同样充满激情的强调——与某一等级的从属性无关——对人格的也包括其自然赋予的个体性自身价值的传扬、对其无限发展的任一阻碍的充满激情的斗争。这两种主题系列在世界观上的联结点——当然在不同阶段和不同类型流源中是各不相同的，甚至往往表现出对立的倾向——在于确证，只要简单地清除在封建专制社会中支配整个生活的那些艺术体制和规则就足够了，以便帮助自然界（并且同自然界和自然界之中的人）在一切此在的领域恢复它的权利。如果人们单纯从思想上把握它，那么这些倾向显得联系如此松散，又极其充满矛盾，但从社会存在的角度来看，它们又如此相关。因为归根结底在它的背后存在着无限发展那种生产力的要求，这一生产力激起了在封建社会中资本主义"岛屿"的扩大和增强。这里必不可少的前提是清除由国家和社会关系在其道路上为它设置的那些障碍。这种存在的统一性越明确，其在思想规定上的双关性就越显得必然，资产阶级需要将这些思想规定贯彻下去。最显著的是有关自然概念的内容和范围的情况，在其情感内涵的统一的激情中隐藏了在思想内涵上的一种突出的异质性甚至对立性。这种矛盾状况已经在前面作了说明，即封建专制主义的"艺术"世界同样是异质的，但是在其阶级利益、阶级斗争的基础上必然形成的对生活的规定以其整体性得到传播。向上进取的阶级的意识形态都十分接近，它针对整个体系的普遍反对会概括为对于"自然性质"的对立而趋向"艺术性质"。

在园林理论家中，从这种新的情感世界出发，在他们的普遍化中并没有停留在园林建筑的技术方面，这一点是显而易见的，在园林中就艺术废墟的利用，霍姆指出："人们对于废墟究竟应该按照哥特式还是按照希腊建筑艺术来修复呢？我认为，要按哥特式。因为人们在这里看到了战胜强力的时代的凯歌，一种意气消沉的但并非令人不快的思想。希腊废墟令我们更多地回想到战胜趣味的蛮族的凯歌，一种忧郁的被击倒的思想。"[①] 人们从字面上来看这一思想进程，可以理解并显而易见，霍姆的立场是作为资产阶级的意识形态。我们从中看到的正相反——他的言论带有这种僭越——是对园林艺术的实用美学的一种具体导向，如此显现出其中的双关性。因为从这种观点出发必然提出这一标准，按照它人们开始能够判断，哪些人的作品（废墟、理水工程、塔、方尖碑等）有机地归属于显示自然性质的园林，哪些归属于随意性和艺术性，这些在法国巴洛

---

① 霍姆：《批评的基本原理》第2卷，第493页。

## 第十四章 审美模仿的边界问题

克和洛可可园林风格中遭到如此激烈的批评。霍姆深入地探讨了这些问题，然而他的论述清楚地表明了，在这里从理论上提出一种实际标准是不可能的。只要争论主要围绕社会方面，它是指向宫廷园林类型的，它的"非自然性"就表现得十分明显。但是只要他对此作判断，一个像"自然的"园林的理水工程应具有怎样的性质，那么以下极为类似的问题就会消失，它究竟是否与"自然"相对应。这是一个纯粹主观——随意的趣味判断，正如同一个静卧的动物造型在喷水还能忍受，一个狂野运动的动物造型就不再能容忍了。这不是偶然的，这种审美的内在不确定性，在所谓英国园林的整个理论和实践中都明显存在或到处隐蔽地存在着。因此基本的自然概念是如此普遍和多义，由它在阶级所属的活动空间内可能在审美上得出任意的结论，而我们所讨论的建筑园林的二律背反的另一极——情况要幸运得多——却能在审美上达到明确的标准。

所有这些都与第二主题最密切地相关联，由此使人的个体性步入前台。其所以如此是因为，这种个体性的周期在其特定的正是如此的存在中同样可以见出自然的显现，自然力面对每个人实现了每一种艺术惯例。我们在这里不可能深入讨论关于社会及文化的职能以及这种思想和情感复合体的难题。对于我们这里——关于园林艺术的审美方面——重要的只是，由此这些所提出的社会职能在个体性需求方面产生了重要的变化。在我们目前领域所出现的矛盾正是在于，面对园林这些要求是以最纯粹和最单一的形式提出来的,另一方面——正因为园林作为现实只能表现肯定的事物——这里所唤起的情感首先是由形式构成物所激发,它必然缺少那种由悲剧或讽刺所提升的与社会的矛盾形成的张力,在这一基础上由这些难题所产生的艺术往往会达到少有的伟大。人们设想从《摩尔·富兰德斯》到《少年维特之烦恼》这些伟大的小说作品,它们给出了具有丰富性和深刻性的清晰的画面,其中隐含着由社会—历史发展所提出的主题范围。正如在其他地方已经谈到的,对那种复杂的辩证法的反映是必不可少的,它是由人的个体性在社会中的展开所唤起。它与伦理的、道德的、习俗的新老标准充满斗争,它的内在矛盾同时作为合理的和需要克服的人的生活要素,出现在日常生活中。因为园林的本质正如建筑的本质,排除了对这种问题的讨论,个体性在这里只是作为肯定性存在被塑造。它在这里表现为其纯粹的形式,正是作为新阶级的肯定的自身存在。所以这是一贯的,正是在英国园林中这种新的存在形式一经完成,可以说一种新的门类创造出来,这些被客观化了,而在有些其他艺术中则要经历困难的途径,需要长期充满难题的奋斗,才能为情感提供适宜的、艺术的、高价值的形式。如果我们回想一下在建筑发展中取得的成果(见第二节),我们必须看到它最终基础的相近,同样也要看到关键性的区别。在这里以其强烈性和直线性同时也是这一实现过程中未解难题的最深刻的根源。

然而这种要求也关系到建筑。培根曾经指出:"房屋被

## 第十四章 审美模仿的边界问题

建成，为的是在其中生活，而不是为了观看。"① 可是这种倾向，正如我们以前所能看到的，在建筑中只是逐渐地，然后极具危机性地起着作用。园林建筑的本质可以使作为社会职能的私人化原则取得迅速而完满的胜利。所以这种立场的内在矛盾很快便会显效。一方面它从一开始就十分清楚地表现为在市民阶级权利斗争中的革命者，另一方面它是以这一形式完成的，这种彻底变革的形式同时消解了彻底性的主要锋芒。凡尔赛宫中的特里阿农宫便屈服于这一新的取向，小德意志诸侯宫的庭院迅速地"英国化"了，这些都表明，从广阔的历史前景看，无疑是资产阶级原则的推进，这是一种清晰的信号，在资产阶级最终取得胜利之前它的敌对阵营却已经在贯彻这些原则。这里表现出自然概念的模糊性与个体性的密切联系——作为在封建专制文化内部单纯私人化的表现，它提高了这种类型园林造型的随意性、游戏性和偶然性。因此这绝不是偶然的，正是由市民阶级方面比较早地采取了一种嘲讽性防卫。详细深入这一话题，不是我们这里的任务。这里只要援引歌德的话就够了。在"情感性的胜利"中歌德嘲笑如此产生的园林感伤主义，其后在关于业余爱好的片断记述中他这样概括了这种倾向的消极方面："想象主义和感伤主义的无效性。实际是作为一种想象作品来看待。"他给出以下注解：

---

① 培根：《文集》，第180页。卢梭曾经逐一词汇地重复了这个要求。参见《新爱洛伊丝》第10封信，第Ⅳ节。——作者注

"园林爱好者贬低了自然的崇高,扬弃了它,以此他们又在模仿它。"① (有关——主要不是审美的——业余爱好的积极方面,这对歌德探讨的全部意义说来是很重要的,我们将在这一章的最后一节讨论。)

如果说个体性对于审美的这种消解力,在法国大革命之前已经作为维护其权益的斗争构成资产阶级革命纲领的一部分,正如这里所见的如此强大,那么当资产阶级生活形式战胜了封建专制的生活形式以后,个体性的形式摧毁力就必然更加有成效。这里关于这种情况对于我们重要的问题只通过一个例子来说明。这是19世纪的一般倾向,对大自然的感伤态度,其中还经常夹杂着革命的成分,不断由情绪的支配所补偿。由此园林的社会职能还往往处于无限制的含糊性中被消解,当思考时没有进一步的根据。可见这种情绪的形式摧毁作用,即使在往常基础远为牢固的形式中也起作用。雨果·封·霍夫曼斯泰尔关于园林的文章对于这种情况给出了一幅很概括的图像。重要的是,在他那里所有园林建筑的客观规定的意识性都已消失,纯粹主观的情绪性占领了全部地盘。所以他符合逻辑地指出:"一个老的园林总是充满生气。毫无生气的园林只需要荒野化,以便使它富有生机。"② 这个极端的例子,其中审美的

---

① 歌德:《Über den Dilettantismus(关于业余爱好者)》,见《歌德全集》第47卷,第300、310页。

② 霍夫曼斯泰尔:《Die Berührung der Sphären(领域的关联)》,柏林1931年版,第29页。

## 第十四章　审美模仿的边界问题

建设范畴的公开自我解体成了所希望的情绪的基础，这只是霍夫曼斯泰尔整个观点的顶峰。他不是把园林看成一种现实、一种人的业绩，在此人的主体性取得了一种一般有效的对象性，如同18世纪风景园林的理论家和建设者所认为的那样。而是一种独特个体性的纯主观的表现方式，按照他的观点正是由此才使一种历史境况获得了其形象。所以他说："谁今天要建园林，就要表现出一个值得注目的、内心回荡的、充满神秘色彩的时代，这是一个关系无限丰富的时代，负载着过去并祈盼着未来的情感，这一代人，他们的感受性无限巨大、无限不稳定，这同时是无限痛苦和无法估计的幸运的源泉。他将以这一园林的设施随意怎样地去书写他无声的传记，就如同他在他房间中以其家具的整体去书写他无声的传记。"① 这肯定不是偶然的，以霍夫曼斯泰尔对这个问题组合的论述，我们得到了与有关手工艺同样的结束语：在由人制作的或生长出来的诸多对象的这种安置中似乎激发了某种与审美相类似的东西，它不是一种与接受主体无关的对应物，如艺术作品那样构成了一个自身闭合的"世界"，而是一个单个主体作用于客观世界的活动，它所固着下来的痕迹只能作为这种个体性的文献而被对象化。

---

① 霍夫曼斯泰尔：《Die Berührung der Sphären（领域的关联）》，第31页。

◖审美特性

## 五　电影

  如果我们在这一节讨论电影艺术的某些原理问题，那么首先说明，这里也存在一个双重反映的问题。抽象地说这一事态把电影与其他本章所讨论的问题组合联系在一起。这种抽象的共同性容易产生误导，如果我们现在不马上深入到同样重要的区别甚至对立性，这种区别将电影的反映方式与其他双重模仿的表现形式分隔开来。在音乐中的这种双重模仿是如此独特，这里几乎不会出现误解和混淆。反映的具体的对象形式在电影中如同在建筑中是一样的，但因为在这两种情况下，非拟人化反映依靠技术才得以实现，构成了问题的出发点。它们只有通过模仿的双重化才能转向审美，这里有必要作为引论，简单谈一下在这一领域看起来相似而实际不同的问题。首先在电影中应该重视与技术的关系，这是非常重要又经常被误解的。瓦尔特·本雅明在《技术复制时代的艺术作品》的文章中第一个指出了这个问题，提供了一系列精密的观察和敏锐的洞见，然而由于他的浪漫主义和反资本主义的立场往往把问题模糊化了。在这里重要的是由于考虑到技术的可复制性，他认为艺术作品的独一无二性、它的"光晕"消失了。① 本雅

---

① 瓦尔特·本雅明：《技术复制时代的艺术作品》，见《本雅明文集》第1卷，美因河畔法兰克福1955年版，第371，368页。

## 第十四章  审美模仿的边界问题

明在这里以充分合理的论争反对资本主义敌视艺术的倾向，结果走向把问题歪曲的地步——铜版画和石版印刷不仅是复制的手段，而且是独立艺术创作的基础。伦勃朗的铜版画、杜米埃的石版画具有其独一无二的光晕，它们的光辉闪耀完全不取决于它们有多少复制品存在——这里之所以要提到这一点，因为正如我们将要看到的，这种错误观点对于电影也会产生曲解的后果。

我们如果回到在建筑和电影中双重反映的技术方面，在这里涉及一个实际构成物的结构，它的现实并不受在其审美中是否发生视觉变形的影响。只有在后一过程中才产生审美。电影技术与之相反，从一开始就是以对给定现实的反映为出发点。它的产物总是一种现实的映象，而绝不是现实本身。由此产生的结果是，在建筑中反映的双重性总是被保留下来，即使其视觉空间创造在其中只保留了有用的现实。在电影中则相反，在双重模仿的过程中，最终形成一种简单而统一的对现实的反映，其中它的发生学的痕迹全部无余地被消除掉了。相应地，其向审美的转化过程根本不同。摄影作为出发点其本身是非拟人化的，首先电影技术，它同样是对现实的反映，排除了这种非拟人化，并接近于日常生活的通常可视性的映象。其中当然还不包含什么审美的东西，它只是对直接给定的现实的一种反映，至多是对现实的一种报道。尽管最初的电影是对舞台演出的复制，对象可能具有审美特性，其复制本身并没有内含独立的审美原理。电影的技术甚至提供了返回非拟人化的

> 审美特性

可能性，如快速摄影机。

总之，在这里也像在各处一样，在能够考虑向审美转化之前，技术必须达到一个相当的高度。电影表现出一种特征，构成电影基础的技术只有在高度发达的资本主义土壤上才能形成，这也像每一种其他艺术那样，技术的发展对艺术的影响也必然出现阻碍、冲突和危机。只要回忆一下有声电影的发明。它正好产生在这样一个时代，即默片似乎接近其伟大的艺术高峰，多年来在电影生产中引发了一种深刻的审美危机、一种严重的艺术倒退之时。当然，从历史的看台上看来，这种"突然性"对于直接的参与者说来远非如此突然。听觉要素与专门的电影视觉性的有机结合的必然性早在默片中已经内在地包含其中。从一开始没有音乐伴奏的默片是不可设想的，这一事实就已清楚地证明了这一点。下面我们马上要谈到与其相关的审美问题：危机本身并没有通过事后的洞见而消除，也没有因技术更新对电影生产的决定性引领作用而消除，这种技术更新就其本身而言是来自外部的。人们可以设想电视的当代推广对电影的影响。

这里已经清楚地表明电影特有的资本主义起源。建筑也是一种以群体性为基础的艺术，只有随着资本主义社会的产生，它的技术的、经济的规定才能与审美趋向产生相互作用；而电影不论在精神上还是技术上，从一开始便是资本主义的产物。这里产生的后果首先是，整个电影生产无条件地服从于资本主义的利益。我们在别处已经指出，

## 第十四章　审美模仿的边界问题

资本主义生产的扩大和普遍化对所有艺术的生存条件有决定性的影响。毫无疑问，这种联系在电影这里影响最为强烈。所以如此，是因为一部电影的生产与全部其他成本相关联——建筑除外——与其他一切艺术的生产相比，这里非资本主义"岛屿"的产生要比其他地方难得多。由于这里涉及我们这一问题的历史唯物主义方面，我们这里只限对这一情况的提示，相对于审美甚至相对审美意图说来，单纯快感（直至纯粹涂鸦）占较大的优势。与每一其他领域相比，真正艺术的活动空间是相对很狭窄的。这种状况与电影的模仿的、以辩证唯物主义来研究的规定存在复杂的相互作用，我们将在以后探讨。

建筑与电影之间的一般相似性在于，在这两种情况下都是经济的发展创造了一定的技术可能性，它限定了这两种艺术的具体活动空间，在此范围内提供了实现其社会职能的水准。在这两种情况下产生审美的混淆是由于，许多理论专家和大多数实践工作者将由资本主义、由其科学所提供的技术必然性和可能性与那种艺术性技术以不允许的方式等同化了。这种艺术性技术是由非拟人化所达到的结果转化为相关艺术的特有的审美模仿，从而经审美处理所形成。这种区别在电影之中格外重要，因为在这里这两种技术方式之间的界限会表现出不经过渡地相互转化。在建筑中新掌握的技术规律和可能性，就视觉特性而言是次要的，每一种任意的空间对象性也是在视觉上可感知的，审美模仿使视觉性成为建筑成分的基础。电影的主要的、非

◯ **审美特性**

审美的、纯技术的形式并非作为对现实的视觉反映,它通过迅速的运动性、通过连续的可体验的序列将摄影的画面拟人化,使其接近于日常生活的表现形式。在此基础上模仿的双重化实现了它向审美的转化。这并非简单地、自然而然地、由技术可能性所形成,而是往往依据未明确说出的社会职能有意识地创造的。这才形成了电影的同质媒介,即艺术语言。如果我们依据贝拉·巴拉兹的论断,将戴维·格里非特视为这种表达方式的第一位创始人。[1] 我们在前面(第十一章)详细地描述了,如此形成的新的视觉性,起初在观众中引起了多少矛盾和误解。巴拉兹在这个章节详细分析了这种技术媒介。正是借助这一媒介,这样一个独特的可见性的新世界诞生了。在其中,他特别介绍了那些要素:如不断改变观众与图像之间的距离(与总是保持固定距离的剧场正相反),如在整体和在细节上变化前景,如剪切和蒙太奇。在这里对于单个技术问题的分析并不重要,重要的是这一事实,通过这条道路产生了一个可见的、感性直观的特殊世界,在对现实的反映中这种审美的自身规律性必须深入地加以阐明。

在第二次模仿中产生的质的变化,最好是通过本雅明对在剧场和电影中演员成就的分析来阐释。在其中,相对于艺术的技术化越多,作者的拒绝态度越强烈。由此也可以看出其中某些新的因素。本雅明的出发点是,在剧场中

---

[1] 巴拉兹:《Filmkultura(电影文化)》,第20页。

## 第十四章 审美模仿的边界问题

演员的成就"通过这种自身人格的自我表现出来",而电影设备"并不包含","这种成就是作为整体被认同"。正如本雅明所说,这里产生了一种选择,一系列"视觉试验"。由此得出,在演出过程中演员与观众的个人接触消失了。一种观众的移情只发生在"它对设备的移情中",这又形成了一种试验。① 这里需要说明两点:第一,在演员成就中的选择、新布置等不是简单地通过一个设备来"试验",而是设备——在实际的艺术电影中——由导演、操作者以新同质媒介的观点,在一种具体的审美意义上来操作。演员成就对具体整体性的适应,一般看来,在戏剧艺术的历史上没有什么新的质。在总会产生一个剧团的地方——肯定这是剧场真正的艺术形式,导演和有艺术自觉的演员本身所操心的是,这个双方相互协调的存在、这种指向的存在要使每一个对话、每一个表情都融会着戏剧的精神的、情感的、情绪的内涵。正如我们所看到的,狄德罗对每个演员所提出的要求,形成了这里作为对他们集体活动的要求。著名的剧团剧场,如他那个时代的奥托·布拉姆或我们时代的布莱希特柏林剧团都表明了,由此演员的个体成就并不会下降,反而是提高了。正因为电影并不是一个戏剧演出的照相复制,而是一种特有的现实的塑造,这里所形成的双重模仿(对演员所反映出的现实的反映)并不是视觉的试

---

① 本雅明:《Das Kunstwerk im Zeitalter seiner technischen Reproduzierbarkeit(技术复制时代的艺术作品)》,见《本雅明文集》卷1,第379页。

○ 审美特性

验,而是一种新的模仿形式和那种适合使具体电影内涵视觉直观的要素。其结果不是"视觉试验",而是一种审美的赋形,给具体和确定的内容以形式。相应地每一个真正的电影演员及其成就不是这种转化过程的对象,而是从一开始就着眼于这种加工、活动、姿态、表情等——纯粹从演员的角度看——必定与戏剧相比具有不同质的特性。因为他们——在有声电影中也一样——不能以审美的对话的连续性作依托,产生了一种当时尚不熟悉的视觉表现性。它通过摄制方式,通过剪辑、蒙太奇等来提高其穿透力。但是从一开始它就指向一种风格化,它是"通过设备"完成的。第二,本雅明指出在演员与观众之间缺乏那种个人接触,这是剧场效果的一个重要因素,这是有道理的。如此形成的这种否定,并不像本雅明所说,它并没有消除独一无二的光晕,而是创造了与观众的一种全新的关系。因为电影演员不是直接个人的、在场的现实;不像剧场演员那样,在剧场中实际的人们可以与舞台上有直接的人的接触;而模仿制成品(电影)是活动的人的艺术映象。然而在绘画和雕塑中,观众也缺乏人的接触,在真正艺术起作用的地方,绝不缺乏审美的激发作用。我们以后将会看到,由充满矛盾的却是模仿的戏剧领域移位到电影的单义的双重模仿,在电影的整体性中演员的审美效应的可能性、他的审美的重要性不是减小了,相反而是提高了。

由此我们已经进入了电影双重模仿的特性之中。我们强调过借助电影技术的简单反映还不是审美的,而是接受

## 第十四章　审美模仿的边界问题

日常生活的那种特性。现在我们可以从积极方面着眼于这一结论的单纯否定性：正如每一种摄影录制一样，通过电影设备所产生的特性，具有一种非常确切的真实性。也就是说，与每一种审美特性无关，也与不测的完全陌生的效应无关，每一幅画面给人的印象是，在拍摄的瞬间所看到的被拍摄对象，正如他在拍摄时所表现的那样。镜头是非个人化和无缺陷的（我们不谈容貌的变形，这是通常在拍摄时的长时间曝光而引起的，电影胶带的个别地方产生瞬间录制，此时其误差来源可能在拍摄的机械效应不在考虑范围之内，瞬间录制可能使我们惊讶、陌生，对其真实性的怀疑却可以排除）。由于电影的播放接近于日常生活的视觉统觉作用，它所强调的正是在于这种真实性上。因为我们在日常生活中总是作为真实所经验的事物，正是在其直接的如此存在上就是真实的，也就是说，我们能以积极或消极的任一情感态度所面对的事物，它是以一种与我们的思想、情感和意志努力等完全无关的方式作为现实面对着我们。摄影当然是对现实的一种反映，而不是现实本身。然而因为它是以一种真正的非拟人化的方式机械地真实摄制，必定将由它所固定下来的也是作为模仿的这种现实的真实性保持下来。由于电影的审美秩序原理和组织方法，就其整体效应说来，在许多方面是超出了直接的日常生活的，然而这种照相式的对现实的摹写并未被排除，而仅仅调整到全新的联系中（即通过要素的选择，通过它的相互调适，通过其速度和节律，通过其联结的方式等），仍要使

## 审美特性

这种真实性保持下来,仍要使其成为电影艺术中同质媒介的一个重要因素。这种真实性的根源却是现实本身:摄影只能使它的客观存在的、特有的视觉现实存在直观化,其现实性的质却是由对象本身的性质所规定。显而易见,特技电影只是给描绘的事实以真实性,绝不会使描绘本身表现成现实。摄制的布景并不会获得比现实存在更高的真实性,尽管它事实上具有其视觉的表现方式。在表现主义模式的影响下,可能对《卡里加里博士小屋》的电影环境作为不自在的"现实"来体验,对于自然的观看只是显得像极度推敲的装饰,它不能激发人的现实感。电影要想获得真实性效果的"奇绩",那么它必须这样来完成摄制过程,使其直接的表现方式具有现实特性。

这里可以看到电影与所有其他视觉艺术突出的对立。在这里真实性只是作为在现实的摹写中模仿艺术的转化过程的最终结果而出现,如果塑造不成功,那么根本没有真实性可言。这只能纯粹通过审美原理创造性地生产出来,只能在艺术作品的内在性之中自己来证实,而最拙劣的摄影也永恒地具有上述意义的真实性。这里清楚地表现出,在日常生活与电影之间的深刻的和后果重大的亲和性。由于与日常生活的作为原理和作为效果最密切的联系,电影的视觉世界与其他可视性艺术的明显对立不是静态的,不是静止不动的,而是永久活动的。(我们这里只谈纯视觉艺术,因为可视性只是舞台艺术的局部要素,它与戏剧的语言艺术是不可分割的。)我们在别的地方,在具有视觉同质

## 第十四章 审美模仿的边界问题

媒介的艺术中,讨论过准时间的问题(参见第九章)。但是在电影中是实时起支配作用,电影是唯一的这样一种艺术,其中可见性与实际的时间进程是范畴相关的。(各个单独场面之间非直接形成的时间间隔与这一问题无关。)这大概也是有益的,通过否定来确定其原理上的区别:在电影中必然缺乏莱辛所说在造型艺术中的丰富的瞬间(见第九章)。如果现实的可见映象以一种——直接看来——静态稳定的方式被固定下来,那么仅具——直接——现在所呈现的瞬间的性质,在其中那种作为从过去到未来的可体验性的过渡成为感性直观的。这种必然性强制艺术家这样来表现现在,好像是它绝不会如此强烈、集中地出现在日常生活的现实中。在电影中正相反,现在这一瞬间,像在每一真实的时间过程中那样,是从过去到未来之间真实的过渡瞬间。通常我们已经把过去的瞬间作为现在来体验,它在我们面前成为我们的过去,每次可体验的现在则是一秒钟以前还是威慑或吸引我们的未来。所以每一个瞬间都对应着我们日常的生活真实,只有它们的内容的和相关形式的联系,才能赋予它们面对日常生活所提高了的、意义深长的性质。当然每一瞬间,在精神内涵上,可能甚至应该超出日常生活的平均值。但这并不会改变这里所指出的范畴结构。

但是这些还会在电影范畴结构上产生进一步后果。我们在谈到造型艺术时曾指出,它以视觉规定性只能通过这种中介塑造人和事物的外部,内部必然表现出一种不确定的对象性的形式。作为视觉艺术,电影不可能摆脱这种范

## 审美特性

畴的强制性。电影的生活其实与其画面的摄影真实性以及实际的时间进程密切相关，它产生了减小这种不确定性的激情，同时要求与对现实的视觉把握和表现的异质性的密切联系，以适应于减少这种不确定的对象性。从这里可以看出，以前所提到的在电影发展中由技术直接引起的危机，即默片的引退，获得了一种新的解释。为了实现减少不确定性，为了充分阐释电影内容的实际意义，一方面利用完全外在于电影的传达手段，即标注和有联系的文字旁白、回溯等；另一方面，如前面所提到的，用连续的音乐伴奏，以便使画面序列的情绪内涵尽量具体化（显然这不属于视觉艺术，也只是一种有距离的类似物）。

有声电影试图找到一种方法，以便使电影作为艺术作品具有更大的审美内在性。这首先就是对处理过程中出现的音响的再生产。通过呈现出的对象世界、自然界和城市，在其生活中不仅以视觉而且也以听觉被再生产出来，由此使所反映出的现实的生活真实和电影真实性比以前更为清晰和丰富地表现出来。对于在听觉再生产中技术完善性的判断在本书讨论的范围之外。对此只要考察在相继序列的线性进程中，构成的统一性作为多面化同质媒介的一般要求。（这种构成的具体可能性属于电影艺术学的任务。）但是从原理上应该说，在电影中听觉相对视觉而言主要起一种伴随作用。在这一结论中并不包含对听觉的贬低，若在这词的严格意义上讲——经适当变更——在音乐中来理解"伴随"一词。可能出现这样的时刻，此时音响起着关键作

## 第十四章 审美模仿的边界问题

用。一般说来，对情节和由音响引起的情绪的审美引导要比视觉成分的任务占优势。甚至还有这样的情况，在这里相关瞬间，就其自身而言，主要是听觉。在奥逊·威尔斯的电影《公民凯恩》（1941）中对于百万富翁妻子的音乐业余爱好，他要把她作为伟大的女歌唱家传播出去。然而不是女歌手可表现的和表现出的生手水平成为滑稽的根源，而是为她教歌的教师在教授、排练和表演时的姿态和表情令人捧腹。相反我们可以举出贝克梅瑟在《大师级歌唱家》中的纯音乐性滑稽，那么电影的这种特性便一目了然了。这里由技术所塑造的语言的功能我们将在最后讨论。音乐之所以作为情绪激发器，是由于刚才所强调的要尽量减少不确定的对象性的缘故。

电影贴近生活（即生活的真实性）意味着尽可能使生活保持直接通透和便于洞察的倾向，日常的人在面对他的环境时经常有这种要求。但是在其他艺术中则要求与日常生活多少保持一定距离，借助一种广泛的中介创造出第二直接性；电影则要靠对贴近日常生活的（真实的、实际的）现实的模仿来实现这一点。因此它不会停留在这种不确定的对象性的高峰之上，它以不同于造型艺术和纯音乐的方式发挥其最佳效果。这种对生活的贴近，决定了电影的不同风格问题。在电影中其同质媒介具有很强的弹性，它往往转化为高度的不稳定性，这正是因为艺术塑造的第二直接性如此接近于生活的直接性。这种状态的主观方面完全对应于它的客观本质：日常生活的完整的人的转化达到在

### 审美特性

同质媒介自身世界的"人的整体",在这里不像在所有其他艺术中,很少有突变和跳跃。当然也有跳跃存在,否则电影就不能成为真正的艺术。我们在第1′信号系统中曾举例指出,电影"语言"同样适合于习得,和其他艺术一样。然而实践表明与反映论完全一致,这种语言的(接受)把握在每一部艺术作品更新的要求面前——首先是在人的方面——对于接受性无可比拟地很少是持久不变的,不像其他艺术那样。

电影按审美要求所理解的生活真实,对于它的内容和形式具有双重意义。一方面,在电影中日常生活的无限多样性成为艺术模仿的对象。人的整个环境、自然界、植物和动物世界、由人本身所创造的社会环境表现为一个在自身之内完整的现实,表现为一个人的、在原创上完全具有相同方式和同等价值的社会现实。它必然是由摄影所摹写的世界的真实性而来,其中所有摄制出来的东西必然唤起现实存在的同一程度的感觉。在绘画中似乎我们也同样涉及所呈现对象相同的存在强度(风景、静物、室内等)。然而在进一步的考察中却表明,由绘画所摹写的东西按其对象性本质说来已经是与人(与任一人类的自我意识)相关的,每一对象,它的艺术的正是如此的存在,归根结底正归因于这种相关性。绘画是致力于模仿地与所摹写对象的客观性、它的自在存在相遇,从一开始便是通过这种相关性来规定的,具体地在其所有要素中都——无可排除地——贯穿着这种态度。在叙事文学形式的表现方式中,审美模仿

## 第十四章 审美模仿的边界问题

的这种特性就更加明显。在绘画中未表达出来的起支配作用的因素，在这里却表现得明显而直接：如果对象不是直接关系到行为的人，与其外在的和内在的问题相关，若不是在此由它的正是如此的存在的特有特征取得内容和形式，叙事文学就不能生动而富有激情地表现人的环境中的对象，这个对象本身是自然或社会的产物。在《少年维特之烦恼》中对风景和室内的田园诗般的描述，托尔斯泰在《战争与和平》中对奥斯特里茨战场的天空的描述，都具有重要的同一特性，它关系到这一描绘的基本原理。当然在电影中，也存在人与对象世界的一种内在关系。其相关特性却是，两者——如在日常生活中——在其表现中必须具有完全相同的现实价值。由此绝没有消除人与他的环境的相互作用和审美模仿的人性意义，相对于其他各种艺术，它只是表现在一个新的方面，即通过否定的规定最清楚地表现出来：它不是从人出发作为中心来塑造他与世界的相互关系，而是准确地说，如通常实际所表现的那样，如由日常的人所感知的那样，是作为多种同样是现实的因素的相互关系。（不言而喻，这种差别只与形式相关，在叙事文学中，外部世界在内容上具有同样的现实比重，而形式上处于中心点的是人。）

在形式创造中的这种差别与内容的选择、分组和效果有关，并会产生深远的后果。然而我们刚才以否定方式所描述的，就其主要内涵而言，对于电影世界无限多样性的主导规定同样具有意义。因为在本书的范围内不可能详细

### 审美特性

阐释这里所提到的问题，我们只能限于用几个简单的例子加以说明。例如，对于儿童的塑造。在创造中主要只是作为成长中的人来表现，童年最重要和最丰富的形象——歌德、G. 凯勒、① 托尔斯泰、马尔丹·迪加②等——按照他们的基本意图，反映了他以后发展的前期阶段，他们的前提是在开始时出现的主要能力和倾向，以便在后来在发生学上明显化，也包括这种发展由于早逝而中断的地方，如汉诺·布登勃洛克，③ 仍然保持着这种结构。只是电影允许对儿童的存在、儿童存在的纯粹特殊性作为自身的目的、作为自在的静态的存在来表现。只要回想一下童星杰基·库根的巨大作用，以了解这里存在的全新的可能性。这里当然应该补充的是，电影也可以把童年作为人的生命的前史来塑造，这并不会改变上述独一无二的可能性。（关于电影与绘画视觉性的原则区别我们已经谈到过，绘画的儿童肖像与电影的是一个在质上不同的世界。）或许在动物形象的塑造中这种情况表现得更清楚。甚至在创作中，以最大的爱和攻击性来突出它们的特性——我只举托马斯·曼的《先生和狗》以及梯勃·戴瑞的《尼基》为例——人仍然处于塑造的中心，而在电影中形象的这种独立性如同在儿童

---

① Gottfried Keller（1819—1890），德语瑞士作家，作品有《绿色亨利》。——译者注
② Martin du Gard（1881—1958），法国作家，作品有《蒂博一家》等。——译者注
③ 参见托马斯·曼《布登勃洛克一家》（1901）。——译者注

## 第十四章 审美模仿的边界问题

那里可能是一样的。我不想举许多电影,其中动物是处于中心地位的,这些动物是观众所熟知和渴望的宠物。

看似好像自然主义,这往往是反艺术的,而在电影中却可能是艺术的。因为在剧场中儿童在舞台上——更谈不上一个动物——的表现总是自然主义的,在电影中所提到的通过长期实践产生的效果可能表现出一种根本的例外。这只是一种假象,这是由摄影模仿的真实性作为电影形象创造的基础。(许多电影确实是自然主义的,根本谈不到这个问题。) 自然主义在艺术哲学上的意义在于,在一个以其纯粹直接性固定下来的现象的背后,表现出来的本质被淡化或者甚至完全消失。但是在人的世界中现象与本质的关系,在本体论原理上,是与在人类之前的自然界中性质不同:在这里本质在很大程度上是与类特性同时发生的,在其个体存在的生命表现中可以直接感觉到,其中个体是作为类的样品出现的。只有在人的社会生活中,随着个性的逐步形成和不断提高才有那种复杂的关系存在,它使不同艺术的塑造方式在本质与现象的同时发生的取向成为必然。正如马克思在批判费尔巴哈时指出的:"他只能把人的本质理解为'类',理解为一种内在的、无声的、把许多个人纯粹自然地联系起来的共同性。"① 他很清楚地说明了我们现在所讨论的问题。社会的发展,正如马克思所说,"自然界

---

① 马克思:《关于费尔巴哈的提纲》,见《马克思恩格斯选集》第 1 卷,北京:人民出版社 1972 年版,第 18 页。

## 审美特性

限的退缩"产生了人的本质，它不再只是在自然意义上说主要是类的属性，而且首先——有意识地、无意识地或以错误意识地——在人类的取向上构想并在其决定性内容上远远超出了自然性—类的性质。在社会形成的人的本质的概念中，在人类作为社会—历史的范畴中，首先在具体的个性与任一社会构成体之间的相互作用才是主导规定。

所以在对现实的审美反映中，正是这种新的关系成为相对自然的类属性的扩展因素。因为戏剧是那种以其内在整体性和自身的自为存在完全表达了人的世界的艺术，它的模仿最突出地表现了这种新的本体论状况。所以古代悲剧中扮演它的演员是以特殊的风格化方法与单纯按人类学来理解的人故意区别开来（面具、厚底靴）。如果说新的戏剧是以演员的形象回到直接表现人，因此其原因不是返回到自然的人，而是相反更加强调他的——只能是社会的——在其与社会—人的问题的辩证关系中的个体性。那么显而易见，儿童——当然在一定程度也包括家畜——不再是纯自然的，而是一种过渡现象，其中自然的本质，即马克思所说的无声的类，或多或少占有优势。教育的任务正是在于消除这种距离，使儿童成为一个人，由此他与类属性的关系逐渐在质上产生了变化。但是毫无疑问存在着特殊的反映儿童存在的诗，童年的专有特性正是在于，这种根源性存在在自然的类中还作为生动的力量发挥着作用。在家畜中由于与人的这种关系产生了一种或强或弱的倾向，它会突破对纯粹自然的类的绝对和整体性束缚，然而仍有极清

## 第十四章 审美模仿的边界问题

晰的界限，它只能略微改变这种关系，却绝不会消除这一关系。不同的艺术试图各按其模仿特性及其同质媒介，有机地适应在其"世界"中的儿童和家畜。只是戏剧的舞台造型存在不可克服的障碍，正如已经指出的那样，在纯粹社会和历史意义上的本质具有一种质上提高了的优势。

由这里出发来理解在这一问题上电影的特有的可能性。摄影的真实性创造了一种同质媒介，这种媒介所塑造出的"世界"更加接近于日常生活的世界，这一点比在其他艺术中更可能也更允许。所以在电影中存在不同种类的本质与现象的相互关系，并达到一种艺术合法的整体效果。对于日常生活说来，这是不言而喻的，各种对象以一种不同的结构处于现象与本质的关系中，作为同样的现实处在一起并相互作用着。电影将日常生活视野中的这种特性转化为它塑造的同质媒介，并由这种分化发展出重要的效果。这里涉及一种艺术的换位。在这里所讨论的儿童和动物的情况下，非驯养动物同样能产生合法的对比效应。电影在这里还可以达到摹写对象的一种全面性，不加强制地通过特殊观点的霸权利用同质化倾向，如通常叙事文学的创作。以它为基础的日常生活的艺术同质化，对于这一目的就足够了。在对象的摹写和联结中，它的这种特殊方式绝不能作为自然主义看待。

但是人们不能停留在对电影这一特性的论断和它单纯的事实性上。正是由电影的这种特性产生了——又是以两种方式——电影作为大众艺术的可能性。我们要想正确理

## 审美特性

解这种现象，就必须从它的两面性出发。从社会的角度看，电影提供了最廉价的、最广泛社会圈子可接触到的生产。它是与其大资本主义金融基础、多样化的技术可能性以及广告作用密切地联系在一起的，为其提供了一个公共平台。众所周知，由于对大量资金的依赖性，电影能适应大众原来的和不断扩大了的需求。电影同质媒介的不稳定性、电影接受性从日常完整的人平稳且容易地过渡到人的整体，使得对于一个世界的摹写成为可能。这种摹写以其表现方式的无限多样性满足了平均的（或低于平均的）本能的最特殊的需要和欲望的梦想，其中可以交替地提供荒诞不经的洋相和激动人心的令人好奇的东西，也可能有低劣的圆满结局和血腥的虐待狂。如此产生出数量巨大和种类繁多的——表面看来——类似于艺术的制成品，从其内涵看来只是日常生活中白日梦的简单继续、补充和不真实的提高。然而电影的同质媒介不仅是不稳定的，而且还可以富有弹性，从完整的人到"人的整体"的较为顺利的过渡，其中包括了超出简单的平均的日常生活的一种跳跃。这意味着，电影同时具有成为真正的大众艺术的可能性，它可以成为对深刻而普遍的大众情感的表达，且能为广大群众充分理解。爱森斯坦和普多夫金的电影，就是将俄国十月革命以后各种重大事件提高成为在压迫和解放的斗争中令人神往的意义画卷。在另一极卓别林则能针对当代资本主义政权机构之下人性丧失的感受给出一种深邃幽默的、全面有效的表达。不言而喻，这是具有较少后继者的例外情况，然

## 第十四章 审美模仿的边界问题

而在首先讨论的那一极的数量压倒的优势中，这种成就给出了有关电影最大可能性的一幅清晰图像。这——尽管其实现的不充分性——对于它的审美评价是决定性的。这两极的单纯对比仍不足以给出一个最后的公正判断。多数好的电影都避免走大批电影所走的平庸之路。这些平庸之作在内容和形式上高出平均水平，这种提高却往往通过疏离最深刻的大众情感为代价，或者只是边缘化、往往只是靠离心的迂回路线来达到。对于这些中间层次的大量分化以及两极端之间的联结尺度，我们这里不可能进一步讨论。

对上述端点的这些规定作用，电影的内容性包含了生活的广泛普遍性，它是置于最广泛的效果和即刻的可理解性之上的。在电影的初始时代以及往往也包括今天，这种内容归根结底只是一种借口，以便使松散地或巧妙地相互连接的事件能动人心弦地或滑稽地展开，或取得以交替性和耸人听闻性为取向的视听可能性（追捕、谋杀等）。除了上述突出的成就之外，还不断出现各种尝试，在电影所提供的广泛多样性中寻求一种更深刻的生活内涵，它们致力于在这种最多样的可能性中揭示人的新的特性。电影为这种探索提供了内容上普遍而无限的前景。正是它的这种运动的视觉性的特殊方式，使之能在简单的日常生活事实中发现诗情画意，发现一种真正的人性，发现从深沉的悲哀到释然的欢笑那些丰富的情绪尺度，而这些通常会在不经意之中掠过（如德西卡的《偷自行车的人》）。电影同质媒

◯ 审美特性

介的弹性一方面可以使人感受到充满诗意的日常性，而不会使日常生活的丰富性降低到一种自然主义，另一方面它又会超越直接给出的日常现实性。在电影中完全可以不仅直观客观存在的外在世界，而且能直观由活动中的人所产生的主观方面。我只提到苏联电影《波里库什卡》中主人公的梦。在同一时刻，他把别人托付给他的钱丢失了，在梦中他又看到，他又成功地把钱还给了要考验他的女财主。电影以极其轻松的笔调通过人物在运动中多少有些夸张的对称，同时强调了梦的特性和梦的精神现实。同样电影可以——正是由于它的摄影的真实性——赋予超常的想象力以一种可感的现实和明显性。由于电影能使事物可信，由于它能给每一个对象以相同的现实特性，所以在电影中也为想象力的呈现扫清了界限。这里也可以产生由日常生活和到日常生活的各种过渡，其情绪尺度从欢快的游戏到令人窒息的毛骨悚然。由电影的最大众化的模仿形式产生出无限的可能性，这为电影成为真正和伟大的大众艺术开辟了道路——当然，这只是可能性，但还很少得以实现。

然而正是电影的这种无限多样性、这种贴近生活的感性特性、这种广泛的全面性同时也构成它的表现能力的界限。作为运动性视觉的艺术，同样要与听觉构成运动性组合，电影无法表现人的最高的精神生活，其中文学通过诗意贯注的语言直接地参与塑造；造型艺术和音乐——以不同方式——作为不确定的对象性间接地参与塑造。电影的

## 第十四章 审美模仿的边界问题

运动性视觉必定缺少米开朗琪罗或伦勃朗通过运动、姿态等清晰地、充满意味地和谜一般地将"不可言传的"(歌德语)东西直观地显现出来,更谈不上——当然只是其最重要——诗的内涵的部分表达出来。显而易见,在这里电影的特殊的生活真实性起了决定性作用,通过视觉运动性的置入,整个对象的对象性存在的真实性,减少了在造型艺术中所引起的那种不确定的对象性,也就放弃达到我们刚才提到的精神性的高峰。这不仅表征着造型艺术的最高峰,而且也构成了在其不确定的对象性中总是潜在存在的倾向。创作所涉及的问题我们在前面已详细分析过,使用的语言由第 2 信号系统转化为以第 1′信号系统为主导的,绝不会在分隔的幕次形式中完成(见第十一章)。也就是说,独立表达的思想应该保持(具有非拟人化特性的)其思想,如果环绕它的整个语言氛围、由它所产生的整个语言背景不是从一开始就处于诗性的激发中而被同质化。在这些情况下,它就失去了对在特定环境中特定个人的表征能力。从人的可体验性的观点说,它保持的只是抽象的精神(与下述一点无关,即它作为一个思想体系中的思想是怎样的具体)。它失去了在人的心灵中的基础,就不再能成为创作的要素。另一方面我们知道,一个诗性表达的思想的思想效应不完全是由其思想价值本身来决定的,而且由其诗的一人的前提和后果所决定。诗的语言结构为文学创造了塑造精神的可能性,在歌德的《伊菲格尼》的结束语中,尽管从词意上看几乎全是用平易的日常语来表达的,但却达到非凡的

## 审美特性

伦理—思想高度,是最真切的思想,而 G. 哈特曼的富有感情和精神的、表情丰富的语言,作为思想的思想却毫无踪影地消隐了或仍就是一个异在物。诗的语言所创造的这种氛围必定是视听运动的电影所缺乏的。关于电影中的语言塑造,我们将在下面另行讨论。这里只想说明,由于电影的听觉伴随视觉的运动性,其中语言只能起到一种次要的、辅助性和补充性作用,不可能产生那种感性—精神的艺术氛围,这种艺术氛围构成诗的精神性人物形象的基础。电影创作中的这种限度不仅关系到在其最确切表露的精神高度上,而且以不引人注目的方式贯穿它的整个显现方式中,如果在诗的构成中要插入某一人群(士兵、牧师等),那么它自然要具体描写他们的社会出身、他们现在的社会职能、他们的历史前景等,并由此使人们能理解他们的社会和历史存在。在电影的直接性中,这种看来只是注解的而实际是以感性表现为基础的规定消失了。在直接现实中,它的这种作用不一定会减弱,因为通过自发的联想这种感性表现可以被补充。只要很短的一段时间就过去了,观众面对的只是事实,实际的社会联系对他来说是处于暗里。敏感的评论家赫伯特·叶林早在 20 世纪 20 年代初一部《奥赛罗》的电影上映时便已指出,本质上伟大的悲剧不可能以这种创作方式深入进去。[①] 自此以后有一系列文学名著被拍

---

① 赫伯特·叶林:《Othello als Film("奥赛罗"作为电影)》,见叶林《从莱因哈德到布莱希特——四十年代戏剧与电影》第 1 卷 (1909—1923),柏林 1958 年版,第 423 页。

## 第十四章 审美模仿的边界问题

成电影，当然它们处于极其不同的水平，然而正是其精神高度总是从电影创作中跌落下来。在那些拙劣的影片中只是起到一种摘要的作用。这当然并不排除，这些电影有助于文学名著的普及，但是最有利的解决办法也难以改变这里所说的这一基本事实。

那个经常提到的哪种文学样式与电影脚本有最大的相似性的话题，与这一问题密切相关。其直接的出发点，即与剧场上演的戏剧的类似性，今天终于已经超越了。对戏剧和电影的艺术基础的每一实际的分析，都导致对其审美对立性的揭示。戏剧是以对话占绝对优势，而电影则以感性—直接的表现方式为主。从戏剧史看来，由莱因哈德剧院发起的进入背景的诗性对话有利于装饰性导演以及其他取向的发展，但是表现主义的反戏剧化导演试验却支持和传播了一种剧场演出的戏剧与电影相接近的错误观点。伟大的叙事文学与电影文本之间也关联不大。这一事实在纯理论上具有诱惑力——作者承认，他有时也能捕获这种魅力——与戏剧不同，在叙事文学和电影中所反映的似乎是作为过去的事。接受者似乎不像在对应于一个事件的展开，而是事件已然发生并将为我们重新呈现出来。这对于叙事文学在审美上是恰当的，而对于电影却只是技术上的。因为我们不是去经历事件本身，而只是它的完成的映象。由于电影的双重反映，使这种模仿失去了它的过去时的特性，它的第二直接性将其表现为当下的。这种迷惑正在于反映方式上，其中我们往往称为真实性的东西，在其全部直接

> 审美特性

性中只是由媒介的要素所造成,并通过摄影的存在、通过在我们面前的播放才成为当下的。不论是在电影中还是在叙事文学中,对象世界所起的重要作用可能同样具有吸引力,但同样可能被误导。因为一方面我们已经指出,人的对象环境的塑造是基于完全不同的原理,另一方面伟大叙事文学在对象性的这一领域所完成的最高形式的综合,即对客体整体性的呈现对于电影是隐蔽的。这就是刚才在理论上阐释的电影"世界"的限度的实际含义:客体的多样性只有通过精神方式的活动才能完善这样一种整体性。处于其直接现实此在的诸对象本身,只提供了达到客体诗性整体性的具体可能,但是这种整体性本身只是由于活动中的人意识到与它们的关系才从伟大叙事文学的精神观念中产生出来,以致这种客体的组合体由其与人的关系中产生出那种典型的中介,由这种中介形成了社会结构内部一个时期人典型冲突。不考虑与伟大叙事文学相比较,电影的范围所产生的困难,在这里可以看出电影创作的一个一般的——门类性质的——界限。电影具有的最大的文学相似性无疑是在中篇和短篇小说上。著名的中篇小说,如莫泊桑或契诃夫已经提供了效果良好和适当的电影文本。这里存在至今尚未充分利用的大量可能性,但同样这只是一种可能性。因为这或许是教条主义,即完全沿着中篇小说的方向来建构电影的内容。有一系列的好电影,它们的文本内容完全与文学形式无关。

在电影文本与文学门类不相关联的问题上,巴拉兹的

## 第十四章 审美模仿的边界问题

观点是,电影脚本应该看作一种特殊的文学门类。[①] 我认为,这是没有道理的。脚本提供的总只是倡议和动机,以便于视听觉的电影的展开,其中真正的、终极的、艺术的实现尚在考虑之中。把它比作戏剧文本和(或诗歌),似乎会产生误导。戏剧或诗歌具有一种独立的、自身完整的审美存在,而与它是否上演、演奏或朗读无关。从不同的艺术具有极其不同的合作方式这一事实出发,就其各个部分的审美自身的生命而言,不能得出同一化的结论。这里不应该做简单的价值判断,例如在音乐的处理上我们强调过博伊托的歌剧文本对威尔第的《奥赛罗》所做的巨大贡献(参见"音乐"一节)。但是显而易见,这种贡献只限于对威尔第的戏剧音乐打开了巨大发展的可能性,而莎士比亚的悲剧是一部独立的伟大艺术作品。脚本的审美性质只能由这一观点来看:如果说戏剧是对现实的一种自主反映,而脚本只是那种双重模仿的一个跳板,以便使电影得以实现。脚本作者、演员、导演、制片人员等在密切的合作中才能共同最终地完成电影的审美上唯一重要的塑形。当然这并不意味着,脚本在精神上和审美上的质量对这种唯一合法的塑形是无关紧要的,相反地我们知道,演员的辉煌成就往往由于脚本的平庸或拙劣而遇挫,一个好的脚本往往怎样促进了所有必需联合的力量。所有这些使得脚本不过是电影的重要的、不可或缺的组成部分,但却绝不是一

---

[①] 巴拉兹:《电影文化》,第211,256页。

## 审美特性

种独特的艺术类型。因为它的文学质,就其不是电影创作本身的引领和指示而言,不是作为它的自为存在来看待的。例如脚本可能包含美丽的自然画面,然而在实际拍摄以后它的激发特性便消失了。如果拍摄是成功的,那么它就变成多余的和无所谓的了。作为从文艺上对现实的直接反映,脚本只能是由全部作品的整体毫无剩余地扬弃了的要素。

如果我们设想演员在戏剧和电影中的作用,这就显得更加明显。正如反复指出的,戏剧具有一种独特的同质媒介,这种媒介是基于它的对话塑形。通过演员为这一模仿提供活灵活现的表演,形成了一种双重模仿,然而却有明晰的差别:它是一种已经独立的、自身完成了的模仿的解释(类似于在音乐中指挥、各种乐器演奏家和歌唱家)。伟大的、在历史进程中存活下来的戏剧典型是由戏剧家创作的,由演员们——在不同时期各不相同——体现出来的。演员的不朽性在于,他构成了从哈姆雷特或法尔斯塔夫阐释链条上重要的一环(这和音乐中是完全一样的)。

而电影在这里却提供了全新的东西:演员的成就成为最终的东西,不再是对文学存在的典型的阐释,而是一种典型的独立创作,这种典型是由演员的个性感性地展示出来的。这里形成了电影的大众艺术性的一个新的方面,这多方面地显示出演员的这种占优势的、直接的典型创造力。但是机械地把它和即席表演的滑稽戏相比拟是根本错误的。因为在这里有事先确定了的、由演员所体现的典型,而对于电影标志性的却是一定的个体演员作为本身在世界尺度

## 第十四章 审美模仿的边界问题

中成为典型。电影作为大众艺术的两面性,在这里也相当清楚。在最底层,我们看到这样一些男演员和女演员,通过他们的身体存在使日常平均的广泛传播开的欲望之梦感性直观地表现出来。这些典型为社会学提供了极为有趣的研究资料,在审美上只有他们的存在被完全觉察到。若良好的有时是杰出的演员能够将一定的特性组合提升到这种与其个人相联系的与社会相适应的典型。如大众美的理想葛丽泰·嘉宝,妇女悲剧角色阿斯塔·尼尔森,勇敢和机智灵活的杰拉德·菲利浦,幽默大师巴斯特·基顿都表现了演员的个性。任一角色总只是一种动因,往往只是一种托词,以便展示出这样一个贴近民众的典型。在我们至此为止的论述中已经理所当然地表明,我们在卓别林那里看到这种倾向的最高峰。卓别林肯定是一切时代最著名的演员个性之一,他——与大多数真正的舞台大师不同——不是通过对不同文学典型的体现发挥才能,如鲍迈斯特、密特乌尔策和巴塞尔曼,而是以他的身体存在、以他的姿态和表情的无限变化将现今资本主义大众中"小人物"的人的典型行为感性符号化了。由此他在表现社会和历史状况中达到了这样一种典型的高度,这在其他艺术中很少有同时代人所企及。不要忘记,卓别林塑造的人物的情感圈子以及他的社会视角,与卡夫卡的世界多么接近。然而卓别林所表现的惊讶和无助不仅是内在的,而是以外在与内在的不可分割的统一感性地表达出来。如此形成了一个对恐惧的胜利的世界史幽默,它的深度——对卡夫卡难题的一

> 审美特性

种客观化的深度——正是表现在，它使这种奥秘以大众化的尝试方式在不同国度发挥作用。

如果我们要简短地概括一下电影效应的中心运动性原理，那么就必然要提到情调的统一性。在文学以及同样在造型艺术中，其情调是由最终人的状况的塑造产生的必然结果。电影模仿的现实特性和已经谈到的它的真实性所产生的结果是，每一个画面、每一系列画面或者是放射出一种确定的和强烈的情调的统一性，或者在审美上根本就不存在。由此出发选择、安排、编导和制作来实现演员的成就和每一拍摄对象的组合，显而易见这取决于听觉的配音，但主要是各个画面及其序列的视觉情感价值。因此我们在电影《战舰波将金号》中看到了由奥得萨港口伸展开来的巨大的阶梯上只有无数的脚和哥萨克骑兵的战靴，而没有人物本身。所以在电影《夏伯阳》中，影片主人公与他的战友和顾问福尔马诺夫离别时是这样拍摄的，后者的车慢慢地离去、逐渐消失了。由此我们在电影《彼得堡的末日》中，在冬宫的一个被遗弃的大厅中只看到一盏巨大的吊灯，开始慢慢地抖动和摇摆，最终跌落下来。电影拍摄的所有技术手段（特写、遮光等）只有作为情调统一体、由一种情调转化为另一种以及情调对比的表现手段才能获得一种审美的意义。同样，剪辑、蒙太奇、速度、节奏等无不作为手段，以便引导接受者在整体情调统一体中由一种情绪进入另一种情绪之中。

感受性的主要媒介是情绪。所有那些技术更新，其中

## 第十四章 审美模仿的边界问题

经验论者和实证论者所寻找的和认为找到的电影在审美上新的和专门的东西，都只是手段，以便使情绪、情绪的相互过渡、它们的序列以及对比综合成感受性的这种审美导引。例如电影的色彩性，这里不考察彩色摄影的技术进步或不完善性的问题。从审美角度看来，这里和别处都一样，技术的圆满解决只是一个前提，失误也是个次要问题，不论失败的根源是缺乏技术或是对现有技术能力没有适当的利用。审美是唯一决定性的问题：若要表现出特定时刻情绪的色彩以及整个影片的情绪统一体，那就要看是否将它与影片的其他视觉的、听觉的、内容的要素整合为一个有机的整体。电影《红磨坊》以富有情调的视觉形象表达了法国画家土鲁斯·劳特累克生活和创造的氛围。奥利维尔在《亨利五世》中通过绘画的类比使整个电影沉浸在充满中世纪情调的佛兰德斯绘画的色彩之中。这些情况只是作为方法上的举例而已。这里所说的适用于电影的全部构成。在举例方面可以补充一个反面的事例：在奥利维尔的《哈姆雷特》中，其布景环境过分强调"原始性"情调，以致与人物行为和话语文本的文艺复兴特点形成情调的对立。

这里提到的电影的可能性和局限，首先是基于特殊的情感价值，这是摄影映象的真实性在接受者那里产生出来的。每一个电影画面都是作为对现实的模仿而被体验，这种模仿通过其摄影存在的事实，从一开始就被看作是现实：因为它能被拍摄下来，必定以这种形式也是实际存在着的。我们已经看到，在所有其他的艺术中都没有这种真实性。

## 审美特性

我们可以设想，不同的讲述者要如何编造自己的叙事手段并进行形象创造，以便使其内容的正是如此的存在面对观众能作为事实来感知。造型艺术的映象性也与这种自然范形的具体而实际的直接表现毫不相干。在与其最接近的例子中——在肖像的相似性中——我们看到对这一问题的深入却正好相反的一面：在这里——不涉及艺术价值问题——对于某个人的绘画的或雕塑的映象总存在这样的问题，它真的像吗？甚至还有人们对相似性是怎样理解的？与现实的这种关系也决定了对艺术作品主导情调的特性和特殊的质。所有其他的艺术都是共同的，按规律说来情调只是所激发的情感的一部分，它不是无条件地事先存在的。无论如何它总是其对象审美构成的塑造方式以及同样通过创作所形成的相互关系的结果。在电影中正相反，对象的存在（它必然是作为真实体验到的映象）直接、自发地发散出这种情调，这种自发性作为多方面要素的一种复杂化的、经过提炼的艺术合作的成果，但却不会改变其范畴的特性及其现实特性。在这里显而易见，真实性只是为电影的艺术创作提供了可能性，在实现的过程中仍然会有情调性的特殊差别；但是绝不会给本来看到的东西一种审美的改造。接受者是把电影作为现实的媒介来体验，这种媒介使电影被看作生活的直接现实。由此电影的模仿特性得到了一种强化，同时又被压缩为具有消失倾向的一种单纯因素：每一种个别性"正是如此地被看到"，通过摄影设备的镜头作为实在被记录下来，但是却缺少在剧场中我们往往称为演员

## 第十四章　审美模仿的边界问题

在场性的东西，它是基于其直接作用的身体现实的。它与电影所必然产生的存在的全部在场性不一样：在剧场中形成一种两倍的、等级化分离的现实，由于演员是以一种在质上完全不同的方式作为现实也作为布景、道具和服饰被体验，而在电影中所有映象必定具有完全相同的现实特性，因为所有的都是以技术方式准确拍摄下来的现实的映象。这种同一性是电影双重模仿的必然结果，是不可排除的。

在这个基础上情调是作为电影的普遍的和主导的效应范畴而展开的。其普遍性又表现出巨大的尺度：从最具黏性的拙劣艺术到一种真正以社会为基础的人性的悲剧高度及至现今社会人的辛酸的和欢快的可笑状态。电影的特殊意识形态效应尤其是基于，由它所塑造的情调贯穿在所有的世界观问题、所有的立场态度以及社会事件之中，这种效应首先是在情调之中通过它的中介进入接受者的心中。正是这种情调与意识形态内涵在观众体验中的不可分割性，使电影成为我们时代最大众化的艺术，使它成为所有最不同的、最相互对立的倾向的最有效的表达形式。在这里，我们反复提到的、在电影中所表达的意识形态的、映象的真实性给出一种特殊的差别：具有情调色彩的、分组的、相互衔接的现实片断所显示的观念好像是从事物本身、由现实本身之中产生出来的，使它具有了一种直接的、往往是无意识的、通过情感性迂回路线作用的穿透力。电影并不能达到最高和最丰富的精神性，在这个方面对它说来却是一个强化而不是弱化的因素，因为在情感性和直接—感

> 审美特性

性的感知性范围内每一种观念或倾向都能具有一种很确切的大致容貌。电影是取独特的征象,它表明在一定时刻大众内心的活动以及对相关社会问题采取的立场。①(这仍是一个历史唯物主义的问题,我们只简要地谈及它与电影形式特性的密切关系)。

我们已经依据其艺术效应从不同方面考察了电影的摄影基础,它无疑为电影带来了单纯自然主义的风险。电影就其直接本质而言,首先是关于现实片断的一个视觉的精确报道,一种准确摄制的现实片断的——一种蒙太奇——组合。要明晰地看到作为艺术风险的这种可能性,首先要指出,在第一次世界大战以后所有自然主义或至少以自然主义手法的文学取向中,电影的楷模在理论和实践上起了重要作用,并在许多方面至今仍在起作用。也许我们指出"新写实主义"的风格努力就够了,另外还包括以皮斯卡托舞台戏剧化演出的形式来剪辑电影胶片,以众多讲述人使其叙事的宽度和连贯性融合于简短且往往自然主义地选取的画面序列之中以及——审美上随意地——将"真实文献"插入文艺作品之中等。当然,以前也存在艺术表现和直接"文献化"之间界限的消失,如在左拉流派中或在厄普顿·辛克莱那里。但是电影为这种倾向提供了新的基础,提供了一种似乎令人信服的确证。因为在电影中事实报道、文

---

① 对于第一次世界大战结束至希特勒掌握政权期间的德国电影,克拉考萨已经很好地说明了这个问题。见希格弗里德·克拉考萨:《Von Caligari bis Hitler(从卡里加里到希特勒)》,汉堡1958年版。

## 第十四章 审美模仿的边界问题

献、教材、新闻学等都能不被注意地、未经觉察地转化成艺术创作，它们之间似乎根本无法确立清楚的界限。原来的现实的文献经极其复杂的加工，正如感觉极其敏锐的本雅明所指出，往往作为机器加工的真正地映象性被感知（见本节开头部分），在这里对各个段落摄影及其序列的加工是唯一能使电影从停留在日常感知水平提高到艺术的高度。

我们试图将这种水平以情调性的一般范畴加以描述，同时还指出，这种情调在意识形态方面能具有多么宏大的宽度和深度以及扩展的可变性。在艺术创作方面，同样也存在这种宽度和深度。由日常水平的自我分离以及超越日常水平的自我提升，如经常遇到的那样，可以是单纯形式上的，也就是说，在电影表现上的审美生产性利用剪辑不仅作为技术的表现手段，而且在审美世界观上把它提高到一种创造性的有机性原理。在这些情况下产生的电影，能与现今市民文学和艺术的主导倾向进一步相适应，并能与它们在一种密切的关系中产生相互的影响。对各个段落的摄影及其连接的审美加工也可以是一种基本的、一种现实主义的、依其本质而取向的，对现实的一个全新方面的真正创造性的把握，在真正的艺术意义上的改造。在这里必然会出现审美模仿的全部问题，当然这是在塑造电影的独有的同质媒介的专门基础上。这里要谈的具体问题当然是属于电影创作理论，在此只能简要提到，正如其他艺术门类的类似问题一样。作者只是满意地确信，如此重要的电

### 审美特性

影专家如基多·阿里斯泰格在探讨费里尼的电影《甜蜜的生活》时,促使人们将问题归结为作者原来提出的关于讲述或描写的区分,即从内在或外在来把握对象性及其联结。① 我们相信,与电影特性相适应地去应用一般审美范畴,才能细微地突出电影纯艺术的、真正的现实主义的特性,并使其在理论和实践上从剪辑的技术实证主义的形而上学中解放出来。

这种基本的审美区分对于电影所以极为重要,因为否则在理论上——同样地在实践上——就不可能把握它的"语言",一方面从贴近日常生活转化到艺术,另一方面转化到科学(新闻学报道等)。当我们在这里提出电影的语言问题时,我们之所以有意识地这样做,因为这里存在的问题都是与语言(没有引号的)的使用相关,都与电影表达的所有特征极为相似。纯粹科学的应用,没有特殊的难题。这里关系到使各种对象可以感知,否则这些对象会由于人的感性的主观的和客观的原因或状况而无法实现。这些电影经常也使用艺术表现方法,这根本不说明任何问题。经常是科学作品的语言(没有引号的)艺术化,直观地唤起观念甚至体验,所以没有排除表述的非拟人化基本特性,或者也只是起到干扰作用。在电影的新闻应用中,当然也包括报道在内,事情关系到由我们现在所阐述的可以令人

---

① G. 阿里斯泰格:《Les Lettres Francaises(法国通讯)》,1960,N814。参见卢卡奇《Erzählen oder Beschreiben(讲述还是描写)》(1936),见《现实主义问题》,第 103—145 页。

## 第十四章 审美模仿的边界问题

信服地说明拍摄的真实性本质有助于增强真实效果和现实性效果。人们很容易产生这种直接印象，口头报道很容易说谎，而拍摄的东西则必须对应于某一现实。这一成见提高了这种传播影响的半径和强度。但是不要忘记，这种技术手段可以将电影的单纯日常可信度提升到审美激发的高度；它同样能够将摄影的真实性转化成直接的不真实性，转化成一种欺骗。巴拉兹曾经提到过，人们不用添加任何新的画面只要通过重组和剪辑等，就能使电影《战舰波将金号》呈现出压迫的、反革命的情调内涵。在报道中当日新闻事件当然更容易"转接"，而使其不丧失直接的真实效果。电影"语言"在其所有独有的特征中，存在着真实性与不真实性这同一个难题，它内在于人的生活的每一种语言应用里。

我们重复指出，对电影最本质的模仿特性的简要论述不可能深入到具体的电影创作理论问题中去。这里只能提及一个原理问题以完善我们的论述，即在电影中语言的地位和作用。为了正确回答这个问题，让我们回到默片，默片在这种程度上是不能缺少语言的，行进中的字幕对于观众理解不可缺少的事实状态的情节是必需的。另一方面我们知道，不间断的音乐作为过程的听觉激发的伴奏对于理解和情调的情感明晰化是不可或缺的。在有声电影中语言所要完成的功能是默片所提出的形象塑造的两种必要性的——直接的或间接的——继续。语言作为独白、对话和演说等，成为补充上述两种要素的第三种出现在前台，也

> 审美特性

就是说,作为使影片里行为中的人的命运直接生动起来的要素。第一个问题即不可或缺的事实的传达,实质上是提出了一个新的任务。在叙事文学中这种认知性内容构成了陈述张力本身的主要部分;在戏剧中道白要与对话的命运展开构成有机的统一;而在电影中要解决这个问题必须寻找新的途径。因为口述的语言在这里并不处于同质媒介的中心,相应地只能作为视觉—听觉呈现的事件的补充。它每次都是一种特殊的创作理论构成问题,即如何使最大的信息量与最小的语言干扰结合起来。在第二种要素中最明显地产生了默片与有声电影之间的审美跳跃:口述的语言在这里成为那种声响的一部分,它构成了听觉的伴奏和视觉激发情调的强化。在这里也不可能提出一般性的规则。只有对具体成果和失误的分析,才能确定这里产生的可能性和局限。从有声电影至今的发展可以明显看出,对声响——包括人的演说——的现实主义复制不能为视觉情调激发提供一种连续的和足够的听觉伴奏,以致有声电影也总是不得不引入音乐形式的听觉效应。在这里不可能深入细致地讨论这个问题,只能指出,这种可能性是与电影中不确定的对象性特性及其最小化倾向以及与其情调特性密切相关的。音乐作为情感的双重模仿,它直接情绪性地表现了情感,特别适合于减小这种不确定的对象性,一种情感性—带情调色彩的补充促进了其真实的—外在的现实性。

最后来认识第三点,有声电影的口述语言作为情节的戏剧要素。两个人的关系在我们的面前以其欺骗性而展开,

## 第十四章 审美模仿的边界问题

他们在一个急速尖锐化的心灵冲突中爆发，在这种情况下演员必须以尖刻的、经过推敲的语言取得他们关系的最后结果。尽管这里与戏剧存在某些相似，但是却不要忘记，在戏剧中这些谈话是由对话的连续性产生的，而他们在这里却只是视觉—听觉、情绪性的准备。他们一方面必须给出具有可体验张力的阐释，另一方面他们却不能摆脱具有统一情调的由视觉—听觉所创造的框架。由此得出这些转折性镜头的一种精心的情绪准备状态的必要性，它比较集中并短暂。在这里还必须使人感到，这些规定与具体情况相适应，在每一个别情况下都促成一种专门的行动。无论如何这里必须与视觉—听觉的情调特性保持有机的联系。我们设想卓别林在影片《大独裁者》结尾时所发表的伟大的和平主义—人道主义的演讲。它的意义肯定迅速就能为人所理解。它的时间长度、它的声调等是由整个影片的基调决定的：作为人们经历了战争和法西斯暴政所体验到的梦魇的结束，在这一演讲效果的电影创作中又加入了音乐伴奏。尽管卓别林肯定打算对法西斯的非人性体制做思想的清算，它却不经觉察地——客观上肯定不是偶然的——转化为情感性的批判。

所有这些联系导致将电影构成的决定性原则确定为情调的统一。当然情调应在那种普遍的意义上来理解，正如以前所分析的，这种统一是与强烈的对比结合在一起的。但是它必须在所有矛盾性之中具有牢固的统一，否则影片很容易落入异质性碎片中，如在德西卡的电影《米兰的奇

> 审美特性

迹》中，它的失误在于，基于爱情共同生活的穷人友谊的胜利给人一种不现实的童话般氛围，以致后来出现的事实的奇迹如同一个断裂，产生突然过渡到完全不同的世界里的效果。在这里对于电影最根本的是——由于反复说明的真实性——它比文学更经不起非现实性的前提。（我们设想德西卡精彩的有大象的喜剧，贫穷的教师作为礼物收到了一只大象）。电影给成为独立的滑稽的或令人感动的插曲一个更大的活动空间，对于它作为其他的艺术很少要求加以说明。我只指出《大独裁者》中的插曲，卓别林按照勃拉姆斯的《匈牙利舞曲》的旋律和节奏来给一个人刮胡子——作为前提是，保持情调的最终的统一。这些说明当然只涉及由艺术意图制作的电影。绝大多数电影具有这种统一，只是为满足约略的社会需求，观众的反应主要对应于纯题材性的或纯外在性的紧张因素。在这种对立中，会形成那种我们强调过的由于极其贴近日常体验方式，而在同质媒介的弹性和不稳定性之间形成平滑过渡。实际上好的电影很少会出现由弹性滑入不稳定性，其原因在于电影生产的可能性，它的生产需要大量资金，这是现今具有这种资金集中化机构的社会必要特性所使然。擅长成为典型的大众艺术的艺术门类，几乎总是会堕落为单纯追求快感的拙劣艺术，这是个历史唯物主义的问题。对于我们重要的只是，揭示出那种内在的形式因素、那种模仿类型，这是与电影特定的艺术本质的社会影响背道而驰的。

第十四章　审美模仿的边界问题

## 六　快感的问题域

在前面的讨论中，我们重复地使用了拟似审美的概念，它是在一种主要是暂时性的意义上来描述某些产物和情感反应，它们在其直接的表现方式上与审美极为相似，尽管它们就其本质而言，与艺术的决定性规定毫不相干。这种临时性划分纯粹是由否定的方面做出的，以便能看出某些往往与艺术领域密切相关的现象对审美水准的偏离。原来很少谈及它自身及其固有本质。因为——在不同的机会都反复暗示过——很多作为艺术作品和作为艺术成就来看待的东西，极其成问题地甚至完全负面地表现出，在其直接的生活联系中具有一种往往完全不同的侧重点。从审美的观点看，它可能毫无价值，但由此并未丧失它对个人生活的甚至整个群体生活的促进特性。如果从一种纯粹社会的观点同样也会受到尖锐的批判，甚至彻底的否定，然而不能因此排除它在人的日常生活中的作用。由此回到我们的出发点，即对日常生活的探讨，当然我们在其间已经了解了由此分化出来的对客观现实的各种反映方式，包括非拟人化的科学和同质的拟人化的艺术，对其结构、本质和功能有了进一步了解，现在所要进行的划分、对日常生活本身的考察，比刚开始时更加具体。当然我们现在的意图和过去一样，并不是要给日常生活的特性提供一种综合的图像，而是指向对审美的进一步规定。如果能对审美与日常生活的关系作出正确的描述，那么就可以对审美本质做出内容丰富和轮廓清晰的概括。

有关审美的文献在这方面造成两极化的不充分性。首先在哲学唯心主义的论述中往往就是这种情况，通常把美及作为其实现者的艺术与生活毫无过渡地以形而上学的决然方式区别开来，依据这种观点生活只是作为艺术活动的一种——总是不充分的、总是需要修正的——素材（模特儿）。在相反的一极——以极其不同的方式——以机械唯物主义和实证主义为代表，把审美完全消融在生活中、消融在人们的日常生活之中。艺术是一种社会现象的真理，通过这样一种夸张，变成了一种错误。对于这一问题域的讨论，在我们以前的论述中不断出现，其目的在于针对这双重的失误对艺术与日常生活的正确关系在其真实的比例中展开讨论。当然，人们若要以形象的方法对唯心主义的等级制作出目前的说明，审美的界线"向上"同"向下"一样很难划分清楚。美的概念具有无法消除的模糊性和多义性，大多数历史上有影响的美学家处于其中点，使它与真和善的实际关系同样不能令人满意地显示出来。我们对这个问题已经多次重复地提到，但同时也指出，对艺术作品内涵和结构的具体分析要在另一部著作方法论的地方以适当的方式回答这个问题。这里我们只能指出，对美在其"要素"（崇高、滑稽）的分析及其所谓的具体综合并不是阐明它的根本步骤。我们宁可相信，车尔尼雪夫斯基是有

## 第十四章 审美模仿的边界问题

道理的,他主要针对费舍尔提出批评,并提出这样的观点:"艺术的范围……包括一切能使人……只是作为一个人——发生兴趣的事物;生活中普遍引起别人兴趣的事物就是艺术的内容。美、悲剧、喜剧,这些只是决定生活里的兴趣的无数因素中的三个最确定的因素罢了,要一一列举那些因素,就等于一一列举能够激动人心的一切情感、一切愿望。"[①] 在这里我们对他的整个观点不做分析,我们将在下一章讨论自然美的问题时再详细探讨,要试图确定审美向"下"的真正界限(在上述意义上)、这种艺术内容的人的普遍性的规定已经足够了。

现在所要进行的区分,包括三个方面。第一在直接从属于审美的现象中,就其本质而论,对与审美不同的那些规定要按其相应的实际性质来理解。第二在这种区分中它的全部自身合法性仍看作生活的要素。第三应指出,在这种立足自身提出的、由生活中产生的价值特性——激励其他生活领域并使这种激励被接受和加工——是与审美存在、与艺术的社会效应相关联的。这本来从美学的方法论是可以理解的,它集中在第一组问题综合体,是纯粹的分界。但是对这个问题的唯心主义理解是不可避免的,它的生活方面被排除了,这从美学上——从方法论上说是合理的——从而不仅使它的特性仍然不被认出,而且通过唯心主义等级

---

[①] 车尔尼雪夫斯基:《艺术与现实的审美关系》,周扬译,北京:人民文学出版社1979年版,第96页。

审美特性

制的排序,使它经受了或多或少、或公开或隐蔽的被轻视的判断。最典型的是在康德那里,在他的美学理论中关于快感与美的章节中见出。① 抽象地说来,他的反思包含的原创性不是很多。早在中世纪美学中,已经在此基础上作了区分。司各特·爱留根纳描述了一个用宝石镶嵌的华美造型的金质花瓶。它被一位智者和一个道德败坏的人所看到。前者满足于对它的美的观照,而后者却由占有它的贪欲而着迷。这一对比在中世纪美学中广泛地发挥了显著的作用。托马斯·阿奎那已经将其表述为,审美快感是一种对形式和谐的愉悦,而无视任何生物的有用性;由此进一步得出,单纯的味觉和嗅觉感受不会导致美的体验。由这一点可以最终概括出审美的本质,美是由事物本身引起快感的观念,而无视所有实际唤起欲念的必然性。②

康德所提出的问题的原创性仅仅在于,他在美学中果断地开辟了一个中间领域,它通过在其中起支配作用的无利害性,既向"下"与快感又向"上"与道德感区分了开来,而这两者都是处于利益的支配下。无须详尽的分析,完全的无利害性绝不会是审美的特性。尽管我们多次提到审美态度(以及科学态度)是搁置起眼前的实际利益,但是同时也强调,这种搁置也构成了日常思维的不可或缺的

---

① 康德:《判断力批判》上卷,宗白华译,北京:商务印书馆1987年版,第2—4节,第40—45页。
② 德布吕内:《L'Esthetique du Moyen Age(中世纪美学)》,卢文1947年版,第145页。

## 第十四章 审美模仿的边界问题

组成部分。从使用之前对劳动工具的检验,到下棋时对复杂情况的分析,到处都需要暂时搁置直接的利益,这正是为了行为能取得成效。在这里重要的是,它所涉及的是对利益的搁置,而不是对利益的排除。棋手一直热情地关注他这盘棋的获胜,虽然或者正因为如此,他如此客观地分析各个棋子的每一状况,好像他根本没有参与其中,因为只有这样通过认识他自己的弱点,通过对手可能出现的弱点,他才能找到正确的棋步,才能保证他的胜利和实现自身的利益。在日常实践的这一不可避免的阶段中,由利益所唤起的激动程度越高,通常就越发不可能达到其目标。在科学中涉及一种更大范围的、在质上不同的搁置,但却是一种搁置。在这里根本不用提应用科学,很明显在其中始终存在着一种利益,它影响到整个研究进程。在看病的诊断时也产生对痊愈的利益的搁置,这是理所当然的,但是在这里也只是一种搁置,而不是排除。

然而就审美所关系到的而言,康德的完全无利害性的理论经不住认真的分析。创造性态度表现为由实践与搁置不断转化的过程,是不言自明的。正是这种由目标设定——这没有利益是不可能的——与"无利害性"的视觉检验不可分地联合,它在作品完成的不同阶段的实现创造了那种创作过程充满矛盾的和谐,这才导致真正的创作成果。这个问题只能在下一部美学对创作态度的探讨中来讨论。这里只能提出,著名的艺术家们都承认,分别按照艺术的状况以及艺术家的个性,他们都把这种复杂的关联特别视为一

> 审美特性

种要素,哲学的艺术理论的任务是以其客观的比例真实地描述出这整个过程的实际的、决定性的范畴规定。

简单的感受体验的直接性乍看起来似乎符合康德的说法。因为在直接投身于一个真正艺术作品的效果时,似乎实际上所有日常生活的利益都默不作声。它的同质媒介的激发力打开了完整的人的心灵世界,使他转化为专注的感受者、成为"人的整体",指向这种一次性的、特殊的作品的"世界",似乎由这种体验的领域摆脱了日常生活的所有目标设定。这种假象实际上不仅是一种单纯的假象,因为这种感受态度是人与艺术产生真实关系不可或缺的基础。然而其间这种态度方式,准确看来,同样不是排除,而只是对利益的暂时搁置。不仅如此,因为它只是在相关的、成为感受者的完整的人的生活中利益的暂时消失,而且重要的是,因为人与艺术的关系不可能局限在这一种活动中,尽管这一环节是不可或缺的。我们在第十章中已经在最原本的、最狭义的和最严格的意义上讨论了审美过程的前导和后续过程。如果我们把由那里得到的观点用于我们现在的问题上加以概括,那么一方面要强调,艺术作品的陶冶—转化效果,这种由其审美本质只有通过——正是审美的——不允许以简单化或庸俗化的方式才能被分离开,最终作用到具有其全部欲望、志向、目标设定和利益的完整的人。每一部伟大的艺术作品——最终地——都说出了活着的记忆。正如在歌德的《威廉·迈斯特》中过去时的大厅。伟大的艺术作品陶冶作用的意图绝不是要窒息这种生活倾向,

## 第十四章　审美模仿的边界问题

正好相反，由此取得的对情感的净化作用于改变其内容、方向或客体，不是由人的生活中把这些排除掉，它可以通过确证把艺术所塑造的世界给予他们，使这些在内涵和外延上得到增强。这其中已经表明，即使在完全投身于引人入胜的作品时，其直接的审美体验也只是对利益的搁置，而不是对利益的排除。

另一方面由这一切可以得出，审美体验的前导和后续过程可以看作它的有机的、与其本质密切相连的组成部分，而不单纯是生活事实，这些事实只有通过心理的连续性在每个人的内心生活中与其相关联，这些我们已经在前面的讨论中说明过。前导和后续过程既是每个人的生活之流中的一个阶段，同时也是他与艺术关系的一个阶段，通过这个阶段他倾注于艺术作品并由之丰富了自己，然后回归到日常生活之中。在后续过程中由于陶冶作用其利益可能出现转变，这是显而易见的，当然这只是可能，而绝不是必定。这种转变的出现同样不是作品效力的尺度，甚至也不是陶冶作用深度的标准。因为如以上所指出的，净化可能是以前起作用的努力和情感的一个确证。陶冶效应的特征正是在于，它是指向人的整个个性，按照规则——借助其影响——各种利益可能产生改变。无论如何在直接审美体验中利益的搁置与在后续过程中重新返回生活之间存在着有机的联系。

在前导过程中要取得这种联系的一个证明可能是困难的，毫无疑问在很多情况下它关系到，与作品的相遇、从

> 审美特性

完整的人转变到"人的整体"同样要实现利益的搁置。但是我们不要忘记，同样在不少的情况下人们——或多或少是有意识地——寻找艺术的完全确定的陶冶作用，感觉伸展到一定的典型。在审美效应的前导过程中这种趋向和嫌恶并不起显著作用，这可能关系到艺术整体效果的各种个别要素，关系到主题范围以及风格等，但也可能在其中或多或少构成闭合的整体。无论如何它在相关个性的一定的、经常是基本的生活利益中有它的基础。当然在前导过程中实际的审美体验如此产生的吸引力不是简单直线式完成的，巨大的惊喜、失望、期待的障碍跨越等都绝非例外。由此可以清楚地看出，人们对艺术的亲近绝不会表现出无利害的特性。整个审美感受性的领域是同人的利益完全结合在一起的，只是它不能在那种简单化的意义上去理解，如同在唯心主义美学自司各特·爱留根纳至康德那里所提出的看法。

康德对快感与审美的区分所提出的另一个标准——即快感关涉到现实性而审美排除了现实性——也很难成立。我们在建筑这样一种真正的艺术中可以看出，现实作为其塑造出的存在的范畴是与其审美的对象性、与其作为艺术的效应根本不可分割的。在另一方面同样不能否认，有些快感体验并非指向一个客体或客体组合的现实，而正相反是以自觉的方式保持着纯主观的性质。只要指出在记忆中、白日梦、想象中的快感就足够了，对象的非现实性对于快感体验是完全一样的，甚至构成了它的心理学基础。快感

## 第十四章 审美模仿的边界问题

客体的现实性和在审美客体那里对现实性的排除同样很难构成区别两者之间的界限，即利益或无利害性。这两种错误的标准，当然正如我们的探讨所指出的，是密切相连的。因为对利益的唯心主义的粗糙化——当然在康德那里作为必要补充的相对的另一极同样是对道德利益的一种理想化——这是源于对生活领域的一切现象从唯灵主义视角的轻视。从柏拉图彻底的唯灵主义者的观点看来，艺术与现实生活相混同，是模仿的模仿（现世的、真实的对象被看作是对理式世界的模仿）而被彻底否定了。在康德那里至少对一个中间领域给予了值得认同的强调，这一领域是由经验的现实中生硬地毫无过渡地被区别开来，尽管它不是纯粹的唯灵主义，而是可以达到与先验相联系的、与世俗的纯现象界相对立的实体。

这种对上帝创造物生活的唯灵主义的轻视是在唯心主义美学中理解快感与美之间关系的基础。当然就本质而论亚里士多德不是纯粹唯心主义者，他的客观唯心主义往往具有很强的唯物主义倾向。在这里也是一种例外现象，因为他有时把快感当作美的一种标志。[①] 此外唯心主义的唯灵论将美学与世俗生活之间作了教条主义的严格区分。当然普罗提诺和谢林将艺术在理式论之内从柏拉图的地狱判决中解放出来。如果艺术被理解为理式世界的直接摹写，这种拯救倒是可能的，但是由此它与世俗生活的距离相对柏

---

① 亚里士多德《Rhetorik（修辞学）》Ⅰ，9，3。

> 审美特性

拉图说来不是缓和了而是加大了。左尔格的这种唯心主义—唯灵论哲学的立场是最极端的一种表述，美与世俗生活的接触成为审美理想本身的一种超验形而上学悲剧的根源。关于美，他说道："在其他显现的对象的纷乱之中，它通过上帝的本质寓居其内的辉煌而被提升，然而它却不能由那种世俗的链条中解放出来，而是在上帝面前同整个其他各种现象一起沉入到虚无之中。啊朋友，这种尖锐的矛盾，也是无意识地以一种不仅是内在的而且是巨大的、通过其他财富无法治愈的、永久而无法驱散的痛苦征服了每一个人。它不是通过个别事物的沉沦而在我们心中被人激起，甚至也不只是通过所有世俗事物的短暂性，而是通过理念本身的虚无性。这种理念同其体现以及与一切会死的人的共同命运一起被征服，同整个上帝所鼓舞的世界一起消亡。这就是地球上美的真实命运。"① 这是将审美如此猛烈地提升到理念世界的云端，在这个飞升的过程中又突然坠落下来，在这种悲剧的不和谐的光照之下，所有世俗事物必将坠入同样的虚无之中。世俗的美只是通过这种悲剧命运与其他生活现象区别开来。

　　但是黑格尔往往在批判左尔格美学的这种极端本质时，其理念的这种观点，就其在唯心主义范围内可能存在一种返回到柏拉图的倾向，他有时把艺术单纯接近快感看作其

---

① 艾尔文·左尔格：《Vier Gespräche über das Schön und die Kunst（关于美与艺术的四篇谈话）》，柏林1907年版。A. W. 许莱格尔《戏剧艺术与文学》附左尔格书评，慕尼黑1971年版，第185页。

## 第十四章 审美模仿的边界问题

美学失误的开端。他在谈到古典型艺术的理念时认为,这种下降是由于在理解和加工中围绕着"总是人的和人的"生成。"由此古典艺术最终按其内容处于偶然的个体化的零散化,按其形式趋向快感、诱人。"在黑格尔那里多么迅速就触及了真实联系的重要而真正的要素。因为我们将看到——在这一章的各种问题中已经可以看出——审美与单纯快感的实际分离是基于,是否实现提升到超出直接给定的个体性,或者形象和效果仍隐藏在这种个体性中。黑格尔在一定程度上正确地表述了这一事实,当他指出,他认为发展"不是令人惊异的或将人提高到超越他的个体性,而是使人保持平静,并要求使他愉悦"。唯灵主义—彼岸的观念的残留物在他那里表现在,在此和在其他地方这种对立摧毁了在世俗之内的那种内在性,他的这种思想表述是以辩证法作为方法的,并以超验对个体性的超越,甚至往往明显地与宗教相等同。艺术本身由此成为一种向下牵引的要素。"想象,若战胜了宗教观念,并以美的目的来自由塑造,使其虔诚的严肃性开始消失,在这种关系中宗教作为宗教就变质了……"① 但是由此不是把快感与审美相区分,不是在生活现象的整体性中对个体性的辩证法的发展,而是以黑格尔体系的唯心主义—唯灵论的等级制关系——与他的辩证方法相对立——作为思想基础,即精神必然要

---

① 黑格尔:《美学》第 2 卷,见《黑格尔全集》第 13 卷,斯图加特 1940 年版,第 98 页。

走出艺术阶段而进入宗教阶段。

如果我们就我们对审美的观点来考察这一综合的问题范围，那么我们看到——在这里我们用静态的画面是无法说明这一实际事态的——生活现象的整体作为一片山丘风景，在这一景观中艺术作品作为顶峰或一系列峰顶而耸立。在山丘与顶峰之间可以看到有无数的过渡，这不会改变其质的间距，两者在所有中间成员之间是相互分割开的。艺术在其所有作品之中——其最重要作品最显而易见——是人类社会—历史发展的生活的表现。如果人们把它，正如哲学唯心主义经常所为，看作是与生活决然对立的东西，那么就篡改了它的内在本质以及它的真正伟大之处。当然，正如刚才所强调的，用这种静态的画面来表现实质存在的、本质上动态的关系是极不完善的，甚至会变形。因为如果我们以前已经分析了原本的对艺术的审美态度的前导和后续过程（第十章），在那里已经指出不是一种静态特性，而是一种流动过程，即从生活到审美态度和从审美态度返回到生活。在这里，从美学方法论的观点说来是完全合理的，将人与艺术作品的关系由生活的动态整体性中抽象地提取出来。这涉及一种明智的因此丰富的抽象，不会排除掉它的这种性质，因此显然，在这种动态内涵整体中生活只是表现为一种边界领域，由这一领域产生出审美态度，并且这一审美态度最终是汇入到这一领域中去。正因为如此我们的考察不能停留在这一审美的动态之中。这一考察必须——保持其独立性——进入生活的一个更加综合的动态

## 第十四章　审美模仿的边界问题

过程中,即进入那一生活之流中,我们在前面已经多次谈到,其一在生活本身之中,由它的整个源流中出来,由它提供,有益于形成那些需要,它强化了对不同艺术的社会职能。其二通过艺术效应的后续过程为中介,又与整个源流结合起来,丰富了、深化了和精细化了它的内容和形式。确定这一点很重要,这不仅涉及各种单个的行动和趋向,而且涉及一种不间断的运动:如果这两个过程即使是由单独的意识分离开的行为所构成,那么从社会的角度看来,这种流出和流入也是连续地进行着。由此同样得出,最终所描述的运动必定是更综合性的,在艺术作品的接受中所形成的动态过程对于它的每一特性必不可少地是在更密切的意义而言的。

但是这种生活的场域只是它的各种要素之一。生活本身,人的日常生活与我们刚才谈到的领域相比是无可比拟地更加宽广。一种哲学上尽力作出的表述只能是,如果果断地将生活即日常生活的整个综合体的表述集中在它的自在存在上,其对象性的更高形式(艺术、科学,但还有伦理、法律等)同样完全是在其为生活服务的功能中来理解。在这里当然提到了两种源流,其一方面是我们从艺术的观点,另一方面是从日常生活的观点,这两者在它们的统一和区分中起着一种显著的作用。我们所提出的结构,即日常生活的经验、需要、要求和问题等流入到更高的对象性领域,它们的结果流入到这里,应该以研究为基础,以全部复杂的相互作用,这种作用以在其相互影响中的这种倾

● 审美特性

向表征出来。这是不言而喻的,这种研究方式会突破本书的框架。尽管我们当然——现在与以前一样——要不断地考虑到各种不同领域(科学、宗教、伦理等)的相互作用,尽管我们始终要注意到它们与艺术之间的类似与不同,尽管我们——虽然只是提示一下——试图对整个日常生活的范围加以说明,我们的考察却只能集中在日常生活与艺术的关系上。我们所感兴趣的是,审美如何作为一个顶峰——作为唯一适当的在生活中形成,并将其提升到拟人化的需要和追求的对象性——由它们综合成的社会职能中,当然是跳跃式地产生的。尽管我们必要时也提到一些相距甚远的现象,然而我们关注的总是这一目标。

理所当然的是,我们的对象的自在存在的环境要远大于这本身。我们通常称为快感的东西无疑只构成这一生活过程的一种要素。我们可以事先说明,日常生活的人所做的一切,在他那里发生的一切以及他遇到的一切,以一种生命的必然性与他本身相关联,这种关系在绝大多数情况下,并不限于确定一个事件、一个新的任务、一种成功或失败,而是由情绪相伴随,这种情绪是由事件本身、它的结果、由它们引起的期待,在有利的或不利的意义上,在他内心所激起。只要这种情绪具有一种肯定的性质,更准确地说,只要人在与客体或客体组合的关系中,对于他自身、对他目前的状态——直接或间接地——能够给以肯定或赞同,我们就说这是一种快感的情绪。在这种抽象的规定中,我们可以见出快感与有益性有密切的联系,当然同

## 第十四章　审美模仿的边界问题

时以重要的规定将两者区别开来。这种区分往往被以形而上学的僵化的方式所理解，甚至在我们尽力找出其辩证的过渡和转化点时，对这一事态的明确区分仍然存在一种相对合理的基础：有益就其本质而言是客观性的，而快感是一种主观性的范畴。

有益的对象性必定具有一种突出的非拟人化特性，由此可以进一步深化这一对比。一件事物是有益的还是有害的，只有通过行为状态的一种纯客观的反映才能决定，在这里参与其中的人同样必须客观地来理解，正如观察事实状况、对象或工具那样。它总是成为一个实际讨论的对象，是否一个事物（在一定状态下行为的一种确定的方式）有益或是无益，在这里开始时勉强有可能被确定（这可能提升到科学分析），快感的体验正是在于它的不可排除的主观性，与一次性状况的此时此地不可分割的联系，一个特定的个体处于其中——正是在于它的一次性的个体性——最终，对此无须讨论，不可能直接确证。当然在有益性与快感之间会不断出现冲突，但正是这种冲突能最好地适应于，形象地表现出这种对立。因为甚至在许多情况下，作为快感的体验却显示出有害性——举一个最通俗的例子：如过度地大吃大喝——这种确证只能指向未来的自我节制。吃起来味道鲜美，喝起来津津有味，就会放松了节制，总之当时很快意，而事后的反思并不会改变这一事实。这是很典型的，对过去的快感体验，即使相关的人对他以前的态度不赞成，并且目前是以相反的方式活动的，在他的记忆中往往保持着它的快感的特性。

有益与快感的这种精确的、一定程度上是认识论上的区别并不会消解它的实际相互联系。然而这种关系绝不会反转过来。由快感到有益按规律而言并没有沟通的直接道路。相反，日常生活中的人通常只能这样来实现有益性，在他准备实现的过程里，由他的计划到行动要排除所有主观的动机和可能，把他的注意力完全集中在情况和方法的客观性上，将快感与有益性相联系的意愿很容易导致目标的丢失。要从有益性出发到快感的结果，那种相互关系就越发重要和丰富。在日常生活的绝大多数——幸运的——行为中都是这样。这是一种典型的过程，就其本质而言是指向有益性的存在，都伴随着快感的体验，或者在实际行为完成以后处于这种情绪之中。这种感受的尺度非常大，它从劳动的直接愉悦，这种愉悦与劳动工具、劳动时的辅助成员（如在猎手或牧羊人与他的犬的关系）密切相关，直到在完成日常任务时自身——通常是纯熟练型——的技巧性而引起。这种现象的内容和形式都极其不同。它们可以导致某种高价值的客观化，如器具装饰，它也可能完全处于主体内心，作为伴随实践的感受或由每次完成而引起的感受。当然由此提到的多样性远远不能穷尽它的类型。人们只是把握由此表现出的发展方向。如在器具装饰或由它转化那些趋向表现出一种清晰的取向，它影响到艺术本身或至少是与它产生和转化相关的社会职能。人们可以回想我们对建筑发生学的论述。在高度发展的生产力和相应

## 第十四章 审美模仿的边界问题

地在经济—社会强相关组织化的社会中这种倾向往往具有相对立的取向：它从任一科学——技术的最优化出发，器具的表现形式在这种情况下将通过匿名表现出的社会力量如时尚所决定。

　　上述简要的说明指出，快感的情感范围本身是由任一发展阶段的内在社会和历史力量所确定，即使在快感体验本身中丝毫不包含审美的暗示，但是各种艺术的起源和以后的发展运动却受到这里产生的倾向的很大影响。对这些关联、它的社会和历史的汇聚、它的阶级的分化的阐释又是一个美学的历史唯物主义部分的问题。正如在这一讨论中所作的那样，对那种相互关系有必要进一步深入探讨，快感与审美的关系一般作为对现实反映的产物以及作为对其反应方式既相互联系又相互区分。这里若要谈及联系，当然不是把快感体验及其客体当作艺术的对象，在这方面快感与所有其他生活现象处于同一序列，它们——各按不同艺术的不同可能性——可以作为艺术表现的对象。这里所说的这两种情感领域之间的接触点首先并直接产生出它的人本主义特性：两者都是由此形成的一种情结，即生活的各种对象、事件，它们的结合或延续对其经验者会自发地与其本身相联系。也就是说，其决定性的东西不是其自在存在的特性，尽管这些不能由体验的内容和形式中消除，甚至在极端情况下是由其本身成为引发的契机，而是在主体本身之中作为——对特殊对象所形成——他对外部世界的这种要素的反应而产生。如此广泛且内心往往深受影响的体验基础使得有可能，一方面快感——影响到审美前导过程——在开始时影响到艺术的起源和发展，以后也会不断起作用；另一方面在日常生活中从内容到形式会渗透到艺术感受的扩散中。审美感受的后续过程——往往是无意识地，但经常也或多或少地有清楚的意识性——在这里会起很大作用，即哪些东西人作为快感来感受和它怎样起作用。

如此看来好像在快感与审美之间存在的界限是很模糊的。由生活本身的观点看来也必然是变动不居。如果艺术的产物不适合成为日常生活所赞赏和渴求的对象，如果它的效应对于它的接受者不会带来直接的愉悦，那就没有机会使固有的主体存在自发地在情感上认同，那么这种艺术绝不会获得那种社会意义，它也绝不会成为在历史过程中形成的内在的人性发展的力量。如果人们直接并绝对地谈论它，这种真实性瞬间会转化为不真实。快感与审美之间的界限在主观上往往不可避免的混淆，在其自己本身包含它的反面、它的对立一极。只有认识到快感在其纯粹的形式及其原本的自在存在中是什么，才能指明达到明确划分快感与审美之间界限的道路，而不会由辩证的中间规定所歪曲，也不会先验—禁欲主义地轻视快感。

如果人们正确地把握快感的这种内在规定，那么人们必须从两个主要的标志出发。快感一方面具有一种几乎显得无限的一般特性，它可以由极其大量的外在的和内在的体验激发源引起。其中可能以一定的客体—主体关联作为

## 第十四章 审美模仿的边界问题

典型标志,然而对于个体说来它们却没有强制特性。我们可以带有一定夸张地说:一切都可能令人愉快,但同一个东西,对一个人引发快感,对另一个人就可能产生不快,甚至讨厌。成语"关于趣味无可争辩"在这里是没有限制地适用的。没有任何人的生活领域像这里如此强烈地受偶然性所支配。但是这一结论必须有所校正,以免这一呆板的夸张陷入错误之中。因为它像每一种偶然性一样并不缺少一种因果的制约。正是在这里每一单个的人的心理倾向比通常作用更强烈和更直接。只要设想一下有益性,它在许多情况下只是作为这种设置的克服、作为实践对客观条件的适应才能实现。同样在这里有许多具有强烈作用的社会因果序列。人们只要设想时尚。然而甚至算上这一切,仍然存在着大量的偶然性。因为一个生活事件在一定具体情况下与某一特定具体的人的关系,从客观事物关联的观点看来,总包含着相当多的偶然性。正是在这里当主体与客体之间的接触与主体的瞬间特性有很大关系时,就更是如此。当然他对什么事物体验到快感这对每一个人都是极具特色的。正是在这里,他不论内在或外在至少前后一贯地是由生活本身所推动。他今天可以没有丝毫冲突地拒绝他昨天体验到极大快感的事物。关于他在这方面的趣味,他完全不需要与自己去讨论。

快感的这种作用为它提供了进一步的标志。我们已经指出,每一次的快感体验都有它最终的特性(见前文)。正是这种对瞬间的依存性,正是这种对事物本质中连续性需要的缺失，使得每一次快感体验都无法排除它的瞬间性，也就是说，在习惯的形式中，在对传统、习俗或时尚的依随性中，人由客观世界中取得快感的反应方式可能以一定的一致性被固定下来，这与这种结构并不矛盾。因为即使在这里每个人的直接的此时此地仍具有瞬间的最终的决定权，是否将一个事态作为快感来体验。正是在这里影响人的存在的事实不会通过社会力量引起那种把快感当作快感的直接反应产生变化。当然也有在不少情况下，时尚或习俗会强制人作出与他的爱好相背离的判断，于是他却仅仅是服从于时尚，去购买服装和家具设备，这对他却没有快感。只有当时尚能决定他的直接反应时，这种时尚所规定的东西才能引起他的快感。这种作用，从快感的对象性的观点看来，显得这种直接性不是"纯粹"从内部规定的，由多种中介的社会关系所造成的最终的体验受制约到什么程度这一更复杂的问题，从其具体内容而言，不属于这里讨论的范围，因为它的具体表现方式要服从于其社会和历史的不断变化，这样的问题要放到历史唯物主义部分去讨论。对于我们只要了解了上述快感的社会规定性的一般结构就足够了。

这些直接的或经社会中介而引发快感的因由，以更宽泛的重要特征丰富了它的图像。我们到现在为止把主要的重点放在它的主观内在性和它的最终决定性上。并非要超出快感的这些特性，但是我们的注意力现在却要放到下面，即每个人在其纯粹的个体存在的主观直接性中，总是处于

## 第十四章　审美模仿的边界问题

某一具体发展阶段中的某一阶级、某一民族的成员，因此他的自发的生活表现——首先什么会使他产生快感——具有具体的社会—历史特性。由单个考察的个体所确定的快感特性，它同时在许多情况下，也是作为大众现象出现的，是绝不能排除的。相反，人的这种始原的和基本的社会性正是由此而最直观地显现出来并清楚地表明，在日常生活中单独的个人的这种最自发的、最非可控的和最无法调节的现象，在内容和形式上都是由社会—历史所规定的。如果我们在这里以前主要是"从内部"考察的，现在最终要尽量"从外部"加以说明，那么这两种看来似乎对立的观点的内在统一性才给出了快感的真正的本质标志。

我们相信，人们可以用事先综合的一种表述来说，对于某一时期、某一阶级、某一民族的文化说来，把什么东西作为快感来体验是最具特征性的。正是在这里，将快感与审美严格区别开来显得极其重要。因为一幅真正的历史画面只有这样才能产生，即当我们在某一空间和时间的具体点上同时看到了所产生的著名艺术作品与最广泛和典型的快感体验的联系和对立。当然，从整个文化的观点看来，这仅仅是一个侧面，这个侧面只有达到整体才能圆满，如果它通过类似的辩证综合——如有效的伦理规范与在其领域内包含的快感等——加以补充，每种社会要素自身会导致对每一具体文化状态的片面的、过高或过低的评价，正如已经强调指出的，对这一问题综合体的认识，就其内在本质而言，是属于历史唯物主义部分的内容。只有对生产力的某一发展高度以及由它引起的生产关系、阶级层次通过正确的描述可以见出的事实——这些描述暂时只是极其零散的——才能归因为它的实际社会—历史原因,才能实际地阐明它的联系和矛盾。一般地从理论上说,也就是从辩证唯物主义的观点将在不同地方出现的编排移到兴趣的中心点,即确定:主体在其体验中使快感成为日常生活的组成部分,以其内在必然性成为每个人的个体性,他的社会—历史规定性不排除这种个人的特性,甚至不用作重要的修正,而是至多表现在其他的方面。与此相反,从这一观点看来,它是我们作为更高的客观化标志的一切领域的一种同样必然的共同的本质特征。它强制人超越出他天生的和在生活中取得的个体性。这种提升的内容、形式和取向在不同的领域在质上是各不相同的。我们只需指出经常提到的科学的非拟人化与审美拟人化之间的对立。至此我们把这种运动作为一个事实看待并只对它的——主要是审美的——后果作了分析。由理解快感的意向所提出的辩证唯物主义问题是,人的个体性与超越作为人的存在这一水准的——人的——特性之间的关系的一般本质。

　　人的个体个体性与他必然要超越个体这一点的关联性和矛盾性是生活的一个基本事实,对它进行的反思,都同样要回答它在这里是如何形成的问题。在这个综合体的内部马上又产生了这一问题,是否在个体性中来理解每个人的天生的本质,即那种由他诞生所带来的生理和心理特性,或是否还要考虑到在他身上最初是教育、以后是各种生活

## 第十四章 审美模仿的边界问题

经验所产生的变化。无疑第一个要素构成了它的出发点，因为每个人在他天生的素质中构成他以后与他的环境、与其他人以及与他自身的各种关系在质上规定了的基础，其基础要素在他整个生活中往往保持不变。歌德在其纵深的诗歌时期针对人的生活的内在结构（"隐秘的原始话语"）将人的个体性的这种原初特性描述为"人的本性中的恶"。"这种恶在这里意味着在降生时直接表现出的人的被区分开的个体性。一个人与每个他人在极大的相似中具有的不同的特性……由此出发才开始了人的未来的命运，人们完全愿意承认……这种天生的力量和特性比人的其余的一切更能决定他的命运。"[①] 歌德接着立刻提供了复杂的辩证法，生活的外在状况和事件"这些偶然性"，唤起的人的激情如何构成生活的那种动态的辩证的纠结，由此最终形成了一个人的特性和命运。所有这些生活的一般诗意理解的力量的普遍展开，在歌德的眼里确证了那些原初的天资的牢固现实构成了人的个性的基础：

> 任何时光、任何力量都无法肢解
> 铸成的形式生机勃勃地发展着

我们可以说，当时歌德从自然哲学的广阔视野勾画出

---

[①] 歌德：《Kommentar zu Urworte. Orphisch（对"隐秘的原始话语"的述评）》，见《歌德全集》第2卷，斯图加特1902年版，第355页。

## 审美特性

人的个性及其命运的蓝图。在那里他精确地考察了在社会生活中社会的和人际关系的这些现象，对这个问题的立场表现得更加具体。在威廉·迈斯特的自学指导书上写着："只有所有的人才能构成人类，只有所有的力量联合起来才有世界。这些本身往往处于矛盾中，通过试图摧毁它们自己，使它结合成自然界，它又重新产生。"在这里这对于他的整体概念是极具特色的。在达到教育目标上等级制正是适用于有意识地促进这里所表达的人的类特性。不仅生活中的外在成就、在固有职业上的能力——不论在职业上的维纳、在舞台上的赛尔络——与洛塔丽欧、娜塔丽亚和阿贝相比，都处于一个较低阶段，而且包含纯粹内在性的内在完善如在小说《美丽的心灵》中所表现的。更不用谈像迷娘和竖琴演奏者，在她们那里纯粹个性的个体性被压抑转化为病理学状态。由此已经对问题作了进一步规定。因为一个人的地位处在这种等级制中——"教育"在这里的目标是，将人在这种意义上提升到任一较高的阶段——是依据于这一标准而决定的，即是否一个人仅发展他的天生的素质达到它的最大的有用性，这种劳动成果转化为自我享受或是否他处于这一状态，有意识地在人类的生活中共同发挥作用。在这里依自然特性必须服从于某些"天生的"错误倾向，为人的自我形成提供空间。洛塔丽欧在和平清除封建残余中的地位清楚地表明，如何为此需要许多中介，以便人将他自己实际固有的道路辩证地连贯地走到终点，他自身的个性不仅仅在人的单纯个体性水准上实现。萨尔

## 第十四章 审美模仿的边界问题

的小说结束语他在寻找父亲的驴子并找到一个王国，清楚地表达了歌德这一观念。这当然属于，他把人的真正发展只是作为纯粹由人的内在力量所升发来理解。在这里外界的影响也起作用，它只是作为触发的动因从而释放潜在的力量。一个真正的教育者能够有意识地完成这一点。歌德在此援引了我们已经熟知的斯宾诺莎的学说，一个人的感情只有通过本人的更强的感情才能被克服或者改变。在他执行自学指导的地方原初的将继续："一个力量支配另一个力量，但是没有力量能造就别的力量。在每一种素质中也只有完善他自己的力量……"如果在这里偶尔把歌德的倾向与这种很接近的观点相联系，那么他的主要倾向的基本意义不会有大的改变，人的单独个性由其此在的物质条件确定，由人本身的纯粹人的力量才能提升超越这种个体性。

由此歌德在思想上和创作中以语言抓住了这一事实，这对于整个人生具有重大意义：人一方面是通过他的存在的自然的和社会的条件成为一个单独的个人，另一方面他的社会生活又不断引导他超越这种个体性。社会生活的最基本的事实表明，这两者的矛盾统一对于人的生活成为必不可少的规定。在这里首先重要的是，要以其必要的具体性来把握个体性与对它的超越。一方面要足够清楚地阐明其区别、过渡和跳跃，另一方面不允许将其对立形而上学地加以僵化地固定下来，个性在两个相互对立——有时甚至是敌对的——主体中的有机动态的统一被拜物化（我们设想在康德的"同质现象"与"同质实体"的对立）。当然

◯ 审美特性

实际的过渡往往极其突然，有如在道德决断时，在审美陶冶中，它有时会导致在质上全新基础上的生活。但是在这些情况下在个体性与其超越性之间的具有自身矛盾的结合并没有被排除。要理解它的真实性的困难在于，首先我们的思维习惯在伦理学中总是脱离对精神生活的连续性、对生活过程的整体考察。但是在这里涉及的正是在整体性中的连续性的这些问题。按照上述康德的立场，在他的研究中将唯心主义和目的论的范畴搁置一旁，这是比较容易的。但是人们必须了解，既不是将意识与无意识作为心理学的两分法，也不是对人的决断的伦理分析就能使我们接近这一特有的现象。黑格尔曾经对如此形成的运动的实际范围作了抽象和概括的描述，然而没有打算推进到个体的动态特性。希腊伦理学是唯一将利益放在人的全部生活过程的整体上、将伦理范畴的作用和功能集中在利益上。由于亚里士多德将伦理的基本态度置于他的伦理学的中心点，他指出了人们接近我们所感兴趣的这一现象的途径。

对亚里士多德伦理学的分析，即使只作说明，也不是我们这里的任务。唯一要指出的是，他的方法对于解决我们的问题提供的启示。一个人的基本态度正好表现出那种比例的动态关系，其中显露出他超越其固有的个体性的方式和程度，其矛盾倾向的上下交替以及这种交替的取向。由此出发来观察，在一个人的生活中最具变革性的危机和冲突、在其转折点上最与命运攸关的决断仅仅是这一运动整体的一些要素，只是巩固、动摇或甚至摧毁这一基本态

## 第十四章 审美模仿的边界问题

度、这一生活历程的路线的外在的和内在的力量。人的基本态度所关联的整个过程，应该把他的个体性作为经常的、在其整体性中不可排除的基础，同时不仅在具体冲突的情况下试图超越其个体性，而且也在一定程度上为了日常生活培养出一种持久的准备状态，在没有实现这种超越的地方也要做好准备。在此应该通过否定来强调这一规定，即这种准备与我们在别的地方谈到的从有意识的行为方式转变为固定的条件反射毫无关系。经常会出现类似禁欲主义的训练（如瑜伽训练、耶稣会训练等）由此形成一种主体的严格的专门化的反应方式，使其态度与其环境的变化完全不相关联地固定下来，而这里和我们所谈的正好相反：对于完整的主体的反应能力——尽可能在其充分的广度和深度上——要应对客观现实的整体性。这里涉及人的独特个性的整体性与其最多样的、多方面和多层次的内在超越倾向的相互作用。这种努力的多方面成果又转化为特有的个性，但是这种个体独特性的潜能也可用于其自我超越，这一点是不言而喻的。在这种不断往复的内在变迁中所获得的主要东西是，在完整的人的统一个性中个体性与超越个体性的生机勃勃的相互作用，这是一个运动性的组合体，其中两种运动成分不断扬弃并保持下来。

深入探讨这些问题属于伦理学。这里只能简要说明其最一般的原理，以便能胜任对日常生活的分析，这同样不能详细阐释，而是只阐明快感问题，以免形成拜物化的误解。我们从日常生活的最基础的事实出发，人们只要设想劳动与语言。每一种劳动,甚至是最原始的劳动,其中都包含一系列的普遍化过程,它们超越于个体性,劳动愈发展,它们表现得就愈显著。从事实看来,这种思想早在英国古典经济学中就存在。青年黑格尔对其作了一种明晰的哲学表述,他讲到在人的生活中工具的作用时,就其对主体特性的转化功能指出:"同时他的劳动是属于某种个体的东西,劳动的主体性在工具上提高成一种一般性,每个人都可以仿制,都同样劳动。就此而论这是劳动的不变的规则。"① 这一规定后来黑格尔在分解开的结论中作了展开,只是到了马克思和恩格斯那里,它才在人类活动的系统中获得了正确的地位。在这里对于我们重要的是,这样一种基本的、成为人的本质的、属人的活动借助于在主客体之间由劳动所唤起的内在的辩证法,在由他天生的个体性的一定取向上推动着人,并强制他——首先肯定没有任何意识性而以后往往以错误的意识——普遍化,也就是说,积极参与人的那些活动,在其中不以人的意识为转移、客观地、实践地构成了社会、民族和人类,然而对这些——从原理上说来——是可以体验和认识的。

劳动从一开始就显示了这样两副面孔:它是人的生活的理所当然的组成部分,伴随着所有类型的基本情感,这些情感是由劳动本身及其后果所引发。同时又有一些难以

---

① 黑格尔:《System der Sittlichkeit(伦理体系)》,见《黑格尔全集》第7卷,汉堡1932年版,第428页。

## 第十四章 审美模仿的边界问题

置信的东西,一种"奇迹"从外部闯入通常的生活,它以最令人惊异的和无比强大的方式改变着形式。这种对立的张力的第一极是由最日常的经验通过亿万例证所确证,第二极不仅构成了巫术世界图像的决定性基础之一,继续活在普罗米修斯传说中,在造物主和无数其他的神话中,而且也——当然彻底地改变了形式——出现在文明内部。由机器风潮到最新时代的"哲学",这是在科学和技术的发展中针对文化和人类性的一种反叛,人与他自身劳动的关系的这种神话化直到我们现在仍然存在着。(其实际原因在历史过程中经常有变化,但归根结底归因于生产力与生产关系之间的矛盾,这不属于这一讨论的范围,这一矛盾性的结论在此已经足够了。)

如果我们设想同样基本的日常生活现象如语言,情况也极为相似。语言也是人类生活不可缺少的、自发作用的组成部分,它是人的存在的无须思考的要素,同样与作为人的彼岸超验力量的功能不可分割。在这里语言的这种充满矛盾的现实的第一类要素对于人说来无须证据。第二类已经在巫术时代十分清楚地作为所谓的魔法作用出现,它的余音直到非常发达的阶段仍可察觉。在18世纪时大多数思想家还有这种观点,语言的起源来自上帝的启示。在文明时代这种倾向日益淡化,它往往是作为迷信在大众中传播,这种残余也不会引发那种激烈的形式,正如我们在劳动现象中所能看到的。其原因在于,语言领域的变革对日常生活存在问题的干预不会像在劳动中相应变革产生那样大的影响。这种强大作用的淡化绝不意味着在语言中这一极的完全消失。通过适当选择的话语、通过一种恰当的表述对一种现象的非预期的阐明,在生活中即使在今天也可以引起惊异的效果。在这里诗的语言可以使人们意识到这种作用。

当然在这里我们不可能追溯在人类实践最重要领域中日常生活本身的这种辩证的矛盾性。为了使这种结构清晰可见,我们只能指出快感的某些特性。乍看起来给人的印象是,好像快感与它的实际对象相互之间很不搭界。从主观的和心理的角度看,每个人都能有无限的主权去决定,是否把某个东西当作有快感的看待或当作无快感的而由生活圈子中排斥掉(我们已经看到,即使在客观上证明了这种"主权"行为是由社会决定的,但这种主观态度仍会存在)。但是在进一步的考察中证明这种印象是一种假象,在人的日常生活中都会出现那种人们用否定的、疑问的、矛盾的甚至凄惨的语言来描述的客观事件,这不仅在客观上不能由每个人的发展中排除掉,而且对主体本身也构成了他的存在的一种组成部分,即使有可能,它也绝不会从人的生活历程中抹掉。由此形成的冲突、危机等只有通过将主体提高到超越他的直接狭隘的个体性才能解决、克服,或往往也只是忍耐和经受,这是显而易见的。在此从我们的观点看来都是一样的,是否将这些负面的生活现象作为个性发展中的积极要素,对此具有自觉的伦理学态度或对这些事件在原本基础上当作一种自发反应。他们将获得独

## 第十四章　审美模仿的边界问题

特的个性，并在以后继续的生活方式中往往不超出快感的情绪范围。对这种极其多方面且复杂的现象分析不属于这里的任务。我们之所以要关涉到这一点，因为个体性与人的主体性提高到超越它的辩证法是日常生活一种基本事实。对此只需要指出个体性及其超越的极性是日常生活的一种基本的到处均能证明的事实。这是很容易理解的，在人类发展的初始阶段，超越直接个体性的一切都被算作巫术关联的"系统"。由巫术到宗教的过渡在解释所有超出个体性的现象时，并没有削弱超验论思想的活动，而是相反在外延和内涵上提高了。所有生活现象的巫术水准化和同质化的消失、此岸—创造性的与彼岸的分离将日常生活中在个体性与类的普遍化倾向之间的矛盾放到神学体系之中。那些表现为单纯是世俗的、创造性的原则，而这些则服从宗教的超验论，它超越个体性的地方作为与相关宗教的神灵的关联来解释和评价。也就是说，分别按照是否纳入这一体系，使之成为善或恶的表现（在奥古斯丁那里称为异教徒的闪光的恶念）。关于由此而产生的审美的问题，将在最后一章详细讨论，这里我们只是提供一个结论，在日常生活中个体性的纯粹表现方式相对唯一真实的神的本质则必定被贬低为动物性的。这倒不一定被打上恶的印记，尽管宗教的历史不少情况导致这种判断即坚持苦行作为唯一通向上帝的道路。总之宗教的历史表明，依据人的自身力量谋取幸福被视为一种积极自立作用的观点是被当作异教学说而处于斗争中（如皮拉久教，Pelagianismus）尽管幸福观点的整个范围看起来是中性的无善恶意识的，然而却不可避免地出现一定的分化。人的自我提高超越个体性的形式（科学、艺术、伦理）只能作为通向神性道路的真正确认。否则它或者作为造物的自负被拒绝，或者和我们称为日常的、个人特性的东西一起划到动物范围，最好的情况下不怀恶意地无所谓地来处理。通过与上帝相关联的超验论形成了一个上帝创造物的王国，其中我们所讨论的那些问题，按其本质说来是不重要的，至多也就是次要的。当上帝创造了人，他的最高能力达到使他能开辟一条道路，停止人的自然的——人类学——社会的此在，去创造他的最高成就的真实基础，最佳情况下投身于善与恶的超验力量之间的战场，在许多情况下成为恶的体现。

对于每一个不是处于实际宗教土壤上的人，对所有上边描述的内容只出现一种解释，不是我们所研究的现象本身。然而一种解释它的历史效果是如此普遍、如此广泛地起作用，它适合将这种现象淡化。我们设想人的活动的不同调控形式。这是不言而喻的，在巫术时代这一范围的每一种乞求或禁令都获得其根据、解释和认可（禁忌）。当原始共产主义解体以后，便形成了国家、法律、道德、伦理一类调控形式，在起初这是理所当然的，这些只是作为宗教秩序化生活、它的神学体系化的组成部分出现的。这种"起初"经历了几百年，甚至上千年，这不会改变其原理问题，人的行为的调控体系和调控规范必然不断世俗化，它的理论的和实践的根据不断依据于作为社会本质的人来寻

## 第十四章 审美模仿的边界问题

找和找到。这种倾向在古希腊时已经开始形成,社会—历史发展的不同活动造成了各个思想家和学派,从前苏格拉底开始,经过诡辩家和苏格拉底到亚里士多德走过一条在这方面明晰的上升路线。在普罗泰戈拉提出的人是万物的尺度(指所有人的活动)的激励下,亚里士多德完成了他的"适中",即感情的恰当比例作为伦理学基础的伦理学说。[①] 在此,对这一发展——伦理学的世俗化、此岸性和人性化——即使只是提示性加以描述当然也不是我们的任务,对于伊壁鸠鲁和斯宾诺莎、法国唯物主义和歌德也只是一提(更不用说马克思、恩格斯和列宁了)。

我们只从这一问题的观点,即在人的生活中个体性及其超越的辩证法的观点来考察他们的立场。这一辩证法在这一取向的不同思想家那里取得了极其不同的形式。但是到处对于每一种道德和每一种伦理的基本事实都表达为,固有的伦理态度意味着决然地超越日常人的直接的个体性的自我提升。若能认为这就是如苏格拉底的"灵机"(Daimonian)一种半神话学的形式(这是伦理学两种主要方向之间一种过渡现象),若它能表现为简朴的人性的、但超越日常的自发性的杰出形象,如在伊壁鸠鲁那里智者的理想,若它是教育作品的成果,如在《威廉·迈斯特的学习时代》:在这种辩证法中反映出日常生活的那种基本矛盾,它

---

[①] 参见亚里士多德:《Nik. Eth(尼各马可伦理学)》Ⅱ.5 及《Politik(政治学)》Ⅳ,11。

◯ 审美特性

正好构成我们现在关注的对象。由此形成了在对生活的这种理解、对其要求的心灵反应和宗教解释之间的不可调和的对立,在其中所谓主导的、不可逾越的二重性。当然这种对立不仅是伦理学中哲学和宗教观念的对立。在对世界和人的理解中先验结构贯穿在理想主义伦理学的绝大部分之中。人们可以说,与上述从柏拉图到康德的路线相对立,理想主义伦理学在这方面是建立在宗教的土壤之上的。这当然不能作字面上的理解,康德想把伦理完全建立在自律的基础上,宗教只是在"实践理性的预设"形式下提供实际完成的最终前景。不涉及每个不同体系的复杂的方法论问题,这里只能提示性地深入,可以说由于康德把伦理学的主体、"人的本体"与日常生活的主体、人的现象、每一种过渡和每一种中介都先验地完全对立起来了,由此尽管是以另一种形式,他同样把宗教的彼岸转换成一种哲学语言,如同柏拉图的理式世界及其厄洛斯学说。在历史进程中不断出现的争论,一个不承认上帝的人能否达到人的道德的完善,一个无神论的社会能否实现道德,从雅典阿西比亚诉讼到我们今天不断更新形式的出现,从哲学观点看来都关系到,人的主体超越自身个体性的提高是否能纯粹是由人的自身内在力量所实现,是否为此至少需要由"上面"、由一种人的彼岸的天资所协助。

这种日常生活的矛盾也在对现实的非拟人化态度中,在从劳动直至科学的上升发展中起作用,同样不言而喻的是,其表现形式与目前所讨论的矛盾在质上是不同的。这

## 第十四章 审美模仿的边界问题

里与进一步考察这种形式关系不大,目前的分析已经对此给出了一幅清晰的图像,我们所指出的在不同高度的对象化程度上由社会发展所引起的人的个体性与其超越的提升之间的日常生活的矛盾性,不论在客观上还是主观上都采取了极其不同的形式,对现实的科学反映的探讨在这里并没有产生全新的主题,其特性可能出现令人感兴趣的些许差别。宗教(更谈不上巫术)在客观上与所有其他的对象性的区别在于,它总是通过拉入超验力量来解决这些矛盾。甚至在那些表现形式多方面与世俗的内在的组成部分混杂在一起的地方,超验论最终仍是决定性的。人们可以设想马克斯·韦伯所极力强调的清教徒式的基督教的"内心世界的禁欲",一种完全没有彼岸信仰的极端超验的宿命由宗教观点看来是没有意义的。这与伦理学和科学所确定的完全不同,其内在的内容的和结构的关联和牢固合作在客观上毫无疑问具有世俗—内在特性。在社会—历史发展的进程中,但是在主观上,即使始终由于一种实际的社会必然性——在其中承载了超验的要素,它的——客观上、原本的——世俗的—内在的基本事实在超验的取向与被解释。关于由此所出现的斗争、其有机特性的扭曲,即使提示性的说明在这里当然也是不可能的。

至此我们全部论述已清楚地表明,艺术在客观上属于这一组合。我们同样经常提到,这里不断存在主观倾向,它的辩证法具有一种超验色彩。这个问题的原理方面我们将在最后一章详细讨论。在此只能就我们现在的问题,将已经阐述的内容再概括加以说明。如果我们在其中要窥见艺术品的本质，它在人的面前呈现了一个激发体验的"世界"，这样我们展示出在个体性及其超越的提升之间矛盾的每一种解决，并且仅仅是这些，其中完成了给定的内容——形式组合体的各种内在力量的最终运动，其中不需要任何外在（更不用说一种超验）的力量，为了惩戒混乱可以采取那种组成方式，使其作品得以完成。由于这种最严格的内在性，每一部真正的艺术作品都具有可以说是"自然的"生成特性。完成的是它的此在，它的正是如此的存在证明了它本身，完全不泄露它的产生过程。但是构成其基础的、这里所探讨的矛盾在真正艺术作品的同一种激发体验的特性中同样地存在着。因为正是这种"生成性"，这种"自然的"此在，同时具有与此不可分割的难以置信的和奇异的些微差别，它同时以不可分割的方式与日常生活血肉相连，这个作品同时与那种堕入不可逾越的深渊相隔绝。列宁就贝多芬的《热情奏鸣曲》所说，这是由"生活在污浊的地狱却能创造如此之美"[①] 的人所谱写，清楚地描述了这种情调尺度的极性。

为了理解在扬弃这种矛盾中的独一无二的性质，人们却不能停留在真正艺术作品的这种最一般的方面。对最重要的反映范畴的进一步分析将不可避免地返回到这一问题。也许我们回想一下典型就够了。在每一个实际的典型形象

---

① 高尔基：《Erinnerungen an Zeitgenossen（回忆同时代人）》，第 246 页。

## 第十四章 审美模仿的边界问题

中,这种矛盾都是生动的,离开这一点人们就根本无法具体想象这一典型,更谈不到它的实现了。因为所有不是以个体性为基础的典型,它无法提高到它自身高度确定的、本质的要素,而停留在一种人性的单纯的抽象性,它将游荡在可思考性与可体验性之间——对于前者说来是不明晰的,对于后者说来是不确定的——成为无根据和无家园的。停留在个体性上,尽管在艺术技巧上精雕细刻也只能是一种单纯的自然主义,而不是真正的艺术,这是人所共知的,它需要一种分析。正是特殊性构成了审美的中心范畴,它最突出的表现方式就是典型,仅从立场方面来看它指向这里所说的各种矛盾的统一。在典型中所完成的综合方式,由彻底对立的力量全部无余地发挥作用,却把我们引回到出发点:个别的东西审美地在特殊性中被扬弃,在典型的情况下正是这一个体,通过扬弃创造了一种与人性的统一(它在这里也以特殊性表现出来),在其中个体性与这种人性不可分割地联系着,在其中它们的交互方面对立的张力成为典型的生活赋予的原则。

这只是一个有关审美基本结构的通俗例子。正是这种中心的有机化作用,这是特殊性在其领域中所起的作用,它导致普遍化的每一种关系,取得上述由各种张力所负载的生机,这通常很容易形成对个体性的一种平滑的扬弃。另一方面在单纯个体性中没有把握住个别的东西就会产生僵化,会把这些仅仅作为其自身来反映。特殊性的这种功能表明,按照内涵整体性的要求来调控,对于每一门类和

> 审美特性

艺术作品都是关键性的规定。由于这些不是按照一般整体性的思想原则形成的，而是始终分别按照门类、按照单个的艺术作品——保持其正确性作为最普遍的规定——以一种具体的一次性的表现方式来塑造，经扬弃并在扬弃中保留的个体性的"尘世之余"（Erdenrest）不可磨灭地属于它的基本特性。但这种"尘世之余"在这里不是"承载着痛苦"，像每种对艺术的柏拉图式的审视，相反是一种丰富的腐殖质层，它赋予最内在的和最普遍化的要素一种蓬勃的生机。这种内在的"特殊事物"双重性，在其中目前所考察的矛盾是一种决定性的驱动力，理所当然地表征着每一部艺术作品中构成基础的规定的所有表现方式。不论整体还是其所有细部，如通常所指出，必须以感性直观的方式来塑造。这一事实表明了扬弃的个体性的问题，因为没有任何感性产生的对象性不是在个体性的土壤上生成的，它必须在感性普遍化中作为直观的形象保持达到任一确定的程度，其整体及其各部分的感性直接性——正是在审美的意义上——不应该受到损害。但是当我们从一个更高层次的普遍化的瞭望台上来考察审美的产物时，每一部真正的艺术作品在其封闭的效应体系中要有机地适应于它产生的历史时刻，由此我们必然看出，甚至一部艺术上精心制作、描述出的社会—历史的此时此地也不可能设想没有一定的当然是扬弃了的个体性的参与。

这是完全可以理解的，这种结构对于艺术作品的产生和效应也是有决定意义的，并且是由它的客观性所规定。

## 第十四章 审美模仿的边界问题

我们知道，我们称为艺术作品的具世性的东西，一方面它赋予了对现实的反映某种存在者的特性，另一方面如此获得模仿的此在绝不是一个简单的自在存在者，人是从任意主观的观点向其提出要求的。作品的特定存在毋宁说在自己本身包含了特有的可感知性和重复可体验性的方面，在其中出现的诸对象和关系等都是由这方面出发客观地来看待、安排和塑造的。这种审美模仿的特性也已经为我们所了解。这里只是要理解，不论是在以客观的作品结构为基础的方面，还是在由创作过程主动的以及感受性接受的方面对作品提出的要求，都包含着上述个体性向类属性的扬弃过程。这个过程我们已经作了介绍。正是作品的安排的方面最清楚地表明了由个体性导向个体化和具体化类意识的道路。因为达到这样一个方面的出发点必然具有一定个人独有的特性，它几乎毫无例外地要通过个人的体验引起，它的审美的获取和培育相反地总是那些要素的净化过程，这些要素是完全植根于那种个体性之中。然而这正是审美反映区别于科学反映的地方，它不会产生在一个简单的普遍化的方向上，它是由情感激发的可体验性的领域产生的成果，毋宁是由寻求直观抽象而产生，它消除或至少是改造了那种单纯的个体性，从而完成一个具体的形象，其中类意识表现为直接的人性的此在。在本书的下一部中需要指出，创造主体性的这种陶冶过程是怎样成为创作过程本身的一种决定性要素的。由此形成的、塑造出形象集中的作品的努力发挥了上述陶冶作用，在这一作用中成为中心

◗ **审美特性**

的激发源是由类属性扬弃了的个体的东西,它在接受者那里唤起了震撼的体验。它可能是如何不同、如何另样、如何新颖的——同时又是个体的、综合的、具世性的——一种现实,在其中这方面是编排的主导方面,同时又是唯一适应于人的现实。

我们看到,真正的艺术作品作为"世界"的特性与个体性的扬弃,因此也与对日常生活的超越多么内在、多么不可分割地联系着。如果这种要素、这种对日常生活和个体性的超越只是作为它唯一的标志,那么这是一种片面性,一种对真正艺术作品的完美性(具世性)的不恰当的描述。为了阐明我们的问题,首先应该特别强调这一主题的意义。还记得,我们在这一探讨开始时描述了作品同时具有不言而喻和必然惊异效果的双重特性。有必要——为了见出实际统一的全部真理——也要指出其他要素的意义。在这里正是审美反映的拟人化的和世俗的、以人为中心特性的内在性的合法化显得更加重要。因为正是在审美意义上说来,人性的、类属性的绝不能看作是与个别的、单独的个人相矛盾的对立物。人性的东西是由个别人的分散的、部分整体的活动所生成,它是其结果,每每通过其新的行动而不断改进,绝不是一劳永逸地固定化的实体或一种固定的水准,与那种实体没有形而上学的关联,而只能是一种与其不同的存在。不仅不是每一种个体性都能构成这种人性的本质的组成部分,相反在日常生活中的单个人本身,由生活必然性所驱动,必定总是不断地超越他自身的个体性,

## 第十四章　审美模仿的边界问题

当然不是有意这样做，由此人性的形象就能逐渐地以一条新的途径来丰富。这并不矛盾，而是对类与个体本质的这种关系的一种确证，对人性与个体性关系的一种确证。真正艺术作品的具世性正表现在，它们——各按艺术门类的不同——反映了这一过程及其结果。

如果我们现在要用我们以前的结论来补充现在的论述，在快感体验当中在主观上每一单个的人的天生的活力都能达到一种瞬间的完成，由此可能将快感与审美的关系在概念上加以固定。它表明，真正艺术作品的具世性是人的创造性和感受性行为方式超越其自身个体性的主体相关性。这给出了唯一的标准，以它肯定能够划分出审美与快感的界限。这个界限抽象地看来，既是清晰的同时也是模糊的，正如在生活本身之中的这种提高的情况那样，人与他自身的认同保持在他的个体性的自我扬弃之中。艺术领域在质上与生活领域的区别在于，在作品本身中的这种扬弃产生出一个审美的产物，完善成一个"世界"，在这个世界中超越个体性所形成的各种规定以感性直观的方式被系统化和永久化。这使得在相应的主体对作品的行为方式与对生活的态度分化开来。这种分化已经作为由完整的人转变到"人的整体"作了考察，这只能在本书的下一部中相应的地方再作系统和详细的分析。这就是审美作为快感扬弃的一定形式与快感在质上的不同。正是它的决定性范畴在这里完全没有出现。然而这种对立，这种明确的界限划分并没有摧毁它们之间联系的纽带：快感——其本身比审美具有

### 审美特性

更广泛得多的领域——是一种审美的生活基础。可以毫不夸张地说，如果人们不具备这种特性，即快感必定是其生活的更重要的、必不可少的、富有活力和社会的组成部分，那么艺术大概就不会产生。习惯于人对一定的生活现象在快感的范围作出肯定的或否定的反应，这是每一种艺术产生的一种决定性契机，这不仅在其由日常体验的无序的多样性中自身提炼出来，而且也在每一种社会职能的形成过程中，这种社会职能影响到每一种艺术的进一步发展——不论是以善或恶的形态发展。总之，这个结论只有一半真理，其中有某些错误，我们并不马上加以补充：如若人的内心生活、他对其环境的反应、他与其他人的关系等的状态如此，这些大量体验仅仅客观地停留在快感与不快感上（许多人在主观上也认为如此），那么同样绝不会产生艺术。

在快感与审美之间界限的消失是建立在事态本身——在生活本身——基础上的，在艺术作品本身以及在对艺术作品的恰当反应中，尽管存在这一界限并且具有超乎各种疑惑的明确性，只有当人们在具世性之中寻找和找到真正审美的最终的决定性标准才行。我们在讨论审美模仿特性时已经详细从各种不同的观点阐释了这种特性和艺术作品的这种结构。现在它——其前提是以上述阐释的结果作为其坚固的基础——只关系到，在此给出一个唯一可能的标准，以便将快感与审美在概念上作出精确区分。就其本身而言，能够提供这种区分原则的，既不是内容也不是形式。内容所涉及的，我们已经援引黑格尔美学的话（见本节前

## 第十四章 审美模仿的边界问题

部分）指出，他正是抱怨崇高的内涵可以变成快感体验的对象，不考虑这一论断的唯心主义的，甚至唯灵主义的倾向，黑格尔是完全有道理的，他在其中从内容方面看到了快感的一般特性。这种特性实际上既是生活的事实也是审美（以及拟似审美）反映的一种事实。如果我们停留在生活现象中，只要指出古罗马角斗士或斗牛比赛就可以强化这一命题的正确性。在反映的领域，侦探小说和电影、喜剧等表明，对此在一定时期和一定社会阶层是作为快感来接受的，没有设定内容上的界限。同样很少从形式方面来划分这种界限。人们更不用去设想新实证主义的自主地和无批判地对技术的过度评价。在艺术的一个新的领域、在电影的领域，最容易感知到，往往在技术上最无价值的产品也比实际艺术设计的产品评价要高。但是在传统艺术中我们也会遇到不少半调子或完全涂鸦式小说、戏剧、绘画等，它们在"技巧上"胜过深刻的和真正的作品。当然在最后的这一说法中我们是从新实证主义的偏见来说的。然而即使我们不谈这种审美上不允许的水准，而转向形式问题，它也总会出现这种情况，甚至极正确或极勇敢和原创的形式探索在这方面也没有表明，我们面对的是否是真正的艺术作品。这里当然人们要强调两种极端的情况，尽管今天很多人对于盖贝尔[①]或海泽[②]是认可这一结论的，然而

---

[①] Geibel, Emanuel（1815—1884），德国诗人，极重视形式修辞技巧。——译者注

[②] Heyse, Paul von（1830—1914），德国作家，作品典雅，形式优美。——译者注

对于贝克特①或尤内斯库则会产生激烈争论。这也是很容易理解的。因为每一个时期所有艺术潮流往往将真正表现出的个体性与确实的类属性相混淆,只有经过一定时间距离对于广大阶层才有可能对两者——单纯的形式探索与真正的艺术——准确地区分开来。人们完全无须设想以前提到的典型,只要回想对于很多人都需要这样一个距离,以便将盖哈德上尉的形象由"彻底的自然主义者"中挑出来。

由此使我们的问题获得一种新的扩展和深化。我们在别的地方已经谈到文学(参见第十章)和美文学,在讨论音乐(参见本章第二节)的时候已经指出,现在已经达到这一生产的高度,音乐作为艺术已经没有什么可做的了,借助音乐技巧以巧妙组合的形式要素来满足快感需要,完全不用接触作为艺术的音乐范围。这里保持着在人的日常生活中快感的不可抗拒的支配性的全能,以前我们已经考察了它在艺术之外的作用,现在我们看到由此按艺术的对象性产生的表现形式,不仅是在艺术领域,如果我们就其数量来看,它的产量超出许多倍。如果我们要正确地评价这里所产生的现象,那么我们必须回到以前对快感所作普遍化的理解,不仅以其平庸的、通常的表现方式来感知,而且以排他的、奥秘的和先锋的方式来感知。这两种作用方式往往以极端极化的方式直接表现出来,正是作为同一

---

① Beckett, Samuel, 爱尔兰作家、剧作家, 1937 年后定居巴黎。——译者注

## 第十四章 审美模仿的边界问题

现象组合的两极内在地结合在一起，这又是历史唯物主义需要加以阐释的问题：为什么在一定时期对于某一社会阶层这一极或另外一极占优势。对于我们问题说来，只是在这一程度上关注个体性的这种极化，当艺术表达方式降低为美文学的、平庸的、单纯交谈时，它关系到汇聚到自然形成的个体性，而在另一极则出现它的社会形成的畸变。为此在许多情况下可能形成这一出发点，甚至是对通常的个体性的一种憎恨、对它的歧视，试图对它加以诬蔑。因为在其中客观地包含——通常无意识地保留下来甚至是处于无意识的努力中——对社会及社会批评的反映，它不能做到超越每一阶级的命运、民族的命运而提高到类属性的具体普遍性，或至少清楚地意识到这一点，不可排除地保留着个体性，然而却获得了一种畸变了的抽象性的痕迹。最终当然不是一种纯粹由生产者的主观意图形成的，而是一种由作为人的存在的畸变的社会结构所产生的，是作为如下倾向的一种"艺术意志"出现的，即"通过一种抽象的个体性所取代的具体典型"[①]。

如果我们现在从如此取得的认识出发，在一个作品的世界中将审美与具有最广义的快感、与拟似审美的一种重要变种区分开来，那么事先就得说明，在审美上这种区分涉及的领域要比这里所考察的问题综合体范围宽得多。艺

---

[①] 卢卡奇：《Wider den missverstandenen Realismus（反对被误解的现实主义）》，第 45 页。

> 审美特性

术的成功与失败或问题的并置,在后一种情况下,首先不是一个审美领域与拟似倾向或产物的区分问题,而是一个在审美领域之内的分析,若要真正和前后一致地进行下去,正适应于深化美学所最固有、最根本性的问题。现在要讨论的对比,相反地是从词面严格意义上而言的区分。这里所涉及的我们称为美文学的产物的那些范畴,这些因为在其中从外部看来,美学的所有范畴都是作为构型力量在起作用,尽管它们按照事物本质而言与真正艺术自其产生以来所开辟的大道偏离开来。在两者之间存在很大的近似性,并非完全是欺骗,所以在美学的决定性问题上有明显的区别。实际上这里并不存在可以清楚感知到的界限,因为相当数量的作者,他们的一部分作品属于最纯正的文学,而另一些作品则处于美文学的水准。我们以前讨论过这个问题(见上册),提到过这类作家,如特奥多·冯塔纳、约瑟夫·康拉德、辛克莱·列维斯。如果我们由现在讨论的问题的观点来考察他们的作品,那么立刻会发现,不论是内容的丰富性和趣味性,还是写作的大师风范都没有达到那种标准,按照这一标准像《勋爵吉姆》或《埃菲·布里斯特》属于高级艺术,而这两位作者的其他作品仅仅是一种美文学。在行为素质和性格素质中,总有一些东西,在一定情况下可能在上坡路上达到真正的艺术,而在其他情况下则可利用而已。[①] 即

---

① 关于冯塔纳我在下文中尝试做了详细分析,参见我的文章《Der alte Fontane(老年冯塔纳)》。载于著作集第7卷《二百年德国文学》。

## 第十四章 审美模仿的边界问题

使在这里也不可能，对这种标准作形式化的理解。这不是什么特征上的"缺陷"，因为这些作者的美文学作品往往充满有趣的和引人入胜的人物，经常表现出突出的心理技巧，在情节上也没有缺陷，因为这些都是富有艺术性的或有趣的，充分发挥了自己的可能性。只是有关内在意义的丰富性、从生活真实上所把握的个体成长为类属性的具体人物形象及其命运上，是真正的伟大文学区别于美文学的地方，同样每一种其他艺术也是如此。

人们不会相信，由此我们到达了对一种审美——不可知论的"难以描绘和表达的东西"的更新。这些作品的实际形式分析，当然这一形式始终是作为一个确定的内涵来理解，在每一个别情况下能以最高的精确性确定，一个具体的作品是否属于更高的诗性作品或只是一个高度发展的美文学。但是正因为如此这种分析——不论是否意识到这一点——没有不考虑这里的决定性标准的，这一标准就是在美学意义上区分出将个体性在类属性中扬弃与将这种个体性不加扬弃地保留下来。没有找到这种个体性扬弃的形式，那么众多的人物、环境和命运就不可能做到真正的审美普遍化，人们在——从审美上看来——或者停留在不必要的细节中或者达到能反映生活的局部真实性的抽象，却不能提高到使描绘的对象达到真正的审美对象性。然而值得注意的和对于这里所分析的情况特别的是，所有这样一部作品所可能缺少的，不是它的人物和命运的"生活真实性"，它的背景的趣味性、它的情节的引人入胜的必然缺失。相反地，所有这些可能在其中都直接存在着，正如在每一部真正的艺术作品中那样，区别"只是"在于，必然的和与作品相适应的效果将具有另外一个水准：快感的水准，个体性的水准。

这一分隔的绝壁是不可逾越的，但是同时也存在无法割断的联系。正如艺术在它的产生过程中其内容和表现手段是取自生活、取自人的日常生活，在其组成中不断更新地返回到它的基础。这是在这里所指出的双重形式中形成的，是其社会存在和效应的运动性反映。只梦想要提供真正的和伟大的艺术作品，这是孤傲的艺术家的情感乌托邦。甚至对于最伟大艺术家的创作，这种要求也是一种乌托邦。他们成功的道路也必然要经历难题、未完成和失误。但若艺术（即使是如此伟大的艺术家，也不仅仅是个别的）作为人类社会的活跃因素发挥作用，它也必须由社会的直接需要所引发。如果它——这里是它自身本来达到的——只有在比较少的作品中才能提高到人类的必然的高度。这并不意味着，这些唯一可靠的实现了审美，直接地不经实际的中介，就能想象出人类的社会和历史状况，其中人类的最深刻的类需要完全作为现实、全部无余地得以满足。我们在这一考察中对真正的然而在审美意义上有问题的艺术家和作品搁置一旁不作考虑，只是简要地谈一下在完全无问题的艺术家的生平巨著中这一难题起什么作用。因为由这里出发即使是最强势的和最多面手的天才也有其局限性的方面。这里所包含的矛盾的固有根源更深地陷入在人的

## 第十四章 审美模仿的边界问题

生活的土壤中,比之于它本身在最有意义的、隔离开来考察的个性中所能见到的。甚至在我们看来,可以较正确地说,这里所形成的这些冲突只构成那种更综合的反映综合体的局部要素,这一综合体我们可以概括为对人与类的描述。正如我们所知,威廉·迈斯特的自学指导说,"只有所有的人才组成人类"。也就是说,就其本身而言,依据可能性,每一个体的人的行为、决断、情感和思想,无不以任一方式汇合到类之中,它们可能被扩大或被弱化,被丰富化或被歪曲,被提升或被降低。

我们总是拒绝将类理解为一劳永逸地固定下来的实体,并把它始终作为人们的各种努力和需要的整体性成果来理解。因此类的生活的综合同样是一种双重性的:每一单个人的活动既属于他自己也属于类的活动,类的生活、它的进一步以及更高的发展,由于同样的原因,不可能是单个人活动的简单的总和。由于类作为自为存在的现实对每一单个人生活——当然是通过多重中介的——不断地产生影响,与其处于一种丰富的相互作用的关系,这不是一种简单、机械的相加,而是一种自发的选择,以一定倾向为主导,使其强化或衰竭。这种选择具有客观的自发性,当然处于人的活动的持续的协同作用之下,由社会—历史的发展所完成。黑格尔和马克思的学说,即人创造他自己的历史,当然不会在自己选定的状况下并且其后果与其自身的意图为基准相偏离,在这里得到了充分的确证。这对我们的问题首先意味着,在艺术作品及在对它的态度中客观性的一种具体化。显而易见,对于现实的科学反映说来,尽可能精确地接近被反映的独立于意识而存在的世界的客体及其规律,必定构成了它的客观性的标准。同样明显的是,这一标准在审美反映中同样不可避免地存在着,然而绝不会遇到唯一和最终的决断。这毋宁说在于审美的普遍化,即将原本存在的个体性提高到特殊性,只有以一种客观意图达到类属性才能完成。上述所说每个艺术家在探索中以其自身的观念所产生的难题正是还原为这里活生生作用着的矛盾性:审美普遍化的内容存在于,应如此来把握个体性、把握所描绘客体的正是如此的存在,在保留甚至提升其作为个体性的表现方式的同时揭示出与类属性的那些要素有直接的情感激发性的关联,它是由社会—历史发展的每一状况以及在未来其前进运动的趋向所不断规定的。因此必然地,在创造者方面这种意图是,他将提升到超越业余爱好者或生手水准,可以肯定的是,对于能否命中这一目标,没有先验也没有个体能以确实的可靠性给出特有的内容(以及与其相适应的表现形式)。每一部真正的艺术作品都是以由它所摹写的现实的扎实的认知为前提的,在这方面在每一创作过程中都存在一种处于"潜伏军团"的冒险、自我颠覆的要素。

因为要准确地把握一个时代的需要,其本身、它的现在、它由过去走向未来的道路,并且将所有这些最外在地加以直观化,使其广阔和深邃,不言而喻,这种审美反映的探索,在不同的组合和个体之间,必然是沿不同的途径、

## 第十四章 审美模仿的边界问题

以不同的方法达到不同的水准。《新约全书》中说,因为多数人是称职的,但少数人是经选择的。如果我们将一这成语加以补充,更多的甚至连称职都不够,那么我们就可以得到这一社会状况的近似图像。但这里可以看出,一方面在审美上不允许将不称职的、称职的和经选择的之间的界限过分严格地区别开来,另一方面却同样不可避免的是,在这样一种广泛范围上只有例外的处于审美所达到的运动的高峰,即使从美学的观点看,这也是必然的与合理的。

因为我们在前面,援引歌德的一句著名格言,揭示了审美形式的实现与社会职能的深刻性和明确性的关联。社会职能的这种内在力量首先直接地由它所展开的、对其完成渴望的广泛度上实现。这绝不是偶然的,在艺术史上最杰出的成就往往是通过这样社会职能大量唤起的生产形成的顶点。人们设想莎士比亚和伊丽莎白时代的戏剧。其中由初始的完全非艺术性的街头艺人的演唱或闹剧开始,经过精心加工、能唤起快感情绪(在词的最广义上说来)的戏剧小品、经过意义重大的路途难题达到这种独一的实现。如果完全抹杀了这些共同的社会职能所创造的不可逾越的审美距离之间的深厚联系,那么这实际上是一种畸形的天才崇拜。是什么推动莎士比亚完成他的那些伟大的创造,而产生了"哈姆雷特"或"李尔王","麦克白"或"奥赛罗",上述各个阶段的细心的专家可以再次发现大量的证据。文学史揭示了这里所存在的真实联系,如果文学史只是寻找"影响",以为证实或拒斥这一点,在这里客观地不

> 审美特性

同质地表达了在世界感的不同质的平面上一种共同感觉到的时代需要。

个体的冲动、社会的诱导和强制共同产生出在取得类属性方向的每一种探索，由历史进程的内容本身选择了它的内容，以一种综合的、新的详尽而直观的方式表达出它的意义。在此我们只是从快感与真正艺术的关系的视角来考察这一过程，其中包括了一个时期中的所有的审美的和拟似审美的倾向。前面在分析美文学时已经指出，在快感水准上的形象塑造不仅在所有审美形式范畴取得一定成果，而且还可以将加工的东西进一步普遍化，从而获得某种超越单纯特有的个体性的效果。（其中它与业余爱好者和生手具有质的区别，它的意图却不能普遍化为情感激发效应。）在日常生活中快感体验往往停留在直接的个体性的水准上，以艺术的形式手段对这种体验的激发，要求超越这一水准的某种普遍化。日常现实本身构成了这种普遍化的客观基础，因此形成了这种反映方式。因为正如我们所看到的，主观个体性的很大一部分，客观地看来，是由社会所限定的，当然由此不会失去它与独特个人的主体性的直接关联。在这种情况下似乎隐藏着一种矛盾，抹杀了在审美与快感之间的界限。这种假象只是基于，由于上述日常生活个体性的结构，快感的传达也要求客观化的媒介，它却在迂回道路上经这种普遍化事实上返回到它的个体性，所以它只具可传达性。按康德的理解，使这一问题在这一程度上有所减弱，康德看来是把快感限制在纯粹个体主

## 第十四章 审美模仿的边界问题

体性上。①

这却只是情况的一个方面，它本身是作为纯粹直接性的要素。客观上正相反，这种体验的每一个主体同时也是人的共同体（家庭）、某一社会阶层、某一阶段、某国家等的成员，他的置于自己本身的纯粹直接性所表现出的内在性必定参与到这种关系综合体之中，它并不是无条件地，甚至按规则地交付他的直接的个体性。人的社会关系的最不同的阶层会以这种方式与个体性相结合，这种社会共同的个体性形式甚至会处于前台，而不失去其原有的直接性，或者会在普遍化的迂回道路上以不同形式再生产出这种直接性。正是在这里审美形式被用于快感的可体验化，在这里它显得最接近于艺术形象，然而就本质而论又与艺术形象离得最远。在纯粹业余爱好者的水准上就有可能，通过唤起某一社会圈的共同记忆、通过对共同体验的暗示在一定人群中引发情绪上的快感。由这里出发上升路线不断提高，直至在美文学中迷惑性地实现类似艺术的产物。但是其分离点在于，没有那种单个人在社会生活的日常之中与快感相联系的、直观地激发情感的客观的中介形式，即使是真正的艺术也不可能描绘人性的事物。它与美文学的区别"仅仅"在于，艺术在其中介中、在其正是如此的存在中所保留的、甚至是加强的那种具体要素所揭示的和强调

---

① 康德：《判断力批判》，宗白华译，北京：商务印书馆1964年版，第49页（第7节）。

的，其中实现了与类属性的重要关联；而美文学却停留在阶级属性、国家属性的独特标志，形式的技巧精湛的应用对于它只是用于，给抽象的、普遍化的个体性赋予一种与此相应的效应。人们设想市民戏剧的产生。开始停留在一种社会逻辑的个体性上，《艾丽米亚·加洛蒂》《阴谋与爱情》《费加罗的婚礼》由奋起的市民阶级的阶级斗争中才形成人性的机缘，而19世纪只有少数的例外，如黑贝尔或奥斯特罗夫斯基才应用市民人群的社会普遍化了的个体性和命运，使剧院观众获得快感体验。到那时才能找到这种区分的标准。从戏剧表演艺术形式赋予的观点看来，这种发展取得了丰富的无可挑剔的作品。

快感与审美的这种极其多样而复杂的关系，在一种重要的具体情况下证实了我们关于审美和艺术在人的社会生活中的作用的一般结论：一方面由日常的需要和努力使艺术得以产生，另一方面通过作品的效应艺术得以改善和丰富。快感是一个最重要的领域，在这一领域这种相互作用发挥了它的丰富性和相互影响。为了正确理解这里产生的多种现象，绝不要忽略这样两种基本事实。第一审美与快感相区分的质的飞跃。因为这是由经验所确认、无可怀疑的事实，拟似审美的产物甚至比那些最富意义的艺术作品更强烈和广泛地渗入人的日常生活之中，但是这种效应——从历史视野看来——是短暂的，类意识的持续形成却是通过真正的和伟大的艺术作品实现的。第二快感本身的性质绝非如此简单和单义，正如人们通常根据它的直接性所设想

## 第十四章 审美模仿的边界问题

的那样,它似乎是与某种生活的要求同时发生。这种现象在很多生活情况下是对如下客观事实的一种恰当的提示:除了有用之外无疑快感还有助于人与外部世界的关系,它往往唤起和培养他的生命活力并保持和发展这种倾向。按其本质而言,快感是对外部世界的一种主观和独特的反映和对外部世界的一种相应的反作用。因此它在其客观后果中对于这种努力可能是有利的也可能是不利的。早在古希腊的道德哲学中已经着重对这里起主导作用的辩证法给以关注。从一道菜说起,它适应一个人的口味,因此产生快感,然而对于健康却可能是有害的,健康对人同样是有快感和益处的,直到由社会生活提供的极其不同的效应,在这些效应中表明具有相似的辩证法,即直接快感和持久的有害性这一辩证法贯穿在整个日常生活之中,在生活中的这些矛盾怎样通过习惯、风俗、惯例、法律、道德和伦理来加以解决,不属于这里的内容。我们对这些问题连提示性说明都不需要,因为希腊伦理学对它们已有深入和极具理解力的讨论。最后我们只要指出以前的结论,如果人们忽视了贯穿在快感中的个体性在其形成和在其效应中的社会成分,那么是不可能理解这一整体的辩证法的。

如果我们从其上升至审美及其注入日常生活的观点来考察这一运动,那么显而易见,这里主要的问题是属于历史唯物主义部分。因为由此可以直接看出,每一种社会结构及其发展规定了快感的内容和强度以及它主动的及被动的与审美的相互关系。总之这里存在着类型的区别,它具有一种原理性质。因为这是性质不同的情况，如果生活提供了大量的产品，其中内在地存在明显趋近艺术的倾向，正如老的手工艺和过去形成的类似现象，或者是否以集中的方式实现对快感的引发，这或多或少有意识地形成拟似审美的要素和动机与真正艺术的竞争，以抽象、单独化的取向对它产生影响，正如其中绝大部分由现今新闻出版、电影、无线电广播为受众所提供的。在这两种情况下形成艺术与这种生产之间的相互关系，并且是在两种给定的取向上。但它们的方式在质上将是不同的，特别是那些涉及艺术自身发展的东西。基本上变成自立的快感"工业"，为其传播的一种独特技术和形式把握以两种方式对艺术产生影响：一方面美文学的增长的和自立化的力量（当然是所有艺术而不只是文学）沿着与审美的界限不断消失的取向努力，从而使其自身的本质淡化。另一方面艺术的自我保护针对这种倾向致力于一种艺术上不健康的隐秘化，使之在与生活的接触中趋向一种自发强制的自我抑制。

在这里对艺术所形成的关系做出适当的探讨，只能在美学的历史唯物主义部分来进行。总之对它的社会—历史的真正阐述，是以审美与快感之间实际的一般关系的明晰化为前提的。业余爱好多方面分化出的问题在这个问题综合体中占有一个特殊的地位。即使在这里也不可能，对全部现象及其历史本身的最简略的形式加以说明。从美学的观点看来我们的兴趣在于，我们将业余爱好与日常生活中人的活动联系起来，从而可以导致提高和强化审美感受力。

## 第十四章 审美模仿的边界问题

最突出的是在音乐的业余爱好中可以见出：在业余爱好者方面对音乐的复制性训练在正常情况下不会产生僭越，这在艺术方面也是如此。但是演奏，从艺术观点看来，可能还不足以培养出对音乐艺术作品的理解力和感受力，这一点通常通过直接接受，通过简单的收听还很难达到。当然业余爱好活动的最显著的形式是深入和强化对感受的理解。在其他艺术中的业余爱好者很少能达到这个目标。这是例外的情况，业余爱好者在写作中唤起了或促进了对文学的理解。在绘画中情况往往也是这样，尽管在这里远不如在音乐中那样普遍。因为在音乐中大部分决然地停留在快感的水平，若某人通过绘画固定下他的旅行或漫游的记忆，那么活动并非无条件地具有提高到艺术感受性的内在取向。但这远没有穷尽业余爱好者的进取之路。歌德在他与席勒共同探讨关于这一问题的记载中强调指出："因为业余爱好者构成生产性力量，所以他们给人们培育了某些重要的东西。"① 正如每一个与对现实的反映相联系的、主要包含在快感领域的人的活动都包含了这种力量，它能实现一个比达到艺术及其效应的倾向更广大的领域。在舞蹈和表演的业余爱好方面只要指出形态要素就够了。歌德在此强调"身体的培养、身体的情调到全部身体的技能……在剩余与节约之间运动的尺度"② 同样在诗歌中的业余爱好："一个

---

① 歌德：《Über den Dilettantismus（关于业余爱好）》，见《歌德全集》第1部，第47组，魏玛1887年版，第302页。
② 歌德：《关于业余爱好》，见《歌德全集》第1部，第47组，魏玛1887年版，第304页。

### 审美特性

人的情感和语言表现的培养、想象力的教养,特别是在理解力形成中的整合部分。感官对韵律的培养,在共同生活对象中观念的理想化,即使在科学中和在实际生活中创造性想象力的唤起和情调也要达到精神的最高功能。"[①] 所有这些倾向都可能转化为空寂和虚无,如果它们被提升到僭越的地位,使它们成为艺术或看来像艺术,那么它们的实施者既脱离了艺术又脱离了生活,这点歌德同样着重强调指出过。我们无需在此作进一步深入,因为在这里只是表现出快感的那些矛盾,对于它们的特性我们已经指出过。人们总是在哪些方面遇到审美与快感的关系问题呢?一方面是在人的日常生活中快感的普遍性方面,在这方面两者之间的界限经常会消失;另一方面是在独特的个体性与人的类的关系上,其立场是彻底分开的。后者总之是一个远远超出美学范围的问题,尽管其中正如我们已经看到和将要看到的,其基本标准是明显的。人的整个生活进程最终取决于他如何实际地实现他的此在与其个体性和类之间的关系。宗教和唯心主义哲学有意识地和片面地强调区别的要素,达到使两者相互完全隔绝的地步。每一种按其本质而言是唯物主义的伦理学在真正哲学的水准上——我们设想伊壁鸠鲁或斯宾诺莎,但即使亚里士多德在这方面最终也站在很接近哲学唯物主义——试图在思想上把握这里客

---

① 歌德:《关于业余爱好》,见《歌德全集》第1部,第47组,魏玛1887年版,第312页。

## 第十四章 审美模仿的边界问题

观上起作用的辩证法，并由此得出人的行为的原则。在这一取向上相互间所有深刻的区别中，他们具有与所有宗教和唯心主义相对立的共同特征，它们致力于将类的属性作为由日常人的特性的伦理实践的准绳而不脱离它的统一性和人的内在性。由此丝毫不会削弱实际存在的类属性与直接个体性之间的质的差别。人们只要设想伊壁鸠鲁关于智者的理想就足够了。[①] 或者设想斯宾诺莎"发自心智的爱"（amor dei intellectuals）[②] 但是这种质的飞跃没有混杂任何超验的力量纯粹由人的内在力量所完成。我们在其他地方（见上册第二章）重复地援引过斯宾诺莎关于情感的学说或许是这种观点的前后一贯的表述。其中包含了作为生活关系和人的特性的认识、作为由所有必然性所产生的态度，由单独的个性和人的类属性的生动的辩证统一——矛盾的统一。伊壁鸠鲁关于智者的学说在性质和水准上与卑俗的享乐主义同样有明显的区别，正如真正的艺术与单纯的美文学之间的区分。

对现实的审美反映、真正的艺术塑造——不论艺术家如何在思想上表达他的世界观——都是以一种关于世界、人和人类的本质上相似的图像为基础。如果我们在我们前面的考察中在个体性与类属性的对立中看到了审美与快感

---

[①] 参见伊壁鸠鲁：《Die Lebensform der Weisen（智者的生活形式）》，见《Griechische Atomisten（希腊的原子论者）》（古代的唯物主义思想文本和注释），莱比锡1973年版，第356—359页。

[②] 斯宾诺莎：《Ethik（伦理学）》第5部分原理33，第287页。

详细区分的标准,并注意到在艺术和生活中有根本上无数的过渡现象,因此我们只是针对我们的特殊领域由完全一般的情况得出必要的结论。类属性与个体性的关联和区分在(唯物主义)伦理学和美学中显得格外引人注目。但是这种强烈的相似性不能导致一种简单的等同化,甚至也不能导致无批判的相接近。伦理学的媒介是生活本身、人的实践这一事实,当在艺术中完成了对现实的一种反映时,不论对于主体还是客体这两个范围都有深远的后果。对相似性作片面的考察在伦理学中有时产生的后果是,将审美范畴以对伦理事实不允许的方式拉入。由此而产生的失误我们将在下一章中详细讨论。这里只想指出,在伦理问题纯粹以内在于人的方式解决的倾向中显而易见,其中可以见出与审美的一种近似,特别是当对于预设和命令的抽象先验特性的拒斥有争议地加以强调时,如在席勒致歌德有关在《威廉·迈斯特的学习时代》中的伦理问题的书信中。[1]

但是对于我们现在的问题,这两个领域中客体的区别就更加重要。由于伦理化的主体是徘徊在类属性的高度上,依据于此他的态度和行为则是调整到,努力去面对如其所是的世界,使其不仅如它直接显现的样子。并且逐渐由世

---

[1] 席勒致歌德的信,1796年7月9日,见《席勒与歌德通信集》第1卷,第199—204页。歌德本人谈不到伦理学的"审美化",这一点最清楚地表现在诺瓦利斯对这部小说热情的评论中。参见诺瓦利斯《文集》,Jacob Minor 出版,第2卷耶拿1907年第243—245页。

## 第十四章 审美模仿的边界问题

界中退却,在这种情况下则致力于,正确地评价它的整体性、它的真实的本质(伊壁鸠鲁)。这对于伦理学具有决定性意义,态度与事实上的实践不会同时发生。一方面实践是由态度所引导,但另一方面每一个别行动也是对每一"当前最迫切的要求"给出的直接回答。伦理态度由此成为每一行为的结果,成为对其检验的尺度,因此它总是其主体的和客体的前提。所以个体性和类属性的生动的辩证法不仅表现在伦理实践的主体上,而且也表现在其客体上。由此固有世界以其整体性对每一伦理行为构成了一般的地平线和普遍确定的前景。这一结构必然由这一领域的实际的真实特性所得出。

但是审美就其本质而言并不是现实本身,而是对现实的反映。对现实的审美再现,从而使世界获得了独一无二的强调。每一种由世界体验到的片断在快感体验中总只是个别的。我们刚才讨论的是伦理学方面,对世界本质的科学反映是指向其规律性的,这我们在以前的讨论中已经知道。诸反映对象的一种具体和实际的综合具有一种世界的意义,它不仅是作为诸对象的具体综合,作为世界的真实而重要的部分被体验,而且作为世界本身,是审美构成的独一无二的特性。这种审美反映的具世性的决定性先决条件,我们在前面已经详细地讨论过。现在它一方面关系到要理解,单独的个体审美提高到类属性,只有通过对一个具体对象综合的世界客观性的间接体验才能实现;另一方面关系到,审美反映的具世性正是在这种提高到类属性上

> 审美特性

才具有它的客观性标准。"世界"与类处于一种严格的相关性关系中。它们表达了同一事实,一方面是主体方面的,另一方面是客体方面的。这两个方面我们已经讨论过。从主体的观点我们只重复指出,正是最著名的艺术家们不断地警示人们,在创作过程中不要混入个体的主观性,因为由此那种由艺术家主体性所创造的"世界"的自主特性会敏感地受到干扰。如果我们与目前的讨论相适应地考虑到个体性与类属性之间的对立和密切联系,作为艺术塑造的"世界"的基础的必要的主体性与它融入其结构、过程和正是如此的存在所保持的严格距离之间的矛盾就会自行消解。

有关客观世界的塑造也存在一种极为相似的矛盾。我们曾经不断强调,审美反映要给出一幅客观现实的真实映象。但是同时我们也能看到,客观现实与艺术映象的单纯相符在审美上是毫无意义的。在不少情况下甚至是一种干扰,可能导致审美真实性的消解。作为补充性的对立,这种情况也不少,在其中与直接相符的偏离构成艺术真实性的基础(想象性的"世界")。即使在这里其中的矛盾也会消解,塑造的诸对象及其关系必须给出关联,它为每一社会—历史的类属性的自我效应提供一个适当的作用场。客观现实的映象中的真实在这里具有其决定性标准。其哲学依据在于,人在现实中只有与客观实在保持持续的相互作用才能达到其真实的类属性。一定的状态、一定的发展倾向及其前景构成了真实实现人类具有类属性的自我意识的必不可少的前提和先决条件。通过艺术——在每一艺术门

## 第十四章 审美模仿的边界问题

类中以具体不同的这种相互作用成分的选择——创造一个"世界",这个世界是由这种相互作用的决定性的、正面或负面作用的各种规定的最大地和最适当地自我发挥而塑造出来的。在其中形成了类的自我意识的最高的客观化形式。

由这一观察平台可以看出,艺术的形式原理作为它的每个一次性具体和确定的内涵的形式,只有在这种联系中才能达到它的实际的本质性。与这种内涵相分离,它就停留在个体性的水准,由此形成的成果便失去了它的具世性的特性。处于与人的某一精神状态的偶然关系中形成的是诸对象的一种偶然的综合。所有与这种决定性内容相脱离的范畴,其中内含了因果必然性,是不可能排除这种偶然性的。快感——在最广义上理解的——正是人的意识对这种最终偶然性在这一水准上的固定,其直接表现方式具有严格的生理的、心理的或社会的必然性。这种偶然与必然的相关性表现出完全与主体无关的客观性,并仅仅是对它的主观反应,似乎是纯粹停留在单独的个性之中,尽管它在上述必然—偶然的方式中被规定,仍是与审美反映相对立的日常生活的特性。那种处于快感水准的拟似审美的产物的矛盾在于,它运用了审美的反映方式和表现方式,在其应用中可能取得一种显著的艺术技巧,然而通过所有这些努力接受主体却仍停止在日常生活的直接性之中。我们知道,真正的艺术也取消了日常生活的直接性,但是这只是为了在其作品中塑造出一种第二直接性,它是类属性的自我意识,在这里只有以适当的客观化才能表现出来。而

## 审美特性

在前一种情况（拟似审美）时相反的快感的激发成为主导的原则，第一直接性与第二直接性重合在一起，第二直接性是由第一直接性所培育，也就是说，艺术塑造的形式力量只有在这时才能启动，即当人的日常反应比之于它在生活本身之中时以更大的清晰度被固定下来。这绝不意味着它无条件地类似于摄影，是纯粹机械地摹写。相反，正是在这里个体的主体性才能积极地融入，正如在真正的艺术中类属性的融入那样。不良的情绪、意向和欲望，依据社会发展的必然性理所当然地必定被排斥或通过作为例外的偶然才能被实现，日常生活的白日梦式的"美化"或它的阴影方面的恐怖化往往是作为直接的对象性的"校正"要素而出现。但是加上所有这些限定，反映图像停留在日常生活的人的水准，其中——并非由于原初的形式标准——审美与快感以明晰的界限区分开来，这对我们整个的讨论都很重要，这不会丧失它在日常生活中的意义，正如我们已经看到的它既可能是正面的也可能是负面的，不否认在审美本身的前导和后续过程中它的重要性。

# 第十五章　自然美问题

这一章所探讨的问题，就其重要性而言，与其说是由于它对审美本质所具有的实际意义，不如说是由于它在美学史上所起的作用，其影响作为一个传统性问题仍多少延续至今。在讨论这一问题时，我们的否定态度已经表明，在存在各种分歧甚至对立的立场中，这一探讨不可能取得在方法论上统一的协议。在一般美学中往往从分析在自然界与艺术中美的统一性与差别开始，而我们所展开的美学原理问题与此毫不相干，只是在我们试图阐明审美与快感的关系之后才谈到这一问题。上述研究的结果——首先是快感作为生活促进力量的作用、在人的日常生活中它的普遍性、甚至无边界性、它的直接的主观性、它与完整个人的个体人格的不可分割的关联——始终作为下述讨论的前提。即使在下述情况，即具体客体的特性以及与其关系的特性需要根据一定的情感反应做出局部修改。

◯ 审美特性

在美学史上，这一问题集中在这方面：在艺术之外是否存在一种美，这两种美的关系是怎样的。因此在大多数作者那里，自然美的概念远超于本来意义的自然界，它也扩展到人，即不仅作为自然存在物（人的身体），也涉及到人的内在特性、人的社会关系以及各种制度、社会事件和历史等。美的概念的这种扩展使它产生两方面的模糊性和不确定性，关于这一点我们已经在别的地方谈到过，现在我们只提到这些结果在上述问题中的应用。我们只简要地重复说明，美的不确定性一方面在"向上"的方向表现在美学与伦理学、认识论、宗教等的关系之中；另方面在"向下"的方向我们在讨论快感的时候已经详细谈到了。在这种考察方式中基本概念的模糊性与意指客观世界的不受限制的宽泛性密切相关。实际上美与善在其中相互出现，一方面将原始社会现象作为自然来理解、另方面作为社会事物的对立面来理解是不同的，在这里应归因于它的真实的客观特性。——与美学的传统观念相反——，因此这一课题的表面的统一性便瓦解了。所以在美学史上也常作为统一的问题在这里要作单独的分析。以便阐明以这两种关联为基础的哲学问题是不同质的。与人的"美"相关的问题是与"向上"方向的美的概念的模糊性具有内在联系的，因为比较而言，对它的阐释较简单，所以我们首先从这一问题入手。

# 第十五章 自然美问题

## 一 在伦理学与美学之间

审美原理进入伦理学，甚至伦理学被审美化，这是一种古老的事实。这一事实只会使那些人感到惊讶，他们将各种领域在方法论上所必需的纯粹化分割与生活现实本身相混淆了，他们忽视了在这些"纯粹化"形式中隐含着多少抽象，生活往往是怎样跨越这些严格区分开来的界限。当然——这种经验我们在能够区分快感与美感时已经获得——这种情况下的抽象绝不意味着一种简单的、脱离现实的普遍化，而是只发生在思想世界的一种区分。伦理的和审美的也是在其思想的"纯粹性"上合理的抽象，是现实生活力量的概念综合，也是实际作用倾向的概念综合，它们的区别有时严重的对立是作为社会存在的要求而出现的。正如我们以前讨论中所看到的，绝不排除这两个领域之间的相互作用。这只取决于，在这方面在任一具体情况下具体发生了什么，一种通过生活所唤起的、必然的界限规定的摇摆不定，它并不排除界限的存在，或者把这种模糊过渡的一种不允许的思想应用，当作哲学上的等同或同一。在现实中——归根结底——这里存在着相对独立且相互辩证的多方矛盾的对象和方向。我们相信并希望，在下述阐释中能指出这里实际发生了什么。

但是这里马上需要补充说明，如果在人的思想中一种

## 审美特性

客观上错误的观念具有很顽固的生命力,具有一种不断更新的冲动,那么其根源极少是一种古怪个人的简单失误,这样一种失误,即使在同时代人中引起暂时的轰动,肯定迟早会被人们所遗忘。如果它值得不断以新产生的理论来驳斥,那么真正的批判必须试图指出,这种思想迷误在生活本身中的产生根源,它形成的领域本身的结构。(这当然只涉及人的思想高度发展了的阶段。尽管这些形式是基于巫术"世界观"对客观现实歪曲了的反映,然而对之采用这里所说的方法是不适合的。)在思想进程中,审美要素、审美范畴是怎样侵入伦理的——抑或形而上的或宗教的——特性中,特别是在思想家那里,对于审美特别是它的纯形式,其基本态度是不信任的而非确信不疑。我们相信,对于某种关键性动机由伦理态度的最普遍结构中是不难理解的。这属于伦理学的本质,在伦理学中日常生活的个体的人都面对着各种规则。道德或伦理的要求越多——即个体作为内在的、作为自我责任所认同的道德规则,那么在这种行为中就越清晰地形成个性的一种两重化:确信不疑的道德或伦理规则应该由相关人的自身意愿和自身力量实现,它要战胜该人与此规则相对立的感情及偏见形成的阻力等。当然在法律或习俗的规则中也会出现这种两重性,但是在这里矛盾往往存在于行为个人与规则的客观体系之间。(这两种现象——客观地——可能基于同一社会对立,这里我们无须讨论。)人们可以追踪在每一种禁欲主义世界观中在个性的二重性与统一之间形成的矛盾,康德伦理学就是这

## 第十五章 自然美问题

类状况的一个确切范例。

毫无疑问，从某一阶级的观点看来，某一道德或伦理代表了它的——最广义的——利益。它的道德规则在每个人那里引起的内在张力，裂隙，抵触越小，那就越有利，其作用从相关人员的内心至顺畅的、有组织的表达就越强。另一方面当然在许多个人那里追求他们自身道德生活的这种状况就会加强。因为每个阶级都是由个人所组成，当然这里所提到的两种动机只是同一社会真相的两面。在供我们认识的大多数证据中，第二个方面往往处于前台，这不会改变其内在的相互关联这一事实。人们渴望过一种有道德的生活，在这种生活中伦理规则表现为人格的内在核心，由这里出发这种规则支配着人们的情绪和感受、欲望和思想的整个范围。但这不是以一种双重的、专断的方式，而是以有机的、作为整个人格成长的展示，它是由道德性本身中产生出来的。当这种渴求为取得恰当的思想表现而奋争时，特别是在道德理想本身已经或尚在表现为一种社会难题时，那么显而易见，这在历史上往往是几乎难以避免的，它也被表现为审美范畴。因为对现实的审美反映总是形成外在与内在、内容与形式、性格与命运等的感性直观的统一体。即使其对象是上述意义中的生活冲突，它在反映中也很少被肢解成两重化，而往往在生活本身中更多地集中在人身上。这不是由于经审美反映对生活冲突的削弱，而是相反地由于审美反映的尘世性，通过人的个性的最终统一，即使在最尖锐的、最无法解决的冲突中也会更清楚地表现出来,比之于在生活本身之中所可能达到的。与上述社会需求相关联,审美反映的这种本质特征很容易作为一种范例起作用,并促成审美范畴侵入到伦理学之中。它可能会这样,但不是必定这样。

对于希腊伦理学来说,伦理学与美学之间问题的交织最初是以有效的方式出现的,但也考虑到其他的动机。首先在古代文化中对神话比较自由的——不与神学相联系——不断作出新的解释起着重要作用。同时要优先考虑到,当时对原始共产主义(作为黄金时代)的强烈而生动的记忆在起作用,在共同体中个人生活的出现从我们这一问题的观点看来导致,在一定时期内法律、道德和伦理根本还不存在,人们理所当然地是通过习俗来调节其实践活动的。这也就是为什么我们刚才提到的那种冲突对于他们还根本不存在。因此处于黄金时代的人们一般是通过神话及他们在诗歌和造型艺术中的加工作为对人的存在及其实践有机统一的这种理想的体现。在城邦贵族统治阶层中美善同一的观念使实践活动的这种"审美理想"得到了进一步的、在质上不同的强化。通过战争和政治(也包括修辞能力)取得并增大权力的必然性、作为文化基础条件的闲暇,其中对"在艺术上一窍不通的"劳作的蔑视并对身体训练的高度崇尚,奠定了这种道德理想的基础。这里并不取决于这种生活形式的审美后果,因为显而易见,在此基础上产生出对艺术发展完全正常的社会职能,它与其他的社会—历史的以及审美的条件的不同只是在于,构成其基础的此岸

## 第十五章　自然美问题

性以及身体与精神的和谐产生出这样一种艺术，在其中人们可以毫无疑义地将美作为审美范畴来运用。这种生活态度的各种问题本身所涉及的，其中心称谓的多义含混不清——美的意义是与高尚、适当等不可分割地联系着——只要在社会生活中行为方式本身没有遇到社会存在所形成的自身矛盾，那么就不会产生与伦理学相混淆的后果。我们这里所感兴趣的问题直到城邦民主制解体，即苏格拉底和柏拉图时代才为人明晰地觉察到。

我们这里只提到了社会存在的几种现象，它们构成了我们这一问题的起源的真正基础。然而这里马上要补充说明，对一种必然形成的现象的最真实的历史理解绝不能等同于对其客观哲学根据的认同。因为抽象的汇拢将会表明，如果这些问题是以最高度的、最稀薄的普遍性来处理，即使只着手这些范畴具体化的粗略尝试，那么它们也会马上消解。例如人们要表现本质关系。这种表现要审美地获得其价值，所以它要在适当地具有情感激发性地提高到典型的各种个别情况之下表现出达到二次审美塑造的直接性水准上的本质。正如我们在上面所看到的，在伦理学上致力于这样一种态度，其中使人们行动中可以现出的东西应该取得其道德内在性的一种恰当的表达。然而在可能想到的最高的近似中其重要的区别甚至对立也不能忽视。这是由此而产生的：审美是对现实的一种特定的反映方式，而伦理关系却是现实本身，后者表现了人的本质在他与其邻人的相互关系中实际的实现。因此在这两种情况下其本质的恰当表现具有完全不同的倾向和意义。从词面意义上说，审美涉及本质与现象的同时产生，因为——正是借助于这种正是如此的直接自主性——只有在其有机的、不可分割的统一中，它才构成所反映的现实的一种具世性统一的基石。在伦理学中每一个单一规划的实现同样与那个世界的整体性相关联，它正是发生在这个世界中，因为这里涉及的是一种社会现实，而不是其映象，它与整体的这种关系只能是设想的，只是所要求的。

由此得出，在伦理学中本质与现象之间的恰当关系一方面是思想与行动之间的关联，它们要以现象形式得到尽可能适当的表现；另一方面要努力使伦理实践在其后果中尽可能完全实现以某一决断为基础的那一趋向。显而易见，其中第二种要素只能具有一种近似的特性。虽然辩证地建构的伦理学拒绝按照康德或存在主义原则对纯粹思想加以自我限制，但是它对此却是明确的，即其对行动后果的判断只能是设想的和近似的。这绝不排除忧虑和责任的最大化。但是在意图与后果之间要有必要的平衡和协调。这样一种设想可能违背社会—历史现实的最基本的规律性，也就是说，由个别人的个别行为（这都是伦理学的对象）按照规则其产生的结果会与其主观意图不同。但是纯粹与主体的行为相关联，在伦理实践中本质与现象的关系其性质与在审美反映中是不同的。其中对本质的恰当性取决于现象的内容，它同样具有一种单纯近似的特性，现象形式在这里必然是次要的、附属的，其中现象形式的激发力量形

## 第十五章 自然美问题

成了恰当性的直接标准。当然,这种对立不是绝对的,不是形而上学的。一方面在美学中形式始终是一种特定内容的形式,另一方面伦理现象在本质上的汇聚必然也具有形式后果。总之,伦理现象具有"审美"效应的可能性只是一种副产品,专注这一效应的意图肯定会导致对其仅有的关键内容的篡改。在最初时刻,在某一行为的后果与世界进程的关系中,其离散性仍是比较显著的。审美反映的具世性意味着,其压缩了的、典型化了的映象被纳入艺术创作的内涵整体之中,由此在一个符号化了的个别场景中,对人类发展的某一行为的记忆被提升到人类自我意识的高度。因为每一伦理实践都构成了现实的整体过程的某一个别的要素,显而易见,在现实本身之中既不是一种伦理决断也不是其实现,能够取得这样一种直接的、符号化的重大意义,特别不是在其现实意义上,这对伦理学本身来说是关键性的,至多——这当然也是相对而言——如果两者都成为过去历史进程的一个组成部分。但是,对于其决断或后果说来,原本的伦理责任对后一个方面处于多重中介了的关系中。即使这种关系与在审美反映中所要求的统一也绝不是等同的。

所有这些区别当然并不会消除那种相似性,正如我们在几个例证中所试图指出的,这是由伦理实践的本质,由其社会因果联系所产生。只是绝不要忽视,即使最大的相似性也不能消除某种特定现实的实践与以完全不同的原理所确定的反映之间的根本区别。我们只是指出了范例性的问题。审美反映由于具有典型化特点，其每一项创造活动都多多少少带有范例性，同时不要忘记，这一范畴全都包含了否定和摇摆于优劣之间的东西；而伦理学的范例就其本质而论则必须是某种肯定的东西。但是，此外在审美反映中所描绘的是囊括动机和后果的整个事件（即使如在戏剧中其表现形式是现代性的）而在一定条件下伦理决断却致力于范例性，其伦理行动绝不可能全部实现，其中必定形成一种附带的动机，使其过分直接的意图不会影响其伦理本质。如果不是唯心主义哲学将这种迷误带入这两个领域，那么在这种明显的区别中这种实际存在的相似性绝不会使伦理学与美学的关系产生迷误。为了正确地把握对由此产生的迷误进行解释的方法论，只要回顾一下唯心主义对劳动的目的论解释就够了。劳动的目标是由主体观念地确定的这一事实就足以形成造物主的整个神话（参见第二章）。但是，伦理学的目的论比劳动的目的论更内在和心灵化一些。因为其中明显地来自外部的规则构成了伦理决断的内容，这些完全是由主体纳入自身的，以显示出其作为最内在的运动并保持真正伦理的特性。如果唯心主义思维把真正的伦理学目的论设定为观念对整个现实的贯穿或者想把世界史还原为一种光明与黑暗、精神与物质、善与恶的斗争，这里会出现某种思想阻碍。

　　伦理学目的论的这样一种假设会导致观念全能的思想，由这种前提出发必定完成在这种全面范围的普遍化，在这里人的行为方式以及人与现实关系的全部独特差别都变得

## 第十五章 自然美问题

不可知。当黑格尔,这位在所有客观唯心主义者中最积极致力于方法论和历史区分的研究者,如此界定理念:"理念是概念与实在的统一,概念就其规定了本身及其实在本身而言,或者称现实性,它正如其自身所是并包含了其概念本身。"① 他已经在这里进一步阻碍了他在下面的章节中所致力的对这一领域的区分。虽然他能够——往往是正确并敏感地——强调出各个特殊的规定(在生活中观念与实在的直接统一、在美中此在对偶然局限的摆脱等等),观念与实在不受局限的统一、观念作为最终的决定性标准在实在中的全面贯彻却必须使最不同质的东西一律化。如果在这种方法论基础上着手一种特殊化的尝试,那么它的过于抽象的一般规定会远远超出相关领域的特性,最佳情况也只能击中每一种人与现实的关系的最普遍的特征。我们可以考虑完善性的概念(同样是从上述观念与现实的关系导出),在每一种唯心主义美学或伦理学中,它都往往起着关键性作用。车尔尼雪夫斯基正确地注意到由黑格尔及首先是由费舍尔作为美学中特定标准使用的概念的这种抽象的普遍性:"但是,这种形式的完美或观念与形象、内容与形式的统一并不是一种艺术所独有的与其他人的活动领域相区分的特性。人的行为始终具有一种目的,这种目的表现出人的行为的本质,对我们行为的评价取决于我们的作为

---

① 黑格尔:《Philosophische Propädeutik(哲学概论)》,见《黑格尔全集》第 3 卷,斯图加特 1927 年版,第 142 页。

与目的相符的程度，这种目的是我们所要达到的。每一部人的作品都是按照其实施的完善性程度来评价的。这对于手工作品或工业以及科学活动等都是普遍的规则。"① 由此会增大这种混乱的危险，即每一种唯心主义哲学不得不为客观现实的不同方面的关系、为人的行为方式与其的关系设置出等级制。与观念的接近或疏远，在一个领域的这种设置中必然具有不同的性质和价值。因为社会的、阶级的需要总是对这种等级划分的取向产生强烈影响，从而会极大地模糊甚至消除这种特殊的特性。不仅那种异质的同质化——等级制的一种方法论前提——由此轻而易举，而且在等级制的等级阶梯中"级别"的分配也随意化。如此造成的其标准的概念淡薄既可能出现这样一种等级秩序，即自然高于艺术（如柏拉图、康德、威塞），也可能彻底相反（如黑格尔、费舍尔）。

相对内容而言，由于唯心主义必然要高估形式，所以这种方法被进一步提升。这种价值的等级制是如此强烈，以致在哲学建构中往往形成这样一种极端化：纯形式作为最高峰，它完全没有内容；一种混沌、一种完全不含形式的内容处于最低点。这种观点也侵入到美学和伦理学之中，特别是当这两个学科相互不允许靠近或相互完全等同之时。因此夏夫兹伯利说："精神单独赋予形式。所有无精神的东

---

① 车尔尼雪夫斯基：《人与现实的审美关系》，见《哲学文论选》，第477页。

## 第十五章 自然美问题

西令人厌恶，无形式的质料便是丑本身。"① 这句话人们经常会以不同的变形遇到，它只在一种唯心主义形而上学的范围内才有意义。因为每一种多少经过深思熟虑的认识论都清楚地知道，形式与内容是相互关联的范畴，没有形式便没有内容，反之亦然。如果事先不对什么是形式以及如何构型加以精确规定，那么关于这个或它被构形的一个陈述还没有道出其对象物。由此得出——在认识论上——丑同样是一种构形的东西，同美一样。你可以审美地（或如夏夫兹伯利所打算的：审美—伦理地）首先从对其内容进行测度或评价，从这里开始才能进行特殊的伦理的或审美的形式的探讨。在这里对于审美形式独具特征的是，从伦理学上看是极其对立的内容，在其审美的"世界"中被安置在与其相应的位置上，由审美构形的基本的和已知的倾向性相应于其内涵作出评价，以同样方式发挥审美的效应。在这方面在雅戈和伊莫根之间、在拉斐尔的《圣母玛利亚》与杜米埃的漫画之间是没有原则区别的。相反地伦理形式表现出对日常生活的形式—内容关系的结构爆炸式的判断。（当然在审美构成中同样发生一种形式—内容关系的变化。但在审美中是映象与映象的对比；而在伦理中是现实与现实的对比。所以这种转化的方式是不同质的。）在伦理学中会涉及对日常生活的一种颠覆。例如在康德那里伦理态度

---

① 夏夫兹伯利：《Die Moralisten（道德家）》，其中《关于积极性的一封信》一个哲学的狂想曲，一段有关自然与道德谈话的复述。莱比锡 1909 年版，第 185 页。

彻底肢解了日常生活的每一种形式—内容关系，并在其位置上确立了一种完全相对立的关系。因为日常生活的形式干脆被当作是不存在的，甚至看作是对真实的一种厌烦的阻碍。这样就可以理解夏夫兹伯利的立场了，尽管客观上在日常生活中总会涉及一些被形成的东西。但是若由一种不良的标准推动伦理上不道德的东西，那么显然伦理的形式—内容系统便与一种另外的、异质的、敌对的系统但同样是形式—内容系统相对立。在这里区分的基本原则也是内容性的，它将创造其自身的形式。这个原则必须依据它在生活中的真实性和本质性来贯彻，尽管在这里会出现很多过渡现象，这些现象有时会转移关键分歧的视点。对于审美领域我们只要关注一下艺术效应的前导和后效就足够了。在原本的审美接受过程的这两个补充阶段中，处于生活中、忙于行动的、完整的人是主体，这就是为什么在他的思维和感受中实践范畴——其中也是伦理的范畴，但当然不只是这一范畴——必须格外重视。另一方面同样是不恰当的，把伦理决断甚至它的执行活动从全部日常生活中突出出来，将其与完整的人的正常存在隔离开来。如果伦理学不被简化为纯粹的观念，如在康德及存在主义者那里似的，正像实践的其他领域一样，行为后果的责任感促成对行动的一种悬置，这时将对最不同的动机作出赞同或反对的权衡。显而易见，在生活中必然存在以这种方式在最不同的要素之间不断相互转换，其中既有伦理的也有审美的要素。但是上面所指出的在伦理实践的独特方式与审美

## 第十五章 自然美问题

反映的独特方式之间的根本区别却不能抵消。这表明我们已经反复援引的亚里士多德的话，那些在现实中我们会拒绝的、远离着我们的东西，在艺术中却会唤起审美愉悦。这里又有一点值得注意，由于对这两个领域特性的误解而将伦理与审美错误地同一化了，因为丑恶、在生活中令人反感、令人厌恶的东西可能给我们带来艺术享受，这种艺术享受必须归因于真正艺术的具世性。通过——最终由人类的观点看来——每一种观念、每一个行动在其"世界"中被安置在与其相适应的位置上，通过艺术创作的倾向性采取与其相适合的态度，那么审美经验作为人的社会生活要素与其健康的伦理情感完全不是对立的。由理查三世①的精神能力所能引发的赞赏，必定绝不包含对其道德品质的认同。只是在社会的危急时刻，按事物本性而言首先是人的道德生活出现问题时，可能产生反常化，它会脱离伦理的本质，其表现方式与精神优势相分离，"艺术"成为一种实施的手段以"审美"的方式进行观照。这一运动可以发展到如此地步，一方面审美创作的每一关联否定了人的道德的此在，使艺术从决定其形式的所有这些内容的束缚中"解放"了出来，审美完全按照自主的、由自身所确立的原则来阐释。另一方面伦理价值的摇摆和崩溃以一种直接"审美"的态度表现出来，成为生活的道德现象。

---

① 出自莎士比亚历史剧《理查三世》的主人公，具有虚伪、狡诈、果断、坚韧的双重性格。——译者注

### 审美特性

狄德罗在他的对话体小说《拉摩的侄儿》中极其明晰地表现了道德"审美化"的这种危机性的尖锐化。他的对话伙伴,天才的完美的音乐家,以行家的姿态、满意和赞赏的口吻描述了一个犹太背教者诡计多端的阴谋,他在肉体和物质上将一个过去的信教同伴陷害了。对话中的狄德罗在他的描述之后说道:"我不晓得在这两者当中,更令我恐怖的究竟是你的背教者的穷凶极恶,还是你讲述这事时的音调。"他的没有说出来的想法就更清楚了:"这个人在我面前开始使我觉得难以容忍了,他谈论着一件可怕的行为、一件可恶的大罪,有如一个绘画或诗的鉴赏家在品评一件艺术品的美一般……"① 这里道德的反常变成审美的矛盾显而易见。

如果它不是以极端的形式而是以可能的完全"无辜"的日常生活事件出现,那么问题也会依然存在。昆西②描述道,著名诗人柯勒律治③有一天晚上去看一场大火,但是他认为没有满足他的"审美"的好奇心。针对可能发生的道德谴责,昆西为他作了辩护。在这里完全不涉及道德问题。要提供求助的是火警。柯勒律治由于喧闹而放弃了饮茶,为此他该毫无所获?在以下的说辞中昆西把与前述狄德罗

---

① 狄德罗:《拉摩的侄儿》,江天骥译,北京:商务印书馆1981年版,第81—85页。
② 昆西(De Quincey)1785—1859 英国散文作家,著有《谋杀作为一种艺术》等。——译者注
③ 柯勒律治(T. Coleridge)1772—1834 英国浪漫主义诗人,文艺批评家。——译者注

## 第十五章 自然美问题

类似情况下的问题普遍化了。他的思路的实质在于,只要一种犯罪还没有实施,我们就负道德实践态度的责任。但是若犯罪已变为事实,那么道德还有什么办法呢?"这是一件可悲的事情,无疑,十分可悲。但是我们不可能使其恢复正常。因此由这件坏事中我们能做的最好就是以审美的态度来看待它,因为不可能再从道德目的获得任何结果……"①这是从《谋杀作为一种艺术》的一篇文章中援引的话。显而易见,相对狄德罗说来,这里表现出一种诡辩式的倒退。狄德罗的正确的道德情感所关注的完全不是究竟背教者的丑恶行径是属于当前还是过去。他知道,相对整个生活说来,一个正确的伦理实践是以一种正确的伦理态度为前提的。对其他人(以及对自己)的行为所持的伦理态度,当然不会由于它已经成为无可改变的事实而转变成对立的。对于像悔恨、良知、自我批评、责任感等这样一些伦理范畴的极其复杂的辩证法,即使只做提示在此也不是地方。其存在及其作用的必然性已经清楚地表明,一个事件的伦理特性、对它采取肯定或否定的伦理态度的责任,并不会由于它仅仅是过去了或由于它事实上不可改变而被抵消。对其毫无疑问形成的复杂的变化,在这里我们同样不能深入讨论。昆西将过去划归美学,将伦理学的领域——实践上实用主义地——局限在现在和直接的行动上,这种态度

---

① 昆西:《谋杀作为一种艺术》见《The English Mail-coach and other Essays(英国邮政马车及其他文集)》伦敦 1961,第 50—52 页。

是对伦理学中心问题的回避,是一种靠不住的妥协。

这个问题对于我们之所以意义重大,是因为我们在这里提出了人的生活的"自然美"问题,首先涉及社会的和历史的生活。这个问题例如在费舍尔美学中起重大作用。然而也是他的最重要的批判者——车尔尼雪夫斯基,他否定了费舍尔关于艺术与现实相比处于优先地位的观点,以完全不同的理由阐释了他对人的生活的自然美的态度。两者之间的根本对立是,费舍尔把社会和历史审美化了,而车尔尼雪夫斯基与其不同,不受损害地保持了他的健康的政治——社会——道德态度,他对艺术的立场是与此相适应的。在我们时代,这个问题多少有些变化,在哈特曼那里接近于康德的理解。他对自然美的一般理论我们将在下一节分析。目前我们只能限于更窄的问题。哈特曼并没有回避对人的生活的审美态度的伦理学思考。他谈到,这很容易转化为冷酷无情,他考察了作为冷酷无情的唯美主义者的纯享乐主义态度,他看到了这种态度在道德上的一些不健康的东西。他的不彻底性、他的妥协之处在于,他在这一正确观察到的细节中只看到了这一危险,即对一种本来可能并合理的行为方式的误导和歪曲。在这种倾向极大的提高时,在现实中获得悲剧的审美体验时,他谈到了这时所需要的接近于超人的态度,"这是自相矛盾的——同时参与又不参与,卷入又静观而立,既作道德评价又作审美评价"[1]。

---

[1] 哈特曼:《Ästhetik(美学)》,第 141 页。

## 第十五章　自然美问题

哈特曼像康德那样，打算拯救审美范畴在纯粹客观性上至少一定程度不可认识的可能性，这一点我们将在讨论自然美时看到。与康德相比，哈特曼的较新的路径是，他把人对现实某种行为方式与日常生活中完整的人与现实的正常的（或实践的、伦理的）关系毫无批判地等同起来，这种行为方式只有作为对现实的客观化了的反映的前期阶段才有充分意义。

尽管上述特殊的行为方式——由于其客观的结果——对于人的文化也很重要，然而将其普遍化扩大为人们与其社会——历史现实的总体关系，这是将此问题狭隘化并因此造成曲解。因为就人而言，对其现实环境基本上采取实践的态度，这是一种充满活力的和社会的必然性。在一定程度上从生活的观点出发，对其客观特性、对其规律性等的研究是主要的，这同样是一种充满活力的和社会的必然性。这同样必然是服务于那种实践的，每个人都被迫从他的社会地位出发投入这一实践。伦理学在这一活动系统中占有一种并非不重要的地位，它要比庸俗的宿命论所认为的重要得多，然而也绝不像许多唯心主义哲学所说的是唯一决定性的。作为艺术家、学者和哲学家，要使自己的作品富有价值，那么他就必须超越这种日常生活所必要的观点。但是这种距离化是以原来持有这种立场为前提的，当相关的人对待他生活中的实际问题至少在理论上是按其要求相适应的方式处理的，那么这种改变才有实际效果。尽管许多作品如此高于日常生活，然而创作这些作品的人的

# 审美特性

所有人性弱点仍会明白无误地暴露出来。一种反伦理的态度、一种对生活的伦理问题的自发的审美化，这些在作品中必然表现为对各种关联的歪曲。（这绝不意味着，那些在他们的作品中能准确反映的作者，在生活中必须能无条件地实际解决这些问题。这是完全可能的——甚至是经常出现的——他在实际生活任务中是失败的。这表明，伦理态度只是作为对生活和历史进行拓展和普遍化观察的人性基础。由各种创作个性所形成的无数矛盾性在此不可能一次性地说明。）最后在此还要说明的是，上述超越日常生活的提升绝不会只是一种审美的。正好相反，在人类自我意识基础上各种生活事实的审美关系是一种特例，其特性我们在前面已经详细阐述过。但是，哈特曼提到的这种充满矛盾的行为方式，也出现在哲学家那里。如果某种类型的思想家对人的激情既不赞赏也不嘲笑，而只是试图去理解，那么他们同样要超越日常生活实践实现这样一种提升，比日常生活必要的混合形式远为彻底的审美距离化。因为就艺术而言它取决于，对于痛哭或嘲笑要找到一种个人的—超个人的、感性的—可感的、情感激发的表达方式。总之，这是由哲学唯心主义等级制的同质化形成的偏见，它把超越日常态度的每一种提升都当作某种审美的，把这种提升与艺术创作过程和它与反映对象的关系等同起来了。

我们必须进一步谈一下这个问题，因为它涉及人性的、社会—历史生活的"美"。这里所使用的美的概念甚至在希腊人那里就偶尔感到了它的多义性，在希腊人那里它开始

## 第十五章　自然美问题

进入哲学史的角色。当柏拉图开始记述苏格拉底在为整个哲理辩论时的决定性言论时——在亚尔西巴德出现时才达到关键性伦理高潮——他描述了其与聪明的第俄提玛的对话。在对话中的这一交谈一开始就有几个答辩，它们有意塑造的那种自发性适合进一步说明我们的问题。第俄提玛向苏格拉底提出这样一个问题："'什么使具有美的事物成为自己的？'——'对于这个问题我不能马上回答！'——'那么，如果我用善来代替美，我问你，苏格拉底，一个人热爱善，那么你认为他同善一起还要什么？'——'他将把善变为他的所有！'"当谈到美时苏格拉底无计可施，而谈到善时他却立即作出正确回答。这清楚地表明，希腊人对于善与美的综合原本主要是一个伦理问题。伦理的至高无上是压倒一切的，在其范围内审美只具有一种非本来的辅助功能，它几乎退隐成一种仅具装饰性的比喻。如果我们要立刻谈论理式的学说，这一点表现得更加突出（参见下述）。

这个问题到现代才变得更加棘手和混乱。狄德罗原来只是直接针对个别人的观点提出了尖锐的批评。但是这一批评具有普遍的适用性，当我们设想如在《危险关系》一书中所描述的那样一些人物的行为方式时。① 狄德罗对变节者的批评正好击中了这些人物形象的行为、思想和意念。人们不会把这种"审美地"描述的、无法无天的冒险与这

---

① 拉克洛（1741—1803），法国作家，他在《危险的关系》一书中描述了法国18世纪颓废的社交界的一些流俗。该书为心理分析小说的代表作之一。——译者注

## 审美特性

一时代整个情欲的发展相混淆。像卡萨诺瓦"有意识地""有计划地"获得众多情人的爱情体验是一种愚蠢的、诡计多端的色情活动，它不会超出它自身的范围。在征服一个女性时克服的各种困难属于色情本身的有机构成部分，由此获得的愉悦、有时自以为了不起的自我表现以其虚无主义的"审美"恋爱谋略与人的行为方式毫无共同之处。更早的人们可能将菲尔丁①的"乔纳森·怀尔德"与拉克洛小说世界相比较，尽管其素材不是色情的，当然菲尔丁的立场比拉克洛的更加明显并更富有争议。但是他们所描述的人的行为方式作为生活现象——在不同的社会，作家们以不同的状态反映出不同的观念和艺术取向——具有一定的类似性。对于社会基本状况的相似和区别在这里我们不可能深入考察，以便不突破这一讨论的范围。这里只简单提到，当革命以后在巴尔扎克和司汤达那里描述的这种方式的"谋略性"私人行为——带有或不带有色情——这些已经由每一种"美学"中排除出去的悲观主义形式只表现为一种纯粹社会现象。只是到《罪与罚》中实际人的行为的"审美"尺度才又能察觉到，相应于改变了的社会基本状况，按完全不同的比例给予了完全不同的强调，拉斯柯尼科夫②与好苦思冥想的、内向的、爱自我吹嘘的拉斯蒂涅克的后裔有一定关系，在他的最终谈话中激烈地、愤怒地拒

---

① 菲尔丁（1707—1754），英国作家，写有多部喜剧性作品。——译者注
② 拉斯柯尼柯夫，陀思妥耶夫斯基（1821—1881）小说《罪与罚》（1866）中的主人公。——译者注

## 第十五章 自然美问题

绝对他的行为的每一种"审美的"标准。他把他们迂腐的丑行视为他的社会状况的必然后果,看出自身的弱点在于自己相比于他人尤其会出现这种"审美的"思考。"对非审美的恐惧是其弱点的第一个符号",他对他姐姐说。由我们这一问题的观点看来这种对审美的拒绝作为行为的道德尺度是重要的,拉斯柯尼科夫行为的具体难题同样在我们讨论的范围以外。

在德国古典时期和浪漫时期评价人的行为和态度的审美的和伦理的观点的同一化具有一种特殊的细微差别。关于这个时期的某些重要问题我们已经在第十四章有关威廉·迈斯特的地方谈过。我们在这里提到微妙的讽刺,以此歌德做了各种尝试,使日常生活的审美原则最大化,特别是在批判《优美的灵魂》中的人物及其命运。黑格尔在《精神现象学》中采用这一批判取向,他像歌德那样同样由其与现实的关系方面探讨了"优美的灵魂"中的态度。在歌德那里间接地表现出由不同人的性格、生活历程等之间对比得出的诗化真理。黑格尔则将问题表述为,相应他的哲学的基本路线,作为一个人的与现实的关系的问题,作为一个外化的问题。在这里他是从这一正确前提出发,即一个实际上道德的生活、一个个性能够符合伦理要求得以实现的生活,只有在社会中与客观现实和其他人充满斗争的相互作用中才能实现。通过"优美的灵魂"——作为在生活中艺术创作过程的一幅漫画——由自身的主体性中产生出唯一主宰的实体,"逐渐熄灭,如同一缕烟雾,扩散

### 审美特性

于空气之中,消逝得无影无踪"。"这种没有现实性的优美灵魂于是就处于矛盾之中,处于坚定不移的对立之中;这里所说的矛盾,是指它的纯粹自我之必须外化为存在和必须转化为现实这个必然性之间的矛盾,这里所说的直接性,是指对立中的直接性……由于意识到了它的这种没有得到和解的直接性中的矛盾,就使精神错乱陷于疯狂,并且忧伤憔悴而死。"① 个体的每一作为和放弃,他不是指向客观的目标,并致力于为其自我完善的斗争,而是满足于"审美的"自我吹嘘,这——由黑格尔比歌德更强烈规定的——命运必定是衰亡。这里进行的是对人的生活的"审美化"幻象的反拜物化,当人们考虑到当时德国和法国社会的分化,处于同样方向的如由巴尔扎克和司汤达所描述的。当然这种批判在法国是基于由法国大革命所形成的现实的社会变革;而在德国只是由世界史事件产生的意识形态的后果,现实的社会存在很少能产生实际的改变。

与这种状况相适应,在德国浪漫时期资产阶级意识形态在革命以后的危机经历了它的第一次理论所建构的启示。从直接的外表看,人们在生活的审美化上已经走到尽头,其中歌德是停留在半途之中。诺瓦利斯对此极其鲜明地表示:"《威廉·迈斯特的学习时代》在一定程度上完全是散文化的和现代的。浪漫主义在其中消退了,同样自然诗和

---

① 黑格尔:《精神现象学》下卷,贺麟、王久兴译,北京:商务印书馆 1979 年版,第 167、174 页。

## 第十五章 自然美问题

奇异性也不见了……这是一部诗意的市民和家庭的历史。其中的奇异性明确地作为诗和梦幻来处理。艺术的无神论是本书的精神所在。"① 诺瓦利斯的魔幻观念论相对于歌德是从证实奇异性的更高实在出发，要把诗和艺术的原理直接用于生活。也就是说，创作主体的自主性不仅相对他的素材，也包含现实人对他的真实环境的态度。在这里不考虑这种浪漫主义理论，这样一种自主性本身在艺术的创造过程中是极其相对的，素材、题材、主题、门类等为具体可能性创造了一个活动空间，对它的抛弃或摆脱必然否定了待创造的艺术作品的审美统一性和审美价值。但是在创造过程中艺术家面对的只是他自身现实的反映图像，这些反映图像也有它们自身的规律性，然而针对主体的形式意愿，与现实本身是完全不同的态度。用于现实，这种世界观是完全不同于幻象的，这种全面把握现实的观点是与歌德的"妥协"相对立的，但是它的真实的内涵却是一种社会限定的、由意识形态所掩饰的迷误；浪漫主义者根本就缺乏勇气、力量和能力，像罗塔利欧或纳地利斯类型那样去解决生活问题。

浪漫主义的这个方面可以由他们的作品中准确地读出，然而在克尔凯郭尔的美学文献中却有一种独特的历史内涵。他直接与浪漫主义相联系，对其进行补充和阐释，就像圣

---

① 诺瓦利斯：《文集》第2卷，第243页。施莱格尔关于怪癖有类似的说法，见《弗朗兹·斯特恩巴尔茨漫游》，参见鲁道夫·哈依姆：《浪漫主义学派·德国精神史文集》，柏林1920年版，第310页。——作者注

# 审美特性

灰星期三对狂欢节的补充和阐释一样。在浪漫主义那里仅是幻象,在克尔凯郭尔这里已经成为公开的疑惑。与柏拉图的《会饮篇》相对应,克尔凯郭尔写了对话诗篇或哲学《在酒会上》,同样以盛宴来欢庆,其参加者在赞美爱情、他们的诗篇和在唯独真实的生活领域中被提升。但是这个世界最有代表性的人物诱惑者约翰内斯,最终以揭露整个社会作为疑惑的大合唱。与浪漫主义相比,应该由生活的"美学"所主导的这个领域被狭隘化了:"诗意地生活"这种类型的任务现在等同于情欲在生活中的主宰。① 克尔凯郭尔是过于聪明了,以致无视这种生活态度所无法解决的难题。他首先清楚地看到,将审美等同于情欲是毫无意义的。他的筵席上的第一个发言的年轻人,明确地暗示多半认同的柏拉图的片断,这我们在前面曾经援引过:"若一个人对柏拉图说,人们热爱善,也就是说它以一步跨过了情欲的领域;或一个人说,人们热爱美,那么由此也没有什么谈及情欲的。这些会使你们设想,一个恋人为了表达他的爱要说些什么:我爱这美丽的风景,我爱拉拉格,我爱一位美丽的舞蹈演员,我爱一匹美的马,总之我爱一切美。对于这些赞语拉拉格是否感到满意?肯定不会!她本人是美的或不美:对于被爱的人说来,她比所有他一般认为美的要更美。"② 这不是偶然的,在克尔凯郭尔那里,在生活途

---

① 克尔凯郭尔:《Entweder-Oder(非此即彼)》,第224页。
② 克尔凯郭尔:《Stadien auf dem Lebensweg(生活道路的不同时期)》,见《克尔凯郭尔全集》第4卷。耶拿1922年版,第30页。

## 第十五章 自然美问题

径上审美的——情欲的和宗教的阶段内在地彼此相接近,与它们相关联的伦理学是一种关乎婚姻的空洞而困惑的诡辩术,它一方面应该是对审美的克制,另一方面且同时又是其审美的辩护词。其极端通过疑惑、通过人还原到他作为个体的存在、到他不可排除的匿名性相连接。由此使在审美中潜在作用的范畴向宗教开启,正是这一点却揭示了其意图有些生硬的对比中所存在的其深刻的相似性、其密切的关联。因此表面看来,克尔凯郭尔是对浪漫主义生活哲学的才华横溢的批判者,实际上却是这一志向的真正的完成者。所以在他这里也存在所有集中和展开的主题,这些在以后几十年里导致一种表面的生活审美化,甚至常常导致单纯浮华的作秀。①

在柏拉图和克尔凯郭尔的两段追求哲理的对话之间有时在哲学上是严肃的、有时是优雅对称的,这表明在最终的世界观基础上有一定的相近,也同时表现出一种主要由时代所限定的彻底的对立。我们在第一章中已经提到,在柏拉图和普罗提诺那里伦理的与审美的、善的与美的缺乏根据的、始终是以理所当然作为前提的同一性这一共同的难题。在柏拉图那里这一问题——相对地——引起的困难

---

① 在笔者的第一部文集中《论诺瓦利斯和克尔凯郭尔》已经批判了这种生活审美化的原则。参见笔者的书《心灵与形式》柏林1911年第91页以下和第61页。由今天的观点看来这一批判显得如此幼稚和笨拙,但是它与同时代人相比的优点是,在中心点上指出了在两种情况下这种倾向必然搁浅。当时我非常敬重鲁道夫·卡斯奈尔在他关于克尔凯郭尔的文章中结合我的观点作了进一步阐发。见卡斯奈尔:《动机·文集》,柏林1905年版,第16页。——作者注

## 审美特性

较少,因为他的哲学一般地反对艺术的路线不会使人产生这方面的怀疑,在最轻微的分歧上对伦理的审美装饰作用肯定会搁置一旁。但是即使在柏拉图这里,艺术却应该被拯救,进一步形成类似的情况。我们在别的地方提到他关于"智力美"的论述(见第一章)。这些论述表明对艺术作品表现形式和范畴的大量借用,并结合着所谓的证明,在它们确实存在的地方,只是以非固有的、次要的、非真正的方式显示出来,而它们的真实此在却要到精神的、彼岸的领域去寻找和找到。这一思想进程十分清楚地表明在宗教领域所有美学的一种超验化。那些审美地以感性——直观形式起激发作用的,应该由此而取得一种强化和质的提升,从而人们可以超越每一感官限制并达到一个纯智力的领域。即使这种非感性的却可以更深刻和持续地影响"感性"的宗教观念,可以由一定审美原理的实体化而形成。我们以前已经提到这种审美目的论的唯心主义的、无限制的普遍化。因为在这里——同样如同在劳动中——在精神上设置的目标早于在感性现实中所塑造的作品,对于唯心主义说来显而易见,由此依据它可以得出结论。首先"非感性的感性"由此可以在实际心理上得到证明,艺术作品在物质现实中得以实现以前在艺术家的幻象中已经完全在精神上存在了。有些创作者的陈述、完成的作品跟不上原始幻象,似乎着重在指出,在艺术家头脑中浮现的,只是主观设想的形式、声调、色彩等包含一种通过纯粹精神使之生辉并转向内心的感性,这种感性不可能使浸入物质性、

## 第十五章 自然美问题

与其相融汇的真实世界真正地客体化。

在这里还包含成为宗教神秘主义的哲学唯心论的第二个实体——等级制思想,创造者无条件地高于由他所创作的东西(见第一章)。正如许多哲学唯心论进入宗教的超验思想中那样,这种等级制思想无批判地普遍化了人与其劳动产物以及艺术家与其艺术品的目的论关系的直接性。所谓直接——但仅仅是直接,只是在日常生活的水准上——事实上看来所有由人所生产的,是为人所服务的、服从于他的意志和他的目标设定。然而实际的关系却与这种直接观念正相反。通过他的劳动工具、通过那种将劳动提高到更高阶段的劳动产品、通过劳动的发展为人提供的可能的闲暇,他才能达到他的能力发展的一个更高的水准。由他自己本身所生产的产品是他的自我创造、是他由动物状态脱颖而出、他的文化持续发展和深化的工具。每一种劳动目的论的这种一般特性在更高的尺度上适用于社会劳动分工中那种更高的客观化,通过这种客观化人实现着并将实现对他周围现实和他自我实现的控制,首先是对科学和艺术。若在人的生活中要在创造者与创造之间建立一个等级阶梯,那么适应的结论是:人在超越其自身来创造,生活的客观事实远比唯心主义的观念丰富,创造者无条件地要站得比由他所创造的东西更高。

这两个通过实体化、通过对真实事实歪曲的普遍化得出的对象性形式及概念关联——即更高的、智力的"感性"和创造者对它的作品的无条件的等级制的至高无上地

### 审美特性

位——是那种厄洛斯学说所宣告的那一提升的隐含的公理。正如我们所能看到的,这两个在审美中歪曲的借用消解了它的本质和存在,然而却以一种方式,即它的幻象不仅在善与美同一的"智力"世界中似乎被保存下来,而且这种审美的幽灵般的精神化形式被伪称得到分层次的逐渐的升迁而成为形式彼岸的"一个"。显而易见,在这里原来是审美的一切,以某些抽象的例外从审美中都消失了。在人世间它成了善的装饰性外表,由此两者在具有自我发现精神的光环中同样化为乌有。美的作用被缩减到吸引囚禁在生活的感性中的人提升到对他的作为的本质有实际的理解,使美非世俗化、非感性化,最终降低成对善的一种单纯的比喻。因此普罗提诺对柏拉图的厄洛斯学说作了如此概括:正如有一个天上的和一个人间的阿芙洛狄忒①,因此由她们所创生,其结果有两个厄洛斯的相应的体现者。(厄洛斯的这种双重化在柏拉图那里已经成为美学的真正问题,即我们在上一章所讨论的快感与审美的区分。)然而若在两者之间撕开了不良感性与唯一幸福的纯粹精神性的裂隙,那么消失的不仅是人的生活所必不可少的所有过渡和媒介,而且审美也消融在智力的云雾之中。那么显而易见,在厄洛斯学说中不仅涉及对审美的形而上的阐释,甚至涉及对审美的形而上的扬弃。看来人间的美成为达到固有的、真实

---

① 阿芙罗狄忒是古希腊神话中爱与美的女神,厄洛斯为其所生。——译者注

## 第十五章 自然美问题

的存在的隔离点,要在哲学上符合逻辑地形成这种提升,柏拉图主义者已经对其出发点做了如此变性,使得在审美的途程中只保留下美这一空无内容的词语。

当然柏拉图唯灵主义倾向在普罗提诺那里远比在柏拉图本身这里更加令人心烦。特别是《会饮篇》彰显出一种诗的生气勃勃的色彩,活跃的形象、真正人性的环境,人们很容易记住这种光辉而把那种极端唯灵主义忘掉,这种唯灵主义使他的哲学与普罗提诺联系在一起。对于我们现在的问题来说,对厄洛斯学说原本的理解所以如此重要,是因为在这里人的"自然美"在其最直接的形式中表现为人们相互间情欲的——性的关系,因为正是这一点成为提升到伦理的工具。所有这些可以使最终的、至此我们还没有讨论的问题进一步明朗化。这个问题是双重的:一方面是否如此和到什么程度,对一个人在一种情欲——性的吸引中通过另一个人表现为美的那种东西是否与审美相关;另一方面是否如此与到什么程度,什么在柏拉图的厄洛斯学说中被理解为提升到真正伦理的,甚至存在的"最终"和最真正的形式。这一点柏拉图也是十分清楚的,简单地满足性本能与这一问题毫不相干。与他的时代的社会—历史状况相适应,他的表述的主线是这里作为问题来考察的在童奸中寻求的情欲。对于古代还不存在今天意义上的男人与女人的性爱。这当然不是我们的任务,对性爱的历史即使只是简单一提,在古代这是并不重要的例外情况(欧里庇德斯的法伊德拉、维吉尔的狄多等),无须多谈。我们

◯ 审美特性

发现在古希腊超出单纯性关系的倾向其典型的便是童奸。对男女性关系的一般理解,在普鲁塔克所援引的苏格拉底学生亚里斯提卜的话中表现得是很独特的:"啊!我相信,美酒和鱼即使不爱我,我却会愉快地享受这两者。"① 这种性关系完全属于生活现象的范围,我们在前一章作为快感问题域已经谈过这个问题。其中所具有的特殊之处我们这里不可能去讨论。这里只简要提示一下,尽管它直接作为纯生理(可能涉及心理)的吸引,由此绝不能排除其社会—历史规定的特性。冯塔诺在他的著名的历史小说《武特诺夫的棋局》中描述了主人公与维多利亚·封·卡拉扬之间的那种一时冲动的、爆发式的情欲和性关系。但他同时极精微地显示了,他们由此所提供的可能性,当时每一种精神时尚都是事先由露易·斐迪南王子定下调子,以对维多利亚的暗示,极其深入地谈论了"魔鬼之美"的吸引力。同样地往往无意识地起作用,有时经过中介,有时直接受时尚强制对其产生影响,这每每被直接当成吸引所体验的,在日常生活中是随处可见的。

总之,每一种——不论只是暂时的或持续的、全面而兴奋的——性关系总是发生在两个单独的个人之间,处于其个体性之中。在这里,这种个体的主导力量一直作用到人的特殊的外在和内在的质,直到相遇状况的此时此地的

---

① 普洛塔克:《Über die Liebe(关于爱情)》,载于普鲁塔克《杂文集》第2卷,慕尼黑/莱比锡1911年版,第6页。

## 第十五章　自然美问题

一掠而过的形式。这种个体性的绝对统治在传奇的、变为符号的爱的激情中也起作用，这一结论具有直接的明证，它总是一个人的正是如此的存在，由他的身体特性可能直到他的最高的精神的和道德的特性——弱点和失误包括在内——这些都是由爱的激情所点燃。它的特性和强烈程度正是在于，她把这种正是如此的存在、这一所爱之人的个体性作为某种最终的、不变的东西，作为完全的实体和命运来理解，与社会关系的一般形式相对立，在这种社会关系中往往存在这种企图——使对方适应于自己的目的——内在地或仅仅外在地加以改变。正如我们所见到的，日常生活是个体性的固有领地，但同时由实践的相同原因又不断地超越这种个体性。当人走向社会—人的存在的更高的客观化程度，那么他必然要进入克服自身个体性的过程。性爱的本质特征，正如它上千年过程中所形成的那样，正是无条件地、无保留地肯定这种个体性。在生活领域中不论这里还是随处，但在这里更高程度上存在极大实现的企图，从简单的性本能的满足至最高形式的爱的激情，其中爆发式地表现出真正情欲的无条件性和独占性。正是在这种——思想上，但只是思想上——矛盾的方式中，在客体与主体的交互中将个体性提高成绝对的对象，但在一切通常存在着分化，甚至深刻的对立中实现对个体性的认同，这就是上述所说的明证，要思考这种现象并——不添加任何超验的关联——去努力理解它，正是由于它在人的生活中这种唯一存在的特性会产生幻想的神秘化的阐释，但是当人看到它的合理的内核时，便总会从这种理所当然的、难以解释的对个体性的认同出发。因此柏拉图依据阿里斯托芬的说法，某个人对另一个人的不可遏制的思慕是用神话来解释的，神把原初的人一分为二，每个人都想与那另一半重新结合起来，从而构成一个不可分割的统一体。① 但是甚至歌德也只能通过精神的漫游来理解他与夏洛蒂·封·施泰因的关系（此外还有年轻的席勒与劳拉的关系）：

> 告诉我，命运为我们准备了什么？
> 告诉我，我们是怎样纯洁地结合了？
> 即使你处在逝去的时光里，
> 你也是我的姐妹或我的老婆。

不需要任何神秘的附加物，卡尔·马克思在一封情书中有力而明晰地表达了这种感情："我对你的爱情，只要你远离我身边，就会显出它的本来目，像巨人一样的面目。在这爱情上集中了我的所有精力和全部感情。我又一次感到自己是一个真正的人，因为我感到了一种强烈的热情。现代的教养和教育带给我们的复杂性以及使我们对一切主客观印象都不相信的怀疑主义，只能使人们变得渺小、孱弱、啰唆和优柔寡断。然而爱情，不是对费尔巴哈的'人'的爱，不是对摩莱肖特的'物质的交换'的爱，不是对无

---

① 柏拉图：《symp.（会饮篇）》，189d—190e（卡斯纳版第30页）。

## 第十五章 自然美问题

产阶级的爱,而是对亲爱的即对你的爱,使一个人成为真正意义上的人。"是什么使这封信成为对我们极其重要的文献?正是它的作者本人。因为正是卡尔·马克思由他的生活的这种重要关系中也排除了对无产阶级——这是他整个生活事业的基础——的爱并正是在这一爱情中看到他的最独特的个人的自我认同的可能性,显然正是在这里——在伟大爱情的直接真实的现实中——它不是关系到《资本论》的作者,不是关系到革命无产阶级的领袖,而是关系到两个人卡尔·马克思和燕妮·封·威斯特伐伦的个体人格,这绝不是伟大的革命家、特殊意义的学者以此置他的生活事业于不顾,而是在生活本身之中找到了一个阿基米德点,由这一点出发他可以作为个体人格被确证和证明。对于我们的目的只要对这一事实作出结论就够了。当然由同一个人如此分化的生活倾向的同时存在和效应中会形成一系列问题,首先是道德的和伦理的,但不止于这些,连爱的激情也必然适应于每一个体的、社会活动的人的整体性,并与他的其他活动相协调。但这是每个人都可以理解的,这一问题域在这里可能不止一次地被谈及。

对于我们在这里还留下的唯一问题是:这种生活情结在他的直接此在之中与审美有什么关联?在恋爱者的语言应用中,"美"这个概念不断出现,它与审美有何事实上内在的关系?我们回顾一下,在克尔凯郭尔的《在酒会上》中那个年轻人对此不无理由的怀疑。在上面援引的马克思的书信中关于这一点也可以找到很有趣的地方,他就他夫

> 审美特性

人的肖像写道:"你的照片纵然照得不高明,但对我却极有用;现在我才懂得,为什么'阴郁的圣母',最丑陋的圣母像,能有狂热的崇拜者,甚至比一些优美的像有更多的崇拜者。"① 在这里重要的是要承认,对所爱女性的映象从这种艺术家的高度来审视是少见的,甚至连照相所达到的相似性也不认同。这涉及一个想象的起始点,以便对远离的爱人的此在构成一个象征。对于热爱者在他的激情对象上所考察的那些相对所有审美观点是完全陌生和异质的。

阿纳托里·弗兰斯则从另一个完全不同的方面接近这个问题,最终达到一个相同的结果。在他的小说《红色的百合》中一位妇人问她的相爱者雕塑家,为什么他不给她塑像,他回答道:"为什么?因为我是一个普通的雕塑家……要塑造一个活着的人物,就必须把模特作为死的素材处理,这就剥夺了它的美,要由它剥离出人物就要对它压迫和强暴。在你那里,在你的形式中、在你的躯体中、在你的完整的自我中什么也没有,这不是我所珍爱的。如果我要制作你的胸像,我只能奴隶般地对待虚无,这对我就是一切,因为它是由你产生的虚无。我将把这愚蠢固执地装入头脑,这绝不能完成一个整体。"在易卜生最后的剧本《当我们死者醒来》中艺术家与模特、男人与心爱的女人之间关系的这种内在对立成为悲剧冲突的题材。这种尖锐化当然是受

---

① 《马克思致燕妮·马克思》,特利尔 1856 年 6 月 21 日。见《马克思恩格斯全集》第 29 卷,北京:人民出版社 1972 年版,第 515,512 页。

## 第十五章 自然美问题

时代制约的,在无数的情况下由这种观点和关系的异质性根本不会产生冲突。这些现代的说法之所以是劳苦功高的,因为它们把这里存在的客观的分歧明确地提了出来,这完全与它是否出现在生活中必定导致冲突无关。它的简单存在就足以说明这一事实,一个被爱者的"美"与一个可描绘或被描绘的女人身体的审美可能性无关。即使在这种情况下所以如此,因为这种爱恋定居并停留在个体性中。这种爱恋越真实,就越少被提高到审美。

我们至此是从生活方面考察的这一事实,也由艺术实践得到证实。因为审美反映趋向于一种新近的现实真实,由我们所分析的这类人物及其关系的个体性必然成为构筑作品的出发点。不论提到特里斯坦与伊索尔德、罗密欧与朱丽叶、安娜·卡列尼娜对渥伦斯基还是托马斯·曼笔下的波提法夫人对约瑟夫的爱,所有这些爱恋者与爱恋关系的可以归纳为个体性的范畴都不能构成创作的切入点。当然它们的整体超出了这些,因为它——保持着爱的激情本身的专门的个体性——将其插入了社会—人的事件的整体关联之中。例如在《罗密欧与朱丽叶》中它可能是封建社会的自我残杀,其中这样一种恋爱的单纯事实使这一解体过程的一切动机和规定活跃起来,促使其内在冲突表面化。由此——我们重复一遍:在其本来的存在中不放弃它的这种特性——在生活中独特的事件在审美反映中作为一个生活整体的要素失去其纯粹的个体性的特性。在这里能使它现实化的可能性是无限的。所有那些我们指出的爱恋在人的整个生活中起作用的形式（只是在这里不可能说明）其审美反映为艺术开启了前景，将这种个体性保存在艺术一般中，扬弃在典型的特殊性之中。离开这种关联最真实体验到的和以极高精确性所描绘的爱情故事就会变得平庸，因为对象的个体性只是在生活本身之中而不是在反映中才是深刻和有意义的，它完全是对参与者，而不是对一般感受性提供热情和感动。对它简单机械地摹写只能使这种原始的个体性至多引发一种不良的趣味。另一方面太直接地扬弃爱恋的个体性、太直接地将其社会—历史意义加入到其进程和其特性之中都会使爱恋的形象塑造本身苍白和抽象。可以将《阴谋与爱情》与《罗密欧与朱丽叶》相比较，在更高的程度上在黑贝尔戏剧中首先是《阿格内斯·贝尔瑙》。

在这里，审美反映和艺术的塑造像在每一种重要的生活现象中一样，与其专门的特性相关联，只是就此而言才超出这一点，即在整体生活的关联中——最终与人类的自我意识相关联——进入了一种新的探察时。爱恋的审美反映以及其对象、主体、其实现及命运等的审美反映与其他现象的反映没有原则上的区别。正是这种专门特性的保持，表明与所有其他生活对象的原则上一致，因为拯救和强调其对象的个体性是这种反映的一般本质特征。当然它在这种审美塑造的新的直接性上——正是由于与人类自我意识的相关性——显得不同，比日常生活的原始直接性更具体同时更普遍。这无疑也产生在性爱的审美反映中。海涅在

## 第十五章 自然美问题

他对文艺复兴的描述中对此有准确的理解，他对文艺复兴是作为中世纪的反叛来理解的，因此与改革相提并论。他写道："意大利的画家和僧侣论战起来也许比萨克逊的神学家们更有成效。提香油画里的鲜艳夺目的肉体，也都是在宣传新教。他的维纳斯的腰肢是比德国修士张贴在威丁堡教堂门口的檄文更加彻底的檄文。"① 在这里显而易见，裸体人像画家提香将赤裸的女人体的色相——性的吸引力的个体性提升到一种世界观的高度：裸体画表现为在性爱中独特存在的尽情享受（当然不只是这方面）的人的权力宣言，表现为与中世纪禁欲主义的革命性决裂，由此失去了在与其他人处于一定关系中的某个人的正是如此的存在的个体性和局限性。

如果我们着重思考这种要素，那么就可以理解厄洛斯学说的——相对的——合理性：它把性爱在生活及其与最高价值的关系以及爱恋者在整个人的发展中理论和实践倾向中的地位上升到概念。一般对这一学说按柏拉图的文本忽视了其与现实的关联是基于完全混淆的美的概念：第一，生活现象通过它的审美化而被曲解和变性，这是由于它的正当的、由其特性所确定的个体性被排斥而被审美风格化。第二，生活的真实的过渡和发展转向一种错误的审美化的超验，从而取代了在世俗的人性范围内去寻找和找到它的

---

① 海涅：《论浪漫派》，张玉书译，北京：人民文学出版社1979年版，第18页。

真实的地位。第三，由于现实与映象的持续的混淆。正是在柏拉图主义中这种见解可能占主导地位，因为在这里只是理式本身代表真正的现实。当经验现实本身只是理式的一个映象，那么这就不足为奇了，在它与其映象之间质的区别便消失了。在柏拉图本人那里，这种误导倾向通过禁欲主义的解决获得了一种哲学基础和进一步的提高。亚尔西巴德的言论，其中最确切地表述了个人情欲的要素，顶点正是在苏格拉底禁欲地放弃了爱情渴望的肉体满足。① 当然这是一种诗化了的、由嘲讽和自我嘲弄修饰的、富有魅力的禁欲，但正是在这里表现出柏拉图矛盾的立场：他打算捍卫感性——情欲的吸引力，但只是作为禁欲主义道德的起跳点，然而还没有采取基督的形式，而是城邦公民的形式，说得更好一些，是他的乌托邦的理想化。因为城邦的实际童奸肯定不了解柏拉图式的禁欲，它是与军事的干练和政治化公民道德相关联的情欲，也就是说超出了与一般古代男女性爱的单纯的性交，所以这里清楚地表述了情欲问题。但是因为当时处在解体的衰落时期，走向道德之路只能是禁欲主义的，它必然会摧毁其心灵化情欲认同的前提。不仅形式的诗性真理赋予这一对话一种魔力化效果，而且对以后的发展如此重要的问题组合在这里已经以高度辩证的展开呈现在我们面前。所以在这里对人的"自然美"

---

① 柏拉图：《会饮篇》，见《文艺对话集》，朱光潜译，北京：人民文学出版社1980年版，第280页。

的分析必须与伦理学与美学之间的辩证的界限规定相联系，尽管问题本身所涉及的混乱在此可能达到了顶点。

## 二　自然美作为生活要素

在哲学上审慎而无偏颇地探讨这个问题被美学上通过等级制的提问方式给搅坏了，即是否自然美要高于艺术美。首先通过等级制的提问，无论问题的决断对哪一方有利都是一样，这种解决就此而论都是教条地事先确认的，是由两个领域部分构成一个统一的美学作出自然美与艺术美的审美等级制的安排。是否我们的自然体验（或其中一部分）确实具有审美特性的问题，是一开始就被肯定的，因此阻碍了对它进行不带先入之见的探讨。正如我们所看到的，这种教条主义的同质化在柏拉图理式中具有它前后一贯的形式，在那里客观现实的诸对象已经被看作映象，审美反映由此被降低为一种映象的映象，这先验地有利于原始映象地决定了等级制问题。然而等级制的提问本身，不考虑刚才所说的教条主义，篡改了人的生活不同综合之间的实际关系。这种关系一起构成了一种具体的整体性，其中在实践的实现中当然总是特别形成一种等级秩序。但这绝不允许超出其固有联系的实际功能而被普遍化。因为日常生活的最初简单实践已经表现出极其复杂的辩证关系。我们设想工具（在语词的最广泛意义上说），就其单个设施而言它只是一种手段,它要服从于每一个具体的目标设定,而在一定时间和社会拓展的联系中,劳动工具的发展就超出每一具体劳动具有了一定的优势。不言而喻的是,随着各种现象组合复杂性的增大,这种辩证法以及随着它各种要素的等级秩序的持续相对化也不断加强。

在近代美学中,在黑格尔那里,特别是费舍尔那里形成了一种错误等级制的特殊形式。由于他们力图证明相对自然而言艺术的审美优越性,他们把人与自然的关系简化为艺术家与其模特儿的关系,并认为,艺术家不是奴隶般对待模特儿,不由它提供照相复制,得出自然的审美"不完美性"的结论。[①] 首先这是完全错误的,即使只是人与自然的那种关系,它的语言使用的体验方式,它在这里反映了实际生活的广度和宽度,通常以美的概念所描述的只限于艺术家与他的模特儿的关系,这种关系的更大范畴只构成一个微小的角落。现实像它自身的一幅漫画、一个梦魇,当人像防空洞的预警干扰器那样,用手上的笔记本打算在它里面奔跑,以便来确定这种模特儿的比例。但是局限还会更大,因为艺术家的创造过程一方面不限于模特儿比例,实际的生活经验不是以自然与待创作的作品之间的比较为基础的,它在真正艺术作品的产生中往往比这起着更大的作用。有不少的情况是,著名艺术家拒绝为一定创作目的

---

[①] F. T. 费舍尔:《Ästhetik oder Wissenschaft des Schönen(美学或美的科学)》第2卷,第1章,自然美的学说,莱比锡1847年版,第10页。

## 第十五章 自然美问题

去观察自然,当这有损于作品的真实性时。就关于在创作中与模特儿关系这一意义上而言,歌德对艾克曼说:"我观察自然,从来没有想到要用它来作诗;但是由于我早年画过风景素描,后来我所进行的自然科学研究又要求我不断地仔细观察自然,所以我逐渐将自然熟记在心,就连一些最微小的细节也不放过——这样,等到我作为一个诗人需要自然景物时,我就会将它们运用自如,不易犯违背真实的错误。"① 另一方面费舍尔受短暂的、同时代的德国观念论的艺术观的影响,他认为,将自然原型与艺术想象的主题和实现相比较无条件地不利于现实。对创作过程的实际分析属于下一部美学著作的内容。这里只能事先指出,这种关系要比费舍尔想象的复杂得多:当然这种倾向起一定作用,艺术家由之出发的那些现实片断,这些激励了他,他逐渐把这些作为模特儿,通过适当的改变、强调、省略来发挥艺术效应,作为这一现实对艺术家起作用的印象。然而在创作过程中至少也会经常出现一种无尽头的徒劳的努力,对考察的自然对象的内在规定性只能有所接近。

车尔尼雪夫斯基由生活的观点出发,对费舍尔只在想象中才存在的"完美性"这样一个唯心主义建构的概念作了正确而深入的批判。② 但是他对问题本身的表述部分地导

---

① 爱克曼:《歌德谈话录》,吴象婴等译,上海:上海社会科学出版社2001年版,第222页。

② 车尔尼雪夫斯基:《艺术与现实的审美关系》,见《Ausgewählte philosophische Schriften(哲学文选)》,第408—426页。

致，他把费舍尔的系统论点排列——彻底转化为符号——无批判地接收过来，以致他在许多方面站在旧唯物主义的基础上所以在相关的思想进程中得出了完全片面而错误的结论。当他有时在艺术作品的效应中看到对自然印象的单纯替代，而这种印象又是暂时不可能达到的，或者当他认为，艺术可能向社会败坏了的趣味献媚，而自然却不会。对此加以分析是多余的，后一种观点片面地将某些现存的艺术失误普遍化了，另一方面又忽视了，社会产生的虚伪情感同样会相对自然而引发，如同由艺术作品所引发一样。如果说费舍尔片面地将人与自然的关系狭隘化，自然在审美上胜出的要素只有通过艺术才能显现，那么车尔尼雪夫斯基同样片面地捍卫着相反的原则，认为自然在审美上总是高于艺术的。① 他在辩论中正确地强调，科学从来不要求优越于现实，艺术也必须采用同样的态度。② 这一般地说来是正确的，特别要强调指出，在这两种情况下反映都是为人类服务的，但是他没有注意到关键的问题。这种比较在这方面是不确切的，即科学从没有提出艺术意义上的等级制问题。如果人们提到科学的优越性，那么这仅仅是指科学反映相对于直接的日常生活反映而言的优越性。只有在美学中才能这样提出问题，是否自在存在的自然应该与在

---

① 车尔尼雪夫斯基：《艺术与现实的审美关系》，见《哲学文选》，第491—493页。
② 车尔尼雪夫斯基：《艺术与现实的审美关系》，见《哲学文选》，第489页。

## 第十五章 自然美问题

艺术作品中独特反映出的现实相比较。如果在这里机械地覆盖科学——艺术的类似性，那么我们通常用极其含混的集合名词"自然美"所概括的那种体验的专有的东西以及审美反映所专有的东西便会失去。

除了上述观点以外，还有这种偏见，似乎自然的自在存在是反映及由反映引发的情感这两者的共同客体，是正确认识这种现象的一种障碍。这种见解与唯心主义哲学十分接近：对于它来说一切都是由理式所推导而来，这只取决于，对于自然美和艺术美的等级关系是由它们的本质作为理式的客观化和映象化所确定。但是旧的、机械唯物主义往往持有这种观点，自在存在的自然直接产生出它自己的美。赫尔德在其他方面有许多保留，但在这个问题上他的自然神论的思想却与旧唯物主义是一致的，在《喀里贡》中他说："不论一部作品是随意的还是强制地完成的，都不会改变它的设置；谁告诉过我们，自然的作品不是理性的，也就是说不是精神的产物，以一定排列规则为基础？……只是我们的局限使得，我们人的与自然的艺术不同，因为针对自然的强大效力我们是贫乏和无力的。"[1] 真正的唯物主义者车尔尼雪夫斯基的观点，要通过自然来创造美的任何意图却是需要批判的。因为他把审美与生活、与生活的丰富性相等同，他所得到的结论与旧唯物主义的观点相近。

---

[1] 赫尔德：《Kalligone（喀里贡）》第1卷，第2部分。见《全集》关于哲学和历史第18部分。斯图加特/图宾根1830年版，第153页。

审美特性

他说:"如果我们把美理解为生活的丰富性,那么我们也得承认,有机自然界所成就的对生命的追求,同时也是对美的追求。如果我们在自然界中根本看不到目的,而只能看到结果,因此美就不能作为自然的目的来看待,所以我们只能将它作为其主要结果来看待。自然为了取得这一结果付出了它的力量,这种努力尽管并非自愿和自觉的,这丝毫不影响它的结果。"[①] 由这种立场一般在哲学上会产生矛盾,它的解决才能清除阐明这一问题组合之路的障碍。

如果我们对上述例证所表明的观点加以彻底的思考,那么就必定得出结论,美是一种自然哲学的范畴。不仅在其正是如此的存在中的每一对象,而且每一整体都是极其异质的组成,如果由它能唤起美的体验,那么这种美只能作为自在存在的自然力的产物来理解。它必定形成对客观现实的这样一种反映,其中正是这种对象或组合的存在所确定并以其自在存在的总和及关联为基础的那些规定,作为不依存于意识的客观性对主体显现出来,在其中变成了一种适当的为我们,那种内在必然的表现方式属于一种为我们,属于它的客观的、自在存在的特性,这我们一般通常称为自然中的美。由这一情况首先产生以下二律背反:或者在自然界按其规律形成的一切同时与它的其他必然特性都是美的,或者自然规律在其客观的相互作用中部分是

---

① 车尔尼雪夫斯基:《艺术与现实的审美关系》,见《哲学文选》,第413页。

## 第十五章 自然美问题

美的,部分对象及其组合是不美的。由对其正确的理解就显露出那些状况的规律性,这种规律性使某些美或不美进入此在。总之,要正确认识自然及其规律也要揭示出形成自然美的那些关联,这些——也在人的认识中——处于同一个方法论平面上,如关于自然的对象性和规律性的其他感知和概念。

总而言之,这种观点只出现在开普勒天文学的那部分中,它在行星的运动、距离中确定了同一数值关系,这一数值关系在音乐中反映了音响的声学关系的物理—数学基础。这涉及一种客观的自然科学的结论,对于其正确性当然只能由专业科学家作出判断。这里只是从美学的观点提出疑问:假如开普勒的全部观点都是准确无误的,什么可以证明在自然界对于音乐的这种客观存在构成"自然美"呢?因为开普勒只是表明,在行星运动中这种数学比例是可知的,如同以音乐为基础的声学关系。但是一方面开普勒自己说,在天上并没有音响,这种比例虽然与声学相一致,然而就其本质而言绝不是听觉序列的数学普遍化。另一方面我们在讨论音乐时作为审美现象已经看到,这种比例——作为人与它的声学关系的基础——虽然构成了这种可能性的基础,但是使音乐——在审美意义上——最终成为音乐的东西,无条件地超出这种比例,它只能作为材料加以利用。即使在完全相反的情况下,若承认,在完全不同的自然现象中客观地存在着与音乐的某些物理基础的广泛相似性,也完全证明不了,在人的范围之外的自然界和世界中，存在着某些与真正的音乐相似的东西。这种考虑的提出丝毫说明不了开普勒的这种理论究竟是正确或错误、有价值或无意义。这只是指出，这种"世界的和谐"并不能为此提供证明，在这种情况下自然界产生出某种审美的东西。

在这里，自然美的哲学论证遇到了最主要的困难：每一种表征为审美现象的目的论特征。这不仅是每一个对象，而且也是它们的关联、它们的相互作用的目的论的规定性。如果一块岩石的美是作为自然的美而产生，那么一个整体的更经常、更重要的美——例如一只狍子站在溪流岸边，在夕阳的照耀下——同样要有这种客观规定的根源。若人们把自然美当作客观自然规律的直接产物，那么在自然规律中，这种规律支配着存在和变化、支配着对象的运动和关系，就要有一种指向美的目的论倾向。这对于唯心主义哲学，特别是客观唯心主义那一显著部分并没有特殊的困难：只要宇宙的造物主（神）高兴，只要它的创造意志表现出来，在这一意志中就会有美的追求。甚至在自然科学发展以后，在自然的考察中直接加入目的论在方法上遇到不可克服的障碍，于是将我们已知的劳动目的论的唯心主义实体化作了更新，提出了这一学说，即创造者总是高于被创造物，——尽管还如此陈旧——作为演绎自然美的基础。在19世纪的美学中，魏塞由这一假定出发，提出创造天才高于审美的艺术作品，以便在自然美中看到作为天才

## 第十五章 自然美问题

的客观形式即审美的最高阶段。① **我们援引魏塞作为极端艺术构成的例证，通过它推导出在现代将客观存在的自然美作为在自然中起作用的精神的产物。**

但是自然科学的发展使以前对整个自然幼稚地应用目的论的特性由世界图像中被清除，然而同时自然美又被看作是"盲目"起作用的力量和规律的产物，这种基本矛盾性质对于旧式唯物主义哲学也存在。其中往往首先存在一种情感上的需要，通过对自然完美性的宣告来强调存在对思维的优先性、自然对人的优先性，并证明由自然和规律性所产生的美的客观存在。即使一般目光极其敏锐并具有批判性的唯物主义者也没有觉察到，这使上述自然的规律性和目的论的二律背反失去效用。当狄德罗在他的《关于绘画的探索》中是由此出发的，自然所创造的没有什么是"不恰当的"，因此在他看来只是从各种自然规律相互作用是完全无障碍地发挥效用出发，从各种对象直接规定的因果序列出发。在此期间，如果人们把这一前提考虑到底，人们同样也达到一种稳定的和谐、一种不断起作用的世界目的论。他的这一表述对彻底唯物主义的怀疑——正是从对自然美的论证出发——通过以下的话更强化了，他说："在一切存在着的本质中是无，这不是如它应该是的那样。""应该"一词将一种目的论引入了自然界，因为没有设想作

---

① 魏塞：《System der Ästhetik（美学体系）》第 2 卷，莱比锡 1830 年版，第 418 页。

为目的的范例,那么这个概念相对一个生成就没有意义。若承认那种因果序列的结合会引起发展、存在的典型过程及典型形式,就不包含应该的丝毫痕迹。没有目的论,没有对发展的唯心主义解释,相对于这类例证就不可能提出要求,在其自身体现出"应该"的这种典型特性。

辩证的自然研究者和美学家歌德,他对于唯物主义的认识论远不如狄德罗那样坚定,但对这种情况的判断却要清醒得多。他坚持这一观点,自然界不会产生什么"不恰当的东西",相反地它绝不会形成"前后矛盾"。这里的对立是显而易见的,狄德罗从美学作出规定——甚至是由法国美学某一发展的时期出发——带入到自然中,为艺术产品的恰当性的斗争是17至18世纪讨论的重要内容。歌德所建议的更改,自然界不会生产什么不恰当的东西,这种理解是十分精心的,它由自然对象中消除了一切外加的目的论——审美的要素,相应于这一基本概念,歌德建议将狄德罗表述为自然现象(如它应该所是的那样的地方),改为它始终如它可能的样子。也就是说,由于事先难以精确预料的无数的自然力的相互作用和交叉必然影响自然界的发展。歌德在指出必然性的同时,以无法排除的方式引入了偶然性要素。由此进一步明确拒绝了这种观点,人对自然对象的必然的正是如此的存在的反应必定无条件地是一种审美情感的。对它的认知和享受是相互并列的,"没有相互的扬弃,但也没有特殊的关系"。正是在歌德这里排除了这种精确的二分绝没有对自然的情感关系——在非审美的意

## 第十五章 自然美问题

义上。我们在前面（第十章）援引了歌德在威尼斯对海螺和海蟹的惊叹，这种惊叹至少如此强烈如同对自然美的最激情的体验，但却并不包含审美内容：这种生物在这里表现出"多么适应于它们的状况"，多么真实，多么富有存在感。对处于其真实自在存在中自然认识的新的激情，完全摆脱和清除了以前时代的各种目的论的投射，它是从对自然现象的科学把握出发，致力于尽可能适当地反映的意愿，由自然的图像中批判地远离了一切由社会—人的需要而形成的概念及对象形式。与狄德罗正相反，狄德罗对自然概念是这样理解的，它几乎毫无过渡地同时可以处于科学认知和审美体验之中，歌德的批评，正如我们所看到的，不仅以尽可能的精确性区分了对自然的科学态度和审美态度，而且将自然界本身的客观特性——尽管它对人产生了如此强烈的情感效应——与在艺术作品中对现实和审美反映区别了开来。他针对狄德罗"自然与艺术完全融合"的倾向所采取的态度是，他确定了它们的对立："自然组成一个生机勃勃的、同一的事物，艺术家却面对无生命的、富有意义的事物，自然是一种现实的存在，艺术家创造的是一种假象。面对自然的作品观众首先要从意义、情感、思想、印象作用于感情本身，而在艺术作品中他想要并且必定会找到这一切。"①

---

① 歌德：《Diderots Versuch über die Malerei（狄德罗关于绘画的探索）》，见《歌德全集》，第33卷，第207页。

# 审美特性

受牛顿及其后自然科学的发展重大影响的康德,不再会将目的论原理直接引入自然界了。因为他受他的时代观念的影响,特别是卢梭的强烈的触动,他作为道德主义者对自然体验比对艺术体验给予更高的评价,必定也会达到一种自然美的审美目的论。他这一立场的系统性方法论的可能性产生于,一方面来自他的物自体不可知的认识论见解,由此除了有严格规律性的、排除了每一种整体目的论的自然图像(或在其背后)仍有一个活动空间,它强化了在现象界由批判不可能完成的目的论观点——不可知论的、形而上学的——的引入;另一方面为他开启了伦理学先验实体观的道路,将如此理解的目的论关联引入到伦理学体系之中。康德如此表达了这一纲领:"这独立的自然美为我们揭示了自然的一种技术,这技术使自然在我们面前呈现为一个符合规律的体系,其原理是在我们整个理解能力中不能见出的;这就是我们观察诸对象时运用判断力所涉及的一种合目的性,因此这些现象不仅被判定隶属于其无目的性机制中的自然,而且同时也隶属于类似艺术的东西。自然美固然不需要真正地扩大我们对于自然对象的知识,但是仍然扩大了我们对自然的概念,这就是从自然作为单纯的机械性体系扩大到自然作为艺术的概念。而这就导引我们深入地研究这样一种形式的可能性。"[1] 根据这一原理,

---

[1] 康德:《判断力批判》上卷,宗白华译,北京:商务印书馆1987年版,第85页,第23节(译文有改动)。——译者注

## 第十五章 自然美问题

他说明了由色彩体验或者听鸟儿鸣唱的体验的感性内容。他马上也补充了他的解释:"至少我们这样解释着自然,不管这是不是它的真实的意图。"由此认识论者的批判性的良知完全可以心安理得了,以便由人的道德利益所设定的美能够作为自然本身的产物。在这里却可以看出这种结构,这种美虽然是由诸自然对象的客观特性所散发,但它照耀的目的是人的道德性。自然不仅产生了美,而且同时沿着审美愉悦的迂回道路对道德发挥作用。在康德的表述中是这样说的:"因为理性对于诸观念具有直接的兴趣,这些观念也具有客观的现实性,这就是说自然界至少要表明一种迹象或给予一种暗示,它自身包含着任何一种合规律的协调一致。这样理性就必须对于自然界具有类似协调的任一外在表现感兴趣,因此人在思索自然的美时,就会发现自己在这里同时对于自然也感兴趣。这种兴趣按其亲缘关系说来是道德的……"接着他称与此相关的审美判断是"一种对这些密码的真正解读",通过它"大自然在它美的形式里形象地对我们诉说"①。尽管思维在批判的不可知论与理性主义——道德神秘之间摇摆不定,对自然界的目的论的考察在他们这种对美的理解中经历了一场真正的文艺复兴。

在我们时代着重引自康德的这一理论由哈特曼做了更新。康德应该是正确地看到了这一形而上问题的核心。由

---

① 康德:《判断力批判》上卷,宗白华译,北京:商务印书馆1985年版,第145—146页,第42节(译文有改动)。——译者注

# 审美特性

于其间经历了自然科学的发展,哈特曼在致力于客观唯心主义倾向上付出了更多的努力,使他在认同一种客观存在的、由自然力的相互作用直接产生的自然美要比康德遇到更大困难。这一困难由此而进一步强化,在哈特曼那里缺乏自然美与以先验为基础、建立在自在存在之上的道德性的联系。因此他对现象本身的哲学描述比康德更加小心谨慎和有所保留。在这里哈特曼彻底排除了过去时代任何自然神话的一切记忆,这些是与审美情感毫不相干的,在历史上自然美的感受出现得格外晚。接着哈特曼所称自然的"自给自足"的东西相对自然对主体的作用而言是完全无关紧要的。正是因此却形成了自然美的体验:"某些极其主观的东西和某些极其客观的东西固有地混合在一起,相互并不干扰,自然情感与自我情感结合成一个统一体,这种统一并不削弱其对立,而是作为基本前提纳入其中。"[1] 哈特曼由此得出,各种自然对象不可能具有自身的精神内涵,其自身不会显示出这种内涵。当然他的原初结论是不真实的,他认为这种内涵也不会从外部加入自然之中,而这种投射正是由他正确地强调过的主体性的重要部分。[2] 对于在极端的客体性与同样的主体性之间这种张力的认识,哈特曼是远远超过康德了,他已经接触到现象本身的一个重要方面、一个意味深长的要素。他没有能将他的局部正确的

---

[1] 哈特曼:《美学》,柏林1953年版,第155页。
[2] 哈特曼:《美学》,柏林1953年版,第154页。

## 第十五章　自然美问题

观察推进到一种实际的正确认识,是基于他受传统制约的见解,即单个人的个体是与自在存在的自然相对立的。由此生发出所有的难解之谜、所有的形而上学的问题并随之必然倒退到康德的提问方式,这些极其幼稚的论证,如同在这里所看到的,哈特曼都已超出了。他指出:"因为惊异是由这些形象所引发,在这些形象上表现出一种对人类观察者所能看透的现象关系,不能把这些形象的出现安置在这一关系上。"① **哈特曼在这个问题上**是批判性的,他主要讨论的对风景的情感往往会变为一种纯生命感,他却通过以下设定退回到他的形而上之谜中,由自然界引发的深度情感与由艺术作品激发的情感从本质上说是相同的。由此形成了他上面对问题的表述,其中表述了两个自然美组合体的教条主义前提:个性与自在存在的自然的直接关系和由此引发的体验的审美特性,作为形而上之谜的一种预感。

如果我们要解开这种由错误提问方式形成的、似乎无法解决的二律背反,那么我们首先要进一步考察一下个体与自然的直接关系这一教义。只有阐明它的这种客观基础之后我们才能明智地确定这种自然体验的特性。我们已经看到,即使哈特曼也把对自然情感的后期历史现实化作为事实肯定了下来。这种认同、这里所形成的体验的详细具体历史、它的本质、它的客体等,在对问题本身的这一考察目前所达到的方法论阶段上对我们在哲学上不会有进一

---

① 哈特曼:《美学》,柏林 1953 年版,第 163 页。

步的推动。因为相对这样一种历史陈述,有一定理由可以提出某种异议,在这方面目前出现的历史发展不是其对象本身的发展,而只是它逐步转化为一种为我们(的存在),就如同物理学或化学的历史不是其研究对象的历史——这一历史从宇宙学角度来看在此极短暂的时期内根本就没有改变——而仅是我们对本身相同的现实的认识。因为似乎很明显,即使在托勒密学说占统治地位的时代,在客观现实中地球也是与当时人们的设想相反地围绕太阳旋转。似乎可以说,自然美总是以同一方式存在——至少在人类发展所经历的那一地质时期——人是一步一步地意识到的。这还关系到,明确地规定与人类相关的自然界在其客观性上以及在其主观反思上特有的对象性。

这种特有的要素,尽管它非常重要但到目前仍未加考虑,便是生产。通过生产、通过作为每一生产基础的劳动,正如我们反复提到的,人变成了人,通过生产劳动形成了人与自然界的同时的分离和结合,这对我们的问题是至关重要的。动物在其全部生命表现中都是自然界的一部分,人也绝不可能由自然界中脱离开,然而通过生产劳动人使自己作为独立的力量与自然界相分立,以一定方式利用自然,其必然性不再由自然规律所规定,尽管他与自然界的关系只是通过实践的活动安排才能实现对自然物和自然力的利用和认识等。所以马克思对于劳动作为人所利用的物品的"使用价值的创造者"可以说:它是"不以一切社会形式为转移的人类生存条件,是人和自然之间的物质交换

## 第十五章 自然美问题

即人类生活得以实现的永恒的自然必然性"①。因为劳动不仅实现了使人变成人,而且仅以这个过程也创造了人类社会,马克思在这里所说的与自然界的物质交换始终是社会的物质交换。一切社会的物质交换,并不关注其特有的构成方式。即使是鲁滨逊单独在他的岛上所进行的这种物质交换,也是作为一个具体社会的成员,作为社会发展某一阶段的人。这种物质交换,它构成了每一种人与自然关系的基础——它可能是实践的、理论的或情感的,具有双重的客观性结果。第一,仍然是未触动过的自然的自在存在的客观性。整个社会生产正是建立在这种客观性的基础上。是否涉及被加工土地的特性、家畜的特性、原材料的品质、劳动工具等,都只能从其客观的自在存在出发,当社会确立的目标是对自然的改变,然后这才是合理的,因为充满意图的改变是以尽可能精确地了解他的对象及自然状况为前提。第二,即使生产的社会—主观方面、经济需要及可能性、条件、其实施方法、其加工方式的开发和选择都具有客观的性质。

在这一基础上,在社会与自然物质交换的基础上形成的生产力的发展创造了与其相适应的生产关系,相应地调节和改变着人们之间的关系,对于每个人由这种双重的客观性中形成了他的环境,在这里所呈现的每一个方面对他说来都是一个不可排除的给定的客观现实。若他想致力于

---

① 马克思:《资本论》第1卷,北京:人民出版社1975年版,第56页。

他自身的生活——顺便地说来,在文化高度发展、人与人以及与自然的关系复杂化为前提的历史的较晚近的现象——他只能在那种现实的活动空间中、在那种给定的形式中行动,这些为他呈现了每一社会结构的客观特性。人在日常生活中只能在这一现实中行动,以不可排除的方式与社会结构及其与自然的物质交换保持着客观联系。科学是研究自然的不以社会为转移的自在存在,它正是由社会分工、由上述的必然性中产生出来的,正是在尽可能精确地掌握了有关知识的基础上,实现社会与自然之间的物质交换。在科学中文化的发展是以对现实的非拟人化反映来进行的,这成为其进一步的标志,上述关联构成了每个人生存的不可动摇的基础。为了实现这种认识的客观性,必须创造一种思维工具,在其中对现实的反映要从这种一般实际上不可排除的联系中解脱出来。对现实的非拟人化反映的这种分离出来过程的漫长、困难和不断重演,我们已经在有关章节深入地讨论过,并且指出,在这一发展过程中逐渐取得的有关不以人为转移的自然存在的知识,不能设想为非人的甚至与人相敌对的,相反地它构成了人的高度发展的重要工具。但是这一原理不能颠倒过来。凡是与生活、与人的直接生活表现相关联的一切,以不可排除的方式成为自然与社会、自然与人的联系的客观基础。(对自然不依赖人的社会此在的独立性的认识以及由此产生的情感,在这里作为这一世界图像的重要因素。)整个审美领域也属于这一整体,这一点还要谈到。

# 第十五章　自然美问题

我们暂时先来谈人的社会存在的最一般的轮廓。在这里马上要确定：关于人、关于他们之间的相互关系、关于他们的行为、特性等的一切规定，不可避免地都是抽象的，如果人们将这些规定由其固有的基础抽离出来，那么在这种抽象中将偏离其本质并无以言说。马克思不无道理地指出："什么是黑奴呢？黑奴就是黑种人。上面的说明和这个说明是一样的。黑人就是黑人。只有在一定关系下，他才成为奴隶。"接着他指出了这种存在的基础，为什么对人和人的关系的具体言说只能从人的生活的这种实际的基本关系出发，才能进一步考虑它们。在这里我们感兴趣的首先是，什么关系到人与自然的关系："人们在生产中不仅仅同自然界发生关系。他们如果不以一定方式结合起来共同活动和互相交换其活动，便不能进行生产。为了进行生产，人们便发生一定的联系和关系，只有在这些社会联系和社会关系的范围内，才会有他们对自然界的关系，才会有生产。"① 这绝不是说把所有人的生活现象都同一化，归之为"社会的"千篇一律，正如许多马克思主义的资产阶级反对派所认为的那样，而是相反地从方法论的起点就有精确和细致的区分。在这里对我们特别重要的是，肯定人的一切自然关系都是经社会所中介，在马克思那里即使纯经济现象，也不能抹杀这里所探讨的两个领域之间的区别。我只

---

① 马克思：《雇佣劳动与资本》，参见《马克思恩格斯选集》第 1 卷，北京：人民出版社 1975 年版，第 362 页。

### 审美特性

援引一个关于价值问题的评注：使用价值表示在物品与人之间的自然关系，实际上物的此在是为人的。交换价值是……物的社会此在。① 在所有如此形成的综合与分化中它关系到，由人们的中心活动即人们固有现实生活的生产和再生产中，这些活动在与文明的高度相平行的发展过程中，要利用不断扩展的中介，来把握人的整个生活表现的基础和边界、驱动和活动空间。这些规定直到具体情况下会怎样非直接地和不均衡地发挥作用，我们将在以后讨论细节问题时看到。现在只要关注历史的那种一般倾向："历史的每一阶段都遇到有一定的物质结果、一定数量的生产力总和，人和自然以及人与人之间在历史上形成的关系，都遇到有前一代传给后一代的大量生产力、资金和环境，尽管一方面这些生产力、资金和环境为新的一代所改变，但另一方面，它们也预先规定新的一代的生活条件，使它得到一定的发展和具有特殊的性质。由此可见，这种观点表明：人创造环境，同时环境也创造人。"② 这就是说，人与自然的关系作为社会与自然界的物质交换的实践的、理论的和情感的表现，应该在这种历史的总体关联中来考察，而不应在传统美学的那种随意化的抽象中来考察。传统美学一方面忽视了人对于生活的态度的真实基础，另一方面使人

---

① 马克思：《关于剩余价值的理论》，载于《政治经济学批判》，见《马克思恩格斯全集》第23卷，北京：人民出版社，1995。

② 马克思、恩格斯：《德意志意识形态》，见《马克思恩格斯选集》第1卷，北京：人民出版社1975年版，第43页。

## 第十五章 自然美问题

与自然本身相对立,人与自然——除了对现实的科学反映之外——只在极个别的情况下才实际相关。

这种人与自然关系的社会历史特性,由这种特性来接触这种关系,从经济上很容易看出来。每个人都知道,生产力发展达到一定高度就需要社会和技术的分工,以便这种关系与一定的——总是自在的存在——自然的诸对象、诸对象组合建立联系。例如对于石器时代的人来说,还不存在矿石。但是后来也是经济的发展决定了发现和利用什么以及怎样利用,如煤、石油、电力直到原子裂变中释放的能量。因此人接触自然以及社会与自然界的物质交换的范围不断扩大,这种关系的质也不断分化。这种增长对于人的生活历程的意义是不可估量的:它不断改造着人的此在的基础。这种改造可以直接由相关领域的经济发展来实现,如在英国煤和铁的发现和利用,但也可以从外部输入,如在阿拉伯各国原油的开掘,这一作用本身必然实现,然而——如这些极端的例子所表明——其特性并不取决于相关客体的自然特性,而是取决于经济发展阶段和社会结构,它们参与了与自然界物质交换的这种扩大。

我们使用"范围"这一概念是试图要说明,在物质交换中不是社会与自然界的外延和内涵的整体性相对应。什么处于这一范围之外,客观上在相关社会的生活中都在起作用,不论是人们意识到这一点或人们对于他们不能支配的自然界只是作为威胁的、敌对的力量来感受都是一样。总之在人们的生活情感中始终存在着两重性:一重是与他们处于规则的交换关系中的自然界,另一重是处于这一界限之外的自然。生产力的发展以及随着生产力文明的发展不断推动这一界限的扩大,但是人对自然界的认识和支配的彼岸也始终存在,不论是在外延或内涵的意义上,只是现代自然科学才为这一事实找到了恰当的概念表达,它在以前只是以巫术的、宗教的或迷信的观念反映的恐惧与希望的对象。自然界限的退缩,正如马克思对这一过程通常所表述的那样,不仅意味着由社会控制的自然界部分量的扩大,同时还意味着人与自然的关系作为一个整体的多样化和强化,对于始终处于这一范围之外的那部分自然也是一样。自然界限的退缩同时还带来人与自然的关系在所有人的生活表现方面——至少是在倾向上——的扩大、深化和精细化。这种发展的原因是很容易理解的。生产阶段的提高不仅意味着劳动本身的提高,不仅是其直接成果的提高,并且一方面是人的能力的发展,另一方面是闲暇的产生和扩大以及人的存在的安全区域的增大。所有这些在人的体力、能力、观察力方面由此取得的结果,并不限于生产的不断提高——甚至在最广义上来理解。所有这些必然会为人的整个生活添彩,在这个过程中丰富了人与自然物质交换的成果以及人与自然界的各种关系,绝不仅是直接—实践方面的。然而这种发展也是极不均衡的,这不仅关系到整个社会,而且在这范围内也关系到每一单个的人。因为随着原始共产主义的解体而形成的阶级社会强化了这里所考察的那些进步的要素,首先是闲暇时间是极不均衡

## 第十五章 自然美问题

的。其结果是，对于我们重要的某些现象往往完全或几乎完全表现在统治阶级那里，而在被剥削者那里几百年甚至上千年与自然界的这种关系没有什么改变。

我们至少要指出其概略的特征，生产和发展以及随着生产发展而与自然界物质交换的增强、自然界限的退缩其社会的—人的结果必定超出了生产的范围。现在我们必须回到这一问题本身，以便多少能进一步考察自在存在的自然界所包含它与社会人的客观关联性的那种独特的对象性。马克思曾经借助货币与贵金属与金、银的关系讨论了这个问题。众所周知，在货币与金子的这种关系社会地形成之前，这需要一个很长的发展过程。实际上这种关系是建立在这一事实的基础上，金的自然特性比其他自然现象更多地适应于货币不同职能所限定的那种经济要求。这些特性是：如在每个任意数量级上量保持不变；有极大的可分割和重新结合的可能性；具有大的比重，所以在小的空间里有相当大的重量——由此便于运输和传递；稀有性和柔韧性，从而不适于做生产工具。通过这种客观的、与每种社会性无关的自然特性，金成了货币的特定体现。马克思指出："自然界并不出产货币，正如自然界并不出产银行家或汇率一样。……金银天然不是货币，但货币天然是金银。"①在这里，我们不难看出在与人相关的自然界中，自然的客

---

① 马克思：《政治经济学批判》，见《马克思恩格斯全集》第13卷，北京：人民出版社1962年版，第145页。

> 审美特性

观性与社会的客观性的不可分割的联系。因为生产只能是与对象的实际特性发生关系——与意识活动正相反，在意识领域社会必然的，但事实上远远没有依据的、错误的观念可能起着一种极大的作用，如在巫术的观念中，对于生产考虑的则是诸对象的只是客观的与其无关的存在特性。另一方面生产各按其发展高度以不同的方式，但总是由一定客观社会必然性所推动，去接近自然，由其似乎无限的但实际上却有具体局限的对象组合中选择客体，在各种现存的技术可能性的水准上来最佳地满足当时的需要。

这样一个对象加入到与社会的物质交换中绝不会是一种主观化，因为正是它的客观的、自在存在的特性才可能完成这种加入。另一方面这种选择的内容和方式——成为物质交换的对象，它构成了当时人的自然环境，还有那些仍然未知的，以及可能构成威胁性的自然视野的——与生产力的发展阶段、与社会的结构相关。因为这种第二客观性不会去干扰第一种客观性，由其中只是取得那些当时人类的生产和再生产所必需的东西，形成了我们已经对日常人在其普遍性中所描述的具有独特结构的自然概念，在其中科学的客观的正确认识——对完全不以每种意识和社会态度为转移的自然存在的认识同样表达了生活的一种客观真实——有时被揭示出来，这时自然界表现为在社会与自然界的物质交换中不可排除的、与人的社会存在的基础的关联。这种复杂的对象性特别是在概念的表述中充满矛盾。因为一方面自然界的这种社会现实存在方式，正如我们所

## 第十五章 自然美问题

看到的，阻碍了通过科学也通过日常实践，特别是通过劳动对它的真实的自在存在的认识。另一方面这种人的直接环境所构成的自然界的经社会中介的本质同样具有一种客观真实：只要它排除了由人的生活视野出发（但不是科学地），人的生活的这种基本真理便被歪曲。非拟人化反映的真实，如果它提出僭越的要求，表现出的是在其直接性中的生活映象，对于体验主体就成为一种不真实。处于生活中的人在其与自然的活生生的关系中，只能与那些客观上与他自己相关联的事物建立关系。由显微镜反映出来人的皮肤的客观真实特性可能对于一个恋人来说，即使他是医生，在恋人关系中也不具有真实性。对于日常的人说来，即使他是一个有学养的天文学家，太阳也是每天早上升起，这种生活的真实在以前的美学中曾经被歪曲，由于它打算由——在生活中不起作用的——活生生的人与自然界本身的直接关系中推导出自然美。这种美学忘记了，即使在自然与社会的关联中也不能消除它的客观性，而是仅仅对日常的人加入了生动的社会的不可缺少的新联系。

这种——口头的，但仅仅是口头的——似乎矛盾的观点的真理会越发令人信服，当我们不仅在生产过程中而是首先以这一观点照射人的整个生活来考察人与自然的关系时。因为随着文明的发展不断在其中形成在更高程度上直接两重化客观性的一种方法论上的分离。对自然的科学认识在其中不断增加独立性，它随着时代的发展创造了自身的组织化和装备，以便在这种交换中实现客观上可能的最优化；而过着他自身生活的人必须依靠社会的与人相关的自然。这种分离的要素即使在最原始的生产中也包含着。但由此，正如我们以前所说明的，与自然界的物质交换的社会的、人的效果绝不会穷尽。在与劳动的直接联系中形成的各种方式的情感，在我们讨论艺术发生学问题时已经反复谈到了。然而远远超出这一点，生产力的发展不断改变着人与人之间的关系、他们外在及内在的生活状态，由此也改变了人与自然界的关系。当然在这里不能完全僵化与审美的直接关系。猎人与自然界的关系，就与农业耕作者或家畜饲养者与自然界的关系完全不同，在这里完全谈不上直接指向审美的意图。城市的兴起又产生出彻底不同的与自然界的关系。显而易见，在这里需要更多的说明。

这种对象性在客观性与主观性之间的对立的摇摆，如果我们加上一句说明，它们同时是终极的又是暂时的，就会更加明朗。说它是终极的，由于每一种体验都是对一定的正是如此形成的现实的反应，它——对于体验说来——总是无法排除的，甚至事后对其错误性的确认，至多对于未来的体验，只能是另一种就其方式而言同样是终极的现实。但它同时又是极其暂时的。不仅因为日常的人不断被迫地在客观性基础上由为我们转移到自在本身（劳动、技术、科学）。但即使在如此的现实之内，其中不可排除地包含着客观存在也会导致对"终极性"的即时解除，当然在这种改变之后又会作为终极对主体产生作用。这种固定性与不稳定性的交替，作为日常对现实的体验形式，必然由被体

## 第十五章 自然美问题

验的现实达到其自在存在。①

当然这些体验——社会越发展，就越发如此——在个体之间是不同的。如此形成的差别必然在具体的活动空间之内展开，每一次物质交换都会为人打开一个活动空间；这种活动空间对于不同的阶级就格外不同。所有针对自然的每一次可能产生的体验着重在社会的规定。我们曾经反复详细描述了这些涉及审美的体验的逐渐的、不均衡的、充满矛盾的提升过程，现在可以简要回顾已经谈过的内容。这里只要强调，正是在这种审美的（或者是拟似审美、只具审美意向）体验中，我们这里所提出的诸对象的双重客观性绝不会失去其效应。在他关于金子与货币关系的论述中，马克思也谈到了审美的问题："另一方面，金银不只是消极意义上的剩余的即没有也可以过得去的东西，而且它们的美学属性使它们成为满足奢华、装饰、华丽、炫耀等需要的天然材料，总之，成为剩余和财富的积极形式。它们可以说表现为从地下世界发掘出来的天然的光芒，银反射出一切光线的自然的混合，金则专门反射出最强的色彩红色。而色彩的感觉是一般美感中最大众

---

① 现代修正主义往往把我们所描述的日常现实凝固为"环境"这样一个拟似客观的概念。最荒诞无稽的例子是尤克斯奎尔的著名理论，在那里它叔本华式的为每一经验主体设置了一种先验，所导致的后果是："如果眼前没有太阳，那么太阳就不会照射任何天空。"由此尤克斯奎尔前后一贯地指出"天空……是眼睛的一个产品……"。参见雅可布·封·尤克斯奎尔、格奥尔格·克里斯察：《动物环境与人的环境漫游》中的意义学说，汉堡1956年版，第145页。——作者注

## 审美特性

化的形式。"① 显而易见,这些令人兴奋的效果是由金和银的客观物质特性所产生。马克思对这种情感的论述毫不含糊地指出了,它同时具有与自然特性不可分割的社会根源。如果我们回想一下列宁的最后一段话,这个问题或许会更加清楚。他指出社会主义若取得世界范围的胜利,金子可以用来为一些大城市修建公共厕所。② 这些刚才所说的色彩效应,与金的物理特性相对应,具有其情感效应,它作为"自然美"的功能同样是通过与特定历史时期相适应的社会与自然界的物质交换所决定,如同在那个时代它作为绚丽的符号上升到"美"。

我们下面关于由这种物质交换所产生的情绪和感受特性的探讨将指向说明它们的人的普遍特性,在各种变化中其基础和动机恰恰是马克思所揭示的那种双重的客观性。每一种将自在存在的自然直接与生活中的人相联系的理解,必定或者将其主观性按照科学的范式完全与如此发现的"自然美"相隔绝,如同在开普勒的天文学和谐说的情况那样;或者他的表述必定无根据地、无批判地摇摆在极端的客观性与随意的主观性之间,如大多数以前的美学的情况那样。甚至连车尔尼雪夫斯基,都把自然美与生活及生活的丰富相等同,他幸运地避免了他的先行者将目的论倾向

---

① 马克思:《政治经济学批判》,见《马克思恩格斯全集》第13卷,人民出版社1962年版,第145页。
② 《列宁选集》第9卷,莫斯科/列宁格勒1936年版,第320页。参见列宁:《论社会主义》,北京:人民出版社2009年版,第293页。

## 第十五章 自然美问题

投射到自然界的整体的这种典型情况,但陷入了上述理论的不一贯性。生活的丰富事实上不是由自然界按照目的论方式生产出来的,这里所要探寻的只是,在这里是否必定产生车尔尼雪夫斯基理解为自然美的那些东西。因为从逻辑一致的方式他应该说,铺天盖地的蝗虫群作为独特的生活的丰富性似乎同样是美的,如同麦浪翻滚的田野;癌细胞在人体的蔓延如同令人艳羡的健康的人体一样可以审美。在这里,车尔尼雪夫斯基突然放弃了他原来的立场(自在自然),回到了人这里:"但是必须补充说,人一般都是用所有者的眼光去看自然,他觉得大地上的美的东西总是与人生的幸福和欢乐相连的。"[①] 毫无疑问,这里与马克思的观点有进一步的接近。在马克思谈得具体的地方,车尔尼雪夫斯基只是停留在抽象的层次上,在这里他却忽视了这种与自然的实际交换关系作为这一关系的理论基础,这里仍然存在主观性与客观性的二元论:"生活的丰富"仍然是自在存在的、不以人为转移的自然的客观领域。人的作用只限于对那些对于他直接有用或愉悦的现象的一种主观判断。因为它们不是由客观存在的社会与自然界的相互作用来决定的,其中不可排除地存在一种主观随意性。(车尔尼雪夫斯基拒绝每一种不是直接由生活所确认的"自然美",例如具有其普遍性枯萎的秋天的美。)因此车尔尼雪夫斯基

---

[①] 车尔尼雪夫斯基:《艺术与现实的审美关系》,周扬译,北京:人民文学出版社1979年版,第10页。

### 审美特性

所说的自然美缺乏那种由社会与自然界物质交换所必然和客观地产生出来的普遍性,另一方面对现象的判断没有客观社会标准作依据。从哲学上看它是随意的,如果它由车尔尼雪夫斯基的政治—社会观点,即植根于农民阶级的革命民主主义来看是完全可以理解的。

这并不矛盾,如果我们现在对人的自然情感的发展的几个基本问题加以深入考察,这些我们以前曾经拒绝过。在对其客观基础的原理阐释之前,这种历史的考察只能造成进一步的混乱。在这种阐释之后,借助对它的实际发展的揭示,可能对人与自然的情感关系的真实特性有几分了解。作为导引只需说明,正是对于这个问题我们很少有可资利用的前期成果。同时在这条道路上也没有很丰富的研究,许多作者是教条主义地从一种"永恒的"同时是审美的人与自然的关系出发,由此使重要的现象无法看清。因此造成多数信息是来自比较发达的阶段,而起始阶段很少有可靠的资料。由于这种资源的缺乏终究会得出以下结论:甚至在一个高度文明的社会如罗马时代我们也几乎找不到任何迹象,说明人们对自然的局部的美产生过实际的兴趣。他们在旅行中所寻找和赞赏的场所,部分是由于神话的缘故,部分是由于历史事件而著称,部分是由于反常的自然现象。[①] 这些兴趣保持至今当然都有极大的削弱或变化,人

---

① 路德维希·弗里德伦德:《Darstellungen aus der Sittengeschichte Roms in der Zeit…(从奥古斯都到安托宁终结时代罗马风俗史描述)》(下简称《罗马风俗史》)第10版,卷1,莱比锡1922年版,第461—490页。

## 第十五章 自然美问题

们设想如古战场、名人的生活遗迹及其坟茔等。其后在人与自然的关系中世界观问题具有强烈的作用。在古代所应用的隐喻自然概念已经发展为一种价值概念，这些概念对人们的生活导向有强烈影响（依据自然生活、自然权利等）。在一定时期——我们设想卢梭的影响——由此产生的在健康的自然界与腐化的人为的生活境况之间的对比非常强烈地影响到人们与围绕他们的自然现实之间的关系，人们设想我们谈到的所谓英国园林。由这种社会造成的对比所引发的情绪、感受和思想等理所当然地既对由社会所支配的自然界也对在此范围之外的自然界发生关系。康德的"星光闪耀的天空"便是这种自然关系的独特例证。显而易见，在这里每一种社会状态、相关人员的地位、在这个基础上形成的争论都构成了各种自然情感的一种决定性要素。威廉·封·洪堡在致歌德的一封信中如此概括了他在法国的体验，"每个国家都有它自己的自然概念"。[①] 在我们前面的论述之后我们在此可以再加上这样一句话：即使在每个国家内的每个阶级也是如此。社会历史动机和倾向在人与自然的关系中起了很重要的作用。

对于统治阶级，它的自然情感基本上被流传下来，在文明的一定阶段在这方面它往往表现出一种城乡对立的形式，一方面是烟雾弥漫、尘土飞扬、人声鼎沸、喧闹嘈杂，

---

① 《Goethes Briefwechsel mit den Gebrüdern von Humboldt（歌德与封·洪堡兄弟通信集）》，莱比锡1876年版，第99页。

### 审美特性

另一方面是孤寂、安静、清新。有时这些会深入世界观的对比上：乡村为人们提供了神圣的自然；而城市却似乎只是人的作品。① 与这种社会的制约相对应，在罗马市民那里对一个风景的最高赞颂就是它的优美。自然情感只围绕在海岸、山谷、丘陵景观；高山、荒原或沼泽则不在这个范围之内。② 雅可布·勃克哈德给出了一幅有关这一点的真切的图像，在新时代开端自然美的领域是如何大大扩展开来的，首先是较高的山岭和岩石景观也被包含在内。彼特拉克登上阿维尼翁附近的文图克斯山峰有理由成为著名的范例。勃克哈德有力地强调了在那个时代闻所未闻的一次无计划、无目的的登山具有的意义。他清晰地描述了彼特拉克当时的激动和感动他的是什么："在他的心灵之前呈现出他整个过去的生活，连同做过的一切蠢事，他记得至今已有十年了，自从他年轻时由包洛格纳迁来，面对意大利方面渴望的一瞥，他打开当时随身带来的一本书，圣奥古斯丁的《忏悔录》，他的目光落到了第 10 页的地方：'人们到外边，欣赏高山大海，汹涌的河流和广阔的海洋，以及日月星辰的运行，这时他们会忘掉了自己。'他把这话读给他的兄弟，但他的兄弟不能理解，他为什么在这里合上书并沉默着。"③ 我们在以后的论述中将指出，进一步进入景观

---

① 弗里德伦德：《Sittengeschichte Roms（罗马风俗史）》卷 1，第 467 页。
② 弗里德伦德：《Sittengeschichte Roms（罗马风俗史）》卷 1，第 130 页。
③ 勃克哈德：《Die Kultur der Renaissance in Italien（意大利文艺复兴时期的文化）》第 2 卷，莱比锡 1908 年版，第 19 页。

## 第十五章 自然美问题

的背景本身、进一步为它所引发的思想感情所主导并不是一种偶然的或个别的现象,在自然体验确实变得深刻的地方,它是可以察觉得到的,而至少依据规则说来广泛而详细地描述若占了研究的主导地位,往往证明了一种主观性的浅薄和片面。在这里它所涉及的当然不是范围之间的比例,而是专门的重心。

进一步和详细地深入研究自然情感,这当然不可能是我们这里的任务。我们只援引几个重要的例证说明其重要的典型或阶段。在这里决定性因素是:第一,在自然界中作为美来感受的事物的范围,首先是勃克哈德在彼特拉克事例中所指出的方向上,自然情感不断超出单纯优美的范围。一方面增加了对高山荒野地区的观赏,在美学中除了美之外崇高的强劲出场(在康德那里甚至得到他的着重强调)意味着暴风雨、严冬等进入自然美的范围。第二,历史记忆作为一种构成要素,它的作用却在新时期的自然情感的整体中作用渐渐减少。在 17 世纪特别是 19 世纪的荷兰绘画中发展了对普通的、日常自然部分的感受,甚至逐渐将大城市也作为"景观"来感受。第三,一直存在的主观性的强烈参与同样在增长。如果它以前是以朴素的不言而喻出现,那么现在则不断被自我意识。在情调的崇尚中,它声言主观性是作为自然情感的跨越性要素。拜伦说:"……对于我,高山一是种情感。"体验着自然的个人越是具有自我意识地将主观性置于中心地位,就越可以清晰地看出在他身上的社会倾向,这种倾向——不论是否意识到——作为他与自然关系的规定性动机。例如这是别具特色的,与欧洲文化的浪漫主义运动相平行地一下子便出现了浪漫主义景观,这种景观在其对象形式上、在其情调所产生的作用上,与那种以前作为美来感受的有明显区别。因此歌德说:"当我们说风景具有浪漫主义的性格时,这就是一种具有过去形式的,或者说是具有——反正都一样——孤独的、隐秘的或者隐居形式的崇高的秘密感情。"[①] 我们相信,完全不用特别提到,这种浪漫主义风景在其自然现状上早就存在,但是——社会—历史地——要形成一种浪漫主义生活情感,以便把它提升到这样一种自然体验。以前人们或者完全没有注意到它,或者对它具有完全不同的感受。

在19世纪时,这种相互关联的双重倾向不断加强。一方面通过生产对自然界支配的加强、社会同自然界物质交换中自然界限的退缩创造了在人与自然力的关系中不断强大的物质保证。但另一方面这一资本主义发展又动摇了人关于他的社会存在的保证,由此产生了各种类型的意识危机,当然这些在这里是不可能描述的。这些相对于自然所产生的作用是,情调的主体化充盈不断加强,同时又由对比效应产生的自然体验可能取得由这种体验所把握的世界在这方面扩大开来。李格尔在一篇文章中指出,"情调作为

---

① 歌德:《歌德的格言和感想集》,程代熙、张惠民译,北京:中国社会科学出版社1985年版,第90页。

# 第十五章 自然美问题

现代艺术的内容"——如世界观上的无希望性——"就生活和活动所达到的范围而言，代替安宁、和平与和谐是无尽的斗争、破坏、失谐"，——在这方向上起作用。尽管他当然对这一社会基础没有研究，但他还是指出，正如在高山上所产生的那种特殊的自然体验："现代人的心灵有意或无意的渴望，就像在那个山的高度上孤独的观望者所完成的。这不是环绕在他周围的教堂庭院的和平，而是看到千百种生活在生成，但是在残忍战斗的近旁，由远处的给他呈现了相互的和平、融洽与和谐。由此使他感到摆脱和减轻了所担心的压力，这种压力在他的平时生活中从未离开过他。"① 我们不想再举什么例证了，到目前我们可以清楚地看出，由每一种社会结构所确定的自然体验是什么，这种社会结构以中介的方式与社会和自然的物质交换相关联，而且甚至首先它是如何由某一部分自然所引发——即情调的内容和形式。即使在这里也不要忘记阶级性质始终构成了个体主体性的基础。我们已经指出了车尔尼雪夫斯基的农民的革命民主主义的自然观。这是富有教益的，将这种自然观与贵族的自然观相比较，巴尔扎克在他的小说《农民们》中描写蒙特考涅伯爵的财产是怎样被分割的：即使古老的宫廷园林、少许清算了的剩余物，都没有逃脱这一命运。贵族作家布朗德当时在老宫作客，以厌恶的心情观

---

① 李格尔：《Die Stimmung als Inhalt der modernen Kunst（情调作为现代艺术的内容）》，见《论文全集》，第29页。

察这一新世界,作为一种丑的毁灭。从这一时代开始首先是法国绘画正是在这一地区揭示了一种新的美。例子俯拾皆是。

自然情感史的研究——理所当然地——往往得到诗歌和艺术证据的强有力的支持。但是这种可理解性并没有被当时潜在存在的理论上的"错误根源"所消除:从历史角度看这里涉及的是自然情感本身,这不仅涉及它的范围,由它作出正面的或负面的理解的诸对象变得重要,而且涉及它的决定性的质本身,在这里首先是它是否具有审美性质。艺术却是将这些情感连同它们的对象作为对整个现实进行反映和加工的素材,对它们的加工如同其他生活现象一样,按照各种艺术或艺术门类的塑造原理进行。这意味着,针对自然的各种体验在艺术所反映的生活关联中审美地发生作用,在其原本的真实性中没有什么能与审美相关联。(我们回忆前一节关于情爱的论述。)只是当人们——正如当今美学中绝大部分是如此——把每一种对自然的体验都教条主义地划归与审美相等同的美之内,如果直接地将人的对自然的体验及其效应作为艺术的加工素材直接地等同起来,可以使这种艺术塑造简单地作为对"自然的情感"的文献来应用。这种区别是由于对异质现象无批判地同一化而产生这种错误根源,在现实生活中一切都取决于主体事实上由自然界体验到什么,他的体验是否和到什么程度与自然相关联。在艺术中相反,人与被体验的自然界一起作为被描绘的客体,对感受者说来激发性地呈现出来

## 第十五章 自然美问题

的不是自然界本身,而是对自然的一种艺术塑造出来的体验,同时始终处于一种——同样是塑造出的——生活关联中,其中后者构成了决定性要素,对自然的体验在其个体性中必须服从于它。当然艺术在这种情况下反映的也是现实生活,在这里往往作为非有意的体验的背景所塑造的东西,在那里明确地变成了给出的中心。

综上所述,这种生活事实与艺术及其发展的不断相互作用绝不会产生矛盾。正是我们对审美的这种理解,正如我们经常指出的,审美感受的前导和后续是生活的两个组成部分,它们具有突出的意义,这就绝对不会低估了这种相互作用的重要性。但是这种前导和后续过程是艺术与生活之间的过渡范畴,它们的功能首先在于,引导和调节生活对艺术以及艺术对生活的作用。正因为如此在这两者中非审美的内容和形式可能和必定起着重要作用。从我们现在这一问题的观点看来最具有意义的是,生活事实能给予艺术的最决定性冲动还没有什么关涉到它的审美特性的东西。因为艺术的普遍性正是表现在,在艺术中人的生活的所有现象都是融合在它的整体性的审美反映之中。显而易见,在这个方面由艺术塑造的平台上看来,人对自然的体验相对于其他生活事件并不占有什么特殊地位。为了防止混淆,所有这些必须清楚地提取出来。若有意识地考虑到这种分享的复杂性,那么现在所处理的"文献"当然就会格外富有教益,正是在揭示人对自然的体验的真正性质上:它是审美的或者是其他类型的特性。

◯ 审美特性

让我们在这一说明的基础上进一步考察在抒情诗中所塑造的对自然的情感的某些表现方式。最显著的同时又是最普遍的原则，是将在形式上和在精神上极其异质的诗结合起来，形成以下极性：一方面抒情诗的领域是由似乎无局限的、普遍的和优异的主体性所支配。它完全不致力于——在客观性的意义上说——对自然的精确反映，同一种自然现象可以在不同的诗歌中表达完全对立的情感重心，但是在每一种情况下——以抒情诗描写的成功为前提——同样是真诚的和符合生活真实的。另一方面其自然图像——不言而喻还是指好的诗歌——不是由以揭示客观联系为意图而实际上全面的描述形成的。甚至在诗歌中，它不是由主体性、由心灵情调出发来塑造其客体的，而是相反地试图由其感性整体出发来唤起情调和激发其必然性，其诸对象的关系及其联系不是由客体本身出发规定，毋宁说正是由那种主观性、由其瞬间状态及活动的表达构成了诗。由此得出——在这种巨大的一般性中，我们在这里不可能超出这一点，不脱出这一专门目标为指向所考察的范围——正是那些感性上具有最强烈效果的诗人道出的激发情调的自然现象往往是简单的，它不用去尝试塑造其特有的正是如此的存在。（正如在歌德那里：《在恋人近旁》、《你可以藏在上千种形式里》等。）但是在致力于一种特殊的对象性那里，整个现象极少表现在它完整的内涵的展开中。运用的手法成为一种象征，它精确塑造的情调所直接唤起的要素获得了一种特殊的形象，几乎使其他一切都消失或模糊

## 第十五章 自然美问题

化。(如在格奥尔格那里:"我们感激着如在轻柔的沐浴/由树梢喜气滴落在我们身上/当我们休息时只在观望和倾听/成熟的果实拍打着松软的地面"。)

抒情诗以这种方式所塑造的绝不是自然界本身,也根本不是对自然的体验。诗的主体是处于特定生活境遇中的人,由这种状态中只能使人感知到内在性的最关键的成分。自然通过这种境遇的特殊性所提供给人享受到的,是在他心灵的特定时刻中最重要的东西。人们可以——以充分批判性的关注——在一个诗人那里揭示出对于他的时代在自然与主体性之间典型的适应性,诗本身所表现的总只是内在与外在不可分割的关联性,在其中主体性占有优势,起着终极活动者的作用。歌德以轻松的深思熟虑在诗作《在同一个位置上的不同感受》中将抒情诗与自然的关系这种特性集中在公共的图像性上。姑娘唱道:

> 我在疑惑,我要梦想!
> 您的山岩啊,您的林木,
> 隐藏起我的欢乐,
> 隐藏起我的幸福。
> 少年唱道:
> 它是希望吗?它是梦想?
> 您的山岩啊,您的林木,
> 给我揭示出最爱的人,
> 给我揭示出我的幸福!

### 审美特性

为了通过同一个环境把本质的东西、不同的相互对立的感受感性地表达出来,自然场景的对比性重复就已经足够了。在第三和第四段就已根本不再表现山岩和林木了,却以饱满的形象出现,将钟情者和猎人在同一景观中不同质的体验表达出来,甚至连最后一段与第一段的对比也不要了。①

对自然的体验完全依存于主体性,在其中表达的正是在抒情诗中经常以富有教益的清晰性表现了出来。我这里只举赫尔曼·黑塞的《斗室的夜晚》,其中第一段简略说明了境况,以便对这一情调的哲学或心理学提供生动的基础:

> 啊,谁的心不是明晰而坚定,
> 并且快乐着如同水晶。
> 这样的空间对于他不是巢穴,
> 随他而来的是渴望和故乡关爱的波浪,
> 还有到处不平静的爱恋。
> 这一切使他可怜不幸;
> 这一切把他看成粗野与邪恶。
> 因为他把敌人装在自己内心,
> 这使他无法摆脱。

---

① 各个段落原来是歌剧《非同寻常的邻居》片断中的唱词,我们无需用解释去干扰它,因为在1800年歌德将它组合成统一的诗。是否他的斟酌与这里所表达的相一致,对此我们当然一无所知,例外的只是标题,但这也不能证明有什么相违的地方。——作者注

## 第十五章 自然美问题

这里的关系是一种直接的,如同——处于所有机智的相对化——刚才所援引的歌德的诗。这是完全可能的,这首诗的抒情意义正是在于,在实际的存在、作用于主体的自然以及这些本身之间提示出的强烈的对比和深刻的对立。我们来看特奥多·施托姆的著名的诗:

> 我的脚步越过荒原发出回响,
> 大地升腾的蒸汽在一同回荡。
> 秋天来了,春天已经走远,
> 是否曾经有过那幸福的时光?
> 涌起的雾霭迷漫四方,
> 杂草黑压压,天上空荡荡。
> 我在这里从未进入过五月!
> 生活与爱恋——像插翅而逃一样!

海涅这样概括在 19 世纪抒情诗中不断强化的情感:"哦,美丽的世界,你是令人厌恶的。"

这类例证可以任意大量枚举。然而至此所举的例证表明,对于抒情诗,任何完整的人对自然的体验——无论它原来在生活本身中具有的是什么特性,即使其中完全没有审美的迹象,甚至连一种无意识的意图也不包含——都成为被塑造的生活素材的一部分。抒情诗的形式是由日常完整的人与在他身上唤起实际体验的那个生活环境之间相互作用的综合性反映形成的。但是综合在这里同时意味着一种审美的普遍化:在大量的优秀诗歌中保留了激发动因的具体的此时此地,这些动因和体验在其相互关联中提高到特殊性,即典型的高度,其中典型可以理解为是与人的主观态度相关联的,而不是与诗中表现的那一自然部分相关联。但是在典型中的综合却意味着,除此之外,诗歌所塑造的世界使得在作为范例的现实中可以见出独特的主体性及其与人类的关系,它不是作为一种抽象的"一般人性",而是作为在任一给定的社会—历史时刻的具体形式中的一个。主体性对任一起作用的自然的动因的影响,在审美普遍化的这一水准上构成了如此形成的特殊性。由于主体性所支配的人与围绕着他们的自然界的统一也必定揭示出它的社会—历史的规定。如果我们说一个真正的春天或冬天的诗的形象泄露出它的诗人在他的时代的实际洪流和斗争中的地位,这在语言表述上听起来是有矛盾的。

在叙事诗和戏剧文学中,人与自然关系的诗歌反映的这种倾向表现得更加清晰。因为在其中人的生活的社会要素表现得更加具体和突出,比在抒情诗中所能达到的更明显。它的直接对象不再是对现实的单纯体验,如在抒情诗中典型地表现的那样,而是人的所谓社会实践本身。对自然的体验可能只是插曲,与这种实践的密切关联成为塑造的真正客体。这就是说,特别是在叙事诗中,被反映的世界比在抒情诗中更接近于与社会与自然界的物质交换本身,这种物质交换更直接地被反映出来。这首先导致的后果是,人与自然的关系在这里包含了他们的日常生活的整个广度

## 第十五章 自然美问题

和深度，在其中劳动、与自然力的斗争、克服自然界为人设置的各种障碍等获得了主导的意义。如果我们在现实中对它原来的特性进行考察，那么这些关系没有什么或很少与审美相关，正如每种生活现象只有通过它的反映方式和塑造方式才成为审美的。与自然力的斗争在人类发展中具有中心的、活生生的和社会的重要性，在叙事诗中人的社会活动是主要的传达内容，与自然力的斗争从一开始就起着很大的作用，这是很容易理解的。作为独特例证我们举出航行，伴随着它会有许多辛劳、斗争和危险，在《奥德赛》中航行已经处于中心地位，这一路线经笛福和梅尔维勒①直到康拉德和海明威。因为这些伟大文学作品表现了如此描述的诸多斗争，它们以一种不可磨灭的魅力吸引着读者，在其中可以看到一种"自然美"（或崇高）的诗意描述。但是这种审美印象只是出现在描述作品的接受者那里，在此还要特别强调，叙事作品原则上是把事件作为过去的而非现在的来反映。

在这些作品中叙事地描述出来的，是围绕特别的实践目标的斗争，是生与死的斗争，其中给参与者提出的只是胜利或失败的问题，拯救与沉沦的问题，绝不会有丝毫审美观照的痕迹。自然力表现出它们的异常的力量和险恶（在康拉德的《阴影线》中风的静止），它们的"美"在

---

① 梅尔维勒（Herman Melville，1819—1891），美国小说家，曾任捕鲸海员和海军水兵。著有长篇叙事诗《白鲸》（1851）。——译者注

于——从文学上看来——在人与它们相对立的抗争中,在这种冲突中在人身上所揭示出来和动员起来的勇气、机智和坚定不移,由此可以看出人的精神的那种精神的和道德的力量,这些归因于人类在解决难题时至今走过的道路。这些作品借以发挥效应的、直接加工的素材即其内容,首先是道德性质的。他可以提高到甚至如在梅尔维勒那里的阿哈伯直到悲剧式的海布里斯。只有从这里出发来看,诗歌所塑造的自然才成为"美",更恰当地说,作为对现实的审美反映。但是它的客体显然不是自然本身,在塑造中它的自在存在的诸特征必定如此强烈地发挥着作用,而正是与社会处于物质交换中的自然,它的英雄的代表人物正是这些主角。由它们推论对于希腊人海上风暴的"美"是同样不合情理的,如同——只简单指出戏剧,在其中这种动因大大退缩——在《李尔王》中的暴风雨更多的是看作一种背景,是人的事件的一种伴奏音乐,它的主导动因是社会的道德的问题。叙事诗和戏剧文学——其中的每一种类——都是社会的—人的生活的整体性的塑造形式,当然这些在其中反映和塑造人的成分的整体性必须保持其优势。根据这些——在叙事诗中要比在戏剧文学中更明显——社会与自然的物质交换或多或少地直接移到那种中心位置,这一位置在人的社会存在中客观上适应于这一物质交换。塑造的人与自然的关系因此表现出那种内容与形式的普遍的尺度。这我们在讨论快感时已经说明:它包括从简单的生命力的表现直到最高道德行为所要求的斗争,如我们已

## 第十五章 自然美问题

经指出的。美学作为对"自然美"的体验往往置于中心的那些东西，与事物的客观立场相对应，没有超越活生生的生活表现的容量和巨大力量检验的戏剧性的作用。

人对自然美的体验在音乐中的塑造不需要详细说明。在其中双重反映产生的必然结果，使每一具体的此时此地完全消失了。在"田园乐"中暴风雨要远少于在抒情诗中那种带有一次性特征的具体的暴风雨，而是一般性的暴风雨。甚至在"纲领性"的收紧到最极端时，当所有音乐可能的直接模仿手段都被应用上时，也只能是一种自然现象最一般标志获得艺术的可感知性。这并不排除对自然体验的主观方面进行深层次和精细化的差别性加工。恰好相反，人与自然关系的人的、社会的和历史的内在动因在其他艺术中几乎达不到这样超越的清晰度，特别是因为音乐作为审美纯粹化的内在性的模仿，能以最高度的形象性表现艺术家对这种人的关系的肯定或否定。（这一点在巴尔托克那里能格外清楚地感觉到）。但即使在这里，音乐对自然关系的情感反应的审美塑造中，也绝不会为它在生活中原初审美特性提供一种证明。音乐对其素材的选择同样是自主的和普遍性的，像其他各种伟大的艺术一样。它以其自身的方式反映的同样是整体的生活，因此在音乐中人对外部世界的反应，由其情感方面说来，接近于人们在生活的整体性中所应处的那一正确位置。

对于我们的问题最富有教益的是绘画史。在绘画中"自然美"的激发要素似乎以其原初形式直接被表现出来，

> 审美特性

以致在生活中和艺术中"审美"的自然体验在这里似乎最接近同一性。在风景中似乎直接的、共同的客体触手可及地、清清楚楚地站在我们面前。然而当我们进一步考察这一现象本身时，这种外观却只是一种假象。首先风景作为绘画的专门对象是较为近代的现象。在它发展的早期，纯粹自然界只是构成原本重要的事物和人的事件的一个背景。当然这只是关于这个问题最一般化的说法。因为从乔托的构图开始，通过非人物背景的安排，只是给作为前景的戏剧化事件提供一种节奏化的伴奏。对风景背景的理解形成了一种扩大和深化的运动，从佛兰德绘画和威尼斯绘画中的整个风景画几乎提高到具有独立的意义。但是在17世纪的荷兰才开始大范围地把风景自身作为绘画的一种独立的社会职能。到现在才以一种完全普遍的方式，从充满激情幻想的雷斯达尔[①]扩展到戈因或赫尔尤洛斯·赛格尔斯[②]在维米尔[③]那里城市景象获得了景观特性。对这一发展本身即使只是简略叙述，当然也不是我们这里的任务。应该说明的只是，"纯粹"的风景甚至在风景画中从来就不是一种独立的主宰。如若风景作为自然界的单纯背景，作为人的活动的舞台而被替代，那么在这里对于我们的问题在主题的

---

① S. van Ruysdael（1628—1682），荷兰风景画家，作品有《波涛汹涌的海岸》《森林之路》等。——译者注

② Hercules Seghers（约1589—1645），荷兰画家，近代风景画的开拓者。——译者注

③ Jan Vermeer（1632—1675），荷兰风景画家，以城市生活为主要题材。——译者注

## 第十五章 自然美问题

普遍性和理解上格外感兴趣。因为塑造人与自然之间的关系,从克劳德·罗兰的抒情的乌托邦式的神话化到(米勒、库尔贝、梵高等)人们的日常生活和针对自然界的劳动直到在自然界中度过愉悦的闲暇(乔尔乔内至马奈和莫奈)以及城市作为景观体验到它们的质的突变(从瓜第和卡纳莱托经印象派直到郁特里罗)。

只有实际地考察在这里起作用的主观和客观的普遍性才能使我们能够去理解,在日常人与自然的这种关系与在绘画中它的审美映象的内容和形式之间所存在的实际态度是怎样的。正如过去的唯心主义的美学把在生活中与模特儿境遇的这种关系狭隘化,因此它也把其后期阶段同样狭隘化了,它把绘画塑造的形象归结为一种纯视觉性的东西(这一取向的主要代表康拉德·费德勒,我们在上册中已经详细分析过了)。在两种情况下,既取消了实际支配生活的那些规定,又取消了审美反映本身成为艺术的那些规定。关于在日常生活中与自然的关系我们就要详细谈到,这里事先只是强调指出,这些始终是由完整的人出发并总是反作用到完整的人,在这里不论自然的外延整体还是整个人的感性的、精神的和社会的生活都成为决定性要素。画家以视觉的同质媒介所完成的转化,意味着人对现实的态度的一种基本的和本质的改变。在对这一事实的结论中,如过去所指出的,费德勒是有道理的,他的失误只是在于——但是这一失误使整个问题变了性质——他认为,这种态度使那些完整的人以其整个感官、情感和理解力所体验到的一

> 审美特性

切都简单地消失了,以便让位于处在抽象性中的、幽灵般的、变得无内容的"纯粹"视觉性。而真正的风景画大师——其作品明确地证实了这一点——与这种自作聪明的、狭隘化的态度根本不沾边。他们的艺术努力相反的是指向将人对自然的体验的全部丰富性向绘画表现的同质媒介转化。

塞尚的谈话对此是很有教益的,加斯奎特记载了,如我们马上所看到的,不仅因为它的内容,而且也因为没有人会怀疑,他致力于在绘画之外、不通过或者通过绘画(也就是单纯外部联想,各门类)所达到的效果。两个对话伙伴站在大师正在画的风景画面前。塞尚说着就中断下来:"这还不肯定。在这里缺乏一种整体的和谐。这幅画还不是什么?你告诉我,什么样的气息从那里散发出来?你说它发出什么气味。"加斯奎特答道:"红松木气味。"画家并没有安于这一担保,他答道:"你这样说,因为两棵大红松把枝条伸到前景中——但是这是一种观念的感觉——除此之外红松树的整个蓝色的、强烈的芳香在阳光下与草地的绿色气息结合在一起,每天早晨都有露水的清凉,伴着石头的气味和远处圣维克多的大理石的气息。这些我都没有反映出来,人们应该把这些反映出来,只是通过色彩,而不是文学。"[①] 这不是塞尚单纯的奇思妙想,而是他创作的原则。又一次他谈到,农民对他们每天在其中活动的风景没

---

① 塞尚:《Ueber die Kunst(论艺术)》,第10页。

## 第十五章 自然美问题

有预感,他们在这风景中只是觉得,它提供给他们的有用的东西有着无意识情感是真实的。他接着转到自己的任务上来说道:"在我自己这里什么都不要丢失,我必须达到这种直觉,在田野上散布的这些色彩对我来说必须获得一种理念的含义,正如对农民来说它成为一次收获。他们自发地在黄色面前感到收获的表情,必须要开始收割。正如我的直觉在这种情况下应该面对同样成熟的色调,在我的画布上涂上适当的色彩,在麦浪翻滚的麦田中带来收获,一笔一笔地使大地重新出现。"[①] 在这里可以清楚地看到,在风景画中像在每一种真正的艺术中那样,生活内涵的整体性决定了艺术形式赋予的特殊性。这种审美反映的内涵整体性,提高到审美的生活但是不能被引导到,由这种模仿的普遍性归结为被反映的生活素材本身的一种审美特性,正如美学在讨论自然美时通常的情况那样。自然界,在这种情况下风景画面是作为绘画的素材和内容,若由此在艺术塑造的范围里获得一种特殊地位,那么这种想法是完全没有理由的。如果人们考察一下 17 世纪的荷兰绘画,那么不能不注意到,一个风景与一个所谓维米尔的风俗画之间在这方面可能存在哪些区别;然而没有人会认真地觉得,后者的内容已经在生活中具有了一种审美特性。

如果我们在这一简短的概述之后要争辩人的所有与自然的关系和对自然的体验的审美性质,并将艺术塑造与所

---

[①] 塞尚:《Ueber die Kunst(论艺术)》,第 21 页。

### 审美特性

有其他生活现象的关系置于同一层次，这并不意味着，我们将否定在这些组合体之内的某种特性。不仅大多数对自然的体验是对现实的反映，因此不是主要与其以实践方式的相互关系，正如日常生活的绝大部分那样。除此之外在它的主体与客体之间是以保持一定距离为前提的，这在大部分人们相互之间的交往的反映中往往是不存在的。托尔斯泰对于自然体验的这种特性有一段很好的、当然纯属传记性质的描述："自然界直到我五岁之前对我来说是不存在的，所有我能记起的事都是发生在床上或屋里。不论是草地、树叶，还是天空和太阳，对我说来都不存在。这是不可能的，人们能让我去与花花草草一起玩耍，我没有见过草地，也没有人为我遮过太阳，直到五岁或六岁我都没有关于我们称为自然的那个东西的一点记忆。大概人们必须与自然保持一定距离，才能看到它，可是我自己也是自然的一部分。"

由托尔斯泰所确定的事实马上可以进行社会的普遍化，我们设想在罗马市民的自然体验中已经包含的城乡关系，设想塞尚对农民作出的描述。为了把自然作为体验来感受，到处都出现这种必然性，摆脱掉对围绕着人的自然界的那种根深蒂固的理所当然性质，关闭与它的只是实践的、往往深深陷入习惯和传统的关系，以便把它始终作为与人相对应的外部世界与人的相对变换来体验到新的东西。但是对它观照的态度仍然是自身的目的，这种态度隐藏在生命的或至多心理的层次上，与我们在日常生活中作为对各种

## 第十五章 自然美问题

实际的实践目标设定的悬置所熟知的态度刚好区别开来。这里所形成的距离有其独特性,人虽然与对象处于这种距离化,正是由于这种距离,却感到存在于这一环境之中,感到好像实际上没有与其相分离。这种对自然的情感,托尔斯泰非常着重地作了描述:"我热爱自然,当它从各个方面包围着我,并无限地伸展到远方,但是我必须处在其中。我爱它,当我被各方面暖和的空气所拥抱,这些空气密集着在无限的远方消失。当同一些柔软的草径被我坐靠所压倒,草地形成了无边的绿色。当同一些树叶在冬日里颤抖,它们的树荫投射到我的脸上,远方的林木形成一片蓝色。当我呼吸的同一片空气在无垠的天空的深蓝色里被我认出,当我不是单独在欢呼我喜爱自然,而是成千上万的昆虫聚拢在我周围并发出嗡嗡声,瓢虫一个个悬挂着到处爬着,到处是鸟儿在大声歌唱。"

托尔斯泰关于身处自然界中,作为获得真正的深刻的自然体验的前提的表白,是完全自觉的并充满主观性的。在我们最后援引过的日记中,他带头激烈地拒绝瑞士的风景,在那个环境中他不可能找到这种环境感。虽然或正因为如此,托尔斯泰在这里接触到一种对这种自然关系重要的因素,即人与日常实践的一定脱离,在这种脱离中他面对着诸对象和它们的关系,这些对象和关系对于他的实践的目标设定表现出一定的阻力,这些阻力必须由他通过劳动、思考和机智等来克服。(显而易见,在自然界中劳动正好表现出这种同样的主客体结构。)另一方面他不能提高超

# 审美特性

出自身的日常生活的日常思维，像在这些情况中，在那里他——不论在创造的或感受的——必须面对更高的客观化系统，他的意图指向对本质的把握，现象形式只在与此相关联上对他才有意义。托尔斯泰所要求的那种处于其中的距离——这种距离是另一种人，如我们在拜伦或李格尔所举的例子中表明的，正是在阿尔卑斯山所能体验到的——意味着与日常的直接的、实际的实践相脱离，由功利性的绝对统治中解放出来。人的内部家务的重心由劳作转向存在转向简单的存在。

显而易见，这里所形成的绝大多数体验，属于通过社会生产的发展所形成的闲暇，就其特性而言主要属于我们以前称为快感和生活需要的领域。属于这类的当然是如吃喝等直接的、活生生的生活表现。在这里大多数形成这种专门的快感，当在某些剩余的时刻，类似于社会的闲暇时间在这里占主导地位。显然在这种情况下同样会形成一种距离，特殊品质的大餐和饮料在一定意义上也可以静观地来享用，不再是简单地满足饥渴，同样可以引发快感的情绪。这也可能是超出自然关系的感受，它在形式上可能与其很接近。例如人们在享用了一顿大餐以后，在靠坐了一把舒适座椅以后的满意之情，一座令人愉悦的住所或新颖有趣的室内装修所产生的效果。距离与身处其内的不可分割的混合和存在优于劳作在这里无疑也是存在的。但同样可以肯定，在每一种对自然的体验中还包含有另外的动因：自然就其本质而言是另一个与由人本身所创造社会事物相

## 第十五章 自然美问题

面对的（室内空间当然也属于这里）。但是即使这种自然的另类存在同样具有社会所限定的成分，不论这一点是否被人所意识，如从主观上看来，闲暇是对自然体验的一个前提，那么客观上它所达到的安全性、舒适性、对它的占有关系则是社会性的。在这里对所有这些也可能作出负面的评价，如在与自然相接触时，有些人偏爱良好的道路，而另外一些人则偏爱没有现成道路，但是一般使用的道路的现代转弯在与自然界的物质交换内部发挥了社会安全的作用，当人在自然界中运动便需要社会所提供的交通工具。我们在这里主要是作为边际现象指出这里形成的分化，乘坐飞机就完全排除了风景作为自身的特征，因为就不再有身在其内的感受，在飞机上所能看到的就像一幅立体的地图，而不再像一种风景。

针对这些实际可能激发出体验的人与自然关系的无限性，单纯开列出目录的尝试似乎是一种西西弗斯的苦役。对于我们说来唯一重要的是确认，在距离性与身在其中之间的摇摆不定是这些自然状态的客观一极的主观方面：自然相对于人的另类存在是一方面，另一方面对它的存在、它的作用和它的发展构成了绝对的必要性。这种情况产生的结果是，纯粹观照的、纯粹接受的对自然的态度只是一种——相对而言——人与自然的实际关系的很小、当然也很重要的部分，构成了与自然的相关性。即使在闲暇中自然界对人说来也是一个活动的领域，在其中散步、在这一领域中健康的护理、交谈的机会起着很重要的作用；寻找

# 审美特性

浆果、蘑菇、甲虫、蝴蝶、有趣的石头，这些可能成为唯一的目的，自然界作为整体在主观上完全消失了，它的存在对人说来简化为实现这一目的的一个有利或不利的地区。在自然界中进行体育活动，它也活动在两种极端之间：成为一种亲密的自然关系的工具或者完全或几乎完全被遮挡。如此形成的极化特性基于两种要素。第一这里提到的大部分活动具有一种游戏的特性，也就是说在这里对人的要求与在生活的现实实践中具有本质上不同的性质。随着游戏的停止与自然的关系放松到完全消失，同样对专业的甲虫搜集者或与之类似的运动员都一样。第二与这一要素密切相关的，对自然的体验只有这样才能形成，当完整的人的存在，这种存在的自我享受与自然界的一部分——在上述距离化的意义上——在其中人暂时地与之相适应，产生亲切的接触。这完全不排除劳作，这也是它的优势，劳作直接使自然转化为活动的场所或工具。

如果我们在这里谈到完整的人在自然界中身处其内的问题，它具有的词义是：作为身体的自身存在处于一个自然环境之内，自然的多方面存在作用于人的所有感官。我们可以从托尔斯泰的描述中看到这一点，它体现了这种关系的最普遍的特征。我们设想柏拉图对苏格拉底与斐德诺之间对话场所的美妙描写："哈，我的天后娘娘，这真是休息的好地方！这棵榆树真高大，还有一棵贞椒，枝叶葱葱，下面真阴凉，而且花开得正盛，香得很，榆树下这条泉水也难得，它多清凉，脚踩下去就知道。从这些神像龛来看，

## 第十五章  自然美问题

这一定是什么仙女河神的圣地哟!再看,这里的空气也新鲜无比,真可爱。夏天的清脆的声音,应和着蝉的交响。但是最妙的还是这块青草地,它形成一个平平的斜坡,天造地设让头舒舒服服地枕在上面。"① 柏拉图与托尔斯泰对境况的描述的共同点在于,在他们那里是完整的人处于自然界中,人是以他的全部感官对自然界多方面的现象作出反应。其中无疑包括完整的人与自然界的正面的生动的关系,由独特的此在在自然界中的这种享受所产生的那种一般的舒适感可以激起,如刚才柏拉图所描述,一种显著的精神振奋,这种振奋当然只能由一种偶然的机缘所产生。这种关系可能产生,但是它不是必然如此。因为在这里涉及客观现实的两个方面,由自在存在,由诸对象及其组合的正是如此的存在所唤起的情调如此强烈,在这里如同在每一完整的人的存在状态中,在那里没有实践的必然性强制地规定对客观性的自身适应,完整的人最直接的主体性就是其决定性的、无可上诉的最后裁判。这或许乍看起来显得矛盾,如果我们把柏拉图和托尔斯泰的自然图景与下述克里斯蒂安·莫根施特恩的诗相比较:

    一个躁动不安的人站在牧场上,
    或许他不到这里来更好;

---

① 柏拉图:《文艺对话集》,朱光潜译,北京:人民文学出版社1980年版,第95—96页。

> 为此他看到如若他没来这牧场,
> (往往至少)会一样生活。
> 他好不容易躺在草地上,
> 蚂蚁、蝗虫、蚊蝇和蛆虫都趋近来,
> 趋近的还有蜈蚣和搬弄是非者,
> 野蜂也嗡嗡叫着往前冲。
> 一个躁动不安的人站在牧场上,
> 所以重新站起来更好。
> 为此他要去别的天堂,
> (作为举例的缘故:离开)。

人们不要忘记乍看起来的这种荒诞不经的印象,正是自然状况的主体与客体在这三种情况下刚好是一样的。柏拉图谈到的只是诗意的"蝉的交响",但为什么莫根施特恩的蚂蚁和野蜂就要比这差呢?在托尔斯泰那里成千上万的昆虫的聚拢肯定也包括这些。因为这些对立的印象都是从一定自然组合体的客观特性出发的,它们很容易在客观上相互极为类似,这种效果上的差异完全取决于每一实际存在的主体,取决于每一完整的人的生理—心理特性。

在这里完整的人的主体性——正如在快感的整个范围里一样——直接地是最终的决定性的判定原则,不论肯定或否定某一自然组合体是否或怎样对主体性发挥作用。因为在这里总是仅仅涉及某一具体的人在特定时刻对某一具体的自然的局部持怎样的态度,因为在印象中隐含判断的

## 第十五章　自然美问题

普遍化问题完全不会出现，因为同一个人在这些情况下对同一个状况没有责任保持感觉的一致性，也就是说所用形容词是不受限制的——又完全与快感时一样——不排除这种一次性态度的终极性。这种主体态度的终极性所以能够存在，因为他表达的是或否完全不是针对客体本身的，而只是关于——瞬间的——主体与客体的关系。在托尔斯泰那里昆虫的聚拢使人兴奋，而在莫根施特恩那里却显得令人可怖，这里都同样地不涉及昆虫的客观性，在个别的对自然的体验中，如在歌德那里，起作用的是一种生动的、正是指向客观性的旨趣，表现出对这里可能产生的关系的巨大的主体尺度，但不是它的必不可少的、非一次性的、典型的标志。所以当美学家如费舍尔试图从"审美的"观点对自然现象以客观性的僭越作为"美"或"丑"的安排时，它不是一种空洞的迂腐。通常起作用的总是一个整体，在这个整体中"同一个"客体，甚至对同一个人，一会儿是有吸引力的，另一会儿就是令人生厌的。因此对于费舍尔蛇是丑的，而在"感性诗人"凯勒的终场一幕中发生的一件事，由于女主人公至今都厌恶蛇，一个蛇希望她由蛇而梦想到不幸的日子。

对在快感中可能有的各种体验的无限的尺度加以论述可能是多余的。我们在前面已经谈到，对自然的体验的变化可能性不论在主观方面还是在客观方面都是没有界限的。当然一个给定的人的任一体验能力不是无限制的，对于他所可能的活动空间是由社会的、国家的、历史的、心理的

◯ 审美特性

等等在一个确定的时刻所确定的。但是即使在同一个人那里这个活动空间仍然可大可小，同一个国家、同一个阶级的不同的个人对同样的事实也会受——社会存在的决定性规定直到时尚的影响——不同的影响，这种反应在社会条件相同的人那里也极具不同，往往正好相对立。正如在一个人那里把身体疲惫作为快感，而在另一个人那里却感觉不快。在同一个阶级内两个不同的人对于同一个自然的局部可能产生完全不同的体验。自然关系的客观方面提供了一个同样基本上无限制的活动空间。我们已经强调了每一个起作用的整体的重要作用，其中"同一个"对象可能唤起非常不同的印象：其中当然包括照明的变化、季节的影响以及不同时刻，都可能使人的体验产生变化。在大多数情况下，人本身在自然界中的活动，由此使"同一个"对象形成各不相同的面貌（如山岭从下面看和从上面看）。但是人的运动也可以引起内在的变化，如在远足中的对话，他们的反思也表现在对话者对自然的反应中。

　　这种相对于自然形成的感受的大多数都直接归入一个综合体中，我们以前把它作为快感的领域来分析。大多数对自然的体验越是在这种方式中被唤起，它们在内容和形式上就显示出在快感的领域中，人们设想散步、远足，良好的空气、适当的运动和休息的作用，这绝对是共同的，到处都呈现出实际的完整的人、处于他的个体性之中的主体是这些体验的接受官能。艺术家对自然的态度是——正如前面我们所看到的——对此在质上是不同的，然后，正

## 第十五章 自然美问题

是然后,他致力于将人与自然关系的全部丰富性、整个多面性以他的同质媒介表现出来。因此在这些情况下,要把完整的、单独的人在对自然的体验中处于主观方面的东西转移到客观性的领域中来,这应该是以审美反映来塑造,使所有这些内容视觉化。对单独个人的每一体验的典型性应该通过艺术手段把它明确地表现为人类的占有物。对于人的每一体验的平均状况已经在快感的范围通过目前的叙述可以了解。正如我们所看到的,哈特曼以一种多少改变了的形式打算来拯救康德的自然美的概念,他促成了这种感觉,大多数自然体验仅仅是活生生的,却被美学关在门外。[①]

对于我们来说这还取决于,要更确切地规定这些自然体验的固有内容的和形式的特性,它们处于这一大尺度的最高阶段,相反地显示出事实的或人的重要性,人们简单地把它归为快感。事实上在这里存在一个实际问题。但是我们将看到,真正的考察这些现象是与它们的审美特性相背离。我们先从最简单的问题谈起。我们对日常自然体验的对象性结构的考察表明,由此出发是不可能通向科学认识的真正道路的,只能导致对自在存在的现实的自然哲学的把握。这对于每一位立足于现代自然科学方法的人是多

---

[①] 哈特曼:《Ästhetik(美学)》,第147页。在许多方面,这种"活生生"我们把它理解为接近于作为主体的完整的人的个体性,但是在这里就此而言包含了对问题的狭隘化,即在其中作为生命特征的自然体验总是包含着社会—历史成分。——作者注

## 审美特性

少不言而喻的。但我们从历史上可以知道，以质为取向的自然哲学存在上千年，它的范畴是多方面的，当然并不总是支持人相对自然的体验可能性的。在这里是否不可能在直接的自然体验与应该是客观的自然哲学之间建立实际的联系，在这里是否前者的"审美"特性成为后者的联系环节？在浪漫主义自然哲学（和美学）中已经出现了这种动机。这将是富有教益的，让我们看一下歌德，他的《色彩学》或许是以质取胜的自然哲学最有意义的后期作品，他如何对待这一问题。在他的文章《作为主观与客观之间中介的探索》中，作为导言他首先讨论了日常的正常人与自然界的关系，并且强调这些始终关系到他自己，还补充道，有充分的理由，因为他的命运是完全由如此形成的感情所决定。当他面向自然界的诸对象时，然而一切都会改变。歌德以极大的精力将这种变化置于前台，这种变化必定与在兴趣改变中人的主观性相关："人们缺少愉悦与不快、吸引和拒斥、有益和有害的尺度，对于它，人们应该完全放弃作为无关紧要和同样的上帝本质来寻找和探究，什么是和不是，什么是满意的。"① 显然，在其中歌德形象地作为"无关紧要和同样的上帝本质"所指的东西可以理解为这样一种态度，即我们作为非拟人化反映所讨论的内容。

现在对我们说来主要的只是这里所产生的飞跃。因为

---

① 歌德：《Der Versuch als Vermittler zwischen Subjekt und Objekt（作为主观与客观中介的探索）》，见《歌德全集》第 39 卷，斯图加特 1907 年版，第 16 页。

## 第十五章 自然美问题

它意味着,一种自然体验只有这样才能提高到认识的层次,如果它本身作为这种认识层次而被无余地扬弃,由此才能进入一个彻底不同的领域。若作为体验的性质,它只能表现出——仍是主体性的——自然的神秘的方面,根本没有使自然的自在转化成一种真正的为我们的存在。这种类型的主体的最深刻的体验,即使它获得了一种语言的强烈表述,仍然是主观的,不可能打开通向客观现实的桥梁。当然有时在它的内涵里包含一个真正的核心,在这种情况下需要继续推进歌德所说的飞跃,就其自身而论无非是一种带直觉性质的念头,这种情况可以说属于 1′信号系统(见第十一章),但同样不言而喻的是,这种对现实科学反映的直接意图的缺失,在这种体验中也不可能完成审美的反映,正如自从拟人化自然哲学的浪漫主义接近往往被当作美学。但是这种认定——同样是浪漫主义的,事实上完全没有根据——的前提是,每一种主体体验由于它的程度必定已经具有一种审美特性。我们已经在极其不同的关联中有机会去指出,它并非如此,即使在最大的主观感受的深度或感受力中这种体验仍然处于个体性之中,如果它——通过适当的进一步加工来继续——其中没有含有普遍化的意图,所以尽管审美的领域与个体体验的领域两者有同样的拟人化特性,通过一种质的飞跃的必然性而区分开,正如日常反映与科学的非拟人化反映的区别一样。这种独特性表现在这些情况下:正是我,正是在这一时刻,正是在我的发展的这一阶段等,我正是以这种方式来体验自然。如果在

> 审美特性

这些情况下也缺乏欲求而且体验仍是纯观照的,那么它无疑与性爱体验存在某些结构的类似。但是在审美中超越这种个体性——在保持甚至深化拟人化反映的情况下——具有一个取向,就是由个体性向合规律性、由个别性(并且其不经中介的、拟人化的实体化到一种仍是主观的拟似普遍性)向特殊性,在审美的感性直观的方式中推进。

或许在对快感的论述之后不需要再次强调:对审美的类属性与生动的个体性的明确区分,本身并不包含对于后者的丝毫贬低。正相反,正是我们的探讨表明了个体性的"持久的特性",而这一特性却是唯心主义的、禁欲主义的世界观所试图摧毁和瓦解的。这当然不是意味着,像某些主观唯心主义者所认为的那样,人的直接的个体性似乎就是在人与现实的关系中最高层次的判决者。哲学的任务毋宁说在于表明,在科学、艺术、伦理等人与现实的关系的不同领域中对个体性的存续性扬弃采取哪些形式。关于审美态度我们已经就这里产生的问题详细地谈到了,并在接触到我们的问题的各种关联中,也就其在科学和伦理中的解决方向多少作了说明。现在只关系到对自然的特殊的典型的体验,将这种体验通过深度、强度,通过内在的、扩大到世界观的内涵,从大量的快感的感受群中提取出来,就其专门的本质加以研究。在这里有必要提出两点说明:第一,这些体验是以不可摧毁的个体性为基础;它总是一定个性原初的本真的体验,直接地和内在地与其最个性化的生活问题相关联,总是与他的存在特定时刻的此时此地不

## 第十五章　自然美问题

可分割联系在一起。第二如在讨论第 1′ 信号系统时，我们从著名的作品中选取的例子。但是在这里与当时那里一样，对于我们不涉及其塑造形象的审美本质，而只是利用我们提供的材料作为概括，给出的重要生活素材的单纯文献，这还有一个好处，这要比人们大多数实际生活过程更为普遍了解和容易控制。

我们从汉斯·卡斯托普在暴风雪中的体验开始，对此托马斯·曼在《魔山》中用了整整一章的篇幅。我们首先要确定，这里所描写的自然关系的绝大部分，暴风雪本身和卡斯托普为拯救自己的生命的斗争绝不属于审美类型的自然体验，而是表现了与自然力的斗争，正如我们在梅尔维勒那里所看到的，它们只能属于在现实本身中具有实践性质，正如每一种其他的生活素材一样，只是通过艺术的塑造才获得了一种审美的对象性。卡斯托普在木屋的令人质疑的遮护下所突然进入的梦境，才显得对我们是更为重要的。如果我们对它作进一步考察，那么一方面表明，正是他由对比当年获得的自然内容才提升为刚好体验到的现实的自然；另一方面他的真正的和在梦中心灵上获得了印象和受到影响的内容并非来自自然界本身，而是由那种令人不安的、对卡斯托普无法解决的生活问题，是他在疗养院逗留期间由人际关系、世界观的争议给他提出的这些问题。因此这些内容——通过在暴风雪中的生命危险直接而形象地呈现出来——以这种理解表现出来："我要在心中对死保持忠诚，然而牢记不忘；要是任凭它支配我们的思想

> 审美特性

和权力,对死和往昔的忠诚只会造成邪恶、淫欲和对人类的敌视。"① 这不需要任何详细的注解,已经再清楚不过,这些感受和由此而生发的思想对调整自己未来的生活道路,其中的世界观取向,即伦理取向的活动方向具有了明确的意图。如果我们要给它确定在整个人的生活表现中的地位,我们完全可以说,它属于伦理判断和决策的一个生动的"前导"过程。② 在这里要特别强调"前导"一词,因为卡斯托普完全是处于一个单纯的预备阶段:这些思想和感受在他那里只是出现在一个体验的相互关联和前后相继之中,即使在他的概念的概括之中,可以看出对未来意图的想法或愿望,作为意志的道德伸张走向行动。托马斯·曼让整个插曲的本质在他最后说明中清晰可见:卡斯托普幸运地回到疗养院的居住环境中,很有胃口地吃着他的晚餐。"他所想的,在这个晚上他已经知道不再如此有道理了。"

由完全不同的状况、由参与者完全不同的性格构成了适当的不同,我们可以来看一下托尔斯泰在《战争与和平》中保尔康斯基在奥斯特里茨战场上类似性质的对自然的体验。保尔康斯基的生活楷模曾是拿破仑,在战场的极端境况下,他曾经怀着希望去体验他的"土伦",在冲锋队伍的

---

① 托马斯·曼:《Der Zauberberg(魔山)》第2卷,第701页。
② 我们把"前导"一词用引号括了起来,一方面,想说明它与审美过程的前导相类似,另方面想强调这一关系的"暂时性",因为只有系统的伦理行为才能确定伦理的"前导"过程的真正内容、真正形式和真正结构,这里当然不可能存在。所以引号只是强调了这一术语的暂时性。——作者注

## 第十五章 自然美问题

前沿受了伤，躺倒在地而无法活动了，"……他没有看见任何东西。在他头上，除了天，崇高的天，虽不明朗，然而是高不可测的、有灰云静静地移动着的天，没有别的了。'多么静穆、安宁、严肃呵，完全不像我那样地跑。'安德烈公爵想，'不像我们那样地奔跑、喊叫、斗争……云在这个崇高无极的天空移动着，完全不像我们那样的哦。为什么我从前没有看过这个崇高的天？我终于发现了它，我是多么幸福啊。是的！除了这个无极的天，一切都是空虚，一切都是欺骗。除了天，什么、什么都没有了。但甚至天也是没有的，除了静穆与安静，什么也没有。谢谢上帝！'……"高高的天空纯粹直接地构成了与刚刚过去的战斗的声浪和喧闹的对比。由保尔康斯基长期和无意识地缓慢增长的失望中，滋生出他的真正的对立着的力量，这力量在整个行军过程中逐渐强化（人们设想在舍恩格拉本战役之后他的情绪）并在这里爆发出来。在这里有趣的是，先前的幻想的破灭总是当时沙皇俄国的宫廷、官僚机构、习惯和风俗，（与它的哈布斯堡君主的同盟）成为直接的根源。这些要素似乎在奥斯特里茨战役的重要体验中消失了。这一体验完全是由他至此的生活理想，历史人物拿破仑与高高的天空的宏大与宁静的对比中产生的，它表现为这种对立，在这一对立中是真正的人的生活与他至此生活道路的空虚忙碌。我们看到了，在战场上取得胜利的拿破仑站在了保尔康斯基的面前，并观察着他。"他知道这是拿破仑——是他心目中的英雄，但是这时候，他觉得，拿破仑和当时在他的内

### 审美特性

心与那崇高、无极、有飞云的天空之间所发生的东西比较起来，是那么一个渺小、不重要的人。这时候，无论是谁站在他的身边，无论说到他什么，这一切在他都无关重要了；他只高兴有人站在他身边，他只希望这些人帮助他，使他回生，他觉得生命是那么美好，因此他此刻对生命的了解是全然不同了。"①

在我们进一步深入讨论在这种自然体验中人的作用之前，这也许是有益的，回想一下前面举出的汉斯·保尔康斯基的例子，然后再举出在陀思妥耶夫斯基那里的一个类似的事例。在小说《白痴》中米什金公爵讲述了一个被判处死刑而在最后时刻被赦免了的人的情感和思想（这一插曲极可能是自传式的）。"离他们要射击的那个地点不远，是一个教堂，金色的穹顶在明亮的日照下熠熠闪光。他还知道，他目不转睛地，他几乎凝视地看着这金色的穹顶和由它发出的光线。他不想挣脱这些光线：对他说来，这好像就是新的自然界，他在三分钟之后会随着它们随便怎样地流淌着……"在他心中不断存活着这种感情："但是怎么样，如果你不再需要死？如果又重新给你生命——那将是怎样的一种永恒！并且这一切就会属于你！啊，每一分钟我将要把它变成整整一个世纪，我什么也不要失去，我将为每一分钟计时，什么东西，什么东西我都不要失去，每

---

① 托尔斯泰：《战争与和平》第 1 卷，高植译，上海：上海译文出版社 1981 年版，第 399、413 页。

## 第十五章 自然美问题

一时刻我都不能无益地消磨!"对于他的听众的这个问题,如果现在这个相关者真的活着,在他心里这种体验会怎样继续,米什金回答道:"……他对我本人说的,……他很久没有这样生活了,浪费和失去了很多、很多时刻。"

现在我们回到保尔康斯基和他在奥斯特里茨的自然体验。彻底改变他的生活道路的意图,作为直接和具体内容的是与他妻子的和解,由于他妻子善于社交、傲慢而浅薄的性格,使他生活在不良的夫妻关系中。由于命运使他想过一种新生活的意图受到挫折:正在他回到故乡的时候他年轻的妻子死于第一次分娩。由此却堵塞了他对于新生活的所有憧憬。对崇高天空的重大体验在不断淡化,它威胁着要从他的内心生活中完全消逝。只是在一次他的朋友彼埃尔的造访中,在第一次真正感动了他的讨论中,他在多年之后又复活过来。"他第一次看见了那个崇高的、永恒的、他躺在奥斯特里茨战场上所看见的天空;并且他心里的沉睡了很久的、最好的东西忽然在他的心灵中醒来,这使他感到又高兴又年轻了。这种情绪,在安德烈公爵一回到习惯的生活环境时,便立刻没有了,但是他知道,他不会加以发扬的这种情绪是在他的心里。"实际上从那时起保尔康斯基生活意志的疲惫逐渐消解,又重新唤起了寻求一种适应于他并充满意义的活动。当然全力以赴则是在与娜塔莎·罗斯托娃第一次、尚短暂的相遇之后,在他偷听到她与其年轻女友的夜间谈话之后,其间有两次类似种类的,但不太深刻的自然体验。在春天的一次公务旅行中,在繁

> 审美特性

茂的风景中间看到一棵老橡树"……破裂的树皮上带着一些老伤痕,它像一个老迈的、粗暴的、傲慢的怪物,站在带笑的桦树之间"。对他似乎是不可辩驳的真理宣告:"我们的生命完结了。"在遇到娜塔莎之后的返程中,他又经历了这一片树林,看到了他在记忆中如此熟悉的那棵橡树,但他开始却没有找到,因为它现在已经变得枝繁叶茂了。保尔康斯基体验到一种快乐和清新的情绪:"他忽然想起了生活中一切最美好的时光。奥斯特里茨和高高的天空,他的死去的妻子的谴责的目光,在渡船上的彼埃尔,因为夜色的美而感到兴奋的姑娘,那个夜晚和月亮——这一切他都忽然想起来了。不,生活并不在三十一岁结束。安德烈公爵忽然最后地、断然地决定了。"

我们来考察这些彼此相接近的对自然的体验,那么人们马上会看到,它总是关系到在某个人生活中酝酿已久的内在冲突和矛盾的一次爆发,其中任一具体自然现象仅仅是一个诱发的动因。这当然意味着完全不是偶然的,在某一具体情况下对某一具体的个性所感知到的现象必定——客观上——具有这种性质,对于迫切要表达的感情能够轻易地、自发地产生共鸣。它的这种自在存在的特性只是提供了唤起这种体验的一般可能性。实际的必然性总是存在于相关人的个性之中,在他以前的命运之中,其内在的力量和冲突以瞬间的方式通过外在的生活进展状态而推向顶端表达出来。在这种普遍性中,当然没有随意的、与对象相脱离的那种抽象,这种自然体验近似于其他种类的、作

## 第十五章 自然美问题

用很大的、内容丰富的人的体验，即由完全不同的客观条件或生活事件、完美的如艺术的感性形象所唤起的体验。人们设想，首先为了指出后一种体验，即克劳德·罗兰的《阿西斯与卡拉蒂阿》对陀思妥耶夫斯基的小说《年轻人》中的继尔西洛夫产生的影响。在这里情况在乍一看时即可明了，这涉及我们深入说明过的一次强烈审美印象的后续过程（见第十章第三节）。因为这属于后续过程的本质，即由艺术唤起的陶冶所感动的"人的整体"作为丰富化了的完整的人又回到生活中去，可以使这种审美的后续过程自如地转化为一种伦理的"前导"过程。在这一层次上，他进一步的命运已经在许多方面与在重大自然体验时的情况相类似了。在这两种情况下都取决于，相关的人在他以后的生活中，如何利用这种震撼使他的生活产生实际的转变和进一步的发展。这里形成了一个伦理问题，即生活导向的问题。

如果这些体验所引发的事件是由人们之间的关系本身及其变化所造成，那么情况就更复杂。因为在这些情况下，至少按规则说来伦理的前导过程与决断本身之间的距离要比目前所讨论的情况小得多。因为正如我们在前一节所看到的，人们之间的关系主要是一种实践类型的，特别是在重大的内涵丰富的事件中，不可避免地要马上作出伦理决断。人们设想在托尔斯泰的《安娜·卡列尼娜》中的那一场面，其中卡列宁来到医生给安娜提供的病床前，面对她濒临死亡而深受触动地作出了豁达大度的决定，原谅安娜与渥伦斯基的关系和对未来的宽容。这是具有高度紧张和道德激情的时刻，因为即使安娜和渥伦斯基也会被这种崇高的激流所感动。但是，伟大的现实主义者托尔斯泰指出，尽管有这样一个提高了的生命瞬间的情绪，卡列宁仍然是一个枯燥无味的官僚，安娜和渥伦斯基仍然是轻浮的上流社会的一名妇女和一个对妇女的献媚者。由崇高感那里他们又跌落回日常习惯的巢穴，三个人又取得了他们旧有的权利。托尔斯泰在这里指出了这一真理，陀思妥耶夫斯基称其为快速的英雄行为，高尔基称其为一时的英雄主义。对这里产生的伦理问题不用多加说明，从我们这一问题的观点就可以说：在这一重大时刻所爆发的情绪，无论其诱发的动因何在，都只是缘自独特的个性。它的强烈程度、它由相关日常生活至此的正常内容突然产生的自我提升，揭示出对每一生活领域都极为重要的事实：没有任何人的个体性——不论是善的或恶的——是如此统一的、如此匀质的，如日常表面上所显示的那样。在每个人那里有不同的、往往是对立的力量在起作用——我们在这里不可能深入讨论其社会的、心理的根源的来龙去脉——由不同情况相互关系的斗争决定了相关个人的命运。这里所说的爆发是一种标志，在其中趋向前台的倾向构成了整个个性中一种重要的，但被忽视的成分。虽然这种爆发如此强烈和激动，却并不能证明，个体必然在其中找到自己的真实本质。它只是表明，由此所产生的伦理决断能够在这一方向上引导整个生活趋向。因为它不可能从隔离开来的重大时刻取出，我们相信这是有道理的，把它称为特定伦理的"前

## 第十五章 自然美问题

导"。正如已经强调指出，由《安娜·卡列尼娜》的例子中有些可能从这个系列中脱出，但我们相信，它与陀思妥耶夫斯基说的快速英雄行为相类似，这正是单纯个体性的上述主导性——虽然在决断的伦理形式中——所表现出来的。

在我们说明了这些在其最本质的特征中具有不同根源的自然体验的相似性以后，我们转向专门特性的不同，在这种差别中通过自然现象所引起范畴效应显示出其适应的专门的本质。首先在这种变化了的观察取向上所引人注目的是，这些自然体验的某种普遍性，它的内涵主要指向人与世界及其同世人的普遍关系，其效应不同于由具体人的关系或境况所唤起的体验。它表现在由生活本身所引发的陶冶作用的两极中：若激发者是人的事件，是由具体的生活问题，相关个体的人际复杂性所引发，那么其陶冶具有一种明晰的和确定的客体相关性，是指向具体的伦理决断（不论实际结果怎样都是一样的）。若陶冶的产生是由自然现象所引发，那么它按照规则具有动因特性，也就是说，这种客体相关性在全部强烈程度、情感侧重、向世界观的转化方面具有极其不确定的情绪性特点。这两极在每一种的自身方式中与陶冶的纯粹审美形式相区别。相应地在直接的体验激发者中那种具体的一次性和感性也变得模糊：自然在其与人相面对中，以其具体的感性确定了的自然局部的形式被更强烈地体验到。在这些自然体验的普遍性倾向的背后——在奥斯特里茨高高的天空获得了一种极其有意识地塑造的形式——存在着人类的重要的社会—历史经验。一方面自然（自然事物、自然性质）作为价值概念，作为在其简单性和统一性的存在高于人的社会的、心理的复杂性，也高于与其相对应的作为人的原始的意义深刻的真理所保存的那些观念。另一方面对于如此体验的人来说，自然代表了与人的暂时性相对立的永恒的原理的体现。因为甚至在自然界的变化中，在日与夜的更替、季节的转化都表现出这样的一种永恒的规律性，一种生成与消失、生与死的相互转化的规律性。

我们所强调的这种双重性，人是与自然处于一定距离地生活，然而并非从外部来观察自然，他与自然的关系是一种内在其中的关系，使对自然的体验具有最强烈的情感强度。这种感受的产生涉及它客观上是由社会与自然的物质交换而取得其专门的对象性结构。动物的生活不可能认识到与自然的距离化：动物是自然界的一部分，它与自然的交换关系是在同类的物质—生理过程的基础上进行的。但是在每一种生物的微观宇宙与它的环境的宏观宇宙之间的一定分化创造了生活的这种单纯事实：生命本身就是一种生物有机系统由整体中的分化——在与其环境的全部相互作用中——死亡正是这种相对的、但实际存在的、立足于自身的存在的解体。但是这种单纯的生物独立性不可能作为本身进入意识。首先是劳动，在劳动中对这种相互关联和距离的意识的全面的和充分的展开以数千年的发展为前提，其中首先是现实的实践关系在现实的社会与自然的物质交换中而形成，从而在其不断增长的丰富性中，在其

## 第十五章 自然美问题

增进的深刻性上产生出这种意识。人们设想，首先是城乡之间的社会劳动分工，由此形成自然局限的退缩——首先当然只是在城市居民中——人们能够产生出自然距离和自然环境存在的情感二重性。在农民的劳动中已经实际上实现了这种二重性，但是不可能达到一种意识的形式。

在这一讨论的范围内对这一体验的发展道路即使只作说明，显而易见也是不可能的。但是我们知道，在拟人化方式的巫术的、神话的和宗教的摄取关系之后，只是在最后这一个世纪与客观现实相对应的人与自然的关系才形成。首先是在实践中，然后在科学思想中最后在人的情感生活中才进入这种关系，以便本质地确定其自然体验。在这里具有特征的是，人们曾经多么坚韧地持有一种目的论的观念，企图寻找指向人、指向人的福祉的自然特性。甚至康德曾经斥责了他的先行者们的粗俗、简单化的目的论，却仍存留着一种希望，想给出说明，自在存在的自然似乎能以某一迂回的道路，这属于它的"美"，将一些隐秘的——与人相关的——世界本质昭示出来或至少是给以暗示。放弃对每一种如此类型的对自然的宣告产生的震撼，表现为对它的"去神化"的幻灭的情感，针对这种情感只是缓慢地、不均衡地出现过并正在出现着一种关系，它的基础是自然的现实存在，它与人的现实的关系。在这种关系中对于其"什么"和"怎样"的主动探索是从社会化了的人出发。由此得出，我们在相关自在存在及日常生活的必然现象的体验中已经谈到过：自然体验的"什么"和"怎样"

> 审美特性

的一般的和不排除的规定性存在，通过自然的自在存在，只是就此而论，对人所必定表现出来的，各按照其作用，这种作用是作为主动的和被动的要素在其整个生活中发挥影响。从这里出发，由社会与自然的物质交换的基础发展了那种自发的、选择性的人相对自然的主动探索，这种主动探索尽管在各种具体的、单独的情况下屈从于瞬间境况的需要，但它绝不是随意而为的，而是——最终地——依从于每一个人的由社会决定的命运线索。它进一步产生的结果是，在人的这种社会关系中每一种干扰，每一种难题都反作用于它与自然的物质交换的这种上层建筑。如果说今天的对自然的体验还受充满怀疑和恐惧的神话学——当然是抽象地非形象地——并不鲜见的影响，那么它的根源要到资本主义社会的内在结构中去寻找。

我们上面与社会的人的生活相对立地描述的自然的统一性、简单性和永恒性的这些内容，首先具有一种现实特性。自然界是不以人的存在为转移的存在者，它现实地相对于人存在着。康德曾以一种幼稚的、笨手笨脚的方式表达了这种感情，他把真正的夜莺与人为模仿的夜莺加以对比，并且认为只有真正的夜莺作为这种体验的激发者才被认可。①

---

① 康德：《Kritik der Urteilskraft（判断力批判）》第42节。康德没有注意到，在这里他正好放弃了他的审美的决定性标准，即在主体那里对审美对象的现实在接受时的无功利性质，（参见第2节）在客体那里"自由美"（第16节）他正好对花的自由美提出异议。不考虑这些，他却否定了自然体验的审美性质。——作者注

## 第十五章 自然美问题

这样一种现实而非人工制作的决定性意义当然是无可争辩的（其中区别了自然与园林）。在那些由人的社会活动所改造了的自然成为自然体验的对象的地方，从建筑工地直到城市作为"景观"，对于观照的个体来说是作为完成了的封闭的现实相面对的，这种改变的力量是人类的力量，类的力量，而非个体人的力量。因此由与人的相互作用完全无关的自然所形成的社会产品——开花的果树、成熟的庄稼、收获的田野等——对于体验而言必然由季节的"永恒"序列来安排的。正如以前我们所指出的，即使被人遗弃的、极其孤寂的风景只有在与人类发展的联系中才能成为可体验的，所有这些说明，作为自然体验的本质内涵是各个体的人与人类的关系。这个正是我们作为重要的自然体验的普遍性和模糊性所表明的东西，这是一种新的充分肯定的特性。因为在生活实践中类的属性必然在它的现实中介中表现出来。生活对行动中的人提出的"生活的要求"不仅直接关系到人的共同生活的具体形式，关系到家庭、阶级、国家等，而且就其本质而论也限定了人本身。谁试图越过这些形式，在实践中脱离以人类为取向，那么在他的实践中就会疏离于此，他的具体行为不可分离地与阶级性、民族性相联系。（这种关系的历史变迁的复杂类型在这里不可能深入讨论。）反映生活的艺术能够塑造出这种社会形式与人类命运的实际联系——直接或间接地，往往间接地多于直接地——正如我们所知道的，甚至以任何方式去创作，它对现实的审美反映都应该达到一种持久的而非短暂的意义。我们所讨论的重要的自然体验所以是普遍的和模糊的，因为在其中个体与人类直接建立了关系，而没有表现出可见的社会中介。用范畴的术语来表达就是，一个纯粹普遍的客体面对着一个完全单独的主体，恰恰是艺术所以成为艺术，是由于普遍性具体化为特殊性，同时将个体性提高到特殊性，而在这里缺少这一点。

但这会是一种误导，把这种特殊性的缺失视作这种体验的单纯缺憾。正好相反，由此它正好适应于唤起一种情感和实现人的占有，否则人几乎不能或很难获得一个通道。在这里我们指的当然是与自身类的关系。在自然界本身中类与个体样板的关系远比在人类中的情况简单得多，这后一种关系是社会性的并同社会一起既经由历史又以个体而实际形成的，必定使这种自然关系大大改变和复杂化。在自然界中类表现为持续性原理，即相对它的个体样板的生与死的永恒性。自然界也有历史，其类也是变化的，它也有生成和消亡，这是自在存在的世界的真理，这个世界作为其自身当然深受人的世界观的影响，但是只要人与其自然现象的内在矛盾具体地相面对时，它就很难在日常生活的直接世界图像中找到一个位置。每一个类在其更替着的个体样板中的不变的继续生存正好表现出那种统一性、简单性和永恒性，人随着文化的进入必然失去这种性质。通过人对他的个体性的超越，通过人对热情地寻找着与自身类属性的结合、与对他在迷途给以指引的规范的结合，对他就表现出在自然界中类与个体样板的不可分割的统一，

## 第十五章 自然美问题

通过个体的任一非随意运动充分体现出类的属性作为曾经丧失的、由其困境中得救的乐园。如此体验到的自然——高高的天空、闪光的穹顶等——在其普遍性中如此广阔和多义，它激发出主观刚好达到的情感，它可以表现为对所有问题的体现性解答。正是由此可以最清楚地看出，普遍的并且仍处普遍的被塑造的自然对象只有由体验着的人才能获得它的专门的面貌。人们设想马蒂亚斯·克劳迪斯关于月亮的充满幽默感的激动的诗句："它古老得像个乌鸦/观望着一些地区/我父亲在孩提时/就已经认识了它。"如果我们作为这种心灵事实的进一步具体说明，援引济慈的《夜莺颂》的一些诗句，像在其他例证中一样，只是清楚地表明这种心灵内涵。在济慈本人的诗中所有这种情感只是构成完成创作的素材，在这里我们所关注的普遍的客体和单独的主体的这种极性要在一种感性直观的特殊性中来捕捉，这里无需我们来做：

> 不朽的神鸟，你并非为死而生，
> 饥馑的年代不会使你凋零；
> 今晚我所听到的歌声，
> 在古代君王和臣民也听过：
> 或许同一首歌也打动过，
> 思念着故乡的露丝哀怨的心。
> 她把泪洒在了异国的田野，
> 这歌声充满了热切的激情，

### 审美特性

> 拍打着魔幻浪花开启的天窗,
> 幻海的危险消失在幻梦之乡。
> 孤寂!这两个字犹如晨钟敲响,
> 把我从你那里拉回我自己。
> 再见了!幻想曾经欺骗了我们的心,
> 这种诱惑只有短暂的时光。①

由我们这里可能提供的实际体验的尺度中,济慈当然只是抓住其一并加以展开。因此对我们来说它的具体内容的重要性远不如这种情感出现的典型过程的表现。这一过程的取向是渴望把自然的永恒性固定下来,将在其中的类属性的永恒性固定下来,将每一个体在类中,在与不断存在的、不断更新的人的个体形成中的痛苦成鲜明对照的失去的幸福固定下来,直到降落回到在其规范的人的存在中的沉醉的观察者,直到充满感受地洞见每一个与永恒的自然、与永恒的类的一体化的幻象。济慈作为大诗人将这种体验的典型过程集中在一个内涵整体之中,而在现实本身中——人们设想上面我们所举的例证——这些体验的内在展开和衰落是一个漫长的过程,它的起伏可能贯穿在一个人的整个成长阶段中。所以在这样一首诗中,在审美塑造的水准上一切都转化到审美反映的规定中,并与审美的同质媒介一体化,那些在生活本身之中作为沉醉和清醒、作

---

① 济慈:《Ode an eine Nachtigall(夜莺颂)》,见《济慈诗集》,第57页。

## 第十五章　自然美问题

为体验和在实践中的实行，作为伦理实现的"前导"和作为它本身而发生着。在这里通过将这种内容形象地表现出来，作为它在生活中的实现产生了这样的可能性：在这种对比中把我们的见解进一步扩大用于生活之中。这首先表明，在人的个体生活中，这种以世界观方式的体验，比那种在普遍性中所表现出来的更容易为人所理解。

人们习惯于在世界观的概念中主要以抽象的哲学方式来思考，而在现实中一系列所谓"终极问题"非常紧密地与日常经验、与人的自发的生活感受联系在一起，所以这些在内在生活中可能具有极大意义，并非无条件地事先或事后加以概念的普遍化。正是这种自然体验在内容上的那种一般的、思想上受到重视的、极其模糊同时又感性鲜明的特性适合于进入人们的生活。然而在这里应该重复指出：它由本身的发展至多达到伦理态度的"前导"过程，这取决于它是否实际地成为生活的转折点，或者暂时的情绪而逐渐消退。这些表明与日常生活的认知不同，人的个体性在这里起着极其重要的作用。我们在讨论快感问题时，曾有机会对其内容与形式的可能性的无限尺度作了考察。我们对自然体验的可能性的简要概括，也为我们进一步确证了这一点。这种现象的直接基础在于，人与自然的关系也有无限多的可能性。但是显而易见的是，这种客观可能性的尺度，离开完整的人的相应的体验范围、离开日常生活的个体性是不可能实现的。这也意味着，每一个人在他的个体性中无可比拟地具有更多方面、更丰富的尚在沉睡的或一直没有充分发挥的可能性。这属于生活的本质，即所有这些可能性被不断唤起，当然也可能在它现实化过程中受到阻碍。但是这一辩证法比它乍看起来要复杂得多。因为一个人的每一实际发展，即使处于高度发展中，在他身上都包含一系列可能性的萎缩。另一方面某些可能性的展开，对于他却可能打断丰富发展的道路。人的进步往往总是以某种关系上的一定倒退为代价，这是这种辩证法的一个主要内容。各种自然体验的准备相互区别主要不在于人们如何对各种生活和生活事件作出反应。在这一普遍性上人们甚至不能认为，自然体验无条件地更强烈地阻碍人的内在生活的习惯性和偶像化，比之于由纯粹社会的或社会—人的机缘所引发的其他印象。无疑它们也可能这样作用并且经常如此，但是也有另外的情况，人的自然关系也可能转化为一种偶像化的习惯性的关系。但是这些发展却不能由体验本身推导出来，这种关系对于人的可能性如此具有特点，正如我们所指出的，而是取决于由体验者如何为他的整个生活道路来对这种体验进行加工。但是这多方面涉及超越直接的个体性所牵扯的问题域。

通过这个讨论，当然这里只能对所产生的问题作粗略的概述，可以说明，人接触自然所唤起的体验，既不是形成艺术的前期阶段，也很少是对自为存在的"美"的揭示，它可能处于与艺术的竞争关系，无论在这里从哲学上取得怎样的胜利都是一样。这丝毫不包含对这种体验的贬低。正如所有对直接与人相关的客观现实的直接反应，它们可

## 第十五章 自然美问题

以促进生活,它们包含了日常生活中完整的人在其生理—心理的整体性和个体性。这种直接反应绝大多数的性质如同那些我们前一章作为快感的领域所描述的生活现象,这一点不再令人怀疑了。但是正因为如此它们构成了社会所形成的更高的对象化的基础和出发点,必须将人的作用注入其中去。非拟人化的科学反映的理所当然的后果是,其中首先对自然科学这种相互关系是最不强烈的,不论在起点还是终点,劳动的经验和需要在这里都起着决定性作用。这种体验综合体对于艺术来说,其意义更加重大。我们再次指出,在其他地方有关艺术作品的前导和后续过程所谈的内容。在那里曾指出,不论对于社会职能的形成还是艺术的效应,这种生活要素的意义都是不可估量的。但同时由这一切也明确地得出结论,在这种综合体中自然体验绝不可能获得特殊地位:审美反映的普遍性正是表现在,对于它所有的无论任何方式与人的生活相关联的东西都能够也必定成为塑造的素材,同样与每一种艺术的目标设定和所考察艺术门类无关。不论由艺术所加工的生活素材其原始形式是否是审美的,或者与审美观点毫不相干,在这方面是全然无关紧要的。这方面还指出过,自然体验可能在人的伦理发展中占有重要的生活前景,在这里肯定上述特性并不会改变这一事实,即它作为体验只是构成一种前期阶段,在人的伦理的进一步发展中可能起促进作用也可能起阻碍作用。

所有那些快感的、促进生活的体验与人的社会生活的

◯ 审美特性

更高的对象性系统的关系最终是由此而确定的，体验的主体始终是日常单独的个人，而要对象化则不可避免地要在一定程度——各不相同的——克服单纯的个体性。与唯心主义哲学正相反——当然以不同的形式——认为人的个体性没有多大价值。我们对这一事实的肯定只是对社会生活的一种特性的认识，对这种现象没有作等级制的划分。我们已经谈到个体性是"持久的特性"，在这里不可能就各种伦理学问题作即使只是说明性的讨论，但还应该说的是：每一个人的地位是个体生活中最重要的问题之一，它会不断地上升到整个社会的问题和整个文化的问题。社会生活的辩证法表现在，个体性肯定以同样的必然性被扬弃和被保持。对于每个人——同时对于每个社会及其文化——这都是一个生活问题，在这种辩证的矛盾性中寻找正确的中点（在亚里士多德伦理学的意义上），也就是说不允许单纯地缓和对立，也不要靠不住的妥协。人处在个体性中的自我满足感，对于他和对于他所生活的社会都是同样危险的，正如不计代价的对个体性的自暴自弃和自我伤害。一个社会易卜生的群魔——"魔鬼，你完全可以随心所欲"与之相对立"人啊，你随心所欲"——将不能持续生活下去，同样很难发展出丰富的文化，正如按照那种性格生活，如波菲利在他的老师普罗提诺的传记的导言中所说，"似乎羞于居住在一个躯体之内"。这种致力于中和的努力不仅具有这一取向，使单个的完整的人的个体生活和谐而丰富，使其内在的矛盾处于丰富的运动中，而且同时反作用于他的

## 第十五章 自然美问题

社会活动，反作用于我们这里格外关注的他与更高的对象性的关系。如果我们在这里只强调艺术，那么很容易看出，无论任一社会职能还是任一感受性都是由每个人的社会共同作用所形成。在这里艺术的内容及其形式集中和强化了人们与其自身的相互关系、与其环境以及自然的关系，每个人的这种内在特性、他们在社会范围内的主导倾向是艺术健康发展或病态发展的最重要因素之一。歌德说："只要人越来越堕落，文学也就一落千丈。"[①]

在这种意义上说，人对自然的情感态度，它的内涵和它的取向等作为生活要素，决定性地影响着艺术的命运，当然只是如同人的生活的每一种其他的重要综合体一样。在我们就这些人们通常非常不明确和矛盾地以"自然美"的整体名称所概括的重要问题在其各自的特殊性中做了分析以后，我们可以接着说：这些多方面分化的体验的基础不是自然界本身，而是社会与自然界的物质交换，在这里它揭示的不是自然界本身，而是人的社会—历史的本质。每一种对"自然美"的体验都是以在社会化的人的支配下自然界屈从的一定阶段为基础的，当然在其整体的复杂性中带有各种矛盾性。同样对在此形成的难题和失败的体验也属于它的补充，因为只有在这些体验的整体性之中这一过程才能成为人类自我意识的有机组成部分。因此对这种

---

[①] 歌德：《歌德的格言和感想集》，程代熙、张惠民译，北京：中国社会科学出版社1985年版，第87页。

体验的考察绝不能与社会的整体生活相隔离。所以它的整体性与在技术和自然科学中对自在自然的非拟人化反映形成鲜明对照。尽管这种体验作为生活要素、作为社会的整个发展的一部分，也会参与影响到每一种"自然美"的"内容"和"性质"，这样通过它与自然的那种距离而形成，它对于原有的人的自然感受——与巫术的正相反——具有不同特点。作为美学范畴相反地或完全地，在这种情况下是不可避免的，形而上学地、实体化地提出"自然美"，只会引起思想上的混乱。不仅在美学中，而且在伦理学中要真实地理解人的生活。

# 第十六章　艺术的解放斗争

## 一　解放斗争的基本问题和主要阶段

在我们至此为止的阐述中，既详细探讨了审美反映的特性，也探讨了它与其他对现实的感受方式的不同，还有时涉及对如此形成的产物及行为方式的不同社会的—人的反应方式。目前对这些反应方式应该作深入和系统的考察，这关系到审美和其他形式综合体的基本结构，以便我们对审美反映、它的对象性形式的本质以及它的分化、它的独立化的阶段获得一个完整而清晰的图像。到目前为止，我们的注意力只是集中在，审美构成是怎样逐渐形成的，没有一个确定的意志在引导，由自发—混沌的巫术实践的普遍性中上升为一种专门的东西。如果我们从现在开始对这一过程的以后阶段加以深入研究，而超出单纯的发生学研

### 审美特性

究，其中还会出现混合的、从属性的阶段，显而易见，只考察问题的哲学方面而不考察历史方面。否则，我们至少要给出艺术史的一个轮廓，这就超出了本书的范围。我们在这里，正如已经在其他不同的地方指出过，应该确定，这个问题属于美学领域的历史唯物主义探讨。然而在这里还必须有所保留，对艺术辩证唯物主义的与历史唯物主义的探讨相互不能严格地分隔开来。由主要观点的不可分隔性与分隔性的辩证统一中得出以下观点：要完善这一要求，即以什么方式有助于艺术的历史命运，使它的审美的决定性规定极其清晰地表现出来。

在这里，我们的出发点同样是众所周知的：要对审美不仅在其起源中，而且在其发展的整个过程中，作为社会—历史现象来加以考察，我们不仅要指出经常谈到的这一事实，每一作品个性的结构，不论在形式上还是在内容上总具有其历史本性。这不再作为一种现代的偏见，误以为在艺术（和科学）中要揭示出内在的—艺术家（和科学家）的成就与社会职能之间的对立。社会职能与作品之间的实际关系毋宁说是，一部艺术作品的内在审美成就越是有机的，所担负的社会职能越能更好地实现。对作品个性与社会职能相互关系的唯一正确的理解，是同时针对防止两种错误的极端：一方面针对实用主义，它对每一种艺术作品提出了一种直接有用的社会效应的要求，一种短期任务的限制。（艺术是可以在这种——重要的——个别情况下起作用的，但这并不排除这种一般要求的错误性。）另一方面，

## 第十六章 艺术的解放斗争

针对同样抽象和最终是敌对艺术的为艺术而艺术的理论，所谓艺术形式与每一社会需要完全无关。波德莱尔对审美所具有的意义是无可争辩的，在他对浪漫主义艺术的研究中提出了类似的两条战线的斗争，如我们这里所说。"艺术是有用的吗？"他问道，并且以一种毫无保留的态度回答说，是的。他继续说道："为什么呢？因为它是艺术。存在着一种有害的艺术吗？是的，它是一种损害生活条件的艺术。恶习是有诱惑力的，人们必须用诱惑力来描述它，但是它会引起专门的道德疾病和痛苦，这些也必须加以描述……我怀疑，人们只能指出一种唯一的幻想产物，它实现了全部美的关系，然而却是有害的。"并针对对立的另一极："过度地倾向于形式导致一种可怕的和未知的无序。由于美的、奇异的、优雅的、诗情画意的荒野景致——因为这里存在一种尺度——使正确的和真实的观念消失。对于艺术狂热的激情是一种扩散的脓疮，它吞噬一切。因为正确的和真实的缺失就意味着艺术本身的缺失。在这里完整的人也就消失了。一种特性越轨的尺度必然流于虚无。"[①]由这一切可以看出，克服这两种错误的极端是任一艺术作品立足于具体人性的东西的客观意图。当然这里也涉及一种倾向，如此不可避免它是一种有力的和生动的，即使不是直接的或无条件的有意识的倾向，这种倾向和意图就是，

---

① 查理斯·波德莱尔：《Oeuvre, Bibliotheque de la Pleiade（七星诗社丛书）》第2卷，第416、423页。

> 审美特性

使这种意图在作品的整体上审美地表达出来。

经过必要的调整,在作品的客观本质与社会职能上允许有质的不同。在这两种错误的极端之间的这种丰富的"中点",也适用于科学反映,如我们在这里经常指出的那样。由此形成两种基本不同的反映客观现实的体系,每一种——按照其特性——内在地完善起来,在每一社会职能的实现过程中提供最佳状态。由它们的本质造成的明确的划分同时也是社会—历史发展的结果。因为如反复强调指出的,两种反映系统的对象是同一种客观现实,所以不可避免地,在这两种本来是异质的系统之间,在它们的历史实现中总是出现不断地相互混合、交叉(这些问题如在古代历史记述和修辞学、新闻学等中我们已经谈到,见上册)。精确的划分在理论上很容易实现,在以前的讨论中也反复指出过。我们知道,艺术的真实性是人类自我意识的真实性,必定总是并到处都是在形式和内容上与历史的此时此地不可分割地联系着。这种在巨大世界史意义上是共同的作品个体性的内在和谐决定了它的真实性,因为荷马或但丁的宇宙运行学说通过对人的本质的塑造,它的关系总是不断可以体验到,它并不过时,从审美上看它是真实的。"艺术的"媒介作为个别科学成就的表达方式其界限很少模糊不清,它完全能传达就其本质而言是非拟人化特性的内容,在这里不是审美原则而是这种表达手段,对于一个自在存在的真实性决定了它的有价值或无价值。在近代不断发生的在这个问题上的混乱只是一种历史状况的征象,

## 第十六章 艺术的解放斗争

无关事实本身。这一综合体的各种要素我们以后还要谈到。

本来这个界限是非常清楚的,而在历史过程中却不断被误解,使情况错综复杂。暂时只要指出生命力长的偏见就够了:诗人们"说谎",从梭伦到奈特斯海姆的阿格利帕,即使以弱化了的形式,直到今天仍可以听到。当然这些并非总是以经典的、粗暴的方式出现。社会关系的不稳定性,它作为与现实关系的难题,作为一般承认的和感受到的发展前景的淡漠或消失而表现出来,如我们经常所肯定的,造成在社会职能中在两种错误极端之间摇摆的模糊性。因为每一种在艺术中和在科学中实现的方法是由社会职能的取向和明晰性决定性地规定的,我们今天在这两方面会看到对现实性和真实性在概念上的混乱。关于真实性的主观化、关于在科学的世界图像中现实性概念的内在解体我们将在下面谈到。在这里关于艺术我们只要指出,由社会—历史所限定的对现实性和真实性观念的动摇是向这方面作用的,在审美反映中对专门的表现方式的自发感觉正在消失或至少大大弱化了。这可以直接作为对真实性和现实性的放弃,并且是以极其不同的形式实现的——从面对现实时的平庸无能,直到对每种必要的对象形式的有意排斥。但是这可以表现为寻找一种替代品,利用科学的、当然实际上在大多数的情况下是一种拟似科学的东西作为艺术真实性的替代品。人们可以理解像从左拉开始的自然主义潮流,如像以文献组装为基础的文学,当人们清楚地看到,在其中对艺术真实性弱化了的情感,认为对所塑造的现实可以在这些科学替代品中寻找避难所。究竟这样形成的作品相对于每一种社会状况是一种反叛还是辩护,由这一问题的观点说来其结果都是一样。总之,这种作品证明其现实性和真实性不是由内在地产生的,不是以审美反映的自身媒介产生,而是审美地由外部附加的信念所加上去的。在这里这种极其成问题的实践遇到了攻击艺术有"欺骗性"的理论。早在柏拉图的《伊安篇》中的批评方法就是基于,审美对象性的"单纯表现出来的"明确性可以为"专业人士"的可控的"正确性"所取代。

这种倾向当然首先和最确切地表现在文学中。在其他艺术中,艺术反映与科学反映之间的界限的模糊性很少且是相对短暂的,尽管在现代建筑中科学技术成分往往具有完全的优势,只是在审美的、视觉—空间的对象性的地方才具有单纯结构的"正确性"。类似的问题也会出现在电影中,在这里摄影的基础从一开始就容易过渡到科学反映上去。这里当然不是指纯粹文献影片,尽管它可以运用电影的艺术技巧直到最高的专家水平,从本质上说它也处于审美范围之外,属于和新闻学相类似的门类。在立体绘画中几何学的作用是更复杂和模糊的,在这里明显地涉及拟似科学观点的采纳。最极端的主观主义的随心所欲实现了这种极端的"客观主义",清楚地表明了这样一种情况。所有这些相互在质上如此不同的现象,具有一种超出审美范围的共同特征,一种通过由其他领域取得的与其相对应的先验原理和方法,来取代它的作品的内在性的共同特征。关

## 第十六章 艺术的解放斗争

于由这种结构所产生的风格问题我们将在本章的下一节详细讨论。

更重要的是与宗教的关系,因为在整个艺术的发展中它的影响极大。这个问题已经在不同的地方有所涉及。现在关系到对整个综合体在其基本规定和最主要阶段的概括。这两种反映系统,虽然存在各种深刻的对立,但两者都具有拟人化的基础。这里还要指出它们之间的竞争、相互转化以及友好的或敌对的分离。

在这一相互关系的过程中古希腊占有一个非常独特的地位。我们已经在第一章中指出了重要的事实,在他们的社会中没有祭司阶层。因此与其他文化相比,其世界观的以及艺术的发展非常自由和不受限制,在其他文化中主导的神学观提出要求并对整个意识形态的生活起支配作用。所以在希腊,艺术首先是文学,在神话的阐释和各种改造性说明中起着最终性决定作用。这在事实上几乎是一样的,这种对神话的说明性改造的有意识的意图,不论具有有意识的宗教特性或非宗教特性都一样。因为就本质而论这种诗性阐释在其主线上是沿着宗教路线的。人们不必设想欧里庇德斯,在他那里这种倾向达到一种意识的高度自觉。早在荷马那里,还有在悲剧作家们那里以及阿里斯托芬尼那里一直朝着去神化这样一个目标发展。黑格尔明确地把握了这一状况,他在《精神现象学》中关于悲剧的非宗教化结果写道:"这种命运使得天界的神灵越来越少,使得那个性与[神圣]本质之无思想性的神人混合物越来越少。

> 审美特性

这种神人的混合使得那［神圣］本质的行为成为不一贯的、偶然的、有失神灵尊严的东西。所以古希腊哲学家要求把这样一些非本质的表象排除掉，而这种排除工作其实一般讲来在悲剧里就已经开始了，这表现在：实体的区分是受概念支配的，因而个性就是本质的个性，而各种规定都是一些绝对的性格。"按照黑格尔的这一取向在喜剧中可以看得更加清楚："喜剧首先具有这样一个侧面，即把现实的自我意识表述为神灵的命运。这些原始的神灵作为普遍的环节，不是自我，也不是现实的。它们诚然具有个体性的形式，但是这种形式只是想象加给它们的，并不真正适合它们本身。那现实的自我，主体，就被突出出来，超过这样的抽象环节，就像突出一个个别的特质那样，并且戴上突出这一特质的假面具，这样就说明了这个个别特质过分夸张，独自地要成为某种伟大东西所应招致的讽刺。抽象的普遍本质［神灵］的这种夸张和大吹大擂在现实的自我里就被揭露出来了。正当普遍本质想要作出某种神圣正大的事情时，它却被表明为世俗的现实所束缚住，并摘下了假面具。"概括起来："由于表象赋予那些神圣本质性的偶然的规定性和肤浅的个性消失了，这些神圣本质性就它们的自然一面看来便只剩下它们赤裸裸的直接存在了，于是它们就成为'云'，一种消逝着的烟雾，就像它们的那些表象一样，按照它们的被思维所规定的本质性，它们就成为美和善的简单思想，于是这些关于美、善抽象的简单思想，人们就可以用任何内容去填补。……个别的自我乃是一种

## 第十六章 艺术的解放斗争

否定的力量,由于这种力量并且在这种力量支配之下,诸神灵以及它们的各环节——特定存在着的自然和关于自然的诸规定的思想——都消失了;同时个别的自我并不是消失为空无,而是保持其自身于这种空无之中,坚持自身并且是唯一的现实性。"①

当诗,它本身就是拟人化的,在埋葬神话的宗教拟人观时,早期希腊哲学对宗教观念开展了直接的非拟人化的攻击,以试图建立一个闭合的此岸性世界图像。在当时科学的水平上,由于建立在奴隶制基础上的经济阻碍了它的充分发展,有些哲学表述本身必然获得一种拟似神话的外观。这种努力不会改变其世界史的意义。色诺芬尼对宗教拟人观的揭露是众所周知的,这里不需要特别列举。但是这场斗争同时获得了针对诗的一种清晰的锋芒,其中许多哲学被看成拟人观的变种,由此被看成受到攻击的宗教的同盟军,在这里它们明显地表现出拟人化的倾向。因此第欧根尼·拉尔修记述道:"毕达哥拉斯到达了冥府,赫西俄德的灵魂被绑在一个结实的柱子上,并发出嚓嚓的声响,荷马的灵魂却被吊在一棵树上,由一些蛇看管着,作为对他不敬诸神言论的惩罚。"② 在同一个作者那里我们还可以

---

① 黑格尔:《精神现象学》下卷,贺麟、王玖兴译,北京:商务印书馆1979年版,第224—225页及227—228页。译文有改动。
② 《第欧根尼·拉尔修》第8卷,21,参见奥托·阿培尔特《Leben und Meinungen berühmter Philosophen(著名哲学家的生平与观点)》第2卷,柏林1955年版,第120页。

找到有关梭伦的记述:"他禁止忒斯皮斯演出和排练悲剧,因为悲剧无非是无用的虚构。"① 因此赫拉克利特说:"荷马是过有应得的,由戏剧节被排除出去并被咒骂,并且阿基洛克斯也是一样。"赫拉克利特的另一种说法清楚地表明了对于世界观问题的此岸性阐释在诗与哲学之间的竞争关系。赫拉克利特说:"荷马毫无道理地说:'但愿在诸神和人的世界中争论平息吧!'那么一切都毁灭了。如果没有音调的高低,就没有和谐,如果生物不分男女,那么也就没有了对立。"② 赫拉克利特在这里作为辩证法的捍卫者出现,与荷马相对立,成为在一切事物和一切过程中以及它们的整体和系统联系中都存在基本矛盾性的宣告者,他对整个现实的阐释是由其内在的诸运动的力量而得出的。这对我们很少关系到,对荷马的这种批判——按照一种孤立的说法——是否有道理。这种批判对于整个荷马越不适合,就越清楚地说明,前苏格拉底哲学针对诗人的这种彻底的敌对性正是基于,他们出于竞争的心理从不同的方面用对立的方法与传统的宗教相斗争,他们的对立是由在这一争论中的竞争而形成。当然这里同样清楚地表现出,这种哲学把诗纯粹理解为关于世界的陈述——至少在其哲学态度

---

① 《第欧根尼·拉尔修》第1卷,59,参见奥托·阿培尔特《Leben und Meinungen berühmter Philosophen(著名哲学家的生平与观点)》第1卷,柏林1955年版,第32页。

② 《Die Vorsokratiker(前苏格拉底哲学)》,耶拿1922年版,第117、121页。参见《前苏格拉底哲学残篇》希腊文与德文版卷1,赫尔曼·笛尔编,柏林1954年版,第160、149页。

## 第十六章 艺术的解放斗争

中——很少关注它的特有的审美本质。

只要一看就可以明白,我们在所谈到的唯物主义哲学中并没有发现这种对于艺术特别是对于诗的敌对性。它们的非拟人化越没有遇到问题和越前后一贯,人们可将原子论与某些其他前苏格拉底的多少带有神秘色彩的自然哲学的符号论相比较就越容易看出,它没有把艺术看作是敌人如对宗教那样。在这种哲学中拟人化方法只是用于创作和理解具有真实性和现实性的存在的一种工具,而且致力于将其特性表述为概念。我们只援引几句德谟克里特的话作为说明,这些话甚至可以被当作他关于诗的所谓论述:"音乐是一门较年轻的艺术。因为它不是由需要所引发,而是由某种过剩所形成——一个诗人在兴奋时和在虔诚精神的作用下所写的东西,肯定是美的——只因荷马是一位受神的鼓舞的天才,他可以建造起他的多样化诗的充满艺术的建筑。"[①] 对于伊壁鸠鲁,关于他的伦理观我们在下一节还要讨论,独具特色的是,他把诸神放在众人口头中的、完全外在于世界的事件,因此把它们划归绝不干预此岸生活现实。他说:"神是永恒和不朽的,但无所顾虑。它根本不存在前景和命运,而是所发生之事只关涉它们自己。诸神居住在世界躯体之间的中间空间。它们充满乐趣并沉醉在至高的冥福之中,不用让自己或其他什么去创造。"[②] 在他

---

[①] 《Die Vorsokratiker(前苏格拉底哲学)》,耶拿 1922 年版,第 170、146、147 页。

[②] 威廉内斯特尔:《Die Nachsokratiker(后苏格拉底哲学)》第 1 卷,耶拿 1923 年版,第 192 页。

的第一部作品即关于德谟克里特和伊壁鸠鲁的博士论文中,青年马克思对这个地方给出了一个极其有趣的明晰的解释:"这些神并不是伊壁鸠鲁的杜撰,它们曾经存在过,这是希腊艺术塑造的众神。"①

作为简短的补充似乎还应该提到,诡辩学者特别是高尔吉亚,他从雄辩术出发,他的理论和应用对于雄辩术起着决定性作用,恰巧接近于对艺术特性的把握。当然高尔吉亚把整个诗还只是作为"在约束形式中的话语",作为雄辩术的一部分。当然他针对诗"是谎言"的带嘲讽意味的争辩,有一种雄辩术的——修辞学的怪气味。尽管如此,他是在亚里士多德之前第一个逐渐意识到通过诗唤起"迷惑"的辩证法并由此产生的专门的特性:"悲剧形成对历史过程和情绪的一种迷惑。能唤起这种迷惑的诗人要比不成功的诗人更好地完成他的任务,陷入这种迷惑的观众要比不陷入这种迷惑的观众更有教养。"②

柏拉图对艺术的拒斥绝不能看作是对上面所说的反对艺术的争辩的一种继续,它毋宁说是它的严格的对立物(当然,毕达哥拉斯或欧尔菲克是例外,他们在许多方面是他的唯心主义的先行者)。因为他的指责不是像前苏格拉底哲学家出于竞争以便克服宗教拟人观,它的根源正相反,

---

① 马克思:《德谟克里特与伊壁鸠鲁自然哲学的区别》,见《马克思恩格斯全集》第1卷,北京:人民出版社1995年版,第36页。
② 《前苏格拉底哲学》第206、205页,参见《前苏格拉底残篇》第2卷,第290、305页。

## 第十六章 艺术的解放斗争

与艺术的努力不同,是保卫宗教传统,而艺术是以不断更新的形式与现实的变化相适应地反映变动不居的现实。在柏拉图的晚期著作《法律篇》中,他相应地对整个希腊艺术的发展持反对态度,并美化了埃及人的智慧,埃及人指责每一种更新,他们的艺术在上千年的进程中没有任何变化。(在这里只是关系到柏拉图的哲学立场,他对埃及艺术的现实的结论是否恰当和恰当到什么地步,对于这里所涉及的问题是无关的。)埃及人对于每种艺术活动一劳永逸地作出精确的规定,柏拉图视之为"绝顶聪明的一个标志"。"他们把这些形式和音调固定下来,把样本陈列在神庙里展览,不准任何画家或艺术家对它们进行革新或是抛弃传统形式去创造新形式。一直到今天,无论在这些艺术还是音乐里,丝毫的改动都在所不许。你会发现他们的艺术品还是按照一万年以前的老形式画出来或雕塑出来的,这是千真万确,决非夸张,他们的古代绘画和雕刻和现代的作品比起来,丝毫不差,技巧也还是一样。"① 柏拉图以此回到这一原则,我们在讨论艺术特性的起源时所能确定的,它由巫术实践的原始的和未分化的综合体中分离出来。即一方面这种由这些解脱出来的模仿力自发而持续地致力于一种自我享受、一种独立性作为审美构成,而另一方面由巫术本身——在每一种模仿的因素中被看作是由它所谓支配

---

① 柏拉图:《法律篇》,见《文艺对话录》,朱光潜译,北京:人民文学出版社1980年版,第305—306页。

的"力量"中作为一种约束或解脱——使每一种模仿因素为了发挥这种巫术效应而仪式化地固定下来（见第五章）。希腊艺术发展的独特之处正是在于，它较早和彻底地由这种约束中解脱出来，而这在东方——无论巫术残余是向宗教过渡或者发挥一种新的宗教职能都是一样——主要被仪式化地固定下来。老年柏拉图在这里决定性地站在赞同巫术——宗教传统、反对独特的希腊文化的发展倾向的立场上。这是柏拉图艺术理论的最终的和前后一贯的高峰。

柏拉图最后的这种立场已经表明，他对艺术判断的基本倾向：艺术，正如它在希腊实际的发展，也就是说，由审美的自主性发展所形成的那种艺术必须从柏拉图新建立的城邦中驱逐出去，此外在柏拉图的体系中也有一种唯心主义——超验论的、进一步神学化的"美"，他承认这种巫术神学控制的艺术是他的社会教育的组成部分，这不是他的立场弱化了，而是一种具体化。当然这种向模仿的巫术仪式性的返转在这一发展阶段的欧洲地中海已经是一种反动的乌托邦。柏拉图对艺术在人的活动的社会——精神系统中的地位的观点长期而显著地发挥作用，很少是柏拉图前后一贯的极端主义路线本身的结果，而是新柏拉图主义，首先是普罗提诺，相应于实际情况改进并和缓化的结果。这些在这里还要讨论，特别是他在审美反映的评价中的转变。由此对于新柏拉图主义而言，艺术作为对理式世界摹写的映象，那么——如同认识——试图将人提升到理式世界，如果它发挥超验的人的摹写的职能就不是无条件地没

## 第十六章　艺术的解放斗争

有多少价值和不道德的，而是可能具有重要意义。通过这种重心的转移，艺术在神学的职能中可以保持其价值，这种理论后来通过诺斯替派的中介，当然有一些更改，却决定性地成为基督教的艺术观。

毫无疑问，柏拉图远比他的新柏拉图主义后继者们前后一贯。如果人们就他的理论本身而非其后继者的加以考察，那么可以看出他的理论——尽管其主要路线是对立的——然而在某几个观点上与其先行者是有联系的。柏拉图对审美反映的拒斥中保留有与非拟人化世界图像斗争的一定要素，这根源于柏拉图与数学和几何学的关系。首先在著名的对艺术的整体拒斥中是对尺度的客观性的考察，按照他的观点艺术篡改了这种尺度的客观性，由于艺术停留在现象的直观并篡改地反映自在存在的事实。其动机已经在《伊安篇》中有所显露，诗人总是不断描述生活的实际状态，由这一事态中诗人们完全不理解，即使在这里柏拉图要求——从哲学上看来——艺术对现实的反映，它在每一个方面，关系到现象与本质、内容与形式的关系，应该精确地对应于科学的反映。所有这些当然都包含在专门的柏拉图的认识论中，按照这一理论每一种经验存在的对象只是它的理式世界原型的摹写。然而若科学反映依照上述当作真正的楷模开拓道路，那么在艺术中只能形成受人鄙视的映象的摹写。柏拉图对话所阐释这种等级制，其中神是理式的创造者，在经验中工作的作品的制作者（如木匠）是与单纯的模仿者（画家）相对应的。这种批判在对

### 审美特性

艺术内容的伦理判断中达到高峰,因为情欲是与理性的平静的心态的伦理理想相对立的,这种判断要提升到这一楷模水准。在艺术中怎么可能去崇敬和称颂它,人们在生活中必定为它感到羞耻。[①] 也就是说,一切专门从属审美构成的东西,在柏拉图那里都从思想上把它否定了,某些他年轻时的作品表现出很高的艺术特质,柏拉图艺术哲学的这种意义显得矛盾,并成为哲学史的一个问题,但是不能由美学思想史中把它排除或折中地削弱它。

由这一观点出发,这是极其重要的,在柏拉图和新柏拉图主义之间站立着亚里士多德,他才是审美特性的真正发现者。他的论断的划时代意义在这里我们将在不同的关联中加以分析。首先的一个事实是,他清楚地认识到审美反映一方面与生活本身的区别,另一方面与科学反映的区别,同样地也认识到与人的实践的整体性的关系以及它与伦理学的关系。由他所揭示的审美构成的特性、艺术自主性的构成既不是伦理学的,代替柏拉图的——丰富的、机械的——模式关系的是陶冶的复杂辩证法。正如亚里士多德对柏拉图理式学说的超验性在认识论上所展开的斗争,陶冶也是与每种伦理学的神学超验论针锋相对的:在陶冶中所塑造的人的命运是由每个人自身的力量所唤起,他借助陶冶的助力——完全依靠它——自己的生活、自己的自我向良好方向运动。艺术作品的内部的、内在的、此岸的

---

① 柏拉图:《Republik(理想国)》,第598—606页。

## 第十六章 艺术的解放斗争

完善性以此服务于人的心灵的这种此岸的完善性。亚里士多德的艺术观在此基础上完全是社会的——由社会产生并注入社会之中——与柏拉图相比，他很少将个体抽象地与社会相对立，正如现时代经常发生的那样。在他那里艺术的社会教育力量只是由它的审美自我完成所取得，而不像在柏拉图那里，是从对原有艺术原理的固定化或排除中取得。作为审美特性的揭示者，亚里士多德将其本质植根于人的此岸性，植根于寻求在一切人的活动中真正的"中点"。

这些成就在欧洲国家并没有完全丢失，若没有亚里士多德的话，似乎新柏拉图主义的折中在思想上也不会形成其现存的形式，他几乎未能如此支配中世纪美学，如他在古代时那样。每一种哲学的作用、它的每种具体影响不仅仅取决于，甚至往往首先不取决于它自身的内容。对于任一时代倾向的现实的实践要求，它只是一种——当然已经以一定方式所形成——素材，对这种素材要适应于它自身需要来加工。亚里士多德美学几乎在一千年长的时间里是以比其实际本质减弱甚至曲解的方式传播的，他在中世纪所取得的这种"权威性"长期成为这一认知的一种精神的尤其是情感的障碍，即一种自觉的此岸性艺术的概念——只有在它这里才能找到它的实际相适应的基础。这是莱辛的伟大功绩，重新发现和激活了亚里士多德美学的这一性质。

我们在这里既不可能对美学史也不可能对艺术史，甚至以最粗略的轮廓加以概括。这一新的、彻底改变了的情况——基督教的形成和占据统治地位——我们在这里同样只能作为世界史的事实构成我们讨论的基础，而不可能对其产生和发展进行历史的或系统的分析。只是对许多由于误解而形成的观点加以简略的说明。艺术史学者如沃林格、斯凯尔特玛等打算将基于基督教基础的艺术与古代艺术作为一种对立，而将北方各国和日耳曼艺术归为古代。在本书范围内不可能详细地辩论这一问题，因为它第一要考虑到在古希腊—后期罗马文化基础上形成的艺术的过渡形式，它是在那种经济过渡形式的基础上形成的，它是由奴隶制经济的解体所引发；第二要在此基础上进一步深入考察，在基督教胜利进军的过程中古代地中海文化是如何形成一种欧洲文明的。在这里讨论这两个问题是不可能的，也是不必要的。第一个问题，因为它——在一个哲学表述而不是纯粹历史陈述中——只涉及最一般的、在世界史上有决定意义的典型，与过渡相关的和重要的问题只能留待历史唯物主义的探讨了。第二个问题，包括北方各民族进入这种新的、基督教文化关系，当然也涉及他们本然的传统在这种新文化中所占有的份额。但是如果，正如这里经常发生的那样，注意力只集中在大的一般的典型上，那么一方面显然，这种文化的基本精神基础构成了在古希腊—罗马—西亚的基础上形成的基督教；另一方面同样显而易见，在中世纪生活方式和世界观的危机时期重心逐渐向北方转移。但是当时起领导作用的各民族——很早以前形成了新的独立的——早就不再代表古日耳曼观念，这些通过新的

## 第十六章 艺术的解放斗争

生活形式和由他们所创造的新的文化潮流，在其最深刻的本质中得到彻底的改造，对这种新形成的民族特质绝不能低估。正相反，正是这种以前在这一范围和这一特质中几乎未知而形成的各民族文化属于中世纪发展中主要新的要素。但在古代基础上生成的基督教的决定性力量当作一般基础而被低估，直接地不经这种中介地由古日耳曼传统推导出这种新文化，似乎是不恰当的（关于完全另类的拜占庭文化在这里只能简略地谈到）。

在这里当然只能就艺术方面来谈这些最重要因素的一种关联。它给出了与这种艺术相关的一幅广阔社会基础的图像，赋予艺术的任一社会职能的可能性，就其内容的丰富性来说类似于希腊艺术的神话基础。在西部拜占庭开辟了另一条、接近东方的道路——逐渐在不断的小规模斗争中产生出比较大的弹性，也就是说，由开始时对基督教圣画比较严格的约束向不断加强的形式表现媒介的审美自由的转化，在文艺复兴之前圣画题材的规定已经成为艺术上有待解决的一项任务。通过在这个方向上工作力量的推进，它的社会基础是市民阶级的增长，它的经济的和意识形态的影响还在封建社会的内部，基督教神话圈对艺术的发展获得了类似古代的丰富的意义。圣经和圣徒传奇作为新的艺术的神话基础同样像荷马对于古代成了牢固的，同时几乎无限可变、持续流动的源泉。这两者具有这样一个共同点，它流传下来无尽丰富的民间创作素材，一方面从田园牧歌到最深刻和震撼人心的悲剧冲突包含了人的整个可能生活范围，并且具有感性鲜明的同时允许作不同铺陈的形式，如同希腊悲剧作家对古代传说很好地、无限制地在尖锐对比中加以转化和阐释，基督教艺术也面对着从世界的创造到最年轻法官的一系列神话。另一方面每一种艺术加工既可以预料到其素材的感性直观特性，也可以预料到它的内容的一般知识存在。这给予艺术的内容直接表现的不言自明性质和浅白性质，给予构成一种幸运的和丰富的制约性，不排除各个作品的个性有活动余地和自由度。因为由一个圣像所限定的题材可以各按其精神目标形成不同式样的构成，问题在艺术上的真正解决，其内涵给予形式一种直接明显的必然性，没有这种内容的固定几乎是不可能达到的。显现的抽象性和非感性，这是一神教与古代多神教相比存在的弱点，由于道成肉身，由于基督作为人的生活的变化多端的悲剧内容，由于使徒、圣徒的大量的、同样始终是人的可阐释的等级制，从而使这些弱点得以消除。

显而易见，基督教艺术的神话基础与古代相比较，努力提高其自身的审美表现并没有什么不利。（古代神话学作为素材出现的也比较早，但只是在边缘上才被注意到。）当然在这里在古代和中世纪之间更重要的区别在于强调已经提到的教会的引导和判决作用，而在希腊艺术——当然是在任一社会职能的基础之上——它的内容和形式则是由本身确定的。正是由此在中世纪形成了那种为争取解放、为艺术的自我确定而斗争的具体活动空间，这一空间对这种文化说来，如下面将要指出的，是独具特点的。在东正教

## 第十六章 艺术的解放斗争

的影响范围内,圣像的确定在增大规模的同时进一步规定了具体的艺术塑造规则,艺术发展的主要道路是以寓意表现为主导的路线;而在西部由于反对宗教教会控制艺术的解放斗争,然而长期保持对圣像的制约发展了一种象征表达方式的现实主义。(寓意与象征的原则性对立将在本章下一节中讨论。)教会的这种引导作用在西部从一开始就有其局限,这种局限是由其自身目标的设定所造成。封建主义的社会秩序,比之于建立在奴隶制基础上的古典城邦文化,从一开始就必须依靠更广大居民阶层的支持。在封建主义中的这些阶层——与在古代受吁请来确定社会职能的那一个阶层相比——远远缺乏文化教养并且多为文盲。艺术作为宗教神话基础的感性阐释者,其目标的设定必须与新的由社会所提出的问题相适应地有所改变。其首要的结果是,由社会的状况所引导艺术产生了重大的变化。对于古代——虽然雕塑例外地达到艺术的完善——文学成为关键性艺术,荷马、赫西俄德、平达,悲剧作家成为对社会存在和意识形态变化的神话艺术变形的语言表达者。(前面提到的早期哲学针对荷马的责难是这一状况的重要的直接证据。)在中世纪,到但丁时才出现具有如此重要意义的形象,具有世界史意义的文学追随其后已经走上——造型艺术走在前面——艺术的市民的市俗化路线,正因为如此它必须放弃造型艺术所具有的那种大众的基础(薄伽丘和中篇小说)。在造型艺术中,神学文学把这种造型艺术单纯看作是神的寓所的装饰物,从一开始就形成罗马教皇格列高里提出的社会职能,绘画为教会中未受过教育的人提供教益。"绘画用于教堂中,由此使那些文盲至少可以在墙壁上通过直观来阅读那些不能在书本中读到的东西。"造型艺术应成为文盲的教育用图画书,以便阐释推广宗教的神话基础,这构成了这一艺术的决定性的社会职能,在整个封建主义的繁荣期都保持着这种作用。① 当然它早在封建主义作为经济体制产生和巩固之前在奴隶制经济解体时即已开始。因为我们在这里讨论的是教会与艺术的意识形态发展,关于社会基础的变化对意识形态的影响的分析可以从略。

这种社会职能的形成和作用的维持是长期和充满变化的斗争的结果。在这里当然不可能历史地追踪这种权威性形成的社会职能的过程。我们只能援引启蒙时代里希滕贝尔格一段机智而恰当的表述作为说明:"雕刻出来的圣者在世界上更多地作为活生生的又出现了。"② 不言而喻,被压迫的、斗争中的教会对国家规定的崇拜皇帝画像持反对态度。但是关系到基督教主题的绘画表现,曾经存在激烈的意见分歧。亚历山大里亚的克雷门斯根据摩西二书的禁令,不许为上帝和超世俗之物画像。这一争论不仅涉及题材,而且也涉及艺术的表现方式,涉及塑造客观现实诸对象的

---

① 卡尔·施瓦茨洛塞:《Die Bilderstreit(圣像之争)》,哥达1890年版,第158页。关于这一原则的进一步发展到13世纪。参见弗雷德里克·安塔尔《Die florentinische Malerei und ihr sozialer Hintergrund(佛罗伦萨绘画及其社会背景)》,伦敦1974年版,第276页。德文译本,柏林1958年版,第218页。

② 引自赫伯特·舍夫勒:《里希滕贝尔格:研究者和人》,载于舍夫勒《Deutscher Geist(18世纪的德国精神)》,哥廷根1956年版,第281页。

## 第十六章 艺术的解放斗争

中心态度。德沃夏克注意到,古代自主地表现的这种摹写的(他称为"自然主义的")特性在这个时代被拒绝了,"因为上帝的真实图像不能在世俗中模仿,而应在人的心灵中去寻找。"从艺术的观点这意味着,这样一种感性映象具有超验的终极内涵,也就是说应致力于一种寓意化(比喻的方法)。①

在一种极端的形式中,但正因此是最有教益的,在特图里安那里出现了这种一贯的宗教的、唯灵主义——超验的倾向。他也是依据摩西禁令,但由此得出对每一种造型艺术的宗教必然的否定:"魔鬼在这个世界上安排了雕塑家和画家。"映象的制作和崇拜不论是否以人的形象同样对于一个基督教徒都是罪恶。这是极其有趣的,他在他关于戏剧的文章中是如何反对任何一种陶冶的。从中可以清楚地看出,在德沃夏克那里刚才引述的在艺术史家那里常见的说法"自然主义"一般正确的论断被引入歧途,这还进一步涉及对陶冶的否定,这是在古代繁荣时期艺术对人的道德效应的中心范畴,在一定意义上——如我们以前在别的地方所分析的(见第十章)——关系到艺术效应的中心范畴。特图里安谈到对戏剧的感受:"您为外在的不幸而悲伤并为外在的幸运而欣喜。您希冀什么不希冀什么,是处在您的现有事物之外,因而您的爱是无对象的而恨是无道理

---

① 马克斯·德沃夏克:《Kunstgeschichte als Geistesgeschichte(作为精神史的艺术史——欧洲艺术发展的研究)》,慕尼黑1924年版,第27页。另可参见布奈乌蒂:《基督教史》第2卷,第54页。

的。"特图里安在这里面看到了一种无羞耻性。对于如若上帝是观众的质疑,他回答道:是的,作为法官,不是作被告。演员们则被指责为"伪装爱、恨、愤怒、呻吟和流泪"。① 在某些论点上特图里安的思想进程简直降低到指责艺术即"谎言"的水准,由此他当然同样加入了这一多声部的、上千年长的大合唱之中。但是他所攻击的实质是更重要的。因为否定陶冶,没有自身的强烈参与、没有"实际"的快乐与痛苦、没有"现实的"人才赢得它的真正的宗教意义,如果理解了,人的信仰是要求将所有其他的完全集中在自己心灵的解脱上,也就是说集中在自己独有的个性的彼岸的命运上。我们下面将会深入地考察,由此才能把握宗教的集中的特殊性:爱和同情是一种宗教道德,它可能在宗教道德中占有一个重要地位,但它却始终处于这一中心任务的职能,即自身心灵的得救。特图里安所否定对外在的——由诗所塑造的、非"现实的"——人和命运的关注正是审美构成的本质,是由特殊性的典型所支配,其中在原则上超出了个体性,形成了作为美学一般范畴的陶冶的主要因素,正因为如此在真正的(此岸的)伦理学与真正的(此岸的)艺术之间构成了深刻的联系。

这一事实,即自从康斯坦丁大帝以来基督教成了国教,这种情况有了根本的变化。德沃夏克以极大的明确性指出,

---

① 特图里安:《Ausgewählte Schriften(选集)》,肯普滕/慕尼黑1912年版,第141页。

## 第十六章 艺术的解放斗争

地下墓穴时代的寓意表现方法由现实主义的、与古代艺术极其接近的方法所取代。由此，然而只是对于西欧，放弃了那种发展的基础，它的最一般的特征我们已经做了说明，它的具体的自身效应我们还要深入讨论。这里所汇聚的矛盾的第一次大爆发是在破坏圣像运动的参加者与其反对者之间历时很长的斗争，主要是在拜占庭范围内掀起，但是它的波澜也触及西欧。在其前景中——在欧洲宗教发展的一种持续因素——存在着试图清除在基督教中存在的并不断重新入侵的巫术残余。在这里具有特点的是，圣像与圣人遗物、护身符等处于一个系列。圣像本身也被赋予一种神奇的效力，例如防御恶魔、治疗身体疾患等，人们一般相信，（救世主的、天使的、圣徒的）原始力也在它们的映象中发挥作用，原物所经历和体验到的一切，图像也参与其中。[1] 这种观念的巫术特性不需要进一步的证明。对受巫术严重影响的基督教的反叛，在观念上部分地是回到基督教的初期，即将巫术残余从基督教中清除出去；部分地是受伊斯兰教的影响，伊斯兰教与犹太教一样从一开始就严格禁止给神画像。在这种情况下圣像破坏运动的观念获得了一种禁欲——唯灵主义的、超越一切此岸的——人的特性。因此阿玛西亚的阿斯特留斯主教在布道中说："不要去摹写救世主。他降低身份变为人身已经够了。他这样做完

---

[1] 施瓦茨洛塞：《圣像之争》，第174、202页。

全是为了我们。"① 当然要正确评价在这场斗争中艺术的状况，那么必须要确定，圣像破坏运动的立场只是反对由人表现的宗教艺术。正如在伊斯兰教中彻底禁止圣像并没有妨碍几何和寓意纹样的发展那样，同样在拜占庭的圣像破坏运动中也并不反对世俗艺术，在这里不仅促进了纹样的繁荣，而且也促进了世俗艺术（风景画、动物画）的繁荣。②

最终获胜的圣像破坏运动的反对者实际上不言而喻地支持深深植根于巫术残余的奇迹信仰，他们的主要观念在理论上奠定了他们的立场如下："一切材料都服从于绘画表现。只要救世主在这个物质世界现身……那么他必然要服从绘画的重写……救世主要按照他的个性方面被描绘，而不考虑他是由两种本性所构成。"圣像是"一种符号，保证人和神秘的道成肉身奇迹的可见的表现"③。然而这似乎是对真正事实的一种误解，由上述所援引的这些理论表述而得出结论说，战胜了圣像破坏运动以后现实主义绘画取得了一种繁荣。正好相反，在拜占庭形成了一种由神学严格和精确控制的艺术，圣像学—神学的规定使现实主义对象的描绘的发展没有自由活动空间。④ 形成了一种与东方艺术

---

① 施瓦茨洛塞：《圣像之争》，第 17 页。
② 露易斯·布洛依：《La Querelle des Images（圣像之争）》，巴黎 1902 年版，第 9、46—49 页。
③ 施瓦茨洛塞：《圣像之争》第 190、197、202 页。
④ 露易斯·布洛依：《圣像之争》，第 54 页。参见菲利浦·施外茵夫特：《Die byzantinische Form, ihr Wesen und ihre Wirkung（拜占庭的形式、它的本质及其效应）》，柏林 1943 年版，第 31 页。

## 第十六章 艺术的解放斗争

信念极其接近的（但绝不是完全类似的），我们在柏拉图晚期著作中已经提到和讨论过的那些原则的实现。但是由此也同时造成对宗教的巫术因素的一种冲击。这种决断当然远远超出了对神像的肯定或否定。它集中在这个问题上，是否和到什么程度它是可能的，人与绝对超验（在宗教中，即与神）的关系是纯粹由伦理、纯粹在信仰基础上来确定和保持的。如果这一点达到了，那么在历史上众所周知的信仰与知识的对立在神学上就解决了。然而在目前要是确信，人的一定行为（洗礼、圣餐、祈祷等）在内容上或完全在形式上通过他们的仪式塑造对超验事件能产生直接影响——不言而喻这关系到单独个性的尘世安康和在彼岸的幸福，那么巫术倾向侵入任一宗教就是不可阻挡的。圣像的这一巫术现实就属于这种复合体。宗教的历史表明，事实上这一过程是不可避免的，艺术与宗教的关系是与这一斗争紧密相连的。在柏拉图那里对艺术的形成和表述的社会教育倾向的那些内容，由其本身转化成一种一半或完全的巫术仪式。但是，如在西部教会圣像却为自由的艺术塑造提供了一定的活动空间，这可能有无数的情况，其中某些圣像归属于这种奇迹效应（巫术）的力量。在西欧封建艺术的特殊情况只是在于，由教皇格利高里所提出的社会职能并没有机械地将造型艺术的宗教——教会意义与它的以仪式为基础的巫术效应联系在一起，由此并非情愿地为审美的发展打开了一条道路。这种巫术的圣像崇拜与这一大的发展路线相比由此获得了一种偶然性的因素，它不能阻止这种崇拜在我们今天的日子里仍会经常出现。

由宗教中清除它的巫术残余的尝试，在改革中获得了一种新的、更强烈和更深刻的顶点。当然在这里去讨论整个宗教史和道义问题不是我们的任务。但是一看就可以明白，从路德开始反对赎罪符，经推出圣餐的新概念直到在教派内保留对再次祈祷的做法，要从祈祷中将巫术内容转化为伦理行为，这些都是改革派要在宗教中清除其剩余巫术因素的决定性努力。当然我们这里关注的主要是对映象的宗教立场。在这里马上要说明的是，明显的圣像破坏运动的倾向（卡尔城）绝没有强化成改革的官方的主导路线。正如在改革的每一领域加尔文都代表了最彻底的观点。他断然拒绝了教皇格列高里对宗教艺术所提出的社会职能，否定了它的教育作用，因为人由圣像所能学到的，似乎是平庸的甚至是欺骗的，通过圣像来代表上帝意味着对它的光辉的污辱。[①] 他也否定对圣像崇拜的任何一种解释，说圣像隐居着神的德行。因此他不能容忍教堂里的圣像。[②] 这种对造型艺术的拒绝按照加尔文的观点只关系到它与神的、与宗教生活的关系。在他的眼里绘画和雕塑具有它们的合法性，只要它们的对象是人以肉眼所见的事物，只要它们

---

① 加尔文：《Institution de la Religion Chretienne（基督教制度）》，日内瓦1955年版，第一部第9章§5及§1。

② 加尔文：《Institution de la Religion Chretienne（基督教制度）》，日内瓦1955年版，第一部第9章§9及§5。

## 第十六章 艺术的解放斗争

是为满足人的需要服务的。① 整个绘画和雕塑，也就是说，整个造型艺术因此对于宗教是无可无不可的，就宗教方面而言基本上是开禁的。封建体制的巨大危机，随着它与宗教关系的意识后果——艺术我们还要详细谈到——导致在这个方面对中世纪依附性的完全解体，导致对艺术世俗性的认可。

路德和茨温利的立场在原则上远没有加尔文那样鲜明，但是其主要取向却很相似。路德主要在从事反对卡尔城圣像破坏运动的祈祷布道中涉及我们的问题。他看待描绘事物的艺术映象的生产也是无可无不可的，但是对圣像的破坏也似乎只是允许的，而不是禁止的："我们允许他们这样做或不这样做，怎样好就怎样，我们完全不介意。"只是偶像崇拜似应禁止，而不是偶像的生产。因此保罗在雅典布道反对偶像崇拜，不是针对圣像破坏，因为没有外在的图像能伤害信仰。在其他地方路德反对错误地利用圣像，特别是（用圣像募捐）由这种关系形成劳动报酬的危险教育。② 茨温利一般地说，圣像似乎在上帝眼里是可憎的东西。他只是严格地禁止上帝的映象。圣像应该远离教堂，因为这会形成对它们崇拜的危险。在其他地方——即世俗生活中——它们是完全可以的。③ 宗教改革对圣像的敌对性

---

① 加尔文：《Institution de la Religion Chretienne（基督教制度）》，日内瓦 1955 年版，第一部第 9 章 §12。

② 《马丁·路德作品集（Kritische Gesamtausgabe（评论版））》卷 10/3，魏玛 1905 年版，第 26—30 页。

③ 欧斯卡·法尔内：《Huldrych Zwingli（胡尔德里希·茨温利）》第 3 卷，苏黎士 1954 年版，第 448—456 页。

很少是针对艺术的,他们是致力于从基督教中完全消除掉巫术残余,由上述说明可以清楚地看出这一点。天主教女作家恩瑞卡·封·汉德尔·马泽蒂在她的小说《杰西与玛丽亚》中以生动的直观性描述了这种情况。在关系到创造奇迹的玛丽亚形象的行动中,对持赞同或反对的意见,它的审美特性只在这种程度上起作用:对有人文教养的基督教贵族来说,不仅厌恶图像的巫术迷信,而且也反对艺术上的丑陋性;而对景仰的天主教教民本身说来,他们缺乏那种预料,即这样一件神圣的对象的审美特性可能是什么样。

在圣像破坏运动的这两个时期之间,中世纪艺术取得了巨大发展。在这里很容易产生这样一种印象,好像艺术的解放完全不需要靠宗教的职能,好像正是对艺术的这种制约为它的大繁荣提供了力量,由此似乎正好从负面证明,这种制约的解体导致了一种深刻的难题——正如浪漫主义的理论家和历史学家至今所主张的——艺术实际达到的这种高峰只有在受宗教内在制约的基础上,只有在宗教的要求面前作为世界观的、艺术家的自我屈服才能实现。(当然这里只涉及造型艺术,文学和音乐的发展情况大体不同,但我们相信,艺术与宗教的原则性关系正是在这里表现得最直观。)尽管这些多方面的、以不同方式宣扬的主张都被我们所否定,确切地说,这里隐藏一个实际问题。我们曾经指出,对中世纪艺术的社会职能本身要比以后时代更为清晰和具体。同时它——至少在西欧是与东方也与拜占庭

## 第十六章 艺术的解放斗争

相对立——具有一定弹性，由此使得一种丰富而具体自由的发展成为可能。它产生——在一种更广阔、更民主的基础上——与古代经典时期相类似，一种显得无限的有关神话的民俗基础，它的每一个重要的人物和状况都是感性表达的，但是与大众的简洁性相适应，极其简练，因此各种不同的阐释不仅是允许的，而且是它所要求的，广大民众由这些映象中所了解的，因为这些神话构成了所有主导的基督教文化的基础组成部分。因此在别的地方，如布道都要大众化，它们对于人倒不是一种陌生的只有通过思想工作才能识破的主题。这些素材最适合于艺术加工，因为它们充满矛盾并具有丰富的特定的极性：既熟悉又始终是新生的构成了素材的感性具世性，它们是对于人和对于人类现实本身主要的事件的集中的映象，它们曾经是并始终是新产生的。独特的艺术家所创造的形式世界在这种构成中也不会被相关地所形成的素材所取代：其整体的及细节的构成无非是在素材与日常要求之间任一关联的意识化或音响化，人类重大问题的一种固定化，在具体人的简单明了地描绘的命运中人类最重要和一般问题的直观化。

只有社会职能可以给予诸艺术这种有机生成的、有直接明确精神意义的、不言而喻地取得的统一性，它依靠这样一种一般认同的基础，并只有通过其中介作用于艺术家们，并通过艺术家们作用于接受的大众。中世纪艺术发展的唯一性就是基于当时社会职能的那种唯一性。在古希腊时，祭司阶层的缺失构成了这样一个真正艺术的，也就是

# 审美特性

说与神话相联系的素材形式自由的（由每一社会职能所规定的）阐释的基础，而在封建社会由于那个活动空间而使情况有利，这个活动空间的形成是通过城市市民阶层的比重不断增加培育出由圣像精确固定下来的神话。具有浪漫主义情调的理论家和历史学家在这一点上是有道理的，当他们确定这种特殊的有利条件并指出了这一难题，随着难题的终止而开始有利局面。但他们也有失误，当他们打算由这种历史的唯一性作为一般的规范；只是当他们追踪宗教对艺术的积极影响时才是有道理的。相反地我们马上会看到，这种唯一性有利的发展是由此形成的，教会不得不将诸艺术的审美自身运动不断放松。正如在古代神学调控的缺失是艺术繁荣的重要意识因素，而在中世纪那种对立力量的强大，足以将圣像的制约用于它的审美目的，并回避和摆脱神学的引导。这种有利性不是依据宗教的力量，而是依据反对宗教的艺术解放斗争的力量。

现在对这种审美的解放斗争在哲学上作进一步的描述。关于它的社会基本状况的大致轮廓我们已经作了说明，在封建社会内部市民的影响不断增强。[①] 若市民阶级足够强大，那么它就能摆脱封建主义的枷锁，甚至由此首先只是产生绝对君主制的妥协的过渡形式。那么这种特殊的发展就会停止，形成一种危机，我们同样把它作为这一过程的

---

① 这是安塔尔的贡献，他对佛罗伦萨在14—15世纪的发展作了详细描述，他的有些联系和推论过于直接，但这不影响他的贡献。——作者注

## 第十六章 艺术的解放斗争

重要阶段，这一点下面我们将作分析。现在要考察的时期的主要路线，离开神学等级制进入人们平等的取向、离开彼岸的超验进入此岸性、进入到立足于自身的人的自我价值。在文学上这种新的取向比较早地获得了一种相对公开的形式，在意大利便是从薄伽丘到阿里奥斯托[27]。在理论上它首先往往以宗教形式作为神秘的、宗教改革的或异教运动。因此一种与上帝建立直接关系的神秘要求，在麦斯特·艾克哈德那里按其本质说来意味着取消，摆脱将封建主义实体化为彼岸的教会—神学等级制，或者像第三帝国的宗教乌托邦，以及在菲奥雷的约阿希姆那里的神圣精神帝国也属于这里。在造型艺术领域里集中了与寓意化圣像学相分离的倾向，即使在题材范围的素材性方面（圣经的新约和旧约、圣徒传奇，还有新的如阿西西的托砵僧等）没有什么改变。

这场革命的内容是在于对人或人的组合体纯粹以艺术的具体方法来塑造，这种方法将以宗教神话为基础完全转化为此岸性的，由其中将其内核剥出，这个内核代表了人类发展的一个重要阶段。总之，使在宗教神话中、在宗教解释的民间创作中包含的具有性格和环境的人的典型重新回到人和人的环境的此岸性范围之内。这种倾向出现得很早，在浪漫主义风格占主导地位的时期就出现了。人们只要提到夏特尔（法）、兰斯（法）、班贝格（德）、瑙姆堡（德）几个大教堂的雕塑，提到尼科罗·

比萨诺①就够了。这一斗争在哥特时期也没有停止,有时更具决定性和更激烈。然而这不是偶然的,决定性的转折是与乔托的名字一般地联系在一起。在乔托那里,这种倾向以大大分化了的体系性出现,它趋向于对人的生活的审美反映以其展开了的整体性提升为艺术的整个对象。语文学的争论,他与当时存在的拜占庭的圣像学有多少联系,或与其内在地多少无关,这个问题正像拉伯雷或塞万提斯表现了多少中世纪的动机一样是没有意义的。每一位艺术家必然与他出现时所存在的潮流相关联,在这里很少关系到艺术上他的道路从哪来,比之于到哪去。正是这种到哪里的决定性和完整性以不可跨越的鸿沟将乔托由所有拜占庭的、宗教超验的倾向分离开来,将他作为这种努力的第一个高峰与所有罗马时期和哥特时期他的世俗的现实主义的先驱者联系在一起,无论他们对于他是已知的或未知的。

因为正是沃林格是中世纪艺术的"北方的"——反现实主义本质的主要理论家,他可以扮演由乔托所完成的划时代转变的完全无可怀疑的证人。沃林格以恰当的直观性对比了乔托的艺术与同时代法国小型装饰画艺术。后者的形式似乎终归总是不稳定的,而在乔托和在他所立足的意大利艺术中构成和线型的稳定性处于主导地位。沃林格指出:"他们绝对不会有一种持续的感性—超感性的超验可能

---

① Niccolo Pisano(约1225—1280),意大利雕塑家,创作宗教题材作品,但吸取希腊、罗马雕塑形式而具有世俗气息。主要作品有比萨洗礼堂讲坛浮雕。——译者注

## 第十六章　艺术的解放斗争

性,像在法国画家中那样。但是正是以这种发展了的对物体、对它的牢固躯体存在的感受性拯救了意大利的哥特式,防止它在书法中的没落。以其强烈的对物体价值和空间价值的感觉,他构成了近代艺术的实体。这是一种工作成就,为此需要一种粗野的才能,比之于法国人以其只是指向事物真谛的精细感觉……在乔托那里每一个手臂运动就像一次冲击作用到空间深度里,并产生一个立体的体验。意大利再次向欧洲宣告了这一事实,物体是三维的。他对物体世界的发现其意义等同于对空间世界的发现。以其强大的理性组织力,他成功地给予这种新的价值以稳定的固定。他的目标既是物体世界的解剖学,也是空间世界的解剖学。由此创造了近代绘画构成的基本前提。若给哥特心灵艺术一个躯体,那么哥特线的艺术就会获得一种雕塑的基础。"①

以此沃林格确切地描述出乔托形式世界的一般轮廓,只要略加以说明就足以从美学和哲学上表征出由他的事迹形成的基本道路分界线。与装饰性代表的宗教—寓意的绘画形成鲜明的对立,乔托创造了戏剧性的—人的事件的世界的绘画形式。空间造型、自身空间对于每一幅画的主导作用由所有这些表现中实现了独立的、自身闭合的、自身完善的作品个体性,其绘画内涵由此超出了对教堂空间的单纯装饰性,超出了对一种宗教真理、圣经的或其他基督

---

① 沃林格:《Die Anfaenge der Tafelmalerei（木板油画的开端）》,莱比锡1924年版,第32—34页。

教传说事件的圣像学的—装饰性的、寓意性的描绘。在这种感性—现实的、具体的个性化了的空间中，有一种被强调的、结实躯体的人们在运动，他们以动人的激烈程度参与到一种人的、在其人性中直接可理解的行为中。他们作为一个构图的独立的部分活动，这种构图是为此而创造的，以便对参与者的人的本质、他们的相互的人际关系可以直接明确地展示出来。这些要素的有机组合构成了这些作品个体性的独特生命：它们是现实的一部分，这部分使其自身的完成完善化，尽管它总是其圣像学所给定的内容，它不再超越其自身。已经强调指出的乔托描绘人物的结实和地心重力包括人物活动的力度使得这种此岸性达到一种终极的完成。每一示范性的人的生活的事件——由当时宗教传统提供的内容和范围——在这里彻底地完成了一种此岸性的生活。正是因为每一部悲剧、每一出戏剧、每一首田园诗等，由世俗人的相互关联的运动组合、他们的生动可见的相互关系建构了一个由这些躯体和这些运动所具体化了的空间，因为每一个人的规定的具体—现实的整体性转化为一种完成了的感性可见性，因为每一个人的躯体和心灵、他们运动的精神内容和激情融合成一种不可分离的统一体，这种审美的内在性艺术地激发出人的生活的此岸性的审美映象。

在这里，客观地表现出来的审美此岸性与宗教超验性的对立必然在那些创造了它们的人那里表现出来，使它们形象化，绝不会无条件地作为这种对立而被意识到。整个

## 第十六章 艺术的解放斗争

世界似乎在这一时期各方面都是由基督教的范畴所统治的，只是最激烈的反对也只是在语言上能表现出与这些范畴的斗争。正因为如此在这里出现了这种一般的要求，由他们的作品的特性中读出艺术家们的信念，而不应是相反地——极其不充分地并以轶事形式流传下去的——从其创造者的观念中来理解。因此我们只是顺便提到，就乔托个性我们所知道的一切，似乎说明，他的作品所表现出来与宗教的世界观的对立，他个人或多或少是意识到的。他的关于贫穷的抒情诗，就其实质是反对弗朗切斯卡的唯灵主义，和他对贫穷的赞颂，按萨切蒂流传下来的轶事，在一段谈话中曾经提到，圣约瑟夫往往在圣像中发现一种忧郁的表情，对此乔托也应该觉察到，是否他没有任何理由这样忧郁，但清楚地显示出有这一取向。①

这里总是只关系到，是否作品本身具有一种在此岸性中完成的还是在彼岸性中完成的一种期待的艺术内涵。在这方面，或许弗拉·安吉利科最感兴趣。我指出几个公认艺术史家的特点，这些肯定不是我们考察所持的观点。德沃夏克在弗拉·安吉利科那里肯定与哥特艺术构成了某种连接路线，然而只是得到这样的结论，两者在它们大部分

---

① 威廉·豪森斯坦：《Giotto（乔托）》，柏林1923年版，第52页，安塔尔在乔托的抒情诗中确切地看出了一种反对弗朗西斯卡的极端的立场。遗憾的是他由此得出过分直接的结论，没有深入到乔托关于弗朗西斯卡的绘画塑造的更复杂的辩证法中去。他也指出，巴杜阿正处在那个时代，当乔托在那里工作之时，形成阿维罗依学说的中心。安塔尔《Florentin Painting（佛罗伦萨的绘画）》第161，135—137页。——作者注

> 审美特性

实现中表现了对立的东西,哥特艺术是一种"去感性化的材料",而弗拉·安吉利科的作品却是"对感性美的颂歌"。德沃夏克还强调,弗拉·安吉利科不仅深入地研究了自然,而且"他是十五世纪的第一位艺术家,在他那里我们可以确证某些风景的肖像式的表现"①。贝伦逊说道,他的《玛丽亚的花冠》(马尔柯博物馆藏)其构成具有"无以言说的美"。"所有这一切我们都是通过节奏性价值传递来的,它使我们不得不认同画面的现实性,当这些画面产生在这样一个世界中,其中现实的人们站立、坐着和跪着,我们不用了解或我们只要关注……他的情感方式的源泉在中世纪,但他享受他的情感却是以这样一种方式方法,它们几乎是近代的,他的表达手段也几乎是近代的。"当贝伦逊后来针对贝诺左·戈左里的早期作品说道,他在其中看到了一个弗拉·安吉利科,"他把天空给遗忘了",按照贝伦逊的看法,在弗拉·安吉利科那里虽然存在一种宗教情感,但只是主观的:它点燃了世俗之火,并在他对美的诸对象的反映中将其客观化在它的此岸性之中。②

　　正是天主教会的这种广泛性,它们的精神力量貌似不可动摇的性质导致,每一位艺术家的努力都汇合到它们那里,看起来在为它们服务,无论这些艺术的实际客观内容

---

　　① 德沃夏克:《文艺复兴时期意大利和艺术史》第 1 卷,14—15 世纪,慕尼黑 1927 年版,第 93 页。
　　② 贝伦逊:《Die Florentiner Maler der Renaissance(文艺复兴时期佛罗伦萨画家)》,慕尼黑 1925 年版,第 45、102、44—47 页。

## 第十六章 艺术的解放斗争

是什么。所有这些依照乔托在艺术上所创造出来的，直接看来，无非是教皇格列高里曾经对艺术所提出的要求的一种实现。在这一基础上，大多数艺术家可以与宗教相对平和地生活，甚至有时诚实地自以为，他们在履行他们的职责。但是大多数特别是最杰出的作品所充盈的精神，是在说着完全不同的语言。对人的认识愈来愈强烈地接近，不是作为有罪的上帝的创造物，而是作为处于中心地位的地球主人。赤裸的人对于观察和思考人似乎是最值得的习作，由于解剖学、透视等作为认识可见世界的工具的出现，这些大大提高了艺术家在这个世界上和对世界反映中的地位，圣像学所规定的题材在更小份额上成为一种单纯的动因或托词，成为一种实验的机会，更重要的是成为一种新的、决然此岸性的世界图像，在其艺术的完善中表现它的决定性的此岸性。古代题材不断大量出现，由此——绝非必然是以有意识的方式——基督教神话成为人类重要传说和传奇的一部分。世俗生活作为它的一个份额也要求获得一种纪念碑式的永恒性，这一要求得以实现（如柯莱奥尼和加塔梅拉塔的骑士雕像），所有这些清楚地表明，基督教确立的生活存在的广泛性，它对艺术的整体统治已经开始成为过去，即使教会还以为能外在地作为精神存在的绝对统治者出现。描绘这一发展不是我们的任务，这一发展是如此不可抗拒的，即使在那些纯艺术倾向如此分化的地方，如在佛罗伦萨和威尼斯，宗教题材成为表现完全不同的精神内容的外在托词的这一转变方向，同样处于主导地位。在

### 审美特性

这方面拉菲尔和提香极其接近。当然，把这一运动作为"纯"艺术的合法存在来理解，这是许多 19 世纪的艺术史家的一种偏见。一种"无内容性"只存在于，当人们把内容混同于宗教内容时。但是皮埃罗·德拉·弗朗切斯卡的《赎罪的鞭刑》（藏于乌尔毕诺）几乎以安纳托里·弗朗斯的明晰性表达了他的历史怀疑，乔尔乔内的所谓《三贤人》（藏于维也纳）依据薄奈乌提的充满精神意义的解释表达了新的自然科学观察方法对经院哲学及其阿拉伯批评者的胜利。① 所有这些当然不仅关系到意大利。我们在这里不打算谈及"另一个"基督形象，因为在其中已经包含了艺术与宗教关系的即将来临的世界危机的预感。人们只要设想如此被澄清的现实主义者霍尔拜因的《死去的救世主》（藏于巴塞尔）。陀思妥耶夫斯基让他的米什金公爵在小说《白痴》中说道："但是在这样一幅画像面前可能许多人的每一种信仰都会消失！"其原因并不难猜到，为什么这样如此简单的、将死去的基督的尸体按实际现实主义地呈现出来的绘画使对宗教深信不疑的米什金公爵产生如此的震撼：正是霍尔拜因的事实的客观性使得由死亡的存在中产生出一些世俗的、此岸性的东西，一些粗野的终极的东西，它使每一种超验的转变、每一种由绘画描述的尸体的此在的复活通过观众的眼睛而遭到拒绝。

---

① 薄奈乌提：《Geschichte des Christentums（基督教史）》第 2 卷，第 358 页。

## 第十六章 艺术的解放斗争

对这种新的世界观立场的广泛性说来，霍尔拜因的绘画却是极其特殊的临界情况，这种立场在个体的极其不同的方式中包含了人对整个外部世界和内在世界的反映。已经提到的古代题材不断强劲地进入艺术的素材领域，说明对于人类世界历史的一种新的理解，一种对于基督教观念的超越，这种观念在历史上——从原罪堕落直到末日审判——对具有独特个性的个人心灵的救赎都安排在彼岸世界。当拉菲尔在梵蒂冈宫廷的房间做出壁画《圣礼的争辩》《雅典学院》和《巴那斯山》作为人类的精神生活中的最重要因素以象征的表现手法相互并置时，对作为哲学的艺术之外的宗教持有记录式的态度，在观察这些绘画时很容易看出，这种态度不仅是一种"记录式"的，而且另外两幅画表现出更大的内在运动性。特别是《雅典学院》的表现清楚地表明，这里是社会职能的主要重心所在，这是艺术家所要完成的社会职能。托尔奈不无理由地注意到，在米开朗琪罗第一时期中异教的东西与基督教的东西不仅是相互并列的，而且不易觉察地相互转化："在第一个即古代时期基督教的和异教——古代的形象可以互换：玛多纳成了女巫，古代的普托成了孩提时的耶稣。末日审判从菲同垮台的想象出发，基督作为法官，成了地狱魔王。"[①] 人们不应忘记，这种将古代与基督教相互并置和相互转化是米开朗琪罗整

---

① 查理斯·德·托奈：《Werk und Weltbild des Michelangelo（米开朗琪罗的作品和世界图像》，苏黎士/斯图加特1949年版，第63页。

> 审美特性

个生平作品的特点,诸先知与女巫在西斯廷教堂的天顶画构图中具有同等价值的互相排列和补充的精神的和绘画的功能。在米开朗琪罗那里达到文艺复兴潮流的顶点,这一潮流越发决定性地将人放在一切人的旨趣的中心点。米开朗琪罗艺术地完成了对赤裸的人的认识,同时远远超出了——有时是半科学地——15世纪的实验。审美的终于转化为世界观的。因此贝伦逊正确地指出:"米开朗琪罗完成了马萨乔所开始的事业,创造了一种人的典型,他有充分能力去征服和主宰地球,谁知道也许还不仅是地球。"① 一个如此塑造的世界的世俗性——此岸性当然并没有终结他的人由一种深沉的拯救渴求、由一种悲剧的渴求实现向无限的追求。除此之外,艺术家的后期已经陷入那种危机,这一点我们下面还要讨论,这种主观的、由所塑造的主体的可见特性所包含的、由超验所揭示的努力本身并不包括超验的东西:它可以属于人类发展阶段的典型性历史特征,它不仅在其中出现了,而且对于它说来是一种中心性的典型。我们可以在弗拉·安吉利科那里在田园水准上看到这一点,也可以在米开朗琪罗的巨人风格中感知到这一点。西美尔基本上恰当地把握了米开朗琪罗的世界中这种形象的矛盾性,他说:"……这属于它的存在的不易判断性,这种渴求作为它的存在的一部分处于其中,正如它的存在在它的渴求之中。但是像这种存在完全是一种世俗的,它所

---

① 贝伦逊:《佛罗伦萨的画家》,第143页。

## 第十六章 艺术的解放斗争

贴近的力量源泉来自一切世界性的尺度，所以它的这种渴求当然是一种绝对的、无限的不可能达到的——但直接和根本说来并不是超验的。这是一种世俗的可能性，尽管还绝非现实，对于它人们可以从内心观望，它的实现绝不是宗教的，而是由他们自身现实的存在来完成，这是一种救赎，它不是来自上帝，按照它的合理性不可能来自它自身，而是来自生活力量的一种命运。"他的渴求作为"生活救赎的实现只能在生活中找到。"[①]

至此我们重复地指出了欧洲文化的一个巨大危机，它一般被称作改革和反改革。造成这一危机爆发的决定性力量是埋葬封建主义的资本主义经济趋向，它迫使欧洲社会结构产生了巨大的经济的和意识形态的改造。当时这种力量还没有足够的强大，以实现完全转入资本主义，首先是深化了这一危机。它在主观上感到一种无前景性的作用加重了，客观上这种阶级力量的对比导致绝对君主制的妥协解决，其中形成了在不断强大的市民阶级与没落的封建阶级之间暂时的、表面上稳定、实际上极不稳定的平衡。对于我们说来，关注的重点在于这次危机的意识形态方面，即使这方面也不是指它的整体，而是它和宗教与艺术的关系之间的关联。布洛克姆勒对于这种现实说道："虽然在这个欧洲的世界中还有基督教，但这个世界不再是由基督教

---

① 格奥尔格·西美尔：《米开朗琪罗》，载于西美尔《Philosophische Kultur（哲学文化）》，第173、183页。

所形成的。"① 有几个卡尔·巴特的追随者和一些虔信派教徒走得更远,他们在尼堡会议上(1959年1月)提到了宗教的康斯坦丁时代的终结。布尔热林教授(巴黎)解释道:"这种新的事实处在中心点上,基督教会作为社会秩序的基础已经成为问题。在这种意义上,康斯坦丁时代已经结束。"我们不可能深入他的论述的细节,我们只是强调,他特别着重指出人由超验的统治下解放出来,超验的自我颠覆是在历史的内在性中实现的,这种内在性本身需要阐释。② 显然,这些表述——虽然它们确切地说明了差别——是纯粹意识形态的。即使中世纪的社会也不是由基督教而是由封建经济所构成;但这些是如此具有特色,天主教达到了完全适应于封建社会,正如我们所看到的,事实上整个意识形态现象,其中也包含着对立成分,以基督教形式表现出来,整个社会现实(国家、社会等)就其本质以基督教表现出来。人的世界图像(自然以及社会)显得与教会的图像完全协调。我们已经研究过,在封建主义范围内形成的资本主义生产方式的影响,由于这种发展在艺术中越来越强地形成了市民对教会意识形态的压力(见第三章)。危机的形成,作为这种所谓毛细管式的变化转化成一

---

① 克莱门斯·布洛克姆勒:《Christentum am Morgen des Atomzeitalters(基督教在原子时代的早晨)》第3版,美因河畔法兰克福1954年版,第80页。

② 皮埃尔·布尔热林:《康斯坦丁时代的终结?》,载于欧洲基督教会议:《Die europäische Christenheit in der heutigen säkularisierten Welt(在当今世俗世界中的欧洲基督教界)》。尼堡(丹麦)1959年1月6—9日。苏黎士/美因河畔法兰克福1960年,第71、74—78页。

## 第十六章 艺术的解放斗争

种新的质。这一危机的形成，一方面在自然科学方面首先在天文学上通过哥白尼、开普勒和伽利略揭示的事实，教会所认同的地球中心论的世界图像由此而崩溃。另一方面人的关系作为政治实践的产物，人在其中及于其间的行为方式同样深深地动摇了基督教的世界图像。世俗的持续存在的广泛而强烈的马基雅维利效应①进一步基于，在他的著作中这种新的世界状况的最主要特征，这种与中世纪彻底决裂进入了人的概念中。

这是很容易理解的，广大阶层对如此形成的危机性的、没有明确前景的状况的直接反应是重新燃起宗教性的热情。如果这也是对第一次震撼的对冲，那么改革，从宗教方面出发，天主教会在它没有成功之后，就会以经过考验的中世纪的方法把新的运动在萌芽状态中扼杀，并试图培植起具有竞争力的新的宗教形式。参与文艺复兴的知识分子曾经希望，在一个和平的"启蒙"的道路上逐渐达到对社会和精神生活的改造——鹿特丹的伊斯拉谟是这种过渡的典型人物，危机的爆发动摇了所有生活的和世界观的基础。依据萨科·底·罗马写给维多利亚·科隆娜的卡斯蒂格利奥尼的信中所说，这是多么可怕，"要知道，我们什么也不知道，大多数在我们看来是真实的，是错的；相反地，我们以为是错的，才是真实的。"② 如此在那个时期权威的知

---

① 马基雅维利系十五世纪意大利政治家兼历史学家，主张为达到政治目的可以不择手段。——译者注

② 引自艾贝尔哈德·哥泰因：《Ignatius von Loyola und die Gegenreformation（罗耀拉的依纳爵与反改革）》，哈勒1895年版，第96页。

### 审美特性

识分子的大部分中形成了一种深刻的危机,例如人们在米开朗琪罗的最后的作品中就可以清楚地察觉到。具有特点的是,在 19 世纪那个时期的历史考察长期完全拒绝那种"混乱"、那种"衰落",它如此不协调地替代了文艺复兴的培育与和谐。站在这样的立场上的还有著名的历史学家,如雅可布·勃克哈德。经过认真的探索,科学地理解这一过渡时期,今天在那些思想家那里,这些思想家致力于在市民社会和意识形态的现代潜在危机之中为知识分子建立一个确保每一种精神安逸的满意的"不同见解"的精神存在,形成了一个对立的极端:危机性作为唯一符合人性和时代性的"人文状况"的辩护词。霍克·比希莱因的"世界是错综复杂的"可能作为这种当今富有影响的取向的典型例子而被援引。在标题上这种曲解的倾向就明晰可见,因为错综复杂在这里意味着世界是作为无出路的混乱,在所依据的提修斯和阿里阿德尼的希腊神话[①]中正如在他的——由霍克暂时搁置一旁的——对这一时期的阐释中只有混乱和出路加在一起,即阿里阿德尼的线球,这一神话的意义和内容,才能给出它的象征的应用。例如茨温利在一首诗中正是运用了这一等式,以便美化这一决定性的、

---

[①] 提修斯是雅典王埃勾斯之子。在寻父过程中斩妖除怪威名大震。父死后遂登王位,统一全国,修建雅典城。阿里阿德尼是克里岛国王米诺斯之女。国王米诺斯曾修有一座地下迷宫,将其妻所生怪物关在其中。提修斯为民除害,准备去迷宫杀死怪物,阿里阿德尼便将迷宫的巧匠给她的线球交给提修斯。提修斯靠一端栓在门上的线球最后才找到出路。——译者注

## 第十六章 艺术的解放斗争

为拯救所寻找的理性角色。① 在霍克那里，由时代图像中消失了这一事实，当时产生的最大的是自然科学的繁荣，是征服此岸性的哲学的繁荣以及现实主义艺术的繁荣。在目前对这一过渡时期的探讨中，这种片面性是主导的。希德梅尔像霍克一样，他对这一时期及其接续的近代艺术作出了世界观与审美是完全对立的判断，在他的论述中达到了类似的结论，他同样完全忽视了布吕盖尔、戈雅、杜米埃等人的现实主义特性。希德梅尔从唯一可能的宗教虔诚的丧失推导出艺术的危机，并从这一前提出发如"人只有作为上帝精神的承载者才是完人"或者"因为没有上帝，也就没有内在的世界秩序"②。使得在他的历史观中很少有与霍克的原则对立，如同其对近代的艺术的审美评价。重要的是，是否有这种能力和意愿，在艺术和文化的实际对立的倾向中觉察出这一斗争。一位严肃的学者如德沃夏克——他是第一位——在矫饰派的急迫危机时期的艺术中揭示出艺术上的积极因素，清醒地看到了与此相反的两种倾向。在这里这一点是不重要的，他按照精神科学的方法，其一称为归纳的，另一个称为演绎的，无论如何他没有忽视这一时间段的巨大的现实主义倾向，并在布吕盖尔和拉伯雷、

---

① 欧斯卡·法尔内：《Huldrych Zwingli（胡尔德里希·茨温利）》卷2，《他成为改革家的发展》（1506—1520），苏黎士1946年版，第192页。

② 汉斯·希德梅尔：《Verlust der Mitte（中心的丧失）——19及20世纪的造型艺术作为时代的征象和象征》第6版，萨尔茨堡1953年版，第172、179页。

◯ 审美特性

莎士比亚和格里墨斯豪森那里说明了这些。①

只有对同时性的认同,即两种倾向经常相互转化有时直至它们在同一个个性中的汇合(如帕斯卡作为自然学者和作为哲学家),才能对这一危机作具体洞察。正是帕斯卡的例子表明,这种新的倾向,其中由自然科学所创造的新的世界图像决定了这种新的宗教虔诚的特性:遭上帝遗弃,也就是说由自然界和世界的内在自然规律所确定的本质是帕斯卡宗教态度的基础,它是与中世纪思维相对立的,中世纪思维是从上帝的满意性出发的。只有在这个基础上,这个时代的宗教虔诚才是可以理解的。布洛克·缪勒也是从这种对立出发,他认为中世纪修道士和圣徒是"为上帝去寻找世界的道路",而在罗耀拉那里,他作为新的宗教态度的最富特征的辩护人,所涉及的是与世界关系的一种转变,是为上帝而征服(再次征服)世界。② 这涉及罗耀拉的实际的——有组织的活动,这也是恰当的,这种转向是向外部面对世界的,符合对它的再次征服,因为即使早期的修道士团体也是在世界里工作的,这个世界被理解为由基督教所支配,由此使活动获得了一种完全不同的情感强调。因此帕斯卡与基督教可能相互是敌对的,他们给予同一个问题——当然是不同的——回答,这个问题是从同一个世界状况提出的,他们是敌对的兄弟,但却是兄弟。这种相

---

① 德沃夏克:《艺术史作为精神史》,第271页。
② 布洛克·缪勒:《基督教》,第81页。

## 第十六章 艺术的解放斗争

近的类似性也有极端的意义,这种意义在两者中具有主观性。作为教会的官方哲学应该持有托马斯主义的客观性,实际的宗教信仰必须对其上帝不断有新的创造。以它对世界的统治的这个难题,使纯主观关系获得了从未达到的重要性。(罗耀拉的祈祷练习是从这一点出发的,将主观性提高到最大值,使他们在严格的纪律下提供征服世界的职能。)贡哥拉大概是这个世纪最著名的诗人,他写道:

> 艺术由木材雕刻出神像,
> 崇拜却由神像创造了上帝。

完全在这一意义上,天主教诗人莱因霍尔德·施奈德描述了虚构的圣徒阿维拉的特列萨与堂·吉诃德相遇的故事(顺便说明,类似这种编排在文学中差不多广为流传。在乌纳穆诺那里重复地描述了罗耀拉与堂·吉诃德之间的这种精神关系。德沃夏克也很重视与塞万提斯同时代人格列柯。)施奈德这样概括了这种象征性相遇的要点:"因为在瘦长的骑士的昏暗而潮湿的眼睛里闪烁着像圣徒眼里的那一亮光,它只是期待着被唤起而燃烧。他所做的一切都是对那种上天的疯狂的认知,这使圣徒感到惊讶。他也在心旷神怡中发现了生活的源泉,以信仰的战栗向他弯下了身躯。他们两人对此是一致的,唯一真实的是在人的内心最深处发生的事,外部世界尽管有各种反抗也必须以确定性服从这一真理。"在结尾时最后的话,对于没有陌生的听众是确定不疑的:"……这胜利是肯定的,但它不值得,在地球上这是没有胜利和没有希望的,来终止心灵的悲伤。"由近代世界的这第一次危机产生了这种特有的近代的主体性。

在诸如施奈德这样一位诗人那里,悲剧形态的骑士和迷狂的、亢奋的、积极活动的圣徒作为同样安排和同等价值的角色出现在他的作品中。在文化的客观性中属于堂·吉诃德式的人物也有塞万提斯赋予他的评价:在其极为幽默的冒险中诗人将骑士的梦想与现实作了对比,他由此将这一梦想的现实本质展示出来。如果霍克作为这个时代的标签,它的内在性强调了"对神的悲剧的、不幸的爱"① 那么,这一结论"仅仅"具有一半真理,因为它的那种与现实的平淡的对立,在这种关系中它缺乏悲喜,甚至只是喜剧式的矛盾,因为霍克完全内在地、无批判地参与了这种无客体化的主观性的全部运动。所以他不能区分危机时代的实际的伟大人物与其自鸣得意的、卖弄技巧的受益者。空洞实验的丑角如阿尔钦博第在他那里似乎并没有比悲剧式的伟大人物如丁托列托受到轻视。

正是在这里显示出充满这一时代的张力,它如画似地达到了其矛盾性的最高阶段。一方面这是有趣的,勃克哈德一般不赞同所谓自然主义因素,这种因素降低了所展示

---

① 霍克:《Die als Labyrinth. Manier und Manie in der europäischen Kunst(世界是错综复杂的—欧洲艺术的风格和偏好)》第 7 版,1520 至 1650 年及至现代,汉堡 1971 年版,第 215 页。

## 第十六章 艺术的解放斗争

主题的威严和崇高性。① 这种倾向无疑是构成艺术的要素之一，它不仅在审美意义上被勃克哈德所误解，因为在丁托列托那里根本谈不到"自然主义"，而且在其精神意义上也误解了它。贝伦逊对丁托列托这种倾向的固有内涵看得极为清晰。他谈到关于《钉在十字架上》（Scuola di San Rocco）："……虽然基督被钉在十字架上，然而生活却像往常一样进行着。对于大多数人群说来，他们在这里聚会，这一过程无非是通常的处决。很多人参加只是当作一种令人厌烦的责任。"② 由此丁托列托只是对圣经的历史作一种阐释，对此我们已经在其他地方在那些伟大的先行者如布吕盖尔、皮埃罗·德拉·弗朗切斯卡那里觉察到了：这是一种信念的表达：基督神话的事件绝不具有那种中心的世界史意义，像教会所赋予它的那样，毋宁说是在人类高度发展和难题的喜怒哀乐的历史中人的内心意味深长的一段插曲，它在其他人面前绝不可能占有根本优先的地位。但是另一方面丁托列托在绘画的情感内涵上，由此也在构图的质上，拒绝了他的先行者。在这些先行者那里是按照规定的态度来完成其绘画的基本内涵，确定其构图的基本路线的，而在丁托列托那里，则涉及那种张力的因素，在其中表达了他对同时代危机的态度。因为这种悲剧环境的去基督化相当于一种在中心人物上表达的宗教主观性的极度强

---

① 勃克哈德：《Der Cicerone（古迹讲解）》，第931页。
② 贝伦逊：《die venezianischen Maler（威尼斯画家）》，第94页。

化。在这里德沃夏克不无道理地注意到，丁托列托不是为公爵和国王，在他的发展的关键年代也不是为威尼斯共和国工作的，如同大多数文艺复兴的艺术家那样，而主要是为宗教团体内的同伴工作的，因此他"在一定程度上是作为小众所宠爱的画家开始的"，"并相对危机把他们的感受表达了出来。"① 德沃夏克由这种情况首先得出了主题上的结论，我们却相信，这是深刻的，它也扩展到中心的情感内涵以及构图方式上的辩证矛盾性。

这涉及一种在情感内涵上极高、主观性的、极端的、一贯坚持的，在审美上因此具有最丰富的对象性以及在图像塑造的对象性上追求真正客观性的不可抑制的冲动。在世界观上是一种渴望按照信仰、按照信仰的实现的主体性和一种现实存在的世界"被上帝遗弃"的深刻情感的对立为基础的。在绘画上这种对立表现在一种尝试中，将高度文化，这一文化研究了人的运动及其最富激情的张力——这正是后期米开朗琪罗的遗产——与一种构图方式的媒介有机地结合起来，它基于色彩基调、光与阴影关系的色调的和谐之上。在后期的米开朗琪罗那里，在突破自我所表现出的审美客观主义范围内涉及时代世界观矛盾的极端尖锐化，但是这种客观主义尽管承载了各种问题却始终停留在客观主义之上。丁托列托在这一运动世界中建立了色彩

---

① 德沃夏克：《Geschichte der italienischen Kunst（意大利艺术史）》第2卷，第146页。

## 第十六章 艺术的解放斗争

表现的主体原则，作为创造对象的力量，并在他那里使其成为形象地表现深刻世界观的矛盾性的力量：将圣经的主题转向同时代的日常生活，由此使它的这种进入彼岸的神话特性丧失殆尽而完全通过它的人性的意义发挥作用。在这里与这种倾向相融合，将危机时代深深的但无方向的对上帝的渴望注入在一个贴近生活的、形式上完全主观的、事实上拒绝每种超验性质的世界中。丁托列托的表现方法始终是以丧失了自身现实的主观性的极端世界为前提，以便立刻使其转化为一种被他们所拒绝了的客观性，由此获得了一种形象的真正由绘画形成的对象性，同时使之在运动中由主观的激情直到爆裂的边缘。甚至丁托列托的空间以其现实主义的真实性也参与了这种内在涌动的激情的起伏，而人物的构成成为它的主要承载者。正如德沃夏克正确地指出的，丁托列托通过他的艺术的平民基础脱离了他的同时代人的寓意主义并重新回到圣经的主题。这种返回旧的主题却只是一种假象，因为甚至从外表的可能性看，完成教皇格列高里对中世纪艺术提出的社会职能，在这里也成了泡影：其表现与中世纪艺术的简单性和内容的即刻洞悉相去如此遥远——甚至当丁托列托把这种委托当作自己的责任——在这里已经不再有效。持续地以圣经画面的人为核心当然在真正的人文性质上保持着它的重心，它呼吁观众，以这种意识的最深的震撼作为内在生活基础来实现这一思想和情感生活。

　　同样如德沃夏克所正确指出的，以所有这些丁托列托为伦勃朗指明了艺术取向。① 但是其最重要的差别在于,后者的效果产生在这里所述的危机之后,这一危机最新呈现的片面性,不仅忽视了那种现实主义倾向,这种倾向在新提出的问题中起作用,尽管经常是以矛盾的形式,却仍然是指向一种被迫的此岸性,使整个危机脱离了它的具体的社会历史基础。它的产生具有辩护士的意图,不断地连续生产最新的艺术,它的无对象的、寓意的反现实主义作为每一种现实艺术超越时代的基本倾向呈现出来。我们将在第三节看到,其中在一定程度上包含了一半的真理,当这种最现代的倾向再次导致,突破作品个性的内在封闭性,其审美的塑造方式再次屈服于变得完全空虚的、极成问题的宗教需要。为了给这一混乱的情况创造一种秩序,不可避免地要把现代理论家和历史学家所忽视的要素——一方面现实主义不可阻挡地增长并在每一次危机中重新产生出来,另一方面每一种这样的危机都有具体、特定的社会历史特性——置于讨论的中心点。由此当然不会失去特定危机的历史的和审美的不同特征。它们仅仅在所援引的两种观点的方面获得在这些现象所从属的整体中与其相适应的位置。我们已经指出了社会变革中的这些关键性要素,并且表明,一般绝对君主制的产生和暂时巩固创造了一种关系,一种封建的与资本主义的阶级和阶层的暂时的平衡——这种关系为现实的危机准备了一个终结,通过社会存在的

---

① 德沃夏克:《意大利艺术史》,第148页。

## 第十六章 艺术的解放斗争

统一也使得在意识形态领域产生出一种秩序和前景。

在艺术史上这种变迁最明显地表现在鲁本斯的创作中。在形式上他受危机时期（米开朗琪罗、丁托列托等）的努力的强烈影响。所有这些在这里趋向于表现出一种危机性的内在分裂状态，在鲁本斯那里作为绘画的高级处置用于宫廷代表的、塑形装饰倾向。① 我们在这里对鲁本斯的艺术不作一般地讨论，对于我们重要的是这一结论，他从社会可能的角度对危机的克服绝不是返回到中世纪意义的绘画，既不是在艺术上也不是在精神上回到艺术与宗教的那种关系。他所承担的社会职能，即使涉及的是宗教题材的教堂绘画，是从绝对君主制以豪华和阔大表情为取向的社会的代表性需要出发的，按照宗教的直接内容是完全服从于这种要求，并以巨大的绘画活力实现了这一要求。所以这里表现出的宗教仅仅是作为各种生活多方面表现中的一种现象，它在其中绝对没有过分的比重。如果说在这里圣像的简单性、即刻的洞悉和理解在强有力姿态的安排有序的乱相中、在色彩对比的鲜明中已经消逝了，因此与危机时期圣像的情感内涵彻底区别开来，这关系到对曾经将宗教需

---

① 这一点是一贯的，当雅可布·勃克哈德在他的晚期对鲁本斯表现出热烈的兴趣，他借这个机会勾画出了"一种巴洛克绘画的美学"，它"按照鲁本斯的意愿宽恕了其他人的过失"。威廉·维特错尔德：《德国艺术史家》第2卷，莱比锡1924年版，第202页。在这里"过失"是指危机的心灵上和艺术上的问题。勃克哈德只认同对危机的官庭—君主制的解决作为最有价值的，对伦勃朗则表示了他的反感（正如早期对丁托列托那样），对其平民风格表示拒绝。威廉·维特错尔德：《德国艺术史家》第2卷，莱比锡1924年版，第203页。

> 审美特性

要与艺术活动联结起来的纽带的割裂,但鲁本斯的艺术又是危机时期的直线式的继续。这里只作简短的提示——艺术上完全不同的类型——委拉斯凯兹的伟大的现实主义同样是以绝对君主制的这种倾向为基础的。没有特殊的共同点,进一步考察其历史的和艺术的强烈不同点,可以说宗教题材在这里仍然插曲式地出现在鲁本斯那里,他的表现方式也具有完全不同的情感侧重,并具有同样的此岸的、世俗的特性。(因为我们这里是依据绘画的发展来追溯艺术—宗教问题,当然我们不能对英国的帝托—绝对主义多有涉及。)

荷兰绘画也是处于危机的彼岸。在这里在民族自由斗争的基础上,在这样一个社会的基础上,这一基础已经——尽管还有各种贵族的—封建的——城市新贵的残余——以后市民社会的一般轮廓显现。基督教的意识引导作用在这场革命中是与在大多数典型的绝对君主制中占统治地位的天主教相对立的,它宁可倾向于艺术从每一种宗教的束缚中解放出来。市民生活的新的形式决定了这种艺术的社会职能;市民生活的各种事件和现象、风景、静物、人群肖像等在题材上已经支配了这一职能,我们已知的对艺术变革的态度完全与此相应。因此在绝大多数伟大作品和大师(设想弗朗斯·哈尔斯、雷斯达尔、维米尔等)中去寻找一种宗教艺术是根本没有根据的。伦勃朗似乎是唯一的——但是极其重要的——例外,在他那里人们可能设想宗教艺术的一种再生。在更新的时期,它的关系到宗教的模糊性、

## 第十六章 艺术的解放斗争

不确定性、非对象性我们将作详细分析，是完全可以理解的。在这里，只涉及艺术与宗教的一般关系，我们只要简短回忆一下伦勃朗与目前所述发展的切近关系就足够了，以便指出，他的创造有机地适应于这一发展，尽管他的决定性特征要归功于已经克服了实际危机的时期。例如西美尔不惜一切代价要在他的艺术中发现一种独一无二的现代宗教性，那么对于由他所描绘的世界必须确定："……人们不再处于一个客观上虔诚的世界，而是处于一个客观上冷漠的世界，他们作为主体是虔诚的。"① 但是西美尔这里所说的虔诚，作为一种主观情感却与宗教信仰毫无关系，不论是内容上还是对象关联上的联系都不存在。西美尔甚至描述了伦勃朗塑造的人物的内心生活："他们的深沉、他们的典雅的平静或他们的震撼只是来自他们自己的生活，其中既有外在的或内心的事件的公开化……"② 当然正如我们以后将会详细看到的，在后期市民生活中广泛传播的那种既不是直接在日常实践又不是在工业文化中表现出来的情感都称为宗教的。大量这种情感可能与宗教需要相关，它的多方面性质、它与人的活动的一切领域的关联性是一种征象，这种需要在一定程度上并不和确定的客观世界相对

---

① 西美尔：《Rembrandt. Ein kunstphilosophischer Versuch（伦勃朗——一种艺术哲学的探索）》，莱比锡1916年版，第146页。说明这一点也许是有意义的，西美尔针对伦勃朗个人的宗教信仰指出：……从情况判断表明在他那里更多地是反对而不是赞同一种很正面的宗教信仰。

② 西美尔：《Rembrandt. Ein kunstphilosophischer Versuch（伦勃朗——一种艺术哲学的探索）》，莱比锡1916年版，第148页。

应，它本身作为一种主观想象会得到适当的实现。关于这一问题综合体在最后一节再谈。

伦勃朗艺术的情感内涵和他描绘的人物的内心生活所涉及的是什么，其整个感受的巨大尺度、他们的举止动作、他们的面部表情、他们的构图作为独特的激发因素全部在此岸性内部可以体验到和理解，甚至在圣经题材中它的基于大众的民俗特性起着决定性作用。罗曼·罗兰对于很晚以后但同样是在基督教基础上产生的亨德尔的清唱剧强调指出，在这方面也适用于伦勃朗："亨德尔并不是为了宗教理念才以圣经素材来创作，而是……因为圣经人物的历史是民众所熟悉的，他将这些加以改变和转换。每个人都了解这些，而那些古代浪漫主义的寓言只有受过教养、腐朽的业余爱好者的一个小圈子才感兴趣。"[①] 在此人们没有忘记，在荷兰，同样很晚在英国，民族的和社会的自由斗争也是在基督教的旗帜下反对天主教所确立的专制。《圣经》作为一本大众图书在这里成了起义和解放的启蒙读本。当然当时人们的内心是无法拒绝那种渗透着宗教思想和情感的特性。因为这种力量并非由神性所贯穿，而是建立在由自身、此岸性规律所推动的现实之上，由此对于伟大的艺术无可避免地形成这种倾向：其重心放在自在的斗争（人的内心针对一种客观的和陌生的外在世界），放在人的和人

---

① 罗曼·罗兰：《Händel（亨德尔）》（全集单行本），柏林1954年版，第175页。

## 第十六章 艺术的解放斗争

们之间的纯内心的冲突上。以极大强度但总停留在主观宗教的内在性上的这种情感的承载性，以审美的必然性向这一方向转移：给宗教（圣经）所流传的富有意义的事件赋予一种艺术上内在的、人的此岸性的氛围。也就是说，本来可能置于超验的境况转化为纯粹内在于人的冲突、悲剧、田园牧歌、悲歌等。大概在伦勃朗那里它是第一次以巨大的力量出现。但是他以此所完成的只是那种发展，其精神—艺术的取向我们在分析危机时已经尝试作了一般本质特征的说明。我们赞同德沃夏克的考察，将丁托列托与伦勃朗联系在一起。在对荷兰群体肖像的研究中，李格尔谈到了其内在情景，伦勃朗在这个领域在典型的市俗的、此岸性的绘画中，区别于他的同时代画家。李格尔再次有力地强调指出，根据这一努力所形成的构图原理，与并列相对立的主从关系，也是伦勃朗宗教题材绘画的主导原则。在这方面与全新的社会职能相适应，伦勃朗不论外在还是内在都以完全不同的表现方法接受了"米开朗琪罗原有的巴洛克问题"。[①]

对于绘画动态情况的详细分析，已经超出了我们的讨论范围。在这里我们只是接着指出，伦勃朗在艺术整体性上是作为划时代的革新者出现的，在绘画方面长期鲜有相称的后继者。在这种带宗教倾向的伟大艺术中，正是这种

---

① 李格尔：《Das holländische Gruppenporträt（荷兰群体肖像）》单行本，第185页。

> 审美特性

内在的、动态的、通过冲突重心来接近此岸性的动机处于中心地位。我们设想巴赫的弥撒曲中冲突的沉闷（耶稣或巴拉巴斯、内心的冲突等），设想亨德尔包含音乐戏剧冲突的形象。这种激情的审美家园总是一种创造出的主体性。只有文学能够将这种方式的内在矛盾——即使是很成问题的——插入到"客体的整体性"中。如果人们将密尔顿的创作与但丁相比，即使在文学中由于从人的日常生活退回到超验，对内在性的过分强调必定会以牺牲世界的客观性为代价。在主体性与其外在效用场之间的塑造的相互关系必然减弱为一种主要是抒情诗的态度。（这里将是这一场所，一定程度上介于但丁和密尔顿之间，要提到关于莎士比亚的世界史意义。）但是因为文学关于宗教—艺术问题是与绘画情况完全不同的，我们这里只能指出：音乐和造型艺术可能完全相反，它们以自身的方式达到均衡的解决。音乐，将其此岸的戏剧性置于其纯粹的情感实体中；绘画，将其最精细的内在主体性作为不以其为转移的可见现实的有机组成部分表现出来，从而在纯粹此岸的"被上帝遗弃的"世界中取得适当的地位。伦勃朗的世界史的伟大之处在于——用塞尚喜欢的表达方式来说——实现了不受主观性左右的客观性和相对于无力的主体性发挥出对象性作用的对现实的光辉模仿。

由此形成了一种高级艺术，它与教皇格列高里提出的社会职能不再发生联系。我们已经描述了相对这种关联的艺术的内在的、成就显著的解放斗争，它的本质规定和发

## 第十六章  艺术的解放斗争

展阶段。对此为了不造成一种片面的印象，必须补充说明，在至少到拉菲尔的时期，造型艺术虽然由其宗教的超验内涵的解放取得了重大胜利，但是从教皇格列高里所说的意义上还在起着圣经解读的作用。呈现的对象客观性、构图的洞悉性质都顾及到，甚至是佩鲁吉诺或皮埃罗·德拉·弗朗切斯卡的圣像，它们的功能都能满足祈祷和教诲一类的活动。只是随着危机的发展，这种联系才逐步消失。如果把这一解决设想为毫无难题的过程，那么也会是片面的。在西欧，中世纪造型艺术的社会效果意味着对它是唯一有利的情况，这仅仅与古希腊雕塑情况相比较而言。在圣经中汇集的民间传说的历史——戏剧特性使得这一情况对绘画更为有利。社会职能所要求的一种明晰性和一般的可理解性为它打开了审美自由展开的活动空间，正是由于此岸性与彼岸性的不断的斗争成为这种一次性艺术的基础。正如我们看到的，这种对立力量的爆发性的张力直接导致它的中断，随着这一中断各种造型艺术失去了它的数百年的社会的引导作用。贝伦逊正确地表征了这一状况的社会方面，他指出："……在16世纪，绘画在威尼斯的生活中几乎占据了音乐在我们生活中的地位。"[①] 这不仅适应于威尼斯，并且不仅适应于日常生活。在这里，它涉及的不是所取得成就的艺术高度。从戈雅到塞尚的时期著名画家占据有相当大的数量，但是没有人像中世纪从契马布耶到米开

---

① 贝伦逊：《威尼斯画家》，第52页。

朗琪罗处于文化发展的精神中心点，如果人们从但丁算起，在这里正反映了这一伟大精神转折。但这与题材是不能分的。教皇格列高里的社会职能的必然衰落，使得绘画绝不是没有内容的，正如许多人认为的那样。人们完全不用引证像德拉克洛瓦的人物造型，不论库尔贝、莱伯尔还是伟大的印象主义画家或梵高都不是没有内容的，如果人们不是把内容的概念局限于宗教或文学轶事。但是如此形成的内容，却不能将对各种文化的关键性问题的一般立场与一种即刻的可理解性有机地在绘画中结合成一体。绘画的新的内容对象性的问题，在原有的社会职能解体以后变得总是个难题。

在另一方面，在宗教方面，相反地在审美上形成了一个完全的真空。这对于耶稣教是理所当然的，它完全不认为这是一种损失。甚至今天例如卡尔·巴特完全在改革的意义上谈到所谓宗教艺术"这是一件好事，这完全是基督教艺术的一次'骚动'，意图是好的但没有力量……"① 这同一个问题对天主教则有一种完全不同的意义。法国画家毛利斯·丹尼斯为一种宗教艺术的新的觉醒在理论和实践上热情地投入，他清楚地表述了当前所存在的矛盾："人们具有一种从罗马回归的法国精神，如果要问它对意大利教堂思考的是什么？它会说，在这些教堂中只有艺术作品

---

① 卡尔·巴特：《Dogmatik im Grundriss im Anschluss an das apostolische Glaubensbekenntnis（相关使徒信条的教义）》，柏林1948年版，第42页。他在一次宣讲中还说："没有神学的造型艺术。"——作者注

## 第十六章 艺术的解放斗争

(objets d'rt）却没有唯一的宗教对象（objets religieux）。教堂只是博物馆。他感到迷惑。"在接下来的考察中丹尼斯谈到了官方认可并使用的"诸宗教对象"的机械批量生产。他对此感到愤慨，天主教徒满足于这种屈辱状态。"各种艺术是为世界的，'诸宗教对象'是为上帝的。"① 这当然不是由于滥用或轻率产生的情况。否则人们必须动员真正的艺术家，问题可能容易得到解决。众所周知，在这一取向上不断有各种新的起点，宗教绘画或雕塑的批量生产和违反艺术性从"青春风格派"到超现实主义的极其不同的方法通过艺术家的活力作出各种尝试。所有这一切却停留在一种怪僻的业余爱好的水准，它既没有能对艺术的发展起到任何作用，也没有能动摇宗教团体的垄断权。由马利坦对这个问题的理论说明可以看出这种原则的徒劳无功的根源。他从古老的格利高里的设定出发，教会艺术（art sacré）的目的是教育民众，它是一种形象化的神学。他概括地说，它是绝对依据于神学智慧的：它本身必须保持一种僧侣的、所谓用图像表达的象征主义。② 人们看到，根据这一要求，尽管马利坦详细地强调指出，它绝不包含有关风格等方面的规则，由教会曾经提出的对艺术的社会职能所旧有的弹性完全消失了。它同样表现出一种反动的乌托邦，如那一

---

① 毛利斯·丹尼斯：《Nouvelles Theories sur L'art moderne, sur l'Art sacre（现代艺术及教会艺术的新理论）》，巴黎1922年版，第244页。

② 雅克·马利坦：《Art et scolastique（艺术与经院哲学）》，巴黎1927年版，第134—141页。

时代后期柏拉图的观点。它只能实现按批量制作的成规，它不是由于个体的艺术上的失灵，而在于，在这种社会职能中在宗教、艺术和民众感受之间的各种联系已经完全消解了。在这里很少关系到，是否有才能的艺术家或拙劣的半吊子、先锋派或学院派参与现今的教会艺术中来的问题。例如马蒂斯曾经用绘画装饰了一个小教堂，并用玻璃橱窗把它装备起来。毕加索在参观时对此说道，这一切他觉得挺好的，他认为只是缺少一间浴室。①

　　这种生动的宗教虔信对于艺术的迷惑，我们已经在反对改革时期的汉德尔·马泽蒂的小说中提到过。那时只是涉及一个简朴的农妇的半巫术式的信仰。当时的上层建造了美丽的巴洛克教堂，他们往往还用艺术上并非无名的绘画和雕塑来加以装饰。当然现今也出现一身兼顾虔诚和艺术趣味的情况。对于现代宗教信仰与艺术之间的原则关系，如著名狂热的天主教作家雷昂·布洛依所表征的一个本身极端出轨的人物。马利坦援引了他的一般观点："艺术——雷昂·布洛依从一个变得著名的方面写道——是在第一条蛇的皮肤上寄生的原始居民。由这里它获得了其极度的骄傲及其启示的力量。它满足于它自己就像上帝一样……它还倔强地反对朝拜或顺从，没有任何人的意志能使它在圣坛前弯下身躯……有可能例外地发现不幸，既同时是艺术

---

　　① 引自《Frankfurter Allgemeine Zeitung（法兰克福汇报）》，1960 年 3 月 25 日。

## 第十六章 艺术的解放斗争

家又是基督徒,但是没有基督艺术。"① 布洛伊在具体的批评中经常变换这种基本观点。关于但丁他如此写道:"从前我曾试图阅读但丁……无聊是不可言说的,并把我压倒在地……人们必须是一个伟大的儿童,人们在阅读他的'地狱'时将会感到遥远的恐惧……至于他的'涤罪所'和他的'天堂',只有那些在培拉但先生的学校学习他的艺术史的才会有这种无知。但丁与没有他就不可思议的拉菲尔分享荣誉,在那里在现今的教会大学大量习惯地贬低上帝的理念和圣子。甚至最著名的歌唱艺术'上帝的喜剧',除了安娜·卡特琳娜·埃梅里希或者阿格列达的马利亚或五十个其他女先知们最不著名的诗歌,几乎难以唤起同情。"② 当然这些表达方式都极度夸张和出轨。但是在它的无法阻止的不妥协性中,是它对艺术与宗教之间深刻的内在的、终极的混乱的一种表征,正如上面提到的有巫术信仰的贫穷农妇对纯朴的美的迷惑。其内容、其中所表达的布洛依的内心态度,在我们看来对于现今的情况是更有代表性的,比之于对审美高度感兴趣的妥协,如在克劳德尔③或培基④、莫里亚克⑤或

---

① 马利坦:《艺术与经院哲学》,第314页。
② 雷昂·布洛依:《有益的追求·作者日记1893—1900》,纽伦堡1958年版,第269页。
③ Claudel(1868—1955),法国诗人、剧作家、外交官,笃信天主教,著有《圣者诗篇》《东方游记》等。——译者注
④ Peguy(1873—1914),法国诗人、评论家,具有强烈爱国热情和宗教信仰。——译者注
⑤ Mauriac(1885—1970),法国天主教作家,曾参与反法西斯斗争,著有《耶稣传》《火之河》《爱的沙漠》等。——译者注

○ 审美特性

格雷厄姆·格林①或那里的情况。

以此艺术的解放斗争、它与宗教的完全脱离似乎获得了它的终结。从教会的、题材—圣像学的关联上看，它确实是如此。在其中我们将会看到，正是在最新的艺术中，在其极端的、先锋派的一翼，不断强烈地表现出与宗教相关艺术的基本风格原理，即寓意化的统治，由此与欧洲艺术发展的形象的对象化传统相分离。这种现象——正如人们也经常对这种倾向的作品在艺术上进行评价——由我们问题的观点看来是如此重要，我们将在下一节详细讨论与寓意的本质相联系的、它的世界观基础的最重要的阶段。只有研究了寓意的审美的和世界观的特性，才有可能在最后两节阐明这种现象的全部规定。这里所出现的原理性问题，属于在那里接续考察的范围。提前要说明的是，当然在以前已经常常提到过，在这里只能说这样多：每一种宗教需要都是与人的单独个性具有内在的不可分割的联系的。著名意大利作家塞萨尔·帕维斯曾经在他的日记中敏感地记下了："宗教是基于对此的信仰，即所有的我们身边发生的事，通常都是重要的。正是由于这个原因，它绝不会从世界上消失。"我们还少有机会在这里讨论帕维斯的结论，因为一方面对我们现在的考察说来，他的诊断远比他给出的预后重要。另一方面他在同一本日记的另一个地方给出

---

① Graham Greene（1904— ），英国小说家、笃信天主教，著有《权力与荣光》《事件的核心》《爱的终结》等。——译者注

## 第十六章 艺术的解放斗争

了一个极好的结论,它非常适合头一次、暂时地洞悉现在所讨论的问题组合体,人们可以说作为定音的和弦。帕维斯写道:"显然,我们绝不会成功地在世界上准确抓住事物的根源(正常情况下对一件工作而言)……显然,我们绝不会再热爱那种想法,为了它人们要准备搭上性命……"①这最后一句话揭示了个体性与彼岸性之间关系的动力学:每一种主观上或客观上对单独个人的世俗的——人性的自我发展的阻碍都会唤起他在彼岸去实现的渴望,大量的实际情况往往如此。在生活本身之中自我的本土感受、无条件地献身于一种思想,这是为了生活所确定的——当然不考虑科学和艺术——这是人以一种方式超越他直接给定的个体性的主要工具。这不能摧毁其人性的基础,但是它——超出对不同人的共同体的从属性——接近于一种人类的观点,在其中构成与人类的一种具体的和有意识的联系。如果这条道路受阻,或者需要付出超过平均值的力量去开辟这条道路,那么或者在人身上他的直接的独特性凝结为一个无可变更的实体,或者他必须在内心里与一个彼岸相对应,在那里似乎能体验到他这里未能满足的东西的一种实现。(这两种可能性绝不能分开,它们可能以各种混合形式同时出现。)由这种生活的差异在人心中自发地产生了宗教的需要。这种需要的专有的现代形式将在以下各节给出。

---

① 塞萨尔·帕维斯:《Das Handwerk des Lebens(生活的手艺)——1935—1950 年日记》,美因河畔法兰克福 1974 年版,第 122、97 页。

审美特性

## 二　寓意和象征

歌德于 1803 年致函谢林，就与一位年轻的艺术家的这种关系写道："如果您为他将寓意的与象征的处理手法的区别作出概念化的说明，那么您就是他的恩惠者，因为创作都是围绕这个轴旋转的。"① 这绝不是偶然的，歌德将这个问题放在艺术考察的中心点，尽管寓意与象征的对立是艺术实践的一个古老的、中心的问题，只是在这个时代才提出，对这个问题作出严肃的理论阐释。早在温克尔曼那里，就写过一篇关于寓意的文章，但是它的概念还极其含混。他往往将后来称作圣像学内容的东西混为一谈，甚至在那里，在温克尔曼产生出寓意与宗教有联系的观念时，他觉得这已经属于过去时代的自然的表现形式，他将它局限在古代，并放弃了将寓意与象征作为对立的原理加以区分的可能性。由这一论断出发，他没有得出现代与寓意相决裂的结论，而是认为过去在这方面人们必须加以借用。② 由于温克尔曼的基本取向，所以寓意问题仅仅作为造型艺术的

---

① 《歌德致谢林》，1803 年 11 月 29 日，见《歌德著作集》第 4 部第 16 卷，魏玛 1919 年版，第 367 页。
② 卡尔·尤斯蒂：《Winkelmann und seine Zeitgenosse（温克尔曼与他的同时代人）》第 3 卷，见《温克尔曼在罗马》第 2 版，莱比锡 1898 年版，第 236 页。

## 第十六章　艺术的解放斗争

一个问题提出来；荷马和其他诗人在他那里只是就寓意的内容性才起一定作用。所以要提到这些是为了说明，歌德提出的基本上是一个新问题。只有到他这里，这才成为艺术一般的（也是文学的）问题；只有在他这里——在理论史上稀有的或遗忘的例外不在考虑之内——寓意与象征的原则性对立才成为考察的中心点。

在前面（第十二章）已经指出了艺术思想家歌德在揭示特殊性作为美学的关键性范畴的意义。寓意与象征的对立对于他所具有的重要性是最具特点的，使他的理论阐释转向普遍性与特殊性的关系。问题的重要性还由于，歌德再次尝试对席勒的创作方式与他自己的创作方式的关系加以确定。这种对比的理论结论是："诗人是从一般寻找特殊，或是在特殊中见出一般，这是一种很大的差别。由前者产生了寓意，在这里特殊只是作为一般的一个例子或例证，后者却是诗的真正的本性。它只表现特殊，而毫不想到或表现一般。谁若生动地把握了这种特殊，那么同时他也就把握了一般，而无须意识到或只是后来才意识到。"[①]在中心性重要时机总会出现歌德对这一问题综合体的考察。象征的规定在另一个地方，即诗的最大成就，针对浪漫文学而言，表现在这种意图上，他特别强调了象征的创作方式的现实主义特性："这是真正的象征，在这里特殊表现了

---

① 歌德：《格言与感想》，见《歌德全集》第38卷，斯图加特1907年版，第261页。

## 审美特性

一般，不是作为梦幻或光影，而是作为深不可测的东西的瞬间的生动显现。"① 在寓意和象征的对立的这一规定中，歌德的原理清楚地显示在论辩的表述中。

歌德在其他地方也对这一问题的解决作出了理论上的明确的表述："寓意把现象转化为一个概念，再把这个概念转化为一个形象，尽管如此这个概念总是局限在形象中并完全居守着这一形象，只通过这一形象来表现。象征则把现象转化为观念，再把观念转化为一个形象，因此形象中的观念总是无止境地起作用，并且保持不可企及，甚至用一切语言来表述，却仍然不可穷尽。"② 歌德对这一对立的规定在美学原理上出现的新的东西首先在于，他——依据事实的本质，即使不是在术语上——说明了在寓意中不可排除地具有非拟人化倾向，这种倾向正是由此而与象征的原理上拟人化的态度相对立。（关于不可言说性的美学意义已经在第十一章详细地谈过了。）在这里歌德的术语是深受德国古典哲学影响，但仍然是以一种极其自主的、个人的方式表达的。因此这一点是如此重要，其思想因素在寓意作为概念、象征作为观念中被确定下来。歌德也没有忽视，清晰地揭示出这两种规定的相互区别。概念总是保持着明确的限定，并作为它本身保存在寓意之中，也就是说，

---

① 歌德：《格言与感想》，见《歌德全集》第38卷，斯图加特1907年版，第266页。
② 歌德：《格言与感想》，见《歌德全集》第35卷，斯图加特1907年版，第25页。

## 第十六章 艺术的解放斗争

它——人们可以说定义性的——一劳永逸地、明确地规定了由它所限定的对象的内容和范围。这是第一次非拟人化地接近客观现实的实质,这种接近在科学研究的过程中可以服从于极其不同的变更,它可以经受极大的丰富、扩展、限定等,然而在这种后期的变化过程中它始终是作为这一概念出现:作为一个客观现实的、被明确固定下来的、非拟人化的、抽象的反映。事实上我们看到,当歌德在描述概念向形象转化时(准确地说,将概念作为"同等意义"置入形象中),他是把重点放在——保持不以人为转移地——概念的这种内在的固定性上。由此使这种在感性直观与思想内涵之间的两重性以双重的方式永久地固定下来:首先在概念中扬弃了其感性直接性,其次使概念转化为形象(以上述结构特征)。在这两种作用下,并不包含那种内涵的保存和扩展,其现象的感性直观中的内涵逐渐隐藏在它的感性——内在的内涵之中,而且是活生生的。所以,寓意的形象绝不意味着返回到出发点回到现象世界;它同样超出这一范畴而进入一个与其相对应的思想的超验领域,尽管这一形象是为此而创作的,为使其内涵直观可见,正如这一概念所完成的。概念的形象化在这里并不意味着扬弃,而是感性的、人的对现实的反映与概念的非拟人化的对现实的反映之间裂隙的永久化。正是由于形象的感性表现方式使这种裂隙取得了一种在此岸与彼岸之间的、在内在的—人的与相对于此的超验的世界之间的对象的性质。

如果说在象征中观念作为现象与形象之间的中介原理

# 审美特性

出现,那么必须注意在德国古典哲学中概念与观念之间的区别。在康德那里观念已经获得了一种强调,它是整体性的综合,相对于概念它具有了一种同时指向整体性和辩证运动的意图,这种倾向在谢林和黑格尔那里进一步提高。在《判断力批判》中,这本书歌德深入地研究过,康德确定审美观念是作为一种"想象力的表象",没有确定的概念能适应于它,"即没有任何语言能完全表达和充分理解"① 谢林和黑格尔的作用首先是按照自己的思维倾向加以引导,使得在歌德那里观念获得了一种客观的特性,而不像在康德那里它具有的那种特性。观念在现象与形象之间的中介作用是与概念的作用具有完全不同的性质:它不仅具有现象的内容,而且正是它在各种关系和各种规定上的内在丰富性、在转化成形象性并借助于形象获得了上述意义的观念性的本质特征。如果歌德在这里也谈到象征的塑造方式的一种"不可言说性",那么正如我们所知道的,这与他以前论辩中提到的梦幻和光影无关。歌德接近于观念的客观性是基于现实对象的外延与内涵的无限性这样一种哲学公式,由此必然得出对于分析的—语言的表达具有其不可穷尽的性质。因此他对于艺术明确地指出:"自然与观念使它们不相分离,没有艺术生活就会被摧毁。"② 形象即在象征中的形象是由现象中发展出来的观念,依据歌德的要求是

---

① 康德:《判断力批判》,第49节。
② 歌德:《格言与感想》,见《歌德全集》第35卷,斯图加特1907年版,第319页。

## 第十六章 艺术的解放斗争

一个"温柔的王国",它在现实本身之中揭示出普遍的东西,并把它转化为特殊,作为诸对象感性直观的特性供人观照。显而易见,在这里歌德所指的象征是与完全对立的概念寓意有明确的区分。离开这一争论,那么这一考察就只是作为现实主义艺术的一种特征了。

我们已经看到,歌德对寓意与象征的严格区分在很多情况下是作为针对具体的时代倾向而形成的斗争手段。这当然并不矛盾,这一问题本身具有古老的根源。我们在讨论艺术的起源、它的极早期的客观化特性时已经谈到了纹样的寓意特性。这一点在寓意的形式与内容之间的两重性中表现得更加突出,比之于后期的发展,但这并不会干扰其特有的审美的统一性,甚至与其独有的特性存在最内在的联系。因为——从审美的观点看,由其特殊的直接性可以把握——纹样形式在这里相当于一种纯粹偶然的、可任意更换的、同样完全是先验的内容。这种偶然性,正如在第四章所详细阐释的那样,当然不能按现今的意义来理解。因为这种纹样在形式上的不可穷尽的性质是完全与这一"随意的"内容密切相连的,我们已经能看到,导致纹样形式的这种社会—历史必然的衰亡及至枯萎和空虚化。在完全超验的内容与纯粹纹样形式之间的那种我们今天完全丢失的、具体不再能理解的联系必须是由内在运动力以其丰富性和表现力而形成的,正如在前面那个地方所指出的,尽管这种超验内容的可更替性已经在以前的发展阶段由人种志学所证明。对于我们的考察,这个问题的历史方面远没有审美方面重要：这种内在的、无内容性纹样形式，它完全通过它的几何本质、通过它的几何组合获得了一种独立的"无内容性"——抽象内容在这一基础上保持了一种与超验无关的作用能力。

这最后的动机应该特别加以强调，因为完全是由此才在审美领域使寓意的东西占有一定地位。在巫术时代以及后来在巫术和宗教的影响下，制作了大量的对象，它们的意义是基于，超验的想象力与对它信仰的人之间的载体、触发物，特别是中介。随着这种信仰的中止，它们必然会丧失各种意义，作为实际诸对象——一段木材、一块石头等——客观地呈现出来。如此从美学的观点看来每一种寓意的塑造可能成了问题，然而这一难题却是发生在审美的领域。这对于几何纹样直接就能明了。如果这个对象是按超验的目标使用的从而具有一种模仿特性，那么情况变得更为复杂。在这里这是最具说明价值的，原始模仿与其相关联的超验的关系是引人注目的中立性的。这是完全有可能的，旧石器时代洞窟壁画的高度模仿是用于巫术目的而形成的。但是这些图像具有一种具体的、独特的、纯粹审美存留下来的对象性内容，这对于它们的效果是完全无所谓的，无论在其中所汇集的真实的现实映象——从发生学角度来看——具有审美的自身目的或者是对某种"力量"产生巫术影响的工具。我们相信：这种中立性与我们讨论这些图像时（第五章）所分析的那个问题相关联：它们是在其对象性表现中一种特别的激发真实性，同时却是——

## 第十六章 艺术的解放斗争

同样由完全对立的原理形成的纹样——非具世性的。只有随着艺术要创造一个世界的要求表现出来时，它实现这一要求的力量表现出来时，寓意的审美问题才成为一个真实的、实际的问题。因为只是到这一阶段每一部艺术作品的那种内在封闭的、立足自身的"世界"与它的超验的内涵才发展成为一种审美的矛盾。

这一矛盾的核心是基于对象性的审美构成的本质。我们在前面已经详细说明了，怎样和为什么它具有对现实的一种反映的特性（而不是一种现实本身的特性）。也就是说，一种为我们存在的特性，却采用了一种自在存在的表现方式。由此产生的后果，这种审美对象性的这一自在存在与以下特性相关，即它是否和到什么程度能实现它的为我们的存在的功能。我们在以前的讨论中作为每一艺术作品的"世界"所确定的东西，正是在对一个这样的自在存在进行审美反映中所塑造的对象性的构成。也就是说对这样一种特性，其中一个感性表现出来的客体的综合体（一种整体性）直接在其内包含那种自身的意义、那种独特的意义，在其中那种感性表现方式就是它的本质的一种直接表现。艺术作品的具世性就是基于它的这种范畴结构，就是每一种对象是这样构成的，它自身的本质、它与外在世界的关系的本质，作为它自身直接表现出来的形式呈现出来。这种具世性是建筑在范畴的审美本质的彻底贯彻上。究竟事实上作品是由诸对象结成的综合体构成的，还是由单一对象构成的，这并不起什么作用。伦勃朗的一幅肖像

> 审美特性

画在审美意义上是一个"世界";其本身令人惊异的、忠实于自然的洞窟壁画中的动物图像是非具世性的。因此这些壁画所具有的内在的或超验的意义困境已经消失,而不损害它的本质:单一的对象本身或它的可以想到的最佳审美反映相对于超验目标的利用仍然是无所谓的,它是它所是的东西(也就是说它是它所反映出来的东西),它的这种功能改变了它的审美的对象性,如果这样的东西在各方面都不存在,无论是否通过艺术或不用艺术来实现这种"神奇效应"的护身符,对于它的"巫术力量"没有什么影响。另一方面它的审美本质,如果存在这样一种本质的话,也与为此目的举行的仪式无关。

在这里对一个"世界"的塑造实现了审美产物的本质,就能实际地提出这个问题了。但是这只发生在当为超验目的的应用决定性地影响了它的产生的社会职能时,以及由此影响到它的内在结构。然后才表现出这里存在的主导性矛盾:艺术作品的具世性要求去实现它的意义的内在性。只有当一种细节显得超出了这一巫术圈,这个"世界"就不再是一个世界,它停留在由异质的多样性无序地或机械地排列的客体中。细节的生活真实、艺术风格的精细度可能由于基础的缺陷而未出现,生动细节的总和在这种情况下变成一个死板的整体。在内在性或超验性的更替中对于审美似乎不会产生令人激动的和丰富的矛盾,而只是审美特性的一种生硬的非此即彼。

艺术发展的现实在这种情况下要比抽象的理论"更狡

## 第十六章　艺术的解放斗争

點"。我们在讨论非具世性纹样时，指出了装饰的这种审美范畴（见第四章与第五章）首先在绘画中不仅是所有作品的一种最一般的规定，而且为我们的困境提供了中介原理。装饰属于每一作品个体性规定的具体整体性，它标示出一个作品所有要素的二维秩序和连接，它正是在这个为我们的存在中强化和固定了这个创造出的"世界"——将自在存在转化为我们的存在。装饰能够引导这一倾向，使其从只作用于作品的现实特性有可能达到一种跨越，并限定它在审美领域固定下来。由于它的进一步中介，与纹样的深层的形式相似性，装饰原理也可以在模仿塑造中达到一种相对的独立起作用的意义，甚至它能在有些情况下在作品结构中获得一种审美的优势。也就是说，它可能使二维构图不仅作为平衡因素，作为在二维与三维之间的补偿起作用，而且作为整个作品终极的组织力量起作用。当然这只是一种临界情况，因为当它完全胜利时作品的模仿特性将会消失，而回复到抽象的纹样。在艺术发展的现实中，这一过程总只是作为或多或少地明显接近这一极端进行着。三维性皱缩成一个所谓纯理想的空间的暗示和处于其中的立体感。由模仿塑造的各种形象与对象成为它们自身此在的单纯感性图像；人们可以说，它们只具有一种拟似立体感、一种实际的具有色彩光影的存在。它们的关系还原为一种安排有序的、有节奏的组合，并由此无意地获得了一种仪式特性。它们显得并非由自身的冲动而活动，来完成一定行为，这些更多地凝结为一种习俗的要素。由此这样

### 审美特性

一种多样性的二维关联不仅成为它们的一种综合原理,这一原理赋予艺术作品三维—真实的、空间—立体的"世界"一种终极的综合统一,而且成为审美同质化的唯一主导力量,使模仿特性取得一种质的变化:单纯的摹写性质成为所有被塑造的一切的直接表现形式,通常地以这种展开的立体感和空间性为取向的模仿赋予作品一种现实的特性。这无须特别加以强调,在这里谈不到宙克西斯①轶事意义上的对现实的一种虚构,但是真正的模仿总是由对现实的想象和感受所激发。单纯的映象性作为这样一种简化为二维性的模仿的主导表现方式,经常会演变成无内容的游戏性的、一般称为装饰性的,即装饰物。但它正是由它的这一本质而发展出一种唯一无二的内容性,正是它的非具世性提升成一种独特的梦幻性的激发性基础,在观众那里唤起一种彼岸性的幻觉。

我们再重复一遍:这是一种临界情况,绝不能以此来描述装饰的整个现实领域,这却是一种实际的——由我们的问题的观点看来后果是极其严重的——装饰原理在主导雕塑艺术的效果中取得内容的可能性。本来它能以各种不同的激发情感内涵来实现。它可以获得一种纯粹游戏性的特性,接近于完全的无内容性,同样地纯粹的纹样只用于建筑面积的装饰。但它也可以将这种游戏性设置为自身的

---

① Zeuxis(公元前464—389年),古希腊著名画家,相传画的葡萄逼真到引小鸟逐食。——译者注

## 第十六章 艺术的解放斗争

内容,将其有意识地弱化了的对象性作为这种游戏的表现手段。它终于应用这种二维性装饰的控制作为一种——世俗的或教会的——身份的表现。这种内容实现的多样性相应于装饰形式构成的多样性。这种标度由纯粹的二维性扩展到它的巨大的优势,也就是说,到最实际的、优美的空间造型,在这种造型中空间本身成为装饰代表性的器官,观众的空间体验不是在外部或内部的扣人心弦的活动中唤起的,不是在实际的对象性或对象关系的自我展开中产生的,而仅仅是装饰的活跃要素的作用造成的(人们设想艺术家平图里乔)[①]。

在第五章中曾强调指出,装饰原理作为艺术的范畴性构筑倾向在造型艺术中,首先是在绘画中,取得了它的最纯粹的表现方式。它通常具有一种或多或少混合的,有时只是喻隐的特性。虽然如此它的出现和效应在文学中也并不排斥。在其发展史中不断出现这种倾向,它不是彻底地将人的塑造引导到底作为目标,不是体现人的内在力量与其命运的斗争中的内在辩证法,而是把人的存在和关系归结为一种代表物。当然与造型艺术具有不同质的诗的同质媒介赋予了这种归结一种本质上不同的特性。由此在文学中从一开始就产生了许多尖锐化的审美难题。因为在造型艺术中空间和立体对象性、深度与平面的辩证相互关系在

---

[①] Pinturicchio(1454—1513),意大利文艺复兴时期安布利亚画派画家,以壁画和装饰著名。——译者注

### 审美特性

这里，在一定意义上说，只具有隐喻性的此在。虽然这些范畴的每一种都能表现人及其命运的某种塑造原理，但诗的语言的同质媒介与绘画的色彩视觉性，它们是完全对立的。由此得出，这些特性和命运在诗中的抽象简化必定停留在抽象普遍性的运动中，很难获得一种独特的感性特征，正如装饰的二维性在绘画中的情况那样。即使以先验的安排为取向的构成方式、对称性功能等，在文学中也是作为一般化的思想，与一种人的——感性的塑造方式相对立地发挥作用。显而易见，在这种情况下一种按照装饰的构成方式的自然倾向，必定远远比在绘画中更加沿着内容的贫乏化方向起作用。尽管有这些保留，但是它们仍然在这种程度上是并行不悖的。这种对象性形式代表性装饰的简化在诗中也引起很大尺度的感受内涵，它从神秘剧、自助圣餐至宫廷假面剧，它的流行还可以在歌德的假面游行中看到。因为这里只涉及艺术的原理性问题，我们不能进一步谈到在其他领域的这种对立。这里只简单提一下，在舞蹈中这种对立原理往往不被觉察，甚至完全消失；而在音乐中这种倾向全部以这种抽象扬弃在一种具体的感受整体性中。

完全不考虑其发生学—历史状况，装饰原理在艺术中按规则说来要比自身活动对象的塑造原理，首先是指向人的原理形成的要早得多，由事物本质得出，每一种宗教，它不是简单地压制艺术，而是使其服从自身的目标设定，那么它都与我们提到的在艺术中寓意创造的特性有关联。

## 第十六章 艺术的解放斗争

当然装饰的概念要比寓意的概念更大，内涵更丰富。不论哪里装饰的呈现方式只要凝结成一定内容，并确定表现一定内容，那么就必然产生一些寓意的或至少与其相近似的东西。这绝不是偶然的，绝大多数的宫廷代表性艺术作品（或被要求用艺术手段创造的制成品）都具有寓意的特性。为艺术技巧性所决定的竞争使宗教对艺术提出的社会职能带有那种装饰的形式要素，在其中必然减弱的感性激发力与直接的无内容性之间出现了位置的空缺。这种空缺似乎是用于实现宗教所规定的超验内涵，因为由此对象性的弱化不再表现为一种缺憾，而成为距离的必要反照，它将尘世与彼岸分割了开来。这种竞争是著名的寓意艺术作品持续发挥审美作用的基础。人们设想拜占庭艺术中最好的马赛克圣像，很多是东方式的，个别作品是卡尔德龙的。在这些作品的装饰形式中发散着如此引发的超验的内在性，它充满了带穿透力的梦幻般的光辉。这就是与宗教相关联的寓意艺术的某些顶尖成就的审美本质。当然这里也贯穿着寓意效应的基本矛盾：只要这一寓意作品是受命于表现那种超验内容，它就是以一般的宗教信仰为基础，作品就要借助于这种信仰的力量，它的艺术的质就只能提供一种附属性的支撑作用。如果这种内容被人们遗忘，那么它只能服从一种质的改变，接受者面对的是多少有些不可理解的东西，因为所塑造的形式绝不可能成为具体的超验内容的实际中介器官。这时审美只关系到由装饰所塑造的关联物的自身价值，并基于是否这些立足于自身的因素还能产

> 审美特性

生审美的激发效果。如果这种因素不能充分发挥作用，那么其效果就更差了。上述临界情况不能完全摆脱这种基本处境。因为——正如我们由巫术开始经柏拉图到后期宗教对艺术提出的要求可以肯定——这样一种社会职能总是强调神学、仪式的固定化，并由此防止在多数情况下艺术由新的情感内容出发不断产生自我更新，这种情感内容是由社会—历史生活不断形成的，并在审美的正常情况下艺术的内容与形式会不断更新。

只有从这里出发才能看清，古代和西欧中世纪创造的发展条件在历史上的幸运达到什么程度，即使绝不是偶然的特殊情况。在大多数国家，特别是东方艺术（同样地包括科学和哲学）仍处于宗教、神学的控制之下，所以一般都是沿着寓意的路线发展。当然到处都有在自身的审美意义上对现实模仿反映方向上的路线斗争和突破的尝试。在这里只要提到埃及阿玛尔纳时期就足够了，此外在印度和中国当然也有两种基本审美原则的类似冲突，这将是艺术的历史唯物主义世界史的任务，在艺术实践的社会—历史基本情况的具体变迁中具体阐释这种冲突及其命运。在这一考察中，其中全部关系到揭示在这一对立性中的审美难题，只要这一简单的提示就够了，上述突进到内在充分发展的审美模仿绝不会持续地影响到东方艺术发展的基本路线。这种在两条路线斗争中持续的倾向，作为审美原则由宗教—巫术思想和情感世界的强势中争取解放的斗争，只有在西方才能看到。这种发展的历史唯一性绝不意味着，

## 第十六章 艺术的解放斗争

我们把它当成一种历史偶然性。完全相反，事实上这一发展，正如到目前我们反复提出的，是与真正意义上科学的形式、与非拟人化反映的连续的自我实现、与世俗的以内在性为取向的伦理学占据主导地位是平行进行的，在这两种发展的社会基础上显示了深刻的规律性，它在西方而不是别的地方取得了一种扩展性的意义。这里当然不是对这种发展的社会意义以科学方式进行详细分析的地方。我们只能像以前一样满足于对那种一般了解的事实作出的结论，只有原始共产主义解体的希腊和罗马的形式，导致了以奴隶制经济为基础的城邦，只有这些城邦的解体趋势与日耳曼各民族的社会形式的结合产生了一种封建主义，这种封建主义内在难题的登峰造极孕育了资本主义，资本主义的那种体制性矛盾又导致社会主义，这同样是一种科学的老生常谈。因此在欧洲首先是在地中海地区，然后在西部欧洲大陆取得了一种独特的社会历史发展，在世界其他地区没有找到类似的过程。这两种发展路线的对立构成了在西欧科学和艺术的独立的自我发展特性的基础，这也是这些反映形式的一种自我发现。它现在已经形成了概念，并在全球范围实现着类似的变革。

在这里审美关系到一种方式，即人及人的命运怎样被反映并相应地被塑造。每个人都知道，在经典性的古代以及中世纪艺术至文艺复兴所开辟的道路上，人的这种研究一般处于中心地位。关于这种情况的纯粹审美后果——正如它也不断被如此评价——无疑占主导地位。但是将人置

## 审美特性

于他所关注的那个宇宙的中心点意味着什么？在这种努力之中世界观的和审美的交会点何在？对此的回答是相当接近的：人作为人的兴趣的中心在审美上是与艺术的基本态度、与符合逻辑的拟人化相一致的；在世界观上它与对现实的此岸性指向的态度相等同，这种此岸性——在艺术表现上——具有一种与内在的、在内容上与作品的个性真正统一并与其具世性的深刻类似性。人处于中心对于艺术绝不是一种直线式、单维度的"纲领"。在这里就此而言涉及一种"纲领性"，其目标设定是：通过人并为了人而去把握现实，使世界成为人所自我创造的家园。但是在这里家园绝不意味着是作为恩惠的礼物取得的不值称道的乐园的幸福。无论在哪里，它要获得一种田园特性，那里才是有道理的；哪里失去的家园表现为黄金时代，那意味着这是一种控诉、一种斗争和工作的鞭策，对于现在或未来失去的应该重新获取。所以作为著名诗人的深刻认知，奏响了从《安提戈涅》到高尔基的大合唱，人的一切真实存在的本质是最高贵的。从田园牧歌到悲剧对这种此岸性的认同伸展开来，正在攀登它的最高峰，登上它的最内在的自我实现。

在真正浏览了艺术在上千年过程中创造的那些成果之后会感到，正是悲剧是对于尘世间人的自我保存和自我完善的最突出和最强烈的表现形式。如果在其中只是单纯展示了人的命运和最深切的自身力量的内在性，那么对可见世界的模仿就致力于以同样的明晰性去认识和塑造赤裸裸的人。这两者最密切地相关，这不是偶然的，贺拉斯的古

## 第十六章 艺术的解放斗争

典艺术在这两方面都达到了高峰：一方面确定的、可见的人本身的肉体形态从一切异化的规定中解放出来，只是由他自身的存在，只是立足于他自身的此在；另一方面一切他的身体的和心理的、思维的和道德的力量处于最高度的张力关系中，这种力量在对外在的、内在的敌对势力的斗争中经受考验。在冲突中，这种冲突是由——由人本身所产生并不断再生产出——社会生活所引发的，以致这一斗争，即使只是单个人处于其中，即使他的失败对于人类发展的每一个给定阶段都具有一种典型的特性，包含着对人的真正世俗能力的一种赞美。对审美内在性的这两个高峰的强调，对艺术所宣扬的此岸性的强调，能够说明艺术的世界观——审美统一性的主要取向，这不是门类性质的特殊性。希腊悲剧与荷马叙事文学的内在关联性表明，这种联系是完全清晰的，荷马有时在他对人和人的命运的理解中更体现了这种此岸性，比之于在个别悲剧中。每一个多少研究过意大利发展的人都会看到，人的活动的内在戏剧性有多么强烈——通过地位表现的等级规定，由此表现的人的特性，这种地位完全是由于这种给定性而在构成的整体中所占据的——已经在乔托以及马萨乔在其中、世俗完善的人的呈现中，在裸体的人的呈现中表现出来，无论这些赤裸性是在乔尔乔内的维纳斯的裸体或米开朗琪罗的雕塑的裸体都是一样。如果人们仅仅把它们作为一种"纯粹"审美的或完全当作一种艺术技巧来看待，那么就会遮蔽了人们以其整体性，以其世界史意义对这一发展的理解。这

### 审美特性

两种运动，不论是古代的，还是中世纪至文艺复兴所进行的——正是在其最深刻的内在机动上——是对其时代生活最重要问题由其世界观所限定的阐释。这种阐释是以对每一种主导的神话世界的不断更新的解说形式进行的。同样是这两个时代的一种艺术偏好，如有可能，这可以从艺术方面出发来进行，作为一种社会偏好，那么我们所说的历史发展已经作了解释。当然这两个时代不能机械地相等同。在后期正如我们所看到的，对圣经神话的艺术的也就是说此岸性的阐释，是艺术与教会之间一种无言的，但坚韧的"游击战"的结果。虽然这一战斗在开始时绝没有公开说明，甚至不论在创作者还是在接受者那里都未有意识地弄清这一点。但是在哲学上这关系到这种对立的客观性质和它的世界观的后果，像这一点在作品中反映出来的，由这一斗争逐渐可以明确地看出总是此岸性的、从尘世的人出发并回归到人的特性。

我们看到，一方面世界观的此岸性和作品结构的审美内在性是怎样强烈地形成聚合的倾向，它的取向是由审美反映的一贯的拟人化本质所决定。由此在内容和形式上产生的审美构成所以趋向于，创造一个人的世界，其中如果这种趋向是真实的、深刻的从而包罗万象地表现出来，在他与外部世界的关系中人就不可能被主观主义地理解。这就是说，艺术是致力于对这种关系以其客观真实性来反映，人对此的愿望、幻想、想象在呈现的整个综合体中占有客观地给予它们的那种地位、那种级别，这种客观性的

## 第十六章 艺术的解放斗争

历史界限属于作品个性的那种规定，对此我们已经反复作为它的不可摒弃的历史性而谈到过。由艺术的一贯的拟人化进一步得出，由它所创造的世界的映象既不停留在对象层次上，也不是处于一种单独主观性的理解方式中。至此作为特殊性、作为典型所形成的东西，在这里获得了一种处于艺术与生活之间的中介环节的形态，这样一种形态，它既作为艺术推动了艺术的繁荣，同时它又扎根于人的基本生活关系中，有助于艺术在人类的发展中实现它的重要使命。这是人的此在的中心问题之一，如此来改造每一个人的个体性，使它在实现他的任务时不仅没有阻碍，而且相反地构成一种促进。在这里当然不可能详细叙述，如科学、伦理学等在这个方向上的作用。我们将在其他地方对它们的这些功能适当加以说明，并且还要回到这一问题上来。塑造客观现实的审美反映，如此创作的作品对人在这方面的影响是什么，我们早已阐明，它对在生活中直接现实的改造正是从将个体性转化为典型的典范（转化为特殊性），其中个体性不是被消灭，而是保留地加以扬弃。我们重复这一论战，既针对"一般人性"的古典概念，也是针对每一种自然主义的直接性，或针对描绘式隐藏在个体性中，它正是指向于这种审美构成的特殊本质，既区别于抽象的一般性又区别于经验的个体性的由它所创造的"中点"的方式。

另一方面由这个问题说明了，宗教构成与审美有明显的对立，正好表现在其拟人化的不同上。这种对立起源于宗教的不可回避的要求,一种拟人化的反映在其原有的——也是拟人化的——形式中同时是一种适当的,唯一适当的对客观现实的表达。(经常谈到的审美产物的自在—为我们的结构按照事实本身是对这种客观性的放弃。)当然是相对非拟人化反映使这种基本矛盾尖锐化。因为客观性、客观存在正是意味着不以人的意识为转移,并且不仅在最高的、已经完全变得内容空虚的抽象中,如在康德的物自体,而且关系到自在存在的世界的全部具体的内容和形式。自从帕斯卡以来,其宗教情感表现在以这种方式迫使自己认同于这一事实,它把客观现实描述为"一种被上帝遗弃的"世界,并强迫自己看到,宗教内容具有一种单纯主观的源泉,它属于一种单纯基于主观性的"现实"。对于如此形成的难题的不同方面,我们将在下一节深入讨论。在这里只能就宗教对客观性的要求、对把握自在存在的现实的要求所产生矛盾性的最一般方面略加说明。在我们已经解释了与其在精神上相接近的审美原理以后,以便人们也从这个方面明确寓意与宗教的亲和性。对客观现实的要求而不要求它的拟人化反映,从审美方面看来,意味着一种相对艺术形象存在的、与其不相关联的超验内容。宗教拟人化的这种摇摆不定的特性,由此进一步扩大了在审美形成的感性与这种超验之间的裂隙,它的表述必然地获得一种概念性的,即非拟人化的特性。即使这种超验超越了每个人的表达方式(如否定神学),它的具体化、它在宇宙中所占地位的说明,同样是概念的,具有非拟人化的本质特性。因

## 第十六章 艺术的解放斗争

此宗教拟人化正是在它达到高峰的地方，必然转化成一种形式上科学的、从内容看拟似科学形式的东西。因为随着对现实规定的要求的出现、然而事实上根本不加验证的表述按其本质说来是拟似科学的或至多——如同在日常生活中那样——是前科学的。正如总要涉及这种认识论问题那样，在向审美对换的情况下，其最终的内容相对于艺术塑造的内容本身是异质的，艺术作品的感性直观的世界——从审美上说——达到高峰时进入一种虚无，进入一个幽暗的洞穴，进入一种审美无以言说的抽象普遍性。（如艺术返回到人的一般，并因此转化为特殊性，我们已经反复指出过）。

这属于审美范畴体系的生动的辩证法，一种基础的个体性必定相当于在内容的最终高峰时的抽象的普遍性。因为只有特殊性作为"中项"才能在作品的个性中完成诸对象的整体性的贯彻始终的同质化。每一个单独的对象性要提高到典型，如果整个生活素材的彻底加工不可能达到与其相适应的特殊性，那么每次就要为上述保持个体性的过程所取代。但这不是一种简单的、所谓自发的个体性，在这里形成的不是通常自然主义的个体性，而是停留在与每一决定性的、最高的、抽象的普遍性直接相关联水准的个体性。为了以一种简单的事例来阐明这一问题，人们设想一场宫廷假面剧，摄政王的生日关系到诸神和仙女等，他们在其中扮演一定角色，这是一种平面化的、空虚的普遍性，没有任何深度，但是正因如此相对于每个人物和处境他们代表了一种抽象的超验。各种人物和处境可以通过他们的自我展开进入典型而无须借助作品自身"最终的"内容，更不用说因为这种在其中事先作为隐含的终点、作为原来发展尚未表达出的目标所能起的作用。我们以前曾重复指出过，在现象中表现出来的命运（所塑造的外部世界的动态）只有作为所塑造的主体的特有内在特性和难题展示出来，才能成为一种真正的艺术表现。

我们所谈的装饰原理的绝对主导性正好有这一功能，为艺术所反映的世界在对象性、在诸种关系、在增长性上所缺失的必然性提供了一种替代，这种替代本身具有审美特性，尽管它——因为它不是本来意义的作为创作的相关物和调节器，而是形成构图的唯一支撑物。仅仅处于审美的边缘，它只能创造一种同质媒介，不可能赋予它创造一个世界的力量。显而易见，在这里我们曾经称为审美反映的抽象形式（比例、对称等）的那些因素，同样被覆盖在其中，成为所有决定性的组织力量。在几何纹样中，它们以充分的适应性与之成为组成的素材，而在纯粹模仿的表达中必然成为最重要的，但按其本质而言却是原来对象性的单纯调节性的临界范畴。只是在超验内容的寓意构成中，它必须艺术地支配模仿对象，而不能由其自身的本质中达到最终的完成。如此产生的实际造型的上述装饰替代物，这种替代物所具有的必然后果是，这种个体性——不论是人或是客体——不可能自我发展为典型的东西，它维持在其个体性之中，由其组合成了所有形式化力量只能产生一

## 第十六章 艺术的解放斗争

种审美的（或拟似审美的）秩序，作为抽象的普遍性不经中介地——或只经纯形式中介地——相对于其个体性。这种寓意因此作为一种——尽管仍是存在问题的——在美学中的创作类型来处理，因为在其中尽管存在反艺术的对立倾向，却产生了一种现实的感性的同质的映象。当然一种非具世性的、一种独特性与抽象普遍性的抽象的拼合，即使它长期起作用，也只能实现装饰的无内容性，其原有的超验会或多或少地消散，最好的情况是留下由色彩组成的无内容性的刺激。

将寓意的与象征的艺术加以对比的合理性，可以在创作性模仿的最典型现象中最清晰地看出：塑造赤裸的和悲剧的人。我们可以用几句话来描述第一组综合体。因为已经在其起源中考察了人的赤裸状态，人会对它感到羞耻，善和恶的知识最初表现为对赤裸的一种羞耻。每一种受宗教决定性影响的艺术都嫌弃塑造赤裸的人，这一点在历史上表现得很清楚。如果我们看一下东方艺术，甚至有不少画面把人从可见的天地万物的审美呈现中心排除出去，它往往而且愿意超越其生理的特性，而进入神话的和想象的世界，将人的身体与各种动物的头部肢体等结合起来，甚至常常把动物作为中心。将人作为艺术的客体来研究，是它从宗教支配下解放斗争的一种成果。

在悲剧中这种对比表现得同样明显，而且在哲学上更富有内涵，我们暂时只提到，它的起源往往与摆脱这种桎梏正好同时发生。如果我们对它进行理论考察，那么这种

> 审美特性

对立表现得更加明显。克尔凯郭尔首先毫无顾忌地将那些他感到不是一起的甚至矛盾的规定分离开来,这属于他作为思想家的道德,他曾将阿伽门农—伊芙根尼亚的悲剧与纯粹宗教的以萨作为亚伯拉罕的祭品相对比。这个例子被选出就此而言是成功的,在这两种冲突情况下,将人最珍爱的献祭给上帝,通过更高的力量来解决。但是克尔凯郭尔不无理由地将主要重心放在其内涵的彻底对立性上。他同样有道理地同时看到在给定冲突的内容及与每一主角与它的个人关系。他说:"悲剧主人公仍然在伦理学的界限内。"这就是说,他的最深沉的个人激情陷入与某种普遍利益的一种冲突之中:阿伽门农为了希腊的共同福祉必须把他的女儿献祭;在这里诸神表现为一种社会的—人的关系的力量:"悲剧主人公没有进入与诸神的私人关系,而伦理的就是诸神的……"这种冲突是基于两种——同样是此岸的—世俗生活力量或生活圈子的敌对的对立关系。而在阿伯拉罕那里则完全不同。这个冲突是巨大的"通过一种纯粹个人的道德……不是为了拯救一个民族,并非为了伸张国家的理念,也并不是为了取悦激怒的神明,亚伯拉罕逾越了普遍性。"克尔凯郭尔通过将悲剧主人公与信奉宗教的人与"信仰的义士"相对比,他得出对于我们这里重要的结论:"一位悲剧主人公可以通过自己的力量变为人,但是却不能成为信仰的义士。"①

---

① 黑格尔:《美学》第3卷·下册,朱光潜译,北京:商务印书馆1984年版,第246页。

## 第十六章 艺术的解放斗争

如果我们对这一清晰对比的内涵作一简要概括，那么我们得到结果是：第一悲剧是两个伦理领域的冲突，在其中它的整个实体是世俗的、此岸性的；依据克尔凯郭尔看来悲剧也表明，如后所示，人的内在性的高峰；它的最深刻的内在矛盾然而也是它的内在的顶点，没有什么能超出他自己。第二悲剧主人公以形成冲突的单纯行动超越他自己的纯粹的个体性。在这方面克尔凯郭尔完全赞成他平时激烈批评的黑格尔的意见，黑格尔对此指出："这个目的即剧中的主旨要超出个别人物所特有的广度，个别人物显得只是这个目的的活的器官和灌注生气的承担者。"① 由其中，正如黑格尔关于悲剧激情的整个学说所表明的，必然会得出：悲剧冲突的裁决，使这一运动不断提高到脱离单纯的个体性。克尔凯郭尔为此正确地指出："悲剧主人公为了获得更确定的东西而放弃了确定的东西，而旁观者则满怀信任地注视着他。"与此相反，在"信仰的义士"那里，伦理的东西，以及与此相关联的人的个体性的普遍化根本没有出现，他所完成的是一种"纯粹个人的打算，而悲剧主人公通过他的伦理的道德变得伟大"，克尔凯郭尔由这种态度出发毫不妥协地得出最后的结论："信仰是一种矛盾，在这里个别的（即单独的个人——卢卡奇注）高于普遍的（人

---

① 克尔凯郭尔：《恐惧与颤栗》，见《全集》第 3 卷 2 部，耶拿 1909 年版，第 53、54、53、60 页，参见克尔凯郭尔：《恐惧与颤栗》，一谌等译，北京：华夏出版社 1998 年版，第 60 页。

的此岸的伦理性——卢卡奇注）……①

当然在克尔凯郭尔那里一切对比性规定和矛盾都处于极端情况。但是这没有触及提出问题的核心，而只是它出现的历史方面。人们可以回忆我们提到的特图里安针对陶冶的争论。这与克尔凯郭尔的共同之点在于，两者在宗教态度中不无道理地看到了单独个体的一种实践，它通过他们的信仰与超验的神性处于一种直接的关系。为了人的这种唯一重要的生活关系特图里安甚至拒绝了对别样的人的命运的精神参与，克尔凯郭尔指出，这种——同样如其在最高形式悲剧中所表现的——相对于人与神的关系是微不足道的，也正因为如此，因为这种独特的个性如此独特地直接进入与超验神的关系中。就算如此：克尔凯郭尔的表述是一种充满意图的矛盾。但是一方面这一矛盾完全摇摆在人与神的关系的基督教理解范围之内，他只是改写了那个"愚蠢"，这在科林特信件的意义上在异教徒（此岸性指向的人）的眼里必然是如此，另一方面由社会—历史情况充分地说明了这种情况的强制的极端化。特图里安是在那种条件下写的，当时人们共同生活的现实秩序是处于异教徒的国家、异教徒的社会的手下，因此当时的公共的和个人的道德和整个文化是由与基督教相敌对的力量的控制之下。克尔凯郭尔谈论这个问题则是在他所处的另一时代，这时整个社会生活完全"去除神化"了，在这一时代他完

---

① 克尔凯郭尔：《恐惧与颤栗》，见《全集》第3卷，第54、53、49页。

## 第十六章 艺术的解放斗争

全以世俗的眼光——不无道理地——以亵神的态度来感受基督教的碑文。在他们两人之间隔着一个中世纪,这使两者之间有了质的区别,人的整个世俗生活似乎通过神学和通过以神学为导向的哲学构建了宗教—基督教的秩序体系。

这样一种意识状态是怎样形成的,它的内在的和外在的矛盾具有怎样的形态,以及这些矛盾是怎样更强烈地发展起来,我们这里不作讨论。对于我们重要的只是,整个人的世俗生活在此岸性伦理指向彼岸的宗教信仰之间进行这种重大的和整体性的调节,可能以那种从属的形式产生必要的妥协。这里所强调的对上帝关系的最终本质不会由此而改变,只是出现的对立不会以那种生硬对立的方式表现出来,像在特图里安那时的样子,也不会像克尔凯郭尔那时的样子。它还潜在地起作用,表现为在这各种世俗的伦理中内在矛盾的最高形式的"自发"消失:悲剧。但丁的诗肯定是以悲剧完成的。但这是可能的,人们可能说,只是无论如何出现在表面上。只有在我们所说的天主教危机之中和之后,在它的意识影响的范围之内也按照艺术形式说来以完全公开的形式可能以悲剧出现。宗教与社会的意识状态的彻底改变,不仅表现在对诗人的悲剧态度被迫地给予世俗生活以自由,而且表现在甚至可能产生这些悲剧,它的基本冲突是由宗教对现实的态度而引发,如在卡尔德龙的《坚强的王子》或高乃依的《波利厄克特》中。由宗教态度作为一个悲剧冲突的具体基础、作为悲剧激情的载体,不可避免地产生出一种深刻的内在艺术难题。莱辛就高乃依的悲剧中这一矛盾着重强调指出:"他期待此生的幸福得到满足,不是违背不谋私利的品质吗?我们希望看见在舞台上发生和完成的一切伟大而善良的行动都是不谋私利的。"① 但是尽管存在这一难题,然而这种倾向却仍起作用,它使宗教热情与其他世俗的——人的倾向作为基本同类的合并在一起,以此使其内在辩证法打上此岸的、内在要素的印迹。如果卡尔德龙要写他自己的圣礼,其内涵及其形式赋予的精神会与《坚强的王子》的精神相异,与这种悲剧精神相对立的是世俗的精神。

文化和寓意的神学成就作为艺术的构成原则,因此在内涵和形式赋予的所有重要问题上相遇。我们再次指出,巫术已经具有这种倾向,造型的所有细节都要服从于由其严格规定的礼仪(参见第五章),这个原则始终有效:只要祭祀阶层存在,他们的统治还维持着。由宗教控制的公众与艺术关系的这种观点,在哲学上是由柏拉图提出的。艺术与超验内容表达的强制性的关联,在这里也规定了从外部进行形式调控:即艺术形式要转化为礼仪性仪式。(我们已经看到,在世俗的如宫廷的寓意剧中,这种结构——只是以平庸的、惯常的内容——起作用,我们在前面已经谈到。)在寓意与象征之间的关键区别是以这种方式建立的,即如何能使对艺术的社会职能生效。毫无疑问,因为上述

---

① 莱辛:《汉堡剧评》,张黎译,上海:上海译文出版社1981年版,第11页。

## 第十六章 艺术的解放斗争

通过宗教和神学对艺术的影响，就是履行社会职能的一种具体形式。它与其他形式的区别"仅仅"通过更多的规定才能做出。但是，这种"仅仅"提供了寓意和象征之间的质的不同，这就通过严格规定的所有细节与超验内涵的相关性，既限制了待塑造的对象性的独立发展，又限制艺术的内容和形式根据处于不断变化中的具体社会需要而精微调整。在艺术的解放斗争中涉及的不是一种"绝对"自由的空洞理念，这种自由在社会上是不存在的，甚至企图实现艺术由社会赋予它的职能中摆脱开来的尝试，对艺术——正是作为真正的艺术——都是有危害的，因为这种"绝对的独立性"不可避免的后果是导致内涵的空虚化和形式的贫乏。艺术的解放斗争——从世界史的角度看——是围绕这一点的博弈，使社会赋予艺术的社会职能在内涵的一般规定性与形式赋予的自由灵活性之间取得那一成功的中点，通过它艺术才能完成它作为人类自我意识的使命。宗教—神学的社会职能按规则说来——从艺术的观点看——同时是对象陌生的、抽象的和极端超出规定的。正如我们所看到的，它没有给予艺术对象性审美的自我发展的活动空间。如果正是由此决定了它的方式，那么这就在体制上阻止了宗教教义进行独立阐释和修改的可能。由此这种实际上影响巨大的社会职能就堵塞了由生活所产生的内容变化，并由此减少形式变化在艺术中起作用的可能。如此形成的寓意的主导地位，同时是一个形式僵化的过程。放弃对重要社会现实现象由其自身的社会职能出发独立作出阐释的权利——对神话和传说的阐释是这种现象的一种特殊问题——就会使艺术丧失主动性和不断的形式更新。

到处都是这样，美学在这里也落后于数百年甚至上千年实践的理论。从一开始在每一种神学中，以及在许多致力于从神学中解放出来的哲学中，都存在对神话的自发的寓意化。然而这种寓意的阐释，只是在神话及其艺术加工仍然构成活生生的文化的一个重要组成部分时，才成为一种自觉的理论，但是关键性的精神的（哲学的或宗教的）潮流却已经远离开来。为了使它进入现代，所以对某些精神潮流就需要它的寓意阐释。然而这往往根本不是指向审美的，它的意图只是通过这样一种阐释将某些已经形成的神话在意识上有害的成分——在古代尤其是荷马——排除掉，从而为相关的思想世界服务。因此斯多葛·赫拉克利特关于荷马写道："人们不受惩罚地透露出，对荷马由于他所谓对宗教略有不敬的行为的鲜明而激烈的争论。因为当然，如果他的表述不带有造型的意义，他完完全全是伤风败俗的。在两部史诗中有许多无神的故事，其中充满了反神的愚昧。如果人们认为这些只是诗的叙述没有哲学意义，没有一种寓意的意义，只是处于背景中，那么荷马必定是……忍受着放纵舌头的可耻缺陷。"[①] 寓意化方法还没有直接指向审美的倾向，作为这种倾向本身它已经意识到它

---

① 《后苏格拉底哲学家》第 2 卷，耶拿 1923 年，第 151 页（内斯特尔出版）。

## 第十六章 艺术的解放斗争

自身和它的方法，因为同一个赫拉克利特也清楚地表述了它的定义："它所表现的和与它所指的是一些不同的东西，这叫寓意。"[1] 在一个完全不同指向的历史情况下，这种方法为教父哲学和神学所接受。在与诺斯替派、与各种异教和邪教取向的激烈的对基督教生死存亡的讨论中，一方面必须根据圣经的启示特性确定基督教义的第一代表，另一方面针对不利于它的许多在那里宣讲的神话和观点，进行异教观点的反驳和自身教义的系统化。从这种需要出发，又发展了一种寓意阐释的方法，同样首先是指向构建一个统一的思想体系，而不是主要指向审美的，尽管它肯定对早期基督教艺术实践产生直接或间接的强烈影响。因此亚历山大里亚的克雷门斯说："希腊和非希腊（前期）的所有神学家将事物的本质隐藏起来，而将真理流传给谜语和象征、寓意和隐喻。"奥利金在方法上很接近如上述所引斯多葛的话。关于圣经神话的直接意义与它适应于宗教的那种真实意义之间的差别是充满羞耻感的："如果人们只重字面意义并对圣徒的话逐字去理解，那么就会看到人们被迫充满羞耻感地去说和去认知，上帝所给出的戒律，例如相对于那些异教民众的、罗马的或雅典的戒律，给人一种更伟大的或理智的印象。"[2] 这里所用的类似于寓意构成的方法当然并不限于早期基督教时期。每一次当从圣经文本得出

---

[1] 亨利希、马利·西蒙：《Die alte Stoa und ihr Naturbegriff（古老的斯多葛及其自然概念）》，柏林1956年版，第114页。

[2] 雨果·巴尔：《Byzantinisches Christentum（拜占庭基督教）》，第69页。

在其中所不包含的结论时,必然是对它的重新解读,这就是由圣经引出的菲奥雷的约阿希姆称之为革命的第三时代。①

显而易见,这种神学论述并不具有审美特性,所以在这里看到的只是超验的意义,这种超验的强调往往直接同时使用寓意和象征作为表现方法。在以后整个时期在所谓亚略巴谷的狄奥尼修斯那里,不仅应用了统一的术语,而且在对现实的审美的和形象的观察的内在关系和踏实地把握其超验本质都更加具体化了,以便借助这种方法比过去更准确地确定寓意的本质。亚略巴谷的狄奥尼修斯认为,这种感性表现形式是造物主考虑到我们有限的理解力而提出的,用这种形式的寓意所呈现的东西可以为我们感知。这似乎是一种渎神的观点,认为那些感性形象与天国的现实似乎是等同的,在那种感性形象中圣徒的文章——以神圣的形象和丰富的色彩构成的富有意义的感性形象——表达他们的启示。"当然这些以诗的圣洁形式构成的启示用于,为我们展示出无形象的思想,因为它,如上所述,考虑到我们的认识能力。但它只是为了适应于我们的符合我们本性的提高,这些圣洁的表述适应于我们的能力。"这里绝不要忘记,这些映象与它的原型之间绝没有相似之处。亚略巴谷的狄奥尼修斯是站在否定神学的立场,依此而论

---

① 《Das Reich des Heiligen Geistes(圣徒的精神王国)》,慕尼黑/普拉内格1955年版,第82页。

## 第十六章 艺术的解放斗争

所有肯定的、因此所限定的关于神性的表达必然是错的。因此"似乎启示借助于不相似的形象在不可把握的领域来靠近不可言说的事物的幽暗"。借助形象的不相似性的寓意的这种理论基础不仅是来自否定理论的连贯的结论,而且同时确定了寓意与依现实塑造的艺术、与象征的准确关系。由此也产生出危险:"正是在这些高雅的形象中可能有些人迷失并以此为满足……为防止这些缺憾也要尽可能保持不去思考什么比现象的外在美更高的东西,因此它始终让我们迁就于按神圣的作者最高引导的智慧,在公开的文本中选择完全不同的、甚至不相配的对比。它也不容忍,将我们的感性固着在它身上,在其中能找到安息。它激励心灵的更高部分,它通过所设计的形象的错误形态进行煽动。"由亚略巴谷的狄奥尼修斯所要求的不相似性达到这种程度,最低的可以寓意地说明最高的,甚至任何一种材料都可以与神性建立关系,这在最高的和最美的世俗现象中同样是不恰当的,如在最低那里:"借助于这些形象人们可以提升到非物质的原型,其前提是人们不把相似性作为尘世意义的相似来看待……"[①]由此从神学的观点确定了形象与现实的关系,这种关系表征出寓意在宗教生活中的地位。

我们在其他地方(第一章、第三章等)已经谈到了类比的范畴,并且能够确定,类比作为最原始的思维形式在

---

[①] 亚略巴谷的狄奥尼修斯:《Die Hierarchien der Engel und der Kirche(天使的等级和教会)》,第 102、105、107 页。

实践和日常思维中胜任于发挥一种重要作用。它在对现实的科学反映的应用中所具有的界限和难题，不在我们讨论的范围之内。我们对此只回顾式地说明，类比性感觉和思维在诗的形象性的产生和发展中起着极为重要的作用。这里只强调哲学的决定性动机，这种精神上——感性的类比活动具有一种坚定的拟人化特性，并且应该肯定，它的对象在这里总是与人的主体相关联，这种形象的、类比的任务在于，总是在它与主体的关系中揭示出一种新的特征（当然这一主体也可以是一种普遍的、社会的）并使之感性化。在这里它也可能使对象新的特性表现出来。但是这却只是一种附产品，多少是附加的，如果——直接或经中介——这种与主体的相关性没有在对象的形象构成中发挥作用，那么它仍然是死气沉沉的。显而易见，这个问题本来只出现在诗的创作中，音乐由于它的双重模仿和由此形成的外在世界不确定的对象性，没有类比的现象。造型艺术的发展必然沿着这一方向，对可见世界的反映没有什么允许停留在单纯类比上。寓意作为审美的形式原理，因此在诗的创作和造型艺术中具有关键性影响，它的取向和本质方式我们已经就其大的轮廓谈过了。

在亚略巴谷的狄奥尼修斯那里，借用于类比的寓意获得了一种特殊的细微差别。通常的类比是从一种——往往只是表面的——相似出发，这种相似被夸大为一种实质性的关联，这是否定神学提出的类比和寓意的"本体论"基础，正如我们所看到的，这恰恰是一种严格的不相似性。

## 第十六章　艺术的解放斗争

这里显示出神学概念形成中的杂交特性：它的构建是从拟人化前提出发的，它的整个构成是以拟人化方法完成的，突然跨入到一种——假想的和夸张的——非拟人化，通过将拟人化的基础带到这样一个领域，它不仅对应于感受和感官，而且对应于最高的人的思想，构成一个绝对的彼岸。对于这些如何作出科学的批判，不是这里的任务。同样对于它在神学方法论上的必然性、对于在类比中其决定性地位的支持都少有关联。例如这是极具特征的，卡尔·巴特曾长期研究在上帝与人之间的裂隙，在这个问题上最终作出自我批评，并且又返回到在上帝观念中的类比化。① 很清楚这是与此相反的，如此规定的寓意艺术会放弃一种不受阻碍的随心所欲。在消除各种对象性的潮流中，诚然还没有无规则联想的艺术，而是由超验所揭示的、神学所提出的颁令。对于一种寓意的艺术取向总存在着一种倾向，将通常的符号置于内在起作用的对象的位置上，在这里获得了一种理论的献祭。

越是通常的一般符号，越适合于它表现出这一目的，表达一种完全不相似的类比。亚略巴谷的狄奥尼修斯给出了这种规则的大量例证，例如天使的绘画形象。在这里视觉呈现的任务正在于，观众不是通过塑造的对象性由它本身来确定，而是只给他一个起点，将他一头推入超验的无形象的海洋之中，在那里这种感性的和思想的不相似性构

---

① 巴特：《Die Menschlichkeit Gottes（上帝的人性）》第9页，16页。

成了提升的一种工具，甚至装饰原理对于这种寓意方式也只是一种附带的因素。即使它的可见性处于一切审美范围之外，由这种神学原则的观点它也可以完成。

对东欧艺术中这一极端的上下起伏在历史上形成的形态的相互作用作出描述不是我们的任务。在西欧艺术的发展很少走这种极端化道路。西欧的中世纪神学和哲学，就其发展的主要路线而言，不涉及否定神学的观点。因此不相似性原则没有获得像在亚略巴谷的狄奥尼修斯那里那种彻底的文本。别有特色的是，在类比化寓意这方面走得很远的菲奥雷的约阿希姆则满足于，寓意作为"每一个别的小事物与最大事物的相似性"来确定。① 取得胜利的、支配教会的整个文化的体系结构，是非常不同于教父神学以及少数极端分子如亚略巴谷的狄奥尼修斯。圣维克多的理查已经对寓意和象征作了这样的区分。只要涉及实际的神话，它就具有一种权威的（也就是教会神学的）特性，而象征与此相反是个人直觉的事，这是其"哲学"的本质。即使这些结论最初不是用于阐释审美问题的，但却与美学有重要的关系。特别是它对于经院哲学思想家在这种区分中首先关系到——由宗教所规定的——与现实的关系，关系到世俗世界与彼岸的关系，关系到人们如何去把握这些并能将所把握的传达出来。因此这对于寓意的本质最为重要，经院哲学家们在其中看到了最高现实的一种映象，一种世

---

① 菲奥雷的约阿希姆：《圣徒的精神王国》，第80页。

## 第十六章 艺术的解放斗争

俗与彼岸现实相关联的说明性揭示，如同在此岸至少能意识到彼岸的一种预感（诺亚方舟作为解救的教会寓意）。所以主导的经院哲学家们往往以极其不同的方式将寓意与其他形式的非原来的或隐喻的表达区别开来。例如托马斯·封·阿奎那将寓意限制在与现实的对应中，对于那些仅仅唤起双意性的词语，他称之为寓言。①

在这些观点中表现出那些宗教与艺术之间的"游击战"的理论反思，这我们已经在它的最一般的特征的描述中提到。自从圣像之争以后艺术在东部基督教中已经严格而明确地服从于神学；寓意几乎毫无争议地支配了整个艺术实践。我们在这里极简单地说明过西部的分化，相反也清楚地表明，尽管教会和神学把寓意看作对神性事物唯一真正的、唯一实际上合理的表现方式，然而却同时在实践中被迫地作出妥协。这不仅在于，在一定界限内甚至世俗艺术作为允许的被接受，而且在一定范围里宗教艺术本身也允许这样。因为若要实现罗马教皇格列高里一世对艺术提出的要求，就要确保实现它的神学规定的社会职能的一定空间，这些艺术是按照这些学说来创造的。依据这一学说的明确性和强度的上升和下降，依据当时从事创作的艺术家的能力和倾向，就使天平向寓意与象征之间的争论这方面倾斜。我们只要回想一下圣像中感性"现实主义"的回潮，这是随着寓意在题材上的增多和对乔托巨大突破的理解同

---

① 德·布吕也内：《中世纪美学》，第93—99页。

时发生的。或许只要提示一下在佛罗伦萨新的圣玛丽亚西班牙式小教堂的湿壁画就足够了。

对于钟摆向相反方向的摆动，最突出的例子除了已经谈到过的那些伟大画家和雕塑家之外，就是但丁了。当然在这里不能想到那些，在但丁那里起作用的那些矛盾，要远比在造型艺术中复杂得多，一个由神学所规定了的外部形式与其内涵的、纯粹的、此岸的人性的内在矛盾，因此对于其特有的形式赋予也只能简单一提。我们只援引艾利希·奥尔巴赫的几个结论；在许多其他可能的论点中正是他的论点，因为他关于诗、他的分析方法的基本观点，与前面引述的观点处于明显的不同。所以他的证言对于我们所认定的情况提供了最不容置疑的声音。奥尔巴赫写道："人们应该赞赏法丽纳塔而与卡瓦尔肯特一起哭泣，原来感动我们的，并不是上帝所诅咒它的，而是他的不可摧毁的决心，其他人此如尖刻地地责怪是为了他的儿子和迷人的光亮，它的可诅咒的可怕的状况只是用于作为一种工具，以提高这种整个尘世活动的效果……这适合于自身对炼狱和天堂的选择……甚至还有耶稣使徒柏图斯……正如许多其他的在我们面前展开一种尘世—历史生活的世界，尘世的行为、努力、情感和激情，正如尘世的舞台本身不能把它以如此丰富和充满力量地呈现出来。确实它们全被牢固地安置在上天的秩序之中，确实一位伟大的、基督教诗人才有权利，使尘世的人性在彼岸取得能实现的人物形象并依据他自己的力量来完成。但是但丁的伟大艺术却推进到

## 第十六章 艺术的解放斗争

如此广阔，使之转化为尘世的效果，在实现中这一人物紧紧抓住了受众的心，使彼岸成了人和他的激情的舞台。……在这种直接的、令人惊叹的人的参与中，完整的、历史的、个体的人的以上天秩序为基础的不可摧毁性对抗上天秩序；它使这一上天秩序为其所用并且黯然失色。人的形象出现在上帝形象的面前。但丁的作品实现了基督形象的人的本质，并摧毁了在这一现实中的自身……①人们会认同这种深思熟虑的判断，除了我们前面援引的列昂·布洛伊对此会引起愤怒，为此不再需要加以评论了。从中人们可以理解但丁这一举世诗作的独特性。这里又涉及内容与形式相统一的"奇迹"。但丁的形式为他创造了一种状态，在其中他可以为他的角色展开此岸的——人性的东西，而无须公开违反神学规定的寓意。他的世界观内涵形式化创造出这种状况，这——经过必要的修改——与乔托有一定的相似性。莎士比亚的一部典型戏剧，甚至卡尔德龙的戏剧都不可能做到这一点。

这场斗争的最重要阶段——连同与那些片面与歪曲的新观点的争辩——直到改革与反对改革这一巨大危机的效应，我们都对其最重要的原则性特征作了描述。在这里我们可以确定，它促成现代现实主义的诞生，使艺术从宗教方面的指引下解放出来。由此可能给人一种假象，好像艺

---

① 艾利希·奥尔巴赫：《Mimesis. Dargestellte Wirklichkeit in der abendländischen Literatur（模仿·欧洲文学中呈现的现实）》，柏林 1949 年版，第 194—196 页。

## 审美特性

术的解放斗争已经结束,好像这是一个历史的事实,而不是现代的问题。这样一种观点是完全错误的,它不仅没有随着——尽管还如此矛盾——在浪漫主义时期宗教艺术的再生而过去,而且首先忽视了重要而现实的问题:最新的、先锋派艺术,如将要指出的,主要是与宗教需要的关联中产生出来的。就目前所讨论的各种潮流而论,它当然直接与宗教的关系甚少或没有什么关联。在有影响的艺术家中有少数在原来意义上与宗教的联系还是可以感觉到的,其艺术内涵、艺术目标服从于一定教会的教义体系的可能更少。先锋派艺术毋宁说是一种混乱的、取消主义的个体主义。这一并非不重要且不仅是外在征象并不能为我们掩盖这一基本事实:绝大多数先锋派的作品所依据的体验是由宗教需要产生出来的,其形式的赋予是由这种体验的内涵所确定。我们将在下一节讨论这里的关键性问题:即这种当代宗教需要的特性问题。在这里只能对这一独特问题作适当引导,指出现代先锋派艺术中的寓意精神,这在其实践及其理论中都明确地表现出来了。

这绝不是偶然的,早在十多年前巴洛克和浪漫主义与各种现代世界观和艺术的最后基础的亲缘关系就显露了出来:它应该是在这条迂回道路上作为现代的这一巨大危机的遗产和带头羊,作为深刻的现代危机的代表而被认知和被认同。瓦尔特·本雅明是这一观点的最著名的和原创性理论家。他在对德国悲剧艺术的研究中提出了寓意作为独特风格的深思熟虑的理论,这种风格实际上适应于现代的

## 第十六章 艺术的解放斗争

感受、思想和体验；这一要求却没有由他明确地宣告出来。相反，他的文本几乎严格保持在所选定的历史主题上；而其整体精神却远远超出这一狭窄的范围。本雅明阐释了巴洛克（及浪漫主义）符合现代的世界观的和艺术的需要，他选定狭窄的主题所以对这一目标的确定格外有利，因为巴洛克的危机性要素在当时德国的特殊条件下正是在这里强烈而明确地显露出来，在这里由于德国的落后成为世界史的一个暂时的单纯对象，由于如此形成的转向内部的、充满疑惑的地方主义，这个时期的现实主义反倾向，如我们在其他地方所提到的，只是极微弱的或单纯作为例外的现象，由格里墨斯豪森明确地提出。当本雅明正好针对这一时期的德国特别是把戏剧领域作为他的研究对象，他抓到了一个有利的把手：在这里这种历史分析不会歪曲事实地进行，正如在许多当今一般历史的表述中所发现的那些事实——或者正因如此——形象地提出了真正的理论问题。

在我们从当今艺术难题的方面出发进一步研究巴洛克的这种精神透视之前，我们简要地考察一下浪漫主义美学是怎样理解寓意与象征的对立的，以便清楚地了解它们对这个问题的态度并不像对以前的和相继的危机的态度那样明朗。造成这种中间态度的原因是多方面的。首先起作用的是歌德的强势个性及其对这一问题状况的明晰洞见，正如我们前面所看到的，他将这一问题视为决定艺术命运的东西。由于它趋向艺术现实主义的强烈倾向而增强了这一影响，这一倾向在歌德那里，且不只在他那里，都在起作用。由此而来，浪漫主义作为处于两次危机之间的一个过渡性研究，一方面确定了导致即使令人存疑地洞察了这一问题的历史特性的东西，另一方面同时一定程度上熨平了包含在寓意构成中的内在难题。谢林的美学按照这一原则安排了它的艺术的历史哲学，将古代确定为象征的时期，将基督教相应地确定为寓意的时期。① 前一个结论是建立在温克尔曼—莱辛—歌德传统基础上，第二个结论则以特定的浪漫主义为历史依据。它的多义性和含混性不仅是由于缺乏基督教时代确凿的历史知识，而且过分单一地从浪漫主义前景来看问题。由此从中消除了在象征的与寓意的雕塑艺术之间的那一斗争，这我们已经了解了，甚至将那些明确地受现实主义象征所主导的作者和作品都解释为寓意的。左尔格由谢林那里接受了这一对比，只是在他那里——在一般理论水准上——更加突出了这种美学的对比。② 在浪漫主义中持有寓意的危机倾向的真正理论家是弗里德里希·施莱格尔和诺瓦利斯。对危机和寓意作为其表现方法的洞悉和传播，特别关系到上述提到的历史哲学。但是特别在谢林那里，在客观化的历史哲学方面为这一难题带来一定的平静，弗里德里希·施莱格尔联想到，作为文化首先是艺术基础的神话学的损失，都被理解为危机的要素，现在似乎存在着可能和希望，通过一种新的神话学的创立

---

① 谢林：《艺术哲学》，见《谢林全集》第1部卷5，第452页。
② 艾尔文·左尔格，第218—235页。

## 第十六章　艺术的解放斗争

以避免陷入深刻危机的困境。对于施莱格尔说来，每一种神话学无非是"作为一种围绕的自然的象形文字的表达"，由想象和爱而增辉，他的结论并不令人惊异："所有美都是寓意的。最高的美正因为它的不可言说而人们只能通过寓意来表达。"由此得出寓意在一切人的活动领域中的普遍主导作用，甚至语言在其起始的意义上就"等同于寓意。"①显而易见，在这种考察中寓意不断丧失了它的古老的、与基督教宗教相联系的、被精确确定了的、由神学所规定的本质特征，它在其自身形成了一种与特殊的现代情感混乱的亲和力，一种使对象性消散的形式瓦解。诺瓦利斯给予这种倾向一种非常明确的表达："没有关联的叙述，虽然伴有联想，如同梦幻诗，只有悦耳的音响和美丽的辞藻，但也没有各种意义和关联——最多有个别的段落是可以理解的——就像由不同种类的物品产生的纯粹的碎块。真正的诗至多大体具有一种寓意的含义和一种间接的效果，如同音乐等。"②

相对浪漫主义的这些往往摇摆不定的、不明确的、本身包含矛盾的观点表现出一副本雅明在关于德国巴洛克悲剧提出的形象，一种令人赞叹的、内在完整的结果。我们这里不可能去深入讨论他针对歌德的精神内容丰富的争论

---

① 弗里德里希·施莱格尔：《Gespräch über die Poesie（关于诗的谈话）》，见《施莱格尔 1794—1802 青年时期散文集》第 2 卷，《关于德国文学与哲学》第 2 版，维也纳 1906 年版，第 361、364、383 页。

② 诺瓦利斯：《Schriften（文集）》第 2 卷，第 308 页。

及他所讨论的细节。这里首先只是强调指出，他对巴洛克的整个阐释不是在与古典主义的对比中，或与后期调和派的风格主义和古典主义作为相互并置、相互补充的潮流的对比中进行的，而是以赤裸的公开性从整个艺术原则的解放为出发点的。他指出："在寓意的直观领域里，形象是个碎片，一个神秘符号。当神性的学问之光降在它身上时，它作为象征的美就消散了。总体性的虚假表象消失了。由于表象的消失，明喻也不复存在了，它所包含的宇宙也枯萎了。……艺术的难题中有一种根深蒂固的预想……作为文艺复兴自负的回冲而出现了。"[1] 但是艺术的难题按照本雅明前后一贯的观点是世界本身的问题，是人的世界和社会的、历史的世界的问题，它的变得清晰可见的、在寓意的形象性中概括起来的衰败：在寓意中"历史的希波克拉底的面目作为僵死的原始景观出现在观众面前。"历史与其说表现为"永恒生命的过程，毋宁说作为不停顿地衰落的过程"。但是"寓意据此宣称它到达了美的彼岸。在思想的王国里的寓意就是物质王国里的废墟。"[2] 本雅明清楚地看到了寓意与象征的对立，这一对立对于每一种艺术创作说来都是关键性的，归根结底它——无论自发地或自觉地——不可能是审美构成本身的产物，而是具有更深刻的根源：这

---

[1] 本雅明：《德国悲剧的起源》，陈永国译，北京：文化艺术出版社2001年版，第145页，译文有改动。

[2] 本雅明：《德国悲剧的起源》，陈永国译，北京：文化艺术出版社2001年版，第146页，译文有改动。

## 第十六章 艺术的解放斗争

取决于人对现实的必然的态度,这现实是他在其中生活、在其中从事他的活动或者阻碍他的活动的现实。不需要更详细的说明就可以看出,本雅明以对艺术的现代观念在更深入的形式中接受和进一步构成了那一问题的见解,这是在他之前20年威廉·沃林格在他的著作《抽象与移情》中所提出的。本雅明比他的先行者在美学分析上更深入和更细分,在艺术如此取得的结构形式的历史编排上更具体而精微了。对艺术作品如此形成的两分法,正如我们在前面所看到的,在艺术的浪漫主义历史哲学中获得了它的第一次极其抽象的把握,在他这里对世界观和艺术的同时代危机作了有历史依据的描述和阐释。本雅明不用再像沃林格那样,也不像其后的现代艺术的阐释者那样,将其心灵的和精神的基础投射到原始时代,以便从审美和哲学上将寓意和象征之间的裂隙显现出来。在他这里其社会—历史基础和背景也被轻描淡写地一笔带过,但这不会对他的贡献有多大减弱。

本雅明的分析是从在寓意的和象征的呈现方式中人对现实的基本态度方式的不同出发。通过他对浪漫主义思想家在这个问题上的不明确性提出的尖锐批评,他把注意力集中到,寓意化的观察其最终的意图是要干扰对世界的拟人化态度,以摧毁其审美反映的基础。因为在这种反映中人类与其活动领域的关系在自然界和社会中要取得自我意识,显然寓意的指向必定损害审美反映中总是内在地和处处包含的全面人性。不像这里所说的这样地把问题普遍化,

> 审美特性

本雅明对此明确地表示:"甚至在今天,物的性质优于人,碎片优于整体,寓意与象征是对立的两极,因此而势均力敌,这种状况并不是理所当然。寓意的人格化始终掩盖着这样一个事实,即其功能并不是物的性质的人格化,而是给具体事物以人的资格,予其以更加庄严的形式。"① 在这里他尖锐而鲜明地说明了这一现象的最重要特征。但是在这里本雅明只是立足于揭示出寓意的审美(或在美学上超验)的等值性质,所以仍然停留在单纯的、当然是在概念上一般化的描述。他没有深入这一点,物的这种庄严化等同于对它的拜物化,而拟人化反映在其审美的终极指向却是反拜物化,对物的正确认识包含了作为人的关系的中介环节。本雅明完全没有提出这个问题,在其后的理论家们,在其后先锋派艺术的宣言中,对于已经常常出现的拜物化表现很少有所批判。当然在其"原始"意义上,作为一种表现它是真正原始"巫术"对事物的态度。不论这些理论还是实践都没有发觉,它只是在其形成中,才归结为一种古老的巫术文化。但是在现实中,人与物的关系的这种资本主义拜物化却毫无批判地参与这一过程。这一事态丝毫没有受以下这点的影响,"拜物"一词经常为"标志"一词(在其后来所形成的意义上)所取代。在寓意的关联中所表达的无非是作为一种——无批判地认同的——拜物化。

---

① 本雅明:《德国悲剧的起源》,陈永国译,北京:文化艺术出版社2001年版,第155页,译文有改动。

## 第十六章 艺术的解放斗争

在巴洛克中，本雅明不无道理地看出了宗教与习俗的不可分割的联系。两者（宗教与习俗）在其相互作用中创造了一种氛围，在这一氛围中寓意从两个方面侵蚀着每一种现实的对象性。由拜物性质所夸大的因素我们刚才已经谈到。但是本雅明正确地看到了与其同时存在的另一种对立的因素，它是持续地起作用的："任何个人、任何物体、任何关系都可以随意地指涉别的东西。这种可能性为这个世俗的世界道出了一种毁灭性的但却公正的判决：这标志着这个世界的特点，在其中任何细节都无足轻重。"① 这是一个贬值了的、但在这种贬值中同时保持了个体性的宗教世界。一个没有拜物化的物必然是由它的特性、由它的细节所构成，没有拜物化的物的性质直接就是一定个体性的正是如此地存在。如果超出了这些，那么现象与本质以及细节与对象整体的内在关系就会不断深化：因为只有使细节获得了一种征象的、表现本质的、显示本质属性的特性，才能将作为按理性组织起来的、处于理性关系中的细节的整体的对象提高到特殊性，提高到典型。本雅明恰当地认识到了这种细节的充分虚无性，由此在寓意中的具体对象性似乎成了每一种个体性的彻底的虚无化，但这只是一种假象，就本质而论在这种虚无化中又构成了一种循环，可更换的物体与细节通过这种作用只是扬弃在其具体的正是

---

① 本雅明：《德国悲剧的起源》，陈永国译，北京：文化艺术出版社 2001 年版，第 143 页。译文有改动。

如此的存在之中，这种扬弃作用只是指向它的任一特性并在它的位置上按其内在结构置入完全相似的某些东西。通过在这里总只是以某种同样的个体事物来取代一种个体事物，这种个体性的扬弃无非就是它的毫无剩余的复制。这种情况在每一种寓意的观点或呈现中总是相同的，绝不会与其以一般宗教为根基的本质相矛盾。在巴洛克本身且特别是本雅明的阐释中——然而不用对宗教的基本特性作决定性的修改——在这种程度上增添了一种新的动机，作为那种超验，在其光照中展开上述过程，它就不再具有具体的宗教内涵了，毋庸说成了虚无本身。本雅明说："寓意两手空空地走开了。完全的邪恶，即寓意作为永恒奥秘而珍惜的、只能存在于寓意之中的邪恶，其实不过只是寓意，具有与其实际所是不同的意味。它所意味的恰恰是它所表现之物的非存在。"①这种由创造过程直到自我毁灭变得放肆的主观性正好相当于感受性。即使在这里本雅明以严峻的热爱真理的态度道出了这种本质："寓意成了提供那些多愁善感之人唯一而巨大的取乐方式。"② 本雅明是一个过分谨慎的风格主义者，以致不允许对取乐方式的嘲弄式描述连同它全部的轻蔑语调的微差不在字面上流露出来。随着客观世界的严肃性的消失，必定也会使主观世界的严肃性

---

① 本雅明：《德国悲剧的起源》，陈永国译，北京：文化艺术出版社2001年版，第194页，译文有改动。
② 本雅明：《德国悲剧的起源》德文版，见《本雅明文集》第1卷，第310页。

## 第十六章　艺术的解放斗争

消失。

正如我们所提到的，本雅明的文章在形式上是作为严格的历史哲学的探讨写作的。但他的结果的实际内容不仅明确地指向现代艺术，而且也有他写的关于现代艺术观的不同文章，其中关于寓意呈现方式所取得的见解找到了寓意固有的精神家园。只要指出他对波德莱尔那里寓意的评论就够了。与沃林格一起（以及它的渊源首先是李格尔等）这一理论成了先锋派艺术思想的基础。对于我们的目的只要这一简要的结论就够了，此外只要说明，一些新近的作者，就其精神和道德水准而论，均达不到本雅明的高度。首先在于，他们不像本雅明那样毫无顾虑地得出所有结论，其中心点是寓意的反审美的性质；而且既与过去保持着一种折中妥协，从而使寓意与象征的原则对立降低到只是一种历史风格问题，又隐瞒了过去和现在的现实主义反倾向，有时甚至把它们转换解释成先锋派。尽管如此我们也可以在同时代对现代艺术的探讨中找到适当的论断，以补充我们这里所描述的图像，它主要不是对某些艺术作品的评价，而是关系到这种艺术取向的主要倾向的规定。在这方面我们感兴趣的是，雨果·弗里德里希在他对现代抒情诗的论述中是从它们指向超验的特性出发，但是这一特性在兰波那里是被描述为"空洞的超验"，这与本雅明关于新近的寓意的对象是虚无的结论完全一致。弗里德里希把这一状况描述为："在兰波那里也保留着'不可知'作为无内容的张

### 审美特性

力一极。"① 我们也可以在霍克对马拉美的分析中找到这同一种事态:"这涉及一部'更大作品'的设计,首先称为'新颖(le livre)',它要呈现出'诗作与宇宙的密切关系'……它应该包含绝对的'辉煌寓意',即使这一绝对是'虚无'。马拉美把这种诗的世界之书的尽心竭力比作是对绝对的炼金术的寻找。"霍克一方面援引了马拉美描述的片断:它把"法国大革命之后对宗教信仰的衰减看作后果严重的悲剧",由此对它产生的困难是"促成教会成员以形象和手段来公开宗教信仰",另一方面说明了马拉美的努力是要赋予寓意一种数学形式,按照他的观点这种数学形式要紧跟"维特根斯坦的广义逻辑工具主义"②。当然,马拉美同时倾向于一种隐秘的神秘主义。这种将历史宗教逝去存在的知识与融合了史前巫术的一种形式化现代数学相混杂的倾向,给马拉美的这些文本片断一种先锋派艺术的征象上的意义。在维尔纳·哈夫特曼那里对画家马克斯·贝克曼的分析也得出完全相似的结果。他认为,这位画家不是以寓意化的努力开始,而是由事情本身开始,他所从事的这件事我们可以直接用同时代的拜物化来作结论。但是贝克曼的努力是"从自己"转向寓意,同时它的超验内涵又是虚无。"作为真正的'fait gratuit'(自然事实)表现

---

① 雨果·弗里德里希:《Die Struktur der modernen Lyrik(现代抒情诗的结构)》(19世纪中至20世纪中)第3版,汉堡1970年版,第61页。
② 古斯塔夫·雷内·霍克:《Manierismus in der Literatur(文学中的风格主义)》,汉堡1959年版,第52页。

## 第十六章 艺术的解放斗争

出来的寓意不是可以逐条消解的。它依然是一种存在的现实经验的严密的隐喻，其真理隐藏在黑暗之中。"哈夫特曼最初把这位艺术家的态度描述为"亵神的"，但后来由其中揭示出一种"对无指望的隐藏的上帝的虔诚。"[1] 表明与马拉美的情况相同，有关这一点我们还要多次谈到。

艺术家本人将其最终意图作为寓意——在一种指向虚无的意义上——来描述的情况同样是很多的，特别是在先锋派的典型代表们那里。因此哈夫特曼援引了画家马克斯·恩斯特的纲领性的言论："在一个与其本质相异的构图中，两个看来本质相异的事物的接近可以唤起最强烈的诗的引爆点、最大的感受力和最有力的诗的现实。两者相互接近的现实要素的相互关系越陌生、它们的相遇越随意，那么事物意义的转化就越肯定，通过跳跃火花的诗的激发力就越强烈。"[2] 对于这种最富特点的阐释在这里还可以说，它的精神体现了由亚略巴谷的狄奥尼修斯提出的最彻底的寓意学说随时代而产生的更新。正如我们所记得的，为了通过寓意思维和寓意观点以达到真正的超验，这种学说是从完全不相似的东西的类比出发的。这种在直接呈现对象性与其超验内涵之间的完全异质性，我们在马克斯·恩斯特那里也可以找到。由时代造成的差别仅仅在于，在亚略巴谷的狄奥尼修斯那里，这两个领域是通过神学（尽管它

---

[1] 维尔纳·哈夫特曼：《Malerei im 20. Jahrhundert（20世纪绘画）》，慕尼黑1954年版，第320页。

[2] 维尔纳·哈夫特曼：《20世纪绘画》，慕尼黑1954年版，第357页。

是一种否定神学）严格规定了的，由此也出现必然的跳跃，这种跳跃是由两种不同质的领域间的过渡而实现的，同样其本身多少具有神学的规定性、习俗特性、仪式化的规定；而在马克斯·恩斯特那里则是一种纯粹的、"独断的"主观随意性。显而易见，由此不仅这种成为寓意的分类的不相似性所激发的超验内涵成为虚无，而且它的可见要素本身及其相互关系也丧失了必然性的任何痕迹，它们的组合成为一种空洞的游戏。这里在它全部的建立起来的虚无性中表现了这种艺术的寓意本质。

在文学领域寓意的阐释者们习惯于用深层意义来装饰在其中的"本质上的"或"不存在的"虚无。所以赫尔曼·布罗赫公开承认，乔伊斯的奥德赛寓意将是一个"单纯的巧智"，"如果它没有深层意义的话，如果在其中一个寓意不包含第二重和第三重潜能的话，如果以此不能再次遇到生活的诗的本质性的东西，对于这一点在这里有荷马作为先例。这是一种寓意的结构和上层建筑，它同样关系到原始的生活功能，作为一种最终的哲学的——经院哲学的权衡，一种寓意的宇宙学……"① 恩斯特·布洛赫，在这里可以作为胜任的证人出现，因为他——最终——对乔伊斯作出正面的评价，他对这种"寓意的宇宙学"给出了一种风景如画的图景，它比赫尔曼·布罗赫更加清晰地表达

---

① 赫尔曼·布罗赫：《James Joyce und Gegenwart（詹姆斯·乔伊斯与现代）》，见《诗与认识》，第193页。

## 第十六章 艺术的解放斗争

出《尤利西斯》寓意含义的感性表现方式:"一个空心的坚果与空前售罄是一个样;由大声揉皱的纸片、装腔作势的废话、圆滑的漫鲡群、虚无的碎片构成的一种随意性,与在混沌中建立经院哲学的尝试是一个样;任意由中心撕扯下这种愤怒,没有审判、没有上帝、没有终点充满梦幻的煎熬、充满沉降的意识的煎熬与充满发酵的新梦幻的真髓一个样。这是最空泛的又是塞得最满的、最毫无根据的又是最富创造性的荒诞不经,晚期资产阶级的荒诞不经的组装体,由失落的家园的高—宽—深—横向堆积物;没有道路,以喧闹为道路,没有目标,以喧闹为目标。现在许多都能组装,以前只是思想很容易靠在一起居住,现在事实也可以,至少是在泛滥的地区,在空虚的想象的原始森林之中。"[①]

寓意的本质是消除直接的感性现实。这一古老的、由一种宗教的超验所确定的东西要把与彼岸的天国相对立的尘世的现实降低到完全的虚无性;但是我们可以考察到最终依据本雅明所说,在巴洛克倾向中已经起作用的,导致彼岸内涵的空洞化,它——通过浪漫主义一定取向的中介——在现今艺术中达到它的高峰。这种审美的虚无主义的几种最重要因素,变成了新的寓意塑造方式的基础,这点我们已经讨论过。现在还只涉及,澄清它的直接的世界

---

[①] 恩斯特·布洛赫:《Erbschaft dieser Zeit(这个时代的遗产)》,见《全集》第4卷,美因河畔法兰克福1962年版,第245页。

观基础,这一点我们在最后一节还要谈到。最好是将哥特弗里德·本恩的态度放在这一问题性的中心。本恩反复强调:他"没有脱离过这种神志不清,似乎不存在这一现实","没有什么现实,有的只是人的意识,这意识不断地……构造着世界……"① 这种智慧在欧洲哲学史上,就其本身而言,不是什么新的东西;自从贝克莱开始它经常不断地出现,今天仍在资本主义世界支配着官方的以及非官方的思维。由此所得出的结论——当然不只在本恩那里——是新的。以前主要是在认识论中才涉及这一点,它没有在具体的科学的和艺术的反映中产生决定性的影响。由主观唯心主义观点出发所提出的世界图像与唯物主义观点完全不同,但是生活的基本事实依然是由尽管在认识论上相互对立地解释着的统一的现实所构成。本恩对现实的否定,首先要摧毁的是人的统一性:"'我们的生活与我们的存在有所不同,我们书写的与我们想到的有所不同,我们过去所想的与我们曾经期待的和现在所存留的有所不同,与我们所预计的有所不同',简而言之,思维与存在、艺术与它所创造的形象,甚至私人的行为和自身生活是完全分离的不同实质——它们是否相互关联,这让我暂且搁置不论。"②

---

① 哥特弗里德·本恩:《Lebensweg eines Intellektualisten(一个知识分子的生活道路)》(1934),见《Doppelleben. Zwei Selbstdarstellungen(双重生活·两个自我的陈述)》(1950),第 23、72 页。

② 哥特弗里德·本恩:《双重生活》(1950),第 165 页。见《本恩全集》第 4 卷,第 136 页。

## 第十六章 艺术的解放斗争

由此我们可以看到,完整的人的内心生活瓦解为异质的碎片;不仅个体的人在其全部自觉性中放弃了能够超越这种个体性的发展,而且瓦解了他的个体力量和能力,在它们的相互作用中隐藏着这种发展的并非不重要的动因,这样有意识地获得一种自律性,它是指向保持个体性的完整不受伤害的。当然——在客观上——这种瓦解只存在于想象中,而非在实现中。当然人们可以在一切文化领域随意地玩弄这种"精神分裂症",人们可以把它在科学活动或艺术活动中作为一种方法来应用,借助于它人们首先可以逃避伦理的责任,只要涉及单独个人的福祉或痛苦,或者存在与不存在,都会显示出这种内心的瓦解,为了某一个体的生活利益,这种对现实的否定可以成为最常用的工具。本恩以玩世不恭的坦率由这种态度所能获得的生活惬意:"今天在这里,没有公众和铁定的紧迫——这是从事双重生活的一个良好的基础,我自己的双重生活对我说来不仅总是非常愉快的,我甚至长期有意识地培育着我的生活。"① 如果人们从本恩的这种态度出发对他的艺术投以一瞥,那么不难想象到本雅明所说的"多愁善感之人的取乐"。

与现实要素做空泛的超验和主观主义—随心所欲的游

---

① 哥特弗时德·本恩:《双重生活》,第166页。双重生活的、匿名的理论在德国,在希特勒时期和其后在不同方面出现,不是偶然的,这是为了对在希特勒统治下自身的态度不仅在法律上而且在世界观和道德上达到遗忘的目的。我对海德格尔、卡尔·施密特、恩斯特·容格以及没有这种错误的深层意义的单纯而玩世不恭的恩斯特·封·萨罗蒙的情况作了分析。《理性的毁灭》,见《著作集》第9卷,钮维德1962年版,第720页。——作者注

戏将其客观的关联全部扯断，因此必然要补充反面的东西。① 黑格尔的格言"谁理性地看待世界，那么世界也理性地看待他，两者是相互作用的"②，这句话也完全适用于非理性。越要由反理性构筑一个体系，那么就越发如此。当客观现实出现一种变化，这种变化引起那种不存在现实的意识反思，但是这种曲解、这种错误的反映方式的社会——历史必然性使其一钱不值。寓意的道路在今天与宗教生活形式统治的时代取向不同。在这里一种普遍认为存在和真实的超验将此岸诸对象的独立性降低为一种寓意含义的单纯整体，而在这一破坏过程的同时代艺术中有意地且直接地由单个主体出发，"空泛的超验"将虚无作为如此创造的空虚的矛盾性实现、作为对如此形成的垃圾场的矛盾性赞美。这种作用的基础当然是一种社会性的，但是这种发展给予它仅仅一种令人烦恼的与时代相关联的特性，却丝毫没有减少它的唯我论的性格。这里涉及两种显得极端对立的倾向的不可分割的联系：一种是对人们生活的世界的陌生感，甚至有时是抱有敌意；一种是尽可能适应于它，希

---

① 为了避免混淆在这里顺便提一下，这种游戏性安排与那种深刻的对客观现实的反映毫无共同之处，为了使其特定方面引人注目，在其表述方式上需要这种看似游戏性的手段，从阿里斯托芬到托马斯·曼《克鲁尔》有无数这种——现实主义的——塑造方式的例证，同样在造型艺术和音乐中也有。当先锋派艺术的理论家提到这些所谓的先行者和同行人时，他们是对这一基本的审美事实的一种随意的曲解。参见我的文章《游戏性及其背景根源》，见《20年代的德国文学》，《著作集》第7卷。——作者注

② 黑格尔：《Die Vernunft in der Geschichte（历史的理性·世界史哲学导论）》，《黑格尔全集》第8卷，汉堡1952年版，第7页。

## 第十六章 艺术的解放斗争

望在其中能良好地至少是能平静地生活。(当然也有这种情况,在其中第一种成分具有一种认可的特性,如未来主义对——拜物化的——现代技术的世界。)在早先的时代,对当前的现实的不满会唤起一种改变它的意愿,现在则会形成一种思想上的和表现形式上的不同政见,但是它在涉及那些实践的和决定性生活问题的东西时,最终会归入一种——精心的、缄默的——顺应潮流之中。这种不可解决的——以及根本没有解决趋向的——矛盾会反映在由这一基础形成的寓意的意义之中,反映在虚无之中。

对世界的这种态度不可避免地会转向寓意。因为这种态度不是对世界进行批判,即它去揭示其现实的、事实上隐藏的各种联系,以说明或暴露之,而正如我们所看到的,它根本上拒斥这一现实,在表述实践中加以转换,这等于是对现在的、直接的和经中介的诸对象性形式的一种摧毁。不论就主体主义或未来主义,就超现实主义或抽象艺术而言,从一个方面或从另一个方面置入作品的是对现象的摧毁,是对其中起作用的本质性的对象性的摧毁。对现实的那种自吹自擂的拒斥是基于在客观上对它的关键性问题缺乏把握能力。因此恩斯特·布洛赫如此以适当的方式结束他对乔伊斯的考察:"这样一来重要的诗人不再委身于素材,而是只有把素材打碎。主导的世界为他们没有编造出可呈现的外观以资传播,而只有空虚,其中混杂着各种碎片……甚至历险的世界在艺术的乔伊斯那里也变成了一切都要爆炸、一切都被炸碎的今天的漫游的画廊,在最小的

◯ 审美特性

圈子里越野跑，因为人们所缺少的就是：他们的面孔和世界所包含的主要事实。"①

当然被提到前台来的寓意艺术绝没有穷尽现代审美所完成的和将会完成的东西。除了各种主义（流派）之外在文学中，在约瑟夫·康拉德和罗热·马尔丹·迪加那里，在辛克莱·列维斯和阿诺德·茨威格那里等，与时俱进地推动了传统现实主义的发展。托马斯·曼有能力将先锋派表现方法实际上反映的当今本质的表现方式，从平衡技术实验者的扭曲中解放出来，构筑成一种伟大的现实主义整体性存在。这大概也是一种形式主义的失误，贝托尔特·布莱希特由于他的"间离效果"，而被列入先锋派的行列。我们在前面已经针对布莱希特的理论概念在美学上作了论辩，在这里还需要肯定，"间离效果"在其最本质的意图中是要开拓一种与先锋派正相反的取向：在他那里并没有一种隐藏的顺应形势的痕迹，他的目的是把人从许多情况下，由于习惯而被无法透视的表面性造成谬误的定居存在中解放出来，使其意识和行动，由正确认知的本质和现实的实际改变来定向。"间离效果"的出发点和目标设定是先锋派所拒斥的现实和力图消除的审美。这是正确的，即使布莱特开始他的戏剧运行轨道是寓意化的，这个时期的作品也是寓意的，但绝不是生活在主观主义的虚无之中，恰恰相

---

① 恩斯特·布洛赫：《这个时代的遗产》，见《布洛赫全集》第4卷，第249页。

## 第十六章 艺术的解放斗争

反,这种寓意是由即刻和直接的社会行动的直接激情所引起。随着他的成熟越来越脱离这种过分的直接性,形成了宏大的戏剧——与这种"间离效果"相背离,以其为基础的信念提高到诗的塑造的伟大。这种反向运动在同时代的造型艺术中要微弱得多。为什么这种向前运动的现实主义路线在塞尚和梵高这里几乎中断,为什么有巨大能力的马蒂斯、如此有强大创造力的毕加索却停顿在值得疑问的实验之中,这些问题将是历史唯物主义研究的任务。

最后在这里简单谈一下这种艺术的独特的装饰本质。我们已经反复强调指出过,寓意艺术对于一种塑造的"世界"的缺失在装饰中寻找和找到了一种审美替代物。装饰原则与具体的对象性相比是如此抽象,而对象性可以构造出一个自身的"世界",它本身绝不是完全抽象的。这一装饰原则的功能是缩减到寓意之中,艺术地组织成现实的简化为二维性的映象。与古老的纯几何纹样相对立,处于寓意装饰中的作品或多或少以清晰的方式保持着由它所扬弃的具体对象性的一定痕迹,这后一种作用正好反映了导致这种装饰的本质、导致这种寓意的社会职能。显而易见,甚至在先锋派艺术完全被限制在二维性的地方,在它的每一种具体的对象性被几何符号所取代的地方,都不会返回到古老的几何纹样,而发挥着一种特有的现代装饰原则的效应。这一点在创作中越占优势,那么由作品中每种具体塑造的对象性就越明显地被清除掉,这一装饰原则的自身意义就越明显地表现出来,它就越容易从寓意中剥离出来

# 审美特性

而返回到生活内容之中。哈夫特曼是这一运动的历史学家，他评论和描述了这一运动在生活中的影响。关于立体主义他写道："在招贴风格中，综合的立体主义占据了全部的广告。今天每个人都在感受立体主义的同时性结构，如果把一个铁路的轮子、苏打水瓶和杯子组成一幅装饰画，那么在其中马上会有：'乘坐中欧卧车和餐车股份公司的车辆去旅行'（Reist mit Mitropa）。"关于达达主义："达达主义对于印刷术是一种直接的解放和格外的丰富化。常见的版心和它的铅版印刷的单调成为碎片，符号被跨行排列，大写字母处于任意地方如同陌生的巫术符号，写出的词语也被看作形式构成，大字标题成为被揭示的审美价值，满纸都是一行行的没有标点、没有大写字母的行文。未来主义的理念以其对广告的意义、立体主义以其对杂技艺术的意义有助于令人惊异的虚构。"① 此外对超现实主义和陈列装饰等也说了类似的话。这些极其秘传的方向的匿名的和广泛的效应，当然这种效应是借助了广告、艺术交易和记者观念的恐怖统治②才得以成功，它支配了知识分子的所谓公开见解，清楚地表现出它的社会职能的决定性要素：对我们时代资本主义社会所唤起的一种令人振奋的惬意。我们在前文中对在表面的不同政见和最终基本态度的顺应潮流之间的内在矛盾已经谈到过。在这种装饰原则取得的大量成

---

① 哈夫特曼：《Malerei（绘画）》，第176、249页。
② 人们设想，如卡尔·霍芬在最后的生活时日造成的不满，因为他有时敢于不太尊敬地对这种问题表达批评意见。——作者注

果中，清楚地表现出这种顺应潮流的本质作为这种倾向的社会的、人的核心。

## 三 日常生活、单独的个人和宗教需要

人的每一种活动、他对现象的每一种感受都是在一定社会联系中进行的，由此客观上都与类的命运、与人性的发展——直接或间接、经过近的或远的中介——相关联。这种与类的关系早在原始阶段其性质就与动物世界不同。在这里它是纯粹客观的、纯粹的自在存在；由此还不可能形成个体意识与类意识的辩证法。当然它的出现，即使在萌芽形式中，也是从人类发展的起始就发生作用。这时形成的意识往往具有一种"错误意识"的性质，正如我们在书的扉页所引的格言："他们没有意识到这一点，但是他们这样做了。"成为当时的主导方式，都是以这种形式表现出来的。但是正是在这里贯穿着其中起支配作用的辩证法，特别是它不断地向一种主观态度转化，向它的进一步发展、它的丰富化和分化转化。

其审美特性至此始终是从这一观点来考察的，既有客观方面也有主观方面。现在我们必须从这一问题组合着手，充分阐明个体对于类的态度，在考察每个人的时候它具有多大的意义，从而相应地阐明在其存在中个体性的作用。

> 审美特性

显而易见，对于日常生活中的人的生活和思维、感知和行动说来，他的个体性必定构成了一切活动的中心。生活的维持、防护、丰富等无非是其个体性对环境的作用以及对由环境发生的影响的反作用。日常的人要最佳地实现其自我的再生产就要努力创造工具，如果人本身在工具的作用中不超越其个体性，或至少在一定方向上致力于超出其个体性，那么工具就不可能被适当地利用。这一运动是在三种辩证的意义上的一种扬弃；也就是说，这完全谈不到对个体性的排除，毋宁说这种个体性始终是那种生活的基础，由这一基础取得自我克制的主要力量；也是那种最终的储备源，它不仅为当前的也为最高的努力提供动能。如果说这种个体性从来没有取消，这就意味着它绝不是一种简单的维持：它在社会的—人的能力的更高水准上的扬弃造成在其中内容和结构的改变，相对于它的这种原始的和直接的此在方式它包含了一种质的不同存在。

在这方面——尽管在这里经常谈到各种区别性甚至对立性——科学和艺术是在同一个方向上起作用的。除了伦理态度之外，科学和艺术是个体性的这种质的转化的最强大动力；它与宗教相关，宗教的主要倾向是对个体性的维持。在本章第一节最后只是援引了帕维斯的恰当的论点，因为我们现在要就这个问题的进一步阐释再来深入讨论。在科学的非拟人化反映中，这一情况立刻就明显看出。这里不仅完全排除从事科学活动的人的独特个性，而且也排除了普通人的特定的一般拟人化特性，在对客观的、不以

## 第十六章 艺术的解放斗争

人为转移的过程的科学映象中，单纯个体性的进入可能成为一种简单的错误根源。但这似乎是一种有害的偏见，认为非拟人化反映可以将科学家转化成一种无人格的工具，一位科学主体的观念就如同一个控制论的机器。即使在精密的自然科学中研究者的人格特性——不论善的方面或恶的方面——都起着难以估计过高的作用。要理解在这里人的关键性的智力和道德的特性（如洞察力、持久性、勇敢等），若没有在相关人的个体性中扎根那是不可设想的，这一点无须详细分析。但是另一方面它又必须服从巨大的修正，以便它能适用于这些目的。每一位真正的学者都必须克服他的个体现状的许多方面，或者至少为了工作而将它们搁置起来，以免他的个人特性阻碍了他自身的科学活动。对于在艺术中的拟人化反映这种事例也不少，这个问题到目前已经在不同的地方做过讨论，我们相信，如果我们指出陶冶现象就可以充分理解，因为由此同时就阐明了个体性问题与伦理的关系。陶冶所引起的震撼、净化使人超越他的直接给定的个体性，为他指出了一个广阔而深远的前景，使他狭窄的、个人的、有限的际遇与他所处的环境的本质联系起来，由此而与整个类的命运相关联。为了主体要能获得这些体验，不论是以创作性或感受性的方式，那么人就必须与这样一个"世界"、与现实的审美映象至少持续地保持这种生动的关系，从而超越他的个体性。对于美学具有中心意义的重要范畴如特殊性、典型，清楚地表明，在审美构成的简单事实中，在其自身包含了对单纯个体性

1953

的超越,当然同时在这里——比在非拟人化反映中更清楚地——涉及对个体性的一种保持、一种由其中初始的扬弃。

在宗教的构成中,其作用的范畴结构和路径取向则与之完全相反。在这里超验并不是暂时尚未获得的知识,不是人的感觉的一种感性模糊的视野,而是与人的世俗此在相对立的一种更高的、更有尊严的、更真正的存在。相对于这种由全然不同的理解方式看来具有不同质的存在,有一种不同质的对它的态度。信仰,通常在生活中它是在方法论上可靠地把握每一种对象时,一种所要克服的前期阶段,在这里转化成特有的甚至——最终的——人与超验之间的唯一沟通中介。这种中介就具有了一种特殊内涵,人们最好可以用"心灵的幸福"这一概念来描述。对于大多数宗教这意味着——首先是对于基督教,在这里由于它是与我们的主要审美旨趣相关的最重要的宗教形式——在每一个信奉者(他的个体性)的正是如此的存在与他个人在彼岸的命运之间有一种不可分割的联系。他对幸福的追求必然是指向于此的,正是为了他自身、为他自己单独的个人取得幸福。当然每个人都知道圣徒的宗教生活,这些圣徒把自己的生活贡献给他们的同世人的救赎,但是也为这些人在这一最高水准上,整个生活活动指向自己的心灵幸福,因为没有这种关照,个人的基本宗教态度就不可能形成和维持。一种宗教或一个教会的力量、联系和作用半径主要与此相关,人们——在其群体中的个别的单独的人——深刻而坚定地确信;唯有那条道路、那种教义的方法直到那

## 第十六章 艺术的解放斗争

种礼拜仪式才适合于他们，正是这一个体的单独的人才能确保在彼岸享有这一约定的幸福（在此岸的条件下，但却始终得到彼岸的提示）。不言而喻，在一种世界性宗教中，特别是当它在一个社会中体现为统治者的教会，这个包罗边缘广阔的核心涵盖了整个人的生活，伦理和艺术、科学和哲学都同样建构在这一体系之内。然而——这一点绝不要忘记——作为宗教整体的单纯建筑基石，是为宗教的最终的幸福目的服务的，否则它按照规则无非是一种"辉煌的恶习"。在中世纪盛期似乎基督教实际上能够支配人的全部生活，连科学和哲学也被建构在这一关系之内，然而只是如此长远，即当它们（科学和哲学）已经是发挥"辅助神学"职能，是神学的婢女时，因为在这时且只有在这时原初的宗教态度，通往幸福之路对于每一个单独的人才能找到一种权威的概念表达。在重大危机之后，宗教充满斗争的被迫退缩我们目前还没有谈到。我们所讨论的是它与艺术的关系，在这里一般性地还要详细地回到这个题目上来。

这一基本事实必须肯定，然而不能以机械地普遍化的方式而庸俗化了。因为毫无疑问在每一种宗教中——正是由于它的彼岸性终极目标——针对人的生物性的斗争起着重要作用，如果不正是个体的人的存在，那么这种生物性又是什么呢？（甚至首先是如此）。对所有生物性的禁欲主义的清算几乎在每一种大的宗教中都是极其重要的。在佛教中对所有人的个性组成的规定要全部清除掉是救赎的目标，即真正的彼岸。但是这种禁欲水准在整个宗教生活中不可能持续地完成。在最激动的危机时刻，宗教意识往往是以这种形式出现的，即世界末日或新的世界纪元临近时，这种禁欲对与其个体性相关的一切人性的、世俗的目标均被否定，这种观点和实践不仅支配着个别人，而且也支配了群体大众。在正常的时期，这种潮流也可以提高到群体效应，然而按规则说来在优先以彼岸取向的圣徒与一般的信徒之间其态度有很大的分化，教会的实践首先是指向安排和引导后一种人的宗教生活。由此得出，信徒过通常的日常生活，他们按个人（特定的）目的相应地行动，通过教会对他们宗教义务的调整，来满足这一条件，从而保持他们在彼岸的心灵幸福。对这种随时代和地区而格外产生的不同分化（印度的种姓制度、僧侣、神甫和在天主教中的普通教徒）加以说明，不是我们这里的任务。这里只关系到要确定，日常生活的这种宗教形式其基本结构不会变革，不像科学和艺术——在其每一种方式——总是处于变革中。相反，这种结构的最本质的要素正是通过宗教信仰的注入而获得一种特殊的庄严、一种保持其本质的升华、一种进一步的强化，甚至是固化。我们指的是一切事物和事件与单独个性的愉悦和痛苦的那种基本的相关性。这当然是对日常生活的自发性而言，即一切都是与任一单独的自我相关联的。各种经验——首先是劳动的经验——教育人们，要以客观现实的不以人为转移的规律性为依据。这属于日常生活的本质，如此取得的认识再次与单独的自我

## 第十六章 艺术的解放斗争

相关联,在把握世界中由于懂得了它的规律性而感到他的幸运和不幸,再次表现出一种与主观相关联的形式:日常生活中的人经常会忘记,他本身在从事客观世界的劳动时不得不具有一种目的论,并且以为世界进程本身似乎是目的论的,因而在其中他单独的个人际遇至少构成这种目的论序列的一个关节点。

尼古莱·哈特曼对这种日常自发性的认识论方面作了正确的分析。在这里他从日常生活出发,正如它即使今天还是这样,确定了其中的主导性思维:"在这里有一种倾向,在每一事件中人们都会问:'为什么'一定是这样,'为什么我会发生这事?'或'为什么我要受这苦?''为什么他死得这样早?'在与我们有某种关联的每一个事件中,人们都会这样发问,或者这只是一种无计可施或无以为助的表达。人们不声不响的前提是,总该有一点什么好的东西,人们在寻找一种意义,在其中能得到证明是对的,好像事情是这样完成的,所有发生的一切都该有某种意义。"① 想要提高到多少更高一点的思维水准,但仍然处于日常生活的自发性的范围之内,这意味着这种思维尝试,要把偶然性从客观现实中排除出去,它对于日常生活中的人是作为一种不可揣度的、干扰他的计划的因素。当然在这里可能存在两种运动,一种是指向认识这种偶然的因果必然性,

---

① 尼古莱·哈特曼:《Teleologisches Denken(目的论思维)》,柏林1951年版,第13页。

> 审美特性

指向这种偶然与必然的辩证法，关于这一点首先由黑格尔认识到并且在哲学上加以表述，其实际后果只能是在制定个人和集体的计划时要更精细、更好些和更有弹性些。另一种运动是以日常生活的一般"世界观"为基础，由它发展起来，按照哈特曼的说法是日常思维针对偶然性的一种"厌恶"。他当然不能否认这是一种事实，但他把这看作"一种同样能预料的和打算的"加以说明，但这是另一类、不再是人的预料，是一种比人的意愿更高的意愿。"在这一迂回道路上，在世界中的一切获得了它的规定和它的目的论的计划性。如果人要取得成功，就要与那种另类的预料建立起充满料想的联系，那么这种无望的令人摆布就不再是非预期的了。"①

在这里已经能明确地感受到从日常生活的"世界观"转向宗教的萌芽。这种转化的深藏于日常生活中的本质，正是基于我们深入探讨过的在日常生活中理论与实践的直接关系（参见第一章），这里到处和普遍占主导地位的原理全部归结为目的论方式的一种自我相关性，由于通过劳动和科学的每一种解释，每一种真实的扬弃，因为自在存在的主体相关性通过艺术在日常生活中总是不断回复到单独主体的自发的目的论相关性。我们曾经强调的在日常生活与宗教所确定的生活之间所存在的深刻的亲和性是基于，宗教——与艺术和科学相反，艺术和科学必然要摧毁这种

---

① 尼古莱·哈特曼：《目的论思维》，柏林1951年版，第15页。

## 第十六章 艺术的解放斗争

自发的目的论与这种单独自我的相关性——具有保持和持续这种结构的倾向。哈特曼正确而多方面地研究了这些关系,他不仅揭示了日常生活基本事实的这种范畴联系,而且在世界观问题的更高水准上同样指出了,与单独自我的目的论关系有这里所出现的问题,如何向错误的方面转化。哈特曼说明了那种错误的另类,"世界必定或者是有意义,或者是不合理"。这种两难境地只是由外部世界与每一单独自我的目的论的相关性所产生,在这里有悖理性——从否定的方面——同样是围绕单独的个人来分组的,如同肯定评价的感受性。哈特曼客观地给出了一个第三类,即一个世界,它既不是有意义的,也不是"不合理"的。"这就是世界,它只是一个整体并非是靠意义来支撑的,但是在其中分别按照情况(也就是说按照'偶然'的盲目必然性)混杂存在着有意义的和悖理的,这后一种正是我们在给定的世界中到处都会凭经验认识的。这种有意义的和悖理的混杂的存在完全不需要用目的论去解释,其中完全没有规定的方向……只是人以他的重新解释将意义公开的世界转化为意义闭锁的世界。以此他才拒绝给世界以表征,这是他为它所能做的,从而使得它成为一个实际上不合理的世界。"[1]

正如哈特曼所批判的,由如此对现实的一种观察通向一种宗教观点的道路自身便能开启。在这里不能忽视的是,

---

[1] 尼古莱·哈特曼:《目的论思维》,柏林1951年版,第109页。

> 审美特性

它虽然作为一种始终存在的、不断重新再生产出来的、但由于它与客观现实的分化而始终是一种未完成的人的需要,却是构成宗教需要的最重要的基础。然而它并非直接地、机械地是与这种宗教需要最终相同的东西。我们在这里不可能逐一考察一切中间形式。人们设想目的论的神正论,设想各种以目的论支撑的自然哲学和历史哲学。毫无疑问,它们都具有同样的范畴结构,正如哈特曼刚才所描述的;虽然它的许多思想都来自宗教,另一方面又对神学产生了影响,但是它们却不具有宗教特性。其所以如此,因为它们的目的论不是针对个别的单独的个人。人们设想黑格尔的历史哲学,它为整个历史铺设了一条由目的论决定的进程,因此同样是以人为中心的,正如刚才所描写的思想进程一样。主体构成了目的论序列的中心,而在其中主体就是人类本身,目的论的规定并不直接干预个体的生活,这些规定只是一种工具,是世界精神为了它的目的所使用的。有宗教感受的人不少是否定这种神正论的,甚至将其斥为无神论。因此实际上神正论从感觉上说,要为宗教所认可,必须把这种关系颠倒过来:人类历史一般的目的论的安排可以而且应该采取一种神正论的形式,但这种形式必须具有这样一种特性,在其中每个单一的独特的个体对于他自身的命运作为基本的、作为不可或缺的组成部分——而不是像在黑格尔那里作为消失的因素——能感知到并能成为他自己的体验。这一点,只要举一个同时代的例子,在贝尔佳耶夫那里可以清楚地看出。他谈到了许多现实中的非

## 第十六章 艺术的解放斗争

理性的、不合理的事实。他指出："但是大型的秘密的宗教仪式正是由此组成，人们能够在每个人的个人际遇中揭示出上帝之手，它有一种意义，尽管这种意义脱离了任何合理性。人们头上不掉发，上帝是不愿意的，这不仅在基本意义上是真实的，而且具有深刻的真理……"[①]

　　以此描述了宗教需要的基本事实。由此我们在这里为了能纯粹提出其范畴关系，将哈特曼所提到的认识论方面置于前台，无须推导，这些在日常生活中也直接作为原初的基础起作用。相反地，原初地自发地影响一切生活现象的是人的最基本需要，即把他的独特的个人作为现实世界事件的中心点来感受和理解。当然在这里也涉及漫长历史发展的结果，其起始阶段绝没有全部无余地能搞清楚。显而易见，在最原始阶段，在人的日常生活中根本没有今天如此占主导地位的自我感觉，或者至多可能处于一种萌芽状态。这要经过一个很长的道路，其中劳动必须达到一个相对高的发展——我们在前面已经指出（见第一章）只有在劳动中、通过劳动对于人的一种实际的主体—客体关系才能被意识到——原始共产主义的解体才能达到人具有他的独特的自我作为生活中思维的和感受的中心。这种发展是与由巫术向宗教的转化相平行地进行的。

　　我们在前面（见第一章）提到了弗雷泽极富洞察力的

---

① 尼古拉·贝尔佳耶夫：《Dialectique existencielle du divin et de l'humain（神与人的存在的辩证法）》，巴黎1947年版，第22页。

> 审美特性

假设，按照他的说法，正是人对外面世界过程的知识的传播，才摧毁了巫术的假象统治地位，取而代之的是在人与超验之间贯穿着人的伦理关系的宗教。[①] 由此祈祷献祭回到在这里形成的人的活动的中心。宗教需要的产生和巩固，正如我们上面所肯定的，同时也由制度所促进并加入到形成中和进一步发展的宗教的体系中。分别按照其社会历史状况，这种宗教体系的组合分化格外严重。它可能是明确和固定的，也可能是多义和松散地实现的，它可能是极有争议的、否定一切世俗的，与此相对应，它也可能像是按照科学的（拟似科学的）方法和结果组织起来的、大范围的。对这些典型加以阐释也是不可能的，更不用说对它们的历史原因和条件加以考察。我们的目的只是要确定，在每一情况下宗教所设置的"客观性"——在每一个从属于相关宗教的独特个人的际遇的目的论相关性中，由体验为生活所提供的中心地位——可以起到这种职能。作为这种事实状况的一种说明可以举占星术，在许多东方宗教中它起着一种显著的作用。它在范畴上是以这一证据为基础，星空世界的运动是按规律来进行的，它可以在每一时刻天体的任一星座与任一独特的个人、与他的整个命运、与他的各种事业等相关联。按照这一规律在个体与星座之间形成了一种目的论的联系，由此对独特个人生活中的偶然的扬弃延伸到宇宙的规律上。

---

① 弗雷泽：《Der goldene Zweig（金枝）》，第132页。

# 第十六章　艺术的解放斗争

这里已经指出，由宗教所担保的对宗教需要的实现是全面的，它包含了生活现象的整体。这种包罗万象的范围、质和方式等当然在历史上是格外不同的，在这种整体的变化中其原则的共同点却是，将单独个人的命运与宇宙的目的论建立关系这种生动的倾向。因此在每一种宗教为归属于它的人们的宗教需要提供的答案中，包含了这样一种努力，调节人的整个外在的和内在的生活，为他们提供一种公开的负责的世界图像，它能够按照宗教的意旨去解决在如此调节的生活过程中出现的一切问题，并以这种方式将单独个人在宗教需要中所包含的愿望插入到一种巨大的、包罗万象的联系中，应约为它们的可实现性提供全面的担保。这种客观的——精神的、情感的、组织上的——宗教的普遍性必须与宗教信奉者主观生活的普遍性相适应，也就是说，宗教必须总是面向完整的人。由此得出，这一点以前已经暗示过，单个人是怎样与宗教相关联的感觉方式，是贯穿其生活表现的整个尺度，它由日常生活中直接的实践活动延伸到圣徒由禁欲回到生活中。巨大的世界性宗教与教派的区别正是并主要是在这个方面：教派面向一种有选择的且正因为如此事先在数量上限定的，有相同信仰的群体，其中宗教信仰在原则上有基本相同的内容，并处于大致相同的水准上。而世界性宗教致力于普遍的包容，它担负着——相应于历史状况以不同的方式——满足最超越尘世的以及最世俗化的宗教需要。对于我们首先关注的是宗教与艺术的相互关系问题，因此考察的对象主要是普遍的世界性宗教，特别是基督教。

因为大部分且最著名的宗教学术文献是由一种公开的或隐蔽的辩护意图出发而形成的，正如马林诺夫斯基所表白的，其"信仰的多维度"作为它的全面性和普遍存在很少能够适用。在马林诺夫斯基那里，这个问题只是作为在人种学研究中对原始民族宗教信仰的批判态度出现。当然他在阐释这个问题时，也在宗教现象的一般社会学研究中普遍化了。例如他指出，当人们说："罗马教派的天主教相信罗马教皇的不可或缺。"这种说法只在这一方面是正确的，他们体现了一种一般的正统信条。然而马林诺夫斯基又补充说道：罗马天主教的波兰农民知道这个信条的不比知道微积分的人多。① 这当然只是一种对广大"下层"、深深植根于日常生活中的宗教需要形式的否定性说明。没有提升的需要，也只是对这个问题域的轮廓加以说明，我们援引几个有关的事例。不言而喻，对这些作者不用怀疑他们是以这些考察来推动反宗教的宣传。亨利·斯蒂尔·康马杰谈到在美国宗教世界化的倾向："20世纪典型的新教徒继承了他的宗教，正如继承了他的政治一样，只能说些表面的东西，并且不能去解释各种信条之间的差别。通过偶然的机会他发现自己是属于教会的信徒，并且由于习惯对它保持着忠诚。每次新的礼拜仪式都给他些许惊喜，他确

---

① 布罗尼斯拉夫·马林诺夫斯基：《Magie，Science and Religion（巫术、科学与宗教）》，纽约1955年版，第240、273页。

## 第十六章 艺术的解放斗争

信,他参与礼拜仪式对于神甫和全体教徒说来显示了一种善行。"① 这种倾向更明晰而社会具体地出现在马克斯·韦伯的著名的早期新教研究中,在这里我们所关注的描述同样是关于同时代美国宗教本质的。在其中马克斯·韦伯讲述了一个对话伙伴,一位商业旅行家,和他谈到的以下内容:"先生,就我来说,每个人可能相信或者不相信那些总适合他的,但是,如果我看到一个农民或是商人,他根本就不属于任何教会,因此他对我不会为了50生丁而好的:什么能促使他给我付款,如果他什么都不信?"另一次涉及一个浸礼教受洗礼的人,并且在这样一个地区,这里有一个小的浸礼教共同体,马克斯·韦伯说道:"有一个反问:在那里,在仍严格地保持着宗教传统的浸礼教共同体中接受一个成员,首先经过最精心的'考验'并经过极其痛苦的、直至追溯到早期童年有关'变异'的调查……完成一个绅士的道德品质的这样一种绝对的担保,首先,在商务上适合于作为整个周边的仓库和对无限的信用具有不用竞争的可靠性。"②

将这一记述与克尔凯郭尔在他针对同时代基督教最后的战斗文献中的论述加以比较,是富有教益的。以便可以

---

① 亨利·斯蒂尔·康马杰:《Der Geist Amerikas(美国精神)》,苏黎士/维也纳/康斯坦茨,1952年第219页。

② 马克斯·韦伯:《Die protestantischen Sekten und der Geist des Kapitalismus(新教教派与资本主义精神)》载《宗教社会学论文全集》第1卷,第2版,图宾根1922年版,第209、210页。

○ 审美特性

看出，所谈到的一种传播最广的现象，在其中对于我们说来，所列举的征象自然比作者的结论更为重要。克尔凯郭尔说道："设想没有上帝、没有永恒、没有法庭：那么官方的基督教就是一个极具魅力的、充满兴味的创造，它使生活以理性的方式得到尽可能的享受，比异教徒所能做到的享受要丰富得多，具有永恒性总是会干扰异教徒的享受，但是这件事官方基督教正好给加以改变了，正是永恒性才给我们提供了正确的趣味，在生活中和在生活享受中，就应该有正确的乐趣。"① 半个世纪之后天主教的新闻工作者辩护士切斯特顿正是选择从克尔凯郭尔对宗教尖锐的批判的方面来进行他的辩护，他宣称只有天主教会才能给予智力和道德的日常生活一种真实的快慰。②

这种攻击和防卫表明，一个宗教原来的信仰内涵所提供的东西，多么严重地逐渐从教会成员的日常生活中远离而去。甚至连认为在现代发现了宗教艺术的复兴的那些批判者，也不得不承认这一基本事实。因此卡尔·奥古斯特·葛茨在一篇关于列昂·布洛伊的文章中确认，诗人"最终不得不放弃以前几代基督教徒称为质朴的不言而喻的

---

① 索伦·克尔凯郭尔：《Der Augenblick（瞬间）》第 5 期（1855 年 7 月 27 日）1：我们大家都是基督教徒/关于这事的想法一点也没有/即什么是基督教。见《全集》第 12 卷第 2 版，耶拿 1909 年版，第 54 页。

② 对于这种现象的实际判断似乎是重要的，即要知道，这些教徒的阶层是多么的不同。在我看来弗里德里希·黑尔教授的估计是相当可信的，他估计"实际参与活动的基督教徒人数占 8—12%。在这里人们不知道，在这一阶层中实际确证的信仰者的比例是多大。F. 黑尔等：《Glaube und Unblaube（信仰与无信仰）》（通信集）慕尼黑 1959 年版，第 30 页。"——作者注

1966

## 第十六章　艺术的解放斗争

事"。因此瓦尔特·海斯特关于贝尔纳诺斯对在西班牙内战中佛朗哥的胜利的态度写道："基督教不再呈现为非人性的对抗世界，而是与其他非基督教人性的一半已经共同沉沦，把它从一切梦幻中拉出，它感到不再能继续它目前的生活。"① 在这种情况下是可以理解的，肯定不是偶然的，在19世纪下半叶相继出现一些著名的诗人，他们塑造了基督宣告所完成的精神的和人性的家园的失落。在陀思妥耶夫斯基的小说《卡拉马佐夫兄弟》中大宗教异端裁判所的传说开始了这一轮舞。人们若回答，陀思妥耶夫斯基只是针对天主教写了这些，那么人们就把他对斯塔雷兹·索西玛的生与死的描写放在同一部小说中：这是一个登峰造极的圣徒生活在此岸的善良与智慧，但是在他这里：在他死后，奇迹和圣者的圣光并没有出现，整个流入了极其世俗的丑闻。

还有格哈特·豪普特曼描述了在我们时代基督的内在的家园失落，其中并非偶然地一种摇摆于使徒和疯狂之间的边界，构成了布局的基本路线。彭托皮丹的基本上与众不同的小说《被称赞的国度》，作出了对当前状况极为近似的判断。这个系列以后也没有中断，即使在天主教作者那里也可以看到。"上帝在圣徒面前保护我们。"在贝尔纳诺

---

① 卡尔·奥古斯特·葛茨：《列昂·布洛伊》，载于《Christliche Dichter der Gegenwart（现代基督教诗人）—欧洲文学文稿》，海德堡1955年版，第68页。瓦尔特·海斯特：《贝尔纳诺斯》，载于《Christliche Dichter der Gegenwart（现代基督教诗人）——欧洲文学文稿》，海德堡1955版，第145页。

## 审美特性

斯的小说《一个乡村神甫的日记》中大长老呼吁道。萧伯纳在他的《圣徒约翰纳》的尾声中，完全以讽刺的口吻来描述。

这种状态的画面也可以由相反一极方面加以补充。不仅基督教世界不想再从基督或真正的圣徒那里了解什么，在著名的现代诗人那里，在他们的内心也会浮现出这一难题。在单纯宗教需要方面显示出的内容的最重要之点表现于悲剧所不能满足的形式中。这里不打算援引临近死亡的海涅的渎神的诗句，但是被鲁道夫·卡斯内尔称为"基督教诗人"的波德莱尔，他的宗教信仰也为马利坦所首肯，在他身上无疑活跃着强烈的宗教需要，在下列"反叛"的组诗中，可以感受到这种告白的魅力：

> 那时你想起时日的幸福，
> 因为它充满了永恒的希冀，
> 因为在这条道路上花繁叶茂，
> 你走近来骑着温顺的毛驴。
> 那是你，勇敢的心散发着希望之光，
> 挥动着鞭子同商人进入法庭，
> 因为最终你是主人？你没有懊悔吧，
> 利用长矛你早已把侧面钻透？
> 什么关涉到我，我将继续前行，
> 很喜欢这样一个世界，其事实与梦境相互避开。
> 我可以抽出宝剑，通过剑来承受死亡！

## 第十六章　艺术的解放斗争

裴特鲁斯不承认耶稣……我说,他是对的!①

李格尔同样具有强烈的宗教需要,他在诗《橄榄树之园》中让基督对上帝言说:

> 我再也找不到你,不在我身上,不!
> 不在其他人身上,不在这岩石中,
> 我再也找不到你,我孤独一人。
> 我单独同所有人一起忧伤,
> 我通过你来缓解这忧伤。
> 噢,无名的羞耻,这不是你……
> 后来有人说:一个天使来了。
> 为什么是一个天使?它夜晚到来。
> 冷漠地剥离着树叶在林木之中。
> 年轻人在自己的梦境中被触动。
> 为什么是一个天使?它夜晚到来。
> 夜晚到来了,这没什么不同寻常;
> 如此度过了上百个夜晚,
> 狗儿在那里酣睡,山岩静卧一旁,
> 啊哈,这是悲哀的一个,也是任意的一个,
> 它等待着,直到再次天光大亮。

---

① 夏尔勒斯·波德莱尔:《圣徒裴特鲁斯的否认》,摘自组诗《Empörung(激怒)》,见《Die Blumen des Boesen(恶之花)》德文版,莱比锡1973年版,第215、217页。

◯ 审美特性

对一度信仰的真理内涵、对基督教有效现实的这种深深的动摇,它被还原到单纯主观的宗教需要,这种需要可能既向外部也向内部发挥作用,这种动摇当然在日常实践中表现为极其不同的、其中又充满矛盾的形式。弗里德里希·黑尔援引例如查尔斯·莫拉斯的说法:"我是无神论者,但是也是天主教徒。"[①] 这种情况就此而论是一种极端,莫拉斯是足够聪明的,他把这一状况的难题意识化了。他够真诚或够玩世不恭的,以便把所认识到的公开表达出来。但是这绝没有完全排除它的典型的特性。因为正如经常发生的,人们或由于他们的利益或由于他们的信念,趋向于按一定方向去行动,认知或本能地去感知通常地与相关时刻的社会结构相适应,某一宗教取向依存在的性质被划归他们的行动。莫拉斯的情况就属于这种保皇主义的复辟努力和天主教。在这种状态的平均水准上往往是,其精神领袖、战友或追随的大众在他们的行动中掌握与社会相适应的宗教信仰,至少是培养他们去掌握。在这里他们灵巧地跳过了由莫拉斯的玩世不恭所公开暴露的在我们面前的裂隙。但是客观的矛盾并没有通过他们有意或无意的否定而消除,这样形成的宗教信仰,就其本质特性所涉及的看来,与上述举出的美国的个例没有什么质的不同。这种宗教信念、态度等与日常生活实践的纠缠,相对于它的实体,在

---

① 弗里德里希·黑尔:《Europäische Geistgeschichte(欧洲精神史)》第2版,斯图加特1965年版,第334页。

## 第十六章 艺术的解放斗争

内容和形式上是千变万化的。我们只援引一个具有特殊性质的典型：在日常生活中宗教的巫术残余尚有活力所起的作用。尽管有些宗教认真去致力于清除这些残余，只有少数例证是取得了实际的成功。这不是偶然的，因为那些精确固定下来和规定了的仪式几乎必然与巫术观念联系着：它的内容、它的内在的宗教意义相对于信仰淡化了，但在一定情态下一定语言的表达、一定姿态和运动的相继衔接已经通过它们这种性质的事实直接影响着超验力量。由这种仪式所引发的狂热的、盲目的信任在一定情况下是一种联系手段，使人们感到是与一种宗教相联系着的，由此他们坚定地确信，只有通过这种方法才使促使超验力量在彼岸（也可以在此岸）实现其特定的目的。17世纪俄罗斯教会的分裂并不是因为教义的对立，而是由仪式和祭司更新而引起的。这一点似乎最突出说明了这种状况。

这似乎同样是不恰当的，即在这种巫术残余的生活效应中，将通过人的一定行为方式对此岸和彼岸事物进程的影响，视为宗教需要的唯一根源。正如相反的，对这些残余在这一需要的产生和维持中的意义加以低估。这更适合于这一状况，一方面在具体的宗教态度中其界限往往变得模糊；另一方面巫术的痕迹尚未彻底清除的宗教信仰，可能放弃对单独个人命运的目的论规定，但没有自行放弃。关于将巫术要素完全从宗教中清除出去的最彻底的尝试，即加尔文主义，在这方面马克斯·韦伯有一段有趣的描绘。按照加尔文的说法，他自己也没有办法，使上帝的恩惠给予自己拒绝接受的人,这种选定或拒绝并没有外在的标志。然而这种"唯一的确定性"(certitudo salutis)、这种选定存在的可识别性,已经起一种很重要的作用。一方面有责任保持被选定的状态,任何怀疑都被看作是魔鬼的诱惑;另一方面不遗余力的职业劳动被提示为达到这种确定性的手段,在这种生活进程中,这种良好的业绩表现为被选定存在的标志。"与加尔文真正的学说相反,他(后期的清教徒)知道,为什么上帝有这种或那种职能。生活的神圣化如此迅速地就认定是一种职业工作的特性。"① 人们看到,在客观现实中对单独个人命运因果进程的目的论中心化的范畴结构,在对所有巫术残余坚决的清算——当然以不断变化的形式——之后仍然不可改变地保留着。马克斯·韦伯对这种宗教的神正论在社会的和心灵上的作用动机给出了一种很好的心理学的概括:"幸福很少以他对幸福的占有这一事实为满足。此外他还有这种需要:他还有这样的权利。他将确信这对他是值得的,首先是与其他人相比是值得的。他也会相信,他会遇到由于没有占有同样的幸福而幸福较少。幸福将是'合法的'。②"

若以此给出成就的神正论的一定方式——在此岸或在彼岸的——那么它肯定只是一种成问题的,是否在那种与

---

① 马克斯·韦伯:《宗教伦理与资本主义精神》,载于《Religionssoziologie 宗教社会学探索》第1卷,第95、104、110、123页。

② 马克斯·韦伯:《世界宗教的经济伦理学》,载于《Religionssoziologie 宗教社会学探索》第1卷,第242页。

## 第十六章 艺术的解放斗争

独特自我的目的论中心化中，它的总和及系统就构成了宗教的普遍性。另一方面是受苦的神正论。这是肯定的，痛苦、失败、压迫等加入到这些联系中至少同样是一种基本需要，正如世俗的成功所获得的彼岸的庄严。因为正是人的行为的不幸结果、人的此在的充满痛苦的转折往往以最激烈的强度提出了对痛苦的意义和失败的根源的问题，对其目的论特性哈特曼作了正确的分析。客观上这种不幸同样源于世界进程的这种"无意义的"因果性，正如幸福的结果一样。人本身总是只觉得在与各种事件的直接联系中，或在"无意义地"发生的事件的下一步前景中才能有意义，其价值只在于他本人能从中新取得怎样的洞见，以便使相关者未来的活动得到更正确的指引，或者对别人的实践提供一种榜样。魏德金让他的侯爵封·凯特对这种构成作了恰当的解释："一种不幸对我是一个最有利的机会。正如每个其他的机会，每个蠢人都会有不幸：其艺术就存在于，人们要懂得恰当地利用它。"虽然它体现了一种玩世不恭，这句话在人的实践的这种情况下，真实地表现了在主体与客体之间的一种客观关系。它丝毫没有减少主体的真实意义，却否定了外部世界的每一种自我相关的目的论特性。在这方面与指向主体的不幸的神正论的这种分裂，超出了日常生活的直接性，因为在这种直接性中由主体态度的极端重要性而产生出偏见——正如人往往在沉沦的惩罚中毫无准备地作出瞬间的决断，这会长远地、有时最终地决定他的际遇。引起主体做出这种决断的外部动因，在它的客观的自在存在中无论如何是指向主体的，实际上是主体对问题作出回答，它却被交付给一个超验的主体。

神正论是立足于日常生活的这种无批判的、教条化的直接观念的基础上。因此在其中缺乏对这一视野的实际超越。它所添加的，无非是借助于一种在客观性上不可能找到根基的"世界观的深化"，把这种直接性固定下来。对这种日常生活的直接性在思想上和情感上加以说明，这种主观必然的渴望就是那种宗教需要，它可以由那种受苦的神正论来满足。若受苦表现为上帝的示意、表现为一种考验或被选定的标志，因此个体的命运就被置于大的宇宙联系之中，它提出这种要求，存在者作为世俗的存在客观上比给定的客观真理更真实，因此单独个人的个体生活被纳入到包罗万象的救赎计划之中。人们只要想到《约伯记》就能看出，人们多么渴望把世界作为这种受苦的神正论来体验，这已经扎根在人们的心灵中。但是如果这样产生的感受不能唤起人们深刻而重要的道德情感的话，这种效应将是不可能的。这种认同却也不能排除那种缺乏客观性基础的情感特性，它仅仅开启了对人的道德行为方式的复杂的、不均衡的又充满矛盾的历史的一瞥。在这个问题当中，我们只能对这一庞大的问题综合体的那一与我们的较窄的问题相关联的侧面进行考察，即如此形成的道德情感、决断和行动等与参与者的个体性有什么关系。宗教的历史表明，其主导倾向是指向对独特性的保持，受苦的神正论可以唤起巨大的牺牲、英雄的壮举、甚至自我献身，它的终

## 第十六章 艺术的解放斗争

极目标却总是参与者的心灵幸福，是使其个体性更好地保持，它所通向的道路是造物的苦行，还可能与如此深刻而内在的感受相关联，即把其他人也作为共同救赎的对象。

这种停留在个体性是与最终在彼岸的实现有着极性的关联。通过这种关联，此岸的生活只是一种单纯的准备，降低为一个单纯的考验场所，在此岸生活中人超越其个体性的生活能力及生活状况不可能作为一种独立的价值被评估，尽管他在当前及有时取得了很大的发展。但是这种"中间层次"作为自身生活的发展，不可避免地与超验的终极目标产生冲突。我们在前面只是暂时地、有条件地把创造物等同于个体性。个体性与彼岸的直接的和最终的联系被保留下来，但是在宗教意义上（上帝）创造物还包含着人的活动的那些形式，即由人的自身力量致力于并实现对单纯个体性的克服。只要这些无条件地服从于宗教态度，它就表现为（上帝）创造物性质的简单外化，但是它若提出对独立意义的要求，它必定作为（上帝）创造物的自负表现以特别的强调而被拒绝。这种对立在每一种宗教调节的生活中必然总是在起作用，它却摇摆在——各按其社会状况——进一步隐秘和公开的冲突之间。显而易见，如果我们考察那种——异常的——宗教流派，在他们那里按照事物的本质对世俗生活的改造起着决定性作用，从阿尔比教派经胡斯教派和托马斯·闵采尔直到革命的清教徒的开端。在这里对于独特个人的彼岸光辉的顾及暂时被排挤到

审美特性

背景中，由此解放了的伦理力量趋于对个体性的超越。在这里往往不无理由地涉及在宗教信仰内部公然唱反调的取向。社会的保守势力具有一种与宗教超验的深刻的亲和性：在它的终极目标的照耀下，正在形成者对宗教的保卫作为单纯的、作为单纯世俗的自身的中间阶段，而对社会存在的革命性改造——无论愿意或不愿意——在其中必然与超验形成竞争之势，它在两者中对人具有更大的影响。当然由托马斯·封·阿奎那或耶稣教会系统论述的伦理学要比彻底的胡斯教派或托马斯·闵采尔的伦理观更系统和有序，但主要的，因为前者试图在思想上或多或少地掩盖（上帝）创造物的内在矛盾，阿奎那在语言上很少表达出来及实际上完全没有意识到的东西，事实上已经暴露出来。神学所能给予的解决办法，一方面是将所有超越个体性的、人的内在力量向（上帝）创造物性质的水准拉平，表明在上帝面前这种区别是微不足道的；另一方面突出地强调个体性与彼岸救赎的联系，在彼岸的这一褒奖和惩罚的光照之下，对人身上的所有单纯的人性给（上帝）创造物状态以屈从的认可。许多启蒙学者针对褒奖与惩罚的这一观念提出了指责，因此戈特弗里德·凯勒指出："基督教传道时没有这种可恶的功利学说"，① 他对所有创造物与彼岸关联的伦理本质，从伦理学方面作了正确的批判。

---

① 戈特弗里德·凯勒：《Gesammelte Briefe（书信全集）》第 1 卷，伯尔尼 1950 年版，第 432 页。

## 第十六章 艺术的解放斗争

通过上述评论我们已经就宗教思想中有关我们谈到的个体性问题相反的一极做出了说明。我们从这一对比中可以清楚地看出，这涉及整个人的生活所包含的、无论在内涵还是在外延上都很普遍的领域，在这一领域中单独个性的保持构成了中心环节，构成了那一连接环节，它必然与激情的最高程度和实际日常最微小的细节相互联系着。如果说日常生活绝不仅仅是直接实践活动的一个舞台，而且同时也是人的生活的一个巨大动人场景。如果我们回忆一下死亡的现象就足够了，它不仅是关系到自身的事，也是关系到相亲近的许多人的事。在这里，面临严峻毁灭的正是人的个体性，宗教生活的关键性规定必定以生动的明晰性和展开了的内在难题见出。在这里最本质的东西，在日常生活中宗教需要的基础，是这一事件不以人的意志为转移的因果律向目的论转化的愿望，这种转化与每一个单独个人最基本和最真正的生活需要相适应。这种祈求在这种情况下很明显地采取了一种巫术规定的形式，当然这与世界观没有本质的区别，巫术是要——以最幼稚的和原始的方式——按照其想象直接去影响不以人为转移的"力量"，也就是说，试图去征服它，正如人在他正常的劳动中对环绕他的自然的影响那样，宗教的祈求则指向上帝的大慈大悲，希望它实现一个奇迹，即宗教按规则也承认的自然规律的正常效应在这种特殊情况下被废止。因此我们当作基础所理解的结构联系，在这里表现出一种极端的尖锐化。例如彭托皮丹在他的小说《被称赞的国度》中，信仰深厚的神甫艾马奴尔由于对上帝的盲目信仰长期不给他得病的爱子去治病,但是当看到了儿子死亡的危机时,他爆发出疑惑的叫声:"上帝!……我的上帝!……你在哪里呀?"延斯·彼得·雅可布森谈到过一个类似的事例,当然是从完全相反的方面,即确信无神论的方面的。在狂热的无神论者尼尔斯·吕内那里,在奇迹般的全能的上帝面前的这种自我屈服也具有亵渎神灵的微小差别,他在整个生活的世界观疑惑的爆发中,充满对上帝的仇恨喊出了:"它使世俗的国度充满恐惧地经受着考验和拷打……它想要所有人都屈膝祈求……愿意的话它要踏平你在这世上最爱的东西……"这丝毫改变不了这一状况的范畴结构:由他个人际遇而被击垮的无神论者的希望,同样如虔信的基督徒,按照他的祈求靠一种超验力量去改变事物正常的因果进程,不论这种愿望是从他单独的个性产生的,或由他的单独的生活状况所产生。

死亡作为人的生活的极端状况,非常适合在其实际联系中揭示出它的现实规定。在这里表明,即使死亡与宗教需要的关系就其真正的本质而言是一个生命的问题,是人的生活进程的问题,即使在大多数情况下很难意识到所出现的实际和真实的关联、中介。在现时代的伟大作家中,首先是列夫·托尔斯泰对于这个问题给予了最热情的关注。在他发展的较早期的一个阶段,作为宗教世界观的问题,对他的影响比后来问题要小。当他的惊人的观察能力还能不受阻碍地发展时,他在一封有关他的短篇小说《三种死

## 第十六章 艺术的解放斗争

亡》的通信中触及这一问题:"您从基督教的观点来看待它是不恰当的。我的想法是:三种生物死亡了,一个巴林雅、一个农民和一棵树。巴林雅是令人惋惜的并令人厌恶的,因为她在其整个一生中长期在欺骗,连死时的表情也是在欺骗,正如她所理解的基督教,没有为她解决生与死的问题。为何要死,当人想活着时?她以想象力和理解力相信基督教的许诺,但是她的整个本性却抵制这个,别样的安息(除了拟似基督教徒)是没有的,位子都已被占据了。她是令人讨厌的也令人惋惜。农民死得很平静,因为他不是基督教徒,他的宗教是别样的,虽然他需要时各种基督教仪式都可以参加。他的宗教是大自然,他和自然共同生活。他砍伐树木,播种黑麦并收获黑麦,他繁殖阉羊,屠宰阉羊。在他那里孩子出生,老人去世,他了解这一规律并绝不回避它,不像巴林雅,他直接和简单地看到这一切。您可能说'这是一种自然现象'(une brute),但为什么 une brute 就这样坏? une brute 是幸运的和美丽的,并与整个世界相和谐,并非如此失败,像巴林雅那样。树木的死亡是平静的、真诚的和美丽的。美,是因为它不欺骗,因为它不扮鬼脸、无所恐惧和无所惋惜。"①

争论的重点是针对基督教,在这里既不是偶然的,也并非无关紧要。托尔斯泰说明了农民的外在的宗教信仰,

---

① 列夫·托尔斯泰:《Briefwechsel mit der Gräfin A. A. Tolstoi(与 A. A. 托尔斯泰伯爵夫人的通信)》,慕尼黑 1913 年版,第 114 页。

1979

> 审美特性

最大可能主要是巫术特性，与基督教作为宗教的内在性很少相关。另一方面巴林雅是一个女基督教徒，但是在她那里，那种心灵的归属感并未深深扎下根，对于她那种祈求的激情高潮我们看不到。对于托尔斯泰更重要的是，她本身是过着一种无益的、无意义的生活，而农民在他周围环境范围内却过得有意义，在与人的、社会的和自然环境的和谐中度过了他的此在。作家在这里所要说明的是，在生活进程与死亡之间的深刻一致性。作为每一个生命终结的死亡的主观方面完全相应于这样一种特性，即相关者的生活进程所具有的那种特性。有意义度过的生活将由一种沉着体验的死亡所终结，无意义的充满痛苦的无望挣扎的生活具有一种无意义的终点。托尔斯泰生动地表述了有关农民的这一极其普遍的事实，在此之前和之后他都观察过许多其他事例。为此我再援引雨果·封·霍夫曼斯泰尔的同样一封书信中的评论，因为不论在世界观和创作上，这两位作家之间具有很大反差是可以想象的。霍夫曼斯泰尔在他的信中表征的是一个民族，有关我们这个问题他写下了以下与民族相关的特征："能以平静的沉稳态度面对最恼火的事情的人们，他们对死亡也不会产生言过其实的想法……"①

死亡的相反方式，托尔斯泰在他后期著名的代表作——

---

① 卡尔·雅可布·勃克哈德：《Erinnerungen an Hofmannsthal（对霍夫曼斯泰尔的回忆）》，巴塞尔1945年版，第32页。

1980

## 第十六章 艺术的解放斗争

短篇小说《伊万·伊吉奇的死》中，将死作为度过生活的无意义性的集中点。这个问题在文学中当然到处都会出现，有时是与个人的死直接联系着，有时处于间接关系中，人们设想在易卜生的《皮尔·金特》中浇铸纽扣的场面，那里说明，每一个没有把他自己的生活坚定地过到底的人，就像以其他类似性质相混合在锅炉中重新浇铸出来，标题主人公带有躁动不安的、急促的死的恐惧；在重新遇到索尔威格之后他得以确证，他过的是一种有意义的生活，因而重又得到了心灵的平静。这种例子不胜枚举。这里可以清楚地看出，这种宗教需要的尖锐化表现由于个人生活的不完满、破碎和无目标性质会大大提升。在没有这类问题性的地方，就根本不会出现这种需要。在这里纯粹智力的、纯粹思想——世界观上对宗教信仰的克服，正如我们在尼尔斯·吕内那里看到的，绝不具有决定性意义。雅可布森在创作上的贡献是，以创作揭示了这种弱点。因为他的主人公过的是一种极端分裂的、不安定的生活，他对自己从宗教中解放出来主要不是作为一种解放，而是作为一种道德负担，作为一种——人们可以这样说——更高种类的宗教考验。一个对话伙伴对他曾说过："无神论最终比基督教对人类提出了更高的要求。"而尼尔斯·吕内对他的观点的这种解释是完全赞同的。在法国大革命以前，这种情况是完全不同的，这不是偶然的——因为无神论在当时本身包含的内容更多，即对社会及其每个人生活的改造。这是很有特色的，我们所援引的凯勒的话——在他那里顺便说明，由宗教中解放出来是与他的民主政治的意图密切相连的——是在捍卫霍尔巴赫伦理学时写下的。

由此我们可以更清楚地看出，个人生活进程、个人此在的意义是与某一社会状况以这种方式相关联的，在其中人的个体活动起到怎样的效用。这从它本身来看几乎是一种陈词滥调，但是正是在讨论这类问题时往往系统地被忽视，这里似乎应该把相关事实简单提一下。显然，在个人生活中的一种和谐完善、一种此岸的完美只有在他的活动——引发这种活动的或由这种活动所引发的情感、思想——以及与他的生活圈子相协调的基础上才有可能，由事物本身可以看出，这种协调总只是相对的，但它也是与任一现存社会的斗争，在这种斗争中单独个人的失败甚至也能产生一种和谐，这是在这里所指的那种和谐。人们设想这一漫长的序列，从苏格拉底直到被法西斯所处决的人们的最后书信。但是正是在这里可以看出，在这样一种有意义的、有意义而终结的生活中始终有一种力量在起作用，这种力量使相关者——或多或少是自觉的、或多或少是决断的——超越其给定的此在的直接个体性。由于社会生活的普遍性、由于其历史变化的多样性、由于对每一种这样的整体综合体的主观——宗教的及非宗教的反应的无限可能性，表现出的始终是一种社会历史的、阶级的典型，然而在同一社会阶层之内，同一时代不同的个体又有极其不同的表现，就其丰富性而言这里只能一带而过。

相应于我们所提出的问题，我们只能举出几种典型的情

## 第十六章 艺术的解放斗争

况,在其中个体生活的此岸自我完善——他的内在倾向——借助于对决定性存在问题的一种世俗的—伦理的态度往往阻碍了宗教需要的产生。农民的这种行为方式我们在前面托尔斯泰的有关考察中已经谈到。在无产阶级那里形成的对生活问题的反宗教性的解决当然是完全不同的。借讨论受苦的神正论,马克斯·韦伯谈到了1906年的一次民意测验,其中工人的大多数不信宗教;多数认为"此岸的世界秩序是不合理的";少数同意按自然科学的论证。韦伯这样来评论多数的观点:"当然主要的是这样,因为他们相信内在世界的革命平衡。"① 在这里未能就无产阶级革命信念与不信宗教的内在趋向的一致,这一重大问题进一步深入探讨,却可以说明,在这里涉及在决定性生活问题的此岸性和彼岸性解决之间的典型冲突,并在大致路线上,由各个情况得出,其实践的、革命的态度是决定性的,不是相反地由宗教的态度所决定。在工人运动中改良政治的影响在扩大,宗教观的影响在其中同样往往也在增长。

如此看来人的宗教需要的产生和消亡,首先是一个生活实践问题。增长着的理论对现象的支配作用肯定是一种决定性因素。但是在大多数人那里,在此岸与彼岸之间的抉择却是依据于他们的最深切的生活需要在尘世能否得到满足或至少为将来的实现而斗争,由此使他们自身的生活

---

① 韦伯:《世界宗教的经济伦理学》,见《宗教社会学》第1卷,第247页。

# 审美特性

能有一种内在的意义。由这种观点出发看来,马克斯·韦伯的几个历史论断值得关注。他谈到古代的武士阶层:"武士们的生活进程既与一种有效天意的思想无关,也与那种超世俗的上帝的系统伦理要求不相一致。对于所有政治上的统治阶层,但首先是战争贵族,不仅根本不会想到'原罪''救赎''宗教恭顺'这些概念,而且会直接去损害这些。以这种结构运转的一种宗教信仰,要屈膝在预言家或神甫面前,对于战争英雄或高贵的人——罗马贵族或大清时代的中国儒家官员——也会显得毫无高贵和尊严。对于武士说来死亡和人的命运的不合理性是内在存在的一种日常事件。"正如我们所看到的,韦伯把中国的儒家官员也排在这一组之中。对这一组他指出:"对每一种救赎需要的绝对缺乏,所有超越此岸的伦理的固定,它们都被官僚的等级惯例的一种机会主义的、功利的却又带审美优雅的艺术学说所取代。"对所有这些首先关注的是,将人的力量解放出来并加以发展,从事有成就的社会活动,其目标指向此岸的实现,这些作为在世俗生活中得到的感受,而在思想上对彼岸采取拒绝的态度。(也许举出荷马对彼岸与世俗生活的对比就足够了。)当然——这里应该加入认识的作用——如此形成的意识形态正是在理论上很少加以固定,可能不断被构建于宗教体系之中。如韦伯指出,在伊斯兰的武士那里,在中世纪十字军的骑士那里,都成功地做到这一点。但是他没有忽视,同时也指出了,在这里大量的物质动机(如取得高俸禄的职位等)也起了重要

## 第十六章　艺术的解放斗争

作用。①

　　这里又可以明显地看出世界性宗教与教派之间的区别，对于每一个宗教共同体不可避免地要宣告，它认为哪种社会状态是与其信仰相协调的，哪种是与之相抵触的。即使宗教信条看来纯粹是指向个人行为的，也不能忽视这个问题，因为每一种信条或戒律都暗含了一种社会状态，以便于改造人的实践。教派按规则将这个问题纳入轨道：他们的宗教需要往往是比较同质的，对他们规定的行为很明确，因此他们处于社会中，在社会中发挥作用，几乎置身于整体之外，置身于中心活动力之外。它们与世界性宗教的决定性区别在于，它是从每一种社会出发，相应于其活动范围的普遍概念，宗教需要指向最大程度的分化。在前面的讨论中我们已经能看出，宗教通过这些观念取得了哪些成就，它甚至能成功地将每一种远离了其宗教的原始的内在辩证法的潮流重新纳入自身宗教的河床之内。如果在这里客观存在的并起作用的社会关系在主要地引起活动，那么它很少完全直接地并且不会作为唯一行为的作用动因而起作用。正是在这里意识形态的力量加入进来，它从现实出发，对于宗教教义的意义作出解释。宗教意识的这种效力影响很广而且持续时间很长。然而它却同样具有一定的界限。一方面要具体地影响人，就要广泛地与社会事实相一

---

①　马克斯·韦伯：《Grundriss der Sozialökonomie（社会经济学概论）》，图宾根1922年版，第270—272页。

致。在讨论宗教改革和反对改革的重大宗教危机时，我们曾经看到，甚至复辟运动都必须从社会体制的新的事实和彻底的变化出发，以便在社会存在的新的形式之内有效地发挥作用。这种复辟所产生的新的与老的冲突的内在阻力，可以在帕斯卡针对基督教的斗争文献中看到。另一方面科学和认识对待客观现实的每种立场是一种现实的意识力量，它在对事实的宗教阐释和宗教的世界图像的建构中，同样不能完全被排除，只是不要陷入这种危险，在重要层面上丧失宗教的影响。

尽管宗教需要在其原初形式中多少主要是个人性的，是单独个人对一种救赎、一种幸福的寻找，这种幸福对他说来在他的生活的任一客观的和主观的条件下，是作为这种不可排除的、给定的现实通常所不能提供的，这种需要形成、发展或凋敝的方式与上述社会的和世界观的发展具有本质的联系。当然一个人，从他的宗教需要出发，既可以坚定地拒绝他的时代的社会体制又拒斥科学成果，这种否定是由宗教推理给出的，它作为魔鬼效应被纳入到宗教体系中来。但是这种前后一贯的极端主义的可能性却是有限制的。因为作为无限制的可能性只存在于单独的个人，他——当然同样是抽象地说——才可能，从社会的观点看来，只是生活在社会中的一个奇特的怪人。宗教——在一定限度内甚至宗教教派——最终总是指向单独的个人。因为这种诉求基本上是针对多数，指向尽可能人数众多的潜在的信众，他们迫于堕落的惩罚，在意识上总会顾及大众

## 第十六章 艺术的解放斗争

的某种平均化的态度。这种基本态度的后果是，宗教世界观在最近一个世纪在这领域完成了一种不断的退却。然而一种有战斗力的、有时是幸运的反攻绝不是没有的。从长期的观点看，这种宗教的退却在科学认识面前是不可避免的，以极端的狡诈所进行的世界观的"删改"——从中世纪的"双重真理"至我们时代的新实证主义（关于这一立场我们下面还要讨论）——发展的大的路线并不是决定性地曲折的。如果人们想到托马斯·封·阿奎那时代，将它与自 16 世纪以来现实知识的那种推进以及在宗教世界图像中的结果进行比较，这种质的区别很容易看出。在这里不可能谈到有关细节。在科学中的哥白尼天文学、在生活范围中的发展学说等使得宗教不得不放弃某种曾经无可争议地看作是自己的领地。但是也有在因果关系的哲学阐释转向目的论、规律的概念等在这方面起着作用。宗教观念曾经是宗教理解世界的一个重要支柱，今天也以羞愧的命运退出了分析的舞台。

处于这种被动摇了的观念中心的是启示的观念，它是宗教世界图像的一种要素，以这一要素——就其本质而言——使它得以立足或失败。启示是每一种宗教的基础，它作为社会力量发挥作用，而不想停留在个人的私人信仰上。在这方面世界性宗教与教派之间并没有原则区别。只要是一个人所获得的启示，它要求第二个人信仰，那么就形成了它的整个难题。启示是对宗教观念的现实性的唯一保证，也是对如此构成的超验的具体性质的保证。所有唯心主义的或目的论取向的哲学对于它的存在在思想所能提供的证明（即所谓上帝证明）的东西，从本质上说都是一种附加物，只是对所启示的以及信仰的一种补充性的意识支撑，完全无视于本体论的上帝证明——前提是，它得有一种证明力——只能呈现一种抽象的上帝存在，从没有一定宗教的具体的神。在后一种情况下启示是对存在以及首先是对那种超验的正是如此的存在的唯一可能的保证，在这一保证之上奠定了宗教信仰的具体存在。在宗教世界观一般退却的斗争进程中，人们试图缓和在人的现实反应中启示自身立足的矛盾，人们以不同种类的直觉形式——从理智直观到本质直观——作为一种中间形式，作为在通常的知识与启示之间的过渡环节。（奥尔德斯·赫胥黎甚至想在这一"中间王国"加入某种药品的作用，由此使幻觉、启示与人的正常生活"科学地"联系起来。）然而这些连接倾向缺乏任何现实的基础。这里不是详细批判直觉学说的地方。我们只满足于两点说明。第一，所有科学的和哲学的直觉都关涉此岸；它至多这样解释，而不能——比每一种其他思维方法更好地——揭示它的本质，它根本就不涉及宗教原本上具体意义的超验。第二，直觉也以对它的事件的一种验证为前提。它更多地变为一种习惯（谢林、柏格森），在直觉中可以见出一种更高的认识水平，比在"探讨性思维"中所可能的要高，但是这些思想家甚至是试图在人的认识的整体系统中有机地纳入这一结果，从而使它在一个整体的、无矛盾的系统中联结起来。在直觉的思维

## 第十六章 艺术的解放斗争

心理学方面,并不拒绝一种实际的批判观点,但是要确定,对于直觉或非直觉所达到的对现实的认识,其真理标准应该是同一个。① 直觉学说绝不可能筑起此岸世界的科学认识与彼岸世界的启示的桥梁。

只要宗教态度实际地支配着人的世界观,也就绝不会有对这种中介的需要。保罗在第一封科林斯书信中自豪地说:上帝之子(即钉在十字架上的耶稣)的启示"犹太人令人讨厌,希腊人是傻瓜"。在中世纪时,对启示在信仰中不可动摇的可靠性,甚至不再强调要求争辩,它的真理的明确性似乎变得理所当然;当时的哲学把它的内容作为每一体系化的出发点,它的似是而非就是这种详谬的尖锐化。但是人们不能把中介的这种合作与上述现代的中介相混同,它是严格对立的。在中世纪时人们认为可以从启示的理所当然为出发点并以这种方式——自上而下——构筑一种中介系统,以便将这一系统有组织、有领导地树立在单独个人的实际日常生活中,并将启示与这种个体性的关系在涉及这一范围的所有事件中具体化。现代中介的努力进程是相反的,是自下而上的。对它说来人的心灵现象是一个固定的基础,中介应该对成问题的启示去掉由动摇而造成的可疑性,或者至少减轻这种可疑性。启示的成问题性的尖锐程度与人的知识的发展相关。只要这种知识所产生的世

---

① 卢卡奇:《Die Zerstörung der Vernunft(理性的毁灭)》,见《著作集》第 9 卷,纽维德 1962 年版,第 372 页。

审美特性

界图像与启示的内容大体上显得一致，那么一方面就可能使信仰成为一种推理方法，它处于科学知识之上，它似乎适用于进一步推进将它所创造的世界图像由宗教超验出发填补其裂隙，使启示完善化。另一方面由科学知识与启示的具体内容相比较似乎没有产生问题，这对于人的知识而言从一开始似乎就是不一致的。所以哥白尼学说和其后的进化论在这种由中世纪所创造的统一中打开了一道深深的、不可逾越的裂隙。

信仰和启示出现不可解决的难题的起跳点，是它的极其主观的基本特性，但这一特性同时也应是过渡到完全客观的真理和现实的一个工具。然而在每一种人的感受和对现实的思想再现都要经过超越主观的道路，在每一领域客观性的关键性问题都在于，对于通过主观（直接看来只是由此）来把握对象达到怎样的标准才构成了如此把握的客体的客观性。这些问题既可以从科学的角度也可以从艺术的角度来考察并加以阐释。对于启示说来，一方面主观是绝对的最终裁判者，启示的真理内涵是属于，谁认为它是有价值的。另一方面启示的内涵所宣告的是一种本身不可申诉的、最终的、无须修正的、不允许变更的真理。由此产生的张力在宗教史上在对启示不允许公开置疑的时代起着显著的作用。因为那时总是以为，由彼岸来的一个单纯信息，既可以具有创始者真理的精神，也可以具有谎言的精神。启示带来的历史也可以成为魔鬼的业绩，或对信仰者的考验。由此在宗教的内在领域也有给出一种标准的必

## 第十六章 艺术的解放斗争

要性,这种标准具有怎样的性质以及如何操作,是否要传达到一定的裁判者并以传统为基础等,我们并不感兴趣。重要的只是,在相关宗教的内部这一标准是作出决断的裁判者,只有在相关教会内部才能找到。这就造成,只要至少在一个宗教不受限制地支配的文化领域内,就此方面会产生冲突,形成正教与异教之间的斗争,在这场斗争中的任一胜者才获得了对什么是真正的启示作出规定的权力。如果这些领域陷入相互触及,对这种普遍指向的宗教没有人能取得决定性的主导权,也就是说把其他宗教清除掉,像天主教会在中世纪生活表面上相对异教徒所达到的那样,(西部教会与东部教会、基督教与伊斯兰教)那么情况就更加复杂。因此只有这样才行,当改革和宗教战争的危机时代,随着不同基督教教派相互并存的政治必然性而终结。

因为对于我们在这一问题综合体中只涉及启示在意义上的矛盾性,我们只要说明这一点就够了。早在危机之前很长时期在思考的人们中就出现了一个问题,不同宗教的多样性,由此形成的斗争是否会导致宗教的灭亡。从库萨的尼古拉至鹿特丹的伊斯拉谟不断出现解决的探索,它的理论内涵往往集中在,不同宗教最深刻的本质最终似乎是同一的,区别只限于次要的因素。这种思想的贯彻必然造成启示的淡化和减弱。库萨的尼古拉在他的宗教谈话中对道作出解释,在不同的诸神背后主宰着同一个上帝,每一个谈到诸神指的就是这个根基,它是所有人在诸神中都要崇拜的。对这一状况的认可将会缓解不同宗教的争论，仪式的不同可以保留，因为人们必须考虑到人性的弱点。① 显然，由此原来的宗教信仰就会转化成一种宗教哲学，库萨的尼古拉的上帝原来就是普罗提诺的太一，这是一种无形的、非人格化的超验。而宗教信仰和宗教启示正是由此而与人联系起来，单独的个人认为在一定的、具体的神的正是如此的存在中找到了他们命运的保障，当被公开化的这种神的具体性淡化和消失时，在单个人那里这种与超验的宗教关系就不再起作用了。因此卡尔·巴特机智地说："施莱尔马赫的神不能原谅，亚伯拉罕、伊萨克和雅可布的神能够原谅并这样做了。"② 但是正是通过这种情感和感动的激发才形成并再生产出人的宗教关系。为宗教服务的世界观陈述可能为这种关系提供一种支持，它的失灵则可能使宗教被动摇，但宗教绝不会被这种世界观所取代。启蒙运动自洛克以来就明了了，每一个教会都认为自己是正宗的，把所有其他教派都看作是异教徒，并且认为，在地球上没有一个法官能使用普遍公认的语言。一个统一的、以启示为取向的宗教如库萨的尼古拉所表征的就是精神上站得如此之高的先锋，它本能地完全将原来的启示作为基础，对于其他宗教的"错误"和"误解"尽力按此适当地加以"校正"。对宗教说来，思维永远停留在女仆的中世纪状态。

---

① 库萨的尼古拉：《Über den Frieden im Glauben（关于信仰中的和平）》，莱比锡 1943 年版，第 102—154 页。

② 巴特：《Die Menschlichkeit Gottes（上帝的人性）》，第 15 页。

## 第十六章 艺术的解放斗争

思维在另一方面可能通过社会历史发展所形成的危机而深化,通过思维的折中使它容易得到一种过渡性的表面解决,但是绝不会排除宗教危机。每一种宗教的实际基础,在于它的信众对其特有的具体启示的信仰上。

各种宗教并存的作用——从宗教启示的观点看——总是沿着启示被削弱的方向进行的。从社会人文的观点看来,如此形成的宽容度无疑是渐进式的,从宗教本身的观点来看无疑也是它的内在强度的减弱。青年黑格尔对这种倾向已经清楚地认识到了,他针对各种宗教的分裂和联合的努力写道:"一个政党,当它自身崩溃时就是这样。因此新教,它的分化现在在联合的尝试中会垮掉。这是一个证明,它已经不再是它了。因为在崩溃中形成的内在分化成为现实。在新教的产生中天主教的教派分裂停止了。现在基督教的真理总是被证明,人们不知道为了谁,因为我们和土耳其人毫不相干。"[1] 因为一种启示对一个共同体的信众的专门特性越强烈,那么这种一致就越困难,如果这一启示对他们越无关紧要,那么取得一致就越容易。在今天公开的见解中这种一致是显而易见的,肯定首先是由于政治原因,但是它表现得一般是可以接受的,是这里所描述的启示的淡化的一种征兆,作为上帝的启示既有它的具体内容也包括其形式的

---

[1] 黑格尔:《Aphorismen aus der Jenenser und Berliner Periode(耶拿和柏林时期的箴言)》,见罗森克兰茨《Hegel's Leben(黑格尔生平)》,第537页。

严格约束力。① 以此对启示的信仰——就事实本身而言——越来越强烈地沿着单纯主观性、主观见解的方向发展。当然也具有这种矛盾的、似是而非的可能性，在决定性的危机点，在这里单个人性的生活利益被激起，又使这种信仰强化起来。在所有这些情况下一般的主导倾向是对宗教所依据的主观性的独立化越来越强，它依据于自身，而与传统的启示内容的联系越来越松散。这样造成的结果是，这种主观性不断在更高程度上——自觉地、半自觉地或不自觉地提出这种要求，成为宗教生活的唯一的、单独的创造源泉。作为这方面的例子，在改革爆发的重大宗教危机中经常出现这种情绪，我们在前面已经援引了贡哥拉的诗，这种信念在安格鲁斯·西勒修斯那里也能以这种明确性感受到。戈特弗里德·凯勒在《绿色亨利》的一个对话中，将这首诗以与费尔巴哈相近的世界的一种戏谑的变种呈现了出来。

我们在这里也不可能对于自施莱尔马赫和浪漫主义以来这种情感取向的增长加以描述。我们只援引克尔凯郭尔的一段，在这里这种态度的极端一致变得明显地似是而非。

---

① 对这个问题的多方面文献即使只是浏览式讨论也是不可能的，笔者也知道，自己在这方面是外行。我们只提一下这本书，海因茨·舒特：《Um die Wiedervereinigung im Glauben（为了信仰的再次统一）》，埃森1958年版。由天主教和基督教的表现得出的大量资料，其主要倾向是，教会的分裂是一种不幸的历史偶然，归因于一种僵化的误解。这里只援引阿道夫·封·哈尔纳卡斯的话："如果特里恩特辩护法令1515年就已经存在，并且有足够时间和教会自然相处成为习惯，那么改革就不可能发展。"参见《教义史》第3卷，第635页。

## 第十六章 艺术的解放斗争

在这里像在其他许多地方一样,他的论战是针对黑格尔的客观唯心主义的。这不是偶然的,因为我们已经指出,启示的淡化必然导致,打算用一种宗教哲学来取代。克尔凯郭尔在这里以正确的直觉感到对于宗教的一种危险,甚至当,如果这种哲学与它的内容是一致之时,他写道:"如果客观地询问真理,那么将客观地把真理作为一个对象来反思,对它将采取认识态度,这不是对这种关系的反思,而是在于真理是真实的,他为什么这样对待它。如果他为什么这样对待被当作真理,它是真实的,那么主体就在真理之中。如果主观上对真理进行询问,那么主观上就是对个体态度的反思。如果这种态度怎样是处在真理中,那么个体就在真理中,甚至当这样对待非真理时也是如此。例如我们以对上帝的认识作例子。客观上进行反思的是,这是真实的上帝,主观上进行反思的则是,个体对一个事物应怎样对待,在真理中他的态度就是上帝的态度。"很容易看出,在这里主观性是真理的唯一载体,按照这一理论可以点燃起任意的内容、上帝的真实的自在存在便无可挽回地丧失了,克尔凯郭尔完全清楚地看到这一点,并对此以似是而非的逻辑一贯性写道:"以这种方式上帝当然是一种假设,但不是在多余意义上的,在这里人们一般是用这个词。毋宁说这样更清楚一些,唯一的方式,以这种方式一个存在者与上帝处于一种关系中,这种辩证矛盾带来怀疑的热情,它有助于以'怀疑的范畴'(如信仰)对上帝的把握。因此这种假设绝不是随心所欲,而正是自卫,因此上帝不是一个假设,而是存在者设定的上帝——它具有必然性。"①这就毫不奇怪了,雅斯贝尔斯,通常是克尔凯郭尔的一个伟大敬仰者,他想以其温和的、不受任何限制的形式来拯救和保持今天的宗教信仰,对于这种信仰他说:"如果这是真的,在我看来,圣经的宗教终结了。"②

对这个问题就其多方面和广阔程度,即使只作说明也是不可能的,我们只想就几种代表性表态来说明在今天的思维中启示的自我消解。因此埃米尔·布伦纳认为现代各种反宗教的理论已经跨过了它的高峰阶段,似乎有不断增多的人认可宗教信仰。但是他们的答案在于,他们对宗教是怎样理解的,表现出"不仅极其不同,而且值得注意的是不确定"。如果说他们承认一种宗教信仰而拒绝各种教条的宗教,"这说明在根基上人们是否定历史上的启示"。布伦纳本人站在后一种立场,认为他对于每一种真正的宗教信仰与含混地承认一个上帝相反,是"承认一种理念"。然而他补充道:"不论这一种,还是那一种,都无法得到证明,这里涉及一种信仰问题",也就是多少关系到纯粹主观性。③ 更明显地是雅斯贝尔斯在他与布尔特曼探讨的争论

---

① 索伦·克尔凯郭尔:《哲学片断——接续非科学的附言》,见《existentielle Einsprache von Johannes Climbachs(约翰内斯·克利马丘斯的存在的申辩)》,见《克尔凯郭尔全集》第6卷,耶拿1910年版,第274、275页。

② 卡尔·雅斯贝尔斯:《布尔特曼的去神话化的真理和危害》,见雅斯贝尔斯、布尔特曼:《Die frage der Entmythologisierung(去神话问题)》,慕尼黑1945年版,第36页。

③ 埃米尔·布伦纳:《Das Ärgernis des Christentums(基督教的烦恼)》,苏黎士1957年版,第10页及27页。

## 第十六章　艺术的解放斗争

中，提出了宗教不可知论，表达为宗教的去神话化。他的前提是："没有人能占有一切的真理。"人"在与其他人的斗争中不能求助于上帝，而只能依靠于世界，因为上帝既是我的上帝，也同样是我的反对者的上帝。"雅斯贝尔斯否认启示真理的任何一种标准，因为"作为启示它所说所作的一切，都是以世俗形态所说和所作的，即世俗的语言、人的所为和人的理解。"启示提出对唯一真理的要求，但这种要求由于上帝的"隐蔽性"总是不能实现的。[①] 如果我们在这一切之外再补充上汤因比的一个结论，我们就获得了今天基督教教育精英关于宗教信仰的一幅清晰的图像。他说：较高级的那些宗教相互之间不斗争，而它们是相互补充。"我们可以是我们自己的宗教的信仰者，而不会感到它是真理的维护者"[②] 雅斯贝尔斯与布尔特曼之间的讨论就此范围对于了解当今知识分子中宗教的形势颇有教益，那些人清楚地赞成变得纯粹主观化的宗教信仰的这种新的淡化的、无约束力的形式；而这些人——持一贯的神学立场的观点——则试图拯救启示的历史概念。在这种意义上，他指出："如果雅斯贝尔斯清楚这一点，在总是谈论启示信仰的地方，他坚持所信仰的启示的绝对性，必定认为，因为

---

[①] 卡尔·雅斯贝尔斯：《对鲁道夫·布尔特曼回答的反驳》，见《去神话化》，第87页。

[②] 阿诺德·托因贝：《An Historian's Approach to Religion（历史学家走向宗教）》，伦敦/纽约/多伦多1957年版，第296页。原文中有这样一句话："我们相信，在我们自己的宗教中，不会感到这里是惟一的真理宝库。"

他自己就是作为这个的答案:'我是主人,你的上帝。除我之外你不该有其他的上帝!'每个人都是自由的,可以认为这种启示信仰是荒谬的。但是如果他这样做,他就不应该谈论启示。因为这无论如何也是荒谬的,通过对宗教史或精神史的一瞥就想在这里或那里找到启示。作为历史学家,我只能在这里或那里确定有对启示的信仰,从没有过启示。因为启示只是实际上为我的启示,它只在个人的决断中作为启示来理解和认同。"①

毫无疑问,这里形成的对立是不可调和的,它只能以诡辩的方式而被模糊化,雅斯贝尔斯及其现代意识包含这一方向的全部力量,但只能达到如此程度,宗教是——社会所限定的——宗教的幻象,具有一种"自己的"宗教,可以固定在一定的知识分子圈子里。正如布尔特曼和许多其他人所正确指出的,与历史意义上的宗教毫无共同之处;另一方面在现代社会的和精神的状态下,以那种似是而非的勇气不可能取得任何结果,如同克尔凯郭尔在他那一时代所作的。他以恰当的嘲笑描述了这种现代宗教信仰中的精神状态,在这里没有完成任何东西,当时的精神模式是一种客观主义,而今天的模式是一种主观主义:"在客观的人群中一个客观的教会成员不惧怕上帝,在雷声中他听不到上帝,因为这是自然规律。或许他是有理由的,在事件

---

① 鲁道夫·布尔特曼:《去神话问题——答雅斯贝尔斯》,见《去神话化》第69页。

# 第十六章 艺术的解放斗争

中他看不到上帝，因为这是因果效应的内在必然性，或许他是有道理的……"① 马克斯·韦伯肯定对于宗教并不持敌对态度，他从其他的社会综合方面对于这样一个知识分子的宗教状况给出以下一幅图像：他说宗教完全是无足轻重的，"是否我们现代知识分子感受到需要，除了所有其他的感动之外，也会享受到一种作为体验的'宗教'状态，在一定程度上其内在的陈设是以提供的真正古老的设施装备起来。"② 但是甚至在这里这种态度主观上绝不是装作有教养或仅仅是游戏式的，而客观上却陷入类似的状态。因为宗教启示是随着这种要求出现的，即代表一个有约束力的具体的整体，也就是说，宗教共同体的成员是由此表现出他们的立场的，这个共同体学会把信仰作为一个整体，若要拒斥其中重要因素，还要想保持一贯，就成为公开的异教徒了。也就是说，由他修正的启示作为唯一正确的宣告而与错误的学说实现分离。这是这个时代的规则，其生活形式基本上是由宗教确立的，在那时人们还十分严肃地对待宗教。今天则有可能使受启示的宗教去接受一种适当的教义，而拒绝不适当的，就如同人们在饭店订了一个菜，对不满意的可以拒绝。但正由此也破坏了具体启示的不可分割的统一。歌德不无道理地指出，在审美领域例如对于荷马的真实性的批评不会影响其艺术效果，而同样对圣经

---

① 克尔凯郭尔：《Abschließende unwissenschaftliche Nachschrift（接续非科学的附言)》，见《全集》第 7 卷，耶拿 1910 年版，第 251 页。
② 韦伯《世界宗教的经济伦理》，见《宗教社会学》第 1 卷，第 251 页。

真实性的批评,就会毁掉信仰。① 在这里文本和教义的真实性直接关系到超验客体的存在或不存在,它只允许在信仰与不信仰之间作出一种僵化的选择。对启示采取审美态度肯定会被看作是轻浮的表现。最伟大的天才、最真诚的主观确证,在这种情况下也不能阻止不断以这种态度去接触它,正如克尔凯郭尔或马克斯·韦伯所嘲弄地批评的。② 因此,由社会发展以及由这一发展所触发的长期精神发展,宗教不再被理所当然地接受为客观的圈子了。甚至像 T. S. 艾略特这样的作家承认,虽然按照他的理解没有宗教的文化是不可能有的。他要求以一种恰当的审美情感来引导,针对切斯特顿他指出:"我所希望的是一种文学,它更多的是无意识,而不是来自基督教的优越感和固执。"但是他不得不确认,在同一篇文章中接着指出:"我想要断言,整个现代文学通过我称之为世俗性的东西而堕落了,它简直就不能把握超越自然的超自然生活的优先性的意义……"③ 这种瓦解过程的存在,当然正如我们所看到的,与它在相互作用中所具有的主观态度相关。一方面消解或排除了这种态度,另一方面又回到了一种空虚的、无对象的主观性,在这里它似乎在表面上强烈地怀疑,但在其本质上又处于

---

① 歌德:《与爱克曼谈话录》,1827 年 2 月 1 日。

② 人们设想培基对天主教的态度。参见丹尼尔·哈维伊专论《Charles Peguy 夏勒斯·培基》,巴黎 1941 年版,第 240 页关于圣礼的内容、第 246 页关于地狱惩罚的内容。——作者注

③ T. S. 艾略特:《Essays Ancient and Modern(古代与现代随笔)》,伦敦 1936 年版,第 99、108 页。

## 第十六章 艺术的解放斗争

一种不同见解的虚无主义或一种复辟式的怀疑论，以寻求其内在的安宁。人们对这一切改变还可以更准确地考察，对它的意义作出某种评价。宗教需要在很多人那里，即使在精神上持有不同见解，在形式上有所简化或变形，但仍然活跃。如果人们仅仅认为这是过去残余的继续存在，那将是对这种重要社会现象的一种误解。在这里既不能轻信庸俗化的反宗教宣传，也不能受把现在当作宗教或巫术黄金时代的说辞的影响。从社会角度看来，我们时代的宗教需要是一种主观上必然会产生的需要，它主要受时代的社会力量影响而必然地产生，无论这种表象怎样强烈，它都是对生产着和再生产出这种现象的现实的一种畸形的反映，也是对这一现象的一种畸形的反映。我们在前面的考察中，已经触及宗教对整个人的生活的普遍影响。现在我们的注意力首先集中在阐明真正的、主观上真诚的、由社会历史发展所必然产生的宗教需要上，而忽略在其他地方是很重要的现象，它是由社会基础而大量引发的，在这里宗教形式首先是作为具体世俗社会志向的单纯包装方式起作用，不论是为了直接的利益（如我们前面所举美国的例子），还是作为对社会主义社会秩序抗议的外衣，都是一样。同样我们也把这种现象排除在外，在其中它被当作巫术残余来对待，这同样是为世俗实际目标服务的，如乡村暴雨的钟声预警、发挥奇效的护身符、宗教的烛光仪式、祈祷等。如此剩下的综合体是，一般说来，是由此决定的，在单独的个体之中，他们的现实此在不能实现其生活要求，由此引发的对其被拯救的渴求聚集成宗教需要。由这种最普遍的规定得出一种特殊的、可以说是无限制的多方面特性，使今天的宗教需要产生很大的可变易性，不仅按体制和阶级层次，而且按在其每种自身社会存在的内部的个体情况而分化；此外不仅按其渴求的幸福内容，而且与其范围、结构和强度有最密切的关系。

　　人对按其自身现有可能性取得个人发展以及对人格的完善的渴求是完全合法的，即使目前的社会秩序只能允许其例外地和个别情况的实现。历史和哲学表明，人的生活的实际完成只有借助于对个体性的有保留的扬弃才能达到，求助于彼岸的救赎阻碍或者甚至破坏了人由个体性向更高发展的那些形式，这些形式可以引导他走向这种自我实现。正是在这里变得重要的是，（上帝）创造物的宗教概念是固定在个体性之中的，但是人自身的所有倾向是要以此岸的力量来克服这种个体性。这种倾向在每一种宗教冲突情况下是作为（上帝）创造物的僭越而遭到最严厉的批判。（上帝）创造物应该认识他的无能，不能谋求独立的发展，而应屈从。在宗教中形成了针对这种倾向和力量的敌对情绪，（上帝）创造物在人的道德等级中实际被降低了。对于这一事实我们在讨论中会反复遇到。然而这一事实并不能阻止在历史进程中不断形成这种状况，在这一状况下在一种宗教指向的生活内部使这种规定——主观上是在宗教态度的基础上、客观上却与之处于无意识的对立之中——得以贯彻。在任一种社会生活中贯穿的宗教范畴越多，这样一种

## 第十六章 艺术的解放斗争

充满辩证的矛盾就越容易起作用。我们可以回想一下，前面提到的但丁关于人和人的际遇的说法。人们生活在一个由宗教形式所支配的现实中，他们的命运实现的直接场所是严格地由神学范畴所规定的。然而在诗的创作中，大多数人才最能获得一种内在—审美的、一种世俗—人的内在实现，当然这首先取决于但丁的视野和语言的诗的强度。如果在其素材中、在生活本身中、在人们以及行动和信念中没有极其确实的能力素质，那么这些也不可能取得如此的效果。但是这种关系总是处于这种情况，可以肯定的是，在宗教需要中经常推动了人的自我实现的努力，这种自我实现无痕迹的消失会使人的生活贫困化。在这里不涉及它的直接内容和意图。这些与超验与彼岸相关联。围绕人的自我实现的重大斗争正是存在于这种彼岸概念的世俗化，其中这种自我实现回归到人的此岸中来。在这里，当然宗教需要的内容和形式彻底地改变了，有时甚至消失了。然而在这里社会历史发展所产生的这种彻底否定，并不包含使宗教需要得以产生的那种人的冲动的排除。这种冲动只是沿此岸的—世俗的轨道行进，并由此获得较适当的实现可能，比之于它在其原有的事态更适当。对宗教世界观在社会中和思想上的克服仍处于此岸与彼岸之间的重大斗争中，只是一个过渡阶段，如果这种克服不能对以冲动和情感为基础的宗教需要加以有效地引导，以便给予它们更真实的目标、更真实的内容和更大的强度。随着此岸性在世界观上、在科学上和社会中的胜利，反而不可避免地会产

◯ 审美特性

生宗教需要的一种新的增长，它具有新的内容、新的形式，当然在其主导的倾向之下处于在世界观上强烈限定的区域之内。例如在法国大革命之后市民唯物主义的影响结束了，在斯大林时期产生了辩证的和历史的唯物主义的僵化和庸俗化。

　　这一问题我们在下面还要详细谈到。这里我们要简单说明宗教需要的特有的辩证特性，从而我们可以比目前更具体地了解，在现代资本主义社会中它的具体的表现方式以及与此相关联的它与现代艺术的关系。我们已经看到，首先随着科学的发展，宗教的活动领域不断缩小。但是实际的斗争条件在这时要比科学成果与神学教义的抽象对比所认为的远为复杂得多。历史表明在这里其过渡形式和折中尝试有着极大的多样性。"双重真理"的学说就是其中一种。与当时的情况相适应，在封建主义的母体中成长的科学和哲学以此方式在神学支配的世界中试图取得一定的活动空间。但是由奥祥德或贝拉明对哥白尼学说的阐释，从世界观上看来，是鉴于地球中心说的世界图像的崩溃、宗教的战略退却的一场战斗，对于这场战斗到目前还得到宗教的支持。现代的新的特色是，不论一方面科学和哲学，还是另一方面宗教和神学都有这种折中的倾向。从这两方面都有影响力大的著作，它们试图消除科学—哲学的世界图像与神学和宗教的世界图像在事实上的不统一。按照这些说法根本就不该提供世界图像。宗教与科学应该能够和平共处，而根本不必顾及世界图像这类"虚假问题"。在这

## 第十六章 艺术的解放斗争

一观点的背后,近几十年在资本主义世界已经存在这样一种有影响的自然科学流派,它从诸如机械主义、实用主义和新实证主义哲学流派那里,取得了一种认识论基础。其最普遍的一种基本思想是,所有这些取向归根结底回到巴拉明对哥白尼体系的立场上来:自然科学新的成果的实际意义(没有哪一种工业社会是不能存在和发展的)是可以承认的,而严格拒绝关系到自在存在的现实所作出的任何结论。我们已经指出,著名现代物理学家迪昂①把贝拉明的这种表态比作像伽利略似的,他在如此著名的定律体系中看到了客观现实的一种真实映象。

这一考察不可能对这里产生的争论作深入讨论。这里只涉及这一事实的结论,这两个领域的著名代表人物不断地否定科学和哲学即使给出暂时的世界图像的能力。雅斯贝尔斯以极大的决断性代表了这一立场,在他与布尔特曼的争论中,他指出:科学具有"一个决定性特征,它放弃了一种世界图像,因为它知道,这是不可能的。在历史上科学第一次把我们从世界图像中解脱出来,而一切时代我们在它的平均数中,都生活在世界图像中,科学认真地对待这些原理,被迫地、普遍适用地、在方法上弄清了,所以知道每一个时代有它的界限,有它的知识的局限性,知道它无从认识存在,认识的只是世界中的对象,这些对象

---

① Duhem P. M. M (1861—1916),法国科学史家、哲学家。他认为科学定律不能作出真假判断。——译者注

是它在方法上规定的，认识它的各种条件，知道科学不能引导生活。"① 这一阐释之所以值得注意，因为雅斯贝尔斯不像大多数新实证主义者，只满足于拒斥科学的世界图像的可能性，而是公开表明了这种情况对他的立场的好处：所谓放弃科学对人的活动的影响或者对人的活动的引导。（当然在雅斯贝尔斯那里也像在其他新实证主义者那里一样，没有谈到这种相互关系的技术方面。）

再重复一下，我们援引雅斯贝尔斯只是作为一种有影响的流派的代表。每个人都知道，伟大的物理学家如普朗克，严肃的哲学家如尼古莱·哈特曼等都始终拒斥新实证主义观点。但这丝毫不降低他们对我们问题的意义，因为我们在神学方面相对这种考察方式看到一种巨大的对立。当然在这里谈不到什么一致。总是会不断出现这种声音，在自然科学一定方向上提出的某种假设，例如关于微观世界的非决定论，关于原子粒子的"自由意志"等，并以此为这种观点辩护，似乎只有在一种"陈旧的"自然科学与宗教之间才会产生关于世界图像的冲突，一种实际上与时俱进的自然科学的成果似乎与宗教的世界观要求本质上是一致的。许多这类理论的明显的唯心主义特性，表现出一种将"现代"自然科学观与宗教提高到哲学上加以综合的尝试，是极其诱人的。其世界观上的困难在于，科学成果的唯灵主义的阐释和系统化却给出一种内在的、自身闭合

---

① 雅斯贝尔斯：《真理与灾难》，见《去神话化》，第10页。

# 第十六章 艺术的解放斗争

的世界图像,它必定总是与特定的宗教启示不相一致。这一点很明显地表现在著名考古学家和耶稣会成员泰尔哈德·德·夏尔丹的尝试中,他将各种现代科学的唯心主义倾向结合成一个统一的系统,其最终的意图是以科学为基础为基督教作出辩护。关于这个系统本身,关于它的关键之点在于,自然的"内部"作为"彻底的"力量去克服"相交的"物质力量,由此也战胜熵,我们不用丢掉任何词语,这是一种神秘的幻象结构正如许多其他的,并不比尼采的体系好,也不比施本格勒、柏格森、托因贝的体系坏。我们在这里关注的是它的最终结果:泰尔哈德·德·夏尔丹构造了一种"进化",在其中整个基督教圣经的世界图像消失得踪迹皆无,在其中基督教"适应"了现代科学——即使在这样一种神秘的唯心主义之中——基督的启示本身也不见了。因此它显得对大多数神学家有利,掌握了新实证主义的不可知论。最具特色的或许是,一位如此认真和严格的神学家如卡尔·巴特也只是在半路上与新实证主义相遇:像这里一样争论世界图像的可能性,为宗教和神学辩护。如果信仰的文章称上帝为"天和地的创造者",巴特说,那么没什么与这种理论是共同的,"我们今天习惯地称为世界图像的东西,既不是圣经的事,也不是基督的信仰……来代表一定的世界图像。对基督的信仰既不与一个老的、也不与一个现代的世界图像相联系。对基督的承认在数百年过程中经历了比一个世界图像更多的内容。……对基督的信仰基本上与所有的世界图像不相关联,也就是说，相对所有的尝试，按照每一种主导科学的尺度和方法去理解存在者。"既不是在这一论述中包含了与世界图像概念相关的内在矛盾性，对于我们说来，关注的也不是巴特在其他地方不可避免地被推动，谈到历史特性甚至上帝（因为历史性、非历史性或超历史性肯定是首先用于构成世界图像的），而是与新实证主义世界图像概念令人惊讶的相似性。① 因此在这两种情况下都涉及，世界图像概念失去了每一种客观的特性，也就是说，作为一个单纯的"模型"来处理，它在一定情况下为了特定目的在一定程度上可以技术地被使用，而无需考虑，它的真理内涵在其他关联中或自身与现象的其他方面有什么关系。由此产生出对于宗教主观性具有方便操作性的客观性的替代物：人们可以平静地被拉回到一种极端的——几乎是克尔凯郭尔式的——主观性，而毫无强制，由此得出这种极端的、似是而非的结论，如同这位伟大的丹麦人所作的。

如果有可能在理论上和实践上拒绝一种统一的世界图像的必然性，那么只能从世界观的问题上"解决"。宗教需要的特有的当代难题通过这种推进而生动地表现出来。其本质在于，单个的人被整体地和彻底地抛回到他的单纯的个体性之中。上述清除每一种世界图像的斗争直接地就是在科学与宗教之间的一种妥协，但是它的本质并没有穷尽在这样一种直接性中。它最终在于，现代资本主义社会中

---

① 巴特：《Dogmatik（教义学）》，第62、23页。

## 第十六章 艺术的解放斗争

的人生活在一种完全物化的世界中,它的动力机制摧毁了在人与社会之间的一切具体的中介环节,由此他与他的同时代人、与其各种不同方式的总体性的具体关系被简化为单纯个体性与经济——社会所成就的抽象之间的一种直接关系。这种人的关系同时是抽象的和具有个体的特性,由各种极其不同的观点看来——从对技术发展的盲目乐观直到最具怀疑性的文化批判——经常只关涉到赤裸的事实,即使这一事实被正确地描述。我们在这里不可能对这一事实作深入描述。美国社会学家戴维·李斯曼对于这种一般情况找到了一个成功的说法,在他的著名著作以《孤独的大众》为题。① 因为在一个方面表现了单个人的整个生活,从在企业和在办公室的工作直到在自由时间的休闲领域都是被纯粹抽象的力量所支配,对别人绝不会提出其个体性的要求。从文化观点出发,在这里帝国主义时期也区别于所经历过的资本主义,前一时期通常只是劳动本身处于高度机械变形的,即使远不像后来那样彻底,劳动时间之外生活的旧有形式仍旧未被进一步触动;而在帝国主义时期,人们可以说形成了每一个人私生活的一切包罗万象的资本化。即使在这里列举这些事实也是多余的:众所周知,私人生活从时尚服装开始直到无线电和电视,都取得了这种结构。因这时存在同样众所周知的一般原则,从个人和社

---

① 戴维·李斯曼等:《Die einsame Masse(孤独的大众)——美国性格变迁的研究》,汉堡1958年版。

## 审美特性

会每一种这样的交往（由国家的或私人资本主义的机构所代表）都具有一种不可分割的双重特性。人们所诉求的是消费者的最个体化的倾向，但这样做同时是以一种完全一般的抽象方式，每一幅广告都是面向大众的，但它又以大众中每一个人的个体性为诉求，广告事物的"艺术"正是存在于，不论何时与何地同时要满足这种个体性与大众性的双重性质。如果单个人的个人化倾向是在他的职业之外发展了一种所谓业余爱好，那么总可以找到一个百货公司，它包含的品种对于全部、甚至极其个性化的差别都能适应的预先加工好的商品。

因此这种不可测度的、匿名的企业以其计算上的良好组织性并不排除我们已知的日常生活的基本现象，即以个体的自我相关并以此为中心的目的论，毋宁说以完全不同的、但至少同样效果良好的方式强化了这种现象，它比以前体制下更突出地存在着。人们可以说，人的关系的这种抽象的个体性质与它的后果结合起来，使得对于广大大众有制约的、对他们的情感加以组织和引导的世界图像消失了，这种以自我为中心的目的论的自发性和直接性却更加强烈地发挥作用。这种思维结构的单纯技术性应用，相对每一种"意识形态"的"高傲"的怀疑只是一种假象，只对日常生活的极薄的外表具有一种批判特性。如果在单个人或甚至在大众中产生一种实际的感动，那么它应是按字面说是面对面的，在精神道德基础的边缘、在虚无的边缘。日常生活中的人的这种平均的、怀疑批判态度在这种情况

## 第十六章 艺术的解放斗争

下会迅速向惊慌转化，然后人们无根据地抓住任何一个经常是偶然出现的、往往以灵巧的广告所推荐的救命稻草。如马克斯·韦伯所表征的那种附庸风雅的"宗教信仰"并不能给在个体或社会圈子里的单个人以精神—道德的支撑，这是理所当然的。这种转变既可能发生在纯私人的事件中，也可能发生在社会的痉挛中。它的心理学基础是产生于这种社会状态，是由其世界观的空虚而引起：轻信与一种强烈的迷信状态相关联，往往也与那种自我中心的目的论同时产生。只要设想与通神学、占星术等相关的时尚，就足以看出这些关联。希特勒的宗教替代物所产生的迅速和广泛的效果就是这种社会心理事实的最可怕的例证。

在所有这些社会现象的背后，隐藏着托尔斯泰所着重阐明的有意义的或无意义的生活问题。我们可以重新感知，怎样从无意义的存在中必然产生出宗教的需要。当然这种需要在今天与意识形态上由宗教支配的时期相比，经常采用完全不同的形式。这种虽然与那种在以下一点相同，它作为一种此岸的无意义性的完成促进了一种彼岸的意义性，所以此岸的无意义生活希望通过彼岸的有意义未来而得以延续。现代宗教需要的似是而非由此而尖锐化，这种彼岸性在许多情况下——对于参与者是有意识的或无意识的——是一种虚无。在一种如此改善了的宗教那里往往会出现一种宗教无神论，在这种无神论中有时变得格外强烈的宗教需要只是一种疑惑、一种无名的恐惧作为内容表现出来。这种需要在主观方面越强烈，就越致力于徒劳无益地在一个毫无出路的魔术圈中寻求拯救,正如传说中的西西弗斯毫无希望。与西西弗斯的这种比较是在存在主义意义上由一位作者提出,它源于加缪。①) 正如托尔斯泰看出并描述了由生活的无意义产生出宗教需要,陀思妥耶夫斯基以预言的方式,在宗教无神论的这种危机公开化之前很早,便将宗教无神论的难题以极其不同的典型在创作中永恒化了。

但是克尔凯郭尔是对于宗教需要这一状态的天才的理论家,正是由于他的这种似是而非的情况,他以一种慧眼的仇恨考察了现代市民生活的这种难题,以蔑视的激情为引导能够揭示出其心灵的各种规定性、各种疑惑的类型。然而另一方面,在他认为找到了一条积极的、真实的宗教出路的地方,不得不归结于对个体性的一种美化。由此他虽然把握了宗教关系的本质,特别是现代的、真正的。他以其前后一贯性解决了其中的所有其他规定(例如伦理关系),并以其赤裸的个体性提出了宗教需要。这些在以前大多数时期通过普遍的、任一宗教对整个生活的支配特性而被掩盖了。因此克尔凯郭尔未能实现——像他所打算的那样——唤起一种曾经由文化所排挤和篡改的真正的宗教。毋宁说他能实现的是今天的状态与其被简化的、无内容的、接近于宗教无神论的一种事先的综合。其中在他那里以赤

---

① 阿尔贝特·加缪:《Der Mythos von Sisyphos. Ein Versuch über das Absurde(西西弗斯的神话——关于荒诞的探索)》德译本,巴黎1942年版,杜塞尔多夫1950年版。

## 第十六章 艺术的解放斗争

裸的公开性和折中的似是而非表现出超验与个体性的关联。当处于支配地位的各种宗教以其普遍性的要求在人的关系的内在性与最终彼岸的实现之间寻找各种中介以及克服个体性的确定的形式时,如果这些宗教不违背、容忍甚至促进其教义,而克尔凯郭尔却毫不留情地扯开这种客观上始终存在的裂隙。当在早期宗教生活中构成人的事件和成就的"上帝"根源还比较被认同,而在克尔凯郭尔那里内在性与超验的对立则表现出一种不可跨越的二律背反。因此他写道:"一个天才与一个天使在性质上是不同的,按其规定,他们每一个属于其质的范围:

内在性和超验性。所以天才可以带来某些新的东西,但是他在类的一般同化中又消失了,只要人们想到永恒性,'天才'的区别就消失了。天使应该带来似是而非的某种新东西;它的新颖,正是因为它基本上是似是而非并且不是一种对类的发展之关系的预期,保持着固定不变,同样一个天使在一切永恒性中仍是一个天使,没有永恒的内在性将它置于与所有人在同一平面上,因为它基本上是似是而非地不同的。天才是通过他自身成为他所是,也就是说通过在他自身的自我成为他所是,一个天使是通过他的上帝的权威成为他所是。"①

由此得出克尔凯郭尔著名的观点——宗教的——个别

---

① 索伦·克尔凯郭尔:《关于一个天才与一个天使之间的区别》,见《Einübung im Christentum 基督教训练》,科伦/奥尔腾1951年版,第374页。

### 审美特性

高于每一种普遍性,这一普遍性具有此岸——人的根基(伦理学、美学)。他的这种立场我们在分析他对比亚伯拉罕和阿伽门农用孩子献祭时已经了解。现在我们有必要总结一下这一思想进程,以便简要说明他的与此相关联的人们对生活绝望的不同类型,由此疑惑及同疑惑一起产生的宗教需要。克尔凯郭尔从无限性——有限性及必然性——可能性问题的观点出发划分出他的类型。他不无理由地认为,在他那时代的人们这种对生活进程的正确性作精细反映的范畴不断地以错误的比例、缺乏内在均衡性地出现。因此,他的类型学的方法论基础,部分地也是唯心的、意识性的,如此恰当地表现出他的诊断。无限性的优势地位产生了一种幻想的存在:"当感觉以这种方式成为幻想时,自我只是越来越多地被挥发掉,并最终成为一种抽象的多愁善感;这情感却不属于任何人类存在着……""随后自我在抽象的无限化或抽象的孤立中产生出一个幻想的存在。他不断地缺失了他的自我,离这自我越来越远。"有限性的优势地位相反地导致一种"怀疑的有限性",人们"忘记……他自身,……发现成为他自身太冒险,而成为与他人类似的存在,成为一个拷贝、一个数字、一名群众则更容易也更安全得多"。可能性的大量滋生使人产生一种"空无现象":"最终,任何事情似乎都可能,但这正是那吞噬自我的深渊之所在。"在相反的情况下人"同样不能松口气";他将或者成为一个宿命论者,或者一切对他都是没有意

## 第十六章 艺术的解放斗争

义的。① 我们相信，没有当今生活的行家，也没有当今的艺术，能够不用一系列的实例证明克尔凯郭尔这一类型学的正确性。克尔凯郭尔由这一正确的观察中以敏锐的普遍化得出的这一结论，与我们并不直接相关，对于我们在这里重要的只是，他怎样由个体的人的当今状况中看出了它的内在困扰和扭曲，以及他怎样在宗教的持续中，在个体的人由此增长的疑惑中，看到了唯一可能通向上帝之路。

对于当今在资本主义社会中占主导地位的先锋派艺术的主要艺术倾向，我们在前一节中作为对现实主义地反映现实的象征的取代，用一种超验的并由此具有抽象的、寓意的本质来表征。在这种形式意愿中已经表现出一种审美态度对宗教和宗教需要的屈从。由此产生了一种似是而非的情况，正是在宗教世界图像解体和空泛化之时，产生出宗教对艺术的一种强烈制约性，作为这样一种现象自从上百年以来一直存在。不言而喻这种屈从是很独特的，它不能与历史上从前的现象直接相等同。一方面这种艺术曾经认为是与宗教有联系的，而宗教已经丧失了它过去所具有的统一性和单义性。在描述现代重大的宗教危机时我们已经提到，艺术通过它的解放，也多少失去了对它所具有的极端的丰富性（见第一节），即那种感性—内容上清晰的、却允许有巨大的活动自由的题材约束性，它对于构图艺术

---

① 索伦·克尔凯郭尔：《致死的疾病》，张祥龙、王建军译，北京：中国工人出版社1997年版，第26、27、28、31页。

> 审美特性

说来在文艺复兴之前和文艺复兴时期并非是不重要的支撑。今天宗教需要与艺术,正好是在它们两方面内容不受限制并处于它们的主观化随心所欲和无形式性之中相遇。向宗教信仰的靠近不是沿着塑造的感性对象性的强化方向如在西欧中世纪时那样,而是向相反方向作用,在作品中从一切方面更加瓦解或甚至消除这种对象特性。由于同样的原因,在这里对现实的审美反映与宗教反映之间没有产生潜在的、往往是无意识的竞争,只有在这一竞争中并通过这一竞争,才能在艺术家中形成一种增长的和强化的对人类的自我意识。新的艺术屈从于由新的宗教需要而规定的原则,它相反地具有一种自发的无方向的特性。现代宗教需要的这种无定形、无轮廓的本质,支持着在艺术中所有摧毁审美形式的倾向。因为这种本质完全不具备有机的统一和力量,艺术家们的这种屈从根本没有损害他们持不同见解的虚荣心:他们可以无条件地服从这种宗教需要,同时保持着一种固执地、纯粹立足于自身个性的姿态,虽然客观上这种持不同见解同样要服从于时尚的唯一主宰性,正如同时髦女郎要穿一套最个性化的盛装那样。这种不可抗拒的表面力量当然是有其社会基础的,我们已经看到,我们时代社会结构和发展的一种一般倾向是,在个体性与抽象的普遍性之间的所有中介被排除,这两极被综合成一种同时的统一体。如此形成的抽象的个体性[①]对于艺术实践已

---

① 卢卡奇:《反对被误解的现实主义》,第44页。

## 第十六章 艺术的解放斗争

经取得了一种引诱性吸引力,因为它可以唤起一种无限性实验的可能性和丰富性的幻象,在这里它可能变得不可见和无意识,在其背后只是隐藏着形式不断变化的空虚性的一种不良的无限性。当这种空虚作为要素,作为虚无的心理准备范畴在当今执不同见解者中处于很高荣誉时,那么这种吸引力也就越少。因此艺术在这种变得弱化了的、无内容的、漫不经心的宗教需要面前,新的屈从就必须以其社会限定的新颖性来理解。人们可以清楚地看到这一点,如果人们将这种力量与依然强大的天主教会的无力性相比较时,它还完全不能产生出一种与艺术多少相关的、为教会所承认的教会艺术。

由此,不论创作者还是接受者,其真正的审美感受性会极大地迟钝化。这样一个结论当今听起来非常异端,因为或许从来没有,即使从完全外行的接受者方面看,像今天这样如此之多地谈论艺术的技巧方面,技术方法和更新从来没有在艺术的形成和竞争取向上起着如此决定性作用。所谓抽象派绘画无非是作为一种艺术原则被夸大的技术方法。但是在艺术史上曾不止一次,它几乎完全是从纯技巧问题提出的,对于本质性的形式问题的意义有所冲淡。因为对这个问题我们在不同的地方,最后是在寓意那里已经讨论过,现在我们只强调相互关联的一个方面,即科学和艺术的关系。这绝不是偶然的,在为科学和艺术从神学婢女的状态真正解放出来的极尖锐斗争的时期,正是新诞生的科学的最重要的先锋战士——这里只要指出伽利略和培

> 审美特性

根就够了——揭示了对于艺术的真实特性所具有的一种生动的意义。这种关系在我们时代特别是由于对艺术家本身实证主义考察方式的影响而被搞乱。通过这种社会状况所减弱了的艺术家的能力，由塑造人和人际关系的内在辩证法发展出对作品个性必要的（以前的）规定，引诱他们将科学范畴作为一种替代、作为填充、作为完善加入到创作中去。这些由异在的领域借用的、总是非有机的应用要素往往会起着双重的作用：一方面原来很弱的、不再能实际承载的构图基础获得了所希望的坚实性；另一方面在描绘的细节由自身的力量不能将现象的个别的和仅是个体的东西有机地纳入特殊性和典型的世界使其生长的地方，用插入（后来人们称其为组装）所谓科学的要素作为现实真实可信的片断来填补这些漏洞。艺术的这种伪科学性与停留在个体性密切相关。这两种原则在左拉的作品中已经可以看到。虽然它的影响有时很强，虽然所谓"新写实派"会追溯到这种观点，虽然这种组装的用法在整个艺术实践中有时大有泛滥之势，我们不能由于这些原因回到这种倾向上来，虽然它在那种文学的一般实践中曾起过重要作用，可是历史曾经召唤相对于先锋派还应构成一种现实主义的平衡体：我们指的是社会主义的文学。

当然在对真正的艺术家的这种考察中，如肖洛霍夫、马卡连柯还有许多其他人，都没有出现这类问题。在强化斯大林原则的时代，这种风气骤增，文学的结构布局不是使其由提高到典型的个体的个别命运有机地生长起来。而

## 第十六章 艺术的解放斗争

是相反地由一种科学地（或伪科学地）提出的主题出发，人物及其命运按照这一主题的内涵和倾向来选择和组合，并配备以正面的或负面的特性等。由此打破了作品的审美统一性，并以一种——相对于所塑造的世界的——超验来取代，只是这种从内容看来不是实际的彼岸，而是一种此岸的、指向世俗的主题。这一主题并不具有非理性主义——虚无主义的性质，而是具有一种理性的、实践的特性。因此这种文学是一种单纯的图解，并无寓意。它对艺术家成就的原理的忽视，是与先锋派完全对立的。然而正是由于这种原因，这种立足图解完成的和基于抽象主题的艺术观点的文学，相对于在其他方面趋向寓意的抽象倾向无法构成现实主义的反作用力。因为在这两种取向上也有如此不一的各种塑造原则，在这两者中以其自身抽象的基础以及在抽象性的顶点带来的是人物、环境、诸对象仍停留在个体性上。当然在社会主义文学中这种塑造方式也同样致力于一种典型。但这种典型并非诗意的，而是科学的——新闻记录式的，在这里个人的正面的和负面的特征，每一个典型都带有这类特征，必然仅仅停留在个体性上，最好的情况也就是提供一个单独个人的不同面貌；这——多少与其直接性相一致——一个典型的功能是由社会决定的立场的一种事先完成的系统所形成。这些正面或负面特征往往表现为简单贴附上的抽象化的典型。社会主义文学的一个——遗憾的——显著部分的这种艺术弱点所以要加以强调，因为它曾具有这种历史使命，相对于资产阶级文学的主导潮流对人的寓意化否定,拯救现代人的真正的和真实的艺术的、现实主义的形象,使之成为人类自我意识的组成部分。早在社会主义胜利之前,高尔基和安德森·奈克索[①]就已经这样做了,他们至今仍是社会主义现实主义的杰出代表。因为人们可以而且必须为了现代同样也为了历史,在考察宗教与艺术的重大改革危机时着重强调,对这两个时期表面上看来所造成的那种对现实主义思想的遮蔽绝不是这一时期的唯一特征。当然在过去"迷茫的时代"正是那些最杰出的艺术家所发表的见解,是在寻找通向现实主义之路,今天发出的则是一种不同的呼声。相应地可以不断重复地指出,这一时期是托马斯·曼和巴尔托克[②]、肖洛霍夫和马卡连柯、罗热·马尔丹·迪加[③]和阿诺德·茨威格等的时期,今天仍然是。先锋派在无定形的并肢解了各种艺术的对象性的、实际宗教需要面前的屈从,只是在西方历史意义上艺术发展的一段插曲。

## 四 解放的基础和前景

在这里还不能讨论那些重要环节的历史和评论,而只

---

[①] Andersen Nexö Martin (1869—1954),丹麦德语作家,后期具有明显社会主义倾向。——译者注

[②] Bartok Béla (1881—1945),著名匈牙利作曲家、钢琴演奏家。——译者注

[③] Riger Martin du Gand (1881—1958),著名法国小说家。——译者注

## 第十六章 艺术的解放斗争

能讨论基本的美学问题。我们已经指出，社会历史发展对艺术所提出一切问题，只有在阐明范畴问题的基础上，也就是在历史意义上才能说清。我们已经在不同的范畴联系中讨论了艺术作品的自为存在，以及作品个性的结构，并且同时看到，在这里有一种独一无二的、在人与客观现实的关系体系中单独存在的反映情况。艺术作品的主要范畴特性，如终极性、立足于自身所确立的存在、内在的完善性、此岸性、普遍存在性等都在有关之处讨论过。由我们现在问题的观点出发，对此岸性的某些方面还要特别加以强调。这绝不是在艺术中对超验的一种抽象的否定，而是极其实际的、积极的和创造性的探索：将每一种——在有待加工的生活素材中到处都可能存在的——超验纳入到作品个性的闭合的内在"世界"中，它毫无剩余地与所有通常就其本性而言是此岸的生活要素一起融入到任一同质媒介的流程之中。这就是说，所有在人的生活中、在其思想、情感、在其或多或少神秘的想象和幻想中，作为在人的此在中起作用的超验要素对于艺术是一种偶像，艺术必须要将它融合到纯粹的人性、人际关系、主观情感、激情或思维操作之中。由此——没有任何其他的道路可走——这种内容作为人的世俗存在的内在组成部分感性地并以其真实意义呈现在人们面前。所以艺术作品的自为存在对于人类发展所具有的重要意义正是在于，在其中一切凡是在人的生活中出现的、变得重要的、在这种生活中完善起来的、所有展开的他的规定直至每一种具体可能的实现，但始终

2021

> 审美特性

对于人的生活而言，由他与其自身世界的关系中升腾并毫无剩余地融入这一世界。艺术要能适当地完成这一使命，就必须在自为存在的审美范畴中发挥强大的形式要素的作用。因为在这里所要实现的绝不是意味着人的任何——即使是正当的——愿望的实现，而仅仅是人向其呈现的每一点的努力，以实现人的当时的具体本质。这在生活本身之中只是例外地产生的，只是在稀有的、特别幸运的主观和客观状况下发生的。只有在审美反映中、在艺术家的才干中形成这样一种官能，它能将这些通常隐藏着的、由人自身所创造的他的生活意义提升到感性直观。不论这种意义是悲剧的或喜剧的，令人愉快的或经过许多厌恶而最终令人鼓舞的，这都无所谓，它总是人自身的、每一具体力量的成果，并且通过作品个性的自为存在所展示的自身的一切。它不是由这种根源产生的，即每一种绝对的超验，其中作为范畴表现了人类最深刻的世界认同，它的自我意识——作为人类——是他自身命运的主宰。

为了理解这些范畴的内容丰富性，暂时应该转向它的形式方面。实际的伟大艺术的内容和形式在明确的表白中并不贫乏，在这一表白中人的艺术职业在内容的坦诚上变得响亮。普罗米修斯的传说及它在埃斯库罗斯那里所获得的形式，我们所提到的在索福克勒斯的《安提戈涅》中表现人的力量的著名合唱——更不用说荷马的创作方式——是古希腊在它的繁荣时代对在人的生活中人的这种内在的全能的第一次伟大的表白。（这是所阐释的审美自为存在意

## 第十六章 艺术的解放斗争

义的重要证据,这种信念正是由《俄狄浦斯》的诗人所宣告的)。在对人的生活的内在澄明与超验遮蔽之间的伟大斗争中,希腊城邦的这种英雄智慧当然不能长期保持作为理想和道德的领路人。在维吉尔和贺拉斯那里,正如在前悲剧时期在赫西俄德那里,人类的普罗米修斯行为获得了对诸神一种亵渎的强调。经过古希腊文化、诺斯替教派等这条道路必然被引向人对三位一体上帝的全能超验的基督教屈从。人由他的原始的半兽性的此在中被唤醒,重新解释成通过《创世记》中的蛇而成为撒旦的一个作品,在这里当然还有作为防止被遗忘的、失落的符号不断出现从最美的降临的天使、魔鬼的各种传说,它的名字意味着带来光明。还在但丁那里,我们已经看到,被诅咒者和被拯救者联同他们的命运一起——他们所出现的舞台不管怎样——被迫回到一种世俗的内在性之中,撒旦却仍保持着一种超验——恶的原则。但是在密尔顿那里对魔鬼的赞美打破了神学的领域,无论愿意或不愿意都是一样,人性的、普罗米修斯的光明在许多地方穿透了超验的阴暗的云层。

在年轻诗人歌德所写的普罗米修斯那里,渗透着追求人的充分自主的古代激情,穿越两千年的经历丰富着,再次通过:"我尊敬你?为什么?"他向宙斯喊道,这意味着每一个世外之神,对人超验的一切都是从外部命令而相对立。由这个普罗米修斯创造的人将不敬神,如同他自己那样。《浮士德》完成了创作中对超验的排除,不论对善还是对恶。在这里撒旦失去了每一种魔鬼的光辉,其中还隐

# 审美特性

藏着人背叛神的彼岸根源的残余，它表现为（在一个遗留的残片中）作为人身上兽性的体现，即赤裸的对金钱和性的渴求。以陀思妥耶夫斯基的阐释作为中间阶段，这一与善及恶的超验的解放斗争在托马斯·曼的《浮士德博士》中获得了它的目前为止最后的和最高的形式。在这里撒旦的做法不再是试图将单独的个体与人类的一般命运分离开来，它可以只作为人的社会活动表现出来。艺术作品的自在存在在形式上所表现出来的世俗的内在性，在这里已经是阿德里安·莱沃昆的具体命运，以此为中介它变成了整个现代艺术训练，自在存在的人性意义为我们表现在全部内容的完成之中。

我们已经指出，在这场围绕世界此岸性的斗争中——在世界史的尺度上——科学和艺术在客观上是相互关联的。当然对现实的非拟人化反映的内在性并非意味着就是客观自在存在的内在性。由此得出，对于每一种连贯的科学思维、每一种超验从一开始多少只是暂时性的，是一种尚未认识的状态，但是当他的认识的主观条件是由人、由社会所提供，那么本身马上就会不再是相对意义的超验。内在性表达的是不以人的意识为转移的存在的现实的内部联系，它基本上——当然不是对一切任一实践具体的组合体而言——是可以认识的和在思想上可复制的。科学表述的内在性只是对这一事实的反映。通常那些日常意识或主观唯心论被当作超验的东西，无非是一种——暂时的——在转化中的间隙或局限和由自在存在向为我们的存在转化中的

## 第十六章 艺术的解放斗争

东西。在审美反映中超验是如何进入人的内在性之中,我们上面已经看到。同样地它的后果是,在人类不同发展阶段所存在的关于超验的观念在其中或者作为被塑造的人的完全主观的特性表现出来,或者至多构成一种视界,它由远处作为边界包围着纯粹人的世界,它表现为每一部艺术作品所描绘的社会与自然界物质交换中那一阶段的成果。

尽管这两种(科学与艺术)反映方式相互之间如此不同,它们在对人的反作用中却具有一种重要的共同特征:在这两者中,参与这两种活动的人都要超越其单纯的个体性。科学工作可以调动人的不同的与个体性密切相关的力量以实现它的目的,因此兴趣、抱负、自我虚荣心等,但是这些只是在最有利的情况下对于特定的科学活动提供一种兴奋剂。这种活动甚至强制地要求,人要提高超越出他的个体性。在科学活动中,这些单纯个体性的残余简直就是需要防止的错误根源。艺术由个别和由普遍达到特殊的运动,我们已经反复深入地讨论过。我们也知道,在接受者那里艺术的一般陶冶作用正是沿着这一方向运动的。在这两种方向上都产生对单纯个体性的超越,其类型与每一次克服抽象的超验的方式密切相关。相反,我们在宗教态度中可以确认这种尝试的一种同时性和积极性,即将个体性——也就是说(上帝)创造物在宗教中也包含了人的主观性的更高的活动形式——强制地消除掉,同时又保持到彼岸的救赎。显而易见,在这里不论在客观方面还是在主观方面,最终存在着不可调和的对立。科学和艺术——每种以其自身的方式——是由此出发的，它们要彻底扬弃在现实中似乎是客观给出的超验。同时由此人本身应该突出他单纯的个体性，在这种个体性中他坚持确信自己不可避免地被超验所包围，不论在客观上还是主观上，要成为围绕他的外部世界和他自身的内在世界的独立的主宰者。在这里他不会丧失生活的真正内涵。相反，正是由此他才占有了它。歌德说："你想迈向无限吗？那么只要在有限中走向一切方面。"人类这个方向上的运动在极少情况下才具有一种自觉纲领的特性。在这里也适用我们扉页上的格言："他们没有意识到这一点，但是他们这样做了。"然而由此产生的结果既不是一种单纯的偶然性，又不是完全的无方向性。对人类自由的这种最高形式的渴求，往往凝结成一种社会职能的决定性内涵，它的明显的口号对它说来充满矛盾，正如在绘画中由乔托至米开朗琪罗。同样在自然科学中，人们把它视为世界史的趋向路线，它存在着在统一世界图像上的取向，这里不考虑如新实证主义这样的观点。然而这种冲动最清楚地表现在——仍然不考虑它是否或到什么程度被意识到——实际生活中。如果劳动者要思考或感受他的成就，什么符合他的意愿，通过劳动过程的客观辩证法——当然是就最广泛意义而言——与他的各种前提和后果一起，必然形成一种内在闭合的、无须最终超验去认识的、人们之间关系，同时与正确认识的外部世界并以此两者为中介的诸对象的纯粹此岸的关联。但是在这种系统中生活着并活动的人总会在更高的意识形式中，首先是

## 第十六章 艺术的解放斗争

在伦理中表现出这种努力：要去超越人的更高发展和自我实现所相关的客观的和主观的局限；要去超越在客观现实中对绝对超验的想象；要去超越在主观性中单纯个体性的局限；要去超越两者的平均点；要去超越与人相关联的目的论。

我们已经在别的地方深入地了解了这种倾向，我们仅指出了在亚里士多德那里的"适中"（见第十二章），斯宾诺莎的情绪学说（见第二章第二节）和他及歌德对恐惧与希望情绪的斗争（同上第二章）。为此我们补充几个这一事态的进一步证明。斯多葛派波希多尼关于这个问题说道："你绝不敢设想，你靠命运的武器来保护自己，毋宁说与命运的斗争要靠你自己。命运不会提供武器。"[①] 其对立学派的首领伊壁鸠鲁在世界观意义上也持有同样的思想立场："未来既不完全掌握在我们手里，也并不完全与我们的意愿相左。"他对此岸紧迫的思想进程中"最棘手"的问题，即有关死的问题，给出了一种极其突出的、极其明确的表达："所谓最可怖的、最大的灾难就是死亡，它对于我们没有意义，因为只要我们还活着，死亡就不会来临，但是如果死亡出现了，那么我们就不再活着了。"[②] 当然这并不足为怪，费尔巴哈的追随者戈特弗里德·凯勒的观点也是类似的。在这里我们不要忘记，我们已经看到，年轻的托尔斯泰也

---

[①] 引自《后苏格拉底学派》第 2 卷，第 141 页。
[②] 拉尔修：《著名哲学家的生平和观点》第 10 卷，第 127、125 页。

趋向于非常近似的结论。凯勒在一封信中写道:"长生不死成了可以买来的东西。如此美好和情感丰富的思想——以适当的方式手可以翻转过来,相反方面同样是动人的和深刻的。至少对于我是庄严的和值得深思的时刻,当我开始习惯于真实死亡的思想。我可以向你保证,人集中精力,不会变成一个更坏的人。"① 凯勒也曾指出,首先是在《绿色亨利》中多罗特娅的形象中,在这种情感基础上可以产生一种和谐的生活进程。斯多葛与伊壁鸠鲁之间在这方面深刻的一致性表明,在这里根本谈不上宗教和唯物主义之间的对立。在康德的伦理学中就出现了上帝作为"实践理性的预设",这种预设的提出仅仅是他的伦理学的一个前景问题,这个问题本身就排除了每一种超出行动中的人而指向彼岸性以及人作伦理学主体的每一种实际目的论过程的中心化。没有人会把有威廉·狄尔泰看作是一位世界观上接近唯物主义的思想家。在他的伦理学中,他却在伦理关系上极其明确地支持一种完满的、人的——世俗的特性:"人的本性的理想不是内在的,它不能一般地以人的思考为中介,把在完全的黑夜和偶然从天而降的信仰世界之间的选择作为本能的游戏来反应,那么信仰的抉择只能由傻瓜作出。或者是一种内含世界和科学的理想性,或者全无。"②伦理学完全是此岸性与彼岸性之间实际上决定性斗争的固

---

① 凯勒:《书信集》第1卷,第274页。
② 威廉·狄尔泰:《System der Ethik(伦理学体系)》,见《狄尔泰全集》第10卷第16页,斯图加特。

## 第十六章 艺术的解放斗争

有领域,是对人的个体性实际的扬弃—保存性改造的固有领域。这里出现问题的终极答案只能由一种伦理学给出。

我们只是对伦理学中这种极其分散而又异质的倾向加以提示,以便说明那种在历史进程中有助于形成赋予艺术社会职能的经常而普遍起作用的力量之征兆。它的成果除了其他的以外便是从荷马到托马斯·曼《浮士德博士》一系列充满光彩的对人性的力量和伟大的诗性的认同,正如我们前面所简要提到的。所有真正的艺术作品,在词的准确意义上说都是反神正论的。它们给出——与客观真实性相对应——一种人与外部世界关系的安排,一种人的内心生活、人对其自身的态度的安排,在其中这种现实的客观相互关系是表现为作品完成的基础。作为内容的反映,这种内容对于人的生活是客观的、典型的,因此在作品个性中它包含了它的典型的、特殊的形式。我们在这里详细讨论过的、美学的一切形式上的要求,无非是对于这种最深刻的人性渴求的自发体验性的完成的条件:自己本身、他自己与外部世界以及与自己本身的关系,通过一种主动的、创造性的、与真实相对应的自我反映来认知,也就是说,他自身的现实、他自身的本质作为一种——变成不以他为转移的存在的——世界的映象为他自己所掌握。用哈姆雷特的话来说这种反映,要在艺术创作中合乎目的地制造出来。就其本来而论,在这里艺术生产活动与其他劳动没有什么区别,因为每一种劳动就其本质而论不可避免地都具有目的论的特性。而每一种实际的、直接实践地作用于外部世界的劳动,它的这种本质是自发的,没有必要回馈到自我反思就能完成。其劳动过程本身不用涉及由此产生的关系到目的论的世界观后果,艺术生产若被日常的目的崇拜所干扰,必定使作品难以完成。这意味着,正如我们所能看到的,不取决于艺术家的意愿和想法,它客观上与宗教需要的基础相分裂。按照莱辛的说法,艺术——绝对地看来——总是在直接塑造的一个小圈子里给出整体的一个剪影。对于单个的、个体的人,事件的主观主义中心化,在这种反映出的客观联系中消失了。不论在哪里,这些作为塑造的诸对象所表现和代表的内容,若只是个体自我的主观想象,那么它始终会与事件的真实过程相背离。

艺术将它的人物及其命运提高到典型,由此它在接受者那里达到陶冶的效果,这样艺术就将它所塑造的形象以及在自身接受这些塑造形象之人提高到了特殊性的水准,使得他至少在这一艺术享受的过程中克服他自身的个体性。由这一观点出发来看索福克勒斯的《俄狄浦斯》,这是作为客观必然事件的序列对主观以及与主观相关的设想和由此产生的举措的胜利。当在《俄狄浦斯在科洛诺斯》中整个一系列悲剧事件——事后——是作为富有意义地表现出来时,那么诗人要让这些毫无疑义的存在,参与主体与自身相关的意义赋予——以前只是表现为压迫他的外部世界的客体——只是作为例证地对主体本身才存在。这种对客观生活事实的无意义性在心灵上的扬弃,始终拒绝这一要求,按这一要求甚至可以看出一种对人的目的论的客观因果性。

## 第十六章 艺术的解放斗争

人性本身是它要赋予人的自身生活一种意义：在其中每一种真正的创作都是反神正论的。音乐的人性的内在本质显然起着同样的作用。因为音乐作为情感的双重摹写，从一开始就必须排除那种激发个体性的动机和人对它的单纯个体性的反应。作为纯粹的音乐，它绝不能单纯表现个体性。在人的世界中所产生的这些恐惧与希望、疑惑与救赎，必然活动在人的主观性的生活圈子里，它们能够赋予生活一种提高了的意义。当建筑创造了任何一种适应于人的空间时，那么它一方面——也是在有意识的体验中——人把它自身作为他所不能触动的客观性的相对物来看待，另一方面由这种空间体验中排除了所有负面的以及所有私人的东西。一个建筑，当它是一个真正的艺术时，它只能面对人的人性方面。一般说来，艺术的意义赋予——艺术形象意味着提供某种意义——当它在形式上构成典型、提高到特殊性时，当它在内容上能够为人类的自我意识提供一种适当的对象时，只有这样才可能。

审美反映的连贯实现、审美形式的适当构成能创造出一种比例，它可以确立恰当评估的内在与外在、主观性与客观性的关系，由此形成作品个性的内在性和此岸性，作为作品的根本和基础。最伟大的艺术家的所谓厉害之处表现出这种客观性是多么重要。它在莎士比亚那里，使年轻的席勒感到惊异，成熟的歌德也正是对莫里哀的特质表示赞叹。这一点经常被现代艺术史家和艺术理论家所误解。当他们在勃吕盖尔、戈雅或杜米埃那里提出对现实的所谓失真，这种简单确认为失真的因素在一定的人的类型或人的环境中是对真实的整体联系的恰当感知，以他们正确的态度相应于每一现象的整体性作出的反映，这与那种一般而言的失真根本不能同日而语。这种源于艺术家的主观性失真，它首先是最新艺术的产物。在这种整体情况中，我们必须特别把握这样两种因素：第一，这里所讨论的所有对象性形式和关系都是客观的作品范畴，而不单纯是创作者或接受者普遍化了的心理特性，它们有时可能在与艺术相关的主体的一种完全相反的、完全错误的意识下在作品个性中发挥作用，在哲学—美学上却完全取决于后者。第二，如此产生的作品结构就是赋予艺术的社会职能所固有的、最深刻意义上的内涵。只有作品结构的完成才能在真正意义上实现这一点。作品的结构就是审美自为存在的真正存在的理由。社会职能在人性内涵上的最终意图，我们已经在上面谈到了。在这里我们可以看到，它不单具有心理的或社会心理的特性，虽然人性的东西极少在社会职能中直接表现出来，而往往是隐藏在如民族的、阶级的各种中介的灌木丛中，起着一种匿名的效应。

即使在这里要由人去寻找在生活中的一种直接取向，但是它绝不可能在生活本身的实际给定的直接性中找到，而只能存在于由人自己为此目的而创造的新的直接性中。由这方面出发就能再次理解，如所指出的现实主义不是许多风格中的一种专门的风格，而是每一种有效创作的艺术基础。艺术作品的自为存在作为为我们与自为的辩证联合

## 第十六章 艺术的解放斗争

体——作为自为存在,它的本质完全是基于效应的可能性,作为一种反映,它集中在一种新创造的、自主的存在之上——只有这样才能实现。当它的内涵是生活真实的再现,完全不用顾及这种真实作为个别的反映图像是否可以证实,它的这种与现实的一致性的标准,从一开始就被断然否定。因为所有现象的直接表现方式是一种个体的东西,必须将在个别性上可比较的映象置于它的这个方面。相反,真正的艺术是作为对本质的反映,现实的以人性的东西为取向的要素不仅是作为整体,而且在所有细节上也要超越每一种个体性的水准。甚至在那些处于此时此地的一个对象似乎与反映图像精确对应的地方,这种对应也只是一种假象。以真实性创造出的重点、比例,在更广泛、更深入的联系中的插入以及这里的对象性形式,这些都与每一种个体性全然相异。如果说在最普遍意义上每一种艺术都是现实主义的,那么就不会出现历史上可能有的每一种现实主义风格的那些表现方法和关系体系如此彻底的变化。这种变化的活动空间在反映媒介上有时如此之大,在一段时间别的艺术方法可能被看作是自身现实主义表现的障碍,往往要经历更大的一段时间距离才能把这种艺术又看作是现实主义的。(如莱辛或戈特弗里德·凯勒对古典悲剧的看法。)另一方面每一种倾向必定造成形式的解体、造成作品自为存在的肢解,甚至它被警告为对每一现实的彻底背离,从而接近一种自然主义,对现实的个体要素在艺术上不经加工地纳入它的审美意图的综合体中。人们只要设想组装,

### 审美特性

在这里不论是将粗疏的统计数据列入一部小说，或者将材料碎片或玻璃碎片贴在一幅画上都是一样的。还有几何主义，如果它不是像在科学中（或像在它那一时代，在古老的几何纹样中）可以发挥它的征服世界的功能，那些它就成为单纯的、自然是抽象的个体性。抽象的个体性与先锋派空泛的超验有什么关系，我们在前面已经谈到。这两者都破坏作品的自为存在，这是不言而喻的。

加上这种考察才能完善我们前面关于作品个性自为存在的形式特性所谈到的内容：这意味着，艺术作品的审美存在不能仅仅通过内容的规定就先验地确定具有正面的或负面的意义，这种基本上随意的内容经随意构型出来就能转化为人类自我意识的组成部分。这种审美自为存在的形式特性却——同样是必要的和基本的——在每一种个别情况下都具有一种专门的、对于每一形式唯一可能的内涵。审美形式始终具有一种确定的具体内涵，在这里也证明是这样。这种一般的基本原理，即审美的自为存在的任一形式是在与一个具体内涵的必不可少的联系中确定的，又回到了现在所讨论的现实主义的最一般的概念上来。这是许多艺术家和异想天开的艺术爱好者的毫无根据的幻想，他们认为，一部艺术作品越坚实地立足于自己本身（是为自身而存在），它的要素及其中介方式就越少基于客观现实的关联。这种自我误解在于，对现实的一种摹写——即使是极其"抽象"的、指向内在的主观性的，归根结底也包含这样一种意图——也要有与现实不一致之处而构成一种独

## 第十六章 艺术的解放斗争

立的存在,在这种情况下它对直接接受的感受性的依赖要远大于对现实的实际现实主义的反映。因为它在其自身总包含一种对其自身对象的呼唤,对其自身的内在真实性的呼唤,只是为了这种真实性而产生内在的闭合性。而在前一种情况下,无非是把作为一个主体的心灵状态固定下来,这一状态在其他主体那里可能被接受也可能被拒绝,不具有一种决断的客观判定。这种最高的判决只在历史上能表现出来,它也依随于审美自为存在的基本结构:代表着人类自我意识发展中的每一阶段。由单纯主观性、由始终是一种单纯的个体性来完成作品的尝试,总是表现出一种幻象,到处是基于一种超验,当然它在现实上是一种空泛,在内容上是一种虚无,因此在创作中一切都随心所欲,成为自为存在者的要求必定在虚无中消解。

由这一系列必然性的联系中形成了审美自为存在的基础,也形成了在对现实反映的综合体中它的唯一的结构基础,这种结构是将为我们的存在与自为存在融合成一个统一体。艺术作品的这种特性是大多数在宗教情感方面产生误解和误判的最终原因。人们可能回复到这里必然形成的那种浅薄的态度,在艺术中所塑造的反映与被认为是唯一恰当的宗教或某种道德或甚至与客观现实本身相混淆。在这些直接看来平庸甚至可笑的事实背后,隐藏的不止是某些单纯浅薄的东西。人们设想《堂·吉诃德》中的著名场景,主人公在傀儡戏中忙于救助受到威胁的骑士,用他的剑将摩尔人设置的木偶砍成碎块。在这里直接地当然是表现了一个可怜的骑士,主要是喜剧的不变理念。几乎到处在这种英雄的、充满幽默的人间童话中,却具有一种直接可笑的富有意义的背景。将审美"游戏"与现实相混淆,当然在这里在其直接性中表现了一种愚钝,所以具有强烈的可笑性。(莎士比亚所塑造的往往是这种喜剧。)但是在这一故事中可笑的前景只是用于揭示,主人公毫不妥协的、深刻的道德救助意愿。在整个行为方式中喜剧性与崇高性的不可分割,在这里正意味着这些强有力的著作的人性背景:这些作者的深刻的本质,他们准确地知道,人类必须走怎样的道路;他们同样准确地知道,对于这种发展的必然的前进力量的每一种自我阻拦,即使是由主观上最强烈的动机所产生的,不可避免地要付出可笑的代价。当乌纳穆诺在这部戏的评论中认为要捍卫堂·吉诃德的权利,他不经意间忽略了塞万提斯的客观的深层意义。同时他还谈到艺术:"作为普遍认同和接受的一种谎言"并由此抬高了他的酷评:"该死的骗局!让我们结束所有的傀儡戏和所有的这些神圣的和允许的杜撰。如果堂·吉诃德认真地对待这出喜剧,他只能表现出它的可笑,它可笑地找到了认真,把生活当作一个舞台。"他以"美学暴政"的伦理学的名义宣告了对一种"如此成问题的事物如同对所谓良好趣味"开展斗争。① 由此表现出——在这种分离中变得抽象的——

---

① 米格尔·德·乌纳穆诺:《Das Leben Don Quijotes und Sanchos(堂·吉诃德和桑丘的生活)》第2卷,慕尼黑1926年版,第82—84页。

## 第十六章 艺术的解放斗争

这一状况的内在主观道德要素作为唯一决定性内涵，而这一主人公在塞万提斯的笔下是与人的道德崇高不可分割的，然而这种状况主要是喜剧的，事实上主人公必定沉沦到一种不懂艺术的平庸的深渊中去，正是因为他——尽管他的信念的全部纯粹性——在这里是与类的进步所不可缺少的人性的表现方式是相对立的。这一场景与那场风车交战在性质上没有什么本质的不同，塞万提斯作为艺术的世界史使命的保卫者与一切他的批评者相对立，乌纳穆诺在他的阐释中试图通过保卫堂·吉诃德来深化塞万提斯，而实际上他却把塞万提斯肤浅化了。

在塞万提斯这一场景中，其原型是针对一切将艺术视为谎言、视为欺骗、视为误导、轻浮的游戏的指控而塑造的。这个问题本身已经在以前不同的探讨中涉及。现在这只是关系到对这种特殊的艺术判断方式与它的自为存在以及它哲学的和道德的背景的联系作简要说明。到处都会形成这种指责，在那里它多少有一定认真的来源，而不是由平庸的市侩作风形成的（首先是浪漫主义往往对艺术的各种世界观的拒斥），特别是来自宗教对现实的态度的绝对化，它作为唯一可能的、唯一适当的，同时否定各种其他的，把这些看作是错误的、异教徒的、不道德的。由此可以看出，所有这些态度基本上表现出同一种"模式"，这一点我们刚才在塞万提斯那里已经确证。当然有一定区别，在其中表现出来的仅仅是他的主人公的形象而不是他自身包罗万象的态度。因此——为了对问题的状况只通过个别的例子加以说明——在波埃修的著名作品的开端,访问他并在艺术活动中找到他的真正慰藉的代表对诗的力量说道:"谁使这舞台少女患上这疾病,不仅通过药物不能减缓她的病痛,而且还要服用甜的毒药?这却是通过激情的贫瘠的丛林扼杀理性的丰硕的种子,使人的精神习惯于疾病。"①在这里这种争议的主要动机——它指向宗教的方面——触及诸艺术对象的此岸性以及与此密切相关的它的必然效果和非直接性和多义性。因为当宗教还有道德——各以其自身的方式——对人们提出直接的要求,正如我们在那一时代所看到的,即使各种艺术最震撼的效果与它相比也是极其复杂的。甚至陶冶作用也可能具有负面特性,即使在情况与此不同的地方,艺术效果的后续过程也只意味着以一种强化和深化了的趋向更高水准的准备状态返回到生活中,对于这种更高的水准本身绝没有必然的确定的影响。这就是说,在艺术与道德之间如此形成的冲突就其本质而言——从世界史角度来看——只是一种插曲式的,它并不依随这两种行为方式的本质,甚至像康德这样严格的伦理学家在这里也没有看到任何不可排除的对立。②

但是与宗教的冲突却是不可调和的。波埃修看到,由他的观点出发是合理的,从事艺术活动可以保持他的由生活产生的并面向生活的激情的内在性在人身上不衰退,——断

---

① 波埃修:《Trost der Philosophie(哲学的慰藉)》,卡尔·毕歇尔德译,莱比锡,第3页。

② 康德:《判断力的批判》,第59节,美是道德的象征。

## 第十六章　艺术的解放斗争

然拒绝了每一种人性实现的这种道路——完全不去考察，在这里是否进一步卷入这种激情或者谈不到由它获得一种特有的自我解放：因为他拒绝了由自身力量达到人的自我实现。这是我们都知道的亚略巴谷的狄奥尼修斯的态度，他在其中看到了艺术与寓意——超验的作品存在对立的危险。寓意可能把握并禁锢世俗的人，超验则会导致对宗教的屈从，这也是特图里安的态度的基础，即拒绝每一种陶冶，这同样是克尔凯郭尔否定诗人存在的基础。"在基督教的理解中，每一个诗人生存的状态（仍然是美学的）就是罪，因为它是以诗化代替存在，通过想象力去与善和真发生关系，而非就是那善与真，即在生存中努力是善的和真的。"① 在这里是直接针对在艺术中一种直接"存在的"现实之缺失的控告，是针对一种完成的事先体验的控告，它不是直接由人的行为中得出，不是直接以这一行为作出发点，在克尔凯郭尔那里指出了这里存在的特殊的细微差别，是由此产生的后果，他拒绝在人类发展本身之中每一种——当然是复杂的、经过多种中介的和共同的——人的劳动。因为对他说来终归只有单个的人（单独的个体），艺术在这方面所成就的一切都是一种非认真的游戏，它对于单个人对上帝的孤独关系说来，没有什么能有助于按本质对此的拒绝。

---

① 克尔凯郭尔：《致死的疾病》，张祥龙、王建军译，北京：中国工人出版社1997年版，第67—68页。

◯ 审美特性

将艺术判定为误导和谎言的各种不同的变种，往往由上述给定的历史状况，特别是由每一社会体系中宗教的那种状况而增多。这一点即使简要说明也会超出我们的范围。我们只能指出其在所有不同中的共同点，以便从一个新的瞭望台上看到，这种攻击总是指向作品的自为存在，指向其前提和后果，指向审美反映及审美构成的本质基础。在宗教和艺术这里涉及原则上对立的对世界的观察方式，这种方式在其构成方式的基本客观意图中是相互对立而否定的。正如在这一考察过程中反复指出的，不断产生一种社会—历史状况，在这一状况下这种对立几乎缓和到难以觉察的地步，从历史事件的表面上看，甚至似乎实现了宗教与艺术之间的一种密切合作。在这里这种对立在暗中仍旧起作用，我们同样已经指出，这种合作、斗争和分离不能以简单化的黑白分明的方式来描述，在现代如此决断的分离，在其全部必然性的主导下也产生了一定的难题。当然在我们看来，如果人们在艺术与宗教的这种分离中，不是把它看作在一种必然运动中矛盾性的征兆，而是看作艺术当代难题的终极原因，那么这种真实联系就被歪曲了。

科学和伦理学与艺术的关系基本上是完全不同的。在这里正是这种聚拢的相互间社会—人的补充倾向占主要优势。当然也不排除在一定社会—历史状况产生具体的对立，有时甚至僵化为一种基本的否定。（我们回忆许多前苏格拉底哲学家对艺术的态度。）这三个领域的连接环节是此岸性。不论科学还是艺术都是人类的一种官能，由它们提出

## 第十六章 艺术的解放斗争

了这种目的并发挥持续的功能，以便使人类去征服此岸性。其中包含了在它们之中不断出现一些现象，长期以来似乎不是作为此岸性可以把握的。正如我们所看到的，对于两者说来超验仅仅是一种假象。在科学中经历了这样一个过程，超验只是作为一种相对的来理解。作为一种只是暂时还不知道的东西。在艺术中超验表现为客观上始终是作为每一历史状况的标记，作为直接或间接塑造的、人的由此确定的心理上的、世界观的组成部分，由此它同样是相对的，正如在科学中即使是以完全不同的方式表现出来的：它是以最终的内在闭合的世界图像表现出来，从历史上看它在这里是相对的。因此——从世界史角度看来——科学和艺术是人类自我创造的官能，以便去把握现实，去支配现实，使自在存在者成为人类的一种持续的、不断效力的占有物，向最广泛意义的为我们的存在转化。这一任务的完成当然是直接交付给每一个人的。但是人们只有这样才能有效地合作，当在其生产中达到，至少接近人类性的那一水准（通过所有他已经掌握的中介），从这里出发才能觉察和把握科学和艺术的真正的问题，如果人们能够内在地提高到超越其自身直接给定的固有的个体性。

在所有这些问题中，一方面科学与艺术的对立，另一方面与宗教的对立是无法排除的。这一理论结论不会由此而有丝毫的削弱，甚至它们之间长期存在沉默的妥协、充满不断的小规模斗争的共存状态。宗教启示对自身所要求的绝对性和无条件性的特殊特性，使得科学和艺术只能为

> 审美特性

宗教服务,从来不可能认同它们是权利平等的伙伴。宗教的精神的和社会的力量在当代的削弱,虽然使这一原则进一步失去实际效应,但是并不改变这种原则关系。宗教的这种效应半径不论在客观上还是在主观上都在缩小。这一过程的客观方面多少是古老的:现实的各部分不断被一种科学的世界图像所占据,过去宗教启示在一定范围内还能与人的一般经验相适应,而科学为他们提供了一种完全内在的此岸性解释,这是与宗教启示所提供的世界图像完全对立的。直到今天可能还有不少资产阶级的科学家和哲学家拒绝这种统一的、科学的、也就是内在的、此岸性的世界图像,由哥白尼天文学所引导的、经达尔文、黑格尔—马克思—恩格斯关于人通过他的劳动的自我创造的学说经摩尔根—马克思的社会发展观直到现在不断富有前景的探索,揭示了由无机物质中生命的起源,构成了一条贯穿的线索。不可知论的、实证主义的、倒退的斗争对这一过程的一般的世界观的影响可能会减缓,但它终归不会阻止这一进程。

这里只包含世界观发展的客观成分,在实现人类文明过程的精神斗争中上千年的经验清楚地表明,以所有这些奠定了对一种此岸性世界观的一切最重要的、不可或缺的基础,它还应该由人在主观方面加以贯彻和掌握,以便实际上完成世界观的改造,使其具有愉悦认同的此岸性。从这一观点出发表明,目前的状况是极其似是而非的。在较早时代,对于外部世界现象的一种闭合的此岸性阐释还很

## 第十六章 艺术的解放斗争

难存在确定的评价，希腊哲学已经以一种全面的方式提出了这种要求。恩格斯对17和18世纪的思维提出这一论断："当时哲学的最高荣誉就是，它没有被同时代的自然知识的狭隘状况引入迷途，它——从斯宾诺莎一直到伟大的法国唯物主义者——坚持从世界本身说明世界，把细节方面的证明留给未来的自然科学。"[①] 问题完全不在于，哲学是否有责任或权利，对自然事实在其狭窄的意义上，没有精确的自然科学基础随便进行解释，这种哲学的僭越在19世纪已经合理地退缩了。尽管一种公正的历史考察已经指出，这种哲学"结构"在发展学说的形成中起了多么重要的作用。不能对这个问题的实际分化进行追溯，只能就最粗略的一般性说，一方面哲学可以很好地，相对单一科学立足自身并只从其所支配存在的内在规律得出当前成果的模型假设而言，富有成果地保卫其内在闭合性的理念，并由此促进正确的科学精神的发展。

另一方面这个问题却是，如它原来在希腊所出现的情况，更广泛和深入地作为一个单纯认识论的权衡，或者甚至是一种自然哲学的解释。其扩大的和与其相联系的新的相关性，首先是一个伦理问题：人们对他们的环境和对他们的内在世界所建构的图像，当然这主要与他们的知识相关，这关系到他们对这一现实能看清多远，对它的运动、

---

① 恩格斯：《自然辩证法》，见《马克思恩格斯全集》第20卷，北京：人民出版社1971年版，第365页。

变化等能预见或者甚至能影响到什么程度。所有这种经验、反应,成功的或失败的尝试,也会反作用于人们的情感生活和思想生活,在他们身上引起从恐惧直到鼓舞不同种类的感情。(当然这些最终还取决于相关的人们所处的经济体制的类型、他们的阶级状况等。这里我们只就最一般的方面来讨论这种冲突,所以对于这种分化不能深入涉及。)因此科学所取得的世界图像成为人们生活、人们实践和人们对它们的反思的一个有机组成部分。它在人对生活整体的反应的整体性中占有一个重要地位,因为首先在其中并通过它来解释人与世界的直接的、充满情感的、自发的关系,它在理论上取得了世界观的特性,实际上决定了人的态度的应然、责任、楷模性和不道德性。在这种意义上可以说,在自身接受科学的世界图像的伦理方式,可以使他形成行为的一种重要动机,对于一个世界图像的社会影响绝不是无所谓的,甚至也不能单纯是一个次要问题。这种对世界观与艺术的关系、以认识和人的实践为基础的结构至今首先是在希腊伦理学中表达了出来。人们使用伊壁鸠鲁的格言:"如果人们不是确切地知道世界万物的本性,而只是摇摆于对神秘特性的猜想之中,那就不可能从关于最重要的生活问题的恐惧中解脱出来,因而也不可能达到对自然知识地道的兴趣感觉。"① 伊壁鸠鲁在这里指出,依据良好的古代传统,只有在认识的基础上才能从诸如恐惧的情绪中

---

① 拉尔修:《著名哲学家的生平和观点》第10卷,第143页。

## 第十六章 艺术的解放斗争

解脱出来。这种伦理态度，它的目标是在最不利的逆境情况下为了人能支配他们自己的生活而克服这些情绪，只有在认识现实现象的基础上，正如他们掌握了真理那样，才是可能的。

与此相关联的、双重思维运动及其相对现代伦理学的优越性，要看清这一点并不太难。首先对于伊壁鸠鲁说来，人对他自身生活的支配是最高的伦理价值。在人的个性的微观宇宙中，感情依此取得它们的正面的或负面的等级制地位，即它是适于促进或阻碍人的这种自我主宰。（我们回想前面在斯宾诺莎和歌德那里关于恐惧和希望的感情。）恐惧属于那些感情系列，它们在形成和强化宗教需要上起着极其重要的作用。如果一种伦理学要为这种感情找到一种思想的正当性，那么它马上必然取得一种完全相反的评价：只要它在其中表现出，遭遇这种感情的人在这种感情面前、在引起这种感情的对象面前去寻求超验的保护（如在尚未受到限制的、处于支配地位的宗教中）或者放弃这种感情，至少奔向一种——即使空泛的——超验（如在许多现代宗教的世界观中），从而使这种感情获得一种正面的价值强调，在这里会出现多方面的细微差别，过分的恐惧也可能解释为遇到魔鬼了等，在这里我们不可能深入讨论。

因为近代伦理学特别是自康德以来是调整在至少对宗教需要，在有的情况下，对宗教也是尊重的，在确定认识与伦理学的有机联系上它们缺乏伊壁鸠鲁哲学的前后一贯性。这已经表现在康德本人那里，对认识和伦理实践在方法论上实际上存在着不允许的、明显的分割。由此伦理学基本上归结为单独个体的主观行为，它不得不形式主义化，纯粹的思想比其后果和前提占有了绝对的优势，它被看作是伦理的决断。由这一些使现代伦理学失去了那种涵盖一切的具世性，这却是古代伦理学的特征。在存在主义中，一切伦理的往往以唯我主义感觉汇聚到单个人生活中瞬间的此时此地，成为现代发展的极端的一极，它必然地由上述行为方式形成。因此这种主观理解的伦理态度非常接近宗教需要。只要这种态度仍然是伦理的，那么在这两者（伦理与宗教）之间就当然总是存在一种辩证的矛盾，因为例如存在主义使伦理行为很接近于暂时的个体性，从事这种行为的个体仍然面对着一种超验的虚无，决断的主体仍然处于世俗和此岸性中，他的行为可能与宗教内容有关也可能无关。当然在这里原来亚里士多德、伊壁鸠鲁或斯宾诺莎伦理答案所具有的那种世界观的广阔视野消融在空气一般的虚无中，这种虚无必然包围着在自身终止了个体性的个体，这种此岸性仍然完全是抽象的，很容易向同样是抽象的当今宗教需要的空乏超验转化。

我们故意选择了与伊壁鸠鲁不同的现代伦理学的一个反例，在这个例子中伦理学的具体社会历史基础和具体社会历史目的与亚里士多德相比显得大为逊色。伦理学的此岸性、它的作为理论基础的此岸性——因为在一种普遍化的宗教体系中，这种伦理学的自身独立性必然被消解——

## 第十六章 艺术的解放斗争

在世界观上是与这一确证相关联,即所有人类共同体直到国家都是由内在规则调控的构成物,更恰当地说,就它是由外在于它自身作用的规律性被规定的而言,其调控原则同样具有一种社会特性。因此古希腊人想到过,文艺复兴时马基雅维利、后来霍布斯、曼德维勒和其他一些人都想到过。这些理论有时出现在一种似是而非的形式中,它归结为曾经做过的一种尝试,善与恶、道德与不道德不是抽象地由它本身来确定,也就是说既不是与一种主观的道德观点也不是与上帝的世界秩序和超验相关联。在这里,必须从人的社会实践的整个辩证矛盾说起。这一复合体如何能被建构在一个伦理体系之中,我们在这里不可能去讨论。对于我们重要的只是,以此设置一种社会科学的基础,它对社会现象的客观自在存在、它的规律性等同样完全在其内在性中来研究,正如自然科学研究其对象那样,而不是不得不求助于某种超验。这样一种认识另一方面意味着,那种由宗教本质所产生的学说的破产,即上帝的原则,在人类发展中干预的超验力量,似乎是社会功能持续和正常化所不可缺少的前提。有时激烈的讨论,一个社会由闻名的无神论者组成能否存在,是否自己就会消解,在阶级社会中在社会上行动着的人在其实践中实际上就是无神论者,不论承认基督教或承认其他宗教。在我们当今时代,贝尔加耶夫还确信:"绝大多数人是基督徒、唯物主义者,他们不相信精神的力量,他们只相信物质的力量,即军事的和经济的力量。他们也没有理由对马克思主义者发怒。"① 如果说这一观点充满庸俗唯物论，那是因为它把物质力量和精神力量相互割裂、形而上学地对立起来了。然而它却为我们这一状况的整体图像又添加了一笔：在人的理论和实践的整个领域中，都贯穿着此岸性。尽管如此宗教需要并没有被消除，只有那些把世界观确证的问题当作纯粹理论来看待的人才会感到惊奇，在他们当中没有看到生活的问题，也没有考虑到对于生活在资本主义的绝大多数人必然的无意义性。由我们——以极其简化的说明——描述的人的活动的相互关系可以清楚地看出，宗教需要的内容的空泛化，特别是与过去时代相比，但仅通过这一点在人的内心生活中不可能把它完全清除。为此需要对生活条件和必要的生活方式的改造，正如我们所看到的，这在资本主义社会是不可能的。

这种针对宗教的斗争，我们首先关注的是作为完成艺术自我形成和艺术解放的要素，从它当今的状况来看，显然宗教本身很少是作为整个人类生活全面调节和引导的系统，像在中世纪和它开始的转折期那样，而是首先关系到——变得抽象、完全沉浸在主观之中——宗教需要的保持或消亡。所以对于科学取向来说——无论在怎样的意识水准都是一样——宗教需要的保持要受到限制，科学足以能提供一种客观的世界图像。如果客观现实在一种无限数量的、主观的、独特的或抽象的想象模型中被瓦解，它们

---

① 贝尔加耶夫：《Dialectique existentielle（存在的辩证法）》，第133页。

## 第十六章 艺术的解放斗争

实际上是相互联系的，那么宗教启示与客观现实之间的致命冲突就可以避免，那么宗教需要的自由活动空间在理论上就得救了。因此指向这同一个目标的抽象信念的返程，只要变成完全独特的主观性就够了，因为由此所确立的道德个体的完成中和完成了的抽象的无世界性——通过海德格尔的抛出概念景致如画地描述的图像，即每个人在他的世界中从哪里来和到哪里去的问题就勾销了，同样降低了认识世界的伦理价值，使它对伦理学的适应性同样没有意义了，正如现代认识论对于科学成果的这种价值那样。这种伦理决断所实际留下的领域就直接接近于宗教需要，其边界几乎难以觉察：伦理学同样被降低到如同个体性与超验的单纯关系那样的宗教态度。

在这种地方现代艺术致力于寓意的努力才显示出它的社会意义。摧毁生活的实际对象性以及人类世俗—此岸性命运相关存在的各种不同的倾向，是这样来反映外在的和内在的人的世界，它把这一世界表现得完全是非具世性的。抽象的个体性和空泛的超验就会成为现今人们的唯一现实，以致人的本质的基础和顶点重又只剩下宗教需要了。在完全不顾这种时代噪声的艺术家们之中，他们坚持审美反映的世俗具世性，首先是托马斯·曼，在固有的阵营中寻找对手，以便与之进行卓有成效的斗争。现在人们谈到许多在托马斯·曼与先锋派之间的类似性。事实是，自从《魔山》（应该是从《死于威尼斯》）起，托马斯·曼不断去接触那种题材、环境、人物、心灵态度，在他的同时代人中与那种抽象的个体性和空泛的超验进行直接接触。他这样做是为了揭示具体的、人的形象,以便在以此为实际基础的世俗——此岸性联系中真实地形成这种对世界的反映和体验,以便在人们的共同生活中得出他们的实际地位、他们的真正价值所包含的东西。如在《选择》中、在约瑟夫·奇克陆斯那里神秘题材的采用、在《被骗者》中临界环境的选择都是为了,由这些现实所激发的人的激情、思想、情感、这些环境本身所承载的直接的"现代性"特征、通过一个真正人的世界的形象回归到正常的、此岸的、世俗的现实中来,由它们的整体构筑出现代人的一个"世界"。但这不是现代人在其自发的恐惧和疑惑中直接想象的世界——像现在一般所发生的——而是表现一个现今世界,其大小及其边界作为人类发展的一个组成部分在其自我意识中所反映出来的。正是这一点,它在其同时代人中为保卫宗教需要而唤起创作的诡辩术,在他那里形成了它的艺术反映,通过这种可能性,将这种情感和思想、这种环境和命运作为一种此岸性中完成的此岸生活的要素而实现。或许这种意愿在《被骗者》的情节中可以最清楚地看到:由这种偶然的突然转变中形成了这种结构、联系,其直接表现方式正好似是与单独主体相关联的目的论;它正好形成那样的印象,它在人的反应中往往助长了宗教需要。托马斯·曼的结构布局却处处以极大的精力和明确性引向相反的走向:偶然仍然是偶然,由人的生活中形成的是它在给定情况下本身就会产生的东西。对于人的世俗生活的一

## 第十六章 艺术的解放斗争

种超越,既非事件的客观逻辑,又非人的反应方式的主观逻辑,便能提供一种自由的活动空间。在这里,托马斯·曼在其全部能动性中仍然是歌德时代的一位后继者。同样荷尔德林在结束他的诗作《唯一者》时,其直接题材似乎同样是超越世俗生活的,写道:

> 诗人们也必须
> 其精神是世俗的。

由这一切可以清楚地看出,世俗性与彼岸性在世界观上冲突的出路,最终决定了艺术(以及科学)的终极的和完全的解放。这种出路的客观条件多少是由社会发展所自发创造的。对客观现实规律的研究、进一步认清那种只能以无限接近的方式去把握的、但是内在闭合的、不允许有彼岸动机的关联,主要是由人的自我保存的需要所推动。这种认识何时以及到什么程度能建构成一种完整的思想体系,这种体系在何时以及什么程度上能获得一种世界观的特性,它对人起什么作用,这最终是每一经济体制的产物,是在其中所进行的阶级斗争的结果。正如我们所看到的,就此出现了主观要素与客观要素之间的一种辩证的相互作用。在一系列此岸性世界图像的客观要素中,有一种具有优先的、提高质的作用的因素:即发现人是通过他自身的劳动(由于劳动而必然形成的语言)自我创造出来的,也就是说,他是依靠自身的力量实现了由动物性向人的改造,

## 审美特性

并没有彼岸力量的介入。这种认识，在启蒙时代由某些语言学家已经揭示出来，黑格尔在《精神现象学》中勇敢地、但与唯心主义的抽象相混合地表达出来，只是在马克思主义中才获得它应有的世界观上的中心地位。通过这一中心环节，此岸性世界图像的客观要素与主观要素结合为一种辩证的统一体。旧的唯物主义——尽管经过达尔文的发展学说加以丰富和补充之后——对世界的规律性建构的内在性只能被动地理解：人虽然全部无余地作为自在存在的规律性联系的客体，但是他自身的存在及活动也获得了一种纯粹客观的特性。旧唯物主义只是随心所欲地——通过建构一种主观主义的因此仍然是抽象的伦理学——将其打破。人通过劳动而自我创造的学说对于马克思主义说来成为它的社会活动、也是社会发展本身的基础。①只有这样才能提供一种基础，以便创造一种在前后一致的此岸性世界观和客观成分与主观成分之间丰富的、相互促进的关系。只有由此人，当然不排除他的存在受规律的确定性制约，才能成为整个人的生活的主体。因为劳动使人虽然成为——长期以来潜在的、极其成问题的——自然力的主宰，他同时在不知道也不情愿的情况下创造了这一工具，即社会，他

---

① 将青年马克思在《经济学哲学手稿》中的表述与《资本论》中的观点和方法以及其后马克思恩格斯著作完全对立起来的论点是极其不妥的。这里无非是一种进步的具体化，一种扩建，一种新的现象组合的应用。这种论点从马克思逝世直到现在都没有停止。这里只要指出在这一探讨中经常利用的戈登·柴尔德的研究就够了。

## 第十六章 艺术的解放斗争

要服从它的统治。只有实现了社会主义,这种统治性存在才能结束,才能开启一种与人的外部世界和内部世界正常均衡的健康的主客体关系。

只有这样才能形成对宗教信仰的实际上不可调和的反作用力。因为正如历史所表明,一种尚如此完成的、但纯粹客观的内在性始终会获得一种完全的或一半的宗教性解释。叔本华的机智的妙语准确地表达了这一决定性的事实:泛神论只是一种客气的无神论。一种即使尚如此模糊的、无定形的宗教需要的可能性,由此还不能从精神上消除。当体验的主体还完全意识不到自己情感的根源,这种由宗教态度所形成的情感形式怎么能在人的内心生活中被瓦解呢,这里我们只要举两个例子。只要在人本身还有超验世界观的残余存在着,人的能力的评价路线的走向就总是从上向下的。我们指的是不确定的、由思想和语言产生的难忘的表达——因为在制定的一种精神等级制中,人们对正面评价的表述总免不了用"更高级"的术语并且反之也是如此,而是起源性的评价运动本身。这样真善美以其真正本来的纯洁性总是表现为寓居于超验领域,由这一领域——经多重中介——才降落到世俗的现实中来,在世俗中它绝不可能以那种洁净无瑕而实现,真善美只有在其超验的起源地才具有这种洁净无瑕。人们没有忘记,科学哲学、逻辑学、伦理学、美学等从这种观念中解放出来有多么困难,这一过程至今还远没有结束。困难在于这种习惯已深深扎下了根基,在这种秩序中形成了这些观念。由起源神话开

审美特性

始，在其中人类是由它的统治者，一种神的或半神的出身获得其威严，直到最简单的生活现象，在其中某些天生的按规则就比仅是自我取得的评价要高。对这种情感的精细分析总是表明，自我取得的、自我创造的几乎毫无例外地、本能地被贴上暴发户的轻蔑的标签。很多针对人的动物起源的强烈的情感阻力，对它的上帝之子、"由上面"来的被创造物的自豪与不是逐渐"由下面"提升起来相对立，在这里肯定有它的思想根源。我们对这幅图像只补充一点顺便的说明，19至20世纪的一般情感态度将乐观主义看作平庸的、平民式的，将悲观主义看作高贵的、作为不随波逐流的知识分子唯一适当的世界观态度，同样归因于这种自发的评价系统。甚至经常在哲学中出现这种见解，一种存在如果它严格否定生成那么它才是真正的和地道的，这同样是基于这种情感态度。一种通常的、支配整个日常生活的情感，它表达出对人基于他自我创造的本质的自豪，它不同于那样一种在几千年过程中凝聚并由完全无意识作用的习惯所形成的感情，是很难出现的。要实际内在地克服宗教需要是要以与这一观点圈子相决裂为前提：只要人自发地保持着这种观念，那么所有对现实的、闭合的、此岸的内在性的科学论证在他身上都会遇到或许隐蔽的情感阻力，而在他内心或许同样隐藏着一种接受相反观点的准备。

另外一点与这种情况十分接近。许多宗教，首先是基督教，明显地对以下一点作了相反的调整，人自身的地位基于他自己的贡献，基于他自身由自己所培养的能力。对

## 第十六章 艺术的解放斗争

于基督教说来所有这一切是"由上面"来的恩惠,对于它人必须作出顺从的反应。对自己的能力或贡献的自豪的自我意识性被视为对基督教的某种背叛和亵渎,这些都是来自撒旦。(这肯定无须解释,这里所描述的态度无非是自我满足感、自我愉悦感和虚荣心等。)这里从一个新的形态触及我们所经常关注的关于宗教与人的个体性的亲和性问题。我们知道,一切人去支配客观世界的方法都必然要在自己本身做必要的改变。科学知识、伦理行为、审美创造力以及感受力都意味着——每一种以其自身的方式——对于单纯的、直接的个体性的与众不同的克服,所有这些人的活动都具有与其客观结果不可分割的、作用于实施主体的特有的、变化着的效应。其特性首先在于,主体借助他自身的活动达到一种新的水平,这一水平是他从他直接的个体性出发原来根本达不到的,然而在这种质的变化中并没有与他原有的独特性完全割裂,而只是在这一程度上有所改变,这对于每一设定的目标是不可缺少的。这种改变在一定情况下是非常有意义的,但它始终是自身活动的纯粹产物。宗教是反对人的这种可能性,由自身力量提高到超越其自身直接给定的存在。我们所描述的这一运动在宗教的眼里是一种(上帝)创造物的自负,是一种"辉煌的亵渎"。当然这是统治宇宙的教会的本质,这种态度植根于它的神学体系之中。它获得了一种最终的——尽管有时经过目的论的中介——形态作为上帝恩惠的产物,当然以这一点为前提,其结果与教会教义不相矛盾,否定就是一种亵渎、一种自大。这种由自身活动产生的人的质的自我提升是与固有的宗教态度相矛盾的,这种态度必然集中地停留在个体性上,只有通过上帝的恩惠才能暂时地超越这一点。按照宗教的要求,主体就其本质而言就是个体性的。

主体性的这种变化当然每天会大量地以这种方式进行着。然而要得知这种此岸性或彼岸性的世界观上矛盾的重大意义,他必须达到一定程度的意识性。在他的方面这首先关系到他的客观生活条件、人的生活进程方式以及它的前景。这毫不奇怪,对此最热情的时代是实际的生活基础产生了有力的变化,从而引起此岸问题的尖锐化。在宗教世界观之内这一斗争经历了几百年的过程,与这一结论绝不矛盾,因为这个时代是基督教对普遍意识形态统治的时代,精心的观察者可以感觉到在此岸的目标确立与其彼岸的思想和情感基础之间内在矛盾的持续增长。因此特别表现在托马斯·闵采尔那里;巴特关于施莱尔马赫的妙语已经适应于罗伯斯庇尔的"最高本质"。这种趋向彻底和前后一贯的此岸性的运动只有在科学社会主义所提供的基础上才能达到高峰。对于马克思主义的经典作家说来,在他们的思想中反对宗教信仰达到在几千年来的高峰,其特征是,他们绝不把宗教现象纯粹看作是意识形态的,像那个时代的那些伟大的启蒙者,如他们同时代的巴枯宁,而是与社会发展紧密联系在一起,与人的现实生活进程的实际生活状态紧密联系在一起。因此宗教的此在与消亡,在马克思看来,在整个社会世界史的联系中,表现为由阶级社会向

## 第十六章 艺术的解放斗争

社会主义发展过程中人与整个现实生活关系的重要因素："只有当实际日常生活的关系，在人们面前表现为人与人之间和人与自然之间极明白而合理的关系的时候，现实世界的宗教反映才会消失。只有当社会生活过程即物质生产过程的形态，作为自由结合的人的产物，处于人的有意识有计划的控制之下的时候，它才会把自己的神秘的纱幕揭掉。但是，这需要有一定的社会物质基础或一系列的物质生存条件，而这些条件本身又是长期的、痛苦的历史发展的自然产物。"① 列宁对马克思的这一论断在立场上没有丝毫的对立，当他直接以完全不同的方式谈到这个问题时，因为对他说来宗教也是一种社会的、由社会存在、由引起人的思想和情感的现象的必然反应，与它的斗争只有从一个普遍的社会观点出发才有可能。在他看来，当今宗教信仰的根源是在资本主义社会生活的不稳定性的某种基本现象，由此他像马克思那样，对于宗教的消亡指出了同一个前景，并且认为仅依靠单方面的宣传斗争同样是没有指望的。② 在列宁的这一阐述中已经表明了这种观点，以当前情况下中心问题不在于对宗教现实议论的驳斥，而是在于由于人们存在的社会基础的改变，由于他们由此形成了不同指向的活动，由于他们的心理评价等人们从内心克服了这种宗教需要。

---

① 马克思：《资本论》第 1 卷，人民出版社 1975 年版，第 96—97 页。
② 列宁：《论工人阶级政党对宗教的态度》，见《列宁选集》第 2 卷，北京：人民出版社 1995 年版，第 274—258 页。

## 审美特性

与这种动机密切相连,出现了这一问题,其效应在这里曾反复强调,即单个人的个体生活的富有意义或毫无意义的特性。毫无疑问,人的生活的这种要素与马克思和列宁所强调那些内容密切相关。显而易见,不论基本生活状态的不透明性还是缺乏防御能力,相对于那种产生生活不安定的力量都在这一取向上有很大影响,它使生活感到没有意义。这也不难理解,人维持他的存在所进行的活动富有意义或缺乏意义,对于这个问题具有根本重要性。另一方面马克思特别指出,对于社会主义造成的人的解放的过程,其重要性不是在于耗尽精力的这一活动,而是在于自由时间的富有意义的充分利用。他从劳动谈起:"这个领域内的自由只能是:社会化的人,联合起来的生产者,将合理地调节他们和自然之间的物质交换,把它置于他们的共同控制之下,而不让它作为盲目的力量来统治自己;靠消耗最小的力量,在最无愧于和最适合于他们的人类本性的条件下来进行这种物质变换。但是不管怎样,这个领域始终是一个必然王国。在这个必然王国的彼岸,作为目的本身的人类能力的发展,真正的自由王国就开始了。但是,这个自由王国只有建立在必然王国的基础上才能繁荣起来。工作日的缩短是根本条件。"① 以这一自由王国对于人类可以开始一个新的文化时期。众所周知,这一考察再次指出,

---

① 马克思:《资本论》第3卷,北京:人民出版社1975年版,第926—927页。

## 第十六章 艺术的解放斗争

闲暇时间是造就每一种文化达到更高发展的基本条件,客观上人类在它的生产中为自己提出的伟大任务只是能带来一个——通过这同一个生产所取得的闲暇时间,在主观上人只有在闲暇时间中才能培养他的能力达到那种宽阔、多方面和深化的程度,从而使他成为他自我创造的文化的真正主人。每个人都知道:前资本主义的阶级社会只能为比较少的少数人提供这种闲暇,如果一切在时间上所进行的革命神话,不断作为失而复得的天堂的黄金时代所激励的,是在其中促进平等、同时还包含为新的更高的价值所鼓舞的、使生活感性完善的闲暇时间。

资本主义作为最后的阶级社会在这一关系中占有一种独特的地位。恩格斯在19世纪80年代已经指出,资本主义劳动分工使人残废和畸形的效果,在统治阶级的生活中也是作为一种与文化相敌对的力量起作用,在资本主义生产范围内闲暇时间和劳动分工,与以前的体制相比取得了一种极其成问题的特性。① 这种状况的普遍性,暂时掩盖了无产阶级的漫长的劳动时间和微少的闲暇时间,只是在为劳动者取得更多的闲暇时间的阶级斗争的作用下,如这里所指出的,只是在资本主义贯彻和重新组织消费资料生产及其职能以后,恩格斯所说的闲暇时间的缺乏和空虚才成为普遍的社会现实。这里没有必要再次枚举它在文学和新闻

---

① 恩格斯:《反杜林论》,见《马克思恩格斯选集》第3卷,人民出版社1972年版,第331页。

> 审美特性

报道中如此详细描述的征兆。从青少年直到老年，大多数人都从事着这种空虚的、喧闹的和无目标的营生。各种分析表明，职业活动中的无意义性在这里提高了他们闲暇时间的无意义性。格奥尔格·凯泽已经在几十年前——在他的戏剧《从早晨到午夜》——这种状况在社会上所引起的精神的沉沦作了真实的揭露，他的出纳员误以为通过贪污可以将他的职员此在由无意义性中拯救出来，让他的犯罪所取得的闲暇作为旁观者在六天的自行车奔波中处于同样的无聊中。在资本主义社会人的整个生活被这种无意义性无限制地支配着，这肯定是今日宗教需要力量增长的重要心理根源。在他身上又会找到那种在生活、工作和闲暇同样具有的内容空泛化。由于对世界的认识取得巨大进步，他以前似乎存在的对所谓客观世界图像的可用性便丧失了，甚至启蒙对客观宗教世界图像的攻击中那些绝妙的、充满精神内容的、激情的论辩也变得空虚了，因为这样的世界图像已经不再存在了。尚在起作用的宗教内容只能借助于对每种客观认识的一般怀疑维持下来。因为它的精神基础——虚无主义、非理性主义、恐惧和疑惑——在社会心理中是很难动摇的，要克服它们只有走马克思和列宁所指出的道路，要改造那种生产和再生产着这一基础的生活形式。如果人们今天要将在社会主义社会这些事物的状况与这种征兆的系统联系的综合体进行对比，那么就此方面会产生某种混乱的情况，与它的现实图像——虽然一切是真实的——直接对比是不恰当的，表现出与理论的和世界史

## 第十六章 艺术的解放斗争

的真实性的不相称。我们指的是几十年来斯大林方式的统治对社会主义的实现形式所造成的扭曲。讨论这个问题会造成两方面的困难：首先在这里即使只就如此重要的个别问题来谈，事实上是不可能的。这里出现的问题的整体性表明，不全面地讨论很容易产生问题被偏移甚至被歪曲的印象。这里必须冒这种风险。其次在今天的马克思主义中，斯大林的传统几乎到处都表现出实质上被歪曲的阐释，它所产生的影响对于对象既有右的也有左的。一方面即使有时是以羞羞答答的方式，在马克思主义阵营中，今天的教条主义者和宗派主义者直接把斯大林与马克思主义经典作家相等同，在这里当然在个别错误上保持距离，但事实上，斯大林的观念体系偏离了经典作家的真正传统，往往存在激烈的斗争。这种观点以看来似是而非的方式接近于资产阶级的反应，他们也想把马克思、恩格斯和列宁与斯大林等同起来，以便在斯大林那里表现出的站不住脚的和应该否定的东西，也当作马克思主义经典学说的必然结果。另一方面修正主义者同样不能在斯大林与马克思主义经典作家之间划出清晰的界限。他们批评斯大林的言论、行动和方法，因为他们拒绝这些东西，并且认为，这种批评也必定是针对马克思主义—列宁主义的，因此他们丧失了保持原则性取向的可能，陷入各种资产阶级理论的影响之中。在这些错误起点和态度的丛林中，不被误解地指出唯一正确的路线是不容易的。事实上，斯大林是一位重要的和有才能的马克思主义理论家和社会主义政治家，但是在不同的重要问题上犯有错误，或至少采取了过度的立场，他把这些理论的和实践的态度僵化为一种独立的方法。对他的著作和他的人格作出准确的和带有肯定和否定评价的批评，只有从马克思主义—列宁主义的观点出发才有可能。

本书即使以全部精力作出这样一种包罗万象的评论性阐述也是不可能的。我们只能以目前的这一观点，回到我们所关注的问题上来。在这里人们必须首先就已经发展社会主义本身的状况，将必要的却是具体由历史条件所决定的阶段，在原则上和实际上实现的（由其一状况所得出的或间接由原则得出的）特性加以精确区分。例如列宁绝没有把战时共产主义看作通向社会主义的必然道路，而仅仅是一些措施体系，这是无产阶级专政面对来自旧知识分子、国内战争、国外干涉等外部事件所不得已而为的。从这一观点出发来考察无产阶级民主的问题，社会主义首先——经历了几十年——在一个被孤立的国家中能够建立，它处于不断的外国武装干扰以及复辟的危险之中，这个唯一的社会主义国家在经济上的落后停滞，这些事实对它前十年的发展产生了重要的后果。首先由此不可避免地强制发展生产，首先是重工业，成为全民的任务和负担，持续地承担和贯彻在客观上不可能不损害无产阶级的民主。对如此形成的斗争和采取的措施，在这里即使概略地阐述也是不可能的。这里所要强调的是，在列宁逝世以后，斯大林是唯一正确把握和评估上述状况，并有准备和能力由一个国家的社会主义事实中取得一切必要的结果。这是一个历史

## 第十六章 艺术的解放斗争

的任务,确定他在何时和什么程度上以不民主的方法超出了客观状况所应采取的措施。我们只提到——作为极端的例子——赫鲁晓夫的论断,按其所说30年代的大诉讼,不仅以事实上无根据的、不合道理的判决结束,而且从其整体看来在政治上也是多余的,因为它所针对的是一批已经没有影响、没有能力的反对者们。针对所有这些批评,对这一时期以历史为基础的整体表述的任务紧接着要说明的是,从整体看来这一发展却是社会主义的,它克服了社会主义开始阶段的困难。我们只要想到,在苏联消灭了文盲,产生了宏大的和高度发展的知识分子队伍,生产力得到如此发展,苏联成为世界第二工业强国。特别还要想到,苏联的力量和斗争决心把世界从希特勒的统治中拯救了出来。只有从这种整体观的范围,人们才能恰当而理性地谈论斯大林时期那种难以权衡的后果,这对于我们的问题,即艺术由宗教的影响下取得最终的解放斗争,是关键性的。与列宁相反,列宁从不把战时共产主义的往往令人压抑的措施看作是通向社会主义的理论上必然的道路,更不用说因为——当时许多做了的——在其中已经看到它的实现,对斯大林说来在迫不得已的战术特征与真正接近社会主义之间没有区别,这些已经作为社会主义客观上和主观上进入了生活。今天一般作为个人崇拜所反映的,是一种比人们通常认为的范围更大、包罗更广的现象。它涉及一种宗派主义特有的新形式。列宁不无道理地在其中看到了这种宗派主义者的一种重要本质特征,他们自己在精神上制订的他们认为正确的东西,理所当然地投射到客观现实中。例如他们对此确信不移,凡是他们认为好的或过时的,大众也同样那样认为。对于一个伟大民族的绝对统治,甚至超越了重要的国际潮流,给予了这种宗派主义一种独有的特色。这一点在理论上,特别是在方法论上表现为,首先在对每一种哲学上和历史上的客观性判断为"客观主义",这种客观主义形而上学地与党性完全对立。当然列宁把马克思主义的党性与辩护的客观主义相对立过。但他是这样来理解的:马克思主义的唯物主义者"贯彻自己的客观主义比客观主义者更彻底、更深刻、更全面"①。因此在列宁那里,科学(和艺术)的党性是由客观性与党派性的辩证高度张力所达到的丰富运动中的矛盾所产生,在斯大林那里正相反,这种党性是由在科学(和艺术)中对客观现实的每一无偏见考察的判断中产生。

在斯大林的理论和实践活动中,因此在前景与现实之间、在原则和实践之间、在目标设定、任务及实施之间的差别消失了,个人崇拜构成了他(独一无二)无限的权力,他要求,他的每一种表述不仅作为社会主义理论的任一完成了的现实和发展而被确认,而且它们立刻作为鼓舞人心的现实呈现出来。马克思主义的理论,应该限制在对这些指令的注释,对它不可抗拒的胜利征程之宣告的宣传和鼓

---

① 列宁:《民粹主义的经济内容及其在司徒卢威先生的书中受到批评》,见《列宁全集》第1卷,北京:人民出版社1984年版,第363页。

## 第十六章 艺术的解放斗争

动上。当然,尽管有这些特点,斯大林却是一个非同寻常的聪明人,他往往事后会看到他的某些计划的不现实的地方,并且有时能将其正确地改正。但即使这样也体现了他的独裁,在这种转变中或者将这一转变本身由世界中从理论上消除掉,或者把这一失误的责任推给别人。在这种状况下,马克思主义科学首先在社会、经济和哲学理论方面格外艰难化和受到阻碍,使得理论不断丧失了对在基础和上层建筑中新的现象恰当把握的能力,这是可以理解的。同时生产力的迅猛发展必然使得自然科学领域相应地出现重大繁荣,特别是在与生产技术多少相关的研究中。

现在我们由这些迫不得已的、极其一般的论述回到我们自己的问题上来。显然,在这个问题上一个实际具体的理论阐释和批判也必定是一个历史的任务。然而在这种迫不得已的极强的普遍化中可以确定,正是在社会主义条件下职业活动的那种要素,在主观方面比在资本主义有巨大的优越性。将自身成就与计划的公共福祉、与社会和人类的更高发展联系起来的生动的意识性,这种劳动意义的意识存在对于自身人格及其多方面和深入的发展必定会由此而丧失或至少在程度上有所减弱。但是在这里涉及的不仅是在社会主义必然的运动路线上对工作的简单阻碍,而且这种阻碍还具有一种特有的细微差别:依据社会主义精神理论和宣传是有意图的,因为它们相应地必须使用马克思主义——列宁主义的术语,往往是——抽象地看来——充满真正的社会主义的内容,表达了真正的社会主义范畴,在

### 审美特性

官方理论与实际实践之间的差距使许多人在思想情感上对理论本身产生抵制。当然在这里有些人能区别社会主义的内核与斯大林的外壳。这种差距在许多人那里——除主要事实外，自身的活动不能按社会主义正常的方式进行——也在理论的异化方向上发展，成为对社会主义不信任、无所谓的态度。（现实的社会基础对于现代修正主义首先是存在这后一种态度。）在这里涉及为人们提供了丰富基础的社会事实，而不仅是知识分子群体的倾向，其中也表明，在资本主义社会看到的感觉生活无意义的几乎所有征兆——观众的空虚的体育狂热直到青年犯罪——在社会主义社会也存在，针对这些具体的、社会条件造成的蜕化的官方宣传同样无能为力，正如一般针对宗教需要所做的。

我们在这一考察中再次谈到在这一基础上形成的文学的地位。我们曾经批评了斯大林关于作家是"灵魂工程师"的以及苏维埃文学通常所表现出来的特性。从现在问题的观点对此还必须加以补充。由于斯大林的理论和实践的影响，文学必须针对宗教需要进行斗争，而恰恰放弃了它的最有力的武器，即它的陶冶作用。同样从这个问题的观点出发，应该对陶冶的本质作这样的概括：在作品个性中接受者面对这样一个世界图像，这个世界是接受者自己看到的，同时他突然意识到，他对这个世界的观念没有或至少尚未达到它的本质。在陶冶中所以形成了对日常的世界图像、对习惯了的关于人、关于他的命运、关于使他行动的动机的思想情感的震撼，这种震撼把他引向一个更好理解

## 第十六章 艺术的解放斗争

了的世界、引向能更真实而深刻把握的此岸性现实。因此陶冶与人的改造和向更高发展的伦理范畴密切相关，由于这同一原因，陶冶与一切宗教彻悟、皈依等完全相对立，它毫无例外地与世俗人的外表和本质丝毫也不对立，而是他作为（上帝）创造物的特性（带有全部"闪光的恶习"）与彼岸性相对立，尽管这一彼岸性在今天仅仅是虚无。

所以陶冶是指向人的本质的。正因为如此它只能在一种社会—历史的具体性中起作用。伟大的文学始终是由此而产生它的陶冶作用的，在其中人类发展一定阶段的中心矛盾以与提高了的人的诗化典型所经历的典型冲突呈现出来。历史是由人本身创造的，当他进入这一状况，把历史作为这种人的力量和弱点、道德和恶俗的斗争来体验时，那么他对于他的自我意识而言就会最殷切地适应于历史。所以陶冶的此岸性是一种普遍的：在具体而典型的单个人的命运中使社会和历史的本质通透化，历史冲突呈现出了——在善与恶的辩证法中——促进或阻碍历史进程的那些人的典型。从荷马到高尔基，诗人们总是从具体的人和具体的人的关系出发。这些为它们的读者提供了陶冶的"认识你自己"，并且在这面微观宇宙的镜子中，适应于几千年来的宏观宇宙的历史，表现出具有任一现实所可能需要的历史意义的映象。"灵魂工程师"的理论和实践与这一传统相割裂，对于这种理论和实践从这种观点出发以一贯的方式——文学只是实现任一具体任务的有用的工具。它的出发点不再是带有其矛盾的具体的人，而是一个实际的

## 审美特性

社会问题,它提供了一种确定的赞成与反对,它所塑造的人物在这个框架内作为正面的或负面的力量被组装起来,其特性适应于这里所提出的实际任务。当然人们经常感到,这种为了深深感动读者的黑白分明的简单化描写,可能产生这种经院哲学式的问题:一个正面的主人公究竟在什么程度上也允许具有负面特性(例如允许他突然发火或健忘)。这种倾向得到如此强有力的贯彻,以致如此真诚的社会主义的,但被认为是反对派的书籍如杜丁采夫的《人不仅靠面包生活》也是在这一原则的基础上设计出来的,它的结论不赞成那些措施,而是要促进它的改革,这并不影响它的艺术本质。

社会主义文学不总是这样。无论哪里,只要涉及真正的文学,围绕抽象的正面性及其诡辩式的通过附加的负面特征的补充,这种经院哲学式的虚假问题就要作为干扰和无意义的被排除。布莱希特在一首关于现代人的优美的流亡诗中写道:

> 然而在这里我们却知道:
> 连对卑鄙的仇恨,
> 也会使面貌扭曲。
> 连对不公正的愤怒,
> 也会使声音嘶哑。
> 我们要为友谊提供根基,
> 怎能自己不是友好的呢?

# 第十六章 艺术的解放斗争

以正面性与负面性机械对比的这种见解所造成的分裂，是基于这种认识，每一个特定的发展阶段都为人提出了特殊的任务。它在人们本身——个体是不同的但却处于典型形式中——唤起极其不同的力量。相应于历史状况的具体本质，它有时将道德变成恶行，并将恶行变成道德，这要靠人们在给定的关系中能正确地行动，在本身要培养或压抑在自己看来引起自身一定变形的特性，这为完成他们的历史任务却是绝对必要的，所以——在伦理行为的终极意义上——也是道德的。只有通过这样的辩证法才能使诗性塑造的人真实地代表他的时代，只有由此这种人物形象才能在接受者那里唤起丰富的陶冶作用。他们才能以此成为具有自我意识的存在，成为他们时代的真正公民。因此还在无产阶级夺取政权以前，高尔基和安德森·尼克索就曾经写道。这是最著名的苏维埃作家的创造性基础，肖洛霍夫和马卡连柯，是当代社会主义的最好代表。正如贝托尔特·布莱希特，阿诺德·茨威格或蒂博尔·德里[①]这里只是从问题出发提到这些人物，其效应没有延伸到接受者的具体内容性。所以今天我们处于这样一种似是而非的情况下，资产阶级文学的主导取向有助于巩固在其现今形式中的宗教需要，而社会主义文学，它作为固有的历史注定的反作

---

[①] 参见作者关于马卡连柯、肖洛霍夫、法捷耶夫、普拉托诺夫的文章，载《世界文学中的俄罗斯现实主义》，柏林1953年版，另见关于阿诺德·茨威格及 J. R. 贝歇尔的文章，载《Schicksalswende（命运的转折）》(《离别》)，柏林1955年版。

◯ 审美特性

用力,在其生产的多数作品中干脆忽视了艺术解放斗争这一中心问题。

在这里隐含着我们所提到的困难:在社会主义中,在社会主义文化中显示出那种力量,它能胜利地将这一解放的斗争进行到底。其中我们相信,这些困难只是直接历史瞬间的困难,所以从世界史的角度看来,只是暂时的。在我们的考察中达到顶点的问题,是一个世界史前景中的问题。哲学有责任阐明这一问题的理论基础,但绝不能对它的实现的具体形式、阶段等预言式或空想式事先给以解决。从这一观点出发我们前面的阐释还需要用老生常谈加以补充,在这种历史变革的年代,甚至十年只是短暂的瞬间。在我们的具体联系中就此而论这不只是老生常谈,作为社会主义的反对者也了解和准确地知道过去的历史,在一种体制的一切可能性都在展开中,时间过程意味着什么,对社会主义每每只是提出短期的最后通牒,如果这种主观设想期限的发展不适应,对它的评价——同样是主观主义的——就被看作是失败或走错了(顺便说,斯大林时期的传统使反对者这种从根基上说非历史的考察方式变得容易)。对于我们重要的是整个发展的前景,从这种前景看,在斯大林影响下客观上和主观上停顿的几十年并没有什么最终的决定性,因为尽管这一切,其主要路线仍是对社会主义的加强和巩固。

对斯大林方式必要的批评,对我们的前景很少会产生本质上的改变,自从斯大林逝世特别是苏联共产党二十次

## 第十六章 艺术的解放斗争

代表大会以来进行了基础性的改革。过去十年在世界史上确实如同一分钟一样，在这个时期的社会—历史主要问题产生了决定性转变。斯大林在世的最后十年经历了不可克服的困难，他的方式已经超越了历史。因为正如人们对他的早期判断总有夸大和失真，从实际的事实看，他起步是在唯一的一个落后的国家建成了社会主义。战争改变了这一基本情况，使它有利于社会主义。但是斯大林没有能从这一变化了的情况中得出正确的结论，作为苏共二十次代表大会的结果，只要强调这一中心问题：在这种新的情况下，世界大战不再是不可避免的了，因为社会主义在世界范围已经如此强大，它能够使帝国主义在这个问题上不得不接受它的意愿，使世界大战不再发生。在这短短的几年，这个问题不仅明朗化，而且也迈出了决定性的步伐。想到我们时代疑惑与恐惧的社会—历史的主要基础，由于人们在社会主义意识引导下的活动，消除了实际威胁的现实。如果我们考虑到，在哲学上我们确信有足够的理由，毫不动摇地坚信我们的前景，不管要经历多长时间，不管道路有多少曲折，这一目标终会实现。在所有这些问题上，历史唯物主义的基本原理到处都是适用的：随着基础的改变，上层建筑会或多或少地以不均衡的方式随之改变。在这方面，斯大林时期不仅客观上已成为过去，而且在意识上培养人们与新的世界历史状况相适应的活动、思想和情感的过程也已经开始。

随着这一具体化过程，我们可以回到我们讨论的基本问题上来。在阶级社会中人类的进步有能力摧毁宗教对客观现实阐释的要求、对艺术屈从的要求、在装饰性寓意中对改变其所塑造的、创造世界的象征的要求，以及将人的道德性建立在彼岸期待的要求。但是它却不能割断人与内容尚如此空泛的彼岸的终极联系以及人与变得如此抽象的宗教需要的联系。为此社会主义的社会秩序——只有它——才有能力做到这一点。正像在每一个领域中那样，社会主义的社会秩序可以致力于用几千年来高度发展起来的精神去鼓舞人，用科学和哲学、艺术和伦理学将人们提高到范例所给出的高度。歌德时代在一定意义上说是宗教消亡过程的倒数第二个阶段的一个序曲，这一过程将其客观所指向的普遍性转化为主体对宗教需要的抵制。虽然原来的浪漫派作家在思想上和艺术上多方面为资本主义世界今天充分发展的环境作了准备，虽然经典哲学做了尝试，通过思辨的抽象使宗教的内涵稀薄化和去人格化，从而使宗教需要重新获得一种客观的普遍适应性。但歌德本人却总是致力于，将每一种超验取向性从思想、创造和行动剔除掉，由其中形成一种前后一贯的、包罗万象的、人的此岸性的有效官能。他深知，宗教需要只有这样才能消亡，如果人能把至此只是以宗教形式所享有的全部精神的和心灵的能量，用来构成实现感性的此岸生活的感性组成部分。当他谈到宗教时，他认为宗教需要只能用这样一行文字来理解，借这行文字我们能以最值得的方式来结束我们的考察：

## 第十六章　艺术的解放斗争

谁享有科学和艺术，
他也就享有宗教；
谁没能享有前两者，
他就只能信宗教。

# 附录

# 译名对照表

阿多诺 Adorno, T. W.
奈特斯海姆的阿格利帕 Agrippa von Nettesheim
埃斯库罗斯 Aischylos
阿尔巴 Alba
阿尔菲利 Alfieri, V.
亚尔西巴德 Alkibiades
阿玛纳蒂 Ammanati, B
阿那克萨戈拉 Anaxagorias
安德森 Andersen, H. C.
安德森·尼克索 Andersen Nexö, M.
安吉利科 Angelico, F.
安格鲁斯·西勒修斯 Angelus Silesius
坎特伯雷的安瑟尔谟 Anselm von Canterbury
阿基洛克斯 Archilochos
阿基米德 Archimedes
阿尔钦博第 Arcimboldi, G
阿列替诺 Aretino, P
阿里奥斯托 Ariosto, L
阿里斯泰格 Aristarco, G
亚里斯提卜 Aristippos
阿里斯托芬 Aristophanes
亚里士多德 Aristoteles
阿尔曼德 Armand, Ines
阿诺德 Arnold, Matthew
阿玛西亚的阿斯特留斯 Asterius von Amasia
奥尔巴赫 Auerbach, E.

# 译名对照表

奥日埃 Augier, E.
奥古斯丁 Augustinus, A.

巴德尔 Baader, F.
巴赫 Bach, J. S.
培根 Bacon, F.
巴枯宁 Bakunin, M. A.
巴拉兹 Balazs, B.
巴尔扎克 Balzac, H. de
巴特 Barth, Karl
巴尔托克 Bartok, B.
巴赛尔曼 Bassermann, A.
波德莱尔 Baudelaire, C.
鲍迈斯特 Baumeister, B.
拜耶尔 Bayle, P.
博马舍 Beaumarchais, P. A. C. de
贝克特 Beckett, S.
贝克曼 Beckmann, M.
比切·斯托夫人 Becher-Stowe, Harriet
贝多芬 Beethoven, L. van
别林斯基 Belinski, W. G.
贝拉明 Bellarmin, R.
本雅明 Benjamin, W.
本恩 Benn, G.
本塞勒 Benseler, F.

贝尔加耶夫 Berdjajew, N. A.
贝伦逊 Berenson, B.
贝尔格 Berg, A.
柏格森 Bergson, H.
贝克莱 Berkeley, G.
贝尔纳 Bernal, J. D.
贝尔纳诺斯 Bernanos, G.
贝尔纳得 Bernard, E.
伯恩斯坦 Bernstein, E.
布雷克 Blake, W.
布洛赫 Bloch, E.
布洛依 Bloy, L.
博阿兹 Boas, F.
薄伽丘 Boccaccio, G.
波埃修 Boethius
博伊托 Boito, A.
波提切利 Botticelli, S.
布拉姆 Brahm, O.
勃拉姆斯 Brahms, J.
布拉曼特 Bramante, D.
布莱希特 Brecht, B.
布勒东 Breton, A.
白里欧 Brieux, E.
布洛赫 Broch, H.
布洛克姆勒 Brockmöller, K.
伊·布朗宁 Browning, E.

◯ 审美特性

罗·布朗宁 Browning, R.
布吕盖尔 Brueghel, P.
布鲁内雷什 Brunelleschi
布伦纳 Brunner, E.
布鲁诺 Bruno, G.
毕歇尔 Bücher, K.
布封 Buffon, G. L. L.
布尔特曼 Bultmann, R. K.
本扬 Bunyan, J.
薄奈乌提 Buonaiuti, E.
勃克哈德 Burckhardt, J.
布尔热林 Burgelin, P.
伯恩·琼斯 Burne-Jones, E.
拜伦 Byron, G. G. N. L.

恺撒 Caesar G. I.
卡尔德龙 Calderon de la Barca, P.
加尔文 Calvin, J.
加缪 Camus, A.
卡纳莱托 Canaletto
卡尔纳普 Carnap, R.
卡萨诺瓦 Casanova, G. G.
卡西尔 Cassirer, E.
卡斯蒂格利奥尼 Castiglione, B.
考德威尔 Caudwell, C.
凯尔苏斯 Celsus, A. C.

塞万提斯 Cervantes, S. M. de
塞尚 Cezanne, P.
张伯伦 Chamberlain, H. S.
卓别林 Chaplin, C. S.
夏尔丹 Chardin, J. B. S.
切斯特顿 Chesterton, G. K.
柴尔德 Childe, G.
肖德洛·德·拉克洛 Choderlos de Laclos
赫鲁晓夫 Chruschtschow, N. S.
西玛·达·考内格里阿诺 Cima da Conegliano, G. B.
契马布耶 Cimabue, G.
克劳德·罗兰 Claude Lorrain
克劳德尔 Claudel, P.
克劳迪斯 Caudius, M.
亚历山大里亚的克雷门斯 Clemens von Alexandrien
柯勒律治 Coleridge, S. T.
柯莱奥尼 Colleoni, B.
科隆娜 Colonna, V.
康马杰 Commager, H. S.
康狄维 Condivi, A.
康拉德 Conrad, J.
库根 Coogan, J.
高乃依 Corneille, p.

# 译名对照表

柯勒乔 Correggio
库尔贝 Courbet, G.
克罗齐 Croce, B.
奎尤莱尔 Curel, F. de
库萨努斯 Cusanus

但丁 Dante, A
达尔文 Darwin, C. R.
杜米埃 Daumier, H.
德·昆西 De Quincey, T.
笛福 Defoe, D
德拉克洛瓦 Delacroix, E.
德谟克里特 Demokrit
丹尼斯 Denis, M.
戴瑞 Dery, T.
笛卡尔 Descartes, R.
杜威 Dewey, J.
狄更斯 Dickens, C.
狄德罗 Diderot, D.
狄尔泰 Dilthey, W.
第欧根尼·拉尔修 Diogenes Laertios
亚略巴谷的狄奥尼修斯 Dionysios Areopagites
多布里茨霍芬 Dobrizhofer, M.
杜勃罗留波夫 Dobroljubow, N. A.

多斯·帕索斯 Dos Passos, J.
陀思妥耶夫斯基 Dostojewski, F. M.
杜丁采夫 Dudinzew, W D.
杜埃 Dughet, G.
迪昂 Duhem, P.
小仲马 Dumas (fils), A.
丢勒 Duerer, A.
德沃夏克 Dvorak, M.

艾克哈德 Eckchardt. M.
爱克曼 Eckermann, J. P.
爱因斯坦 Einstein, A.
爱森斯坦 Eisenstein, S. M.
艾略特 Eliot, T. S.
艾吕雅 Eluard, P.
埃梅里希 Emmerick, A. K.
恩披里可 Empiricus
恩格斯 Engels, F
伊壁鸠鲁 Epikur
鹿特丹的伊拉斯谟 Erasmus von Rotterdan
爱留根纳 Eriugena, J. S
马·恩斯特 Ernst, M
保·恩斯特 Ernst, p
欧几里得 Euklid
欧里庇德斯 Euripides

2077

> 审美特性

艾克 Eyck, J van.

法林敦 Farrington, B.
费里尼 Fellini, F
费尔巴哈 Feuerbach, L
费希特 Fichte, J. G.
费德勒 Fiedler, K.
菲尔丁 Fielding, H.
费舍尔 Fischer, E.
福楼拜 Flaubert, G.
弗拉德 Fludd, R.
冯塔纳 Fontane, T.
傅立叶 Fourier, C
弗朗斯 France, A.
弗朗切斯卡 Francesca, P d.
弗兰柯 Franco, F.
弗朗茨·约瑟夫一世 Franz Josef I. ,
阿西西的圣方济各 Franziskus von Assisi
弗雷泽 Frazer, S J G
弗洛伊德 Freud, S.
弗里德里希 Friedreich, H.
弗里德里希·威廉四世（普鲁士）Friedrich Wilhelm IV. ,

伽利略 Galilei, G.
嘉宝 Garbo, G
加斯奎特 Gasquet, J.
加森蒂 Gassendi, P.
加塔梅拉塔 Gattamelata, E.
盖伦 Gehlen, A.
盖贝尔 Geibel, E.
格奥尔格 George, S.
格奥季阿德 Georgiades, T.
吉兰达约 Ghirlandajo, D.
吉本 Gibbon, E.
纪德 Gide, A.
吉伦 Gillen, F. J.
乔尔乔涅 Giorgione
乔托 Giotto di Bondon
歌德 Goethe, J. W.
梵高 Gogh, V. van
果戈理 Gogol, N. W.
贡哥拉 Gongora y Argote, L.
高尔吉亚 Gorgias
高尔基 Gorki, M.
哥泰因 Gothein, M. L.
哥特什德 Gottsched, J. C.
葛茨 Goetz, K. A.
戈雅 Goya y Lucientes, F. J.
戈因 Goyen, J. van

译名对照表

戈左里 Gozzoli, B.
格列柯 Greco, EI
格林 Greene, G.
格列高里（罗马教皇）Gregor der Grosse
格里菲斯 Griffith, D.
格里墨斯豪森 Grimmelshausen, H. J. C.
格鲁斯 Groos, K.
格吕内瓦尔德 Gruenewald, M.
瓜第 Guardi, F.

哈夫特曼 Haftmann, W.
哈尔斯 Hals, F.
哈曼 Hamann, W.
哈姆比治 Hambidge, G.
亨德尔 Händel, G. F.
汉德尔 Handel-Mazzeetti, E. von
汉斯立克 Hanslick, E.
爱·哈特曼 Hartmann, E. von
尼·哈特曼 Hartmann, Nicolai
格·哈特曼 Hauptmann, G.
黑贝尔 Hebbel, F.
黑尔 Heer, F.
黑格尔 Hegel, G. W. F.
海德格尔 Heidegger, M.

海涅 Heine, H.
海森堡 Heisenberg, W.
海斯特 Heist, W.
赫勒 Heller, A.
黑林格拉特 Hellingrath, N. von
赫尔姆霍兹 Helmholtz, H. von
海明威 Hemingway, E.
赫姆斯特休斯 Hemsterhuis, F.
赫拉克利特（斯多葛）Heraklit (Stoiker)
爱菲斯学派的赫拉克利特 Heraklit von Ephesos
赫尔德 Herder, J. G.
希罗多德 Herodot
赫伦 Heron
赫西俄德 Hesiod
海塞 Hesse, H.
海泽 Heyse, P.
希尔德布朗 Hildebrand, A. von
希波克拉底 Hippokrates
希特勒 Hitler, A.
霍布斯 Hobbes, T.
霍克 Hocke, G. R.
赫内斯 Hoernes, M.
霍夫曼斯泰尔 Hofmannsthal, H. von
霍尔巴赫 Holbach, P. H. D. B. von

○ 审美特性

霍尔拜因 Holbein, H.
荷尔德林 Höderlin, F.
霍姆 Home, H.
荷马 Homer
贺拉斯 Horaz
雨果 Hugo, V.
洪堡 Humboldt, W. von
休谟 Hume, D.
胡塞尔 Husserl, E.
赫胥黎 Huxley, A.
于斯曼 Huysmans, J. K.

易卜生 Ibsen, H.
罗耀拉的依纳爵 Ignatius von Loyola
尤内斯库 Ionesco, E.
雅可布森 Jacobsen, J. P.
雅各布 Jakab, I.
雅斯贝尔斯 Jaspers, K.
让·保罗 Jean Paul
叶林 Jhering, H.
菲奥雷的约阿希姆 Joachim de Fiore
乔伊斯 Joyce, J.
荣格 Jung, C. G.

卡夫卡 Kafka, F.

格奥尔格·凯泽 Kaiser Georg
康德 Kant, I.
卡斯内尔 Kassner, R.
考茨基 Kautsky, M.
基顿 Keaton, B.
济慈 Keats, J.
凯勒 Keller, G.
开普勒 Kepler, J.
凯尔 Kerr, A.
克尔凯郭尔 Kierkegaard, S.
克拉盖斯 Klages, L
哀莱东 Kleiton
克罗普斯托克 Klopstock, F. G.
孔夫子（儒家）Konfuzius
科诺尔斯基 Konorski, J. M.
康士坦丁大帝 Konstantin der Grosse
哥白尼 Kopernikus, N.
考特 Kott, Jan
克雷特什梅尔 Kretschmer
克里提亚斯 Kritias
奎恩 Kühn, H.

拉·布吕耶尔 La Bruyere, J.
拉·法耶特 La Fayette, M. M. C.
拉·罗什富科 La Rochefoucauld,

F. D. de
拉克洛 Laclos, P. A. F. C. de
拉格朗日 Lagrange, J. L.
朗格 Lange, W.
拉萨尔 Lassalle, F.
拉斯克 Lask, E.
拉瓦特 Lavater, J. K.
劳伦斯 Lawrence, D. H.
柯布西耶 Le Corbusier
莱伯尔 Leibl, H.
莱布尼茨 Leibniz, G. W.
列宁 Lenin, W. I.
列昂纳多·达·芬奇 Leonardo da Vinci
莱辛 Lessing, G. E.
留基波 Leukipp
列维·布留尔 Levy-Bruhl, L.
列维斯 Lewis, S.
里希滕贝尔格 Lichtenberg, G. C.
利伯曼 Liebermann, M.
里夫什茨 Lifschiz, M. A..
里洛 Lillo, G.
林敦 Linton, R.
里普斯 Lipps, T.
李斯特 Liszt, F.
洛克 Locke, J.

路易·斐迪南（普鲁士王子）Louis Ferdinand
卢克莱修·卡路斯 Lucretius Carus
路德维希 Ludwig, O.
卢奇安 Lukian
马丁·路德 Luther, Martin
利西普斯 Lysippos

马赫 Mach, E.
马基雅维利 Machiavelli, N.
毛里斯·梅特林克 Maeterlinck, Maurice
马勒 Mahler, G.
马雅可夫斯基 Majakowski, W. W.
马卡连柯 Makarenko, A. S.
马林诺夫斯基 Malinowski, B.
马拉美 Mallarme, S.
马尔罗科斯 Malraux, A.
曼德维勒 Mandeville, B. von
马奈 Manet, E.
亨利希·曼 Mann, Heinrich
托马斯·曼 Mann, Thomas
曼特尼亚 Mantegna, A.
马塞勒斯 Marcellus, M. C.
马莲 Marees, H. von

审美特性

阿格列达的马利亚 Maria von Agreda
马利坦 Maritain, J.
马尔丹·迪加 Martin du Gard, R.
马蒂尼 Martini, S.
马克思 Marx, K.
马萨乔 Masaccio
马蒂斯 Matisse, H.
莫泊桑 Maupassant, G. de
莫里亚克 Mauriac, F.
莫拉斯 Maurras, C.
梅林 Mehring, F.
梅尔 Mell, R.
梅尔维勒 Melville, H.
门德尔松 Mendelssohn, M.
梅塔斯塔西奥 Metastasio, P.
麦耶 Meyer, E.
麦耶逊 Meyerson, E.
米开朗琪罗 Michelangelo Buonarroti
米勒 Millet, J. F.
密尔顿 Milton, J.
密特乌尔策 Mitterwurzer, F.
缪勒 Moeller van den Bruck, A.
摩莱肖特 Moleschott, J.
莫里哀 Moliere

莫奈 Monet, C.
摩尔根 Morgan, L. H.
莫根施特恩 Morgenstern, C.
莫尔 Morus, S. T.
莫扎特 Mozart, W. A.
闵采尔 Müntzer, T
穆西尔 Musil, R.

拿破仑一世（波拿巴）Napoleon I Bonaparte
拿破仑三世（路易）Napoleon III Louis
牛顿 Newton, S. I.
库萨的尼古拉 Nicolaus von Cusa
尼尔森 Nielsen, A.
尼采 Nietzsche, F.
尼沃 Nievo, I.
诺瓦利斯 Novalis

奥利维尔 Olivier, S. L.
奥尼尔 O'Neill, E. G.
奥本海默 Oppenheimer, R.
奥利金 Origines
奥尔特加·伊·加塞特 Ortega y Gasset, J.
奥祥德 Osiander, A

## 译名对照表

奥斯陶斯 Osthaus, K. E.
奥斯特洛夫斯基 Ostrowski, A. N.

帕列托 Pareto, V.
帕拉修斯 Parrhasios
帕斯卡 Pascal, B.
帕维斯 Pavese, C.
巴甫洛夫 Pawlow, I. P.
培基 Peguy, C.
培拉但 Peladan, J.
潘罗泽 Penrose, F. C.
佩鲁吉诺 Perugino, P.
裴多菲 Petöfi S.
彼特拉克 Petrarca, F.
菲利浦 Philipe, G.
毕加索 Picasso, P.
平达 Pindar
平图里乔 Pinturicchio
比萨诺 Pisano, N
皮斯卡托 Piscator, E.
皮萨列夫 Pissarew, D. I.
普朗克 Planck, M.
柏拉图 Platon
普列汉诺夫 Plechanow G. V.
普利尼 Plinius S. G.
普罗提诺 Plotin

普鲁塔克 Plutarch
爱伦坡 Poe, Edgar Allan
波尔 Pohl, F.
波利克雷特 Polyklet
彭托皮丹 Pontoppidan, H.
波普尔 Popper, L.
波菲利 Porphyrios
波尔塔 Porta, G. della
波希多尼 Poseidonios
普桑 Poussin, N.
普兰特尔 Prantl, C. von
普里托留斯 Preetorius, H.
普林茨霍恩 Prinzhorn, H.
普罗泰戈拉 Protagoras
普鲁斯特 Proust, M.
普多夫金 Pudowkin, W. I.
毕达哥拉斯 Pythagoras

拉贝 Raabe, W.
拉伯雷 Rabelais, F.
拉辛 Racine, J.
拉斐尔 Raffael
兰克 Ranke, L. von
拉特瑙 Rathenau, W.
里德 Read, S. H. E.
莱因哈德 Reinhardt, M.

◯ 审美特性

伦勃朗 Rembrandt H. van R.
伦施 Rensch B.
列宾 Repin, I. J.
李嘉图 Ricardo, D.
理查三世（英国国王）Richard III
李凯尔特 Rickert, H.
李格尔 Riegl, A.
里默尔 Riemer, F. W.
李斯曼 Riesman, D. M.
里尔克 Rilke, R. M.
兰波 Rimbaud, A.
罗贝·格里雷特 Robbe-Grillet, A.
罗伯斯庇尔 Robespierre, M. M. I. de
罗德 Rohde, E.
罗曼·罗兰 Rolland, Romain
罗森贝尔格 Rosenberg, A.
罗塞蒂 Rossetti D. G.
罗塔克 Rothacker, E.
卢梭 Rousseau, J. J.
鲁本 Ruben, W.
鲁本斯 Rubens, P. P.
雷斯达尔 Ruysdael, S. van

萨切蒂 Sacchetti, F.
圣维克多 Saint Victor, R. von

萨福 Sappho
萨拉辛 Sarasin, P.
萨尔都 Sardou, V.
萨文柯夫 Sawinkow, B. V.
舍勒 Scheler, M.
谢林 Schelling, F. W. J. von
斯凯尔特玛 Scheltema, A. van
席勒 Schiller, F.
施莱格尔 Schlegel, F.
施莱尔马赫 Schleiermacher, F. E. D.
康·施密特 Schmidt, C.
马·施密特 Schmidt, M
施奈德 Schneider, R.
肖洛霍夫 Scholochow, M. A.
勋伯格 Schoenberg, A.
叔本华 Schopenhauer, A.
舒伯特 Schubert, F.
司各特 Scott, W
希德梅尔 Sedmayr, H.
赛格尔斯 Seghers, H.
塞尔 Sell, J.
森珀尔 Semper, G.
西尼耳 Senior, N. M.
塞克斯都 Sextus, E.
夏夫兹伯利 Shaftesbury, A. A. C.
莎士比亚 Shakespeare, W.

## 译名对照表

萧伯纳 Shaw, G. B.
日丹诺夫 Shdanow, A. A.
雪莱 Shelley, P. B.
德西卡 Sica, V. de
西德内 Sidney, S. P.
西美尔 Simmel, G.
辛克莱 Sinclair, U.
季诺维也夫 Sinowjew, G. J.
西斯蒙第 Sismondi, J. C. S.
亚当·斯密 Smith, Adam
苏格拉底 Sokrates
左尔格 Solger, K. W. F.
索伦 Solon
索福克勒斯 Sophokles
斯潘 Spann, O.
斯宾塞 Spenncer, H.
斯宾格勒 Spengler, O.
斯宾诺莎 Spinoza, B. de
斯泰尔·霍尔斯坦夫人 Staël-Holstein, A. L. G.
斯大林 Stalin, J. W.
施泰因 Stein, C. von
司汤达 Stendhal
施提夫特 Stifter, A.
施蒂纳 Stirner, M.
施托姆 Storm, T

斯特拉文斯基 Strawinski, I. F.
施特林德贝尔格 Strindberg, A.
斯威夫特 Swift, J.
斯查包尔斯 Szabolcsi, B.

塔西佗 Tacitus
丹纳 Taine, H.
泰勒 Taylor, F W.
泰尔哈德·德·夏尔丹 Teilhard de Chardin, P.
特图里安 Tertullian
萨克雷 Thackeray, W. M.
泰勒斯 Thales
狄奥弗拉斯图 Theophrastos
阿维拉的特列萨 Theresa von Avila
忒斯皮斯 Thespis
蒂瑞 Thierry, A.
托马斯·阿奎那 Thomas von Aquino
汤姆森 Thomson, G.
丁托列托 Tintoretto
提香 Tizian
托尔奈 Tolnay
托尔斯泰 Tolsti, Lew Nikolajewitsch

(审美特性

土鲁斯·劳特累克 Toulouse-Lautree, Henri de
夏伯阳（恰巴耶夫）Tschapajew
汤因比 Toynbee, Arnold
契诃夫 Tschechow, A P.
车尔尼雪夫斯基 Tschernyschewski, N G.
屠格涅夫 Turgenjew, I S.
泰勒 Tylor, E B.

尤克斯奎尔 Uexküll, J v.
乌纳穆诺 Unamuno y J, M.
郁特里罗 Utrillo, Maurice
瓦列里 Valery, P
万尼尼 Vanini, L.
委拉斯凯兹 Velasquez, D d S y
威尔第 Verdi, G.
维吉尔 Vergil
魏尔伦 Verlaine, P
维米尔 Vermeer van Delft, Jan
费尔伏恩 Verwore, M.
维柯 Vico, G B.
维纽拉 Vignola, G B.
费舍尔 Vischer, F T.
维瓦尔第 Vivaldi, A.
伏尔开特 Volkelt, H.

伏尔泰 Voltaire
弗斯 Voss, J. H.
维亚尔 Vuillard, E.
克里斯蒂安·沃尔皮乌斯 Vulpius, C.

柯·瓦格纳 Wagner, C.
理·瓦格纳 Wagner, R
魏布林格 Waiblinger, W
华莱士 Wallace, A R.
韦伯 Weber, M
魏德金 Wedekind, F.
威塞 Weisse, C
威尔斯 Wells, O
威斯特伐伦 Westphalen, J v
维尔 Weyl, H.
维克霍夫 Wickhoff, F.
威德曼 Widmann, J V.
王尔德 Wilde, O
威廉二世（德国皇帝）Wilhelm II, deutscher Kaiser
温克尔曼 Winckelmann, J.
文德尔班 Windelband, W
文格尔特 Wingert, P S
维特根斯坦 Wittgenstein, L
魏尔曼 Woermann, K.

魏尔夫林 Wölfflin, H  采尔特 Zelter, C. F.
华兹华斯 Wordsworth, W  芝诺 Zenon
沃林格 Worringer, W  宙克西斯 Zeuxis
淮亚特 Wyalt, J  齐格勒 Ziegler, L.
  左拉 Zola, E.
色诺芬尼 Xenophanes  茨威格 Zweig, A.
色诺芬 Xenophon  茨温利 Zwingli, H.

# 德中术语对照表[*]

Abbild　n　映像、摹写
Akzidenz　f　偶有性
Allegorie　f　寓意
Allgemeinheit　f　普遍性
Alltagsleben　n　日常生活
Angenehmen　n　快感
An sich　自在（存在）
Antibanausentum　n　反俗精神
Antinomie　f　二律背反、自相矛盾
Antropomorphisierung　f　拟人化、人格化
A priori　先验
Asebeia　n　大不敬

Ästhetik　f　美学
Ästhetische Setzung　f　审美构成
Ästhetische Verhalten　n　审美态度
Aulosspiel　n　希腊颂歌
Autochthon　定居、定着
Axiomatik　f　公理体系
Begriff　m　概念
Besonderheit　f　特殊性
Betrachtung　f　观照、考察
Bilderstreit　m　圣像之争
Bilderstrum　m　圣像破坏运动
Dasein　n　此在（定在）

---

[*] N为中性名词，f为阴性名词，m为阳性名词

# 德中术语对照表

Dedekation  f  演绎
Definition  f  定义
Demiurg  m  造物主
Desantropomorphisierung  f  非拟人化、非人格化
Determination  f  规定
Determiniertheit  f  规定性
Diesseitigkeit  f  此岸性
Eigenart  f  特性
Eigentümlichkeit  f  独特性
Einzelheit  f  个别性
Einzigartigkeit  f  唯一性
Entäußerung  f  外化
Ethik  f  伦理学
Existenz  f  现实存在
Fetisch  m  偶像崇拜、偶像
Fetischieren  拜物化
Für sich  自为（存在）
Für uns  为我们（存在）
ganze Mensch  m  完整的人
Gattung  f  人类
Gebilde  f  构成物、产物
Gegenständlichkeit  对象性
Gemeinsinn  m  共通感
Genesis  f  起源
Genetik  f  发生学

Genre  f  门类
Gesamtheit  f  总体性（整体性）
Gesetzlichkeit  f  规律性
Hierarchie  f  等级制
Höhlenmalerei  n  洞窟壁画
Homogene Medium  n  同质媒介
Homogenisierung  f  同质化
Hylozoismus  m  物活论，万物有灵论
Idealisierung  f  观念化
Idee  f  理式、理念、观念
Ikonographisch  图象学的
Individualität  f  个性
Inhärenz  f  内在性
Intermundien  n  境界
Introversion  f  内向性
Intuition  f  直觉
Jenseitigkeit  f  彼岸性
Kategorie  f  范畴
Katholicismus  m  天主教
Kausalität  f  因果性
Kern  m  核
Ketzer  m  异教徒
Kitsch  m  涂鸦、低劣艺术品
Komposition  f  构图、构成

> 审美特性

Kontemplative 观照的

Konformismus m 随大流

Kreatürliche f （上帝）创造物

Kunstschönheit f 艺术美

Lebensnähe f 贴近生活

Magie f 巫术

Menschen ganz 人的整体

Mimesis f 模仿

Mission f 使命

Nachahmung f 模仿

Naturschönheit f 自然美

Naturerlebnis n 自然体验

Negative Theologie f 否定神学

Nonkonformismus m 持不同见解（政见）

Notwendigkeit f 必然性

Noumenale Auffassung f 实体观

Objekt n 客观、客体

Objektivität f 客观性，客体性

Objektivation f 客观化、客体化

Offenbarung f 启示

Partikularität f 个体性

Personifikation f 人格化、拟人化

Perspektive f 前景、透视

Platonische Ideenlehre f 柏拉图理式说

Protestantismus m 基督教、新教

Pro und Contra 赞成与反对

Pseudo ästhetisch 拟似审美

Quasiraum m 准空间

Quasizeit f 准时间

Realität f 现实

Schale f 壳

Selbstaufhebung f 自我扬弃

Selbstbewusstsein n 自我意识

Singularität f 单一性

Sittlichkeit f 道德、礼仪

Soziale Auftrag m 社会职责

Subjekt n 主体、主观

Subjektivität f 主观性、主体性

Substanz f 实体、实质

Substantialität f 实体性

Symbol n 象征

Teologie f 目的论

Theodizee f 神正论

Totalität f 整体（总体）

Transzendental 先验的

| | |
|---|---|
| Transzendenz f 超验 | Vergegenständlichkeit f 对象性 |
| Type f 典型 | Weltlos 非具世性 |
| Unmittelbarkeit f 直接性 | Welihaftigkeit f 具世性 |
| Velleitaeten f 游移不定 | Widerspiegelung f 反映 |
| Vermittlung f 中介 | Zufall m 偶然性 |
| Veräussertsein n 外在化 | |